Kipling
Kleine Geschichten
aus den Bergen

Rudyard Kipling

Kleine Geschichten aus den Bergen

Ins Deutsche übertragen von Wilhelm Lehmann

List Verlag
München · Leipzig

Die Redaktion der Gesamtausgabe von 1965, auf der diese Ausgabe beruht, besorgte Dr. Johannes Gottwald.

Bei indischen Wörtern und Namen wurde weitgehend die englische Schreibung beibehalten, um das Lokalkolorit Kolonial-Indiens und die Sprachatmosphäre Kiplings möglichst zu bewahren.
Soweit diese Wörter jedoch im Deutschen als Fremdwörter ihren festen Platz haben (etwa Radscha, Hadschi, Kaschmir, Krischna) wurden sie in deutscher Form wiedergegeben.

Sonderausgabe 1993

ISBN 3-471-77990-6

Gesamtherstellung: Ebner, Ulm

Inhalt

Lispeth

Ach, du hast die Liebe verjagt! Und deine Götter soll ich verehren?
Den Einen in Drei, und die Drei in dem Einen? O Spötter, mir meine verwehren?
Vielleicht sind sie mir ein größerer Trost
Als der kalte Christ, mit dem du mir drohst.

Sie stammte aus den Bergen und war die Tochter Sonoos und seines Weibes Jadeh. Eines Sommers mißriet ihnen der Mais, und zwei Bären vernichteten in einer Nacht die Ernte ihres einzigen Mohnfeldes, das oberhalb des Sutlejtales an der Kotgarher Seite liegt. Da wurden sie im nächsten Jahr Christen und brachten ihr Kindchen auf die Missionsstation zur Taufe. Der Missionar von Kotgarh taufte es auf den Namen Elisabeth; »Lispeth« sagen die Bergländer.

Später kam die Cholera in das Kotgarher Tal und raffte Sonoo und Jadeh dahin; da wurde Lispeth bei der Frau des damaligen Missionars halb Dienerin, halb Gesellschafterin. Das geschah nach der Herrschaft der Mährischen Brüder, aber noch ehe Kotgarh ganz seinen Ruf als »Herrin der Nordberge« vergessen hatte.

Ob das Christentum einen so günstigen Einfluß auf Lispeth hatte, oder ob die Götter ihres eigenen Volkes in jedem Falle soviel für sie getan haben würden, das weiß ich nicht; jedenfalls wurde sie sehr schön, und wenn ein Bergländer Mädchen schön wird, so lohnt es sich, auf schlechten Wegen fünfzig Meilen weit zu reisen, um es zu sehen. Lispeth hatte ein griechisches Gesicht, eins jener Gesichter, die man so oft malt und so selten sieht. Ihre helle Haut war elfenbeinfarbig. Sie war für ihre Rasse besonders groß und schlank, und sie hatte wirklich wundervolle Augen. Wenn sie nicht die abscheulichen, bei der Mission so beliebten Kleider aus bedrucktem Kattun getragen hätte, würde man sie bei einer unvermuteten Begegnung in den Bergen für das Urbild der auf Jagd ausziehenden Diana gehalten haben.

Lispeth nahm das Christentum bereitwillig an und ließ auch als erwachsenes Mädchen nicht von ihm ab, wie so manche aus den Bergen es tun. Ihr eigenes Volk haßte sie, weil sie, wie sie sagten, eine *Memsahib*[1] geworden war und sich jeden Tag wusch. Die Missionarsfrau wußte nicht so recht, was sie mit ihr machen sollte. Es kommt einem doch irgendwie nicht richtig vor, von einer hochgewachsenen schönen Göttin zu verlangen, das Geschirr abzuwaschen. Sie spielte also mit den Kindern des Missionars, ging in die Sonntagsschule und las alle Bücher, die im Hause waren, und wurde immer schöner und schöner, wie die Prinzessinnen im Märchen. Die Missionarsfrau meinte, sie müßte in Simla eine Stellung als Kinderfräulein oder sonst etwas »Feines« annehmen. Aber Lispeth wollte nicht. Sie war glücklich, wo sie war. Wenn Reisende – viele gab es in den Jahren noch nicht – nach Kotgarh kamen, schloß Lispeth sich in ihrem Zimmer ein aus Angst, sie könnten sie nach Simla oder sonst wohin in die fremde Welt mitnehmen.

Eines Tages, einige Monate nach Lispeths siebzehntem Geburtstag, machte sie einen Spaziergang. Sie ging nicht, wie es die englischen Damen machen, anderthalb Meilen zu Fuß, um dann zurückzufahren. Sie legte auf ihren Streifzügen in der ganzen Gegend zwischen Kotgarh und Narkunda zwanzig bis dreißig Meilen zurück. Diesmal kam sie erst im Dunkeln über den halsbrecherisch steilen Abhang nach Kotgarh zurück und schleppte etwas Schweres auf den Armen. Die Missionarsfrau war eben in dem Wohnzimmer etwas eingenickt, als Lispeth schweratmend und ganz erschöpft mit ihrer Last hereinkam. Lispeth legte sie auf das Sofa nieder und sagte einfach: »Dies ist mein Mann. Ich hab ihn auf dem Wege nach Bagi gefunden. Er ist verwundet. Wir wollen ihn pflegen, und wenn er gesund ist, soll dein Mann mich mit ihm verheiraten.«

Es war das erstemal, daß Lispeth vom Heiraten sprach, und die Missionarsfrau schrie auf vor Entsetzen. Aber jetzt mußte sie sich erst einmal um den Mann auf ihrem Sofa kümmern. Es war ein junger Engländer, dessen Kopf eine tiefe, bis auf den Knochen gehende Wunde zeigte, die von einem schartigen Gegenstand herrühren mußte. Lispeth erzählte, daß sie ihn am Fuße des Khud so gefunden und darum mit hereingebracht hätte. Er atmete unregelmäßig und war bewußtlos.

1. Weiße Dame.

Der Missionar, der einige medizinische Kenntnisse besaß, brachte ihn zu Bett und verband ihn. Lispeth stand vor der Tür und wartete, ob man ihre Hilfe brauchte. Sie erklärte dem Missionar, daß dies der Mann wäre, den sie heiraten wollte. Da belehrten der Missionar und seine Frau sie ernstlich über das Ungehörige ihres Benehmens. Lispeth hörte schweigend zu und wiederholte dann ihren Vorsatz. Es gehört eine gehörige Portion Christentum dazu, ungebrochene östliche Instinkte, wie den der Liebe auf den ersten Blick, auslöschen zu wollen. Lispeth hatte den Mann, den sie verehrte, gefunden, und sie sah nicht ein, warum sie davon schweigen sollte, und wollte auch nicht weggeschickt werden. Sie wollte den Engländer pflegen, bis er gesund genug wäre, sie zu heiraten. Das war ihr einfaches Programm.

Nachdem der Engländer mit einer Entzündung und leichtem Fieber gelegen hatte, kam er wieder zu sich und dankte dem Missionar, dessen Frau und Lispeth – besonders Lispeth – für ihre Freundlichkeit. Er bereise den Osten, sagte er (man sprach in den Tagen, wo die P. u. O.-Linie noch in den Anfängen war, noch nicht von Globetrottern), und wäre von Dehra Dun gekommen, um in den Simlabergen Pflanzen und Schmetterlinge zu sammeln. Daher wußte in Simla niemand etwas von ihm. Er meinte, er müßte wohl abgestürzt sein, als er ein Farnkraut von einem morschen Baumstamm holen wollte, und seine Kulis wären wohl mit seinem Gepäck davongelaufen. Sowie er etwas zu Kräften gekommen sei, wolle er nach Simla zurückgehen. Die Lust am Bergsteigen sei ihm vergangen.

Er beeilte sich nicht sehr, fortzukommen, und gewann nur langsam seine Kräfte wieder. Lispeth wollte nicht auf die guten Ratschläge des Missionars und seiner Frau hören; da sprach diese mit dem Engländer und erzählte ihm, wie es in Lispeths Herzen aussah. Er lachte herzlich und fand es sehr hübsch und romantisch, ein wahres Himalajaidyll; aber da er mit einem Mädchen in der Heimat verlobt wäre, würde selbstverständlich nichts passieren. Natürlich würde er sich taktvoll benehmen. Das tat er auch. Aber in der Zeit der Rekonvaleszenz fand er es doch sehr angenehm, mit Lispeth spazierenzugehen und mit Lispeth zu plaudern, ihr Schmeichelhaftes zu sagen und Kosenamen zu geben, während seine Kräfte zunahmen, so daß er ans Fortgehen denken konnte. Ihm bedeutete das alles nichts, aber für Lispeth bedeutete es die Welt. Sie war sehr glücklich während dieser zwei Wochen, weil sie einen Mann gefunden hatte, den sie liebte.

Als geborene Wilde bemühte sie sich nicht, ihre Gefühle zu verbergen, das belustigte den Engländer sehr. Als er fortging, begleitete Lispeth ihn den Berg hinauf bis Narkunda, sehr bekümmert und sehr elend. Die Missionarsfrau, als gute Christin, und weil sie alles Aufsehen und jeden Skandal verabscheute – mit Lispeth konnte sie ganz und gar nicht fertig werden –, hatte dem Engländer geraten, er solle Lispeth sagen, daß er wiederkommen würde, um sie zu heiraten. »Sie ist ja noch das reine Kind, wissen Sie, und, ich fürchte, im Herzen eine Heidin«, sagte die Missionarsfrau. Deshalb beteuerte der Engländer die ganzen zwölf Meilen bergauf, Lispeth umschlungen haltend, daß er wiederkommen und sie heiraten würde, und er mußte ihr das immer wieder versprechen. Auf der Narkunda-Kuppe stand sie und weinte, bis er ihren Augen auf dem Wege nach Mutteeanee entschwunden war.

Dann trocknete sie ihre Tränen, ging zurück nach Kotgarh und sagte zur Missionarsfrau: »Er kommt wieder und heiratet mich. Er ist zu seinen Leuten gegangen, um es ihnen zu sagen.« Und die Missionarsfrau tröstete Lispeth und sagte: »Ja, er kommt wieder.« Als zwei Monate verstrichen waren, wurde Lispeth ungeduldig; da sagte man ihr, der Engländer wäre übers Meer nach England gereist. Sie wußte, wo England lag, weil sie es in ihrem kleinen Geographiebuch gelesen hatte; aber als Kind der Berge konnte sie sich natürlich vom Meere keine Vorstellung machen. Es gab im Hause ein altes Legespiel, das die Welt darstellte. Als Kind hatte Lispeth damit gespielt. Jetzt holte sie es wieder hervor und beschäftigte sich abendelang damit, weinte vor sich hin und versuchte sich vorzustellen, wo ihr Engländer war. Da sie keine Ahnung von Entfernungen und Dampfschiffen hatte, waren ihre Begriffe recht irrig. Aber es hätte auch nichts geändert, wenn sie vollkommen richtig gewesen wären; denn der Engländer dachte nicht daran, zurückzukommen und ein Mädchen der Berge zu heiraten. Er vergaß sie auf seinen

Schmetterlingsjagden in Assam gänzlich. Später schrieb er ein Buch über den Osten. Lispeths Name kam nicht darin vor.

Als drei Monate um waren, pilgerte Lispeth täglich nach Narkunda, um zu sehen, ob ihr Engländer die Straße daher käme. Das brachte ihr Trost, und als die Missionarsfrau sie etwas glücklicher fand, glaubte sie, daß sie über ihre »barbarische und höchst unpassende Torheit« hinwegkäme. Nach einiger Zeit aber halfen die Spaziergänge Lispeth nicht mehr, und ihre Stimmung wurde sehr schlecht. Da hielt die Missionarsfrau die Zeit für gekommen, ihr den wahren Stand der Angelegenheit mitzuteilen – daß nämlich der Engländer nur Versprechungen gemacht hätte, um sie zu beruhigen – daß er nie andere Absichten gehabt hätte und daß es »unrecht und ungehörig« von Lispeth wäre, an eine Heirat mit einem Engländer zu denken, der doch was Besseres wäre als sie und außerdem einem Mädchen aus seiner Heimat die Ehe versprochen hätte. Lispeth sagte, das wäre doch alles ganz unmöglich, weil er doch gesagt hätte, er liebe sie, und sie, die Missionarsfrau, hätte doch mit ihrem eigenen Munde bestätigt, daß er zurückkommen würde.

»Wie kann das, was er und du gesagt habt, unwahr sein?« fragte Lispeth.

»Kind, wir sagten es ja nur so, um dich zu beruhigen«, sagte die Missionarsfrau.

»Dann habt ihr also gelogen«, sagte Lispeth, »du und er?«

Die Missionarsfrau senkte den Kopf und sagte nichts. Auch Lispeth war eine Weile still; dann ging sie hinaus, das Tal hinab und kehrte in der Tracht der Bergmädchen zurück – furchtbar schmutzig, aber ohne die Nasen- und Ohrringe. Ihr Haar hatte sie mit Hilfe von schwarzem Bindfaden in einen langen Zopf geflochten, wie ihn die Bergfrauen tragen.

»Ich gehe zurück zu meinen Leuten«, sagte sie. »Lispeth habt ihr getötet. Übriggeblieben ist nur die Tochter der alten Jadeh – die Tochter eines Pahari und die Dienerin der *Tarka Devi.* Ihr Engländer seid alle Lügner.«

Als die Missionarsfrau sich von dem Schreck über Lispeths Ankündigung, daß sie zu den Göttern ihrer Mutter zurückkehre, erholt hatte, war das Mädchen fort, und es ist nie wiedergekommen.

Mit unbändiger Wildheit gab sie sich ihrem eigenen, unsauberen Volke, als ob sie einen Ausgleich schaffen müßte, und nach kurzer Zeit heiratete sie einen Holzfäller; der schlug sie, wie es bei den Paharis Sitte ist; so schwand ihre Schönheit bald dahin.

»Die Heiden sind unberechenbar in ihren Launen«, sagte die Missionarsfrau, »ich glaube, Lispeth war im Herzen immer eine Heidin.« Da sie aber in dem hohen Alter von fünf Wochen in die Kirche Englands aufgenommen war, so gereicht diese Behauptung der Missionarsfrau nicht zur Ehre.

Als Lispeth starb, war sie eine sehr alte Frau. Sie beherrschte das Englische noch vollkommen, und wenn sie genug getrunken hatte, konnte man sie manchmal dazu bringen, die Geschichte ihrer ersten Liebe zu erzählen.

Dann war es schwer zu glauben, daß das triefäugige, runzlige Geschöpf, das einem Bündel verkohlter Lumpen glich, jemals die »Lispeth von der Kotgarh-Mission« gewesen war.

Drei und eine Extratour

Wenn dir Halfter und Fersenleine entglitten sind,
dann jage nicht mit erhobenem Stock,
sondern locke mit Hafer.
Punjab-Sprichwort

Nach der Hochzeit tritt eine Reaktion ein, manchmal eine große, manchmal eine kleine; aber kommen tut sie, früher oder später, und beide Ehegatten müssen darüber hinwegkommen, wenn sie gerne den Rest ihres Lebens mit dem Strom schwimmen wollen.

Bei den Cusack-Bremmils stellte sich diese Reaktion erst im dritten Jahre nach der Hochzeit ein. Selbst in der besten Zeit war Bremmil nicht leicht zu fesseln gewesen; aber er war doch ein sehr guter Ehemann, bis das Baby starb und Frau Bremmil Trauer trug, abmagerte und so sehr trauerte, als ob das Universum ins Wanken gekommen wäre. Vielleicht hätte Bremmil sie trösten sollen. Er versuchte es wohl auch; aber je mehr er tröstete, um so mehr grämte sich Frau Bremmil, und um so unbehaglicher fühlte sich folglich Herr Bremmil. Sie hatten eben beide ein Heilmittel nötig, und das wurde ihnen zuteil. Jetzt kann Frau Bremmil darüber lachen, damals aber war ihr ganz und gar nicht lächerlich zumute.

Frau Hauksbee tauchte nämlich am Horizont auf, und wo sie erschien, da entstand bald Aufregung und Unruhe. In Simla nannte man sie die Sturmschwalbe. Ich kenne allein fünf Fälle, wo sie diesen Namen wirklich verdient hatte. Sie war eine kleine braune, dünne, fast magere Frau, mit großen rollenden veilchenblauen Augen und dem reizendsten Betragen von der Welt. Bei einem Kaffeeklatsch brauchte man nur ihren Namen zu nennen – sofort richtete sich jede Dame auf und nannte sie eine – nun ja – nicht gerade einen Engel. Sie war klug, witzig, geistreich und sprühend, mehr als die meisten ihres Geschlechts, aber von allerlei Teufelchen der Bosheit und des Mutwillens besessen. Trotzdem konnte sie sogar gegen ihr eigenes Geschlecht nett sein. Aber das gehört nicht hierher.

Nach dem Tode des Kindes, in der darauffolgenden Zeit des allgemeinen Unbehagens, wurde Bremmil sehr aushäusig, und da fing Frau Hauksbee ihn ein. Sie machte nie ein Hehl aus ihren Eroberungen. Sie fing ihn ganz öffentlich ein und merkte recht gut, daß die Öffentlichkeit Notiz davon nahm. Er unterhielt sich mit ihr, war ihr Begleiter auf Ritten, Spaziergängen, bei Picknicks, beim Frühstück bei Peliti, bis die Leute die Stirn runzelten und »shocking!« sagten. Frau Bremmil blieb zu Hause, kramte in den Sachen des toten Kindes und weinte an der leeren Wiege. Sie wollte nichts anderes tun. Aber so etwa acht liebe, treue Freundinnen erzählten ihr lang und breit von allem, damit ihr doch ja nichts verlorenginge. Frau Bremmil hörte schweigend zu und dankte ihnen für ihren Freundschaftsdienst. Sie war nicht so klug wie Frau Hauksbee, aber dumm war sie auch nicht. Sie sprach nicht mit ihrem Mann über das Gehörte, sondern behielt ihre Meinung für sich. Das ist beachtenswert. Denn mit dem Mann sprechen oder gar ihm etwas vorweinen, das hat noch nie genützt.

Wenn Bremmil zu Hause war, und das war nicht oft der Fall, war er zärtlicher als gewöhnlich; das war verdächtig. Zu dieser Zärtlichkeit zwang er sich, einmal, um sein Gewissen zu beruhigen, dann auch, um seine Frau zu trösten. Beides gelang ihm nicht.

Da kam folgende Einladung: »Im Auftrag Ihrer Exzellenzen, Lord und Lady Lytton, erlaubt sich der diensthabende Adjutant, Herrn und Frau Cusack-Bremmil für den 26. Juli, 9½ Uhr abends, nach Peterhoff einzuladen.« – »Es wird getanzt« stand unten in der linken Ecke.

»Ich kann nicht hingehen«, sagte Frau Bremmil, »es ist zu kurz nach Klein Florries Tod ... aber das braucht dich nicht zurückzuhalten.«

Als sie das sagte, hatte sie wirklich die Absicht, zu Hause zu bleiben. Herr Bremmil sagte, er würde hingehen, nur um sich sehen zu lassen. Er sprach die Unwahrheit, und das wußte Frau Bremmil. Sie ahnte – und die Ahnung einer Frau ist viel sicherer als die Gewißheit eines Mannes –, daß er von Anfang an die Absicht gehabt hatte, hinzugehen, und zwar mit Frau Hauksbee. Sie fing an nachzudenken, und das Ergebnis ihres Denkens war die Erkenntnis, daß die

Erinnerung an ein totes Kind beträchtlich weniger wert sei als die Liebe eines lebenden Mannes. Nach gründlichster Überlegung machte sie ihren Plan. Sie entdeckte in dieser Stunde, daß sie Tom Bremmil durch und durch kannte, und auf Grund dieser Kenntnis handelte sie.

»Tom«, sagte sie, »ich esse am 26. auswärts zu Abend, nämlich bei Longmores, da gehst du wohl besser in den Klub zum Essen.«

Dieser Vorschlag machte es Bremmil möglich, ohne einen Vorwand fortzukommen, um mit Frau Hauksbee zu essen. Dafür war er dankbar, kam sich aber gleichzeitig recht klein und schäbig vor – und das war ihm sehr gesund. Bremmil verließ das Haus um fünf, um auszureiten; um halb sechs abends wurde ein großer lederbezogener Korb von Phelps für Frau Bremmil geschickt. Sie war eine Frau, die es verstand, sich anzuziehen; und sie hatte nicht umsonst eine Woche damit zugebracht, dies Kleid zu entwerfen und es nähen und mit Plattstich, Grätenstich, Rüschen, Fältchen und Säumchen (oder wie das alles heißt) verzieren zu lassen. Es war ein Prachtgewand – Halbtrauer. Beschreiben kann ich es nicht, aber es war, was »The Queen« eine Schöpfung nennt – geradezu überwältigend. Sie hatte nicht allzuviel Mut zu ihrem Unternehmen; aber als sie in den großen Spiegel blickte, sah sie mit Befriedigung, daß sie noch nie in ihrem Leben so gut ausgesehen hatte. Sie war eine stattliche Blondine und hielt sich, wenn sie wollte, königlich.

Nach dem Essen bei Longmores ging sie auf den Ball – sie kam etwas zu spät – und sah als erstes ihren Mann mit Frau Hauksbee am Arm. Das trieb ihr das Blut in die Wangen, und als die Herren sie umringten, um sich Tänze zu sichern, sah sie großartig aus. Sie füllte ihre ganze Tanzkarte aus bis auf drei Tänze, da ließ sie den Platz frei. Einmal trafen sich ihre und Frau Hauksbees Blicke, da wußte diese, daß zwischen ihnen Krieg erklärt sei – richtiger Krieg. Sie ging benachteiligt in den Kampf, denn sie war ein ganz klein bißchen zu herrisch mit Bremmil umgesprungen, so daß er anfing, sich dagegen aufzulehnen. Und dann hatte er seine Frau noch nie so schön gesehen. Wenn er an der Tür stand, starrte er sie an; er verschlang sie mit seinen Blicken, wenn sie am Arm ihres Tänzers dahinschritt: und je mehr er sie ansah, um so mehr riß sie ihn hin. Er konnte kaum glauben, daß dies die Frau mit den rotgeweinten Augen und dem schwarzen Wollkleid war, die weinend beim Frühstück saß.

Frau Hauksbee tat ihr Bestes, ihn an sich zu fesseln, aber nach zwei Tänzen ging er auf seine Frau zu und bat sie um einen Tanz.

»Ich fürchte, Sie kommen zu spät, Herr Bremmil«, sagte sie mit schelmischem Augenzwinkern. Da bat er sie flehentlich um einen Tanz, und als besondere Gunst versprach sie ihm den fünften Walzer. Glücklicherweise war Nr. 5 auf seiner Karte noch frei. Sie tanzten ihn zusammen, worüber im Saal ein leises Getuschel entstand; Bremmil hatte eine unklare Vorstellung davon gehabt, daß seine Frau tanzen könne, aber daß sie so göttlich tanze, das hatte er nicht gewußt. Am Schlusse dieses Walzers bat er um noch einen – als eine Gunst, nicht als sein gutes Recht. Frau Bremmil sagte: »Zeig mir doch deine Karte, Liebster.« Da reichte er sie ihr, wie ein Schuljunge seinem Lehrer verbotene Süßigkeiten ausliefert. Sie war besät mit lauter H's, außer dem H neben dem »zu Tisch führen«. Frau Bremmil sagte nichts, lächelte nur verächtlich, machte mit ihrem Bleistift einen Strich durch Nr. 7 und 9 – zwei H's – und gab ihm die Karte zurück, nachdem sie ihren eigenen Namen darübergeschrieben hatte, und zwar einen Kosenamen, den nur sie und ihr Mann kannten. Dann drohte sie ihm mit dem Finger und sagte lachend: »O du dummer, dummer Junge!«

Das hörte Frau Hauksbee und fühlte – das gab sie zu –, daß sie besiegt war. Bremmil nahm Nr. 7 und 9 dankbar an. Den siebenten Tanz tanzten sie, während Nr. 9 saßen sie in einem der kleinen Zelte zusammen. Was Herr Bremmil sagte, und was Frau Bremmil tat, das geht niemanden etwas an.

Als die Musik zu spielen begann: »The Roast Beef of Old England«, gingen die beiden auf die Veranda hinaus. Bremmil sah sich nach dem Wagen seiner Frau um (Rikschas gab es damals noch nicht), während sie in die Garderobe ging. Da trat Frau Hauksbee auf ihn zu und sagte: »Sie führen mich doch zu Tisch, Herr Bremmil?« Bremmil wurde rot und sah recht töricht aus: »Ach! – hm! Ich begleite meine Frau nach

Hause, gnädige Frau; es liegt wohl ein kleines Mißverständnis vor.« Als Mann schob er natürlich Frau Hauksbee alle Schuld zu.

Frau Bremmil kam aus der Garderobe in einem weichen, mit Schwan besetzten Mantel, etwas Weißes, Duftiges um den Kopf. Sie sah strahlend aus; und das mit Recht.

Das Paar verschwand in der Dunkelheit. Bremmil ritt ganz nahe neben dem Wagen seiner Frau.

Da sagte Frau Hauksbee zu mir, und dabei sah sie im Lampenlicht ein wenig matt und welk aus: »Glauben Sie mir, die dümmste Frau kann mit einem klugen Manne umgehen; aber um mit einem Toren fertig zu werden, dazu braucht's eine sehr kluge Frau.«

Dann gingen wir zu Tisch.

Weggeworfen

Einige maulen und andere bocken.
    (Na, komm doch, mein Tier! so steh doch, steh!)
Einige prügeln, andre gilt's locken.
    (Sachte doch, sachte! wer tut dir denn weh?)
Andre – riskieren muß man den Gaul –
Reiben sich wund von dem Zaum im Maul,
Toben wie Teufel, denn die Stricke schneiden,
Und fallen hin, eh' sie Zähmung leiden.

Chorus der Toolungala Cowboys

Wenn ein Junge eines Tages in die Welt hinaus und sich durchbeißen muß, so ist es nicht weise von den Eltern, ihn, »wohlbehütet«, wie sie es nennen, aufwachsen zu lassen. Er wird, wenn er nicht unter Tausenden die einzige Ausnahme ist, viele unnötige Schwierigkeiten zu überwinden haben und kann in tiefstes Leid geraten, einfach weil er nicht weiß, wie die Dinge wirklich sind.

Ein junger Hund soll ruhig die Badeseife fressen und an einem frischgeputzten Stiefel kauen. Er kaut und lutscht, bis er allmählich entdeckt, daß Schuhkrem und Lilienmilchseife ihm nicht recht bekommen; dann schließt er daraus, daß Schuhe und Seife unbekömmlich sind. Wenn ein Hund im Hause ist, wird er bald wissen, daß es unklug ist, in Hundeohren zu beißen. Da der Hund jung ist, hat er ein gutes Gedächtnis und ist so mit sechs Monaten ein gut erzogenes kleines Tier mit verfeinertem Geschmack. Wenn er mit dieser Dreiheit: Schuhe, Seife und Hunde, erst ganz ausgewachsen und mit entwickeltem Gebiß in Berührung gekommen wäre – man male sich einmal aus, wie jämmerlich ihm dann zumute sein würde! Und nun wende man diese Erkenntnis auf das »wohlbehütete Kind« an, und man muß bekennen, daß das Los des Hundes noch das bessere von beiden ist.

Es war einmal ein Junge, der nach den Grundsätzen des »Wohlbehütetseins« erzogen wurde, und diese Grundsätze waren schuld an seinem Tode. Er war unter ständiger Aufsicht, von der Stunde seiner Geburt an bis zu der Stunde, da er fast als der Beste in die Schule von Sandhurst aufgenommen wurde. Er wußte hervorragend Bescheid in allen Dingen, in denen man sich bei einem Privatlehrer auszeichnen kann, und als Extrabürde schleppte er noch mit sich, daß er »seinen Eltern bisher noch keine trübe Stunde bereitet« hatte. Was er in Sandhurst über das Übliche hinaus lernte, war von keiner großen Bedeutung. Er blickte um sich und fand, sozusagen, Seife und Schuhkrem recht gut. Er aß ein wenig davon und verließ Sandhurst nicht ganz so »Ia«, wie er ankam. Dann kam eine Pause, eine Szene mit seiner Familie, die große Hoffnungen auf ihn gesetzt hatte; dann ein Jahr eines »von der Welt unbefleckten Lebens« in einer drittklassigen Garnison, wo alle jüngeren Kameraden noch die reinen Kinder waren und alle älteren alte Weiber, und schließlich kam er nach Indien, wo er ganz von den Seinen gelöst war und in Zeiten der Not zu niemandem seine Zuflucht nehmen konnte als zu sich selbst.

Nun ist Indien ein Land, mehr als alle anderen, wo man das Leben nicht zu ernst nehmen darf – die Mittagssonne immer ausgenommen. Zu viel arbeiten und zu viel Kraftaufwand bringen den Menschen genausogut um wie ein Zuviel bei jedem Laster, z. B. Trinken. Flirten schadet nichts, weil jeder immerfort versetzt wird, so daß entweder man selber oder sie die Station verläßt auf Nimmerwiedersehen. Seine Arbeit besonders gut zu machen ist sinnlos, weil man doch nach seinen schwächsten Leistungen beurteilt wird und weil für die besten in der Regel ein anderer den Lohn einheimst. Schlechte Arbeit schadet nichts, denn andere machen's noch schlechter, und nirgends halten sich die Unfähigen so lange wie in Indien. Vergnügungen schaden nichts, weil es ewig dieselben sind, und die meisten gehen darauf hinaus, den anderen das Geld aus der Tasche zu locken. Krankheit macht nichts, weil sie das Übliche ist, und wenn einer stirbt, so tritt ein anderer an seine Stelle und übernimmt schon während der acht Stunden, die zwischen Tod und Begräbnis liegen, sein Amt. Alles ist bedeutungslos außer Heimaturlaub und Gehalt, und diese auch nur, weil sie so spärlich sind. Es ist ein schlaffes, lässiges Land, wo alles mit unvollkommenem Werkzeug arbeitet; das weiseste ist: nichts und niemanden ernst zu nehmen, sondern so bald wie möglich zu entfliehen in ein Land, wo Vergnügen Vergnügen ist und wo es der Mühe wert ist, sich Ansehen zu verschaffen.

Aber dieser Junge – die Geschichte ist so alt wie die Berge – kam nach Indien und nahm alles ernst. Er sah gut aus und wurde deswegen verwöhnt. Er nahm dies Verwöhnen ernst und rieb sich auf wegen Frauen, die es nicht wert waren, daß man ein Pony sattelte, um sie zu besuchen. Ihm gefiel das neue freie Leben in Indien. Und im Anfang hat es, vom Standpunkt eines Leutnants betrachtet, auch wirklich seine Reize – nichts als Ponys, Spiel, Bälle und dergleichen. Er kostete es wie der junge Hund die Seife. Nur daß er sehr spät dazu kam, mit fertigem Gebiß. Er hatte kein Gefühl für Gleichgewicht – just wie der junge Hund – und konnte es sich nicht erklären, warum man ihn nicht mit derselben Rücksicht behandelte wie in seinem Elternhaus, und das verletzte ihn. Er zankte sich mit anderen jungen Leuten, und weil er höchst empfindlich war, vergaß er diese Streitigkeiten nicht und regte sich lange darüber auf. Whist, Gymkhanas und dergleichen (die doch nur dazu da sind, daß man sich nach dem Dienst damit amüsiert) fand er nicht übel; aber auch sie nahm er ernst, ebenso wie den »Kater« nach einem Rausch. Und dann verlor er als Anfänger sein Geld bei Whist und Gymkhanas.

Diese Verluste nahm er ernst und verschwendete so viel Energie und Teilnahme an ein 60-Mark-Rennen von unerprobten *Ekka*ponys mit gestutzten Mähnen, als ob es ein Derbyrennen wäre. Schuld daran war zur Hälfte seine Unerfahrenheit – so wie der junge Hund sich mit der Teppichecke herumzankt – und zur anderen Hälfte der Schwindel, der ihn ergriff, als er aus seinem ruhigen Leben plötzlich in den Glanz und Tumult eines lebhafteren hinaustrat. Niemand warnte ihn vor Seife und Schuhkrem, weil ein Durchschnittsmensch es für selbstverständlich hält, daß ein anderer sich für gewöhnlich vor ihnen hütet. Es war jammervoll mit anzusehen, wie dieser Junge sich förmlich selber zugrunde richtete, es ging ihm wie einem bisher an der Leine geführten Füllen, das hinfällt und sich verletzt, sowie es sich losreißt.

Diese hemmungslose Hingabe an Vergnügungen, die es im Grunde nicht wert sind, daß man sich ihretwegen losreißt oder sich erregt, dauerte ein halbes Jahr – die kühle Jahreszeit hindurch. Da glaubten wir, die Hitze und seine Erfahrungen – er hatte Geld und Gesundheit eingebüßt, seine

Pferde ruiniert – würden den Jungen zur Vernunft und wieder ins Gleichgewicht bringen. In neunundneunzig von hundert Fällen wäre es so gekommen. Man sieht, welches Prinzip auf allen Stationen Indiens herrscht! Aber in diesem besonderen Falle versagte es, weil der Junge sehr empfindlich war und alles ernst nahm, was ich schon verschiedentlich bemerkt haben dürfte. Wir wußten natürlich nicht, wie tief seine Ausschweifungen ihn persönlich ritzten. Sie waren nicht so besonders erschütternd, nicht mehr als beim Durchschnitt. Vielleicht war er finanziell fürs Leben ruiniert und brauchte ein wenig Trost. Aber die Erinnerung an seine Torheiten würde während einer einzigen heißen Zeit verblassen, und ein Geldverleiher würde ihm über seine Geldschwierigkeiten hinweghelfen. Aber er selber muß die Dinge ganz anders angesehen und sich für unrettbar ruiniert gehalten haben. Am Schluß der kühlen Jahreszeit sprach sein Oberst sehr ernst mit ihm, das machte ihn noch unglücklicher, und dabei war es nur der ganz übliche Vorgesetztenrüffel!

Was jetzt geschah, ist ein seltsames Beispiel dafür, wie sehr wir doch alle zusammenhängen und für einander verantwortlich sind. Was dem Jungen wie ein Blitzstrahl in die Seele fuhr, war die Bemerkung einer Dame in einer Unterhaltung mit ihm. Es ist unnötig, sie hier wiederzugeben, es war eins jener kleinen grausamen Worte, die einem entschlüpfen, ehe man noch darüber nachdenken kann; es trieb dem Jungen das Blut in den Kopf. Er zog sich drei Tage lang zurück, dann reichte er für zwei Tage Urlaub ein, er wolle in der Nähe eines Unterkunftshauses für Kanalingenieure – etwa dreißig Meilen entfernt – auf Jagd gehen. Er erhielt den Urlaub und war an dem Abend im Kasino lärmender und ausfallender denn je zuvor. Er behauptete, er wolle »Großwild schießen«, und machte sich um halb elf Uhr in einer *Ekka* auf den Weg. Rebhühner, das einzige, was man bei dem Unterkunftshaus erlegen konnte, gehören nicht gerade zum Großwild, daher lachte alles.

Am nächsten Morgen kam ein Major von kurzem Urlaub zurück und erfuhr, daß der Junge »Großwild« jagen wolle. Der Major interessierte sich für den Jungen und hatte mehr als einmal versucht, ihn von seinen Torheiten zurückzuhalten. Er zog die Brauen in die Höhe, als er von dem Jagdausflug hörte, und ging sofort in die Wohnung des Jungen, um sie zu durchsuchen.

Als er wiederkam, traf er mich; ich gab gerade meine Karte im Kasino ab. Sonst war niemand im Vorzimmer.

Er sagte: »Der Junge ist auf Jagd gegangen. Geht man wohl mit Revolver und Schreibzeug auf Jagd?«

Ich sagte: »Unsinn, Herr Major!« Ich sah sofort, woran er dachte.

Er sagte: »Unsinn oder nicht, ich gehe jetzt auf der Stelle an den Kanal. Mir ist nicht wohl bei der Geschichte.«

Dann nach einer Weile des Nachdenkens: »Können Sie lügen?«

»Das wissen Sie ja«, antwortete ich, »das tu ich schon von Berufs wegen.«

»Gut«, sagte der Major, »Sie müssen jetzt sofort in einer *Ekka* mit mir an den Kanal kommen, um einen Bock zu schießen. Gehen Sie schnell und kommen Sie in Jagdausrüstung hier wieder vorgefahren.«

Der Major war ein energischer Mann, und ich wußte, daß er nicht umsonst Befehle gab. So gehorchte ich und fand bei meiner Rückkehr den Major wohlverstaut in einer *Ekka,* mit Flinten und Proviant für einen Jagdausflug ausgerüstet.

Er entließ den Kutscher und fuhr selbst. Solange wir in der Station waren, trotteten wir sachte dahin; aber sobald wir die staubige Landstraße erreicht hatten, ließ er das Pony dahinfliegen. Ein frei aufgewachsenes Tier kann bei einem einzigen Peitschenschlag schier das Unmögliche leisten. Wir legten die dreißig Meilen in weniger als drei Stunden zurück; aber das arme Tier war fast am Verenden.

Einmal sagte ich: »Wozu diese rasende Eile, Herr Major?«

Er antwortete ruhig: »Der Junge ist allein gewesen, ganz auf sich selbst angewiesen, seit – einer – zwei – fünf – vierzehn Stunden sind es jetzt! Ich sage Ihnen, mir ist nicht wohl bei der Geschichte.«

Dies Gefühl übertrug sich auf mich, und ich half das Pony antreiben. Als wir an dem Unterkunftshaus ankamen, rief der Major den Diener des Jungen; keine Antwort. Wir gingen zum Haus und riefen den Jungen selber, keine Antwort.

»Er ist weg, zum Jagen«, sagte ich.

In demselben Augenblick sah ich durch eins der Fenster

ein kleines Windlicht brennen. Und das um vier Uhr nachmittags. Wir standen beide wie angenagelt in der Veranda, den Atem anhaltend, daß uns kein Laut entginge. Da hörten wir drinnen im Zimmer das »ssss–ssss–« einer Unmenge Fliegen. Der Major sprach nicht, nahm den Helm ab, und leise traten wir ein.

Der Junge lag tot auf der Charpoy mitten in dem kahlen weißgetünchten Zimmer. Er hatte sich den Kopf fast zerschmettert mit dem Revolver. Die Flintentaschen und der Schlafsack waren noch zugeschnürt, und auf dem Tisch lagen sein Schreibzeug und Photographien. Wie eine Ratte, die Gift geschluckt hat, war er abseits gegangen, um zu sterben!

Der Major sagte weich vor sich hin: »Armer Junge! Armer, armer Teufel!« Dann wandte er sich vom Bett ab und sagte zu mir: »Ich brauche Ihre Hilfe bei dieser Geschichte.«

Da ich sah, daß der Junge selbst Hand an sich gelegt hatte, wußte ich genau, worin diese Hilfe bestand; ich trat an den Tisch, nahm einen Stuhl, steckte mir eine Manila an und fing an, die Schreibmappe durchzusehen. Der Major sah mir dabei über die Schulter und wiederholte halblaut: »Wir sind zu spät gekommen. Armer, armer Junge. Wie eine Ratte ins Loch gekrochen.«

Die halbe Nacht hindurch mußte der Junge an seine Familie, seinen Obersten und an ein Mädchen in der Heimat geschrieben und sich sofort danach erschossen haben, denn als wir kamen, war er schon lange tot gewesen.

Ich las alles, was er geschrieben hatte, und reichte jedes Blatt, wenn ich fertig war, dem Major.

Wir erfuhren aus seinen Berichten, wie schrecklich ernst er alles genommen hatte. Er schrieb von »Schande, die er nicht ertragen könne« – »untilgbarer Schmach« – »verbrecherischer Torheit« – »vergeudetem Leben« usw., außer einer Menge persönlicher Dinge an seine Eltern, viel zu zart zum Gedrucktwerden. Am rührendsten war der Brief an das Mädchen; es würgte mir im Halse beim Lesen. Der Major versuchte gar nicht seine Tränen zurückzuhalten. Ich ehrte das an ihm. Er las und schüttelte den Kopf und weinte wie eine Frau, ohne es verbergen zu wollen. So traurig, hoffnungslos und rührend waren die Briefe. Des Jungen Tollheiten vergaßen wir ganz, wir dachten nur an das arme Ding dort auf dem Lager und an die vollgekritzelten Blätter in unserer Hand. Es war ganz unmöglich, diese Briefe in die Heimat gehen zu lassen. Sie würden dem Vater das Herz brechen und die Mutter töten, nachdem sie erst ihren Glauben an den Sohn getötet hatten.

Schließlich trocknete der Major sich ganz unverhüllt die Augen und sagte: »Hübsch, dies wie eine Bombe in eine englische Familie zu werfen! Was machen wir nur?«

Ich sagte – ich wußte ja, weswegen der Major mich mitgenommen hatte –: »Der Junge ist an Cholera gestorben. Wir waren bei ihm, als er starb. Wir können nicht auf halbem Wege stehenbleiben; also los.«

Und nun begann eine Komödie, wie ich sie grausiger noch nicht erlebt hatte – das Ausbrüten und Aufschreiben einer groben Lüge, mit einzelnen Tatsachen und Beweisen gut ausstaffiert, um die Familie des Jungen zu trösten. Ich schrieb den Brief erst in groben Umrissen nieder, der Major warf hin und wieder eine Bemerkung dazwischen, während er alles, was der Junge geschrieben hatte, verbrannte. Es war ein heißer ruhiger Abend, als wir unser Werk begannen, die Lampe brannte sehr trübe. Allmählich geriet mein Entwurf zur Zufriedenheit; es war da zu lesen, wie sehr der Junge ein Muster aller Tugenden gewesen war, beliebt im Regiment, daß er alle Aussichten hatte, Karriere zu machen usw.; und wie wir ihm in seiner Krankheit beigestanden hätten – daß es nicht Zeit für kleine Lügen war, wird man begreifen – und wie er sanft entschlafen wäre. Mir wurde ganz elend, wie ich all das schrieb und dabei an die armen Menschen dachte, die es lesen würden. Dann wieder lachte ich, weil das Ganze so grotesk war, und das Lachen mischte sich mit dem Würgen im Halse – der Major sagte, wir müßten notwendig was zu trinken haben.

Ich will lieber nicht sagen, wieviel Whisky wir tranken, ehe der Brief fertig war. Dann nahmen wir Uhr, Ring und Anhänger des Jungen. Zuletzt sagte der Major: »Wir müssen eine Haarlocke mitschicken. Eine Frau weiß das zu schätzen.«

Aber gewisse Gründe hinderten uns, eine Locke, die sich zum Mitschicken geeignet hätte, zu finden. Der Junge hatte schwarzes Haar, der Major glücklicherweise auch. Da schnitt ich dem Major mit dem Messer eine Haarsträhne an der

Schläfe weg und legte sie in das Päckchen. Der Lach- und Würgkrampf packte mich wieder, so daß ich aufhören mußte. Dem Major ging es ähnlich; und dabei wußten wir beide, daß die schwerste Aufgabe uns noch bevorstand. Wir versiegelten das Paket mit Photographien, Wertsachen, Briefen und der Haarlocke mit Petschaft und Siegellack des Jungen. Dann sagte der Major: »Um Gotteswillen, raus aus diesem Zimmer – und dann nachdenken!«

Wir gingen ins Freie, aßen und tranken, was wir mitgebracht hatten, und wanderten eine Stunde am Ufer des Kanals entlang, bis der Mond aufging. Ich weiß seitdem, wie es in einem Mörder aussieht. Endlich zwangen wir uns, wieder das Zimmer, wo die Lampe und das Andere war, zu betreten; und nun begann der zweite Teil unserer Arbeit. Aber davon werde ich nicht schreiben, es war zu entsetzlich. Die Bettstelle verbrannten wir und warfen die Asche in den Kanal; mit der Strohmatte machten wir es ebenso. Dann ging in ein Dorf und borgte zwei große Hacken – die Hilfe der Eingeborenen wollte ich nicht –; indes besorgte der Major – das Übrige. Vier Stunden mußten wir arbeiten, um das Grab auszuheben. Dabei erörterten wir, ob wir die Begräbnisformeln, soweit wir sie wußten, bei der Beerdigung anwenden sollten. Schließlich kamen wir überein, nur das Vaterunser und ein freies Gebet für des Jungen Seelenheil zu sprechen. Dann machten wir das Grab zu und gingen in die Veranda – nicht ins Haus – zum Schlafen; wir waren todmüde.

Als wir erwachten, sagte der Major matt: »Wir können nicht vor morgen hier fort. Wir müssen ihm doch eine anständige Sterbezeit geben. Er ist heut ganz früh morgens gestorben, vergessen Sie das nicht. Das ist glaublicher.« Der Major mußte also die ganze Zeit grübelnd wach gelegen haben.

Ich sagte: »Warum haben wir denn wohl den Leichnam nicht ins nächste Quartier gebracht?«

Der Major dachte eine Minute nach. »Weil die Leute alle davongerannt sind, als sie von der Cholera hörten. Außerdem ist die *Ekka* weg!«

Das war tatsächlich der Fall. Wir hatten das *Ekka*pony total vergessen, es war nach Hause gelaufen.

So blieben wir beide allein den ganzen schwülen Tag über in dem Unterkunftshaus; immer und immer wieder prüften wir die Geschichte von dem Tode des Jungen, um zu sehen, ob sie irgendwo einen schwachen Punkt hätte. Nachmittags tauchte ein Eingeborener auf, aber als wir ihm erzählten, daß ein Sahib an Cholera gestorben wäre, machte er, daß er fortkam. Als die Dämmerung einbrach, erzählte mir der Major von der Sorge, die er sich schon immer um den Jungen gemacht hatte, und schreckliche Selbstmord- oder Beinahe-Selbstmordgeschichten – Geschichten, bei denen einem das Haar zu Berge stand. Er sagte, er selber sei auch einst in diesem »Tal der Finsternis« gewesen, wie der Junge, als er jung und noch nicht lange im Lande war. Daher verstand er so gut, wie es in dem armen verworrenen Kopf des Jünglings ausgesehen haben mußte. Er sagte auch, daß junge Leute in Stunden der Reue ihre Vergehen für viel schlimmer und unauslöschlicher halten, als sie wirklich sind. Wir sprachen den ganzen Abend miteinander und sagten immer wieder die Geschichte vom Tode des Jungen auf. Sobald der Mond erschien und der Junge eben begraben war – theoretisch! – schlugen wir den Weg quer durch die Felder nach der Station ein. Wir gingen von acht bis sechs Uhr morgens; aber obgleich wir todmüde waren, vergaßen wir nicht, in des Jungen Wohnung vorzugehen, um seinen Revolver mit der vollen Anzahl Kugeln in der Patronentasche wegzuschließen und sein Schreibzeug auf den Tisch zu legen. Dann suchten wir den Obersten auf und berichteten von dem Todesfall; dabei kamen wir uns mehr als Mörder vor als je vorher. Darauf gingen wir zu Bett und schliefen volle vierundzwanzig Stunden; denn unsere Kräfte waren total erschöpft.

Unsere Geschichte fand Glauben, solange es nötig war; denn jedermann vergaß den Jungen, noch ehe vierzehn Tage herum waren. Viele allerdings nahmen sich doch noch die Zeit, zu bemerken, daß der Major skandalös gehandelt hätte, den Leichnam nicht mitzubringen, damit er mit soldatischen Ehren bestattet würde. Das Allertraurigste war der Brief von der Mutter des Jungen an den Major und mich – mit großen Tintenklexen über den ganzen Bogen. Sie schrieb so viel Liebes über unsere große Freundlichkeit, und wie sehr sie uns ihr Leben lang zu Dank verpflichtet sein würde.

Wenn man's genau bedenkt, mußte sie uns ja wirklich dankbar sein; wenn auch anders, als sie meinte.

Fräulein Youghals Sais

Wenn Mann und Weib sich einig sind,
was kann da der Kadi machen?
Mohammedanisches Sprichwort

Manche behaupten, in Indien gäbe es keine Romantik. Diese Leute haben unrecht. In unserm Leben gibt es gerade soviel Romantik, als gut für uns ist. Manchmal auch mehr.

Strickland war Polizeibeamter. Weil die Leute ihn nicht verstanden, sagten sie, er wäre ein sehr zweifelhafter Mensch, und gingen ihm aus dem Wege. Daran war Strickland selber schuld. Er vertrat die sonderbare Theorie, ein Polizeibeamter in Indien müsse versuchen, so viel über die Eingeborenen zu erfahren, wie sie selber wissen. Nun gibt es in ganz Oberindien nur *einen* Mann, der ganz nach Belieben sich für einen Hindu, Mohammedaner, Chamar oder Fakir ausgeben kann. Er wird von den Eingeborenen vom Ghor Kathri bis zum Jamma Musjid gleicherweise gefürchtet und geachtet, und sie glauben, daß er die Gabe der Unsichtbarkeit und die Gewalt über viele böse Geister besitzt. Aber welchen Vorteil hat ihm das bei der Regierung eingetragen? Nicht den geringsten. Ihm ist niemals die Verwaltung von Simla übertragen worden; und sein Name ist den Engländern fast ganz unbekannt.

Strickland war so töricht, sich diesen Mann zum Vorbild zu nehmen; er begab sich, dessen absurder Theorie folgend, an ekelhafte Orte, mit denen kein anständiger Mensch sich befassen würde, mitten unter das Eingeborenenpack. Auf diese sonderbare Weise bildete er sich sieben Jahre lang, was aber nicht geschätzt wurde. Beständig beschäftigte er sich mit der Magie der Eingeborenen, an die doch selbstverständlich niemand mit gesundem Menschenverstand glaubt. Einmal, als er Urlaub hatte, wurde er in Allahabad in das *Sat Bhai* eingeweiht; er kannte den Eidechsengesang der Sansis und den *Halli-Hukk*-Tanz, das ist ein religiöser Cancan von erstaunlicher Wirkung. Wenn jemand weiß, wer den *Halli-Hukk* tanzt, und wie, wann, wo, der kann stolz sein; er ist schon recht tief eingedrungen. Aber Strickland war nicht stolz, obgleich er sogar einmal bei der Bemalung des Todesbullen geholfen hatte, den kein Engländer auch nur erblikken darf; obgleich er den Diebsjargon der *Changars* beherrschte, allein einen Eusufzai-Pferdedieb bei Attock ergriffen hatte und unter dem Mimbar-Brett in einer Grenzmoschee gestanden und wie ein Sunni Mollah den Gottesdienst abgehalten hatte.

Seine Glanzleistung war, daß er einmal elf Tage als Fakir in den Gärten von Baba Atal in Amritsar zugebracht und dort die Fäden der großen Nasiban-Mordaffäre in die Hand bekommen hatte. Aber die Leute sagen – ganz mit Recht: »Warum in aller Welt kann Strickland nicht in seinem Büro sitzen, seine Akten und Listen führen und sich ruhig verhalten, anstatt die Unfähigkeit seiner Vorgesetzten aufzudekken?« So nützte ihm denn auch die große Mordaffäre beim Bezirksamt nichts; aber nachdem sein erster Zorn darüber verraucht war, kehrte er zu seiner schnurrigen Gewohnheit, das Leben der Eingeborenen zu erforschen, zurück. Nebenbei gesagt: wenn erst einmal jemand Geschmack an diesem eigentümlichen Vergnügen findet, so verliert er ihn nicht wieder. Es gibt nichts, was einen mehr fasziniert, die Liebe nicht ausgenommen. Wenn andere sich zehn Tage frei machten, um ins Gebirge zu gehen, nahm er sich Urlaub für einen, wie er es nannte, *Shikar*; er legte die Verkleidung, die ihn gerade lockte, an, tauchte in der braunen Menge unter und war für eine Zeit wie vom Erdboden verschwunden. Er war ein stiller, dunkler junger Bursche, schmächtig, schwarzäugig, und wenn er mit seinen Gedanken nicht anderswo war, ein sehr interessanter Gesellschafter. Strickland über die Aufwärtsentwicklung der eingeborenen Bevölkerung, wie er sie erlebt hatte, sprechen zu hören, das war schon etwas. Die Eingeborenen haßten Strickland, aber sie fürchteten ihn. Er wußte zuviel.

Als Youghals in die Station kamen, verliebte sich Strickland in Fräulein Youghal, und zwar ernsthaft, wie er alles tat; und nach kurzer Zeit verliebte sie sich auch in ihn, weil er so unbegreiflich war. Da sprach Strickland mit den Eltern; aber Frau Youghal sagte, sie wolle nicht, daß ihre Tochter sich mit einem der schlechtestbezahlten Beamten des ganzen Reichs verheiratete, und der alte Youghal setzte in einer langen Rede auseinander, er mißtraue Stricklands Tun und Treiben und würde ihm verbunden sein, wenn er sich seiner Tochter künftig weder mündlich noch schriftlich nähern würde. »Schön«, sagte Strickland, der seiner Liebsten das Leben nicht zur Last machen wollte. Er hatte noch eine lange Unterredung mit Fräulein Youghal, dann ließ er die Angelegenheit ganz ruhen.

Im April gingen Youghals nach Simla.

Im Juli nahm Strickland drei Monate Urlaub, »wegen dringender persönlicher Angelegenheiten«. Er verschloß sein Haus sorgfältig – trotzdem kein Eingeborener aus der ganzen Provinz die Sachen des »Estreekin Sahib« vorsätzlich berührt haben würde, nicht um die Welt! – und ging auf Besuch zu einem Freund, einem alten Färber, in Tarn Taran.

Hier verlor man jede Spur von ihm, bis eines Tages ein *Sais* mir auf der Promenade in Simla folgendes merkwürdige Billett überreichte:

»Lieber alter Junge, bitte geben Sie dem Überbringer dieses Briefes eine Kiste Zigarren mit – Supers No. 1 am liebsten. Im Klub sind sie am frischesten. Ich zahle es Ihnen zurück, wenn ich wieder erscheine; aber gegenwärtig befinde ich mich außerhalb der Gesellschaft.

Ihr E. Strickland.«

Ich ließ mir zwei Kisten kommen und gab sie dem *Sais* mit vielen Grüßen mit. Dieser *Sais* war Strickland; er stand bei Herrn Youghal in Dienst und hatte für Fräulein Youghals Araber zu sorgen. Der arme Kerl sehnte sich nach englischem Tabak und wußte, daß ich auf alle Fälle schweigen würde, bis die Sache vorbei war.

Frau Youghal, die immer sehr von ihren Dienstboten eingenommen war, fing später an, in allen Häusern, wo sie verkehrte, von ihrem Muster von *Sais* zu erzählen; er versäumte nie, morgens früher aufzustehen, um Blumen für den Frühstückstisch zu besorgen, und »denken Sie, er schwärzt sogar die Hufe seiner Pferde wie ein Londoner Kutscher!« Es war wirklich eine Freude, Fräulein Youghals Araber zu sehen. Strickland – Dulloo, wollte ich sagen – fand sich belohnt genug durch die freundlichen und lieben Worte, die Fräulein Youghal ihm sagte, wenn sie ausritten. Ihre Eltern freuten sich, daß sie ihre törichte Neigung zu Strickland scheinbar ganz vergessen hatte, und sagten, sie wäre ein vernünftiges Mädchen.

Strickland schwört, daß er noch nie eine Zeit so strenger Selbstdisziplin durchgemacht hätte wie während dieser zwei Dienstmonate. Daß die Frau eines anderen *Sais* sich in ihn verliebte und ihn mit Arsen zu vergiften suchte, weil er nichts mit ihr zu tun haben wollte, das war nur eine Bagatelle; aber er mußte sich darin üben, ganz ruhig zu bleiben, wenn Fräulein Youghal mit einem Herrn ausritt, der ihr den Hof machte, und er derweil hinterher trottete, die Decke tragen mußte und dabei jedes Wort hörte! Ebenso mußte er an sich halten, wenn ein Polizist am Benmore-Tor ihn grob anfuhr – besonders einmal, als ein Naik ihn beschimpfte, den er selber einst aus dem Dorfe Isser Jang engagiert hatte – oder, noch schlimmer, wenn ein junger Unterbeamter ihn »Schwein!« schimpfte, weil er nicht schnell genug aus dem Wege ging.

Aber das Leben hatte auch seine guten Seiten. Er gewann Einblicke in die Lebensweise und Diebsmethoden der *Sais'*, gründlich genug, wie er behauptete, um ohne weiteres die Hälfte der gesamten Chamar-Bevölkerung des Punjab überführen zu können, wenn er als Beamter erschienen wäre. Er wurde einer der besten Spieler beim Knöchelspiel, das von allen *Jhampanies*[1] und den meisten *Sais'* gespielt wird, während sie nachts vor den Bezirksgebäuden oder den Theatern auf ihre Herren warten; er lernte einen Tabak rauchen, der zu drei Vierteln aus Kuhmist besteht; und er hörte die Weisheit des ergrauten Jemadars der *Sais'* vom Bezirkshaus. Dessen Worte sind schon etwas wert. Er sah vieles sehr Amüsante, und er behauptet auf Ehre, daß keiner Simla richtig kennt, ehe er es nicht aus der Perspektive eines *Sais* gesehen hat. Er behauptet auch, daß man ihm zwanzigmal das Genick brechen würde, wenn es ihm einfiele, alles Gesehene aufzuschreiben.

Stricklands Erzählung von den Qualen, die er in nassen Nächten ausgestanden hat, wenn er die Musik im »Benmore« hörte und die Lichter sah, und seine Füße vor Walzersehnsucht kribbelten, während sein Kopf in eine Pferdedecke eingehüllt war, ist höchst erheiternd. Eines Tages wird Strick-

1. Rikscha-Träger.

land ein Buch über seine Erlebnisse schreiben. Das Buch wird es wert sein, gekauft, und noch mehr, beschlagnahmt zu werden.

Auf diese Weise diente er so treu, wie Jakob um Rahel. Sein Urlaub war fast abgelaufen, als die Katastrophe kam. Er hatte wirklich das Menschenmögliche im beherrschten Anhören des schon erwähnten Hofmachens geleistet; aber schließlich ging es doch nicht mehr. Ein alter, sehr vornehmer General ritt mit Fräulein Youghal aus und fing an, ihr auf jene besonders beleidigende Art – »Sie sind ja noch ein kleines Mädchen!« – den Hof zu machen, die gewandt abzuwehren für eine Frau besonders schwer und die mit anzuhören zum Tollwerden ist. Fräulein Youghal zitterte vor Angst, weil alles vor den Ohren ihres *Sais* gesagt wurde. Dulloo – Strickland – ertrug es, solang er konnte. Dann fiel er dem General in die Zügel und forderte ihn in fließendem Englisch auf, abzusteigen, damit er ihn den Bergabhang hinunter befördern könnte. Da brach Fräulein Youghal in Tränen aus, und Strickland sah, daß er sich hoffnungslos hatte gehenlassen und daß nun alles aus war.

Den General rührte fast der Schlag; da erzählte ihm Fräulein Youghal schluchzend die Geschichte dieser Verkleidung und von der Verlobung, von der die Eltern nichts wissen wollten. Strickland war wütend auf sich selbst und noch wütender auf den General, der ihn zu dieser Handlung gezwungen hatte; er sagte nichts, hielt das Pferd am Zügel und schickte sich an, den General zu verprügeln, um doch einige Satisfaktion zu haben. Aber als der General den ganzen Zusammenhang begriffen hatte und wußte, wer Strickland war, fing er auf seinem Pferd an zu schnaufen und zu prusten und fiel fast herunter vor Lachen. Er sagte, Strickland verdiene einen Orden, schon allein dafür, daß er es fertigbrächte, sich in die Decke eines *Sais* zu wickeln. Dann nannte er sich selber mit nicht sehr schmeichelhaften Namen und schwur, er verdiene eine Tracht Prügel von Strickland, aber er wäre doch zu alt dazu. Er gratulierte Fräulein Youghal zu einem solchen Liebhaber. Das Skandalöse an der Sache kümmerte ihn gar nicht; denn er war ein feiner alter Herr, hatte nur eine Vorliebe für den Flirt. Dann lachte er wieder und sagte, der alte Youghal wäre ein Narr. Strickland ließ das Pferd los und meinte, ob der General ihnen nicht helfen könnte, wenn das seine Meinung wäre. Strickland kannte Youghals Schwäche für Männer in hohen Ämtern und mit einem »von« vor dem Namen. »Es ist die reine Fastnachtskomödie«, sagte der General, »aber, zum Donnerwetter, ich will helfen, schon um der wohlverdienten Tracht Prügel zu entgehen. Gehen Sie nach Hause, Herr *Sais* Polizeibeamter, und ziehen Sie anständiges Zeug an, ich will mich an Herrn Youghal machen. Fräulein Youghal, darf ich Sie bitten, nach Hause zu reiten und zu warten?«

Sieben Minuten danach gab es im Klub einen wilden Aufruhr. Ein *Sais* in Pferdedecke und Gürtelstrick bat alle, die er kannte: »Leihen Sie mir ums Himmels willen anständiges Zeug.« Da die meisten ihn nicht erkannten, gab es allerlei ergötzliche Szenen, ehe Strickland in einem Zimmer ein heißes Bad mit Soda bekommen konnte, hier ein Hemd, dort einen Kragen, anderswo eine Hose usw. Er galoppierte zum Hause des alten Youghal mit dem Zeug des halben Klubs auf dem Leibe und auf dem Pony eines gänzlich Fremden. Der General, im Galaanzug, war vor ihm da. Was er gesagt hatte, erfuhr Strickland nie; aber Youghal empfing Strickland mit höflicher Zurückhaltung, und Frau Youghal, gerührt von der Ergebenheit des verwandelten Dulloo, war beinahe freundlich. Der General strahlte und lachte; Fräulein Youghal trat ein, und ehe der alte Youghal recht zur Besinnung kam, war die elterliche Einwilligung erpreßt, und Strickland war mit Fräulein Youghal fort zum Telegraphenamt, um wegen seiner Sachen zu depeschieren. Die letzte Verwirrung entstand, als ein gänzlich Unbekannter ihn auf der Promenade anredete und sein gestohlenes Pony zurückverlangte.

So heiratete denn Strickland schließlich Fräulein Youghal auf die Bedingung hin, daß er von seinen alten Neigungen ablassen und sich ganz auf den Verwaltungsdienst beschränken solle, der am besten bezahlt wird und schließlich nach Simla führt. Strickland liebte damals seine Frau zu sehr, um sein Wort nicht zu halten, aber es wurde ihm furchtbar schwer; denn die Straßen und die Bazare, und was aus ihnen herausscholl, alles hatte geheimnisvollen Sinn für Strickland, und sie riefen ihn: »Komm wieder und nimm deine Entdekkungsfahrten wieder auf!« Später werde ich euch erzählen, wie er sein Versprechen brach, um einem Freunde zu helfen. Das ist schon lange her, und heute ist er für einen, wie er sagen würde, *Shikar* fast verdorben. Er vergißt den Jargon und die Gaunersprache, die Merkmale und Zeichen und den Lauf der Unterströmungen; wenn jemand all dieses beherrschen will, darf er nie aufhören, es zu studieren.

Aber seine amtlichen Berichte macht er wunderschön.

Ungleiches Paar

Ich sterbe für dich, und du stirbst für jemand anders.
Punjab-Sprichwort

In Gravesend verließ der Tender den Dampfer der P.- u. O.-Linie, der nach Bombay bestimmt war, und fuhr zurück, um den Londoner Zug zu erreichen; viele an Bord des Tenders weinten. Am heftigsten und unverhülltesten aber weinte Fräulein Agnes Laiter. Und sie hatte Grund zum Weinen, denn der einzige Mann, den sie je geliebt hatte – oder je hatte lieben können, wie sie sich ausdrückte –, fuhr nach Indien; und wie jeder weiß, besteht Indien zu gleichen Teilen aus Dschungeln, Tigern, Kobras, Cholera und farbigen Soldaten.

Phil Garron stand im Regen an der Reling des Dampfers und starrte ins Wasser. Er war auch sehr unglücklich, aber er weinte nicht. Er sollte Angestellter auf einer Teeplantage werden. Er hatte nicht die leiseste Ahnung, was das bedeutete; aber er dachte sich, er würde auf feurigem Roß in den mit Teesträuchern bestandenen Bergen umherreiten und für diese Tätigkeit sehr gut bezahlt werden; und er war seinem Onkel sehr dankbar, daß er ihm diese Stellung verschafft hatte. Er wollte wirklich sein ziel- und tatenloses Leben aufgeben, wollte jährlich einen beträchtlichen Teil seines großartigen Verdienstes zurücklegen und dann, in ganz kurzer Zeit, heimkommen und Agnes Laiter heiraten. Phil Garron hatte drei Jahre auf Kosten seiner Freunde verbummelt und hatte sich, natürlich weil er nichts zu tun hatte, verliebt. Er sah gut aus, aber hatte keine festen Ansichten, Meinungen und Grundsätze. Und obgleich er nie direkte Dummheiten machte, waren seine Freunde doch froh, als er sich verabschiedete, um seine geheimnisvolle »Tee«-Stellung bei Darjeeling anzutreten. Sie sagten: »Leb wohl, lieber Junge, komm uns nicht so bald wieder vor die Augen«, – wenigstens gaben sie ihm das sehr deutlich zu verstehen.

Als er abfuhr, war er ganz voll von guten Vorsätzen: er wollte zeigen, daß er hundertmal besser war, als die andern glaubten, er wollte arbeiten wie ein Pferd und wollte dann im Triumph Agnes Laiter heiraten. Er hatte noch manches Nette außer seinem guten Aussehen; sein einziger Fehler war, daß er schwach war, ein ganz klein bißchen schwach. Er wußte ebensoviel von Sparsamkeit wie die Morgensonne, und doch gab es keinen Fall, in dem man hätte sagen können: »Hier ist Phil Garron verschwenderisch oder achtlos.« Ebensowenig konnte man irgendeine bestimmte Lasterhaftigkeit in seinem Charakter aufweisen; aber er war irgendwie unzulänglich und weich wie Wachs.

Agnes Laiter, deren Familie gegen die Verlobung war, ging zu Hause mit roten Augen umher, während Phil nach Darjeeling fuhr, – einem »Hafen am Bengalischen Meer«, wie seine Mutter ihren Freundinnen gegenüber sagte. Er war beliebt an Bord, machte Bekanntschaften und eine ziemlich große Rechnung für Getränke und schickte in jedem Hafen dicke Briefe an Agnes Laiter. Dann begann die Arbeit auf der Plantage irgendwo zwischen Darjeeling und Kangra; und obwohl das Gehalt, das Pferd und die Art der Arbeit nicht ganz seinen Vorstellungen entsprachen, kam er ganz gut voran und war mit seiner Ausdauer zufriedener, als gerade nötig war.

Als er sich im Laufe der Zeit an das »Joch« und regelmäßige Arbeit gewöhnt hatte, verschwand Agnes Laiters Bild ihm immer mehr und tauchte nur auf, wenn er müßig war, was nicht oft der Fall war. Es konnte vorkommen, daß er sie zwei Wochen lang völlig vergaß, und daß sie ihm plötzlich einfiel, wie einem Schuljungen die vergessenen Schularbeiten. Sie vergaß Phil nicht, sie war von der Art, die nie vergißt. Aber ein anderer – ein wirklich begehrenswerter junger Mann – stellte sich Frau Laiter vor; und die Aussicht auf eine Heirat mit Phil war geringer als je; und seine Briefe waren so unbefriedigend; und ihre Angehörigen übten solchen Druck auf das Mädchen aus; und der junge Mann war in bezug auf das Einkommen wirklich sehr annehmbar; und das Ende vom Liede war, daß Agnes ihn heiratete und einen wahren Wirbelsturm von Brief an Phil in die Wildnis bei Darjeeling schrieb; in dem stand zu lesen, daß sie nie wieder glücklich sein würde. Diese Prophezeiung sollte wahr werden.

Phil erhielt den Brief und kam sich schlecht behandelt

vor. Es war zwei Jahre nach seiner Ausreise; aber als er krampfhaft an Agnes Laiter gedacht, ihre Photographie angesehen und sich in die Brust geworfen hatte, weil er der beständigste Liebhaber von der Welt wäre, und sich immer mehr an diesem Gedanken erwärmte, da glaubte er es tatsächlich, daß ihm sehr übel mitgespielt worden wäre. Er setzte sich hin und schrieb einen Abschiedsbrief – so eine echte »bis ans Ende der Welt, Amen«-Epistel –, in dem er auseinandersetzte, daß er bis in alle Ewigkeit ihr treu bleiben würde, daß doch alle Frauen gleich wären, und daß er sein gebrochenes Herz verbergen müßte usw. usw., daß er die Kraft habe zu warten usw. usw., unveränderte Zuneigung usw. usw., Rückkehr zu ihrer ersten Liebe usw. usw., und so fort über acht eng beschriebene Seiten. Vom künstlerischen Gesichtspunkt aus war es eine sehr nette Arbeit, aber ein gewöhnlicher Philister, der die wahren Gefühle Phils kannte – nicht die, in die er sich beim Schreiben hineinsteigerte –, würde den Brief das niederträchtige selbstsüchtige Machwerk eines ganz und gar niederträchtigen und selbstsüchtigen Schwächlings genannt haben. Aber dieses Urteil würde natürlich nicht richtig sein. Phil bezahlte das Porto und fühlte jedes Wort, das er geschrieben hatte, noch mindestens zweieinhalb Tage lang. Es war das letzte Aufflackern vorm Verlöschen des Lichtes.

Dieser Brief machte Agnes Laiter sehr unglücklich; sie weinte, legte ihn in ihre Schublade und wurde – und das ist die höchste Pflicht jedes christlichen Mädchens – ihrer Familie zuliebe Frau Soundso.

Phil ging indessen seiner Wege und dachte nicht mehr an seinen Brief, höchstens noch so, wie ein Künstler an eine wohlgelungene Skizze denkt. Er führte kein schlechtes Leben, aber auch nicht gerade ein gutes, bis es ihn mit Dunmaya, der Tochter eines Radschputen und ehemaligen Offiziers der farbigen Armee, eines Abkömmlings der alten Kriegerkaste, zusammenführte. Dem Mädchen floß Bergblut in den Adern, und es war, wie alle Frauen aus den Bergen, keine *Purdah-Nashin.* Wo Phil sie traf, oder wie er von ihr hörte, tut nichts zur Sache. Sie war ein gutes und hübsches Mädchen und auf ihre Art sehr klug und gewitzt. dabei natürlich etwas derb. Man bedenke, daß Phil sehr behaglich lebte, sich keine Annehmlichkeiten versagte, keinen Pfennig zurücklegte, mit sich und seinen guten Absichten sehr zufrieden war, daß er nach und nach alle Korrespondenz mit England aufgab, so daß er immer mehr dies Land als seine Heimat betrachtete. So geht es manchen; die sind später nicht mehr zu brauchen. Das Klima in seinem Wohnort war gut, so schien ihm wirklich gar nichts dafür zu sprechen, wieder nach Hause zu fahren.

Er tat, was viele Pflanzer vor ihm taten, das heißt, er beschloß, ein Mädchen aus dem Bergvolk zu heiraten und sich endgültig niederzulassen. Damals war er siebenundzwanzig Jahre alt, ein langes Leben lag vor ihm, aber seine geistigen Kräfte reichten nicht aus, um etwas damit anzufangen. Er heiratete also Dunmaya und ließ sich nach dem Ritus der englischen Kirche trauen; einige seiner Kollegen fanden das sehr dumm von ihm, andere sehr weise. Dunmaya war ein durchaus rechtschaffenes Mädchen und hatte, trotz ihrer Ehrfurcht vor einem Engländer, einen vernünftigen Blick für die Schwächen ihres Mannes. Sie behandelte ihn sehr liebevoll, und sie wurde in weniger als einem Jahr eine durchaus mögliche Nachahmung einer englischen Dame, sowohl in der Kleidung als im Benehmen. (Es ist eigentümlich, daß ein Mann aus den Bergen auch nach langer gründlicher Erziehung immer noch Mann aus den Bergen ist, während eine Frau in sechs Monaten das Gebaren ihrer englischen Schwestern völlig annimmt. Es war einmal eine Kulifrau, ... aber das ist eine Geschichte für sich.) Dunmaya kleidete sich mit Vorliebe in Schwarz und Gelb, das stand ihr gut.

Mittlerweile lag der Brief in Agnes' Schublade, und hin und wieder dachte sie an den armen, tapferen schwerarbeitenden Phil bei den Kobras und Tigern in Darjeeling, sich mit der aussichtslosen Hoffnung tragend, daß sie wieder zu ihm zurückkehren könnte. Ihr Gatte war zehnmal soviel wert wie Phil, nur daß er herzkrank war. Drei Jahre nach seiner Heirat – nachdem er schon in Nizza und Algier Heilung gesucht hatte – ging er nach Bombay. Dort starb er, und so wurde Agnes frei. Als fromme Frau hielt sie seinen Tod, und daß er gerade hier starb, für eine Fügung, und als sie sich von dem ersten Schrecken erholt hatte, nahm sie Phils Brief hervor und las ihn wieder mit seinem usw. usw., den langen und kurzen Gedankenstrichen und bedeckte ihn mit Küssen. Niemand in Bombay kannte sie; sie besaß ihres Mannes großes Vermögen, und Phil war nicht weit. Natürlich war es unrecht und unschicklich, aber sie entschloß sich doch, gleich Romanheldinnen, ihren früheren Geliebten aufzusuchen, ihm ihre Hand und ihr Vermögen anzubieten und mit ihm den Rest ihres Lebens an irgendeinem Ort zu verbringen, weit fort von verständnislosen Seelen. Zwei Monate saß sie allein in Watsons Hotel und ersann diesen Plan, der ihr so liebliche Bilder vorgaukelte. Dann machte sie sich auf die Suche nach Phil Garron, Angestelltem auf einer Teeplantage mit einem ganz besonders unaussprechlichen Namen.

Sie fand ihn. Sie brauchte einen Monat dazu; denn seine Plantage gehörte gar nicht zum Darjeeling-Bezirk, sondern lag näher bei Kangra. Phil hatte sich sehr wenig verändert, und Dunmaya war sehr nett zu ihr.

Das wirklich Schändliche an der ganzen Sache ist, daß ein Mann wie Phil, nicht wert, daß man mehr als einen Gedanken an ihn verschwendet, von Dunmaya geliebt wurde und noch geliebt wird, und von Agnes, deren ganzes Leben er doch verdorben zu haben scheint, mehr als geliebt wurde.

Und das Allerschlimmste: Dunmaya macht einen ganz ordentlichen Mann aus ihm, und so wird er durch sie vor dem schließlichen Untergang bewahrt.

Und das ist eine offenbare Ungerechtigkeit.

Es dämmert

Es kommt, wie Gott es haben will,
Ohnmächtig liegt die Erde still.
Wir sind aus ihrem Schoß gestiegen
Und fühlen mit ihr das Erliegen.

Kein Mann wird je die ganze Wahrheit dieser Geschichte erfahren; wenn auch die Frauen nach einem Ball, wenn sie ihr Haar für die Nacht zurechtmachen und ihre Eroberungen vergleichen, sie einander flüsternd erzählen mögen. Dabei darf natürlich kein Mann zugegen sein. So muß ich diese Geschichte, wie sie sich von außen ausnimmt, – im Dunkeln tappend – ganz falsch – erzählen.

Man preise niemals eine Schwester der Schwester gegenüber in der Hoffnung, die Komplimente würden ans richtige Ohr gelangen und so einem den Weg bereiten. Schwestern sind in erster Linie Frauen und dann erst Schwestern; und man wird merken, daß man sich nur geschadet hat.

Das wußte Saumarez, als er sich anschickte, um das ältere Fräulein Copleigh zu werben. Saumarez war ein seltsamer Mann; mit wenig Verdiensten in den Augen der Männer, aber beliebt bei den Frauen und so voller Eigendünkel, daß er damit den Rat des Vizekönigs hätte versehen können, und dann wäre noch was übriggeblieben für den Stab des Oberstkommandierenden. Er war Zivilbeamter. Sehr viele Frauen interessierten sich für Saumarez, vielleicht weil sein Benehmen ihnen gegenüber verletzend war. Wenn man einem Pony im Anfang der Bekanntschaft eins auf die Nase versetzt, so wird es einen kaum lieben, aber von da an mit größtem Interesse alles, was man tut, verfolgen. Das ältere Fräulein Copleigh war hübsch, rundlich, anziehend und liebenswürdig. Die jüngere war nicht so hübsch, und nach dem Urteil von Männern, die den oben erteilten Rat mißachten, war sie eher abstoßend und reizlos. Die beiden Mädchen waren an Figur tatsächlich gleich, und in Aussehen und Stimme waren sie einander erstaunlich ähnlich; aber niemand konnte auch nur einen Augenblick darüber im Zweifel sein, welche von beiden die Hübschere war.

Gleich nachdem sie von Behar auf unsere Station gekommen waren, nahm Saumarez sich vor, die Ältere zu heiraten. Wenigstens waren wir alle davon überzeugt, und das kommt ja schließlich auf dasselbe hinaus. Sie war zweiundzwanzig und er dreiunddreißig mit einem Einkommen und Zuschüssen von zusammen fast vierzehnhundert Rupien monatlich. So schien es uns in jeder Weise eine gute Partie zu sein. Saumarez heißt er und summarisch ist er, hat mal jemand von ihm gesagt. Nachdem er die Resolution gefaßt hatte, bildete er einen Einerausschuß, um darüber zu beraten, und beschloß den rechten Augenblick abzuwarten. Die Copleigh-Mädchen »traten paarweise auf«, wie wir in unserm unschönen Jargon sagten. Das heißt, man konnte nichts mit einer unternehmen, ohne daß die andere dabei war. Sie liebten einander sehr, aber ihre gegenseitige Zuneigung war manchmal störend. Saumarez hielt das Zünglein der Waage zwischen ihnen in Ruhe, und niemand außer ihm selbst hätte sagen können, auf welche Seite sich sein Herz neigte; aber jeder erriet es. Er ritt viel mit ihnen und tanzte mit ihnen, aber es gelang ihm nie, sie für längere Zeit voneinander zu trennen.

Die Frauen behaupteten, daß die beiden Mädchen aus tiefem Mißtrauen so zusammenhielten; jede fürchtete, die andere könne ihr den Rang ablaufen. Aber das geht einen Mann nichts an. Saumarez schwieg wohl oder übel und war so geschäftsmäßig aufmerksam, wie er es bei seinem Interesse für seine Arbeit und für sein Polo nur sein konnte. Zweifellos hatten beide Mädchen ihn gern.

Als die heiße Jahreszeit näher kam, und Saumarez immer noch keine Anstalten machte, sagten die Frauen, daß man den Mädchen die Unruhe an den Augen ablesen könnte, daß sie abgespannt, unruhig und nervös aussähen. Männer sind in diesen Dingen vollständig blind, wenn sie nicht mehr vom Weib als vom Mann an sich haben, und in diesem Falle ist es ganz bedeutungslos, was sie sagen oder denken. Ich behaupte, die heiße Aprilsonne war schuld, daß die Farbe aus den Wangen der Copleigh-Mädchen schwand. Man hätte sie früh in die Berge schicken sollen. Niemand – weder Mann noch Frau – fühlt sich wie ein Engel im Himmel, wenn die Hitze kommt. Die jüngere Schwester wurde immer herber, um nicht zu sagen saurer in ihrem Benehmen; und die Liebenswürdigkeit der älteren wurde schwächer. Sie wirkte gezwungen.

Die Station, auf der all dies vor sich ging, gehörte nicht zu den kleinsten, lag aber weit von der Bahn und wurde arg vernachlässigt. Sie hatte keine Parks, keine Musikkapellen, bot keine bemerkenswerten Vergnügungen, und man brauchte fast einen Tag, um nach Lahore auf einen Ball zu fahren. Man war dankbar für die kleinste Abwechslung.

Anfang Mai, kurz ehe die letzten nach dem Gebirge aufbrachen, als es schon sehr heiß war und nur noch zwanzig Personen in der Station waren, lud Saumarez zu einem Mondscheinritt und Picknick ein, das an einem alten, sechs Meilen weit entfernten, am Ufer eines Flusses gelegenen Grabmal stattfinden sollte. Man wollte paarweise hinziehen, wie in die Arche Noah; und wegen dem Staub sollte, wie üblich, eine Viertelmeile Abstand zwischen den einzelnen Paaren sein. Es waren sechs Paare, die Anstandsdamen mitgerechnet. Mondscheinpicknicks sind – besonders am Ende der Saison, ehe alle jungen Mädchen ins Gebirge gehen – sehr angebracht. Sie führen Aussprachen herbei und sollten von Ballmüttern, zumal von solchen, deren Töchtern das Reitkleid besonders gut steht, sehr unterstützt werden. Ich weiß einen Fall, – aber das ist eine Geschichte für sich. Wir nannten diesen Ausflug das »große Verlobungspicknick«, weil jeder wußte, daß bei dieser Gelegenheit Saumarez um das ältere Fräulein Copleigh anhalten würde; und außer seiner gab es noch eine Herzensangelegenheit, die vielleicht ihr glückliches Ende finden würde. Die gesellschaftliche Atmosphäre war gespannt voll Elektrizität und wartete auf Entladung.

Treffpunkt war der Paradeplatz; es war eine furchtbar heiße Nacht. Die Pferde schwitzten, sogar wenn sie im Schritt gingen; aber alles war angenehmer, als still zu Hause im Dunkeln zu sitzen. Als wir bei Vollmondschein aufbrachen, waren wir vier Paare, ein Trio – Herr Saumarez ritt mit den beiden Copleigh-Damen –, und ich bummelte hinterdrein und überlegte, mit wem Saumarez wohl nach Hause reiten würde. Alle waren glücklich und zufrieden, aber jeder fühlte, daß etwas passieren würde. Wir ritten langsam, so daß es fast Mitternacht war, als wir das alte Grabmal neben dem verfallenen Brunnen in den verwilderten Gärten erreichten, wo wir essen und trinken wollten. Ich kam sehr spät an, und ich sah, ehe ich den Garten betrat, daß am Horizont im Norden eine schwache düsterfarbige Federwolke hing. Aber niemand würde es mir gedankt haben, wenn ich ein so gut erdachtes Unternehmen wie dieses Picknick gestört hätte – ein Staubwirbelwind, mehr oder weniger schlimm, ist ja auch nicht gefährlich.

Wir versammelten uns an dem Brunnen. Jemand hatte ein Banjo mitgebracht – das ist ein sehr sentimentales Musikinstrument – und drei oder vier von uns sangen. Man darf darüber nicht lachen. Es gibt in diesen abgelegenen Stationen wirklich so wenig Vergnügungen. Dann unterhielten wir uns in Gruppen oder zu zweien unter den Bäumen liegend, während sonnegeglühte Rosen uns ihre Blütenblätter auf die Füße streuten, – bis das Essen fertig war. Es gab ein prachtvolles Essen, so kalt und eisgekühlt, wie man es sich nur wünschen konnte; wir blieben lange dabei sitzen.

Ich hatte gefühlt, daß die Luft heißer und immer heißer wurde; aber niemand sonst schien es zu merken, bis das Mondlicht erlosch und ein glühendheißer Wind die Apfelsinenbäume zu peitschen anfing mit einem Brausen wie brandendes Meer. Ehe wir noch wußten, was mit uns geschah, befanden wir uns mitten im Staubwirbelsturm, und um uns war alles eine brüllende wirbelnde Finsternis. Das ganze Abendessen wurde buchstäblich in den Brunnen geweht. Wir wollten nicht in der Nähe des Grabmals bleiben, aus Furcht, es könnte umgeweht werden. So tasteten wir uns nach den Apfelsinenbäumen, wo die Pferde angepflockt waren, um da das Ende des Sturmes abzuwarten. Dann verschwand auch noch der letzte kleine Rest von Helligkeit, so daß man nicht die Hand vor den Augen sehen konnte. Die Luft war angefüllt mit Staub und Sand aus dem Flußbett, der füllte einem die Schuhe und Taschen, rieselte den Nacken herunter und setzte sich in Augenbrauen und Bart. Es war einer der schlimmsten Stürme des Jahres. Wir drängten uns alle dicht an die zitternden Tiere, der Donner knatterte über unsern Köpfen, und die Blitze schossen wie das Wasser aus einer Schleuse in alle Himmelsrichtungen. Solange die

Pferde sich nicht losrissen, war es gänzlich gefahrlos. Ich stand, den Kopf vom Wind abgewandt, die Hände auf den Mund gepreßt und hörte, wie die Bäume gegeneinanderschlugen. Ich konnte nicht sehen, wer in meiner Nähe war, bis der erste Blitz zuckte. Da entdeckte ich, daß ich ganz dicht bei Saumarez und dem älteren Fräulein Copleigh stand und direkt neben meinem Pferd. Ich erkannte das ältere Fräulein Copleigh an dem *Pagri* um ihren Reithut, den hatte die jüngere nicht. Die Elektrizität der Luft hatte sich meinem Körper mitgeteilt, ich zitterte von Kopf bis zu Fuß und schwankte wie Getreide vor dem Regen. Es war ein großartiges Schauspiel. Der Wind schien die Erde aufzusaugen und sie an anderen Stellen in großen Haufen aufzuschichten; und die Hitze schlug einem aus dem Erdboden entgegen wie die Hitze am Jüngsten Tage.

Nach einer halben Stunde ließ der Sturm ein wenig nach, da hörte ich eine verzweifelte Stimme dicht an meinem Ohr still und leise vor sich hin sagen, als ob eine arme Seele mit dem Winde umherflöge: – »O, mein Gott!« Gleich darauf taumelte das jüngere Fräulein Copleigh mir in die Arme und sagte: »Wo ist mein Pferd? Holen Sie mein Pferd. Ich will nach Hause. Ich *muß* nach Hause. Bringen Sie mich nach Hause.«

Ich glaubte, die Blitze und die schreckliche Dunkelheit hätten sie ängstlich gemacht; darum sagte ich zu ihr, es wäre gar keine Gefahr, aber sie müßte warten, bis der Sturm sich gelegt hätte. Sie antwortete: »Das ist es nicht. Ich will nach Hause. Oh, bringen Sie mich fort von hier!«

Ich sagte, sie könnte nicht fort, ehe es hell würde; aber ich fühlte, wie sie an mir vorbei fortstürzte. Es war zu dunkel, um zu erkennen wohin. Dann öffnete sich der Himmel in einem entsetzlichen Blitzstrahl, und alle Damen schrien auf.

Fast unmittelbar darauf fühlte ich die Hand eines Mannes auf meiner Schulter und hörte Saumarez mir ins Ohr brüllen. Bei dem Ächzen der Bäume und dem Heulen des Windes verstand ich seine Worte nicht sofort, aber schließlich hörte ich ihn sagen: »Ich hab um die Falsche angehalten! Was mach ich nur?« Saumarez hatte gar keine Veranlassung, gerade mir dies anzuvertrauen. Ich war nie mit ihm befreundet, bin es auch jetzt nicht; aber ich glaube, wir waren alle damals nicht ganz bei Sinnen. Wie er da stand, bebte er vor Erregung, und ich fühlte mich wegen der elektrischen Spannung ganz und gar nicht normal. Ich wußte nichts anderes zu sagen, als: »Wie kann man nur so dumm sein, in einem solchen Wetter einen Heiratsantrag zu machen.« Aber ich wußte selber nicht, wie dadurch der Irrtum beseitigt werden konnte.

Dann brüllte er: »Wo ist Edith – Edith Copleigh?« Edith war die jüngere Schwester. Ich antwortete voller Erstaunen: »Was wollen Sie von der?« Sollte man's glauben, daß wir beide während der folgenden Minuten einander anbrüllten wie die Wahnsinnigen – er verschwor sich hoch und heilig, er hätte immer nur an die jüngere Schwester gedacht, und ich behauptete, bis ich ganz heiser war, daß er sich geirrt haben müßte! Ich kann es mir selber nur damit erklären, daß wir eben beide ganz von Sinnen waren. Alles schien wie ein böser Traum, sowohl das Stampfen der Pferde in der Finsternis, wie auch Saumarez, der mir erzählte, daß er von Anfang an Edith geliebt hätte. Er hielt mich immer noch an der Schulter gepackt, mich anflehend, ihm zu sagen, wo Edith Copleigh wäre, als der Sturm wieder etwas nachließ und es etwas heller wurde. Da sahen wir, wie sich die Staubwolke in der Ebene vor uns bildete, und wußten, daß das Schlimmste vorbei wäre. Der Mond stand schon tief, es dämmerte. Aber die Helligkeit war sehr schwach, und die dunkle Wolke brüllte wie ein Stier. Ich wunderte mich, wo Edith Copleigh abgeblieben war, da sah ich plötzlich dreierlei gleichzeitig: erstens Maud Copleighs Gesicht, das lächelnd aus der Dunkelheit auftauchte und sich dem neben mir stehenden Saumarez näherte. Ich hörte sie flüstern: »George« und ihren Arm durch den Arm schieben, der nicht meine Schulter gepackt hielt, und ich sah jenen Zug in ihrem Gesicht, der nur ein- oder zweimal im Leben erscheint – wenn nämlich eine Frau vollkommen glücklich ist, wenn die Luft voll Posaunenschall und strahlend hellem Feuer ist, und die Erde sich in eine Wolke verwandelt, – weil sie liebt und geliebt wird. Gleichzeitig sah ich Saumarez' Gesicht, als er Maud Copleighs Stimme hörte, und fünfzig Schritt von der Apfelsinenbaumgruppe entfernt sah ich ein helles Leinenkleid ein Pferd besteigen.

Es muß an meinem Zustand der Überreiztheit gelegen haben, daß ich mich so schnell in eine Sache mischte, die mich gar nichts anging. Saumarez wollte auf das Kleid zustürzen; aber ich stieß ihn zurück und sagte: »Bleiben Sie hier und klären Sie alles auf. Ich hole sie zurück!« Und ich rannte zu meinem Pferde. Ich hatte ein völlig überflüssiges Gefühl, daß alles anständig und in gehöriger Ordnung geschehen müsse, daß Saumarez' erste Aufgabe war, jenen glücklichen Zug aus Maud Copleighs Gesicht auszulöschen. Während ich dem Pferd die Kinnkette anlegte, dachte ich immerfort, wie macht er das wohl?

Ich ritt hinter Edith Copleigh her in der Absicht, sie unter irgendeinem Vorwand sanft zurückzubringen. Aber sobald sie mich sah, galoppierte sie davon, und so mußte ich sie ernstlich verfolgen. Sie rief mir über die Schulter zu: »Gehn Sie fort. Ich will nach Hause. Oh, so gehn Sie doch fort!« zwei- oder dreimal; aber ich mußte sie erstmal haben, erklären konnte ich dann. Dieser Ritt paßte ganz in den bösen Traum hinein. Der Boden war sehr schlecht, und hin und wieder rasten wir durch die wirbelnden, erstickenden »Staubteufel«, die im Gefolge eines solchen Wirbelsturmes sind. Es wehte ein glühendheißer Wind, der den Gestank aus alten Ziegelöfen mit sich führte; und durch das Zwielicht und durch die Staubwirbel über der einsamen Ebene flatterte das helle Leinenkleid auf dem grauen Pferde. Erst ritt sie in der Richtung auf die Station zu. Dann wandte sie um und ritt auf den Fluß zu durch Strecken niedergebrannten Dschungelgrases, über das man nicht einmal Schweine gern treiben würde. Mit kaltem Blute würde ich niemals auch nur davon geträumt haben, bei Nacht durch solches Gelände zu reiten, aber bei dem tobenden Gewitter über einem und mit einem Dunst wie Höllengestank in der Nase schien es ganz richtig und natürlich. Ich rief und brüllte, und sie beugte sich vornüber und peitschte auf ihr Pferd los, und die Nachzügler des Wirbelsturmes kamen, packten uns beide und trieben uns vor sich her wie Papierfetzen.

Ich weiß nicht, wie weit wir ritten; aber das Dröhnen der Pferdehufe, das Brüllen des Sturmes und das Rennen des schwach-blutroten Mondes durch den gelben Nebel schien Jahre gedauert zu haben, und ich war buchstäblich von der

Mütze bis zu den Schuhen durchnäßt von Schweiß, als der Graue stolperte, sich wieder aufraffte und total lahm stehenblieb. Mein Tier war vollständig erschöpft. Edith Copleigh war in einem traurigen Zustand, mit Staub bedeckt, ohne Hut und weinte bitterlich. »Warum können Sie mich nicht in Ruhe lassen?« sagte sie. »Ich wollte ja nur fort und nach Hause. O bitte, bitte, lassen Sie mich!«

»Sie müssen mit mir umkehren, Fräulein Copleigh. Saumarez hat Ihnen etwas zu sagen.«

Dümmer konnte man es gewiß nicht sagen; aber ich kannte Fräulein Copleigh kaum, und ob ich gleich auf Kosten meines Pferdes die Vorsehung spielte, konnte ich ihr doch nicht gut sagen, was Saumarez mir mitgeteilt hatte. Ich dachte, das könnte er selber besser tun. Alle ihre Vorwände von Müdigkeit und Gern-nach-Hause-wollen brachen zusammen, und sie schwankte im Sattel vor heftigem Schluchzen, und der heiße Wind zauste ihr schwarzes Haar. Ich will nicht wiedergeben, was sie sagte, denn sie war fassungslos.

Und dies, bitte sehr, war das herbe Fräulein Copleigh. Und ich, fast ganz fremd, versuchte ihr zu sagen, daß Saumarez sie liebte, und daß sie umkehren müßte, damit er es ihr sagen könnte! Ich glaube, ich machte es ihr schließlich begreiflich, denn sie ermunterte ihren Grauen und ließ ihn, so gut es ging, humpeln, und wir machten uns auf den Weg nach dem Grabmal, während der Sturm nach Umballa hinabtobte und einige warme Regentropfen fielen. Ich erfuhr, daß sie dicht bei Saumarez gestanden hatte, als er ihrer Schwester den Antrag machte, und daß sie nach Hause gewollt hatte, um in der Stille zu weinen, wie es sich für ein englisches Mädchen schickt. Sie betupfte sich beim Reiten die Augen mit dem Taschentuch und redete unaufhörlich aus Überreizung und aus erleichtertem Herzen heraus. Das war ein unnatürlicher Zustand; und doch zu der Zeit und an dem Ort schien es vollkommen richtig zu sein. Die ganze Welt bestand nur aus den beiden Copleigh-Mädchen, Saumarez und mir, eingeschlossen in Blitze und Finsternis, und die Führung dieser mißleiteten Welt schien in meiner Hand zu liegen.

Als wir in der tiefen Stille, die auf den Sturm folgte, wieder an dem Grabmal anlangten, wurde es gerade Tag, und niemand war fortgegangen. Sie warteten auf unsere Rückkehr. Am meisten Saumarez. Er sah blaß und erschöpft aus. Als Fräulein Copleigh und ich herangehinkt kamen, kam er uns entgegen, half ihr vom Pferd und küßte sie vor der ganzen Picknickgesellschaft. Es war wie auf dem Theater, und es wurde noch theatralischer, als all die weißbestaubten, geisterhaft aussehenden Herren und Damen unter den Bäumen beim Anblick von Saumarez' Wahl in die Hände klatschten, als ob sie einem Schauspiel zusähen. Ich habe in meinem ganzen Leben nichts so Unenglisches gesehen.

Schließlich sagte Saumarez, wir müßten nach Hause, sonst würde die ganze Station kommen und nach uns suchen, und ob ich nicht so liebenswürdig sein wollte, mit Maud Copleigh nach Hause zu reiten. Nichts würde mir angenehmer sein, sagte ich.

So bildeten wir im ganzen sechs Paare und ritten zu zweien nach Hause; Saumarez ging neben Edith Copleigh, die auf seinem Pferde saß, zu Fuß.

Die Luft war wieder klar geworden, und als die Sonne aufging, fühlte ich, daß wir uns allmählich alle wieder in gewöhnliche Männer und Frauen verwandelten, und daß das »große Verlobungspicknick« etwas Jenseitiges, außerhalb dieser Welt Liegendes war, das sich nie wieder ereignen würde. Es war mit dem Wirbelwind und dem Gebrause in der heißen Luft entschwunden.

Ich war müde und schlapp und schämte mich sehr, als ich hineinging, um ein Bad zu nehmen und zu schlafen.

Es gibt auch noch eine weibliche Variante dieser Geschichte, aber die wird nie geschrieben werden – wenn nicht Maud Copleigh es noch mal versucht.

Pluffles' Rettung

Kämpft ihr auch wie noch nie
Mit Talent und mit Genie,
Niemals gleicht dem Frauenstreit
Männliche Uneinigkeit.

Manchmal konnte Frau Hauksbee sehr nett gegen ihr eigenes Geschlecht sein. Folgende Erzählung beweist es; man mag davon halten, was man will.

Pluffles war Leutnant bei dem X. Regiment. Er war noch sehr unreif, selbst für einen Leutnant. Er war wie ein Kanarienvogel, der noch nicht flügge ist. Sehr schlimm war, daß er viel mehr Geld hatte, als gut für ihn war. Pluffles' Papa war nämlich sehr reich, und Pluffles war sein einziger Sohn. Pluffles' Mama betete ihn an. Sie war nur etwas weniger kindlich als Pluffles selbst und glaubte alles, was er sagte.

Pluffles' schwache Seite war, daß er nie glaubte, was man ihm sagte. Er wollte lieber »seinem eigenen Urteil trauen«, wie er sagte. Urteil besaß er aber nicht mehr, als er Sitz und Stimme im Parlament hatte. So brachte ihm dieses »Selbstvertrauen« verschiedentlich Ungelegenheiten; die schlimmste aber bereitete er sich vor einigen Jahren in Simla, als er vierundzwanzig war.

Es fing damit an, daß er, wie gewöhnlich, seinem eigenen Urteil traute, und es endete damit, daß er nach einiger Zeit mit Händen und Füßen an Frau Reivers Triumphwagen gefesselt war.

Nichts an Frau Reiver war gut außer ihrem Anzug. Sie war falsch vom Haar – das sein Leben auf dem Kopf einer Bretagnerin begonnen hatte – bis zu den Absätzen ihrer Schuhe, die sechseinhalb Zentimeter hoch waren. Sie war nicht ehrlich boshaft wie Frau Hauksbee; sie war geschäftsmäßig böse.

Sie veranlaßte nie einen Skandal – dafür war ihr Instinkt nicht generös genug. Sie bildete die Ausnahme, welche die Regel bestätigt, daß angloindische Damen in jeder Beziehung ebenso liebenswürdig sind wie ihre Schwestern in der

Heimat. Ihr Leben war der Bestätigung dieser Regel gewidmet.

Frau Hauksbee und sie haßten einander glühend. Sie haßten sich viel zu sehr, um sich in die Haare zu geraten; aber was sie – die eine von der anderen – erzählten, war schrecklich, um nicht zu sagen originell. Frau Hauksbee war ohne Falsch, so echt wie ihre Zähne, und wäre ohne ihre Vorliebe für mutwillige Streiche die Krone der Frauen gewesen. Bei Frau Reiver gab's keine Echtheit: bei ihr fand man nichts als Selbstsucht. Und beim Saisonbeginn wurde der arme kleine Pluffles ihre Beute. Sie legte es darauf an, wie konnte ein Pluffles da widerstehen? Er fuhr fort, seinem eigenen Urteil zu trauen, und so wurde er verurteilt.

Ich habe Hayes ein hartmäuliges Pferd zur Vernunft bringen sehen – ich habe einen Tongakutscher ein halsstarriges Pony bändigen sehen – ich habe einen strengen Wärter einen widerspenstigen Hund zur Jagd abrichten sehen – aber die Dressur von Pluffles vom X. Regiment übertraf alles. Er lernte apportieren und Sachen nachtragen wie ein Hund, und ebenso wie ein Hund auf ein freundliches Wort von Frau Reiver warten. Er lernte Verabredungen einhalten, die Frau Reiver gar nicht einzuhalten beabsichtigte. Er lernte es, dankbar für Tänze zu sein, die Frau Reiver ihm zu gewähren gar nicht beabsichtigte. Er lernte es, fünfviertel Stunden an der Windseite des Elysiums zu frieren, während Frau Reiver noch überlegte, ob sie überhaupt ausreiten wollte. Er lernte es, im strömenden Regen im leichten Gesellschaftsanzug nach einer Rikscha herumzurennen, um dann, wenn er eine gefunden hatte, neben dieser Rikscha zu Fuß zu gehen. Er lernte, wie einem zumute ist, wenn man wie ein Kuli behandelt und wie ein Diener geschickt wird. All das und noch vieles andere lernte er. Und er bezahlte diese Lehrzeit teuer.

Vielleicht hatte er die unklare Vorstellung, daß es sehr fein wäre und Eindruck machte, daß es ihm unter den Menschen eine Stellung verschaffte, daß es überhaupt gerade das Richtige wäre. Niemandem lag etwas daran, Pluffles auf seine Torheit hinzuweisen. Die Saison hatte ein solches Tempo, daß man keine Zeit hatte, sich um so etwas zu kümmern; außerdem ist es immer eine undankbare Aufgabe, sich mit den Dummheiten anderer abzugeben. Pluffles' Oberst hätte ihn zu seinem Regiment zurückkommandieren sollen, als er hörte, wie die Dinge lagen. Aber Pluffles hatte sich bei seinem letzten Heimatsurlaub mit einem Mädchen in England verlobt; und wenn es etwas gab, was der Oberst mehr als anderes verabscheute, so war es ein verheirateter Leutnant. Er lachte, als er von Pluffles' Dressur hörte, und sagte, das wäre »ein gutes Training für den jungen Mann«. Aber es war nichts weniger als ein gutes Training. Es verführte ihn dazu, mehr Geld auszugeben, als er hatte, und das war nicht wenig: aber noch schlimmer, es verdarb einen Durchschnittsmenschen und machte ihn zu einem weit tadelnswerteren Manne, weit unter dem Durchschnitt. Er war auf abschüssiger Bahn; und seine »kleine« Rechnung bei Hamilton war sehenswert.

Da nahm Frau Hauksbee sich der Sache an. Sie unternahm es ganz allein, da sie wohl wußte, wie man über sie klatschen würde; und sie unternahm es einem kleinen Mädchen zulieb, das sie nie gesehen hatte. Pluffles' Verlobte wurde im Oktober in Begleitung einer Tante erwartet, um mit Pluffles Hochzeit zu machen.

Anfang August wurde es Frau Hauksbee klar, daß es Zeit wäre, einzuschreiten. Ein guter Reiter weiß genau, was ein Pferd im nächsten Augenblick machen wird. Ebenso weiß eine Frau von Frau Hauksbees Erfahrungen ganz genau, wie ein junger Mann sich unter bestimmten Umständen betragen wird, – besonders wenn er von einer Frau vom Schlage Frau Reivers betört ist. Sie sagte, daß der kleine Pluffles früher oder später seine Verlobung aufgeben würde für nichts und wieder nichts – nur einer Laune von Frau Reivers zulieb; die ihn zum Dank dafür zu ihren Füßen und in ihrem Dienst dulden würde, solange es ihr Spaß machte. Sie sagte, sie kenne die Anzeichen solcher Ereignisse. Und wenn sie nicht, wer denn sonst!

Und dann machte sie sich daran, ihn unter dem Feuer der feindlichen Geschütze einzufangen; ebenso wie Frau Cusack-Bremmil sich Bremmil einfing unter Frau Hauksbees Augen.

Das dauerte sieben Wochen – wir nannten es den »Siebenwöchigen Krieg« – um jeden Zollbreit wurde von beiden Seiten hart gekämpft. Ein genauer Bericht würde ein ganzes Buch füllen und trotzdem noch unvollständig sein. Jeder, der mit solchen Sachen Bescheid weiß, kann selber die Einzelheiten einfügen. Es war ein großartiger Kampf – wie es nie wieder einen geben wird, solange Jakko steht – und Pluffles war der Siegespreis. Die Leute sagten abscheuliche Dinge über Frau Hauksbee. Sie wußten ja nicht, wofür sie kämpfte. Frau Reiver kämpfte, teils weil Pluffles sehr brauchbar für sie war, aber hauptsächlich weil sie Frau Hauksbee haßte, und der ganze Kampf war eine Kraftprobe für beide. Niemand weiß, was Pluffles sich dabei dachte. Er hatte schon in seinen guten Zeiten keinen Überfluß an Gedanken, und die paar, die er hatte, stiegen ihm zu Kopf. Frau Hauksbee sagte: »Man muß den Jungen kriegen, und das einzige Mittel, ihn zu kriegen, ist, gut gegen ihn zu sein.«

So behandelte sie ihn wie einen Mann von Welt und Erfahrung, solange der Ausgang des Kampfes zweifelhaft war. Ganz allmählich fiel Pluffles von seiner Herrin ab und ging zum Feinde über, der ihn soviel höher einschätzte. Er wurde nie mehr auf Außendienst nach Rikschas geschickt, es wurden ihm nicht Tänze versprochen, die nie getanzt wurden, auch wurde seine Börse nicht mehr in Anspruch genommen. Frau Hauksbee legte ihm Zügel an; und nach seinen Erfahrungen in Frau Reivers Händen wußte er die Veränderung wohl zu schätzen.

Frau Reiver hatte ihm abgewöhnt, von sich selbst zu reden, und hatte ihn dazu erzogen, nur über ihre Vorzüge zu sprechen; Frau Hauksbee machte es anders und gewann dadurch sein Vertrauen, so daß er ihr von seiner Verlobung mit dem Mädchen in der Heimat erzählte; er sprach in hochfahrendem und überlegenem Ton davon, als von einem »dummen Jungenstreich«. Das geschah, als er eines Nachmittags bei ihr zum Tee war und, nach seiner Meinung, lebhaft und geistreich mit ihr plauderte. Frau Hauksbee hatte schon eine frühere Generation seiner Art knospen, blühen und zu dicken Hauptleuten und tonnendicken Majoren werden sehen.

Bei bescheidener Schätzung hatte der Charakter dieser Dame dreiundzwanzig verschiedene Seiten. Einige behaupten viel mehr. Sie fing an, wie eine Mutter mit Pluffles zu sprechen, als ob ihr Altersunterschied dreihundert und nicht fünfzehn Jahre betrüge. Sie sprach mit leise vibrierenden

Kehllauten, das wirkte besänftigend, obwohl das, was sie sagte, alles andere als besänftigend war. Sie hob hervor, wie ungeheuer töricht, um nicht zu sagen niedrig Pluffles' Verhalten wäre, und wie eng seine Anschauungen. Da stotterte er etwas von »als Mann von Welt seinem eigenen Urteil trauen« hervor; und das bereitete ihrem nächsten Angriff vortrefflich den Weg. Wenn eine andere Frau es gesagt hätte, würde es Pluffles vollständig vernichtet haben; aber in der girrenden Art, wie Frau Hauksbee es vorbrachte, erweckte es in ihm nur das Gefühl von Schwäche und Reue – wie bei einem besonders feierlichen Gottesdienst. Nach und nach, ganz zart und vorsichtig, unternahm sie es, Pluffles den Eigendünkel zu nehmen, wie man vor dem Aufarbeiten die Stäbe aus einem Schirm nimmt. Sie sagte ihm ihre Meinung über ihn, sein Urteilsvermögen und seine Weltkenntnis, und wie lächerlich er sich durch sein Benehmen gemacht hätte, und daß er auch ihr den Hof machen würde, wenn sie es zuließe. Und dann sagte sie, daß eine Heirat erst etwas aus ihm machen würde, und malte ein so nettes Zukunftsbild – rosig und schimmernd – von der künftigen Frau Pluffles, die sich immer auf das »Urteil« und die »Weltkenntnis« eines Gatten verlassen würde, der sich nichts vorzuwerfen hätte. Wie sie beides in Einklang brachte, das wußte nur sie allein. Pluffles fiel es nicht weiter auf, daß da ein Widerspruch war.

Es war wirklich eine vollkommene kleine Predigt – viel besser als ein Pastor sie hätte halten können – sie schloß mit rührenden Anspielungen auf Pluffles' Mama und Papa, und wie klug es wäre, mit der jungen Frau wieder in die Heimat zurückzugehen. Dann schickte sie Pluffles spazieren, um über alles Gesagte nachzudenken. Pluffles ging, schneuzte sich energisch und hielt sich sehr gerade. Frau Hauksbee lachte.

Was Pluffles in bezug auf seine Verlobung für Absichten gehabt hatte, das wußte nur Frau Reiver, und sie schwieg zeitlebens darüber. Ich glaube, sie hätte die Aufhebung der Verlobung gern gesehen als eine Huldigung für sich.

Pluffles hatte in den nächsten Tagen den Genuß vieler Gespräche mit Frau Hauksbee. Sie bezweckten alle das Gleiche und halfen Pluffles, auf dem Pfade der Tugend fortzuschreiten.

Frau Hauksbee wollte ihn bis zuletzt unter ihren Flügeln behüten. Darum war sie ganz gegen seinen Plan, zur Hochzeit nach Bombay zu fahren. »Gott weiß, was alles unterwegs passieren kann!« sagte sie. »Auf Pluffles liegt Rubens' Fluch, und Indien ist nicht das Richtige für ihn.«

Schließlich kam die Braut mit der Tante an; und Pluffles, der seine Verhältnisse einigermaßen wieder in Ordnung gebracht hatte – auch dabei half ihm Frau Hauksbee –, heiratete.

Frau Hauksbee atmete erleichtert auf, als beide ihr »ja« gesprochen hatten, und ging ihrer Wege.

Pluffles befolgte ihren Rat und ging in die Heimat zurück. Er verließ den Militärdienst und züchtet jetzt zwischen Hekken irgendwo daheim geflecktes Rindvieh. Sicherlich tut er das mit sehr viel »Urteil«. Hier in Indien würde er sehr unglücklich geworden sein.

Wenn daher jemand etwas besonders Ungezogenes von Frau Hauksbee sagt, so möge man ihm die Geschichte von Pluffles' Rettung erzählen.

Cupidos Pfeile

Hier ist ein Loch, wo sich der Büffel kühlt.
Hier liegt ein Klotz, den man erst sieht, wenn man ihn fühlt.
Der Weg ist von den Ratten kreuz und quer durchwühlt.
Wie schlau der Fluß das Ufer durchminiert,
Und wie die Aloe dir sticht in Ferse und in Bauch,
Spring, wer es mit dem ungezähmten Gaul riskiert,
Doch besser wähl den Weg, der weit ums Ungewisse führt!
Horch! wie es von der Spitze ruft:
»Zur Seite, Jungens! Hier ist dicke Luft!«

Die Peora-Jagd

Einst lebte in Simla ein sehr schönes Mädchen; sie war die Tochter eines armen, aber sehr ehrenwerten Kreisrichters. Sie war ein gutgeartetes Kind, aber es war nicht gut möglich, daß sie ihre Macht nicht bemerkte und sie benutzte. Ihre Mama war sehr um die Zukunft ihrer Tochter besorgt, wie es alle guten Mamas sein sollten.

Wenn einer Regierungsrat und Junggeselle ist und das Recht hat, Fruchttörtchen-Orden aus Gold und Emaille auf seinem Rock zu tragen, und den Vortritt vor allen hat außer einem Mitglied des Staatsrats, dem Vizegouverneur oder dem Vizekönig, dann ist er es wert, geheiratet zu werden. Wenigstens behaupten die Damen das. In Simla gab es damals einen Regierungsrat, der alles, was ich eben genannt habe, war und trug und tat. Er sah nicht gut aus, ja, war geradezu häßlich – mit zwei Ausnahmen der häßlichste Mann in ganz Asien. Sein Gesicht war so, wie man es wohl im Traum sieht und nachher in einen Pfeifenkopf schnitzen möchte. Er hieß Saggott – Barr-Saggott – Anthony Barr-Saggott mit sechs Titeln. Beruflich war er einer der tüchtigsten Männer in der Indischen Regierung. Gesellschaftlich war er ein grinsender Gorilla.

Als er anfing, Fräulein Beighton auszuzeichnen, hat Frau Beighton sicherlich vor Freude über den Segen, den die Vorsehung ihr in ihrem Alter sandte, geweint.

Herr Beighton schwieg. Er war sehr für die Ruhe.

Ein Regierungsrat ist sehr reich. Sein Einkommen übersteigt selbst die Träume der Habsucht – es ist so fabelhaft groß, daß er zusammenkratzen und sparen kann, in einer Weise, die ein Mitglied des Staatsrates beinah in Mißkredit bringen würde. Die meisten Regierungsräte sind knauserig; aber Barr-Saggott machte eine Ausnahme. Er war von fürstlicher Gastfreiheit; er hielt sich schöne Pferde, gab Bälle, bedeutete eine Macht im Lande und trat dementsprechend auf.

Man bedenke, daß alles, was ich erzähle, sich in einer fast prähistorischen Zeit der Geschichte Britisch-Indiens abspielte. Vielleicht erinnern sich noch einige Leute an die Jahre vor der Geburt des Tennis, wo wir alle Croquet spielten. Es gab aber, kaum glaublich, noch frühere Zeiten, als sogar das Croquet noch nicht erfunden war, wo das Bogenschießen – das in England um 1844 wieder auflebte – eine ebensolche Seuche war wie heute das Lawn-Tennis. Man sprach ebenso sachverständig von »Griff« und »Abschuß«, »Sehnen«, »Reflexbogen«, »Bogenspannung« oder »Eibenholzbogen«, wie wir heute von »angeben«, »aus der Luft parieren«, »scharfen Bällen«, »zurückgeben« und »Schläger No. 16« sprechen.

Fräulein Beighton schoß auf Damen-Distanz – d. h. 60 Ellen – himmlisch und war als beste Bogenschützin in Simla bekannt. Die Herren nannten sie »Die Diana von Tara-Devi«.

Barr-Saggott war ganz besonders aufmerksam gegen sie; und das Herz ihrer Mutter war infolgedessen, wie ich schon gesagt habe, geschwellt vor Wonne. Kitty Beighton sah die Sache kühler an. Sicherlich war es angenehm, von einem mit Titeln behafteten Regierungsrat ausgezeichnet zu werden und die Herzen anderer Mädchen mit Neid zu erfüllen. Aber die Tatsache, daß Barr-Saggott phantastisch häßlich war, ließ sich nicht aus der Welt schaffen; und alle seine Versuche, sich schön zu machen, ließen ihn nur noch grotesker erscheinen. Er wurde nicht ohne Grund der *Langur* – was »grauer Affe« bedeutet – genannt. Kitty fand es angenehm, ihn zu ihren Füßen zu haben; aber schöner war es doch, ihm aus dem Wege zu gehen und mit dem Schlingel Cubbon – der bei den Dragonern in Umballa stand – auszureiten, dem Jungen mit dem hübschen Gesicht und den geringen Aussichten. Kitty liebte Cubbon nicht wenig, und er machte keinen Augenblick ein Hehl daraus, daß er bis über die Ohren in sie verliebt war; denn er war ein offenherziger Junge. So floh Kitty denn hin und wieder vor Barr-Saggotts würdevollem Hofieren in Cubbons Gesellschaft, wofür ihre Mama sie tüchtig ausschalt. »Aber Mutter«, sagte sie, »Herr Barr-Saggott ist doch so ein – ist so – so abschreckend häßlich!«

»Liebes Kind«, sagte Frau Beighton mit frommem Augenaufschlag, »wir sind alle so, wie der Allmächtige Gott uns geschaffen hat. Und dann hast du sogar vor deiner eigenen Mutter den Vortritt. Bedenke das und sei verständig.«

Dann warf Kitty den Kopf in den Nacken und sprach sehr respektlos von Vortritt-haben und Regierungsräten und Heiraten. Herr Beighton kratzte sich bloß den Kopf; denn er war für die Ruhe.

Gegen Ende der Saison hielt Barr-Saggott die Zeit für gekommen, einen Plan zu entwerfen, der seinen administrativen Fähigkeiten alle Ehre machte. Er veranstaltete ein Damenbogenschießen und setzte als Preis ein sehr kostbares diamantenbesetztes Armband aus. Er setzte die Bedingungen sehr sorgfältig fest, und jedermann sah, daß das Armband Fräulein Beighton zugedacht war, und daß der Regierungsrat Barr-Saggott mit dem Armband Hand und Herz verschenkte. Die Bedingungen waren eine »St.-Leonhards-Runde« – sechsunddreißig Schuß auf sechzig Ellen Entfernung – genau nach den Regeln der Bogenschützengilde von Simla.

Ganz Simla war eingeladen. Unter den Deodarbäumen in Annandale, wo jetzt die Tribüne ist, waren schön gedeckte Teetische aufgestellt; und einsam in seiner Pracht blinkte in der Sonne in einem blauen Samtetui das Diamantenarmband. Fräulein Beighton sehnte – fast zu ungeduldig – den Wettkampf herbei. Am festgesetzten Nachmittage ritt ganz Simla nach Annandale hinaus, um das umgekehrte Urteil des Paris mitzuerleben. Kitty ritt mit dem jungen Cubbon, und man konnte unschwer sehen, daß er sehr niedergedrückt war. Man muß ihn für ganz unschuldig an allem Folgenden halten. Kitty war blaß und aufgeregt und blickte lange das Armband an. Barr-Saggott war sehr prächtig gekleidet, er war fast noch aufgeregter als Kitty und sah noch abscheulicher aus als sonst.

Frau Beighton lächelte herablassend, wie es sich für die Mutter einer einflußreichen Regierungsratsgattin geziemte;

und das Schießen begann. Alles umstand den Platz im Halbkreis, während die Damen eine nach der anderen vortraten.

Nichts ist langweiliger als ein Wettschießen. Sie schossen und schossen, und schossen immer noch, als die Sonne das Tal verließ und ein leichter Wind die Bäume bewegte, und alle Zuschauer warteten, daß Fräulein Beighton schießen – und gewinnen würde. Cubbon stand an dem einen Ende des Halbkreises, Barr-Saggott am anderen. Fräulein Beighton stand als letzte auf der Liste. Bisher war der Erfolg beim Schießen gering gewesen, so war ihr das Armband plus Regierungsrat Barr-Saggott sicher. Der Regierungsrat spannte ihren Bogen mit höchsteigener Hand. Sie trat vor, blickte auf das Armband, und ihr erster Pfeil traf haarscharf mitten ins Zentrum von »Gold« – das zählte neun Punkte.

Der junge Cubbon auf dem linken Flügel wurde leichenblaß, und Barr-Saggott gab sein böser Geist ein, zu lächeln. Und wenn Barr-Saggott lächelte, scheuten alle Pferde. Kitty sah das Lächeln. Da blickte sie nach links hinüber, nickte Cubbon fast unmerklich zu und schoß weiter.

Ich wollte, ich könnte die Szene, die jetzt folgte, beschreiben. Sie war ganz außergewöhnlich und höchst unpassend. Fräulein Beighton zielte und schoß mit großer Ruhe und Überlegung, so daß jeder deutlich ihr Tun beobachten konnte. Sie war eine vollendete Schützin, und der Bogen war wie für sie gemacht. Viermal hintereinander flogen ihre Pfeile – sorgfältig gezielt – in das hölzerne Gestell der Scheibe, einmal in ihren oberen Rand; alle Damen sahen einander an. Dann gab sie zur Abwechslung einige Schüsse auf »Weiß« ab, das getroffen gerade einen Punkt zählt. Sie schickte fünf Pfeile ins Weiße. Es war wundervoll geschossen; aber da sie doch »Gold« treffen und das Armband gewinnen sollte, nahm Barr-Saggott eine lindgrüne Farbe an wie junge Wasserpflanzen. Darauf schoß sie zweimal über die Scheibe hinweg, zweimal nach links weit vorbei – immer mit der gleichen Ruhe und Überlegung –, während eine eisige Stille bei den Zuschauern herrschte und Frau Beighton ihr Taschentuch zog. Dann schoß Kitty in die Erde vor die Scheibe und zersplitterte mehrere Pfeile. Dann zielte und traf sie ins »Rote« – sieben Punkte – nur um zu zeigen, was sie konnte, wenn sie wollte, und endete ihre erstaunliche

Vorstellung mit einigen weiteren Schüssen aufs Geratewohl auf das Scheibengerüst. Es folgt ihre aufgezeichnete Schießleistung:

	gold	rot	blau	schwarz	weiß	Summe der Treffer	Summe der Punkte
Frl. Beighton:	1	1	0	0	5	7	21

Barr-Saggott sah aus, als ob die letzten Pfeile ihm und nicht der Schießscheibe in die Beine gefahren wären, und das tiefe Schweigen wurde von einem kleinen stumpfnäsigen, sommersprossigen, halberwachsenen Mädchen unterbrochen; es rief mit schriller Stimme triumphierend aus: »Ich hab' gewonnen!«

Frau Beighton gab sich alle Mühe, sich zu beherrschen; aber sie weinte doch vor allen Leuten. Bei solcher Enttäuschung versagt die gute Erziehung. Kitty entspannte ihren Bogen mit einem boshaften Ruck und ging an ihren Platz zurück, während Barr-Saggott sich bemühte, so zu tun, als ob es ihm Freude machte, das Armband an dem rauhen, roten Handgelenk der Stumpfnäsigen zu befestigen. Es war eine peinliche, eine sehr peinliche Szene. Alle beeilten sich, gleichzeitig fortzukommen, und überließen Kitty der Gnade ihrer Mama.

Aber Cubbon begleitete sie schon, und – das übrige ist nicht wert, gedruckt zu werden.

Die drei Musketiere

Und als die Geschichte losging, wir jagten den frechen Afghan
Und die verfluchten Ghazis, wie türmten sie, die Kerls!
Und rein nach Kabul ging es, wir nahmen Balar 'Issar,
Und wir lehrten sie Respekt vor dem britischen Soldat.

Kasernenlied

Mulvaney, Ortheris und Learoyd waren Gemeine in der B-Kompagnie eines Linienregimentes und meine persönlichen Freunde. Die drei zusammen sind, glaube ich, bin mir aber nicht ganz sicher, die schlimmsten Leute im Regiment, wenn es sich um dumme Streiche handelt.

Als wir neulich in Umballa im Wartezimmer auf den Zug warteten, erzählten sie mir diese Geschichte. Ich stiftete das Bier. Die Erzählung war mit sechs Litern nicht zu teuer bezahlt.

Jeder kennt natürlich Lord Benira Trig. Er ist Herzog oder Graf oder so etwas, jedenfalls von hohem Adel und Mitglied des Oberhauses; dazu ein Globetrotter. Aber in diesen drei Eigenschaften, sagt Ortheris, »is er nich viel wert«. Er war auf drei Monate hierhergekommen, um Material für ein Buch über »Unsere Schwierigkeiten im Osten« zu sammeln, er quartierte sich bei jedem ein und kam überall ungelegen wie ein Kosak in einer Abendgesellschaft.

Er hatte eine ganz besondere Vorliebe dafür – weil er, wie ich annehme, ein Radikaler war –, die Besatzung der Garnisonen zur Besichtigung antreten zu lassen. Hinterher pflegte er mit dem Kommandierenden zu essen und bei Tisch in Gegenwart aller Offiziere in beleidigenden Worten das Aussehen der Truppen zu kritisieren. So war Benira.

Aber einmal trieb er es doch zu toll. An einem Dienstag kam er ins Kantonnement von Helanthamie; am Mittwoch wollte er in den Läden Einkäufe machen, und am Donnerstag sollten auf seinen »Wunsch« die Soldaten antreten. Am – Donnerstag! dem Ruhetag! Der Kommandierende konnte es ihm nicht gut abschlagen, denn Benira war ja ein Lord. Die Leutnante hielten eine Protestversammlung im Kasino ab und schimpften auf den Obersten.

»Abers was so ne richtige Demonstratschon war«, sagte Mulvaney, »die war in die Kaserne; und wir drei war'n die Vorsitzenden.«

Mulvaney kletterte auf den Schanktisch, machte sich's beim Bier bequem und fuhr fort; »Als alle fein ingang war'n, un die ganze Kompagnie dafür war, diesen Kerl, den Trig, auf den Exerzierplatz abzumurksen, da kriegt Learoyd sein Helm her und sagt – was hast du man noch gesagt?«

»Ich hab gesagt«, sagte Learoyd, »Kleingeld her, Jungs. Wir müssen sammeln, denn wird die Parade abgesagt, un wenn sie nich abgesagt wird, denn kriegt ihr euer Geld retour. Das hab ich gesagt. Die ganze Kompagnie kannte mich ja, da kriegt ich 'ne Masse Geld – vier Rupien, acht Annas war'n da – und ich ging raus, um da über nachzudenken. Mulvaney und Ortheris gingen mit.«

»Wir drei wer'n auch mit'n Teufel fertig, und wenn er doppelt kommt«, erklärte Mulvaney.

Hier unterbrach Ortheris. »Lesen Sie die Zeitung?«

»Manchmal«, sagte ich.

»Wir lesen ihr, und wir haben ein großartigen Überfall ausgedacht, so 'ne richtige – Verführung.«

»Entführung, du Schafskopf«, sagte Mulvaney.

»Entführung oder Verführung – das is egal. Na, wir machten also ab, wir wollten Herrn Benira aus'n Weg schaffen, bis der Donnerstag vorbei war, er sollte was anders zu tun kriegen, als sich um 'ne Parade zu scheren. Un ich hab noch gesagt: – Bei das Geschäft soll'n noch'n paar Rupien für uns bei abfallen, sag ich.«

»Wir haben Kriegsrat gehalten«, fuhr Mulvaney fort, »und sind dabei immer um die Artilleriekaserne rumgegangen. Ich war Präsident, Learoyd war Finanzminister, und der kleine Ortheris war –«

»Der reinste Bismarck! Ich paßte auf, daß sich das ganze Theater bezahlt machte.«

»Dieser Kerl von Benira, der immer überall is«, sagte Mulvaney, »hat uns selber am meisten geholfen; denn, meiner Seel', wir hatten nich die blasseste Ahnung, wie die Schose nu anfangen sollte. Da kam er zu Fuß angegangen und kaufte ein. Das wurde schon ein büschen schummrig, und wir stellen uns hin und passen auf, wie der kleine Mann in die

Läden rein- und wieder raushopst, und wie er sich abmaracht, daß die Negers ihn verstehen sollen. Da kommt er auf einmal ran, die ganzen Arme voll Kram, und sagt so recht wichtig und streckt seinen kleinen Bauch dabei vor: ›Na, Leute‹, sagt er, ›habt ihr den Herrn Oberst seine Kutsche nich gesehn?‹ – ›Kutsche?‹ sagt Learoyd, ›hier is keine Kutsche, bloß 'ne *Ekka.*‹ ›Was is das?‹ sagt Trig. Learoyd zeigt ihn eine auf der Straße, da sagt er: ›O, wie echt orientalisch! Ich will mit eine *Ekka* fahren.‹ Da merk ich, daß unser Regimentsheiliger uns Trig mit Haut un Haar ausliefern will. Ich lauf hinter ne *Ekka* her und sag zu den Deubel von Kutscher: ›Du schwarzer Hund‹, sag ich, ›da kommt gleich ein Sahib für deine *Ekka.* Er will *jildi* nach die Padsahi-Sümpfe‹ – die war'n sowas zwei Meilen weit weg –, ›und will Schnepfen – *chirria* – schießen. Du fährst wie der Deubel, verstanden? Brauchs nich mit den Sahib zu sprechen, er versteht dich doch nich. Wenn er was sagt, denn hör da nich auf un fahr zu; verstanden? Die erste Meile fahr noch nich so schnell, aber dann fährst du drauf los und je doller du peitschst und je lauter du brüllst, um so lieber is es den Sahib; un hier is 'ne Rupie extra für dich.‹ Der *Ekka*mann kapiert gleich, daß da was Besonderes los war. Er grinst und sagt: ›*Bote achee!* Ich fahren wie Teufel.‹ Ich kniff den Daumen, daß der Wagen vom Oberst nich ankäm, eh unser lieber kleiner Benira mit Gottes Hilfe unterwegs war. Der kleine Mann tut all sein Kram in die *Ekka* und tründelt denn selber rein, wie ein fettes Meerschweinchen; und gibt uns nich mal ein Trinkgeld, wo wir ihn doch geholfen hatten nach Hause zu kommen. ›So, der is unterwegs nach die Padsahi-Sümpfe‹, sag ich zu die andern.«

Ortheris fuhr in der Erzählung fort:

»Da kam grad der kleine Buldoo vorbei, der ein Sohn von ein *Sais* bei der Artillerie is, – das hätt ein feinen Zeitungsjungen in London abgegeben, sag ich Ihnen, fix war er und überall mitten mang. Der hatte gesehen, wie wir den Herrn Benira in seine provisorische Kutsche reinbugsiert hatten, un er sagt: ›Was habt ihr bloß gemacht, Sahibs‹, sagt er. Learoyd faßt ihn beis Ohr und sagt: –«

»Ich sag«, fuhr Learoyd fort, »›junger Mann, der Mann da will an Donnerstag die Kanonen raus haben, ja, und hier gibt's Arbeit für dich, junger Mann. Nimm dich ein Pony un ein Stock, un reit, was du kannst, nach die Padsahi-Sümpfe. Hol die *Ekka* ein un sag den Kutscher, er soll runter, du wills fahren. Der Sahib is ein kleiner Kerl un versteht eure Sprache nich. Dann fahr die *Ekka* in die Padsahi-Sümpfe, direkt ins Wasser. Da laß den Sahib sitzen un lauf nach Haus; un hier is ne Rupie für dich.‹«

Nun fingen Mulvaney und Ortheris abwechselnd, bruchstückweise zu erzählen an. Mulvaney begann (im übrigen muß man, so gut man kann, selbst den Erzähler herausfinden): »Buldoo, der kleine Teufel, wußt' gleich Bescheid, – er sagt nix un schert sich weg – er zwinkert so mit'n Auge – aber ich sag', da kann man noch was bei verdienen – un ich wollt gern das Ende von den Feldzug sehn – un da sag ich, denn laß uns doch fix hin nach die Padsahi-Sümpfe – un den kleinen Mann retten, daß er nich von den bösen Buldoo tot gemacht wird – un denn erscheinen wir wie richtige Befreier in ein Theaterstück – un wir sausen ab nach die Sümpfe, un da war ein Teufelsradau hinter uns, drei Burschen galoppieren wie toll an uns vorbei – wahrhaftig, Buldoo hat ne richtige Räuberbande mobil gemacht – damit die Schose auch stülvoll is. Un wir jachtern los, un die jachtern, un wir platzen bald vor Lachen, un denn kommen wir nach die Sümpfe – un hören melankolsche Klagelaute durch die stille Luft tönen.« (Ortheris wurde unter der Einwirkung des Bieres poetisch. Das Duett fing wieder an; wieder begann Mulvaney:)

»Denn hör'n wir Buldoo, den Räuber, den Kutscher was zubrüllen, un einer von die Teufelskerls haut mit sein Knüppel auf das Verdeck von die *Ekka,* un drinnen schreit Benira Trig ›Räuber, Mörder!‹ Buldoo nimmt die Zügel un fährt wie rasend auf das Wasser zu, als er den Kutscher abgesetzt hat – der kommt zu uns un sagt, ›der Sahib‹, sagt er, ›is halb tot vor Angst! Was für ne Geschichte habt ihr da angestellt?‹ – ›Alles in Ordnung‹, sagen wir, ›steig auf das Pony un komm mit. Der Sahib is überfallen, un wir wollen ihm retten!‹ Da sagt der Kutscher: ›Überfallen! Unsinn überfallen. Das is ja Buldoo.‹ – ›Zum Teufel mit Buldoo‹, sag'n wir; ›das is ein wilder Heide aus die Berge. Acht von der Sorte sind über den Sahib hergefallen. Vergiß das nich, denn kriegst du auch noch ne Rupie!‹ Da hören wir, wie die *Ekka* vom Wege abfährt un ins Wasser platscht, un wie Benira Trig Gott bittet, ihn seine Sünden zu vergeben, un Buldoo un seine Freunde planschen ins Wasser wie Jungs im Karpfenteich.«

Hier zogen sich die drei Musketiere gleichzeitig hinter ihr Bier zurück.

»Na? Und da?« fragte ich.

»Und da?« antwortete Mulvaney sich den Mund wischend; »glauben Sie, daß drei tapfere Soldaten wie wir den Stolz des Oberhauses kläglich ersaufen lassen? Wir stellen uns zum Kampf auf und rücken gegen den Feind vor. Un da konnt man zehn Minuten lang sein eigen Wort nich verstehen. Das Pony schreit mit Benira Trig un Buldoo seine Armee um die Wette, un die Stöcke sausen um die *Ekka,* un Ortheris trommelt mit die Fäuste aufs Verdeck, un Learoyd ruft gellend: Achtung! Sie haben Messer! Un ich hau in Dunkeln um mich un kämpf gegen ne ganze Armee von Heiden. Moses un die Propheten! Es war ein verzweifelten Kampf. Nach einige Zeit ergreifen Buldoo und seine Freunde die Flucht. Haben Sie schon mal gesehen, wenn ein richtigen lebendigen Lord seine Adligkeit einen Meter tief unter braunes Schlammwasser versteckt? Er sah gradaus un zitterte wie ein lebendigen gefüllten Wasserschlauch. Es dauerte lange, bis wir Freund Benira klarmachten, daß er nich abgemurkst war, un noch länger dauerte es, die *Ekka* rauszukriegen. Der Kutscher kam an, als der Kampf vorbei war, un schwor, daß er geholfen hatte, den Feind zurückzutreiben. Benira war ganz krank von die Angst. Wir brachten ihn zurück nachs Quartier, ganz langsam natürlicherweise, damit die Kälte so recht in ihn eindringen konnte. Un sie is eingedrungen! Gelobt sei der Regimentsheilige, sie is den Lord bis ans Mark gedrungen!«

Da sagte Ortheris langsam mit ungeheurem Stolz: »Er sagt, ›ihr seid meine edlen Retter‹, sagt er. ›Ihr macht dem britischen Heer Ehre‹, sagt er. Un denn beschreibt er die schreckliche Räuberbande, die über ihn hergefallen is. Da sind sowas vierzig Mann gewesen, un er is von der Übermacht überwältigt; aber seine Geistesgegenwart hat er auch nich einen Momang verloren, ganz gewiß nich. Er gab den Kutscher fünf Rupien für seinen edlen Beistand, un er sagt, wir sollten noch von ihn hören, wenn er mit dem Oberst gesprochen hätte. Denn wir machten den Regiment Ehre, ja, das täten wir.«

»Un wir drei«, sagte Mulvaney mit einem Engelslächeln, »haben mehr als einmal die ganz be-son-de-re Aufmerksamkeit von Bobs Bahadur auf uns gelenkt. Aber er is wirklich ein guten kleinen Kerl. Erzähl weiter, Ortheris, mein Sohn.«

»Denn brachten wir ihn sehr krank in den Oberst sein Haus, un wir rennen in die Kaserne der B-Kompagnie rüber un erzählen, daß wir Benira vor ein blutiges Ende bewahrt haben, un daß da wenig Aussicht für eine Parade am Donnerstag wär. Un so zehn Minuten danach kommen drei Briefe, einer für jeden von uns. Warraftig, der alte Schafskopf schickt jeden von uns ein Goldstück! Am Donnerstag lag er ins Hospital un erholt sich von sein blutiges Zusammentreffen mit eine Heidenbande. Un die ganze B-Kompagnie soff sich einen an auf sein Wohl. So gab es denn keine Donnerstagsparade. Aber als der Oberst von unsre heldenmütige Aufführung hörte, da sagt er: ›Ich weiß, da is irgend ne Teufelei dabei‹, sagt er, ›aber ich kann euch drei das nich beweisen.‹«

»Un meine Privatmeinung is«, sagte Mulvaney, kam vom Schenktisch herunter und kehrte sein Glas um, »sie hätten uns nich belangt, wenn sie es auch gewußt hätten. Denn Parade halten an ein Donnerstag – das schlägt ja allens ins Gesicht, erstens die Natur, zweitens das Reglement und drittens den Willen von Terence Mulvaney!«

»Gut, mein Sohn!« sagte Learoyd. »Aber, junger Herr, was soll denn Ihr Notizbuch?«

»Laß ihn«, sagte Mulvaney; »in ein Monat sind wir schon aufm Schiff unterwegs. Der Herr will uns berühmt un unsterblich machen. Aber halten Sie dicht, bis wir aus die Schußweite von Freundchen Bobs Bahadur sind.«

Und ich habe Mulvaneys Befehl gehorcht.

Die günstige Gelegenheit

Einen Haufen Köpfe häuft er,
Dreißigtausend Köpfe auf,
Seiner Liebsten zu gefallen,
Wo der Oxus läuft vorbei.
Grimmig sprach Atulla Khan:
»Liebe machte ihn zum Manne.«
Oattas Geschichte

Wenn man immer geradeaus geht, weit fort von Gesellschaften, Festlichkeiten, Bällen – fort von Freunden und Bekannten, von allem, was zum gut bürgerlichen Leben gehört – dann kommt man schließlich an die Grenze, wo jeder Tropfen weißen Blutes aufhört und die volle Flut des schwarzen einsetzt. Es ist leichter, sich aus dem Stegreif mit einer neugebackenen Herzogin zu unterhalten als mit den Menschen in diesem Grenzgebiet, ohne daß man gegen ihre Sitte verstößt oder ihre Gefühle verletzt. Schwarz und weiß mischt sich eigentümlich in ihrem Wesen. Manchmal zeigt sich das Weiße in plötzlichen Ausbrüchen eines ungestümen kindischen Stolzes – verbogener Rassenstolz – und manchmal das Schwarze in noch ungestümerer Selbsterniedrigung und Demütigung, halbheidnischen Gebräuchen und seltsamen unerklärlichen Neigungen zum Verbrechen. Eines Tages wird dies Volk – das wohlverstanden noch tiefer steht, als die Menschenklasse, aus der Derozio, Byrons Nachahmer, stammte – einen Schriftsteller oder Dichter hervorbringen; und dann werden wir erfahren, wie es lebt und was es empfindet. So lange kann keine Erzählung von ihm absolut richtig sein, weder in den Tatsachen noch in den Folgerungen.

Fräulein Vezzis kam von jenseits dieser Grenzlinie, um bis zur Ankunft einer ausgebildeten Kinderpflegerin über die Kinder einer Dame die Aufsicht zu übernehmen. Die Dame sagte, Fräulein Vezzis wäre ein schlechtes und schmutziges Kindermädchen und sehr unzuverlässig. Es fiel ihr nie ein, daß Fräulein Vezzis auch ihr eigenes Leben lebte und mit eigenen Sorgen zu tun hatte, und daß diese ihre eigenen Angelegenheiten für Fräulein Vezzis das Allerwichtigste auf der Welt waren. Sehr wenige Herrinnen lassen sich auf solche Erwägungen ein. Fräulein Vezzis war schwarz wie ein Stiefel und nach unsern Begriffen abschreckend häßlich. Sie trug bedruckte Kattunkleider und ausgetretene Schuhe; und wenn sie mit den Kindern böse wurde, schalt sie sie in der Sprache des Grenzlandes, einem Gemisch von Englisch, Portugiesisch und der Eingeborenensprache. Sie war wirklich nicht anziehend; aber sie hatte ihren Stolz und wollte mit »Fräulein Vezzis« angeredet werden.

Jeden Sonntag machte sie sich fein und besuchte ihre Mama, welche meistens in einem fettigen alten seidenen Morgenrock auf einem alten Korbsessel saß, in ihrem Hause, in dem es wimmelte wie in einem Kaninchenstall. Da lebten die Vezzis', Pereiras, Ribieras, Lisboas und Gonsalveses und eine ständig wechselnde Gesellschaft von Müßiggängern; und überall waren Spuren des täglichen Lebens, es roch nach Knoblauch und schalem Weihrauch, Kleider lagen auf der Erde, Unterröcke hingen an Leinen als Vorhänge, da waren leere Flaschen, Zinnkruzifixe, getrocknete Strohblumen, herrenlose junge Hunde, Gipsfiguren der Jungfrau Maria und Hüte ohne Rand. Fräulein Vezzis bekam monatlich zwanzig Rupien für ihre Tätigkeit als Kindermädchen, und jede Woche zankte sie sich mit ihrer Mutter wegen der Prozente, die sie zum Haushalt beisteuern sollte. Wenn der Streit vorbei war, stieg regelmäßig Michele D'Cruze über den niedrigen Hofwall aus Unrat und machte Fräulein Vezzis in aller Förmlichkeit, wie es die Sitte im Grenzland verlangt, den Hof. Michele war ein armes schwächliches Gewächs und ganz schwarz; aber er hatte auch seinen Stolz. Um alles in der Welt ließ er sich nicht beim Rauchen einer *Huqa* sehen; und er sah mit einer Verachtung auf die Eingeborenen herab, wie es nur einer, der zu sieben Achteln einheimisches Blut in den Adern hat, tun kann. Auch die Familie der Vezzis hatte ihren Stolz. Sie leitete ihre Abkunft von einem mythischen Schienenleger her, der auf der Sone-Brücke gearbeitet hatte, als die Eisenbahn in Indien aufkam; und sie schätzten ihre englische Abstammung hoch ein. Michele war Telegraphist mit einem monatlichen Einkommen von fünfunddreißig Rupien. Die Tatsache, daß er Staatsbeamter war, machte Frau Vezzis nachsichtig gegen die Mängel seiner Herkunft.

Es ging nämlich die kompromittierende Sage – Dom Anna, der Schneider, brachte sie von Poonani mit – daß einst ein schwarzer Jude von Cochin in die Familie der D'Cruze hineingeheiratet hatte; und dann war es offenes Geheimnis, daß ein Onkel von Frau D'Cruze in einem Klubhaus in Südindien niedrige Küchenarbeit verrichtete! Er schickte Frau D'Cruze monatlich sieben Rupien, acht Annas; aber das hinderte sie nicht, die Schande, die er der Familie machte, lebhaft zu fühlen.

Nachdem aber einige Sonntage verstrichen waren, gewann Frau Vezzis es über sich, diesen Makel zu übersehen und ihre Einwilligung zu der Heirat ihrer Tochter mit Michele zu geben, unter der Bedingung, daß Michele wenigstens fünfzig Rupien monatliches Einkommen vorweisen könnte. Diese großartige Vorsicht ist sicherlich eine Erinnerung an das Blut des mythischen Schienenlegers aus Yorkshire; denn jenseits der Grenze setzen sonst die Leute ihren Stolz darein, zu heiraten, wenn sie Lust dazu haben, und nicht, wenn sie können.

Was aber Micheles Aussichten in seinem Beruf angeht, so hätte Frau Vezzis ebensogut von ihm verlangen können, fortzugehen und mit dem Mond in der Tasche wiederzukommen. Aber Michele war sehr in Fräulein Vezzis verliebt, und das half ihm auszuharren. Sonntags begleitete er Fräulein Vezzis in die Messe, und wenn er nach der Messe Hand in Hand mit ihr durch den heißen stickigen Staub nach Hause ging, schwur er bei vielen Heiligen, deren Namen nichts zur Sache tun, Fräulein Vezzis nie zu vergessen; und sie schwur bei ihrer Ehre und den Heiligen – der Schwur lautete ziemlich merkwürdig; »in nomine sanctissimae ...« (folgt der Name irgendeiner Heiligen) und so weiter, und er endete mit einem Kuß auf die Stirn, einem auf die linke Backe und einem auf den Mund – Michele niemals zu vergessen.

In der folgenden Woche wurde Michele versetzt, und Fräulein Vezzis' Tränen flossen auf das herabgelassene Fenster des Abteils für Mischlinge, ehe der Zug den Bahnhof verließ.

Wenn man einen Blick auf die Telegraphenkarte von Indien wirft, sieht man eine lange Linie parallel zur Küste von Backergunge bis nach Madras laufen. Michele war nach Tibasu, einer kleinen Nebenstation am ersten Drittel dieser

Linie, geschickt worden, um Nachrichten von Berhampur nach Chicacola weiterzugeben und an Fräulein Vezzis zu denken und an seine Aussichten, fünfzig Rupien monatlich im Dienst zu erhalten. Seine Gesellschaft waren das Brausen des Bengalischen Meerbusens und ein bengalischer Gehilfe; sonst nichts. Er schrieb törichte Briefe an Fräulein Vezzis, deren Umschläge er innen mit Kreuzen versah.

Als er fast drei Wochen in Tibasu gewesen war, kam die günstige Gelegenheit für ihn. Man darf nie vergessen, daß ein Eingeborener ebensowenig wie ein Kind begreifen kann, was Autorität bedeutet, oder was es heißt, ihr nicht zu gehorchen, wenn nicht die äußeren sichtbaren Zeichen unserer Autorität ihnen immer vor Augen sind. Tibasu war ein einsamer, kleiner Ort mit nur einigen Orissa-Mohammedanern. Diese hatten längere Zeit nichts vom Steuereinnehmer Sahib gehört, und weil sie den Hindurichter herzlich verachteten, beschlossen sie, auf eigene Faust eine kleine Rebellion zu inszenieren. Aber die Hindus stellten sich ihnen entgegen und schlugen ihnen die Köpfe blutig; als sie aber diese Gesetzlosigkeit ganz belustigend fanden, taten sich Hindus und Mohammedaner zusammen und machten eine Art Schildbürgerrevolution, bloß um zu sehen, was dabei herauskommen würde. Sie plünderten sich gegenseitig die Läden und trugen ihre persönlichen Feindschaften aus. Es war ein wenig schöner kleiner Aufstand, aber natürlich nicht wert, in die Zeitung gesetzt zu werden.

Michele arbeitete in seinem Büro, als er das Geräusch, das man in seinem Leben nicht wieder vergißt, hörte – das Johlen einer aufgebrachten Menschenmenge. (Wenn der Ton dieses Geräusches etwa drei Töne tiefer wird und sich in ein dumpfes Grollen verwandelt, dann macht, der es hört, wenn er allein ist, sich am besten dünne.) Der Polizeiinspektor, ein Eingeborener, kam hereingestürzt und erzählte Michele, daß die Stadt in hellem Aufruhr und unterwegs wäre, um die Telegraphenstation zu zerstören. Der Gehilfe setzte seine Mütze auf und verschwand geräuschlos durchs Fenster, während der geängstigte Polizeiinspektor seinem Rasseninstinkt, der auch noch den geringsten Tropfen »weißen« Blutes erkennt, gehorchend, sagte: »Was befiehlt der Sahib?«

Dieses »Sahib« war für Michele entscheidend. Obgleich er

sich entsetzlich fürchtete, spürte er, daß er, der Mann mit dem Juden aus Cochin und dem verachteten Mann im Stammbaum, in dieser Stunde der einzige war, der hier die englische Autorität repräsentierte. Dann dachte er an Fräulein Vezzis und die fünfzig Rupien und erfaßte die Situation. In Tibasu gab es sieben eingeborene Polizisten, die hatten zusammen vier baufällige glattläufige Musketen. Alle waren grau vor Angst, aber gehorchten doch noch einer Führung. Michele verschloß den Telegraphenapparat und ging hinaus, an der Spitze seiner Armee, dem Gesindel entgegen. Als die johlende Menge um eine Straßenecke bog, legte er an und feuerte; instinktiv schossen die Leute hinter ihm im selben Augenblick.

Die ganze Bande – im Grunde feige Hunde – stimmte ein Geheul an und lief davon, einen Toten und einen Sterbenden auf dem Weg zurücklassend. Michele schwitzte Angsttropfen; aber er kriegte seine Schwäche unter und ging in die Stadt hinunter an dem verbarrikadierten Haus des Richters vorbei; die Straßen waren menschenleer. Tibasu hatte noch mehr Furcht als Michele, denn er hatte das Gesindel gerade zur rechten Zeit angegriffen.

Michele kehrte ins Telegraphenbüro zurück, benachrichtigte Chicacola und bat um Unterstützung. Ehe noch Antwort kam, empfing er eine Abordnung der Ältesten aus Tibasu, die ihm mitteilte, der Richter hätte sein Einschreiten für ganz »gegen die Verfassung« erklärt; sie versuchten, ihn damit einzuschüchtern. Aber Michele D'Cruze trug ein großes und reines Herz in der Brust, weil er Fräulein Vezzis, das Kindermädchen, liebte, und weil er – zum ersten Male – geschmeckt hatte, was Verantwortung und Erfolg sind. Diese beiden geben einen berauschenden Trank ab, sie haben mehr Menschen ruiniert als der Alkohol. Michele antwortete, der Richter könnte sagen, was er wollte, aber bis zur Ankunft des Steuereinnehmers wäre der Telegraphenbeamte Vertreter der indischen Regierung in Tibasu, und die Stadtältesten würden für weitere Unruhen verantwortlich gemacht. Da beugten sie ihr Haupt und sagten: »Gnade« oder doch so ähnlich und gingen angsterfüllt nach Hause; und jeder gab dem anderen Schuld am Beginn des Aufruhrs.

Im Morgengrauen, nachdem Michele mit seinen sieben

Polizisten die ganze Nacht Patrouille gegangen war, ging er die Straße entlang, die Muskete im Arm, dem Steuereinnehmer entgegen, der angeritten kam, um Tibasu »niederzuwerfen«. Aber in der Nähe des jungen Engländers fühlte Michele sich mehr und mehr wieder zum Eingeborenen werden; und aufgeregt wie er war, endete der Bericht vom Aufstand in Tibasu mit einem hysterischen Tränenausbruch, hervorgerufen durch den Kummer, daß er einen Menschen getötet hatte, die Scham, daß er nicht mehr ein so gehobenes Gefühl hatte wie in der Nacht, und kindischen Zorn, daß seine Worte seinen großen Taten nicht gerecht wurden. Es kam, weil der Tropfen weißen Blutes in Michele am Versiegen war, aber das wußte er nicht.

Aber der Engländer begriff alles; und er fand Zeit, nachdem er die Leute in Tibasu abgekanzelt und mit dem Richter geredet hatte, bis der grün wurde, einen offiziellen Bericht von Micheles Verhalten abzufassen. Dieser Bericht durchlief die nötigen Kanäle und hatte zur Folge, daß Michele wieder ins Land hinein versetzt wurde mit einem fürstlichen Gehalt von sechsundsechzig Rupien monatlich.

Da machten er und Fräulein Vezzis Hochzeit mit großem Pomp und altertümlicher Feierlichkeit; und jetzt krabbeln schon mehrere kleine D'Cruzes in den Verandas des Zentraltelephonamtes herum.

Aber wenn er das gesamte Einkommen des Departements, in dem er angestellt war, zum Lohn erhalten würde, so würde Michele doch nie und nimmer noch einmal das tun, was er aus Liebe zu Fräulein Vezzis, dem Kindermädchen, getan hatte.

Und das beweist, daß in sieben von neun Fällen, wenn jemand etwas leistet, das in keinem Verhältnis zu seinem Gehalt steht, eine Frau dahintersteckt.

Die paar Ausnahmen müssen den Sonnenstich gehabt haben.

Eine Nachtuhrengeschichte

Was in des Brahmanen Büchern ist,
ist auch in des Brahmanen Herz.
Weder du noch ich haben gewußt,
daß soviel Böses in der Welt ist.

Hindu-Sprichwort

Es fing an als Spaß; aber es ist jetzt weit genug getrieben worden und wird ernst.

Leutnant Platte war arm und besaß deswegen eine Waterbury-Taschenuhr an einem einfachen Lederriemen.

Der Oberst hatte auch eine Waterbury-Uhr und als Uhrkette den Maulriemen einer Kinnkette. Maulriemen geben die besten Uhrketten. Sie sind stark und kurz. Zwischen einem Maulriemen und einem gewöhnlichen Lederriemen ist kein großer Unterschied; zwischen zwei Waterbury-Uhren überhaupt keiner. Jedermann in der Station kannte den Maulriemen des Obersten. Er war kein großer Reiter, aber er mochte gern, daß man glaubte, er wäre früher einer gewesen; und er wob phantastische Geschichten um das Jagdzaumzeug, zu dem gerade dieser Maulriemen gehört hatte. Im übrigen war er peinlich gewissenhaft.

Platte und der Oberst zogen sich im Klub um – beide hatten sich verspätet, und beide hatten Eile. Das war Kismet. Die beiden Uhren lagen auf der Spiegelkonsole, die Ketten hingen herab. Das war Nachlässigkeit. Platte war zuerst fertig, ergriff eine Uhr, warf einen Blick in den Spiegel, zupfte seinen Schlips zurecht und stürzte fort. Vierzig Sekunden später tat der Oberst genau das gleiche; jeder hatte des andern Uhr genommen.

Ein jeder hat wohl schon die Erfahrung machen können, daß fromme Leute sehr mißtrauisch sind. Sie scheinen – zu rein religiösen Zwecken, versteht sich – mehr von der Sünde zu wissen als die Sünder selber. Vielleicht waren sie vor ihrer Bekehrung ganz besonders böse. Jedenfalls übertrifft eine gewisse Sorte guter Menschen sicherlich alle darin, andern Schlechtigkeiten zuzutrauen und den unschuldigsten Dingen den schlimmsten Sinn unterzuschieben. Zu dieser Sorte gehörten auch der Oberst und seine Frau. Aber die Frau Oberst war am schlimmsten. Sie fabrizierte den Klatsch der Station und erzählte ihn ihrer *Ayah*! Das sagt alles. Die Frau Oberst vernichtete Laplaces Familienglück. Die Frau Oberst verhinderte die Verlobung Ferris-Haughtrey. Die Frau Oberst verleitete den jungen Buxton dazu, seine Frau während des ersten Ehejahres unten im Tiefland zu lassen. Davon starb die kleine Frau Buxton und das Baby auch. Diese Dinge wird man der Frau Oberst, solange noch ein Regiment im Lande ist, nicht vergessen.

Aber um auf den Obersten und Platte zurückzukommen: vom Ankleidezimmer aus ging jeder seiner Wege. Der Oberst dinierte mit zwei Geistlichen zusammen, während Platte zu einem Junggesellenessen mit nachfolgendem Whist ging.

Jetzt aufgepaßt, wie alles geschah! Wenn Plattes *Sais* der Stute das neue Sattelpolster aufgelegt hätte, dann hätten die Scharnierbänder nicht durch das abgenutzte Leder und das alte Polster der Stute den Widerrist gescheuert, als sie um zwei Uhr früh auf dem Heimweg war. Sie wäre nicht scheu geworden, durchgegangen, in den Graben gestürzt, hätte nicht den Wagen umgeworfen und Platte in hohem Bogen über eine Aloehecke auf Frau Larkyns wohlgepflegten Rasen geschleudert; und diese Geschichte wäre nie geschrieben worden. Aber die Stute tat all dieses, und als Platte sich wie ein angeschossenes Kaninchen auf dem Rasen überkugelte, flog ihm die Uhr mitsamt der Kette aus der Westentasche – wie der Degen eines Infanterie-Majors aus der Scheide fliegt, wenn ein *feu de joie* eröffnet wird – und rollte im Mondenschein davon, bis sie unter einem Fenster liegenblieb.

Platte stopfte sein Taschentuch unter das Polster, richtete den Wagen auf und fuhr nach Hause.

Abermals aufgepaßt, wie das *Kismet* am Werk ist! So etwas geschieht in hundert Jahren nicht wieder. Gegen Ende seiner Mahlzeit mit den beiden Geistlichen knöpfte der Oberst seine Weste auf und lehnte sich über den Tisch, um sich einen Missionsbericht anzusehen. Der Riegel der Uhrkette glitt durch das Knopfloch, und die Uhr – Plattes Uhr – fiel geräuschlos auf den Teppich. Da fand sie am nächsten Morgen der Kellner und behielt sie.

Der Oberst machte sich auf den Heimweg zur Frau seines

Herzens; aber der Kutscher war betrunken und fuhr falsch. Daher kehrte der Oberst zu einer sehr unwahrscheinlichen Zeit zurück, und seine Entschuldigungen wurden nicht angenommen. Wenn die Frau Oberst eine ganz gewöhnliche »Schale des Zorns, zum Verderben bestimmt«, gewesen wäre, hätte sie gewußt, daß ein Mann, wenn er absichtlich fortbleibt, immer eine vernünftige und einleuchtende Entschuldigung bei der Hand hat. Gerade die Dürftigkeit der Erklärungen zeigte, daß der Oberst die Wahrheit sagte.

Man achte wieder auf das Wirken des *Kismet!* Des Obersten Uhr, die in solcher Geschwindigkeit zugleich mit Platte auf Frau Larkyns Rasen gelangte, hielt gerade unter Frau Larkyns Schlafstubenfenster an. Dort sah diese sie am nächsten Morgen liegen, erkannte sie und hob sie auf. Sie hatte das Krachen von Plattes Wagen um zwei Uhr morgens gehört, auch ihn auf den Gaul fluchen hören. Sie kannte Platte und hatte ihn gern. Sie zeigte ihm die Uhr noch am selben Tage und erfuhr den Hergang. Er blinzelte ihr mit schiefgelegtem Kopf zu und sagte: »Wie abgeschmackt! Unerhört, der alte Kerl! Und bei seiner Frömmigkeit! Ich würde die Uhr an die Frau Oberst schicken und um Aufklärung bitten.«

Frau Larkyn dachte einen Augenblick an die Laplaces – die sie gut gekannt hatte, als Laplace und seine Frau noch aneinander glaubten – und antwortete: »Ja, ich schicke sie hin. Das wird ihr guttun, glaube ich. Aber bedenken Sie, wir dürfen ihr niemals die Wahrheit sagen.«

Platte vermutete seine eigene Uhr beim Obersten und glaubte, daß die Rückkehr der Waterbury-Uhr an dem Maulriemen, begleitet von einem besänftigenden Schreiben von Frau Larkyn, nur eine kleine Unruhe von kurzer Dauer hervorrufen würde. Frau Larkyn wußte es besser. Sie wußte, daß jedes in das Ohr der Frau Oberst geträufelte Gift dort gedeihlichen Boden finden würde.

Das Päckchen und ein Billett mit einigen erstaunten Bemerkungen über die Besuchszeit des Herrn Obersten wurde zur Frau Oberst hinübergeschickt; sie weinte in ihrem Zimmer und pflog Rats mit sich selber.

Wenn es eine Frau auf der Erde gab, die die Frau Oberst mit heiliger Glut haßte, so war es Frau Larkyn. Frau Larkyn war so frivol und nannte die Frau Oberst »alte Katze«.

Die Frau Oberst sagte, jemand in der Offenbarung Johannis gliche so sehr Frau Larkyn. Sie erwähnte noch andere Personen aus der Heiligen Schrift, aus dem Alten Testament. (Aber die Frau Oberst war die einzige Person, die es wagte und Wert darauf legte, etwas gegen Frau Larkyn zu sagen. Jedem andern galt sie als ein lustiges nettes Persönchen.) Darum zu glauben, daß ihr Mann unter dem Fenster jener »Person« zu ganz gottloser Stunde Uhren verlor, und damit sein spätes Nachhausekommen in der vergangenen Nacht zusammenzuhalten, das war . . .

An diesem Punkt ihrer Überlegungen angelangt, erhob sie sich und suchte ihren Gatten. Er leugnete alles, außer daß es seine Uhr war. Sie beschwor ihn, um seiner Seele Seligkeit willen die Wahrheit zu sagen. Er leugnete von neuem – mit bösen Worten. Darauf herrschte fünf Atemzüge lang eisiges Schweigen.

Die Rede, die dann kam, geht niemanden was an. Sie entsprang aus weiblicher Eifersucht, dem Wissen um das Altwerden und eingefallene Wangen, dem tiefen Mißtrauen, das sich daran hielt, daß der Mensch von Jugend auf böse ist, dem bittern Haß gegen Frau Larkyn und der Glaubenslehre, in der die Frau Oberst erzogen worden war.

Und dazu tickte diese verdammte Waterbury-Uhr an dem Maulriemen ununterbrochen in ihrer welken zitternden Hand. Ich glaube, in dieser Stunde schmeckte die Frau Oberst ein wenig den rastlosen Argwohn, den sie Laplace in die Seele geimpft hatte, ein wenig von Fräulein Haughtreys Kummer und spürte den Wurm, der an Buxtons Herzen fraß, als er sein Weib vor seinen Augen sterben sah. Der Oberst versuchte stotternd alles aufzuklären. Da fiel ihm ein, daß seine Uhr tatsächlich verschwunden war; und die Geschichte wurde immer geheimnisvoller. Die Frau Oberst redete und betete abwechselnd, bis zur Erschöpfung, dann ging sie fort, um Mittel und Wege ausfindig zu machen, das »verstockte Herz ihres Gatten zu bessern«. Was in unsrer Sprechweise soviel heißt, wie: »ihm gehörig einheizen«.

Es ist klar, daß sie, von Grund aus von der Lehre von der Erbsünde beeinflußt, ihm nicht glauben konnte, wo der Schein gegen ihn sprach. Sie wußte zu viel und zog die tollsten Schlüsse.

Aber es geschah ihr recht. Es verbitterte ihr das Leben, wie sie den Laplaces das Leben verbittert hatte. Sie hatte den Glauben an den Obersten verloren, und – hier setzt der Argwohn ein – er mochte, so folgerte sie, schon manches Mal abgeirrt sein, ehe die barmherzige Vorsehung mit Hilfe eines so unwürdigen Instruments, wie Frau Larkyn es war, seine Schuld an den Tag gebracht hatte. Er war ein schlechter, verderbter grauhaariger Bösewicht. Es mag einem scheinen, als sei dieser Umschwung etwas plötzlich nach einer zwanzigjährigen Ehe; aber es ist eine altbekannte Tatsache, daß jemand, es sei Mann oder Frau, der sich gewöhnt hat, mit Vorliebe Böses von ihm gleichgültigen Menschen zu glauben und weiter zu verbreiten, schließlich auch von seinem nächsten und liebsten Menschen Böses glaubt. Man mag auch denken, daß doch der bloße Zufall mit der Uhr ein zu geringer und unbedeutender Umstand war, um diese falsche Auffassung hervorzurufen. Es ist aber ebenso altbekannt, daß im Leben wie beim Rennen die schwersten Unglücksfälle immer bei kleinen Gräben und gekappten Zäunen passieren. So sieht man manchmal eine Frau, die in einem andern Zeitalter und in andrer Umgebung eine zweite Jungfrau von Orleans geworden wäre, sich in kleinlichen Haushaltssorgen vollständig aufreiben. Aber das gehört nicht hierher.

Ihr christlicher Glaube machte die Frau Oberst nur noch unglücklicher, weil er so eindringlich von der Schlechtigkeit der Menschen spricht. Wenn man bedachte, was sie alles verbrochen hatte, war es erfreulich, ihr Elend mit anzusehen und ihre schwächlichen Versuche, es vor der Station zu verbergen. Aber die Station wußte es und lachte herzlos darüber; denn sie hatte die Geschichte von der Uhr sehr dramatisch von Frau Larkyn erzählen hören.

Ein- oder zweimal sagte Platte zu Frau Larkyn, als er sah, daß der Oberst sich nicht hatte reinwaschen können: »Wir haben es weit genug getrieben. Ich schlage vor, wir erzählen der Frau Oberst, wie es gekommen ist.« Frau Larkyn preßte die Lippen aufeinander, schüttelte den Kopf und meinte, die Frau Oberst müßte mit ihrer Strafe fertig werden, so gut sie könnte. Nun war Frau Larkyn ein harmloser Mensch, in dem niemand tiefen Haß vermuten würde. Platte unternahm also nichts und kam allmählich, weil der Oberst immer schwieg, zu der Überzeugung, daß der Oberst irgendwo in der Nacht »über die Stränge geschlagen« haben müßte und darum lieber die Strafe für das geringere Vergehen, außerhalb der Besuchszeit in anderer Leute Garten umherzuschweifen, auf sich nahm. Platte vergaß die Uhrgeschichte nach einiger Zeit und wurde mit seinem Regiment weit ins Land hinein versetzt. Frau Larkyn kehrte in die Heimat zurück, als ihres Gatten Dienstzeit in Indien abgelaufen war. Sie vergaß die Geschichte nicht.

Aber Platte hatte ganz recht, als er fand, der Spaß wäre zu weit getrieben. Der Argwohn und die Tragödie, die aus ihm entsprang – die wir als Außenstehende nicht sehen können, an die wir auch nicht glauben –, bringen die Frau Oberst um und machen den Obersten elend. Wenn einer von ihnen diese Geschichte liest, so kann er sich darauf verlassen, daß sie ein wahrheitsgetreuer Bericht des Vorkommnisses ist; dann können sie »sich einen Kuß geben und sich wieder vertragen«.

Shakespeare spricht von dem Vergnügen, mit anzusehen, wie ein Pionier von seiner eigenen Batterie zerschossen wird. Das zeigt nur, daß Dichter nicht von Dingen schreiben sollten, von denen sie nichts verstehen. Jeder könnte ihm sagen, daß Schanzengräber und Kanoniere zwei ganz verschiedene Zweige des Militärdienstes sind. Aber wenn man den Satz korrigiert und Kanonier für Pionier setzt, so bleibt die Moral bestehen.

Der Andere

Die Erde lag krank, und der Himmel war zu,
Die Wälder regneten ein.
Da ritt der Tote zum Rendezvous,
Und die Liebste wartete sein.

Alte Ballade

Zu Anfang der siebziger Jahre, als es noch keine öffentlichen Gebäude in Simla gab und als die breite Landstraße durch Jakko noch im Schreibtischfach eines Schuppens des Straßenbauamts ruhte, wurde Fräulein Gaurey von ihren Eltern mit dem Obersten Schreiderling verheiratet. Er kann nicht viel mehr als fünfunddreißig Jahre älter gewesen sein als sie; und da er monatlich 200 Rupien verdiente und eigenes Vermögen besaß, stand er sich gut. Er stammte aus guter Familie und litt in der kalten Jahreszeit an Stichen in der Lunge. In der heißen Zeit war er beständig vom Hitzschlag bedroht; aber er ging doch nie ganz drauf.

Wohlverstanden, ich tadle Schreiderling nicht. Er war für seine Begriffe ein guter Ehemann, und er war nur schlechter Laune, wenn er der Pflege bedurfte. Das war an etwa siebzehn Tagen im Monat der Fall. In Geldangelegenheiten war er gegen seine Frau beinahe großzügig, und das will bei ihm schon was heißen. Und doch war Frau Schreiderling nicht glücklich. Man verheiratete sie, als sie noch nicht zwanzig war und ihr ganzes armes Herzchen einem andern geschenkt hatte. Seinen Namen habe ich vergessen, wir wollen ihn einfach den Andern nennen. Er hatte weder Geld noch Aussichten. Er war nicht einmal hübsch; ich glaube, er war im Kommissariat oder beim Transportwesen angestellt. Aber trotz alledem liebte sie ihn heftig; und sie waren so gut wie verlobt, als Schreiderling auftauchte und Frau Gaurey mitteilte, er wolle ihre Tochter heiraten. Da wurde die andere Verlobung aufgehoben – ausgelöscht von Frau Gaureys Tränen; diese Dame nämlich regierte ihr Haus durch Tränenströme, vergossen über Ungehorsam gegen ihre Autorität und den Mangel an Respekt vor ihrem Alter. Die Tochter weinte nie. Nicht einmal auf ihrer Hochzeit.

Der Andere trug seinen Verlust schweigend und wurde bald darauf in eine der schlechtesten Stationen versetzt. Vielleicht tröstete das Klima ihn. Er litt am Wechselfieber, und das mag ihn von seinem Kummer abgelenkt haben. Er litt auch an Herzschwäche. Im doppelten Sinne des Wortes. Die eine Herzklappe war angegriffen und wurde durch das Fieber immer mehr geschwächt. Das zeigte sich später.

Monate vergingen; dann fing Frau Schreiderling an zu kränkeln. Sie welkte nicht dahin wie Leute in Romanen, aber sie schien eine Anziehungskraft für alle in der Station auftauchenden Krankheiten zu haben, vom einfachsten Fieber an. Sie sah in ihrer besten Zeit nie mehr als ganz nett aus, die Krankheiten machten sie direkt häßlich. Das sagte Schreiderling. Er war stolz darauf, daß er immer seine Meinung sagte.

Als sie nicht mehr hübsch war, überließ er sie ganz sich selbst und kehrte zurück zu den Lagerstätten seiner Junggesellenzeit. Sie pflegte die Hauptallee in Simla auf eine seltsam verlorene Weise auf und ab zu reiten, einen grauen Hut in den Nacken geschoben, auf einem ungemein schäbigen Sattel. Schreiderlings Großmut machte beim Pferd halt. Er sagte, jeder Sattel sei für eine so nervöse Frau wie seine gut genug. Sie wurde nie zum Tanzen aufgefordert, weil sie nicht gut tanzte; und sie war so langweilig und uninteressant, daß sich in ihrer Visitenkartenschale selten Karten fanden. Schreiderling sagte, wenn er gewußt hätte, daß sie nach der Heirat eine solche Vogelscheuche werden würde, hätte er sie nie geheiratet. Ja, er war sehr stolz darauf, daß er immer offen seine Meinung sagte, der Herr Schreiderling!

Einmal im August, als er zu seinem Regiment ging, ließ er sie allein in Simla zurück. Da lebte sie etwas auf, aber ihr gutes Aussehen erlangte sie nicht wieder. Im Klub hörte ich, daß der Andere krank, sehr krank, nach Simla kommen würde, ein letzter Genesungsversuch. Das Fieber und die kranke Herzklappe hatten ihn dem Tode nahe gebracht. Sie wußte es auch, und sie wußte auch – woran ich kein Interesse hatte –, wann er kommen würde. Er hatte es ihr wohl geschrieben. Sie hatten einander zuletzt einen Monat vor ihrer Hochzeit gesehen. Und nun kommt der unangenehme Teil dieser Geschichte.

Ein später Besuch hielt mich eines Abends bis zum Dunkelwerden im Dovedell-Hotel zurück. Frau Schreiderling war den ganzen Nachmittag unruhig in der Allee auf und ab gegangen. Als ich die Fahrstraße entlangritt, überholte mich eine Tonga, da setzte sich mein Pony, das sehr lange hatte stehen müssen, in Galopp. An der Straße beim Tongahalteplatz stand Frau Schreiderling, triefnaß, und wartete auf die Tonga. Ich ritt weiter, da mich ja die Tonga nichts anging, da schrie Frau Schreiderling auf. Ich kehrte sofort um und sah beim Scheine der Straßenlaterne Frau Schreiderling auf der nassen Straße neben dem Rücksitz der eben angekommenen Tonga knien, furchtbare, gellende Schreie ausstoßend. Als ich näher kam, stürzte sie hin, mit dem Gesicht in den Schmutz.

Auf dem Rücksitz saß fest und aufrecht, die eine Hand an der Verdeckstütze, Hut und Bart vom Regen triefend, der Andere – tot. Das Gerüttel die sechzig Meilen bergan war wohl zuviel gewesen für seine Herzklappe. Der Tongakutscher sagte: »Der Sahib ist zwei Stationen hinter Solon gestorben. Da hab ich ihn mit einem Strick festgebunden, damit er nach Simla käme und nicht unterwegs rausfallen sollte. Will der Sahib mir einen Bakschisch geben? Das da – er zeigte auf den Anderen – wollte mir eine Rupie geben.«

Der Andere hatte ein Grinsen auf dem Gesicht, als ob der Witz seiner Ankunft ihm Spaß mache; Frau Schreiderling, im Schmutz liegend, fing zu stöhnen an. Außer uns vieren war niemand da, es regnete in Strömen. Das Wichtigste war, Frau Schreiderling nach Hause zu bringen, das Zweitwichtigste, zu verhindern, daß ihr Name in Verbindung mit dieser Angelegenheit genannt wurde. Der Tongakutscher erhielt fünf Rupien, um eine Rikscha für Frau Schreiderling herbeizuschaffen. Er sollte nachher dem Tongabeamten von dem Anderen erzählen, und der sollte dann alles Weitere veranlassen.

Wir trugen Frau Schreiderling aus dem Regen unter das Schutzdach, und dort warteten wir dreiviertel Stunden auf die Rikscha. Der Andere saß noch genauso da, wie er angekommen war. Frau Schreiderling tat alles, nur nicht weinen, das hätte ihr vielleicht geholfen. Sobald sie wieder bei Besinnung war, versuchte sie wieder zu schreien, und dann fing sie an, für die Seele des Anderen zu beten. Wäre sie nicht so rein gewesen wie der hellste Tag, dann hätte sie auch für ihre eigene Seele gebetet. Ich wartete direkt darauf, aber sie tat es nicht. Ich versuchte, ihre Kleider von dem schlimmsten Schmutz zu reinigen. Endlich kam die Rikscha, und ich schaffte sie, fast mit Gewalt, fort. Es war schrecklich von Anfang bis Ende; aber das Schrecklichste war, als die Rikscha sich zwischen Wand und Tonga hindurchdrängen mußte und sie im Laternenschein die magere gelbe Hand an der Verdeckstütze sah.

Sie kam gerade zu Hause an, als alles zum Ball im Palast – »Peterhoff« hieß er damals – ging; der Doktor erfuhr von mir, daß sie vom Pferd gestürzt sei, und daß ich sie hinter Jakko gefunden und aufgehoben hätte. Er lobte mich, daß ich so schnell ärztliche Hilfe beschafft hätte. Sie starb nicht – Männer von Schreiderlings Art heiraten Frauen, die nicht so leicht sterben. Sie leben und werden häßlich.

Sie sprach niemals von dieser einzigen Begegnung mit dem Anderen seit ihrer Heirat; und als Erkältung und Husten, die Folgen jenes Abends, ihr wieder das Ausgehen erlaubten, spielte sie nie durch Wort oder Zeichen auf unser Zusammentreffen an der Tongahaltestelle an. Vielleicht wußte sie gar nichts davon.

Sie ritt wieder auf demselben gräßlich schäbigen Sattel die Allee auf und ab und sah aus, als ob sie jeden Augenblick erwarte, daß jemand um die Ecke biegen und auf sie zukommen würde. Zwei Jahre später ging sie nach England zurück und starb, ich glaube, in Bournemouth.

Wenn Schreiderling im Kasino etwas angesäuselt-sentimental wurde, sprach er immer von seiner »armen, lieben Frau«. Er legte immer sehr viel Wert darauf, seine Meinung zu sagen, der Herr Schreiderling!

Konsequenzen

Rosenkreuzersche Finessen
Sind im Orient unvergessen.
Die sie schufen, ihre Male
Findest du am Jakâtâlâ.
Sucht, was Paracelsus lehrte,
Und, wer Meister Flood verehrte,
Seht die Dominanten weisen
Durch die Sonnenhimmelsreisen.
Und zuletzt in der Geschichte,
Die ich euch hiermit berichte,
Sehe er in Erdenferne
Luna, weißesten der Sterne.

Es gibt in Simla Anstellungen auf ein Jahr, auf zwei Jahre, fünf Jahre, und es gibt, oder gab, Anstellungen auf Lebenszeit; da war man für die Dauer seines natürlichen Lebens untergebracht, hatte sich rote Backen und ein nettes Einkommen gesichert. Natürlich konnte man in der kalten Jahreszeit fortgehen, denn dann ist es recht langweilig in Simla.

Tarrion kam von, Gott weiß, woher – aus einer einsamen Gegend Zentralindiens, weit, weit fort, wo Pachmari schon für ein Sanatorium gilt, und wo man, glaube ich, mit Ochsen fährt. Er gehörte einem Regiment an; aber sein Wunsch war, von seinem Regiment loszukommen und für immer und alle Zeiten in Simla zu leben. Er hatte keine besonderen Neigungen und Ansprüche, die über ein gutes Pferd und netten Umgang hinausgingen. Er war der Meinung, daß er alles könnte. Das ist ein sehr guter Glaube, wenn man recht daran festhält. Er war in mancher Hinsicht nicht dumm, sah gut aus, und man fühlte sich in seiner Gesellschaft immer wohl – sogar in Zentralindien.

Er kam also nach Simla, und weil er gescheit und unterhaltend war, neigte er natürlich sehr zu Frau Hauksbee, die alles verzieh, nur Dummheit nicht. Einmal leistete er ihr einen großen Dienst, indem er das Datum auf einer Einladungskarte änderte. An einem großen Ball wollte Frau Hauksbee gern teilnehmen, konnte es aber nicht, weil sie sich mit dem Offizier vom Dienst erzürnt hatte, und dieser, ein Mann von niedriger Gesinnung, sorgte dafür, daß sie zu einem kleinen Tanzvergnügen am 6., statt zu dem großen Ball am 26., eingeladen wurde. Es war eine sehr geschickte Fälschung. Und als Frau Hauksbee dem Offizier ihre Einladungskarte zeigte und ihn auslachte, daß er sich nicht besser zu rächen verstünde, da glaubte er wirklich, daß er sich versehen hatte, und sah – vernünftigerweise – ein, daß es zwecklos wäre, mit Frau Hauksbee zu streiten. Sie war Tarrion sehr dankbar und fragte, was sie für ihn tun könnte. Er antwortete gerade heraus: »Ich bin als Freibeuter hier auf Urlaub und lauere auf Beute. In ganz Simla hab ich nicht die geringsten Beziehungen. Keiner, der Anstellungen zu vergeben hat, kennt meinen Namen, und ich möchte so gern eine Anstellung – eine gute einträgliche Dauerstellung. Ich glaube, Sie erreichen alles, was Sie wollen; wollen Sie mir helfen?« Frau Hauksbee dachte eine Weile nach und nahm, wie sie immer tat, wenn sie nachdachte, die Lasche ihrer Reitpeitsche zwischen die Lippen. Dann blitzte es in ihren Augen auf, und sie sagte: »Ja, ich will Ihnen helfen«, und sie gab ihm die Hand darauf. Tarrion glaubte so fest an die Macht dieser Frau, daß er selber überhaupt keinen Gedanken mehr an die Sache wandte, nur war er manchmal neugierig, was für eine Anstellung er wohl bekommen würde.

Frau Hauksbee fing an, zu berechnen, welchen Preis alle die Abteilungsvorsteher und Mitglieder des Rates ihrer Bekanntschaft verlangen würden; und je mehr sie überlegte, desto mehr mußte sie lachen, weil sie so mit ganzem Herzen bei der Sache war und es ihr Spaß machte. Dann nahm sie die Zivilliste her und ging einige Anstellungen durch. Es gibt ein paar schöne in der Liste. Schließlich hielt sie es für das beste, zu versuchen, ihn in der politischen Abteilung unterzubringen, obgleich Tarrion eigentlich zu schade dafür war. Was für Pläne sie zu diesem Zwecke schmiedete, ist ganz gleichgültig, denn der Zufall oder das Schicksal war mit ihr im Bunde, so daß sie nichts zu tun hatte, als den Gang der Ereignisse zu verfolgen und ihn auszunützen.

Alle Vizekönige müssen in ihrer ersten Zeit in Indien durch die Verrücktheit der »Geheimhaltung aller diplomatischen Dinge« hindurch. Nach und nach wird es weniger; aber im Anfang packt es alle, weil sie noch fremd im Lande sind.

Der Vizekönig, der gerade damals an diesem Leiden erkrankt war, – es war lange, ehe Lord Dufferin von Kanada kam, oder Lord Ripon aus dem Schoß der Kirche Englands – hatte es sehr schlimm. Die Folge davon war, daß solche Männer, die neu im Bewahren von Amtsgeheimnissen waren, mit unglücklichen Gesichtern umhergingen; und der Vizekönig brüstete sich damit, wie gut er es verstanden hätte, seinem Stabe den Sinn für Verschwiegenheit beizubringen.

Nun hat die Hohe Regierung die sorglose Gewohnheit, alles, was sie unternimmt, dem Stempelpapier anzuvertrauen. Diese Papiere enthalten alles mögliche – von der Auszahlung von zwanzig Rupien an einen eingeborenen »Geheimagenten« bis zu Verweisen an Vakils und Motamids von Eingeborenenstaaten und bis zu recht groben Briefen an eingeborene Fürsten, in denen sie aufgefordert wurden, ihre Hausstände in Ordnung zu halten, keine Weiber mehr zu rauben, keine Übeltäter mit gestoßenem rotem Pfeffer vollzustopfen, oder ähnliche Schändlichkeiten zu begehen. Natürlich durften diese Dinge nicht bekannt werden, weil eingeborene Fürsten offiziell nie irren und ihre Staaten offiziell ebenso gut verwaltet werden wie unsere. Auch sind die Extraeinkünfte verschiedener fragwürdiger Leute nicht gerade geeigneter Stoff für die Zeitungen, wenn es auch manchmal überraschende Lektüre abgeben würde. Wenn die Hohe Regierung sich in Simla aufhält, werden diese Papiere dort verfaßt und machen bei den Leuten, die sie einsehen sollen, die Runde in Aktenmappen oder per Post. Das Prinzip der Geheimhaltung war dem damaligen Vizekönig ebenso wichtig wie die Ausübung des Prinzips, und er hielt es für richtig, daß ein wohlwollender Despotismus wie der unsrige auch so unbedeutende Sachen wie die Anstellung untergeordneter Schreiber nie vor der Zeit bekanntwerden lassen dürfe. Er hielt immer sehr auf Prinzipien.

Damals war gerade ein sehr wichtiger Stoß Papiere in Vorbereitung. Er sollte von einem Ende Simlas bis ans andre durch einen Boten befördert werden. Die Papiere befanden sich nicht in einem Amtsumschlag, sondern in einem großen, viereckigen, blaßrosafarbigen; der Inhalt war im MS., auf dünnem knittrigem Papier. Adressiert war es »An d. Hauptbüro etc. etc.«. Nun ist zwischen »An d. Hauptbüro etc. etc.«

und »An Fr. Hauksbee« mit einer höflichen Redewendung dahinter kein allzu großer Unterschied, wenn die Adresse, wie in diesem Falle, undeutlich geschrieben ist. Der Chaprassi, der die Papiere beförderte, war nicht dümmer als die meisten Chaprassis. Er vergaß bloß, wo er dies ganz unamtlich aussehende Schreiben abgeben sollte, und fragte deshalb den ersten besten Engländer, den er traf, und das war ein in höchster Eile nach Annandale reitender Mann. Der Engländer sah kaum hin, sagte: »Hauksbee Sahib ki Mem« und ritt weiter. Das tat der Chaprassi, denn dieser Brief war der letzte, und er wollte gern fertig werden. Der Empfang brauchte nicht bescheinigt zu werden, also warf er den Brief Frau Hauksbees Diener zu und ging fort, um mit einem Freund zusammen eine Zigarre zu rauchen. Frau Hauksbee sollte von einer Freundin ein Schnittmuster aus dünnem Seidenpapier bekommen. Als sie daher das große viereckige Paket erhielt, sagte sie: »Wie lieb von ihr!« öffnete es mit einem Federmesser, und alle die Manuskripteinlagen flatterten zu Boden.

Frau Hauksbee fing an zu lesen. Ich sagte schon, daß es recht wichtige Papiere waren; das genügt zum Verständnis. Sie handelten von einem gewissen Briefwechsel, zwei Maßregeln, einem energischen Befehl an einen eingeborenen Hauptmann und einem Dutzend andrer Dinge. Frau Hauksbee stockte schier der Atem beim Lesen; denn der erste Blick in die nackte Maschinerie der Großen Indischen Regierung, ohne Umhüllung, Lackierung, Übermalung und Schutzgitter macht schon auf den dümmsten Mann großen Eindruck. Und Frau Hauksbee war eine kluge Frau. Zuerst war sie erschrocken, es war ihr, als hätte sie einen Blitzstrahl am Schwanz zu fassen gekriegt und wüßte nun nicht, was sie damit machen sollte. An den Rändern der Schriftstücke waren Bemerkungen und Namenszüge; und manche dieser Randbemerkungen waren noch schwerwiegender als die Schriftstücke selbst. Die Namenszüge waren von Männern, die jetzt alle fort oder tot sind; aber zu ihrer Zeit waren sie wichtige Persönlichkeiten. Frau Hauksbee las weiter und ließ ihre Gedanken beim Lesen ruhig arbeiten. Da ging es ihr auf, wie wertvoll dieser Fund war, und sie suchte nach der besten Methode, ihn nutzbar zu machen. Da kam gerade

Tarrion, und sie lasen die Papiere gemeinsam durch. Und da Tarrion nicht wußte, wie sie zu ihnen gekommen war, schwor er, sie wäre die bedeutendste Frau auf der ganzen Erde. Und das war, glaube ich, wahr, oder doch beinahe.

»Der kürzeste Weg ist immer der beste«, sagte Tarrion nach anderthalbstündiger Durchsicht der Papiere und Unterhaltung mit Frau Hauksbee. »Wenn ich alles in Betracht ziehe, liegt mir der Nachrichtendienst am meisten. Der oder das Auswärtige Amt. Ich werde die hohen Herrschaften in ihren Heiligtümern belagern.«

Er suchte nicht einen kleinen Mann auf, noch einen kleinen Großen, noch das schwache Haupt einer mächtigen Behörde, sondern er ging zu dem größten und mächtigsten Mann, den die Regierung besaß, und erklärte, er wünsche in Simla mit gutem Gehalt angestellt zu werden. Diese faustdicke Dummdreistigkeit belustigte den Gewaltigen, und weil er gerade nichts zu tun hatte, hörte er sich die Vorschläge des kühnen Tarrion an. »Ich nehme an, daß Sie, außer Ihrem Selbstvertrauen, besondere Fähigkeiten besitzen, die Ihre Ansprüche rechtfertigen«, sagte der Gewaltige. »Das überlasse ich Ihrer Beurteilung«, sagte Tarrion. Dann fing er an – er hatte ein gutes Gedächtnis – einige der wichtigeren Bemerkungen aus den Schriftstücken zu zitieren, – langsam, Wort für Wort, wie man Chlorodin in ein Glas träufelt. Als er an den energischen Befehl kam – und es war ein sehr energischer Befehl – wurde der Gewaltige unruhig. Tarrion schloß: »Und ich vermute, daß Kenntnisse dieser Art mindestens ebenso wertvoll für, sagen wir mal, eine Stellung im Auswärtigen Amt sind, wie die Tatsache, daß man mit der Frau eines höheren Offiziers verwandt ist.« Das traf den Gewaltigen; denn er wußte, daß die letzte Anstellung im Auswärtigen Amt durch »Beziehungen« erfolgt war.

»Ich will sehen, was ich für Sie tun kann«, sagte der Gewaltige.

»Vielen Dank«, sagte Tarrion. Er ging fort, und der Gewaltige machte sich daran, zu sehen, wie sich die Sache deichseln ließe.

Es folgte eine Pause von elf Tagen, angefüllt mit Donner und Blitz und vielen Depeschen. Die Anstellung war nicht sehr bedeutend, sie brachte nur zwischen 500 und 700 Rupien im Monat ein. Aber der Vizekönig sagte, das Prinzip der Geheimhaltung diplomatischer Dinge müsse aufrechterhalten werden, und es wäre mehr als wahrscheinlich, daß sich die Versetzung eines Mannes mit solchen Informationen sicher lohnen würde. Also wurde er versetzt. Sie müssen doch einen Argwohn gehabt haben, obwohl er behauptete, er verdanke diese Informationen seinen eigenen Talenten. Vieles an dieser Erzählung, z. B. auch das Nachspiel mit den fehlenden Schriftstücken, muß man selber ergänzen, weil es Gründe gibt, die ein Erzählen verbieten. Wenn man aber nicht weiß, wie es »oben« zugeht, kann man es nicht und hält es für unmöglich.

Des Vizekönigs Worte, als Tarrion ihm vorgestellt wurde, waren: »So, das ist also der junge Mann, der die indische Regierung im Sturme genommen hat! Aber merken Sie sich, das wird nicht zweimal gemacht.« Er muß also wohl etwas gewußt haben.

Und Tarrion sagte, als er seine Anstellung in der Zeitung las: »Wenn Frau Hauksbee zwanzig Jahre jünger und ich ihr Mann wäre, würde ich in fünfzehn Jahren Vizekönig von Indien sein.«

Und Frau Hauksbee sagte, als Tarrion ihr fast unter Tränen dankte: »Ich habe es Ihnen ja gesagt!« und dann zu sich selbst: »Wie sind die Männer doch dumm!«

Aurelian McGoggins Bekehrung

Brauch nicht den Sporn, gib keinen Schlag,
Einmal aber kommt der Tag,
Wo auch das Füllen lernen mag,
Wie die Gerte juckt, die Kandare zuckt, und den Stich des stachligen Sporns.

Dies ist nicht eigentlich eine Geschichte. Es ist eine Abhandlung; und ich bin sehr stolz darauf. Denn eine Abhandlung zu verfassen, das ist schon was!

Jeder hat das Recht auf eigene religiöse Überzeugung; aber niemand – am wenigsten ein junger Mensch – hat das Recht, sie anderen aufzuzwingen. Hin und wieder schickt die Regierung die reinsten Sonderlinge als Zivilbeamte nach Indien; aber McGoggin war auf lange Zeit der Närrischste von allen. Er war klug, ganz hervorragend klug, aber seine Klugheit war auf dem falschen Wege. Statt daß er sich ans Studium der Landessprachen hielt, las er Bücher von einem gewissen Comte, glaube ich, heißt er, einem Spencer und einem Professor Clifford. (Diese Bücher sind in Bibliotheken zu finden.) Sie handeln vom Innern des Menschen, vom Standpunkt von Leuten aus, die keinen Magen besitzen. Es war ihm nicht verboten, sie zu lesen; aber seine Mama hätte ihn dafür prügeln müssen. Sie versetzten sein Gehirn in Gärung, und er kam nach Indien mit einer selbstgemachten sehr verwässerten Religion. Von Glauben fand sich nicht viel darin. Sie wies nur nach, daß der Mensch keine Seele habe, daß es keinen Gott und kein Leben nach dem Tode gebe, und daß man sich irgendwie zum Wohle der Menschheit abquälen müsse.

Einer seiner weniger wichtigen Lehrsätze schien zu sein, daß nur eine Sache noch sündiger wäre als das Befehlen: das Gehorchen. So sagte wenigstens McGoggin; aber ich vermute, daß er seine Lehrbücher falsch verstanden hat.

Ich sage kein Wort gegen dieses Glaubensbekenntnis. Es wurde in der Großstadt gemacht, wo nichts ist als Maschinen und Asphalt und Gebäude – alles in Nebel eingehüllt. Natürlich kommt da der Mensch zu dem Glauben, daß es kein höheres Wesen gibt als ihn, und daß das Stadtbauamt alles gemacht hat. Aber hierzulande, wo man die Menschheit wirklich sieht – die natürliche, braune, nackte Menschheit – nichts als sie und den glühenden Himmel über ihr und nichts als die ausgenutzte verbrauchte Erde unter ihr – hier schwinden solche Begriffe, und die meisten kehren zu einfacheren Theorien zurück. Das Leben in Indien ist zu kurz, um es mit Beweisen zu vergeuden, daß nicht ein höheres Wesen alle Dinge lenke. Aus folgendem Grunde: der Deputierte steht über dem Assistenten, der Kommissar über dem Deputierten, der Gouverneur über dem Kommissar, und der Vizekönig über allen vieren, und er steht unter dem Befehl des Staatssekretärs, der wieder der Kaiserin verantwortlich ist. Wenn die Kaiserin nicht ihrem Schöpfer verantwortlich wäre – wenn kein Schöpfer da ist, dem sie verantwortlich sein kann – dann müßte ja unser ganzes Verwaltungssystem falsch sein. Und das ist doch offensichtlich ganz unmöglich. Die in der Heimat sind zu entschuldigen. Sie kommen nicht viel an die frische Luft, werden gut gefüttert, und dann »sticht sie der Hafer«. Wenn man ein zu gut gefüttertes schweres Pferd bewegt, dann geifert und schäumt es, bis man die Gebißstange nicht mehr sieht. Sie ist aber trotzdem vorhanden. In Indien sticht einen der Hafer nicht so leicht. Das Klima und die Arbeit sind dagegen, daß man mit Worten wie mit Bauklötzen spielt.

Wenn McGoggin seinen Glauben mit den Fremdwörtern, die auf »ismus« endigen, für sich behalten hätte, hätte sich niemand weiter darum gekümmert, aber seine Großväter väterlicher- und mütterlicherseits waren Methodistenprediger gewesen, und diese Neigung zum Predigen kam bei ihm wieder durch. Er wollte jeden im Klub überzeugen, daß er keine Seele hätte, und daß er ihm bei der Abschaffung des Schöpfers helfen müßte. Dann sagten ihm viele, er selber hätte ganz entschieden keine Seele, er wäre ja noch so jung, aber daraus folgte nicht, daß ältere Leute noch ebenso unentwickelt wären; und ob es eine andere Welt gäbe oder nicht, jedenfalls wollte man in dieser Welt in Ruhe seine Zeitung lesen. »Aber das ist ja nicht der Kernpunkt – das ist nicht der Kernpunkt!« sagte Aurelian dann stets. Dann warf man ihn mit Sofakissen und sagte, er solle sich an irgendeinen Ort, an den er glaube, scheren. Man taufte ihn den »Blastoderm«, – er behauptete nämlich, aus vorhistorischer Zeit her von einer Familie dieses Namens abzustammen, – und versuchte, ihn mit allen Mitteln, Hohn und Spott zum Schweigen zu bringen, denn er war eine wirkliche Plage im Klub, den älteren Herren direkt ein Ärgernis. Sein Vorgesetzter, – der fleißig arbeitete, während er sich auf dem Bett wälzte, – sagte ihm einmal, für einen gescheiten Jungen wäre er doch eigentlich reichlich dumm. Er hätte es nämlich, wenn er dabei geblieben wäre, zu arbeiten, in einigen Jahren zu einem Posten im Sekretariat bringen können. Er war der Typ, der dahin gelangt – nur Kopf, kein Körper und hundert Theorien. Keine Menschenseele interessierte sich für McGoggins Seele. Er hätte ruhig zwei haben können oder gar keine oder die eines andern. Seine Pflicht war, Befehle auszuführen und hinter seinen Akten zu sitzen, anstatt im Klub eine verheerende Wirkung mit seinen »ismen« anzurichten.

Er arbeitete glänzend; aber er konnte keinen Befehl entgegennehmen, ohne nicht den Versuch zu machen, ihn zu verbessern. Daran war sein Glaube schuld; er übertrug den Menschen zuviel Verantwortung und überließ zuviel ihrem Ehrgefühl. Ein altes Pferd kann man wohl mit einem Halfter reiten, aber niemals ein Fohlen. McGoggin gab sich mehr Mühe bei seinen einzelnen »Fällen« als irgendeiner seines Jahrganges. Er glaubte wahrscheinlich, daß Urteilsbegründungen von dreißig Seiten in einem Fünfzig-Rupien-Prozeß – in dem beide Parteien Meineide geleistet hatten –, das Wohl der Menschheit förderten. Jedenfalls arbeitete er zuviel und regte sich über jeden Tadel furchtbar auf und predigte außerhalb des Amtszimmers fortwährend seinen lächerlichen Glauben, bis der Arzt ihn eines Tages warnen mußte, er übertriebe es. Kein Mensch kann, ohne sich zu schaden, im Juni achtzehn Annas auf die Rupie arbeiten. Aber McGoggin stach geistig immer noch der Hafer, er war immer noch stolz auf sich und seine Fähigkeiten und wollte auf nichts hören. Er arbeitete stramm seine neun Stunden täglich.

»Nun gut«, sagte der Arzt, »Sie brechen eines Tages zusammen, weil Sie Ihre Tragebalken zu sehr belasten.« McGoggin war nicht der Stärkste.

Eines Tages kam der Kollaps – kam so dramatisch, als ob er extra zur Verschönerung einer Abhandlung inszeniert worden wäre.

Es war kurz vor dem Einsetzen der Regenzeit. Wir saßen auf der Veranda in der totenstillen, heißen, schwülen Luft, stöhnten und flehten die blauschwarzen Wolken an, sich zu öffnen und Kühlung zu bringen. In weiter, weiter Ferne war ein ganz schwaches Wispern, das war das Rauschen des Regens über dem Fluß. Einer von uns hörte es, stand auf, horchte und sagte, was sehr verständlich war: »Gott sei Dank!«

Da wandte sich der Blastoderm um und sagte: »Wieso denn? Ich kann Ihnen versichern, daß der Regen nur die Wirkung vollkommen natürlicher Ursachen ist – atmosphärische Erscheinungen einfachster Art. Warum sich daher bei einem Wesen bedanken, das nie existiert hat, das nur erdichtet ist –«

»Blastoderm«, brummte der im Nachbarstuhl, »halten Sie den Mund und geben Sie mir mal den ›Pionier‹. Wir wissen ja alle Bescheid mit Ihren Erdichtungen.« Der Blastoderm streckte seine Hand über den Tisch, nahm eine Zeitung auf, sprang hoch wie von der Tarantel gestochen. Dann reichte er die Zeitung hinüber.

»Wie ich bereits sagte«, fuhr er langsam und mit Anstrengung fort, »infolge ganz natürlicher Ursachen – ganz natürlicher Ursachen – ich meine –«

»Hallo, Blastoderm, Sie haben mir ja den ›Kaufmännischen Anzeiger von Kalkutta‹ gegeben.«

Der Staub erhob sich in kleinen Wirbeln, die Baumwipfel schwankten hin und her, und der rote Milan schrie. Aber niemand kümmerte sich jetzt um den kommenden Regen. Wir starrten alle den Blastoderm an, der sich erhoben hatte und nach Worten rang. Dann sagte er noch langsamer:

»Ganz begreiflich – Lexikon – rote Eiche – verantwortlich – Ursache – vorbehaltlich – Federball – allein.«

»Blastoderm ist betrunken«, sagte einer. Aber der Blastoderm war nicht betrunken. Er sah uns verstört an, und als sich die Wolken über uns zusammenschlossen, fuhren seine Hände in dem Zwielicht wild hin und her. Dann schrie er auf:

»Was ist das? – ich kann nicht – halten – erreichbar – Markt – dunkel –«

Aber die Worte in ihm schienen zu gefrieren, – und gerade als ein Blitzstrahl mit zwei Zungen den ganzen Himmel in drei Teile zerschnitt und der Regen herniederströmte – wurde der Blastoderm mit Stummheit geschlagen. Er schnaubte und stampfte wie ein gewaltsam festgehaltenes Pferd, die Augen voller Entsetzen.

Der Arzt kam in drei Minuten und erfuhr die Geschichte. »Es ist Aphasie«, sagte er. »Bringen Sie ihn in sein Zimmer. Ich wußte, daß es so kommen würde.« Wir trugen den Blastoderm durch den strömenden Regen in seine Wohnung, und der Arzt gab ihm Bromkali als Schlafmittel.

Der Arzt kam dann wieder zu uns und erzählte, daß Aphasie wie alle Krankheiten im Punjab den Menschen plötzlich niederwirft; aber nur einmal bisher habe er – bei einem Sepoy – einen so schweren Fall erlebt. Ich selber habe auch leichte Aphasie bei überarbeiteten Menschen gesehen, aber dies plötzliche Stummwerden war unheimlich – obgleich die Folge von, wie der Blastoderm selber wahrscheinlich gesagt hätte, »ganz natürlichen Ursachen«.

»Er muß Urlaub nehmen«, sagte der Arzt; »in den nächsten drei Monaten kann er nicht arbeiten. Nein, Irrsinn oder dergleichen ist es nicht. Er hat nur die Herrschaft über Sprache und Gedächtnis verloren. Ich denke, es zwingt den Blastoderm aber doch eine Zeitlang zur Ruhe.«

Nach zwei Tagen fand Blastoderm die Sprache wieder. Seine erste Frage war: »Was war das?« Der Arzt klärte ihn auf. »Aber ich verstehe es nicht!« sagte der Blastoderm. »Ich bin ganz gesund und normal, aber es scheint, ich kann mich nicht mehr auf meinen Verstand, auf mein eigenes Gedächtnis verlassen, wie?«

»Gehen Sie auf drei Monate in die Berge und denken Sie nicht darüber nach«, sagte der Arzt.

»Aber ich kann es nicht begreifen«, wiederholte der Blastoderm; »es war doch *mein* Verstand, *mein* Gedächtnis!«

»Ich kann es auch nicht ändern«, sagte der Arzt; »es gibt eben Dinge, die man nicht begreifen kann; und wenn Sie erst mal so lange wie ich im Dienste gewesen sind, dann wissen Sie genau, wieviel oder wie wenig der Mensch wirklich sein nennen kann in dieser Welt.«

Der Schlag traf den Blastoderm. Er konnte es nicht begreifen. Voll Zittern und Zagen ging er in die Berge, immer voller Angst, daß er einen angefangenen Satz nicht zu Ende bringen würde.

Das gab ihm ein gesundes Gefühl der Unsicherheit. Die absolut gültige Erklärung, daß er sich überarbeitet hatte, genügte ihm nicht. Irgend etwas hatte ihm die Sprache von den Lippen gewischt, wie die Mutter ihrem Kinde den Milchbart abwischt; und er hatte Angst, schreckliche Angst.

So hatte denn der Klub Ruhe vor ihm, als er wiederkam; und wenn jemand es einmal mit anhört, daß McGoggin über menschliche Dinge aburteilt – in göttlichen Dingen scheint er nicht mehr so gut Bescheid zu wissen wie früher – dann lege er nur einen Augenblick den Zeigefinger an die Lippen und sehe, was dann geschieht.

Aber er gebe dann nicht mir die Schuld, wenn ihm ein Glas an den Kopf fliegt!

Die Einnahme von Lungtungpen

Und wir gaben Feuer,
Und die Kerle türmten,
Und als die Patronentaschen geleert,
Da haben wir sie mit dem Kolben belehrt.
Komm nicht ran,
Mein Mann,
Wenn Tommy mit dem Gewehrkolben spielt!

Mein Freund, der Gemeine Mulvaney, hat mir das Folgende erzählt, als wir zusammen auf der Schmetterlingsjagd waren; er saß auf dem Mäuerchen an der Straße nach Dagshai. Er hatte so seine eigenen Gedanken über den Kommiß und verstand es hervorragend, Tonpfeifen anzumalen. Er sagte, am meisten könnte man mit den jungen Soldaten anfangen, »von wegen ihre unbeschreibliche kindliche Unschuld«.

»Nu hörn Sie mal zu!« sagte Mulvaney und warf sich in der Sonne der Länge nach auf die Mauer. »Ich bin für die Kaserne geboren! Der Kommiß is für mich wie's Essen und Trinken, weil ich einer von die bin, die ihn nich lassen können. Ich bin da nun schon siebzehn Jahre bei, und in meine Knochen is Lederwichse statts Mark. Und wenn ich nich jeden Monat mich mal tüchtig einen antrinken täte, denn wär ich nu all lang Herr Leutnant; aber denn wär ich ein Ärger für meine Vorgesetzten, ein Hanswurst für meine Kameraden und für mir selber ne Verdammnis. So wie ich nu bin, bin ich der Gemeine Mulvaney, mit ohne Extralöhnung für gute Führung und mit einen dollen Durst. Von den Kommiß weiß ich mehr als die allermeisten, immer mein klein Freund Bobs Bahadur ausgenommen.«

Hier sagte ich etwas.

»Der verdammte Wolseley! Ihnen und dem Schmetterlingsnetz da will ich es ruhig sagen, er is ein ganz unbeständigen lockeren Patron; mit ein Auge schielt er nach den Hof von die Königin und mit den andern nach sich selber, er spielt immer Cäsar und Alexander zusammenmengeliert. Bobs is nu wirklich ein tüchtigen kleinen Kerl. Mit Bobs un n' paar Dreijährige will ich jede Armee von der Welt in ein Jhairun reinfegen un sie denn nachher erledigen. Warraftig, ich mach kein Spaß! Grad die Jungs, die unerfahrnen Jungs, die noch nich wissen, was ne Kugel is, und sich nich drum scheren täten, wenn sie's auch wüßten – die schmeißen den Kram. Sie werden mit Ochsenfleisch gemästet, bis sie nich mehr wissen wohin mit ihre Kraft, und wenn es denn kein Krieg is, denn hauen sie sich die Schädels ein. Das is wahr, was ich Ihn'n da erzähl. Auf Wasser und Brot müßten die gesetzt werden in die heiße Zeit; aber wenn man das täte, denn würden sie meutern.

Kennen Sie die Geschichte, wie der Gemeine Mulvaney die Stadt Lungtungpen genommen hat? Nee? Das dacht ich mich doch. Der Leutnant hat die Ehre davon, aber wer den Plan ausgedacht hat, das war ich. Ein büschen eh' ich bei Burma invalide wurde, waren ich und vierundzwanzig junge Kerls unter Leutnant Brazenose dabei, uns den Magen mit Räubers-Einfangen zu verderben. So kümmerliche Teufel hatt ich mein Lebtag noch nich zu sehen gekriegt! Bloß ihr Dolch und ihr Gewehr machen, daß sie wie Räuber sind. Ohne die sind sie friedliche Bauern, und auf die zu schießen wär ne Gemeinheit. Wir jagen und jagen und kriegen wohl das Fieber und auch hin und wieder mal 'n Elefanten; aber kein'n Räuber. Aber einmal erwischen wir doch einen. ›Behandelt ihn gut‹, sagt der Leutnant. Ich nehm ihn denn mit im Dschungel rein und den burmesischen Dolmetscher und meinen Ladestock auch. Und ich sag zu dem Mann: ›Mein lieber Herr‹, sag ich, ›nun bück dir mal und denn setz mein Freund hier mal auseinander, wo deine Freunde sind, wenn sie zu Hause sind‹; und dabei mach ich ihn mit mein Ladestock bekannt, und da fängt er an zu schwatzen; der Dolmetscher dolmetscht zwischendurch, und ich kam den Nachrichtendienst mit den Ladestock zu Hilfe, wenn der Mann nicht recht mehr weiter wußte.

Und da hört ich denn, daß an der andern Seite vom Fluß, so was neun Meilen weg, eine Stadt is, die förmlich trieft von Dolchen und Bogen und Pfeilen und Räubern und Elefanten und Wagen. ›Gut‹, sag ich, ›denn können wir dies Auskunftsbüro nu ja schließen.‹

Noch an denselben Abend geh ich zum Leutnant und teil

ihm meine Informatschonen mit. Bis zu diese Nacht hatt ich nich allzuviel Hochachtung vor Leutnant Brazenose gehabt. Er steckte voll von Weisheit aus die Bücher und von Thehorien und Redensarten, was allens nich zu brauchen war.

›Stadt sagst du?‹ sagt er. ›Nach die Kriegsthehorien müßten wir auf Verstärkung warten.‹ Warraftig, denk ich, denn wolln wir man lieber gleich unser Grab schaufeln; denn die nächsten Truppen staken bis rauf an die Halsbinde in die Mimbusümpfe. ›Aber‹, sagt der Leutnant, ›weil dies ein Spezialfall is, will ich ne Ausnahme machen. Wir wolln dies Lungtungpen heut nacht besuchen.‹

Die Jungs waren ganz wild vor Freude, als ich ihnen das sag; und sie sprangen wie die Kaninchens durch den Dschungel. So um Mitternacht kommen wir an den Fluß, ich hatt ganz vergessen, mein Offizier von den zu erzählen. Ich war mit vier Jungens voran, und ich dacht, der Leutnant möcht nu gewiß gern wieder thehoretisieren. ›Ausziehn, Jungs‹, sag ich, ›bis aufs Hemd, und schwimmt hin, wo der Ruhm auf euch lauert.‹ ›Aber ich *kann* nich schwimmen‹, sagen zwei davon. ›Nee, daß ich das erlebn muß, sowas von gebildete Leute zu hören!‹ sag ich. ›Haltet euch an ein tüchtiges Stück Holz fest, denn wolln Conolly un ich die jungen Damens wohl rüberschiffen!‹

Wir kriegen 'n alten Baumstamm zu fassen, da legten wir Zeug und Gewehre auf, und denn stoßen wir ab. Die Nacht war stockduster, und wie wir grad eben unterwegs sind, hör ich den Leutnant hinter mir rufen. ›Hier is bloß so 'ne kleine *Nullah,* Herr Leutnant‹, sag ich, ›aber ich hab schon Grund.‹ Den hatt ich auch, denn ich war man ein knappen Meter vons Ufer weg.

›Bloß eine kleine *Nullah*! So 'ne Art Themsemündung is es wohl!‹ sagt der Leutnant. ›Na, man los, du toller Irländer. Ausziehn, Kerls!‹ Ich hör ihm lachen; und die Kerls fangen an, sich auszuziehen, und trünneln ein Baumstamm ins Wasser für ihr Zeug. Da schwammen denn Conolly und ich mit unsern Stamm durch's warme Wasser, und die andern kamen hinternach.

Der Fluß war 'n paar Meilen breit! Ortheris, der an den Baum hinter mir war, sagte leise, wir wären wohl aus Versehen in die Themse bei Sheerness geraten. ›Schwimm zu, dummer Kerl‹, sag ich, ›und mach keine faulen Witze über den Irriwaddy.‹ ›Ruhig, Leute‹, schnarrt der Leutnant. Und wir schwimmen weiter in Stockdüstern mit die Brust auf'n Baum und vertrauen auf die Heiligen und das Glück von die britische Armee. Endlich stoßen wir auf Grund – auf Sand – und auf einen Menschen. Ich tret ihm grad auf'n Rücken. Er schreit und rennt weg.

›Das haben wir geschafft!‹ sagt der Leutnant. ›Aber wo zum Teufel ist denn Lungtungpen?‹ Anderthalb Minuten mußten wir warten. Die Leute nahmen ihre Gewehre und einige versuchten auch noch die Koppel umzuschnallen. Wir marschieren natürlich mit aufgepflanzten Bajonett. Auf einmal wußten wir, wo Lungtungpen war; denn wir waren im Dunkeln gegen seine Flußmauern angerannt; und nu schleudert die ganze Stadt Blitze aus Pistolen und Gewehren und sprüht Funken wie ein Katzenbuckel in der Winternacht. Sie feuerten alle auf einmal, aber über unsere Köpfe weg in den Fluß.

›Gewehr parat?‹ sagt der Leutnant. ›Jawoll!‹ sagt Ortheris. ›Ich hab für meine rückständige Löhnung dem Halunken Mulvaney seins gekriegt, und das is so lang, da tu ich mir noch was mit an.‹ ›Vorwärts!‹ schreit Brazenose und zieht den Degen. ›Vorwärts, die Stadt wird genommen! Gott sei unseren Seelen gnädig.‹

Da stießen die Kerls ein fürchterliches Gebrüll aus und stürmen aufs Geratewohl im Dunkeln auf die Stadt los, stramm und grade wie die Reitlehrer, und dabei piekt das scharfe Gras sie in die nackten Beine. Ich hau mitm Kolben auf was Weiches, Bambusähnliches los, und die andern kommen und hauen auch wie wild drauflos, und währenddem knallen die Gewehre, und wütendes Gebrüll von drinnen reißt uns das Trommelfell kaputt. Wir waren zu dicht an die Mauer, darum konnten sie uns nich treffen.

Und endlich bricht das Dings zusammen, und wir sechsundzwanzig Mann stolpern nackicht wie Neugeborne, einer hinter dem andern, in die Stadt Lungtungpen rein. Erst gibt es ein fürchterliches Durcheinander; aber ob sie uns, weiß und nackt wie wir waren, für irgend 'ne Teufelsbrut hielten oder 'ne neue Art Räuber, das weiß ich nich. Sie liefen weg, als wenn wir beides wären, und wir lachend und schreiend mit Bajonett und Kolben hinterher. In die Straße waren Fackeln, da seh ich, wie der lütte Ortheris sich jedesmal, wenn er mein langes Gewehr abgeschossen hat, die Schulter reibt. Und Brazenose geht mitten drin mit sein Degen wie Diarmid mits goldne Halsband, bloß daß er kein büschen Zeug am Leibe hat. Wir entdecken Elefanten mit Räubern untern Bauch, und wegen all sowas hattn wir bis zum Morgen mit der Besetzung von Lungtungpen zu tun.

Denn machten wir halt und formierten uns, die Weibsleute heulten in die Häuser, und Leutnant Brazenose glühte wie ne Rose in die Morgensonne. Das war die unanständigste Parade, die ich mein Lebtag mitgemacht hab. Fünfundzwanzig Mann und ein Offizier standen stramm, und keiner hatt auch nur ein Fetzen Zeug so groß wie ein Staublappen am Leibe. Acht davon hatten Koppel und Patronentaschen um, aber die andern waren mit eine Handvoll Patronen, wie Gott sie geschaffen hat, losgegangen. Die waren genau so nackicht wie die Venus.

›Von rechts abzählen!‹ sagt der Leutnant. ›Alle Ungraden treten ab zum Anziehn, alle Graden patrouillieren in der Stadt, bis sie von die Anziehgruppe abgelöst werden.‹ Na, Sie können sich denken, in eine Stadt Patrouille gehn ohne was an, das is was! Das vergeß ich mein Lebtag nich. Zehn Minuten dauerte das bloß, aber das Weibsvolk lachte so, daß ich, warraftig, ganz rot wurde. Nie in mein Leben bin ich rot geworden, nich vorher und nich nachher, aber da wurde ich rot, über'n ganzen Leibe. Ortheris ging nich Patrouille; er sagte bloß was Unanständiges, schmiß sich hin und wälzte sich vor Lachen auf die Erde rum.

Als wir alle angezogen warn, zählten wir die Toten – fünfunsiebzig ohne die Verwundeten. Wir haben fünf Elefanten, hundertsiebzig Gewehre, zweihundert Dolche und ne Menge andern Kram erbeutet. Von uns war keiner verletzt, bloß vielleicht der Leutnant, aber auch bloß vom Schrecken von wegen die Schamlosigkeit.

Der Häuptling von Lungtungpen, der sich denn ergab, fragt den Dolmetscher: ›Wenn die Engländer so kämpfen ohne Zeug an – wie kämpfen sie denn erst mit Zeug?‹ Da fing Ortheris an mit die Augen zu rollen, mit die Finger zu knacken und wild herumzutanzen, er wollte den Häuptling bange machen. Und der machte, daß er in sein Haus kam. Un den Rest von den Tag trugen wir den Leutnant auf unsre Schultern durch die Stadt und spielten mit die Burmeserbabys, das waren kleine dicke bildhübsche braune Teufelchens.

Als ich von wegen die Ruhr weggeschickt wurde, sag ich zum Leutnant: ›Herr Leutnant‹, sag ich, ›Sie haben das Zeug zu'n großen Mann in sich, aber, wenn ein alter Soldat sich das erlauben darf, Sie sind zu doll für die Thehorien.‹ Da drückt er mich die Hand und sagt: ›Was man auch tut, du bist nie zufrieden, Mulvaney. Du hast gesehn, wie ich durch Lungtungpen gewalzt bin, wie ein Indianer ohne Kriegsbemalung, un denn sagst du, ich bin zu doll für Thehorien?‹ ›Herr Leutnant‹, sag ich, denn ich hatte den Jungen richtig lieb; ›so würd ich mit Sie durch die Hölle walzen, und das täten alle!‹ Denn fuhr ich aufm Prahm flußabwärts und gab ihn meinen Segen. Und den sollt der liebe Gott ihn man zukommen lassen, denn er war 'n feinen tüchtigen Offizier.

Aber um auf das, was ich vorhin gesagt hab, zurückzukommen! Was ich erzählt hab, zeigt, wie gut die Dreijährigen zu brauchen sind. Hätten wohl Soldaten mit fünfzig auf'm Buckel Lungtungpen auf diese Weise im Dunkeln genommen? Nee! Sie hätten gewußt, wie gefährlich das war wegen Fieber und Schnupfen – vom Schießen gar nich zu reden. Zweihundert hätten es vielleicht geschafft. Aber die Dreijährigen wissen wenig und sorgen noch weniger; und wo man sich nich fürchtet, is keine Gefahr. Man muß sich die Jungen nehmen und sie gut füttern, und bei die Ehre von den großen kleinen Bobs, sie werden unter ein guten Offizier nich nur mit ne Räuberbande, sondern mit die Armeen von Europa fertig. Lungtungpen haben sie nackicht genommen; Petersburg würden sie in Unterhosen nehmen. Das täten sie, warraftig!

Hier is Ihre Pfeife, Herr! Wenn der Geruch von'n Kantinentabak raus is, denn rauchen Sie ihr man wieder mit feineres Kraut. Un ich dank auch, daß Sie mir mein Beutel mit Ihren feinen Tabak füllen; aber viel Zweck hat das nich. Kantinentabak is wie der Kommiß. Er verdirbt einen den Geschmack an Feineres.« Und Mulvaney nahm sein Schmetterlingsnetz auf und kehrte in die Kaserne zurück.

Ein Bazillentöter

Angenehm ist es den kleinen Blechgöttern,
Wenn Zeus ein Nickerchen macht.
Doch Blechgötter klein fallen leicht herein,
Merken sie nicht, wenn Zeus erwacht.

Es gilt als allgemeine Regel, daß es unangebracht ist, sich in Staatsdinge zu mischen in einem Lande, wo es gutbezahlte Männer gibt, die sie für uns erledigen. Folgende Erzählung enthält die Ausnahme von dieser Regel.

Man weiß, daß wir uns alle fünf Jahre einen neuen Vizekönig kommen lassen; und jeder Vizekönig bringt außer anderm Gepäck einen Privatsekretär mit, der je nachdem, wie das Fatum es will, der wirkliche Vizekönig ist oder nicht. Das Fatum sorgt für das Indische Kaiserreich, weil es so groß und so hilflos ist.

Einmal brachte ein Vizekönig einen sehr ungestümen Privatsekretär mit – einen zähen Mann mit sanftem Benehmen und einem krankhaften Arbeitsdrang. Dieser Sekretär hieß Wonder – John Fennil Wonder. Der Vizekönig hatte keinen Namen – nur eine ganze Reihe von Grafschaften mit den dazugehörigen Titeln. Er sagte, im Vertrauen, er wäre die galvanisierte Gallionsfigur eines goldenen Verwaltungsschiffes, und er sah träumerisch und amüsiert zu, wie Wonder versuchte, Dinge, die ganz außerhalb seines Tätigkeitsbereiches lagen, in seine Hand zu bringen. »Wenn wir alle einmal Engel sind«, sagte Se. Exzellenz einmal, »dann wird mein lieber guter Wonder das Haupt einer Verschwörung sein, um Gabriel die Schwungfeder auszureißen oder Petrus die Schlüssel zu stehlen. Dann werde ich ihn anzeigen.«

Aber wenn der Vizekönig auch nichts tat, um Wonders Übergriffe zu verhindern, so waren doch andere nicht erbaut davon und hielten mit ihrer Meinung nicht zurück. Vielleicht fingen die Ratsmitglieder damit an; aber schließlich war ganz Simla der Meinung, daß man während dieser Regierungszeit »zuviel Wonder und zuwenig Vizekönig« spüre. Wonder führte »Se. Exzellenz« immer im Munde. »Se. Exzellenz hier« und »Se. Exzellenz da«, »nach der Meinung von Sr. Exzellenz« usw. Der Vizekönig lächelte, aber hatte nichts dagegen. Er sagte, solange seine guten alten Leute sich mit seinem »lieben, guten Wonder« herumzankten, würden sie vielleicht den »Uralten Orient« in Ruhe lassen.

»Kein weiser Mann hat eine bestimmte Politik«, sagte der Vizekönig. »Politik ist der Sold, der dem Narren vom Schicksal auferlegt wird. Ein Narr bin ich nicht, und an das Schicksal glaube ich nicht.«

Ich weiß nicht recht, was das bedeuten soll, wenn er nicht – absichtlich – Politik mit Police verwechselt hat. Vielleicht war das nur seine Art und Weise zu sagen: »Nur die Ruhe kann's machen.«

Zu der Zeit kam einer jener Sonderlinge nach Simla, die von einer einzigen Idee besessen sind. Das sind die Leute, die die Dinge ins Rollen bringen; aber eine Unterhaltung mit ihnen ist kein Vergnügen. Dieser Mann hieß Mellish, und er hatte fünfzehn Jahre auf seinem Landgut in Niederbengalen mit dem Studium der Cholera zugebracht. Er war der Ansicht, die Cholera sei ein Bazillus, der sich fortpflanzt, wenn er durch feuchte unreine Luft fliegt, und der sich an den Baumzweigen festsetzt wie Wollflocken. Dieser Bazillus könne unschädlich gemacht werden, sagte er, durch »Mellishs unfehlbares Räuchermittel« – ein schweres blauschwarzes Pulver – »das Ergebnis fünfzehnjähriger wissenschaftlicher Forschung, Verehrtester.«

Erfinder bilden, scheint's, eine Menschenklasse für sich, so sehr gleichen sie einander. Sie sprechen laut, besonders von »Verschwörungen von Monopolisten«, sie schlagen mit der Faust auf den Tisch; und sie tragen in geheimnisvollen Verstecken Proben ihrer Erfindung mit sich herum.

Mellish behauptete, in Simla gäbe es einen »Ärztering« unter der Führung des Oberstabsarztes, und der stände ganz augenscheinlich mit allen Hospitalärzten im ganzen Reich in Verbindung. Ich weiß nicht mehr so recht, womit er es bewies, aber es kam auch »Gebirgsspionage« darin vor; Mellishs Wunsch war nun, daß der Vizekönig ganz unvoreingenommen seine Erfindung in Augenschein nehme, denn »der Vizekönig ist doch der Statthalter Ihrer Majestät, unsrer allergnädigsten Königin, Verehrtester«. Mellish ging also nach Simla mit vierundachtzig Pfund Räuchermittel im Koffer, um mit dem Vizekönig zu sprechen und ihm die Vorzüge der Erfindung aufzuzeigen.

Aber es ist leichter, einen Vizekönig zu sehen als zu sprechen, wenn man nicht eine so wichtige Persönlichkeit ist wie Mellishe von Madras. Das war ein sehr reicher Mann und so erhaben, daß seine Töchter nicht »heirateten«, sondern »sich vermählten«. Er selbst wurde nicht bezahlt, sondern erhielt »Remunerationen«, und seine Reisen waren »Informationsfahrten«. Seine Beschäftigung war, die Leute in Madras mit einem langen Stock aufzustören – wie man Schleien in einem Teich aufstört – die Leute sollten aus ihrem behaglichen Leben herauskommen und staunend ausrufen: »Hier ist Aufklärung und Fortschritt. Wie herrlich!« Dann widmeten sie Mellishe Standbilder und Jasminkränze in der Hoffnung, ihn loszuwerden.

Mellishe kam nach Simla, »um mit dem Vizekönig zu konferieren«. Das war eine von seinen Nebenbeschäftigungen. Der Vizekönig wußte von Mellishe nichts, als daß er »einer jener Bürgergötzen war, die zum geistigen Wohlbefinden in Indien, diesem Bürgerparadiese, notwendig zu sein scheinen«, und daß wahrscheinlich er es war, der »alle öffentlichen Einrichtungen in Madras angeregt, ersonnen, gegründet und ausgestattet« hatte. Und das beweist, daß Se. Exzellenz bei aller Verträumtheit doch ihre Erfahrungen mit solchen Schwerreichen hatte.

Mellishe hieß E. Mellishe, und Mellish hieß E. S. Mellish; sie wohnten im gleichen Hotel, und das Fatum, das für das Indische Reich sorgt, wollte es, daß Wonder ein Versehen beging und das End-e wegließ, daß der Chaprassi das Seinige dazu beitrug, so daß das Schreiben, das folgendermaßen lautete – »Sehr geehrter Herr Mellish, ist es Ihnen möglich bei Ihrer starkbesetzten Zeit, morgen um zwei Uhr das Gabelfrühstück bei uns einzunehmen? Se. Exzellenz wird dann eine Stunde für Sie Zeit haben.« – an Mellish mit dem Räuchermittel ausgehändigt wurde. Er weinte beinahe vor Stolz und Freude und trabte zur festgesetzten Zeit nach Peterhoff, eine große Tüte voll von dem Mittel in der Rockschoßtasche. Dies war eine günstige Gelegenheit, die wollte er nach Kräften ausnutzen. Mellishe von Madras hatte so bedeutsam und feierlich von seiner »Konferenz« gesprochen, daß Wonder für ein Frühstück unter vier Augen Sorge getragen hatte, ohne Offizier vom Dienst, ohne Wonder, nur der Vizekönig; der sagte in kläglichem Ton, er fürchte sich vor solchen frei herumlaufenden Selbstherrschern, wie der große Mellishe von Madras einer sei.

Aber der Gast war dem Vizekönig nicht langweilig. Ganz im Gegenteil, er amüsierte ihn höchlichst. Mellish war ängstlich beflissen, möglichst bald auf sein Räuchermittel zu sprechen zu kommen, und so schwatzte er über alles mögliche darauflos, bis das Frühstück vorbei war, und Se. Exzellenz ihn zum Rauchen aufforderte. Dem Vizekönig gefiel Mellish, weil er nicht fachsimpelte.

Sobald die Zigarren brannten, sprach Mellish wie ein Mann; er begann mit seiner Choleratheorie, kam auf seine fünfzehnjährige »wissenschaftliche Arbeit«, streifte die Machenschaften des »Ringes von Simla« und rühmte die Vorzüge seines Räuchermittels. Währenddessen betrachtete der Vizekönig ihn durch die halbgeschlossenen Lider und dachte: »Augenscheinlich ist das der falsche Tiger; aber das Biest ist originell.« Vor Aufregung standen Mellish die Haare zu Berge, und er fing an zu stottern. Er wühlte in seiner Rocktasche herum, und ehe der Vizekönig recht wußte, was los war, hatte er eine Tüte voll von seinem Pulver in den großen silbernen Aschenbecher geschüttet.

»N ... n ... n ... nun urteilen Sie selbst«, sagte Mellish. »Ew. Exzellenz können selber urteilen! Es wirkt mit absoluter Sicherheit, auf Ehre!«

Er steckte das brennende Ende seiner Zigarre in das Pulver, das begann wie ein Vulkan zu rauchen und sandte dicke schmierige Ringe kupferroten Rauches in die Luft. Innerhalb fünf Sekunden war das ganze Zimmer von einem stark beizenden übelmachenden Gestank erfüllt – einem Gestank, der einem gewaltsam die Luftröhrenklappen schloß. Das Pulver zischte und sprühte und schoß blaue und grüne Funken, und der Rauch stieg, bis man weder sehen noch hören noch Luft kriegen konnte. Aber Mellish war daran gewöhnt.

»Salpetersaurer Strontian«, schrie er, »Baryt, Knochenmehl usw. Ein Kubikzoll entsendet hundert Kubikfuß Rauch. Kein Bazillus kann dabei am Leben bleiben, Ew. Exzellenz.«

Aber Se. Exzellenz war geflohen und stand hustend am Fuß der Treppe, während der ganze Peterhoff in Aufregung war wie ein Bienenschwarm. Rote Ulanen kamen, und der Oberchaprassi, der Englisch kann, kam, und die Leibdiener kamen, und Damen kamen die Treppe heruntergelaufen und schrien »Feuer!«; denn der Rauch zog durch das ganze Haus, quoll aus den Fenstern und füllte die Veranden und wirbelte und schlängelte durch die Gärten. Niemand konnte das Zimmer betreten, in dem Mellish über sein Mittel Vortrag hielt, ehe nicht das unaussprechlich herrliche Pulver ausgebrannt war.

Da stürzte ein Adjutant, der sich nach dem Viktoriakreuz sehnte, durch die wogenden Wolken und zog Mellish in die Halle. Der Vizekönig lag auf der Erde vor Lachen und konnte nur noch matt Mellish zuwinken, der eine neue Pulvertüte vor ihm ausschüttete.

»Großartig! Ganz großartig!« stöhnte Se. Exzellenz. »Nicht ein Bazillus, wie Sie richtig bemerkten, könnte leben bleiben! Das kann ich beschwören. Ein glänzender Erfolg!«

Dann lachte er, bis ihm die Tränen über die Backen liefen, und Wonder, der den richtigen Mellishe wutschnaubend auf der Straße getroffen hatte, kam herein und war außer sich über diese Szene. Aber der Vizekönig war entzückt, denn er sah, daß Wonder nun gehen würde. Und Mellish mit dem Räuchermittel war auch entzückt, denn er hatte das Bewußtsein, den »Ärztering« von Simla gesprengt zu haben.

Wenige können eine Geschichte so gut erzählen wie Se. Exzellenz, wenn er sich dieser Mühe unterzog, und seine Erzählung von dem »Freund meines lieben guten Wonder mit dem Pulver« machte die Runde durch Simla, und naseweise Leute machten Wonder sehr unglücklich durch ihre Bemerkungen.

Aber Se. Exzellenz erzählte die Geschichte einmal zu oft – für Wonder nämlich. Das war aber auch seine Absicht. Es war bei einem Picknick. Wonder saß gerade hinter dem Vizekönig.

»Und einen Augenblick dachte ich wirklich«, schloß Se. Exzellenz, »daß mein lieber guter Wonder einen Mörder gedungen hätte, um sich den Weg zum Thron zu bahnen!«

Jedermann lachte; aber in der Stimme des Vizekönigs schwang ein leiser Unterton mit, den Wonder wohl verstand. Er fand, daß er anfinge zu kränkeln; und der Vizekönig willigte in seinen Abschied und stellte ihm ein glänzendes Zeugnis aus, zum Gebrauch bei großen Tieren zu Haus.

»Es war ganz und gar meine Schuld«, sagte Se. Exzellenz später und zwinkerte dabei mit den Augen. »Meine Inkonsequenz muß einem so hervorragenden Manne immer ein Dorn im Auge gewesen sein.«

Entführt

Es gibt in menschlichen Affären eine Strömung,
Die schlimm ist, wie man sie auch nehmen mag.
Die landet einen in Kanälen und in Gossen,
Die zu besuchen keinem Anständigen ziemt.
Die Strömung ist unhemmbar, aber ab und zu
Kannst du wohl einen kecken Abenteurer warnen –
Doch er – hm! dankt dir schwerlich dein Bemühn.

Wir gehören einer erstklassigen aufgeklärten Rasse an, Kinderheiraten sind abscheulich und ihre Folgen manchmal sonderbar; aber trotz alledem ist die Sitte der Hindus – und das ist zugleich die Sitte des ganzen Kontinents, und das ist die ursprüngliche Sitte –, Ehen zu schließen ohne Rücksicht auf den persönlichen Wunsch der Heiratenden, vernünftig. Bei einigem Nachdenken wird man einsehen, daß es wirklich so ist; natürlich nicht, wenn man an »Wahlverwandtschaften« glaubt. In dem Falle lasse man diese Geschichte lieber ungelesen. Wie kann ein Mann, der noch nie verheiratet war, dem man nicht einmal zutrauen kann, daß er auf den ersten Blick ein gesundes Pferd erkennt, dessen Kopf heiß und verdreht ist von Visionen häuslichen Glücks, wie kann ein solcher Mann sich ein Weib erwählen? Wenn er es versucht, kann er nicht klar sehen und nicht klar denken. Und das Mädchen befindet sich in derselben Lage. Aber wenn reife verheiratete kluge Leute einen Bund zwischen einem Jungen und einem Mädchen zustande bringen, dann machen sie es vernünftig, denken dabei an die Zukunft, und das junge Paar ist sein Leben lang glücklich. Was jedermann weiß.

Offen gesagt, sollte die Regierung ein Matrimonial-Departement errichten, mit einer ausgebildeten Beamtenschaft, einer Jury von würdigen Damen, einem Richter vom Hauptgerichtshof, einem älteren Geistlichen, und im Hofe müßte als abschreckendes Beispiel ein Paar, das sich aus Liebe geheiratet hat, an einem Baum gefesselt zu sehen sein. Alle Ehen müßten durch dieses Departement geschlossen werden, es könnte dem Departement für Erziehung untergeordnet sein, und Übertretungen könnten mit derselben Strafe belegt werden, wie der An- und Verkauf von Grundbesitz ohne Stempelgebühren. Aber die Regierung ist nicht für solche Anregungen zu haben. Sie behauptet, keine Zeit dafür zu haben. Trotzdem will ich meine Anschauungen niederlegen und ein Beispiel geben, das meine Theorie illustriert.

Es war einmal ein netter junger Mann, ein hervorragender Beamter, ein Mann mit Aussicht auf eine glänzende Karriere, an deren Ende ein hoher Titel und Orden winkten. Alle Vorgesetzten lobten ihn, weil er Zunge und Feder zur rechten Zeit zu zügeln wußte. Heute gibt es in Indien nur elf Männer, die diese geheime Kunst besitzen; und alle, mit einer Ausnahme, sind zu hohen Ehren und Gehältern gelangt.

Dieser nette junge Mann war ruhig und gesetzt – viel zu sehr für sein Alter. Darin liegt schon der Keim künftiger Strafe. Wenn ein kleiner Leutnant oder der Assistent eines Teefarmers oder sonst jemand, der das Leben genießt und sich keine grauen Haare wachsen läßt, getan hätte, was er zu tun versuchte, keine Seele hätte sich darum gekümmert. Aber als Peythroppe, der schätzenswerte, tugendhafte, solide, ruhige, arbeitsame junge Peythroppe, fiel, da ging eine Bewegung durch fünf Departements.

Dieser »Fall« geschah folgendermaßen. Er lernte ein Fräulein Castries kennen – d'Castries hieß der Name ursprünglich, aber die Familie ließ das d' fallen aus Verwaltungsgründen – und er verliebte sich noch heftiger in sie, als er zu arbeiten pflegte. Es muß gesagt werden, daß sich nicht das geringste gegen Fräulein Castries sagen ließ – nicht das geringste. Sie war ein gutes und sehr hübsches Mädchen mit einem Teint, den ahnungslose Leute in der Heimat »spanisch« nennen, mit dickem blauschwarzem Haar, das tief auf der Stirn in Form einer »Witwenschnebbe« ansetzte, mit großen veilchenblauen Augen unter Brauen, die so breit und gerade waren, wie der Trauerrand von einem Extrablatt beim Tode eines großen Mannes. Aber – aber – aber! Gewiß, sie war ein sehr niedliches Mädchen und sehr fromm, aber sie war aus mancherlei Gründen »unmöglich«. Alle guten Mamas wissen, was »unmöglich« bedeutet. Es war einfach absurd, daß Peythroppe sie heiraten wollte. Der kleine opalfarbige Onyxhalbmond an ihren Fingernägeln sprach es deutlicher aus als Druckerschwärze. Außerdem bedeutete eine Heirat mit Fräulein Castries das Anheiraten von verschiedenen andern Castries' – von dem Leutnant Castries, ihrem Papa, von Frau Eulalia Castries, ihrer Mama, und der ganzen weitverzweigten Castries-Familie, die monatliche Einkommen hatte von 175 bis 570 Rupien, samt deren Frauen und Anverwandten.

Es würde Peythroppe weniger teuer zu stehen gekommen sein, wenn er einen Kommissar mit der Hundepeitsche traktiert oder wichtige Akten aus seinem Büro verbrannt hätte, als eine Verbindung mit der Familie Castries einzugehen. Es hätte weniger seiner späteren Laufbahn geschadet, sogar unter einer Regierung, die nie vergißt und erst recht nie vergibt. Jeder sah das deutlich, nur Peythroppe nicht. Er wollte Fräulein Castries heiraten, er wollte es! Er war alt genug und bezog ein gutes Gehalt – und wehe dem Haus, das nachher nicht Frau Virginie Saulez Peythroppe mit der Achtung, die man dem Range ihres Gatten schuldig war, empfangen wollte. Das war Peythroppes letztes Wort, und jeder Widerspruch machte ihn toll.

Plötzliche Tollheiten befallen meistens die gesündesten Menschen. Ich weiß einen Fall – aber davon werde ich später erzählen. Man kann diese Wahnsinnsanfälle nur mit der Theorie erklären, welche der anderen, daß nämlich Ehen im Himmel geschlossen werden, direkt widerspricht. Peythroppe brannte vor Ungeduld, sich am Beginn seiner Laufbahn einen Klotz ans Bein zu binden; und Gründe richteten nichts bei ihm aus. Er wollte nun einmal Fräulein Castries heiraten, und das wäre seine eigene Angelegenheit, und er würde dankbar sein, wenn man alle guten Ratschläge für sich behielte. Wenn jemand erst auf diesem Punkte angelangt ist, dann bestärken Worte ihn nur noch in seinem Entschluß. Er hatte natürlich keinen Blick dafür, daß eine Heirat hier in Indien nicht das Individuum, sondern die Regierung, in deren Diensten er steht, angeht.

Erinnert der Leser sich noch an Frau Hauksbee – die wunderbarste Frau in Indien? Sie hat Pluffles von Frau Reiver erlöst, hat Tarrion die Anstellung im Auswärtigen Amt besorgt und ist in offener Schlacht von Frau Cusack-Bremmil besiegt worden. Sie erfuhr von Peythroppes bedauernswertem Zustand, und in ihrem Gehirn entstand der Plan zu seiner Rettung. Sie besaß die Klugheit der Schlange, die logische Denkkraft des Mannes, die Furchtlosigkeit des Kindes und die dreifache Intuitionsgabe des Weibes. Niemals – nein, niemals – solange noch eine Tonga den Solonabhang herabschuckelt, oder Pärchen auf dem Rücken des Sommerberges entlangreiten, wird es wieder ein solches Genie geben wie Frau Hauksbee. Sie nahm an einer Beratung dreier Männer über den Fall Peythroppe teil, und sie erhob sich, die Lasche ihrer Reitpeitsche zwischen den Lippen, und sprach also ...

Drei Wochen danach saß Peythroppe im Hause dieser drei Männer beim Essen, als die »Indische Zeitung« gebracht wurde. Peythroppe fand zu seiner Überraschung eine Notiz darin, daß er einen Monat Urlaub bekommen habe. Man frage mich nicht, wie das zustande gekommen war. Ich bin der festen Überzeugung, daß auf Frau Hauksbees Befehl die ganze große indische Verwaltung kopfstehen würde. Die drei Männer hatten auch jeder ihren Monat Urlaub. Peythroppe legte die Zeitung hin und schimpfte. Da hörte man vom Hof her das weiche »tapp-tapp« von Kamelen, sogenannten »Diebskamelen«, aus der Bikaneer-Zucht, die beim Niederlegen und Aufstehen nicht gurgeln und heulen.

Was dann geschah, weiß ich nicht. Soviel ist gewiß: Peythroppe verschwand spurlos wie Rauch – und der lange Liegestuhl im Hause der drei Männer war in tausend Stücke zerbrochen. Auch fehlte eine Bettstelle in einem der Schlafzimmer.

Frau Hauksbee sagte, Herr Peythroppe wäre mit den drei Männern in Radschputana auf Jagd; wir mußten ihr natürlich glauben.

Ende des Monats berichtete die Zeitung, daß Peythroppes Urlaub um zwanzig Tage verlängert wäre; aber Zorn und Jammer herrschte im Hause der Castries'. Die Hochzeit war festgesetzt, aber der Bräutigam erschien nicht, und die D'Silvas, Pereiras und Ducketts erhoben ihre Stimmen und machten sich über den Leutnant Castries lustig, weil man ihn so gemein zum Narren gehabt hatte. Frau Hauksbee ging zu der Trauung und war sehr erstaunt, als Peythroppe nicht erschien. Nach sieben Wochen kamen Peythroppe und die drei Männer von Radschputana zurück. Peythroppe war in böser Verfassung, sehr blaß und verschlossener als je.

Einer von den dreien hatte eine Schramme auf der Nase, vom Rückschlag einer Flinte. Zwölfkalibrige haben eine merkwürdige Art Rückschlag.

Dann erschien Leutnant Castries, ihn dürstete nach dem Blut seines treulosen einstigen Schwiegersohnes. Er sagte Dinge – sehr gewöhnliche und »unmögliche« Dinge –, die den rohen derben »Gemeinen« unter dem Offizier zum Vorschein brachten, und ich glaube, Peythroppe wurden die Augen geöffnet. Jedenfalls hielt er bis zum Schluß an sich; dann antwortete er ganz kurz. Leutnant Castries bat um einen Schnaps, ehe er fortging, um zu sterben oder eine Klage wegen Bruchs des Eheversprechens einzureichen.

Fräulein Castries war wirklich ein sehr gutes Mädchen. Sie sagte, sie wolle keine solche Klage. Sie sagte, wenn sie auch keine Dame wäre, so wäre sie doch gebildet genug, um zu wissen, daß eine Dame mit ihrem gebrochenen Herzen nicht an die Öffentlichkeit ginge; und da sie zu Hause etwas zu sagen hatte, geschah nichts. Später heiratete sie einen ehrenwerten, ordentlichen Mann. Er reiste für eine sehr unternehmende Firma in Kalkutta und war das Muster eines guten Ehemannes.

Und Peythroppe kam wieder zur Vernunft und leistete gute Arbeit und wurde von allen, die ihn kannten, hochgeschätzt. Eines Tages wird er heiraten; aber er wird ein süßes rosigweißes Mädel heiraten, das auf der Liste steht, ein wenig Vermögen und einige einflußreiche Verbindungen hat, so wie jeder kluge Mann es machen sollte. Und er wird ihr niemals, sein ganzes Leben nicht, erzählen, was sich während der siebenwöchigen Jagd in Radschputana ereignet hat.

Aber nun bedenke man, wieviel Geld – denn Kamelmiete ist nicht gering, und diese Bikaneertiere mußten wie Menschen verpflegt werden – man sich hätte sparen können, wenn es ein gutgeleitetes Matrimonial-Departement unter der Aufsicht des Generaldirektors für das Erziehungswesen in direkter Verbindung mit dem Vizekönig gegeben hätte.

Leutnant Golightlys Verhaftung

»Ich hab die Parole vergessen«, sagt er.

»So, vergessen; aha«, sag ich.

»Ich bin doch der Oberst«, sagt er.

»So, der Oberst; aha«, sag ich. »Oberst oder nicht Oberst, du wartest hier, bis ich abgelöst werd und der Serschant deine alte Fratze rekonnossiert. Los!« sag ich.

Und Gottsverdammi! es war warraftig der Oberst! Aber ich war damals auch man bloß Rekrut!

Aus der unveröffentlichten Selbstbiographie des Gemeinen Ortheris

Auf nichts war Golightly so stolz wie auf sein »offiziersmäßiges und elegantes Aussehen.« Er behauptete, er kleide sich dem Heeresdienst zu Ehren so sorgfältig; aber wer ihn gut kannte, sagte, es geschähe aus persönlicher Eitelkeit. Golightly war ein absolut harmloser Mensch. Er konnte ein Pferd auf den ersten Blick einschätzen und konnte mehr als den Sattel drücken. Er spielte ganz ordentlich Billard und war beim Whist ein brauchbarer Kumpan. Jeder hatte ihn gern; und niemand dachte auch nur im Traum daran, ihn einmal als Deserteur mit Handschellen auf einem Bahnhof zu erblicken. Und doch, traurig genug, geschah dies.

Er kam von Dalhousie herab, am Schluß seines Urlaubs; er kam zu Pferd. Er hatte seinen Urlaub bis zur letzten Minute ausgenutzt und wollte jetzt möglichst schnell zurückkehren.

Es war recht warm in Dalhousie, und da er wußte, was ihn in der Beziehung weiter unten erwartete, ritt er in einem neuen, zart olivgrünen Khakianzug, der wie angegossen saß, mit einem pfauenblauen Schlips, weißem Kragen und einem schneeweißen Tropenhelm. Er war stolz darauf, tadellos angezogen zu sein, sogar wenn er Postpferde ritt. Und er sah in der Tat tadellos aus; er war, ehe er sich auf den Weg machte, so mit seinem Aussehen beschäftigt, daß er ganz vergaß, außer etwas kleiner Münze Geld mitzunehmen. Alle Banknoten ließ er im Hotel. Seine Diener waren schon vor ihm abgereist, sie sollten in Pathankote auf ihn warten und frische Kleidung bereithalten. Das nannte er in »leichter

Marschordnung« reisen. Er war stolz auf sein Organisationstalent.

Zweiundzwanzig Meilen hinter Dalhousie fing es an zu regnen – kein leichter Gebirgsschauer, sondern ein tüchtiger lauwarmer Monsunguß. Golightly machte, daß er weiter kam und bedauerte, daß er keinen Regenschirm mitgenommen hatte. Der Staub auf der Straße verwandelte sich in Schlamm, und das Pony wurde ganz mit Schmutz bespritzt. Ebenfalls Golightlys Khakigamaschen. Aber er ritt tapfer weiter und versuchte, an die angenehme Kühle zu denken.

Das nächste Pony war beim Losreiten störrisch, und weil Golightlys Hände vom Regen glitschig geworden waren, gelang es dem Tier, bei einer Straßenbiegung Golightly loszuwerden. Er jagte hinter ihm her, fing es ein und ritt flott voran. Der Sturz vom Pferde hatte weder seinen Anzug noch seine Laune verbessert, und ein Sporn war weg. Den andern benutzte er fortwährend. Als diese Etappe zurückgelegt war, hatte das Pony mehr Bewegung gehabt, als es wünschte, und Golightly war trotz des Regens in Schweiß gebadet. Nach einer weiteren halben Stunde versank die Welt vor seinen Augen plötzlich in einem klebrigen Brei. Der Regen hatte das Mark in seinem großen schneeweißen Tropenhelm in einen übelriechenden Teig verwandelt, und der Helm hatte sich um seinen Kopf gelegt, wie ein halboffener Pilz. Das grüne Futter fing an zu lecken.

Golightly sagte nichts, was wert gewesen wäre, hier aufgezeichnet zu werden. Er riß so viel von der Krempe herunter, daß seine Augen frei wurden, und pflügte weiter. Hinten klatschte ihm der Helm gegen den Hals, und an der Seite verklebte er ihm die Ohren, aber das Lederband und das grüne Futter hielten alles notdürftig zusammen, so daß der Hut sich nicht vollständig auflöste.

Nach und nach bildeten der Brei und die grüne Farbe aus dem Futter eine schleimige Masse, die in verschiedenen Richtungen an Golightly herabfloß, über Rücken und Brust, ganz nach Belieben. Die Khakifarbe lief auch aus – die Farbe war wirklich abscheulich unecht – nun war Golightly teils braun, teils violett, die Umrißlinie war ockerfarbig, dann gab es rote Streifen und fast weiße Tupfen, je nach Beschaffenheit und Eigenart der Farbe. Als er sich mit dem Taschentuch das Gesicht abwischte und das Grün vom Hutfutter und das Violett vom Schlips, das bis auf seinen Hals vorgedrungen war, sich miteinander mischten, war die Wirkung höchst wunderbar.

Kurz vor Dhar hörte es auf zu regnen, die Abendsonne trocknete ihn etwas. Sie trocknete und fixierte aber auch die Farben. Drei Meilen vor Pathankote stürzte das letzte Pony, kreuzlahm, so mußte Golightly zu Fuß gehen. Er rannte nach Pathankote, um seine Diener aufzusuchen. Er wußte da ja noch nicht, daß sein *Khitmatgar* betrunken unterwegs liegengeblieben war und erst am nächsten Tage ankommen würde mit der Entschuldigung, er hätte sich den Fuß verstaucht. Als er in Pathankote ankam, konnte er seine Diener nicht finden, seine Stiefel waren steif und starrten von Schmutz, am ganzen Körper waren Unmassen von Dreck. Der blaue Schlips hatte ebenso abgefärbt wie der Anzug. Er riß ihn mitsamt dem Kragen ab und warf ihn fort. Dann sagte er einige Worte über Dienstboten im allgemeinen und verschaffte sich einen Schnaps. Er mußte acht Annas dafür bezahlen und bei der Gelegenheit bemerkte er, daß er dann nur noch sechs Annas in der Tasche – oder in der Welt, so wie die Dinge jetzt lagen – hatte.

Er ging zum Stationsvorsteher, um wegen einer Fahrkarte erster Klasse nach Khasa zu verhandeln, wo er in Garnison stand. Der Schalterbeamte sprach mit dem Stationsvorsteher, der Stationsvorsteher sprach mit dem Telegraphenbeamten, und alle drei betrachteten ihn voller Neugierde. Sie baten ihn, eine halbe Stunde zu warten, während sie um die Ermächtigung nach Umritsar telegraphierten. Er wartete also, während vier Schutzleute sich malerisch um ihn gruppierten. Als er sie grade auffordern wollte, fortzugehen, sagte der Stationsvorsteher, er würde dem Sahib eine Fahrkarte nach Umritsar geben, wenn der Sahib sich freundlichst in den Schalterraum begeben wollte. Golightly ging hinein, und ehe er recht wußte, was geschah, befand sich an jedem seiner Arme und Beine ein Schutzmann, während der Stationsvorsteher ihm einen Postsack über den Kopf zu ziehen versuchte.

Es entstand ein richtiges Handgemenge in dem Schalterraum, wobei Golightly eine scheußliche Wunde über dem einen Auge erhielt, als er gegen einen Tisch fiel. Aber die Schutzleute waren in der Überzahl und fesselten ihn mit Hilfe des Stationsvorstehers. Sobald er den Postsack los war, fing er an, ihnen seine Meinung zu sagen, aber der Wachtmeister sagte: »Zweifellos ist das der englische Soldat, den wir suchen. Hören Sie nur, wie er schimpft!« Da fragte Golightly den Stationsvorsteher, was das alles bedeute; der Stationsvorsteher erzählte ihm, er wäre »der Gemeine John Binkle vom xten Regiment, fünf Fuß, neun Zoll groß, blondes Haar, graue Augen, liederliches Aussehen, keine besonderen Merkmale«, der vor zwei Wochen desertiert war. Golightly begann ausführliche Erklärungen; aber je mehr er erläuterte, um so weniger glaubte ihm der Stationsvorsteher. Er sagte, kein Leutnant könne so räubermäßig aussehen wie Golightly, und seiner Instruktion gemäß müßte er seinen Gefangenen mit genügender Bedeckung nach Umritsar schicken. Golightly fühlte sich sehr naß und unbehaglich, und seine Worte eignen sich selbst in gereinigter Form nicht zur Veröffentlichung. Die vier Schutzmänner geleiteten ihn sicher nach Umritsar in einem Abteil für Mischlinge, und die ganze vierstündige Fahrt hindurch beschimpfte er sie so geläufig, wie es seine Kenntnisse der Landessprache erlaubten.

In Umritsar wurde er auf den Bahnsteig hinaus befördert, wo ihn schon ein Korporal und zwei Mann des xten Regiments erwarteten. Golightly riß sich zusammen und versuchte die Sache von der heiteren Seite zu nehmen. Allzu heiter fühlte er sich allerdings nicht mit Handschellen, vier Schutzmännern hinter sich und der Wunde auf der Stirn, von der das Blut über die linke Backe gelaufen und dort festgetrocknet war. Der Korporal war auch nicht zum Spaßen aufgelegt. Golightly konnte gerade anfangen: »Das ist ein sonderbarer Irrtum, Leute«, als der Korporal befahl »Maul halten« und ihn mitkommen hieß. Er wollte dableiben und die Sache aufklären. Und er klärte sie wirklich sehr gut auf, bis der Korporal ihn unterbrach: »Du und 'n Offenzier! Solche wie du einer büs, machen unsereins Schande. 'n schmucken Offenzier büs du! Ich kenn dein Regiment. Im Geschwindschritt ausgerissn büs du. Du büs'n Schandfleck für's ganze Heer, büs du!«

Golightly hielt an sich und begann seine Erklärungen wieder von vorn. Dann führte man ihn aus dem Regen in das Wartezimmer und sagte, er solle sich nicht länger lächerlich machen. Die Leute wollten ihn nach Fort Govindghar eskortieren. Und »eskortiert werden« ist fast so schimpflich wie eine Fahrt im »Grünen August«.

Wut, Kälte, das Mißverständnis, die Handschellen und der von der Stirnwunde verursachte Kopfschmerz machten Golightly beinahe hysterisch. Er kehrte sozusagen sein Inneres nach außen, um seiner Meinung Ausdruck zu verleihen. Als er fertig und seine Kehle ganz trocken war, sagte einer der Leute: »Ich hab im Loch schon Kerls tüchtig schimpfen und fluchen hören, aber unseren Herrn Offenzier hier reicht keiner das Wasser.« Sie waren nicht böse auf ihn, sie bewunderten ihn vielmehr. Sie ließen sich im Wartezimmer Bier geben und boten Golightly auch davon an, weil er so »großartig gefflucht« hätte. Sie sagten, er solle ihnen alle Abenteuer von John Binkle erzählen, die er während seines Herumstrolchens erlebt hätte; das brachte Golightly noch mehr auf. Wenn er ganz bei Sinnen gewesen wäre, hätte er ruhig die Ankunft eines Offiziers abgewartet, aber er versuchte wegzulaufen.

Nun kann einem der Kolben eines Martinigewehres im Kreuz ziemliche Schmerzen verursachen, und aufgeweichter mürber Khaki reißt leicht, wenn zwei Mann einen am Kragen packen.

Golightly erhob sich sehr elend und schwindlig vom Boden, sein Hemd war vorn und hinten weit aufgerissen. Er ergab sich in sein Schicksal, und da lief gerade der Zug von Lahore ein, in dem einer von Golightlys Majoren saß.

So lautete der wörtliche Bericht des Majors:

»Aus dem Wartezimmer dritter Klasse hörte man ein Getobe und Getöse, ich ging hinein und erblickte den gemeinsten Vagabunden, den ich jemals gesehen habe. Stiefel und Hose waren mit Schmutz und Bierflecken bedeckt. Auf dem Kopf hatte er eine Art schmutziggrauen Misthaufen, der in Fetzen auf seine bös zerschrammten Schultern herabhing. Er zog sich grade ein beinahe in zwei Stücke zerrissenes Hemd über den Kopf und forderte dabei die Wache auf, sich den Namen unten am Zipfel anzusehen. Weil sein Kopf grade im Hemd steckte, konnte ich anfangs nicht sehen, wer es war, ich glaubte, es wäre einer im Anfangsstadium des *Delirium tremens,* so fluchte er, während er sich mit seinem zerfetzten Zeug herumbalgte. Als er sich umwandte und ich von einer Beule so dick wie eine Pastete und der grünen Kriegsbemalung im Gesicht und einigen lila Streifen um den Hals absah, da sah ich, daß es Golightly war. Er freute sich sehr, mich zu sehen«, sagte der Major, »und er hoffte, ich würde nicht im Kasino davon erzählen. *Ich* habe es nicht getan, aber Sie können es tun, wenn Sie wollen, jetzt wo Golightly in England ist.«

Den größten Teil jenes Sommers brachte Golightly mit Versuchen zu, den Korporal und die zwei Mann vor das Kriegsgericht zu bringen wegen Verhaftung »eines Offiziers und Ehrenmannes«. Sie bedauerten ihren Irrtum natürlich aufrichtig. Aber die Geschichte sickerte durch bis in die Regimentskantine und verbreitete sich von da durch die ganze Provinz.

In Suddhoos Haus

Einen Steinwurf nur zu beider Seit
Vom wohlgeordneten Tagesweg
Seltsam und wild wird die ganze Welt:
Ghoul und Djinn und Geist und Churel
Sind die Nacht hindurch uns Gesell,
Denn wir sind jetzt auf ödester Heid,
Wo die dunkle Macht ihr Zepter hält.

Aus: Vom Abend bis zum Morgen

Suddhoos Haus nahe beim Taksali-Tor ist zweistöckig, es hat vier Fenster mit Fensterrahmen aus geschnitztem altem braunem Holz und ein flaches Dach. Man kann es an fünf roten Handabdrücken erkennen, die, wie die Karo-Fünf angeordnet, sich zwischen den oberen Fenstern befinden. Der Bunnia Bhagwan Daß und ein Mann, der behauptet, er verdiene sich seinen Lebensunterhalt mit Stempelschneiden, bewohnen das untere Stockwerk mit einem Heer von Weibern, Dienern, Freunden und Bekannten. Die beiden obern Zimmer waren früher von Janoo und Azizun und einem kleinen schwarzgelben Terrier, den ein Soldat aus dem Hause eines Engländers gestohlen und Janoo geschenkt hatte, bewohnt. Heute wohnt nur noch Janoo in den obern Zimmern. Suddhoo schläft meist auf dem Dach, wenn er nicht auf der Straße liegt. In der kalten Jahreszeit besuchte er immer seinen Sohn in Peshawar, welcher dort an dem Eduards-Tor Raritäten verkauft, und dann schlief er unter einem richtigen Lehmdach. Suddhoo ist ein guter Freund von mir, weil sein Vetter einen Sohn hatte, der auf meine Empfehlung hin eine Anstellung als erster Bote in einer großen Firma in der Station erhielt. Suddhoo sagt, Gott wird mich eines Tages zum Vizegouverneur machen. Und diese Prophezeiung hat, scheint mir, alle Aussicht, in Erfüllung zu gehen. Er ist sehr, sehr alt, mit weißem Haar und mit Zähnen, die er besser nicht zeigt, und seinen Verstand hat er überdauert, er hat überhaupt fast alles überdauert außer der Liebe zu seinem Sohn in Peshawar. Janoo und Azizun sind Kashmiris, Großstadtdamen mit einem sehr alten mehr oder weniger angesehenen Beruf; aber Azizun hat sich seither mit einem Studenten der

Medizin aus dem Nordwesten verheiratet und führt irgendwo in der Nähe von Bareilly ein sehr ehrenwertes Leben. Bhagwan Daß ist ein Wucherer und Fälscher. Er ist sehr reich. Der Mann, der in dem Ruf steht, seinen Unterhalt durch Stempelschneiden zu verdienen, tut so, als sei er sehr arm. Dies gibt genügende Kenntnis von den vier Mietparteien in Suddhoos Haus. Dann bin ich noch da, natürlich; aber ich habe nur die Rolle des Chores, der zum Schluß auftritt und alles erklärt, daher zähle ich nicht mit.

Suddhoo war nicht klug. Der Mann, der so tat, als ob er Stempel schnitte, war der Klügste von allen – Bhagwan Daß verstand nur das Schwindeln – außer Janoo. Sie war auch schön, aber das war ihre Privatangelegenheit.

Suddhoos Sohn in Peshawar bekam Rippenfellentzündung, und der alte Suddhoo war voller Angst und Sorge. Der Stempelschneider hörte von Suddhoos Nöten und schlug Kapital daraus. Er schritt mit der Zeit fort. Er ließ sich von einem Freund in Peshawar täglich telegraphisch Nachricht über den Zustand des Sohnes geben. Damit beginnt unsere Geschichte.

Der Sohn von Suddhoos Vetter sagte mir eines Abends, daß Suddhoo mich sprechen möchte; er wäre zu alt und schwach, um selber zu kommen, und ich würde dem Hause der Suddhoos eine große Ehre erweisen, wenn ich käme. Ich ging; aber wenn ich bedenke, wie reich Suddhoo damals war, finde ich, er hätte etwas Besseres schicken können als eine fürchterlich stoßende *Ekka,* um einen zukünftigen Vizegouverneur an einem naßkalten Aprilabend in die Stadt zu holen. Die *Ekka* fuhr recht langsam; so war es vollständig dunkel, als wir gegenüber dem Eingang zu Ranjit Singhs Grabstätte in der Nähe des Haupttores zum Fort anhielten. Da war Suddhoo, und er sagte, wegen meiner Leutseligkeit wäre es ganz sicher, daß ich Vizegouverneur würde, noch ehe mein Haar bleichte. Dann unterhielten wir uns eine Viertelstunde in dem Huzuri Bagh unter dem Sternenhimmel über das Wetter, mein Befinden und den Stand des Weizens.

Endlich kam Suddhoo zur Sache. Er sagte, Janoo hätte ihm erzählt, es gäbe ein Gesetz gegen Zauberei, weil man befürchtete, daß eines Tages die Kaiserin von Indien durch Zauberei sterben könnte. Ich wußte absolut nichts von Gesetzen; aber ich nahm an, daß es hier etwas Interessantes geben würde. So sagte ich, daß ganz im Gegenteil die Regierung sehr für Zauberei einträte. Die höchsten Beamten wendeten sie selber an. (Wenn die Finanzberichte keine Zauberei sind, so weiß ich nicht, was sie dann sind.) Und dann sagte ich, um seinen Mut noch mehr zu stärken, wenn er irgendeinen *Jadoo* vor hätte, so hätte ich nicht das geringste dagegen, ihn durch meine Gegenwart zu sanktionieren und aufzupassen, daß es ein richtiger lauterer *Jadoo* wäre – weiße Magie, die sich sehr von dem unlauteren *Jadoo,* bei dem Leute zugrunde gehen, unterscheidet. Es dauerte lange, bis Suddhoo zugab, daß er gerade deshalb um mein Kommen gebeten hatte. Aber dann erzählte er mir, zitternd und stoßweise, daß der Mann, der immer sagte, er wäre ein Stempelschneider, ein Zauberer der lautersten Art wäre, daß er Suddhoo täglich schnelle Nachricht von seinem Sohn in Peshawar brächte, schneller als der Blitz fliegen könnte, und diese Nachrichten immer von den Briefen bestätigt würden. Weiter hätte er Suddhoo erzählt, seinem Sohne drohe eine schwere Gefahr, sie könne durch lauteren *Jadoo* abgewandt werden, durch *Jadoo* und natürlich tüchtige Bezahlung. Ich fing an deutlich zu sehen, wie der Hase lief, und sagte Suddhoo, daß ich auch etwas der Zauberei kundig wäre, allerdings auf unsre Art, und daß ich kommen würde, um aufzupassen, daß alles anständig und in der Ordnung geschähe. Wir machten uns gemeinsam auf den Weg, und Suddhoo erzählte mir unterwegs, daß er dem Stempelschneider schon ein- bis zweihundert Rupien bezahlt hätte, und der *Jadoo* heut nacht würde wieder zweihundert kosten. Und das wäre noch billig, meinte er, wenn man daran dächte, in welcher großen Gefahr sein Sohn schwebe; aber ich glaube nicht, daß das seine wahre Meinung war.

Als wir ankamen, war alles Licht im Vorderhaus abgesperrt. Schreckliche Laute drangen aus dem Laden des Stempelschneiders, als ob sich jemand die Seele aus dem Leibe ächzte. Suddhoo zitterte am ganzen Körper, und während wir uns die Treppe hinauftasteten, sagte er, der *Jadoo* hätte schon angefangen. Janoo und Azizun kamen uns auf dem Treppenabsatz entgegen mit dem Bescheid, der *Jadoo* fände in ihrem Zimmer statt, da wäre mehr Platz. Janoo ist eine

Dame von gesundem Menschenverstande. Sie flüsterte mir zu, der Jadoo wäre eine Erfindung, um Suddhoo Geld abzulocken, und der Stempelschneider würde nach seinem Tode an einen heißen Ort kommen. Suddhoo weinte beinahe vor Angst und Altersschwäche. Er ging unaufhörlich in dem dämmrigen Zimmer auf und ab, immer wieder den Namen seines Sohnes aussprechend und Azizun fragend, ob sie nicht auch meinte, daß der Stempelschneider es für seinen Hausherrn gern etwas billiger machen könnte. Janoo zog mich in die schattige Nische des geschnitzten Bogenfensters. Die Läden waren geschlossen, das Zimmer wurde nur von einem winzigen Öllämpchen erhellt. Wenn ich mich ruhig verhielt, war es ausgeschlossen, daß ich bemerkt würde.

Plötzlich hörte das Ächzen unten auf, und wir hörten Schritte unten auf der Treppe. Das war der Stempelschneider. Er hielt vor der Tür an, als der Terrier bellte und Azizun nach seiner Kette griff, er befahl Suddhoo, die Lampe zu löschen. Nun war das Zimmer stockdunkel, bis auf das rote Glimmen von Janoos und Azizuns *Huqas*. Der Stempelschneider kam herein, und ich hörte, wie Suddhoo sich zu Boden warf und stöhnte. Azizun atmete hörbar, und Janoo zog sich schaudernd auf eins der Betten zurück. Man hörte den Klang von etwas Metallischem, und dann stieg eine bleiche bläulichgrüne Flamme dicht über dem Boden empor. Sie gab gerade so viel Licht, daß man Azizun in eine Ecke geduckt sah, den Terrier zwischen den Knien, Janoo mit zusammengepreßten Händen vornübergebeugt auf dem Bett sitzend, Suddhoo zitternd mit gebeugtem Kopf, und den Stempelschneider.

Hoffentlich kriege ich niemals wieder einen Mann zu sehen wie den Stempelschneider. Er war bis zum Gürtel nackt und trug um die Stirn einen Kranz von weißem Jasmin, so dick wie mein Arm, um den Leib ein lachsfarbenes Lendentuch und um beide Fußgelenke einen Stahlring. Das alles war nicht schreckenerregend. Aber das Gesicht dieses Mannes machte mich eiskalt. Erstens war es blaugrün, zweitens waren die Augen so verdreht, daß man nur noch das Weiße sah, und drittens war es das Gesicht eines Dämons – eines Ghoul – alles andere als das des schlauen schmierigen alten Kerls, der tagsüber unten an seiner Drehbank saß. Er lag auf dem Bauch, die Arme auf dem Rücken gekreuzt, als ob er gefesselt zu Boden geworfen wäre. Nur Kopf und Hals waren nicht auf dem Boden. Sie waren erhoben, fast senkrecht zum Körper, wie der Kopf einer stoßbereiten Kobra. Es war grauenhaft. Mitten im Zimmer auf dem nackten Lehmboden stand ein großes tiefes Messingbecken, darin schwamm wie ein Nachtlicht eine bleiche bläulichgrüne Flamme. Um dieses Becken schlängelte sich der Mann auf dem Boden dreimal herum. Wie er das machte, weiß ich nicht. Ich konnte sehen, wie die Muskeln an dem Rückgrat entlang sich anspannten und wieder lockerten; aber ich konnte keine andere Bewegung bemerken. Der Kopf schien das einzig Lebendige an ihm zu sein außer jener langsamen Wellenbewegung der arbeitenden Rückenmuskeln. Vom Bett her hörte man Janoo schnell atmen; Azizun hielt sich die Hände vor die Augen, der alte Suddhoo entfernte mit zitternden Fingern den Schmutz, der in seinen Bart geraten war, und weinte vor sich hin. Das Grausigste war, daß das schlängelnde Wesen sich ganz lautlos bewegte – nichts tat, als sich herumschlängeln. Und man bedenke, daß das zehn Minuten dauerte, während welcher Zeit der Terrier winselte, Azizun schauderte, Janoo keuchte und Suddhoo weinte.

Ich fühlte, wie sich mir die Haare sträubten, und daß mein Herz wie ein Ventilator arbeitete. Glücklicherweise verriet der Stempelschneider sich durch einen höchst effektvollen Trick und beruhigte mich dadurch wieder. Nachdem er die unbeschreibliche dreifache Umschlängelung beendet hatte, streckte er den Kopf, so hoch er nur konnte, über den Boden und sandte durch die Nase einen Feuerstrahl. Nun kenne ich den Trick mit dem Feuerspeien – ich kann es selber –, daher war ich wieder obenauf. Das Ganze war ein Betrug. Wenn er sich mit dem Herumkriechen begnügt hätte, ohne den Versuch, den Eindruck noch zu verstärken, Gott weiß, was ich dann nicht alles gedacht hätte. Die beiden Mädchen schrien beim Anblick des Feuers auf, da fiel der Kopf mit dem Kinn unter einem dumpfen Laut auf den Boden, und der ganze Körper lag wie eine Leiche mit gefesselten Armen da. Dann folgte eine Pause von fünf Minuten; die bläulichgrüne Flamme erstarb. Janoo bückte sich, um einen ihrer Beinringe zurechtzuziehen, während Azizun sich zur Wand hindrehte und den Terrier auf den Arm nahm. Suddhoo streckte die

Hand mechanisch nach Janoos *Huqa* aus, und sie schob sie ihm mit dem Fuß zu. Gerade über dem ausgestreckt liegenden Körper hingen an der Wand einige leuchtend bunte Bilder in Papierrahmen von der Königin und dem Prinzen von Wales. Sie blickten auf das Schauspiel herab und schienen, nach meinem Gefühl, den grotesken Eindruck des Ganzen noch zu erhöhen.

Gerade als die Stille anfing, unerträglich zu werden, drehte der Stempelschneider sich um und wälzte sich von dem Gefäß fort nach der Seite des Zimmers, wo er auf dem Rücken liegen blieb. Von dem Becken kam ein leiser Ton, wie wenn ein Fisch eine Fliege fängt, und das grünliche Licht flammte von neuem auf.

Ich blickte wieder hin und sah den eingetrockneten, runzligen schwarzen Kopf eines Hindubabys, mit offenen Augen, offenem Mund und geschorenem Schädel. Das war noch entsetzlicher als die Kriechvorstellung, auch weil es so plötzlich da war. Ehe wir Zeit hatten, etwas zu äußern, begann der Kopf zu sprechen. Wenn man Poes Bericht von der Stimme, die von dem magnetisierten Sterbenden kam, liest, dann spürt man das Grausige dieser Stimme kaum zur Hälfte.

Zwischen den einzelnen Worten war eine Pause von ein bis zwei Sekunden, und in der Stimme klang es wie der Ton einer Glocke. Es tönte langsam, als ob der Kopf mit sich selber spräche, mir brach der kalte Schweiß aus, und es dauerte einige Minuten, ehe ich mich gefaßt hatte. Da kam mir die erlösende Erklärung. Ich sah nach dem nahe an der Tür liegenden Körper und entdeckte an der Stelle, wo die Höhlung unterhalb der Kehle in die Schultern übergeht, einen Muskel, der nichts mit dem regelmäßigen Atemholen des Menschen zu tun hat, fortwährend arbeiten. Das Ganze war eine sorgfältige Nachahmung des ägyptischen Teraphin, von dem man manchmal liest; und die Stimme war ein so geschicktes entsetzliches Bauchreden, wie man es sich nur wünschen konnte. Die ganze Zeit schwankte der Kopf in dem Gefäß, stieß gegen den Rand und sprach. Er erzählte Suddhoo, der wieder winselnd auf dem Boden lag, von der Krankheit seines Sohnes und von ihrem Verlauf bis zu diesem Abend. Ich werde es dem Stempelschneider immer hoch anrechnen, daß er sich so genau an die Zeiten der Peshawarer Telegramme hielt. Er sagte dann weiter, daß tüchtige Ärzte Tag und Nacht über dem Leben des Sohnes wachten, und daß er wahrscheinlich gesund werden würde, wenn der Lohn für den mächtigen Zauberer, dessen Stimme der Kopf in dem Gefäß wäre, verdoppelt würde.

Und hier lag, vom künstlerischen Standpunkt aus gesehen, der Fehler. Mit einer Stimme, die Lazarus bei seiner Auferstehung von den Toten hätte haben können, das Doppelte des ausbedungenen Lohnes fordern, ist absurd. Janoo, die wirklich eine Frau mit männlichem Intellekt ist, sah dies ebenso schnell wie ich. Ich hörte, wie sie zornig halblaut sagte: *»Asli nahin! Fareib!«*, und gerade, als sie das sagte, verlöschte das Licht in dem Gefäß, der Kopf hörte auf zu sprechen, und wir hörten die Stubentür in ihren Angeln kreischen. Da riß Janoo ein Streichholz an, machte Licht, und wir sahen, daß Kopf, Gefäß und Stempelschneider fort waren. Suddhoo rang die Hände und setzte jedem, der es hören wollte, auseinander, daß er, auch wenn es um sein Seelenheil ginge, nicht noch einmal zweihundert Rupien aufbringen könnte. Azizun in der Ecke war den Krämpfen nahe, während Janoo sich sehr gelassen auf eines der Betten setzte, um darüber zu sprechen, ob das Ganze ein *Bunao* oder bloß fauler Zauber wäre.

Soweit ich ihn selber kannte, erklärte ich ihr den *Jadoo* des Stempelschneiders; aber ihr Argument war sehr viel einfacher: »Die Zauberei, die immer Bezahlung fordert, ist keine echte Zauberei«, sagte sie. »Meine Mutter hat mir gesagt, daß nur der Liebeszauber, der aus Liebe gegeben wird, wirkt. Dieser Stempelschneider ist ein Lügner und ein Teufel. Aber ich wage nicht, irgend etwas zu sagen, zu tun oder zu veranlassen, weil ich dem Bunnia Bhagwan Daß das Geld für zwei goldene Ringe und einen schweren Beinring schulde. Ich muß meine Eßsachen bei ihm kaufen, und der Stempelschneider ist mit dem Bhagwan Daß befreundet, und da würde er mein Essen vergiften. Eine Zauberei für Dummköpfe ist hier zehn Tage lang vor sich gegangen und hat Suddhoo jeden Abend viele Rupien gekostet. Bis jetzt hat der Stempelschneider schwarze Hühner und Zitronen und *Mantras* benutzt. So etwas wie heut hatte er uns noch nie vorgemacht. Azizun ist eine dumme Person und wird bald eine *Purdahnashin* sein. Suddhoo hat Verstand und Kräfte verloren. Ja, und ich hatte gehofft, manche Rupie zu seinen Lebzeiten von ihm zu bekommen und noch viel mehr nach seinem Tode, und nun gibt er alles diesem Bastard eines Teufels und einer Eselin, diesem Stempelschneider!«

»Aber was konnte Suddhoo veranlassen, mich mit hineinzuziehen?« warf ich ein. »Natürlich kann ich mit dem Stempelschneider reden, und dann müßte er alles zurückerstatten. Das Ganze ist Kinderei, schändlich und unsinnig!«

»Suddhoo ist ein altes Kind«, sagte Janoo. »Er hat siebzig Jahre lang auf dem Dache gewohnt und ist so unvernünftig wie eine junge Ziege. Er hat dich mit hierhergebracht, um sicherzugehen, daß er kein Verbot der Regierung, deren Brot er viele Jahre gegessen hat, überträte. Er betet den Staub von des Stempelschneiders Füßen an, und dieser Gierschlund hat ihm untersagt, seinen Sohn zu besuchen. Was weiß Suddhoo von euerm Gesetz und von der Blitzpost? Und ich muß zusehen, wie sein Geld Tag für Tag zu dem Lügenhund da unten wandert.«

Janoo stampfte mit dem Fuß auf und weinte fast vor Wut. Suddhoo jammerte in der Ecke unter einer Decke, und Azizun versuchte, ihm die Pfeife in seinen törichten alten Mund zu stecken.

Für mich liegt die Sache nun so: Unbedachterweise habe ich die Schuld auf mich geladen, dem Stempelschneider zu helfen und ihm Vorschub zu leisten, sich Geld unter falscher Voraussetzung zu verschaffen, und das ist nach § 420 des Indischen Strafgesetzbuches verboten. Aber aus folgenden Gründen bin ich machtlos. Ich kann die Polizei nicht benachrichtigen; denn wer würde meine Angaben bezeugen? Janoo lehnt es kurzerhand ab, und Azizun lebt irgendwo bei Bareilly als verschleierte Frau – verschollen in diesem unserem großen Indien. Auch wage ich nicht, das Gesetz selbst in die Hand zu nehmen und mit dem Stempelschneider zu reden, denn ich bin ganz sicher, daß nicht nur Suddhoo mir keinen Glauben schenken würde, sondern das Unternehmen würde mit Janoos Vergiftung enden, der Hände und Füße gebunden sind wegen ihrer Schulden beim Bunnia. Suddhoo ist ein kindischer Greis, und sooft wir uns treffen, wiederholt er undeutlich murmelnd meinen dummen Witz, daß die Regierung die Schwarze Kunst eher beschütze als sonstwas. Sein Sohn ist jetzt wieder gesund; aber Suddhoo steht vollständig unter dem Einfluß des Stempelschneiders und richtet sein Leben ganz nach dessen Ratschlägen ein. Janoo beobachtet täglich, wie das Geld, das sie Suddhoo abzuknöpfen gehofft hatte, von dem Stempelschneider eingeheimst wird, und wird täglich wütender und mürrischer.

Sie wird nie von der Sache sprechen, weil sie es nicht wagt; aber ich fürchte – wenn nicht noch irgend etwas Besonderes eintritt, um sie zu hindern –, daß der Stempelschneider um die Mitte Mai an der Cholera stirbt, an der weißen Arsenik-Cholera. Und so werde ich an einem Morde in Suddhoos Hause mitbeteiligt sein.

Sein Eheweib

»Ein Mord«, erschallt es auf dem Marktplatz, und ein jeder
Sieht bangen Auges seinen Nachbarn an
Und fragt: »Bist du der Mann?« Denn vor Jahrhunderten
Jagten wir Kain durch die ganze Welt.
Und unsre eignen Missetaten zeugen weiter
Bis heut die Frucht.

Vibarts Moralitäten

Auch ein Wurm setzt sich zur Wehr, wenn er getreten wird. Am besten tritt man also niemals auf Würmer, nicht einmal auf den allerjüngsten Leutnant aus der Heimat, dessen Knöpfe noch kaum aus dem Seidenpapier gewickelt sind, und dessen Backen schön rot sind von den saftigen englischen Beefsteaks. Dies ist die Geschichte von einem Wurm, der sich gekrümmt hat. Der Kürze halber wollen wir Henry Augustus Ramsay Faizanne den »Wurm« nennen, obwohl er ein ausnehmend hübscher Junge war mit glattem Gesicht und einer mädchenhaften Taille, als er zu den »Zweiten Shikarris« kam und auf manche Weise gepeinigt wurde. Die »Shikarris« sind ein hochvornehmes Regiment, und man muß allerlei können, Banjospielen, Reiten, Singen, Schauspielen, um mit ihnen auszukommen.

Der Wurm tat nichts, als vom Pony fallen und mit seinem Wagen Splitter aus Torpfosten reißen. Und sogar das wurde mit der Zeit eintönig. Er war ein Gegner vom Whist, stieß das Billardtuch entzwei, sang falsch, war viel allein und schrieb Briefe an Mutter und Schwestern zu Hause. Vier von diesen Dingen waren Laster, die den »Shikarris« nicht paßten, und die sie ausrotten wollten. Jedermann weiß, wie ein Leutnant von seinen Kameraden abgeschliffen wird, wobei er nicht wild werden darf. Es ist gut und gesund und schadet keinem, wenn er bei Humor bleibt, sonst kann es schlimm werden. Es war einmal ein Mann – aber das ist eine andere Geschichte.

Die »Shikarris« »schikarrierten« den Wurm gehörig, und er ertrug alles, ohne mit der Wimper zu zucken. Er war so gut und so lernbegierig und errötete so hübsch, daß seine Erziehung bald abgebrochen und er sich selber überlassen wurde, nur der Oberleutnant fuhr fort, dem Wurm das Leben zur Last zu machen. Der Oberleutnant meinte es nicht böse, aber seine Neckerei war grob, und er konnte nicht rechtzeitig aufhören. Er wartete schon zu lange auf eine Kompanie, das macht immer bitter. Dazu war er noch verliebt, das machte ihn noch unangenehmer.

Eines Tages hatte er für eine Dame, die gar nicht existierte, den Wagen des Wurms geliehen, hatte ihn selber den ganzen Nachmittag benutzt und hatte dann ein Briefchen an den Wurm geschrieben, der von dieser Dame zu kommen schien. Als er das im Kasino erzählte, stand der Wurm auf und sagte mit seiner ruhigen mädchenhaften Stimme: »Das war ein sehr reizender Betrug; aber ich wette mein Monatsgehalt gegen ein künftiges Monatsgehalt von Ihnen, wenn Sie befördert sind, daß ich Ihnen einen Streich spielen will, an den Sie Ihr ganzes Leben lang denken werden und von dem das Regiment noch sprechen wird, wenn Sie tot oder abgesägt sind.« Der Wurm war nicht im geringsten böse, das ganze Kasino tobte vor Vergnügen. Da betrachtete der Oberleutnant den Wurm vom Kopf bis zu den Füßen und sagte: »Abgemacht, Jungchen!« Der Wurm rief alle im Kasino zu Zeugen auf, daß die Wette abgeschlossen wäre, und vertiefte sich sanft lächelnd in ein Buch.

Zwei Monate verstrichen, der Oberleutnant erzog den Wurm immer noch; dieser lebte, als die wärmere Jahreszeit kam, etwas weniger zurückgezogen. Ich sagte schon, daß der Oberleutnant verliebt war. Sonderbar ist, daß ein Mädchen in den Oberleutnant verliebt war. Obgleich der Oberst böse Dinge äußerte, der Major schnaubte, und die verheirateten Hauptleute unsagbar weise aussahen, und die jüngeren Herren spotteten, verlobten sich die beiden.

Der Oberleutnant war so glücklich, als er eine Kompanie und das Jawort zugleich erhielt, daß er ganz vergaß, den Wurm zu quälen. Das Mädchen war hübsch und hatte Vermögen. Sie kommt weiter in dieser Geschichte nicht vor.

Eines Abends, es war zu Anfang der heißen Jahreszeit, saßen alle Offiziere außer dem Wurm, der in seinem Zimmer Briefe schrieb, auf der Terrasse vor dem Offizierskasino. Das Orchester hatte zu spielen aufgehört, aber niemand hatte Lust, hineinzugehen. Die Offiziersdamen waren auch da. Die

Torheit eines Verliebten ist grenzenlos. Der Oberleutnant rühmte unaufhörlich die Vorzüge seiner Braut, die Damen schnurrten dazu vor Vergnügen, während die Männer gähnten, – als man in der Dunkelheit das Rascheln von Kleidern vernahm und gleich darauf eine müde, schwache Stimme sagte: »Wo ist mein Mann?«

Ich habe nicht im geringsten die Absicht, Betrachtungen über die Moral der »Shikarris« anzustellen, aber es ist Tatsache, daß vier Herren wie von der Tarantel gestochen aufsprangen. Drei von ihnen waren verheiratet. Vielleicht fürchteten sie, daß ihre Frauen ohne ihr Wissen aus der Heimat herübergekommen waren. Der vierte sagte, daß er unter dem Zwang der Situation gehandelt hätte; diese Erklärung gab er später.

Dann rief die Stimme: »O Lionel!« Lionel hieß der Oberleutnant. Eine Frau trat in den kleinen Lichtschein der Kerze auf dem runden Tischchen und streckte schluchzend die Hände ins Dunkel, wo der Oberleutnant saß. Wir erhoben uns, wir fühlten, daß sich da etwas Besonderes ereignete, wir waren auf das Schlimmste gefaßt. In unsrer schlechten engen Welt weiß man so wenig von dem Leben seiner Mitmenschen – das ja schließlich auch ihre eigenste Angelegenheit ist – daß man sich nicht wundert, wenn es mal kracht. Jeden Tag kann jedem jedes passieren. Vielleicht hatte der Oberleutnant sich in seiner Jugend einfangen lassen. Es kommt vor, daß ein Mann daran noch lange zu leiden hat. Wir wußten es nicht; wir wollten es jetzt erfahren; und die Offiziersdamen waren ebenso begierig wie wir. Wenn er sich hatte fangen lassen, so war er zu entschuldigen; denn die Frau von nirgendwo in bestaubten Schuhen und grauem Reisekleid war sehr schön mit schwarzem Haar und großen Augen voller Tränen. Sie war groß und schlank und in ihrer Stimme war ein leises Schluchzen, das unser Mitleid erregte. Sowie der Oberleutnant sich erhob, warf sie ihm die Arme um den Hals, nannte ihn »mein Geliebter« und sagte, sie könnte es nicht ertragen so allein in England, und seine Briefe wären so kurz und so kalt, und sie wäre sein bis ans Ende der Welt, und ob er ihr vergeben könnte? Sie sprach eigentlich nicht wie eine Dame, es war zu offenherzig.

Das schien tatsächlich eine dunkle Geschichte zu sein; die

Damen schauten unter zusammengezogenen Brauen auf den Oberleutnant, und das von grauen Borsten umrahmte Gesicht des Obersten legte sich in ernste Falten, wie zum Jüngsten Gericht. Eine Zeitlang sprach niemand.

Dann sagte der Oberst sehr kurz: »Nun, Herr Oberleutnant?« und die Frau schluchzte von neuem. Der Oberleutnant wurde halb erstickt von den Armen um seinen Hals, aber er keuchte: »Das ist eine ganz verfluchte Lüge! Ich hab in meinem Leben noch keine Frau gehabt!« »Fluchen Sie nicht«, sagte der Oberst. »Kommen Sie mit herein; wir müssen das aufzuklären versuchen«, und er seufzte leise, denn er glaubte felsenfest an seine »Shikarris«, der Herr Oberst.

Wir drängten ins Vorzimmer, und da, im hellen Licht, sahen wir, wie schön die Frau war. Sie stand aufrecht mitten zwischen uns, manchmal von Weinen geschüttelt, dann wieder fest und stolz, und dann streckte sie dem Oberleutnant die Arme entgegen. Es war wie der vierte Akt einer Tragödie. Sie erzählte, daß der Oberleutnant sie vor anderthalb Jahren, als er auf Heimaturlaub war, geheiratet hätte; und sie schien von seiner Verwandtschaft und seiner Vergangenheit so viel und noch mehr zu wissen als wir. Er war bleich und aschgrau und versuchte hin und wieder, ihren Redestrom zu unterbrechen; und als wir bemerkten, wie reizend sie war und wie verbrecherhaft er aussah, hielten wir ihn für einen Rohling der schlimmsten Sorte. Trotzdem tat er uns leid.

Nie werde ich diese Anklagen seiner Frau gegen den Oberleutnant vergessen; er ebensowenig. Sie platzte so plötzlich, aus dem Dunkel hervorschießend, in unser dumpfes Leben. Die Damen standen im Hintergrund; aber ihre Augen blitzten, und man konnte sehen, daß sie den Oberleutnant schon für schuldig erklärt und verurteilt hatten. Der Oberst erschien um fünf Jahre älter. Ein Major beschattete seine Augen mit der Hand und beobachtete so die Frau. Ein anderer kaute auf den Schnurrbartenden und lächelte ruhig, als ob er ein Schauspiel sähe. Mitten in dem freien Raum zwischen uns bei den Whisttischen fing der Terrier des Oberleutnants Flöhe. All das sehe ich deutlich vor mir, als hätte ich eine Photographie in der Hand. Ich sehe genau den Ausdruck des Entsetzens im Gesicht des Oberleutnants. Es war fast, als ob jemand gehängt werden sollte, nur viel spannender. Schließlich erwähnte die Frau auch noch, daß der Oberleutnant ein doppeltes F. M. auf seiner linken Schulter eintätowiert hätte. Das wußten wir alle, und unserm unschuldigen Gemüte schien das ausschlaggebend zu sein. Aber ein Major, ein Junggeselle, sagte sehr höflich: »Ich glaube, daß Ihre Heiratsurkunde zweckdienlicher sein dürfte.«

Da wurde die Frau ganz aufgeregt; sie erhob sich, nannte höhnisch den Oberleutnant einen feigen Hund, schmähte den Major, den Obersten und alle anderen. Dann weinte sie wieder, und dann zog sie ein Papier aus ihrem Busen und sagte mit königlicher Geste: »Nehmen Sie! und lassen Sie es meinen Mann, meinen mir vor dem Gesetz angetrauten Gatten laut vorlesen, wenn er es wagt!«

Tiefe Stille trat ein, die Herren sahen einander an, als der Oberleutnant verwirrt und unsicheren Schritts vortrat und das Papier nahm. Als wir zusahen, dachte jeder von uns im stillen, ob nicht auch gegen ihn etwas vorläge, das eines Tages zum Vorschein kommen könnte. Dem Oberleutnant war die Kehle eingetrocknet; aber als er das Papier überflogen hatte, brach er in ein heiseres Lachen der Erleichterung aus und sagte zu der Frau: »Sie Halunke, Sie!« Aber die Frau hatte sich durch die Tür davongemacht. Auf dem Papier stand: »Dies zum Zeugnis, daß ich, der Wurm, meine Schuld an den Oberleutnant völlig bezahlt habe, ferner, daß der Oberleutnant, nach Abmachung vom 23. Februar in Gegenwart des Offizierskorps, mir eine Summe schuldet in Höhe eines monatlichen Hauptmannsgehaltes, zahlbar in der gesetzlichen Währung Indiens.«

Darauf begab sich eine Abordnung in die Wohnung des Wurms; die traf ihn dort in einem wahren Durcheinander an, er war gerade dabei, das Korsett aufzuschnüren, auf dem Bett lagen Hut, Perücke, Kleid usw. herum. Wie er war, ging er mit, und die »Shikarris« vollführten ein solches Hallo, daß die Artillerieoffiziere fragen ließen, ob sie nicht an ihrer Freude teilnehmen dürften. Ich glaube, wir waren alle, außer dem Obersten und dem Oberleutnant, ein wenig enttäuscht, daß nichts aus dem Skandal geworden war. So ist die menschliche Natur. Über das schauspielerische Talent des Wurms gab es nur eine Meinung. Er war mit seinem Scherz so nahe an die Grenzen einer häßlichen Tragödie gegangen, als es nur möglich ist. Als die Mehrzahl der Leutnante ihn mit Hilfe von Sofakissengeschossen in die Enge trieben, um herauszubringen, warum er ihnen diese seine starke Begabung verheimlicht hätte, antwortete er ganz ruhig: »Soviel ich weiß, bin ich nie danach gefragt worden. Zu Hause hab' ich mit meinen Schwestern oft Theater gespielt.« Aber kein noch so häufiges gemeinsames Schauspielern mit Schwestern war eine genügende Erklärung für die Leistung des Wurms an diesem Abend. Ich ganz persönlich fand den Scherz recht geschmacklos, abgesehen davon, daß er gefährlich war. Auch im Scherz soll man nicht mit dem Feuer spielen.

Die »Shikarris« machten ihn zum Vorsitzenden des Regimentstheaterklubs; und als der Oberleutnant seine Schuld bezahlte, was er sofort tat, gab der Wurm das Geld für Bühnendekorationen und Kostüme aus. Er war doch ein guter Wurm; und die »Shikarris« sind stolz auf ihn. Die einzige unangenehme Folge ist, daß er »Frau Oberleutnant« getauft wurde; und da es jetzt zwei Frau Oberleutnant in der Garnison gibt, so kennen sich die Fremden manchmal nicht aus.

Später werde ich von einem ähnlichen Fall erzählen, bei dem aber gar kein Spaß dabei war, sondern nur wirkliches Leid.

Das »Kettenbruch-Handicap«

Wenn der Zügel regiert, und die Trense hält,
Die Glocke klingt, und der Balken fällt,
Sind Pferde Pferde – zum Rennen, zur Hatz,
Haben Weiber und Wein erst den zweiten Platz
Für mich – für mich –
Solange ich dich
Übers Hindernis bringe mit einem Satz!

Reiterlied

Es gibt noch mehr Methoden, ein Pferd im Rennen zugunsten des Eigentümers laufen zu lassen, als es in gerader Linie anzuspornen. Manche vergessen das. Man muß wissen, daß jedes Rennen eine faule Sache ist, wie alles sein muß, was mit dem Verlieren von Geld zu tun hat. Hier in Indien kommt noch hinzu, daß es zu zwei Dritteln Schwindel ist, nur auf dem Papier macht es sich nett. Jeder kennt jeden viel zu genau, um ein Geschäft machen zu können. Wie in aller Welt kann man wohl jemanden wegen des beim Rennen verlorenen Geldes mahnen und an den Pranger stellen, wenn man seine Frau liebt oder mit ihm in derselben Station lebt? Er sagt: »Nächsten Montag« oder :»Augenblicklich ist es mir unmöglich«, und man antwortet: »Schon gut, Kamerad«, und muß froh sein, wenn man von den zweitausend wenigstens neunhundert Rupien bekommt. Wie man's auch ansieht, das Rennen in Indien ist wirklich unmoralisch und dabei auch noch kostspielig. Wenn jemand Geld braucht, so sollte er einen darum bitten oder eine Subskriptionsliste herumgehen lassen, anstatt mit einem australischen »Larrikin« im Lande herumzuziehen, mit einem »Brumby« von ebenso guter Abstammung wie der Reiter, mit einigen *Chumars* in goldbestickter Mütze, mit drei oder vier *Ekka*-Ponys mit gestutzten Mähnen und mit einer gemeinen Mähre mit falschem Schwanz, die Araber heißt, weil sie Knoten in der Mähne hat. Pferderennen bringen einen schneller zum Wucherer als alles andere. Aber wenn man gewissen- und gefühllos ist, eine »glückliche Hand« und zehnjährige Erfahrungen mit Pferden gemacht hat und etwas von Gangart versteht und dann noch einige tausend

Rupien monatlich hat, dann kann man es gelegentlich ermöglichen, die Schusterrechnungen zu bezahlen.

Wer hat noch Shackles gekannt? Plumpe schlappe Ohren wie ein Maultier, ein Rumpf so lang und dürr wie ein Zaunpfahl, zäh wie Telegraphendraht, das schnurrigste Tier, das je einen Zaum getragen hat. Es hatte kein Brandzeichen, es gehörte zu jenem Pferdegesindel, das mit einer Kerbe im Ohr für neunzig Mark das Stück an Bord des Buzephalus genommen wird, um die Fracht vollzumachen, und das dann in Kalkutta unter der Hand für 275 Rupien verkauft wird. Alle, die ihr Geld an Shackles verloren, nannten ihn einen »Brumby«; aber wenn je ein Pferd Schultern wie Harpoon und Feuer wie Gin gehabt hat, so war Shackles dies Pferd. Zwei Meilen, das war seine ganz spezielle Distanz. Er machte alles selber: Trainieren, Laufen, Zureiten; und wenn sein Jockei ihn durch irgendwelche Anweisungen beleidigte, hörte er sofort auf zu laufen und warf den Burschen ab. Er bockte gegen jeden Befehl. Zwei oder drei von seinen Besitzern begriffen das nicht und verloren infolgedessen Geld. Endlich kaufte ihn ein Mann, der die Entdeckung machte, daß ein Rennen durch Shackles gewonnen werden könnte, und zwar durch Shackles ganz allein, der es auf seine Weise gewinnen würde, solange der Jockei sich nicht rührte. Dieser Mann hatte einen jungen Jockei, namens Brunt, ein Bursche aus Perth in Westaustralien. Diesen Brunt lehrte er mit Hilfe der Reitpeitsche das schwerste, was ein Jockei lernen kann, stillsitzen, stillsitzen und abermals stillsitzen. Als Brunt diese Wahrheit so ziemlich begriffen hatte, verheerte Shackles das Land. Kein Gewicht konnte seinen Lauf hemmen, und Shackles' Ruhm verbreitete sich von Ajmir im Süden bis nach Chedputter im Norden. Kein Pferd kam Shackles gleich, solange er die Sache auf seine Art machen konnte. Aber schließlich wurde er geschlagen; und über die Geschichte seines Sturzes könnten Engel weinen.

Am unteren Ende der Rennbahn zu Chedputter, gerade am Ende der Kurve, führt die Bahn nahe an zwei alten Ziegelsteinschanzen vorbei, die eine trichterförmige Höhlung einschließen. Das weitere Ende des Trichters ist keine sechs Fuß von dem äußeren Geländer der Rennbahn entfernt. Diese Bahn hat folgende erstaunliche Eigentümlichkeit;

wenn man an einem bestimmten Platz auf der Bahn, etwa eine halbe Meile von der Schanze entfernt, steht und mit gewöhnlicher Stimme spricht, so treffen die Töne gerade auf den Trichter und erzeugen dort ein sonderbar winselndes Echo. Zufällig entdeckte das eines Morgens ein Mann, als er mit einem Freund zum Training da war. Er kennzeichnete den Platz, von dem aus man sprechen mußte, mit einigen Steinen und behielt diese Kenntnis für sich. Jede Eigentümlichkeit einer Bahn ist wissenswert in einem Lande, wo Ratten dem Elefantenjungen gefährlich werden und die Rennaufseher die Hindernisse so aufstellen, daß sie ihrem eigenen Stall vorteilhaft sind. Dieser Mann ließ eine recht gute, auf dem Lande aufgewachsene Stute laufen, ein großes langgestrecktes Tier mit dem Temperament eines Teufels und dem Lauf eines schwebenden Engels – einem wehenden, gleitenden Lauf. Die Stute hieß, als zarte Huldigung für Frau Reiver, »Lady Regula Baddun« – oder kurz: Regula Baddun.

Brunt, Shackles' Jockei, war ein ganz ordentlicher Kerl, aber seine Nerven waren nicht ganz zuverlässig. Er hatte seine Laufbahn mit Hindernisrennen in Melbourne begonnen, wo einige Rennaufseher gelyncht zu werden verdienen. Er war einer von den Jockeis, die bei der entsetzlichen Metzelei bei dem Rennen um den Maribyrnong-Pokal, an die man sich vielleicht noch erinnert, mit dem Leben davonkamen. Als Sprungmauern dienten Festungswälle – starke Holzbalken in Mauern eingerammt, deren Stützen so stark waren wie Strebepfeiler an Kirchen. Wenn ein Pferd einmal im Lauf war, mußte es springen oder stürzen. Ausbrechen nach der Seite war unmöglich. Im Maribyrnong-Rennen wurden zwölf Pferde bei der zweiten Mauer eingeklemmt. »Red Hat«, der die Führung genommen hatte, stürzte vor der Mauer, brachte dadurch auch »The Gled« zu Fall, und der ganze übrige Haufe kam nach, so wurde der Raum zwischen zwei Mauerstützen ein Gewühl, ein Geschrei, ein Gestoß. Vier Jockeis wurden tot hervorgezogen; drei waren schwer verletzt, zu diesen gehörte Brunt. Manchmal erzählte er die Geschichte von dem Maribyrnong-Rennen; und wenn er beschrieb, wie Whalley auf »Red Hat« rief, als die Stute unter ihm stürzte: »Barmherziger Gott, ich bin verloren!« und wie im nächsten Augenblick »Sithee There« und »White

Otter« den armen Whalley totgequetscht hatten, und der Staub ein höllisches Durcheinander von Mensch und Pferd umwirbelte, dann wunderte sich niemand, daß Brunt Hindernisrennen in Australien überhaupt aufgegeben hatte. Der Besitzer von Regula Baddun kannte diese Geschichte auswendig, denn Brunt erzählte sie jedesmal mit genau den gleichen Worten. Er war ganz ungebildet.

Eines Tages kam Shackles zu den Herbstrennen in Chedputter, und sein Besitzer ging umher und beleidigte alle Sportleute in Chedputter, bis sie schließlich gemeinsam zu einem Ehrenmitglied gingen und sagten: »Sorgen Sie dafür, daß ein Handicap gelaufen wird, in dem Shackles besiegt wird und der Hochmut seines Besitzers einen Dämpfer bekommt.« Da erhob sich der ganze Distrikt gegen Shackles und schickte seine besten Pferde: Ousel, von dem es hieß, er liefe die Meile in 1 Min. 53 Sek., Petard aus einem Gestüt, zugeritten von einem Kavallerieregiment, das es verstand, Gringalet, die Zuchtstute der 75er, Bobolink, den Stolz von Peshawar, und noch viele andere.

Sie nannten dieses Rennen das »Kettenbruch-Handicap«, weil die lange Kette von Shackles' Siegen zum ersten Male durchbrochen werden sollte. Nun wurden die Gewichte bestimmt, der Rennfonds stiftete achthundert Rupien, die Distanz wurde auf »für alle Pferde einmal um die Bahn« festgesetzt. Shackles' Besitzer sagte: »Sie können ruhig das ganze Rennen auf Shackles einstellen. Wenn sie ihn nur nicht unter Gewichten begraben, ist mir alles recht.« Und der Besitzer von Regula Baddun sagte: »Ich lasse meine Stute mitlaufen, damit sie Ousel anfeuert. Regulas Distanz ist aber nur sechs Furlongs, dann fällt sie ab und macht ein totes Rennen. Ebenso Ousel, sein Jockei versteht nichts von langen Rennen.« Aber das war gelogen, denn Regula war zwei Monate hindurch in Dehra trainiert worden, und ihre Aussichten waren gut, immer vorausgesetzt, daß Shackles eine Ader platzte oder Brunt nicht stillsaß.

Es wurde sehr hoch gewettet, bis zu achttausend Rupien. Der »Pionier« berichtete, »die Gunst war geteilt«. Das bedeutet einfach, daß jede Partei auf ihre Pferde schwor. Die Handicappers hatten ihre Sache gut gemacht. Die Ehrenmitglieder schrien sich heiser in dem Getöse; und der Rauch der Zigarren und das Gerassel der Würfelbecher war wie Rauch und Geknatter beim Gewehrfeuer.

Zehn Pferde starteten – sehr gleichmäßig –, und der Besitzer von Regula Baddun ritt auf einem Gaul bis zu einer Stelle innerhalb der Bahn, wo zwei Ziegelsteine lagen. Er stellte sich hin mit dem Gesicht zu den Ziegelschanzen am Ende der Bahn und wartete.

Der Bericht des Rennens findet sich im »Pionier«. Am Ende der ersten Meile löste sich Shackles aus der Reihe, hielt sich an der Außenseite, um die Kurven gut nehmen zu können, und legte sich gehörig ins Zeug, um die gerade Strecke zurückzulegen, ehe noch die andern merkten, daß er sich abgesondert hatte. Brunt saß ganz still und horchte glückselig auf das »trap, trap, trap« der Pferdehufe hinter ihm, er wußte, daß Shackles noch etwa zwanzigmal ausgreifen, dann tief aufatmen und die letzte halbe Meile wie der »Fliegende Holländer« machen würde. Als Shackles kürzer ausgriff, um die Kurve zu nehmen, und an die Ziegelschanzen kam, hörte Brunt durch das Sausen des Windes in seinen Ohren eine winselnde, wimmernde Stimme von der Außenseite: »Barmherziger Gott, ich bin verloren!« In einer Sekunde sah Brunt das ganze wogende Durcheinander des Maribyrnong-Rennens vor sich, fuhr zusammen auf seinem Sattel und schrie vor Entsetzen gellend auf. Dabei fuhren seine Hacken Shackles in die Weichen, und der Schrei verletzte Shackles. Er konnte nicht sofort anhalten, aber er machte seine Beine steif und rutschte noch fünfzig Fuß, ehe er sehr ernst und strafend Brunt – ein zitterndes, angsterfülltes Bündel – abwarf. Inzwischen lief Regula Baddun Kopf an Kopf mit Bobolink das letzte Ende der Bahn und gewann um eine knappe Kopflänge – Petard kam als kläglicher Dritter an. Shackles' Besitzer auf der Tribüne versuchte sich einzureden, daß sein Fernglas nicht in Ordnung wäre. Regula Badduns Besitzer, der bei den beiden Ziegelsteinen stand, seufzte erleichtert tief auf und ritt zurück zur Tribüne. Er hatte im ganzen etwa fünfzehntausend gewonnen.

Es war wahrhaftig ein »Kettenbruch-Handicap«. Und es machte beinahe alle Betroffenen kaputt und brach Shackles' Besitzer fast das Herz. Er ging zu Brunt, um ihn auszufragen. Der Bursche lag fahl und vor Angst keuchend noch da, wo er abgeworfen war. Die Schande, das Rennen verloren zu haben, schien gar keinen Eindruck auf ihn zu machen. Alles, was er wußte, war, daß Whalley ihn »gerufen« hätte, und daß dieser »Ruf« eine Warnung wäre; und wenn man ihn in Stücke zerschlüge, er würde nie wieder ein Pferd besteigen. Mit seiner Nervenkraft war es vorbei, seine einzige Bitte war, sein Herr möge ihn gehörig durchprügeln und dann gehenlassen. Er wäre zu nichts mehr nütze, sagte er. Er erhielt seine Entlassung, schwankte mühsam zum Stall, kreideweiß, mit blauen Lippen und wankenden Knien. Im Stall mußte er noch manches Häßliche hören, aber er achtete nicht darauf. Er zog sich um, nahm seinen Stock und ging die Straße hinab, er zitterte immer noch vor Angst und murmelte immer wieder vor sich hin: »Barmherziger Gott, ich bin verloren!« Und meiner Meinung nach sprach er die Wahrheit.

Jetzt weiß man also, wie das »Kettenbruch-Handicap« gelaufen und gewonnen wurde. Natürlich wird man es mir nicht glauben. Jedem Gerücht über Rußlands Absichten auf Indien oder den Vorschlägen der Währungskommission schenkt man Glauben, aber die kleinste bißchen nüchterne Tatsache kann man nicht ertragen!

Hinter dem Gitter

Die Liebe kümmert sich nicht um die Kaste
und der Schlaf nicht um ein zerbrochenes Bett.
Ich suchte die Liebe und verlor mich selbst

Hindu-Sprichwort

Jedermann sollte, was auch geschieht, sich zu Menschen seiner Kaste, Rasse und Herkunft halten. Die Weißen gehören zu den Weißen, die Schwarzen zu den Schwarzen. Welches Unglück einen dann betrifft, es paßt in den Lauf der Dinge, es kommt nicht plötzlich, unerwartet, befremdlich.

Dies ist die Geschichte eines Mannes, der eigensinnig die Grenzen wohlanständiger Alltagsgesellschaft übertrat und teuer dafür zahlen mußte.

Erstens wußte er zuviel, zweitens sah er zuviel. Er nahm zu stark Anteil an dem Leben der Eingeborenen; aber er wird es nie wieder tun.

Tief im Herzen der Altstadt, hinter Jitha Megjis Ställen, liegt die Sackgasse Amir Naths. Sie endet vor einer toten grauen Mauer, die von einem einzigen Gitterfenster durchbrochen ist. Am Anfang der Sackgasse steht ein großer Kuhstall, und die Wände zu beiden Seiten der Gasse sind fensterlos. Weder Suchet Singh noch Gaur Chand sind dafür, daß ihr Weibervolk in die Welt hinausblickt. Wenn Durga Charan derselben Ansicht gewesen wäre, würde er heut ein glücklicherer Mensch sein, und die kleine Bisesa wäre noch fähig, ihr Brot selbst zu kneten. Ihr Zimmer sah durch das Gitterfenster auf die enge dunkle Gasse, in die nie die Sonne schien, und wo die Büffel sich in blauem Schlamm wälzten. Sie war Witwe, fünfzehn Jahre alt und bat die Götter unablässig, ihr einen Liebsten zu senden; denn sie mochte nicht allein leben.

Eines Tages geriet nun bei einer zweck- und ziellosen Wanderung jener Mann – er hieß Trejago – in Amir Naths Gasse, und als er glücklich an den Büffeln vorbei war, stolperte er über einen Haufen Viehfutter.

Da erst bemerkte er, daß es eine Sackgasse war, und hörte ein leises Lachen hinter dem Gitterfenster. Es war ein reizendes leises Lachen, und da Trejago wußte, daß das alte Buch »Tausendundeine Nacht« in solchen Dingen ein guter Wegweiser ist, so ging er bis vor das Fenster und sagte flüsternd den Vers aus »Har Dyals Liebeslied«, der so anfängt: »Kann ein Mann aufrecht stehenbleiben vor dem Antlitz der unverhüllten Sonne, oder ein Liebender vor seiner Geliebten?

Wenn meine Füße schwach werden, Herz meines Herzens, bin ich zu tadeln, da ich durch den Schimmer deiner Schönheit geblendet bin?«

Hinter dem Gitterfenster erklang ein schwaches Klirren wie von Frauenarmbändern, und ein Stimmchen sagte das Lied weiter vom fünften Vers an:

»Ach! Ach! Kann der Mond der Lotosblume von seiner Liebe sprechen, wenn das Tor des Himmels geschlossen ist, und die Regenwolken sich ballen?

Sie haben mir die Liebste genommen und sie auf Saumpferden nach Norden getrieben.

Schwere Eisenketten sind an den Füßen, die auf meinem Herzen lagen.

Ruft die Bogenschützen, sich zu bereiten –«

Die Stimme brach plötzlich ab, und Trejago verließ die Gasse, verwundert, wer in aller Welt so zierlich mit ihm um die Wette »Har Dyals Liebeslied« hergesagt hatte.

Als er am nächsten Morgen ins Büro fuhr, warf ein altes Weib ein Päckchen in seinen Wagen. Es enthielt die Hälfte eines zerbrochenen Glasarmringes, eine blutrote *Dhak*blüte, ein wenig *Bhusa* oder Viehfutter und elf Kardamomkörner. Dies Päckchen war ein Brief – kein plumper verräterischer Brief –, sondern eine unschuldige, andern unverständliche Liebesepistel.

Trejago wußte, wie ich schon sagte, zu viel von diesen Dingen. Kein Engländer sollte imstande sein, einen derartigen Brief zu übersetzen. Aber Trejago breitete alle diese Sächelchen auf seinem Schreibpult aus und fing an, ihren Sinn zu enträtseln.

Ein zerbrochener Glasarmring bedeutet in ganz Indien eine Hinduwitwe; denn wenn der Mann stirbt, werden der Frau die Ringe am Handgelenk zerbrochen. Trejago verstand also die Bedeutung des Glasstückchens. Die *Dhak*blüte bedeutet je nach den sie begleitenden andern Dingen »wünsche«, »komm«, »schreib« oder »Gefahr«. Ein Kardamomkorn bedeutet »Eifersucht«; aber wenn ein Ding in solchen Briefpäckchen mehrfach da ist, verliert es seine symbolische Bedeutung und gibt nur eine Zahl an, die die Zeit bestimmen soll, wenn Weihrauch, Quark oder Safran beigefügt ist, auch den Ort. Die Botschaft hieß also: »Eine Witwe – *Dhak*blüte und *Bhusa* – um elf Uhr.« Das bißchen *Bhusa* entzückte Trejago. Er sah sofort – diese Art Brief überläßt vieles einem instinktiven Wissen –, daß die *Bhusa* sich auf den großen Haufen Viehfutter bezog, über den er in Amir Naths Gasse gefallen war, und daß die Botschaft von der Person hinter dem Gitter kommen mußte, die eine Witwe war.

So lautete die Botschaft also: »Eine Witwe, in der Gasse mit dem Haufen Viehfutter, wünscht, daß du um elf Uhr kommst.«

Trejago warf das ganze Zeugs in den Ofen und lachte. Er wußte, daß man im Orient nicht um elf Uhr vormittags vor dem Fenster seiner Liebsten erscheint, und daß die Frauen dort nicht auf lange Sicht Verabredungen treffen. So ging er also noch am selben Abend um elf in Amir Naths Gasse, in einen weiten Mantel gehüllt, den die Männer so gut wie die Frauen tragen. Sowie es in der Stadt elf geschlagen hatte, nahm das Stimmchen hinter dem Gitter »Har Dyals Liebeslied« wieder auf bei dem Vers, wo das Mädchen Har Dyal beschwört, zurückzukehren.

Das Lied ist wunderschön in der Ursprache. Die Übersetzung gibt nicht die Klage, die schon im Klang liegt, wieder. Es heißt etwa so:

Ganz allein bin ich und schau nach Norden.
Wende mich und sehe sehnsuchtsvoll
Blitze zucken, wie den Zauber deines Schritts vom Norden.
Komm zu mir, wenn ich nicht sterben soll!

Mir zu Füßen träumt der Marktplatz in die Nacht;
Die Kamele schlummern friedevoll,
Beute, die dein starker Arm gemacht.
Komm zu mir, wenn ich nicht sterben soll!

Alt ist meines Vaters Frau, ihr Herz ist Stein,
Und des Vaterhauses Packesel bin ich,
Tränen muß ich schlucken, und mein Brot ist Pein.
Komm, Geliebter, und errette mich!

Als das Lied zu Ende war, trat Trejago dicht unter das Fenster und flüsterte: »Ich bin hier.«

Bisesa war gut anzusehen.

Diese Nacht war der Anfang einer Reihe seltsamer Ereignisse und eines so phantastischen Doppellebens, daß Trejago heute oft selber kaum weiß, ob alles nicht nur ein Traum war. Bisesa oder ihre alte Dienerin, die ihm den Brief zugeworfen hatte, hatte das schwere Gitter aus dem Mauerwerk gelöst, so daß es nach innen gleiten konnte und eine viereckige Öffnung freiließ, durch die ein geschickter Mann klettern konnte.

Tagsüber hetzte Trejago durch seine gewohnte Bürotätigkeit oder zog einen Besuchsanzug an, um den Damen der Station seine Aufwartung zu machen; dabei dachte er, ob sie ihn überhaupt wohl noch kennen würden, wenn sie um die arme kleine Bisesa wüßten. Nachts, wenn die ganze Stadt schlief, begann der Gang in dem häßlich riechenden Mantel. Durch Jitha Megjis Ställe bog er rasch in Amir Naths Gasse ein und gelangte zwischen den schlafenden Rindern und grauen Mauern hindurch endlich zu Bisesa. In dem kahlen kleinen Zimmer, das Durga Charan seiner Schwestertochter eingeräumt hatte, hörte man das gleichmäßige Atmen der alten Weiber, die vor der Tür schliefen. Wer oder was Durga Charan war, danach fragte Trejago nie; und wie es kam, daß er nicht entdeckt und niedergestochen wurde, das fragte er sich erst, als seine Tollheit vorbei war und Bisesa ... doch davon später.

Bisesa war Trejagos endloses Entzücken. Sie war unwissend wie ein Vogel; und ihre ganz verdrehte Wiedergabe der Gerüchte, die von der Außenwelt in ihr Zimmer drangen, belustigte Trejago fast ebensosehr wie ihre lispelnden Versuche, seinen Namen Christopher auszusprechen. Die erste Silbe ging immer schon über ihre Kräfte, und sie machte komische kleine Bewegungen mit ihren Rosenblütenhänden, wie um den Namen fortzuwerfen, und dann kniete sie vor

Trejago hin und fragte ihn, gerade wie eine englische Frau es macht, ob er sie auch ganz bestimmt liebe. Trejago schwur, daß er sie mehr als alles auf der Welt liebe. Und das war die Wahrheit.

Nachdem so ein Monat in süßer Torheit vergangen war, zwangen die Forderungen seines andern Lebens Trejago, gegen eine Dame seiner Bekanntschaft besonders aufmerksam zu sein. Nun ist es Tatsache, daß alle Begebenheiten dieser Art nicht nur von der eigenen Rasse bemerkt und besprochen werden, sondern auch von Hunderten von Eingeborenen. Trejago mußte mit dieser Dame spazierengehen, beim Promenadenkonzert mit ihr plaudern und hin und wieder mit ihr ausfahren. Er dachte nicht im Traum daran, daß das sein anderes abseitiges, ihm lieberes Leben stören könnte. Aber die Kunde davon flog auf die gewöhnliche geheimnisvolle Art von Mund zu Mund, bis Bisesas Duenna davon hörte und es Bisesa erzählte. Das Kind war davon so beunruhigt, daß es seine Arbeit im Haushalt schlecht machte und deswegen von Durga Charans Weib geschlagen wurde.

Nach einer Woche warf Bisesa Trejago den Flirt vor. Umwege kannte sie nicht, so sprach sie ganz offen. Trejago lachte, und Bisesa stampfte mit den kleinen Füßen, Füßchen, die, leicht wie Ringelblumen, in einer Männerhand Platz fanden.

Vieles von dem, was über »orientalische Leidenschaftlichkeit« geschrieben wird, ist übertrieben und nachgeschwatzt, aber ein wenig davon ist doch wahr; und wenn ein Engländer dies Wenige entdeckt, so ist er ebenso überrascht, wie über irgendeine Leidenschaft in seinem eigenen Leben. Bisesa wütete und tobte und drohte schließlich, sich zu töten, wenn Trejago nicht sofort die fremde *Memsahib* aufgeben würde, die zwischen sie gekommen war. Trejago versuchte zu erklären und ihr zu zeigen, daß sie diese Dinge aus dem Gesichtspunkt der westlichen Völker nicht verstehen könnte. Da richtete Bisesa sich auf und sagte einfach:

»Nein, ich verstehe es nicht. Ich weiß nur das eine, daß es nicht gut ist, daß du, Sahib, mir lieber geworden bist als mein eigenes Herz. Du bist ein Engländer. Ich bin nur eine Schwarze« – sie war heller als Barrengold in der Münze –, »und die Witwe eines schwarzen Mannes.«

Dann schluchzte sie und sagte: »Aber bei meiner Seele und der Seele meiner Mutter, ich liebe dich. Kein Leid soll dich treffen, was auch immer mit mir geschieht.«

Trejago versuchte, das Kind zu überzeugen und es zu beruhigen, aber sie schien ganz unvernünftig gestört zu sein. Nichts als das Aufgeben jeglicher Beziehungen zwischen ihm und jener Dame konnte sie zufriedenstellen. Er solle sofort gehen. Und er ging. Ehe er sich aus dem Fenster herabließ, küßte sie ihn zweimal auf die Stirn. Er ging verwundert nach Hause.

Eine Woche, drei Wochen vergingen, ohne ein Zeichen von Bisesa. Da fand Trejago, daß der Bruch lange genug gedauert hätte, ging zum fünften Male in diesen drei Wochen in Amir Naths Gasse in der Hoffnung, daß sein Klopfen am Gitterfenster endlich beantwortet würde. Er sah sich nicht enttäuscht. Der Mond stand im ersten Viertel, und ein Strahl seines Lichtes fiel in die Gasse und traf das Gitter, das bei seinem Klopfen weggezogen wurde. Aus der schwarzen Finsternis streckte Bisesa ihre Arme in das Mondlicht. Beide Hände hatte man ihr an den Handgelenken abgeschlagen, die Stümpfe waren fast verheilt.

Da, als Bisesa den Kopf zwischen die Arme legte und schluchzte, brüllte im Zimmer jemand auf wie ein wildes Tier, und etwas Scharfes – Messer, Schwert oder Speer – wurde nach Trejago, der seinen Mantel anhatte, geworfen. Die Waffe verfehlte ihr Ziel, schnitt nur in einen Lendenmuskel ein, und infolge dieser Verwundung behielt er für sein Leben ein leichtes Hinken.

Das Gitter wurde wieder vorgeschoben; kein Zeichen kam mehr aus dem Haus, – nichts war da, nur der Mondstrahl auf der hohen Mauer und hinter ihr Amir Naths dunkle Gasse.

Das nächste, an das Trejago sich erinnert, nachdem er wie ein Wahnsinniger zwischen den mitleidlosen Mauern getobt und geschrien hatte, ist, daß er sich bei Tagesanbruch an dem Flusse befand, seinen Mantel fortwarf und barhaupt heimging.

Was sich eigentlich ereignet hatte, ob Bisesa in einem Anfall grundloser Verzweiflung alles erzählt hatte, oder das Geheimnis entdeckt und sie durch Folterung zum Beichten gezwungen worden war, ob Durga Charan wußte, wer er war, und was aus Bisesa wurde – das weiß Trejago noch heute nicht. Etwas Schreckliches war geschehen, und der Gedanke daran steigt hin und wieder nachts in Trejago auf und leistet ihm bis zum Morgen Gesellschaft. Bezeichnend für die ganze Geschichte ist, daß er nicht weiß, wo eigentlich Durga Charans Haus liegt. Es ist möglich, daß es auf einen Hof geht, der zu mehreren Häusern gehört, oder daß es hinter irgendeinem der Tore von Jitha Megjis Stall liegt. Trejago weiß es nicht. Er kann Bisesa, die arme kleine Bisesa, nicht wiederfinden. Er hat sie in der Altstadt verloren, wo jedes Haus so bewacht wird und so unkenntlich ist wie ein Grab; und das Gitterfenster, das auf die Gasse Amir Naths ging, ist zugemauert worden.

Aber Trejago macht regelmäßig seine Besuche und wird für einen ordentlichen Mann gehalten.

Es ist nichts Auffallendes an ihm, außer einer Steifheit im rechten Bein, die von Überanstrengung beim Reiten herrührt.

Ein Irrtum

Sie verbrannten den Leichnam auf dem Sand,
Das Feuer leuchtete weit;
Die Boote kamen von Sansibar
In heller Sicherheit.
Wo immer dem Feuer ein Altar ragt,
Hat es dem irrenden Auge getagt.

Salsette Bootslied

Für jemanden, der sich häufiger, als es sein sollte, öffentlich schwer betrinkt, gibt es noch Hoffnung; aber ganz hoffnungslos ist der Mann, der heimlich und einsam bei sich zu Hause trinkt; der Mann, den man nie trinken sieht.

Das ist eine Regel; es muß also eine Ausnahme geben, die diese Regel bestätigt. Und diese Ausnahme war der Fall Moriarty.

Er war Zivilingenieur; und die Regierung versetzte ihn, in ihrer großen Güte, in einen abseits liegenden Bezirk, wo er ganz allein war, niemanden zur Unterhaltung hatte als Eingeborene, und sehr viel Arbeit. Diese Arbeit machte er in den vier Jahren, die er so ganz einsam war, sehr gut; aber er gewöhnte sich das Laster des heimlichen und einsamen Trunkes an und kam aus der Wildnis älter, verbrauchter und abgehärmter wieder, als ihn das Lebendigbegrabensein allein hätte machen dürfen. Man kennt wohl das Wort, daß jemand, der länger als ein Jahr allein im Dschungel gewesen ist, sein ganzes Leben lang nicht wieder ganz normal wird. Die Leute schoben Moriartys sonderbares Benehmen und seine Schwermut auf die Einsamkeit und sagten, das wäre wieder ein Beweis, wie die Regierung die Zukunft ihrer tüchtigsten Männer verdürbe. Moriarty hatte sich im Brücken-, Damm- und Trägerbau einen sehr guten Ruf erworben. Aber er wußte, daß er Nacht für Nacht dabei war, diesen guten Ruf zu untergraben mit Hilfe von Kognak und Branntwein, kleinen Likörproben und dergleichen Zeug. Er war von guter Konstitution und hatte ein besonderes Gehirn, sonst wäre er zusammengebrochen und wie ein krankes Kamel in der Einöde gestorben. Wie es anderen, Besseren vor ihm ergangen war.

Die Regierung schickte ihn nach der Rückkehr aus der Einsamkeit nach Simla; und er ging hin in der Absicht, sich um einen gerade freien Posten zu bewerben. In der Saison stand gerade Frau Reiver – man erinnert sich ihrer vielleicht noch – auf der Höhe ihrer Macht, viele Männer lagen ihr zu Füßen. Alles Schlechte, was von Frau Reiver gesagt werden könnte, wurde bereits in einer andern Geschichte erzählt. Moriarty war ein stattlicher, hübscher Mann, sehr still und ängstlich darauf bedacht, seinen Mitmenschen zu gefallen, wenn er nicht gerade in düstres Sinnen versunken war. Bei plötzlichen Geräuschen oder bei unerwarteter Anrede fuhr er sehr oft zusammen; und wenn man ihn bei Tisch beim Leeren eines Glases Wasser beobachtete, sah man, daß seine Hand leise zitterte. Aber all das schob man auf seine Nervosität, und von dem stillen beständigen »gluck, gluck, gluck, schenk ein«, und wieder »gluck, gluck, gluck«, das in seinem Zimmer, wenn er ganz allein war, vor sich ging, wußte niemand etwas. Wenn man bedenkt, wie hier in Indien alles und jedes im Privatleben der Menschen öffentliches Geheimnis ist, so ist das ein Wunder.

Moriarty geriet nicht in Frau Reivers Kreis, in den paßte er nicht, aber in ihre Gewalt, und er fiel vor ihr nieder und machte sie zu seiner Göttin. Das kam daher, weil er direkt aus dem Dschungel in eine große Stadt kam. Er konnte nichts richtig einschätzen, weder Dinge noch Personen.

Frau Reivers Kälte und Härte hielt er für Hoheit und Würde, ihren Mangel an Klugheit und ihre Unfähigkeit zu sprechen für Zurückhaltung und Scheu – Frau Reiver und scheu! Da niemand ihr Ehre und Achtung zollte, verehrte er sie aus der Ferne und begabte sie mit allen biblischen und shakespeareschen Tugenden.

Dieser große dunkle, zerstreute Mann, der nervös wurde, wenn er ein Pony hinter sich traben hörte, folgte von weitem Frau Reivers Spuren und errötete vor Freuden, wenn sie ihm ein Wort zuwarf. Seine Bewunderung war streng platonisch; sogar Frauen bemerkten das und gaben es zu. Er ging nicht aus in Simla, daher hörte er nichts Nachteiliges über sein Idol. Und das war gut. Frau Reiver beachtete ihn nicht besonders, sie sah wohl, daß er zu der Reihe ihrer Bewunderer gehörte, und ging gelegentlich einmal mit ihm spazieren, nur um zu zeigen, daß sie ihn als ihr Eigentum beanspruchen konnte. Bei solchen Gelegenheiten muß Moriarty hauptsächlich die Kosten der Unterhaltung getragen haben, denn Frau Reiver wußte nicht viel mit Männern seiner Art zu sprechen; und mit dem Wenigen, was sie sagte, hätte sie sicherlich nichts erreicht. Woran Moriarty glaubte, und wozu er auch guten Grund hatte, war Frau Reivers Einfluß auf ihn, und in diesem Glauben machte er sich ernstlich daran, das Laster, von dem nur er allein wußte, abzulegen.

Seine Erfahrungen, während er dagegen ankämpfte, müssen eigentümlich gewesen sein, aber er hat sie nie beschrieben. Manchmal enthielt er sich eine Woche lang allen Getränkes außer Wasser. Dann wieder an einem regnerischen Abend, wenn er von niemand eingeladen war, in seinem Zimmer ein helles Feuer brannte und alles behaglich war, setzte er sich hin, trank Schluck auf Schluck und machte derweil große Pläne, wie er sich bessern wollte, bis er sich hoffnungslos betrunken aufs Bett warf. Am nächsten Morgen war er tief unglücklich.

Eines Abends kam der Zusammenbruch. Sein Gemüt war durch die Versuche, sich der »Freundschaft Frau Reivers wert zu zeigen«, zerrüttet. Die letzten zehn Tage waren bös gewesen, und das Ende war, daß er den Lohn für zweidreivierteI Jahre stillen Suffs jetzt in Form eines Anfalls von mildem *Delirium tremens* bezahlt erhielt; es fing an mit Selbstmordgedanken, dann kamen hysterische Anfälle, und es endete mit Irrereden. Wenn Moriarty auf einem Stuhl vor dem Feuer saß oder im Zimmer auf und ab ging, ein Taschentuch in Stücke zerpflückend, bekam man zu hören, was er wirklich über Frau Reiver dachte; denn meistens phantasierte er von ihr und seinem Laster; wenn auch einige Regierungsberichte in seinem verworrenen Gedankengang auftauchten. Er sprach und sprach unaufhörlich in leisem, trockenem Flüsterton vor sich hin, es war unmögich, ihn zu hemmen. Er schien zu wissen, daß etwas nicht ganz in Ordnung war, und versuchte zweimal, sich zusammenzunehmen und mit dem Arzt vernünftig zu sprechen; aber sofort verlor er wieder die Kontrolle über seinen Geist und verfiel wieder in das Flüstern und in die Geschichte seiner Nöte. Es ist furchtbar, einen großen starken Mann von all dem, was der Mensch sonst im tiefsten Herzen verschließt, wie ein Kind schwatzen zu hören. Moriarty zeigte jedem, der zwischen elf Uhr abends und zweidreiviertel morgens im Zimmer war, seine nackte Seele.

Aus seinen Worten konnte man entnehmen, was für einen gewaltigen Einfluß Frau Reiver auf ihn hatte, und wie er unter seiner Schwäche litt. Was er vor sich hinflüsterte, kann hier natürlich nicht aufgeschrieben werden; es zeigte aber sehr lehrreich, wie irrig er sie einschätzte.

Als der Anfall vorüber war und seine wenigen Bekannten ihm ihre Teilnahme an dem Dschungel-Fieberanfall, der ihn so heruntergebracht hätte, ausdrückten, da schwur Moriarty vor sich selber einen heiligen Eid und ging wieder mit Frau Reiver aus, bis die Saison zu Ende war, und bewunderte sie auf eine stille, achtungsvolle Art, als wäre sie ein Engel vom Himmel. Später fing er das Reiten an, nicht als Sonntagsreiter, sondern als richtiger Sportsmann; das war ein Beweis, daß es besser mit ihm wurde, und man konnte Türen hinter ihm zuschmettern, ohne daß er entsetzt aufsprang. Und das berechtigte auch zu Hoffnungen.

Wie er es machte, seine Schwüre zu halten, und was es ihn anfangs kostete, weiß niemand. Es gelang ihm tatsächlich, das schwerste, was ein wirklicher Trinker tun kann, durchzusetzen. Beim Essen trank er seinen Schnaps und Wein; aber er trank nie mehr allein und ließ sich nie irgendwie von dem, was er trank, beeinflussen.

Einmal erzählte er einem nahen Freunde die Geschichte seiner großen Not, und wie der »Einfluß einer reinen verehrungswürdigen Frau, die ein wahrer Engel war«, ihn gerettet hätte. Als der Mann, aufs höchste überrascht, daß Frau Reiver etwas Gutes zu verdanken wäre, lachte, kostete es ihn Moriartys Freundschaft. Moriarty, der jetzt der Gatte einer tausendmal besseren Frau ist als Frau Reiver, einer Frau, die glaubt, daß es auf der ganzen Erde keinen Mann gäbe, der an Güte und Klugheit ihrem Manne gliche – wird noch auf dem Totenbett aussagen und beschwören, daß Frau Reiver ihn vor dem Untergang in dieser wie auch jener Welt errettet hat.

Daß sie etwas von Moriartys Schwäche gewußt hätte,

glaubt niemand auch nur einen Augenblick. Daß sie ihn vollständig geschnitten, ihn vernichtet und allen ihren Bekannten ihre Entdeckung mitgeteilt hätte. wenn sie es gewußt hätte, daran zweifelt niemand, der sie kannte, auch nur einen Augenblick.

Moriarty hielt sie für etwas, das sie nie war, und dieser Glaube rettete ihn. Und das war geradesogut, als wenn sie ganz so gewesen wäre, wie seine Einbildung sie sah.

Aber nun ist die Frage: Welche Ansprüche kann Frau Reiver erheben auf ihren Anteil an Moriartys Rettung, wenn der Tag der großen Abrechnung für sie kommt?

Ein Bankschwindel

Er soff wie ein Schwein und fluchte gemein,
Schafft' sich Kleider an und bezahlte nie.
Er wickelt' den Freund beim Pferdekauf ein
Und gewann beim Spiel, man wußte nicht, wie:
Da hat ihn plötzlich auf morgen von heut
Sein schändliches altes Treiben gereut.
Da hat er sich plötzlich umgebogen,
Hat Gutes getan und es abgelogen.

Das Kasino

Wenn Reggie Burke noch in Indien wäre, so würde er es übel vermerken, daß ich diese Geschichte erzähle; aber da er in Hongkong ist und sie nicht lesen wird, so kann ich es ruhig tun. Er war es nämlich, der den großen Schwindel bei der Sind- und Sialkote-Bank verübte. Er war Vorsteher einer Zweigniederlassung weiter ins Land hinein und war ein Mann von gesundem Menschenverstand mit reicher Erfahrung im einheimischen Darlehns- und Versicherungswesen. Er konnte beides miteinander vereinigen, sich amüsieren und arbeiten, und befand sich gut dabei. Reggie ritt alles, was sich besteigen ließ, war ein ebenso schmucker Tänzer wie Reiter und mußte bei jedem Vergnügen auf der Station dabeisein.

Wie er selbst behauptete, gab es zwei Burkes, und zu ihrer Überraschung entdeckten das viele; beide Burkes waren aber sehr gut zu gebrauchen. »Reggie Burke« von vier bis zehn war zu allem zu haben, vom Gymkhana bei heißem Wetter bis zum Reitpicknick, und zwischen zehn und vier war er »Herr Reginald Burke, Vorsteher der Sind- und Sialkote-Zweigbank«. Am Nachmittag konnte man mit ihm Polo spielen und seine Bemerkungen über die Vorübergehenden hören; und am folgenden Vormittag konnte man ihn aufsuchen, um ein Darlehen von zweitausend Rupien auf eine Versicherungspolice von fünfhundert Pfund zu erheben, von denen achtzig Pfund durch Prämien eingezahlt sind. Er würde einen sofort erkennen, aber man selber würde ihn nur mit einiger Mühe wiedererkennen.

Die Direktoren der Bank, die ihren Hauptsitz in Kalkutta

hatte und deren Generaldirektor in der Regierung ein Wort mitzusprechen hatte, wählten ihre Beamten gut. Sie hatten Reggie einer ungeheuer scharfen Prüfung unterzogen; sie vertrauten so auf ihn, wie Direktoren immer auf die Vorsteher trauen. Man möge selber urteilen, ob ihr Vertrauen gerechtfertigt war.

Reggies Zweigniederlassung lag in einer großen Station und arbeitete mit der üblichen Beamtenschaft: einem Vorsteher, einem Buchhalter – beides Engländer –, einem Kassierer und einer Schar einheimischer Schreiber, außer der nächtlichen Polizeiwache. Da seine Bank in einem aufblühenden Bezirk lag, war sein Hauptgeschäft das *Hoondi* und das Leihen und Verleihen von Geld. Ein Dummkopf hat kein Geschick für solche Art Geschäft; und ein Kluger, der nicht mit seinen Klienten in Verbindung steht und sich nicht einigermaßen in ihren Angelegenheiten auskennt, ist noch schlimmer als ein Dummkopf. Reggie sah jung aus, glatt rasiert, hatte lustige Augen und ein Gehirn, das höchstens von einigen Litern eines echten Artilleristen-Madeira etwas spürte.

Eines Tages bei einem großen Essen erzählte er so nebenbei, daß die Direktoren ihm als Buchhalter eine wahre Sehenswürdigkeit aus England zugeschickt hätten. Er hatte ganz recht. Der Buchhalter, Herr Silas Riley, war ein sehr wunderliches Wesen, ein langer, ungeschickter, knochiger Mann aus Yorkshire, mit einem so barbarischen Selbstbewußtsein, wie es nur in der besten Grafschaft Englands blüht. Arroganz war noch eine sehr milde Bezeichnung für die geistige Haltung von Herrn Silas Riley. In sieben Jahren hatte er sich zur Stellung eines Kassierers bei einer Bank in Huddersfield emporgearbeitet; alle seine Erfahrungen hatte er im nördlichen Industriegebiet gesammelt. Vielleicht hätte er sich besser für die Gegend bei Bombay geeignet, wo man glücklich ist über einen Verdienst von einem halben Prozent, und wo das Geld billig ist. Für das obere Indien und eine Weizenprovinz, wo ein Mann von weitem Blick und einiger Phantasie nötig ist, um eine befriedigende Bilanz zu erzielen, war er nicht zu brauchen.

Er war erstaunlich beschränkt in Geschäftsangelegenheiten, und als Neuling im Lande hatte er keine Ahnung davon, daß das Bankwesen in Indien total verschieden von dem in England ist. Wie die meisten klugen Leute, die durch eigene Kraft etwas geworden sind, war er sehr einfältiger Natur und hatte irgendwie die gewöhnliche Höflichkeitsphrase in seinen Anstellungspapieren so verstanden, als ob die Direktoren ihn auf Grund seiner ganz besonders glänzenden Begabung gewählt hätten und große Hoffnungen auf ihn setzten. Diese Einbildung wuchs und befestigte sich und steigerte noch seine angeborene nordische Überheblichkeit. Ferner war er von zarter Gesundheit, litt an Brustbeschwerden und war leicht erregbar.

Man wird zugeben, daß Reggie recht hatte, wenn er seinen neuen Buchhalter eine Sehenswürdigkeit nannte. Die beiden Männer paßten absolut nicht zueinander. Riley hielt Reggie für einen ungebildeten Idioten mit einem Vogelgehirn, mit einer Vorliebe für Gott weiß was für Zerstreuungen in gemeinen sogenannten »Kasinos« und gänzlich ungeeignet für den ernsten und würdevollen Beruf eines Bankbeamten. Über Reggies jugendliches Aussehen und seine »Wurschtigkeit« kam er nie hinweg; und für Reggies Freunde, schneidige unbekümmerte Militärs, die zu einem üppigen Frühstück vor der Bank angeritten kamen und schwüle Geschichten erzählten, bis Riley aufstand und das Zimmer verließ, hatte er gar kein Verständnis. Riley zeigte Reggie immer, wie die Geschäfte geführt werden müßten, und Reggie mußte ihn mehr als einmal daran erinnern, daß die siebenjährige Erfahrung, die sich auf Huddersfield und Beverley beschränkte, noch keinen dazu befähigte, ein großes Binnenlandgeschäft zu leiten. Dann schmollte Riley und sprach von sich als Stütze der Bank und besonderem Freund der Direktoren, und Reggie raufte sich die Haare. Wenn die englischen Unterbeamten versagen, dann hat man es schwer in Indien, denn die Hilfe der Eingeborenen ist sehr beschränkt. Im Winter lag Riley viele Wochen hintereinander krank an der Lunge; da gab es für Reggie immer mehr Arbeit. Aber das war ihm lieber als die ständigen Reibungen, die es gab, wenn Riley auf war.

Einer der Revisoren entdeckte, daß es dem Buchhalter recht schlecht ging, und erstattete Bericht an die Direktoren. Nun war Riley nur durch Schiebung bei der Bank angekommen mit Hilfe eines Parlamentsmitgliedes. Dieses brauchte den Beistand von Rileys Vater, der wiederum wünschte, seinen Sohn wegen der Lunge in ein wärmeres Klima zu bringen. Das Parlamentsmitglied war an der Bank beteiligt; aber einer der Direktoren hatte den Wunsch, einen von ihm Vorgeschlagenen vorwärtszubringen; und nachdem Rileys Vater gestorben war, machte er die anderen Herren darauf aufmerksam, daß ein Buchhalter, der die Hälfte des Jahres krank war, doch besser einer gesunden Kraft Platz machte. Hätte Riley den wahren Sachverhalt seiner Anstellung gewußt, so hätte er sich vielleicht besser benommen; aber da er nichts wußte, so wechselten seine Krankheitsanfälle ab mit Zuständen, in denen er Reggie ruhelos, unaufhörlich und naseweis quälte auf jede Weise, in welcher der Eigendünkel eines Untergeordneten sich nur betätigen kann. Hinter seinem Rücken schimpfte Reggie fürchterlich auf ihn, das erleichterte ihn; aber das tat er nie ihm ins Gesicht, denn er sagte: »Riley ist ein so zerbrechliches Geschöpf, daß seine widerliche Überheblichkeit zur Hälfte von den Brustschmerzen herrührt.«

Eines Jahres, Ende April, wurde Riley wirklich schwer krank. Der Doktor beklopfte und behorchte ihn und sagte zu ihm, er würde bald wieder gesund sein. Dann ging der Doktor zu Reggie und sagte: »Wissen Sie, wie krank Ihr Buchhalter ist?« »Nein!« sagte Reggie. »Je schlimmer, desto besser, dieser verfluchte Kerl! Wenn er gesund ist, ist er die reine Landplage mit seinem Geschwätz. Wenn Sie ihn mit Ihrer Medizin während der heißen Zeit mundtot machen, dann können Sie meinetwegen unsern Geldschrank stehlen.«

Aber der Doktor lachte nicht. »Mensch«, sagte er, »ich mache keinen Spaß. Ich gebe ihm noch drei Monate zum Krankliegen und etwa eine Woche zum Sterben. Bei meiner Ehre, mehr hat er in diesem Leben nicht zu erhoffen. Er ist hochgradig schwindsüchtig.«

Sofort verwandelte sich Reggies Gesicht in das von »Herrn Reginald Burke«, und er antwortete: »Was kann ich tun?« »Nichts«, sagte der Doktor. »Der Mann ist schon so gut wie tot. Sorgen Sie für Ruhe und Heiterkeit, und reden Sie ihm vor, er wäre in der Besserung. Mehr kann man nicht tun. Ich werde natürlich bis zuletzt nach ihm sehen.«

Der Doktor ging fort, und Reggie setzte sich hin, um die Abendpost durchzusehen. Der erste Brief kam vom Direktorium und enthielt den Bescheid, daß Herr Riley entlassen sei, und daß er, da bei seiner Anstellung monatliche Kündigung vereinbart worden sei, in vier Wochen gehen müsse; der Brief an Riley würde folgen. Dann kam noch die Ankündigung eines neuen Buchhalters, eines Mannes, den Reggie kannte und schätzte.

Reggie steckte sich eine Manila an und hatte, ehe sie zu Ende war, den Entwurf eines großen Schwindels fertig. Er unterschlug den Brief des Direktoriums und ging zu Riley, um mit ihm zu plaudern. Dieser war wie gewöhnlich ungnädig und quälte sich mit Sorgen, wie die Bank ohne ihn fertig werden würde. Er dachte nicht einmal daran, daß Reggie nun die doppelte Arbeit hatte, sondern nur daran, daß es seiner eigenen Karriere schaden könnte. Da versicherte Reggie ihm, es würde alles gut gehen, und er, Reggie, würde jeden Tag die Angelegenheiten der Bank mit ihm besprechen. Riley wurde etwas ruhiger, aber er ließ ihn deutlich merken, daß er keine sehr hohe Meinung von Reggies geschäftlicher Befähigung habe. Reggie schien sehr klein und hatte dabei Briefe des Direktoriums in seinem Pult, auf die jeder stolz sein könnte!

Die Tage verstrichen in dem großen verdunkelten Hause, der Brief mit Rileys Kündigung kam und wurde von Reggie unterschlagen. Dieser schleppte jeden Abend die Bücher zu Riley ins Zimmer und zeigte ihm, was den Tag über geschehen war, während Riley murrte. Reggie bemühte sich, so zu berichten, daß Riley erfreut sein konnte, aber der Buchhalter war überzeugt, daß die Bank ohne ihn bald ruiniert sein würde. Im Juni, als das Liegen sein Gemüt stark angegriffen hatte, fragte er, ob sein Fehlen dem Direktorium bekannt wäre, da sagte Reggie, sie hätten sehr teilnehmende Briefe geschrieben und der Hoffnung Ausdruck verliehen, daß er bald wieder seine wertvolle Arbeitskraft in den Dienst der Bank würde stellen können. Er zeigte Riley die Briefe; Riley sagte, die Direktoren hätten an ihn selbst schreiben müssen. Einige Tage danach öffnete Reggie Rileys Post im halbdunklen Zimmer und gab ihm einen Brief – ohne Umschlag – an Riley vom Direktorium. Riley sagte, er würde

Reggie sehr verbunden sein, wenn er sich nicht in seine Privatangelegenheiten mischen wollte, um so mehr, da Reggie doch wüßte, daß er wegen seiner Schwäche seine eigenen Briefe nicht selber öffnen könnte. Reggie bat um Entschuldigung.

Dann schlug Rileys Stimmung ganz um, er hielt Reggie seinen schlechten Lebenswandel vor, seine Pferde und seine schlimmen Freunde. »Wo ich hier so fest liege, Herr Burke, kann ich Ihnen natürlich keine Stütze sein; aber wenn ich wieder besser bin, werden Sie, das hoffe ich stark, auf mich hören.« Reggie, der Tennis, Polo, Gesellschaften, alles aufgegeben hatte, um bei Riley sein zu können, versicherte, daß er alles bereue, bettete Rileys Kopf sanft auf das Kissen und hörte ihn ohne ein Zeichen von Ungeduld in hartem, trokkenem Flüsterton schelten und widersprechen. Und das alles nach schwerer, doppelter Arbeit im Büro, in der zweiten Hälfte des Juni.

Dem neuen Buchhalter erzählte Reggie gleich den ganzen Fall und teilte Riley mit, daß er Besuch hätte. Riley sagte, er hätte wohl mehr Rücksicht auf ihn nehmen können und müsse nicht gerade jetzt sich mit einem seiner »zweifelhaften Freunde« amüsieren. Daraufhin bat Reggie Carron, den neuen Buchhalter, im Klub zu schlafen. Durch Carrons Ankunft wurde ihm etwas Arbeit abgenommen, so daß er mehr Zeit für Rileys unendlich viele Wünsche hatte, Zeit hatte, zu erklären, trösten, erfinden, den Armen immer wieder neu zu betten und schmeichelhafte Briefe aus Kalkutta zu verfassen. Gegen Ende des ersten Monats hatte Riley den Wunsch, seiner Mutter etwas Geld zu schicken. Reggie schickte den Betrag. Am Ende des zweiten Monats traf Rileys Gehalt wie gewöhnlich ein. Reggie bezahlte es aus eigener Tasche und legte einen wunderschönen Brief vom Direktorium bei.

Riley war wirklich sehr krank, aber sein Lebenslicht brannte ungleichmäßig. Manchmal blickte er freudig und hoffnungsvoll in die Zukunft und schmiedete Pläne für die Heimreise und ein Wiedersehen mit seiner Mutter. Reggie hörte nach Feierabend geduldig zu und bestärkte ihn in seinen Hoffnungen.

Ein andermal wieder bestand Riley darauf, daß Reggie ihm Bibelabschnitte und finstere »methodistische« Traktate vorlas. An die Traktate knüpfte er immer eine Moral für seinen Vorsteher. Aber immer war er bereit, Reggie wegen der Arbeit in der Bank zu quälen und ihm zu zeigen, wo die schwachen Stellen waren.

Der Aufenthalt in der Krankenstube, der Mangel an frischer Luft und der beständige Zwang brachten Reggie recht herunter, griffen seine Nerven an und verschlechterten sein Billardspiel um vierzig Punkte. Aber die Arbeit in der Bank und die Arbeit am Krankenbett mußten gemacht werden, wenn auch das Thermometer 116° Fahrenheit im Schatten zeigte.

Am Ende des dritten Monats ging es mit Riley schnell bergab, und es wurde ihm klar, daß er sehr krank war. Aber dieselbe Überhebung, die ihn veranlaßte, Reggie zu quälen, hinderte ihn, das Schlimmste zu glauben. »Er braucht irgendein geistiges Reizmittel, wenn er es noch weiter machen soll«, sagte der Doktor. »Halten Sie sein Interesse am Leben rege, wenn Sie wollen, daß er noch eine Zeitlang lebt.« Da erhielt Riley, gar nicht im Einklang mit der Geschäfts- und Finanzlage, vom Direktorium eine Gehaltserhöhung um 25 Prozent. Das »geistige Reizmittel« wirkte fabelhaft. Riley war glücklich und heiter, und wie es so oft bei Schwindsüchtigen der Fall ist, sein Geist war am stärksten, als sein Körper am schwächsten war. Einen vollen Monat noch lebte er dahin, brummte und schalt über die Bankangelegenheiten, sprach von der Zukunft, hielt Reggie Predigten über die Sünde und überlegte, wann er wohl wieder ausgehen könnte.

Aber an einem erbarmungslos heißen Abend Ende September richtete er sich leise keuchend im Bett auf und sagte rasch zu Reggie: »Herr Burke, ich sterbe. Ich weiß es. Meine Brust ist inwendig ganz hohl, es ist nichts mehr da, womit ich atmen kann. Soviel ich weiß, hab ich nix« – er verfiel in die Sprechweise aus seiner Kindheit – »getan, das mein Gewissen belastet. Gott sei Dank bin ich vor schlimmer Sünde bewahrt worden; und ich gebe Ihnen den guten Rat, Herr Burke ...«

Seine Stimme erstarb, und Reggie beugte sich über ihn.

»Schicken Sie mein Septembergehalt an meine Mutter ... Großes bei der Bank geleistet, wenn es mir vergönnt gewesen wäre ... ganz verkehrt ... nicht meine Schuld ...«

Dann drehte er sich zur Wand um und starb.

Reggie zog ihm das Leinentuch übers Gesicht und ging in die Veranda, mit dem letzten unbenutzten »geistigen Reizmittel« in der Tasche, einem teilnahmsvollen Brief vom Direktorium.

»Wenn ich zehn Minuten früher gekommen wäre«, dachte Reggie, »hätte ich ihn vielleicht noch einen Tag länger durchgekriegt.«

Tods' Amendement

Es drückt die Welt ihr Joch so gern
Auf alte weißhaarige Herrn,
Die dem König geschmeidig sind.

Doch Gottes Gnade ruht auf den Jungen,
Sie tragen die Weisheit auf der Zungen,
Die vor gar nichts bange sind.

Die Parabel Chajju Bhagats

Tods' Mama war eine ganz besonders reizende Frau, und jeder in Simla kannte Tods. Die meisten hatten ihn gelegentlich vom Tode errettet. Er war der Aufsicht seiner *Ayah* vollständig entwachsen und gefährdete täglich sein Leben dadurch, herauszubekommen, was geschähe, wenn man die Maulesel der Gebirgsbatterie am Schwanz zöge. Er war ein ganz furchtloser junger Heide, etwa sechs Jahre alt, und das einzige Kind, das je die heilige Ruhe des hohen Gesetzgebungsrates gestört hat.

Und das geschah folgendermaßen: Tods' Lieblingsziege riß sich los und flüchtete bei der Boileaugunge-Straße den Berg hinauf; Tods immer hinterdrein, bis sie in den Park des Vizekönigs einbrach, der damals noch zu »Peterhoff« gehörte. Der Rat hatte gerade Sitzung, wegen der Wärme bei offenen Fenstern. Der rote Ulan im Torweg wollte Tods wegschicken; aber Tods kannte den Ulan und die meisten des Rats persönlich. Außerdem hielt er die Ziege fest am Halsband und wurde von ihr über alle Blumenbeete gezerrt. »Grüß doch den langen Rats-Sahib von mir und sag ihm, er möchte mir helfen, Moti zurückzubringen!« keuchte Tods. Die Ratsversammlung hörte den Lärm durch die offenen Fenster; und nach einer Weile konnte man das ungehörige Schauspiel sehen, daß ein Juristischer Sachverständiger und ein Gouverneur mit ausdrücklicher Erlaubnis des Höchstkommandierenden und des Vizekönigs und ein kleiner sehr schmutziger Junge im Matrosenanzug und mit einem braunen Haarschopf eine lebhafte rebellische Ziege bändigten. Sie schafften sie auf dem schmalen Fußweg bis zur Straße hinunter, und Tods ging triumphierend nach Hause und erzählte seiner Mama, daß alle Rats-Sahibs ihm geholfen hätten, Moti einzufangen. Seine Mama ohrfeigte ihn, weil er die Landesverwaltung gestört hätte; aber am nächsten Tage traf Tods den Juristischen Sachverständigen und teilte ihm im Vertrauen mit, daß er, Tods, ihm mit all seiner Macht helfen würde, wenn er jemals eine Ziege einfangen wollte. »Vielen Dank, Tods«, sagte der Juristische Sachverständige.

Tods war der vergötterte Liebling von einigen achtzig Jhampanies und von halb so vielen *Sais'*. Er redete sie alle mit »Bruder« an. Es kam ihm niemals in den Kopf, daß irgendein menschliches Wesen seinen Befehlen nicht gehorchen könnte; und er war der Puffer zwischen den Dienstboten und dem Zorn seiner Mama. Der ganze Haushalt drehte sich um Tods, der von allen und jedem bewundert wurde, vom *Dhoby* bis zum Hundejungen. Sogar Futteh Khan, der böse Landstreicher aus Mussoorie, hütete sich, Tods' Mißfallen zu erregen aus Furcht, seine Kollegen könnten dann auf ihn herabsehen.

So stand Tods im ganzen Lande von Boileaugunge bis nach Chota Simla in hohem Ansehen und herrschte gerecht, seiner Einsicht angemessen. Er sprach natürlich die Urdu-Sprache, aber er beherrschte auch manche seltsamen Nebendialekte wie das *Chotee bolee,* das die Weiber sprechen. Er führte ernsthafte Unterhaltungen mit Kaufleuten und ebenso mit den Kulis aus dem Gebirge. Er war sehr reif für sein Alter, und sein Verkehr mit den Eingeborenen hatte ihn mit einigen bitteren Lebenswahrheiten bekannt gemacht, nämlich mit Gemeinheit und Niedertracht. Er tat, wenn er bei Milch und Brot saß, so feierliche und ernste, aus der Landessprache ins Englische übersetzte Aussprüche, daß seine Mama entsetzt aufsprang und sagte, in der nächsten heißen Zeit müßte Tods ganz bestimmt nach England.

Gerade als Tods' Macht in höchster Blüte stand, heckte die Regierung ein Gesetz aus für das Land am Fuße des Gebirges, eine Revision des schon bestehenden Gesetzes, das weniger weittragend als das Punjabgesetz war, aber dennoch ein paar hunderttausend Menschen anging. Der Juristische Sachverständige hatte das Gesetz aufgestellt, gepolstert und verziert und ausgebessert, bis es sich auf dem Papier sehr gut ausnahm. Dann fing der Rat an, die sogenannten »Details«

festzusetzen. Als ob ein Engländer, der Einheimischen Gesetze gibt, genug wüßte, um wissen zu können, welche Punkte einer Maßnahme wichtig und welche weniger wichtig sind vom Gesichtspunkt der Eingeborenen aus! Dies Gesetz war eine Glanzleistung in bezug auf »Wahrung der Interessen der Pächter«. Eine Bedingung darin lautete, daß das Land auf keine längere Zeitspanne verpachtet werden sollte als auf fünf Jahre; weil ein Grundbesitzer einen Pächter, der sich auf vielleicht zwanzig Jahre festgemacht hatte, vollständig aussaugen kann. Diese Verfügung hatte den Zweck, in diesem Landstrich eine Menge unabhängiger Bauern zu schaffen. Ethnologisch und politisch war das vollständig richtig gedacht, das Schlimme war nur, daß es trotzdem ganz und gar verkehrt war. Das Leben eines Eingeborenen in Indien schließt das Leben seines Sohnes mit ein. Darum kann man nicht nur für eine Generation Gesetze geben. Vom einheimischen Standpunkt aus muß man auch schon an die folgende denken. Sonderbar genug hassen es hin und wieder die Eingeborenen, besonders in Nordindien, zu sehr vor sich selber geschützt zu werden. Es war einmal ein Nagadorf, das lebte von toten und schon begrabenen Maultieren des Kommissariats ... Aber das ist eine andere Geschichte.

Aus vielen Gründen, die später noch erklärt werden sollen, waren die Leute, für die das Gesetz gemacht worden war, dagegen. Das eingeborene Mitglied des Rates wußte vom Punjab genausoviel wie von Charing Cross. Es hatte in Kalkutta geäußert, das Gesetz entspräche vollkommen den Wünschen jener großen und bedeutenden Klasse der Bauern usw. Was der Juristische Sachverständige von den Eingeborenen wußte, beschränkte sich auf englischredende Durbaris und auf seine eigenen roten Chaprassis; das betreffende Gebiet ging niemanden besonders nahe an, die Bevollmächtigten waren viel zu sehr überlastet, um vorstellig zu werden, und dann betraf die Maßnahme ja nur kleine Landbesitzer. Aber trotz allem lag dem Juristischen Sachverständigen daran, daß es richtig war, denn er war ein ängstlich gewissenhafter Mann. Er wußte nicht, daß niemand über die Gedanken der Eingeborenen Bescheid weiß, der sich nicht ganz natürlich unter sie mischt. Und auch dann nicht immer. Aber er machte es, so gut er konnte. Und dann kam die Maßnahme zur endgültigen Regelung vor den Hohen Rat, während Tods auf seinen Morgenspaziergängen den Burra Simla Bazar inspizierte und mit dem Affen, der Ditta Mull, dem Bunnia, gehörte, spielte und dabei nach Kinderart zuhörte, wie über diesen neuen Einfall des Lord Sahib gesprochen wurde.

Eines Tages war in dem Hause von Tods' Mama Gesellschaft, zu der auch der Juristische Sachverständige kam. Tods lag zu Bett, aber er hielt sich wach, bis er die Herren beim Kaffee laut lachen hörte. Da krabbelte er heraus in Nachthemd und rotem Flanellschlafröckchen und suchte Schutz neben seinem Vater; er wußte recht gut, daß er nicht fortgeschickt würde. »Das sind die Leiden eines Familienvaters!« sagte Tods' Vater und gab ihm drei Pflaumen, goß etwas Wasser in ein Glas, in dem Rotwein gewesen war, und sagte, er solle stillsitzen. Tods lutschte die Pflaumen ganz langsam, er wußte, daß er wieder weg mußte, wenn sie auf waren, schlürfte das rötliche Wasser wie ein Mann von Welt und horchte dabei auf die Unterhaltung. Da erwähnte der Juristische Sachverständige, der mit dem Departementschef »fachsimpelte«, sein Gesetz, und zwar mit dem vollen Namen »Das revidierte Sub-Montan-Gebiet Ryotwary Gesetz«. Tods fing das einzige einheimische Wort auf und sagte mit seiner hellen Stimme:

»O, davon weiß ich genau Bescheid! Ist es schon gemurramuttet, Rats-Sahib?«

»Was meinst du«, sagte der Juristische Sachverständige.

»Gemurramuttet – verbessert – *theek* gemacht, so daß es Ditta Mull gefällt?«

Der Juristische Sachverständige verließ seinen Platz und setzte sich neben Tods.

»Was weißt du denn vom Ryotwary, kleiner Mann?« fragte er.

»Ich bin kein kleiner Mann, ich bin Tods, und ich weiß ganz genau davon Bescheid. Ditta Mull und Choga Lall und Amir Nath und o! eine Menge von meinen Freunden erzählen mir davon, wenn ich mich im Bazar mit ihnen unterhalte.«

»Ja? Wirklich? Was sagen sie denn, Tods?«

Tods wickelte die Füße in seinen roten Flanellrock und sagte: »Ich muß nachdenken.«

Der Juristische Sachverständige wartete geduldig. Da sagte Tods unendlich mitleidig: »Sie können meine Sprache nicht, Rats-Sahib, nicht wahr?«

»Nein, leider nicht«, sagte der Juristische Sachverständige.

»Nun«, sagte Tods, »dann muß ich auf englisch nachdenken.«

Es dauerte eine Weile, bis er seine Gedanken gesammelt hatte, dann begann er langsam, indem er im Kopfe aus der Landessprache ins Englische übersetzte, wie es so viele englisch-indische Kinder machen. Man muß bedenken, daß der Juristische Sachverständige ihm durch Fragen weiterhalf, wenn er stockte, denn Tods konnte natürlich das Folgende nicht in fließender Rede vorbringen.

»Ditta Mull sagt: ›Diese Geschichte ist Kindergeschwätz und ist von Dummköpfen gemacht.‹ Aber ich glaube nicht, daß du ein Dummkopf bist, Rats-Sahib«, fügte Tods schnell hinzu, »du hast ja meine Ziege eingefangen. Ditta Mull sagt: ›Ich bin kein Dummkopf, und warum sollte der *Sirkar* mich für ein Kind halten? Ich kann doch wohl sehen, ob das Land was taugt, und ob der Grundherr was taugt. Und wenn ich ein Dummkopf bin, dann hab' ich ja selber dafür zu büßen. Auf fünf Jahre nehm' ich mir Land, wofür ich Geld gespart habe, und eine Frau nehm' ich auch, und dann kriegen wir einen Sohn.‹ Jetzt hat Ditta Mull bloß eine Tochter, aber er sagt, er kriegt bald einen Sohn. Und denn sagt er: ›Und wenn die fünf Jahre um sind, muß ich, nach diesem neuen *Bundobust,* wieder gehen. Und wenn ich nicht gehen will, muß ich, womöglich mitten in der Ernte, mir neue Siegel und *Takkus*-Stempel auf meine Papiere machen lassen; und einmal aufs Gericht gehen, das ist klug, aber zweimal hingehen, das ist *Jehannum.*‹ Das ist bestimmt wahr«, erklärte Tods ernsthaft. »Das sagen alle meine Freunde. Und Ditta Mull sagt: ›Immer frische *Takkus* und alle fünf Jahre Geld an Vakils und Chaprassis und das Gericht zahlen, sonst läßt mich der Grundherr gehen. Weswegen sollte ich von mir aus gehen wollen? Bin ich ein Dummkopf? Wenn ich einer bin und nach vierzig Jahren nicht sehen kann, was gutes Land ist, dann will ich sterben! Aber wenn es im neuen

Bundobust hieße, auf fünfzehn Jahre, das wäre weise und gut. Dann ist mein kleiner Sohn ein Mann, ich bin zu Asche verbrannt, und dann nimmt er mein Stück Land, oder ein anderes Stück, und bezahlt bloß einmal für den *Takkus*-Stempel, und er kriegt einen kleinen Sohn, der nach fünfzehn Jahren auch ein Mann ist. Aber was für einen Vorteil haben wir bei fünf Jahren und neuen Papieren? Nichts als *Dikh*, Ärger, *Dikh*. Wir, die das Land pachten, sind keine jungen Leute, sondern alte; keine *Jâts*, sondern Handelsleute mit ein wenig Geld, und dann haben wir fünfzehn Jahre lang Ruhe. Wir sind keine Kinder und wollen von dem *Sirkar* nicht wie Kinder behandelt werden.‹«

Da hielt Tods plötzlich an, denn die ganze Tischgesellschaft hörte zu. Der Juristische Sachverständige fragte ihn: »Noch mehr?«

»Mehr weiß ich nicht«, sagte Tods. »Aber du müßtest mal Ditta Mulls großen Affen sehen. Er sieht geradeso aus wie ein Rats-Sahib.«

»Tods, ins Bett mit dir«, sagte der Vater.

Tods nahm seinen schleppenden Schlafrock hoch und machte, daß er wegkam.

Der Juristische Sachverständige schlug dröhnend auf den Tisch. »Beim Zeus!« sagte er, »ich glaube, der Junge hat recht. Die kurze Pachtzeit ist tatsächlich der schwache Punkt.«

Er brach früh auf und dachte immer an das, was Tods gesagt hatte. Nun war es natürlich für einen Juristischen Sachverständigen unmöglich, mit dem Affen eines Bunnia zu spielen, um so Aufklärung zu bekommen; er machte es anders und besser. Er forschte nach, vergaß aber nie, daß der wahre Eingeborene – nicht der Bastard, der an Universitäten gezüchtet wird – so scheu wie ein Füllen ist, und nach und nach brachte er durch Schmeicheleien einige von denen, welche die neuen Maßnahmen am nächsten angingen, dazu, ihre Ansicht zu äußern, und die deckte sich ziemlich genau mit Tods' Bericht.

So wurde die Klausel in dem Gesetz verbessert; und der Juristische Sachverständige hatte den Eindruck, daß eingeborene Ratsmitglieder zu nicht viel anderem gut wären, als Orden auf der Brust zu tragen. Aber er schob den Gedanken als illiberal weit von sich. Er war nämlich sehr liberal.

Nach einiger Zeit verbreitete sich in dem Bazar die Kunde davon, daß Tods eine Änderung in der Pachtklausel des Gesetzes veranlaßt hätte, und wenn Tods' Mama nicht dazwischengekommen wäre, so würde Tods sich den Magen verdorben haben an den Früchten und Pistazien und Kabuli-Trauben und Mandeln, die korbweise die Veranda füllten. Bei seiner Abreise nach England stand er in der Achtung des Volkes noch einige Grade über dem Vizekönig. Aber Tods hätte für sein Leben nicht sagen können, warum.

In der Privatschatulle des Juristischen Sachverständigen liegt noch der Entwurf zu dem »Revidierten Sub-Montan-Bezirk Ryotwary Gesetz«; und bei der zweiundzwanzigsten Klausel stehen am Rande in der Handschrift des Juristischen Sachverständigen in Blaustift die Worte: »Tods' Amendement«.

Die Tochter des Regiments

Jane Harding heiratete einen Sergeant,
Eines Sergeanten Frau war sie.
Sie heiratete ihn in Engelland
Und fuhr dann über die See.
Chor: »Habt ihr nie gehört von Jane Harding,
Jane Harding,
Jane Harding?
Habt ihr nie gehört von Jane Harding,
Dem Stolz der Kompagnie?«

Altes Kasernenlied

»Einer, der den ›Cirkasian Circle‹ nich kennt, sollte da nich für eintreten und jedermann böse machen.« So sprach Fräulein McKenna, und der Sergeant, der mir gegenüber saß, sah auch so aus. Ich hatte Angst vor Fräulein McKenna. Sie maß sechs Fuß, war sommersprossig und hatte weißseidene Schuhe an, ein rosa Musselinkleid mit apfelgrüner Zeugschärpe, schwarzseidene Handschuhe und gelbe Rosen im Haar. Darum floh ich vor Fräulein McKenna und suchte meinen Freund, den Gemeinen Mulvaney, auf, der an den Schenktisch gelehnt stand.

»Na, Sie haben mit die kleine Jhansi McKenna getanzt? Die nu bald Korpral Slane heirat? Wenn Sie sich mal wieder mit Ihre feinen Damens und Herrns unterhalten, denn erzählen Sie man, daß Sie mit die kleine Jhansi getanzt haben. Da können Sie stolz auf sein.«

Aber ich war gar nicht stolz, ganz im Gegenteil. Mulvaneys Augen sahen so aus, als wüßte er eine Geschichte, und dann wußte ich auch, daß er bei längerem Verweilen am Schanktisch wieder reif zum Strafexerzieren würde. Nun ist es nicht gerade angenehm, wenn man seinen geschätzten Freund vor dem Wachtlokal strafexerzieren sieht, besonders wenn man gerade mit einem seiner Offiziere vorbeigeht.

»Kommen Sie mit auf den Exerzierplatz, Mulvaney, da ist es kühler, und dann erzählen Sie mir von Fräulein McKenna; was sie ist, wer sie ist, und warum sie Jhansi heißt.«

»Sie woll'n doch nich sagen, daß Sie noch niemalen was

von die Tochter von die alte Pummeloe gehört haben? Und denn glauben Sie noch, Sie wissen was? Ich komm gleich mit, bloß erst mir ne Pfeife anstecken.«

Wir gingen hinaus unter den Sternenhimmel. Mulvaney setzte sich auf einen Protzkasten und fing auf die gewohnte Weise an zu erzählen: die Pfeife zwischen den Zähnen, die großen Hände gefaltet zwischen den Knien, die Mütze weit in den Nacken geschoben:

»Als meine Frau noch Fräulein Shad hieß, da war'n Sie 'n ganzen Teil jünger als nu, un die Armee war in wesentliche Punkte anders. Heutzutage haben die Kerls keine Lust zus Heiraten, un da kommt es von, daß in die Armee so wenig richtige, gute, anständige, forsche, kräftige Weiber sind, die ein gutes Herz und ein festen Schritt haben, wie da früher waren, als ich noch Korpral war. Später wurde ich denn degradiert, aber das macht nix, ich bin doch mal Korpral gewesen. In damalige Zeiten, da lebte un starb der Mann beis Regiment; un wenn er denn 'n Mann war, denn heiratete er auch. Als ich noch Korpral war – du liebe Zeit, wie oft is seitdem das Regiment gestorben un wieder geboren! – da war der alte McKenna mein Wachtmeister und verheirat war er auch. Un seine Frau – was seine erste war, er hat drei gehabt – war Bridget McKenna, aus Portarlington, wo ich auch her bin. Ich hab vergessen, wie sie früher geheißen hat; aber in der B-Kompagnie nannten wir ihr die alte Pummeloe, von wegen ihre Figur, die sehr gut bei Schick war. Wie die große Trommel. Die Frau nun, – Gott geb sie die ewige Ruh! – kriegte immerlos Kinder; und als das fünfte oder sechste sich zur Stelle meldete, da schwur McKenna, sie sollten jetzt bloß Nummern kriegen. Aber die alte Pummeloe bat ihm, er sollte sie nach die Garnisons, wo sie auf die Welt kamen, taufen. Un da gab es denn Colaba McKenna, un Muttra McKenna, un ne ganze Präsendentschaft von noch andere McKennas, und die kleine Jhansi, die da drüben tanzt. Wenn da nich grad ein Kind geborn wurde, denn starb da eins; wenn heutzutage unsre Kinder sterben wie die Schafe, denn starben sie damals wie die Fliegen. Ich hab auch meine kleine Shad verloren – na ja. Das is all lange her, un 'n anders kriegte meine Frau nich.

Aber ich komm ganz von die Geschichte ab. Einmal in ein

verteufelt heißen Sommer kam Befehl von irgendso 'n verrückten Dummkopf, sein Namen hab ich vergessen, das Regiment sollte weiter landeinwärts rücken. Vielleicht wollten sie mal probieren, wie die neue Eisenbahn Truppen befördert. Sie habens erfahren, warraftig, sie habens erfahren vor ihren Tode. Die alte Pummeloe hatte grade Muttra McKenna begraben, bloß die kleine Jhansi, vier Jahre war sie alt, war noch übriggeblieben.

Fünf Kinder in vierzehn Monaten verloren, das war nich leicht, was?

Na, wir fuhren also in die Bruthitze nach unsre neue Garnison – verdammt sein soll der Kerl, der den Befehl gegeben hat! Die Fahrt vergeß ich mein Lebtag nich! Zwei kurze Züge hatten wir gekriegt, un wir warn mindestens achthundertundsiebzig Mann. Im zweiten Zug war die A-, B-, C- und D-Kompagnie, mit zwölf Frauens, natürlich keine Offizierdamens, und dreizehn Kinders. Wir mußten sechshundert Meilen fahren, und die Eisenbahn war damals noch neu. Die Leute waren ganz toll, hatten nix als 'n Hemd an, tranken allens, was sie bloß kriegen konnten, und aßen faules Obst, wenn sie was hatten, wir – ich war damals ja Korpral – konnten da nix gegen machen, und als wir so eine Nacht in 'n Zug eingesperrt gewesen warn, da, als es hell wurde, da brach die Cholera aus.

Bitten Sie alle Heiligen, daß Sie nie Cholera bei 'n Truppentransport erleben brauchen! Das is, als ob Gottes Gericht aus 'n hellen Himmel herunterkommt! Wir machten, daß wir in ein Ruhelager kamen, das konnte beinahe Ludianny sein, bloß daß es nich so gut eingerichtet war. Der Kommandierende telegraphiert nach die nächste Station, dreihundert Meilen landeinwärts um Hilfe. Die brauchten wir, warraftig, denn allens, was nich dableiben mußte, machte, daß es wegkam, als der Zug hielt; un als das Telegramm aufgesetzt war, war in der ganzen Station kein einziger Neger mehr, bloß der Telegraphist, un der auch bloß, weil wir ihn an sein schwarzes Genick auf'm Stuhl festhielten. Der Tag fing an mit den Lärm in die Wagen un das Getöse von all die Leute auf 'n Bahnsteig, die mit Waffen un alles umfielen, als sie bein Appell standen, eh sie ins Lazarett gehen durften. Ich kann nich sagen, was das für 'ne Art Cholera war. Vielleicht hätte der Doktor das sagen können, wenn er nich tot aus ein Wagen auf 'n Bahnsteig gefallen wär, als er die Toten rausholen wollt. Er starb grad so gut wie die andern. Welche waren schon in der Nacht gestorben. Wir holten sieben raus, dabei wurden zwanzig andre krank. Die Weibsleute drängten sich zusammen und schrien vor Angst.

Da sagt der Kommandierende, weiß nich mehr, wie er hieß: ›Bringt die Frauens nach da drüben hin, nach die Baumgruppe. Schafft sie aus 'n Lager. Das is kein Platz für ihnen.‹

Die alte Pummeloe saß auf ihren Bettsack und versucht, die kleine Jhansi ruhig zu kriegen. ›Geht nach die Baumgruppe‹, sagt der Offizier. ›Geht die Männers aus 'n Wege!‹

›Verdammt will ich sein, wenn ich das tu!‹ sagt die alte Pummeloe, und die kleine Jhansi, bei ihre Mutter hingehockt, kreischt auch: ›Verdammt will ich sein, wenn ich das tu.‹ Da dreht sich die alte Pummeloe nach die andern Frauens um un sagt: ›Wollt ihr die Jungs sterben lassen, während ihr euch das gemütlich macht, ihr Weibsleute?‹ sagte sie. ›Die brauchen Wasser, nu kommt man zu 'n Helfen.‹

Un damit krempelt sie ihre Ärmel auf un geht nach den Brunnen hinter den Lager un die kleine Jhansi trabt hinternach mit 'n *Lotah* un 'n Strick, un die andern Frauens folgen wie die Lämmer, mit Eimern un Kochtöpfe. Als all die Gefäße voll warn, marschiert die alte Pummeloe zurück ins Lager, das aussah wien Schlachtfeld, bloß daß der Ruhm fehlen tat, an die Spitze von das Regiment Weiber.

›McKenna, Mann!‹ sagt sie mit ne Stimme wie 'n Wachtposten. ›Sag die Jungs, sie solln ganz ruhig sein, die alte Pummeloe kommt, nach sie zu sehn, un bringt sie 'n Freitrunk.‹

Da schrien wir hurra, un das Hurraschrein war lauter als das Stöhnen der armen Teufel, die krank warn. Aber nich viel lauter.

Sehn Sie, wir warn damals ein ganz neu zusammengestelltes Regiment un wußten ganz un gar nich, was wir bei die Krankheit machen sollten; darum warn wir zu nix nutz. Die Leute gingen umher wie die Hammel un warteten, wer nu umfallen würde, un sagten bloß immer so vor sich hin: ›Was is das bloß! Um Gotteswillen, was is das?‹ Das war grauenhaft. Aber mitten durch, immer hin un her ging die alte Pummeloe mit die kleine Jhansi – von die war aber nich viel zu sehn unter den Helm von ein toten Soldat, die Kinnkette baumelte auf ihren kleinen Bauch – immer hin und her mit Wasser un was an Branntwein da war.

Manchmal liefen die alte Pummeloe die Tränen über ihr dickes rotes Gesicht un sie sagt: ›Ach, Jungs, meine armen, lieben, kleinen Jungs!‹ Aber meistens sprach sie die Leute gut zu un machte sie ruhig, un die kleine Jhansi sagte allen, morgen wären sie wieder besser. Sie hatte gehört, daß die alte Pummeloe das zu Muttra gesagt hatte, als die in hohes Fieber lag. Ja, morgen! Siebenzwanzig Leute warn morgen schon bei Petrus, und zwanzig andre lagen todkrank in die brennende heiße Sonne. Aber die Frauens warn wie die Engel, wie ich schon gesagt hab, un die Männer wie die Teufels, bis zwei Doktors kamen un wir erlöst wurden.

Aber grad kurz vorher lag die alte Pummeloe auf ihre Knie bei ein Jungen von meine Korpralschaft – in die Kaserne lag er in die Koje neben mir – un sagt ihn was vor aus die Bibel, das einen immer noch hilft, un da sagt sie auf einmal: ›Halt't mir fest, Jungs! Mir is ganz furchbar schlecht!‹ Bei ihr war es die Sonne un nich die Cholera gewesen. Sie hatte vergessen, daß sie bloß ihren alten schwarzen Hut aufhatte. Sie starb mit die Worte: ›McKenna, mein Mann!‹ Der hielt ihr in die Arme. Un all die Jungs heulten, als sie ihr begruben.

In der Nacht fängt ein doller Wind an zu wehen, un weht, un weht, un weht die Zelte um. Aber er weht auch die Cholera weg; kein neuer Fall kam die ganze Zeit, die wir warteten, zehn Tage lagen wir in Quarantäne. Ob Sie mir glauben oder nich, der Weg, den die Krankheit ins Lager nahm, war so, das kann ich Ihnen versichern, als wenn ein Mann viermal eine Acht durch die Zelte gegangen is. Viele sagen, der ewige Jude nimmt die Krankheit mit weg. Un ich glaub das.

Un da kommt es von«, sagte Mulvaney etwas unlogisch, »daß die kleine Jhansi so geworden is. Als McKenna starb, is sie von die Frau von den Quartiermeister aufgezogen, aber sie gehört zu die B-Kompagnie; un die Geschichte, die ich Sie erzählt hab, wo Jhansi gebührend gewürdigt in wird, die hab ich jeden Rekruten nach seine Einstellung eingebläut. Un ich hab auch, ja das hab ich, Korpral Slane eingebläut, um das Mädel anzuhalten.«

»Tatsächlich?«

»Ja, Mensch, das hab ich getan. Sie is keine Schönheit, aber sie is die Tochter von die alte Pummeloe, un es is meine Pflicht, für ihr zu sorgen. Den Tag, eh Slane seine Beförderung kriegt, sag ich zu ihn: ›Slane‹, sag ich, ›morgen is es Insubordinatschon, wenn ich dir hauen tu; aber bei die Seligkeit von die alte Pummeloe, die in Himmel is, wenn du mir nicht dein Wort daauf gibs, gleich um Jhansi McKenna anzuhalten, denn will ich dir heut abend mit Messinghaken das Fleisch von die Knochen abpulen. Das is ne Schande für die Kompagnie, daß sie so lange ledig bleibt!‹ sag ich. Sollt ich 'n Dreijährigen noch lange mit mir verhandeln lassen, wenn ich was will? Nee! Slane ging hin und fragte ihr. Slane is 'n guten Jung. Nächstens kommt er ins Kommissariat un kann sein Erspartes in 'n Wagen wegfahren. So hab ich für die Tochter von die alte Pummeloe gesorgt; un nu gehn Sie man hin un tanzen noch mal mit sie!«

Und das tat ich.

Ich hatte Achtung vor Fräulein Jhansi McKenna; und ich ging später auch auf ihre Hochzeit. Vielleicht werde ich davon auch noch mal erzählen.

In der Blüte der Jugend

Bricht das Rennen ab, wo es schon sein eigen –
Sie zeigen mit Fingern auf den Feigen.
Doch ehe ihr schimpft, und ehe ihr flucht,
Sei Antwort auf die Frage gesucht:
»Ging er nicht von Anfang an gebückt,
Bis ihm die Bürde das Herz zerdrückt?«

Handicap des Lebens

Als ich von dem Streich erzählte, den der Wurm dem Oberleutnant gespielt hat, versprach ich eine ähnliche Geschichte, aber ohne jeden Spaß. Die Geschichte ist folgendermaßen:

Dicky Hatt ließ sich, als er noch sehr, sehr jung war, einfangen, nicht von der Tochter seiner Wirtin, noch von einem Dienstmädchen oder einer Kellnerin oder Köchin, sondern von einem Mädchen, das seinen Kreisen so nahe stand, daß nur eine Frau hätte sagen können, er heirate etwas unter seinem Stande. Es geschah einen Monat vor seiner Abreise nach Indien, und fünf Tage nach seinem einundzwanzigsten Geburtstage. Das Mädchen war neunzehn – an Weltkenntnis also sechs Jahre älter als Dicky – und augenblicklich doppelt so töricht wie er.

Immer den Sturz vom Pferde ausgenommen, ist nichts so verhängnisvoll leicht wie die Eheschließung auf dem Standesamt. Die Zeremonie kostet noch keine fünfzig Schilling und ähnelt sehr einem Besuch im Pfandhaus. Nachdem die Fragen nach dem Wohnort erledigt sind, genügen vier Minuten für alles übrige – Gebühren, Testate usw. Dann löscht der Beamte die Unterschriften mit dem Löscher und sagt brummig, die Feder zwischen den Zähnen: »Sie sind jetzt Mann und Frau«; und das Paar geht wieder auf die Straße hinaus mit dem Gefühl, als ob irgend etwas nicht in Ordnung sei.

Aber die Zeremonie bindet und kann einen in Unglück stürzen genausogut wie der Fluch »bis der Tod euch einst scheidet« vom Altar aus, wenn die Brautjungfern hinter einem kichern und gewaltige Orgelklänge das Kirchendach zu heben scheinen. Auf diese Weise wurde Dicky Hatt eingefangen, und er sah alles in unendlich rosigem Licht, denn er hatte eine Anstellung in Indien erhalten mit einem für die Verhältnisse in der Heimat glänzenden Gehalt. Die Heirat sollte ein Jahr lang geheimgehalten werden. Dann sollte Frau Hatt auch nach Indien kommen, und was dann kam, lag in einem herrlichen goldenen Nebel. So malten sie es sich unter den Bahnhofslampen auf Addison Road Station aus; und nach einem kurzen Monat kam Gravesend und Dickys Ausreise ins neue Leben und Tränenströme, die das Mädchen in einem möblierten Zimmer vergoß, das ihr Dicky in einer abgelegenen Straße beim Montpelier Square in der Nähe der Knightsbridge Kaserne für dreißig Schilling die Woche gemietet hatte.

Aber das Land, in das Dicky kam, war ein hartes Land, wo ein »Mann« von einundzwanzig noch für einen kleinen Jungen gehalten wird, und wo das Leben teuer ist. Das Einkommen, das aus einer Entfernung von sechstausend Meilen so groß geschienen hatte, reichte nicht weit, besonders wenn Dicky es in zwei Teile teilte und etwas mehr als die Hälfte nach dem Montpelier Square schickte. Wenn von dreihundertdreißig Rupien hundertfünfunddreißig übrigbleiben, so ist das nicht viel zum Leben; aber es war nicht anzunehmen, daß seine Frau immer von den zwanzig Pfund leben konnte, die er ihr von der Summe, die für seine Ausrüstung bestimmt war, überlassen hatte. Das sah Dicky ein und schickte sofort Geld ab, dachte dabei aber immer daran, daß nach einem Jahre siebenhundert Rupien für eine Fahrkarte erster Klasse nach Indien für eine Dame bezahlt werden müßten. Wenn man zu diesen »Kleinigkeiten« die natürlichen Instinkte eines jungen Menschen hinzunimmt, der im neuen Lande ein neues Leben anfängt und nun sich frei bewegen und alles genießen möchte, und auch noch die Notwendigkeit, sich mit unbekannter Arbeit abzumühen, was allein schon, wenn man ehrlich sein will, eines jungen Mannes ganze Aufmerksamkeit in Anspruch nehmen sollte – dann wird man einsehen, daß Dicky sein neues Leben mit vielen Hemmungen begann. Für eines Atemzuges Länge sah er es wohl selber einmal; aber wie schön sich seine Zukunft gestalten sollte, das ahnte er nicht.

Als die Hitze einsetzte, wurden ihm die Fesseln noch strammer angezogen und schnitten ihm ins Fleisch. Anfangs kamen Briefe, dicke, vollgekritzelte, seitenlange Briefe – von seiner Frau, in denen stand, wie sehr sie sich nach ihm sehnte, und wie himmlisch es sein würde, wenn sie wieder zusammenkämen. Dann kam ein junger Mann, der im selben Haus wohnte, und klopfte an die Tür seines kahlen Zimmerchens und rief, er müßte mitkommen und sich ein Pony ansehen, das wäre gerade passend für ihn. Aber Dicky konnte sich kein Pony leisten. Das mußte er irgendwie begründen. Dicky konnte es sich auch nicht länger leisten, in der Wohnung zu bleiben, so bescheiden sie auch war. Auch das mußte er begründen, ehe er ein einziges Zimmer bezog in der Nähe des Büros, wo er den ganzen Tag arbeitete. Er hauste jetzt bei einer grünen Wachstuchtischdecke, einem einzigen Stuhl, einem Charpoy, einer Photographie, einem sehr dicken und plumpen Zahnputzglas, einem Filter zu sieben Rupien acht Annas und aß für siebenunddreißig Rupien monatlich zu Mittag, und das war noch Erpressung. Er hatte keinen Federfächer, denn der kostet monatlich fünfzehn Rupien, statt dessen schlief er auf dem Dach seines Geschäftshauses und hatte alle Briefe seiner Frau unter dem Kopfkissen. Hin und wieder wurde er mal zum Essen eingeladen, dann bekam er sowohl Fächer wie auch Eisgetränke. Aber das geschah selten, denn man hatte nicht gern mit einem jungen Mann zu tun, der ganz offensichtlich die Neigungen eines schottischen Lichtziehers besaß, und der ein so unfeines Leben führte. Dicky konnte zu keinem Vergnügen seinen Beitrag zahlen, so daß er kein anderes Vergnügen hatte, als in seinem Bankbuch zu blättern und nachzulesen, was es über »Darlehen auf Bürgschaft« mitteilte. Das kostete nichts. Das Geld schickte er durch eine Bank in Bombay, so wußte man auf der Station nichts von seinen Privatangelegenheiten.

Jeden Monat schickte er alles ab, was er irgend entbehren konnte, für seine Frau – und für jemand anders, das bald erscheinen und noch mehr Geld brauchen würde.

Um diese Zeit überfiel Dicky die beängstigende, drückende Sorge, die alle verheirateten Männer quält, wenn sie nicht ganz gesund sind. Er hatte keine Pension zu erwarten. Wenn er nun plötzlich stürbe und seine Frau unversorgt zurückließe? Der Gedanke verfolgte ihn in den stillen heißen Nächten auf dem Dach, bis das heftige Herzklopfen ihn fürchten ließ, daß er gleich hier an Herzkrankheit sterben würde. Das ist ein Zustand, der jedem so jungen Manne fremd sein sollte. Das sind die Sorgen eines Mannes in den besten Jahren; aber sie kamen und machten den armen, fächerlosen, in Schweiß gebadeten Dicky Hatt fast irrsinnig. Erzählen durfte er niemandem davon.

Eine gewisse Menge Geld ist für einen Mann so nötig, wie ein gewisser Schwung für die Billardkugel. Dann können beide Wunderbares ausrichten. Dicky brauchte so notwendig Geld, daher arbeitete er wie ein Pferd. Aber natürlich wußten seine Vorgesetzten, daß ein junger Mann recht gut von einem gewissen Einkommen leben kann – man sieht, Bezahlung geht in Indien nach dem Alter und nicht nach dem Verdienst – und wenn dieser junge Mann gern für zwei arbeitete, so wollten sie ihn nicht daran hindern, schon aus Geschäftsgründen nicht! Aber ebenfalls aus Geschäftsgründen konnten sie ihm sein Einkommen nicht erhöhen, bei seiner Jugend wäre das lächerlich! So erhielt Dicky wohl manchmal geringe Zulagen – sehr nett für einen Junggesellen – nicht genug für Weib und Kind – und ganz gewiß zu wenig, um siebenhundert Rupien zu beschaffen für die Überfahrt, von der er und seine Frau früher so fröhlich gesprochen hatten. Und damit mußte er wohl oder übel zufrieden sein.

All sein Geld schien dahinzuschwinden in Sendungen in die Heimat und Überweisungen, und doch änderte sich der Ton der Briefe von daheim und wurde unzufrieden. Warum wollte Dicky Frau und Kind nicht in Indien haben? Sicherlich hatte er doch sein Einkommen – ein gutes Einkommen – und es wäre sehr schlecht von ihm, sich in Indien zu amüsieren. Könnte und wollte er wohl das nächste Mal etwas mehr schicken? Es folgte eine Liste von Babysachen, so lang wie die Rechnung eines Parsee. Dann vergrößerte Dicky die Sendung, sein Herz zersehnte sich nach seiner Frau und seinem kleinen Sohn, den er noch nie gesehen hatte – auch das ist ein Gefühl, das ein so junger Mann nicht kennen sollte; er schickte mehr Geld und schrieb halb kindliche, halb männlich-reife Briefe, in denen stand, daß das Leben gar nicht so amüsant wäre, und ob seine kleine Frau wohl noch etwas länger warten wollte. Aber die kleine Frau wollte wohl vom

Geld etwas wissen, aber durchaus nicht vom Warten, und aus ihren Briefen klang ihm jetzt ein so fremder, harter Ton entgegen, den Dicky nicht verstand. Wie sollte der arme Junge auch?

Wieder später, gerade als man Dicky mitgeteilt hatte – als nämlich ein andrer Jüngling »die Riesendummheit begangen hatte«, wie man so schön sagt –, daß eine Heirat nicht nur seine Aussichten auf ein Weiterkommen vernichten, sondern ihn auch seine jetzige Anstellung kosten würde, gerade da kam die Nachricht, daß das Kind, sein liebes kleines Söhnchen, gestorben wäre; es folgten einige Zeilen im Gekritzel einer ärgerlichen Frau, daß der Tod hätte verhindert werden können, wenn bestimmte Dinge, die Geld kosten, gemacht worden oder Mutter und Kind bei Dicky gewesen wären. Der Brief traf Dicky mitten ins Herz. Offiziell durfte er aber kein Baby haben, konnte sich also nichts merken lassen.

Wie Dicky die folgenden Monate ertrug, und welche Hoffnungen er nährte, die ihn zur Arbeit anspornten, das kann niemand sagen. Er frohndete weiter, die Überfahrt zu siebenhundert Rupien lag immer noch in weiter Ferne, seine Lebensführung blieb sich immer gleich, außer wenn er sich einen neuen Filter leistete. Der Druck seiner Berufsarbeit lastete auf ihm, der Druck seiner Geldsendungen, das Wissen von seines Kindes Tod, der den jungen Menschen mehr ergriff, als er einen älteren ergriffen haben würde, und schlimmer als alles andere der furchtbare Druck seines täglichen Lebens. Grauköpfige alte Herren, entzückt von seiner Sparsamkeit und seinem Verzicht auf alle Annehmlichkeit, erinnerten ihn an das alte Sprichwort:

»Will ein junger Mann es zu was bringen in der Welt,
Welt, Welt,
Paß er auf, daß er die Weiber weit vom Leib sich hält,
hält, hält.«

Und Dicky, der des Glaubens war, er hätte alles Schwere durchgemacht, was ein Mensch ertragen könne, Dicky mußte lachend zustimmen; und dabei summte in seinem Gehirn, Tag und Nacht, die letzte Zeile seines Kontobuches.

Aber er mußte noch mit einem neuen Schmerz fertig werden. Es kam ein Brief von der kleinen Frau – die ganz natürliche Folge der vorhergehenden, wenn Dicky es bloß verstanden hätte – und der Refrain des Briefes war: »bin fort mit einem netteren Mann als du.« Es war ein recht sonderbares Machwerk, ohne Punkte und hieß ungefähr so: Sie wollte nicht bis in alle Ewigkeit warten und das Kind wäre tot und Dicky wäre bloß ein Junge und er würde sie nie wieder sehen und warum er nicht in Gravesend ihr mit dem Taschentuch zugewinkt hätte und Gott wäre ihr Zeuge sie wäre eine schlechte Frau aber Dicky wäre noch viel schlechter weil er sich in Indien amüsierte und der andre liebte sogar den Boden unter ihren Füßen und ob Dicky ihr jemals verzeihen könnte, denn sie könnte Dicky nie verzeihen; und eine Adresse schriebe sie nicht.

Anstatt den Göttern für seine Freiheit zu danken, hatte Dicky genau die Gefühle eines gekränkten Ehemannes – wiederum ganz und gar kein Gefühl für einen Jungen – denn er sah im Geiste seine Frau, wie er sie am frühen Morgen seines Reisetages in dem Dreißig-Schilling-Zimmer im Montpelier Square gesehen hatte, als sie weinend im Bett lag. Da warf er sich im Bett herum und biß sich die Finger blutig. Der Gedanke, daß er bei einem Zusammentreffen mit seiner Frau nach zwei Jahren entdeckt haben würde, daß sie beide sich zu ganz anderen neuen Menschen entwickelt hätten, kam ihm gar nicht. Theoretisch hätte dieser Gedanke ihm wirklich kommen müssen. Die Nacht nach der Ankunft der Post aus England verbrachte er in tiefem Schmerz.

Am nächsten Morgen hatte Dicky eine heftige Abneigung gegen die Arbeit. Er empfand, daß er die Freuden der Jugend versäumt hatte. Er war so müde, er hatte alle Sorgen des Lebens gekostet, bevor er dreiundzwanzig war. Seine Ehre war zum Teufel – so sprach der Mann in ihm, so wollte er auch zum Teufel gehen – so sprach der Junge in ihm. Er legte den Kopf auf den Tisch mit dem grünen Wachstuch und weinte; dann reichte er seine Entlassung ein.

Aber jetzt kam der Lohn für seine geleisteten Dienste. Man gab ihm drei Tage Bedenkzeit, dann nach einigem Hin- und Herdepeschieren sagte sein Chef, es wäre allerdings ein ganz ungewöhnlicher Schritt, aber in Anbetracht der Tüchtigkeit, die Herr Hatt bei der und der Gelegenheit, in der und der Lage bewiesen hätte, wäre es ihm möglich, ihm eine weit bessere Stellung anzubieten – erst probeweise und später, wie es ja immer geschähe, fest. »Und wieviel bringt diese Stellung ein?« fragte Dicky. »Sechshundert Rupien«, sagte der Chef langsam und erwartete, der junge Mann würde vor Dankbarkeit und Freude in die Knie sinken.

Jetzt kam es also! Die Siebenhundert-Rupien-Überfahrt und genug, um sich, Weib und Söhnchen zu erhalten und offen und sicher heiraten zu können, jetzt kam es! Dicky brach in ein lautes Lachen aus – ein Lachen, das er nicht hemmen konnte – eine peinliche, mißtönende Heiterkeit, die gar nicht enden zu wollen schien. Als er sich wieder beruhigt hatte, sagte er ganz ernst: »Ich habe keine Lust mehr zum Arbeiten. Ich bin ein alter Mann. Es wird höchste Zeit, daß ich mich zurückziehe. Und das tu' ich auch.«

»Der Junge ist toll«, sagte der Chef.

Er hatte wohl recht: aber Dicky Hatt ist nie wieder erschienen, so daß man es nicht entscheiden kann.

Schweine

Jag du den Hirsch auf grüner Heide;
Und spür den Fuchs auf, wer es mag!
Doch laßt mir meine eigne Weide,
Mir ist der Mensch das Wild, das ich am liebsten jag.
Laßt mich mein Lebelang nach Seelen auf der Lauer liegen:
Dafür gönn ich den andern ihr Vergnügen!

Der alte Shikarri

Soviel ich weiß, gab ein Pferd, das einen kleinen Sparren hatte, den Anlaß zu dem Zwist; Pinecoffin verkaufte das Pferd an Nafferton, und Nafferton wurde beinahe von dem Pferd erschlagen. Es mögen noch andere Dinge vorgelegen haben; aber die Pferdegeschichte gab den letzten Anstoß. Nafferton war wütend; aber Pinecoffin sagte lachend, er hätte keine Garantie für das Benehmen des Pferdes geleistet. Nafferton lachte auch, schwur aber, er werde sich noch für diesen Sturz an Pinecoffin rächen, er solle nur fünf Jahre Geduld haben. Nun wird ein Talbewohner von jenseits Skipton eine Beleidigung nur bedingungsweise vergeben, aber ein Mann aus dem südlichen Devonshire ist so weich wie ein Dartmoor-Sumpf. Man sieht schon an den Namen, daß der Herkunft nach Nafferton Pinecoffin gegenüber im Vorteil war. Er war ein eigentümlicher Mensch mit grausamem Humor. Mich lehrte er eine neue und fesselnde Art des *Shikar*. Er hetzte Pinecoffin von Mithankot nach Jagadri, und von Gurgaon nach Abbottabad, kreuz und quer durch das ganze Punjab, eine große, stellenweise besonders trokkene Provinz. Er sagte, er ließe es sich nicht so ohne weiteres gefallen, daß ein Hilfskommissar ihm »junge Hunde verkaufe« in der Gestalt von scheuenden schreienden Landgäulen; er wolle ihm das Leben zur Last machen.

Die meisten Hilfskommissare zeigen eine Neigung für irgendeine Spezialarbeit, nachdem sie die erste heiße Zeit im Lande hinter sich haben. Diejenigen, die an Verdauungsstörungen leiden, hoffen, sich in den Grenzländern einen Namen zu machen, und streben nach trockenen Orten wie Bannu und Kohat. Die Gallsüchtigen erklimmen das Sekretariat. Was aber gar nicht gut für die Leber ist. Andere sind von der Manie besessen, irgendeine Verwaltungsarbeit in einem bestimmten Distrikt zu leisten, alte Münzen oder persische Dichtkunst zu untersuchen; einige dagegen, die von der Landwirtschaft herkommen, behaupten, der Geruch der regennassen Erde steige ihnen ins Blut und rufe sie auf, »die in der Provinz verborgenen Schätze zu heben«. Das sind die Schwärmer, und zu ihnen gehörte Pinecoffin. Er wußte Bescheid über den Preis des Rindviehs, über temporäre Brunnen und Opiumschaber, über die Folgen, wenn auf einem Feld zuviel Unrat verbrannt wird, in der Hoffnung, das ausgesogene Land zu verbessern. Alle Pinecoffins stammen von der Landwirtschaft, und so nahm das Land auch sein Eigentum zurück. Es war ein Unglück – ein sehr großes Unglück für Pinecoffin, daß er ebensosehr Beamter wie Landwirt war. Nafferton beobachtete ihn genau und dachte dabei immer an das Pferd. Nafferton sagte: »Passen Sie auf, ich werde den jungen Mann hetzen, bis er umfällt!« Ich sagte: »An einen Hilfskommissar kommen Sie nicht ran.« Da sagte Nafferton, ich verstände nichts von der Verwaltung einer Provinz.

Unsere Regierung ist wirklich sonderbar. Sie stürzt sich auf Fragen agrikultureller und allgemein-informatorischer Art und versieht jeden einigermaßen angesehenen Mann freigebig mit allen möglichen »ökonomischen Statistiken«, wenn er sein Anliegen hübsch vorbringen kann. Jemand interessiert sich z. B. für die Goldwäsche im Flußsand des Sutlej. Er hängt es an die große Glocke, sofort wacht ein halbes Dutzend Departements auf. Schließlich dringt es auch bis z. B. an einen Freund, einen Telegraphenbeamten, der früher einmal einiges über die Gewohnheiten der Goldwäscher geschrieben hat, als er in ihrer Gegend mit dem Anlegen von Telegraphenleitungen beschäftigt war. Ob er sich über den Befehl, alles, was er auf dem Gebiet weiß, aufzuschreiben, freut oder nicht, das hängt ganz von seinem Temperament ab. Je angesehener man ist, desto mehr Informationen kann man verlangen und desto größere Aufregung verursachen.

Nafferton war kein sehr angesehener Mann, gehörte nicht gerade zu den Großen; aber er hatte den Ruf, sehr »gründlich« zu sein. Ein »gründlicher« Mann kann viel bei der Regierung erreichen. Es war einmal ein »gründlicher« Mann, der beinahe Schiffbruch erlitt ... aber die Geschichte kennt ganz Indien. Ich bin mir nicht ganz sicher, was eigentlich »Gründlichkeit« ist. Man kann sie sehr gut nachahmen, indem man seine Kleidung vernachlässigt, zerstreut und in Gedanken versunken einhergeht, Büroarbeit mit nach Haus nimmt, nachdem man bis sieben im Geschäft geblieben ist, und wenn man sonntags eine Menge eingeborener Herren bei sich empfängt. Das ist auch so eine Art von »Gründlichkeit«.

Nafferton sah sich nach einem Nagel um, an dem er seine »Gründlichkeit« aufhängen, und nach einem Faden, der die Verbindung mit Pinecoffin herstellen könnte. Er fand beides – in den Schweinen. Nafferton fing an, gründlich alles, was sich auf Schweine bezog, zu erforschen. Er machte der Regierung Mitteilung von einem Plan, den er ersonnen hatte, nach dem ein sehr großer Prozentsatz der Britischen Armee in Indien mit sehr wenig Kosten mit Schweinefleisch ernährt werden könnte. Dann deutete er an, daß Pinecoffin ihn mit den »verschiedenen zur Abfassung eines genauen Planes notwendigen Informationen« versehen könnte. So schrieb also die Regierung auf die Rückseite des Briefes: »Herr Pinecoffin ist zu veranlassen, Herrn Nafferton mit allen ihm erreichbaren Informationen zu versehen.« Die Regierung liebt es, allerlei auf die Rückseite von Briefen zu schreiben, was später häufig zu Ärger und Verwirrung führt.

Nafferton hatte nicht das geringste Interesse an Schweinen, aber er wußte, daß Pinecoffin prompt in die Falle gehen würde. Pinecoffin war entzückt, daß er in der Schweinefrage um Rat angegangen wurde. Das indische Schwein ist nicht gerade ein wichtiger Faktor in der Landwirtschaft; aber Nafferton setzte Pinecoffin auseinander, daß die Möglichkeit einer Änderung zum Besseren bestünde. Er korrespondierte jetzt direkt mit ihm.

Viele mögen glauben, daß nicht allzuviel über das Schwein zu sagen sei. Das hängt aber ganz davon ab, wie man die Arbeit angreift. Pinecoffin war Beamter und wollte als solcher die Sache von Grund aus behandeln; so begann er mit einem Aufsatz über das Urschwein, die Mythologie des Schweines und das dravidische Schwein. Nafferton heftete das siebenundzwanzig Bogen umfassende Schriftstück und wünschte dann Auskunft über die Verbreitung des Schweines im Punjab, und wie es in der Niederung die Hitze ertrüge. Von nun an werde ich, das vergesse man nicht! die ganze Sache nur in Umrissen angeben, sozusagen die Haltseile des Netzes, das Nafferton um Pinecoffin wob.

Pinecoffin fertigte eine farbige Karte über die Schweinebevölkerungsdichte an und stellte vergleichende Beobachtungen an über die Lebensdauer des Schweines a) in dem Bezirk am Fuße des Himalaja und b) im Rechna Doab. Nafferton heftete auch dies und fragte, welche Art Leute die Schweine besorgten. Das veranlaßte einen ethnologischen Exkurs über die Schweinehirten und die Anfertigung langer Tabellen, in denen gezeigt wurde, wieviel in der Derajatkaste auf je tausend kamen. Auch das Bündel heftete Nafferton und erklärte, er wünsche Angaben über die Staaten diesseits des Sutlej, wo, soviel er wüßte, eine besonders schöne und große Schweineart vorkäme, und wo er eine Schweinezüchterei anzulegen gedächte. Um diese Zeit hatte die Regierung ihre Verfügung an Herrn Pinecoffin völlig vergessen. Sie glich den Herren in Keats' Gedicht, die gutgeölte Räder drehen, die anderen Leuten die Haut abziehen sollen. Aber Pinecoffin drang jetzt gerade in den Geist der Arbeit ein, wie Nafferton es vorhergesehen hatte. Er hatte schon ohnedies ein tüchtiges Stück Arbeit zu bewältigen; aber er saß nächtelang auf und berechnete die Schweine bis auf fünf Dezimalstellen, bloß um der Dienstehre willen. Er wollte doch bei so einem einfachen Gegenstand wie der Schweinezucht nicht unwissend erscheinen.

Dann schickte die Regierung ihn in einem besonderen Auftrag nach Kohat, um über die großen sieben Fuß langen eisenbeschlagenen Spaten dieses Bezirks »Erkundigungen einzuziehen«. Die Leute hatten einander mit diesen friedlichen Werkzeugen totgeschlagen; und die Regierung wollte jetzt wissen, »ob nicht versuchsweise als vorübergehende Maßnahme das Ackergerät in veränderter Form bei der Landbevölkerung eingeführt werden könnte, ohne daß dadurch die Bauernschaft in ihrem religiösen Empfinden unnötig oder ungebührlich verletzt würde«.

An der doppelten Bürde dieser Spaten und von Naffertons Schweinen hatte Pinecoffin ziemlich zu schleppen.

Nafferton wollte jetzt Auskunft haben a) über die Futtermittel des einheimischen Schweines unter dem Gesichtspunkt einer möglichen Förderung ihrer Eigenschaften als Fleischbildner, b) über die Akklimatisierung des ausländischen Schweines unter Beibehaltung seiner ihm eigentümlichen Eigenschaften. Pinecoffin antwortete erschöpfend, daß die ausländischen Schweine sich mit den einheimischen verschmelzen würden, zum Beweise brachte er Auszüge aus den Statistiken der Pferdezucht. Diese Nebenfrage wurde gründlich von Pinecoffin erörtert, bis Nafferton zugab, daß er im Irrtum gewesen wäre und zur ersten Frage überging. Als Pinecoffin sich ganz über Fleischbildner und Fibrine und Glykose und die stickstoffhaltigen Bestandteile von Mais und Luzerne ausgeschrieben hatte, schnitt Nafferton die Frage nach dem Kostenpunkt an. Mittlerweile hatte Pinecoffin, der von Kohat zurückversetzt war, sich eine eigene Theorie über die Schweine gebildet, welche er in dreiunddreißig Folioseiten niederlegte – die alle sorgfältig von Nafferton geheftet wurden. Und er bat um immer mehr.

Dies alles nahm zehn Monate in Anspruch, und Pinecoffins Interesse an einer möglichen Schweinezucht schien zu schwinden, nachdem er seine eigenen Ansichten niedergelegt hatte. Aber Nafferton bombardierte ihn mit Briefen über die »Ansicht der Regierung über den Plan, insofern als er dazu neige, den Verkauf von Schweinefleisch offiziell zu gestatten, und dadurch die mohammedanische Bevölkerung Oberindiens verletzen könne«. Er vermutete, daß Pinecoffin jetzt, nach seiner kritzligen, pingeligen Kleinarbeit eine mehr ins Breite gehende großzügige Arbeit brauchte. Pinecoffin behandelte die neueste Entwicklung dieser Frage in meisterhaftem Stil und wies nach, daß kein »Kochen der Volksseele zu besorgen wäre«. Nafferton sagte, daß nichts die Einsicht eines Beamten in Dingen dieser Art überträfe, und lockte ihn auf einen Seitenpfad – »die möglichen Vorteile, die der Regierung entstehen könnten aus dem Verkauf der Schweineborsten«. Es gibt eine ausgedehnte Literatur über Schweineborsten, und im Schuh-, Bürsten- und Farbhändlergewerbe sind mehr Sorten von Borsten bekannt, als man für möglich halten würde. Nachdem Pinecoffin sich etwas über Naffertons Sucht nach Informationen gewundert hatte, sandte er eine Monographie von einundfünfzig Seiten über »Produkte des Schweines«. Das brachte ihn, unter Naffertons zarter Führung, auf geradem Wege zu den Fabriken in Cawnpore, den Handel mit Schweinsleder für Sättel – und von da zu den Gerbern. Pinecoffin schrieb, daß man für Schweinsleder am besten den Samen von Granatäpfeln zum Gerben benutze, und deutete an – denn die letzten vierzehn Monate hatten ihn mürbe gemacht –, Nafferton möchte doch erst »seine Schweine ziehen und dann erst gerben«.

Nafferton ging auf den zweiten Teil seiner fünften Frage zurück. Wie konnte man das ausländische Schwein dazu bringen, so viel Fleisch zu liefern wie im Westen und doch »die wesentlichen Borsteneigenschaften seines orientalischen Verwandten anzunehmen?« Pinecoffin war bestürzt – denn er hatte vergessen, was er vor sechzehn Monaten geschrieben hatte, und dachte, er müsse jetzt die ganze Frage neu aufrollen. Er hatte sich zu sehr in dieses abscheuliche Gewirre verwickelt, um sich zurückziehen zu können, und in einer schwachen Minute schrieb er: »Sehen Sie meinen ersten Brief ein.« Dieser bezog sich auf das dravidische Schwein. In der Tat mußte Pinecoffin sich noch zur Behandlung der Akklimatisationsphase aufschwingen, da er bisher nur auf die Nebenfrage über die Verschmelzung der Typen eingegangen war.

Nun erst enthüllte Nafferton seine Batterien vollständig! Er beklagte sich der Regierung gegenüber in erhabenen Worten über »die geringe Hilfe, die mir bei meinen ernsten Versuchen, eine möglicherweise höchst einträgliche Industrie ins Leben zu rufen, geleistet wird, und die vorlaute Art, mit welcher meine Bitten um Informationen behandelt werden, von einem Herrn, dessen Pseudogelehrsamkeit ihm wenigstens die primären Unterschiede zwischen den dravidischen und den Berkshire-Zweigen des *genus sus* hätten zeigen sollen. Wenn ich recht verstehe, daß der Brief, auf den er mich verweist, seine ernsthaften Ansichten über die Akklimatisation eines wertvollen, wenn auch möglicherweise unsauberen Tieres enthält, so bin ich, wenn auch widerwillig, gezwungen, zu glauben ... usw.«

An der Spitze der Abteilung für Strafsachen stand ein neuer Mann. Dem unglücklichen Pinecoffin wurde mitgeteilt, daß die Beamtenschaft für das Land da wäre, und nicht das Land für die Beamtenschaft, und daß er besser täte, die nötigen Informationen über das Schwein zu geben.

Pinecoffin, halb irrsinnig, antwortete, daß er alles, was über das Schwein geschrieben werden könnte, geschrieben hätte, und daß er jetzt Urlaub verdient hätte.

Nafferton erhielt eine Abschrift von diesem Brief, diese sandte er zusammen mit dem Aufsatz über das dravidische Schwein an eine Zeitung im Unterland, welche beides ungekürzt abdruckte. Der Aufsatz klang recht aufgeblasen; aber wenn der Herausgeber die Stöße von Schriften in Pinecoffins Handschrift auf Naffertons Schreibtisch gesehen hätte, würde er sich nicht so sarkastisch geäußert haben über »das unklare Räsonnement und die geräuschvolle Selbstgefälligkeit des modernen Strebers, und seine hervorragende Unfähigkeit, die praktischen Folgen in einer praktischen Sache zu begreifen«. Viele Freunde schnitten diese Anmerkung aus und schickten sie an Pinecoffin.

Ich habe schon erwähnt, daß Pinecoffin aus einem sanftmütigen Geschlecht stammte. Dieser letzte Schlag erschreckte und erschütterte ihn. Er konnte ihn nicht begreifen; aber er fühlte, daß er irgendwie auf schamlose Weise von Nafferton betrogen worden sei. Es wurde ihm klar, daß er sich ganz ohne Not in die Schweineschwarte eingewickelt hatte, und daß es kein Mittel gab, sich bei seiner Regierung zu rechtfertigen. Seine Bekannten fragten ihn alle nach seinem »unklaren Räsonnement« oder seiner »geräuschvollen Selbstgefälligkeit«, das machte ihn ganz unglücklich.

Er stieg in die Bahn und fuhr zu Nafferton, den er zuletzt gesehen hatte, ehe die Schweineaffäre begann. Er nahm den Zeitungsausschnitt mit und machte einen schwachen Versuch, zu toben und Nafferton zu beschimpfen, endete aber schließlich mit dem wäßrigen schwächlichen Protest: »Wissen Sie, das ist wirklich gemein von Ihnen.«

Nafferton war voller Teilnahme.

»Ich fürchte, ich habe Ihnen allerlei Mühe verursacht«, sagte er.

»Mühe!« jammerte Pinecoffin; »mit der Mühe, das ist noch nicht so schlimm, obgleich sie bös genug war; aber schrecklich ist mir dieses Bloßstellen in der Presse. Es wird mir meine ganze Dienstzeit hindurch wie eine Klette anhaften, und dabei habe ich doch wirklich mein Bestes für Ihre endlose Schweinesache getan. Es ist gemein von Ihnen, wirklich gemein!«

»Ich weiß doch nicht«, sagte Nafferton, »sind Sie jemals mit einem Pferd angeführt worden? Mit dem Geld, das ist nicht so schlimm, obgleich das auch bös genug ist; aber schrecklich ist die Fopperei hinterher, besonders von dem Burschen, der mich angeführt hat. Aber ich denke, jetzt sind wir quitt.«

Pinecoffin wußte nichts anderes darauf zu erwidern als weiter zu schimpfen; und Nafferton lud ihn mit sehr süßem Lächeln zum Mittagessen ein.

Das Ausreißen der Weißen Husaren

Es war nicht in der offnen Schlacht,
Daß wir den Säbel warfen fort;
Es war in todeinsamer Wacht,
Im Dunkeln, neben dem Fjord.
Das Wasser gurgelt', der Nachtwind schrie,
Da wuchs die Furcht auf, wir wußten nicht wie.
Wir stürzten davon, wir brachen ins Knie,
Vor Angst um Mitternacht.

Beoni Bar

Manche glauben, ein englisches Kavallerie-Regiment könne gar nicht ausreißen. Das ist ein Irrtum. Ich habe gesehen, wie vierhundertsiebenunddreißig Reiter angsterfüllt über das Antlitz der Erde dahinflogen – habe gesehen, daß das beste Regiment, das je die Zügel in der Hand hatte, für zwei Stunden von der Heeresliste gestrichen wurde. Wenn jemand den Weißen Husaren diese Geschichte wiedererzählt, so werden sie ihn höchstwahrscheinlich nicht gerade sanft behandeln. Sie sind nicht stolz auf dieses Ereignis.

Man kann die Weißen Husaren an ihrem »Nagel« erkennen, der größer als bei allen Kavallerieregimentern im Heer ist. Wenn dies Kennzeichen nicht genügt, so kann man sie auch an ihrem alten Branntwein erkennen. Der befindet sich seit sechzig Jahren im Kasino und lohnt schon einen weiten Weg. Man muß den alten »McGaire«-Branntwein fordern und aufpassen, daß man ihn auch wirklich kriegt. Wenn der Kasinowirt dich für ungebildet hält und glaubt, daß der kostbare Trank an dir vergeudet wird, so behandelt er dich dementsprechend. Er ist ein tüchtiger Mann. Aber wenn man im Kasino ist, darf man mit seinen Wirten niemals über Gewaltmärsche oder Distanzritte sprechen. Die Leute im Kasino sind sehr empfindlich; und wenn sie glauben, daß man sie auslacht, dann sagen sie einem ihre Meinung.

Nach Aussage der Weißen Husaren war es allein Schuld des Obersten. Er kam neu ins Regiment und hätte niemals das Kommando übernehmen dürfen. Er sagte, das Regiment wäre nicht schneidig genug. Das den Weißen Husaren, die doch genau wußten, daß sie es mit jeder Kavallerie, jeder

Artillerie und jeder Infanterie auf dem Erdenrund aufnehmen konnten! Diese Beleidigung war die erste Kränkung.

Dann rangierte der Oberst das Paukenpferd aus – das Paukenpferd der Weißen Husaren! Vielleicht merkt man nicht, was für ein unaussprechliches Verbrechen er damit begangen hatte. Ich will versuchen, es deutlich zu machen. Die Seele des Regimentes lebt in dem Paukenpferd, das die silbernen Kesselpauken trägt. Es ist fast immer ein schwerer scheckiger Waliser. Das ist Ehrensache; und ein Regiment gibt alles mögliche aus für einen Schecken. Ihn kann man nicht so einfach ausrangieren. Zu leisten braucht er wenig und macht alles im Schritt. Deswegen geht es ihm auch gut, solange er noch gehen kann und hübsch aussieht. Er weiß besser vom Regiment Bescheid als der Adjutant und kann daher, selbst wenn er wollte, keine Fehler machen.

Das Paukenpferd der Weißen Husaren war erst achtzehn Jahre alt und seinen Pflichten durchaus gewachsen. Es hatte noch mindestens für sechs Jahre Kraft in sich und hielt sich mit der ganzen Pracht und Würde eines Tambourmajors. Das Regiment hatte 1200 Rupien für den Schecken bezahlt.

Aber der Oberst sagte, er müßte gehen, und so wurde er in aller Form ausrangiert und durch ein verwaschen rötlichbraunes Tier ersetzt, häßlich wie ein Maultier, mit einem Schafsnacken, einem Rattenschwanz und mit Beinen wie eine Kuh. Der Tambour verabscheute das Tier, und die besten Pferde aus der Regimentskapelle legten bei seinem Anblick die Ohren zurück und zeigten das Weiße im Auge. Sie erkannten, daß es ein Emporkömmling und kein edles Blut war. Wahrscheinlich erstreckte sich des Obersten Begriff von Schneid auch auf die Regimentskapelle, und er hatte den Wunsch, sie an den regelmäßigen Paraden teilnehmen zu lassen. Eine Kavalleriekapelle ist eine geheiligte Sache. Sie tritt nur bei Paraden vor Kommandierenden auf, und der Kapellmeister ist noch um einen Grad wichtiger als der Oberst. Er ist ein Hoherpriester, und das »Keel Row« ist sein heiliger Gesang. Das »Keel Row« ist der Kavallerietrab; und wer diesen Marsch nie gehört hat, wenn er hoch und schrill das Gerassel des am Kommandierenden vorbeireitenden Regiments übertönt, der hat noch was vor sich, das hörens- und kennenswert ist.

Als der Oberst das Paukenpferd der Weißen Husaren ausrangierte, gab es beinahe eine Meuterei.

Die Offiziere ärgerten sich, das Regiment war außer sich, und die Regimentsmusiker fluchten wie Kavalleristen. Das Paukenpferd sollte auf die Auktion kommen – auf die öffentliche Auktion – um vielleicht von einem Parsee gekauft und vor einen Karren gespannt zu werden! Es war schlimmer, als wenn man das interne Leben des Regiments an die Öffentlichkeit bringen oder das Kasinoeßgeschirr an einen Juden verkaufen wollte – an einen schwarzen Juden!

Der Oberst war ein ganz gemeiner Kerl und ein Prahlhans. Er wußte, wie das Regiment von seiner Handlungsweise dachte; und als die Kavalleristen sich erboten, das Paukenpferd zu kaufen, sagte er, ihr Anerbieten wäre Meuterei und wäre vom Reglement verboten.

Aber einer der Leutnante – Hogan-Yale, ein Ire – kaufte das Paukenpferd für 160 Rupien auf der Auktion; und der Oberst raste vor Wut. Yale zeigte Reue – er war ganz unnatürlich unterwürfig – und sagte, er hätte den Kauf nur gemacht, um das Pferd vor möglicher schlechter Behandlung oder vor dem Verhungern zu retten, und er würde es jetzt erschießen, und damit wäre die Geschichte dann aus der Welt. Das schien den Obersten zu besänftigen, denn es lag ihm daran, das Paukenpferd loszuwerden. Er fühlte, daß er einen Fehler gemacht hatte, konnte das aber natürlich nicht zugeben. So war ihm das Vorhandensein des Paukenpferdes immer ein Ärgernis.

Yale verließ mit einer Flasche des alten Branntweins, drei Manilas und seinem Freund Martyn das Kasino. Yale und Martyn hatten in Yales Wohnung eine zweistündige Unterredung; aber nur der Terrier, der Yales Stiefelknecht bewacht, weiß, was sie besprachen. Ein Pferd, in Tücher und Decken bis über die Ohren eingewickelt, verließ Yales Stall und wurde sehr widerstrebend auf Zivilgebiet geführt. Yales Bursche ging mit. Zwei Mann brachen in das Regimentstheater ein und entwendeten Farbtöpfe und einige große Dekorationspinsel. Dann senkte die Nacht sich auf das Truppenlager herab, und man konnte in Yales Stall einen Lärm hören, als ob ein Pferd seinen Stand in Stücke schlüge. Yale besaß ein großes, altes, weißes walisisches Wagenpferd.

Der nächste Tag war ein Donnerstag, und als die Soldaten erfuhren, daß Yale das Paukenpferd am Abend erschießen wollte, beschlossen sie, dem Tier ein regelrechtes Soldatenbegräbnis zu bereiten – ein schöneres sicher, als sie dem Obersten bereitet haben würden, wenn er jetzt gerade gestorben wäre. Sie verschafften sich einen Ochsenkarren und Sackleinwand und Haufen von Rosen, und dann wurde der Leichnam, unter der Leinwand verborgen, auf den Platz hinausgebracht, wo die Milzbrandfälle verbrannt wurden; zwei Drittel des Regiments folgten. Die Musik war nicht mit, aber alle sangen »Der Platz, wo das alte Pferd starb«, das schien ihnen ehrenvoll und zweckentsprechend. Als der Leichnam ins Grab gelassen war und die Leute anfingen, ganze Berge von Rosen auf ihn zu werfen, stieß der Regimentsschmied einen Fluch aus und sagte laut: »Nanu, das ist ebensowenig das Paukenpferd, als ich es bin!« Die Unteroffiziere fragten ihn, ob er seinen Verstand in der Kantine gelassen hätte. Der Schmied sagte, er kenne die Füße des Paukenpferdes so gut wie seine eigenen; aber er beruhigte sich, als er die Regimentsnummer auf dem armen steifen, nach oben gerichteten linken Vorderfuß sah.

So wurde das Paukenpferd der Weißen Husaren begraben; der Schmied brummte immer noch vor sich hin. Die Sackleinwand, die den Leichnam bedeckte, war an einigen Stellen mit schwarzer Farbe beschmiert, darauf machte der Schmied aufmerksam. Aber der älteste Unteroffizier der E-Schwadron stieß ihn empfindlich an das Schienbein und sagte, er wäre ganz bestimmt betrunken.

Am ersten Montag nach dem Begräbnis wollte sich der Oberst an den Weißen Husaren rächen. Unglücklicherweise hatte er gerade das Kommando in der Garnison und ordnete eine Brigade-Felddienstübung an. Er sagte, er wolle die Leute »für ihre verdammte Frechheit schwitzen lassen«, und diese Absicht führte er gründlich aus. Dieser Montag ist in der Erinnerung der Weißen Husaren einer der schwersten Tage. Sie wurden gegen einen feindlichen Truppenteil geworfen, stießen vorwärts, mußten wieder zurück, stiegen ab und wurden so in dem staubigen Gelände »nach den Regeln der Kriegswissenschaft behandelt« auf alle mögliche Art und Weise, bis sie gehörig schwitzten. Nur am Abend war es vergnüglich für sie, als sie auf die Batterie der berittenen Artillerie stießen und sie zwei Meilen vor sich herjagten. Das war eine ganz besondere persönliche Angelegenheit, sie trugen dabei eine Wette aus; die Artilleristen behaupteten nämlich öffentlich, daß sie den Weißen Husaren in der Schnelligkeit über wären. Darin hatten sie unrecht. Ein Vorbeimarsch beschloß die Felddienstübung, und als das Regiment in seine Quartiere zurückging, waren die Leute von den Sporen bis zur Kinnkette mit Schmutz bedeckt.

Die Weißen Husaren haben ein großes und besonderes Vorrecht. Sie haben es sich, glaube ich, bei Fontenoy erworben.

Manche Regimenter haben besondere Rechte, wie – an bestimmten Tagen im Jahre – das Tragen von Kragen bei der Interimsuniform, oder von einer Bandschleife zwischen den Schultern, oder von roten und weißen Rosen auf dem Helm. Einige Rechte sind mit Regimentsheiligen verknüpft, andere mit Regimentsleistungen. Alle werden sehr in Ehren gehalten; aber keins so sehr wie das Recht der Weißen Husaren, daß nämlich die Musik spielt, wenn im Quartier die Pferde getränkt werden. Es wird immer ein und dasselbe Lied gespielt. Wie es wirklich heißt, weiß ich nicht, aber die Husaren nennen es: »Bring mich wieder nach London.« Es klingt sehr hübsch. Das Regiment würde sich lieber aus der Heeresliste streichen lassen, als auf diese Auszeichnung verzichten.

Nachdem das »Abtreten« erklungen war, ritten die Offiziere nach Hause, um sich für den Stalldienst zurechtzumachen; und die Leute trotteten gemächlich in die Quartiere. Das heißt, sie öffneten die beengenden Knöpfe, schoben die Helme in den Nacken und fingen an zu scherzen oder zu fluchen, je nach der Stimmung; die Gewissenhafteren stiegen ab und lockerten Gurt und Zaum. Ein guter Kavallerist schätzt sein Reittier ebenso wie sich selber und glaubt oder sollte glauben, daß sie beide zusammen unwiderstehlich sind, handele es sich nun um Frauen oder Männer, Mädchen oder Kanonen.

Dann gab der Offizier vom Dienst den Befehl: »Pferde tränken«, und das Regiment schlenderte an die Schwadronströge, die sich hinter den Ställen, zwischen diesen und den Kasernen befanden. Vier große Tröge waren da, einer für jede Schwadron; sie waren so aufgestellt, daß das ganze Regiment, wenn es wollte, in zehn Minuten mit dem Tränken fertig sein konnte. Aber es brauchte in der Regel siebzehn Minuten, weil die Kapelle so lange spielte.

Die Musik setzte ein, als die Schwadronen sich an den Trögen einfanden; die Leute glitten aus den Steigbügeln und foppten einander. Die Sonne ging gerade in einem großen feuerroten Wolkenbett unter, und der Weg nach dem Zivilgebiet schien gerade in die Sonne zu führen. Auf dem Weg befand sich ein Pünktchen. Es wuchs und wuchs, bis man die Gestalt eines Pferdes erkennen konnte, mit einer Art Bratrost auf dem Rücken. Die rote Wolke schimmerte durch die Stäbe des Rostes. Einige der Kavalleristen beschatteten die Augen mit der Hand und sagten: »Was zum Teufel hat denn der Gaul da auf'm Rücken!«

In der nächsten Minute hörten sie ein Wiehern, das jeder – Mann wie Pferd – im Regiment kannte, und sahen, geradeswegs auf die Musikkapelle zusteuernd, das tote Paukenpferd der Weißen Husaren.

An seinem Widerrist stießen und baumelten die in Krepp gehüllten Kesselpauken, und auf seinem Rücken saß sehr steif und soldatenmäßig ein barhäuptiges Skelett.

Die Musik hörte auf zu spielen, und einen Augenblick lang war tiefe Stille.

Dann riß irgend jemand in der E-Schwadron – man sagt, es wäre der älteste Unteroffizier gewesen – sein Pferd herum und stieß einen gellenden Schrei aus. Niemand weiß eigentlich ganz genau, was dann geschah; aber es scheint, daß aus jedem Zug wenigstens einer in panischem Schrecken davonlief und die anderen dann wie Schafe folgten. Die Pferde, die kaum ihre Schnauzen in die Tröge gesteckt hatten, bäumten sich hoch auf; aber als auch die Musikkapelle sich auflöste – und das geschah, als der Geist des Paukenpferdes bis auf eine Achtelmeile herangekommen war –, schlossen sich alle Hufe an, und das Getöse der wilden Flucht, das so ganz verschieden war von dem geordneten Klopfen und Donnern bei einer Parade, oder von dem wilden lustigen Getrampel beim Tränken, erschreckte sie nur noch mehr. Sie fühlten, daß die Menschen auf ihrem Rücken sich vor etwas fürchteten. Und wenn ein Pferd das erst weiß, dann ist alles vorbei.

Zug nach Zug wandte sich von den Trögen ab und rannte nach allen Richtungen auseinander wie verschüttetes Quecksilber. Es war ein ganz ungewöhnlicher Anblick, denn sowohl Menschen wie Pferde befanden sich in den verschiedensten Stadien des Negligees, und die Futterale der Karabiner schlugen den Pferden an die Flanken und trieben sie noch mehr an. Die Leute schrien und fluchten und versuchten, von der Musikapelle fortzukommen, hinter der das Paukenpferd herjagte, sein Reiter war vornüber gefallen und schien es wie zu einem Wettlauf anzutreiben.

Der Oberst war zu einem Trunk in das Kasino hinübergegangen. Die meisten Offiziere waren bei ihm, und der diensttuende Leutnant wollte gerade ins Quartier hinübergehen, um den Tränkrapport von dem Unteroffizier entgegenzunehmen. Als nach zwanzig Takten das »Bring mich wieder nach London« plötzlich abbrach, sagte jeder im Kasino: »Was ist denn da passiert?« Eine Minute darauf hörten sie unmilitärischen Lärm und sahen die Weißen Husaren, weit über die Ebene verstreut, ganz aufgelöst, davonfliehen.

Der Oberst war sprachlos vor Wut, denn er glaubte, das Regiment habe sich gegen ihn erhoben oder alle wären betrunken. Die Musikkapelle raste wie ein ungeordneter Pöbelhaufen vorbei, auf ihren Fersen quälte sich das Paukenpferd ab – das tote und begrabene Paukenpferd – mit dem hüpfenden rasselnden Skelett auf dem Rücken. Hogan-Yale flüsterte Martyn leise zu: »Das hält kein Draht aus«, da kam die Kapelle, die wie ein Hase einen Haken geschlagen hatte, zurück. Aber das ganze übrige Regiment war verschwunden und tobte in der ganzen Provinz umher, denn die Dämmerung war hereingebrochen, und jeder schrie dem andern zu, daß das Paukenpferd neben ihm wäre. Für gewöhnlich werden Kavalleriepferde viel zu rücksichtsvoll behandelt. Sie können, wenn es darauf ankommt, sehr viel leisten, selbst mit zweihundert Pfund auf dem Rücken. Das konnten die Kavalleristen jetzt feststellen.

Wie lange diese Panik dauerte, weiß ich nicht. Ich glaube bei Mondaufgang sahen die Leute, daß sie nichts zu fürchten hatten, und schlichen sehr beschämt zu zweien, dreien und in kleinen Trupps wieder ins Quartier zurück. Inzwischen hatte das Paukenpferd, empört über die Behandlung von seiten seiner alten Freunde, angehalten, machte kehrt und trabte vor die Kasinoveranda, um Brot zu erbetteln. Niemand wollte gern fortlaufen; aber es lag auch niemandem daran, auf das Tier zuzugehen, bis der Oberst vortrat und den Fuß des Skeletts anfaßte. Die Musikkapelle, die in einiger Entfernung haltgemacht hatte, kam jetzt langsam zurück. Der Oberst belegte sie, einzeln und kollektiv, mit allen Schimpfwörtern, die ihm gerade einfielen; denn er hatte dem Paukenpferd die Hand an die Brust gelegt und hatte da Fleisch und Blut gefunden. Dann schlug er mit geballter Faust auf die Kesselpauken und entdeckte, daß sie aus Silberpapier und Bambus gemacht waren. Dann, immer noch fluchend, versuchte er, das Skelett aus dem Sattel zu zerren, merkte aber, daß es mit Draht hinten am Sattel festgebunden war. Der Anblick des Obersten, mit den Armen um das Becken des Skeletts und die Knie gegen den Leib des alten Paukenpferdes gestemmt, war wirklich erstaunlich, um nicht zu sagen lächerlich. In einigen Minuten hatte er das Dings abgezerrt, warf es auf die Erde und sagte zu den Musikern: »Hier, ihr Hunde, und davor habt ihr euch gefürchtet.« Das Skelett sah im Dämmern nicht gerade schön aus. Der Sergeant der Kapelle schien es zu erkennen, denn er fing an zu kichern und zu prusten. »Soll ich es wegnehmen, Herr Oberst?« sagte der Sergeant. »Ja«, sagte der Oberst, »bring es in die Hölle und reit selber hinterher!«

Der Sergeant grüßte, legte das Skelett über den Sattel und führte sein Pferd in den Stall. Dann erkundigte der Oberst sich nach dem übrigen Regiment, und die Ausdrücke, die er dabei brauchte, waren herrlich. Er würde das Regiment auflösen – würde jeden einzelnen standrechtlich erschießen lassen – solchen Janhagel würde er nicht länger befehligen, usw. usw. Als die Leute nach und nach ankamen, wurde seine Sprache noch wilder, bis sie schließlich die äußersten Grenzen, die selbst der freien Rede eines Kavallerieobersten gesetzt werden müssen, noch überschritt. Martyn nahm Hogan-Yale beiseite und wies darauf hin, daß man sie sicherlich zwangsweise verabschieden würde, wenn man alles entdeckte. Martyn war der Schwächere von beiden. Hogan-Yale zog die Augenbrauen hoch und bemerkte, daß er erstens der Sohn eines Lords und zweitens an der theatralischen Wiederauferstehung des Paukenpferdes so unschuldig wie ein ungeborenes Kind wäre.

Yale sagte mit einem besonders süßen Lächeln: »Meine Instruktion lautete, das Paukenpferd so eindrucksvoll wie möglich wiederzubringen. Nun frage ich dich, bin ich verantwortlich dafür, daß ein Esel von Freund ihn derartig zurückschafft, daß der Seelenfrieden eines Regiments Ihrer Majestät Kavallerie gestört wird?«

Martyn sagte: »Du bist ein großer Mann und wirst später General werden; aber ich würde meine Aussicht auf einen Zug drangeben, wenn ich heil aus dieser Geschichte heraus wäre.«

Die Vorsehung rettete Martyn und Hogan-Yale. Der zweite Kommandierende führte den Obersten in den kleinen, durch Vorhänge abgeschlossenen Alkoven, in dem die Leutnante abends immer Poker spielten; und dort sprachen sie leise miteinander, nachdem der Oberst noch viele Flüche losgelassen hatte. Ich vermute, daß der zweite Kommandierende die Panik als das Werk eines Gemeinen hingestellt hat, den man doch nie entdecken würde; und ich weiß, daß er lange von der Sünde und Schande sprach, diese Panik dem öffentlichen Spott preiszugeben.

Der zweite Kommandierende, der wirklich eine famose Einbildungskraft besaß, sagte: »Man wird uns die ›Nachthasen‹ nennen, oder die ›Gespensterjäger‹; man wird uns mit Spottnamen überhäufen. Alle Erklärungen von der Welt würden Außenstehenden nicht begreiflich machen, daß die Offiziere nicht zugegen waren, als die Panik begann. Um der Ehre des Regiments willen und um Ihrer selbst willen, schweigen Sie die Sache tot.«

Der Oberst war so erschöpft von seinem Wutausbruch, daß ihn zu beruhigen nicht so schwierig war, wie man denken sollte. Er wurde ganz sachte und allmählich zu der Einsicht gebracht, daß es offensichtlich unmöglich war, das ganze Regiment standrechtlich erschießen zu lassen, und ebenso unmöglich, gegen einen Leutnant, der seiner Meinung nach an dem Streich beteiligt wäre, vorzugehen.

»Aber das Viech lebt! Es ist überhaupt nicht totgeschossen!« schrie der Oberst. »Das ist purer offenkundiger Ungehorsam! Ich weiß einen Mann, der wegen einer viel weniger verfl ... Sache hops gegangen ist. Die Leute machen sich über mich lustig, das sag ich Ihnen, Mutman! Sie machen sich über mich lustig!«

Noch einmal machte sich der zweite Kommandierende daran, den Obersten zu beruhigen, und kämpfte eine halbe Stunde mit ihm. Nach dieser Zeit meldete sich der älteste Unteroffizier zur Stelle. Die Situation war ihm neu; aber er war nicht der Mann, sich so leicht aus der Fassung bringen zu lassen. Er grüßte und sagte: »Regiment vollzählig zurück, Herr Oberst.« Dann, um den Obersten günstig zu stimmen: »Un keins von die Pferde is zu Schaden gekommen, Herr Oberst.«

Der Oberst antwortete schnaubend: »Wickeln Sie die Leute nur gut in ihren Wiegen ein und passen Sie auf, daß sie in der Nacht nicht aufwachen und weinen.« Der Sergeant zog sich zurück.

Dem Obersten gefiel sein kleiner Witz, und dann schämte er sich auch ein wenig wegen der Ausdrücke, die er gebraucht hatte. Der zweite Kommandierende bearbeitete ihn von neuem, und die beiden saßen bis tief in die Nacht hinein und redeten.

Am nächsten Tag fand eine Parade vor dem Höchstkommandierenden statt, da hielt der Oberst den Weißen Husaren eine gesalzene Rede. Der Kern dieser Rede war, daß das Paukenpferd, das in seinem Alter noch die Fähigkeit gezeigt hätte, das ganze Regiment zu sprengen, seinen alten stolzen Platz an der Spitze der Musikkapelle wieder einnehmen sollte, aber das Regiment wäre eine Gesellschaft von Bösewichten mit schlechtem Gewissen.

Die Weißen Husaren schrien Hurra und warfen alles, was nicht niet- und nagelfest war, in die Luft, und als die Parade vorbei war, ließen sie den Obersten leben, bis sie keine Stimme mehr hatten. Den Leutnant Hogan-Yale ließ niemand hochleben, er lächelte süß im Hintergrund.

Der zweite Kommandierende sagte zum Obersten im Privatgespräch: »Solche kleinen Erlebnisse sichern die Popularität und untergraben nicht im geringsten die Disziplin.«

»Aber ich bin meinem Worte nicht treu geblieben«, sagte der Oberst.

»Macht nichts«, sagte der Zweite. »Die Weißen Husaren

werden Ihnen von heute an durch dick und dünn folgen. Regimenter sind wie Frauen. Sie tun alles für Schmucksachen.«

Eine Woche später erhielt Hogan-Yale einen ungewöhnlichen Brief von jemandem, der sich »Sekretär des ›Vereins für eifrige Nächstenliebe‹, 3709, E. C.«, unterschrieb und um »Rückgabe unsers Skeletts, das wir wohl mit Recht in Ihrem Besitz vermuten« bat.

»Wer zum Teufel ist dieser Wahnsinnige, der mit Knochen handelt?« sagte Hogan-Yale.

»Bitte um Verzeihung, Herr Leutnant«, sagte der Sergeant der Musikkapelle, »aber das Skelett befindet sich bei mir, und ich will es zurückbringen, wenn Sie den Wagen für den Transport bezahlen. Ein Sarg ist dabei, Herr Leutnant.«

Hogan-Yale lachte, gab dem Sergeanten zwei Rupien und sagte: »Schreiben Sie doch das Datum auf den Schädel, ja?«

Wenn jemand diese Geschichte in Zweifel zieht und weiß, wohin er gehen muß, der kann das Datum auf dem Schädel sehen. Aber er erwähne die Sache ja nicht den Weißen Husaren gegenüber.

Ich weiß zufällig etwas davon, weil ich das Paukenpferd für seine Auferstehung vorbereitet habe. Das Skelett war ihm gar nicht recht geheuer.

Der Fall Bronckhorst

Wenn sie sich am Tage im Hause regte,
Wenn sie in der Nacht an meiner Seite schlief,
Ich war müde, ich war müde ihres Daseins;
Und mein Haß wuchs Tag um Tag und Nacht um Nacht,
Und ich bat Gott, daß er sie zu sich rief!

Bekenntnisse

Im Heere gab es einen Mann namens Bronckhorst, einen klobigen Mann in mittleren Jahren, grau wie ein Dachs und, wie manche behaupten, mit einem Tropfen Hindublut in den Adern. Beweisen läßt sich das allerdings nicht. Frau Bronckhorst war nicht eigentlich jung, wenn auch fünfzehn Jahre jünger als ihr Mann. Sie war eine große, blasse, stille Frau, mit schweren Lidern über matten Augen, und ihr Haar war, je nachdem das Licht darauf fiel, rot oder gelb.

Bronckhorst war in keiner Beziehung angenehm. Er respektierte die netten kleinen, öffentlichen und privaten Lügen nicht, die das Leben ein klein bißchen weniger garstig machen, als es ist. Sein Betragen gegen seine Frau war gemein. Eine Frau kann vieles ertragen, sogar tätliche Angriffe mit der geballten Faust; aber sie erträgt selten, was Frau Bronckhorst ertrug, einen andauernden brutalen, harten Hohn, die Geringschätzung ihrer kleinen Schwächen, ihrer Kopfschmerzen, ihrer kleinen Heiterkeitsausbrüche, ihrer Kleidung, ihrer wunderlichen kleinen Versuche, sich für ihren Gatten begehrenswert zu machen, wo sie doch weiß, daß sie nicht mehr das ist, was sie war, und – was das Schlimmste ist – die Geringschätzung ihrer Liebe zu den Kindern. Und gerade diese Art plumpen Scherzes liebte Bronckhorst besonders. Er ist vielleicht zuerst in den Flitterwochen dazu gekommen, ohne es böse zu meinen, wie es manchen geht, deren gewöhnlicher Vorrat an Zärtlichkeiten sich erschöpft, die deswegen ins andere Extrem verfallen, um ihren Gefühlen Ausdruck zu verleihen. Dasselbe Gefühl läßt einen Mann zu einem Lieblingspferd, das seine Schnauze an seinem Rock reibt, sagen: »Na, du altes Biest!« Wenn die Reaktion in der Ehe einsetzt, bleibt diese Sprechweise bei und verletzt die

Frau, da das Zärtliche jetzt ausbleibt, mehr als sie sagen will. Aber Frau Bronckhorst liebte ihren »Teddy«, wie sie ihn nannte, zärtlich. Das hatte er vielleicht gerade an ihr auszusetzen. Vielleicht – dies ist nur eine Theorie, die sein späteres schändliches Betragen begreiflich machen soll – beherrschte ihn das seltsame wilde Gefühl, das manchmal einen Mann nach zwanzigjähriger Ehe packt, wenn er bei Tisch sich gegenüber immer dasselbe Gesicht seines Eheweibes sieht und weiß, daß er, wie er es jetzt immer gesehen hat, es bis ans Ende seiner oder ihrer Tage sehen wird. Die meisten Männer und alle Frauen kennen diesen Krampf. Er dauert in der Regel nur drei Atemzüge lang und muß ein »Rudiment« sein aus Zeiten, wo die Männer und Frauen recht viel schlechter waren als heute, und ist zu unangenehm, als daß man lange darüber reden sollte.

Eine Abendgesellschaft bei Bronckhorsts war eine Strafe, der wenige sich gern unterzogen. Bronckhorst fand ein Vergnügen daran, Dinge zu sagen, die seiner Frau weh taten. Wenn ihr kleiner Junge beim Nachtisch hereinkam, gab Bronckhorst ihm regelmäßig ein halbes Glas Wein, und ganz natürlich wurde das kleine Kerlchen erst wild, dann fühlte es sich schlecht und mußte schreiend hinausgebracht werden. Bronckhorst fragte, ob Teddy sich immer so betrüge, und ob Frau Bronckhorst sich nicht die Zeit nehmen könnte, dem »kleinen Lumpenkerl anständiges Benehmen« beizubringen. Frau Bronckhorst, die den Jungen mehr liebte als ihr Leben, versuchte sich das Weinen zu verbeißen – ihre Kraft schien durch ihre Ehe gebrochen zu sein. Schließlich sagte Bronckhorst dann: »Nanu! Schon gut, schon gut. Sei doch um Gottes willen vernünftig. Geh ins Wohnzimmer.« Und Frau Bronckhorst ging und versuchte über alles mit einem Lächeln hinwegzukommen; und der Abendgast war ärgerlich und fühlte sich unbehaglich.

Als drei Jahre dieses frohen Lebens vorbei waren – Frau Bronckhorst hatte keine Freundinnen, mit denen sie hätte plaudern können –, wurde die Station in Erstaunen gesetzt durch die Nachricht, daß Bronckhorst ein gerichtliches Verfahren eingeleitet hatte gegen einen Mann namens Biel, der allerdings gegen Frau Bronckhorst, wenn sie in der Öffentlichkeit erschien, ziemlich aufmerksam gewesen war. Bronckhorst bewies solchen Mangel an Zurückhaltung seiner eigenen Entehrung gegenüber, daß wir bald heraus hatten, daß es sich nur um Indizienbeweise handelte, die von Eingeborenen vorgebracht wurden. Briefe waren nicht vorhanden; aber Bronckhorst sagte offen, er würde Himmel und Erde in Bewegung setzen, bis er Biel als Aufseher in der Teppichweberei des Zentralgefängnisses sähe. Frau Bronckhorst hielt sich ganz zu Hause und ließ die lieben Mitmenschen reden, was sie wollten. Die Meinungen waren geteilt. Etwa zwei Drittel der Station waren sofort davon überzeugt, daß Biel schuldig wäre; aber ein Dutzend Leute, die ihn kannten und gern hatten, hielten zu ihm. Biel war wütend und erstaunt. Er leugnete alles und schwur, daß er Bronckhorst halbtot prügeln würde. Wir wußten, daß kein Gerichtshof einen auf Beweise von Eingeborenen hin für schuldig erklären kann in einem Lande, wo eine Mordanklage mitsamt dem Leichnam für vierundfünfzig Rupien zu kaufen ist; aber Biel lag nichts daran, nur auf mangelnde Beweise hin freigesprochen zu werden. Er wollte, daß die Sache ganz aufgeklärt würde; aber, wie er selber eines Abends sagte: »Er kann mit den Aussagen seiner Dienerschaft alles beweisen, und ich habe nichts als mein Wort.« Das war etwa einen Monat, bevor die Sache zur Verhandlung kam; und wir konnten nichts tun, als Biel beistimmen. Ganz sicher war, daß die Aussagen der Eingeborenen bös genug sein würden, um seinen Ruf für den Rest seiner Dienstzeit zu beflecken; denn wenn ein Eingeborener erst einmal falsch schwört, dann macht er es gleich gründlich. Er hält sich nicht mit Kleinigkeiten auf.

Am Ende des Tisches, an dem über die Geschichte gesprochen wurde, hatte einer einen genialen Einfall. Er sagte: »Ich weiß was! Ich glaube nicht, daß die Juristen viel machen können. Laßt jemand an Strickland telegraphieren und ihn bitten herzukommen, um uns aus der Patsche zu helfen.«

Strickland war etwa hundertundachtzig Meilen weit entfernt. Er war noch nicht lange mit Fräulein Youghal verheiratet, aber er witterte in dem Telegramm eine Gelegenheit, zu seinem alten Detektivberuf zurückzukehren, nach dem seine Seele sich sehnte, und schon am nächsten Abend kam er und hörte sich unsre Geschichte an. Er rauchte seine Pfeife zu Ende und sagte orakelhaft: »Wir müssen uns an die Zeugen heranmachen. Der Diener Oorya, der Muselmann Khit und die Methrani Ayah sind, denke ich, die Hauptstützen der Anklage. Da kenne ich mich aus; aber ich fürchte, meine Sprachkenntnisse sind etwas eingerostet.«

Er stand auf und begab sich in Biels Schlafzimmer, wohin sein Koffer gebracht worden war, und machte die Tür hinter sich zu. Eine Stunde später hörten wir ihn sagen: »Ich konnte es nicht übers Herz bringen, mich bei meiner Verheiratung von meinen alten Verkleidungen zu trennen. Ist es so gut?« Ein widerlicher Fakir stand in der Tür und sagte seinen *Salaam*.

»Nun leiht mir fünfzig Rupien«, sagte Strickland, »und gebt mir euer Ehrenwort darauf, daß ihr meiner Frau nichts sagen wollt.«

Er erhielt, worum er bat, und verließ das Haus, während die Tischgesellschaft auf sein Wohl trank. Was er tat, weiß nur er selbst. Zwölf Tage lang lungerte ein Fakir bei Bronckhorsts Besitz herum. Dann erschien ein Mehter, und als Biel von dem hörte, sagte er, Strickland wäre ein ausgewachsener Engel. Ob der Mehter Janki, Frau Bronckhorsts *Ayah,* den Hof machte, ist eine Frage, die ausschließlich Strickland angeht.

Nach drei Wochen kam er zurück und sagte ruhig: »Sie haben die Wahrheit gesagt, Biel. Die ganze Geschichte ist von Anfang bis Ende erlogen. Beim Zeus! Das setzt selbst mich beinahe in Erstaunen! Der Ekel von Bronckhorst ist nicht wert zu leben.«

Da entstand Aufregung und Freudengeschrei, und Biel sagte: »Wie wollen Sie es beweisen? Sie können doch nicht gut sagen, daß Sie verkleidet widerrechtlich Bronckhorsts Eigentum betreten haben!«

»Nein«, sagte Strickland. »Sagen Sie Ihrem Dummkopf von Rechtsanwalt, wer es auch ist, er soll sich was Energisches über ›inhärierende Unwahrscheinlichkeit‹ und ›Widersprüche im Beweismaterial‹ zurechtlegen. Er wird gar nicht zu Worte kommen, aber es wird ihn glücklich machen. Ich werde selber diese Sache erledigen.«

Biel schwieg, und die anderen warteten darauf, was geschehen würde. Sie vertrauten auf Strickland, wie man auf ruhige Männer vertraut. Als die Sache zur Verhandlung kam, war der Gerichtssaal überfüllt. Strickland lungerte in der Veranda des Gerichtshofes umher, bis er den mohammedanischen *Khitmatgar* traf. Er murmelte ihm den Segensspruch eines Fakirs ins Ohr und fragte nach dem Befinden seines zweiten Weibes. Der Mann fuhr herum, und als er dem »Estreeken Sahib« ins Auge blickte, sperrte er vor Schrecken den Mund auf. Man erinnere sich, daß Strickland vor seiner Heirat, wie ich schon erzählt habe, eine Macht unter den Eingeborenen war. Strickland sagte flüsternd ein ziemlich gemeines indisches Sprichwort, das zu verstehen gab, daß er bei allem dabeisein würde; dann ging er in den Gerichtssaal, mit einer aus Darm gefertigten Trainerpeitsche bewaffnet.

Der Mohammedaner war der erste Zeuge, und Strickland blitzte ihn vom Hintergrund des Saales aus an. Der Mann feuchtete sich seine Lippen mit der Zunge an und nahm in seiner jämmerlichen Angst vor dem »Estreeken Sahib«, dem Fakir, alles, auch das geringste, von seiner Aussage zurück – er sagte, er wäre ein armer Mann, und Gott wäre sein Zeuge, daß er alles, was Sahib Bronckhorst ihm auszusagen befohlen hatte, vergessen hätte. Hin und her getrieben von seiner Angst vor Strickland, vor dem Richter und vor Bronckhorst brach er weinend zusammen.

Da brach unter den Zeugen eine Panik aus. Janki, die *Ayah,* die züchtig hinter ihrem Schleier hervorschielte, wurde grau, und der Diener verließ den Saal. Er sagte, seine Mama läge im Sterben, und es wäre für niemanden gut, in der Gegenwart des »Estreeken Sahib« so ausgiebig zu lügen.

Biel sagte höflich zu Bronckhorst: »Ihre Zeugen scheinen nicht gut zu funktionieren. Haben Sie vielleicht noch gefälschte Briefe vorzuweisen?« Aber Bronckhorst schwankte auf seinem Stuhle hin und her, und es entstand, nachdem Biel zur Ordnung gerufen war, eine Totenstille.

Bronckhorsts Anwalt sah den Ausdruck auf dem Gesicht seines Klienten und ordnete, ohne Aufhebens davon zu machen, seine Papiere auf dem kleinen grünen Tisch und murmelte was von »falsch unterrichtet worden sein«. Der ganze Gerichtssaal klatschte wilden Beifall wie Soldaten im Theater, und der Richter fing an, seine Meinung zu äußern.

Biel kam aus dem Saal heraus, und Strickland ließ seine Trainerpeitsche in der Veranda fallen. Zehn Minuten später schlug Biel Bronckhorst windelweich hinter den alten Gefängniszellen, ganz ruhig und ohne Aufsehen zu erregen. Was von Bronckhorst übrigblieb, wurde in einem Wagen nach Hause geschickt; seine Frau beweinte es und pflegte es, bis es wieder ein Mann wurde.

Später, als es Biel gelang, die Gegenklage gegen Bronckhorst wegen Verleitung zu falscher Zeugenaussage zu unterdrücken, sagte Frau Bronckhorst mit ihrem schwachen faden Lächeln, daß ein Mißverständnis vorgelegen hätte, ihr Teddy hätte überhaupt keine Schuld. Sie würde warten, bis ihr Teddy zu ihr zurückkehren würde. Vielleicht wäre er ihrer überdrüssig geworden, oder sie hätte seine Geduld auf eine zu harte Probe gestellt, und ob wir sie nun vielleicht nicht mehr schneiden wollten, und ob vielleicht die Mütter ihre Kinder wieder mit »Klein Teddy« spielen lassen wollten. Er wäre so einsam. Da wurde Frau Bronckhorst überall in der Station eingeladen, bis Bronckhorst wieder imstande war, in der Öffentlichkeit zu erscheinen; er ging nach England zurück und nahm seine Frau mit. Nach den letzten Berichten ist ihr Teddy tatsächlich »zu ihr zurückgekehrt«, und sie sind ziemlich glücklich. Obgleich er ihr natürlich nie vergeben kann, daß sie die indirekte Ursache der Prügel war, die er bekommen hatte.

Biel möchte gern wissen: »Warum habe ich nicht nachdrücklich die Klage gegen diesen Bronckhorst-Kerl betrieben und habe ihn reinfallen lassen?«

Frau Strickland möchte wissen: »Wie hat mein Mann es nur gemacht, daß er mir einen so entzückenden Waliser von eurer Station mitgebracht hat? Ich kenne alle seine Geldangelegenheiten; ich weiß ganz sicher, daß er ihn nicht gekauft hat.«

Ich möchte wissen: »Wie kommt eine Frau wie Frau Bronckhorst dazu, einen solchen Mann wie Bronckhorst zu heiraten?«

Und meine Frage ist von den dreien am schwersten zu beantworten.

Venus Annodomini

Und die Jahre flogen, wie Jahre müssen,
Doch unsre große Diana blieb jung,
Frisch und blühend und blond wie sie war,
Mit blauen Augen und goldenem Haar.
Und war gegangen, und war gekommen,
Hat ihr Bild im Herzen mit sich genommen.

Diana von Ephesus

Mit No. 18 im Braccio Nuovo des Vatikan zwischen Viscontis Ceres und dem Nilgott hatte sie nichts zu tun. Sie war lediglich eine indische Göttin – das heißt, eine anglo-indische Göttin –, und wir nannten sie die Venus Annodomini, um sie von anderen Annodominis derselben ewigdauernden Art zu unterscheiden. In den Bergen gab es eine Legende, daß sie einst jung gewesen war; aber kein Lebender war imstande, vorzutreten und kühn zu sagen, daß diese Legende wahr sei. Männer kamen nach Simla geritten, blieben da, gingen wieder fort, machten sich einen Namen, schufen ihr Lebenswerk, kehrten dann wieder und fanden die Venus Annodomini genau so, wie sie sie verlassen hatten. Sie war unveränderlich wie die Berge, aber nicht ganz so jungfräulich. Alles, was gewöhnlich ein Mädchen von achtzehn Jahren im Reiten, Gehen, Tanzen, Picknicken und in Überanstrengung leisten kann, das tat die Venus Annodomini und zeigte nicht die leiseste Spur von Ermüdung oder Abgespanntheit. Sie hätte, sagten die Männer, außer dem Geheimnis beständiger Jugend auch das beständiger Gesundheit entdeckt; und ihr Ruhm verbreitete sich im Lande. Sie hörte auf, nur Frau zu sein, sie wurde eine Institution, in solchem Maße, daß von keinem jungen Mann gesagt werden konnte, seine Erziehung wäre beendet, der nicht zu irgendeiner Zeit an dem Altar der Venus Annodomini angebetet hatte. Es gab keine, die ihr glich, wenn auch viele Imitationen vorhanden waren. Sechs Jahre waren in ihren Augen nicht mehr als sechs Monate für gewöhnliche Frauen; und zehn hinterließen bei ihr weniger Spuren als eine Fieberwoche bei einer gewöhnlichen Frau. Jedermann verehrte sie, und sie wiederum war fast gegen jedermann freundlich und liebenswürdig. Jugend war ihr so zur Gewohnheit geworden, daß sie sich nicht von ihr trennen konnte – sie sah tatsächlich niemals die Notwendigkeit ein, sich von ihr zu trennen – sie hatte am liebsten junge Leute um sich.

Unter den Verehrern der Venus Annodomini befand sich der junge Gayerson. Der »sehr junge Gayerson« wurde er genannt zum Unterschied von seinem Vater, dem »jungen Gayerson«, einem Zivilbeamten in Bengalen, der sich wie ein junger Mensch betrug, zumal er das Herz eines solchen hatte. Der »sehr junge Gayerson« war nicht damit zufrieden, wie die andern jungen Männer, nur so ruhig und pro forma zu verehren, oder einen Ausritt, oder einen Tanz, oder eine Unterhaltung mit gebührender Bescheidenheit und dankbaren Gemüts von der Venus Annodomini anzunehmen. Er verlangte mehr und mußte darum von der Venus Annodomini in seine Schranken verwiesen werden. Auf eine ganz fruchtlose Weise quälte er sich fast krank ihretwegen; und seine ernstliche Ergebenheit ließ ihn neben den älteren Männern, die mit ihm sich vor der Venus Annodomini beugten, entweder schüchtern oder ungestüm und ungehörig erscheinen, je nachdem seine Laune wechselte. Er tat ihr leid. Er erinnerte sie an einen Jungen, der ihr vor dreiundzwanzig Jahren eine grenzenlose Ergebenheit gezeigt, die sie mit etwas mehr als einer kleinen Schwäche erwidert hatte. Aber jener Junge war von ihr abgefallen und hatte, kaum ein Jahr nachdem er sie verehrt hatte, eine andere Frau geheiratet; und die Venus Annodomini hatte beinahe – nicht ganz – seinen Namen vergessen. Der »sehr junge Gayerson« hatte dieselben blauen Augen und dieselbe Art, die Unterlippe vorzuschieben, wenn er aufgeregt oder bekümmert war. Aber trotzdem zügelte die Venus Annodomini ihn strenge. Zu großer Eifer war etwas, das sie nicht schätzte; sie zog eine maßvolle und vernünftige Zärtlichkeit vor. Der »sehr junge Gayerson« war unglücklich und gab sich keine Mühe, sein Elend zu verbergen. Er diente im Heer – ich glaube, weiß es aber nicht bestimmt, in einem Linienregiment –, und da sein Antlitz ein Spiegel war und seine Stirn ein offenes Buch, so unschuldig war er, machten seine Kameraden ihm das Leben zur Last und machten ihn, der von Natur aus heiter war, bitter. Niemand außer dem »sehr jungen Gayerson« wußte, und er sprach nicht darüber, für wie alt der »sehr junge Gayerson« die Venus Annodomini hielt. Vielleicht hielt er sie für fünfundzwanzig, oder vielleicht sagte sie es ihm. Der »sehr junge Gayerson« würde zur Flutzeit den Gugger durchwatet haben auf ihr leisestes Wort hin und hatte unbedingtes Zutrauen zu ihr. Jeder hatte ihn gern, und jedem tat es leid, ihn so als Sklave an die Venus Annodomini gefesselt zu sehen. Jeder gab aber auch zu, daß sie nicht schuld war; denn darin unterschied die Venus Annodomini sich von Frau Hauksbee und Frau Reiver, daß sie niemals einen Finger rührte, um jemanden an sich zu fesseln; aber wie bei Ninon de Lenclos wurden alle Männer von ihr gefesselt. Man konnte Frau Hauksbee bewundern und achten, Frau Reiver verachten und meiden, aber die Venus Annodomini mußte man verehren.

Der Papa des »sehr jungen Gayerson« war Bezirksvorsteher oder Zoll- oder Verwaltungsbeamter in einer besonders unangenehmen Gegend Bengalens; sie war voll von zeitungherausgebenden Babus, welche nachwiesen, daß der »junge Gayerson« ein »Nero« und eine »Scylla« und eine »Charybdis« wäre; und außer den Babus gab es dort während neun Monaten in jedem Jahr sehr viel Dysenterie und Cholera. Der »junge Gayerson« – er war etwa fünfundvierzig – hatte die Babus ganz gern, sie machten ihm Spaß, aber er war gegen Dysenterie, deshalb ging er meistens, wenn er abkommen konnte, nach Darjeeling. In dieser Saison hatte er die Idee, nach Simla hinaufzugehen und seinen Jungen zu besuchen. Der Junge freute sich nicht so besonders darüber. Er erzählte der Venus Annodomini, daß sein Vater käme, und sie wurde ein klein wenig rot und sagte, sie würde sich sehr freuen, ihn kennenzulernen. Dann sah sie den »sehr jungen Gayerson« lange und nachdenklich an, weil er ihr so sehr leid tat, und weil er ein so sehr, sehr großer Dummkopf war.

»In vierzehn Tagen kommt meine Tochter her, Herr Gayerson«, sagte sie.

»Ihre *was*?« sagte er.

»Tochter«, sagte die Venus Annodomini. »Sie macht in England schon ein Jahr lang Gesellschaften mit, und nun möchte ich, daß sie auch noch etwas von Indien sieht. Sie ist neunzehn und, wie ich glaube, ein sehr gescheites nettes Mädchen.«

Der »sehr junge Gayerson«, der kaum zweiundzwanzig war, fiel vor Erstaunen fast vom Stuhl; denn er war, entgegen aller Überzeugung, fest von der Jugend der Venus Annodomini überzeugt gewesen. Sie, mit dem Rücken zum verhangenen Fenster, beobachtete die Wirkung ihrer Worte und lächelte.

Zwölf Tage danach kam der Papa des »sehr jungen Gayerson«, und ehe er noch vierundzwanzig Stunden in Simla gewesen war, hatten ihm schon zwei alte Bekannte erzählt, wie der »sehr junge Gayerson« sich aufgeführt hatte.

Der »junge Gayerson« lachte sehr und fragte, wer denn die Venus Annodomini wäre. Was beweist, daß er in Bengalen gelebt hatte, wo niemand etwas anderes kennt als den Kurszettel. Dann sagte er: »Jungens sind Jungens«, und sprach mit seinem Sohn über die Sache. Der »sehr junge Gayerson« sagte, er wäre sehr elend und unglücklich; und der »junge Gayerson« sagte, er bereue, einem solchen Narren auf die Welt verholfen zu haben. Er meinte, ob es nicht besser wäre, wenn sein Sohn seinen Urlaub abkürzte und an seine Arbeit ginge. Das veranlaßte eine unkindliche Antwort, und die Beziehungen wurden gespannt, bis der »junge Gayerson« vorschlug, der Venus Annodomini einen Besuch zu machen. Der »sehr junge Gayerson« ging mit seinem Papa, fühlte sich aber sehr unbehaglich und klein.

Die Venus Annodomini empfing sie huldvoll, und der »junge Gayerson« sagte: »Donnerwetter! Das ist ja Kitty!« Der »sehr junge Gayerson« hätte gern Weiteres gehört, wenn seine Aufmerksamkeit nicht abgelenkt gewesen wäre durch die Unterhaltung mit einem großen, hübschen, ruhigen, gut angezogenen Mädchen, das ihm die Venus Annodomini als ihre Tochter vorgestellt hatte. Sie war in Benehmen, Lebensart und Haltung viel älter als der »sehr junge Gayerson«; und als er das bemerkte, fühlte er sich sehr unbehaglich.

Da hörte er die Venus Annodomini sagen: »Wissen Sie, daß Ihr Sohn einer meiner ergebensten Verehrer ist?«

»Das wundert mich nicht«, sagte der »junge Gayerson«; und mit lauterer Stimme: »Er folgt seines Vaters Fußstapfen. Habe ich nicht den Boden, auf den Sie traten, angebetet, Kitty? Es ist ja schon lange, lange her, aber Sie haben sich seitdem nicht verändert. Wie sonderbar einem das alles vorkommt.«

Der »sehr junge Gayerson« sagte nichts. Seine Unterhaltung mit der Tochter der Venus Annodomini war den Rest der Besuchszeit hindurch fragmentarisch und unzusammenhängend.

»Also morgen um fünf«, sagte die Venus Annodomini. »Und bitte pünktlich.«

»Punkt fünf Uhr«, sagte der »junge Gayerson«. »Du kannst deinem alten Vater morgen doch wohl ein Pferd leihen, Junge? Ich will morgen nachmittag ausreiten.«

»Gewiß«, sagte der »sehr junge Gayerson«. »Ich gehe morgen früh fort. Meine Ponys stehen dir zur Verfügung, Vater.«

Die Venus Annodomini blickte durch das Dämmerlicht des Zimmers nach ihm hin, und ihre großen grauen Augen wurden feucht. Sie erhob sich und gab ihm die Hand.

»Leb wohl, Tom«, flüsterte die Venus Annodomini.

Der Bisara von Pooree

Kleiner blinder Fisch, mit wunderbarem Wissen,
Wer hat dir die Augen ausgerissen?
Diesen Wunsch ins Ohr, es ist nur einer:
Schaff mir eine Liebste, blinder Kleiner.

Zauberspruch des Bisara

Einige Eingeborene sagen, er käme von jenseits Kulu, wo sich der elf Zoll große Saphir-Tempel befindet: andere, er wäre beim Teufelsaltar in Tibet gemacht, von einem Kafir gestohlen, ihm von einem Gurkha, dem wieder von einem Lahouli, dem von einem *Khitmatgar* und von dem an einen Engländer verkauft, und so verlor er seine Kräfte; denn um wirksam sein zu können, muß der Bisara von Pooree gestohlen sein – wenn möglich unter Blutvergießen, auf alle Fälle aber gestohlen.

Diese Erzählungen von seinem Kommen nach Indien sind alle falsch. Er wurde vor alters in Pooree gemacht – wie er gemacht wurde, das würde ein kleines Buch füllen –, dort wurde er von einer der Tempeltänzerinnen für ihren eigenen Gebrauch gestohlen und ging dann von Hand zu Hand, immer weiter nach Norden, bis er Hanlé erreichte: immer unter demselben Namen – der Bisara von Pooree. Er hat die Gestalt eines kleinen viereckigen Silberkästchens, außen mit acht kleinen Balas-Rubinen besetzt. In dem Kästchen, das sich mit einer Feder öffnen läßt, liegt ein kleiner Fisch ohne Augen, der aus einer Art schwarzer glänzender Nuß geschnitzt und in einen Fetzen verblichenen Goldstoffs eingewickelt ist. Das ist der Bisara von Pooree, und es ist besser, eine Königskobra in die Hand zu nehmen als den Bisara von Pooree zu berühren.

Kein Zauber ist mehr modern, er ist abgeschafft, außer in Indien, wo sich nichts ändert, trotz dem schillernden oben schwimmenden Schaum, der »Zivilisation« genannt wird. Jeder, der etwas von dem Bisara von Pooree gehört hat, kann sagen, worin seine Kraft besteht – immer vorausgesetzt, daß er ehrlich gestohlen ist. Er ist mit einer Ausnahme der einzige unfehlbar wirkende, zuverlässige Liebeszauber im

Lande. (Der andere Zauber befindet sich in den Händen eines Kavalleristen vom Nizam-Regiment, an einem Ort namens Tuprani, genau im Norden von Haiderabad.) Das ist Tatsache. Erklären mag es ein anderer.

Wenn der Bisara nicht gestohlen, sondern verschenkt, gekauft oder gefunden wird, so wendet er sich innerhalb drei Jahren gegen seinen eigenen Besitzer und führt zum Ruin oder Tod. Das ist auch eine Tatsache, die man erklären mag, wenn man Zeit hat. Inzwischen kann man ja darüber lachen. Gegenwärtig ist der Bisara sicher, auf dem Nacken eines *Ekka*ponys in dem blauen Perlenhalsband, das den bösen Blick abwendet. Wenn der *Ekka*kutscher ihn jemals findet und ihn trägt oder ihn seiner Frau schenkt, so tut er mir leid.

Ein sehr schmutziges Kuliweib aus den Bergen mit einem Kropf besaß ihn in Theog im Jahre 1884. Ich kam aus dem Norden nach Simla, kurz bevor Churtons *Khitmatgar* ihn kaufte und ihn für seinen dreifachen Silberwert an Churton, der Raritäten sammelte, verkaufte. Der Diener wußte ebensowenig, was er gekauft hatte, wie der Herr; aber ein Mann, der sich einmal Churtons Raritätensammlung ansah – Churton war Unterkommissar, nebenbei gesagt –, erkannte ihn und schwieg. Es war ein Engländer; aber er verstand zu glauben. Welches zeigt, daß er sich von den meisten Engländern unterschied. Er wußte, daß es gefährlich war, mit dem kleinen Kästchen zu tun zu haben, ob es nun wirksam war oder schlief; denn unerwünschte Liebe ist eine schreckliche Gabe.

Pack – »Grubby« Pack nannten wir ihn – war in jeder Beziehung ein garstiger kleiner Kerl, der durch ein Versehen ins Heer gekommen sein muß. Er war drei Zoll größer als sein Degen, aber nicht halb so stark. Und dabei war es ein Degen für fünfzig Schilling, die reine Schneiderarbeit. Niemand mochte Pack, und ich glaube, daß er so ohne Wert und so voller Runzeln war, war schuld daran, daß er sich so hoffnungslos in Fräulein Hollis verliebte, Fräulein Hollis, die gut und süß war und in Tennisschuhen fünf Fuß sieben Zoll maß. Er gab sich nicht damit zufrieden, sich ruhig zu verlieben, sondern warf sich mit der ganzen Gewalt seiner kümmerlichen Natur auf die Sache. Wenn er nicht so widerwärtig gewesen wäre, hätte er einem leid tun können. Er dampfte und siedete und rauchte und rannte hin und her und versuchte sich in Fräulein Hollis' großen, stillen grauen Augen angenehm zu machen, und das gelang ihm nicht. Es war einer der Fälle, wie man sie manchmal trifft, sogar in diesem Lande, wo man nach der Liste heiratet; einer der Fälle, wo auf der einen Seite eine völlig blinde Zuneigung vorhanden ist, ohne von der andern Seite auch nur im geringsten erwidert zu werden. Fräulein Hollis sah auf Pack herab wie auf eine Art Ungeziefer, das über den Weg kriecht. Seine Aussichten gingen nicht weiter als bis zum Hauptmannsgehalt, und sein Verstand reichte nicht aus, dem auch nur um einen Anna aufzuhelfen. Bei einem großen stattlichen Manne würde eine Liebe wie die seine rührend gewesen sein. Bei einem guten Manne würde sie erhaben gewesen sein. Aber bei einem Wesen, wie er es war, war sie nur lästig.

Soweit wird man mir glauben. Das Folgende aber wird man nicht glauben: Churton und der Mann, der Bescheid wußte, was der Bisara bedeutete, frühstückten zusammen im Simla-Klub. Churton klagte über das Leben im allgemeinen. Seine beste Stute war den Hügel hinuntergefallen und hatte sich das Rückgrat gebrochen; seine Entscheidungen wurden vom obersten Gerichtshof häufiger für ungültig erklärt, als ein Unterkommissar, der seit acht Jahren im Amt ist, zu erwarten braucht; er litt an der Leber und an Fieber und war schon seit Wochen ganz aus dem Gleichgewicht. Er war überhaupt ganz und gar verärgert und entmutigt.

Das Speisezimmer im Simla-Klub ist, wie alle Welt weiß, in zwei Teilen gebaut, die durch Pfeiler und Bogen voneinander getrennt sind. Kommt jemand herein, wendet sich nach links, nimmt den Tisch am Fenster, so kann er nicht sehen, wer hereingekommen ist, sich nach rechts gewandt und einen Tisch an der rechten Seite des Bogens genommen hat. Seltsam genug kann jedes Wort, das er sagt, verstanden werden, nicht nur von dem anderen Gast, sondern auch von den Dienern hinter der dünnen Wand, durch die sie das Essen hereinbringen. Das ist wissenswert; ein Zimmer mit einem Echo ist eine Falle, vor der gewarnt werden muß.

Halb im Spaß und halb in der Hoffnung, Glauben zu finden, erzählte der Mann, der Bescheid wußte, Churton die

Geschichte von dem Bisara von Pooree recht viel ausführlicher, als ich sie hier erzählt habe; er schloß mit dem Vorschlag, Churton solle doch lieber das Kästchen den Berg hinabwerfen und sehen, ob nicht all seine Sorgen mit ihm verschwänden. Für gewöhnliche Ohren, englische Ohren, war die Geschichte nichts als ein interessantes Stückchen Volkssage. Churton lachte, sagte, er fühle sich nach diesem Frühstück bdeutend besser, und ging fort. Pack hatte an der rechten Seite des Bogens allein gefrühstückt und hatte alles gehört. Seine absurde Vernarrtheit in Fräulein Hollis, über die ganz Simla lachte, hatte ihn fast toll gemacht.

Es ist eine sonderbare Erscheinung, daß ein Mensch, der ganz unvernünftig liebt oder haßt, fähig ist, ganz unvernünftige Dinge zu tun, um seinen Gefühlen zu willfahren. Was er, nur um Geld oder Macht zu erringen, nicht tun würde. Verlaßt euch darauf, Salomo würde Aschtaroth und all den anderen Damen mit den komischen Namen niemals Altäre gebaut haben, wenn nicht in seinem Frauenhaus, und nirgends anders, Aufruhr gewesen wäre. Aber das gehört nicht hierher. Die Tatsachen in diesem Falle sind folgendermaßen: Am nächsten Tag, als Churton aus war, machte Pack Churton einen Besuch, gab seine Karte ab und stahl den Bisara von Pooree von seinem Platz unter der Standuhr auf dem Kaminsims! Stahl ihn als der Dieb, der er schon von Natur war. Drei Tage später wurde ganz Simla von der Nachricht elektrisiert, daß Fräulein Hollis Packs Antrag angenommen hatte – den Antrag von Pack, dieser verrunzelten Ratte! Wünscht man noch deutlichere Beweise als diesen? Der Bisara von Pooree war gestohlen worden, und er wirkte, wie er es immer tat, wenn er auf faule Art gewonnen wurde.

Im Leben eines Menschen gibt es drei oder vier Gelegenheiten, wo er berechtigt ist, sich in andrer Leute Angelegenheiten zu mischen, um die Vorsehung zu spielen.

Der Mann, der Bescheid wußte, fühlte, daß er dazu berechtigt war; aber glauben und auf Grund dieses Glaubens handeln ist zweierlei. Die unverschämte Befriedigung, die Pack zeigte, wenn er an Fräulein Hollis' Seite stolzierte, und die auffallende Befreiung Churtons von seinem Leberleiden, sobald der Bisara von Pooree fort war, bestimmten den Mann zum Handeln. Er erklärte sich Churton gegenüber, und Churton lachte, weil er nicht zu dem Glauben erzogen worden war, daß Männer, die auf der Regierungsliste stehen, stehlen – – wenigstens nicht solche Kleinigkeiten. Aber das Wunder, daß Fräulein Hollis diesen windigen Schneider, diesen Pack, genommen hatte, bestimmte ihn, auf diesen Argwohn hin Schritte zu unternehmen ... Er schwor, daß er nur herausbringen wollte, wohin sein mit Rubinen besetztes Silberkästchen entschwunden wäre. Man kann doch unmöglich einen Mann, der auf der Regierungsliste steht, des Stehlens bezichtigen. Und wenn man etwas aus seinem Zimmer raubt, so ist man selber ein Dieb. Churton, von dem Mann, der Bescheid wußte, dazu überredet, entschied sich für den Einbruch. Wenn er nichts in Packs Zimmer fand ... aber es ist besser, nicht daran zu denken, was in dem Falle geschehen sein würde.

Pack ging nach Benmore auf einen Ball – damals war Benmore schon Benmore und nicht nur Dienstgebäude – und tanzte von zweiundzwanzig Walzern fünfzehn mit Fräulein Hollis. Churton und der Mann, der Bescheid wußte, nahmen alle Schlüssel, die sie auftreiben konnten, mit und gingen in das Hotel in Packs Zimmer, sicher, daß seine Diener fort sein würden. Pack war eine sparsame Seele. Er hatte sich keine anständige Schatulle für seine Papiere gekauft, sondern eine dieser einheimischen Nachahmungen, die man für zehn Rupien bekommt. Sie war mit jedem Schlüssel zu öffnen, und da, unter Packs Versicherungspolice, ganz unten, lag der Bisara von Pooree!

Churton schimpfte auf Pack, steckte den Bisara in die Tasche und ging mit dem Mann, der Bescheid wußte, auf den Ball. Er kam wenigstens noch rechtzeitig zum Essen an und sah in Fräulein Hollis' Augen den Anfang vom Ende. Nach dem Essen bekam sie einen Anfall von Hysterie und wurde von ihrer Mutter nach Hause gebracht.

Auf dem Ball verstauchte Churton, der den abscheulichen Bisara in der Tasche hatte, sich den Fuß an den kleinen Stufen, die zur alten Rollschuhbahn hinabführen, und mußte schimpfend in einer Rikscha nach Hause gebracht werden. Trotz dieser Offenbarung glaubte er nicht mehr als vorher an den Bisara von Pooree, aber er suchte Pack auf und beschimpfte ihn häßlich; »Dieb« war noch das mildeste.

Pack nahm die Beschimpfung mit dem ängstlichen Lächeln kleiner Leute hin, die mit Leib und Seele eine Beleidigung übelnehmen möchten, und ging seiner Wege. Einen öffentlichen Skandal gab es nicht.

Eine Woche darauf erhielt Pack seinen endgültigen Abschied von Fräulein Hollis. Sie hätte sich in dem Gegenstand ihrer Neigung geirrt, sagte sie. Da ging er fort nach Madras, wo er nicht viel Unheil anrichten kann, selbst wenn er noch einmal Oberst werden sollte.

Churton bestand darauf, daß der Mann, der Bescheid wußte, den Bisara als Geschenk annahm. Der Mann nahm ihn, ging sofort auf die Fahrstraße, fand ein *Ekka*-Pony mit einem blauen Perlenhalsband, befestigte den Bisara von Pooree mit einem Ende Schuhriemen in diesem Halsband und dankte Gott im Himmel, daß er einer Gefahr entronnen war. Man hüte sich, falls man den Bisara von Pooree jemals finden sollte, ihn zu vernichten. Ich habe jetzt gerade keine Zeit zu erklären, warum nicht, aber die Kraft liegt in dem kleinen hölzernen Fisch. Gubernatis oder Max Müller könnten mehr davon erzählen als ich.

Man wird sagen, diese ganze Geschichte wäre erfunden. Nun gut. Wem jemals ein kleines silbernes, mit Rubinen besetztes Kästchen in die Hände fällt, mit einem dunkelbraunen hölzernen Fisch in Goldstoff eingewickelt darin, der behalte es. Er behalte es drei Jahre lang, und dann wird er selber ausfindig machen, ob meine Geschichte wahr oder falsch ist.

Besser noch, er stiehlt es, wie Pack es machte, und dann wird es ihm leid tun, daß er sich nicht gleich anfangs umgebracht hat.

Der Freund meines Freundes

Warum erschlugst du den Fremdling? Weil er zum Gespött mich machte,
Mich, der ich ihm die Stute Bijli zu reiten, wohin's ihn gelüstete, brachte.
Ich bot ihm Ziegenfleisch an und Reis, er füllte mit Wein sich;
Eben verließ er mein Zelt, da folgt ich ihm heimlich;
Schnell mit gezogenem Schwert hab ich ihn gefahndet
Und seinen Hohn unter freiem Himmel blutig geahndet.

Hadramauti

Diese Geschichte muß aus vielen Gründen in der ersten Person erzählt werden. Der Mann, den ich bloßstellen will, ist Tranter aus der Gegend von Bombay. Wenn ich nicht eine schriftliche Entschuldigung von Tranter bekomme, so wünsche ich ihm, daß er aus seinem Klub ausgestoßen, von seiner Frau betrogen, aus dem Dienst entlassen und ins Gefängnis geworfen wird. Ich möchte die Welt vor Tranter aus der Gegend von Bombay warnen.

Kennt man die Art, wie in Indien gelegentlich Bekannte an andere weiterbefördert werden? Sie hat ihre großen Annehmlichkeiten, weil man jemanden, den man nicht mag, loswerden kann: man gibt ihm einfach einen Empfehlungsbrief mit und setzt ihn damit in die Eisenbahn. Reiseonkel behandelt man am besten so. Wenn man sie in Bewegung hält, haben sie keine Zeit, beleidigende und kränkende Worte über die »Anglo-Indische Gesellschaft« zu äußern.

Eines Tages, gegen Ende der kalten Jahreszeit, erhielt ich einen vorbereitenden Brief von Tranter aus der Gegend von Bombay, der mich von der bevorstehenden Ankunft eines Reiseonkels, namens Jevon, unterrichtete; in ihm stand wie üblich, daß er jede Jevon erwiesene Freundlichkeit als ihm selbst erwiesen ansehen würde. Jedermann kennt ja die feststehenden Formeln solcher Mitteilungen.

Zwei Tage darauf erschien Jevon mit seinem Empfehlungsschreiben, und ich tat für ihn, was ich konnte. Er hatte flachsblondes Haar, frische Farben und sah sehr englisch aus. Aber er hatte keine Ansichten über die Verwaltung Indiens, bestand auch nicht darauf, auf der Stationspromenade Tiger schießen zu wollen, wie manche Reiseonkel es machen. Ebensowenig nannte er uns »Kolonisten«, oder kam in Flanellhemd und Leinenanzug zu Tisch, wie andere Reiseonkel, die uns dafür halten, es machen. Er benahm sich gut und war für die geringen Dienste, die ich ihm leisten konnte, sehr dankbar – besonders, als ich ihm eine Einladung zu dem Afghanen-Ball verschaffte und ihn Frau Deemes vorstellte, einer Dame, für die ich die größte Achtung und Bewunderung hegte; sie tanzte wie der Schatten eines Baumblattes im leichten Winde. Ich legte viel Wert auf die Freundschaft mit Frau Deemes; aber hätte ich gewußt, was kommen würde, ich hätte lieber Jevon mit einer Gardinenstange das Rückgrat gebrochen, als ihm diese Einladung besorgt.

Aber ich wußte es nicht, und er hat wahrscheinlich am Ballabend im Klub gegessen. Ich aß zu Hause. Als ich auf den Ball ging, fragte mich der erste, den ich traf, ob ich Jevon gesehen hätte. »Nein«, sagte ich, »er ist im Klub. Ist er nicht gekommen?« »Gekommen!« sagte er. »Ja, allerdings ist er gekommen. Sie sehen wohl besser mal nach ihm.«

Ich suchte Jevon und fand ihn auf einer Bank sitzen, wie er vor sich hinlächelte und auf seine Tanzkarte herabsah. Ein halber Blick sagte mir genug. Ausgerechnet an diesem Abend war er sehr durstig gewesen und hatte zuviel getrunken! Er atmete heftig durch die Nase, seine Augen waren gerötet, und er schien mit der Welt sehr zufrieden zu sein. Ich sprach ein kleines Stoßgebet, daß das Walzertanzen den Weinrausch verflüchtigen möchte, und ging dann umher, meine Tanzkarte zu füllen; mir war unbehaglich zumute. Ich sah, wie Jevon auf Frau Deemes zuging und sie zum ersten Tanz aufforderte, und da wußte ich, daß sämtliche Walzer auf der Karte nicht genügen würden, Jevons rebellische Beine wieder sicher zu machen. Das Paar machte sechsmal die Runde. Ich habe es gezählt. Dann machte Frau Deemes sich aus Jevons Arm los und kam auf mich zu.

Ich werde hier nicht wiederholen, was Frau Deemes zu mir sagte; weil sie wirklich sehr böse war. Ich werde nicht aufschreiben, was ich zu Frau Deemes sagte, weil ich gar nichts sagte. Ich wünschte nur, ich hätte Jevon vorher umgebracht und wäre dafür gehängt worden. Frau Deemes strich alle mir gewährten Tänze durch, ging fort und ließ mich stehen; da erst fiel mir ein, was ich zu Frau Deemes hätte sagen müssen, daß nämlich sie mich gebeten hatte, ihr Jevon vorzustellen, weil er ein guter Tänzer war; und daß ich mir wirklich keinen sorgfältigen Plan ausgedacht hätte, um sie zu beleidigen. Aber ich fühlte, daß dies Argument nicht gut war, und daß ich lieber versuchen sollte, Jevon daran zu hindern, mich in noch mehr Ärger hineinzutanzen. Aber er war weg; und ungefähr nach jedem dritten Tanz machte ich mich nach ihm auf die Suche. Das vergällte mir noch den letzten Rest von Vergnügen, den ich von diesem Abend erwartete.

Kurz vor dem Essen entdeckte ich Jevon; er stand breitbeinig am Büfett und redete auf eine sehr dicke und entrüstete Ballmutter ein. »Wenn, wie ich höre, dieser Mensch Ihr Freund ist, so empfehle ich Ihnen, ihn nach Hause zu schaffen«, sagte sie. »Er paßt nicht in anständige Gesellschaft.« Da wußte ich, daß nur der Himmel wußte, was Jevon sich geleistet hatte; und ich versuchte, ihn wegzubringen.

Aber Jevon wollte nicht gehen; fiel ihm gar nicht ein. Er wußte, was gut für ihn war; ja gewiß wußte er das; und er wollte sich nicht von jedem beliebigen Negeraufseher hier was sagen lassen, nein, das wollte er nicht; und ich wäre der Freund, der sein kindliches Gemüt gebildet und ihn dazu erzogen hätte, Metallwaren aus Benares einzukaufen und Gott zu fürchten, ja, das wäre ich; und wir wollten noch manches Mal vergnügt einen heben; und alle Kamele in schwarzen Seidenkleidern sollten ihn nicht von der Meinung abbringen, daß nichts so appetitanregend wäre wie ein Benediktiner. Und dann ... doch er war mein Gast.

Ich setzte ihn in eine stille Ecke des Speisesaales und ging, eine zuverlässige »Stütze« für ihn zu suchen. Es war ein guter, freundlicher Leutnant auf dem Ball – der Himmel segne diesen Leutnant und mache ihn zum Oberstkommandierenden! –, der hörte von meinen Nöten. Er selber tanzte nicht, und er besaß einen Schädel, so hart wie fünf Jahre altes Teakholz. Er sagte, er wolle bis zum Ende des Balles nach Jevon sehen. »Ist Ihnen wohl ziemlich egal, was ich mit ihm mache?« fragte er.

»Völlig egal!« sagte ich. »Meinetwegen können Sie das Schwein umbringen.«

Aber der Leutnant hat ihn nicht umgebracht. Er ging in den Speisesaal, setzte sich zu Jevon und trank mit ihm einen Whisky mit Soda nach dem anderen. Ich sah die beiden gut untergebracht und ging etwas erleichtert weg.

Als »The Roast Beef of Old England« ertönte, erfuhr ich, was Jevon zwischen dem ersten Tanz und meiner Begegnung mit ihm am Büfett getrieben hatte. Nachdem Frau Deemes ihn abgeschüttelt hatte, scheint er den Weg auf die Galerie gefunden und sich erboten zu haben, das Orchester zu dirigieren oder jedes Instrument, ganz wie es der Kapellmeister wünsche, zu spielen.

Als der Kapellmeister es ablehnte, sagte Jevon, man würdige ihn nicht, und er sehne sich nach Sympathie. So torkelte er wieder die Treppe hinunter und saß dann während vier Tänzen mit vier Mädchen zusammen, dreien von ihnen machte er einen Heiratsantrag. Nebenbei gesagt, war eins dieser Mädchen eine verheiratete Frau. Dann ging er ins Whistzimmer, fiel der Länge nach hin und weinte auf dem Teppich vor dem Kamin, weil er in eine Spielhölle geraten wäre, und seine Mama hätte ihn immer vor schlechter Gesellschaft gewarnt. Er hatte noch viel mehr verbrochen und zwei Liter der verschiedensten Schnäpse getrunken. Und dabei noch von mir in der skandalösesten Art gesprochen!

Alle Damen wünschten, daß er hinausgeworfen würde, und alle Herren wünschten, ihn mit Fußtritten zu regalieren. Das Schlimmste war, daß jeder sagte, ich hätte die Schuld. Nun frage ich einen geneigten Leser, wie in aller Welt konnte ich wissen, daß dieser unschuldige, flaumbärtige Reiseonkel auf diese ekelhafte Weise über die Stränge schlagen würde? Er war fast um die ganze Erde gereist, daher war sein Schatz an Schimpfwörtern kosmopolitisch, allerdings besonders reich an japanischen, die er in Hakodate in einem Teehause geringer Sorte aufgeschnappt hatte. Es hörte sich an wie Pfeifen. Während ich nacheinander alle möglichen Leute anhörte, die mir von Jevons schamlosem Benehmen erzählten und sein Blut von mir forderten, konnte ich mir gar nicht erklären, wo er steckte. Ich war bereit, ihn der Gesellschaft auf der Stelle zu opfern.

Aber Jevon war weg, und in der äußersten Ecke des Speisesaales saß mein lieber guter Leutnant und aß, etwas erhitzt,

Salat. Ich ging zu ihm und sagte: »Wo ist Jevon?« »In der Garderobe«, sagte der Leutnant. »Da bleibt er, bis die Damen fort sind. Kümmern Sie sich nicht um meinen Gefangenen.« Ich hatte keine Lust, mich um ihn zu kümmern, aber ich guckte in die Garderobe und fand meinen Gast auf einige zusammengerollte Teppiche gebettet, sehr bequem, mit offenem Kragen und einem nassen Lappen auf dem Kopf.

Den Rest des Abends verbrachte ich mit schüchternen Versuchen, Frau Deemes und drei oder vier andern Damen alles zu erklären und meinen Charakter – denn ich bin ein anständiger Mensch – von dem schändlichen Schmutz, mit dem mein Gast mich beworfen hatte, zu reinigen. Verleumdung ist noch gar kein Wort für das, was er getan hatte.

Wenn ich nicht gerade mit diesen Versuchen beschäftigt war, lief ich in die Garderobe, um zu sehen, ob Jevon auch nicht am Schlag gestorben war. Er sollte doch nicht unter meinen Händen sterben. Er war doch immerhin mein Gast!

Endlich ging dieser schauderhafte Ball zu Ende, ohne daß ich im geringsten Frau Deemes' Gunst wiedererlangt hätte. Als die Damen gegangen waren und jemand beim zweiten Essen Lieder gesungen haben wollte, befahl der Engel von Leutnant dem *Kansamah,* den Sahib aus der Garderobe hereinzubringen und das eine Ende des Eßtisches abzuräumen. Während dies geschah, bildeten wir ein Strafgericht mit dem Doktor als Vorsitzendem. Jevon wurde auf den Schultern von vier Männern hereingetragen und wie ein Leichnam im Seziersaal auf den Tisch gelegt, der Doktor hielt dabei eine Vorlesung über das Verwerfliche der Unmäßigkeit, und Jevon schnarchte. Dann machten wir uns an die Arbeit.

Mit angebranntem Kork schwärzten wir ihm das ganze Gesicht. Ins Haar schmierten wir ihm Meringue-Cream, bis es aussah wie eine weiße Perücke. Um es bis zum Eintrocknen zu schützen, klebte einer vom Landesvermessungsamt, der die Sache verstand, Jevon eine große blaue Papierkappe aus einem Knallbonbon mit Cream tief in die Stirn. Das Ganze war ja eine Bestrafung und kein Scherz. Wir nahmen Gelatine von Knallbonbons und klebten ihm davon blaue Stückchen auf die Nase, gelbe aufs Kinn, grüne und rote auf die Backen und drückten jedes Stückchen so lange fest, bis es hielt wie Schaumgold.

Wir legten ihm die Schinkenkrause um den Hals und banden sie vorn zur Schleife. Er nickte wie ein Mandarin.

Wir klebten ihm außen Gelatine auf die Hände, innen schwärzten wir sie mit Kork, legten kleine Kotelettkrausen um die Handgelenke, die wir mit einem Strick zusammenbanden. Die Enden seines Schnurrbartes machten wir mit Fischleim steif. Er sah sehr martialisch aus.

Dann drehten wir ihn um, steckten seine Rockschöße mit Nadeln hoch – zwischen den Schultern – und befestigten da eine Rosette aus Kotelettkrausen. Wir nahmen den roten Läufer, der vom Tanzsaal bis zum Speisesaal führt, und wickelten ihn darin ein. Sechzig Fuß lang war der rote Läufer und sechs Fuß breit, und er war zu einem großen dicken Bündel darin eingewickelt, aus dem nichts als der wunderbare Kopf heraussah.

Zuletzt banden wir noch, was vom Tuch übrigblieb, unter seinen Füßen mit Kokosfaser, so fest wie nur konnten, zusammen. Wir waren so böse, daß wir kaum lachten.

Gerade als wir fertig waren, hörten wir das Rumpeln von Ochsenkarren, die Stühle und anderes, das die Frau General zum Ball geliehen hatte, fortbringen sollten. Da hoben wir Jevon wie einen aufgerollten Teppich auf einen der Karren, und die Karren fuhren fort.

Das Allersonderbarste an dieser Geschichte ist nun aber, daß ich niemals wieder etwas von Jevon, dem Reiseonkel, weder gesehen noch gehört habe. Er ist spurlos verschwunden. Er ist nicht beim Hause des Generals mit den Teppichen abgegeben worden. Er war einfach in der schwarzen Finsternis gegen Ende der Nacht verschwunden und von ihr aufgesogen worden. Vielleicht ist er gestorben und man hat ihn in den Fluß geworfen.

Aber ob nun tot oder lebendig, ich hätte oft gern gewußt, wie er den roten Läufer und den Cream losgeworden ist. Und ich möchte immer noch gern wissen, ob Frau Deemes jemals wieder Notiz von mir nimmt, und ob ich die infamen Geschichten, die Jevon zwischen dem ersten und neunten Walzer auf dem Afghanen-Ball über mich in Umlauf setzte, überlebe. Sie kleben fester als Cream.

Und darum möchte ich Tranter aus der Gegend von Bombay haben, tot oder lebendig. Tot wäre mir lieber.

Das Tor der hundert Sorgen

Wenn ich mir für drei Pfennig den Himmel
erschaffen kann, warum neidet ihr mir das?
Sprichwort des Opiumrauchers

Diese Geschichte ist nicht mein Werk. Mein Freund, Gabral Misquitta, der Mischling, hat sie sechs Wochen vor seinem Tode zwischen Monduntergang und Morgen erzählt; und ich hab' niedergeschrieben, was er als Antwort auf meine Fragen äußerte:

Es liegt zwischen der Gasse vom Kupferschmied und dem Haus des Pfeifenrohrhändlers, und es ist von Wazir Khans Moschee hundert Ellen entfernt, nach dem Flug der Krähe gemessen. Soviel erzähle ich jedem gern, aber ich trau' ihm nicht zu, das Tor zu finden, wie gut er auch die Stadt zu kennen glaubt. Man kann sogar hundertmal durch die Gasse, in der es ist, gehen und ist deswegen nicht klüger. Wir nannten die Gasse immer: »die Gasse des Schwarzen Rauchs«, die Eingeborenen geben ihr aber natürlich einen ganz andern Namen. Ein beladener Esel könnte nicht zwischen ihren Mauern hindurchkommen; und an einer Stelle, kurz ehe man ans Tor kommt, müssen alle Leute wegen einer hervorstehenden Hausmauer seitwärts gehen.

Es ist eigentlich kein richtiges Tor. Es ist ein Haus. Der alte Fung-Tching hatte es zuerst, vor fünf Jahren. Er war Schuhmacher in Kalkutta gewesen. Die Leute sagen, da hat er seine Frau in der Trunkenheit ermordet. Darum hat er auch das Schnapstrinken aufgegeben und hat sich dem »Schwarzen Rauch« ergeben. Später kam er nach Norden und eröffnete das Tor als ein Haus, wo man in Frieden und Ruhe rauchen konnte. Sie müssen wissen, es war ein *Pukka,* ein anständiges Opiumhaus, keins von den stickigen heißen *Chandookhanas,* die man überall in der Stadt findet. Nein, der alte Mann verstand sein Geschäft gut und war für einen Chinesen sehr sauber. Er war ein einäugiger kleiner Kerl, kaum mehr als fünf Fuß groß, und ihm fehlten beide Mittelfinger. Trotzdem war er beim Rollen der schwarzen Pillen der geschickteste Mann, den ich je gesehen habe, ihm schien auch niemals der »Rauch« was anzuhaben; und was er Nacht und Tag verbrauchte, war enorm. Ich bin schon fünf Jahre dabei, und ich kann es mit jedem beim »Rauch« aufnehmen; aber gegen Fung-Tching war ich darin ein Kind. Trotzdem war der Alte sehr erpicht auf Geld, und das kann ich nicht begreifen. Ich hab' gehört, daß er 'ne ganze Menge vor seinem Tode zusammengespart hat, aber das hat nun alles sein Neffe gekriegt; und der Alte ist nach China zurück, daß sie ihn da begruben.

Die obere Stube, wo seine besten Kunden sich versammelten, hielt er so sauber wie ein Schmuckkästchen. In der einen Ecke stand immer Fung-Tchings Götze – fast so häßlich wie Fung-Tching selber – und unter seiner Nase brannten immer Zweige, aber wenn die Pfeifen ordentlich in Gang waren, roch man sie gar nicht. Gegenüber dem Götzen war Fung-Tchings Sarg. Für den hatte er einen großen Teil seiner Ersparnisse ausgegeben, und jedesmal wenn ein neuer Kunde ins Tor kam, wurde er mit dem Sarg bekannt gemacht. Er war schwarz lackiert, mit roten und goldenen Schriftzügen darauf, und es hieß, Fung-Tching hätte ihn ganz von China mitgebracht. Ich weiß nicht, ob das wahr ist oder nicht, aber ich weiß, daß ich, wenn ich als erster abends kam, immer meine Matte am Fuß des Sarges ausbreitete. Das war nämlich eine ruhige Ecke, und durch das Fenster kam hin und wieder 'ne Art Luftzug von der Gasse her. Außer den Matten war nichts in der Stube – nur der Sarg und der Götze, der ganz grün, blau und rot war von Alter und Politur.

Fung-Tching hat uns nie erzählt, warum er den Ort »Das Tor der hundert Sorgen« genannt hat. (Er war der einzige Chinese, den ich kenne, der sich schlechtklingende Namen ausdachte. Die meisten bilden sie nach Blumen. Das können Sie in Kalkutta sehen.) Wir brachten es immer selber heraus. Nichts wird einem, wenn man ein Weißer ist, so leicht zur zweiten Natur wie der »Schwarze Rauch.« Bei den Gelben ist das anders. Das Opium nimmt sie so gut wie gar nicht mit; aber die Weißen und die Schwarzen müssen viel leiden. Es gibt natürlich auch einige, die der Rauch zuerst nicht mehr angreift als der Tabak. Sie schlummern nur etwas, wie man von Natur in Schlaf fällt, und am nächsten

Morgen sind sie beinahe imstande zu arbeiten. Zu diesen gehörte ich, als ich anfing, aber nun bin ich ziemlich ununterbrochen fünf Jahre dabei, nun ist das anders. Ich hatte eine alte Tante, sie lebte in der Gegend von Agra, die hinterließ mir nach ihrem Tode etwas, so daß ich jeden Monat meine sechzig Rupien hatte. Sechzig ist nicht viel. Ich kann mich noch an die Zeit erinnern, das scheint viele hundert Jahre her zu sein, als ich dreihundert monatlich bekam und noch Nebeneinkünfte hatte, als ich in einem großen Holzgeschäft in Kalkutta arbeitete.

Lange blieb ich nicht bei der Arbeit. Der »Schwarze Rauch« läßt nicht viele andere Beschäftigungen zu; wenn ich auch sehr wenig von ihm angegriffen werde im Vergleich zu andern, so könnte ich doch jetzt nicht einen Tag meinen Unterhalt verdienen. Übrigens komme ich mit sechzig Rupien aus. Als der alte Fung-Tching noch am Leben war, bezog er das Geld für mich, gab mir die Hälfte davon zum Lebensunterhalt (ich esse sehr wenig), und den Rest behielt er. Ich hatte zu jeder Zeit freien Zutritt zum Tor, Tag und Nacht, und konnte da rauchen und schlafen, wann ich wollte, so war es mir recht. Ich weiß, daß der Alte ein gutes Geschäft dabei gemacht hat; aber das ist einerlei. Mir ist eigentlich alles einerlei; und außerdem bekam ich das Geld regelmäßig jeden Monat.

Als das Tor eröffnet wurde, waren wir unsrer zehn, die sich da trafen. Ich und zwei Babus aus einem Verwaltungsbüro irgendwo in Anarkulli, aber sie kriegten ihren Abschied und konnten nicht mehr bezahlen (keiner, der tagsüber arbeiten muß, kann sich auf die Dauer dem »Schwarzen Rauch« hingeben); ein Chinese, Fung-Tchings Neffe; eine Handelsfrau, die sich irgendwie eine Menge Geld verschafft hatte; ein verbummelter Engländer – Mac-Soundso hieß er wohl, aber ich habe es vergessen –, der viel rauchte, aber anscheinend nie bezahlte (es wurde erzählt, daß er, als er noch Rechtsanwalt war, bei einer Gerichtsverhandlung Fung-Tching das Leben gerettet hatte); noch ein Eurasier, gleich mir aus Madras; eine Mischlingsfrau und ein paar Männer, die nach ihrer Aussage aus dem Norden kamen. Es müssen wohl Perser oder Afghanen oder sonstwas gewesen sein. Jetzt leben nur noch fünf von uns, aber wir kommen regelmäßig. Was mit den Babus geschehen ist, weiß ich nicht; aber die Handelsfrau ist gestorben, nachdem sie sechs Monate das Tor besucht hatte, und wahrscheinlich hat Fung-Tching ihre Nasen- und Ohrringe behalten. Aber ich weiß es nicht bestimmt. Der Engländer, der außer dem Rauchen auch noch trank, starb. Einer von den Persern wurde nachts bei einer Prügelei an dem großen Brunnen bei der Moschee vor langer Zeit erschlagen, und die Polizei sperrte den Brunnen, weil er, wie sie sagten, voller Gestank war. Da fand man ihn unten drin, tot. So sind wir nur noch, wie Sie sehen, ich, der Chinese, die Mischlingsfrau, die wir die *Memsahib* nennen (sie hatte nämlich mit Fung-Tching zusammen gelebt), der andere Eurasier und einer von den Persern. Die *Memsahib* sieht jetzt sehr alt aus. Als das Tor eröffnet wurde, war sie, glaube ich, eine junge Frau; aber hier sind wir alle alt geworden. Hundert und aberhundert Jahre alt. Im Tor ist es schwer, die Zeit nachzurechnen, und dann interessiert mich die Zeit auch nicht. Ich bekomme meine sechzig Rupien regelmäßig jeden Monat. Vor langer, langer Zeit, als ich noch meine dreihundertfünfzig Rupien monatlich und Nebeneinkünfte hatte in einem großen Holzgeschäft in Kalkutta, da hatte ich eine Frau von guter Herkunft. Aber sie ist nun tot. Sie sagen, ich hätte sie damit umgebracht, daß ich mich dem »Schwarzen Rauch« ergeben hab'. Vielleicht ist das wahr, aber es ist so lange her, daß es einerlei ist. Als ich zuerst in das Tor kam, war ich manchmal traurig darüber; aber das ist lange vorbei und abgetan, und ich bekomme regelmäßig jeden Monat meine sechzig Rupien und bin ganz glücklich. Nicht glücklich wie ein Betrunkener, wissen Sie, sondern immer ruhig und sanft und zufrieden.

Wie ich dazu gekommen bin? Es fing in Kalkutta an. Ich versuchte es hin und wieder bei mir zu Hause, bloß um mal zu sehen, wie es wäre. Ich trieb es niemals sehr weit, aber damals muß meine Frau wohl gestorben sein. Jedenfalls fand ich mich eines Tages hier und lernte Fung-Tching kennen. Ich kann mich nicht mehr recht erinnern, wie das geschah; aber er erzählte mir von dem Tor, und ich ging dann immer hin, und so bin ich nie wieder davon losgekommen. Aber bedenken Sie, das Tor war zu Fung-Tchings Zeiten ein anständiges Lokal, wo man sich behaglich fühlte, es war nicht wie die *Chandookhanas,* wo die Nigger hingehen. Nein, es war sauber und ruhig und nicht überfüllt. Natürlich waren da noch andere außer uns zehn und dem Mann selbst; aber immer hatte jeder eine Matte für sich alleine, mit einem wattierten wollenen Kopfende, über und über bedeckt mit schwarzen und roten Drachen und so; gerade wie der Sarg in der Ecke.

Wenn man die dritte Pfeife zu Ende hatte, dann bewegten sich die Drachen und kämpften miteinander. Ich habe ihnen so manche Nacht zugesehen. Danach richtete ich mein Rauchen ein, und nun braucht's schon zwölf Pfeifen, um sie in Bewegung zu bringen. Außerdem sind sie ganz zerrissen und schmutzig, wie die Matten, und der alte Fung-Tching ist tot. Er ist vor ein paar Jahren gestorben und hat mir die Pfeife, die ich jetzt immer benutze, geschenkt – sie ist aus Silber und auf dem Behälter unter dem Pfeifenkopf kriechen seltsame Tiere auf und ab. Davor, glaube ich, habe ich ein dickes Bambusrohr mit einem kupfernen Kopf, einem sehr kleinen, und einem grünen Jade-Mundstück benutzt. Sie war etwas dicker als ein Spazierstock und rauchte sich, oh, so süß. Der Bambus schien den Rauch aufzusaugen. Das tut Silber nicht, und ich muß sie hin und wieder rein machen, das ist 'ne ganze Arbeit, aber ich rauche sie dem Alten zuliebe. Er muß ein gutes Geschäft an mir gemacht haben, aber er hat mir immer reine Matten und Kissen gegeben und den besten Stoff zum Rauchen, den man kriegen kann.

Als er starb, übernahm sein Neffe das Tor, er nannte es den »Tempel der drei Besitztümer«, aber wir Alten sprechen nach wie vor von den »Hundert Sorgen«. Der Neffe hält alles sehr schäbig, und die *Memsahib* muß ihm wohl helfen. Sie lebt mit ihm zusammen, gerade wie mit dem Alten. Die beiden lassen alles mögliche geringe Volk ein, Nigger und alles, und der »Schwarze Rauch« ist nicht mehr so gut wie früher. Ich habe immer und immer wieder gebrannte Kleie in meiner Pfeife gefunden. Der Alte wäre gestorben, wenn das zu seiner Zeit passiert wäre. Außerdem wird das Zimmer nie rein gemacht, und alle Matten sind zerrissen und an den Ecken beschnitten. Der Sarg ist fort – zurück nach China – mit dem Alten und zwei Unzen Rauch drin, falls er unterwegs was brauchen sollte.

Dem Götzen wird nicht mehr so viel Holz unter der Nase verbrannt wie früher; das bringt Unglück, das ist so sicher wie der Tod. Und dann ist er ganz braun, und niemand beachtet ihn. Das ist das Werk der *Memsahib,* das weiß ich; denn als Tsin-ling mal Goldpapier vor ihm verbrennen wollte, sagte sie, das wäre Geldwegwerfen, und wenn man nur ein Stück Holz ganz langsam aufbrennen ließe, so wäre das für den Götzen dasselbe. So tun wir jetzt eine Menge Leim aufs Holz, und es brennt eine halbe Stunde länger und stinkt scheußlich. Ganz abgesehen von dem Gestank, der so schon in dem Zimmer herrscht. Kein Geschäft kann gut gehen, wenn es so betrieben wird. Das mag der Götze nicht. Ich kann das sehen. Manchmal, ganz spät in der Nacht, nimmt er alle möglichen seltsamen Farben an – blau und grün und rot – gerade wie damals, als Fung-Tching noch lebte; und er rollt mit den Augen und stampft mit den Füßen wie ein Teufel.

Ich weiß nicht, warum ich den Ort nicht verlasse und ruhig in einem eigenen kleinen Zimmer im Bazar rauche. Wahrscheinlich würde Tsin-ling mich umbringen, wenn ich weggehen wollte – er bezieht jetzt meine sechzig Rupien –, und dann macht es soviel Mühe, und das Tor ist mir so lieb geworden. Es ist ja nicht viel dran, anders als zu des Alten Zeiten, aber ich könnte es nicht verlassen. Ich habe so viele ein und aus gehen sehen. Und ich habe so viele hier auf den Matten sterben sehen, daß ich mich davor fürchte, draußen zu sterben. Ich habe Dinge gesehen, die manche recht sonderbar nennen würden; aber nichts ist sonderbar, wenn man dem »Schwarzen Rauch« ergeben ist, als der »Schwarze Rauch« selber. Und wenn auch, es ist ja ganz gleich. Fung-Tching war immer sehr eigen mit seinen Leuten und nahm niemals jemand auf, der durch Sterben oder so Unannehmlichkeiten machen würde. Aber der Neffe ist nicht halb so vorsichtig. Er erzählt allen, daß er ein Haus »ersten Ranges« hätte. Er versucht nie, sich stillschweigend Kunden zu verschaffen und es ihnen behaglich zu machen wie Fung-Tching. Darum wird das Tor etwas bekannter als früher. Bei den Niggers natürlich. Der Neffe wagt es nicht, einen Weißen oder einen Mischling in sein Haus zu locken. Uns drei muß er natürlich behalten – mich und die *Memsahib* und den andern Eurasier. Wir gehören zum Haus. Aber Kredit gewährt er uns nicht für eine Pfeife, für nichts.

Eines Tages, hoffe ich, sterbe ich in dem Tor. Der Perser und der Mann aus Madras sind jetzt schrecklich klapperig. Sie haben einen Jungen, der ihnen die Pfeifen ansteckt. Ich tu' es immer selbst. Ich werde sie wahrscheinlich noch vor mir hinaustragen sehen. Ich glaube nicht, daß ich die *Memsahib* oder Tsin-ling überleben werde. Frauen halten es länger aus beim »Schwarzen Rauch« als Männer, und Tsin-ling hat Blut von dem Alten in seinen Adern, obwohl er billiges Zeug raucht, das tut er. Die Händlersfrau wußte zwei Tage, ehe ihre Zeit gekommen war, daß sie gehen würde; und da ist sie auf einer reinen Matte mit einem schön wattierten Kissen gestorben, und der Alte hängte ihre Pfeife grade über dem Götzen auf. Er hat sie, glaube ich, immer gern gehabt. Aber trotzdem nahm er ihre Armbänder.

Ich möchte wie die Händlersfrau sterben – auf einer reinen kühlen Matte mit einer Pfeife mit gutem Stoff zwischen den Lippen. Wenn ich fühle, daß ich gehe, bitte ich Tsin-ling darum, er kann dann regelmäßig jeden Monat meine sechzig Rupien beziehen, so lange wie es ihm gefällt. Dann lege ich mich ruhig und behaglich zurück und sehe dem letzten großen Kampf zwischen den schwarzen und roten Drachen zu; und dann ...

Nun, es ist einerlei. Mir ist alles einerlei – nur möchte ich, daß Tsin-ling keine Kleie in den »Schwarzen Rauch« tut.

Der Anfall des Gemeinen Ortheris

O, wo wäre ich wohl, wenn die Hitze meine Kehle trocken macht?
Und wo bliebe ich wohl, wenn die Granate um die Ohren kracht?
Und was macht' ich, wenn sie endlich kommt, die lange Nacht?
Früh und spat
Wacht mein guter Kamerad.
Hat er Schnaps, so füllt er mir den Kropf,
Sterb ich, hält er meinen Kopf,
Schreibt nach Hause, daß ich hier gefallen.
Gebe Gott so guten Kameraden allen!

Kasernenlied

Meine Freunde Mulvaney und Ortheris gingen auf einen Tages-Jagdausflug. Learoyd war noch im Hospital und erholte sich von einem Fieber, das er in Burma bekommen hatte. Sie schickten mir eine Einladung, mich ihnen anzuschließen, und waren aufrichtig gekränkt, als ich außer mir selber Bier mitbrachte – fast genug Bier, um zwei Frontsoldaten zufriedenzustellen.

»Von deswegen haben wir Ihnen nich willkommen geheißen, Herr«, sagte Mulvaney. »Bloß von wegen das Vergnügen von Ihre Gesellschaft.«

Ortheris kam zu Hilfe mit den Worten: »Na, davon wird er nich schlechter, wenn er auch was Nasses mitbringt. Wir sind keine Enten nich. Wir sind forsche Tommies, du Streitmacher von Irländer du; prost, hoch sollste leben!«

Wir schossen den ganzen Vormittag und töteten zwei herumlaufende Hunde, vier grüne brütende Papageien, eine Weihe auf dem glühendheißen Gebirgspaß, einen Wendehals im Fluge, eine Schildkröte und acht Krähen. Es war viel Wild da. Dann setzten wir uns zum Frühstück – »Bullenfleisch und Kleiebrot«, wie Mulvaney sagte – in der Nähe des Flusses nieder und, wenn wir nicht gerade die Speisen mit unserm einzigen Taschenmesser zerschnitten, schossen wir aus dem Hinterhalt auf die Krokodile. Das ganze Bier tranken wir aus, warfen die Flaschen ins Wasser und schossen nach ihnen. Danach schnallten wir uns den Gürtel loser, streckten uns auf dem warmen Sand aus und rauchten. Wir waren zu faul, um noch weiter zu schießen.

Ortheris seufzte tief auf, wie er da so auf dem Bauch lag, den Kopf zwischen den Fäusten. Dann fluchte er gelassen in den blauen Himmel hinauf.

»Was is los?« sagte Mulvaney. »Has nich genug zu trinken gekriegt?«

»An Tott'nim Court Road und die Deern, da denk ich an. Was hat das Soldatspielen für 'n Zweck?«

»Orth'ris, mein Sohn«, sagte Mulvaney hastig, »du has ganz gewiß Bauchgrimmen von das Bier gekriegt. Ich fühl mir auch immer so, wenn mir die Leber brandig wird.«

Ortheris beachtete die Unterbrechung nicht und fuhr langsam fort: »Ich bin ein Tommy, der acht Annas kriegt und Hunde stiehlt, ein forschen Tommy mit ne Nummer statt 'n anständigen Namen. Wo taug ich zu? Wenn ich wär zu Haus geblieben, denn wär ich nu mit die Deern verheirat, un denn hätt ich 'n klein Laden in die Gegend von Hammerschmied, – ›S. Ortheris, Praktischer Tierausstopfer.‹ Mit 'n, ausgestopften Fuchs ins Fenster, un ne kleine Schachtel mit blaue und gelbe Glasaugen, un ne kleine Frau, die immer ruft, ›Laden, Laden‹, wenn es klingeln tut. Aber nun bün ich bloß 'n Tommy – ein forschen, gottverlass'nen Biertrinker-Tommy. ›Arme an! – Arme los! – Rührt euch! – Stillgestanden! – Rechts um kehrt! – Links um kehrt! – Marsch! – Halt! – Augen gerade–aus! – Gewehr an! – Gebt Feuer‹ un denn is alle mit mir.« Er zitierte Bruchstücke der Kommandos bei einem Militär-Begräbnis.

»Halt's Maul!« schrie Mulvaney. »Wenn du so oft as ich in die Luft gefeuert has, über'n bessern Mann as du bis, denn machs du dir nich über die Befehle lustig. Das is ja schlimmer, as wenn man den Trauermarsch in die Kaserne fläuten tut. Un dabei bis du vollgefressen un gesoffen wie ne Zecke, un die Sonne is kühl, un allens, un allens! Ich schäm mir für dir. Du bis nich besser as 'n Heide – du mit deine Jagdausflüge un deine Glasaugens. Woll'n Sie ihn da nich von abbringen, Herr?«

Was konnte ich tun? Konnte ich Ortheris irgend etwas Angenehmes über sein Leben sagen, das er nicht selber wußte? Ich war kein Pfarrer, auch kein Leutnant, und Ortheris hatte das Recht, so zu sprechn, wie es ihm gefiel.

»Laß ihn, Mulvaney«, sagte ich. »Es ist das Bier.«

»Nein! Es is nich das Bier«, sagte Mulvaney. »Ich weiß, was nu kommt. So is er schon manches Mal gewesen, un das is schlimm, – das is schlimm – denn ich hab den Jung richtig lieb.«

Mir schien, daß Mulvaney sich unnötig aufregte; aber ich wußte, daß er sich wie ein Vater um Ortheris kümmerte.

»Laß mir reden, laß mir reden«, sagte Ortheris träumerisch. »Hinders du auch deinen Papagei, an 'n heißen Tag zu schreien, wenn er sich im Käfig seine kleine rosa Zeh'n verbrennt, Mulvaney?«

»Rosa Zeh'n! Wills du damit sagen, daß du rosa Zeh'n in deine Wollstrümpfe has, du tüffelige«, – Mulvaney nahm einen Anlauf zu einer schrecklichen Beschimpfung – »alte Lehrerin du! Rosa Zeh'n! Das Kind hat wohl zuviel Bier getrunken, daß es so faseln tut!«

»Das is nich 's Bier«, sagte Ortheris. »Das is was viel Bittereres. Das is Heimweh!«

»Nu hör bloß einer an! Un dabei geht er in knappe vier Monate mit die *Sherapis* nach Hause!«

»Das is mir schnuppe, ganz und gar schnuppe. Wo weißt du das von, daß ich nich bange bin, daß ich sterbe, eh ich mein Abschied krieg?« Und er fing wieder mit monotoner Stimme an, die Begräbnis-Kommandos herzusagen.

Diese Seite in Ortheris' Wesen hatte ich bisher nicht kennengelernt, aber Mulvaney kannte sie augenscheinlich und legte ihr eine ernstliche Bedeutung bei. Während Ortheris mit dem Kopf auf den Armen vor sich hinschwatzte, flüsterte Mulvaney mir zu:

»So is er immer, wenn er von die Kinders, die man heutzutage zu Serschanten macht, zu doll ausgeschimpft is. Das un wenn er nix zu tun hat. Ich kann das nich recht klar kriegen.«

»Nun, was schadet's? Laß ihn sich's vom Herzen reden.«

Ortheris fing an, eine Parodie auf ›The Ramrod Corps‹ zu singen, die voll von lustigen Anspielungen auf Schlacht, Mord und Totschlag war. Er blickte beim Singen über den Fluß; sein Gesicht war mir ganz fremd. Mulvaney packte mich am Arm, um meine Aufmerksamkeit auf ihn zu lenken.

»Schaden? Das schadt wohl was! Das ist so 'n Anfall, der über ihn kommt. Ich kenn das. Das hat er die ganze Nacht, un mitten in der Nacht, da steigt er denn aus seine Koje und sucht an die Kleiderhakens nach seine Sachen. Und denn kommt er zu mir rüber un sagt: ›Ich geh nach Bombay. Antwort du morgen für mir bei'n Appell.‹ Denn fangen wir an zu ringen, das hab'n wir sonst auch schon getan, – er, weil er weg will, un ich, weil ich ihn halten will – un denn werden wir beide aufgeschrieben wegen ruhestörenden Lärms in die Kaserne. Ich hab ihn verprügelt und ihn beinah den Schädel eingeschlagen, un ich hab mit ihn geredet, aber das nützt allens nix, wenn er den Anfall kriegt. Er is so 'n guten Kerl, wenn er seinen Verstand hat. Aber ich weiß, was heut nacht in die Kaserne passiert. Gott bewahr ihn bloß davor, daß er nich weg is, eh ich hochkomm un ihn niederhau. Da muß ich Tag un Nacht an denken.«

Das zeigte die Sache in einem weniger erfreulichen Licht und begründete Mulvaneys Sorgen vollständig. Er schien den Versuch zu machen, Ortheris auf andere Gedanken zu bringen und dadurch von dem »Anfall« zu befreien; denn er schrie das Ufer hinunter, wo der Junge lag:

»Hör mal zu, du mit deine rosa Zeh'n und deine Glasaugens! Bis du hinter mir her in die Nacht durch 'n Irriwaddy geschwommen, wie sich das für 'n tüchtigen Kerl gehört; oder has du dir untern Bett versteckt wie bei Ahmed Kheyl?«

Das war eine schwere Beleidigung und zugleich eine direkte Lüge, Mulvaney wollte es gern zum Streit bringen. Aber Ortheris schien sich in einer Art Ekstase zu befinden. Er antwortete langsam, ohne ein Zeichen von Gereiztheit, mit derselben eintönigen Stimme, die er für die Schießbefehle gebraucht hatte:

»Du weißt ganz gut, daß ich durch den Irriwaddy in die Nacht geschwommen bin, um die Stadt Lungtungpen zu nehmen, nackicht und ohne Bange. Und wo ich bei Ahmed Kheyl gewesen bin, das weißt du, un vier verdammte Pathans wissen das auch. Aber da hatten wir was zu tun, un ich dacht gar nich an Sterben. Nu hab ich Heimweh, un will nach Hause – nach Hause – nach Hause! Nee, nach Muttern hab ich kein Heimweh, weil ich bei mein Onkel groß geworden bin; aber nach London hab ich Heimweh, nach den Lärm, un wie es aussieht, un wie es da riecht, nach Apfelsinenschale un Asphalt un Gas, wenn man über die Vauxhallbrücke kommt. Un ich hab Heimweh nach die Eisenbahn nach Boxhill, da wieder in zu sitzen, mit die Deern auf 'n Schoß un ne neue Pfeife in 'n Mund. Danach un nach die Laternen in den ›Strand‹, wo man jeden kennt, un der Polizist, der einen ausschimpft, is 'n alten Freund, der einen schon ausgeschimpft hat, als man noch einen kleinen dreckigen Jungen war un auf die Straßen rumlungerte. Da is kein Wacheschieben, kein Kommiß, kein Khaki, un man is sein eigen Herr un hat ne Deern, die man sonntags mit nach die Serpentine nehmen kann un zusehen, wie die Rettungsmannschaften üben, Leichen aus 'n Wasser zu holen. Un das hab ich allens verlassen, um die Witwe übers Wasser zu dienen, wo keine Mädchens sind un nix Orntliches zu trinken, un wo nix zu sehen is, nix zu tun, zu sagen, zu fühlen, zu denken. Gott steh dir bei, Stanley Ortheris, aber du bis 'n größeren Dummkopf als das ganze Regiment un Mulvaney zusammen. Zu Hause sitzt die Witwe mit ne goldne Krone auf 'n Kopf; un hier bin ich, Stanley Ortheris, das Eigentum von die Witwe un 'n verdammten Dummkopf!«

Am Ende des Satzes hatte er die Stimme erhoben und schloß mit einem sechsfachen anglo-indischen Fluch. Mulvaney sagte nichts, aber sah mich an, als erwartete er, daß ich dem Gehirn des armen Ortheris Frieden schenken könnte.

Mir fiel ein, daß ich in Rawalpindi gesehen hatte, wie man einen Mann, der irrsinnig betrunken war, wieder nüchtern gemacht hatte, indem man ihn zum Narren hielt. Einige wissen vielleicht, was ich meine. Ich hoffte, wir könnten Ortheris auf dieselbe Art zur Ruhe bringen, obgleich er ja vollständig nüchtern war, daher sagte ich:

»Was hat es für einen Zweck, hier zu quäsen und was gegen die Witwe zu sagen?«

»Das hab ich nich getan!« sagte Ortheris. »So wahr mir Gott helf, kein Wort hab ich gegen ihr gesagt, un das tu ich auch nich – auch nich, wenn ich noch in diese Minute desertier!«

Hier konnte ich hinterhaken. »Ja, das wollten Sie ja auch. Was hat es für einen Zweck, für nichts und wieder nichts zu prahlen? Würden Sie jetzt auskneifen, wenn Sie Gelegenheit hätten?«

»Versuchen Sie mal!« sagte Ortheris und sprang auf die Füße wie gestochen.

Mulvaney sprang auch auf. »Was woll'n Sie machen?« sagte er.

»Ortheris nach Bombay oder Karachi helfen, wo er lieber hin will. Sie können berichten, daß er sich von Ihnen vorm Frühstück getrennt und sein Gewehr hier am Ufer liegengelassen hat!«

»Das soll ich berichten, so?« sagte Mulvaney langsam. »Gut. Wenn Ortheris jetzt desertieren möcht un jetzt desertieren will, un Sie, Herr, der immer ein Freund von mir un ihn gewesen ist, ihn dabei helfen woll'n, denn will ich, Terence Mulvaney, berichten, was Sie mir sagen, das schwör ich, un mein Eid hab ich noch nie gebrochen. Aber« – hier schritt er auf Ortheris zu und fuchtelte ihm mit dem Schaft seiner Vogelflinte vor dem Gesicht herum – »mögen deine Fäuste dir beisteh'n, Stanley Ortheris, wenn ich dir jemalen wieder treffen tu!«

»Das is mir schnuppe!« sagte Ortheris. »Dies Hundeleben hab ich über. Geben Sie mich die Gelegenheit. Treiben Sie nich Ihren Spaß mit mir. Lassen Sie mich weg.«

»Runter mit dem Zeug«, sagte ich, »und tauschen Sie mit mir, und dann will ich Ihnen sagen, was sich tun läßt.«

Ich hoffte, daß dieser absurde Vorschlag Ortheris zurückschrecken würde; aber er hatte seine Kommißstiefel fortgeschleudert und seinen Waffenrock ausgezogen, ehe ich kaum meinen Kragen losgemacht hatte. Mulvaney packte mich am Arm:

»Er hat den Anfall, er hat immer noch den Anfall! Aber bei meine Seel, wir sind bei eine Fahnenflucht behilflich; wenn es da auch bloß achtundzwanzig Tage für gibt, wie Sie sagen, oder sechsundfünfzig, aber bedenken Sie die Schande – was das für ihn un mir für 'ne Schande is!« Ich hatte Mulvaney noch nie so aufgeregt gesehen.

Aber Ortheris war ganz ruhig, und sowie wir mit dem Kleidertausch fertig waren und ich als gemeiner Liniensoldat dastand, sagte er kurz: »Nun los! Was nun? Treiben Sie kein Spott mit mir. Was muß ich tun, daß ich aus diese Hölle raus komm?«

Ich sagte ihm, wenn er zwei oder drei Stunden bei dem

Fluß warten wollte, würde ich in die Station reiten und mit hundert Rupien zurückkommen. Dann sollte er mit dem Geld in der Tasche bis an die nächste kleine Haltestelle, die fünf Meilen entfernt war, gehen und da eine Fahrkarte erster Klasse nach Karachi lösen. Da man wußte, daß er kein Geld bei sich hatte, als er auf die Jagd ging, würde sein Regiment nicht gleich an die Seehäfen telegraphieren, sondern würde ihn in den Dörfern der Eingeborenen in der Nähe des Flusses suchen. Dann würde auch niemand einen Deserteur in der ersten Klasse suchen. In Karachi sollte er sich weiße Kleidung besorgen und sich womöglich auf einem Frachtdampfer einschiffen.

Hier unterbrach er mich. Ich solle ihm nur bis nach Karachi helfen, für das übrige wolle er schon sorgen. Dann befahl ich ihm, hier zu warten, bis es dunkel genug sein würde, daß ich in diesem Anzug unbemerkt in die Station reiten könnte. Nun hat Gott in seiner Weisheit das Herz des britischen Soldaten, der oft ein ungeleckter roher Kerl ist, so weich wie das Herz eines Kindes geschaffen, damit er seinen Offizieren vertraut und ihnen auch an die ungemütlichsten und scheußlichsten Orte folgt. Einem Zivilisten schenkt er nicht so leicht sein Vertrauen, aber wenn er es tut, dann vertraut er blind wie ein Hund. Ich hatte die Ehre einer Freundschaft mit dem Gemeinen Ortheris mit Unterbrechungen drei Jahre hindurch gehabt, wir hatten zueinander wie Mann zu Mann gestanden. Infolgedessen hielt er alles, was ich sagte, für wahr und nicht leicht hingeredet.

Mulvaney und ich ließen ihn in dem hohen Gras am Flußufer allein, und gingen, immer im hohen Gras, zu meinem Pferd. Das Hemd kratzte mich fürchterlich.

Wir warteten fast zwei Stunden darauf, daß es dunkel würde und ich fortreiten könnte. Wir sprachen im Flüsterton von Ortheris und strengten unsre Ohren an, um jeden Ton von der Stelle, wo wir ihn verlassen hatten, zu vernehmen. Aber wir hörten nichts als den Wind im hohen Gras.

»Ich hab ihn manches Mal fast den Schädel eingehauen«, sagte Mulvaney ernst. »Ich hab ihn mit 'n Riemen fast totgehauen, und doch hab ich es nich fertig gekriegt, ihn diese Anfälle aus sein einfältigen Kopf rauszubringen. Nee, er is gar nich einfältig, er is vernünftig un orntlich von Natur.

Was is es denn? Kommt das, weil er keine Bildung hat un nix gelernt hat? Sie glauben doch, Sie wissen was, denn antworten Sie mir da mal auf.«

Aber ich fand keine Antwort. Ich war neugierig, wie lange Ortheris es am Flußufer aushalten würde, und ob ich gezwungen sein würde, ihm bei der Flucht zu helfen, wie ich es ihm versprochen hatte.

Gerade als die Dunkelheit sich herabsenkte und ich mit sehr schwerem Herzen anfing, mein Pferd zu satteln, hörten wir vom Fluß her wilde Schreie.

Die Teufel hatten den Gemeinen Stanley Ortheris, Nr. 22 639, B-Kompagnie, verlassen. Die Einsamkeit, die Dunkelheit und das Warten hatten sie, wie ich gehofft hatte, ausgetrieben. Wir rannten auf ihn zu und fanden ihn wie einen Wilden durch das Gras toben, seinen Rock – meinen Rock meine ich – hatte er ausgezogen. Er rief nach uns wie ein Verrückter.

Als wir bei ihm waren, troff er von Schweiß und zitterte wie ein erschrecktes Pferd. Wir konnten ihn nur mit großer Mühe beruhigen. Er beklagte sich, daß er Zivilzeug anhätte, und wollte sich meine Kleider vom Leibe reißen. Ich befahl ihm, sich auszuziehen, und zum zweiten Male tauschten wir so schnell wie möglich unsre Kleider.

Sein Reibeisen von grauem Hemd und seine knarrenden Stiefel schienen ihn wieder zu sich selbst zu bringen. Er legte die Hand über die Augen und sagte:

»Was war das? Ich bin nich verrückt, ich hab kein Sonnenstich, un denn bin ich gewesen un gegangen un hab geschnackt, gewesen un gegangen un geschnackt ... Was hab ich eigentlich geschnackt un getan!«

»Was du getan has?« sagte Mulvaney. »Du has dir entehrt – aber das macht nix. Du has die B-Kompagnie entehrt, un was an allerschlimmsten is, du has mir entehrt! Mir, der dir beigebracht hat, wie man sich benimmt wie ein Mann – als du noch ein kleinen, schmutzigen, unbedarften, jauligen Rekruten wars. Das bis du noch, Stanley Ortheris!«

Ortheris sagte eine Weile gar nichts. Dann schnallte er sein Koppel ab, das schwer war von den Abzeichen aller der Regimenter, mit denen sein eigenes zusammengelegen hatte, und reichte es Mulvaney.

»Ich bin zu schwach, um dir zu verprügeln, Mulvaney«, sagte er, »un du has mir früher auch verhaun; aber nu nimm diesen man un hau mir damit entzwei, wenn du wills.«

Mulvaney wandte sich zu mir.

»Verlassen Sie mir, damit ich mit ihn sprechen kann, Herr«, sagte Mulvaney.

Ich verließ sie und machte mir auf dem Heimweg viele Gedanken über Ortheris im besonderen und über den Tommy, den ich liebe, im allgemeinen.

Aber ich konnte zu keinem Schluß kommen.

Die Geschichte von Muhammad Din

»Wer ist ein glücklicher Mensch?
Der, welcher in seinem Hause kleine Kinder sieht,
wie sie im Staube springen und fallen und schreien.«
Munichandra, nach der Übersetzung
von Professor Peterson

Der Poloball war alt, zerschrammt, gesprungen und schmutzig. Er lag auf dem Kaminsims zwischen den Pfeifenrohren, die Imam Din, der *Khitmatgar,* für mich reinigte.

»Braucht der Sohn des Himmels diesen Ball?« sagte Imam Din ehrerbietig.

Der Sohn des Himmels legte nicht viel Wert darauf; aber was wollte ein *Khitmatgar* mit einem Poloball?

»Mit Verlaub, Euer Gnaden, ich habe einen kleinen Sohn. Er hat diesen Ball gesehen und möchte damit spielen. Ich brauche ihn nicht für mich selber.«

Niemand würde auch nur einen Augenblick lang den Verdacht haben, der würdige alte Imam Din wollte mit Poloböllen spielen. Er trug das abgenutzte Ding in die Veranda hinaus; sogleich erfolgte ein stürmisches Freudengeschrei, das Getrappel kleiner Füße und das Tap-tap-tap des über den Boden hüpfenden Balles. Augenscheinlich hatte der kleine Sohn draußen gewartet, um seinen Schatz entgegenzunehmen. Aber wie war es gekommen, daß er den Poloball gesehen hatte?

Als ich am nächsten Tag eine halbe Stunde früher als gewöhnlich vom Büro nach Hause kam, entdeckte ich eine kleine Gestalt im Eßzimmer – ein winziges Figürchen in einem lächerlich ausgewachsenen Hemd, das etwa bis auf die Mitte des runden Bäuchleins herabhing. Es wanderte durchs Zimmer, den Daumen im Munde, und sang leise vor sich hin, während es Bestandsaufnahme von meinen Bildern machte. Unzweifelhaft war dies der »kleine Sohn«.

Natürlich hatte er nichts in meinem Zimmer zu suchen; aber er war von seinen Entdeckungen so hingenommen, daß er mich, der ich unter der Tür stand, gar nicht bemerkte. Ich trat ein und erschreckte ihn dadurch so, daß er beinahe krank wurde. Nach Luft schnappend setzte er sich auf den Boden. Seine Augen öffneten sich weit, und sein Mund tat dasselbe. Ich wußte, was jetzt folgen würde, und floh; und ein langes fürchterliches Geheul folgte mir, das das Bedientenzimmer weit schneller erreichte, als es meine Befehle je getan hatten. In zehn Sekunden war Imam Din im Eßzimmer. Verzweifeltes Schluchzen begann, und ich kehrte zurück und fand Imam Din, wie er den kleinen Sünder, der den größten Teil seines Hemdes als Taschentuch benützte, verwarnte.

»Dieser Junge«, sagte Imam Din strenge, »ist ein *Budmash* – ein großer *Budmash.* Und er kommt ganz gewiß für sein schlechtes Betragen ins Gefängnis.« Erneutes Gebrüll von dem Sünder, und eine vollendete Entschuldigung an meine Adresse von Imam Din.

»Sagen Sie dem Kind«, sagte ich, »daß der Sahib nicht böse ist, und bringen Sie es fort.« Imam Din übermittelte dem Missetäter meine Verzeihung, er hatte jetzt sein ganzes Hemd wie einen Strick um den Hals gewickelt, und das Gebrüll ging in ein Schluchzen über. Die beiden gingen auf die Tür zu. »Er heißt«, sagte Imam Din, als ob der Name auch mit zu dem Vergehen gehörte, »er heißt Muhammad Din, und er ist ein *Budmash.*« Augenblicklicher Gefahr entronnen, drehte Muhammad Din sich auf seines Vaters Arm um und sagte ernst: »Ja, ich heiß Muhammad Din, Tahib, aber ich bin tein *Budmash,* ich bin ein Mann!«

Von diesem Tage an datiert meine Bekanntschaft mit Muhammad Din. Er ist nie wieder in mein Eßzimmer gekommen, aber auf dem neutralen Boden außerhalb des Hauses begrüßten wir einander feierlich, wenn auch unsre Unterhaltung sich beschränkte auf ein »Talaam, Tahib« von seiner Seite und ein »Salaam, Muhammad Din« von meiner. Täglich erhoben sich bei meiner Rückkehr vom Büro das kleine weiße Hemd und die dicke kleine Gestalt aus dem Schatten des überrankten Gitters, wo sie sich versteckt hatten; und täglich hielt ich hier mein Pferd an, damit mein Gruß nicht oberflächlich und unziemlich schiene.

Muhammad Din hatte nie Spielgefährten. Mit geheimnisvollen nur ihm bekannten Dingen beschäftigt, lief er auf dem Grundstück zwischen den Rizinussträuchern umher. Eines Tages stieß ich weit ab vom Haus auf eins seiner

Kunstwerke. Er hatte den Poloball halb im Sand eingegraben und hatte sechs verwelkte Ringelblumen im Kreis herum gesteckt. Um diesen Kreis herum war ein unregelmäßiges Viereck mit Stückchen roten Ziegelsteins und Porzellanscherben abwechselnd ausgelegt; das Ganze war begrenzt von einem kleinen Sandwall. Der Wasserträger legte vom Brunnenrand her ein gutes Wort für den kleinen Architekten ein, er sagte, es wäre doch nur ein kindliches Spiel und störe nicht sehr in meinem Garten.

Gott weiß, daß ich weder damals noch später die Absicht hatte, das Machwerk des Kindes anzurühren; aber am selben Abend führte ein Spaziergang durch den Garten mich unversehens darauf zu, so daß ich, ehe ich wußte, was los war, Ringelblumen, Sandwall und Stücke von zerbrochenen Seifennäpfen so durcheinandertrampelte, daß es sich nicht wieder heil machen ließ. Am nächsten Morgen traf ich Muhammad Din, wie er leise vor sich hinweinte über den Trümmern, die mein Werk waren. Jemand hatte ihm grausamerweise erzählt, daß der Sahib sehr böse auf ihn wäre, weil er ihm seinen Garten ruinierte, und daß er seinen Plunder schimpfend kaputt gemacht hätte. Muhammad arbeitete eine Stunde daran, jede Spur der Sandbank und der Scherben zu verwischen, und mit tränenüberströmtem, flehendem Gesicht sagte er, als ich vom Büro nach Hause kam, sein »Talaam, Tahib«. Eine eilige Erkundigung hatte zur Folge, daß Imam Din Muhammad Din mitteilte, daß er mit meiner besonderen Erlaubnis sich beschäftigen könnte, wie es ihm Spaß machte. Daraufhin nahm das Kind sich ein Herz und machte sich daran, den Grundriß eines Gebäudes aufzuzeichnen, das die Ringelblumen-Poloball-Schöpfung in den Schatten stellen sollte.

Einige Monate lang wandelte der rundliche kleine Eigenbrödler seine bescheidene Bahn zwischen Rizinussträuchern im Staub; immer formte er prächtige Paläste aus welken Blumen, die der Diener fortgeworfen hatte, vom Wasser glatt geschliffenen Kieselsteinen, Glasstückchen und Federn, die er sicherlich meinem Federvieh ausgerissen hatte – immer allein und immer vor sich hinsingend.

Eines Tages ließ ich neben dem letzten seiner kleinen Bauten eine hübsche bunte Seemuschel fallen in der Erwartung, daß Muhammad Din mit ihrer Hilfe etwas außergewöhnlich Prächtiges bauen würde. Und ich wurde nicht enttäuscht. Er sann länger als eine halbe Stunde nach, und sein Summen erhob sich zum Jubellied. Dann fing er an, im Staub zu zeichnen. Diesmal würde es gewiß ein wunderbarer Palast, denn der Grundriß war zwei Ellen lang und eine Elle breit. Aber der Palast wurde nie fertig.

Am nächsten Tag war kein Muhammad Din an der Einfahrt, und kein »Talaam, Tahib« begrüßte mich bei meiner Rückkehr. Ich hatte mich an den Gruß gewöhnt, und sein Fehlen beunruhigte mich. Am nächsten Tag erzählte Imam Din mir, daß das Kind ein leichtes Fieber hätte und Chinin haben müsse. Er bekam die Medizin und einen englischen Arzt.

»Diese Würmer haben keine Kräfte«, sagte der Doktor, als er Imam Dins Wohnung verließ.

Eine Woche darauf traf ich Imam Din auf der Straße – ich hätte viel darum gegeben, wenn ich es hätte vermeiden können – nach dem Begräbnisplatz der Muselmänner in der Begleitung eines Freundes. Auf den Armen trug er, in ein weißes Tuch gehüllt, alles, was von dem kleinen Muhammad Din übrig war.

Weil sie ihr so ähnlich sah

Wenn dein Spiegel zerbrochen ist, sieh ins Wasser;
aber hüte dich, daß du nicht hineinfällst.
Hindu-Sprichwort

Nächst erwiderter Neigung gibt es für einen jungen Mann bei Beginn seiner Laufbahn kaum etwas, was er passender mit sich herumtragen kann als unerwiderte Neigung. Sie gibt ihm das Gefühl von Wichtigkeit, von Geschäftsmäßigkeit, macht ihn blasiert und zynisch; und wenn er etwas an der Leber leidet oder sich aus Mangel an Bewegung in frischer Luft elend fühlt, kann er über seine verlorene Liebe trauern und kann ein zartes melancholisches Glück genießen.

Hannasydes Herzensangelegenheit war eine Gottesgabe für ihn gewesen. Sie war vier Jahre alt, und das Mädchen dachte längst nicht mehr an ihn. Sie hatte geheiratet und hatte genug eigene Sorgen. Am Anfang hatte sie Hannasyde gesagt, wenn sie auch nie etwas anderes als eine Schwester für ihn sein könne, so werde sie doch immer das größte Interesse an seinem Wohlergehen nehmen. Diese überraschend neue und originelle Bemerkung gab Hannasyde zwei Jahre lang zu denken; und seine Eitelkeit füllte die andern vierundzwanzig Monate aus. Hannasyde war ganz anders als Phil Garron, hatte aber doch einiges mit jenem bei weitem zu glücklichen Manne gemeinsam.

Er trug seine unerwiderte Neigung mit sich herum, wie einige eine gut angerauchte Pfeife bei sich tragen – aus Bequemlichkeit und weil sie einem durch den Gebrauch lieb geworden ist. Sie half ihm glücklich durch eine Saison in Simla hindurch. Hannasyde war nicht liebenswürdig. Er hatte ein ungeschliffenes Benehmen und eine grobe Art, einer Dame aufs Pferd zu helfen, die ihn für das andere Geschlecht nicht anziehend machte. Selbst wenn er um ihre Gunst geworben hätte, was er nicht tat. Er behielt einstweilen sein verwundetes Herz ganz für sich.

Dann kam Unruhe in sein Leben. Alle, die nach Simla gehen, kennen den Abhang vom Telegraphenbüro nach dem Büro für Öffentliche Arbeiten. Diesen Hügel schlenderte

Hannasyde an einem Septembermorgen zur Besuchszeit hinauf, als eine Rikscha eilig herabkam, und in der Rikscha saß das leibhaftige Ebenbild des Mädchens, das ihn so glücklich unglücklich gemacht hatte. Hannasyde lehnte sich erschrokken ans Geländer. Am liebsten wäre er den Hügel hinab hinter der Rikscha hergelaufen, aber das war unmöglich; so ging er vorwärts, das Blut brauste ihm in den Ohren. Aus vielen Gründen war es unmöglich, daß die Frau in der Rikscha das Mädchen war, das er kannte. Er fand später heraus, daß sie die Frau eines Mannes aus Dindigul oder Coimbatore oder sonst irgendeinem abgelegenen Orte war, und daß sie ihrer Gesundheit wegen so früh in der Saison nach Simla gekommen war. Am Ende der Saison würde sie nach Dindigul, oder wo es nun war, zurückkehren, und würde aller Wahrscheinlichkeit nach nie wieder nach Simla kommen, da ihr eigentlicher Gebirgsort Ootacamund war. An dem Abend ging Hannasyde, wund und erregt von den alten wieder aufgewühlten Gefühlen, eine geschlagene Stunde mit sich zu Rate. Endlich beschloß er folgendes; und jeder muß selber entscheiden, wieviel wahre Anhänglichkeit an die alte Liebe und wieviel Neigung, sich zu amüsieren, den Entschluß beeinflußt hat. Frau Landys-Haggert würde aller menschlichen Voraussicht nach nie wieder seinen Pfad kreuzen. So war alles, was er tun würde, von keiner großen Bedeutung. Sie war dem Mädchen, das »das größte Interesse nahm« und wie die Formel weiter hieß, ganz erstaunlich ähnlich. Wenn man es recht bedachte, so würde es sehr schön sein, Frau Landys-Haggerts Bekanntschaft zu machen und eine kurze Zeit lang – eine ganz kurze Zeit nur – zu glauben, daß er wieder mit Alice Chisane zusammen wäre. Irgendwo hat jeder einen kleinen Fimmel. Hannasydes besonderer Fimmel war seine alte Liebe, Alice Chisane.

Er legte es darauf an, Frau Haggert vorgestellt zu werden, und die Vorstellung gelang. Er legte es darauf an, diese Dame so oft wie möglich zu sehen. Wenn jemand ernstlich Gelegenheiten zur Unterhaltung mit einem sucht, so ist es überraschend, wie leicht sich das in Simla machen läßt. Da gibt es Gartengesellschaften, Tennispartien, Picknicks, Frühstücke in Annandale, Wettschießen, Diners und Bälle; außerdem kann man sich noch zu gemeinsamen Ritten und Spaziergängen verabreden. Hannasyde wollte anfangs nichts als eine Ähnlichkeit sehen, aber es endete mit weit mehr. Er wollte getäuscht werden, er wünschte getäuscht zu werden, und er täuschte sich ganz gründlich. Nicht nur glich sie in Gesicht und Figur Alice Chisane, sondern die Stimme mit ihren leisen Untertönen war die gleiche, auch die Redewendungen und die kleinen Geziertheiten in Haltung und Gebärden, die jede Frau hat, waren vollkommen gleich. Die Haltung des Kopfes war ebenso, der müde Ausdruck in den Augen am Ende eines langen Spazierganges war ebenso; die Art, wie sie sich im Sattel vorbeugte und ein störrisches Pferd am Zügel zog, war die gleiche; und einmal, und das war das Erstaunlichste, sang Frau Landys-Haggert im Nebenzimmer, während Hannasyde auf sie wartete, um mit ihr auszureiten; sie summte Note für Note: »Armer Wanderer«, mit einem Tremolo in der Stimme bei der zweiten Zeile, geradeso wie Alice Chisane es Hannasyde im Dämmern in einem englischen Wohnzimmer vorgesungen hatte. Aber im Wesen, im Innern, war nicht die geringste Ähnlichkeit. Da waren sie vollkommen verschieden. Aber Hannasyde verlangte nur danach, diese betörende und verwirrende Ähnlichkeit in Gesicht, Stimme und Bewegung zu erleben, zu sehen und in Gedanken zu hegen. Er war auf dem Wege, sich um dessentwillen lächerlich zu machen, und da erlebte er auch keine Enttäuschung.

Offene und unverkennbare Verehrung eines Mannes ist jeder Frau stets angenehm; aber aus Hannasydes Bewunderung konnte Frau Landys-Haggert, die durchaus Weltdame war, nicht klug werden.

Für gewöhnlich war er ein selbstsüchtiger Mensch, aber um ihren Wünschen entgegenzukommen, sie womöglich zu erraten, nahm er jede Mühe auf sich. Was sie ihm auftrug, war ihm Gesetz; und es war ganz zweifellos, daß er sich in ihrer Gesellschaft glücklich fühlte, solange sie über Alltägliches mit ihm plauderte, über nichts anderes. Aber wenn sie sich in Auslassungen erging über ihre persönlichen Ansichten und über die Kränkungen, die man ihr zugefügt hatte, jene kleinen gesellschaftlichen Differenzen, die das Leben in Simla würzen, dann erfreute es Hannasyde nicht, noch interessierte es ihn. Er wollte gar nichts von Frau Landys-Haggert oder von ihren früheren Erfahrungen – sie hatte fast die ganze Welt bereist und konnte gescheit erzählen – wissen, er wollte nur die Ähnlichkeit mit Alice Chisane vor Augen und ihre Stimme in den Ohren haben. Alles andere, was ihn an eine andere Persönlichkeit erinnerte, berührte ihn unangenehm, und das ließ er merken.

Eines Abends vor dem neuen Postgebäude wandte Frau Landys-Haggert sich zu ihm und sagte ihm kurz und ohne Umschweife ihre Meinung. »Herr Hannasyde«, sagte sie, »wollen Sie so gut sein, mir zu erklären, warum Sie sich zu meinem speziellen Ritter ernannt haben? Ich begreife es nicht. Aber ich bin mir aus irgendeinem Grunde vollkommen klar darüber, daß Sie sich nicht das geringste bißchen aus mir selber machen.« Das scheint übrigens, nebenbei gesagt, die Theorie zu stützen, daß kein Mann einer Frau etwas vormachen oder vorlügen kann, ohne daß sie es merkt. Hannasyde war überrumpelt worden; er war nie groß im Verteidigen gewesen, weil er immer nur an sich dachte, so platzte er mit der ungehörigen Antwort heraus: »Das tu' ich auch nicht«, ehe er recht wußte, was er sagte.

Die Seltsamkeit der Situation und diese Antwort brachten Frau Landys-Haggert zum Lachen. Da kam alles heraus; und als Hannasyde ihr ohne Umschweife alles erklärt hatte, sagte Frau Haggert mit ein ganz klein bißchen Hohn in der Stimme: »So soll ich Ihnen also als Gliederpuppe dienen, an der Sie die Fetzen Ihrer zerrissenen Neigung aufhängen, nicht wahr?«

Hannasyde merkte nicht, welche Antwort jetzt hätte gegeben werden müssen, sondern widmete sich allgemeinen und unbestimmten Lobpreisungen seiner Alice Chisane; und das genügte nicht. Nun muß deutlich gesagt werden, daß Frau Haggert nicht ein Fünkchen, nicht einen Geisterschatten von Interesse für Hannasyde hatte. Nur ... liebt es keine Frau, für eine andere anstatt selber angebetet zu werden – besonders nicht für eine abgestandene Gottheit von vor vier Jahren.

Hannasyde sah nicht, daß er sich eine sehr sonderbare Blöße gegeben hatte. Er freute sich, in der dürren Wüste von Simla eine mitfühlende Seele gefunden zu haben.

Als die Saison zu Ende war, fuhren Hannasyde und Frau

Haggert beide wieder nach Hause. »Es war, als ob ich einem Gespenst den Hof machte«, sagte Hannasyde zu sich selbst, »und das schadet nichts; und nun will ich wieder an die Arbeit gehen.« Aber er ertappte sich dabei, daß er beständig an das Haggert-Chisane Gespenst dachte; und er konnte sich nicht klarwerden, ob Haggert oder Chisane den größeren Teil des hübschen Phantoms ausmachte.

Einen Monat später ging ihm das Verständnis auf.

Eine eigentümliche Erscheinung in diesem eigentümlichen Lande ist die Art und Weise, wie die herzlose Regierung die Leute von einem Ende des Reiches bis ans andere versetzt. Man kann niemals sicher sein, einen Freund oder Feind loszuwerden, bevor er oder sie stirbt. Es war einmal ein Fall – aber das ist eine andere Geschichte.

Haggert bekam von seinem Departement Befehl, innerhalb zwei Tagen sich von Dindigul an die Grenze zu begeben; so reiste er unter großen Kosten von Dindigul nach seiner Station. Er setzte seine Frau in Lucknow ab, wo sie bei Freunden bleiben, an einem großen Ball in Chutter Munzil teilnehmen und erst nachkommen sollte, wenn er das neue Heim etwas behaglich gemacht haben würde. Lucknow war Hannasydes Station, und Frau Haggert blieb eine Woche da. Hannasyde holte sie von der Bahn. Als der Zug einlief, wurde ihm klar, woran er den letzten Monat gedacht hatte. Auch die Unklugheit seines Benehmens ging ihm auf. Die Woche in Lucknow mit zwei Bällen und einer unbeschränkten Anzahl gemeinsamer Spazierritte machten es ihm völlig klar; und Hannasydes Gedanken liefen immer im Kreis. – Er verehrte Alice Chisane – wenigstens hatte er sie verehrt. Und er verehrte auch Frau Landys-Haggert, weil sie Alice Chisane ähnlich war. Aber Frau Landys-Haggert war Alice Chisane nicht ein bißchen ähnlich, weil sie nämlich tausendmal verehrungswürdiger war. Nun war Alice Chisane »die Frau eines anderen«; das war auch Frau Landys-Haggert, und zwar war sie eine gute achtbare Frau. Infolgedessen war er, Hannasyde, ein ... hier legte er sich mehrere schmeichelhafte Namen bei und wünschte, er wäre anfangs klüger gewesen.

Ob Frau Landys-Haggert sah, was in ihm vorging, das

weiß nur sie allein. Er schien sich grenzenlos für alles zu interessieren, was mit ihr persönlich zusammenhing und gar nichts mit ihrer Ähnlichkeit mit Alice Chisane zu tun hatte, und ein- oder zweimal sagte er ihr Dinge, die, falls er Alice Chisane noch liebte, kaum zu entschuldigen gewesen wären, auch nicht durch die Ähnlichkeit. Aber Frau Haggert überhörte diese Bemerkungen und setzte Hannasyde lang und breit auseinander, welchen Trost und welche Freude sie ihm doch bedeutet hätte durch ihre auffallende Ähnlichkeit mit seiner alten Liebe. Hannasyde brummte auf seinem Sattel und sagte: »Ja, gewiß«, und machte sich mit den Vorbereitungen für ihre Abreise nach der Grenze zu tun; er fühlte sich sehr klein und unglücklich.

Der letzte Tag ihres Aufenthalts in Lucknow kam heran, und Hannasyde brachte sie zur Bahn. Sie war sehr dankbar für seine Freundlichkeit und für alle Mühe, die er sich gemacht hatte, und lächelte freundlich und teilnahmsvoll als eine, die den Grund dafür, die Ähnlichkeit mit Alice Chisane, kannte. Und Hannasyde schalt die Kulis mit dem Gepäck und stieß die Leute auf dem Bahnsteig an und betete zum Himmel, daß das Dach einstürzen und ihn erschlagen möchte.

Als der Zug sich langsam in Bewegung setzte, lehnte Frau Landys-Haggert sich aus dem Fenster, um Lebewohl zu sagen: »Trotz allem auf Wiedersehen, Herr Hannasyde, ich gehe im Frühjahr nach England, da sehe ich Sie vielleicht in London.«

Hannasyde ergriff ihre Hand und sagte voller Ernst und Verehrung: »Ich hoffe zu Gott, daß ich Ihr Gesicht nie wieder sehe!«

Und Frau Haggert verstand.

Wressley vom Auswärtigen Amt

Die Liebe ließ mich alles wagen:
Doch falsch war sie,
Den Räuber von Tarrant hab ich erschlagen,
Frei war Dumeny.

Sie singen mein Lob und geben mir Gold,
Doch ich wein um sie,
Nur für die Liebste hab ich's gewollt,
Nicht für Dumeny.

Tarrant Moss

Ein Fluch unseres Lebens hier draußen ist, außer vielen anderen, der Mangel an Atmosphäre, – was ein Maler darunter versteht. Es gibt keine Halbtöne, die der Rede wert wären. Die Menschen stehen roh und grob da, nichts tönt sie ab, von nichts heben sie sich ab. Sie machen ihre Arbeit und gewöhnen sich daran zu denken, daß es nichts gibt als ihre Arbeit, und daß nichts ihrer Arbeit gleichkommt, und daß sie die Angeln sind, in denen sich die Verwaltung dreht. Ein Beispiel für dies Gefühl zeigt folgendes kleine Erlebnis. Ein Schreiber, ein Mischling, liniierte Formulare im Zahlkontor. Er sagte zu mir: »Wissen Sie, was passieren würde, wenn ich eine einzige Linie auf diesem Papier wegließe oder hinzufügte?« Dann mit der Miene eines Verschwörers: »Es würde die Auszahlungen des Finanzamtes in dem ganzen Präsidentschaftskreis in Unordnung bringen! Bedenken Sie!«

Wenn die Leute nicht diesen Wahn der übergroßen Bedeutung ihrer speziellen Tätigkeit hätten, dann würden sie sich sicherlich umbringen. Aber diese ihre Schwäche fällt auf die Nerven, besonders wenn der Zuhörer weiß, daß er selber genau die gleiche Sünde begeht.

Sogar das Sekretariat glaubt, daß es richtig handelt, wenn es einen abgehetzten Vollziehungsbeamten auffordert, in einem Distrikt von fünftausend Quadratmeilen eine Zählung des Weizenkornwurms vorzunehmen.

Im Auswärtigen Amt befand sich einst ein Mann – ein Mann, der im Departement schon ein gewisses Alter erreicht hatte, und von dem unehrerbietige jüngere Kollegen allgemein sagten, daß er imstande wäre, Aitchisons »Kontrakte und Privilegien« im Schlaf rückwärts herzusagen. Was er mit seinen aufgespeicherten Kenntnissen machte, wußte nur der Sekretär; und der wollte das natürlich nicht weiter verbreiten. Dieser Mann hieß Wressley, und das Losungswort in jenen Tagen war: »Wressley weiß mehr von Zentralindien als jeder andere.« Wenn man das nicht sagte, galt man für ungebildet.

Heute ist ein Mann, der sagt, er kenne die Auflösung der Verwickelungen zwischen den Stämmen jenseits der Grenze, von größerem Nutzen; aber zu Wressleys Zeiten richtete man seine Aufmerksamkeit auf die Staaten von Zentralindien. Man nannte sie die »Foci« und »Faktoren« und gab ihnen noch alle möglichen imposanten Namen.

Und hier wog der Fluch, der auf dem anglo-indischen Leben liegt, schwer. Wenn Wressley seine Stimme erhob und über die und die Nachfolge auf dem und dem Thron sprach, schwieg das Auswärtige Amt, und die Departementsvorsteher wiederholten die letzten zwei oder drei Worte von Wressleys Sätzen, hängten ihr »ja, ja« daran und hatten das Bewußtsein, daß sie »dem Staate halfen, schwerwiegende politische Fragen zu lösen«. In den meisten großen Unternehmungen machen ein oder zwei die Arbeit, während die übrigen dabeisitzen und schwatzen, bis ihnen Orden reif in den Schoß fallen.

Wressley war in der Firma »Auswärtiges Amt« das Mitglied, das die Arbeit leistete, und um ihn immer zur Pflichterfüllung anzuhalten, wenn Zeichen von Erschlaffung bei ihm auftraten, machten seine Vorgesetzten viel von ihm her und sagten, was er für ein feiner Kerl wäre. Er brauchte gar nicht durch Schmeicheleien angetrieben zu werden, denn er war von zäher Natur, aber was er so erhielt, befestigte ihn in dem Glauben, daß niemand so absolut und unbedingt notwendig für den Bestand Indiens wäre wie Wressley vom Auswärtigen Amt. Es mochten noch andere tüchtige Leute da sein, aber der allgemein bekannte, geehrte und zuverlässige Mann unter den Männern war Wressley vom Auswärtigen Amt. Wir hatten in jenen Tagen einen Vizekönig, der ganz genau wußte, wann ein widerspenstiger großer Mann »artig« gemacht werden mußte und ein vom Kummet wundgescheuerter kleiner Mann wieder angefeuert, und der so sein ganzes Gespann in gerader Linie hielt. Er hatte bei Wressley die Wirkung hervorgerufen, die ich vorhin beschrieben habe; und sogar ein zäher Mann ist geneigt, bei dem Lobe eines Vizekönigs in Unordnung zu geraten. Es war einmal ein Fall – aber das ist eine andere Geschichte.

Ganz Indien kannte Wressleys Namen und Amt – beides befand sich in dem Adreßbuch von Thacker und Spink –, aber wie er persönlich war, oder was er tat, oder welches seine speziellen Verdienste waren, das wußten keine fünfzig, es interessierte sie auch nicht. Seine ganze Zeit war von der Arbeit ausgefüllt, und er hatte nicht Muße, Bekanntschaften zu pflegen außer denen mit toten Radschput-Häuptlingen mit *Ahir*-Abzeichen im Wappen. Wenn Wressley nicht Beamter in Bengalen gewesen wäre, würde er einen sehr guten Schreiber in der Heraldischen Akademie abgegeben haben.

Eines Tages, in der Pause zwischen den Bürostunden, kam großes Unheil über Wressley – überwältigte ihn, warf ihn nieder, und er stand da, als ob er ein kleiner Schuljunge wäre. Ohne Grund, entgegen aller Klugheit, beim ersten Anblick, verliebte er sich in ein leichtfertiges goldhaariges Mädchen, das gern auf der Promenade in Simla auf einem hohen struppigen Waliser herumgaloppierte, eine Jockeimütze aus blauem Samt in die Stirn gedrückt. Sie hieß Venner – Tillie Venner – und sie war entzückend. Sie nahm Wressleys Herz im Galopp, und Wressley fand, es wäre nicht gut, daß der Mensch allein sei; selbst dann nicht, wenn er die Hälfte der Dokumente des Auswärtigen Amtes in seinem Schrank hat.

Ganz Simla lachte, denn Wressley verliebt! das war zum Lachen! Er tat sein Bestes, um das Mädchen für sich – das heißt, für seine Arbeit zu interessieren – und sie, nach Art der meisten Frauen, tat ihr Bestes, an dem, was sie hinter seinem Rücken »Herrn Wressleys Wajahs« nannte – sie lispelte sehr niedlich –, interessiert zu scheinen. Sie verstand nicht das geringste davon, aber sie tat so, als ob sie verstünde. Schon früher haben Männer auf Grund solchen Irrtums geheiratet.

Jedoch die Vorsehung sorgte für Wressley. Fräulein Venners Intelligenz machte einen ungeheuren Eindruck auf ihn.

Der Eindruck würde noch größer gewesen sein, wenn er die Beschreibungen, die sie im geheimen und vertraulich von seinen Besuchen machte, gehört hätte. Er hatte sonderbare Begriffe vom Werben um ein Mädchen. Er sagte, das Beste vom Lebenswerk des Mannes müßte ihm ehrerbietig zu Füßen gelegt werden. Ruskin schreibt irgendwo Ähnliches, glaube ich; aber im gewöhnlichen Leben sind ein paar Küsse besser, das spart auch Zeit.

Ungefähr einen Monat, nachdem Wressley sein Herz an Fräulein Venner verloren und infolgedessen seine Arbeit schlecht gemacht hatte, kam ihm die erste Idee zu seiner Arbeit »Einheimische Regierung in Zentralindien« und erfüllte ihn mit Freude. Es wurde, wie er sie skizzierte, eine große Sache – das Werk seines Lebens – eine wirklich umfassende Bearbeitung eines höchst fesselnden Themas – und sie sollte mit all den speziellen so eifrig erworbenen Kenntnissen Wressleys vom Auswärtigen Amt geschrieben werden – eine Gabe, einer Kaiserin würdig.

Er erzählte Fräulein Venner, daß er Urlaub nehmen werde und daß er hoffe, ihr bei seiner Rückkehr ein Geschenk mitzubringen, das es wert wäre, von ihr angenommen zu werden. Ob sie warten wollte? Sicher wollte sie das. Wressley erhielt siebzehnhundert Rupien im Monat. Auf die wollte sie gern ein Jahr warten. Ihre Mama würde ihr beim Warten helfen.

So nahm Wressley ein Jahr Urlaub und nahm alle entbehrlichen Dokumente, die ihm erreichbar waren, mit (ungefähr eine Wagenladung voll) und ging nach Zentralindien mit der Idee, die in seinem Kopf brannte. Er begann sein Buch in dem Land, über das er schrieb. Zu viel geschäftliche Korrespondenz hatte ihn zu einem trockenen Schreiber gemacht, und er muß geahnt haben, daß er das helle Licht der Lokalfarben auf seiner Palette nötig hatte. Und Lokalfarbe ist eine gefährliche Sache für Liebhaber.

Himmel! Wie hat der Mann gearbeitet! Er erfaßte seine Radschas, analysierte seine Radschas und verfolgte ihre Spuren bis in nebelhafte Zeiten zurück und noch weiter samt ihren Königinnen und Konkubinen. Er datierte, datierte wieder um, stellte Stammbäume auf, immer wieder neu, verglich, notierte, verbesserte, verkürzte, reihte auf, sortierte, wählte aus, folgerte, stellte Listen und wieder Listen auf … jeden Tag zehn Stunden lang. Und weil das neue und plötzliche Licht der Liebe ihn erleuchtete, verwandelte er das trokkene Skelett der Geschichte und die schmutzigen Berichte von Übeltaten in Ereignisse, über die er je nachdem weinen oder lachen mußte. Herz und Seele saßen an seiner Federspitze und flossen in die Tinte. Er hatte die Gabe des Mitfühlens, der Einsicht, hatte Sinn für Stimmung und Stil, zweihundertunddreißig Tage und Nächte lang; und sein Buch wurde ein wirkliches Buch. Seine ausgedehnten speziellen Kenntnisse hatte er sozusagen bei sich; aber der Geist, das hineingewobene Etwas, die Poesie, die Kräfte des Werkes hatten mit den Spezialkenntnissen nichts zu tun. Aber ich zweifle, daß es ihm bewußt war, welche Gabe er damals hatte, und daher mag er um einen Teil des Glücksgefühls gekommen sein. Er mühte sich für Tillie Venner, nicht für sich selbst. Oftmals machen die Menschen ihre besten Arbeiten blind, nur einem andern zuliebe.

Ebenso kann man, obgleich das nichts mit dieser Geschichte zu tun hat, in Indien, wo jeder jeden kennt, beobachten, daß Männer, die von ihren Frauen beherrscht werden, aus Reih und Glied heraus und auf höhere Stufen, wo sie alleine stehen, getrieben werden. Wenn ein tüchtiger Mann einmal so auf den Schwung gebracht ist, so geht er weiter vorwärts; aber der Durchschnittsmann kehrt in sein Bataillon zurück, sobald die Frau das Interesse an seinem Erfolg als einem Tribut ihrer Macht verliert, und man hört nie wieder von ihm.

Wressley brachte das erste Exemplar seines Buches nach Simla und überreichte es errötend und stammelnd Fräulein Venner. Sie las etwas darin. Ich gebe ihre Ansicht wörtlich wieder: »Ihr Buch? Ach, das handelt ja nur von diesen gräßlichen Wajahs. Ich hab es nicht verstanden.«

Dies kleine leichtfertige Mädchen hat Wressley vom Auswärtigen Amt kaputt gemacht. Ich übertreibe nicht. Alles, was er mit schwacher Stimme äußern konnte, war: »Aber – aber – es ist mein *magnum opus*! Mein Lebenswerk.« Fräulein Venner wußte nicht, was *magnum opus* hieß; aber sie wußte, daß Hauptmann Kerrington beim letzten Gymkhana dreimal gewonnen hatte. Wressley drängte sie nicht, noch länger auf ihn zu warten. Dazu war er vernünftig genug.

Dann kam die Reaktion nach dem angestrengten Jahr, und Wressley ging zurück ins Auswärtige Amt und zu seinen »Wajahs«, ein zusammentragendes, bekanntgebendes, Berichte schreibendes Arbeitstier, das mit dreihundert Rupien monatlich noch zu teuer bezahlt gewesen wäre. Er hielt an Fräulein Venners Urteil fest. Und das beweist, daß die Inspiration in dem Buch vorübergehend war und gar nicht mit ihm im Zusammenhang stand. Trotzdem hatte er kein Recht, fünf Kisten, die mit enormen Kosten von Bombay befördert worden waren, angefüllt mit dem Besten, was je über die Geschichte Indiens geschrieben worden ist, in einen Bergsee zu versenken.

Als er einige Jahre später, bevor er in den Ruhestand trat, alles verkaufte, stöberte ich in seinen Bücherschränken, da fiel mir das einzige Exemplar der »Einheimischen Regierung in Zentralindien« in die Hände – das Exemplar, das Fräulein Venner nicht verstehen konnte. Ich las darin, auf seinen Maultierkoffern sitzend, solange das Licht es mir erlaubte, und bot ihm den Selbstkostenpreis dafür an. Er sah mir über die Schulter, las einige Seiten und sagte vor sich hin:

»Wie in aller Welt bin ich bloß dazu gekommen, solch verdammt gutes Zeug zu schreiben?«

Dann zu mir:

»Nehmen Sie es und behalten Sie es. Schreiben Sie eine Ihrer Groschengeschichten über seine Entstehung. Vielleicht – vielleicht – ist diese ganze Geschichte nur zu dem Zweck bestimmt gewesen.«

Das traf mich, da ich wußte, was Wressley vom Auswärtigen Amt einst gewesen war, als das Bitterste, was ich je einen Mann über sein eigenes Werk habe sagen hören.

Mündliche Botschaft

Und wenn dein Geist an meiner Pforte steht und klagt:
– Von Tränen schwer –
Die Liebe hätte vor dem Tod versagt:
Ich lieb nur *mehr,*
Die aus dem Beinhaus kommt und in mein Leid
Noch einmal schüttet einen Tropfen Süßigkeit

Wohnungen der Schatten

Diese Geschichte mag von solchen erklärt werden, die wissen, woraus Seelen gemacht sind, und wo dem Möglichen Grenzen gesetzt sind. Ich habe lange genug in diesem Lande gelebt, um zu wissen, daß es das Beste ist, nichts zu wissen, und ich kann die Geschichte nur so aufschreiben, wie sie geschah.

Dumoise war unser Zivilarzt in Meridki, und wir nannten ihn »Schlafmaus«, weil er ein kleines rundes, schlafmütziges Männchen war. Er war ein guter Arzt und hatte mit niemandem Streit, nicht einmal mit unserm Kommissar, der Manieren hatte wie ein Schifferknecht und Taktgefühl wie ein Roß. Er heiratete ein Mädchen, das ebenso rund war und ebenso schläfrig aussah wie er. Sie war ein Fräulein Hillardyce, eine Tochter des dicken Hillardyce aus Berar, der ja irrtümlicherweise die Tochter seines Chefs geheiratet hatte. Aber das ist eine andere Geschichte.

Die Flitterwochen dauern in Indien selten länger als eine Woche; aber nichts hindert ein Paar, sie über zwei oder drei Jahre auszudehnen. Indien ist ein herrliches Land für Eheleute, die ganz ineinander aufgehen. Sie können ganz für sich leben und ohne jede Störung – so wie es die »Schlafmäuse« machten. Diese beiden Leutchen zogen sich nach ihrer Heirat von der Welt zurück und waren sehr glücklich. Natürlich mußten sie gelegentlich einmal Gesellschaften geben, aber dabei schlossen sie keine Freundschaften; und die Station ging ihres Weges und vergaß sie; man sagte nur gelegentlich, Schlafmaus wäre der beste Kerl von der Welt, aber langweilig. Ein Zivilarzt, der nie Streitigkeiten hat, ist eine Seltenheit und wird als solche gewürdigt.

Überall können es sich nur wenige leisten, Robinson Crusoe zu spielen – am allerwenigsten in Indien, wo wir nur so wenige und sehr auf gegenseitige Freundschaftsdienste angewiesen sind. Dumoise tat nicht recht daran, sich ein Jahr lang von allen abzusondern, und er merkte, daß es ein Fehler gewesen war, als mitten in der kalten Jahreszeit eine Typhusepidemie auf der Station ausbrach und seine Frau sich legen mußte. Er war ein kleiner scheuer Mann, und fünf Tage gingen dahin, ehe er gewahr wurde, daß etwas anderes als ein einfaches Fieber in seiner Frau brannte, und drei weitere Tage vergingen, ehe er es wagte, Frau Shute, die Frau des Ingenieurs, zu besuchen und zaghaft von seinen Sorgen zu sprechen. Fast jedes Haus in Indien weiß, daß die Ärzte bei Typhus sehr hilflos sind. Der Kampf zwischen dem Tod und den Pflegern muß Minute um Minute, Schritt um Schritt gekämpft werden. Frau Shute ohrfeigte Dumoise beinahe wegen seines, wie sie es nannte, »verbrecherischen Zögerns« und ging sofort hin, um nach dem armen Ding zu sehen. Wir hatten in jenem Winter sieben Typhusfälle auf der Station, und da es durchschnittlich auf fünf Fälle einen Todesfall gibt, so waren wir sicher, daß wir jemanden verlieren mußten. Aber alle taten ihr Bestes. Die Frauen pflegten die Frauen Tag und Nacht, und die Männer gingen zu den erkrankten Junggesellen und betreuten sie, und wir rangen sechsundfünfzig Tage mit diesen Typhusfällen und brachten sie triumphierend durch das Tal der Schatten hindurch. Aber gerade, als wir glaubten, es wäre ganz vorüber, und einen Ball geben wollten, um den Sieg zu feiern, bekam die kleine Frau Dumoise einen Rückfall, starb nach einer Woche, und die ganze Station ging zur Beerdigung. Dumoise brach am Rande des Grabes total zusammen und mußte fortgebracht werden.

Nach dem Tod seiner Frau verkroch Dumoise sich in sein Haus und lehnte alle Tröstungsversuche ab. Seine Pflichten erfüllte er tadellos, aber wir alle hatten das Gefühl, daß er auf Urlaub gehen müßte, und seine Kollegen sagten ihm das. Dumoise war für diese Anregung sehr dankbar – er war in den Tagen überhaupt für alles dankbar – und ging zu Fuß nach Chini. Chini liegt etwa zwanzig Tagemärsche von Simla entfernt. mitten in den Bergen, und die Landschaft tut einem wohl, wenn man Kummer hat. Man kommt durch große stille Deodarwälder und an großen stillen Felsen vorbei und über große stille Wiesenhänge, die wie Frauenbrüste schwellen; und der Wind im Gras und der Regen in den Bäumen sagen »scht – scht – scht.« So wurde der kleine Dumoise nach Chini geschickt, um mit Hilfe einer gefüllten Kamera und einer Flinte seinen Schmerz zu beruhigen. Er nahm auch noch einen unnützen Diener mit, weil es der Lieblingsdiener seiner Frau war. Er war faul und stahl, genoß aber bei Dumoise volles Vertrauen.

Auf dem Rückwege von Chini machte Dumoise einen Umweg über Bagi, durch die Waldschonung auf dem Ausläufer des Huttooberges. Einige, die weit in der Welt herumgekommen sind, sagen, daß der Weg von Kotgarh nach Bagi einer der schönsten der Welt wäre. Er führt durch düstere feuchte Wälder und läuft plötzlich in eine öde kahle Berghalde und schwarze Felsen aus. Die Posthütte von Bagi ist allen Winden offen und bitter kalt. Wenig Menschen gehen nach Bagi. Vielleicht war das der Grund, weshalb Dumoise dahin ging. Um sieben Uhr abends machte er halt, und sein Diener ging den Berg ins Dorf hinab, um Kulis für den nächsten Tag zu dingen. Die Sonne war untergegangen, und die Nachtwinde fingen an, zwischen den Felsen zu wehklagen. Dumoise stand an das Verandageländer gelehnt und wartete auf die Rückkehr seines Dieners. Der Mann kam fast sofort, nachdem er außer Sicht war, wieder zurück in einer solchen Hast, daß Dumoise dachte, er müßte einem Bären begegnet sein. Er lief, so schnell er konnte, den Hügelabhang hinauf.

Aber kein Bär war schuld an seinem Schrecken. Er stürzte auf die Veranda zu und fiel hin; das Blut sprang ihm aus der Nase, sein Gesicht war eisengrau. Dann gurgelte er: »Ich habe die *Memsahib* gesehen! Ich habe die *Memsahib* gesehen!«

»Wo?« fragte Dumoise.

»Da unten, sie ging auf der Straße ins Dorf. Sie hatte ein blaues Kleid an, und sie hob den Schleier ihrer Mütze auf und sagte: ›Ram Daß, sage dem Sahib meine *Salaams* und sage ihm, daß ich ihn nächsten Monat in Nuddea treffen werde.‹ Dann bin ich weggerannt, weil ich bange war.«

Was Dumoise sagte oder tat, weiß ich nicht. Ram Daß behauptet, er hätte nichts gesagt, sondern wäre die ganze kalte Nacht hindurch die Veranda auf und ab gegangen in der Erwartung, die *Memsahib* würde den Berg heraufkommen, und hätte wie ein Verrückter die Arme in die Dunkelheit hinausgestreckt. Aber keine *Memsahib* kam, und am nächsten Tage ging er nach Simla, jede Stunde den Diener von neuem ausfragend.

Ram Daß konnte nur sagen, daß er Frau Dumoise getroffen hätte, und daß sie ihren Schleier gelüftet und ihm die Botschaft aufgetragen hätte, die er getreu an Dumoise ausgerichtet hatte. Bei dieser Aussage blieb Ram Daß. Er wußte nicht, wo Nuddea war, hatte keine Freunde in Nuddea und würde höchstwahrscheinlich nie nach Nuddea gehen; selbst nicht, wenn man ihm seinen Lohn verdoppelte.

Nuddea liegt in Bengalen und hat absolut nichts mit einem Arzt, der im Punjab praktiziert, zu tun. Es muß mehr als zweihundert Meilen von Meridki entfernt liegen.

Dumoise ging ohne sich aufzuhalten durch Simla und kehrte nach Meridki zurück, um die Arbeit des Kollegen, der ihn während seines Urlaubs vertreten hatte, wieder zu übernehmen. Einige Rechnungen für die Krankenkasse mußten erläutert werden, und neu eingelaufene Anordnungen des Oberarztes notiert werden, und so dauerte die Übernahme einen ganzen Tag. Am Abend erzählte Dumoise seinem Stellvertreter, der ein alter Freund von ihm aus seiner Junggesellenzeit war, was sich in Bagi ereignet hatte; und der sagte, Ram Daß hätte ja auch ebensogut Tuticorin sagen können, wo er doch einmal so beim Phantasieren war.

In dem Augenblick kam ein Telegraphenbote mit einem Telegramm von Simla, das den Befehl für Dumoise enthielt, nicht den Dienst in Meridki zu übernehmen, sondern sofort in besonderem Auftrag nach Nuddea zu gehen. In Nuddea war eine fürchterliche Cholera ausgebrochen, und da die Bengalische Verwaltung wie gewöhnlich nicht genügend mit Arbeitskräften versehen war, hatte sie einen Arzt aus dem Punjab geliehen. Dumoise schob das Telegramm über den Tisch und sagte: »Nun?«

Der andere Arzt sagte nichts. Das war auch alles, was er sagen konnte.

Dann fiel es ihm ein, daß Dumoise auf seinem Wege von Bagi durch Simla gekommen war und so vielleicht schon von der schwebenden Versetzung gehört hatte.

Er versuchte, diese Frage und den darin enthaltenen Argwohn in Worte zu kleiden, aber Dumoise unterbrach ihn mit den Worten: »Wenn ich *das* gewollt hätte, wäre ich gar nicht aus Chini zurückgekommen. Ich habe da geschossen. Ich habe den Wunsch zu leben, denn ich habe noch was zu tun. Aber traurig würde ich nicht darüber sein.«

Der andere neigte den Kopf und half im Zwielicht Dumoise, die eben geöffneten Koffer wieder einzupacken. Ram Daß trat mit der Lampe ein.

»Wohin geht der Sahib?« fragte er.

»Nach Nuddea«, sagte Dumoise leise.

Ram Daß umklammerte Dumoises Knie und Füße und flehte ihn an, nicht dahin zu gehen. Ram Daß weinte und heulte, bis er aus dem Zimmer geschickt wurde. Da packte er all sein Hab und Gut zusammen und kam zurück, um ein Zeugnis zu erbitten. Er wollte nicht mit nach Nuddea und da seinen Sahib sterben sehen und vielleicht selber sterben.

Da gab Dumoise dem Diener seinen Lohn und ging allein nach Nuddea; der andere Arzt sagte ihm Lebewohl wie einem, der zum Tode verurteilt ist.

Elf Tage später war er mit seiner *Memsahib* vereint; und die Bengalische Verwaltung mußte sich einen neuen Arzt borgen zum Kampf gegen die Epidemie in Nuddea. Der zuerst Importierte lag tot in der Posthütte in Chooadanga.

Damit man weiß, woher es stammt

Vom Huf der Gemse aufgewühlt,
Vom Felsen herab aus dem Sonnenlicht
Fiel der Stein
In den See, der kein Licht je fühlt,
Verlor sich und fiel aus dem Sonnenlicht
Ganz allein.

Doch der Fall war bestimmt seit Beginn,
Mit der Gemse, dem Felsen, dem See.
Doch der Stein
Weiß nur, sein Leben ist jetzt dahin,
Wie er sinkt aus dem Licht in den See,
Ganz allein.

O du, der Stifter der Welt,
Entzünder des Lichts, der Sonne,
O du, Verdunkler des Sees!
Richte du
Die Sünde des Steins, der fällt,
Verjagt aus dem Lichte der Sonne,
Wie er zuckt in dem Grund des Sees,
Immerzu.

Aus McIntosh Jellaludins
unveröffentlichten Papieren

»Geht es zum Morgen, mein Mädchen, oder
zum Abend?
Liebst du mich doch und liebe ich dich!
Möcht' es doch Nacht – möcht' es doch – –«

– hier fiel er über ein kleines Kamelfüllen, das in der Karawanenherberge schlief, wo die Pferdehändler und die Besten des Lumpenpacks aus Zentralasien wohnen; und weil er wirklich sehr betrunken und die Nacht dunkel war, konnte er nicht wieder aufstehn, bis ich ihm half. So fing meine Bekanntschaft mit McIntosh Jellaludin an. Wenn ein Bummler in der Trunkenheit dieses Lied singt, lohnt es sich, sich mit ihm zu befassen. Er kam vom Kamelrücken hoch und sagte mit ziemlich schwerer Zunge: »Ich – ich – ich bin ein bißchen betrunken, aber ein Bad in Loggerhead wird mich wieder zurechtbringen; und hören Sie mal, haben Sie mit Symonds über die Knie der Stute gesprochen?«

Nun war Loggerhead sechstausend beschwerliche Meilen weit von uns entfernt, nicht weit von Mesopotamien, wo das Fischen verboten und das Jagen unmöglich ist, und Charley Symonds' Stall noch eine halbe Meile weiter hinter den Pferdekoppeln. Es war seltsam, all die alten Namen in einer Mainacht zwischen den Pferden und Kamelen in der Karawanserei des Sultans zu hören. Dann schien dem Mann die Erinnerung wiederzukommen und gleichzeitig die Ernüchterung. Wir standen an das Kamel gelehnt, und er deutete nach einer Ecke der Herberge, wo eine Lampe brannte:

»Da wohne ich«, sagte er, »ich würde Ihnen außerordentlich verbunden sein, wenn Sie so gut sein wollten, meinen rebellischen Füßen dorthin zu helfen; denn ich bin mehr als gewöhnlich betrunken –, ganz – ganz phänomenal benebelt. Aber nicht, was meinen Kopf angeht. ›Mein Hirn schreit wider‹ – wie heißt es weiter? Aber mein Kopf reitet auf dem – rollt sollte ich besser sagen, auf dem Misthaufen und hat Gewalt über die Schwäche.«

Ich half ihm durch die Gruppen der angebundenen Pferde, und er sank am Rande der Veranda vor der Reihe der Eingeborenen-Wohnungen zusammen.

»Dank – tausend Dank! O Mond und ihr kleinen kleinen Sterne! Zu denken, daß ein Mensch so schamlos ... und dabei solch infames Gesöff. Ovid im Exil hat kein schlechteres getrunken. Besseres. Es war gefroren. Ach, leider hatte ich kein Eis. Gute Nacht. Ich würde Sie meiner Frau vorstellen, wenn ich nüchtern – oder sie zivilisiert wäre.« Eine Eingeborene kam aus dem Dunkel des Zimmers hervor und beschimpfte den Mann; da ging ich fort. Es war der interessanteste Bummler, den ich seit langem das Vergnügen hatte kennenzulernen; und später wurde er mein Freund. Er war ein großer, gutgebauter, blonder Mann, durch den Trunk furchtbar geschwächt, er sah mehr nach fünfzig aus als nach fünfunddreißig, was nach seiner Aussage sein tatsächliches Alter war. Wenn es in Indien mit jemand bergab geht und er von seinen Freunden nicht so bald wie möglich nach Hause geschickt wird, so fällt er, vom Standpunkt der bürgerlichen Gesellschaft aus gesehen, sehr tief. Wenn er soweit ist, daß er seinen Glauben wechselt, so ist er unrettbar verloren; und das tat McIntosh.

In den meisten großen Städten erzählen einem die Eingeborenen von zwei oder drei Sahibs, gewöhnlich niederer Herkunft, die Hindus oder Muselmänner geworden sind und mehr oder weniger als solche leben. Aber es gelingt einem selten, sie kennenzulernen. Wie McIntosh selber zu sagen pflegte: »Wenn ich um meines Magens willen die Religion wechsele, so liegt mir nichts daran, ein Märtyrer für die Missionare zu werden, auch drängt es mich nicht, berühmt zu werden.«

Bei Beginn unserer Bekanntschaft warnte McIntosh mich. »Bedenken Sie, ich bin kein Gegenstand für Mildtätigkeit. Ich will weder Ihr Geld, noch Ihr Essen, noch Ihre abgelegten Kleider. Ich bin ein seltenes Tier: ein Trunkenbold, der was auf sich hält. Wenn Sie wollen, will ich mit Ihnen rauchen, denn, das gebe ich zu, der Tabak aus den Bazars behagt meinem Gaumen nicht; und ich will alle Bücher, auf die Sie keinen besonderen Wert legen, von Ihnen borgen. Höchstwahrscheinlich verkaufe ich sie für einige Flaschen ganz gemeinen Landfusel. Zum Dank dafür sollen Sie die Gastfreundschaft, wie mein Haus sie bietet, genießen. Hier ist ein Charpoy, auf dem zwei sitzen können, und es ist möglich, daß hin und wieder in der Schüssel etwas zu essen ist. Zu trinken finden Sie leider zu jeder Stunde ganz selbstverständlich: und so heiße ich Sie denn in meinem ärmlichen Hauswesen willkommen.«

Ich war im Hause McIntoshs zugelassen – ich und mein guter Tabak. Aber sonst nichts. Unglücklicherweise kann man nicht gut bei Tage einen Bummler in der Karawanenherberge besuchen. Pferdekaufende Freunde würden es nicht verstehen. Folglich war ich gezwungen, McIntosh nach Dunkelwerden zu besuchen. Er lachte darüber und sagte einfach: »Sie haben ganz recht. Als ich noch eine Stellung in der Gesellschaft einnahm, höher als Ihre, da würde ich es genau ebenso gemacht haben. Gütiger Himmel! Ich war einstmals« – er sprach, als ob er von der Höhe eines Regimentskommandanten heruntergefallen wäre – »ein Oxforder!« Daher also die Bezugnahme auf den Stall von Charley Symonds.

»Sie«, sagte McIntosh langsam, »haben diesen Vorteil

nicht gehabt; aber soviel ich nach dem Äußern beurteilen kann, sind Sie nicht von der Begierde nach starken Getränken besessen. Im ganzen glaube ich doch, daß Sie der Glücklichere von uns beiden sind. Aber ganz sicher bin ich da nicht. In vielen Dingen sind Sie, verzeihen Sie, daß ich das sage, während ich dabei Ihren ausgezeichneten Tabak rauche – ahnungslos.«

Wir saßen auf einer Bettkante zusammen, denn Stühle besaß er nicht, und sahen zu, wie die Pferde zur Nacht getränkt wurden, inzwischen bereitete die Eingeborene das Essen. Es paßte mir nicht, von einem Bummler begönnert zu werden, aber ich war augenblicklich sein Gast, obgleich er nur einen sehr zerrissenen Alpakarock anhatte und eine Hose aus Sackleinen. Er nahm die Pfeife aus dem Mund und sagte in kritischem Ton: »Wenn ich alles in Betracht ziehe, so zweifle ich, ob Sie der Glücklichere sind. Ich denke dabei nicht an Ihre sehr beschränkten Kenntnisse des Klassischen oder Ihren peinlich geringen Sinn für Metrik, sondern an Ihre grobe Unwissenheit in Dingen, die sich viel unmittelbarer vor Ihren Augen abspielen. Das zum Beispiel.« – Er zeigte auf eine Frau, die beim Brunnen mitten in der Herberge einen Samowar reinigte. Sie schnellte das Wasser in regelmäßigen rhythmischen Stößen durch die Ausflußröhre.

»Es gibt so und so viele Arten, einen Samowar zu reinigen. Wenn Sie wüßten, warum sie ihre Arbeit auf diese ganz besondere Weise verrichtet, dann würden Sie wissen, was der spanische Mönch meinte, als er sagte:

Ich kann das dreimal Heilige illustrieren,
Trink dreimal nippend den Orangensaft –
Mir kann der Arier nicht imponieren,
Der hat's mit *einem* Zug geschafft –

und noch vieles andere, das jetzt vor Ihren Augen verborgen ist. Aber meine Frau hat das Essen fertig. Kommen Sie, wir wollen nach der Art der Leute dieses Landes, von dem Sie, nebenbei gesagt, nichts wissen, essen.«

Die Eingeborene tauchte ihre Hand mit uns in die Schüssel. Das war nicht richtig. Die Frau sollte immer warten, bis der Mann gegessen hat. McIntosh entschuldigte sich deswegen und sagte:

»Das ist ein englisches Vorurteil, über das ich nicht habe hinwegkommen können; und dann liebt sie mich. Warum, das habe ich nie begreifen können. Vor drei Jahren in Jullundur kam ich mit ihr zusammen, und seitdem ist sie bei mir geblieben. Ich glaube, sie besitzt Moral, und dann kann sie gut kochen.«

Beim Sprechen streichelte er der Frau den Kopf, und sie girrte leise. Sie war gar nicht hübsch.

McIntosh hat mir nie erzählt, welche Stellung er vor seinem Fall innegehabt hatte. Er war, in seinen nüchternen Zeiten, ein Gelehrter und ein Gentleman. In der Trunkenheit war er mehr das erstere als das letztere. Er war meist einmal in der Woche zwei Tage lang betrunken. Bei solchen Gelegenheiten pflegte die Frau ihn, während er in allen Sprachen außer seiner eigenen phantasierte. Eines Tages jedoch fing er an »Atalanta in Calydon« herzusagen und kam ganz damit zu Ende; den Takt zum Rhythmus des Verses schlug er die ganze Zeit mit dem einen Bein des Bettes. Meistens phantasierte er auf griechisch oder deutsch. Der Geist dieses Mannes war ein richtiger Lumpensack voll unbrauchbarer Sachen. Einmal, als er gerade wieder anfing nüchtern zu werden, sagte er zu mir, ich wäre das einzige vernünftige Wesen in dem Inferno, in das er hinabgestiegen wäre – ein Vergil bei den Schatten, sagte er –, und daß er mir, zum Dank für meinen Tabak, bevor er stürbe, das Material für ein neues Inferno geben wolle, das mich größer als Dante machen würde. Dann schlief er auf einer Pferdedecke ein und wachte ganz ruhig auf.

»Mensch«, sagte er, »wenn man den tiefsten Grad der Erniedrigung erreicht hat, dann sind kleine Vorfälle, die ein höheres Leben beunruhigen würden, ganz bedeutungslos. In der vergangenen Nacht war meine Seele bei den Göttern; aber ich bezweifle gar nicht, daß mein tierischer Leib sich hier unten im Schmutz krümmte.«

»Sie waren ganz abscheulich betrunken, wenn Sie das damit sagen wollen«, sagte ich.

»Ja, ich war betrunken – gemein betrunken. Ich, der Sohn eines Mannes, dem Sie nicht das Wasser reichen – ich, einst Graduierter eines College, von dem Sie nicht einmal die Kantinentür gesehen haben. Ich war ekelhaft betrunken.

Aber bedenken Sie, wie wenig es mir anhat. Es bedeutet nichts für mich. Weniger als nichts; denn ich fühle nicht einmal die Kopfschmerzen, die ich doch eigentlich haben sollte. Wie entsetzlich würde meine Bestrafung, wie bitter meine Reue sein, wenn ich höhergestellt wäre! Glauben Sie mir, mein Freund mit der vernachlässigten Erziehung, das höchste ist wie das niedrigste – immer vorausgesetzt, beides im Extrem.«

Er drehte sich auf seiner Wolldecke um, stützte den Kopf zwischen die Fäuste und fuhr fort:

»Bei der Seele, die ich verloren habe, und bei dem Gewissen, das ich getötet habe, ich sage Ihnen, daß ich nicht fühlen kann! Ich bin wie die Götter, ich kenne Gut und Böse, bin aber ungerührt von beiden. Ist das zu beneiden oder nicht?«

Wenn jemand die Warnung des »Katzenjammers« am nächsten Morgen nicht mehr kennt, muß er in einer bösen Beschaffenheit sein. Ich blickte auf McIntosh, der auf der Decke lag, mit dem Haar über den Augen und blauweißen Lippen, und antwortete, daß ich diese Gefühlslosigkeit nicht für sehr gut hielte.

»Ums Himmels willen, sagen Sie das nicht! Ich sage Ihnen, sie ist gut und höchst beneidenswert. Denken Sie an meine Tröstungen!«

»Haben Sie denn so viele, McIntosh?«

»Sicherlich; Ihre Versuche, sarkastisch zu sein, die Hauptwaffe der kultivierten Menschen, sind ungezogen. Erstens meine Kenntnisse, mein klassisches und literarisches Wissen, vom unmäßigen Trinken vielleicht etwas verwischt – das erinnert mich daran, daß ich gestern abend, ehe meine Seele zu den Göttern ging, Ihren Hanswurst von Horaz, den Sie mir freundlicherweise geliehen hatten, verkauft habe. Ditta Mull, der Kleiderhändler, hat ihn. Er brachte mir zehn Annas ein und kann für eine Rupie wieder eingelöst werden – aber Ihren Kenntnissen immer noch weit überlegen. Zweitens die beständige Zuneigung meiner Frau, der besten aller Frauen. Drittens ein Denkmal, dauernder als Erz, das ich in den sieben Jahren meiner Erniedrigung errichtet habe.«

Hier hielt er inne und kroch durchs Zimmer, um einen Schluck Wasser zu trinken. Er war sehr schwach und krank.

Verschiedentlich machte er Andeutungen von seinem

»Schatz« – irgendeinem großen Besitz, der ihm gehörte –, aber ich hielt es für eine Trinkerphantasie. Er war so stolz und so arm wie nur möglich. Sein Benehmen war nicht angenehm, aber er wußte genug von den Eingeborenen, unter denen er sieben Jahre seines Lebens zugebracht hatte, um seine Bekanntschaft wertvoll zu machen. Über Strickland lachte er tatsächlich immer als über einen Unwissenden – »weiß weder was vom Westen noch vom Osten« – sagte er. Er rühmte sich erstens, ein Oxforder von seltenen und glänzenden Fähigkeiten zu sein, was wahr gewesen sein kann oder auch nicht – ich wußte nicht genug, um seine Behauptungen kontrollieren zu können – und zweitens, daß er »seine Hand am Puls des Lebens der Eingeborenen halte« – und das war Tatsache. Als Oxforder kam er mir wie ein eingebildeter Laffe vor: er warf mit seiner Bildung ständig um sich. Als mohammedanischer Fakir – als McIntosh Jellaludin – war er alles, was ich für meine Zwecke brauchte. Er rauchte mehrere Pfund meines Tabaks und lehrte mich einige Unzen wertvoller Dinge; aber Geschenke nahm er nie an, auch nicht als die Kälte einsetzte und die arme dünne Brust unter dem armen dünnen Alpakamantel packte. Er wurde sehr böse und sagte, daß ich ihn beleidigt hätte, und ins Krankenhaus wollte er nicht. Er hätte wie ein Vieh gelebt, und er würde vernünftig sterben wie ein Mensch.

Tatsächlich starb er an Lungenentzündung. Am Abend vor seinem Tode sandte er mir einen schmierigen Zettel mit der Bitte, zu kommen und ihm beim Sterben zu helfen.

Die Frau weinte an seinem Bett. McIntosh, in eine Baumwolldecke eingewickelt, war zu schwach sich zu wehren, als ich einen Pelz über ihn warf. Sein Geist war sehr tätig, seine Augen flammten. Als er den Arzt, der mit mir zusammen kam, so abscheulich beschimpft hatte, daß der alte Herr empört fortging, fluchte er einige Minuten auf mich, dann beruhigte er sich.

Da befahl er seiner Frau, »das Buch« aus einem Loch in der Wand herbeizuholen. Sie brachte ein großes Bündel alter verschiedener Blätter Schreibpapier, in den Fetzen eines Unterrockes eingewickelt, numeriert und bedeckt mit feinen engen Schriftzügen. McIntosh tauchte die Hand in den Plunder und blätterte liebevoll darin.

»Das«, sagte er, »ist mein Werk – das Buch von McIntosh Jellaludin, es zeigt, was er sah und wie er lebte, und was ihm und anderen widerfahren ist; es ist auch ein Bericht von dem Leben, den Sünden und dem Tod Mutter Maturins. Was Mirza Murad Ali Begs Buch im Vergleich zu allen andern Büchern über das Leben der Eingeborenen ist, das wird mein Buch sein im Vergleich zu Mirza Murad Ali Begs Buch!«

Diese Behauptung war, wie jeder, der Mirza Murad Ali Begs Buch kennt, unterschreiben wird, sehr kühn. Die Papiere sahen nicht gerade sehr wertvoll aus; aber McIntosh ging damit um, als wären es Wertpapiere. Dann sagte er langsam:

»Ungeachtet der vielen Mängel Ihrer Bildung sind Sie gut gegen mich gewesen. Wenn ich zu den Göttern gelange, will ich von Ihrem Tabak sprechen. Ich bin Ihnen für viele Freundlichkeiten viel Dank schuldig. Aber ich verabscheue es, jemand etwas schuldig zu sein. Aus diesem Grunde vermache ich Ihnen jetzt das Denkmal, dauerhafter als Erz – mein einziges Buch – teilweise noch roh und unvollkommen, aber o! wie vortrefflich in anderen Teilen! Ich möchte wissen, ob Sie es verstehen. Es ist eine ehrenvollere Gabe als ... Ah! Wohin wandern meine Gedanken? Sie werden es schrecklich verstümmeln. Sie werden die Perlen, die Sie ›lateinische Zitate‹ nennen, ausmerzen, Sie Philister, und Sie werden den Stil hinopfern, um ihn in Ihren eigenen kurzatmigen Jargon umzumodeln; aber das Ganze als solches können Sie nicht vernichten. Ich vermache es Ihnen. Ethel ... Wieder meine Gedanken! ... liebe Frau, du bist Zeuge, daß ich dem Sahib all diese Papiere gebe. Sie würden für dich, Herz meines Herzens, keinen Nutzen haben; und ich trage Ihnen auf«, hier wandte er sich an mich, »lassen Sie das Buch nicht zugrunde gehen, wie es da ist. Es ist das Ihre, bedingungslos – die Geschichte von McIntosh Jellaludin, die *nicht* die Geschichte von McIntosh Jellaludin ist, sondern eines größeren Mannes, als er ist, und einer weit größeren Frau. Hören Sie! Ich bin weder verrückt noch betrunken! Das Buch wird Sie berühmt machen.«

Ich sagte »danke schön«, als die Frau mir das Bündel in die Arme legte.

»Mein einziges Kind!« sagte McIntosh mit einem Lächeln.

Er nahm rasch ab, aber er sprach weiter, solange er noch Atem hatte. Ich wartete auf das Ende; ich wußte, daß in neun von zehn Fällen ein Sterbender nach seiner Mutter ruft. Er drehte sich auf die Seite und sagte:

»Erzählen Sie, wie es in Ihren Besitz kam. Niemand wird Ihnen glauben, aber wenigstens wird mein Name leben. Sie werden roh damit umgehen, das weiß ich. Einiges davon muß weg; das Publikum besteht aus Dummköpfen, zimperlichen Dummköpfen. Einstmals war ich ihr Diener. Aber machen Sie das Zerstümmeln vorsichtig – sehr vorsichtig. Es ist ein großes Werk, und ich habe dafür mit sieben Jahren Verdammnis bezahlt.«

Er schwieg zehn oder zwölf Atemzüge lang, und dann fing er an, eine Art Gebet auf griechisch zu murmeln. Die Frau weinte bitterlich. Schließlich richtete er sich im Bett auf und sagte, ganz laut und langsam: »Nicht schuldig, Herr!«

Dann fiel er zurück und war bewußtlos, bis er starb. Die Frau lief hinaus in den Herbergshof zwischen die Pferde, und schrie und schlug gegen ihre Brust; denn sie hatte ihn geliebt.

Vielleicht sagte der letzte Satz, den McIntosh im Leben äußerte, was er durchgemacht hatte; aber außer dem großen Bündel alter Blätter in dem Tuch war nichts in seinem Zimmer, das hätte sagen können, wer oder was er gewesen war.

Die Papiere befanden sich in einem hoffnungslosen Durcheinander.

Strickland half mit, sie zu sortieren, und er sagte, daß der Schreiber entweder ein sehr großer Lügner oder eine ganz wundervolle Persönlichkeit gewesen sein müsse. Er glaubte das erstere. Eines Tages wird man selber urteilen können. Das Bündel hatte eine große Reinigung nötig und war vor jedem Kapitel voll von griechischem Unsinn; das haben wir alles ausgemerzt.

Wenn das Ding jemals veröffentlicht wird, dann wird sich vielleicht jemand an diese Geschichte erinnern, die jetzt gedruckt ist als Beweis dafür, daß McIntosh und nicht ich das Buch von Mutter Maturin geschrieben hat.

Ich will mich nicht mit fremden Federn schmücken.

Kipling
Kim

Rudyard Kipling

Kim

Roman

Ins Deutsche übertragen von
Hans Reisinger

List Verlag
München · Leipzig

Die Redaktion der Gesamtausgabe von 1965, auf der diese Ausgabe beruht, besorgte Dr. Johannes Gottwald.

*Bei indischen Wörtern und Namen wurde weitgehend die englische Schreibung beibehalten, um das Lokalkolorit Kolonial-Indiens und die Sprachatmosphäre Kiplings möglichst zu bewahren.
Soweit diese Wörter jedoch im Deutschen als Fremdwörter ihren festen Platz haben (etwa Radscha, Hadschi, Kaschmir, Krischna) wurden sie in deutscher Form wiedergegeben.*

Sonderausgabe 1993

ISBN 3-471-77990-6

Gesamtherstellung: Ebner Ulm

Inhalt

»Großer Freund aller Welt«

Zu Rudyard Kiplings hundertstem Geburtstag

von

CARL ZUCKMAYER

Es ist den großen Schriftstellern und Dichtern vorbehalten, ein Stück Menschenwelt, und damit ein Stück Weltgeschichte, ins Bewußtsein ihrer Zeit zu rücken, das vorher in solcher Deutlichkeit nicht erkennbar war, und das von den späteren Geschlechtern als Gewißheit angenommen wird. Ohne Horaz und Catull, aber auch ohne Caesar, Sallust und Tacitus, wüßten wir wenig von der römischen Hochblüte und Wendezeit. Vor Arthur Schnitzler und seiner ›Liebelei‹ gab es die Gestalt des ›Wiener Mädels‹ nur in der Verniedlichung, im Operetten- und Öldruckformat, – die Sonderheit des wienerischen Menschenschlags nur in der Satire oder dem Sittenbild seiner Volksdichter. Das sind Beispiele verschiedenen Ranges. Doch scheint es mir fraglos, daß ohne Rudyard Kipling, – ganz gleich was vorher oder nachher darüber geschrieben wurde, – die Welt und Natur, das geistige und leibliche Dasein Indiens, diese ungeheure Welt zwischen Himalaja und Ganges, zwischen Tibet und den tropischen Gestaden, in ihrer Fülle und Bedeutung fast einem Erdteil gleichend, – niemals ins Blickfeld der westlichen Hemisphäre gerückt, niemals Bestandteil und bleibender Besitz europäischer Literatur geworden wäre. Und zwar nicht nur mit den Augen der Europäer, der kleinen und großen Kolonialherrn, der *Sahibs* gesehen, denen dieses Land wohl Schicksal wurde, die aber nicht zu seinem innersten Gewebe, zu seiner geheimen Substanz gehörten, – sondern eben aus dem Kern und Wesen jener Substanz heraus, – dem unendlich vielschichtigen, wahrhaft tausendarmigen und tausendfältigen Gestaltenreichtum einer Bevölkerung, deren Geschichte in einer seit Alexanders Zeiten gleichsam allgegenwärtigen und seltsam vergeistigten Geschichtslosigkeit besteht. Selbst später in Europa hoch angesehene Personen des indischen Geisteslebens, wie Tagore oder Radakrischnan, hätten uns niemals den einzigartigen Reiz dieser Doppelschau übermittelt.

Wer die *Plain tales,* (die ›Schlichten Geschichten aus Indien‹), wer die *Dschungelbücher* und die wundervollen Balladen, wer *Kim* nicht kennt, dem fehlt nicht etwa nur eine Kenntnis bestimmter exotischer Verhältnisse und Gestalten, – dem fehlt ein Blick auf die Welt, auf das menschliche Leben und Verhalten über den Wandel der Epochen hinweg, wie er uns selten mit so viel Wahrheit und Phantasie, mit so viel Härte und Zärtlichkeit, mit so viel brennend leidenschaftlicher Beteiligung und ebensoviel heiterer Weisheit, verstehender Nachsicht, eröffnet wurde. Das reicht von der zeitlosen Tragödie, (in *Das Licht erlosch*), von der naturdurchtränkten Legenden- und Märchenwelt der Dschungelbücher, bis zu der von Gegenwart und Zeitnähe geradezu berstenden, derbste Realität mitsamt ihrer Persiflage aufreißenden, explosiven Blitz- und Kanonenpoesie einer kolonialen Soldateska. Das Tier und das Kind, die Heiligen und die Frauen, stehen im sanft erleuchteten Mittelgrund seiner dichterischen Gemälde.

Er kannte sein Indien wie er sein grünes Britannien, die Traumheimat aller aufs Meer und in den fernen Dienst Verschlagenen kannte. Er kannte es, mit seinem mikrobenhaft unerschöpflichen, mikrobenhaft zeugenden, lebenden, sterbenden Gewimmel von Rassen, Völkern, Sprachen, Dialekten, Kontrasten und Heimlichkeiten, von Zauberern, Göttern und Teufeln, er kannte das Dickicht seiner Städte, den Lauf seiner Flüsse und Heerstraßen, wie Joseph Conrad die Wasserwege, Riffe, Klippen, Hafenämter und Seemannsheime samt all ihrer Bewohner zwischen dem Roten Meer und dem östlichen Archipelagus kannte. Doch reicht Kiplings Wissen bis zu den Quellen und Wurzeln früher Kindheit hinab. Kinderfrauen und Küchenmädchen, Hausbediente und Lieferanten erschlossen von jeher den Zugang zum Volk und zur Wirklichkeit für die Kinder der behüteten Kreise: das erste Durchbrennen ist die erste Welt-Entdeckung. Immer wieder spiegelt sich in Kiplings Werk das Erlebnis eines Volkes, bei dem nicht die Mächtigen und Reichen, sondern die Heiligen und Weisen das eigentliche Vorbild und Vaterbild bedeuten. Hier wird das gesellschaftliche Bild vor allem durch das ungebrochene, noch unbezweifelte religiöse Bekenntnis bestimmt: Hindus und Parsen, Buddhisten und Moslems erscheinen, bei aller Weltlichkeit und Weltklugheit ihres Tuns und Treibens, fest in den

Grundsätzen ihres Glaubens verankert, sie leben in der ihnen gesetzten Feindschaft oder Verbundenheit nach unverrückbaren Regeln und Bräuchen, wie die Tiere der Wildnis nach dem ›Gesetz des Dschungels‹.

Wer hat nicht in seiner Jugend mit Mowgli und seinem ›Vater Wolf‹, mit Baloo dem Bären, Bagheera dem Panther, dem agilen und tapferen Rikki-Tikki-Tavi, dem blutdürstigen Tiger Schir Khan und der unheimlichen Schlange Kaa gelebt? Aber im Gegensatz zu vielen phantasiebelebenden Büchern, die uns in der Kindheit beeindruckten, bestätigt und vertieft sich der Gehalt und die Bedeutung der Dschungelbücher bei der Lektüre in reifen Jahren. Selbst der große Zoologe und Verhaltensforscher Konrad Lorenz, dem gewiß die Geschichten, in denen sich Tiere des Waldes mit ›Herr Geheimrat‹ oder ›Frau Hofrätin‹ anreden, ebenso zuwider sind wie dem Schreiber dieser Zeilen, hat erklärt, daß es sich bei Kipling nicht um die bekannte ›falsche Vermenschlichung‹ des Tieres handelt, daß die Gespräche, Lehren, Zurufe, Sprüche seiner Tiere durchaus dem entsprechen, was sie in ihrem tierlichen Wesen zu empfinden und vielleicht auch auf ihre Weise auszudrücken vermögen. Und auch hier, wie bei seinen Geschichten von Männern, Frauen und Kindern, bleibt die Darstellung nie aufs Anekdotische beschränkt: immer wird seine besondere Welt zum Spiegel des Welt-Ganzen, des orbis terrarum, der bekannten und unbekannten Erde, des rätselhaften Geschlechts ihrer Bewohner. Der kleine Kim steht, in Kiplings eigenen Worten, »auf Du und Du mit Leuten, die ein Dasein führten, seltsamer als alles, was Harun al Raschid sich hätte träumen lassen, und lebte selbst ein Leben, toll wie aus Tausendundeiner Nacht«. Vielleicht ist dies ein vermessener Vergleich, – doch fiel mir bei der Jugendgeschichte Kims, inmitten des Rassen- und Völkergemischs der Stadt Lahore, mit dem er sich identifiziert, ohne ganz zu vergessen, daß er selbst ein kleiner ›Sahib‹ ist, immer jene Kindheitsepoche aus dem Leben Friedrichs des Zweiten von Hohenstaufen ein, als sich der nach dem frühen Tod seines Vaters, Heinrich des Sechsten, und seiner Mutter Konstanze vernachlässigte Knabe unerkannt in den Hafen- und Händlervierteln von Palermo, zwischen Sarazenen, Normannen, Griechen, Levantinern, Schmugglern, Fischern, entlaufenen Sklaven und Landsknechten herumtrieb.

Vielleicht ist ihm hier jene tiefe Kenntnis des Volkes zugewachsen, die ihn später zur Schaffung einer fast demokratischen Gesetzgebung und Rechtsprechung befähigte, jenes Wissen um das Geistesgut fremder Völker, das es ihm dann ermöglichte, mit dem Sultan *Kâmil* – statt des bei Kreuzzügen üblichen Blutvergießens – Verträge abzuschließen und von ihm die Geheimnisse der orientalischen Astrologie zu lernen. Bei Kim, der nicht von Kaisern und Königen sondern von einem irischen Unteroffizier abstammt, ist die höchst erklimmbare Rangstufe die eines Mannes, der nur noch mit großen Anfangsbuchstaben und Ziffern in der Liste des britischen Geheimdienstes geführt wird und ›auf dessen Kopf ein Preis gesetzt ist.‹ Aber sein wahres Leben, das Opfer und das Glück seines Daseins, vollzieht sich in seiner Wanderung mit jenem wunderbar einfältigen, wunderbar weisen Lama vom Dache der Welt. Beides, diese Weisheit und diese Einfalt, bildet den goldenen Schnitt in Kiplings gestaltenreichem Lebenswerk. »Sehr wenige Weiße, aber viele Asiaten können sich in eine Art Verzückung versetzen, indem sie ihren eigenen Namen immer wieder und wieder aussprechen und ihren Geist völlig gelöst ergehen lassen in Betrachtung dessen, was persönliche Identität genannt wird«, – heißt es im elften Kapitel des ›Kim‹. Vielleicht besteht ein Teil dessen, was wir unter dem ›Wesen des Dichters‹ verstehen, in eben dieser Fähigkeit. Vielleicht hat Rudyard Kipling sie besessen. Sicher ist er im Bewußtsein der persönlichen Identität noch ungespalten, und seine Welt, mit all ihrem Elend und ihren Freuden, ihren Kasten und Klassen, ihrem Oben und Unten, ist in ihrer Daseinsmitte noch eine ungeteilte, eine ›heile Welt‹. »Kleiner Freund aller Welt« war der Rufname des Gassenjungen Kim. »Großer Freund« ist uns sein Dichter geworden.

Großer Freund aller Welt. Denn es ist nicht nur die Welt Indiens, die sein scharfer und klarer Blick, sein von keiner Ideologie oder Dogmatik eingeengter Geist umfaßt. Rudyard Kipling, sosehr Indien, das unberührte wie das kolonisierte, die Eindrücke seiner Kindheit geprägt hat, ist ein europäischer Dichter, und seine großherzige Kameradschaft gehört der ganzen Erde samt all ihren Geschöpfen. Man denke nur an einzelne Erzählungen wie »Die schönste Geschichte der

Welt«, an »Sie« und »Der Stier, der denken konnte«, »Das Dorf, das beschloß, die Erde sei flach« oder an eines seiner ›Nebenwerke‹, den Seeroman ›Captains Courageous‹, das Hohelied der Hochseefischerei, nach dem übrigens, in der Blütezeit Hollywoods, mit dem damals jungen Spencer Tracy, ein unvergeßlicher Film gedreht wurde.

Kipling hat in die englische Lyrik, deren Geist und Melodie bis zum Ende des 19. Jahrhunderts noch durchweg von Keats, Coleridge, Byron, Swinburne bestimmt war, einen neuen, ungemein erfrischenden und belebenden Tonfall gebracht. Doch ging seine Wirkung weit über den englischen Sprachbereich hinaus. Sein Balladenwerk und seine Soldatenlieder gehören, neben Rimbaud und Villon, der pietistischen Choraldichtung und den Elisabethanern, zu den stärksten Einflüssen, die das Jugendwerk des deutschen Dichters Bertolt Brecht angeregt und bereichert haben. Brecht selbst bekannte sich durchaus zu ihm, er hat einige seiner Balladen übersetzt, und wir finden das Kiplingsche Vorzeichen immer wieder in seinen eigenen, eigenwüchsigen Balladen und Songs, bis zu einigen aus der *Dreigroschenoper:* »Soldaten wohnen / Auf den Kanonen /«, – wer hört da nicht Kiplings ›Regiment der Mavericks‹ laut mitsingen? Aber auch das Kleeblatt in Brechts exemplarischer Komödie ›Mann ist Mann‹ wäre ohne Kiplings *Soldiers Three* kaum zu denken, und die islamitische Weisheit von den ›zwei Seiten des Kopfes‹ erscheint bei Brecht, sehr unmarxistisch, in dem Vers von den ›zwei Seelen in unsrer Brust‹ abgewandelt: ›Versuch Dir keine auszuwählen, / Weil Du sie beide haben mußt.‹ Schon frühere Autoren haben aus dieser überreichen Quelle geschöpft, so Gustav Meyrinck, (auch er ein Kipling-Übersetzer), in einigen seiner, von hinduistischer Mystik unterlegten, Groteskerzählungen. Eine unvergleichlich großartige, ebenso gewissenhafte wie kongeniale Übersetzung wurde Kipling in den Verdeutschungen durch Hans Reisiger zuteil, der auch Walt Whitman fast zu einem deutschen Dichter gemacht hat: liest man ihn später auf englisch, braucht man von seinem Eindruck nichts zu revidieren.

Einer neuen Kiplingausgabe ist die größtmögliche Verbreitung unter der deutschen Leserschaft zu wünschen. Denn Kipling ist nicht ›veraltet‹. Er ist in seinem Anliegen und seiner Darstellungskraft so ›modern‹, so frisch und jung wie auf der

Höhe seines Schaffens. Sein Bekenntnis rundet sich in der gelassenen Hinnahme und Pflege des menschlichen Tagewerks, – *The Day's Work,* – wie es schon in der Weisheit des Predigers Salomo und in Voltaire's ›Candide‹ als letzter Schluß erscheint: *Il faut cultiver son jardin.*

(1965)

Einführung von Hans Reisiger

Rudyard Kipling wurde am 30. Dezember 1865 in Bombay geboren, »zwischen Palmen und Meer«. Sein Vater, John Lockwood Kipling, Sohn eines englischen Geistlichen, war Architekt und Bildhauer an der Kunstschule von Bombay, späterhin Kurator des Zentralmuseums in Lahore. Er war ein großer Kenner altindischer Tempelskulpturen und schrieb auch ein in England bekanntes Werk über »Tiere und Menschen Indiens«. Zu Anfang des Jahres 1865 heiratete er Alice Macdonald, ebenfalls die Tochter eines englischen Geistlichen und berühmten Kanzelredners, die sich auch als Dichterin versuchte und im Jahre 1902 zusammen mit ihrer Tochter, Rudyard Kiplings Schwester, ein Buch »Verse einer Mutter und Tochter« herausgab.

Berichte damaliger Freunde des Hauses Kipling sprechen von der Fülle von Kunstwerken, Altertümern, Raritäten, die jeder Raum barg, und von dem lebhaften, klugen, künstlerischen Geist, der in dem gastfreien Hause herrschte. »Die gütigsten und liebenswürdigsten Menschen, die ich je kennengelernt habe«, schreibt ein Besucher. Wir werden nicht fehlgehen, wenn wir ein gut Teil solchen Geistes dem schottisch-irischen Blut der Mutter zuschreiben und der Erbschaft jenes schönen, von herrlichsten Bäumen durchrauschten Insellandes, dessen Farbe Grün und dessen Wappen die Harfe ist und dessen Kinder freilich in anderer Zunge reden als gemeinhin der Engländer: sprühend, bilderreich, witzig, musikalisch; stolzen Unabhängigkeitssinn und Kampfhahngelüste vereinend mit Liebenswürdigkeit und seelischem Verstehen.

Das Vaterhaus des Knaben, dessen Blut so aus altenglisch-strenger und irisch-feuriger Mischung geboren war, lag unter Palmen, durch deren Wipfel das Bunt der Papageien blitzte, nicht weit vom Strande der See, wo bei Sonnenauf- und -untergang parsische Beter, in den rotschmelzenden Wassern stehend, sich vor ihrer Gottheit neigten. Hindustanische und mohammedanische Dienerschaft, in langen, weißen Gewändern, feierlich – die Hand auf Herz, Mund, Stirn – mit dem »salaam« grüßend, umgibt ihn, und immer ist da die Ayah, die ernste, indische Amme, mit Bronzegesicht und Sammetaugen und blitzendem Edelstein im Nasenflügel, von deren Lippen er die Landessprache früher als seine Muttersprache lernt und die Lieder hört, die die nackten Kinder in den Bazaren singen, die Lieder von Schiwa und Hari und vom menschenverschlingenden König der Dschungeln, Schir Khan, dem Tiger. Am Morgen, wenn Lärm und Glanz der Stadt sich aus rosigem Dunst ringt, taucht er an der Hand der Ayah in den buntleuchtenden Fruchtmarkt, gelegentlich seitwärts vor ein Bild der heiligen Jungfrau Maria, der Bibi Mirjam, gezogen oder vor den Schrein irgendeiner fetten Hindugottheit, der sie Blumenkränze um den Hals hängen; denn die Ayah ist getaufte Katholikin und liebt zugleich ihre alten Götter. Was tut's? Hier leuchtet viel Licht und Leben und Nebeneinander; alles was ist, hat sein Recht.

Dem sensitiven Knaben bleibt diese Welt nicht nur Bild, da er ihre Sprache versteht; er hört die tausend bilderreichen, wunderlich unmittelbaren Reden und Weisheitssprüche, das endlose Beschwätzen aller Ereignisse; auch die Doppelwelt der Geschlechter wird ihm in aller Natürlichkeit und Selbstverständlichkeit lebendig; schielender Blick und heimliches Horchen bleibt ihm fremd; er sieht und hört, und sein Sehen und Hören wächst ungebrochen heran.

Er sieht auch sich selbst, als den Sprößling und Zugehörigen einer herrschenden Rasse, als künftigen weißen Mann, als Sahib, vor dessen Pferd das halbnackte braune Gewühl beiseite weicht und salaamt. Und starke gegensätzliche Energien laden sich in der Seele des Knaben, ihm zuströmend aus dieser farbig-lässigen, rätselreichen, tierhaft-warmen Eingeborenenwelt, die er ja *liebt,* liebt wie die braune Goldhaut seiner Ayah, und aus dem wachsenden Bewußtsein von jenem seltsamen Vorrang weißer Rasse, das nun einmal in ihm ist, mag auch das *andere* reicher, älter, geheimnisvoller, liebenswerter erscheinen. Aus gründlicher Zwiespältigkeit entspringen Schaffenskräfte. In das ganze Werk Kiplings strahlt dieses Zwiegefühl aus.

Noch ist das »Weiße« im Wesen des Knaben kein bewußter Gefühlswert, noch fehlt die Erkenntnis des eigentlichen Sinnes dieser Rassenzugehörigkeit, noch fehlt ein ethischer Inhalt, eine westliche Idealität, die mit dem Östlichen in Wechselwirkung treten könnte.

Aber die englische Rasse hat einen starken Instinkt dafür, sich zu bewahren. Wie dieser Instinkt sie vor Blutsvermischung mit Eingeborenen schützt, so veranlaßt er sie auch, ihre Kinder frühzeitig den tropischen Einflüssen zu entziehen und sie in die Heimat zu schicken, damit sie an Leib und Seele abgehärtet werden in der kühlen Luft Englands. Der kleine Rudyard wird also auf einen Dampfer verfrachtet. Erst blaue Tage, blaues Meer mit fliegenden Fischen, herrliche Ruhe. Dann erster Sturm in nördlicherer See – Erinnerung, die der Dichter in einem seiner entzückenden Kinderlieder wieder wachruft:

»Wenn die Kajütenfenster dunkel sind
Und grün von der See davor,
Wenn das Schiff bald ›wupp‹ macht, bald bibbernd hält
Und der Steward in die Suppenschüssel fällt
Und die Koffer wackeln im Chor;

Wenn Nänne kläglich am Boden rutscht
Und Mammi sagt, daß sie schlafen muß,
Und dich ungekämmt und -gewaschen läßt –
Ja, dann weißt du, was das heißt:
Fünfzig Nord, vierzig West!«

Und dann England! Dunstiges Kliff gegen blaßgrauen Himmel, flacher Küstenstrich daneben, dumpf geduckte Häuser, alles feucht, lastend, sonnenlos.

Und fünf graue Jahre folgten. Jahre im Hause der Frau eines Marineoffiziers, die englische Kinder aus Indien in Pension nahm und deren wesentliche Erziehungsmittel Bibel und Rohrstock waren. Dickens hätte vielleicht einen Roman aus dieser jugendlichen Trübsal gemacht; in Kiplings Werk ist der Erinnerung an sie nur auf wenigen einleitenden, humorvoll-ergreifenden Seiten seines Romans »Das Licht erlosch« Raum gegeben. Jedenfalls aber wurde in diesen Jahren, wenn auch auf so unholde Weise, der Grund zu der großen Bibelkenntnis des Dichters gelegt.

Mit elf Jahren kam der Knabe, nach einem kurzen Besuch in Paris mit dem Vater, in eine Militärvorbereitungsschule, das United Service College in Westward Ho, eine der großen englischen Knabenschulen, die, auf dem Lande gelegen, so vortreffliche Gelegenheit bieten zur Entfaltung derjenigen Eigenschaften, auf die die englische Erziehung besonderen Wert legt:

körperliche Gewandtheit, sportlichen Geist, männliche Selbständigkeit, die jedoch von frühauf lernt, sich als Glied einer Gemeinschaft zu fühlen und die Idee der Pflichterfüllung über alles zu stellen. Kipling hat später seine Schulzeit verewigt in dem Buch: »Staaks und Genossen«, das in den englisch sprechenden Ländern geradezu zu einem Hausbuch geworden ist und in dem er mit deftigem Humor die Streiche eines listenreichen Schülerkleeblatts schildert, dessen eines Mitglied, der heimliche Dichter »Käfer«, er selber ist.

In diesem Buche vermischt sich seltsam die Verherrlichung jenes Grundsatzes: Nur wer gehorchen kann, kann befehlen, mit ausgelassenstem Pläsier an den höchst unbotmäßigen Heldentaten der famosen Drei, bei denen eigentlich weder von Pflichttreue noch von Gemeinsinn viel zu spüren ist, die vielmehr so recht wie ein räudiges Rudel den Mitschülern sowohl wie den Lehrern geschlossen gegenüberstehen – untereinander allerdings unerschütterlich zusammenhaltend und sich immer wieder beugend allein vor der prachtvollen Gestalt des Direktors, der, in tieferer Erkenntnis der Wesenheit seiner Schäfchen, ohne viele Worte jene Gerechtigkeit walten zu lassen weiß, die ein Knabenherz ohne weiteres anerkennt. Denn – und dieses Bewußtsein verkörpert sich in dem Direktor – hinter dieser Schule steht die weite Welt, stehen die Länder und Meere des englischen Reiches, steht vor allem Indien, in das diese Knaben bald als Diener am Reich geschickt werden sollen; und ein Geist, der hier in der Schule noch zu Rüpeleien ausarten mag, wird vielleicht, richtig geleitet, derjenige sein, der dem jungen, auf sich gestellten Menschen die Selbständigkeit geben wird, die ihn gegen die leiblichen und seelischen Gefahren stählt, die ihn draußen bedrohen und die just Kipling anderwärts so eindringlich geschildert hat.

Freilich ist andrerseits zu sagen, daß allenthalben bei Kipling die rein dichterische Lust an der Schilderung immer wieder alles Lehrhafte und Grundsätzliche überwiegt und daß er auch in diesem Buche einfach seinen unbändigen Spaß an den Taten seiner jugendlichen Helden gehabt hat.

Mit siebzehn Jahren verließ Kipling diese Schule und kehrte nach Indien zurück, wo er durch die Vermittlung seines Vaters in die Redaktion der »Civil and Military Gazette« in Lahore eintrat. Als ein Jüngling von überschäumender Fröhlichkeit und Begeisterungsfähigkeit wird er von Männern, die ihn damals kannten, geschildert. Kay Robinson schreibt: »Kipling, sich schüttelnd vor Lachen und dabei seine Brillengläser mit dem Taschentuch abwischend – das ist für mich das charakteristischste Bild von ihm aus jenen alten Tagen, wo selbst unsere ärgsten Arbeitsstunden mit Späßen gespickt waren, wie Granatäpfel mit Kernen.« Robinson schildert ihn als äußerlich von nicht sehr ansehnlicher Gestalt, mit jähen und einigermaßen exzentrischen Bewegungen, aber mit einem Licht, das hinter den Brillengläsern aufblitzen konnte, aus dem Charakter und Genie leuchtete. Er war ein unermüdlicher Arbeiter. »Eine Besonderheit bei Kiplings Art zu arbeiten muß ich erwähnen«, schreibt Robinson, »nämlich die Unmenge von Tinte, die er zu verspritzen liebte. Im heißen Sommer trug er im Büro weiße Leinenhosen und eine dito Jacke, und bei Tagesschluß war er von oben bis unten getigert wie eine dalmatinische Dogge. Er pflegte seine Feder häufig und tief ins Tintenfaß zu tauchen, und da alle seine Bewegungen abrupt, fast stoßhaft waren, so flog die Tinte nur so herum ... Wenn er zum Frühstück nach Hause ging oder fuhr, in seinem leichten, ausgiebig mit Tinte beklecksten Habit, das bebrillte Gesicht tief unter einem riesigen pilzförmigen Tropenhut, bot der junge Kipling in der Tat einen wunderlichen Anblick.«

Aber das eigentliche Leben des lachlustigen jungen Redakteurs war nicht durch die Bürowände begrenzt. Mit einer rastlosen Wißbegier und leidenschaftlicher Liebe zu dem vielgestaltigen Getriebe indischer Welt pirschte er sich in alle Winkel und Ecken von Lahore, in die scheußlich wie Affenkäfige stinkenden Karawansereien, wo im weißglühenden Mehlstaub, im heißen Dunst der Rösser und Kamele die Reisenden von Buchara und Badakschan ihre blütenreichen Geschichten zum besten gaben; oder in den schnatternden Kreis halbnackter, farbebeschmierter Fakire am Brunnen unter überhängendem Pipulbaum, die den Europäern ihre sinnverwirrenden Kunststücke vorzauberten, keinen einzigen aber in ihre Geheimnisse hineinblicken ließen, außer diesen jungen bebrillten Sahib, der sich mit ihnen zu stellen wußte wie einer der Ihren und der alle Bräuche, Kasten, Sprachen Indiens zu kennen schien. Zu Hause schrieb er bis tief in die Nacht. Er hatte einen großen indischen Roman »Mother Maturin« begonnen, 350 Seiten waren geschrieben, dann warf er das Manuskript in irgendeinen Winkel, auf Nimmerwiedersehen. Im Jahre 1887 wurde er Mitherausgeber der großen Zeitung »Pionier« in Allahabad, reiste als Berichterstatter vom Dekkan bis zum Himalaja, verkehrte in allen Gesellschaftskreisen Anglo-Indiens, in Offizierskasinos, Salons eleganter Frauen, in entlegenen Garnisonen wie in brausenden Großstädten, in der schönen Sommerhauptstadt Indiens, dem nördlich in Hügeln gelegenen Simla, das zum Schauplatz so vieler seiner Novellen wurde; lebte unter Soldaten im Lager oder auf manchem der kurzen grimmigen Feldzüge gegen aufständische Landesfürsten und tauchte immer wieder in die reiche Natur Indiens und, gleich seinem »Kim«, in das geliebte Volksgewühl der großen Landstraßen, der Bazare, der Bahnhöfe, der Karawansereien. Heute sprach er vielleicht, bei gurgelnder Wasserpfeife, mit einem schmierigen Fakir oder pilgernden Lama, morgen bei duftender Havanna mit dem großen Lord Roberts und dem Vizekönig von Indien. Nicht nur seine Stellung als Reporter einer großen Zeitung, sondern auch der bekannte Name seines Vaters und vor allem sein eigener Poetenname, den er sich durch Gedichte und kleine Erzählungen in der »Civil and Military Gazette« bereits erworben hatte, öffneten ihm alle Türen. Er lebte in einem Rausch des Sehens, Erlebens, Lernens und ersten Schaffens, und diese Bewegtheit, dieses journalistisch-genialische Brio strömte unmittelbar aus dem 1888 veröffentlichten Opus 1, den »Plain tales from the Hills« – den »Schlichten« oder besser »Kleinen Geschichten aus den Bergen«. Der vielleicht nicht ganz ohne eine gewisse jugendliche Koketterie gewählte Titel darf nicht darüber hinwegtäuschen, daß diese Geschichten mit einer bei den dreiundzwanzig Jahren des Verfassers überraschenden technischen Geschicklichkeit geschrieben sind, mit einer Sicherheit des Erzählerinstinkts und einem klaren Sinn für Wirkungen, der kaum noch einer Steigerung fähig ist. Die dichterische Entwicklung Kiplings ist nicht dadurch charakterisiert, daß er von unvollkommener zu vollkommener Handhabung der technischen Mittel fortschreitet, sondern dadurch, daß sein eigentlicher Genius sich geradezu erst herausringen muß aus der Verführung allzu großen technischen Geschicks und einer allzu flinken Schreibfertigkeit.

Dies ist jedoch eine durchaus relative Beurteilung, bezogen lediglich auf das Größere, das er später geschaffen hat, und es soll damit dem Werte dieser und der bald darauf folgenden Novellenbände nicht zu nahegetreten werden. Jeder große Künstler hat ein Bereich, darin ihm, sowie er es betritt, mit einem Zauberschlage die Zunge gelöst wird, so daß er, was er sieht, nur auszusprechen braucht, und die Seele der Welt schwingt mit. Die wundervolle Forderung Walt Whitmans, in der Dichtung mit der vollkommenen Einfachheit zu reden, mit der der Baum wächst und die Blume blüht und das Wasser rinnt und die Tiere sich bewegen, ist ihm unversehens erfüllt. Dieses Bereich betritt Kipling im ersten, dann im zweiten Dschungelbuch und im »Kim« und in einer Anzahl seiner späteren Novellen.

Nichtsdestoweniger ist auch das andere Bereich, das mehr von Erzählungskunst beherrscht wird als von höchster Inspiration, so unendlich reich und mannigfaltig, so voll von falkengleich erschauten Schicksalen, Charakteren, Situationen, so voll Spannkraft und so keck in den Raum gestellt, daß wir wohl sagen dürfen, es gibt nicht eben viele Meister der kurzen Novelle, die sich mit Kipling messen dürfen.

Den größten Raum auch in seinem Novellenwerk (in den »Plain tales« und den in schneller Folge sich anschließenden Bänden »Soldiers Three«, »In Black and White«, »Under the Deodars«, »Wee Willie Winkie« u. a.) nimmt Indien ein, und wir mögen diese Erzählungen zusammenfassend einteilen in solche, die sich in erster Linie mit dem »Sahib«, dem Europäer in Indien, und solche, die sich mit den Eingeborenen selber befassen.

Die Geschichten der ersten Art haben eine irrtümliche Meinung über Kipling, vor allem in seinem englischen Mutterlande, dann auch anderswo, verursacht, die einer kurzen Berichtigung bedarf. Diese Meinung läuft darauf hinaus, Kipling sei ein Verherrlicher brutaler Gewalt und eines kriegerischen Imperialismus. Er hat eine Reihe berühmter Soldatengeschichten geschrieben, aus einer Vertrautheit mit der Psyche des einfachen Soldaten, des »Tommy«, heraus, wie keiner vor ihm – folglich ist er, jener Meinung nach, ein Militarist. Er hat viele Jahre in Indien gelebt und hat die Überzeugung gewonnen, daß Männer, die das Land und die Denkweise der Eingeborenen-kennen, mehr zu sagen haben als irgendwelche ehrenwerte Mitglieder des Londoner Parlaments, die gelegentlich zwischen zwei Sessionen eine Informationsreise durch Indien machen – folglich ist er, jener Meinung nach, ein Gegner der freien demokratischen Institutionen Englands. Er hat die Mühsal und Verantwortlichkeit der Männer geschildert, die auf entlegenem Posten im Kampf gegen die unüberwindliche Fremdheit des Landes, gegen eigene Erschöpfung, gegen ein mörderisches Klima und ohne Hoffnung auf Anerkennung einfach ihre Pflicht erfüllen – folglich ist er, jener Meinung nach, ein Mann, der unablässig das imperialistische Schwert schwingt.

Daß ein Mann, der die Weite des englischen Imperiums dank seiner Geburt im Blute hatte, der natürlich auch durch Erbschaft und Erziehung teilnahm an dem durch Jahrhunderte überlieferten Stolz des Engländers auf seine Mission in der Welt (über deren Berechtigung oder Nichtberechtigung, Aufrichtigkeit oder Unaufrichtigkeit, Segen oder Unsegen hier zu handeln nicht der Ort ist) – daß ein solcher Mann jenen Persönlichkeitseinsatz Einzelner eben als ein ethisches Element just *seiner* Rasse empfindet, bedarf keiner Rechtfertigung. Auch daß Kipling, dem ja wohl zu einem Teil von den geistlichen Großvätern her das Predigen ein wenig im Blute lag, bei besonderen feierlichen Anlässen (ohne sich übrigens sonst jemals in aktive Politik einzumischen) – wie etwa bei der großen Feier des Regierungsjubiläums der Queen Victoria – sich zu dichterischen Kundgebungen über die Größe und Herrlichkeit des englischen Reiches und zugleich zu biblisch-pathetischer Warnung vor inneren und äußeren Gefahren, die diesem Reiche drohten, begeistern ließ, mag man – je nachdem – lobenswert oder verzeihlich finden.

Im wesentlichen ist aber Kiplings Eintreten für den Vorkämpfer im Dienste des Reichs auf fernem Posten vielmehr nur die Äußerung natürlicher, angeborener Sympathie für den Mann der Tat, der inmitten jener erregenden Grenzsphäre zweier Welten auf sich selber zu stehen hat, gegenüber dem Daheimhocker, und ein Parteinehmen für die erziehliche Kraft lebendigen Lebens, in all seiner bewegten Herrlichkeit und Brutalität, gegenüber bloßen Doktrinen. Vor allem aber – und das kann nicht stark genug betont werden – findet er eben hier ein Feld seiner Darstellungskraft, auf das er sich mit allen Sinnen stürzt: er schaut und schildert. Und wenn auch das ethische Motiv: ein großes Loblied zu singen auf das »Tagewerk« – »The Day's Work« – auf die unbeirrte Erfüllung dessen, was jedem rechten Manne und Weibe auf dieser Erde zu vollbringen auferlegt ist – eines der tiefsten Elemente seines Schaffens ist, so greift seine dichterische Schilderungslust doch weit darüber hinaus und meistert ebenso die Darstellung von Zuständen subtilster, nervösester Seelen, männlicher und weiblicher, bis tief in grausigen Verfall, in Wahnsinn und Liebestollheit und zartestes Ertasten übersinnlicher Mächte. Just dadurch, daß er – nicht verurteilend, nicht geringschätzig, sondern gütig, verstehend, leidvoll – die dunklere Kehrseite aller Schaffenskraft und Pflichtfreudigkeit lebendig macht, erhält jenes ethische Motiv erst seine volle eindringliche Bedeutung. Es ist von diesem Gesichtspunkt aus auch unzulänglich, Kipling allzusehr nur als den »virilen« Dichter anzusprechen; es sei denn, daß man der Psyche des »vir« von vornherein auch das Kindliche und Weibliche zuerkennt, von dessen *Beherrschung* durch das Männliche nur eben Art und Schicksal dieser Psyche abhängt.

Von einem Dichter, der die wahrlich nicht virile Welt Indiens mit all ihrer dämmrig-phantastischen Gefühlswelt, ihrer animalischen Lässigkeit, ihrer kindlich-uralten Unwandelbarkeit so liebend und mit solcher natürlichen Zugehörigkeit der Instinkte geschildert hat – der eine Reihe der zartesten und schönsten Geschichten von der Kinderseele geschrieben hat, die es gibt – der sich in die schwermütig-stummen Regungen der Tierseele eingefühlt hat, wie keiner vor oder nach ihm – der eine der innigsten, leisesten, gütigsten Prosaballaden auf die vereinsamte, sehnsüchtige Frauenseele gedichtet hat, beladen von der Last all ihrer unverbrauchten Liebeskraft, die wundervolle Novelle »They« – von einem solchen Dichter anzunehmen, seine freilich oft rücksichtslos unverblümten Schilderungen von Kampf, Tod, Wunden und Qualen, Folterungen und Racheakten oder auch derb-humoristischen Prügel- und Raufszenen und dergleichen seien nur der Ausfluß seines Pläsiers am Brutalen und Blutrünstigen. Mag die eine oder andere Erzählung darunter sein, die, gewissermaßen mit kalter Hand hingehauen, wie ein grimmiger Schabernack gegen allzu Empfindsame wirkt, die vor der Roheit dieser Erdenwelt Augen und Ohren verschließen (etwa die gräßliche Affengeschichte »Betran und Bimi«), so darf uns doch die dichterische Kraft und unvergleichliche Drastik, mit der auch diese Dinge geschildert sind, nicht darüber irremachen, daß, vom Gesamtschaffen Kiplings und von dem Innersten seines Wesens aus gesehen, diese Inbrunst, mit der er sich auf das Furchtbare des Daseins stürzt, eine *leidende* ist, d. h. eine Inbrunst, die Blut und Tod und Ängste nicht blind umgehen will, sondern sie anpackt und rücksichtslos darstellt, um des »Dennoch« willen, das sich als hohe Bejahung aus seinem gesamten Werke ringt – womit sich, es sei nochmals betont, natürlich immer die Lust an der bloßen Darstellungs*kraft* mischt. Es ist in diesem Zusammenhang vielleicht erwähnenswert, daß die Ahnen Kiplings in entfernterer Generation aus Holland stammen und daß man bei manchen seiner Schilderungen in der Tat an die Neigung niederländischer Maler zu grausigen Vorwürfen erinnert werden mag.

Noch ein anderes Element wird in diesen anglo-indischen Geschichten, diesen Sahibsnovellen, lebendig, das nur ein feinnerviger Geist so erfassen konnte: nämlich, wenn ich so sagen darf, das Element eines ins Angelsächsisch-Indische übertragenen »nitschewo!«. Man hockt an der Grenze zweier Welten, man spürt die Lockung, der man innerlich verfällt; man sieht alltäglicherweise junge Neuankömmlinge, die der Verführung erliegen; man hört von alten Freunden, die ohne Aufhebens irgendwo an fieberverseuchter Grenze vor die Hunde gehen; man erlebt Selbstmord, Totschlag, Ehebruch – aber – nitschewo! – man *lebt!* man lacht! man flirtet! man vergißt schnell. Wenn Vergessen den Toten Ruhe bringt, so schlafen sie gut hierzulande – wie der arme Junge, der neugebackene Leutnant, der, daheim überzärtlich erzogen, alles hier in Indien bitter ernst nahm – seine Spielschulden, seine Affären mit Weibern, »die nicht wert waren, daß man ein Pferd sattelte, um zu ihnen zu reiten«, einen Rüffel seines Majors – und der sich erschoß draußen in der Einsamkeit, wie ein sich verkriechendes Tier. Wozu die Eltern in England mit so etwas aufregen? Man erfindet ein Märchen von Cholera, und fertig. Nicht brutalerweise! Verstehend, mitfühlend, empfindlich und empfänglich für Weh; aber mit der Ruhe derer, die wissend sind und kein Aufheben machen. Mit demselben »nitschewo« bricht etwa einer der »Soldiers Three«, jenes unvergleichlichen Soldatenkleeblatts, irgendeine in stiller Stunde der Rast auf dem Kriegspfade mit derber Umständlichkeit erzählte Herzensgeschichte aus seinem verfehlten Menschenleben ab, holt die Flinte her und knallt einen auflauernden »Nigger« ab, anstatt zu flennen. Aber auch Freundlicheres bringt das »Day's Work« an der west-östlichen Grenze mit sich: unvergeßlich die starke und holde Vision, wie etwa der junge Verwaltungsbeamte Scott, der monatelang unter Einsatz seines Lebens und seiner Nervenkraft gegen eine der furchtbaren indischen Hungerepidemien unter den Eingeborenen gekämpft hat, schließlich inmitten einer Herde von braunen Kindern zurückkommt und von Ziegen, mit deren Milch er die Kinder rund und dick gepäppelt hat: »Er hatte nicht die Absicht, einen irgendwie dramatischen Einzug zu halten, aber eine Laune der untergehenden Sonne fügte es, daß, als er seinen Helm abnahm, um die Abendluft zu spüren, das tiefe Licht quer über seine Stirn fiel, so daß er nicht vor sich blicken konnte – indessen eine, an der Zelttür wartend, mit neuen Augen einen Jüngling schaute, schön wie Paris, einen Gott in einer Aureole goldenen Staubs, langsam schreitend an der Spitze seiner Herde, während an seinen Knien kleine nackte Cupidos einherliefen.«

Zutiefst jedoch schwingt allenthalben in den anglo-indischen Geschichten Kiplings ein Weh mit, Weh über die unüberwindbare Fremdheit der zwei großen Welten, die er selber mit in seiner Brust trägt, für deren jede er selber auf seine Art einsteht und einstehen muß; Weh über eine Zwiespältigkeit, die er freilich um keinen Preis missen möchte, weil er fühlt, daß die tiefste Spannkraft seines Schaffens aus ihr entspringt; wie er es denn humoristisch fast in einer Art Schnadahüpfl-Ton bereimt.

»Ich danke dem Boden, der mich gebar,
Und dem Leben, das mich genährt –
Doch am meisten Allah, der meinem Kopf
Zwei verschiedene Seiten beschert.

Lieber verlöre ich Hemd und Schuh
Und Freunde und Tabak und Topf,
Als nur für einen Augenblick
Eine Seite von meinem Kopf.«

Aber auch in denjenigen Geschichten, wo es sich nicht so sehr um die Psychologie des weißen Mannes, des Sahib, handelt, als um die Seele Indiens selber, und wo Kipling die ganze erstaunliche Fülle seines Wissens um Indien offenbart, bleibt jenes Bewußtsein ewiger Fremdheit herrschend und nimmt der Dichter durchaus die Stellung des Ehrfürchtigen ein. Er hält in einem rein praktischen Sinne nicht viel von den Eingeborenen; er sucht mit vielen Beispielen zu zeigen, daß sie unfähig sind, ihr Land vernünftig und einträchtig zu regieren, und man muß gestehen, daß diese Beispiele oft recht überzeugend sind. Aber er maßt sich damit kein Recht an über die Seele dieser Rasse, deren Tiefen auch er nur anzudeuten wagt, obwohl oder just weil er sie so viel besser kennt als die meisten Europäer. Die Fremdheit, auf die Kipling zielt, ist nicht die Fremdheit von Religionen oder Philosophien, sondern eine vitale Fremdheit, und indem er sie heraufbeschwört, befällt uns tiefe Trauer, weil wir dadurch an *alle* tiefe Wesensfremdheit auf dieser Erde gemahnt werden; die Trauer, die uns auch aus Augen von Tieren anschaut und die jener besonders in nördlicher Seele behausten Sucht des »Fernwehs« – wie es der Kipling in manchem Sinne verwandte dänische Dichter Johannes V. Jensen getauft hat – das so seltsam Herzzerreißende gibt.

In immer wiederholten Schilderungen zeigt Kipling warnend das Schicksal vorwitziger Sahibs, die, getäuscht durch die Unterwürfigkeit der Bevölkerung, sicher gemacht durch ihre vermeintliche große Erfahrung und Vertrautheit mit den Sitten des Landes, die Grenze überschreiten und plötzlich einen Schlag, wie mit der Tatze, aus dem dumpfen Dunkel des Ostens heraus erhalten.

Ist diese dunklere Seele des Ostens auch von einer bedrohlichen Unberechenbarkeit, so ist doch das Tun der Eingeborenen, das ihr entspringt, von einer gewissen grausigen Simplizität, von einer kindlich-dumpfen Logik. Der freundliche junge Sahib Imray streichelt den Kopf des Kindes seines langjährigen, treuen Dieners und sagt: »Was für ein hübsches Kind.« Das Kind stirbt. Imray wird nach einiger Zeit in einem Versteck gefunden, die Kehle von einem Ohr bis zum andern durchschnitten. Bahadur Khan, der Diener, sagt vor der Leiche zu dem Polizeibeamten Strickland: »Wandelnd unter uns. seinen Dienern, warf er seine Augen auf mein Kind, das vier Jahre alt war. Er behexte es, und in zehn Tagen starb es am Fieber, mein Kind!«

»Was sagte Imray Sahib?«

»Er sagte, es sei ein hübsches Kind, und streichelte ihm den Kopf; deshalb starb mein Kind. Deshalb tötete ich Imray Sahib in der Dämmerung, als er gekommen war und schlief. Deshalb schleppte ich ihn unter die Dachbalken hinauf – der Himmelsgeborene (d. i. Strickland) weiß alle Dinge. Ich bin der Diener des Himmelsgeborenen ... Möge er bedenken, daß des Sahibs Hemden alle in Ordnung und gezählt sind und daß ein Extrastück Seife in seinem Waschbecken liegt. Mein Kind wurde behext, und ich tötete den Zauberer.«

Die kindisch-grausige, jeder Erörterung unzugängliche Logik dieses »deshalb – deshalb – deshalb« ist eine Manifestation der angstgeborenen Dumpfheit, der – wenn man denn überhaupt von einer »Mission« reden will – der weiße Mann berufen ist die Klarheit des »hellen, furchtlosen Europa« entgegenzustellen, sozusagen eine Ethik der Nüchternheit. Und diese psychische Mission – bewußter oder unbewußter Art – ist es, die eine weit größere Rolle in Kiplings Schaffen dieser Richtung spielt als eine politisch-imperialistische. Just daraus entspringt ihm auch immer wieder die Möglichkeit, seinen Humor walten zu lassen, der selbst in seinen grausigen Geschichten als distanzierender Unterton zu spüren ist und der Darstellung eine wohltuende und befreiende Gelassenheit gibt.

Ein besonderes Moment seiner Erzählungskunst sei in diesem Zusammenhange noch erwähnt: er liebt es, gewisse, besonders charakteristische Gestalten immer wieder in den verschiedenen Geschichten auftauchen zu lassen – so die drei Unzertrennlichen, das Soldatenkleeblatt Mulvaney, Ortheris und Learoyd, als Vertreter des einfachen Mannes der englischen Armee in Indien; Strickland – »Strickland of the Police« – als Repräsentanten des mit allen Schlichen der Eingeborenenwelt vertrauten englischen Polizeibeamten; oder die elegante, frivol-witzige und charmante Mrs. Hawksbee, Typus der Salondame der anglo-indischen Gesellschaft in den Hauptstädten, und andere mehr. Dadurch bekommen seine Schilderungen einen besonderen Beigeschmack von Realität und Zusammengehörigkeit, so daß man fast sagen könnte, die Gesamtheit seiner indischen Novellen wirkt wie ein großer Roman in Einzelbildern; und alles in allem steht wohl außer Zweifel, daß es heute nichts Geschriebenes und Gedrucktes gibt, was einem ein so lebendiges, reiches, erregendes Bild vom leibhaftigen gegenwärtigen Indien gibt, als dieser Mosaikroman. Mag hier und da manches zu stark aufgetragen und sinnbildlich übertrieben erscheinen, so ist es doch in einem höheren Sinne immer richtig.

Im Jahre 1889 wurde Kipling im Auftrage des »Pionier« nach England geschickt mit der Verpflichtung, Reisebriefe für diese Zeitung zu schreiben. Er fuhr über Japan, San Francisco und New York und siedelte sich in einer kleinen Dreizimmerwohnung in London an. Der junge Dichter stürzte sich mit allen Sinnen in Arbeit. Die innere Fülle will bewältigt sein. Er schreibt die Nächte durch, oft bis zu völliger Erschöpfung. Auf seinem Tisch kerbte er die Worte ein, die (in seiner wundervollen Novelle »Die schönste Geschichte der Welt«) der Galeerensklave in sein Ruder ritzte, an das er geschmiedet war: »Oft war ich müde, wenn ich rang an dir.« Ein Phantom seiner selbst, ein Doppelgänger hatte »die beunruhigende Gepflogenheit« in Schwang gebracht, ihm gegenüber am Schreibtisch zu sitzen, wenn er arbeitete – ebenso wie es dem jungen englischen Beamten auf entlegenem Bungalow, in einer der indischen Novellen, geschieht, der in aller Einsamkeit von Daseinsangst, von den Gespenstern seines Inneren erwürgt wird. Es sei hier noch einmal betont: nichts Verfehlteres, als sich Kipling als einen Kraftfex vorzustellen, weil er oft, rücksichtslos zupackend, das derbe und rauhe Geschehen auf dieser Erde darstellt und Mannesmut, Tatkraft, Entschlossenheit verherrlicht und deftige Soldatenlieder dichtet und etwa mit grimmiger Gelassenheit schildert, wie ein Mann einen andern mit der Faust zu Boden schlägt oder wie ein Kommandeur junge Truppen just ins schwerste Feuer stellt, um sie abzuhärten. Seine Männlichkeit ist von *feinnervig*-heroischer Art, die wohl den Mann, den Kameraden des Lebens liebt, der aufrecht inmitten von Tod und Grauen steht, die aber wund wird mit seinen Wunden und schwer von seiner Beschwerde (und die sich im übrigen der untergründigen Psychologie hinter allen ethischen Begriffen bewußt ist).

Man denke etwa jener an vitalste Tiefen rührenden Stelle im »Neuen Dschungelbuch«, wo Mowgli schaudernd vom Geruch des Menschenblutes spricht, oder jener ruhig-schmerzlichen Stelle im »Kim«, wo der alte Lama mit stummer Trauer der Schilderung des mörderischen Soldatenaufstands zuhört. Aber wozu Zitate und Belege angesichts des ganzen *Geistes*, der zu uns spricht, dort zumal, wo der *Dichter* Kipling sich erhebt über den bloßen – wenngleich hinreißenden – Erzähler und genialischen Schicksalsreporter: in den beiden Dschungelbüchern und im »Kim« – Schöpfungen, die, wie alles Große, geboren sind aus Kraft *und* Güte.

Die Berührung mit dem englischen Mutterboden hatte just dem *Dichter* Kipling neue Kräfte erweckt, und zwar in zweierlei Hinsicht. Einmal dadurch, daß sie ihm neue Stoffe und Gebiete naherückte, die seiner bisher ganz auf die indische und angloindische Welt gerichteten Darstellungslust fremd gewesen waren; und zum zweiten dadurch, daß sie ihm größeren Abstand von dem östlichen Stoffgebiet gab und ihm die innere Freiheit und das erweiterte Sehen schenkte, um nun erst die wahrhaft gültigen und großen Darstellungen auch der indischen Welt zu schaffen, losgelöst von allzu naher Realität, hingegeben dem freien Walten der Phantasie.

Keine innigere Heimatliebe hat je ihren Ausdruck in der Dichtung gefunden, als die Kiplings zu jener altenglischen Landschaft, die bis in die Tiefe ihres Bodens, bis in die Wurzeln ihrer Wälder von Vergangenheit durchtränkt ist: zu Sussex. – Dort die grelle, strahlende Szenerie Indiens: hier alles gedämpft, ruhig, webend und raunend; grüne weite Geniste von »Eiche, Esche und Dorn«, feuchtschwere Wiesen, dampfendes Marschland; gemächliche rote Kühe, schnürende Füchse, schwerblütige Menschen, noch voller Spuk und Geisterwesen; und allenthalben die Runen der Vergangenheit in Grund und Boden, halbverfallene Male der Steinzeit, Spuren römischer Lagerstätten und Wälle, Grundmauern uralter Siedelungen, hundertjährige Schmugglerpfade durch Eichendickicht: alles gebadet noch in mittelalterlicher Luft. In dieser Umgebung ist es weiter nicht verwunderlich, wenn Puck, der jahrtausendealte Waldgeist Englands, zwei Kindern erscheint und Gestalten von einst vor ihnen leibhaftig heraufbeschwört und ihre Schicksale erzählen läßt: römischen Centurio, normannischen

Ritter, mittelalterlichen Juden und andere mehr (»Puck vom Buchsberg«). Die ungemeine Einfühlungskraft Kiplings, die schon in seinen indischen Geschichten waltete, wirkt sich hier auch auf die Welt der Vergangenheit aus, und man ist oft fast versucht zu meinen, der Dichter müsse in einer andern Verkörperung diesen Ereignissen leibhaftig beigewohnt haben, so intim und sicher ist sein Wissen um die Realitäten der geschilderten Epochen und Zustände. Kipling hat selber in der schon erwähnten Novelle »Die schönste Geschichte der Welt« auf halb humoristische, halb merkwürdig erregende Weise mit dem Gedanken der Präexistenz gespielt. Die Novelle schildert die komische Freundschaft des Dichters mit einem ziemlich faden Londoner Jüngling, einem angehenden Kaufmann, der ihn zum Vertrauten seiner poetischen Ambitionen macht und ihn mit endlosen Vorlesungen wässeriger Gedichte anödet – ihm jedoch eines Tages erzählt, er habe einen Stoff zu einer Geschichte, den er selbst nicht verwerten könne und den er ihm daher schenke. Jedesmal, wenn der Jüngling auf diesen Stoff zu reden kommt, verändert sich sein Wesen seltsam, sein Blick wird fiebrig, entrückt; was er sagt, kommt wie in Trance heraus und klingt nun so anders als sein eigenes dünnblütiges Geschreibsel, daß der Dichter immer verwunderter horcht: Seltsam reale, greifbare, von intimster Kenntnis zeugende Schilderungen aus dem Dasein eines griechischen Galeerensklaven kommen ans Licht, von unheimlich-herrlichem Glanz einer halberloschenen Wirklichkeit umwittert; Verse, die die ans Ruder Geketteten sangen, die wahrhaft klingen, wie wildweher Gruß von blauen Geistermeeren versunkenen Südens. Mit wundervoller Mischung von Humor und fiebernder Erregung ist nun geschildert, wie der Dichter sich bemüht, diese leuchtenden Bruchstücke einer vermutlichen Präexistenz aus dem immer wieder zu seiner nichtssagenden Gegenwartsinkarnation zurücksinkenden Jünger Merkurs herauszubringen und in Zusammenhang zu setzen. Kurz gesagt: der Jüngling verliebt sich in eine nicht minder nichtssagende Maid, und mit diesem Ereignis versinkt alle die fragmentarische Herrlichkeit für immer. Die »schönste Geschichte der Welt« bleibt ungeschrieben.

Diese besondere, tief erregende Kraft Kiplings, Dinge zu vergegenwärtigen, offenbart sich auch in der Beseelung »lebloser« Wesenheiten. Ein neugebautes Schiff geht in See, alle seine Planken, Balken, Spanten, seine Schrauben, Klammern, seine Maschinenteile: Kolben, Hebel, Schwungrad, Ventile, erleben das große Ereignis mit, werden in schwerem Sturm auf ihren Zusammenhalt erprobt und lernen die Lektion: »Diene!« Eine blitzblanke junge Lokomotive erlebt ihre erste Fahrt; eine Schiffsmaschine wird havariert und geht im zerstörten Wirrwarr ihres edlen Gefüges zugrunde; die englischen Schlachtschiffe manövrieren – und überall waltet ein fast mythisches Lebendigwerden dieser Wesenheiten, eine Vergegenwärtigung, verwandt derjenigen, durch die die Tiere des Dschungels unter dem Blick dieses Dichters lebendig und wirklich werden – verwandt auch jener Darstellungskraft, mit der Homer den Schild des Achilleus nicht beschreibt, sondern leben macht. Und in dem allem ist immer wieder das Leitmotiv Kiplings vernehmbar: »Tu dein Werk! Vollbringe, wozu du geschaffen bist. Kein Rätselraten in dieser unbegreiflichen Welt kann dich retten, dich durchbringen mit leidlich heiler Haut; nur dies allein: Tu dein Werk – The Day's Work!«

Kipling, zwischen zwei Welten stehend, Osten und Westen selber in seinem Wesen tragend, war im innersten Werdebereich seines Schaffens darauf angewiesen, diese beiden Welten zu versöhnen, indem er sie auf ihre einfachsten Elemente zurückführte. Der Instinkt zu vereinfachen, das heißt zu den Tiefen der Natur durchzudringen, die Osten und Westen gemeinsam sind, zu den paar letzten Wirklichkeiten, die der unvergängliche Gegenstand aller Dichtung aller Zeiten und Zonen und dem ersten wie dem zwanzigsten Jahrhundert gleich unmittelbar verständlich und nahe sind – dieser wachgehaltene Instinkt führte den Vielschauenden durch die Fülle sich andrängender Erscheinungen in das Bereich, in dem ihm Gewalt gegeben ward, in höchster Schlichtheit, aber mit der beglückenden Frische wahrer Neugeburt, mit reinstem Erstlingsglanz eine zweite Welt in diese unsere Welt zu stellen, die ganz und gar sein eigen ist und dennoch Urzeit mit Gegenwart vereint und jenes unnennbare Element in sich trägt, von dem wir meinen, es sei immer dagewesen, gleichwie das Wasser oder der Himmel oder die Luft: die Welt seiner Dschungeldichtungen.

Neue, weite Reisen, nach Südafrika, Australien, Ceylon, Neuseeland, waren vorangegangen, sowie ein Ereignis, von dem wir wohl annehmen dürfen, daß es diesen höchsten dichterischen Aufschwung beflügelte: Kipling lernte die Schwester eines jungen amerikanischen Schriftstellers, Caroline Balestier, kennen und heiratete sie im Jahre 1892. Von 1892 bis 1896 lebte das junge Paar in Bratleboro, USA – ein Aufenthalt, der nebenbei dem Dichter Gelegenheit gab, sich mit dem Leben der Hochseefischer von Neu-England vertraut zu machen, das er später in seinem für die Jugend geschriebenen Buch »Captains Courageous« (deutscher Titel: »Fischerjungs«) so lebendig schilderte.

Kipling hatte sich bisher an größerer, zusammenhängender Darstellung nur einmal versucht, in dem Roman »The Light that failed – Das Licht erlosch«, der (1891 erschienen) vor allem durch die lebhafte, rassige Schilderung des Kriegsberichterstatterlebens interessant ist und durch die nervös-eindringliche Psychologie, mit der das Schicksal des Helden – eines der Blindheit verfallenden jungen Malers – durchleuchtet wird. (Kurz zu erwähnen ist der westöstliche Roman »The Naulahka«, den Kipling zusammen mit seinem Schwager Balestier verfaßte und 1892 veröffentlichte.) – Wie schon gesagt, hatte sich die Tendenz Kiplings zu einer größeren Bogenspannung bereits in seinem indischen Novellenwerk geäußert, in dem er der Vielheit der Schicksale und Geschehnisse eine gewisse Einheit gab dadurch, daß er einige Hauptgestalten immer wieder auftreten und auch die Örtlichkeiten der Handlung sich wiederholen ließ.

Die beiden Dschungelbücher, die in den Jahren 1894 und 1895 schnell einander folgten, stellen ebenfalls keine ganz geschlossene Einheit dar, etwa im Sinne eines Romans. Beherrschend ist zwar das Schicksal Mowglis, aber die lose Form, in der die einzelnen Geschichten aneinandergereiht sind, das lyrisch-balladenhafte Element, das hier waltet, erlaubt es, daß auch andere Geschichten von Tieren und Menschen ein- und angefügt sind, die mit Mowgli an sich nichts zu tun haben; ja, sogar eine Geschichte von Hunden und Eskimos im arktischen Eise ist dabei: »Quiquern«.

Der Keim zu den Geschichten von Mowgli und somit zu dem ganzen Dschungelwerk liegt in der Erzählung »In the

Rukh«, die 1893 in dem Novellenband »Many Inventions« erschien, die jedoch jetzt in den englischen Ausgaben an die Stelle gesetzt worden ist, an die sie inhaltlich gehört: an den Schluß der Mowgligeschichten im neuen Dschungelbuch. Diese Erzählung schildert, wie ein englischer Forstbeamter, der in einsamem Bungalow mit seinem indischen Hausmeister und dessen blutjunger Tochter lebt, von einem merkwürdigen Gast besucht wird, der, schön und stark wie ein junger Waldgott, aus dem Dämmer des Dschungels auftaucht: fremdartig, tierhaft; bescheiden, aber voll seltsam überlegener Gelassenheit; stählern-geschmeidig wie ein Panther und kindlich weich; holden und bedrohlichen Wesens, mit irgendeinem Etwas hinter sich, unsichtbar, ungreifbar, aber spürbar wie elektrische Spannung. Der junge Forstmann fühlt sich wunderbar zu ihm hingezogen; er öffnet ihm sein Haus, in dem der Fremde sich witternd und mit naiver Neugier bewegt, um jedesmal am Ende wie ein Schatten wieder in den Dschungeln zu verschwinden. Nach seinem Namen gefragt, nennt er sich Mowgli. Mit einer aus Grauen und Zuneigung gemischten Empfindung spürt der Engländer nach und nach, daß sein Gast mit irgendwelchen rätselhaften Mächten des Dschungels im Bunde ist. Er gibt ihm unbegreifliche Proben davon, daß er das Wild der Dschungeln nach seinem Belieben zu treiben oder zu locken weiß; er hetzt ihm bei einer Wanderung durch die Wildnis durch scheinbare Zauberkünste den ungetreuen Hausmeister in die Hände, der die Abwesenheit des Herrn benutzt hatte, um mit seinem ganzen Geld und seinem Pferd durchzubrennen; er verschwindet schließlich mit dem Wild, dessen Witterung ihn eigentlich zum Bungalow gelockt hatte: mit der Tochter des überführten Alten. Der Engländer berichtet die verwunderliche Geschichte seinem Vorgesetzten, dem Chef der Forstverwaltung, einem in prachtvollen Zügen geschilderten Deutschen, der Indien kennt, wie nur wenige Europäer, und der des Rätsels Lösung gibt, indem er in Mowgli eines jener Menschenkinder erkennt, die in frühester Jugend durch irgendwelche Umstände in den Dschungeln unter die Wölfe geraten und dort aufgewachsen sind und die noch immer – wie es sich alsbald auch an Mowgli bestätigt – als Kennzeichen an Knien und Ellbogen knollige Verhärtungen tragen aus der Zeit, wo sie auf allen vieren liefen. Die scheinbare Zaubermacht Mowglis bestand darin, daß ihm seine Wolfsbrüder immer noch treu zu Diensten waren und jene Hetzjagden auf seinen Befehl vollführten. Mowgli wird wiedergefunden, mitsamt seiner holden Beute, die er behält und die ihm Sprößlinge schenkt, die im trauten Verein mit den Wolfsjungen sich der Freiheit des Dschungels erfreuen; er selber wird als eine Art Wildhüter angestellt, bleibt aber ebenfalls frei im Dschungel.

Geschichten von Kindern, die von Wölfen aufgezogen wurden, finden sich, von Romulus und Remus angefangen, bei allen Völkern. Es ist jedoch möglich, daß Kipling ein besonderes Vorbild zu seiner Mowgligestalt hatte, nämlich einen Wolfsmenschen, den eine Amerikanerin im Jahre 1875 auf der englischen Mission in Agra entdeckt und hernach in einem Reisebuch beschrieben hatte, einen damals zwanzigjährigen Burschen, der mit acht Jahren aus einer Wolfshöhle »gerettet« worden war, wo man ihn auf allen vieren krauchend, in Wolfstönen heulend und rohes Fleisch fressend aufgefunden hatte. In Band IX der Zeitschrift des englischen Anthropologischen Instituts finden sich gleichfalls Belege über einen solchen Mann mit Wolfscharakter.

Ich erwähne diese nicht sehr erquicklichen Realitäten nur deshalb, um doppelt die freie Sphäre der Phantasie fühlbar zu machen, in der Kipling, solche vermutlichen trivialen Anregungen nutzend, aus Tier, Mann, Gott eine Knaben- und Jünglingsgestalt voll Adamsfrische und Dschungellust schuf, die ihresgleichen nicht hat.

Wir haben angesichts der eben geschilderten Novelle die seltene Gelegenheit, gleichsam mit Augen zu schauen, wie ein Genius sich aus einer noch gehemmten Sphäre in eine höhere freiringt. In dieser Erzählung ist Erfindungskraft und Phantasie, unleugbar; aber die eigentliche, wahrhaft von Weltatem erfüllte Luft der Dschungelbücher schlägt nur hier und da erst verheißungsvoll wie durch halbgeöffnete Wandung herein, und wir können es nachträglich miterleben, wie dem Dichter bei längerer Vertiefung in das angeschlagene Thema, bei der Einfühlung in die Dschungelkindheit und das Heranwachsen dieses Mowgli allmählich alles »Interessante«, Novellistische schattenhaft schwand vor dem sich verdichtenden Glanz wahrer Inspiration. Etwas von der berauschten Lust solchen Sich-

Hinfindens zu dem eigensten wahren Genius atmet durch dieses ganze Werk. Keine leiseste Spur von Pathetik. Alles strotzend von Schöpferlust, aber gelassen, unfeierlich, allenthalben von jener höchsten Art Humors erfüllt, der nicht unmittelbar in der Schilderung von Gestalten, Situationen, Vorgängen liegt, sondern mittelbar im Aroma, in der spezifischen Vitalität des Ganzen. Ja, ein Lachen glänzt durch dieses ganze Werk, auch wo es Unheimliches heraufbeschwört, auch wo die Dunkelheiten des Bluts angerührt werden, auch wo es um Kampf, Mord, Zerstörung geht.

Man könnte meinen, dieses Lachen, diese Befreitheit käme daher, daß es sich hier zum großen Teil um *Tiere* handelt, deren Schicksale wir nicht eben tragisch nehmen könnten. Nein, es handelt sich um den Menschen und um die Menschheit! Einerseits ist zu sagen: obwohl die Größe dieser Tierschilderungen just darin liegt, daß sie in keiner Weise sich in die nur allzu wohlbekannten allegorisierenden Mätzchen verlieren, sondern das Tier ganz rein und in sich leben und fühlen und handeln lassen, so wird gerade dadurch das Menschenverwandte auf viel eindringlichere und gültigere Art lebendig. Und andererseits hat diese ganze Tier- und Dschungelwelt ihren wesentlichen, erregenden Zauber erst dadurch, daß über ihr, dämmrig, seltsam, fremd, eben die *Menschen*welt liegt, die anders riechende, anders Laut gebende, von Hausdunst und brandiger Magie der »Roten Blume«, des Feuers, erfüllte, beengte Menschenwelt. In der schlichten Kraft, mit der diese zwei so nah beieinander behausten und so abgründig getrennten Welten leibhaftig gemacht sind, liegt schlechthin etwas von der unheimlichen Herrlichkeit der biblischen Schöpfungssagen, von dem wilden und süßen Grausen, das um den Baum der Erkenntnis, um Schlange und Menschenpaar und um die Austreibung witterte.

Ein Wort von Gerhart Hauptmann (in seinen »Aufzeichnungen«) sagt: »Der Märchenerzähler gewöhnt die Leute an das Ungewöhnliche, und daß dies geschehe, ist von großer Wichtigkeit: denn im Gewöhnlichen erstickt der Mensch.« Kipling hat in den Dschungelbüchern eines dieser »Märchen« geschaffen, die Gewalt haben, uns aus der Gewöhnung herauszureißen, die unser Daseinsbewußtsein auf diesem Wunder »Erde« beständig zu ersticken droht, und die uns die Augen waschen, daß wir neu sehen, *wo wir eigentlich sind!* Und damit ist das Höchste gesagt, was sich von einer Schöpfung der Phantasie sagen läßt.

Damit ist auch jene Vereinfachung gedeutet, von der zuvor die Rede war. »Nicht dem buddhistischen Indien, dem ewigen Indien dankt Kipling sein Dschungelbuch«, sagt Georg Hermann in seinem schönen Essay über Kipling. – »Man sagt, daß von Indien der Mensch ausging und die Welt unterjochte, alle Kräfte sich dienstbar machte; und hier gestaltet ein Träger höchster Kultur sein Sehnen aus, sucht verlorene Zusammenhänge, kehrt in den Mutterschoß der Menschheit zurück.«

Diese Wirkung des Werkes liegt beileibe nicht darin, daß es uns etwa ein Paradies vorgaukelte; vielmehr handelt es sich um eine zwar von strengem Dschungelgesetz beherrschte, aber wilde, kampflustige Raubtierwelt; diese Wirkung liegt einzig und allein in der reinen Unmittelbarkeit, mit der das Geschaute dargestellt ist und aus der seine Schönheit und das Mystische seiner Schönheit ganz von selbst erblüht.

Unnützes Bemühen, diese Schönheit im einzelnen schildern zu wollen. »An Pracht, Kühnheit, Gewalt der Darstellung«, heißt es in dem schon zitierten Essay, »wüßte ich kaum etwas, was den Mowgli-Erzählungen des Dschungelbuches ebenbürtig wäre. Eine Mystik, eine Heiligkeit geht hier zusammen mit stolzer, farbenprächtiger Kraft, und einzelne Szenen heben sich daraus in elementarer Wucht, so daß man an die großen Gestalter, an Renaissancemenschen wie Michelangelo und Rubens gemahnt wird. Nichts bleibt unbestimmt, alles ist klar, blank, schillernd, man lernt es kennen bis in seine letzte, feinste Eigenheit, vor den Augen stehen beim Lesen Gruppen von monumentalem Bau.«

Alle Vorgänge erhalten ihre innere Einheit durch das Wirken des »Dschungelgesetzes«. »Als ich das Gesetz des Dschungels gefunden hatte«, sagte Kipling selbst einmal, »war alles übrige leicht.« Alle großen Schöpfungen sind in diesem Sinne »leicht«, nachdem das Gesetz gefunden ist, das in ihnen wirkt; und man könnte sich kühnlich vorstellen, daß der Schöpfer der Welt in persona sich ebenso über seine Schöpfung hätte äußern können. Alle die Vorgänge: der mißglückte Sprung Schir Khans, des Tigers, ins Feuer der flüchtenden Holzhauer im Walde; das Erscheinen des zurückgebliebenen, auf allen vieren krabbelnden Menschenknäbchens in der Wolfshöhle; seine Aufnahme in das Wolfspack, seine Erziehung durch Baloo, den weisen Bären, der es Sprache und Gesetze des Dschungels lehrt; seine Flucht vor dem strengen Mentor hinauf in die Baumwipfel zu dem verachteten, schnatternden, flatterhaften Affenvolk, den Bandar-logs, die ihn sogleich in rasender Flucht entführen; die Verfolgung durch Baloo und den Panther Bagheera und die uralte, starke Riesenschlange Kaa, die ihn wieder in die Zucht des edleren Dschungelvolkes zurückholen; die Heimtücke Schir Khans, der die Dschungelvölker gegen das Menschenjunge aufhetzt und dessen Anschläge Mowgli zunichte macht, indem er auf den Rat des Panthers die »Rote Blume«, das Feuer, vom Rande des Menschendorfes holt, die alle Tiere fürchten; seine Ausstoßung aus dem Dschungel, seine Aufnahme im Dorf, wo er die Sprache der Menschen lernt und die Büffelherde hütet; seine Rache an Schir Khan mit Hilfe seiner treu gebliebenen Wolfsbrüder; der Streit um das Tigerfell im Dorf, seine Vertreibung durch die Menschen, weil er ein Zauberer sei, der mit Wölfen im Bunde stehe; seine Rückkehr in den Dschungel, wo er in vielen neuen Abenteuern zum Manne und anerkannten »Meister des Dschungels« heranwächst; die rächende Zerstörung des Dorfes durch die Dschungelvölker unter seiner Führung – endlich, in der herrlichen Erzählung »Das Frühlingslaufen«, der in dumpfem Schmerzensglück gefühlte, unwiderstehliche Ruf der Liebe, der Menschenliebe, die ihn zurücktreibt zur letzten, einsamen Siedelung derjenigen, die einst seine Mutter war, und auf die Spur der Mädchengestalt, die er am Rande des Dschungels eräugt: – alle diese, in Farbenpracht dahinrauschenden Vorgänge sind innerlich durchwirkt vom Walten eben jenes Dschungelgesetzes, das diese ganze Tierwelt erst sozusagen zu einem Kosmos in sich macht.

Menschenliebe löst Mowgli vom Dschungel; aber diese Liebe bleibt uns blaß und erfüllt uns eher mit Trauer als mit Lust, nachdem wir die Liebe zwischen ihm und seinen Tieren miterlebt haben. Und das ist das Ergreifendste an diesem Werk: daß der Bogen der Liebeskraft *weiter* gespannt ist, über die Fremdheit der Kreatur hinweg, über die Fremdheit zweier Welten hinweg.

Den Bogen über zwei Welten, zwei Menschenwelten, die östliche und westliche nun wieder, spannt auch das zweite große Meisterwerk Kiplings, das er sieben Jahre nach den Dschungelbüchern (1901) vollendete, der »Roman aus dem gegenwärtigen Indien«: »Kim«. In diesem Buch hat Kipling zum erstenmal die volle Geschlossenheit eines weitschichtigen und vielgestaltigen Aufbaus erreicht, und hierin ist es dem Dschungelwerk überlegen; in jeder anderen Hinsicht wäre eine vergleichende Bewertung müßig, denn beide Werke stehen auf der Höhe frei schaltender Phantasie eines großen Dichters. Denn auch »Kim« ist in jenem höchsten Sinne ein »Märchen«, ein Märchen von zwei Kindern, einem alten und einem jungen, dem Lama und Kim – jedes von ihnen Kind auf seine Art. Wohl spielt die indische und angloindische Welt der Novellen mit ihrer so lebhaft und geschickt, ja raffiniert geschilderten kontrastreichen Schicksals- und Stimmungsfülle auch in diesen Roman – aber wie anders nimmt sie sich aus! Welch ein klares, ruhiges, vergeistigtes Licht rückt alles in den rechten Abstand – ein Licht, das unmittelbar aus der *Seele* leuchtet und just dadurch aller Realität erst die wahre Gültigkeit gibt. Dieses schwer zu bezeichnende Element höherer Gültigkeit, dieses Fluidum aller großen Kunstwerke, das das unbestimmbare Wohlgefühl auslöst, von dem Schiller spricht, und dem Werke die hohe Heiterkeit und Festlichkeit gibt, die einzig und allein, mag der Inhalt freudig oder leidvoll sein, Dauer verbürgt und über allen Wandlungen steht – dieses zeitlose Element waltet klar und rein in »Kim«.

Es erübrigt sich hier, den Realitäten nachzugehen, die wahrscheinlich auch für die Fabel des »Kim« dem Dichter Anregungen gegeben haben und die von emsigen Kritikern dieses vielkommentierten Buches ausgegraben worden sind.

Kim ist der Sprößling eines irischen Unteroffiziers im englisch-indischen Heere, der an Opium und Trunksucht zugrunde gegangen ist und seinem »blitzäugigen« Söhnchen nichts anderes hinterlassen hat als ein paar Papiere, die seine weiße Abstammung bezeugen, nebst einer konfusen, opiumseligen »Prophezeiung«, daß ein »roter Stier in grünem Felde« ihn dereinst zu hohen Ehren bringen werde. Die Papiere hängt ihm seine Pflegemutter, die sich im übrigen wenig um ihn kümmert, in einer Amulettkapsel um den Hals. Der kleine

Schlingel treibt sich nun herrenlos und aufsichtslos in der menschenwimmelnden Stadt Lahore herum, früh eingeweiht in allerhand galante Abenteuer, bei denen er als Liebesbote der Kavaliere funktioniert und alle Schlupfwinkel und Schliche der indischen Großstadt kennenlernt. Eines Tages – so beginnt der Roman – hockt er mit seinen braunen Spielkameraden, deren Sprache er besser spricht als seine englische Muttersprache, auf der mächtigen alten Kanone »Zam-Zammah« und macht dort die Bekanntschaft eines seltsamen alten tibetanischen Lamas, der aus seinem Kloster in den Himalajabergen herabgepilgert ist, weil ihm die Offenbarung ward, er müsse den »Fluß des Pfeils« finden, einen heiligen Fluß Buddhas, dessen Wasser von aller Sünde rein wäscht. Dem Alten ist unterwegs sein »Chela«, sein Jünger oder Schüler, gestorben, und Kim, halb aus Fürwitz und Abenteuerlust, halb aus schnell erwachter Zuneigung zu dem gütigen »Sucher« und »Heiligen«, springt für den Toten ein, wird der Chela des Lamas und begibt sich mit ihm auf die Wanderschaft, zunächst nach Benares. Aber schon unterwegs setzen seine sonstigen verzwickten Schicksale ein, die von jener anderen, unruhigeren, ihn nicht minder anlockenden Welt ausgehen, von der Sahibs-Welt, der er ja durch sein Blut halb und halb zugehört. Durch die Freundschaft mit einem moslemitischen Pferdehändler, Mahbub Ali, der für den englischen Spionagedienst arbeitet, wird er in dieses »Große Spiel« verstrickt, das über ganz Indien seine unsichtbaren Netze spannt. Auf seiner unterdessen fortgesetzten Wanderung mit dem Lama gerät er an ein irisches Regiment auf Felddienstübung, dessen Fahnenzeichen nun in der Tat einen roten Stier auf irisch Grün darstellt – wird in einer Szene von ungemein feiner Komik durch die beiden wetteifernden Regimentsgeistlichen, den katholischen und den protestantischen, seinem tiefbetrübten Lama abgerungen und in eine militärische Erziehungsanstalt gebracht. Die Kosten bestreitet – um »Verdienst zu erwerben« – der Lama, der nur aus religiöser Überzeugung auf seiner Pilgerfahrt bettelt, in Wahrheit aber ein gelehrter Mann und früherer Abt ist, dem die reichen Mittel seines Klosters zur Verfügung stehen. Der Chef des Spionagedienstes, Oberst Creighton, sorgt dafür, daß Kim nach vollendeter Schulzeit durch einen merkwürdig vielgewandten Mann, Lurgan Sahib, für das »Große Spiel« gründlich vorbereitet wird, für das er eine besondere angeborene Art von Genialität zeigt, die er sogleich gelegentlich einiger aufregender Ereignisse erprobt. Aber der Wildling mit den zwei Seelen, der östlichen und der westlichen, ist nicht ganz auf der einen Seite zu halten; es zieht ihn unwiderstehlich zu seinem geliebten Lama zurück, und so wird ihm, bevor er endgültig angestellt wird, zunächst noch einmal ein halbes Jahr Urlaub gewährt, währenddessen er seine Wanderung mit dem »Heiligen« fortsetzt, diesmal – unter neuen wildromantischen Erlebnissen bei der Jagd auf zwei russische Spitzel, Helfershelfer aufständischer Landesfürsten – in die Heimat des Lamas, den Himalaja – eine Wanderung, die durch die hinreißende Naturschilderung und die ergreifende Darstellung der dabei sich vollziehenden Seelenwandlungen in dem Lama und in Kim zum Höhepunkt des ganzen Buches wird. Der Lama glaubt zu erkennen, daß dieser Zug in die Berge, der zu soviel Unheil führte, ein Irrweg war, nur seiner aus dem »törichten Leibe« entsprungenen Heimatsehnsucht zuliebe, und kehrt mit dem erschöpften Kim in die Ebene zurück, denn nur dort könne man den Fluß des Pfeils finden. Während Kim unter den Händen einer prachtvollen alten Maharani gesund gepflegt wird, fällt der auf seiner Flußsuche herumstreifende Lama in einen Bach, just in einem Augenblick höchster innerer Erhobenheit und Verzückung, ertrinkt beinahe und ist nun überzeugt, daß durch göttliche Fügung, zum Lohn für »erworbenes Verdienst« und für seinen Glauben und um seiner Liebe zu seinem getreuen Chela willen der von aller Sünde und vom »Rad der Dinge« befreiende Fluß vor seinen Füßen aus dem Boden gebrochen sei und ihn erlöst habe. Mit der frohen Botschaft, daß nun auch seiner Erlösung harre, kehrt er zu dem wieder von Lebenslust funkelnden Kim zurück – in Frieden mit aller Welt, als ein Mann, »der Erlösung gewonnen hat für sich und die, die er liebt«.

In diesem dürftig nachgezeichneten Rahmen bewegt sich eine orientalische Fülle von Gestalten und Geschehnissen, zum musikalischen Klange einer wundervoll gelassenen Sprache und, bei aller Verzwicktheit zumal der Abenteuer des »Großen Spiels«, dennoch im Licht einer in tiefster Seele wohltuenden Klarheit der Anschauung. »Wahrlich«, schreibt Georg Engel in einem schönen Aufsatz über »Kim«, »man braucht diesen Vergleich (mit Homer) kaum zu scheuen. Denn ebenso, wie uns Homer ohne jede Gewolltheit, fast spielend und absichtslos in seiner Odyssee nicht allein das gesamte Kulturleben der damaligen Griechenwelt vorführte, sondern auch daneben die großartigsten Schilderungen in geographischer und völkerpsychologischer Hinsicht entwarf, genauso hat Kipling, indem er scheinbar den Weg eines kleinen, höchst munteren und verschlagenen Gauners verfolgt, das große dunkle Indien bis in seine tiefsten Tiefen durchdrungen, jene stillen, leidenschaftslosen Gegenden, die von der arischen Besitznahme Oberindiens über Alexander den Großen hinweg bis zu uns fast unentwegt Tag für Tag und Nacht um Nacht denselben Traum geträumt haben.«

Es ist gesagt worden, daß Kim eine Art Mowgli der Landstraße sei, und dies ist bis zu einem gewissen Grade zutreffend, insofern zweifellos der Dichter seinen kleinen Helden, als Knaben wie als heranwachsenden Jüngling, mit ähnlicher Frische, Unmittelbarkeit und Unverfälschtheit aller Instinkte ausgestattet hat, wie den Liebling und Herrn der Dschungeln; auch mit ähnlicher äußerer Schönheit, die, wie bei Mowgli, wiederum nicht sowohl direkt als vielmehr (man denkt an Lessings ästhetische Vorschrift!) durch seine Wirkung auf andere fühlbar gemacht ist. Jener Vergleich ist auch zutreffend, insofern in Kim, mitten in allem vielfältigen Geschehen, ein Element der Einsamkeit ist; denn selbst dem geliebten Lama gegenüber ist er ja mit einem Teil seines Wesens – mit dem Sahibsteil – fremd und auf sich selber angewiesen, gleichwie Mowgli bei aller Liebe seiner Tiere im tiefsten Grunde doch ein Fremder im Dschungel ist. Ja, nicht einsamer konnte der vom Gefühl seines Menschseins befallene Mowgli im Dschungel hocken, als wie Kim inmitten des Trubels eines großen Bahnhofs hockt und seiner jungen Seele seinen eigenen Namen wieder und wieder vorspricht: »Kim – Kim – Kim – wer ist Kim?«, bis ihm schwindelt. Aber solche wehe Einkehr in das Unbegreifliche der eigenen Existenz hält nicht lange bei ihm vor. Die Lust am Leben, an dieser geliebten, tausendstimmigen indischen Welt, am Untertauchen in einen Trubel, der schwanger ist von Abenteuern, lockt den nach innen sich kehrenden Blick bald wieder funkelnd nach außen. Und diese *ganze* kleine, einsame und weltlustige Seele stürzt sich mit aller Liebeskraft an die fremde, einfältige, gütige große Seele des Lamas, der sie an Kenntnis der äußeren Welt und ihrer Tükken und Genüsse trotz ihrer Jugend so überlegen ist, in der sie aber das Höhere fühlt, die reine Gläubigkeit und Güte. In einer Szene, in der Lächeln und Tränen sich erschütternd mischen, als nach der Rückkehr vom Himalaja Kim, erschöpft von hingebendster Fürsorge für den Alten und von der Last der verantwortlichen geheimen Botschaften, die er in einem Briefbündel am Herzen trägt, mit hysterischen Selbstanklagen dem Alten zu Füßen sinkt, spricht der Lama: »Du bist nie um eines Haares Breite abgewichen vom Wege des Gehorsams. Kind, ich habe von deiner Kraft gelebt wie ein alter Baum von dem Kalk einer neuen Mauer ...«, und Kim erwidert: »Du stützest dich auf mich, Heiliger, mit dem Körper; ich aber stütze mich auf dich mit etwas anderem. Weißt du es?«

Diese Freundschaft, diese in Wahrheit zwei Welten überbrückende Liebe des jungen Kim und des alten Tibetaners, die von einer Zartheit und Innigkeit beseelt ist, vor der jedes dürftige Bereden fast zur Entweihung wird, gehört zu dem Schönsten, Reinsten, Frömmsten, was in aller Dichtung der Welt geschaffen ward. Die tiefsten Gegensätze der Menschenseele sind hier lind gelöst, nicht dadurch, daß sie erklärt, durchforscht und in Beziehung gesetzt sind, sondern dadurch, daß sie *überleuchtet* sind von etwas Höherem: von Liebe, die nicht frägt, nicht urteilt, und in der es weder Gebot noch Vergebung mehr gibt, sondern die beglückt und zufrieden ist, lieben zu dürfen. Sie *ist* die wahre Erlösung vom »Rad der Dinge«, denn alle Zwiespälte und Verschuldungen, all die Verstrickungen des Für und Wider dieser Welt verblassen vor ihrem Licht zu wesenlosem Schein.

Ein – herrliches und unvergängliches – Lachen leuchtet durch das Dschungelwerk; ein anderes, das Lächeln der Seele, glänzt im »Kim«.

(1925)

Kim

Ins Deutsche übertragen von
Hans Reisiger

Erstes Kapitel

Die ihr vorbei an Höllenlicht
Den schmalen Pfad steigt zum Gericht,
Schmält das Gebet des Heiden nicht
  Zu Buddha in Kamakura!

Er saß, allen behördlichen Vorschriften zum Trotz, rittlings auf der Kanone Zam-Zammah, die auf ihrem Backsteinsockel gegenüber dem alten Ajaib-Gher[1] stand – dem Wunderhaus, wie die Eingeborenen das Museum von Lahore nennen. Wer Zam-Zammah, »den feuerspeienden Drachen«, hat, hat das Punjab; denn das große grünbronzene Stück ist immer erste Beute des Siegers.

Eine Rechtfertigung hatte Kim für sich: er hatte Lala Dinanaths Sohn von der Lafette mit Tritten hinunterbefördert – da den Engländern das Punjab gehörte – und Kim war Engländer. Zwar war er schwarz gebrannt, wie nur irgendein Eingeborener, gebrauchte mit Vorliebe die Landessprache und radebrechte die eigene Muttersprache nur in einem undeutlichen Singsang, verkehrte auch mit den kleinen Bazarbuben auf völlig gleichem Fuß. Dennoch war Kim ein Weißer – ein armer Weißer – von den Allerärmsten einer. Die Halbblutfrau, die ihn betreute (sie rauchte Opium und hatte angeblich einen Altmöbelladen an dem Platz, wo die billigen Droschken stehen), sagte den Missionaren, sie sei Kims Mutterschwester. Seine Mutter aber war Kindermädchen in der Familie eines Obersten gewesen und hatte Kimball O'Hara geheiratet, einen jungen Fahnenunteroffizier von den Mavericks, einem irischen Regiment. Dieser nahm später Dienst bei der Sind-Punjab-Delhi-Eisenbahn, und sein Regiment kehrte ohne ihn in die Heimat zurück. O'Haras Weib starb in Ferozepore an der Cholera; er ergab sich dem Trunk und trieb sich mit dem dreijährigen, blitzäugigen Kinde an der Bahnlinie herum. Vereine und Geistliche, um den Knaben besorgt, suchten ihn einzufangen; aber O'Hara verzog sich nach anderwärts, bis er zu guter Letzt auf das Weib traf, das Opium rauchte, und von ihr den Geschmack daran lernte und starb, wie eben arme Weiße in Indien sterben. Seine Hinterlassenschaft bestand aus drei

1. Zur Schreibweise siehe Seite 1043

Schriftstücken; das eine nannte er sein *ne varietur,* weil diese Worte unter seinem Namenszug geschrieben standen; das andere seinen Entlassungsschein; das dritte war Kims Geburtsschein. Diese Dinger, pflegte er in seinen glorreichen Opiumstunden zu sagen, würden den kleinen Kimball noch einmal zu einem Manne machen. Auf keinen Fall dürfte Kim sich von den Papieren trennen, denn sie hingen mit einer großartigen Magie zusammen – einer Magie, wie sie die Männer drüben hinter dem Museum übten, in dem großen blau und weißen Jadoo-Gher – dem Magischen Hause, wie die Freimaurerloge hierzulande genannt wird. Es würde, sprach O'Hara, eines Tages noch alles zum Rechten kommen und Kims Horn würde hoch erhöht werden zwischen Säulen – ungeheuren Säulen – Säulen der Schönheit und Kraft. Der Oberst selbst, auf einem Pferde reitend an der Spitze des feinsten Regiments der Welt, würde Kim aufwarten – dem kleinen Kim, der es besser haben sollte als sein Vater. Neunhundert Teufel erster Klasse, deren Gott ein roter Stier auf grünem Felde wäre, würden Kim dienen, wenn sie nicht O'Hara vergessen hätten – den armen O'Hara, den Vorarbeiter auf der Strecke von Ferozepore. Danach pflegte er in seinem zerbrochenen Binsenstuhl auf der Veranda jedesmal bitterlich zu weinen. So geschah es, daß nach seinem Tode das Weib Pergament, Papier und Geburtsschein in ein ledernes Amulettetui einnähte und es Kim um den Hals hängte.

»Und eines Tages«, sprach sie, sich der Prophezeiungen O'Haras verworren erinnernd, »wird ein großer roter Stier auf einem grünen Felde zu dir kommen und der Oberst, auf seinem großen Pferde reitend, ja, und« – ins Englische fallend – »neunhundert Teufel.«

»Oh«, sagte Kim, »ich werde daran denken. Ein roter Stier wird kommen und ein Oberst auf einem Pferde. Aber vorher, hat mein Vater gesagt, kommen die zwei Männer, die erst den Platz und alles dafür zurechtmachen müssen. So haben sie's immer gemacht, hat mein Vater gesagt, und so ist es überhaupt immer, wenn Männer Magie machen.«

Hätte die Frau Kim mit seinen Papieren nach dem Orts-Jadoo-Gher geschickt, so würde er natürlich von der Provinzialloge übernommen und in das Freimaurer-Waisenhaus im Gebirge geschickt worden sein; aber was sie von Magie gehört hatte, machte sie mißtrauisch. Auch Kim hatte seine eigenen Ansichten. Als er in die Flegeljahre kam, ging er Missionaren und weißen Leuten von ernstem Ansehen, die zu fragen pflegten, wer er sei und was er treibe, geflissentlich aus dem Wege. Denn Kim trieb, mit großartigem Erfolge, gar nichts. Zwar die wundervolle, wallumgürtete Stadt Lahore kannte er durch und durch, vom Delhi-Tor bis zum äußersten Festungsgraben; stand auf du und du mit Leuten, die ein Dasein führten, seltsamer als alles, was Harun al-Raschid sich hätte träumen lassen, und lebte selbst ein Leben, toll wie aus »Tausendundeiner Nacht« – aber Missionare und Beamte von Wohlfahrtsanstalten hatten keinen Sinn für derlei Reize. Sein Spitzname im ganzen Stadtviertel war »Kleiner Freund aller Welt«, und sehr oft hatte er, da er geschmeidig und unauffällig war, nächtens auf dem Gewirr der Hausdächer Botschaften auszutragen für feine junge Gecken. Liebeshändel, natürlich! – So viel begriff er davon; denn allen Unfug hatte er kennengelernt, seit er sprechen konnte – aber was er daran liebte, war das Abenteuer um seiner selbst willen – die verstohlene Pirsch durch dunkle Abflüsse und Gäßchen, die Kletterei durch ein Wasserrohr, Anblick und Laute der Frauenwelt auf den flachen Dächern, und jähe Flucht von Dach zu Dach im Schutze des schwülen Dunkels. – Dann gab es heilige Männer, aschebeschmierte Fakire vor ihren Backsteinzellen unter den Bäumen am Fluß, mit denen er ganz vertraulich stand, die er begrüßte, wenn sie von ihren Bettelfahrten zurückkehrten, und mit denen er, wenn niemand es sah, aus einer Schüssel aß.

Die Frau, die ihn in Obhut hatte, drang unter Tränen in ihn, er solle europäische Kleider tragen; Hosen, ein Hemd und einen Schlapphut. Kim zog es vor, in Hindu- oder Mohammedanertracht zu schlüpfen, wenn er in gewissen Geschäften unterwegs war. Einer der jungen Lebemänner – in der Nacht des Erdbebens fand man ihn tot auf dem Grund des Brunnens – hatte ihm einst einen ganzen Anzug aus Hindustoff, das Gewand eines Straßenjungen niederer Kaste, geschenkt, und Kim verstaute es heimlich zwischen einigen Balken auf Nila Rams Zimmerplatz, hinter dem Punjabgerichtshof, dort, wo die duftenden Deodarstämme zum Austrocknen lagern, nachdem sie den Ravee herabgetrieben. War Geschäft oder Unfug im Gange, so holte Kim seinen Schatz hervor und kam dann gewöhnlich erst beim Morgengrauen durch die Veranda ins Haus zurück, völlig erschöpft vom Juchzen hinter einem Hochzeitszug her oder vom Johlen bei einem Hindufest. Manchmal stand Essen im Hause, doch öfter nicht; dann kehrte er wieder um und schmauste mit seinen eingeborenen Freunden.

Mit den Hacken gegen Zam-Zammah trommelnd, unterbrach er bisweilen sein »König vom Schloß«-Spiel mit dem kleinen Chota Lal und Abdullah, dem Sohn des Zuckerbäckers, um dem eingeborenen Schutzmann, der bei den Schuhreihen vor dem Museum Wache stand, irgendeine Frechheit zuzurufen. Der dicke Punjabmann grinste nachsichtig; er kannte Kim schon lange. Ebenso der Wasserträger, der die trockene Straße aus seinem ziegenledernen Sack besprengte. Ebenso Jawahir Singh, der Museumstischler, der über neue Kisten gebückt stand, wie überhaupt alle Welt ringsum, ausgenommen die Bauern vom Lande, die zu dem Wunderhaus kamen, um die Dinge zu schauen, die in ihrer eigenen Provinz und anderswo hergestellt wurden. Das Museum war bestimmt für die Erzeugnisse indischer Kunst und Industrie, und jeder Wißbegierige konnte den Kurator um Auskunft fragen.

»Runter! Runter mit dir! Laß mich rauf!« schrie Abdullah, auf Zam-Zammahs Rad kletternd.

»Dein Vater war Pastetenkoch, deine Mutter stahl das *Ghi*[1], sang Kim. »Alle Muselmänner sind längst von Zam-Zammah heruntergefallen!«

»Laß *mich* rauf!« kreischte der kleine Chota Lal unter seiner goldbestickten Mütze. Sein Vater war vielleicht eine halbe Million Sterling wert; aber Indien ist das einzige demokratische Land der Welt.

»Die Hindus sind auch von Zam-Zammah heruntergefallen. Die Muselmänner stießen sie runter. Dein Vater war Pastetenkoch –«

Er hielt inne; denn um die Ecke, vom brausenden Motee-Bazar her, kam schwerfälligen Ganges ein Mann, wie ihn Kim, der alle Kasten zu kennen glaubte, nie zuvor gesehen. Er war nahezu sechs Fuß hoch, gekleidet in schwarzbraunen Stoff, einer Pferdedecke ähnlich, der Falte an Falte schlug, und nicht eine Falte konnte Kim in Zusammenhang bringen mit irgendeinem bekannten Gewerbe oder Beruf. An seinem Gürtel hing

1. Geschmolzene Butter.

ein eiserner Federbehälter von durchbrochener Arbeit und ein hölzerner Rosenkranz, wie ihn heilige Männer tragen. Auf dem Haupte hatte er eine Art riesigen Mützenhuts. Sein Gesicht war gelb und runzlig wie das von Fook Shing, dem chinesischen Schuhmacher im Bazar. Seine Augen zogen sich in den Winkeln hoch und sahen aus wie kleine Schlitze aus Onyx.

»Wer ist das?« fragte Kim seine Kameraden.

»Vielleicht ist es ein Mann«, sprach Abdullah hinstarrend, den Finger im Munde.

»Ohne Zweifel«, erwiderte Kim, »aber kein Mann, den *ich* in Indien je gesehen habe.«

»Ein Priester vielleicht«, meinte Chota Lal, den Rosenkranz erspähend. »Schau, er geht in das Wunderhaus!«

»Nein, nein«, sagte der Polizist kopfschüttelnd. »Ich verstehe deine Rede nicht.« Der Konstabler sprach Punjabi. »He, Freund aller Welt! was sagt er?«

»Schick ihn hierher«, rief Kim, von Zam-Zammah herabkletternd und seine nackten Füße schwenkend. »Er ist ein Fremder, und du bist ein Büffel.«

Der Mann drehte sich hilflos um und schob sich zu dem Knaben hin. Er war alt, und sein wollenes Obergewand roch noch nach dem beizenden Wermut der Gebirgspässe.

»O Kinder, was ist dieses große Haus?« fragte er in sehr reinem Urdu.

»Das Ajaib-Gher, das Wunderhaus!« Kim gab ihm keinen Titel, wie Lala oder Mian. Er konnte das Glaubensbekenntnis des Mannes nicht erraten.

»Ah! das Wunderhaus! Kann da ein jeder hinein?«

»Es steht über der Tür geschrieben – jeder kann hinein.«

»Ohne Bezahlung?«

»Ich gehe ein und aus. Und *ich* bin kein Bankier«, lachte Kim.

»Ach! Ich bin ein alter Mann, ich wußte es nicht.« Seinen Rosenkranz fingernd, wandte er sich halb dem Museum zu.

»Welcher Kaste gehörst du an? Wo ist dein Haus? Kommst du von weit her?« fragte Kim.

»Ich kam über Kulu, von jenseit des Kailas – aber was wißt ihr! – Von den Bergen, wo« – er seufzte – »Luft und Wasser frisch und kühl sind.«

»Aha! Khitai[1]«, sagte Abdullah stolz. Fook Shing hatte ihn einmal aus dem Laden gejagt, weil er den *Joss*[2] angespuckt hatte, der über den Stiefeln thronte.

»Pahari[3]«, meinte der kleine Chota Lal.

»Ach Kind! Ein Bergbewohner, von Bergen, die du niemals sehen wirst. Hast du schon von Bhotiyal[4] gehört? Ich bin kein Khitai, aber ein Bhotiya[5], wenn du es wissen mußt – ein Lama – oder meinetwegen in deiner Sprache: ein *Guru.*«

»Ein *Guru* aus Tibet«, rief Kim. »So einen Mann hab' ich noch nie gesehen. Sind sie Hindus in Tibet?«

»Wir sind Pilger des Mittleren Pfads und leben in Frieden in unseren Lamaklöstern, und ich gehe, um die Vier Heiligen Plätze zu sehen, bevor ich sterbe. Nun wißt ihr, die ihr Kinder seid, soviel wie ich, der ich alt bin.« Er lächelte wohlwollend auf die Kinder herab.

»Hast du gegessen?«

Er tappte auf seiner Brust herum und zog eine abgenutzte hölzerne Bettelschale hervor. Die Knaben nickten. Alle Priester ihrer Bekanntschaft bettelten.

»Ich mag noch nicht essen.« Er drehte seinen Kopf wie eine alte Schildkröte in der Sonne. »Ist es wahr, daß viele Bildnisse sind im Wunderhaus von Lahore?« Er wiederholte die letzten Worte, wie jemand, der sich eine Adresse merkt.

»Das ist wahr«, sagte Abdullah. »Es ist voll von heidnischen *Buts*[6]. Du bist auch ein Götzendiener.«

»Hör nicht auf *ihn*«, sprach Kim. »Das Haus gehört der Regierung, und Götzendienerei gibt es nicht drin; nur einen Sahib mit einem weißen Bart. Komm mit mir, ich will dich führen.«

»Fremde Priester fressen Knaben«, wisperte Chota Lal.

»Und er ist ein Fremder und ein *But-parast*[7]«, sagte Abdullah, der Mohammedaner.

Kim lachte. »Er ist fremd. Lauft eurer Mutter unter die Schürze, da seid ihr sicher. Komm!«

Kim schob sich durch das Drehkreuz am Eingang, der alte Mann folgte und blieb erstaunt stehen. In der Eingangshalle standen die größeren Figuren gräko-buddhistischer Skulptur, gemeißelt – Gelehrte mögen wissen, vor wie langer Zeit –

1. ein Chinese. – 2. Chinesischer Götze. – 3. ein Bergbewohner. – 4. Tibet. – 5. Tibetaner. – 6. Götzen. – 7. Götzendiener.

von vergessenen Künstlern, deren Hände nicht ohne Geschick nach dem geheimnisvoll überlieferten griechischen Stil getastet hatten. Da waren Hunderte von Figurenfriesen in Relief, Fragmente von Statuen und Steinplatten voller Figuren, die die Backsteinwände der buddhistischen *Stupas*[1] und *Viharas*[2] des Nordens bedeckt hatten und nun, ausgegraben und etikettiert, den Stolz des Museums bildeten. Staunend, mit offenem Munde, wandte der Lama sich von einem zum andern, bis er endlich in verzückter Spannung still stand vor einem großen Hochrelief, das eine Krönung oder Apotheose des Buddha darstellte. Der »Herr« war dargestellt auf einer Lotosblume sitzend, deren Blätter so tief unterhöhlt waren, daß sie fast losgelöst erschienen. Eine anbetende Hierarchie von Königen, Ältesten und Buddhavorläufern umgab ihn. Darunter lotosbedeckte Wasser mit Fischen und Wasservögeln. Zwei *Dewas*[3] mit Schmetterlingsflügeln hielten einen Kranz über seinem Haupt; zwei andere trugen den Sonnenschirm, überragt vom juwelenstrahlenden Kopfschmuck des Bodhisat.

»Der Herr! Der Herr! Es ist Sakya Muni selbst«, sprach der Lama halb schluchzend und begann mit verhaltener Stimme die wundervolle buddhistische Anrufung:

»Zu Ihm der Weg – Gesetzespfad –
Den Mayas Schoß getragen hat,
Anandas Herrn – den Bodhisat.

Er ist hier! Und das Allerweiseste Gesetz ist auch hier. Meine Pilgerfahrt hat glücklich begonnen. Und was für ein Werk! Was für ein Werk!«

»Dort ist der Sahib«, sagte Kim und schlängelte sich zwischen den Kasten der Kunstgewerbe- und Industrieabteilung hindurch beiseite.

Ein weißbärtiger Engländer blickte zu dem Lama herüber, der sich feierlich umdrehte und ihn grüßte und nach einigem Herumtasten ein Notizbuch und einen Streifen Papier zum Vorschein brachte.

»Ja, das ist mein Name«, sagte der Engländer, lächelnd über die plumpe, kindliche Schrift.

»Einer von uns, der die Pilgerfahrt nach den Heiligen Plätzen gemacht hat – er ist jetzt Abt des Lung-Cho-Klosters –,

1. Tempelbauten. – 2. Klöster. – 3. Dämonen.

gab mir das«, stammelte der Lama. »Er sprach zu mir von diesen.« Seine magere Hand wies zitternd rundumher.

»Willkommen denn, o Lama von Tibet. Hier sind die Götterbilder; und hier bin ich« – er blickte dem Lama ins Gesicht –, »um Wissen zu sammeln. Komm mit in mein Arbeitszimmer.« Der alte Mann zitterte vor Erregung.

Das Büro war nur ein kleiner hölzerner, von der skulpturengefüllten Galerie abgeteilter Verschlag. Kim legte sich nieder, mit dem Ohr gegen einen Riß in der von Hitze gespaltenen Zederntür, um, seinem angeborenen Instinkt getreu, zu horchen und zu spähen.

Das meiste von dem Gespräch ging über seine Begriffe. Der Lama, anfangs zögernd, sprach zu dem Kurator von seinem Lamakloster, Such-zen, gegenüber den farbigen Felsen, über hundert Tagereisen von hier. Der Kurator holte ein großes Buch mit Photographien herbei und zeigte ihm leibhaftig das Kloster: thronend auf seiner Klippe, mit dem Blick in das Riesental vielfarbiger Felsenschichten.

»O ja, ja!« Der Lama setzte eine Hornbrille chinesischer Arbeit auf. »Hier ist die kleine Tür, durch die wir das Holz für den Winter tragen. Und du, der Engländer, kennst das? Der jetzt Abt von Lung-Cho ist, sagte es mir, aber ich glaubte es nicht. Der Herr – der Erhabene – man ehrt ihn auch hier? Und man kennt sein Leben?«

»Es ist alles auf den Steinen gemeißelt. Komm und schau, wenn du ausgeruht bist.«

Der Lama schlürfte hinaus in die Haupthalle und schritt, dem Kurator zur Seite, durch die Sammlungen mit der Andacht des Gläubigen und mit dem Verständnis des Kenners.

Szene auf Szene der wundervollen Geschichte erkannte er auf den verwitterten Steinen wieder, hie und da ein wenig verwirrt durch den ungewohnten griechischen Stil, aber entzückt wie ein Kind bei jedem neuen Fund. Wo die Reihenfolge gestört war, wie bei der Verkündigung, ergänzte der Kurator sie aus dem Berg seiner Bücher – französischen und deutschen, mit Photographien und Abbildungen.

Hier war der fromme Asita, Pendant des Simeon der christlichen Geschichte, das heilige Kind auf den Knien haltend, während Vater und Mutter lauschten; und hier waren Vorgänge aus der Legende des Vetters Devadatta. Hier war das böse Weib, nun völlig zerknirscht, das mit schändlicher Lüge den Herrn der Unreinheit beschuldigt hatte; hier die Predigt im Wildpark; das Wunder, das die Feueranbeter bekehrte; hier war der Bodhisat als Prinz im königlichen Schmuck; die wunderbare Geburt; der Tod zu Kusinagara, wo der schwache Jünger in Ohnmacht fiel. Fast unzählige Wiederholungen der Meditation unter dem Bodhi-Baum waren da, und die Anbetung der Almosenschale war überall zu sehen. Nach wenigen Minuten schon merkte der Kurator, daß sein Gast kein gewöhnlicher, rosenkranzleiernder Bettler war, sondern ein ganzer Gelehrter. Und sie gingen alles noch einmal durch; der Lama schnupfend, seine Brillengläser putzend und mit Eilzugstempo ein wunderliches Gemisch von Urdu und Tibetanisch redend. Er hatte von den Reisen der chinesischen Pilger Fo-Hian und Hwen-Thiang gehört und war begierig zu hören, ob Übersetzungen ihrer Berichte existierten. Mit angehaltenem Atem wendete er hilflos die Blätter von Beal und Stanislas Julien um. »Es ist alles hier – ein verschlossener Schatz für mich.« Dann suchte er sich zu beruhigen, um ehrfurchtsvoll den Bruchstücken zu lauschen, die ihm in aller Eile in Urdu wiedergegeben wurden. Zum erstenmal hörte er von den Arbeiten europäischer Gelehrten, die mit Hilfe dieser und hundert anderer Dokumente die heiligen Plätze des Buddhismus festgestellt haben. Dann wurde ihm eine mächtige Karte gezeigt, voll gelber Striche und Punkte. Der braune Finger folgte dem Stift des Kurators von Punkt zu Punkt. Da war Kapilavastu, da das Königreich der Mitte, und hier Mahabodhi, das Mekka des Buddhismus; und hier war Kusinagara, der traurige Schauplatz von des Heiligen Tod. Der alte Mann beugte für eine Weile schweigend das Haupt über die Blätter; der Kurator zündete sich eine neue Pfeife an. Kim war eingeschlafen. Als er erwachte, war ihm die Unterhaltung, die immer noch fortging, besser verständlich.

»Und so geschah es, o Brunnen der Weisheit, daß ich beschloß, nach den heiligen Plätzen zu pilgern, die Sein Fuß betreten hat – nach dem Geburtsort, selbst nach Kapila; dann nach MahaBodhi, was dasselbe ist wie Buddh Gaya – nach dem Kloster – dem Wildpark – nach dem Ort Seines Todes.«

Der Lama senkte die Stimme. »Und ich komme allein hierher. Seit fünf, sieben, achtzehn – vierzig Jahren trag ich's im

Sinn, daß das Alte Gesetz nicht wohl befolgt wird. Es ist, du weißt es, überladen mit Teufelei, Zauberei und Götzendienst. Just wie das Kind da draußen eben sagte; ja, wie selbst das Kind sagte, mit *But-parasti*.«

»So geht es mit jeder Glaubenslehre.«

»Meinst du? Die Bücher meines Klosters habe ich gelesen, und sie waren vertrocknetes Mark; und das Ritual, mit dem wir vom Reformierten Gesetz uns später beladen haben – auch das hatte keinen Wert in diesen alten Augen. Selbst die Jünger des Erhabenen leben in endloser Fehde miteinander. Es ist alles Wahn! Ja, *Maya*, Wahn! Aber ich trage ein anderes Verlangen« – das gefurchte gelbe Gesicht näherte sich bis auf drei Zoll dem des Kurators und der lange Nagel des Zeigefingers tippte auf den Tisch. »Eure Gelehrten sind in diesen Büchern den heiligen Füßen auf allen Wanderungen gefolgt; aber es gibt Dinge, denen sie nicht nachgeforscht haben. Ich weiß nichts – nichts weiß ich – aber ich gehe, um mich frei zu machen von dem Rad der Dinge, auf einem offenen, breiten Weg.« Er lächelte mit naivem Triumph. »Als Pilger nach den heiligen Plätzen erwerbe ich Verdienst. Aber da ist noch mehr. Höre auf etwas Wahres. Als unser gnadenreicher Herr noch ein Jüngling war und eine Lebensgefährtin suchte, meinten die Männer an seines Vaters Hof, daß er zu zart zur Heirat wäre. Du weißt das?«

Der Kurator nickte, neugierig, was nun folgen würde.

»So forderten sie die dreifache Kraftprobe gegen alle Bewerber. Bei der Bogenprobe zerbrach unser Herr den Bogen, den sie ihm gaben, und forderte einen, den keiner spannen könnte. Du weißt?«

»Es steht geschrieben. Ich hab' es gelesen.«

»Und jedes andere Ziel überschießend, flog der Pfeil immer weiter und weiter und außer Sicht. Endlich fiel er; und wo er die Erde berührte, da brach ein Wasserstrahl aus, der alsbald zum Flusse wurde. Und durch unseres Herrn Gnade und das Verdienst, das er erwarb, bevor er sich frei machte, erhielt der Fluß die Eigenschaft, jede Spur und jeden Flecken von Sünde abzuwaschen von dem, der in ihm badet.«

»So steht es geschrieben«, sagte traurig der Kurator.

Der Lama tat einen tiefen Atemzug. »Wo ist dieser Fluß, o Brunnen der Weisheit? Wo fiel der Pfeil?«

»Ach, mein Bruder, ich weiß es nicht.«

»O nein, du hast es wohl nur vergessen – das eine, das du mir nicht gesagt hast. Sicher, du mußt es wissen. Sieh, ich bin ein alter Mann! Ich frage dich – mein Haupt zwischen deinen Füßen – o Brunnen der Weisheit! *Wir wissen,* er spannte den Bogen! *Wir wissen,* der Pfeil fiel! *Wir wissen,* der Wasserstrahl sprang hervor! Wo also ist der Fluß? Mein Traum hieß mich ihn finden. So kam ich. Aber wo ist der Fluß?«

»Wenn ich es wüßte, denkst du, ich würde es nicht laut hinausrufen?«

»Durch ihn«, fuhr der Lama, ohne ihn zu beachten, fort, »erlangt man Befreiung vom Rad der Dinge. Der Fluß des Pfeils! Denke noch einmal nach! Vielleicht nur ein kleines Flüßchen, in der Hitze vertrocknet? – Aber der Heilige würde einen alten Mann nicht so täuschen.«

»Ich weiß es nicht. Ich weiß es nicht.«

Der Lama brachte sein tausendrunzliges Gesicht wiederum auf Handbreite dem des Engländers nahe.

»Ich sehe, du weißt es nicht. Da du der Lehre nicht angehörst, ist dir dieses verborgen.«

»Ja! – Verborgen – verborgen.«

»Wir sind beide in Banden, du und ich, mein Bruder. Aber ich« – er erhob sich mit einem Schwung seiner weichen Hülle – »ich gehe, um mich frei zu machen. Komm mit!«

»Ich bin gebunden«, sagte der Kurator. »Aber wohin gehst du?«

»Erst nach Kashi[1], wohin sonst? Dort im Jaina-Tempel dieser Stadt werde ich einen von der reinen Lehre treffen. Auch er ist im geheimen ein Sucher, und von ihm kann ich möglicherweise lernen. Kann sein, daß er mit mir nach Buddh Gaya geht. Von da nördlich und westlich nach Kapilavastu, und dort will ich nach dem Flusse suchen. Nein, überall wohin ich gehe, will ich suchen – denn die Stelle, wo der Pfeil fiel, ist nicht bekannt.«

»Und wie willst du gehen? Es ist weit bis Delhi, und weiter noch bis Benares.«

»Auf der Heerstraße und mit den Zügen. Von Pathânkot, nachdem ich die Berge verlassen hatte, kam ich hierher in einem Zug. Er fährt schnell. Anfangs wunderte ich mich über

1. Benares.

die hohen Stangen an der Seite des Weges, die ihre Fäden immer wieder schnappen und schnappen«, er malte mit der Hand das Steigen und Sinken der Telegraphendrähte neben dem sausenden Zug. »Aber dann fühlte ich mich so eingepfercht und wünschte, ich hätte gehen können, wie ich's gewohnt bin.«

»Und du kennst deinen Weg genau?« fragte der Kurator.

»Oh, da braucht man nur zu fragen und Geld zu zahlen; die angestellten Personen befördern jeden nach dem gewünschten Ort. Das wußte ich schon in der Lamaserei aus sicherem Bericht«, sagte der Lama stolz.

»Und wann gehst du?« Der Kurator lächelte über die Mischung von Altväterfrömmigkeit und modernem Fortschritt, wie sie jetzt für Indien so bezeichnend ist.

»So bald als möglich. Ich folge den Stätten seines Lebens, bis ich zum Fluß des Pfeiles komme. Es gibt überdies ein geschriebenes Papier mit den Stunden der Züge, die südwärts gehen.«

»Und deine Nahrung?« Lamas führen in der Regel einen guten Batzen Geld irgendwo bei sich, aber der Kurator wünschte sich davon zu überzeugen.

»Auf der Reise trage ich die Bettelschale wie unser Meister. Ja. Wie er ging, so gehe ich, die Ruhe meines Klosters verlassend. Als ich aus den Bergen kam, hatte ich einen *Chela*[1] bei mir, der für mich bettelte, wie es die Regel fordert; aber in Kulu, wo wir ein Weilchen hielten, befiel ihn ein Fieber, und er starb. Ich habe nun keinen *Chela,* aber ich will die Almosenschale tragen und so den Mildtätigen Gelegenheit bieten, Verdienst zu erwerben.« Er nickte tapfer mit dem Kopf. Gelehrte Doktoren einer Lamaserei betteln nicht; aber der Lama war in diesem Punkte Idealist.

»Sei es so«, sagte der Kurator lächelnd. »Gönne nun mir, Verdienst zu erwerben. Wir sind beide Kenner, du und ich. Hier ist ein neues Buch von weißem, englischem Papier, hier sind gespitzte Bleistifte, zwei und drei, dicke und dünne – alle für einen Schreiber gut. Nun erlaube mir noch deine Brille.«

Der Kurator sah durch die Gläser. Sie waren arg zerkratzt, aber die Stärke war fast genau wie die seiner eigenen Brille, die er dem Lama in die Hand gleiten ließ mit den Worten: »Versuche diese.«

1. Schüler.

»Eine Feder! Eine wahre Feder auf dem Gesicht!« Der alte Mann bewegte entzückt den Kopf und zog die Nase in Falten. »Kaum fühle ich sie. Wie klar ich sehe!«

»Die Gläser sind *Bilaur*[1] und bekommen nie Schrammen. Mögen sie dir zu deinem Flusse verhelfen, denn sie sind dein!«

»Ich will sie nehmen, und die Stifte auch und das weiße Buch, als Zeichen der Freundschaft zwischen Priester und Priester – und nun« – Er tappte an seinem Gürtel herum, löste den durchbrochenen eisernen Federbehälter los und legte ihn auf des Kurators Tisch. »Das ist zum Andenken zwischen dir und mir – mein Federbehälter. Es ist etwas Altes – so wie ich.«

Es war eine Arbeit von altem Muster, chinesisch, aus einem Eisen, wie es heut nicht mehr gegossen wird, und das Sammlerherz in der Brust des Kurators hatte vom ersten Augenblick an damit geliebäugelt. Um keinen Preis wollte der Lama seine Gabe zurücknehmen.

»Wenn ich zurückkehre und den Fluß gefunden habe, will ich dir ein geschriebenes Bild von der *Padma Samthora*[2] bringen – so wie ich es in der Lamaserei auf Seide zu machen pflegte. Ja – und von dem Rad des Lebens«, lachte er halblaut, »denn wir sind beide Kenner, du und ich.«

Der Kurator hätte ihn gern noch zurückgehalten: denn es gibt nur wenige auf der Welt, die noch das Geheimnis der alten buddhistischen Pinsel- und Federkunst besitzen, die halb Schreiben, halb Zeichnen ist. Aber der Lama wallte schon davon, das Haupt hoch in der Luft, stand einen Augenblick still vor der großen Statue eines Bodhisat in Meditation und rauschte dann durch das Drehkreuz.

Kim folgte wie ein Schatten. Was er erlauscht hatte, erregte ihn wild. Dieser Mann war seinem kundigen Herzen völlig neu, und er wollte ihn weiter erforschen, genau so wie er ein neues Gebäude oder ein ungewohntes Fest in Lahore erforscht hätte. Der Lama war sein Fund, und er gedachte Besitz von ihm zu ergreifen. Kims Mutter war nicht umsonst eine Irländerin. Der alte Mann machte halt bei Zam-Zammah und schaute sich um, bis sein Auge auf Kim fiel. Seine Pilgerbegeisterung hatte sich mittlerweile gelegt; er fühlte sich alt, verlassen und sehr hungrig.

1. Kristall. – 2. Lotosblume.

»Nicht unter der Kanone sitzen!« rief der Schutzmann erhaben.

»Hu! Du Eule!« war Kims Erwiderung an Stelle des Lamas. »Setz dich nur unter die Kanone, wenn du Lust hast. Wann hast du der Milchfrau die Pantoffeln gestohlen, Dunnoo?«

Das war eine völlig grundlose Beschuldigung, dem Kitzel des Augenblicks entsprungen; aber sie machte Dunnoo verstummen, der wußte, daß Kims gellende Stimme Legionen von bösen Bazar-Buben aufrufen konnte, wenn's not tat.

»Und wen hast du angebetet da drinnen?« frug Kim leutselig, im Schatten neben dem Lama kauernd.

»Ich betete niemanden an, Kind. Ich verneigte mich vor dem Vortrefflichen Gesetz.«

Kim akzeptierte diese neue Gottheit ohne Gemütsbewegung. Er kannte schon eine ganze Anzahl.

»Und was tust du nun?«

»Ich bettle. Ich erinnere mich jetzt, es ist lange her, seit ich gegessen und getrunken habe. Wie ist der Brauch in dieser Stadt, wenn man Mildtätigkeit sucht? Tut man es schweigend, wie in Tibet, oder mit Worten?«

»Die in Schweigen betteln, verhungern in Schweigen«, antwortete Kim mit einem landläufigen Sprichwort. Der Lama versuchte sich zu erheben, sank aber zurück und seufzte nach seinem Schüler, der im fernen Kulu gestorben war. Kim schaute – mit schiefem Kopf, nachdenklich und interessiert.

»Gib mir die Schale. Ich kenne die Leute in dieser Stadt – alle, die barmherzig sind. Gib mir die Schale, ich bringe sie dir gefüllt zurück.« Einfach wie ein Kind, reichte der alte Mann ihm die Schale.

»Ruhe du. Ich kenne die Leute.«

Er trottete fort zu der offenen Bude einer *Kunjri* – einer Gemüsehändlerin niederer Kaste –, die gegenüber der Straßenbahnlinie am Motee-Bazar stand. Die Frau kannte Kim seit langem.

»Oho«, rief sie, »bist du ein *Yogi*[1] geworden, mit deiner Bettlerschale?«

»Nein«, sagte Kim stolz. »Es ist ein fremder Priester in der Stadt – ein Mann, wie ich noch nie einen gesehen habe.«

»Alter Priester – junger Tiger«, sprach das Weib ärgerlich.

1. Heiliger Mann.

»Ich hab' die fremden Priester satt! Die fallen wie Fliegen über unsere Ware her. Ist der Vater meines Sohnes ein Brunnen der Barmherzigkeit, um allen zu geben, die betteln?«

»Nein«, sagte Kim; »dein Mann ist mehr ein *Yagi*[1] als ein *Yogi*. Aber dieser Priester ist neu. Der Sahib im Wunderhaus hat zu ihm gesprochen wie ein Bruder. O meine Mutter, fülle mir die Schale! Er wartet!«

»›Schale‹ ist gut! Diesen kuhbäuchigen Freßkorb! Du hast ebensoviel Anstand wie der heilige Stier des Schiwa; der hat mir heute früh schon einen Korb voll Zwiebeln halb aufgefressen, und jetzt soll ich wahrhaftig noch deine Schale füllen. Da kommt er schon wieder.«

Der ungeheure, mausgraue Brahmini-Bulle dieses Stadtviertels schob sich mit wiegenden Schultern durch die vielfarbige Menge, einen gestohlenen Pisang im Maul. Er hielt gerade auf die Bude zu, sich seiner Privilegien als geheiligtes Tier wohl bewußt, senkte den Kopf und schnüffelte heftig an der Reihe von Körben herum, ehe er seine Wahl traf. Da flog Kims harte kleine Ferse hoch und traf ihn auf die feuchte blaue Nase. Er grunzte ärgerlich und stapfte über die Bahnschienen zurück; sein Widerrist zitterte vor Wut.

»Schau, ich habe dir mehr gespart, als die Schale dreimal kostet. Nun, Mutter, ein bißchen Reis und gedörrten Fisch darauf – ja und etwas Currygemüse.«

Ein Knurren kam aus dem Hintergrund der Bude, wo ein Mann lag.

»Er hat den Stier verjagt«, sagte die Frau halblaut. »Es ist gut, den Armen zu geben.« Sie nahm die Schale und gab sie, mit heißem Reis gefüllt, zurück.

»Aber mein *Yogi* ist keine Kuh«, sagte Kim würdevoll, mit seinen Fingern ein Loch in den Reisberg machend. »Ein bißchen Curry ist gut, und einen gebackenen Kuchen und ein paar eingemachte Früchte würde er gerne essen, glaub' ich.«

»Das Loch ist so groß wie dein Kopf«, sagte das Weib ärgerlich. Aber sie füllte es trotzdem mit gutem, dampfendem Currygemüse, klappte einen getrockneten Kuchen obenauf mit einem Stückchen geklärter Butter, pappte ein Häufchen Tamarindenkonserve an die Seite – und Kim betrachtete wohlgefällig die Ladung.

1. Brummbär.

»So ist's gut. Wenn ich im Bazar bin, soll der Stier nicht wieder an diese Bude kommen. Er ist ein frecher Bettelmann.«

»Und du?« lachte die Frau. »Aber sprich nicht schlecht von Stieren. Hast du mir nicht gesagt, daß eines Tages ein roter Stier auf einem grünen Felde kommen wird, um dir zu helfen? Nun halte alles gerade und bitte den heiligen Mann um Segen für mich. Vielleicht weiß er auch ein Mittel für die entzündeten Augen meiner Tochter. Frag ihn auch danach, o du kleiner Freund aller Welt.«

Doch Kim war fortgetanzt noch vor Schluß dieser Rede, herrenlosen Hunden und hungrigen Bekanntschaften sorgfältig aus dem Wege gehend.

»So betteln wir, die wir die Sache verstehen«, sprach er stolz zu dem Lama, der beim Anblick des Inhalts der Schale die Augen aufsperrte. »Iß nun, und – ich will mit dir essen. Ohe, *Bhistie*!« schrie er dem Wasserträger zu, der die Anlagen vor dem Museum begoß. »Bring Wasser. Wir Männer sind durstig.«

»Wir Männer!« lachte der *Bhistie*. »Ist ein Schlauch voll genug für so ein Paar? Trinkt meinetwegen, im Namen des Erbarmers.«

Er goß einen dünnen Strahl in Kims Hände, der nach Landessitte trank. Der Lama aber tat es nicht anders, als daß er einen Becher aus seinem unerschöpflichen Obergewand zog und mit größter Feierlichkeit trank.

»*Pardesi*[1]«, erklärte Kim, als der alte Mann in unbekannter Sprache etwas sagte, was offenbar ein Segen war.

Sie schmausten hochbefriedigt zusammen, bis die Bettelschale geleert war. Dann nahm der Lama eine Prise aus einer umfangreichen hölzernen Schnupftabaksdose, ließ seinen Rosenkranz eine Weile durch die Finger gleiten und fiel, indes der Schatten von Zam-Zammah länger wurde, in den leichten Schlaf des Alters.

Kim schlenderte zu der nächsten Tabakhändlerin hinüber, einer recht munteren jungen Mohammedanerin, und erbettelte sich eine stinkende Zigarre, von der Sorte, wie sie den Studenten der Punjab-Universität verkauft werden, die englische Sitten nachahmen. Dann rauchte er und dachte nach, die Knie am Kinn, unterm Bauch der Kanone hockend; und das Ergeb-

1. ein Fremder.

nis seines Denkens war ein jäher, verstohlener Aufbruch in der Richtung von Nila Rams Zimmerplatz.

Der Lama erwachte erst, als das abendliche Leben der Stadt begann mit Lampenanzünden und der Rückkehr der weißgekleideten Beamten und Unterbeamten aus den Regierungsbüros. Er glotzte verwirrt nach allen Seiten; aber niemand beachtete ihn, außer einem Hinduknirps in isabellfarbenem Gewand und schmutzigem Turban. Plötzlich beugte der Lama den Kopf auf die Knie und begann zu wehklagen.

»Was ist los?« fragte der Knabe, vor ihm stehend. »Bist du beraubt worden?«

»Ach, mein neuer *Chela,* er ist von mir gegangen, und ich weiß nicht, wo er ist.«

»Und was für ein Mann war dein Schüler?«

»Es war ein Knabe, der zu mir kam an Stelle dessen, der mir gestorben ist. Wohl weil ich Verdienst erworben, indem ich mich vor dem Gesetz verbeugte da drinnen.« Er wies nach dem Museum hin. »Er kam zu mir und zeigte mir den Weg, den ich verloren hatte. Er führte mich in das Wunderhaus, und durch seine Rede bekam ich Mut, mit dem Hüter der Götterbilder zu reden; das machte mich heiter und stark. Und als ich matt vor Hunger war, da bettelte er für mich, wie ein *Chela* für seinen Lehrer. Plötzlich wurde er mir gesendet. Plötzlich ist er verschwunden. Ich hatte im Sinn, ihn das Gesetz zu lehren auf dem Wege nach Benares.«

Kim stand verwundert. Er hatte das Gespräch im Museum belauscht und wußte, daß der alte Mann die Wahrheit redete. Und Wahrheit ist ein Ding, das ein Eingeborener selten einem Fremden darbietet.

»Aber ich sehe nun, daß er mir zu einem bestimmten Zweck geschickt war. Daran erkenne ich, daß ich einen gewissen Fluß, den ich suche, finden soll.« – »Den Fluß des Pfeils?« fragte Kim mit überlegenem Lächeln.

»Ist das wieder eine Sendung?« rief der Lama. »Zu niemand hab' ich von meiner Suche gesprochen, außer zu dem Priester der Bilder. Wer bist du?«

»Dein *Chela*«, sagte Kim einfach, auf den Hacken kauernd. »Ich habe noch nie in meinem Leben jemand gesehen wie dich. Ich gehe mit dir nach Benares. Und außerdem denke ich, daß ein so alter Mann wie du, der zu jedem Hergelaufenen noch am späten Abend die Wahrheit spricht, einen Schüler sehr nötig hat.«

»Aber der Fluß – der Fluß des Pfeils?«

»Oh, das hörte ich, als du mit dem Engländer sprachst. Ich lag an der Tür.«

Der Lama seufzte. »Ich dachte schon, du wärst mir als Führer geschickt. So etwas geschieht zuweilen – aber ich bin nicht würdig. Du kennst also den Fluß nicht?«

»Nicht ich.« Kim lachte etwas verlegen. »Ich bin auf der Suche nach – nach einem Stier – einem roten Stier auf einem grünen Feld, der mir helfen soll.« Nach Knabenart war Kim, wenn ein Bekannter einen Plan hatte, gleich mit einem eigenen bei der Hand; und wirklich hatte er eine volle Viertelstunde lang über die Prophezeiung seines Vaters nachgedacht.

»Helfen zu was, Kind?« fragte der Lama.

»Gott weiß, aber so hat mir's mein Vater gesagt. Ich hörte deine Rede in dem Wunderhaus von all den neuen fremden Orten in den Bergen; und wenn einer, der so alt und so wenig ... so gewohnt ist, die Wahrheit zu sprechen – auszieht wegen einer solchen Kleinigkeit wie einem Fluß, so hab' ich mir gedacht, daß ich auch auf die Reise gehen muß. Wenn es unser Schicksal ist, diese Dinge zu finden, so werden wir sie finden – du deinen Fluß und ich meinen Stier – und die hohen Säulen und noch allerhand anderes, was ich vergessen habe.«

»Es sind keine Säulen, sondern ein Rad, von dem ich frei werden möchte«, sagte der Lama.

»Das ist alles einerlei. Vielleicht machen sie mich zum König«, sagte Kim, heiter auf alles gefaßt.

»Ich will dich andere und bessere Wünsche lehren auf unserem Wege«, erwiderte der Lama mit der Würde des Meisters. »Laß uns nach Benares gehen.«

»Nicht bei Nacht. Diebe treiben sich herum. Warte, bis es Tag ist.«

»Aber hier ist kein Platz zum Schlafen.« Der alte Mann war an die Ordnung seines Klosters gewöhnt, und wenn er auch am Boden schlief, wie es die Regel verlangt, so legte er doch in diesen Dingen Wert auf einigen Anstand.

»Wir werden im Kaschmir-Serail gutes Quartier finden«, meinte Kim, über seine Verlegenheit lachend. »Ich habe einen Freund dort, komm!«

Die heißen, vollen Bazare strahlten von Licht, als sie sich ihren Weg durch das Gedränge aller Rassen Oberindiens bahnten, und der Lama nachtwandelte hindurch wie im Traum. Er sah zum erstenmal eine große, gewerbetreibende Stadt, und die überfüllten Straßenbahnen mit den ewig kreischenden Bremsen erschreckten ihn. Halb geschoben, halb gezogen gelangte er an das hohe Gitter des Kaschmir-Serails, dieses riesigen offenen Vierecks gegenüber der Bahnstation, umgrenzt von gewölbten Kreuzgängen, wo die Kamel- und Pferdekarawanen bei der Rückkehr von Zentralasien einkehren. Hier war allerart Volk aus dem Norden, gekoppelte Ponys und kniende Kamele versorgend, Ballen und Bündel auf- und abladend, Wasser zur Abendmahlzeit an kreischenden Winden aus Brunnen schöpfend, Heu aufschüttend vor den wiehernden, wildäugigen Hengsten, die bissigen Karawanenhunde knuffend, Kameltreiber lohnend, neue Knechte anwerbend, schreiend, fluchend, streitend, feilschend auf dem gepferchten Platz. Die Kreuzgänge, durch drei oder vier gemauerte Stufen erhöht, waren die Zuflucht um dieses stürmende Meer. Die meisten waren an Händler vermietet, so wie bei uns die Bogen einer Unterführung. Der Raum zwischen Pfeiler und Pfeiler war mit Ziegeln oder Brettern in Kammern geteilt, die schwere Holztüren mit plumpen Vorlegeschlössern von einheimischer Arbeit sicherten. Verschlossene Türen zeigten an, daß der Besitzer abwesend war, und irgendein rohes – zuweilen sehr rohes – Farb- oder Kreidegekritzel sagte, wohin er gegangen sei. Etwa so: »Lutuf Ullah ist nach Kurdistan gereist.« Darunter vielleicht in groben Versen: »O Allah, der du leidest, daß Läuse auf dem Rock eines Kabuli leben, warum erlaubst du, daß diese Laus Lutuf so lange lebt?«

Kim, den Lama zwischen aufgeregten Menschen und aufgeregten Tieren deckend, drückte sich an den Gängen entlang bis ans äußerste Ende zunächst der Bahnstation, wo Mahbub Ali, der Pferdehändler, hauste, wenn er hereinkam von jenem geheimnisvollen Land jenseits der Pässe des Nordens.

Kim hatte in seinem kleinen Leben – besonders zwischen seinem zehnten und dreizehnten Jahr – schon allerhand mit Mahbub zu tun gehabt, und der große aufgedunsene Afghane mit dem scharlachrot gefärbten Bart (denn er war kein Jüngling mehr und wollte seine grauen Haare nicht zeigen) wußte den Wert des Knaben als Nachrichtenquelle zu schätzen. Manchmal betraute er Kim damit, einen Mann zu beobachten, der durchaus nichts mit Pferden zu tun hatte, ihm einen ganzen Tag lang zu folgen und sich jeden Menschen, mit dem er sprach, zu merken. Kim entledigte sich alsdann am Abend seines Berichts, und Mahbub lauschte ohne Wort noch Bewegung. Kim wußte, es handelte sich um irgendeine Intrige; aber er wußte auch, daß alles darauf ankam, zu keinem Menschen davon zu reden, außer zu Mahbub, der ihm herrliche Mahlzeiten gab, ganz heiß aus der Garküche am Ende des Serails, und einmal sogar acht Anna in Gold.

»Er ist da«, sagte Kim, ein übelgelauntes Kamel auf die Nase knuffend. »Ohe, Mahbub Ali!« Er machte vor einem dunklen Bogen halt und schlüpfte hinter den verwunderten Lama.

Der Pferdehändler lag, seinen gestickten Bokhariotgürtel tief unterm Bauch gelöst, träge an riesiger silberner Hookah[1] ziehend, auf einem Paar Satteltaschen aus Seidenteppich. Er wendete bei dem Ruf kaum merklich den Kopf, und als er nur die hohe stumme Gestalt sah, gluckste ein Lachen in seiner Brust.

»Allah! Ein Lama! Ein roter Lama! Es ist weit von Lahore zu den Pässen, was tust du hier?«

Der Lama hielt mechanisch die Bettelschale hin.

»Gottes Fluch über alle Ungläubigen!« sagte Mahbub. »Ich gebe keinem lausigen Tibetaner was; aber frag meine Baltis da drüben hinter den Kamelen; die wissen vielleicht deinen Segen zu schätzen. He! Pferdeknechte, hier ist ein Landsmann von euch. Schaut, ob er hungrig ist.«

Ein geschorener, geduckter Balti, der mit den Pferden heruntergekommen und angeblich eine Art verlaufener Buddhist war, katzbuckelte dem Priester entgegen und ersuchte in dikken Kehllauten den Heiligen, sich an das Feuer der Pferdeknechte zu setzen.

»Geh!« sagte Kim, ihn leise stoßend, und der Lama storchte davon und ließ Kim am Rande des Kreuzgangs zurück.

»Geh!« sagte auch Mahbub Ali, sich wieder seiner Hookah

1. Wasserpfeife.

zuwendend. »Kleiner Hindu, mach dich fort. Gottes Fluch auf alle Ungläubigen! Bettle bei denen von meinen Leuten, die deines Glaubens sind.«

»Maharadsch«, wimmerte Kim, die Hindianrede gebrauchend und den Spaß gründlich auskostend, »mein Vater ist tot – meine Mutter ist tot – mein Magen ist leer.«

»Bettle bei meinen Pferdeknechten, sage ich. Es müssen auch ein paar Hindus unter meinen Leuten sein.«

»Oh, Mahbub Ali, bin *ich* denn ein Hindu?« sagte Kim auf englisch.

Der Händler gab kein Zeichen des Staunens, blickte nur unter zottigen Brauen.

»Kleiner Freund aller Welt«, sagte er, »was soll das heißen?«

»Nichts. Ich bin jetzt der Schüler dieses heiligen Mannes, und wir gehen zusammen auf die Pilgerschaft – nach Benares, sagt er. Er ist ganz verrückt darauf, und ich habe die Stadt Lahore satt. Ich brauche andere Luft und Wasser.«

»Aber für wen arbeitest du? Warum kommst du zu mir?« Die Stimme war barsch vor Argwohn.

»Zu wem sonst sollt' ich gehen? Ich habe kein Geld. Ohne Geld ist schlecht reisen. Du wirst den Offizieren viel Pferde verkaufen. Es sind sehr feine Pferde, diese neuen, ich habe sie gesehen. Gib mir eine Rupie, Mahbub Ali, und wenn ich zu meinem Reichtum komme, will ich dir einen Schuldschein geben und zahlen.«

»Hm«, machte Mahbub Ali, schnell überlegend. »Du hast mich noch nie belogen. Ruf deinen Lama – bleib hinten im Dunkeln.«

»Oh, er wird dasselbe sagen wie ich«, lachte Kim.

»Wir gehen nach Benares«, sprach der Lama, sobald er den Sinn von Mahbub Alis Fragen begriff. »Ich und der Knabe. Ich, um einen gewissen Fluß zu suchen.«

»Mag sein – aber der Knabe?«

»Er ist mein Schüler. Er ward mir gesendet, glaube ich, um mich zu dem Fluß zu führen. Unter einer Kanone saß ich, als er plötzlich kam. Solche Dinge sind den Glücklichen, denen Führung gewährt wurde, schon vorgekommen. Aber ich besinne mich jetzt, er sagte, er wäre von dieser Welt – ein Hindu.«

»Und sein Name?«

»Danach habe ich nicht gefragt. Ist er nicht mein Schüler?«

»Sein Land – seine Rasse – sein Dorf? Muselmann, Sikh, Hindu, Jaina, niedere Kaste oder hohe?«

»Warum sollte ich fragen? Es gibt weder hoch noch niedrig auf dem Mittleren Pfad. Wenn er mein *Chela* ist, darf – will – kann jemand ihn mir nehmen? Denn, siehst du, ohne ihn würde ich meinen Fluß nicht finden.« Er wiegte feierlich sein Haupt.

»Niemand soll ihn dir nehmen. Geh, setz dich zu meinen Baltis«, sagte Mahbub Ali, und der Lama, beruhigt durch das Versprechen, trottete fort.

»Ist er nicht ganz verrückt?« fragte Kim, wieder ins Licht hervorkommend. »Warum sollte ich dich belügen, Hadschi?«

Mahbub paffte schweigend an seiner Hookah. Dann begann er, fast flüsternd: »Umballa liegt auf dem Weg nach Benares – wenn ihr beiden wirklich dahin geht –«

»Tck! Tck! Ich sage dir, er versteht nicht zu lügen – wie wir beide.«

»– und wenn du eine Botschaft bis Umballa für mich besorgen willst, werd' ich dir Geld geben. Es handelt sich um ein Pferd – einen weißen Hengst –, den ich einem Offizier bei meiner letzten Rückkehr von den Pässen verkaufte. Aber damals – tritt näher und halt deine Hände hoch, als ob du betteltest –, damals war der Stammbaum des weißen Hengstes noch nicht vollständig festgestellt; und der Offizier, der jetzt in Umballa ist, trug mir auf, das in Ordnung zu bringen.« (Hier beschrieb Mahbub das Pferd und das Äußere des Offiziers.) »Also, die Botschaft an den Offizier lautet: ›Der Stammbaum des weißen Hengstes ist vollständig festgestellt.‹ Daran wird er erkennen, daß du von mir kommst. Er wird dann fragen: ›Welchen Beweis hast du?‹, und du wirst antworten: ›Mahbub Ali hat mir den Beweis gegeben.‹«

»Und das alles um einen weißen Hengst«, kicherte Kim, mit flammenden Augen.

»Den Stammbaum will ich dir jetzt geben – auf meine Art – und ein paar Grobheiten dazu.« Ein Schatten glitt hinter Kim vorbei und ein käuendes Kamel. Mahbub Ali hob die Stimme:

»Allah! Bist du der einzige Bettler in der Stadt? Deine

Mutter ist tot, dein Vater ist tot? So ist's bei allen. Na, meinetwegen –« Er drehte sich um, als fühle er nach etwas auf dem Fußboden neben sich, und warf dem Knaben ein Stück weiches, fettiges Moslembrot zu. »Geh und leg dich für diese Nacht zu meinen Pferdeknechten, du und der Lama. Morgen werd' ich dich vielleicht in Dienst nehmen.«

Kim schlich sich fort, die Zähne im Brot, und wie erwartet, fand er ein kleines Päckchen gefalteten Leinenpapiers, in Wachstaft gewickelt, nebst drei Silberrupien – gewaltiger Reichtum. Er lächelte und schob Geld und Papier in sein ledernes Amulettetui. Der Lama, von Mahbubs Baltis üppig bewirtet, schlief schon in einem Winkel der Ställe. Kim legte sich neben ihn und lachte. Er wußte, daß er Mahbub Ali einen Dienst erwies, und nicht ein einziges Augenblickchen glaubte er an das Märchen vom Stammbaum des Hengstes.

Aber Kim ahnte nicht, daß Mahbub Ali, bekannt als einer der besten Pferdehändler im Punjab, als reicher und unternehmender Handelsmann, dessen Karawanen tief bis in Gott weiß welche Länder drangen, eingeschrieben war in eins der Geheimbücher des indischen Überwachungsdepartements als C. 25 I. B. Zwei oder dreimal jährlich pflegte C. 25 einen kleinen Bericht einzusenden, trocken erzählt, aber höchst interessant, und in den meisten Fällen – er wurde kontrolliert an Hand der Feststellungen von R. 17 und M. 4 – durchaus zutreffend. Diese Berichte betrafen alle möglichen abgelegenen Gebirgsfürstentümer, Forschungsreisende nichtenglischer Nationalität und den Handel mit Gewehren – kurzum, sie bildeten einen kleinen Teil jener großen Masse von »Informationsmaterial«, auf Grund dessen die indische Regierung ihre Maßnahmen trifft. Neuerdings jedoch waren fünf verbündete Könige, die sich den Teufel was zu verbünden hatten, durch eine freundwillige Macht im Norden darauf aufmerksam gemacht worden, daß Neuigkeiten aus ihren Territorien nach Britisch-Indien durchleckten. Die Premierminister dieser Könige waren ernstlich beunruhigt und unternahmen Schritte auf orientalische Manier. Unter manchen anderen hatten sie den Prahlhans, den rotbärtigen Roßtäuscher in Verdacht, dessen Karawanen, bis zum Bauch im Schnee, ihre Machtbereiche durchpflügten. Wenigstens war seine diesjährige Karawane beim Abstieg zweimal überfallen und beschossen worden; wie Mahbubs Leute angaben, von drei fremden Strolchen, die zu diesem Geschäft gedungen oder sonstwie daran interessiert sein mochten. Deshalb hatte Mahbub vermieden, sich in der ungesunden Stadt Peshawur aufzuhalten, und war ohne Aufenthalt durchmarschiert bis Lahore, wo er, der seine Landsleute kannte, sich auf merkwürdige Ereignisse gefaßt hielt.

Und Mahbub Ali barg etwas bei sich, das er nicht eine Stunde länger als nötig zu behalten wünschte – ein Päckchen dichtgefalteten Leinenpapiers, in Wachstaft gewickelt – einen unpersönlichen, nicht adressierten Bericht mit fünf mikroskopisch kleinen Nadelstichen in einer Ecke, der die fünf verbündeten Könige, die teilnahmsvolle nördliche Macht, einen Hindubankier in Peshawur, die Firma einer Gewehrfabrik in Belgien und einen wichtigen, halb unabhängigen mohammedanischen Herrscher des Südens aufs schmählichste verriet. Dies war das Werk von R. 17, das Mahbub jenseits des Dora-Passes an sich nahm und für R. 17 weitertrug, da dieser, Umstände halber, über die er keine Macht hatte, seinen Beobachtungsposten nicht verlassen konnte. Dynamit war mild und harmlos neben diesem Rapport von C. 25, und selbst ein Orientale mit den Begriffen eines Orientalen vom Wert der Zeit konnte sich sagen, daß er je früher, je besser in die richtigen Hände gelangen mußte. Mahbub fühlte kein besonderes Verlangen, eines gewaltsamen Todes zu sterben, da zwei oder drei Familienblutfehden jenseits der Grenze noch unerledigt an seinen Händen hingen; erst wenn diese Schuld beglichen sein würde, gedachte er sich als mehr oder weniger tugendhafter Bürger zur Ruhe zu setzen. Seit seiner Ankunft vor zwei Tagen hatte er das Tor des Serails noch nicht durchschritten, wohl aber in möglichst auffälliger Weise Telegramme verschickt nach Bombay, wo er einen Teil seines Geldes auf der Bank hatte, nach Delhi, wo ein Unterpartner seines eigenen Clans Pferde an den Agenten eines Rajputana-Staates verkaufte, und nach Umballa, wo ein Engländer ungeduldig den Stammbaum eines weißen Hengstes einforderte. Der öffentliche Briefschreiber, der englisch verstand, verfaßte vortreffliche Telegramme, wie: – *»Creighton, Laurel-Bank, Umballa. – Pferd ist Araber wie bereits gemeldet. Bedaure Verzögerung Stammbaum, welchen übersetze.«* Und später an dieselbe

Adresse: *»Bedaure sehr Verspätung. Sende Stammbaum baldigst.«* Seinem Unterpartner in Delhi drahtete er: *»Lutuf Ullah. – Drahtete 2000 Rupien Eurem Konto, Luchman Narains Bank.«* Das war alles ganz kaufmännisch, aber jedes dieser Telegramme wurde besprochen und wieder besprochen von gewissen Persönlichkeiten, die sich dafür interessieren zu müssen glaubten, bevor sie aus den Händen eines einfältigen Balti, der sie unterwegs alle möglichen Leute lesen ließ, zur Bahnstation gelangten.

Als Mahbub, in seiner eigenen bilderreichen Sprache zu reden, so den Brunnen der Nachforschung mit dem Stab der Vorsicht getrübt hatte, war Kim, vom Himmel gesandt, ihm in die Hände gefallen; und Mahbub Ali, ebenso rasch entschlossen wie gewissenlos und gewöhnt, jede plötzliche Chance zu nutzen, hatte ihn vom Fleck weg in seinen Dienst gepreßt.

Ein wandernder Lama mit einem dienenden Knaben niederer Kaste mochte wohl einen Augenblick Interesse erregen auf seiner Fahrt durch Indien, das Land der Pilger; aber kein Mensch würde einen Verdacht auf sie haben oder, was noch wichtiger war, sie berauben.

Er rief nach frischem Feuer für seine Hookah und überdachte die Lage. Wenn es zum Allerschlimmsten kam und dem Knaben etwas zustieß, so würde das Papier niemanden belasten. Und er würde in aller Ruhe nach Umballa gehen und – auf eine gewisse Gefahr hin, neuen Verdacht zu erregen – seine Geschichte mündlich den betreffenden Personen wiederholen.

Aber der Rapport von R. 17 war der Kernpunkt der ganzen Sache, und kam er nicht in die rechten Hände, so war das höchst ungelegen. Immerhin, Gott war groß, und Mahbub Ali war sich bewußt, vorläufig sein möglichstes getan zu haben. Kim war das einzige Wesen in der Welt, das ihn niemals belogen hatte. Das wäre ein verhängnisvoller Fleck auf Kims Charakter gewesen, hätte Mahbub nicht gewußt, daß er andere Leute, zu seinen eigenen Zwecken oder in Mahbubs Interesse, anlügen konnte wie ein Orientale.

Alsdann wogte Mahbub Ali quer durch den Serail zu der Pforte der Harpyien, die ihre Augen malen und den Fremdling in ihren Netzen fangen. Nicht ohne einige Mühe fand er das Mädchen, das, wie er Grund zu vermuten hatte, die Busenfreundin eines glattwangigen Kaschmir-Pandits war, der seinem dummen Balti wegen der Telegramme aufgelauert hatte. Es war ein höchst törichtes Unternehmen; denn alsbald fingen sie an, gegen des Propheten Gesetz parfümierten Branntwein zu trinken, und Mahbub geriet in den schönsten Rausch; die Pforten seines Mundes lösten sich, und er verfolgte die Blume des Entzückens mit den Füßen der Trunkenheit, bis er platt in die Kissen fiel, wo die Blume des Entzükkens mit Hilfe eines glattwangigen Kaschmir-Pandits ihn von Kopf bis zu Fuß höchst gründlich durchsuchte.

Um dieselbe Stunde etwa hörte Kim in Mahbubs verlassenem Verschlag leise Tritte. Der Roßhändler hatte, sonderbar genug, die Tür unverschlossen gelassen, und seine Leute draußen waren vollauf beschäftigt, zur Feier ihrer Rückkehr nach Indien ein ganzes Schaf zu verschmausen, das Mahbubs Großmut gespendet hatte. Ein geschmeidiger junger Gentleman aus Delhi, bewaffnet mit einem Schlüsselbund, den die Blume von dem Gürtel des Bewußtlosen gehakt hatte, durchsuchte alle Koffer und Ballen, Decken und Satteltaschen in Mahbubs Besitz noch systematischer, als die Blume und der Pandit den Besitzer selbst.

»Und mir scheint«, sagte die Blume eine Stunde später verächtlich, den runden Ellbogen auf dem schnarchenden Leichnam, »er ist nichts weiter als ein Schwein von afghanischem Roßtäuscher, das nur an Weiber und Pferde denkt. Und übrigens hat er's vielleicht schon fortgeschickt, wenn überhaupt so was da war.«

»Nein – ein Ding, das fünf Könige betrifft, würde er dicht an seinem schwarzen Herzen tragen«, sagte der Pandit.

»Hast du nichts gefunden?«

Der eintretende Delhimann lachte und rückte seinen Turban zurecht. »Ich habe die Sohlen seiner Pantoffeln durchsucht, wie die Blume seine Kleider. Dies ist nicht der Mann. Es muß ein anderer sein. Ich lasse nichts unbesehen.«

»Sie haben nicht gesagt, er ist der Mann«, sprach nachdenklich der Pandit. »Sie sagten, seht zu, ob es der Mann ist, da unsere Nachrichten unklar sind.«

»Der Norden ist voll von Pferdehändlern wie ein alter Rock von Läusen. Da ist Sikhandar Khan, Nur Ali Beg und

Farrukh Shah – alle Führer von *Kafilas*[1] –, die dort Geschäfte machen«, sagte die Blume.

»Die sind noch nicht zurückgekommen«, meinte der Pandit. »Du mußt sie später einfangen.«

»Pah!« meinte die Blume mit tiefem Abscheu, Mahbubs Kopf von ihrem Schoß rollend. »Ich verdiene mein Geld. Farrukh Shah ist ein Bär, Ali Beg ist ein Prahlhans, und der alte Sikhandar Khan – pfui! Geh! Ich will nun schlafen. Dieses Schwein wird sich vor Tagesgrauen nicht rühren.«

Als Mahbub erwachte, hielt die Blume ihm eine gestrenge Rede über die Sünde der Trunkenheit. Asiaten zucken nicht mit der Wimper, wenn sie einen Feind überlistet haben; Mahbub Ali aber war sehr nahe daran, es dennoch zu tun, als er sich ausräusperte, den Gürtel festschnallte und unter die frühen Morgensterne hinauswackelte.

»Was für ein blöder Trick!« sprach er zu sich selbst. »Als ob nicht jedes Mädchen in Peshawur darauf verfallen würde. Aber sie hat es hübsch gemacht. Nun, Gott weiß, wie viele andere noch unterwegs sind, die mich untersuchen sollen – vielleicht mit dem Messer. Es steht fest, der Junge muß nach Umballa, aber mit dem Zuge, denn das Schreiben ist dringend. Ich bleibe hier, folge der Blume und trinke Wein, wie es einem afghanischen Roßkamm gebührt.«

Er hielt bei dem zweiten Abteil nächst dem seinen still. Seine Leute lagen in tiefem Schlaf. Von Kim und vom Lama keine Spur.

»Auf!« Er rüttelte einen Schläfer. »Wohin sind die zwei gegangen, die gestern abend hier lagen – der Lama und der Knabe? Ist etwas nicht in Ordnung?«

»Nein«, knurrte der Mann, »der alte verrückte Kerl ist beim zweiten Hahnenschrei aufgestanden und sagte, er wolle nach Benares, und der Junge führte ihn weg.«

»Allahs Fluch über alle Ungläubigen!« sagte Mahbub mit Überzeugung und stieg, in den Bart brummend, in seinen eigenen Verschlag.

Es war aber Kim, der den Lama geweckt hatte – Kim, der, ein Auge am Astloch der Bretterwand, die Kofferuntersuchung des Delhimanns beobachtet hatte. Das war kein gewöhnlicher Dieb, der Briefe, Rechnungen und Sättel durch-

1. Karawanen.

wühlte – kein gewöhnlicher Einbrecher, der ein kleines Messer seitwärts zwischen die Sohlen von Mahbubs Pantoffeln schob und die Nähte der Satteltaschen so geschickt durchstach. Zuerst wollte Kim den Alarmruf geben – das langgedehnte *Cho-or cho-or*[1] –, der nachts das Serail aufrührt; aber er schaute noch schärfer hin und zog, die Hand auf dem Amulett, seine eigenen Schlüsse.

»Es muß sich um den Stammbaum handeln, um diese faustdicke Pferdelüge«, dachte er, »das Ding, das ich nach Umballa trage. Besser, wir gehen gleich. Wer mit dem Messer in Taschen sticht, wird vielleicht bald mit dem Messer in Bäuche stechen. He! St!« zischte er dem leise schlafenden alten Manne ins Ohr. »Komm. Es ist Zeit – Zeit, nach Benares zu gehen.«

Der Lama erhob sich gehorsam, und sie glitten aus dem Serail wie Schatten.

1. Dieb! Dieb!

Zweites Kapitel

Wer, frei von Hoffart für und für,
Verachtet weder Mensch noch Tier,
Wird des All-Ostens Seele hier
Hören in Kamakura.

Vor ihnen lag die Bahnstation, wie ein Fort, schwarz in schwindender Nacht, elektrisches Blitzen über den Güterschuppen, wo der große Getreidetransport nach dem Norden besorgt wird.

»Das ist das Werk von Teufeln«, sagte der Lama, schaudernd vor der hohl hallenden Dunkelheit, dem Glitzern der Schienen zwischen den Backsteinperrons und dem Balkengewirr in der Höhe. Er stand in riesiger Steinhalle, die mit vermummten Toten gepflastert schien – Passagieren der dritten Klasse, die ihre Fahrkarten abends gelöst hatten und wartend schliefen. Alle vierundzwanzig Stunden sind dem Orientalen gleich, und der Reiseverkehr ist dementsprechend geregelt.

»Hierher kommen die Feuerwagen. Hinter dem Loch steht einer« – Kim wies auf den Schalter –, »der dir ein Papier geben wird, das dich nach Umballa bringt.«

»Aber wir wollen nach Benares«, erwiderte der Lama.

»Ganz gleich. Benares also. Rasch! Er kommt.«

»Nimm du die Börse.«

Der Lama, nicht so vertraut mit Eisenbahnzügen, wie er behauptet hatte, fuhr zurück, als der 3-Uhr-25-Frühzug nach dem Süden hereinbrauste. Die Schläfer sprangen auf ins Lebendige, und die Station füllte sich mit Tumult und Lärm, Geschrei der Wasser- und Kuchenverkäufer, Rufen der eingeborenen Polizisten und schrillem Gezeter der Weiber, die ihre Körbe, Kinder und Männer zusammensuchten.

»Es ist der Zug – nur der Zug. Er tut uns nichts. Warte hier.« Erstaunt über die große Einfalt des Lamas (er hatte ihm einen kleinen Sack voller Rupien in die Hand gedrückt), forderte und bezahlte Kim ein Billett nach Umballa. Ein verschlafener Beamter knurrte und warf ein Billett für die nächste Station, sechs Meilen entfernt, hinaus.

»Nein«, sagte Kim, es mit Grinsen betrachtend. »Das mag

gut sein für Bauern, aber ich wohne in der Stadt Lahore. Schlau gemacht, Babu. Nun gib das Billett nach Umballa!«

Der Babu brummte und gab das richtige Billett.

»Nun noch eins nach Amritzar«, rief Kim, der nicht einsah, weshalb er Mahbub Alis Geld an etwas so Minderwertiges wie eine Fahrkarte nach Umballa verschwenden sollte. »Der Preis ist soundsoviel. Ich weiß Bescheid mit den Eisenbahnen. – – Nie hat ein *Yogi* seinen *Chela* so nötig gehabt wie du«, schwatzte er lustig weiter zu dem verdutzten Lama. »Bei Mian Mir würden sie dich hinausgeworfen haben, wenn ich nicht wäre. Hier herum! Komm!« Kim gab das Geld zurück und behielt nur ein Anna von jeder Rupie des Preises der Fahrkarte nach Umballa als seine Provision – die altgeheiligte Provision Asiens.

Der Lama zauderte vor der offenen Tür eines überfüllten Wagens dritter Klasse. »Wär' es nicht besser zu gehen?« fragte er schwach.

Ein stämmiger Sikh-Handwerker streckte seinen bärtigen Kopf heraus. »Fürchtet er sich? Fürchte dich nicht. Ich weiß noch die Zeit, wo ich mich vor dem Zug fürchtete. Steig ein! Dies ist ein Werk der Regierung.«

»Ich fürchte mich nicht«, sagte der Lama. »Habt ihr noch Platz für zwei?«

»Hier ist nicht mal Platz für eine Maus«, keifte die Frau eines wohlhabenden Farmers, eines Hindu-Jat aus dem reichen Jullundurdistrikt. Unsere Nachtzüge sind nicht so gut kontrolliert wie die Tageszüge, wo die Geschlechter streng getrennt in besonderen Wagen sitzen.

»O Mutter meines Sohnes, wir können Platz machen«, sagte der blau beturbante Gatte. »Nimm das Kind auf den Schoß. Er ist ein heiliger Mann, siehst du?«

»Und mein Schoß ist voll mit sieben mal siebzig Bündeln. Bitt ihn doch gleich, auf meinen Knien zu sitzen, Schamloser! Aber so sind die Männer immer!« Sie sah sich nach Beifall um. Eine am Fenster sitzende Kurtisane von Amritzar kicherte hinter ihren Kopftüchern.

»Steig ein, steig ein!« rief ein fetter hindustanischer Geldverleiher, sein Kontobuch, in ein Tuch gewickelt, unterm Arm. Und mit öligem Schmunzeln: »Es ist gut, gegen Arme freundlich zu sein.«

»Aha! mit sieben Prozent monatlich und einem Pfandschein auf das ungeborene Kalb«, sagte ein junger Dograsoldat, der auf Urlaub nach Süden fuhr; und alles lachte.

»Wird er nach Benares fahren?« fragte der Lama.

»Sicherlich. Weshalb wären wir sonst hier? Steig ein, oder wir bleiben hier sitzen«, rief Kim.

»Schaut!« kreischte das Amritzarmädchen. »Er ist noch nie in einen Zug gestiegen. Oh, schaut!«

»Nein, helft«, sagte der Farmer, eine große, braune Hand ausstreckend und ihn hereinziehend. »So wird es gemacht, Vater.«

»Aber – aber – ich will auf dem Boden sitzen. Es ist gegen die Regel, auf einer Bank zu sitzen«, sagte der Lama – »und dann – es macht mir Krämpfe.«

»Ich sage«, begann der Geldverleiher, die Nase rümpfend, »es gibt keine Regel gerechten Lebens, die diese Züge uns nicht zu brechen zwingen. Wir sitzen zum Beispiel Seite an Seite mit allen Kasten und allem Volk.«

»Ja, und mit unausstehlich Schamlosen«, sagte die Frau, sauer nach dem Amritzarmädchen schielend, die dem jungen Sepoy schöne Augen machte.

»Ich sagte gleich«, meinte der Gatte, »wir sollten den Weg zu Wagen machen. Wir hätten noch Geld dabei gespart.«

»Ja, und das Gesparte doppelt für Essen ausgegeben unterwegs. Das ist doch zehntausendmal besprochen worden.«

»Ja«, murrte er, »und von zehntausend Zungen.«

»Die Götter mögen uns armen Weibern beistehen, wenn wir nicht sprechen dürfen. Der ist von der Sorte, die eine Frau nicht ansehen und nicht mit ihr reden.« Denn der Lama, seiner Regel getreu, nahm nicht die geringste Notiz von ihr. »Und ist sein Schüler ebenso?«

»Nein, Mutter. Nicht wenn die Frau hübsch und vor allem barmherzig gegen die Hungrigen ist«, war Kims schlagfertige Antwort.

»Eine Bettlerantwort«, sagte lachend der Sikh. »Du hast sie dir selber zugezogen, Schwester!« Kims Hände waren flehend gefaltet. »Und wohin gehst du?« fragte die Frau, ihm aus einem fettigen Paket einen halben Kuchen reichend.

»Gradeaus nach Benares.«

»Gaukler vermutlich?« meinte der junge Soldat. »Könnt

ihr uns ein paar Kunststücke vormachen, um uns die Zeit zu vertreiben? Warum antwortet der gelbe Mann nicht?«

»Weil«, antwortete Kim hochmütig, »er heilig ist und an Dinge denkt, die dir verborgen sind.«

»Das kann möglich sein. Wir von den Loodhiana-Sikhs«, er rollte es volltönend heraus, »plagen unsere Köpfe nicht mit heiligen Lehren. Wir fechten!«

»Meiner Schwester Brudersohn«, sagte ruhig der Sikh-Handwerker, »ist *Naik*[1] in dem Regiment. Es sind auch einige Dograkompanien dabei.« Der Soldat wurde still; denn ein Dogra ist von niedrigerer Kaste als ein Sikh; und der Geldmann kicherte.

»Mir sind sie alle gleich wert«, sagte das Amritzarmädchen.

»Das glauben wir«, schnarchte boshaft das Weib des Farmers.

»Nein, aber alle, die dem Sirkar[2] mit der Waffe in der Hand dienen, sind eine Brüderschaft. Es gibt eine Kastenbrüderschaft – aber darüber wieder –« sie blickte schüchtern um sich – »die Gemeinschaft des *Pulton* – des Regiments – nicht?«

»Mein Bruder ist in einem Jatregiment«, sagte der Farmer. »Dogras sind tüchtige Männer.«

»Deine Sikhs wenigstens dachten so«, sprach der Soldat mit einem Grinsen zu dem gelassenen alten Mann in der Ecke hin. »*Deine* Sikhs dachten so, als unsere beiden Kompanien ihnen vor nicht drei Monaten bei Pirzai Kotal auf dem Bergpaß gegen acht Fahnen Alfridis zu Hilfe kamen.«

Er erzählte die Geschichte eines Grenzgefechts, bei dem die Dograkompanien von den Loodhiana-Sikhs sich ausgezeichnet hatten. Das Amritzarmädchen lächelte; sie wußte, daß die Geschichte um ihretwillen erzählt wurde.

»O weh!« sagte die Frau des Farmers, als er fertig war. »Ihre Dörfer wurden verbrannt und ihre kleinen Kinder heimatlos gemacht?«

»Sie hatten unsere Toten verstümmelt. Sie zahlten eine große Summe, nachdem wir von den Sikhs sie Mores gelehrt hatten. So war es. Ist das Amritzar?«

»Ja, und hier müssen wir die Fahrkarten vorzeigen«, sagte der Bankier, an seinem Gürtel herumtastend.

1. Korporal. – 2. Regierung.

Die Lampen verblichen schon in der Dämmerung, als der Halbblutschaffner die Runde machte. Fahrkarten einsammeln ist ein langsames Geschäft im Osten, weil die Leute sie an allen möglichen sonderbaren Orten verstecken. Kim zeigte die seinige vor und wurde hinausgewiesen.

»Aber«, protestierte er, »ich fahre nach Umballa. Ich fahre mit diesem heiligen Mann.«

»Du kannst von mir aus nach Jehannum[1] fahren. Dies Billett ist nur bis Amritzar. Raus!«

Kim brach in eine Flut von Tränen aus und beteuerte, der Lama sei sein Vater und seine Mutter, er sei die Stütze der alten Tage des Lamas, und der Lama würde ohne seinen Beistand sterben. Der ganze Wagen bat den Schaffner, Mitleid zu haben – der Geldmann besonders zeigte sich sehr beredt – aber der Schaffner hißte Kim auf den Bahnsteig hinaus.

Der Lama blinzelte, er konnte mit den Ereignissen nicht mitkommen, und Kim erhob seine Stimme und weinte draußen vor dem Wagenfenster.

»Ich bin sehr arm. Mein Vater ist tot – meine Mutter ist tot. O Barmherzige, wer soll für den alten Mann sorgen, wenn ich hierbleibe?«

»Was – was ist das?« sagte der Lama mehrmals. »Er muß nach Benares. Er muß mit mir kommen. Er ist mein *Chela.* Wenn Geld bezahlt werden muß –«

»Oh, schweig«, flüsterte Kim; »sind wir Radschas, daß wir gutes Silber wegwerfen wollen, wo die Welt so barmherzig ist?«

Das Amritzarmädchen stieg mit ihrem Bündel aus, und auf sie richtete sich Kims wachsames Auge. Damen dieses Bekenntnisses, wußte er, sind freigebig.

»Ein Billett – ein kleines Billettchen nach Umballa – oh, Herzensbrecherin!« Sie lachte.

»Hast du kein Erbarmen?«

»Kommt der heilige Mann aus dem Norden?«

»Von weit, weit aus dem Norden her kommt er«, rief Kim. »Aus den Bergen.«

»Schnee ist zwischen den Fichtenstämmen im Norden – auf den Bergen ist Schnee. Meine Mutter war aus Kulu. Hol dir ein Billett. Bitte ihn um einen Segen.«

1. Hölle.

»Zehntausend Segen!« kreischte Kim. »O Heiliger, eine Frau hat uns barmherzig gegeben, so daß ich mit dir kommen kann – eine Frau mit einem goldenen Herzen. Ich renne nach dem Billettchen.«

Das Mädchen blickte zu dem Lama auf, der Kim mechanisch auf den Bahnsteig gefolgt war. Er senkte das Haupt, um sie nicht anzusehen, und murmelte etwas in Tibetanisch, indessen sie sich in der Menge verlor. »Leicht verdient – leicht verschenkt«, sagte höhnisch die Farmersfrau.

»Sie hat Verdienst erworben«, erwiderte der Lama, »gewiß ist sie eine Nonne.«

»Solcher Nonnen gibt's in Amritzar allein zehntausend. Komm zurück, alter Mann, sonst geht der Zug ohne dich ab«, rief der Bankier.

»Es hat nicht nur für das Billett gelangt«, sagte Kim, auf seinen Platz springend, »auch für etwas zu essen. Nun iß, Heiliger. Schau, der Tag kommt!«

Golden, rosig, safran- und nelkenfarben verrauchten die Morgennebel über die flache grüne Ebene hinweg. Das ganze reiche Punjab lag ausgebreitet im Glanz der blanken Sonne. Der Lama zuckte ein wenig zurück, als die Telegraphenstangen vorbeiflogen.

»Groß ist die Eile des Zugs«, sagte der Geldverleiher mit Gönnergrinsen. »Wir sind schon weiter von Lahore, als du in zwei Tagen gehen könntest; am Abend werden wir in Umballa sein.«

»Und das ist noch weit von Benares«, sagte der Lama matt, an den Kuchen knabbernd, die Kim ihm gegeben. Alle öffneten jetzt ihre Bündel und hielten ihr Morgenfrühstück. Dann machten der Bankmann, der Farmer und der Soldat ihre Pfeifen zurecht und hüllten den Wagen in scharfen, beizenden Rauch, spuckend und hustend und hochbefriedigt. Der Sikh und die Farmersfrau kauten *Pan*[1], der Lama schnupfte und betete seine Perlen, und Kim, mit gekreuzten Beinen, lächelte ob der Wohltat eines gefüllten Magens.

»Welche Flüsse habt ihr bei Benares?« fragte plötzlich der Lama, an den ganzen Wagen gewendet.

»Wir haben den Ganga[2]«, antwortete der Bankier, als das kleine Gekicher schwieg.

1. Blatt der Betelnußpflanze. – 2. Ganges.

»Welche noch?«

»Welche noch außer Ganga?«

»Ach, ich dachte an einen gewissen Fluß des Heils.«

»Das ist Ganga. Wer in ihm badet, wird rein und kommt zu den Göttern. Dreimal bin ich zum Ganga gepilgert.« Er blickte stolz umher.

»Es war auch nötig«, sagte der junge Sepoy trocken, und das Lachen der Reisenden wandte sich gegen den Bankier.

»Rein – um zu den Göttern zurückzukehren«, murmelte der Lama. »Und um weiterzuwandeln die Runde durch neue Leben – noch immer gefesselt an das Rad.« Er schüttelte nachdenklich den Kopf. »Aber mag sein, daß da ein Irrtum ist. Wer schuf denn Ganga zu Anfang?«

»Die Götter. Welchem bekannten Glauben gehörst du denn an?« fragte der Bankier entsetzt.

»Ich folge dem Gesetz – dem Höchstvortrefflichen Gesetz. Die Götter also schufen Ganga. Was für Götter waren das?«

Die Wagengesellschaft blickte ihn starr vor Staunen an. Es war unbegreiflich, daß jemand nichts wußte von Ganga.

»Was – was ist dein Gott?« fragte endlich der Geldverleiher.

»Hört!« sagte der Lama und schob sich den Rosenkranz über die Hand. »Höret, denn ich rede nun von Ihm! O Volk von Hindustan, höre!«

Er begann in Urdu die Geschichte vom Gotte Buddha, fiel aber bald, von seinen Gedanken getragen, ins Tibetanische und in den eintönig summenden Text eines chinesischen Buches über das Leben des Buddha. Die sanften, duldsamen Leute schauten ehrfürchtig drein. Ganz Indien ist voll von heiligen Männern, die in seltsamen Zungen heilige Lehren stammeln, durchglüht und verzehrt im Feuer ihres eigenen Eifers – Schwärmer, Schwätzer und Visionäre – wie es von Anbeginn war und sein wird bis ans Ende.

»Hm«, machte der Soldat von den Loodhiana-Sikhs. »Da war ein mohammedanisches Regiment, das neben uns lag bei Pirzai Kotal, und ein Priester von ihnen – soviel ich noch weiß, ein *Naik* – fing an zu weissagen, wenn der Anfall über ihn kam. Aber die Wahnsinnigen sind alle in Gottes Schutz. Seine Vorgesetzten sahen dem Manne vieles nach.«

Der Lama fiel in Urdu zurück, sich besinnend, daß er in

fremdem Lande war. »Hört die Geschichte von dem Pfeil, den unser Herr von dem Bogen abschoß«, sprach er.

Das war mehr nach ihrem Geschmack, und sie hörten der Erzählung neugierig zu. »Nun, o Volk von Hindustan, geh' ich, den Fluß zu suchen. Wißt ihr etwas, das mir helfen kann? Denn wir alle, Männer und Weiber, leben im Stand der Sünde.«

»Ganga – und Ganga allein – wäscht rein von Sünde«, rann das Murmeln durch den Wagen.

»Obwohl wir ohne Frage auch gute Götter haben in Jullundur«, sagte das Weib des Farmers, aus dem Fenster schauend. »Sieh, wie sie die Saaten gesegnet haben.«

»Jeden Fluß im Punjab aufzusuchen, ist keine Kleinigkeit«, sagte ihr Gatte. »Mir genügt ein Fluß, der guten Schlamm auf meinen Feldern zurückläßt, und ich danke Bhumia, dem Gott der Heimstätte.« Er zuckte die nervige, bronzene Schulter.

»Glaubst du, daß unser Herr so weit nordwärts kam?« fragte der Lama zu Kim gewendet.

»Kann sein«, sagte Kim beschwichtigend und spie roten Betelsaft auf den Boden.

»Der letzte der Erhabenen«, sprach mit Nachdruck der Sikh, »war Sikander Julkarn[1]. Er pflasterte die Straßen von Jullundur und baute eine große Zisterne bei Umballa. Das Pflaster hält bis heutigen Tags, und die Zisterne ist auch noch da. Von deinem Gott hab' ich noch nie gehört.«

»Laß dein Haar lang wachsen und sprich Punjabi«, sagte der junge Soldat scherzhaft, ein nordisches Sprichwort zitierend, zu Kim. »Das ist alles, was einen Sikh ausmacht.« Aber er sagte das nicht sehr laut.

Der Lama seufzte und schrumpfte in sich zusammen, eine braune, formlose Masse. In den Pausen ihres Gesprächs konnten die Reisenden das leise Summen hören – *»Om mane padme hum! Om mane padme hum!«* – und das weiche Klappern der hölzernen Rosenkranzperlen.

»Es quält mich«, sagte der Lama endlich. »Die Schnelligkeit und das Gerassel quält mich. Und außerdem, mein *Chela*, denke ich, wir sind vielleicht schon über den Fluß hinaus gefahren.«

1. Alexander der Große.

»Ruhig, ruhig«, sagte Kim. »War der Fluß nicht bei Benares? Wir sind noch weit von dem Ort entfernt.«

»Aber – wenn unser Herr nach Norden kam, so ist es am Ende einer von diesen kleinen, über die wir weggefahren sind.«

»Das weiß ich nicht.«

»Aber du wurdest mir gesendet? – wurdest du nicht gesendet? – für das Verdienst, das ich dort oben in Such-zen erwarb. Von der Kanone her kamst du – und trugst zwei Gesichter – und zweierlei Gewand.«

»Still!« wisperte Kim. »Von diesen Dingen muß man hier nicht reden. Ich war nur einer. Denke nach, und du wirst dich erinnern. Ein Knabe – ein Hinduknabe – bei der großen grünen Kanone.«

»Aber war nicht auch ein Engländer da mit einem weißen Bart – heilig zwischen Götterbildern – der mich noch sicherer machte in meiner Sicherheit über den Fluß des Pfeils?«

»Er – wir – gingen in das Ajaib-Gher zu Lahore, um vor den Göttern dort zu beten«, erklärte Kim der zuhorchenden Gesellschaft. »Und der Sahib von dem Wunderhaus sprach zu ihm – ja, das ist Wahrheit – wie ein Bruder. Er ist ein sehr heiliger Mann, von weit her, jenseits der Berge. Sei ganz ruhig. Zur rechten Zeit kommen wir nach Umballa.«

»Aber mein Fluß – der Fluß meines Heils?«

»Und dann, wenn du willst, wollen wir zu Fuß den Fluß suchen, so daß wir keinen verfehlen – selbst nicht den kleinsten Bach im Felde.«

»Aber du selbst bist ja auf einer Suche.« Der Lama, sehr erfreut über sein gutes Gedächtnis, setzte sich steil aufrecht.

»Eh!« sagte Kim, ihn beschwichtigend. Der Knabe war restlos glücklich, hier zu sitzen, Betel zu kauen und sich fremdes Volk anzuschauen in der großen, gutmütigen Welt.

»Es war ein Stier – ein roter Stier – der kommen soll, um dir zu helfen – um dich zu tragen – wohin? Das hab' ich vergessen. Ein roter Stier auf grünem Felde, war's nicht so?«

»Nein, er wird mich nirgendwo hintragen«, sagte Kim. »Ich hab' dir bloß ein Märchen erzählt.«

»Was ist das?« Die Farmersfrau beugte sich, daß die Spangen an ihrem Arm klirrten. »Träumt ihr beide Träume? Ein roter Stier auf grünem Felde, der dich in den Himmel tragen soll – oder was? War es eine Vision? Eine Prophezeiung? *Wir* haben einen roten Stier in unserem Dorf, hinter der Stadt Jullundur, der grast nach Herzenslust in dem grünsten unserer Felder.«

»Gib einer Frau ein Altweibermärchen und einem Wasservogel ein Blatt und einen Faden, und sie werden wunderbare Dinge zusammenweben«, sagte der Sikh. »Alle heiligen Männer träumen Träume, und ihre Schüler, die mit ihnen gehen, lernen das auch.«

»Ein roter Stier auf grünem Felde, nicht wahr?« wiederholte der Lama. »In einem früheren Leben hast du vielleicht Verdienst erworben, und der Stier wird kommen und dich belohnen.«

»Nein – nein – es war nur ein Märchen, das mir einer erzählt hat, zum Scherz vielleicht. Aber ich will den Stier bei Umballa herum suchen, und du kannst nach deinem Fluß schauen und dich vom Gerassel des Zuges erholen.«

»Kann sein, daß der Stier es weiß – und daß er gesendet ist, uns beide zu führen«, sprach der Lama, hoffnungsvoll wie ein Kind. Dann zu der Gesellschaft sich wendend und auf Kim deutend: »Dieser hier ward mir erst gestern gesendet. Er ist, glaube ich, nicht von dieser Welt.«

»Bettler habe ich haufenweise getroffen und heilige Männer obendrein«, sagte die Frau, »aber noch nie so einen *Yogi* und so einen Schüler.«

Ihr Gatte tippte leicht mit einem Finger an seine Stirn und lächelte. Aber als der Lama das nächste Mal zu essen wünschte, beeilten sie sich, ihm ihr Bestes zu geben.

Und endlich – müde, staubig und schläfrig – erreichten sie die Station Umballa.

»Wir bleiben hier wegen eines Prozesses«, sagte die Farmersfrau zu Kim. »Wir wohnen bei meines Mannes Vetters jüngerem Bruder. Es ist Platz für deinen *Yogi* und dich im Hofraum. Wird – wird er mir seinen Segen geben?«

»O heiliger Mann! Eine Frau mit einem goldenen Herzen gibt uns Unterkunft für die Nacht. Es ist ein freundliches Land, der Süden. Schau, wie uns seit heute früh schon geholfen wurde.«

Der Lama neigte sein Haupt zu einer Segnung.

»Meines Vetters jüngeren Bruders Haus mit Landstreichern

zu füllen –« begann der Gatte, indem er seinen schweren Bambusstock schulterte.

»Deines Vetters jüngerer Bruder ist meines Vaters Vetter noch Geld schuldig von der Hochzeit seiner Tochter her«, antwortete schnippisch die Frau. »Laß ihn ihr Essen auf dieses Konto schreiben. Der Yogi wird auch sicherlich betteln.«

»Ja, ich bettle für ihn«, sagte Kim, nur darauf bedacht, den Lama für die Nacht unter Dach und Fach zu bringen, um Mahbub Alis Engländer aufzusuchen und den Stammbaum des weißen Hengstes loszuwerden.

»Nun«, sagte er, als der Lama in dem inneren Hofe eines anständigen Hinduhauses hinter den Kasernen vor Anker gebracht war, »nun gehe ich eine Weile fort, um – um Lebensmittel für uns im Bazar einzukaufen. Streife nicht umher, bis ich zurück bin.«

»Du wirst zurückkommen? Du wirst bestimmt zurückkommen?« Der alte Mann faßte ihn am Handgelenk. »Und du wirst in dieser selben Gestalt zurückkommen? Ist es zu spät, heute noch nach dem Fluß zu schauen?«

»Zu spät und zu dunkel. Beruhige dich. Denke, wie weit du schon auf dem Wege bist – schon hundert *Kos* von Lahore.«

»Ja – und noch weiter von meinem Kloster. Ach, es ist eine große und eine schreckliche Welt.«

Kim stahl sich hinaus und fort – eine Gestalt, so unauffällig, als wohl je eine ihr eigenes und das Geschick einiger tausend anderer auf dem Herzen trug. Mahbub Alis Angaben ließen ihm wenig Zweifel über das Haus, in dem sein Engländer wohnte, und ein Groom, der ein Dogcart vom Klub heimbrachte, machte ihn vollends sicher. Es blieb nur übrig, seinen Mann ausfindig zu machen. Kim schlüpfte durch die Gartenhecke und verkroch sich in einen Haufen weichen Grases dicht an der Veranda. Das Haus strahlte von Licht, Diener bewegten sich um die mit Blumen, Kristall und Silber geschmückten Tafeln. Nicht lange, so kam ein Engländer in Schwarz und Weiß heraus, eine Melodie summend. Es war zu dunkel, um sein Gesicht zu sehen, so versuchte Kim in Bettlerrolle einen alten Trick:

»Beschützer der Armen!«

Der Mann trat zurück, auf die Stimme zu.

»Mahbub Ali sagt –«

»Ha, was sagt Mahbub Ali?« Er machte keinen Versuch, den Sprecher zu sehen; das zeigte Kim, daß er Bescheid wußte.

»Der Stammbaum des weißen Hengstes ist vollständig festgestellt.«

»Welcher Beweis dafür?« Der Engländer schmitzte mit seiner Gerte gegen die Rosenhecke an der Seite der Auffahrt.

»Mahbub Ali gab mir diesen Beweis.« Kim warf das Päckchen zusammengefaltetes Papier in die Luft; es fiel auf den Weg neben den Mann, der den Fuß darauf stellte, als ein Gärtner um die Ecke bog.

Als der Diener vorüber war, hob er es auf, ließ eine Rupie fallen – Kim hörte den Klang – und schritt ins Haus, ohne sich umzudrehen. Rasch hob Kim das Geld auf; aber er war trotz all seinen Gewohnheiten gebürtiger Irländer genug, um Silber als das belanglosere Zubehör einer Intrige anzusehen. Wonach ihm der Sinn stand, das war die sichtbare Wirkung einer Tat; und so, anstatt sich wegzuschleichen, legte er sich platt ins Gras und kroch näher an das Haus heran.

Er sah – indische Bungalows sind durch und durch offen – wie der Engländer in ein kleines Ankleidezimmer in einer Ecke der Veranda trat, das zugleich halb Büro war, mit Papieren und Depeschentaschen bestreut – und sich setzte, um Mahbub Alis Botschaft zu studieren. Sein Gesicht, im vollen Licht der Petroleumlampe, veränderte und verdüsterte sich, und Kim, geübt, Gesichter zu beobachten, wie jeder Bettler es sein muß, nahm genau Notiz davon.

»Will! Will!« rief eine Frauenstimme. »Du mußt in den Salon kommen. Sie werden jeden Augenblick hier sein.«

Der Mann las gespannt weiter.

»Will!« rief die Stimme fünf Minuten später. »Er kommt. Ich höre die Reiter auf dem Weg.«

Der Mann stürzte barhäuptig hinaus, als ein großer Landauer, gefolgt von vier eingeborenen Reitern, vor der Veranda hielt und ein hochgewachsener schwarzhaariger Mann, aufrecht wie ein Pfeil, sich herausschwang; ihm voraus ein junger, freundlich lächelnder Offizier.

Platt auf dem Bauche lag Kim, fast die hohen Räder berührend. Sein Mann und der schwarzhaarige Fremde wechselten einige Worte.

»Gewiß, Sir«, sagte der junge Offizier bereitwillig, »alles muß zurückstehen, wenn es sich um ein Pferd handelt.«

»Wir brauchen nicht mehr als zwanzig Minuten«, sagt Kims Mann. »Sie können die Honneurs machen – für Unterhaltung sorgen und so weiter.«

»Lassen Sie einen der Leute warten«, sagte der hochgewachsene Mann, und die beiden traten zusammen in das Ankleidezimmer. Der Landauer rollte weg. Kim sah ihre Köpfe über Mahbub Alis Schreiben gebeugt und hörte die Stimmen – die eine sehr leise und ehrerbietig, die andere scharf und bestimmt.

»Es ist keine Frage von Wochen. Es ist eine Frage von Tagen – von Stunden fast«, sagte der Ältere. »Ich hab' es seit einiger Zeit erwartet, aber das« – er tippte auf Mahbub Alis Papier – »besiegelt die Sache. Grogan speist heute hier.«

»Ja, Sir, und Macklin auch.«

»Sehr gut. Ich will selber mit ihnen sprechen. Die Angelegenheit wird dem Rat unterbreitet werden, natürlich; aber dies ist ein Fall, wo wir uns für berechtigt halten dürfen, sofort zu handeln. Benachrichtigen Sie die Pindi- und Peshawurbrigaden. Es wird alle Sommerurlaube übern Haufen werfen, aber das können wir nicht ändern. Das kommt davon, daß wir sie nicht gleich beim erstenmal gründlich erledigt haben. – Achttausend dürften genügen.«

»Und Artillerie, Sir?«

»Ich muß mit Macklin beraten.«

»Es bedeutet also Krieg?«

»Nein. Bestrafung. Wenn ein Mann durch das Tun seines Vorgängers gebunden ist –«

»Aber C. 25 kann gelogen haben.«

»Er bestätigt die Mitteilung des anderen. Tatsächlich haben sie schon vor sechs Monaten ihre Karten aufgedeckt. Aber Devenish war nicht abzubringen davon, es sei noch ein friedlicher Ausweg zu finden. Natürlich haben sie das benutzt, sich zu verstärken. Senden Sie diese Telegramme sofort ab – nach dem neuen Code, nicht dem alten – meinem und Whartons. Ich denke, wir brauchen die Damen nicht länger warten zu lassen. Wir können das übrige bei der Zigarre abmachen. Ich dachte mir, daß es so kommen würde. Es ist Strafe – nicht Krieg.«

Als der Reiter fortgaloppierte, kroch Kim an die Rückseite des Hauses herum, wo er, nach seinen Lahorer Erfahrungen, Futter und Neuigkeiten zu finden erwartete. Die Küche war voll von fieberhaft geschäftigen Küchenjungen, von denen einer ihm einen Tritt versetzte.

»Ai«, schrie Kim, Tränen heuchelnd. »Ich wollte nur aufwaschen helfen, für einen Mundvoll.«

»Ganz Umballa ist auf derselben Fährte. Mach dich fort! Die Suppe wird jetzt hineingetragen. Meinst du, daß wir in Creighton Sahibs Dienst fremde Küchenjungen brauchen, um mit einem großen Diner fertig zu werden?«

»Es ist ein sehr großes Diner«, sagte Kim, nach den Schüsseln blickend.

»Kein Wunder. Der Ehrengast ist kein anderer als der Jang-i-Lat Sahib[1].«

»Ho!« rief Kim mit dem echten Kehllaut der Verwunderung. Er hatte erfahren, was er wissen wollte, und als der Küchenjunge sich umsah, war er fort.

»Und das alles«, sprach er zu sich, wie gewöhnlich in Hindustanisch denkend, »wegen dem Stammbaum eines Gauls. Mahbub Ali sollte zu mir kommen, um ein bißchen lügen zu lernen. Bisher, wenn ich eine Botschaft auszurichten hatte, betraf sie immer ein Weib. Jetzt sind es Männer. Besser! Der lange Mann sagte, daß sie eine große Armee loslassen wollen, um irgendwen – irgendwo – zu bestrafen. Die Nachricht geht nach Pindi und Peshawur. Da sind auch Kanonen. Wollte, ich wäre noch näher gekrochen. Eine große Neuigkeit!«

Bei seiner Rückkehr fand er des Farmersvetters jüngeren Bruder mit dem Farmer, dessen Frau und einigen Freunden eifrig dabei, den Familienprozeß nach allen Richtungen zu erörtern, während der Lama schlummerte. Nach der Abendmahlzeit gab man Kim eine Wasserpfeife, und er fühlte sich als ganzer Mann, indes er, die Beine breit ins Mondlicht gespreizt, an der glatten Kokosnußschale sog und ab und zu mit schnalzender Zunge eine Bemerkung von sich gab. Seine Wirte waren sehr höflich, denn die Farmersfrau hatte ihnen von seiner Roten-Stier-Vision erzählt und von seiner vermutlichen Abstammung aus einer andern Welt. Überdies war der

1. der Höchstkommandierende.

Lama eine große und ehrwürdige Merkwürdigkeit. Später kam der Familienpriester dazu, ein alter, duldsamer Sarsutbrahmane, und brachte natürlich bald ein theologisches Argument vor, um Eindruck auf die Familie zu machen. Dem Bekenntnis nach waren sie alle freilich auf seiten ihres Priesters; aber der Lama war der Gast und die Neuheit. Seine sanfte Freundlichkeit und seine eindrucksvollen chinesischen Zitate, die wie Zaubersprüche klangen, entzückten sie gewaltig, und der Lama entfaltete sich in dieser schlichten, mitfühlenden Atmosphäre gleichwie des Bodhisat eigene Lotosblüte und erzählte von seinem Leben in den großen Bergen von Such-zen, »ehe ich«, wie er sagte, »mich aufmachte, um Erleuchtung zu suchen.«

Dabei stellte sich auch heraus, daß er in jenen weltlichen Tagen ein Meister im Stellen von Horoskopen und Nativitäten gewesen war. Der Familienpriester bewog ihn, seine Methode zu beschreiben, und jeder gab den Planeten Namen, die der andere nicht verstand, aufwärts deutend, wo die großen Gestirne durchs Dunkel schwebten. Die Kinder zupften ungestraft an seinem Rosenkranz, und er vergaß völlig die Regel, die das Anschauen von Frauen verbietet, indes er vom ewigen Schnee sprach, von Erdrutschen, gesperrten Pässen, entlegenen Klüften, wo man Saphire und Türkise findet, und von dem Wunder der Hochlandstraße, die schließlich hineinführt in das große China selbst.

»Was denkst du von dem da?« fragte der Farmer, den Priester beiseite nehmend.

»Ein heiliger Mann – wahrhaftig ein heiliger Mann. Seine Götter sind nicht *die* Götter, aber seine Füße sind auf dem Weg«, war die Antwort. »Und seine Methode der Naivität, obwohl das über deinen Verstand geht, ist weise und sicher.«

»Sage mir«, fragte Kim lässig, »ob ich meinen roten Stier auf einem grünen Felde finde, wie mir versprochen wurde?«

»Welche Kenntnis hast du von deiner Geburtsstunde?« fragte der Priester, schwellend vor Wichtigkeit.

»Zwischen dem ersten und zweiten Hahnenschrei in der ersten Nacht des Mai.«

»In welchem Jahr?«

»Ich weiß nicht; aber in der Stunde, wo ich den ersten

Schrei tat, war das große Erdbeben in Srinagur, das in Kaschmir liegt.« Dies hatte Kim von der Frau, die ihn beherbergte, und diese wieder von Kimball O'Hara. Das Erdbeben hatte man in ganz Indien gespürt, und es blieb für lange Zeit ein bestimmendes Datum im Punjab.

»Ai!« rief aufgeregt eine Frau. Dies schien ihr Kims übernatürliche Herkunft noch gewisser zu machen. »Ist nicht des Soundso Tochter auch damals geboren?«

»Und ihre Mutter gebar dem Manne vier Söhne in vier Jahren – alles hübsche Knaben«, bestätigte die Farmersfrau, außerhalb des Kreises im Schatten sitzend.

»Kein im Wissen Erzogner«, sprach der Familienpriester, »vergißt, wie die Planeten in ihren Häusern standen in jener Nacht.« Er begann in dem Staub des Hofes zu zeichnen. »Du hast einen guten Anspruch mindestens auf die Hälfte vom Hause des Stiers. Wie lautet die Prophezeiung?«

»Eines Tages«, sagte Kim, entzückt von dem Aufsehen, das er erregte, »werd' ich mit Hilfe eines roten Stiers auf einem grünen Felde mächtig werden; aber erst werden zwei Männer erscheinen, um alles bereitzumachen.«

»Ja, so ist es immer bei Beginn einer Vision. Ein tiefes Dunkel, das langsam aufklart; alsdann kommt einer mit einem Besen und macht den Platz bereit. Dann beginnt das Gesicht. Zwei Männer – sagtest du? Natürlich – ja! Die Sonne, wenn sie das Haus des Stieres verläßt, tritt ein in das der Zwillinge. Daher die zwei Männer der Prophezeiung. Laß uns nun überlegen. Hole mir einen Zweig, Kleiner!«

Er zog die Augenbrauen zusammen, kratzte, wischte aus und kratzte wieder mysteriöse Zeichen in den Staub – zur Bewunderung aller, nur nicht des Lamas, der sich mit seinem feinen Instinkt vor jeder Einmischung hütete. Nach einer halben Stunde warf der Priester murrend die Rute fort.

»Hm! So sprechen die Sterne. Binnen drei Tagen kommen die zwei Männer, um alles bereitzumachen. Nach ihnen folgt der Stier, aber das Zeichen über ihm ist das Zeichen des Kriegs und bewaffneter Männer!«

»Es war in der Tat ein Mann von den Loodhiana-Sikhs in dem Wagen von Lahore«, sagte die Farmersfrau hoffnungsvoll.

»Tck! Bewaffnete Männer – viele Hunderte. Was hast du

mit Krieg zu tun?« fragte der Priester Kim. »Deins ist ein rotes, ein böses Zeichen von Krieg, der bald ausbrechen wird.«

»Nein – nein!« sagte der Lama ernsthaft. »Wir suchen nur Frieden und unseren Fluß.«

Kim lächelte und dachte an das, was er vor dem Ankleidezimmer erlauscht hatte. Er war entschieden ein Liebling der Sterne.

Der Priester fegte mit dem Fuß über das unfreundliche Horoskop. – »Mehr als dies kann ich nicht sehen. In drei Tagen kommt der Stier zu dir, Knabe.«

»Und mein Fluß, mein Fluß«, bestand der Lama. »Ich hatte gehofft, sein Stier würde uns beide zu dem Flusse leiten.«

»Ach, dieser Wunderfluß, mein Bruder!« antwortete der Priester. »Solche Dinge sind nicht gewöhnlicher Art.«

Am nächsten Morgen, obwohl man sie drängte zu bleiben, bestand der Lama auf Abreise. Sie gaben Kim ein großes Bündel guten Proviant und fast drei Annas in Kupfermünze mit auf den Weg und sahen mit vielen Segenswünschen den beiden nach, wie sie im Morgengrauen südwärts verschwanden.

»Schade ist es«, sagte der Lama, »daß diese und solche wie diese nicht befreit werden können vom Rad der Dinge.«

»Nein«, sagte Kim, »dann würde nur böses Volk auf der Erde zurückbleiben, und wer würde uns Obdach geben und Fleisch?« – und schritt lustig aus unter seiner Last.

»Dort ist ein kleiner Fluß. Laß uns schauen«, sagte der Lama und ging von der weißen Landstraße ab über Feld – in ein wahres Wespennest von herrenlosen Hunden hinein.

Drittes Kapitel

Der Seelen, die sich im Gebet
Von Stuf' zu Stufe fromm erhöht,
Ja, aller Seelen Stimme weht
Warmwind nach Kamakura.

Hinter ihnen schwenkte ein erboster Farmer eine Bambusstange. Er war ein Handelsgärtner, ein Arain seiner Kaste nach, und zog Gemüse und Blumen für die Stadt Umballa; und nur allzu gut kannte Kim die Sorte.

»So ein Mann«, sprach der Lama, die Hunde nicht beachtend, »ist unhöflich gegen Fremde, unbesonnen im Reden und unbarmherzig. Hüte dich vor solchem Betragen, mein Schüler!«

»Ho! Schamlose Bettler«, schrie der Bauer, »weg! schert euch fort!«

»Wir gehen«, erwiderte der Lama mit ruhiger Würde, »wir gehen von diesen ungesegneten Feldern.«

»Ah«, sagte Kim, die Luft durch die Zähne einziehend, »wenn deine nächste Ernte mißrät, kannst du deiner eigenen Zunge die Schuld geben.«

Der Mann stapfte unbehaglich in seinen Pantoffeln.

»Das Land ist voll von Bettlern«, begann er halb entschuldigend.

»Und woher weißt du, daß wir betteln wollten, o Mali?« fragte Kim bissig, den Namen gebrauchend, den ein Markthändler am wenigsten hören mag. »Alles, was wir hier wollten, war, den Fluß dort drüben hinter dem Felde anzuschauen.«

»Fluß ist gut!« knurrte der Mann. »Aus welcher Stadt seid ihr hergeschneit, daß ihr einen Kanal nicht kennt? Er fließt so gerade wie ein Pfeil, und ich zahle für das Wasser, als ob es geschmolzenes Silber wäre. Weiterhin ist ein kleines Flüßchen. Aber, wenn ihr Wasser braucht, kann ich's euch geben – und Milch.«

»Nein, wir wollen zu dem Fluß gehen«, sagte der Lama ausschreitend.

»Milch und eine Mahlzeit«, stotterte der Mann, die fremdartige, hohe Gestalt musternd. »Ich – ich möchte mir und –

meinen Feldern nichts Übles zuziehen; aber es gibt so viele Bettler in diesen schlechten Zeiten.«

»Beachte wohl«, wandte der Lama sich zu Kim, »durch den roten Nebel des Zornes ward er verleitet, harte Worte zu sprechen – nun, da er von seinen Augen weicht, wird er höflich und zeigt ein mildes Herz. Mögen seine Felder gesegnet sein. Hüte dich, Menschen zu rasch zu beurteilen, o Bauer!«

»Ich bin Heiligen begegnet, die dich vom Herd bis zum Kuhstall verflucht haben würden«, sagte Kim zu dem beschämten Mann. »Ist er nicht weise und heilig? Ich bin sein Schüler.«

Kim streckte die Nase hochmütig in die Luft und schritt mit großer Würde über die schmalen Feldraine.

»Stolz«, sprach der Lama nach einer Pause, »Stolz gibt es nicht bei denen, die dem Mittleren Pfade folgen.«

»Aber du hast gesagt, er sei unhöflich und von niederer Kaste.«

»Von niederer Kaste habe ich nicht gesprochen, denn wie kann das sein, was nicht ist? Nachher machte er seine Unhöflichkeit wieder gut, und ich vergaß die Beleidigung. Überdies, er ist wie wir: gebunden auf das Rad der Dinge; aber er geht nicht den Weg der Befreiung.« Er stand still bei einem kleinen Bach zwischen den Feldern und betrachtete die hufzernarbten Ufer.

»Wie willst du nun deinen Fluß erkennen?« fragte Kim, im Schatten hohen Zuckerrohrs kauernd.

»Wenn ich ihn finde, wird mir sicher Erleuchtung kommen. Dies, fühle ich, ist nicht der rechte Ort. O kleinstes unter den Wassern, wenn du mir nur sagen könntest, wo mein Fluß fließt! Aber sei gesegnet, da du die Felder fruchtbar machst!«

»Schau! Schau!« Kim sprang zu ihm hin und zerrte ihn rückwärts. Ein gelb und brauner Streifen glitt aus den purpurfarbenen raschelnden Stauden ans Ufer, streckte den Hals zum Wasser, trank und lag – eine große Kobra, mit unbeweglichen, lidlosen Augen.

»Ich hab' keinen Stock – ich hab' keinen Stock«, sagte Kim. »Ich will mir einen holen und ihr den Rücken brechen.«

»Warum? Sie ist auf dem Rade, wie wir es sind – ein aufwärts oder abwärts steigendes Leben – sehr weit entfernt von der Befreiung. Große Sünde muß die Seele begangen haben, die in solche Gestalt gebannt ist.«

»Ich hasse alle Schlangen«, sagte Kim. Kein Aufwachsen im Land kann den Abscheu des weißen Menschen vor Schlangen mildern.

»Laß sie ihr Leben ausleben.« Das geringelte Ding zischte und öffnete seine Haube halb. »Möge deine Erlösung bald kommen, Bruder!« fuhr der Lama sänftiglich fort. »Hast *du* zufällig Kenntnis von meinem Fluß?«

»Niemals sah ich einen Mann, wie du bist«, flüsterte Kim, überwältigt. »Verstehen die Schlangen selbst deine Sprache?«

»Wer weiß?« Er ging nur einen Fußbreit am erhobenen Kopf der Kobra vorbei, der sich alsbald flach in die staubigen Ringe schob.

»Komm du!« rief er über seine Schulter.

»Ich nicht«, antwortete Kim. »Ich gehe um sie herum.«

»Komm! Sie tut dir nichts.«

Kim zögerte einen Augenblick. Der Lama half seiner Aufforderung nach durch ein summend gesprochenes chinesisches Zitat, das Kim für eine Zauberformel nahm. Er gehorchte, sprang über den Bach, und die Schlange rührte sich wirklich nicht.

»Niemals habe ich so einen Mann gesehen.« Kim wischte den Schweiß von seiner Stirn. »Und nun, wohin gehen wir?«

»Das mußt du sagen. Ich bin alt und ein Fremdling – fern von meiner Heimat. Wenn der Eisenbahnwagen mir nicht den Kopf mit Teufelsgetrommel füllte, würde ich jetzt in ihm nach Benares fahren ... aber wir könnten auf diese Art den Fluß übersehen. Laß uns einen anderen Fluß suchen.«

Wo das vielbebaute Erdreich drei und vier Ernten im Jahre gibt – durch Strecken von Zuckerrohr, Tabak, von langen weißen Rettichen und Kolanuß, trotteten sie den ganzen Tag, zu jedem Schimmer von Wasser abbiegend, Dorfhunde und mittagsschläfrige Dörfer weckend. Der Lama antwortete auf die vielfachen Fragen mit unerschütterlicher Einfachheit. Sie suchten einen Fluß – einen Fluß von wunderbarer Heilkraft. Hatte irgendeiner Kenntnis von so einem Strom? Zuweilen lachten die Leute, öfter aber hörten sie die Geschichte bis zu Ende an und boten ihnen einen Platz im Schatten, einen Trunk Milch und ein Mahl. Die Frauen waren immer gütig und die kleinen Kinder, wie Kinder sind in der ganzen Welt, abwechselnd scheu und dreist. Der Abend fand sie rastend unter dem Dorfbaum zwischen den Lehmwänden und Lehmdächern eines Weilers, mit dem Dorfältesten plaudernd, indes das Vieh von den Weideplätzen heimkehrte und die Frauen die letzte Mahlzeit rüsteten. Sie waren aus der Zone der Marktgärten rings um das hungrige Umballa heraus und befanden sich nun im meilenweiten Grün des Saatlands.

Der weißbärtige freundliche Älteste war gewohnt, Fremde aufzunehmen. Er brachte für den Lama eine aus Schnüren geknüpfte Bettstatt herbei, setzte ihm warmes gekochtes Essen vor, stopfte ihm eine Pfeife und schickte, als die Abendandacht im Dorftempel beendet war, nach dem Dorfpriester.

Kim erzählte den ältesten Kindern Geschichten von der Größe und Schönheit von Lahore, von Eisenbahnfahrten und dergleichen städtischen Dingen, während die Männer miteinander redeten, langsam, wie ihr Rindvieh das Futter kaute.

»Ich kann es nicht begreifen«, sagte der Älteste schließlich zu dem Priester. »Wie deutest du diese Rede?« Der Lama, nachdem er seine Geschichte erzählt, betete schweigend seine Perlen.

»Er ist ein Sucher«, erwiderte der Priester. »Das Land ist voll von solchen. Erinnere dich an den, der erst im letzten Monat hier war – den Fakir mit der Schildkröte.«

»Ja, aber der Mann hatte guten Grund, denn Krischna selbst erschien ihm in einer Vision und verhieß ihm das Paradies ohne den Scheiterhaufen, wenn er nach Prayag pilgerte. Dieser Mann sucht keinen Gott, von dem ich Kenntnis habe.«

»Schweig, er ist alt: er kommt von weither und ist geistesgestört«, erwiderte der glattgeschorene Priester. »Höre mich.« Er wandte sich zum Lama. »Drei *Kos*[1] westwärts läuft die große Straße nach Kalkutta.«

»Aber ich wollte nach Benares – nach Benares.«

»Und nach Benares ebenfalls. Sie überquert alle Ströme auf dieser Seite von Hind. Mein Rat, Heiliger, ist, ruhe hier bis morgen. Dann schlage die Straße ein« (er meinte die Hauptheerstraße) »und prüfe jeden Strom, über den sie führt; denn wie ich dich verstehe, beschränkt die Heilkraft des

1. sechs Meilen.

Stromes sich nicht auf einen Strich oder eine Stelle, sondern erstreckt sich auf seine ganze Länge. So, sei versichert, wenn deine Götter es wollen, wirst du zu deiner Befreiung gelangen.«

»Das ist gut gesprochen.« Der Vorschlag machte großen Eindruck auf den Lama. »Morgen wollen wir beginnen, und Segen über dich, daß du alten Füßen so nahen Weg zeigst.« Ein tiefer chinesischer Singsang beschloß die Rede. Selbst der Priester fühlte sich bewegt, und der Älteste fürchtete einen bösen Zauber: aber keiner konnte in das kindlich-eifrige Antlitz des Lamas blicken, ohne alsbald zu vertrauen.

»Siehst du meinen *Chela*?« sagte er mit einem umfangreichen Griff in seine Schnupftabaksdose. Es war seine Pflicht, Höflichkeit mit Höflichkeit zu erwidern.

»Ich sehe – und höre.« Der Älteste wandte die Augen dorthin, wo Kim mit einem Mädchen in Blau schwatzte, das knisterndes Dorngezweig auf ein Feuer warf.

»Er will auch etwas suchen, für sich. Keinen Strom, aber einen Stier. Ja ein roter Stier auf grünem Felde wird ihn eines Tages zu Ehren bringen. Er ist, glaube ich, nicht ganz von dieser Welt. Er wurde mir plötzlich gesendet, um mir bei meiner Suche zu helfen, und sein Name ist Freund aller Welt.«

Der Priester lächelte. »Heda, Allerweltsfreund«, rief er durch den scharf riechenden Rauch, »was bist du?«

»Der Schüler dieses Heiligen«, entgegnete Kim.

»Er sagt, du bist ein *But*[1].«

»Können *Buts* essen?« fragte Kim blinzelnd. »Denn ich bin hungrig.«

»Es ist kein Scherz«, rief der Lama. »Ein gewisser Astrologe in der Stadt, deren Namen ich vergessen habe –«

»Das ist nur die Stadt Umballa, wo wir die letzte Nacht schliefen«, flüsterte Kim dem Priester zu.

»Ah, Umballa war es? Er stellte ein Horoskop und erklärte, mein *Chela* würde seinen Wunsch binnen zwei Tagen erfüllt sehen. Aber was sagte er von der Bedeutung der Sterne, Freund aller Welt?«

Kim räusperte sich und sah sich nach den Dorfgraubärten um.

1. Geist.

»Die Bedeutung meines Sternes ist Krieg«, erwiderte er pomphaft.

Jemand lachte über die kleine zerlumpte Gestalt, die auf dem Ziegelpflaster unter dem großen Baum stolzierte. Just wenn Eingeborene sich niederlegten, brachte sein weißes Blut Kim auf die Füße. »Ja, Krieg«, rief er.

»Das ist eine sichere Prophezeiung«, polterte eine tiefe Stimme, »denn Krieg ist immer irgendwo an den Grenzen, soviel ich weiß.«

Es war ein alter, verwitterter Mann, der in den Tagen des Aufstands als eingeborener Offizier in einem neugebildeten Kavallerieregiment der Regierung gedient hatte. Die Regierung hatte ihm ein gutes Anwesen im Dorf verpachtet, und obwohl seine Söhne, jetzt selber graubärtige Offiziere, ihn mit ihren Ansprüchen arm gemacht hatten, war er doch immer noch eine Person von Bedeutung. Englische Beamte – selbst Vizekommissare – bogen von der Hauptstraße ab, um ihn zu besuchen, und bei diesen Gelegenheiten legte er die Uniform vergangener Tage an und stand stramm wie ein Ladestock.

»Aber dies wird ein großer Krieg sein – ein Krieg von achttausend.« Kims Stimme schrillte so laut über den schnell sich sammelnden Haufen, daß es ihn selber erstaunte.

»Rotröcke oder unsere eigenen Regimenter?« schnarrte der alte Mann, als frage er einen Gleichgestellten. Sein Ton flößte den Männern Respekt vor Kim ein.

»Rotröcke«, sagte Kim auf gut Glück. »Rotröcke und Kanonen.«

»Aber – der Astrologe sagte kein Wort davon«, rief der Lama, in seiner Aufregung ungeheuerlich schnupfend.

»Aber *ich* weiß es. Das Wort ist mir gekommen, der ich dieses Heiligen Schüler bin. Es wird sich ein Krieg erheben – ein Krieg von achttausend Rotröcken. Von Pindi und Peshawur werden sie eingezogen. Das ist sicher.«

»Der Junge hat Bazargeschwätz gehört«, sagte der Priester.

»Aber er war immer an meiner Seite«, sagte der Lama. »Wie sollte er es wissen? Ich wußte es nicht.«

»Das wird ein gerissener Gaukler, wenn der alte Mann tot ist«, flüsterte der Oberpriester dem Ortsältesten zu. »Was für ein neuer Trick ist das?«

»Ein Zeichen, gib mir ein Zeichen«, donnerte plötzlich der alte Soldat. »Wenn Krieg wäre, würden meine Söhne es mir gesagt haben.«

»Wenn alles soweit ist, zweifle nicht, werden deine Söhne es erfahren. Aber es ist ein weiter Weg von deinen Söhnen bis zu dem Mann, in dessen Händen dies alles liegt.« Kim wurde warm bei dem Spiel, denn es erinnerte ihn an seine Briefbotenkniffe, wo er für ein paar Kupfermünzen geheuchelt hatte, mehr zu wissen, als er wußte. Jetzt aber spielte er um größeren Preis – um bloße Aufregung und um Machtgefühl. Er holte neuen Atem und fuhr fort:

»Alter Mann, gib *mir* ein Zeichen. Geben Untergeordnete Marschbefehl für achttausend Rotröcke – mit Kanonen?«

»Nein.« Wieder antwortete der alte Mann, als ob Kim seinesgleichen wäre.

»Weißt du also, wer es ist, der den Befehl gibt?«

»Ich hab' ihn gesehen.«

»Gut genug, um ihn wiederzukennen?«

»Ich kenne ihn, seit er Leutnant in der *Top-Khana*[1] war.«

»Ein großer Mann. Ein großer Mann mit schwarzem Haar, der so geht?« Kim tat ein paar Schritte in steifer, hölzerner Haltung.

»Ja; aber das kann ein jeder gesehen haben.« Die Zuhörer schwiegen atemlos bei diesem Gespräch.

»Das ist wahr«, rief Kim. »Aber ich will mehr sagen. Schau! Erstens geht der große Mann so. Zweitens, wenn er nachdenkt, tut er's so.« (Kim strich mit dem Zeigefinger über die Stirn und abwärts bis zum Mundwinkel.) »Alsdann verschränkt er die Finger so. Alsdann drückt er den Hut unter die linke Achsel«, Kim illustrierte die Bewegung und stand wie ein Storch.

Der alte Mann ächzte, sprachlos vor Erstaunen, und die Umgebung erschauderte.

»So – so – so. Aber was tut er, wenn er einen Befehl erteilen will?«

»Er reibt die Haut im Nacken – so. Dann klopft er mit einem Finger auf den Tisch und macht ein kleines schniefendes Geräusch mit der Nase. Alsdann spricht er: ›Macht das und das Regiment mobil. Nehmt die und die Kanonen!‹«

1. Artillerie.

Der alte Mann erhob sich stramm und salutierte.

»›Denn‹« – Kim übertrug die prallen Sätze, die er vor dem Ankleidezimmer in Umballa gehört hatte, in die Landessprache –, »›denn‹, sagt er, ›wir hätten das längst tun sollen. Es ist nicht Krieg, es ist Bestrafung. Snff!‹«

»Genug. Ich glaube dir. Ich habe ihn so gesehen im Rauch der Schlachten. Gesehen und gehört. Er ist es.«

»Ich sah keinen Rauch« – Kims Stimme schlug um in den verzückten Singsang der Straßenwahrsager – »ich sah dies in der Dunkelheit. Erst kam ein Mann, um alles frei zu machen. Dann kamen Reiter. Dann kam er und stand in einem Kreis von Licht. Das übrige folgte, wie ich gesagt habe. Alter Mann, hab' ich die Wahrheit gesprochen?«

»Er ist es. Ohne jeden Zweifel, er ist es.« Die Menge tat einen langen, zitternden Atemzug und starrte abwechselnd auf den noch gespannten alten Mann und den zerlumpten Kim, der sich gegen das purpurne Zwielicht abhob.

»Sagte ich nicht – sagte ich nicht, daß er von einer anderen Welt stammt?« rief der Lama stolz. »Er ist der Freund der ganzen Welt. Er ist der Freund der Sterne!«

»Wenigstens«, rief ein Mann, »betrifft es uns nicht. O du junger Wahrsager, wenn die Gabe jederzeit bei dir ist – ich habe eine rotscheckige Kuh – vielleicht ist sie die Schwester deines Ochsen – was weiß ich –«

»Oder was kümmert's mich«, sagte Kim, »meine Sterne befassen sich nicht mit deinem Rindvieh.«

»Nein«, fiel eine Frau ein, »aber sie ist sehr krank. Mein Mann ist ein Büffel, oder er hätte seine Worte besser gewählt. Sag mir, ob sie wieder gesund wird?«

Wäre Kim ein Knabe gewöhnlicher Art gewesen, so hätte er das Spiel weitergetrieben; aber man kennt nicht seit dreizehn Jahren die Stadt Lahore und vor allem die Fakire am Taksali-Tor, ohne auch die menschliche Natur zu kennen.

Der Priester schielte seitwärts einigermaßen bitter nach ihm hin, mit einem dürren und rostigen Lächeln.

»Ist denn kein Priester in diesem Dorfe? Ich dächte, ich hätte eben erst einen mächtigen gesehen«, rief Kim.

»Ja – aber –« begann die Frau.

»– aber du und dein Mann, ihr wolltet die Kuh für eine Handvoll Dank kuriert haben!« Der Schuß traf: die beiden waren bekanntermaßen das geizigste Paar im Dorfe. »Es ist nicht recht, die Tempel zu betrügen. Gib deinem eigenen Priester ein junges Kalb, und wenn deine Götter nicht unwiderruflich erzürnt sind, wird die Kuh innerhalb eines Monats Milch geben.«

»Ein Meisterbettler bist du«, schnurrte der Priester beifällig. »Nicht die List von vierzig Jahren hätte es besser machen können. Sicherlich hast du auch den alten Mann reich gemacht?«

»Ein bißchen Mehl, ein bißchen Butter und ein Mund voll Kardamom – wird man davon reich?« erwiderte Kim, von dem Lob gekitzelt, aber immer noch auf der Hut. »Und, wie du sehen kannst, er ist übergeschnappt. Aber mir langt's, und wenigstens lern' ich den Weg dabei kennen.«

Er kannte die Art, wie die Fakire vom Taksali-Tor untereinander redeten, und ahmte täuschend den Tonfall ihrer verlotterten Schüler nach.

»Ist sein Suchen denn Wahrheit oder ein Mantel für andere Zwecke? Vielleicht dreht sich's um einen Schatz?«

»Er ist übergeschnappt – ganz und gar übergeschnappt. Nichts weiter sonst.«

Hier humpelte der alte Soldat heran und fragte, ob Kim seine Gastfreundschaft für die Nacht annehmen wolle. Der Priester riet ihm, es zu tun, bestand aber darauf, daß die Ehre, den Lama aufzunehmen, dem Tempel gebühre – wozu der Lama arglos lächelte. Kim äugte von einem Gesicht zum andern und zog seine eigenen Schlüsse.

»Wo ist das Geld?« wisperte er, den alten Mann beiseite ins Dunkel mitziehend.

»Auf meiner Brust. Wo sonst?«

»Gib es mir. Gib es ruhig und schnell.«

»Aber warum? Hier ist kein Billett zu kaufen.«

»Bin ich dein *Chela*, oder bin ich es nicht? Behüte ich nicht deine alten Füße auf allen Wegen? Gib mir das Geld, und bei Tagesanbruch gebe ich dir's zurück.« Er stahl die Hand in den Gürtel des Lamas und nahm die Börse heraus.

»Sei es so – sei es so.« Der alte Mann schüttelte den Kopf. »Dies ist eine große und schreckliche Welt. Hätte nie gedacht, daß so viele Menschen drin leben.«

Am anderen Morgen war der Priester sehr schlechter Laune,

der Lama aber ganz wohlgemut, und Kim hatte einen hochinteressanten Abend mit dem alten Soldaten verbracht, der seinen Kavalleriesäbel hervorholte und, ihn auf den dürren Knien schaukelnd, Geschichten aus dem Aufstand erzählte und von jungen Leutnants, Grünschnäbeln, seit dreißig Jahren im Grabe vermodert – bis Kim in Schlaf sackte.

»Die Luft dieses Landes ist sicherlich gut«, sagte der Lama. »Ich habe einen leisen Schlaf wie alle alten Menschen; aber heute nacht hab' ich geschlafen, ohne aufzuwachen, bis zum hellen Tag. Selbst jetzt bin ich noch schläfrig.«

»Nimm einen Schluck heiße Milch«, sagte Kim, der oft genug den Opiumrauchern seiner Bekanntschaft derlei Gegenmittel gebracht hatte. »Es ist Zeit, daß wir uns wieder auf den Weg machen.«

»Auf den langen Weg, der alle Flüsse von Hind überschreitet«, sagte der Lama freudig. »Laß uns gehen. Aber wie, denkst du, *Chela,* sollen wir diesen Leuten, dem Priester besonders, ihre große Güte vergelten? Sie sind zwar *Butparast*[1]*,* aber im anderen Leben wird ihnen vielleicht Erleuchtung werden. Eine Rupie für den Tempel? Das Ding da drinnen ist nichts weiter als Stein und rote Farbe; aber das Herz der Menschen müssen wir anerkennen, wann und wo es gut ist.«

»Heiliger, bist du jemals allein den Weg gegangen?« Kim äugte scharf zu ihm auf, gleich den indischen Krähen, die auf den Feldern hupften.

»Sicherlich, Kind: von Kulu nach Pathânkot – von Kulu, wo mein erster *Chela* starb. Wenn die Menschen freundlich waren, boten wir ihnen Gaben, und alle Menschen überall in den Bergen waren wohlgesinnt.«

»In Hind ist das anders«, sagte Kim trocken. »Ihre Götter sind vielarmig und übelgesinnt. Laß sie bleiben!«

»Ich wollte dich ein wenig auf deinen Weg bringen, Freund aller Welt – dich und deinen gelben Mann.« Der alte Soldat kam die dämmerig-dunkle Dorfstraße dahergekleppert auf einem dürren, x-beinigen Pony. »Gestern nacht sind die Quellen der Erinnerung in meinem so vertrockneten Herzen aufgebrochen, und das war mir ein Segen. Ja, Krieg ist in der Luft. Ich rieche es. Schau! Ich habe mein Schwert mitgebracht.«

1. Götzendiener.

Er saß langbeinig auf dem kleinen Tier, den großen Säbel an der Seite – Hand am Knauf – grimmig über das flache Land nach Norden starrend. »Erzähle mir noch einmal, wie er aussah in deiner Erscheinung. Steig auf und sitz hinter mir. Das Tier kann uns beide tragen.«

»Ich bin der Schüler dieses Heiligen«, sagte Kim, als sie das Dorftor passierten. Die Dorfleute schienen fast traurig, daß sie gingen, aber der Abschied des Priesters war kalt und zurückhaltend. Er hatte sein Opium verschwendet an einen Mann, der kein Geld bei sich führte.

»Das ist wohlgesprochen. Ich verstehe mich nicht auf heilige Männer, aber Respekt ist immer gut. Heutzutage gibt es keinen Respekt mehr – nicht einmal, wenn ein Kommissär-Sahib mich besuchen kommt. Aber warum soll einer, dessen Stern ihn in Krieg führt, einem heiligen Manne folgen?«

»Aber er *ist* ein heiliger Mann«, sagte Kim ernst. »In Wahrheit, und in Rede und Tat heilig. Er ist nicht wie die andern. Ich habe noch nie so einen gesehen. Wir sind keine Wahrsager oder Gaukler und Bettler.«

»Du nicht, das kann ich sehen; den andern kenne ich nicht. Er marschiert aber gut.«

Die frühe Tagesfrische trug den Lama vorwärts in langem, beschwingtem Kamelschritt. Er war in tiefer Meditation und ließ mechanisch den Rosenkranz klappern.

Sie folgten der ausgefahrenen, holprigen Landstraße, durch das Flachland zwischen den großen, tiefgrünen Mangowäldern hin, die Kette der schneegekrönten Himalajagipfel glimmend im Osten. Ganz Indien war auf den Feldern ringsum an der Arbeit, beim Knarren der Wasserräder, Schreien der Pflüger hinter den Ochsen und Krähengekrächz. Selbst das Pony fühlte sich angeregt und setzte sich fast in Trab, als Kim eine Hand an den Steigbügelriemen legte.

»Es reut mich, daß ich dem Tempel nicht eine Rupie gegeben habe«, sagte der Lama bei der letzten seiner einundachtzig Perlen.

Der alte Soldat brummte in seinen Bart. Der Lama wurde seiner erst jetzt gewahr.

»Suchst auch du den Fluß?« frug er, sich umwendend.

»Der Tag ist neu«, war die Antwort. »Was nutzt mir ein Fluß weiter, als mein Pferd zu tränken vor Sonnenuntergang? Ich komme, um dir einen Seitenweg nach der großen Heerstraße zu zeigen.«

»Das ist eine Höflichkeit, deren man gedenken soll, o Mann guten Willens. Aber wozu der Säbel?«

Der alte Soldat schaute verlegen drein wie ein Kind, das man bei einem Schabernack ertappt.

»Der Säbel«, sagte er, daran herumtappend, »oh, das war ein Einfall von mir – ein Einfall eines alten Mannes. Es ist wahr, der Polizeibefehl heißt: daß kein Mann in ganz Hind Waffen tragen darf, aber« – sein Gesicht klärte sich auf, und er klappte auf die Scheide – »alle Konstabler hier herum kennen mich.«

»Es ist kein guter Einfall«, sagte der Lama. »Welchen Vorteil bringt es, Menschen zu töten?«

»Sehr wenig, soviel ich weiß. Aber wenn böse Menschen nicht hier und da totgeschlagen würden, wär' es eine schlimme Welt für waffenlose Träumer. Ich spreche nicht ohne Erfahrung, der ich das Land von Delhi bis Süden mit Blut gewaschen sah.«

»Welcher Wahnsinn war das denn?«

»Die Götter allein, die ihn als Heimsuchung sandten, wissen es. Ein Wahnsinn fraß sich ein in das ganze Heer, und es wandte sich gegen seine Offiziere. Das war das erste Unheil; aber es wäre wieder gutzumachen gewesen, hätten sie dann die Hände stillgehalten. Aber sie verfielen darauf, die Weiber und Kinder der Sahibs zu töten, und da kamen die Sahibs von jenseits des Meeres und zogen sie zur Rechenschaft.«

»Irgend so ein Gerücht ist zu mir gedrungen, vor langer Zeit. Sie nannten das Jahr das schwarze Jahr, wie ich mich entsinne.«

»Welche Art von Leben hast du geführt, um das Jahr nicht zu kennen? Ein Gerücht! Die ganze Erde wußte es und zitterte.«

»Unsere Erde bebte nur einmal – an dem Tage, als der Vortreffliche Erleuchtung empfing.«

»Hm! Delhi zum mindesten habe ich selber zittern sehen, und Delhi ist der Nabel der Welt.«

»So wandten sie sich gegen Frauen und Kinder? Das war eine schlechte Tat, für die sie der Strafe nicht entgehen konnten.«

»Viele versuchten es, aber mit wenig Erfolg. Ich war damals in einem Kavallerieregiment. Es meuterte. Von sechshundertachtzig Säbeln blieben bei der Fahne – wie viele denkt ihr wohl? – drei. Und einer davon war ich.«

»Um so größer das Verdienst.«

»Verdienst! Wir betrachteten es nicht als Verdienst in jenen Tagen. Mein Volk, meine Freunde, meine Brüder fielen von mir ab. Sie sagten: ›Die Zeit der Englischen ist erfüllt. Jetzt müssen wir jeder ein kleines Gütchen für uns herausschlagen.‹ Aber ich hatte mit den Männern von Sobraon, von Chillianwallah, von Moodkee und von Ferozeshah geredet. Ich sagte: ›Wartet ein bißchen, der Wind wird sich drehen, bei diesem Werk ist kein Segen.‹ In jenen Tagen ritt ich siebzig Meilen mit einer englischen Memsahib und ihrem Baby auf meinem Sattelbug. (Hui! Das war ein Pferd für einen Mann!) Ich brachte sie in Sicherheit und zurück kam ich zu meinem Offizier – dem einen, der nicht getötet war von unsern fünfen. ›Gib mir Arbeit‹, sprach ich, ›denn ich bin von meiner Sippe ausgestoßen und das Blut meiner Vettern ist naß auf meinem Degen.‹ ›Beruhige dich‹, sagte er. ›Viel Arbeit liegt vor. Wenn dieser Wahnsinn vorüber ist, kommt die Belohnung.‹«

»Ja, Belohnung kommt gewiß, wenn der Wahnsinn vorüber ist«, murmelte der Lama halb zu sich selbst.

»Damals behingen sie nicht jeden mit Medaillen, der zufällig mal eine Kanone schießen gehört hatte. Nein! In neunzehn regelrechten Schlachten bin ich gewesen; in sechsundvierzig Reitergefechten und zahllosen Scharmützeln. Neun Wunden trage ich; eine Medaille und vier Spangen und ein Ordenskreuz; denn meine Kommandeure, jetzt alles Generale, erinnerten sich meiner, als die Kaiser-i-Hind[1] fünfzig Jahre ihrer Regierung vollendet hatten und das ganze Land jubelte. Sie sagten: ›Gebt ihm den Orden von Britisch-Indien.‹ Ich trage ihn nun an meinem Hals. Ich habe auch mein *Jaghir*[2] von der Hand des Staates – eine freie Gabe an mich und die Meinen. Die Männer der alten Zeit – jetzt Kommissäre – kommen zu mir durch die Felder geritten hoch zu Roß, daß das ganze Dorf es sieht, und wir reden von alten Waffentaten und von den Toten, und kommen von einem Namen auf den andern.«

1. Kaiserin von Indien. – 2. Anwesen.

»Und dann?« sagte der Lama.

»Oh, nachher gehen sie fort, aber nicht, ehe das ganze Dorf sie gesehen hat.«

»Und am Ende – was wirst du tun?«

»Am Ende werde ich sterben.«

»Und dann?«

»Laß die Götter das besorgen. Ich habe sie nie mit Gebeten gequält; ich denke, sie werden mich auch nicht quälen. Schau, ich habe in meinem langen Leben gemerkt, daß alle, die denen da oben ewig mit Klagen und Beschwerden und Gekläff und Geheul in den Ohren liegen, auf einmal mir nichts, dir nichts zum Rapport kommandiert werden, just wie unser Oberst die schlappmäuligen Bauernlümmel, die zuviel schwatzten, zum Rapport kommandierte. Nein, ich habe die Götter nie behelligt. Sie werden das bedenken und mir einen ruhigen Platz geben, wo ich meine Lanze in den Schatten bohren und warten kann, bis ich meine Söhne willkommen heiße: ich habe nicht weniger als drei – Ressaldarmajore[1] – alle in der Armee.«

»Und diese ebenfalls, gebunden auf das Rad, gehen von Leben zu Leben – von Verzweiflung zu Verzweiflung«, murmelte der Lama leise, »heiß, ruhelos, gierig.«

»Jawohl«, kicherte der alte Soldat. »Drei Ressaldarmajore in drei Regimentern. Spieler ein bißchen – aber das bin ich auch. Sie müssen gut beritten sein; und man kann die Pferde nicht nehmen, wie man in alten Tagen die Weiber nahm. Gut, gut, mein Besitz kann für alles zahlen. Siehst du, es ist ein wohlbewässertes Fleckchen, aber meine Leute betrügen mich. Ich kann mich nicht anders als mit der Lanzenspitze verständlich machen. Mich packt dann die Wut, und ich werf' ihnen Flüche an den Kopf, und sie heucheln Reue; aber hinter meinem Rücken, weiß ich, nennen sie mich einen zahnlosen, alten Affen.«

»Hast du nie etwas andres begehrt?«

»Ja – ja – tausendmal! Einen strammen Rücken, ein Knie wie ein Schraubstock, griffige Hand und scharfes Auge noch einmal – und das Mark, das den Mann macht. Oh, die alten Tage – die guten alten Tage meiner Kraft!«

»Diese Kraft ist Schwäche.«

1. Eingeborene Offiziere.

»Dazu ist sie geworden; aber fünfzig Jahre früher hätte ich sie anders beweisen können«, gab der alte Soldat zurück, dem Pony die Steigbügelkante in die magere Flanke treibend.

»Aber ich weiß einen Strom von großer Heilkraft.«

»Ich habe Gangawasser getrunken bis zur Wassersucht. Alles, was ich davon bekam, war ein Durchfall, aber von Kraft keine Spur.«

»Es ist nicht Ganga. Der Fluß, den ich weiß, wäscht jeden Flecken Sünde ab. Steigt man ans andere Ufer, so ist man der Freiheit gewiß. Ich kenne dein Leben nicht, aber dein Gesicht ist das Gesicht der Ehrbaren und Freundlichen. Du bist deinem Wege gefolgt, du hast Treue gehalten, als sie schwer zu halten war, in dem schwarzen Jahr, an das ich mich jetzt auch aus mancher anderen Erzählung entsinne. Betritt nun den Mittleren Pfad, der der Pfad zur Freiheit ist. Höre das Höchstvortreffliche Gesetz und folge nicht länger Träumen nach.«

»Also rede nur, alter Mann«, der Soldat lächelte, halb salutierend. »In unserm Alter reden wir alle gern.«

Der Lama kauerte nieder im Schutz eines Mangobaums, dessen Schatten schachbrettartig über sein Gesicht spielten; der Soldat saß steif auf dem Pony, und Kim, nachdem er sich versichert hatte, daß keine Schlangen da waren, legte sich in die Gabelung der verschlungenen Wurzeln.

Ein lullendes Summen von Insekten war in dem heißen Sonnenschein, Gurren von Tauben und leises schläfriges Dröhnen von Wasserrädern über die Felder her. Langsam und gewichtig hob der Lama an. Nach zehn Minuten glitt der alte Soldat von seinem Pony, um, wie er sagte, besser zu hören, und setzte sich nieder, die Zügel ums Handgelenk schlingend. Die Stimme des Lamas stolperte, die Pausen wurden länger. Kim war in die Beobachtung eines grauen Eichhörnchens vertieft. Als das kleine zapplige Pelzbündelchen, dicht an den Ast geschmiegt, verschwand, waren Prediger und Gemeinde fest eingeschlafen: der scharfgeschnittene Kopf des alten Soldaten auf seinen Arm gebettet, der des Lama an den Baumstamm zurückgelehnt, von dem er sich abhob wie gelbes Elfenbein. Ein nacktes Kind trollte sich heran, glotzte und machte in einem plötzlichen Anfall von Ehrfurcht einen feierlichen, kleinen Knix vor dem Lama – aber es war so kurz und fett, daß es seitwärts umpurzelte, und Kim mußte laut lachen über die zappelnden Wurstbeinchen. Das Kind, erschreckt und empört, schrie gellend.

»Ho! Ho!« rief der Soldat, auf seine Füße springend, »was ist los? Welche Orders? – Ach – ein Kind! Ich träumte, es wäre Alarm. Kleines – Kleines – schreie nicht. Hab ich geschlafen? Das war wirklich unhöflich!«

»Ich fürchte mich! Ich fürchte mich!« brüllte das Kind.

»Was ist da zu fürchten? Zwei alte Männer und ein Knabe? Wie willst du jemals ein Soldat werden, Prinzchen?«

Der Lama war auch erwacht, nahm aber keine unmittelbare Notiz von dem Kinde, sondern klapperte an seinem Rosenkranz.

»Was ist das?« rief das Kind, mitten in einem Brüller innehaltend. »Solche Dinger hab ich noch nie gesehen. Gib sie mir.«

»Aha«, machte lächelnd der Lama, und eine Rosenkranzschlinge über das Gras ziehend, sang er:

»Hier ist eine Handvoll Kardamom,
Hier ein Stück *Ghi* dazu,
Hier ist Hirse und Pfeffer und Reis;
Nun schmausen wir, ich und du!«

Das Kind kreischte vor Freude und haschte nach den dunklen, glänzenden Perlen.

»Oho!« rief der alte Soldat, »woher hast du dieses Lied, Verächter dieser Welt?«

»Ich hörte es in Pathânkot, wo ich auf einer Türschwelle rastete«, sagte der Lama schüchtern. »Es ist gut, freundlich mit Kindern zu sein.«

»Wie ich mich erinnere, sagtest du mir, ehe der Schlaf über uns kam, daß Heirat und Geburt Verdunkler des wahren Lichtes sind, Steine des Anstoßes auf dem Pfade. Fallen bei dir zu Lande die Kinder vom Himmel? Gehört das zum ›Weg‹, ihnen Lieder zu singen?«

»Kein Mensch ist ganz fehlerlos«, sagte der Lama ernst und zog den Rosenkranz ein. »Lauf nun zu deiner Mutter, Kleiner.«

»Hör ihn an!« wandte sich der Soldat zu Kim. »Er schämt sich, ein Kind glücklich gemacht zu haben. Es ist ein guter

Hausvater an dir verloren, mein Bruder. Heda, Kind!« Er warf ihm eine Kupfermünze zu: »Zuckerwerk ist immer süß.« Und, als die kleine Gestalt im Sonnenschein forthüpfte: »Die wachsen heran und werden Männer. Heiliger, ich bedaure, daß ich mitten in deiner Predigt einschlief. Vergib mir.«

»Wir sind beide alte Männer«, sprach der Lama. »Der Fehler ist mein. Ich lauschte deiner Rede von der Welt und ihrem Wahn, und ein Fehler führte zum nächsten.«

»Hör ihn an! Was tut ein Spiel mit einem Kinde deinen Göttern zuleide? Und das Lied hast du sehr gut gesungen. Laß uns weiter wandern, und ich will dir das Lied von Nikal Seyn vor Delhi singen – das alte Lied.«

Und sie tauchten aus dem Dämmer der Mangogruppe. Die hohe schrille Stimme des alten Soldaten schwang sich über das Feld, als er in langgezogenen Klagewellen die Sage von Nikal Seyn[1] hinrollen ließ – das Lied, das die Leute in Punjab bis heutigen Tages singen. Kim war entzückt, und der Lama hörte mit tiefem Anteil zu.

»›*Ahi! Nikal Seyn ist tot – er fiel vor Delhi! Lanzen vom Norden, nehmt Rache für Nikal Seyn.*‹« Er hielt den Schluß tremolierend aus und schlug auf dem Hinterteil des Ponys mit der Degenfläche den Takt dazu.

»Und nun kommen wir auf die große Heerstraße«, sagte er, als Kim sein Lob gesungen hatte; denn der Lama war auffallend schweigsam. »Lang ist es her, seit ich diese Straße geritten bin; aber die Worte deines Knaben haben mich aufgerüttelt. Schau, Heiliger – die große Heerstraße, die das Rückgrat ist von ganz Hind. Zum größten Teil ist sie, wie hier, beschattet von vier Reihen von Bäumen; die Mittelstraße – ganz hart – ist für den Eilverkehr. In den Tagen vor den Eisenbahnwagen reisten die Sahibs hier zu Hunderten hin und her. Jetzt sieht man nur Bauernwagen und dergleichen. Rechts und links ist die gröbere Straße für Lastfuhren – Getreide und Baumwollen und Bauholz, Bhoosa[2], Kalk und Felle. Hier geht man ganz sicher – denn alle paar *Kos* weit ist eine Polizeistation. Die Polizisten sind Diebe und Erpresser (ich würde hier mit Kavallerie patrouillieren – jungen Rekruten unter einem handfesten Führer), aber sie

1. Nicholson. – 2. Geschnittenes Stroh.

dulden wenigstens keine Rivalen. Alle Arten und Kasten von Menschen tummeln sich hier. Schau! Brahmanen und *Chumars*[1], Geldwechsler und Kesselflicker, Barbiere und Bunnias[2], Pilger und Töpfer – alle Welt kommt und geht. Für mich ist's ein Fluß, aus dem ich an Land gespült bin wie ein Holzklotz nach der Überschwemmung.«

Und wahrlich, die große indische Heerstraße bietet ein wunderbares Schauspiel. Sie läuft pfeilgerade und trägt ohne Gedränge Indiens Handelsverkehr fünfzehnhundert englische Meilen weit – ein Strom von Leben, wie es ihn nirgendwo sonst in der Welt gibt. Sie schauten die grünüberwölbte, schattengetigerte Länge, die weiße Breite, getüpfelt mit langsam schreitendem Volk, und die zweizimmrige Polizeistation gegenüber.

»Wer trägt hier Waffen gegen das Gesetz?« rief lachend ein Konstabler, als er das Schwert des Soldaten erblickte. »Sind nicht genug Polizisten da, um Übeltäter zu vertilgen?«

»Just wegen der Polizei hab ich's gekauft«, war die Antwort. »Steht alles gut in Hind?«

»Ressaldar Sahib, alles steht gut.«

»Ich bin wie eine alte Schildkröte, siehst du, die ihren Kopf vom Ufer ausstreckt und wieder einzieht. Ja, dies ist die Straße von Hindustan. Alle Menschen kommen diesen Weg ...«

»Sohn eines Schweins, ist der Straßenschotter dazu da, daß du deinen Rücken darauf juckst? Vater aller Töchter der Schande und Gatte von zehntausend Unkeuschen, deine Mutter hing sich einem Teufel an den Hals, und ihre Mutter half dazu; deine Tanten haben seit sieben Generationen keine Nasen gehabt! Deine Schwester! – Welcher Eulenwitz hieß dich deine Karren quer über die Straße treiben? Ein zerbrochenes Rad? Nimm einen zerbrochenen Kopf dazu und flick die beiden zusammen, wie dir's paßt!«

Die Stimme und ein wütendes Peitschenknallen kamen aus einer fünfzig Yard entfernten Staubsäule, wo ein Wagen zusammengebrochen war. Eine schlanke hohe Kattiwar-Stute, Augen und Nüstern flammend, stieg wie eine Rakete aus dem Gewühl hervor, schnaubend und schlagend, als ihr Reiter sie quer über den Weg zwang, einen schreienden Mann vor sich

1. Schuster. – 2. Hindukaste.

herjagend. Er saß, hochgewachsen und graubärtig, auf dem fast rasenden Tier, als wär es ein Stück von ihm, und schlug ruckweise mit kundiger Hand auf sein Opfer los.

Das Gesicht des alten Soldaten leuchtete auf vor Stolz. »Mein Junge!« sagte er kurz und bemühte sich, den Hals des Ponys in die rechte Wölbung zu zügeln.

»Muß ich mich prügeln lassen vor den Augen der Polizei?« schrie der Fuhrmann. »Gerechtigkeit! Ich fordere Gerechtigkeit –«

»Muß ich mir den Weg versperren lassen von einem schreienden Affen, der zehntausend Säcke einem jungen Pferde vor die Nase stürzt? Das macht einen Gaul zuschanden.«

»Er spricht wahr. Er spricht wahr. Aber der Gaul pariert gut«, rief der alte Soldat. Der Fuhrmann rannte unter die Räder seines Wagens und schwur von dort alle erdenkliche Rache.

»Starke Männer sind deine Söhne«, sagte gelassen der Polizist, in den Zähnen stochernd.

Der Reiter hieb einen letzten, bösartigen Schlag mit der Peitsche und kam in kurzem Galopp heran.

»Vater!« Er zügelte zehn Yards rückwärts und stieg ab.

Der alte Mann war augenblicklich von seinem Pony herunter, und sie umarmten sich, wie Vater und Sohn im Osten tun.

Viertes Kapitel

Das Glück ist keine Lady –
Die verwünschteste Dirne, die's gibt,
Kratzbürstig und feil und tückisch,
Kommt, geht, wie's ihr beliebt.
Grüß sie – sie äugt einem andern,
Küß sie – sie steht wie ein Stock;
Jag sie zur Hölle – und auf der Stelle
Kommt sie zärtlich und zupft dich am Rock.
Nur immer sachte, Fortuna,
Gib, nimm, mir gilt es gleich.
Scher' ich mich nicht um Fortunen.
Folgt sie mir windelweich.

»Das Wunschhütchen.«

Dann sprachen sie gedämpft miteinander. Kim schickte sich an, unter einem Baume auszuruhen, aber der Lama zupfte ihn ungeduldig am Ellbogen.

»Laß uns weitergehen. Der Fluß ist nicht hier.«

»*Hai mai*! Sind wir nicht genug gegangen für eine Weile? Unser Fluß wird nicht fortlaufen. Geduld! Er wird uns ein Almosen geben.«

»Dies«, sagte plötzlich der alte Soldat, »ist der Freund der Sterne. Er brachte mir gestern die Nachricht. Er hat den Mann leibhaftig gesehen, in einer Vision, wie er Befehle für den Krieg gab.«

»Hm!« brummte sein Sohn tief in seiner breiten Brust. »Er hat irgendein Bazargeschwätz aufgeschnappt und es sich zunutze gemacht.«

Der Vater lachte. »Wenigstens ist er nicht zu mir hergeritten, um ein neues Schlachtroß und die Götter wissen wieviel Rupien zu erbetteln. Sind die Regimenter deiner Brüder auch beordert?«

»Ich weiß es nicht. Ich nahm Urlaub und kam rasch zu dir, für den Fall – –«

»Für den Fall, daß sie dir zuvorkommen könnten mit Betteln. Oh! Spieler und Verschwender alle zusammen! Aber du hast noch nie eine Attacke geritten. Dazu gehört natürlich ein gutes Pferd. Ein guter Bursche und ein gutes Pony für den

Marsch ebenfalls. Laß sehen – laß sehen.« Er trommelte auf den Sattelknopf.

»Dies ist kein Ort, um Berechnungen anzustellen, Vater. Wir wollen zu deinem Hause gehen.«

»Dann bezahl wenigstens erst den Knaben: ich habe kein Kupfergeld bei mir, und er hat gute Botschaft gebracht. Ho! Freund aller Welt, ein Krieg steht bevor, wie du gesagt hast.«

»Nein, wie ich weiß, *der* Krieg«, erwiderte Kim gelassen.

»Eh?« machte der Lama, seine Perlen fingernd, wanderbegierig.

»Mein Meister befragt die Sterne nicht um Lohn. Wir brachten die Nachricht – du bist Zeuge – wir brachten die Nachricht und nun gehen wir.« Kim krümmte die hohle Hand zur Seite.

Der Sohn schleuderte eine Silbermünze durch das Sonnenlicht, etwas von Bettlern und Gauklern brummend. Es war ein Vierannastück, Zehrgeld genug für ein paar Tage. Der Lama, den Blitz des Metalls gewahrend, summte seinen Segen.

»Zieh deines Weges, Freund aller Welt«, rief der alte Soldat, seine knochige Mähre wendend. »Einmal meiner Lebtage bin ich einem wahren Propheten begegnet – der nicht Soldat war.« Vater und Sohn schwenkten zusammen um: der alte Mann ebenso stramm aufrecht wie der junge.

Ein Punjabkonstabler in gelben Leinenhosen latschte über den Weg. Er hatte das Geldstück fliegen sehen.

»Halt!« rief er in eindrucksvollem Englisch. »Wißt ihr nicht, daß ein *Takkus* von zwei Annas pro Kopf erhoben wird für jeden, der die Straße von diesem Nebenweg aus betritt? Macht vier Annas. Es ist Sirkarbefehl, und das Geld wird für das Pflanzen von Bäumen und für Verschönerung der Straße verwendet –«

»Und für den Bauch der Polizei«, rief Kim, aus Reichweite entschlüpfend. »Besinn dich ein Weilchen, Mann mit vernageltem Kopf. Denkst du, daß wir aus dem nächsten Sumpf kommen, wie der Frosch, dein Schwiegervater? Hast du jemals den Namen deines Bruders gehört?«

»Und wie hieß der? Laß den Knaben in Ruhe«, rief höchlich belustigt ein alter Konstabler, der sich just in der Veranda niederhockte, um seine Pfeife zu rauchen.

»Der nahm die Etikette von einer Flasche *Belaiteepani*[1] nagelte sie an die Brücke, sammelte einen Monat lang Taxen von allen Passanten und sagte, es wäre Sirkarbefehl; dann kam ein Engländer, der schlug ihm den Kopf entzwei. Ah, Bruder, ich bin eine Stadtkrähe, keine Dorfkrähe.«

Der Polizist zog sich verlegen zurück, und Kim höhnte ihn, solange er ihn sehen konnte.

»Hat es je einen Schüler wie mich gegeben?« frug er lustig den Lama. »Zehn Meilen von Lahore würde schon alle Welt dir die Knochen aus dem Leibe gestohlen haben, wenn ich dich nicht beschützt hätte.«

»Wenn ich es innerlich bedenke, so scheinst du mir manchmal ein guter Geist zu sein und manchmal ein böser Kobold«, sagte der Lama, schwerfällig lächelnd.

»Ich bin dein *Chela.*« Kim faßte an seiner Seite Schritt – die unbeschreibliche Gangart aller Weitwandernden in aller Welt.

»Nun laß uns wandern«, murmelte der Lama; und zu dem Klicken des Rosenkranzes gingen sie schweigend Meile um Meile. Der Lama war wie gewöhnlich tief in Meditation, aber Kims helle Augen waren weit offen. Dieser breite, heitere Strom von Leben, dachte er, war wahrlich besser als das Gewühl und Gedränge in den Straßen von Lahore. Bei jedem Schritt gab es Neues zu sehen und neue Menschen – Kasten, die er kannte, und Kasten, von denen er nichts geahnt.

Sie begegneten einem Trupp langhaariger, scharf riechender Sansis, mit Körben voll Eidechsen und anderen unreinen Nahrungsmitteln auf dem Rücken – magere schnüffelnde Hunde auf den Fersen. Diese Leute blieben auf der ihnen bestimmten Seite der Straße, in raschem, scheuem Trott, und alle anderen Kasten gingen ihnen weit aus dem Wege, denn Berührung mit einem Sansi ist niedrigste Befleckung. Hinter diesen, im Nachgefühl seiner Fußeisen breit und steif durch die scharfen Schatten schreitend, kam ein frisch aus dem Gefängnis Entlassener, mit dickem Bauch und glänzender Haut, sichtbaren Beweisen dafür, daß die Regierung ihre Gefangenen besser füttert, als die meisten ehrlichen Leute sich selber zu füttern vermögen. Kim kannte den Schritt wohl und ließ im Vorbeigehen seinen Spott los. Dann stelzte ein Akali

1. Sodawasser.

daher, ein wildhaariger, wildäugiger frommer Sikh, in der blaugewürfelten Gewandung seines Glaubens, mit glitzernden, polierten Stahlscheiben auf dem Kegel seines hohen, blauen Turbans, heimkehrend vom Besuch in einem der unabhängigen Sikhstaaten, wo er jungen, auf englischen Universitäten erzogenen Fürsten in Stulpenstiefeln und Cordbreeches von dem alten Ruhm Khalsas gesungen hatte. Kim hütete sich wohl, diesen Mann zu reizen, denn das Temperament eines Akali ist hitzig und seine Hand flink. Hier und da begegneten sie oder wurden überholt von bunt gekleideten Einwohnerschaften ganzer Dörfer, die von irgendeinem nahen Jahrmarkt kamen, die Frauen mit ihren Babys auf den Hüften, hinter den Männern gehend, die älteren Knaben mit Spazierstöcken von Zuckerrohr einherstolzierend, kleine rohe Messinglokomotiven, das Stück zu einem Halfpenny, hinter sich herziehend oder mit billigen Schundspiegelchen die Sonne in die Augen ihrer Väter blitzen lassend. Man konnte auf den ersten Blick sehen, was jeder gekauft hatte, und im Zweifelsfall brauchte man nur die Frauen zu beobachten, wie sie braunen Arm neben braunen Arm hielten, um die neu gekauften, plumpen Glasarmbänder zu vergleichen, die vom Nordwesten importiert werden. Dieses muntere Völkchen ging langsam, unter vielen gegenseitigen Zurufen, und machte des öfteren halt, um mit Zuckerwerkverkäufern zu handeln oder ein Gebet zu verrichten vor einem der Heiligtümer am Wege – manchmal hindustanisch, manchmal mohammedanisch –, die die niederen Kasten beider Konfessionen mit schöner Unparteilichkeit miteinander teilen. Eine dichte, blaue Linie, sich auf und ab windend wie der Rücken einer eiligen Raupe, nahte sich durch den aufwirbelnden Staub und trottete unter Plappergetöse vorüber. Das war ein Trupp *Changars* – Weiber, die die Dämme aller nördlichen Bahnlinien zu betreuen haben – eine plattfüßige, dickbusige, starkgliedrige, blauberockte Sippschaft von Erdträgerinnen, unterwegs nach neuer Arbeit im Norden und nicht gewillt, Zeit zu verlieren. Sie gehören zu der Kaste, deren Männer nicht mitzählen, und sie marschierten mit gespreizten Ellbogen, schwingenden Hüften und erhobenen Köpfen, wie es Frauen ansteht, die schwere Lasten tragen. Etwas später lärmte mit Musik und Freudengeschrei, mit Duft von Ringelblumen und Jasmin, stärker selbst als der Staubdunst, ein Hochzeitszug die Große Straße daher. Man konnte die Sänfte der Braut, einen Fleck von Rot und Flittergold, durch den Dunst schwanken sehen, indes das bekränzte Pony des Bräutigams sich seitwärts wandte, um ein Maulvoll von einem vorbeifahrenden Futterkarren wegzuschnappen. Und Kim fiel ein in das Kreuzfeuer von guten Wünschen und schlechten Witzen, dem Paare nach altem Brauch hundert Söhne und keine Tochter wünschend. Aber noch interessanter und noch mehr Anlaß zu Geschrei war es, wenn ein fahrender Gaukler mit ein paar halbgezähmten Affen oder einem keuchenden, schwachen Bären oder einem Weib, das, Ziegenhörner an die Füße gebunden, auf einem schlaffen Seil tanzte, die Pferde scheu machte und den Frauen schrille, langgezogene Triller des Staunens entlockte.

Der Lama hob nicht ein einziges Mal die Augen. Er beachtete nicht den Wucherer, der eilig auf seinem gänseleibigen Pony trabte, um seinen grausamen Zins einzutreiben, oder den kleinen, tiefstimmig langhingrölenden Trupp eingeborener Soldaten auf Urlaub, die, noch in Reih und Glied, selig, ihre Breeches und Gamaschen los zu sein, den anständigsten Frauen die unflätigsten Dinge zuriefen. Selbst den Verkäufer von Gangeswasser sah er nicht, obwohl Kim erwartete, daß er wenigstens eine Flasche von dem kostbaren Stoff kaufen würde. Er blickte unbeirrt zu Boden und ebenso unbeirrt wanderte er vorwärts, Stunde auf Stunde; seine Seele war anderswo beschäftigt. Aber Kim war im siebenten Himmel der Freude. Die Große Straße war an dieser Stelle über einen Damm geführt, der sie gegen Winterfluten von den Vorbergen schützen sollte, so daß man etwas erhöht über dem Lande ging, wie auf einer stattlichen Gallerie, und rechts und links ganz Indien gebreitet sah. Es war herrlich, die vielbespannten Getreide- und Baumwollwagen auf den Feldwegen hinkriechen zu sehen: man konnte das Greinen der Achsen meilenweit hören, dann näher und näher, bis sie unter Rufen und Schreien und Schelten die steile Böschung heraufklommen und dann mit plötzlichem Ruck auf der harten Hauptstraße landeten, Fuhrmann auf Fuhrmann schimpfend. Nicht minder hübsch war es, die Menschen zu schauen, kleine Klumpen von Rot, Blau, Rosa, Weiß, Safran, die seitwärts abzweigten in ihre Dörfer, sich zerstreuten und immer kleiner wurden zu zweit und dritt auf der flachen Flur. Kim fühlte das alles, aber er konnte seinen Empfindungen keine Worte geben und begnügte sich damit, geschältes Zuckerrohr zu kaufen und das Mark freigebig auf den Weg zu spucken. Von Zeit zu Zeit nahm der Lama Schnupftabak, und endlich konnte Kim das Schweigen nicht länger ertragen.

»Dies ist ein gutes Land – das Land des Südens!« sagte er. »Die Luft ist gut, das Wasser ist gut. Eh?«

»Und sie alle sind an das Rad gefesselt«, sprach der Lama. »Gebunden von Leben zu Leben. Keinem von diesen ist der Weg gewiesen.« Er rüttelte sich selbst zurück in diese Welt.

»Nun sind wir weit gegangen«, sagte Kim. »Sicher kommen wir bald zu einem *Parao*[1]. Sollen wir da bleiben? Schau, die Sonne sinkt.«

»Wer wird uns heute abend aufnehmen?«

»Das ist gleich. Dieses Land ist voll von gutem Volk. Außerdem« – er dämpfte seine Stimme zu einem Flüstern – »wir haben Geld.«

Die Menge wurde dichter, als sie sich dem Rastplatz näherten, der das Ende ihrer Tagesreise bezeichnete. Eine Reihe von Verkaufsbuden mit sehr einfachen Nahrungsmitteln und Tabak, ein Stoß Brennholz, eine Polizeistation, ein Brunnen, ein Trog für die Pferde, einige Bäume und unter ihnen zertretener Boden, gefleckt mit schwarzer Asche von früheren Feuern, ist alles, was einen *Parao* an der großen Hauptstraße ausmacht, nicht gerechnet die Krähen und Bettler – beide allzeit hungrig.

Die Sonne warf jetzt breite goldene Speichen durch die unteren Zweige der Mangobäume; die Sittiche und Tauben kehrten heim in ihre Bereiche, die plappernden, graurückigen Elstern liefen, die Abenteuer des Tages beschwätzend, zu zweit und dritt hin und her, fast unter den Füßen der Reisenden, und Rucken und Zucken in den Zweigen zeigte an, daß die Fledermäuse sich zum Nachtflug rüsteten. Jählings ballte sich das Licht zusammen, färbte für einen Augenblick die Gesichter, die Wagenräder, die Hörner der Ochsen rot wie Blut. Dann senkte sich die Nacht herab, wandelte die Fühlung der Luft, zog einen tiefen, ebenmäßigen Nebel, gleich einem blauen Nachsommerschleier, über das Antlitz des Landes und

1. Rastplatz.

lockte, scharf und deutlich, den Geruch von Holzrauch und Rindern und den wohligen Duft in der Asche gebackener Weizenkuchen hervor. Mit gewichtigem Räuspern und wiederholten Befehlen trat geschäftig die Abendpatrouille aus der Polizeistation, und die feurige Kohle im Gefäß der Wasserpfeife eines lagernden Fuhrmanns glühte rot, indes Kims Auge mechanisch an dem letzten Blinken der Sonne auf den Messingbeschlägen hing.

Das Treiben im *Parao* glich im kleinen dem des Kaschmir-Serail. Kim tauchte in das glückliche asiatische Durcheinander, das einem, wenn man nur warten kann, alles bringt, was ein einfacher Mensch braucht.

Seine Bedürfnisse waren gering und, da der Lama keine Kastenskrupel kannte, durch gekochtes Essen von der nächsten Bude zu befriedigen. Luxushalber kaufte Kim eine Handvoll Dungkuchen, um ein Feuer anzulegen. Alles war in Bewegung, kommend und gehend, rings um die kleinen Flammen. Hier rief man nach Öl oder Mais, dort nach Zuckerwerk oder Tabak; man stieß einander, um an den Brunnen zu kommen, und zwischen den Männerstimmen ließ sich aus angepflockten, verhängten Wagen das hohe Gequiek und Gekicher von Weibern hören, die ihre Gesichter nicht öffentlich zeigen durften.

Heutzutage pflegen guterzogene Eingeborene ihre Frauen, wenn sie reisen – und sie sind oft auf Besuch unterwegs –, in einem geziemend verhängten Abteil mit der Eisenbahn fahren zu lassen, und diese Sitte breitet sich aus. Es bleiben aber noch genug vom alten Schlag, die an dem Brauch ihrer Vorväter festhalten, und vor allen sind es die alten Frauen – konservativer als die Männer –, die gegen die Neige ihrer Tage auf Pilgerfahrten ausziehen. Diese, verblüht und nicht begehrenswert, entschleiern sich unter gewissen Umständen ganz gern. Nach ihrer langen Abgeschlossenheit, während der sie mit der Außenwelt bereits in tausenderlei geschäftlichen Beziehungen standen, freuen sie sich des Lebens und Treibens der offenen Heerstraße, des Gedränges vor den Heiligtümern und der reichlichen Gelegenheit, mit gleichgesinnten alten Damen zu schwatzen. Oft ist es einer schwergeprüften Familie recht willkommen, wenn eine scharfzüngige, eigenwillige alte Dame auf diese Art Indien durchzieht: eine

Pilgerfahrt ist immer den Göttern wohlgefällig. So kommt es, daß man überall in Indien, an den entlegensten wie an den besuchtesten Plätzen, Trupps ergrauter Diener begegnet, die angeblich zum Schutz für eine alte, vornehme, mehr oder weniger hinter den Vorhängen eines Ochsenwagens verborgene Dame bestellt sind. Es sind Männer gesetzter, diskreter Art, und wenn ein Europäer oder hochkastiger Eingeborener in der Nähe ist, walten sie ihres Amtes mit peinlichster Sorgfalt. Aber bei den gewöhnlichen Zufallsbegegnungen einer solchen Pilgerfahrt werden diese Vorsichtsmaßregeln außer acht gelassen; denn die alte Dame ist trotz allem leidenschaftlich weltlich und lebt, um etwas vom Leben zu sehen.

Kim bemerkte eine bunt verzierte *Ruth* oder Familienochsenkutsche mit einem gestickten Baldachin mit zwei Kuppeln, wie ein zweihöckeriges Kamel, die just in den *Parao* gezogen wurde. Acht Männer bildeten ihr Gefolge, und zwei von ihnen waren mit rostigen Säbeln bewaffnet – ein sicheres Zeichen, daß sie einer Person von Rang folgten, denn gewöhnliches Volk trägt keine Waffen. Ein immer wachsender Schwall von Befehlen, Klagen, Scherzen und – nach europäischem Begriff – recht derben Ausdrücken kam hinter den Vorhängen hervor. Hier war offenbar eine Frau, die zu befehlen gewohnt war.

Kim beäugte das Gefolge mit kritischem Blick. Zur Hälfte waren es dünnbeinige, graubärtige Ooryas vom Flachland; die andere Hälfte, in Düffelmänteln und Pelzhüten, Gebirgler vom Norden; und diese Mischung hätte ihm genug gesagt, auch wenn er nicht das unaufhörliche Gezänk zwischen beiden Parteien mit angehört hätte. Die alte Dame fuhr auf Besuch nach dem Süden, vielleicht zu einem reichen Verwandten, wahrscheinlich einem Schwiegersohn, der ihr ehrenhalber eine Eskorte entgegengeschickt hatte. Die Gebirgler mochten von ihrem eigenen Stamm sein – von Kulu oder Kangra. Es war klar, daß sie nicht etwa eine Tochter mit sich führte, um sie zu verheiraten; sonst wären die Vorhänge fest zugeschnürt gewesen und die Wache hätte keinem erlaubt, sich dem Wagen zu nähern. – Eine lustige und lebhafte Dame, dachte Kim, den Dungkuchen in der einen, die gekochte Speise in der anderen Hand balancierend und den Lama mit der Schulter vorwärtslotsend. Aus *der* Begegnung mußte etwas zu machen sein. Der Lama würde ihm nicht helfen, aber als gewissenhafter *Chela* würde er mit Entzücken für zwei betteln.

Er legte sein Feuer so nahe wie möglich bei dem Wagen an, in Erwartung, daß einer von der Eskorte ihn fortweisen würde. Der Lama ließ sich müde auf die Erde nieder und kehrte zu seinem Rosenkranz zurück.

»Geh weiter fort, Bettler!« Der Befehl wurde in gebrochenem Hindustanisch von einem der Gebirgler gerufen.

»Huh! Es ist nur ein *Pahari*[1]«, sagte Kim über die Schulter weg. »Seit wann haben die Bergesel ganz Hindustan in Besitz genommen?«

Die Entgegnung darauf war eine schnell entworfene, glorreiche Skizze von Kims Stammbaum bis in die dritte Generation.

»Ah!« Kims Stimme war sanfter denn je, indes er den Dungkuchen in passende Stücke brach: »In *meinem* Lande nennen wir das den Anfang eines Liebesgespräches.«

Ein hartes, dünnes Kichern hinter den Gardinen spornte den Gebirgler zu einem neuen Ausfall.

»Nicht so übel – nicht so übel«, sagte Kim mit Ruhe, »aber hüte dich, Bruder! Wir – ich sage *wir* – könnten uns sonst veranlaßt sehen, dir einen Fluch oder dergleichen zurückzugeben. Und unsere Flüche haben die Eigentümlichkeit, in Erfüllung zu gehen.«

Die Ooryas lachten, der Gebirgler sprang drohend vor; der Lama erhob plötzlich den Kopf und brachte so seine ungeheure Wollmütze in den Schein von Kims angezündetem Feuer. »Was ist?« fragte er.

Der Mann hielt inne, wie zu Stein erstarrt. »Ich – ich bin vor einer großen Sünde bewahrt«, stammelte er.

»Der Fremde hat endlich gemerkt, daß es ein Priester ist«, flüsterte einer der Ooryas.

»He! Warum wird der Bettelbalg nicht gehörig verprügelt?« rief die alte Dame.

Der Gebirgler zog sich zu dem Wagen zurück und flüsterte etwas in die Gardine. Es folgte ein tiefes Schweigen, dann Geflüster.

»Das geht gut«, dachte Kim und tat, als ob er nichts sähe und hörte.

1. Gebirgsbewohner.

»Wenn – wenn – er gegessen hat,« katzbuckelte der Gebirgler zu Kim, »bittet Jemand den Heiligen um die Ehre, mit ihm sprechen zu dürfen.«

»Wenn er gegessen hat, wird er schlafen«, erwiderte Kim von oben herab. Er wußte noch nicht recht, welche Wendung das Spiel nehmen würde, aber er war entschlossen, Nutzen daraus zu ziehen. »Jetzt will ich ihm sein Essen holen.« Dieser laut gesprochene Satz endete mit einem Seufzer, wie vor Erschöpfung.

»Ich – ich selbst und die andern von meiner Sippe werden das besorgen, wenn – es erlaubt ist.«

»Es ist erlaubt«, sagte Kim, hochnäsiger denn je. »Heiliger, diese Leute werden uns Essen bringen.«

»Das Land ist gut. Alles Land im Süden ist gut – eine große und eine schreckliche Welt«, murmelte der Lama schläfrig.

»Laß ihn schlafen«, sagte Kim, »aber sorge dafür, daß wir gut gefüttert werden, wenn er aufwacht. Er ist ein sehr heiliger Mann.«

Wieder sagte einer der Ooryas etwas Geringschätziges.

»Er ist kein Fakir. Er ist kein Bettler«, fuhr Kim strengen Tones fort, zu den Sternen gewendet. »Er ist der heiligste aller heiligen Männer. Er ist über allen Kasten. Ich bin sein *Chela.*«

»Komm hierher!« rief die flache, dünne Stimme hinter dem Vorhang; und Kim kam, wohl wissend, daß Augen, die er nicht sehen konnte, ihn scharf beobachteten. Ein magerer, brauner Finger, schwer von Ringen, lag auf der Wagenkante, und die Rede ging so:

»Wer ist der dort?«

»Ein außerordentlich heiliger Mann. Er kommt von fern her. Er kommt von Tibet.«

»Von wo in Tibet?«

»Von hinter den Schneebergen – von einem sehr fernen Ort. Er kennt die Sterne; er stellt Horoskope; er weiß den Stand der Gestirne bei der Geburt. Aber er tut das nicht für Geld. Er tut es aus Güte und großem Erbarmen. Ich bin sein Schüler. Ich werde auch Freund der Sterne genannt.«

»Du bist nicht von den Bergen?«

»Frage ihn. Er wird dir sagen, daß ich ihm von den Sternen gesandt wurde, um ihm das Ziel seiner Pilgerfahrt zu zeigen.«

»Ach was! Bedenke, Schlingel, daß ich eine alte Frau und nicht ganz und gar närrisch bin. Lamas kenne ich wohl, und ihnen erweise ich Ehrfurcht; aber du bist ebensowenig ein echter *Chela*, wie mein Finger die Deichsel dieses Wagens ist. Du bist ein kastenloser Hindu, ein kecker, unverschämter Bettler, der sich wahrscheinlich an den Heiligen gehängt hat um des Gewinnes willen.«

»Arbeiten wir nicht alle um Gewinn?« Kim wechselte prompt seinen Ton und paßte sich der veränderten Stimme an. »Ich habe gehört« – dies war ein Bogenspannen auf gut Glück – »ich habe gehört –«

»Was hast du gehört?« fuhr sie ihn an, mit dem Finger klopfend.

»Nichts, worauf ich mich so genau besinnen kann, ein Bazargeschwätz, das sich erlogen ist, daß selbst Radschas – Gebirgsradschas –«

»Aber dennoch von gutem Radschput-Blut.«

»Natürlich von gutem Blut. Daß selbst diese die hübscheren ihres Weibervolks um Gewinn verkaufen. Nach dem Süden hinunter verkaufen sie sie – an *Zemindars*[1] und dergleichen Leute in Oudh.«

Wenn es etwas in der Welt gibt, was die Gebirgsradschas ableugnen, so ist es just diese Beschuldigung; aber just dieses Gerücht findet am meisten Glauben in den Bazaren, wenn von dem mysteriösen Sklavenhandel Indiens die Rede ist. Die alte Dame erklärte Kim in eindringlichem, entrüstetem Flüsterton, was für ein boshafter Lügner er wäre; hätte er diese Andeutung gewagt, als sie noch ein Mädchen war, so wäre er noch am selbigen Abend von einem Elefanten zu Tode getrampelt worden. Das war vollkommen wahr.

»*Ahai!* Ich bin nur ein Bettlerbalg, wie das Auge der Schönheit gesagt hat«, jammerte er in übertriebenem Schreck.

»Auge der Schönheit, wahrhaftig! Wer bin ich, daß du wagst, mir Bettlerzärtlichkeiten an den Hals zu werfen?« Und doch lachte sie bei dem lang vergessenen Wort. »Vor vierzig Jahren hätte man das von mir sagen können und nicht ohne Grund – ja, noch vor dreißig Jahren. Aber diese

1. Gutsbesitzer.

Landstreicherei auf und ab durch Hind ist schuld, daß eine Königswitwe mit dem ganzen Abschaum des Landes zusammenstoßen und zum Gespött von Bettlern werden muß.«

»Große Königin«, sagte Kim schleunigst, denn er hörte sie sich schütteln vor Entrüstung, »ich bin eben das, was die Große Königin mich nannte; aber nichtsdestoweniger ist mein Meister heilig. Er hat noch nicht den Befehl der Großen Königin vernommen, daß er – –«

»Befehl? Ich einem Heiligen befehlen – einem Lehrer des Gesetzes – zu kommen, um mit einem Weibe zu sprechen? Niemals!«

»Erbarme dich meiner Dummheit. Ich dachte, es wäre ein Befehl – –«

»Es war es nicht. Es war eine Bitte. Ist nun alles klar?«

Eine Silbermünze klirrte auf den Wagenrand. Kim nahm sie und salaamte tief. Die alte Dame begriff, daß man ihn, als das Auge und Ohr des Lama, günstig stimmen müßte.

»Ich bin nur der Schüler des Heiligen. Wenn er gegessen hat, wird er vielleicht kommen.«

»Oh, Taugenichts und schamloser Spitzbube!« Der juwelenbeschwerte Zeigefinger drohte ihm vorwurfsvoll; aber er konnte die alte Dame kichern hören.

»Nun, was ist es?« fragte er in seinem einschmeichelndsten und zutraulichsten Ton, dem, wie er wohl wußte, nur wenige widerstanden. »Fehlt es in deiner Familie an – an einem Sohn? Sprich offen, denn wir Priester –« Das letzte war ein unverblümtes Plagiat von einem Fakir am Taksali-Tor.

»Wir Priester! Du bist noch nicht alt genug, um – –« Sie unterbrach den Witz durch ein neues Gelächter. »Glaube mir ein für allemal, wir Frauen, du Priester, haben auch an anderes als an Söhne zu denken. Außerdem, meine Tochter hat einen Knaben geboren.«

»Zwei Pfeile im Köcher sind besser als einer, und drei sind noch besser.« Kim begleitete das Sprichwort mit nachdenklichem Husten und blickte diskret zur Erde.

»Wahr – o wahr. Aber vielleicht kommt das noch. Sicherlich sind diese Brahmanen auf dem Lande zu nichts nütze. Ich schickte ihnen Gaben und Geld und wieder Gaben, und sie prophezeiten –«

»Ah!« warf Kim gedehnt mit unendlicher Verachtung hin,

»sie prophezeiten!« Ein Prophet von Profession hätte es nicht besser machen können.

»Und erst als ich mich meiner eigenen Götter erinnerte, wurde ich erhört. Ich wählte eine günstige Stunde; und – vielleicht hat dein Heiliger von dem Abt der Lung-Cho-Lamaserei gehört. Ihm trug ich meine Angelegenheit vor, und sieh da, zur bestimmten Zeit kam alles, wie ich es gewünscht. Der Brahmane im Hause des Vaters von meiner Tochter Sohn behauptet seitdem, durch *seine* Gebete sei es geschehen – was ein kleiner Irrtum ist, wie ich ihm erklären werde, wenn ich das Ziel meiner Reise erreicht habe. Und dann später gehe ich nach Buddh Gaya, um *Shraddha*[1] für den Vater meiner Kinder abzuhalten.«

»Dahin gehen auch wir.«

»Doppelt günstig«, frohlockte die alte Dame. »Bedeutet mindestens einen zweiten Sohn.«

»Oh, Freund aller Welt!« Der Lama war erwacht und rief, einfältig wie ein verdutztes Kind in einem fremden Bett, nach Kim.

»Ich komme! Ich komme, Heiliger!« Kim eilte an das Feuer, wo er den Lama schon umgeben von Schüsseln mit Speisen fand. Die Gebirgler beteten ihn sichtlich an, und die vom Süden sahen mit sauren Gesichtern zu.

»Geht fort! Zieht euch zurück!« rief Kim. »Essen wir vor aller Augen, wie Hunde?« Sie beendeten schweigend ihr Mahl, jeder ein wenig abseits gewendet, und Kim krönte es mit einer einheimischen Zigarette.

»Habe ich nicht hundertmal gesagt, daß der Süden ein gutes Land ist? Da ist die tugendhafte und hochgeborene Witwe eines Radscha aus den Bergen, auf einer Pilgerfahrt, sie sagt nach Buddh Gaya. Sie ist es, die uns die Speisen schickte. Wenn du ausgeruht hast, möchte sie dich sprechen.«

»Ist das auch dein Werk?« Der Lama griff tief in die Schnupftabaksdose.

»Wer sonst wachte über dich, seit unsere wundervolle Reise begann?« Die Augen tanzten Kim im Kopfe, indes er, den Rauch des Knasters durch die Nüstern blasend, sich auf den staubigen Boden streckte. »Hab' ich versäumt, für dein Wohlbefinden zu sorgen, Heiliger?«

1. Totenfeier.

»Einen Segen über dich.« Der Lama neigte sein feierliches Haupt. »Viele Menschen habe ich gekannt in meinem so langen Leben, und nicht wenige Schüler. Aber zu keinem Menschen, gesetzt, daß du von einem Weibe geboren bist, ist mein Herz hingegangen wie zu dir – vorsorglich, weise und höflich – aber etwas von einem kleinen Kobold.«

»Und ich habe noch niemals einen Priester gesehen wie dich.« Kim betrachtete das wohlwollende gelbe Gesicht, Falte bei Falte. »Es sind noch kaum drei Tage, seit wir zusammen auszogen, und mir ist, als wären es hundert Jahre.«

»Vielleicht war es mir in einem früheren Leben vergönnt, dir einen Dienst zu erweisen. Kann sein« – er lächelte –, »ich befreite dich aus einer Falle; oder ich hatte dich an einem Angelhaken, in den Tagen, da ich nicht erleuchtet war, und warf dich zurück in den Fluß.«

»Kann sein«, sagte Kim ruhig. Er hatte diese Art von Theorie wieder und wieder gehört aus dem Munde von so manchem, dem ein Engländer nicht eben viel Phantasie zugetraut hätte. »Nun, was diese Frau in dem Ochsenwagen betrifft: ich denke, sie braucht einen zweiten Sohn für ihre Tochter.«

»Das liegt nicht auf dem Pfade«, seufzte der Lama. »Aber sie ist wenigstens aus den Bergen. Ach, die Berge! Und der Schnee der Berge!«

Er erhob sich und stelzte zu dem Wagen. Kim würde seine Ohren darum gegeben haben, mitkommen zu dürfen, aber der Lama forderte ihn nicht auf, und die wenigen Worte, die er erlauschte, waren in einer ihm unbekannten Sprache gesprochen; denn die beiden redeten in einem Gebirgsdialekt. Die Frau schien Fragen zu stellen, die der Lama immer erst nach längerer Überlegung beantwortete. Zuweilen hörte er den Singsang eines chinesischen Zitates. Es war ein sonderbares Bild, das Kim durch halbgeschlossene Wimpern sah: der Lama, sehr gerade und aufrecht, das gelbe Gewand von tiefen Falten schwarzgeschlitzt im Schein der *Parao*feuer, genau wie ein rissiger Baumstamm vom Schatten der tiefen Sonne geschlitzt ist, stand der vergoldeten und lackierten *Ruth* zugekehrt, die in demselben ungewissen Licht wie ein vielfarbiger Edelstein glühte. Die Muster auf den golddurchwirkten Vorhängen tanzten auf und ab, verschwammen und bildeten sich wieder, wenn die Falten vom Nachtwind bewegt wurden; und als das Gespräch dringlicher wurde, sprühte der juwelengeschmückte Zeigefinger kleine Funken über die Stickerei. Hinter dem Wagen war eine Wand von undeutlicher Dunkelheit, gesprenkelt mit kleinen Flammen und belebt von nur halb wahrnehmbaren Formen und Gesichtern und Schatten. Die Stimmen des frühen Abends hatten sich zu einem einzigen gelinden Summen gedämpft, dessen tiefster Ton das gleichförmige Kauen der Ochsen auf ihrem Strohhäcksel und dessen höchster das Girren der *Sitar* eines bengalischen Tanzmädchens war. Die meisten Männer hatten ihre Mahlzeit beendet und sogen tief an ihren gurgelnden, grunzenden Wasserpfeifen, die bei vollem Zug wie Ochsenfrösche quarren.

Endlich kehrte der Lama zurück. Ein Gebirgler trug ihm eine wattierte Steppdecke nach und breitete sie sorgfältig am Feuer aus.

»Sie verdient zehntausend Großkinder«, dachte Kim. »Trotzdem, ohne mich würden solche Gaben nicht gekommen sein.«

»Eine tugendhafte Frau – und eine weise Frau.« Der Lama ließ sich schlaff nieder. Glied bei Glied, wie ein schwerfälliges Kamel. »Die Welt ist voller Barmherzigkeit für die, die den Weg wandeln.« Er schwang eine reichliche Hälfte der Decke über Kim.

»Und was sagte sie?« Kim wickelte sich in seinen Teil der Decke.

»Sie legte mir manche Frage vor und warf manches Problem auf – die meisten aber waren nichtige Märchen, die sie von teufelsdienerischen Priestern gehört hat, die vorgeben, dem Pfad zu folgen. Einige beantwortete ich, von anderen sagte ich, daß sie töricht wären. Viele tragen das Kleid, aber wenige verharren auf dem Pfad.«

»Wahr. Das ist wahr.« Kim gebrauchte den nachdenklichen, entgegenkommenden Tonfall derer, die etwas anvertraut bekommen wollen.

»Soweit ihre Erkenntnis reicht, ist sie sehr gut gesinnt. Sie wünscht dringend, daß wir mit ihr nach Buddh Gaya gehen, da ihr Weg, soviel ich verstehe, auf viele Tagreisen südwärts auch der unsrige ist.«

»Und?«

»Ein wenig Geduld. Darauf erwiderte ich, daß meine Suche allem vorginge. Sie hatte manche törichte Fabel vernommen, aber die große Wahrheit von meinem Strom hatte sie nie gehört. So sind die Priester von den Vorbergen! Sie kannte den Abt von Lung-Cho, aber sie wußte nichts von meinem Fluß, noch von der Geschichte des Pfeils.«

»Und?«

»Ich sprach deshalb von der Suche und von dem Weg und von segensreichen Dingen; sie aber begehrte nichts weiter, als daß ich mit ihr ginge und Gebete verrichtete für einen zweiten Sohn.«

»Aha! ›Wir Frauen‹ denken doch an nichts weiter als an Kinder«, sagte Kim schläfrig.

»Nun, da unsere Straße für eine Weile dieselbe ist, glaube ich nicht, daß wir irgendwie von unserer Suche abweichen, wenn wir sie begleiten, wenigstens soweit bis – ich habe den Namen der Stadt vergessen.«

»Ohe!« rief Kim, sich wendend und einen von den einige Schritte entfernten Ooryas in scharfem Flüsterton anredend, »wo ist denn das Haus eures Herrn?«

»Etwas hinter Saharunpore, zwischen den Fruchtgärten.« Er nannte das Dorf.

»Das war der Ort«, sagte der Lama. »So weit wenigstens können wir mit ihr gehen.«

»Fliegen gehen nach Aas«, sagte der Oorya in beiläufigem Ton.

»Für die kranke Kuh eine Krähe, für den kranken Mann einen Brahmanen.« Kim richtete das Sprichwort ganz unpersönlich an die Schattenwipfel der Bäume.

Der Oorya brummte und hielt Frieden.

»Also gehen wir mit ihr, Heiliger?«

»Gibt es einen Grund dagegen? Ich kann trotzdem beiseite gehen und alle Flüsse prüfen, über die die Straße führt. Sie wünscht, daß ich mitkomme. Sie wünscht es sehr dringend.«

Kim erstickte ein Lachen unter der Decke. Wenn diese gebieterische alte Dame sich erst von ihrer natürlichen Scheu vor einem Lama erholt hatte, würde es wahrscheinlich der Mühe wert sein, ihr zuzuhören.

Er schlief beinahe schon, als der Lama plötzlich das Sprichwort zitierte: »Den Gatten der Geschwätzigen wird große Belohnung in Zukunft.« Dann hörte Kim ihn dreimal schnupfen und schlummerte, noch lachend, ein.

Die diamanthelle Dämmerung erweckte Menschen, Krähen und Ochsen zugleich. Kim setzte sich auf, gähnte, schüttelte sich und schauerte vor Entzücken. Dies hieß in Wahrheit die Welt sehen; das war Leben, wie es ihm gefiel – Hasten und Schreien, Geklingel von Glocken, Antreiben von Ochsen und Knirschen von Rädern, Leuchten von Feuern und Kochen von Speisen – und neue Bilder, wohin das befriedigte Auge blickte. Der Morgennebel hob sich in einem Silberwirbel, die Papageien, in grünen, schreienden Schwärmen, schossen davon zu irgendeinem fernen Fluß; alle Schöpfräder in Hörweite fingen zu arbeiten an. Indien war wach, und Kim war mitten darin, wacher und reger als irgendeiner, und kaute an einem Zweig, den er zugleich als Zahnbürste benutzte, denn rechter und linker Hand profitierte er von den Bräuchen des Landes, das er kannte und liebte. Es war nicht nötig, sich um Nahrung zu kümmern, nicht nötig, auch nur eine *Cowrie*[1] an die gedrängt vollen Buden zu verschwenden. Er war der Schüler eines heiligen Mannes, mit Beschlag belegt von einer willensstarken alten Dame. Alles würde ihnen bequem gemacht werden, und wenn sie ehrerbietig eingeladen würden, würden sie niedersitzen und essen. Im übrigen – Kim kicherte hier mitten im Zähnebürsten – würde ihre Wirtin das Vergnügen der Reise nur erhöhen. Er beaugenscheinigte kritisch ihre Ochsen, als sie schnaufend und grunzend unterm Joch herankamen. Wenn sie zu schnell gingen – es war nicht wahrscheinlich – würde er einen angenehmen Sitz auf der Deichsel finden; der Lama würde neben dem Treiber sitzen. Die Eskorte würde natürlich zu Fuß gehen. Die alte Dame, ebenso natürlich, würde gehörig schwätzen, und nach allem, was er gehört, würde es dieser Unterhaltung nicht an Salz fehlen. Sie war schon jetzt dabei, zu befehlen, große Reden zu halten, zu schelten und, es muß gesagt werden, ihren Dienern zu fluchen wegen ihrer Saumseligkeit.

»Bringt ihr ihre Pfeife. Im Namen der Götter bringt ihr ihre Pfeife und stopft ihren gotteslästerlichen Mund«, rief ein Oorya, ein ungefüges Bündel von Betten schnürend. »Sie und

1. Kleine Münze.

die Papageien sind sich gleich. Sie kreischen bei Tagesanbruch.«

»Die Leitochsen! He! Sieh nach den Leitochsen!« Sie drängten rückwärts und schwenkten herum, da die Achse eines Getreidekarrens sie bei den Hörnern faßte. »Sohn einer Eule, wohin fährst du denn?« Dies zu dem grienenden Karrentreiber.

»*Ai! Yai! Yai!* Das da drin ist die Königin von Delhi, die um einen Sohn beten geht«, rief der Mann nach rückwärts über seine hohe Ladung hinweg. »Platz für die Königin von Delhi und ihren Premierminister, den grauen Affen, der an seinem eigenen Schwert hinaufklettert!« Ein anderer Karren, mit Baumrinde für eine Gerberei beladen, folgte dicht hinterdrein, und sein Treiber fügte einige Schmeicheleien hinzu, als die *Ruth*ochsen immer weiter nach rückwärts drängten.

Hinter den ruckenden Gardinen hervor kam ein Hagel von Schimpfworten. Er hielt nicht lange an, aber an Art und Inhalt, an giftiger, beißender Treffsicherheit übertraf er alles, was selbst Kim bisher gehört hatte. Er konnte sehen, wie die nackte Brust des Fuhrmanns vor Schreck zusammensank, indes der Mann ehrfürchtig vor der Stimme salaamte, von der Deichsel sprang und der Eskorte ihren Vulkan auf die Hochstraße ziehen half. Hier gab ihm die Stimme noch treulich zu wissen, welche Art Weib er gefreit hatte und was sie in seiner Abwesenheit trieb.

»Oh, *shabash*!« murmelte Kim, unfähig, an sich zu halten, als der Mann wegschlich.

»Gutgemacht, wie? Es ist eine Schmach und ein Skandal, daß eine Frau nicht reisen kann, um zu ihren Göttern zu beten, ohne von allem Auswurf Hindustans angerempelt und beschimpft zu werden – daß sie *gâli*[1] essen muß, wie die Männer *ghi*[2] essen! Aber noch kann ich meine Zunge rühren, zu ein oder zwei Worten, die für die Gelegenheit passen. Und *noch* bin ich ohne meinen Tabak! Wo ist der einäugige, gottverlassene Sohn der Schande, der meine Pfeife noch nicht fertig hat?«

Die Pfeife wurde von einem Gebirgler hastig hingereicht, und Wolken dicken Rauches zu beiden Seiten der Vorhänge zeigten, daß der Friede wieder hergestellt war.

1. Schmähungen. – 2. Butter.

War Kim tags zuvor stolz marschiert als Schüler eines heiligen Mannes, so schritt er heute mit zehnfachem Stolz einher im Zuge einer halb königlichen Prozession, an anerkanntem Platz unter dem Patronat einer alten Dame von reizenden Manieren und großem Reichtum. Die Eskorte, Turbane auf den Köpfen, setzte sich, gewaltige Staubwolken aufwirbelnd, zu beiden Seiten des Wagens in Marsch.

Der Lama und Kim gingen nahe an einer Seite, Kim an seinem Zuckerrohr kauend und keinem Menschen ausweichend, der nicht mindestens Priesterrang hatte. Sie hörten das Mundwerk der alten Dame klappern, unermüdlich wie eine Reis-Schälmaschine. Sie befahl der Eskorte zu berichten, was auf der Straße vorging, und kaum waren sie aus dem *Parao,* als sie die Gardine zurückschlug und, den Schleier nur über ein Drittel des Gesichtes gezogen, herausguckte. Ihre Leute sahen sie nicht unmittelbar an, wenn sie zu ihnen redete, und so blieb der Anstand mehr oder weniger gewahrt.

Ein dunkelbleicher Distriktsoberaufseher der Polizei, tadellos uniformiert, ein Engländer, trottete auf müdem Gaul heran, und an ihrem Gefolge erkennend, welche Art von Persönlichkeit sie war, rief er sie neckend an:

»Oh, Mutter! Ist das der Brauch in den *Zenanas*[1]? Denke nur, ein Engländer käme vorbei und sähe, daß du keine Nase hast?«

»Was?« schrillte es zurück: – »deine Mutter hat keine Nase? Warum verkündest du das denn auf offener Straße?«

Das war ein hübscher Gegenschlag. Der Engländer hob die Hand mit der Bewegung eines beim Fechten Getroffenen. Sie lachte und nickte.

»Ist dies ein Gesicht, um Tugend in Versuchung zu führen?« Sie schlug den Schleier völlig zurück und starrte ihn an.

Das Gesicht war alles andere als lieblich: aber der Mann, die Zügel anziehend, nannte es Mond des Paradieses, Verderber der Keuschheit und dergleichen phantastische Epitheta mehr, die ihre Heiterkeit verdoppelten.

»Das ist ein Nußknacker[2]«, sagte sie. »Alle Polizeikonstabler sind Nußknacker; aber die Polizei*wallahs* sind die schlimmsten. Ha, mein Sohn, das hast du sicher nicht alles gelernt, seitdem du von Belait[3] gekommen bist. Wer säugte dich?«

1. Harems. – 2. Schelm. – 3. Europa.

»Eine *Pahareen* – eine Bergfrau von Dalhousie, meine Mutter. Halte deine Schönheit unter Schirm – o Spenderin des Entzückens«, und fort war er.

»Das ist die Art«, sie schlug einen feinen, kritischen Ton an und stopfte ihren Mund mit Betel – »das ist die Art, die die Gerechtigkeit überwachen sollten. Die kennen das Land und die Sitten des Landes. Die andern, die frisch von Europa kommen, von weißen Frauen gesäugt sind und unsere Sprache nur aus Büchern kennen, sind schlimmer als Pestilenz. Sie machen Königen das Leben schwer.« Dann erzählte sie, der Welt im allgemeinen, eine lange, lange Geschichte von einem dummen, jungen Polizeibeamten, der einen kleinen Bergradscha, einen ihrer Vettern neunten Grades, um eines lächerlichen Terrainstreits willen behelligt hatte. Sie schloß mit einem Zitat, das keinesfalls aus einem Erbauungsbuch herrührte.

Dann schlug ihre Laune um, und sie befahl einem der Eskorte, den Lama zu bitten, dicht an ihrer Seite zu gehen, um Religionsfragen zu diskutieren. Kim trat in den Staub zurück und nahm sein Zuckerrohr wieder vor. Länger als eine Stunde stand die Wollmütze des Lamas wie ein Mond über dem Staub; und nach allem, was er aufschnappte, war es Kim, als wenn die alte Frau weinte. Einer der Ooryas entschuldigte sich halb und halb wegen seiner Grobheit am letzten Abend; sagte, er hätte seine Herrin noch niemals in so milder Stimmung gesehen, und schrieb das der Gegenwart des fremden Priesters zu. Er für seine Person glaube an Brahmanen, obgleich er, wie viele Eingeborene, von ihrer Schlauheit und Habgier fest überzeugt sei. Aber, wenn Brahmanen die Mutter von seines Herrn Weib durch ihre Betteleien nur erzürnten, so daß sie sie fortjagte und sie dann so wütend wurden, daß sie das ganze Gefolge verfluchten (was die wahre Ursache davon war, daß der zweite Seitenochse lahmte und die Deichsel in der letzten Nacht zerbrochen war), dann war er bereit, sich ebensogut irgendeinen Priester einer anderen Kaste in oder außerhalb Indiens gefallen zu lassen.

Hierzu nickte Kim sehr weise und wies den Oorya darauf hin, daß der Lama kein Geld nähme, und daß die Kosten für seine und des Lamas Unterhaltung hundertfach aufgewogen würden durch das gute Glück, das die Karawane fortan begleiten würde. Er erzählte darauf Geschichten aus Lahore und sang Lieder, die die Eskorte zum Lachen brachten. Als Stadtmaus, wohlbekannt mit den neuesten Liedern der beliebtesten Komponisten – es sind meist Frauen –, hatte Kim einen bedeutenden Vorteil voraus vor Leuten aus einem kleinen Obstbauerndorf hinter Saharunpore; aber er ließ sie diese Überlegenheit nicht fühlen.

Am Nachmittag lenkten sie seitab, um zu essen. Das Mahl war gut, reichlich und auf Schüsseln von reinen Blättern serviert, anständig gesäubert vom Straßenstaub. Die Überreste gaben sie einigen Bettlern, damit alle Vorschriften erfüllt würden, und setzten sich nieder zu langem, schwelgendem Rauchen. Die alte Dame hatte sich hinter ihre Vorhänge zurückgezogen, mischte sich aber lebhaft ins Gespräch; sie diskutierte mit ihren Dienern, und diese widersprachen ihr, wie Diener im ganzen Osten tun. Sie verglich die Kühle und die Kiefern der Kangra- und Kuluberge mit dem Staub und den Mangos des Südens; sie erzählte eine Geschichte von alten Ortsgottheiten an der Grenze des Gebietes ihres Gatten; sie verwünschte den Tabak, den sie gerade rauchte, schalt auf alle Brahmanen und erging sich ungeniert über ihre Hoffnung auf zahlreiche Enkel.

Fünftes Kapitel

Da bin ich wieder bei dem, was mein,
Gespeist, getränkt, von Sünden rein,
Sitz wieder bei Bein von meinem Bein
In meines Vaters Saal.
Das gemästete Kalb ist angericht't –
Doch so gut wie die Treber schmeckt mir's nicht!
Meine Schweine sind doch das beste für mich,
Drum ade! und zurück in den Stall.

»Der Verlorene Sohn.«

Wiederum machte die träge, bepackte, schwankende Prozession sich auf den Weg, und die alte Dame schlief, bis der nächste Rastplatz erreicht war. Es war nur ein sehr kurzer Marsch, und noch eine Stunde blieb bis Sonnenuntergang; so ging Kim auf neue Vergnügungen aus.

»Warum nicht lieber stillsitzen und ruhen?« meinte einer aus der Eskorte. »Nur Teufel und Engländer laufen ohne Grund hin und her.«

»Schließe nie Freundschaft mit dem Teufel, einem Affen oder einem Knaben«, sagte ein anderer, »kein Mensch weiß, was sie im nächsten Augenblick anstellen werden.«

Kim kehrte ihnen verächtlich den Rücken – er hatte nicht Lust, die alte Geschichte anzuhören, wie der Teufel mit den Knaben spielte und es zu bereuen hatte – und schlenderte langsam landeinwärts.

Der Lama stelzte ihm nach. Den ganzen Tag, wenn immer sie einen Fluß trafen, war er beiseite gegangen, um ihn zu betrachten, aber bei keinem war ihm ein Zeichen geworden, daß er seinen Fluß gefunden habe. Unmerklich waren auch seine Gedanken etwas von der Suche abgelenkt durch das Behagen, sich in vernünftiger Sprache mit jemandem unterhalten zu können und von einer hochgeborenen Frau sich geziemend gewürdigt und als ihr geistlicher Berater respektiert zu sehen. Und dann war er ja vorbereitet, noch Jahre in Gelassenheit seiner Suche zu weihen.

Von der Ungeduld des weißen Mannes besaß er nichts, dafür einen großen Glauben.

»Wohin gehst du?« rief er Kim nach.

»Nirgendwohin – es war ein kurzer Marsch, und all dieses« – Kim fuhr mit den Händen umher – »ist mir neu.«

»Sie ist ohne Frage eine weise und scharfsinnige Frau. Aber es hält schwer, nachzudenken, wenn –«

»Alle Frauen sind so.« Kim sprach wie weiland Salomo.

»Vor der Lamaserei befand sich eine breite Terrasse«, murmelte der Lama, den abgenutzten Rosenkranz drehend, »von Stein, darauf ließ ich die Spuren meiner Füße – auf und nieder schreitend mit *diesen*.«

Er ließ die Perlen klappern und begann das *»Om mane padme hum«* seiner Andacht, dankbar für die Kühle, die Stille und die Erlösung vom Staub.

Kims müßige Augen sogen die Bilder der Ebene eins nach dem andern ein; sein Wandern war ziellos; nur daß die Bauart der nahen Hütten ihm neu schien und ihn lockte, sie näher anzuschauen.

Sie kamen auf ein breites Stück Weidegrund, braun und purpurn im Nachmittagslicht, mit einem schweren Klumpen von Mangobäumen in der Mitte. Es schien ihm sonderbar, daß kein Heiligtum auf einem so geeigneten Platze stand; der Knabe beobachtete solche Dinge so scharf, wie irgendein Priester. Weit über die Ebene her, klein in der Entfernung, kamen Seite an Seite vier Männer. Kim schaute scharf unter gekrümmten Handflächen und eräugte das Blinken von Metall.

»Soldaten. Weiße Soldaten!« sagte er. »Laß uns sehen.«

»Es sind immer Soldaten, wenn du und ich allein zusammengehen. Aber ich habe die weißen Soldaten nie gesehen.«

»Sie tun einem nichts, nur wenn sie betrunken sind. Bleib hinter diesem Baum.«

Die beiden traten hinter die dicken Stämme in das kühle Dunkel der Mangogruppe. Zwei der kleinen Gestalten machten halt; die andern marschierten unsicher weiter. Sie waren die Vorhut eines Regiments auf dem Marsch, wie üblich vorausgeschickt, um das Lager abzustecken. Sie trugen fünf Fuß lange Stäbe mit flatternden Flaggen und riefen einander zu, indes sie sich auf der Ebene verteilten.

Endlich kamen sie schweren Schrittes unter die Mangobäume.

»Hier oder hier herum soll es sein – die Offizierszelte unter den Bäumen, denke ich, wir andern draußen. Ist der Platz für die Gepäckwagen abgeteilt?«

Sie riefen den Kameraden in der Entfernung wieder zu, und die rauhe Antwort kam schwach und halb verweht zurück.

»Stoß die Flaggenstange hier ein«, befahl einer.

»Was bereiten sie vor?« fragte der Lama verwundert. »Dies ist eine große und schreckliche Welt. Was bedeutet das Bild auf der Flagge?«

Ein Soldat stieß, einige Fuß entfernt von ihnen, die Stange in den Grund, knurrte unzufrieden, zog sie wieder heraus, beriet mit seinem Kameraden, der in dem schattigen grünen Gehäuse hin und her blickte, und brachte sie wiederum zurück.

Kim starrte mit beiden Augen, kurz und scharf durch die Zähne atmend. Die Soldaten stapften davon in den Sonnenschein.

»O Heiliger!« keuchte Kim. »Mein Horoskop! Die Zeichnung im Staube des Priesters in Umballa! Erinnere dich, was er sagte. Erst kommen zwei *ferashes*[1] – um alles vorzubereiten – an einem dunklen Platz, wie es immer beim Beginn einer Vision ist.«

»Aber dies ist keine Vision«, sagte der Lama. »Es ist das Blendwerk der Welt, weiter nichts.«

»Und nach ihnen kommt der Stier – der rote Stier auf grünem Feld. Schau! Da ist er!«

Er zeigte auf die Fahne, die keine zehn Fuß entfernt im Abendwinde flappte. Es war nur eine gewöhnliche Markierungsflagge; aber das Regiment, allezeit auf schmucke Ausrüstung bedacht, hatte sie mit der Devise des Regiments geschmückt, dem roten Stier – dem Wappen der Mavericks – dem großen roten Stier auf einem Grund von irisch Grün.

»Ich sehe, und nun erinnere ich mich«, sprach der Lama. »Sicherlich ist es dein Stier. Sicherlich auch sind die beiden Männer gekommen, um alles bereit zu machen.«

»Es sind Soldaten – weiße Soldaten. Was sagte der Priester? ›Das Zeichen über dem Sternbild des Stieres bedeutet Krieg und Bewaffnete.‹ Heiliger, dies betrifft meine Suche.«

»Wahr. Es ist wahr.« Der Lama blickte starr auf das Wap-

1. Diener.

pen, das wie Rubin im Zwielicht flammte. »Der Priester in Umballa sagte, dein Zeichen wäre das des Krieges.«

»Was sollen wir nun tun?«

»Warten. Laß uns warten.«

»Jetzt wird auch die Dunkelheit heller«, sagte Kim. Es war nur natürlich, daß die untergehende Sonne nunmehr durch das Gezweig brach und den Mangohain minutenlang mit dunstigem Goldlicht füllte; für Kim aber war dies die Krönung der Prophezeiung des Brahmanen von Umballa.

»Horch!« sagte der Lama. »Jemand schlägt eine Trommel ganz in der Ferne.«

Anfangs glich der Ton, dünn durch die stille Luft getragen, dem Klopfen einer Arterie im Kopf. Bald gesellte sich ein schärferer dazu.

»Ah! Die Musik«, erklärte Kim. Er kannte den Klang einer Regimentskapelle, aber den Lama erschreckte er.

Am fernen Rande der Ebene kroch eine schwere staubige Kolonne in Sicht. Dann brachte der Wind die Melodie: –

»Was schlagen die Trommeln,
Was schlagen die Trommeln
Voran und immer fort?
Vorwärts marsch mit den Mulligan-Guards
Hinab gegen Sligo-Port!«

Hier fuhren schrill die Pfeifen darein:

»Wir schulterten, wir marschierten
Hinunter nach Dublin-Bai.
Die Trommeln und die Pfeifen
Waren immer dabei,
Immer marsch – marsch – marsch
Mit den Mulligan-Guards!«

Es war das Musikkorps der Mavericks, das das Regiment ins Lager spielte. Die Leute waren auf der Marschroute mit allem Troß. Die wellige Kolonne schob sich in die Ebene – Wagen dahinter – teilte sich links und rechts, wimmelte wie ein Ameisenhaufen, und ...

»Das ist Zauberei!« rief der Lama.

Die Fläche sprenkelte sich mit Zelten, die gleich fertig ausgespannt aus den Wagen zu wachsen schienen. Ein anderer

Trupp Männer drang in den Hain, schlug schweigend ein riesiges Zelt auf, daneben noch acht oder neun kleinere, brachte Kochtöpfe, Pfannen, Bündel zutage, die von einer Schar eingeborener Troßknechte in Empfang genommen wurden, und siehe da! der Mangohain verwandelte sich vor den Augen der beiden Beobachter in eine richtige Stadt.

»Laß uns gehen«, sagte der Lama, ängstlich rückwärts drängend, als die Feuer zuckten und weiße Offiziere mit klirrenden Degen in das Messezelt stapften.

»Bleib im Schatten stehen. Hinter dem Licht eines Feuers kann niemand sehen«, sagte Kim, die Augen immer noch auf der Flagge. Er hatte noch nie in seinem Leben zugesehen, wie ein geübtes Regiment in dreißig Minuten ein Lager aufschlägt.

»Sieh! sieh! sieh!« gluckste der Lama. »Dort kommt ein Priester.«

Es war Bennett, der anglikanische Kaplan des Regiments, hinkend in staubigem Schwarz. Ein Schäflein seiner Herde hatte boshafte Bemerkungen gemacht über den Tatendurst des Kaplans, und um ihn zu beschämen, war Bennett den ganzen Tag Schritt für Schritt mit den Soldaten marschiert. Das schwarze Gewand, das goldene Kreuz an der Uhrkette, das bartlose Gesicht und der weiche Schlapphut würden ihn überall in ganz Indien als heiligen Mann kenntlich gemacht haben. Er ließ sich in einen Feldstuhl an der Tür des Messezeltes fallen und zog seine Stiefel aus. Drei oder vier Offiziere umstanden ihn und lachten und scherzten über seine Heldentat.

»Die Rede der weißen Männer ermangelt jeder Würde«, sprach der Lama, der nur nach dem Ton der Stimme urteilte. »Aber ich habe das Gesicht dieses Priesters beobachtet, und ich glaube, er ist ein gelehrter Mann. Ob er wohl unsere Sprache versteht? Ich möchte von meiner Suche zu ihm reden.«

»Sprich nie zu einem weißen Mann, eh' er gefüttert ist«, sagte Kim, ein bekanntes Sprichwort zitierend. »Sie werden jetzt essen und – und ich glaube nicht, daß es sich lohnt, bei ihnen zu betteln. Laß uns nach dem Rastplatz zurückkehren. Wenn wir gegessen haben, wollen wir wieder hierher kommen. Es war bestimmt ein roter Stier – *mein* roter Stier.«

Beide waren merklich in Gedanken versunken, als das Gefolge der alten Dame ihnen das Mahl vorsetzte, und niemand störte sie, denn es ziemt sich nicht, einen Gast zu stören.

»Nun«, sagte Kim, in den Zähnen stochernd, »wollen wir zu dem Platz zurückgehen; aber du, o Heiliger, mußt etwas abseits warten, denn deine Füße sind schwerer als meine, und ich möchte gern mehr von dem roten Stier sehen.«

»Aber wie kannst du ihre Rede verstehen? Gehe langsam. Der Weg ist dunkel«, erwiderte der Lama beklommen.

Kim beachtete die Frage nicht. »Ich habe mir einen Platz gemerkt nahe bei den Bäumen«, sagte er, »wo du sitzen kannst, bis ich dich rufe. Nein« – als der Lama eine Einwendung versuchte – »bedenke, dies ist *meine* Suche – die Suche nach meinem roten Stier. Das Zeichen in den Sternen war nicht für dich. Ich kenne ein wenig die Sitten der weißen Soldaten, und ich bin immer begierig, Neues zu sehen.«

»Was von dieser Welt wäre dir unbekannt?« Der Lama hockte sich gehorsam in eine kleine Höhlung am Wege, kaum hundert Schritte entfernt von der Gruppe der Mangos, die sich dunkel gegen den sternbesäten Himmel abhob.

»Bleib hier, bis ich dich rufe.« Kim huschte in das Dunkel. Er wußte, daß nach aller Wahrscheinlichkeit Posten um das Lager herum stehen würden, und lachte in sich hinein, als er die schweren Tritte eines solchen vernahm. Für einen Knaben, der in Mondscheinnächten über die Dächer von Lahore zu schleichen und jeden kleinsten Fleck und Winkel der Dunkelheit zu benutzen gewohnt ist, um seine Verfolger zu täuschen, ist eine reguläre Postenkette kein Hindernis. Er bezeugte ihnen seinen Respekt, indem er zwischen zweien von ihnen durchkroch, und schlug sich, bald rennend, bald anhaltend, bald sich duckend und platt auf den Boden werfend, bis zu dem erleuchteten Messezelt durch, wo er, hinter einen Mangobaum gepreßt, lauerte, ob ihm der Zufall einen guten Wink geben würde.

Der einzige Gedanke, der ihn erfüllte, war, mehr über den roten Stier zu erfahren. Seiner Ansicht nach – und Kims Beschränktheit in manchen Dingen war ebenso sonderbar und überraschend, wie seine Erfahrung in anderen – würden die Männer, die neunhundert leibhaftigen Teufel aus seines Vaters Prophezeiung, nach Dunkelwerden vor dem Stiere beten, wie Hindus zu der heiligen Kuh. Wenigstens wäre ihm das nur richtig und logisch erschienen, und daher mußte der Pater mit dem goldenen Kreuz wohl der Mann sein, den man in dieser Sache zu Rate zu ziehen hatte. Andererseits fielen ihm die strengen Gesichter der Patres ein, denen er in Lahore so sorgfältig auswich, und so konnte auch dieser Priester einer sein, der ihm zumuten würde, in die Schule zu gehen und etwas zu lernen. Aber war es nicht erwiesen zu Umballa, daß sein Zeichen in den hohen Himmeln Krieg und bewaffnete Männer bedeutete? War er nicht der Freund der Sterne sowohl als aller Welt, bis an die Zähne vollgestopft mit furchtbaren Geheimnissen? Vor allem aber – und das war von Anfang an der eigentliche Unterstrom seiner Gedanken – war dieses Abenteuer nicht nur die Erfüllung einer erhabenen Prophezeiung, sondern auch ein toller Spaß – eine köstliche Fortsetzung seiner früheren Jagden über die Dächer. Er warf sich platt auf den Bauch und schlängelte sich, eine Hand auf dem Amulett um seinen Hals, an die Tür des Messezeltes heran.

Es war, wie er vermutet hatte. Die Sahibs beteten zu ihrem Gott; denn in der Mitte der Messetafel stand der einzige Schmuck, den das Regiment auf Märschen mitnahm – ein goldener Stier – Stück einer alten Kriegsbeute aus dem Sommerpalast in Peking – ein goldroter Stier, gesenkten Kopfes, sprungbereit, auf einem Feld von irisch Grün. Ihm hielten die Sahibs ihre Gläser entgegen und schrien durcheinander.

Nun pflegte der Reverend Arthur Bennett stets nach diesem Toast die Messe zu verlassen, und da er von dem Marsche sehr ermüdet war, waren seine Bewegungen etwas unberechenbarer als gewöhnlich. Kim, mit leicht erhobenem Kopfe, starrte noch nach seinem Fetisch auf dem Tische, als der Kaplan ihm auf das rechte Schulterblatt trat. Kim wich zurück unter dem harten Leder, rollte seitwärts und brachte den Kaplan zu Fall, der, allzeit ein Mann der Tat, ihn an der Gurgel packte und fast zu Tode würgte. Kim trat ihm verzweifelt in den Magen. Mr. Bennett keuchte, drehte sich um, aber ohne seinen Griff zu lockern, rollte von neuem über ihn und schleifte Kim schließlich schweigend in sein eigenes Zelt. Die Mavericks waren unverbesserliche Spötter, und Schweigen schien dem englischen Herrn das beste, bis er sich genauer über den Fall unterrichtet hätte.

»Was, ein Knabe!« rief er, als er seine Beute unter das Licht der Laterne an der Zeltstange brachte; und ihn heftig schüttelnd, fuhr er ihn an: »Was treibst du hier? Du bist ein Dieb. *Choor? Mallum?*« – Sein Hindustanisch stand auf schwachen Füßen, und der zerzauste und erboste Kim beschloß, den Charakter, den man ihm aufdrängte, beizubehalten. Zu Atem gekommen, erfand er eine prächtig glaubhafte Geschichte von einer Verwandtschaft mit einem der Küchenjungen der Messe, blickte dabei aber mit scharfem Auge unter die linke Achselhöhle des Kaplans. Die günstige Gelegenheit kam, er schlüpfte hindurch nach der Tür, aber ein langer Arm schoß ihm nach, eine Hand packte seinen Nakken, erwischte die Amulettschnur und schloß sich über dem Amulett.

»Gib es mir. O gib es mir. Ist es weg? Gib mir die Papiere.«

Das war Englisch – das blecherne, zersägte Englisch der Eingeborenen, und der Kaplan sprang herum.

»Ein Skapulier«, rief er, die Hand öffnend. »Nein, eine Art heidnischen Zaubers. Was – was? sprichst du englisch? Kleine Jungen, die stehlen, werden geprügelt. Weißt du das?«

»Ich – ich stehle nicht.« Kim tanzte in Todesangst wie ein Terrier vor einem erhobenen Stock. »O gib es mir. Es ist mein Zauber. Stiehl es mir nicht.«

Der Kaplan beachtete ihn nicht, sondern ging zu der Zelttür und rief laut. Ein dicklicher, glattrasierter Mann erschien.

»Ich wünsche Ihren Rat, Vater Victor«, sagte Bennett. »Ich fand diesen Jungen im Dunkeln vor dem Messezelt. Normalerweise würde ich ihn züchtigen und laufen lassen, weil ich glaube, daß er ein Dieb ist. Aber es scheint, er spricht englisch und legt besonderen Wert auf ein Amulett, das er um den Hals trägt. Ich dachte, Sie könnten mir vielleicht helfen.«

Zwischen ihm und dem römisch-katholischen Kaplan des irischen Kontinents lag, nach Bennetts Ansicht, ein unüberbrückbarer Abgrund. Bemerkenswert aber war, daß, wann immer die englische Kirche ein menschliches Problem zu lösen hatte, sie sehr bereit war, die römische Kirche zu befragen. Bennetts offizielle Abneigung gegen »das Weib in Scharlach und all ihr Zubehör« war nicht größer als seine private Hochachtung für Vater Victor.

»Ein Dieb, der englisch redet? Schauen wir uns sein Amulett mal an. Nein, ein Skapulier ist es nicht, Bennett.« Er streckte die Hand aus.

»Aber haben wir ein Recht, es zu öffnen? Eine gesunde Tracht Prügel –«

»Ich habe *nicht* gestohlen«, protestierte Kim. »Ihr habt mich am ganzen Leibe kaputt geboxt. Gebt mir jetzt meinen Zauber, und ich will gehen.«

»Nicht ganz so rasch, wollen erst sehen«, sagte Vater Victor, das *ne varietur*-Pergament des armen Kimball O'Hara gemächlich aufrollend, sein Abschiedsattest und Kims Taufschein. Auf diesen hatte O'Hara, in der konfusen Idee, daß er damit für seinen Sohn Wunder bewirke, unzählige Male gekritzelt: *»Nehmt euch des Knaben an. Bitte nehmt euch des Knaben an –«* und darunter seinen vollen Namen und die Nummer seines Regiments.

»Mächte der Finsternis!« rief Vater Victor, Bennett alles hinüberreichend. »Wissen Sie, was dieses Zeug bedeuten soll?«

»Ja«, sagte Kim, »es gehört mir, und ich will fort.«

»Ich verstehe nicht recht«, meinte Bennett. »Er hat es vielleicht absichtlich mitgebracht. Vielleicht irgendein Bettlertrick.«

»Dann habe ich jedenfalls noch keinen Bettler gesehen, der es so eilig hatte, zu verschwinden. Hier scheint mir so was wie ein fideles Geheimnis dahinter zu stecken. Sie glauben an eine Vorsehung, Bennett?«

»Ich hoffe doch.«

»Gut, ich glaube an Wunder. Das kommt auf eins heraus. Mächte der Finsternis! Kimball O'Hara! Und sein Sohn! Aber er ist doch ein Eingeborener, und ich habe mit eigenen Augen gesehen, wie Kimball Annie Shott heiratete. Seit wann hast du diese Dinge, Junge?«

»Seit ich ein kleines Kind war.«

Vater Victor trat rasch vor und öffnete Kims Obergewand. »Sehen Sie, Bennett, er ist nicht sehr dunkel. Wie heißt du?«

»Kim.«

»Oder Kimball?«

»Vielleicht. Wollt Ihr mich fortlassen?«

»Wie sonst?«

»Sie nennen mich Kim Rishti Ke. Das heißt: Kim von den Rishti.«

»Was ist das – Rishti?«

»I-Rishti – das war das Regiment – meines Vaters Regiment.«

»Irisch, oh, ich verstehe.«

»Ja–a. So hat mir mein Vater gesagt. Mein Vater, er hat gelebt.«

»Hat gelebt, wo?«

»Hat gelebt. Natürlich ist er tot – – weggegangen.«

»Oh! Das ist so eure vereinfachte Ausdrucksweise, wie?«

Bennett unterbrach ihn. »Möglich, daß ich dem Knaben Unrecht getan habe. Er ist ein Weißer, sicher, so augenscheinlich verwildert er auch ist. Ich muß ihn arg verbleut haben. Ich halte zwar im allgemeinen – Spirituosen nicht für . . .«

»Also geben Sie ihm ein Glas Sherry und lassen Sie ihn sich auf das Feldbett kuschen. – Nun, Kim«, fuhr Vater Victor fort, »niemand wird dir etwas zuleide tun. Trink das herunter und sag uns alles von dir. Aber die Wahrheit, wenn du nichts dagegen hast.«

Kim hustete ein wenig, als er das leere Glas niederstellte, und überlegte. Hier galt es vorsichtig und erfinderisch zu sein. Kleine Jungen, die in Feldlagern herumstreifen, werden für gewöhnlich, nach einer Tracht Prügel, hinausgeworfen. Er aber hatte keine Schläge bekommen; das Amulett wirkte offenbar zu seinen Gunsten, und es sah so aus, als ob das Horoskop von Umballa und die wenigen Worte, deren er sich aus den Faseleien seines Vaters erinnerte, höchst wunderbar zusammenstimmten. Weshalb sonst hätte der dicke Pater sich so ereifert und der dünne ihm das Glas heißen gelben Weins gegeben?

»Mein Vater, der starb in Lahore-Stadt, als ich noch sehr klein war. Die Frau, die hatte eine *Kabarri*bude[1], nahe bei dem Platz, wo die Mietwagen stehen.« Kim begann mit einem Kopfsprung, nicht ganz sicher, wieweit die Wahrheit ihm dienlich sein würde.

»Deine Mutter?«

1. Altwaren.

»Nein« – mit einer Gebärde des Abscheus. »Die ist weggegangen, als ich geboren wurde. Mein Vater, der erhielt diese Papiere vom Jadoo-Gher – wie nennt ihr das?« (Bennett nickte) – »denn er war in – in gutem Ansehen – wie nennt ihr das?« (Bennett nickte wieder.) »Mein Vater hat mir das gesagt. Er sagte auch, und auch der Brahmane, der die Zeichnung im Staube in Umballa gemacht hat, vor zwei Tagen, er sagte, daß ich einen roten Stier auf einem grünen Felde finden werde, und daß der Stier mir helfen wird.«

»Ein phänomenaler kleiner Lügner«, brummte Bennett.

»Mächte der Finsternis, was für ein Land!« murmelte Vater Victor. »Weiter, Kim.«

»Ich habe *nicht* gestohlen. Und überhaupt – ich bin jetzt der Schüler eines sehr heiligen Mannes. Er sitzt da draußen. Wir sahen zwei Männer mit Fahnen kommen, die machten den Platz bereit. Das ist *immer* so in einem Traum oder bei einer – einer – Prophezeiung. Da wußte ich, daß es in Erfüllung geht. Ich sah den roten Stier auf grünem Felde, und mein Vater, der sagte: ›Neunhundert *pukka*-Teufel[1] und der Oberst auf einem Pferde werden für dich sorgen, wenn du den roten Stier findest!‹ Wie ich den roten Stier sah, wußte ich nicht, was ich machen sollte; aber ich ging fort und kam wieder zurück, als es dunkel war. Ich wollte den Stier wieder sehen, und ich sah den Stier wieder und die – Sahibs, die zu ihm beteten. Ich denke, der Stier wird mir helfen. Der heilige Mann sagte das auch. Er sitzt draußen. Werdet ihr ihm nichts zuleide tun, wenn ich ihn jetzt rufe? Er ist sehr heilig. Er kann alles bezeugen, was ich gesagt habe, und er weiß, ich bin kein Dieb.«

»Offiziere, die einen Stier anbeten! Was in aller Welt soll man daraus machen?« rief Bennett. »Schüler eines heiligen Mannes! Ist der Junge verrückt?«

»Er ist O'Haras Junge, ganz sicher. O'Haras Sohn, verbündet mit allen Mächten der Finsternis. Ganz wie sein Vater, wenn er betrunken war. Wir täten gut, den heiligen Mann herzubitten. Vielleicht weiß er etwas.«

»Er weiß gar nichts«, sagte Kim. »Ich will ihn euch zeigen, wenn ihr mitkommt. Er ist mein Meister. Dann nachher können wir fortgehen.«

1. pukka = richtig, echt, waschecht.

»Mächte der Finsternis!« war alles, was Vater Victor sagen konnte, als Bennett, die Hand fest auf Kims Schulter, hinausschritt.

Sie fanden den Lama, wo er sich hingelegt hatte.

»Meine Suche ist zu Ende für mich«, rief ihm Kim in der Landessprache zu. »Ich habe den Stier gefunden, aber Gott weiß, was jetzt kommt. Sie werden dir nichts tun. Komm zu des fetten Priesters Zelt mit diesem dünnen Mann und sieh, wie es ausgeht. Es ist alles neu, und sie verstehen nicht Hindi. Sie sind nur ungestriegelte Esel.«

»Dann ist es nicht gut, ihre Unwissenheit zu verspotten«, erwiderte der Lama. »Es ist mir lieb, daß du froh bist, *Chela.*«

Arglos und würdevoll schritt er in das kleine Zelt, begrüßte die Kirchen als Mann der Kirche und setzte sich neben der offenen Kohlenpfanne nieder. Das Lampenlicht, von der gelben Auskleidung des Zeltes zurückgeworfen, färbte sein Gesicht goldrot. Bennett blickte auf ihn mit der dreifach gepanzerten Teilnahmslosigkeit jenes Bekenntnisses, das neun Zehntel der Welt als »Heiden« in einen Topf wirft.

»Und was war das Ende deiner Suche?« wandte der Lama sich an Kim. »Welche Gabe hat dir der rote Stier gebracht?«

»Er sagt: ›Was wirst du tun?‹« Kim übernahm aus eigener Ermächtigung die Rolle des Dolmetschers. Bennett starrte Vater Victor voll Unbehagen an.

»Ich sehe nicht ein, was dieser Fakir mit dem Jungen zu tun hat«, begann er, »der entweder sein Narr oder sein Verbündeter ist. Wir können nicht zugeben, daß ein Knabe von englischer Abkunft – – Angenommen er ist der Sohn eines Freimaurers, so sollte er je eher, je besser in das Freimaurerwaisenhaus kommen.«

»Ah! So denken Sie als Sekretär der Regimentsloge«, sagte Vater Victor, »aber wir können ebensogut dem alten Manne erst mitteilen, was wir zu tun beabsichtigen. Er sieht nicht aus wie ein Bösewicht.«

»Nach meiner Erfahrung ist das orientalische Gemüt nie zu ergründen. Also, Kimball, du sollst jetzt diesem Manne Wort für Wort wiederholen, was ich sage.«

Kim faßte den Inhalt der darauffolgenden Sätze zusammen und begann:

»Heiliger, der dünne Narr, der wie ein Kamel aussieht, sagt, ich wäre der Sohn eines Sahibs.«

»Aber wieso?«

»Oh, es ist wahr. Ich wußte es seit meiner Geburt. Aber er weiß es bloß, weil er das Amulett an meinem Halse gelesen hat und alle die Papiere. Er denkt, einmal ein Sahib, immer ein Sahib, und die beiden machen jetzt miteinander aus, ob ich bei diesem Regiment bleiben oder in eine *Madrissah*[1] geschickt werden soll. Das sollte ich früher auch schon. Ich habe es immer vermieden. Der fette Narr denkt so, und der wie ein Kamel aussieht, so. Aber das hat nichts zu bedeuten. Ich bleibe eine Nacht hier, vielleicht noch eine. Das ist mir schon früher passiert. Dann laufe ich weg und komme zu dir zurück.«

»Aber sage ihnen doch, daß du mein *Chela* bist. Sage ihnen, wie du zu mir kamst, als ich schwach und ratlos war. Sage ihnen von unserer Suche, und sie werden dich sicher gehen lassen.«

»Ich habe ihnen schon alles gesagt. Sie lachen und sprechen von der Polizei.«

»Was redet ihr da?« frug Bennett.

»Oh. Er sagt nur, wenn ihr mich nicht gehen laßt, so hindert ihr ihn in seinem Vorhaben – seinen dringenden Privatangelegenheiten« – diese Redensart war eine Reminiszenz aus dem Gespräch mit einem eurasischen Schreiber im Kanaldepartement – aber sie rief nur ein Lächeln hervor, das ihn erboste. »Und wenn ihr *wüßtet,* was sein Vorhaben ist, würdet ihr es nicht so abscheulich eilig haben, euch hineinzumischen.«

»Was ist es denn?« fragte Vater Victor nicht ohne Mitgefühl, indem er des Lamas Gesicht betrachtete.

»Es gibt einen Fluß in diesem Lande, den er so *sehr* zu finden wünscht. Der war durch einen Pfeil hervorgebracht, der« – Kim tappte ungeduldig mit dem Fuß, bei dem Versuch, seine Gedanken aus der Landessprache in sein plumpes Englisch zu übersetzen – »oh, er war nämlich von unserm Herrgott Buddha gemacht, und wenn man sich darin wäscht, so wäscht man alle seine Sünden weg und wird so weiß wie weiße Baumwolle.« Kim hatte früher einmal eine Missions-

1. Schule.

predigt gehört. »Ich bin sein Schüler, und wir *müssen* den Fluß finden. Er ist so *sehr* wichtig für uns.«

»Sag das noch einmal«, sagte Bennett.

Kim gehorchte mit einigen Zusätzen.

»Aber das ist grobe Gotteslästerung«, rief die anglikanische Kirche.

»Tck, Tck!« sagte Vater Victor teilnahmsvoll. »Ich würde viel darum geben, die Sprache zu verstehen. Ein Fluß, der Sünden wegwäscht! Und wie lange sucht ihr ihn schon?«

»O, viele Tage. Jetzt möchten wir fortgehen und weiter nach ihm suchen. Hier ist er nicht, versteht ihr.«

»Ich verstehe«, sprach ernst Vater Victor. »Aber er kann nicht weiter mit dem alten Mann zusammenbleiben. Es wäre etwas anderes, Kim, wenn du nicht der Sohn eines Soldaten wärst. Sag ihm, daß das Regiment für dich sorgen und dich zu einem braven Mann machen will, zu einem Mann so brav wie dein – so brav, wie ein Mann eben sein kann. Sag ihm, daß, wenn er an Wunder glaubt, er glauben muß, daß –«

»Es ist nicht nötig, seine Leichtgläubigkeit zu mißbrauchen«, unterbrach Bennett.

»Ich tue nichts desgleichen. Er muß glauben, daß es eine Art von Wunder ist, daß der Junge auf der Suche nach seinem eigenen Stier zu seinem eigenen Regiment gekommen ist. Bedenken Sie doch, Bennett, wie merkwürdig das ist! Just dieser eine Knabe in ganz Indien und just unser Regiment auf Marschroute treffen sich hier. Das ist unverkennbare Vorbestimmung. Ja, sag ihm, es ist *Kismet. Kismet . . . mallum*[1]*?«*

Er wandte sich zu dem Lama, dem er ebensogut hätte von Mesopotamien reden können.

»Sie sagen« – des alten Mannes Auge klärte sich bei Kims Rede auf – »sie sagen, daß die Bedeutung meines Horoskops sich jetzt erfüllt hat, und daß ich jetzt, weil ich einmal zu diesen Leuten und ihrem roten Stier hergeführt worden bin – obgleich ich, wie du weißt, nur aus Neugier fortging – daß ich jetzt durchaus in eine *Madrissah* gehen und ein Sahib werden muß. Ich tue jetzt so, als ob ich einwillige. Im schlimmsten Falle wird es ein paar Mahlzeiten ohne dich kosten. Dann entwische ich und folge dir auf der Straße

1. Versteht ihr?

nach Sahurunpore. Darum, Heiliger, bleib bei dieser Kulufrau – geh auf keinen Fall von ihrem Wagen weg, bis ich wiederkomme. Ohne Frage, mein Zeichen bedeutet Krieg und bewaffnete Männer. Schau, wie sie mir Wein zu trinken gaben und mich auf ein Ehrenlager legten! Mein Vater muß eine hohe Person gewesen sein. Wenn sie mich also bei sich zu Ehren erheben, gut – wenn nicht, auch gut. Wie es auch kommen mag, ich werde zu dir zurücklaufen, wenn ich es satt habe. Aber bleib bei der Radschputni, sonst finde ich deine Fußspur nicht wieder ... Oh, ja-a«, schloß der Knabe, »ich habe ihm alles gesagt, was ich sagen sollte.«

»Ich sehe nicht ein, warum er noch wartet«, meinte Bennett, in seine Hosentasche greifend. »Alle Einzelheiten können wir später feststellen – ich werde ihm eine Rupie geben –«

»Lassen Sie ihm Zeit«, sagte Vater Victor, die Geste des Geistlichen unterbrechend, »vielleicht hat er den Knaben lieb –«

Der Lama zerrte seinen Rosenkranz vor und zog den breiten Hutrand über die Augen.

»Was kann er noch wollen?«

»Er sagt« – Kim streckte eine Hand hoch – »er sagt: Seid still! Er will zu mir allein sprechen. Ihr seht, ihr versteht nicht das kleinste Wort von seiner Rede, und wenn ihr etwas sagt, wird er vielleicht böse Verwünschungen gegen euch sprechen. Wenn er seine Perlen so vorholt, will er immer, daß man still ist.«

Die beiden Engländer saßen sprachlos; aber ein Etwas in Bennetts Auge verhieß Kim nichts Gutes für den Fall, daß er dem Arm der Kirche streitig gemacht werden sollte.

»Ein Sahib und der Sohn eines Sahibs – –« Des Lamas Stimme war rauh vor Schmerz. »Aber kein weißer Mann kennt das Land und die Sitten des Landes, wie du sie kennst. Wie kommt es, daß das wahr ist?«

»Was tut's, Heiliger: denke, es ist nur für ein oder zwei Nächte. Erinnere dich, ich kann mich schnell verwandeln. Es wird alles wieder so sein, wie damals, als ich zuerst mit dir sprach unter Zam-Zammah, der großen Kanone – –«

»– ein Knabe in der Kleidung der weißen Männer – als ich zuerst das Wunderhaus betrat. Und beim zweitenmal warst du ein Hindu. Wie wird deine dritte Inkarnation sein?« Er lächelte traurig. »Ah, *Chela,* du hast Unrecht getan an einem alten Mann, denn mein Herz ging hin zu dir.«

»Und meins zu dir. Aber wie konnte ich wissen, daß der rote Stier mich in solche Geschichten bringen würde?«

Der Lama bedeckte sein Gesicht wieder und rasselte nervös mit dem Rosenkranz. Kim hockte sich neben ihn und faßte eine Falte seines Gewandes.

»Ich soll also verstehen, daß der Knabe ein Sahib ist?« fuhr er fort in gedrücktem Ton. »Ein solcher Sahib wie der, der die Bilder hütet in dem Wunderhaus.« Die Erfahrung des Lamas mit weißen Männern war eng begrenzt. Er sprach, als ob er eine Lektion wiederholte. »So geziemt es sich nicht, daß er anderes tut, als was die Sahibs tun. Er muß zurückkehren zu seinem eigenen Volk.«

»Für einen Tag und eine Nacht und einen Tag«, tröstete Kim.

»Halt da!« Vater Victor sah Kim sich zu der Tür hindrükken und stellte ein kräftiges Bein vor.

»Ich verstehe die Sitten der weißen Männer nicht. Der Priester der Bildnisse in dem Wunderhaus von Lahore war gütiger, als der dünne Priester hier. Diesen Knaben will man mir nehmen? Einen Sahib wollen sie aus meinem Schüler machen? Weh mir, wie soll ich meinen Fluß finden? Haben *sie* keine Schüler? Frage!«

»Er sagt, er sei sehr traurig, daß er nun seinen Strom nicht finden würde. Er sagt, warum habt ihr keine Schüler und laßt ihn in Frieden? Er will von seinen Sünden reingewaschen werden.«

Weder Bennett noch Vater Victor fanden ein Wort der Erwiderung.

Also sagte Kim, bekümmert um des Lamas Schmerz, auf englisch: »Wenn ihr mich jetzt fortlassen wollt, werden wir ganz ruhig gehen und nicht stehlen. Wir wollen nach dem Fluß ausschauen, wie wir taten, ehe man mich fing. Ich wünschte, ich wäre nicht hierhergekommen, um den roten Stier zu finden und alles das. Ich brauche ihn nicht.«

»Es ist das beste, was du jemals für dich getan hast, junger Mann«, sagte Bennett.

»Gütiger Himmel, ich weiß nicht, wie ich ihn trösten soll«,

sprach Vater Victor, den Lama teilnahmsvoll betrachtend; »er kann den Knaben nicht mitnehmen, und doch – er ist ein guter Mann – ich fühle es, er ist ein guter Mann. Bennett, wenn Sie ihm die Rupie anbieten, wird er Sie mit Stumpf und Stiel verfluchen.«

Sie lauschten gegenseitig auf ihre Atemzüge – drei – fünf volle Minuten. Dann hob der Lama sein Haupt und blickte über sie hinweg in Raum und Leere.

»Und ich bin ein Wandler des Pfads!« rief er bitter. »Die Sünde ist mein, und die Strafe ist mein. Ich bildete mir selber ein – denn jetzt sehe ich, daß es nur Einbildung war –, du wärest mir gesandt, um mir bei meiner Suche zu helfen. So ging mein Herz zu dir, um deines Mitleids und deiner Hilfsbereitschaft und der Weisheit deiner jungen Jahre willen. Aber die dem Pfade folgen, dürfen nicht das Feuer eines Wunsches oder einer Zuneigung brennen lassen, denn dies ist alles Wahn. Wie geschrieben steht . . .« Er zitierte einen uralten chinesischen Text, belegte ihn durch einen zweiten und bekräftigte beide durch einen dritten. »Ich wich ab vom Wege, mein *Chela.* Es war nicht deine Schuld. Mich entzückte der Anblick des Lebens, des fremden Volkes auf den Straßen und deine Freude an alledem. Ich freute mich mit dir, ich, der an meine Suche und nur allein an meine Suche denken mußte. Nun bin ich kummervoll, denn du wirst mir genommen und mein Strom ist fern von mir. Ich habe das Gesetz gebrochen.«

»Mächte der Finsternis!« sprach Vater Victor, der, geschult durch die Beichte, den Schmerz in jeder Silbe hörte.

»Ich sehe jetzt, daß das Zeichen des roten Stiers ein Zeichen war für mich wie für dich. Alle Begierde ist rot – und böse. Ich will Buße tun und meinen Fluß allein finden.«

»Kehre wenigstens zurück zu der Kulufrau«, flehte Kim, »du wirst sonst verloren sein unterwegs. Sie wird dich ernähren, bis ich zu dir zurücklaufe.«

Der Lama winkte mit einer Hand, zum Zeichen, daß er die Angelegenheit endgültig mit sich erledigt hätte.

»Und nun«, sein Ton war verändert, als er sich jetzt zu Kim wandte – »was werden sie mit dir tun? Vielleicht vermag ich wenigstens, indem ich Verdienst erwerbe, geschehenes Böses auszulöschen.«

»Mich zu einem Sahib machen – so denken sie. Übermorgen komm' ich zurück. Sei nicht traurig.«

»Was für einen Sahib? So einen, wie jener oder dieser Mann?« Er zeigte auf Vater Victor. »So einen, wie die, die ich heute abend sah – die Schwerter tragen und mit den Füßen stampfen?«

»Kann sein.«

»Das ist nicht gut. Diese Männer folgen der Begierde und geraten ins Leere. Von ihrer Art darfst du nicht sein.«

»Der Umballapriester sagte, mein Stern wäre Krieg«, warf Kim ein. »Ich will diesen Narren fragen – aber es ist wahrlich nicht nötig. Ich werde noch heute nacht fortlaufen, so gern ich auch Neues sehen wollte.«

Kim richtete auf englisch einige Fragen an Vater Victor und übersetzte dem Lama die Antworten.

Dann: »Er sagt: ›Ihr nehmt ihn mir und könnt nicht sagen, was ihr aus ihm machen wollt.‹ Er sagt: ›Sagt es mir, bevor ich gehe, denn es ist kein kleines, ein Kind zu erziehen.‹ «

»Du wirst in eine Schule geschickt. Späterhin werden wir weitersehen. Kimball, ich nehme an, du möchtest gerne Soldat werden.«

»*Gorah-log*[1]! O nein! o nein!« Kim schüttelte den Kopf heftig. Es war nichts in seiner Natur, das sich zu Drill und Reglement hingezogen fühlte. »Ich will nicht Soldat werden.«

»Du wirst werden, was man dir befiehlt«, sagte Bennett, »und du solltest dankbar sein, daß wir dir helfen wollen.«

Kim lächelte mitleidig. Wenn diese Männer in dem Wahn lebten, er würde etwas tun, was ihm nicht paßte – um so besser.

Wieder folgte ein langes Stillschweigen. Bennett rückte hin und her vor Ungeduld und schlug vor, einen Posten zu rufen, um den Fakir abführen zu lassen.

»Schenken sie oder verkaufen sie Wissen bei den Sahibs? Frage sie«, sagte der Lama, und Kim dolmetschte.

»Sie sagen, der Lehrer bekommt Geld – aber das Geld wird das Regiment zahlen ... wozu? Es ist ja nur für eine Nacht.«

»Und – je mehr Geld bezahlt wird, um so besseres Wissen wird gegeben?« Der Lama beachtete Kims Plan einer baldi-

1. Weißes Volk.

gen Flucht nicht. »Es ist nicht unrecht, für Wissen zu zahlen; Unwissenden zu Weisheit zu verhelfen, ist immer ein Verdienst.« Der Rosenkranz rasselte heftig, wie ein Abacus. Dann blickte er seinen Quälern ins Gesicht.

»Frage sie, für wieviel Geld sie einen weisen und angemessenen Unterricht geben, und in welcher Stadt dieser Unterricht gegeben wird?«

»Nun« sagte Vater Victor, als Kim übersetzt hatte, »das kommt darauf an. Das Regiment würde für dich zahlen für die ganze Zeit, die du im Militärwaisenhaus wärest; oder du könntest in die Liste des Punjab-Freimaurerwaisenhauses eingetragen werden (das wird aber weder er noch du verstehen); die beste Erziehung, die ein Knabe in Indien finden kann, ist natürlich bei St. Xavier in Partibus zu Lucknow.« Die Übersetzung dauerte eine Weile; Bennett wünschte es kurz zu machen.

»Er will wissen, wieviel«, sagte Kim gelassen.

»Zwei- bis dreihundert Rupien jährlich«, antwortete Vater Victor, der über nichts mehr erstaunte. Bennett, ungeduldig, begriff nicht.

»Er sagt: Schreibt diesen Namen und das Geld auf ein Papier und gebt es ihm. Und er sagt, ihr müßt euren Namen darunter setzen, denn er will euch in einigen Tagen einen Brief schreiben. Er sagt, du bist ein guter Mann. Er sagt, der andere Mann ist ein Tor. Er will fortgehen.«

Der Lama erhob sich plötzlich. »Ich folge meiner Suche«, rief er und war fort.

»Er wird mitten in die Posten hineinrennen«, rief Vater Victor, aufspringend, als der Lama hinausstapfte. Kim machte eine rasche Bewegung zu folgen, hielt aber inne. Man hörte keinen Anruf draußen. Der Lama war verschwunden.

Kim machte es sich in aller Ruhe auf dem Feldbett des Kaplans bequem. Wenigstens hatte der Lama versprochen, bei der Radschputfrau von Kulu zu bleiben; alles übrige hatte keine Schwierigkeiten. Es belustigte ihn, daß die beiden Patres so augenscheinlich erregt waren. Sie redeten lange flüsternd miteinander. Vater Victor schien einen dringenden Vorschlag zu machen und Bennett abgeneigt zu sein. Das war alles sehr neu und fesselnd, aber Kim fühlte sich schläfrig. Sie riefen Männer in das Zelt – einer von ihnen war sicherlich der Oberst, von dem sein Vater prophezeit hatte – und sie fragten ihn zahllose Fragen, besonders nach der Frau, die ihn in Obhut hatte und die man, schien es, nicht eben für einen sehr passenden Vormund hielt. Kim antwortete auf alles die Wahrheit. Schließlich war das alles ja nur eine neue Erfahrung. Früher oder später konnte er, wenn es ihm beliebte, entwischen in das große, graue, formlose Indien und Zelte und Patres und Oberst hinter sich lassen. Einstweilen, wenn denn die Sahibs sich durchaus aufregen wollten, würde er sein Bestes tun, sie aufzuregen. Auch er war ein weißer Mann.

Nach vielen Reden, von denen er nichts verstehen konnte, händigten sie ihn einem Feldwebel aus, mit strengem Befehl, ihn nicht entwischen zu lassen. Das Regiment würde weiter nach Umballa marschieren, und Kim sollte, teils auf Kosten der Loge und teils durch Subskription, nach Sanawar geschickt werden.

»Es ist über alle Maßen verwunderlich, Oberst«, schloß Vater Victor, nachdem er zehn Minuten lang ununterbrochen geredet hatte. »Sein buddhistischer Freund ist auf und davon, nachdem er sich meinen Namen und meine Adresse hat geben lassen. Ich werde nicht klug daraus, ob er für die Erziehung des Knaben zahlen oder eine Art Zauber auf eigene Faust aushecken will.« Dann zu Kim: »Du wirst deinem Freunde, dem roten Stier, doch einmal dankbar sein. Wir wollen in Sanawar einen Mann aus dir machen – selbst um den Preis, daß du Protestant werden müßtest.«

»Sicher – aber ganz sicher«, sagte Bennett.

»Aber ihr werdet nicht nach Sanawar gehen«, sagte Kim.

»Aber wir werden nach Sanawar gehen, kleiner Mann. Das ist Befehl des Höchstkommandierenden, der wohl ein wenig mehr gilt als O'Haras Sohn.«

»Ihr werdet nicht nach Sanawar gehen. Ihr werdet in *den* Krieg gehen.«

Ein schallendes Gelächter im ganzen Zelt folgte diesen Worten.

»Wenn du dein eigenes Regiment erst etwas besser kennst, Kim, wirst du eine Marschordnung nicht mehr mit einer Schlachtordnung verwechseln. Wir werden, hoffen wir, auch einmal in *den* Krieg ziehen.«

»Oh, ich weiß das alles.« Kim spannte seinen Bogen wieder einmal auf gut Glück. Wenn sie nicht in den Krieg zogen, wußten sie wenigstens nicht, was er wußte aus dem Gespräch in der Veranda zu Umballa.

»Ich weiß, ihr seid jetzt noch nicht im Krieg; aber ich sage euch, sobald ihr in Umballa seid, werdet ihr in den Krieg geschickt – den neuen Krieg. Es ist ein Krieg von achttausend Mann, außer den Kanonen.«

»Das ist deutlich. Hast du prophetische Gaben neben deinen anderen Talenten? Feldwebel, führen Sie ihn fort. Geben Sie ihm einen Anzug von den Tambourjungen und passen Sie auf, daß er Ihnen nicht durch die Finger schlüpft. Wer sagt, daß das Zeitalter der Wunder vorüber ist? Ich denke, ich will zu Bett gehen. Mein armer Kopf wird schwach.«

Am fernen Ende des Lagers, schweigsam wie ein wildes Tier, saß Kim eine Stunde später, über und über frisch gewaschen, in einem schrecklichen Stoffanzug, der ihm Arme und Beine zerscheuerte.

»Ein toller junger Vogel«, sagte der Feldwebel. »Taucht auf mit einem gelbköpfigen studierten Brahmanenpriester, mit seines Vaters Freimaurerpapieren um den Hals, und redet Gott weiß was von einem roten Ochsen. Der Brahmanenpfaff verduftet ohne Erklärungen, und der Junge sitzt kreuzbeinig auf dem Bett des Kaplans und prophezeit den Leuten großartig einen blutigen Krieg. Indien ist ein wildes Land für einen gottesfürchtigen Mann. Ich will lieber sein Bein am Zeltpfahl festbinden, damit er mir nicht durchs Dach geht. Was sagtest du von dem Krieg?«

»Achttausend Mann und Kanonen dazu«, sagte Kim. »Ihr werdet es sehr bald sehen.«

»Du bist ein verfluchter kleiner Kobold. Leg dich zu den Trommlern in die Baba. Die beiden Burschen neben dir werden deinen Schlummer bewachen.«

Sechstes Kapitel

Ich denk an Kameraden –
Gefährten alt auf neuer See –
Sie teilten unter den Wilden
All mein Wohl und Weh.
Zehntausend Meilen südwärts
Und dreißig Jahr auf einen Strich.
Sie kannten nicht Ritter Valdez,
Sie kannten und liebten *mich.*

Lied des Diego Valdez.

Sehr früh am Morgen wurden die weißen Zelte abgebrochen und verschwanden. Die Mavericks zogen auf einer Seitenstraße nach Umballa, die den Rastplatz nicht streifte, und Kim, neben einem Bagagewagen unter dem Kreuzfeuer der Glossen von Soldatenfrauen dahintrottend, war nicht so zuversichtlich wie am Abend zuvor. Er gewahrte, daß er scharf beobachtet wurde – Vater Victor an der einen, Bennett an der anderen Seite.

Am Vormittag hielt die Kolonne plötzlich an. Eine Kamelordonnanz überreichte dem Obersten einen Brief. Er las ihn und sprach mit einem Major. Auf eine halbe Meile hinter sich her hörte Kim ein rauhes, freudiges Gebraus durch den dikken Staub herüberrollen. Dann schlug ihm jemand auf den Rücken und rief: »Sag uns, woher du das wußtest, du Satansküken? Lieber Vater, schauen Sie, ob Sie es aus ihm herauskriegen.«

Ein Pony hielt neben ihm, und er wurde in den Sattel des Priesters hinaufgehißt.

»Nun, mein Sohn, deine Prophezeiung von gestern abend ist wahr geworden. Unsere Order lautet, uns morgen in Umballa zur Front zu verladen.«

»Was ist das?« fragte Kim, denn »Front« war ein neues Wort für ihn.

»Wir ziehen in *den* Krieg, wie du ihn nanntest.«

»Natürlich geht ihr in den Krieg, ich sagte es gestern abend.«

»Das tatest du; aber, Mächte der Finsternis, wie konntest du das wissen?«

Kims Augen funkelten. Er schloß die Lippen, nickte mit dem Kopfe und sah unaussprechlich geheimnisvoll aus. Der Kaplan ritt weiter durch den Staub, und Gemeine, Unteroffiziere und Leutnants machten sich gegenseitig auf den Knaben aufmerksam. Der Oberst an der Spitze der Kolonne starrte ihn neugierig an. »Es war wahrscheinlich ein Bazargerücht«, sagte er, »aber selbst dann –« Er durchlas wieder das Papier in seiner Hand. »Zum Teufel, die Sache hat sich erst in den letzten achtundvierzig Stunden entschieden.«

»Gibt es mehr solche wie du in Indien?« fragte Vater Victor. »Oder bist du ausgerechnet ein *lusus naturae*?«

»Jetzt wo ich es euch gesagt habe«, erwiderte der Knabe, »wollt ihr mich jetzt zurückgehen lassen zu meinem alten Mann? Wenn er nicht bei der Frau aus Kulu geblieben ist, fürchte ich, daß er sterben wird.«

»Nach dem, was ich von ihm gesehen habe, kann er genausogut für sich selber sorgen wie du. Nein. Du hast uns Glück gebracht, und wir wollen einen Mann aus dir machen. Ich bringe dich jetzt zu deinem Bagagewagen zurück, und heute abend wirst du zu mir kommen.«

Für den Rest des Tages war Kim Gegenstand respektvoller Beachtung unter einigen Hundert weißer Männer. Die Geschichte seines Erscheinens im Lager, der Entdeckung seiner Herkunft und seiner Prophezeiung hatte durch immer wiederholtes Erzählen nichts an Reiz verloren. Eine unförmig dicke weiße Frau fragte ihn von einem Haufen Bettzeug herunter geheimnisvoll, ob er glaube, daß ihr Mann wiederkommen würde aus dem Feldzug. Kim dachte tiefsinnig nach und sagte, daß er wiederkommen werde, und die Frau gab ihm zu essen. In vieler Hinsicht war dieser große Heerzug – diese schwatzende, lachlustige Menge – ab und zu mit Musik – einer Festlichkeit in Lahore nicht unähnlich. Schwere Arbeit war anscheinend vorläufig nicht in Aussicht, und er beschloß, dem Schauspiel seine wohlwollende Aufmerksamkeit zu gönnen. Am Abend zogen ihnen Musikkorps entgegen, um die Mavericks ins Lager zu spielen, nahe bei der Station Umballa. Das war eine interessante Nacht. Leute von anderen Regimentern kamen, um die Mavericks zu besuchen. Die Mavericks ihrerseits machten ebenfalls Besuche auf eigene Faust. Patrouillen rückten aus, sie zurückzuholen, begegneten Patrouillen anderer Regimenter mit gleicher Order, und bald bliesen die Hörner wie toll, nach noch mehr Patrouillen mit Offizieren, um dem allgemeinen Tumult zu steuern. Die Mavericks machten ihrem flotten Ruf alle Ehre. Aber am nächsten Morgen standen sie auf dem Bahnsteig in Reih und Glied: und Kim, bei den Kranken, den Weibern und Troßjungen zurückgelassen, schrie zu seiner eigenen Verwunderung begeistert Lebewohl, als die Züge abfuhren. Das Leben eines Sahibs war soweit recht amüsant; dennoch wollte er es vorläufig nur mit sehr vorsichtiger Hand angreifen. Dann ging es unter Aufsicht eines Tambourjungen zurück marsch, marsch zu einer leeren, kalkgetünchten Baracke, deren Fußboden mit Abfall von Papieren und Stricken bedeckt war und wo sein einsamer Schritt von der Decke widerhallte. Nach Landesart rollte er sich zusammen auf einem kahlen Feldbett und schlief ein. Ein verdrießlicher Mann humpelte die Veranda herunter, weckte ihn auf und sagte, er wäre der Schulmeister. Das war genug für Kim; er verkroch sich in sein Gehäuse. Er war zur Not imstande gewesen, die verschiedenen englischen Polizeibekanntmachungen in Lahore zu entziffern, denn die hatten Bedeutung für den Frieden seines Daseins; und unter den vielerlei Gästen der Frau, die ihn in Obhut hatte, war ein schnurriger Deutscher gewesen, der Dekorationen für ein wanderndes Parsi-Theater malte. Er erzählte Kim, daß er »auf den Barrikaden von 48« gestanden habe und deshalb – wenigstens faßte Kim es so auf – den Knaben gegen Beköstigung schreiben lehren wollte. Bis zu einzelnen Buchstaben war Kim damals mit Mühe und Not vorgedrungen, aber er war nicht sehr erbaut von ihnen gewesen.

»Ich weiß gar nichts. Laßt mich in Ruhe!« rief Kim, Unrat witternd. Darauf packte ihn der Mann am Ohr, zerrte ihn nach einem Zimmer in einem abgelegenen Seitenbau, wo ein Dutzend Tambourjungen auf Bänken hockten, und befahl ihm, stillzusitzen, wenn er sonst nichts könnte. Das brachte er erfolgreich zustande. Der Mann erklärte irgend etwas mit Hilfe gewisser Linien auf einem schwarzen Brett, mindestens eine halbe Stunde lang, und Kim setzte seinen unterbrochenen Schlummer fort. Der gegenwärtige Stand der Dinge mißfiel ihm sehr, denn dies war ja die Schule und Disziplin, die zu vermeiden er zwei Drittel seines jungen Lebens drangegeben hatte. Plötzlich kam ihm eine wundervolle Idee, und er wunderte sich, daß er nicht früher daran gedacht hatte.

Der Schulmeister entließ sie, und der erste, der durch die Veranda in den offenen Sonnenschein sprang, war Kim.

»Hör, du! Halt! Steh!« rief eine schrille Stimme hinter ihm. »Ich soll auf dich aufpassen. Ich habe Befehl, dich nicht aus den Augen zu lassen. Wo willst du hin?«

Es war der Trommlerjunge, der sich den ganzen Vormittag an ihn gehängt hatte – ein fetter, sommersprossiger Kerl von vielleicht vierzehn Jahren, und Kim verabscheute ihn von den Schuhsohlen bis zu den Mützenbändern.

»Nach dem Bazar – um Zuckerzeug zu kaufen – für dich«, sagte Kim mit Bedacht.

»Hoh! Der Bazar ist verbotenes Terrain. Wenn wir dahin gehen, kriegen wir eine Tracht Prügel. Komm zurück.«

»Wie nah dürfen wir denn gehen?« Kim wußte nicht, was »Terrain« bedeutete, wollte aber höflich bleiben – fürs erste.

»Wie nah? Wie weit meinst du? Wir dürfen bis an den Baum dort an der Straße gehen.«

»Dann will ich bis dahin gehen.«

»Gut. Ich gehe nicht. Es ist zu heiß. Ich kann dich von hier bewachen. Fortlaufen nutzt dir nichts. Sie würden dich gleich an deinem Anzug erkennen. Das ist Regimentsstoff, den du anhast. Die erste beste Patrouille in Umballa würde dich schneller zurückbringen, als du fortgerannt wärst.«

Das machte Kim weniger Bedenken, als daß seine Kleidung ihn beim Laufen beschweren würde. Er schlenderte zu dem Baum an der Ecke einer kahlen Straße, die nach dem Bazar führte, und beäugte die Vorübergehenden. Meistens waren es Kasernenwärter niedrigster Kaste. Kim rief einen Auskehrer an, der prompt mit einer unnötigen Grobheit antwortete im natürlichen Glauben, daß der europäische Knabe sie nicht verstehen könne. Die rasche leise Antwort belehrte ihn eines Besseren. Kim legte seine ganze vergewaltigte Seele hinein, froh, endlich jemand in der ihm geläufigen Sprache beschimpfen zu können. »Und nun geh zu dem nächsten Briefschreiber im Bazar und sag ihm, er soll hierherkommen. Ich will einen Brief schreiben.«

»Aber – aber, was für eines weißen Mannes Sohn bist du,

daß du einen Bazarbriefschreiber brauchst? Ist denn kein Schulmeister in der Kaserne?«

»Ja, und die Hölle ist voll davon. Tu, wie ich dir befehle, du – du *Od*[1]. Deine Mutter hat unter einem Korb geheiratet! Knecht des Lal Beg« – Kim kannte den Gott der Auskehrer –, »lauf, wie ich dir sage, oder wir sprechen uns wieder.«

Der Mann machte sich schleunigst fort. »Da ist ein weißer Knabe vor der Kaserne«, stotterte er zu dem ersten Briefschreiber, den er traf, »der wartet unter einem Baum und ist gar kein weißer Knabe. Er will dich haben.«

»Wird er bezahlen?« fragte der zierliche Schreiber, Federn, Siegelwachs und Pult säuberlich zusammenpackend.

»Ich weiß nicht. Er ist nicht wie andere Knaben. Geh und sieh; es ist der Mühe wert.«

Kim tanzte vor Ungeduld, als der schmächtige junge Kayeth in Sicht kam. Sobald seine Stimme ihn erreichen konnte, rief er ihm ausgiebige Verwünschungen zu.

»Erst verlange ich Bezahlung«, sagte der Schreiber. »Schimpfen erhöht den Preis. Aber wer bist du, gekleidet auf eine Art und schimpfend auf andere Art?«

»Aha, das steht in dem Brief, den du schreiben sollst. So was hast du noch nie gehört. Aber ich hab' keine Eile, ein anderer Schreiber kann's auch tun. Umballa ist ebenso voll von Schreibern wie Lahore.«

»Vier Annas«, sagte der Schreiber, sich niedersetzend und sein Tuch im Schatten eines verlassenen Kasernenflügels ausbreitend.

Mechanisch hockte sich Kim neben ihn – hockte sich hin, wie nur Eingeborene es können – trotz der abscheulich pressenden Hosen. Der Schreiber betrachtete ihn von der Seite.

»Das ist ein Preis, den man von Sahibs fordert«, sagte Kim. »Nenne mir nun einen richtigen!«

»Einen und einen halben Anna. Wer weiß, ob du nicht fortläufst, wenn ich den Brief geschrieben habe!«

»Ich darf nicht über diesen Raum hinausgehen, und außerdem würde die Marke noch fehlen.«

»Vom Preis der Marke bekomme ich keine Provision. Noch einmal, was für eine Art von weißem Knaben bist du?«

1. Schimpfwort.

»Das wird in dem Briefe gesagt werden; er ist an Mahbub Ali, den Roßkamm, im Kaschmir-Serail zu Lahore. Er ist mein Freund.«

»Wunder über Wunder!« murmelte der Schreiber, ein Stäbchen in die Tinte tauchend. »Soll ich in Hindi schreiben?«

»Natürlich. An Mahbub Ali also. Beginne! ›*Ich bin mit dem alten Mann bis Umballa im Zug gefahren. In Umballa überbrachte ich die Nachricht von dem Stammbaum der braunen Stute.*‹« Nach dem, was er in dem Garten gesehen hatte, hütete er sich wohl, von weißen Hengsten zu schreiben.

»Ein bißchen langsamer. Was hat eine braune Stute zu tun mit . . . Ist das Mahbub Ali, der große Händler?«

»Wer sonst? Ich war in seinem Dienst. Nimm mehr Tinte. Weiter. ›*Wie der Befehl war, so tat ich. Wir gingen dann zu Fuß nach Benares; aber am dritten Tage fanden wir ein gewisses Regiment.*‹ Hast du?«

»Ay, Schelm!« murmelte der Schreiber, ganz Ohr.

»›*Ich ging in das Lager und wurde gefangen, und durch das Amulett an meinem Hals, das Du kennst, wurde es klar, daß ich der Sohn bin von einem Mann in dem Regiment, gemäß der Prophezeiung von dem roten Stier, die, wie Du weißt, in unserem Bazar die Runde machte.*‹« Kim hielt inne, damit dieser Pfeil gehörig in des Briefschreibers Herz dränge, räusperte sich und fuhr fort: »›*Ein Priester kleidete mich und gab mir einen neuen Namen. – Der eine Priester war aber ein Narr. Die Kleider sind sehr schwer, aber ich bin ein Sahib, und mein Herz ist auch schwer. Sie schicken mich in eine Schule und schlagen mich. Ich mag nicht die Luft und das Wasser hier. Komm also und hilf mir, Mahbub Ali, oder schicke mir etwas Geld, denn ich habe nicht genug, um den Schreiber zu bezahlen, der dies schreibt.*‹«

»›Der dies schreibt.‹ Es ist meine eigene Schuld, daß ich mich betrügen ließ. Du bist schlau wie Husain Bux, der die Schatzmünzen in Nucklao fälschte. Aber was für eine Geschichte! Was für eine Geschichte! Ist sie denn wirklich wahr?«

»Es bringt keinen Vorteil, Mahbub Ali zu belügen. Gescheiter ist es, seinen Freunden zu helfen und ihnen eine Briefmarke zu leihen. Wenn das Geld kommt, bezahle ich.«

Der Schreiber brummte zweifelnd, nahm aber seinen Stempel aus seinem Kasten, siegelte den Brief, reichte ihn Kim und ging. Mahbub Alis Name war eine Macht in Umballa.

»Das ist der Weg, sich gut mit den Göttern zu stellen«, rief Kim ihm nach.

»Bezahle mich zwiefach, wenn das Geld kommt«, rief der Mann über die Schulter zurück.

»Was hattest du mit dem Nigger zu treiben?« fragte der Tambourjunge, als Kim in die Veranda zurückkehrte. »Ich habe aufgepaßt.«

»Ich habe nur mit ihm gesprochen.«

»Du kannst sprechen wie ein Nigger, was?«

»Nein, nein, nur ein bißchen. Was tun wir jetzt?«

»In einer halben Minute wird das Signal blasen zum Essen. Mein Gott! Wär' ich bloß mit dem Regiment zur Front marschiert. Scheußlich, hier nichts tun, als in die Schule gehen. Find'st du nicht auch?«

»O ja–a!«

»Ich möchte fortlaufen, wenn ich wüßte, wohin. Aber wie die Leute sagen, in diesem verdammten Indien ist man überall ein Gefangener. Du kannst nicht entwischen, ohne gleich zurückgeholt zu werden. Ich habe es gründlich satt.«

»Bist du in Be–England gewesen?«

»Ja natürlich, ich bin erst mit dem letzten Truppenschub gekommen mit meiner Mutter. Sollte meinen, ich war in England. Was für ein blöder kleiner Bettelbub du bist. Bist wohl im Rinnstein aufgewachsen, was?«

»O ja–a. Erzähl mir was von England. Mein Vater, der kam von dort.«

Obwohl er es nicht sagte, glaubte Kim kein Wort von dem, was der Trommlerjunge von der Liverpooler Vorstadt erzählte, die für ihn England war. Es vertrieb ihm die Zeit bis zum Mittagessen – einem wenig verlockenden Mahl, das den Knaben und ein paar Invaliden in der Ecke einer Kasernenstube vorgesetzt wurde. Hätte Kim nicht an Mahbub Ali geschrieben, so wäre er fast verzweifelt. An die Gleichgültigkeit in Gesellschaft Eingeborener war er gewöhnt, aber diese völlige Verlassenheit unter weißen Menschen war ihm unheimlich. Er war dankbar, als im Laufe des Nachmittags ein großer Soldat ihn zu Vater Victor führte, der in einem andern Flügel jenseits eines zweiten staubigen Exerzierplatzes wohnte. Der Priester las eben einen mit karminroter Tinte geschriebenen englischen Brief. Er betrachtete Kim neugieriger denn je.

»Und wie gefällt dir's bis jetzt, mein Sohn? Nicht besonders, eh? Es muß hart sein – sehr hart für ein wildes Tier. Hör zu. Ich habe eine erstaunliche Epistel von deinem Freund.«

»Wo ist er? Geht es ihm gut! Oh! Wenn er mir Briefe schreiben kann, ist alles gut.«

»Du hast ihn also lieb?«

»Natürlich habe ich ihn lieb. Er hatte mich auch lieb.«

»Es scheint so, nach diesem da. Er kann nicht englisch schreiben, wie?«

»O nein. Nicht daß ich wüßte. Aber er hat natürlich einen Briefschreiber gefunden, der sehr gut englisch schreibt, und so hat er geschrieben. Ich hoffe, Ihr versteht!«

»Das erklärt die Sache. Weißt du etwas von seinen Geldangelegenheiten?« Kims Gesicht zeigte, daß er nichts wisse.

»Was kann ich wissen?«

»Das frage ich. Nun hör zu, ob du hieraus Kopf und Schwanz zusammenbringen kannst. Wir wollen den Anfang überspringen ... es ist aus Jagadhir Road geschrieben ... *›Sitzend am Straßenrand in ernster Meditation, vertrauend zu sein begünstigt mit Ew. Gnaden Beifall zu gegenwärtigem Schritt, den Ew. Gnaden empfehle auszuführen um Allmächtigen Gottes willen. Erziehung ist größter Segen, wenn von bester Art. Anderswie ohne Nutzen auf Erden.‹* (Wahrhaftig, da hat der alte Mann den Nagel auf den Kopf getroffen!) *›Wenn Ew. Gnaden geruhen zu geben meinem Knaben beste Erziehung Xavier‹* (ich nehme an, das ist St. Xavier in Partibus) *›gemäß Unterredung unterm Datum 15ten dieses, in Eurem Zelte‹* (ein ganz geschäftsmäßiger Ton hier!) *›dann Allmächtigen Gottes Segen für Ew. Gnaden Nachkommen bis zu dritter und vierter Generation und‹* – (nun paß auf!) – *›bitte um Vertrauen in Ew. Gnaden demütigen Diener für vollständige Zahlung der Wechsel nach irgend einem Teil von Indien, wie Ew. Gnaden selbst angeben werden. Dieser Diener Ew. Gnaden hat gegenwärtig nicht Platz zu legen Scheitel seines Hauptes, aber geht nach Benares im Zug wegen Verfolgung von alter Frau, welche so viel redet, und* *weil nicht wohnen will zu Saharunpore in irgendwie häuslicher Befugnis.‹* – Nun, was in aller Welt heißt das?«

»Sie hat ihn aufgefordert, ihr *puro* – ihr Geistlicher – in Saharunpore zu werden, denke *ich*. Und er will das nicht wegen seines Flusses. Sie *konnte* reden.«

»Ist dir das klar? Es geht über meine Begriffe . . . ›*Somit gehe nach Benares, wo finden werde Adresse und absenden Rupien für Knabe, der ist Augapfel, und um Allmächtigen Gottes willen führt diese Erziehung aus und Euer Bittsteller wird in aller Ergebenheit ehrfürchtigst beten. Geschrieben von Sobrao Satai, durchgefallen bei Allahabad-Universität, für Ehrwürdigen Teshoo Lama den Priester von Such-zen der einen Fluß sucht, Adresse: Tirthankers Tempel, Benares. P. M. – Bitte bemerkt, Knabe ist Augapfel und Rupien werden gesendet per Wechsel dreihundert per annum. Um Allmächtigen Gottes willen.‹* Nun, ist das heller Wahnsinn oder ein Geschäftsbrief? Ich frage dich, denn ich bin mit meinem Witz am Ende.«

»Er sagt, er will mir dreihundert Rupien jährlich geben, und er wird sie mir geben.«

»Oh, so faßt du es auf, ja?«

»Natürlich. Wenn er es sagt!«

Der Priester pfiff, dann sprach er zu Kim, wie zu einem Gleichstehenden:

»Ich glaube es nicht, aber wir werden ja sehen. Du solltest heute nach dem Militärwaisenhaus zu Sanawar kommen, wo das Regiment dich erhalten würde bis zu dem Alter deines Eintrittes. Du würdest im Glauben der Kirche von England erzogen werden. Bennett hat dafür gesorgt. Im andern Falle, wenn du nach St. Xavier kämest, hättest du eine bessere Erziehung und – und die Religion. Siehst du mein Dilemma?«

Kim sah nichts weiter als den Lama, der mit dem Zuge südwärts fuhr, ohne jemand, der für ihn bettelte.

»Ich werde, wie es die Menschen meistens tun, abwarten. Wenn dein Freund das Geld von Benares schickt – Mächte der Finsternis, ein Straßenbettler, der dreihundert Rupien aufbringen kann! – wirst du nach Lucknow gehen, und ich bezahle die Reise, denn ich kann das Subskriptionsgeld nicht anrühren, wenn ich beabsichtige, wie ich es tue, einen Katholiken aus dir zu machen. Wenn er es nicht schickt, mußt du ins

Militärwaisenhaus auf Regimentskosten. Ich will ihm drei Tage Zeit geben, obwohl ich überhaupt nicht daran glaube. Und selbst dann ... wenn später die Zahlungen ausblieben ... aber es geht über meine Begriffe. Wir können in dieser Welt immer nur Schritt für Schritt machen, dank Gott. Und Bennett schickten sie ins Feld und mich ließen sie zurück. Er kann nicht alles verlangen.«

»O ja–a«, sagte Kim mechanisch.

Der Priester beugte sich vor. »Ich würde einen Monat Gehalt darum geben, wüßte ich, was in deinem kleinen runden Kopf steckt.«

»Gar nichts«, sagte Kim und kratzte ihn. Er dachte, ob Mahbub Ali ihm wohl eine ganze Rupie schicken würde. Dann konnte er den Schreiber bezahlen und Briefe an den Lama nach Benares schreiben. Vielleicht suchte Mahbub Ali ihn auf, wenn er das nächste Mal südwärts kam. Sicher war ihm bekannt, daß durch Übergabe des Briefes durch Kim an den Offizier der große Krieg entstanden war, von dem alle die Knaben und Männer beim Mittagstisch in der Kaserne so laut geredet hatten. Wußte aber Mahbub Ali nichts davon, so war es gewagt, ihm davon zu reden. Mahbub Ali war scharf mit Jungen, die zuviel wußten oder zu wissen glaubten.

»Nun, bis wir weiteres hören« – unterbrach Vater Victors Stimme diese Träumerei – »kannst du hingehen und mit den andern Jungen spielen. Du wirst allerhand von ihnen lernen – wird dir aber schwerlich gefallen.«

Der Tag schleppte sich mühselig zu Ende. Als er schlafen ging, zeigte man ihm, wie er seine Kleider zusammenlegen und seine Stiefel hinaustragen müsse; die andern Jungen machten sich lustig über ihn. Hörner weckten ihn beim Morgengrauen; der Schulmeister packte ihn nach dem Frühstück, hielt ihm eine Seite unverständlicher Buchstaben unter die Nase, gab ihnen sinnlose Namen und prügelte ihn ohne Grund. Kim überlegte, ob er sich nicht Opium von einem Kasernenfeger borgen und ihn vergiften könnte; aber da sie alle an einem öffentlichen Tische aßen (was Kim ganz besonders empörte, da er beim Essen gern der Welt den Rücken kehrte), konnte der Streich gefährlich enden. Dann versuchte er nach dem Dorfe zu fliehen, wo der Priester den Lama mit Opium betäubt hatte – dem Dorf, wo der alte Soldat lebte.

Aber scharfäugige Posten trieben bei jedem Versuch die kleine rote Gestalt zurück. Hosen und Jacke lähmten Körper und Geist zugleich; so gab er den Plan auf und verließ sich nach orientalischer Art auf Zeit und Zufall. Drei Tage der Qual verflossen in den großen, hallenden weißen Räumen. An den Nachmittagen ging er unter Eskorte des Tambourjungen hinaus, und alles, was er von seinem Begleiter zu hören bekam, waren die paar sinnlosen Schimpfworte, die zwei Drittel des Wortschatzes weißer Männer zu bilden schienen. Kim kannte und verachtete sie alle längst. Der Junge rächte sich für sein Schweigen und seine Teilnahmslosigkeit durch Schläge, was nur natürlich war. Ihm lag nichts an den verbotenen Bazaren. Er nannte alle Eingeborenen »Niggers«; Knechte und Auskehrer warfen ihm abscheuliche Namen ins Gesicht, die er, getäuscht durch ihre ehrerbietige Haltung, nicht verstand. Das war Kim ein Trost für die Schläge.

Am Morgen des vierten Tages kam ein Strafgericht über den Trommler. Sie waren miteinander bis an die Umballarennbahn gegangen. Allein und weinend kam er zurück mit der Nachricht, der junge O'Hara, dem er nichts Besonderes zuleide getan, habe einen rotbärtigen Nigger zu Pferde angerufen; der Nigger sei über ihn, den Trommler, hergefallen mit einer besonders zärtlichen Reitpeitsche, habe dann den jungen O'Hara aufgehoben und sei im vollen Galopp mit ihm davongesprengt. Die Kunde kam zu Vater Victor; er zog seine lange Oberlippe hinunter. Er war schon aufgeregt genug über einen Brief aus dem Tempel der Tirthanker in Benares, der eine Anweisung auf dreihundert Rupien von einem eingeborenen Bankier einschloß, nebst einem erstaunlichen Gebet an den allmächtigen Gott. Der Lama würde noch ungehaltener gewesen sein als der Priester, hätte er gewußt, wie der Briefschreiber seinen Ausdruck »um Verdienst zu erwerben« übersetzt hatte.

»Mächte der Finsternis!« Vater Victor fuchtelte mit der Anweisung herum. »Und nun ist er auf und davon mit einem andern seiner Augenblicksfreunde. Ich weiß nicht, ob es mir eine größere Erleichterung sein wird, ihn wieder zu bekommen oder ihn los zu sein. Er geht über meine Begriffe. Wie zum Teufel – ja, ihn meine ich! – kann ein Straßenbettler Geld auftreiben, um weiße Knaben zu erziehen?«

Drei Meilen entfernt, auf der Umballarennbahn, sprach Mahbub Ali, einen grauen Kabulihengst zügelnd, zu Kim, der vor ihm im Sattel saß: »Aber, kleiner Freund aller Welt, hier ist *meine* Ehre und Reputation im Spiel. Alle Offizier-Sahibs in allen Regimentern und ganz Umballa kennen Mahbub Ali. Man hat gesehen, daß ich dich aufhob und den Jungen schlug. Man sieht uns jetzt auf dieser Ebene von weit her. Wie kann ich dich fortbringen oder dein Verschwinden erklären, wenn ich dich absetze und in die Ähren laufen lasse? Man würde mich ins Gefängnis bringen. Hab Geduld. Einmal ein Sahib, immer ein Sahib. Wenn du ein Mann bist – wer weiß – dankst du es Mahbub Ali.«

»Bring mich über die Posten weg, irgendwohin, wo ich dies rote Zeug wechseln kann. Gib mir Geld, ich will nach Benares gehen und wieder bei meinem Lama bleiben. Ich will kein Sahib sein. Und erinnere dich, ich überbrachte die Botschaft.«

Der Hengst bäumte sich wild. Mahbub Ali hatte ihm, unvorsichtig, den scharfkantigen Steigbügel in die Weichen getrieben. (Er war keiner von den modernen Gecken von Roßhändlern, die englische Stiefel und Sporen tragen.) Kim zog seine eigenen Schlüsse aus diesem Benehmen.

»Das war eine Kleinigkeit, lag ja auf geradem Weg nach Benares. Ich und der Sahib haben das längst vergessen. Ich schicke so viele Botschaften und Briefe an Leute, die nach Pferden fragen, daß ich kaum einen vom andern unterscheiden kann. Handelte sich's nicht um eine braune Stute, deren Stammbaum Peters Sahib wissen wollte?«

Kim merkte sofort die Falle. Hätte er »braune Stute« gesagt, würde Mahbub Ali an seiner Bereitwilligkeit, auf die Verwechslung einzugehen, sofort gemerkt haben, daß Kim Verdacht hatte. Er erwiderte deshalb:

»Braune Stute? Nein. *Ich* vergesse meine Bestellungen nicht so leicht. Es war ein weißer Hengst.«

»Ay, so war es. Ein weißer arabischer Hengst. Aber du schriebst mir, ›braune Stute‹?«

»Wer wird einem Briefschreiber die Wahrheit sagen?« antwortete Kim, Mahbubs Hand auf seinem Herzen fühlend.

»Hei, Mahbub, alter Schuft, halt an!« rief eine Stimme, und ein Engländer kam auf einem kleinen Polopony an seine Seite galoppiert. »Ich habe das halbe Land nach dir durchjagt. Dein Kabuli versteht zu laufen. Verkäuflich, denk' ich?«

»Ich habe junges Material an der Hand, vom Himmel geschaffen für das feine und schwierige Polospiel. Er hat nicht seinesgleichen. Er –«

»Spielt Polo und bedient bei Tisch. Ja. Wir kennen das alles. Was zum Teufel hast du denn da?«

»Einen Knaben«, antwortete Mahbub ernsthaft. »Ein anderer Knabe prügelte ihn. Sein Vater war ein weißer Soldat in dem großen Krieg. Der Junge war von Kindheit an in Lahore. Er spielte, als er noch ein Baby war, mit meinen Pferden. Jetzt wollen sie ihn, glaube ich, zum Soldaten machen. Er wurde kürzlich von seines Vaters Regiment aufgegriffen, das vorige Woche in den Krieg zog. Ich glaube aber, er hat keine Lust, Soldat zu werden. Ich nahm ihn auf einen Ritt mit. – Sag mir, wo deine Kaserne liegt, ich will dich dort absetzen.«

»Laß mich los. Ich kann die Kaserne allein finden.«

»Und wenn du fortläufst wird man mir die Schuld geben.«

»Er wird zu seinem Essen zurücklaufen. Wohin sollte er sonst laufen?«

»Er ist im Lande geboren. Er hat Freunde. Er geht hin, wo es ihm beliebt. Er ist ein *Chabuk sawai*[1]. Er braucht nur seine Kleider zu wechseln, und im Nu wäre er ein Hinduknabe niederer Kaste!«

»Was zum Henker!« Der Engländer sah den Knaben kritisch an, während Mahbub nach der Kaserne umwendete. Kim knirschte mit den Zähnen. Mahbub trieb offenbar seinen Spott mit ihm, so recht nach Art eines ungläubigen Afghanen, denn er fuhr fort:

»Sie werden ihn in eine Schule schicken, ihm schwere Stiefel anziehen und ihn in dies Zeug einzwängen. Dann wird er alles, was er weiß, vergessen. Nun, wo ist deine Kaserne?«

Kim zeigte – sprechen konnte er nicht – auf Vater Victors Abteilung, die weiß herüberblendete.

»Vielleicht wird er einen guten Soldaten abgeben«, sprach Mahbub nachdenklich, »mindestens eine gute Ordonnanz. Ich schickte ihn einmal mit einer Botschaft von Lahore. Den Stammbaum eines weißen Hengstes betreffend.«

1. Durchtriebener Bengel.

Das war ein tödlicher Insult über den andern – und der Sahib, dem er so schlau jenen kriegweckenden Brief gebracht hatte, hörte es alles. Kim sah im Geiste Mahbub Ali in Flammen braten für seine Verräterei, für sich selbst aber nur eine einzige endlose Aussicht auf Kasernen, Schulen und wieder Kasernen. Er blickte flehentlich auf das scharfgeschnittene Gesicht, auf dem kein Schimmer von Verständnis sich zeigte; aber selbst in dieser äußersten Not fiel es ihm nicht ein, die Gnade des weißen Mannes anzurufen oder den Afghanen anzuklagen. Und Mahbub starrte unentwegt den Engländer an und dieser ebenso unentwegt den stummen und zitternden Kim.

»Mein Pferd ist gut zugeritten«, sagte der Händler. »Andere würden ausgeschlagen haben, Sahib.«

»Ah«, sagte der Engländer endlich, die dampfenden Flanken seines Ponys mit dem Peitschenknopf reibend, »wer will einen Soldaten aus dem Jungen machen?«

»Er sagt, das Regiment, das ihn aufgefunden hat, und besonders der Pater Sahib dieses Regiments.«

»Da ist der Pater!« schnappte Kim, als Vater Victor barhäuptig von der Veranda herunter auf sie zusegelte.

»Mächte der Finsternis, O'Hara! Wie viele Freunde auf einmal hältst du dir in Asien?« rief er, als Kim herabglitt und hilflos vor ihm stand.

»Guten Morgen, Padre«, rief der Oberst heiter. »Par renommé kenne ich Sie gut genug. Wollte immer schon herüberkommen und Sie besuchen. Ich bin Creighton.«

»Vom Ethnologischen Dienst?« sagte Vater Victor. Der Oberst nickte.

»Freue mich herzlich, Sie zu sehen; und ich schulde Ihnen Dank, daß Sie den Knaben zurückbringen.«

»Nichts zu danken, Padre. Der Junge war gar nicht fortgelaufen. Sie kennen den alten Mahbub Ali nicht?« Der Roßkamm saß unbewegt in der Sonne. »Wenn Sie einen Monat auf der Station gewesen sind, werden Sie ihn kennen. Er verkauft uns alle unsere Schindmähren. Dieser Junge ist einigermaßen ein Kuriosum. Können Sie mir etwas über ihn sagen?«

»Ich Ihnen etwas sagen?« stöhnte Vater Victor. »Sie wären der einzige, der mir in meiner Verlegenheit helfen könnte. Ich Ihnen etwas sagen! Mächte der Finsternis, ich platze vor

Ungeduld, jemand zu fragen, der über die Eingeborenen Bescheid weiß.«

Ein Groom kam um die Ecke. Oberst Creighton erhob die Stimme und rief in Urdu: »Alles gut und schön, Mahbub Ali, aber was soll ich mit all den Geschichten von deinem Pony! Nicht ein *Pie*[1] mehr als dreihundertfünfzig Rupien gebe ich.«

»Der Sahib ist etwas erregt und hitzig von dem Ritt«, erwiderte der Pferdehändler mit dem Blinzeln eines privilegierten Spaßmachers. »Die Qualitäten meines Pferdes werden ihm bald deutlicher werden. Ich will warten, bis er sein Gespräch mit dem Pater beendet hat. Unter dem Baum dort will ich warten.«

»Hol' dich der Teufel!« Der Oberst lachte. »Das kommt davon, wenn man einen von Mahbubs Gäulen anschaut. Er ist ein richtiger alter Blutegel, Padre. Warte also, Mahbub, wenn du soviel überflüssige Zeit hast. Wo ist der Junge? Aha, fort, um mit Mahbub zu schwätzen. Sonderbarer Junge! Darf ich Sie bitten, mein Pferd unterstellen zu lassen?«

Er ließ sich in einen Sessel fallen, von dem aus er Kim und Mahbub Ali unter dem Baum genau beobachten konnte. Der Pater ging hinein, um Zigarren zu holen.

Creighton hörte Kim voll Bitterkeit sagen: »Trau einem Brahmanen mehr als einer Schlange, einer Schlange mehr als einer Dirne und einer Dirne mehr als einem Afghanen, Mahbub Ali.«

»Das ist alles gleich«, der große rote Bart wackelte feierlich. »Kinder sollten keinen Teppich auf dem Webstuhl sehen, ehe das Muster fertig ist. Glaube mir, Freund aller Welt, ich erweise dir einen großen Dienst. Sie sollen keinen Soldaten aus dir machen.«

»Du pfiffiger alter Sünder«, dachte Creighton. »Aber du hast nicht so unrecht. Der Junge darf nicht unnütz verbraucht werden, wenn er wirklich so viel taugt.«

»Entschuldigen Sie mich einen Augenblick«, rief der Pater von innen. »Ich will nur die Dokumente dieser Angelegenheit holen.«

»Wenn dir durch mich die Gunst dieses kühnen und weisen

1. Kupfermünze.

Sahib zuteil wird und du zu Ehren erhoben wirst, wie wirst du dann Mahbub Ali danken, wenn du ein Mann bist?«

»Nein, nein; ich habe dich gebeten, mich wieder auf die Landstraße zu lassen, wo ich sicher gewesen wäre; und du hast mich wieder an die Engländer verkauft. Wieviel Blutgeld werden sie dir geben?«

»Ein heiterer kleiner Dämon!« Der Oberst biß seine Zigarre ab und wandte sich höflich zu Vater Victor.

»Was für Briefe sind das, die der fette Priester vor dem Obersten herumschwenkt? Tritt hinter den Hengst, als ob du nach dem Zügel schautest!« sagte Mahbub Ali.

»Ein Brief von meinem Lama, den er aus Jagadhir Road geschrieben hat; er will dreihundert Rupien jährlich für meinen Unterricht zahlen.«

»Oho! Ist der alte Rothut von der Sorte? In welcher Schule?«

»Gott weiß. Ich denke in Nucklao.«

»Ja. Da ist eine große Schule für die Söhne von Sahibs und Halbsahibs. Ich sah sie, als ich dort Pferde verkaufte. Der Lama liebte also auch den Freund der ganzen Welt?«

»Jawohl; und *er* sagte keine Lügen und lieferte mich nicht in die Gefangenschaft.«

»Kein Wunder, daß der Pater den Faden nicht zu entwirren weiß. Wie eifrig er mit dem Oberst Sahib redet.« Mahbub Ali kicherte. »Bei Allah!« – sein scharfes Auge streifte einen Moment die Veranda – »was dein Lama geschickt hat, scheint mir ein Wechsel zu sein. Ich habe hie und da mit Wechseln zu tun gehabt. Der Oberst Sahib sieht ihn sich an.«

»Was nützt mir das alles?« sagte Kim kläglich. »Du gehst fort, und mich schicken sie wieder in die kahlen Stuben, wo kein ordentlicher Platz zum Schlafen ist und wo die Jungen mich schlagen.«

»Ich glaube es nicht. Habe Geduld, Kind. Nicht alle Pathans sind treulos – ausgenommen beim Roßkauf.«

Fünf – zehn – fünfzehn Minuten gingen hin, Vater Victor redete energisch oder stellte Fragen, die der Oberst beantwortete.

»Nun habe ich Ihnen alles gesagt, was ich von dem Knaben weiß, von Anfang bis zu Ende; und es ist mir eine wahre Erleichterung. Haben Sie je was Ähnliches gehört?«

»Auf jeden Fall hat der alte Mann das Geld geschickt. Gobind Sahais Wechsel sind gut von hier bis China«, sagte der Oberst. »Je mehr man von Eingeborenen weiß, um so weniger kann man sagen, was sie tun oder was sie nicht tun werden.«

»Das ist tröstlich zu hören – vom Chef des Ethnologischen Amts. Dieses Durcheinander von roten Stieren und Flüssen des Heils (armer Heide, Gott helfe ihm!) und Wechseln und Freimaurerpapieren! Sind Sie zufällig auch Freimaurer?«

»Bei Zeus, ich bin's, das fällt mir eben ein. Das ist ein Grund mehr«, sagte der Oberst in Gedanken.

»Ich bin froh, daß Sie überhaupt einen Sinn drin finden. Wie gesagt, dieses Durcheinander geht über meinen Horizont. Und seine Prophezeiung vor unserm Obersten! Wie er dasaß auf meinem Bett, sein Hemd aufgerissen, daß die weiße Haut vorkam; und wie die Prophezeiung wahr wurde! Nun, sie werden ihm all den Unsinn schon auskurieren in St. Xavier, eh?«

»Werden ihn mit Weihwasser besprengen«, lachte der Oberst.

»Auf mein Wort, manchmal scheint mir's, als sollte ich's tun. Aber ich hoffe, er wird zu einem guten Katholiken erzogen werden. Was mich nur beunruhigt, ist die Frage, was werden soll, wenn der alte Bettelmann –«

»Lama, Lama, mein lieber Herr; und manche von ihnen sind Gentlemen in ihrem eigenen Lande.«

»Der Lama also – das nächste Jahr nicht zahlt? Er hat sich im Drang des Augenblicks als solider Geschäftsmann bewährt, aber er kann eines Tages sterben. Und Geld von einem Heiden anzunehmen, um einem Kinde eine christliche Erziehung zu geben –«

»Aber er hat deutlich ausgesprochen, was er will. Sobald er wußte, daß der Knabe ein Weißer sei, hat er offenbar seine Anordnungen dementsprechend getroffen. Ich gäbe ein Monatsgehalt darum, wenn ich hören könnte, wie er das alles im Tirthankertempel in Benares erklärt. Sehen Sie, Padre, ich behaupte nicht, viel von den Eingeborenen zu wissen, aber wenn er sagt, er zahlt, wird er zahlen – tot oder lebendig. Ich meine damit, seine Erben werden seine Schuld übernehmen. Mein Rat ist, schicken Sie den Jungen nach Lucknow.

Wenn Ihr anglikanischer Kaplan denkt, Sie hätten ihm den Rang abgelaufen –«

»Bennetts Pech! Er wurde statt meiner zur Front geschickt. Doughty erklärte mich gesundheitlich für untauglich. Ich werde Doughty exkommunizieren, wenn er lebendig zurückkommt! Bennett sollte eigentlich zufrieden sein mit –«

»– dem Ruhm und Ihnen die Religion lassen. Ganz recht! Ich denke aber wirklich, Bennett wird es sich nicht zu Herzen nehmen. Schieben Sie die Schuld auf mich. Ich – hem – empfehle dringend, den Knaben nach St. Xavier zu schicken. Er kann mit dem Freipaß für Soldatenwaisen fahren, so wird das Reisegeld gespart. Seine Ausstattung können Sie aus der Regimentssubskription bestreiten. Der Loge werden die Kosten seiner Erziehung erspart, das wird die Loge in gute Laune versetzen. Es ist ganz einfach. Ich muß nächste Woche nach Lucknow hinunter. Ich werde unterwegs nach dem Knaben sehen, ihn außerdem meinen Dienern in Obhut geben und so weiter.«

»Sie sind ein guter Mensch.«

»Nicht im geringsten. Denken Sie nur das nicht. Der Lama hat uns Geld zu einem bestimmten Zweck geschickt. Wir können es nicht wohl zurückgeben. Wir haben zu tun, was er sagt. Das wäre abgemacht, nicht wahr? Wollen wir sagen, nächsten Dienstag bringen Sie ihn mir an den Südnachtzug? Das sind nur drei Tage. Er kann nicht viel Unheil anrichten in drei Tagen.«

»Es ist mir eine Last von der Seele, aber – dieses Ding hier?« er schwenkte den Wechsel. »Ich kenne Gobind Sahai so wenig wie seine Bank, die ebensogut ein Loch in einer Mauer sein kann.«

»*Sie* sind niemals ein verschuldeter Leutnant gewesen! Ich will den Wechsel einlösen, wenn Sie wollen, und Ihnen den Beleg ordnungsgemäß einschicken.«

»Aber das noch zu Ihrer vielen Arbeit! Ist das nicht zu –«

»Es macht mir nicht die geringste Mühe. Als Ethnologe, sehen Sie, ist mir die Sache höchst interessant. Ich möchte gern eine Notiz darüber machen in einer Arbeit, die ich für die Regierung schreibe. Die Verwandlung eines Regimentsabzeichens, wie Ihres roten Stiers, in eine Art Fetisch, dem der Knabe nachläuft, ist hochinteressant.«

»Ich kann Ihnen gar nicht genug danken.«

»Etwas können Sie für mich tun. Wir Ethnologen sind alle eifersüchtig wie die Dohlen auf unsere Entdeckungen. Sie sind zwar für keinen Menschen von Interesse, als für uns selbst, aber Sie wissen ja, wie Büchersammler einmal sind. Bitte, sprechen Sie kein Wort direkt oder indirekt über die asiatische Seite in dem Charakter des Knaben – seine Abenteuer, seine Prophezeiungen und so weiter. Ich will das alles späterhin aus dem Jungen herausholen, Sie verstehen?«

»Ich verstehe. Sie werden einen wundervollen Bericht daraus machen. Niemand soll ein Wort von mir hören, bis ich die Geschichte gedruckt lese.«

»Danke Ihnen. Das geht einem Ethnologen gerade ins Herz. So, jetzt muß ich zu meinem Frühstück. Gott im Himmel! Der alte Mahbub immer noch hier?« Er sprach mit erhobener Stimme, und der Roßhändler trat aus dem Schatten des Baumes heraus. »Nun, was gibt's noch?«

»Was das junge Pferd betrifft«, sprach Mahbub, »so sage ich, wenn ein Füllen dazu geschaffen ist, ein Polopony zu werden, und, ohne angelernt zu sein, dem Ball genau folgt – wenn so ein Füllen das Spiel instinktiv begreift – dann, sage ich, ist es ein großes Unrecht, das Füllen vor einen schweren Wagen zu spannen, Sahib.«

»Das sage ich auch, Mahbub. Das Füllen soll einzig und allein für Polo eingestellt werden. (Diese Kerls denken an nichts in der Welt als an Pferde, Padre.) Morgen werde ich sehen, Mahbub, ob du etwas Gutes zu verkaufen hast.«

Der Händler salutierte, nach Reiterart, mit einem Schwung der freien Hand. »Hab ein wenig Geduld, kleiner Freund aller Welt«, flüsterte er dem verzweifelten Kim zu. »Dein Glück ist gemacht. Bald gehst du nach Nucklao und – hier ist etwas, um den Briefschreiber zu bezahlen. Ich werde dich, denke ich, oft wiedersehen«, und er galoppierte davon, die Straße hinab.

»Höre mich an«, rief der Oberst in der Landessprache von der Veranda herunter, »in drei Tagen gehst du mit mir nach Lucknow und wirst auf Schritt und Tritt Neues sehen und hören. Sitz also diese drei Tage still und lauf nicht fort. Du kommst in die Schule in Lucknow.«

»Werde ich dort meinen Heiligen treffen?« fragte Kim weinerlich.

»Wenigstens liegt Lucknow näher an Benares als Umballa. Vielleicht nehme ich dich unter meinem Schutz mit. Mahbub weiß alles, und er wird zornig sein, wenn du jetzt wieder auf die Landstraße zurückkehrst. Denke daran – viel ist mir gesagt worden, was ich nicht vergesse.«

»Ich will warten«, sagte Kim, »aber die Jungen werden mich schlagen.«

Die Trompeten bliesen zum Mittagessen.

Siebentes Kapitel

Für wen denn sind so strahlend Stern' an Sterne
Mit Monden sinnlos in den Raum gehängt?
Kriech du inmitten, niemand achtet dein.
Das All führt hohen Krieg, die Erde niedern.
Erbe von Angst und Wirrwar und Gezänk
(In Vater Adams Sündenfall verstrickt),
Späh nur hinauf, kritzle dein Horoskop,
Und sag, welch andrer der Planeten
Flickt dein von Mars zerschlissenes Geschick?

Sir John Christie.

Am Nachmittag verkündete der rotnasige Schulmeister Kim, er sei »von der Leine gelassen«, ein Ausspruch, dessen Sinn Kim erst begriff, als man ihn hinausgehen und spielen ließ. Er rannte sogleich nach dem Bazar und fand den jungen Schreiber, dem er die Marke schuldete.

»Jetzt bezahle ich«, sagte Kim königlich, »und jetzt muß ich einen neuen Brief geschrieben haben.«

»Mahbub Ali ist in Umballa«, erwiderte der Schreiber mit kühner Bestimmtheit. Er war vermöge seines Berufes eine Art allgemeines Auskunftsbüro.

»Dieser Brief ist nicht an Mahbub, sondern an einen Priester. Nimm deine Feder, schnell, und schreibe: ›*An Teshoo Lama, den Heiligen von Bhotiyal, der einen Fluß sucht, und der jetzt im Tempel der Tirthanker zu Benares ist.*‹ – Nimm mehr Tinte! – ›*In drei Tagen gehe ich hinunter nach Nucklao, in die Schule von Nucklao. Der Name der Schule ist Xavier. Ich weiß nicht, wo diese Schule ist, aber sie ist in Nucklao.*«

»Aber ich kenne Nucklao«, unterbrach der Schreiber. »Ich weiß, wo die Schule ist.«

»Schreib ihm, wo sie ist, ich gebe einen halben Anna.«

Die Rohrfeder kratzte eifrig. »Er kann sie nun nicht verfehlen.« Der Schreiber hob den Kopf. »Wer beobachtet uns da über die Straße her?«

Kim sah rasch hinüber und gewahrte Oberst Creighton im Tennisanzug. »Oh, das ist ein Sahib, der mit dem dicken Priester in der Kaserne bekannt ist. Er winkt mir.«

»Was tust du da?« sagte Creighton, als Kim herantrottete.

»Ich – ich laufe nicht davon. Ich schicke einen Brief an meinen Heiligen in Benares.«

»Daran hab' ich nicht gedacht. Hast du geschrieben, daß ich dich nach Lucknow bringe?«

»Nein, das hab' ich nicht. Lest den Brief, wenn Ihr mir nicht glaubt.«

»Warum hast du denn meinen Namen ausgelassen in dem Brief an den Heiligen?« Der Oberst lächelte sonderbar. Kim nahm seinen Mut in beide Hände.

»Man sagte mir einmal, es sei unschicklich, die Namen von Fremden, die an einer Sache beteiligt sind, zu nennen, denn durch Nennung von Namen würde mancher gute Plan verdorben.«

»Man hat dich gut unterwiesen«, erwiderte der Oberst, und Kim errötete. »Ich habe meine Zigarrentasche in der Veranda des Paters gelassen. Bring sie mir heute abend in mein Haus.«

»Wo ist das Haus?« fragte Kim. Sein Scharfsinn sagte ihm, daß er in irgendeiner Art auf die Probe gestellt würde, und er war auf seiner Hut.

»Frage irgend jemand in dem großen Bazar.« Der Oberst ging weiter.

»Er hat seine Zigarrentasche vergessen«, sagte Kim, zurückkommend. »Ich muß sie ihm heute abend bringen. Mein Brief ist fertig – nur noch dreimal: ›*Komm zu mir! Komm zu mir! Komm zu mir!*‹ Jetzt will ich die Marke bezahlen und ihn auf die Post tragen.« Er erhob sich, um zu gehen, und fragte nur noch so nebenbei: »Wer ist der Sahib mit dem verdrießlichen Gesicht, der seine Zigarrentasche verlor?«

»Oh, das ist nur Creighton Sahib – ein ganz närrischer Sahib, ein Oberst Sahib ohne ein Regiment.«

»Was treibt er denn?«

»Gott weiß. Er kauft immerfort Pferde, die er nicht reiten kann, und fragt Rätsel über die Werke Gottes – Pflanzen und Steine und die Sitten der Leute. Die Händler nennen ihn Vater der Narren, weil er so leicht mit einem Pferd zu betrügen ist. Mahbub Ali sagt, er ist verrückter als alle anderen Sahibs.«

»Oh!« sagte Kim und ging. Seine Erfahrungen hatten ihm einige Menschenkenntnis eingebracht, und er sagte sich, daß man einem Narren nicht eine Mitteilung macht, die die Mobilmachung von achttausend Mann nebst Kanonen zur Folge hat. Der Oberbefehlshaber von ganz Indien spricht nicht so zu einem Narren, wie Kim ihn hatte sprechen hören. Und auch Mahbub Ali's Ton würde sich nicht jedesmal, wenn er den Namen des Obersten nannte, so verändert haben, wenn der Oberst ein Narr gewesen wäre. Folglich – und Kim hüpfte bei diesem Gedanken vor Vergnügen – steckte hier irgendein Geheimnis dahinter, und Mahbub Ali spionierte wahrscheinlich ebenso für den Oberst, wie Kim für Mahbub Ali spioniert hatte. Und augenscheinlich wußte der Oberst, ebenso wie der Roßkamm, Leute zu schätzen, die sich nicht superklug gebärdeten.

Er war froh, daß er getan hatte, als wisse er des Obersten Haus nicht; und als sich bei seiner Rückkehr in die Kaserne herausstellte, daß gar keine Zigarrentasche vergessen worden war, strahlte er vor Vergnügen. Das war ein Mann nach seinem Herzen – eine versteckte zweideutige Persönlichkeit, die ein geheimes Spiel spielte. Nun, wenn der ein Narr war, so konnte Kim es auch sein.

Er verriet nichts von seinen Gedanken, indes Vater Victor ihm an drei langen Vormittagen von einer ganz neuen Sippe von Göttern und Nebengöttern predigte – besonders von einer Göttin, Maria genannt, die, so schien es ihm, gleichbedeutend war mit Bibi Miriam aus Mahbub Alis Theologie. Er verriet keine Spur von Erregung, als Vater Victor ihn nach dieser Vorlesung von Laden zu Laden schleppte, um seine Ausstattung einzukaufen, und beklagte sich nicht, wenn neidische Tambourjungen ihm Fußtritte versetzten, weil er in eine höhere Schule kam; er erwartete den Wechsel der Umstände mit gespanntem Geist. Der gute Vater Victor begleitete ihn zur Station, setzte ihn in ein leeres Abteil zweiter Klasse, nächst Oberst Creightons erster, und sagte ihm mit wirklicher Rührung Lebewohl.

»Sie werden einen Mann aus dir machen in St. Xavier, O'Hara – einen weißen und ich hoffe einen braven Mann. Sie wissen Bescheid, daß du kommst, und der Oberst wird dafür sorgen, daß du nicht verlorengehst unterwegs oder an einem falschen Ort abgesetzt wirst. Von religiösen Dingen habe ich dir, hoffe ich, wenigstens einen Begriff gegeben; vergiß also nicht, wenn man dich nach deiner Religion fragt, du bist katholisch – besser noch sage römisch-katholisch, obwohl ich das Wort nicht liebe.«

Kim zündete sich eine stänkrige Zigarre an – er hatte sich vorsorglich im Bazar einen Vorrat gekauft – und legte sich hin, um nachzudenken. Diese einsame Fahrt war sehr verschieden von der lustigen Reise in der dritten Klasse mit dem Lama. »Sahibs haben wenig Vergnügen beim Reisen«, dachte er. »*Hai mai!* Ich rolle von einem Ort zum andern wie ein Fußball. Es ist mein *Kismet.* Kein Mensch entgeht seinem *Kismet.* Aber ich soll zu Bibi Miriam beten und ich bin ein Sahib« – er blickte wehmütig auf seine Stiefel. »Nein, ich bin Kim. Dies ist die große Welt, und ich bin nur Kim. Was ist Kim?« Er grübelte über seine eigene Identität, etwas, was er noch nie zuvor getan, bis ihm der Kopf schwindelte. Er war ein unbedeutendes Persönchen in all diesem dröhnenden Wirbel Indiens, südwärts fahrend in ein unbekanntes Geschick.

Nach einer Weile ließ der Oberst ihn holen und redete lange mit ihm. Soviel Kim verstand, sollte er fleißig lernen, um später in den Vermessungsdienst von Indien einzutreten. Wenn er sehr brav wäre und die erforderliche Prüfung bestünde, könnte er mit siebzehn Jahren dreißig Rupien monatlich verdienen, und Oberst Creighton würde dafür sorgen, daß er eine passende Anstellung fände.

Anfangs gab sich Kim den Anschein, als verstände er von drei Worten kaum eines. Da begann der Oberst, seinen Irrtum bemerkend, in fließendem, bilderreichem Urdu zu reden, und Kim war zufrieden. Ein Mann, der diese Sprache so genau kannte, der so sanft und leise sich bewegte, dessen Augen so verschieden waren von den blöden, fetten Augen anderer Sahibs, der konnte kein Narr sein.

»Ja, und du mußt Zeichnungen machen lernen von Wegen und Bergen und Flüssen und diese Bilder vor deinem inneren Auge bewahren, bis der richtige Augenblick da ist, sie zu Papier zu bringen. Eines Tages vielleicht, wenn du ein Landmesser bist und wir zusammen arbeiten, werde ich zu dir sagen: ›Geh über jene Berge und sieh, was jenseits liegt.‹ Dann wird vielleicht einer sagen: ›Böses Volk lebt in diesen Bergen, das den Meßmann totschlagen wird, wenn sie sehen, daß er wie ein Sahib ausschaut.‹ Was dann?«

Kim überlegte. – War es ratsam, auf den Lockton des Obersten einzugehen?

»Ich würde sagen, was der andere Mann gesagt hat.«

»Aber wenn ich antworten würde: Ich gebe dir hundert Rupien, wenn du ausfindig machst, was hinter diesen Bergen liegt – für eine Zeichnung eines Flusses oder einen kleinen Bericht, was die Leute in den Dörfern reden?«

»Wie kann ich das sagen? Ich bin nur ein Knabe. Wartet, bis ich ein Mann bin.« Dann aber, als er einen Schatten auf des Obersten Stirn sah, fügte er hinzu: »Aber ich glaube, ich würde die hundert Rupien in ein paar Tagen verdienen.«

»Auf welche Art?«

Kim schüttelte resolut den Kopf. »Wenn ich sagen würde, wie ich sie verdienen will, könnte es ein anderer hören und mir zuvorkommen. Es ist nicht gut, was man weiß, um nichts zu verkaufen.«

»Sag es jetzt.« Der Oberst hielt eine Rupie hoch. Kims Hand streckte sich aus, sank aber auf halbem Wege zurück.

»Nein, Sahib, nein. Ich kenne den Preis für die Antwort, aber ich weiß nicht, warum die Frage gestellt ist.«

»So nimm's als Geschenk«, sagte Creighton, die Münze hinwerfend. »Es ist gute Anlage in dir. Laß sie in St. Xavier nicht stumpf werden. Viele von den Jungen dort verachten die Farbigen.«

»Ihre Mütter waren Bazarweiber«, sagte Kim. Er wußte wohl, daß kein Haß ist wie der Haß des Halbbluts gegen seine farbigen Brüder.

»Wahr; aber du bist ein Sahib und der Sohn eines Sahibs. Deshalb laß dich nie verleiten, den farbigen Mann geringzuschätzen. Ich kannte Burschen, eben erst in den Dienst der Regierung eingetreten, die taten, als kennten sie weder Sprache noch Sitten der Farbigen. Der Sold wurde ihnen gekürzt für ihre Dummheit. Dummheit ist die größte Sünde. Vergiß das nicht.«

Verschiedene Male noch während der langen vierundzwanzigstündigen Reise nach Süden ließ der Oberst Kim rufen, immer auf dasselbe Thema zurückkommend.

»Wir werden also alle an einem Strick ziehen«, dachte Kim schließlich, »der Oberst, Mahbub Ali und ich – wenn ich ein Meßmann werde. Er wird mich verwenden, wie Mahbub Ali mich verwendet hat, denke ich. Das ist gut, wenn er mich wieder auf die Landstraße zurückläßt. Diese Kleidung wird durch Tragen nicht bequemer.«

Als sie in die überfüllte Station Lucknow einfuhren, war von dem Lama nichts zu sehen. Kim schluckte seine Enttäuschung hinunter, indes der Oberst ihn nebst seiner ganzen Habe in ein *Ticca-garri*[1] packte und ihn allein nach St. Xavier expedierte.

»Ich sage nicht lebe wohl, denn wir werden uns wiedersehen«, rief er, »und oft, wenn du von guter Art bist. Aber noch bist du nicht erprobt.«

»Nicht damals, als ich dir« – Kim wagte wirklich das *Tum,* die Anrede der Gleichgestellten – »in jener Nacht den Stammbaum eines weißen Hengstes brachte?«

»Zur rechten Zeit vergessen, ist ein großer Gewinn, kleiner Bruder«, sprach der Oberst mit einem Blick, der noch Kims Schultern durchbohrte, als er in den Wagen haspelte.

Er brauchte fast fünf Minuten, um sich von diesem Blick zu erholen. Dann schnüffelte er anerkennend in die neue Luft. »Eine reiche Stadt«, dachte er, »reicher als Lahore. Wie hübsch müssen die Bazare sein. Kutscher, fahr mich ein bißchen durch die Bazare hier.«

»Ich habe Befehl, dich nach der Schule zu fahren.« Der Kutscher gebrauchte das Du, was eine Grobheit gegen einen Weißen ist. Im reinsten und fließendsten Dialekt machte Kim ihm seinen Irrtum klar, kletterte auf den Kutschersitz und ließ sich, nachdem das Einvernehmen auf diese Weise hergestellt war, ein paar Stunden lang auf und ab fahren, schauend, vergleichend und hochvergnügt. Keine Stadt – Bombay, die Königin aller Städte, ausgenommen – bietet ein so strahlendes Bild wie Lucknow, ob man sie von der Brücke überm Fluß beschaut oder von der Höhe des Imambara, über die vergoldeten, regenschirmförmigen Dächer des Chutter Munzil hinweg und die Bäume, in denen die Stadt eingebettet liegt. Könige haben sie mit phantastischen Bauwerken geschmückt, mit Stiftungen ausgestattet, mit pensionierten Beamten vollgestopft und mit Blut getränkt. Lucknow ist das Zentrum von Luxus, Müßiggang und Ränken und teilt mit Delhi den Ruhm, das reinste Urdu zu sprechen.

1. Fuhrwerk.

»Eine schöne Stadt – eine wundervolle Stadt.« Der Kutscher als Einheimischer fühlte sich durch das Lob geschmeichelt und erzählte Kim die erstaunlichsten Dinge, wo ein englischer Führer nur von dem Aufstand geredet hätte.

»Nun wollen wir nach der Schule fahren«, sagte Kim endlich. Die große alte Schule St. Xavier in Partibus, ein Komplex von niedrigen, weißen Gebäuden, liegt, von weiten Anlagen umgeben, dem Gumtifluß gegenüber etwas entfernt von der Stadt.

»Was für Leute sind da drinnen?« frug Kim.

»Junge Sahibs – lauter Teufel. Aber, die Wahrheit zu sagen – und ich fahre viele von ihnen von und nach dem Bahnhof – ich habe noch nie einen gesehen, der so das Zeug zu einem perfekten Teufel gehabt hätte wie du – der junge Sahib, den ich jetzt fahre.«

Kim hatte – natürlicherweise, da ihm nie jemand beigebracht hatte, derartige Persönlichkeiten für unanständig zu halten – lebhafte Grüße getauscht mit ein oder zwei frivolen Dämchen, die aus den oberen Fenstern einer gewissen Straße schauten, und war ihnen dabei selbstverständlich kein Kompliment schuldig geblieben. Er war eben im Begriff, die letzte Frechheit des Kutschers gebührend zu würdigen, als sein Auge – es begann zu dunkeln – eine Gestalt gewahrte, die an einem der weißen getünchten Torpfeiler in der langen Mauerflucht saß.

»Halt!« rief Kim. »Halt hier. Ich will noch nicht gleich in die Schule.«

»Aber wer bezahlt mir dieses Hin und Her?« begehrte der Kutscher auf. »Ist der Junge toll? Erst war's ein Tanzmädchen, jetzt ist's ein Priester.«

Kim stürzte sich Hals über Kopf auf die Straße und streichelte die staubigen Füße unter dem schmutzigen gelben Gewand.

»Ich habe hier einen Tag und einen halben gewartet«, begann die gleichmäßige Stimme des Lamas. »Nein – ich hatte einen Schüler bei mir. Er, der mein Freund ist im Tempel der Tirthanker, gab mir einen Führer für diese Reise. Ich kam mit dem Zuge von Benares, als dein Brief mir gegeben wurde. Ja, ich habe gut zu essen. Mir fehlt nichts.«

»Aber warum bliebst du nicht bei der Kulufrau, o Heiliger? Wie kamst du nach Benares? Mein Herz war schwer, seit wir uns trennten.«

»Die Frau ermüdete mich durch immerwährenden Strom der Rede und durch Verlangen nach Zaubermitteln für Kindersegen. Ich trennte mich von ihrer Gesellschaft und erlaubte ihr, durch Geschenke Verdienst zu erwerben. Sie ist wenigstens eine Frau mit offener Hand, und ich versprach ihr, in ihr Haus zurückzukehren, wenn es nötig würde. Dann, als ich mich allein sah in dieser großen und schrecklichen Welt, besann ich mich auf den Bahnzug nach Benares, wo ich einen wußte, der im Tirthankertempel wohnt und ein Sucher ist wie ich.«

»Ah! Dein Fluß«, sagte Kim. »Ich hatte den Fluß vergessen.«

»So bald, mein *Chela*? Ich habe ihn nie vergessen. Aber als ich dich verlassen hatte, schien es mir besser, zu dem Tempel zu gehen und Rat zu holen, denn siehst du, Indien ist sehr groß, und es könnte sein, daß weiße Männer vor uns, vielleicht zwei oder drei, einen Bericht hinterlassen haben über die Lage unseres Flusses. Es wird Zwiesprache gehalten darüber im Tempel der Tirthanker; der eine sagt dieses, der andere jenes. Sie sind höfliche Leute.«

»Das ist gut. Aber was tust du jetzt?«

»Ich erwerbe Verdienst, indem ich dir, mein *Chela*, zu Weisheit verhelfe. Der Priester jener Schar von Männern, die dem roten Stier dienen, schrieb mir, es würde alles für dich geschehen, wie ich es wünsche. Ich schickte das Geld, das für ein Jahr genügt, und kam dann, wie du siehst, um dich in die Pforte der Unterweisung eingehen zu sehen. Einen Tag und einen halben habe ich gewartet – nicht weil ich durch irgendwelche Zuneigung zu dir dazu bewogen wurde – das ist nicht Teil des Pfads – sondern weil sie im Tirthankertempel sagten, da das Geld für die Unterweisung bezahlt sei, gezieme es sich, daß ich den Ausgang dieser Angelegenheit überwachte. Sie zerstreuten meine Zweifel vollkommen. Ich hatte eine Befürchtung, daß ich vielleicht käme, weil ich dich zu sehen wünschte – irregeführt durch den roten Nebel der Zuneigung. Es ist nicht so – – – Überdies, ich bin beunruhigt durch einen Traum.«

»Aber, Heiliger, du hast doch sicherlich die Große Straße

nicht vergessen und alles, was auf ihr geschah? Sicherlich war es ein kleines bißchen, um mich zu sehen, daß du gekommen bist?«

»Die Pferde werden kalt, und ihre Futterzeit ist vorbei«, jammerte der Kutscher.

»Geh zu Jehannum und bleib da mitsamt deiner verrufenen Tante!« schnarrte Kim über die Schulter weg. »Ich bin ganz allein in diesem Land; ich weiß nicht, wohin ich komme und wie es mir gehen wird. Mein Herz war in dem Brief, den ich dir schickte. Außer Mahbub Ali, und er ist ein Pathan, habe ich keinen Freund außer dir, Heiliger. Geh nicht ganz fort von mir.«

»Ich habe das auch bedacht«, erwiderte der Lama mit schwankender Stimme. »Es ist offenbar, daß ich von Zeit zu Zeit Verdienst erwerben werde, indem ich – falls ich zuvor nicht meinen Fluß gefunden habe – mich überzeuge, daß deine Füße auf den Pfad der Weisheit gesetzt sind. Was sie dich lehren werden, weiß ich nicht; aber der Priester schrieb mir, daß keines Sahibs Sohn in ganz Indien besser unterrichtet werden soll als du. Von Zeit zu Zeit also werde ich wiederkommen. Kann sein, du wirst so ein Sahib wie der, der mir diese Brille gab« – der Lama wischte sie umständlich ab – »in dem Wunderhaus zu Lahore. Dies ist meine Hoffnung, denn er war ein Brunnen der Weisheit – weiser als mancher Abt – ... Und wiederum kann sein, du vergißt mich und unsere Begegnung!«

»Wenn ich dein Brot esse«, rief Kim leidenschaftlich, »wie sollte ich dich jemals vergessen?«

»Nein – nein.« Der Lama schob den Knaben von sich. »Ich muß nach Benares zurückgehen. Von Zeit zu Zeit, da ich nun die Gebräuche der Briefschreiber in diesem Lande kenne, werde ich dir einen Brief schicken, und von Zeit zu Zeit werde ich kommen, um dich zu sehen.«

»Aber wohin soll ich meine Briefe schicken?« klagte Kim und klammerte sich an das gelbe Gewand, ganz vergessend, daß er ein Sahib war.

»Nach dem Tempel der Tirthanker zu Benares. Das ist der Ort, den ich gewählt habe, bis ich meinen Strom finde. Weine nicht, denn siehst du, alles Begehren ist Wahn und neue Fessel an das Rad. Gehe ein in die Pforten der Unterweisung!

Laß mich dich gehen sehen ... Hast du mich lieb? Dann geh, oder mein Herz bricht ... Ich werde wiederkommen. Sicherlich werde ich wiederkommen.«

Der Lama sah das *Ticca-garri* in das Tor der Anstalt rumpeln und wallte davon, bei jedem langen Schritte schnupfend.

Die »Pforten der Unterweisung« schlossen sich schallend.

Der im Lande geborene und aufgezogene Knabe hat seine besonderen Sitten und Gewohnheiten, die denen keines anderen Landes gleichen; und seine Lehrer versuchen ihm auf Wegen beizukommen, die einem englischen Lehrer unverständlich wären. Der Leser würde deshalb schwerlich Interesse finden an Kims Erlebnissen als St. Xavierschüler unter dreihundert frühreifen Jünglingen, von denen die meisten noch nie das Meer gesehen hatten. Er verfiel den üblichen Strafen für Überschreitung der Anstaltsgrenzen, wenn Cholera in der Stadt war und er nach dem Bazar rannte, um einen Briefschreiber aufzutreiben, solange er noch nicht selbst englisch schreiben konnte. Er wurde natürlich des öfteren wegen Rauchens angezeigt und wegen Anwendung so saftiger Kraftausdrücke, wie man sie selbst in St. Xavier nicht gewohnt war. Er lernte sich waschen mit der scheinheiligen Gewissenhaftigkeit des Eingeborenen, der in seinem Herzen den Engländer eigentlich für schmutzig hält. Er trieb den üblichen Schabernack mit den geduldigen Kulis, die die *Punkahs*[1] in den Schlafräumen ziehen mußten, wo die Knaben in den heißen Nächten sich herumwarfen und bis zur Morgendämmerung Geschichten erzählten; und in aller Stille maß er sich mit seinen selbstbewußten Kameraden.

Dies waren Söhne von Unterbeamten beim Eisenbahn-, Telegraphen- und Kanaldienst, von Offizieren teils außer Dienst, teils funktionierend als Oberbefehlshaber der Armee eines lehnspflichtigen Radschas; von pensionierten Regierungsbeamten, Pflanzern, Missionaren und Kaufleuten der Residenz. Einige waren jüngere Söhne aus den alten eurasischen Familien, die sich in Dhurrumtollah festgewurzelt haben – den Pereiras, de Souzas und de Silvas. Ihre Eltern hätten sie ebensogut in England erziehen lassen können, aber sie liebten die Schule, in der sie ihre eigene Jugend verlebt

1. Fächer.

hatten, und so folgte in St. Xavier eine gelbbleiche Generation der andern. Ihre Heimatbezirke erstreckten sich vom eisenbahnbelebten Howrah bis zu verlassenen Provinzen, wie Monghyr und Chunnar, einsamen Teeplantagen nach Shillong zu, Dörfern in Oudh oder im Dekkan, wo ihre Väter große Grundbesitzer waren, Missionsstationen, sieben Tage weit von der nächsten Bahnlinie entfernt, Seehäfen, tausend Meilen südwärts an metallischer Brandung des Indischen Ozeans, oder noch südlicheren Cinchonaplantagen. Die bloße Erzählung all ihrer Abenteuer auf ihren Reisen von und nach der Schule, die für sie gar keine besonderen Abenteuer waren, hätten einem europäischen Knaben die Haare zu Berge steigen lassen. Sie waren es gewohnt, allein hundert Meilen weit durch Dschungeln zu ziehen, immer mit der lieblichen Möglichkeit, von Tigern aufgehalten zu werden; aber sie würden ebensowenig im Monat August im englischen Kanal gebadet haben, wie ihre europäischen Brüder stillgelegen hätten, wenn ein Leopard ihren *Palankin*[1] umschnüffelt hätte. Da waren Knaben von fünfzehn Jahren, die anderthalb Tage auf einem Inselchen inmitten eines angeschwollenen Stromes zugebracht und wie von Rechts wegen die Leitung über eine dort lagernde, entsetzte Pilgerschar, auf der Rückkehr von irgendeinem Heiligengrabe begriffen, übernommen hatten; da waren Ältere, die, als Regengüsse den Fahrweg zur Besitzung ihres Vaters zerstört hatten, einen just daherkommenden Elefanten eines Radschas im Namen von St. Francis Xavier requiriert und das ungeheure Tier um ein Haar in einer Wanderdüne verloren hatten. Da war ein Knabe, der – wie er erzählte und wie niemand bezweifelte – seinem Vater geholfen hatte, einen Angriff von Akas von der Veranda aus mit Flinten abzuschlagen, in den Tagen, als diese Kopfjäger sich noch an einsame Pflanzungen herantrauten.

Und jede Geschichte wurde mit der gleichmäßigen, leidenschaftslosen Stimme des Eingeborenen erzählt, untermischt mit wunderlichen, halb unbewußt von eingeborenen Pflegemüttern entliehenen Betrachtungen und mit Redewendungen, denen man es anmerkte, daß sie aus dem Stegreif vom Dialekt her übertragen waren. Kim schaute, lauschte und zollte Beifall. Das war kein fades, eintöniges Geschwätz von

1. Reisewagen.

Trommlerjungen. Das handelte von dem Leben, das er kannte und halb und halb begriff. Diese Atmosphäre sagte ihm zu. Er wuchs zusehends zollweise. Man gab ihm einen weißen Drillichanzug, als es warm wurde, und das neuentdeckte körperliche Behagen beglückte ihn ebenso wie die Lust, seinen geschärften Geist an den ihm gestellten Aufgaben zu erproben. Seine schnelle Auffassung würde einen europäischen Lehrer in England entzückt haben, in St. Xavier aber kannte man diese erste stürmische Entwicklung des Geistes unter der Einwirkung von Sonne und Umgebung ebenso wie das plötzliche halbe Versagen, das im Alter von zwei- oder dreiundzwanzig Jahren einsetzt.

Dennoch war er immer darauf bedacht, sich bescheiden zurückzuhalten.

Wenn in heißen Nächten Geschichten erzählt wurden, hütete er sich wohl, seine Reminiszenzen aufzutischen, denn in St. Xavier sieht man auf einen Knaben herab, der sich viel mit Eingeborenen abgibt. Man darf nicht vergessen, daß man ein Sahib ist und eines Tages, wenn das Examen bestanden ist, über Eingeborene befehlen wird. Kim nahm sich das *ad notam*; denn er begann zu begreifen, wohin ein gutes Examen führt.

Dann kamen die Ferien von August bis Oktober – die langen Hitze- und Regenferien. Man sagte Kim, er würde nach Norden geschickt werden, auf eine Station in den Bergen jenseits Umballa, wo Vater Victor ihn unterbringen würde.

»Eine Kasernenschule?« erkundigte sich Kim, der viel fragte und noch viel mehr dachte.

»Ja, ich glaube«, antwortete der Lehrer. »Es wird dir nicht schaden, wenn du vor dummen Streichen bewahrt bleibst. Du kannst mit dem jungen de Castro bis Delhi fahren.«

Kim betrachtete den Fall in allen Beleuchtungen. Er war fleißig gewesen, wie der Oberst ihm geraten hatte. Die Ferien eines Schülers waren sein eigenstes Eigentum – soviel hatte er aus den Reden seiner Kameraden gelernt – und nach St. Xavier eine Kasernenschule – das war unerträglich. Überdies – und das war ein unschätzbares Zaubermittel – er konnte jetzt schreiben! In drei Monaten hatte er gelernt, wie zwei Menschen ohne einen Dritten im Bunde miteinander reden können, mittels eines halben Anna und einem bißchen Wissen. Kein Wort war von dem Lama gekommen; aber dafür war ja die Landstraße da. Kim sehnte sich nach der Liebkosung weichen Schmutzes, der zwischen den Zehen quillt, und der Mund wässerte ihm nach Hammelfleisch, mit Butter und Kohl gedämpft, nach Reis, mit scharfriechendem Kardamom gemischt, safranfarbigem Reis mit Zwiebeln und Knoblauch und nach den verbotenen fettigen Süßigkeiten der Bazare. In der Kasernenschule würde man ihm rohes Fleisch auf flachen Schüsseln geben, und rauchen dürfte er nur heimlich. Aber wiederum – er war ein Sahib und in St. Xavier – und das Schwein Mahbub Ali ... nein, er wollte Mahbub Alis Gastfreundschaft nicht auf die Probe stellen – und doch ... Im Schlafsaal dachte er seine Gedanken zu Ende und kam zu dem Schluß, daß er Mahbub unrecht getan habe.

Die Schule war leer, fast alle Lehrer schon fort; Oberst Creightons Freibillett für die Eisenbahn hielt Kim in der Hand und fühlte sich ganz geschwollen, daß er Creightons oder Mahbubs Geld nicht auf ein Lustleben vergeudet hatte. Noch war er Herr über zwei Rupien und sieben Annas. Sein neuer Büffellederkoffer, »K.O'H.« gezeichnet, und sein zusammengerolltes Bettzeug lagen in dem leeren Schlafsaal. »Sahibs schleppen sich immer mit ihrem Gepäck herum«, sprach Kim, dem seinigen zunickend: »Ihr bleibt hier.« Er trat hinaus in den warmen Regen, lächelte sündhaft und suchte ein gewisses Haus auf, dessen Äußeres er sich vor längerer Zeit eingeprägt hatte ...

»*Arré!* Weißt du nicht, welche Art Mädchen wir sind in diesem Viertel? O Schande!«

»Bin ich gestern geboren?« Kim hockte sich nach einheimischer Sitte auf die Kissen des Gemachs. »Ein bißchen Farbstoff und drei Meter Stoff, um bei einem Spaß zu helfen, ist das viel verlangt?«

»Wer ist *sie*? Reichlich jung für einen Sahib bist du zu solchem Teufelsstreich.«

»Oh, sie? Sie ist die Tochter eines gewissen Schulmeisters bei einem Regiment, das hier liegt. Er hat mich zweimal geprügelt, weil ich in diesen Kleidern über ihre Mauer stieg. Ich möchte es nun als Gärtnerbursche versuchen. Alte Männer sind sehr eifersüchtig.«

»Das ist wahr. Halte dein Gesicht still, während ich den Saft auftupfe.«

»Nicht zu schwarz, *Naikan.* Ich möchte ihr nicht wie ein *Hubshi*[1] erscheinen.«

»Oh, Liebe ist blind. Und wie alt ist sie?«

»Zwölf Jahre, glaube ich«, sagte der schamlose Kim. »Schmier auch etwas auf die Brust. Könnte sein, daß der Vater mir die Kleider herunterreißt, und wenn ich scheckig bin –« Er lachte.

Das Mädchen arbeitete eifrig, einen zusammengewickelten Tuchlappen in eine kleine Schale mit brauner Farbe tunkend, die länger hält als Walnußsaft.

»Jetzt besorg mir ein Tuch zum Turban. Weh über mich, mein Kopf ist ungeschoren! Und er wird mir sicher den Turban abreißen.«

»Ich bin kein Barbier, aber ich will dir helfen. Du bist ein geborener Herzensbrecher. Und diese ganze Verkleidung für einen Abend? Du weißt doch, der Saft läßt sich nicht wieder abwaschen!« Sie schüttelte sich vor Lachen, daß ihre Arm- und Fußspangen klirrten. »Aber wer bezahlt mich dafür? Huneefa selbst hätte dir keinen besseren Saft geben können.«

»Vertrau auf die Götter, meine Schwester«, sagte Kim ernsthaft, das Gesicht verziehend, als die Farbe anfing zu trocknen. »Außerdem, hast du jemals einen Sahib so anmalen helfen?«

»Nein, niemals. Aber ein Spaß ist kein Geld.«

»Aber viel mehr wert.«

»Kind, du bist ohne allen Zweifel der schamloseste Sohn Shaitans[2], der mir je vorgekommen, einem armen Mädchen so die Zeit zu rauben und dann einfach zu sagen: ›Ist der Spaß nicht genug?‹ Du wirst es weit bringen in der Welt.« Sie machte spöttisch die Verbeugung der Tanzmädchen vor ihm.

»Einerlei. Beeile dich und schneide mein Haar!«

Kim hüpfte von einem Fuß auf den andern, die Augen blitzend vor Lust, im Gedanken an die fetten Tage, die vor ihm lagen. Er gab dem Mädchen vier Annas und rannte die Treppe hinab, jeder Zoll ein Hinduknabe niederer Kaste. Einer Kochbude galt sein erster Besuch, wo er sich gütlich tat in Üppigkeit und fetter Schlemmerei.

1. Neger. – 2. Satans.

Auf dem Bahnhof beachtete er den jungen de Castro, wie er, ganz mit Hitzepickeln bedeckt, in einen Wagen zweiter Klasse stieg. Kim bevorzugte die dritte und war sogleich die Seele der Gesellschaft. Er erklärte, daß er der Gehilfe eines Gauklers sei, der ihn fieberkrank zurückgelassen hätte, und daß er seinen Meister jetzt in Umballa treffen wollte. Wechselten die Reisenden, so änderte er sein Thema oder schmückte es aus mit allen Blüten jugendlicher Phantasie, die um so üppiger wucherten, als er so lange nicht die Landessprache hatte reden dürfen. In ganz Indien gab es in dieser Nacht kein vergnügteres Menschenkind als Kim. In Umballa stieg er aus und steuerte ostwärts, über durchweichte Felder patschend, dem Dorfe zu, wo der alte Soldat lebte.

Um dieselbe Zeit ungefähr wurde Oberst Creighton in Simla aus Lucknow telegraphisch benachrichtigt, daß der junge O'Hara verschwunden sei. Mahbub Ali war in der Stadt, um Pferde zu verkaufen; ihm erzählte der Oberst die Geschichte, als er eines Morgens in der Annandale-Reitbahn ritt.

»Oh, das hat nichts zu bedeuten«, meinte der Roßkamm. »Menschen sind wie Pferde. Zu gewissen Zeiten müssen sie Salz haben, und wenn keines in der Krippe ist, lecken sie es von der Erde auf. Er ist wieder ein bißchen Landstreicher geworden. Die *Madrissah* langweilte ihn. Ich sah das kommen. Das nächste Mal will ich ihn selbst mit auf die Landstraße nehmen. Beunruhigt Euch nicht, Creighton Sahib. Es ist, wie wenn ein Polopony sich losreißt und fortrennt, um das Spiel allein zu lernen.«

»Du meinst also nicht, daß er tot ist?«

»Fieber könnte ihn töten. Sonst fürchte ich nichts für den Jungen. Ein Affe fällt nicht von den Bäumen.«

An derselben Stelle, am nächsten Morgen, trieb Mahbub seinen Hengst an des Obersten Seite.

»Es ist, wie ich dachte«, sagte er. »Durch Umballa ist er wenigstens gekommen, und da er im Bazar erfuhr, daß ich hier bin, hat er mir einen Brief geschrieben.«

»Lies!« sagte der Oberst mit einem Seufzer der Erleichterung. Es war lächerlich, daß ein Mann von seiner Stellung Anteil nahm an einem kleinen landgebürtigen Vagabunden. Aber er hatte die Unterredung im Eisenbahnwagen nicht vergessen und sich während der letzten Monate oft dabei ertappt, daß er an den sonderbaren, schweigsamen, selbstbeherrschten Knaben dachte. Seine Flucht war natürlich der Gipfel der Unverschämtheit, aber sie bewies Mut und Findigkeit.

Mahbubs Augen zwinkerten, als er in die Mitte des eingehegten kleinen Platzes lenkte, wo niemand ungesehen nahekommen konnte.

»›*Der Freund aller Sterne, der der Freund ist aller Welt – –*‹«

»Was soll das heißen?«

»Ein Name, den wir ihm in Lahore gaben. – ›*Der Freund aller Welt nimmt Urlaub, um seine eigenen Wege zu gehen. Er wird an dem bestimmten Tag zurückkehren. Laß den Koffer und das Bettzeug holen, und wenn Anlaß zu Tadel ist, lasse die Hand der Freundschaft die Geißel des Unheils abwenden.*‹ Es steht noch etwas mehr da, aber –«

»Nur zu, lies!«

»›*Gewisse Dinge sind unbekannt denen, die mit Gabeln essen. Es ist besser, für eine Weile mit beiden Händen zu essen. Sprich sanfte Worte zu denen, die dies nicht verstehen, damit die Rückkunft günstig sei.*‹ Nun, die Art, wie das ausgedrückt ist, ist natürlich das Werk des Briefschreibers, aber seht, wie klug der Junge den Inhalt diktiert hat, so daß keiner, der nicht Bescheid weiß, etwas verstehen kann.«

»Ist das die Hand der Freundschaft, die die Geißel des Unheils abwenden soll?« lachte der Oberst.

»Seht, wie gescheit der Junge ist! Er will wieder einmal auf die Landstraße, wie ich sagte. Da er Eure Absichten nicht kennt –«

»Ich bin dessen nicht ganz sicher«, murmelte der Oberst.

»– so kommt er zu mir, daß ich Frieden zwischen euch stifte. Ist er nicht klug? Er sagt, er wird wiederkommen. Er vervollständigt nur sein Wissen. Denkt, Sahib, er war drei Monate in der Schule und er ist noch nicht mäulig für dies Gebiß. Ich für mein Teil freue mich darüber: das Pony lernt das Spiel.«

»Ja, aber ein anderes Mal darf er nicht allein gehen.«

»Warum nicht? Er ging allein, bevor er unter Oberst Creightons Protektion kam. Wenn er in das große Spiel eintritt, muß er allein gehen – allein und auf Gefahr, seinen Kopf zu verlieren. Wenn er dann anders spuckt oder niest oder niedersitzt als das Volk, das er beobachten soll, kann er totgeschlagen werden. Weshalb ihn jetzt zurückhalten? Denkt, was die Perser sagen: Der Schakal, der in den Wildnissen von Mazanderan lebt, kann nur von den Hunden aus Mazanderan gepackt werden.«

»Wahr. Das ist wahr, Mahbub Ali. Und wenn er nicht zu Schaden kommt, wünsche ich mir nichts Besseres. Aber es ist eine große Unverschämtheit von ihm aus.«

»Er sagt mir nicht einmal, wohin er geht. Er ist kein Narr. Wenn seine Zeit um ist, wird er zu mir kommen. Er reift schneller, als Sahibs rechnen.«

Diese Prophezeiung erfüllte sich einen Monat später buchstäblich. Mahbub war in Umballa, um einen frischen Pferdetransport abzuholen, und ritt in der Dämmerung allein auf der Kalkastraße, als Kim ihn traf, um ein Almosen bettelte, eine Verwünschung erhielt und auf englisch antwortete. Mahbub schnappte vor Erstaunen. Es war niemand in Hörweite.

»Oho! Und wo bist du gewesen?«

»Auf und ab – ab und auf.«

»Komm unter den Baum da, aus der Nässe heraus, und erzähle!«

»Ich war eine Zeitlang bei einem alten Mann, nahe Umballa; dann im Hause einer Bekanntschaft in Umballa. Mit einem von ihnen ging ich nach Süden bis Delhi. Das ist eine Wunderstadt. Dann trieb ich einen Ochsenwagen für einen *Teli*[1] nach Norden, hörte aber von einem großen Fest in Puttiala und ging dorthin in Gesellschaft eines Feuerwerkers. Es war ein großes Fest.« (Kim rieb sich den Magen.) »Ich sah Radschas und Elefanten mit Gold- und Silbergeschirr, und sie brannten alles Feuerwerk auf einmal ab; dabei wurden elf Menschen getötet, mein Feuerwerker darunter, und ich wurde durch ein Zelt geblasen, tat mir aber nichts. Dann kam ich auf die *Rel*[2] zurück mit einem Reiter, einem Sikh, dem ich als Groom diente für mein Brot, und so hierher.«

»Shabash!« rief Mahbub Ali.

»Und was sagt der Oberst Sahib? Ich möchte nicht geprügelt werden.«

1. Ölhändler. – 2. Landstraße.

»Die Hand der Freundschaft hat die Geißel des Unheils abgewendet. Ein andermal aber, wenn du auf die Landstraße gehst, muß es mit mir sein. Dies ist noch zu früh.«

»Spät genug für mich. Ich habe ein wenig Englisch lesen und schreiben gelernt in der *Madrissah*. Ich werde bald ganz und gar ein Sahib sein.«

»Hört ihn!« lachte Mahbub, auf die kleine durchnäßte Gestalt herabschauend, die da vor ihm im Schlamm herumtanzte. »*Salaam* – Sahib«, und er verbeugte sich ironisch. »Nun – hast du genug von der Landstraße, oder willst du mit mir nach Umballa kommen und mit den Pferden zurückkommen?«

»Ich komm' mit dir, Mahbub Ali.«

Achtes Kapitel

Ich danke dem Boden, der mich gebar,
Und dem Leben, das mich genährt –
Doch am meisten Allah, der meinem Kopf
Zwei verschiedene Seiten beschert.

Lieber verlöre ich Hemd und Schuh
Und Freunde und Tabak und Topf,
Als nur für einen Augenblick
Eine Seite von meinem Kopf.

»Dann nimm in Gottes Namen blau statt rot«, sagte Mahbub, auf die verachtete Hindufarbe von Kims Turban anspielend.

Kim entgegnete mit dem alten Sprichwort: »Ich will meinen Glauben und mein Bett wechseln, aber du mußt dafür bezahlen.«

Der Händler lachte, bis er fast vom Pferde fiel. In einem Vorstadtladen ward der Wechsel vollzogen, und Kim trat als Mohammedaner, äußerlich wenigstens, wieder heraus.

Mahbub mietete ein Zimmer der Bahnstation gegenüber, ließ ein gekochtes Mahl feinster Sorte nebst mandelgefülltem Zuckerwerk holen (*Balushai* nennen wir es), dazu feingeschnittenen Lucknowtabak.

»Das ist besser als das Essen mit dem Sikh«, grinste Kim im Niederhocken, »und sicherlich gibt es in meiner *Madrissah* nicht so gute Dinge.«

»Ich möchte mehr von dieser *Madrissah* hören.« Mahbub stopfte sich voll mit dicken Kugeln von gewürztem, in Fett gebratenem Hammelfleisch mit Kohl und goldbraunen Zwiebeln. »Aber vor allem erzähle mir ausführlich und wahrheitsgetreu die Geschichte deiner Flucht. Denn, o Freund aller Welt«, – er lockerte seinen krachenden Gürtel, »ich glaube nicht, daß es oft passiert, daß ein Sahib und eines Sahibs Sohn von dort fortläuft.«

»Wie sollten sie auch? Sie kennen das Land nicht. Es war ganz leicht.« Und Kim begann seine Erzählung. Als er an die Verkleidung und die Unterredung mit dem Bazarmädchen kam, gab Mahbub seine ernste Miene auf; er lachte laut und schlug sich mit der Hand auf den Schenkel.

»*Shabash, Shabash!* Oh, gut gemacht, Kleiner! Was wird der Türkisendoktor dazu sagen? Nun langsam, laß hören, was weiter geschah. – Schritt vor Schritt, übergehe nichts!«

Schritt vor Schritt also erzählte Kim seine Abenteuer, von Husten unterbrochen, wenn ihm der vollkräftige Tabak in die Lungen schlug.

»Ich sagte es«, brummte Mahbub für sich, »ich sagte es, das Pony bricht aus, um Polo zu spielen. Die Frucht ist schon reif – fehlt nur noch, daß er Distanz und Paßgang und Meßrute und Kompaß lernt. Hör jetzt! Ich habe die Peitsche des Obersten von deiner Haut ferngehalten, und das ist kein geringer Dienst.«

»Wahr.« Kim paffte seelenruhig. »Das ist sehr wahr.«

»Aber es ist nicht gesagt, daß dieses Aus- und Einrennen irgendwie vernünftig wäre.«

»Es waren meine Ferien, Hadschi. Viele Wochen lang war ich ein Sklave. Warum sollte ich nicht fortlaufen, als die Schule geschlossen wurde? Und schau, indem ich bei Freunden lebte oder mein Brot verdiente, wie bei dem Sikh, habe ich auch dem Oberst Sahib eine große Ausgabe erspart.«

Mahbubs Lippen zuckten unter dem wohlgepflegten mohammedanischen Schnurrbart.

»Was sind ein paar Rupien« – der Pathan streckte lässig die offene Hand aus – »für den Oberst Sahib? Er gibt sie für einen Zweck aus, keineswegs aus Liebe zu dir.«

»Das«, sagte Kim langsam, »wußte ich schon sehr lange.«

»Wer sagte es dir?«

»Der Oberst Sahib selbst. Nicht in so vielen Worten, aber deutlich genug für einen, der nicht ganz und gar ein Strohkopf ist. Ja, er sagte es in dem Zug, als wir nach Lucknow fuhren.«

»Gut. Dann will ich dir mehr sagen, Freund aller Welt, obwohl ich dadurch meinen Kopf in deine Hände gebe.«

»Der war mir schon verfallen«, sprach Kim mit großem Behagen, »damals in Umballa, wo du mich auf dein Pferd nahmst, als der Tambourjunge mich schlug.«

»Sprich ein wenig deutlicher! Alle Welt mag einander belügen, aber wir uns nicht. Denn ebenso ist dein Leben mir verfallen, wenn ich nur meinen Finger hier aufhebe.«

»Und dies weiß ich ebenfalls«, sagte Kim, eine neue

glühende Holzkohle auf den Tabak legend. »Es ist ein festes Band zwischen uns. In Wahrheit ist dein Halt fester als meiner, denn wer würde nach einem Knaben fragen, der totgeschlagen oder in einen Brunnen am Wegrand geworfen würde? Hingegen würden viele hier und in Simla und jenseits der Pässe hinter den Hügeln fragen: ›Was ist Mahbub Ali zugestoßen?‹, wenn er tot zwischen seinen Pferden gefunden würde. Sicher würde auch der Oberst Sahib Nachforschungen anstellen. Aber wiederum« – Kims Gesicht spitzte sich vor Verschlagenheit –, »allzu lange würde er nicht nachforschen, denn man könnte fragen: Was hat dieser Oberst Sahib mit diesem Pferdehändler zu tun? Aber ich – wenn ich am Leben bliebe –«

»Du würdest sicher sterben –«

»Mag sein; aber ich sage, wenn ich lebte, so wüßte ich und ich allein, daß in der Nacht einer, vielleicht als gewöhnlicher Dieb, in Mahbub Alis Verschlag im Serail eindrang und ihn da totschlug, bevor oder nachdem selbiger Dieb seine Satteltaschen und sogar die Sohlen seiner Schuhe gründlich durchgesucht. Wäre das etwas, um es dem Oberst zu erzählen, oder würde er sagen – (ich habe nicht vergessen, wie er mich nach einer Zigarrentasche zurückschickte, die er nicht vergessen hatte) –: ›Was geht mich Mahbub Ali an‹?«

Auf stieg eine Wolke dicken Rauchs. Eine lange Pause trat ein; dann sprach Ali voll Bewunderung: »Und mit solchen Gedanken im Kopf legst du dich nieder und stehst auf zwischen all den kleinen Sahibssöhnen in der *Madrissah* und hörst sänftiglich die Unterweisungen deiner Lehrer an?«

»Es ist Befehl«, sagte Kim ruhig. »Wer bin ich, daß ich über einen Befehl rechten dürfte?«

»Ein höchst vollendeter Sohn des Eblis[1]«, sagte Mahbub Ali. »Aber was ist's mit der Geschichte von dem Dieb und der Untersuchung?«

»Das, was ich sah in der Nacht, als ich mit meinem Lama bei deinem Platz im Kaschmir-Serail lag. Die Tür war nicht verschlossen, was, glaube ich, nicht deine Gewohnheit ist, Mahbub. Er trat ein wie jemand, der wußte, daß du nicht bald zurückkämest. Mein Auge war an einem Astloch in der Planke. Er suchte nach etwas – nicht nach einer Pferdedecke

1. Engel der Finsternis.

oder Steigbügeln, nicht nach einem Zaum oder einem Messingtopf – er suchte etwas Kleines und höchst sorgfältig Verborgenes. Weshalb hätte er sonst mit seinem Stahl zwischen die Sohlen deiner Schuhe gestochen?«

»Hah!« Mahbub Ali lächelte sanft. »Und als du dies sahst, welche Geschichte reimtest du dir daraus zusammen, Brunnen der Wahrheit?«

»Keine. Ich legte die Hand auf mein Amulett, das immer auf meiner Haut liegt, und des Stammbaums eines weißen Hengstes gedenkend, den ich aus einem Stück Muselmannsbrot herausgebissen hatte, ging ich fort nach Umballa, gewahr, daß ein schweres Pfand mir anvertraut sei. In dieser Stunde, hätte es mir beliebt, wäre dein Kopf verfallen gewesen. Ich brauchte nur dem Manne zu sagen: ›Hier habe ich ein Papier, das ich nicht lesen kann, es betrifft ein Pferd.‹ Und dann?« Kim blickte unter den Augenbrauen hervor nach Mahbub.

»Dann würdest du noch zweimal – vielleicht noch dreimal Wasser getrunken haben danach. Ich denke, nicht mehr als dreimal«, sagte Mahbub einfach.

»Das ist wahr. Ich dachte ein wenig daran, aber am meisten dachte ich daran, daß ich dich lieb habe, Mahbub. Deshalb ging ich nach Umballa, wie du weißt, aber (und das weißt du nicht) ich lag im Gartengras verborgen, um zu sehen, was Oberst Creighton Sahib tun würde, nachdem er den Stammbaum des weißen Hengstes gelesen hätte.«

»Und was tat er?« Denn Kim hatte die Unterhaltung plötzlich abgebrochen.

»Gibst du Berichte aus Liebe, oder verkaufst du sie?«

»Ich verkaufe und – ich kaufe.« Mahbub nahm ein Vierannastück aus seinem Gürtel und hielt es hoch.

»Acht!« sagte Kim, mechanisch dem Schacherinstinkt des Ostens folgend.

Mahbub lachte und steckte die Münze wieder ein. »Der Handel auf diesem Markt ist zu bequem, Freund aller Welt. Erzähl mir aus Liebe. Unser Leben liegt eines in des andern Hand.«

»Sehr gut. Ich sah den Jang-i-Lat Sahib zu einem großen Essen ankommen. Ich sah ihn in Creighton Sahibs Arbeitszimmer. Ich sah die beiden den Stammbaum des weißen

Hengstes lesen. Ich hörte mit eigenen Ohren die Befehle geben zur Eröffnung eines großen Krieges.«

»Hah!« Mahbub nickte mit tiefaufglühenden Augen. »Das Spiel ist gut gespielt. Der Krieg ist nun beendet und das Unheil vor der Blüte abgeschnitten – dank mir – und dir. Was tatest du weiter?«

»Aus der Neuigkeit machte ich mir einen Angelhaken, um Nahrung und Ehre bei den Dorfleuten zu fischen, in einem Dorfe, dessen Priester meinen Lama mit Opium betäubte. Aber ich hatte den Geldbeutel des alten Mannes an mich genommen, und der Brahmane fand nichts. Am andern Morgen war er wütend. Ho! Ho! Und wieder benutzte ich die Neuigkeit, als ich dem weißen Regiment mit seinem Stier in die Hände fiel.« – »Das war Torheit«, brummte Mahbub. »Mit Neuigkeiten soll man nicht umherwerfen wie mit Kuhfladen, sondern sparsam mit umgehen – wie mit *Bhang*[1].«

»So denke ich jetzt auch, und überdies hat es mir nichts genützt. Aber das ist sehr lange her –«, er machte eine Bewegung, als wolle er mit schmaler brauner Hand das alles wegfegen, – »und seitdem und besonders in der Nacht unter dem *Punkah* in der *Madrissah* habe ich tief nachgedacht.«

»Ist es erlaubt zu fragen, wohin die Gedanken des Himmelsgeborenen geführt haben?« sprach Mahbub mit gewähltem Sarkasmus, seinen Scharlachbart glättend.

»Es ist erlaubt«, entgegnete Kim im gleichen Ton. »In Nucklao sagen sie, ein Sahib muß einem schwarzen Mann nie eingestehen, wenn er ein Versehen gemacht hat.«

Mahbubs Hand fuhr in sein Gewand, denn einen Pathan einen »schwarzen Mann« (*Kala admi*) nennen, ist eine tödliche Beleidigung. Er besann sich aber und lachte. »Rede, Sahib: dein schwarzer Mann hört.«

»Aber«, fuhr Kim fort, »ich bin kein Sahib und ich bekenne, ich machte einen Fehler, als ich dich, Mahbub Ali, verwünschte, an dem Tage zu Umballa, wo ich glaubte, von einem Pathan verraten zu sein. Ich war sinnlos, ich war eben erst gefangen, und ich wollte den niedrig geborenen Trommler umbringen. Heute sage ich, Hadschi, du hast wohlgetan, und ich sehe den Weg zu einem guten Dienst klar vor mir. Ich werde in der *Madrissah* bleiben, bis ich reif bin.«

1. Berauschendes Getränk.

»Gut gesprochen. Besonders sind Distanzen und Zahlen und der Gebrauch des Kompasses wichtig zu lernen für dieses Spiel. In den Bergen oben erwartet dich einer, um dich zu unterrichten.«

»Ich will alles lernen, unter einer Bedingung – daß meine Zeit ohne weiteres mir gehört, wenn die *Madrissah* geschlossen wird. Fordere dies für mich von dem Obersten.«

»Aber warum den Obersten nicht selber fragen in der Sahibsprache?«

»Der Oberst ist Diener der Regierung. Er wird mit einem einzigen Wort hierhin und dorthin geschickt und muß an seine eigene Beförderung denken. (Sieh, wieviel ich schon in Nucklao gelernt habe!) Außerdem, den Obersten kenne ich erst seit drei Monaten; einen gewissen Mahbub Ali aber seit sechs Jahren. So! Nach der *Madrissah* will ich gehen. In der *Madrissah* will ich ein Sahib sein. Aber wenn die *Madrissah* geschlossen wird, muß ich frei sein und unter mein Volk gehen. Sonst sterbe ich!«

»Und wer ist dein Volk, Freund aller Welt?«

»Dieses große und wundervolle Land«, sagte Kim und fuhr mit der Hand rundum in dem kleinen lehmwandigen Raum, wo die Öllampe in ihrer Nische mühsam durch den Tabaksqualm leuchtete. »Und dann möchte ich meinen Lama wiedersehen. Und dann brauche ich Geld.«

»Das braucht jeder«, sagte Mahbub kläglich. »Ich will dir acht Annas geben, denn viel Geld ist nicht aus Pferdehufen zu holen, und das muß für viele Tage genügen. Mit allem übrigen bin ich ganz einverstanden und es bedarf keiner weiteren Rede. Beeile dich zu lernen und in drei Jahren, vielleicht schon früher, wirst du eine Stütze sein – selbst für mich.«

»Bin ich bis jetzt so hinderlich gewesen?« sagte Kim mit einem Knabenkichern.

»Gib keine Antworten«, brummte Mahbub. »Du bist mein neuer Pferdejunge. Geh und leg dich bei meinen Leuten schlafen. Sie sind am nördlichen Ende der Station mit den Rossen.«

»Sie werden mich bis ans südliche Ende hinunterprügeln, wenn ich ohne Vollmacht komme.«

Mahbub faßte in den Gürtel, rieb den angefeuchteten Daumen an einem Stück angefeuchteter chinesischer Tinte und preßte den Abdruck auf ein Blatt weichen indischen Papiers. Von Balkh bis Bombay kennt alle Welt diesen groblinigen Stempel mit der alten, diagonal verlaufenden Narbe darüber.

»Das genügt für meinen Obmann. Ich komme gegen Morgen.«

»Auf welchem Wege?«

»Auf dem Wege von der Stadt her. Es gibt nur den einen. Und dann kehren wir zu Creighton Sahib zurück. Ich habe dir eine Tracht Prügel erspart.«

»Allah! Was ist eine Tracht Prügel, wenn der Kopf lose auf den Schultern sitzt?«

Kim glitt leise in die Nacht hinaus, ging halb um das Haus herum, immer dicht an der Mauer, und marschierte wohl eine Meile weg von der Station; machte dann einen weiten Bogen und schlenderte gemächlich zurück: denn er brauchte Zeit, ein Märchen zu erfinden, für den Fall, daß Mahbubs Leute ihn ausfragen würden.

Sie lagerten auf einem unbenutzten Platz neben der Eisenbahn und hatten, als echte Eingeborene, natürlich Mahbubs Tiere nicht aus den beiden Viehwagen ausgeladen, wo sie unter einer Sendung anderer, von der Bombay-Trambahn-Gesellschaft angekaufter einheimischer Pferde standen. Der Obmann, ein ausgemergelter, schwindsüchtig aussehender Muselmann, fuhr Kim sofort grob an, beruhigte sich aber beim Anblick von Mahbubs Fingerabdruck.

»Der Hadschi hatte die Güte, mich in Dienst zu nehmen«, sagte Kim mürrisch. »Bezweifelst du es, so warte, bis er am Morgen selbst kommt. Und nun, einen Platz am Feuer.«

Es folgte das übliche ziellose Geschwätz, das jeder Eingeborene niederer Kaste bei jeder Gelegenheit anheben muß. Als es erstarb, lagerte Kim sich hinter dem Häuflein von Mahbubs Knechten, fast unter den Rädern eines Viehwagens, zugedeckt mit einer geliehenen Wolldecke. Eine Schlafstelle zwischen Ziegelschutt und Frachtabfall, zwischen zusammengedrängten Pferden und ungewaschenen Baltis, in einer feuchten Nacht, würde wenigen weißen Knaben behagt haben; aber Kim war glückselig. Wechsel von Szenerie, Beschäftigung und Umgebung war Lebenshauch für seine kleinen

Nüstern, und der Gedanke an die netten weißen Betten in St. Xavier, alle in Reih und Glied unter den *Punkahs,* bereitete ihm nicht minderen Genuß, als wenn es ihm gelungen wäre, das Einmaleins auf englisch herzusagen.

»Ich bin sehr alt«, dachte er halb im Schlaf. »Jeden Monat werde ich ein Jahr älter. Ich war sehr jung und ein Narr von Kopf bis zu Fuß, als ich Mahbubs Botschaft nach Umballa trug. Auch bei dem weißen Regiment war ich sehr jung und klein und nicht klug. Jetzt aber lerne ich jeden Tag mehr, und in drei Jahren wird der Oberst mich aus der *Madrissah* nehmen, mich mit Mahbub auf der Heerstraße nach Stammbäumen von Rossen jagen lassen, oder vielleicht darf ich allein gehen; oder, kann sein, ich finde den Lama und gehe mit ihm. Ja, das ist das beste. Wieder als *Chela* mit meinem Lama wandern, wenn er zurückkehrt nach Benares.« Die Gedanken kamen langsamer und unzusammenhängender. Er begann in ein wundervolles Traumland zu versinken. Da traf ein Flüstern sein Ohr, dünn und scharf über dem eintönigen Geschwätz ums Feuer. Es kam hinter dem eisenbeschlagenen Viehwagen hervor.

»Er ist also nicht hier?«

»Wo wird er anders sein, als in der Stadt herumschwärmen. Wer sucht nach einer Ratte im Froschteich? Komm weg. Er ist nicht unser Mann.«

»Er darf nicht ein zweites Mal über die Pässe zurück. Es ist Befehl.«

»Finde ein Weib, das ihm was eingibt. Das macht nur ein paar Rupien, und Zeugen gibt's keine.«

»Ausgenommen das Weib. Es muß sicherer gemacht werden. Und denke an den Preis auf seinen Kopf.«

»Jawohl, aber die Polizei hat einen langen Arm, und wir sind weit von der Grenze. Wenn es in Peshawur wäre!«

»Ja – in Peshawur«, höhnte die zweite Stimme. »Peshawur, voll von seinen Blutsverwandten – voll von Schlupfwinkeln und Weibern, hinter deren Röcken er sich verstecken kann. Ja, Peshawur oder Jehannum wären gleich gut für uns.«

»Was hast du dann also für einen Plan?«

»O Narr, habe ich dir's nicht hundertmal gesagt? Warte, bis er kommt, um sich hinzulegen, und dann ein sicherer

Schuß. Die Viehwagen sind zwischen uns und den Verfolgern. Wir brauchen nur über die Schienen zu springen und unserer Wege zu gehen. Sie werden nicht sehen, woher der Schuß kam. Warte hier wenigstens bis zur Dämmerung. Was für eine Art Fakir bist du, daß du Angst hast vor einem bißchen Aufpassen?«

»Oho!« dachte Kim hinter festgeschlossenen Augen. »Nochmal Mahbub! Wahrhaftig, der Stammbaum eines weißen Hengstes ist kein gutes Ding, um damit bei Sahibs hausieren zu gehen. Oder vielleicht hat Mahbub noch andere Neuigkeiten verkauft. Was ist zu tun, Kim? Ich weiß nicht, wo Mahbub steckt, und kommt er vor Tagesanbruch hierher, so schießen sie ihn nieder. Das wäre kein Vorteil für dich, Kim. Es ist auch keine Sache für die Polizei. Das wäre wieder kein Vorteil für Mahbub, und« – er kicherte fast laut – »ich entsinne mich keines Unterrichts in Nucklao, der mir helfen könnte. Allah! Hier ist Kim und dort sind die. Zuerst also, Kim muß aufwachen und fortgehen, ohne daß sie Argwohn schöpfen. Ein böser Traum weckt einen Menschen auf – so –« Er warf die Decke vom Gesicht und richtete sich plötzlich auf, mit dem fürchterlichen, gurgelnden, sinnlosen Geheul des Asiaten, den ein Alp drückt. »Urr-urr-urr-urr! Ya-la-la-la! *Narain!* Die *Churel!* Die *Churel!*«

Die *Churel* ist der besonders boshafte Geist einer Frau, die im Kindbett starb. Sie lauert an einsamen Wegen, ihre Füße sind rückwärts gekehrt, und sie zerrt Menschen auf die Folter.

Immer lauter wurde Kims quäkendes Heulen, bis er zuletzt aufsprang und schlaftrunken fortstolperte, indes die Lagernden ihn verwünschten für die Störung. Einige zwanzig Schritt entfernt legte er sich wieder hin, wohl darauf bedacht, daß die Flüsterer sein Stöhnen und Grunzen noch hören konnten, indes er sich langsam wieder beruhigte. Nach wenigen Minuten kugelte er auf die Straße und stahl sich hinaus in die dichte Dunkelheit.

Er trabte rasch vorwärts, bis er an einen Kanalabzug kam. Er duckte sich dahinter, das Kinn in gleicher Höhe mit dem Steinrand. Hier konnte er ungesehen den nächtlichen Verkehr beobachten.

Zwei oder drei Fuhrwerke rasselten vorüber nach den Vororten; ein hustender Polizist, ein paar eilige Fußgänger, die sangen, um böse Geister fernzuhalten. Dann der Trapp von beschlagenen Hufen eines Pferdes.

»Ah, das sieht eher nach Mahbub aus«, dachte Kim, als das Tier vor dem kleinen Kopf über dem Steinrand scheute.

»Ohe! Mahbub Ali«, flüsterte er, »sieh dich vor.«

Das Roß wurde rückwärts, fast auf die Keulen, gezügelt und auf den Steinrand zugetrieben.

»Nie wieder«, sagte Mahbub laut, »nehme ich ein beschlagenes Pferd für einen Nachtritt. Jeden Knochen und Nagel in der Stadt reißen sie sich in den Fuß.« Er bückte sich, um den Vorderfuß des Pferdes aufzuheben, und das brachte seinen Kopf auf Fußbreite an den Kims. »Nieder – bleib unten«, murmelte er. »Die Nacht ist voller Augen.«

»Zwei Männer warten auf dich hinter den Viehwagen. Sie wollen dich erschießen, wenn du dich niederlegst, denn es ist ein Preis auf deinen Kopf gesetzt. Ich hörte es, als ich neben den Pferden lag.«

»Sahst du sie? ... Steh still, Herr aller Teufel.« Dies wütend zu dem Pferde.

»Nein.«

»War einer vielleicht wie ein Fakir gekleidet?«

»Einer sagte zu dem andern: ›Was für eine Art Fakir bist du, daß du Angst hast vor ein bißchen Aufpassen.‹«

»Gut, geh zurück ins Lager und leg dich hin, heute nacht sterbe ich noch nicht.«

Mahbub wandte sein Pferd und verschwand. Kim schlich längs des Grabens zurück bis gegenüber seinem zweiten Ruheplatz, schlüpfte dann wie ein Wiesel über den Weg und rollte sich wieder in seine Decken zusammen.

»Wenigstens weiß Mahbub Bescheid«, dachte er. »Und sicherlich, er sprach, als ob er so etwas erwartet hätte. Ich glaube nicht, daß die beiden Männer viel profitieren werden von ihrer Nachtwache.«

Eine Stunde ging dahin, und beim besten Willen, die ganze Nacht wach zu bleiben, schlief er fest ein. Hin und wieder donnerte ein Zug auf den Metallsträngen, zwanzig Fuß von ihm, vorüber; aber er besaß die ganze Gleichgültigkeit des Orientalen gegen bloßes Geräusch, und es webte ihm nicht einmal einen Traum in seinen Schlummer ein.

Mahbub war alles andere als schläfrig. Es verdroß ihn mächtig, daß Leute, die weder zu seiner Sippe gehörten noch mit seinen gelegentlichen Liebesabenteuern etwas zu tun hatten, ihm nach dem Leben trachteten. Sein erster und natürlicher Impuls war, weiter unten das Geleise zu kreuzen, dann zurückzuschleichen, seine guten Freunde von hinten zu packen und summarisch totzuschlagen. Dann bedachte er mit Kummer, daß ein anderer Zweig der Regierung, gänzlich außer Verbindung mit Oberst Creighton, Erklärungen fordern könnte, die schwer zu geben wären; außerdem war ihm bekannt, daß man südlich der Grenze eine lächerliche Wichtigkeit aus einem gefundenen Leichnam machte. Seitdem er Kim mit der Botschaft nach Umballa geschickt hatte, war er nicht mehr belästigt worden, und er hatte geglaubt, daß jeder Verdacht endgültig beseitigt sei.

Da kam ihm eine brillante Idee.

»Die Engländer sagen ewig die Wahrheit, deshalb werden wir Kinder des Landes ewig zum Narren gehalten. Bei Allah, ich will Wahrheit sprechen zu einem Englischen. Was nützt die Regierungspolizei, wenn einem armen Kabuli die Pferde aus ihren eigenen Waggons gestohlen werden? Das ist so schlimm wie in Peshawur! Ich sollte Beschwerde führen bei der Station – besser noch bei einem jungen Sahib von der Eisenbahn! Die sind eifrig, und wenn sie Diebe fangen, wird es ihnen zur Ehre angerechnet.«

Er band sein Roß außen vor der Station fest und betrat den Bahnsteig.

»Hallo, Mahbub Ali«, rief ein junger Assistent von der Distriktsverkehrsinspektion, der wartete, um die Linie abzufahren – ein großer, flachshaariger, nerviger Bursch in schmutzig weißem Leinen. »Was macht Ihr hier? Klepper verkaufen – eh?«

»Nein, ich habe keine Sorge um meine Pferde. Ich komme, um Lutuf Ullah zu suchen. Ich habe eine Pferdeladung auf der Bahn. Könnte jemand sie ausladen ohne Wissen der Bahnverwaltung?«

»Sollte nicht meinen, Mahbub. Ihr könnt uns verantwortlich machen, wenn es geschieht.«

»Ich sah zwei Männer fast die ganze Nacht zwischen den Rädern eines Wagens hocken. Fakire stehlen keine Rosse, so beachtete ich sie nicht weiter. Ich wollte Lutuf Ullah, meinen Teilhaber, suchen.«

»Zum Teufel auch! Und Ihr kümmertet Euch nicht weiter darum? Auf mein Wort, gut, daß ich Euch treffe. Wie sahen sie aus, eh?«

»Es waren nur Fakire. Sie werden höchstens ein bißchen Getreide von einem der Wagen nehmen. Es gibt viele am Bahndamm. Der Staat wird den Anteil nicht vermissen. Ich kam hierher, um meinen Partner Lutuf Ullah zu suchen.«

»Schon gut mit Eurem Partner. Wo sind Eure Pferdewagen?«

»Ein wenig nach dieser Seite von der äußersten Stelle, wo sie Lichter für die Züge brennen lassen.«

»An der Signalbude. Ja –«

»Und auf dem Gleis nächst der Straße auf der rechten Seite – wenn man die Bahn so heruntersieht. Aber was Lutuf Ullah betrifft – ein großer Mann mit einer zerbrochenen Nase und einem persischen Jagdhund – *Aie*!«

Der Jüngling war fortgeeilt, um einen jungen, diensteifrigen Polizisten zu wecken; denn, wie gesagt, die Bahnverwaltung hatte viel unter Diebstählen in den Güterschuppen zu leiden gehabt. Mahbub Ali kicherte in seinen gefärbten Bart.

»Sie werden in ihren Stiefeln gehen und Lärm machen und sich dann wundern, warum keine Fakire dort sind. Es sind sehr gescheite Burschen – Barton Sahib und Young Sahib.«

Er verweilte lässig einige Minuten, in der Erwartung, sie zur Tat gerüstet die Strecke entlang eilen zu sehen. Eine Hilfslokomotive glitt durch den Bahnhof, und er konnte grade noch den jungen Barton im Führerstand erkennen.

»Ich habe dem Kinde Unrecht getan«, sprach Mahbub, »er ist nicht ganz und gar ein Narr. Einen Feuerwagen zu nehmen, um einen Dieb zu fangen, ist ein neuer Sport.«

Als Mahbub in der Dämmerung zu seinem Lager kam, erachtete es keiner der Mühe wert, ihn von den Vorfällen der Nacht zu unterrichten. Keiner, ausgenommen ein kleiner Pferdejunge, der eben in den Dienst des mächtigen Mannes getreten war und den Mahbub in sein Zelt berief, um beim Packen zu helfen.

»Ich weiß alles«, flüsterte Kim, über Satteltaschen gebeugt. »Zwei Sahibs kamen herunter in einem Feuerwagen. Ich lief in der Dunkelheit hin und her an dieser Seite der Pferdewagen, als der Feuerwagen langsam auf und ab fuhr. Sie griffen zwei Männer, die unter diesem Viehwagen hockten – Hadschi, was soll ich mit diesem Klumpen Tabak machen, ihn in Papier wickeln und unter den Salzbeutel legen? Ja – und schlugen sie nieder. Aber der eine führte mit einem Fakirbockshorn« (Kim meinte die zusammengefügten Schwarzbockhörner, die den Fakiren gelegentlich als einzige Waffe dienen) »einen Streich gegen einen Sahib – das Blut floß. Und der andere Sahib, nachdem er erst seinen Mann bewußtlos geschlagen hatte, hieb auf den Bockshornmann los mit einer kurzen Flinte, die dem ersten Manne aus der Hand gerollt war. Sie wüteten alle wie wahnsinnig gegeneinander.«

Mahbub lächelte mit himmlischer Resignation. »Nein! Dies ist nicht sowohl *dewanee*« (bedeutet: Wahnsinn oder: ein Fall für das Zivilgericht, ein Wortspiel, auf beide Fälle anwendbar) »als vielmehr *nizamut* (ein Kriminalfall). Eine Flinte, sagst du? Gute zehn Jahre Gefängnis.«

»Dann lagen sie beide still, ich glaube, sie waren fast tot, als man sie auf den Feuerwagen brachte. Ihre Köpfe baumelten *so*. Und es ist viel Blut auf dem Bahndamm. Komm und sieh.«

»Blut kenne ich so schon. Das Gefängnis ist ein sicherer Ort – und sicher werden sie falsche Namen angeben, und sicher wird lange Zeit kein Mensch sie finden. Es waren nicht gerade meine Freunde. Dein Schicksal und meines sind, scheint es, an einem Strang. Was für eine Geschichte für den Perlendoktor! Nun rasch vorwärts mit den Satteltaschen und dem Kochgeschirr. Wir wollen die Pferde ausladen und fort nach Simla.«

Eilig – was Orientalen unter Eile verstehen – mit langen Auseinandersetzungen, mit Schimpfen und windigem Geschwätz, sorglos und mit Aufenthalt um hundert vergessene Kleinigkeiten wurde das unordentliche Lager abgebrochen und das halbe Dutzend steifer und launischer Pferde die Kalkastraße entlanggetrieben, in die Frische der regennassen Dämmerung hinein. Kim, als Mahbubs Günstling behandelt von allen denen, die sich mit dem Pathan gut stellen wollten, wurde zu keiner Arbeit aufgefordert. Sie zogen im allerbequemsten Trott dahin, bei jeder Raststelle am Wege haltend.

Sehr viele Sahibs reisen auf der Kalkastraße und, wie Mahbub Ali sagte, jeder junge Sahib hält es für notwendig, sich als Pferdekenner auszugeben und, obwohl bis über die Ohren in Schulden, so zu tun, als ob er kaufen wollte. So hielt denn Sahib auf Sahib seine Landkutsche an und eröffnete eine Unterredung. Einige stiegen sogar von ihren Vehikeln ab und befühlten die Füße der Pferde, stellten alberne oder, aus schierer Unkenntnis der Landessprache, gröblich beleidigende Fragen an den unerschütterlichen Roßkamm.

»Als ich zuerst mit Sahibs zu tun hatte, und das war zur Zeit, als Oberst Soady Sahib Gouverneur von Fort Abazai war und aus Schabernack den Lagerplatz des Kommissars unter Wasser setzte«, sagte Mahbub gemütlich zu Kim, als der Knabe ihm unter einem Baum seine Pfeife füllte, »wußte ich noch nicht, wie große Narren sie waren, und geriet oft in Zorn. So wie einmal« – und er erzählte ihm eine Geschichte von einem in aller Unschuld verkehrt angewandten Ausdruck, die Kim in stürmische Heiterkeit versetzte. »Jetzt weiß ich indessen« – er blies behäbig den Rauch aus –, »daß es mit ihnen ist, wie mit allen Menschen – in manchen Dingen sind sie weise, in andern sehr töricht. Sehr töricht ist es, ein falsches Wort gegen einen Fremden anzuwenden; denn weiß auch das Herz nichts von einer Beleidigung, wie soll der Fremde das ahnen? Er sucht die Wahrheit eher mit einem Dolch.«

»Wahr. Wahre Rede«, sprach Kim feierlich. »Narren sprechen zum Beispiel von einer Katze, wenn eine Frau in die Wochen kommt. Ich hörte das.«

»Deshalb, zumal in einer Lage wie der deinigen, mußt du eines immer beachten mit zweierlei Gesicht: Unter Sahibs nie vergessen, daß du ein Sahib bist, unter dem Volk von Hind immer gedenken, daß du« – Er hielt inne, mit verlegenem Lächeln.

»Was bin ich? Muselmann, Hindu, Jain oder Buddhist? Das ist eine harte Nuß.«

»Du bist ohne Frage ein Ungläubiger und wirst dafür verdammt werden. So sagt mein Gesetz – oder ich glaube, daß es so sagt. Aber du bist auch mein kleiner Freund aller Welt, und ich habe dich lieb. So sagt mein Herz. Es ist mit Glaubenssachen wie mit Pferdefleisch. Der gescheite Mann weiß,

Pferde sind gut – es ist mit allen Profit zu machen; und ich – obwohl ich ein guter Sunnit bin und die Männer von Tirah hasse – ich glaube fast, daß es dasselbe ist mit allen Religionen. Versetze eine Kattiawarstute aus ihrem sandigen Heimatland nach dem westlichen Bengalen, und sie wird lahmen; ebensogut wie ein balkhischer Hengst (und es gibt keine besseren Pferde als die balkhischen, wenn sie nur nicht so schwer in den Schultern wären) in den großen nordischen Wüsten nicht aufkommt gegen die Schneekamele, die ich gesehen habe. Jedes hat seine Vorzüge in seinem eigenen Land.«

»Aber mein Lama sprach ganz anders.«

»Oh, er ist ein alter Träumer von Bhotiyal. Mein Herz ist etwas erzürnt, Freund aller Welt, daß du soviel Wert in einem Manne siehst, den man so wenig kennt.«

»Mag wohl sein, Hadschi, aber ich sehe diesen Wert, und mein Herz fühlt sich zu ihm hingezogen.«

»Und seines zu deinem, so hörte ich. Herzen sind gleich Pferden. Sie kommen und gehen gegen Gebiß und Sporen. Rufe Gul Sher Khan dort drüben zu, er soll die Pflöcke des braunen Hengstes fester einschlagen. Wir wollen nicht an jedem Halteplatz eine Pferdeschlacht haben, und der dunkelbraune und der schwarze müssen getrennt stehen ... Nun höre mich. Ist es notwendig für die Ruhe deines Herzens, den Lama zu sehen?«

»Es ist ein Teil meiner Abrede. Wenn ich ihn nicht sehe und wenn er mir genommen wird, verlasse ich die *Madrissah* in Nucklao und – einmal fort, wer soll mich finden?«

»Wahr. Nie wurde ein Füllen an dünnerer Hufleine gehalten als du.« Mahbub nickte mit dem Kopf.

»Sei ohne Furcht.« Kim sprach, als könnte er jeden Augenblick sich in Luft auflösen. »Mein Lama sagte, er würde nach der *Madrissah* kommen, um mich zu sehen.«

»Ein Bettler mit der Bettlerschale in Gegenwart dieser jungen Sa –«

»Nicht alle sind es«, unterbrach Kim naserümpfend. »Vielen von ihnen sind die Augen bläulich gefärbt und die Nägel geschwärzt von minderkastigem Blut. Söhne von *Metheeranees*, verschwägert mit *Bhungis*[1].«

Wir brauchen dem Rest dieses Stammbaumes nicht weiter

1. Auskehrer.

zu folgen, aber Kim legte seinen Standpunkt dar, ausführlich und ohne Hitze, ein Stück Zuckerrohr dazu kauend.

»Freund aller Welt«, sprach Mahbub, dem Knaben seine Pfeife zur Reinigung hinschiebend, »ich habe viele Männer, Weiber und Knaben gekannt und nicht wenige Sahibs. Ich habe all meiner Lebtage keinen Kobold getroffen, wie du einer bist.«

»Und wieso? Wo ich dir doch stets die Wahrheit sage –?«

»Vielleicht eben deshalb, denn dies ist eine Welt voll Gefahren für ehrliche Leute.« Mahbub erhob sich schwerfällig, gürtete sich und ging zu den Pferden hinüber.

»– oder verkaufe?«

Es war etwas in Kims Stimme, das Mahbub innehalten und umwenden ließ. »Was für eine neue Teufelei?«

»Acht Annas und ich werd' dir's sagen«, erwiderte Kim grienend. »Es betrifft deinen Frieden.«

»Oh, Shaitan!« Mahbub gab das Geld.

»Erinnerst du dich der kleinen Angelegenheit mit den Dieben im Dunkeln, dort unten in Umballa?«

»Da sie mein Leben suchten, habe ich sie nicht gänzlich vergessen. Warum?«

»Erinnerst du dich des Kaschmir-Serail?«

»Ich werde dir gleich die Ohren umdrehen, Sahib.«

»Nicht nötig – Pathan. Nur, der zweite Fakir, den die Sahibs bewußtlos schlugen, war der Mann, der deinen Verschlag in Lahore durchsuchte. Ich sah sein Gesicht, als sie ihm auf die Maschine halfen.«

»Warum sagtest du das nicht gleich?«

»Oh, er kommt ins Gefängnis und sitzt für einige Jahre fest. Es ist nicht nötig, mehr zu sagen, als jedesmal nötig ist. Außerdem brauchte ich damals kein Geld für Zuckerwerk.«

»Allah kerim!« rief Mahbub Ali. »Wirst du nicht nächstens meinen Kopf um eine Handvoll Zuckerwerk verkaufen, wenn dich die Laune packt?«

Kim wird bis ans Ende seines Lebens sich dieser trägen, langsamen Reise von Umballa durch Kalka und die Pinjoregärten hinauf nach Simla erinnern. Ein plötzlicher Strudel im Guggerstrom schwemmte ein Pferd weg (das wertvollste natürlich) und ertränkte Kim fast in dem tanzenden Gewässer. Weiter wegaufwärts wurden die Pferde durch einen Elefanten der Regierung in wilde Flucht gejagt, und da sie feurig vom Grasfutter waren, kostete es einundeinenhalben Tag, sie wieder zusammenzutreiben. Dann begegnete ihnen Sikhandar Khan mit ein paar unverkäuflichen Schindmähren – Überbleibseln seines Transports –, und Mahbub, der im kleinen Finger mehr von Pferden verstand, als der ganze Sikhandar Khan, versteifte sich darauf, zwei der miserabelsten zu kaufen, und das bedeutete acht Stunden knifflicher Diplomatie und ungezählter Tabakspfeifen. Für Kim aber war alles eitel Lust – die Heerstraße, steigend, fallend, um die ansteigenden Vorberge sich windend; das Morgenrot über die fernen Schneegipfel hin; die vielgliedrigen Kakteen, Reihe an Reihe die steinigen Hänge hinan; die Stimmen von tausend Wasserläufen; das Geschnatter der Affen; die feierlich-ernsten Deodarstämme, einer über den andern mit hangenden Zweigen sich bergwärts hebend; der Blick auf die Ebenen, tief unter ihnen gebreitet; das unaufhörliche Schmettern der *Tonga*hörner und das wilde Nachdrängen der angeseilten Gäule, wenn eine *Tonga*[1] um eine Kurve bog; das Rasten zum Gebet (Mahbub hielt sehr eifrig auf trockene Waschungen und Gebetsheulen, wenn er gerade Zeit hatte); die Abendrunde an den Ruheplätzen, wenn Kamele und Ochsen feierlich nebeneinander kauten und die einfältigen Treiber sich die Neuigkeiten der Landstraße erzählten – das alles machte Kim das Herz in der Brust singen.

»Aber«, sprach Mahbub Ali, »wenn das Singen und Tanzen vorbei ist, kommt das Spiel des Oberst Sahib an die Reihe, und das wird nicht so vergnüglich sein.«

»Ein schönes Land – ein wundervolles Land ist dieses Hind – und das Land der fünf Flüsse ist schöner als alle«, war Kims halb gesungene Erwiderung. »Dann will ich gehen, wenn Mahbub Ali oder der Oberst Hand oder Fuß gegen mich erheben. Einmal weg – wer soll mich finden? Schau, Hadschi, ist dort die Stadt Simla? Allah! Welch eine Stadt!«

»Meines Vaters Bruder, und er war ein alter Mann, als Mackerson Sahibs Brunnen zu Peshawur neu war, konnte sich noch der Zeit erinnern, als nur zwei Häuser in der Stadt standen.«

Er führte die Pferde unterhalb der Hauptstraße zu dem

1. Zweirädriger Karren.

unteren Bazar von Simla – dem wimmelnden Kaninchengehege, das aus dem Tal in einem Winkel von fünfundvierzig Grad bis zum Stadthaus emporsteigt. Ein Mann, der dort die Wege kennt, kann der gesamten Polizei von Indiens Sommerhauptstadt trotzen, so listig fügt sich Veranda an Veranda, Durchgang an Durchgang, Schlupfloch an Schlupfloch. Hier leben die, die für die Bedürfnisse der lebensfrohen Stadt sorgen – Jhampanis, die abends die Rikschas der schönen Damen ziehen und bis zum Morgengrauen Würfel spielen, Gewürzkrämer, Ölhändler, Kuriositätenhändler, Brennholzverkäufer, Priester, Taschendiebe und eingeborene Regierungsangestellte. Hier werden von Kurtisanen Dinge besprochen, die als tiefste Geheimnisse der indischen Verwaltung gelten; und hier treffen sich alle die Unter-Unter-Agenten der Hälfte aller einheimischen Staaten. Hier auch mietete Mahbub Ali ein Zimmer im Hause eines muselmännischen Viehhändlers, das wesentlich besser verschlossen war, als sein Verschlag zu Lahore; eine Zelle des Wunders überdies: denn hinein ging um die Zeit der Dämmerung ein mohammedanischer Pferdejunge, und heraus trat eine Stunde später ein junger eurasischer Bursch – die Farbe des Mädchens von Lucknow war vortrefflich – in schlecht sitzenden Bazarkleidern.

»Ich habe mit Creighton Sahib gesprochen«, sagte Mahbub Ali, »und ein zweites Mal hat die Hand der Freundschaft die Geißel des Unheils abgewandt. Er sagt, du hättest ganze sechzig Tage auf der Landstraße verbummelt, und es sei deshalb zu spät, dich in eine Gebirgsschule zu schicken.«

»Ich habe gesagt, daß meine Ferien mein eigen sind. Ich gehe nicht in zwei Schulen. Das ist ein Teil meiner Abrede.«

»Der Oberst weiß noch nichts von dem Kontrakt. Du sollst in Lurgan Sahibs Haus wohnen, bis es Zeit ist, wieder nach Nucklao zu gehen.«

»Ich möchte lieber bei dir wohnen, Mahbub.«

»Du weißt diese Ehre nicht zu schätzen. Lurgan Sahib selbst hat nach dir gefragt. Du wirst den Hügel hinaufgehen und oben den Weg entlang, und dort mußt du für eine Weile vergessen, daß du jemals mich, Mahbub Ali, der an Creighton Sahib, den du nicht kennst, Pferde verkauft, gesehen oder gesprochen hast. Denke an diesen Befehl.«

Kim nickte. »Gut«, sagte er, »und wer ist Lurgan Sahib? Nein« – er fing Mahbubs schwertscharfen Blick auf – »ich habe seinen Namen wirklich nie gehört. Ist er vielleicht« – er senkte die Stimme, »einer von uns?«

»Welche Rede ist das – von uns, Sahib?« erwiderte Mahbub Ali in dem Ton, den er Europäern gegenüber anschlug. »Ich bin ein Pathan, du bist ein Sahib und der Sohn eines Sahibs. Lurgan Sahib hat einen Laden zwischen den europäischen Läden. Ganz Simla kennt ihn. Frage dort . . . und, Freund aller Welt, er ist einer, dem man auf den leisesten Wink seiner Augenwimpern zu gehorchen hat. Die Leute sagen, er treibe Magie, doch das braucht dich nicht zu kümmern. Gehe den Berg hinauf und frage. Hier beginnt das Große Spiel.«

Neuntes Kapitel

Stooks war der Sohn des weisen Yalt,
Häuptlings vom Rabenstamm.
Itswot der zauberkundige Bär
Ihn in die Lehre nahm.

Er lernte schnell und immer mehr
Und wurde kecker als keck:
Er tanzte den wilden Klu-Kwalli-Tanz,
Itswot dem Bären zum Schreck.

Oregon-Sage.

Kim schwang sich mit Herzenslust auf die nächste Drehung des Rades. Für eine Weile würde er wieder einmal Sahib sein. In diesem Gedanken sah er sich, sobald er die breite Straße unter dem Rathaus von Simla erreicht hatte, nach jemand um, dem er imponieren könnte. Ein Hinduknabe von etwa zehn Jahren hockte unter einem Laternenpfahl.

»Wo ist Mr. Lurgans Haus?« fragte Kim.

»Ich verstehe nicht englisch«, war die Antwort, und Kim änderte seine Sprache.

»Ich werde dir zeigen.«

Miteinander machten sie sich auf durch das geheimnisvolle Zwielicht, das erfüllt war von dem Geräusch der Stadt unten und vom Atem eines kühlen Windes oben im deodargekrönten, gegen die Sterne ragenden Jakko.

Die Lichter aus den auf allen Anhöhen verstreuten Häusern bildeten gleichsam ein zweites Firmament. Dazwischen bewegliche Lichter von den Rikschas, die laut redende, sorglose englische Herren und Damen zum Dinner führten.

»Hier ist es«, sagte Kims Führer und hielt vor einer Veranda, in gleicher Höhe mit der Hauptstraße. Keine Tür versperrte ihnen den Eingang, nur ein Vorhang von Rohrschnüren, in dem sich das Lampenlicht von innen verfing.

»Er ist gekommen«, sagte der Knabe mit einer Stimme kaum lauter als ein Seufzer und verschwand. Kim merkte nun, daß der Knabe von Anfang an dazu bestellt gewesen war, ihn zu führen, steckte aber eine kecke Miene auf und teilte den Vorhang. Ein Mann mit schwarzem Bart und grünem Schirm über den Augen saß an einem Tisch und pickte mit kurzen weißen Händen kleine Lichtkügelchen, eins nach dem andern, von einer Platte auf, reihte sie auf eine glänzende Schnur und summte dabei. Kim gewahrte, daß der Raum hinter dem Lichtkreis mit Dingen angefüllt war, die Düfte wie von allen Tempeln des Ostens verbreiteten. Ein Hauch von Moschus, ein Geruch von Sandelholz und ein übersüßlicher Duft von Jasminöl drang ihm in die witternden Nüstern.

»Ich bin hier«, sagte Kim endlich in der Landessprache: die Gerüche ließen ihn ganz vergessen, daß er ein Sahib sein wollte.

»Neunundsiebzig, achtzig, einundachtzig«, zählte der Mann, Perle nach Perle so schnell aufreihend, daß Kim kaum seinen Fingern folgen konnte. Er schob den grünen Schirm zurück und sah Kim eine volle halbe Minute lang fest an. Die Pupillen der Augen erweiterten sich und schrumpften wieder ein zu Nadelspitzen, wie willkürlich. Es gab einen Fakir am Taksali-Tor, der das genau so konnte und Geld damit verdiente, besonders wenn er dumme Weiber verfluchte. Kim starrte interessiert hin. Sein verrufener Freund konnte überdies auch mit den Ohren wackeln, fast wie eine Geiß, und Kim war enttäuscht, daß dieser neue Mann das nicht ebenfalls tat.

»Fürchte dich nicht«, sagte Mr. Lurgan plötzlich.

»Warum sollte ich mich fürchten?«

»Du wirst heute nacht hier schlafen und bei mir bleiben, bis es Zeit ist, nach Nucklao zurückzukehren. Es ist Befehl.«

»Es ist Befehl«, wiederholte Kim. »Aber wo soll ich schlafen?«

»Hier in diesem Raum«, Lurgan Sahib wies mit der Hand nach dem Dunkel hinter ihm.

»So sei es«, sagte Kim mit Fassung. »Jetzt?«

Lurgan nickte und hielt die Lampe über seinen Kopf. Unter dem Lichtschein sprang aus den Wänden hervor eine Sammlung tibetanischer Teufelstanzmasken, die über den mit Teufeln bestickten Gewandungen hingen, die zu dieser gräßlichen Veranstaltung gehören – gehörnte Masken, hämische Masken und Masken idiotischen Grausens. In einer Ecke drohte ihm ein japanischer Krieger, gepanzert und befiedert, mit seiner Hellebarde, und Massen von *Khandas*[1] und *Kuttars*[2] warfen den unsicheren Lichtschein zurück. Was Kim aber mehr als dies alles interessierte – er hatte Teufelstanzmasken im Museum zu Lahore gesehen – war die Erscheinung des sanftäugigen Hinduknaben, der ihn in der Tür verlassen hatte und nun plötzlich mit gekreuzten Beinen und einem leisen Lächeln auf den scharlachroten Lippen unter dem Perlentische saß.

»Ich glaube, Lurgan Sahib will mich bange machen, und ich bin sicher, der Teufelsbalg unter dem Tische möchte sehen, wie ich mich fürchte.« Laut sagte er: »Dieser Raum gleicht einem Wunderhaus. Wo ist mein Bett?«

Lurgan Sahib deutete auf ein landesübliches Polster in der Ecke unter den scheußlichen Masken, nahm die Lampe und ließ den Raum schwarz zurück.

»War das Lurgan Sahib?« fragte Kim, indem er sich zusammenkuschelte. Keine Antwort. Er konnte jedoch den Hinduknaben atmen hören, und von dem Geräusch geleitet, kroch er über den Fußboden, knuffte mit den Fäusten in das Dunkel hinein und rief: »Gib Antwort, Teufel! Betrügt man so einen Sahib?«

Aus der Finsternis meinte er das Echo eines Gekichers zu hören. Sein weichgliedriger Führer konnte es nicht sein, denn der weinte. So erhob Kim seine Stimme und schrie: »Lurgan Sahib! Oh, Lurgan Sahib! Ist es Befehl, daß dein Diener nicht mit mir spricht?«

»Es ist Befehl!« Die Stimme kam hinter ihm hervor, und er fuhr zusammen.

»Gut also. Aber merk dir«, grollte er, indes er sein Polster wieder aufsuchte, »morgen früh werd' ich dich prügeln. Ich kann keine Hindus leiden.«

Das war keine vergnügliche Nacht. Der Raum war voll Stimmen und Musik. Zweimal wurde Kim geweckt dadurch, daß jemand seinen Namen rief. Beim zweitenmal stand er auf und machte sich auf die Suche, die damit endete, daß er mit der Nase an einen Kasten stieß, der zweifellos mit menschlicher Zunge sprach, aber nicht mit irgendwie menschlichen Tönen. Der Kasten schien in einer zinnernen Trompete zu enden und durch Drähte mit einem kleineren Kasten auf

1. Lanzen. – 2. Dolche.

dem Boden verbunden zu sein – soweit Kim wenigstens durch Betasten erkennen konnte. Und die Stimme, sehr hart und schwirrend, kam aus der Trompete. Kim wurde wütend, rieb sich die Nase und dachte – wie gewöhnlich auf Hindustanisch: »Für einen Bettler aus dem Bazar wäre das vielleicht etwas, aber – ich bin ein Sahib und der Sohn eines Sahibs und, was zweimal soviel bedeutet, ein Schüler von Nucklao. Ja«, hier fiel er wieder in Englisch, »ein Schüler von St. Xavier. Der Teufel hol' Mr. Lurgans Augen. – Es ist eine Art Maschinerie wie eine Nähmaschine. Oh, es ist eine große Gaunerei von ihm – uns aus Lucknow macht man auf die Art nicht bange – nein!« Dann wieder in Hindi: »Aber was gewinnt er dabei? Er ist nur ein Händler – ich bin in seinem Laden. Aber Creighton Sahib ist ein Oberst – und Creighton Sahib hat wohl befohlen, daß hier alles so gemacht wird. Wie ich diesen Hindu morgen verprügeln will. Was ist das?«

Der Trompetenkasten gab einen Strom ausgesuchtester Schimpfreden von sich, wie selbst Kim sie noch nicht gehört hatte, mit einer hohen, gleichgültig leiernden Stimme, die ihm für einen Moment die kurzen Haare im Nacken sträubte. Als das unflätige Ding Atem holte, wurde Kim wieder beruhigt durch das leise, maschinenartige Surren.

»Chup[1]*«,* schrie er, und wieder hörte er ein Kichern, das ihn rabiat machte. »*Chup* – oder ich schlage dir den Kopf ein.«

Der Kasten hörte nicht auf ihn. Kim riß an der Trompete und etwas löste sich mit einem Klick. Er hatte augenscheinlich einen Deckel abgebrochen. Wenn da ein Teufel drin saß, so war es jetzt Zeit für ihn – er schnüffelte – so rochen die Nähmaschinen im Bazar. *Den* Shaitan wollte er austreiben. Er schlüpfte aus seinem Rock und stopfte ihn in den Mund des Kastens. Etwas Langes und Rundes bog sich unter dem Druck – ein Schwirren – und die Stimme schwieg, wie eine Stimme wohl muß, wenn ein dreifach gerollter Rock auf den Wachszylinder und in das Werk eines kostspieligen Phonographen hineingepreßt wird. Kim beendete seinen Schlummer heiteren Muts.

Am Morgen sah er Lurgan Sahib auf ihn herabblicken.

1. Sei still.

»Oh!« sagte Kim, entschlossen, an seinem Sahibtum festzuhalten. »Hier war ein Kasten in der Nacht, der mich beschimpfte. Ich stoppte ihn aber. War es Euer Kasten?«

Der Mann streckte ihm die Hand entgegen.

»Gib mir die Hand, O'Hara«, sagte er. »Ja, es war mein Kasten. Ich halte solche Dinger, denn meine Freunde, die Radschas, mögen sie gern. Der da ist zerbrochen, war aber billig gekauft. Ja, meine Freunde, die Könige, lieben Spielsachen sehr – und ich auch, zuweilen.«

Kim musterte ihn aus den Augenwinkeln. Ein Sahib war er, insofern er Sahibskleider trug; der Akzent seines Urdu und die Aussprache seines Englisch zeigte aber, daß er nichts weniger als ein Sahib war. Er schien zu verstehen, was im Geiste des Knaben vorging, ehe der Knabe noch den Mund öffnete, und ließ sich auf keine Erklärungen ein, wie Vater Victor oder die Lehrer in Lucknow. Was aber am süßesten schmeckte: er behandelte Kim wie einen Gleichgestellten auf der asiatischen Seite.

»Tut mir leid, daß du meinen Jungen heute morgen nicht prügeln kannst. Er sagt, er will dich mit Gift oder Messer töten. Er ist eifersüchtig; daher hab' ich ihn in die Ecke gestellt und werde heute nicht mit ihm reden. Er hat eben versucht, mich umzubringen. Du mußt mir beim Frühstück helfen. Er ist zu eifersüchtig, man kann ihm jetzt nicht trauen.«

Ein von England unverfälscht importierter Sahib würde ein großes Aufheben aus so etwas gemacht haben; Lurgan Sahib erzählte es so einfach, wie Mahbub Ali seine kleinen Geschäfte im Norden zu berichten pflegte.

Die hintere Veranda des Ladens war über den freien Hügel hinausgebaut, und man guckte dem Nachbar in die Schornsteine, wie es in Simla üblich ist. Mehr noch als das rein persische Mahl, das Lurgan mit eigener Hand bereitete, interessierte Kim der Inhalt des Ladens. Das Museum von Lahore war größer, aber hier waren mehr Wunder – Geisterdolche und Gebetsmühlen von Tibet; Halsketten von rohem Bernstein und Türkisen; Spangen aus grüner Jade; Weihrauchstäbe, seltsam verpackt in mit rohem Granat inkrustierten Krügen; die Teufelsmasken von gestern nacht und eine Wand voll pfauenblauer Draperien; vergoldete Buddhagestalten und kleine, tragbare Lackaltäre; russische Samowars mit Türkisen auf den Deckeln; chinesisches Teegeschirr, dünn wie Eierschalen, in zierlichen, achteckigen Rohrschachteln; Kruzifixe von gelbem Elfenbein – ausgerechnet aus Japan, sagte Lurgan Sahib; scheußlich riechende, staubige Teppichballen, hinter zerfetzte und verdorbene geometrische Wandschirme geschoben; persische Wasserkrüge für Handwaschungen nach der Mahlzeit; plumpe kupferne Räuchergefäße, weder persisch noch chinesisch, von Reliefs phantastischer Teufel umwunden; fleckige Silbergürtel, verknotet wie rohes Leder; Haarnadeln aus Jade, Elfenbein und Zelluloid; Waffen aller Arten und Packungen und tausend andere Seltsamkeiten lagen in Kästen oder sonstwie aufgehäuft, auch einfach auf dem Boden zerstreut, so daß nur eben ein Raum um den gebrechlichen Holztisch freiblieb, an dem Lurgan Sahib arbeitete.

»Diese Sachen sind nichts«, sagte Kims Wirt, seinem Blick folgend. »Ich kaufe sie, weil sie hübsch sind, und zuweilen verkaufe ich auch – wenn der Käufer mir gefällt. Meine Arbeit ist auf dem Tisch – etwas davon.«

Es blitzte im Morgenlicht – rote, blaue, grüne Blitze, hie und da durchzuckt von dem geilen blauweißen Strahl eines Diamanten. Kim sperrte die Augen auf.

»Oh, die sind ganz gesund, diese Steine. Die Sonne schadet ihnen nichts. Nebenbei sind sie billig. Aber mit kranken Steinen ist das ganz anders.« Er füllte Kims Teller aufs neue. »Es gibt keinen außer mir, der eine kranke Perle heilen oder Türkise wieder blau machen kann. Opale – meinetwegen – jeder Narr kann einen Opal kurieren – aber für eine kranke Perle bin nur ich allein da. Gesetzt, ich würde sterben! Dann wäre kein anderer da ... O nein! *Du* kannst mit Juwelen nichts anfangen. Genug, wenn du etwas von Türkisen verstehen wirst – später einmal.«

Er begab sich ans Ende der Veranda, um den schweren, porösen, tönernen Wasserkrug aus dem Filter zu füllen.

»Willst du trinken?«

Kim nickte. Lurgan Sahib, fünfzehn Fuß entfernt, legte eine Hand auf den Krug. Im nächsten Augenblick stand der Krug, gefüllt bis auf einen halben Zoll vom Rande, dicht neben Kims Ellbogen – nur eine schmale Falte in dem Tischtuch zeigte, wo er sich vorbeigeschoben hatte.

»Wah!« machte Kim in äußerstem Erstaunen. »Das ist Magie.« Lurgan Sahibs Lächeln zeigte, daß das Kompliment ihm gefiel.

»Wirf ihn zurück.«

»Er wird zerbrechen.«

»Ich sage, wirf ihn zurück.«

Kim schleuderte ihn aufs Geratewohl. Er fiel zu kurz und zerbrach in fünfzig Stücke, das Wasser tropfte durch den rohen Bretterboden der Veranda.

»Ich sagte, er würde zerbrechen.«

»Ganz gleich. Schau ihn an. Schau auf das größte Stück.« Das lag, mit einem Wasserglitzern in seiner Höhlung, wie ein Stern auf dem Boden. Kim sah scharf darauf hin, Lurgan Sahib legte ihm sacht eine Hand aufs Genick, strich einige Male darüber hin und flüsterte: »Schau! Er soll wieder lebendig werden, Stück für Stück. Zuerst soll das große Stück sich mit den zwei andern, links und rechts, vereinigen – links und rechts. Schau!«

Hätte es sein Leben gegolten, Kim hätte seinen Kopf nicht wenden können. Die leichte Berührung hielt ihn wie in einem Schraubstock, und sein Blut kribbelte ihm wohlig in den Adern. Wo drei Stücke des Kruges gelegen hatten, war jetzt ein großes, und darüber der schattenhafte Umriß des ganzen Gefäßes. Er konnte die Veranda hindurchscheinen sehen, aber es wurde dichter und dunkler mit jedem Pulsschlag. Und doch war der Krug – wie langsam die Gedanken kamen! – war der Krug vor seinen Augen zerschmettert worden. Eine neue Welle von prickelndem Feuer rann ihm den Nacken hinab, als Lurgan Sahib seine Hand wegzog.

»Schau, er bekommt wieder Form«, sagte Lurgan Sahib.

Bis hierher hatte Kim in Hindi gedacht, aber ein Zittern befiel ihn, und mit einer Anstrengung, wie ein Schwimmer vor Haifischen sich halb aus dem Wasser schleudert, schwang sein Geist sich aus einem Dunkel, das ihn verschlang, und suchte Zuflucht im – englischen Einmaleins!

»Schau! Er kommt wieder in Form«, wisperte Lurgan Sahib.

Der Krug war zerschmettert worden – ja, zerschmettert – nicht das Hinduwort, an das wollte er nicht denken – sondern zerschmettert – in fünfzig Stücke – und zwei mal drei war sechs, und drei mal drei war neun, und vier mal drei war zwölf. Verzweifelt klammerte er sich an die Zahlen. Der Schattenumriß des Kruges schwand wie ein Schleier, wenn man sich die Augen reibt. Da lagen die Scherben; da trocknete das verspritzte Wasser in der Sonne, und durch die Spalten des Verandabodens zeigte sich, streifig, die weiße Hausmauer darunter – und drei mal zwölf war sechsunddreißig!

»Schau! Kommt er wieder in Form?« fragte Lurgan.

»Aber er ist zerschmettert – zerschmettert«, keuchte er – Lurgan hatte während der letzten Minute leise gemurmelt. Kim rang seinen Kopf zur Seite. »Schau! *Dekho!* Er liegt da, wie er dagelegen hat.«

»Er liegt da, wie er dagelegen hat«, sagte Lurgan, Kim scharf beobachtend, während der Knabe sich den Nacken rieb. »Aber du bist der erste von vielen, der ihn je so gesehen hat.« Er trocknete sich die breite Stirn.

»War das wieder Magie?« fragte Kim argwöhnisch. Das Kribbeln in seinen Adern hatte aufgehört; er fühlte sich ungewöhnlich wach.

»Nein, das war nicht Magie. Ich wollte nur sehen, ob da – ein Fleck in einem Edelstein wäre. Zuweilen springen sehr feine Steine ganz in Stücke, wenn ein Mann sie in die Hand nimmt, der sich darauf versteht. Deshalb muß man vorsichtig sein, ehe man sie einsetzt. Sag mir, hast du die Form des Kruges gesehen?«

»Kurze Zeit nur, er fing an, wie eine Blume aus dem Boden zu wachsen.«

»Und was tatest du da? Ich meine, was dachtest du?«

»Oh. Ich wußte, er *war* zerbrochen, und das war es, glaube ich auch, was ich dachte – und er *war* zerbrochen.«

»Hm! Hat jemals schon irgend jemand dieselbe Art Magie mit dir getrieben?«

»Wenn das wäre«, sagte Kim, »denkt Ihr, ich würde es noch einmal mitmachen? Ich würde weglaufen.«

»Und jetzt fürchtest du dich nicht – wie?«

»Nicht jetzt.«

Lurgan sah ihn schärfer denn je an. »Ich werde Mahbub Ali fragen – nicht gleich, aber später einmal«, murmelte er. – »Ich bin zufrieden mit dir – ja – und wieder nein. Du bist der erste, der sich gut herausgezogen hat. Ich möchte wissen, was es war, das ... Aber du hast recht. Du sollst das nicht sagen – selbst mir nicht.«

Er wandte sich in das dämmrige Dunkel des Ladens und setzte sich, leise die Hände reibend, an den Tisch. Ein kleines heiseres Schluchzen kam hinter einem Teppichballen hervor. Es war das Hindukind, das gehorsam das Gesicht der Wand zugekehrt hielt: seine dünnen Schultern zuckten vor Gram.

»Ah! Er ist eifersüchtig, so eifersüchtig. Möchte wissen, ob er noch einmal versuchen wird, mir mein Frühstück zu vergiften, so daß ich es frisch kochen muß.«

»Kubbee – kubbee, nahin[1]*«,* kam die gestammelte Antwort.

»Und ob er wohl diesen andern Knaben töten wird?«

»Kubbee, kubbee, nahin.«

»Was denkst *du,* daß er tun wird?« wandte sich Lurgan plötzlich zu Kim.

»Oh! Ich weiß nicht. Schickt ihn weg, vielleicht. Warum wollte er Euch vergiften?«

»Weil er mich liebt. Denke, du hättest jemanden lieb, und es käme einer, der dem Manne, den du liebst, besser gefiele als du, was würdest du tun?«

Kim dachte nach. Lurgan wiederholte seine Worte langsam in der Landessprache.

»Ich würde den Mann nicht vergiften«, sagte Kim nachdenklich, »aber ich würde den Knaben prügeln – *wenn* er meinen Mann liebte. Erst aber würde ich den Knaben fragen, ob es wahr sei.«

»Ah! Er denkt, daß jeder mich lieben muß.«

»Dann meine ich, daß er ein Narr ist.«

»Hörst du?« sprach Lurgan zu den zuckenden Schultern. »Des Sahibs Sohn meint, du seist ein kleiner Narr. Komm hervor, und das nächste Mal, wenn dein Herz beunruhigt ist, brauche nicht ganz so offen weißes Arsenik. Sicherlich war der Teufel Dasim Herr über unser Tischtuch an dem Tage! Ich hätte krank werden können, Kind, und ein Fremder hätte dann die Juwelen gehütet. Komm!«

Das Kind, die Augen geschwollen vom Weinen, kroch hinter dem Balken hervor und warf sich leidenschaftlich Lurgan

1. Niemals, niemals, nein.

Sahib zu Füßen mit so überschwenglicher Reue, daß es selbst Kim Eindruck machte.

»Ich will nach den Farbenkästen schauen – ich will die Juwelen treu bewachen! Oh, mein Vater und meine Mutter, schick *ihn* fort!« Er wies auf Kim mit einem Ruck seiner nackten Ferse nach rückwärts.

»Noch nicht – noch nicht. Über eine kleine Weile wird er wieder gehen. Aber jetzt ist er hier in der Schule – in einer neuen *Madrissah,* und du sollst sein Lehrer sein. Spiel das Juwelenspiel gegen ihn. Ich werde nachzählen.«

Der Knabe trocknete sogleich seine Tränen und rannte in den Raum hinter dem Laden, von wo er mit einer kupfernen Platte zurückkehrte. »Gib mir«, sagte er zu Lurgan. »Laß sie aus deiner Hand kommen, er könnte sonst glauben, ich hätte sie schon vorher gesehen.«

»Sachte – sachte«, erwiderte der Mann und streute aus einer Schublade unter dem Tisch eine Handvoll klirrender kleiner Dinge auf die Platte.

»Nun«, sagte das Hindukind, eine alte Zeitung schwenkend, »sieh sie dir an, Fremder, solange du willst. Zähle, und wenn nötig, befühle sie. Ein Blick genügt für *mich.*« Er drehte sich stolz um.

»Aber wie geht das Spiel?«

»Wenn du gezählt und gefühlt hast und sicher bist, daß du sie alle im Kopf behalten kannst, bedecke ich sie mit diesem Papier, und du mußt Lurgan Sahib die Abrechnung machen. *Ich* schreibe die meinige auf.«

»Oh!« Wetteifer erwachte in Kim. Er beugte sich über die Platte. Nur fünfzehn Steine lagen darauf. »Das ist leicht«, sagte er nach einer Minute. Das Kind schob das Papier über die glitzernden Steine und kritzelte in ein Rechnungsbuch, wie es die Eingeborenen gebrauchen.

»Es liegen unter diesem Papier fünf blaue Steine – ein großer, ein kleinerer und drei kleine«, sagte Kim in vollem Eifer, »vier grüne Steine sind da und einer mit einem Loch; ein gelber Stein, durch den ich hindurchsehen kann, und einer wie ein Pfeifenstiel. Zwei rote Steine sind da und – und – ich hatte fünfzehn, aber zwei habe ich vergessen. Nein! Gib mir Zeit. Einer war von Elfenbein, klein und bräunlich, und – und – gib mir Zeit ...«

»Eins – zwei –« Lurgan zählte bis zehn. Kim schüttelte den Kopf.

»Hör meine Rechnung!« platzte das Kind, bebend vor Lachen, heraus. »Erstens sind da zwei Saphire mit Flecken – einer von zwei *Ruttees*[1] und einer von vier, denke ich. Der Saphir von vier Ruttees ist an der Kante abgebröckelt. Dann ist ein turkestanischer Türkis da, glatt, mit schwarzen Adern, und zwei mit Inschriften – der eine mit einem Namen Gottes in Gold, der andere ist querüber gespalten, weil er aus einem alten Ring ist, deshalb kann ich die Inschrift nicht lesen. Nun haben wir alle fünf blauen Steine. Vier fehlerhafte Smaragde sind da; der eine ist an zwei Stellen angebohrt und der andere ein wenig angeschliffen –«

»Ihr Gewicht?« fragte Lurgan Sahib gleichmütig.

»Drei – fünf – fünf – und vier Ruttees, denke ich. Dann ist ein Stück von altem grünlichen Bernstein da und ein geschliffener Topas aus Europa. Ein Rubin von Burma, ohne Fehler, zwei Ruttees, und ein Balasrubin, fehlerhaft, zwei Ruttees. Ein geschnitztes Stück Elfenbein aus China, eine Ratte darstellend, die ein Ei aussaugt, und zum Schluß ist da – ah, ha! – ein runder Kristall, so groß wie eine Bohne, in ein goldenes Blatt gefaßt.«

Er klatschte zum Schluß in die Hände.

»Er ist dein Meister«, sagte Lurgan Sahib lächelnd.

»Huh! Er kannte die Namen der Steine«, sagte Kim, errötend. »Versuch es noch mal! Mit gewöhnlichen Dingen, die uns beiden bekannt sind.«

Sie füllten die Platte wieder mit allerhand Krimskrams, den sie aus dem Laden und sogar aus der Küche zusammensuchten, und jedesmal gewann der Knabe zu Kims größter Verwunderung.

»Binde mir die Augen zu, laß mich nur einmal mit den Fingern fühlen, und auch dann sollst du, mit offenen Augen, hinter mir zurückbleiben«, forderte er Kim heraus.

Kim stampfte vor Ärger mit dem Fuß, als der Knabe wirklich gewann.

»Wären es Menschen oder – Pferde«, rief er, »so würde ich es besser machen. Dies Spiel mit Zangen und Messern und Scheren ist zu gering.«

1. Gewicht.

»Lerne erst – lehre später«, sagte Lurgan Sahib. »Ist er dein Meister?«

»Sicherlich. Aber wie wird's gemacht?«

»Indem man es so oft macht, bis man es gut macht. Es ist wert, daß man es lernt.«

Der Hinduknabe, ganz aufgeplustert, ließ sich sogar herbei, Kim auf den Rücken zu tätscheln.

»Verzweifle nicht«, sagte er, »ich selbst will es dich lehren.«

»Und ich will achtgeben, daß du gut belehrt wirst«, sagte Lurgan, immer noch in der Landessprache; »denn ausgenommen meinen Knaben hier – es war töricht von ihm, soviel weißes Arsenik zu kaufen, da ich es ihm hätte geben können, wenn er darum gebeten hätte – ausgenommen meinen Knaben hier, habe ich seit langer Zeit keinen getroffen, der es besser verdient hätte, unterrichtet zu werden. Und es bleiben dir noch zehn Tage bis zu deiner Rückkehr nach Lucknow, wo sie nichts lehren – für den hohen Preis. Wir werden, denke ich, Freunde werden.«

Das waren zehn tolle Tage, aber Kim unterhielt sich zu gut dabei, um über diese Tollheit allzusehr nachzudenken. Am Morgen spielten sie das Juwelenspiel, zuweilen mit wirklichen Edelsteinen, zuweilen mit Haufen von Schwertern und Dolchen, zuweilen mit Photographien von Eingeborenen. Während der Nachmittage hockten beide Knaben schweigend hinter einem Teppichballen oder einem Wandschirm auf der Lauer und beobachteten Mr. Lurgans viele und sehr sonderbare Besucher. Da kamen kleine Radschas, deren Gefolgschaft in der Veranda herumhustete, um Kuriositäten, wie Phonographen und mechanisches Spielzeug, zu kaufen, Damen, auf der Suche nach Halsketten, und Männer (so schien es Kim, aber seine Phantasie war vielleicht durch seine frühen Erfahrungen verdorben) auf der Suche nach Damen; Eingeborene von freien und lehnspflichtigen Höfen, deren vorgebliches Anliegen die Reparatur von Halsketten war (Ströme von Glanz ergossen sich über den Tisch), deren wahre Absicht aber offenbar war, Geld zu borgen für zornige Maharanis oder junge Radschas. Da waren Babus, zu denen Lurgan Sahib mit Ernst und Autorität sprach; aber das Ende jeder Unterredung war, daß er ihnen Geld in Silbermünzen oder

Banknoten auszahlte. Da gab es zuweilen ganze Ansammlungen langberockter Eingeborener, die mit theatralischen Gebärden metaphysische Gespräche in englischer oder bengalischer Mundart führten zu Lurgans größter Erbauung. Er interessierte sich jederzeit für religiöse Dinge. Am Abend hatten Kim und der Hinduknabe – dessen Name nach Lurgans Belieben wechselte – detaillierten Bericht zu erstatten über alles, was sie gesehen und gehört hatten, sowie auch ihr Urteil über den Charakter jedes Besuchers abzugeben nach Gesicht, Rede und Benehmen und über den vermutlichen wahren Zweck ihres Besuches. Nach dem Abendessen wandte sich Lurgan Sahibs Phantasie gern einem Spiel zu, das man »Verkleiden« nennen könnte, und das er mit höchst lehrreicher Gründlichkeit betrieb. Er verstand es, Gesichter mit einem Pinseltupfen hier und einem Pinselstrich dort bis zur Unkenntlichkeit zu verändern. Der Laden war voll von allen Arten von Gewändern und Turbanen, und Kim wurde abwechselnd verkleidet als junger Muselmann von guter Familie, als Ölverkäufer oder – und das war der lustigste Abend – als Sohn eines Grundbesitzers in Oudh, in vollster Gala. Lurgan Sahib hatte ein Habichtsauge für den kleinsten Fehler in der Verkleidung. Auf einem abgenutzten Teakholzsofa ausgestreckt, erklärte er stundenlang, wie diese oder jene Kaste redete, ging, hustete, nieste oder spuckte, und, da das »Wie« wenig bedeutet in dieser Welt, das »Warum« von alledem. Bei diesem Spiel war das Hindukind schwerfällig. Sein kleiner Geist, scharf wie ein Eiszapfen, wo es sich um Juwelenzählen handelte, konnte sich nicht in das Wesen eines anderen hineindenken; in Kim aber wachte ein Dämon auf und jubilierte, wenn er eine Verkleidung nach der andern anlegte und Rede und Bewegung mit ihr veränderte.

Von Begeisterung beschwingt, führte er Lurgan eines Abends aus eigenen Stücken vor, wie die Schüler einer gewissen Fakirkaste, alte Bekannte von Lahore her, um Almosen am Wege betteln, und welche Sprache sie führen gegenüber einem Engländer oder einem Farmer aus dem Punjab oder einer Frau ohne Schleier. Lurgan Sahib lachte unbändig und bat Kim, eine halbe Stunde unbeweglich so zu bleiben, wie er war, mit gekreuzten Beinen und wilden Blicken, aschebeschmiert. Als die halbe Stunde vergangen war, kam ein umfangreicher feister Babu[1] herein, dessen bestrumpfte Beine vor Fett wackelten, und Kim überschüttete ihn sogleich mit einem Schauer von Gassengeschwätz. Lurgan Sahib – das verdroß Kim – beobachtete den Babu und nicht das Spiel.

»Ich meine«, sagte schwerfällig der Babu, eine Zigarette anzündend, »ich bin der Meinung, das ist eine außerordentlich großartige, wirkungsvolle Leistung. Gesetzt den Fall, Ihr hättet es mir nicht vorher gesagt, so würde ich geneigt gewesen sein, anzunehmen, daß – daß – daß Ihr mir irgendein Bein stellen wolltet. Wie bald kann er, sagen wir, so annäherungsweise ein richtiger Meßmann werden? Denn alsdann will ich ihn in die Finger nehmen.«

»Das soll er eben in Lucknow lernen.«

»Dann schärft ihm ein, daß er verdammt hübsch schnell machen soll. Gute Nacht, Lurgan.« Der Babu schwankte hinaus mit dem Gang einer watenden Kuh.

Als die Liste der Tagesbesucher besprochen wurde, fragte Lurgan Sahib, was Kim von dem Manne halte.

»Gott weiß!« sagte Kim leichthin. Der Ton hätte Mahbub Ali vielleicht täuschen können, bei dem Heiler kranker Perlen aber versagte er.

»Allerdings, Gott weiß es. Ich wünsche aber zu wissen, was du denkst.«

Kim warf einen Seitenblick auf seinen Wirt, in dessen Augen etwas lag, was die Wahrheit herauszwang.

»Ich – ich denke, er will mich brauchen, wenn ich von der Schule komme, aber« – mit vertraulichem Ton, da Lurgan beifällig nickte – »ich begreife nicht, wie er verschiedene Kleidung tragen und verschiedene Sprache sprechen kann.«

»Du wirst vieles erst später verstehen. Er schreibt Geschichten für einen gewissen Obersten. Sein Ansehen ist groß hier in Simla, und bemerkenswert ist, er hat keinen Namen, nur eine Nummer und einen Buchstaben – das ist so Brauch bei uns.«

»Und ist auch ein Preis auf seinen Kopf gesetzt – wie auf Mah – wie auf all die andern?«

»Noch nicht. Wenn aber ein Knabe, der jetzt hier ist, aufstände und ginge – schau, die Tür ist offen – bis an ein gewisses Haus mit rotgemalter Veranda, hinter dem Gebäude, das früher das alte Theater in dem unteren Bazar war, und

1. Eigentlich »Fürst«, dann aber alltäglich etwa gleich »Herr«.

flüsterte durch die Fensterläden: ›Hurree Chunder Mookerjee brachte die schlimme Nachricht vom letzten Monat‹ – dieser Knabe könnte einen Gürtel voll Rupien mitnehmen.«

»Wie viele?« fragte Kim prompt.

»Fünfhundert – tausend – soviel er fordern würde.«

»Gut. Und wie lange hätte der Knabe zu leben, nachdem die Neuigkeit mitgeteilt wäre?« Er grinste vergnügt dicht an Lurgans Bart.

»Ah, das ist wohl zu bedenken. Vielleicht, wenn er es sehr gescheit anfinge, den Tag zu Ende – aber nicht die Nacht. Auf keinen Fall die Nacht.«

»Was ist dann des Babus Sold, wenn soviel auf seinen Kopf gesetzt ist?«

»Achtzig – vielleicht hundert – vielleicht hundertundfünfzig Rupien; aber der Sold ist das Geringste bei der Arbeit. Von Zeit zu Zeit läßt Gott Männer geboren werden – und du bist einer von diesen – die Lust daran haben, auf Gefahr ihres Lebens auszuziehen und Nachrichten aufzutreiben – heute vielleicht von ganz entfernten Dingen, morgen von irgendeinem versteckten Gebirge, übermorgen von Leuten ganz in der Nähe, die eine Torheit gegen den Staat begangen haben. Solcher Seelen gibt es wenige, und von diesen wenigen sind keine zehn von der besten Art. Zu diesen zehn rechne ich den Babu, und das ist seltsam. Wie groß und begehrenswert muß ein Geschäft sein, das das Herz eines Bengalen kühn macht!«

»Wahr. Aber die Tage vergehen zu langsam für mich. Ich bin noch ein Knabe, und es hat zwei Monate gedauert, bis ich Angrezi[1] schreiben lernte. Noch heute kann ich es nicht gut lesen. Und es sind noch Jahre und Jahre und lange Jahre, bevor ich auch nur ein Meßmann sein kann.«

»Habe Geduld, Freund aller Welt« – Kim stutzte bei der Benennung – »wollte, ich hätte ein paar von den Jahren, die dich so langweilen. Ich habe dich in verschiedenen kleinen Versuchen auf die Probe gestellt. Das soll nicht vergessen werden, wenn ich dem Oberst Sahib Bericht erstatte.« Dann plötzlich in englischer Sprache, mit einem tiefen Lachen: »Beim Zeus, O'Hara, ich glaube, in dir steckt viel. Aber du darfst nicht stolz werden und nicht schwatzen. Du mußt nach

1. Englisch.

Lucknow zurückkehren, ein braver kleiner Junge sein und hübsch bei deinen Büchern sitzen, und in den nächsten Ferien vielleicht, wenn du Lust hast, kannst du wieder zu mir kommen.« Kim machte ein langes Gesicht. »Oh, ich sage, *wenn* du Lust hast. Ich weiß, wohin du gehen möchtest.«

Vier Tage später war für Kim ein Platz auf dem Rücksitz einer Kalka-*Tonga* bestellt. Sein Reisegefährte war der walfischartige Babu, der, einen ausgefransten Schal um den Kopf geschlungen und das fette linke Bein im durchbrochenen Strumpf auf den Sitz gezogen, in der Morgenkälte schauderte und stöhnte.

»Wie kommt es, daß dieser Mann einer von *uns* ist?« dachte Kim, den Gallertrücken betrachtend, während sie die Straße hinunterholperten; und dieser Gedanke zog ihn weiter in die vergnüglichsten Wachträume. Lurgan Sahib hatte ihm fünf Rupien gegeben – eine stattliche Summe – dazu die Zusicherung seiner Protektion, wenn er fleißig wäre. Anders als Mahbub Ali, hatte Lurgan ganz ausdrücklich von dem Lohn gesprochen, der dem Gehorsam folgen würde, und Kim war zufrieden. Wenn er nur, wie der Babu, der Ehre einer Zahl und eines Buchstabens teilhaftig würde – und eines Preises auf seinen Kopf! Eines Tages würde er das alles und noch viel mehr erreichen. Eines Tages würde er fast so mächtig sein wie Mahbub Ali! Die Hausdächer von einstmals würden dann halb Indien sein; der Spur von Königen und Ministern würde er folgen, wie er einst in Lahore für Mahbub Ali der Spur von *Vakils*[1] und Advokaten gefolgt war. Inzwischen war die Gegenwart mit der Aussicht auf St. Xavier auch nicht zu verachten. Neu angekommene Knaben würden zu protegieren und neue Abenteuer aus der Ferienzeit anzuhören sein. Der junge Martin, Sohn des Teepflanzers aus Manipur, hatte geprahlt, er würde mit einer Flinte in den Krieg gegen die Kopfjäger gehen. Das mochte ja sein, aber sicherlich war Martin nicht bei einer Feuerwerksexplosion durch den halben Vorhof eines Patialapalastes geschleudert worden, noch hatte er ... Kim rechnete sich seine Abenteuer während der letzten drei Monate vor. Er hätte ganz St. Xavier – selbst die größten Jungen, die sich schon rasierten – mit seinen Erzählungen in starres Staunen versetzen können, wenn das erlaubt

1. Agenten.

gewesen wäre. Aber das kam natürlich nicht in Frage. In nicht zu ferner Zeit, wie Lurgan ihm versichert hatte, würde ein Preis auf seinen Kopf gesetzt werden; wenn er aber jetzt schwätzte wie ein Narr, so würde nicht allein dieser Preis niemals ausgesetzt werden, sondern Oberst Creighton würde ihn auch verstoßen – und er würde dem Zorn Lurgan Sahibs und Mahbub Alis überliefert bleiben – für die kurze Zeit, die er dann noch zu leben hätte.

»So würde ich Delhi verlieren um einen Fisch«, philosophierte er mit dem Sprichwort. Ihm gebührte es, seine Ferienzeit zu vergessen (blieb immer noch der Spaß, Abenteuer zu erdichten) und, wie Lurgan Sahib gesagt hatte, zu arbeiten.

Von allen Knaben, die nach St. Xavier zurückeilten, von Sukkur in den Sandwüsten her bis von Galla unter den Palmen, war keiner so voll guter Vorsätze, wie Kimball O'Hara, der da nach Umballa hinunterrasselte hinter Hurree Chunder Mookerjee, dessen Name in den Büchern einer Sektion des Ethnologischen Amtes R. 17 war.

Und für weiteren Ansporn, den Kim etwa noch benötigte, sorgte der Babu reichlich. Nach einer üppigen Mahlzeit in Kalka redete er ununterbrochen. Kim ginge jetzt in die Schule zurück? Dann wollte er, Magister der Universität von Kalkutta, ihm die Vorteile einer guten Erziehung klar machen. Wichtig für eine gute Zensur wäre es, daß man gehörig im Lateinischen aufpaßte sowie bei Wordsworths »Excursion« (das war für Kim Chaldäisch). Auch Französisch wäre Lebensfrage, das beste könnte man sich in Chandernagore aneignen, einige Meilen von Kalkutta. Auch könnte man es weit bringen, wenn man – wie er selbst es getan hätte – zwei Dramen, genannt »Lear« und »Julius Cäsar«, genaueste Aufmerksamkeit widmete, auf beide legten die Examinatoren großen Wert. »Lear« wäre nicht so voll historischer Beziehungen wie »Julius Cäsar«, das Buch kostete vier Annas, man könnte es aber im Bow-Bazar antiquarisch für zwei kaufen. Noch wichtiger als Wordsworth oder die eminenten Autoren Burke und Hare wäre jedoch die Kunst und Wissenschaft der Vermessung. Ein Knabe, der sein Examen in diesen Fächern bestünde – für die es, beiläufig bemerkt, keine Einpaukebücher gäbe – könnte beim bloßen Wandern durch eine Gegend mit Hilfe von Kompaß und Wasserwaage und einem guten Auge ein Bild von dieser Gegend mitnehmen, das unter Umständen mit großen Summen geprägten Silbers bezahlt würde.

Aber da es gelegentlich nicht ratsam wäre, Meßketten mit herumzutragen, so würde ein Knabe gut tun, die genaue Länge seines Schrittes zu kennen, so daß er auch ohne das, was Hurree Chunder »nebensächliche Hilfsmittel« nannte, dennoch seine Distanzen abschreiten könnte. Ein unschätzbares Hilfsmittel, um Tausende von Schritten richtig zu zählen, war nach Hurree Chunders Erfahrung ein Rosenkranz von 81 oder 108 Perlen, denn er war teilbar und abermals teilbar in den verschiedensten Multiplikationen. Aus dem geflügelten Schwall der englischen Worte erhaschte Kim doch den wesentlichen Sinn, und der fesselte ihn sehr. Hier war eine neue Fertigkeit, wie ein Mann etwas in seinen Kopf verstauen konnte; und nach allem, wie sich die große weite Welt anließ, die sich vor ihm auftat, schien es: je mehr ein Mann wußte, desto besser für ihn.

Nachdem der Babu anderthalb Stunden geredet hatte, sagte er plötzlich: »Ich hoffe, eines Tages von Amts wegen deine Bekanntschaft zu machen. *Ad interim,* wenn mir diese Ausdrucksweise verstattet ist, möchte ich dir diese Beteldose überreichen, die ein höchst schätzbarer Gegenstand ist und mich erst vor vier Jahren zwei Rupien kostete.« Es war ein billiges, herzförmiges Messingding mit drei Abteilungen zur Aufnahme der unvermeidlichen Betelnuß nebst Kalk und Betelpfefferblatt, war aber angefüllt mit kleinen Pillenfläschchen. »Das zum Lohn und zur Anerkennung für deine Charakterdarstellung des heiligen Mannes da oben. Schau, du bist so jung und denkst, du dauerst ewig, und achtest nicht auf deinen Körper. Es ist sehr ärgerlich, krank zu werden mitten im Geschäft. Ich selber lege großen Wert auf Arzneimittel; man soll sie auch zur Hand haben, um arme Leute zu kurieren. Dieses sind gute Departementsmedizinen: Chinin und so weiter. Ich gebe sie dir als Andenken. Leb nun wohl. Ich habe dringende Privatgeschäfte hier am Wege.«

Geräuschlos schlüpfte er vom Wagen auf die Straße, rief eine vorbeifahrende Ekka an und rasselte weiter, indessen Kim sprachlos die Messingdose in beiden Händen drehte.

Die Erziehungsgeschichte eines Knaben interessiert außer den Eltern nur wenige, und Kim war bekanntlich Waise. In den Büchern von St. Xavier in Partibus ist bemerkt, daß am Schluß eines jeden Quartals ein Bericht über Kims Fortschritte dem Oberst Creighton und Vater Victor (durch dessen Hand regelmäßig das Schulgeld einging) zugesandt wurde. Ferner ist in denselben Büchern bemerkt, daß Kim große Begabung für mathematische Studien und für Landkartenzeichen entwickelte und daß er einen Preis (»Das Leben des Lord Lawrence«, zwei Bände in Kalbsleder, zu neun Rupien vier Annas) für seine Leistungen in diesen Fächern errang, ferner auch in einem Kricketmatch der Schüler von St. Xavier gegen das mohammedanische Allyghur-Gymnasium mitspielte, und zwar im Alter von vierzehn Jahren und zehn Monaten. Er wurde auch ungefähr zur selben Zeit zum zweiten Mal geimpft (woraus wir schließen können, daß wieder einmal eine Blatternepidemie in Lucknow geherrscht hatte). Bleistiftnotizen am Rande einer alten Musterrolle besagen, daß er verschiedene Male bestraft wurde wegen »Umgangs mit unpassenden Persönlichkeiten«, und es scheint, daß er einmal zu schwerer Strafe verurteilt wurde, weil »er sich einen ganzen Tag in Gesellschaft eines Straßenbettlers herumgetrieben hatte«. Das war damals, als er über das Gitter kletterte und einen ganzen Tag den Lama am Ufer des Goomtee bestürmte, in den nächsten Ferien mit ihm auf der Landstraße wandern zu dürfen, einen Monat nur – nur eine kurze Woche – eine Bitte, gegen die der Lama sich wie ein Kieselstein verhärtete, indem er behauptete, die Zeit dafür wäre noch nicht gekommen. Kims Aufgabe, sagte der alte Mann, indes sie zusammen Kuchen aßen, wäre, erst alle Weisheit der Sahibs zu erwerben, und dann würde er sehen . . .

Die Hand der Freundschaft mußte auch diesmal die Geißel des Unheils abgewendet haben, denn es scheint, daß Kim sechs Wochen später eine Elementarprüfung in Vermessungskunde bestand, »mit ausgezeichnetem Erfolg«, im Alter von fünfzehn Jahren und acht Monaten. Mit diesem Datum schließen die Berichte. Sein Name fehlte unter dem jährlichen Schub derer, die in den niederen Vermessungsdienst von Indien eintraten, dagegen war er gebucht mit dem Zusatz: »Auf Befehl entlassen.«

Verschiedene Male im Laufe dieser drei Jahre tauchte in dem Tempel der Tirthanker zu Benares der Lama auf, etwas abgemagert, einen Schatten gelber, wenn möglich, aber sanft und harmlos wie immer. Zuweilen kam er vom Süden her – vom Süden von Tuticorin, von wo die wunderbaren Feuerschiffe nach Ceylon gehen, wo es Priester gibt, die Pali[1] verstehen; zuweilen vom feuchten grünen Westen und den Tausenden von Baumwollfabrikschloten, die Bombay wie ein Ring umgeben; und einmal vom Norden her, wo er achthundert Meilen hin und zurück gewandert war, um einen Tag lang mit dem Hüter der Bildnisse in dem Wunderhaus zu reden. Er schritt dann in seine Zelle in dem kühlen Marmortempel – die Priester waren gütig mit dem alten Mann – wusch den Staub des Weges ab, betete und fuhr (er war nun an die Eisenbahn gewöhnt) dritter Klasse nach Lucknow. Kehrte er von dort zurück, so war es auffallend – wie sein Freund, der Sucher, zu dem Oberpriester bemerkte –, daß er für einige Zeit nicht mehr um den verlorenen Fluß klagte oder wunderbare Bilder von dem Rad des Lebens zeichnete, sondern von der Schönheit und Weisheit eines gewissen geheimnisvollen *Chela* sprach, den kein Mann des Tempels je gesehen hatte.

Ja, er war den Spuren der heiligen Füße durch ganz Indien gefolgt. (Der Kurator besitzt noch einen höchst wunderbaren Bericht über seine Wanderungen und Meditationen.) Es blieb nichts mehr übrig im Leben, als den Fluß des Pfeiles zu finden. Jedoch war ihm in Träumen kund geworden, daß dies ein Unternehmen ohne jede Aussicht auf Erfolg wäre, wenn der Sucher nicht den *Chela* mithätte, der berufen sei, die Suche zu einem glücklichen Ende zu führen – einen *Chela*, in großer Weisheit erfahren – solcher Weisheit, wie weißhaarige Hüter von Bildnissen sie besitzen. Zum Beispiel (hier wurde die Schnupftabaksdose hervorgeholt, und die gutmütigen Jainpriester schwiegen schleunigst still): –

»Vor langen, langen Zeiten, als Devadatta König von Benares war – lasset alle lauschen der *Jâtaka*[2]! – war ein Elefant von den Jägern des Königs gefangengehalten und, bevor er ausbrach, mit einem schmerzenden eisernen Beinring versehen worden. Mit Haß und Wut im Herzen suchte er das Eisen abzustreifen, und in den Wäldern auf und ab rennend,

1. Tochtersprache des Sanskrit. – 2. Geschichte der Geburt Buddhas.

flehte er seine Brüderelefanten an, es loszureißen. Mit ihren starken Rüsseln, einer nach dem andern, versuchten sie es, aber vergebens. Zuletzt gaben sie ihre Meinung dahin ab, daß der Ring nicht durch tierische Kraft zu brechen sei. Und im Dickicht, noch feucht von der Geburt, lag ein neugeborenes Elefantenkalb auf der Erde, dessen Mutter gestorben war. Der gefesselte Elefant, seine eigene Qual vergessend, sprach: ›Wenn ich nicht diesem Säugling helfe, so wird er unter unsern Füßen sterben.‹ So stand er über dem jungen Ding und machte seine Beine zu Schutzpfeilern gegen die unruhig sich bewegende Herde. Er erbettelte Milch von einer tugendhaften Elefantenkuh, und das Kalb gedieh, und der gefesselte Elefant ward des Kalbes Führer und Verteidiger. Aber die Tage eines Elefanten – lasset alle lauschen der *Jâtaka*! – sind fünfunddreißig Jahre bis zu seiner vollen Stärke; und durch fünfunddreißig Regen beschützte der beringte Elefant den jüngeren, und durch die ganze lange Zeit hindurch fraß das Eisen sich in das Fleisch ein.

Da, eines Tages, sah der junge Elefant das halb im Fleisch begrabene Eisen und wandte sich zu dem älteren und sprach: ›Was ist dies?‹ ›Das ist eben mein Kummer‹, sprach der, der ihn betreut hatte. Da streckte der andere seinen Rüssel aus, und so schnell wie man ein Auge aufschlägt, zertrümmerte er den Ring und sprach: ›Die vorbestimmte Zeit ist gekommen.‹ So ward der tugendhafte Elefant, der geduldig ausgeharrt und Gutes getan hatte, erlöst zur bestimmten Zeit durch dasselbe Kalb, das er gerettet und geliebt hatte – lasset alle lauschen der *Jâtaka*! – denn der Elefant war Ananda, und das Kalb, das den Ring zerbrach, war kein anderer als der Herr selbst . . .«

Dann wiegte er feierlich sein Haupt, und über dem immer klappernden Rosenkranz wies er darauf hin, wie frei dies Elefantenkalb von der Sünde des Stolzes war. Es war so demütig wie ein *Chela,* der seinen Meister draußen im Staube vor den Pforten des Wissens sitzen sah und diese Pforten übersprang (obwohl sie geschlossen waren) und seinen Meister ans Herz nahm vor den Augen der stolzbrüstigen Stadt. Reich würde der Lohn eines solchen Meisters und eines solchen *Chela* sein, wenn die Zeit für sie gekommen wäre, Freiheit miteinander zu suchen!

So sprach der Lama. Und er ging und kam durch Indien so sacht wie eine Fledermaus. Eine scharfzüngige alte Frau, in einem Hause zwischen den Fruchtbäumen hinter Saharunpore, ehrte ihn, wie das Weib den Propheten ehrte, aber seines Bleibens war nicht hinter den Wänden. In einem Raum des Vorhofes saß er, auf den girrende Tauben hinabsahen, indes sie ihren überflüssigen Schleier beiseite legte und schwatzte von Geistern und Teufeln in Kulu, von ungeborenen Enkeln und von dem keckzüngigen Burschen, der auf dem Rastplatz zu ihr gesprochen hatte. Einmal schweifte er auch unterhalb Umballa von der Großen Heerstraße ab nach demselben Dorf, dessen Priester versucht hatte, ihn zu betäuben, aber der gütige Himmel, der Lamas beschützt, leitete ihn im Zwielicht durch die Ährenfelder, in Gedanken vertieft und arglos, zu des Rissaldars Tür. Hier hätte es bald ein schweres Mißverständnis gegeben, denn der alte Soldat fragte ihn, warum der Freund der Sterne vor erst sechs Tagen denselben Weg gekommen sei.

»Das kann nicht sein«, meinte der Lama. »Er ist zu seinem eigenen Volk zurückgegangen.«

Sein Wirt blieb dabei. »Hier in dieser Ecke saß er vor fünf Nächten und erzählte lustige Geschichten. Wahr ist, er verschwand ein wenig plötzlich in der Dämmerung, nachdem er närrische Reden mit meiner Enkelin geführt hatte. Er wächst zusehends, aber es ist derselbe Freund der Sterne, der mir das wahre Wort von dem Krieg brachte. Habt ihr euch getrennt?«

»Ja – und nein«, erwiderte der Lama. »Wir – wir haben uns nicht ganz getrennt, aber die Zeit ist noch nicht reif, wo wir zusammen wandern können. Er erwirbt Weisheit an einem andern Ort. Wir müssen warten.«

»Gut – aber, wenn es nicht der Knabe war, wie käme es, daß er beständig von dir sprach?«

»Und was sagte er?« fragte der Lama eifrig.

»Süße Worte – hundert, tausend – daß du sein Vater und seine Mutter wärest und all dergleichen. Schade, daß er nicht in den Dienst der Königin tritt. Er ist ohne Furcht.«

Diese Nachricht beunruhigte den Lama, der noch nicht wußte, wie gewissenhaft Kim den mit Mahbub Ali geschlossenen und von Oberst Creighton notgedrungen genehmigten Kontrakt innehielt . . .

»Man kann kein junges Pony fern vom Spiel halten«, sagte der Roßkamm, als der Oberst behauptete, dies Vagabundieren durch Indien in den Ferien sei ein Unsinn. »Verbietet man ihm zu gehen und zu kommen, wie er mag, so wird er sich nicht um das Verbot kümmern. Wer wird ihn dann wieder einfangen? Oberst Sahib, nur einmal in tausend Jahren wird ein Roß, so geeignet für das Spiel, geboren wie dieses unser Füllen. Und wir brauchen Männer.«

Zehntes Kapitel

Euer Falke ist zu lang am Stand, Sir. Er war kein
Nestküken, als wir ihn fingen, sondern ein Wanderfalk,
Gefährlich freier Gesell der Luft. Traun! Wär' er mein
(Wie dieser Handschuh mein ist, auf dem er hockt),
Ich würf' ihn aus mit einem Bruderfalken. Er ist
Vollauf befiedert – abgerichtet – wetterfest ...
Gebt ihm das Firmament, für das ihn Gott
Erschuf. Sein ist die Luft!

Altes Schauspiel.

Lurgan Sahib sprach sich nicht so unverblümt aus, aber sein Rat schloß sich dem Mahbubs an, und das Ergebnis war günstig für Kim. Er wußte jetzt Besseres zu tun, als Lucknow in Eingeborenenkleidung zu verlassen, und wenn Mahbub irgendwie brieflich erreichbar war, so suchte er ihn in seinem Lager auf und vollzog seine Verwandlung unter den schlauen Augen des Pathans. Hätte der kleine Tuschkasten, den er in der Schule beim Kartenzeichnen brauchte, von seiner Verwendung in den Ferien reden können, so wäre Kim wohl relegiert worden.

Einmal zog er mit Mahbub und drei Wagen voll Trambahnpferden bis nach der schönen Stadt Bombay, und Mahbub löste sich fast auf vor Vergnügen, als Kim eine Segelfahrt durch den Indischen Ozean vorschlug, um Golfaraber zu kaufen, die, wie er von einem Untergebenen des Händlers Abdul Rahman erfahren hatte, bessere Preise erzielten als bloße Kabulipferde. Er speiste mit im Hause dieses großen Kaufmanns, als Mahbub nebst einigen Glaubensgenossen zu einem großen Hadschschmaus eingeladen war.

Bei dem Rückwege über Karachi zur See machte Kim die erste Bekanntschaft mit der Seekrankheit. Er saß auf dem Vorderdeck des kleinen Küstendampfers, fest überzeugt, daß er vergiftet sei. Die famose Medizindose des Babu erwies sich als nutzlos, obgleich er sie in Bombay frisch gefüllt hatte. Mahbub hatte Geschäfte in Quetta, und dort verdiente Kim mit Mahbubs Erlaubnis vier spaßige Tage lang sein Brot, und vielleicht etwas darüber, als Küchenjunge im Hause eines fetten Kommissariatssergeanten, aus dessen Büroschrank er in einem unbewachten Augenblick ein kleines, in Kalbsleder gebundenes Kontobuch verschwinden ließ – es betraf anscheinend nur Verkäufe von Rindvieh und Kamelen – von dem er im Mondschein, hinter einem Nebengebäude liegend, eine Abschrift anfertigte. Dann legte er das Buch an den Platz zurück, verließ auf Mahbubs Anweisung seinen Dienst ohne Lohn und traf sechs Meilen weiter unten wieder mit Mahbub zusammen, die saubere Kopie auf der Brust.

»Dieser Soldat ist ein kleiner Fisch«, erklärte Mahbub Ali, »mit der Zeit werden wir größere fangen. Er verkauft nur Ochsen zu zwei verschiedenen Preisen – einem für sich selbst und einem für die Regierung – was, glaube ich, keine Sünde ist.«

»Warum durfte ich das kleine Buch nicht mitnehmen, und damit gut?«

»Das hätte ihn erschreckt und er würde es seinem Vorgesetzten gesagt haben. Dadurch würden wir vielleicht eine große Anzahl neuer Gewehre verlieren, die ihren Weg von Quetta nach dem Norden suchen. Das Spiel ist so weitläufig, daß man jedesmal nur ein Stückchen davon sieht.«

»Oho!« sagte Kim und hielt den Mund. Das war in den Monsunferien, nachdem er den Preis in Mathematik erhalten hatte. Die Weihnachtsferien verbrachte er – abgerechnet einige Tage für Privatvergnügungen – bei Lurgan Sahib. Dort saß er meist vor einem lodernden Holzfeuer – auf dem Wege zum Jakko lag in dem Jahr der Schnee vier Fuß tief – der kleine Hindu war fort, um verheiratet zu werden – und half Lurgan Perlen aufreihen. Nebenbei ließ Lurgan ihn ganze Kapitel aus dem Koran auswendig lernen, bis er sie genau mit dem Zungenschlag und Tonfall eines Mullah vortragen konnte. Ferner lehrte er ihn die Namen und Eigenschaften vieler einheimischer Heilmittel, sowie die Zaubersprüche, die dazu hergesagt werden müssen. Am Abend schrieb er Beschwörungsformeln auf Pergament – kunstvoll ausgearbeitete Pentagramme, verziert mit den Namen von Teufeln – von Murra und Awan, dem Begleiter von Königen – alle phantastisch in die Ecken geschrieben. Dann unterwies er ihn in der Pflege seines eigenen Körpers, in der Behandlung von Fieberanfällen und Anwendung einfacher Arzneimittel auf der Wanderung. Eine Woche vor der Abreise schickte Oberst

Creighton Sahib – das war nicht nett – einen Zettel mit Prüfungsfragen, die sich ausschließlich mit Meßruten und Ketten und Winkeln befaßten.

In den nächsten Ferien zog er mit Mahbub aus, und bei dieser Gelegenheit wäre er beiläufig fast vor Durst umgekommen, als er auf einem Kamel sich mühselig durch den Sand arbeitete, auf dem Weg nach der geheimnisvollen Stadt Bikaneer, wo die Brunnen vierhundert Fuß tief und fast durchweg von Kamelknochen eingefaßt sind. Das war, nach Kims Geschmack, kein vergnüglicher Ausflug, denn der Oberst hatte ihm – ungeachtet des Kontraktes – befohlen, eine Karte von dieser wilden ummauerten Stadt anzufertigen; und da es nicht eben üblich war, daß mohammedanische Pferdejungen und Pfeifenreiniger mit Vermessungsketten in der Hauptstadt eines unabhängigen Staates herumzogen, so war Kim gezwungen, seine Distanzen mit Hilfe der Perlen seines Rosenkranzes abzuschreiten. Zur Orientierung benutzte er gelegentlich den Kompaß, hauptsächlich nach Dunkelwerden, wenn die Kamele gefüttert waren; und mit Hilfe seines kleinen Tuschkastens mit sechs Farbentäfelchen und drei Pinseln brachte er etwas zustande, das der Hauptstadt von Jeysalmir nicht allzu unähnlich war. Mahbub lachte herzlich und riet ihm, auch einen geschriebenen Bericht abzufassen; und auf den letzten Seiten des großen Kontobuches, das unter der Klappe von Mahbubs Lieblingssattel lag, machte Kim sich ans Werk.

»Er muß alles enthalten, was du gesehen oder berührt oder gedacht hast. Schreibe, als wenn der Jang-i-Lat Sahib selbst im geheimen mit einer großen Armee gekommen wäre, um in den Krieg zu ziehen.«

»Wie groß die Armee?«

»O, ein halbes *Lakh*[1] Männer.«

»Torheit! Bedenke, wie schlecht und wie selten die Brunnen in dem Sande sind. Nicht tausend durstige Männer könnten hier herankommen.«

»Dann schreib das hin – auch die alten Breschen in den Mauern – und wo das Brennholz geschnitten wird – und wie die Stimmung und Gesinnung des Königs ist. Ich bleibe hier, bis alle meine Pferde verkauft sind. Ich will ein Zimmer

1. 50 000.

am Torweg mieten, und du sollst mein Buchhalter sein. Es ist ein gutes Schloß an der Tür.«

Der Bericht, in der unverkennbaren, fließenden St. Xavierhandschrift, nebst der braun und gelben, lacküberzogenen Karte war noch vor wenigen Jahren vorhanden (ein nachlässiger Schreiber bekritzelte ihn mit Notizen über die zweite Dienstreise von E. 23 nach Seistan), aber inzwischen wird die Bleistiftschrift wohl fast unleserlich geworden sein. Kim las ihn, unterm Schein einer Öllampe schwitzend, Mahbub vor, am zweiten Tag ihrer Rückreise. Der Pathan erhob sich und beugte sich über seine bunten Satteltaschen.

»Ich wußte, er würde eines Ehrenkleides würdig sein, und hielt es bereit«, sagte er lächelnd. »Wäre ich Emir von Afghanistan (und wir werden ihn eines Tages vielleicht sehen), so würde ich deinen Mund mit Gold füllen.« Er breitete die Gewänder feierlich zu Kims Füßen aus. Da war eine goldgestickte, kegelförmig aufsteigende Turbanmütze aus Peshawur und ein großes Turbantuch, das in einer breiten Goldfranse endete. Da war eine gestickte Weste von Delhi, über einem milchweißen, rechts schließenden, weitwallenden Hemd zu tragen; grüne Pyjamas mit geflochtener, seidener Gürtelschnur, und damit nichts fehle, Pantoffeln von russischem Leder, himmlisch riechend, mit hochfahrend aufgebogenen Spitzen.

»An einem Mittwoch und am Morgen neue Kleider anzulegen, ist glückbedeutend«, sagte Mahbub feierlich. »Aber wir dürfen nicht vergessen, daß es böses Volk in der Welt gibt. Also!«

Er krönte all die Herrlichkeiten, die Kim vor Entzücken den Atem benahmen, durch einen mit Perlmutter und Nickel beschlagenen 9-mm-Selbstlade-Revolver.

»Ich wollte erst ein kleineres Kaliber nehmen, dachte dann aber, daß dieses hier Armeepatronen faßt. Die kann ein Mann sich überall verschaffen – besonders über der Grenze. Steh auf und laß mich schauen.« Er klopfte Kim auf die Schulter. »Mögest du nimmer ermüden, Pathan! Oh, die Herzen, die brechen werden! Oh, die Augen, die schauen werden unter gesenkten Lidern!«

Kim drehte sich rundum, streckte die Zehen, reckte sich und fühlte mechanisch nach dem Schnurrbart, der just zu sprossen begann; dann beugte er sich zu Mahbubs Füßen nieder, um nach Gebühr mit flatternden, tätschelnden Händen zu danken, da sein Herz zu voll war für Worte. Mahbub kam ihm zuvor und umarmte ihn.

»Mein Sohn«, sprach er, »was braucht es Worte zwischen uns? Aber ist nicht das kleine Schießgewehr zum Entzükken? Alle sechs Patronen kommen auf *eine* Drehung heraus. Es wird auf der Brust, auf der Haut getragen, wodurch es immer so gut wie geölt bleibt. Steck es nie anderswohin, und so es Gott gefällt, wirst du eines Tages einen Mann damit töten.«

»Hai mai!« rief Kim kläglich. »Wenn ein Sahib einen Menschen tötet, wird er im Gefängnis gehängt.«

»Wahr; aber einen Schritt jenseits der Grenze sind die Leute vernünftiger. Tu es weg, aber füll es zuvor. Was nützt ein ungefüttertes Schießgewehr?«

»Wenn ich in die *Madrissah* zurückgehe, muß ich es dir wiedergeben. Sie erlauben keine kleinen Gewehre. Du wirst es mir aufbewahren?«

»Sohn, ich bin der *Madrissah* müde, wo sie einem Mann die besten Jahre nehmen, um ihn zu lehren, was er nur auf der Landstraße lernen kann. Die Torheit der Sahibs hat weder Deckel noch Boden. Macht nichts. Kann sein, dein geschriebener Bericht wird dir fernere Sklaverei ersparen; und Gott weiß, wir brauchen Männer, immer mehr und mehr, für das Spiel.«

Mit verbundenem Mund, um sich vor dem Flugsand zu schützen, wanderten sie durch die Salzwüste nach Jodhpore, wo Mahbub und sein schöner Neffe Habib-Ullah viel Handel trieben; und dann – traurig in europäischen Kleidern, aus denen er zusehends herauswuchs – fuhr Kim zweiter Klasse nach St. Xavier zurück. Drei Wochen später sah sich Oberst Creighton, der in Lurgans Laden nach dem Preise von tibetanischen Geisterdolchen fragte, Mahbub Ali als offenem Meuterer gegenüber. Lurgan Sahib operierte als Hilfsreserve.

»Das Pony ist fertig – vollendet – mäulig und gängig, Sahib! Von nun an, von Tag zu Tag, wird es seine Qualitäten verlieren, wenn es künstlich festgehalten wird. Gebt ihm die Zügel frei und laßt ihn los«, sagte der Pferdehändler. »Wir brauchen ihn.«

»Aber er ist noch so jung, Mahbub – kaum sechzehn – nicht so?«

»Als ich fünfzehn alt war, Sahib, hatte ich meinen Mann geschossen und meinen Mann gezeugt.«

»Du hartgesottener alter Heide.« Creighton wandte sich zu Lurgan. Der schwarze Bart nickte dem scharlachfarbenen des Afghanen Beifall.

»Ich würde ihn längst verwendet haben«, sagte Lurgan. »Je jünger, je besser. Deshalb lasse ich meine wirklich kostbaren Juwelen von einem Kinde bewachen. Ihr habt ihn mir geschickt, um ihn auf die Probe zu stellen. Ich prüfte ihn in jeder Weise: er ist der einzige Knabe, den ich nicht dazu bringen konnte, Dinge zu sehen ...«

»Im Kristall – im Tintenfaß?« fragte Mahbub.

»Nein. Unter meiner Hand. Das ist mir noch nie vorgekommen. Das zeigt, daß er stark genug ist – aber Sie halten das für Spielereien, Oberst Creighton –, jeden Menschen nach seinem Willen zu beeinflussen. Und das war vor drei Jahren. Seit der Zeit habe ich ihn vieles gelehrt, Oberst Creighton. Ich glaube, Sie verwerten ihn jetzt nicht richtig.«

»Hm. Kann sein. Sie haben recht. Aber wie Sie wissen, ist augenblicklich keine Arbeit für ihn da.«

»Laßt ihn los – laßt ihn laufen«, unterbrach Mahbub. »Wer erwartet von einem Füllen, daß es gleich schwere Lasten trägt? Laßt ihn mit den Karawanen laufen, wie unsere weißen Kamelfüllen – auf gut Glück. Ich würde ihn zu mir nehmen, aber –«

»Da ist im Süden eine Kleinigkeit zu tun, wobei er sehr nützlich sein könnte«, meinte Lurgan, mit besonders sanftem Ton, seine schweren, blaugefärbten Augenlider senkend.

»E. 23 hat das in Händen«, sagte Creighton rasch. »Er darf nicht dorthin. Außerdem kann er nicht türkisch.«

»Beschreiben Sie ihm nur Format und Geruch der Briefe, die wir brauchen«, beharrte Lurgan, »und er wird sie uns bringen.«

»Nein. Das ist Männerarbeit«, sagte Creighton. Es handelte sich um den verzwickten Fall einer eigenmächtigen, aufrührerischen Korrespondenz zwischen einer Persönlichkeit, die sich als allein maßgebende Autorität in allen Angelegenheiten der mohammedanischen Religion in der ganzen Welt betrachtete, und einem jüngeren Mitglied eines königlichen Hauses, das wegen Frauenraubs auf britischem Territorium in den Geheimakten geführt wurde. Der moslemitische Erzbischof hatte emphatisch und übertrieben anmaßend geschrieben; der junge Prinz schmollte nur wegen der Verkürzung seiner Privilegien; aber er mußte gehindert werden, eine Korrespondenz weiterzuführen, die ihn eines Tages kompromittieren konnte. Einer der Briefe war in der Tat schon aufgefangen worden, aber der Finder wurde später, als arabischer Handelsmann gekleidet, tot am Wege gefunden, wie E. 23 (der die Sache übernommen hatte) pflichtgemäß berichtete. Diese Fakten und einige andere, nicht zu veröffentlichende, erregten Mahbubs und Lurgans Kopfschütteln.

»Laßt ihn mit seinem roten Lama gehen«, sagte, mit sichtlicher Überwindung, der Roßkamm. »Er hat den alten Mann lieb. Er kann wenigstens an dem Rosenkranz seine Schritte abzählen lernen!«

»Ich hatte ein paarmal mit dem alten Mann zu tun – brieflich«, sagte Oberst Creighton lächelnd. »Wohin geht er?«

»Auf und ab im Land, wie all diese drei Jahre. Er sucht einen Fluß des Heils. Gottes Fluch über alle –« Mahbub stockte. »Er wohnt im Tempel der Tirthanker oder zu Buddh Gaya, wenn er von der Wanderschaft kommt. Von dort geht er gewöhnlich nach der *Madrissah,* um den Knaben zu sehen; wir wissen es, denn der Knabe wurde zwei- oder dreimal deswegen bestraft. Er ist ganz verrückt, aber ein friedlicher Mann. Ich habe ihn getroffen. Auch der Babu hat mit ihm zu tun gehabt. Wir haben ihn seit drei Jahren beobachtet. Rote Lamas sind nicht so häufig in Indien, daß man die Spur verlieren könnte.«

»Babus sind zuweilen sonderbar«, sagte nachdenklich Lurgan zu Creighton. »Wissen Sie, was Hurree Babu wirklich will? Er will Mitglied der Königlichen Akademie der Wissenschaften werden durch seine ethnologischen Berichte. Ich teilte ihm alles mit, was Mahbub und der Knabe mir über den Lama gesagt haben. Hurree Babu geht nach Benares – auf seine eigenen Kosten, nehme ich an.«

»Ich nicht«, sagte Creighton kurz. Er hatte, aus lebhafter Neugier zu erfahren, was der Lama eigentlich wäre, Hurrees Reisekosten bezahlt.

»Und er hat sich an den Lama gewandt, um sich belehren zu lassen über Lamaismus und Teufelstänze und Zauberformeln, verschiedene Male in diesen drei Jahren. Heilige Jungfrau! All das hätte er von mir schon vor Jahren erfahren können. Ich glaube, Hurree Babu wird zu alt für das Hin und Her. Er sammelt lieber Erfahrungen über Sitten und Bräuche. Ja, er strebt danach, ein F.R.S.[1] zu werden.«

»Hurree denkt gut von dem Knaben, wie?«

»Oh, sehr. Wir hatten einige vergnügte Abende hier zusammen in meiner kleinen Behausung. Aber ich glaube, es wäre schade, ihn mit Hurree in den ethnologischen Dienst hinüber zu lassen.«

»Nicht für einen ersten Versuch. Was sagt Ihr dazu, Mahbub? Lassen wir den Jungen sechs Monate mit dem Lama laufen. Danach wollen wir sehen. Er wird sich Erfahrungen holen.«

»Die hat er schon, Sahib – genau wie ein Fisch sich im Wasser auskennt, in dem er schwimmt. Aber auf alle Fälle wird es gut tun, ihn aus der Schule zu nehmen.«

»Gut also«, sagte Creighton halb zu sich selbst, »er kann mit dem Lama gehen, und wenn Hurree Babu ein Auge auf sie haben will, um so besser. Sonderbar – dieser Wunsch, ein F.R.S. zu werden! Und doch sehr menschlich! Er paßt auch am besten für Ethnologie – Hurree.«

Kein Geld und keine Auszeichnung würden Creighton bewogen haben, den indischen Geheimdienst zu verlassen, aber tief in seinem Herzen trug auch er den Ehrgeiz, das »F.R.S.« hinter seinen Namen zu setzen. Ehren mancherlei Art waren durch Findigkeit und Freundeshilfe zu erzielen, aber nichts – das war seine feste Überzeugung – als Arbeit, als der schriftliche Niederschlag der Arbeit eines ganzen Lebens konnte einem Manne den Zugang zu der wissenschaftlichen Gesellschaft eröffnen, die er seit Jahren mit Monographien über fremde asiatische Kulte und unbekannte Sitten bombardiert hatte. Neun von zehn Männern würden die Langeweile der Abende in der Akademie geflohen haben, aber Creighton war der zehnte, und es gab Zeiten, wo seine Seele sich sehnte nach den überfüllten Räumen im behaglichen London, in

1. Fellow of the Royal Society, Mitglied der Königlichen Akademie der Wissenschaften.

denen silberhaarige, kahlköpfige Herren, die von militärischen Dingen keine Ahnung haben, über spektroskopischen Experimenten hocken oder bei der Untersuchung niederer Pflanzenarten der eisigen Tundras, oder über elektrischen Flugmeßmaschinen oder Apparaten, die das linke Auge eines weiblichen Moskitos in millimetrische Teile zerlegen. Ja, nach Fug und Recht wäre sein Platz in der Königlichen Geographischen Gesellschaft gewesen; aber Männer sind so launisch wie Kinder in der Wahl ihres Spielzeugs. – So lächelte Creighton nur und dachte um so besser über Hurree Babu, da er mit ihm gleichen Ehrgeiz teilte.

Er legte den Geisterdolch aus der Hand und blickte zu Mahbub auf.

»Wann können wir das Füllen aus dem Stall holen?« fragte der Pferdehändler, in seinen Augen lesend.

»Hm. Wenn ich jetzt seine Entlassung anordne, was wird er, denkt Ihr, anfangen? Ich habe noch niemals mit der Erziehung eines solchen Geschöpfes zu tun gehabt.«

»Er wird zu mir kommen«, sagte Mahbub rasch. »Lurgan und ich werden ihn für die Reise vorbereiten.«

»Meinetwegen also. Sechs Monate mag er gehen, wohin er will. Aber wer bürgt für ihn?«

Lurgan neigte leicht den Kopf. »Er wird nichts ausplaudern, wenn Ihr *das* fürchtet, Oberst Creighton.«

»Er ist immerhin nur ein Knabe.«

»J–ja, aber erstens hat er nichts zu erzählen und zweitens weiß er, was die Folge sein würde. Außerdem hat er Mahbub sehr lieb und mich auch ein wenig.«

»Wird er Gehalt beziehen?« fragte der praktische Pferdehändler.

»Für Essen und Trinken lediglich. Zwanzig Rupien im Monat.«

Ein Vorzug des Geheimdienstes ist es, daß keine lästige Rechnungskontrolle stattfindet. Die Gehälter werden lächerlich knapp gehalten, natürlich, aber die Fonds werden von einigen wenigen Männern verwaltet, die weder nach Belegen schreien noch detaillierte Rechnungen vorlegen. Mahbubs Auge leuchtete auf mit einer fast eines Sikhs würdigen Freude am Gelde, und selbst Lurgans unbewegliches Gesicht belebte sich. Er dachte der kommenden Jahre, da Kim in das Große

Spiel eingefügt sein würde, das, über ganz Indien hin, weder Tag noch Nacht ruht; und der Ehre und Achtung, die ihm, dem Lehrer dieses Schülers, gezollt werden würde von den wenigen Auserwählten. Lurgan Sahib hatte E. 23 aus einem verwilderten, frechen, verlogenen kleinen Kerl aus den nordwestlichen Provinzen zu dem gemacht, was E. 23 jetzt war.

Die Freude seiner Lehrer war aber nur blaß und trübe neben Kims Freude, als der Direktor von St. Xavier ihn beiseite rief und ihm sagte, daß Oberst Creighton nach ihm geschickt habe.

»Ich nehme an, O'Hara«, sagte der Direktor, »daß er Ihnen eine Stelle als Meßassistent im Kanaldepartement erwirkt hat; das kommt von der guten Mathematik. Es ist ein großes Glück für Sie, denn Sie sind erst siebzehn; aber Sie begreifen natürlich, daß Sie nicht *pukka,* nicht dauernd angestellt werden können, bevor Sie Ihr Examen im Herbst bestanden haben. Sie müssen also nicht glauben, daß Sie zum Vergnügen in die Welt hinausgehen oder daß Ihr Glück nun ein für allemal gemacht ist. Es bleibt noch viel schwere Arbeit für Sie zu tun. Nur wenn es Ihnen gelingt, *pukka* zu werden, können Sie es bis zu vierhundertundfünfzig im Monat bringen.« Hierauf gab der Direktor ihm noch gute Lehren betreffs Führung, Anstand und Moral. Andere Schüler, die älter waren als er und noch keine Aussicht auf Anstellung hatten, sprachen, wie nur anglo-indische Burschen sprechen können, von Begünstigung und Bestechung. Der junge Cazalet, dessen Vater ein pensionierter Beamter in Chunar war, sprach sogar unverblümt aus, daß Oberst Creightons Interesse für Kim geradezu väterlich sei; und Kim, statt ihm das heimzuzahlen, antwortete mit keiner Silbe. Er dachte nur an eitel Lust und Wonne, die vor ihm lag, und an Mahbubs gestrigen, säuberlich in Englisch geschriebenen Brief, der ihn für Nachmittag nach einem Hause bestellte, bei dessen bloßem Namen sich dem Direktor die Haare vor Entsetzen gesträubt haben würden ...

Am selben Abend sprach Kim zu Mahbub auf dem Bahnhof von Lucknow bei dem Gepäckwagen: »Ich fürchtete, das Dach würde mir zuletzt noch auf den Kopf fallen, eh' ich heraus wäre. Oh, mein Vater, ist es denn wirklich alles zu Ende?«

Mahbub schnappte mit den Fingern zum Zeichen, wie endgültig alles zu Ende sei, und seine Augen funkelten wie rote Kohlen.

»Wo ist dann meine Pistole, daß ich sie trage?«

»Sachte, ein halbes Jahr Freiheit ohne Fußfessel. Das erbat ich für dich von Oberst Creighton Sahib. Mit zwanzig Rupien monatlich. Der alte Rothut weiß, daß du kommst.«

»Ich will dir *Dustoorie*[1] von meinem Gehalt zahlen, drei Monat lang«, sagte Kim ernsthaft, »jawohl, zwei Rupien jeden Monat. Vor allem müssen wir dies loswerden.« Er zupfte an seinen dünnen Leinwandhosen und zerrte an seinem Kragen. »Ich habe alles mitgebracht, was ich auf der Landstraße brauche. Meinen Koffer habe ich Lurgan Sahib geschickt.«

»Der dir seine *Salaams* sendet – Sahib.«

»Lurgan Sahib ist ein sehr kluger Mann. Und was wirst du jetzt tun?«

»Ich gehe wieder nach Norden, in dem Großen Spiel. Was sonst? Bist du noch immer gewillt, dem alten Rothut zu folgen?«

»Vergiß es nicht, er machte mich zu dem, was ich bin – obwohl er es nicht wußte. Jahr für Jahr schickte er das Geld, für das ich unterrichtet wurde.«

»Das würde ich auch getan haben«, brummte Mahbub, »wenn es meinem dicken Schädel eingefallen wäre. Laß uns gehen. Die Lampen sind jetzt angezündet und niemand wird dich im Bazar bemerken. Wir gehen nach Huneefas Haus.«

Auf dem Weg dahin gab Mahbub Kim fast dieselben Ratschläge, die Lemuel[2] von seiner Mutter empfing, und er war merkwürdigerweise sehr darauf bedacht, hervorzuheben, wie Huneefa und ihresgleichen selbst Könige zugrunde gerichtet hätten.

»Und dabei erinnere ich mich«, sagte er schelmisch, »eines, der da sagte: Trau einer Schlange mehr als einer Dirne und einer Dirne mehr als einem Pathan. Nun, ausgenommen das mit den Pathans, da ich selbst einer bin, ist alles übrige wahr. Besonders wahr ist es in dem Großen Spiel, denn nur die Weiber sind schuld, wenn alle Pläne mißlingen und wir im Morgengrauen mit durchschnittener Kehle am Wege liegen.

1. Provision. – 2. Arabischer König.

So geschah es dem und dem –«, er gab die blutrünstigsten Details.

»Warum dann – –?« Kim stockte vor einer schmierigen Treppe, die in die warme Dunkelheit eines oberen Raumes im Hofe hinter Azim Ullahs Tabakladen hinaufführte. Die den Raum kennen, nennen ihn das Vogelbauer – so voll ist er von Gewisper und Gepfeif und Gezirp.

Das Zimmer mit seinen schmutzigen Kissen und halb ausgerauchten Wasserpfeifen roch abscheulich nach kaltem Tabak. In einer Ecke lag ein großes unförmiges Weib, in grünliche Gaze gehüllt, Stirn, Nase, Ohren, Hals, Handgelenke, Arme, Hüften und Fußknöchel mit plumpen, einheimischen Schmucksachen bedeckt. Bewegte sie sich, so klang es, als ob Kupfergeschirr aneinanderklirrte. Eine magere Katze auf dem Balken vor dem Fenster miaute hungrig. Kim blieb verwirrt an dem Türvorhang stehen.

»Ist das die Remonte, Mahbub?« fragte Huneefa träge, kaum das Pfeifenmundstück von den Lippen nehmend. »Oh, Buktanoos!« – wie die meisten ihrer Art schwor sie bei den Djinns – »Oh, Buktanoos! Er ist sehr hübsch anzuschauen.«

»Das bezieht sich auf den Pferdehandel«, erklärte Mahbub; Kim lachte.

»Solche Rede hörte ich seit meinem sechsten Tag«, erwiderte er, sich ans Licht hockend. »Wohin soll sie führen?«

»Zu einer Schutzmaßregel. Heute abend ändern wir deine Farbe. Der Schlaf unter den Dächern hat dich weiß gemacht wie eine Mandel. Aber Huneefa kennt das Geheimnis einer Farbe, die haftet – keine Malerei für ein oder zwei Tage. Auch gegen Zufälle auf der Reise stärken wir dich. Das ist *mein* Geschenk an dich, mein Sohn. Hol alles Metall, das du an dir trägst, heraus und leg es hierher. Mach dich fertig, Huneefa.«

Kim zog seinen Kompaß hervor, seinen Tuschkasten und die frisch gefüllte Arzneidose. Sie hatten ihn auf allen Wegen begleitet, und er liebte sie nach Knabenart innig.

Das Weib erhob sich langsam und bewegte sich mit halb ausgestreckten Händen vorwärts. Kim sah jetzt, daß sie blind war. »Nein, nein«, murmelte sie, »der Pathan spricht Wahrheit – meine Farbe schwindet nicht in einer Woche oder einem Monat, und die, die ich beschütze, sind in starker Hut.«

»Wenn man weit weg ist und allein, würde es nicht gut sein, plötzlich fleckig und aussätzig zu werden«, sprach Mahbub. »Als du mit mir warst, konnte ich dich behüten. Überdies, ein Pathan ist reinhäutig. Entkleide dich jetzt bis zu den Hüften und schau, wie weiß du geworden bist.« Huneefa tastete sich aus einem hinteren Raum zurück. »Es tut nichts, sie kann nicht sehen.« Er nahm eine Zinnschale aus ihrer beringten Hand.

Der Farbstoff sah blau und klebrig aus. Kim probierte ihn auf seinem Handrücken mit einem Wattebausch; aber Huneefa hörte es.

»Nein, nein«, rief sie, »so wird es nicht gemacht, nur mit den richtigen Zeremonien. Die Farbe ist das wenigste. Ich gebe dir den vollen Schutz für unterwegs.«

»Jadoo[1]?« sagte Kim, halb zurückschreckend. Er mochte die weißen blicklosen Augen nicht. Mahbubs Hand legte sich auf seinen Nacken und drückte ihn nieder, bis seine Nase nur einen Zoll überm Boden war.

»Sei ruhig. Nichts Übles geschieht dir, mein Sohn. Ich stehe für dich ein.«

Kim konnte nicht sehen, was die Frau tat, er hörte nur viele Minuten lang das Klicken ihres Schmucks. Ein Zündholz leuchtete in der Dunkelheit auf; er vernahm das wohlbekannte Knistern und Surren von Weihrauchkörnern. Dann füllte sich der Raum mit Rauch – schwer, aromatisch, betäubend. Durch wachsende Schläfrigkeit hindurch hörte er die Namen von Teufeln – von Zulbazan, dem Sohn des Eblis, der in Bazaren und *Paraos* sein Wesen treibt und all den üblichen boshaften Schabernack der Landstraße verübt; von Dulhan, der unsichtbar in Moscheen umgeht, zwischen den Pantoffeln der Gläubigen sich einnistet und sie am Beten hindert; und von Musboot, dem Dämon der Lüge und der Panik. Huneefa, bald ihm ins Ohr flüsternd, bald wie aus ungeheurer Entfernung redend, berührte ihn mit schauderhaft weichen Fingern, aber Mahbubs Griff wich nicht von seinem Nacken, bis der Knabe, mit einem Seufzer zusammensinkend, das Bewußtsein verlor.

»Allah! Wie er sich wehrte! Es wäre uns nie gelungen ohne Betäubung. Das macht, nehme ich an, sein weißes Blut«, sagte

1. Magie.

Mahbub aufatmend. »Fahre fort mit dem *Dawut*[1]. Gib ihm vollen Schutz.«

»O Hörer! Du, der du hörest mit Ohren, sei bei uns! Höre, o Hörer!« Huneefa winselte, ihre toten Augen drehten sich nach Westen. Der dunkle Raum füllte sich mit Heulen und Schnaufen.

Vom Balkon draußen erhob eine umfangreiche Gestalt ihren runden Kugelkopf und hustete nervös.

»Unterbrecht nicht diese bauchredende Nekromantin, mein Freund«, sprach die Gestalt auf englisch. »Ich nehme an, daß es recht peinlich für Euch ist, aber ein erleuchteter Beobachter darf sich nicht aus der Fassung bringen lassen.«

»... Ich will ihnen Fallstricke legen zu ihrem Verderben! Oh, Prophet, habe Geduld mit den Ungläubigen! Laß sie eine Weile in Frieden!« Huneefas Antlitz, nordwärts gedreht, verzerrte sich schrecklich, und es war, als ob Stimmen von der Decke herab ihr antworteten.

Hurree Babu nahm sein Notizbuch wieder vor, auf dem Fensterrand hockend, aber seine Hände zitterten. Huneefa, in einer Art trunkener Ekstase, wiegte sich, mit gekreuzten Beinen neben Kims stillem Kopf sitzend, hin und her und rief in der alten Ordnung des Rituals Teufel nach Teufel an und befahl ihnen, dem Knaben fernzubleiben bei all seinem Tun.

»Mit Ihm sind die Schlüssel der verborgenen Dinge! Keiner kennt sie außer Ihm. Er kennt, was auf dem trockenen Lande und was in dem Meere ist!« Wieder brachen die unirdischen, fauchenden Antworten hervor.

»Ich – ich nehme an, daß nichts Bösartiges bei dieser Operation ist?« sagte der Babu, die bebenden und zuckenden Halsmuskeln Huneefas beobachtend, indes sie in Zungen lallte. »Es – es ist doch wohl nicht wahrscheinlich, daß sie den Knaben umgebracht hat? Wenn – dann verweigere ich mein Zeugnis beim Verhör ... Welchen hypothetischen Teufel nannte sie zuletzt?«

»Babuchen«, sagte Mahbub im Dialekt, »ich habe keinen Respekt vor den Teufeln von Hind, aber mit den Söhnen von Eblis ist das eine andere Sache; und ob sie nun *jumalee*[2] oder *jullalee*[3] sind, jedenfalls lieben sie keine *Kafirs*[4].«

1. Beschwörung. – 2. wohlwollend. – 3. bösartig. – 4. Ungläubige.

»Du meinst also, es wäre besser, ich ginge?« sagte Hurree Babu, sich halb erhebend. »Es sind natürlich entmaterialisierte Phänomene. Spencer sagt –«

Huneefas Krisis endete, wie derlei Zustände immer, in einem heulenden Paroxysmus. Schaum auf den Lippen, lag sie erschöpft und bewegungslos neben Kim, und die wahnsinnigen Stimmen schwiegen.

»Uah! Das Werk ist vollbracht. Möge es dem Knaben zum Segen sein. Huneefa ist sicherlich eine Meisterin des *Dawut.* Hilf sie beiseite schleppen, Babu. Fürchte dich nicht.«

»Wie könnte ich das absolut Nichtexistente fürchten?« sagte Hurree Babu, englisch sprechend, um sich Haltung zu geben. Es ist ein unbehagliches Ding, den Geheimnissen der Magie mit geringschätziger Überlegenheit nachzuspüren und sie doch heimlich noch zu fürchten, folkloristische Berichte für die Akademie der Wissenschaften zu sammeln, mit einem immer noch lebendigen Glauben an alle Mächte der Finsternis im Herzen.

Mahbub lachte in sich hinein. Er war oft genug mit Hurree unterwegs gewesen. »Wir wollen die Malerei fertig machen«, sagte er. »Der Knabe ist gut beschützt, wenn – wenn die Herren der Luft Ohren haben zu hören. Ich bin ein *Sufi*[1], aber wenn man einer Frau, einem Hengst oder einem Teufel die schwache Seite abgewinnen kann, warum dann auf die andere Seite gehen und sich einen Tritt holen? Bring ihn auf den Weg, Babu, und paß auf, daß Rothut ihn nicht aus unserer Reichweite führt. Ich muß zu meinen Pferden zurück.«

»Abgemacht«, sagte Hurree Babu. »Für den Augenblick ist er recht sonderbar anzuschauen.«

Um den dritten Hahnenschrei erwachte Kim aus tausendjährigem Schlaf. Huneefa in ihrer Ecke schnarchte schwer, aber Mahbub war fort.

»Ich hoffe, man hat Euch nicht erschreckt«, sprach eine ölige Stimme neben ihm. »Ich überwachte die ganze Operation, die sehr interessant war, vom ethnologischen Standpunkt aus. Es war erstklassiges *Dawut.*«

»Hoh!« sagte Kim, Hurree Babu erkennend, der verbindlich lächelte.

1. Freidenker.

»Ich hatte auch die Ehre, Euer gegenwärtiges Kostüm von Lurgan Sahib zu überbringen. Es ist nicht meine offizielle Gepflogenheit, derlei Flitter an Untergebene abzuliefern, aber« – er kicherte – »Euer Fall ist als eine Ausnahme in den Büchern vermerkt. Ich hoffe, Mr. Lurgan wird meine Handlungsweise zur Notiz nehmen.«

Kim gähnte und reckte sich. Es tat wohl, sich wieder einmal in losen Kleidern zu drehen und zu wenden.

»Was ist das?« Er beschaute neugierig den schweren, mit den Gerüchen des fernen Nordens geschwängerten Düffelstoff.

»Oho! Das ist das unansehnliche Kleid eines *Chela* im Dienst eines lamaistischen Lamas! Komplett bis in alle Einzelheiten«, sprach Hurree Babu und wackelte auf den Balkon, um seine Zähne an einem Wasserbehälter zu reinigen. »Ich bin der Meinung, daß das nicht so ganz eigentlich die Religion des alten Herrn ist, sondern eher sozusagen eine Subvariation davon. Ich habe über diesen Gegenstand der ›Asiatischen Revue‹ einige leider abgelehnte Berichte eingeschickt. Sonderbar, daß der alte Herr selbst aller Religiosität bar ist. Er nimmt es nicht im geringsten genau.«

»Kennt Ihr ihn denn?«

Hurree Babu hob die Hand, um anzudeuten, daß er mit dem vorgeschriebenen Zeremoniell beschäftigt sei, das ein wohlerzogener Bengale beim Zähneputzen und derlei Verrichtungen beobachtet. Dann rezitierte er in englischer Sprache ein Arya-Sòmaj-Gebet theïstischer Natur und stopfte sich den Mund mit *Pan* und Betel.

»O–a. Ja. Ich traf ihn einige Male in Benares und auch in Buddh Gaya, um ihn über gewisse religiöse Fragen und Teufelsanbetung zu befragen. Er ist rein agnostisch gesinnt – ebenso wie ich.«

Huneefa bewegte sich im Schlaf, und Hurree Babu sprang nervös zu der kupfernen Weihrauchschale, die ganz schwarz und farblos im Morgenlicht erschien, schwärzte einen Finger in dem angesammelten Ruß und fuhr damit diagonal über sein Gesicht.

»Wer starb in deinem Haus?« fragte Kim im Dialekt.

»Niemand, aber sie könnte den bösen Blick haben – diese Hexe«, entgegnete der Babu.

»Was wirst du jetzt unternehmen?«

»Ich will dich auf den Weg nach Benares bringen, falls du dahin gehst, und dir mitteilen, was unsereiner wissen muß.«

»Ich komme. Um wieviel Uhr geht der Zug?« Er sprang auf die Füße, blickte sich in dem öden Zimmer um und in das wachsgelbe Gesicht Huneefas, indes das erste Licht der tiefen Sonne sich durch den Raum stahl. »Muß ich der Hexe was bezahlen?«

»Nein. Sie hat dich festgemacht gegen alle Gefahren und alle Teufel. Es war Mahbubs Wunsch.« Auf englisch: »Es ist höchst rückständig, an solchem Aberglauben zu hängen. Mein Gott, es ist alles nur Bauchredekunst. Bauchsprache – eh?«

Kim schnappte mechanisch mit den Fingern, um jedes Übel abzuwenden (Mahbub, wußte er, sann auf keins), das die Manipulationen Huneefas etwa heraufbeschworen hätten, und Hurree kicherte wieder. Als er aber durch das Zimmer schritt, vermied er sehr vorsichtig, in Huneefas schwarz am Boden gebreiteten Schatten zu treten. Hexen können, wenn ihre Zeit über ihnen ist, eines Mannes Seele an den Fersen festhalten, wenn er in ihren Schatten tritt.

»Nun hört wohl zu«, sprach der Babu, als sie in der frischen Luft waren. »Teilweise dienen diese Zeremonien, denen wir beiwohnten, keinem anderen Zweck als der Beschaffung, der Übermittlung eines wirkungsvollen Amuletts für die von unserm Departement. Wenn Ihr einmal an Euren Hals fühlen wollt, werdet Ihr ein kleines silbernes Amulett finden – sehr billige Ware. Das ist *unseres*. Versteht Ihr?«

»O–a, ja – *Hawa-dilli*[1]«, sagte Kim, an seinen Hals fühlend.

»Huneefa macht sie für zwei Rupien zwölf Annas, einschließlich, oh, aller Arten von Exorzismus. Es sind ganz gewöhnliche Dinger, ausgenommen daß sie teilweise von schwarzer Emaille sind und daß inwendig ein Papierchen liegt mit Namen von lokalen Heiligen und solchem Zeug. *Das* ist Huneefas Anteil an der Sache, versteht Ihr? Huneefa macht sie nur für uns, aber für den Fall, daß sie das *nicht* täte, legen wir, bevor wir sie ausgeben, ein kleines Stückchen Türkis hinein. Mr. Lurgan lieferte das, eine andere Bezugsquelle gibt es nicht, aber ich bin es, der das alles erfunden hat.

1. Herzstärker.

Es ist natürlicherweise durchaus inoffiziell, aber sehr bequem für Untergeordnete. Oberst Creighton weiß nichts davon. Er ist Europäer. Der Türkis ist in das Papierchen gewickelt ... Ja, dies ist der Weg zur Station ... Nun nehmen wir an, Ihr geht mit dem Lama, oder später einmal mit mir, hoffe ich oder mit Mahbub. Nehmen wir an, wir gerieten in eine verdammt kritische Lage. Ich bin ein ängstlicher Mann – sehr ängstlich – aber ich sage Euch, ich bin öfter in verdammt kritischen Lagen gewesen, als ich Haare auf dem Kopf habe. Dann sprecht Ihr: ›Ich bin Sohn des Zaubers‹ – sehr wohl.«

»Ich verstehe nicht ganz. Man darf hier auch nicht hören, daß wir englisch sprechen.«

»Das tut nichts. Ich bin nur ein Babu, der vor Euch mit seinem Englisch prahlt. Wir Babus sprechen alle englisch, um damit zu prahlen«, sagte Hurree gemütlich, sein Schultertuch schwenkend. »Was ich soeben sagen wollte: ›Sohn des Zaubers‹ bedeutet, daß Ihr Mitglied der *Sat Bhai* – der sieben Brüder – seid, was Hindi und Tantri zugleich ist. Es wird im allgemeinen angenommen, daß es eine erloschene Bruderschaft ist, aber ich habe Aufsätze geschrieben, um zu beweisen, daß sie noch existiert. Ihr seht, es ist alles meine Erfindung. Sehr wohl. *Sat Bhai* hat viele Mitglieder und vielleicht – ehe sie Euch mir nichts, dir nichts die Gurgel abschneiden – geben sie Euch eine Chance, lebendig zu bleiben. Das ist jedenfalls von Vorteil. Und überdies, diese närrischen Eingeborenen – wenn sie nicht gar zu sehr aufgeregt sind – besinnen sich immer, ehe sie einen Mann töten, der sagt, daß er irgendeiner spezifischen Organisation angehört. Versteht Ihr? Ihr sprecht also, wenn Ihr in kritischer Lage seid: ›Ich bin Sohn des Zaubers‹ und Ihr gewinnt – vielleicht – hä – günstigen Wind. Das ist nur für äußerste Fälle oder wenn Ihr Unterhandlungen mit einem Unbekannten anknüpfen wollt. Versteht Ihr ganz genau? Sehr wohl. Nehmen wir nun an, ich, oder ein anderer von unserm Departement, käme in ganz fremder Kleidung zu Euch. Ihr würdet mich unmöglich erkennen, wenn ich es nicht wollte, was wettet Ihr? Ich werde es Euch eines Tages beweisen. Ich komme also als Ladakhihändler – oh, als irgend etwas – und ich spreche zu Euch: ›Ihr wollt kostbare Steine kaufen?‹ Ihr antwortet: ›Sehe ich aus wie einer, der kostbare Steine kauft?‹ und ich spreche: ›Selbst ein sehr armer Mann kann Türkise oder *Tarkeean* kaufen.‹«

»Das ist *Kichree* – Gemüsecurry«, sagte Kim.

»Natürlich ist es das. Ihr sprecht: Laß mich das *Tarkeean* sehen.‹ Ich sage: ›Es ward von einem Weibe gekocht und ist vielleicht nicht gut für deine Kaste‹. Dann sprecht Ihr: ›Es gibt keine Kaste, wenn Männer *Tarkeean* essen – wollen.‹ Ihr pausiert ein wenig zwischen diesen Worten ›essen – wollen.‹ Das ist das ganze Geheimnis: die kleine Pause zwischen den Worten.«

Kim wiederholte den Erkennungssatz.

»So ist es richtig. Dann, wenn Zeit dazu ist, zeige ich Euch meinen Türkis und Ihr wißt, wer ich bin, und dann tauschen wir Ansichten und Dokumente und all dergleichen aus. Und so ist es mit jedem andern von uns. Zuweilen reden wir von Türkisen, zuweilen von *Tarkeean,* aber stets mit der kleinen Pause zwischen den Worten. Es ist ganz leicht. Zuerst ›Sohn des Zaubers‹, wenn Ihr in kritischer Lage seid. Vielleicht hilft Euch das – vielleicht nicht. Dann das, was ich Euch von *Tarkeean* sagte, wenn Ihr offizielle Angelegenheiten mit einem Fremden verhandeln wollt. Vorläufig natürlich habt Ihr keine offiziellen Angelegenheiten, Ihr seid – ehem! – Supernumerar auf Probe. Ganz einzigartiges Spezimen. Wäret Ihr Asiate von Geburt, könntet Ihr frischweg verwendet werden; dies halbe Jahr Urlaub soll Euch sozusagen entenglischen, versteht Ihr? Der Lama erwartet Euch, denn ich habe ihn halb offiziell informiert, daß Ihr alle Eure Examina bestanden und bald Regierungsanstellung zu gewärtigen habt. Oh, ho! Ihr seid jetzt auf Handlungsfreiheit gestellt, versteht Ihr? Wenn Ihr also angerufen werdet, um Söhnen des Zaubers beizustehen, so versucht es flottweg. Nun sage ich Euch Lebewohl, mein lieber Junge, und ich hoffe, Ihr werdet – hä – Kopf oben – gut wieder rauskommen.«

Hurree Babu trat einige Schritte in das Gedränge am Eingang der Station zurück und – war verschwunden. Kim tat einen tiefen Atemzug und schüttelte sich. Den nickelbeschlagenen Revolver konnte er auf seiner Brust unter dem dunkelfarbigen Gewand fühlen; das Amulett hing an seinem Hals; Bettelschale, Rosenkranz und Geisterdolch (Mr. Lurgan hatte nichts vergessen) waren alle zur Hand, nebst Medikamenten,

Tuschkasten und Kompaß, und in einem alten, abgenutzten, nach dem Muster von Stachelschweinskielen gestickten Geldgürtel lag der Sold für einen Monat. Könige konnten nicht reicher sein. Er kaufte von einem Hindu Zuckerwerk in einer Blattüte und aß voller Entzücken, bis ein Polizist ihn von den Stufen verwies.

Elftes Kapitel

Soll ein Mann, der nichts kann,
Schwerter schleudern, wieder fangen,
Münzen aus der Luft herlangen,
Bann aussprechen, wieder nehmen,
Schlangen locken und bezähmen –
Eigne Klinge wird ihn ritzen,
Schlänglein werden ihm entflitzen,
Ganz vergeblich wird er schwitzen,
Und man höhnt ihn ins Gesicht –
Doch den echten Gaukler nicht!
Handvoll Staub und welke Blume,
Eine Frucht, die man ihm gab,
Oder ein geborgter Stab
Dienen alle seinem Ruhme,
Und das Volk, das ihn beschaut,
Schaudert stumm und jubelt laut.

Es folgte eine plötzliche, natürliche Reaktion.

»Nun bin ich allein – ganz allein«, dachte Kim. »In ganz Indien ist keiner so allein wie ich! Stürbe ich heute, wer würde davon sprechen – und zu wem? Lebe ich aber, und Gott ist gütig, dann wird ein Preis auf meinen Kopf gesetzt, denn ich bin ein Sohn des Zaubers – ich, Kim.«

Sehr wenige Weiße, aber viele Asiaten können sich in eine Art Verzückung versetzen, indem sie ihren eigenen Namen immer wieder und wieder aussprechen und ihren Geist völlig gelöst sich ergehen lassen in Betrachtung dessen, was persönliche Identität genannt wird. Wird man älter, so schwindet diese Gabe gewöhnlich, aber solange sie da ist, kann sie in jedem Augenblick heraufbeschworen werden.

»Wer ist Kim – Kim – Kim?«

Er hockte in einem Winkel des geräuschvollen Warteraumes, allen andern Gedanken entrückt, die Hände im Schoß gefaltet, die Pupillen zu Stecknadelspitzen zusammengezogen. In einer Minute – in der nächsten halben Sekunde, fühlte er, würde er an der Lösung des gewaltigen Rätsels sein: dann aber, wie es immer geschieht, fiel sein Geist aus diesen Höhen herab, wie ein verwundeter Vogel abstürzt, und die Augen mit der Hand bedeckend, schüttelte er den Kopf.

Ein langhaariger Hindu, ein *Bairagi*[1], der eben ein Billett gelöst hatte, blieb in diesem Augenblick vor ihm stehen und starrte ihn gespannt an.

»Auch ich habe es verloren«, sprach er traurig. »Es ist eines der Tore zu dem Weg, aber für mich hat es sich seit vielen Jahren geschlossen.«

»Was soll die Rede?« fragte Kim verlegen.

»Du wolltest in deinem Geist ergründen, was für ein Ding deine Seele wohl sei. Der Anfall kam plötzlich. Ich weiß. Wer sollte wissen, wenn nicht ich? Wohin gehst du?«

»Nach Kashi[2].«

»Dort sind keine Götter. Ich habe sie geprüft. Ich gehe nach Prayag[3] zum fünften Male – den Pfad zur Erleuchtung suchend. Von welchem Glauben bist du?«

»Auch ich bin ein Sucher«, antwortete Kim, eines der Lieblingsworte des Lamas gebrauchend. »Obwohl« – er vergaß für den Augenblick seine nordische Kleidung –, »obwohl Allah allein weiß, was ich suche.«

Der alte Mann schob die *Bairagi*krücke in seine Achselhöhle und setzte sich auf einen Fetzen rötlichen Leopardenfells nieder, indes Kim sich erhob, da der Zug nach Benares ausgerufen wurde.

»Gehe in Hoffnung, kleiner Bruder«, sagte er. »Es ist ein weiter Weg bis zu den Füßen des Einen. Aber dahin wandern wir alle.«

Kim fühlte sich nicht mehr so verlassen nach dieser Begegnung, und er hatte noch keine zwanzig Meilen in dem gepferchten Abteil hinter sich, als er bereits dabei war, seine Reisegefährten mit einer Reihe der wunderbarsten Geschichten von seinen und seines Meisters magischen Kräften zu belustigen.

Benares zeigte sich als eine besonders schmutzige Stadt, aber es war angenehm zu bemerken, wie seine Kleidung respektiert wurde. Mindestens ein Drittel der Bevölkerung betet beständig zu einer oder der andern Gruppe der vielen Millionen Gottheiten, und so wird jede Art heiliger Männer verehrt. Kim wurde zu dem Tempel der Tirthanker geführt,

1. Heiliger Mann. – 2. Benares. – 3. Allahabad.

etwa eine Meile von der Stadt, von einem ihm zufällig begegnenden Farmer aus dem Punjab – einem Kamboh aus Jullundur, der vergeblich jeden Gott seiner Heimat um Genesung seines kleinen Sohnes angefleht hatte und nun, als letzte Hilfe, Benares versuchte.

»Du kommst vom Norden?« fragte er, sich schwerfällig durch die engen, stinkenden Straßen schiebend, ähnlich wie sein Lieblingsochse zu Hause.

»Ja, ich kenne das Punjab. Meine Mutter war eine Pahareen, aber mein Vater kam von Amritzar – bei Jandiala«, sagte Kim, seine geläufige Zunge für die bevorstehenden Reiseerlebnisse erprobend.

»Jandiala – Jullundur? Oho! Dann sind wir ja Nachbarn sozusagen.« Er nickte zärtlich dem wimmernden Kinde in seinen Armen zu. »Wem dienst du?«

»Einem sehr heiligen Mann in dem Tempel der Tirthanker.«

»Sie sind alle sehr heilig und – sehr geldgierig«, sagte der Jat mit Bitterkeit. »Ich bin um die Säulen gewandert und durch die Tempel gelaufen, bis meine Füße geschunden waren, und das Kind ist nicht die Spur besser. Und die Mutter ist ebenfalls krank ... still, still, mein Kleiner ... Wir gaben ihm einen andern Namen, als das Fieber kam. Wir steckten ihn in Mädchenkleider. Es gibt nichts, was wir nicht taten. Da sagte ich zu seiner Mutter, als sie mein Bündel nach Benares packte – sie hatte mit mir gehen wollen –, ich sagte: Sakhi Sarwar Sultan wird uns helfen. Wir kennen seine Großmut, aber diese Götter hier unten sind uns fremd.«

Das Kind bewegte sich in der Mulde der riesigen verschränkten Arme und blickte mit schweren Augenlidern auf Kim.

»Und war alles umsonst?« fragte Kim mit bereitwilliger Teilnahme.

»Alles umsonst – alles umsonst«, sagte das Kind mit vor Fieber zuckenden Lippen.

»Die Götter gaben ihm wenigstens einen guten Verstand«, sagte der Vater stolz. »Zu denken, daß er so klug zugehört hat! Dort ist dein Tempel. Ich bin zwar ein armer Mann – ich habe mit vielen Priestern zu tun gehabt – aber mein Sohn ist mein Sohn, und wenn ein Geschenk für deinen Meister ihn heilen kann – ich bin am Ende mit meinem Witz.«

Kim bedachte sich eine Weile. Vor drei Jahren würde er prompt die Situation ausgenutzt haben, ohne sich einen Gedanken zu machen; jetzt aber führte ihm schon allein die Achtung, die der Jat ihm zollte, zu Gemüte, daß er ein Mann war. Überdies hatte er selbst schon einige Male Fieber zu kosten bekommen und wußte genug, um zu erkennen, wann ein Menschenkind am Verhungern war.

»Ruf ihn heraus und ich will ihm eine Schuldverschreibung auf mein bestes Joch Ochsen geben, wenn er mein Kind heilen kann.«

Kim hielt vor der geschnitzten Außentür des Tempels. Ein weißgekleideter oswalischer Geldwechsler aus Ajmir, der seine Wuchersünden eben wieder frisch getilgt hatte, fragte ihn, was er wolle.

»Ich bin *Chela* des Teshoo Lama, eines Heiligen von Bhotiyal – da drinnen. Er befahl mir zu kommen. Ich warte. Sage es du ihm.«

»Vergiß nicht das Kind«, rief der ungeduldige Jat und brüllte darauf in Punjabisch: »O Heiliger – o Schüler des Heiligen – o Götter über allen Welten – sehet die Trauer an Eurer Pforte sitzen.« Der Ruf ist so gewöhnlich in Benares, daß die Vorübergehenden nicht einmal den Kopf wandten.

Der Oswale, in Frieden mit der Menschheit, brachte die Botschaft in die Dunkelheit hinter sich, und die leichten, ungezählten Minuten des Ostens verstrichen, denn der Lama schlief in seiner Zelle und kein Priester wollte ihn wecken. Als das Klicken seines Rosenkranzes endlich die Stille des inneren Hofes, wo die ruhevollen Bildnisse der Arhats stehen, unterbrach, flüsterte ein Novize ihm zu: »Dein *Chela* ist hier«, und der alte Mann vergaß das Ende seines Gebetes und schritt hinaus.

Kaum erschien die hohe Gestalt in der Pforte, als der Jat herbeieilte und, das Kind emporhaltend, rief: »Blicke auf diesen, Heiliger; und so die Götter wollen, wird er leben – leben!«

Er tastete in seinen Gürtel und zog eine Silbermünze hervor.

»Was bedeutet das?« Die Augen des Lamas wandten sich zu Kim. Es war auffällig, daß er weit besser Urdu sprach als damals, unter Zam-Zammah; aber der Vater wollte kein Privatgespräch aufkommen lassen.

»Es ist nur ein Fieber«, sagte Kim. »Das Kind ist nicht gut genährt.«

»Er wird von jeder Kleinigkeit krank und seine Mutter ist nicht hier.«

»Wenn du erlaubst, Heiliger, könnte ich ihn vielleicht heilen.«

»Wie, haben sie dich zu einem Heilkundigen gemacht?« rief der Lama. »Warte hier«, und er setzte sich zu dem Jat auf die unterste Tempelstufe, indes Kim, aus den Augenwinkeln schielend, behutsam die kleine Beteldose öffnete. In der Schule hatte er sich ausgeträumt, wie er als ein Sahib zurückkommen und den alten Mann necken wollte, bevor er sich zu erkennen gab – Knabenträume. Aber es lag nun viel mehr Dramatik darin, mit wichtiger, tiefsinniger Miene in den Arzneifläschchen herumzukramen, ab und zu wie in Gedanken innezuhalten oder eine Beschwörung zu murmeln. Chinin hatte er in Tabletten und dunkelbraune Fleischtäfelchen – vermutlich von Rindfleisch – doch das war nicht *seine* Sache. Das kleine Geschöpf wollte zwar nicht essen, lutschte aber gierig an einer Fleischtablette und sagte, sie schmecke gut nach Salz.

»Nimm also diese sechs«, Kim händigte sie dem Vater ein. »Preise die Götter und koche drei davon in Milch, die andern drei in Wasser. Wenn er die Milch getrunken hat, gib ihm dieses«, es war die Hälfte einer Chinintablette, »und hülle ihn warm ein. Wenn er erwacht, gib ihm die in Wasser gekochten drei und die zweite Hälfte dieser weißen Pille. Ferner ist hier eine andere braune Medizin, die er inzwischen auf dem Heimweg nehmen mag.«

»Götter! Welche Weisheit!« rief der Kamboh, nach Luft schnappend.

Es war alles, dessen Kim sich entsann aus seiner eigenen Behandlung bei einem Anfall von Herbstmalaria – nur, daß er noch etwas Geplapper hinzufügte, um dem Lama zu imponieren. »Gehe nun! Am Morgen komme wieder.«

»Aber der Preis – der Preis«, rief der Jat, sich in die Brust werfend. »Mein Sohn ist mein Sohn. Wie kann ich nun, da er wieder gesund werden soll, zu seiner Mutter zurückkommen und sprechen: ich fand Hilfe am Wege und gab nicht einmal eine Schale Milch dafür?«

»Sie sind alle gleich, diese Jats«, sagte Kim sanft. »Ein Jat stand auf seinem Misthaufen, als die Elefanten des Königs vorbeikamen. ›O Treiber‹, rief er, ›wie teuer verkaufst du diese kleinen Esel?‹«

Der Jat brach in ein schallendes Gelächter aus, entschuldigte sich aber sofort bei dem Lama. »So ist die Art zu reden bei uns zulande – ganz genau so. So sind wir alle, wir Jats. Morgen werde ich mit dem Kinde kommen; und der Segen der Götter meiner Heimstätte – die gute kleine Götter sind – sei mit euch beiden. Nun, Sohn, werden wir wieder stark. Spuck es nicht aus, kleines Prinzchen! König meines Herzens, spuck es nicht aus, und morgen früh werden wir starke Männer sein, Ringkämpfer und Keulenschwinger.«

Er ging, summend und brummelnd, davon. Der Lama wandte sich zu Kim und seine ganze liebevolle alte Seele blickte aus seinen schmalen Augen.

»Die Kranken heilen ist Verdienst sammeln; zuvor aber muß man Weisheit erwerben. Das war weise gehandelt, o Freund aller Welt.«

»Durch dich, Heiliger, bin ich weise gemacht«, sagte Kim, das eben gespielte kleine Spiel vergessend, St. Xavier vergessend, sein weißes Blut vergessend – vergessend selbst das Große Spiel, indes er sich nach Mohammedanerart niederbeugte, um die Füße seines Meisters im Staub des Jaintempels zu berühren.

»Meine Belehrung verdanke ich dir. Ich habe drei Jahre lang dein Brot gegessen. Meine Zeit ist um. Ich bin aus der Schule entlassen. Ich komme zu dir.«

»Das ist meine Belohnung. Tritt ein! Tritt ein! Und alles ist wohl beendet?« Sie traten in den inneren Hof, durch den die Nachmittagssonne schräges Gold warf. »Steh still, daß ich schaue. So!« Er spähte kritisch. »Es ist nicht länger ein Kind, sondern ein Mann, gereift in Weisheit, wandelnd als ein Arzt. Ich tat wohl – ich tat wohl, als ich dich den bewaffneten Männern überließ in jener schwarzen Nacht. Erinnerst du dich an unsern ersten Tag, unter Zam-Zammah?«

»O ja«, sagte Kim. »Erinnerst du dich, wie ich vom Wagen sprang, den ersten Tag, als ich eintrat –«

»In die Pforten des Wissens? Sicherlich. Und an den Tag, wo wir Kuchen zusammen aßen, hinter dem Fluß bei Nucklao. Aha! Oft hast du für mich gebettelt, aber an dem Tage bettelte ich für dich.«

»Mit gutem Grund. Ich war damals ein Schüler hinter den Pforten des Wissens und wie ein Sahib gekleidet. Vergiß nicht, Heiliger«, fuhr Kim scherzend fort, »ich bin noch heute ein Sahib – durch deine Gunst.«

»Wahr. Und ein Sahib in sehr hoher Achtung. Komm in meine Zelle, *Chela*.«

»Wie kannst du das wissen?«

Der Lama lächelte. »Zuerst durch die Briefe des freundlichen Priesters, den wir in dem Lager der bewaffneten Männer trafen; aber er ist jetzt in sein eigenes Land zurückgekehrt, und ich habe das Geld an seinen Bruder geschickt.« Oberst Creighton, der das Vertrauensamt übernommen hatte, als Vater Victor mit den Mavericks nach England ging, war allerdings nicht des Kaplans Bruder. »Aber ich verstehe Sahibs-Briefe nicht gut. Sie müssen mir übersetzt werden. Ich wählte einen sicheren Weg. Oft, wenn ich von meiner Suche zurückkehrte zu diesem Tempel, der mir immer ein Nest war, kam einer, der Erleuchtung sucht – ein Mann von Leh – der, wie er sagte, ein Hindu gewesen war – aber müde all dieser Götter.« Der Lama zeigte auf die Arhats hin.

»Ein fetter Mann«, sagte Kim mit einem Augenzwinkern.

»Sehr fett. Ich bemerkte aber bald, daß sein Geist ganz und gar an nutzlose Dinge hingegeben war – wie Dämonen und Zauberformeln und Art und Gebräuche unseres Teetrinkens in den Klöstern, und auf welche Weise wir unsere Novizen einführen. Ein Mann, überschwenglich in Fragen; aber er war ein Freund von dir, *Chela*. Er erzählte mir, daß du auf dem Weg zu großen Ehren als ein Schreiber wärest. Und ich sehe, du bist ein Arzt.«

»Ja – Schreiber bin ich, wenn ich ein Sahib bin, aber das wird beiseite getan, wenn ich zu dir als dein Schüler komme. Ich habe die Jahre vollendet, die für einen Sahib vorgeschrieben sind.«

»Gleichsam wie eine Novize«, sagte der Lama mit dem Kopf nickend. »Bist du von der Schule freigelassen? Ich möchte dich nicht unfrei haben.«

»Ich bin ganz frei. Zur rechten Zeit nehme ich Dienste bei der Regierung; als Schreiber – –«

»Nicht als ein Krieger, das ist gut.«

»Aber zuerst will ich wandern – mit dir. Deshalb bin ich hier. Wer bettelt jetzt für dich?« fuhr Kim rasch fort. Das Eis der Fassung über seiner inneren Bewegtheit war nur dünn.

»Sehr oft bettle ich selbst, aber wie du weißt, bin ich selten hier, nur wenn ich komme, um wieder nach meinem Schüler zu sehen. Von einem Ende von Hind bis zum andern bin ich gereist zu Fuß und im Zug. Ein großes und wundervolles Land! Aber wenn ich hier einkehre, ist es, als wäre ich in meinem lieben Bhotiyal.«

Er schaute sich mit Wohlgefallen in der kleinen sauberen Zelle um. Ein niedriges Polster war sein Sitz, auf dem er sich niederließ mit gekreuzten Beinen in der Stellung des Bodhisat, der aus Betrachtungen erwacht. Ein schwarzer, kaum zwanzig Zoll hoher Tisch von Eichenholz, kupferne Teetassen tragend, stand vor ihm. In einer Ecke befand sich ein winziger Altar, ebenfalls aus schwerem, geschnitztem Eichenholz, mit einer Statue des sitzenden Buddha aus vergoldetem Kupfer und einer Lampe, einer Weihrauchschale und zwei kupfernen Blumentöpfen davor.

»Der Hüter der Bildnisse in dem Wunderhaus erwarb Verdienst, indem er mir dies alles vor einem Jahr gab«, sprach der Lama, Kims Blick folgend. »Wenn man fern ist von seinem eigenen Lande, wecken solche Dinge Erinnerung: und wir müssen den Herrn verehren, denn er zeigte den Weg. Sieh!« Er wies auf einen sonderbar aufgebauten Haufen von gefärbtem Reis, der mit einem phantastischen Ornament aus Metall gekrönt war. »Als ich Abt war an meinem Ort – bevor ich besseres Wissen erlangte – brachte ich täglich diese Gabe dar. Es ist die Opferspende des Universums an den Herrn. So bieten wir von Bhotiyal die ganze Welt täglich dem Vortrefflichen Gesetz dar. Und ich tue es auch jetzt noch, obwohl ich weiß, daß der Vortreffliche erhaben ist über alles Zupfen und Streicheln.« Er schnupfte aus seiner Dose.

»Es ist wohlgetan, Heiliger«, sagte Kim, behaglich auf die Kissen sinkend, sehr glücklich und sehr müde.

»Und«, der alte Mann lachte in sich hinein, »ich male auch Bilder von dem Rad des Lebens. Alle drei Tage ein Bild. Ich war just damit beschäftigt, oder, kann auch sein, ich hatte gerade meine Augen ein bißchen zugemacht, als sie mir deine Botschaft brachten. Es ist gut, daß du da bist: Ich will dir meine Kunst zeigen – nicht aus Stolz – aber weil du lernen mußt. Die Sahibs besitzen nicht *alle* Weisheit dieser Welt.«

Er zog unter dem Tisch hervor ein Blatt sonderbar riechendes, gelbes chinesisches Papier, Pinsel und ein Täfelchen indischer Tusche. In reinstem, schärfstem Umriß hatte er das Große Rad mit seinen sechs Speichen darauf gezeichnet, dessen Nabe die in einer Gestalt vereinten Tiere: Schwein, Schlange und Taube bilden – Unwissenheit, Zorn und Wollust –, und dessen einzelne Felder alle Himmel und Höllen und alle Wechselfälle menschlichen Lebens bedeuten. Es wird erzählt, daß der Bodhisat selbst es zuerst mit Reiskörnern in Staub zeichnete, um seinen Schülern den Zusammenhang der Dinge zu erklären. Viele Generationen haben es weitergebildet zu einer höchst wunderbaren, traditionellen Figur, voll von Hunderten kleiner Zeichen, deren jegliche Linie eine besondere Bedeutung hat. Wenige können diese Bildparabel deuten, und es gibt nicht zwanzig Menschen auf der ganzen Welt, die sie ohne Vorlage genau wiederzugeben vermöchten: und derer, die sie sowohl zeichnen als auch auslegen können, sind nur drei.

»Ich habe ein wenig zeichnen gelernt«, sagte Kim. »Aber dies ist ein Wunder über allen Wundern.«

»Ich habe seit vielen Jahren daran gemalt«, sprach der Lama. »Es gab eine Zeit, wo ich alles malen konnte von einem Lampenanzünden bis zum andern. Ich will dich die Kunst lehren – nach gebührender Vorbereitung; und ich will dir die Bedeutung des Rades erklären.«

»Wir gehen also wieder wandern?«

»Wandern und suchen. Ich wartete nur auf dich. Es wurde mir klargemacht in hundert Träumen – vornehmlich in einem, der zu mir kam, in der Nacht nach dem Tage, wo die Pforte des Wissens zum erstenmal sich hinter dir schloß – daß ich ohne dich niemals meinen Fluß finden würde. Wieder und immer wieder, wie du weißt, wies ich das von mir, weil ich ein Blendwerk fürchtete. Deshalb wollte ich dich nicht mit mir nehmen, an dem Tage zu Lucknow, wo wir die Kuchen miteinander aßen. Ich wollte dich nicht mit mir nehmen, bis die Zeit reif und günstig war. Von den Bergen bis zur See und von der See bis zu den Bergen bin ich gewandert, aber es war vergebens. Da gedachte ich der *Jâtaka.*«

Er erzählte Kim die Geschichte von dem Elefanten mit dem Beineisen, die er den Jainpriestern so oft erzählt hatte.

»Weiteres Zeugnis braucht es nicht«, schloß er heiter. »Du warst als Hilfe gesendet. Als diese Hilfe schwand, führte meine Suche zu nichts. Deshalb wollen wir wieder zusammen ausziehen, und unsere Suche ist gesichert.«

»Und wohin gehen wir?«

»Was liegt daran, Freund der ganzen Welt? Die Suche, sage ich, ist gesichert. Wenn es sein soll, wird der Strom zu unseren Füßen aus der Erde hervorbrechen. Ich erwarb Verdienst, als ich dich zu den Pforten des Wissens sandte und dir das Kleinod gab, das Weisheit heißt. Du kehrtest zurück, ich sah es eben jetzt, als ein Nachfolger Sakyamunis, des Arztes, dessen Altäre in Bhotiyal viele sind. Es ist genug. Wir sind zusammen, und alles ist wie vordem – Freund der ganzen Welt – Freund der Sterne – mein *Chela*!«

Dann sprachen sie von weltlichen Dingen; aber es war merkwürdig, daß der Lama nie nach Einzelheiten des Lebens in St. Xavier fragte und nicht im geringsten darauf aus war, etwas von den Sitten und Gebräuchen der Sahibs zu hören. Sein Geist bewegte sich ganz in der Vergangenheit, und er erinnerte sich jeden Schrittes ihrer ersten wundervollen gemeinschaftlichen Reise, rieb sich dabei die Hände und lachte in sich hinein, bis er, sich zusammenrollend, in den plötzlichen Schlaf des hohen Alters sank.

Kim sah zu, wie der letzte staubige Sonnenschein aus dem Hofe schwand, und spielte mit seinem Geisterdolch und seinem Rosenkranz. Das Getöse von Benares, der ältesten aller Städte der Erde, die Tag und Nacht wach ist vor den Göttern, schlug rund um die Mauern, wie Brandung der See gegen einen Wellenbrecher. Hin und wieder schritt ein Jainpriester mit einer kleinen Opfergabe für die Götterbilder durch den Hof, seinen Weg vorher fegend, um kein lebendes Wesen zu zerstören. Eine Lampe blinkte auf, und die Laute eines Gebetes folgten. Kim schaute den Sternen zu, wie sie einer nach dem andern aufgingen in dem stillen, stickigen Dunkel, bis er in Schlaf fiel am Fuß des kleinen Altars. In dieser Nacht träumte er nur hindustanisch, nicht ein Wort Englisch . . .

»Heiliger, denke an das Kind, dem wir die Medizin gaben«, sagte Kim gegen drei Uhr morgens, als der Lama, auch aus Träumen erwachend, sogleich die Pilgerfahrt antreten wollte. »Der Jat wird mit dem Tageslicht hier sein.«

»Du hast wohl gesprochen. In meiner Eile würde ich ein Unrecht begangen haben.« Er setzte sich wieder auf die Kissen und nahm seinen Rosenkranz vor. »Alte Menschen sind wahrlich wie Kinder«, sagte er kläglich. »Sie wünschen etwas – siehe da! – es muß sogleich erfüllt werden, sonst werden sie zornig und weinen. Oft auf meiner Wanderschaft war ich bereit, mit dem Fuß zu stampfen, wenn ein Ochsenkarren mir den Weg versperrte, ja selbst wenn es nur eine Staubwolke war. Das war nicht so, als ich noch ein Mann war – vor langer Zeit. Trotzdem ist es sündhaft –«

»Aber Heiliger, du bist doch wirklich alt.«

»Das Ding ist geschehen. Eine Ursache ward in die Welt gesetzt, und wer, krank oder gesund, wissend oder unwissend, alt oder jung, könnte die Wirkung dieser Ursache zügeln? Steht das Rad still, wenn ein Kind es dreht – oder ein Trunkener? *Chela*, dies ist eine große und schreckliche Welt.«

»Ich finde sie gut.« Kim gähnte. »Ist etwas zu essen da? Ich habe seit gestern abend nicht gegessen!«

»Ich hatte vergessen, was du brauchst. Dort ist guter Tee von Bhotiyal und kalter Reis.«

»Weit können wir nicht wandern mit solchem Futter.« Kim spürte die ganze Lust eines Europäers nach Fleischnahrung, die in einem Jaintempel nicht zu haben ist. Doch statt sogleich mit der Bettelschale hinauszugehen, beruhigte er seinen Magen mit Klümpchen von kaltem Reis. Die Morgendämmerung brachte den Farmer, redselig stotternd vor Dankbarkeit.

»In der Nacht brach sich das Fieber, und der Schweiß kam«, rief er. »Fühlt hier – seine Haut ist frisch und neu. Die Salztäfelchen haben ihm gut geschmeckt, und die Milch trank er mit Gier.« Er zog das Tuch vom Gesicht des Kindes, das Kim schläfrig anlächelte. Eine Gruppe von Jainpriestern, schweigend, aber ganz Aufmerksamkeit, hatte sich bei der Tempeltür gesammelt. Sie wußten, und Kim sah, daß sie wußten, wie der alte Lama seinen Schüler gefunden hatte. Höflich, wie sie sind, hatten sie sich während der Nacht weder durch Gegenwart noch Wort, noch Bewegung aufgedrängt, wofür Kim sie nun bei Sonnenaufgang entschädigte:

»Danke den Göttern der Jains, Bruder«, sagte er, ohne die Namen dieser Götter zu wissen. »Das Fieber ist wirklich gebrochen.«

»Schaut! Seht!« Der Lama strahlte im Hintergrund seine Gastgeber an. »Gab es jemals solch einen *Chela*? Er folgt unserm Herrn, dem Heiler.«

Nun erkennen die Jains zwar offiziell alle Götter des Hinduglaubens an, ebensowohl wie den Lingam und die Schlange. Sie tragen die Schnur der Brahmanen und halten fest an allen Kastenvorschriften der Hindu. Aber weil sie den Lama kannten und liebten, weil er ein alter Mann war, weil er den Pfad suchte, weil er ihr Gast war und weil er nachts lange Gespräche mit dem Oberpriester führte – einem so freidenkenden Metaphysiker, wie nur je einer ein Haar in siebzig gespalten hat – deshalb murmelten sie dem Lama Beifall zu.

»Vergiß nicht« – Kim beugte sich über das Kind – »dieses Übel kann wiederkehren.«

»Nicht, wenn du das richtige Zaubermittel hast«, erwiderte der Vater.

»Aber wir gehen bald fort.«

»Wahr«, sprach der Lama, sich an alle Jains wendend. »Wir gehen jetzt zusammen auf die Suche, von der ich so oft geredet habe. Ich habe gewartet, bis mein *Chela* reif war. Schaut ihn an! Wir gehen nach dem Norden. Niemals wieder werde ich auf diesen Ort meiner Ruhe blicken, o Männer des guten Willens.«

»Aber ich bin kein Bettler!« Der Farmer sprang auf, das Kind an sich pressend.

»Schweig. Störe den Heiligen nicht«, rief ein Priester.

»Geh«, flüsterte Kim. »Triff uns wieder unter der großen Eisenbahnbrücke, und um aller Götter unseres Punjab willen, bring Essen mit – Curry, Hülsenfrucht, in Fett gebakkene Kuchen und Zuckerwerk. Besonders Zuckerwerk. Beeile dich!«

Die Blässe des Hungers kleidete Kim gut, wie er dastand, schlank und schmächtig, in seinen dunkelfarbigen, wallenden

Gewändern, eine Hand auf dem Rosenkranz, die andere wie zum Segen ausgestreckt, eine Stellung, die er dem Lama getreu nachmachte. Ein europäischer Zuschauer hätte sagen können, daß er mehr einem jungen Heiligen auf buntem Glasfenster glich, als einem Jungen im Wachsen, der schwach vor Hunger ist.

Lang und förmlich war der Abschied, dreimal beendet und dreimal von vorn begonnen. Der Sucher – der, der den Lama vom fernen Tibet her nach diesem Zufluchtsort eingeladen hatte, ein haarloser Asket mit silberweißem Antlitz – nahm nicht teil daran, sondern weilte, wie immer, allein in Betrachtungen bei den Götterbildern. Die andern waren irdischer, nötigten dem alten Manne kleine Gaben auf, eine Beteldose, einen schönen neuen, eisernen Federkasten, einen Beutel für Eßwaren und dergleichen mehr, warnten ihn vor den Gefahren der Welt draußen und prophezeiten ein glückliches Ende der Suche. Während Kim, einsamer denn je, auf den Stufen hockte und in St. Xavier-Ausdrücken fluchte.

»Aber es ist mein eigener Fehler«, schloß er. »Mit Mahbub aß ich Mahbubs Brot oder das Lurgan Sahibs. In St. Xavier drei Mahlzeiten am Tage. Hier muß ich verdammt selber für mich sorgen. Außerdem bin ich jetzt schlecht trainiert. Jetzt einen Portion Rindfleisch! . . . Bist du fertig, Heiliger?«

Der Lama, beide Hände erhoben, stimmte einen letzten Segen in gewähltem Chinesisch an. »Ich muß mich auf deine Schultern lehnen«, sagte er, als die Tempelpforte sich hinter ihnen schloß. »Wir werden steif, glaube ich.«

Das Gewicht eines sechs Fuß hohen Mannes ist nicht leicht zu stützen durch Meilen volkreicher Straßen, und Kim, außerdem mit Bündeln und Päckchen für die Reise beladen, war froh, den Schatten der Eisenbahnbrücke zu erreichen.

»Hier essen wir«, sagte er kurz und bündig, als der Kamboh, blau gekleidet und lächelnd, in Sicht kam, einen Korb in der einen Hand, das Kind an der andern.

»Greift zu, Heilige!« rief er aus fünfzig Metern Entfernung. Sie standen auf der Sandbank unter dem ersten Brückenbogen, sicher vor den Blicken hungriger Priester. »Reis und gutes Curry, Kuchen, noch warm und gut gewürzt mit *Hing*[1] und Quark und Zucker. König meiner Felder« – dies zu sei-

1. Asa foetida.

nem kleinen Sohn – »laß uns diesen heiligen Männern zeigen, daß wir Jats von Jullundur einen Dienst vergelten können ... Ich hatte gehört, daß die Jains nur essen, was sie selbst gekocht haben, aber wahrlich« – er blickte höflich weg über den breiten Strom hin – »wo kein Auge ist, ist keine Kaste.«

»Und wir«, sagte Kim sich umdrehend und einen Blatt-Teller für den Lama füllend, »sind erhaben über alle Kasten.«

Sie labten sich weidlich an der guten Speise, schweigend. Erst, als er das letzte von dem klebrigen Süßstoff von seinem kleinen Finger abgeleckt hatte, bemerkte Kim, daß auch der Kamboh zur Reise gegürtet war.

»Wenn wir denselben Weg haben«, sagte er ohne Umstände, »gehe ich mit dir. Man findet nicht oft einen Wundertäter, und das Kind ist noch schwach. Aber *ich* bin kein schwaches Rohr.« Er hob seinen *Lathi* auf – einen fünf Fuß langen Bambusstock, mit polierten Eisenringen beschlagen – und schwang ihn durch die Luft. »Man sagt, die Jats wären streitsüchtig, aber das ist nicht wahr. Nur wenn man uns in die Quere kommt, dann sind wir wie unsere Büffel.«

»So ist es«, sagte Kim. »Und ein guter Stock ist ein guter Beweis.«

Der Lama blickte friedlich stromaufwärts, wo in langer, rußiger Perspektive ohne Ende die Rauchsäulen von den Verbrennungsplätzen am Ufer aufsteigen. Dann und wann, ungeachtet aller behördlichen Verordnungen, trieb der Überrest eines halb verbrannten Leichnams vorbei in der vollen Strömung.

»Ohne dich«, sprach der Kamboh, das Kind an seine behaarte Brust ziehend, »wäre ich vielleicht heute dorthin gegangen – mit diesem hier. Die Priester sagen uns, daß Benares heilig ist – was niemand bezweifelt – und daß es begehrenswert ist, dort zu sterben. Aber ich kenne ihre Götter nicht, und sie verlangen Geld; und hat man ein Gebet verrichtet, so behauptet irgendein geschorener Kopf, es sei wirkungslos, wenn man nicht ein zweites spricht. Wasch dich hier! Wasch dich dort! Begieße dich, bade, trinke und streue Blumen – aber jedesmal bezahle die Priester. Nein, das Punjab für mich, und die Erde des Jullundurlandes für die beste Scholle darauf.«

»Ich habe oft gesagt – in dem Tempel, glaube ich – daß, wenn es sein muß, der Fluß zu unsern Füßen sich auftun wird. Deshalb wollen wir jetzt nach Norden gehen«, sagte der Lama, sich erhebend. »Ich erinnere mich eines lieblichen Ortes, von Fruchtbäumen umgeben, wo man in Betrachtungen wandeln kann – und wo die Luft kühler ist. Sie kommt von den Bergen und von dem Schnee der Berge.«

»Wie ist der Name des Ortes?« fragte Kim.

»Wie sollte ich das wissen? Warst du nicht – nein, das war, nachdem die Armee aus der Erde wuchs und dich fortführte. Ich lebte dort der Betrachtung in einem Zimmer gegenüber dem Taubenschlag – außer wenn sie so endlos redete.«

»Oho! Die Frau von Kulu. Das ist bei Saharunpore.« Kim lachte.

»Wie führt der Geist deinen Meister? Wandert er zu Fuß, um früherer Sünden willen?« fragte der Jat vorsichtig. »Es ist ein weiter Weg bis Delhi.«

»Nein«, antwortete Kim. »Ich will um ein Billett für den Zug betteln.« In Indien bekennt man sich nicht zum Besitz von Geld.

»Dann, im Namen der Götter, laßt uns den Feuerwagen nehmen. Mein Sohn ist am besten in den Armen seiner Mutter aufgehoben. Die Regierung hat uns viele Steuern gebracht, aber ein Gutes gibt sie uns – den Zug, der Freunde verbindet und die, die Sehnsucht haben, vereint. Ein wundervolles Ding ist der Zug.«

Einige Stunden später drängten sie sich in den Zug hinein und schliefen während der Tageshitze. Der Kamboh quälte Kim mit zehntausend Fragen nach Wandel und Tun des Lamas und bekam etliche merkwürdige Antworten. Kim war zufrieden, zu sein, wo er war, in die flache, nordwestliche Landschaft hinauszuschauen und mit der wechselnden Schar der Mitfahrenden zu schwatzen. Noch heute gilt indischen Landleuten das Knipsen der Fahrkarten als eine unerklärliche Vergewaltigung. Sie begreifen nicht, warum, wenn sie für ein Zauberpapier bezahlt haben, Fremde große Stücke aus dem Zauber herauszwicken dürfen. So gibt es lange und wütende Debatten zwischen den Reisenden und den eurasischen Schaffnern. Kim half dabei einige Male mit würdevollem Rat, um sich mit seiner Weisheit vor dem Lama und dem bewundernden Kamboh zu brüsten. Aber in Somna sandte das Schicksal ihm etwas zum Nachdenken: hier stolperte, als der Zug schon in Bewegung war, ein ärmliches, mageres Männchen in den Wagen – ein Mahratta, soweit Kim nach der spitzen Form des enganliegenden Turbans urteilen konnte. Sein Gesicht war zerschnitten, sein Obergewand, von Musselin, zerrissen und ein Bein verbunden. Er erzählte ihnen, daß ein Bauernwagen umgestürzt sei und ihn beinahe erschlagen hätte: er wolle jetzt nach Delhi, wo sein Sohn lebe. Kim betrachtete ihn genauer. Wenn er, wie er erzählte, auf der Erde hin und her gerollt wäre, so hätte seine Haut zerschrammt sein müssen. Aber alle seine Wunden schienen richtige Schnitte zu sein, und ein bloßer Sturz vom Wagen konnte einen Mann nicht so in Schrecken versetzen. Als er mit zitternden Fingern das zerrissene Tuch um seinen Hals festknüpfte, legte er ein Amulett bloß, von der Art, die man Herzstärker nennt. Nun sind Amulette etwas sehr Alltägliches, aber nicht solche, die an plattiertem Kupferdraht hängen, noch weniger solche von schwarzer Emaille auf Silber. Außer dem Lama und dem Kamboh war niemand in dem Abteil, das glücklicherweise ein altmodisches, abgeschlossenes war. Kim tat, als ob er sich auf der Brust kratzen wollte, und zog dabei sein eigenes Amulett heraus. Des Mahrattas Gesicht veränderte sich bei diesem Anblick völlig, und er legte sein Amulett frei auf die Brust.

»Ja«, fuhr er zu dem Kamboh gewendet fort, »ich war in Eile, und der Wagen, von einem Bastard geführt, geriet mit einem Rad in eine Wasserrinne, und außer dem Schaden, den ich nahm, ging eine volle Schüssel *Tarkeean* verloren. Ich war kein Sohn des Zaubers[1] an dem Tage.«

»Das war ein großer Verlust«, sagte der Kamboh zurückhaltend. Seine Erfahrungen in Benares hatten ihn mißtrauisch gemacht.

»Wer kochte es?« fragte Kim.

»Ein Weib.« Der Mahratta hob die Augen.

»Aber jedes Weib kann *Tarkeean* kochen«, sagte der Kamboh. »Es ist ein gutes Currygericht, soviel ich weiß.«

»O ja«, sagte der Mahratta, »es ist ein gutes Currygericht.«

1. Glücklicher Mann.

»Und billig«, sagte Kim. »Aber wie steht's mit der Kaste?«

»Oh, es gibt keine Kaste, wenn Männer *Tarkeean* essen – wollen«, erwiderte der Mahratta in dem vorgeschriebenen Tonfall. »In wessen Dienst bist du?«

»In dem Dienst dieses Heiligen.« Kim zeigte auf den glücklichen, schläfrigen Lama, der mit einem Ruck bei dem vielgeliebten Wort erwachte.

»Ah, er ward vom Himmel gesendet, um mir zu helfen. Freund aller Welt ist er genannt. Auch Freund der Sterne nennt man ihn. Er wandelt als ein Arzt – da seine Zeit reif ist. Groß ist seine Weisheit.«

»Und ein Sohn des Zaubers«, sagte Kim halblaut, indes der Kamboh eilig eine Pfeife anzündete, aus Angst, daß der Mahratta ihn anbetteln könnte.

»Und wer ist *das*?« sagte der Mahratta, nervös seitwärts schielend.

»Einer, dessen Kind ich – wir geheilt haben und der uns sehr verpflichtet ist. – Setze dich ans Fenster, Mann von Jullundur. Hier ist ein Kranker.«

»Hm! *Ich* habe kein Verlangen, mit herumgelaufenen Landstreichern zusammenzusitzen. *Meine* Ohren sind nicht lang. *Ich* bin kein neugieriges Weib, das Geheimnisse belauschen will.« Der Jat ließ sich schwer in eine entfernte Ecke fallen.

»Bist du so etwas wie ein Heilkundiger? Ich bin zehn Klafter tief in Not«, flüsterte, das Stichwort aufnehmend, der Mahratta.

»Der Mann ist über und über zerschnitten und zerschunden«, gab Kim dem Kamboh zurück. »Ich will versuchen, ihn zu heilen. Niemand drängte sich zwischen dein Kind und mich.«

»Ich verdiene Tadel«, sagte demütig der Kamboh. »Ich schulde dir das Leben meines Sohnes. Du bist ein Wundertäter – ich weiß es.«

»Zeige mir die Schnitte.« Kim beugte sich über des Mahrattas Brust, am Klopfen seines Herzens fast erstickend; denn dies war das Große Spiel. »Nun erzähle mir schnell deine Geschichte, Bruder, ich sage indessen einen Zauberspruch.«

»Ich komme vom Süden, wo ich meine Arbeit hatte. Einen

von uns haben sie am Wege erschlagen. Hast du davon gehört?« Kim schüttelte den Kopf. Er wußte natürlich nichts von dem Vorgänger von E. 23, der unten im Süden, in der Kleidung eines arabischen Händlers, tot gefunden worden war. »Nachdem ich einen gewissen Brief aufgetrieben hatte, den ich suchen sollte, machte ich mich fort. Ich entkam aus der Stadt und lief nach Mhow. So sicher fühlte ich mich, daß ich nicht einmal mein Gesicht änderte. In Mhow erhob ein Weib Klage gegen mich wegen Juwelendiebstahls in der Stadt, die ich eben verlassen hatte. Da merkte ich, daß die Meute hinter mir war. Aus Mhow entkam ich bei Nacht, indem ich die Polizei bestach, die bestochen war, mich ohne Verhör in die Hände meiner Feinde zu liefern. Darauf lag ich eine Woche lang in der alten Stadt Chitor, als Büßer in einem Tempel, aber ich wußte nicht, wohin mit dem Brief, den ich bei mir hatte. Ich begrub ihn unter dem Stein der Königin zu Chitor, an dem Platz, der uns allen bekannt ist.«

Kim wußte nichts davon, aber nicht um die Welt hätte er die Erzählung unterbrochen.

»In Chitor, siehst du, war ich ganz auf Königsgebiet; denn Kotah im Osten liegt außerhalb des Gesetzes der Königin[1], und Jeypur und Gwalior ebenfalls. Spione liebt man nicht, und Gerechtigkeit gibt es nicht. Ich wurde gejagt wie ein nasser Schakal, aber ich schlug mich durch bis Bandakui. Dort hörte ich, daß ich des Mordes angeklagt war in der Stadt, aus der ich eben kam – des Mordes an einem Knaben. Sie haben beides zur Stelle, die Leiche und den Zeugen.«

»Aber kann die Regierung nicht schützen?«

»Für uns von dem Spiel gibt es keinen Schutz. Wenn wir sterben, sterben wir. Unser Name wird in dem Buch ausgelöscht, das ist alles. In Bandakui, wo einer von uns lebt, suchte ich die Spur zu verwischen, indem ich mein Gesicht änderte und mich zum Mahratta machte. So kam ich nach Agra und wollte nun nach Chitor zurück, um den Brief zu holen. So sicher dachte ich ihnen entwischt zu sein. Deshalb schickte ich niemandem ein *Tar*[2], um anzugeben, wo der Brief sich befinde. Ich wollte alle Ehre für mich haben.«

Kim nickte. Diese Empfindung verstand er gut.

»Aber in Agra, als ich durch die Straßen ging, hielt mich

1. Victoria von England. – 2. Telegramm.

ein Mann wegen Schulden an, brachte viele Zeugen vor und wollte mich auf der Stelle vor Gericht schleppen. Oh, sie sind schlau dort im Süden! Er gab mich als seinen Baumwollagenten an. Möge er in der Hölle dafür braten!«

»Und warst du das?«

»O Tor! Ich war der Mann, den sie wegen des Briefes suchten! Ich flüchtete mich durch den Schlachthof und kam bei dem Hause des Juden heraus, der Angst hatte vor einem Auflauf und mich weiterjagte. Ich kam zu Fuß bis Somna – ich hatte nur noch Geld zu einem Billett bis Delhi –, und dort, als ich mit Fieber in einem Graben lag, sprang einer aus dem Gebüsch und stach mich und schlug mich und durchsuchte mich von Kopf bis Fuß – im Angesicht des Zuges!«

»Warum erschlug er dich nicht gleich?«

»So dumm sind sie nicht. Wenn ich in Delhi, auf Veranlassung von Advokaten, wegen erwiesener Mordtat verurteilt werde, so verfällt mein Leib dem Staat, der ihn fordert. Ich werde unter Bewachung zurückbefördert und dann – sterbe ich langsam – als ein Beispiel für die andern von uns. Der Süden ist nicht mein Land. Ich renne im Kreise herum – wie eine einäugige Ziege. Seit zwei Tagen habe ich nichts gegessen. Ich bin gezeichnet« – er berührte den schmutzigen Verband seines Beines –, »so daß sie mich in Delhi erkennen müssen.«

»Im Zuge bist du wenigstens sicher.«

»Sei ein Jahr in dem Großen Spiel und sage mir das dann wieder! In Delhi werden die Drähte gegen mich in Bewegung sein, jeder Riß, jeder Fetzen an meinem Leib wird beschrieben. Zwanzig, hundert – wenn nötig – werden bezeugen, daß ich den Knaben erschlug. Du kannst mir da auch nicht helfen!«

Kim kannte die Verfolgungskünste der Eingeborenen zur Genüge, um zu wissen, daß es so war, daß selbst der Leichnam des Knaben zur Stelle sein würde. – Der Mahratta krampfte ab und zu die Finger zusammen vor Schmerz. Der Kamboh stierte verdrossen aus seiner Ecke heraus; der Lama war über seinen Rosenkranz versunken; und Kim, nach ärztlicher Manier an des Mannes Brust herumtastend, dachte sich zwischen Zaubersprüchen seinen Plan aus.

»Hast du einen Zauber, um meine Gestalt zu verändern?

Sonst bin ich ein toter Mann. Fünf – zehn Minuten bloß – wenn ich nicht so gehetzt gewesen wäre – dann hätte ich vielleicht – –«

»Ist er jetzt geheilt, Wundertäter?« fragte eifersüchtig der Kamboh. »Gesungen hast du lange genug.«

»Nein. Für seine Wunden gibt es, sehe ich, keine Heilung, außer wenn er drei Tage im Gewande eines *Bairagi* sitzt.« Das ist eine allgemein übliche Buße, die oft irgendeinem fetten Handelsmann von seinem geistlichen Berater auferlegt wird.

»Ein Priester will immer wieder Priester machen«, war die Antwort. Nach der üblichen Art plump abergläubischen Volks konnte der Kamboh seine Zunge nicht vor Verhöhnung seiner Kirche hüten.

»Soll dein Sohn also ein Priester werden? Mir scheint, er muß wieder von meinem Chinin nehmen.«

»Wir Jats sind alle Büffel«, sagte der Jat, wieder kleinlaut werdend.

Kim strich eine Fingerspitze Bitternis auf die zutraulichen kleinen Lippen des Kindes. »Ich habe von dir nichts verlangt«, sagte er streng zu dem Vater, »als Speise. Mißgönnst du mir die? Ich will einen andern Menschen heilen. Habe ich deine Erlaubnis – Fürst?«

Des Mannes riesige Pratzen flogen flehend in die Höhe. »Nein – nein. Verspotte mich nicht so.«

»Es beliebt mir, diesen Kranken zu heilen. Du sollst Verdienst erwerben, indem du mir beistehst. Welche Farbe hat die Asche in deinem Pfeifenkopf? Weiß. Das ist günstig. Ist rohe Gelbwurz unter deinen Speiseresten?«

»Ich – ich –«

»Öffne dein Bündel!«

Es enthielt die übliche Kollektion kleiner Abfälle: Stoffflicken, quacksalberische Medikamente, billige Jahrmarktsgeschenke, ein Tuch voll *Atta*[1], Röllchen Bauerntabak, wohlfeile Pfeifenrohre und ein Pack Curry, in eine Decke gewickelt. Kim durchsuchte alles mit der Miene eines weisen Zauberers, eine mohammedanische Beschwörung murmelnd.

»Dies ist Weisheit, die ich von den Sahibs lernte«, flüsterte er dem Lama zu; und wenn man an seine Erziehung bei Lur-

1. Graues, grob gemahlenes Mehl.

gan denkt, sprach er damit nur die Wahrheit. »Die Sterne verkünden ein großes Unheil im Schicksal dieses Mannes, das – das ängstigt ihn. Soll ich es verhindern?«

»Freund der Sterne, du hast in allen Dingen wohlgetan. Handle nach deinem Belieben. Ist es eine neue Heilung?«

»Schnell! Mach schnell!« schnappte der Mahratta. »Ehe der Zug hält.«

»Eine Heilung von dem Schatten des Todes«, sagte Kim, das Mehl des Kambohs mit den Resten von Holzkohle und Tabakasche in dem rot-irdenen Pfeifengefäß mischend. E. 23 nahm ohne Worte seinen Turban ab und schüttelte sein langes schwarzes Haar herunter.

»Das ist mein Essen – Priester«, grollte der Jat.

»Ein Büffel in dem Tempel! Hast du gewagt, herzusehen? Ich muß heilige Geheimnisse vor Narren verrichten; aber hüte deine Augen! Fühlst du schon einen Schleier davor? Ich rette das Kind und als Dank – oh, du Schamloser!« Der Mann wich vor dem scharfen Blick zurück, denn Kim sprach im vollsten Ernst.

»Soll ich dich verfluchen, oder soll ich –« Er riß das äußere Tuch vom Bündel und warf es über den gesenkten Kopf. »Wage nur den leisesten Wunsch, herzublicken, und – und selbst ich kann dich nicht retten. Sitz still! Sei stumm!«

»Ich bin blind – stumm. Verfluche mich nicht! Komm her, Kind, wir wollen Verstecken spielen. Um meinetwillen, schau nicht unter dem Tuch hervor.«

»Ich sehe Hoffnung«, flüsterte E. 23. »Was für einen Plan hast du?«

»Das kommt später«, sagte Kim, ihm das dünne Hemd abziehend. E. 23 zögerte, mit der Scheu des Nordwestlers vor Entblößung seines Körpers.

»Was heißt Kaste, wenn es an den Hals geht?« sagte Kim, das Hemd bis auf die Hüften niederstreifend. »Wir müssen dich ganz zu einem gelben Saddhu machen. Zieh dich aus – schnell, und schüttle das Haar über die Augen, während ich die Asche verteile. Jetzt noch ein Kastenzeichen auf deine Stirn.« Er nahm aus dem kleinen Tuschkasten unter seinem Gewand ein Täfelchen Karminlack.

»Bist du nur ein Anfänger?« sagte E. 23, buchstäblich um das liebe Leben ringend, indem er seine Körperhüllen abstreifte und nackt, nur mit dem Hüftentuch, dastand, indes Kim ihm ein vornehmes Kastenzeichen auf die aschebeschmierte Stirn kleckste.

»Seit zwei Tagen erst in das Spiel eingetreten, Bruder«, antwortete Kim. »Schmiere mehr Asche auf deine Brust.«

»Hast du einen Arzt – für kranke Perlen getroffen?«

Er rollte sein langes, fest verschlungenes Turbantuch auf und wickelte es mit flinker Hand um und über seine Hüften, in den verzwickten Windungen eines Saddhugurtes.

»Hah! Erkennst du seine Hand? Er war eine Weile mein Lehrer. Wir müssen deine Beine verdecken. Asche heilt Wunden. Beschmiere sie nochmals.«

»Ich war früher einmal sein Stolz, aber du bist fast noch besser. Die Götter sind uns gnädig! Gib mir *das.*«

Es war eine Zinnbüchse mit Opiumpillen, die in dem Kram des Bündels zum Vorschein kam. E. 23 schlang eine halbe Handvoll hinunter. »Sie sind gut gegen Hunger, Furcht und Frost. Und sie machen die Augen rot«, erklärte er. »Jetzt habe ich wieder Mut zum Spiel. Fehlt uns nur noch die Zange eines Saddhu. Was machen wir mit den alten Kleidern?«

Kim rollte sie fest zusammen und stopfte sie in die lokkeren Falten seines Unterkleides. Mit gelber Ockerfarbe schmierte er breite Streifen auf Brust und Beine, auf den Untergrund von Mehl, Asche und Gelbwurz.

»Das Blut auf ihnen ist Grund genug, um dich an den Galgen zu bringen, Bruder.«

»Kann sein; aber nicht Grund genug, sie aus dem Fenster zu werfen ... Es ist fertig.« Seine Stimme klang hell vor Knabenfreude über die Verkleidung. »Wende dich um, o Jat! Und schau!«

»Die Götter mögen uns schützen«, rief der Kamboh, aus seiner Verhüllung auftauchend wie ein Büffel aus dem Schilf. »Aber – wo ist der Mahratta geblieben? Was hast du getan?«

Kim war von Lurgan Sahib erzogen, und E. 23 war dank seiner Tätigkeit kein schlechter Schauspieler. Statt des verängstigten zitternden Hausierers lümmelte da in der Ecke mit untergeschlagenen Beinen ein aschebeschmierter, ockergestreifter, dunkelhaariger Saddhu, die geschwollenen Augen (Opium wirkt schnell auf einen leeren Magen) leuchtend von

Frechheit und tierischer Lust, Kims braunen Rosenkranz um den Hals und einen verschlissenen Fetzen geblümten Kattuns um die Schultern. Das Kind begrub das Gesicht in die Arme seines verblüfften Vaters.

»Schau auf, Prinzchen! Wir reisen mit Zauberern, aber dir werden sie nichts tun. O, weine nicht ... Wozu heute ein Kind heilen, wenn man es morgen mit Furcht töten will?«

»Das Kind wird Glück haben in seinem ganzen Leben, denn es hat einer großen Heilung beigewohnt. Als ich ein Kind war, machte ich schon Menschen und Pferde aus Ton.«

»Das habe ich auch schon gemacht«, piepte das Kind. »Und Sir Banas kommt in der Nacht hinten in unsere Küche und macht sie lebendig.«

»Du fürchtest dich also vor nichts, he, Prinz?«

»Ich habe mich gefürchtet, weil mein Vater sich fürchtete. Ich fühlte seine Arme zittern.«

»O, Hühnchen-Mann«, lachte Kim, und selbst der beschämte Jat lachte. »Ich habe diesen armen Hausierer geheilt. Er muß nun seinen Verdienst und seine Rechnungsbücher im Stich lassen und drei Nächte am Straßenrand sitzen, um die Bosheit seiner Feinde zu überwinden. Die Sterne sind gegen ihn.«

»Je weniger Wucherer, desto besser, sage ich. Aber Saddhu oder nicht Saddhu, er soll mir den Stoff um seine Schultern bezahlen.«

»So? Aber das da auf deiner Schulter ist dein Kind, das vor noch nicht zwei Tagen dem Scheiterhaufen verfallen war. Noch eins muß ich dir sagen. Ich machte diesen Zauber in deiner Gegenwart, weil die Not groß war. Ich änderte seinen Leib und seine Seele. Aber, o Mann von Jullundur, wenn du jemals bei irgendeiner Gelegenheit dich dessen entsinnst, was du hier gesehen, sei es bei den Ältesten unter dem Dorfbaum oder in deinem eigenen Hause oder in Gegenwart deines Priesters, wenn er dein Vieh segnet, so wird eine Seuche unter deine Büffel kommen, und eine Flamme auf dein Dach, und Ratten in deine Korntenne und der Fluch der Götter über deine Felder, daß sie verdorren unter deinen Füßen und hinter deiner Pflugschar.« Dies war ein Teil einer alten Verwünschung, die Kim in den Tagen seiner Unschuld von einem

Fakir am Taksalitor aufgeschnappt hatte. Sie hatte in seinem Munde an Bedrohlichkeit nichts verloren.

»Höre auf, Heiliger! Aus Barmherzigkeit, höre auf!« rief der Jat. »Verfluche meinen Haushalt nicht. Ich sah nichts! Ich hörte nichts! Ich bin deine Kuh!« Und er begann, vor Kims nackten Füßen rhythmisch den Boden zu schlagen.

»Aber da es dir vergönnt war, mir beizustehen mit einem bißchen Mehl und einem bißchen Opium und derlei Kleinigkeiten, die ich bei meiner Kunst zu verwenden dir die Ehre erwies, so werden die Götter dir dies vergelten durch einen Segen –« Und er erteilte ihn endlich, zur unendlichen Erleichterung des Mannes. Es war einer, den er von Lurgan Sahib erlernt hatte.

Der Lama schaute hierbei aufmerksamer durch seine Brillengläser, als er es bei der Verkleidung getan hatte.

»Freund der Sterne«, sprach er schließlich, »du hast große Weisheit erworben. Hüte dich, daß sie nicht Stolz gebiert. Kein Mann, der das Gesetz vor Augen hat, wird übereilt von etwas reden, das er gesehen hat, oder das ihm begegnet ist.«

»Nein – nein – wahrlich nicht«, rief der Bauer, voller Angst, daß der Meister es noch schlimmer machen könnte, als der Schüler. E. 23, mit erschlafftem Munde, ließ sich ganz im Genuß des Opiums gehen, das für einen erschöpften Asiaten Fleisch, Tabak und Medizin zugleich ist.

So, im Schweigen ehrfürchtiger Scheu und großen Mißverstehens, fuhren sie in Delhi ein zur Zeit des Lampenanzündens.

Zwölftes Kapitel

Wer hat schon Heimweh gehabt nach der
See, nach der endlosen Salzflut?
Nach dem Steigen und Halten und Gischten und Stürzen der Kämme?
Nach der schwellenden Glätte vor Sturm,
grau, schaumlos, gewaltig?
Nach des Orkans tolläugiger Jagd oder
leuchtender Stille?
Seiner See, die niemals gleich und doch
immer die gleiche –
Seiner See, die sein Wesen erfüllt? –
So – so und nicht anders
Sehnen sich Berggeborene heim nach
ihrem Gebirge!

»Ich habe mein Herz wiedergefunden«, sagte E. 23 im Schutz des Tumults auf dem Bahnsteig. »Hunger und Furcht machen den Menschen irr, sonst hätte ich selber an diese Rettung denken müssen. Ich hatte recht. Sie sind auf der Jagd nach mir. Du hast meinen Kopf gerettet.«

Ein Trupp gelbbehoster, punjabischer Polizisten unter Führung eines hastigen, schwitzenden, jungen Engländers teilte das Gedränge an den Wagen. Hinterher, unauffällig wie eine Katze, schlenderte eine kleine, fette Person, die aussah wie ein Advokatenschreiber.

»Schau, der junge Sahib liest von dem Papier ab. Meine Personalbeschreibung ist in seiner Hand«, sagte E. 23. »Sie gehen von Wagen zu Wagen wie Fischer, die einen Teich mit dem Netz ausfischen.«

Als die Prozession zu ihrem Abteil kam, war E. 23 emsig dabei, seine Perlen abzubeten, mit gleichförmigem Ruck des Handgelenks, während Kim ihn verspottete, daß er in der Trunkenheit seine geringelte Feuerzange, das besondere Abzeichen der Saddhus, verloren habe. Der Lama, tief in Betrachtung versunken, starrte vor sich hin, und der Farmer suchte unter verstohlenen Seitenblicken seine Sachen zusammen.

»Nichts hier als ein Packen heilige Bagage«, sagte der Engländer laut und schritt weiter unter einem unzufriedenen Gemurmel; denn eingeborene Polizei bedeutet für die Eingeborenen in ganz Indien Vergewaltigung.

»Die Schwierigkeit«, flüsterte E. 23, »liegt jetzt darin, eine Drahtnachricht zu senden, um den Ort anzugeben, wo ich den Brief versteckt habe, nach dem ich ausgeschickt wurde. In dieser Verkleidung kann ich nicht auf das Telegraphenamt gehen.«

»Ist es nicht genug, daß ich deinen Kopf gerettet habe?«

»Nicht, wenn die Arbeit unvollendet bleibt. Hat dir der Heiler kranker Perlen das nie gesagt? Da kommt ein anderer Sahib! Ah!«

Dies war ein ziemlich großer Distriktspolizeiinspektor, von gelblicher Gesichtsfarbe – umgeschnallt, behelmt, mit blanken Sporen und allem sonstigen Zubehör – seinen dunklen Schnurrbart ausgiebig zwirbelnd.

»Was für Narren sind diese Polizeisahibs«, sagte Kim belustigt.

E. 23 blickte flüchtig unter seinen Lidern hervor. »Gut bemerkt«, murmelte er mit veränderter Stimme. »Ich gehe Wasser trinken. Halte mir meinen Platz.«

Er stolperte hinaus, dem Engländer fast in die Arme, und wurde in plumpem Urdu angefahren.

»*Tum mut*? Bist du betrunken? Du mußt nicht herumtorkeln, als ob die Delhistation dir allein gehörte, mein Freund.«

E. 23, ohne einen Muskel seines Gesichts zu verziehen, antwortete mit einem Strom schmutzigster Schimpfwörter, worüber Kim natürlich entzückt war. Das erinnerte ihn an die Trommlerjungen und Kasernenfeger in Umballa in seiner schrecklichen ersten Schulzeit.

»Mein gutes Närrchen, *Nickle-jao!*« kauderwelschte der Engländer. »Geh zurück in deinen Wagen.«

Schritt für Schritt unterwürfig zurückweichend, kletterte der gelbe Saddhu wieder in seinen Wagen, mit gedämpfter Stimme den Polizeiinspektor bis in die fernste Nachkommenschaft verfluchend: beim Stein der Königin – hier sprang Kim beinahe hoch –, bei dem Schreiben unter dem Königinstein und bei einer ganzen Kollektion von Göttern mit völlig fremden Namen.

»Ich verstehe nicht, was du sagst« – der Engländer wurde

rot vor Zorn –, »aber es ist irgendeine verdammte Frechheit. Marsch, heraus mit dir!«

E. 23 tat, als ob er nicht verstünde, und holte mit ernster Miene seine Fahrkarte vor, die der Engländer ihm ärgerlich aus der Hand riß.

»Oh, *zoolum!* Welche Gewalttätigkeit!« grollte der Jat aus seinem Winkel. »Noch dazu für so einen kleinen Spaß.« Er hatte über die Zungenfertigkeit des Saddhu teilnahmsvoll gegrinst. »Deine Zauber tun heute keine gute Wirkung, Heiliger!«

Der Saddhu folgte dem Polizeimann, flehend und schmeichelnd. Der große Haufen der Reisenden, mit Bündeln und Kindern beschäftigt, hatte den Vorfall nicht beachtet. Kim schlüpfte hinter dem Saddhu heraus, denn es schoß ihm durch den Kopf, daß er vor drei Jahren bei Umballa diesen selben zornigen, dummen Sahib laute Anzüglichkeiten gegen eine gewisse alte Dame hatte vorbringen hören.

»Jetzt ist alles in Ordnung«, flüsterte der Saddhu Kim zu, eingeklemmt in dem rufenden, schreienden, wirren Gedränge, – einen persischen Windhund zwischen seinen Beinen und einen Käfig kreischender Falken, in Obhut eines Radschput-Falkoniers, im Rücken. »Jetzt ist er hin, um Nachricht über den Brief zu geben, den ich versteckt habe. Man sagte mir, er wäre in Peshawur. Ich hätte aber wissen können, daß er – wie das Krokodil – immer in einer anderen Furt ist, als wo man ihn sucht. Aus der Gefahr hier hat er mich gerettet, aber mein Leben danke ich dir.«

»Ist er denn auch einer von uns?« Kim duckte sich durch unter der fettigen Achselhöhle eines Kameltreibers von Mewar und prallte gegen einen Trupp schwatzender Sikhmatronen.

»Kein geringerer als der größte. Wir haben beide Glück! Ich werde ihm berichten, was du getan hast. Ich bin sicher unter seinem Schutz.«

Er arbeitete sich aus dem Gedränge, das die Wagen belagerte, heraus und hockte sich auf die Bank am Telegraphenbüro.

»Geh zurück, damit dein Platz dir nicht genommen wird! Hab keine Sorge um das Werk, Bruder, oder um mein Leben. Du hast mir Zeit zum Aufatmen verschafft und Strickland

Sahib hat mich an Land gezogen. Wir werden vielleicht noch zusammen in dem Spiel arbeiten. Leb wohl!«

Kim eilte zu seinem Wagen: erleichtert, aber einigermaßen verwirrt, daß ihm der Schlüssel zu den Geheimnissen um ihn her fehlte.

»Ich bin nur ein Anfänger in dem Spiel, das ist sicher. *Ich* hätte mich nicht in Sicherheit bringen können wie der Saddhu. Er wußte, daß es am dunkelsten unter der Lampe ist. *Ich* hätte nicht daran gedacht, durch Flüche Mitteilungen zu machen ... und wie gescheit war der Sahib! Immerhin ... ich habe einem das Leben gerettet ... Wo ist der Kamboh geblieben, Heiliger?« flüsterte er, indem er seinen Platz in dem jetzt gedrängt vollen Abteil einnahm.

»Eine Furcht packte ihn«, antwortete der Lama mit einem Anflug gelinden Spottes. »Er sah dich in einem Augenblick den Mahratta in einen Saddhu verwandeln, zum Schutz vor Unheil. Das fuhr ihm in die Glieder. Dann sah er den Saddhu geradenwegs in die Hände der *Polis* fallen – alles die Wirkung deiner Kunst. Da raffte er seinen Sohn auf und floh, denn, sagte er, du habest einen friedlichen Handelsmann in einen Schreihals verwandelt, der unflätige Reden gegen die Sahibs führte, und er fürchtete ein ähnliches Schicksal. Wo ist der Saddhu?«

»Bei den *Polis*«, sagte Kim ... »aber ich rettete doch des Kambohs Kind.«

Der Lama schnupfte ruhig.

»Ach, *Chela*, sieh, wie betört du bist! Das Kind des Kambohs heiltest du, einzig und allein, um Verdienst zu erwerben. Auf den Mahratta aber legtest du einen Zauber mit selbstgefälligem Gehaben – ich beobachtete dich – und mit Seitenblicken, um einen alten, alten Mann und einen törichten Bauern in Erstaunen zu setzen: daher Unheil und Argwohn.«

Kim beherrschte sich mit einer Anstrengung über sein Alter hinaus. Wie jeden jungen Burschen verdroß es ihn, bittere Pillen zu schlucken und falsch beurteilt zu werden, aber er sah sich in der Klemme. Der Zug rollte aus Delhi in die Nacht hinein.

»Es ist wahr«, murmelte er. »Wenn ich dich gekränkt habe, habe ich Unrecht getan.«

»Es ist mehr, *Chela.* Du hast eine Tat in die Welt geschickt, und wie die Kreise eines in den Teich geworfenen Steines sich weiter und weiter verbreiten, so die Folgen deiner Tat, du kannst nicht wissen, wie weit.«

Diese Unwissenheit war gut für Kims Eitelkeit sowohl wie für den Seelenfrieden des Lamas, in Anbetracht des Umstandes, daß zur selben Zeit ein chiffriertes Telegramm eintraf, das die Ankunft von E. 23 in Delhi meldete und – was noch wichtiger war – den Verbleib eines Briefes, den zu entwenden E. 23 beauftragt gewesen war. Zufällig hatte auch gerade ein übereifriger Polizist einen wild entrüsteten Baumwollmakler aus Ajmir, als eines in einem fernen südlichen Staat begangenen Mordes verdächtig, verhaftet, der sich nun auf dem Bahnsteig in Delhi vor einem gewissen Mr. Strickland rechtfertigte, indes E. 23 sich auf Seitenwegen in das verschlossene Herz der Stadt Delhi hineinschlängelte. Innerhalb zweier Stunden erreichten mehrere Telegramme den zornigen Minister eines südlichen Staates mit der Meldung, daß jede Spur eines verwundeten Mahrattas verschwunden sei; und zur selben Zeit, als der gemächlich fahrende Zug bei Saharunpore hielt, schlug die letzte Welle des Steins, den Kim geworfen hatte, gegen die Stufen einer Moschee im fernen Roum – wo sie einen frommen Mann im Gebet störte.

Der Lama verrichtete das seine in umständlicher Weise neben einem taufeuchten Obstspalier in der Nähe des Bahnsteigs, beglückt durch den klaren Sonnenschein und die Gegenwart seines Schülers. »Wir wollen diese Dinge hinter uns lassen«, sprach er, auf die stählerne Maschine und die glitzernden Schienen weisend. »Das Rütteln des Zuges, obwohl er ein wundervolles Ding ist, hat meine Knochen zu Wasser gemacht. Von jetzt an wollen wir freie Luft atmen.«

»Laß uns nach dem Hause der Kulufrau gehen.« Kim schritt vergnüglich aus unter seinen Bündeln. Am frühen Morgen ist die Straße nach Saharunpore rein und duftig. Er gedachte der Morgen in St. Xavier, und dies verdoppelte seine schon dreimal selige Zufriedenheit.

»Woher denn diese neue Hast? Verständige Menschen laufen nicht wie junge Hühnchen in der Sonne herum. Wir haben schon Hunderte und Hunderte von *Kos* zurückgelegt, und bis jetzt war ich noch kaum einen Augenblick mit dir allein. Wie kannst du Belehrung empfangen im wüsten Gedränge? Wie kann ich, überschwemmt von einer Flut von Worten, nachdenken über den Pfad?«

»Ihre Zunge ist also nicht kürzer geworden mit den Jahren?« Der Schüler lächelte.

»Sowenig wie ihre Begier nach Zaubermitteln. Ich entsinne mich, als ich einst von dem Rad des Lebens redete« – der Lama tappte auf seiner Brust herum nach der letzten Zeichnung – »da fragte sie nur nach den Teufeln, die Kindern nachstellen. Sie soll Verdienst erwerben, indem sie für unsern Unterhalt sorgt – über eine kleine Weile – bei einer späteren Gelegenheit – langsam, langsam. Jetzt wollen wir gemächlich wandern und warten auf die Kette der Dinge. Die Suche ist gesichert.«

So pilgerten sie in aller Ruhe zwischen und unter den blütevollen Fruchtgärten dahin – durch Aminabad, Sahaigunge, Akrola an der Furt und Klein-Phulesa – die Linie der Sewaliks immer im Norden und dahinter wieder die Schneegipfel. Nach langem, süßem Schlaf unter den scharffunkelnden Sternen kam die würdevoll lässige Wanderung durch erwachende Dörfer – die Bettelschale schweigend vorgehalten, aber die Augen schweifend von Himmelsrand zu Himmelsrand, ungeachtet des Gesetzes. Später wieder kehrte Kim vom Essenholen zu seinem Meister zurück unter den Schatten eines Mangobaums oder den spärlicheren Schatten eines der weißen Gummibäume der *Doon*[1], und sie aßen und tranken in Ruhe. Um Mittag, nach einigem Plaudern und Umherschlendern, schliefen sie und traten erfrischt wieder in die Welt, wenn die Luft kühler war. Die Nacht fand sie auf dem Wege in neues Gebiet, irgendeinem Dorf zu, das sie in dem flachen Land schon auf drei Stunden Entfernung sichten konnten.

Dort erzählten sie ihre Geschichte – eine neue jeden Abend, was Kim betraf – und wurden willkommen geheißen von dem Priester oder dem Dorfältesten nach dem Brauch des gastfreundlichen Ostens.

Wenn die Schatten kürzer wurden und der Lama sich schwerer auf Kim stützte, wurde das Rad des Lebens hervorgeholt, unter reinlich abgewischten Steinen glatt gelegt und

1. Ebene.

Kreis auf Kreis mit einem langen Strohhalm erklärt. Hier saßen die Götter in der Höhe – und sie waren Träume von Träumen. Hier war unser Himmel und die Welt der Halbgötter – Reiter, die zwischen den Bergen kämpften. Hier waren die Qualen, den Tieren zugefügt – Seelen, die die Leiter empor- und niedersteigen und deren Wege man darum nicht durchkreuzen soll. Hier waren die Höllen, heiß oder kalt, der Aufenthalt gefolterter Geister. Möge der *Chela* studieren die Leiden, die aus Unmäßigkeit entstehen – geschwollener Magen und brennende Eingeweide! Und gehorsam, mit gesenktem Kopf und flinkem, braunem Finger dem Erklärer folgend, studierte der *Chela*; wenn sie aber an die Menschenwelt kamen, die, fruchtlos betriebsam, just über den Höllen liegt, folgte er nur noch zerstreut: denn draußen am Wege drehte sich das Rad selbst, essend, trinkend, feilschend, liebend, zankend – warmen Lebens voll. Oft nahm der Lama die lebendigen Bilder zum Gegenstand seines Textes und forderte Kim – zu früh! – auf, zu beachten, wie das Fleisch tausend und tausend Gestalten annimmt, begehrenswerte und verabscheuungswerte, nach Menschenbegriffen, aber in Wahrheit nichtig, so oder so; und wie der dumme Geist, sklavisch gebunden an Eber, Taube und Schlange – lüstern nach Betelnuß, nach einem neuen Joch Ochsen, nach Weibern oder Königsgunst – verurteilt ist, dem Körper zu folgen durch alle die Himmel und alle die Höllen und den Weg immer wieder von neuem zu machen. Zuweilen schaute ein Mann oder eine Frau dem Ritual – denn das war es für sie – zu, wenn die große, gelbe Karte entfaltet wurde, und warf eine Blume oder eine Handvoll Kaurimuscheln auf den Rand. Es genügte diesen Demütigen, einem Heiligen begegnet zu sein, der vielleicht geneigt sein würde, sie in sein Gebet einzuschließen.

»Heile sie, wenn sie krank sind«, sagte der Lama, wenn Kims Tatendrang wach wurde. »Heile sie, wenn sie Fieber haben, aber wende niemals Zaubermittel an. Gedenke dessen, was den Mahratta befiel.«

»Alles Tun ist also vom Übel?« erwiderte Kim, unter einem großen Baum an der Gabelung der *Doon*straße liegend und den kleinen Ameisen zuschauend, die ihm über die Hand liefen.

»Sich der Tat zu enthalten, ist wohlgetan – es sei denn, sie werde getan, um Verdienst zu erwerben.«

»Hinter den Pforten des Wissens lehrte man uns, sich der Tat zu enthalten, sei eines Sahibs unwürdig. Und ich bin ein Sahib.«

»Freund der ganzen Welt«, der Lama blickte Kim gerade ins Gesicht – »ich bin ein alter Mann, der sich an Bildern erfreut wie Kinder. Für die, die dem Pfad folgen, gibt es weder Schwarz noch Weiß, weder Hind noch Bhotiyal. Wir alle sind Seelen, die Erlösung suchen. Welche Weisheit du auch bei den Sahibs erlernt haben magst – wenn wir meinen Fluß erreichen, wirst du von allem Wahn befreit werden – an meiner Seite. *Hai!* Meine Knochen ächzen nach dem Flusse, wie sie ächzten im Eisenbahnzug; aber mein Geist sitzt über den Knochen und wartet. Die Suche ist gesichert.«

»Du hast mir geantwortet. Ist es erlaubt, eine Frage zu stellen?«

Der Lama neigte sein stattliches Haupt.

»Drei Jahre lang habe ich dein Brot gegessen – du weißt es. Heiliger, woher kam – –?«

»Es ist viel Reichtum, wie Menschen es nennen, in Bhotiyal«, erwiderte gelassen der Lama. »Daheim an meinem Ort genieße ich das Wahnbild der Ehre. Ich fordere, was ich brauche. Mit den Rechnungen habe ich nichts zu tun. Das ist Sache des Klosters – Ai! Die schwarzen hohen Sitze in dem Kloster und die Novizen alle in Reih' und Glied!«

Und er erzählte, mit dem Finger im Staube zeichnend, von dem großartigen, prachtvollen Ritual in lawinengeschützten Kathedralen; von Prozessionen und Teufelstänzen; von der Verwandlung von Mönchen und Nonnen in Schweine; von heiligen Städten fünfzehntausend Fuß hoch in der Luft; von Ränken zwischen Kloster und Kloster; von Stimmen in den Bergen und von der geheimnisvollen Fata morgana, die über harschem Schnee tanzt. Er sprach sogar von Lhasa und von dem Dalai Lama, den er gesehen und angebetet hatte.

Jeder vollendete lange Tag wuchs hinter Kim zu einer Schranke, die ihn von seiner Rasse und seiner Muttersprache abschnitt. Unversehens fing er an, wieder im Dialekt zu denken und zu träumen, und mechanisch machte er die Zeremonien des Lamas beim Essen, Trinken und dergleichen mit.

Die Gedanken des alten Mannes wandten sich mehr und mehr seinem Kloster zu, wie seine Blicke dem ewigen Schnee. Sein Fluß machte ihm keine Sorge. Ab und zu nur starrte er lange Zeit auf einen Busch oder Zweig, erwartend, wie er sagte, daß die Erde sich spalte und ihre Segnung von sich gebe; aber er war zufrieden, mit seinem Schüler zu sein, behaglich im linden Wind, der von der *Doon* her weht. Dies war nicht Ceylon, nicht Buddh Gaya oder Bombay, auch nicht die grasüberwachsenen Ruinen, auf denen er anscheinend vor zwei Jahren herumgestolpert war. Er sprach von diesen Plätzen wie ein Gelehrter, dem Eitelkeit fremd ist, wie ein Sucher, der in Demut wandelt, wie ein alter Mann, weise und maßvoll, das Wissen beleuchtend durch hellen, inneren Einblick. Nach und nach, unzusammenhängend, jede Geschichte anknüpfend an irgend etwas, was man unterwegs sah, erzählte er von all seinen Wanderungen auf und ab in Indien, und Kim, der ihn geliebt hatte, ohne zu wissen warum, liebte ihn jetzt aus hundert guten Gründen. So waren sie glückselig beieinander, enthielten sich, wie die Regel vorschreibt, böser Worte und begieriger Wünsche, aßen mäßig, lagen nicht auf weichen Betten und trugen keine reichen Gewänder. Ihr Magen zeigte ihnen die Zeit an, und das Volk gab ihnen zu essen. Sie waren hochgeehrte Gäste in den Dörfern Aminabad, Sahaigunge, Akrola an der Furt und Phulesa, wo Kim den seelenlosen Weibern einen Segen erteilte.

Aber Neuigkeiten reisen schnell in Indien, und nur zu bald kam aus den Ährenfeldern ein weißbärtiger Diener dahergeschlürft, ein dünner, dürrer Oorya, der einen Korb mit Früchten – Kabultrauben und goldenen Orangen – trug und sie bat, seiner Herrin, die traurig in ihrem Gemüt sei, weil der Lama sie so lange vernachlässigt hatte, die Ehre ihrer Gegenwart zu schenken.

»Nun entsinne ich mich«, – der Lama sprach, als sei ihm die ganze Sache fremd gewesen. »Sie ist tugendhaft, aber unmäßig im Reden.«

Kim saß auf der Kante eines Futtertrogs und erzählte den Kindern eines Dorfschmiedes Märchen.

»Sie will nur wieder um einen Sohn mehr für ihre Tochter betteln«, sagte er. »Ich habe sie nicht vergessen. Laß sie Verdienst erwerben. Sag ihr, wir würden kommen.«

Sie wanderten durch die Felder, elf Meilen in zwei Tagen, und wurden am Ziel mit Aufmerksamkeiten überschüttet; denn die alte Dame hielt auf Gastfreundschaft nach altem Brauch und zwang auch ihren Schwiegersohn dazu, der unter dem Pantoffel seines Weibervolkes stand und sich seinen Frieden erkaufte mit Geld, das er vom Wucherer borgte. Das Alter hatte weder ihre Zunge noch ihr Gedächtnis geschwächt, und von einem diskret vergitterten oberen Fenster, in Hörweite von einem Dutzend Dienern, rief sie Kim Schmeicheleien entgegen, die ein europäisches Auditorium in peinlichste Verlegenheit gestürzt haben würden.

»Aber du bist noch immer der schamlose Bettelbube vom *Parao*«, schrillte sie. »Ich habe dich nicht vergessen. Wasch dich und iß. Der Vater von meiner Tochter Sohn ist ein wenig ausgegangen, und wir armen Frauen gelten nichts und sind stumm.«

Zum Beweise scheuchte sie den ganzen Haushalt mit einem schonungslosen Wortschwall auf, bis Speise und Trank zur Stelle war; und am Abend – dem rauchduftenden Abend, kupfer- und türkisfarbig über den Feldern – beliebte es ihr, ihren Palankin bei qualmigem Fackellicht in den unordentlichen Vorhof tragen zu lassen; und hier, hinter nicht allzu dicht geschlossenen Vorhängen, schwätzte sie.

»Wäre der Heilige allein gekommen, würde ich ihn ganz anders empfangen haben; aber mit diesem Schelm, wer kann da vorsichtig genug sein?«

»Maharani«, sagte Kim, wie immer den pomphaftesten Titel wählend, »ist es meine Schuld, daß kein anderer als ein Sahib – ein Sahib von den *Polis* – die Maharani, deren Gesicht er sah – –«

»Tschitt! Das war auf der Pilgerfahrt. Wenn wir reisen – du kennst das Sprichwort –«

»– die Maharani eine Herzbrecherin nannte und eine Spenderin des Entzückens?«

»Das noch zu wissen! Wahrhaftig. Das tat er. Das war zur Zeit der Blüte meiner Schönheit.« Sie schüttelte sich wie ein zufriedener Papagei über einem Stück Zucker. »Nun erzähle mir von deinem Gehen und Kommen – so viel, als man anhören kann, ohne sich zu schämen. Wie viele Mädchen und wessen Weiber hängen an deinen Augenwimpern? Du kommst von Benares? Ich wollte dieses Jahr wieder dorthin, aber meine Tochter – wir haben nur zwei Söhne. *Phaii!* Das ist die Wirkung dieser niedrigen Ebene. In Kulu sind die Männer Elefanten. Aber ich wollte deinen Heiligen bitten – tritt beiseite, Schelm – um einen Zauber gegen höchst beklagenswerte Kolik mit Blähungen, die meiner Tochter Ältesten immer zur Mangozeit befällt. Vor zwei Jahren gab er mir ein mächtiges Zaubermittel.«

»O, Heiliger«, rief Kim, strahlend vor Wonne über das klägliche Gesicht des Lamas.

»Es ist wahr. Ich gab ihr eins für Blähungen.«

»Für Zähne – Zähne – Zähne«, fuhr die alte Dame dazwischen.

»Heile sie, wenn sie krank sind«, zitierte Kim mit Behagen, »aber wende niemals Zaubermittel an. Gedenke dessen, was den Mahratta befiel.«

»Das war vor zwei Regenzeiten; sie ermüdete mich mit ihrer unaufhörlichen Zudringlichkeit.« Der Lama stöhnte, wie der ungerechte Richter vor ihm gestöhnt haben mag. »So geschieht es – merke das, mein *Chela* –, daß selbst die, die dem Pfad folgen wollen, beiseite gedrängt werden durch müßige Weiber. Drei volle Tage, als das Kind krank war, redete sie auf mich ein.«

»*Arri!* Und zu wem sonst sollte ich reden? Des Knaben Mutter wußte nichts, und der Vater – in den Nächten des kalten Wetters war es –: ›Bete zu den Göttern‹, sagte er, wahrhaftig, drehte sich um und schnarchte.«

»Ich gab ihr den Zauber. Was soll ein alter Mann tun?«

»Sich der Tat zu enthalten, ist wohlgetan – außer wenn wir Verdienst erwerben wollen –«

»O *Chela*, wenn du mich verlässest, bin ich ganz allein.«

»Die Milchzähne bekam er jedenfalls leicht«, sagte die alte Dame. »Aber ein Priester ist wie der andere.«

Kim hustete streng. So jung er war, verdroß ihn ihr unhöfliches Geschwätz. »Den Weisen zur Unzeit belästigen heißt Unheil heraufbeschwören.«

»Wir haben einen sprechenden *Mynah* in den Ställen, der genau den Ton des Hauspriesters nachahmt.« Dieser Dolchstoß wurde begleitet von dem wohlbekannten Schütteln des juwelengeschmückten Zeigefingers. »Mag sein, daß ich die

Ehrerbietung gegen meine Gäste vergaß, aber wenn ihr *ihn* gesehen hättet, wie er die Fäuste in den Leib drückte, der wie ein halb ausgewachsener Kürbis war, und schrie: ›Hier tut es weh!‹, so würdet ihr mir verzeihen. Ich war schon halb entschlossen, die Arznei von dem *Hakim*[1] zu nehmen. Er verkauft sie billig, und sicherlich, ihn macht sie so fett, wie Schiwas Bullen selber. Er versagt einem seine Heilmittel nicht, aber ich war ängstlich für das Kind wegen der ungünstigen Farbe der Flaschen.«

Der Lama hatte sich unter dem Schutz dieses Monologes in die Dunkelheit verflüchtigt, in der Richtung nach dem für ihn bereiteten Raum.

»Du hast ihn erzürnt, scheint es«, sagte Kim.

»O nein, er ist müde, und ich dachte nicht daran in meiner Großmuttersorge. (Nur eine Großmutter sollte ein Kind überwachen. Mütter sind nur zum Gebären gut.) Morgen, wenn er sieht, wie meiner Tochter Sohn gewachsen ist, wird er mir den Zauber schreiben. Dann mag er auch die Medikamente des neuen *Hakim* beurteilen.«

»Wer ist der *Hakim,* Maharani?«

»Ein Wanderer wie du, aber ein höchst ehrenwerter Bengale von Dacca – ein Meister der Medizin. Er befreite mich von einer Beklemmung nach Fleischgenuß durch eine kleine Pille, die wie ein losgelassener Teufel wühlte. Er reist jetzt umher und verkauft Präparate von großem Wert. Er besitzt sogar Papiere, in Angrezi[2] gedruckt, die bezeugen, was er getan hat für schwachrückige Männer und schlaffe Weiber. Er ist seit vier Tagen hier, aber als er hörte, daß ihr kommen würdet (*Hakims* und Priester sind wie Schlange und Tiger in der ganzen Welt), hat er sich, glaube ich, versteckt.«

Während sie Atem schöpfte nach diesem Ausbruch, murmelte der alte Diener, der ungestraft am Rande des Fackelscheins sitzen durfte: »Dieses Haus ist ein Stall für Scharlatane und – Priester. Laß das Kind aufhören, Mangofrüchte zu essen . . . aber wer kann vernünftig reden mit einer Großmutter?« Er erhob die Stimme respektvoll: »Sahiba, der *Hakim* schläft nach seinem Mahl. Er ist in dem Raum hinter dem Taubenstall.«

Kim saß gesträubt wie ein witternder Terrier. Einen Ben-

1. Arzt. – 2. Englisch.

galen, der in Kalkutta studiert hatte, einen zungenfertigen Arzneikrämer aus Dacca auszustechen und niederzuschwätzen, mußte einen köstlichen Spaß geben. Es ziemte sich nicht, daß der Lama, und beiläufig auch er selbst, durch so einen Kerl verdrängt wurde. Er kannte die sonderbaren Inserate in Mischmaschenglisch auf der Rückseite der einheimischen Zeitungsblätter. Die Jungen in St. Xavier hatten sie oft heimlich mitgebracht, um sich mit ihren Kameraden darüber lustig zu machen, denn die Ausdrucksweise dankbarer Patienten, die ihre Krankheitserscheinungen lang und breit schildern, ist immer von naiver Komik. Der Oorya, nicht unwillig, einen Schmarotzer durch den andern loszuwerden, schlich sich fort nach dem Taubenschlag.

»Ja«, sagte Kim mit gemessener Geringschätzung, »ihre ganze Apotheke besteht aus einem bißchen gefärbtem Wasser und sehr viel Unverschämtheit. Ihre Opfer sind heruntergekommene Könige und überfütterte Bengalen. Ihren Hauptprofit beziehen sie von Kindern, die nicht geboren werden.«

Die alte Dame lachte. »Sei nicht neidisch. Zaubersprüche sind besser, eh? *Ich* habe das nie geleugnet. Sieh, daß der Heilige mir am Morgen einen guten Spruch schreibt.«

»Nur Unwissende leugnen« – eine schwere fette Stimme quoll aus dem Dunkel, und eine Gestalt tauchte auf und hockte sich nieder –, »nur Unwissende leugnen den Wert von Arzneimitteln.«

»Eine Ratte fand ein Stück Gelbwurz. Sprach sie: ›Ich will einen Spezereiladen eröffnen‹«, gab Kim zurück.

Das Gefecht war nun regelrecht eröffnet, und sie hörten die alte Dame sich aufrichten, um gespannt zuzuhören.

»Des Priesters Sohn wußte die Namen seiner Amme und dreier Götter. Sprach er: ›Hört mich oder ich verfluche euch bei drei Millionen Göttern.‹« Zweifellos, dieser Unsichtbare hatte etliche Pfeile in seinem Köcher. Er fuhr fort: »Ich bin nur ein Lehrer des Alphabets. Ich habe alle Weisheit von den Sahibs gelernt.«

»Die Sahibs werden nie alt. Sie tanzen und spielen wie Kinder, wenn sie Großväter sind. Eine starkrückige Brut«, piepste die Stimme im Innern des Palankins.

»Ich habe auch die Medikamente, die den Andrang im Kopf lösen bei hitzigen, zornigen Männern. *Siná*, wohl gemischt, wenn der Mond im rechten Haus steht; gelbe Erde habe ich – *Arplan* von China, das einem Manne seine Jugend wiedergibt, zum Staunen seiner eigenen Familie; Safran von Kaschmir und den besten Salep von Kabul. Viele Menschen starben, bevor –«

»Das glaube ich gern«, sagte Kim.

»Sie kannten den Wert meiner Heilmittel. Ich gebe *meinen* Kranken nicht nur die Tinte, mit der ein Zauber geschrieben ist, sondern starke und reinigende Arzneien, die über das Übel herfallen und mit ihm ringen.«

»Sehr gewaltig tun sie das«, seufzte die alte Dame.

Die Stimme ließ eine endlose Geschichte vom Stapel von Mißgeschick und Fehlschlägen, verziert mit vielen Anklagen gegen die Regierung. »Nur mein Schicksal, das alles beherrscht, ist schuld, daß ich nicht im Dienst der Regierung angestellt bin. Ich habe einen akademischen Grad von der großen Schule zu Kalkutta – wohin vielleicht der Sohn dieses Hauses gehen wird.«

»Gewiß soll er das. Wenn unseres Nachbars Balg in wenigen Jahren ein M. A. werden konnte« (Magister der philosophischen Fakultät; sie gebrauchte die englische Bezeichnung, die sie oft gehört hatte), »wieviel leichter werden so kluge Kinder, wie ich sie kenne, Preise davontragen im reichen Kalkutta.«

»Noch niemals«, sprach die Stimme, »habe ich solch ein Kind gesehen! Geboren in günstiger Stunde, für ein langes Leben bestimmt – beneidenswert! – wenn nur diese Kolik nicht wäre, die, ach, verwandelt in schwarze Cholera, ihn fortraffen kann wie ein Täubchen.«

»Hai mai!« rief die alte Dame. »Kinder zu loben bringt Unglück, sonst würde ich gern dieser Rede zuhören. Aber die Rückseite des Hauses ist unbewacht, und selbst in dieser sanften Luft merken die Menschen leicht, daß sie Männer und Weiber sind, man weiß das ... Der Vater des Kindes ist auch nicht zu Hause, und ich muß *Chowkedar*[1] spielen auf meine alten Tage. Los! auf! Hebt den Palankin auf. Laßt den *Hakim* und den jungen Priester unter sich ausmachen, ob Zauber oder Medizin besser ist. Ho! faules Volk, schafft Tabak her für die Gäste – ich mache die Runde ums Haus.«

1. Wächter.

Der Palankin schwankte davon, von zerstreuten Fackeln und einer Horde von Hunden begleitet. Zwanzig Dörfer in der Runde kannten die Sahiba – ihre Schwächen, ihre Zunge und ihre große Mildtätigkeit. Zwanzig Dörfer betrogen sie, nach unvordenklichem Brauch, aber keiner würde innerhalb ihrer Gerichtsbarkeit auch nur das geringste gestohlen oder geraubt haben. Nichtsdestoweniger führte sie ihre Inspektionszüge mit großem Trara aus; den Lärm, der dabei gemacht wurde, konnte man bis nach Mussoorie hören.

Kim war zurückhaltend, wie ein Augur sein muß, wenn er einem andern begegnet. Der *Hakim,* noch am Boden hokkend, schob freundlichen Fußes ihm seine Wasserpfeife hin, und Kim sog an dem guten Kraut. Die Zuschauer erwarteten eine ernsthafte, fachgemäße Debatte und vielleicht ein wenig ärztliche Behandlung gratis.

»Vor Unwissenden von Medizin zu reden, ist ebenso verlorene Mühe, als einem Pfau das Singen beizubringen«, sagte der *Hakim.*

»Wahre Höflichkeit«, echote Kim, »besteht oft darin, daß man jemanden unbeachtet läßt.«

Dies waren, wohlgemerkt, Redensarten an die Adresse der Zuhörerschaft.

»Hi! Ich habe ein Geschwür am Bein«, rief ein Küchenjunge. »Sieh es dir an.«

»Geht! Macht euch fort!« sagte der *Hakim.* »Ist es hier Sitte, geehrte Gäste zu belästigen? Ihr drängt euch herum wie Büffel.«

»Wenn die Sahiba wüßte – –«, begann Kim.

»Ai! Ai! Kommt fort. Die sind Fleisch für unsere Herrin. Wenn die Kolik ihres jungen Satans kuriert ist, dürfen wir armes Volk vielleicht –«

»Die Herrin fütterte dein Weib, als du dem Geldverleiher den Schädel eingeschlagen hattest und im Gefängnis saßest. Wer sagt etwas gegen sie?« Der alte Diener zwirbelte grimmig seinen weißen Schnurrbart in dem jungen Mondlicht. »*Ich* bin verantwortlich für die Ehre dieses Hauses. Geht!« Und er trieb die Leute vor sich her.

Sagte der *Hakim,* kaum die Lippen bewegend: »Wie befinden Sie sich, Mister O'Hara? Ich bin hocherfreut, Sie wiederzusehen.«

Kims Hand umklammerte den Pfeifenstiel. Irgendwo auf der freien Heerstraße würde er vielleicht nicht erstaunt gewesen sein; aber hier, in diesem stillen Stauwasser des Lebens, war er nicht auf Hurree Babu gefaßt. Es verdroß ihn auch, daß er übertölpelt war.

»Aha! Ich sagte es Euch in Lucknow: *resurgam* – ich werde wieder auferstehen, und Ihr werdet mich nicht erkennen. Wieviel hattet Ihr doch gewettet – eh?«

Er kaute lässig an ein paar Kardamomkernen, atmete aber unruhig.

»Aber, Babudschi, was führt Euch hierher?«

»Ah! *Das* ist die Frage, wie Shakespeare sagt. Ich komme, um Euch zu gratulieren zu Eurer außerordentlich wirkungsvollen Leistung in Delhi. Ich sage Euch, wir alle sind stolz auf Euch. Es war sehr flott und geschickt. Unser gemeinschaftlicher Freund – er ist ein alter Freund von mir. Er ist in einigen verdammt kritischen Lagen gewesen. Jetzt wird er wohl wieder in ähnlichen sein. Er erzählte es mir; ich erzählte es Mister Lurgan, und er freut sich, daß Ihr so nette Fortschritte macht. Das ganze Departement freut sich.«

Zum erstenmal in seinem Leben durchschauerte Kim die reine, stolze Freude (die nichtsdestoweniger zur tödlichen Fallgrube werden kann) an einem Lob von höherer Stelle – bestrickendem Lob von einem, der gleiche Arbeit tat und geschätzt war von allen Kollegen. Die Welt bietet nichts, was sich mit dieser Freude messen könnte. Aber, rief der Orientale in ihm: Babus reisen nicht, um Komplimente auszuteilen.

»Erzähle deine Geschichte, Babu«, sagte er mit Würde.

»Oh, es ist nichts. Nur daß ich in Simla war, als das Telegramm eintraf, bezüglich dessen, was unser gemeinsamer Freund verborgen hatte, und der alte Creighton –«, er sah Kim an, um zu beobachten, wie er diese Dreistigkeit aufnehmen würde.

»Der Oberst Creighton«, korrigierte der Schüler von St. Xavier.

»Natürlich. Er fand mich gerade nicht stark beschäftigt, und ich mußte nach Chitor, um diesen verfluchten Brief zu holen. Ich liebe den Süden nicht – zuviel Eisenbahnfahrt; aber ich bezog gute Reisevergütung. Haha! Ich traf auf dem Rückweg unsern ›Gemeinsamen‹ in Delhi. Er lag gerade still und sagte, Saddhuverkleidung gefiele ihm ausgezeichnet. Nun, da hörte ich, was Ihr getan habt, so gut, so schnell, wie es der Augenblick befahl. Ich sagte unserm gemeinschaftlichen Freund: Er holt die Butter vom Brot, beim Zeus! Es war großartig. Ich komme, um Euch das zu sagen.«

»Hm!«

Die Frösche waren laut in den Gräben und der Mond am Untergehen. Ein gefühlvoller Diener war herausgekommen, um sich mit der Nacht zu unterhalten und auf einer Trommel herumzupauken. Kims nächste Frage war im Dialekt.

»Wie konntest du uns folgen?«

»Oh! Das war nichts. Ich wußte von unserm gemeinsamen Freund, daß ihr nach Saharunpore gingt. So ging ich auch. Rote Lamas sind nicht eben unauffällige Persönlichkeiten. Ich kaufte mir meinen Arzneikasten, und ich bin wirklich ein sehr guter Arzt ... Ich ging nach Akrola an der Furt und hörte alles über euch, und redete hier und redete dort. Das ganze Volk wußte, was ihr tatet. Ich erfuhr, daß die gastfreundliche alte Dame die *Dooli*[1] schickte. Sie haben hier viele Erinnerungen an die Besuche des alten Lama. Ich weiß, alte Damen können die Finger nicht lassen von Arzneien. So bin ich Doktor und – Ihr hört meiner Geschichte zu? *Ich* denke, sie ist sehr gut. Mein Wort darauf, Mister O'Hara, sie wissen alles von Euch und dem Lama auf fünfzig Meilen weit – das ganze Volk. So bin ich gekommen. Habt Ihr etwas dagegen?«

»Babudschi«, sagte Kim, in das breite, grienende Gesicht aufblickend, »ich bin ein Sahib.«

»Mein lieber Mister O'Hara –«

»Und ich hoffe das Große Spiel zu spielen.«

»Ihr seid gegenwärtig mein Untergebener im Departement.«

»Warum also redest du wie ein Affe auf dem Baum? Männer laufen einem nicht nach von Simla her und verkleiden sich um ein paar süßer Worte willen. Ich bin kein Kind. Sprich Hindi und laß uns an den Dotter des Eies kommen. Du bist hier – und von zehn Worten, die du sprichst, ist nicht eines wahr. Warum bist du hier? Gib eine gerade Antwort!«

1. Tragsessel.

»Das ist so sehr störend bei den Europäern, Mister O'Hara. *Ihr* solltet das in Eurem Alter doch wissen.«

»Aber ich will es wissen«, sagte Kim lachend. »Wenn es das Spiel ist, kann ich vielleicht helfen. Wie kann ich etwas tun, wenn du wie die Katze um den heißen Brei herumgehst?«

Hurree Babu langte nach seiner Pfeife.

»Nun will ich Dialekt sprechen. Sitzt still, Mister O'Hara ... Es betrifft den Stammbaum eines weißen Hengstes.«

»Noch? Das ist ja längst zu Ende.«

»Wenn jedermann tot ist, ist das Große Spiel zu Ende. Nicht früher. Hört mich an bis zum Schluß. Es waren fünf Könige, die einen plötzlichen Krieg vorbereiteten vor drei Jahren, als Mahbub Ali Euch den Stammbaum eines weißen Hengstes gab. Infolge der Nachrichten, und ehe sie bereit waren, überfiel sie unsere Armee.«

»Jawohl – achttausend Mann mit Kanonen. Ich erinnere mich der Nacht.«

»Aber der Krieg wurde nicht energisch durchgeführt. Das ist so üblich bei der Regierung. Die Truppen wurden zurückgezogen, weil man die fünf Könige für eingeschüchtert hielt; und es ist auch nicht billig, Soldaten zu füttern da oben zwischen den hohen Pässen. Hilás und Bunár – Radschas mit Kanonen – übernahmen es für einen gewissen Preis, die Pässe gegen alles vom Norden Kommende zu bewachen. Sie beteuerten Furcht und Freundschaft zugleich.« Kichernd brach er ab und fuhr auf englisch fort: »Selbstverständlich erzähle ich Euch dies nicht offiziell; nur um die politische Situation zu beleuchten, Mister O'Hara. Offi-zi-ell bin ich weit entfernt, eine Handlung meiner Vorgesetzten zu kritisieren. Nun fahre ich fort. – Der Regierung gefiel das; sie sucht stets Unkosten zu vermeiden; und es wurde ein Vertrag geschlossen, daß Hilás und Bunár für soundso viel Rupien monatlich die Pässe bewachen sollten, sobald die Truppen der Regierung zurückgezogen wären. Um diese Zeit – es war, als wir beide uns zuerst trafen – wurde ich, der Teehändler in Leh gewesen war, Zahlmeister bei der Armee. Beim Abzug der Truppen wurde ich zurückgelassen, um die Kulis zu löhnen, die neue Wege in den Bergen anlegen sollten. Dieses Wegebauen war ein Teil des Vertrags zwischen Bunár, Hilás und der Regierung.«

»So – und dann?«

»Ich sage Euch, es war abscheulich kalt da oben nach der Sommerzeit«, sagte Hurree Babu zutraulich. »Jede Nacht war ich in Angst, daß diese Bunárleute mir die Kehle abschneiden würden wegen der Geldkiste. Meine eingeborene Sepoygarde, die lachte mich aus! Bei Zeus! Ich bin ein so furchtsamer Mann. Lassen wir das. Ich fahre fort ... Ich meldete wiederholte Male, daß diese zwei Könige sich dem Norden verkauft hätten, und Mahbub Ali, der noch weiter nordwärts war, bestätigte das *in toto*. Es geschah nichts. Nur meine Füße erfroren, und eine Zehe fiel ab. Ich meldete, daß die Wege, für die ich die Arbeiter bezahlte, für die Füße von Fremden und Feinden gegraben würden.«

»Für?«

»Für die Russen. Die Sache war offenes Geheimnis unter den Kulis, und sie hatten ihren Spaß daran. Da wurde ich hinuntergerufen, um mit der Zunge zu melden, was ich wußte. Mahbub Ali kam auch in den Süden. Und nun schaut! Dieses Jahr nach der Schneeschmelze« – er schauderte von neuem – »kommen zwei Fremde unter dem Vorwand, wilde Ziegen schießen zu wollen. Sie führen Flinten mit sich, aber auch Ketten und Wasserwaagen und Kompasse.«

»Oho! Die Sache wird klarer.«

»Sie werden von Hilás und Bunár gut aufgenommen. Sie machen große Versprechungen. Sie reden von Schenkungen, mit einem Mundwerk, als ob sie Kaiser wären. Talauf, talab gehen sie und sprechen: ›Hier ist ein Platz, um eine Schanze zu bauen; hier könnt ihr ein Fort hinsetzen; hier könnt ihr die Straße gegen eine Armee behaupten‹ – dieselbe Straße, für die ich monatlich die Rupien auszahlte. Die Regierung weiß es, tut aber nichts. Die drei anderen Könige, die *nicht* für Bewachung der Pässe bezahlt sind, berichten durch einen Eilboten über den Treubruch von Bunár und Hilás. Als all das Unheil geschehen ist, seht Ihr – als diese beiden Fremden mit den Wasserwaagen und Kompassen den fünf Königen eingeredet haben, daß eine große Armee morgen oder übermorgen die Pässe überschwemmen wird – Gebirgler sind alle Narren –, da kommt Befehl an Hurree Babu: ›Geh nach Norden und schau, was diese Fremden tun.‹ Ich sage zu Creighton Sahib: ›Dies ist doch kein Prozeß, daß wir umherlaufen, um Beweise aufzutreiben . . .‹« Mit einem Ruck fiel er wieder ins Englische zurück: »›Bei Zeus‹, sagte ich, ›warum, in Teufels Namen, gebt Ihr nicht irgendeinem braven Manne inoffiziellen Befehl, sie zu vergiften, um ein Exempel zu statuieren? Es ist, wenn Ihr die Bemerkung gestattet, eine höchst tadelnswerte Schlappheit von Eurer Seite.‹ Und Oberst Creighton – lachte mich aus. Das kommt alles von Eurem verdammten englischen Hochmut. Ihr denkt, es wagt niemand zu konspirieren; das ist alles Muschkotengeschwätz.«

Kim rauchte langsam und bedachte die Sache, soweit er sie übersah, in seinem flinken Geist.

»So gehst du also, um den Fremden zu folgen?«

»Nein – um ihnen zu begegnen. Sie kommen nach Simla, um ihre Hörner und Köpfe zum Präparieren nach Kalkutta zu schicken. Die Herren sind sehr jagdlustig, und die Regierung gewährt ihnen Spezialvergünstigungen. Natürlich, das tun wir immer. Das ist unser britischer Stolz.«

»Was ist denn aber von ihnen zu fürchten?«

»Bei Zeus, sie sind keine Schwarzen. Mit schwarzem Volk kann ich natürlich alles mögliche anfangen. Sie sind Russen und höchst skrupellose Gesellen. Ich – ich möchte nichts mit ihnen zu tun haben ohne einen Zeugen.«

»Würden sie dich töten?«

»Oh, das ist nichts. Ich bin Herbert-Spencerianer genug, um einer Trivialität wie dem Tod, der doch einmal mein Los ist, entgegenzugehen, wißt Ihr. Aber – aber sie könnten mich prügeln.«

»Warum?«

Hurree Babu schnappte ungeduldig mit den Fingern. »Natürlich werde ich mich ihrem Lager zugesellen in supernumerärer Eigenschaft, vielleicht als Dolmetscher oder als Blödsinniger, oder als Hungerleider oder so etwas. Und dann muß ich, denke ich, aufschnappen, was ich kann. Das ist nicht schwieriger für mich, als bei der alten Dame den Onkel Doktor zu spielen. Nur – nur – seht Ihr, Mister O'Hara, ich bin unglücklicherweise Asiate, was in mancher Beziehung ein bedenklicher Nachteil ist. Und außerdem bin ich Bengale – ein furchtsamer Mann.«

»Gott schuf den Hasen und den Bengalen. Was ist da dabei?« sagte Kim, das Sprichwort zitierend.

»Es ist eine Frage der Evolution, Naturnotwendigkeit, denke ich, aber das Faktum bleibt dennoch in seinem ganzen *cui bono* bestehen. Ich bin so schrecklich furchtsam! – Ich erinnere mich, einmal auf dem Wege nach Lhasa wollten sie mir den Kopf abschneiden. (Nein, ich bin niemals nach Lhasa gekommen.) Ich setzte mich nieder und weinte, Mister O'Hara, ich hatte ein Vorgefühl von chinesischer Folter. Ich nehme nicht an, daß diese Gentlemen mich foltern werden, aber ich möchte doch lieber für alle Eventualitäten europäischen Beistand zur Disposition haben.« Er hustete und spuckte das Kardamom aus. »Es ist eine vollständig inoffizielle Insinuation, auf die Ihr ›Nein, Babu‹ antworten könnt. Wenn Ihr nicht gerade dringende Verabredungen mit Eurem alten Mann vorhabt, könnt Ihr ihn vielleicht etwas – vom Wege ablenken; vielleicht kann ich seine Phantasie ein wenig ködern – ich möchte mit Euch in amtlicher Berührung bleiben, bis ich diese jagdlustigen Burschen finde. Ich habe eine große Meinung von Euch, seitdem ich meinen Freund in Delhi traf. Ich will Euren Namen auch meinem offiziellen Bericht einverleiben, sobald die Angelegenheit endgültig adjudiziert ist. Das wird eine ansehnliche Feder auf Eurem Hut. Dies ist es, weshalb ich wirklich gekommen bin.«

»Hm! Das Ende der Geschichte mag wahr sein, aber wie steht es mit der Einleitung?«

»Von den fünf Königen? Oh, da steckt allerhand Wahrheit drin, ein gut Teil mehr, als Ihr ahnt«, sagte Hurree ernsthaft. »Ihr kommt mit, he? Ich gehe von hier geradeswegs in die *Doon*. Sie ist wunderschön grün, mit bunten Wiesen. Ich werde nach Mussoorie gehen – nach dem guten, alten Mussoorie. Dann bei Rampur nach China hinein. Das ist der einzige Weg, den sie kommen können. Ich warte nicht gern in der Kälte, aber warten müssen wir auf sie. Ich will mit ihnen nach Simla gehen. Der eine Russe, wißt Ihr, ist ein Franzose, und ich spreche mein Französisch ganz flott. Ich habe Freunde in Chandernagore.«

»*Er* würde sich sicherlich freuen, die Berge wiederzusehen«, sagte Kim nachdenklich. »Diese letzten zehn Tage hat er kaum von etwas anderem gesprochen. Wenn wir zusammen gehen –«

»Oh! Wir können uns unterwegs ganz fremd bleiben, wenn

Euer Lama das vorzieht. Ich werde vier oder fünf Meilen vorausgehen. Eile hat Hurree nicht, das ist eine europäische Erfindung, haha! und ihr folgt mir nach. Zeit haben wir genug. Sie werden spionieren und vermessen und Karten zeichnen, natürlich. Ich werde morgen gehen und ihr am folgenden Tag, wenn es euch beliebt? Eh? Überlegt es Euch bis morgen. Bei Zeus, es ist schon jetzt beinahe Morgen!« Er gähnte ausgiebig und trollte sich ohne ein weiteres Wort zu seiner Schlafstelle. Aber Kim schlief wenig und dachte in Hindustanisch:

»Mit Recht nennt man das Spiel groß! Vier Tage war ich Küchenjunge bei der Frau des Mannes in Quetta, dem ich das Buch stahl. Und das war ein Teil des Großen Spiels! Vom Süden her – Gott weiß wie weit – kam der Mahratta und spielte auf Leben und Tod das Große Spiel. Jetzt soll ich weit, weit nach dem Norden hinauf, wiederum in dem Großen Spiel. Wahrlich, es läuft wie ein Weberschiffchen durch ganz Hind. Und meinen Anteil und meine Freude daran« – er lächelte in die Dunkelheit – »verdanke ich dem Lama. Auch Mahbub Ali – auch Creighton Sahib – aber am meisten dem Heiligen. Er hat recht – eine große und eine wundervolle Welt – und ich bin Kim – Kim – Kim – allein – Einer – in der Mitte von allem. Aber ich will diese Fremden mit ihren Ketten und Wasserwaagen sehen . . .«

»Was war das Ergebnis der Unterhaltung gestern abend?« fragte der Lama nach beendetem Gebet.

»Es kam ein umherstreifender Verkäufer von Medikamenten – ein Schmarotzer der Sahiba –, ich bewies ihm durch Argumente und Gebete, daß unsere Zauber mehr sind als seine gefärbten Wässer.«

»O weh! Meine Zauber! Ist die tugendhafte Frau noch immer auf einen neuen erpicht? Dann muß er geschrieben werden, oder sie macht mich taub mit ihrem Lärm.« Er tastete nach seinem Federkasten.

»In den Ebenen«, sagte Kim, »ist immer zuviel Volk. In den Bergen, denke ich mir, gibt es weniger Menschen.«

»Oh! Die Berge und der Schnee auf den Bergen!« Der Lama riß ein winziges Stück Papier ab, just so groß, daß es in ein Amulett hineingehen konnte. »Aber was weißt du von den Bergen?«

»Sie sind sehr nahe.« Kim stieß die Tür auf und schaute auf die lange ruhevolle Kette der Himalajas, glühend in Morgengold. »Nur einmal, im Kleide eines Sahib, setzte ich einen Fuß hinein.«

Der Lama schnüffelte sehnsüchtig in den Wind.

»Wenn wir nach Norden gehen« – Kim richtete die Frage an die aufgehende Sonne –, »würde dann nicht viel Mittagshitze vermieden werden, wenn wir wenigstens zwischen den niedrigeren Bergen wandern würden? ... Ist der Zauber geschrieben, Heiliger?«

»Ich habe die Namen von sieben albernen Teufeln geschrieben; keiner von ihnen ist ein Staubkörnchen im Auge wert. So ziehen törichte Frauen uns ab von dem Pfad!«

Hurree Babu kam hinter dem Taubenschlag hervor und wusch seine Zähne mit ostentativem Ritual. Vollfleischig, schwerhüftig, stiernackig und tiefstimmig, nahm er sich nicht eben aus wie ein »furchtsamer Mann«. Kim gab ihm ein fast unmerkliches Zeichen, daß alles im besten Zuge sei, und als die Morgentoilette beendet war, kam Hurree Babu herbei, um dem Lama in blumenreicher Sprache seine Ehrerbietung zu erweisen. Sie aßen jeder für sich, und danach erschien die alte Dame an einem Fenster und nahm, mehr oder weniger hinter den Vorhängen verborgen, die Kapitalfrage der Kolik, von grünen Mangofrüchten verursacht, wieder auf. Die ärztlichen Kenntnisse des Lamas waren natürlich nur sympathetischer Art. Er glaubte, daß der Dung von einem schwarzen Pferde, mit Schwefel gemischt und in eine Schlangenhaut gewickelt, ein kräftiges Mittel gegen Cholera sei; aber der Symbolismus interessierte ihn weit mehr als die Wissenschaft. Hurree Babu stimmte diesen Ansichten mit bestrickender Höflichkeit bei, so daß der Lama ihn einen sehr liebenswürdigen Arzt nannte. Hurree Babu erwiderte, daß er nur ein unerfahrener Stümper in den Mysterien wäre, aber er wisse wenigstens – und dafür danke er den Göttern –, wann er sich in Gegenwart eines Meisters befinde. Er selbst hätte seinen Unterricht bei den Sahibs erhalten, die keine Unkosten scheuen, in den herrlichen Lehrsälen von Kalkutta; aber er sei stets der erste, anzuerkennen, daß es eine Weisheit gäbe hinter der Weisheit dieser Erde – die hohe und einsame Erleuchtung der Meditation. Kim schaute neidvoll zu. Der Hurree Babu, den er kannte – schmierig, geschwätzig, ängstlich – war verschwunden; verschwunden auch der unverschämte Arzneikrämer von gestern abend. Geblieben war – höflich, fein, aufmerksam – ein gesetzter und gelehrter Sohn der Erfahrung, kundig aller Widrigkeiten des Lebens, Weisheit sammelnd von den Lippen des Lamas. Die alte Dame vertraute Kim an, daß diese gewählten Auseinandersetzungen über ihren Horizont gingen. Sie liebte Zaubermittel mit viel Tinte geschrieben, die man mit Wasser abwaschen und verschlucken konnte und damit gut. Wozu sonst waren die Götter nütze? Sie liebte Menschen, Männer und Frauen, und sprach von ihnen – von kleinen Königen, die sie früher gekannt hatte, von ihrer eigenen Jugend und Schönheit, von den Überfällen von Leoparden und von den Tollheiten asiatischer Liebe; von Steuererhebung, Pachtzinsen und Begräbniszeremonien, von ihrem Schwiegersohn (dies mit nicht mißzuverstehenden Anspielungen), von der Zärtlichkeit der Jungen und der Rücksichtslosigkeit der Alten. Und Kim, ebenso interessiert am Leben dieser Welt wie sie, die es bald verlassen mußte, hockte, die Füße unter den Saum seines Gewandes gezogen, und lauschte begierig; indes der Lama alle Heiltheorien, die Hurree Babu vorbrachte, eine nach der andern zunichte machte.

Am Mittag hing sich der Babu seinen messingbeschlagenen Medizinkasten um, nahm seine Gala-Patent-Lederschuhe in die eine, seinen blau und weißen Sonnenschirm in die andere Hand und zog ab, nordwärts, nach der *Doon* zu, wo, wie er sagte, von den kleineren Königen jener Gegend nach ihm verlangt würde.

»Wir wollen in der Kühle des Abends gehen, *Chela*«, sagte der Lama. »Dieser Doktor, bewandert in Physik und Höflichkeit, bestätigt, daß das Volk in diesen Vorbergen fromm und gutherzig ist und sehr eines Lehrers bedarf. In ganz kurzer Zeit – sagt der *Hakim* – finden wir kühle Luft und den Geruch der Pinien.«

»Ihr geht in die Berge? Und auf der Kulustraße? O, dreifach Glückliche!« schrillte die alte Dame. »Wäre ich nicht so überladen mit der Sorge um daheim, ich würde in den Palankin steigen ... aber das wäre unschicklich und meine Reputation wäre hin. Hoho! Ich kenne den Weg – jeden

Schritt auf dem Wege kenne ich. Ihr werdet überall Mildtätigkeit finden – hübschen Leuten versagt man sie nicht. Ich will Mundvorrat bestellen. Einen Diener, der euch auf den Weg bringt. Nein? Dann will ich euch wenigstens noch gutes Essen kochen.«

»Was für eine Frau ist die Sahiba!« rief der weißbärtige Oorya, als ein Lärm in den Küchenräumen losbrach. »Sie hat nie einen Freund vergessen: sie hat nie einen Feind vergessen in all ihren Jahren. Und ihre Kocherei – uah!« Er rieb sich den Magen.

Da waren Kuchen, da war Zuckerwerk, da gab es kaltes Huhn mit Reis und Pflaumen in Stücken gekocht – genug, um Kim wie ein Maultier zu beladen.

»Ich bin alt und überflüssig«, sagte sie. »Niemand liebt mich mehr – und niemand respektiert mich – aber wenige können es mir gleichtun, wenn ich die Götter anrufe und mich an meine Kochtöpfe hocke. Kommt wieder, o Leute guten Willens. Heiliger und Schüler, kommt wieder. Das Zimmer ist immer bereit; der Willkommen ist immer bereit ... Paß auf, daß die Weiber deinen *Chela* nicht zu sehr verfolgen ... ich kenne die Frauen von Kulu. Gib acht, *Chela*, daß er dir nicht davonläuft, wenn er seine Berge wieder riecht ... *Hai!* Dreh den Reisbeutel nicht verkehrt um ... Segne den Haushalt, Heiliger, und vergib deiner Dienerin ihre Dummheiten.«

Sie wischte sich ihre roten alten Augen mit einem Zipfel ihres Schleiers und gluckste durch die Kehle.

»Weiber schwatzen«, sagte der Lama. »Aber das ist Weiberschwäche. Ich gab ihr einen Zauber. Sie ist auf dem Rad und ganz in dem Schein dieses Lebens befangen, aber nichtsdestoweniger, *Chela*, ist sie tugendhaft, freundlich, gastfrei – mit vollem und eifrigem Herzen. Wer darf sagen, daß sie nicht Verdienst erwirbt?«

»Nicht ich, Heiliger«, sagte Kim, den reichlichen Proviant fester auf die Schultern bindend. »In meinem Kopf – hinter meinen Augen – habe ich mir ein Bild zu machen versucht von so einer, ganz befreit von dem Rad – nichts begehrend, nichts verursachend – einer Nonne, sozusagen.«

»Und, o Kobold?« Der Lama lachte beinahe laut.

»Ich kann das Bild nicht machen.«

»Noch ich. Aber vor ihr liegen noch viele, viele Millionen von Leben. Sie wird in jedem vielleicht ein wenig Weisheit erlangen.«

»Und wird sie auf diesem Wege vergessen, Reisbrei mit Safran zu kochen?«

»Deine Gedanken sind auf unwürdige Dinge gerichtet. Aber geschickt ist sie. Ich fühle mich ganz gestärkt. Wenn wir die Vorberge erreichen, werde ich noch kräftiger sein. Der *Hakim* sprach wahr, als er mir heute morgen sagte: Ein Hauch von den Schneegipfeln bläst zwanzig Jahre weg vom Leben eines Mannes. Wir wollen hinaufgehen in die Berge – die hohen Berge – hinauf zu dem Rauschen des Schneewassers und dem Rauschen der Bäume – für eine kleine Weile. Der *Hakim* sagte, wir könnten jederzeit wieder in die Ebenen zurückkehren, denn wir werden ja die herrlichen Plätze nur streifen. Der *Hakim* ist voller Gelehrsamkeit, aber keineswegs stolz. Ich sprach zu ihm – während du mit der Sahiba redetest – von einem gewissen Schwindel, der meinen Hinterkopf in der Nacht befällt, und er sagte, der käme von übermäßiger Hitze und würde durch die kühle Luft geheilt. Bei näherem Nachdenken wunderte ich mich, daß ich nicht an ein so einfaches Heilmittel gedacht hatte.«

»Hast du ihm auch von deiner Suche erzählt?« fragte Kim, ein wenig eifersüchtig. Er wollte den Lama durch seine eigenen Worte lenken – nicht durch die Kniffe von Hurree Babu.

»Sicherlich. Ich erzählte ihm meinen Traum, und wie ich Verdienst erwarb, indem ich veranlaßte, daß du Wissen erlangtest.«

»Du hast nicht gesagt, daß ich ein Sahib bin?«

»Wozu? Ich habe dir viele Male gesagt, wir sind nur zwei Seelen, die Rettung suchen. Er sagte – und darin hat er recht – daß der Fluß des Heils hervorbrechen wird, wie ich träumte – vor meinen Füßen, wenn es so sein soll. Da ich den Weg fand, siehst du, der mich befreien soll von dem Rad, soll ich mich dann sorgen, wie ich den Weg finde durch die Felder der Erde, die Schein sind? Das wäre sinnlos. Ich habe meine Träume, Nacht für Nacht wiederholt; ich habe die *Jâtaka;* und ich habe dich, Freund der ganzen Welt. Es war geschrieben in deinem Horoskop, daß ein roter Stier auf einem grünen Feld – ich habe es nicht vergessen – dich zu Ehren bringen sollte. Wer als ich sah diese Prophezeiung erfüllt? Wahrlich, ich war das Werkzeug. Du wirst meinen Fluß finden und dafür wieder das Werkzeug sein. Die Suche ist gesichert!«

Er wandte sein elfenbeingelbes Antlitz, heiter und ruhevoll, den grüßenden Bergen zu; sein Schatten glitt ihm langhin voraus im Staube.

Dreizehntes Kapitel

Wer hat schon Heimweh gehabt nach der
See, nach den herrischen Wogen?
Nach dem Beben und Stampfen und Roll'n,
eh der Bugspriet emportaucht –
Droben Gewölk des Passats, saphirenes
Dröhnen darunter –
Nach der Windmeute, lauernd in Kliffs,
und dem Donner der Segel?
Seiner See, stets wechselnd an Wundern
und immer *ein* Wunder –
Seiner See, die sein Wesen erfüllt? – So
– so und nicht anders
Sehnen sich Berggeborene heim nach
ihrem Gebirge!

»Wer in die Berge geht, geht zur Mutter.«

Sie hatten die Sewaliks durchquert und die halbtropische *Doon,* Mussoorie im Rücken gelassen, und strebten nordwärts auf den schmalen Gebirgswegen. Tag um Tag gerieten sie tiefer in die gedrängten Berge, und Tag um Tag sah Kim mit an, wie Manneskraft im Lama wuchs. In den Terrassen der *Doon* hatte er auf der Schulter des Knaben gelehnt, bereit, jede Rast am Wege zu nutzen. Vor dem großen Aufstieg nach Mussoorie riß er sich zusammen wie ein alter Jäger, der vertrautes Revier sichtet, und statt erschöpft hinzusinken, schwang er die langen Gewänder um sich, tat mit beiden Lungen tiefen Zug in der diamantklaren Luft und schritt aus, wie nur ein Gebirgler es kann. Kim, im Flachland geboren, im Flachland gewachsen, schwitzte und keuchte verwundert. »Das ist *mein* Land«, sagte der Lama. »Neben Such-zen ist dies flacher als Reisland.« Und mit stät ausgreifenden Schritten aus den Lenden heraus strebte er aufwärts. Aber beim steilen Abstieg, dreitausend Fuß in drei Stunden, lief er vollends weg von Kim, dem der Rücken vom Einhalten schmerzte und die große Zehe fast abgeschnitten wurde von der Bastschnur seiner Sandale. Durch die schattengetigerten riesigen Deodarforste, durch farrengefiederte Eichenwälder, durch Birken, Steineichen, Rhododendren und Kiefern, hinauf auf sonnverbranntes, schlüpfriges Gras der kahlen Gesenke und wieder in Waldkühle hinein, bis die Eiche wich vor Bambus und Palme des Tals, schwang der Lama unermüdlich die Beine.

Zurückblickend im Zwielicht auf die mächtigen Kämme hinter ihm und den schwachen, dünnen Faden des Wegs, den sie gekommen waren, entwarf er alsbald, mit dem unternehmenden Weitblick des Gebirglers, neue Märsche für den Morgen; oder er hielt auf dem Joch einer Paßhöhe, nach Spiti und Kulu hin, und streckte sehnsüchtig die Hände gegen die Schneegipfel am Horizont. In der Morgendämmerung glänzten sie zartrot über tiefblau, wenn Kedarnath und Badrinath – Könige dieser Wildnis – das erste Sonnenlicht fingen. Den ganzen Tag lang lagen sie wie geschmolzenes Silber unter der Sonne und legten abends wieder ihr Geschmeide an. Anfangs atmeten sie sänftiglich auf die Wanderer her, willkommene Winde zum Klettern über irgendeinen gigantischen Eberrücken; aber nach wenigen Tagen, in Höhe von neun- oder zehntausend Fuß, begannen die Lüfte zu schneiden, und Kim gestattete einer Dorfschaft gnädigst, sich Heil zu erwerben, indem sie ihm einen groben Düffelrock schenkte. Der Lama war mild erstaunt, daß jemand Einwände haben könne gegen die messerscharfen Brisen, die ihm die Jahre von den Schultern gelöst.

»Das sind nur Hügel, *Chela.* Kalt wird es erst, wenn wir in die richtigen Berge kommen.«

»Luft und Wasser sind gut, und das Volk ist fromm, aber das Essen ist sehr schlecht«, murrte Kim, »und wir laufen, als wären wir toll – oder Engländer. Es friert auch in der Nacht.«

»Ein wenig, mag sein; nur gerade genug, daß alte Knochen sich auf die Sonne freuen. Wir müssen nicht immer in weichen Betten und fettem Essen schwelgen.«

»Wir könnten wenigstens auf dem Wege bleiben.«

Kim, Kind des Flachlands, hegte ein unbedingtes Wohlwollen für den gutgetretenen Pfad, der sich, kaum sechs Fuß breit, durch die Berge schlängelte; der Lama jedoch, als Tibetaner, konnte nicht widerstehen, Abkürzungen über Vorsprünge und steile Gerölle einzuschlagen. Wer in den Bergen aufgewachsen sei, erklärte er seinem hinkenden Famulus, könne den Verlauf eines Gebirgspfades voraussagen, und wenn etwa tiefhängende Wolken dem Fremden, der sich mit Abkürzungen nicht auskenne, hinderlich wären, so könnten sie doch einem erfahrenen Mann nicht das geringste anhaben. So, nach langen Stunden einer Kletterei, die man in zivilisierten Ländern als recht anständige alpinistische Leistung bezeichnet hätte, stießen sie, über einen Bergsockel und seitlich über ein paar Erdrutsche hinwegkeuchend, durch einen Wald in einem Winkel von fünfundvierzig Grad wieder auf den Weg. Ihm entlang lagen die Dörfer des Bergvolks – Erd- und Lehmhütten, Gebälk hie und da, roh mit der Axt behauen – wie Schwalbennester an die Abhänge geklemmt, zusammengehuschelt auf winzigen Flächen in halber Höhe eines dreitausend Fuß tiefen Absturzes, in einem Winkel zwischen Klippen gedrängt, der jeglichen Windstoß wie im Trichter fing; oder der Sommerweide wegen auf schmalem Joch kauernd, das im Winter zehn Fuß tief unter Schnee lag. Und das Volk – das blaßgelbe, schmutzige, düffelbekleidete Volk mit kurzen nackten Beinen und Gesichtern fast wie Eskimos – kam in Trupps heraus und betete an. Das Flachland, sanft und freundlich, hatte den Lama behandelt als einen heiligen Mann unter heiligen Männern. Das Hochland betete ihn an als den Vertrauten aller Teufel. Sie huldigten einem fast völlig entstellten Buddhismus, überwuchert von einer Naturanbetung, phantastisch wie ihre Landschaft, vielgestaltig wie der Stufenbau ihrer winzigen Felder; aber sie erkannten den großen Hut, den klappernden Rosenkranz und die kostbaren chinesischen Texte als eine große Macht an, und somit ehrten sie auch den Mann unter dem großen Hut.

»Wir sahen dich herunterkommen über die schwarzen Brüste von Eua«, sagte ein Betah, der ihnen eines Abends Käse, saure Milch und steinhartes Brot gab. »Wir kommen nicht oft dahin – außer wenn kalbende Kühe sich im Sommer verirren. Ein tückischer Wind ist dort zwischen den Steinen, der Menschen hinwirft an den stillsten Tagen. Aber was kümmern sich Leute wie ihr um den Teufel von Eua?«

Und nun begann Kim, weh bis in jede Fiber, schwindlig vom Abwärtsschauen, fußwund von engen Spalten, in denen die Zehen verzweifelt sich klemmten, dennoch Freude an den Tagemärschen zu finden – gleiche Freude, wie ein Knabe in

St. Xavier, der im Wettlauf siegt, am Beifall der Freunde. Die Berge trieben ihm den Talg- und Zuckerschweiß aus den Knochen; die trockene Luft, auf der Höhe rauher Pässe in Stößen eingesogen, stärkte und weitete seinen Brustkorb, und die schrägen Steigungen schufen neue harte Muskeln in Wade und Schenkel.

Sie meditierten oft über das Rad des Lebens – um so mehr, als sie jetzt, wie der Lama sagte, frei wären von seinen sichtbaren Versuchungen. Wenn sie nicht gerade einen Adler sahen oder zuweilen fern am Berghang einen grabenden und wühlenden Bären, oder bei der Dämmerung in einem stillen Tal jählings einen grimmigen gefleckten Leoparden sichteten, der eben dabei war, eine Geiß zu verschlingen, oder dann und wann einen bunten Vogel, so waren sie allein mit den Winden und dem Gras, das unterm Winde sang. Die Weiber in den rauchigen Hütten, über deren Dächern die beiden vorbeikamen, wenn sie bergab stiegen, waren unfreundlich und schmutzig, Gesponse vieler Gatten, alle von Kröpfen entstellt. Die Männer waren Holzschläger, wenn sie nicht Ackerbauern waren – sanftmütig und von unglaublicher Einfalt.

Und damit angenehme Unterhaltung nicht fehle, sandte ihnen das Schicksal den höflichen Doktor aus Dacca, den sie unterwegs einholten und der für sein Essen mit Salben gegen Kröpfe bezahlte, sowie mit guten Ratschlägen, die Frieden stifteten zwischen Männern und Weibern. Er schien diese Berge ebenso wie alle Bergdialekte zu kennen und wies dem Lama die Richtung nach Ladakh und Tibet. Er sagte, sie könnten ja jeden Augenblick in die Ebenen zurückkehren; inzwischen wäre für die, die Berge liebten, der Weg dorthinüber vielleicht sehr ergötzlich. Das kam nicht alles auf einmal zutage, aber gelegentlich, bei abendlichem Zusammentreffen auf den steinernen Dreschtennen, wenn nach beendeter Behandlung der Patienten der Doktor rauchte und der Lama schnupfte, während Kim den winzigen Kühen zuschaute, die auf den Dächern grasten, und seine Seele seinen Augen nachflog über die tiefblauen Gründe zwischen Bergkette und Bergkette hin. Und heimliche Gespräche gab es in den dunklen Gehölzen, wenn der Doktor Kräuter suchte und Kim als knospender Arzt ihn begleitete.

»Ihr seht, Mister O'Hara, ich weiß beim Kuckuck nicht, was ich tun werde, wenn ich unsere jagdlustigen Freunde treffe, aber wenn Ihr gütigst in Sicht meines Sonnenschirmes bleiben wollt, der ein ausgezeichneter Anhaltspunkt ist für Katasterarbeiten, so wird mir wesentlich wohler sein.«

Kim sah hinaus in die Wildnis von Bergspitzen. »Dies ist nicht mein Land, *Hakim*. Leichter eine Laus in einem Bärenfell zu finden, scheint mir.«

»Oh, das ist gerade meine Stärke. Eile gibt es für Hurree nicht. Vor kurzem waren sie in Leh. Sie sagten, sie wären mit ihren Hörnern und Köpfen und allem vom Karakorum heruntergekommen. Ich fürchte nur, sie haben alle ihre Briefe und kompromittierenden Dinge zurückgeschickt in russisches Territorium. Natürlich werden sie so weit wie möglich nach dem Osten gehen – just um zu zeigen, daß sie niemals in den Weststaaten waren. Ihr kennt die Berge nicht?« Er kratzte mit einem Zweig auf der Erde. »Schaut her! Sie hätten eigentlich über Srinagar oder Abbottabad hereinkommen müssen. *Das* wäre ihr kürzester Weg – am Fluß herunter, bei Bunji und Astor. Aber sie haben im Westen Unfug getrieben. So« – er zog eine Linie von links nach rechts – »so marschieren sie immer weiter fort nach Osten, nach Leh (ah! es ist kalt dort) und den Indus hinab nach Han-lé (ich kenne den Weg) und dann hinunter, seht Ihr, nach Bushahr und ins Chinital. Das habe ich festgestellt, indem ich die Leute, die ich so flott kuriere, ausfragte. Unsere Freunde haben sich lange genug herumgetrieben, um Eindruck zu hinterlassen; so sind sie weitbekannt. Ihr werdet sehen, ich fange sie irgendwo im Chinital. Bitte haltet ein Auge auf meinen Sonnenschirm.«

Der Sonnenschirm nickte wie eine windbewegte Glockenblume talabwärts und um die Berghänge herum, und der Lama und Kim, die nach dem Kompaß marschierten, holten ihn immer wieder ein, wenn er zur Abendzeit Salben und Pulver verkaufte. »Wir kamen auf dem und dem Wege«, sagte dann der Lama, mit lässigem Finger rückwärts auf die Bergketten deutend, und der Sonnenschirm erging sich in Komplimenten.

Sie kreuzten einen verschneiten Paß in kaltem Mondlicht, und der Lama watete hindurch bis an die Knie, wie eines der zottigen, schneegewohnten Kamele, die man im Kaschmir-Serail trifft, und neckte Kim gutmütig, wenn er zurückblieb. Sie tauchten durch Wächten Pulverschnees und überschritten beschneite Schieferfelsen, hinter denen sie vor einem Sturm Zuflucht suchten in einem Lager von Tibetanern, die ihre winzigen Schafe, jedes mit einem Sack Borax beladen, zu Tal trieben. Sie kamen auf grasige, immer noch schneebefleckte Bergschultern, durch Wald, und wieder auf Gras. Aber all ihr Wandern machte keinerlei Eindruck auf Kedarnath und Badrinath; und erst nach tagelangen Märschen konnte Kim, hoch auf einem Hügelchen von nur zehntausend Fuß, sehen, daß ein Schulterknochen oder ein Horn der beiden großen Herrn seinen Umriß, wenn auch kaum merklich, verändert hatte.

Zuletzt betraten sie eine Welt für sich – ein Tal voll Ablagerungen, dessen Höhenzüge aus dem bloßen Schutt und Geröll von den Knien der Berge gebildet waren. Hier brachte ein Tagemarsch sie scheinbar nicht weiter, als der gehemmte Fuß eines Schläfers ihn in einem Albtraum trägt. Sie umkletterten stundenlang mühevoll einen Buckel, und siehe da, es war nur die Vorstufe eines Vorsockels des Hauptstocks. Ein Wiesenrund entpuppte sich, wenn sie es erreicht hatten, als ein weites Tafelland, das sich bis fern ins Tal dehnte. Drei Tage später war es nur eine undeutliche Erdfalte südwärts.

»Hier leben gewiß die Götter«, sagte Kim, überwältigt von dem Schweigen und dem gewaltigen Ziehen und Schweifen der Wolkenschatten nach Regen. »Das ist kein Ort für Menschen!«

»Vor langer, langer Zeit«, sprach der Lama wie zu sich selbst, »wurde der Herr gefragt, ob die Welt ewig bestehen würde. Hierauf gab der Erhabene keine Antwort ... Als ich in Ceylon war, bestätigte das ein weiser Sucher aus der Lehre, die in Pali geschrieben ist. Sicherlich, seit wir den Weg zur Freiheit kennen, wäre diese Frage nutzlos, aber – sieh, und erkenne den Wahn, *Chela*! Dies sind die wahren Berge! Sie sind wie meine Berge bei Such-zen. Keine sind wie sie!«

Über ihnen, noch unendlich hoch über ihnen, türmte die Erde sich gegen die Schneegrenze empor, wo von Ost nach West über Hunderte von Meilen hin, wie mit dem Lineal abgeschnitten, die letzten verwegenen Birken abbrachen. Darüber, in Blöcken und Zacken gedrängt, strebten die Felsen, ihre Häupter über den weißen Dunst zu recken. Darüber wieder, wandellos seit Anbeginn der Welt, doch sich wandelnd nach jeglicher Laune von Licht und Gewölk, lag frei der ewige Schnee. Sie konnten Flecken und Tupfen sehen auf seinem Antlitz, wo Sturm und wandernde Wirbel Tänze drehten. Unter ihnen, wo sie standen, zog sich der Wald, blaugrünes Tuch, Meilen und Meilen weit hinab; unter dem Wald lag ein Dorf im Gesprenkel gestufter Felder und steilen Weidegehegs; unter dem Dorf, wußten sie, obwohl just ein Gewitter dort braute und grollte, stürzte ein Abhang zwölf- oder fünfzehnhundert Fuß in das feuchte Tal hinab, wo die Ströme sich sammeln, die die Mütter des jungen Sutluj sind.

Wie gewöhnlich hatte der Lama Kim auf Viehpfaden und Nebenwegen weit von der Hauptstraße fortgeführt, auf der Hurree Babu, dieser »furchtsame Mann«, drei Tage vorher sich durchgerungen hatte durch einen Gewittersturm, dem neun unter zehn Engländern respektvoll aus dem Wege gegangen wären. Hurree war kein Schütze – das Knacken eines Gewehrdrückers ließ ihn die Farbe wechseln – aber er war, wie er selbst sich ausgedrückt hätte, »ein flotter Ausschreiter«, und er habe mittels eines billigen Krimstechers das ausgedehnte Tal mit einigem Erfolg durchstöbert. Überdies sind Zelte aus weißem Segeltuch im Grünen weithin sichtbar. Auf der Dreschtenne von Ziglaur sitzend, hatte Hurree Babu, aus einer Entfernung von zwanzig Meilen Adlerflugs und vierzig Meilen Wegs, alles gesehen, was er sehen wollte: nämlich zwei kleine Pünktchen, die sich an einem Tag just unterhalb der Schneelinie befanden und am nächsten sich um etwa sechs Zoll an der Berglehne weiter hinabbewegt hatten. – Erst einmal eingearbeitet und in Bewegung gesetzt, konnten seine nackten, fetten Beine erstaunliche Strecken bewältigen; und während der Lama und Kim noch in einer undichten Hütte in Ziglaur das Ende des Unwetters abwarteten, war ein nasser, schmieriger, aber unentwegt lächelnder Bengale eben im Begriff, sich mit den künstlichsten Phrasen seines feinsten Englisch bei zwei durchweichten, verschnupften Fremden anzubiedern. Er war, wilde Pläne in seinem Kopf wälzend, just beim letzten Blitzschlag des Gewitters angekommen, der eine Tanne gerade gegenüber ihrem Lager zersplittert hatte, und hatte angesichts dieses Ereignisses die Schar der erschreckten Gepäckkulis leicht davon überzeugt, daß der Tag für weitere Reise ungünstig wäre, so daß sie alle wie auf Verabredung ihre Lasten abgeworfen hatten und davongelaufen waren.

Sie waren Untertanen eines Bergradschas, der ihre Dienste, wie üblich, zugunsten seiner Privatkasse vermietete, und zum Überfluß hatten die fremden Sahibs sie auch noch mit ihren Flinten bedroht. Die meisten von ihnen kannten Flinten und Sahibs von alters her: sie waren Pfadfinder und *Shikarris*[1] aus den nördlichen Tälern, eifrige Bären- und Gemsenjäger, aber so waren sie alle in ihrem ganzen Leben noch nicht behandelt worden. Jetzt nahm der Wald sie an seine Brust und gab sie trotz Flüchen und Rufen nicht wieder heraus. Der Babu hatte nun nicht mehr nötig, sich blödsinnig zu stellen oder sonst eine der Listen anzuwenden, die er sich ausgedacht hatte, um gut aufgenommen zu werden. Er rang seine nassen Kleider aus, zog die Patentlederschuhe an, öffnete den blau und weißen Sonnenschirm, und mit gezierter Haltung, während ihm das Herz gegen die Rippen klopfte, stellte er sich vor als: »Agent seiner Königlichen Hoheit, des Radschas von Rampur, meine Herren. Was kann ich für Sie tun, bitte?«

Die Herren waren entzückt. Der eine war augenscheinlich ein Franzose, der andere ein Russe, aber sie sprachen nicht viel schlechter englisch als der Babu. Sie baten um seinen freundlichen Beistand. Ihre eingeborenen Diener hatten sie in Leh krank zurückgelassen, sie waren weitergeeilt, um ihre Jagdbeute nach Simla zu schaffen, ehe die Felle von Motten zerfressen wären. Sie hatten ein Empfehlungsschreiben – der Babu salaamte orientalisch, als sie es vorzeigten – an alle Beamten der Regierung. Nein, sie hatten keine andere Jagdgesellschaft unterwegs getroffen. Sie brauchten niemand. Sie hatten alles bei sich. Sie wünschten nur, so bald wie möglich weiterzukommen. Darauf erspähte Hurree Babu einen kauernden Gebirgler zwischen den Bäumen, und mit wenigen Worten und etwas Silber (im Staatsdienst kann man nicht knausern, obschon Hurrees Herz ob solcher Verschwendung blutete) brachte er die elf Kulis nebst drei Mitläufern

1. Jäger.

wieder zum Vorschein. Der Babu, meinten sie, könne wenigstens Zeuge sein, wie sie behandelt würden.

»Mein königlicher Herr – es wird ihm sehr peinlich sein; diese Leute sind eben nur gemeines Volk und gröblich unwissend. Wenn Ew. Gnaden diesen leidigen Zwischenfall gütigst übersehen wollen, würde es mich sehr glücklich machen. Der Regen wird bald aufhören, dann können wir aufbrechen. Sie haben gejagt, wie? Das ist ein nobler Sport.«

Er hüpfte behende von einem *Kilta* zum andern und tat so, als ob er jeden dieser kegelförmigen Körbe zurechtrücken wollte. Der Engländer steht in der Regel nicht auf vertraulichem Fuße mit dem Asiaten, aber er würde einem diensteifrigen Babu nicht über die Hand schlagen, wenn er zufällig einen mit roter Ölleinwand umwickelten *Kilta* umgekippt hätte. Andererseits würde er den Babu, und wäre er noch so dienstbeflissen, nicht zum Trinken nötigen oder einladen, Fleisch mit ihm zu essen. Die Fremden taten dies alles und stellten viele Fragen – meistens Weiber betreffend –, und Hurree gab heitere und natürliche Antworten. Sie gaben ihm ein Glas mit einer weißlichen branntweinähnlichen Flüssigkeit, und dann noch eins, und nicht lange, so verließ ihn sein gemessenes Benehmen. Er wurde plump indiskret und erging sich in den ungehörigsten Ausdrücken gegen die Regierung, die ihm die Erziehung eines weißen Mannes aufgezwungen, aber den Gehalt eines weißen Mannes versagt hätte. Er schwatzte lang und breit von Unterdrückung und Unrecht, bis ihm die Tränen über die Backen liefen um das Elend seines Landes. Dann stolperte er davon, südbengalische Liebeslieder singend, und sank auf einen nassen Baumstumpf hin: das jämmerlichste Produkt der englischen Herrschaft in Indien, das sich ausländischen Augen darbieten konnte.

»So sind sie alle«, sagte der eine Sportsmann auf französisch zum andern. »Wenn wir in das richtige Indien kommen, wirst du es selbst sehen. Seinen Radscha möchte ich wohl besuchen. Man könnte da ein geeignetes Wort sprechen. Möglich, daß er von uns gehört hat und uns gefällig sein möchte.«

»Wir haben keine Zeit. Wir müssen, so rasch es geht, nach Simla kommen«, erwiderte der andere. »Ich für mein Teil wünschte, wir hätten unsere Berichte von Hilás oder wenigstens von Leh zurückgeschickt.«

»Die englische Post ist besser und sicherer. Bedenke, daß sie uns alle Erleichterungen versprochen haben, und bei Gott! sie machen es uns wirklich leicht! Ist das nun unglaubliche Dummheit?«

»Es ist Hochmut – Hochmut, der bestraft zu werden verdient und bestraft werden wird.«

»Ja! Gegen einen Kollegen vom Kontinent in unserm Spiel zu kämpfen, ist doch noch was. Da ist ein Risiko dabei; aber diese Leute – bah! Es ist zu einfach.«

»Hochmut – nichts als Hochmut, mein Freund.«

»Was zum Teufel nutzt es nun, daß Chandernagore so nahe bei Kalkutta liegt«, dachte Hurree Babu, mit offenem Munde schnarchend, »wenn ich ihr Französisch nicht verstehen kann. Sie reden auch ganz ungewöhnlich schnell. Es wäre viel besser gewesen, ihnen flott ihre verdammten Gurgeln abzuschneiden.«

Als er sich wieder blicken ließ, klagte er über Kopfschmerzen, zeigte sich reuevoll und gab mit vielen Worten seiner Befürchtung Ausdruck, in der Trunkenheit indiskret gewesen zu sein. Er liebte die englische Regierung – sie war die Quelle aller Wohlfahrt und Ehre, und sein Herr in Rampur war durchaus derselben Meinung. Hierauf begannen die beiden ihn zu verspotten und wiederholten seine vorigen Reden, bis der arme Babu, Schritt für Schritt aus seiner Verschanzung herausgetrieben, mit öligem Lächeln und vielsagendem Grienen und neunmal schlauem Blinzeln sich gezwungen sah – die Wahrheit zu sprechen. Als Lurgan später von dieser Geschichte erfuhr, bedauerte er laut, nicht an Stelle der blöden, achtlosen Kulis gewesen zu sein, die, mit Strohmatten über den Köpfen, die Füße im ablaufenden Regen, das Unwetter abwarteten. Alle die Sahibs, die sie kannten – derbgekleidete Männer, die Jahr für Jahr fröhlich immer wieder in ihre Lieblingsnester hier oben kamen – hatten Diener und Köche, die oft Gebirgler waren. Diese Sahibs hier reisten ohne jedes Gefolge. Folglich waren es arme Sahibs, und unwissende; denn kein Sahib, der seine fünf Sinne hatte, ließ sich von einem Bengalen beraten. Aber dieser von irgendwo hereingeschneite Bengale wußte mit ihrer Sprache umzugehen und hatte ihnen, den Kulis, Geld gegeben. An selbstverständliche schlechte Behandlung durch Leute ihrer eigenen

Farbe gewöhnt, argwöhnten sie irgendwo eine Falle und hielten sich bereit, fortzulaufen, sobald sich Gelegenheit dazu bot.

Durch die frischgewaschene, von köstlichen Erdgerüchen dampfende Luft führte der Babu die Kolonne bergab – bald stolz an der Spitze der Kulis, bald demütig hinter den Fremden gehend. Seine Gedanken waren zahlreich und mannigfach und würden seine Gefährten ungemein interessiert haben. Aber er war ein angenehmer Führer, stets beflissen, auf die Schönheiten des Gebietes seines königlichen Herrn aufmerksam zu machen. Er bevölkerte die Berge mit allem, was seine Gefährten zu morden wünschten – mit Steinbock, Schraubhornziege und Bären, soviel sie nur haben wollten. Er redete über Botanik und Ethnologie mit unschuldigster Verkehrtheit, und sein Schatz an einheimischen Legenden – er war seit fünfzehn Jahren Vertrauensagent des Staates, mußte man bedenken – war unerschöpflich.

»Dieser Kerl ist wahrhaftig ein Original«, sagte der größere der beiden Fremden.

»Er repräsentiert im kleinen das Indien des Übergangs, das monströse Zwittertum von Ost und West«, erwiderte der Russe. »*Wir* verstehen mit Orientalen umzugehen.«

»Er hat sein eigenes Vaterland verloren und kein neues dafür bekommen. Er haßt seine Eroberer gründlich. Hör zu, er vertraute mir gestern abend an« – usw.

Unter dem gestreiften Sonnenschirm strengte Hurree Babu Kopf und Ohr an, um dem schnellzüngigen Französisch zu folgen, und hielt daneben beide Augen auf einen *Kilta* voller Karten und Dokumente gerichtet – einen besonders großen, doppelt mit rotem Öltuch umwickelt. Er wollte durchaus nichts stehlen. Er wollte nur wissen, was es zu stehlen gäbe, und – beiläufig, wie er verduften könnte, wenn er es gestohlen hätte. Er dankte allen Göttern von Hindustan und Herbert Spencer, daß einige stehlenswerte Dinge da waren.

Am zweiten Tage stieg der Weg steil auf zu einer grasigen Höhe überm Wald, und hier, um Sonnenuntergang, trafen sie einen betagten Lama an – die Fremden nannten ihn einen Bonzen – der mit gekreuzten Beinen vor einer geheimnisvollen, mit Steinen festgehaltenen Karte saß, die er einem jungen Manne erklärte, augenscheinlich einem Neophyten von ungewöhnlicher, wenngleich ungewaschener Schönheit. Der gestreifte Sonnenschirm war schon von weither in Sicht gewesen, und Kim hatte vorgeschlagen, auszuruhen, bis er sie erreichte.

»Ha!« rief Hurree Babu, erfinderisch wie der gestiefelte Kater: »Da ist ein eminent heiliger Mann dieser Gegend. Vermutlich Untertan meines königlichen Herrn.«

»Was macht er da? Es ist höchst sonderbar.«

»Er erklärt ein heiliges Bild – *alles* mit der Hand gemalt.« Die beiden Männer standen barhäuptig in der tief über das vergoldete Gras herflutenden Nachmittagssonne. Die verdrossenen Kulis, froh der Unterbrechung, standen still und warfen ihre Ladung ab.

»Schau«, sagte der Franzose, »es ist wie ein Bild der Geburt einer neuen Religion – der erste Lehrer und der erste Schüler. Ist er Buddhist?«

»Von irgendeiner untergeordneten Art«, meinte der andere. »In den Bergen gibt es keine wahren Buddhisten. Aber sieh dir die Falten seines Gewandes an. Und seine Augen – wie unverschämt! Warum kommt einem dabei das Gefühl daran, daß wir noch ein so junges Volk sind?« Der Sprecher hieb leidenschaftlich auf das hohe Unkraut ein. »Wir haben noch nirgendwo unsere Spur geprägt; *das*, siehst du, beunruhigt mich.« Er blickte finster auf das friedliche Gesicht des Lama und die monumentale Ruhe seiner Haltung.

»Hab Geduld. Wir werden unsere Spur noch gemeinsam prägen – wir und ihr junges Volk. Inzwischen zeichne lieber sein Bild ab.«

Der Babu trat in hochmütiger Haltung heran, die durchaus nicht im Einklang stand mit seiner ehrerbietigen Sprache und seinem Blinzeln gegen Kim.

»Heiliger, dies sind Sahibs. Meine Medizin heilte den einen von Rheumatismus, und ich gehe mit nach Simla, um seine Genesung zu überwachen. Sie möchten gern dein Bild sehen –«

»Die Kranken zu heilen, ist immer gut«, sprach der Lama. »Dies ist das Rad des Lebens, dasselbe, das ich dir in der Hütte in Ziglaur zeigte, als der Regen fiel.«

»– und sie möchten dich es erklären hören.«

Die Augen des Lama leuchteten auf bei der Aussicht auf

neue Zuhörer. »Es ist gut, den Höchstvortrefflichen Pfad zu deuten. Haben sie Kenntnis des Hindi, so wie der Hüter der Bildnisse?«

»Ein wenig, vielleicht.«

Hierauf, einfach wie ein Kind, das sich in ein neues Spiel vertieft, bog der Lama den Kopf zurück und begann mit voller Stimme die Anrufung, die der Lehrer des göttlichen Heils der Lehre vorausgehen läßt. Die Fremden lauschten, auf ihre Alpenstöcke gelehnt. Kim, demütig am Boden hockend, beobachtete das rote Sonnenlicht auf ihren Gesichtern und das Ineinander und Nebeneinander ihrer langen Schatten. Sie trugen unenglische Ledergamaschen und sonderbare Gürtelriemen, die ihn dunkel an die Bilder in einem Buch der Bibliothek von St. Xavier erinnerten: »Abenteuer eines jungen Naturforschers in Mexiko« hatte es geheißen. Ja, sie sahen ganz ähnlich aus wie der prachtvolle Mr. Sumichrast in dieser Erzählung und durchaus nicht wie die »höchst skrupellosen Gesellen«, als die Hurree Babu sie angekündigt hatte. Die erdfarbenen Kulis hockten stumm und ehrerbietig in zwanzig bis dreißig Meter Entfernung, und der Babu, dessen leichtes Gewand wie eine Feldfahne in der kühlen Brise flatterte, stand da mit der Miene des glücklichen Besitzers.

»Das sind die Leute«, flüsterte Hurree Kim zu, indes das Ritual fortschritt und die beiden Weißen dem Grashalm folgten, der von der Hölle zum Himmel und wieder zurück wies. »Alle ihre Bücher sind in dem großen *Kilta* mit dem roten Umschlag – Bücher, Berichte und Karten – und ich habe einen Königsbrief gesehen, den entweder Hilás oder Bunár geschrieben hat. Sie bewahren ihn sehr sorgsam. Sie haben nichts zurückgesendet von Leh oder Hilás; das ist sicher.«

»Wer ist bei ihnen?«

»Nur die Bettelkulis. Sie haben keine Diener. Sie sind ganz für sich.«

»Aber was soll ich tun?«

»Warte ab und sieh. Nur, wenn mir etwas Menschliches begegnet, so weißt du, wo die Papiere sind.«

»Diese Sache läge besser in Mahbub Alis Hand, als in der eines Bengalen«, meinte Kim verächtlich.

»Es gibt mehr Wege zur Liebsten, als an der Wand 'rauf.«

»Seht hier die Hölle, für Habsucht und Geiz bestimmt.

Auf der einen Seite die Begierde, auf der anderen Seite die Ungeduld.«

Der Lama wurde warm bei seinem Vortrag, und einer der Fremden zeichnete ihn in dem rasch schwindenden Licht.

»Das genügt«, sagte der Mann plötzlich brüsk. »Ich kann ihn nicht verstehen, aber ich will das Bild haben. Er ist ein besserer Künstler als ich. Frag ihn, ob er es verkaufen will.«

»Er sagt ›Nein, Sar‹«, erwiderte der Babu. Der Lama würde natürlich ebensowenig seine Karte einem Zufallsbekannten überlassen haben, wie ein Erzbischof die heiligen Gefäße seiner Kathedrale verpfänden würde. Tibet ist voll von billigen Darstellungen des Rades; aber der Lama war ein Künstler, und überdies ein reicher Abt in seiner Heimat.

»Vielleicht in drei Tagen oder vier, oder zehn, wenn ich sehe, daß der Sahib ein Sucher ist und von gutem Verständnis – werde ich selbst ihm ein anderes malen. Dieses aber ist für die Unterweisung eines Novizen bestimmt. Sage ihm das, *Hakim.*«

»Er will es gleich haben – für Geld.«

Der Lama schüttelte langsam sein Haupt und begann das Rad zusammenzufalten. Der Russe sah nur einen schmutzigen alten Mann, der um ein schmutziges Stück Papier schacherte. Er zog eine Handvoll Rupien aus der Tasche und haschte, halb scherzend, nach der Karte, die – da sie der Lama festhielt – zerriß. Ein leises Murmeln des Entsetzens kam von den Kulis her. Sie waren aus Spiti und auf ihre Art gute Buddhisten. Der Lama erhob sich bei der Kränkung; seine Hand faßte nach dem schweren eisernen Federkasten, der die Waffe des Priesters ist, und der Babu tanzte vor Aufregung.

»Nun siehst du es – siehst du es, warum ich Zeugen haben wollte. Es sind höchst skrupellose Gesellen. – Oh, Sar! Sar! Ihr dürft einen heiligen Mann nicht beleidigen!«

»*Chela!* Er hat das geschriebene Wort entweiht.« Es war zu spät. Ehe Kim ihn abwehren konnte, schlug der Russe den alten Mann voll ins Gesicht. Im nächsten Augenblick rollte er kopfüber den Berg hinab, mit Kim an der Kehle. Der Schlag hatte alle unbekannten irischen Teufel in des Knaben Blut wachgerufen, und der plötzliche Fall seines Feindes tat das übrige. Der Lama, halb betäubt, sank auf die Knie; die Kulis flohen mit ihren Lasten so rasch bergan, wie Talbewohner über die Ebene laufen. Sie hatten unsagbaren Frevel geschaut und mußten sich aus dem Staube machen, ehe die Götter und Teufel der Berge Rache nahmen. Der Franzose stürzte, nach seinem Revolver tappend, auf den Lama zu, mit der unklaren Idee, ihn als Geisel für seinen Gefährten festzuhalten. Ein Schauer von kantigen Steinen – Gebirgler sind scharfe Schützen – trieb ihn fort, und ein Kuli von Ao-chung riß den Lama mit in die Flucht hinein. Das alles kam so schnell, wie die jähe Dunkelheit des Hochgebirges.

»Sie haben das Gepäck mitgenommen und alle Flinten«, brüllte der Franzose und feuerte blindlings in das Zwielicht.

»Ruhig, Sar! Ruhig! Schießt nicht! Ich laufe zu Hilfe.« Und Hurree, den Abhang hinunterstampfend, warf sich buchstäblich über den entzückten und erstaunten Kim, der just damit beschäftigt war, den Kopf seines atemlosen Feindes gegen einen Felsen zu bumsen.

»Geh zurück zu den Kulis«, flüsterte der Babu ihm ins Ohr. »Sie haben das Gepäck. Die Papiere sind in dem *Kilta* mit der roten Decke; aber schau in allen nach. Nimm ihre Papiere und besonders den *Murasla*[1]. Geh! Der andere kommt!«

Kim kletterte aufwärts. Eine Revolverkugel schlug neben ihm an einen Felsen; er kauerte sich zusammen wie ein Rebhuhn.

»Wenn ihr schießt«, schrie Hurree nach oben, »werden sie herunterkommen und uns vernichten. Den andern Herrn habe ich gerettet, Sar. Das ist eine gefährliche Geschichte.«

»Donnerwetter!« dachte Kim angestrengt auf englisch. »Das ist eine verdammt kritische Lage, aber es ist Notwehr, denke ich.« Er faßte nach Mahbub Alis Geschenk auf seiner Brust, und unsicher – er hatte die Waffe noch nie gebraucht, abgesehen von einigen Versuchsschüssen in der Wüste von Bikaneer – drückte er ab.

»Was habe ich gesagt, Sar!« Der Babu schien in Tränen. »Kommt hier herunter und helft mir ihn auferwecken, sage ich Euch.«

Das Schießen hörte auf. Schritte kamen gestolpert, und Kim stieg schnell weiter hinauf durch die Dunkelheit, fluchend wie ein Eingeborener und fauchend wie eine Katze.

»Haben sie dich verwundet, *Chela*?« rief der Lama über ihm.

1. Königbrief.

»Nein. Und du?« Er tauchte in ein Dickicht verkrüppelter Föhren.

»Unverwundet. Komm weg. Wir gehen mit diesen Leuten nach Shamlegh unterm Schnee.«

»Aber nicht, bevor wir Gerechtigkeit geübt haben«, rief eine Stimme. »Ich habe die Flinten der Sahibs, alle vier. Wir wollen hinunter.«

»Er schlug den Heiligen – wir sahen es! Unser Vieh wird unfruchtbar werden – unsere Weiber werden aufhören zu gebären! Der Schnee wird auf uns niedergleiten, wenn wir heimgehen ... Zu allem, was sonst schon auf uns drückt.«

Das kleine Föhrengebüsch war voll Kuligeschrei. In ihrem Entsetzen waren sie zu allem fähig. Der Mann aus Ao-chung knackte ungeduldig am Schlußhahn seines Gewehrs und wollte hinuntersteigen.

»Warte ein wenig, Heiliger; sie sind noch nicht weit fort; warte, bis ich wiederkomme.«

»Es ist diese Person, die Unrecht erlitten hat«, sprach der Lama, die Hand an die Stirn legend.

»Eben darum«, war die Antwort.

»Wenn diese Person es übersieht, sind eure Hände rein. Überdies, ihr erwerbt Verdienst durch Gehorsam.«

»Warte«, beharrte der Mann, »wir wollen nachher alle zusammen nach Shamlegh gehen.«

Einen Augenblick, just so lange wie man braucht, um eine Patrone in einen Hinterlader zu stecken, zögerte der Lama. Dann stand er auf und legte einen Finger auf des Mannes Schulter. »Hast du gehört? *Ich* sage, es soll nicht getötet werden – ich – der Abt von Such-zen war. Trägst du Verlangen, als Ratte wiedergeboren zu werden, oder als Schnecke unter dem Efeu – als Wurm im Bauche des niedrigsten Tieres? Ist es dein Wunsch, zu –«

Der Ao-chung-Mann fiel auf seine Knie, denn die Stimme dröhnte wie ein tibetanisches Teufelsgong.

»Ai! Ai!« schrien die Spiti-Männer. »Verwünsche uns nicht – verwünsche ihn nicht. Es war nur sein Eifer, Heiliger! ... Wirf das Gewehr weg, Narr!«

»Unwille um Unwille! Übel um Übel! Es soll nicht getötet werden. Laßt die Priesterschläger in die Sklaverei ihrer eigenen Taten gehen. Gerecht und untrüglich ist das Rad und weicht nicht ein Haar breit ab! Sie werden noch viele Male wiedergeboren werden – in Qual.« Sein Kopf sank herunter, und er stützte sich schwer auf Kims Schulter.

»Ich kam nahe an großes Unrecht, *Chela*«, flüsterte er in dem toten Schweigen unter den Föhren. »Ich war in Versuchung, die Kugel loszulassen; und wahr ist es, in Tibet würde ein schwerer und langer Tod ihr Los gewesen sein ... Er schlug mich ins Gesicht ... auf das Fleisch ...« Er glitt schweratmend auf den Boden nieder, und Kim hörte das überanstrengte Herz klopfen und aussetzen.

»Haben sie ihn zu Tode getroffen?« fragte der Ao-chung-Mann, indes die andern stumm dabeistanden.

Kim kniete in tödlicher Angst neben dem Körper. »Nein«, rief er endlich leidenschaftlich, »es ist nur Schwäche.« Dann besann er sich, daß er ein weißer Mann war und daß weißer Männer Hilfsmittel in seiner Hand waren. »Öffnet die *Kiltas!* Die Sahibs haben vielleicht eine Arznei.«

»Oho! Die kenne ich«, lachte ein Mann. »Nicht umsonst war ich fünf Jahre lang Yankling Sahibs *Shikarri.* Ich habe sie auch geschmeckt. Schaut her!«

Er zog aus seiner Brust eine Flasche billigen Whiskys, wie er in Leh an Reisende verkauft wird, und flößte geschickt ein wenig zwischen des Lamas Zähne.

»So machte ich es, als Yankling Sahib sich bei Astor den Fuß verstauchte. Oho! Ich habe schon in ihre Körbe geschaut – in Shamlegh wollen wir ehrlich teilen. Gebt ihm etwas mehr. Es ist gute Medizin. Fühlt, sein Herz geht schon besser. Legt seinen Kopf nieder und reibt ihm die Brust ein wenig. Wenn er etwas gewartet hätte, bis ich mit den Sahibs abgerechnet hätte, wäre das nicht passiert. Aber vielleicht werden die Sahibs uns hier aufstöbern. Dann wäre es doch keine Sünde, sie mit ihren eigenen Flinten totzuschießen, eh?«

»Einer hat sein Teil, denke ich«, sagte Kim zwischen den Zähnen. »Ich trat ihm in die Weichen, als wir bergab rollten. Wollte, ich hätte ihn getötet!«

»Man hat gut tapfer sein, wenn man nicht in Rampur lebt«, sagte einer, dessen Hütte nur wenige Meilen von dem baufälligen Palaste des Radschas lag. »Wenn wir uns einen schlechten Namen bei den Sahibs machen, wird uns keiner mehr als *Shikarris* anstellen.«

»Oh, aber dies sind keine Angrezi-Sahibs[1], nicht freundliche Männer wie Fostum Sahib oder Yankling Sahib. Dies sind Fremde – sie können nicht Angrezi sprechen wie Sahibs.«

Der Lama hustete, richtete sich auf und griff nach seinem Rosenkranz.

»Es soll nicht getötet werden«, murmelte er. »Gerecht ist das Rad! Übel um Übel.«

»Nein, Heiliger. Wir sind alle hier.« Der Ao-chung-Mann streichelte schüchtern des Lamas Füße. »Keiner soll getötet werden, wenn du es nicht befiehlst. Ruhe ein wenig. Wir wollen hier ein kleines Lager machen, und später, wenn der Mond aufgeht, gehen wir nach Shamlegh unterm Schnee.«

»Nach einem Schlag«, sagte ein Spiti-Mann weise, »ist es das beste, zu schlafen.«

»Es ist so eine Art Schwindel in meinem Hinterkopf und ein Ziehen. Laß mich den Kopf auf deinen Schoß legen, *Chela.* Ich bin ein alter Mann, aber nicht frei von Leidenschaft ... Wir müssen über die Ursache der Dinge nachdenken.«

»Gebt ihm eine Decke. Ein Feuer dürfen wir nicht anzünden, sonst würden die Sahibs es sehen.«

»Besser ist es, nach Shamlegh zu gehen, nach Shamlegh wird uns niemand folgen«, sagte der ängstliche Rampur-Mann.

»Ich war Fostum Sahibs *Shikarri,* und ich bin Yankling Sahibs *Shikarri.* Ohne diesen verfluchten Kerl wäre ich jetzt bei Yankling Sahib. Zwei Männer sollen unten mit Gewehren aufpassen, daß die Sahibs nicht neue Torheiten machen. Ich will diesen Heiligen nicht verlassen.«

Sie setzten sich etwas entfernt vom Lama nieder und ließen eine Wasserpfeife rundgehen, deren Gefäß eine alte Whiskyflasche war. Das Glimmen der roten Kohle, als die Pfeife von Hand zu Hand ging, warf seinen Schein auf die schmalglänzenden Augen, die hohen chinesischen Backenknochen und die stierhaften Gurgeln, die halb in den dunklen Düffelfalten um ihre Schultern verschwanden. Sie sahen aus wie Kobolde aus einer Zauberhöhle, wie eine heimliche Versammlung von Berggeistern. Und während sie sprachen, wurden die Stim-

1. Engländer.

men der Schneewässer rundherum allgemach schwächer, denn der Nachtfrost hemmte die Rinnsale und fror sie fest.

»Wie er aufstand gegen uns!« sagte ein Spiti-Mann bewundernd. »Ich erinnere mich, wie ein alter Steinbock vor sieben Jahren, oben auf Ladakh zu, den Dupont Sahib in die Schulter geschossen hatte, genau so hochging. Dupont Sahib war ein guter Jäger.«

»Nicht so gut wie Yankling Sahib.« Der Ao-chung-Mann tat einen Zug aus der Whiskyflasche und ließ sie rundgehen. »Nun hört mich – wenn kein anderer denkt, es besser zu wissen –«

Die Herausforderung wurde nicht angenommen.

»Wenn der Mond aufgeht, gehen wir nach Shamlegh. Dort wollen wir das Gepäck ehrlich teilen. Ich bin zufrieden mit dieser kleinen neuen Flinte und allen Patronen.«

»Sind die Bären nur gefährlich, wenn sie dich treffen?« fragte einer, an der Pfeife ziehend.

»Nein, aber Moschusfelle sind jetzt sechs Rupien das Stück wert, und deine Weiber können das Segeltuch von den Zelten und etwas Kochgeschirr bekommen. Wir wollen das alles in Shamlegh abmachen, vor Morgengrauen. Dann gehen wir alle unserer Wege und vergessen, daß wir jemals diese Sahibs gesehen oder Dienst bei ihnen genommen haben. Wer kann dann noch sagen, daß wir ihr Gepäck gestohlen haben?«

»Das ist gut für dich, aber was wird unser Radscha sagen?«

»Wer soll es ihm erzählen? Diese Sahibs, die unsere Sprache nicht sprechen, oder der Babu, der uns für seine eigenen Zwecke Geld gegeben hat? Wird der eine Armee gegen uns führen? Welcher Beweis bleibt übrig? Was wir nicht brauchen, werfen wir in den Shamlegh-Kessel hinunter, wo bis jetzt kein Mensch hingekommen ist.«

»Wer ist diesen Sommer dort?« Der Ort war nur eine Alm mit drei oder vier Hütten.

»Das Weib von Shamlegh. *Sie* liebt die Sahibs nicht, das wissen wir. Die andern können durch kleine Geschenke gewonnen werden, und hier ist genug für uns alle.« Er tätschelte die feiste Rundung des nächsten Korbes.

»Aber – aber –«

»Ich sage euch, sie sind keine wahren Sahibs. Alle ihre Felle und Köpfe sind im Bazar von Leh gekauft. *Ich* kenne die Zeichen. Ich zeigte sie euch schon auf dem letzten Marsch.«

»Wahr. Es sind alles gekaufte Köpfe und Felle. Einige hatten sogar schon Motten.«

Das war ein schlaues Argument und der Ao-chung-Mann kannte seine Leute.

»Im schlimmsten Fall werde ich es Yankling Sahib erzählen. Er ist ein lustiger Mann und wird lachen. Wir tun keinem Sahib, den wir kennen, etwas zuleide. Aber die hier sind Priesterschläger. Sie haben uns erschreckt. Wir sind geflohen! Wer weiß, wo wir das Gepäck fallen ließen? Meint ihr, Yankling Sahib wird der Polizei da unten erlauben, über seine Hügel zu laufen und sein Wild aufzustören? Es ist ein weiter Weg von Simla nach Chini und weiter noch von Shamlegh bis Shamlegh-Kessel.«

»So sei es; aber ich trage den großen *Kilta*. Den Korb mit dem roten Überzug, den die Sahibs jeden Morgen selbst packten.«

»Das ist ein Beweis, daß sie keine wahren Sahibs sind«, sagte der verschlagene Shamlegh-Mann. »Wer hat jemals gehört, daß Fostum Sahib oder Yankling Sahib oder selbst der kleine Peel Sahib, der in der Nacht aufsitzt, um Serus zu schießen – ich sage, wer hat je gehört, daß diese Sahibs in die Berge gekommen wären ohne einen Koch von da unten und einen Träger und – und alles mögliche gutbezahlte, hochnäsige und tyrannische Volk in ihrem Gefolge? Was können *diese* Sahibs uns anhaben? Was ist's mit dem *Kilta*?«

»Nichts. Nur, daß er voll ist mit geschriebenem Wort – Bücher und Papiere, in die sie selbst geschrieben haben, und sonderbare Werkzeuge, wie zum Gottesdienst.«

»Shamlegh-Kessel wird sie alle aufnehmen.«

»Wahr! Aber wenn wir damit die Götter der Sahibs beleidigen? Ich möchte mit dem geschriebenen Wort nicht so umgehen. Und ihre metallenen Götzenbilder kenne ich erst recht nicht. Das ist keine Beute für einfache Bergleute.«

»Der alte Mann schläft noch. Hst! Wir wollen seinen *Chela* fragen.« Der Ao-chung-Mann stärkte sich nochmals und schwoll vor Führerstolz.

»Wir haben hier«, flüsterte er, »einen *Kilta*, dessen Eigenschaften wir nicht kennen.«

»Aber ich kenne sie«, sagte Kim leise. Der Lama atmete in leichtem, natürlichem Schlaf, und Kim hatte über Hurrees letzte Worte nachgedacht. Als ein Spieler des Großen Spiels war er gerade jetzt geneigt, dem Babu alle Hochachtung zu zollen. »Es ist ein *Kilta* mit rotem Überzug, voll mit wunderbaren Dingen, die Toren nicht in Händen haben sollten.«

»Sagte ich es nicht? Sagte ich es nicht?« rief der Träger des Ballens. »Glaubst du, es wird uns verraten?«

»Nicht, wenn ihr es mir gebt. Ich will den Zauber austreiben. Sonst kann es großes Unheil bringen.«

»Ein Priester holt sich immer sein Teil.« Der Whisky demoralisierte den Ao-chung-Mann.

»Mir liegt nichts daran«, antwortete Kim mit der Schlauheit seines Mutterlandes. »Teilt es unter euch und seht, was kommt.«

»Nicht ich. Ich habe nur Spaß gemacht. Gib den Befehl. Es ist mehr als genug für uns alle da. Wir gehen mit Tagesanbruch nach Shamlegh.«

Sie besprachen immer von neuem ihre simplen kleinen Pläne, und Kim schauerte vor Kälte und Stolz. Der Humor der Situation kitzelte das Irische und das Orientalische in seiner Seele. Da saßen die Sendlinge der gefürchteten nördlichen Macht, in ihrem eigenen Lande vielleicht so groß wie Mahbub Ali oder Oberst Creighton hier, plötzlich hilflos auf dem Trockenen. Einer von ihnen, das wußte er persönlich, würde für einige Zeit lahm sein. Königen hatten sie Versprechungen gemacht, und heute nacht lagen sie irgendwo da unten, ohne Wagen, ohne Nahrung, ohne Zelt, ohne Gewehre – und abgesehen von Hurree Babu auch ohne Führer. Und dieser Zusammenbruch ihres Großen Spieles (Kim fragte sich, wem sie wohl darüber berichten würden), dieser jähe Absturz in die Nacht war weder durch eine List Hurree Babus noch durch einen Anschlag Kims gekommen, sondern auf die schönste, einfachste und unvermeidlichste Art, ebenso wie damals die Gefangennahme von Mahbubs Fakirfreunden durch den eifrigen jungen Polizeibeamten in Umballa.

»Da liegen sie – ohne alles; und bei Zeus! Es ist kalt. Und hier bin ich mit all ihren Sachen. Oh, die werden wütend sein! Hurree Babu tut mir leid.«

Das Mitleid für den Bengalen hätte er sparen können, denn wenn Hurree auch im Fleische empfindlich litt, so war er doch im Geiste obenauf und hochgemut. Eine Meile bergabwärts, an der Grenze des Kiefernwaldes, traktierten zwei halberfrorene Männer (der eine von ihnen von heftigen Schmerzen geplagt) sich gegenseitig mit heftigen Beschuldigungen und schimpften nebenbei auf den Babu, der vor Schrecken erstarrt schien. Sie forderten von ihm einen Operationsplan. Er erklärte, daß sie froh sein könnten, überhaupt noch lebendig zu sein; daß ihre Kulis, falls sie nicht heimlich hinter ihnen herschlichen, jetzt nicht mehr zu erreichen wären; daß der Radscha, sein Herr, neunzig Meilen weg wäre und, weit entfernt, ihnen Geld und Gefolge nach Simla zu geben, sie vielmehr ins Gefängnis sperren würde, wenn er erführe, daß sie einen Priester geschlagen hätten. Er verbreitete sich weitläufig über diese Sünde und ihre Folgen, bis sie ihm befahlen, von etwas anderem zu reden. Ihre einzige Hoffnung. sagte er darauf, wäre unauffällige Flucht von Dorf zu Dorf, bis sie zivilisierte Gegenden erreichten; und zum hundertsten Male, in Tränen aufgelöst, richtete er an die hohen Sterne die Frage, warum die Sahibs »einen heiligen Mann geschlagen« hätten.

Zehn Schritte in das knarrende Dunkel würden genügt haben, um Hurree aus ihrem Bereich zu bringen – zu Obdach und Speise des nächsten Dorfes, wo glattzüngige Ärzte seltene Gäste waren. Aber er zog es vor, Kälte, Magenknurren, Schimpfreden und gelegentliche Püffe in Gesellschaft seiner verehrten Dienstgeber zu erdulden. Gegen einen Baumstumpf gekuschelt, schnaufte er kummervoll.

»Und hast du bedacht«, fragte der Nichtverwundete heftig, »was für ein Schauspiel wir geben werden, wenn wir durch diese Berge kriechen, zwischen diesen Ureinwohnern herum?«

Hurree Babu hatte die letzten Stunden an nichts anderes gedacht; aber die Frage war nicht an seine Adresse gerichtet.

»Wir können nicht weit kommen, ich kann kaum gehen«, stöhnte Kims Opfer.

»Vielleicht wird der heilige Mann barmherzig sein in versöhnlicher Liebe, Sar – sonst –«

»Ich verspreche mir ein besonderes Vergnügen davon, meinen Revolver in diesen jungen Bonzen zu entleeren, sobald ich ihn wieder treffe«, war die unchristliche Antwort.

»Revolver! Rache! Bonze!« Hurree kroch in sich zusammen. Der Krieg schien von neuem auszubrechen. »Denkst du nicht an unsern Verlust? Das Gepäck! Unsere Sachen!« Er hörte den Sprecher buchstäblich auf dem Grase tanzen vor Wut. »Alles, was wir mit hatten! Alles, was wir gesammelt haben! Unser Gewinn! Die Arbeit von acht Monaten! Begreifst du, was das heißt? Natürlich, ›*wir* verstehen mit Orientalen umzugehen!‹ Oh, du hast es gut gemacht!«

Sie zankten sich in verschiedenen Sprachen. Hurree lächelte. Kim war bei den *Kiltas*, und in den *Kiltas* lagen acht Monate guter Diplomatie. Es war nicht möglich, sich mit dem Knaben in Verbindung zu setzen, aber man konnte sich auf ihn verlassen. Im übrigen konnte er, Hurree, die Regie der Reise durch die Berge derart führen, daß Hilás, Bunár und noch vierhundert Meilen Hügelstraße die Geschichte genau behalten würden mindestens für eine Generation. Männer, die nicht einmal ihre eigenen Kulis im Zaum halten können, werden in den Bergen nicht respektiert, und der Gebirgler hat einen sehr lebhaften Sinn für Humor.

»Wenn ich es selbst getan hätte«, dachte Hurree, »hätte es nicht besser gehen können; und wenn ich es recht bedenke, bei Zeus! *habe* ich es natürlich selbst arrangiert. Wie schnell ich das gemacht habe! Just, als ich eben den Hügel hinunterrannte, hab' ich mir's ausgedacht. Die Beleidigung war ein Zufall, aber ich allein – ha! – habe sie richtig ausgenutzt. Man bedenke den moralischen Effekt auf dieses unwissende Volk! Keine Verträge – keine Papiere – keine geschriebenen Dokumente – und *ich* als Dolmetsch für sie! Wie ich mit dem Oberst lachen will! Ich wünschte, ich hätte auch ihre Papiere: aber man kann nicht gleichzeitig an zwei Orten im Raum sein. Das ist axiomatisch.«

Vierzehntes Kapitel

Mein Bruder kniet (so spricht Kabir)
Nach Heidenart vor Stein und Erz;
Aus seiner Stimme redet mir
Mein eigner nieerhörter Schmerz.
Sein Gott ist durch das Schicksal *sein*,
Sein Beten aller Welt – und *mein*.

Kabir.

Bei Mondaufgang brachen die vorsichtigen Kulis auf. Der Lama, erfrischt durch den Schlaf und den Alkohol, bedurfte nur der Stütze von Kims Schulter, um vorwärts zu kommen, schweigend und rasch ausschreitend. Eine Stunde lang gingen sie über das schiefergesprenkelte Grasland, bogen dann um die Schulter eines gewaltigen Felsvorsprungs und stiegen in ein neues Gebiet auf, wo jede Aussicht auf das Chinital versperrt war. Ein riesiger Weidegrund stieg fächerförmig auf bis zum ewigen Schnee; an seinem unteren Saume lag ein flaches Stück Land, etwa einen halben Acker groß, auf dem ein paar Erd- und Holzhütten standen. Hinter diesen – denn nach Gebirgsart waren sie an den äußersten Rand geklebt – fiel der Grund jählings zweitausend Fuß steil ab nach Shamlegh-Kessel, wohin noch nie ein Mensch seinen Fuß gesetzt hat.

Die Männer machten keine Anstalten, den Raub zu teilen, ehe sie nicht den Lama in dem besten Raum des Platzes gebettet sahen, betreut von Kim, der ihm auf mohammedanische Art die Füße massierte.

»Wir werden Essen schicken«, sagte der Ao-chung-Mann, »und den roten *Kilta*. Bei Tagesanbruch wird nichts mehr da sein, was gegen uns zeugen könnte. Wenn irgend etwas in dem *Kilta* nicht gebraucht wird – schau hier!«

Er deutete durch das Fenster, das sich öffnete gegen den Raum, der mit schneegespiegeltem Mondlicht erfüllt war, und warf eine leere Whiskyflasche hinaus.

»Unnütz, auf den Fall zu horchen. Hier ist das Ende der Welt«, sagte er und ging davon. Der Lama schaute hinaus, eine Hand gegen jede Seite des Fensters gestützt, mit Augen, die wie gelbe Opale glänzten. Aus der gewaltigen Tiefe vor ihm hoben sich weiße Spitzen sehnsüchtig in das Mondlicht empor. Alles andre war finster wie das Dunkel des Weltraums zwischen Sternen.

»Dies«, sagte er langsam, »sind wirklich meine Berge. So sollte ein Mann wohnen, hoch über der Welt, geschieden von Lüsten, weite Gedanken denkend.«

»Ja; wenn er einen *Chela* hat, der ihm Tee bereitet und eine Decke unter den Kopf faltet und kalbende Kühe hinausjagt.«

Eine rauchige Lampe brannte in einer Nische, aber das volle Mondlicht überleuchtete sie, und in dem Doppelschein bewegte sich Kim, über Proviantsack und Teegeschirr sich beugend, wie ein schlanker Geist.

»Ai! Nun habe ich mein Blut sich abkühlen lassen, und immer noch klopft und trommelt mein Kopf, und ein Reif liegt mir um den Hinterkopf.«

»Kein Wunder. Es war ein starker Schlag. Möge der, der ihn austeilte –«

»Ohne meine eigene Leidenschaft wäre nichts Böses geschehen.«

»Was für Böses? Du hast die Sahibs vom Tode gerettet, den sie hundertmal verdienten.«

»Du hast die Lehre nicht gut gelernt, *Chela.*« Der Lama legte sich zur Ruhe auf eine gefaltete Decke, indes Kim in seinen abendlichen Verrichtungen fortfuhr. »Der Schlag war nur ein Schatten auf einem Schatten. Böses in sich selbst – meine Beine sind seit einigen Tagen etwas müde! – begegnete Bösem in mir – Zorn, Wut und der Lust, Böses zu vergelten. Dies rang in meinem Blut, weckte Unruhe in meinem Magen und betäubte meine Ohren.« Hier nahm er den heißen Becher aus Kims Hand und trank zeremoniös den frischgebrühten Tee. »Wäre ich leidenschaftslos gewesen, so würde der böse Schlag nur körperliches Übel verursacht haben – eine Schramme oder eine Beule – die Schein sind. Aber mein Geist war nicht abgeklärt, sondern stürzte sich blindlings in eine Lust, die Spiti-Männer nicht vom Töten abzuhalten. Im Kampfe gegen diese Lust wurde meine Seele gezerrt und zerrissen, schlimmer als durch tausend Schläge. Erst als ich die Segnungen wiederholt hatte« (er meinte die buddhistischen Seligpreisungen), »gewann ich Ruhe. Aber das Böse, das durch die Schwäche dieses Augenblicks in mich gepflanzt wurde, wirkt sich bis zu Ende aus. Gerecht ist das Rad und weicht nicht um Haaresbreite ab! Lerne die Lehre, *Chela!*«

»Sie ist zu hoch für mich«, murmelte Kim. »Mir geht es noch durch und durch. Ich bin froh, daß ich den Mann verletzt habe.«

»Ich fühlte das, als ich dort unten im Walde auf deinen Knien schlief. Es beunruhigte mich in meinen Träumen – das Böse in deiner Seele wirkte hinüber in meine. Doch auf der andern Seite« – er machte seinen Rosenkranz los – »habe ich Verdienst erworben, indem ich zwei Leben rettete – das Leben derer, die mir Unrecht taten. Nun muß ich in die Ursache der Dinge schauen. Das Schiff meiner Seele schwankt.«

»Schlafe und stärke dich wieder. Das ist das Weiseste.«

»Ich meditiere: Es ist nötiger, als du weißt.«

Stunde um Stunde, bis zum Morgengrauen, bis das Mondlicht auf den hohen Gipfeln verblich und das, was wie ein schwarzer Gürtel um die Flanken der fernen Berge erschienen war, sich als zartgrüner Wald erwies, starrte der Lama unentwegt auf die Wand. Ab und zu stöhnte er. Draußen vor der verriegelten Tür, wo ausgetriebene Rinder sich vor ihrem alten Stall sammelten, gaben sich die Leute von Shamlegh und die Kulis dem Genuß der Beute in Saus und Braus hin. Der Ao-chung-Mann war ihr Anführer, und nachdem sie einmal die Konserven der Sahibs geöffnet und Geschmack daran gefunden hatten, gab es kein Halten mehr. Die Kleider der Fremden endeten auf dem Kehricht drunten in Shamlegh-Kessel.

Als Kim nach einer Nacht voll böser Träume in die Morgenkühle hinausschlich, um sich die Zähne zu putzen, nahm eine Frau von heller Hautfarbe, mit türkisenbesetztem Kopfschmuck, ihn beiseite.

»Die andern sind fort. Sie ließen dir diesen *Kilta,* wie es versprochen war. Ich mag keine Sahibs leiden, aber du wirst uns zum Dank einen Zauber machen. Wir wollen nicht, daß unser kleines Shamlegh einen schlechten Namen bekommt wegen des – Vorfalls. Ich bin das Weib von Shamlegh.« Sie sah ihn von oben bis unten an mit kühnen, glänzenden Augen, ungleich dem üblichen verstohlenen Blick der Gebirglerinnen.

»Sicherlich. Aber es muß im geheimen geschehen.«

Sie hob den schweren *Kilta* wie ein Spielzeug auf und warf ihn in ihre eigene Hütte.

»Geh hinaus und verriegle die Tür. Laß keinen nahekommen, bis ich fertig bin«, sagte Kim.

»Aber nachher – werden wir miteinander reden?«

Kim stürzte den Inhalt des *Kiltas* auf den Boden – eine Kaskade von Meßinstrumenten, Büchern, Diarien, Briefen, Karten und sonderbar duftender einheimischer Korrespondenz. Ganz zuletzt kam ein gestickter Beutel, der ein versiegeltes, vergoldetes und bemaltes Dokument barg, derart, wie Könige es einander senden. Kim hielt vor Entzücken den Atem an und überschlug die Situation vom Sahibstandpunkt aus.

»Die Bücher brauche ich nicht. Logarithmen noch dazu – zur Vermessung, vermutlich.« Er legte sie beiseite. »Die Briefe verstehe ich nicht, aber Oberst Creighton wird sie verstehen. Sie müssen alle dableiben. Die Karten – sie zeichnen bessere Karten als ich – natürlich auch. Alle die Eingeborenenbriefe – oho! – und vor allem der *Murasla.*« Er schnüffelte an dem gestickten Beutel ... »Der muß von Hilás oder Bunár sein, und Hurree Babu hat wahr gesprochen. Bei Zeus! Das ist ein feiner Fang. Wollte, daß Hurree das wüßte ... Das übrige muß zum Fenster 'raus.« Er betastete einen prächtigen Prismakompaß und die glänzende Spitze eines Theodoliten. Aber immerhin, ein Sahib konnte doch nicht stehlen, und die Dinger konnten später unangenehme Beweisstücke werden. Er suchte jeden beschriebenen Fetzen, jede Karte und die Eingeborenenbriefe zusammen und machte ein glattes Paket daraus. Die drei verschlossenen Bücher mit Metallbeschlägen und fünf verschlissene Taschenbücher legte er beiseite.

»Die Briefe und den *Murasla* muß ich unter meinem Rock und Gürtel tragen, und die geschriebenen Bücher müssen in den Proviantsack. Er wird sehr schwer werden. Nein, ich glaube, sonst ist nichts mehr da. Alles andre haben die Kulis in den Abgrund geworfen. Das ist also in Ordnung. Jetzt kommst *du* dran!« Er packte den *Kilta* wieder voll mit allem, was er dalassen wollte, und hob ihn auf das Fensterbrett. In tausend Fuß Tiefe lag eine lange, träge, bauschige Nebelbank, noch unberührt von der Morgensonne. Wiederum tausend Fuß darunter war ein tausendjähriger Föhrenwald. Er konnte die grünen Wipfel wie ein Moosbett liegen sehen, wenn ein Windstoß die Wolke zerblies.

»Nein! Ich glaube nicht, daß *dir* jemand nachsteigt!«

Der wirbelnde Korb spie im Fallen seinen Inhalt aus. Der Theodolit schlug gegen eine vorspringende Klippe und zersprang wie eine Granate; die Bücher, Tintenfässer, Tuschkasten, Kompasse und Lineale stoben sekundenlang umher wie ein Bienenschwarm. Dann verschwanden sie; und sosehr auch Kim, halb aus dem Fenster hängend, seine jungen Ohren anstrengte – kein Laut kam aus dem Abgrund herauf.

»Nicht für fünfhundert – nicht für tausend Rupien könnte man sie kaufen«, dachte er bedauernd. »Es war sehr verschwenderisch; aber ich habe alles andere – alles was sie gearbeitet haben – hoffe ich. Jetzt, wie, zum Kuckuck, kann ich Hurree Babu benachrichtigen, und was, zum Kuckuck, soll ich tun? Und mein alter Mann ist krank. Ich muß die Briefe in Öltuch wickeln – das ist das erste – sonst werden sie feucht ... Und ich bin ganz allein!« Er machte ein säuberliches Paket, indem er das steife, klebrige Öltuch an den Ecken umschlug; sein Vagabundenleben hatte ihn so methodisch gemacht, wie einen alten Jäger. Dann verstaute er mit besonderer Sorgfalt die Bücher auf dem Grund des Proviantsacks.

Die Frau rüttelte an der Tür.

»Du hast keinen Zauber gemacht«, sagte sie, umherblikkend.

»Es ist nicht nötig.« Kim hatte völlig auf die versprochene Plauderei vergessen. Die Frau lachte ungeniert über seine Verlegenheit.

»Nicht nötig – für dich. Du kannst einen Zauber machen mit einem Wink deines Auges. Aber denk an uns armes Volk, wenn du fort bist! Sie waren gestern nacht alle zu betrunken, um auf ein Weib zu hören. Du bist nicht betrunken?«

»Ich bin ein Priester.« Kim hatte sich wieder gefaßt, und da die Frau nichts weniger als unschön war, hielt er es für das beste, die Situation für seine Zwecke auszunützen.

»Ich habe sie gewarnt«, sagte sie, »daß die Sahibs zornig sein werden und der Sache nachgehen und einen Bericht an den Radscha machen werden. Und der Babu ist auch bei ihnen, und Schreiber haben lange Zungen.«

»Ist das alles, was dich beunruhigt?« Der Plan stieg fix und fertig vor seinem Geiste auf, und er lächelte verführerisch.

»Nicht alles«, erwiderte das Weib, die harte braune, ganz mit silbergefaßten Türkisen bedeckte Hand ausstreckend.

»Ich kann das in einem Atemzug erledigen«, fuhr er schnell fort. »Der Babu ist derselbe *Hakim* (du hast von ihm gehört?), der in den Bergen bei Ziglaur herumwanderte. Ich kenne ihn.«

»Für Lohn wird er alles verraten. Sahibs können keinen Gebirgler vom andern unterscheiden, aber Babus haben Augen für Männer – und Weiber.«

»Bring ihm ein Wort von mir.«

»Für dich würde ich alles tun.«

Er nahm das Kompliment ruhig an, wie es sich für Männer gebührt in einem Lande, wo die Frauen den Hof machen, riß ein Blatt aus einem Notizbuch und schrieb mit einem unverlöschlichen Patentbleistift in plumpem Shikast – der Schrift, die böse kleine Buben gebrauchen, wenn sie Unfug an die Wände schmieren: *»Ich habe alles, was sie geschrieben haben: ihre Kartenzeichnungen und viele Briefe. Vor allem den Murasla. Sage mir, was ich tun soll. Ich bin in Shamlegh unterm Schnee. Der alte Mann ist krank.«*

»Bring ihm das. Es wird ihm den Mund verschließen. Er kann noch nicht weit sein.«

»Allerdings nicht. Sie sind noch in dem Wald hinter dem Vorsprung. Unsere Kinder sind hinunter, um auf sie aufzupassen, als das Licht kam, und haben heraufgerufen, wenn sie weitergingen.«

Kim machte ein erstauntes Gesicht; aber vom Rande der Schafweide her kam ein schriller, habichtähnlicher Schrei. Ein Hütekind hatte ihn aufgenommen von einem Bruder oder einer Schwester an der andern Seite des Abhangs, der das Tal von Chini beherrschte.

»Meine Gatten sind auch dort beim Holzsammeln.« Sie zog eine Handvoll Walnüsse aus ihrem Busen, brach eine säuberlich auf und begann zu essen. Kim tat, als ob er nicht das geringste verstünde.

»Kennst du den Sinn der Walnuß nicht – Priester?« fragte sie schmeichelnd und reichte ihm die Schalenhälften.

»Ein guter Gedanke!« Er schob das Papierstückchen rasch zwischen beide. »Hast du ein bißchen Wachs, um sie über diesem Brief zusammenzukleben?«

Die Frau seufzte laut, und Kim lenkte ein.

»Es gibt keinen Lohn, ehe der Dienst vollbracht ist. Bring das dem Babu und sage, der Sohn des Zaubers schicke es.«

»Ai! Gewiß, gewiß! Ein Zauberer – der aussieht wie ein Sahib.«

»Nein: Sohn des Zaubers; und frage, ob du eine Antwort bringen sollst.«

»Wenn er aber zudringlich wird? Ich – ich fürchte mich.«

Kim lachte. »Er ist sicherlich sehr müde und sehr hungrig. Die Berge machen kühle Bettgenossen. *Hai,* meine –« er hatte es auf der Zunge, »Mutter« zu sagen, verwandelte es aber in »Schwester« – »du bist eine kluge und verständige Frau. Mittlerweile wissen alle Dörfer, was den Sahibs zugestoßen ist – eh?«

»Sicher. Um Mitternacht war die Neuigkeit in Ziglaur, und morgen früh muß sie in Kotgarh sein. Beide Dörfer werden sich ärgern und fürchten.«

»Nicht nötig. Sage den Dörfern, sie sollen die Sahibs gut füttern und in Frieden ziehen lassen. Wir müssen sie möglichst still aus unsern Tälern fortschaffen. Stehlen ist ein Ding – töten ein anderes. Der Babu wird verstehen, und es werden keine Klagen hinterdrein kommen. Sei flink. Ich muß meinen Meister pflegen, wenn er aufwacht.«

»So sei es. Nach dem Dienst – sagtest du? – kommt der Lohn. Ich bin das Weib von Shamlegh, und ich werde vom Radscha gehalten. Ich bin keine gewöhnliche Kindergebärerin. Shamlegh ist dein: Huf und Horn und Haut, Milch und Butter. Nimm oder laß es bleiben.«

Sie wandte sich resolut bergwärts, der Morgensonne, fünfzehnhundert Fuß über ihnen, entgegen. Ihre silbernen Halsketten klirrten auf ihrer breiten Brust. Diesmal dachte Kim in der Landessprache, indes er die Öltuchecken seines Pakets mit Wachs festklebte:

»Wie kann ein Mann dem Pfad folgen oder dem Großen Spiel, wenn er ewig von Weibern bedrängt wird? Erst war das Mädchen in Akrola an der Furt, und dann die Frau des Küchenjungen hinter dem Taubenschlag – die andern nicht zu rechnen – und jetzt kommt diese hier! Als ich ein Kind war, war das gut und schön, aber jetzt bin ich ein Mann, und sie wollen mich nicht als Mann betrachten. Walnüsse! Hoho! In der Ebene sind es Mandeln!«

Er ging aus, um im Dorfe Almosen zu sammeln – nicht mit der Bettelschale, die war für das Flachland gut, sondern wie ein Fürst. Die Sommerbevölkerung von Shamlegh besteht nur aus drei Familien – vier Weibern und acht oder neun Männern. Sie waren sämtlich vollgestopft mit Büchsenfleisch und allem, was trinkbar war, von Ammoniak-Chinin bis zu weißem Wodka, denn sie hatten ihren vollen Anteil an der Beute gehabt. Die hübschen Zelttücher waren längst zerschnitten und verteilt, und Bratpfannen aus Aluminium lagen umher.

Sie betrachteten die Anwesenheit des Lamas als einen vollkommenen Schutz gegen alle schlimmen Folgen und brachten, ohne eine Spur von Gewissensbissen, Kim vom Besten, was sie hatten, bis zu einem Trunk *Chang*, dem Gerstenbier, das von Ladakh kommt. Dann tauten sie in der Sonne draußen auf und saßen, die Füße über unendlichen Abgründen baumelnd, schwatzend, lachend und rauchend herum. Sie beurteilten Indien und die indische Regierung einzig nach ihren Erfahrungen mit wandernden Sahibs, denen sie oder ihre Freunde als *Shikarris* gedient hatten. Kim bekam Geschichten zu hören von angeschossenen Steinböcken und wilden Ziegen, gejagt von Sahibs, die seit zwanzig Jahren in ihren Gräbern lagen – jede Einzelheit gleichsam nach rückwärts angeleuchtet wie Baumwipfel vom Blitz. Sie erzählten ihm von ihren mancherlei Krankheiten und, wichtiger noch, von den Krankheiten ihrer winzigen, leichtfüßigen Rinder; von Ausflügen bis nach Kotgarh, wo die fremden Missionen wohnen, und sogar noch weiter bis nach dem wunderbaren Simla, wo die Straßen mit Silber gepflastert sind und jeder Dienst bekommen kann bei den Sahibs, die in zweirädrigen Wagen herumfahren und Geld mit Schaufeln austeilen. Dann gesellte sich, ernst und in Gedanken vertieft, schweren Schrittes wandelnd, der Lama dem Geplauder unter den Dachrinnen, und sie machten ihm ausgiebig Platz. Die dünne Luft erfrischte ihn; er saß am Rande des Abgrunds mit ihnen und warf, wenn die Rede stockte, Steine in die Leere. Dreißig Meilen Adlerflug entfernt lag die nächste Bergkette, zernarbt und durchfurcht und gesprenkelt mit kleinen Flecken von Buschwerk – Wäldern in Wahrheit, jeder einen dunklen Tagemarsch groß. Hinter dem Dorf schnitt der Shamlegh selbst alle Aussicht nach Süden ab. Man saß gleichsam in einem Schwalbennest unterm Dachgiebel der Welt.

Von Zeit zu Zeit streckte der Lama seine Hand aus und wies mit ein paar leisen Worten auf den Weg nach Spiti und nordwärts über den Parungla.

»Drüben, wo die Berge am dichtesten stehen, liegt Dech'en« (er meinte Han-lé), »das große Kloster. s'Tag-stanras-ch'en erbaute es, und von ihm geht diese Sage.« Und er erzählte sie: eine phantastische Geschichte, überhäuft mit Zauberei und Wundern, die Shamlegh den Atem verschlug. Sich etwas nach Westen wendend, spähte er nach den grünen Hügeln von Kulu und suchte Kailung unter den Gletschern. »Denn von dort kam ich in den alten, alten Tagen. Von Leh kam ich, über den Baralachi.«

»Ja – ja, wir kennen das«, sagten die weitgewanderten Shamlegh-Leute.

»Und ich schlief zwei Nächte bei den Priestern von Kailung. Dies sind die Berge meiner Lust! Schatten, gesegnet über allen Schatten! Dort öffneten sich meine Augen für diese Welt; dort wurden meine Augen mir geöffnet über diese Welt; dort fand ich Erleuchtung, und dort gürtete ich meine Lenden für meine Suche. Aus den Bergen kam ich – den hohen Bergen und den starken Winden. Oh, gerecht ist das Rad!« Er segnete alle nacheinander – die großen Gletscher, die nackten Felsen, die gehäuften Moränen und Schiefergeschiebe; dürres Hochland, verborgenen Salzsee, Stämme uralt, und fruchtbares, wasserdurchschäumtes Tal, eins nach dem andern, wie ein sterbender Mann sein Volk segnet, und Kim staunte über seine Leidenschaftlichkeit.

»Ja – ja. Nichts gleicht unsern Bergen«, sagten die Leute von Shamlegh. Und sie erhoben ein großes Kopfschütteln darüber, wie ein Mensch in den heißen, schrecklichen Ebenen leben könne, wo die Rinder so groß sind wie Elefanten, unfähig, an einem Berghang zu pflügen; wo Dorf an Dorf stößt auf hundert Meilen weit, wie sie gehört hatten; wo die Leute gleich truppweise auf Diebstahl ausziehen und die Polizei noch vollends wegschleppt, was die Räuber übriggelassen haben.

So verstrich der stille Vormittag, und als er vorbei war, kam Kims Botin von dem steilen Weidegrund herab, so ruhigen Atems, wie sie ausgezogen war.

»Ich habe dem *Hakim* eine Nachricht geschickt«, erklärte Kim, als sie sich zum Gruß verneigte.

»Er hat sich mit den Götzendienern zusammengetan? Nein – ich erinnere mich, er vollzog eine Heilung an einem von ihnen. Er hat Verdienst erworben, wenngleich der Geheilte seine Kraft auf Böses verwendete. Gerecht ist das Rad! Was ist mit dem *Hakim*?«

»Ich fürchtete, daß du verletzt wärst und – und ich wußte, daß er ein weiser Mann ist.« Kim nahm die zugeklebten Walnußschalen und las auf der Rückseite seines Zettels in Englisch: ›*Geehrtes empfangen. Kann gegenwärtig nicht fort von gegenwärtiger Gesellschaft, da sie nach Simla bringen muß. Hoffe danach wieder zu euch zu stoßen. Zwecklos, wütende Gentlemen weiter zu begleiten. Kehre auf gleichem Wege zurück, werde euch einholen. Hochbefriedigt über Korrespondenz, dank meiner Voraussicht.*‹ – »Er schreibt, Heiliger, er will den Götzendienern entwischen und zu uns zurückkehren. Sollen wir also eine Weile in Shamlegh warten?«

Der Lama schaute lange und liebevoll auf die Berge und schüttelte den Kopf.

»Das darf nicht sein, *Chela*. Mit meinem äußeren Leibe wünsche ich es, aber es ist verboten. Ich habe die Ursache der Dinge geschaut.«

»Warum? Die Berge gaben dir doch deine Kraft zurück, Tag für Tag? Denke, wir waren schwach und hinfällig dort unten in der *Doon*.«

»Ich wurde stark, um Übel zu tun und um zu vergessen. Ein Zänker und Raufbold war ich in den Bergen.« Kim verbiß ein Lächeln. »Gerecht und vollkommen ist das Rad und weicht nicht um Haaresbreite ab. Als ich ein Mann war – vor langer Zeit –, machte ich eine Pilgerfahrt zu Guru Ch'wan unter den Pappeln« (er deutete auf Bhotan zu), »wo sie das Heilige Roß hüten.«

»Still, seid still!« sagte ganz Shamlegh im Kreise. »Er spricht von Jam-lin-nin-k'or, dem Roß, das in einem Tag rund um die Welt gehen kann.«

»Ich spreche nur zu meinem *Chela*«, sagte der Lama mit gelindem Tadel, und sie schmolzen zurück wie Morgenreif auf Südgiebeln. »Ich suchte in jenen Tagen nicht Wahrheit, sondern das Geschwätz des Dogmas. Alles Wahn! Ich trank das Bier und aß das Brot von Guru Ch'wan. Am nächsten Tage sprach einer: ›Wir ziehen zum Kampf gegen Sangor Gutok unten im Tal, um auszumachen (merke wieder, wie Begierde an Zorn gebunden ist!), welcher Abt im Tale herrschen und den Gewinn von den Gebetbüchern haben soll, die sie in Sangor Gutok drucken.‹ Ich ging, und wir kämpften einen Tag lang.«

»Aber wie, Heiliger?«

»Mit unsern langen Federkästen, wie ich dir hätte zeigen können ... Ich sage, wir kämpften unter den Pappeln, beide Äbte und alle Mönche, und einer spaltete mir die Stirn bis auf den Knochen. Sieh!« Er schob seinen Hut zurück und zeigte eine verschrumpfte, silbrige Narbe. »Gerecht und vollkommen ist das Rad! Gestern juckte die Narbe, und nach fünfzig Jahren dachte ich – ein Weilchen in Wahn befangen – wieder daran, wie ich sie erhielt, und an das Gesicht dessen, der mich verwundete. Es folgte das, was du sahst – Streit und Torheit. Gerecht ist das Rad! Der Schlag des Götzendieners fiel auf die Narbe. Da ward ich erschüttert in meiner Seele; meine Seele ward verdunkelt, und das Schiff meiner Seele schwankte auf den Wassern des Wahns. Nicht eher, als bis ich nach Shamlegh kam, konnte ich über die Ursache der Dinge meditieren und die treibenden Graswurzeln des Bösen aufspüren. Ich bemühte mich die ganze lange Nacht.«

»Aber, Heiliger, du bist unschuldig an allem Bösen. Möge ich dein Opfer sein!« Kim war ehrlich betrübt über den Kummer des alten Mannes, und Mahbub Alis Redewendung entschlüpfte ihm unwillkürlich.

»Mit der Morgendämmerung«, fuhr der Lama ernster fort, und der Rosenkranz klapperte in seinen Fingern, »kam Erleuchtung. Hier ist sie ... Ich bin ein alter Mann ... in den Bergen geboren, in den Bergen gewachsen, und soll doch nie wieder niedersitzen in meinen Bergen. Drei Jahre wanderte ich durch Hind, aber – kann Erde stärker sein als Mutter Erde? Mein törichter Leib sehnte sich nach den Bergen und dem Schnee auf den Bergen, von dort unten herauf. Ich habe gesagt, und es ist wahr, die Suche ist gesichert. So wandte ich mich von dem Hause der Kulufrau bergwärts, überredet durch mich selbst. Den *Hakim* trifft kein Vorwurf. Er – der Begierde folgend – sagte voraus, daß die Berge mich stark machen würden. Sie machten mich stark, um Böses zu tun, um meine Suche zu vergessen. Ich ergötzte mich am Leben und an der Lust des Lebens. Ich begehrte steile Abhänge zu ersteigen. Ich schaute umher, sie zu finden. Ich maß die Stärke meines Leibes – was Sünde ist – an den hohen Bergen. Ich verspottete dich, als dein Atem kurz wurde unter Jamnotri. Ich lachte dich aus, als du das Gesicht abwandtest vom Schnee auf dem Paß.«

»Aber was war da Schlimmes dabei? Ich *war* ängstlich. Es war gerecht. Ich bin kein Gebirgler; und ich liebte dich um deiner neuen Stärke willen.«

»Mehr als einmal, ich erinnere mich wohl«, er stützte seine Wange kummervoll in die Hand, »suchte ich dein und des *Hakims* Lob für die bloße Kraft meiner Beine. So folgte Böses auf Böses, bis der Becher voll war. Gerecht ist das Rad! Ganz Hind erwies mir alle Ehren. Von dem Brunnen der Weisheit in dem Wunderhause bis« – er lächelte – »bis zu einem kleinen Kind, das spielte bei einer großen Kanone, bereitete die Welt mir meinen Weg. Und warum?«

»Weil wir dich lieb hatten. Es ist nur das Fieber von dem Schlag. Ich selber bin noch krank und aufgeregt.«

»Nein! Es geschah, weil ich auf dem Weg war – gestimmt gleich einer *Si-nen*[1] auf den Willen des Gesetzes. Ich wich ab von dieser Satzung. Der Einklang wurde gebrochen: Es folgte die Strafe. In meinen eigenen Bergen, an der Grenze meines eigenen Landes, just an der Stelle meiner bösen Begierde kommt der Schlag – hier!« (Er berührte seine Stirn.) »Gleichwie ein Novize geschlagen wird, wenn er die Becher nicht richtig stellt, so wurde ich geschlagen, der Abt war von Such-zen. Kein Wort, siehst du, sondern ein Schlag, *Chela*.«

»Aber die Sahibs kannten dich nicht, Heiliger!«

1. Zymbel.

»Wir paßten gut zusammen. Unwissenheit und Begierde trafen Unwissenheit und Begierde unterwegs, und sie erzeugten Zorn. Der Schlag war ein Zeichen für mich, der ich nicht besser bin als ein verlaufener Ochs, daß mein Platz nicht hier ist. Wer die Ursache einer Handlung lesen kann, ist auf halbem Weg zur Freiheit! ›Zurück auf den Pfad‹, sagt der Schlag. ›Die Berge sind nicht für dich. Du kannst nicht Freiheit wählen und zugleich in Knechtschaft gehen zu den Wonnen des Lebens.‹«

»Hätten wir doch nie den dreimal verfluchten Russen getroffen!«

»Unser Herr selber kann das Rad nicht rückwärts drehen. Und um des Verdienstes willen, das ich erworben hatte, wird mir noch ein anderes Zeichen.« Er griff in sein Gewand und zog das Rad des Lebens hervor. »Sieh! Ich betrachtete dieses, nachdem ich meditiert hatte. Nicht mehr als meines Fingernagels Breite blieb ungerissen durch den Götzendiener.«

»Ich sehe.«

»So groß denn ist die Spanne meines Lebens in diesem Leibe. Ich habe dem Rad gedient in all meinen Tagen. Jetzt dient das Rad mir. Ohne das Verdienst, das ich erworben habe, indem ich dich auf den Weg führte, würde mir jetzt noch ein anderes Leben auferlegt worden sein, bevor ich meinen Fluß gefunden hätte. Ist es klar, *Chela*?«

Kim starrte auf die roh zerstörte Karte. Von links nach rechts in der Diagonale ging der Riß – von dem Elften Hause, wo Begierde dem Kind Entstehung gibt (so wird es von den Tibetanern gezeichnet) – hinüber durch die Menschen- und Tierwelt, bis zum Fünften Hause – dem leeren Haus der Sinne. Die Logik war unwiderleglich.

»Bevor unser Herr Erleuchtung gewann«, der Lama faltete mit Ehrfurcht alles wieder zusammen, »nahte ihm die Versuchung. Auch mir nahte die Versuchung, aber es ist vorüber. Der Pfeil fiel in den Ebenen – nicht in den Bergen. Darum: was treiben wir hier?«

»Sollen wir nicht wenigstens auf den *Hakim* warten?«

»Ich weiß, wie lange ich noch lebe in diesem Körper. Was kann ein *Hakim* tun?«

»Aber du bist ganz krank und erschüttert. Du kannst nicht gehen.«

»Wie kann ich krank sein, wenn ich Freiheit sehe?« Er richtete sich unsicher auf die Füße.

»Dann muß ich Essen holen aus dem Dorfe. O, der mühselige Weg!« Kim fühlte, daß auch er der Ruhe bedurfte.

»Es ist der Wille des Gesetzes. Laß uns essen und gehen. Der Pfeil fiel in den Ebenen ... aber ich gab der Begierde nach. Mach dich fertig, *Chela.*«

Kim wandte sich zu der Frau mit dem Türkisenkopfschmuck, die inzwischen müßig Kieselsteine über den Felshang geworfen hatte. Sie lächelte sehr freundlich.

»Ich fand ihn wie einen verirrten Büffel im Kornfeld – den Babu; schnaubend und niesend vor Erkältung. Er war so hungrig, daß er seine Würde vergaß und mir schöne Worte machte. Die Sahibs haben nichts.« Sie streckte die leere Handfläche aus. »Der eine hat arge Brustschmerzen. Dein Werk?«

Kim nickte mit glänzenden Augen.

»Ich sprach zuerst mit dem Bengalen – und dann mit den Leuten eines nahen Dorfes. Die Sahibs werden Nahrung erhalten, soviel sie brauchen, und die Leute werden kein Geld fordern. Dieser Babu redet Lügen zu den Sahibs. Warum verläßt er sie nicht?«

»Weil er ein großes Herz hat.«

»Noch nie hatte ein Bengali ein größeres als eine Walnuß. Aber gleichviel ... Seht, was Walnüsse betrifft – nach Dienst kommt Lohn. Ich habe gesagt, das Dorf ist dein.«

»Schade darum«, begann Kim. »Noch eben erst habe ich mir in meinem Herzen so schön ausgedacht –« Unnütz, die in solchen Fällen üblichen Redensarten zu wiederholen. Er seufzte tief ... »Aber mein Meister, von einer Vision geführt – –«

»Huh! Was können alte Augen andres sehen als eine volle Bettelschale?«

»– – wendet sich von diesem Dorfe wieder den Ebenen zu.«

»Sag ihm, er soll bleiben.«

Kim schüttelte den Kopf. »Ich kenne meinen Heiligen und seinen Zorn, wenn man ihm widerstrebt«, erwiderte er mit Nachdruck. »Seine Flüche erschüttern die Berge.«

»Schade, daß sie ihn nicht vor einem Loch im Kopfe schützten! Ich hörte, daß du der Tigerherzige warst, der den

Sahib niederwarf. Laß ihn noch ein wenig weiterträumen. Bleib!«

»Bergfrau«, sagte Kim mit einer Strenge, die jedoch das weiche Oval seines Gesichts nicht härter machte, »diese Dinge sind zu hoch für dich.«

»Die Götter seien uns gnädig! Seit wann sind Männer und Weiber etwas anderes als Männer und Weiber?«

»Ein Priester ist ein Priester. Er sagt, er will noch in dieser Stunde gehen. Ich bin sein *Chela,* und ich gehe mit ihm. Wir brauchen Speise für den Weg. Er ist ein geehrter Gast in allen Dörfern, aber« – ein echtes Knabengrinsen verklärte sein Gesicht – »das Essen hier ist gut. Gib mir etwas.«

»Und wenn ich dir nichts gebe? Ich bin das Weib dieses Dorfes.«

»Dann verwünsche ich dich – ein bißchen – nicht viel, aber genug, daß du daran denkst.« Er mußte wieder lächeln.

»Du hast mich schon verwünscht mit deinen gesenkten Augenlidern und deinem erhobenen Kinn. Flüche? Was kümmern mich Worte?« Sie preßte die Hände auf ihren Busen ... »Aber ich will nicht, daß du im Unwillen gehst und Schlechtes denkst über mich – Sammlerin von Kuhdung und Gras in Shamlegh, aber dennoch ein Weib, das etwas *ist.*«

»Ich denke nichts«, sagte Kim, »als daß ich sehr ungern gehe, weil ich sehr müde bin, und daß wir Speise brauchen. Hier ist der Sack.«

Das Weib riß ihn zornig an sich. »Ich war eine Närrin«, sagte sie. »Wer ist deine Frau in den Ebenen? Hell oder schwarz? Auch ich war einmal schön. Lachst du? Einmal, vor langer Zeit, wenn du es glauben magst, schaute ein Sahib mich günstig an. Einmal, vor langer Zeit, trug ich europäische Kleider in dem Missionshaus drüben.« Sie deutete gegen Kotgarh hin. »Einmal, vor langer Zeit, war ich Christin und sprach Englisch, wie die Sahibs sprechen. Ja. Mein Sahib sagte, er würde wiederkommen und mich heiraten – ja, heiraten. Er ging fort – ich hatte ihn gepflegt, als er krank war – aber er kam nie wieder. Da sah ich, daß die Götter der Christinnen lügen, und ich ging wieder zu meinem eigenen Volk ... Ich habe seitdem nie wieder meine Augen auf einen Sahib gerichtet. (Lache nicht über mich. Der Anfall ist schon vorüber, kleines Priesterchen.) Dein Gesicht und dein Gang und deine Rede erinnerten mich an meinen Sahib, obwohl du nur ein wandernder Bettler bist, dem ich Almosen gebe. Mich verfluchen? Du kannst weder fluchen noch segnen!« Sie stemmte ihre Hände in die Hüften und lachte bitter. »Deine Götter sind Lügen; deine Taten sind Lügen; deine Worte sind Lügen. Es gibt keine Götter unter all den Himmeln. Ich weiß es ... Aber einen Augenblick dachte ich, mein Sahib sei wiedergekommen, und er war mein Gott. Ja, einst machte ich Musik auf einem ›Piano‹, im Missionshaus in Kotgarh. Jetzt gebe ich Almosen an Priester, die Heiden sind.« Sie schloß mit dem englischen Wort für »Heiden« und band den bis an den Rand vollen Sack zu.

»Ich warte auf dich, *Chela*«, sagte der Lama, gegen den Türpfosten lehnend.

Die Frau überflog mit den Augen die hohe Gestalt. »Er gehen! Er kommt keine halbe Meile weit. Wohin sollen alte Knochen wandern?«

Kim, schon aufgeregt genug über den Verfall des Lamas und besorgt wegen des Gewichts des Sackes, verlor seine Fassung.

»Was geht es dich an, Weib böser Voraussage, wohin er geht?«

»Nichts – aber dich, Priester mit dem Sahibsgesicht. Willst du ihn auf deinen Schultern tragen?«

»Ich gehe in die Ebenen. Niemand darf mich an meiner Rückkehr hindern. Ich habe gerungen mit meiner Seele, bis ich kraftlos wurde. Der törichte Leib ist verbraucht, und wir sind fern von den Ebenen, sagte der Bauer.«

»Schau hin!« sagte sie einfach und trat zurück, um Kim seine gänzliche Hilflosigkeit erblicken zu lassen. »Verfluche mich. Vielleicht gibt ihm das Kraft. Mach einen Zauber! Ruf deinen Gott an. Du bist ein Priester.« Sie wandte sich ab.

Der Lama hatte sich schlaff hingehockt, sich immer noch an den Pfosten haltend. Ein alter Mann erholt sich nicht, wie ein Knabe, in einer Nacht von einer solchen Erschütterung. Schwäche beugte ihn zur Erde, aber seine Augen, die an Kim hingen, waren lebendig und flehend.

»Es wird alles wieder gut werden«, sagte Kim. »Die dünne Luft schwächt dich. Wir gehen gleich! Es ist die Bergkrankheit. Ich fühle mich auch ein bißchen übel ...«, und er kniete nieder und tröstete ihn mit kindlichen Worten, wie sie ihm just auf die Lippen kamen. Dann kehrte die Frau zurück, straffer aufgerichtet denn je.

»Deine Götter können nicht helfen, he? Versuche meine! Ich bin das Weib von Shamlegh.« Sie stieß einen heiseren Ruf aus, und herbei kamen aus einer Kuhhürde ihre beiden Gatten und drei andere Männer mit einer *Dooli,* der rohen Tragbahre der Bergeinwohner, die sie zum Krankentransport und für Staatsvisiten gebrauchen. »Dieses Rindvieh«, sie ließ sich nicht einmal herab, die Männer anzuschauen, »ist dein, solange du ihrer bedarfst.«

»Aber wir wollen nicht den Weg nach Simla gehen. Wir wollen den Sahibs nicht nahekommen«, rief der erste Gatte.

»Sie werden nicht fortlaufen wie die andern und auch kein Gepäck stehlen. Zwei von ihnen kenn' ich als Schwächlinge. Geht an die hinteren Tragstangen, Sonoo und Taree!« Sie gehorchten eiligst. »Niedriger jetzt! Und hebt den alten Mann hinein! Ich will auf das Dorf und eure tugendhaften Weiber achtgeben, bis ihr wiederkommt.«

»Wann wird das sein?«

»Fragt die Priester! Belästigt mich nicht! Tut den Proviantsack unten hin, damit das Gleichgewicht besser verteilt ist!«

»O Heiliger, deine Berge sind freundlicher als unsere Ebenen!« rief Kim erleichtert, als der Lama zu der Tragbahre stolperte. »Es ist ein wahres Königsbett – ein Platz der Ehre und Ruhe. Und wir danken es – –«

»– einem Weib von böser Voraussage. Ich brauche deinen Segen so wenig wie deine Flüche. Es ist mein Befehl und nicht deiner. Hebt auf und fort! Hier! Hast du Geld für den Weg?« Sie winkte Kim nach ihrer Hütte und bückte sich nach einer abgenutzten englischen Schatulle unter ihrer Bettstatt.

»Ich brauche nichts«, sagte Kim, ärgerlich, wo er hätte dankbar sein sollen. »Ich bin schon beladen genug mit deinen Gunstbezeigungen.«

Sie blickte mit einem seltsamen Lächeln auf und legte ihre Hand auf seine Schulter. »Danke mir wenigstens! Ich bin häßlich von Gesicht und eine Bergfrau, aber, wie deine Rede geht: ich habe Verdienst erworben. Soll ich dir zeigen, wie die Sahibs danken?«, und ihre harten Augen wurden weicher.

»Ich bin nur ein wandernder Priester«, sagte Kim, und

seine Augen glänzten den ihrigen Antwort. »Du brauchst weder meinen Segen noch meine Flüche.«

»Nein. Aber warte einen kleinen Augenblick – du kannst die *Dooli* mit zehn Schritten einholen – *wenn* du ein Sahib wärst, soll ich dir zeigen, was du dann tun würdest?«

»Und wenn ich es errate?« sagte Kim, und sie mit dem Arm umfassend, küßte er sie auf die Wange und fügte auf englisch hinzu: »Danke dir sehr, Liebe.«

Küssen ist bei den Asiaten in der Tat etwas Unbekanntes; das mochte der Grund sein, daß sie sich mit weit offenen Augen und erschrecktem Gesicht zurückbog.

»Das nächste Mal«, fuhr Kim fort, »mußt du deiner Heidenpriester nicht so sicher sein. Nun sag ich dir Lebewohl.« Er hielt, nach englischer Art, seine Hand hin. Sie nahm sie mechanisch. »Leb wohl, Liebe!«

»Leb wohl, und – und –« Wort auf Wort kam ihr ihr Englisch wieder – »du wirst wiederkommen? Leb wohl, und *der* Gott segne dich!«

Eine halbe Stunde später, als die knarrende Bahre den Bergweg hinaufschwankte, der von Shamlegh nach Südosten führt, sah Kim eine winzige Gestalt an der Hüttentür mit einem weißen Lappen winken.

»Sie hat Verdienst erworben vor allen andern«, sagte der Lama. »Denn einem Menschen auf den Weg zur Freiheit zu verhelfen, ist fast so viel, als wenn sie ihn selbst gefunden hätte.«

»Hm«, machte Kim nachdenklich, das Geschehene erwägend. »Vielleicht habe ich auch Verdienst erworben ... Wenigstens hat sie mich nicht wie ein Kind behandelt.« Er hakte sein Gewand fest, vorn, wo er die Konten und Dokumente verwahrt hielt, rückte den kostbaren Proviantsack zu Füßen des Lamas zurecht, legte die Hand auf den Rand der Bahre und faßte Schritt mit dem langsamen Trott der knurrenden Ehemänner.

»Auch diese erwerben Verdienst«, sagte der Lama nach drei Meilen Wegs.

»Mehr als das, sie werden in Silber bezahlt werden«, meinte Kim. Das Weib von Shamlegh hatte es ihm gegeben, und es war nur in der Ordnung, folgerte er, daß ihre Männer es zurückverdienten.

Fünfzehntes Kapitel

Ich wiche vor keinem Kaiser nicht,
Vor keinem König und King,
Der dreifachen Krone beugt' ich mich nicht,
Doch dies ist ein ander Ding!
Ich kämpfe nicht mit den Mächten der Luft.
Schildwachen, ungesäumt,
Laßt die Zugbrücke fallen!
Er ist Herr von uns allen,
Der Träumer, der Wahrheit träumt.

»Die Geisterbelagerung.«

Zweihundert Meilen nördlich von Chini, auf dem blauen Schiefergestein von Ladakh, liegt Yankling Sahib, der lustige Mann, wütend durch ein Fernglas über die Kämme hin spähend nach einer Spur von seinem Lieblingsträger – einem Mann aus Ao-chung. Aber dieser Treulose treibt sich mit einer neuen Mannlicher-Flinte und zweihundert Patronen anderswo herum und schießt Moschustiere für den Markt; und in der nächsten Saison wird Yankling Sahib zu hören bekommen, wie schwer krank er gelegen habe.

Durch die Täler von Bushahr hinauf – die weitschauenden Adler des Himalaja hoch in Kreisen über seinem weiß und blau gestreiften Sonnenschirm – eilt ein Bengale, einst fett und wohl aussehend, jetzt mager und wetterverschlissen. Er hat den Dank zweier ehrenwerter Ausländer in der Tasche, die er mit unleugbarer Geschicklichkeit nach dem Tunnel von Mashobra gelotst hat, der zu der großen und heiteren Hauptstadt Indiens führt. Es war nicht seine Schuld, daß er sie, durch feuchte Nebel am Sehen verhindert, an der Telegraphenstation und der europäischen Kolonie von Kotgarh vorbeigeführt hatte. Es war nicht seine Schuld, sondern die der Götter, von denen er so fesselnd zu plaudern wußte, daß er sie über die Grenze von Nahan geleitet hatte, wo der Radscha dieses Staates sie für desertierte englische Soldateska hielt. Hurree Babu sprach so lange von der Größe und dem Ruhm seiner Begleiter in ihrem eigenen Lande, bis das einfältige Königlein gnädig lächelte. Er redete in gleicher Weise zu jedem, der fragte: oftmals – laut – und mit Variationen.

Er erbettelte Speise, sorgte für Unterkunft, erwies sich als geschickter Arzt bei einer Rippenverletzung, wie man sie wohl durch Hinabrollen an einem steilen Berghang davontragen kann, kurz, machte sich in jeder Beziehung unentbehrlich. Der Beweggrund zu seiner Hilfsbereitschaft gereichte ihm zur Ehre. Gleich Millionen von Mitsklaven betrachtete er Rußland als den großen Befreier im Norden. Er war ein furchtsamer Mann. Er hatte gefürchtet, seine illustren Dienstherren nicht schützen zu können vor dem Zorn einer aufgeregten Landbevölkerung. Ihm selbst war es ziemlich gleichgültig, ob ein heiliger Mann geschlagen würde oder nicht, aber ... Er war von Herzen dankbar und aufrichtig erfreut, daß ihm vergönnt war zu tun, was in seinen »schwachen Kräften« stand, um ihr Abenteuer – abgerechnet den Verlust ihres Gepäcks – zu einem erfolgreichen Ende zu führen. Die Schläge hatte er vergessen, leugnete, daß es überhaupt zu Schlägen gekommen sei in jener unheilvollen ersten Nacht unter den Föhren. Er forderte weder rückständigen Lohn noch Kostgeld; aber, wenn sie ihn dessen würdig hielten, würden sie ihm ein Zeugnis schreiben? Es könnte ihm später nützlich sein, wenn andere, ihre Freunde, über die Pässe kämen. Er bat sie, seiner in ihrer künftigen Größe zu gedenken, denn er sei der »untertänigsten Meinung«, daß auch er, Mohendro Lal Dutt, Mitglied der Akademie von Kalkutta, »dem Staate einen kleinen Dienst erwiesen« hätte.

Sie schrieben ihm ein Zeugnis, lobten seine Höflichkeit, Hilfsbereitschaft und seine nie fehlende Sicherheit als Führer. Er schob es in seinen Gürtel und schluchzte vor Rührung – sie hatten so manche Gefahr zusammen bestanden. Er führte sie am hohen Mittag durch die menschenwimmelnde Hauptstraße Simlas zur Vereinsbank von Simla, wo sie sich ausweisen wollten. Dann verschwand er wie ein Abendwölkchen überm Jakko.

Seht ihn dort: zu dünn geworden, um zu schwitzen, zu eilig, um die Medikamente in seinem kleinen messingbeschlagenen Koffer feilzubieten – die Höhe von Shamlegh erklimmend – ein rechtschaffener, braver Mann. Seht ihn zur Mittagsstunde, allen Babutums ledig, rauchend auf einem Bett, indes eine Frau mit türkisenbesetztem Kopfschmuck südostwärts deutet über das kahle Grasland hin. Tragbahren, sagt sie, kämen nicht so schnell vorwärts wie einzelne Männer, aber seine Vögel könnten doch jetzt schon in der Ebene sein. Der heilige Mann habe nicht bleiben wollen, sosehr Lispeth ihm auch zugeredet habe. Der Babu stöhnt schwer, gürtet seine schmächtigen Lenden und ist wieder auf und davon. Er liebt es nicht, nach Dunkelwerden zu wandern; aber seine Tagemärsche – es ist niemand da, um sie in ein Buch einzutragen – würden so manchen, der seine Rasse zu verspotten pflegt, in Erstaunen setzen. Freundliche Dörfler, die sich des Arzneiverkäufers von Dacca erinnern, geben ihm Schutz gegen die bösen Geister der Wälder. Er träumt von den Göttern Bengalens, von Universitätslehrbüchern und der Akademie der Wissenschaften in London, England. In der Morgendämmerung zieht der auf und ab hüpfende blau und weiße Sonnenschirm weiter.

An der Grenze der *Doon,* Mussoorie weit im Rücken, die golddunstige Ebene vor sich, hält eine abgenutzte Tragbahre, in der – alle Berge wissen es – ein kranker Lama liegt, der einen Fluß zu seiner Heilung sucht. Dörfer haben sich fast geschlagen um die Ehre, die Bahre zu tragen, denn nicht nur hat der Lama ihnen Segnungen gegeben, sondern sein Schüler auch gutes Geld – ein volles Drittel von Sahibpreisen. Zwölf Meilen täglich hat die *Dooli* gemacht, die fettigen, abgeriebenen Enden der Tragstangen zeigen es, auf Wegen, die Sahibs nur selten benutzen. Über den Nilangpaß im Sturm, wo der treibende Schneestaub jede Falte im Gewande des regungslosen Lamas füllte; zwischen den schwarzen Hörnern des Raieng, wo sie das Pfeifen der wilden Ziegen durch die Wolken hörten; in ermüdendem Gleiten auf schiefrigem Grunde, krampfhaft festgehalten zwischen Schulter und Kiefer in den gefährlichen Windungen der gesprengten Straße unterhalb Bhagirati, schwankend und knarrend in langsamem Trott bergab in das Tal der Wasser, eilig hin über die dampfenden Gründe dieses Engtals, aufwärts wieder und hinaus, den brüllenden Sturzbächen von Kedarnath entgegen; um die Mittagszeit niedergestellt im schattigen Dunkel gastlicher Eichenwälder, wieder weiter von Dorf zu Dorf in der Dämmerungskühle, wo auch dem Frömmsten ein Fluch über ungeduldige heilige Männer nicht zu verübeln ist, oder bei Fakkellicht, wo selbst die Furchtlosesten an Geister denken – so erreichte die *Dooli* endlich ihre letzte Station. Die kleinen Gebirgler schwitzen in der ungewohnten Hitze der unteren Sewaliks und sammeln sich um die Priester, um ihren Segen und ihre Bezahlung zu erhalten.

»Ihr habt Verdienst erworben«, sagt der Lama. »Verdienst, größer, als ihr wißt, und ihr kehrt zurück zu den Bergen«, seufzt er.

»Sicherlich zu den hohen Bergen, so bald wie möglich.« Die Träger reiben sich die Schultern, trinken Wasser, spucken es wieder aus und binden ihre Strohsandalen fest. Kim – das Gesicht müde und abgezehrt – zahlt mit kleinem Silbergeld aus seinem Gürtel, hebt den schweren Proviantsack heraus, zwängt ein Öltuchpaket – es sind heilige Schriften – unter sein Gewand auf die Brust und hilft dem Lama auf die Füße. Frieden ist wieder in den Augen des alten Mannes; er fürchtet nicht mehr, daß die Berge niederstürzen und ihn zerschmettern könnten, wie in der schrecklichen Nacht, als der überschwemmte Strom sie zurückhielt.

Die Männer heben die *Dooli* auf und entschwinden dem Blick zwischen dem Buschwerk.

Der Lama hebt die Hand gegen den Wall des Himalaja.

»Nicht unter euch, o Gesegnete unter allen Bergen, fiel der Pfeil Unseres Herrn! Und niemals wieder werde ich eure Luft atmen!«

»Aber du bist zehnmal stärker in dieser guten Luft hier«, sagt Kim, denn seiner müden Seele tut der Anblick der ährenreichen, sanften Ebene wohl. »Hier oder hier herum fiel der Pfeil, ja. Wir wollen sehr langsam gehen, vielleicht ein *Kos* den Tag, denn die Suche ist gesichert. Aber der Sack wiegt schwer.«

»Ah! Unsere Suche ist gesichert. Ich bin aus großer Versuchung hervorgegangen.«

Sie wanderten jetzt höchstens zwei Meilen täglich, und Kims Schultern trugen die ganze Last – die Last eines alten Mannes, die Last des schweren Proviantsacks samt den Büchern, die Last der Schriften auf seiner Brust und die Last aller Obliegenheiten des Tages. Er bettelte im Morgengrauen, legte die Decken zurecht für die beschaulichen Andachtsstunden des Lamas, hielt das müde Haupt auf seinem Schoß während der Mittagshitze, fächelte die Fliegen weg, bis ihn das

Handgelenk schmerzte, bettelte wieder am Abend und rieb des Lamas Füße, der ihm lohnte mit der Verheißung baldiger Freiheit – für heute – morgen – oder spätestens übermorgen.

»Nie gab es so einen *Chela!* Ich zweifle zuweilen, ob Ananda treuer sorgte für Unsern Herrn. Und du bist ein Sahib? Als ich ein Mann war – vor langer Zeit – vergaß ich das. Jetzt blicke ich oft auf dich und jedesmal erinnere ich mich, daß du ein Sahib bist. Es ist sonderbar.«

»Du hast gesagt, es gibt weder Schwarz noch Weiß. Was plagst du mich mit solcher Rede, Heiliger? Laß mich den andern Fuß reiben. Es quält mich. Ich bin kein Sahib. Ich bin dein *Chela*, und mein Kopf ist schwer auf meinen Schultern.«

»Noch ein wenig Geduld! Wir erreichen Freiheit zusammen. Dann werden wir, ich und du, an dem fernen Ufer des Stromes, zurückblicken auf unser Leben, wie wir in den Bergen unsere Tagemärsche hinter uns liegen sahen. Vielleicht war auch ich einmal ein Sahib.«

»War nie ein Sahib gleich dir, ich schwöre es.«

»Ich bin sicher, der Hüter der Bildnisse in dem Wunderhaus war in vergangenem Leben ein sehr weiser Abt. Aber selbst seine Brille macht meine Augen nicht sehend. Es fallen Schatten, wenn ich scharf sehen möchte. Gleichviel – wir kennen die Tücken des armen törichten Leichnams – Schattens, der sich wieder in Schatten wandelt. Ich bin gefesselt durch die Täuschung von Zeit und Raum. Wie weit kamen wir heute im Fleisch?«

»Vielleicht ein halbes *Kos.*« Dreiviertel einer Meile; und es war ein mühseliger Marsch.

»Ein halbes *Kos.* Ha! Ich wanderte zehntausendmal tausend im Geiste. Wie wir alle eingebunden und eingewickelt und eingeschlossen sind in diese sinnlosen Dinge!« Er schaute auf seine abgezehrte, blaugeäderte Hand, der die Perlen so schwer wurden. »*Chela,* hast du nie den Wunsch, mich zu verlassen?«

Kim dachte an das Öltuchpaket und die Bücher im Proviantsack. Wenn irgendein Berufener ihn von diesen befreien könnte, mochte seinetwegen das Große Spiel sich selber spielen, ihn würde es nicht kümmern. Sein Kopf war heiß und müde, und ein Husten, der aus der Brust kam, quälte ihn.

»Nein«, antwortete er fast streng. »Ich bin weder ein Hund noch eine Schlange, daß ich beiße, wo ich gelernt habe zu lieben.«

»Du bist zu besorgt um mich.«

»Auch das nicht. Doch habe ich in einer Angelegenheit gehandelt, ohne dich zu fragen. Ich habe durch das Weib, das uns heute morgen die Ziegenmilch gab, eine Botschaft an die Kulufrau geschickt, daß du ein wenig schwach wärest und eine Tragbahre brauchtest. Ich machte mir Vorwürfe im Geist, daß ich es nicht gleich tat, als wir in die *Doon* kamen. Wir wollen hier bleiben, bis die Tragbahre kommt.«

»Ich bin es zufrieden. Sie ist eine Frau mit einem Herzen von Gold, wie du sagst, aber eine Schwätzerin – ein bißchen eine Schwätzerin.«

»Sie wird dich nicht belästigen. Ich habe auch dafür gesorgt. Heiliger, mein Herz ist sehr schwer wegen meiner vielen Unachtsamkeiten gegen dich.« Ein hysterisches Zucken stieg in seine Kehle. »Ich habe dich zuviel gehen lassen; ich habe nicht immer gute Nahrung für dich gebracht; ich habe die Hitze nicht bedacht; ich habe mit den Leuten auf der Straße geredet und dich allein gelassen. Ich habe – ich habe ... *Hai mai!* Aber ich liebe dich ... und es ist nun alles zu spät ... ich war ein Kind. O, warum war ich nicht ein Mann!« Überwältigt von Anstrengung, Müdigkeit und der für seine Jugend zu schweren Last, brach Kim zu des Lamas Füßen schluchzend zusammen.

»Was ist das für eine Torheit!« sagte der alte Mann sanft. »Du bist nie um eines Haares Breite abgewichen vom Wege des Gehorsams. Mich vernachlässigt? Kind, ich habe von deiner Kraft gelebt wie ein alter Baum von dem Kalk einer neuen Mauer. Tag auf Tag, seit wir von Shamlegh herunterkamen, habe ich Stärke von dir gestohlen. *Dadurch,* nicht durch irgendeine Verfehlung von dir, bist du schwach geworden. Es ist der Körper – der dumme, törichte Körper – der jetzt spricht. Nicht die sichere Seele. Tröste dich! Erkenne wenigstens die Teufel, gegen die du kämpfst! Sie sind erdgeboren – Kinder des Wahns. Wir wollen zu der Frau von Kulu gehen. Sie mag Verdienst erwerben, indem sie uns Obdach gibt und besonders mich pflegt. Du sollst frei herumlaufen, bis deine Kräfte wiederkehren. Ich hatte den törichten

Leib vergessen. Wenn einer zu tadeln ist, bin ich es. Aber wir sind zu nahe den Pforten der Erlösung, um Unrecht abzuwägen. Ich könnte dich loben, aber was braucht es das? In kurzer Zeit – in sehr kurzer Zeit – werden wir über allem Wozu sein.«

Und so liebkoste und tröstete er Kim mit weisen Sprüchen und gewichtigen Textstellen über dieses in seinem Wesen meist nicht erkannte Tier, unseren Körper, der, obwohl nur eine Täuschung, dennoch sich aufspielen will als die Seele – so den Weg verdunkelnd und eine Unzahl unnützer Teufel heraufbeschwörend.

»*Hai! Hai!* Laß uns von der Kulufrau sprechen. Meinst du, sie wird einen neuen Zauber für ihre Enkel verlangen? Als ich ein junger Mann war, vor sehr langer Zeit, war ich von solchen und anderen Dünsten geplagt, und ich ging zu einem Abte, einem sehr weisen Mann und einem Sucher nach Wahrheit, obwohl ich das damals nicht wußte. Sitz auf und höre, Kind meiner Seele! Ich erzählte meine Geschichte. Sprach er zu mir: ›*Chela,* wisse dies! Es gibt viele Lügen in der Welt und nicht wenige Lügner; aber keine Lügner sind so schlimm wie unsere Körper, – es seien denn die Empfindungen unserer Körper.‹ Dies erwägend, fühlte ich mich beruhigt. Und in seiner großen Güte erlaubte er mir, Tee in seiner Gegenwart zu trinken. Erlaube du mir jetzt Tee zu trinken, denn ich bin durstig.«

Mit Lachen unter Tränen küßte Kim dem Lama die Füße und bereitete den Tee.

»Du stützest dich auf mich, Heiliger, mit dem Körper; ich aber stütze mich auf dich mit etwas anderem. Weißt du es?«

»Mag sein, ich habe es erraten«, und die Augen des Lamas zwinkerten. »Wir müssen das ändern.« –

Alsdann, mit Stoßen und Knarren und großer Gewichtigkeit, kam nichts Geringeres angewackelt als der Lieblingspalankin der Sahiba, zwanzig Meilen dem Lama entgegengesandt, unter der Führung des graubärtigen alten Ooryadieners; und als sie alle zusammen die unordentliche Ordnung des langen, weißen, geräuschvollen Hauses hinter Saharunpore endlich erreicht hatten, traf der Lama seine Maßregeln.

Sprach die Sahiba vergnüglich von einem der oberen Fenster herab, nach den üblichen Liebenswürdigkeiten: »Was nützt es, wenn eine alte Frau einem alten Manne Ratschläge gibt? Ich sagte dir – ich *sagte* dir, Heiliger, du müßtest ein Auge auf deinen *Chela* haben! Wie hast du es getan? Antworte mir nicht! Ich weiß Bescheid. Er ist den Weibern nachgelaufen. Sieh seine Augen an – hohl und eingesunken – und die verräterische Linie von der Nase abwärts! Er ist ausgesogen! Pfui! Pfui! Und noch dazu ein Priester!«

Kim blickte auf, zu übermüdet, um zu lächeln, und schüttelte verneinend den Kopf.

»Scherze nicht«, sagte der Lama, »*die* Zeit ist vorüber. Wir sind hier wegen großer Bedrängnis. Eine Krankheit der Seele ergriff mich in den Bergen und ihn eine Krankheit des Leibes. Seit der Zeit habe ich von seiner Kraft gelebt – ich habe ihn aufgegessen.«

»Kinder alle beide – jung wie alt«, schnaufte sie, aber enthielt sich aller weiteren Späße. »Möge die Gastfreundschaft hier euch wiederherstellen. Warte ein wenig; ich will hinunterkommen, wir wollen von den schönen, hohen Bergen schwätzen.«

Um die Abendzeit – ihr Schwiegersohn war zurückgekehrt, und sie brauchte daher den Hof nicht zu inspizieren – hörte sie aufmerksam dem zu, was der Lama ihr mit leiser Stimme erklärte. Die beiden alten Häupter nickten weise gegeneinander. Kim war in ein Zimmer getaumelt, in dem ein Bett stand, und lag in bleiernem Schlaf. Der Lama hatte ihm verboten, Decken herzurichten oder Speise zu holen.

»Ich weiß – ich weiß! Wer wüßte es besser als ich?« plapperte sie. »Wir, die wir niedersteigen zu den Feuer-*ghats*[1], wir klammern uns an die Hände derjenigen, die heraufsteigen von dem Flusse des Lebens mit vollen Wasserkrügen – ja, bis an den Rand vollen Wasserkrügen. Ich tat dem Knaben Unrecht. Er lieh dir seine Stärke? Es ist wahr, wir Alten verzehren die Jungen täglich. Jetzt müssen wir ihn wieder zu Kräften bringen.«

»Du hast schon oft Verdienst erworben –«

»*Mein* Verdienst? Was ist es? Alter Sack voll Knochen, der Curryfleisch kocht für Männer, die nicht fragen: ›Wer hat

1. Steintreppen am Ganges, auf denen die Totenverbrennung stattfindet.

es gekocht?‹ Ja, wenn mein Verdienst für meinen Großsohn aufbewahrt werden könnte –«

»Für den, der Leibschmerzen hatte?«

»Zu denken, daß der Heilige das noch weiß! Das muß ich seiner Mutter erzählen. Es ist eine ganz besondere Ehre! ›Der, der Leibschmerzen hatte‹ – das wußte der Heilige wirklich noch. Sie wird stolz sein.«

»Mein *Chela* ist mir, was den Unerleuchteten ein Sohn ist.«

»Sag lieber Großsohn! Mütter haben nicht die Weisheit unserer Jahre. Wenn ein Kind schreit, denken sie, der Himmel fällt ein. Aber eine Großmutter ist weit genug entfernt von dem Schmerz des Gebärens wie von dem Vergnügen, die Brust zu geben, um genau zu wissen, ob ein Kind aus purer Bosheit schreit oder weil es Blähungen hat. Und da du gerade wieder von Blähungen redest – es könnte sein, daß ich den Heiligen, als er zuletzt hier war, beleidigte, weil ich ihn zu sehr um Zauber quälte –«

»Schwester«, sagte der Lama, die Form der Anrede wählend, die ein buddhistischer Mönch zuweilen gegenüber einer Nonne gebraucht, »wenn Zauber dich beruhigen können –«

»Sie sind besser als zehntausend Ärzte.«

»Ich sage, wenn Zauber dich beruhigen, dann will ich, der ich Abt von Such-zen war, so viele machen, wie du begehrst. Ich habe nie dein Antlitz gesehen –«

»Das würden selbst die Affen, die unsere Mispeln stehlen, für keinen Verlust halten. Hi! Hi!«

»Aber du hast, wie der, der dort schläft«, – er nickte nach der geschlossenen Tür des Gastzimmers hin – »gesagt hat, ein Herz von Gold ... Und im Geist ist er mir ein wahrer Großsohn.«

»Gut! Ich bin des Heiligen Kuh!« Dies war purer Hinduismus, aber der Lama beachtete es nicht. »Ich bin alt, ich habe Söhne im Fleisch geboren! Oh, einst konnte ich den Männern gefallen! Jetzt kuriere ich sie.« Er hörte ihre Armspangen klirren, als wenn sie die Arme entblößte, um zuzugreifen. »Ich will den Knaben zu mir nehmen und ihn in Schlaf bringen und ihn füttern und ihn ganz gesund machen. *Hai! Hai!* Wir alten Leute verstehen auch noch etwas.«

So geschah es, daß Kim, als er mit schmerzenden Gliedern die Augen öffnete und nach der Küche gehen wollte, um seines Meisters Essen zu holen, sich einer verschleierten Gestalt an der Tür, neben dem grauen Diener, gegenübersah, die ihm den Weg versperrte und ihm genau vorzählte, was er auf keinen Fall tun dürfe.

»Was willst du haben? – Nichts sollst du haben. Was? Ein verschlossener Koffer, in dem heilige Bücher sind? Oh, das ist etwas anderes. Der Himmel verhüte, daß ich mich zwischen einen Priester und seine Gebete stelle! Er soll gebracht werden, und du sollst den Schlüssel behalten.«

Sie schoben den Koffer unter sein Bett, und mit einem Stöhnen der Erleichterung schloß er Mahbubs Pistole, das Öltuch-Briefpaket und die Tagebücher ein. Seltsamerweise hatte das Gewicht auf seinen Schultern ihn weniger gedrückt als das auf seiner armen Seele. Sein Genick schmerzte nachts unter dieser Last.

»Du hast eine Krankheit, die ungewöhnlich ist bei der Jugend von heutzutage«, sprach die Sahiba, »denn die Jugend hat verlernt, sich um die Alten zu kümmern. Schlaf ist das Heilmittel für dich und gewisse Tränke.« Und Kim war froh, wieder in die Leere zu versinken, die ihn halb ängstigte, halb besänftigte.

Sie braute Tränke in einer asiatisch-mysteriösen Art von Laboratorium – Flüssigkeiten, die pestilenzialisch rochen und noch schlimmer schmeckten. Sie beugte sich über Kim, bis sie hinuntergewürgt waren, und war unerschöpflich in Fragen, wenn sie wieder heraufkamen. Sie erließ ein Verbot, daß niemand den Vorhof betreten dürfe, und bekräftigte es durch einen bewaffneten Wächter. Er war zwar über siebzig Jahre alt und sein Schwert bestand eigentlich nur aus Griff und Scheide; aber immerhin repräsentierte er die Autorität der Sahiba, und Lastwagen, schwatzende Diener, Kälber, Hunde, Hennen und dergleichen hatten einen weiten Bogen zu machen. Dann suchte sie unter der Menge armer Verwandter (Haushunde nennt man sie hierzulande), die die Hintergebäude bevölkerten, die Witwe eines Vetters hervor, die geübt war in der Kunst, die von Europäern, die nichts davon verstehen, Massage genannt wird. Und sie beide packten Kim, schoben ihn ostwärts und westwärts, auf daß die geheimnisvollen Erdströmungen, die den menschlichen Leib durchrieseln, mithülfen statt hinderten, und nahmen ihn stückweise vor, Muskel für Muskel, Knochen für Knochen, Sehne für Sehne und schließlich Nerv für Nerv. Zu einer unzurechnungsfähigen breiigen Masse geknetet, halb hypnotisiert durch das ewige Hin und Her der immer wieder herabgleitenden Gesichtsschleier der beiden, glitt Kim zehntausend Meilen tief in Schlummer. Sechsunddreißig Stunden hielt der Schlaf an, der sich einsaugte wie Regen nach der Dürre.

Dann fütterte sie ihn, und das Haus wirbelte von ihrem Lärm. Sie befahl, Hühner zu schlachten; sie ließ Gemüse herbeischaffen, daß der brave, schwerfällige Gärtner schwitzte, der fast so alt war wie sie selbst; sie nahm Gewürze und Milch und Zwiebeln, und kleine Fische aus den Bächen, forderte Zitronen zu Scherbett, Wachteln aus der Erdgrube, briet Hühnerlebern am Spieß mit geschnittenem Ingwer dazwischen.

»Ich habe etwas von dieser Welt gesehen«, sprach sie über den gedrängten Schüsseln, »es gibt nur zwei Arten von Frauen darin; die, die dem Manne die Stärke nehmen, und die, die sie ihm zurückgeben. Einst gehörte ich zu den ersten, jetzt zu den letzten. Nein – spiele nicht das Priesterchen mit mir! Es war nur ein Scherz; aber wenn er dir jetzt nicht gefällt, wird er dir gefallen, wenn du wieder auf der Heerstraße bist. Kusine« – dies zu der armen Verwandten, die nicht müde wurde, die Mildtätigkeit ihrer Schutzherrin auszuposaunen – »seine Haut fängt an zu blühen wie die eines frisch gestriegelten Pferdes. Wir arbeiten, um Juwelen zu polieren, die vielleicht einem Tanzmädchen hingeworfen werden – eh?«

Kim saß aufrecht und lächelte. Die furchtbare Schwäche hatte er abgeschüttelt wie einen alten Schuh. Seine Zunge juckte wieder nach loser Rede, während vor kaum einer Woche noch jedes kleinste Wort sie wie mit Asche verklebt hatte. Der Schmerz im Genick (er mußte sich von dem Lama angesteckt haben) war verschwunden mitsamt dem heftigen Kopfweh und dem üblen Geschmack im Munde. Die beiden alten Frauen, nun ein bißchen, aber nicht viel, vorsichtiger mit ihren Schleiern, kluckten so lustig wie die Hennen, die pickend durch die offene Tür hereingekommen waren.

»Wo ist mein Heiliger?« fragte Kim.

»Hör ihn! Deinem Heiligen geht es gut«, schnappte sie

maliziös, »obwohl das nicht seine Schuld ist. Wüßte ich einen Zauber, um ihn weise zu machen, würde ich meine Juwelen dafür hingeben. Gutes Essen, das ich selbst gekocht, nicht zu essen – zwei Nächte in den Feldern herumzurennen mit leerem Bauch – und zuletzt in einen Bach zu fallen – nennst du *das* Heiligkeit? Und dann, wenn er das Stückchen von meinem Herzen, das du mir übriggelassen hast, mit Angst und Sorge fast gebrochen hat, spricht er, er habe Verdienst erworben. O, alle Männer sind sich gleich! Aber das ist noch nicht genug – er sagt mir, daß er befreit von jeder Sünde ist. *Ich* hätte ihm das sagen können, ohne daß er sich über und über naß machte! Jetzt ist er wohlauf – dies geschah vor einer Woche – aber solche Heiligkeit kann mir gestohlen werden! Ein Baby von drei Jahren würde sich nicht so anstellen. Beunruhige dich nicht um den Heiligen! Wenn er nicht gerade in unsern Bächen herumwatet, bewacht er dich mit beiden Augen.«

»Ich erinnere mich nicht, ihn gesehen zu haben. Ich erinnere mich nur, daß die Nächte und die Tage vorbeigingen wie schwarze und weiße Bretter, immer auf und zu. Ich war nicht krank; ich war nur müde.«

»Eine Lethargie, die von Rechts wegen ein Schock Jahre später kommen sollte. Aber jetzt ist alles vorüber.«

»Maharani«, begann Kim, aber nach einem Blick in ihre Augen wandelte er diesen Titel in das Wort der tiefsten Liebe – »Mutter, ich schulde dir mein Leben. Wie soll ich dir danken? Zehntausend Segnungen über dein Haus, und –«

»Das Haus mag ungesegnet bleiben.« (Es ist unmöglich, den Ausdruck, den die alte Dame gebrauchte, genau wiederzugeben.) »Danke den Göttern als Priester, wenn du willst, mir aber danke, wenn du danken willst, wie ein Sohn. Lieber Himmel! Habe ich dich geschoben und gehoben und beklopft und deine zehn Zehen gedreht, um mir Textsprüche an den Kopf werfen zu lassen? Irgendwo muß dich ja eine Mutter zu ihrem Herzeleid geboren haben! Wie hast du *ihr* gedankt – Sohn?«

»Ich hatte keine Mutter, meine Mutter«, sagte Kim. »Sie starb, sagte man mir, als ich noch klein war.«

»Hai mai! Dann kann also niemand sagen, daß ich sie irgendeines Rechts beraubt habe, wenn – wenn du wieder

auf die Wanderschaft gehst und dieses Haus nur eins unter Tausenden ist, die du zum Obdach nimmst und vergißt nach einem hingeworfenen Segen. Gleichviel. Ich brauche keinen Segen, sondern – sondern – sondern – –« Sie stampfte mit dem Fuß gegen die arme Verwandte: »Trage die Schüsseln ins Haus! Was sollen die abgestandenen Speisen hier, o Weib von bösem Geist?«

»Ich ha–habe auch einen Sohn geboren zu meiner Zeit, aber er starb«, wimmerte die gebeugte Schwestergestalt hinter dem Kopftuch. »Du weißt, daß er starb! Ich wartete nur auf den Befehl, die Platte fortzunehmen.«

»*Ich* bin das Weib von bösem Geist«, rief die alte Dame reuevoll. »Wir, die wir niedersteigen zu den *Chattris*« (den großen Sonnenschirmen über den *Gaths,* wo die Priester ihre letzten Gebühren erheben), »klammern uns hart an die Träger der *Chattis.*« (Wasserkrüge – junges Volk, gefüllt mit Lebenslust, meinte sie; ein etwas plumpes Wortspiel.) »Wenn man nicht mittanzen kann beim Feste, muß man eben aus dem Fenster schauen, und Großmutterspielen nimmt alle Zeit eines Weibes in Anspruch. Dein Meister gibt mir jetzt alle Zauber, die ich wünsche für den Ältesten meiner Tochter, aus dem Grunde – nicht wahr? – weil er jetzt ganz frei von Sünde ist. Der *Hakim* ist seither sehr heruntergekommen. Er geht herum und vergiftet meine Diener, da er nichts Besseres hat.«

»Welcher *Hakim,* Mutter?«

»Derselbe Dacca-Mann, der mir die Pille gab, die mich in drei Stücke riß. Vor einer Woche tauchte er auf wie ein verlaufenes Kamel und versicherte, daß du und er wie Blutsbrüder gewesen seid da oben auf Kulu zu, und tat so, als habe er große Sorge um deine Gesundheit. Er war sehr mager und hungrig; ich gab Befehl, ihn auch zu füttern – ihn und seine Sorge!«

»Ich möchte ihn sehen, wenn er hier ist.«

»Er ißt fünfmal am Tage und hext meinen Knechten Geschwüre an, um sich selber vor einem Schlaganfall zu schützen. Er ist so voll Sorge um deine Gesundheit, daß er den ganzen Tag nicht von der Küchentür weicht und Brosamen aufschnappt. Er wird klebenbleiben. Wir werden ihn nicht wieder los.«

»Schicke ihn mir, Mutter« – der Schelm blitzte wieder in Kims Auge auf – »ich will es versuchen.«

»Ich will ihn schicken, aber ihn abzuschütteln – ist vergebliche Mühe. Wenigstens war er so vernünftig, den Heiligen aus dem Bach zu fischen und dadurch, wie der Heilige *nicht* sagte, Verdienst zu erwerben.«

»Er ist ein sehr weiser *Hakim*. Schicke ihn zu mir, Mutter.«

»Priester, der Priester lobt? Wunder! Wenn er aber dein Freund ist (ihr zanktet euch bei eurem letzten Zusammensein!), dann will ich ihn hier mit Pferdestricken anbinden und – und ihm hinterher ein Kastenessen geben, mein Sohn ... Stehe auf und sieh dir die Welt an! Dies Imbettliegen ist die Mutter von siebzig Teufeln ... mein Sohn! Mein Sohn!«

Sie trottete fort, um einen Taifun im Kochhaus zu entfesseln, und fast noch in ihrem Schatten rollte der Babu herein, bis an die Schultern wie ein römischer Imperator gekleidet, frisiert wie Titus, barhaupt, mit neuen Patentlederschuhen, im höchsten Stand von Fett, Freude und Begrüßungen ausschwitzend.

»Bei Zeus, Mister O'Hara, ich bin verdammt froh, Euch wiederzusehen. Ich will freundlichst die Tür schließen. Schade, daß Ihr krank seid. Seid Ihr sehr krank?«

»Die Papiere – die Papiere aus dem *Kilta*. Die Karten und der *Murasla!*« Er hielt ungeduldig den Schlüssel hin; denn es brannte ihm auf der Seele, den Raub loszuwerden.

»Ihr habt ganz recht. Dienstlich vollkommen korrekte Haltung. Habt Ihr alles?«

»Alles Geschriebene aus dem *Kilta* habe ich genommen. Das übrige habe ich den Berg hinuntergeworfen.« Er konnte das Umdrehen des Schlüssels im Schloß hören, das klebrige Schlürfen des schweren Öltuchballens und ein schnelles Rascheln von Papieren. Er hatte unsinnige Qualen gelitten in dem Bewußtsein, daß all dieses während der untätigen Tage der Krankheit unter ihm gelegen hatte – eine Last, die er nicht loswerden konnte. Deshalb floß ihm das Blut im ganzen Leibe wieder leichter, als Hurree, sich wie ein Elefant aufrichtend, ihm jetzt die Hand schüttelte.

»Das ist fein! Das ist hochfein, Mister O'Hara! Ihr habt – haha! – den ganzen Sack voll diplomatischer Kniffe mit Stumpf und Stiel stibitzt. Sie sagten mir, die Arbeit von acht

Monaten sei ihnen durch die Lappen gegangen! Bei Zeus, sie haben mich verprügelt! ... Sieh da, der Brief von Hilás!« Er las laut ein paar Zeilen höfisches Persisch, das die Sprache offizieller und inoffizieller Diplomatie ist. »Mister Radscha Sahib hat just seinen Fuß in die Höhle gesetzt. Er wird offi-zi-ell zu erklären haben, wie, zum Kuckuck, er dazu kommt, dem Zaren Liebesbriefe zu schreiben. Und da sind sehr allerliebste Karten ... und da sind drei oder vier Premierminister dieser reizenden Gegend in die Korrespondenz verwickelt. Bei Gott, Sar! Die britische Regierung wird die Thronfolge in Hilás und Bunár ändern und neue Thronerben ernennen. ›Niederträchtigster Verrat‹ ... aber Ihr versteht nicht – eh?«

»Ist alles in deinen Händen?« fragte Kim. Nichts andres kümmerte ihn.

»Ihr könnt darauf wetten, daß ich alles habe.« Er verstaute den ganzen Fund rings an seinem Körper, wie nur Orientalen es können. »Soll alles an das Departementsbüro gehen! Die alte Dame meint, ich wäre hier ein bleibendes Inventarstück geworden, aber ich gehe jetzt *stante pede* los mit dem Zeug. Mister Lurgan wird nicht wenig stolz sein. Ihr seid offi-zi-ell mein Untergebener, aber ich werde Euern Namen meinem mündlichen Rapport einverleiben. Schade, daß wir keine schriftlichen Rapporte machen dürfen! Wir Bengalen sind großartig in der exakten Wissenschaft.« Er warf den Schlüssel zurück und zeigte den leeren Koffer.

»Gut. Das ist gut. Ich war sehr müde. Mein Heiliger war auch krank. Und fiel er wirklich in –«

»Oh, ja. Ich bin sein guter Freund, sage ich Euch. Er benahm sich höchst sonderbar, als ich Euch nachkam, und ich dachte, er hätte vielleicht die Papiere. Ich folgte ihm deshalb in seinen Meditationen, und auch, um ethnologische Fragen mit ihm zu diskutieren. Ihr müßt wissen, ich bin jetzt hier nur eine sehr unbedeutende Persönlichkeit im Vergleich zu seinen Zaubermitteln. Bei Zeus, O'Hara! Wißt Ihr, daß er mit Krämpfen behaftet ist? Ja, was ich Euch sage! Katalepsie – wenn nicht Epilepsie! Ich fand ihn in einem solchen Zustand unter einem Baum, *in articulo mortem,* und er sprang auf und lief in einen Bach, und ohne mich wäre er ertrunken. Ich zog ihn heraus.«

»Weil ich nicht da war!« sagte Kim. »Er hätte sterben können.«

»Ja, hätte sterben können. Aber nun ist er trocken und behauptet, eine Transfiguration erlebt zu haben.« Der Babu tippte vielsagend an seine Stirn. »Ich machte Notizen über seine Expektorationen für die Akademie der Wissenschaften – *in posse*. Ihr müßt Euch dranhalten und gesund werden und nach Simla kommen. Bei Lurgan will ich Euch meine ganze Geschichte erzählen. Es war einfach großartig. Ihre Hosenböden waren einigermaßen eliminiert, und der alte Nahan Radscha hielt sie für europäische desertierte Soldateska.«

»O, die Russen? Wie lange waren sie mit dir zusammen?«

»Einer war ein Franzose. O, Tage und Tage und Tage! Jetzt meint alles Bergvolk, daß alle Russen Bettler sind. Bei Zeus! Nicht einen verdammten Lappen hatten sie, wenn ich ihnen nicht dazu half. Und ich erzählte dem gemeinen Volk – oh! *solche* Geschichten und Anekdoten. Bei Lurgan will ich Euch alles erzählen. Wir wollen – ah! – eine lustige Nacht haben. Steine im Brett – für uns beide! Ja, und sie schrieben mir ein Zeugnis. Ein rechter Leckerbissen! Ihr hättet sie auf der Vereinsbank sehen sollen, wie sie sich ausweisen wollten! Dank dem allmächtigen Gott, daß Ihr ihre Papiere erwischtet! Ihr könnt jetzt nicht ordentlich lachen; aber wenn Ihr wieder gesund seid, werdet Ihr lachen. Jetzt will ich direktemang nach der Eisenbahn und fort. Ihr sollt alle Anerkennung haben für Euer Spiel. Wann kommt Ihr mir nach? Wir sind sehr stolz auf Euch, wenn Ihr uns auch viel Sorge machtet. Und besonders Mahbub.«

»Ah, Mahbub! Und wo ist er?«

»Verkauft Pferde – hier in der Nachbarschaft natürlich.«

»Hier! Warum? Sprich langsam. Es ist mir noch immer dick im Kopf.«

Der Babu schielte scheu an seiner Nase herab. »Ja, seht Ihr, ich bin ein furchtsamer Mann und liebe nicht Verantwortlichkeit. Ihr wart krank, seht Ihr, und ich wußte nicht, wo, zum Kuckuck, alle die Papiere steckten und wie viele da waren. Als ich nun hier ankam, schickte ich privatissimo ein Telegramm an Mahbub – er war in Meerut bei den Rennen – und melde ihm, wie die Dinge hier stehen. Er kommt an mit seinen Leuten, er berät mit dem Lama, und dann schimpft er mich einen Narren und ist sehr grob – –«

»Aber warum? Warum?«

»Das frage ich auch. Ich regte nur an, daß, wenn jemand die Papiere gestohlen hätte, ich irgendeinen guten, starken, braven Mann haben möchte, um sie wieder zu stehlen. Schaut, sie sind von höchster Wichtigkeit, und Mahbub Ali wußte nicht, wo Ihr wart.«

»Mahbub Ali sollte stehlen im Hause der Sahiba! Du bist toll, Babu!« sagte Kim mit Entrüstung.

»Ich mußte die Papiere haben. Gesetzt den Fall, sie hatte sie gestohlen? Es war lediglich eine rein praktische Anregung, denke *ich*. Es gefällt Euch nicht, he?«

Ein einheimisches – nicht wiederzugebendes – Sprichwort drückte den vollen Umfang von Kims Mißbilligung aus.

»Gut« – Hurree zuckte mit den Schultern –, »über Geschmäcker läßt sich nicht streiten. Mahbub war auch ärgerlich. Er hat hier herum Pferde verkauft, und er sagt, die alte Dame ist durchaus *pukka*[1] und würde solche unnoble Dinge nicht tun. Es geht mich nichts mehr an. Ich habe die Papiere, und die Anwesenheit von Mahbub war immerhin eine moralische Stütze für mich. Ich sage Euch, ich bin ein furchtsamer Mann, aber, weiß Gott, woher das kommt, je furchtsamer ich bin, je mehr gerate ich in verdammt kritische Situationen. Daher war ich froh, daß Ihr mit mir nach Chini gingt, und bin froh, daß Mahbub hier in der Nähe war. Die alte Dame ist zuweilen sehr ungehalten auf mich und meine wundervollen Pillen.«

»Allah sei gnädig!« rief Kim belustigt, auf seinen Ellbogen gestützt. »Was für ein Wundertier ist ein Babu! Und der Mann ging allein – wenn er gehen konnte – mit beraubten, wütenden fremden Leuten!«

»Oh, das war nichts, als sie erst mit Prügeln fertig waren; wenn aber die Papiere verlorengegangen wären, wäre es verdammt ernst geworden. Mahbub hat mich ja beinahe auch geprügelt und immerzu mit dem Lama zusammengesteckt. In Zukunft werde ich bei meinen ethnologischen Untersuchungen bleiben. Nun lebt wohl, Mister O'Hara. Wenn ich mich beeile, kann ich noch den 4.25-Zug nach Umballa erreichen.

1. Tadellos.

Es wird hübsch, wenn wir alle bei Mister Lurgan unsere Geschichten erzählen. Ich werde offiziell berichten, daß es Euch besser geht. Adieu, mein lieber Junge, und wenn Ihr nächstens wieder aufgeregt seid, dann gebraucht, bitte, nicht mohammedanische Schimpfworte in tibetanischer Kleidung.«

Er schüttelte zweimal Kim die Hände – ein Babu vom Scheitel bis zur Sohle – und öffnete die Tür. Sobald das Sonnenlicht auf sein noch triumphierendes Gesicht fiel, war er wieder der unterwürfige Quacksalber von Dacca.

»Er beraubt sie«, dachte Kim, seinen eigenen Anteil an dem Spiel vergessend, »er überlistet sie, er belügt sie wie ein Bengale. Sie geben ihm ein *Chit*[1]. Er macht sie überall zum Gespött, mit Gefahr seines Lebens – *ich* würde nicht zu ihnen hinuntergegangen sein nach den Pistolenschüssen – und dann sagt er, er sei ein furchtsamer Mann ... ja, ein *furchtbarer* Mann ist er. Ich muß wieder in die Welt hinaus.«

Anfangs bogen sich Kims Beine wie schlechte Pfeifenrohre, und Flut und Strom der durchsonnten Luft betäubte ihn. Er hockte sich an die weiße Mauer, und sein Geist irrte hin und her zwischen den Vorfällen auf der langen *Dooli*reise, den Schwächeanfällen des Lama und (jetzt, wo die Anregung des Gesprächs fehlte) dem Mitleid mit sich selbst, davon er, wie so viele Kranke, einen reichlichen Vorrat hatte. Das geschwächte Gehirn scheute vor der Berührung mit der Außenwelt zurück, wie ein junges, zum erstenmal wundgeriebenes Pferd vor dem Sporn. Es war genug, vollauf genug, daß der Raub aus dem *Kilta* aus seinen Händen, aus seinem Besitz fort war. Er versuchte, an den Lama zu denken – wie er wohl in den Bach geraten war – aber die Größe der Welt, wie er sie durch das Hoftor sah, verdrängte alle zusammenhängenden Gedanken. Dann blickte er auf die Bäume, die weiten Felder, die strohgedeckten Hütten, zwischen den Ähren geborgen – blickte mit fremden Augen, die unfähig waren, Gestalt und Umfang und Zweck der Dinge zu begreifen – starrte wohl eine halbe Stunde lang. Dabei war ihm – obschon er es nicht in Worte fassen konnte – als wäre seine Seele außer Verbindung mit seiner Umgebung – ein Zahnrad außer Verbindung mit jeglicher Maschinerie, ja, genau wie das müßige Zahnrad einer der billigen Zuckermühlen, irgendwo

1. Zeugnis.

in einem Winkel. Die Lüfte fächelten über ihn, die Papageien schrien nach ihm, der Lärm des bevölkerten Hauses hinter ihm – Geschwätz, Befehle, Schelten – schlug an taube Ohren.

»Ich bin Kim. Ich bin Kim. Und was ist Kim?« Seine Seele wiederholte es wieder und wieder.

Er wollte nicht weinen – hatte sich nie in seinem Leben weniger zum Weinen aufgelegt gefühlt – aber plötzlich tropften dumme Tränen an seiner Nase herunter – und mit einem fast hörbaren Knack fühlte er das Räderwerk seines Wesens sich aufs neue gegen die Welt draußen erschließen. Gegenstände, die einen Augenblick zuvor ohne Sinn vor dem Auge gestanden hatten, glitten in ihre richtigen Beziehungen. Straßen waren zum Gehen da, Häuser zum Wohnen, Rinder zum Weiden, Felder zum Pflügen, Männer und Frauen, um mit ihnen zu reden. Alles war wahr und wirklich – fest auf die Füße gestellt – vollkommen verständlich – Stoff von seinem Stoff – nicht mehr, nicht weniger. Er schüttelte sich wie ein Hund, dem eine Fliege im Ohr sitzt, und schlenderte aus dem Tor. Die Sahiba, der wachsame Augen diese Neuigkeit meldeten, sprach: »Laßt ihn gehen. Mein Teil habe ich getan. Mutter Erde muß das übrige tun. Wenn der Heilige zurückkehrt von seiner Meditation, sagt es ihm.«

Eine halbe Meile entfernt stand vor einem jungen Feigenbaum auf einem kleinen Hügel, einem Lugaus über frisch gepflügte Flächen, ein leerer Ochsenwagen. Kims Augenlider, in der weichen Luft gebadet, wurden schwer, als er ihm nahekam. Der Grund war reiner, guter Boden – nicht neues Grün, das, lebend, schon auf halbem Weg zum Tode ist – nein, hoffnungsschwerer Boden, der den Samen alles Lebens birgt. Er fühlte ihn zwischen den Zehen, liebkoste ihn mit den Händen, und Glied für Glied, wollüstig seufzend, streckte er sich in voller Länge aus im Schatten des aus Holz genagelten Karrens. Und Mutter Erde war so treu wie die Sahiba. Sie durchhauchte ihn und gab wieder, was er verloren durch langes Liegen im Bett, abgeschlossen von ihren guten Strömungen. Sein Kopf lag willenlos an ihrer Brust, und seine offenen Hände hingegeben an ihre Kraft. Der vielwurzelige Baum über ihm und selbst das tote, von Menschenhand gefügte Holz daneben wußte, was er suchte, besser als er selbst. Stunde auf Stunde lag er in Tiefen, tiefer als Schlaf.

Gegen Abend, als der Staub heimkehrender Viehherden den ganzen Horizont rauchig machte, kamen der Lama und Mahbub Ali, beide zu Fuß, vorsichtig auftretend; man hatte ihnen im Hause gesagt, wohin Kim gegangen sei.

»Allah! Was für Narrenstreiche hier im offenen Felde«, murmelte der Pferdehändler. »Er hätte hundertmal totgeschossen werden können – aber dies ist nicht die Grenze.«

»Und«, sagte der Lama, oft gesagten Spruch wiederholend, »einen solchen *Chela* gab es noch nie. Mäßig, höflich, klug, von verträglichem Gemüt, ein frohes Herz auf der Wanderschaft, nichts vergessend, gelehrt, wahrhaftig und gefällig. Groß ist sein Lohn!«

»Ich kenne den Knaben – wie ich schon sagte.«

»Und besaß er schon immer alle diese Vorzüge?«

»Einige davon – aber einen Rothut-Zauber, um ihn übermäßig wahrheitsliebend zu machen, habe ich bis jetzt nicht gefunden. Sicherlich ist er hier gut gepflegt worden.«

»Die Sahiba hat ein Herz von Gold«, sagte der Lama ernsthaft. »Sie betrachtet ihn wie ihren Sohn.«

»Hmpf! Halb Hind scheint das zu sein. Ich wollte nur nachsehen, ob der Knabe nicht zu Schaden gekommen sei und sich wieder frei bewegen könne. Wie du weißt, waren er und ich alte Freunde in den ersten Tagen eurer gemeinschaftlichen Pilgerfahrt.«

»Dies ist ein Band zwischen uns.« Der Lama setzte sich nieder. »Wir sind am Ende der Pilgerfahrt.«

»Du hast es *dir* nicht zu danken, daß die deine nicht vor einer Woche noch viel gründlicher zu Ende ging. Ich hörte, was die Sahiba sagte, als wir dich auf das Lager trugen.« Mahbub lachte und zupfte seinen frisch gefärbten Bart.

»Ich meditierte über andere Dinge in jener Zeitwelle. Der *Hakim* von Dacca unterbrach meine Meditationen.«

»Sonst« – dies wurde anstandshalber in Pashtu gesagt – »würdest du deine Meditationen auf der schwülen Seite der Hölle beendet haben – denn ein Ungläubiger und ein Götzendiener bist du, trotz deiner Kindereinfalt. – Aber nun, Rothut, was soll jetzt geschehen?«

»Noch heute nacht«, die Worte kamen langsam, zitternd in Triumph, »noch heute nacht wird er frei sein, wie ich es bin, von jeder Spur von Sünde – friedvoll, wie ich es bin, wenn er diesen befreiten Körper vom Rad der Dinge löst. Ich habe ein Zeichen«, er legte die Hand auf die zerrissene Karte auf seiner Brust, »daß meine Zeit kurz ist; ihn aber werde ich erlöst haben für alle Zeiten. Erinnere dich, ich habe Erkenntnis erreicht, wie ich dir vor nur drei Nächten gesagt habe.«

»Es muß wahr sein, was der Tirah-Priester sagte, als ich seines Vetters Weib gestohlen hatte, daß ich ein *Sufi*[1] bin, denn hier sitze ich und höre mir die unglaublichste Blasphemie an«, sprach Mahbub zu sich selbst – – – »Ja, ich erinnere mich der Geschichte. Daraufhin geht er dann ein in *Jannatu l'Adn*[2]. Aber wie? Willst du ihn totschlagen oder ersäufen in dem wunderbaren Fluß, aus dem der Babu dich herauszog?«

»Ich wurde aus keinem Fluß herausgezogen«, sagte der Lama einfach. »Du hast vergessen, was geschah. Ich fand den Fluß durch Erkenntnis.«

»O, ah, richtig!« stotterte Mahbub zwischen Entrüstung und Belustigung. »Ich hatte den genauen Hergang vergessen. Du fandest ihn durch Erkenntnis.«

»Und zu sagen, daß ich ihm das Leben nehmen wolle, ist – nicht eine Sünde, sondern einfach Wahnsinn. Mein *Chela* half mir zu dem Fluß. Es ist sein Recht, von Sünde gereinigt zu werden – mit mir.«

»Ah, er hat es nötig! Aber nachher, alter Mann – nachher?«

»Was, unter allen Himmeln, liegt *daran*? Nirwana ist ihm sicher – erleuchtet, wie er dann sein wird, und wie ich es bin.«

»Gut gesprochen. Ich fürchtete, er würde Mohammeds Roß besteigen und davonfliegen.«

»Nein – er muß hinausgehen als ein Lehrer.«

»Aha! Jetzt begreife ich! Das ist der richtige Weg für das Füllen. Gewiß, er muß hinausgehen als ein Lehrer. Er wird zum Beispiel einigermaßen nötig als Schreiber im Staatsdienst gebraucht.«

»Dazu wurde er vorbereitet. Ich erwarb Verdienst dadurch, daß ich Almosen gab zu seinem Besten. Eine gute Tat stirbt nicht. Er half mir bei meiner Suche. Ich half ihm bei der seinen. Gerecht ist das Rad, o Roßhändler vom Norden.

1. Freidenker. – 2. Garten Eden.

Laß ihn ein Lehrer sein: laß ihn ein Schreiber sein – was tut's? Er wird Freiheit erreicht haben am Ende. Das übrige ist Wahn.«

»Was tut's? Wo ich ihn in sechs Monaten bei mir jenseits Balkh haben muß! Ich komme, dank diesem Hühnchen von Babu, hier an mit zehn lahmen Pferden und drei starkrükkigen Männern, um einen kranken Jungen mit Gewalt aus dem Hause einer alten Vettel zu entführen – und nun muß ich, scheint's, zusehen, wie ein junger Sahib in Allah weiß welchen götzendienerischen Himmel aufgewunden wird durch diesen alten Rothut! Und ich gelte doch auch ein bißchen was als Spieler im Spiel! Aber der verrückte Alte hat den Jungen lieb; und so muß ich schon vernünftigerweise auch ein bißchen verrückt sein.«

»Für wen betest du?« fragte der Lama, indes das rauhe Pashtu in den roten Bart polterte.

»Einerlei! Aber, da ich nun verstehe, daß der Junge, des Paradieses sicher, doch in Regierungsdienst treten kann, bin ich beruhigt. Ich muß zu meinen Pferden. Es wird dunkel. Weck ihn nicht auf. Mich gelüstet's nicht, dich von ihm Meister nennen zu hören.«

»Aber er *ist* mein Schüler. Was sonst?«

»Er hat es mir gesagt.« Mahbub schluckte seinen Anfall von Verdruß hinunter und erhob sich lachend. »Ich bin nicht vollständig deines Glaubens, Rothut – wenn solche Kleinigkeit dich kümmert.«

»Das tut nichts«, sagte der Lama.

»Ich dachte es mir. Deshalb wird es dir nicht schaden, sündenfrei, frisch gewaschen und dreiviertel ertrunken obendrein, wie du bist, wenn ich dir sage: Du bist ein guter Mann – ein sehr guter Mann. Wir haben vier oder fünf Abende miteinander geredet, und wenn ich auch ein Roßtäuscher bin, kann ich doch, wie man zu sagen pflegt, Heiligkeit noch von den Beinen eines Gauls unterscheiden. Ja, ich lasse mir's sogar gefallen, daß unser Freund aller Welt seine Hand zuerst in deine legt. Behandle ihn gut und dulde, daß er als ein Lehrer in die Welt zurückkehrt, wenn du – seine Beine gebadet hast, falls das die richtige Medizin für das Füllen ist.«

»Warum nicht selber dem Weg folgen und so den Knaben begleiten?«

Mahbub starrte verblüfft über die erhabene Unverschämtheit dieser Frage, auf die er jenseits der Grenze mit etwas Schlimmerem als Schlägen geantwortet haben würde. Dann kitzelte der Humor der Sache seine weltliche Seele.

»Sachte – sachte – immer ein Fuß nach dem andern, wie der lahme Wallach in Umballa über die Hindernisse setzte. Ich komme vielleicht später ins Paradies – ich habe da herum zu tun – große Geschäfte – und ich danke sie deiner Einfalt. Du hast niemals gelogen?«

»Wozu?«

»O, Allah, höre ihn! ›Wozu‹ in dieser Deiner Welt! Noch je einem Menschen wehe getan?«

»Einmal – mit einem Federkasten – bevor ich weise war.«

»So? Ich denke um so besser von dir. Deine Lehren sind gut. Du hast einen Mann, den ich kenne, vom Pfad des Unrechts abgewendet.« Er lachte unbändig. »Er kam hierher in bester Absicht, ein *Dacoity*[1] zu verüben. Ja, zu schneiden, rauben, töten und fortzuschleppen, was er haben wollte.«

»Eine große Torheit!«

»O, schwarze Schande dazu! So dachte er, nachdem er dich gesehen hatte, dich – und einige andere, Männlein und Weiblein. So ließ er davon ab; und jetzt geht er, um einen großen, fetten Babumann durchzuprügeln.«

»Ich verstehe nicht.«

»Allah verhüte es! Es gibt Männer, die stark im Wissen sind, Rothut. Deine Stärke ist noch stärker. Bewahre sie – ich denke, du wirst es tun. Wenn der Junge dir kein guter Diener ist, reiß ihm die Ohren ab.«

Seinen breiten Bokhariot-Gürtel einhakend, stampfte der Pathan in die Dämmerung hinein, und der Lama kam soweit aus seinen Wolken herab, um dem breiten Rücken nachzuschauen.

»Diese Person ermangelt der Höflichkeit und wird getäuscht durch den Schatten des Scheins. Aber er sprach gut von meinem *Chela,* der jetzt zum Empfang seines Lohnes berufen ist. Ich will das Gebet beten ... Erwache, o Glücklicher vor allen vom Weibe Geborenen. Erwache! Er ist gefunden!«

1. Einbruch.

Kim tauchte herauf aus Brunnentiefen, und der Lama bewachte sein behagliches Gähnen und schnappte geziemend mit den Fingern, um böse Geister abzuwehren.

»Ich habe hundert Jahre geschlafen. Wo – –? Heiliger, bist *du* schon lange hier? Ich ging fort, um dich zu suchen, aber« – er lachte schläfrig – »ich schlief unterwegs ein. Ich bin jetzt ganz gesund. Hast du gegessen? Laß uns ins Haus gehen. Seit vielen Tagen habe ich nicht für dich gesorgt. Und die Sahiba hat dich gut gepflegt? Wer rieb deine Beine? Wie ist's mit der Mattigkeit, dem Magen und dem Nacken und dem Hämmern in den Ohren?«

»Fort – alles fort. Weißt du nicht?«

»Ich weiß nichts; nur, daß ich dich eine Ewigkeit nicht gesehen habe. Was soll ich wissen?«

»Seltsam, daß die Erkenntnis dich nicht erreichte, da doch alle meine Gedanken zu dir gingen.«

»Ich kann dein Gesicht nicht sehen, aber deine Stimme tönt wie ein Gong. Hat die Sahiba dich durch ihre Kochkunst wieder jung gemacht?«

Er spähte nach der mit gekreuzten Beinen ruhenden Gestalt, die sich schwarz wie Jett gegen die zitronenfarbene Lichtflut abhob. So sitzt der steinerne Bodhisat da, der niederblickt auf die Drehkreuze des Lahore-Museums.

Der Lama blieb ruhig. Die sanfte, rauchige Stille des indischen Abends hüllte sie dicht ein, unterbrochen nur von dem Klicken des Rosenkranzes und dem schwachen Klopfen von Mahbubs sich entfernenden Schritten.

»Höre mich! Ich bringe neue Kunde.«

»Aber laß uns –«

Die lange, gelbe Hand schoß vor, Schweigen gebietend. Gehorsam zog Kim die Füße unter den Rand seines Gewandes.

»Höre mich! Ich bringe neue Kunde! Die Suche ist beendet. Jetzt kommt die Vergeltung ... Also ... Da wir zwischen den Bergen waren, lebte ich von deiner Kraft, bis der junge Zweig sich beugte und nahezu brach. Als wir aus den Bergen herauskamen, war ich unruhig um dich und um anderes, das ich in meinen Herzen barg. Dem Schiff meiner Seele fehlte die Führung; ich konnte nicht in die Ursache der Dinge schauen. So übergab ich dich der tugendhaften Frau ganz und gar. Ich nahm keine Speise. Ich trank kein Wasser. Aber noch immer sah ich nicht den Weg. Sie wollten mir Nahrung aufdrängen und riefen vor meiner verschlossenen Tür. Da zog ich mich zurück in eine Höhlung unter einem Baum. Ich nahm nicht Speise. Ich nahm nicht Wasser. Ich saß in Meditation zwei Tage und zwei Nächte, meinen Geist läuternd, einatmend und ausatmend in der vorgeschriebenen Weise ... In der zweiten Nacht – so groß war mein Lohn – löste die weise Seele sich von dem törichten Leib und erging sich frei. Dies habe ich nie zuvor erreicht, obwohl ich oft auf der Schwelle davor stand. Beachte wohl, denn es ist ein Wunder!«

»Ein Wunder wirklich! Zwei Tage und zwei Nächte ohne Essen! Wo war die Sahiba?« sagte Kim halblaut.

»Ja, meine Seele erging sich frei, und wie ein Adler kreisend, sah sie in Wahrheit, da war kein Teshoo Lama, noch eine andere Seele. Wie ein Tropfen sich zum Wasser hinzieht, so zog meine Seele sich hin zu der Großen Seele, die über allen Dingen ist. In dem Augenblick, hocherhoben in Betrachtung, sah ich All-Hind, von Ceylon in der See bis zu den Bergen, und meinen eigenen bunten Felsen zu Such-zen. Ich sah jedes Dorf, jedes Feld bis ins kleinste, wo wir jemals gerastet. Ich sah sie zu gleicher Zeit und am gleichen Ort, denn sie waren im Innern der Seele. Daran erkannte ich, daß die Seele sich erhoben hatte über den Wahn von Zeit und Raum und Dingen. Daran erkannte ich, daß ich frei war. Ich sah dich in deinem Bette liegen, und ich sah dich den Berg hinabfallen unter dem Götzendiener – zu gleicher Zeit, am gleichen Orte, in meiner Seele, die, wie ich sage, die Große Seele berührt hatte. Auch sah ich den törichten Körper von Teshoo Lama unten liegen, und der *Hakim* von Dacca kniete daneben und schrie ihm ins Ohr. Dann war meine Seele ganz allein, und ich sah nichts, denn ich selbst war alles, da ich die große Seele erreicht hatte. Und ich meditierte tausend, tausend Jahre, ohne Leidenschaft, wohl gewahr der Ursache aller Dinge. Dann rief eine Stimme: ›Was soll aus dem Knaben werden, wenn du tot bist?‹ Und ich ward in mir hin und her geworfen in Mitleid für dich; und ich sprach: ›Ich will zurückkehren zu meinem *Chela,* auf daß er den Weg nicht verfehle.‹ Darauf riß diese meine Seele, welche die Seele von Teshoo Lama ist, mit Sträuben und Trauern, mit Schmerzen und Todespein unsäglich sich los von der Großen Seele. Wie das Ei aus dem Fisch, wie der Fisch aus dem Wasser, wie das Wasser aus der Wolke, wie die Wolke aus der schweren Luft, so löste sich, so sprang heraus, so stürzte fort, so dampfte auf die Seele von Teshoo Lama aus der Großen Seele. Dann rief eine Stimme: ›Der Fluß! Gib acht auf den Fluß!‹ Und ich blickte hinab auf die große Welt, die war, wie ich sie zuvor gesehen – eins in der Zeit, eins im Raum – und ich sah deutlich den Fluß des Pfeils zu meinen Füßen. Zu der Stunde ward meine Seele gehemmt durch ein oder anderes Böses, von dem ich nicht voll gereinigt war, und es lastete auf meinen Armen und wand sich um meine Brust; aber ich schüttelte es ab und trieb fort wie ein Adler in meinem Flug zu dem Ort meines Flusses. Um deinetwillen schob ich Welt auf Welt beiseite. Ich sah den Fluß unter mir – den Fluß des Pfeils – und, hinabsteigend, seine Wasser sich schließen über mir; und siehe da! ich war wieder in dem Körper von Teshoo Lama, aber frei von Sünde; und der *Hakim* von Dacca hielt meinen Kopf hoch in den Wassern des Flusses. Der Fluß ist hier! Er ist hinter dem Mangohain hier – gleich hier!«

»Allah Kerim! O gut, daß der Babu da war! Warst du sehr naß?«

»Warum sollte ich darauf achten? Ich entsinne mich, der *Hakim* war besorgt für den Körper von Teshoo Lama; er zog ihn aus dem heiligen Wasser mit seinen Händen und dann kam dein Roßhändler vom Norden mit Männern und einem Bett, und sie hoben den Körper auf das Bett und trugen ihn zu dem Haus der Sahiba.«

»Was sagte die Sahiba?«

»Ich meditierte in diesem Körper und hörte nicht. So ist die Suche denn beendet. Um des Verdienstes willen, das ich erwarb, ist der Fluß des Pfeiles hier. Zu unsern Füßen brach er hervor, wie ich es sagte. Ich habe ihn gefunden. Sohn meiner Seele, ich habe meine Seele zurückgerungen von der Schwelle der Freiheit, um dich frei zu machen von aller Sünde – wie ich frei bin und sündenlos. Gerecht ist das Rad! Gewiß ist unsere Erlösung. Komm!«

Er kreuzte die Hände in seinem Schoß und lächelte, wie ein Mensch lächeln mag, der Erlösung gewonnen hat für sich und die, die er liebt.

Kipling
Geschichten aus Simla

Rudyard Kipling

Geschichten aus Simla

Ins Deutsche übertragen von
E. A. Rheinhardt

List Verlag
München · Leipzig

Die Redaktion der Gesamtausgabe von 1965, auf der diese Ausgabe beruht, besorgte Dr. Johannes Gottwald.

*Bei indischen Wörtern und Namen wurde weitgehend die englische Schreibung beibehalten, um das Lokalkolorit Kolonial-Indiens und die Sprachatmosphäre Kiplings möglichst zu bewahren.
Soweit diese Wörter jedoch im Deutschen als Fremdwörter ihren festen Platz haben (etwa Radscha, Hadschi, Kaschmir, Krischna) wurden sie in deutscher Form wiedergegeben.*

Sonderausgabe 1993

ISBN 3–471–77990–6

Gesamtherstellung: Ebner Ulm

Inhalt

Am Rande des Abgrunds

Sie hießen es gestohlenes Glück –
Gott, der mir's sandte, weiß davon.
Nun blieb im Ohr nur noch zurück
Der Glockenbotschaft dunkler Ton.
Furchtbar singt nur die Melodie
Der Glocken nächtlich: Enderby!

Jean Ingelow

Es war einmal ein Mann, sein Weib und der Gewisse Dritte. Alle drei waren unweise, aber das Weib war am unweisesten. Der Mann hätte auf sein Weib achthaben sollen, dieses hätte dem Gewissen Dritten aus dem Wege gehen sollen und dieser wiederum hätte nach einem reinlichen offenen Flirt rund um Jakko oder Observatory Hill, gegen den niemand hätte Einwände erheben können, selbst ein Weib ehelichen sollen. Seht ihr einen jungen Mann auf einem weißschäumenden Pony, den Hut auf dem Hinterkopfe, mit fünfzehn Meilen Stundengeschwindigkeit bergab jagen, um ein Mädchen zu treffen, das züchtig erstaunt ist, ihm zu begegnen, so werdet ihr selbstverständlich das Benehmen dieses jungen Mannes gutheißen, ihm die Stelle eines Generalstäblers wünschen, Interesse an seinem Wohlergehen haben und zur gegebenen Zeit dem jungen Paar je nach euren Mitteln und eurer Freigebigkeit Zuckerzangen oder Frauensättel schenken. Der Gewisse Dritte jagte allerdings in der beschriebenen Weise bergab, aber er tat es, um des Mannes Weib zu treffen; und jagte er bergauf, so war es zu demselben Zweck. Der Mann lebte in der Ebene und verdiente Geld, damit es sein Weib für Kleider und Armbänder um vierhundert Rupien und ähnliche billige Luxusgegenstände ausgeben könne. Er arbeitete schwer und sandte ihr täglich einen Brief oder eine Postkarte. Auch sie schrieb ihm täglich und sagte ihm, wie sie seine Rückkehr nach Simla ersehne. Der Gewisse Dritte pflegte sich, während sie schrieb, über ihre Schulter zu beugen und zu lachen. Dann ritten die beiden zusammen zum Postamt.

Nun ist Simla ein merkwürdiger Ort und hat ganz eigene

Gewohnheiten; kein Mensch, der nicht mindestens zehn Jahreszeiten dort zugebracht hat, ist berechtigt, ein Urteil auf Grund eines Indizienbeweises zu sprechen, der ja auch vor Gericht äußerst wenig glaubwürdig ist. Aus diesen und andern Gründen, die anzuführen ich nicht für nötig halte, lehne ich es ab, positiv festzustellen, ob da etwas ernstlich Unrechtes in den Beziehungen zwischen des Mannes Weib und dem Gewissen Dritten war oder nicht. Wenn ja – und darüber müßt ihr euch eure eigene Meinung bilden –, lag die Schuld an des Mannes Weib. Sie benahm sich wie ein Kätzchen und trug im allgemeinen eine Miene sanfter flaumenweicher Unschuld zur Schau. Aber sie war in allen Teufelskünsten erfahren und voll bösen Wissens, und hie und da, wenn die Maske fiel, sahen es die Männer, schauderten und zogen sich meist zurück. Männer sind gelegentlich wählerisch, und die am wenigsten wählerischen sind immer am strengsten mit einer Frau.

Simla hat eine exzentrische Art, Freundschaften zu betrachten. Gewisse Verbindungen, die sich in einem halben Dutzend Jahreszeiten gesetzt und herauskristallisiert haben, erlangen fast die Heiligkeit von Ehebanden und werden als solche respektiert. Andere Beziehungen wiederum, die ebenso alt und allem Anschein nach ebenso ehrwürdig sind, scheinen niemals offizielle Anerkennung zu finden, während eine zufällig entstandene Bekanntschaft, die noch keine zwei Monate alt ist, den Platz einnimmt, die mit Recht der älteren zukäme. Es ist noch nicht gelungen, ein umfassendes Gesetz, das diese Angelegenheiten regelte, in Druck zu geben.

Manche Leute haben die Gabe, sich die unbegrenzte Toleranz der andern zu sichern, andere haben sie nicht. Des Mannes Weib hatte sie nicht. Wenn sie, zum Beispiel, nur über die Gartenmauer guckte, setzten die Frauen bei ihr schon die Absicht voraus, ihnen ihre Männer zu stehlen. Sie beklagte sich in rührender Weise, daß es ihr nicht gestattet sei, sich ihre eigenen Freunde auszusuchen. Wenn sie dabei ihren großen weißen Muff zu den Lippen hob und einen unter ihren Augenbrauen hervor ansah, war man überzeugt, daß sie schändlich ungerecht beurteilt würde, und daß der Instinkt aller andern Frauen falsch sei; und das war Unsinn. Es war ihr nicht gegeben, den Gewissen Dritten in Frieden zu eigen zu haben; aber sie war so sonderbar geartet, daß sie sich des Friedens, hätte sie ihn gehabt, nicht gefreut hätte. Sie zog es vor, ihre allergewöhnlichsten Handlungen in einen Schein von Intrige zu leiden.

Nach zwei Monaten gemeinsamer Ritte, erst um Jakko, dann um Elysium Hill, dann um Summer Hill, dann um Observatory Hill, dann unterhalb von Jutogh und schließlich den Karrenweg auf und nieder bis zum Abhang von Tara Devi in der Dämmerung, sagte sie zu dem Gewissen Dritten:

»Frank, die Leute sagen, wir seien zuviel zusammen, und die Leute sind so abscheulich!«

Der Gewisse Dritte zog an seinem Schnurrbart und erwiderte, abscheuliche Leute seien der Beachtung netter Leute nicht wert.

»Aber sie haben mehr als das getan – sie haben geschrieben, meinem Männchen geschrieben –, ich bin dessen ganz gewiß«, sagte des Mannes Weib, zog aus der Satteltasche einen Brief ihres Gatten und gab ihn dem Gewissen Dritten.

Es war ein ehrlicher Brief, von einem ehrlichen Manne geschrieben, der für zweihundert Rupien im Monat (denn seiner Frau gab er achthundertundfünfzig) in einem seidenen Schlafrock und baumwollenen Hosen in der Ebene schmorte. In dem Briefe stand, sie habe vielleicht nicht daran gedacht, wie unvernünftig es sei, daß sie erlaube, ihren Namen so allgemein mit dem des Gewissen Dritten in Verbindung zu bringen; sie sei noch zu sehr Kind, um die Gefahren einer solchen Situation zu erkennen; er, ihr Gatte, sei der letzte auf der Welt, der eifersüchtig ihre kleinen Unterhaltungen und Interessen durchkreuzen möchte, es wäre aber besser, sie ließe den Gewissen Dritten in aller Stille fallen, ihrem Gatten zuliebe. Der Brief war mit vielen hübschen Kosenamen versüßt und unterhielt den Gewissen Dritten mächtig. Er und sie brachen darüber in solches Gelächter aus, daß man aus fünfzig Yard Entfernung ihre Schultern zucken sehen konnte, während die Pferde Flanke an Flanke dahinzottelten.

Es ist nicht der Mühe wert, ihr Gespräch wiederzugeben. Das Ergebnis war, daß am nächsten Tag niemand mehr des Mannes Weib und den Gewissen Dritten zusammen erblickte. Sie waren beide zum Friedhof hinuntergeritten, den die Einwohner Simlas für gewöhnlich nur bei offiziellen Anlässen besuchen.

Ein Begräbnis in Simla, bei dem der Pastor reitet, die Trauergäste reiten und der Sarg zwischen den Trägern knarrend hin und her pendelt, ist eines der niederdrückendsten Dinge auf dieser Welt, besonders wenn die Prozession unter dem feuchten dunstigen Abhang unterhalb des Rockcliffe-Hotels vorbeikommt; nie dringt dahin ein Sonnenstrahl, und alle Bergströme stürzen sich hier brüllend und wimmernd in die Täler hinab.

Gelegentlich halten die Leute die Gräber instand, aber wir in Indien kommen so viel herum und werden so oft versetzt, daß am Ende des zweiten Jahres die Toten keine Freunde mehr haben – und die nur Bekannten sind viel zu sehr damit beschäftigt, sich oben auf dem Hügel zu unterhalten, als daß sie sich noch um alte Vergnügungspartner bekümmern könnten. Die Idee, einen Friedhof als Platz für ein Stelldichein zu wählen, konnte offensichtlich nur einem weiblichen Kopfe entsprungen sein. Ein Mann hätte ganz einfach gesagt: »Laß die Leute reden! Wir wollen den Wall hinunterreiten.« Aber eine Frau ist anders, besonders eine von der hier geschilderten Art. Sie und der Gewisse Dritte freuten sich ihres Beisammenseins zwischen den Gräbern von Männern und Frauen, mit denen sie vorher bekannt gewesen waren und getanzt hatten.

Sie pflegten auf einer großen Pferdedecke im Grase etwas zur Linken des tiefer gelegenen Friedhofsendes zu sitzen, unter dem sich ein Abgrund öffnet. Dort hören die schon belegten Gräber auf und die neu bezeichneten sind noch nicht ausgehoben. Jeder gut verwaltete indische Friedhof hält dauernd ein halbes Dutzend ausgehobener Gräber in Bereitschaft für unvorhergesehene Zufälle, Trauer und Tränen. In den Bergen haben sie meist das Format von Kindergräbern, weil die Kinder, die geschwächt und krank aus der Ebene kommen, oft den Folgen der Regenzeit in den Bergen zum Opfer fallen oder Lungenentzündung bekommen, weil ihre *Ayahs* sie nach Sonnenuntergang durch feuchte Kiefernwälder schleppen. In den Regimentsstandorten ist natürlich mehr Nachfrage nach großen Gräbern; diese Anordnungen wechseln mit dem Klima und der Bevölkerung.

Als des Mannes Weib und der Gewisse Dritte eines Tages auf den Friedhof kamen, sahen sie, daß einige Kulis Erde aushoben. Sie hatten ein Grab von Mannesgröße abgesteckt, und der Gewisse Dritte fragte, ob denn ein Sahib krank sei. Sie erwiderten, das wüßten sie nicht, sie hätten den Auftrag, ein Grab für einen Sahib auszuheben.

»Arbeitet nur weiter«, sagte der Gewisse Dritte. »Komm, wir wollen zuschauen, wie sie es machen!«

Die Kulis arbeiteten fort, des Mannes Weib und der Gewisse Dritte sahen zu und sprachen stundenlang miteinander, während das Grab immer tiefer wurde. Ein Kuli, der die ausgeworfene Erde in Körbe füllte, sprang über das Grab.

»Das ist seltsam!« sagte der Gewisse Dritte. »Wo ist mein Überzieher?«

»Was ist seltsam?« fragte des Mannes Weib.

»Mir lief ein Schauer über den Rücken – als wäre jemand über mein Grab gestiegen.«

»Warum schaust du denn auch hier zu?« sagte des Mannes Weib. »Gehen wir!«

Der Gewisse Dritte stand zu Häupten des Grabes und starrte eine Weile wortlos hinab. Dann warf er einen Kiesel hinein und sagte: »Es ist schmutzig – und kalt, schauerlich kalt. Ich denke, ich werde nicht mehr auf den Friedhof kommen. Ich finde die Gräbergraberei nicht erheiternd.«

Sie redeten miteinander und kamen überein, daß der Friedhof niederdrückend wirke. Sie besprachen darum auch für den nächsten Tag einen Ritt vom Friedhof aus durch den Mashobratunnel bis nach Fagoo hinauf und zurück, weil alle Welt zu einem Gartenfest nach Viceregal Lodge fuhr und auch alle Leute von Mashobra dort eingeladen waren.

Als sie die Friedhofsstraße aufwärts ritten, versuchte das Pferd des Gewissen Dritten, das vom Stehen unruhig geworden war, bergauf durchzugehen, und brachte es zuwege, sich eine hintere Sehne zu zerren.

Der Gewisse Dritte sagte: »Ich werde wohl morgen die Stute nehmen müssen. Aber sie verträgt nur die Trense.«

Sie trafen noch die Verabredung, auf dem Friedhofe zusammenzukommen, nachdem sie allen Leuten aus Mashobra Zeit gelassen hätten, nach Simla hereinzukommen. Die Nacht regnete es stark, und als der Gewisse Dritte am nächsten Tage an dem Ort des Stelldicheins eintraf, sah er, daß in dem neuen Grabe das Wasser einen Fuß hoch stand, denn der Boden bestand aus zähem schweren Lehm.

»Herrgott, das sieht scheußlich aus!« sagte der Gewisse Dritte. »Stell dir vor, da aufgeholt und in diesen Brunnen hinabgelassen zu werden!«

Dann ritten sie los, nach Fagoo; die Stute spielte mit der Trense und wählte so vorsichtig ihren Weg, als wäre sie mit Atlas beschlagen; und die Sonne schien herrlich. Die Straße unterhalb von Mashobra nach Fagoo heißt offiziell die Himalaja-Tibet-Straße; aber trotz ihres Namens ist sie meistens nicht mehr als sechs Fuß breit, und der Abhang in das darunterliegende Tal ist wohl tausend bis zweitausend Fuß tief.

»Jetzt reiten wir nach Tibet«, sagte des Mannes Weib fröhlich, als die Pferde sich Fagoo näherten. Sie ritt auf der Felsenseite.

»Nach Tibet«, wiederholte der Gewisse Dritte. »Ja, so weit als möglich fort von Leuten, die häßliche Sachen sagen, und von Männchen, die blöde Briefe schreiben. Mit dir – bis ans Ende der Welt!«

Ein mit einer Holzlast beladener Kuli kam um eine Ecke, und die Stute wich weit aus, um ihn zu vermeiden, Vorderhand hinein, Kruppe heraus, wie ein empfindliches Pferd ausweichen soll.

»Bis ans Ende der Welt!« sprach des Mannes Weib, und über die Schulter gewendet, sagten ihre Augen ihm unaussprechliche Dinge. Er lächelte, aber während sie ihn ansah, gefror das Lächeln auf seinem Gesichte und verwandelte sich in ein nervöses Grinsen – so grinsen Leute, die sich in ihrem Sattel nicht sehr wohl fühlen. Die Stute schien mit dem Heck zu sinken, und mit geblähten Nüstern versuchte sie zu begreifen, was vor sich ging. Der Regen der vorigen Nacht hatte die Abhangseite der Himalaja-Tibet-Straße unterwaschen, und sie gab unter dem Tiere nach.

»Was tust du?« fragte des Mannes Weib.

Der Gewisse Dritte gab keine Antwort, er grinste nervös und setzte der Stute, die mit den Vorderfüßen auf die Straße trampelte, die Sporen ein; und der Kampf begann.

Des Mannes Weib schrie: »Oh, Frank, steig ab!«

Aber der Gewisse Dritte klebte im Sattel fest, – sein Gesicht war weiß und blau, und er sah der Frau in die Augen. Dann griff des Mannes Weib nach dem Kopf der Stute, bekam aber statt des Zügels die Nüstern des Tieres zu fassen. Die Bestie warf den Kopf zurück und stürzte mit einem Schrei hinunter, der Gewisse Dritte mit ihr, und das nervöse Grinsen stand noch auf seinen Zügen.

Des Mannes Weib hörte das Klirren kleiner Steine und loser Erde, die von der Straße herabkollerten, und das gleitende Geräusch, mit dem Mann und Tier hinabstürzten. Dann war alles still, und sie rief Frank zu, die Stute unten zu lassen und zu Fuß heraufzukommen. Aber Frank gab keine Antwort. Er lag unter der Stute, neunhundert Fuß tief auf einem zerstörten Flecken indischen Korns.

Als die Ausflügler im Abendnebel aus Viceregal Lodge heimkehrten, begegneten sie einer für den Augenblick irrsinnig gewordenen Frau, die zu Pferde um die Ecken stob, mit offenem Munde und aufgerissenen Augen. Ihr Kopf glich dem der Medusa. Unter Lebensgefahr brachte jemand ihr Pferd zum Stehen, man hob sie, ein schwaches Häufchen, aus dem Sattel, ließ sie auf eine Bank nieder und drängte sie um eine Erklärung. Zu dieser brauchte sie zwanzig Minuten.

Dann sandte man sie in der Rikscha einer Dame nach Hause; noch immer stand ihr Mund offen und ihre Hände zerrten an den Reithandschuhen. Die drei folgenden regnerischen Tage lag sie zu Bett; so versäumte sie, an dem Begräbnis des Gewissen Dritten teilzunehmen, der in achtzehn Zoll tiefes Wasser hinabgelassen wurde, anstatt in die zwölf Zoll, gegen die er zuerst so eingenommen gewesen war.

Eine Komödie am Wegesrande

»Denn des Unglücks des Menschen ist viel bei ihm.«
Buch des Predigers, VIII 6

Das Schicksal und die Regierung von Indien haben die Station Kashima in ein Gefängnis verwandelt, und da es für die armen Seelen, die dort in Qualen schmachten, keine Hilfe gibt, schreibe ich diese Geschichte nieder und bete zu Gott, die Regierung von Indien möge sich bewegen lassen, die dortigen Europäer in alle vier Winde zu zerstreuen.

Kashima ist ringsum von den felsigen Dosehri-Bergen eingekreist. Der Frühling überflammt es mit Rosen; im Sommer sterben die Rosen, und heiße Winde wehen von den Bergen; im Herbst bedecken weiße Nebel von den *Jhils*[1] die Gegend wie mit Wasser; und im Winter machen die Fröste alles Zarte, Junge dem Erdboden gleich. Eine einzige, vollkommen flache Strecke von Weide und Ackerland, die sich bis zu dem graublauen Gestrüpp der Dosehri-Berge dehnt. Das ist die Landschaft von Kashima.

Es gibt dort keine andern Unterhaltungen als Tiger- und Schnepfenjagden; aber die Tiger sind schon seit langem aus ihren Lagern in die Felshöhlen zurückgedrängt, und die Schnepfen kommen nur einmal im Jahr. In einer Entfernung von hundertdreiundvierzig Meilen Wegs liegt Narkarra, die Kashima nächste Station. Aber Kashima fährt nie nach Narkarra, wo mindestens zwölf Engländer wohnen. Man bleibt im Umkreis der Dosehri-Berge.

Ganz Kashima spricht Frau Vansuythen von jeder bösen Absicht frei; aber ganz Kashima weiß, daß sie, und nur sie allein, das Leid über sie alle gebracht hat.

Der Ingenieur Boulte, Frau Boulte und Hauptmann Kurrell wissen es. Sie bilden die englische Bevölkerung von Kashima, wenn wir Major Vansuythen, der ganz bedeutungslos, und Frau Vansuythen, die die Hauptperson ist, ausnehmen.

Man muß bedenken – auch wenn man's nicht begreift –, daß jedes Gesetz in einer kleinen abgelegenen Gemeinschaft,

1. Sümpfe.

in der es keine öffentliche Meinung gibt, allmählich an Geltung verliert. Ein Mann, der gänzlich allein auf seiner Station lebt, läuft eine gewisse Gefahr, auf Abwege zu geraten. Diese Gefahr wächst im Verhältnis zum Wachstum der Bevölkerung – bis zur Zahl von zwölf Köpfen, der Schwurgerichtszahl. Da beginnt dann die Furcht und demzufolge die Zurückhaltung, und das menschliche Tun tritt weniger grotesk in Erscheinung.

Tiefer Friede herrschte in Kashima, bis Frau Vansuythen kam. Eine bezaubernde Frau, sagte alle Welt allenthalben, und sie bezauberte auch wirklich alle. Trotzdem oder vielleicht deswegen – das Schicksal ist ja so widersinnig – machte sie sich nur aus einem Manne etwas, und das war Major Vansuythen. Wäre sie dumm oder nicht hübsch gewesen, so hätte Kashima Verständnis dafür gehabt. Aber sie war eine anmutige Frau mit stillen grauen Augen, die einem See vor Sonnenaufgang glichen. Kein Mann, der diese Augen gesehen hatte, konnte hernach etwas über Art und Wesen dieser Frau aussagen, denn ihre Augen blendeten jeden. Ihre Geschlechtsgenossinnen sagten, sie sei zwar hübsch, aber es stehe ihr nicht gut, daß sie immer darauf bedacht sei, recht ernst auszuschauen. Und dennoch war ihre Ernsthaftigkeit natürlich, sie lächelte nur selten. Sie ging durch das Leben und betrachtete die Vorübergehenden; die Frauen hatten etwas gegen sie, die Männer dagegen fielen nieder und beteten sie an.

Auch sie weiß es, daß sie Unheil über Kashima gebracht hat, und es tut ihr bitter leid. Major Vansuythen hingegen kann nicht begreifen, warum Frau Boulte nicht mindestens dreimal in der Woche zum Nachmittagstee hereingeschneit kommt. »Wenn es nur zwei Frauen in einer Station gibt, sollten sie einander doch häufig sehen«, meint Major Vansuythen. Eine Ewigkeit, bevor Frau Vansuythen aus den so fernen Gegenden, wo es Gesellschaft und Unterhaltung gibt, hergekommen war, hatte Kurrell entdeckt, daß für ihn Frau Boulte die einzige Frau auf der Welt sei und – man darf sie beide darob nicht tadeln. Kashima lag so außerhalb der Welt wie der Himmel oder sein Gegenteil, und die Dosehri-Berge wahrten ihr Geheimnis gut. Boulte kam dabei gar nicht in Betracht, denn der Dienst hielt ihn öfters für zwei Wochen im Biwak fest. Boulte war ein harter, schwerfälliger Mann, und weder Frau Boulte noch Kurrell bemitleideten ihn. Sie hatten einander und ganz Kashima als ihren eigensten Besitz, und Kashima war in diesen Tagen ein Garten Eden. Kehrte Boulte von seinen Fahrten zurück, so pflegte er Kurrell auf die Schulter zu klopfen und ihn »alter Junge« zu nennen, und die drei aßen dann zusammen zu Abend. Damals war Kashima glücklich, da das Gericht Gottes so weit schien wie Narkarra oder die Eisenbahn, die zum Meer hinunterführt. Aber die Regierung sandte Major Vansuythen nach Kashima, und mit ihm kam seine Gattin.

Die Etikette in Kashima gleicht der auf einer einsamen Insel. Wenn ein Fremder dorthin verschlagen wird, gehen alle Einwohner an den Strand und heißen ihn willkommen. Kashima versammelte sich auf der gemauerten Plattform an der Narkarra-Straße und gab einen Tee für die Vansuythens. Diese Zeremonie war einem formellen Antrittsbesuch gleichbedeutend und verlieh ihnen das Bürgerrecht mit all seinen Pflichten und Vorrechten. Als die Vansuythens sich eingerichtet hatten, gaben sie ganz Kashima einen kleinen Einweihungsschmaus, und dieser besiegelte wiederum für Kashima das Recht, in ihrem Haus ein- und auszugehen, wie es seit undenklichen Zeiten der Brauch auf der Station gewesen war.

Dann kam die Regenzeit, in der niemand ein Biwak beziehen konnte; die Narkarra-Straße war vom Kasun-Fluß überschwemmt, und in den Mulden der Weiden von Kashima wateten die Rinder knietief im Wasser. Die Wolken fielen von den Dosehri-Bergen nieder und bedeckten alles.

Zu Ende der Regenzeit änderte sich Boultes Verhalten zu seiner Frau, er wurde demonstrativ liebevoll. Sie waren zwölf Jahre verheiratet, und diese Veränderung erschreckte Frau Boulte, die ihren Mann haßte, wie nur eine Frau hassen kann, die von ihrem Mann nur Freundliches erfahren und, umhegt von dieser Freundlichkeit, ihm ein großes Unrecht angetan hat. Überdies hatte sie noch mit eigenen Sorgen zu kämpfen – sie mußte über ihr Eigentum, Kurrell, wachen. Zwei Monate lang hatten die Regenwolken die Dosehri-Berge und nebenbei noch manches andere verborgen gehalten, doch als sie sich lichteten, erkannte Frau Boulte, daß ihr Mann unter den Männern, ihr Ted – denn sie hatte ihn in alten Tagen Ted gennant, wenn Boulte außer Hörweite war –, im Begriffe war, unvermerkt die Fesseln, die ihn banden, abzustreifen. »Diese Person, die Vansuythen hat ihn mir genommen«, sagte Frau Boulte zu sich; und wenn Boulte fort war. weinte sie angesichts der überzärtlichen Schmeichelreden Kurrells über ihren Verdacht. Kummer ist in Kashima ein ebensolches Glück wie Liebe; denn nichts als der Zeiten Flucht vermag sie beide zu verringern. Frau Boulte hatte Kurrell gegenüber mit keiner Silbe ihren Verdacht erwähnt, denn sie war ihrer Sache nicht sicher, und ihre Natur sagte ihr, daß sie erst Gewißheit haben müsse, ehe sie Schritte in irgendeiner Richtung unternähme. Das war der Grund, warum sie sich solcherart verhielt.

Eines Abends kam Boulte nach Hause und lehnte sich, an seinem Schnurrbarte kauend, gegen den Türpfosten des Wohnzimmers. Frau Boulte stellte Blumen in eine Vase. Sogar in Kashima wird ein wenig Zivilisation gespielt.

»Kleine Frau, liegt dir etwas an mir?« fragte Boulte ruhig.

»Enorm viel. Kannst du das fragen?« erwiderte sie lachend.

»Aber ich spreche ernsthaft. Liegt dir etwas an mir?« sagte Boulte.

Frau Boulte ließ die Blumen fallen und drehte sich rasch um: »Willst du eine ehrliche Antwort?«

»Ja-a, ich bat darum.«

Mit gleichmäßiger leiser Stimme sprach Frau Boulte fünf Minuten lang; sie sprach sehr klar, damit der Inhalt ihrer Worte nicht mißverstanden werden könne. Als Samson die Pfeiler von Gaza niederriß, tat er ein kleines, verglichen mit dieser Frau, die solcherart mit Überlegung ihre Heimstätte zerstörte. Und es gab keine weise Freundin, die Frau Boulte, dieser sonst so besonders vorsichtigen Gattin, geraten hätte, einzuhalten. Sie traf Boulte ins Herz, weil ihr eigenes krank war von dem Verdacht gegen Kurrell und zerquält von der langen Spannung, in der sie die ganze Regenzeit durch auf Wache gestanden hatte. Weder Plan noch Zweck war in ihrer Rede. Die Sätze formten sich von selbst, und Boulte lehnte, mit den Händen in den Hosentaschen, am Türpfosten und hörte zu. Als alles vorbei war, schneuzte Frau Boulte sich die Nase und brach in Tränen aus; er lachte und starrte gerade vor sich hin auf die Dosehri-Berge.

»Ist das alles?« sagte er. »Ich wollte nur wissen, verstehst du?«

»Was wirst du tun?« fragte die Frau unter Schluchzen.

»Tun! Nichts. Was sollte ich tun? Kurrell töten oder dich nach Hause schicken? Oder um Urlaub einkommen, um die Scheidung einzuleiten? Man fährt mit dem *Dhâk*[1] zwei Tage nach Narkarra.« Er lachte und fuhr fort: »Ich werde dir sagen, was du tun kannst. Du kannst Kurrell morgen zum Essen bitten – nein, erst Donnerstag, dann hat er noch Zeit, seine Sachen zu packen – und kannst mit ihm durchgehen. Ich schwöre dir, ich werde euch nicht verfolgen.«

Er nahm seinen Tropenhelm und verließ das Zimmer. Und Frau Boulte saß da, bis der Mond Streifen auf den Fußboden malte, und dachte und dachte und dachte. Sie hatte, vom Augenblicke getrieben, ihr möglichstes getan, das Haus niederzureißen; aber es fiel nicht ein. Mehr noch – sie konnte ihren Mann nicht verstehen und fürchtete sich. Sie begriff plötzlich den Wahnwitz ihrer sinnlosen Aufrichtigkeit und schämte sich, an Kurrell zu schreiben und ihm zu sagen: »Ich bin verrückt geworden und habe alles erzählt. Mein Mann sagt, es stehe mir frei, mit dir davonzulaufen. Besorge also einen *Dhâk* für Donnerstag, und wir wollen nach dem Essen fliehen.« Dieses Vorgehen hätte etwas Kaltblütiges gehabt, das ihr nicht zusagte. Sie saß in ihrem Hause und dachte.

Zur Essenszeit kam Boulte von seinem Spaziergang zurück, blaß, verstört, zerrüttet; sein Leiden rührte die Frau. Der Abend schlich dahin; sie murmelte etwas von Leidtun, etwas, das beinahe Zerknirschung war. Boulte erwachte aus dumpfem Nachsinnen und sagte: »Ach das! Daran dachte ich gar nicht! Übrigens, was sagt Kurrell zu der gemeinsamen Flucht?«

»Ich habe ihn nicht gesehen«, erwiderte Frau Boulte, »Herrgott, ist das alles?«

Aber Boulte hörte ihr nicht zu, und ihr Satz endete in einem Aufschluchzen.

Der folgende Tag brachte Frau Boulte keinen Trost, denn

1. Postwagen.

Kurrell zeigte sich nicht, und das neue Leben, das sie in den fünf Minuten des Wahnsinns am vorhergehenden Abend aus den Ruinen des alten zu erbauen gedacht hatte, schien ferner denn je.

Boulte aß sein Frühstück, riet ihr, dafür zu sorgen, daß ihr Araberpony in der Veranda versorgt werde, und verließ das Haus. Der Morgen verging, und um Mittag wurde die Spannung unerträglich. Frau Boulte konnte nicht weinen. Sie hatte sich in der Nacht ausgeweint und jetzt wollte sie nicht mehr allein bleiben. Vielleicht würde diese Person, die Vansuythen, mit ihr sprechen, Reden öffnet ja das Herz; vielleicht konnte sie Trost in ihrer Gesellschaft finden. Sie war außer ihr die einzige Frau in der Station.

In Kashima gibt es keine regelmäßigen Besuchsstunden. Jeder kann jeden nach Belieben überfallen. Frau Boulte setzte einen großen *Terai*-Hut auf und machte sich auf den Weg zum Hause der Vansuythen, um sich das letzte Wochenheft der »Queen« auszuleihen. Die Grundstücke grenzten aneinander, und so schlüpfte sie, anstatt über die Straße zu gehen, durch einen Spalt der Kaktushecke und betrat das Haus von der Rückseite. Als sie durch das Eßzimmer ging, hörte sie durch den *Purdah*[1], der das Wohnzimmer abschloß, die Stimme ihres Gatten, der sagte:

»Aber auf mein Ehrenwort! Bei meiner Ehre und Seligkeit sage ich Ihnen, daß sie sich nichts aus mir macht! Sie hat es mir gestern abend gesagt. Ich hätte es Ihnen schon gestern erzählt, wenn nicht Vansuythen zu Hause gewesen wäre. Wenn Sie nur um ihretwillen mir nichts zu sagen haben, können Sie Ihre Bedenken aufgeben. Kurrell ist . . .«

»Was?« fragte Frau Vansuythen mit einem kleinen hysterischen Auflachen. »Kurrell? Das kann nicht sein! Ihr müßt euch beide schrecklich geirrt haben! Vielleicht haben Sie sich sehr gehenlassen oder etwas mißverstanden oder so ähnlich? Die Dinge können nicht so schlimm stehen, wie Sie sie schildern.«

Frau Vansuythen hatte ihre Verteidigungsmaßnahmen geändert, um einer Werbung des Mannes zu entgehen, und versuchte verzweifelt, ihm Gelegenheit zu einem guten Abgang zu geben.

1. Vorhang.

»Es muß ein Irrtum vorliegen«, beharrte sie, »und alles kann wieder in Ordnung gebracht werden.«

Boulte lachte grimmig.

»Hauptmann Kurrell kann es nicht sein! Er hat es mir selbst gesagt, er habe sich nie im geringsten, auch nicht im mindesten für Ihre Frau interessiert, Herr Boulte. Hören Sie nur. Er sagt, er habe sich nicht für sie interessiert. Er hat es sogar beschworen!« sagte Frau Vansuythen.

Der *Purdah* rauschte und das Gespräch wurde jäh durch den Eintritt einer kleinen schlanken Frau mit tiefen Ringen unter den Augen unterbrochen. Frau Vansuythen stand, nach Atem ringend, auf.

»Was haben Sie gesagt?« fragte Frau Boulte. »Kümmern Sie sich nicht um die Anwesenheit dieses Mannes! Was hat Ihnen Ted gesagt? Was hat er Ihnen gesagt? Was hat er Ihnen gesagt?«

Frau Vansuythen ließ sich hilflos auf dem Sofa nieder, überwältigt von dem Jammer der Fragestellerin. »Er sagte – ich kann mich nicht genau erinnern, was er gesagt hat – aber ich verstand so, als sagte er – Aber Frau Boulte, ist das nicht wirklich eine sehr sonderbare Frage?«

»Werden Sie mir nicht erzählen, was er gesagt hat?« wiederholte Frau Boulte. Selbst ein Tiger flieht vor einer Bärin, der ihre Jungen geraubt worden sind, und Frau Vansuythen war nur eine gutherzige Frau. Sie begann in einer Art Verzweiflung zu reden: »Ja, er hat gesagt, er habe sich nie etwas aus Ihnen gemacht und er habe natürlich auch nicht den geringsten Grund dazu gehabt – und – und das war alles.«

»Sie sagten, er hätte geschworen, daß er sich nichts aus mir mache. War das wahr?«

»Ja«, sagte Frau Vansuythen sehr sanft.

Frau Boulte wankte einen Augenblick, fiel vornüber und wurde ohnmächtig.

»Was habe ich Ihnen gesagt!« fuhr Boulte fort, als sei ihr Gespräch gar nicht unterbrochen worden. »Jetzt können Sie es ja selbst sehen. Sie liebt ihn.« Nach und nach begann es in seinem dumpfen Hirn zu dämmern und er sagte weiter: »Und er – was hat er Ihnen gesagt?«

Aber Frau Vansuythen war jetzt nicht nach Erklärungen oder leidenschaftlichen Protesten zumute; sie kniete über

Frau Boulte geneigt und schrie: »Oh, Sie Bestie! Sind alle Männer so? Helfen Sie mir doch, sie in mein Zimmer zu bringen – sie ist mit dem Gesichte auf die Tischecke gefallen. Oh, seien Sie still und helfen Sie mir, sie zu tragen! Ich hasse Sie und ich hasse Hauptmann Kurrell. Heben Sie sie vorsichtig auf! Und jetzt gehen Sie! Gehen Sie fort!«

Boulte trug seine Frau in Frau Vansuythens Schlafzimmer und verzog sich vor dem stürmischen Zorn und Abscheu dieser Dame, reuelos und brennend vor Eifersucht. Kurrell hatte Frau Vansuythen Liebeserklärungen gemacht – er würde Vansuythen ebensolches Unrecht zufügen, wie er ihm angetan hatte. Und Boulte ertappte sich bei der Frage, ob Frau Vansuythen wohl auch in Ohnmacht fallen würde, wenn sie erführe, daß der Mann, den sie liebte, sie verleugnet habe.

Mitten in diesen Betrachtungen kam Kurrell in kurzem Galopp die Straße daher und hielt mit einem fröhlichen »Gu'n Morgen« an: »Frau Vansuythen wie gewöhnlich den Hof gemacht, he? Böse Sache das für einen braven, verheirateten Mann! Was wird Frau Boulte dazu sagen?«

Boulte hob den Kopf und sagte langsam: »Oh, Sie Lügner!«

Kurrelles Gesichtsausdruck veränderte sich. »Was heißt das?« fragte er rasch.

»Nichts Besonderes«, erwiderte Boulte. »Hat Ihnen meine Frau mitgeteilt, daß es euch beiden freisteht, wegzulaufen, wenn es euch gefällt? Sie war so freundlich, mich über die Situation aufzuklären. Sie sind mir ein ehrlicher Freund gewesen, Kurrell, nicht wahr?«

Kurrell stieß einen Laut aus und versuchte einen idiotischen Satz hervorzubringen; er sei bereit, Satisfaktion zu geben. Aber sein Interesse für die Frau war in der Regenzeit erloschen und in Gedanken beschimpfte er sie für ihre erstaunliche Indiskretion. Es wäre so leicht gewesen, die Sache auf eine nette Art nach und nach abzubrechen, und jetzt war er belastet mit ...

Boultes Stimme rief ihn in die Gegenwart zurück: »Ich glaube nicht, daß es mir eine Genugtuung bereiten würde, Sie zu töten, und bin dessen sicher, daß auch Sie keine Genugtuung empfänden, wenn Sie mich töteten.«

Dann fügte er in einem klagenden Tone, der in einem lächerlichen Mißverhältnisse zu dem ihm angetanen Unrecht stand, hinzu:

»Es ist recht bedauerlich, daß Sie nicht anständig genug sind, zu der Frau zu stehen, jetzt, da Sie sie endlich haben. Sie sind auch ihr ein treuer Freund gewesen, nicht wahr?«

Kurrell starrte lang und ernsthaft vor sich hin; er war der Lage nicht mehr gewachsen. »Was meinen Sie damit?« fragte er.

Boulte antwortete mehr sich selbst als dem Fragenden: »Meine Frau kam eben zu Frau Vansuythen herüber und es scheint, daß Sie Frau Vansuythen gegenüber geäußert haben, Sie hätten sich nie für Emma interessiert. Ich nehme an, daß Sie gelogen haben, wie gewöhnlich. Was hat Frau Vansuythen mit Ihnen zu tun oder was haben Sie mit ihr zu tun? Versuchen Sie doch, wenigstens einmal irgendwie die Wahrheit zu sagen!«

Kurrell ertrug die doppelte Beleidigung, ohne mit einer Wimper zu zucken, und erwiderte mit einer Gegenfrage: »Weiter! Was ist geschehen?«

»Emma ist in Ohnmacht gefallen«, erwiderte Boulte einfach. »Aber nun sprechen Sie, was haben Sie zu Frau Vansuythen gesagt?«

Kurrell lachte. Frau Boulte hatte mit ihrer zügellosen Zunge alle seine Pläne zerstört; jetzt konnte er wenigstens Vergeltung üben, indem er den Mann verwundete, in dessen Augen er gedemütigt und ehrlos war.

»Was ich gesagt habe? Zu welchem Zwecke bedient sich ein Mann solch einer Lüge? Ich denke, ich werde ihr wohl ungefähr dasselbe gesagt haben, wie Sie – wenn ich mich nicht sehr täusche.«

»Ich habe die Wahrheit gesprochen«, sagte Boulte, wiederum mehr zu sich selbst als zu Kurrell, »Emma hat mir gesagt, daß sie mich haßt. Sie hat kein Recht mehr auf mich.«

»Nein, das glaube ich auch nicht. Sie sind ja nur ihr Gatte, wissen Sie! Und was hat Frau Vansuythen gesagt, als Sie ihr Ihr freigewordenes Herz zu Füßen legten?«

Kurrell kam sich bei dieser Frage fast tugendhaft vor.

»Ich glaube, das hat nichts damit zu tun«, erwiderte Boulte, »und es geht Sie auch gar nichts an.«

»Es geht mich doch an! Ich sage Ihnen, es geht mich an«, begann Kurrell schamlos.

Ein lautes Gelächter von Boultes Lippen unterbrach den Satz. Kurrell schwieg einen Augenblick und dann lachte auch er, lang und laut, und wiegte sich dabei im Sattel. Diese freudlose Freudigkeit der beiden Männer auf der langen weißen Linie der Narkarra-Straße hatte einen unangenehmen Klang. Es gab keine Fremden in Kashima, sonst hätten sie meinen müssen, die Gefangenschaft in den Dosehri-Bergen habe die halbe europäische Bevölkerung wahnsinnig gemacht. Das Gelächter brach dann plötzlich ab, und Kurrell begann zu sprechen: »Nun, was werden Sie tun?«

Boulte schaute die Straße entlang und über die Berge hin: »Nichts«, sagte er ruhig, »wozu auch? Es ist zu scheußlich! Wir müssen das alte Leben weiter führen. Ich kann Sie nur aufs neue einen Hund und einen Lügner nennen; aber ich kann Sie schließlich doch nicht immer und ewig beschimpfen. Außerdem habe ich das Gefühl, als sei ich selber auch nicht viel besser. Wir können nicht fort von hier. Was soll man tun?«

Kurrell betrachtete das Rattenloch Kashima rundum und gab keine Antwort.

Der beleidigte Gatte beendete das sonderbare Gespräch:

»Reiten Sie weiter und sprechen Sie mit Emma, wenn Sie wollen. Weiß Gott, es ist mir gleichgültig, was Sie tun.«

Er ging und ließ Kurrell zurück, der ihm verwirrt nachstaunte. Kurrell ritt nicht weiter, weder um Frau Boulte noch um Frau Vansuythen zu sehen. Er saß in seinem Sattel und dachte nach, während sein Pony am Straßenrand graste. Das Rattern näherkommender Räder scheuchte ihn auf. Frau Vansuythen kutschierte Frau Boulte nach Hause, die, blaß und bleich, mit einem Riß auf der Stirn, im Wagen saß.

»Bitte, halten Sie an«, sagte Frau Boulte, »ich will mit Ted sprechen.«

Frau Vansuythen gehorchte. Doch als sich Frau Boulte, die eine Hand auf den Kotschützer des Dogcart gestützt, vorbeugte, begann Kurrell zu sprechen: »Ich habe Ihren Gatten gesehen, Frau Boulte.«

Da war keine weitere Erklärung nötig. Die Augen des Mannes hefteten sich nicht auf Frau Boulte, sondern auf ihre Gefährtin. Frau Boulte sah den Blick: »Sprechen Sie mit ihm!« wandte sie sich beschwörend an die Frau an ihrer Seite. »Oh, sprechen Sie mit ihm! Sagen Sie ihm, was Sie eben mir gesagt haben! Sagen Sie ihm, daß Sie ihn hassen! Sagen Sie ihm, daß Sie ihn hassen!«

Sie neigte den Kopf und weinte bitterlich. Der *Sais*[1] kam in unerschütterlicher Ruhe nach vorn und hielt das Pferd. Frau Vansuythen wurde purpurrot und ließ die Zügel fallen. Sie hatte keine Lust, sich bei so unheiligen Auseinandersetzungen auf irgendeine Seite zu stellen.

»Ich habe nichts damit zu schaffen«, begann sie kühl. Aber das Schluchzen von Frau Boulte überwältigte sie, und sie richtete ihre Worte an den Mann: »Ich weiß nicht, was ich sagen soll, Hauptmann Kurrell, ich weiß nicht, wie ich Sie nennen soll. Ich finde, Sie – Sie haben sich abscheulich benommen – und sie hat sich an der Tischkante eine schreckliche Wunde gerissen.«

»Es tut nicht weh. Es bedeutet nichts«, sagte Frau Boulte schwach, »das macht gar nichts. Sagen Sie ihm, was Sie mir gesagt haben! Sagen Sie ihm, daß Sie ihn nicht mögen! Oh, Ted, wollen Sie ihr nicht glauben?«

»Frau Boulte hat mir zu verstehen gegeben, daß Sie – daß Sie sie einmal lieb gehabt haben«, fuhr Frau Vansuythen fort.

»Nun und?« sagte Kurrell brutal. »Mir scheint, Frau Boulte täte besser daran, zuerst ihren eigenen Mann zu lieben.«

»Still! Hören Sie mich erst an«, sagte Frau Vansuythen. »Es ist mir ganz gleich, ich will nicht wissen, was zwischen Ihnen und Frau Boulte war, aber Sie sollen wissen, daß ich Sie hasse, daß ich Sie für einen Schurken halte und daß ich nie, niemals mehr ein Wort mit Ihnen sprechen werde. Oh, ich wage es nicht zu sagen, was ich von Ihnen denke, Sie – Mann!«

»Ich will mit Ted sprechen«, stöhnte Frau Boulte. Aber der Dogcart ratterte weiter, und Kurrell blieb allein auf der Straße zurück, beschämt und schäumend vor Zorn gegen Frau Boulte.

Er wartete, bis Frau Vansuythen nach Hause kutschierte, und jetzt, ohne Frau Boultes störende Anwesenheit, erfuhr er

1. Eingeborener Diener.

zum zweitenmal ihre Ansicht über seine Person und seine Handlungen.

Am Abend pflegte sich ganz Kashima auf der Plattform an der Narkarra-Straße zu treffen, um Tee zu trinken und die unbedeutenden Tagesereignisse zu besprechen. Zum ersten Male, seit sie sich erinnern konnten, waren Major Vansuythen und seine Frau allein an dem Versammlungsort, und der fröhliche Major bestand darauf, ohne auf die bemerkenswert vernünftige Annahme seiner Frau, der Rest der Station sei vielleicht krank, zu achten, zu den zwei Bungalows hinzukutschieren und deren Einwohner aufzustöbern.

»Im Zwielicht sitzen«, sagte er sehr entrüstet zu den Boultes, »das tut nicht gut! Zum Henker, wir sind hier nur eine Familie! Ihr müßt mitkommen und Kurrell auch. Ich werde ihm sagen, er soll sein Banjo mitbringen.«

So groß ist die Macht ehrbarer Einfalt und einer guten Verdauung über schuldige Gewissen, daß ganz Kashima bis zum Banjo herab mitkam; und der Major umfaßte die ganze Gesellschaft mit einem breiten Grinsen. Da hob Frau Vansuythen für einen Augenblick die Augen und sah ganz Kashima an. Ihr Gedanke war klar. Major Vansuythen durfte nie etwas erfahren. Er sollte der Außenseiter dieser glücklichen Familie bleiben, deren Käfig die Dosehri-Berge waren.

»Sie singen ja abscheulich falsch heute«, sagte der Major wahrheitsgemäß. »Geben Sie mir das Banjo.«

Und er sang auf die martervollste Weise, bis die Sterne aufgingen und ganz Kashima zum Abendbrot heimkehrte.

Dies war der Beginn des neuen Lebens in Kashima – des Lebens, das Frau Boulte allen eingebrockt, als sie einmal im Zwielicht die Herrschaft über ihre Zunge verloren hatte. Frau Vansuythen hat dem Major nie etwas erzählt; und da er darauf besteht, die etwas lästige muntere Geselligkeit aufrechtzuerhalten, mußte sie ihr Versprechen, nie mehr mit Kurrell zu reden, brechen. Diese Gespräche, die notwendigerweise den Schein von Höflichkeit und Interesse wahren müssen, genügen, um die Flamme der Eifersucht und des dumpfen Hasses in Boultes Busen zu nähren; und ebendieselben Leidenschaften erwecken sie auch im Herzen seiner Gattin. Frau Boulte haßt Frau Vansuythen, weil sie ihr Ted genommen hat, und merkwürdigerweise haßt sie sie auch darum, weil Frau Vansuythen – und hier sehen die Augen der Frau klarer als die des Gatten – Ted verabscheut. Und Ted – der schneidige Hauptmann und ehrenhafte Mann, weiß jetzt, daß es möglich ist, eine Frau zu hassen, die man einst geliebt hat, sie derart zu hassen, daß man sie mit Schlägen für immer zum Schweigen bringen möchte. Überdies ist er beleidigt, daß Frau Boulte nicht einsehen will, wie falsch ihre Handlungsweise gewesen ist. Boulte und er gehen zusammen in aller Freundschaft auf die Tigerjagd. Boulte hat ihre Beziehungen auf eine höchst zufriedenstellende Weise geordnet.

»Sie sind ein Feigling«, pflegt er zu Kurrell zu sagen, »und ich habe jede Selbstachtung, die ich besaß, verloren; aber wenn Sie mit mir zusammen sind, bin ich gewiß, daß Sie nicht bei Frau Vansuythen sind oder Emma unglücklich machen.«

Kurrell erträgt alles, was Boulte ihm auch sagen mag. Manchmal sind sie miteinander drei Tage fort, und dann besteht der Major darauf, daß seine Frau zu Frau Boulte hinübergeht und ihr Gesellschaft leistet, obwohl Frau Vansuythen wiederholt erklärt hat, daß sie ein Beisammensein mit ihrem Gatten jedem anderen auf der Welt vorziehe. Aus der Art, wie sie sich an ihn klammert, kann man den sicheren Schluß ziehen, daß sie die Wahrheit spricht.

Aber natürlich, wie der Major zu sagen pflegt: »In einer kleinen Station müssen eben alle freundlich zueinander sein.«

Otis Yeeres Erziehung

I

Hinter Blumengarten-Toren
Segne Gott uns den Gewinn;
Aber, was wir hier verloren,
Segne Gott zu tieferem Sinn.

Dies ist die Geschichte eines Mißgriffes; aber die Frau, die ihn beging, meinte, es sei vielleicht belehrend, diese Geschichte zum Nutzen der jüngeren Generation drucken zu lassen. Die jüngere Generation verlangt freilich keine Belehrung, ist vielmehr durchaus willens, selbst zu belehren, wenn jemand auf sie zu hören geneigt ist. Nichtsdestoweniger beginnt hiermit die Geschichte, und zwar dort, wo jede ordentliche Geschichte beginnen soll, nämlich in Simla, wo alle Dinge ihren Anfang nehmen und viele ein böses Ende.

Jener Irrtum widerfuhr einer sehr klugen Frau; und sie beging eine Torheit, die sie nicht wieder gutmachen konnte. Männer sind zu Fehlgriffen berechtigt, aber bei einer klugen Frau liegt dergleichen außerhalb des geregelten Laufes von Natur und Vorsehung. Denn alle ordentlichen Leute wissen, daß eine Frau das einzige fehlerlose Ding auf dieser Welt ist, ausgenommen die Regierungsanleihe, Ausgabe vom Jahre 1879 zu 4½ Prozent.

Wir müssen allerdings darauf aufmerksam machen, daß die an sechs aufeinanderfolgenden Tagen abgehaltenen Proben für die Titelrolle des »Gefallenen Engels« im New-Gaiety-Theater, in dem der Stuck noch nicht ganz trocken ist, eine Verwirrung der Lebensgeister mit sich gebracht haben mögen, die wiederum allerhand Überspanntheiten zur Folge gehabt haben kann. Frau Hauksbee kam zum *Tiffin*[1] in »The Foundry« zu Frau Mallowe, ihrer einzigen Busenfreundin, denn sie war in keinem Sinne »eine Frau für Frauen«. Es war ein Frauen-*Tiffin,* die Tür blieb für alle Welt geschlossen, und die beiden redeten »chiffons«, ein französisches Wort, hinter dem sich Mysterien verbergen.

»Ich habe ein Intermezzo von Vernünftigkeit hinter mir«,

1. Indischer Lunch.

verkündete Frau Hauksbee, nachdem das *Tiffin* zu Ende war und die beiden sich bequem in Frau Mallowes kleinem Schreibzimmer, das sich neben ihrem Schlafzimmer befand, niedergelassen hatten.

»Mein liebes Kind, was hat Er getan?« fragte Frau Mallowe süßlich.

Es ist bemerkenswert, daß Damen eines gewissen Alters einander »liebes Kind« nennen, genauso wie Kommissare mit achtundzwanzig Dienstjahren die ihnen im Beamtenrange Gleichgestellten mit »mein Junge« anzureden pflegen.

»In diesem Falle ist kein Er im Spiele. Wer bin ich denn, daß man mir immer einen imaginären Mann zutraut? Bin ich eine Apachin?«

»Nein, Liebe, aber irgend jemandes Skalp trocknet doch immer an deiner Wigwamtüre oder, besser gesagt, wird dort naß.« Dies war eine Anspielung auf den jungen Hawley, der die Gewohnheit hatte, in der Regenzeit quer durch ganz Simla zu reiten, um Frau Hauksbee zu besuchen. Die Dame lachte nur.

»Gott hat mich gestraft: gestern abend hat der Adjutant in Tyrconnel dem Mussuck von mir erzählt. Still, lach nicht. Er ist einer meiner ergebensten Bewunderer. Als der Plumpudding kam – es müßte wirklich jemand die Leute in Tyrconnel lehren, Puddings zu machen –, war der Mussuck so frei, mich zu bedienen.«

»Die gute Seele! Ich kenne seinen Appetit«, sagte Frau Mallowe, »hat er, sag mir's, hat er begonnen, dir den Hof zu machen?«

»Dank einer besonderen Gnade der Vorsehung, nein. Er setzte mir seine Bedeutung als eine der Stützen des Kaiserreichs auseinander. Ich habe nicht gelacht.«

»Lucy, das glaube ich dir nicht.«

»Frag Hauptmann Sangar. Er saß auf der anderen Seite. Also wie gesagt, der Mussuck wurde weitschweifig.«

»Ich sehe ihn ordentlich vor mir«, sagte Frau Mallowe nachdenklich und kraute ihrem Foxterrier die Ohren.

»Ich war geradezu ergriffen davon. Geradezu ergriffen. Ich gähnte unverhohlen. ›Strenge Beaufsichtigung und einen gegen den anderen ausspielen‹, sagte der Mussuck und – schaufelte dabei sein Eis schöpflöffelweise hinunter, kann ich dir sagen –, ›das, gnädige Frau, ist das Geheimnis unserer Regierung.‹«

Frau Mallowe lachte lange und vergnügt: »Und was hast du gesagt?«

»Hast du mich je um eine Antwort verlegen gesehen? Ich sagte: ›Das habe ich in meinem Umgang mit Ihnen bemerkt.‹ Der Mussuck platzte vor Einbildung. Er wird mich morgen besuchen. Der junge Hawley kommt auch.«

»›Strenge Beaufsichtigung und einen gegen den andern ausspielen, das, gnädige Frau, ist das Geheimnis unserer Regierung.‹ Und ich wage zu behaupten: wenn wir dem Mussuck ins Herz schauen könnten, würden wir finden, daß er sich für einen Mann von Welt hält.«

»Während er doch ein Mann der andern zwei Dinge ist. Ich mag den Mussuck leiden und will nicht, daß du ihm komische Namen gibst. Er amüsiert mich.«

»Er hat dich auch reformiert, wie es scheint. Erzähle mir von deiner vernünftigen Zwischenzeit und gib Tim mit dem Papiermesser einen Klaps auf die Nase, bitte. Der Hund ist schon zu gierig auf Zucker. Nimmst du Milch in den Tee?«

»Nein, danke. Polly, ich habe dieses Leben satt. Es ist hohl.«

»Dann werde religiös. Ich habe immer gesagt, daß Rom dein Schicksal sein wird.«

»Das hieße nur, ein halb Dutzend ›Attachés‹ in Rot gegen einen in Schwarz eintauschen, und wenn ich fasten müßte, bekäme ich Runzeln, die nie, nie wieder weggingen. Liebe, ist es dir je schon aufgefallen, daß ich alt werde?«

»Danke für deine Höflichkeit, ich erwidere sie. Ja, ja, wir sind beide nicht gerade mehr – wie soll ich sagen . . .«

»Was wir gewesen sind! ›Ich fühle es in den Knochen‹, wie Frau Crossley zu sagen pflegt. Polly, ich habe mein Leben vertan!«

»Inwiefern?«

»Darauf kommt es nicht an. Ich fühle es. Ich möchte eine Macht sein, bevor ich sterbe!«

»So sei eine Macht! Du hast genug Verstand dazu – und Schönheit auch.«

Frau Hauksbee richtete die Spitze ihres Teelöffels auf ihre Gastgeberin:

»Polly, wenn du mich dermaßen mit Komplimenten überhäufst, muß ich aufhören zu glauben, daß du eine Frau bist. Sag mir, wie stelle ich es an, eine Macht zu sein?«

»Teile dem Mussuck mit, daß er der faszinierendste und schlankste Mann in Asien ist, und er wird dir alles und jedes erzählen, was du nur wissen willst.«

»Laß mich mit dem Mussuck in Ruhe. Ich meine eine geistige Macht, nicht nur so eine explosive. Polly, ich werde einen ›Salon‹ eröffnen.«

Frau Mallowe drehte sich faul auf dem Sofa herum und stützte den Kopf in die Hand.

»Höre die Worte des Predigers, des Sohnes des Baruch«, sagte sie.

»Wirst du endlich vernünftig sprechen?«

»Ich werde, meine Liebe, denn ich sehe, daß du im Begriff bist, einen Fehler zu begehen.«

»Ich habe noch nie in meinem Leben einen Fehler begangen – wenigstens keinen, den ich nicht nachher hätte wegexplizieren können.«

»Du bist im Begriff, einen Fehler zu begehen –« wiederholte Frau Mallowe gelassen. »In Simla einen ›Salon‹ zu eröffnen, ist unmöglich. Eine Bar wäre angebrachter.«

»Vielleicht, aber warum? Er erscheint mir ganz leicht.«

»Gerade das macht es so schwer. Wieviel kluge Frauen sind hier in Simla?«

»Ich und du«, sagte Frau Hauksbee ohne einen Augenblick zu zögern.

»Bescheidene Frau! Frau Feardon würde sich dafür bedanken. Und wieviel kluge Männer?«

»Ach – na – Hunderte ...« sagte Frau Hauksbee unbestimmt.

»Was für ein verhängnisvoller Irrtum! Nicht ein einziger. Die Regierung hat ihren Verstand abonniert. Nimm zum Beispiel meinen Mann. Jack war ein kluger Mann, obwohl ich so etwas nicht sagen dürfte. Die Regierung hat ihn aufgefressen. Alle seine Ideen und seine Fähigkeiten, ein Gespräch zu führen – er war wirklich ein guter Sprecher, sogar seiner Frau gegenüber, in alten Tagen –, sind in dieses – dieses Ausgußbecken von einer Regierung geflossen. Und so steht es mit jedem Manne, der hier an der Arbeit ist. Ich glaube nicht, daß ein russischer Sträfling unter der Knute imstande ist, den Rest der Bande zu unterhalten; und alle unsere Mannsleute hier sind in Gold gekleidete Sträflinge.«

»Aber hier sind doch Dutzende ...«

»Ich weiß, was du sagen willst: Dutzende von Müßiggängern auf Urlaub. Das gebe ich zu; aber sie sind alle von zwei nicht ganz einwandfreien Arten. Die Zivilisten wären entzückend, wenn sie die Kenntnisse eines Militärs von Welt und Haltung hätten, und die Militärs wären anbetungswürdig, besäßen sie die Kultur eines Zivilisten.«

»Ein abscheuliches Wort! *Haben* Zivilisten Kultur? Ich habe diese Rasse nie sehr eingehend studiert.«

»Treibe nicht mit Jacks Beruf Spott! Ja. Sie sind wie die kleinen dreifüßigen Tischchen im Lakka-Bazar – gutes Material, aber nicht poliert. Sie können nichts dafür, die Armen. Ein Zivilist beginnt dann erst erträglich zu werden, wenn er sich fünfzehn Jahre in der Welt herumgetrieben hat.«

»Und ein Militär?«

»Wenn er ebensoviel Jahre gedient hat. Die Jungen von beiden Arten sind greulich. Du würdest Dutzende von ihnen in deinem Salon haben.«

»Ich würde nicht«, sagte Frau Hauksbee grimmig, »ich würde den Hausmeister beauftragen, zu sagen, daß *darwaza band*[1] sei; ich würde ihre eigenen Kommissare und Obersten an die Tür stellen, damit sie sie hinauswerfen, wenn sie kommen. Ich würde sie der kleinen Topsham als Spielzeug geben.«

»Die kleine Topsham wird dir für dieses Geschenk dankbar sein. Aber um wieder auf den Salon zurückzukommen: Angenommen, daß du alle deine Männer und Frauen versammelt hättest, was willst du dann mit ihnen anfangen? Sie in ein allgemeines Gespräch verwickeln? Sie würden alle einstimmig zu flirten beginnen. Aus deinem Salon würde ein zweites Peliti in verbesserter Auflage werden – Skandalnest mit Lampenbeleuchtung.«

»In dieser Ansicht liegt ein gewisses Maß von Weisheit.«

»Die ganze Weisheit der Welt liegt darin. Eins ist sicher, zwölf Saisonen in Simla hätten dich belehren müssen, daß man in Indien kein einheitliches Zentrum bilden kann, und

1. Kein Empfang.

ein Salon muß, um etwas zu taugen, eine Dauereinrichtung sein. Binnen zwei Saisons würde deine Handvoll Leute über ganz Asien verstreut sein. Wir sind nichts als Erdkrümchen am Berghang, einen Tag hier und den nächsten verweht, den *Khud*[1] hinab. Wir haben die Kunst der Konversation verlernt, wenigstens unsere Männer haben sie verlernt. Es gibt keinen Zusammenhalt.«

»George Eliot, wie sie leibt und lebt«, schaltete Frau Hauksbee boshaft ein.

»Und als eine Gesamtheit, meine liebe Spötterin, haben wir, Frauen und Männer gleichermaßen, keinen Einfluß. Komm auf die Veranda und schau auf die Mall hinunter.«

Die beiden blickten auf die sich jetzt rasch mit Menschen belebende Straße hinab, denn ganz Simla war auf den Beinen, um einen kleinen Spaziergang zwischen dem letzten Regenschauer und dem nächsten Nebel zu machen.

»Wie stellst du es dir vor, diesen Strom festzuhalten? Schau, da ist der Mussuck-Chef von Gott weiß was. Er ist eine Macht in diesem Lande, obwohl er wie ein Gemüsehändler ißt. Da ist Oberst Blone und General Grucher und Sir Dugald Delane und Sir Henry Haughton und Herr Jellalatty. Lauter Departementschefs und mächtig.«

»Und alle meine glühenden Verehrer«, sagte Frau Hauksbee andächtig, »Sir Henry Haughton ist ganz vernarrt in mich. Aber sprich weiter!«

»Einzeln genommen hat jeder dieser Männer seinen Wert, alle vereint aber sind sie ein Haufen Anglo-Indier. Wer schert sich darum, was Anglo-Indier sagen? Dein Salon wird nicht die Departements zusammenschweißen und dich zur Herrin von Indien machen, Liebe. Nicht mal vom Dienst fachsimpeln würden diese Geschöpfe vor all den anderen Leuten in deinem Salon, weil sie viel zuviel Angst hätten, daß die Herren aus den unteren Rangklassen zuhören könnten. Und was sie von Kunst und Literatur gewußt haben, haben sie alles längst vergessen, und die Frauen –«

»Wissen von nichts zu reden als von dem letzten Gymkhana oder den Sünden ihrer letzten Kinderpflegerin. Ich habe heute morgen Frau Derwills besucht.«

»Du gibst es zu? Sie können mit den Leutnants reden und

1. Felsiger Abhang.

die Leutnants können mit ihnen reden. Dein Salon wird ihrem Geschmack außerordentlich zusagen, wenn du die religiösen Vorurteile des Landes respektierst und für eine genügende Zahl von *Kala Juggahs*[1] sorgst.«

»Genügende Zahl von *Kala Juggahs*! Oh, meine arme kleine Idee! *Kala Juggahs* in einem Salon! Aber wer hat dich so schrecklich gescheit gemacht?«

»Vielleicht ich mich selbst, oder vielleicht kenne ich eine Frau, die mir dazu verhalf. Ich habe dir eine Predigt gehalten und die ganze Sache beleuchtet und der Schluß davon ist –«

»Du brauchst es nicht auszusprechen: ist Eitelkeit. Polly, ich danke dir. Dieses Ungeziefer« – Frau Hauksbee winkte mit der Hand zwei Herren in der Menge zu, die ihren Hut grüßend gegen sie gehoben hatten – »dieses Ungeziefer soll nicht das Vergnügen eines neuen Skandalnests oder Extra-Pelitis erleben. Ich will die Idee des Salons aufgeben. Aber was soll ich tun? Ich muß etwas tun.«

»Warum? Sind nicht Abana und Pharpar –«

»Jack hat dich zu einem ebenso schlechten Menschen gemacht, wie er selbst ist. Ich brauche natürlich – Ich bin all der Dinge müde, von Mondscheinpicknicks in Seepee angefangen bis zu den Schmeicheleien des Mussuck.«

»Ja, das kommt so, früher oder später. Hast du Courage genug, jetzt schon deinen Abschied zu nehmen?«

Frau Hauksbee preßte grimmig die Lippen aufeinander; dann lachte sie.

»Ich sehe mich dabei vor mir. Große rosa Plakate auf dem Mall: ›Achtung! Frau Hauksbee! Unwiderruflich allerletztes Auftreten! Abschied von *sämtlichen* Bühnen! Achtung!‹ Keine Bälle mehr, keine Ausflüge zu Pferde, keine Lunches mehr; keine Theateraufführungen mit anschließendem Souper, keine Intrigen gegen die liebste teuerste Freundin, kein Gefecht mehr mit lästigen Mannsbildern, die nicht genug Verstand haben, das, was sie ihre Gefühle zu nennen belieben, in erträgliche Redensarten zu kleiden. Nie mehr mit dem Mussuck paradieren, während Frau Tarkass in ganz Simla herumläuft und Schauergeschichten über mich verbreitet. Nichts mehr von all den gründlich ermüdenden, abscheulichen, widerwärtigen Dingen, die aber dennoch das

1. Art spanische Wand.

Leben erst lebenswert machen. Ja, ich sehe alles vor mir. Unterbrich mich nicht, Polly, der Geist spricht aus mir. Ein violett und weiß gestreifter Schal um meine prächtigen Schultern, ein Sitz in der fünften Reihe des Gaiety-Theaters und beide Pferde verkauft. Entzückende Aussichten! Ein bequemer, dem Zugwind von drei Seiten ausgesetzter Fauteuil in jedem Ballsaal; angenehme breite vernünftige Schuhe, über die alle Paare stolpern, die auf die Veranda hinaustreten. Dann beim Souper. Kannst du dir die Szene vorstellen? Der gierige Mob ist schon vorausgeeilt. Ein widerstrebender Leutnant, rosa wie ein frischgepudertes Baby – man müßte wirklich die Leutnants braun anstreichen, bevor man sie exportiert, Polly! – wird von der Hausfrau zurückgeschickt, seine Pflicht zu tun. Er schlottert quer durchs Zimmer auf mich zu und zerrt dabei an einem Handschuh, der ihm zweimal zu groß ist – ich hasse Männer, die Handschuhe wie Überzieher anhaben – und versucht, so auszusehen, als hätte er von Anfang an nur daran gedacht: ›Darf ich – äh – das Vergnügen haben, äh – Sie zu Tisch zu führen?‹ Dann stehe ich mit einem hungrigen Lächeln auf. Schau her, so!«

»Lucy, wie kannst du solchen Unsinn reden?«

»Dann rausche ich an seinem Arm hinaus. So! Nach dem Souper muß ich früh aufbrechen, weil ich Angst haben werde, mich zu erkälten. Niemand wird sich um meine Rikscha kümmern. Um meine, hörst du? Ich werde dastehen, immer mit dem violett und weiß gestreiften Schal um den Kopf und die Feuchtigkeit wird meine lieben alten ehrwürdigen Füße durchdringen, während Tom nach dem *Gharri* der *Memsahib* brüllt und flucht. Dann zu Hause ins Bett um halb zwölf. Wirklich ein vortreffliches Leben – als Zeitvertreib der Besuch der *Padri,* die eben von irgendeinem Begräbnis von da unten kommen« – sie wies durch die Föhren nach dem Friedhof und fuhr mit kraftvollen dramatischen Gebärden fort – »Hör zu! Ich sehe alles vor mir bis zu den Korsetts. Solche Korsetts, das Paar zu sechs Schilling acht Pence, Polly, mit rotem Flanell – den man oben in die gräßlichen Dinger einsetzt. Ich könnte sie dir zeichnen –«

»Lucy, um Himmelswillen, hör auf und fuchtle nicht so idiotisch mit den Armen herum! Denk doch, daß dich jeder von dem Mall aus sehen kann!«

»Laß sie doch! Sie werden denken, ich probe den ›Gefallenen Engel‹. Schau, da ist der Mussuck. Wie schlecht er reitet! Da!«

Sie warf dem ehrwürdigen Administrator von Indien mit unendlicher Anmut eine Kußhand zu und fuhr fort: »Jetzt wird er deswegen in seinem Klub auf die zarte Weise aufgezogen werden, die diese Scheusale von Männern bevorzugen, und der kleine Hawley wird mir alles erzählen, die Einzelheiten gemildert natürlich, aus Furcht, mich zu schockieren. Der Junge ist zu gut für dieses Leben, Polly! Ich denke ernstlich daran, ihm zu empfehlen, seine Stelle aufzugeben und in die Kirche einzutreten. In seiner gegenwärtigen Geistesverfassung würde er mir gehorchen. Glückliches, glückliches Kind!«

»Nie wieder sollst du hier *Tiffin* nehmen«, sagte Frau Mallowe mit gespielter Entrüstung, »Lucinchen, dein Benehmen ist skan-da-lös!!«

»Nur deine Schuld«, gab Frau Hauksbee zurück, »da du mir so etwas wie meine Abdankung einreden wolltest. Nein, *jamais*, niemals nicht! Ich will Theater spielen, tanzen, reiten, frivol sein, Skandalgeschichten erzählen, außer Haus dinieren und mir die legitimen Gefangenen jeder Frau, die mir passen, aneignen, bis ich sterrrbe oder eine geschicktere Frau mich vor ganz Simla beschämt – und es wird mir alles wie Staub und Asche im Mund sein, solange ich's tue.«

Sie fegte in den Salon. Frau Mallowe folgte und legte einen Arm um ihre Taille.

»Ich weine *nicht*«, sagte Frau Hauksbee herausfordernd und kramte nach ihrem Taschentuch. »Ich habe die letzten zehn Abende außer Haus diniert und an den Nachmittagen geprobt. Du würdest davon auch erledigt sein. Das ist nur, weil ich müde bin.«

Frau Mallowe bezeigte Frau Hauksbee kein Mitleid, auch bot sie ihr nicht an, sich niederzulegen, sondern sie gab ihr eine frische Tasse Tee und setzte das Gespräch fort: »Ich habe das auch mitgemacht, meine Liebe.«

»Ich erinnere mich«, sagte Frau Hauksbee, und ihr Gesicht erhellte sich schalkhaft. »Im Jahre 84, nicht wahr? Du gingst die nächste Saison viel weniger aus.«

Frau Mallowe lächelte ein überlegenes Lächeln.

»Ich gewann Einfluß . . .«, sagte sie.
»Großer Gott, Kind, du bist doch nicht etwa unter die Theosophen gegangen und hast Buddhas große Zehe geküßt? Ich versuchte einmal, in ihre Gesellschaft zu gelangen, aber sie schlossen mich wegen meiner Skepsis aus, und so hatte ich keine Gelegenheit, meinen armen kleinen Geist zu veredeln.«
»Nein, ich habe nicht mit der Theosophie geflirtet. Jack sagt –«
»Ach was Jack! Was ein Gatte sagt, weiß man schon im voraus. Was tatest du?«
»Ich machte einen Dauereindruck.«
»Das habe ich auch getan. Vier Monate lang. Aber das hat mich nicht im mindesten getröstet. Ich haßte den Mann. Wirst du endlich aufhören, so unergründlich zu lächeln, und mir sagen, was du meinst?«
Frau Mallowe erzählte.

»Und du – willst – behaupten –, daß es absolut platonisch auf beiden Seiten ist?«
»Absolut, sonst hätte ich es nie unternommen.«
»Und seine letzte Beförderung hat er dir zu verdanken?«
Frau Mallowe nickte.
»Und du warntest ihn vor der kleinen Topsham?«
Sie nickte wieder.
»Und erzähltest ihm von Sir Dugald Delanes privatem Memorandum, das ihn betraf?«
Ein drittes Nicken.
»Warum?«
»Wie kann man eine Frau so etwas fragen! Weil es mich amüsierte, zuerst. Jetzt bin ich stolz auf mein Eigentum. Solange ich lebe, soll er fortfahren, Erfolg zu haben. Ja, ich will ihn auf den geraden Weg bringen, der zum Ritterschlag und zu allem andern führt, das ein Mann schätzt. Der Rest hängt von ihm selbst ab.«
»Polly, du bist die außerordentlichste Frau, die ich kenne.«
»Nicht im geringsten. Ich habe mich auf eine Sache konzentriert, das ist alles. Du zersplitterst dich, Liebe, und obwohl ganz Simla deine Geschicklichkeit kennt, eine Mannschaft zu bändigen –«

»Kannst du kein hübscheres Wort wählen?«

»Eine Mannschaft von einem halben Dutzend, von dem Mussuck angefangen bis zu dem kleinen Hawley. Und doch gewinnst du nichts dabei, nicht mal Unterhaltung.«

»Und du?«

»Versuch mein Rezept. Nimm dir einen Mann her, keinen grünen Jungen – denk daran –, sondern einen schon gereiften, nirgend sonstwo attachierten Mann, und sei sein Führer und Berater und Freund. Du wirst entdecken, daß es die interessanteste Beschäftigung ist, mit der du dich je abgegeben hast. Es läßt sich machen – schau nicht so drein –, denn ich *habe* es gemacht.«

»Es ist da ein Element von Gefahr dabei, das mir diese Idee anziehend macht. Ich werde mir einen solchen Mann beschaffen und ihm sagen: ›Begreifen Sie, daß da von einem Flirt keine Rede sein kann. Tun Sie genau das, was ich Ihnen sage, ziehen Sie aus meinen Unterweisungen und Ratschlägen Vorteil und alles wird schon gut gehen.‹ Ist das deine Idee?«

»Mehr oder weniger ja«, sagte Frau Mallowe mit einem unergründlichen Lächeln. »Aber gib gut acht, daß er begreift.«

II

Riesel – riesel, tropfe – tropf!
Sieh den bösen Staub, o Graus ...
Püppchen hat sich weh getan –
Und das Sägemehl läuft aus.
Ammenvers

So saß Frau Hauksbee in »The Foundry«, das über die Simla-Mall schaut, zu Füßen von Frau Mallowe und sammelte Weisheit. Das Ende der Konferenz brachte die große Idee, auf die Frau Hauksbee sich soviel zugute tat.

»Ich warne dich«, sagte Frau Mallowe, die schon ihren Rat zu bereuen begann, »die Sache ist nicht halb so leicht, wie sie aussieht. Jede Frau, sogar die kleine Topsham, kann einen Mann einfangen, aber sehr, sehr wenige wissen ihn zu behandeln, wenn sie ihn eingefangen haben.«

»Mein Kind«, war die Antwort, »St. Simeon, der Stylit, in weiblicher Gestalt, das bin ich gewesen all diese – diese letzten Jahre her; so hab' ich heruntergeschaut auf die Männer. Frage den Mussuck, ob ich sie zu behandeln verstehe.«

Frau Hauksbee zog ab, indem sie vor sich hinsummte: »Ich geh' zu ihm und sag' ihm sehr ironisch . . .«

Frau Mallowe lachte in sich hinein. Dann wurde sie plötzlich nüchtern: »Ich möchte wissen, ob ich gut daran getan habe, ihr zu dieser Unterhaltung zu raten. Lucy ist eine kluge Frau, aber eine Spur zu sorglos.«

Eine Woche später trafen die beiden beim Montags-Popp, will sagen einem populären Montag-Konzert zusammen. »Nun?« fragte Frau Mallowe.

»Ich habe ihn gefangen«, erwiderte Frau Hauksbee und ihre Augen tanzten vor Ausgelassenheit.

»Wer ist er, du verrückte Person? Es tut mir leid, dir jemals davon gesprochen zu haben.«

»Schau zwischen die Pfeiler in der dritten Reihe, der vierte Platz vom Ende. Du kannst jetzt sein Gesicht sehen. Schau!«

»Otis Yeere! Unter allen unwahrscheinlichen und unmöglichen Leuten gerade er? Ich glaube dir nicht.«

»Pst! Wart, bis Frau Tarkass beginnt, Milton Wellings abzuschlachten, und ich werde dir alles erzählen. Sssss! Die Stimme dieser Frau erinnert mich immer an einen Untergrundbahnzug, der mit angezogenen Bremsen in Earl's Court einfährt. Jetzt hör zu. Es ist wirklich Otis Yeere.«

»Das sehe ich, aber folgt daraus, daß er dein Eigentum ist?«

»Er ist es. Nach dem Fundrecht. Ich fand ihn, einsam und ohne Freund, den nächsten Abend nach unserem Gespräch bei dem *Burra-khana*[1] von Dugald Delane. Mir gefielen seine Augen und ich sprach mit ihm. Am nächsten Tag besuchte er mich. Tags darauf ritten wir zusammen aus und heute ist er mit Händen und Füßen an die Räder meiner Rikscha gefesselt. Du wirst es sehen, wenn das Konzert vorbei ist. Er weiß nicht, daß ich schon hier bin.«

»Gott sei Dank, daß du dir keinen grünen Jungen ausgesucht hast! Was gedenkst du mit ihm zu tun, angenommen, daß du ihn schon hast?«

1. Fest.

»Angenommen! In der Tat! Irrt sich eine Frau – irre ich mich je in solchen Sachen? Erstens« – Frau Hauksbee zählte die Punkte demonstrativ an ihren kleinen behandschuhten Fingern ab – »erstens, meine Liebe, werde ich ihn ordentlich anziehen, Gegenwärtig ist seine Kleidung ein Malheur und er trägt ein steifes Hemd, das aussieht wie ein zerknittertes Blatt des ›Pionier‹. Zweitens, nachdem ich ihn präsentabel gemacht habe, werde ich seine Manieren bilden – seine Moral ist tadellos.«

»In Anbetracht der Kürze eurer Bekanntschaft scheinst du ja eine ganze Menge von ihm zu wissen.«

»Du weißt doch sicherlich: der erste Beweis von Interesse für eine Frau besteht darin, daß der Mann ihr von seinem geliebten Ich erzählt. Wenn die Frau zuhört, ohne zu gähnen, beginnt er, sie gern zu haben. Wenn sie der Eitelkeit des Tieres schmeichelt, endet er damit, sie anzubeten.«

»In einigen Fällen.«

»Es kommt nicht auf die Ausnahmen an. Ich weiß, an welche du denkst. Drittens und letztens, nachdem er poliert und hübsch gemacht sein wird, werde ich, wie du sagst, sein Führer, Berater und Freund sein und er soll ein Erfolg werden, ein ebenso großer Erfolg wie dein Freund. Ich habe mich immer gewundert, wie dieser Mann vorwärtskam. Kam der Mussuck mit der Liste der Zivilanstellungen zu dir, fiel auf ein Knie – nein, auf beide Knie à la Gibbon –, überreichte sie dir und sagte: ›Anbetungswürdiger Engel, suchen sie sich die Stellung für ihren Freund aus‹?«

»Lucy, deine langen Erfahrungen mit dem Militärdepartement haben dich demoralisiert. Man tut solche Dinge bei den Zivilbehörden nicht.«

»Das soll keine Mißachtung von Jacks Behörde sein, meine Liebe. Ich bat nur um Auskunft. Laß mir drei Monate Zeit und dann sieh selbst, wie meine Beute umgearbeitet und verwandelt wieder zum Vorschein kommen wird.«

»Geh deinen eigenen Weg, wie du mußt. Aber es tut mir leid, daß ich schwach genug war, dir dieses Spiel anzuraten.«

»Ich bin die Diskretion in Person und man kann mir unbegrenzt vertrauen«, zitierte Frau Hauksbee aus dem ›Gefallenen Engel‹, und das Gespräch endete mit Frau Tarkass' letztem langgezogenem Kriegsgeschrei.

Frau Hauksbees bitterste Feinde – und sie hatte deren viele – konnten sie kaum beschuldigen, daß sie ihre Zeit verliere. Otis Yeere war eine jener wandelnden »stummen Rollen«, die vom Leben dazu bestimmt sind, niemand zu gehören. Die zehn Jahre, die er im Zivildienst Ihrer Majestät in Bengalen, und meistenteils in unerfreulichen Distrikten verbracht hatte, hatten ihm wenig eingebracht, worauf er stolz sein, und gar nichts, worauf er sein Vertrauen setzen konnte. Zu alt, um noch die erste schöne sorglose Begeisterung zu besitzen, die dem unreifen Anfänger Kommissarsposten und Ordenssterne traumhaft vorspiegelt und das diensteifrige Füllen ins Geschirr treibt; zu jung, um schon auf das Erreichte friedlich zurückzublicken und der Vorsehung zu danken, daß er unter den gegebenen Bedingungen wenigstens so weit gekommen sei, war er auf dem toten Punkt seiner Laufbahn angelangt. Und wenn ein Mann stillsteht, so fühlt er den leisesten Antrieb von außen.

Das Schicksal hatte entschieden, daß Otis Yeere während des ersten Teils seiner Dienstzeit einer von den ungenannten Tausenden sein sollte, die vom Räderwerk der Verwaltung erfaßt werden und denen Herz und Seele, Geist und Kraft bei diesem Vorgang zugrunde gehen. Solange die Dampfkraft nicht die menschliche Kraft im Betrieb des Kaiserreiches ersetzen kann, muß es diesen Prozentsatz geben – muß es immer Männer geben, die in der bloßen mechanischen Routine abgenützt und verbraucht werden. Für diese ist eine Beförderung unerreichbar, und die Mühle des Alltags zermahlt sie knirschend. Den Sekretariaten sind sie nur dem Namen nach bekannt; und nicht sie sind die auserlesenen Männer für die Distrikte, in denen ihrer die Stellungen eines Divisionärs oder Kollektors warten. Sie sind einfach Leute aus Reih' und Glied – Futter für das Fieber – und teilen sich mit dem *Ryot*[1] und den Pflugstieren in die Ehre, die Grundfesten zu sein, auf denen der Staat ruht. Die Älteren haben ihre Hoffnungen verloren, die Jüngeren legen die ihrigen mit einem Seufzer beiseite. Beide lernen geduldig bis zum Ende der Tage auszuharren. Zwölf Jahre in Reih' und Glied, sagen die Leute, untergraben das tapferste Herz und stumpfen den durchdringendsten Verstand ab.

1. Indischer Bauer.

Otis Yeere hatte für einige Monate die Flucht vor diesem Leben ergriffen und war, in der Hoffnung auf ein wenig männliche Gesellschaft, nach Simla gegangen. Wenn sein Urlaub zu Ende war, mußte er ja wieder in seinen sumpfigen sauergrünen bengalischen Distrikt mit seinen viel zu wenigen weißen Beamten zurückkehren; zu dem eingeborenen Assistenten, dem eingeborenen Doktor, der eingeborenen Ortsbehörde, zu der dampfenden, schweißtriefenden Station, der Krankheit brütenden Stadt und der unverhohlenen Frechheit des Gemeinderats, der über lauter Geschwätz die Menschen zugrunde gehen ließ. Aber Menschenleben waren billig dort. Der Boden heckte Menschenkinder, wie er zur Regenzeit Frösche ausbrütete, und die Lücken, die die Krankheiten in einer Jahreszeit rissen, wurden durch die Fruchtbarkeit der nächsten zum Überfließen gefüllt. Otis war aufrichtig dankbar, seine Arbeit für eine kleine Weile unterbrechen zu dürfen und dem siedenden, summenden, erbärmlichen Bienenkorb zu entkommen, der zu ohnmächtig war, um sich selbst zu helfen, aber stark genug, die Männer mit den tief eingesunkenen Augen zu quälen, zu lähmen und zu verkrüppeln, die, wie es ironischerweise in den offiziellen Verlautbarungen heißt, »das Regiment über ihn führen«.

»Ich wußte, daß es schlampige Frauen in Bengalen gibt, sie kommen auch manchmal hier herauf. Aber ich wußte nicht, daß es dort auch schlampige Männer gibt.«

Da fiel es Otis Yeere zum erstenmal auf, daß seine Kleider schon die Spuren des Alters trugen. Man sieht, daß seine Freundschaft mit Frau Hauksbee schon große Fortschritte gemacht hatte.

Wie diese Dame so zutreffend sagt, ist ein Mann nie so glücklich, als wenn er von sich selbst sprechen kann. Nach kurzer Zeit erfuhr Frau Hauksbee von Otis Yeeres Lippen alles, was sie über das Objekt ihres Experimentes zu erfahren wünschte; erfuhr, welches Leben er in »diesen gräßlichen Choleradistrikten«, wie sie sich ungenau ausdrückte, geführt hatte; erfuhr auch – aber erst später –, welches Leben er eigentlich zu führen beabsichtigt, welche Träume er im Jahr des Heils 77 geträumt hatte, ehe die Wirklichkeit ihm das Herz gelähmt hatte. Die schattigen Reitwege rund um Prospect Hill eignen sich sehr für solche vertrauliche Mitteilungen.

»Noch nicht«, sagte Frau Hauksbee zu Frau Mallowe, »noch nicht. Ich muß warten, bis der Mann wenigstens ordentlich angezogen ist. Großer Gott, ist es möglich, daß er nicht weiß, welche Ehre ihm damit widerfährt, daß ich ihn in die Hand nehme!«

Frau Hauksbee rechnete falsche Bescheidenheit nicht zu ihren Fehlern. »Immer mit Frau Hauksbee!« flüsterte Frau Mallowe Otis mit ihrem süßesten Lächeln zu. »O ihr Männer, ihr Männer! Hier knurren alle unsere Punjableute, weil Sie die netteste Frau von Simla mit Beschlag belegt haben. Sie werden Sie eines Tages auf dem Mall in Stücke reißen, Herr Yeere.«

Frau Mallowe ratterte bergab, nachdem sie sich mit einem Blick durch die Fransen ihres Sonnenschirmes von der Wirkung ihrer Worte überzeugt hatte.

Der Schuß saß. Otis Yeere war also jemand in diesem verwirrenden Strudel von Simla! Er hatte die netteste Frau der Stadt mit Beschlag belegt und die Punjableute knurrten. Dieser Gedanke rechtfertigte ein sanftes Aufleuchten von Eitelkeit. Er hatte seine Bekanntschaft mit Frau Hauksbee bis jetzt noch nicht als einen Gegenstand allgemeiner Aufmerksamkeit betrachtet. Es war für den bedeutungslosen Mann ein angenehmes Gefühl, zu wissen, daß er beneidet wurde. Dieses Gefühl verstärkte sich, als am gleichen Tag beim Mittagessen ein Klubmitglied gehässig sagte: »Na, für so einen ausgemergelten Grabenschipper, wie Sie einer sind, Yeere, legen Sie sich ja tüchtig ins Zeug. Hat Ihnen kein treuer Freund gesagt, daß sie die gefährlichste Frau in Simla ist?«

Yeere lachte und ging hinaus. Wann, ach wann würden seine neuen Anzüge endlich fertig sein? Er stieg auf den Mall hinunter, um nachzufragen; und Frau Hauksbee, die eben in ihrer Rikscha von Church Ridge herkam, sah wohlgefällig auf ihn herab: »Er gewöhnt sich eine Haltung an, als sei er ein Mann und kein Möbelstück und« – sie kniff die Augen zusammen, um im Sonnenlicht besser zu sehen – »er ist ein Mann, wenn er sich so hält. O gesegnete Einbildung, was wären wir ohne dich!«

Mit den neuen Anzügen kam ein neuer Zuwachs an Selbstvertrauen. Otis Yeere entdeckte, daß er ein Zimmer betreten konnte, ohne in leichten Schweiß zu geraten – ja, daß er sogar das Zimmer durchqueren konnte, selbst um mit Frau Hauksbee zu sprechen, als wären Zimmer wirklich dazu da, daß man sie durchquere. Zum erstenmal in neun Jahren war er stolz auf sich, einverstanden mit seinem Leben, zufrieden mit seinen neuen Anzügen und voll Freude über die Freundschaft von Frau Hauksbee.

»Selbstgefühl braucht der arme Kerl«, sagte sie vertraulich zu Frau Mallowe. »Ich glaube wirklich, man verwendet in Unterbengalen die Zivilbeamten zum Felderpflügen. Du siehst, ich muß von Anfang an mit ihm beginnen, nicht wahr? Aber du wirst zugeben, Liebe, daß er sich schon außerordentlich gebessert hat, seit ich ihn in die Hand genommen habe, nicht? Laß mir nur noch ein wenig Zeit und er wird sich selbst nicht wieder erkennen.«

In der Tat begann Yeere rasch zu vergessen, was er eigentlich gewesen war. Einer der Gefährten aus Reih' und Glied weckte brutal die Erinnerung in ihm, indem er ohne Veranlassung fragte: »Wer hat *Sie* denn neuerdings zum Geheimrat gemacht? Sie treten ja jetzt auf, als wären Sie gleich ein halbes Dutzend solcher Herren.«

»Oh, das tut mir leid. Das war nicht meine Absicht!« entschuldigte sich Yeere.

»In solchen Dingen gibt's kein Halten«, fuhr der alte Praktikus grimmig fort. »Steigen Sie herab, Otis, steigen Sie herab von Ihrem hohen Roß, und lassen Sie sich die ganze blödsinnige Affektation von einem kleinen Fieber austreiben. Dreitausend im Monat reichen nicht für so ein Leben.«

Yeere erzählte Frau Hauksbee den Vorfall. Er hatte sich angewöhnt, sie als seine Beichtmutter zu betrachten.

Sie sagte: »Und Sie haben sich entschuldigt! Schämen Sie sich! Ich hasse es, wenn ein Mann sich entschuldigt. Entschuldigen Sie sich niemals für das, was Ihr Freund Ihr ›Auftreten‹ nennt! Niemals! Es gehört sich für einen Mann, anmaßend und hochmütig zu sein, bis er auf einen Stärkeren trifft. Jetzt hören Sie mir zu, Sie böser Bub!«

Und während die Rikscha rund um den Jakko ratterte, predigte Frau Hauksbee Otis Yeere einfach und redlich das große Evangelium des Selbstbewußtseins und illustrierte es mit den lebenden Porträts derer, die ihnen während ihrer Sonntagnachmittagsspazierfahrt begegneten.

Sie schloß mit dem persönlichen Argument: »Mein Gott, demnächst werden Sie sich noch entschuldigen, daß Sie mein ›Attaché‹ sind.«

»Nie!« sagte Otis Yeere. »Das ist überhaupt etwas ganz anderes. Ich werde immer –«

»Was wird jetzt kommen?« dachte Frau Hauksbee.

»Stolz darauf sein!« sagte Otis.

»Für den Augenblick gerettet!« sagte sie zu sich selbst.

»Aber ich fürchte, ich bin eingebildet geworden. Wie Jeschurun, wissen Sie. Als er fett wurde, schlug er über die Stränge. Es liegt wohl an der Bergluft und daran, daß ich keine Sorgen habe.«

»Bergluft, wirklich!« sagte Frau Hauksbee zu sich. »Er hätte sich bis zum letzten Tag seines Urlaubs im Klub versteckt, wenn ich ihn nicht entdeckt hätte.« Und laut: »Warum sollten Sie es nicht sein? Sie haben alles Recht dazu.«

»Ich? Warum?«

»Oh, aus hundert Gründen! Ich werde jetzt nicht den hübschen Nachmittag damit verbringen, Ihnen die Gründe auseinanderzusetzen, aber ich weiß, daß Sie alles Recht dazu haben. Was war das für ein Haufen Manuskripte, die Sie mir zeigten – über die Grammatik der Ureinwohner –, wie hießen sie nur?«

»Die Gullals. Das ist lauter Unsinn. Ich habe viel zuviel zu tun, um mich jetzt mit den Gullals zu plagen. Sie sollten meinen Distrikt sehen! Kommen Sie einmal mit Ihrem Gatten dort hinunter, dann zeige ich Ihnen alles. So eine entzückende Gegend in der Regenzeit! Eine einzige Wasserfläche, aus der nur der Bahndamm und die Schlangen herausschauen. Und im Sommer gibt es grüne Fliegen und grünen Matsch. Die Leute würden vor Furcht sterben, wenn man ihnen nur eine Hundepeitsche zeigte. Aber sie wissen, daß man es nicht tun darf, und so verbünden sie sich, einem das Leben zu einer Plage zu machen. Meinen Distrikt regiert ein Mann von Darjeeling aus – auf Grund falscher Berichte eines eingeborenen Sachverständigen. Oh, es ist eine himmlische Gegend!« Otis Yeere lachte bitter.

»Es ist nicht die geringste Notwendigkeit vorhanden, daß Sie dort bleiben. Warum tun Sie es?«

»Weil ich muß. Wie soll ich von dort herauskommen?«

»Wie? Auf hunderterlei Arten. Wenn da nicht soviel Leute auf der Straße wären, möchte ich Sie an den Ohren ziehen. Fordern müssen Sie, mein lieber Junge, fordern! Schauen Sie, da ist der junge Hexarly mit sechs Dienstjahren und der Hälfte Ihrer Begabung. Er verlangte, was er haben wollte, und er bekam es. Sehen Sie, dort beim Kloster! Das ist Mac Arthurson, der hat seine jetzige Stellung bekommen, weil er sie verlangt hat – einfach offen verlangt hat –, schlechtweg aus Reih' und Glied heraus. Glauben Sie mir, in Ihrem Dienst ist ein Mann so gut wie der andere. Ich habe in Simla mehr Jahreszeiten gesehen, als mir zu denken lieb ist. Glauben Sie wirklich, daß Männer für einen Posten bestimmt werden, weil sie von vornherein dafür eine spezielle Eignung haben? Ihr habt ja alle zu Anfang eine schwierige Prüfung bestanden – wie nennt man sie nur? – und außer den wenigen, mit denen es gänzlich schiefging, seid ihr alle gute Arbeiter. Und Fordern tut das übrige. Nennen Sie es Unverschämtheit, nennen Sie es Frechheit, wie Sie wollen, aber fordern Sie! Männer – ja, ich weiß, was Männer sagen – schließen daraus, daß ein Mann sich erkühnt, etwas zu fordern, er müsse irgendwelche besondere Fähigkeiten haben. Ein Schwächling sagt nicht: ›Gebt mir dies und jenes!‹ sondern er winselt: ›Warum hab' ich dies und jenes nicht bekommen?‹ Wenn Sie in der Armee dienten, würde ich sagen, lernen Sie Teller drehen oder mit den Zehen Tamburin spielen. Wie dem auch sei – fordern Sie! Sie gehören einem Beruf an, bei dem man imstande sein müßte, die Kanalflotte zu kommandieren, oder einen Beinbruch in zwanzig Minuten zu kurieren, und dennoch zögern Sie, zu verlangen, daß man Sie aus einem grünen Sumpfdistrikt versetzt, in dem Sie, wie Sie selbst zugeben, nicht der Herr sind. Verlassen Sie die bengalische Regierung ganz. Selbst Darjeeling ist ein abgelegenes kleines Loch. Ich war einmal dort, und die Miete war erpresserisch hoch. Machen Sie sich geltend, bringen Sie die Regierung von Indien dazu, Sie in ihren Dienst zu übernehmen. Versuchen Sie, an die Grenze zu gehen, wo jeder Mann, der Selbstvertrauen besitzt, große Aussichten hat. Gehen Sie irgendwohin! Tun Sie etwas! Sie haben zweimal soviel Verstand und dreimal soviel Haltung wie die Männer hier oben, und –« Frau Hauksbee machte eine Pause, um Atem zu holen, und fuhr fort – »und auf jeden Fall, sehen Sie mal zu, daß Sie etwas tun! Sie könnten es so weit bringen!«

»Ich weiß nicht«, sagte Yeere etwas bestürzt über ihre unerwartete Beredsamkeit, »ich habe keine so gute Meinung von mir.«

Es war zwar nicht platonisch, aber politisch, daß Frau Hauksbee nun ihre Hand leicht auf die unbehandschuhte Pranke legte, die auf dem zurückgeschlagenen Schutzdach der Rikscha ruhte, und, dem Mann voll ins Gesicht blickend, zärtlich, fast zu zärtlich, sagte: »Wenn Sie selbst sich auch mißtrauen, ich glaube an Sie! Genügt das, mein Freund?«

»Ja, es genügt«, antwortete Otis sehr feierlich.

Er schwieg eine Zeitlang und träumte wieder die Träume, die er vor acht Jahren geträumt hatte, aber sie alle durchzuckte wie Wetterleuchten durch goldene Wolken das Licht von Frau Hauksbees veilchenfarbenen Augen.

Sonderbar und undurchdringlich sind die Labyrinthe des Lebens von Simla, dem einzigen Ort in diesem öden Land, in dem es sich zu leben lohnt. Nach und nach entstanden Gerüchte unter Frauen und Männern, in den Pausen zwischen Tanz, Spiel und Gymkhana, daß Otis Yeere, der Mann mit dem eben entzündeten Licht des Selbstvertrauens in den Augen, »irgend etwas Besonderes« in den Wildnissen, aus denen er kam, geleistet habe. Er habe eine sündige Stadtverwaltung zur Raison gebracht, habe die Vorräte auf eigene Verantwortung verwendet und Hunderte von Menschenleben gerettet. Von den Gullals wisse er mehr als irgendein Lebender. Er habe umfassende Kenntnisse über die Ureinwohner, er sei trotz seines jugendlichen Alters die größte Autorität in bezug auf die Ureinwohner, die Gullals. Niemand wußte genau, wer und was die Gullals waren, bis der Mussuck, der soeben Frau Hauksbee einen Besuch gemacht hatte und sich gern mit fremdem Wissen brüstete, erklärte, sie seien ein wilder Stamm von Bergbewohnern, irgendwo in der Nähe von Sikkim, deren Freundschaft zu gewinnen sich selbst das große indische Kaiserreich angelegen sein lassen sollte. Wir wissen ja, daß Otis Yeere Frau Hauksbee seine handschriftlichen Notizen von sechs Jahren über die Gullals gezeigt hatte. Er hatte ihr auch erzählt, wie er einmal, dank der Nachlässigkeit dieser Kerls, krank und vom Fieber geschüttelt, doppelt hilflos infolge des Verlusts seines Lieblingsschreibers, in wilder Wut über seine ganze trostlose Stellung die versammelten Intelligenzspitzen seiner lokalen Behörde durch die Bank als eine Rotte von Bastarden zusammengedonnert hatte. Dieser Akt »brutaler und tyrannischer Unterdrückung« trug ihm einen königlichen Rüffel der bengalischen Regierung ein, aber in der für nördlicheren Gebrauch umgearbeiteten Anekdote war davon keine Rede. Wir dürfen also annehmen, daß Frau Hauksbee seine Memoiren bearbeitet hatte, bevor sie sie müßigen Ohren zur Kenntnis brachte, die, wie sie wohl wußte, ebenso bereit sind, das Gute wie das Schlechte zu übertreiben. Und Otis Yeere betrug sich, wie es sich für den Helden so vieler Geschichten geziemte.

»Sie können doch mit *mir* reden, wenn Sie nicht gerade ganz verstimmt sind. Reden Sie also jetzt und reden Sie, so gut und so gescheit Sie können«, sagte Frau Hauksbee.

Otis bedurfte keines Ansporns. Betrachtet einen Mann, dem der Rat einer Frau seiner Sphäre oder noch höheren Standes helfend zur Seite steht: solange er den Kopf oben behält, kann er mit beiden Geschlechtern auf gleicher Ebene umgehen – ein Vorteil, den die Vorsehung keineswegs beabsichtigt hat, denn sie schuf ja den Mann an einem, das Weib am andern Tage, zum Zeichen, daß einer vom Leben des andern nur sehr wenig erfahren solle. Ein solcher Mann bringt es weit. Wenn sich aber die Ratgeberin zurückzieht, bricht er plötzlich zusammen, und seine Mitwelt sucht vergeblich einen triftigen Grund dafür.

Befehligt von Frau Hauksbee, der wiederum alle Weisheit von Frau Mallowe zu Gebot stand, und stolz auf sich selbst und schließlich überzeugt von sich selbst, weil man an ihn glaubte, stand Otis Yeere bereit, jedes Ereignis hinzunehmen, das kommen und sicher nur Gutes bringen würde. Er war fest entschlossen, um seine eigene Zukunft zu kämpfen und diesen zweiten Kampf zu einem besseren Ende zu führen als den ersten, der mit der hilflosen Übergabe des gänzlich eingeschüchterten Dieners der Regierung geendet hatte.

Was eigentlich geschehen ist, weiß niemand zu sagen. Das beklagenswerte Ereignis begann damit, daß Frau Hauksbee feststellte, sie würde die nächste Saison in Darjeeling verbringen.

»Sind Sie dessen sicher?« fragte Otis Yeere.

»Ganz sicher. Wir haben schon wegen eines Hauses hingeschrieben.«

Otis Yeere »verstummte, wie vom Schlag gerührt«, schilderte Frau Hauksbee später Frau Mallowe den Vorfall.

Sie sagte zornig; »Er benahm sich genau wie Hauptmann Kerringtons Pony beim letzten Gymkhana, nur ist Otis ein Esel. – Stemmt die Vorderfüße ein und weigert sich, noch einen Schritt zu tun. Polly, mein Zögling ist im Begriff, mich zu enttäuschen. Was soll ich tun?«

Frau Mallowe mißbilligte in der Regel die Angewohnheit, andere Leute anzustarren, aber bei dieser Gelegenheit riß sie die Augen auf, so weit sie konnte.

Sie sagte: »Bis jetzt hast du die Sache ganz gescheit geführt. Sprich mit ihm und frag ihn, was er meint.«

»Das werde ich, heute abend auf dem Ball.«

»Nein, nein, nicht auf einem Ball«, sagte die vorsichtige Frau Mallowe, »Männer sind beim Tanzen nie ganz sie selbst. Warte lieber bis morgen früh.«

»Ach, Unsinn! Wenn er weiter so unvernünftig ist, darf man keinen Tag mehr verlieren. Gehst du auch? Nein? Dann sei so lieb und bleib meinetwegen auf. Ich bleibe unter keinen Umständen länger als bis nach dem Souper.«

Frau Mallowe wartete den ganzen Abend, sah lange und ernst ins Feuer und lächelte manchmal vor sich hin.

»Oh, oh, oh! Der Mann ist ein Idiot! Ein närrischer ausgemachter Idiot! Es tut mir leid, daß ich ihn jemals gesehen habe!« Frau Hauksbee stürmte um Mitternacht in Frau Mallowes Haus, sie weinte fast.

»Was ist denn geschehen?« fragte Frau Mallowe, aber ihre Augen verrieten, daß sie die Antwort ahnte.

»Geschehen? Alles mögliche ist geschehen! Er war dort. Ich ging auf ihn zu und sagte: ›Also, was soll dieser Unsinn bedeuten?‹ Lach nicht, Liebe, ich kann es nicht ertragen. Aber du weißt ja, was ich sagen wollte. Während des Lanciers saß ich bei ihm und verlangte eine Erklärung. Und er sagte – oh, ich habe keine Geduld mit solchen Idioten! – Du weißt, was ich von unserer Übersiedelung nach Darjeeling im nächsten Jahr gesagt habe? Mir ist es ganz gleichgültig, wohin ich gehe. Aber ich hätte gern eine andere Station gewählt und die Miete umsonst bezahlt, um mir das zu ersparen. Er erklärte mir lang und breit, er werde nicht mehr versuchen, sich emporzuarbeiten, denn – denn er würde alsdann wohl in eine Provinz weit von Darjeeling versetzt werden, während sein eigener Distrikt, wo diese Geschöpfe wohnen, nur eine Tagreise von Darjeeling liegt.«

»Aha«, sagte Frau Mallowe in einem Tone, als hätte sie ein dunkles Wort mit Erfolg in einem dicken Lexikon aufgestöbert.

»Hast du je etwas so Verrücktes, so Blödsinniges gehört? Der Ball lag vor seinen Füßen, er hätte ihn nur stoßen brauchen. Ich hätte alles aus ihm gemacht, alles auf dieser weiten Welt! Er hätte die höchsten Ziele erreichen können. Ich hätte ihm geholfen. Ich habe ihn gemacht, nicht wahr, Polly? Habe ich nicht diesen Mann geschaffen? Verdankt er nicht alles mir? Und so vergilt er mir, gerade jetzt, wo alles so schön im Gange war, verdirbt dieser Irrsinnige mir alles!«

»Sehr wenige Männer würden deine Ergebenheit vollkommen verstehen.«

»Oh, Polly, lach mich nicht aus! Von dieser Stunde an gebe ich die Männer auf. Ich hätte ihn an Ort und Stelle ermorden können! Welches Recht hatte dieser Mann – dieses Ding, das ich auf seinen schmutzigen Reisfeldern aufgeklaubt habe –, mir eine Liebeserklärung zu machen?«

»So, tat er das?«

»Ja. Ich erinnere mich nicht der Hälfte dessen, was er sagte, ich war so zornig. Ach, und so etwas Komisches geschah! Jetzt muß ich darüber lachen, obwohl ich vor Wut fast zu weinen begann. Er raste und ich tobte – ich fürchte, wir haben einen schrecklichen Lärm hinter unserer *Kala Juggah* gemacht. Verteidige meinen Charakter, Liebe, wenn morgen ganz Simla davon weiß – und dann beugte er sich mitten in diesem Ausbruch von Raserei vor – ich glaube fest, der Mann war von Sinnen – und küßte mich.«

»Seine Moral ist tadellos«, schnurrte Frau Mallowe.

»So war sie – so ist sie. Es war ein höchst törichter Kuß. Ich glaube nicht, daß er vorher in seinem Leben schon eine Frau geküßt hat. Ich warf den Kopf zurück, und es wurde daraus nur ein feuchter hingeklebter Klecks auf meinem Kinn, hier unten« – Frau Hauksbee schlug mit dem Fächer auf ihr kleines männliches Kinn – »da war ich natürlich rasend zornig und sagte ihm, daß er kein Mann von Ehre sei und es mir leid täte, ihn jemals kennengelernt zu haben, und so weiter. Er war dann so ganz zerschmettert, daß ich nicht sehr zornig sein konnte. Von dort komme ich jetzt direkt zu dir.«

»War das vor oder nach dem Souper?«

»Ach, vorher, – Ozeane vorher. Ist es nicht vollkommen abgeschmackt?«

»Laß mich nachdenken. Ich halte mein Urteil bis morgen zurück. Der Morgen bringt guten Rat.«

Aber der Morgen brachte nur einen Diener mit einem zierlichen Strauß Annandale-Rosen, die Frau Hauksbee am selben Abend auf dem Ball in Viceregal Lodge tragen sollte.

Frau Mallowe sagte: »Er scheint nicht sehr reuevoll zu sein. Da ist ein Billet doux in der Mitte.«

Frau Hauksbee öffnete das ordentlich gefaltete Briefchen – auch dies hatte sie ihn zur Vollendung seiner Bildung gelehrt –, las es und stöhnte tragisch auf: »Die letzten Trümmer einer schwachen Intelligenz! Ein Gedicht! – Von ihm selbst, meinst du? – Ach, daß ich jemals meine Hoffnung auf solch einen süßlichen Idioten gesetzt habe!«

»Nein. Es ist ein Zitat aus Elisabeth Browning, und in Anbetracht der Umstände, wie Jack zu sagen pflegt, ungewöhnlich gut gewählt. Hör zu:

Süße, ein Herz trat dein Schuh.
Geh nur – der Männer gibt's viel!
Frauen, die schön sind wie du,
Treiben wohl manchmal solch Spiel.

Unversehns ging dein Fuß, trat ...
Arglist nenn's keiner! Denn seht:
Was will ein Herz auf dem Pfad,
Den eine schöne Frau geht?«

»Nein, nein, nein«, rief Frau Hauksbee zornig und ihre Augen füllten sich mit Tränen. »Da war keine Arglist im Spiele. Ach, es ist zu verdrießlich!«

»Du hast das Kompliment falsch verstanden«, sagte Frau Mallowe. »Er spricht dich vollkommen frei – und – hm – ich glaube, daß nach diesem auch er sich vollkommen frei gemacht hat. Meine Erfahrung mit Männern sagt mir: wenn sie anfangen, Gedichte zu zitieren, sind sie im Begriff auszurücken. Wie die Schwäne, die vor ihrem Tode singen, weißt du?«

»Polly, du stehst meinem Kummer höchst gefühllos gegenüber.«

»Wirklich? Ist es so arg? Wenn er deine Eitelkeit verletzt hat, so kann ich doch sagen, daß du in seinem Herzen eine beträchtliche Zerstörung angerichtet hast.«

»Ach, man weiß doch nie etwas von einem Mann!« sagte Frau Hauksbee.

Duncan Parrenness' Traum

Wie Herr Bunyan vor alten Zeiten, habe ich, Duncan Parrenness, Schreiber in der sehr ehrenwerten Ostindischen Kompanie, in dieser gottverlassenen Stadt Kalkutta einen Traum geträumt und niemalen, seit Kitty, meine Stute, zu lahmen begann, bin ich in solcher Sorge gewesen. Auf daß ich nun nicht meines Traums vergäße, eile ich mich, ihn hier niederzuschreiben. Weiß der Himmel, ich verstehe mich schlecht darauf, mit der Feder umzugehen, ich, der ich immer rascher mit dem Degen bei der Hand gewesen bin als mit dem Tintenfasse, als ich vor zwei Jahren von London auszog.

Nachdem der große Ball bei dem Generalgouverneur (den er alljährlich in den letzten Tagen des November zu geben pflegt) zu Ende war, war ich auf mein eigenes Zimmer gegangen, das über diesen finsteren unenglischen Strom, den Hugli, schaut, und ich war nicht so nüchtern, als ich es hätte sein sollen. Sternhagelvoll im Westen ist dasselbe wie besoffen im Osten, und ich war nord-nord-östlich betrunken, wie Shakespeare gesagt haben könnte. Dennoch ernüchterten mich trotz all des von mir genossenen geistigen Getränkes die kühlen Nachtwinde einigermaßen (ich hatte gehört, daß sie zahllose Fieberfröste und Ruhr erzeugen); und ich dachte daran, daß ich von all den Krankheiten der letzten vier Monate nur ein wenig abgezehrt und hergenommen war, dieweilen diese jungen Kerle, die mit mir im selben Schiff nach Osten gesegelt waren, alle vor einem Monat schon in den übelriechenden Boden nördlich des Gebäudes der Kompanie für die Ewigkeit eingepflanzt worden waren. So dankte ich in unklaren Worten Gott (doch kniete ich, zu meiner Schande sei's gesagt, nicht dazu nieder), daß er mir zu leben gewährt habe, bis wenigstens der März uns wiederkehrte. Denn in der Tat, wir, die noch am Leben waren (und unsere Zahl war um die verringert, so in der vergangenen heißen Jahreszeit zur letzten Rechenschaft angetreten waren), hatten uns einen fröhlichen Abend gemacht und bei den Wällen des Forts die Güte der Vorsehung gefeiert; freilich waren unsere Scherze weder witzig gewesen noch von der Art, daß meine Mutter sie hätte hören dürfen.

Als ich mich niedergelegt (oder besser gesagt, auf mein Bett geworfen) hatte und die Wolken der Trunkenheit sich ein wenig lichteten, konnte ich vor lauter Gedanken an tausend Dinge, an die ich besser nicht gerührt hätte, keinen Schlaf finden. Zuerst – und eine lange Zeit ist es her, daß ich ihrer gedacht – zog, als sei es ein gemaltes Bild, das süße Gesicht von Kitty Somerset am Fußende meines Bettes hin, so klar, daß ich fast meinte, sie sei leiblich gegenwärtig. Dann entsann ich mich, wie sie mich dazu getrieben hatte, in dieses verfluchte Land zu ziehen, um Reichtümer zu erwerben, auf daß ich sie rascher heiraten könne, da ja unser beider Eltern ihre Zustimmung gegeben hatten; und wie sie sich, was ihren Treueschwur anging, eines Besseren (mag sein eines Schlechteren) besann und Tom Sanderson heiratete, nur kurze drei Monate, nachdem ich fortgesegelt war. Von Kitty schweiften meine Gedanken nachsinnend zu Frau Vansuythen, einer großen blassen Frau mit Veilchenaugen, die von der niederländischen Faktorei in Chinsura nach Kalkutta gekommen war und alle unsere jungen Leute, und nicht wenige von den Agenten, aufeinander gehetzt hatte. Einige unserer Damen, das ist wahr, sagen, sie habe nie einen Gatten noch einen Trauschein besessen; aber Frauen, insonderheit solche, die selbst immer nur ein gleichmäßig gutes Leben geführt haben, sind grausamlich hart gegeneinander. Zudem war Frau Vansuythen hübscher als sie alle. Sie war bei der Gesellschaft des Generalgouverneurs äußerst gnädig gegen mich gewesen, und in der Tat, man betrachtet mich allerseits als ihren *preux chevalier*, ein französisches Wort für einen viel schlechteren Ausdruck. Ob ich nun auch nur für einen Deut etwas für diese selbe Frau Vansuythen übrig hatte (wiewohl ich ihr schon nach dreitägiger Bekanntschaft ewige Liebe schwur), wußte ich damals nicht noch auch später: aber mein eigener Stolz und mein Geschick, den Stoßdegen zu führen wie kein anderer Mann in Kalkutta, bewahrten mir ihre Zuneigung, und ich war überzeugt, sie anzubeten.

Als ich ihre Veilchenaugen aus meinen Gedanken entlassen hatte, machte mir meine Vernunft Vorwürfe, ihr jemals Gefolgschaft geleistet zu haben. Und ich sah, wie das eine Jahr, das ich in diesem Lande verbracht hatte, mein Herz mit den Flammen von tausend schlechten Leidenschaften und Begierden verbrannt und versengt hatte, und daß ich für jede derselben um zehn Monate in des Teufels Schule gealtert war. Darauf dachte ich eine Weile an meine Mutter, war voll Reue und tat in meiner sündigen, trunkenen Stimmung tausend Gelübde, mich zu bessern – die ich seither, wie ich fürchte, alle wieder und wieder gebrochen habe. Von Morgen an, sagte ich zu mir, will ich für immer ein reines Leben beginnen. Und ich lächelte verwirrt (der Wein wirkte noch in mir nach), in Gedanken an die Gefahren, denen ich entgangen war; und baute alle Arten von prächtigen Luftschlössern, deren Herrin immer eine schattenhafte Kitty Somerset mit den Veilchenaugen und der sanften langsamen Sprache der Frau Vansuythen war.

Zum Schluß überkam mich ein hoher, edler Mut (der zweifellos seine Entstehung dem Madeirawein des Herrn Hastings verdankte), bis mir schien, daß ich, kraft bloßen Wunsches, noch Generalgouverneur, Nabob, Fürst, ja sogar der Großmogul selber werden könne. Woraufhin ich die ersten Schritte, blindlings und unsicher genug, auf dem Weg zu meinem neuen Königreich machte, indem ich meine schlafenden Diener mit Fußtritten traktierte, bis sie heulend davonliefen, und Himmel und Erde zu Zeugen anrief, ich sei ein Schreiber im Dienste der Kompanie und ohne Furcht vor jeglichem Manne. Dann, als ich sah, daß weder der Mond noch der große Bär meine Herausforderung anzunehmen gesonnen waren, legte ich mich wieder hin und muß dann in Schlaf gefallen sein.

Ich wurde alsbald durch die mehrmalige Wiederholung meiner letzten Worte wach und sah, daß da ein betrunkener Mann in mein Zimmer gekommen war, wohl aus Herrn Hastings' Gesellschaft, wie ich dachte. Er setzte sich auf das Fußende meines Bettes, als gehöre es vor Gott und den Menschen ihm, und ich nahm wahr, so gut ich es vermochte, daß sein Gesicht irgendwie wie mein eigenes, nur älter, aussah, außer, wenn es sich plötzlich in das des Generalgouverneurs oder in das meines Vaters verwandelte, der vor sechs Monaten gestorben ist. Aber das erschien mir nur natürlich und das gebührende Ergebnis übermäßigen Weingenusses; doch war ich so zornig über seinen ganz unangemeldeten Eintritt, daß ich ihn, nicht überhöflich, aufforderte, zu gehen. Auf alle meine Worte gab er jedoch nicht die geringste Antwort, sondern sagte nur langsam, als wäre es ein süßer Bissen:

»Schreiber im Dienste der Kompanie und ohne Furcht vor jeglichem Manne.«

Dann schwieg er plötzlich, drehte sich scharf zu mir um und sagte, ein Mann von meinem Schlage habe weder Mensch noch Teufel zu fürchten; ich wäre ein tapferer junger Mann und würde, lebte ich nur lang genug, aller Wahrscheinlichkeit nach Generalgouverneur werden. Aber für alle diese Dinge (und ich glaube, er meinte damit die Möglichkeiten und günstigen Gelegenheiten unseres so wechselvollen Lebens in diesen Gegenden) müßte ich meinen angemessenen Preis bezahlen. Nach und nach war ich schon etwas nüchterner geworden, war hell wach nach meinem ersten Schlafe und daher geneigt, die ganze Sache für den Scherz eines Betrunkenen zu halten.

So fragte ich ihn fröhlich: »Und welchen Preis soll ich für diesen meinen Palast, der nur zwölf Fuß im Quadrat mißt, und meine armseligen fünf Pagodas im Monat bezahlen? Der Teufel hole Euch und Euere Scherze! Ich habe meinen Preis zwiefach in Krankheit bezahlt.«

In diesem Augenblicke wendete mir der Mann sein Gesicht voll zu, so daß ich im Mondlichte jeden Zug und jede Runzel seines Angesichtes betrachten konnte. – Da verging meine trunkene Fröhlichkeit, wie ich die Wasser unserer großen Ströme in einer Nacht vergehen gesehen habe, und ich, Duncan Parrenness, der sich vor keinem Manne fürchtet, ward von tödlicherem Schrecken ergriffen, als je Sterblichen kennenzulernen beschieden war, wie ich glaube. Denn ich sah, daß sein Gesicht mein eigenes war, aber gezeichnet, durchquert und zerschrammt von den Furchen der Krankheit und des schlechten Lebenswandels – genau wie ich einst, da ich (Gott verzeih mir!) wahrhaftig sehr betrunken war, mein eigenes Gesicht ganz bleich, verzerrt und gealtert in einem Spiegel gesehen habe. Ich nehme an, daß jedermann in noch größeren Schrecken geraten wäre als ich, denn es gebricht mir keineswegs an Mut.

Nachdem ich nun so eine Weile stillgelegen hatte, schweißbedeckt in Todesängsten, und in der Erwartung, aus einem schrecklichen Traum zu erwachen (denn ich wußte, es sei ein Traum), sagte er wiederum, ich müsse meinen Preis bezahlen; und kurz nachher fragte er, als handle es sich um Bezahlung in Pagodas und Sicca-Rupien: »Welchen Preis willst du bezahlen?«

Drauf sagte ich sehr sanft: »Um Gottes willen, wer immer Ihr seid, laßt mich in Frieden und ich will von dieser Nacht an ein besseres Leben führen.«

Da sagt er, und er lacht ein wenig über meine Worte, nimmt sie aber in keiner Weise sonst zur Kenntnis: »Nein, ich will nur einen so tapfern jungen Prahlhans, wie du einer bist, von vielem befreien, was dir ein großes Hindernis auf deinem Lebenswege in Indien ist. Denn glaub mir« – und hier richtet er nochmals seinen Blick voll auf mich – »es gibt keine Heimkehr von hier.«

Über all dies Geschwätz, das ich damals nicht verstehen konnte, war ich wie auf den Mund geschlagen und wartete, was nun kommen würde.

Da sagte er sehr ruhig: »Gib mir dein Vertrauen zu Männern.«

Nun sah ich, wie großen Preis ich bezahlen müsse, denn ich zweifelte durchaus nicht daran, daß er mir wegnehmen könne, was er forderte, und mein Kopf lichtete sich in Wachheit und Entsetzen vom Weindunste. So fiel ich ihm kurzerhand in die Rede und schrie, daß ich nicht ganz so schlecht sei, als er mich glauben machen wolle, und daß ich meinen Kameraden so viel Vertrauen schenkte, als sie verdienten.

»Es war nicht meine Schuld«, sagte ich, »daß die eine Hälfte von ihnen Lügner waren und die andern verdient hätten, vom Henker gebrandmarkt zu werden!« Und ich bäte ihn nochmals, mit seinem Gefrage aufzuhören.

Dann schwieg ich, ein wenig erschrocken freilich, daß ich mir hatte meine Zunge so durchgehen lassen, aber er schenkte meinen Worten keine Aufmerksamkeit und legte nur seine Hand leicht auf meine linke Brust, und ich hatte dort eine Zeitlang ein starkes Kältegefühl.

Darauf sagt er und lacht noch mehr: »Gib mir deinen Glauben an die Frauen!«

Daraufhin fahre ich im Bett wie gestochen auf, denn ich gedachte meiner süßen Mutter in England und malte mir eine Zeitlang aus, wie mein Vertrauen zu Gottes besten Geschöpfen mir weder erschüttert noch genommen werden könne. Aber später, da die harten Augen meines Ichs auf mir ruhten, begann ich – das zweitemal in dieser Nacht – an Kitty zu denken (sie, die falsches Spiel mit mir getrieben und Tom Sanderson geehelicht hatte) und an Frau Vansuythen, der ich nur um meines teuflischen Stolzes willen Gefolgschaft leistete und wie sie sogar noch schlechter sei als Kitty, und ich der Schlechteste von allen – und ich sah, daß ich, sei es auch auf Kosten meines ganzen Lebenswerks, dennoch des Teufels gefegte und geschmückte Straße hinabtanzen müsse, wenn mich, fürwahr, nur am Ende das Lächeln eines leichtfertigen Weibes erwartete. Und ich dachte, alle Weiber auf der Welt seien wie Kitty oder Frau Vansuythen (wie sie sich seither in der Tat mir auch gezeigt haben), und dies versetzte mich so sehr in äußerste Wut und Kummer, daß ich über alles froh war, als meines Ichs Hand wieder auf meine linke Brust niederfiel und ich nicht mehr von diesen Tollheiten geplagt war.

Nach diesem schwieg er eine kleine Weile und ich betrachtete es als gewiß, daß er gehen oder ich in kurzem erwachen müsse; aber alsbald begann er wieder zu sprechen und sehr sanft, daß ich ein Narr wäre, an solchen Torheiten, wie er sie eben von mir genommen, zu hängen und daß er, bevor er gehe, noch einige andere Nichtigkeiten von mir verlangen würde, die kein Mann oder in dem Fall kein Junge in diesem Lande mit sich herumschleppen würde. Und so geschah es, daß er mir aus meinem eigenen Herzen alles herausnahm – und er sah mich dabei die ganze Zeit mit meinen eigenen Augen an –, was mir von der Seele und dem Gewissen eines Knaben noch geblieben war. Dies war für mich ein weit schrecklicherer Verlust als selbst die zwei, die ich vorher erlitten. Denn wenn ich auch, Gott steh mir bei, mich weit genug entfernt hatte von allen Pfaden eines ehrbaren und gottgefälligen Lebens, so war doch in mir – obwohl ich das selber schreibe – eine gewisse Herzensgüte, die mich, wenn ich nüchtern oder krank war, all das bereuen ließ, was ich getan hatte, bevor mich die Anwandlung überkommen hatte. Und dies verlor ich gänzlich und hatte an dessen Stelle wiederum nur tödliche Kälte im Herzen. Ich bin nicht – wie schon vorher gesagt – geschickt mit der Feder, so fürchte ich, daß das, was ich eben geschrieben habe, nicht leicht verstanden werden kann. Dennoch – es gibt Zeiten im Leben eines jungen Mannes, da, durch großen Kummer oder Sünde, der ganze Knabe in ihm ausgebrannt oder weggesengt wird, so daß er mit einem Schritt in den an Kummer reicheren Stand des Mannesalters tritt, wie unser leuchtender indischer Tag in die Nacht übergeht, ohne so viel graues Zwielicht, als nötig wäre, die zwei Gegensätze zu überbrücken. Es gibt vielleicht ein klareres Bild von meinen Zustand, wenn ich sage, daß meine Qual zehnmal so groß war, als wie sie im natürlichen Laufe der Dinge meinem Mann zuteil zu werden pflegt. Zu dieser Zeit wagte ich nicht an die Veränderung, die über mich gekommen war, und zwar in einer Nacht, zu denken: freilich habe ich seither oft daran gedacht.

»Ich habe meinen Preis bezahlt«, sagte ich mit klappernden Zähnen, denn in mir war eine tödliche Kälte. »Und was ist mein Gewinn?«

Zu diesem Zeitpunkt dämmerte es schon fast und mein Ich hatte begonnen, gegen das weiße Licht, das aus Osten hereinbrach, zu verblassen und schattenhaft zu werden, wie es die Gewohnheit von Geistern, Teufeln und dergleichen sein soll; so hat es mir meine Mutter erzählt. Er tat, als ginge er, aber meine Worte ließen ihn einhalten und er lachte – so habe ich gelacht, erinnere ich mich, als ich Angus Macalister im letzten August den rechten Arm durchbohrte, weil er gesagt hatte, Frau Vansuythen sei nicht besser, als – sie's nötig habe.

»Welcher Gewinn?« sagte er, meine letzten Worte aufgreifend. »Nun, die Kraft, so lange zu leben, als es Gott oder dem Teufel gefällt; und so lange du lebst, junger Herr, – dies Geschenk von mir.«

Damit drückte er mir etwas in die Hand. Ich konnte noch nicht sehen, was es war, und da ich wieder aufblickte, war er fort.

Als es licht wurde, beeilte ich mich, seine Gabe zu betrachten, und ich sah: es war ein Stückchen trockenes Brot.

Der Weg der Illusion

Was hat ihre Sehnsucht denn eitel gemacht?
Ein Gott, ein Gott war's, der Trennung gebot –
Er war es, der ihre Küsten schied
Durch die Salzsee der Fremde, die kein Lot erreicht.
Matthew Arnold

Er. Sag deinen *Jhampanies*[1], daß sie nicht so laufen sollen, Liebe. Sie vergessen, daß ich eben von der Ebene komme.

Sie. Das ist wenigstens ein sicherer Beweis, daß ich mit keinem anderen ausgefahren bin. Ja, sie sind eine unbändige Horde. Wohin fahren wir?

Er. Wie gewöhnlich ans Ende der Welt. Nein, nach dem Jakko.

Sie. Laß dir dein Pony nachbringen, es ist eine lange Strecke.

Er. Und das letzte Mal, Gott sei Dank!

Sie. Denkst du noch immer daran? Ich wagte nicht, dir darüber zu schreiben – all diese Monate.

Er. Ob ich dran denke! Ich habe seit Herbst meine ganzen Angelegenheiten daraufhin eingerichtet. Warum sprichst du so, als dächtest du heute zum erstenmal daran?

Sie. Ach, ich weiß nicht. Ich habe lang und breit darüber nachgedacht.

Er. Hat sich dein Sinn geändert?

Sie. Du solltest wissen, daß ich ein Wunder an Beständigkeit bin. Wie hast du deine Anordnungen getroffen?

Er. Unsere, bitte, Liebste.

Sie. Gut denn, unsere. Mein armer Junge, was hast du für einen Hitzeausschlag auf der Stirn! Hast du schon Kupfersulfat in Wasser gelöst dagegen versucht?

Er. Hier oben wird er in zwei oder drei Tagen verschwinden. Die Anordnungen sind einfach genug. Die Tonga am frühen Morgen, um zwölf Uhr erreichen wir Kalka, um sieben Uhr sind wir in Umballa, und von dort mit dem Nachtzug geradewegs nach Bombay und mit dem am einundzwanzigsten abgehenden Schiffe nach Rom. Das ist meine

1. Rikscha-Kulis.

Idee. Der Kontinent und Schweden – zehn Wochen Honigmond.

Sie. Still! Sprich nicht so davon. Es erschreckt mich. Guy, wie lange sind wir beide schon unvernünftig gewesen!

Er. Sieben Monate und vierzehn Tage, die genaue Stundenzahl hab' ich vergessen. Aber ich werde darüber nachdenken.

Sie. Ich wollte nur sehen, ob du dich noch erinnerst. Wer sind die zwei auf der Blessington Road?

Er. Eabrey und diese Frau, die Penner. Was gehen sie uns an? Erzähl mir alles, was du getan und gesagt und gedacht hast.

Sie. Getan habe ich wenig, gesagt noch weniger und gedacht viel. Ich bin fast gar nicht ausgegangen.

Er. Das war unrecht von dir. Hast du dich gelangweilt?

Sie. Nicht sehr. Kannst du dich wundern, daß ich keine Lust habe, mich zu unterhalten?

Er. Offen gesagt, ja. Worin bestand die Schwierigkeit?

Sie. Nur in dem: Je mehr Leute ich kenne und je besser ich hier bekannt bin, desto weiter wird die Neuigkeit sich verbreiten, wenn die Explosion kommt. Das ist mir nicht angenehm.

Er. Unsinn. Wir sind dann schon weit.

Sie. Glaubst du?

Er. Bestimmt, wenn Eisenbahn oder Pferdehufe nur die geringste Kraft haben, uns fortzutragen. Ha, ha!

Sie. Und worin findest du die Komik der Situation – mein Lanzelot?

Er. In gar nichts, Ginevra. Ich dachte nur an etwas.

Sie. Man sagt, Männer hätten einen feineren Instinkt für Humor als Frauen. Ich dachte jetzt an den Skandal.

Er. Denk nicht an etwas so Häßliches. Wir werden dann darüber erhaben sein.

Sie. Es wird aber doch einen Skandal geben, wir werden im Mund von ganz Simla sein, in ganz Indien wird es herumtelegraphiert werden und alle Abendgesellschaften werden darüber sprechen; und wenn Er sich zeigt, werden sie Ihn anstarren, um zu sehen, wie Er es trägt. Und wir werden tot sein, Guy, Liebster, tot und verstoßen in das dunkle Draußen, wo –

Er. – es wenigstens Liebe gibt. Ist das nicht genug?

Sie. Das habe ich gesagt.

Er. Und du denkst noch immer so?

Sie. Was denkst du?

Er. Was habe ich getan? Es bedeutet gleicherweise den Ruin für mich, wie es die Welt nennt – Verstoßensein, den Verlust meiner Stellung, das Aufgeben meines Lebenswerkes. Ich zahle meinen Preis.

Sie. Und stehst du so über der Welt, daß du dir leisten kannst, diesen Preis zu zahlen? Und stehe ich so über der Welt?

Er. Meine Göttin – wie denn anders?

Sie. Ich bin nur eine sehr gewöhnliche Frau, fürchte ich, aber immerhin anständig. Guten Tag, Frau Middleditch! Ihr Gatte? Ich glaube, er reitet mit Oberst Statters nach Annandale hinunter. Ja, ist es nicht zauberhaft nach dem Regen? Guy, wie lang darf ich Frau Middleditch noch eine Verbeugung machen? Bis zum siebzehnten?

Er. Eine unangenehme Schottin! Wozu ziehst du sie in die Diskussion herein? Du sagtest?

Sie. Nichts. Hast du je gesehn, wie ein Mann gehängt wurde?

Er. Ja. Einmal.

Sie. Wofür?

Er. Mord, natürlich.

Sie. Ist das gar so eine große Sünde? Ich möchte wissen, was er empfand, bevor die Schlinge zugezogen wurde.

Er. Nicht viel, denke ich. Was für eine grausige kleine Frau ich da heute habe. Du zitterst ja vor Kälte! Nimm dein Cape um, Liebe!

Sie. Ja, ich werde es umnehmen. Oh, schau, wie der Nebel von Sanjaoli herüberzieht, und ich dachte, wir würden auf Ladies' Mile Sonne haben. Kehren wir um!

Er. Wozu? Da steht eine Wolke über Elysium Hill, und das bedeutet, daß der ganze Mall im Nebel sein wird. Fahren wir weiter. Vielleicht bläst ihn der Wind weg, bevor wir zum Kloster kommen. Bei Gott, es ist kühl.

Sie. Du spürst es, weil du eben erst von unten kommst. Zieh deinen Überzieher an! Wie gefällt dir mein Cape?

Er. Man frage nie einen Mann nach seiner Meinung über

ein weibliches Kleidungsstück, wenn er verzweifelt und verworfen verliebt in dessen Trägerin ist. Laß sehen! Wie alles, was dir gehört, ist es vollendet. Woher hast du es?

Sie. Er hat es mir am Mittwoch geschenkt – unserm Hochzeitstag, weißt du.

Er. Zum Teufel, er hat wirklich ...! Er wird freigebig auf seine alten Tage! Gefällt dir denn all das bauschige, gekrauste Zeug am Hals? Mir nicht.

Sie. Dir nicht?

Guter Herr, aus Freundlichkeit,
Kommt Ihr in die Stadt, Herr,
Kauft mir ein schönes Kleid,
Wie's der Bauer mag, Herr!

Er. Ich werde nicht sagen: »Guck in den Ziehbrunn', Janet, Janet.« Wart nur ein wenig, mein Liebling, dann wirst du mit schönen Kleidern und allen andern Dingen ausgestattet sein.

Sie. Und wenn die Kleider abgetragen sind, schaffst du mir neue an – und alles andre auch?

Er. Sicherlich.

Sie. Ich bin neugierig darauf.

Er. Schau, Liebste, ich habe nicht deswegen zwei Tage und zwei Nächte im Zug gesessen, um zu hören, daß du darauf neugierig bist. Ich denke, wir haben das alles in Shaifazehat endgültig besprochen.

Sie (träumerisch). In Shaifazehat? Steht die Station noch? Das ist schon Ewigkeiten her! Der Ort muß schon in Stücke fallen, alles bis auf die Amirtollah-Gemeindestraße. Ich glaube nicht, daß die vor dem Tage des Jüngsten Gerichtes zerfallen wird.

Er. Meinst du? In was für einer Stimmung bist du jetzt?

Sie. Ich kann's nicht sagen. Wie kalt es jetzt ist! Fahren wir rascher!

Er. Gehen wir lieber ein Stückchen. Halt deine *Jhampanies* an und steig aus! Was ist mit dir heute abend, Liebste?

Sie. Nichts. Du mußt dich an meine Art und Weise gewöhnen. Wenn ich dich langweile, kann ich ja nach Hause fahren. Hier kommt Hauptmann Congleton, der wird mich sicher gern begleiten.

Er. Gans! Zwischen uns so etwas! Zum Teufel mit Hauptmann Congleton!

Sie. Mein hoher Ritter! Ist es deine Gewohnheit, beim Reden viel zu fluchen? Das gibt einen kleinen Mißton, und du wirst vielleicht auch mit mir fluchen.

Er. Mein Engel! Ich wußte nicht, was ich sagte; deine Stimmung hat sich so rasch geändert, daß ich nicht folgen konnte. Ich will in Sack und Asche um Verzeihung bitten.

Sie. Davon wird es später genug geben. – Gute Nacht, Hauptmann Congleton! Gehen Sie schon zu der Probe der Reigenlieder? Welche Tänze habe ich Ihnen für die nächste Woche reserviert? Nein! Sie müssen es falsch aufgeschrieben haben. Nummer Fünf und Sieben habe ich gesagt. Wenn Sie sich geirrt haben, habe ich doch keineswegs die Absicht, für diesen Irrtum zu büßen. Sie müssen Ihr Programm ändern.

Er. Ich denke, du hast mir erzählt, du seist in dieser Saison nicht viel ausgegangen?

Sie. Ganz richtig. Aber wenn ich ausgehe, tanze ich mit Hauptmann Congleton. Er tanzt sehr gut.

Er. Und sitzt mit ihm die ganzen Tänze durch, nehme ich an?

Sie. Ja. Hast du etwas dagegen einzuwenden? Soll ich künftig nur noch unbeteiligt unter dem Kronleuchter stehn?

Er. Wovon spricht er mit dir?

Sie. Wovon sprechen schon die Männer, wenn sie mit einer Frau einen Tanz verplaudern?

Er. Ach, rede nicht so! Da ich jetzt hier oben bin, mußt du wohl den faszinierenden Congleton für eine Weile aufgeben. Ich mag ihn nicht.

Sie (nach einer Pause). Weißt du, was du gesagt hast?

Er. Ich kann's nicht genau sagen. Ich bin nicht in der besten Laune.

Sie. Das sehe – und fühle ich. Mein vertrauensvoller, gläubiger Geliebter, wo bleibt deine »ewige Beständigkeit«, dein »unzerstörbares Vertrauen« und deine »verehrungsvolle Ergebenheit«? Ich erinnere mich dieser Phrasen, du aber scheinst sie vergessen zu haben. Ich erwähne den Namen eines Mannes –

Er. Schon reichlich mehr als das.

Sie. Gut, ich spreche mit ihm von einem Tanz, vielleicht

dem letzten Tanz, den ich in meinem Leben tanzen werde, bevor ich – bevor ich weggehe; und du mißtraust mir und beleidigst mich sofort.

Er. Ich habe kein Wort gesagt.

Sie. Wieviel hast du unausgesprochen gelassen? Guy, ist das der ganze Vorrat an Vertrauen, mit dem wir das neue Leben beginnen wollen?

Er. Nein, natürlich nicht. So habe ich das nicht gemeint. Mein Ehrenwort, nein. Laß es vergangen sein, Liebste, bitte!

Sie. Diesmal – ja – und ein zweites Mal und wieder und wieder, alle Jahre hindurch, in denen ich nicht mehr imstande sein werde, mich aufzulehnen. Du verlangst zuviel, mein Lanzelot, und – du weißt zuviel.

Er. Wie meinst du das?

Sie. Das ist ein Teil der Strafe. Zwischen uns kann es kein vollkommenes Vertrauen geben.

Er. Im Namen des Himmels, warum nicht?

Sie. Still! Es genügt auch, die Hölle anzurufen. Frag dich selbst.

Er. Ich kann nicht folgen.

Sie. Du vertraust mir so gänzlich, daß, wenn ich nur einen andern Mann ansehe – aber reden wir nicht davon. Guy, hast du jemals einem Mädchen Liebeserklärungen gemacht, einem anständigen Mädchen?

Er. Ja, so was Ähnliches. Aber vor Jahrhunderten, im finsteren Mittelalter, lang bevor ich dir begegnet bin, Liebe.

Sie. Erzähl mir, was du ihr gesagt hast.

Er. Was pflegt ein Mann einem Mädchen zu sagen? Ich habe es vergessen.

Sie. Ich aber erinnere mich. Er sagt ihr, daß er ihr vertraue und den Boden verehre, den sie betritt, daß er sie lieben, ehren und beschützen werde bis ans Ende ihrer Tage; und in diesem Glauben heiratet sie ihn. Ich spreche übrigens von einem Mädchen, das nicht beschützt worden ist.

Er. Ja, und weiter?

Sie. Und dann, Guy, und dann hat das Mädchen eben zehnmal soviel Vertrauen, Liebe und Ehrerbietung nötig, ja, Ehrerbietung – als sie ihr in ihrer Ehe genügt hat –, damit das andere Leben, das sie nun wählt, nur halbwegs erträglich wird. Verstehst du?

Er. Halbwegs erträglich? Es wird das Paradies sein!

Sie. Ach, kannst du mir alles das geben, worum ich dich bat – nicht jetzt noch auch ein paar Monate später, sondern dann, wenn du zu überlegen anfangen wirst, was du hättest tun können, wenn du hier in deiner Stellung und deiner Kaste geblieben wärst – dann, wenn du mich als Hemmschuh und als eine Last zu betrachten anfangen wirst. Dann werde ich es am nötigsten haben, Guy, denn dann werde ich auf der ganzen Welt niemand haben als dich.

Er. Du bist heute ein wenig übermüdet, mein Liebstes, und hast deswegen solch eine theatralische Ansicht von unserer Lage. Nach den nötigen Verhandlungen vor dem Gerichtshofe wird der Weg frei –

Sie. In den »heiligen Stand der Ehe«. Hahaha!

Er. Still! Lach nicht so schrecklich!

Sie. Ich k-k-k-kann nichts dafür! Hahaha! Es ist zu dumm! Guy, laß mich aufhören, oder ich werde l-l-lachen, bis wir in die Kirche kommen.

Er. Um Gottes willen, hör auf, benimm dich nicht so auffallend! Was hast du denn eigentlich?

Sie. Nichts. Jetzt ist mir besser.

Er. Das ist gut. Einen Augenblick, meine Liebe. Eine kleine Haarsträhne hinter deinem rechten Ohr hat sich gelöst und hängt dir über die Wange. So!

Sie. Danke dir. Ich fürchte, mein Hut sitzt auch ganz schief.

Er. Wozu trägst du diese ungeheuren dolchartigen Hauben-Bratspieße? Damit kann man ja einen Menschen erstechen.

Sie. Bitte, erstich du mich nur nicht. Du stichst mich in den Kopf. Laß mich es machen. Ihr Männer seid so ungeschickt.

Er. Hast du oft Gelegenheit gehabt, uns Männer bei dieser Beschäftigung zu vergleichen?

Sie. Guy, wie heiße ich?

Er. Was? Ich verstehe nicht.

Sie. Hier ist meine Visitenkartentasche. Kannst du lesen?

Er. Ja. Und?

Sie. Nun, das beantwortet deine Frage. Du kennst den Namen des andern Mannes. Bin ich jetzt genügend gedemütigt oder möchtest du mich fragen, ob es noch jemand andern gibt?

Er. Ich verstehe. Mein Liebling, ich hab' keinen Augenblick daran gedacht. Ich habe nur gescherzt. Da! Glücklicherweise ist niemand auf der Straße. Man wäre entsetzt.

Sie. Man wird sich noch mehr über das Ende entsetzen.

Er. Niiicht! Ich habe es nicht gern, wenn du so sprichst.

Sie. Du unvernünftiger Mann! Wer denn als du hat von mir verlangt, ich solle unsre Situation überlegen und auf mich nehmen. – Sag mir, sehe ich wie Frau Penner aus? Schaue ich aus wie eine schlechte Frau? Schwör mir, daß ich nicht so aussehe. Gib mir dein Ehrenwort, mein ehrenwerter Freund, daß ich nicht wie Frau Buzgago bin. Schau, so pflegt sie dazustehen, die Hände über dem Hinterkopf gefaltet. Gefällt dir das?

Er. Sei nicht so affektiert!

Sie. Ich bin's nicht. Ich bin Frau Buzgago. Hör zu:

Pendant une année toute entière
Le régiment n'a pas r'paru.
Au Ministère de la Guerre
On le r'porta connu perdu.
On se r'nonçait à r'trouver sa trace,
Quand un matin subitement,
On le vit r'paraître sur la place,
Le Colonel toujours en avant.

So pflegt sie das R zu rollen. Bin ich ihr ähnlich?

Er. Nein. Aber ich bin dagegen, daß du fortfährst, dich wie eine Schauspielerin zu gebärden und solches Zeug zu singen. Wo in aller Welt hast du dieses *Chanson du colonel* aufgelesen? Es ist kein salonfähiges Lied. Kein feines Lied.

Sie. Frau Buzgago hat es mich gelehrt. Sie ist beides: salonfähig und fein – und ehe ein Monat um ist, wird sie mir die Tür ihres Salons verschließen und Gott danken, daß sie nicht so unfein ist wie ich. O Guy, Guy! Ich wünschte, ich wäre wie gewisse Frauen und hätte keine Skrupel wegen – Steht das nicht bei Keene? – »Ihre Haare sind die Haare eines Toten und sie sind untreu dem Brote, das sie essen.«

Er. Ich bin nur ein Mann von beschränktem Verstande und eben jetzt sehr verwirrt. Wenn du durch die ganze Serie deiner Stimmungen durch bist, sag es mir, und ich will dann versuchen, die letzte zu verstehen.

Sie. Stimmungen, Guy! Ich habe keine. Ich bin sechzehn Jahre alt und du gerade zwanzig und du hast nun zwei Stunden vor der Schule auf mich in der Kälte gewartet. Und jetzt hab' ich dich getroffen und wir gehen zusammen nach Hause. Gefällt dir das, meine Kaiserliche Majestät?

Er. Nein, wir sind keine Kinder. Warum kannst du nicht vernünftig sein?

Sie. Das fragt er mich, mich, die im Begriff ist, um seinetwillen Selbstmord zu begehen und – und ich will nicht die Empfindsame spielen und nach meiner Mutter jammern, aber habe ich dir je gesagt, daß ich eine Mutter habe und einen Bruder, der mein Liebling war, bevor ich geheiratet habe? Er ist jetzt auch verheiratet. Kannst du dir vorstellen, welches Vergnügen ihm die Nachricht meiner Flucht bereiten wird? Hast du Verwandte zu Hause, Guy, die sich über das Theater freuen würden?

Er. Einen oder zwei. Man kann nicht Omeletten backen, ohne Eier zu zerbrechen.

Sie (langsam). Ich sehe die Notwendigkeit nicht ein.

Er. Ha! Was sagst du?

Sie. Soll ich die Wahrheit sagen?

Er. Unter diesen Umständen wird es vielleicht ganz gut sein.

Sie. Guy, ich habe Angst.

Er. Ich dachte, das haben wir alles schon abgemacht. Wovor hast du Angst?

Sie. Vor dir.

Er. Ach verdammt noch mal! Die alte Geschichte. Das ist zu arg!

Sie. Vor dir!

Er. Und was nun?

Sie. Was denkst du von mir?

Er. Laß doch diese Frage beiseite. Was gedenkst du zu tun?

Sie. Ich wage es nicht – ich habe Angst. Wenn ich nur betrügen könnte.

Er. À la Buzgago? Nein, danke! Das ist der einzige Punkt, in dem ich einiges Ehrgefühl habe. Ich will nicht Salz und

Brot bei ihm essen und ihn bestehlen. Ich werde öffentlich meine Beute davontragen – oder gar nicht.

Sie. Ich habe nie an etwas anderes gedacht.

Er. Ja, warum stellst du dich dann so, als wolltest du nicht mitkommen?

Sie. Ich stelle mich nicht so, Guy. Ich habe Angst.

Er. Bitte, erkläre dich.

Sie. Es kann nicht von Dauer sein, Guy. Es kann nicht. Du wirst zornig sein und dann wirst du fluchen und dann wirst du eifersüchtig werden und dann wirst du mir mißtrauen – du tust es jetzt schon – und meine Beziehung zu dir wird dir den besten Grund für deine Zweifel liefern. Und ich, was soll ich tun? Ich werde nicht besser als Frau Buzgago befunden werden – nicht besser als irgendwer. Und du wirst das wissen. O Guy, kannst du das nicht begreifen?

Er. Ich sehe, daß du verzweifelt unvernünftig bist, kleine Frau!

Sie. Siehst du! Im Augenblicke, da ich dir widerspreche, wirst du zornig. Was wirst du erst tun, wenn ich nichts mehr bin als dein Eigentum, ein Eigentum, das du gestohlen hast? Es kann nicht sein, Guy. Es kann nicht sein! Ich dachte, es ginge, aber es geht nicht. Du wirst mich bald satt haben.

Er. Ich sage dir: nein. Willst du das nicht begreifen?

Sie. Siehst du? Wenn du jetzt so mit mir sprichst, wirst du mir später die ärgsten Schimpfnamen geben, wenn ich nicht alles tue, wie du es haben willst. Und wenn du grausam zu mir sein würdest – Guy, wohin sollte ich dann gehen, wohin sollte ich gehen? Ich kann dir nicht vertrauen. Oh, ich kann dir nicht vertrauen!

Er. Ich nehme an, daß ich wohl sagen soll, ich könne dir vertrauen. Ich habe reichlich Grund dazu.

Sie. Bitte nicht, es tut so weh, als schlügest du mich.

Er. Es ist ja auch nicht gerade angenehm für mich.

Sie. Ich kann's nicht ändern! Ich wünschte, ich wäre tot! Ich kann dir nicht trauen und ich traue mir selbst nicht! O Guy, geben wir's auf und vergessen wir!

Er. Jetzt ist es zu spät. Ich verstehe dich nicht – ich will dich nicht verstehen – und ich kann heute abend meinen eigenen Worten nicht trauen. Darf ich dich morgen besuchen?

Sie. Ja. Nein! O laß mir Zeit! Übermorgen. Ich steige hier in meine Rikscha und werde Ihn bei Peliti treffen. Du reitest?

Er. Ich werde auch zu Peliti gehen. Ich muß etwas trinken, glaube ich. Meine Welt ist in Stücke geschlagen und die Sterne fallen vom Himmel. Welche Bestien heulen da in der alten Bibliothek?

Sie. Sie proben die Reigenlieder für den Kostümball. Kannst du nicht Frau Buzgagos Stimme hören? Sie hat ein Solo. Es ist eine ganz neue Idee.

Frau Buzgago (in der alten Bibliothek *con molto espressione*).

So, so, Margaret Daw
Verkauft ihr Bett und liegt im Stroh!
So ein törichter Nichtsnutz –
Verkauft ihr Bett und liegt im Schmutz!

Hauptmann Congleton, ich werde das in »Verkauft ihr Bett für ein bißchen Putz« umändern, es klingt so besser.

Er. Nein, ich habe meine Absicht, etwas zu trinken, aufgegeben. Gute Nacht, kleine Dame. Werde ich dich morgen sehen?

Sie. Ja-a. Gute Nacht, Guy. Sei mir nicht böse!

Er. Böse! Du weißt, daß ich dir absolut vertraue. Gute Nacht, und – Gott segne dich. (Drei Sekunden später. Allein.) Hmm! Ich gäbe was drum, zu erfahren, ob da nicht ein anderer Mann dahintersteckt.

Nur ein Leutnant!

... Nicht allein durch Befehl, durch das Beispiel
die Mannschaft zu kraftvoller Pflichterfüllung und standhaftem
Ertragen der mit dem Militärdienst untrennbar verbundenen
Schwierigkeiten und Entbehrungen anzufeuern.
Bengalisches Armee-Reglement.

Bobby Wick mußte in Sandhurst eine Prüfung machen. Er war ein Edelmann, bevor er noch in die Armeeliste kam, und als die Kaiserin verlautbaren ließ, daß der Kadett Robert Hanna Wick als Leutnant zu den Tyneside Tail Twisters in Krab Bokhar kommandiert sei, war er Offizier *und* Edelmann, eine beneidenswerte Sache; und große Freude herrschte im Hause Wick, wo Mama Wick und alle kleinen Wicks auf die Knie fielen und Bobby Weihrauch streuten um seiner Vollkommenheiten willen.

Papa Wick war seinerzeit Kommissar gewesen, hatte die Autorität über drei Millionen Menschen in Chota Buldana aufrechterhalten, große Dinge für das Wohl des Landes getan und sein Bestes hergegeben, um dort, wo früher ein Grashalm gewachsen war, zwei zum Gedeihen zu bringen. Natürlich wußte in dem kleinen englischen Dorf niemand etwas davon; hier war er bloß »der alte Herr Wick« und hatte vergessen, daß er Inhaber des Ordens vom Indischen Stern war.

Er klopfte Bobby auf die Schulter und sagte: »Das hast du gut gemacht, mein Junge!«

Bis die Uniform geliefert wurde, erlebte Bobby eine Zwischenzeit reinsten Glückes, in der er den Titularrang »Mann« bei den von weiblichen Wesen wimmelnden Tennispartien und Teenachmittagsgefechten des Dorfes erhielt, und ich wage zu behaupten, daß er sich in mehrere Mädchen zugleich verliebt hätte, wenn sich sein Eintritt in die Armee noch länger hinausgeschoben hätte. Die kleinen Landorte daheim sind voll von netten jungen Mädchen, weil alle jungen Männer nach Indien gehen, um ihr Glück zu machen.

»Indien ist der Platz dafür«, sagte Papa Wick. »Ich war dort dreißig Jahre lang und, weiß der Kuckuck, ich ginge gerne wieder hin. Wenn du bei den Tail Twisters eintrittst, wirst du dich unter Freunden befinden, sofern man den alten Wick von Chota Buldana noch nicht vergessen hat, und eine Menge Leute werden um unsertwillen nett zu dir sein. Die Mutter wird dir mehr über die nötige Ausrüstung sagen können als ich; aber eines sage ich dir: Halt dich an dein Regiment, Bobby, halt dich an dein Regiment. Du wirst in deiner Umgebung viele Leute sehen, die zum Generalstab wollen, die allerhand Pflichten erfüllen, nur nicht die gegen das Regiment, und vielleicht gerätst du in Versuchung, ihrem Beispiel zu folgen. Solange du mit deinem Zuschuß auskommst, und ich werde dich nicht knapp halten, bleib bei der Linie, und nochmals bei der Linie, und nur bei der Linie. Sei vorsichtig, wenn du für die Rechnungen eines andern jungen Narren gutstehen sollst, und wenn du dich in eine Frau verlieben solltest, die zwanzig Jahre älter ist als du, so erzähle es nicht gerade mir; das ist alles, was ich sagen wollte.«

Mit diesen und vielen andern ebenso wertvollen Ratschlägen stärkte Papa Wick seinen Sohn vor jener letzten schrecklichen Nacht in Portsmouth, in der in den Offiziersquartieren weit mehr Schlafplätze gefordert wurden, als vom Reglement vorhergesehen waren; in jener Nacht, da die auf Landurlaub befindlichen Schiffsmannschaften die nach Indien bestimmten Detachements überfielen, der Kampf von den Werfttoren bis in die verrufenen Gassen von Longport tobte und die Dirnen von Fratton herabkamen und den Offizieren der Königin die Gesichter zerkratzten.

Bobby Wick hatte denn mit einer häßlichen Beule auf der sommersprossigen Nase unter den aufmunternden Zurufen von fünfzig höhnenden Frauenzimmern ein verkatertes, geschwächtes Detachement einzuschiffen, so daß ihm keine Zeit für Heimweh blieb, bis die »Malabar« die Mitte des Kanals erreichte und seine Gefühle dann infolge einer kleinen Wachinspektion und vieler anderer Dinge doppelt stark sich regten.

Die Tail Twisters waren ein höchst eigenartiges Regiment. Diejenigen, die es am wenigsten kannten, behaupteten, ihr Regimentshochmut übersteige jedes Maß. Aber ihre Reserviertheit und ihre internen Maßnahmen waren im allgemeinen bloß eine diplomatische Schutzmaßregel nach außen hin. Etliche fünf Jahre vorher nämlich hatte der kommandierende Oberst in die vierzehn furchtlosen Augen von sieben breitschultrigen strotzenden Leutnanten geblickt, die alle um die Aufnahme in das Generalstabskorps angesucht hatten, und er hatte sie gefragt, wie zum Donnerwetter gerade er, ein Oberst der Linie, dazu käme, eine verfluchte Kinderstube von zweimal verfluchten Flaschenkindern zu kommandieren, die verbotene Blechsporen trügen und auf qualifizierten Schindmähren an der Spitze von verfluchten, gottverlassenen, schwarzen Regimentern daherritten. Er war ein unwirscher Mann und flößte Schrecken an.

Da traf dann der Überrest etliche Maßnahmen, als deren Folge sich das Gerücht verbreitete, daß junge Leute, die die Tail Twisters als Sprungbrett zum Generalstab benützen wollten, mannigfache und harte Plagen zu erdulden hätten. Denn schließlich hat ein Regiment mindestens ebensoviel Recht darauf, seine Geheimnisse zu haben wie eine Frau.

Als Bobby von Deolali heraufkam und bei den Tail Twisters eintrat, wurde ihm freundlich, aber entschieden eingeprägt, daß das Regiment sein Vater, seine Mutter und sein ihm untrennbar angetrautes Eheweib sei, und daß es unter dem Baldachin des Himmels kein schwärzeres Verbrechen gäbe, als Schande über das Regiment zu bringen, welches das am besten schießende, am besten gedrillte, am besten in Form befindliche, das tapferste, berühmteste und in jeder Hinsicht erstrebenswerteste Regiment im Bereich der sieben Meere sei. Er wurde über die Legende von der Herkunft der Messe-Einrichtung, angefangen von den großen grinsenden goldenen Götzen, die aus dem Sommerpalast von Peking stammten, bis zu der silberbeschlagenen Schnupftabaksdose aus Bergziegenhorn unterrichtet, die der letzte kommandierende Oberst (das war jener, der zu den sieben Leutnanten gesprochen hatte) gespendet hatte. Und jede dieser Legenden berichtete von Schlachten, die ohne Furcht und ohne Verstärkungen gegen große Übermacht ausgefochten worden waren, von unbeschränkter, geradezu arabischer Gastlichkeit, von Freundschaften, so tief wie die See und so standhaft wie die Gefechtslinie; von Ehren, die um der Ehre willen auf harten Wegen erworben worden waren, und von beständiger frageloser Ergebenheit gegen das Regiment – das Regiment, das aller Leben und für immer zu eigen fordert.

Mehr als einmal kam er offiziell mit der Regimentsfahne in Berührung, die wie das Hutfutter eines Maurers am Ende eines abgekauten Stockes aussah. Bobby kniete nicht in Verehrung nieder vor ihr, denn so sind britische Leutnante nicht. Nein, er verfluchte sie sogar wegen ihres Gewichtes im Augenblick, da sie Schrecken und andere edlere Gefühle erregen sollte.

Am schönsten aber war es, als er in der Morgendämmerung eines Novembertages mit den Tail Twisters in Paradeordnung ausmarschierte. Die Kranken und die Diensthabenden der Wache ausgenommen, war das Regiment eintausendundachtzig Mann stark, und Bobby gehörte zu ihnen; denn war er nicht ein Leutnant von der Linie – der ganzen Linie und nichts als der Linie –, wie das Trampeln von zweitausendeinhundertundsechzig derben Kommißstiefeln bezeugte? Er hätte nicht mit Deighton von der reitenden Batterie getauscht, der in eine Staubwolke gehüllt unter einem Chor von: »Hart rechts! Hart links!« vorüberstürmte, noch mit Hogan-Yale von den weißen Husaren an der Spitze seiner Eskadron, wieviel sie auch wert war, und hätte man ihm auch noch die Hufeisen mit dareingegeben; noch auch mit »Tick« Boileau, der versuchte, sich seines grimmigen blaugoldenen Turbans würdig zu erweisen, während seine wespenschlanken bengalischen Kavalleristen im Kielwasser der weißen Husaren deren hohen Walisern mit den zurückgelegten Ohren nachgaloppierten.

Das Gefecht dauerte den ganzen kühlen, klaren Tag lang; und Bobby fühlte einen kleinen Schauer über den Rücken rinnen, als er nach den donnernden Salven das Klirren der leeren Kartuschen vernahm, die aus dem Verschluß fielen; denn er wußte, daß er diesen Ton in seinem Leben noch in einem wirklichen Gefechte zu hören bekommen werde. Die Truppenschau endete in einer prachtvollen Jagd über die Ebene – die Batterien donnerten gegen die Kavallerie zum größten Abscheu der weißen Husaren, und die Tyneside Tail Twisters jagten ein Sikh-Regiment, bis die langen schmächtigen Singhs vor Erschöpfung keuchten. Bobby war schon lange vor Mittag von Staub und Schweiß bedeckt – aber sein

Enthusiasmus nahm dabei durchaus nicht ab, sondern wurde nur noch konzentrierter.

Und wiederum saß er zu Füßen von Revere, seinem »Mentor«, das heißt, dem Hauptmann seiner Kompanie, um in der schwarzen Kunst und den Geheimnissen der Behandlung der Mannschaft Unterricht zu genießen, denn dies ist ein sehr wichtiger Teil des militärischen Berufes.

»Wenn Sie dafür keinen Instinkt haben«, sagte Revere und stieß den Rauch einer *Cheroot*[1] aus, »werden Sie nie imstande sein, das Eigentliche zu begreifen; aber denken Sie dran, Bobby, nicht der beste Drill – obwohl Drill fast alles ist – treibt ein Regiment durch die Hölle und auf der andern Seite wieder heraus, sondern der Mann, der die Leute zu handhaben weiß – Böcke, Schweine, Hunde und so weiter.«

Bobby erwiderte: »Dormer, zum Beispiel. Ich glaube, er gehört unter die Rubrik: Idioten. Er ist verdrießlich wie eine kranke Eule.«

»Da irren Sie sich eben, mein Sohn. Dormer ist noch kein Idiot, aber er ist ein verflucht schmutziger Soldat, und sein Zimmerkorporal zieht ihn vor der Monturbesichtigung immer mit seinen Socken auf. Dormer, der zu zwei Dritteln ein bloßes Vieh ist, verkriecht sich dann in eine Ecke und knurrt.«

»Woher wissen Sie das?« fragte Bobby voll Bewunderung.

»Weil ein Kompaniechef diese Dinge wissen muß – denn wenn er sie nicht weiß, kann's ein Verbrechen geben, ja sogar Totschlag, der sich vor seiner Nase vorbereitet, ohne daß er es merkt. Dormer ist durch Verhetzung ganz aus dem Gleichgewicht gekommen – und so lang er ist, hat er doch nicht Verstand genug, sich dagegen zu wehren. Er hat sich dem stillen Suff ergeben, und, Bobby, wenn einer, der die Spott-Zielscheibe einer Kasernenstube ist, anfängt zu saufen oder still vor sich hinzustieren, dann muß etwas geschehen, um ihn da 'rauszureißen.«

»Was soll da geschehen? Unsereiner kann doch nicht immer herumlaufen und seine Leute hätscheln.«

»Nein, denn die Mannschaft wird ihm verflucht rasch zeigen, daß er nicht gebraucht wird. Man muß eben –«

Hier trat der Stabsfeldwebel mit einigen Papieren ein,

1. Indische Zigarre.

und während Revere die Kompanieberichte durchsah, dachte Bobby nach.

»Stellt Dormer etwas an, Stabsfeldwebel?« fragte Bobby, als setze er ein unterbrochenes Gespräch fort.

»Nein, Herr Leutnant, tut seine Pflicht wie'n Automat«, erwiderte der Stabsfeldwebel, der gern in ausdrucksvollen Worten schwelgte: »'s ist ein schmutziger Soldat, und seine ganze Löhnung wird ihm gestrichen zur Anschaffung 'ner neuen Uniform. Die seinige is ja voll Schuppen, Herr Leutnant.«

»Schuppen? Was für Schuppen?«

»Fischschuppen, Herr Leutnant. Der polkt immer im Schlamm am Fluß herum und putzt die Fische mit'm Daumen.« Revere war noch in die Papiere der Kompanie vertieft, und der Stabsfeldwebel, der Bobby herzlich zugetan war, fuhr fort – »Gewöhnlich jeht er da runter, wenn er voll is – entschuldijen schon, Herr Leutnant, aber die Leute sagen, je mehr er besoffen – betrunken is, desto mehr Fische fängt er. In der Kompanie nennen sie ihn den verrückten Fischhändler, Herr Leutnant.«

Revere unterzeichnete den letzten Bogen, und der Stabsfeldwebel machte kehrt. »Eine schmutzige Unterhaltung!« dachte Bobby mit einem Seufzer, dann sagte er laut zu Revere: »Sind Sie wirklich in Sorge um Dormer?«

»Ein wenig. Verstehen Sie, er ist nicht närrisch genug, als daß man ihn ins Lazarett stecken könnte, noch betrunken genug, als daß man ihm Arrest diktieren könnte, aber man muß immer damit rechnen, daß er plötzlich mal aus seinem Stumpfsinn auffährt und aufbegehrt. Er nimmt es übel, wenn man Interesse für ihn zeigt, und als ich ihn ein einziges Mal auf die Jagd mitnahm, hat nicht viel gefehlt, daß er mich erschossen hätte.«

»Ich fische«, sagte Bobby mit verzogenem Gesicht. »Ich miete ein Boot und fahre von Donnerstag bis Sonntag den Fluß hinunter, und der liebenswürdige Dormer geht mit mir, wenn Sie uns beide entbehren können, Herr Hauptmann.«

»Sie verrücktes Huhn!« sagte Revere nur, aber sein Herz war ungleich freundlicherer Worte voll.

Donnerstagmorgen fuhr Bobby als Kapitän einer *Dhoni*[1]

1. Boot.

mit Dormer als Maat den Fluß hinunter, der Infanterist am Bug, der Leutnant am Steuer. Der Infanterist schaute voll Unbehagen auf den Leutnant, der die Zurückhaltung des Infanteristen respektierte.

Nach sechs Stunden ging Dormer ans Steuer, salutierte und sagte: »Herr Leutnant verzeihen, waren der Herr Leutnant jemals auf dem Durham-Kanal?«

»Nein« sagte Bobby Wick. »Kommen Sie und essen Sie *Tiffin*[1] mit mir.«

Sie aßen schweigend. Als der Abend kam, brach der Infanterist Dormer das Schweigen und sprach laut mit sich selbst: »Ich bin uf'm Durham-Kanal jewesen, just in so 'ner Nacht, nächste Woche sin's zwölf Monate, und die Zehen hab' ich ins Wasser jehängt jehabt.« Er rauchte und sagte kein Wort mehr bis zur Schlafenszeit.

Der Zauber der Dämmerung tauchte das Grau der Wasserfläche in Purpur, Gold und Opalfarben, und es war, als glitte die langsam dahinziehende *Dhoni* durch den Glanz eines neuen Himmels. Der Infanterist Dormer steckte den Kopf aus seiner Decke heraus und betrachtete die Herrlichkeit über und um sich. »Na, zum Teufel mit meinen Augen!« flüsterte er scheu, »das hier is ja wie 'ne auf Glanz gewichste Parade!« Den Rest der Tage blieb er stumm, es gelang ihm aber, sich beim Putzen der großen Fische über und über mit Blut zu beschmieren.

Das Boot kehrte am Samstagabend zurück. Seit Mittag hatte Dormer vergeblich versucht, ein Wort herauszubringen; als die Angeln und das Gepäck ausgeladen waren, fand er die Sprache wieder und sagte: »Entschuldigen der Herr Leutnant, möchten der Herr Leutnant mir nicht die Hand geben?«

»Natürlich«, sagte Bobby und schüttelte ihm die Hand. Dormer kehrte in die Baracken zurück und Bobby in die Messe.

»Ich glaube, er hatte etwas Ruhe und Fischen nötig«, sagte Bobby. »Aber Herrgott, ein dreckiges Biest! Haben Sie jemals gesehen, wie er die Fische mit den Daumen abschuppt?«

Drei Wochen später sagte Revere: »Jedenfalls gibt er sich alle Mühe, seine Sachen rein zu halten.«

1. Lunch.

Als der Frühling verging, beteiligte sich Bobby an dem allgemeinen Ansturm um einen Urlaub in die Berge, und zu seinem Entzücken und zu seiner Überraschung erhielt er drei Monate.

»Ein braver Junge; könnt' ihn mir nicht besser wünschen«, sagte Revere, der »Mentor«, bewundernd.

»Der Beste von der ganzen Gesellschaft«, sagte der Adjutant zum Obersten, »behalten Sie den jungen Nichtstuer, den Porkiss, hier, Herr Oberst, und Revere soll ihn feste Dienst machen lassen.«

So fuhr Bobby selig mit einem blechbeschlagenen Koffer voll prächtiger Uniformen nach Simla Pahar.

»Der Sohn von Wick, dem alten Wick von Chota Buldana? Bitte ihn zum Abendessen, Liebe!« sagten die alten Herren.

»Was für ein netter Junge!« sagten die Matronen und die Mägdelein.

»Ein erstklassiger Ort, dieses Simla, faaaabel-haft!« sagte Bobby Wick und bestellte sich neue weiße Kordbreeches.

Nach zwei Monaten schrieb Revere an Bobby: »Wir stekken in keiner guten Haut. Seit Sie fort sind, ist im Regiment Fieber ausgebrochen, und es ist stark verseucht – zweihundert Mann liegen im Spital und gegen hundert Leute hat man wegen Trunksucht ins Loch gesteckt – sie trinken, um kein Fieber zu bekommen – und die Kompanien stehen bei der Parade nur fünfzehn Glieder tief. In den umliegenden Dörfern ist die Krankheit stärker verbreitet, als mir lieb ist, aber ich bin selbst so von einem blasigen Hitzeausschlag bedeckt, daß ich mich am liebsten aufhängen möchte. Was ist das für ein Klatsch, daß Sie dort oben einem Fräulein Haverley den Hof machen? Nichts Ernstes, hoffe ich? Sie sind viel zu jung, um sich jetzt schon einen Mühlstein an den Hals zu hängen, und der Oberst wird Sie in kürzester Zeit dort herausreißen, wenn Sie den Versuch machen sollten.«

Nicht der Oberst berief Bobby aus Simla zurück, sondern ein viel ansehnlicherer Kommandant. Die Krankheit verbreitete sich in den umliegenden Dörfern, der Bazar wurde geschlossen, und dann kam der Befehl, die Tail Twisters müßten Biwak beziehen. Die Botschaft durcheilte alle Bergstationen: »Cholera – Urlaub abbrechen – Offiziere zurückkehren.« Schade um die weißen Handschuhe in den sauber verlöteten Kassetten, um die geplanten Bälle und Picknicks, um die halbausgesprochenen Liebeserklärungen und die unbezahlten Schulden! Ohne Fragen und Einwände, so rasch eine Tonga fahren, ein Pony galoppieren konnte, stürmten die Leutnante heim zu den Regimentern, als eilten sie zur Hochzeit.

Bobby erhielt den Befehl, als er gerade von einem Ball in Viceregal Lodge zurückkehrte, auf dem er – aber nur das kleine Fräulein Haverley weiß, was Bobby gesagt hat oder wie viele Tänze für den nächsten Ball er beansprucht hat. Am nächsten Morgen um sechs Uhr stand Bobby im strömenden Regen vor dem Büro der Tongawagen, der letzte Walzer wirbelte noch in seinen Ohren und sein Denken war von einer Vergiftung gelähmt, an der weder der Wein noch das Tanzen Schuld trugen.

»Hallo, mein guter Junge«, rief ihn Deighton von der reitenden Batterie durch den Nebel an. »Was, Sie haben eine Tonga aufgetrieben? Ich komme mit Ihnen! Aber ich weiß schon nicht mehr, wo mir der Kopf steht! Ich war die ganze Nacht auch nicht faul. In der Batterie soll es recht schlecht stehen«, und er summte schmerzlich:

»Laß jetzt alles, wie's ist:
Laß ohne Dach die Herde,
Laß ohne Grab die Leiche,
Laß am Altar die Braut.

Meiner Treu, bei dieser Fahrt wird es mehr um die Leiche als um die Braut gehen. Steigen Sie ein, Bobby! Vorwärts Kutscher!«

Auf dem Bahnsteig in Umballa wartete eine Abteilung Offiziere, die die letzten Nachrichten aus den verseuchten Regimentsstandorten besprachen, und hier erst erfuhr Bobby wie es wirklich um die Tail Twisters bestellt war.

»Sie haben Biwak bezogen«, erzählte ein ältlicher Major der von den Whisttischen in Mussoorie zu seinem kranken Eingeborenenregiment zurückberufen worden war, »mit zweihundertzehn Kranken auf den Wagen. Zweihundertzehn Kranke bloß, und der Rest sah aus wie ebenso viele Gespenster mit Triefaugen. Ein Madrasregiment hätte einfach über sie wegmarschieren können.«

»Sie waren aber doch verflucht gut in Form, als ich sie verließ«, sagte Bobby.

»Na, dann werden Sie gut daran tun, sie wieder verflucht gut in Form zu bringen, wenn Sie hinkommen«, erwiderte barsch der Major.

Während der Zug quer durch das aufgeweichte Doab polterte, preßte Bobby die Stirn gegen den regennassen Fensterrahmen und betete für die Gesundheit der Tyneside Tail Twisters. Naini Tal hatte in aller Eile sämtliche dort auf Urlaub befindlichen Offiziere hinuntergeschickt; die Ponys von der Dalhousier-Straße stolperten, bis zur äußersten Kraftanstrengung getrieben, schäumend nach Pathankot herein; aus dem umwölkten Darjeeling kamen mit dem Kalkuttazuge die letzten Nachzügler der kleinen Armee herbeigerast, der ein Kampf bevorstand, bei dem es weder um Ehre noch um Siegesmedaillen ging, gegen einen Feind, der kein Geringerer war als »die Krankheit, die bis zum Mittag tötet«.

Jeder Mann, der sich zur Stelle meldete, sagte: »Das ist eine böse Geschichte!« Und ging sogleich zu seinem eigenen Regiment ab, denn alle Batterien und Regimenter des Standorts lagen im Biwak, und nur die Krankheit leistete ihnen Gesellschaft.

Bobby stapfte mühsam durch den Regen zu der Offiziersmesse, und Revere wäre dem Jungen gern um den Hals gefallen, aus Freude, seine häßliche Visage gesund wiederzusehen.

»Lassen Sie die Mannschaft sich unterhalten und sich beschäftigen«, sagte Revere. »Nach den ersten zwei Fällen haben sie zu trinken angefangen, die armen Schafsköpfe, und es ist nicht besser geworden. Ach, es ist gut, Sie wieder hier zu haben! Porkiss ist ein – na, reden wir nicht davon!«

Deighton kam aus dem Artilleriebiwak herüber, um an dem traurigen Abendbrot in der Messe teilzunehmen, und erhöhte noch die allgemeine Verstimmung, indem er über den Zustand seiner geliebten Batterie fast in Tränen ausbrach. Porkiss vergaß sich so weit, daß er erklärte, die Gegenwart der Offiziere könne von keinerlei Nutzen sein und es sei das beste, das ganze Regiment ins Lazarett zu schicken und »die Doktoren für die Leute sorgen zu lassen«. Porkiss war ganz verstört vor Angst, und sein innerer Friede wurde auch dadurch nicht wiederhergestellt, daß Revere kühl bemerkte: »Oh, je früher Sie von hier fortkommen, desto besser, wenn Sie so denken. Jede Militärschule kann uns fünfzig gute Leute an Ihrer Stelle schicken, aber es braucht Zeit, Zeit und Geld, Porkiss, und ein gewisses Maß von Mühe, um ein Regiment zu schaffen. Stellen Sie sich mal vor, Sie wären der Mann, um dessentwillen wir ins Biwak mußten, he?«

Daraufhin wurde Porkiss von einem gewaltigen Schüttelfrost der Angst gepackt, dem auch ein nachfolgendes gründliches Regenbad nicht abhalf, und zwei Tage später verließ er diese Welt, um in eine andere einzugehen, in der, wie die Menschen aus tiefstem Herzen hoffen, den Schwachheiten des Fleisches Nachsicht zuteil wird. Der Regimentsfeldwebel schaute bedrückt in dem Zelt der Unteroffizierskantine umher, als die Neuigkeit bekannt wurde, und sagte: »Da hat's den Schlechtesten erwischt. Jetzt wird's noch den Besten holen, und dann, will's Gott, wird's aufhören.«

Die Unteroffiziere schwiegen, bis einer sagte: »Er doch nicht etwa!« und alle wußten, an wen Travis dachte.

Bobby Wick stürmte durch die Zelte seiner Kompanie, spottend, scheltend, freundlich, soweit es sich mit dem Reglement verträgt, ermunterte die Schwachmütigen, jagte die Kräftigen in den wässerigen Sonnenschein hinaus, sobald sich das Wetter nur ein wenig aufklärte, und hieß sie guten Mutes sein, denn ihre Sorgen hätten bald ein Ende; er eilte auf seinem braunen Pony um die Umwallung des Biwaks, führte Leute zurück, die mit der dem britischen Soldaten eingeborenen Querköpfigkeit immer wieder in verseuchte Dörfer wanderten oder aus regenüberschwemmten Morästen tranken; er tröstete die von panischem Schrecken Befallenen mit derben Worten, und mehr als einmal pflegte er Sterbende, die keine Freunde, keine Landsleute hatten; er veranstaltete Bunte Abende mit Banjos und angesengtem Kork und Gesang, bei denen sich die Talente des Regiments voll ausleben konnten – kurzum, er war, wie er selbst sagte, »Hans Dampf in allen Gassen«.

»Sie sind mehr wert als ein halbes Dutzend von uns, Bobby«, sagte Revere in einem Augenblick der Begeisterung, »wie zum Teufel halten Sie das aus?« Bobby gab keine Antwort, aber hätte Revere einen Blick in seine Brusttasche werfen können, dann hätte er dort ein Bündel schlecht geschriebener Briefe gesehen, die vielleicht an der Stärke, die dieser Junge bewies, Schuld trugen. Jeden zweiten Tag bekam Bobby einen Brief. Die Orthographie war nicht tadellos, aber die Gefühle müssen höchst zufriedenstellend gewesen sein, denn beim Empfang eines solchen Briefes wurden Bobbys Augen jedesmal wunderbar sanft, und er pflegte für eine Weile in zärtliches Nachsinnen zu versinken, bevor er sich, seinen kurzgeschorenen Kopf schüttelnd, wieder in seine Arbeit stürzte.

Durch welchen Zauber er die Herzen der rauhesten Männer gewann – und die Tail Twisters zählten in ihren Reihen wahrlich einige ganz ungeschliffene Diamanten –, blieb beiden, dem »Mentor« und dem Obersten, ein Geheimnis; sie erfuhren durch den Regimentskaplan, daß Bobby viel öfter in die Lazarettzelte geholt wurde als Ehrwürden John Emery.

»Die Leute scheinen Sie sehr gern zu haben. Gehen Sie häufig ins Lazarett?« fragte der Oberst, der seine tägliche Runde machte und den Soldaten mit einer Härte, die seinen bitteren Kummer nicht ganz verbergen konnte, gesund zu werden befahl.

»Ab und zu, Herr Oberst«, sagte Bobby.

»Ich würde an Ihrer Stelle nicht so oft hingehen. Es soll ja nicht ansteckend sein, aber es ist nicht nötig, sich unnütz in Gefahr zu begeben. Wir können's uns nicht leisten, daß Sie auf der Nase liegen.«

Sechs Tage später planschte der Postbote mit seinen Postsäcken nur mit äußerster Schwierigkeit ins Biwak, denn es regnete in Strömen. Bobby erhielt einen Brief, trug ihn in sein Zelt, und nachdem er das Programm für den Bunten Abend der nächsten Woche zu seiner Zufriedenheit zusammengestellt hatte, setzte er sich hin, um eine Antwort zu schreiben. Eine Stunde lang mühte sich die ungelenke Hand über das Papier, und wenn seine Gefühle das gewöhnliche Maß überstiegen, steckte Bobby Wick die Zunge heraus und atmete schwer. Er war nicht gewöhnt, Briefe zu schreiben.

»Entschuldigen schon, Herr Leutnant«, sagte eine Stimme am Zelteingang, »aber dem Dormer geht es schrecklich schlecht, Herr Leutnant, und sie haben ihn fortgetragen.«

»Zum Teufel mit dem Dormer und mit Ihnen auch«, sagte

Bobby Wick und warf das Löschblatt auf den halbfertigen Brief, »sagen Sie ihm, ich werde morgen früh kommen.«

»Es geht ihm sehr schlecht, Herr Leutnant«, wiederholte die Stimme zögernd. Draußen knarrten schwere Stiefel unentschlossen.

»Nun?« fragte Bobby ungeduldig.

»Er läßt sich entschuldigen, daß er sich die Freiheit nehmen täte, er sagt, es wär' ihm ein Trost, wenn der Herr Leutnant bei ihm wären, falls –«

»Tattoo lao!« wandte er sich an seinen Diener, »hol mir das Pony! Kommen Sie aus dem Regen herein, bis ich fertig bin. Verfluchte Kletten seid ihr! Da ist Schnaps, trinken Sie, Sie haben es nötig! Halten Sie sich an meinem Steigbügel und sagen Sie es mir, wenn ich zu rasch reite.«

Die Spitalsordonnanz kräftigte sich mit einem Vier-Finger-Schluck, den sie, ohne mit der Wimper zu zucken, hinabstürzte, und ging dann neben dem Pony her, das kotbespritzt, ausgleitend und sehr widerwillig vor das Lazarettzelt zottelte.

Dem Infanteristen Dormer ging es sichtlich »schrecklich schlecht«. Er war schon einer Herzschwäche nahe und bot keinen sehr erfreulichen Anblick.

»Was ist mit Ihnen los, Dormer?« sagte Bobby und beugte sich über den Mann: »Sie wollen mir doch da nicht sterben? Sie müssen noch ein paarmal mit mir fischen gehen.«

Die blauen Lippen öffneten sich und flüsterten geisterhaft leise: »Entschuldigen, Herr Leutnant, daß ich jetzt habe stören lassen. Aber möchten Herr Leutnant so gut sein, meine Hand zu halten.«

Bobby setzte sich auf die Bettkante, und die eisige Hand schloß sich wie ein Schraubstock um die seine und drückte ihm einen Frauenring, den er am Finger trug, tief ins Fleisch. Bobby preßte die Lippen zusammen und wartete; das Wasser tropfte von seinem Hosensaum. Eine Stunde verging, weder ließ der Griff der Hand nach, noch veränderte sich der Ausdruck des verzerrten Gesichts. Mit unendlicher Vorsicht zündete sich Bobby eine *Cheroot* mit der linken Hand an – sein rechter Arm war bis zum Ellbogen erstarrt – und ergab sich darein, eine Nacht in Schmerzen verbringen zu müssen.

Der anbrechende Tag beschien einen sehr blassen Leutnant, der an der Pritsche eines Kranken saß, und einen Arzt, der an der Tür stand und sich in Ausdrücken erging, die zur Veröffentlichung nicht geeignet sind.

»Sind Sie die ganze Nacht hier gewesen, Sie junger Idiot?«

»Ja, ungefähr«, sagte Bobby kläglich. »Er ist an mich angefroren.«

Dormers Mund schloß sich mit einem Geräusch, er drehte den Kopf und seufzte. Die geschlossene Hand öffnete sich, und Bobbys Arm fiel unbrauchbar an seiner Seite herab.

»Er wird's überstehen«, sagte der Doktor ruhig. »In der Nacht muß eine Krisis eingetreten sein. Man kann Ihnen zu diesem Fall gratulieren, meine ich.«

»Ach, Unsinn«, erwiderte Bobby. »Ich glaubte, der Mann sei schon längst tot – nur dachte ich nicht daran, meine Hand wegzuziehen. Seien Sie so freundlich und reiben Sie mir den Arm. Was für einen Griff das Biest hat. Ich bin zu Marmor erstarrt.« Frierend verließ er das Zelt.

Der Infanterist Dormer durfte seinen Sieg über den Tod mit Branntwein feiern; vier Tage später saß er auf der Kante seiner Pritsche und sagte freundlich zu den Patienten: »Gerne hätte ich mit ihm gesprochen, ja, das hätte ich gerne.«

Zu dieser Zeit las Bobby aber schon einen anderen Brief – keiner im Biwak erfreute sich eines so ausdauernden Korrespondenten wie er – und war eben dabei zu schreiben, daß die Krankheit im Abnehmen sei und eine Woche später auch in der Umgebung erlöschen dürfte. Er hatte nicht die Absicht zu schreiben, daß die Hand eines kranken Soldaten sein Herz, bei dessen zärtlichen Gefühlen er so lange verweilte, mit Eiseskälte geschlagen hatte. Er hatte vor, das illustrierte Programm für den nächsten Bunten Abend, auf das er nicht wenig stolz war, beizulegen. Er hatte auch die Absicht, über viele andere Dinge zu schreiben, die uns nicht angehen, und hätte es zweifellos auch getan, wäre nicht ein leichter fiebriger Kopfschmerz gewesen, der ihn auch hernach in der Messe langweilig und einsilbig machte.

»Sie überarbeiten sich, Bobby«, sagte sein »Mentor«. »Sie müssen uns anderen auch etwas zu tun übriglassen. Sie arbeiten ja, als wären Sie das ganze Offizierskorps in einer Person. Nehmen Sie's leichter.«

»Ja, das will ich«, erwiderte Bobby, »ich fühle mich etwas übermüdet.« Revere sah ihn ängstlich an und sagte nichts.

In der Nacht flackerten Laternen im Biwak auf, Lärm lockte die Männer von ihren Pritschen an die Zelttüren, die nackten Füße der Bahrenträger, die durch das Wasser patschten, und der Hufschlag eines galoppierenden Pferdes wurden hörbar.

»Was ist los?« fragten zwanzig Zelte, und durch zwanzig Zelte lief die Antwort: »Wick ist krank!«

Als Revere die Meldung erstattet wurde, stöhnte er auf: »Nur nicht Bobby, sonst läge mir an keinem was! Der Feldwebel hat recht gehabt.«

»Nur diesmal nicht draufgehen«, keuchte Bobby, als man ihn von der Bahre hob. »Nur diesmal nicht –« dann mit dem Ausdruck völliger Überzeugung – »sehen Sie, ich *kann* doch nicht!«

»Nicht, wenn's in meiner Macht steht«, sagte der Oberstabsarzt, der hastig aus der Messe, wo er zu Abend gegessen hatte, herübergekommen war. Er und der Regimentsarzt rangen mit dem Tode um das Leben Bobby Wicks. Ihre Arbeit wurde durch die Erscheinung einer unrasierten Gestalt in einem blaugrauen Spitalskittel unterbrochen, die voll Entsetzen auf das Bett starrte und schrie: »Herrgott, das kann er nicht sein!« bis eine entrüstete Spitalsordonnanz sie zur Tür hinausschob.

Wenn menschliche Pflege und der Wunsch zu leben gereicht hätten, wäre Bobby gerettet worden. Drei Tage lang kämpfte er und die Stirn des Oberstabsarztes glättete sich. »Wir werden ihn doch durchbringen«, sagte er; und der Regimentsarzt, der trotz seines Hauptmannsranges ein sehr jugendliches Herz hatte, ging darauf hinaus und stolzierte fröhlich durch den Kot.

»Nur diesmal nicht draufgehen«, flüsterte Bobby tapfer am Ende des dritten Tages.

»Bravo! So müssen Sie denken, Bobby«, sagte der Oberstabsarzt.

Als der Abend anbrach, war ein grauer Schatten um Bobbys Mund gebreitet, und er drehte den Kopf erschöpft der Zeltwand zu. Der Oberstabsarzt runzelte die Stirn.

»Ich bin schrecklich müde«, sagte Bobby sehr schwach,

»wozu plagt ihr mich mit Medizin? Ich will sie nicht nehmen. Laßt mich in Ruhe!« Der Wunsch zu leben war erloschen, und Bobby war es zufrieden, auf den sanften Fluten des Todes dahinzutreiben.

»Es nützt nichts«, sagte der Oberstabsarzt, »er will nicht mehr leben. Es geht zu Ende. Armes Kind!« Und er schneuzte sich.

In einer Entfernung von einer halben Meile spielte die Regimentsmusik die Ouvertüre zu dem Bunten Abend, denn man hatte der Mannschaft gesagt, daß Bobby außer Gefahr sei. Das Dröhnen des Blechs und das Klagen der Hörner drangen an Bobbys Ohr:

Gibt's eine Freude, einen Schmerz,
Den ich nicht kenne, eh?
Du liebst mich nicht – umsonst, mein Herz –
Nimm Abschied denn und geh!

Ein Ausdruck hoffnungsloser Gereiztheit glitt über das Gesicht des Jungen. Er versuchte den Kopf zu schütteln.

Der Oberstabsarzt beugte sich nieder: »Was ist denn, Bobby?«

»Nicht diesen Walzer«, murmelte Bobby, »das ist unserer, unser eigenster . . . liebe Mutti . . .«

Mit diesen Worten fiel er in Bewußtlosigkeit und starb, ohne wieder zu sich zu kommen, am nächsten Morgen.

Revere ging mit rotgeränderten Augen und weißer Nase in Bobbys Zelt, um einen Brief an Papa Wick zu schreiben, der das weiße Haupt des Exkommissars von Chota Buldana in dem schmerzlichsten Kummer seines Lebens beugen sollte. Ein kleines Häufchen von Papieren lag auf Bobbys Tisch, und darunter ein nicht beendigter Brief. Der letzte Satz war: »Du siehst daher, Liebling, daß Du Dich wirklich nicht zu ängstigen brauchst; denn solange ich weiß, daß Du mich lieb hast und ich Dich, kann mir nichts geschehen.« Revere blieb eine Stunde lang im Zelt. Als er herauskam, waren seine Augen noch röter als zuvor.

Der Infanterist Conklin saß auf einem umgestürzten Eimer und lauschte einem ihm genugsam bekannten Marsch. Infanterist Conklin war Rekonvaleszent und hätte milde Behandlung verdient. »Na«, sagte er, »nu is wieda mal 'n andra Prachtkerl von Off'zier doodt.«

Da fiel der Eimer unter ihm um und vor seinen Augen tanzten grelle Funken. Ein großer Mann in einem blaugrauen Spitalskittel betrachtete ihn mit entschiedener Abneigung.

»Du solltest dich was schämen, Conky! Offizier? Ich werd' dir beibringen, seinesgleichen Prachtkerl von Off'zier zu heißen! Ein Engel! Ein *Prachtkerl* von Engel, das is er.«

Und so einverstanden war die Spitalsordonnanz mit der gerechten Strafe, daß sie den Infanteristen Dormer nicht einmal auf seine Pritsche zurückjagte.

William

I

»Ist es schon offiziell bekanntgegeben?«

»Sie sind schon so weit gegangen, äußersten örtlichen Nahrungsmittelmangel zuzugeben, und haben in ein oder zwei Distrikten das Hilfswerk in Gang gesetzt; so steht es in der Zeitung.«

»Das bedeutet, sie werden es bekanntgeben, sobald sie sich ihre Leute und das Betriebsmaterial gesichert haben. Es wäre nicht zu verwundern, wenn die Sache ebenso bös würde wie die große Hungersnot.«

»Unmöglich!« erwiderte Scott und drehte sich ein wenig in dem Rohr-Streckstuhle um. »Wir hatten im Norden eine prächtige Ernte; auch Bombay und Bengalen melden, sie hätten mehr, als sie brauchten. Sie werden imstande sein, die Sache einzudämmen, bevor sie ihnen über den Kopf wachsen kann. Sie wird örtlich beschränkt bleiben.«

Martyn setzte sich auf, nahm den »Pionier« vom Tische, las noch einmal die Telegramme durch und legte die Füße wieder auf den Streckstuhl. Der Abend war heiß, dunkel und drückend, schwer vom Geruch des frisch gesprengten Mall. Die Blumen im Garten des Klubs hingen tot und schwarz an ihren Stengeln, der kleine Lotosteich war nur mehr ein harter, runder Schlammkuchen, und die Tamariskenbäume standen weißgepudert vom Staube des Tages. Die meisten Herren waren im Stadtpark bei der Musik (von der Veranda des Klubs hörte man die Kapelle der eingeborenen Polizisten uralte Walzer quäken) oder auf dem Polorasen oder dem von hohen Mauern umgebenen Ballspielplatze, auf dem Backofenhitze brütete. Ein halbes Dutzend Pferdejungen kauerten bei ihren Ponys und warteten auf die Rückkehr ihrer Herren. Von Zeit zu Zeit ritt ein Mann im Schritt in den Hof des Klubs ein und bummelte dann träge zu den weißgetünchten Baracken neben dem Hauptgebäude, wo sich die sogenannten Wohnräume befanden. Dort lebten die Herren, trafen Abend für Abend dieselben Gesichter beim Essen und zogen ihre Arbeit in den Ämtern bis zur spätesten Stunde hin, um der kläglichen Gesellschaft zu entgehen.

»Was werden Sie jetzt machen?« fragte Martyn gähnend. »Wollen wir nicht vor dem Abendessen noch schwimmen gehn?«

»Das Wasser ist warm. Ich war heute schon im Bad«, erwiderte Scott.

»Eine Partie Billard – nur auf fünfzig Points?«

»Es hat jetzt hundertfünf Grad in der Halle. Sitzen Sie still und seien Sie nicht so gräßlich tatenlustig!«

Ein grunzendes Kamel schaukelte vor die Einfahrt, der an Gürtel und Abzeichen kenntliche Reiter schwenkte eine lederne Tasche.

»Kubber-kargaz-ki-yektraaa«, kreischte er und reichte eine Extraausgabe herunter – ein nur einseitig bedrucktes, von der Presse noch feuchtes Stück Papier, das an dem schwarzen Brett angeschlagen wurde, mitten zwischen Ankündigungen von zum Verkauf stehenden Ponys und verlaufenen Foxterriern.

Martyn erhob sich faul, las und stieß einen Pfiff aus: »Es ist 'raus!« rief er. »Eins, zwei, drei – acht Distrikte fallen unter das Hungersnotgesetz. Sie haben Jimmy Hawkins mit dem Oberbefehl betraut.«

»Eine gute Sache!« sagte Scott, der jetzt das erste Zeichen von Interesse zeigte. »*In dubio* nimm einen Punjabmann. Ich habe unter Jimmy gearbeitet, als ich zuerst hinausgeschickt wurde und er noch zum Punjab gehörte. Er hat mehr Grütze im Kopfe als die meisten Männer.«

»Jimmy ist beim Jubiläum zum Ritter geschlagen worden«, sagte Martyn. »Er war ein guter Junge, wenn er auch ein dreimal eingefleischter Zivilbeamter ist und in das von Gott geschlagene Präsidium eingetreten ist. Was für heilloser Namen diese Distrikte sich erfreuen – alle endigen auf *ungas* oder *rungas* oder *pillays* oder *polliums.*«

Ein Dogcart fuhr vor, und ein Mann betrat, sich das Gesicht trocknend, die Halle. Er war der Herausgeber der einzigen Tageszeitung in der Hauptstadt einer Provinz, in der 25 Millionen Eingeborene und einige hundert Weiße lebten, und da sich sein Stab auf ihn und einen Gehilfen beschränkte, dauerte seine Bürozeit zehn bis zwanzig Stunden täglich.

Martyn hielt ihn auf und sagte:

»Hallo, Raines, Sie müssen doch alles wissen! Was wird aus dem Lebensmittelmangel in Madras werden?«

»Niemand weiß es noch. Ein ellenlanger Bericht geht eben telephonisch ein; ich habe meinen Jungen im Büro gelassen, um ihn aufzunehmen. Madras hat zugegeben, daß es allein nicht mehr damit fertig wird, und Jimmy scheint freie Hand zu haben, alle Leute, die er braucht, zu sich zu berufen. Arbuthnot hat schon Order, sich bereitzuhalten.«

»Badger Arbuthnot?«

»Ja, der Kerl aus Peshawur. Und der ›Pi‹[1] telegraphiert, daß Ellis und Clay schon von Nord-West abkommandiert sind. Und sie haben auch ein halbes Dutzend Leute aus Bombay genommen; es ist *pukka*[2] Hungersnot, wie es scheint.«

»Sie sind dem Schauplatz der Aktion näher als wir; aber wenn es dazu kommt, daß man so früh schon das Punjab einberuft, so hat die Sache einen größeren Umfang, als es von außen den Anschein hat.«

»Heute gekommen, morgen gegangen. Wird auch nicht für die Ewigkeit sein«, sagte Scott, legte den Roman von Marryat, den er eben las, fort und stand auf. »Martyn, Ihre Schwester wartet auf Sie.«

Ein grobknochiges graues Pferd scharrte unruhig vor der Veranda, von der das Licht einer Kerosen-Lampe auf einen braunen Kalikoanzug und ein weißes Gesicht unter einem grauen Filzhute fiel.

»Hallo, ich bin fertig«, sagte Martyn. »Scott, kommen Sie lieber mit und essen Sie bei uns, wenn Sie nichts zu tun haben. William, ist etwas zu essen im Hause?«

»Ich kehre nach Hause zurück und sehe nach«, erwiderte die Reiterin. »Du kannst ihn dann hinüberkutschieren – um acht Uhr, bitte.«

Scott begab sich gemächlich in sein Zimmer und zog sich um; er legte die der Jahreszeit und dem Lande entsprechende Abendkleidung an: fleckenlos weißes Leinen vom Kopf bis zu den Füßen, mit einem breiten seidenen Gürtel. Ein Abendessen bei Martyns war entschieden besser als Ziegenfleisch, zähes Geflügel und Konservenbüchsen-Vorspeisen im Klub. Aber es war doch sehr schade, daß Martyn es sich nicht leisten konnte, seine Schwester in der heißen Jahreszeit in

1. ›Pionier‹. – 2. Echt, richtig.

die Berge zu schicken. Als aktiver Distriktssuperintendent der Polizei bezog Martyn das großartige Monatsgehalt von sechshundert entwerteten Silberrupien, und sein kleiner Vierzimmer-Bungalow war dementsprechend eingerichtet. Da lagen die üblichen blauweiß gestreiften, von Zuchthäuslern angefertigten Teppiche auf dem unebenen Boden; die üblichen, mit Glasperlen bestickten Amritsar-*Phulkaris*[1] waren mit Nägeln an der Wand, deren Tünche überall abblätterte, befestigt. Es gab auch das übliche halbe Dutzend Sessel, die nicht zusammengehörten, wie man sie in Indien bei Nachlaß-Versteigerungen erstehen kann; und dort, wo der lederne *Punka*-Riemen[2] durch die Wand lief, sah man die üblichen schwärzlich-fettigen Streifen. Es war, als sei alles am Abend zuvor ausgepackt worden und würde am nächsten Morgen wieder eingepackt werden. Nicht eine Tür im Hause hing ordentlich in ihren Angeln. Die fünfzehn Fuß hoch in der Mauer eingelassenen kleinen Fenster waren von Wespennestern verdunkelt, und zwischen den Balken des hölzernen Daches machten Eidechsen auf Fliegen Jagd. Aber all dies war auch ein Teil von Scotts Leben. So lebten eben Leute, die ein solches Einkommen hatten; und in einem Lande, in dem jedermanns Gehalt, Alter und Stellung in einem Buch gedruckt steht, das jeder lesen kann, ist es kaum der Mühe wert, in Wort oder Tun etwas vortäuschen zu wollen. Scott hatte acht Dienstjahre im Bewässerungsdepartement verbracht und bezog achthundert Rupien im Monat, mit der Aussicht, sich nach weiteren zweiundzwanzig Jahren treuen Staatsdienstes mit einer Pension von etlichen hundert Rupien monatlich zur Ruhe setzen zu dürfen. Seine Tätigkeit, die sich hauptsächlich unter Zeltleinwand oder in rasch errichteten Schuppen, in denen ein Mann schlafen, essen und Briefe schreiben konnte, abgespielt hatte, verpflichtete ihn, Bewässerungskanäle anzulegen und im Stande zu halten, zwei- bis dreitausend Arbeiter aller Kasten und Glaubensbekenntnisse zu befehligen und große Summen gemünzten Silbers auszuzahlen. Er hatte diesen Frühling – nicht ohne einigen Beifall – den letzten Abschnitt des großen Mosuhlkanals fertiggebaut und war dann – sehr gegen seinen Willen, denn er haßte Büroarbeit – für die heiße Zeit in die

1. Shawls. – 2. Großer ostindischer Fächer.

Rechnungs- und Lieferungsabteilung seines Departements versetzt worden, wo er allein die Leitung des drückendheißen Büros der Unterabteilung in der Provinzhauptstadt innehatte. Martyn wußte es, William, seine Schwester, wußte es, jedermann wußte es.

Scott andererseits wußte, wie alle Welt, daß Fräulein Martyn vier Jahre zuvor nach Indien gekommen war, um den Haushalt ihres Bruders zu leiten, der, wie auch wiederum jedermann wußte, sich das Geld für ihre Überfahrt ausgeliehen hatte, und daß sie, wie alle Welt sagte, schon längst hätte heiraten sollen. Anstatt dessen hatte sie ein halbes Dutzend Leutnante, einen um zwanzig Jahre älteren Zivilbeamten, einen Major und einen Herrn aus dem Indischen Hygienedepartement abgewiesen. Auch dies war aller Welt bekannt. Sie hatte »drei heiße Jahreszeiten überstanden«, wie die Phrase lautet, weil ihr Bruder verschuldet war und die Ausgabe für ihren Aufenthalt selbst in einer billigen Bergstation sich nicht leisten konnte. Daher war ihr Gesicht knochenweiß und mitten auf der Stirne hatte sie ein schillinggroßes, silberiges Mal – die Narbe eines »Delhi-Ausschlages«, was dasselbe ist wie die bekannte »Erinnerung an Bagdad«. Das kommt vom Trinken schlechten Wassers und frißt sich langsam in das Fleisch ein, bis es reif genug ist, mit Säure ausgebrannt zu werden.

Nichtsdestoweniger hatte sich William in den letzten vier Jahren sehr gut unterhalten. Zweimal war sie fast ertrunken, als sie zu Pferde eine Furt durchquerte; einmal war ein Kamel mit ihr durchgegangen; sie war Zeuge eines mitternächtlichen Angriffes von Dieben auf das Lager ihres Bruders gewesen und hatte zugesehen, wie im Freien unter Bäumen mit langen Stöcken Gerechtigkeit geübt wurde. Sie konnte Urdu und auch ein rauhes Punjabi mit einer Geläufigkeit sprechen, um die sie weit länger in Indien Lebende beneideten; auch hatte sie die Gepflogenheit, an ihre Tanten in England zu schreiben und die englischen Magazine aufzuschneiden, gänzlich aufgegeben; sie hatte ein sehr böses Cholerajahr mitgemacht und Dinge gesehen, die man nicht wiedergeben kann, und hatte ihre Erfahrungen mit einem sechs Wochen dauernden Typhus abgeschlossen, währenddessen sie ganz kahl geschoren worden war; sie hoffte, im

September dieses Jahres ihren dreiundzwanzigsten Geburtstag zu erleben. Es ist anzunehmen, daß ihre Tanten das Wesen eines jungen Mädchens mißbilligt hätten, das keinen Schritt zu Fuß ging, wenn ein Pferd in Reichweite war, auf Bälle mit nur einem Schal über dem Rock ritt, das Haar abgeschnitten und in wilden Locken trug, ebensosehr auf den Namen William wie Bill hörte; dessen Sprache mit Redeblüten des Dialektes überladen war, das in Liebhaberaufführungen mitzutun, Banjo zu spielen, acht Dienstleute und zwei Pferde, deren Rechnungen und Krankheiten zu überblicken und Männern langsam und nachdenklich in die Augen zu schauen verstand, nachdem sie ihr nämlich einen Heiratsantrag gemacht und ihren Korb bekommen hatten.

»Ich mag Männer, die etwas tun«, hatte sie einem Herrn vom Erziehungsdepartement anvertraut, der die Söhne von Tuchhändlern und Färbern die Schönheit von Wordsworths »Ausflug« aus vollgeschmierten Paukerheften lehrte; und als er poetisch wurde, erklärte William, daß sie »Gedichte nicht sehr gut verstehe und Kopfweh davon bekomme«, und wiederum flüchtete sich ein gebrochenes Herz in den Klub. Und das war durchaus Williams Art, sie liebte es, Männer von ihrer eigenen Arbeit sprechen zu hören, und dies ist der sicherste Weg, einen Mann vor einer Frau auf die Knie zu zwingen.

Scott kannte sie mehr oder weniger seit etwa drei Jahren; gewöhnlich begegnete er ihr unter der Zeltleinwand, wenn es sich traf, daß sein und ihres Bruders Lager für einen Tag an der gleichen Stelle am Rande der Indischen Wüste aufgeschlagen war. Mehrmals hatte er mit ihr auf den großen Weihnachtsgesellschaften, bei denen in der Station bis zu fünfhundert Weiße zusammenkamen, getanzt; und er hatte immer großen Respekt gehabt vor der Art, wie sie den Haushalt führte, und vor ihrem Abendessen.

Mehr denn je sah sie wie ein Junge aus, als sie nach der Mahlzeit auf dem ledernen Lagersofa, einen Fuß unter sich gezogen, saß, Zigaretten für ihren Bruder drehte und die niedere Stirn unter den dunklen Locken beim Rollen des Papiers in Falten zog. Sie stieß ihr rundes Kinn in die Luft, wenn der Tabak gut gewickelt war, und mit einer völlig knabenhaften Gebärde, wie wenn ein Schuljunge einen Stein schleudert, warf sie die fertige Zigarette quer durchs Zimmer Martyn zu, der sie mit einer Hand auffing, ohne sein Gespräch mit Scott zu unterbrechen. Es war reinste Fachsimpelei – Kanäle und die Instandhaltung der Kanäle; die Sünden der Dorfbewohner, die mehr Wasser stahlen, als sie bezahlten, die schwerere Sünde der eingeborenen Polizisten, die mit den Dieben im Einverständnis waren; die Möglichkeit, ganze Dörfer mit Kind und Kegel auf neubewässerten Boden zu verpflanzen; der künftige Kampf mit der Wüste im Süden, sobald die Provinzialfonds die Eröffnung des lang geplanten Luni-Schutz-Kanalsystems gesichert haben würden. Scott sprach offen von seiner großen Sehnsucht, einen ganz bestimmten Abschnitt des Kanals, wo er Land und Leute kenne, übernehmen zu dürfen; Martyn seufzte nach der Versetzung in die Himalajavorberge und äußerte sich über seine Vorgesetzten; und William rollte Zigaretten, sagte nichts und lächelte nur ernsthaft ihrem Bruder zu, weil er glücklich war.

Um zehn Uhr wurde Scotts Pferd vor die Tür gebracht, und der Abend war zu Ende.

Die Lichter der zwei niederen Bungalows, in denen die Tageszeitung gedruckt wurde, warfen einen hellen Schein über die Straße. Da es noch zu früh war, um Schlaf zu finden, begab sich Scott zu dem Herausgeber. Raines, halbentblößt bis zu den Hüften, wie ein Matrose an der Kanone, lag in einem Liegestuhl und wartete auf Nachttelegramme. Nach seiner Theorie wurde ein Mann, der nicht den ganzen Tag und den größten Teil der Nacht seiner Arbeit widmete, die Beute des Fiebers; daher pflegte er zwischen seinen Papierstapeln zu essen und zu schlafen.

»Können Sie es machen?« fragte er schläfrig. »Ich meinte nicht, daß Sie deswegen noch herüberkommen sollten.«

»Weswegen? Ich habe bei Martyn zu Abend gegessen.«

»Der Hungersnot wegen, natürlich. Martyn hat auch Bereitschaftsbefehl erhalten. Sie nehmen die Leute, wo sie sie finden. Ich sandte Ihnen eben in den Klub eine Anfrage, ob Sie mir wöchentlich einen Brief aus dem Süden schicken könnten – zwei bis drei Spalten lang, sagen wir. Keine sensationelle Aufmachung natürlich, sondern bloß die einfachen Tatsachen, wer was tut und so weiter. Unser gewöhnlicher Tarif – zwanzig Rupien die Spalte.«

»Tut mir leid, aber das liegt mir nicht«, erwiderte Scott und starrte geistesabwesend auf die Karte von Indien, die an der Wand hing. »Das ist hart für Martyn – wirklich. Bin neugierig, was er mit seiner Schwester beginnen wird. Was zum Kuckuck wird wohl mit mir geschehen? Ich habe keine Erfahrung mit Hungersnöten, das ist die erste, von der ich höre. Habe ich denn Befehl bekommen?«

»Ja; hier ist das Telegramm. Man wird Sie beim Hilfswerk verwenden«, fuhr Raines fort, »mit einer Horde von Madrasser Leuten, die wie die Fliegen sterben, einem eingeborenen Apotheker und einer halben Pinte Choleramixtur für je zehntausend von euch. Das kommt davon, daß Sie einen Augenblick nichts zu tun haben. Jeder, der jetzt nicht gerade für zwei arbeitet, scheint einberufen zu sein. Hawkins glaubt offensichtlich an Punjableute. Die Sache wird so bös werden wie nur irgendeine in den letzten zehn Jahren.«

»Das gehört eben alles zum Tagewerk; nichts zu machen. Ich nehme an, daß ich wohl morgen irgendwann meine offizielle Order bekommen werde. Ich bin froh, daß ich zufällig zu Ihnen gekommen bin. Besser, ich gehe jetzt und packe meine Siebensachen. Wer löst mich hier ab – wissen Sie das?«

Raines blätterte einen Stoß Telegramme durch und sagte: »McEuan von Murree.« Scott lachte laut: »Er dachte, er würde einen kühlen Sommer erleben. Der wird sich fuchsen. Na, das Reden nützt nichts. Gute Nacht!«

Zwei Stunden später legte sich Scott mit gutem Gewissen in einem leeren Zimmer in seine Hängematte schlafen. Zwei abgenutzte Rindslederkoffer, eine lederne Wasserflasche, eine Eisbüchse aus Zinn und sein in einen Sack genähter Lieblingssattel lagen aufgestapelt neben der Türe und die Quittung für die Klubrechnung der letzten Monate unter seinem Kopfkissen. Am nächsten Morgen kam sein Einrückungsbefehl und zugleich ein inoffizielles Telegramm von Sir James Hawkins – der brauchbare Leute nicht vergaß –, das ihn aufforderte, sich in aller Eile nach einem unaussprechlichen Ort fünfzehnhundert Meilen südlich zu begeben, denn die Hungersnot im Lande war groß, und es wurden weiße Männer gebraucht.

In der rotglühenden Mittagshitze kam ein dicklicher rosiger Jüngling an, der ein wenig über Schicksal und Hungersnöte winselte, die niemand drei Monate Frieden vergönnten. Es war Scotts Nachfolger, ein anderer Zahn im großen Rad der Maschine, der nun hinter seinem Kameraden nachrückte, dessen Dienste, wie die offizielle Kundmachung verlautbarte, »bis auf weiteres der Regierung von Madras für das Hungersnot-Hilfswerk zur Verfügung gestellt wurden«. Scott übergab ihm die in seiner Verwaltung befindlichen Fonds, zeigte ihm den kühlsten Winkel seines Amtslokals und warnte ihn vor übermäßigem Fleiß. Als die Dämmerung kam, verließ er den Klub in einem Mietwagen, seinen treuen Leibdiener Faiz Ullah und einen Wall von ungeordnetem Gepäck auf dem Bocke, um den Südzug in der Station, einem von Mauern mit Schießscharten umgebenen Gebäude, zu erreichen. Die Hitze von den dicken Ziegelmauern schlug ihm wie ein in heißes Wasser getauchtes Handtuch ins Gesicht, und er bedachte, daß er nun mindestens fünf Tage und vier Nächte Reise vor sich habe. Faiz Ullah, an alle Ereignisse im Dienste gewöhnt, tauchte auf dem steinernen Bahnsteig im Gedränge unter, während Scott, eine schwarze *Cheroot* zwischen den Zähnen, wartete, bis sein Abteil reserviert wäre. Ein Dutzend eingeborener Polizisten mit ihren Gewehren und Bündeln schob sich durch das Gedränge von Punjab-Bauern, Sikh-Handwerkern und fettlockigen Afreedee-Hausierern und eskortierte mit großem Pomp Martyns Uniformkoffer, Wasserflaschen, Eisbüchse und Bettrolle. Sie sahen Faiz Ullahs erhobene Hand und steuerten auf ihn los. Faiz Ullah sagte zu Martyns Diener:

»Mein Sahib und euer Sahib werden zusammen reisen. Du und ich, o Bruder, werden uns daher die Plätze der Diener nahebei sichern, und um der Macht unserer Herren willen wird niemand uns zu stören wagen.«

Als Faiz Ullah meldete, daß alles bereit sei, stieg Scott ein, zog Rock und Schuhe aus und ließ sich auf der lederbezogenen Schlafbank nieder. Die Hitze unter dem Eisengerüst des Bahnhofsdaches mochte wohl reichlich über hundert Grad Fahrenheit betragen. Im letzten Augenblick stieg Martyn ein, erhitzt und schweißtriefend.

»Fluchen Sie nicht«, sagte Scott faul, »es ist zu spät, einen anderen Wagen aufzusuchen; und wir werden uns in das Eis teilen.«

»Was tun Sie hier?« fragte der Polizeioffizier.

»An die Regierung von Madras ausgeliehen, ebenso wie Sie. Bei Gott, kein Spaß, diese Nacht! Nehmen Sie einige von Ihren Leuten mit?«

»Ein Dutzend. Nehme an, daß ich die Oberaufsicht über die Lebensmittelverteilung zu führen habe. Wußte nicht, daß Sie auch einberufen sind.«

»Ich erfuhr es auch erst, als ich Sie gestern abend verließ. Raines wußte als erster die Neuigkeit. Mein Marschbefehl kam erst heute morgen. MacEuan hat mich um vier Uhr abgelöst, und ich habe mich sofort auf die Socken gemacht. Sollte mich nicht wundern, wenn das eine interessante Sache für uns würde, diese Hungersnot – sofern wir mit dem Leben davonkommen.«

»Jimmy sollte uns zwei zusammen arbeiten lassen«, sagte Martyn und fügte nach einer Pause hinzu, »meine Schwester ist hier.«

»Prächtige Sache«, sagte Scott herzlich, »steigt wohl in Umballa um und fährt nach Simla hinauf, nehme ich an? Bei wem wird sie dort wohnen?«

»Nein, das ist ja gerade die Schwierigkeit. Sie fährt mit mir hinunter.«

Scott richtete sich bolzengerade unter der Öllampe auf, während der Zug durch die Station von Tarn-Taran ratterte: »Was, Sie wollen doch nicht sagen, daß Sie es sich nicht leisten –«

»Ach, ich hätte schon das Geld irgendwie zusammengekratzt ...«

»Sie hätten zu mir kommen können, um das erst mal zu erwähnen«, sagte Scott steif, »wir sind einander doch nicht ganz fremd.«

»Na, Sie müssen deswegen nicht muffig sein; ich wäre vielleicht gekommen – aber Sie kennen meine Schwester nicht. Ich habe den ganzen Tag erklärt und ermahnt, gebeten und befohlen und noch allerhand gesagt – ich habe seit sieben Uhr früh alle Selbstbeherrschung verloren und noch nicht wiedergefunden, aber sie wollte von keinem Kompromiß hören. Eine Frau ist berechtigt, mit ihrem Gatten zu reisen, wenn sie will, und William behauptet, sie stehe mir ebenso nahe, als ob wir verheiratet wären. Sehen Sie, wir haben mehr oder weniger unser ganzes Leben miteinander verbracht, seit unsere Eltern gestorben sind. Es ist nicht nur so, wie man gewöhnlich zu einer Schwester steht.«

»Alle Schwestern, von denen ich je gehört habe, wären ganz brav dort geblieben, wo sie waren.«

»Zum Teufel auch, sie ist gescheit wie ein Mann«, fuhr Martyn fort, »sie hat mir den Bungalow über dem Kopf abgebrochen, während ich in sie hineinredete. Hat die ganze *Subchiz*[1] in drei Stunden in Ordnung gebracht, Diener, Pferde und alles. Ich habe meinen Marschbefehl erst um neun Uhr bekommen.«

»Jimmy Hawkins wird nicht erfreut sein«, sagte Scott, »eine Gegend in Hungersnot ist kein Ort für eine Frau.«

»Frau Jim, ich meine Lady Jim, ist bei ihm im Lager. Jedenfalls wird sie sich meiner Schwester annehmen, sagt sie. William hat ihr auf eigene Faust telegraphiert, ob sie kommen dürfe, und hat meinen Argumenten den Boden unter den Füßen weggezogen, indem sie mir ihre Antwort zeigte.«

Scott lachte laut: »Wenn sie das tut, kann sie schon selbst auf sich achtgeben, und Frau Jim wird sie auch nicht ins Unglück rennen lassen. Es gibt nicht viele Frauen – Schwestern oder Gattinnen –, die mit offenen Augen in eine Hungersnot gehen würden. Und nicht, als ob sie nicht wüßte, was diese Dinge bedeuten. Sie hat doch im letzten Jahre die Cholera in Jaloo mitgemacht.«

Der Zug hielt in Amritsar, und Scott begab sich ins Frauenabteil, das sich im Nebenwaggon befand. William, eine Reitkappe aus Stoff auf den Locken, nickte leutselig und sagte: »Kommen Sie herein und trinken Sie Tee, das beste Mittel gegen Hitzschlag.«

»Sehe ich so aus, als ob mich der Hitzschlag treffen würde?«

»Das weiß man nicht«, erwiderte William weise, »es ist immer das beste, vorbereitet zu sein.«

Sie hatte sich mit ihren Siebensachen wie ein erfahrener alter Soldat eingerichtet. Eine filzüberzogene Wasserflasche hing im Zugwind eines der Fenster, an denen die Laden geschlossen waren, ein russisches Teeservice, in einem mit Stroh

1. Ausrüstung.

gefüllten Korb verpackt, stand gebrauchsfertig auf dem Sitz, und ein Reisespirituskocher war darüber ins Holzwerk gehakt.

William bediente sie reichlich mit heißem Tee in großen Tassen, der verhindert, daß in heißen Nächten die Halsadern in unerwünschter Weise anschwellen. Charakteristisch für das Mädchen war es, daß sie, wenn sie einmal ihren Feldzugsplan festgelegt hatte, sich um die Einwürfe anderer nicht mehr bekümmerte. Das Leben mit Männern, die sehr viel zu arbeiten haben und wenig Zeit, darüber zu schwatzen, hatte sie gelehrt, sowohl von sich selber abzusehen als für sich selbst zu sorgen. Sie versuchte weder durch Wort noch durch Tat den Anschein zu erwecken, daß sie den andern auf der Reise nützlich, trostreich oder erfreulich sein wollte, sondern sie fuhr fort, sich heiter mit ihren Dingen zu beschäftigen, stellte, als der Tee ausgetrunken war, die Tassen zurück, ohne mit ihnen zu klappern, und drehte Zigaretten für ihre Gäste.

»Vor vierundzwanzig Stunden noch haben wir uns so etwas nicht erwartet«, sagte Scott.

»Ich habe gelernt, auf alles gefaßt zu sein«, erwiderte William. »In unserm Dienste, wissen Sie, lebt man am Ende eines Telegraphendrahtes. Diese Sache müßte natürlich für uns alle gut sein – ich meine dienstlich –, wenn wir mit dem Leben davonkommen.«

»Es reißt uns ganz aus dem Gang der Ereignisse in unsrer Provinz heraus«, antwortete Scott sehr ernst. »Ich hoffte, in der kommenden kühlen Jahreszeit zu den Luni-Schutzwerken versetzt zu werden, aber es läßt sich gar nicht absehen, wie lange uns die Hungersnot dort festhalten wird.«

»Kaum länger als bis Oktober, denke ich«, meinte Martyn, »sie wird dann, so oder so, zu Ende sein.«

»Und wir haben fast eine Woche zu fahren«, sagte William. »Wir werden ein bißchen verstaubt sein, wenn's zu Ende ist, nicht?«

Eine Nacht und einen Tag lang kannten sie noch die Gegend; eine Nacht und einen Tag lang, die sie auf einer schmalspurigen Strecke am Rande der großen indischen Wüste dahinfuhren, erinnerten sie sich, wie sie in den Tagen, als sie noch Lehrlinge gewesen waren, diese Strecke von

Bombay hergekommen waren. Dann waren die Stationsnamen in anderen Sprachen geschrieben, und sie fuhren in den Süden ein, in ein fremdes Land, in dem sogar die Gerüche neu waren. Viele lange schwerbeladene Getreidezüge fuhren vor ihnen her, und sie bekamen Jimmy Hawkins' Hand schon ganz von weitem zu spüren. Sie warteten auf rasch errichteten Nebengeleisen, da die Strecke von langen Prozessionen leerer Transportwagen blockiert war, die nach Norden zurückkehrten. Sie wurden an langsam dahinkriechende Züge angekoppelt und blieben um Mitternacht Gott weiß wo stehen. Dabei brütete eine wahnsinnige Hitze; sie gingen zwischen Säcken auf und ab, und Hunde heulten. Dann kamen sie in ein Indien, das sie noch fremder berührte als einen landfremden Engländer – das flache rote Indien der Palmen, Palmyrabäume und Reisfelder; das Indien der Bilderbücher des »Kleinen Henry« – nun tot und ausgedörrt in der Backofenglut. Sie hatten den ständigen Passagierverkehr des Nordens und des Westens weit, weit hinter sich gelassen. Nun krochen Eingeborene, ihre Kinder in den Armen haltend, am Zuge entlang; ein beladener Güterwagen wurde zurückgelassen, und Männer und Weiber drängten sich geballt um ihn wie Ameisen um vergossenen Honig. Einmal erblickten sie im Zwielicht auf der staubigen Ebene ein Regiment kleiner brauner Männer; jeder von ihnen trug einen menschlichen Körper auf der Schulter. Und als der Zug anhielt und wieder ein Getreidewaggon abgekoppelt wurde, bemerkten sie, daß die Lasten keine Leichen waren, sondern Verhungernde, die ein Korps irregulärer Truppen an der Seite ihrer gefallenen Ochsen aufgelesen hatte. Jetzt begegneten sie schon häufiger weißen Männern, hier einem, dort zweien, deren Zelte neben dem Geleise standen, die bewehrt mit geschriebenen Berechtigungsscheinen und mit zornigen Worten einen Waggon abkoppelten. Sie waren zu beschäftigt, um Scott und Martyn mit mehr als einem Kopfnicken zu begrüßen und William neugierig anzustarren, die nichts tun konnte als Tee bereiten und zusehen, wie ihre Leute den Ansturm der jammernden wandelnden Skelette abwehrten, indem sie gleich drei auf einen Haufen warfen oder mit eigenen Händen die bezeichneten Waggons abkoppelten oder Quittungen von den erschöpften hohläugigen

Weißen in Empfang nahmen, die einen andern Dialekt sprachen als sie.

Eis, Sodawasser und Tee waren ihnen ausgegangen, denn sie waren sechs Tage und sieben Nächte auf der Fahrt, und sie erschienen ihnen wie sieben mal sieben Jahre.

In einer heißen trockenen Dämmerstunde erreichten sie endlich in diesem Totenreiche, erleuchtet von den großen roten Feuern aus Eisenbahnschwellen, in denen man die Leichen verbrannte, ihren Bestimmungsort und wurden von dem Leiter des Hungersnothilfswerkes, Jim Hawkins, empfangen, der, unrasiert und ungewaschen, doch wohlgelaunt und der Sachlage gänzlich gewachsen war.

Martyn, beschloß er an Ort und Stelle, habe bis auf weiteres auf Zügen zu leben; er solle mit den leeren Waggons zurückfahren, sie mit Hungernden, wo er deren fände, beladen und sie am Rande der acht Distrikte in einem Sammellager für Hungersnotbetroffene absetzen. Er solle Lebensmittelnachschub holen und zurückkehren, seine Polizisten hätten die beladenen Waggons zu bewachen und gleichfalls Hungernde aufzulesen und an ein Lager hundert Meilen weiter südlich abzugeben. Scott – Hawkins war sehr erfreut, Scott wiederzusehen – solle auf der Stelle den Oberbefehl über einen Zug Ochsenkarren übernehmen, nach Süden in ein anderes Sammellager fern von der Eisenbahn ziehen, unterwegs die Lebensmittel verteilen und die Hungernden – er würde deren auf seinem Wege genug auflesen – im Lager lassen und weitere telegraphische Befehle abwarten. Im allgemeinen solle Scott bei geringfügigen Angelegenheiten das tun, was er selber für richtig halte.

William biß sich auf die Unterlippe. Niemand auf der weiten Welt kam ihrem Bruder gleich, dennoch gab ihm seine Marschorder keinen Spielraum zu selbständigem Handeln. Sie kam aus dem Waggon, vom Kopf bis zu den Füßen staubbedeckt, eine hufeisenförmige Falte auf der Stirne, die sich hier durch vieles Nachdenken in der letzten Woche eingegraben hatte, aber beherrscht wie immer. Frau Jim – die eigentlich Lady Jim war, aber niemand dachte daran, sie mit ihrem Titel anzusprechen – ergriff mit einem kleinen Schrei von ihr Besitz.

»Oh, ich bin so froh, daß Sie hier sind«, schluchzte sie fast.

»Sie hätten natürlich nicht kommen sollen, aber hier – ist keine andere Frau außer mir, und wir müssen einander helfen, wissen sie; wir haben ja das ganze unselige Volk hier, und die kleinen Kinder, die sie verkaufen.«

»Ich habe sie gesehen«, sagte William.

»Ist es nicht gräßlich? Ich habe zwanzig gekauft, sie sind in unserm Lager; möchten Sie aber nicht zuvor etwas essen? Wir haben hier mehr, als zehn Leute vertilgen können; und ich habe auch ein Pferd für Sie. Oh, ich bin so froh, daß Sie gekommen sind. Sie sind ja auch von den Punjableuten, wissen Sie.«

»Fassung, Lizzie«, sagte Hawkins über die Schulter hin. »Wir werden auf Sie achtgeben, Fräulein Martyn. Tut mir leid, daß ich Sie nicht zum Frühstück bitten kann, Martyn. Sie können essen, wenn Sie im Fahren sind. Lassen Sie zwei von Ihren Leuten zur Hilfe für Scott da. Diese armen Teufel hier sind schon zu schwach, um die Karren zu beladen. Saunders«, wandte er sich an den Lokomotivführer, der im Halbschlaf auf der Maschine stand, »umkehren und die leeren Waggons zurückfahren! Sie haben ›freie Strecke‹ bis Anundrapilay, dort erhalten Sie Befehl für die nördliche Strecke. Scott, laden Sie diesen Waggon in Ihre Karren um und fort mit Ihnen, so rasch als möglich! Der Eurasier im rosa Hemd ist Ihr Dolmetsch und Führer. Sie werden an das Joch des zweiten Wagens einen Apotheker von Qualitäten angebunden finden, er hat durchzugehen versucht, Sie werden auf ihn aufpassen müssen. Lizzie, kutschiere Fräulein Martyn ins Lager und sag dort, man solle mir meinen Fuchs hierherschicken.«

Scott war mit Faiz Ullah und den zwei Polizisten schon bei den Karren beschäftigt; er ließ sie neben den Waggon rangieren und öffnete ruhig dessen Klappwand, indes die andern die Hirse- und Weizensäcke verluden. Hawkins sah ihm bei der Arbeit zu, bis ein Karren beladen war.

»Das ist ein tüchtiger Mann«, sagte er, »wenn alles gut geht, werde ich ihn ordentlich 'rannehmen.« Das war das höchste Lob, das nach Jim Hawkins' Ansicht ein menschliches Wesen dem andern spenden konnte. Eine Stunde später war Scott auf dem Wege; der Apotheker drohte ihm mit dem Strafgesetzbuch, daß man ihn, ein Mitglied der ärztlichen Unterabteilung, gegen seinen Willen und gegen alle Gesetze über die Freiheit der Untertanen gebunden und ihm Gewalt angetan habe; der Eurasier im rosa Hemd bat um Urlaub, um seine Mutter sehen zu können, die zufällig drei Meilen von hier im Sterben liege: »Nur serr serr kurze Urlaub, und werde sogleich zurück sein, Herrr . . .«

Die zwei Polizisten, mit Stecken bewaffnet, bildeten die Nachhut; und Faiz Ullah erklärte, mit der Verachtung des Mohammedaners für alle Hindus und Fremden in jedem Zug seines Gesichtes, den Ochsentreibern, daß man zwar vor Scott Sahib aus Furcht auf allen vieren liegen müsse, daß aber dennoch er, Faiz Ullah, die eigentliche Autorität selbst sei.

Die Prozession knarrte an Hawkins' Lager vorbei – drei fleckigen Zelten unter einer Gruppe abgestorbener Bäume; dahinter befand sich das Obdach für die verzweifelte Menge der Hungernden, die ihre Arme nach den Kochkesseln ausstreckten.

»Ich wünschte zu Gott, William wäre zu Hause geblieben«, dachte Scott nach einem Blick dorthin. »Wenn die Regenzeit kommt, werden wir Cholera haben, das ist so sicher, wie zwei mal zwei vier ist.«

Doch William schien entschlossen, ganz im Sinne des Hungersnotgesetzes zu handeln, das, wenn Hungersnot proklamiert ist, die Wirkungen sonst geltender Gesetze suspendiert. Scott sah sie, in einem Kalikoreitanzuge und blaugrauem Filzhut mit goldener Kokarde auf dem Kopfe, in der Mitte einer Schar weinender Frauen stehen.

»Bitte, ich brauche fünfzig Rupien. Ich vergaß, Jack, bevor er abfuhr, darum zu bitten. Können Sie sie mir borgen? Sie sind für Kondensmilch für die Säuglinge«, sagte sie.

Scott nahm das Geld aus dem Gürtel und händigte es ihr wortlos ein. Dann sagte er: »Um's Himmels willen, geben Sie acht auf sich!«

»Ach, mir wird es schon ganz gut gehen. Wir sollen in zwei Tagen Milch bekommen. Nebenbei wollte ich Ihnen sagen, daß Sie den Befehl haben, eins von Sir Jims Pferden zu nehmen. Es ist ein grauer Kabuli dabei, der, wie ich dachte, ganz Ihr Stil sein würde, und so sagte ich, Sie würden ihn nehmen. War das recht?«

»Das ist schrecklich freundlich von Ihnen. Ich fürchte, wir für unsere Person können beide nicht viel von Stil sprechen.«

Scott trug einen wetterfesten Drilljagdanzug, der an den Nähten schon weißlich und an den Handgelenken etwas abgeschabt war. Gedankenvoll betrachtete ihn William vom Korkhelm bis zu den eingefetteten Stiefeln: »Sie sehen sehr nett aus, finde ich. Haben Sie auch sicher alles mit, was Sie brauchen, Chinin, Chlorodin und so weiter?«

»Ich denke wohl«, antwortete Scott und klopfte auf mehrere Jagdtaschen, die am Sattel des Tieres hingen, das eben gebracht wurde, stieg auf und ritt an der Flanke seines Zuges entlang.

»Leben Sie wohl!« rief er.

»Leben Sie wohl und viel Glück!« erwiderte William. »Ich bin Ihnen furchtbar dankbar für das Geld.« Sie machte auf dem gespornten Absatz kehrt und verschwand in dem Zelte, während die Karren an den Schuppen für die Hungernden vorbeizogen, vorbei an den Reihen prasselnder großer Feuer, hinunter in die glühend heiße Gehenna des Südens.

II

Es war Sträflingsarbeit, obwohl Scott bei Nacht marschierte und am Tage rastete; aber so weit sein Blick reichte, war niemand, den er als seinen Herrn ansprechen konnte. Er war so frei wie Jimmy Hawkins, freier sogar, denn die Regierung hielt den Oberbefehlshaber über die Hungersnotaktion fest an einen Telegraphendraht gebunden, und hätte Jimmy sich je ernstlich nach Telegrammen gerichtet, dann wäre die Sterblichkeitsziffer in dieser Hungersnot noch größer gewesen, als sie schon war.

Nachdem Scott so einige Tage dahingekrochen war, lernte er etwas von dem Charakter dieses Indien, dem er diente, und es setzte ihn in Erstaunen. Seine Karren waren, wie schon gesagt, mit Weizen, Hirse und Gerste beladen, gutem, eßbarem Getreide, das nur ein wenig gemahlen werden mußte. Aber die Leute, denen er die lebenspendenden Lebensmittel brachte, waren Reisesser. Sie konnten den Reis in ihren Mörsern enthülsen, aber sie wußten von den schweren steinernen Handmühlen des Nordens nichts und noch weniger von dem Nahrungsmittel, das ihnen der weiße Mann auf so mühsamem Wege brachte. Sie schrien um Reis, unenthülsten Reis, solchen, an den sie gewöhnt waren – und als sie sahen, daß es keinen gab, gingen sie weinend von den Karren fort. Was nützten ihnen diese fremden harten Körner, die sie in der Kehle würgten? Sie wollten lieber sterben. Und da und dort taten ihrer viele es denn auch. Andere nahmen ihre Ration in Empfang und tauschten eine Hirsemenge, die genügte, einen Mann eine Woche lang zu ernähren, gegen ein paar Handvoll verdorbenen Reises ein, die ein Glücklicherer noch übrig hatte. Etliche taten ihren Anteil in die Reismörser, zerstießen ihn und machten mit schmutzigem Wasser einen Teig an; aber deren waren nur sehr wenige. Scott begriff dunkel, daß viele Leute im südlichen Indien gewöhnlich nur Reis aßen, aber er hatte seine Dienstzeit in einer Kornprovinz verbracht, hatte selten Reis in Halm und Ähre stehen gesehen und hätte es für unglaublich gehalten, daß die Menschen in Zeiten bitterster Not, in Armlänge von der Fülle entfernt, lieber stürben, als daß sie eine Speise anrührten, die sie nicht kannten. Umsonst dolmetschten die Dolmetscher; vergeblich zeigten seine zwei Polizisten mit heftigen Pantomimen, was zu tun sei; die Hungernden schlichen zurück zu Rinde, Unkraut, Maden, Blättern und Lehm und ließen die offenen Säcke unberührt. Doch manchmal legten die Frauen ihre Phantome von Kindern zu Scotts Füßen nieder und sahen sich noch einmal um, ehe sie davonstolperten.

Faiz Ullah meinte, es sei wohl Gottes Wille, daß diese Fremden stürben, und daher blieb nichts übrig, als anzuordnen, die Toten zu verbrennen. Nichtsdestoweniger war dies kein Grund, daß es dem Sahib an Bequemlichkeiten fehlen sollte, und so hatte Faiz Ullah, in Reisen und Lagern erfahren, ein paar schmächtige Ziegen gefangen und der Karawane einverleibt. Auf daß sie Milch für das Frühstück lieferten, fütterte er sie mit dem guten Korn, das diese Toren zurückwiesen. »Ja, wenn es der Sahib für richtig hielte«, meinte Faiz Ullah, »könnte man den Säuglingen von der Milch geben«, aber wie der Sahib wohl wußte, waren Säuglinge billig, und nach Faiz Ullahs persönlicher Meinung hatte die Regierung keine Verfügung betreffs Säuglingen erlassen. Scott hielt Faiz Ullah und den zwei Polizisten eine kräftige Rede und hieß sie, Ziegen einzufangen, wo sie sie fänden. Das taten sie mit großer Freude, denn es war eine Abwechslung, und viele herrenlose Ziegen wurden eingebracht. Nach einmaliger Fütterung folgten die armen Tiere willig genug den Karren, und nach einigen Tagen guter Nahrung – der Nahrung, um derentwillen Menschen starben – gaben sie wieder Milch.

»Aber ich bin doch kein Ziegenhirt«, sagte Faiz Ullah, »es ist gegen mein *Izzat*[1].«

»Wenn wir wieder über den Bias-Fluß gehen, werden wir von *Izzat* reden«, erwiderte Scott. »Bis zu diesem Tage werdet ihr, du und die Polizisten, das Lager fegen, wenn ich es befehle.«

»So geschehe es, wenn der Sahib es haben will«, brummte Faiz Ullah und zeigte Scott, der über ihn gebeugt stand, wie eine Ziege gemolken werden will.

»Jetzt werden wir sie füttern, dreimal am Tage werden wir sie füttern«, sagte Scott, beugte den Rücken zum Melken und bekam einen schrecklichen Krampf. Die Verbindung zwischen einer unruhigen Zickenmutter und einem Säugling, der am Sterben ist, aufrechtzuerhalten, erfordert eine große Anstrengung. Aber die Säuglinge wurden gefüttert. Morgens, mittags und abends hob Scott feierlich einen nach dem andern aus ihrem Nest von Getreidesäcken unter den Wagenplanen heraus. Viele konnten kaum mehr als atmen, und die Milch wurde ihnen Tropfen für Tropfen in den zahnlosen Mund eingeflößt, mit gehörigen Pausen, wenn sie sich verschluckten. Jeden Morgen wurden auch die Ziegen gefüttert; und da sie ohne Hirten einander stießen und die Eingeborenen nur Mietlinge waren, sah sich Scott gezwungen, das Reiten aufzugeben und langsam, seinen Schritt ihrer Schwäche anpassend, an der Spitze seiner Herden zu wandern. All das war hinreichend albern, und er fühlte auch die Albernheit genau; aber er rettete doch wenigstens Menschenleben, und als die Frauen sahen, daß ihre Kinder nicht starben, bequemten sie sich dazu, ein wenig von der fremden

1. Ehre.

Speise zu essen, und schlichen mit Segenssprüchen für den Herrn der Ziegen hinter den Karren her.

»Gibt man den Frauen nur etwas, wofür sie leben, so werden sie schon irgendwie weiterkommen«, sagte Scott zu sich, als ihn der Staub, den hundert kleine Füße aufwirbelten, niesen machte, »aber dies übertrifft sogar Williams Kniff mit der Kondensmilch. Aber ich werde es wohl nicht durchhalten können.«

Sehr langsam erreichte er seinen Bestimmungsort, erfuhr, daß ein Schiff mit Reis aus Burma gekommen sei, und daß Reisvorräte zur Verfügung ständen. Er fand auch einen überarbeiteten Engländer, der die Leitung des Hilfsplatzes hatte, belud seine Karren und kehrte um, den Reis in den Gegenden, die er schon durchzogen hatte, zu verteilen. Er ließ einige Kinder und die Hälfte seiner Ziegen in dem Hungerlager, wofür ihm der Engländer nicht dankbar war, der schon mehr verirrte Säuglinge hatte, als ihm lieb war. Scotts Rücken war schon geschmeidig vom vielen Bücken, und er fuhr fort, diesen Dienst zu verrichten und am Wege seinen Reis zu verteilen. Immer mehr Ziegen und Kinder wurden seiner Obhut anvertraut, aber jetzt trugen schon manche von den Kindern Lumpen oder Perlenschnüre um den Hals oder das Handgelenk. »Das bedeutet«, sagte der Dolmetsch, als hätte es Scott nicht selbst gewußt, »daß ihre Mütter hoffen, sie gegebenenfalls offiziell zurückzunehmen.«

»Je früher, desto besser«, sagte Scott, aber gleichzeitig nahm er mit dem Stolz des Eigentümers wahr, wie dieser oder jener kleine Ramasawmy Fleisch ansetzte wie ein Bantam-Zwerghuhn. Als die Reiswagen leer waren, nahm er Richtung auf Hawkins' Lager an der Bahnlinie zu und setzte seine Ankunftszeit so an, daß er zur Stunde des Abendessens zurechtkäme, denn es war lange her, seit er zuletzt an einem gedeckten Tisch gegessen hatte. Er hatte nicht die Absicht, einen irgendwie dramatischen Einzug zu halten, aber eine Laune der untergehenden Sonne fügte es, daß, als er seinen Helm abnahm, um die Abendluft zu spüren, das tiefe Licht quer über seine Stirn fiel, so daß er nicht vor sich blicken konnte – indessen Eine, an der Zelttür wartend, mit neuen Augen einen Jüngling schaute, schön wie Paris, einen Gott in einer Aureole goldenen Staubs, langsam schreitend an der

Spitze seiner Herde, während an seinen Knien kleine nackte Cupidos einherliefen. Aber sie lachte. William in einer schiefergrauen Bluse bog sich vor Lachen, bis Scott, gute Miene zum bösen Spiel machend, seiner Heerschar Halt gebot und sie den Kindergarten bewundern ließ. Es war ein unziemlicher Anblick, aber Schicklichkeit hatte man vor undenklichen Zeiten zugleich mit den Teegesellschaften in Amritsar, siebenhundert Meilen nordwärts, zurückgelassen.

»Sie gedeihen gut«, sagte William, »wir haben nur mehr fünfundzwanzig hier, die Frauen beginnen sie sich wiederzuholen.«

»Sie haben also die Kinder in Ihrer Obhut?«

»Ja, Frau Jim und ich. Wir haben nicht an Ziegen gedacht, natürlich; wir versuchten Kondensmilch mit Wasser gemischt.«

»Keine Todesfälle?«

»Mehr, als mir zu denken lieb ist«, erwiderte William schauernd. »Und Sie?« Scott sagte nichts. Viele Kinder waren auf seinem Wege begraben worden, viele Mütter hatten geweint, als sie ihre der Obhut der Regieung anvertrauten Kinder nicht wieder gefunden hatten.

Dann kam Hawkins heraus, mit einem Rasiermesser in der Hand, das Scott gierig betrachtete, denn er trug einen Bart, der ihm nicht gefallen wollte. Und als sie sich zum Abendbrot niedersetzten, erzählte er seine Geschichte in kurzen Worten, wie einen amtlichen Bericht. Von Zeit zu Zeit schneuzte sich Frau Jim und Jim nickte zustimmend mit dem Kopf; aber Williams graue Augen blickten auf das sauber rasierte Gesicht; und nur ihr schienen Scotts Worte zu gelten.

»Ein Glück für die Hungerprovinz!« sagte William und lehnte sich, das Kinn in die Hand gestützt, zwischen den Weingläsern vor. Ihre Wangen waren eingefallen und die Narbe auf der Stirn war auffallender denn je, aber der schön gerundete Hals erhob sich wie eine Säule aus der Krause ihrer Bluse, dem anerkannten Abendkleid im Lager.

»Es war manchmal schrecklich albern«, sagte Scott, »sehen Sie, ich verstand doch nicht viel von Melken und von kleinen Kindern; sie werden mich damit zu Tode necken, wenn die Geschichte im Norden ruchbar wird.«

»Lassen Sie sie«, antwortete William hochmütig, »wir haben alle Kuliarbeit getan, seit wir hier sind. Auch Jack.«

Dies war an Hawkins' Adresse gerichtet; der große Mann lächelte mild und sagte: »Ihr Bruder ist ein höchst tüchtiger Offizier, William, und ich habe ihm die Ehre erwiesen, ihn zu behandeln, wie er es verdient. Denken Sie daran, daß ich die vertraulichen Berichte schreibe.«

»Dann mußt du auch sagen, daß William ihr Gewicht in Gold wert ist«, sagte Frau Jim, »ich weiß nicht, was wir ohne sie getan hätten. Sie hat alles für uns getan.« Ihre Hand legte sich auf Williams Hand, die rauh war vom Halten der Zügel, und William streichelte sie sanft. Jim warf strahlende Blicke auf die Gesellschaft. Es stand gut in seiner kleinen Welt. Drei seiner unfähigsten Leute waren gestorben, und ihre Stellen waren von tüchtigeren Männern besetzt worden. Jeder Tag brachte die Regenzeit näher, in fünf Distrikten war der Hungersnot schon ein Ende gemacht, und im übrigen war die Sterblichkeitsziffer in Anbetracht der Lage nicht zu hoch gestiegen. Er betrachtete Scott sorgfältig prüfend wie ein Menschenfresser und labte sich an seinem Körperbau und seiner eisenharten Konstitution.

»Er ist nur ganz wenig mitgenommen und kann noch immer Arbeit für zwei leisten«, dachte Jim bei sich. Dann bemerkte er, daß Frau Jim ihm etwas mit den Augen telegraphierte, was nach dem häuslichen Kodex bedeutete: »Ein klarer Fall. Schau sie an!«

Er schaute sie an und hörte zu, aber William sagte nur: »Was kann man von einem Lande erwarten, wo sie einen *Bhistee*[1] einen *Tunni-cutch* nennen?« Und Scott antwortete nur: »Ich werde herzlich froh sein, wieder in den Klub zurückzukehren. Halten Sie mir auf dem Weihnachtsball einen Tanz frei, ja?«

»Ein weiter Weg von hier bis Lawrence Hall«, sagte Jim. »Besser, Sie gehen bald schlafen, Scott; morgen geht's wieder an die Reiskarren; mit dem Einladen müssen Sie um fünf Uhr beginnen.«

»Willst du Herrn Scott nicht einen Tag Rast gönnen?«

»Ich fürchte, es geht nicht, Lizzie. Solange er noch auf den Füßen steht, müssen wir ihn ausnützen.«

1. Wasserträger.

»Gut, so habe ich wenigstens mal wieder einen europäischen Abend gehabt . . . Bei Gott, ich hätte fast vergessen! Was fange ich mit meinen Kindern an?«

»Lassen Sie sie hier – wir nehmen sie in Obhut –, antwortete William, »und so viel Ziegen, als Sie entbehren können. Ich muß jetzt melken lernen.«

»Wenn Sie morgen früh genug aufstehen wollen, zeige ich es Ihnen. Ich melke immer, wissen Sie; und was ich noch sagen wollte, die Hälfte der Kinder hat Perlenschnüre und andere Sachen um den Hals. Denken Sie daran und nehmen Sie sie ihnen nicht weg für den Fall, daß die Mütter zurückkommen sollten.«

»Sie vergessen, daß ich hier auch einige Erfahrung gesammelt habe.«

»Ich hoffe zu Gott, daß Sie sich nicht überarbeiten werden!« Einen Augenblick verlor Scott die Herrschaft über seine Stimme.

»Ich werde auf sie achten«, sagte Frau Jim und telegraphierte hundert Worte lange Botschaften, während sie William wegführte; unterdessen gab Jim Scott seine Befehle für den nächsten Zug. Es war sehr spät – fast neun Uhr.

»Jim, du bist eine Bestie«, sagte seine Gattin abends zu ihm, und der Befehlshaber über die Hungersnot lachte in sich hinein.

»Nicht im geringsten eine Bestie, meine Liebe. Ich erinnere mich, das erste Andiala-Settlement einem Mädchen in einer Krinoline zuliebe geschaffen zu haben; und schlank war sie, Lizzie! Ich habe seither nie wieder solch ein tüchtiges Stück Arbeit geleistet. Er – wird wie ein Dämon arbeiten.«

»Aber du hättest ihm einen Tag gönnen können.«

»Um die Sache jetzt schon auf die Spitze zu treiben? Nein, meine Liebe, sie verleben jetzt ihre glücklichste Zeit.«

»Ich glaube nicht, daß einer von den lieben Leutchen weiß, wie es um sie steht. Ist es nicht schön und entzückend?«

»Steht um drei Uhr früh auf, um melken zu lernen! Gott segne ihr Herz! Ach Götter, warum müssen wir alt und dick werden?«

»Sie ist ein liebes Ding. Sie hat unter meiner Leitung mehr gearbeitet als –«

»Unter deiner! Am Tage nach ihrer Ankunft hat sie kommandiert und du warst die Untergebene und bist es seither geblieben. Sie weiß dich fast ebensogut um den Finger zu wickeln wie du mich.«

»Sie tut es nicht, und deswegen liebe ich sie. Sie ist so gerade heraus wie ein Mann – wie ihr Bruder.«

»Ihr Bruder ist schwächer als sie. Er fragt immer bei mir um Befehle an, aber er ist ein Ehrenmann und unersättlich nach Arbeit. Ich gestehe, ich habe William geradezu lieb, und wenn ich eine Tochter hätte –«

Das Gespräch brach hier ab. Ferne im Derajat lag ein Kindergrab, das mehr als zwanzig Jahre alt war, und weder Jim noch seine Frau sprachen mehr davon.

»Dennoch bist du verantwortlich«, fügte Jim nach einem kurzen Schweigen hinzu.

»Gott segne sie«, erwiderte schläfrig Frau Jim.

Ehe die Sterne verblaßten, erwachte Scott, der in einem leeren Karren geschlafen hatte, und ging schweigend an seine Arbeit; es wäre ihm roh erschienen, Faiz Ullah und den Dolmetscher zu dieser Stunde zu wecken. Da sein Kopf fast bis an den Boden gebeugt war, hörte er William erst, als sie in dem schmutzigen alten Reitanzug über ihm stand, mit noch schlaftrunkenen Augen, eine Tasse Tee und ein Stück Toast in der Hand. Auf dem Boden lag auf einer Pferdedecke, strampelnd, ein Säugling, und ein sechsjähriges Kind guckte Scott über die Schulter.

»Halt, kleiner Schurke, wie zum Teufel willst du deine Ration kriegen, wenn du nicht ruhig liegst?« fragte Scott.

Eine kühle weiße Hand hielt den Balg fest, der sogleich zu schlucken begann, als die Milch in seinen Mund gurgelte.

»Guten Morgen!« sagte der Melker. »Sie haben keine Ahnung, wie diese kleinen Kerle strampeln können.«

»O doch, ich weiß es«, erwiderte sie flüsternd, denn die Welt schlief noch. »Nur füttere ich sie mit einem Löffel oder mit einem Läppchen. Ihre sind dicker als meine ... Und das haben Sie Tag für Tag zweimal gemacht?« Ihre Stimme klang ganz versonnen.

»Ja, es war albern. Aber jetzt versuchen Sie es!« erwiderte er und machte dem Mädchen Platz: »Vorsicht, eine Ziege ist keine Kuh.«

Die Ziege protestierte gegen die Amateurmelkerin, und es

gab einen Kampf, bei dem Scott rasch den Säugling an sich riß. Dann mußte wieder von vorne angefangen werden, und William lachte sanft und glücklich. Immerhin brachte sie es zuwege, zwei Säuglinge zu füttern und sogar noch einen dritten.

»Trinken die kleinen Würmer nicht gut?« fragte Scott. »Ich habe sie dazu erzogen.«

Sie waren sehr beschäftigt und interessiert, und ehe sie es merkten, war heller Tag und das ganze Lager auf den Beinen – und sie knieten noch immer bei den Ziegen und erröteten beide – vom Tage überrascht – bis über die Ohren. Und doch hätte die ganze Erdkugel, die sich aus der Dunkelheit heraus ins Licht drehte, alles hören und sehen dürfen, was zwischen ihnen vorging.

William nahm den Tee und den Toast auf und sagte unsicher: »Ich hatte Tee für Sie gemacht. Jetzt ist er eiskalt. Ich dachte, Sie würden so früh vielleicht nichts zu essen bekommen. Trinken Sie ihn lieber nicht. Er ist – er ist eiskalt.«

»Das ist schrecklich lieb von Ihnen. Er ist ganz gut so. Es ist wirklich schrecklich lieb von Ihnen. Ich werde meine Kleinen und meine Ziegen bei Ihnen und bei Frau Jim lassen. Natürlich kann Ihnen jeder im Lager das Melken beibringen.«

»Natürlich«, sagte William und sie wurde röter und röter und schöner und noch schöner, indes sie in ihr Zelt zurückschritt und sich heftig mit der Untertasse fächelte.

Schrilles Wehklagen ging durch das Lager, als die älteren Kinder sahen, daß ihre Kinderfrau ohne sie abzog. Faiz Ullah ließ sich sogar soweit herab, mit den Polizisten darüber Scherze zu machen, und Scott wurde vor Scham puterrot, weil Hawkins, der schon im Sattel saß, in brüllendes Gelächter ausbrach.

Ein Kind entkam Frau Jims Händen und lief, von William mit langen, leichten Schritten verfolgt, schnell wie ein Kaninchen auf Scott zu und umklammerte seinen Stiefel. »Ich geh' nicht zu ihnen, ich geh' nicht zu ihnen!« quiekte das Kind und umfaßte mit seinen Füßen Scotts Knöchel: »Sie werden mich hier umbringen, ich kenne die Leute nicht!«

»Hör, sie tut dir nichts!« sagte Scott in gebrochenem Tamil, »geh mit ihr, du bekommst gut zu essen!«

»Komm«, sagte William keuchend und warf Scott, der hilflos und wie mit gelähmten Knien stand, einen ärgerlichen Blick zu.

»Gehen Sie zurück«, sagte er rasch zu William. »ich schicke Ihnen den kleinen Kerl in einem Augenblick hinüber.«

Sein befehlender Ton hatte augenblicklich Erfolg, aber einen Erfolg anderer Art, als Scott beabsichtigt hatte. Der Knabe ließ ihn los und sagte ernsthaft: »Ich wußte nicht, daß die Frau dein ist, ich werde gehen.« Dann rief er seinen Gefährten, einer Horde Drei-, Vier- und Fünfjähriger, die, ehe sie in wilder Flucht durchgingen, den Erfolg seines Versuches abwarten wollten, zu: »Geht zurück und eßt. Sie ist das Weib unseres Mannes. Sie wird seinen Befehlen gehorchen.« Jimmy fiel fast aus dem Sattel, Faiz Ullah und die zwei Polizisten grinsten und Scotts Befehle hagelten nur so auf die Treiber herab.

»Das ist die Gewohnheit der Sahibs, wenn in ihrer Gegenwart die Wahrheit gesprochen wird«, sagte Faiz Ullah. »Die Zeit naht, daß ich mir einen neuen Dienst suchen muß. Junge Frauen, besonders solche, die unsere Sprache sprechen und die Gewohnheiten der Polizei kennen, bereiten einem ehrlichen Kammerdiener großen Kummer in bezug auf die wöchentlichen Abrechnungen.«

Was William dachte, sprach sie nicht aus, aber als ihr Bruder zehn Tage später ins Lager kam, um Befehle entgegenzunehmen, sagte er lachend, als er von Scotts Taten hörte: »Na, das gibt einen Spaß. Er wird Bakri Scott genannt werden bis ans Ende seiner Tage! (Bakri bedeutet in der nördlichen Landessprache Ziege.) Was für ein Kapitalsspaß! Ich hätte ein Monatsgehalt darum gegeben, ihn verhungerte Säuglinge pflegen zu sehen. Ich habe einige mit *Conjee*[1] gefüttert, aber das nahm sich ganz ordentlich aus.«

»Es ist geradezu widerwärtig«, sagte mit flammenden Augen seine Schwester. »Ein Mann tut so – so etwas, und ihr andern alle denkt an nichts, als ihm einen albernen Spitznamen zu geben, und dann lacht ihr und glaubt, es sei komisch.«

»Ah!« machte Frau Jim voll Mitgefühl.

»Na, du darfst nicht reden, William. Du hast das kleine

1. Reiswasser.

Fräulein Demby in der letzten kalten Jahreszeit die Fettwachtel getauft, du weißt, der Name stammt von dir. Indien ist das Land der Spitznamen.«

»Das ist ein Unterschied«, entgegnete William, »sie ist nur ein Mädchen und hat nichts geleistet, als daß sie wie eine Wachtel hüpfte, und das tut sie wirklich. Aber es ist nicht anständig, einen Mann zu verspotten.«

»Scott macht sich nichts daraus«, antwortete Martyn. »Den alten Scotty kann man nicht aus seiner Ruhe bringen. Ich habe es schon seit acht Jahren versucht, und du kennst ihn erst drei. Wie sieht er aus?«

»Er sieht sehr gut aus«, sagte William und ging mit errötenden Wangen fort.

»Bakri Scott, wirklich!« Dann lachte sie still, denn sie kannte das Land, dem sie diente. »Aber er wird trotzdem Bakri bleiben« – und sie wiederholte den Namen mehrmals langsam, bis er ihr lieb und vertraut klang.

Als Martyn auf seinen Posten auf der Bahnstrecke zurückkehrte, verbreitete er den Namen weit und breit unter seinen Mitarbeitern, so daß endlich auch Scott, der seine Reiskarren in den Kampf führte, ihn zu hören bekam. Die Eingeborenen glaubten, es sei irgendein englischer Ehrentitel, und die Ochsentreiber gebrauchten ihn in aller Einfalt, bis Faiz Ullah, der für fremde Späße nichts übrig hatte, ihnen eins auf die Kappe gab. Es wurde nur mehr wenig gemolken, außer in den großen Lagern, wo Jim Scotts Idee in größerem Maßstab durchführen und zahlreiche Herden mit dem nutzlosen nördlichen Getreide füttern ließ. In die acht Distrikte war genug Reis eingeführt worden, um die Bevölkerung zu retten, wenn er nur rasch genug verteilt wurde; und niemand war zu diesem Zweck geeigneter als der große Kanal-Offizier, der nie die Geduld verlor, nie einen unnötigen Befehl gab und nie an einem einmal ausgesprochenen Befehl rüttelte. Scott zog eilig vorwärts, um sein Zugvieh zu retten, ließ ihnen täglich die wundgescheuerten Nacken waschen, damit auf dem Wege keine Zeit verloren werde, meldete sich mit seinem Reis bei den kleineren Hungerlagern, lud ab und kehrte in forcierten Nachtmärschen eilig zu den nächsten Lebensmittelstellen zurück, wo er unabänderlich das gleiche Telegramm von Hawkins: »Nochmals« vorfand.

Und er tat es wieder und wieder und noch einmal, indes Jim Hawkins, fünfzig Meilen weit weg, auf einer Karte die Spuren seiner Karrenräder nachzog, die über das vom Hunger geschlagene Land dahinknarrten. Andere arbeiteten gut – Hawkins meldete am Schluß, daß alle gut gearbeitet hätten –, aber Scott war der ausgezeichnetste Arbeiter, er behielt die guten gemünzten Rupien bei sich, zahlte für die Reparaturen seiner Karren auf der Stelle und kam freiwillig für manche unerwartete Nebenausgaben im Vertrauen auf spätere Rückerstattung aus eigener Tasche auf. In der Theorie hätte die Regierung für jeden Schuh und jeden Achsennagel bezahlen sollen, für jede Hand, die beim Verladen half, aber Regierungsgutscheine kassieren sich nur langsam ein; und intelligente fleißige Bürokraten schreiben ausführliche Antworten und fechten jede acht Annas an, die eigenmächtig ausgegeben werden. Der Mann, der mit seiner Arbeit Erfolg haben will, muß auch sein eigenes Bankguthaben oder sonstiges Eigentum in Anspruch zu nehmen wissen, wenn er auszieht.

»Ich sagte dir, er würde schuften«, sprach Jimmy zu seiner Frau sechs Wochen später. »Er hat ein Jahr lang allein die Oberaufsicht über ein paar tausend Mann im Norden am Mosuhl-Kanal geführt und macht einem weniger zu schaffen als der junge Martyn mit seinen zehn Polizisten, und ich habe die moralische Überzeugung – nur erkennt die Regierung moralische Überzeugungen nicht an –, daß er die Hälfte seines Gehaltes ausgegeben hat, um die Räder seiner Karren zu schmieren. Schau her, Lizzie, das ist die Arbeit einer Woche. In zwei Tagen vierzig Meilen mit zwölf Karren, zwei Tage Halt, um für den jungen Rogers ein Lebensmitteldepot zu bauen (Rogers hätte es selbst errichten können, der Idiot!). Dann wieder vierzig Meilen zurück, Abladen von sechs Karren unterwegs und Verteilung den ganzen Sonntag lang. Und am Abend verfaßt er einen zwanzig Seiten langen halboffiziellen Bericht an mich, in dem er ausführt, daß dort, wo er sich aufhält, ›die Leute vorteilhaft zum Hilfswerk herangezogen werden könnten‹, und deutet an, daß er sie bei irgendeinem alten zerfallenen Reservoir, das er entdeckt hat, arbeiten ließe, um, wenn die Regenzeit käme, eine Vorratsstelle guten Wassers zu haben. Er glaubt die Schleuse in zwei Wochen dichten zu können. Betrachte seine Randzeichnungen, sind sie nicht gut und klar? Ich wußte, daß er *pukka* ist, aber ich habe nicht gewußt, daß er so *pukka* ist.«

»Ich muß das William zeigen«, sagte Frau Jim, »das Kind übermüdet sich mit den Säuglingen.«

»Nicht mehr als du, meine Liebe. Na, in zwei weiteren Monaten sind wir aus dem Ärgsten heraus. Tut mir leid, daß ich dich nicht für ein V. C.[1] eingeben kann.«

William saß noch spät am Abend in ihrem Zelt; sie las Seite für Seite der eckigen Handschrift, fuhr mit der Hand streichelnd über die Skizzen für die vorgeschlagene Wiederherstellung des Reservoirs und runzelte die Augenbrauen über den Ziffernkolonnen, in denen die Wassermenge schätzungsweise angegeben war. »Und er findet Zeit, alles das zu tun«, sagte sie zu sich selbst, »und – ich war ja auch dabei. Ich habe ein oder zwei Kinder gerettet.«

Und sie träumte zum zwanzigsten Male von dem Gott in der goldenen Staubaureole und erwachte erquickt, um ekelhafte farbige Kinder zu füttern, Dutzende von Straßenbälgern, am Wege aufgelesen, denen die Knochen fast durch die Haut stachen, und die mit schrecklichen Ausschlägen bedeckt waren. Scott durfte seine Arbeit bei den Karren nicht verlassen, aber sein Brief wurde ordnungsgemäß an die Regierung weiterbefördert, und er hatte den Trost – kein seltenes Vorkommnis in Indien –, daß ein anderer dort erntete, wo er gesät. Aber auch das war eine nützliche Schulung der Seele.

»Er ist viel zu gut, um sich bei Kanalbauerei zu verbrauchen«, meinte Jimmy. »Jedermann kann Kulis beaufsichtigen. Sie brauchen nicht böse zu werden, William; es ist nun mal so. – Aber ich brauche meine Perle unter den Ochsentreibern, und ich habe ihn in den Khandadistrikt versetzt, wo er die ganze Geschichte noch mal machen muß. Er muß jetzt schon unterwegs sein.«

»Er ist kein Kuli«, sagte William wütend, »er sollte seine Regulierungsbauten leiten.«

»Er ist der tüchtigste Mann in seinem Dienst, und das will viel heißen, aber wenn man schon mal Rasiermesser zum Mühlsteineschneiden verwenden muß, zieh' ich die besten Klingen vor.«

1. Victoria Cross – Victoriakreuz. (A. d. Ü.)

»Ist es nicht an der Zeit, daß wir ihn wieder einmal zu sehen bekommen?« fragte Frau Jim. »Ich bin sicher, der arme Junge hat seit einem Monat keine anständige Mahlzeit gegessen. Er sitzt wahrscheinlich auf einem Karren und ißt Sardinen mit den Fingern.«

»Alles zu seiner Zeit, meine Liebe, Pflicht geht vor Anstand – hat das nicht immer Herr Chuck gesagt?«

»Nein, es war der ›Midshipman Easy‹[1]«, lachte William »Ich wundere mich manchmal, wie es einem vorkommen wird, wieder zu tanzen oder einer Musikkapelle zuzuhören oder unter einem Dache zu sitzen. Ich kann gar nicht glauben, daß ich jemals im Leben ein Ballkleid getragen habe.«

»Eine Minute!« sagte Frau Jim, die nachgedacht hatte. »Wenn er nach Khanda marschiert, muß er doch fünf Meilen von hier vorbeikommen. Natürlich wird er herreiten.«

»O nein, er wird nicht«, sagte William.

»Woher wissen Sie das, mein Kind?«

»Es würde ihn von seiner Arbeit abhalten. Er wird keine Zeit haben.«

»Er wird sie sich nehmen«, sagte Frau Jim mit einem Zwinkern.

»Es hängt von seinem eigenen Ermessen ab. Es ist absolut kein Grund vorhanden, warum er es nicht tun sollte, wenn er es für richtig hält«, meinte Jim.

»Er wird es nicht für richtig halten«, entgegnete William ohne Erregung oder Kummer. »Er wäre nicht er selbst, wenn er es täte.«

»Sicherlich lernt man die Menschen in einer solchen Zeit gut kennen«, sagte Jim trocken; aber Williams Gesicht war heiter wie immer, und Scott erschien nicht, wie sie es prophezeit hatte.

Endlich setzten die Regen ein, spät, aber schwer; die trokkene, klaffende Erde verwandelte sich in roten Schlamm; im Lager erschlugen die Diener die Schlangen. Jedermann blieb infolge des Wetters vierzehn Tage lang ans Lager gebunden, bis auf Hawkins, der zu Pferde fröhlich durch die Nässe plätscherte. Die Regierung dekretierte, daß Saatgut an die Bevölkerung verteilt und ihr Geld zum Ankauf neuer Ochsen vorgeschossen werde; und die weißen Männer muß-

1. Held eines Marryatschen Romans. (A. d. Ü.)

ten diese neue Aufgabe mit doppelter Anstrengung durchführen. Indessen schwang sich William von Ziegel zu Ziegel, die über den zertrampelten Schlamm gelegt waren, und flößte ihren Schutzbefohlenen so angenehm wärmende Heiltränke ein, daß sie ihre kleinen runden Bäuche rieben. Die Milchziegen gediehen bei dem üppigen Gras prächtig. Aus dem Khandadistrikt fern im Südosten kam kein Wort von Scott, außer dem regelmäßigen telegraphischen Bericht an Hawkins. Die kunstlosen Landstraßen waren verschwunden, seine Treiber meuterten fast; einer der von Martyn entliehenen Polizisten war an der Cholera gestorben, und Scott nahm täglich dreißig Körner Chinin, um das Fieber zu bekämpfen, das sich bei harter Arbeit im Regen einzustellen pflegt; aber diese Dinge zu berichten, hielt er nicht für notwendig. Er arbeitete wie gewöhnlich von einer Vorratsstation an der Bahnlinie aus, um einen Kreis von dreißig Meilen im Durchmesser zu versorgen, und da die Wagen nicht mehr vollgeladen werden konnten, belud er sie nur zum vierten Teil und hatte infolgedessen die vierfache Plage; denn er wollte es nicht auf eine Epidemie ankommen lassen, die bei der Ansammlung von Tausenden von Landbewohnern an den Hilfsstellen ins Unberechenbare wachsen mußte. Es war billiger, der Regierung gehörige Ochsen zu nehmen, sie zu Tode zu rackern und den Krähen im Morast am Wegrande zu überlassen.

In dieser Zeit kamen ihm seine acht Jahre enthaltsamen, strengen Lebens zugute, obwohl ihm der Kopf vom Chinin wie eine Glocke dröhnte und die Erde unter seinen Füßen, wenn er stand, und das Bett, wenn er schlief, schwankte. Wenn Hawkins es für richtig hielt, ihn zum Ochsentreiber zu machen, so war das nach seiner Meinung ganz und gar Hawkins' eigne Angelegenheit. Es gab Männer im Norden, die erfahren würden, was er getan hatte, Männer mit dreißig Dienstjahren in seinem Departement, die sagen würden »nicht übel!«, und darüber, unermeßlich weit über allen Rangstufen der Männer, stand William, mitten im heißen Kampf, die sein Tun gutheißen würde, denn sie verstand ihn! Er hatte seinen Willen derart erzogen, daß er sich im mechanischen Ablauf jedes Tages bewährte, obwohl ihm seine eigene Stimme fremd im Ohr klang und seine Hände an seinen Handgelenken ihm beim Schreiben bald klein wie Erbsen, bald groß wie Kissen dünkten. Diese Willenskraft trug auch seinen Körper noch in das Telegraphenamt der Bahnstation und diktierte ein Telegramm an Hawkins, das besagte, der Khandadistrikt sei nach seinem Urteile jetzt gerettet, und er erwarte weitere Befehle.

Der Madrasser Telegraphenbeamte mißbilligte das Benehmen des breitschultrigen hageren Mannes, der in einer tödlichen Ohnmacht über ihn fiel, nicht so sehr seines Gewichtes halber, als wegen der Schimpfnamen und Schläge, die er von Faiz Ullah erhielt, als dieser den Körper fand, der unter eine Bank gerollt war. Dann raffte Faiz Ullah Pferde-, Reise- und Bettdecken zusammen, wo er ihrer habhaft werden konnte, und bettete seinen Herrn darauf; er band ihm die Arme mit einem Zeltstricke und gab ihm einen greulichen Kräuterabsud zu trinken; dann stellte er den Polizisten daneben, damit er ihn niederhielte, falls er versuchen sollte, der unerträglichen Hitze unter den Decken zu entkommen, und schloß zwei Tage und eine Nacht das Telegraphenamt ab, um die Neugierigen fernzuhalten. Und als eine Einzelmaschine die Strecke herunterkam und Hawkins die Tür mit einem Fußtritt zerbrach, rief ihn Scott schwach, aber mit natürlicher Stimme an, und Faiz Ullah stand im Hintergrunde und erntete den Lohn seiner Bemühungen.

»Zwei Nächte lang, Himmelsgeborener, war er *pagal*[1]«, sagte Faiz Ullah. »Schau meine Nase an und betrachte das Auge des Polizisten. Er hat uns mit seinen gebundenen Händen geschlagen, aber wir haben uns auf ihn gesetzt, Himmelsgeborener, und obwohl seine Worte *tez*[2] waren, ließen wir ihn schwitzen. Himmelsgeborener, noch nie hat es solch einen Schweiß gegeben. Er ist jetzt schwächer als ein Kind, aber das Fieber hat ihn durch die Gnade Gottes verlassen. Es bleibt nur noch meine Nase und das Auge des Polizisten. Sahib, soll ich um meine Entlassung bitten, weil mein Sahib mich geschlagen hat?« Und Faiz Ullah legte seine lange dünne Hand auf Scotts Brust, um sich zu vergewissern, daß das Fieber vergangen sei, bevor er hinausging, um eine Suppenkonserve zu öffnen und jenen, die ihn seiner geschwollenen Nase wegen verlachten, die Spottlust auszutreiben.

1. Verrückt. – 2. Scharf.

»Der Distrikt ist jetzt ganz in Ordnung«, flüsterte Scott. »Alles andere hat nichts zu sagen. Haben Sie mein Telegramm bekommen? Ich werde in einer Woche wieder auf den Beinen sein. Verstehe nicht, wie das gekommen ist. Ich werde in ein paar Tagen wieder auf den Beinen sein.«

»Sie kommen ins Lager zu uns«, sagte Hawkins.

»Aber hören Sie – aber –«

»Es ist alles vorbei. Wir werden euch Punjableute nicht mehr brauchen. Mein Ehrenwort, wir brauchen euch nicht mehr. Martyn kehrt in wenigen Wochen heim, Arbuthnot ist schon nach Hause gefahren, Ellis und Clay legen nur noch die letzte Hand an eine Bahnlinie, die die Regierung für die Lebensmittelzufuhr gebaut hat. Morten ist tot – er war freilich ein Bengale –, Sie haben ihn wohl nicht gekannt. Auf mein Wort – Sie und Will – Fräulein Martyn – sind am besten von allen durchgekommen.«

»Oh, wie geht es ihr?« Die Stimme stieg und fiel, als er sprach.

»Sie war tadellos in Form, als ich sie verließ. Die römisch-katholische Mission adoptiert die nicht zurückverlangten Kinder und wird kleine Priester aus ihnen machen; die Basler Mission nimmt einige, und die Mütter holen den Rest. Sie sollten hören, wie die kleinen Würmer heulen, wenn sie von William fortgeschickt werden. Sie ist ein bißchen herunter, aber das sind wir alle. Wann, glauben Sie, werden Sie imstande sein, hier wegzugehen?«

»Ich kann nicht in diesem Zustande ins Lager kommen. Ich will nicht«, sagte Scott mürrisch.

»Ja, Sie sind gerade kein herrlicher Anblick, aber soviel ich herausbekommen habe, scheint es mir, als wären sie dort doch froh, Sie unter allen Umständen zu sehen. Wenn Sie wollen, werde ich Ihre Arbeit hier ein paar Tage inspizieren, und Sie können sich indessen von Faiz Ullah auffüttern und wieder auf die Beine bringen lassen.«

Als Hawkins die Inspektion beendet hatte, konnte Scott schon wieder, zwar noch ein wenig schwankend, gehen und er wurde über und über rot, als Jim von seiner Leistung im Distrikt sagte, sie sei »nicht übel«, ferner aus freien Stücken zugab, daß er während der Hungersnot Scott als seine rechte Hand betrachtet habe und sich verpflichtet fühle, dasselbe offiziell zu wiederholen. So kamen sie mit der Bahn ins alte Lager zurück, aber keine Scharen drängten sich hier mehr, die großen Feuer in den Gräben waren erloschen und die Lager der Hungernden standen fast leer.

»Sie sehen, da ist nicht mehr viel für uns zu tun«, sagte Jim. »Reiten Sie lieber hin und begrüßen Sie meine Frau. Es ist ein Zelt für Sie aufgeschlagen. Abendessen um sieben Uhr, ich werde Sie dann sehen.«

Scott ritt im Schritt weiter, neben sich Faiz Ullah, der sich am Steigbügel hielt; so traf er William in ihrem braunen Kalikoreitanzug; sie saß vor dem Eingang des Speisezeltes, die Hände im Schoße, aschgrau, dünn und erschöpft, mit glanzlosen Haaren. Weit und breit war keine Frau Jim zu sehen, und alles, was William herausbrachte, war: »Mein Gott, wie schlecht Sie ausschauen.«

»Ich habe ein bißchen Fieber gehabt. Sie selbst sehen auch nicht eben gut aus.«

»Oh, ich bin ganz gut beieinander. Wir haben hier Schluß gemacht. Ich nehme an, Sie wissen es?«

Scott nickte: »Wir werden alle in einigen Wochen wieder daheim sein. Hawkins sagte es mir.«

»Vor Weihnachten noch, meint Frau Jim. Werden Sie nicht froh sein, zurückzukommen? Ich kann schon den Duft der Wälder riechen.«

William schnüffelte in die Luft: »Wir werden noch zu allen Weihnachtsvorbereitungen zurechtkommen. Ich nehme an, die Regierung des Punjab wird nicht so gemein sein, Jack noch vor dem neuen Jahr zu versetzen.«

»Es kommt mir wie eine Ewigkeit vor, das Punjab und all das, nicht? Sind Sie froh, daß Sie hierhergekommen sind?«

»Jetzt, wo es vorbei ist, ja. Es war gräßlich hier. Wissen Sie, wir mußten stillsitzen und konnten nichts tun, und Sir Jim war soviel abwesend.«

»Nichts tun! Wie kamen Sie mit dem Melken vorwärts?«

»Ich brachte es irgendwie zustande, nachdem Sie es mich gelehrt hatten.«

Dann schnappte das Gespräch mit fast hörbarem Knacken ab. Noch immer kam keine Frau Jim.

»Das erinnert mich, daß ich Ihnen noch fünfzig Rupien schulde, für die Kondensmilch. Ich dachte, Sie würden vielleicht hier vorbeikommen, als Sie in den Khandadistrikt versetzt wurden, und ich hätte sie Ihnen dann bezahlen können, aber Sie sind nicht gekommen.«

»Ich kam fünf Meilen vom Lager vorbei. Sehen Sie, ich war mitten auf dem Marsch, und die Karren brachen alle paar Minuten zusammen, und als ich sie endlich über die Stelle hinweggebracht hatte, war es zehn Uhr nachts geworden. Aber ich wäre schrecklich gern gekommen. Sie wußten es, nicht wahr?«

»Ich glaube – ich wußte es –«, sagte William und richtete die Augen auf sein Gesicht. Jetzt war sie nicht mehr blaß.

»Haben Sie es verstanden?«

»Warum Sie nicht hergeritten sind? Natürlich habe ich es verstanden!«

»Warum?«

»Weil Sie nicht konnten, natürlich. Ich wußte das.«

»Hätten Sie es gern gesehen?«

»Wenn Sie gekommen wären? – aber ich habe gewußt, daß Sie es nicht tun würden. Aber wenn Sie gekommen wären, hätte ich es gern gesehen. Sie wissen das doch auch.«

»Gott sei Dank habe ich es nicht gewußt. Und ich wäre so gern gekommen! Ich konnte es mir aber nicht gestatten, vor den Karren herzureiten, denn ich mußte sie doch hier vorbeilotsen, verstehen Sie?«

»Ich habe es gewußt, daß Sie nicht kommen würden«, sagte William zufrieden. »Hier sind Ihre fünfzig Rupien.«

Scott beugte sich nieder und küßte die Hand, die ihm die fettigen Banknoten reichte; deren Gefährtin fuhr ihm linkisch, aber sehr zärtlich über das Haar.

»Und du hast es gewußt, nicht wahr?« fragte William mit einer neuen Stimme.

»Nein, bei meiner Ehre, ich habe nichts gewußt. Ich hatte nicht – nicht die Frechheit, irgend etwas Derartiges zu erwarten außer ... Sag, bist du an dem Tage, an dem ich auf meinem Wege nach Khanda vorbeikam, irgendwohin geritten?«

William nickte und lächelte wie ein Engel, der auf einer guten Tat ertappt wird.

»Dann habe ich gerade ein Stückchen von deinem Reitanzug erblickt, in –«

»– dem Palmenhaine neben dem südlichen Karrenweg. Ich habe deinen Helm gesehen, als du vom Tempel heraufkamst – gerade genug, um sicher zu sein, daß es dir gut ging. Freut dich das etwas?«

Diesmal küßte ihr Scott nicht die Hand, denn sie waren im Dunkel des Speisezeltes, und da Williams Knie zitterten, mußte sie sich auf den nächsten Stuhl setzen und lange und glücklich – den Kopf auf die Arme gelegt – weinen. Und als Scott meinte, es sei an der Zeit, sie zu trösten, wollte sie von nichts dergleichen wissen; sie lief in ihr eigenes Zelt, und Scott ging hinaus in die Welt und lächelte sie breit und töricht an. Doch als Faiz Ullah ihm einen Trunk brachte, hielt er es für nötig, die eine Hand mit der andern zu stützen, sonst wäre der gute Whisky mit Soda verschüttet worden. Es gibt eben verschiedenerlei Fieber.

Aber ärger, viel ärger noch war das angestrengte Tischgespräch, währenddessen die Blicke einander mieden, bis sich die Dienerschaft zurückgezogen hatte; am ärgsten aber war es, als Frau Jim, die, von der Suppe angefangen, immer dem Weinen nahe war, Scott und William küßte; und sie tranken eine Flasche Champagner, der warm war, da es kein Eis gab, und Scott und William saßen vor dem Zelte im Sternenlicht, bis Frau Jim sie hereinzog, aus Furcht vor noch mehr Fieber.

Angesichts dieser und anderer Dinge sagte William: »Verlobt sein ist abscheulich, weißt du, weil man keine offizielle Stellung hat. Wir müssen dankbar sein, daß wir soviel zu tun haben.«

»Soviel zu tun haben«, sagte Jim, als man ihm diese Worte berichtete. »Keiner von beiden taugt mehr zu irgend etwas. Ich kann nicht mal fünf Stunden Arbeit aus Scott herausdrücken, die Hälfte der Zeit steckt er in den Wolken.«

»Aber sie sind so schön anzusehen, Jimmy. Mir wird das Herz brechen, wenn sie wegfahren. Kannst du nichts für ihn tun?«

»Ich habe bei der Regierung den Eindruck erweckt – ich hoffe wenigstens, daß es mir gelungen ist –, daß er persönlich den ganzen Feldzug gegen die Hungersnot geführt hat. Aber er wünscht sich ja nur, bei den Luni-Kanal-Werken unterzukommen, und William treibt es ebenso arg damit. Hast du je gehört, wie sie von Abdämmungen, Plankenbettung und Abzugswasser sprechen? Das ist ihre Art von Liebesgesprächen, nehme ich an.«

Frau Jim lächelte zärtlich: »Das ist nur in den Zwischenzeiten. Gott segne sie.«

Und so lief der Liebesgott ungestört am hellen Tage durch das Lager, indessen die Männer noch die letzten Spuren austilgten und beseitigten, die letzten Spuren der Hungersnot in den acht Distrikten.

Der Morgen brachte die durchdringende Dezemberkälte des Nordens, Schwaden vom Rauche brennenden Holzes, das staubige Graublau der Tamarisken, die Kuppeln zerstörter Gräber und den ganzen Duft der hellen Ebene des Nordens, als der Postzug über die meilenlange Sutlej-Brücke fuhr. William, in ein *Poshteen* gehüllt – eine seidengestickte Schaflederjacke, mit großgelocktem Astrachanpelz besetzt –, schaute mit feuchten Augen und freudig geblähten Nüstern hinaus. Nun war es vorbei mit dem Süden der Palmen und Pagoden, vorbei mit dem übervölkerten Hindusüden. Dies war das Land, das sie kannte und liebte, und vor ihr lag das gute Leben, wie es ihr vertraut war, unter den Menschen ihrer eigenen Kaste und Denkungsart.

Beinahe auf jeder Station stiegen sie ein – Frauen und Männer, die sich für die Weihnachtswoche in die Stadt begaben, mit Racketts, Bündeln von Polostöcken, mit den geliebten halbzerhauenen Cricketschlägern, mit Foxterriern und Sätteln. Der größte Teil von ihnen trug Jacken wie William, denn mit der Kälte des Nordens ist ebensowenig zu spaßen wie mit der Hitze des Südens. Und William bewegte sich unter ihnen, gehörte zu ihnen; die Hände in den Taschen, den Kragen bis über die Ohren aufgeschlagen, ging sie stampfend auf dem Bahnsteig auf und ab, um sich zu erwärmen, machte in jedem Waggon Besuche und nahm überall Glückwünsche entgegen. Scott saß mit den Junggesellen am Ende des Zuges, wo man ihn erbarmungslos mit dem Füttern der Säuglinge und dem Melken der Ziegen hänselte; aber von Zeit zu Zeit schlenderte er zu Williams Wagenfenster und sagte leise: »Nett hier, nicht?« und William antwortete mit dem Seufzen reinen Wohlgefühls: »Nett hier, wirklich!« Schön war es, den langen offenen Namen der heimatlichen Städte wieder zu lauschen. Umballa, Ludhiana, Phillour, Jullundur tönten wie künftige Hochzeitsglocken an ihre Ohren, und William bemitleidete tief und aufrichtig alle Fremden und Außenseiter – Besucher, Touristen und die neu in den Dienst des Landes Gezwungenen. Es war eine glorreiche Heimkehr, und als die Junggesellen ihren Weihnachtsball veranstalteten, war William unoffiziell sozusagen der Haupt- und Ehrengast der Wirte, die den Abend für ihre Freunde sehr vergnüglich zu gestalten wußten. Sie tanzte fast alle Tänze mit Scott, und während der übrigen saßen sie in der großen dunklen Galerie, von der man das prächtige Teakholzparkett übersehen konnte, auf dem die Uniformen leuchteten, die Sporen klirrten und die neuen Kleider von vierhundert Tanzenden sich drehten und drehten, bis die um die Säulen drapierten Fahnen in ihrem Zugwind sich zu blähen und zu flattern begannen.

Um Mitternacht kam ein halbes Dutzend Herren, denen am Tanzen nichts gelegen war, aus dem Klub herüber, um »Weihnachtsmusikanten« zu spielen, und – dies war eine von den Gastgebern veranstaltete Überraschung – bevor einer wußte, was geschah, hatte die Kapelle zu spielen aufgehört und verborgene Stimmen begannen den »guten König Wenzeslaus« zu singen; und William in der Galerie klopfte mit dem Fuße den Takt dazu und summte mit!

Merk dir meine Fußstapfen gut,
Mein Page, tritt kühnlich hinein –
Dann wird dir gegen des Winters Wut
Wärme im Blute sein.

»Ich hoffe, sie singen uns noch etwas! Ist's nicht hübsch wie die Stimmen aus dem Dunkel kommen? Schau hinunter! Da wischt sich Frau Gregory die Augen.«

»Es ist fast wie zu Hause«, sagte Scott, »ich erinnere mich –«

»Still, hör zu, Lieber!« Und wieder begann es:

Es waren Hirten auf dem Felde,
Die hüteten ihre Herden des Nachts.
Und siehe, der Engel des Herrn trat zu ihnen
Und die Glorie Gottes umleuchtete ihn.

Und sie erschraken sehr.
Der Engel sprach zu ihnen:
»Fürchtet euch nicht, ich bring' euch frohe Botschaft –
Denn heute nacht . . .«

»Ach«, sagte William und schmiegte sich fester an Scott. Diesmal war es William, die sich die Augen wischte.

Die Brückenbauer

Das Geringste, das sich Findlayson vom Departement für Öffentliche Arbeiten erwartete, war der Titel eines C. I. E.[1], er träumte von dem C. S. I.[2], und in der Tat versicherten ihn seine Freunde, er sei noch größerer Auszeichnungen würdig. Drei Jahre lang hatte er Hitze, Kälte, Enttäuschung, Verdruß, Gefahr und Krankheit unter der Last einer Verantwortung ertragen, die für ein Paar Schultern fast zu schwer war; und in dieser Zeit war Tag um Tag unter seiner Leitung die große Kashi-Brücke über den Ganges gediehen. In kaum drei Monaten, wenn alles gut ging, konnte jetzt Seine Exzellenz der Vizekönig diese Brücke mit Gepränge einweihen; ein Erzbischof würde sie segnen, der erste Soldatentransportzug sie befahren und Reden würden gehalten werden.

Findlayson, C. E.[3], saß in seiner Draisine auf der Feldbahn, die an einer der Ufermauern der großen Steindämme, die drei Meilen südlich und nördlich zu beiden Seiten des Flusses errichtet waren, entlanglief, und gestattete es sich, an das Ende der Arbeit zu denken. Die Rampen mitgerechnet, war sein Werk eindreiviertel Meilen lang; es war eine Fachwerkbrücke mit dem Findlaysonschen Hängewerk, die von siebenundzwanzig Backsteinpfeilern getragen wurde. Jeder dieser Pfeiler maß vierundzwanzig Fuß, war mit rotem Stein aus Agra verblendet und reichte mit seinen Fundamenten achtzig Fuß tief unter den Treibsand des Gangesbettes. Die Brücke nahm Eisenbahngleise in der Gesamtbreite von fünfzehn Fuß auf, darüber lag eine Wagenfahrbahn von achtzehn Fuß Breite, mit Gehsteigen zu beiden Seiten. An den beiden Enden erhoben sich rote Backsteintürme mit Schießscharten für Gewehre und Öffnungen für schwere Geschütze, und die Wegrampe führte an den Flügelmauern herab. Die noch in Arbeit befindlichen Straßenabschnitte wimmelten von Hunderten und Hunderten kleiner Esel, die

1. Companion of Indian Empire (Inhaber des Indischen Verdienstordens).
2. Companion of Star of India (Inhaber des Sterns von Indien).
3. Chief Engineer (Chef-Ingenieur).

aus der tiefen Abschachtung mit Säcken voll Material beladen heraufkletterten; und die heiße Nachmittagsluft war erfüllt von dem Klappern der Hufe, dem Aufschlagen der Stöcke in den Händen der Treiber und dem Aufklatschen der niederrollenden Erde. Der Wasserstand war sehr niedrig und auf dem blendend weißen Sande zwischen den drei mittelsten Pfeilern waren Schwellenstapel, deren Zwischenräume innen und außen mit Erde ausgestampft waren, aufgerichtet, um die Last der Gitterträger bis nach deren Vernietung zu tragen. An einer Stelle, wo das Wasser weniger seicht war, wanderte ein Kran auf seiner Laufbahn hin und her, brachte ruckweise eiserne Konstruktionsteile an ihren Platz und bewegte sich schnaubend und grunzend rückwärts wie ein Elefant auf dem Zimmerplatz. Zu Hunderten schwärmten Monteure über das Gitterwerk und das Eisendach der Bahnlinie, hingen an unsichtbaren Gerüsten unter den Trägern, ballten sich rund um die Pfeiler und saßen rittlings auf den auskragenden Fußsteigen: die Flamme ihrer Nietöfen und die Funken, die unter jedem Hammerschlage hervorsprühten, leuchteten nur schwachgelblich in dem Sonnenglast. Aus Nord und Süd, aus Ost und West kamen die Bauzüge und rasselten und kreischten die Kais auf und ab; mit braunen und weißen Steinen beladene Kastenkipper ratterten hinter den Lokomotiven her, die Haken der Klappen wurden aufgeschlagen, und mit betäubendem Lärm rumpelten noch ein paar tausend Tonnen Material, die den Fluß im Zaum halten sollten, zu Boden. Findlayson, C. E., wandte sich auf seiner Draisine um und besah sich das Angesicht der Landschaft, das er sieben Meilen in der Runde verändert hatte. Er sah zurück auf das summende Dorf seiner fünftausend Arbeiter; stromauf- und stromabwärts über Sand und Uferbefestigungen; quer über den Fluß zu den ferneren Pfeilern, die in einem leichten Nebel verschwammen; aufwärts zu den Wachtürmen – und nur er allein wußte, wie stark sie waren –, und mit einem Seufzer der Zufriedenheit sah er, daß sein Werk gut war. Da stand seine Brücke vor ihm im Sonnenlicht, es fehlten nur noch drei Wochen Arbeit an den Trägern der drei mittelsten Pfeiler – seine Brücke, roh und häßlich wie die Erbsünde, doch vortrefflich, beharrend, dauernd über die Zeiten hinaus, da die Erinnerung an den Erbauer, ja sogar an das außerordentliche Findlaysonsche Hängewerk verblichen sein würde. Die Sache war so gut wie fertig.

Hitchcock, sein zweiter Ingenieur, kam die Bahnlinie entlang angaloppiert, auf einem kleinen Kabulipony mit gertendünnem Schweif, das infolge langer Übung sogar über einen Brückenbock hätte traben können; er nickte seinem Chef zu:

»Fast fertig«, sagte er mit einem Lächeln.

»Auch ich dachte daran«, erwiderte der Ältere. »Keine schlechte Sache für zwei Männer, nicht?«

»Einen und einen halben. Gott, was war ich für ein grüner Junge aus dem Lederstrumpf, als ich zu den Werken kam.« Hitchcock fühlte sich sehr gealtert in den gedrängten Erfahrungen der vergangenen drei Jahre, die ihn Macht und Verantwortung gelehrt hatten.

»Ja, Sie waren ein rechtes Füllen«, sagte Findlayson, »ich bin neugierig, wie es Ihnen schmecken wird, an den Bürotisch zurückzukehren, wenn diese Arbeit beendet ist.«

»Es wird mir wohl scheußlich vorkommen!« erwiderte der junge Mann, und indes sein Auge dem Blicke Findlaysons folgte, murmelte er: »Ist sie nicht verdammt gut geworden?«

»Denke, wir wollen auch weiterhin gemeinsam die Dienstleiter hinaufklettern«, dachte Findlayson. »Du bist ein zu guter Bursch, als daß du an einen andern verschwendet werden dürftest. Ein grüner Junge warst du, zweiter Ingenieur bist du jetzt; Personalassistent in Simla sollst du werden, wenn mein Werk nur einige Anerkennung findet.«

In der Tat hatte die ganze Last der Arbeit auf den Schultern Findlaysons und seines zweiten Ingenieurs gelegen, des jungen Mannes, den er sich als Neuling erwählt hatte, um ihn für seine Zwecke zu erziehen. Es gab hier ein halbes Hundert Bauaufseher, Monteure und Nieter, Europäer, die die Eisenbahnwerkstätten zur Verfügung gestellt hatten; jeder hatte etwa wieder zwanzig weiße und Halbblutuntergebene, die unter ihrer Oberleitung die Arbeitertrupps zu dirigieren hatten – aber keiner wußte so gut wie diese zwei, die sich einer auf den andern verließen, daß man sich auf Untergebene nicht verlassen könne. Oft hatten plötzliche Krisen sie alle auf die Probe gestellt – wenn ein Balken stürzte, Flaschenzugketten rissen, ein Kran brach oder der

Fluß in Aufruhr geriet – aber kein noch so wichtiges Ereignis hatte einen Mann ans Tageslicht gefördert, dem Findlayson und Hitchcock die Ehre zuerkannt hätten, ebenso unbarmherzig arbeiten zu dürfen, wie sie selbst arbeiteten. Findlayson überdachte, wie alles von Anbeginn gekommen war: monatelange Arbeit am Zeichentische war mit einem Schlage zunichte geworden, als die indische Regierung im letzten Augenblicke die Brücke um zwei Fuß breiter zu bauen beschloß, wohl in der Meinung, man schneide Brücken aus Papier aus, und so zum mindesten einen halben Morgen Papier voll Berechnungen zerstörte – und Hitchcock, dem Enttäuschungen noch etwas Unbekanntes waren, hatte den Kopf in die Arme gelegt und geweint: die herzbrechenden Verzögerungen, die das Abschließen der Kontrakte in England mit sich brachte, die nichtigen Korrespondenzen mit der Anspielung auf reiche Kommissionsgebühren, wenn dies oder jenes zweifelhafte Zugeständnis durchginge, der Kampf, der auf die Ablehnung folgte, die vorsichtige höfliche Obstruktion auf der Gegenseite, die auf den Kampf folgte – bis endlich Jung-Hitchcock zwei Urlaubsmonate zusammenlegte, sich noch zehn Tage dazu von Findlayson erbat und mit den kleinen, armseligen Ersparnissen eines Jahres eine wilde Spritzfahrt nach London unternahm und dort, wie er selbst berichtete und spätere Abmachungen es bestätigten, die Furcht des Herrn in das Herz eines Mannes einpflanzte, der so mächtig war, daß er nur das Parlament zu fürchten hatte und sich dessen auch rühmte, bis Hitchcock ihn an seiner eigenen Abendtafel so bearbeitete, daß er von nun an auch die Kashi-Brücke fürchtete und alle, die in ihrem Namen sprachen. Dann war über Nacht die Cholera in das Dorf neben den Brückenwerken eingezogen, und nach der Cholera wurde es von den Pocken heimgesucht. Fieber gab es sowieso immer hier. Hitchcock war zum Beamten der dritten Rangklasse ernannt worden, mit der Befugnis körperlicher Züchtigung, um die Gemeinschaft besser im Zaume halten zu können, und Findlayson sah ihm zu, wie er seine Macht sehr machtvoll ausübte und lernte, was er übersehen dürfe und – was er sehen müsse. Lange, lange träumte er vor sich hin, und an ihm zogen Sturm und plötzliche Überschwemmungen vorbei, Tod auf jegliche Art und Weise, wilde Wut gegen den Amtsschimmel, der einen Mann, der wichtigere Dinge zu tun hatte, zur Raserei trieb; Trockenheit, Kanalisierung, Geldgebarung; Geburt, Hochzeit, Begräbnis und Aufstand in dem Dorf, in dem zwanzig einander feindliche Kasten hausten; Argumente, ernste Vorhaltungen, Überredung und die helle Verzweiflung, mit der ein Mann zu Bett geht und seinem Gotte dankt, daß sein Gewehr zerlegt im Gewehrschranke liegt. Hinter allem stieg die schwarze Gestalt der Kashi-Brücke auf – Balken um Balken, Träger um Träger, Spanne um Spanne – und jeder Pfeiler rief ihm Hitchcock ins Gedächtnis zurück, den überall gegenwärtigen, der seinem Vorgesetzten, ohne zu versagen, vom ersten bis zum letzten Tage zur Seite gestanden war.

So war die Brücke das Werk zweier Männer, wenn man nicht Peroo mitzählte, wie das Peroo selbst sicherlich tat. Dieser war ein Laskar, ein Kharva aus Bulsar, wohlvertraut mit jedem Hafen zwischen Rockhampton und London, der auf den British-India-Dampfern zum Rang eines *Serang*[1] aufgestiegen war; doch überdrüssig der harten Zucht und der reinen Kleider hatte er den Dienst quittiert und war ins Binnenland gegangen, wo Männer seines Kalibers sicher sein konnten, Beschäftigung zu finden. Seine Geschicklichkeit, Gerüste zu bauen und mit schweren Lasten zu hantieren, war jeden Preis wert, den er für seine Dienste zu verlangen angemessen gefunden hätte; aber der Brauch bestimmte das Gehalt eines Vorarbeiters, und so erhielt Peroo weit weniger Silberstücke, als er für seine Brauchbarkeit verdient hätte. Weder rinnendes Wasser noch schwindelnde Höhen machten ihn bange, und als Ex-*Serang* wußte er Disziplin zu halten. Kein Stück Eisen war zu groß oder so sehr am falschen Platze, daß Peroo nicht hätte Weisung geben können, wie das Gerät angesetzt werden müsse, um es zu heben – eine weitschweifige, endlose Anordnung, mit einem skandalösen Aufwand an Geschwätz verbrämt, aber vollkommen zweckentsprechend. Peroo war es, der einen Träger vom Pfeiler Numero sieben vor der Zertrümmerung gerettet hatte, als das neue Drahtseil aus der Rolle des Krans gesprungen war und der riesige Balken in seinen Schlingen kippte und seitlich herauszugleiten drohte. Da hatten die eingeborenen

1. Erster Bootsmann.

Arbeiter unter großem Geschrei den Kopf verloren, und Hitchcocks rechter Arm wurde von einem fallenden T-Eisen gebrochen; er knüpfte ihn in den Rock ein, wurde ohnmächtig, kam wieder zu sich und leitete noch vier Stunden lang die Arbeit, bis Peroo von der Spitze des Krans herab meldete: »Alles in Ordnung« und der Balken wieder zurückschwang. Im Stützen, Binden, Vertäuen und im Überwachen der Ladewinden hatte Peroo nicht seinesgleichen; er verstand es, eine gestürzte Lokomotive geschickt aus der Ausschachtung, in die sie gefallen war, emporzuhissen, und wenn es nötig war, entkleidete er sich und tauchte, um nachzusehen, wie die Zementblöcke um die Pfeiler dem Scheuern von Mutter Gangas Wassern standhielten. Er wagte sich in Monsunnächten stromaufwärts und berichtete über den Zustand der Dammflächen. Er pflegte furchtlos den Kriegsrat Findlaysons und Hitchcocks zu unterbrechen und ergoß sein wunderliches Englisch oder seine noch wunderlichere *lingua franca* (halb Portugiesisch, halb Malaiisch) so lange über sie, bis er es sich erzwang, seinen Senf dazutun zu können. Er war der Vorarbeiter seines eigenen Trupps von Zimmerleuten, geheimnisvoller Verwandter aus Kutch Mandvi, die er in monatelangem Suchen zusammengeholt und aufs äußerste erprobt hatte. Keine verwandtschaftlichen noch Familienrücksichten konnten Peroo bestimmen, untüchtige Hände oder einen unbesonnenen Kopf auf der Lohnliste zu behalten. »Meine Ehre ist die Ehre dieser Brücke«, pflegte er zu dem, der vor der Entlassung stand, zu sagen. »Was schere ich mich um deine Ehre? Geh und arbeite auf einem Dampfer. Das ist das einzige, wozu du zu gebrauchen bist.«

Im Mittelpunkte der kleinen Gruppe von Hütten, in denen er und sein Trupp hausten, stand die armselige Wohnstätte eines Schiffspriesters – eines, der nie auf dem Schwarzen Wasser gefahren war, sondern zum geistlichen Berater von zwei Generationen Seeräubern erwählt worden war, die von den Hafenmissionen und den Glaubensbekenntnissen, welche den Matrosen von den Vermittlungsstellen das Themseufer entlang aufgedrängt zu werden pflegen, gänzlich unbeeinflußt geblieben waren. Der Priester der Laskars hatte nichts mit ihrer Kaste noch überhaupt mit irgend etwas zu tun. Er verzehrte die Opfergaben seiner Kirche, schlief und rauchte, und schlief wieder. »Denn«, wie Peroo sagte, der ihn tausend Meilen weit ins Binnenland geholt hatte, »er ist ein sehr heiliger Mann. Er kümmert sich nie darum, was man ißt, solange man nicht vom Rinde ißt; und das ist gut so, denn auf dem Lande verehren wir Schiwa, wir Kharvas; aber zur See auf den Dampfern der Kumpani gehorchen wir den Geboten des *Burra Malum* (ersten Maats), und auf dieser Brücke halten wir uns dran, was Finlinson Sahib sagt.«

Findlayson Sahib hatte an diesem Tage Befehl gegeben, das Gerüst des Wachtturms auf dem rechten Ufer abzubrechen, und Peroo und seine Gefährten brachen die Bambuspfähle und die Planken los und ließen sie so rasch herab, als sie nur je die Ladung eines Küstendampfers gelöscht hatten. Von seiner Draisine aus konnte Findlayson den Pfiff der silbernen Pfeife Peroos und das Knirschen und Krachen der Flaschenzüge hören. Peroo stand auf der Zinne des Turmdaches, in den groben blauen Kattun seiner einstigen Uniform gekleidet, und als Findlayson ihm zurief, er möge sich in acht nehmen, sein Leben dürfe nicht aufs Spiel gesetzt werden, umklammerte er den letzten Pfahl, beschattete seine Augen wie ein Seemann und erwiderte mit dem langgezogenen Schrei des Matrosen auf dem Ausguck: *»Ham dekhta hai.«*[1] Findlayson lachte, dann seufzte er. Jahre war es her, daß er keinen Dampfer mehr gesehen hatte, und er war krank vor Heimweh. Als seine Draisine unter dem Turm durchfuhr, ließ sich Peroo wie ein Affe an einem Seil herab und rief: »Sie sieht jetzt gut aus, Sahib. Unsere Brücke ist so gut wie fertig. Was, denkst du, wird Mutter Ganga sagen, wenn die Schienen über sie laufen werden?«

»Sie hat bis jetzt wenig gesagt. Niemals war es Mutter Ganga, die uns Verzögerungen verursachte.«

»Sie hat noch immer Zeit dazu; und es hat ja doch Verzögerungen gegeben. Hat der Sahib die Überschwemmung im letzten Herbst vergessen, als die Steinkähne ohne Warnung sanken – oder wenigstens nach einer Warnung, die uns nur einen halben Tag Zeit ließ?«

»Ja; aber jetzt kann uns nur mehr eine große Überschwemmung etwas anhaben. Die Buhnen auf dem Westufer halten gut.«

1. Bin auf Ausguck.

»Mutter Ganga frißt große Bissen. Auf den Ufermauern ist noch Platz genug für noch mehr Steine. Ich erzähle das dem Chota Sahib (er meinte Hitchcock), und er lacht.«

»Macht nichts, Peroo. Im nächsten Jahr bist du imstande, selbst eine Brücke zu bauen, nach deinem Geschmack.«

Der Laskar grinste: »Dann wird sie nicht von dieser Art sein, nicht so Steinwerk ins Wasser versenkt, wie die ›Quetta‹ versenkt worden ist. Mir gefallen Hängebrücken, die sich von Ufer zu Ufer schwingen, mit einem großen Schritt, wie ein Laufsteg. Dann kann kein Wasser Schaden tun. Wann kommt der Lord Sahib, um die Brücke zu eröffnen?«

»In drei Monaten, wenn das Wetter kühler ist.«

»Hoho! Er ist wie der *Burra Malum*. Er schläft unter Deck, während die Arbeit getan wird. Dann kommt er auf das Achterdeck und rührt alles mit seinem Finger an und sagt: Das ist nicht sauber, verdammter Schmutzkerl!«

»Aber mich nennt der Lord Sahib nicht einen verdammten Schmutzkerl, Peroo.«

»Nein, Sahib; aber er kommt auch nicht eher an Deck, als bis nicht alle Arbeit getan ist. Sogar der *Burra Malum* von der ›Nerbudda‹ sagte einmal in Tuticorin –«

»Geh nur! Ich habe zu tun.«

»Ich auch!« sagte Peroo mit unerschütterlicher Haltung. »Darf ich das leichte kleine Boot nehmen und die Uferbuhnen entlang rudern?«

»Um sie mit deinen Händen zu stützen? Ich denke, sie sind schwer genug.«

»Nein, Sahib. Das ist so: Zur See, auf dem Schwarzen Wasser, haben wir Raum, uns ohne Sorge auf- und niederblasen zu lassen. Aber hier haben wir gar keinen Raum. Sieh, wir haben den Fluß in ein Dock eingeschlossen und ihn zwischen Steinschwellen gepreßt.«

Findlayson lächelte über das »wir«.

»Wir haben die Mutter Ganga gezügelt und gezäumt. Sie ist nicht wie das Meer, das eine sanft ansteigende Küste anschlagen kann. Sie ist Mutter Ganga – in Eisen.« Seine Stimme sank ein wenig.

»Peroo, du bist in der Welt herumgekommen, fast mehr als ich. Sprich jetzt die Wahrheit. Wie stark glaubst du in deinem Herzen an Mutter Ganga?«

»Alles, was unsere Priester sagen, glaube ich. London ist London, Sahib, Sydney ist Sydney und Port Darwin ist Port Darwin. So ist auch Mutter Ganga Mutter Ganga, und wenn ich an ihre Ufer zurückkehre, weiß ich das und verehre sie. In London habe ich mich vor dem großen Tempel am Fluß zur Ehre des Gottes in seinem Innern verneigt ... Ja, ich werde die Kissen nicht ins Boot mitnehmen.«

Findlayson bestieg sein Pferd und trabte zu seinem Bungalow, einer Art Schuppen, den er gemeinsam mit seinem zweiten Ingenieur bewohnte. Der Platz war ihm in den letzten drei Jahren ein Heim geworden. Hier hatte er in der Hitze geschmort, im Regen gedünstet unter dem groben strohgedeckten Dach und im Fieber gezittert. Der Kalkanstrich neben der Tür war mit rohen Zeichnungen und Formeln bedeckt, und auf dem Mattenbelag der Veranda war ein Pfad wie von einer Schildwache ausgetreten und zeigte an, wo er allein auf und ab gegangen war. Kein Achtstundentag schränkt die Arbeit eines Ingenieurs ein, und das Abendessen mit Hitchcock verzehrte er gestiefelt und gespornt. Sie rauchten ihre Zigarren und lauschten den Geräuschen des Dorfes, als die Trupps vom Flußbett zurückkehrten und die Lichter aufzufunkeln begannen.

»Peroo ist in Ihrem Boot zu den Buhnen gefahren. Er hat ein paar von seinen Verwandten mitgenommen und lehnt im Heck wie ein Kommodore«, sagte Hitchcock.

»Das ist richtig. Er hat irgend etwas im Sinn. Man müßte eigentlich annehmen, daß zehn Jahre Dienst auf den British-India-Dampfern ihm seine ganze Religion ausgetrieben hätten.«

»Haben sie auch«, lachte Hitchcock. »Ich habe ihn unlängst bei einem höchst atheistischen Gespräch mit seinem dicken alten *Guru* belauscht. Peroo bestritt die Wirksamkeit des Gebetes und forderte den *Guru* auf, auf See während eines Sturmes mit ihm Wache zu halten und zuzusehen, ob er einem Monsun Einhalt gebieten könne.«

»Trotzdem – nähme man ihm seinen *Guru* – dann würde er uns mit Pfeilgeschwindigkeit verlassen. Er hat mir da eine Geschichte erzählt, daß er die St. Pauls-Kathedrale angebetet habe, als er in London war.«

»Mir hat er erzählt, daß er, als er zum ersten Male noch

als Knabe den Maschinenraum eines Dampfers betrat, den Niederdruckzylinder angebetet habe.«

»Keine so schlechte Sache, eins und das andre anzubeten. Er stimmt jetzt seine eignen Götter günstig und versucht zu erfahren, was Mutter Ganga von der Brücke denkt, die wir über sie gelegt haben. Wer ist da?« Ein Schatten verdunkelte den Eingang und eine Depesche wurde Hitchcock in die Hand gedrückt.

»Sie muß jetzt schon reichlich daran gewöhnt sein. Nur ein Telegramm. Es müßte Rallis Antwort betreffs der neuen Nieten ... Gott im Himmel!« Hitchcock sprang auf die Füße.

»Was gibt's?« fragte der Ältere und nahm das Telegramm. »Das ist's, was Mutter Ganga denkt«, sagte er im Lesen. »Bleiben Sie ruhig, junger Hunne. Sehen wir zu! Muir telegraphiert: ›Überschwemmung auf der Ramgunga. Achtung.‹ Gut, das gibt uns eins–zwei–neuneinhalb Stunden Zeit, bevor das Wasser Melipur Ghaut erreicht, plus sieben sind sechzehneinhalb bis Latodi – sagen wir fünfzehn Stunden, bis sie zu uns herunterkommt.«

»Verfluchte Ramgunga, dieser Abzugskanal aller Bergwasser! Findlayson, das kommt zwei Monate früher, als wir hätten erwarten dürfen, und das linke Ufer liegt noch voll von Material. Zwei volle Monate vor der Zeit!«

»Deswegen geschieht es uns ja auch. Ich kenne jetzt indische Flüsse erst fünfundzwanzig Jahre und ich bilde mir nicht ein, sie zu verstehen. Hier kommt noch ein Telegramm.« Findlayson öffnete es. »Diesmal depeschiert Cockran vom Gangeskanal: ›Schwere Wolkenbrüche hier. Bös.‹ Das letzte Wort hätte er sich ersparen können. Na, mehr brauchen wir nicht zu erfahren. Wir müssen die Schichten die ganze Nacht arbeiten und das Flußbett räumen lassen. Nehmen Sie das Ostufer und arbeiten Sie auf die Mitte zu, um mich dort zu treffen. Alles, was schwimmt, bergen Sie unter die Brücke: es wird genug den Fluß herabgeschwemmt kommen, daß wir es nicht auch noch nötig haben, die Pfeiler von den Steinkähnen rammen zu lassen. Was ist drüben auf dem Ostufer wegzutransportieren?«

»Ein Ponton, der große Ponton mit dem Kran. Der andere Kran auf dem ausgebesserten Ponton mit dem Nietzeug für die Fahrbahn vom zwanzigsten bis zum dreiundzwanzigsten

Pfeiler und zwei Baugeleise. Das Pfahlwerk muß man seinem Schicksal überlassen«, antwortete Hitchcock.

»Gut. Transportieren Sie alles weg, was Ihnen in die Hände gerät. Geben wir den Leuten noch fünfzehn Minuten Zeit zur Fütterung.«

Neben der Veranda hing ein großer Nachtgong, der nur bei Feuers- oder Überschwemmungsgefahr ertönte. Hitchcock hatte sich ein frisches Pferd bringen lassen und war schon auf die ihm zugewiesene Seite der Brücke geritten, als Findlayson den stoffumwickelten Schlägel zur Hand nahm und den Gong mit einem streichenden Schlage anschlug, der das Metall zu vollem Laute erdröhnen ließ.

Lange bevor der letzte Ton verklungen war, hatte jeder Nachtgong im Dorfe die Warnung aufgenommen. Dazu kam noch das heisere Kreischen der Muschelhörner in den kleinen Tempeln, das Rasseln der Trommeln und der Tamtams; und von dem europäischen Viertel her, wo die Monteure wohnten, blökte jämmerlich das Waldhorn von McCartney (sonst als ohrenbeleidigendes Instrument bekannt von Sonn- und Feiertagen her) und blies den Alarm. Die Maschinen, die nach getaner Tagesarbeit die Uferbefestigungen entlang mühsam heimwärtskrochen, pfiffen zur Antwort, bis ihr Pfeifen vom andern Ufer her erwidert wurde. Dann donnerte der große Gong dreimal zum Zeichen, daß nicht Feuer drohe, sondern Überschwemmung; Muschelhörner, Trommeln, Pfeifen wiederholten echogleich den Ruf, und das Dorf erzitterte unter dem Tritt nackter Füße, die über die weiche Erde liefen. Für alle Fälle galt der Befehl, sich an seinen Arbeitsplatz zu begeben und Instruktionen abzuwarten. Die Arbeitertrupps strömten in der Dunkelheit vorbei; hier blieb einer stehen, um noch das Lendentuch zu knüpfen, dort einer, der sich die Sandale festband; die Schichtvorarbeiter riefen ihre Untergebenen an, die an ihren Platz liefen oder vor den Werkzeugschuppen einhielten, um Hauen und Stangen in Empfang zu nehmen; Lokomotiven, bis an die Räder im Gedränge steckend, krochen auf ihren Geleisen rückwärts; endlich verschwand der braune Strom im Dunkel des Flußbettes, eilte über das Pfeilerwerk, schwärmte das Gitterwerk entlang, ballte sich um die Kräne und stand still, jeder Mann an seinem Platze.

Dann gab der erregte Schlag des Gongs den Befehl, alles hinter die Hochwasserdemarkation in Sicherheit zu bringen.

Die Schweißapparate der Monteure flammten zu Hunderten zwischen dem Netzwerk aus Gußeisen auf, als sie ihr nächtliches Werk begannen, das den Kampf mit der kommenden Überschwemmung aufnehmen sollte. Die Träger der drei mittelsten Pfeiler – jene, die noch auf Schwellenstapeln ruhten – waren alles eher als am richtigen Fleck. Sie hatten soviel Vernietungen nötig, als nur irgend in sie hineingetrieben werden konnten, denn es war zu befürchten, daß das Hochwasser ihre Stützen unterwaschen und das Eisenwerk sich auf die Blendsteine senken würde, wenn sie nicht an den Enden genietet würden. Unzählige Brechstangen stemmten sich gegen die Schwellen der provisorischen Geleise, die zu den unvollendeten Pfeilern führten. Die einzelnen Schienen wurden emporgehoben, in Lastwagen verladen und von stöhnenden Lokomotiven ans Ufer hinter die Hochwasserdemarkationslinie zurückbefördert. Die Vorräte in den Werkzeugschuppen schmolzen unter dem Ansturm schreiender Heere zusammen und mit ihnen die aufgestapelten Vorräte in den Regierungsmagazinen, eisenbeschlagene Kisten voll von Nieten, Zangen, Schneidemaschinen, Ersatzteilen der Nietmaschinen, Reservepumpen und Ketten. Der große Kran wurde zuletzt abtransportiert, denn er hißte all das schwere Material auf den Hauptbau der Brücke. Die Zementblöcke auf den Steinkähnen wurden ins Wasser gelassen, wo es etwas tiefer war, um die Pfeiler zu schützen, und die leeren Boote selbst in der Richtung der Strömung unter der Brücke vertäut. Hier schrillte am lautesten Peroos Pfeife, denn beim ersten Schlage des großen Gongs war das kleine Boot in rasender Geschwindigkeit zurückgekommen, und Peroo und seine Leute, bis an die Hüften nackt, arbeiteten aus allen Kräften um Ehre und Anerkennung, die mehr wert sind als das Leben selbst.

»Ich wußte, sie würde sprechen«, rief er aus. »Ich wußte es, aber der Telegraph warnte uns gut. Oh, ihr Söhne unnennbarer Herkunft, ihr Kinder unaussprechlicher Schande, sind wir hier, um uns die Sache anzusehen?« Ein zwei Fuß langes Drahtseil tat Wunder, als Peroo so, sich kräftig der Seemannssprache bedienend, von Deck zu Deck sprang.

Findlayson war um die Steinkähne mehr besorgt als um alles andere. McCartney mit seinen Arbeitern vernietete die Enden der zweifelhaften Träger zwischen den drei Pfeilern, aber treibende Boote konnten dennoch, wenn das Hochwasser sehr stieg, die Träger gefährden, und es war immerhin eine ganze Flotte in den engen Durchfahrten zwischen den Pfeilern versammelt. »Bring sie in den Schutz des Wachtturms«, rief er zu Peroo hinunter, »dort wird das Wasser ruhig sein, bring sie unter die Brücke.«

»*Accha*[1]! Ich weiß. Wir vertäuen sie mit Drahtseilen«, war die Antwort. »Hoho, hört den Chota Sahib, er arbeitet schwer.«

Vom andern Ufer gellten fast ununterbrochen Lokomotivenpfiffe und das Poltern der Steine herüber, Hitchcock verbrauchte noch in letzter Stunde ein paar hundert Waggonladungen Tarakeestein, um seine Dämme und Uferbefestigungen zu verstärken.

»Die Brücke fordert Mutter Ganga heraus«, sagte Peroo, »aber wenn sie spricht, weiß ich, welche Stimme am lautesten ertönen wird.«

Stundenlang arbeiteten die nackten Männer und riefen einander laut im Lichte der kleinen Laternen an. Es war eine heiße mondlose Nacht, zuletzt wurde sie durch heraufziehende Wolken noch finsterer, und eine plötzlich einsetzende Bö erregte Findlaysons ernsteste Besorgnis.

»Sie rührt sich«, sagte Peroo, als es zu dämmern begann. »Mutter Ganga ist erwacht. Horch!« Er tauchte seine Hand über den Bootsrand ins Wasser, und die Strömung murmelte darüber hin. Eine kleine gekräuselte Welle traf seitlich den Pfeiler mit einem leichten Aufklatschen.

»Sechs Stunden vor der Zeit«, sagte Findlayson und wischte sich wild die Stirn, »jetzt müssen wir auf alles gefaßt sein. Es wird wohl das beste sein, das Flußbett von den Leuten räumen zu lassen.«

Wieder schlug der große Gong an und abermals erklang der Tritt nackter Füße auf Erde und tönendem Eisen der Brücke; der Lärm der Werkzeuge verstummte. In dem plötzlichen Schweigen vernahm man das rauhe Geräusch durstigen Sandes, der das einherkriechende Wasser einschluckte.

1. Sehr wohl.

Ein Vorarbeiter nach dem andern rief Findlayson, der sich neben dem Wachtturm aufgestellt hatte, zu, daß sein Abschnitt des Flußbettes geräumt sei, und als die letzte Stimme verklungen war, eilte Findlayson über die Brücke bis dorthin, wo die schon fertiggestellte eiserne Fahrbahn in den provisorischen Bretterweg über die drei mittelsten Pfeiler überging – und dort traf er Hitchcock.

»Alles geräumt auf Ihrer Seite?« fragte Findlayson. Das Flüstern widerhallte im Gerüst.

»Ja, die östliche Durchfahrt beginnt sich jetzt zu füllen. Wir haben uns völlig verrechnet. Wann kann das Hochwasser bei uns sein?«

»Das kann man nicht sagen. Der Fluß steigt so rasch, als er kann. Sehen Sie!« Findlayson deutete auf die Planken unter seinen Füßen; der Sand, von monatelanger Arbeit verbrannt und verunreinigt, begann reibend zu knirschen.

»Was für Befehle?« fragte Hitchcock.

»Zum Appell rufen lassen, die Vorräte nachzählen, auf Ihrem Hintern sitzen und für die Brücke beten. Das ist alles, nach meiner Meinung. Gute Nacht. Setzen Sie nicht Ihr Leben aufs Spiel beim Versuch, irgend etwas, das heruntergeschwommen kommt, herauszufischen.«

»Oh, ich will ebenso vorsichtig sein wie Sie. Gute Nacht! Gott, wie es steigt! Jetzt kommt wahrhaftig auch der Regen.«

Findlayson kehrte an sein Ufer zurück und scheuchte dabei die letzten Monteure McCartneys vor sich her. Die Arbeitertrupps hatten sich auf den Dämmen zerstreut; unbekümmert um den kalten Morgen standen sie und warteten auf das Hochwasser. Peroo hielt mit seinen Leuten hinter der Anhöhe des Wachtturmes, wo die Steinkähne mit Tauen, Drahtseilen und Ketten befestigt lagen.

Ein schriller Ruf lief das Ufer entlang und wuchs zu einem Schrei, in dem Furcht und Verwunderung zugleich waren; die Oberfläche des Stromes wurde von Ufer zu Ufer zwischen den Steindämmen weiß und die entfernten Uferbefestigungen verschwanden in Schaumspritzern. Mutter Ganga kam in Dammhöhe angeeilt und eine Mauer schokoladefarbenen Wassers war ihr Bote. Das Gebrüll des Wassers übertönend, erscholl ein Ächzen; klagenden Tons senkten sich die Träger auf ihre Blöcke nieder, indes die Schwellenstapel unter ihnen weggewirbelt wurden. Die Steinkähne stöhnten und stießen gegeneinander in dem Strudel, der um die Mauer des Wachtturms tobte, und ihre plumpen Masten stiegen höher und höher über den matten Horizont empor.

»Bevor Mutter Ganga zwischen diese Mauern eingeschlossen wurde, wußten wir, was sie tun würde. Jetzt, da sie so eingeengt ist, weiß Gott allein, was sie tun wird«, sagte Peroo, der den wilden Aufruhr rund um den Wachtturm betrachtete. »Ohé! So kämpfe denn! Kämpfe tüchtig, denn so tobt sich ein Weib aus!«

Aber Mutter Ganga wollte nicht so kämpfen, wie Peroo es wünschte. Keine Wassermauern folgten mehr dem ersten Schwalle, sondern der Fluß hob sich leibhaftig wie eine Schlange, die zur Sommersonnenwende trinkt, tastete und fingerte sich an den Uferbefestigungen entlang und staute sich um die Pfeiler, bis sogar Findlayson es für nötig hielt, seine Berechnungen der Widerstandskraft seines Werkes nachzuprüfen.

Als der Tag kam, stand das Dorf mit offnem Munde da. »Noch gestern abend war eine ganze Stadt im Flußbette. Nun seht hin!« sagten die Leute zueinander.

Und sie schauten und wunderten sich von neuem über das tiefe Wasser, das reißende Wasser, das an den Pfeilerhälsen leckte. Das jenseitige Ufer war in einen Regenschleier gehüllt, in den die Brücke hinauslief und verschwand. Die Uferbefestigungen waren nur mehr an Wirbeln und Strudeln kenntlich, und tiefer stromabwärts hatte sich der eingepferchte Fluß, endlich von seinen einengenden Dämmen befreit, wie ein Meer bis zum Horizonte ausgebreitet. Dann kamen Leichen und Kadaver von Ochsen, sich drehend, vorbeigetrieben, das Stück eines Strohdaches, das bei der Berührung mit den Pfeilern zerging.

»Ein großes Hochwasser«, sagte Peroo, und Findlayson nickte. So groß, als er es sich nur wünschen konnte. Seine Brücke konnte dem, was jetzt über sie hereinbrach, gerade noch standhalten, aber nicht viel mehr, und wenn dank einer von tausend Möglichkeiten in den Dämmen ein schwacher Punkt war, würde Mutter Ganga seine Ehre mitsamt allem andern Gerümpel ins Meer hinausschwemmen. Das ärgste war, daß man nichts tun konnte als stillsitzen, und Findlayson saß still unter seinem wetterfesten Mantel, bis sich sein Helm in Brei verwandelte und seine Füße knöcheltief im Schlamm staken. Er brauchte nicht nach der Uhr zu sehen, denn der Fluß gab die Stunden an, Zoll für Zoll, Fuß für Fuß den Damm entlang, und er horchte starr und hungrig auf die Steinkähne, deren Seile sich spannten, auf das hohle Donnern unter den Pfeilern und die hundert Geräusche, die zusammen die Melodie einer Überschwemmung bilden. Einmal brachte ihm der triefnasse Diener zu essen, aber er konnte nicht essen; einmal glaubte er, den schwachen Pfiff einer Lokomotive quer über den Fluß herüber vernommen zu haben, und da lächelte er. Der Untergang der Brücke würde seinen zweiten Ingenieur nicht wenig schmerzen, aber Hitchcock war ein junger Mann und hatte sein großes Werk noch vor sich. Für ihn selbst bedeutete das den Zusammenbruch alles dessen, was ein hartes Leben lebenswert gemacht hatte. Seine Berufsgenossen würden sagen – er entsann sich der halb mitleidigen Worte, die er selbst gesprochen hatte, als Lockharts große Wasserwerke brachen und zu Ziegelhaufen und Schlamm zerbarsten, und Lockharts Geist zerbrach und er starb. Er erinnerte sich seiner Worte, als die Sumao-Brücke in dem großen Zyklon zerstört wurde, und am besten entsann er sich des Gesichtes des armen Hartopp drei Wochen später, als die Schande es schon gezeichnet hatte. Seine Brücke war doppelt so lang wie die Brücke Hartopps und war mit dem Findlaysonschen Hängewerk sowie auf dem neuen Pfeilerschuh – dem Findlaysonschen – erbaut. In seinem Dienste gab es keine Entschuldigungen. Die Regierung würde ihm vielleicht Gerechtigkeit widerfahren lassen, aber sein eigener Stand würde ihn nach seiner Brücke beurteilen, ob sie stand oder fiel. Er ging sie im Kopf durch, Balken für Balken, Träger für Träger, Backstein für Backstein, Pfeiler für Pfeiler – vergleichend, schätzend, nachrechnend, ob nicht doch irgendwo ein Fehler stecke; und aus den langen Stunden, und aus den langen Reihen der Formeln, die vor ihm tanzten und wirbelten, stieg kalte Furcht auf und krallte sich in sein Herz. Seine Berechnung war fraglos richtig; aber wer kannte Mutter Gangas Arithmetik? Selbst wenn er sich mit der Multiplikationstabelle davon überzeugte, konnte indes der Fluß tiefe Löcher ins Fundament jedes dieser achtzig Fuß hohen Pfeiler nagen, auf denen sein guter Ruf ruhte. Wieder brachte ein Diener Speise, aber sein Mund war trocken, er konnte nur trinken und zu den Dezimalstellen in seinen Gedanken zurückkehren. Und der Strom stieg noch immer. Peroo, im wetterfesten Anzug, kauerte zu seinen Füßen und betrachtete bald sein Gesicht, bald das des Flusses; aber er sprach kein Wort.

Endlich erhob sich der Laskar und tappte durch den Schlamm ins Dorf; er hatte jedoch vorsorglich einen Gefährten zur Überwachung der Boote zurückgelassen. Er kehrte alsbald zurück und trieb höchst respektlos den Priester seines Glaubens vor sich her – einen dicken alten Mann mit einem grauen Bart, gegen den der Wind peitschend das nasse Schultertuch wehte. Niemals noch hatte es einen bejammernswürdigeren *Guru* gegeben.

»Wozu sind Opferspenden und Kerosenlämpchen und trockenes Korn gut, wenn du nichts kannst als im Schlamm tappen?« brüllte Peroo. »Du hast mit den Göttern Umgang gepflogen, als sie zufrieden und wohlgesinnt waren. Jetzt sind sie zornig. Sprich zu ihnen!«

»Was ist ein Mensch vor dem Zorne der Götter?« winselte der Priester und kauerte sich zusammen, da ihn der Wind erfaßte. »Laß mich in den Tempel gehen, ich werde dort beten.«

»Sohn eines Schweines, bete hier! Gibt es keine Gegengabe für Salzfisch, Currygewürz und getrocknete Zwiebel? Ruf laut! Sag Mutter Ganga, daß wir genug von ihr haben. Heiß sie in dieser Nacht einhalten. Ich kann nicht beten, aber ich habe auf den Kumpani-Dampfern gedient, und wenn die Leute nicht meinen Befehlen gehorchen –« Ein Schnörkel, mit dem Drahtseil in die Luft geschrieben, rundete den Satz ab; und der Priester riß vor seinem Schüler aus und floh ins Dorf zurück.

»Dickes Schwein!« sagte Peroo. »Nach all dem, was wir für ihn getan haben. Wenn das Wasser gefallen ist, will ich dafür sorgen, daß wir einen neuen *Guru* bekommen. Findlayson Sahib, die Nacht dunkelt schon, und seit gestern wurde nichts gegessen. Sei weise, Sahib! Kein Mann hält es aus, mit leerem Bauche zu wachen und tief nachzudenken. Lege dich nieder, Sahib! Der Fluß wird tun, was der Fluß tun wird.«

»Die Brücke ist mein; ich kann sie nicht verlassen.«

»So willst du sie denn mit deinen Händen aufrecht halten?« lachte Peroo. »Ich sorgte für meine Boote, bevor das Hochwasser kam. Jetzt sind wir in den Händen der Götter. Der Sahib will nicht essen und sich nicht niederlegen? Nimm denn dies, es ist Fleisch und guter Grog in einem und tötet alle Qualen, zusamt dem Fieber, das auf die Regenzeit folgt. Ich habe heute nichts anderes gegessen.«

Er nahm eine kleine zinnerne Tabaksdose aus seinem geschwellten Hüftgurt und legte sie in Findlaysons Hand mit den Worten: »Fürchte nichts, es ist nichts als Opium, reines Malwa-Opium.«

Ohne zu wissen, was er tat, schüttelte Findlayson zwei oder drei der dunkelbraunen Kügelchen in seine Hand und würgte sie hinunter. Die Droge war wenigstens ein guter Schutz gegen das Fieber – das Fieber, das aus der nassen Erde in ihm hochkroch –, und er hatte gesehen, was Peroo in den brodelnden Herbstnebeln leisten konnte mit der Kraft, die ihm eine Dosis aus der Zinnbüchse verlieh.

Peroo nickte mit leuchtenden Augen: »In einer kleinen Weile – in einer kleinen Weile wird der Sahib merken, daß er wieder gut denken kann. Auch ich werde –«, er griff in seine kostbare Dose, zog das Ölzeug wieder über den Kopf zurecht und stapfte hinunter, um die Kähne zu beobachten. Es war jetzt schon zu dunkel, um weiter als bis zum ersten Pfeiler zu sehen, und die Nacht schien dem Fluß neue Kräfte verliehen zu haben. Findlayson, das Kinn auf die Brust gesenkt, stand da und dachte nach. Es gab einen Punkt an einem Pfeiler, dem siebenten, über den er sich nicht klarwerden konnte. Die Ziffern wollten sich nicht mehr vor seinem innernen Auge formen, nur langsam in ungeheuren Zwischenräumen gestaltete sich eine nach der andern. Ein voller weicher Ton war in seinen Ohren, wie der tiefste Ton eines Kontrabasses, ein hinreißender Klang, über den er mehrere Stunden lang, wie ihm schien, nachsann. Dann stand plötzlich Peroo dicht neben ihm und rief ihm zu, eine Trosse sei gerissen und die Steinkähne seien daran, sich loszumachen. Findlayson sah vor sich, wie die Boote fächerförmig auseinanderschwangen, unter dem langgezogenen Kreischen des Drahtseils, das quer über die Decks schleifte.

»Ein Baum hat sie getroffen. Sie werden sich alle losreißen«, schrie Peroo, »die Haupttrosse ist gerissen. Was tut der Sahib?«

Ein unerhört umfassender Plan formte sich plötzlich in Findlaysons Gedanken. Er sah die Taue von Boot zu Boot in geraden Linien und Winkeln laufen – jedes Tau eine Linie weißen Feuers. Aber da war ein Tau, das Haupttau; er konnte das Tau sehen. Wenn er ein einziges Mal daran ziehen könnte, war es absolut und mathematisch sicher, daß die in Unordnung geratene Bootsflottille sich wieder im Stauwasser hinter dem Wachtturm zusammenfinden würde. Er wunderte sich nur, warum Peroo sich so verzweifelt an ihn klammerte, als er das Ufer hinunterhastete. Es war notwendig, den Laskar wegzuschieben, freundlich und langsam, weil es nötig war, die Kähne zu retten und weiter noch zu demonstrieren, wie außerordentlich leicht das Problem, das so schwierig schien, zu lösen sei. Und dann – aber es war von keiner sonderlichen Wichtigkeit – raste ein Drahtseil brennend durch seine Hand, das hohe Ufer verschwand, und mit ihm zerstreuten sich langsam alle Faktoren des Problems. Er saß in der regnerischen Dunkelheit – saß in einem Boot, das sich wie ein Kreisel drehte, und Peroo stand über ihm.

Langsam sagte der Laskar: »Ich habe vergessen, daß Opium Menschen, die es nicht gewöhnt sind oder gefastet haben, schlechter bekommt als irgendein Wein. Diejenigen, so in der Ganga sterben, gehen zu den Göttern ein. Dennoch habe ich noch keine Sehnsucht, vor solch Erhabene hinzutreten. Kann der Sahib schwimmen?«

»Wozu? Er kann fliegen – fliegen, so leicht wie der Wind«, antwortete Findlayson schwer.

»Er ist verrückt!« murmelte Peroo vor sich hin. »Und er hat mich zur Seite geschleudert wie einen Düngerfladen. Wohl, so wird er nicht wissen, daß er sterben muß. Das Boot kann sich keine Stunde mehr halten, selbst wenn es gegen keine Trift prallt. Es ist nicht gut, den Tod mit klaren Augen zu betrachten.«

Wiederum erquickte er sich aus seiner Zinndose, kauerte sich am Bug nieder und starrte durch den Nebel in das Nichts, das vor ihm lag. Eine warme Schläfrigkeit überkam Findlayson, den Chefingenieur, dessen Posten doch bei seiner Brücke gewesen wäre. Die schweren Regentropfen trafen ihn mit tausend prickelnden kleinen Schlägen, und das Gewicht aller Zeit – seit Zeit begann – lag schwer auf seinen Augenlidern. Er dachte und nahm wahr, daß er vollkommen in Sicherheit sei, denn das Wasser war so fest, daß ein Mensch sicher darauf treten konnte, und wenn er nur mit gegrätschten Beinen, um das Gleichgewicht zu wahren, stünde – das war der wichtigste Punkt –, würde er eilig und leicht ans Ufer getragen werden können. Doch kam ihm noch ein besserer Plan. Es bedurfte nur einer Willensanstrengung der Seele, um den Leib ans Land zu wirbeln, wie der Wind ein Papier treibt; ihn wie mit Geierflügeln ans Ufer zu wehen. Was geschah wohl dann – das Boot drehte sich schwindelerregend um sich selbst –, wenn der Sturmwind unter den befreiten Leib geriet? Würde er sich erheben wie ein Geier und jäh auf den fernen Sandbänken aufschlagen oder, von jedem Zwang befreit, in alle Ewigkeiten auf und nieder tauchen? Findlayson hielt sich am Bootsrand fest, um einen Halt zu haben, denn er war im Begriffe, den Flug zu beginnen, ehe er all seine Pläne zu Ende gedacht hatte. Opium hat auf einen Weißen größere Wirkung als auf einen Farbigen. Peroo fühlte sich nur angenehm gleichgültig gegen Unglücksfälle gestimmt. »Das Boot kann's nicht durchhalten«, brummte er. »Die Fugen öffnen sich schon. Wenn es wenigstens ein Ruderboot wäre, hätten wir die Sache gemacht, aber eine durchlöcherte Schachtel taugt nicht. Finlinson Sahib, sie läuft voll!«

»*Accha.* Ich gehe fort. Kommst du auch?«

In Gedanken war Findlayson schon aus dem Boot entkommen und kreiste hoch in der Luft, um einen Ruheplatz für seine Sohlen zu finden. Sein Körper, dessen grobe Hilflosigkeit er bedauerte, – lag im Bug, und das Wasser rauschte über seine Knie hin.

»Wie unendlich lächerlich«, sagte er zu sich von seinem luftigen Standpunkte aus, »das – ist Findlayson – Chefingenieur der Kashi-Brücke. Das arme Biest wird auch bald ertrinken. Ertrinken, wo es doch dem Ufer so nahe ist. Ich – ich bin schon am Ufer. Warum kommt es nicht mit?«

Höchlichst angewidert fand sich seine Seele plötzlich wieder in seinen Körper zurück, und dieser Körper lag sprudelnd und würgend in tiefem Wasser. Der Schmerz der Wiedervereinigung war fürchterlich, aber er war notwendig; ebenso notwendig war es, um den Leib zu kämpfen. Er wurde sich bewußt, daß er wild in nassen Sand griff und wunderlich große Schritte machte, wie man im Traum ausschreitet, um in dem wirbelnden Wasser festen Fuß zu fassen, bis er sich endlich aus dem Griff des Flusses befreite und keuchend auf nasse Erde hinsank. »Noch nicht diese Nacht«, flüsterte Peroo ihm ins Ohr. »Die Götter haben uns beschützt.«

Der Laskar setzte vorsichtig einen Fuß vor den andern, sie raschelten über vertrocknete Sümpfe. »Das ist irgendeine Insel mit dem vorjährigen Indigo«, fuhr er fort, »Menschen werden wir hier nicht begegnen; aber nimm dich sehr in acht, Sahib, hundert Meilen weit hat das Hochwasser alle Schlangen herabgeschwemmt. Da kommt der Blitz auf den Fersen des Windes. Jetzt werden wir auch sehen können, doch schreite vorsichtig.«

Findlayson war weit, weit jenseits von Schlangenfurcht oder irgendeinem menschlichen Gefühl. Er sah, nachdem er sich das Wasser aus den Augen gerieben hatte, mit ungeheurer Klarheit und schritt, wie ihm schien, mit weltumspannenden Schritten aus. Irgendwo in der Zeiten Nacht hatte er eine Brücke gebaut – eine Brücke, die grenzenlose leuchtende Meeresspiegel überspannte; aber die Sintflut hatte sie weggeschwemmt und nur dies Eiland unter dem Himmel übriggelassen für Findlayson und seinen Gefährten, die einzigen Überlebenden der menschlichen Rasse.

Ununterbrochen zuckten gegabelte blaue Blitze nieder und beleuchteten alles, was auf dem kleinen Fleck inmitten der Fluten zu sehen war: Dornbüsche, eine Gruppe knarrender Bambus und einen grauen knorrigen Peepulbaum, der eine Hindukapelle überschattete, von deren Kuppel eine zerrissene rote Fahne wehte. Der heilige Mann, dessen sommerlicher Ruheplatz dies gewesen war, hatte ihn schon lange verlassen, und das Wetter hatte das rot angestrichene Standbild seines Gottes zerstört. Mit schweren Gliedern und trüben Augen stolperten die beiden Männer über die Aschenhaufen des aus Ziegeln gemauerten Feuerplatzes und ließen sich unter dem Schutzdach der Zweige zu Boden gleiten, indes Regen und Strom um die Wette tobten.

Die Stümpfe des Indigo krachten, Geruch von Rindern war in der Luft, und ein riesiger, von Wasser tropfender Brahminenbulle brach sich seinen Weg durchs Gebüsch zu dem Baume hin. Die Blitze beleuchteten das dreizackige Zeichen des Schiwa auf seiner Flanke, das hochmütige Haupt und den Höcker, die leuchtenden Hirschaugen, die Stirn, gekrönt von einem Gewinde erblühter Dotterblumen, und die seidenweiche Wamme, die fast am Boden schleifte. Hinter ihm brachen lärmend andere Tiere vom Ufer her durch das Dickicht: schwere Tritte und keuchender Atem wurden hörbar.

»Hier sind noch mehr Lebende außer uns«, sagte Findlayson; den Kopf an den Baumstamm lehnend, blickte er voll Behagen, mit halbgeschlossenen Augen vor sich hin.

»Wahrhaftig, und keine geringen«, erwiderte Peroo undeutlich.

»Wer sind sie denn? Ich sehe nicht klar.«

»Die Götter. Wer denn sonst? Sieh!«

»Ach wirklich! Die Götter – sicherlich die Götter.«

Findlayson lächelte und ließ den Kopf auf die Brust fallen. Peroo hatte vollkommen recht. Wer sollte nach der großen Überschwemmung noch im Lande am Leben sein, außer den Göttern, die es geschaffen hatten – den Göttern, zu denen sein Dorf allnächtlich betete – den Göttern, die in aller Menschen Mund und auf aller Menschen Pfad waren? Er konnte weder den Kopf heben noch einen Finger rühren, da ihn Verzückung gefangen hielt, und Peroo blickte leer lächelnd in die Blitze.

Der Stier machte neben dem Altar halt und senkte seinen Kopf zur feuchten Erde. Ein grüner Papagei in den Zweigen putzte seine nassen Schwingen und mischte sein Kreischen in das Dröhnen, indes sich der Kreis unter dem Baum mit den schwankenden Schatten von Tieren füllte. Dem Stier auf den Fersen folgte ein Schwarzbock – ein solches Tier mochte Findlayson in den Träumen seines längstvergangenen Erdenlebens geschaut haben –, ein Bock mit königlichem Haupte, ebenholzschwarzem Rücken, silberfarbenem Bauch und spiegelblanken geraden Hörnern. Ihm zur Seite, den Kopf zu Boden gesenkt, mit brennenden grünen Augen unter den schweren Brauen, mit dem Schwanz ruhelos das abgestorbene Gras peitschend, schritt vollgefressen, sichernd ein Tigerin.

Der Bulle ließ sich neben dem Altar nieder; und aus den Dunkel sprang ein ungeheurer grauer Affe und setzte sich auf Menschenweise an die Stelle des zerbrochenen Stand bildes; der Regen tropfte wie Edelsteine von der Halskraus an seinem Nacken.

Andere Schatten nahten und traten hinter den Kreis, unte ihnen ein betrunkener Mann, Stab und Flasche schwingend Dann ertönte ein heiseres Bellen vom Boden herauf. »Di Flut nimmt jetzt schon ab«, erklang es, »Stunde um Stund fällt das Wasser – und Ihre Brücke steht noch.«

»Meine Brücke«, sprach Findlayson zu sich. »Das mu jetzt schon ein sehr altes Werk sein. Was haben die Götte mit meiner Brücke zu schaffen?«

Seine Augen wandten sich in der Dunkelheit in die Rich tung, aus der das Gebrüll kam. Ein Krokodil – der stumpf nasige, die Furten heimsuchende Mugger des Ganges schleppte sich, mit dem Schwanz wütend rechts und links de Grund peitschend, vor die Tiere.

»Sie haben sie mir zu stark gemacht. In dieser ganze Nacht habe ich nur eine Handvoll Planken losgerissen. Di Dämme stehen! Die Türme stehen! Sie haben meine Gewäs ser in Ketten geschlagen, und mein Fluß ist nicht mehr fre Himmlische, nehmt dies Joch von mir. Gebt mir die Freihei meiner Wasser von Ufer zu Ufer! Ich bin's, Mutter Ganga die spricht. Gerechtigkeit der Götter! Laßt mir die Gerechtig keit der Götter zuteil werden!«

»Was sagte ich?« flüsterte Peroo. »Dies ist in Wahrheit ei *Punchayet*[1] der Götter. Jetzt wissen wir, daß die ganz Welt tot ist, außer dir und mir, Sahib.«

Wiederum kreischte der Papagei und schlug mit de Flügeln, und die Tigerin, mit zurückgelegten Ohren, knurrt bös.

Irgendwo im Schatten schwang ein großer Rüssel auf un nieder, glänzten mächtige Stoßzähne auf, und ein tiefe Gurgeln brach durch die Stille, die dem Knurren gefolg war.

»Wir sind hier, die Erhabenen«, sagte eine tiefe Stimme

1. Versammlung.

»Ein einziger und sehr viele. Schiwa, mein Vater, ist hier mit Indra. Kali hat schon gesprochen. Auch Hanuman lauscht.«

»Kashi ist heute nacht ohne ihren Kotwal«, rief der Mann mit der Flasche und warf seinen Stab zu Boden; die Insel widerhallte von Hundegekläff. »Laßt ihr die Gerechtigkeit der Götter zuteil werden.«

»Ihr bliebt still, als sie meine Gewässer verunreinigten«, bellte das Krokodil. »Ihr gabt kein Zeichen, als mein Fluß zwischen Mauern gefangengesetzt wurde. Keine Hilfe hatte ich als meine eigene Kraft, und auch sie versagte – Mutter Gangas Kraft versagte – vor ihren Wachttürmen. Was konnte ich tun? Ich habe alles getan. Endet ihr es nun, Himmlische!«

Ein krummbeiniger Esel mit gespaltener Nase und wunden Stellen in seinem abgeriebenen Fell hinkte vor: »Ich brachte den Tod; ich trug die fleckige Krankheit von Hütte zu Hütte ihrer Arbeiter, und dennoch wollten sie nicht ablassen von ihrer Arbeit. Ich blies aus meinen Nüstern den Tod auf sie, und dennoch wollten sie nicht ablassen von ihrer Arbeit.«

Peroo wollte sich bewegen, doch das Opium lastete schwer auf ihm. »Äh«, sagte er ausspeiend, »hier ist Sitala selbst, Mata, die Pockenkrankheit. Hat der Sahib ein Taschentuch, um es sich über das Gesicht zu legen?«

»Geringe Hilfe! Einen Monat lang fütterten sie mich mit Leichen und ich warf sie auf die Sandbänke aus, aber ihr Werk gedieh. Dämonen sind sie und Söhne von Dämonen. Und ihr ließet Mutter Ganga im Stich, so daß ihre Feuerwagen sie zum Gespötte machen konnten. Das Gericht der Götter über die Brückenbauer!«

Der Stier erwiderte langsam wiederkäuend: »Wenn das Strafgericht der Götter über alle die käme, so mit heiligen Dingen Spott treiben, stünden viele Altäre dunkel im Lande, Mutter!«

»Aber dies ist mehr als Spott«, sprach die Tigerin und schnellte die Tatze mit gespreizten Krallen vor. »Du weißt es, Schiwa, und ihr auch, Himmlische, daß sie Ganga geschändet haben. Dies muß wahrlich vor den Zerstörer gebracht werden. Laßt Indra richten.«

Der Bock blieb unbeweglich, als er zur Antwort gab: »Wie lange dauert dies Übel schon?«

»Drei Jahre nach menschlicher Zeitrechnung«, erwiderte der Mugger, sich an die Erde drückend.

»Stirbt denn Mutter Ganga in einem Jahre, daß sie jetzt so angstvoll nach Rache giert? Gestern noch war das tiefe Meer dort, wo sie heute strömt, und morgen wird das Meer sie wiederum bedecken, denn so rechnen wir Götter, was die Menschen Zeit nennen. Kann einer sagen, daß ihre Brücke bis morgen stehen wird?« fragte der Bock.

Ein langes Schweigen trat ein, und da nun der Sturm die Wolken fortfegte, stand der Vollmond über den tropfenden Bäumen.

»Richtet ihr denn«, sprach finster der Fluß, »ich habe meine Schande verkündet. Noch immer fällt das Hochwasser. Mehr kann ich nicht tun.«

»Ich für mein Teil liebe es, die Menschen zu beobachten, und erinnere mich dabei, daß auch ich keine kleine Brücke in der Jugendzeit der Welt erbaut habe«, ertönte die Stimme des Affen, der auf dem Altare saß.

»Man sagt auch, daß diese Männer aus den Trümmern deiner Heere hervorgegangen sind, Hanuman, und darum hast du geholfen –« knurrte die Tigerin.

»Sie mühen sich, wie meine Heere in Lanka sich gemüht haben, und glauben, daß ihre Mühsal von Dauer sei. Indra ist zu erhaben, aber du, Schiwa, weißt, wie sehr das Land von ihren Feuerwagen wie mit Fäden überzogen ist.«

»Ja, ich weiß es«, sprach der Bulle. »Ihre Götter lehrten sie dies.«

Ein Lachen durchlief die Runde.

»Ihre Götter? Was sollten ihre Götter wissen? Gestern wurden sie geboren, und die, die sie gezeugt hatten, sind kaum noch kalt geworden«, sagte der Mugger. »Morgen werden ihre Götter sterben.«

»Ho, Mutter Ganga spricht ein gutes Wort«, sagte Peroo. »Ich sagte dasselbe zu dem Padre Sahib, der auf der ›Mombassa‹ predigte, und er bat den *Burra Malum,* mich wegen meiner großen Frechheit in Eisen legen zu lassen.«

»Sicherlich tun sie diese Dinge, um ihren Göttern wohlgefällig zu sein«, sprach wiederum der Bulle.

»Nicht ganz und gar«, brach der Elefant los. »Sie tun es zum Nutzen meiner *Mahajuns* – meiner fetten Geldverleiher, die mich an jedem Neujahrstage anrufen, wann sie mein Bild auf die erste Seite ihrer Rechnungsbücher zeichnen. Ich blicke ihnen im Lampenlicht über die Schultern und sehe, daß in ihren Büchern die Namen von Menschen aus weit entfernten Orten stehen, denn alle Städte sind einander nahe gerückt durch die Feuerwagen, und das Geld kommt und geht eilig, und die Rechnungsbücher werden so dick – wie ich selbst. Und ich, der ich Ganesh, der Gott des Glückes bin, ich segne meine Völker.«

»Sie haben das Angesicht des Landes verändert – das mein Land ist. Sie haben an meinen Ufern Städte zerstört und neue errichtet«, sprach der Mugger.

»Nichts als ein wenig Schmutz bewegt sich. Laß den Schmutz in Schmutz wühlen, wenn es dem Schmutz gefällt«, erwiderte der Elefant.

»Und später?« fragte die Tigerin. »Später werden sie darauf sehen, daß Mutter Ganga für keine Beleidigung Rache nehmen kann; und sie werden erst von ihr abfallen und dann von uns, von einem nach dem andern. Und zum Schlusse bleiben wir übrig mit unsern nackten Altären, Ganesh.«

Der betrunkene Mann taumelte auf seine Füße und rülpste den versammelten Göttern ins Gesicht: »Kali lügt. Meine Schwester lügt. Auch dieser mein Stock ist der Kotwal von Kashi, und in seinen Kerben hält er die Zahl der Pilger, die zu mir kommen, fest. Wenn die Zeit kommt, Bhairon anzubeten – und sie ist immer da –, naht ein Feuerwagen nach dem andern, und jeder trägt tausend Pilger. Sie kommen nicht mehr zu Fuß, sie rollen auf Rädern an, und meine Ehre ist größer als zuvor.«

»Ganga, in Pryag habe ich dein Bett schwarz von Pilgern gesehen«, sagte der Affe, sich vorbeugend, »und wären die Feuerwagen nicht, dann wären sie langsamer und in geringerer Zahl erschienen. Denk daran.«

»Sie kommen immer zu mir«, fuhr Bhairon hurtig fort. »Tag und Nacht beten sie zu mir, alles niedere Volk auf den Straßen und auf den Feldern. Wer kommt heute Bhairon gleich? Welches Geschwätz, daß der Glaube sich ändere! Ist mein Stab umsonst Kotwal von Kashi? In ihn sind die Kerben geschnitten, und er sagt, daß es noch niemals so viel

Altäre gegeben habe wie heute und daß die Feuerwagen gute Dienste leisten. Bhairon bin ich – Bhairon des niederen Volkes und heute der Oberste der Himmlischen. So sagt auch mein Stab –«

»Still, du!« brüllte der Stier. »Die Verehrung der Schulen gilt mir, und sie sprechen sehr weise; an der Frage, ob ich einer sei oder viele, ergötzt sich mein Volk, und ihr wißt, was ich bin. Kali, mein Weib, auch du weißt es.«

»Ja, ich weiß es«, antwortete die Tigerin gesenkten Hauptes.

»Größer bin ich auch als Ganga. Denn ihr wißt ja, wer die Gemüter der Menschen dazu bewogen hat, Ganga unter die heiligen Flüsse zu zählen. Wer in Ganga stirbt – ihr wißt, so sagen die Menschen –, geht straflos zu uns ein, und Ganga weiß, daß der Feuerwagen Scharen und Scharen Verlangender zu ihr getragen hat; und Kali weiß, daß sie ihre größten Festmähler unter den Wallfahrern, die sich auf den Feuerwagen drängen, gehalten hat. Wer schlug in Pooree unter dem Standbilde dort tausend in einem Tag und einer Nacht und band die Krankheit an die Räder der Feuerwagen, so daß sie das Land von einem Ende zum andern durchlief? Wer anders als Kali? Ehe der Feuerwagen kam, war es eine große Plage. Die Feuerwagen haben dir gute Dienste geleistet, Mutter des Todes. Aber ich spreche für meine eigenen Altäre, der ich nicht Bhairon vom niederen Volke bin, sondern Schiwa. Menschen kommen und gehen, machen Worte und erzählen Geschichten von fremden Göttern, und ich höre zu. Ein Glaube macht dem andern Platz in den Schulen meines Volkes, und ich bin nicht zornig darob. Denn wenn die Worte gesagt sind und die neue Geschichte zu Ende erzählt ist, kehren die Menschen zuletzt zu Schiwa zurück.«

»Wahr ist es, wahr«, murmelte Hanuman. »Zu Schiwa und den andern kehren sie zurück, Mutter. Von Tempel zu Tempel im Norden schleiche ich mich, wo sie einen Gott und seinen Propheten verehren, und dermalen stehen meine Standbilder allein in ihren Schreinen.«

»Geringen Dank«, sprach der Bock und drehte langsam sein Haupt. »Ich bin der eine und auch sein Prophet.«

»So ist es, Vater«, gab Hanuman zurück. »Und in den Süden gehe ich, der ich der älteste Gott bin, seit Menschen

Götter kennen, und berühre die Altäre des neuen Glaubens, und die Frau, die wir kennen, ist zwölfarmig gebildet, und dennoch nennen sie sie Maria.«

»Geringen Dank, Bruder«, sagte die Tigerin. »Ich bin diese Frau.«

»So ist es, Schwester; und ich gehe westwärts zu den Feuerwagen und stehe in vielen Formen vor den Brückenbauern und um meinetwillen wechseln sie den Glauben und sind sehr weise. Hoho! Ich bin der Erbauer von Brücken, wahrhaftig, von Brücken zwischen Hier und Dort, und jede Brücke führt gewißlich am Ende zu uns. Sei zufrieden, Ganga. Weder diese Menschen noch ihre Nachkommen verspotten dich.«

»So steh' ich denn allein, ihr Himmlischen? So soll ich denn meine Fluten sanft zurückziehen, daß ich nicht unseligerweise ihre Mauern davontrage? Wird Indra meine Quellen in den Bergen austrocknen und mich demütig zwischen ihren Dämmen dahinkriechen lassen? Soll ich mich lieber im Sande begraben, ehe ich mich gegen sie vergehe?«

»Und all dies Reden um einer kleinen Eisenstange willen mit dem Feuerwagen darauf. Wahrlich, Mutter Ganga bleibt immer jung!« sagte Ganesh, der Elefant. »Ein Kind spricht nicht so närrisch. Laß den Schmutz im Schmutze wühlen, ehe er wieder zu Schmutz wird. Ich weiß nur, daß mein Volk reich wird und mich preist. Schiwa hat gesagt, daß die Menschen in den Schulen seiner nicht vergessen; Bhairon ist mit den Scharen seines niederen Volkes zufrieden und Hanuman lacht.«

»Sicherlich lache ich«, ergriff der Affe das Wort. »Gering an Zahl sind meine Altäre neben denen Ganeshs oder Bhairons, aber die Feuerwagen bringen mir Anbeter von jenseits des Schwarzen Wassers, Menschen, die glauben, daß ihr Gott die Mühsal sei. Ich laufe winkend vor ihnen her, und sie folgen Hanuman.«

»So gib ihnen denn die Mühsal, die sie ersehnen«, sprach der Fluß. »Ziehe eine Schranke durch meine Fluten und staue das Wasser an der Brücke. Einmal, in Lanka, warst du stark, Hanuman. Bücke dich und erhöhe mein Bett.«

»Wer Leben gibt, kann auch Leben nehmen.« Der Affe wühlte mit seinem langen Zeigefinger im Schlamm herum.

»Und doch, wer hätte einen Vorteil von dem Morden? Sehr viele würden sterben.«

Da erklangen vom Wasser herauf ein paar Töne eines Liebesliedes, wie es die Knaben beim Rinderhüten in der Mittagshitze des Spätfrühlings singen. Der Papagei kreischte fröhlich auf und kletterte mit gesenktem Kopfe an seinem Zweig entlang, als der Gesang lauter wurde; und in einem Flecken reinen Mondlichtes stand plötzlich ein junger Hirt da, der Liebling der Gopis, das Idol träumender Jungfrauen und gesegneter Mütter – Krischna, der sehr Geliebte. Er neigte sich, sein langes nasses Haar aufzubinden, und der Papagei flatterte auf seine Schulter.

»Wandern und singen, wandern und singen«, rülpste Bhairon. »So kommst du verspätet zur Ratsversammlung, Bruder.«

»Und was weiter?« fragte Krischna und warf lachend das Haupt zurück. »Wenig könnt ihr tun ohne mich und Karma.« Er streichelte das Gefieder des Papageis und lachte wieder. »Wozu sitzt ihr und schwatzt miteinander? Ich hörte in der Dunkelheit Mutter Ganga brüllen, und so kam ich eilig aus einer Hütte, in der ich warm lag. Und was habt ihr Karma getan, daß er so naß und schweigsam ist? Und was tut Mutter Ganga hier? Ist in den Himmeln kein Raum, daß ihr herabsteigen müßt, um wie die Tiere im Schlamm zu waten? Karma, was tun sie?«

»Ganga bat um Rache an den Brückenbauern, und Kali steht auf ihrer Seite. Nun heißt sie Hanuman die Brücke zermalmen, auf daß ihr Ansehen steige«, rief der Papagei. »Ich wartete hier, wohl wissend, daß du kommen würdest, o du mein Herr!«

»Und die Himmlischen sagten nichts? Haben Ganga und die Mutter der Kümmernisse sie überredet? Hat keiner für mein Volk gesprochen?«

»Nein«, erwiderte Ganesh und trat unruhig von einem Fuß auf den andern. »Ich sagte, es handle sich ja nur um Schmutz, und warum sollten wir ihn zerstampfen?«

»Ich war es zufrieden, sie sich abmühen zu lassen – recht zufrieden«, sagte Hanuman.

»Was hatte ich mit Gangas Zorn zu schaffen?« sprach der Bulle.

»Ich bin Bhairon des niederen Volkes, und dieser mein Stab ist Kotwal von ganz Kashi. Ich sprach für das niedere Volk.«

»Du?« Die Augen des jungen Gottes funkelten.

»Bin ich nicht heute der Erste der Götter in ihrem Munde?« gab Bhairon keineswegs verlegen zurück. »Zum Heil des niederen Volkes sagte ich sehr viele weise Dinge, die ich jetzt vergessen habe – aber dieser mein Stab –«

Krischna wandte sich ungeduldig ab, erblickte den Mugger zu seinen Füßen, und niederkniend schlang er seinen Arm um den kalten Nacken und sagte freundlich:

»Mutter, kehre in deine Gewässer zurück. Zu gering ist die Sache für dich. Wie kann deine Ehre durch diesen lebenden Schmutz zu Schaden kommen? Du hast ihnen ihre Felder von Jahr zu Jahr erneuert, deine Fluten haben sie fruchtbar gemacht. Zuletzt kommen doch alle zu dir. Zu welchem Zwecke willst du sie jetzt töten? Hab Mitleid, Mutter, nur eine kleine Weile – und es dauert ja nur eine kleine Weile.«

»Wenn es nur für eine kleine Weile ist –« begann das langsame Tier.

»Sind sie denn Götter?« gab Krischna lachend zurück und blickte in die matten Augen des Flusses. »Sei sicher, es ist nur für eine kleine Weile. Die Himmlischen haben dich gehört, und alsbald werden sie dir Gerechtigkeit widerfahren lassen. Geh jetzt, Mutter, kehre in deine Gewässer zurück. Männer und Vieh drängen sich auf deinen Fluten – die Ufer sinken – die Dörfer zergehen durch deine Kraft.«

»Aber die Brücke – die Brücke steht.« Der Mugger wandte sich grunzend ins Unterholz zurück, als sich Krischna erhob.

»Es ist zu Ende«, sprach die Tigerin böse. »Keine Gerechtigkeit kommt mehr von den Himmlischen. Ihr habt Ganga Schande und Spott angetan, die um nichts bat als ein paar Menschenleben.«

»Leben meines Volkes – das unter den Blätterdächern des Dorfes drüben liegt – Leben der jungen Mädchen und der jungen Männer, die ihnen im Dunkel ein Lied singen – Leben des Kindes, das morgen geboren werden soll, und dessen, das heute nacht gezeugt wurde –« sagte Krischna. »Und wenn es geschehen ist, wer hat einen Vorteil davon? Der morgige Tag sieht sie wieder am Werke. Ja, und wenn ihr die Brücke von einem Ende zum andern wegfegtet, würden sie von neuem beginnen. Hört mich an! Bhairon ist immer betrunken. Hanuman macht sich über sein Volk mit neuen Rätseln lustig.«

»Nein, es sind sehr alte Rätsel«, fiel der Affe lachend ein.

»Schiwa hört das Geschwätz in den Schulen und die Träume der heiligen Männer; Ganesh denkt nur an seine fetten Handelsleute; aber ich – ich lebe mit diesen, den Meinigen, ich begehre nicht nach Gaben und erhalte sie doch zu jeder Stunde.«

»Und sehr zärtlich bist du den Deinen zugetan«, sagte die Tigerin.

»Sie sind mein eigen. Die alten Frauen träumen von mir, wenn sie sich im Schlafe hin und her wälzen; die Jungfrauen halten nach mir Ausschau und horchen nach mir, wenn sie an den Fluß gehen, ihre Krüge zu füllen. Ich bin an der Seite der Jünglinge, wenn sie an den Toren in der Dunkelheit warten, und ich rufe den weißbärtigen Männern freundlich zu. Ihr wißt, Himmlische, daß ich allein von uns allen beständig über die Erde wandere und keine Freude in den Himmeln empfinde, solange noch ein grünes Blatt hier unten aufschießt, solange zwei Stimmen im Zwielicht auf den reifen Feldern erklingen. Weise seid ihr, doch ihr lebt ferne und vergaßt, woher ihr kamt. Ich aber vergesse nicht. Und der Feuerwagen bringt euren Altären Nahrung, sagt ihr? Und die Feuerwagen führen Tausende von Pilgern dorthin, wo in alten Jahren kaum zehn hinkamen? Wahr ist es, heute ist es wahr.«

»Aber morgen sind sie tot, Bruder«, sagte Ganesh.

»Friede!« sprach der Bulle, als sich Hanuman, um zu reden, vorneigte. »Und morgen ...«

»Nun, Vielgeliebter, was geschieht morgen?«

»Nur dieses. Ein neues Wort schleicht von Mund zu Mund im niederen Volke – und weder Gott noch Mensch kann dies Wort recht erfassen – ein böses Wort – ein kleines müßiges Wort unter dem niederen Volke, das besagt (und niemand weiß, wer das Wort aufgebracht hat), daß sie eurer müde sind, ihr Himmlischen.«

Die Götter lachten: »Und dann, Geliebter?« fragten sie.

»Und um den Überdruß zu verhehlen, werden sie, die

Meinigen, dir, Shiwa, und dir, Ganesh, zuerst größere Gaben darbringen und lärmendere Verehrung zollen. Aber das Wort ist schon unterwegs, und später werden sie euren fetten Brahmanen weniger Abgaben zahlen. Und dann werden sie eure Altäre vergessen, aber so allmählich, daß kein Mensch sagen kann, wann dies Vergessen begonnen hat.«

»Ich wußte es – ich wußte es. Auch ich sprach dies aus, aber sie wollten nicht hören«, sagte die Tigerin, »wir hätten sie schlagen sollen, wir hätten sie schlagen sollen.«

»Jetzt ist es zu spät. Ihr hättet sie zu Anfang schlagen sollen, als die Männer von jenseits des großen Wassers unser Volk noch nichts gelehrt hatten. Jetzt aber sieht mein Volk ihr Werk und geht in Gedanken von ihnen. Sie denken ganz und gar nicht mehr an die Himmlischen. Sie denken an den Feuerwagen und die andern Dinge, die die Brückenbauer gemacht haben, und wenn eure Priester um Almosen bettelnd die Hand ausstrecken, geben sie ihnen widerwillig eine Kleinigkeit. So beginnt es mit einem oder zwei oder fünf oder zehn Menschen – denn ich, der ich unter meinem Volke wandle, weiß, was in ihren Herzen ist.«

»Und das Ende, Narr der Götter? Wie wird das Ende sein?« fragte Ganesh.

»Das Ende wird sein, wie der Anfang war, o du träger Sohn des Schiwa! Die Flamme wird auf den Altären sterben und das Gebet auf der Zunge, bis ihr wieder kleine Götter werdet, Götter des Dschungels, Namen, den die Rattenjäger und Hundefallensteller im Dickicht und in den Höhlen flüstern, – Götter des Steins, Götterlinge des Baumes und der Dorfgemarkung, die ihr zu Anbeginn wart. Das ist das Ende für dich, Ganesh, und für Bhairon – Bhairon des niederen Volkes.«

»Noch ist es weit bis dahin«, schnaubte Bhairon. »Auch ist das eine Lüge.«

»Viele Frauen haben Krischna geküßt. Sie erzählten ihm dies, um ihren eignen Herzen Mut zu machen, als die grauen Haare kamen, und er hat uns die Geschichte erzählt«, sagte der Bulle leise.

»Ihre Götter kamen, und wir haben sie verwandelt. Ich nahm die Frau und machte sie zwölfarmig. So werden wir alle ihre Götter umwandeln«, sprach Hanuman.

»Ihre Götter! Die Rede geht nicht um ihre Götter, einen oder drei – Mann oder Frau. Die Rede geht um das Volk. Die Menschen wandeln sich und nicht die Götter der Brükkenbauer«, erwiderte Krischna.

»So sei es. Ich brachte einen Menschen dazu, den Feuerwagen anzubeten, als er Rauch speiend stillstand, und er wußte nicht, daß er mich anbetete«, sagte Hanuman, der Affe. »Sie werden nur die Namen ihrer Götter ein wenig ändern. Ich werde die Erbauer von Brücken leiten, wie von je; Schiwa wird in den Schulen von denen verehrt werden, die in Zweifeln leben und ihre Gefährten verachten; Ganesh soll seine *Mahajuns* haben und Bhairon die Eseltreiber, die Pilger und die Spielzeughändler. Geliebter, sie werden nur die Namen wechseln, und dies haben wir tausendmal erlebt.«

»Sicherlich werden sie nur die Namen wechseln«, echote Ganesh; aber dennoch ging eine Bewegung des Unbehagens durch die Schar der Götter.

»Sie werden mehr als die Namen ändern. – Mich allein können sie nicht zerstören, solange Jungfrau und Mann einander begegnen, solange Frühling auf die Winterregen folgt. Himmlische, nicht umsonst bin ich auf der Erde gewandelt. Mein Volk weiß noch nicht, was es weiß; aber ich, der ich mit ihm lebe, lese in seinem Herzen. Große Könige, der Anfang vom Ende ward schon geboren. Die Feuerwagen rufen die Namen neuer Götter aus, die nicht die alten unter neuen Namen sind. Eßt und trinkt üppig! Badet eure Angesichter im Rauche der Altäre, bevor sie erkalten. Empfanget die Gaben und lauschet den Zymbeln und Trommeln, Himmlische, solange es noch Blumen und Lieder gibt. Nach Menschenrechnung ist das Ende noch fern; aber wir, die wir wissen, erkennen, daß es heute ist. Ich habe gesprochen.«

Der junge Gott verstummte, und seine Brüder blickten einander in langem Schweigen an.

»Dies habe ich noch nie vorher gehört«, flüsterte Peroo seinem Gefährten ins Ohr. »Und dennoch manchmal, wenn ich die Maschine unten im Maschinenraume der ›Goorkha‹ ölte, habe ich mich gefragt, ob unsere Priester gar so weise seien – so weise. Der Tag kommt herauf, Sahib. Wenn der Morgen naht, werden sie verschwunden sein.«

Gelbes Licht breitete sich über den Himmel, und die Farbe des Flusses wandelte sich, da die Dunkelheit wich.

Plötzlich trompetete der Elefant laut los, als hätte ihm ein Mensch den Stachelstock in die Seite getrieben: »Laßt Indra richten! All-Vater, sprich du! Was ist an den Dingen, die wir vernommen haben? Hat Krischna wirklich gelogen? Oder ...«

»Ihr wißt es«, sprach der Bock und erhob sich. »Ihr wißt das Rätsel von den Göttern. Wenn Brahma zu träumen aufhört, verschwinden die Himmel und die Höllen und die Erde. Seid ruhig. Noch träumt Brahma. Die Träume kommen und gehen und die Natur der Träume verändert sich, aber noch träumt Brahma. Krischna ist zu lange auf der Erde gewandelt, und dennoch liebe ich ihn noch mehr um der Geschichte willen, die er erzählt hat. Die Götter wechseln, Geliebter – alle bis auf einen!«

»Ja, alle bis auf den einen, der die Liebe in den Herzen der Menschen erweckt«, entgegnete Krischna und knotete seinen Gürtel fest. »Nur eine kleine Zeit noch geduldet euch und ihr sollt sehen, ob ich lüge.«

»Wahrlich, es ist nur eine kleine Zeit, wie du sagst, und dann werden wir wissen. Kehre zurück zu deinen Hütten, Geliebter, und scherze mit den jungen Wesen, denn noch träumt Brahma. Geht, meine Kinder! Brahma träumt, und bevor er erwacht – sterben die Götter nicht.«

»Woher sind sie gekommen?« fragte angsterfüllt der Laskar; er zitterte vor Kälte. »Gott weiß, woher«, erwiderte Findlayson. Der Fluß und die Insel lagen jetzt im vollen Tageslicht da, und keine Abdrücke von Hufen und Klauen waren in der nassen Erde unter dem Peepulbaume zu sehen. Nur ein Papagei kreischte in den Zweigen, und als er seine Flügel lüftete, fiel ein Tropenschauer herab.

»Auf! Wir sind vor Kälte erstarrt. Ist die Wirkung des Opiums erloschen? Kannst du dich bewegen, Sahib?«

Findlayson stand taumelnd auf und schüttelte sich. In seinem Kopfe war ein verschwimmender Schmerz, aber die Wirkung des Opiums war vorbei, und nachdem der Chefingenieur der Kashi-Brücke seine Stirn in einer Wasserlache gekühlt hatte, dachte er verwundert darüber nach, wie es ihm gelungen war, auf diese Insel zu gelangen, und welche Möglichkeiten es gäbe, sie am gleichen Tage zu verlassen, und vor allem, ob sein Werk noch stehe.

»Peroo, ich habe vieles vergessen. Ich befand mich unterhalb des Wachtturms und beobachtete den Fluß; und dann? – – Hat uns das Hochwasser fortgerissen?«

»Nein. Die Kähne haben sich losgemacht, Sahib« (wenn der Sahib das Opium vergessen hatte, wollte Peroo ihn keineswegs daran erinnern), »und im Bemühen, sie wieder zu vertäuen, schien mir – aber es war dunkel –, daß ein Seil den Sahib mitriß und ihn auf ein Boot schleuderte. Und da ich daran dachte, daß doch wir zwei mit Hitchcock Sahib, wie es in der Tat der Fall war, die Brücke gebaut haben, kam ich auch auf das Boot, das auf den Wellenkämmen auf diese Insel zutrieb, wo es zerschellte und uns an Land warf. Ich tat einen großen Schrei, als das Boot den Kai verließ, und zweifellos wird uns Hitchcock Sahib suchen kommen. Und was die Brücke betrifft – es sind so viele während des Baus gestorben, daß sie nicht einstürzen kann.«

Eine glühende Sonne war auf den Sturm gefolgt, die alle Gerüche aus dem durchweichten Erdboden sog; und in ihrem hellen Licht war kein Raum für Gedanken an nächtliche Träume. Findlayson starrte stromaufwärts über die blendenden bewegten Wasser, bis seine Augen ihn schmerzten. Keine Spur von einem Gangesufer war zu sehen, noch weniger die Linie einer Brücke.

»Wir sind weit heruntergetrieben worden«, sagte er. »Es ist wunderbar, daß wir nicht hundertmal ertrunken sind.«

»Das wäre das geringste der Wunder, denn kein Mensch stirbt, ehe seine Zeit um ist. Ich habe Sydney gesehen, ich habe London gesehen und zwanzig große Häfen, aber« – Peroo warf einen Blick auf den feuchten ausgeblaßten Altar unter dem Peepulbaume – »nie hat ein Mensch das gesehen, was wir gesehen haben.«

»Was?«

»Hat der Sahib vergessen oder sehen nur wir Dunkelhäutigen die Götter?«

»Fieber lag auf mir.« Noch immer blickte Findlayson voll Unbehagen über das Wasser hin. »Es schien mir, als sei die Insel voll von sprechenden Tieren und Menschen gewesen, aber ich erinnere mich nicht genau. Ein Boot könnte sich jetzt auf dies Wasser wagen, nicht?«

»Oho! Dann ist es wahr. Wenn Brahma zu träumen aufhört, sterben die Götter. Jetzt weiß ich wahrhaftig, was er meinte. Einmal sagte mir auch der *Guru* ebendasselbe, aber damals habe ich es nicht verstanden. Jetzt bin ich weise.«

»Was?« fragte Findlayson leichthin.

Peroo fuhr fort, als spräche er zu sich selbst: »Sechs, sieben, – zehn Monsune ist es her, da stand ich auf Wache auf der Brücke der ›Rewah‹ – dem großen Kumpani-Dampfer, und da war ein großer Taifun, der peitschte grünes und schwarzes Wasser auf; und ich hielt mich fest an den Sicherheitsleinen und erstickte fast unter dem Wasseranprall. Da dachte ich an die Götter – an die, die wir heute nacht gesehen haben« – (er starrte mit sonderbarem Ausdruck auf Findlaysons Rükken, aber der weiße Mann schaute über das Wasser hin). »Ja, ich sage, ich dachte an die, die wir diese Nacht gesehen haben, und rief sie an, mich zu beschützen. Und während ich betete und dabei doch meine Wache hielt, kam eine große Woge und schleuderte mich vorwärts auf den Schäkel des großen schwarzen Bugankers, und die ›Rewah‹ stieg höher und höher, holte nach Backbord über, das Wasser sank unter dem Bug weg, und ich lag auf meinem Bauch, hielt mich an dem Schäkel und blickte in diese große Tiefe hinab. Dann dachte ich, sogar angesichts des Todes, wenn ich loslasse, sterbe ich, und für mich wird es nie mehr die ›Rewah‹, noch meinen Platz in der Kombüse, wo der Reis gekocht wird, noch Bombay, noch Kalkutta, nicht einmal mehr London geben. Ich sagte: ›Wie soll ich dessen gewiß sein, daß die Götter, zu denen ich bete, mir überhaupt beistehen?‹ So dachte ich, und die ›Rewah‹ tauchte ihre Nase ein, wie ein Hammer fällt, und die See überflutete sie und schwemmte mich nach achtern an der Brücke vorbei und über die Brückennocks, und ich schlug mir an den Ladewinden eine böse Beule am Schienbein; aber ich bin nicht gestorben, und ich habe die Götter gesehen. Sie taugen für die Lebenden, aber nicht für die Toten – – – Sie haben es selbst verkündet. Daher werde ich, wenn ich ins Dorf zurückkehre, den *Guru* dafür verprügeln, daß er in Rätseln spricht, die keine Rätsel sind. Wenn Brahma zu träumen aufhört, gehen die Götter unter.«

»Schau stromaufwärts. Das Licht blendet. Ist dort nicht Rauch?«

Peroo beschattete seine Augen mit der Hand: »Er ist ein weiser Mann und hurtig. Hitchcock Sahib wollte keinem Ruderboot trauen. Er hat sich des Rao Sahib Dampfbarkasse ausgeliehen und kommt, nach uns zu suchen. Ich habe immer gesagt, daß wir bei den Brückenwerken eine Dampfbarkasse nötig hätten.«

Das Territorium des Rao von Baraon lag zehn Meilen von der Brücke entfernt, und Findlayson und Hitchcock hatten ein gut Teil ihrer geringen Mußezeit damit verbracht, mit dem jungen Manne Schwarzböcke zu schießen und Billard zu spielen. Er war von einem englischen Hofmeister, der für Sport viel übrig hatte, fünf oder sechs Jahre lang erzogen worden und war nun damit beschäftigt, seine Revenuen, die die indische Regierung während seiner Minderjährigkeit für ihn angehäuft hatte, königlich zu verschwenden. Seine Dampfbarkasse mit silberbeschlagener Reling, gestreifter Seidenmarkise und Mahagonidecks war ein neues Spielzeug, das Findlayson oft schrecklich im Wege gewesen war, wenn der Rao kam, um die Brückenarbeit zu besichtigen.

»Es ist ein großes Glück«, murmelte Findlayson, doch war er nicht wenig in Angst, welche Neuigkeiten er über seine Brücke zu hören bekommen würde.

Der prunkend blauweiße Schlot kam rasch stromabwärts. Sie konnten Hitchcock im Bug stehen sehen, mit einem Fernglase in der Hand; sein Gesicht war ungewöhnlich blaß. Dann rief Peroo sie an, und die Barkasse hielt auf die Insel zu. Der Rao Sahib, im Jagdanzuge, mit einem siebenfarbigen Turban auf dem Kopfe, winkte mit der königlichen Hand, und Hitchcock stieß einen Freudenschrei aus. Aber er kam nicht dazu, Fragen zu stellen, denn Findlaysons erstes Wort galt seiner Brücke.

»Alles klar! Gott, ich dachte nicht, Sie je wieder zu sehen, Findlayson. Sie sind sieben Kos stromabwärts getrieben worden. Ja, kein Stein ist losgerissen – aber wie geht es Ihnen? Ich lieh mir die Barkasse des Rao Sahib, und er war so freundlich, mitzukommen. Steigen Sie ein!«

»Ah, Finlinson, Sie sind wohlauf, nicht? Das war ein noch nicht dagewesenes Unglück gestern nacht, nicht? Mein königlicher Palast hat auch ein teuflisches Leck, und die Ernte in meinem Lande wird wohl recht gering sein. Jetzt müssen Sie sie zurückgehen lassen, Hitchcock. Ich – ich verstehe mich nicht auf Dampfmaschinen. Sind Sie durchnäßt? Ist Ihnen kalt, Finlinson? Ich habe einiges zu essen hier, und Sie bekommen auch einen ordentlichen Trunk.«

»Ich bin Ihnen ungeheuer dankbar, Rao Sahib. Ich glaube, Sie haben mir das Leben gerettet. Wie hat Hitchcock –«

»Hoho, ihm sind die Haare zu Berge gestanden. Um Mitternacht kam er zu mir geritten und weckte mich aus Morpheus' Armen auf. Ich war wirklich so betroffen, Finlinson, daß ich mitkam. Mein Oberpriester ist eben jetzt sehr zornig über mich. Wir wollen uns eilen, Herr Hitchcock. Ich bin verpflichtet, mich um zwölf Uhr fünfundvierzig im Staatstempel einzufinden, wo wir irgendein neues Götterbild einweihen. Wenn das nicht wäre, hätte ich Sie gebeten, den Tag mit mir zu verbringen. Verteufelt langweilig, diese religiösen Zeremonien, nicht, Finlinson?«

Peroo, der der Besatzung gut bekannt war, hatte sich des Steuerrades bemächtigt und steuerte die Barkasse geschickt stromaufwärts. Aber während er steuerte, war er in Gedanken damit beschäftigt, ein zwei Fuß langes, teilweise aufgedröseltes Drahtseil zu handhaben; und der Rücken, auf den er losschlug, war der Rücken seines *Guru.*

Bäh, bäh, schwarzes Schaf!

Bäh, bäh, schwarzes Schaf,
Hast du schöne Woll?
Ja, Herr, ja, Herr, drei Sack voll.
Einen für Papa, einen für Mama,
Keinen für den Kleinen, den ich weinen sah.
Ammenreim

Der erste Sack

»In meines Vaters Hause, da hab' ich's besser gehabt.«

Sie brachten Punch zu Bett, die *Ayah* und der *Hamal* und Meeta, der große *Surti*-Diener mit dem rot und goldenen Turban. Judy lag schon zugedeckt unter ihrem Moskitonetz und war am Einschlafen. Punch hatte zum Abendessen aufbleiben dürfen. In den letzten zehn Tagen waren Punch viele Vergünstigungen zugestanden worden, und noch größere Freundlichkeit von seiten der Menschen seiner Welt hatte sein Tun und Treiben, das meistens mit Lärm verbunden war, umgeben. Er saß auf der Kante seines Bettes und baumelte herausfordernd mit seinen nackten Beinen.

»Will Punch-*Baba* nicht Heidi machen gehn?« fragte einladend die *Ayah*.

»Nein«, sagte Punch, »Punch-*Baba* will die Geschichte von der Rani, die in einen Tiger verwandelt wurde. Meeta soll sie erzählen, und der *Hamal* soll sich hinter der Tür verstecken und Tigergebrüll machen, wenn es soweit ist.«

»Aber Judy-*Baba* wird aufwachen«, sagte die *Ayah*.

»Judy-*Baba* ist wach«, piepste eine kleine Stimme aus dem Moskitonetz.

»Es war einmal eine ›Jani‹, die lebte in Delhi, un' weiter Meeta –« Und sie sank wieder in tiefen Schlaf, während Meeta die Geschichte begann.

Noch nie hatte Punch mit so wenigen Einwänden die Erzählung dieser Geschichte erschwert. Er dachte lange nach. Der *Hamal* ahmte das Tigergebrüll in zwanzig verschiedenen Tonarten nach.

»So!« sagte Punch gebieterisch. »Warum kommt Papa nicht herein und sagt, daß er mir Bonbons geben wird?«

»Punch-*Baba* wird fortgehen«, sagte die *Ayah,* »in einer Woche wird kein Punch-*Baba* mehr da sein, um mich an den Haaren zu ziehen.« Sie seufzte leicht, denn der Sohn des Hauses war ihrem Herzen sehr teuer.

»Die Ghauts hinauf mit dem Zug?« sagte Punch, der in seinem Bett stand. »Bis nach Nassick, wo der Rani-Tiger wohnt?«

»Nicht nach Nassick dieses Jahr, kleiner Sahib!« sagte Meeta und hob ihn auf die Schulter. »Zum Meer hinunter, wo die Kokosnüsse wachsen, und übers Meer in einem großen Schiff. Wirst du Meeta mitnehmen nach *Belait*[1]?«

»Ihr sollt alle mitkommen«, sagte Punch hoch von Meetas starken Schultern herab. »Meeta und die *Ayah* und der *Hamal* und Bhini-im-Garten und der Sei-gegrüßt-Kapitän-Sahib-Schlangen-Mann.«

Ohne Spott klang Meetas Stimme, als er erwiderte: »Groß ist des Sahibs Gnade!« Er legte den kleinen Mann ins Bett, und die *Ayah,* die im Mondlicht auf der Schwelle saß, lullte ihn mit einem endlosen Lobgesang, wie man ihn in der römisch-katholischen Kirche zu Parel singt, in den Schlaf. Punch rollte sich zu einem Knäuel zusammen und schlief.

Am nächsten Morgen brüllte Judy, eine Ratte sei im Kinderzimmer, und so vergaß er, die wundervolle Neuigkeit zu erzählen. Es machte nichts aus, denn Judy war erst drei Jahre alt und hätte sie doch nicht verstanden. Aber Punch war fünf Jahre alt; und er wußte, daß eine Reise nach England viel netter sein mußte als ein Ausflug nach Nassick.

Papa und Mama verkauften den Zweisitzer und das Klavier und takelten das Haus ab; sie setzten die Ausgabe für zerbrochenes Tafelgeschirr herab und hielten lange Beratungen über ein Bündel von Briefen, die den Poststempel »Rocklington« trugen.

»Das ärgste daran ist, daß man keine Sicherheit hat«, sagte Papa und zog an seinem Schnurrbart. »Die Briefe an sich sind ausgezeichnet und die Bedingungen bescheiden genug.«

1. Europa.

»Das ärgste daran ist, daß die Kinder fern von mir aufwachsen werden«, dachte die Mama, aber sie sagte es nicht laut.

»Wir sind nur ein Fall unter Hunderten«, sagte Papa bitter. »In fünf Jahren sollst du wieder nach Hause fahren, Liebe!«

»Punch wird dann zehn Jahre alt sein und Judy acht. Oh, wie lang, wie unsagbar lang wird die Zeit sein. Und wir müssen sie bei Fremden lassen!«

»Punch ist ein lustiger kleiner Kerl. Wo er hinkommt, wird er sich sicherlich Freunde erwerben.«

»Und meine Ju *muß* man doch liebhaben!«

Sie standen in später Nacht über die Bettchen im Kinderzimmer gebeugt, und Mama weinte leise, glaube ich. Als Papa weggegangen war, kniete sie neben Judys Bettchen nieder. Die *Ayah* sah sie und sprach ein Gebet, nie möge der *Memsahib* die Liebe ihrer Kinder genommen und Fremden zuteil werden.

Mamas eigenes Gebet war ein wenig unlogisch. Es lautete etwa:

»Laß Fremde meine Kinder lieben und so gut zu ihnen sein, als ich selbst es wäre; aber laß mich ihre Liebe und ihr Vertrauen für immer besitzen. Amen.« Punch kratzte sich im Schlaf und Judy wimmerte leise.

Am nächsten Tag fuhren alle zum Meer hinunter und es gab eine Szene auf dem »Apollo Bunder«, als Punch entdeckte, daß Meeta nicht mitkommen könne, und Judy erfuhr, daß die *Ayah* zurückbleiben müsse. Doch fand Punch tausend fesselnde Dinge, Tauwerk, Blocks, die Dampfpfeifenleine auf dem großen Peninsular-and-Oriental-Company-Dampfer zu sehen, lange bevor Meeta und die *Ayah* ihre Tränen getrocknet hatten.

»Komm wieder, Punch-*Baba*!« sagte die *Ayah*.

»Komm wieder und sei ein *Burra Sahib*[1]!« sagte Meeta.

»Ja!« sagte Punch, den sein Vater zum Abschiedwinken auf seine Arme gehoben hatte. »Ja, ich werde wiederkommen und ein *Burra Sahib Bahadur*[2] sein!«

Am Ende des ersten Tages verlangte Punch in England an Land gesetzt zu werden, das nach seiner Meinung schon

1. ein großer Mann. – 2. ein wirklich sehr großer Mann.

nahe sein mußte. Am nächsten Tag gab es eine frische Brise, und Punch war sehr seekrank.

»Wenn ich nach Bombay zurückkomme«, sagte Punch auf seinem Krankenlager, »fahre ich lieber auf der Straße mit einem Broom-*gharri*. Das ist ein sehr schlimmes Schiff.«

Der schwedische Bootsmaat tröstete ihn und er milderte seine Ansichten im Verlauf der Reise. Es gab so viel zu sehen, anzufassen und so viele Fragen zu stellen, daß Punch fast die *Ayah*, Meeta und den *Hamal* vergaß und nur mit Mühe sich einiger weniger Worte aus dem Hindustanischen erinnerte, das einst seine zweite Muttersprache gewesen war. Aber Judy war noch ärger. Am Tag, bevor der Dampfer in Southampton anlegte, fragte Mama, ob sie nicht gerne die *Ayah* wiedersehen würde. Judys blaue Augen blickten über die weite See, die ihre ganze winzige Vergangenheit verschlungen hatte, und fragte: »*Ayah*? Welse *Ayah*?«

Mama weinte darüber, und Punch wunderte sich. Damals hörte er zum erstenmal Mamas leidenschaftliche Aufforderung, er dürfe nicht zulassen, daß Judy die Mama je vergesse. Er sah, daß Judy klein, lächerlich klein war und daß Mama seit vier Wochen jeden Abend in die Kabine gekommen war, um sie und Punch mit einem geheimnisvollen Vers, den er »Söhnchen, meine Seele« nannte, in Schlaf zu singen; aber er konnte nicht begreifen, was Mama meinte. Doch bemühte er sich, seine Pflicht zu tun, und im Augenblick, da Mama die Kabine verließ, sagte er zu Judy:

»Ju, ajinners du dich an Mama?«

»Natürlis«, sagte Judy.

»Dann ajinner dich *imma* an Mama, sons geb ich dir nich die Papierenten, die mir der Kapitän-Sahib ausgeschnitten hat.«

So versprach Judy, sich immer Mamas zu »ajinnern«.

Viele, viele Male trug Mama Punch dies auf, und Papa sagte dasselbe mit einer Hartnäckigkeit, die das Kind erschreckte.

»Du mußt dich eilen und schreiben lernen, Punch!« sagte Papa. »Und dann wirst du imstande sein, uns Briefe nach Bombay zu schreiben.«

»Ich werde in euer Zimmer kommen«, sagte Punch und Papa schluckte.

Papa und Mama schluckten oft in diesen Tagen. Wenn Punch Judy zur Rede stellte, daß sie sich nicht »ajinnere«, schluckten sie. Wenn Punch auf dem Sofa des gemieteten Hauses in Southampton sich herumkugelte und seine Zukunft in Purpur und Gold ausmalte, schluckten sie, und ebenso wenn Judy ihren Mund zum Kuß emporhielt.

Viele Tage lang waren alle vier Vagabunden auf der Oberfläche der Erde. Punch hatte niemand, dem er befehlen konnte, Judy war zu klein für irgend etwas und die Eltern waren ernst, zerstreut und schluckten.

»Wo, wo ist unser Broom-*gharri*?« fragte Punch, angewidert von einer ekelhaften Vorrichtung auf vier Rädern mit einem Wall von Gepäck oben darauf. »Das Ding spricht so viel, daß ich nicht sprechen kann. Wo ist unser eigener Broom-*gharri*? Wie ich in Banstand war, bevor wir weggefahren sind, fragte ich Inverarity Sahib, warum er drin sitzt, und er sagte, er gehört ihm. Und ich sagte: ›Ich werde ihn dir schenken‹, denn ich habe Inverarity Sahib gern, und ich sagte: ›Kannst du deine Beine durch die Fenster-Raufzieh-Schlingen stecken?‹ Und Inverarity Sahib lachte und sagte: ›Nein‹. – Ich kann meine Beine durch die Raufzieh-Schlingen stecken. Ich kann meine Beine auch durch die Raufzieh-Schlingen hier stecken. Guck mal. Oh, Mama weint schon wieder. Ich hab' nicht gewußt, daß ich das nicht tun darf.«

Punch zog die Beine aus den Aufziehriemen des vierrädrigen Wagens; die Tür ging auf, und er glitt mit einer Sturzflut von Paketen vor dem Tor einer einfachen kleinen Villa zu Boden, an deren Gatter der Name Downe Lodge stand. Punch rappelte sich zusammen und beäugte das Haus mit Abneigung. Es stand in einer fahlgelben Straße, und ein kalter Wind kitzelte seine in Kniehosen steckenden Beine.

»Gehen wir wieder fort!« sagte Punch. »Hier ist es nicht hübsch.«

Aber Mama, Papa und Judy hatten das Cab verlassen, und das Gepäck wurde schon ins Haus gebracht. Auf der Schwelle stand eine schwarzgekleidete Frau und lächelte breit mit trockenen rissigen Lippen. Hinter ihr stand ein großer ergrauter knochendürrer Mann mit einem lahmen Bein und hinter ihm ein zwölfjähriger schwarzhaariger Junge von ölglattem Äußern. Punch besichtigte das Trio und trat dann furchtlos vor, wie er es in Bombay gewöhnt gewesen war, wenn Besuch kam und er zufällig auf der Veranda spielte.

»Guten Tag«, sagte er. »Ich bin Punch.«

Aber alle beschäftigten sich mit dem Gepäck, alle, außer dem grauhaarigen Mann, der Punch die Hand schüttelte und sagte, er sei »ein netter kleiner Kerl«. Es gab viel Rennen und Laufen, und Kofferdeckel wurden zugeschlagen. Punch rollte sich auf dem Sofa im Eßzimmer zusammen und betrachtete die Lage.

»Ich mag diese Leute nicht«, sagte Punch. »Aber das macht nichts. Wir fahren bald wieder weg. Wir sind immer von überall bald weggefahren. Ich wünschte, wir fahren bald nach Bombay zurück.« Der Wunsch ging nicht in Erfüllung. Sechs Tage lang weinte Mama zu verschiedenen Malen und zeigte der schwarzgekleideten Frau alle Kleider von Punch, der diese Vertraulichkeit übernahm.

»Aber vielleicht ist sie eine neue weiße *Ayah*?« dachte er. »Ich soll sie Tantrosa nennen, aber sie nennt mich nicht Sahib. Sie sagt einfach Punch zu mir«, vertraute er Judy an. »Was ist das: eine Tantrosa?«

Judy wußte es nicht, weder sie noch Punch hatten etwas von einem Tier namens Tante gehört. Ihre Welt waren Papa und Mama gewesen, die alles wußten und alle liebten – selbst Punch, wenn er in Bombay in den Garten zu gehen pflegte und seine Nägel nach dem wöchentlichen Schneiden mit Schmutz füllte, weil, wie er zwischen zwei Schlägen mit dem Pantoffel seinem tiefbekümmerten Vater erklärte, seine Finger »sich an den Enden so neu anfühlten«.

Unerklärlicherweise hielt es Punch für geraten, beide Eltern zwischen sich und die schwarzgekleidete Frau und den schwarzhaarigen Jungen zu stellen. Er billigte sie nicht. Er mochte den grauhaarigen Mann gern, der den Wunsch ausgesprochen hatte, »Onkharri« genannt zu werden. Sie nickten einander zu, wenn sie sich trafen, und der grauhaarige Mann zeigte ihm ein kleines Schiff mit beweglicher Takelage.

»Das ist ein Modell der *Brisk*, der kleinen *Brisk*, die so schwer mitgenommen wurde – am Tage von Navarino!«

Der grauhaarige Mann summte die letzten Worte vor sich hin und verfiel in Träumerei.

»Ich werde dir von Navarino erzählen, Punch, wenn wir miteinander spazierengehen. Und du darfst das Schiff nicht anrühren, denn es ist die *Brisk.*«

Lange bevor dieser Spaziergang stattfand, der erste von vielen, weckte man Punch und Judy in der Dämmerung eines eisigen Februarmorgens, um Abschied zu nehmen, und zwar unter allen Menschen auf der weiten Welt gerade von Papa und Mama – beide weinten diesmal. Punch war sehr schläfrig und Judy war mürrisch.

»Vergeßt uns nicht!« bettelte Mama. »Oh, mein kleiner Sohn, vergiß uns nicht, sieh zu, daß auch Judy sich unsrer erinnert.«

»Ich hab' Judy gesagt, sie soll sich erinnern«, sagte Punch strampelnd, denn ihn kitzelte der Bart seines Vaters am Halse. »Ich hab's Judy gesagt, zehn-, vierzig-, elftausendmal. Aber Judy is so klein, noch ein ganzes Baby, nich?«

»Ja«, sagte Papa, »sie ist noch ein ganzes Baby und du mußt lieb zu Judy sein und dich eilen, schreiben zu lernen – und – und ...«

Punch lag wieder in seinem Bett. Judy schlief tief und unten ratterte ein Cab davon. Papa und Mama waren fortgefahren. Nicht nach Nassick, das war jenseits des Meeres. An einen viel näheren Ort natürlich, und ebenso natürlich würden sie wieder zurückkehren. Sie kehrten ja auch immer nach Abendgesellschaften zurück, und ebenso war Papa zurückgekommen, nachdem er an einem Ort namens Im Schnee gewesen war, und Mama mit ihm, zurück zu Punch und Judy in Frau Inveraritys Haus in Marine Lines. Sicherlich würden sie wieder zurückkommen. So schlief Punch wieder ein und schlief bis in den hellen Morgen, an dem ihm der schwarzhaarige Junge die Nachricht mitteilte, daß Papa und Mama nach Bombay gefahren seien und er und Judy »für immer« in Downe Lodge bleiben müßten. Tantrosa antwortete auf die tränenreiche Bitte um Widerrufung, daß Harry die Wahrheit gesprochen habe und daß es sich für Punch gezieme, seine Kleider vor dem Schlafengehen ordentlich zusammenzulegen. Punch ging hinaus und weinte bitterlich mit Judy, in deren blondes Köpfchen er einiges Wissen, was Trennung bedeute, hineingehämmert hatte.

Wenn ein Erwachsener entdeckt, daß er von der Vorsehung verlassen, seines Gottes beraubt und ohne Hilfe, ohne Trost und Mitgefühl in eine ihm neue und fremde Welt verstoßen ist, so wird nach allgemeiner Annahme seine Verzweiflung, die sich in schlechter Lebensführung, Aufzeichnung seiner Erfahrungen oder dem erfolgreicheren Zeitvertreib des Selbstmordes äußert, ergreifend wirken. Ein Kind kann unter ganz gleichen Umständen, soweit sein Wissen davon reicht, nicht Gott verfluchen und sterben. Es brüllt, bis seine Augen schmerzen, die Nase rot wird und der Kopf weh tut. Punch und Judy hatten ohne eigenes Verschulden ihre ganze Welt verloren. Sie saßen in der Diele und weinten. Der schwarzhaarige Junge betrachtete sie von weitem.

Das Schiffsmodell half nichts, obwohl der grauhaarige Mann Punch versicherte, er dürfe die Segel hissen und niederholen, soviel er wolle; Judy wurde freier Zutritt zur Küche versprochen. Sie verlangten nach Papa und Mama, und solang ihr Kummer anhielt, gab es keine Abhilfe.

Als ihre Tränen versiegten, war das Haus ganz still, Tantrosa hatte entschieden, es sei besser, die Kinder sich »ausweinen« zu lassen, und der Junge war in die Schule gegangen. Punch hob den Kopf vom Boden und schnüffelte voll Trauer. Judy war fast eingeschlafen; drei kurze Jahre hatten sie nicht gelehrt, Kummer mit ihrem ganzen Bewußtsein zu ertragen. In der Ferne klang ein dumpfes Brausen durch die Luft, ein immer wiederkehrendes schweres Dröhnen. Punch kannte diesen Ton von Bombay aus der Zeit der Monsune her. Es war das Meer, das Meer, das man überqueren mußte, ehe man nach Bombay gelangen konnte. Er rief:

»Rasch, Ju! Wir sind nahe am Meer, ich kann es hören. Hör zu, dort sind sie hingefahren. Vielleicht können wir sie noch einholen, wenn wir zurechtkommen. Sie wollten doch sicher nicht ohne uns fortfahren. Sie haben nur vergeßt.«

»Sa«, sagte Judy, »sie haben nur verdeßt. Dehn wir sum Meer.«

Die Eingangstüre war offen und ebenso das Gartentor.

»Dieser Ort is sehr, sehr groß«, sagte er und schaute vorsichtig die Straße hinab, »und wir werden uns verirren; aber ich werde einen Mann finden und ihm befehlen, mich in mein Haus zurückzubringen – wie ich immer in Bombay getan habe.«

Er nahm Judy bei der Hand und ohne Hut liefen die beiden in die Richtung, woher das Brausen der See erklang. Downe Lodge war beinahe das letzte in einer Zeile neugebauter Häuser, die erst durch ein Ziegelfeld führte und an einer Heide endete, auf der hie und da Zigeuner lagerten und die Garnisonsartillerie von Rocklington ihre Übungen abhielt. Selten sah man hier Leute und die Kinder wären für die Sprößlinge der Soldaten gehalten worden, die weitab von dort exerzierten. Eine halbe Stunde lang wanderten die müden Füßchen über Heide, Kartoffeläcker und Sanddünen.

»Is bin so müd«, sagte Judy, »un Mama wird bös sein.«

»Mama is nie böse. Ich denke, sie wartet am Meer, während Papa Fahrkarten nimmt. Wir werden sie finden und mit ihnen fahren. Ju, du darfst dich nicht niedersetzen. Nur noch ein kleines Stück und dann sind wir am Meer. Ju, wenn du dich niedersetzt, hau' ich dich!« sagte Punch. Sie überstiegen noch eine Düne und kamen zur Ebbezeit an das große graue Meer. Hunderte von kleinen Krabben liefen eilig über den Strand, aber keine Spur von Papa und Mama war zu sehen, nicht einmal ein Schiff auf den Wassern – nichts als Sand und Schlamm meilenweit.

Und durch Zufall fand sie »Onkharri« dort, sehr schmutzig und sehr verlassen; Punch war zwar in Tränen aufgelöst, versuchte aber doch, Judy mit einer »herzigen Tjabbe« zu zerstreuen; Judy aber brüllte zum mitleidslosen Horizont »Mama, Mama!« und immer wieder »Mama!«

Der zweite Sack

Rasch kommt ein Tag, der unser Herz beraubt.
Wir sind die Hoffnungslosesten der Wesen,
Die wir an Hoffnung doch so reich gewesen,
Und ohne Glauben, die wir so geglaubt.

Die Stadt der furchtbaren Nacht

Die ganze Zeit war von dem schwarzen Schaf nicht die Rede. Es kam erst später und der schwarzhaarige Junge, Harry, war besonders verantwortlich für sein Kommen.

Judy – wer hätte Klein-Judy nicht geliebt? – zog mit Extraerlaubnis in die Küche ein und von dort gerade in Tante Rosas Herz. Harry war Tante Rosas einziges Kind und Punch war der Nebenjunge im Hause. Es gab keinen eigenen Platz für ihn oder seine kleinen Angelegenheiten, und es war ihm verboten, auf dem Sofa herumzulümmeln und seine Ansichten über die Beschaffenheit der Welt und seine Hoffnungen für die Zukunft auseinanderzusetzen. Herumlümmeln war faul und ruinierte das Sofa und kleine Jungen hatten nicht zu reden. Man hielt ihnen Reden und beabsichtigte damit, ihre Moral zu heben. Punch, der in Bombay fraglos der Tyrann des Hauses gewesen war, konnte nicht ganz begreifen, wieso er in diesem seinem neuen Leben so gar kein Ansehen genoß.

Harry konnte über den Tisch greifen und nehmen, was er wollte; Judy konnte hinzeigen und bekommen, was sie wollte; Punch durfte nichts dergleichen tun. Der grauhaarige Mann war viele Monate hindurch nach dem Abschied von Papa und Mama seine große Hoffnung und sein Beistand. Er hatte auch vergessen, Judy zu sagen, sie möge sich »an Mama ajinnern«.

Aber dies Versehen war entschuldbar, denn Tante Rosa hatte ihn in der Zwischenzeit mit zwei sehr interessanten Dingen bekannt gemacht – einem Wesen, das Gott hieß, einem intimen Freund und Bundesgenossen von Tante Rosa, der nach allgemeinem Glauben hinter dem Küchenherd wohnte, weil es dort warm war – und mit einem schmutzigen braunen Buch voll unverständlicher Punkte und Striche. Punch war immer besorgt, jedem zu Gefallen zu sein, so schweißte er die Schöpfungsgeschichte mit den indischen Märchen, soweit er sich ihrer erinnerte, zusammen und entsetzte Tante Rosa, indem er das Ergebnis davon Judy erzählte. Das war eine Sünde, eine schwere Sünde, und Punch wurde darüber eine einviertelstündige Rede gehalten. Er konnte nicht verstehen, worin er unrecht getan hatte, aber er hütete sich, die Sünde zu wiederholen, denn Tante Rosa hatte gesagt, daß Gott jedes Wort vernommen habe und sehr böse sei. Wenn es wirklich so war, warum kam Gott nicht selbst und sagte es ihm, dachte Punch und beschäftigte sich nicht mehr mit der Angelegenheit. Später lernte er den Herrn als das einzige Ding auf der Welt kennen, das noch abscheuerregender war als Tante Rosa, ein Wesen, das im Hintergrund stand und die Stockschläge zählte.

Aber das Lesen war gerade damals eine viel ernstere Angelegenheit als jedes Glaubensbekenntnis. Tante Rosa setzte ihn auf einen Tisch und erzählte ihm, A B bedeute ab.

»Warum?« fragte Punch, »A ist a und B ist b. Warum bedeutet A B ab?«

»Weil ich dir sage, daß es so ist, und du hast es daher zu sagen«, erwiderte Tante Rosa.

Demzufolge sagte Punch so und stolperte einen Monat lang, sehr gegen seinen Willen, durch das braune Buch, ohne im geringsten zu verstehen, was es bedeute. Aber Onkel Harry, der viel und meist allein spazierenging, pflegte ins Kinderzimmer zu kommen und Tante Rosa einzureden, daß Punch mit ihm gehen müsse. Er sprach wenig, aber er zeigte Punch ganz Rocklington von den Schlammbänken und dem Sand der inneren Bucht bis zu den großen Hafenanlagen, wo die Schiffe ankerten, von den Werften, in denen die Hämmer nie stillstanden, und den Geschäften für Schiffsbedarf bis zu den glänzenden Messingzahltischen in den Ämtern, wohin Onkel Harry alle drei Monate mit einem blauen Zettel ging, den er gegen Sovereigns einwechselte; denn er bezog eine Invalidenpension. Auch hörte Punch von seinen Lippen die Erzählung der Schlacht von Navarino, wie die Matrosen der Flotte noch drei Tage nachher taub wie Pfosten gewesen seien und sich nur durch Zeichen miteinander verständigen konnten. »Das kam von dem Kanonendonner«, sagte Onkel Harry, »und ich selbst habe den Pfropfen einer Kugel jetzt noch in mir.«

Punch betrachtete ihn neugierig. Er hatte keine Ahnung, was ein Pfropfen war, und seine einzige Bekanntschaft mit einer Kugel war eine Werft-Kanonenkugel, die größer war als sein Kopf. Wie konnte Onkel Harry eine Kanonenkugel im Leib aushalten? Er schämte sich, danach zu fragen, aus Angst, Onkel Harry würde zornig werden.

Punch hatte nie gewußt, was Zorn – richtiger Zorn – sei, bis zu dem schrecklichen Tage, da Harry seinen Malkasten genommen hatte, um ein Boot anzustreichen, und Punch protestiert hatte. Da war Onkel Harry auf der Szene erschienen, hatte etwas von den »Kindern fremder Leute« gemurrt und dem schwarzhaarigen Jungen mit einem Stock über die Schultern geschlagen, bis er weinte und schrie, Tante Rosa kam und Onkel Harry wegen seiner Grausamkeit gegen sein eigen Fleisch und Blut beschimpfte und Punch vom Kopf bis zum Fuß zitterte.

»Es war nicht meine Schuld«, erklärte er dem Jungen, aber beide, Harry und Tante Rosa, sagten, es wäre seine Schuld gewesen und Punch habe »gepetzt«, und eine Woche lang drufte er nicht mit Onkel Harry spazierengehen.

Aber diese Woche brachte Punch eine große Freude. Er hatte bis zur äußersten Erschöpfung die Feststellung: »Die Katze lag auf der Matratze und eine Ratze kam herein« wiederholt und sagte: »Jetzt kann ich wirklich lesen und von jetzt an will ich nichts auf der Welt mehr lesen.«

Er legte das braune Buch in den Schrank, in dem seine Schulbücher ihr Leben fristeten, und grub dabei zufällig einen ehrwürdigen Band ohne Deckel aus, der *Sharpe's Magazine* betitelt war. Darin war auf der ersten Seite das äußerst entsetzenerregende Bild eines Greifen zu sehen, darunter standen Verse. Ein Greif raubte täglich ein Schaf aus einem deutschen Dorfe, bis ein Mann mit einem Krummsäbel kam und dem Greifen den Bauch aufschlitzte. Weiß Gott, was ein Krummsäbel war, aber da gab es noch den Greifen, und das war ein Fortschritt im Vergleich zu der ewigen Katze.

»Das bedeutet neue Dinge«, sagte Punch, »und von jetzt an will ich alles auf der Welt wissen.« Er las bis in die Dämmerung hinein, verstand nicht ein Zehntel dessen, was er las, aber er war angestachelt von dem Durchschimmern neuer Welten, die sich ihm hiernach aufzutun im Begriffe waren.

»Was ist ein Krummsäbel? Was ist ein Mäh-Lämmchen? Was ist ein elender Usurpator? Was ist eine grünende Flur?« fragte er mit geröteten Wangen die erstaunte Tante Rosa zur Schlafenszeit.

»Sprich deine Gebete und geh schlafen!« erwiderte sie, und dies war die ganze Hilfe, die Punch jetzt und später bei der beseligenden Arbeit des Lesens von ihr zuteil wurde.

»Tante Rosa weiß nur von Gott und solchen Dingen«, dachte Punch, »Onkel Harry wird es mir erklären.«

Der nächste Spaziergang erwies, daß auch Onkel Harry nicht helfen konnte, aber er erlaubte Punch zu reden und setzte sich sogar auf eine Bank nieder, um von dem Greifen zu hören. Auf den folgenden Spaziergängen erzählte Punch neue Geschichten, die er eben gelesen hatte, denn im Hause gab es große Vorräte an alten Büchern, die nie jemand öffnete: von Frank Fairlegh in Fortsetzungen und den frühen Dichtungen Tennysons, die als anonyme Beiträge in *Sharpe's Magazine* erschienen waren, bis zu den Katalogen der Ausstellung von 1862, in heiteren Farben und so herrlich unverständlich, und seltsamen Blättern aus Gullivers Reisen.

Sobald Punch einige Kritzelfüße aneinanderreihen konnte, schrieb er nach Bombay und bat um die postwendende Zusendung »aller Bücher der Welt«. Papa konnte diesen bescheidenen Wunsch nicht erfüllen, aber er schickte Grimms und Andersens Märchen. Das genügte. Wenn man Punch nur allein ließ, konnte er zu jeder beliebigen Stunde in sein eigenstes Land wandern, unerreichbar für Tante Rosa und ihren Gott, Harry und seine Quälereien, und Judys Verlangen, er möge doch mit ihr spielen.

»Stör mich nicht, ich lese. Geh in die Küche spielen«, grunzte Punch, »dich läßt Tante Rosa ja hinein.«

Judy bekam eben ihre zweiten Zähne und war schlecht gelaunt. Sie appellierte an Tante Rosa, die über Punch kam.

»Ich habe gelesen«, erklärte er. »Ich habe ein Buch gelesen, das ich so gern lesen wollte.«

»Das tust du nur, um dich aufzuspielen«, sagte Tante Rosa. »Aber wir werden schon sehen. Jetzt spielst du mit Judy und wirst mir eine Woche lang kein Buch aufmachen.«

Judy verbrachte keine sehr angenehme Zeit im Spiel mit Punch, der sich in Entrüstung verzehrte. Eine Geringfügigkeit im Hintergrunde dieses Verbotes setzte ihn in Verwirrung: »Gerade das, was ich gern tue, hat sie herausgefunden und mir verboten. Wein nicht, Ju! Du bist nicht schuld daran; bitte, wein nicht, sonst sagt sie, ich habe dich weinen gemacht.«

Ju wischte sich treulich die Tränen ab, und die beiden spielten in ihrem Kinderzimmer, einem Raum, der, im Kellergeschoß gelegen, zur Hälfte unterirdisch war. Dorthin wurden sie regelmäßig nach dem Mittagessen, während

Tante Rosa schlief, geschickt. Sie trank Wein, d. h. irgend etwas aus einer Flasche, die im Büfett stand, um ihren Magen zu stärken, wenn sie aber nicht einschlafen konnte, kam sie manchmal in das Kinderzimmer, um nachzusehen, ob die Kinder auch wirklich spielten. Nun sind Bausteine, Holzreifen, Kegel und Puppengeschirr nicht in alle Ewigkeit unterhaltlich, noch dazu, wenn man das ganze Märchenland durch das bloße Öffnen eines Buches erobern kann, und häufig wurde Punch dabei ertappt, wie er Judy vorlas oder ihr endlose Geschichten erzählte. Das war eine Übertretung in den Augen des Gesetzes; Judy wurde dann von Tante Rosa mitgenommen, und Punch mußte allein spielen, »und daß ich dich auch spielen höre!«

Es war keine heitere Beschäftigung, denn er mußte ja Lärm beim Spielen machen. Zuletzt ersann er mit unendlicher Schlauheit eine Anordnung, wobei der Tisch mit drei Füßen auf Bausteinen stand, der vierte also schwebend blieb und zu Boden gedrückt werden konnte. Mit der einen Hand konnte er den Tisch in Bewegung setzen, mit der andern ein Buch halten. Dies tat er, bis an einem Unglückstage Tante Rosa unversehens hereinschoß und ihm mitteilte, daß er »eine Lüge aufführe«.

»Bist du alt genug, so zu handeln«, sagte sie – ihre Laune war nach dem Essen immer am schlechtesten –, »so bist du auch alt genug, Prügel zu bekommen.«

»Aber, ich bin – ich bin doch kein Tier!« erwiderte Punch entsetzt. Er erinnerte sich an Onkel Harry und den Stock und wurde ganz blaß. Tante Rosa hatte einen leichten Rohrstock hinter dem Rücken verborgen gehalten, und mit dem schlug sie nun Punch über die Schultern. Es war eine Offenbarung für ihn. Die Zimmertüre wurde verschlossen, und er blieb sich selbst überlassen, um sich in Reue hineinzuweinen und sein eigenes Evangelium des Lebens auszuarbeiten.

Tante Rosa, überlegte er, hatte die Macht, ihn mächtig zu verprügeln. Es war ungerecht und grausam, und Papa und Mama hätten es nie erlaubt. Außer vielleicht, wie Tante Rosas Verhalten anzudeuten schien, sie hatten ihr heimlich den Auftrag gegeben. In dem Falle war er ganz verlassen. Er würde in Zukunft gut daran tun, Tante Rosa zu versöhnen, aber andrerseits war er selbst bei Angelegenheiten, in denen er schuldlos war, beschuldigt worden, er wolle »sich aufspielen«. Er hatte sich vor einem Besuch »aufgespielt«, als er einen fremden Herrn – Harrys Onkel, nicht seinen eigenen – mit der Bitte um Aufklärung über den Greifen und den Krummsäbel und das genaue Aussehen des Wagens, in dem Frank Fairlegh fuhr, überfallen hatte, lauter außerordentlich interessante Angelegenheiten, die er brennend gern verstehen wollte. Offensichtlich war es nutzlos, zu tun, als hätte er Tante Rosa gern.

In diesem Augenblick trat Harry ein, blieb ferne stehen und betrachtete Punch, ein aufgelöstes Häufchen in der Zimmerecke, mit Abscheu.

»Du bist ein Lügner, ein kleiner Lügner«, sagte Harry sehr salbungsvoll, »und du mußt hier unten Tee trinken; denn du bist nicht würdig, mit uns zu sprechen. Du darfst auch mit Judy nicht eher sprechen, als bis Mutter dir nicht die Erlaubnis gibt. Du wirst sie noch verderben. Du bist nur wert, mit Dienstboten zu verkehren, hat Mutter gesagt.«

Nachdem Harry so Punch zu einem zweiten Tränenausbruch getrieben hatte, zog er ab und brachte nach oben die Nachricht, Punch sei noch immer widerspenstig.

Onkel Harry saß voll Unbehagen im Eßzimmer. »Hol's der Teufel, Rosa«, sagte er endlich, »kannst du das Kind nicht in Ruhe lassen? Er ist ein ganz braver kleiner Kerl, sooft ich ihn sehe.«

»Er zeigt sich dir immer von seiner besten Seite, Harry«, sagte Tante Rosa, »aber ich fürchte, ich fürchte sehr, er ist das schwarze Schaf der Familie.«

Harry hörte den Namen und hob ihn für künftigen Gebrauch auf. Judy weinte, bis man ihr befahl aufzuhören, ihr Bruder sei keiner Tränen wert; und der Abend schloß mit der Rückkehr von Punch in die oberen Regionen und zu einer Privatsitzung, bei der all die blendenden Schrecken der Hölle Punch mit solcher Fülle der Phantasie, wie sie Tante Rosas beschränktem Verstande zur Verfügung stand, geoffenbart wurden.

Am kränkendsten waren Judys weitgeöffnete vorwurfsvolle Augen, und Punch ging in den Tiefen des Tals der Erniedrigung zu Bett. Er teilte das Zimmer mit Harry und lernte die Fülle seiner Quälereien kennen. Ein und eine halbe Stunde lang mußte er die Fragen dieses jungen Herrn beantworten, welche Gründe er gehabt habe, eine solche Lüge und eine so furchtbare Lüge zu sagen, wie groß das genaue Strafausmaß, das ihm von Tante Rosa auferlegt worden war, gewesen sei, und ebenso hatte er seine Dankbarkeit für die religiöse Unterweisung zu zeigen, die ihm Harry zuteil werden zu lassen für angemessen hielt.

Von diesem Tag an begann der Sündenfall von Punch, der jetzt das schwarze Schaf hieß.

»Unzuverlässig in einer Sache, unzuverlässig in allem«, sagte Tante Rosa, und Harry fühlte, daß das schwarze Schaf in seine Hände gegeben war. Es kam vor, daß er ihn des Nachts weckte und fragte, warum er solch ein Lügner sei.

»Ich weiß es nicht«, pflegte dann Punch zu sagen.

»So, findest du nicht, daß du aufstehen und Gott um ein neues Herz bitten solltest?«

»Mm – ja.«

»Also steh auf und bete!« Und Punch stieg aus dem Bett mit rasendem Haß im Herzen gegen die ganze Welt, die sichtbare und die unsichtbare. Immer wieder geriet er in Unannehmlichkeiten. Harry hatte eine Geschicklichkeit, ihn ins Kreuzverhör betreffs seines täglichen Tuns und Treibens zu nehmen, die fast nie verfehlte, ihn, der schläfrig und wild war, in ein halbes Dutzend Widersprüche zu verwickeln, welche dann am nächsten Morgen pflichtgemäß Tante Rosa gemeldet wurden.

»Aber es war doch keine Lüge«, begann dann Punch und ließ eine mühevolle Erklärung vom Stapel, mit der er nur noch hoffnungsloser im Sumpf landete.

»Ich hab' gesagt, daß ich meine Gebete nicht zweimal am Tag gesagt habe, und das war am Dienstag. Einmal hab' ich sie gesagt. Ich weiß, ich hab' sie gesagt, aber Harry sagt, ich hätte sie nicht gesagt«, und so weiter, bis die Spannung sich in Tränen löste und er in Ungnade vom Tisch entlassen wurde.

»Du warst doch früher nie so schlecht wie jetzt«, sagte Judy, von Schauder erfüllt über die Sündenliste des schwarzen Schafes. »Warum bist du jetzt so schlecht?«

»Ich weiß nicht«, sagte das schwarze Schaf. »Ich bin nicht schlecht, wenn man mich nur nicht Tag und Nacht verfolgen würde. Ich weiß, was ich tat, und ich will es auch so sagen, aber Harry dreht es immer so, daß es anders herauskommt, und Tante Rosa glaubt mir kein Wort, das ich sage. Oh, Judy, glaub du nicht auch, daß ich schlecht bin!«

»Tante Rosa sagt, du bist schlecht«, erwiderte Judy, »sie hat es gestern dem Vikar erzählt, als er kam.«

»Warum erzählt sie allen fremden Leuten von mir? Das ist nicht recht«, sagte das schwarze Schaf. »Als ich in Bombay war und schlecht war – etwas Schlechtes tat – nicht schlechtgemacht wurde wie hier –, erzählte Mama es dem Papa, und das war alles. Andre Leute wußten nichts davon, nicht einmal Meeta.«

»Ich erinnere mich nicht«, sagte Judy gedankenvoll, »ich war damals noch ganz klein. Mama hat dich ebenso liebgehabt wie mich, nicht wahr?«

»Natürlich. Auch Papa. Jeder Mensch.«

»Tante Rosa hat mich lieber als dich. Sie sagt, du bist eine Plage und ein schwarzes Schaf, und ich dürfe nur das Allernotwendigste mit dir reden.«

»Immer? Auch nicht außer den Zeiten, wo du mit mir überhaupt nicht sprechen darfst?«

Judy nickte traurig. Das schwarze Schaf wandte sich verzweifelt ab, da fühlte es Judys Arme um seinen Hals.

Sie flüsterte: »Mach dir nichts draus, Punch. Ich werde genau wie immer mit dir sprechen. Du bist mein Bruder, mein eigener Bruder, wenn du auch – wenn Tante Rosa auch sagt, du bist schlecht, und Harry sagt, du bist ein kleiner Feigling. Er sagt, wenn ich dich stark an den Haaren risse, würdest du weinen.«

»Dann reiß mich doch!« sagte Punch.

Judy zupfte sachte.

»Reiß stärker, so stark du kannst. So! Mir ist es ganz egal, wie stark du jetzt reißt. Wenn du mit mir sprechen wirst wie immer, darfst du mich an den Haaren reißen, soviel du magst; reiß sie aus, wenn du magst. Aber ich weiß, wenn Harry käme und dabei stände und dir sagte, du sollest mich reißen, würde ich weinen.«

So besiegelten die zwei Kinder ihr Abkommen mit einem Kusse, und das Herz des schwarzen Schafes jauchzte auf. Durch äußerste Vorsicht und sorgliche Vermeidung von

Harry zeigte er sich tugendhaft und durfte eine Woche lang ungestört lesen. Onkel Harry nahm ihn auf Spaziergänge mit und tröstete ihn mit rauher Zärtlichkeit, nie nannte er ihn: schwarzes Schaf. »Es ist gut für dich, Punch, mein' ich«, pflegte er zu sagen. »Setzen wir uns nieder, ich bin müde.«

Er lenkte seine Schritte nicht mehr an den Strand, sondern auf den Friedhof von Rocklington, der zwischen Kartoffeläckern lag. Stundenlang pflegte der grauhaarige Mann auf einem Grabstein zu sitzen, während das schwarze Schaf Grabinschriften las, um dann mit einem Seufzer wieder heimzuhumpeln.

»Ich werde auch bald hier liegen«, sagte er zu Punch an einem Winterabend, an dem sein Gesicht im Laternenlichte des überdachten Eingangstores so weiß aussah wie ein abgegriffenes Silberstück. »Du brauchst es aber Tante Rosa nicht zu sagen.«

Einen Monat später kehrte er plötzlich um, bevor er noch die Hälfte seines morgendlichen Spazierweges hinter sich hatte, und humpelte nach Hause zurück. »Bring mich zu Bett, Rosa«, murmelte er. »Das war mein letzter Spaziergang. Der Pfropfen hat mich glücklich erwischt.«

Man brachte ihn zu Bett, und zwei Wochen lang lag der Schatten seiner Krankheit über dem Hause, und das schwarze Schaf ging und kam unbeobachtet. Papa hatte neue Bücher geschickt, und man hatte ihm befohlen, sich ruhig zu verhalten. Er zog sich in seine eigene Welt zurück und war vollkommen glücklich. Sogar nachts störte nichts sein Glück. Er konnte im Bett liegen und für sich Erzählungen von Fahrten und Abenteuern aussinnen, während Harry unten war.

»Onkel Harry wird sterben«, sagte Judy, die jetzt fast ganz mit Tante Rosa lebte.

»Das tut mir sehr leid«, erwiderte das schwarze Schaf nüchtern. »Er hat mir das vor langer Zeit mitgeteilt.«

Tante Rosa hörte das Gespräch. »Kann nichts deine verfluchte Zunge im Zaum halten?« sagte sie zornig. Sie hatte blaue Ringe um die Augen.

Das schwarze Schaf zog sich in das Kinderzimmer zurück und las mit großem Interesse und ohne Verständnis: »Wie eine Blume kommst du ...« Man hatte ihm wegen seiner

»Sündhaftigkeit« verboten, ein Buch zu öffnen, aber die Festen des Weltalls bröckelten ab, und Tante Rosa war in großen Kummer versunken.

»Ich bin froh«, sagte das schwarze Schaf. »Jetzt ist sie unglücklich. Es war aber keine Lüge, ich wußte es. Er hat gesagt, ich solle es nicht erzählen.«

In dieser Nacht erwachte das schwarze Schaf mit einem Ruck. Harry war nicht im Zimmer, und aus dem andern Stockwerk erklang ein Schluchzen. Dann kam durch das Dunkel die Stimme von Onkel Harry, der das Lied von der Schlacht bei Navarino sang:

Uns führte an die Asia,
Die Albion und Genua –

Es geht ihm besser, dachte das schwarze Schaf, das alle siebzehn Strophen des Liedes kannte. Aber plötzlich gefror ihm das Blut in seinem kleinen Herzen, wie es meinte, denn die Stimme sprang eine Oktave in die Höhe und klang schrill wie eine Bootsmaatspfeife:

Die holde Rose segelt' schnell,
Und Brander war die Philomel,
Die kleine Brisk hatt' harten Stand
Am Tag von Navarino.

»Am Tag von Navarino, Onkel Harry!« rief das schwarze Schaf, halb wild vor Erregung und Angst vor etwas Unnennbarem.

Eine Tür öffnete sich, und Tante Rosa schrie über die Treppe:

»Still, um Gottes willen still, du kleiner Teufel. Onkel Harry ist gestorben.«

Der dritte Sack

Ziel aller Fahrten sind, die wir lieben –
Jedes weisen Mannes Sohn weiß das.

»Ich bin neugierig, was jetzt mit mir geschehen wird«, dachte das schwarze Schaf, als die halb heidnischen Gebräuche, die bei den Leichenbegängnissen in den Häusern des Mittelstandes üblich sind, vollzogen waren und Tante Rosa, noch häßlicher in schwarzem Krepp, diesem Leben wiedergegeben war. »Ich glaube, ich hab' nichts Schlechtes getan, von dem sie weiß. Ich denke, ich werde aber bald. Sie wird jetzt sehr böse sein nach Onkel Harrys Tod, und Harry wird auch böse sein. Ich werde im Kinderzimmer bleiben.«

Zum Unglück für Punchs Pläne wurde beschlossen, ihn tagsüber in eine Schule zu schicken, die Harry besuchte. Das bedeutete einen Spaziergang mit Harry am Morgen und vielleicht auch einen des Abends, aber die Aussicht auf Freiheit in der Zwischenzeit war erfrischend. »Harry wird alles, was ich tue, berichten, aber ich werde nichts tun«, sagte das schwarze Schaf. Gestärkt durch diesen tugendhaften Entschluß ging er in die Schule, um herauszufinden, daß Harrys Auffassung von seinem Charakter ihm zuvorgekommen war und daß demzufolge das Leben eine Last war. Er nahm das Inventar seiner Genossen auf. Einige von ihnen waren schmutzig, einige sprachen Dialekt, viele ließen das H beim Sprechen unter den Tisch fallen, es waren sogar zwei Juden und ein Neger – er war wenigstens so schwarz wie ein Neger – in der Versammlung.

»Das ist ein *Hubshi*[1]«, sagte das schwarze Schaf zu sich selbst. »Selbst Meeta pflegte einen *Hubshi* auszulachen. Ich glaub' nicht, daß das ein feiner Ort ist.« Er war mindestens eine Stunde lang entrüstet, bis er überlegte, daß jede Beschwerde von seiner Seite von Tante Rosa in ein »sich Aufspielen« umgedeutet werden würde, und daß Harry es den Jungen erzählen würde.

»Wie gefällt dir die Schule?« fragte Tante Rosa am Ende des Tages.

»Ich denke, es ist sehr nett dort«, erwiderte Punch ruhig.

»Ich nehme an, du hast die Jungen vor dem Charakter des schwarzen Schafes gewarnt?« sagte Tante Rosa zu Harry.

»O ja, sie wissen alles von ihm«, sagte der Zensor über die Moral des schwarzen Schafes.

»Wenn ich noch bei meinem Vater wäre«, sagte das schwarze Schaf rasch auffahrend, »dürfte ich mit den Jungen nicht einmal reden. Er würde es nicht erlauben. Sie woh-

1. Farbiger.

nen in Geschäften. Ich sah sie in Geschäfte gehen, in denen ihre Väter leben und Sachen verkaufen.«

»Du bist zu gut für diese Schule, nicht wahr?« sagte Tante Rosa mit bitterem Lächeln. »Du solltest dankbar sein, schwarzes Schaf, daß diese Jungen überhaupt mit dir reden. Nicht jede Schule nimmt kleine Lügner auf.«

Harry verfehlte nicht, aus der unbedachten Äußerung des schwarzen Schafes Kapital zu schlagen. Die Folge davon war, daß mehrere Jungen, darunter der *Hubshi,* dem schwarzen Schafe mit Kopfstücken die ewige Gleichberechtigung des Menschengeschlechtes demonstrierten; Tante Rosas Trost war – es geschehe seiner Eitelkeit recht. Wie dem auch sei, er lernte, seine Meinungen für sich zu behalten. Er versöhnte Harry, indem er ihm Bücher trug und ähnliches, und hatte so ein wenig Frieden. Seine Existenz war nicht allzu vergnüglich. Von neun bis zwölf und von zwei bis vier war er in der Schule, außer am Sonnabend. Abends wurde er ins Kinderzimmer hinuntergeschickt, seine Aufgaben für den nächsten Morgen zu machen, und jede Nacht wurde er von Harry in das so gefürchtete Kreuzverhör genommen. Von Judy sah er nur wenig. Sie war tief religiös – mit sechs Jahren ist Religion leicht zu erringen – und war schmerzlich hin und her gerissen zwischen ihrer natürlichen Liebe zu dem schwarzen Schaf und ihrer Liebe zu Tante Rosa, die doch nicht Unrecht tun konnte.

Die magere Frau erwiderte diese Liebe mit noch größerer, und Judy machte sich dies manchmal, wenn sie es wagen konnte, zunutze, um Nachlaß der Strafen für das schwarze Schaf zu erhalten. Versagen in den Schulstunden wurde mit dem Verbot, eine Woche lang andere als Schulbücher zu lesen, bestraft, und Harry brachte die Nachricht von solchem Versagen voll Fröhlichkeit nach Hause. Außerdem war das schwarze Schaf dann gezwungen, vor dem Schlafengehen Harry seine Lektion aufzusagen, dem es gewöhnlich gelang, ihn gänzlich versagen zu machen, und der ihn dann mit den düstersten Prophezeiungen für den nächsten Morgen tröstete. Harry war gleichzeitig Spion, Büttel, Inquisitor und der von Tante Rosa beorderte Henker. Er füllte seine zahlreichen Ämter bewundernswürdig aus. Gegen seine Taten gab es, da Onkel Harry tot war, keine Berufung. Das schwarze Schaf hatte keine Selbstachtung in der Schule bewahren dürfen, zu Hause war es natürlich vollkommen in Verruf gekommen und dankbar für Mitgefühl, das die Dienstmädchen – sie wechselten häufig in Downe Lodge, denn auch sie waren Lügner – ihm zeigten. »Sie und das schwarze Schaf sind ein würdiges Paar!« war eine Sentenz, die jede neue Johanna oder Elise von Tante Rosas Lippen zu hören erwarten durfte, ehe ein Monat um war, und das schwarze Schaf pflegte neueingetretene Mädchen zu fragen, ob sie schon mit ihm verglichen worden seien. Harry wurde Herr Harry genannt, Judy war offiziell Fräulein Judy, nur das schwarze Schaf war nie irgend etwas anderes als das »schwarze Schaf« *tout court.*

Die Zeit verging, und die Erinnerung an Papa und Mama wurde sehr getrübt durch die unerfreuliche Verpflichtung, ihnen jeden Sonntag unter Tante Rosas Aufsicht einen Brief zu schreiben. Das schwarze Schaf vergaß, welche Lebensweise es im Anfang der Dinge geführt hatte, selbst Judys dringender Bitte: »Versuch dich an Bombay zu erinnern!« gelang es nicht, es zu beleben.

»Ich kann mich nicht erinnern«, sagte es. »Ich weiß, ich war gewohnt zu befehlen, und Mama küßte mich.«

»Tante Rosa wird dich auch küssen, wenn du brav bist«, sagte Judy verteidigend.

»Ach, ich will nicht von Tante Rosa geküßt werden. Sie würde sagen, ich tue es, um mehr zu essen zu bekommen.«

Die Wochen dehnten sich in Monate aus, und die Ferien kamen, aber knapp vor den Ferien beging das schwarze Schaf eine Todsünde.

Unter den vielen Jungen, die Harry aufgestachelt hatte, »dem schwarzen Schaf ein paar Kopfstücke zu geben, denn es wage es ja nicht, zurückzuschlagen«, war einer, der die Sache ärger trieb als die andern.

Dieser fiel in einem unglücklichen Augenblick, da Harry nicht in der Nähe war, über das schwarze Schaf her. Die Schläge schmerzten, und das schwarze Schaf schlug blindlings aus allen ihm zu Gebote stehenden Kräften zurück. Der Junge sank wimmernd zu Boden. Das schwarze Schaf war wie betäubt von seinem eigenen Tun, aber da es den widerstandslosen Körper unter sich fühlte, beutelte es ihn mit beiden Händen in blinder Raserei und begann seinen

Feind zu würgen, in der ehrlichen Absicht, ihn zu ermorden. Es gab eine Balgerei, das schwarze Schaf wurde von Harry und einigen Kameraden von dem Jungen weggerissen und mit Püffen nach Hause gebracht, aufgeregt, aber frohlokkend. Tante Rosa war nicht da. Ihre Heimkehr stand bevor, und Harry begann unterdessen dem schwarzen Schafe eine Vorlesung über die Sünde des Totschlags zu halten, die er als das Verbrechen Kains bezeichnete.

»Warum hast du nicht ehrlich mit ihm gerungen? Warum hast du noch auf ihn losgeschlagen, als er schon am Boden lag, du kleiner Halunke?«

Das schwarze Schaf sah auf Harrys Kehle und dann auf ein Messer, das auf dem Eßtisch lag.

»Ich verstehe nicht«, sagte es gequält. »Du hast ihn immer auf mich gehetzt und mir gesagt, ich sei ein Feigling, wenn ich weinte. Willst du mich nicht in Ruhe lassen, bis Tante Rosa heimkommt? Sie wird mich prügeln, wenn du ihr sagst, daß ich geprügelt gehöre – und so ist alles in Ordnung.«

»Nichts ist in Ordnung«, sagte Harry in lebhaftem Tone, »du hast ihn fast getötet, und ich würde mich nicht wundern, wenn er stürbe.«

»Wird er sterben?« fragte das schwarze Schaf.

»Ich meine wohl, und dann wirst du aufgehängt werden und in die Hölle kommen«, sagte Harry.

»Gut!« sagte das schwarze Schaf und nahm das Messer vom Tisch. »Dann werde ich jetzt dich umbringen. Du sagst Dinge, und du tust Dinge – und ich weiß nicht, wie die Dinge geschehen – und – du läßt mich nicht in Ruhe, und es ist mir ganz gleichgültig, was geschehen wird.«

Es lief mit dem Messer auf den Jungen los, und Harry floh die Treppe hinauf in sein Zimmer mit dem Versprechen, das schwarze Schaf würde die schönste Tracht Prügel in der Welt bekommen, wenn Tante Rosa heimkehre. Das schwarze Schaf saß auf dem untersten Treppenabsatz, das Messer in der Hand, und weinte, daß es Harry nicht getötet habe. Das Dienstmädchen kam aus der Küche herauf, nahm ihm das Messer weg und tröstete es. Aber das schwarze Schaf war keinem Troste zugänglich. Es würde von Tante Rosa gräßlich geprügelt werden, dann gäbe es nochmals Haue von seiten Harrys. Judy werde nicht mit ihm sprechen dürfen, dann würde die ganze Geschichte in der Schule herumgehen, und dann –

Da war niemand, den Punch noch liebte oder von dem er Hilfe erwarten konnte. und der beste Ausweg aus dieser Angelegenheit war der Tod. Ein Messer würde weh tun, aber Tante Rosa hatte ihm vor einem Jahr gesagt, er würde sterben, wenn er bemalte Dinge lutsche. Er ging ins Kinderzimmer, grub die Arche Noah, mit der er nicht mehr spielte, aus und lutschte die Farbe von allen Tieren, die noch da waren. Es schmeckte scheußlich, aber er hatte dennoch die Friedenstaube schon ganz blank gelutscht, als Tante Rosa und Judy heimkehrten. Er ging die Treppe hinauf und begrüßte sie mit den Worten: »Bitte, Tante Rosa, ich glaube, ich habe in der Schule einen Jungen fast getötet, und ich habe versucht, Harry zu töten, und wenn du mit Gott und der Hölle fertig bist, wirst du mich dann gleich prügeln, damit es vorbei ist?«

Die Geschichte seines Überfalls auf Harry – wie ihn dieser darstellte –, fand ihre einzig mögliche Erklärung darin, daß er vom Teufel besessen sei. Daher wurde das schwarze Schaf nicht nur außerordentlich verprügelt, einmal von Tante Rosa und, als es schon genügend eingeschüchtert war, nochmals von Harry, sondern es wurde fürderhin in die Familiengebete eingeschlossen, zusammen mit Jane, die eine kalte Rissole aus der Speisekammer gestohlen hatte und hörbar schnaufte, als ihre Sünde vor den Thron der Gnade gebracht wurde. Das schwarze Schaf war wund und steif, aber voll Triumphgefühl. Es würde diese Nacht sterben und sie alle los sein. Nein, es würde Harry nicht um Verzeihung bitten und zur Schlafenszeit Fragen von seiner Seite nicht beantworten, selbst wenn es Harry mit »kleiner Kain« anredete.

Es sagte: »Ich bin geschlagen worden, und ich habe andere Sachen gemacht. Mir ist ganz egal, was ich tue. Wenn du heute nacht mit mir sprichst, Harry, stehe ich auf und versuche dich zu töten. So, jetzt kannst du mich töten, wenn du willst.«

Harry trug sein Bettzeug in das Fremdenzimmer, und das schwarze Schaf legte sich nieder, um zu sterben.

Es mag sein, daß die Hersteller von Noahsarchen wissen, daß ihre Tiere höchstwahrscheinlich den Weg in den Mund von Kindern finden werden, und sie daher dementsprechend bemalen. Sicher ist, daß der gewöhnliche traurige Morgen, der am andern Tage durch die Fenster brach, das schwarze Schaf zwar ganz wohl und recht beschämt über sich selber antraf, aber bereichert um das Wissen, daß es sich im äußersten Falle vor Harry künftig Ruhe verschaffen könne.

Als Punch am ersten Ferientag zum Frühstück herunterkam wurde er mit der Neuigkeit begrüßt, daß Harry, Tante Rosa und Judy nach Brighton fahren würden, während das schwarze Schaf mit dem Mädchen zu Hause zu bleiben habe. Sein letzter Ausbruch paßte Tante Rosa ausgezeichnet in den Kram. Er gab ihr eine gute Ausrede, den Nebenjungen zu Hause zu lassen. Papa, der in Bombay zu wissen schien, was ein kleiner Sünder zu jeder Stunde brauchte, schickte in der gleichen Woche einen ganzen Pack Bücher. Und in Gesellschaft dieser und Janes, die auf Kostgeld gesetzt war, blieb das schwarze Schaf einen ganzen Monat lang allein.

Die Bücher hielten zehn Tage vor. Punch verschlang sie auf einmal in großen Bissen von zwölfstündiger Dauer. Dann kamen Tage gänzlichen Nichtstuns, in denen er seinen Träumen nachhing, Armeen seiner Phantasie die Treppe auf und ab führte, die Zahl der Geländerpfosten zählte und die Länge und Breite aller Zimmer mit der Hand abmaß – fünfzig Spannen die Längsseite, dreißig die Querseite und wiederum fünfzig zurück.

Jane schloß viele Freundschaften, und nachdem ihr das schwarze Schaf die Versicherung gegeben hatte, es würde von ihren Ausgängen nicht Mitteilung machen, verließ sie täglich für viele Stunden das Haus. Das schwarze Schaf folgte dann den Strahlen der sinkenden Sonne von der Küche in das Eßzimmer und von dort aufwärts in sein Schlafzimmer, bis alles grau und dunkel ward; dann rannte es in die Küche hinab und las beim Scheine des Herdfeuers. Punch war glücklich, in Ruhe gelassen zu werden und so viel lesen zu dürfen, als er wollte. Aber später geriet er in Schrecken vor den Schatten der Fenstervorhänge und dem Knarren der Laden. Er ging hinaus in den Garten, und das Rauschen der Lorbeerbüsche ängstigte ihn.

Er war froh, als alle zurückkamen – Tante Rosa, Harry und Judy, erfüllt von Neuigkeiten und Judy mit Geschenken beladen. Wer konnte umhin, die kleine offenherzige Judy zu lieben. Als Gegengabe gegen ihr fröhliches Geschwätz vertraute ihr das schwarze Schaf an, daß die Entfernung von der Eingangstüre bis zum ersten Treppenabsatz genau hundertvierundachtzig Spannen groß sei, es habe es selbst herausgefunden.

Dann begann das alte Leben von neuem, aber mit einem Unterschied – und einer neuen Sünde. Zu seinen anderen Verfehlungen hatte das schwarze Schaf eine phänomenale Ungeschicklichkeit hinzugefügt – es war ebenso vertrauenswürdig in seinen Handlungen wie in seinen Worten. Punch selbst konnte sich keine Rechenschaft ablegen, warum alles, was er berührte, zerbrach, warum Gläser umstürzten, wenn er nur die Hand ausstreckte, und er mit dem Kopf an Türen stieß, die doch offensichtlich geschlossen waren. Ein grauer Nebel lag für ihn über der Welt, wurde von Tag zu Tag dichter und ließ endlich das schwarze Schaf allein mit den wehenden Vorhängen, die so sehr Geistern glichen, und den namenlosen Schreckgestalten des hellen Tages, die sich schließlich nur als auf Haken hängende Mäntel entpuppten. Ferien kamen und Ferien gingen, das schwarze Schaf wurde zu vielen Leuten mitgenommen, deren Gesichter alle ganz gleich waren; es wurde geschlagen, wenn es die Sachlage erforderte, und von Harry bei allen möglichen Gelegenheiten gepeinigt, aber von Judy durch dick und dünn verteidigt, wenn sie sich damit auch den Zorn Tante Rosas zuzog.

Die Wochen nahmen kein Ende und Papa und Mama waren vollkommen vergessen. Harry hatte die Schule verlassen und war in einer Bank angestellt. Von seiner Gegenwart befreit, beschloß Punch sich nicht länger am Lesen seiner Unterhaltungsbücher hindern zu lassen. Sooft er daher in der Schule nichts gekonnt hatte, erzählte er zu Hause, wie gut es gegangen sei, und große Verachtung für Tante Rosa quoll in ihm empor, als er sah, wie leicht sie zu täuschen war. »Sie sagt, ich sei ein kleiner Lügner, wenn ich nicht lüge, und jetzt, wo ich lüge, weiß sie es nicht«, dachte er. Tante Rosa hatte ihm früher kleine Listen und Manöver zugetraut, die ihm nie eingefallen waren. Im Lichte dieser häßlichen Erkenntnis, die sie ihm geoffenbart hatte, zahlte er ihr nun voll heim. Sein Verhalten wurde ihm leicht gemacht in einem Hause, wo das unschuldigste seiner Motive, sein natürliches Bedürfnis nach ein wenig Zärtlichkeit, als Begehren nach mehr Brot und Eingemachtem ausgelegt worden war, oder sein Wunsch, sich Fremden freundlich zu erweisen, als die Absicht, Harry in den Hintergrund zu drängen. Tante Rosa konnte gewisse Arten von Scheinheiligkeit durchschauen, aber nicht alle. Er setzte seinen Kinderverstand ihrem Verstand entgegen und bekam keine Prügel mehr.

Von Monat zu Monat wurde es anstrengender, die Schulbücher zu lesen, und selbst die großgedruckten Buchstaben seiner Geschichtenbücher tanzten ihm vor den Augen und waren verschwommen. So brütete das schwarze Schaf in den Schatten, die über es fielen und es von der Welt abschnitten, vor sich hin, erfand schreckliche Strafen für den »lieben Harry« oder plante einen neuen Faden in dem verwirrenden Gewebe von Betrug, in das es nach und nach Tante Rosa einspann.

Dann aber kam die Katastrophe, und die Spinnweben zerrissen. Es war unmöglich, alles vorauszusehen. Tante Rosa ging selbst, sich nach den Fortschritten des schwarzen Schafes zu erkundigen, und bekam eine Auskunft, die sie aufrüttelte. Schritt für Schritt, mit einem ebenso hinterlistigen Entzükken, als wenn sie ein unterernährtes Mädchen des Diebstahls von kaltem Fleisch überführen könnte, verfolgte sie die Spuren von Punchs Verbrechen. Wochen und Wochen hatte er, um der Verbannung von den Bücherregalen zu entgehen, Tante Rosa zum Narren gehalten. Tante Rosa, Harry, Gott und die ganze Welt zum Narren gehalten. Schauderhaft, höchst schauderhaft, und der Beweis für einen äußerst verdorbenen Charakter.

Das schwarze Schaf überschlug die Kosten. »Nur eine große Tracht Prügel wird es geben, und dann wird sie mir eine Tafel mit der Aufschrift ›Lügner‹ auf den Rücken heften, wie sie es schon getan hat. Harry wird mich verhauen und für mich beten und sie wird mich in ihre Gebete einschließen und mir sagen, ich sei ein Kind des Teufels, und mir Psalmen zu lernen aufgeben. Aber ich habe doch immer gelesen, und sie hat es nicht gewußt. Sie wird sagen, sie hat es schon lang gewußt. Sie ist auch eine alte Lügnerin«, sagte er. Drei Tage lang blieb das schwarze Schaf in sein Schlafzimmer eingeschlossen – um seine Seele vorzubereiten: »Das bedeutet zweimal Prügel. Einmal in der Schule, und einmal hier. Ersteres wird mehr weh tun.«

Und genau wie Punch es sich vorgestellt hatte, geschah es. Er bekam in der Schule vor den Juden und dem *Hubshi* eine Tracht Prügel für das verruchte Verbrechen, zu Hause falsche Berichte über seine Fortschritte abgestattet zu haben. Er bekam zu Hause aus demselben Grunde eine Tracht Prügel von Tante Rosa, dann brachte sie das Plakat zum Vorschein, nadelte es ihm zwischen die Schultern und befahl ihm, damit einen Spaziergang zu machen.

Das schwarze Schaf sagte sehr ruhig: »Wenn du mich dazu zwingst, werde ich dieses Haus anzünden und vielleicht werde ich dich töten. Ich weiß nicht, ob ich dich töten kann, denn du bestehst nur aus Knochen, aber ich werde es versuchen.«

Auf diese Blasphemie folgte keine Bestrafung, dennoch hielt sich das schwarze Schaf bereit, seinen Weg bis zu Tante Rosas vertrockneter Kehle zu finden und sie zu umklammern, bis es mit Schlägen vertrieben würde. Vielleicht auch fürchtete sich Tante Rosa, denn das schwarze Schaf, auf dem Nadir der Sünde angelangt, trug eine ganz neue Unbekümmertheit zur Schau.

Inmitten all der Aufregungen kam Besuch aus Übersee nach Downe Lodge, der Papa und Mama kannte und beauftragt war, nach Punch und Judy zu sehen. Das schwarze Schaf wurde in den Salon geschickt und rannte in einen massiven gedeckten Teetisch.

»Sachte, sachte, kleiner Mann!« sagte der Besucher und wandte das Gesicht des schwarzen Schafes langsam dem Lichte zu. »Was für ein Vogel sitzt dort auf dem Zaun?«

»Ein Vogel?« fragte das schwarze Schaf.

Der Besucher schaute eine halbe Minute lang tief in die Augen des schwarzen Schafes, dann sagte er plötzlich: »Herrgott, der kleine Kerl ist fast blind.«

Der Besuch war sehr sachlich. Er verbot auf seine eigene Verantwortung hin dem schwarzen Schaf, in die Schule zu gehen oder ein Buch zu öffnen, bis Mama zurückkäme. Er sagte: »Sie wird in drei Wochen hier sein, wie du wohl schon weißt. Und ich bin Inverarity Sahib. Ich habe dich in diese schlechte Welt befördert, junger Mann, und du scheinst ja einen schönen Gebrauch von deiner Zeit gemacht zu haben. Du darfst überhaupt nichts tun; wirst du das können?«

»Ja«, sagte Punch wie betäubt. Er hatte gewußt, daß Mama kommen würde. Da gab es also Aussicht auf eine neue Tracht Prügel. Gott sei Dank kam Papa nicht auch mit. Tante Rosa hatte vor kurzem gesagt, er müsse von einem Mann Prügel bekommen.

Für die drei nächsten Wochen hatte das schwarze Schaf den strengen Befehl, nichts zu tun. Es verbrachte die Zeit in dem alten Kinderzimmer damit, alle die zerbrochenen Spielsachen anzusehen, für die es wohl der Mama Rechenschaft abzulegen haben würde; Tante Rosa schlug ihm doch auf die Hände, selbst wenn nur ein Holzboot zerbrochen wurde. Aber diese Sünde war von geringer Bedeutung im Vergleich zu den andern Offenbarungen, auf die Tante Rosa so dunkel anspielte: »Wenn deine Mutter kommt und hört, was ich ihr zu erzählen habe, wird sie einen schönen Begriff von dir bekommen«, sagte sie grimmig und überwachte Judy, damit dieses kleine Fräulein nicht zum Schaden ihrer jungen Seele ihren Bruder zu trösten versuche.

Und Mama kam an – in einem vierrädrigen Wagen –, kam, aufgelöst in zärtlicher Aufregung. Solch eine Mama! Sie war jung, lachhaft jung, und schön, mit zartgeröteten Wangen, Augen, die wie Sterne schienen, und einer Stimme, die gar nicht der Unterstützung durch ausgestreckte Arme bedurfte, um Kinder an ihr Herz zu locken. Judy lief gerade auf sie zu, doch das schwarze Schaf zögerte. Konnte vielleicht nicht auch dieses Wunder »sich aufspielen«? Sie würde wohl nicht die Arme nach ihm ausstrecken, wenn sie von seinen Verbrechen wüßte. War es nicht möglich, daß sie mit Liebkosungen etwas aus dem schwarzen Schaf herausbekommen wollte? Nur seine ganze Liebe und sein ganzes Vertrauen; aber das wußte das schwarze Schaf nicht. Tante Rosa zog sich zurück und ließ Mama allein, die halb lachend, halb weinend zwischen ihren Kindern kniete, in ebenderselben Diele, wo Punch und Judy vor fünf Jahren so geweint hatten. »Nun, meine Häschen, erinnert ihr euch noch an mich?«

»Nein«, sagte Judy offenherzig, »aber ich habe jede Nacht gesagt: Gott segne Papa und Mama.«

»Ein bißchen«, sagte das schwarze Schaf. »Ich hab' dir doch jede Woche geschrieben, wenigstens. Das sag' ich nicht, um mich aufzuspielen, sondern wegen dem, was nachher kommt.«

»Was kommt nachher? Was soll nachher kommen, mein Herzensjunge?« Und sie zog ihn näher an sich. Linkisch schob er sich heran. »Nicht gewohnt, verzärtelt zu werden«, dachte das rasch auffassende Mutterherz. »Das Mädchen schon.«

»Sie ist zu klein, um irgendwem weh zu tun«, dachte das schwarze Schaf, »und wenn ich sagte, ich werde sie umbringen, würde sie sich fürchten. Ich bin neugierig, was Tante Rosa ihr erzählen wird.«

Es gab ein gezwungenes spätes Abendessen, dann hob Mama Judy auf und legte sie unter vielen Zärtlichkeiten zu Bett. Die ungetreue kleine Judy war sichtlich schon von Tante Rosa abgefallen, und diese Dame nahm es bitter übel. Das schwarze Schaf erhob sich, um das Zimmer zu verlassen.

»Komm her und sag gute Nacht«, sagte Tante Rosa und bot ihm die welke Wange.

»Äh«, sagte das schwarze Schaf, »ich hab' dich nie geküßt und ich werde mich jetzt nicht aufspielen. Sag dieser Frau, was ich getan habe, und schau zu, was sie sagt.«

Das schwarze Schaf kletterte ins Bett mit dem Gefühl, den Himmel, durch dessen Tor es flüchtig hatte sehen dürfen, für immer verloren zu haben. Eine halbe Stunde später beugte sich »diese Frau« über sein Bett. Das schwarze Schaf warf schützend seinen rechten Arm vors Gesicht. Es war nicht anständig, im Finstern zu kommen und es zu schlagen. Tante Rosa hatte das nie versucht. Aber kein Schlag fiel.

»Spielst du dich auf? Ich werde dir aber doch nicht mehr erzählen, als dir Tante Rosa schon gesagt hat, und sie weiß noch nicht alles«, sagte das schwarze Schaf so deutlich, als es konnte, denn ihre Arme schlangen sich um seinen Hals.

»O mein Sohn, mein kleiner, kleiner Sohn! Es war meine Schuld, – meine Schuld, Liebling – aber wie hätten wir es verhindern können. Verzeih mir, Punch!« Die Stimme erstarb in einem gebrochenen Flüstern, und zwei heiße Tränen fielen auf die Stirn des schwarzen Schafes.

»Hat sie dich auch zum Weinen gebracht?« fragte es. »Du

solltest sehen, wie Jane immer weint. Aber du bist lieb, und Jane ist eine geborene Lügnerin – sagt Tante Rosa.«

»Still, Punch, still! Mein Junge, sprich nicht so! Versuch mich ein bißchen liebzuhaben, ein kleines bißchen lieb. Du weißt nicht, wie sehr ich es brauche. Punch-*Baba,* gehör wieder mir! Ich bin deine Mutter – deine eigene Mutter – alles andere ist unwichtig. Ich weiß, ja ich weiß, Liebes. Es macht jetzt nichts mehr. Punch, willst du mich nicht ein bißchen liebhaben!«

Es ist erstaunlich, wieviel Zärtlichkeit ein großer Junge von zehn Jahren ertragen kann, wenn er ganz sicher ist, von niemand ausgelacht zu werden. Niemals zuvor hatte sich jemand aus dem schwarzen Schaf etwas gemacht, und nun behandelte diese schöne Frau hier es – das Kind des Teufels und den Erben nie verlöschender Flammen –, als sei es ein kleiner Gott.

»Ich hab' dich sehr lieb, liebe Mutter«, flüsterte Punch endlich, »und ich bin froh, daß du zurückgekommen bist; aber bist du sicher, daß Tante Rosa dir alles erzählt hat?«

»Alles. Was macht das? Aber« – ihre Stimme brach in einem Schluchzen, das auch schon Lachen war – »Punch, mein armes, liebes, halbblindes Herzenskind, glaubst du nicht, daß das ein bißchen toll von dir war?«

»Nein. Es ersparte mir Haue.«

Mama schauerte zusammen und schlüpfte in der Dunkelheit fort, um einen langen Brief an Papa zu schreiben. Hier ist ein Auszug daraus:

»Judy ist ein liebes, dickes, eingebildetes, kleines Ding, sie betet diese Frau an und trägt mit demselben Ernst wie ihre religiösen Anschauungen – nur acht Jahre ist sie alt, Jack – eine ehrwürdige Scheußlichkeit aus Roßhaar, die sie ihren *Cul de Paris* nennt. Ich habe es eben verbrannt. Das Kind liegt, während ich schreibe, in meinem Bett und schläft. Sie wird mit einem Male zu mir zurückkommen. Punch kann ich nicht ganz verstehen. Er ist gut genährt; aber er scheint in eine Kette von kleinen Betrügereien hineingezerrt worden zu sein, die dieses Weib zu Todsünden stempelt. Erinnerst du dich nicht an unsere eigene Erziehung, Lieber? Wie oft war die Furcht des Herrn der Beginn zur Verlogenheit! Ich werde auch Punch in kurzem für mich gewinnen. Ich übersiedle mit den Kindern aufs Land, damit sie mich wieder kennenlernen, und im ganzen bin ich zufrieden oder werde es sein, wenn du wieder nach Hause kommst, lieber Junge, und dann, wenn Gott will, werden wir endlich wieder unter einem Dache vereinigt sein.« –

Drei Monate später hat Punch – nicht länger mehr das schwarze Schaf – entdeckt, daß er der wahrhaftige Besitzer einer wirklichen, lebendigen, entzückenden Mama ist, die zugleich Schwester, Trösterin und Freundin ist und die er beschützen muß, bis der Vater zurückkehrt. Einem Beschützer steht es nicht an, zu betrügen, und wenn man alles, ohne zu fragen, tun darf, wozu sollte man da betrügen?

»Mutti wäre schrecklich böse, wenn du durch diesen Graben gehst«, sagt Judy im Verlauf eines Gespräches.

»Mutti ist nie böse«, erwidert Punch, »sie würde bloß sagen: ›Du bist ein kleiner *Pagal*[1]‹; und das ist nicht nett, aber ich will's dir zeigen.«

Punch geht durch den Graben und beschmutzt sich bis an die Knie. Er ruft: »Liebe Mutti, ich bin so schmutzig, wie's nur geht.«

»Dann wechsle deine Kleider, so schnell, wie's nur geht«, antwortet Muttis helle Stimme aus dem Hause. »Und sei kein kleiner Schmutzfink!«

»Siehst du? Ich hab's dir gesagt. Es ist jetzt alles ganz anders, und wir gehören jetzt so zu Mutti, als sei sie nie fort gewesen«, sagt Punch.

Nicht ganz genau so, Punch: denn wenn einmal junge Lippen einen tiefen Trunk aus den bitteren Wassern des Hasses, des Mißtrauens und der Verzweiflung getan haben, kann alle Liebe der Welt dieses Wissen nicht mehr vollkommen auslöschen; doch kann sie verdunkelte Augen für eine Weile dem Licht zuwenden und Vertrauen lehren, wo kein Vertrauen war.

1. Schmutzfink.

Quer durch die halbe Grafschaft lockte mich jede Aussicht zu einer neuen, jede Hügelspitze zur nächsten, und da ich, um solcher Lockung zu folgen, nur einen Hebel zu stellen brauchte, ließ ich die Grafschaft unter meinen Rädern dahinsausen. Die mit Knabenkraut bestandenen Wiesen des Ostens wichen dem Thymian, der Steineiche und den graugrünen Gräsern der Downs, des hügligen Küstenvorlandes; diese wiederum dem reichen Kornland und den Feigenbäumen der tiefergelegenen Küste, wo zur Linken fünfzehn Meilen lang die brandende Flut die Fahrt begleitet. Als ich mich endlich durch eine Wirrnis von Wäldern und runden Hügeln landeinwärts wandte, war ich ganz von den mir bekannten Wegzeichen abgekommen. Jenseits jenes Weilers, der für die Hauptstadt der Vereinigten Staaten Pate gestanden hat, geriet ich in versteckte verschlafene Dörfchen, wo Bienen, anscheinend das einzig Wache hier, in achtzig Fuß hohen Linden summten, die sich über graue Normannenkirchen neigten; verwunschene Bäche rannen unter Steinbrücken, einst für einen lebhafteren Verkehr gebaut, als er sie je wieder belästigen wird. Scheunen standen da, einst für den Zehnten bestimmt, größer als die dazugehörigen Kirchen, und eine alte Schmiede, die laut verkündete, daß sie einst eine Halle der Tempelritter gewesen sei. Zigeuner fand ich auf einem Gemeindeanger, wo an einem Stück alter Römerstraße Stechginster, Farren und Heidekraut um die Herrschaft kämpften; und ein wenig weiterhin störte ich einen roten Fuchs auf, der sich im vollen Sonnenschein wie ein Hund auf dem Rücken wälzte.

Als sich die bewaldeten Hügel um mich zusammenschlossen, stand ich im Wagen auf, um mich nach der großen gewölbten Kuppe zurechtzufinden, die auf fünfzig Meilen in die Runde das Orientierungszeichen für die Downs ist. Für meine Annahme, daß ich nach der Lage der Gegend auf eine nach Westen führende Straße, die an ihrem Fuß vorbeizöge, gelangen würde, konnte ich infolge der verwirrenden Schleier der Wälder keine Bestätigung finden. Eine scharfe Kurve tauchte mich zuerst in einen von klarem Sonnenschein erfüllten grünen Einschnitt, dann in einen düsteren Tunnel, in dem die welken Blätter des vergangenen Jahres raschelnd um meine Räder tanzten. Hohes Haselnußgesträuch schloß sich über meinem Kopfe; es war zum mindesten seit zwei Generationen nicht beschnitten worden, und kein Axthieb hatte den moosbedeckten Eichen und Buchen geholfen, darüber emporzuwachsen. Hier verwandelte sich die Straße sichtlich in einen überwucherten alten Reitweg, auf dessen braunsamtenem Teppich verblühte Primelbüschel wie Jade glänzten und ein paar kränkliche weißgestielte Glockenblumen einander zunickten. Da es abschüssig genug war, stellte ich den Motor ab und glitt so über die zusammengewirbelten Blätter dahin, jeden Augenblick darauf gefaßt, einem Förster zu begegnen; aber ich hörte nur den fernen Schrei eines Hähers, der gegen die Stille im Dämmerlicht unter den Bäumen ankämpfte. Der Pfad senkte sich tiefer. Ich war schon im Begriffe, umzukehren und im zweiten Gang zurückzufahren, ehe ich noch in irgendeinem Tümpel landete, da sah ich Sonnenschein durch das Gewirr über meinem Kopfe und ließ die Bremse nach.

Ich zog sie jedoch sofort wieder an; indes mir die Sonne übers Gesicht fiel, fuhren meine Vorderräder auf eine große stille Rasenfläche auf, auf der zehn Fuß hohe Reiter mit eingelegten Lanzen und ungeheure Pfauen und Ehrenjungfrauen mit runden, glatten Köpfen standen – blauschwarz und glänzend – lauter beschnittene Eiben. Jenseits des Rasens, den die Heere der Wälder von drei Seiten umdrängten, stand ein altes Haus aus flechtenüberwuchertem, verwittertem Stein, mit von Pfeilern geteilten Fenstern und rosenrotem Ziegeldach.

Ebenso rosenrote Mauern flankierten es im Halbkreis und schlossen so den Rasen auf der vierten Seite ab; an ihrem Fuße wuchs eine mannshohe Buchsbaumhecke. Tauben saßen auf dem Dache um die schlanken Ziegelkamine, und ich sah flüchtig den Umriß eines achteckigen Taubenhauses hinter der schirmenden Mauer.

So hielt ich hier – die grüne Lanze eines Reiters lag auf meiner Brust – gepackt von der außerordentlichen Schönheit dieses Juwels in solcher Fassung.

»Wenn ich nicht als Eindringling hinausgeworfen werde

oder dieser Ritter nicht auf mich lossprengt«, dachte ich, »so müssen zum mindesten Shakespeare und die Königin Elisabeth durch die halboffene Gartentür dort kommen und mich zum Tee einladen.«

Ein Kind zeigte sich an einem Fenster oben, und mir schien, als winke das kleine Ding mir freundlich mit der Hand zu. Aber das galt einem Gefährten, denn eben zeigte sich noch ein zweites vergnügtes Gesicht. Dann hörte ich ein Gelächter von den Eibenpfauen her, und als ich mich umwandte, um mich zu vergewissern (bis jetzt hatte ich nur das Haus betrachtet), sah ich hinter einer Hecke einen Springbrunnen seinen Silberstrahl gegen die Sonne schleudern. Die Tauben auf dem Dach gurrten zu dem gurrenden Wasser hinab, doch zwischen diesem Zwiegetön fing ich das glückliche Gekicher eines Kindes auf, das anscheinend gerade in irgendeinen harmlosen Unfug vertieft war.

Die Gartentür aus schwerer Eiche, in die dicke Mauer eingelassen, öffnete sich weiter: eine Frau in einem großen Gartenhut setzte langsam ihren Fuß auf die von der Zeit ausgehöhlte steinerne Stufe und schritt ebenso langsam über den Rasen. Ich wollte schon eine Entschuldigung beginnen, da hob sie den Kopf und ich sah, daß sie blind war.

»Ich habe Sie gehört«, sagte sie. »Ist das nicht ein Automobil?«

»Ich fürchte, ich habe mich in der Straße geirrt. Ich hätte schon weiter oben umkehren müssen. Ich ahnte nicht –« fing ich an.

»Aber ich freue mich doch sehr. Sonderbar, daß ein Automobil in den Garten kommt. Es wird ihnen solche Freude machen –« Sie wandte sich mit einer Bewegung, als ob sie um sich her schaute. »Haben Sie vielleicht – haben Sie jemanden gesehen?«

»Ich konnte mit niemandem sprechen, aber die Kinder schienen von weitem Interesse zu zeigen.«

»Welche?«

»Ich sah eben jetzt zwei oben an einem Fenster und glaube einen kleinen Kerl da unten gehört zu haben.«

Ihr Gesicht heiterte sich auf und sie rief: »O Sie Glücklicher! Ich höre sie, natürlich, aber das ist auch alles. Sie haben sie gesehen und sie gehört?«

»Ja. Und wenn ich etwas von Kindern verstehe, so hat das eine dort beim Springbrunnen gerade einen großartigen Spaß. Durchgebrannt, nehme ich an.«

»Sie lieben Kinder?«

Ich nannte ihr einen oder zwei Gründe, warum ich ihnen nicht völlig abgeneigt sei.

»Natürlich, natürlich«, sagte sie. »Dann verstehen Sie auch. Dann werden Sie es auch nicht für töricht halten, daß ich Sie bitte, ein oder zweimal mit ihrem Wagen durch den Garten zu fahren, aber ganz langsam. Ich bin sicher, daß es ihnen Freude machen wird, ihn anzuschauen. Sie sehen so wenig, die armen Dinger. Man versucht es ja, ihnen das Leben vergnüglich zu machen, aber« – sie streckte ihre Hände gegen die Wälder aus – »wir sind hier so außer der Welt.«

»Sehr gerne«, sagte ich. »Aber ich kann Ihnen doch nicht das Gras zuschanden fahren!«

Sie wandte ihr Gesicht nach rechts und erwiderte: »Einen Augenblick! Wir sind hier bei dem Südtor, nicht wahr? Hinter den Pfauen dort ist ein gepflasterter Weg, wir nennen ihn den Pfauenweg. Sie können ihn von hier aus nicht sehen, sagt man mir, aber wenn Sie dicht am Waldsaum entlangfahren, können Sie beim ersten Pfauen wenden und auf den gepflasterten Weg kommen.«

Es war eine Entweihung, dieses träumende Haus durch das Knattern des Motors zu wecken, aber ich wandte doch den Wagen, um von dem Rasen wegzukommen, streifte am Waldsaum hin und fuhr in den steingepflasterten breiten Weg ein, wo der Springbrunnen wie ein Sternsaphir lag.

Sie rief: »Darf ich mitfahren? Nein, bitte helfen Sie mir nicht – sie werden sich noch mehr freuen, wenn sie mich sehen.«

Sie tastete sich leicht zu der Stirnseite des Wagens und, mit einem Fuß auf dem Trittbrett, rief sie aus: »Kinder, o Kinder, schaut her und seht, was geschehen wird.«

Diese Stimme in ihrer Süße, unter der Sehnsucht verborgen lag, hätte verlorene Seelen aus dem Abgrund gelockt, und so war ich nicht überrascht, von den Eiben her ein Jauchzen antworten zu hören. Es war wohl das Kind beim Brunnen, aber es floh bei unserm Nahen und ließ ein kleines Boot auf dem Wasser zurück. Ich sah seine blaue Bluse zwischen den stillen Reitern aufleuchten.

Sehr gemächlich fuhren wir die ganze Länge des Weges hin und auf ihre Bitte auch wieder zurück. Diesmal hatte das Kind seine Angst überwunden, aber es blieb doch zweifelnd in der Ferne stehen.

Ich sagte: »Der kleine Kerl beobachtet uns. Ich möchte wissen, ob er nicht gerne mitfahren würde.«

»Sie sind noch sehr scheu. Sehr scheu. Wie glücklich Sie sind, daß Sie sie sehen können. Horchen wir!«

Ich stellte plötzlich die Maschine ab und die tiefe feuchte Stille, schwer vom Geruche des Buchses, hüllte uns ein. Irgendwoher vernahm ich das Klappern einer Schere, mit der ein Gärtner schnitt, das Murmeln von Bienen und gebrochenen Stimmen, die vielleicht die der Tauben waren.

»Oh, wie unfreundlich von ihnen ...« sagte sie gequält.

»Vielleicht fürchten sie sich nur vor dem Motor. Das kleine Fräulein am Fenster schaut außerordentlich interessiert her.«

»Ja?« Sie hob den Kopf. »Es war unrecht von mir, das zu sagen. Sie haben mich wirklich lieb. Daß sie einen liebhaben, ist das einzige, was das Leben lebenswert macht, finden Sie nicht? Ich wage es nicht, daran zu denken, was dieser Ort ohne sie wäre. Übrigens, ist es schön hier?«

»Ich glaube, es ist der schönste Ort, den ich je gesehen habe.«

»Das sagen alle Leute. Ich kann es fühlen, natürlich, aber es ist doch nicht dasselbe.«

»So haben Sie nie –« begann ich, verstummte aber verlegen.

»Solange ich mich erinnern kann, nicht. Es geschah, als ich erst ein paar Monate alt war, hat man mir erzählt. Und doch muß ich irgendwelche Erinnerungen haben, wie könnte ich sonst von Farben träumen? Ich sehe in meinen Träumen Licht und Farben, aber ich sehe *sie* nie. Ich höre sie nur, genau so, wie wenn ich wach bin.«

»Es ist schwer, Gesichter im Traum zu sehen. Manche Menschen können es, aber den meisten von uns ist es nicht gegeben«, fuhr ich fort und blickte zu dem Fenster auf, wo das Kind ganz unverhohlen stand.

Sie sagte: »Ich habe das auch gehört. Und man hat mir

erzählt, daß man nie das Gesicht eines Toten im Traum sieht. Ist das wahr?«

»Ich glaube ja, wenn ich mir es jetzt so recht überlege.«

»Aber wie ist es bei Ihnen – bei Ihnen selbst?« Die blinden Augen wandten sich zu mir.

»Ich habe niemals im Traum die Gesichter meiner Toten gesehen«, antwortete ich.

»Dann muß es ebenso arg sein wie blind zu sein.«

Die Sonne war hinter die Wälder gesunken, und die langen Schatten überwanden einen der hochmütigen Ritter um den andern. Ich sah, wie das Licht an der Spitze einer glänzenden Blätterlanze erlosch und all das mannhaft harte Grün sich in sanftes Schwarz verwandelte. Das Haus fand sich wieder mit dem Erlöschen eines Tages ab, wie es sich schon mit dem von hunderttausend Tagen abgefunden hatte, und schien sich geruhig noch tiefer in die Schatten einzuschmiegen.

»Haben Sie es sich jemals sehr gewünscht?« fragte sie nach einem Schweigen.

»Manchmal sehr«, erwiderte ich. Das Kind hatte das Fenster verlassen, als sich die Schatten darüber geschlossen.

»Ach, ich auch, aber ich glaube, es ist uns nicht gewährt ... Wo wohnen Sie?«

»Ganz auf der andern Seite der Grafschaft, sechzig und noch mehr Meilen entfernt, und ich muß jetzt zurückfahren. Ich habe meine große Lampe nicht mit.«

»Aber es ist doch noch nicht dunkel, ich kann das fühlen.«

»Ich fürchte, bis ich nach Hause komme, wird es dunkel sein. Könnten Sie mir jemanden mitgeben, der mich auf die richtige Straße bringt? Ich habe mich gänzlich verirrt.«

»Ich werde Madden mit Ihnen bis zur Straßenkreuzung schicken. Ich wundere mich nicht, daß Sie sich verirrt haben, wir liegen so weit ab von der Welt. Ich will Sie zur Front des Hauses führen, aber nicht wahr, Sie fahren langsam, bis sie außerhalb des Besitzes sind. Halten Sie diese Bitte für albern?«

»Ich verspreche Ihnen, so zu fahren«, sagte ich und ließ den Wagen den gepflasterten Weg hinuntergleiten.

Wir umfuhren den linken Flügel des Hauses, dessen sorgfältig gegossene bleierne Dachrinne zu betrachten allein eine

Tagreise gelohnt hätte; kamen durch ein großes, rosenüberwachsenes Tor in der roten Mauer und gelangten so zur Hauptfassade des Hauses, die an Schönheit und Stattlichkeit noch die Rückseite und die andern Fronten, die ich gesehen hatte, übertraf.

»Ist es sehr schön?« fragte sie nachdenklich, als sie mein Entzücken vernahm. »Und die Bleifiguren mögen Sie auch? Da hinten ist der alte Azaleengarten. Man sagt, daß dieser Ort für Kinder geschaffen worden sein muß. Bitte, helfen Sie mir heraus. Ich würde gerne mit Ihnen bis zum Kreuzweg fahren, aber ich darf sie doch nicht verlassen. Sind Sie es, Madden? Bitte, zeigen Sie dem Herrn den Weg zur Straßenkreuzung. Er hat seinen Weg verloren – aber er hat sie gesehen.«

Ein Diener erschien geräuschlos an der Haustür, diesem Wunder aus alter Eiche, und glitt weg, um seinen Hut zu holen. Sie stand da und blickte mich mit den weit offenen blauen Augen an, in denen keine Sehkraft war, und ich sah zum erstenmal, daß sie schön war.

»Denken Sie daran! Wenn Sie sie liebhaben, werden Sie wiederkommen!« sagte sie ruhig und verschwand im Haus.

Der Diener im Wagen sprach kein Wort, bis wir fast am Tore des Besitzes angelangt waren. Eine blaue Bluse leuchtete in einem Gebüsch auf, und ich wich in großem Bogen aus, damit mich nicht der Teufel, der einem kleine spielende Buben gern vor die Räder treibt, zum Kindsmörder mache.

»Entschuldigen Sie, Herr«, fragte der Diener plötzlich, »aber warum haben Sie das getan?«

»Wegen des Kindes dort.«

»Wegen unseres jungen Herrn in Blau?«

»Natürlich.«

»Er treibt sich reichlich viel herum. Haben Sie ihn beim Springbrunnen gesehen, Herr?«

»O ja, mehrmals. Biegen wir hier ein?«

»Ja, Herr. Und haben Sie sie zufällig auch oben im Hause gesehen?«

»An dem Fenster oben? Ja.«

»War das, bevor meine Dame herauskam, um mit Ihnen zu sprechen, Herr?«

»Ein wenig vorher. Warum wollen Sie das wissen?«

Er schwieg eine Weile: »Nur um mich zu vergewissern, daß *sie* den Wagen gesehen haben, Herr. Denn wenn Kinder so herumlaufen – obwohl Sie sicher besonders vorsichtig fahren, Herr –, kann doch ein Unglück geschehen. Das ist alles, Herr. Hier ist die Straßenkreuzung. Sie können von hier aus Ihren Weg nicht verfehlen. Danke, Herr, aber das ist bei uns nicht Sitte, nicht bei uns –«

»Entschuldigen Sie«, sagte ich und tat das Silbergeld wieder weg.

»Oh, in der Regel ist das ganz richtig bei den andern Leuten. Guten Abend, Herr.«

Er zog sich in den gepanzerten Turm seiner Kaste zurück und ging fort. Offenbar ein um die Ehre des Hauses besorgter Diener. Das Interesse für die Kleinen war wohl dem Umweg über ein Kindermädchen zu danken.

Als ich endlich jenseits der Wegweiser an der Kreuzung war, blickte ich zurück, aber die gedrängten Hügel griffen so eifersüchtig ineinander, daß ich nicht sehen konnte, wo das Haus gestanden hatte. Als ich in einem an der Straße gelegenen Häuschen danach fragte, gab mir die dicke Frau, die dort allerhand Süßigkeiten feilhielt, zu verstehen, daß Leute mit Automobilen wenig Daseinsberechtigung hätten, noch weniger »überall herumzuschwätzen wie Fuhrleute«. Offenbar keine sehr umgängliche Einwohnerschaft hier!

Als ich abends meine Route auf der Karte nachlas, wurde ich nicht viel klüger. Hawkin's Old Farm schien der amtliche Name des Ortes zu sein, aber das alte, sonst so ausführliche Grafschaftslexikon gab darüber keine Auskunft. Das Herrenhaus dieser Gegend hieß Hodnington Hall, aus dem 18. Jahrhundert, mit Verschönerungen aus der frühen Viktorianischen Epoche, wie dies ein abscheulicher Stahlstich bezeugte. Ich trug meine schwierige Angelegenheit einem Nachbarn – einem tiefeingewurzelten Baum dieses Bodens – vor, und er gab mir den Namen einer Familie an, der mir jedoch keine Aufklärung brachte.

Einen Monat oder noch später fuhr ich wieder diese Strecke; vielleicht auch, daß mein Automobil aus eigener Laune diese Richtung eingeschlagen hatte. Es lief über die unfruchtbaren Downs, wand sich durch das Labyrinth der Feldwege unter den Hügeln, zog durch die hochragenden

Wälder, undurchdringlich in ihrem vollen Laub, kam bei der Kreuzung, an der mich der Diener verlassen hatte, heraus und hatte kurz nachher eine geringfügige Panne, die mich zwang, auf einer kleinen grasigen Lichtung, die in das sommerlich stille Haselgebüsch einschnitt, anzuhalten. Soviel ich mit Hilfe des Sonnenstandes und einer sechszölligen Generalstabskarte feststellen konnte, führte diese Straße den Wald entlang, den ich das erstemal von oben her erforscht hatte. Ich machte ein mächtig ernsthaftes Geschäft aus meiner Reparatur und breitete meine Reparaturwerkzeuge, Schraubenzieher, die Pumpe usw., säuberlich als glitzernde Auslage auf einer Decke aus. Es war so recht eine Kinderfalle, denn an einem solchen Tage konnten nach meiner Meinung die Kleinen nicht weit sein. Als ich meine Arbeit unterbrach und horchte, war der Wald so erfüllt von den Geräuschen des Sommers (obwohl sich die Vögel schon gepaart hatten), daß ich sie zuerst nicht von den Tritten kleiner Füße, die sich vorsichtig über die welken Blätter heranstahlen, unterscheiden konnte. Ich ließ meine Sirene verlockend ertönen, aber die Füße flohen und ich bereute es, denn für ein Kind ist ein plötzlicher Lärm ein wirklicher Schrecken. Ich muß etwa eine halbe Stunde am Werk gewesen sein, da hörte ich im Wald die Stimme der blinden Frau rufen: »Kinder, o Kinder, wo seid ihr?«, und nur langsam schloß sich die Stille wieder über dem Wohlklang dieses Rufes. Sie kam auf mich zu, tastete sich an den Baumstämmen heran und mir schien, als klammere sich ein Kind an ihren Rock, das jedoch rasch wie ein Kaninchen im Laubwerk verschwand, als sie sich näherte.

Sie sagte: »Sind Sie es, von der andern Seite der Grafschaft?«

»Ja, ich bin's, von der andern Seite der Grafschaft.«

»Warum kamen Sie dann nicht durch die oberen Wälder? *Sie* waren gerade dort.«

»Sie waren vor einigen Minuten hier. Ich nehme an, sie wußten, daß mein Wagen Schaden genommen hatte, und kamen, um sich den Spaß anzusehen.«

»Hoffentlich ist's nichts Ernsthaftes! Wie können Automobile denn Schaden nehmen?«

»Auf fünfzig verschiedene Arten. Meines hat sich die einundfünfzigste ausgesucht.«

Sie lachte, glücklich über den kleinen Scherz, ihr entzükkendes, gurrendes Lachen und schob den Hut zurück. »Lassen Sie mich hören!«

»Einen Augenblick«, rief ich, »ich gebe Ihnen ein Kissen!«

Sie setzte den Fuß auf die Decke, auf der viele Ersatzteile lagen, und bückte sich eifrig danach: »Was für wundervolle Dinge!« Ihre Hände, mit deren Hilfe sie sah, leuchteten im Licht der Sonnenflecken. »Da ist eine Schachtel – noch eine Schachtel! Warum haben Sie diese wie zum Verkaufenspielen geordnet?«

»Ich gestehe jetzt, daß ich sie hergelegt habe, um *sie* anzulocken. Ich benötige in Wirklichkeit nicht die Hälfte dieser Dinge.«

»Wie lieb von Ihnen! Ich hörte Ihre Sirene bis in den oberen Wald. Sie sagen, daß sie vorher hier waren?«

»Ich bin dessen ganz sicher. Warum sind sie aber so scheu? Dieser kleine Kerl in Blau, der jetzt eben bei Ihnen war, hätte sich doch ein Herz fassen sollen. Er hat mich wie ein Indianer belauert.«

Sie sagte: »Ihre Sirene muß schuld daran gewesen sein. Ich hörte eines von ihnen angstvoll an mir vorbeilaufen, als ich herunterkam. Sie sind scheu, sogar bei mir so scheu.« Sie wandte den Kopf über die Schulter und rief wieder: »Kinder, o Kinder, schaut und seht!«

»Sie werden wohl fortgegangen sein, um sich mit ihren eigenen Angelegenheiten zu beschäftigen«, warf ich ein, denn hinter uns vernahm ich das Flüstern leiser Stimmen, zuweilen von dem plötzlichen quiekenden Kichern kleiner Kinder unterbrochen. Ich machte mich wieder an meine Reparatur, und sie lehnte sich vor, das Kinn in die Hand gestützt, und lauschte aufmerksam.

»Wie viele sind es denn?« fragte ich. Meine Arbeit war beendigt, aber das war doch kein Grund, schon abzufahren.

Sie runzelte in Gedanken ein wenig die Stirn. »Ich weiß es nicht ganz genau«, sagte sie schlicht. »Manchmal mehr, mehr, manchmal weniger. Sie kommen und bleiben bei mir, weil ich sie liebe, wissen Sie.«

»Das muß sehr lustig sein«, sagte ich und legte einen Schraubenzieher an seinen Platz. Während ich das sagte, merkte ich, wie nichtssagend meine Antwort war.

»Sie – Sie lachen mich doch nicht aus?« rief sie. »Ich habe keine eigenen Kinder. Ich war nie verheiratet. Die Leute lachen mich manchmal ihretwegen aus, weil – weil –«

»Weil sie Barbaren sind«, ergänzte ich. »Darüber muß man sich nicht ärgern. Die Sorte Leute lachen über alles, was nicht ihr eigenes feistes Leben angeht.«

»Ich weiß es nicht. Wie sollte ich auch? Ich lasse mich nur nicht gern ihretwegen auslachen. Es tut weh; und wenn man nicht sehen kann ... Ich möchte nicht gern töricht erscheinen« – ihr Kinn zitterte wie bei einem Kinde, als sie sprach – »aber wir Blinden haben nur *eine* Haut, glaube ich. Alle äußeren Dinge treffen uns direkt in die Seele. Mit Ihnen ist das ganz anders. Sie haben so einen guten Schutz in Ihren Augen. Sie können sich vorsehen, bevor Sie jemand wirklich in Ihrer Seele verletzen kann. Die Menschen vergessen das bei uns.«

Ich schwieg und überdachte diesen unerschöpflichen Gegenstand – die nicht nur ererbte, sondern auch vorsorglich angedrillte Brutalität der christlichen Völker, mit der verglichen das verachtete Heidentum eines Negers von der Westküste lauter und zartfühlend ist. Dieser Gedanke führte mich tief in mein Innerstes hinein.

»Tun Sie das nicht«, sagte sie plötzlich und schlug die Hände vors Gesicht.

»Was?«

Sie machte eine Gebärde mit der Hand. »Das! Es ist – ganz purpurn und schwarz. Nicht! Diese Farbe tut weh.«

»Herrgott, wieso wissen Sie etwas von Farben?« rief ich aus, denn das war mir wirklich eine Offenbarung.

»Farben als Farben?« fragte sie.

»Nein, diese Farben, die Sie eben sahen.«

Sie lachte: »Das wissen Sie ebensogut wie ich, sonst hätten Sie nicht diese Frage gestellt. Die gibt es gar nicht auf der Welt. Sie waren in Ihnen – als Sie so böse wurden.«

»Meinen Sie einen mattpurpurnen Fleck, wie Portwein mit Tinte gemischt?«

»Ich habe nie Tinte oder Portwein gesehen – aber die Farben sind nicht gemischt. Sie sind getrennt – ganz getrennt.«

»Meinen Sie schwarze Streifen und Kerben quer über den Purpur?«

Sie nickte: »Ja, wenn sie so sind« – sie bewegte ihren Finger im Zickzack – »aber sie ist mehr rot als purpurn, diese böse Farbe.«

»Und welches sind die Farben an der Spitze des – dessen, was Sie sehen?«

Sie beugte sich langsam vor und zeichnete auf die Decke die Umrisse des Eis[1].

»Ich sehe sie so«, sagte sie und zeigte mit einem Grashalm. »Weiß, Grün, Gelb, Rot, Purpur und, wenn jemand schlecht oder böse ist – wie Sie es jetzt eben waren –, Schwarz quer durch das Rot.«

»Wer erzählte Ihnen davon – zu Anfang?« fragte ich.

»Von den Farben? Niemand. Als ich klein war, pflegte ich nach den Farben von Tischdecken, Vorhängen und Teppichen zu fragen, wissen Sie, weil einige Farben mich schmerzten, andere mich glücklich machten. Man nannte sie mir. Und als ich älter wurde, begann ich die Menschen auf diese Weise zu sehen.« Wieder zeichnete sie den Umriß des Eis, wie es nur wenigen von uns zu sehen gegeben ist.

»Ganz von selbst?« wiederholte ich.

»Ganz von selbst. Es war ja niemand anderes da. Ich fand erst später heraus, daß andere Leute die Farben nicht sahen.«

Sie lehnte an einem Baumstamm, flocht und löste Grashalme, die sie gedankenlos gepflückt hatte. Die Kinder im Walde waren näher herangekommen. Aus dem Augenwinkel hinspähend, sah ich, daß sie wie Eichhörnchen miteinander spielten.

»Jetzt bin ich sicher, daß Sie mich nie auslachen werden«, fuhr sie nach langem Schweigen fort. »Auch *sie* nicht.«

»Um Gottes willen, nein!« rief ich, aus meinen Gedankengängen aufgerüttelt. »Ein Mann, der ein Kind auslacht – wenn das Kind nicht selbst mitlacht –, ist ein Ungläubiger.«

»Ich meinte das natürlich nicht so. Sie würden Kinder nie auslachen – aber ich dachte – ich dachte früher – daß Sie vielleicht über sie lachen könnten. Deswegen bitte ich Sie jetzt um Entschuldigung. Worüber lachen Sie jetzt?«

Ich hatte keinen Laut von mir gegeben, aber sie wußte.

»Daß Sie mich um Entschuldigung bitten! Wenn Sie Ihre Pflicht als Stütze des Staates und als Gutsbesitzerin hätten

1. D. h. des Eis als mystisch-symbolischer Form. (A. d. Ü.)

erfüllen wollen, hätten Sie mich wegen unbefugten Eindringens gerichtlich belangen müssen, als ich damals durch Ihre Wälder fuhrwerkte. Es war schändlich von mir, unentschuldbar.«

Sie sah mich – den Kopf an den Baumstamm gelehnt – lange an, diese Frau, die die Seele nackt sehen konnte.

»Wie sonderbar!« flüsterte sie. »Sehr sonderbar.«

»Warum, was habe ich getan?«

»Sie begreifen nicht – und doch haben Sie das von den Farben begriffen. Verstehen Sie denn nicht?«

Sie sprach mit einer durch nichts gerechtfertigten Leidenschaft, und ich betrachtete sie verwirrt, als sie sich erhob. Die Kinder hatten sich in einem Rudel hinter einem Brombeerstrauch versammelt. Ein zartes Köpfchen beugte sich über ein Kleineres, und die Haltung der kleinen Schultern ließ mich erkennen, daß Finger an die Lippen gelegt wurden. Auch sie hatten irgendein ungeheures Kindergeheimnis; nur ich allein fand mich hoffnungslos in der Irre, hier mitten im hellen Sonnenschein.

»Nein«, sagte ich und schüttelte den Kopf, als könnten es die toten Augen wahrnehmen, »was es auch sei, ich verstehe es noch nicht. Vielleicht werde ich es später verstehen – wenn Sie mir erlauben wiederzukommen.«

Sie antwortete: »Sie werden wiederkommen. Sie werden sicher wiederkommen und im Walde gehen.«

»Vielleicht werden mich die Kinder mit der Zeit schon so gut kennen, daß sie mir die Gunst gewähren, mit ihnen zu spielen. Sie wissen ja, wie Kinder sind.«

»Es ist keine Gunst, sondern ein Recht«, erwiderte sie.

Während ich nachsann, was sie meinen könne, tauchte um die Biegung der Straße eine Frau auf, aufgelöst, mit flatternden Haaren, puterrot im Gesicht, fast vergehend vor Angst. Es war meine unwirsche dicke Freundin aus dem Laden mit den Süßigkeiten. Die Blinde hörte sie und trat vor: »Was ist geschehen, Frau Madehurst?«

Das Weib warf sich die Schürze über den Kopf, sie kroch buchstäblich im Staube, sie rief, ihr Enkelkind sei todkrank, der Arzt des Ortes sei fischen gegangen, Jenny, die Mutter, sei mit ihrem Wissen zu Ende, und so weiter mit Geschrei und Wiederholungen.

»Wo wohnt der nächste Arzt?« fragte ich in ihre Ausbrüche hinein.

»Madden wird es Ihnen sagen. Fahren Sie zu meinem Haus und nehmen Sie ihn mit. Ich werde mich der Frau annehmen. Machen Sie rasch!«

Sie führte die dicke Frau, sie halb stützend, in den Schatten. Zwei Minuten später ließ ich alle Trompeten von Jericho vor der Front des Hauses Wunderschön erschallen, und Madden, der in der Speisekammer war, zeigte sich der Krise gewachsen als ein Diener und ein Mann.

Eine Viertelstunde unerlaubt schneller Fahrt, fünf Meilen weit, verhalf uns zu einem Arzt. Innerhalb einer weiteren Viertelstunde hatten wir ihn, der sich für Automobile sehr interessierte, vor der Tür des Süßigkeitenladens abgesetzt und stellten uns am Straßenrand auf, seinen Urteilsspruch abzuwarten.

»Nützliche Dinger, diese Autos«, sagte Madden, jetzt ganz Mann und nicht mehr Diener. »Hätte ich eins gehabt, als meine Kleine krank wurde, wäre sie nicht gestorben.«

»Was war es denn?« fragte ich.

»Diphtherie. Meine Frau war nicht da. Niemand wußte, was tun. Ich fuhr mit einem Mietwagen acht Meilen weit um einen Arzt. Als wir zurückkamen, war sie erstickt. Dieses Auto hätte sie gerettet. Sie wäre jetzt fast zehn Jahre alt.«

Ich sagte: »Das tut mir aber leid. Aus dem, was Sie mir neulich auf der Fahrt zur Straßenkreuzung gesagt haben, sah ich, daß Sie Kinder recht gern haben.«

»Haben Sie *sie* heute morgen wieder gesehen, Herr?«

»Ja, aber sie fürchten sich vor dem Automobil. Keines wollte näher als zwanzig Meter an mich heran.«

Er betrachtete mich aufmerksam, wie ein Späher einen Fremden betrachtet, nicht wie ein Diener seine Augen zu einem von Gott über ihn gesetzten Höheren erheben soll.

»Ich möchte wissen, warum«, sagte er mit einem tiefen Atemzuge.

Wir warteten weiter. Ein leichter Wind von der See her wanderte die langen Linien der Wälder auf und nieder, und die vom Sommer schon weißlich bestaubten Gräser am Wegesrand hoben und senkten sich in blassen Wellen. Eine Frau kam aus einem dem Laden benachbarten Häuschen heraus, wischte sich den Seifenschaum von den Armen und sagte vergnügt:

»Ich hab' im Hinterhof gehorcht. Er sagt, dem Arthur geht's unerklärlich schlecht. Haben Sie ihn eben quieken gehört? Unerklärlich schlecht geht's ihm. Ich mein', jetzt kommt die Jenny an die Reihe, nächste Woche in den Wald zu gehen, Herr Madden.«

»Sie entschuldigen schon, Herr«, sagte er zu mir und wandte sich dann höflich an die Frau:

»Sie verlieren Ihren Rock.«

Die stutzte, knickste und eilte fort.

Ich fragte: »Was meinte sie damit: in den Wald gehen?«

»Das muß eine hier gebräuchliche Redensart sein. Ich selbst bin aus Norfolk«, sagte Madden. »Recht freches Pack gibt es in dieser Grafschaft. Sie hielt Sie für einen Chauffeur, Herr.«

Der Doktor kam aus dem Häuschen, gefolgt von einer schmutzigen schlampigen Dirne, die sich an seinen Arm klammerte, als könnte er für sie mit dem Tode einen Pakt schließen. Sie jammerte: »Die Art Kinder haben wir doch genauso gern wie eheliche. Genauso gern, ganz genau so. Und unser lieber Herrgott tät' sich genauso freuen, wenn Sie eins von denen retten, Herr Doktor. Nehmen Sie ihn mir nicht weg – Fräulein Florence wird Ihnen dasselbe sagen. Verlassen Sie ihn nicht, Herr Doktor!«

»Ich weiß, ich weiß«, sagte der Mann, »aber er wird jetzt eine Weile still sein. Wir werden so schnell wie möglich eine Pflegerin und die Medizin holen.«

Er gab mir ein Zeichen, mit dem Wagen vorzufahren. Ich bemühte mich, von dem, was vorging, nichts zu sehen, aber ich sah das mit Pusteln bedeckte Gesicht des Mädchens vor Kummer wie gefroren, und ich fühlte, wie sich die ringlose Hand an meine Knie klammerte, als wir abfuhren. Der Arzt hatte Humor, denn er forderte, wie ich mich erinnere, meinen Wagen im Namen Äskulaps an und nützte ihn und mich ohne Gnade aus. Erst brachten wir Frau Madehurst und die Blinde zu dem kranken Kinde, sie sollten es bis zur Ankunft der Pflegerin betreuen. Dann brachen wir in eine nette Stadt der Grafschaft ein, um die Rezepte machen zu lassen (der Arzt hatte zerebrospinale Meningitis festgestellt).

Im Grafschaftskrankenhaus, das von erschrecktem Marktvieh umlagert war, erhielten wir die Auskunft, daß uns im Augenblick keine Pflegerin zur Verfügung gestellt werden könne, und so rasten wir weiter durch die Grafschaft. Wir parlamentierten mit mehreren Besitzern großer Häuser – Magnatenschlösser hinter überwölbten Zufahrten –, ihre großknochigen Frauen verließen den Teetisch und kamen herbei, den dringenden Worten des Doktors zu lauschen. Endlich gab eine weißhaarige alte Dame – sie saß unter einer Libanonzeder, von einem Hofstaat prachtvoller, dem Automobil äußerst feindlich gesinnter Barsois umgeben – dem Doktor eine geschriebene Order, die er wie aus den Händen einer Prinzessin entgegennahm. Mit äußerster Geschwindigkeit fuhren wir viele Meilen weit durch einen Park zu einem französischen Nonnenkloster, wo wir gegen das Schreiben eine blasse zitternde Schwester in Tausch erhielten. Sie kniete im Wageninnern und betete ihren Rosenkranz, bis wir sie, auf Abkürzungswegen, die der Doktor angab, vor dem Süßwarenladen absetzten. Es war ein langer Nachmittag, voll von verrückten Ereignissen, die wie der Staub unter unsern Rädern auftauchten und schwanden, Ausschnitte aus fernen und unbegreiflichen Leben, die wir gleichsam in rechtem Winkel durchschnitten und durchrast hatten; und ich kam erschöpft in der Dämmerung nach Hause, träumte von Rindern, die krachend mit den Hörnern aneinander stießen, von rundäugigen Nonnen, die durch einen Gräbergarten wandelten, von heiteren Gesellschaften am Teetisch unter schattenden Bäumen, von den karbolduftenden, graugestrichenen Gängen des Grafschaftskrankenhauses, von Schritten scheuer Kinder im Wald und von den Händen, die meine Knie umklammert hatten, als sich das Automobil in Gang setzte.

Ich hatte die Absicht gehabt, nach ein oder zwei Tagen wiederzukommen, aber es gefiel dem Schicksal, mich unter mannigfachen Vorwänden von dieser Seite der Grafschaft fernzuhalten, bis der Holunder und die wilde Rose schon Früchte trugen. Endlich zog ein strahlender, vom Südwest klar gefegter Tag herauf, der die Hügel fast greifbar naherückte, ein Tag unsteter Lüfte und hoher dünner Wolken. Ohne mein eignes Zutun war ich frei und lenkte den Wagen zum drittenmal auf die bekannte Straße. Als ich den Kamm der Downs erreichte, merkte ich, wie die milde Luft sich verwandelte und in der Sonne flimmrig wurde, und als ich auf das Meer hinunterblickte, sah ich, wie in diesem Augenblick das Blau des Kanals erst die Farbe von poliertem Silber, dann die von mattem Stahl und endlich die von schmutzigem Zinn annahm. Ein beladenes Kohlenschiff, das sich bis jetzt dicht an der Küste gehalten hatte, steuerte in tieferes Wasser hinaus, und quer durch einen kupferfarbenen leichten Nebel sah ich ein Segel nach dem andern auf den Booten der verankerten Fischerflottille aufsteigen. In einer tiefen Senkung hinter mir hatte sich ein wirbelnder Wind erhoben, dröhnte durch die schützenden Eichen und spann hoch oben in den Lüften das erste Muster aus trockenen herbstlichen Blättern. Als ich die Küstenstraße erreichte, zog der Nebel von der See her wie Rauch über die Ziegeleien und vom Sturme erzählte die Flut allen Molen jenseits Ushant. In einer knappen Stunde war das sommerliche England in eisigem Grau verschwunden. Wieder waren wir das unzugängliche Eiland des Nordens; alle Schiffe der Welt brüllten vor unsern gefahrdrohenden Toren, und in ihre Schreie hinein erklang das Pfeifen verschreckter Möven. Meine Mütze tropfte von Feuchtigkeit, auf der Decke sammelten sich kleine Pfützen, die dann in Bächlein abliefen, und meine Lippen waren salzig bereift.

Im Lande war der immer dichter werdende Nebel unter den Bäumen ganz durchtränkt von herbstlichem Geruch, und aus dem langsamen Tropfen wurde ein starker Regenschauer. Dennoch blickten die späten Blumen – Malven waren es am Wegrande, Skabiosen auf den Wiesen und Dahlien in den Gärten – im Nebel freundlich drein, und fern vom Hauche der See zeigte sich kaum ein Zeichen von Verfall im Laube. Noch standen in den Dörfern alle Haustüren offen, und barhäuptige, barfüßige Kinder saßen auf den feuchten Türstufen und riefen dem Fremden nach.

Ich faßte mir Mut, einen Besuch in dem Süßwarenladen zu machen. Frau Madehurst empfing mich mit den gastfreundlichen Tränen einer dicken Frau. Sie erzählte, Jennys Kind sei zwei Tage nach der Ankunft der Nonne gestorben. Nach ihrem Gefühl war es doch so am besten, wenn auch Versicherungsgesellschaften aus Gründen, die zu verstehen nicht ihre Sache war, nicht gerne solch verirrte Leben versicherten. »Nicht als ob Jenny nicht an Arthur gehangen hätte, genau so, wie wenn er ganz richtig am Ende des ersten Jahres gekommen wäre – wie Jenny selbst.« Dank Fräulein Florence war das Kind mit einem Pomp begraben worden, der nach Frau Madehursts Meinung die kleine Unregelmäßigkeit seiner Geburt mehr als wettgemacht hatte. Sie beschrieb den Sarg, innen und außen, den gläsernen Leichenwagen und die Grabeinfassung aus Immergrün.

»Aber wie geht es der Mutter?« fragte ich.

»Jenny? Na, sie wird schon drüber wegkommen. Ich hab' das auch schon mit einem oder zweien von den meinigen mitgemacht. Sie wird drüber wegkommen! Sie geht jetzt im Wald.«

»Bei diesem Wetter?«

Frau Madehurst schaute mich über den Ladentisch mit zugekniffenen Augen an: »Ich weiß nicht, aber es öffnet einem sozusagen das Herz. Ja, es öffnet einem das Herz. Gebären und Verlieren kommt mit der Zeit auf eins heraus, pflegen wir zu sagen.«

Nun sind ja alte Frauen viel weiser als alle Väter und dieser letzte Orakelspruch machte mich so tief nachdenklich, daß ich fast eine Frau und ein Kind an der Waldecke bei dem Tor des Hauses Wunderschön überfahren hätte.

»Schreckliches Wetter!« rief ich, langsam in die Kurve gehend.

»Nicht so arg«, antwortete sie in friedlichem Tone aus dem Nebel heraus. »Meines ist daran gewöhnt. Sie werden Ihres drinnen finden, mein' ich.«

Im Hause empfing mich Madden mit der Höflichkeit, die sein Beruf erforderte, und fragte freundlich nach dem Befinden des Automobils, das er unter Dach zu bringen versprach.

Ich wartete in einer stillen nußbraunen Halle, die mit letzten Blumen freundlich geschmückt und von einem prächtigen Holzfeuer durchwärmt war. Dieser Raum mußte auf Menschen guten Einfluß haben und ihnen großen Frieden geben. (Männer und Frauen mögen manchmal mit vieler Mühe eine glaubhafte Lüge zustande bringen; das Haus jedoch, ihr Tempel, kann nur die Wahrheit über seine Bewohner aussagen.) Der Karren und die Puppe eines Kindes lagen auf dem schwarzweißen Boden, dessen Teppich zurückgeschlagen war. Ich merkte, daß die Kinder eben erst davongeeilt waren, höchstwahrscheinlich, um sich auf den vielen Absätzen der großen eisenbeschlagenen Treppe, die gerade aus der Halle emporstieg, zu verstecken oder um hinter den geschnitzten Löwen und Rosen der oberen Galerie hervorzulugen und mich zu belauern. Dann hörte ich ihre Stimme über mir, sie sang, wie nur Blinde singen können – aus ganzer Seele:

»Hinter Blumengartentoren ...«

All mein früher Sommer stand in diesem Gesange wieder in mir auf.

»Hinter Blumengartentoren
Segne Gott uns den Gewinn ...
Aber was wir hier verloren,
Segne Gott zu tieferem Sinn.«

Sie unterschlug die fünfte störende Zeile und wiederholte:

»... segne Gott zu tieferem Sinn.«

Sie lehnte sich über die Galerie. Ihre verschränkten Hände hoben sich perlenweiß von dem Eichenholz ab.

»Sind Sie es, von der andern Seite der Grafschaft?« rief sie.

»Ja, ich von der andern Seite der Grafschaft«, antwortete ich lachend.

»Wieviel Zeit ist vergangen, ehe Sie wiederkehren mußten.« Sie lief die Stufen herab, ihre Hand berührte leicht das breite Geländer. »Es sind schon zwei Monate und vier Tage her. Der Sommer ist vorbei!«

»Ich dachte, früher zu kommen, aber das Schicksal wollte es nicht.«

»Ich wußte es. Bitte, nehmen Sie sich des Feuers an! Man will mich nicht damit umgehen lassen; aber ich kann fühlen, daß es sich schlecht benimmt. Bitte schüren Sie nach!«

Ich suchte auf beiden Seiten des tief eingebauten Kamins und fand schließlich einen halbverkohlten Pfahl, mit dem ich ein schwarzes Scheit in die Flammen zurückschob.

»Es darf Tag und Nacht nicht ausgehen«, sagte sie erklärend, »für den Fall, daß jemand mit kalten Füßen hereinkommt, wissen Sie.«

»Es ist sogar im Haus noch schöner als draußen«, murmelte ich. Das rote Licht ergoß sich die von der Zeit polierte schwärzliche Täfelung entlang aufwärts, bis auch die Tudor-Rosen und -Löwen auf der Galerie farbig und bewegt erschienen. Ein alter konvexer Spiegel, von einem Adler gekrönt, sammelte das Bild in sein geheimnisvolles Herz, verzerrte abermals die verzerrten Schatten und bog die Linien der Galerie in die Krümmungen eines Schiffsleibes zurecht. Der Tag ging in einem Sturm zu Ende, der den Nebel in eine zerfetzte jagende Wolke verwandelte. Durch das von Pfeilern geteilte breite Fenster ohne Vorhänge konnte ich sehen, wie die tapferen Eiben-Ritter gegen den Wind auslegten und sich deckten, der sie mit Legionen welker Blätter berannte.

»Ja, es muß schön sein«, sagte sie. »Möchten Sie das Haus ansehen? Oben ist noch Licht genug.«

Ich folgte ihr über die gerade Treppe, die breit genug war, daß ein Wagen hätte auf ihr fahren können, auf die Galerie, auf die sich die kleinen gekehlten elisabethanischen Türen öffneten.

»Fühlen Sie, wie tief die Klinken angebracht worden sind wegen der Kinder.«

Sie öffnete eine kleine Türe nach innen.

»Übrigens, wo sind sie denn?« fragte ich. »Ich habe sie heute nicht einmal gehört.«

Sie antwortete nicht gleich, dann erwiderte sie sanft: »Ich kann sie ja nur hören. Da ist eines ihrer Zimmer, alles ist bereit, wie Sie sehen.«

Sie wies in einen Raum mit schwerer Täfelung. Da standen kleine niedere Tische und Kindersessel, ein Puppenhaus, die Vorderwand halb hochgeklappt, ihm gegenüber ein großes scheckiges Schaukelpferd, von dessen gepolstertem Sattel ein Kind leicht auf die breite Fensterbank klettern konnte, von der aus man den Garten überblickte. Ein Kindergewehr lag neben einer vergoldeten hölzernen Kanone in einer Ecke.

Ich flüsterte: »Sicher sind sie eben erst weggelaufen.« Im Zwielicht knackte eine vorsichtig geöffnete Türe. Ich hörte das Rascheln eines Kleidchens und das Trippeln kleiner Füße, rascher kleiner Füße in einem Zimmer nebenan.

»Ich habe sie gehört!« rief sie triumphierend. »Hörten Sie sie auch? Kinder, o Kinder, wo seid ihr?«

Die Stimme erfüllte den Raum, der sie liebend bis zum letzten vollkommenen Ton festhielt, aber kein Jauchzen erklang als Antwort wie damals im Garten. Wir eilten aus einem Zimmer in das nächste – alle Räume hatten Eichendielen –, hier eine Stufe hinauf, dort drei Stufen hinunter, durch ein Gewirr von Gängen, immer genarrt von dem Wild, das wir verfolgten. Ebensogut hätte man versuchen können, in einem offenen Kaninchengehege mit einem einzigen Frettchen zu jagen. Da gab es ungezählte Vertiefungen in den Mauern und nun schon dunkle, tief eingeschnittene Fensternischen, aus denen sie hinter uns aufspringen konnten, sowie nie benutzte Kamine, die sechs Fuß tief in das Mauerwerk eingebaut waren, und das Gewirr der ineinandergehenden Zimmer. Vor allem half ihnen das Zwielicht bei diesem Spiel. Ein- oder zweimal hörte ich das fröhliche Kichern der Entschlüpfenden, ein- oder zweimal sah ich die Silhouette eines Kinderkleides gegen ein nun schon dunkelndes Fenster am Ende eines Ganges; aber wir kehrten mit leeren Händen in die Galerie zurück. Hier stellte eben eine Frau in mittlerem Alter eine Lampe in die dazu bestimmte Nische.

»Nein, ich habe sie heute abend auch nicht gesehen, Fräulein Florence«, hörte ich sie sagen, »aber Turpin ist da und sagt, er möchte mit Ihnen wegen seines Stalles sprechen.«

»So? Da muß mich aber Turpin sehr dringend sprechen wollen. Rufen Sie ihn in die Halle, Frau Madden!«

Ich blickte in die Halle hinab, die nur von dem trüben Feuer erleuchtet war, und endlich sah ich *sie,* tief im Schatten. Sie waren wohl hinuntergeschlüpft, während wir in den Gängen waren, und glaubten sich nun gut versteckt hinter einem alten vergoldeten ledernen Ofenschirme. Nach den Gesetzen des Kindes war ich durch meine fruchtlose Jagd so gut wie bekannt mit ihnen geworden, aber da ich mich dabei so sehr hatte anstrengen müssen, beschloß ich, sie zu zwingen, endlich selber herauszukommen, und zwar durch den einfachen Kniff, den Kinder gar nicht leiden mögen: sie scheinbar nicht zu bemerken. Sie lagen ganz dicht aneinandergedrückt in einem kleinen Häufchen, kaum mehr als Schatten, außer wenn ein rasches Aufleuchten des Feuers einen Umriß verriet.

Sie sagte: »Und jetzt werden wir Tee trinken. Ich glaube, ich hätte Ihnen das sofort anbieten sollen, aber man verlernt hier seine guten Manieren, wenn man so allein lebt und für – hm – etwas seltsam gehalten wird.« Mit anmutigem Spott fügte sie hinzu: »Möchten Sie eine Lampe, um beim Essen zu sehen?«

»Ich finde den Feuerschein viel schöner.« Wir stiegen in das wunderbare Halbdunkel hinab, und Madden brachte Tee.

Ich wählte mir einen Sessel in der Nähe des Schirms, bereit, die Kinder zu überraschen oder von ihnen überrascht zu werden, je nachdem es das Spiel eben mit sich bringen würde, und mit Erlaubnis der Hausherrin, da ein Herd immer heilig ist, beugte ich mich vor und spielte mit dem Feuer. »Woher bekommen Sie diese schönen kurzen Scheite?« fragte ich nachlässig. »Ach, sie sind ja eingekerbt.«

»Natürlich«, sagte sie, »da ich weder schreiben noch lesen kann, bin ich gezwungen, wieder auf die alte englische Kerbenzählung für meine Rechnungen zurückzukommen. Geben Sie mir eines, und ich werde Ihnen sagen, was es bedeutet.«

Ich reichte ihr ein fußlanges Haselholzscheit, und sie fuhr mit dem Daumen über die Kerben:

»Das ist die Milchlieferung der Farm, die das Haus versorgt, vom April letzten Jahres, in Gallonen angegeben«, sagte sie. »Ich weiß nicht, was ich ohne die Scheite getan hätte. Einer meiner alten Förster hat mich das System gelehrt. Es ist bei niemandem mehr gebräuchlich, nur meine Pächter halten sich daran. Einer von ihnen kommt jetzt, um mit mir zu sprechen. Oh, das macht nichts. Er hat hier außerhalb der Geschäftsstunden nichts zu suchen. Er ist ein habsüchtiger unwissender Mann – sehr habsüchtig – sonst würde er nicht nach Anbruch der Dunkelheit noch herkommen.«

»Sie haben also viel Grundbesitz.«

»In eigener Verwaltung nur etwa zweihundert Tagewerk, Gott sei Dank. Die andern sechshundert sind alle an Pächter vergeben, die meine Verwandten schon vor mir gekannt haben, nur dieser Turpin ist ein ganz neuer Mann – und ein wahrer Straßenräuber.«

»Aber sind Sie sicher, daß ich nicht –«

»Gewiß nicht. Sie haben das Recht dazu. Er hat keine Kinder.«

»Ach, die Kinder«, sagte ich und schob den niederen Sessel zurück, bis er fast den Schirm, der sie verbarg, berührte. »Ich bin neugierig, ob sie meinetwegen herauskommen werden.«

Draußen vor der niederen dunklen Seitentür wurde das Gemurmel von Stimmen hörbar, die Stimme Maddens und eine etwas tiefere, und ein rothaariger Riese in Segeltuchgamaschen, der unverkennbare Typus eines Landpächters, stolperte herein oder wurde hereingeschoben.

Sie sagte: »Kommen Sie zum Feuer, Turpin.«

»Ja, bitte sehr, Fräulein. Ich kann – ich kann ebensogut bei der Türe stehenbleiben.« Während er sprach, umklammerte er die Klinke wie ein verschrecktes Kind. Mit einem Male erkannte ich, daß er von einer ihn fast überwältigenden Furcht besessen war.

»Also?«

»Wegen des neuen Stalles für das Jungvieh – das ist alles. Wenn die ersten Herbststürme kommen ... aber ich will ein andermal wiederkommen, Fräulein.« Seine Zähne klapperten nicht minder als die Türklinke.

»Ich denke, nein«, erwiderte sie gemessen. »Der neue Stall – so! Was hat Ihnen mein Verwalter am 15. geschrieben?«

»Ich dachte, wenn ich vielleicht mit Ihnen sprechen dürfte, Fräulein, von Mensch zu Mensch sozusagen. Aber –«

Seine vor Grauen weitaufgerissenen Augen durchirrten jede Ecke des Raumes. Er öffnete halb die Tür, durch die er eingetreten war, aber ich sah, daß sie von außen wieder fest geschlossen wurde.

»Er schrieb, was ich ihm aufgetragen hatte«, fuhr sie fort. »Sie haben schon zu viele. Dunnetts Farm reichte nie für mehr als fünfzig Ochsen – nicht einmal zu Wrights Zeiten. Und er fütterte mit Ölkuchen. Sie haben siebenundsechzig Stück und füttern nicht mit Ölkuchen. Sie haben in dieser Hinsicht den Pachtvertrag verletzt. Sie treiben Raubbau auf der Farm.«

»Ich – ich kriege nächste Woche etwas künstlichen Dünger – Superphosphate. Ich habe eine Wagenladung schon so gut wie bestellt. Ich werde morgen deswegen zur Station hinuntergehen. Dann darf ich kommen und mit Ihnen bei Tag sprechen, Fräulein, von Mensch zu Mensch sozusagen ... Der Herr geht doch nicht weg, nicht wahr?« Er kreischte fast.

Ich hatte nur den Sessel noch ein wenig weiter zurückgeschoben und nach hinten gegriffen, um auf das Leder des Schirmes zu klopfen; aber er fuhr hoch wie eine Ratte.

»Nein. Bitte, hören Sie mir zu, Turpin.« Sie drehte sich im Sessel um und wandte ihm, der mit dem Rücken an die Tür gelehnt stand, ihr Gesicht zu. Es war ein langgehegter, schmutziger kleiner Plan, den sie ihm auf den Kopf zusagte – dieses sein Gesuch um die Errichtung eines neuen Kuhstalls auf Kosten seiner Grundherrin, um im nächsten Jahre den Pachtschilling von dem beiseite gebrachten und zu Geld gemachten Dünger bezahlen zu können, nachdem er, wie sie unumwunden feststellte, die reichen Weiden bis zum Weißbluten ausgebeutet hatte. Ich konnte nicht umhin, die Stärke seiner Habgier zu bewundern, der zuliebe er jeglichem Schrecken die Stirne zu bieten wagte, auch diesem, der ihm nun den kalten Schweiß auf die Stirn trieb.

Ich hörte auf, gegen das Leder zu klopfen – ich war in der Tat eben dabei, die Kosten des Stalles zu berechnen –, da fühlte ich meine hängende Hand erfaßt und sanft zwischen den weichen Händen eines Kindes umgewendet. So hatte ich schließlich doch triumphiert. Ein Augenblick, und ich würde mich umdrehen und endlich Bekanntschaft schließen mit diesen schnellfüßigen Wanderern ... Aber da fiel ein kleiner hauchender Kuß mitten in meine Handfläche – eine Gabe, wie ich sie, ach, dereinst so oft erhalten, dargebracht in der Erwartung, daß die Finger sich darum schließen sollten. Die zutrauliche, ein wenig vorwurfsvolle Mahnung eines wartenden Kindes, das nicht gewohnt ist, vernachlässigt zu werden, selbst wenn die Erwachsenen beschäftigt sind – Fragment einer Zeichensprache, mir so vertraut vor langer Zeit.

Da *wußte* ich. Und es war, als hätte ich es vom ersten Tag an gewußt, an dem ich quer über den Rasen zu dem hohen Fenster hinaufgeblickt hatte. Ich hörte eine Tür sich schließen. Die Frau wandte sich schweigend zu mir, und ich fühlte, daß auch sie wußte.

Wie viele Zeit danach verging, weiß ich nicht. Vom Fallen eines Scheites aufgeschreckt, erhob ich mich mechanisch, um es zurückzulegen. Dann kehrte ich an meinen Platz zurück.

»Jetzt verstehen Sie«, flüsterte sie durch die gedrängten Schatten.

»Ja, jetzt verstehe ich. Ich danke Ihnen.«

»Ich – ich höre sie nur.« Sie neigte den Kopf in ihre Hände. »Ich habe kein Recht, wissen Sie. Ich habe keines geboren noch verloren, weder geboren noch verloren.«

»Dann seien Sie sehr froh«, sagte ich, denn meine Seele war in mir aufgerissen.

»Verzeihen Sie mir!« Sie war still, und ich kehrte zu meiner Freude und zu meinem Kummer zurück.

»Es war, weil ich sie so liebte«, sagte sie endlich mit gebrochener Stimme. »Das war's, warum es so kam, schon von Anfang an, schon sogar ehe ich wußte, daß *sie* – *sie* alles sein werden, was ich je besitzen sollte. Und ich liebte sie so.«

Sie breitete ihre Arme nach den Schatten aus und nach den Schatten im Schatten. »Sie kamen, weil ich sie liebte – weil ich sie brauchte. Ich – ich muß sie herbeigelockt haben. War das unrecht, glauben Sie?«

»Nein – nein.«

»Ich – ich gebe Ihnen zu, daß das Spielzeug und alle diese Sachen Unsinn waren – aber ich haßte leere Zimmer so sehr, als ich selbst noch klein war.« Sie zeigte auf die Galerie. »Und die Gänge sind alle leer ... Und wie hätte ich je die geschlossene Gartentür ertragen sollen? Nehmen Sie an ...«

»Reden Sie nicht, ich beschwöre Sie, reden Sie nicht!« rief ich. Im Zwielicht rann kalter Regen in stürmischen Böen nieder und klopfte an die bleigefaßten Fenster.

»Und ebenso ist's mit dem Feuer, das ich die ganze Nacht brennen lasse. Ich finde das nicht so töricht. Und Sie?«

Ich blickte auf den breiten Ziegelkamin, und durch Tränen, glaube ich, sah ich, daß keinerlei eisernes Gerät darauf oder in der Nähe lag[1], und neigte den Kopf.

1. Nach altem, noch heute im ländlichen England bestehendem Glauben verscheucht Eisen die Geister – würde hier also die Geister der toten Kinder verscheucht haben, auch des Dichters eigenes totes Töchterchen, das er eben an vertrautem Kuß in seine Hand erkannt hat. (A. d. Ü.)

»Ich tat das alles und manches andere noch, um sie zutraulich zu machen. Dann kamen sie. Ich hörte sie, aber ich wußte nicht, daß sie nicht mein waren von Rechts wegen, bis Frau Madden mir sagte –«

»Die Frau des Dieners? Was sagte sie?«

»Eines von ihnen – ich hörte es – sah sie. Und sie wußte: ihres! Nicht für mich! Ich wußte es zuerst nicht. Vielleicht war ich eifersüchtig. Später begann ich zu verstehen, daß es nur war, weil ich sie liebte, nicht weil ... Ach, man muß gebären oder verlieren«, sagte sie kläglich. »Es gibt nichts anderes – und doch lieben sie mich. Sie müssen! Nicht wahr?«

Kein Geräusch war in dem Raum außer den Stimmen der leckenden Flammen, doch wir beide lauschten aufmerksam, und sie wenigstens fand in dem, was sie hörte, Trost. Sie faßte sich und erhob sich halb. Ich saß still in meinem Sessel bei dem Ofenschirm.

»Halten Sie mich nicht für erbärmlich, weil ich so um mich jammere, aber – ich bin ganz im Dunkel, wissen Sie, und Sie können sehen.«

In Wahrheit, ich konnte sehen, und was ich sah, bestärkte mich in meinem Entschluß, obwohl es war, als rissen sich Leib und Seele voneinander. Dennoch wollte ich eine kleine Weile noch bleiben, da es das letzte Mal war.

»Sie glauben also, es sei unrecht?« rief sie schrill, obgleich ich nichts gesagt hatte.

»Nein. Nicht für Sie. Tausendmal nein. Für Sie ist es recht ... Ich bin Ihnen dankbar über alle Worte hinaus. Für mich wäre es unrecht. Nur für mich ...«

»Warum?« sagte sie, fuhr aber mit der Hand über ihr Gesicht, wie sie es bei unserm zweiten Zusammentreffen im Walde getan hatte. »Oh! Ich verstehe«, fuhr sie fort, schlicht wie ein Kind. »Für Sie wäre es unrecht.« Dann mit einem kleinen innerlichen Lachen: – »und erinnern Sie sich, ich nannte Sie einmal glücklich – das erste Mal. Sie, der Sie doch nie wieder herkommen dürfen!«

Sie verließ mich, damit ich noch eine kleine Weile bei dem Ofenschirm sitzen könne. Und ich hörte oben das Geräusch ihrer Schritte die Galerie entlang verhallen.

Kipling

Das Dschungelbuch

Das neue Dschungelbuch

Rudyard Kipling

Das Dschungelbuch
Das neue Dschungelbuch

Ins Deutsche übertragen von
Dagobert von Mikusch

List Verlag
München · Leipzig

Die Redaktion der Gesamtausgabe von 1965, auf der diese Ausgabe beruht, besorgte Dr. Johannes Gottwald.

Bei indischen Wörtern und Namen wurde weitgehend die englische Schreibung beibehalten, um das Lokalkolorit Kolonial-Indiens und die Sprachatmosphäre Kiplings möglichst zu bewahren.
Soweit diese Wörter jedoch im Deutschen als Fremdwörter ihren festen Platz haben (etwa Radscha, Hadschi, Kaschmir, Krischna) wurden sie in deutscher Form wiedergegeben.

Sonderausgabe 1993

ISBN 3-471-77990-6

Gesamtherstellung: Ebner Ulm

Inhalt

Das Dschungelbuch

Das neue Dschungelbuch

Mowglis Brüder

Nun bringt der Weih die dunkle Nacht,
Und Mang, die Fledermaus, erwacht.
Der Stall birgt alles Herdentier,
Denn bis zum Morgen herrschen wir!
Die Stunde stolzer Kraft hebt an
Für Prankenhieb und scharfen Zahn.
Jagdheil! und kühn gehetzt, gerafft:
Das Dschungelrecht ist jetzt in Kraft.

Nachtgesang in der Dschungel

Gegen sieben Uhr an einem recht schwülen Sommerabend in den Seeonee-Bergen erwachte Vater Wolf, gähnte, reckte sich und streckte die Läufe, einen nach dem anderen, um das Schlafgefühl in den Pfoten loszuwerden. Neben ihm lag Mutter Wolf, die lange graue Nase quer über den vier winselnden und quarrenden Jungen, und von draußen her schien der Mond in die Höhle, in der sie alle hausten.

»A-ruff«, knurrte Vater Wolf, »schon wieder Zeit, auf Jagd zu gehen.« Gerade wollte er den Hang hinabsetzen, als am Eingang der Höhle ein kleiner Schatten mit buschiger Rute erschien und winselte: »Glück sei mit dir, Häuptling der Wölfe! Und viel Glück deinen edlen Kindern, weiße, scharfe Zähne sollen ihnen wachsen. Mögen sie nie die Hungernden und Darbenden vergessen in dieser Welt!«

Der Schakal war es – Tabaqui, der Schüssellecker. Die Wölfe in Indien verachten ihn, weil er Unheil stiftend umherschweift und böse Geschichten erzählt. Ja, er verschlingt sogar alte Lumpen und Lederstücke von den Abfallhaufen der Dörfer. Aber sie fürchten ihn auch, denn Tabaqui wird leicht von Tollwut befallen, viel leichter als irgendein anderes Tier in der Dschungel. Dann vergißt er, daß er je Angst gehabt hat, rennt blindwütend durch die Wälder und beißt und würgt alles, was ihm in den Weg kommt. Dann flüchtet selbst der Tiger vor dem kleinen Tabaqui und verbirgt sich im Dickicht; denn von der Tollwut befallen zu werden, ist die größte Schande für die Tiere der Wildnis. Wir Menschen nennen es Hydrophobie, aber die Bewohner der Dschungel sagen einfach *Dewanee* – Wahnsinn – und flüchten davon.

»Tritt ein und schau«, sagte Vater Wolf. »Fraß findest du hier nicht.«

»Für einen Wolf wohl kaum«, antwortete Tabaqui. »Aber für ein so niedriges Geschöpf wie mich ist ein trockener Knochen ein Festschmaus. Wer sind wir denn, wir Gidur-log, wir armes Schakalvolk, daß wir wählerisch sein könnten?« Er trat in den Hintergrund der Höhle und fand dort den Knochen eines gerissenen Bocks mit noch etwas Fleisch daran; bald saß er und knackte vergnügt an dem Knochen.

»Tiefen Dank für das prächtige Mahl«, sagte er, sich die Lippen leckend. »Ah, wie schön sind die edlen Kinder! Wie groß und klar sind ihre Augen. Und so jung sind sie noch, die lieben Kleinen! Freilich – freilich, es ist ja allbekannt, daß Kinder von Königen schon Männer sind von Geburt an.«

Nun wußte Tabaqui ebensogut wie jeder andere, daß man nichts Unschicklicheres tun kann, als Kinder ins Gesicht hinein zu loben – denn das ist von schlimmer Vorbedeutung. Und es freute ihn, als Vater und Mutter Wolf betreten schwiegen.

Noch eine Weile saß Tabaqui und weidete sich an dem Unheil, das er angerichtet hatte. Dann sagte er boshaft:

»Schir Khan, der Gewaltige, hat seine Jagdgründe verlegt. Hier in diesen Hügeln wird er jagen im nächsten Mond – so sagte er mir selbst.«

Schir Khan war der Tiger, der an den Ufern des Waingungaflusses lebte – ungefähr zwanzig Meilen entfernt.

»Dazu hat er kein Recht!« brauste Vater Wolf auf. »Nach dem Gesetz der Dschungel darf er seine Jagdgründe nicht wechseln ohne vorherige Ankündigung. Alles Wild wird er uns vergrämen auf zehn Meilen im Umkreis, und ich – ich muß jetzt jagen für zwei.«

»Seine Mutter nannte ihn nicht ohne Grund Lungri, den Lahmen«, warf Mutter Wolf ein. »Lahm auf einem Fuß ist er von Geburt an. Darum auch reißt er nur Rindvieh. Nun sind die Dörfler am Waingunga zornig über ihn, und jetzt kommt er hierher und wird unsere Dörfler aufbringen. Um seinetwillen werden sie die Dschungel ausräuchern, wenn er schon wieder weit fort ist; wir aber und unsere Jungen müssen dann flüchten, wenn das Gras in Brand gesteckt ist. Wahrlich, sehr dankbar sind wir ihm, dem großen Schir Khan!«

»Soll ich ihm vielleicht euren Dank überbringen?« fragte Tabaqui.

»Pack dich!« jappte Vater Wolf. »Geh zu deinem Herrn und Meister! Unheil genug hast du gestiftet in einer Nacht!«

»Ich gehe!« sagte Tabaqui gelassen. »Da könnt ihr ihn schon hören, den Schir Khan, drunten im Dickicht. Die Botschaft konnte ich mir sparen.«

Lauschend spitzte Vater Wolf die Ohren. Da vernahm er unten im Tal, das sich zu einem kleinen Bach hinabsenkt, das ärgerliche, schnarrende, näselnde Gewinsel eines Tigers, der nichts geschlagen hat und den es nicht kümmert, daß alles Dschungelvolk sein Mißgeschick erfährt.

»Der Narr, der!« knurrte Vater Wolf. »Die Nachtarbeit mit solchem Lärm zu beginnen! Glaubt er etwa, daß unsere Böcke ebenso dumm sind wie seine fetten Ochsen am Waingungafluß?«

»Still!« sagte Mutter Wolf. »Still, Alter. Hörst du denn nicht? Weder Ochse noch Bock hetzt er heute ... den Menschen jagt er!«

Das Gewinsel des Tigers ging nun über in ein langgezogenes, summendes Schnurren – so laut und doch so unbestimmt, daß es schien, als käme es aus allen Himmelsrichtungen zugleich. Das war das Summen, das den Holzfällern und Zigeunern, die in den Lichtungen rasten, das Blut erstarren macht – kopflos fliehen sie dann, stürzen wie von Sinnen davon, oft gerade hinein in den Rachen des Tigers.

»Menschen!« wiederholte Vater Wolf und fletschte seine weißen Zähne. »Puh! Gibt es denn nicht genug Gewürm und Frösche in den Sümpfen, daß er Menschen fressen muß ... und noch dazu in unserem Gebiete?«

Das Gesetz der Dschungel, das nichts ohne guten Grund vorschreibt, verbietet den Tieren, Menschen anzugreifen, mit der einzigen Ausnahme, wenn ein Tier seine Jungen das Jagen und Töten lehrt. Das aber darf nur abseits geschehen, niemals in den Jagdgründen des eigenen Rudels oder Stammes. Der wahre Grund dafür ist, daß früher oder später, wenn ein Mensch getötet ist, die Bleichgesichter anrücken auf Elefanten, mit Büchsen bewaffnet, begleitet von Hunderten von braunen Dienern, mit Gongs, Raketen und Fackeln. Dann haben alle in der Dschungel zu leiden. Die Tiere aber geben als Grund an, daß der Mensch das schwächlichste und wehrloseste aller Geschöpfe ist, daher sei es unsportlich, ihn anzugreifen. Sie sagen ferner – und das ist die Wahrheit –, vom Menschenfleisch würden sie räudig und verlören die Zähne.

Lauter wurde das Schnurren und endete plötzlich in einem scharfen, tiefkehligen »Aaaoh!« beim Aufsprung des Tigers.

Dann ertönte Geheul – untigerisches Geheul und Gemaunz von Schir Khan. »Er hat gefehlt«, sagte Mutter Wolf. »Was war es?«

Vater Wolf trabte ein paar Schritte vor die Höhle und vernahm das wütende Geheul Schir Khans, der in den Büschen im Talgrund herumfegte.

»So ein Dummkopf«, brummte Vater Wolf. »In das Feuer eines Holzfällers ist er gesprungen und hat sich dabei die Pfoten verbrannt! Tabaqui ist bei ihm.«

»Etwas kommt den Hügel herauf«, flüsterte Mutter Wolf und stellte einen Lauscher hoch. »Aufgepaßt!«

In dem Gebüsch raschelte es leise, und Vater Wolf duckte sich, zum Sprunge bereit. Dann aber geschah etwas höchst Seltsames. Der Wolf war gesprungen, bevor er noch das Ziel erkannt hatte, und suchte sich nun plötzlich mitten im Satze aufzuhalten. Die Folge war, daß er vier oder fünf Fuß kerzengerade in die Luft schoß und fast auf derselben Stelle landete, von der er abgesprungen war.

»Ein Mensch!« stieß er hervor. »Ein Menschenjunges! Sieh nur!«

Gerade vor ihm, an einen niedrigen Zweig geklammert, stand ein nackter, brauner Junge, der eben erst laufen gelernt hatte – ein ganz zartes, kleines, krauslockiges Wesen, das da in der Nacht zu einer Wolfshöhle gekommen war. Es sah dem Wolf ins Gesicht und lachte.

»Was?« fragte Mutter Wolf. »Ist *das* ein Menschenjunges? Ich habe noch nie eins gesehen. Bring es her!«

Wölfe, die ihre eigenen Jungen über Stock und Stein tragen, können, wenn nötig, ein Ei zwischen die Zähne nehmen, ohne es zu zerbrechen. Obgleich sich Vater Wolfs Rachen über dem Kinde schloß, so hatten seine spitzen Zähne doch nicht einmal die weiche Haut des strampelnden Kleinen geritzt, als er ihn zu seinen eigenen Jungen legte.

»Wie winzig! Wie nackt und – wie tapfer!« sagte Mutter Wolf sanft. Der Kleine drängte die Wolfsjungen beiseite, um dicht an das warme Fell der Mutter zu gelangen. »Ahai, er sucht seine Nahrung ganz wie die anderen. Das also ist ein Menschenjunges? Sag, hat sich je eine Wölfin rühmen können, ein Menschenjunges unter ihren Kindern zu haben?«

»Hier und dort hörte ich davon, doch niemals in unserem Rudel oder zu meiner Zeit«, antwortete Vater Wolf. »Wahrhaftig, ganz ohne Haar ist der Körper. Mit einem Prankenschlag könnte ich es zerquetschen. Aber sieh doch, wie es aufschaut zu uns, und nicht ein bißchen Angst hat es.«

Da plötzlich wurde es dunkel in der Höhle. Dem Mondlichte wurde der Eintritt versperrt, denn Schir Khans mächtiger, eckiger Kopf und breite Schultern schoben sich in den Eingang. Tabaqui rief hinter ihm her mit schriller Stimme:

»Hier, mein Gebieter – hier ist es hineingegangen.«

»Schir Kahn erweist uns große Ehre!« sagte Vater Wolf, doch Zorn glomm in seinen Augen. »Was wünscht Schir Khan?«

»Meine Beute! Ein Menschenjunges ist hier hereingeflüchtet! Seine Eltern sind davongelaufen. Gib es heraus! Es gehört mir!«

Wie Vater Wolf gesagt hatte, war Schir Khan in das Feuer eines Holzfällers gesprungen, und der Schmerz in den verbrannten Pfoten machte ihn rasend. Aber Vater Wolf wußte, daß die Öffnung der Höhle zu klein sei, um dem Tiger Eingang zu gestatten. Schon in seiner jetzigen Stellung waren Schir Khans Schultern und Vordertatzen eingezwängt, und er glich einer wütenden Katze, die vergebens versucht, in ein Mauseloch zu dringen.

»Wir Wölfe sind ein freies Volk«, sagte der Wolf. »Unsere Befehle nehmen wir nur von dem Führer des Rudels, aber nicht von irgendeinem gestreiften Viehmörder. Das Menschenjunge gehört uns. Wir können es töten oder am Leben lassen, ganz nach unserem Belieben!«

»Belieben oder Nichtbelieben! Was schwatzt du für dummes Zeug? Bei dem Ochsen, den ich soeben schlug, soll ich hier stehen und mir die Nase wundstoßen am Eingang eurer Hundebehausung, um das zu verlangen, was mir gebührt? Schir Khan ist es, der mit dir spricht!«

Des Tigers Gebrüll erfüllte die Höhle mit rollendem

Donner. Mutter Wolf schüttelte ihre Jungen von sich ab; sie sprang vor, und ihre Augen starrten wie zwei grüne Mondsicheln in der Dunkelheit auf die beiden lohenden Lichter im gewaltigen Kopfe Schir Khans.

»Und ich, Rakscha, der Dämon, bin's, der jetzt spricht und dir antwortet. Das Menschenjunge gehört mir, du lahmer Lungri – und mein wird es bleiben. Es soll nicht getötet werden! Es soll leben, um mit dem Pack zu rennen und zu jagen, und zuletzt – sieh dich vor, du großer Jäger kleiner, nackter Jungen, du alter Paddenfresser, du Fischfänger! –, sieh dich vor, denn zuletzt, ganz zuletzt soll es dich hetzen, unser kleines Menschenjunges, ja, und soll dir das Fell über die Katzenohren ziehen. Und nun pack dich fort! Oder ich schwör's bei dem letzten Sambhur, den ich schlug (ich vergreife mich nicht am hungrigen Herdenvieh), ich schwör's, du verbranntes Biest, lahmer sollst du zu deiner Mutter zurückkehren, als du zur Welt gekommen bist. Fort mit dir!«

Ganz verblüfft blickte Vater Wolf sie an. Fast vergessen hatte er die Zeit, da er Mutter Wolf sich errang im offenen, ehrlichen Kampf gegen fünf andere Wölfe – damals, als sie mit dem Pack lief und nicht umsonst der Dämon genannt wurde.

Schir Khan würde es wohl mit Vater Wolf aufgenommen haben, aber gegen Mutter Wolf anzugehen, das wagte er denn doch nicht, denn er wußte, daß sie alle Vorteile der Lage für sich hatte und es einen Kampf auf Tod und Leben geben würde. So zog er sich knurrend aus dem engen Eingang zurück und brüllte, als er frei war:

»Im eigenen Hof kläfft jeder Hund! Aber wir wollen doch erst einmal sehen, was das Rudel zu dieser Geschichte sagen wird. Mir allein gehört das Menschenjunge, und zwischen meine Zähne wird es doch noch kommen zuletzt, ihr buschschwänzigen Spitzbuben, ihr!«

Mutter Wolf warf sich keuchend zwischen ihre Jungen nieder, und Vater Wolf sagte jetzt mit besorgter Miene: »Schir Khan hat nicht ganz unrecht. Das Menschenjunge muß dem Rudel gezeigt werden. Willst du es wirklich behalten?«

»Wirklich behalten?« fragte sie entrüstet. »Nackt und ganz allein kam es zu uns in der Nacht und sehr hungrig und hatte doch nicht ein bißchen Furcht. Sieh doch nur, jetzt hat es schon wieder eins meiner Kinder beiseite gedrückt. Und dieser lahme Viehschlächter hätte es beinahe verschlungen und sich dann zum Waingungaflusse aus dem Staube gemacht, während die Dorfbewohner hier alle Schlupfwinkel durchsucht hätten, um Rache zu nehmen! Ihn behalten? Natürlich will ich das. Lieg still, kleiner Frosch. Oh, mein Mowgli – denn Mowgli, Frosch, werde ich dich nennen –, der Tag wird für dich kommen, diesen Schir Khan zu jagen und zu hetzen, wie er dich heute gehetzt hat!«

»Aber was wird unser Rudel dazu sagen?« meinte Vater Wolf.

Das Gesetz der Dschungel stellt es jedem Wolfe frei, sich von dem Rudel zu trennen, wenn er die Wölfin in sein Lager holt. Sobald aber seine Jungen groß genug sind, um auf eigenen Läufen zu stehen, muß er sie zur Ratsversammlung bringen, die einmal im Monat zur Zeit des Vollmonds tagt; und dort werden sie von allen Wölfen des Rats in Augenschein genommen und anerkannt. Nach dieser Musterung haben die Jungen das Recht, frei umherzustreifen; und bevor sie nicht ihren ersten Bock gerissen haben, darf unter keinen Umständen ein erwachsener Wolf sie angreifen oder töten. Das Gesetz der Dschungel ist streng, und wer gegen die Vorschrift fehlt, wird ohne Gnade mit dem Tode bestraft. Wenn man ein bißchen nachdenkt, muß man zugeben, daß es so sein muß.

Vater Wolf wartete, bis seine Kleinen laufen konnten, und dann nahm er sie alle mit Mutter Wolf und Mowgli eines Nachts mit zum Ratsfelsen, einer Hügelkuppe, die mit Steinen und Geröll bedeckt war und die wohl hundert Wölfen und mehr ein sicheres Versteck bot. Akela, der große, graue Einsiedelwolf, war dank seiner Stärke und Schläue der Führer des Rudels. Er lag lang ausgestreckt auf einem ragenden Felsblock, und etwas tiefer unterhalb kauerten mehr als vierzig Wölfe von jeder Farbe und Gestalt. Da waren dachsgraue Veteranen, die es allein mit jedem Bock aufnahmen, bis herunter zu den schwarzen, drei Jahre alten Wölfen, die meinten, sie könnten es auch. Der große, graue Einzelgänger hatte das Rudel nun schon ein Jahr lang geführt. In seiner Jugend war er zweimal in Wolfsfallen geraten, und einmal hatte man ihn beinahe erschlagen; deshalb kannte er ein gut Teil von den Sitten und Gebräuchen der Menschen.

In der Versammlung wurde wenig gesprochen. Mitten im Kreise, um den die Eltern saßen, stolperten und purzelten die Kleinen umher; ab und zu kam ein Altwolf lautlos herbei, sah sich die Jungen genau an, beschnüffelte sie sorgfältig und schritt dann wieder gravitätisch auf seinen Platz zurück. Manchmal schob eine besorgte Mutter ihr Kleines recht weit hinaus in das helle Mondlicht, um ganz sicher zu sein, daß man es nicht übersehen habe. Von seinem Felsen rief Akela immer wieder: »Ihr kennt das Gesetz – ihr kennt das Gesetz wohl! Äuget genau, ihr Wölfe!« Und ängstliche Mütter nahmen den Ruf auf und wiederholten: »Äuget – äuget genau, o Wölfe!«

Und zuletzt – Mutter Wolfs Nackenhaare stellten sich hoch – zuletzt schob Vater Wolf »Mowgli, den Frosch« in den Kreis. Da saß er lachend und spielte mit kleinen Steinchen, die im Mondlicht glänzten. Akela hob seinen Kopf nicht von den Pranken, sondern wiederholte den eintönigen Ruf: »Äuget – äuget genau!«

Da kam ein dumpfes Gebrüll hinter den Felsen hervor. Es war Schir Khans Stimme: »Das Junge gehört mir! Gebt es mir! Was hat das freie Volk mit einem Menschenjungen zu schaffen?«

Akela rührte nicht einmal die Lauscher, er sagte nur: »Äuget wohl, ihr Wölfe! Was geht das freie Volk die Weisung eines Fremdlings an?«

Da erhob sich im Rate ein Grollen und Murren. Ein junger Wolf im vierten Jahr griff Schir Khans Frage auf und warf sie Akela zu: »Was hat das freie Volk mit einem Menschenjungen zu schaffen?«

Das Gesetz der Dschungel bestimmt, daß im Falle einer Meinungsverschiedenheit, ob ein Junges im Rudel aufgenommen werden soll oder nicht, mindestens zwei Mitglieder des Rates zugunsten des Kleinen sprechen müssen, doch haben die beiden Eltern keine Stimme.

»Wer spricht für das Junge?« fragte Akela. »Wer unter dem freien Volke spricht für ihn?«

Keiner meldete sich, und Mutter Wolf machte sich bereit zu ihrem letzten Kampf – denn sie wußte, daß es ihr letzter sein würde, wenn es zum Kampfe kam.

In diesem Augenblick stellte sich Baloo auf die Hinterbeine und knurrte – Baloo, der schläfrige, braune Bär, der die jungen Wölfe das Dschungelgesetz lehrt. Der einzige Fremdling ist er im Rate der Wölfe, er kann gehen und kommen, ganz wie er will, denn er lebt nur von Nüssen, Wurzeln und Honig.

»Das Menschenjunge, das Menschenjunge?« fragte er. »Ich spreche für das Menschenjunge. Warum denn nicht? Was kann ein Menschenjunges dem Packe schaden? Wie? Schöne Reden halten kann ich nicht, aber ich spreche die Wahrheit. Nehmt ihn auf und laßt ihn mit dem Rudel laufen. Ich selbst werde ihn unterrichten.«

»Noch einen Fürsprecher brauchen wir!« sagte Akela. »Baloos Wort gilt, er ist der Lehrer der Jungen. Wer spricht noch außer Baloo?«

Ein dunkler Schatten fiel in den Kreis. Es war Bagheera, der schwarze Panther, tintenschwarz über und über, doch mit der Pantherzeichnung, die in der Seide des Felles zuweilen aufleuchtete. Jeder kannte Bagheera, und niemand kreuzte gern seinen Pfad; denn schlau war er wie Tabaqui, stark wie der Büffel und tollkühn wie Hathi, der Elefant, wenn er verwundet ist. Aber seine Stimme war sanft wie wilder Honig, der vom Baume tröpfelt, und sein Fell weicher als Flaumfedern.

»Du, Akela, und ihr, das freie Volk!« schnurrte er. »Ich habe kein Recht in eurer Versammlung; doch nach dem Dschungelgesetze kann das Leben eines Jungen, dessen Aufnahme bestritten wird, für einen Preis erkauft werden. Und das Gesetz schreibt nicht vor, wer den Preis bezahlen soll und wer nicht. Spreche ich wahr?«

»Gut, sehr gut!« jaulten die immer hungrigen jungen Wölfe. »Hört, was Bagheera sagt! Um einen Preis ist das Junge einzukaufen in das Rudel. So steht's im Gesetz!«

»Ich habe kein Recht, hier zu sprechen, so bitte ich um eure Erlaubnis!«

»Sprich nur!« schrien zwanzig Stimmen.

»Ein nacktes Junges zu töten ist Schmach und Schande. Im übrigen taugt es besser dazu, euch an ihm zu erproben, wenn es erst groß und erwachsen ist. Baloo hat gesprochen. Den Worten Baloos füge ich nur einen Bullen hinzu – fett, sage ich euch, und eben erst getötet! Keine halbe Meile liegt er von hier, wenn ihr bereit seid, das Menschenjunge aufzunehmen nach dem Gesetz. Leuchtet euch das ein?«

Da tönte es bunt durcheinander. »Warum sollten wir nicht? Was kann es schaden? Es wird ja doch im Winterregen umkommen oder in der Sonne verdorren. Was kann uns denn so ein nackter Frosch antun? Laßt ihn mit dem Rudel laufen! Wo ist dein Bulle, Bagheera! Wir stimmen für den Antrag!«

Und wieder erklang Akelas heiseres Bellen vom Felsen her: »Äuget, ihr Wölfe! Äuget genau!«

Mowgli spielte versonnen mit den Steinchen; so wurde er es gar nicht gewahr, daß die Wölfe einer nach dem anderen herankamen, um ihn zu beäugen. Dann liefen sie alle den Hügel hinab zu dem toten Bullen, und nur Akela, Bagheera, Baloo und Mowglis eigene Wölfe blieben zurück. Schir Khans Gebrüll erfüllte die Nacht, denn er war sehr zornig, daß man ihm Mowgli nicht ausgeliefert hatte.

»Heule nur!« brummte Bagheera in seinen Bart. »Heule nur! Die Zeit wird kommen, dann wird das nackte Ding dir in einer anderen Tonart aufspielen – oder ich weiß nichts vom Menschen.«

»Gut getan!« sagte Akela. »Menschen und ihre Jungen sind sehr klug. Wer weiß – er kann uns später eine Hilfe werden.«

»Wahrlich, Hilfe in der Not; denn keiner kann hoffen, das Rudel ewig zu führen«, sagte Bagheera.

Akela antwortete nicht. Er gedachte der Zeit, die für jeden Leiter eines Rudels kommt, wenn seine Stärke von ihm weicht, wenn er schwach und immer schwächer wird, bis zuletzt die eigenen Wölfe über ihn herfallen und ihn reißen. Ein neuer Führer ersteht, bis auch er an die Reihe kommt, getötet zu werden.

»Nimm das Menschenjunge fort mit dir«, sagte Akela zu Vater Wolf, »und erziehe es, wie es sich ziemt für einen vom freien Volk.«

. . . Und so geschah es, daß Mowgli im Rudel der Seeonee-Wölfe aufgenommen wurde um den Preis eines fetten Bullen und auf Baloos Fürsprache.

Zehn oder zwölf Jahre müßt ihr nun überspringen und euch selbst das seltsame Leben ausmalen, das Mowgli unter den Wölfen führte; denn alles im einzelnen zu erzählen, würde Bände füllen. Mit den Wolfsjungen wuchs er auf, aber die waren natürlich schon groß und stark, ehe noch Mowgli alle seine Milchzähne hatte. Vater Wolf lehrte ihn alles, was ein Wolf wissen mußte, und weihte ihn in das Leben der Dschungel ein, bis jedes Rascheln im Grase, jeder Hauch der warmen Nachtluft, jeder Ruf der Eule über seinem Kopf, jeder Kratzer von den Krallen der Fledermäuse, wenn sie eine Weile im Baum gerastet hatten, und jeder klatschende Sprung des kleinsten Silberfisches im Teiche – bis dies alles seine genaue Bedeutung für ihn hatte. Und wenn er nicht lernte, dann lag er in der Sonne und schlief und aß und legte sich wieder schlafen. War er durstig oder heiß, schwamm er in den Weihern des Waldes. Hatte er ein Gelüste nach Honig (Baloo sagte ihm nämlich, daß Honig und Nüsse mindestens so gut schmeckten wie Fleisch), dann kletterte er in den Bäumen umher, und Bagheera zeigte ihm, wie er das tun müsse. Der schwarze Panther war ein verständiger Lehrer. Er sprang zuerst selbst den Baum hinauf, als sei es gar kein Kunststück, streckte sich bequem auf einem Aste aus und rief: »Komm her zu mir, kleiner Bruder!« Anfänglich wollte Mowgli sich anklammern wie das Faultier, aber später schwang er sich durch die Baumkronen fast so kühn wie der graue Affe.

Er hatte bald auch seinen Platz bei dem Ratsfelsen in der Versammlung. Und hier machte er eines Tages die seltsame Entdeckung, daß die Wölfe seinen Blick nicht aushalten konnten. Starrte er einem von ihnen gerade ins Gesicht, so senkte der Wolf die Augen. Und so gewöhnte er sich daran, rein aus Mutwillen, sie anzustarren. Oft aber auch zog er mit seinen kleinen, flinken Händen die Dornen aus den Ballen seiner Freunde, denn Wölfe leiden schrecklich unter Dornen und Splittern in ihren Pfoten und ihrem Fell. Zuweilen schlich er sich des Nachts nahe an die Dörfer und betrachtete neugierig die braunen Bewohner der Hütten; aber er mißtraute den Menschen, denn Bagheera hatte ihm eine Kastenfalle gezeigt, die mit schweren Fangeisen so geschickt im Grase verborgen war, daß Mowgli beinahe hineingeraten wäre. Am liebsten ging Mowgli mit dem Panther so recht in das dunkle, feuchtwarme Herz des Urwaldes, um dort den schwülen Tag über zu schlafen und des Nachts Bagheera auf der Jagd zu begleiten. Wenn der Panther hungrig war, würgte er rechts und links alles, was ihm in den Weg kam, und so tat auch Mowgli – mit einer einzigen Ausnahme. Sobald er alt und verständig genug geworden, sprach Bagheera zu ihm: »Die ganze Dschungel gehört dir, und du darfst alles erlegen, was du zu töten vermagst – aber um des Bullen willen, für den du erkauft wurdest, darfst du niemals Rindvieh töten oder essen, es sei jung oder alt. So lautet das Gesetz der Dschungel.«

Und Mowgli gehorchte gewissenhaft. Er wuchs und wurde so stark, wie ein Knabe werden muß, der nicht weiß, was lernen heißt, und an nichts zu denken hat, als was man essen kann.

Mutter Wolf erzählte ihm ein- oder zweimal, daß man Schir Khan nicht trauen dürfe und daß er die Pflicht habe, eines Tages den Tiger zu töten. Ein Jungwolf würde zu jeder Stunde dieser Mahnung gedacht haben; Mowgli aber vergaß sie immer und immer wieder, denn er war nur ein Knabe. Er selbst würde sich allerdings einen Wolf genannt haben, hätte er die Sprache der Menschen reden können.

Häufig kreuzte Schir Khan herausfordernd Mowglis Pfad in der Dschungel; denn Akela wurde älter und schwächer, und der lahme Tiger schloß Freundschaft mit den Jungwölfen des Rudels, die ihm folgten um des Beuteabfalls willen. Das aber wäre nie geschehen in den Tagen von Akelas Macht. Schir Khan schmeichelte den jungen Wölfen und fragte oft verwundert, warum sich so starke, junge Jäger von einem verreckenden alten Wolfe und einem nackten Menschenjungen leiten ließen.

»Man erzählt sich in der Dschungel«, näselte er dann wohl höhnisch, »daß ihr in der Ratsversammlung nicht wagt, dem Menschenkind in die Augen zu schauen!« Dann knurrten die jungen Wölfe und sträubten das Fell.

Bagheera, der seine Augen und Ohren überall hatte, erfuhr davon; und er warnte Mowgli, daß Schir Khan ihm eines schönen Tages auflauern und ihn erwürgen werde. Aber Mowgli lachte nur und antwortete: »Ich habe doch das Rudel und habe dich und habe Baloo, der zwar faul geworden ist, aber immer noch für mich ein paar Schläge austeilen würde. Warum also mich fürchten?«

An einem sehr heißen Tage war es, da überkam den schwarzen Panther ein neuer Gedanke – vielleicht hatte er etwas gehört, oder Ikki, das Stachelschwein, hatte ihm davon erzählt. Kurz und gut, zu Mowgli sagte er plötzlich in der tiefsten Dschungel, als des Knaben Kopf auf Bagheeras schwarzem, schimmerndem Fell ruhte:

»Kleiner Bruder, wie oft sagte ich dir schon, daß Schir Khan dein Feind ist?«

»So oft, als Nüsse an der Palme dort hängen«, antwortete Mowgli, der natürlich nicht zählen konnte. »Doch, was soll's? Schläfrig bin ich, Bagheera, und Schir Khan ist nichts als ein langer Schwanz und ein großes Maul, wie Mao, der Pfau.«

»Aber jetzt ist nicht Zeit zum Schlafen. Baloo weiß es; ich weiß es; das Rudel weiß es, und sogar die dummen, dummen Rehe wissen's. Dir hat es auch Tabaqui erzählt.«

»Ho, ho«, höhnte Mowgli. »Tabaqui kam vor kurzem zu mir, das Maul voll frecher Redensarten: ich sei ein nacktes Menschenjunges und tauge nicht einmal, um Erdnüsse auszugraben. Aber ich, ich packte ihn beim Schwanze und schwang ihn zweimal gegen eine Palme, um ihn Anstand zu lehren.«

»Dummheit war das! Tabaqui ist zwar ein Unheilstifter, dennoch hätte er dir von Dingen erzählen können, die dich nahe angehen. Sperr die Augen auf, kleiner Bruder. Schir Khan wird es nicht wagen, dich in der Dschungel zu würgen; aber bedenke, Akela ist sehr alt geworden, und bald wird der Tag kommen, an dem er nicht mehr den Bock zu reißen vermag, und dann – hört er auf, Führer des Rudels zu sein. Viele der Wölfe, die dich damals im Rat musterten, sind nun schon ergraut; die Jungen aber hängen Schir Khan an, der ihnen vorschwatzt, daß für ein Menschenjunges kein Platz ist im Rudel. In kurzem wirst du ein Mann sein.«

»Und was ist denn ein Mann, daß er nicht mit seinen Brüdern laufen soll?« fragte Mowgli erregt. »In der Dschungel bin ich geboren, nach dem Gesetz der Dschungel habe ich gelebt. Keiner ist im Rudel, dem ich nicht schon einen Dorn aus der Pfote zog. Es sind doch meine Brüder.«

Bagheera streckte sich in seiner ganzen Länge aus und

schloß halb die Augen. »Kleiner Bruder«, sagte er, »fühle mir einmal unter den Kiefer.«

Mowgli hob seine starke braune Hand, und gerade unter Bagheeras seidigem Kinn, dort, wo die gewaltigen Muskeln spielten unter dem glänzenden Fell, da fühlte er eine kleine, kahle Stelle.

»Keiner in der Dschungel weiß, daß ich, Bagheera, dieses Zeichen trage – die Spur eines Halsringes; und doch, mein kleiner Bruder, ist es wahr, daß ich unter Menschen geboren bin, und unter Menschen siechte meine Mutter dahin und verendete – in den Käfigen des Königspalastes zu Oodeypore. Das war der Grund, warum ich den Preis für dich zahlte, als du noch ein kleines, nacktes Junges warst. Ja, auch ich kam unter Menschen zur Welt. Ich hatte niemals die Dschungel gesehen. Sie fütterten mich hinter eisernem Gitter, bis ich eines Nachts fühlte, daß ich Bagheera sei, der Panther! ... und kein Spielzeug für Menschen. Da zerbrach ich mit einem Schlag meiner Tatze das Schloß, das dumme, und war frei ... und wurde erst wirklich Bagheera, der Panther. Und weil ich Menschenbrauch kannte, wurde ich furchtbarer in der Dschungel als Schir Khan. Ist es nicht so?«

»Ja, mein Bruder, alle in der Dschungel fürchten Bagheera, alle, außer Mowgli.«

»Oh, du bist ein Menschenkind!« sagte der schwarze Panther mit zärtlichem Knurren. »Und so wie ich zur Dschungel heimkehrte, so wirst du zuletzt zu den Menschen zurückfinden, den Menschen, deinen Brüdern – wenn man dich nicht vorher im Rate tötet.«

»Aber warum? Warum sollten sie mich töten?«

»Sieh mich an!« sagte Bagheera, und Mowgli blickte ihm fest in die Augen. Nach einer halben Minute wandte der große Panther den Kopf zur Seite. »Deshalb«, sagte er und verschob die Pranke auf dem raschelnden Laubwerk. »Sogar ich vermag dir nicht gerade in die Augen zu sehen, und doch wurde ich unter Menschen geboren und liebe dich, mein kleiner Bruder. Aber die anderen hassen dich, weil deine Augen ihnen wehe tun, weil du weise bist und ihnen Dornen aus den Tatzen gezogen hast ... kurz, weil du ein *Mensch* bist!«

»Von alledem wußte ich nichts«, sagte Mowgli, und finster runzelten sich seine schwarzen Brauen.

»Wie lautet das Gesetz der Dschungel? Erst schlage und dann sprich! Gerade an deiner Sorglosigkeit sehen sie, daß du ein Mensch bist. Sei aber klug. Mir schwant, wenn Akela das nächste Mal seine Beute fehlt ... und jedesmal wird es ihm schwerer, den Bock zu packen ... dann wird das ganze Rudel über dich herfallen ... über ihn und über dich. Einen Dschungelrat werden sie halten am Felsen, dann aber – dann – – – Ich hab's!« rief Bagheera erregt und sprang auf. »Höre, kleiner Bruder, laufe so schnell du kannst ins Tal zu den Hütten der Menschen und hole die rote Blume, die sie dort hegen. Dann wirst du in der Stunde der Not einen mächtigeren Freund haben als mich oder Baloo oder die vom Rudel, die dich lieben. Lauf schnell und hole die rote Blume!«

Bagheera meinte mit der roten Blume das Feuer; aber kein Tier der Dschungel wird das Feuer bei seinem Namen nennen. In großer Furcht leben alle vor dem glühenden Atem der Flamme und erfinden hundert Worte, sie zu umschreiben.

»Die rote Blume?« fragte Mowgli. »Die wächst vor den Hütten in der Dämmerung. Ich will sie holen!«

»So spricht ein Menschenjunges!« erwiderte Bagheera mit Stolz. »Vergiß nicht, in kleinen Töpfen wächst sie. Und nun fort! Eile! Und bewahre sie wohl für die Zeit der Not!«

»Gut!« sagte Mowgli. »Ich laufe. Aber bist du sicher, mein lieber Bagheera«, er schlang seinen Arm um den glänzenden Hals seines Freundes und sah ihm tief in die großen Augen, »bist du auch ganz sicher, daß alles das Schir Khans Werk ist?«

»Bei dem gesprengten Schloß, das mich befreite, sicher bin ich, kleiner Bruder.«

»Dann, bei dem Bullen, der mein Kaufpreis war, dann will ich Schir Khan voll heimzahlen und vielleicht auch ein wenig mehr, als ich ihm schulde.« Und mit langen Sätzen sprang Mowgli davon.

Ja, Mensch! Ganz und gar Mensch, dachte Bagheera, sich wieder lagernd. »Oh, Schir Khan, niemals gab es schlimmere Jagd als deine Froschhetze vor zehn Jahren!«

Mowgli rannte und rannte durch den Wald, und hoch schlug ihm das Herz. Als der Abendnebel stieg, gelangte er zu der Höhle, schöpfte Atem und blickte hinab ins Tal. Seine

Brüder waren fort, aber Mutter Wolf lag hinten im Dämmer der Höhle. Sie hörte seinen keuchenden Atem und wußte sogleich, daß ihr kleiner Frosch Kummer hatte.

»Was hast du, Sohn?« fragte sie.

»Ach, nichts, nichts, nur dummes Geschwätz von Schir Khan!« rief er zurück. »Ich jage auf den gepflügten Feldern heute nacht!« und fort war er, seinen Weg durch das Dickicht bahnend, fort zum Flusse im Talgrunde. Da plötzlich stutzte er, denn er vernahm das Geheul des jagenden Rudels, hörte dumpfes Röhren gehetzter Sambhurhirsche und das wilde Schnauben des Bockes, der sich den Verfolgern stellte. Dann ertönte das höhnische, böse Heulen der jungen Wölfe. »Akela, Akela! Der Einsiedelwolf zeige seine Stärke. Platz dem Führer des Rudels. Spring an, Akela!«

Und Akela sprang, mußte aber gefehlt haben, denn Mowgli hörte das scharfe Zuklappen des Gebisses und gleich darauf ein Wehgeheul, als der wütende Hirsch mit seinen Vorderläufen den Wolf niederschlug.

Mowgli verharrte nicht länger, sondern preschte weiter. Das Bellen und Heulen hinter ihm ward schwächer, als er durch die Äcker und Saatfelder lief zu den Wohnungen der Menschen.

»Bagheera sprach wahr«, keuchte er und ließ sich auf einem Strohhaufen neben dem Fenster einer Hütte niederfallen, »morgen gilt's uns beiden – Akela und mir!«

Dann erhob er sich geräuschlos, preßte das Gesicht gegen das kleine Fenster und beobachtete das Feuer auf dem Herd. Er sah, wie in der Nacht das Weib des Dörflers aufstand und dem Feuer kleine schwarze Stücke zur Nahrung gab. Als dann der Morgen anbrach und weiß und kalt die Nebel zogen, gewahrte er, wie der Knabe des Dörflers einen Weidenkorb nahm, der innen mit Lehm ausgelegt war, Stücke rotglühender Holzkohle hineintat, ihn zudeckte und hinaustrat, um nach den Kühen im Stall zu sehen.

»Ist das alles?« sagte Mowgli zu sich. »Wenn das ein Menschenjunges tun kann, so ist keine Gefahr dabei.« Er bog rasch um die Ecke, trat auf den Knaben zu, entriß ihm den Topf und war im Nebel verschwunden, während der Junge in ein Angstgeheul ausbrach.

Sie sehen ganz aus wie ich – die Menschen, dachte Mowgli und blies in den Topf, wie es die Frau gemacht hatte. Es wird sterben, wenn ich es nicht füttere. Und er legte kleine Zweige und Baumrinde auf die rote Blume. Er war schon wieder weit den Berg hinauf, als er Bagheera traf, auf dessen Fell die Tautropfen des Morgens wie Mondsteine glänzten.

»Akela hat den Sprung verfehlt«, erzählte der Panther. »Sie hätten ihn schon diese Nacht getötet, aber auch dich wollten sie haben. Überall suchten sie nach dir.«

»Bei den Hütten der Menschen war ich. Jetzt bin ich bereit. Sieh!« Er hielt den rauchenden Topf in die Höhe.

»Gut, aber höre. Ich sah, wie die Menschen einen trockenen Ast in die Masse bohrten, und dann blühte plötzlich die rote Blume an seinem Ende auf. Hast du keine Angst?«

»Nein! Warum sollte ich denn? Jetzt entsinne ich mich – wenn es kein Traum war –, wie ich einst, bevor ich ein Wolf wurde, neben der roten Blume lag; warm war sie und freundlich.«

Mowgli saß den ganzen Tag in der Höhle bei seinem Feuertopfe und steckte trockene Zweige hinein, um zu sehen, wie die rote Blume aufzüngelte. Zuletzt fand er einen starken Ast, der ihm gefiel. Am Abend dann, als Tabaqui in die Höhle kam und ihm höhnisch zurief, er werde gewünscht auf dem Ratsfelsen, da lachte er und lachte, bis Tabaqui entsetzt davonlief. Und lachend noch ging Mowgli zur Ratsversammlung der Wölfe.

Akela, der Einsiedelwolf, lagerte am Fuß seines felsigen Sitzes zum Zeichen, daß die Führerschaft des Rudels frei war. Schir Khan schritt stolz auf und ab, umschmeichelt von seinem Anhang, den abfallfressenden Wölfen. Bagheera lag dicht bei Mowgli, der den Feuertopf zwischen den Knien hielt. Als alle vollzählig versammelt waren, hob Schir Khan an zu sprechen, wie er's zur Zeit von Akelas kraftvoller Führung nie gewagt haben würde.

»Er hat kein Recht zu reden«, flüsterte Bagheera. »Sage ihm das! Ein Hundesohn ist er! Sag es ihm! Er wird dann Furcht haben!«

Mowgli sprang auf. »Freies Volk!« rief er. »Ist Schir Khan des Rudels Führer? Was hat ein Tiger mit der Führerschaft zu tun?«

»In Anbetracht dessen, daß die Führerschaft frei ist – in Anbetracht, daß ich ersucht worden bin, zu sprechen ...«, begann Schir Khan.

»Ersucht? Von wem?« rief Mowgli. »Sind wir denn alle Schakale, daß wir vor diesem lahmen Viehschlächter kriechen? Die Führerschaft über das Rudel steht ganz allein dem Rudel zu.«

Wildes Geschrei erhob sich: »Schweige, du Menschenjunges!« Und andere riefen: »Er rede! Er hat das Gesetz gehalten!« Endlich übertönte die donnernde Stimme der Ältesten des Rudels das Gewirr: »Der tote Wolf soll sprechen. Akela hat das Wort.« Sobald nämlich der Führer des Rudels seine Beute verfehlt hat, wird er der »tote Wolf« genannt, solange er noch am Leben ist.

Akela hob müde sein graues Haupt und sagte:

»Freies Volk, und auch ihr, Schakale Schir Khans! Zwölf Jahre lang führte ich euch vom Lager zum Schlagen, vom Schlagen zum Lager, und während der ganzen Zeit geriet keiner in Fallen, kam keiner zu Schaden. Nun habe ich meine Beute gefehlt. Ihr alle wißt von der Verschwörung gegen mich. Ihr wißt, wie ihr mich zu dem Bock in der Brunft gebracht habt, um dem Rudel meine Schwäche zu zeigen. Die Falle war gut gestellt. Euer Recht ist nun, mich hier am Ratsfelsen zu töten. Ich frage daher, wer kommt an, um mit dem alten Führer ein Ende zu machen? Denn mein Recht ist nach Dschungelgesetz, daß ihr einzeln kommt, um mit dem alten Führer ein Ende zu machen. Denn mein Recht ist nach Dschungelgesetz, daß ihr einzeln kommt, um mich anzugehen, einer nach dem anderen.«

Tiefes Schweigen herrschte ringsum; niemand regte sich, denn keiner hatte den Mut, Akela zu Tode zu kämpfen. Da brüllte Schir Khan:

»Bah! Was haben wir denn mit diesem zahnlosen Narren zu schaffen? Er ist sowieso dem Tode verfallen! Aber das Menschenjunge ist's, um das es sich handelt! Freies Volk, er war meine Beute von Anbeginn! Liefert ihn mir aus! Meine Geduld mit ihm ist zu Ende! Dieser Menschenwolf hat zehn Jahre lang in der Dschungel sein Unwesen getrieben! Gebt ihn heraus, oder ... ich schwör's ... ich werde immerdar in euren Gründen jagen und keinen trockenen Knochen übriglassen. Mensch ist er, eines Menschen Kind – ich hasse ihn, bis in das Mark meiner Gebeine hasse ich ihn!« Mehr als die Hälfte des Rudels heulte:

»Ein Mensch ist er! Was haben wir mit einem Menschen zu schaffen? Zum Menschenpack gehe er, wo er hingehört!«

»Um alle Dörfler gegen uns aufzuhetzen?« fragte Schir Khan. »Nein, gebt ihn mir. Mensch ist er, und keiner von uns vermag ihm in die Augen zu blicken.«

Wieder erhob Akela den grauen Kopf. »Er hat mit uns sich gesättigt. Er hat mit uns geschlafen. Er hat uns das Wild zugejagt. Er hat niemals ein Gesetz der Dschungel gebrochen.«

»Ich zahlte einen Bullen für ihn als Preis für seine Aufnahme. Gewiß, der Wert eines Bullen ist gering, aber für seine Ehre wird Bagheera möglicherweise zu kämpfen wissen«, sagte der Panther mit sanfter Stimme.

»Ein Bulle, vor zehn Jahren bezahlt«, knurrte das Rudel. »Was kümmern uns alte gebleichte Knochen?«

»Auch nicht Verträge?« Bagheera fletschte sein weißes Gebiß. »Freies Volk nennt man euch und mit Recht.«

»Kein Menschenjunges darf laufen und leben mit den Völkern der Dschungel«, heulte Schir Khan. »Gebt ihn mir frei!«

»Er ist unser Bruder in allem – nur nicht im Blute!« fuhr Akela fort, »und dennoch wollt ihr ihn erwürgen? Wahrlich, zu lange schon habe ich gelebt! Manche unter euch sind Viehfresser geworden, und andere – so hörte ich sagen – schleichen sich nachts im Gefolge Schir Khans in die Dörfer und stehlen kleine Kinder von den Türschwellen! Feiglinge seid ihr und Hundegezücht, und zu Feiglingen spreche ich jetzt. Ich bin dem Tode verfallen, und keinen Wert hat mein Leben, sonst würde ich es euch anbieten, um das Menschenjunge zu retten. Aber um der Ehre des Rudels willen, die ihr – führerlos geworden – vergaßt, schwöre ich euch, daß ich mich nicht wehren will, wenn meine Zeit kommt, zu sterben! Laßt das Menschenjunge in sein Dorf zurückkehren, und ich lasse mich willig von euch zerreißen, ohne zu kämpfen! Das wird zum mindesten dreien aus dem Rudel das Leben retten. Mehr kann ich nicht tun; aber wenn ihr wollt, kann ich euch die Schande ersparen, einen Bruder zu töten, gegen den keine Klage ist – einen Bruder, für den man sprach und den man einkaufte ins Pack nach dem Gesetz der Dschungel.«

»Er ist ein Mensch – Mensch – Mensch!« knurrte wütend das Rudel, und die meisten Wölfe begannen sich um Schir Khan zu scharen, dessen Schwanz die Luft peitschte.

»Jetzt ist's an dir!« sagte Bagheera zu Mowgli. »Uns bleibt nur der Kampf!«

Mowgli stand aufrecht, den Feuertopf in den Händen. Dann streckte er die Arme aus und gähnte den knurrenden Wölfen gerade ins Gesicht. Aber im Herzen war er rasend vor Wut und Trauer, denn nach Wolfsart hatten die Wölfe ihn niemals merken lassen, wie sehr sie ihn haßten.

»Hört jetzt, ihr da!« rief er. »Überflüssig ist all dieses Hundegekläff! Gern wäre ich mit euch ein Wolf geblieben, bis zu meines Lebens Ende – aber immer wieder habt ihr's mir heute gesagt, ich sei ein Mensch, und ich fühlte, eure Worte sind wahr! Und so nenne ich euch hinfort nicht mehr meine Brüder, sondern *Sag*[1], wie dem Menschen geziemt. Was ihr tun oder nicht tun werdet, das habt nicht *ihr* zu bestimmen – das ist allein meine Sache. Und damit euch das deutlich wird, darum habe ich, der Mensch, zu euch die rote Blume gebracht, vor der ihr Hunde euch fürchtet!«

Er warf den Feuertopf um, und rote Kohlen fielen auf trockenes Moos, das aufflammte; entsetzt wich das Wolfspack zurück vor den aufzüngelnden, glühenden Schlangen.

Mowgli hielt den trockenen Ast in das Feuer, bis die Zweige brannten, und dann schwang er ihn über den Kopf und sprang zwischen die kauernden Wölfe.

»Du bist ihr Herr und Meister!« flüsterte ihm Bagheera zu. »Rette Akelas Leben! Er war stets dein Freund!«

Akela, der grimmige, alte Wolf, der niemals in seinem Leben um Gnade gefleht hatte, sah auf und warf einen zaghaft klagenden Blick auf den Knaben, der nackend dastand mit wallendem, schwarzem Haar und umtanzt vom zitternden, schwankenden Schatten der flackernden Glut.

»Gut!« sagte Mowgli und blickte im Kreise um sich, »ich wußte es – ihr seid Hunde! Ich gehe von euch zu meinem eigenen Volke – wenn es mein Volk ist. Verschlossen ist mir fortan die Dschungel, und vergessen muß ich euch und das

1. Hunde.

Leben bei euch. Aber ich will barmherziger sein, als ihr es wart! Da ich euer Bruder war – euer Bruder in allem, nur nicht im Blute –, verspreche ich, daß ich, bin ich Mensch unter Menschen, euch nicht an die Menschen verraten werde, wie ihr mich verraten habt. Kein Krieg soll sein zwischen mir und euch.« Mowgli stieß mit dem Fuß in die brennenden Hölzer, daß die Funken aufprasselten. »Aber noch ist eine Schuld hier zu begleichen, bevor ich gehe.« Er schritt hin zu Schir Khan, der dasaß und blöde blinzelnd in die Flamme starrte, und packte ihn fest an den Kinnhaaren. Bagheera war ihm gefolgt.

»Auf, Hund!« schrie Mowgli ihn an. »Auf, wenn ein Mensch mit dir spricht, oder ich stecke dir dein Fell in Brand!«

Schir Khans Ohren legten sich flach an den Kopf, und er schloß die Augen, denn allzu nahe schwelte der glimmende Ast.

»Dieser Viehschlächter prahlte, er würde mich heute töten, weil ich einst von ihm fortlief, als ich noch ein wehrloses Junges war! Ich will dir zeigen, wie die Menschen, wenn sie Männer geworden sind, die Hunde strafen! Rühre nur ein Glied, Lungri, und ich stoße dir die Feuerblume in den Rachen!«

Und er schlug den brennenden Ast dem Tiger um die Ohren, der in kläglicher Angst winselte und heulte.

»Pah! Du versengte Dschungelkatze! ... Du kannst nun gehen! Aber wisse, daß ich das nächste Mal nur mit Schir Khans Fell um die Schultern hier zum Ratsfelsen kommen werde! ... Und ihr anderen, ihr falschen Brüder, hört meinen Willen! ... Akela geht frei von hier, wohin es ihm beliebt. Ihr werdet ihn *nicht* töten, weil ich es nicht will. Und nun fort mit euch allen! Ihr sollt hier nicht länger sitzen mit hängender Zunge, als wäret ihr etwas anderes als Hunde, die ich von dannen jage! Fort!«

Das Feuer brannte hell am Ende des Astes, und Mowgli schlug rechts und links in den Haufen, daß die Wölfe heulend mit versengtem Fell davonstoben. Zuletzt waren nur Akela, Bagheera und etwa zehn Wölfe auf dem Platze, die Mowglis Freunde geblieben waren. Da ergriff Mowgli ein Schmerz im Innern, wie er ihn noch nie gekannt hatte; sein

Herz krampfte sich zusammen, er schluchzte, und Tränen liefen über sein Gesicht.

»Was ist das? Was ist das nur?« fragte er. »Bei euch in der Dschungel möchte ich bleiben, und ich weiß nicht, wie mir ist. Sterbe ich, Bagheera?«

»Nein, kleiner Bruder! Das sind nur Tränen, wie die Menschen sie haben. Und nun weiß ich, daß du ein Mann bist und nicht mehr ein Kind. Die Dschungel ist dir in Zukunft verschlossen ... Laß sie rinnen, mein Mowgli, es sind nur Tränen!«

So saß Mowgli und weinte und schluchzte, als wollte das Herz ihm brechen – weinte zum erstenmal in seinem Leben.

»Jetzt«, sprach er, »jetzt will ich zu den Menschen gehen! Aber erst muß ich Abschied nehmen von meiner Mutter!«

Und er lief zur Höhle, wo seine alte Mutter mit dem grauhaarigen Vater noch immer wohnte, und er weinte, weinte an ihrem Halse, während seine vier Brüder jämmerlich heulten.

»Ihr vergeßt mich nicht?« fragte Mowgli.

»Niemals, solange wir noch einer Spur folgen können!« sagten die Brüder. »Komm zu dem Fuß der Hügel, wenn du bei den Menschen wohnst, und wir werden mit dir sprechen und bei Nacht mit dir in den Feldern spielen!«

»Komm bald zu uns«, sagte Vater Wolf. »Oh, weiser, kleiner Frosch, du kehrst doch bald zurück? Denn wir beide sind alt, deine Mutter und ich!«

»Komme bald, mein kleiner, nackter Sohn!« sagte Mutter Wolf. »Denn höre, du Menschenkind, ich liebte dich mehr als meine eigenen Jungen!«

»Gewiß! Ich kehre zurück, und wenn ich komme, dann wird es sein, um Schir Khans Fell auf dem Ratsfelsen auszuspannen! Vergeßt mich nicht, Mutter – Vater – Brüder –, sagt allen in der Dschungel, sie sollen sich meiner erinnern!«

Die Morgendämmerung stieg im Osten auf, als Mowgli einsam die Hügel hinabschritt zu den Rätselwesen – Menschen genannt.

Jagdgesang des Seeonee-Rudels

Der Tag brach an, und der Sambhur röhrt'
Einmal – zweimal und wieder.
Eine Hindin sprang auf – eine Hindin sprang auf
Im tiefen Grunde am Wasserlauf –
Dies hab' ich auf einsamer Pirsch gehört
Einmal – zweimal und wieder.

Der Tag brach an, und der Sambhur röhrt'
Einmal – zweimal und wieder.
Und ein Wolf schlich zurück – und ein Wolf schlich zurück,
Dem Rudel zu künden von Beute und Glück.
Und wir bellten und suchten und fanden die Spur
Einmal – zweimal und wieder.

Der Tag brach an, und das Rudel heult' auf
Einmal – zweimal und wieder.
Füße in der Dschungel, spurlos und leis!
Aug', das im Dunkel zu sehen weiß!
Bleckender Fang und rasender Lauf!
Einmal – zweimal und wieder.

Kaas Jagdtanz

Es prunkt in hell schillernden Farben
der scheckige Leopard,
Stolz ist der mächtige Büffel
auf Hörner gewaltiger Art,
... Doch willst du als Jäger bestehen,
halt glänzend den eigenen Pelz,
Denn Jugendstärke verkündet
des prächtigen Felles Schmelz.
... Und schleudert der kämpfende Büffel
den Feind zur Wolke hinauf,
Und spießt der schnaubende Sambhur
den Gegner in rasendem Lauf:
Das brauchst du uns nicht mehr zu melden,
wir wissen's aus uralter Zeit.
Verschone das fremde Junge
und füge ihm zu kein Leid.
Nein, grüß es als Schwester und Bruder,
auch wenn es noch wehrlos und klein,
Es könnte die starke Bärin
des Kleinen Mutter sein.
»Ich bin in der Dschungel der Stärkste!«
ruft prahlend ein junges Blut
Nach dem ersten errungenen Siege
in törichtem Übermut!
Doch groß ist die herrliche Dschungel,
und klein ist das prahlende Kind,
Bald wird es wachsen und wissen,
wer hier die Mächtigen sind.
Bis dahin laß es schwatzen,
wie es nun immer will ...
Bald fühlt es Zähne und Tatzen,
dann wird's von selber still.

Baloos Lehrsätze

Was hier erzählt wird, geschah in der Zeit, bevor Mowgli aus dem Seeonee-Wolfspack ausgestoßen wurde und ehe er an Schir Khan, dem Tiger, Rache nahm.

Es war in den Tagen, als Baloo das Menschenjunge das Gesetz der Dschungel lehrte. Der große, würdige alte Bär freute sich, einen so gelehrigen Schüler zu haben; denn junge Wölfe wollen nur so viel von dem Dschungelgesetz lernen, als unbedingt nötig ist für das eigene Rudel, und laufen von dannen, sobald sie den Jagdspruch hersagen können: »Füße, die geräuschlos traben, Augen, die im Dunkeln sehen, Ohren, die den Wind hören, Zähne, die wie Messer schneiden – das sind die Zeichen unserer Brüder; ausgeschlossen nur sind die Hyäne und Tabaqui, der Schakal, die verhaßten.«

Aber Mowgli, das Menschenjunge, hatte ein ganz Teil mehr zu lernen. Manchmal kam Bagheera, der schwarze Panther, durch das Dickicht geglitten, um zu sehen, was sein Liebling für Fortschritte mache, dann schnurrte er und rieb seinen Kopf an Mowglis Knie, während der Knabe seine Aufgabe hersagte. Mowgli war bald im Schwimmen, Klettern und Laufen ein Meister, der es in den Bäumen beinahe den Affen gleichtat und im Teiche mit den Fischen um die Wette schwamm. Darum lehrte ihn der weise Baloo die Wasser- und Waldgesetze; er zeigte ihm, wie er dürre Äste von gesundem Holz unterscheiden konnte, wie er mit den wilden Bienen höflich sprechen müsse, wenn er ihrem Schwarm unversehens fünfzig Fuß über der Erde begegne, wie er sich zu entschuldigen habe, wenn er Mang, die Fledermaus, beim Mittagsschlaf störe, und wie er die Wasserschlangen benachrichtigen müsse, bevor er in die Sümpfe und Teiche hineinplatsche. Die Dschungelvölker haben es nicht gerne, daß man sie aus ihrer Ruhe aufschreckt, und stürzen sich leicht blindlings auf den Störenfried. Auch lernte Mowgli den Jagdruf des Fremdlings, den man, falls man in fremden Gründen jagen will, so lange wiederholen muß, bis Antwort erschallt. Der Ruf lautet: »Laßt mich hier jagen, denn leer ist mein Magen.« Und die Antwort ist: »Jag, um den Hunger zu stillen – nicht um des Vergnügens willen!«

Ja, unendlich viel hatte Mowgli zu lernen, und oftmals ermüdete es ihn, hundertmal den gleichen Spruch zu wiederholen. Das half ihm jedoch nichts, denn, wie Baloo eines Tages zu Bagheera sagte, als Mowgli nach einer Züchtigung bockig davongerannt war:

»Menschenjunges ist Menschenjunges, und alle Gesetze der Dschungel muß er lernen.«

»Aber bedenke doch, wie klein er ist!« meinte der schwarze Panther, der – wäre es nur nach ihm gegangen – Mowgli ganz und gar verzogen hätte. »Wie kann denn in seinem kleinen Kopfe für all dein langes Gerede Raum sein!«

»Klein? Ist in der Dschungel irgend etwas zu klein, um getötet zu werden, wie? Darum lehre ich ihn alles das beizeiten, darum schlage ich ihn bisweilen – nur ein wenig und ganz sanft –, wenn er vergißt.«

»Sanft! Was verstehst du denn von Sanftheit, alter Eisenfuß!« grollte Bagheera. »Ganz braun und blau war sein Gesicht heute morgen – von deinem Sanftsein. Uff!«

»Besser, er hat jetzt ein paar blaue Flecke, als daß er später durch Unwissenheit zu Schaden kommt!« antwortete Baloo sehr ernst. »Denn ich habe ihn lieb. Jetzt lehre ich ihn gerade die Meisterworte, Urworte der Völker der Dschungel, die ihm Schutz gewähren bei Vögeln und Schlangenvolk und bei allem, was vierfüßig auf dem Erdboden jagt. Wenn er die Worte behält, dann kann er bei allen Völkern der Dschungel Schutz und Hilfe heischen. Ist das nicht ein paar Schläge wert?«

»Na, paß nur auf, daß du das Menschenjunge nicht totschlägst. Er ist kein Baumstamm, an dem du deine stumpfen Krallen schärfen kannst. Übrigens, wie heißen denn deine prächtigen Meisterworte? Zwar bin ich gewöhnt, eher Hilfe zu gewähren, anstatt sie zu suchen«, Bagheera reckte und streckte die Pranke und blickte voll Stolz auf die stahlblauen, eisenstarken Krallen – »doch möchte ich die Worte ganz gern kennen.«

»Ich werde Mowgli rufen, er soll sie sprechen – das heißt, falls er will. Komm her, kleiner Bruder!«

»Mein Kopf brummt mir wie ein Bienenstock«, tönte eine mürrische Stimme über ihnen; gleich darauf raschelte es im Blattwerk, und Mowgli glitt den Baumstamm herab. Er machte ein ärgerliches Gesicht und sagte trotzig: »Nur Bagheera zuliebe komme ich und nicht deinetwegen, alter fetter Baloo!«

»Das macht mir nichts«, sagte Baloo, obgleich er sich gekränkt fühlte. »Sage also deinem Bagheera die Meisterworte der Dschungel, die du heute gelernt hast!«

»Meisterworte welches Volkes?« fragte Mowgli, im Grunde froh, sein Wissen zeigen zu können. »Viele Sprachen hat die Dschungel. Ich weiß sie alle.«

»Ein paar weißt du, aber längst nicht alle. Da siehst du wieder, Bagheera, wie wenig ein Lehrer Dank erntet. Noch nie ist einer der Wölflinge zurückgekommen, um mir ein Wort des Dankes zu sagen. Brrr! Und nun sage uns mal, du großer Gelehrter, wie heißt der Spruch, der allgemeine Jagdspruch?«

»Du und ich, und ich und du, wir sind vom gleichen Blute«, gab Mowgli die Worte in der Bärensprache, die alle Jagdvölker benutzen.

»Gut«, sagte Baloo. »Nun das Vogelwort!«

Mowgli wiederholte den Spruch und schloß mit dem hohlen, langgezogenen Pfiff des Geiers.

»Jetzt das Wort der Schlangenvölker«, sagte Bagheera.

Die Antwort war ein unbeschreibliches, scharfes Zischen. Dann schlug Mowgli ein Rad vor Freude, klatschte sich selbst Beifall, sprang auf Bagheeras Rücken und trommelte mit den Beinen gegen das glänzende Fell, während er seinem Lehrer die fürchterlichsten Grimassen schnitt.

»Das ist schon ein paar blaue Flecke wert«, sagte der Bär, zärtlich schmunzelnd. »Du wirst mir schon einmal dafür danken, mein kleiner Bruder!« Und damit wandte er sich zu Bagheera und erzählte ihm, wie er Hathi, den wilden Elefanten, gebeten habe, ihm die Meisterworte zu verraten – denn Hathi weiß alles; und wie dann Hathi Mowgli selbst mit zu dem Sumpf genommen habe, um das Schlangenwort von den Wasserschlangen zu erfahren, denn das vermochte Baloo nicht auszusprechen. Und nun wäre Mowgli gegen alles Unglück in der Dschungel gefeit, da weder Schlangen, noch Vögel, noch Raubtiere ihm etwas anhaben hönnten.

»Keinen also hat er mehr zu fürchten«, schloß Baloo seinen Bericht, sich stolz auf den pelzigen Bauch klatschend.

»Sein eigenes Volk ausgenommen«, brummte Bagheera leise und dann laut zu Mowgli: »Meine Rippen! Du schlägst sie mir ja kaputt, kleiner Bruder. Was soll denn das Herumgetanze immerwährend?«

Mowgli hatte versucht, die Aufmerksamkeit der beiden Freunde auf sich zu lenken, deshalb zauste er kräftig Bagheeras haariges Fell und trommelte ihm mit den Füßen gegen die Rippen. Als sie endlich hörten, rief er aus vollem Halse: »Und ich werde einmal mein eigenes Volk für mich haben, jawohl, und werde es von morgens bis abends durch die Baumstraßen führen!«

»Was ist denn das wieder für eine Dummheit, du Traumhans?« fragte Bagheera.

»Jawohl! Und dann werde ich Äste und sonst noch allerlei auf den alten Baloo hinabwerfen. Das haben sie mir versprochen! Jawohl!«

»Wuf!« Baloos große Tatze fegte Mowgli von Bagheeras Rücken; und als der Knabe zwischen den Vordertatzen des Panthers lag, konnte er sehen, daß sein Lehrer ergrimmt war.

»Mowgli!« brummte Baloo, »du hast mit den *Bandar-log* gesprochen, dem Affenvolke!«

Mowgli schielte zu Bagheera hinauf, um zu sehen, ob auch der Panther ärgerlich war, und Bagheeras Augen blickten grünlich und hart wie Jadestein.

»Was? Bei den Affen bist du gewesen? Bei den grauen Narren – den Leuten ohne Gesetz – den Allesfressern? Oh, Schmach und Schande!«

»Als Baloo mich das letztemal schlug«, sagte Mowgli, immer noch auf dem Rücken liegend, »bin ich fortgerannt, und die grauen Affen kamen von den Bäumen und hatten Mitleid mit mir. Niemand sonst hatte es.« Seine Stimme war ein wenig unsicher.

»Mitleid bei den Affen!« schnarrte Baloo. »Sprich lieber von der Stille des reißenden Bergbaches, der Kälte der glühenden Sommersonne. Und was geschah dann, Menschenjunges?«

»Und dann, und dann gaben sie mir Nüsse und allerlei schöne Dinge zu essen, und sie ... sie trugen mich in ihren Armen in die höchsten Wipfel und sagten, ich sei ihr Blutsverwandter – nur der Schwanz fehle mir, und eines Tages würde ich ihr Führer sein.«

»Sie sind stets führerlos«, rief Bagheera. »Sie lügen. Immer haben sie gelogen.«

»Sehr gut waren sie zu mir und baten mich, wiederzukommen. Warum habt ihr mich nie zu dem Affenvolk gebracht? Aufrecht stehen sie auf den Füßen wie ich. Sie schlagen nicht mit harten Pranken. Sie spielen den ganzen Tag. Laßt mich auf! Böser, alter Baloo, laß mich aufstehen! Ich will zu ihnen und mit ihnen spielen!«

»Höre, Menschenjunges«, sagte der Bär, und seine Stimme grollte wie Donner in schwüler Nacht. »Ich lehrte dich die Gesetze aller Völker der Dschungel, mit Ausnahme des Affenvolkes, das in den Bäumen haust. Ihr Volk hat kein Gesetz; rechtlos sind sie. Nicht einmal eine eigene Sprache haben sie, sondern stehlen sich Wörter von anderen, deren Gespräche sie belauschen. Nein – ihre Art ist nicht unsere Art. Führerlos sind sie und denken nur an den Augenblick. Sie prahlen und schwatzen und machen Geschrei, daß sie ein mächtiges Volk wären und bald Großes vollführen würden in der Dschungel; wenn aber Nüsse fallen, dann ist alles vergessen, sie kichern und toben. Wir von der Dschungel haben nichts mit ihnen gemein. Wir trinken nicht, wo Affen trinken, wir meiden die Plätze, wo Affen hinkommen, wir jagen nicht, wo sie jagen, wir sterben nicht, wo sie sterben. Hast du mich jemals bis heute von den *Bandar-log* sprechen hören?«

»Nein!« flüsterte Mowgli – denn Schweigen herrschte im Walde, als Baloo verstummte.

»Die Dschungelleute sprechen nicht von ihnen und halten es nicht für der Mühe wert, an sie zu denken. Zahlreich sind sie, diese Affen, böse, schamlos, schmutzig, und ihr einziger Wunsch ist – falls sie überhaupt einen bestimmten Wunsch haben –, von den Dschungelvölkern bemerkt zu werden. Aber wir beachten sie nicht, nicht einmal, wenn sie Nüsse und Unrat auf unsere Köpfe herabwerfen.«

Kaum hatte er geendet, als ein wahrer Regen von Nüssen und Zweigen aus den Bäumen herabprasselte. Man hörte heiseres, ärgerliches Bellen und Husten und Umherspringen hoch oben in den Wipfeln.

»Die Affenvölker sind ausgestoßen aus dem Verkehr der Bewohner der Dschungel!« sagte Baloo. »Ausgestoßen! Hörst du? Und denke daran! Denke daran!«

»Ausgestoßen!« echote Bagheera. »Aber dennoch scheint es mir, Baloo hätte dich beizeiten vor ihnen warnen sollen!«

»Ich? Warum? Wie konnte ich ahnen, daß er sich mit solchem Schmutz abgeben würde? Affenvölker! Pfui!«

Ein neuer Schauer kam auf sie herabgehagelt, und die beiden nahmen Mowgli in die Mitte und trabten mit ihm davon.

Was Baloo von den Affen erzählte, war durchaus richtig.

Sie hausten in den Baumwipfeln, und da Tiere selten ihren Blick nach oben erheben, lag keine Notwendigkeit für die Dschungelvölker vor, mit den Affen in Berührung zu kommen. Aber sobald die Affen einmal einen kranken Wolf oder einen verwundeten Tiger aufspüren, kommen sie sogleich in Scharen herbeigesprungen und quälen den Wehrlosen. Und auf alles Getier in der Dschungel werfen sie Nüsse und Zweige herab, nur um sich zu belustigen oder um sich bemerkbar zu machen. Dann heulen und kreischen sie sinnlose Gesänge und fordern die Dschungelvölker spöttisch auf, zu ihnen auf die Bäume zu kommen und mit ihnen zu kämpfen. Oder sie beginnen um nichts und wieder nichts wütende Schlachten untereinander, und ihre Toten lassen sie offen liegen, damit die Völker der Dschungel sie sehen können. Immer haben sie die Absicht, sich einen Führer zu wählen und sich eigene Gesetze und Sitten zu schaffen – aber niemals kommt es so weit, denn ihr Gedächtnis reicht nicht über den Tag hinaus. So täuschen sie sich darüber hinweg und versichern sich gegenseitig: »Was die *Bandar-log* heute denken, wird die ganze Dschungel morgen nachbeten!«, und das tröstet sie sehr. Kein anderes Tier vermag sie in ihren Behausungen zu erreichen, aber dafür schenkt auch niemand ihnen die geringste Beachtung, und deshalb waren sie so erfreut, als Mowgli sie aufsuchte, um mit ihnen zu spielen.

Mehr wollten sie nicht, wie sie überhaupt nie etwas Bestimmtes wollten. Aber diesmal kam einer von ihnen auf eine, wie er meinte, glänzende Idee und verkündete sie gleich allen, daß nämlich Mowgli sehr nützlich für den Stamm werden könnte, denn er verstünde Zweige zusammenzuflechten als Schutz gegen den Wind, und wenn man ihn einfinge und behielte, dann könnte er sie darin unterrichten.

Mowgli besaß als Sohn eines Holzfällers vererbte Instinkte aller Art, und er hatte sich oft damit vergnügt, aus Zweigen und Buschwerk kleine Hütten aufzubauen, ohne zu wissen, warum er das tat und woher er diese Fertigkeit besaß. Die Affen hatten seinem kindlichen Spiele von den Bäumen aus zugesehen und hielten es für etwas ganz Wunderbares. Diesmal – so sagten sie – wollten sie sich wirklich einen Führer wählen, und dann würden sie das klügste Volk der Dschungel werden, von allen beachtet und beneidet. Daher folgten sie vorsichtig und geräuschlos Baloo, Bagheera und dem Knaben durch die Dschungel, bis die Zeit der Mittagsruhe herankam. Mowgli hatte sich sehr geschämt und beschlossen, sich nie mehr mit dem Affenvolk abzugeben, und nun legte er sich zwischen Bär und Panther schlafen.

Tief war sein Schlaf. Da fühlte er sich plötzlich an Armen und Beinen von kleinen, harten Händen ergriffen; er glaubte zu träumen – aber schon fuhren ihm die Zweige ins Gesicht, und die Blätter schlugen ihm rauschend um die Ohren. Erschrocken starrte er hinab durch die schwingenden Äste auf die Erde und sah, wie Bagheera mit gefletschten Zähnen an dem Baumstamm hochkletterte, während Baloo die schlaftrunkene Dschungel mit lautem Gebrüll weckte. Die *Bandarlog* heulten triumphierend und eilten hinauf in die höchsten Kronen, wohin Bagheera nicht zu folgen wagte. Von dort krähten sie hernieder: »Er hat uns bemerkt! Bagheera hat uns beachtet! Alles Dschungelvolk bewundert uns nun ob unserer Schläue und Geschicklichkeit!« Dann machten sie sich auf die Flucht, und so eine Flucht der Affenvölker durch das Baumland ist einfach nicht zu beschreiben. Sie haben ihre regelrechten Straßen und Kreuzwege, gipfelauf und gipfelab, immer fünfzig bis hundert Fuß über der Erde, und auch bei Nacht können sie über die Hochwege wandern. Zwei der stärksten Affen griffen Mowgli unter die Arme, und fort ging es in mächtigen Sprüngen über zwanzig Fuß breite Abgründe. Wären sie unbehindert gewesen, so hätten sie zweimal so schnell davoneilen können, doch das Gewicht des Knaben hielt sie zurück. Mowgli schwindelte der Kopf, und dennoch genoß er unwillkürlich den rasenden Flug durch die Baumwipfel – er hatte bisher das Gefühl der Furcht nicht gekannt, als er aber jetzt die Erde tief unter sich liegen sah und als die Äste nach jedem Satze mit furchtbarer Gewalt schwankten und ausschlugen, da wurde ihm seltsam zumute, und das Herz pochte ihm, als wolle es aus der Brust herausspringen. Hinauf zur Baumkrone ging es, bis die dünnen Zweige sich ächzend bogen, dann warfen sich seine Begleiter in den leren Raum unter ihnen und hingen im nächsten Augenblick an den stärkeren Zweigen des nächsten Baumes. Manchmal konnte Mowgli meilen- und meilenweit die ruhig daliegende grüne Dschungel übersehen, als ob er mitten im

Ozean auf dem höchsten Maste eines Schiffes säße, dann aber schlugen ihm wieder die Zweige ins Gesicht, und wieder war er mit seinen beiden Begleitern fast auf dem Boden angelangt. Springend, rutschend, bellend und heulend – so stürzte der ganze Stamm der *Bandar-log* vorwärts durch die Baumstraßen mit Mowgli, ihrem Gefangenen.

Zuerst hatte er Angst, daß er fallen würde – dann wurde er zornig, war aber zu klug, um sich während dieser schwindelnden Flucht zu wehren. Schließlich begann er über seine Lage nachzudenken. Vor allen Dingen mußte er Baloo und Bagheera Nachricht senden, denn bei der ungeheuren Schnelligkeit der Flucht waren diese weit zurückgeblieben. Mowgli sah zuerst zur Erde nieder, als ob er von dort Hilfe erwartete – aber Bäume, Sträucher, ganze Landschaften glitten wie im Fluge an seinen Augen vorüber, so daß er nichts Bestimmtes zu unterscheiden vermochte. Wie er dann aber aufblickte, sah er hoch oben im Äther Rann, den Geier, der in der Luft schwebte und sich wiegte und Wache hielt über der Dschungel, lauernd auf den Tod der Geschöpfe da unten. Rann bemerkte, daß die Affen etwas davontrugen. Ob es da etwas für ihn gab? Vor Überraschung stieß er einen langen Pfiff aus, als er sah, wie Mowgli in die höchste Spitze einer Palme gezerrt wurde. Da tönte Mowglis Hilferuf zu ihm auf: »Du und ich und ich und du, wir sind vom gleichen Blute!« Im nächsten Augenblick schlossen sich die dichten Zweige wie Meereswogen über den Flüchtlingen. Rann schoß mit ein paar Schlägen der mächtigen Flügel vorwärts und stand über dem nächsten Baumwipfel, gerade als das kleine braune Gesicht wieder auftauchte.

»Halte meine Fährte!« rief Mowgli ihm zu. »Berichte Baloo vom Seeonee-Rudel und Bagheera, dem Panther!«

»Und von wem kommt die Botschaft, Bruder?«

Rann hatte Mowgli noch nie gesehen, obgleich er natürlich viel von ihm gehört hatte.

»Ich bin Mowgli, der Frosch. Menschenjunges nennt man mich. Folge meiner Fährte!«

Er gellte diese letzten Worte mitten in einem ungeheuren Sprunge durch den leeren Raum. Rann nickte und flog auf und stieg, bis er nicht größer aussah als ein schwarzer Punkt. Dort hing er im Äther und beobachtete mit seinen scharfen

Augen das Wogen der Bäume, in denen Mowglis Begleiter dahinjagten.

»Weit geht ihre Reise nie«, lachte Rann spöttisch. »Sie vollenden nie, was sie begannen! Immer greifen sie nach etwas Neuem, diese *Bandar-log*. Aber diesmal, scheint mir, werden sie sich die Pfoten verbrennen; denn mit Baloo ist nicht zu spaßen, und Bagheera kann mehr als Ziegen würgen, das weiß ich.«

So segelte er auf mächtigen Schwingen, die Fänge dicht an den Körper gezogen, und wartete ab.

Mittlerweile stand es schlimm mit Baloo und Bagheera. Sie rasten vor Wut und Kummer. Bagheera kletterte wie niemals vorher; doch die dünnen Zweige brachen unter seiner Last, und er glitt zur Erde, die Krallen voller Borke.

»Warum hast du ihn nicht gewarnt, das Menschenjunge?!« brüllte er den armen Baloo an, der immer noch hoffte, mit seinem plumpen Trabe die Affen einzuholen. »Warum ihn prügeln und halbtot schlagen, anstatt ihn beizeiten zu warnen!«

»Schnell! Schnell nur! Vielleicht ... vielleicht erwischen wir sie noch«, keuchte Baloo.

»Mit deinem Zotteltrab könntest du nicht einmal eine angeschweißte Kuh erwischen, Knabenprügler, wenn du noch eine Weile so fortwackelst, dann platzt dir am Ende der Bauch. Setze dich lieber hin und denke nach. Mache einen Plan! Hinterherlaufen hat keinen Sinn. Kann sein, sie lassen ihn fallen, wenn wir ihnen zu nahe kommen.«

»*Urrula! Whua!* Vielleicht sind sie jetzt schon seiner müde geworden und haben ihn zur Erde geworfen! Wer kann den *Bandar-log* trauen? Bedecke meinen Kopf mit toten Fledermäusen! Gib mir alte Knochen zu fressen! Rolle mich in die Waben der wilden Bienen, daß sie mich zu Tode stechen, und begrabe mich mit der Hyäne, denn ich bin der elendeste aller Bären! *Urrula! Whua!* O Mowgli! Mowgli! Warum habe ich dich nicht vor dem Affenvolke gewarnt, anstatt dir den Kopf zu zerschlagen? Ach, vielleicht habe ich ihm alles herausgeprügelt, was er gelernt hat, und nun weiß er nicht mehr die Meisterworte und kann sich nicht helfen in der Dschungel!«

Verzweifelt schlug sich Baloo die Pranken gegen die Ohren, rollte hin und her und stöhnte jämmerlich.

»Ach was! Er hat mir noch vor kurzem alle Meistersprüche richtig hergesagt!« knurrte Bagheera ungeduldig. »Baloo, erinnere dich daran, was du dir selbst schuldig bist. Hast du denn alle Selbstachtung verloren? Was würde die Dschungel dazu sagen, wollte ich, der schwarze Panther, mich wie Ikki, das Stachelschwein, zusammenrollen und heulen?«

»Was schiert mich die Dschungel! Ach Mowgli, mein Frosch . . . vielleicht ist er jetzt schon tot.«

»Mir ist nicht weiter bange um das Menschenjunge, sofern sie ihn nicht etwa rein zum Spaß fallen lassen oder ihn aus Langeweile töten, weil sie nichts Gescheiteres zu tun wissen. Mowgli ist klug und gewandt, und vor allem hat er Augen, vor denen die Dschungelvölker zittern. Eins nur ist schlimm: Die *Bandar-log* haben ihn in ihrer Gewalt, und sie fürchten unsere Völker nicht, weil sie in den Bäumen leben.« Bagheera leckte gedankenvoll eine Vorderpfote.

»Ach, ein Narr bin ich! Ein fetter, brauner, wurzelfressender Narr!« rief Baloo und setzte sich aufrecht. »Wahr ist, was Hathi sagte, der wilde Elefant: ›Niemand ist ohne Feind‹; und sie, die *Bandar-log,* fürchten Kaa, die Riesenschlange! Kaa klettert so gut wie sie; er raubt des Nachts ihre Jungen. Beim bloßen Klange seines Namens erschauern sie. Komm – wir müssen zu Kaa!«

»Was wird er viel für uns tun? Er gehört nicht zu unserer Sippe, da er fußlos ist – und den bösen Blick hat er«, meinte Bagheera.

»Sehr alt ist er und sehr verschlagen. Und vor allem hat er ewig Hunger«, antwortete Baloo hoffnungsvoll. »Versprich ihm recht viele Ziegen.«

»Einen ganzen Monat lang liegt er und schläft, hat er sich einmal vollgefressen. Vielleicht hält er gerade jetzt seinen Schlaf. Aber selbst angenommen, daß er wach ist . . . meinst du nicht, er würde es am Ende vorziehen, sich seine Ziegen selbst zu würgen?« Bagheera, der nur wenig von Kaa wußte, war mißtrauisch.

»In diesem Falle könnten zwei alte Jäger, wie wir, ihn vielleicht auf eine gute Fährte bringen.« Hier rieb Baloo seine verblichene braune Schulter gegen den Panther, und beide machten sich auf den Weg zu Kaa, dem Felsenpython.

Sie fanden ihn auf einem warmen Hang in der Nachmittagssonne ausgestreckt liegen, sein neues schmuckes Kleid bewundernd. Denn die letzten zehn Tage hatte er in Zurückgezogenheit gelebt und seine Haut gewechselt. Nun erstrahlte er in neuem Glanz, schob seinen stumpfnasigen langen Leib in phantastischen Kreisen, Knoten und Verschlingungen und leckte die Lippen mit der gespaltenen Zunge in Erwartung der kommenden Mahlzeit.

»Er hat noch nicht gefressen«, grunzte Baloo erleichtert, sobald er das prächtige braun und gelb gesprenkelte Kleid sah. »Sei vorsichtig, Bagheera, er ist immer ein wenig blind nach dem Häuten und stets bereit, auf bloßen Verdacht hin zuzustoßen!«

Kaa war keine Giftschlange – vielmehr verachtete er die Giftschlangen als feige Brut. Seine Stärke lag in dem ungeheuren Körper, mit dem er sein Opfer umklammerte. Wer einmal in diese Umzingelung geriet, nun, über den war nicht mehr viel zu berichten.

»Gute Jagd!« rief Baloo und ließ sich in gemessener Entfernung auf die Hinterbeine nieder.

Kaa war, wie alle Schlangen seines Stammes, etwas taub und hörte zuerst den Jagdgruß nicht. Dann aber rollte er sich blitzschnell zusammen, den Kopf gesenkt, zum Kampf bereit.

»Sssss! Wer ist's?« zischte er. »Ah, Baloo! Was bringt dich hierher? Jagdheil, Bagheera! Gute Jagd uns allen! Eins weiß ich! Sssss! Zum mindesten einer von uns dreien ist hungrig. Ist Wild in der Nähe? Eine Ricke vielleicht oder auch ein junger Bock? Sagt schnell. Leer und hohl bin ich wie ein ausgetrockneter Brunnen.«

»Wir sind auf der Pirsch!« meinte Baloo leichthin. Er wußte, es lohnte sich nicht, Kaa zu drängen. Kaa war zu stark.

»Soso! Erlaubt, daß ich mit euch komme!« sagte Kaa. »Ein Schlag mehr oder weniger macht dir nichts aus, Bagheera oder Baloo, aber ich – ich muß tage- und monatelang auf der Lauer liegen und muß eine halbe Nacht lang herumklettern, um bei gutem Glück einen jungen Affen zu erhaschen. *Psshaw!* Die Äste sind heutzutage nicht mehr, was sie in meiner Jugend waren. Dürres Zeug, trockene Stengel überall!«

»Vielleicht liegt das auch ein wenig an deinem großen Gewicht«, meinte Baloo.

»Es läßt sich nicht leugnen – ich habe eine stattliche Länge«, antwortete Kaa ein wenig stolz. »Dennoch, glaube ich, liegt es im Grunde an dem neugewachsenen Holz. Als ich das letztemal jagte, war ich nahe daran, zu fallen – sehr nahe daran; mein Schwanz war nicht fest verankert am Stamm, und als ich rutschte und glitt, scheuchte der Lärm die *Bandar-log* hoch. Und mit den gemeinsten Worten hat es mich geschmäht, das Affengesindel.«

»Fußloser gelber Regenwurm«, schnurrte Bagheera in die Borsten seines Bartes, als ob er versuchte, sich zu erinnern.

»Sssss! Haben sie mich so genannt?« zischte Kaa.

»Fußloser gelber Regenwurm oder so ähnlich, so riefen sie beim letzten Vollmond zu uns herab, aber wir schenkten ihnen keine Beachtung. Allerlei schwatzten sie, die *Bandar-log* – sie sagten sogar, daß du zahnlos seist, großer Kaa, und dich daher höchstens an ein schwaches Zicklein heranwagst, weil du – wirklich, diese *Bandar-log* sind unglaublich frech und schamlos – weil du Angst hättest vor den Hörnern des Bocks.« Bagheeras Stimme klang wie süßer Honig.

Eine Schlange, besonders ein würdiger, alter Python, läßt sich selten den Ärger anmerken, doch diesmal konnten Baloo und Bagheera sehen, wie die großen Schlingmuskeln an beiden Seiten von Kaas Rachen auf und ab wogten.

»Die *Bandar-log* haben sich auf die Wanderschaft gemacht«, sagte er mit erzwungen ruhiger Stimme, aber hie und da zitterte sie doch ein wenig. »Als ich mich heute in die Sonne legte, hörte ich sie in den Baumwipfeln lärmen!«

»Den – den *Bandar-log* spüren wir jetzt gerade nach«, sagte Baloo, aber die Worte blieben ihm fast in der Kehle stecken, denn es war seines Wissens zum erstenmal, daß einer vom Dschungelvolk offen zugab, den Affen irgendwelche Beachtung zu schenken.

»Das muß allerdings etwas ganz Außergewöhnliches sein, das zwei so große Jäger – Führer in der Dschungel, ohne Frage – auf die Fährte der *Bandar-log* treibt!« antwortete Kaa höflich, aber gebläht vor Neugier.

»Was mich betrifft, so muß ich leider gestehen, ich bin nichts als der alte und manchmal recht törichte Lehrer der jungen Seeonee-Wölfe ... und Bagheera hier – –«

»Ist und bleibt Bagheera!« unterbrach der schwarze Panther, und seine furchtbaren Kiefer schnappten stählern ein, denn er spielte nicht gern den Demütigen. »Höre, Kaa, jene Nußknacker und Taugenichtse haben unser Menschenjunges gestohlen, von dem du wohl schon gehört hast.«

»Hm – ja! Ich habe etwas läuten hören von einem Menschenjungen, das sie in einem Wolfsrudel aufnahmen. Ikki erzählte mir davon, das Stachelschwein, ich wollte es aber nicht glauben. Ikki tut sich immer dick mit Neuigkeiten, die er nur halb verstanden hat und dann unrichtig wieder ausposaunt.«

»Aber es ist wahr. Ein so prächtiges Menschenjunges hat es noch nie gegeben«, sagte Baloo. »Es ist das beste und klügste und mutigste von allen Menschenjungen, mein eigener Zögling, der Baloos Namen berühmt machen wird in den Dschungeln weit und breit; und im übrigen liebe ich – lieben wir ihn, Kaa.«

»Tss! Tss!« machte Kaa, den Kopf hin und her wiegend. »Auch ich habe einmal gewußt, was Liebe ist. Ssss! Ich könnte euch Geschichten erzählen ...«

»Ein andermal. Mit leerem Magen vermögen wir nicht, sie genügend zu würdigen!« sagte Bagheera schnell. »Unser Menschenjunges ist jetzt in den Händen der *Bandar-log*. Wir aber wissen, daß sie von allen Wesen in der Dschungel Kaa allein fürchten.«

»Ja, nur mich fürchten sie und haben guten Grund«, sagte Kaa. »Schwätzer, Narren, Gecken – Gecken, Narren, Schwätzer – das sind diese Affen. Aber so ein Menschending in ihren dummen Händen – das ist allerdings eine böse Sache. Sie werden überdrüssig der Nüsse, die sie pflücken, und werfen sie weg. Zweige schleppen sie halbe Tage hindurch mit sich herum, in der Absicht, wer weiß was für große Dinge damit zu verrichten – zerknicken sie dann und lassen sie liegen. Wahrhaftig, dieses Menschending ist nicht zu beneiden. Und sie haben mich – was war es doch gleich? – gelber Fisch genannt, nicht wahr?«

»Wurm – Regenwurm – gelber Regenwurm«, verbesserte Bagheera, »und noch vieles andere sagten sie, das man sich schämen muß zu wiederholen.«

»Nun gut, wir müssen ihnen einen Denkzettel geben, so daß sie in Zukunft von ihrem Herrn und Meister mit Achtung reden! Aaa-ssp! Wir müssen ihrem Gedächtnis etwas nachhelfen! Wohin, sagst du, haben sie das Junge geschleppt?«

»Die Dschungel allein weiß es. Gegen Sonnenuntergang, glaube ich«, erwiderte Baloo. »Wir dachten, du könntest uns Auskunft geben, Kaa!«

»Ich? Wieso? Ich verspeise sie, wenn sie mir in den Weg kommen, aber ich schleiche ihnen nicht nach, diesen *Bandar-log,* diesen Kaulquappen, dieser übelriechenden Sumpfpest. Hssss!«

»Hoch, hoch! Hoch, hoch! Hillo, illo, illo! Sieh doch, Baloo vom Seeonee-Rudel!«

Baloo wandte den Blick aufwärts, um auszumachen, woher die Stimme kam – und dort oben schoß Rann, der Geier, aus dem Äther herab, und seine Schwingen flammten im Abendlicht. Es war schon fast die Stunde für Rann, zur Ruhe zu gehen; aber weit war er gesegelt über der Dschungel und hatte den Bären lange vergeblich im Dickicht gesucht.

»Was gibt's?« fragte Baloo.

»Ich habe Mowgli bei den *Bandar-log* gesehen. Er bat mich, euch Botschaft zu bringen. Ich folgte ihnen. Sie haben ihn zur Affenstadt geschleppt, den ›Cold Lairs‹, auf der anderen Seite des Flusses. Vielleicht bleiben sie dort eine Nacht oder zehn Nächte oder auch nur eine Stunde. Ich habe den Fledermäusen aufgetragen, während der Dunkelheit Wache zu halten. Das ist alles. Jagdheil euch allen dort unten!«

»Vollen Magen und guten Schlaf wünsche ich dir, Rann!« rief Bagheera. »Ich werde deiner gedenken bei nächster Jagd und den Kopf ganz allein für dich zurücklegen, du bester aller Geier!«

»Keine Ursache – durchaus keine Ursache – das Menschending wußte das Meisterwort – ich tat nur meine Pflicht«, und Rann kreiste empor, hin zum felsigen Horst.

»Das lobe ich mir!« lachte Baloo stolz. »Er hat den Kopf nicht verloren, der Prachtkerl! So jung er ist, hat er das Vogelwort nicht vergessen – und dabei noch auf der wilden Jagd durch die Baumwipfel.«

»Nachdrücklich genug ist es ihm eingetrichtert worden«, knurrte Bagheera. »Aber stolz bin ich auf ihn, und nun fort, so schnell wie möglich, zur Affenstadt!«

Sie alle wußten von diesem Ort, doch nur wenige Dschungelleute waren jemals dort gewesen; denn »Cold Lairs«, wie sie es nannten, war eine alte verlassene Stadt, verfallen und halb begraben unter der Dschungel, und zumeist meiden die Tiere der Wildnis den Ort, wo Menschen hausten. Nur das Wildschwein liebt es, in den Ruinen herumzuwühlen. Außerdem lebten die Affen dort, soweit man bei ihnen überhaupt von einem Wohnort sprechen konnte, und kein Tier, das Selbstachtung besaß, kam diesem verachteten Platz nahe – nur in Zeiten der Dürre schlichen sie unwillig herbei, wenn sich in den verfallenen Zisternen noch ein wenig fauliges Wasser gehalten hatte.

»Eine halbe Nacht brauchen wir dorthin, wenn wir auch noch so eilen«, sagte Bagheera; und Baloo machte ein ernstes Gesicht: »Ich werde traben, was ich kann«, meinte er bekümmert.

»Wir können nicht auf dich warten, Baloo. Du mußt nachkommen. Wir müssen fort, so schnell wir laufen können – Kaa und ich!«

»Was, laufen!« spottete Kaa. »Habe ich auch keine Füße, so nehme ich's in der Schnelligkeit noch mit euch allen auf.«

Und damit machten sie sich auf den Weg. Baloo tat sein Bestes, Schritt zu halten; aber bald mußte er schnaufend und nach Atem ringend sich niedersetzen, um auszuruhen. Sie ließen ihn zurück. Bagheera eilte davon in dem geschwinden Panthergalopp. Aber so schnell er auch lief, der riesige Körper der Python blieb, lautlos dahingleitend, stets an seiner Seite. Kamen sie an einen Gebirgsbach, war Bagheera im Vorteil, denn mit mächtigem Satz sprang er darüber hinweg, während Kaa die quirlenden Wasser durchschwimmen mußte – aber schon im nächsten Augenblick sah er den breiten Kopf mit der spitzen Zunge wieder an seiner Seite.

»Beim gesprengten Schloß, das mich befreite«, keuchte Bagheera, als die Dämmerung hereinbrach. »Ein schlechter Läufer bist du nicht.«

»Hungrig bin ich!« sagte Kaa. »Und sie nannten mich gesprenkelten Frosch!«

»Regenwurm – gelben, kriechenden Regenwurm.«

»Das kommt auf eins heraus! Vorwärts! Kannst du nicht

schneller?« Und Kaa glitt dahin wie der Blitz, und er fand dabei stets mit sicherem Auge den kürzesten Weg.

In »Cold Lairs« vergaß das Affenvolk ganz, daß Mowgli mächtige Freunde besaß. Sie hatten den Knaben in die verlorene Stadt geschleift und waren nun für den Augenblick sehr mit sich zufrieden. Mowgli hatte noch nie vorher eine indische Stadt gesehen, und wenn ringsum auch nur Schutt und Trümmer waren, schien ihm doch alles herrlich und wunderbar. Irgendein König hatte die Stadt vor langer Zeit auf einem Hügel erbaut. Man sah noch die Spuren der mit Steinen gepflasterten Straßen, die bergan zu zerfallenen Toren führten, wo letzte Splitter morschen Holzes in rostigen Angeln hingen. Bäume waren aus den Ruinen emporgewachsen; die Wehrgänge waren eingestürzt, und Schlingpflanzen hingen in dichten Büscheln aus den hohlen Fenstern der Wachttürme.

Den Hügel krönte ein weiträumiger Palast ohne Dach; der Marmor der Höfe und Brunnen war gebrochen und von grünlichem Moos überdeckt, und selbst die schweren Steinplatten im Elefantenhof des Königs waren von Gräsern gespalten, von jungen Bäumen in Stücke gesprengt. Von der Höhe des Palastes aus blickte man auf Reihen über Reihen dachloser Häuser – sie bildeten einstmals die Stadt, jetzt aber lagen sie schweigend in Trümmern und sahen aus wie leere Bienenstöcke, von Dunkelheit erfüllt. Auf dem Marktplatz, wo die vier Straßen zusammentrafen, ragte die große kopflose Steinmasse des Götzenbildes, vor dem die Brahmanen einst kniend den Boden geküßt hatten. – Statt der Andächtigen füllten nun wilde Feigenbäume die zerfallenen Tempel; und an den Straßenecken, wo man sich einst an Brunnen und Zisternen zum Plaudern versammelte, sah man jetzt Wasserlachen, auf denen grüne Pflanzen wucherten.

Die Affen nannten diesen traurigen Ort ihre Stadt und gaben vor, die Dschungelvölker zu verachten, weil sie in Wäldern lebten. Und doch wußten sie nicht einmal, zu welchem Zweck man diese Bauten errichtet hatte und wie man sich ihrer bediente. Oft hockten sie im Ratssaal des Königs im Kreise beieinander, suchten sich die Flöhe ab und dünkten sich Menschen; oder sie jagten durch die dachlosen Häuser, häuften Steine und Ziegelstücke in den verlassenen Ecken auf und vergaßen gleich darauf, wo sie die Schätze versteckt hatten. Manchmal balgten sie sich in großen Haufen und bissen und kratzten sich gegenseitig, dann rollten sie wie lebendige Bälle umher, die in jedem Augenblicke die Gestalt veränderten und schreiend und brüllend zu Boden flogen und dann wieder hoch in die Luft sprangen, bis sie plötzlich aufbrachen und Hunderte von ihnen in alle Windrichtungen sandten. Oder sie jagten sich auf den Terrassen, schüttelten die Orangen- und Rosenbäume und jauchzten vor Vergnügen, wenn die Früchte und Blumen niederfielen. Sie guckten neugierig in alle Galerien und geheimen Gänge des Palastes – sie suchten in den hundert dunklen Räumen umher, aber sie erinnerten sich niemals, was sie schon gesehen und was sie noch nicht gesehen hatten. In dieser Weise trieben sie sich herum und erzählten sich gegenseitig, wie sehr sie doch in all ihrem Tun und Lassen den Menschen glichen. Sie tranken aus den Wasserlachen, und wenn sie mit ihrem Getobe das ganze Wasser trübe und schmutzig gemacht hatten, balgten sie sich untereinander; und zu guter Letzt tanzten sie und brüllten in den Wald hinaus: »Kein Volk in der Dschungel ist so weise, so klug, so stark und so edel wie die *Bandar-log!*«

Und dann begannen sie ihr Spiel aufs neue, bis sie der Stadt überdrüssig wurden und wieder zu den Baumwipfeln zurückkehrten in der Hoffnung, endlich von den Dschungelvölkern beachtet zu werden.

Mowgli, der unter den Gesetzen der Dschungel groß geworden war, konnte dieser Lebensart keinen Geschmack abgewinnen. Es war spät am Nachmittag, als die Affen ihn in die Stadt schleppten. Anstatt nun zur Ruhe zu gehen, wie Mowgli es nach den Anstrengungen des Tages gerne getan hätte, reichten sie sich die Hände, tanzten Ringelreihen um ihn herum und plärrten törichte Lieder. Einer der Affen hielt eine große Rede und verkündete, daß Mowglis Fang einen Wendepunkt in der Geschichte der *Bandar-log* bedeute, denn Mowgli werde ihnen zeigen, wie man zum Schutze gegen Wind und Wetter Zweige und Rohrhalme zusammenflechten könne. Die Rolle eines Lehrmeisters war etwas Neues für Mowgli; schnell nahm er einige Schlingpflanzen und begann, sie ineinander zu flechten. Die Affen sahen ihm eine Weile zu, juckten sich und schnitten Gesichter, dann ahmten sie ihn nach; aber nach wenigen Augenblicken schon wurden sie der Sache müde, zogen sich gegenseitig an den Schwänzen und sprangen scheltend und schwatzend fort.

»Mich hungert«, sagte Mowgli zu guter Letzt. »Ich bin ein Fremdling in diesem Teil der Dschungel. Bringt mir zu essen oder gebt mir die Jagd frei.«

Zwanzig, dreißig Affen stürzten sogleich davon, in der Absicht, ihm Nüsse oder wilde Melonen zu holen; aber unterwegs zankten sie sich und bissen sich, und als die Prügelei vorüber war, hatten sie vergessen, weshalb sie eigentlich ausgezogen waren. Mowgli war wund am ganzen Körper und zornig, und als ihn nun noch der Hunger zu quälen begann, machte er sich auf, schweifte durch die Stadt und ließ von Zeit zu Zeit den Jagdruf des Fremdlings ertönen – aber alles blieb stumm, und Mowgli begriff, daß er an einen ganz jämmerlichen Ort geraten war.

»Alles, was Baloo mir von den *Bandar-log* erzählt hat, ist wirklich wahr«, dachte er bei sich selbst. »Sie haben kein Gesetz, keinen Jagdruf, keinen Führer – nichts als dumme Worte und kleine, rastlose Hände, mit denen sie nichts anderes tun können, als sich an den Haaren zu raufen und Flöhe zu fangen. Wenn ich hier Hungers sterbe und jämmerlich zugrunde gehe, ist es ganz und gar meine Schuld. Ich muß versuchen, zur Dschungel zurückzufinden. Baloo wird mich prügeln, doch das ist besser, als mich weiter herumzutreiben mit diesen blöden *Bandar-log.*«

Kaum war er bis zur Stadtmauer gelangt, als die Affen ihn wieder einfingen. Sie sagten ihm, er wisse gar nicht, wie gut er es habe, und kniffen ihn, um ihn dankbar zu stimmen. Mowgli biß die Zähne zusammen und sagte kein Wort mehr; wohl oder übel ging er mit dem lärmenden Volk zu einer Terrasse oberhalb der roten Sandsteinzisternen, die halb mit Regenwasser angefüllt waren. In der Mitte der Terrasse stand ein verfallenes Sommerhaus aus weißem Marmor, erbaut für Königinnen, die schon seit mehr als hundert Jahren in der Erde ruhten. Das gewölbte Dach war zur Hälfte eingefallen und hatte den unterirdischen Gang zum Palast verschüttet, durch den einst die Königinnen geschritten waren. Aber die marmornen Mauern waren kunstvoll durchbrochen, meisterhaft ausgehauen zu milchweißem Filigran, eingelegt mit Achat, Karneol, Jaspis, Lapislazuli – und als der Mond aufstieg über dem Hügel, strömte sein bleiches Licht durch das silberne Netzwerk und warf Schatten auf den Boden, wie schwarze Stickerei auf silbernem Grunde.

Obschon Mowgli jedes Glied am Körper schmerzte, obschon er müde und hungrig war, mußte er doch laut auflachen, als die *Bandar-log* – zwanzig auf einmal – begannen, ihm vorzupredigen, ein wie weises, großes, gutherziges Volk sie wären, und wie albern es von ihm sei, sie verlassen zu wollen. »Wir sind mächtig. Wir sind frei. Wir sind schlechthin großartig. Wir sind das herrlichste Volk in der ganzen Dschungel. Wir alle sagen es, und deshalb muß es wahr sein! Und da du ein Neuling bist und unsere Botschaft den Dschungelleuten überbringen kannst, auf daß sie in Zukunft Achtung vor uns haben, so wollen wir dir alles genau vermelden von unserem großen Volke.«

Mowgli entgegnete nichts; und die Affen umschwärmten ihn zu Hunderten auf der Terrasse, um den Lobpreisungen ihrer Sprecher zuzuhören, und sobald einer in der Rede innehielt, um Atem zu schöpfen, schrien sie alle zusammen: »Sehr richtig! Das ist ganz unsere Meinung.«

Mowgli nickte, blinzelte und sagte »Ja!«, wenn sie ihn fragten. Aber ihm brummte der Kopf von dem schwirrenden Lärm. »Tabaqui, der Schakal, muß die ganze Gesellschaft gebissen haben«, sagte er zu sich. »Und nun sind sie alle verrückt geworden. Gewiß, das ist Tollwut! Gehen sie denn niemals schlafen? Ah, eine Wolke schiebt sich jetzt vor den Mond! Wenn sie doch groß genug wäre, daß er ganz dunkel würde, dann könnte ich vielleicht versuchen, davonzurennen! Ach, wie müde bin ich!«

Die gleiche Wolke wurde auch von zwei guten Freunden beobachtet, die in dem verschütteten Wallgraben am Rande der Stadt auf der Lauer lagen. Denn Bagheera und Kaa wußten wohl, wie gefährlich das Affenvolk als Masse war, und wünschten nicht, den Ausgang des Unternehmens unnötig aufs Spiel zu setzen. Affen kämpfen niemals anders als hundert zu eins, und niemand setzt sich gerne solcher Ungleichheit aus.

»Ich werde mich zur Westmauer aufmachen«, flüsterte Kaa.

»Von da kann ich rasch den Hang hinuntergleiten und leicht über sie herfallen. Bei mir wird es ihnen nicht gleich gelingen, sich zu Hunderten über mich zu werfen, aber du ...«

»Ich weiß!« unterbrach ihn Bagheera. »Wäre doch Baloo nur erst hier! Aber es hilft nichts, wir müssen tun, was sich eben tun läßt. Sobald die Wolke den Mond völlig verdeckt, springe ich auf die Terrasse. Anscheinend halten sie einen Rat über den Knaben.«

»Gute Jagd!« züngelte Kaa grimmig und glitt fort zur westlichen Mauer. Dieser Teil der alten Stadtumwallung war zufällig noch am besten erhalten, und es dauerte eine ganze Weile, bis Kaa eine geeignete Stelle fand, um an dem Mauerwerk emporzuklettern.

Die Wolke verdeckte den Mond. Als Mowgli sich eben verwundert fragte, was das nächste Narrenstück der Affen sein werde, vernahm sein scharfes Ohr Bagheeras leichten Tritt auf der Terrasse. Der schwarze Panther war den Hügel fast geräuschlos hinaufgeschlichen, und nun stürzte er sich in den Knäuel der Affen, mit den mächtigen Tatzen rechts und links um sich schlagend, mit Kopf und Körper vorwärtsstoßend, ohne mit Beißen die Zeit zu vergeuden. Die eitlen Redner hielten plötzlich inne, und ein Schrei des Entsetzens und der Wut durchdrang die Reihen, die sich in dichten Knäueln um Mowgli gelagert hatten. Da ertönte plötzlich eine Stimme: »Nur ein einziger ist es! Tötet ihn! Reißt ihn in Stücke!« Wie eine vom Sturm gepeitschte, zerreißende und sich wieder zusammenballende Wolke bedeckte eine schwarze Schar von Affen den sich rollenden Bagheera – beißend, kratzend, keuchend. Fünf oder sechs packten Mowgli, schleppten ihn auf die Mauer des Sommerhauses und stießen ihn durch das Loch des geborstenen Dachgewölbes. Ein unter Menschen groß gewordener Knabe hätte sich bei dem Falle wohl schwer verletzt, denn die Höhe betrug mehr als fünfzig Fuß. Mowgli jedoch fiel kunstgerecht auf seine Füße, wie es ihn Baloo gelehrt hatte.

»Dort bleibe, bis wir deine Freunde zerrissen haben!« brüllten die Affen. »Später spielen wir wieder mit dir ... das heißt, wenn die Giftvölker dich am Leben lassen.«

»Wir sind vom gleichen Blute, du und ich! Sssss!« rief

Mowgli schnell, den Schlangenruf gebend. Rings um sich hörte er Rasseln, Klappern und Zischen, und schnell wiederholte er den Spruch ein zweites Mal, um ganz sicher zu gehen.

»In Ordnung! Nieder alle Hauben!« zischte ein halbes Dutzend Stimmen. »Rege dich nicht, kleiner Bruder, damit du uns nicht verletzt mit deinen Füßen!« (Jede Ruine in Indien wird alsbald zum Wohnort der Schlangen, und in dem alten Lusthaus wimmelte es von Kobras.)

Mowgli hielt sich reglos auf seinem Platze. Er lugte durch die Öffnungen in der Mauer und lauschte auf das wilde Getöse des Kampfes, der um den schwarzen Panther wogte – das Gellen, Heulen und Keifen, dazwischen Bagheeras tiefes, heiseres Röhren, als er rückwärts drückte, sich wand, taumelte und verschwand unter dem Haufen der Feinde. Zum erstenmal seit seiner Geburt kämpfte Bagheera um sein Leben.

Baloo muß in der Nähe sein. Bagheera würde nicht allein gekommen sein, dachte Mowgli, und dann rief er mit lauter Stimme: »Zum Wasser, Bagheera! Rolle dich ins Wasserbekken! Rolle dich und tauche! Zum Wasser!«

Bagheera hörte, und die Gewißheit, daß Mowgli in Sicherheit war, gab ihm neuen Mut. Mit der Kraft eines Verzweifelten bahnte er sich Zoll für Zoll den Weg zur Zisterne hin. Da tönte von den Mauertrümmern zunächst der Dschungel der dumpfe Kampfesruf Baloos. »Bagheera« schrie er keuchend. »Hier bin ich! Halte nur aus! Jetzt klettere ich über die Mauer! Ich werde gleich bei dir sein. *Ahuwora!* Die Steine zerbröckeln mir unter den Füßen! Wartet nur, bis ich über euch komme, ihr dreimal verfluchten *Bandar-log!*«

Er keuchte mühsam die Terrasse hinauf – aber kaum hatte er sich gezeigt, als er in einer Wolke schrill heulender Affen verschwand. Er setzte sich auf die Hinterbeine und umfaßte mit den Vorderpranken so viele seiner Angreifer, als er nur halten konnte. Mit grimmiger Zärtlichkeit drückte er sie an sein Herz, bis sie mit gebrochenen Rippen zu Boden sanken, und dann schlug er zu – patsch – patsch – patsch – gerade in den Haufen hinein, gleich dem schlapfenden Schlag eines Raddampfers! Ah! Ein lautes Platschen im Wasser verkündete, daß Bagheera sich seinen Weg zur Zisterne durchgefochten hatte, wohin ihm die Affen nicht folgen konnten.

Der Panther lag, nach Atem ringend, nur mit dem Kopfe ein wenig aus dem Wasser lugend, während die Affen sich am Rande drängten und in ohnmächtiger Wut hin und her tanzten. Das keuchende Brummen des alten Bären drang zu ihm. Doch was konnte er tun? Da lag er im Wasser, unfähig, dem Freunde zu helfen. Bei diesem Gedanken heulte er fast unbewußt den Hilferuf der Schlangen hinaus in die Nacht, denn er fürchtete, daß Kaa im letzten Augenblicke sich davongemacht habe. »Wir sind vom gleichen Blute, du und ich! Sss! Sss! Sss!« Ein Hilferuf vom schwarzen Panther! Obwohl Baloo unter der Wucht der Affen fast erstickte, lachte er dennoch laut auf. »Er hat sich's gemerkt«, dachte er. »Der schwarze Panther hat etwas von meinem Menschenjungen gelernt!« Und patsch – patsch krachten die Rippen der Affen unter den Tatzenhieben.

Kaa war es eben erst gelungen, die westliche Mauer zu erklimmen; es war eine schwere Arbeit, denn die Steine gaben unter seinem Gewichte nach und rollten laut polternd zu Boden. Nun aber war keine Minute mehr zu verlieren. Er ringelte sich und wand sich und schlug ungeheure Reifen, um zu sehen, ob auch jeder Zoll seines mächtigen Körpers biegsam und geschmeidig wäre. Unterdessen tobte der Kampf mit Baloo weiter, und die Affen an der Zisterne schrien gellend gegen Bagheera an. Mang, die Fledermaus, schwirrte hin und her über der schlafenden Dschungel, Kunde bringend von der großen Schlacht in »Cold Lairs«, bis zuletzt Hathi, der wilde Elefant, erregt zu trompeten begann und verstreute Gruppen der Affenvölker hochkamen und von weit her die Baumstraßen hastend durchliefen, um den Freunden und Brüdern zu helfen. Selbst die Tagesvögel flatterten unruhig auf den Ästen.

Und nun kam Kaa, eilig, hungrig und begierig, zu töten.

Die Kampfesstärke einer Pythonschlange liegt in der furchtbaren Stoßkraft des Kopfes, der mit der ganzen Wucht und Macht des ungeheuren Körpers vorwärts geschnellt wird. Denkt euch, ein Sturmbock, wie er früher zum Brechen der Stadtmauern benutzt wurde, oder ein tausend Pfund schwerer Schmiedehammer besitze Leben, und in dem langen Stiele wohne kalter, berechnender Geist, der das Werkzeug regiert, dann könnt ihr euch ungefähr eine Vorstellung von

Kaa, dem Kämpfenden, machen. Er war gut dreißig Fuß lang, wie ihr wißt, und eine nur vier oder fünf Fuß große Pythonschlange vermag schon einen ausgewachsenen Mann niederzustoßen.

Den ersten Stoß richtete Kaa gegen die Mitte der dichten Masse um Baloo – es war ein Stoß mit geschlossenem Munde, in tiefstem Schweigen ... und kein zweiter war nötig. Entsetzen packte die Affen, und mit dem Schrei: »Kaa! Es ist Kaa! Fort! Fort!« flohen sie davon wie Frösche vor dem Reiher.

Wie man bei uns die Kinder mit dem schwarzen Mann schreckt, so hatten Generationen junger Affen alle Untaten gelassen, wenn ihnen die Eltern mit Kaa drohten, dem Nachträuber, der auf den Ästen entlanggleitet, so geräuschlos, wie das Moos auf ihnen wächst; von Kaa, dem Gewaltigen, der den allerstärksten Affen töten kann, wenn er ihn nur mit der Nase berührt; von Kaa, dem schlauen Schurken, der einen morschen Ast oder einen alten Baumstumpf so täuschend nachzuahmen vermag, daß auch der weiseste Affe sich irreführen läßt, bis plötzlich der Baum zu leben beginnt und sein zappelndes Opfer verschlingt. Kaa war der Inbegriff alles dessen, was die Affen in der Dschungel fürchteten, denn kein Wesen kannte die Grenzen seiner Macht, niemand vermochte ihm in die stechenden Augen zu sehen, und keiner war bisher aus seiner Umschlingung mit dem Leben davongekommen. Und so flüchteten sie, so schnell die zitternden Füße sie tragen konnten, von Grauen gepackt, auf die Mauern und Dächer der Häuser. Baloo atmete erlöst auf; sein Fell war viel dicker als das Bagheeras, aber dennoch hatte er Haare gelassen in dem tollen Kampfe. Und jetzt öffnete Kaa zum erstenmal den Rachen und stieß ein einziges, langes, zischendes Wort hervor; und die Affen, die von weit her aus der Dschungel zur Stadt herbeieilten, hielten plötzlich an und drängten sich bebend dicht zusammen, bis das beladene Geäst sich knackend bog unter der Last. Die Affen auf den Mauern und Häuserruinen verstummten, und in der Grabesstille, die plötzlich über der Stadt lag, hörte Mowgli, wie Bagheera triefend und sich schüttelnd dem Wasserbecken entstieg. Dann begann das Geheul von neuem. Die Affen sprangen bis zu den höchsten Spitzen der Trümmer; sie umklammerten wie hilfesuchend die großen Steingötzen und irrten ziellos zwischen den Mauerresten umher. Mowgli im Sommerhause tanzte vor Freude, sah durch das marmorne Netzwerk und heulte wie eine Eule, um den Affen seine Verachtung zu zeigen.

»Hole das Menschenjunge dort aus der Falle; ich kann mich kaum noch rühren«, ächzte Bagheera. »Und dann laß uns machen, daß wir fortkommen. Sie greifen vielleicht wieder an.«

»Keiner wird sich regen ohne meinen Willen. Verharrt! – Rührt euch nicht – keinen Mucks! Ssss!« zischte Kaa, und wieder lag Grabesstille über der Stadt. »Ich konnte nicht früher kommen, Bruder, aber mir war's, als ob ich deinen Hilferuf hörte.« Das galt Bagheera.

»Eh? Meinen ... was? ... Ich ... ja, es wird wohl mein Kampfschrei gewesen sein. Übrigens, Baloo, wie bist du davongekommen?«

»Mir scheint, sie haben mich in hundert kleine Bären zerreißen wollen«, brummte Baloo, sich die Beine leckend, eins nach dem andern. »Wuff! Zerschunden bin ich am ganzen Körper! Kaa, ich glaube, wir schulden dir unser Leben – Bagheera und ich.«

»Hat nichts zu sagen. Wo ist das Menschenjunge?«

»Hier in einer Falle. Ich kann nicht heraus«, rief Mowgli. Die Wölbung des herabgefallenen Daches versperrte ihm den Ausgang.

»Hole ihn heraus, so schnell wie möglich. Er tanzt umher wie Mor, der Pfau. Er wird unsere Jungen zertreten!« riefen die Kobras.

»Ha!« kicherte Kaa. »Er hat überall Freunde, dieser Mannling! Tritt zurück, kleiner Mensch, und ihr, Giftvölker, versteckt euch mit euren Jungen. Ich lege die Mauer um!«

Kaa prüfte die Seitenwand sorgfältig, bis er einen wettergeschwärzten Riß fand, der eine schwache Stelle verriet. Kaa schlug zwei- oder dreimal mit dem Kopfe leicht gegen die Wand, um die Stärke zu prüfen; dann hob er sechs Fuß seines Körpers senkrecht in die Höhe und schnellte den Kopf wie einen Schmiedehammer gegen den Stein – einmal – zweimal – dreimal immer gerade mit der Nase voran. Das Gestein dröhnte, ächzte, bröckelte und fiel dann krachend und eine Staubwolke aufwirbelnd zusammen. Mowgli sprang durch die Öffnung hervor, stürzte sich zwischen Baloo und Bagheera und schlang seine Arme um je einen mächtigen Nacken seiner Freunde.

»Bist du verletzt?« fragte Baloo, ihn zärtlich betastend.

»Hungrig bin ich und zerschunden – aber oh! wie schlimm haben sie euch zugerichtet, meine Brüder! Ihr blutet ja beide!«

»Andere auch«, sagte Bagheera, seine Lippen leckend, und blickte auf die toten Affen, die auf der Terrasse und am Wasserbecken umherlagen.

»Nichts, alles nichts, wenn du nur mit heiler Haut davongekommen bist. Oh, mein bester kleiner Honigfrosch!« grunzte Baloo.

»Nun, darüber werden wir später noch ein Wort zu sprechen haben«, meinte Bagheera in einem Tone, bei dem es Mowgli etwas unbehaglich wurde. »Aber hier ist Kaa, dem wir den Sieg verdanken und dem du, Mowgli, dein Leben schuldest. Erstatte ihm Dank nach unserer Sitte.«

Mowgli wandte sich um und sah den Kopf des Pythons einen Fuß über dem seinen hin und her schwingen.

»Also das ist der Mannling!« sprach Kaa. »Sehr weich ist seine Haut und hat mit den *Bandar-log* rechte Ähnlichkeit. Sieh dich vor, kleiner Mann, daß ich dich nicht für einen Affen halte im Zwielicht, wenn ich die Haut gewechselt habe.«

»Wir sind vom gleichen Blute, du und ich!« antwortete Mowgli. »Du hast mich vom Tode errettet heute nacht, und es gehört dir alles, was ich in Zukunft erlege, wenn du hungrig bist, Kaa!«

»Sehr verbunden, kleiner Bruder!« sagte Kaa mit ernsthaftem Gesichte, wenn er auch mit den Augen blinzelte. »Und was erlegt denn ein so kühner Jäger? Ich frage nur, damit ich auf deiner nächsten Pirsch deinen Spuren folgen kann!«

»Ich töte nichts – jetzt noch nicht – ich bin noch zu klein – aber wenn ich jage, treibe ich meinen Freunden wilde Ziegen zu. Darauf verstehe ich mich vortrefflich. Wenn du hungrig bist, komm nur getrost zu mir und überzeuge dich, ob ich die Wahrheit spreche. Flink und geschickt bin ich mit diesen hier«, er zeigte seine Hände, »und wenn du je in eine Falle gerätst, dann kann ich dir vielleicht die Schuld zurückbezahlen ... dir und Bagheera und Baloo ... denn ihr alle habt ja für mich gekämpft. Große Jagd euch allen, meine Lehrmeister!«

»Wohl gesprochen«, brummte Baloo, denn Mowgli hatte seinen Dank recht hübsch abgestattet. Kaa ließ seinen Kopf ein paar Fuß herab und legte ihn leicht auf Mowglis Schulter. »Hast ein braves Herz, Mannling!« zischte er. »Und eine höfliche Zunge! Damit wirst du weit kommen in der Dschungel. Aber nun gehe schnell fort von hier mit deinen Freunden. Geh und leg dich schlafen, denn der Mond geht unter, und was nun folgt – das ist nichts für dich, Söhnchen!«

Die Silberscheibe des Mondes versank hinter den Hügeln, und die Reihen der zitternden Affen, zusammengeduckt auf Mauern und Trümmern, erschienen wie zerfranstes Gezack der Ruinen. Baloo trabte zum Wasserbecken, um sich mit einem Trunk zu laben; Bagheera leckte und putzte sein Fell. Kaa aber glitt lautlos in die Mitte der weiten Terrasse und schnappte mit klingendem Ruck die starken Kiefer zusammen, worauf die verharrenden Affen starr die Blicke auf Kaa richteten. »Der Mond geht unter«, zischte Kaa. »Könnt ihr mich noch alle sehen?«

Von den Mauern hallte es, als ob der Wind in den Wipfeln stöhnte: »Wir sehen dich, Kaa!«

»Gut. Nun beginnt der Tanz – der Jagdtanz Kaas! Sitzt stille! Seht her!« Er glitt zwei- oder dreimal in großem Kreise umher und schwang tänzelnd im Takte den Kopf zur Rechten und zur Linken, als höre er eine geheimnisvolle Musik. Dann begann er mit seinem Körper Schleifen und Achterfiguren zu bilden, große Knäuel und Knoten, die lebten und unentwirrbar schienen, bis sie geräuschlos im Augenblicke auseinanderschlüpften – gleitende, gebogene Dreiecke, die sich in Vierecke, Kreise und Arabesken verwandelten; und während der glatte, buntscheckige Körper plötzlich in die Erde zu verschwinden und dann wieder ringelnd zum Himmel aufzuragen schien – immer raschelnd, raschelnd, raschelnd –, tönte Kaas leiser, zischender Zaubergesang.

Baloo und Bagheera standen wie zu Stein erstarrt – in ihren Kehlen rasselte mühsam der Atem, ihr Nackenfell sträubte sich, während Mowgli voll Staunen und Grauen zusah.

Es wurde dunkler und dunkler. Die wirren Figuren schwanden in der Nacht, aber man konnte das Rascheln der schlürfenden Schuppen deutlich vernehmen.

»Bandar-log«, sang die Stimme Kaas, »könnt ihr Hand oder Fuß noch regen wider meinen Willen? Sprecht!«

»Wider deinen Willen kann keiner von uns regen Hand oder Fuß, o Kaa«, hauchten die Affen.

»Gut. Kommt alle einen Schritt näher zu mir!«

Die Reihen der Affen schwankten hilflos nach vorn – auch Baloo und Bagheera folgten mechanisch dem Befehle der Schlange.

»Näher!« zischte Kaa; wieder schwankten sie einen Schritt vor.

Mowgli legte die Hände auf Baloo und Bagheera, um sie dem Zauber der Schlange zu entreißen; und die beiden gewaltigen Tiere schreckten zusammen, wie aus einem Traum erwacht. »Halte deine Hand fest auf meiner Schulter«, keuchte Bagheera. »Laß mich nicht los – oder ich muß hin zu Kaa – muß hin zu Kaa. Ah!«

»Was hast du? Es ist ja nur der närrische Kaa, der im Staube seine Kreise schlägt«, sagte Mowgli. »Aber wir wollen fort von hier.« Und die drei stahlen sich durch eine Öffnung der Mauer und trabten fort in die Dschungel.

»Wuff!« ächzte Baloo, als er wieder unter den stillen Bäumen stand. »Nie mehr in meinem ganzen Leben verbünde ich mich mit Kaa.« Und er schüttelte sich am ganzen Körper.

»Er weiß mehr als wir«, sagte auch Bagheera zitternd. »Wäre ich geblieben – nur noch ein paar Minuten –, so hätte ich selbst den Weg in seinen Schlund angetreten.«

»Viele werden diesen Weg wandern, ehe der Mond wieder aus den Tälern steigt«, meinte Baloo. »Gute Jagd wird er haben – auf seine Art.«

»Aber was bedeutet das alles?« fragte Mowgli, der nichts von den hypnotischen Kräften eines Pythons wußte. »Ich sah nur eine große Schlange närrische Kreise schlagen, bis die Nacht kam. Und ihre Nase war ganz wund. Ha! Ha!«

»Mowgli«, knurrte Bagheera ärgerlich, »wenn er sich verletzt hat, so geschah es nur *deinetwegen,* so wie meine Ohren und Tatzen *deinetwegen* zerbissen sind; und sieh nur auf deinen alten Lehrer Baloo, wie er zerzaust ist, es war alles *deinetwegen.* Wir zwei werden so bald nicht wieder fröhlich jagen können.«

»Laß nur gut sein«, brummte Baloo. »Wir haben unser Menschenjunges wieder!«

»Ganz recht, aber wir haben teuer für ihn bezahlt. Denke nur, was wir an Zeit für die Jagd verloren haben und an Haaren und – vor allen Dingen – an Ehre und Ansehen. Denn, denke daran, Mowgli, ich, der schwarze Panther, erniedrigte mich so weit, Kaa um Hilfe anzurufen, und Baloo sowohl wie ich wurden gebannt wie kleine Vögel von Kaas Jagdtanz! Und das alles kam nur, Menschenjunges, von deinem Spielen mit den *Bandar-log.«*

»Wahr! Es ist alles wahr!« sagte Mowgli mit aufrichtiger Reue. »Ein schlechtes Menschenjunges bin ich, und Kummer sitzt mir in den Eingeweiden.«

»Mf! Was sagt das Gesetz der Dschungel, Baloo?«

Baloo hatte keine Lust, seinem Schüler noch weitere Unannehmlichkeiten zu bereiten, aber mit dem Gesetz durfte man nicht Spaß treiben. Und deshalb murmelte er: »Reue schützt vor Strafe nicht! Aber bedenke, Bagheera, er ist klein!«

»Ich weiß, aber er hat Unrecht begangen und muß dafür seine Schläge haben. Mowgli, hast du noch etwas vorzubringen?«

»Nein, ich tat unrecht. Baloo und du, ihr blutet. Ich habe Strafe verdient.«

Bagheera gab ihm ein halbes Dutzend Klapse ... sanfte Schläge vom Standpunkte eines Panthers aus (sie würden kaum eines seiner Jungen aus dem Schlafe geweckt haben), doch für einen siebenjährigen Knaben waren sie eine ganz gehörige Tracht Prügel. Als es vorüber war, schüttelte sich Mowgli, nieste einmal und rieb sich, aber sagte kein Wort.

»Nun, nun«, schnurrte Bagheera, »auf meinen Rücken, kleiner Bruder. Wir wollen nach Hause.«

Das ist im Dschungelgesetz eine ganz prächtige Einrichtung: Wenn man seine Strafe erhalten hat, ist alles vergessen und vergeben. Da gibt es kein langes Brummen und Grollen.

Mowgli legte den Kopf auf Bagheeras weichen Rücken und schlief so fest, daß er nicht einmal erwachte, als man ihn in der Höhle seiner Wolfseltern niederlegte.

Und nun zurück zur ersten Geschichte.

Wanderlied des Affenvolkes

Wir schwingen uns, ein fliegender Kranz,
Halbwegs bis zum neidischen Mond im Tanz.
Bewunderst du nicht unsere prächtige Schar,
Hättst gern noch ein Extrahändepaar?
Möchtest du nicht, geschweift wär' dein Schwanz
Wie Amors Bogen – voll Eleganz?
Nun bist du böse. Doch glaube mir,
Bruder, dein Schwanz hängt hinter dir.

Hier sitzen wir im Gezweig und beraten
Viel schöne Pläne und große Taten.
Doch träumen wir nur von Dingen,
Die im Ernst wir doch nie vollbringen.
Was edel ist und klug und fein,
Tun wir durch Wünschen ganz allein.
Schon ist's vergessen. Doch glaube mir,
Bruder, dein Schwanz hängt hinter dir.

Alles Geschwätz, das wir brachten nach Haus,
Vom Vogel, vom Wolf und der Fledermaus,
Wir schnattern es nach und alle zugleich.
Noch einmal! wie herrlich, wie rhythmenreich!
Wahrhaftig, jetzt sind wir den Menschen gleich.
Gut, seien wir's – doch glaube mir,
Bruder, dein Schwanz hängt hinter dir.
Das ist so recht der Affen Manier.

Komm, reih dich unsern Scharen ein,
Die hoch in den Bäumen springen,
Die mit der Dschungel wildem Wein
Sich stolz in die Lüfte schwingen.
Wir schwören, beim Schmutz auf unserm Pfad,
Bald kommt sie, die große, erlösende Tat.

»Tiger – Tiger!«

Wie war's mit der Jagd im tiefen Wald? . . .
  Bruder, die Nacht war so lang und so kalt!
Wie war's mit der Beute? Besiegt oder tot? . . .
  Bruder, noch springt sie im Morgenrot!
Wo bleibt deine Stärke, dein Stolz, deine Lust? . . .
  Bruder, sie schmilzt mir von Flanke und Brust.
Was hetzt dich so? Was ist deine Not?
  Bruder, ich sterbe, mich hetzt der Tod.

Als Mowgli nach dem Kampf mit dem Rudel am Ratsfelsen die Höhle seiner Wolfseltern verließ, wußte er wohl, daß er sich manchen Todfeind geschaffen hatte. Er wollte deshalb nicht in allzu großer Nähe der Dschungel bleiben und lief in gleichmäßigem Wolfstrabe mindestens dreißig Kilometer talabwärts, den bebauten Feldern der Menschen zu, bis er in eine ihm unbekannte Gegend kam. Vor ihm öffnete sich eine große Ebene, die mit Felsblöcken übersät und von tiefen Einschnitten durchfurcht war. An dem einen Ende stand ein kleines Dorf, am andern drang die Dschungel bis dicht zu den Weidegründen vor und hörte dann plötzlich wie abgeschnitten auf. Auf den grünen Wiesen grasten friedlich Rinder und Büffel; sobald aber die kleinen Jungen, welche die Herde hüteten, Mowgli erblickten, rannten sie schreiend davon, und die gelben herrenlosen Hunde, die um jedes indische Dorf herumlungern, erhoben ein wütendes Gekläff. Mowgli trabte weiter, denn er war hungrig, und als er zum Dorfgatter kam, sah er, daß das dichte Dorngeflecht, mit dem der Dorfeingang beim Einbruch der Dämmerung verschlossen wurde, zur Seite gesetzt war.

»Umpf!« stieß Mowgli hervor, »auch hier fürchtet der Mensch die Völker der Dschungel« – denn oft war er auf seinen nächtlichen Streifzügen nach Nahrung auf solche Schutzwehren gestoßen. Er hockte am Tor nieder, und als ein Mann herauskam, stand er auf, öffnete den Mund und zeigte mit dem Finger hinein, um anzudeuten, daß er essen wolle. Der Mann starrte ihn an, lief fort und schrie laut nach dem Priester. Der Priester, ein dicker Mann im weißen Gewand, mit einem rot-gelben Zeichen auf der Stirne, kam an der

Spitze eines Haufens von mindestens hundert Leuten herbei. Sie alle gafften Mowgli an, schwatzten und riefen und deuteten mit den Fingern auf ihn.

»Sie haben keine Lebensart, diese Menschenvölker«, dachte sich Mowgli. »Nur die grauen Affen benehmen sich so!« Er warf seine langen Haare trotzig zurück und starrte düster die Menge an.

»Wovor fürchtet ihr euch denn?« fragte der Priester. »Seht doch die Narben an seinen Armen und Beinen. Das sind Wolfsbisse. Ein Wolfskind ist es, der Dschungel entlaufen, nichts weiter.«

Beim Spielen hatten die jungen Wölfe natürlich manchmal härter zugebissen, als in ihrer Absicht lag, und so waren seine Arme und Beine mit weißen Narben bedeckt. Mowgli aber wäre es niemals eingefallen, solche Zärtlichkeiten »Bisse« zu nennen, denn er wußte viel zu gut, was richtiges Beißen war.

»Arré! Arré!« riefen die Frauen mitleidig. »Von Wölfen zerbissen! Das arme Kind! Ein hübscher Bursche ist er. Hat Augen wie glühendes Feuer. Wahrhaftig, Messua, sieht er nicht deinem Sohn ähnlich, den der Tiger damals davonschleppte?«

»Laßt sehen«, sagte eine Frau mit schweren Kupferringen an Armen und Fußgelenken. Sie drängte sich vor, schützte die Augen mit den Händen und betrachtete Mowgli aufmerksam. »O nein!« sagte sie. »Er ist viel dünner – aber – wirklich – es ist wahr . . ., im Gesicht sieht er ihm ganz ähnlich!«

Der Priester war ein kluger Mann und Messua die Frau des reichsten Bauern im Dorfe. So blickte er denn gen Himmel auf und sprach mit feierlicher Stimme: »Was die Dschungel nahm, gab die Dschungel zurück. Nimm den Knaben in dein Haus, meine Schwester, und vergiß nicht, den Priester zu ehren, der tiefen Einblick hat in das Leben der Menschen.«

»Bei dem Bullen, um den Bagheera mich kaufte«, dachte Mowgli, »dieses Schwatzen und Anstarren kommt mir ganz so vor wie die Aufnahme im Rudel. Oah! Es kann nichts helfen – wenn ich nun einmal ein Mensch bin, so muß ich einer bleiben!«

Die Frau deutete Mowgli durch Zeichen an, ihr zu folgen, und die braune, schwatzende Menge geleitete sie bis zu einem alleinstehenden, niedrigen Hause im Dorfe. Als Mowgli argwöhnisch eingetreten war, sah er allerlei merkwürdige Gegenstände. Da stand ein großer Kasten, mit bunten Farben bemalt – das war das Bett. Und zur Seite ein rundes Gefäß, ein großer irdener Behälter, in dem Getreide aufbewahrt wurde, und Mowgli erstaunte, als er an den Seiten des irdenen Kruges kleine Kühe und Bäume eingepreßt sah, die sich nicht bewegten und kein Lebenszeichen von sich gaben.

Ganz merkwürdig war auch ein dicker Hindugötze, der aus einer Nische an der Wand hervorgrinste – aber vor allem schien Mowgli ein Stück Glas unerklärlich, in dem man seine Ohren und Augen, sein Gesicht und seinen ganzen Körper sehen konnte – viel besser als in irgendeinem Teiche.

Messua gab ihm Milch, und Mowgli trank in langen, durstigen Zügen. Dann gab sie ihm weiches, schönes Brot, und während er aß, sah sie ihm tief in die Augen. Sie seufzte, denn sie wollte gern Gewißheit haben, ob er auch wirklich ihr Sohn sei, den der Tiger fortgeschleppt hatte und der nun aus der Dschungel zurückkäme. Sie legte die Hand auf seine Schulter und sagte: »Nathoo, o mein Nathoo!« Mowgli zeigte durch nichts, daß er den Namen kenne. »Erinnerst du dich nicht an die neuen Schuhe, die ich dir gab eines Morgens?« Sie befühlte seinen Fuß und fand ihn fest und hart wie Horn. »Nein!« meinte sie betrübt. »Diese Füße haben niemals Schuhe getragen ... aber sehr gleichst du meinem Nathoo, und du sollst nun mein Sohn sein.«

Mowgli fühlte sich sehr unbehaglich, denn er hatte noch nie ein Dach über sich gehabt; ein Blick auf die schwachen Dachsparren lehrte ihn, daß er jederzeit dort hindurch könnte, wenn er entweichen wollte, und auch die Fenster der Hütte waren unverwahrt und nicht verriegelt.

»Was nützt es mir denn, Mensch zu sein, wenn ich die Menschensprache nicht verstehe?« sagte er zu sich. »Ich bin hier so dumm und stumm, wie ein Mensch sein würde unter uns in der Dschungel. Ich muß ihre Sprache erlernen!«

Er hatte nicht umsonst gelernt, den Lockruf der Hirsche und das Grunzen der Wildschweine nachzuahmen. Sobald Messua ein Wort aussprach, wiederholte Mowgli es mit wunderbarer Genauigkeit, und ehe der Abend herbeikam, wußte er bereits den Namen vieler Gegenstände in der Hütte.

Als die Schlafenszeit nahte, stellte sich eine neue Schwierigkeit ein, denn Mowgli war durch nichts zu bewegen, in der Hütte zu schlafen, die einer Pantherfalle allzu ähnlich sah. »Laß ihm seinen Willen«, sagte Messuas Gatte. »Bedenke, er hat wohl noch niemals in einem Bett geschlafen. Wenn er uns wirklich an Stelle unseres Sohnes gesandt wurde, so wird er schon nicht fortlaufen.«

Und so kam es, daß Mowgli sich gemächlich im weichen, grünen Gras am Rande des Feldes ausstreckte. Als er gerade müde seine Augen geschlossen hatte, fühlte er am Kinn den sanften Stoß einer kalten, feuchten Nase.

»Puh!« maunzte Graubruder (er war das älteste von Mutter Wolfs Kindern), »das nenne ich mir eine schlechte Belohnung für die zwanzig Meilen, die ich deinetwegen gelaufen bin! Abscheulich! Du riechst schon ganz wie ein Mensch nach Rauch und Herdenvieh – wache auf, kleiner Bruder, ich bringe Neues von der Dschungel!«

»Sind alle wohlauf?« fragte Mowgli, ihn liebevoll zausend.

»Alle, nur die Wölfe sind vergrämt, deren Fell du mit der roten Blume sengtest. Nun höre. Schir Khan ist auf und davon, in fernen Gründen will er jagen, bis sein Fell wieder heil ist, das du ihm nicht schlecht verbrannt hast. Aber er hat geschworen, wenn er wieder zurück ist, will er deine Knochen in den Waingunga werfen.«

»Auch ich habe einen Schwur getan. Doch davon später. Neuigkeiten sind immer willkommen. Sehr müde bin ich heut nacht, die Augen fallen mir zu, und der Kopf schwirrt mir von all den Dingen, die ich gesehen habe. Aber, Graubruder, du mußt mir immer Nachricht bringen.«

»Und wirst du dich auch immer daran erinnern, daß du ein Wolf bist? Wirst du uns nicht der Menschen wegen ganz und gar vergessen?«

»Niemals. Ich werde dich immer lieb behalten, dich und alle in der Höhle, aber ich werde auch niemals vergessen, daß man mich ausgestoßen hat aus dem Rudel!«

»Jawohl, und ... daß sie dich vielleicht auch noch aus einem andern Rudel ausstoßen werden. Menschen sind nur Menschen, kleiner Bruder, und ihr Geschwätz ist nicht mehr wert als das Gequake der Frösche im Teiche. Wenn ich wieder herkomme, werde ich dich im Bambusdickicht erwarten, dort an der Grenze des Weidegrundes.«

Nach dieser Nacht kam Mowgli drei Monate lang nicht vor das Dorftor, denn eifrig war er, Menschenart und Menschenbrauch zu erlernen. Zuallererst mußte er sich daran gewöhnen, ein Tuch um die Hüften zu tragen, und das fiel ihm schwer; und dann hatte er alle die sonderbaren Worte der Menschen nachzuahmen und dabei Mund und Zunge ganz schrecklich zu verdrehen. Sobald er die Dinge, die man essen und trinken kann, bei Namen wußte, gab man ihm schmutzige Kupferstücke in die Hand und sagte, dies sei Geld und das müsse man über alles schätzen. Mowgli lachte und meinte, die Menschen seien fast ebenso wie die *Bandar-log*. Und dann führte man ihn hinaus auf das Feld und zeigte ihm, wie man die Erde aufreißt und den Samen hineinlegt. Alles dies schien ihm sehr sonderbar, und er begriff nicht, warum die Menschen sich mit alledem so plagten und mühten. Auch ärgerten ihn oft die Kinder im Dorf. Zum Glück hatte er in der Dschungel gelernt, kaltes Blut zu bewahren; aber wenn sie ihn verspotteten oder am Ende gar ihn höhnisch nachahmten, weil er einige Worte schlecht aussprach, dann konnte er sich kaum halten, sie zu packen und in Stücke zu zerreißen. Er wußte jedoch, daß ein rechter Jäger kleine, nackte Jungen verschont, und er begnügte sich damit, den Kindern gelegentlich einen heillosen Schreck einzujagen, indem er die Zähne fletschte und sie anknurrte wie Bagheera, der Panther.

Von seiner Körperkraft ahnte er nichts. In der Dschungel unter den Tieren galt er für schwach; die Dorfleute aber sagten, er sei stark wie ein Stier.

Daß die Menschen durch Kasten streng voneinander geschieden sind, war ihm unverständlich. Als nun eines Tages des Töpfers Esel in die Lehmgrube fiel, zog Mowgli das Tier beim Schwanze heraus und half dem Töpfer, seine Ware wieder aufzuladen für den Markt in Khanhiwara. Das war ein großes Vergehen, denn der Töpfer gehörte einer sehr niedrigen Kaste an, und mit seinem Esel stand es noch weit schlimmer. Als der Priester ihn deswegen schalt, drohte Mowgli dem heiligen Manne, daß er ihn selbst auf den Esel setzen werde. Da lief der Priester zu Messuas Gatten und sagte ihm, es sei hohe Zeit, Mowgli an eine regelmäßige Beschäftigung zu gewöhnen, und der Dorfälteste wies den Knaben an, am nächsten Tage die Büffel zur Weide zu führen. Niemand war darüber glücklicher als Mowgli.

An demselben Abend stellte er sich in der ehrwürdigen Versammlung ein, die regelmäßig auf einer Art Plattform unter dem großen Feigenbaum tagte und zu der er nun als angestellter Dorfhirt Zutritt hatte. Es war der Dorfklub, zu dem alle Honoratioren gehörten: der Dorfälteste, der Nachtwächter, der hagere Barbier, der alle Neuigkeiten im Dorf wußte, und der alte Buldeo, der Dorfjäger, der eine rostige Donnerbüchse sein eigen nannte. Sie und viele andere saßen unter dem Palmbaum, schwatzten und rauchten, und oben in den Zweigen des Baumes saßen die Affen und schwatzten ebenfalls, nur daß sie nicht rauchten. Unter der steinernen Plattform aber in einem Loch hauste die Dorfkobra, der man jeden Abend eine Schüssel mit Milch brachte, denn sie war heilig. Die alten Männer saßen und erzählten sich bis tief in die Nacht hinein wunderbare Geschichten von Göttern, Menschen und Geistern, während sie fleißig an den großen *Hookahs*, den Wasserpfeifen, sogen. Buldeo überbot alle mit seinen merkwürdigen Berichten von den wilden Tieren und ihrem Treiben in der Dschungel; er schilderte, erzählte und gestikulierte, bis den Kindern, die außerhalb des Kreises saßen, die Gänsehaut über den Rücken lief, und bis ihre großen, braunen Augen wie Mühlräder starrten. Die meisten Geschichten handelten von Tieren, denn die Dschungel rauschte ja Tag und Nacht vor den Häusern der Dorfbewohner. Der Hirsch und das Wildschwein wühlten in ihren Feldern und verdarben ihnen die Ernten; ab und zu schlich der Tiger in der Dämmerung herbei, um vor ihren Augen einen Mann davonzutragen; und von weitem tönte der geheimnisvolle Chor unsichtbarer Jäger.

Mowgli, der natürlich in der Dschungel Bescheid wußte, vergrub oft sein Gesicht in den Händen, um das Lachen zu verbergen, während Buldeo, den rostigen Stutzen über den Knien, eine grausige Mär nach der anderen zum besten gab, daß Mowglis Schultern zuckten.

Der alte Dorfjäger erzählte gerade von dem Tiger, der Messuas Sohn vor Jahren fortgeschleppt hatte. »O gewiß!« sagte er. »Das war gar kein richtiger Tiger, sondern der Geist eines bösen, alten Wucherers, der hier vor vielen Jahren gestorben ist. Und zur Strafe ist seine Seele in den Körper eines Tigers gefahren. Das ist ganz gewiß wahr, und ihr selbst könnt euch davon überzeugen. Der Tiger hinkt, wie wir an den Spuren gesehen haben, und ihr erinnert euch doch, daß der alte Geizhals Purun Daß auf einem Fuße lahm war; das kam von den Schlägen, die der Richter ihm einmal für seine Wucherei gab; seitdem humpelte er, und es geschah ihm ganz recht, und nun ist er ein Tiger, und mein Mund spricht die reine Wahrheit.«

»So ist es! ... ganz recht! ... du bist ein kluger Mann!« und alle Graubärte nickten zustimmend.

Da fuhr Mowgli dazwischen: »Sind alle eure Geschichten solch Nachteulengeschwätz und Affengerede? Dieser Tiger hinkt, weil er lahm zur Welt kam, das weiß jeder in der Dschungel. Was für Märchen will euch Buldeo da aufbinden! Von der Seele eines Wucherers zu sprechen in einem Biest, das nicht einmal soviel Mut hat wie ein Schakal, ist kindisches Geschwätz.«

Buldeo war zuerst sprachlos vor Überraschung, und der Gemeindeälteste starrte ihn verständnislos an.

»Oho! Ist das der Dschungelbalg, der nichtsnutzige Wolfssohn?« fuhr Buldeo auf. »Wenn du ihn so genau kennst, den lahmen Tiger, dann bringe doch lieber seine Haut nach Khanhiwara, denn die Regierung hat hundert Rupien auf seinen Tod gesetzt. Oder noch besser, du hältst deinen Mund, wenn alte Männer reden.«

Mowgli stand auf. »Den ganzen Abend habe ich hier gelegen und zugehört«, sagte er im Fortgehen. »Und mit Ausnahme von ein oder zwei Malen hat Buldeo nicht ein einziges wahres Wort über die Dschungel gesprochen, die ihm doch dicht vor der Tür ist. Wie kann ich all die anderen Gespenstergeschichten glauben, von Geistern und Göttern und Kobolden, die er mit eigenen Augen gesehen haben will.«

»Höchste Zeit, daß der Junge die Büffel hütet«, meinte der Dorfälteste. Buldeo aber warf Mowgli giftige Blicke nach und sog zornschnaubend an seiner Wasserpfeife.

In den meisten indischen Dörfern führen wenige Knaben die Rinder und Büffel am frühen Morgen zur Weide und bringen sie des Abends wieder zurück. Die gleichen Tiere, die den weißen Mann tottrampeln würden, wo er sich zeigte, lassen sich anschreien, schlagen und stoßen von Kindern, die ihnen kaum bis zur Nase reichen. Solange die Knaben bei den Herden bleiben, sind sie in Sicherheit, denn nicht einmal der Tiger wagt es, eine Rindviehherde anzugreifen. Aber wenn sie sich fortbewegen, um Blumen zu suchen oder Eidechsen zu fangen, werden sie manchmal von den wilden Tieren überfallen und in das Dickicht geschleppt.

Am nächsten Morgen ritt Mowgli bei Sonnenaufgang stolz durch die Straßen des Dorfes; er saß auf dem Rücken Ramas, des großen Leitstieres. Die schieferblauen Büffel mit ihren langen, rückwärtsgebogenen Hörnern und feurig wilden Augen tauchten aus ihren Verschlägen auf, einer nach dem anderen, und folgten in langer Reihe. Mowgli machte es den Jungen von vornherein klar, daß er ihr Herr und Meister sei. Mit einem langen Bambusstock lenkte er die Tiere und befahl Kamya, einem der Hirten, mit den Rindern getrennt zu weiden, während Mowgli mit den Büffeln davonzog.

Ein indischer Weideplatz ist oft mit Felsblöcken bestreut, die von dichtem Buschwerk und hohem Gras umgeben sind. Kleine Schluchten kreuzen sich, und die Herden zerstreuen sich und sind verschwunden. Die Büffel ziehen gewöhnlich die kühlen, sumpfigen Stellen vor, wo sie sich oft stundenlang im warmen Schlick suhlen. Mowgli trieb sie bis zur Stelle, wo der Waingunga sich aus der Dschungel in die Ebene ergoß. Er glitt von Ramas Rücken und trabte zum Bambusdickicht. »Ah! da bist du endlich!« rief Graubruder, der, seinem Versprechen treu, dort wartete. »Ich habe hier manchen Tag vergebens nach dir ausgeschaut. Du treibst Büffel, was hat das zu bedeuten?«

»Ich bin der Dorfhirt!« sagte Mowgli. »Wie steht's mit Schir Khan?«

»Er ist zurückgekommen und hat dir lange aufgelauert. Nun ist er wieder fort, denn das Wild beginnt hier knapp zu werden. Aber er hat die feste Absicht, dich zu töten – sobald er kann.«

»Recht. Sobald er kann«, wiederholte Mowgli trocken. »Solange er fort ist, laß einen meiner vier Brüder hier auf dem Felsen sitzen oder tue es selber, damit ich euch sehen kann, wenn ich vom Dorfe herkomme. Sobald er aber zurückgekehrt ist, warte auf mich bei dem Dhâkbaume in der

Mitte der Ebene. Ich möchte dem Lahmen nicht gerade in den Rachen laufen.«

Darauf suchte sich Mowgli einen schattigen Platz und legte sich schlafen, während um ihn die Herde friedlich graste.

Herden hüten ist in Indien die bequemste Beschäftigung von der Welt. Die Rinder kauen und zermalmen mit lautem Geräusche die saftigen Pflanzen; sie bewegen sich langsam mit schleppendem Gang, oder sie legen sich hin und schlagen mit den Schwänzen nach Fliegen. Das schmackhafte Futter wächst bis zu ihren Nasen herauf, und sie brauchen sich nicht danach zu bücken. Ab und zu brüllen die Kühe sich in ihrer Sprache ein paar Worte zu oder stoßen ein zufriedenes Grunzen aus. Die Büffel geben nur selten einen Laut von sich; sie watscheln im Entenmarsche zu den Morästen, einer hinter dem anderen, und wühlen sich tief in den Schlamm, bis nur die glänzenden Nasen und gläsernen Augen hervorlugen. Und dort bleiben sie in dem weichwarmen Bette wie Holzklötze liegen. Die Sonne strahlt auf die Felsen herab, bis die heiße Luft auf den Steinen tanzt, und die Hirtenkinder hören den Ruf eines Geiers – immer nur eines einzigen – hoch oben im Äther, so hoch, daß man ihn kaum sehen kann. Die Kinder wissen, was dieser schwarze Punkt in der blauen Unendlichkeit zu bedeuten hat: falls sie, von der Schlange gebissen, sterben würden – oder eins der Tiere umkäme –, so schösse dieser eine Geier pfeilschnell herab, und der nächste Geier, viele Meilen entfernt, würde folgen, und dann der nächste und wieder der nächste, und der noch warme Körper wäre bald von einem Dutzend dieser Geier, die wie durch Zauber aus dem Nichts herbeifliegen, zerhackt und zerrissen.

Die Kinder liegen sorglos im langen Grase, schlafen oder träumen mit offenem Auge, oder sie flechten aus trockenen Halmen kleine Körbe, in die sie Grashüpfer setzen, fangen ein paar Grillen oder lassen sie miteinander kämpfen, oder sie reihen rote und blaue Dschungelnüsse auf eine Schnur und machen daraus Halsketten. Manchmal auch sehen sie mit großen Augen einer Eidechse zu, die sich auf dem heißen Felsen wärmt, oder sie belauschen eine Schlange, die auf ihrem Jagdzug durch das Dickicht gleitet. Und wenn sie das alles getan haben, singen sie lange, lange Lieder mit seltsamen Trillern am Ende, und der eine Tag scheint ihnen länger als vielen ihr ganzes Leben. Manchmal formen sie auch aus dem Lehm ein Schloß mit Menschen, Pferden und Büffeln und stecken den Menschen Stäbe in die Hände, damit sie Könige darstellen. Und wenn Schlangen und Eidechsen sich verkrochen haben und die steifgewordenen Lehmfiguren in der Hitze zerfallen sind, kommt endlich der Abend herbei. Die Kinder lassen ihren hellen Ruf ertönen, und die Büffel erheben sich mit einem plötzlichen Ruck aus ihrem schlammigen Bette und machen dabei ein Geräusch wie Kanonen, aus deren Rohr eine blinde Ladung herausplatzt. Einer nach dem andern entsteigt triefend dem Schlamme, und sie alle ziehen in langer Reihe über die Ebene in der Richtung der schimmernden Dorflichter.

Tag für Tag führte Mowgli die Herde zu ihrem Weideplatze, und stets sah er Graubruder als treue Schildwache auf seinem Posten sitzen. Schir Khan war somit noch nicht zurückgekommen, und Mowgli lauschte im Grase all dem wunderlichen Summen und Schwirren und träumte von den vergangen Tagen in der Dschungel.

Da, eines Morgens, war Graubruder nicht an seinem Platze. Mowgli lachte und führte seine Büffel zur Schlucht bei dem Dhâkbaum, der über und über mit goldroten Blüten bedeckt war. Und richtig! Dort saß Graubruder mit glühenden Augen und borstig gesträubtem Fell.

»Er hat sich einen Monat lang versteckt gehalten, um dich irrezuführen«, sagte der Wolf. »Vergangene Nacht kreuzte der Tiger in unser Revier, mit Tabaqui auf seiner Fährte, um dich aufzuspüren.«

Mowgli runzelte die Stirne. »Schir Khan fürchte ich nicht, aber Tabaqui ist schlau und verschlagen.«

»Mach dir keine Sorgen!« sagte Graubruder, die Lefzen leckend. »Ich traf den Burschen heut morgen in der Dämmerung. Jetzt vertraut er seine ganze Weisheit der Dschungel an – das heißt, soviel die Geier davon übrigließen. Aber er hat mir alles erzählt, bevor ich ihm das Genick zerbiß. Schir Khan beabsichtigt, dir heute abend am Dorftore aufzulauern – dir allein. Er hat sich jetzt oben in der Schlucht des ausgetrockneten Waingungaarms versteckt und meint, daß ihn niemand gesehen habe.«

»Hat er sich vollgefressen, oder ist er heute noch nicht auf

Fang aus gewesen?« fragte Mowgli hastig, denn die Antwort bedeutete für ihn Leben oder Tod.

»In der Morgendämmerung riß er ein Schwein und hat es mit Haut und Haaren verschlungen, dann hat er sich vollgesoffen. Du weißt, Schir Khan bringt es nicht über sich, zu fasten, selbst nicht, wenn er auf Rache auszieht.«

»Ah! Der Narr, der! Vollgefressen hat er sich und vollgesoffen und bildet sich ein, daß ich warten werde, bis er sich ausgeschlafen hat! Sag, wo hat er sich verkrochen? Wären wir nur unser zehn, jetzt wäre die Gelegenheit, ihm das Fell über die Ohren zu ziehen. Meine Büffel greifen nicht an, ohne ihn vorher zu wittern, und ich verstehe nicht ihre Sprache! Können wir ihm in den Rücken kommen, so daß die Büffel seine Fährte wittern?«

»Davor hat er sich geschützt!« sagte Graubruder. »Er ist den Waingungafluß hinabgeschwommen, um seine Fährte zu verwischen.«

»Das hat ihm Tabaqui geraten. Er selbst würde niemals daran gedacht haben.« Mowgli stand mit dem Finger im Munde und dachte nach: »Die große Waingungaschlucht mündet in die Ebene, kaum eine Meile von hier. Ich kann die Herde durch die Dschungel heimführen bis zum Eingang der Schlucht und dann von oben mit ihr niederbrausen. Aber er würde durch den unteren Ausgang entfliehen. Ich muß ihm den Weg versperren. Graubruder, könntest du mir die Herde teilen?«

»Ich allein wohl kaum, aber ich habe mir einen weisen Helfer mitgebracht.«

Graubruder trabte davon und verschwand in einer Höhle. Gleich darauf tauchte ein großer, grauer Kopf auf, den Mowgli wohl kannte, und durch die heiße Luft zitterte der schaurigste Schrei der Dschungel – das Klagegeheul eines hungrigen Wolfes auf der Mittagsjagd.

»Akela! Akela!« jubelte Mowgli. »Ich hätte mir denken können, du würdest mich nicht vergessen. Große Jagd steht uns bevor. Teile mir die Herde, Akela! Treibe die Kühe mit den Kälbern zusammen und trenne sie von den Büffeln.«

Die beiden Wölfe liefen, wie Schäferhunde im schottischen Hochland, hin und her zwischen die schnaubende, keilende

Herde, bis sie in zwei Haufen getrennt war. Der eine bestand aus den Kühen, die ihre Kälber brüllend umringten, jeden Augenblick bereit, sich mit gesenkten Hörnern auf einen der Wölfe zu stürzen. Im andern drängten sich die Stiere; sie stampften die Erde und keuchten und rollten ihre großen Augen – sie boten einen gewaltigen Anblick, waren aber weit weniger gefährlich als die Kühe, da sie keine Kälber zu schützen hatten. Sechs Männer hätten nicht vermocht, die Herde so gleichmäßig zu teilen.

»Was nun?« keuchte Akela. »Sie suchen wieder zueinander zu kommen.«

Mowgli sprang auf Ramas Rücken.

»Vorwärts mit den Stieren! Treibe sie nach links, Akela. Graubruder, halte du die Kühe zusammen, und wenn wir fort sind, jage sie zum unteren Ausgang der Schlucht!«

»Wie weit?« schnappte Graubruder, dem der Schaum vor dem Mund stand.

»Bis die Seitenwände so hoch sind, daß Schir Khan nicht über sie hinweg kann. Dort lasse sie nicht vom Flecke, bis wir von oben herabkommen.«

Und fort stürmten die Stiere zur Linken unter Akelas Gebell. Graubruder trabte an der vorderen Reihe der Kühe entlang; als sie sich auf ihn stürzen wollten, wich er geschickt rechts zur Seite und lenkte so seine Verfolger in die Richtung des unteren Endes der Schlucht, indes Akelas Jagdschrei von links herüberdrang.

»Recht so! Noch einmal angehen, Akela, dann kommen die Tiere in Schwung. Aber Vorsicht, nicht zu nahe, sonst spießen sie dich auf die Hörner. Heiaho! Das ist bessere Jagd, als Böcke treiben! Was die Kerle laufen können – hast du das gewußt, Akela?«

»Ich – ich – ich habe sie gejagt zu meiner Zeit«, keuchte Akela im hochaufwirbelnden Staub. »Soll ich sie jetzt in die Dschungel hetzen?«

»Ja, abdrehen. Schnell, nur zu! Mein Rama ist schon ganz toll. Ach, könnte ich ihm nur sagen, was ich heute von ihm will.«

Die Büffel wandten sich nun zur Rechten und brachen wie ein Gewitter in das hohe Dickicht ein. Die anderen Hütejungen, die in der Nähe bei den Rinderherden lagen, stürzten nach dem Dorfe zurück und berichteten, der böse Geist sei in die Büffel gefahren und habe sie in alle Windrichtungen verstreut.

Mowglis Plan war einfach genug. Er wollte in großem Bogen das obere Ende der Schlucht gewinnen und dann mit den Bullen gegen Schir Khan herunterstürmen, während die Kühe den unteren Ausgang versperrten. Denn er wußte, daß der Tiger mit vollem Bauch weder kämpfen noch die steilen Wände der Felsschlucht hinaufklettern konnte.

Mowgli beschwichtigte nun mit Zurufen die dahinstürmenden Büffel, während Akela zurückgefallen war und nur mit leisem Lautgeben die Nachzügler antrieb. Sie schlugen einen weit ausholenden Kreis, um nicht zu nahe an die Schlucht heranzukommen und Schir Khan ein Warnungszeichen zu geben.

Zuletzt sammelte Mowgli die wild erregte Herde am oberen Eingang zur Schlucht auf einem grasigen Hang, von dem es steil hinunter zur Schlucht ging. Von hier konnte man über die Baumkronen weit in die Ebene sehen. Mowglis Blicke glitten musternd an den Felsen entlang, und mit Freuden sah er, daß die Wände senkrecht anstiegen, ohne mit ihren grünen und buntfarbigen Schlinggewächsen irgendeinen Halt zum Aufklettern zu bieten.

»Laß sie jetzt verschnaufen, Akela!« rief Mowgli dem Wolfe zu. »Sie haben seine Witterung noch nicht in der Nase. Laß sie zu sich kommen! Ich muß Schir Khan meinen Besuch anmelden. Heiho! Wir haben ihn in der Falle!«

Und dann legte er die Hände an den Mund und gellte hinab in die Schlucht. Das Echo sprang von Fels zu Fels – hohl und laut wie in einem Tunnel.

Nach langer Zeit tönte aus der Tiefe das schläfrige Murren eines vollgefressenen Tigers, der sich nur ungerne in seiner Ruhe stören läßt.

»Wer ruft?« murrte Schir Khan gereizt, und ein prächtiger Pfau flog mit erschrockenem Geschrei aus dem Gebüsch.

»Mowgli hat gerufen. Heiho! du Herdendieb, ich hole dich zum Ratsfelsen der Wölfe! Heiho! Hinunter jetzt, Akela – treib sie hinunter! Vorwärts, Rama, vorwärts!«

Die Herde schreckte einen Augenblick am Rande der

Schlucht zurück, aber Akela ließ seinen Jagdruf aus voller Kehle ertönen, und hinab ging's mit weitem Sprunge, Sand und Steine spritzten auf. Nachdem die rasende Jagd in die Tiefe einmal begonnen, gab es kein Halten mehr – die hinteren Büffel drängten nach vorn, und vorwärts stürmte es, vorwärts wie der reißende Bergstrom, der seine Dämme durchbrochen hat. Plötzlich witterte Rama Schir Khan und brüllte wütend auf.

»Haha!« lachte Mowgli auf Ramas Rücken. »Nun weißt du, was es gibt! Horrido!« Und weiter brauste die Herde mit dem Gewirr schwarzer Hörner, wutgeröteter Augen und schaumbedeckter Nüstern gleich einer Sturzflut die Schlucht hinab. Die schwächeren Tiere wurden vom Drucke aufgehoben und dann seitwärts in das Dickicht gedrängt.

Schir Khan hörte den Donner der anstürmenden Hufe; er wußte wohl, daß kein Tier in der weiten Dschungel dem Angriff einer wütenden Büffelherde zu widerstehen vermag. Er raffte sich auf und eilte, so schnell es ihm sein voller Bauch erlaubte, die Schlucht hinab. Ängstlich spähte er rechts und links, um einen Ausweg zu finden; aber die Wände der Schlucht stiegen beinahe senkrecht auf und starrten ihm mitleidslos entgegen. Da hielt er an, denn sein Mahl lag ihm schwer im Wanste, ihm war nicht zum Kämpfen zumute. Näher und näher brauste der Donner; jetzt stürmte die Herde mit lautem Aufklatschen durch die Wasserpfütze, die Schir Khan eben verlassen hatte, mit einem Gebrüll, daß die Felsen bebten. Und nun kam die Antwort unten von den Kühen und blökenden Kälbern. Da ahnte Schir Khan sein Geschick. Er wußte, daß es auch im schlimmsten Falle besser sei, den Kampf mit den Büffeln zu wagen als mit den Kühen, wenn sie Kälber haben. Mit blutunterlaufenen Augen warf er noch einen Blick zu den steilen Wänden auf, dann drehte er sich, um sich den Büffeln zu stellen. Krachend brach die Herde wie ein Gewitter über ihn herein – dunkel wurde es, Stampfen, Stoßen und Brüllen. Rama strauchelte, kam wieder hoch, trat auf etwas Weiches, sich Windendes und stürmte weiter. Dann stießen die beiden Herden am Ausgang der Schlucht zusammen. Welch ein Anprall! Die vordersten Reihen türmten sich auf, wie eine Woge an der Klippe, Büffel und Kühe ritten aufeinander zu dreien und vieren – die Erde stöhnte, und hinab wogte die Herde in die Ebene, während der Fels unter ihrem Stampfen in Staub zerbröckelte.

Mowgli nahm den rechten Augenblick wahr: er sprang von Ramas Rücken und schlug mit dem Bambusstab nach rechts und links, um die Herde zu ordnen.

»Schnell, Akela! Treibe sie auseinander! Schnell! Oder sie spießen sich gegenseitig! Fort mit ihnen, Akela! *Hai,* Rama! *Hai! Hai! Hai!* meine Kinder! Ruhe! Ruhe! Es ist ja alles vorbei!«

Akela und Graubruder trabten auf und ab und schnappten nach den Beinen der Büffel. Noch einmal machte die Herde Miene, zurückzukehren und die Schlucht hinaufzustürmen; Mowgli vermochte jedoch, seinen Rama nach einer andern Richtung abzulenken, und endlich folgte die Herde brüllend dem Leittier.

Schir Khan brauchte sich nicht mehr zu sorgen. Er war tot, und schon stießen die Geier zu Tal.

»Brüder – so starb ein Hund!« sagte Mowgli, nach dem Messer greifend, das er immer bei sich trug, seitdem er bei den Menschen weilte. »Wallah! Sein Fell wird sich auf dem Ratsfelsen prächtig ausnehmen! Und jetzt schnell ans Werk!«

Ein Knabe, unter Menschen aufgewachsen, würde niemals imstande gewesen sein, allein einen zehn Fuß langen Tiger zu häuten; doch Mogli wußte, wie einem Tiere der Pelz angepaßt ist und wie man ihn abnehmen kann. Trotzdem war es harte Arbeit; Mowgli schnitt und zerrte und stöhnte wohl eine Stunde lang, während die Wölfe mit ausgestreckten Zungen dalagen oder am Fell zerrten, wenn Mowgli es befahl.

Plötzlich fühlte Mowgli den Druck einer Hand auf der Schulter, und aufblickend sah er Buldeo mit seiner alten Donnerbüchse. Die Kinder hatten im Dorfe die Nachricht von der wilden Flucht der Herde verbreitet, und Buldeo hatte sich unverzüglich aufgemacht, um Mowgli zu strafen, weil er nicht auf die Herde achtgegeben hatte. Bei seinem Nahen hatten sich die Wölfe schnell in Deckung verzogen.

»Was soll denn der Unsinn? Bildest du dir etwa ein, du könntest einen Tiger häuten? Wo haben ihn denn die Büffel getötet? Sieh da, der lahme Tiger ist's, auf den die Regierung einen Preis von hundert Rupien ausgesetzt hat. Nun, wir werden diesmal ein Auge zudrücken. Ich will dir sogar verzeihen, daß du die Herde hast fortrennen lassen. Vielleicht gebe ich dir eine Rupie von der Belohnung, wenn ich das Fell nach Khanhiwara gebracht habe.«

Er griff in die Tasche und holte Stahl und Feuersteine hervor, um den Schnurrbart des Tigers abzusengen. Indische Jäger unterlassen selten, diese Vorsicht zu gebrauchen, denn nur so können sie sich davor schützen, daß die Seele des Tigers sie verfolgt.

»Hm!« meinte Mowgli und fuhr fort, das Fell einer Vordertatze aufzuschlitzen. »Du willst also die Haut des lahmen Lungri nach Khanhiwara bringen und mir vielleicht gnädigst eine Rupie von dem Preise abgeben? Das ist freundlich von dir, mein lieber guter Buldeo, aber siehst du, ich habe mir nun einmal vorgenommen, das Fell zu meinen eigenen Zwecken zu verwenden ... Fort, alter Scheibenschießer, weg mit dem Feuer!«

»Du wagst es, so zu dem Hauptjäger des Dorfes zu sprechen? ›Scheibenschießer‹! Dein dummes Glück und der Unverstand der Büffel haben dir zu dieser Beute verholfen. Der Tiger hatte sich vollgefressen, sonst wäre er jetzt zwanzig Meilen weit von hier. Du kannst ihn nicht einmal richtig häuten, Lümmel, und mir sagst du, ich darf ihm den Bart nicht sengen?! Keinen Anna von der Belohnung erhältst du, vielmehr eine gehörige Tracht Prügel. Mach, daß du fortkommst!«

»Bei dem Bullen, für den Bagheera mich in das Rudel einkaufte, soll ich hier sitzen und die Zeit mit einem alten Affen verschwätzen?!« rief Mowgli. »Akela! Vorwärts! Diese Nachteule belästigt mich mit ihrem Gekreisch!«

Buldeo, der eben noch über den Tiger gebeugt stand, fand sich plötzlich zu seinem Entsetzen auf dem steinigen Boden liegen, und über ihm stand ein großer, grauer Wolf. Mowgli fuhr gelassen im Abhäuten des Tieres fort, als befände er sich ganz allein im weiten Indien.

»Recht – jawohl – du hast völlig recht, Buldeo«, schnarrte er zwischen den Zähnen. »Nicht einen einzigen Anna wirst du mir als Belohnung geben. Ein alter Streit war zwischen mir und dem Tiger auszufechten – ich aber siegte.«

Wir müssen es Buldeo lassen – wäre er zehn Jahre jünger gewesen, so hätte er einen Kampf mit Akela gewagt, wenn er in den Wäldern auf ihn getroffen wäre. Aber ein Wolf, der den Befehlen eines Knaben gehorchte – eines Knaben, der mit menschenfressenden Tigern in Fehde lag, solch ein Wesen war kein gewöhnlicher Wolf. Zauberei war im Spiel, Hexerei schlimmster Art, und Buldeo hoffte kaum mehr, daß ihn sein Amulett am Halse dagegen schützen werde. Still lag er, ganz regungslos, und erwartete jeden Augenblick, daß sich Mowgli in einen Tiger verwandeln werde.

»Maharadsch! Großer König!« hauchte er mit heiserer Stimme.

»Ja?« sagte Mowgli, ohne den Kopf zu drehen.

»Ich bin ein alter Mann. Wie konnte ich ahnen, daß du die Gestalt eines Hirtenknaben angenommen hast und etwas ganz anderes bist. Willst du mir nicht erlauben, aufzustehen und fortzugehen, großer Fürst, oder wirst du deinen Sklaven befehlen, mich in Stücke zu reißen?«

»Gehe in Frieden. Ein anderes Mal aber hüte dich, meine Fährte zu kreuzen! Laß ihn frei, Akela!«

Buldeo sprang auf, holte tief Atem und humpelte dann fort, so schnell er konnte. Er blickte verstohlen zurück, um zu sehen, ob Mowgli nicht irgendeine furchtbare Gestalt angenommen habe. Als er endlich schweißtriefend beim Dorfe anlangte, erzählte er zitternd und keuchend eine greuliche Geschichte von Zauberei und Teufelskunst, so daß das rundliche Gesicht des fetten Priesters sich in entsetztem Staunen in die Länge zog.

Unterdessen fuhr Mowgli emsig mit seiner Arbeit fort; er hackte und schnitt und zog, und als endlich das blutige Fell vor ihm ausgestreckt lag, war die Dämmerung über das Tal hereingebrochen.

»Wir müssen die Haut verstecken! Es ist Zeit, die Büffel heimzutreiben. Hilf mir, Akela!«

Die unruhig harrende Herde sammelte sich schnell im nebelgrauen Dämmerlichte. Als sie in die Nähe des Dorfes kamen, sah Mowgli Fackeln leuchten, hörte die Glocken des Tempels läuten und das Getute der Muschelhörner; das halbe Dorf schien am Eingang versammelt.

»Sie warten auf mich, weil ich Schir Khan getötet habe«, dachte Mowgli.

Da sauste ein Hagel von Steinen auf ihn ein; es pfiff und

schwirrte ihm um die Ohren, und die Menge schrie: »Zauberer! Wolfsbrut! Fort! Dschungelteufel! Fort von hier, oder der Priester wird dich in einen Wolf verwandeln! Schieß, Buldeo, gib Feuer!«

Päng! die Büchse krachte, und getroffen brüllte ein junger Büffel.

»Neue Zauberei!« schrie es. »Er kann die Kugeln lenken! Buldeo, das war dein eigener Stier!«

»Was hat das zu bedeuten?« fragte Mowgli ganz verwirrt, als der Steinregen immer dichter auf ihn herniedersauste.

»Deine Menschenbrüder sind auch nicht viel anders als das Wolfspack!« meinte Akela und setzte sich gelassen nieder. »Es ist in meinem Kopf, daß sie dich ausstoßen, wenn diese Geschosse etwas zu bedeuten haben.«

»Unsauberer Geist! Wolfsjunges! Hebe dich hinweg!« rief der Priester und schwang einen Zweig der heiligen Tulsipflanze.

»Ausgestoßen? Wiederum ausgestoßen! Das eine Mal, weil ich ein Mensch war, und diesmal, weil ich ein Wolf bin!« sagte Mowgli dumpf. »Komm, Akela, laß uns gehen.«

Traurig wandte er den Rücken. Da stürzte eine Frau aus der Menge und drängte sich durch die Herde. »O mein Sohn, mein Sohn!« rief sie. »Sie sagen, du wärest ein Zauberer, der sich in ein wildes Tier verwandeln kann. Ich glaube es nicht, aber du – du mußt fortgehen, sonst werden sie dich töten. Buldeo sagt, du seiest ein böser Geist, aber ich weiß es besser, ich weiß, du hast meines kleinen Nathoo Tod gerächt!«

»Zurück, Messua!« rief der Haufe. »Zurück! Oder wir steinigen dich!«

Mowgli lachte – es war ein kurzes, böses Lachen, denn ein Stein hatte ihn am Mund getroffen. »Geh zurück, Messua! Das ist eine von den Mondscheingeschichten, die sie sich des Abends unter dem großen Baume erzählen. Ja! Ich habe deinen Sohn gerächt. Lebe wohl . . . laufe schnell . . . denn die Steine fliegen immer dichter, und ich werde ihnen die Büffel nachhetzen . . . Fort! . . . ich bin kein Zauberer . . . ich bleibe dein Sohn . . . Lebe wohl!«

»Noch einmal, Akela«, schrie er, »heim mit der Herde! *Hai! Hai!*«

Die Büffel scharrten vor Ungeduld, in ihre Ställe zu kommen. Kaum ertönte Akelas heiseres Geheul, als sie wie ein Sturmwind durch das Tor ins Dorf brausten, während die erschrockene Menge schreiend auseinanderstob.

»Zählt sie nur genau!« rief Mowgli höhnisch. »Zählt, ob sie auch alle da sind! Vielleicht habe ich einen von ihnen verschlungen oder in eine Schlange verwandelt! Ich scheide mich von euch, ihr Menschenkinder, und dankt Messua, daß ich nicht mit meinen Wölfen herbeikomme und euch durch die Straßen hetze!«

Er wandte sich und schritt mit Akela davon. Als er zu den glänzenden Sternen aufsah, fühlte er sich frei und glücklich. »Ah! Nun brauche ich nicht mehr in ihren Fallen zu schlafen, Akela! Komm, wir wollen Schir Khans Fell holen und uns fortmachen. Nein, wir wollen ihnen kein Leid antun, denn Messua war gut zu mir!«

Als der Mond über den Hügeln aufstieg und die Ebene mit milchigem Licht übergoß, sahen die Dorfbewohner mit Entsetzen, wie Mowgli mit zwei Wölfen an seiner Seite und mit einem Bündel auf dem Kopfe in langem Wolfstrab dahinzog, mit dem gleichmäßigen Trott, der lange Meilen wie Feuer verschlingt. Da schlugen sie mit aller Macht gegen die Tempelglocken und bliesen ihre Muschelhörner lauter denn je. Messua weinte, und Buldeo schilderte dem versammelten Volke seine Erlebnisse in so glühenden Farben, daß er es selbst glaubte, als er zum Schluß beschrieb, wie Akela sich auf seinen Hinterbeinen aufrichtete und in der Sprache der Menschen zu ihm redete.

Schon ging der Mond unter, als Mowgli mit den beiden Wölfen zu dem Ratsfelsen gezogen kam, vorbei an der alten Höhle von Mutter Wolf.

»Sie haben mich aus dem Menschenrudel verstoßen, Mutter!« rief Mowgli. »Aber ich komme mit Schir Khans Fell, um mein Wort einzulösen!«

Mutter Wolf schob sich steifbeinig mit ihren Jungen aus der Höhle, und beim Anblicke des blutigen Felles glühten ihre Augen auf.

»Ich hab's gewußt! Als er hier mit eingezwängtem Kopfe in unsere Höhle hineinbrüllte, da hab' ich's ihm prophezeit! Der große Jäger ist meinem kleinen Frosche zur Beute gefallen. Das hast du brav gemacht, mein Sohn!«

»Wohl getan, kleiner Bruder!« schnurrte eine tiefe Stimme im Dickicht. »Verlassen fühlten wir uns in der Dschungel ohne dich«, und Bagheera trat eilig durch die Büsche an Mowglis Seite.

Zusammen erstiegen sie den Ratsfelsen, und Mowgli spreitete das Fell Schir Khans auf dem flachen Steine aus, auf dem Akela zu liegen pflegte, und befestigte es mit vier Bambusstäben, und Akela legte sich darauf und ließ ganz wie früher, als er noch Leiter des Rudels war, seinen langgezogenen Ruf erschallen: »Äuget, ihr Wölfe, äuget scharf!« Aber die Versammlung war nicht dieselbe wie ehedem.

Seit Akelas Sturz hatten die Wölfe ohne Führer gelebt, sie jagten und kämpften ganz nach eigenem Gutdünken. Jetzt aber antworteten sie auf den Ruf nach alter Gewohnheit, doch ihre Stimmen klangen matt und heiser. Viele waren in Fallen geraten und von den scharfen Eisen lahm geschlagen worden; andere waren krank geschossen oder von böser Räude geplagt, denn sie hatten, wie der Schakal, verdorbenes Fleisch gefressen. Viele aber fehlten! Es war eine traurige, lahme Versammlung mit blutenden Wunden und triefenden Augen, und dennoch schlichen alle, die noch am Leben waren, zum Ratsfelsen herbei und eräugten Schir Khans Fell mit den baumelnden Pranken, die im Nachtwind wehten.

»Schaut her, ihr Wölfe!« rief Mowgli. »Habe ich mein Wort gehalten?«

»Ja! Ja!« jaulten die Wölfe; und einer, dem der Pelz arg zerzaust war, heulte mit klagender Stimme: »Sei wieder unser Führer, Akela! Und du, Menschenjunges, führe auch du uns wieder, denn wir sind es satt, ohne Gesetz zu leben, und vielleicht können wir wieder das freie Volk werden, das wir einst waren!«

»Nie und nimmer wieder!« brummte Bagheera. »Wenn ihr euch vollgefressen habt, wird die Tollheit wieder über euch kommen! Nicht umsonst nannte man euch das freie Volk! Ihr habt nun die Freiheit, nach der ihr gestrebt. Schlingt jetzt die Freiheit, ihr Wölfe!«

»Menschen und Wölfe haben mich verstoßen. Allein will ich jetzt in der Dschungel jagen!« rief Mowgli; aber seine Stimme klang traurig.

»Wir, wir jagen mit dir«, riefen die vier Wolfsjungen.

Fort zog Mowgli nun am gleichen Tage und jagte allein in der Dschungel mit den vier Jungen von Mutter Wolf. Aber er blieb nicht immer einsam, denn nach Jahren kehrte er wieder heim zu den Menschen und nahm sich ein Weib. Doch dies ist eine andere Geschichte.

Mowglis Siegeslied

Ich, Mowgli, singe mein Lied der lauschenden Dschungel von meinen Taten – Schir Khan sagte, er wolle ihn töten, den Frosch, im Zwielicht des Morgens werde er Mowgli töten!

Er aß und trank.

Trinke tief, Schir Khan, denn wann wirst du wieder trinken? Schlafe und träume von Mord. Allein bin ich auf grünen Gründen. Graubruder, komm her, auch du, Einsiedlerwolf, denn hier ist herrliche Beute. Treibe die Büffelstiere, die blau schimmernden Leitstiere mit den bösen Augen. Hetze sie hin und her nach meinem Willen.

Schläfst du noch, Schir Khan? So wach doch auf! Hier komme ich und hinter mir Rama, der König der Büffel. Er stampft den Boden. Wasser des Waingunga, wohin ging Schir Khan?

Er vermag nicht, wie Ikki, Löcher zu graben, noch wie Mor, der Pfau, davonzufliegen, er kann nicht, wie Mang, die Fledermaus, an den Zweigen hängen. Knackendes Bambusgehölz, erzähle mir, wohin entwich er?

Oh, da ist er! Aha! Da liegt er unter den Füßen Ramas, der Lahme!

Auf! Schir Khan, auf! Und töte, hier ist Beute! Brich den Nacken der Stiere!

Leise, leise! Er schläft! Nur nicht wecken, nur nicht wecken den Gewaltigen, denn seine Kraft ist groß! Stoßt herab, ihr Weihen der Lüfte, zu sehen, was zu sehen ist! Eilt herbei, ihr schwarzen Ameisen, zu erkunden, was zu erkunden ist! Wahrlich! Groß ist die Versammlung zu Ehren Schir Khans!

Alala! Ich habe kein Kleid, mich zu verhüllen! Wehe, die Räuber der Lüfte könnten sehen, daß ich nackend bin! Ich schäme mich vor allen den Dschungelleuten!

Borg mir deinen Rock, Schir Khan! Borg mir dein Fell, dein lustig buntes Fell, auf daß ich zur Ratsversammlung gehen kann!

Bei dem Stier, der mein Kaufpreis war, ich habe einen Schwur getan, einen kleinen Schwur! Nur noch deinen Pelz brauche ich, Schir Khan, um mein Wort zu erfüllen!

Mit dem Messer, das des Menschen Hand gebraucht, mit

dem Messer des Jägers werde ich mich jetzt bücken, mein Wort zu erfüllen.

Ihr Wasser des Waingunga, schaut her, denn Schir Khan schenkt mir seinen Rock aus Liebe ... aus Liebe zu mir, Mowgli, dem kleinen Frosch!

Hilf reißen, Graubruder! Hilf ziehen, Akela! Schwer ist das Fell des gewaltigen Schir Khan ...

Der Menschen Rudel zürnt mir, wirft Steine nach mir und schilt mich mit dem Geschwätz der Kinder. Es blutet mein Mund. Laßt uns flüchten! Flüchten durch die weiße Nacht! Schnell, meine Brüder, kommt mit mir! Dorthin, wo der Mond leuchtet tief am Horizont, dorthin laßt uns flüchten und die Lichter des Dorfes meiden.

Ihr Wasser des Waingunga! Der Menschen Rudel stieß mich aus. Ich tat ihnen kein Leid, und dennoch fürchten sie mich. Sagt mir, warum? Du Rudel meines Volkes ... Du Rudel der Wölfe ... auch ihr habt mich ausgestoßen. Die Dschungel ist mir verschlossen und der Menschen Hütten auch! Sagt mir, warum?

Wie Mang nicht gehört zu den Vögeln und nicht zu den Kämpfern der Dschungel, so gehöre ich nicht zu den Menschen und nicht zu den Brüdern der Wildnis. Sagt mir, warum?

Heißa! Ich tanze auf dem blutigen Fell Schir Khans! Doch mein Herz ist so schwer! Sie trafen mich mit den Steinen vom Wege: es blutet mein Mund. Doch jubelt mein Herz: denn zurück bin ich in der Dschungel. Sagt mir, warum?

Zwei Wesen ringen in mir, wie die Schlangen kämpfen im Frühling.

... Aus meinen Augen tropft salziges Wasser, und dennoch juble ich, während die Tropfen fallen. Warum?

Zwei Mowgli sind in mir, aber das Fell Schir Khans stampfen beide mit meinen Füßen.

Die ganze, ganze Dschungel weiß, daß ich ihn erschlug, den Schir Khan. Blicket scharf her, ihr Wölfe!

Ach, mein Herz ist voll und schwer von all den Dingen, die mein Kopf nicht versteht!

Die weiße Robbe

Stille, sei stille, mein Kindchen . . .
Rings umher ist die Nacht.
Grünlich schäumende Wellen
Leuchten in dunkeler Pracht.
Stille, mein Kindchen, stille!
Wellen, sie decken dich zu,
Liegst auf schaukelnden Kissen,
Schlafe in sicherer Ruh.
Stürme nicht sollen dich schrecken,
Und kein Hai bring' dir Not,
Schlaf in den Armen des Meeres,
Schlaf bis zum Morgenrot.

Schlummerlied der Robben

Was ich euch jetzt erzählen will, ereignete sich vor vielen Jahren in Novastoschna, hoch im Norden an der östlichen Küste der kleinen Insel St. Paul, weit, weit hinten in der Beringsee. Limmershin, der Winterzaunkönig, hat mir die Geschichte erzählt, damals, als der Passat ihn auf den Dampfer verwehte, mit dem ich nach Japan reiste; ich nahm ihn in meine Kabine und pflegte und fütterte ihn ein paar Tage, bis er kräftig genug war, wieder nach der Insel St. Paul heimzufliegen. Limmershin ist ein uralter Vogel, und er kennt viel wunderliche Mären.

Nach Novastoschna kam nie jemand, außer er hatte etwas zu tun; und eigentlich nur die Robben hatten regelmäßig dort etwas zu schaffen. Wenn der Schnee im Sommer geschmolzen ist, dann kamen sie zu Hunderttausenden aus der kalten, grauen See herbeigeschwommen, denn die Novastoschnabucht war für Robben der schönste Platz auf der ganzen Welt.

Scharfzahn, der alte, wohlerfahrene Seehund, wußte das genau, und jeden Frühling kam er herbei, gleichgültig, wo er sich gerade aufhielt – kam herbeigeschwommen, beinahe so schnell wie ein Torpedoboot, schnurstracks auf Novastoschna zu, um sich in wildem Kampfe mit seinen Genossen einen guten Platz auf den Klippen nahe der See zu erobern.

Scharfzahn war fünfzehn Jahre alt, eine mächtige graue

Pelzrobbe mit fast einer Mähne auf den Schultern und langen, bösen Hundefängen. Wenn sich Scharfzahn auf den breiten Ruderfüßen aufrichtete, um Ausschau zu halten, so stand er höher als vier Fuß vom Boden – er tat das gern, und die jungen Robben blickten dann mit Ehrfurcht auf die Narben, die den ganzen Körper bedeckten und von unzähligen Kämpfen herrührten. Aber sooft er auch selbst zerschunden worden war und andere zerschunden hatte, Scharfzahn war stets bereit, seine Kräfte erneut auf die Probe zu stellen. Witterte er irgendwo einen rauflustigen Gesellen, so legte er seinen dicken Kopf auf die Seite und schloß halb die Augen, als fürchte er sich, dem Gegner in das Gesicht zu sehen; dann aber schoß er blitzschnell vorwärts – er biß und riß und schnurrte und knurrte – sein volles Gewicht von siebenhundert Pfund lag auf dem Gegner und suchte ihn zu erdrücken ... und Scharfzahn hatte in solchem Falle nicht die Absicht, sich möglichst leicht zu machen.

Dennoch aber verfolgte er niemals einen Seehund, der um Gnade bat oder atemlos davonrannte, denn das war gegen das Gesetz der Bucht. Er wollte nur einen geräumigen Heimplatz für seine Frau und Kinder dicht an der Küste haben; und da jeden Frühling vierzig- bis fünfzigtausend Robben mit ganz derselben Absicht herbeikamen und keine einer anderen den Platz ohne heißen Kampf gönnte, so kann man sich leicht vorstellen, daß ihr Bellen, Pfeifen und Brüllen an der Bucht einen wahren Höllenspektakel machte.

Von der Hutchinsonhöhe, einer kleinen Erhebung am Strande, konnte man fast drei Meilen weit im Umkreis die Robben miteinander kämpfen sehen; und außerdem konnte man in der weißschäumenden Brandung unzählige schwarze Punkte bemerken: das waren neue Ankömmlinge, die sich gleichfalls einen schönen Heimplatz im bitteren Kampfe erwerben wollten. Sie bissen sich und prügelten sich überall: in dem Gischt der Brandung, auf dem weißen Sande und auf den tiefgehöhlten Felsenriffen, denn sie waren geradeso dumm und so dickköpfig, wie die Menschen es sind. Ihre Frauen kamen niemals vor Ende Mai oder dem frühen Juni zur Insel, denn sie hatten keine Lust, sich in Stücke reißen zu lassen. Die Jungen, die erst zwei, drei oder vier Jahre alt waren und noch keinen eigenen Haushalt gegründet hatten, gingen den alten Kämpfern aus dem Wege und watschelten ungefähr eine Viertelmeile in das Land hinein. Hier balgten sie sich spielend umher und nagten jedes grüne Hälmchen ab. Sie wurden Holluschickie, Junggesellen, genannt, und allein in Novastoschna gab es ihrer ungefähr zwei- oder dreihunderttausend.

Scharfzahn hatte eines Frühlings gerade seinen fünfundvierzigsten Kampf glücklich zu Ende geführt, als plötzlich Matka, sein schlankes, sanftäugiges Weibchen, aus den Wellen auftauchte. Er packte sie am Genick und zog sie, nicht eben behutsam, auf seinen erkämpften Platz. »Spät wie gewöhnlich!« grollte er. »Wo hast du denn gesteckt?«

Scharfzahn pflegte während seines viermonatigen Aufenthaltes an der Bucht kaum etwas zu essen und befand sich deshalb gewöhnlich in schlechter Stimmung. Matka hatte zwar einen anderen Empfang erwartet, aber sie war klug genug, die Antwort schuldig zu bleiben. Sie blickte umher und sagte mit einschmeichelnder Stimme: »Wie aufmerksam von dir! Du hast unseren alten Platz wieder gewonnen!«

»Das will ich meinen!« brummte Scharfzahn. »Sieh mich doch nur an!«

Er blutete aus zwanzig offenen Wunden; eines seiner Augen war fast blind, und am ganzen Körper war er zerkratzt und zerschunden.

»Ach, ihr schrecklichen Männer!« seufzte Matka, während sie sich mit ihrem Ruderfuß Kühlung zufächelte. »Warum könnt ihr denn nicht vernünftig sein und euch wegen der Plätze friedlich einigen? Du siehst aus, als ob du mit den Haifischen gekämpft hättest!«

»Seit Mitte Mai habe ich nichts anderes getan als gekämpft. Die Bucht ist ganz schändlich überfüllt in diesem Jahr. Ich habe mindestens hundert Burschen aus der Lukannon-Bucht getroffen, die auf der Platzsuche hierhergekommen sind. Warum können die Leute denn nicht bleiben, wo sie hingehören?«

»Ich habe oft gedacht, wir würden auf der Otterninsel viel glücklicher leben als hier«, sagte Matka.

»Bah! nur die glattnasigen Holluschickie versuchen auf der Otterninsel ihr Heil. Wollten wir dort hingehen, so würde man bald sagen, daß wir uns fürchten. Nein! Man muß wissen, was man sich schuldig ist, meine Liebe.«

Scharfzahn zog stolz den Kopf zwischen die fetten Schultern und tat, als ob er schliefe, aber er schielte währenddessen mit einem Auge verstohlen umher, ob er nicht irgendwo einen kampflustigen Feind erspähen könne. Die Robben waren nun vollzählig mit ihren Frauen am Strande versammelt, und ihr Geschrei und Bellen war meilenweit in allen Richtungen zu hören, selbst wenn der Sturm mit ihnen um die Wette heulte. Niedrig gerechnet, waren mehr als eine Million Robben an der Küste versammelt – alte Männchen, rundliche Weibchen, zarte Babys und Holluschickie. Unaufhörlich blökten und bellten sie, balgten sich oder spielten miteinander, warfen sich von den Klippen mit mächtigem Sprung in das aufschäumende Wasser, tauchten in Scharen wieder aus den Wellen, bedeckten jeden Fußbreit Boden am Strande und führten zu ganzen Regimentern ihre Gefechte durch im Nebel. Denn auf Novastoschna war es fast immer neblig; nur selten brach die Sonne durch, und dann erglänzte alles für kurze Zeit von buntesten Farben.

Inmitten all des Lärmes kam Kotick, Matkas Jüngster, zur Welt. Anfangs war er fast nur Kopf und Schultern, mit hellen, wasserblauen Augen, wie es sich für einen jungen Seehund geziemt. Aber etwas Besonderes war doch an ihm, was seine Mutter veranlaßte, oftmals sein Fell ganz genau zu betrachten.

»Scharfzahn«, sagte sie schließlich, »unser Jüngstes wird ein weißes Fell bekommen!«

»Potz Austern und Muscheln!« rief Scharfzahn unwillig. »Dummes Geschwätz! Einen weißen Seehund gab es noch nie, solange die Welt steht.«

»Nun, dann gibt es ihn eben jetzt«, sagte Matka; und sie summte leise das Lied, das alle Robbenmütter ihren Jungen vorsingen:

Bleib hübsch auf dem Lande, mein liebes Kind,
Bis sechs ganze Wochen vergangen sind!
Sonst zieht dein Kopf dich hinunter
Und, plumps, gehst du unter! Ja, unter!

Bleib hübsch auf dem Lande, mein liebes Kind,
Bis stark dir die Füße gewachsen sind,
Dann kannst du vom Felsen dich schwingen
Und, klatsch, in die Wellen springen.

Lausch hübsch meinen Worten, lausch hübsch meinem Lied,
Damit dir, mein Herzblatt, kein Unglück geschieht! ...
Schließ sorglos die Äuglein, denn Mütterchen wacht,
Und träum von dem Meere! Schlaf süß! Gute Nacht!

Natürlich verstand der Kleine anfangs die Worte nicht. Er krabbelte an seiner Mutter Seite und lernte beizeiten Vater aus dem Wege gehen, wenn dieser mit einer anderen Robbe kämpfte und beide sich brüllend auf der schlüpfrigen Klippe umherwälzten. Matka schwamm regelmäßig in das Meer hinaus, um sich eine tüchtige Mahlzeit Fische zu fangen, aber sie fütterte ihr Jüngstes nur alle zwei Tage ein einziges Mal. Ihr könnt euch denken, wie Kotick dann einhaute und alles mit Haut und Gräten verschluckte.

Als er ein wenig selbständig geworden war, kroch er an den Sanddünen entlang und traf dort viele Tausende von Babys im gleichen Alter, die miteinander spielten, sich auf dem sauberen Sand schlafen legten und dann wieder zu spielen begannen. Die Eltern hüteten die Brutplätze und ließen die Kleinen ruhig gewähren, die Holluschickie waren viel zu stolz, sich mit den Babys abzugeben, und die Kleinen hatten somit ein Leben voller Freude und Herrlichkeit.

Wenn Matka von ihrem Jagdzuge auf hoher See zurückkam, eilte sie schnurstracks zum Spielplatz und blökte wie eine Schafmutter, die ihr Lamm herbeiruft. Matka lockte und lockte, bis sie Koticks bellende Antwort hörte, und die konnte sie aus all dem Brüllen und Toben heraus unterscheiden. Dann eilte sie auf dem allerkürzesten Wege zu Kotick und schlug dabei rechts und links mit den Ruderhänden um sich, so daß die spielenden Kleinen heulend und grunzend zur Seite flogen. Da nun täglich ein paar hundert Mütter auf der Suche nach ihren Kindern waren, kann man sich denken, daß es auf dem Spielplatz manchmal recht munter zuging. »Das schadet alles nichts! Solange du dich nicht im schmutzigen Wasser herumtreibst und die Räude kriegst und nicht schwimmen gehst, wenn der Sturm das Meer aufwühlt, so lange wird dir hier kein Leid geschehen!«

Junge Robben können ebensowenig schwimmen wie kleine Kinder, aber sie ruhen nicht eher, als bis sie es von Grund auf gelernt haben. Als Kotick sich das erstemal in das Meer wagte, ging er natürlich zu weit hinein, und eine große Welle riß ihn in tiefes Wasser. Da zappelte er! Sein dicker Kopf zog ihn hinab, als trüge er einen Ziegelstein um den Hals, und seine Hinterfüße ragten hoch in die Luft, ganz wie es seine Mutter ihm so oft vorgesungen hatte. Hätte ihn die nächste Welle nicht wieder zurückgeworfen, so wäre er ohne Gnade jämmerlich ertrunken. Der Schrecken jedoch fuhr ihm in die Knochen und lehrte ihn, in Zukunft vorsichtig zu sein und die Ratschläge seiner Mutter zu befolgen. Er legte sich von nun an behutsam in eine der vielen Felsengrotten, in denen das Wasser ganz seicht war; die Wellen brachen sich an den Klippen und kamen zischend mit ihrem schneeweißen Schaum herbei, als ob sie etwas Großes ausrichten wollten, sie hatten aber nur noch so viel Kraft, Kotick für einen Augenblick hochzuheben. Es war eine Lust, in ihnen umherzuplanschen, und bei dem Vergnügen vergaß Kotick nicht, scharfen Auslug auf das Meer zu halten, damit nicht plötzlich eine mächtige Welle ihn überraschte und hinwegschwemmte. Hatte er sich müde geplanscht, so kroch er auf den gelben Sand, machte ein Schläfchen und sprang wieder in die Wellen.

Endlich fühlte er sich im Wasser ganz und gar heimisch, und nun erst begann ein wahrhaft herrliches Leben. Jetzt fürchtete er die brausenden Wogen nicht mehr; er sprang mit seinen Kameraden mitten in den Gischt hinein und lachte, wenn die Wellen brüllten, als kämen sie, ihn und seine Genossen zu verschlingen. Und wie herrlich war es, oben, ganz oben auf dem weißen Kamm einer Welle pfeilschnell herbeizuschießen und dann mitten in all dem Schaum und Getöse hoch auf dem glitzernden Strande zu landen. Manchmal spielte er mit seinen Freunden »Ich bin der König im Schloß« – da ging's denn wie im Sturme über die schlüpfrigen, algenbewachsenen Felsen, durch die Luft ins Meer und wieder heraus auf die Klippen. Manchmal sah er dicht an der Küste eine lange Finnflosse aus dem Wasser hervorragen – das war Seemörder, der Haifisch, der gern junge Robben zu Mittag verspeist . . . das heißt, wenn er sie fangen kann. Dann flüchtete Kotick mit seinen Genossen schnell wie der Blitz in das seichte Wasser, und Seemörder ruderte langsam davon, als hätte er sich's niemals träumen lassen, an die jungen Robben zu denken!

Spät im Oktober begannen die Robben, St. Paul zu verlassen und familienweise oder in zahlreichen Herden in die weite See hinauszuwandern. Das Kämpfen und Zanken um die Heimplätze hatte aufgehört, und die Holluschickie spielten überall umher, wo es ihnen beliebte. »Nächstes Jahr«, sagte Matka zu Kotick, »wirst du ein Holluschickie sein, aber vorläufig mußt du lernen, wie man auf Fischfang geht.«

Und dann machte sich auch Scharfzahn mit Weib und Sohn auf die weite, weite Reise quer über den Stillen Ozean. Matka zeigte ihrem Jungen, wie er auf dem Rücken schlafen konnte, die Füße sachte an den Bauch gelegt und mit der kleinen Nase gerade aus dem Wasser. Es gibt keine Wiege, in der es sich so urgemütlich träumen läßt wie auf dem Kamm einer mächtigen Woge im Ozean. – Als Kotick zum erstenmal über der ganzen Haut ein sonderbares Kribbeln fühlte, sagte ihm seine Mutter, daß er nun eine »Sturmhaut« bekomme und daß das prickelnde Gefühl unter dem Felle böses Wetter bedeute. »In solchem Falle mußt du machen, daß du so schnell wie möglich davonkommst. Übrigens«, setzte sie hinzu, »du kannst vorläufig nichts Besseres tun, als blindlings dem alten Seeschwein zu folgen, denn es ist sehr weise und kennt sich aus wie kein anderer. Bald wirst du klug genug sein, deinen eigenen Weg zu finden.«

Bald darauf jagte eine Schar von Schweinsfischen springend und tauchend durch das Wasser. »Hallo!« keuchte Kotick, ihnen nacheilend. »Woher wißt ihr die Richtung, in der ihr gehen müßt?«

Der Leiter der Herde tauchte unter. Als er wieder hervorkam, war er weit entfernt, aber Kotick war im Augenblick an seiner Seite. »Wohl getan, Kleiner!« rief er, die weißen Augen rollend. »Ich fühle ein Kribbeln in der Schwanzflosse, das bedeutet, daß Sturm hinter uns kommt. Bist du aber südlich vom heißen Wasser (er meinte den Äquator), dann bedeutet das Kitzeln in der Flosse einen Sturm von Norden. Komm mit uns! Es steht hier schlimm mit dem Wasser.«

Dies war eines von den vielen Dingen, die Kotick lernen mußte, und immerzu lernte er Neues. Matka lehrte ihn, dem Dorsch nachzustellen und dem Heilbutt unter die Klippen zu folgen und allerlei Einsiedler aus ihren Schlupfwinkeln in dichtverschlungenen Seegewächsen hervorzuholen; sie zeigte ihm, wie man geräuschlos an den versunkenen Schiffen hundert Fuß unter dem Meeresspiegel entlang gleitet, um dann plötzlich wie eine Kanonenkugel durch die eine Luke hineinzuschießen, mitten unter die ahnungslosen Fische, und aus der anderen wieder hinaus.

Sie lehrte ihn tanzen auf dem Kamm der Wogen, wenn Blitze über den Himmel zuckten; wie man mit der Flossenhand den stumpfschwänzigen Albatros höflich grüßte und den Kriegsfalken, wenn sie im Winde über das Meer segelten; wie man, gleich dem Delphin, vier bis fünf Fuß hoch über das Wasser springt, Padden fest angelegt und Schwanzflosse hochgestellt; daß man die fliegenden Fische in Ruhe läßt, weil sie nur Haut und Gräten sind; wie man tief unten im Wasser einen großen Fisch pfeilschnell anrennen und ihm ein mächtiges Stück aus der Schulter beißen kann; und daß man vor allem niemals anhält, wenn man ein Boot oder Schiff erblickt, besonders sich aber vor einem Ruderboot hütet. Als sechs Monate vergangen waren, wußte Kotick von der Jagd im Meere alles, was des Wissens wert war, und während dieser ganzen, langen Zeit fühlte er kein festes Land unter den Füßen.

Eines Tages schaukelte er sich schläfrig im warmen Wasser nahe der Insel Juan Fernandez; er fühlte sich matt und unruhig, ganz so, wie es den jungen Menschen geht, wenn der Frühling kommt. Da dachte er an den prächtigen festen Strand in der Bucht von Novastoschna, siebentausend Meilen entfernt; er sehnte sich zurück nach den lustigen Spielen mit seinen Kameraden und nach dem Dufte des Seetangs, nach dem Lärm und all dem Getümmel. Ganz unwillkürlich schlug er die nördliche Richtung ein; er ruderte und ruderte, und plötzlich sah er ganze Scharen seiner alten Spielfreunde, alle mit der Nase nach Norden.

»Hallo! Da bist du ja, Kotick!« riefen sie ihm zu. »Hurra! Dieses Jahr sind wir alle Holluschickie, und wir können den Feuertanz tanzen, in den Brechern von Lukannon, und spielen auf dem jungen Gras. Aber Kotick, wo hast du denn dein sonderbares Kleid her?«

Koticks Pelz war nun beinahe so weiß wie frischgefallener Schnee, und obwohl er sehr stolz darauf war, sagte er ärgerlich: »Vorwärts! Laßt die dummen Fragen! Der Frühling steckt mir in den Knochen!« Und wieder schwammen sie, schwammen immer nach Norden. So kamen sie nach dem Strand ihrer Geburt und hörten schon von weitem das Kampfgebraus ihrer Väter in dem wallenden, brauenden Nebel.

In der folgenden Nacht tanzte Kotick mit den Jünglingen den Feuertanz. Das Meer auf der ganzen Strecke von Novastoschna bis Lukannon ist nämlich voll von Feuer, das in den Nächten auf den Kämmen der Wellen aufleuchtet und im Mondeslicht seltsam glüht. Und wenn die Robben sich im Wasser umherbalgen oder blitzschnell dahinschießen, lassen sie eine feurige Furche hinter sich, die sich mit glühenden Grenzlinien zitternd schließt und allmählich erlischt, bis plötzlich neue Feuerstreifen sie in anderer Richtung durchkreuzen. Als sich die jungen Robben müde getanzt hatten, zogen sie auf die Dünen des Inlands, wälzten sich behaglich im frischgrünen Seegrase und erzählten sich Geschichten, was sie alles draußen auf dem Meer erlebt und getan hatten. Sie sprachen von dem Stillen Ozean ungefähr in derselben Weise, in der sich Knaben von einem Walde unterhalten, in dem sie Vogelnester ausgenommen und Nüsse von den Bäumen geschüttelt haben. Die einjährigen Jungen glaubten natürlich, daß sie das Meer in- und auswendig kannten, und als sie gar zu weise Mienen machten, sprangen die vierjährigen Holluschickie ärgerlich unter sie und trieben sie auseinander, indem sie höhnend bellten: »Aus dem Wege, ihr milchzähnigen Austernfresser! Das Meer ist tief genug, um euch alle darin zu ersäufen. Was wißt ihr denn davon. Wartet nur, bis ihr erst um das Kap Hoorn herumgekommen seid! Dann könnt ihr reden, ihr Gelbnasen! He, du da, Jährling, wo hast du denn deinen weißen Rock gestohlen?«

»Ich habe ihn nicht gestohlen, er ist mir gewachsen«, antwortete Kotick höchst würdevoll und schickte sich an, über den naseweisen Frager herzufallen. Da sah er plötzlich ein paar schwarzhaarige Gestalten, mit flachen rötlichen Gesichtern, hinter einem kleinen Sandhügel auftauchen. Kotick, der noch nie einen Menschen gesehen hatte, begann zu bellen und mit gesenktem Kopfe laut vor sich hin zu blasen. Die anderen Holluschickie krochen ein paar Schritte fort und starrten mit blöden Augen auf die Ankömmlinge. Diese waren niemand anders als Kerick Booterin, der Vormann der Robbenfänger auf der Insel, und Patalamon, sein Sohn. Sie kamen von der kleinen Niederlassung, die kaum eine halbe Meile entfernt war, um zu entscheiden, welche Robben zum Schlachtplatz getrieben werden sollten – denn man treibt die Robben ganz wie Schafe zur Schlächterei.

»Sieh doch nur«, rief Patalamon, »da ist ja eine weiße Robbe!«

Kerick Booterin wurde aschgrau in seinem von Rauch und Öl bedeckten Gesicht, denn er war ein Alëute, und Alëuten sind kein sauberes Volk. Er begann ein kurzes Gebet zu murmeln und sagte dann: »Rühr ihn nicht an, Patalamon. Es hat noch nie eine weiße Robbe gegeben. Vielleicht ist es der Geist Zaharrofs, der beim letzten Sturm ertrank.«

»Ich komme ihm nicht nahe«, meinte Patalamon. »So einer bringt Unglück. Glaubst du wirklich, der alte Zaharrof ist zurückgekommen? Ich bin ihm noch Geld schuldig für Möweneier . . .«

»Ruhig! Sieh dich beileibe nicht um!« flüsterte Kerick. »Vorwärts! Treibe dort die Herde der Vierjährigen ab! Unsere Leute sollten eigentlich heute zweihundert Stück schlachten, aber es ist der erste Tag, und sie müssen sich erst einarbeiten! Hundert werden genug sein! Mach rasch!«

Patalamon klapperte mit zwei blanken Robbenknochen, und die Holluschickie hielten plötzlich mäuschenstille und rührten sich nicht vom Flecke. Dann trat er nahe an eine Herde, die etwas abgesondert lag; er klapperte und lockte, und eine Robbe nach der anderen begann sich schwerfällig zu bewegen und schnaufend den Marsch landeinwärts anzutreten. Hundert- und Hunderttausende von Robben sahen, wie ihre Kameraden fortgetrieben wurden, aber sie spielten ruhig weiter, als ginge sie das gar nichts an. Kotick war der einzige, der sich über den Vorfall Gedanken machte; jedoch, er mochte fragen, soviel er wollte, niemand von seinen Genossen konnte ihm Auskunft geben. Alle stimmten überein, daß regelmäßig während zweier Monate im Jahre Menschen kämen, um die Robben landeinwärts zu treiben; was aber aus ihnen wurde, wußte niemand.

»Ich muß es herausfinden!« sagte Kotick und folgte der abgetriebenen Herde so schnell, daß ihm fast der Atem verging.

»Die weiße Robbe kommt uns nachgelaufen!« schrie Patalamon. »Alle guten Geister! Das ist das erste Mal, daß eine Robbe freiwillig zum Schlachtplatz folgt!«

»Still! Ruhig! Sieh dich beileibe nicht um!« warnte Kerick. »Sicherlich ist es Zaharrofs Geist. Ich muß mit dem Priester über die Sache sprechen!«

Die Entfernung zu den Schlachtplätzen war nur gering; aber dennoch brauchten die Robben eine volle Stunde. Kerick trieb sie ganz langsam, weil das Fell sich nicht leicht abziehen läßt, wenn die Tiere erhitzt sind. Langsam gingen sie vorwärts, Schritt für Schritt, und machten dann an dem Salzhaus halt.

Kotick glaubte am Ende der Welt zu sein, aber das Brüllen und Lärmen auf den Brutplätzen drang wie ein dumpfes Brausen herüber.

Kerick setzte sich auf einen Stein, zog eine dicke Taschenuhr heraus und wartete dreißig Minuten, bis die Robben abgekühlt waren. Dann tauchten zwölf Männer aus dem Nebel auf, jeder mit einer eisenbeschlagenen Keule in der Hand; und Kerick wies auf zwei bis drei Robben, die noch schwitzten. Mit Fußtritten wurden sie zur Seite gestoßen, und Stille trat ein. – »Los!« kommandierte Kerick. Und die Männer hoben die schweren Keulen und schlugen fest auf die Köpfe der Robben.

Nach zehn Minuten konnte der weiße Seehund seine Spielkameraden nicht mehr erkennen. Die Felle wurden ihnen vom Kopf bis zur Schwanzspitze abgezogen und auf einen Haufen geworfen.

Kotick hatte genug gesehen. Er wandte sich und galoppierte (Robben können eine kurze Strecke sehr rasch galoppieren) der See zu, die eben gewachsenen Schnurrbarthaare vor Entsetzen gesträubt.

Er hielt nicht eher inne, als bis er sich von dem nächsten Felsvorsprunge kopfüber in das Meer stürzen konnte. Dort lag er im kühlen Schaume und ächzte jämmerlich.

»Was willst du denn hier?« fragte barsch ein Seelöwe, denn der Felsen gehörte seinem Stamme, und die Seelöwen hielten sich gewöhnlich von den Robben in vornehmer Entfernung.

»U-a-a-a-h!« heulte Kotick. »Sie schlagen alle Holluschickie tot – alle – alle –!«

Der Seelöwe lauschte einen Augenblick dem Lande zu.

»Unsinn!« sagte er. »Deine Kameraden machen so viel Lärm wie immer. Du hast wohl den alten Kerick gesehen, wie er eine Herde forttrieb? Das hat er schon seit dreißig Jahren getan!«

»Ach, furchtbar! Schrecklich!« Eine mächtige Welle brach plötzlich über Kotick und hätte ihn fast fortgerissen, denn er war nicht auf seiner Hut. Im nächsten Augenblick aber stemmte er sich dagegen, gab ein paar Schläge mit den Füßen und hielt dicht vor dem Felsen.

»Bravo! Das war gut gemacht für einen einjährigen Burschen!« sagte der Seelöwe, der eine besondere Freude an guter Schwimmkunst hatte. »Ich kann wohl verstehen, daß ein so tüchtiger kleiner Kerl wie du seine eigenen Gedanken hat. Solange ihr Robben hier jahraus, jahrein zu Hunderttausenden herkommt, müßt ihr euch nicht wundern, wenn die Menschen euch nachspüren und euch abschlachten. Und da gibt es keine Hilfe, bevor ihr euch nicht eine Insel sucht, wo die Menschen nicht hinkommen!«

»Gibt es so eine Insel?« fragte Kotick.

»Ich bin zwanzig Jahre lang im Meere umhergeschwommen, kann aber nicht behaupten, daß ich so einen Ort je gesehen habe. Aber da du ein gescheiter kleiner Knirps bist und offenbar gerne mit Leuten sprichst, die hoch über dir stehen, so will ich dir einen guten Rat geben: gehe zum alten Hexenmeister auf der Walroßinsel. Er kann dir vielleicht Auskunft geben ... Sachte, Kleiner, nur ruhig Blut ... Lauf doch nicht gleich davon. Es sind volle sechs Meilen, und du siehst mir nicht aus, als ob du viel Atem übrig hast. Ich an deiner Stelle würde erst einmal an Land gehen und tüchtig ausschlafen.«

Der Rat war vernünftig. Trotz seiner Ungeduld schwamm Kotick deshalb zur Robbenbucht, legte sich auf einen Felsen und machte die Augen zu. Aber es zog und zuckte ihm in allen Gliedern, und lange ehe eine halbe Stunde vorüber war, sprang er wieder in die Wellen und schwamm gerade auf die Walroßinsel zu. Diese bestand aus einem langgestreckten Riff, nackten, rauhen Felsen, in deren Spalten und Furchen sich Schwärme von Seevögeln eingenistet hatten. Hier hausten die Walrosse in stolzer Einsamkeit.

Kotick vergaß seine Müdigkeit. Hurtig schlug er mit den Schwimmfüßen aus, so daß das Wasser vor ihm weißen Schaum aufwirbelte, und bald sah er den Hexenmeister – ein häßliches, großes, aufgedunsenes Walroß mit lang herausragenden Zähnen – auf einer niedrigen Klippe liegen.

»Wach auf!« bellte Kotick, denn der Hexenmeister schlief und schnarchte laut. »Wach auf!« rief Kotick abermals und suchte mit seiner dünnen Stimme das Geschrei der Möwen zu übertönen. Umsonst: der Hexenmeister schnarchte fort. Da ritzte Kotick ihm mit dem scharfen Zahne die Hinterflosse, die ein wenig in das Wasser hinabhing.

»Ha! Ho! Hmpf! Was ist das? Was soll das heißen?« rief der Hexenmeister, und er stieß das nächste Walroß an, und dieses gab den Stoß weiter, so daß die ganze Reihe der tolpatschigen Geschöpfe grunzend erwachte und mit verwunderten Augen umhersah.

»He! Ich bin's! Hierher geschaut!« bellte Kotick, indem er sich aufrichtete und sich so groß wie möglich machte.

»Na, da hört aber doch alles auf!« grunzte der Hexenmeister. »Da soll mich doch gleich dieser und jener!« Und alle starrten auf Kotick. Dieser ließ sich jedoch nicht irremachen und rief aus: »Gibt es irgendeinen Platz in der Welt, wo die Menschen nicht hinkommen und wo Robben ungestört wohnen können?«

»Such ihn dir selber!« heulte der alte, böse Bulle. »Mach, daß du fortkommst. Wir haben hier anderes zu tun, als uns mit naseweisen Eindringlingen abzugeben!« Und damit machte er die Augen zu.

Kotick machte seinen Delphinsprung in die Luft und rief, so laut er nur eben konnte: »Du alter, gräßlicher Muschelfresser! Hu, du großmäuliger Muschelfresser!« Er wußte sehr wohl, daß der Hexenmeister niemals in seinem Leben einen Fisch fing, sondern den Muscheln und Schalentieren im Seegrase nachstellte, obwohl er sich den Anschein gab, als sei er eine sehr gefährliche Persönlichkeit. Natürlich nahmen alle die Seemöwen und die Tauchvögel und Wandervögel mit langen Schnäbeln und noch viel längeren Namen den Schrei auf. – »Alter Muschelfresser!« heulte und piepste, schnatterte und schrie es von allen Seiten, so daß man mit bestem Willen sein eigenes Wort nicht hören konnte.

»Nun?« rief Kotick nach einer Weile, als der Lärm sich ein wenig gelegt hatte. »Ist es dir vielleicht jetzt gefällig, mir eine Antwort zu geben?«

»Geh und frage die Seekühe!« grollte der Hexenmeister. »Weichnase, ihr Leitstier, ist klug. – Falls er noch lebt, wird er dir Auskunft geben können!«

»Und was sind denn das für Leute, die Seekühe?« fragte Kotick.

»Oh! Du kannst sie leicht erkennen«, schnatterten die Tauchvögel lachend, und die Möwen kreischten: »Sie sind die einzigen Wesen im Meere, die noch häßlicher und unmanierlicher sind als der alte Hexenmeister!«

Kotick aber schwamm schnell zurück zur heimatlichen Bucht von Novastoschna. Vergebens versuchte er, für seinen Kummer Teilnahme zu finden. Seine Genossen hörten ihn ein paar Minuten lang an, dann aber begannen sie zu gähnen oder gar ihn auszulachen. Keiner von ihnen hatte je das Schlachten mit angesehen, deshalb verstanden sie ihn auch nicht. Außerdem war Kotick eine weiße Robbe.

Sogar beim eigenen Vater fand er taube Ohren.

»Ach was«, knurrte Scharfzahn. »Sieh zu, daß du groß und stark wirst, und nimm dir dann eine Frau, dann lassen sie dich in Ruhe – die Menschen. In fünf Jahren mußt du kämpfen können wie ich.«

Seine Mutter, die gutherzige Matka, suchte ihn zu trösten. »Du wirst es nie fertigbringen, daß das Töten aufhört. Geh und spiele, mein lieber Bub!« Und Kotick schlich mit schwerem Herzen fort und tanzte traurig den Feuertanz mit den anderen.

Früh im Herbst verließ er die Bucht und schwamm ganz allein davon, nur mit einem Gedanken in seinem Kugelkopf. Er wollte die Seekühe finden, falls es solche Wesen überhaupt gab, und eine Insel entdecken, deren Ufer so steil waren, daß Menschen nicht hinkommen konnten.

So durchstreifte er unermüdlich die Ozeane von einem

Ende zum anderen und schwamm oft dreihundert Meilen in einem Tag und einer Nacht. Dabei erlebte er mehr Abenteuer, als sich erzählen läßt. Mehr als einmal war sein Leben in größter Gefahr, denn die Haifische waren auf seinen Spuren; er hatte mit all dem streitlustigen Gesindel zu tun, das beständig die Tiefen des Meeres durchwandert, und mit all den wundersamen Gebilden, die keines Menschen Auge je gesehen hat und die tief, tief unten im schwarzen Wasser ihr rätselhaftes Wesen treiben. Aber soviel er auch suchte und umherschwamm und fragte – er traf keine Spur von der Seekuh oder von seiner einsamen Trauminsel.

Entdeckte er eine Bucht, die sich für Robben eignete und einen schönen Spielplatz für die Jungen bot, so sah er sicherlich in der Entfernung den Rauch eines Walfischfängers, und der Wind fegte den Geruch des Trans herüber, der aus dem Speck gesotten wurde. Oder er konnte deutliche Spuren wahrnehmen, daß die Robben einst die Insel besucht hatten und daß sie alle, alle abgeschlachtet waren.

Von einem alten, stumpfschwänzigen Albatros hörte er, daß die Kerguelen-Insel genau das sei, was er suche. Doch als er nach angestrengter Reise dort endlich anlangte und mitten in einem fürchterlichen Gewitter an den Klippen emporklomm, konnte er sogar dort die Spuren alter Robbenplätze entdecken. Wo die Menschen einmal gewesen waren – dorthin würden sie ihren Weg auch wiederfinden, das wußte er. Und so war es auch mit allen anderen Inseln, die er besuchte.

Limmershin zählte ihm eine ganze Reihe davon auf, und Kotick irrte fünf Jahre lang auf Entdeckungsreisen umher und ruhte sich nur vier Monate jedes Jahr in Novastoschna aus, wo er immer von den Holluschickie wegen seiner Trauminsel verhöhnt wurde.

Er kam nach den Galapagos-Inseln, einem gräßlichen, ausgetrockneten Platze dicht am Äquator, wo die Sonne ihn beinahe zu Tode gebraten hätte; er besuchte die Georgia-Inseln, die Orkneys, die Emerald-Insel und viele andere mehr; ja, er suchte sogar ein winziges Stückchen Land ab, das gar keinen Namen hat und südlich des Kaps der Guten Hoffnung aus der See hervorragt. Aber immer erzählten ihm die Meervölker dieselbe Geschichte. Vor langer Zeit hatten sich die Robben auf allen diesen Plätzen getummelt, aber die Menschen hatten alle getötet. Ja, er schwamm sogar über den Stillen Ozean hinaus, und als er Tausende von Meilen fortgeschwommen war, kam er zum einsamen Kap Corrientes; hier traf er einige hundert räudige Seehunde auf den Felsen, und auch sie sagten, daß die Menschen hierherkämen.

Das brach ihm fast das Herz, und er schwamm um das Kap Hoorn herum zu seinen heimatlichen Küsten. Auf dem Weg nach Norden gelangte er an eine mit grünem Wald bewachsene Insel, und am Strande fand er einen uralten, sterbenden Seehund, dem er Fische fing und alles erzählte. »Und jetzt kehre ich nach Novastoschna zurück«, endete Kotick. »Und wenn sie mich dann zum Schlachtplatz treiben, so soll es mir ganz gleichgültig sein!«

»Versuche es noch einmal«, sagte der alte Seehund. »Ich bin der letzte der Seehunde von Masaguera; und damals, als die Menschen kamen und uns zu Hunderttausenden erschlugen, da ging eine Sage an den Küsten, daß einst im Norden ein weißer Seehund erstehen und unser Volk nach einem Ort führen werde, wo es in Frieden leben könne. Ich bin alt und werde diesen Tag nicht mehr erleben; aber andere werden es. Versuche es noch einmal.«

»Ich werde es versuchen! Ich werde es!« bellte Kotick, und sein kleiner Schnurrbart sträubte sich stolz in die Höhe. »Ich bin die einzige weiße Robbe, die es jemals gegeben hat!«

Darüber wurde er sehr froh; und als er in diesem Sommer nach Novastoschna zurückkehrte, bat ihn Matka, seine Mutter, zu heiraten und eine Familie zu gründen, denn er wäre nun kein Holluschickie mehr, sondern ein erwachsener Robbenmann, mit einer lockigen, weißen Mähne auf den Schultern und so stark und wild wie sein Vater.

»Laß mir noch ein Jahr Zeit«, tröstete Kotick die Mutter, »dann bin ich gerade sieben – und immer die siebente Welle ist's, die am weitesten den Strand hinaufrollt.«

Sonderbar genug gab es in der Bucht noch eine andere Robbe – eine liebliche Jungfrau mit schlankem Körper und glänzenden Augen –, die gerade wie Kotick ihre Heirat noch ein Jahr lang verschieben wollte. Und Kotick tanzte mit ihr den Feuertanz die ganze Lukannonküste hin in der Nacht, bevor er sich zu seiner neuen Entdeckungsreise aufmachte.

Diesmal wandte er sich westwärts, denn er folgte einem

großen Schwarme von Heilbutten, da er täglich etwa hundert Pfund Fleisch brauchte, um bei Kräften zu bleiben. Dann rollte er sich zusammen und schlief, sanft gewiegt von der weichrollenden Dünung auf der Höhe der Copper-Inseln.

Um Mitternacht etwa geriet er auf Grund, unbemerkt hatten ihn Wind und Wogen auf eine dicht von Seetang überwachsene Sandbank getrieben. Starke Strömung heute, dachte Kotick und drehte sich im Halbschlaf um, dann öffnete er langsam die Augen. »Bei der großen Brandung von Magellan«, rief er erstaunt, plötzlich vom Tangbett hochschnellend. »Was in aller Tiefsee sind denn das für Völker?«

Weder Walrosse noch Seelöwen, Walfische oder Haie waren sie, die sich hier stumm im Tang bewegten und ästen – gewaltige Tiere, zwanzig bis dreißig Fuß lang, mit schaufelartigem Schwanz. Klumpige Schädel saßen ihnen zwischen den Schultern, und seltsam wippten sie, auf den Schwänzen stehend, im Wasser, ästen und verneigten sich sonderbar feierlich voreinander, wobei sie ihre zwei vorderen Schwimmschaufeln wie Arme schwenkten.

»Ahem!« machte Kotick, um sich bemerkbar zu machen. »Viel Vergnügen, meine Herren! Schmeckt die Mahlzeit?«

Als Antwort verneigten sich die dicken Tiere und wedelten mit den Vorderflossen. Als sie sich wieder ans Äsen machten, bemerkte Kotick, daß ihre Oberlippe gespalten war. Mit den beiden Teilen, die sie weit auseinander bringen konnten, umfaßten sie einen ganzen Büschel Seegras, stopften ihn in den Mund und verneigten sich alsdann feierlich.

»Na, das ist ja eine komische Art zu fressen«, sagte Kotick. Die Tiere verneigten sich wiederum, aber Kotick verlor nun langsam die Geduld. »Das ist ja sehr schön«, sagte er, »daß ihr etwas ganz Besonderes habt mit eurer Lippenzunge, aber deshalb braucht ihr euch doch nicht so dicke zu tun. Ihr wißt euch sehr nett zu verbeugen, wie ich sehe, aber ich möchte lieber euren Namen wissen.« Die gespaltenen Lippen zuckten, und die glasigen grünen Augen starrten, aber sie sagten kein Wort.

»Wenn ihr nicht antworten wollt, so laßt es bleiben!« sagte Kotick. »Ihr seid die einzigen Geschöpfe, die häßlicher sind als der alte Hexenmeister – häßlicher und mit gröberen Manieren!«

Und da erinnerte er sich plötzlich, was die Seemöwen und die Tauchvögel ihm einst bei der Walroß-Insel zugerufen hatten, als er noch ein Jährling war. Er sprang vor Freude hoch auf und platschte im Wasser, daß der Schaum zischend umherflog, denn jetzt wußte er, daß er endlich, endlich das Volk der Seekühe gefunden hatte.

Er fragte sie in allen möglichen Sprachen, die er auf seinen weiten Reisen gelernt hatte, denn die Bewohner des Meeres sprechen fast ebenso viele verschiedene Sprachen wie die Menschen auf dem Lande. Aber ob er auch heulte und schrie und sich beinahe heiser redete, die Seekühe hörten ihm schweigend zu, ohne ein Wort zu erwidern. Sie sind nämlich stumm, diese sonderbaren Burschen, und können keinen Laut von sich geben; an Stelle der Sprache haben sie Zeichen, die sie mit ihren Vorderfüßen machen und vermittels derer sie sich verständigen, ungefähr ebenso wie taubstumme Menschen.

Aber Kotick wußte das natürlich nicht. Er hielt die Seekühe für sehr ungebildete Leute, und als die Sonne aufging, war es mit seiner Geduld ganz und gar zu Ende. Da plötzlich sah er, wie die plumpen Gestalten begannen, sich langsam vorwärts zu bewegen. Dann hielten sie wieder inne, verbeugten sich steif und schienen eine Art Beratung abzuhalten, um sich bald darauf wieder schwerfällig in Bewegung zu setzen.

Kotick beschloß, ihnen zu folgen, denn, sagte er sich:

»Diese Geschöpfe sind so dumm, daß sie längst von den Menschen ausgetilgt worden wären, wenn sie nicht irgendeine sichere Schutzinsel besäßen; und wo Seekühe leben können, da wird es auch für uns Robben gut sein. Aber wenn sie sich nur ein wenig beeilten!«

Es war eine recht langweilige Reise für Kotick. Die Seekühe schwammen niemals mehr als etwa zehn Meilen an einem Tage und hielten sich immer nahe an der Küste, um während der Nacht grasen zu können. Kotick kreiste um sie herum und schoß wie der Blitz über oder unter ihnen durch das Wasser, aber sie beachteten ihn nicht einmal oder verbeugten sich höchstens vor ihm in ihrer närrischen Weise, ohne sich im mindesten zu beeilen. Als sie weiter nördlich kamen, hielten sie alle paar Stunden ihre Ratsversammlungen ab, während welcher Kotick beinahe seinen Schnurrbart vor Ungeduld abkaute. Zuletzt jedoch folgten sie einer warmen Strömung, und jetzt ließ ihr Benehmen wenigstens eine Spur von Verstand erkennen.

Da – eines Nachts – Kotick wollte seinen Augen kaum trauen, fingen die dicken Seekühe an, ihre Füße hin und her zu schlagen und schneller, immer schneller durch das Wasser zu gleiten. Kotick hatte sich nicht träumen lassen, daß diese dummen Geschöpfe soviel von der Schwimmkunst verstünden. Die Strömung trug sie an einen jäh aus dem Meer aufragenden Felsen, und hier machte die ganze Herde halt. Ein paar Minuten lang hielten sie wieder mit vielen Verbeugungen ihre wunderliche Versammlung ab, dann plötzlich schossen sie senkrecht in das Meer hinab und verschwanden in den schäumend zusammenschießenden Wellen.

Kotick war ganz außer sich vor Erstaunen, als er plötzlich an Stelle all der schwankenden Gestalten nur noch den glatten Wasserspiegel vor sich sah. Schnell holte er tief Atem und stürzte sich kopfüber in die Flut ... tief, tief hinab. Da bemerkte er, wie die Seekühe in ein schwarzes Loch glitten, das sich ganz unten im tiefen Wasser befand – er folgte, schwamm und schwamm, ohne vor sich etwas anderes zu sehen, als stockfinstere Nacht. Kotick meinte, der Tunnel sei ohne Ende, und fast wäre er erstickt, ehe ihm auf der anderen Seite Lichtstrahlen entgegenleuchteten.

»Hunderttausend schwarze Krabben!« sagte er, als er endlich pustend und schnaufend aus dem Wasser tauchte. »Das war ein gewagtes Unternehmen ... aber es lohnte sich der Mühe.«

Die Seekühe hatten sich verteilt und nagten in ihrer trägen Weise an den Pflanzen, die an einer langgestreckten Bucht wuchsen. Koticks Augen funkelten vor Freude: das war die allerherrlichste Küste, die es geben konnte. Da zogen sich meilenweit niedrige Felsbänke hin, die sich nach dem Lande zu in prächtigen Dünen verliefen – und da waren ganz entzückende Spielplätze, und die Wellen wirbelten gerade so viel Schaum auf, um einen lustigen Tanz in ihnen zu ermöglichen, kurz, Kotick sah auf den ersten Blick, daß der Ort wie geschaffen war für eine Heimstätte der Robben. Er fühlte sich plötzlich fünf Jahre jünger, er kletterte auf die

Klippen, tanzte auf dem Sande umher und sprang wieder in das Meer, um zu sehen, wie es mit dem Fischfang stünde. Die Jagd war ganz vortrefflich, und Kotick machte sich daran, die kleinen Inseln zu zählen, die in der Nähe aus dem grauen Nebel hervorlugten. Weit in die See hinaus ragten in nördlicher Richtung scharfe Riffe, die niemals einem Schiffe gestattet hätten, sich zu nähern, und von der andern Seite war die Bucht hinter hohen, unübersteigbaren Klippen verborgen, so daß der Zutritt nur vermittels des Tunnels tief unter dem Wasserspiegel möglich war.

»Das ist ja hunderttausendmal besser als alle Novastoschnas auf der ganzen Erde zusammengenommen«, rief Kotick. »Die Seekühe müssen ein ganz Teil klüger sein, als sie aussehen. Ich fühl's der Luft und dem Wasser an, hier gibt es keine Menschen – aber selbst wenn sie kommen wollten, ihre Schiffe würden an den Klippen zerschellen, und niemand von ihnen kann über die Felsen klettern. Wenn's überhaupt einen sicheren Platz in der Welt gibt, so ist es dieser.«

Und er begann, an das Robbenfräulein zu denken, das so weit von ihm weg war; aber wenn er es auch sehr eilig hatte, nach Novastoschna zurückzukehren, erforschte er doch erst gründlich das neue Land, um über alles genau Auskunft geben zu können.

Dann tauchte er, durchschwamm den Tunnel und wandte sich in schnellem Tempo nach Süden. Niemand außer einer Seekuh oder einer Robbe hätte sich träumen lassen, daß ein so herrliches Land dort lag; und als Kotick zurückblickte auf die steil ragenden Klippen, konnte er selbst kaum glauben, daß er unter ihnen hindurchgetaucht war.

Er brauchte sechs volle Tage zur Heimreise, obgleich er gewiß nicht langsam reiste. Als er dann gerade beim Seelöwenkog an Land ging, begegnete ihm als erste die Robbe, die auf ihn wartete; und sie sah es gleich seinen Augen an, daß er die gesuchte Insel gefunden hatte.

Aber die Holluschickie und Scharfzahn, sein Vater, und die anderen Robben lachten ihn aus, als er von seiner Entdeckung erzählte. Und ein junger Seehund, etwa in gleichem Alter mit ihm, sagte: »Das ist alles sehr schön, Kotick; aber du kannst doch nicht von wer weiß woher kommen und uns plötzlich befehlen, daß wir folgen sollen. Bedenke, daß wir uns hier unsere Heimplätze erkämpft haben. Das hast du nie getan, sondern hast vorgezogen, dich im Meer herumzutreiben.«

Die anderen lachten darüber, und der junge Seehund begann seinen Kopf hin und her zu wiegen. Er hatte gerade in diesem Jahr sich einen Platz für seine Frau erkämpft und war sehr stolz darauf.

»Ich bedanke mich für eure Plätze«, antwortete Kotick. »Was hat all das Kämpfen für einen Zweck, wenn eure Kinder doch erschlagen werden?«

»Oho, wenn du kneifst, habe ich nichts mehr zu sagen«, höhnte der junge Seehund.

»Willst du mit mir kommen, wenn ich dich im Kampf besiege?« fragte Kotick, und in seine Augen kam ein kaltes, graues Licht.

»Gut, abgemacht«, sagte der junge Seehund leichthin. »Wenn du mich besiegst, komme ich mit.«

Er hatte keine Zeit, sich eines Besseren zu besinnen, denn im nächsten Augenblick saß ihm Koticks Zahn im Nacken. Der Angriff war so plötzlich und gewaltig, daß der vorlaute Bursche den Strand hinabrollte, während Kotick ihn mit den Zähnen bearbeitete und hin und her schüttelte, als sei er nichts als ein kleiner zappelnder Fisch und keine große, ausgewachsene Robbe. Als er endlich im Wasser anlangte und den weißen Schaum mit seinem Blut färbte, ließ Kotick von ihm ab und wandte sich den anderen zu. »Fünf Jahre lang habe ich mich für euch abgequält!« rief er. »Und endlich, endlich habe ich die Insel gefunden, wo ihr glücklich und ungestört leben könnt. Aber ihr verhöhnt mich und wollt mir nicht glauben ... so lange, bis man euch den dummen Kopf vom Rumpfe abhaut. Gut denn! So muß man euch das Nötige beibringen. Aufgepaßt! Wahrt eure Haut.«

Die Möwen, die kreischend umherflogen, hielten in ihrem Fluge inne, denn so etwas wie Koticks Ansturm mitten in die Robbenplätze hinein hatten sie noch niemals gesehen, obgleich sie jahraus, jahrein den Kämpfen der Robben zuschauten.

Kotick warf sich auf die größte Robbe, die er erspähen konnte, packte sie an der Kehle, würgte und zerrte sie auf dem Boden umher, bis sie laut heulend um Schonung flehte. Dann ließ er sie blutend liegen und stürzte sich auf den nächsten Gegner. Koticks Körper war in vortrefflichem Zustande; seine weiten Reisen hatten seine Muskeln gestärkt und seine Glieder geschmeidig gemacht, während die anderen Robben nach ihrer Sitte nun schon monatelang gehungert hatten und entkräftet waren.

Und wie Kotick sich unermüdlich immer wieder auf einen neuen Gegner stürzte, wie er zornig seine lange Mähne schüttelte und mit den glühenden Augen umhersah, da bot er einen prächtigen Anblick. Und als zu guter Letzt die Fünf- und Sechsjährigen in alle Windrichtungen flohen, da rief der alte Scharfzahn: »Mein Sohn, du magst ein Narr sein, aber jedenfalls bist du der beste Kämpfer unter allen Robben! ... Sieh dich um! ... Dein alter Vater kommt dir zu Hilfe!«

Der alte Scharfzahn fühlte sich auf einmal ganz jung; schnaufend wie eine Lokomotive kam er dahergewackelt, und im Augenblicke war er an der Seite seines Sohnes.

Matka und Koticks Freundin, die so lange auf seine Rückkehr gewartet hatten, lugten über die Felsen hinaus und bellten ihren Lieblingen Beifall zu. Ja! Es war ein herrlicher Kampf, denn die beiden fuhren fort, einzuhauen, solange noch irgendeine Robbe sich zu zeigen wagte; und als sie sich alle verkrochen hatten, watschelte Kotick mit seinem Vater am Strand auf und ab, laut bellend und die Mähne schüttelnd.

Als nachts das Nordlicht am Himmel aufstieg und durch den Nebel seine zitternden Strahlen sandte, kletterte Kotick auf einen Felsen und sah auf alle die zerstörten Robbenplätze hinab. »Ihr habt's nicht anders gewollt«, sagte er grimmig; »jedenfalls habe ich versucht, euch ein paar Gedanken in euren dummen Kopf hineinzuhämmern!« Und dann brüllte er so laut, daß alle die blutenden Robben erschrocken aufhorchten: »Hört mich, ihr dickbäuchigen Seeigel! Wer von euch will mit mir zur neuen Insel kommen? Antwortet mir, oder ich werde euch den Mund öffnen!«

Da klang es an der ganzen Bucht entlang wie das Murmeln des Meeres, das nach der Ebbe aus dem Schoße der Erde zurückkehrt. »Wir wollen dir folgen«, lispelten Hunderte von heiseren Stimmen. »Führe uns, Kotick, du weiße Robbe.«

Aber hätten sie ihn nur genau betrachten können, so hätten sie gewußt, daß Kotick nicht mehr eine weiße Robbe war, denn sein ganzes Fell war vom Kopf bis zum Schwanze mit rotem Blute, purpurrotem Blute, bedeckt. Kotick zog den Kopf stolz in die Schultern zurück. Er schloß die Augen und dachte gar nicht daran, seine vielen Wunden auch nur eines Blickes zu würdigen.

Eine Woche später verließ eine ungeheure Schar Robben – beinahe zehntausend – die Bucht. Es war Kotick mit seinem Heere – sie bedeckten das ganze Meer, so weit man nur sehen konnte. Kotick sprang zuerst an ihrer Spitze in die See und gab damit das Zeichen zum Aufbruch.

Viele blieben zurück und nannten die scheidenden Robben Narren. Als aber wieder der Frühling hereinbrach über das Nordland, traf man sich in der Tiefsee zu gemeinsamem Fischfang. Und Koticks wohlgenährte Völker schilderten die Felsengestade am »Seekuhtunnel« so farbig und verlockend, daß immer mehr Robben die Buchten von Novastoschna und Lukannon hinter sich ließen, um abzuwandern nach Koticks gesegnetem Friedensreich – dem gelobten Lande der Robben ...

Lukannon

Die wehmütige Hymne des Robbenvolkes

Ich traf meine Brüder am Morgen
    (doch ach! Jetzt bin ich so alt),
Traf sie, wo schäumende Brandung
    sich türmt mit Urgewalt,
Ich hörte ihr fröhliches Singen,
    das machtvoll die Brandung verschlang,
Den Sang der vielen Millionen,
    des Robbenvolkes Sang
Am Riffe von Lukannon.

Sie sangen von sonnigen Gründen
    am grauen Lagunenrand,
Sie sangen von wonnigen Scharen
    im schimmernden Dünensand,
Sie sangen von nächtlichen Tänzen
    in schäumender Wellenflut,
Als noch kein gieriger Jäger
    vergoß der Robben Blut
Am Riffe von Lukannon.

Ich traf meine Brüder am Morgen,
    (ich sehe sie nimmermehr),
Sie kamen in vielen Legionen –
    heut ist die Küste leer!
Und über dem Gischt der Wellen
    klang unser Willkommenssang.
Wenn sich mit glitzernden Fellen
    die Schar auf die Felsen schwang
Am Riffe von Lukannon.

Heil dir, du Riff von Lukannon!
    Hoch sproßt dein saftiges Ried,
Und auf den leuchtenden Algen
    des Meeres Dunsthauch glüht.

Trägst tausendfache Spuren
aus meiner Jugendzeit,
Als wir auf felsigen Gründen
nicht kannten Not und Leid!
Dort, wo die Robbenmutter
schon mehr denn tausend Jahr
Auf weichem Dünenbette
das Robbenkind gebar,
Am Riffe von Lukannon!

Ich traf meine Brüder am Morgen,
gebrochen, in großer Not,
Die Jäger lauern im Wasser –
mit ihnen lauert der Tod.
Die Jäger lauern am Lande,
sie dürsten nach Blut und Mord
Und schießen und schlagen und treiben
die Brüder vom Strande fort!
Sie treiben uns zum Tode
wie Schafe, Stück für Stück,
Und dennoch: wir singen die Hymne,
die Hymne vom Robbenglück
Am Riffe von Lukannon.
Entflieht! Entflieht nach dem Süden!

Und du, Gooverooska, geh!
Und singe den Mädchen des Meeres
die Hymne von unserm Weh!

Wirft wilder Sturm an die Felsen
das leere Haifischei,
Auf alten Tummelplätzen
grüßt keines Robben Schrei! . . .
Ihr Riffe von Lukannon,
bleibt ihr auch ewig stehn,
Die Robben werdet ihr nimmer,
ach, nimmer wiedersehn,
Ihr Riffe von Lukannon!

Rikki-Tikki-Tavi

An des tiefen Loches Rand,
In dem Ringelhaut verschwand,
Rotaug' wartet, Rotaug' droht:
Nag, heraus! Tanz mit dem Tod!
Aug' an Auge, Kopf an Kopf!
 . . . Halte Takt, Nag!
Einem kostet's Haut und Schopf!
 . . . Wie du willst, Nag!
Zug um Zug und List um List!
 . . . Auf und ab, Nag!
Wie's beim Tanze üblich ist!
 . . . Stoße zu, Nag!
Links geschielt und rechts geschielt . . .
 . . . Hei! Vorbei, Nag! Hast verspielt . . .
 Weh dir, Nag!

Dies ist die Geschichte der Schlacht, die Rikki-Tikki-Tavi schlug, ganz allein, in dem Badezimmer des großen Bungalows im Distrikt Segowlee. Darzee, der Webervogel, half ihm, und Chuchundra, die Moschusratte, die an Platzangst leidet und deshalb immer an den Wänden entlangkriecht, gab ihm guten Rat. Aber den Kampf führte Rikki ganz allein durch.

Ein Mungo war Rikki – nach Pelz und buschiger Rute glich er fast einer Katze, doch Kopf und Art waren die eines Wiesels. Seine Augen und die immer bewegliche Nase schimmerten rosig; leicht konnte er sich am ganzen Körper kratzen und putzen und dabei ganz nach Belieben einen seiner Läufe benutzen. Seine Rute konnte er aufplustern, daß sie wie eine Flaschenbürste aussah; und wenn er durch das hohe Gras schnürte, ließ er seinen pfeifenden Schlachtruf ertönen: Rikki-Tikki-Tikki-Tschick!

Eines Tages schwoll der Fluß, an dem Rikki mit seinen Eltern lebte, mächtig an, denn während der ganzen Nacht war der Regen in Strömen vom Himmel gefallen. Zuletzt ergriff das schäumende Wasser den armen Rikki und riß ihn mit sich fort, sosehr er auch um sich stieß und sich wehrte. Aber er hielt seine kleinen rötlichen Augen offen, und als er an einem herabhängenden Zweige vorbeiglitt, schnappte er zu und hielt fest, bis ihm die Sinne vergingen.

Als Rikki erwachte, lag er in der heißen Sonne auf dem Rasenplatz eines fremden Gartens; und ein Knabe, der neben ihm stand, rief: »Mutter, das Wasser hat einen toten Mungo angeschwemmt. Komm, wir wollen ihn begraben.«

»Wer weiß, ob er tot ist«, meinte die Mutter. »Trage ihn herein, wir wollen ihn wärmen und trocknen.«

Sie brachten ihn ins Haus; und ein großer Mann nahm ihn hoch und sagte, er wäre nicht tot, sondern nur betäubt. So wurde er sorgsam in Watte gepackt und gewärmt. Dann schlug Rikki die roten Augen auf und nieste.

»Still jetzt«, sagte der große Mann (ein Engländer, der vor kurzem in den Bungalow eingezogen war). »Erschreckt ihn nicht, sonst läuft er davon.«

Einen Mungo erschrecken, das ist nun so ziemlich das Schwerste auf der Welt, denn er ist ganz Neugier von der Nasenspitze bis zum Schwanz. Und alle Mungovölker haben den Wahlspruch: »Lauf und sieh.« Rikki blinzelte die Watte an, beschnüffelte sie und entschied, daß sie nicht gut zu essen sei; dann streckte er sich, rannte um den Tisch, setzte sich aufrecht und leckte sich nach Katzenart – dann kratzte er sich, und mit plötzlichem Sprunge saß er auf der Schulter des Knaben.

»Keine Angst haben, Teddy«, lachte der Vater. »Das ist nun einmal seine Art, Freundschaft zu schließen.«

»Hu! Er kitzelt mich – am Kinn und nun am Halse«, rief Teddy.

Rikki-Tikki schob seinen Kopf hinter den Kragen des Knaben und schaute neugierig am Hals hinab, er schnupperte am Ohr – oben und unten – und als er in der Mitte ein Loch sah, schob er seine rosa Nase hinein. Teddy schrie auf und schüttelte sich, während Rikki zur Erde sprang und sich die Pfoten leckte.

»Das soll ein wildes Tier sein?« rief Teddys Mutter. »Es ist wohl zahm, weil wir gut zu ihm waren?«

»Alle Mungos sind so zahm«, antwortete der Vater. »Wenn Teddy ihn nicht quält, ihn nicht am Schwanz zieht oder ihn in einen Käfig zu sperren sucht, wird er ganz zutraulich werden und bei uns bleiben. Vielleicht frißt er schon.«

Man gab ihm ein Stückchen rohes Fleisch, das ihm anscheinend sehr gut schmeckte. Dann lief Rikki zur Veranda, setzte sich mitten in die Sonne und blies sich auf, bis sein schöner Pelz bis auf die Haut trocken war. Nun erst fühlte er sich wirklich wohl.

»Es gefällt mir hier viel besser als daheim im alten Loch«, sagte er zu sich selber. »Hier im Hause sind mehr Dinge zu finden, als meine ganze Familie je gesehen hat. Ich muß hierbleiben, bis ich alles beschnüffelt und ausgekundschaftet habe.«

Den ganzen Tag spürte er in allen Winkeln umher. In der Badewanne wäre er beinahe ertrunken; seine rosa Nase färbte sich ganz schwarz in dem Tintenfasse auf dem Schreibtisch, und er verbrannte sich die Zunge, als er das glühende Ende der Zigarre untersuchen wollte, die aus dem Munde des großen Mannes qualmend hervorragte. Am Abend beobachtete er neugierig in der Kinderstube, wie die Lampen angezündet wurden; und als Teddy sich ins Bett legte, probierte er, ob ihm die Strümpfe oder die Hosen des Knaben paßten. Er kletterte dann auf die Kissen und schloß die Augen, als ob er schlafen wollte. Aber er war ein rastloser Gefährte, denn bei dem kleinsten Geräusch schreckte er auf und begann eine umständliche Untersuchung anzustellen. Teddys Mutter und Vater kamen in die Stube, um gute Nacht zu sagen, und und Rikki blinzelte ihnen von den Kissen entgegen.

»Nein, das geht nicht«, sagte die Mutter. »Vielleicht beißt er Teddy.«

»Er denkt nicht daran«, erklärte der Vater. »Im Gegenteil, dieser kleine Kerl hält besser Wache als ein Bluthund. Käme zum Beispiel eine Schlange in die Stube . . .«

Aber Teddys Mutter wollte an etwas so Schreckliches gar nicht denken.

Am nächsten Morgen stellte sich Rikki-Tikki rechtzeitig zum Frühstück ein; er hatte einen lustigen Ritt auf Teddys Schulter zur Veranda gemacht und sog schnuppernd den Duft der Teekanne, des Schinkens und der Eier in die Nase, die er sich während der Nacht wieder rosa geleckt hatte. Man gab ihm ein wenig von den süßen Bananen und gekochten Eiern, und zum Dank sprang er von Schoß zu Schoß und schnüffelte allen an den Händen herum. Er hatte sich vorgenommen, der Hausliebling zu werden, denn seine Mutter, die in der Familie des Kommandierenden Generals in Segowlee gelebt, hatte ihm genau erzählt, wie man so etwas anfangen müsse.

Nach dem Frühstück lief Rikki-Tikki in den Garten, um zu sehen, was es dort gab. Der Garten war groß und nur zur Hälfte bebaut; da standen ungeheure Rosenbüsche, um die man kaum mit zwölf großen Schritten herumgehen konnte, und Orangen- und Zitronenbäume, die das ganze Jahr lang mit Blüten und Früchten bedeckt waren. In dem anderen, wilden Teil des Gartens wuchsen Bambusrohr und dichtes Gras bis zur Manneshöhe empor – kurz, es war ein Platz, wie ihn sich ein Mungo nicht schöner wünschen konnte. Vergnügt sprang Rikki einigemal in die Luft und leckte sich die Lippen. »Das gibt hier eine prächtige Jagd«, sagte er, und bei dem Gedanken hob sich sein buschiger Schwanz erwartungsvoll wie eine Flaschenbürste. Und dann lief er umher, drang in das Dickicht, roch hier, schnüffelte dort, bis er plötzlich im Dornbusch klagende Stimmen vernahm. Es waren Darzee, der Webervogel, und seine Frau. Sie hatten ein prächtiges Nest gebaut aus zwei großen, zusammengelegten, kunstvoll mit Fasern verschnürten Blättern; und innen war es mit Watte und allerhand weichen Sachen ausgepolstert. Jetzt aber saßen sie vor dem Nest und weinten.

»Was habt ihr denn?« fragte Rikki-Tikki.

»Ach, uns ist es schlimm ergangen!« sagte Darzee; sein Weibchen konnte vor Schluchzen nicht sprechen. »Eins unserer Jungen ist gestern aus dem Nest gefallen, und Nag hat es gefressen!«

»Hm!« machte Rikki-Tikki. »Das ist allerdings sehr traurig. Aber wer ist denn Nag? Ich bin hier nämlich fremd und kenne die Völker des Gartens nicht.«

Darzee und seine Frau verstummten und duckten sich tief in das Nest, denn aus dem dichten Grase unter dem Dornbusch klang ein Zischen – so scharf und klar und drohend, daß Rikki-Tikki vor Schreck zwei volle Fuß zurücksprang. Und dann kroch es Zoll für Zoll heraus aus dem Gebüsch, voran der Kopf mit der ausgebreiteten Haube, bis der ganze, fünf Fuß lange Körper sichtbar war – der Körper von Nag, der großen schwarzen Kobra. Dann richtete Nag den Kopf hoch und schwang ihn hin und her und starrte auf Rikki-Tikki mit dem bösen, kalten Schlangenblick, der immer den gleichen starren Ausdruck behält, was der Kopf auch für Gedanken haben mag.

»Wer Nag ist?« züngelte die Kobra. »Schau mich an. *Ich* bin Nag. Der große gnädige Brahma drückte all unserem Volk das Zeichen auf, weil die erste Kobra mit ihrer Haube den schlafenden Gott vor der brennenden Sonne schützte. Schau und zittere!«

Er spreizte weit die Haube, und Rikki-Tikki sah auf der Kehrseite das brillenförmige Zeichen. Rikki fürchtete sich wirklich einen kurzen Augenblick, dann aber erinnerte er sich, wer er sei. Obgleich er noch niemals eine lebende Kobra gesehen, so hatte ihn doch seine Mutter oft genug mit toten Kobras gefüttert, und er wußte, daß es die Lebensaufgabe eines erwachsenen Mungos war, Schlangen zu vertilgen. Nag wußte das gleichfalls, und trotz seines undurchdringlichen, starren Auges hatte er Furcht im Grunde seines kalten Herzens.

»Dummes Geschwätz!« sagte Rikki-Tikki. »Brahma hin, Brahma her, aber du solltest dich schämen, kleine Nestküken aufzufressen.«

Nag schwieg und starrte unverwandt auf das Gras hinter Rikki-Tikki. Er wußte, daß die Anwesenheit eines Mungos im Garten für ihn und seine Familie über kurz oder lang den Tod bedeutete, und so sann er auf eine List. Um Rikki sorglos zu machen, senkte er den Kopf ein wenig und hielt ihn zur Seite.

»Laß uns vernünftig reden«, sagte er. »Du frißt Eier. Warum soll ich nicht kleine Vögel schlingen?«

»Hinter dir! Schau zurück!« piepste angstvoll Darzee.

Rikki-Tikki war zu klug, um Zeit mit Umschauen zu verlieren. Er sprang gerade in die Luft, so hoch er konnte, und breit zischend schoß Nagainas Kopf unter ihm durch. Das Weibchen Nags war unbemerkt hinter seinen Rücken gekrochen, um ihn mit einem Biß zu erledigen. Rikki fiel auf Nagainas Rücken herab, und wäre er ein wenig älter gewesen, so hätte er ihr mit einem Biß das Rückgrat gebrochen. Wohl schlug er seine scharfen Zähne in den Körper der Schlange, aber er fürchtete einen zweiten Angriff und biß nicht tief genug, um Nagaina zu töten. Dann sprang er davon, während sich die Schlange vor Schmerzen wand.

»Jämmerlicher Verräter, Darzee!« zischte Nag und reckte sich so hoch wie möglich empor, aber Darzee hatte sein Nest so hoch gebaut, daß es aus dem Bereich der Schlange lag, und wippte nun frohlockend auf dem Ast.

Rikki-Tikki setzte sich auf die Hinterfüße und stützte sich auf den Schwanz, gerade wie ein kleines Känguruh. Seine Augen wurden ganz rot (das ist bei den Mungos immer ein Zeichen der Wut), und er schalt und schimpfte, während er nach allen Seiten scharfen Auslug hielt.

Nag und Nagaina jedoch waren im Grase verschwunden. Wenn eine Schlange ihren Stoß verfehlt hat, verrät sie niemals, was sie zunächst zu tun beabsichtigt. Rikki-Tikki hatte keine Lust, den Flüchtlingen in das Dickicht zu folgen, denn er getraute sich nicht, den Kampf mit zwei Schlangen zu gleicher Zeit aufzunehmen. Er trabte davon und setzte sich auf den Kiesweg, nahe beim Hause, um nachzudenken. Die Sache stand ernst genug für ihn.

In alten Büchern kann man lesen, daß die Mungos sich durch ein Kraut zu heilen wissen, wenn sie beim Kampf mit einer Schlange gebissen werden. Aber das ist ein Märchen. Schärfe des Auges und Schnelligkeit allein entschieden bei einem solchen Kampf – Stoß der Kobra gegen den Ansprung des Mungos. Aber da kein Auge scharf genug ist, den blitzschnellen Bewegungen des zustoßenden Schlangenkopfes zu folgen, so ist der Kampf des Mungos mit der Kobra an sich wunderbar genug, auch ohne die Sage vom Zauberkraut. Rikki-Tikki wußte, daß er ganz unerfahren war, aber gerade deshalb war er stolz darauf, daß er dem listigen Angriff von rückwärts siegreich ausgewichen war. Dieses Bewußtsein gab ihm Selbstvertrauen, und als Teddy herbeikam, ließ er sich gerne die Liebkosungen als schuldigen Tribut gefallen.

Plötzlich zischte ganz in der Nähe eine dünne Stimme: »Zittert alle, denn ich bin der Tod!« Karait war es, die kleine graubraune Schlange, die sich arglistig im Staube verkriecht, so daß man sie von ihrer Umgebung nicht zu unterscheiden vermag. Winzig ist der Körper Karaits, aber sein Biß ist so giftig wie der Biß der großen Kobra; und wenn man die kleine Schlange entdeckt, ist es meist schon zu spät.

Rikki-Tikkis Augen glommen wieder rubinrot. Rasch entschlüpfte er Teddys Händen und tänzelte mit dem eigentümlich schwingenden Gange seines Volkes auf Karait zu. Sie sieht sehr komisch aus, diese Gangart, aber ermöglicht eine volle Lageverschiebung des Körpers und befähigt den Mungo, ganz nach Belieben zur Rechten oder zur Linken im stumpfen oder spitzen Winkel plötzlich abzuschwenken. Rikki ahnte nicht, daß ein Kampf mit Karait weit gefährlicher war als ein Kampf mit Nag; denn Karait ist klein und dreht und wendet sich so schnell, daß er den Rückstoß blitzhaft nach dem Opfer führt, wenn er das erstemal gefehlt hat. Rikki tänzelte vor und zurück, während er nach einer Stelle zum Zufassen suchte. Karait stieß zu. Rikki sprang zur Seite und wollte schon zum Angriff übergehen; aber da stieß Karait zum zweitenmal zu, und der kleine, graue Kopf schoß um Haaresbreite an Rikkis Schulter vorbei. Dieser mußte über die Schlange hinwegspringen, deren Kopf sich rasch drehte.

»Mutter! Vater!« rief Teddy begeistert. »Unser Mungo macht eine Schlange tot.«

Teddys Mutter schrie laut, und der Vater kam mit einem dicken Stocke herbeigelaufen, als Karait zum dritten Male zustieß und zum dritten Male sein Ziel verfehlte. Da schnellte Rikki vorwärts, nahm die Schlange zwischen die Läufe und biß mit gesenktem Fang tief in den Rücken, dicht hinterm Kopfe, und dann rollte er auf dem Kieswege mit dem zukkenden Körper zwischen den scharfen Zähnen. Der Biß hatte Karait erledigt; und Rikki schickte sich eben an, den toten Körper von dem Schwanzende an nach der Gewohnheit seines Volkes hinunterzuschlingen, als ihm einfiel, daß ein allzu gutes Mahl die Glieder lähmt, und daß er dünn bleiben müsse, um mit Schlangen kämpfen zu können. So nahm er nur ein Staubbad unter den Rizinusbüschen und sah befremdet zu, wie Teddys Vater die tote Schlange mit einem Stock bearbeitete.

Wozu noch? dachte Rikki-Tikki. Es ist doch alles zu Ende.

»Süßer Rikki«, sagte Teddys Mutter unter Tränen, während sie ihn aufnahm und auf die staubige Nase küßte. »Du hast meinen Jungen vom Tode gerettet, ich werde dir ewig dankbar sein!« Und dann küßte sie ihn wieder und lachte und weinte zu gleicher Zeit. Der Vater stimmte ihr bei, und alle streichelten Rikki, der die rosa Nase hin und her bewegte und die Familie verwundert ansah.

Beim Abendessen durfte Rikki-Tikki auf dem weißen Tischtuche zwischen all den Gläsern und Schüsseln umherspazieren. Er hätte sich dreimal mit den schönsten Leckerbissen satt essen können, aber er dachte an Nag und Nagaina, und obgleich es sehr angenehm war, geküßt und gestreichelt zu werden und auf Teddys Schulter zu sitzen, so stieg ihm dennoch ab und zu die rote Farbe in die Augen, und er stieß laut und trotzig seinen Schlachtruf hervor: »Rikki-Tikki-Tschik!«

Teddy nahm ihn mit ins Bett und legte ihn sich um den Hals. Rikki-Tikki war zu gut erzogen, um zu kratzen oder zu beißen; aber sobald der Knabe eingeschlafen war, sprang er ab und begab sich auf seine nächtliche Streife durch das Haus. Im Dunkeln stieß er auf Chuchundra, die Moschusratte, die an der Wand entlangkriecht und immer kläglich piepst, als wolle ihr das Herz vor Kummer brechen.

»Töte mich nicht!« flehte Chuchundra. »Liebster Rikki-Tikki, laß mich am Leben!«

»Dummes Geplärr«, sagte Rikki verächtlich. »Glaubst du, ein Schlangentöter vergreift sich an Ratten?«

»Wer auf Schlangenjagd geht, kann leicht selbst gefressen werden«, meinte die Ratte, bekümmerter denn je. »Und könnte es denn nicht leicht sein, daß Nag uns beide im Dunkel der Nacht verwechselt?«

»Keine Gefahr«, sagte Rikki verächtlich. »Überdies – Nag wohnt im Garten, und du wagst dich nie aus dem Hause.«

»Nag ist überall, Rikki-Tikki! Meine Base Chua, die Feldratte, hat mir erzählt . . .« Chuchundra hielt plötzlich inne.

»Erzähle – – – Was?«

»Pst! Leise! Nag ist überall . . . Du solltest zu Chua gehen und mit ihr sprechen.«

»Weiß ich, ob ich sie finde? Heraus mit der Sprache! Sonst beiß' ich dich!«

Chuchundra setzte sich hin und heulte, bis ihm die Tränen in die Barthaare liefen. »Arm bin ich und alt«, schluchzte er. »Ich traue mich kaum aus meinem Winkel heraus, und nun soll ich dir etwas so Gräßliches erzählen! . . . Pst! Hörst du denn nicht?«

Rikki-Tikki lauschte. Alles lag im tiefsten Schweigen; doch nein – da tönte ganz, ganz leise ein Geräusch herüber –

Schrab! – Schrab! Es war das trockene Schürfen einer Schlangenhaut auf Ziegelsteinen.

Ha, dachte Rikki, das ist Nag oder Nagaina. – Ich hätte doch mit Chua reden sollen.

Behutsam huschte er davon, zu Teddys Zimmer, und als er dort nichts Verdächtiges fand, schlich er weiter zum Badezimmer von Teddys Mutter. In der einen Ecke hatte man ein Abflußloch angelegt, und hier hörte Rikki, wie Nag und Nagaina draußen beim Mondschein miteinander flüsterten.

»Wenn niemand mehr im Hause wohnt«, sagte Nagaina zu ihrem Manne, »so wird auch er fortgehen, und der ganze Garten gehört uns wieder allein. Und nun gehe vorsichtig hinein und denke daran, daß du den großen Mann zuerst tötest! Ist das geschehen, so komme heraus, und dann wollen wir beide auf die Suche nach Rikki-Tikki gehen.«

»Aber bist du auch sicher, daß es uns nützen kann, die Menschen zu töten?«

»Darüber kann kein Zweifel sein. Hatten wir hier einen Mungo im Garten, als das Haus leerstand? Nein. Damals waren wir König und Königin. Und bedenke, bald, vielleicht schon morgen, kriechen die Jungen aus unseren Eiern, und dann brauchen sie Ruhe und viel Platz.«

»Du hast recht. Daran habe ich nicht gedacht. Ich werde den großen Mann und die Frau töten und auch das Kind, wenn ich kann. Dann brauchen wir uns Rikki-Tikkis wegen keine Sorge zu machen. Sobald erst das Haus leer ist, wird sich der Tunichtgut von selbst verziehen, und wir haben nicht nötig, mit ihm zu kämpfen.«

Rikki-Tikki zuckte am ganzen Körper vor Wut, als er dies hörte. Und dann schob sich Nags Kopf durch das Abflußloch, und der kalte, fünf Fuß lange Körper folgte langsam nach. Trotz seiner Wut erschrak Rikki-Tikki gewaltig, als er den ungeheuren Körper der Kobra so dicht vor sich sah. Nag rollte sich zusammen, hob den Kopf und lauschte in das Dunkel. Rikki konnte das kalte Glitzern seiner Augen sehen.

Wenn ich ihn hier angreife, überlegte Rikki, wird Nagaina ihm zu Hilfe kommen; wenn ich aber warte, wird er vielleicht den großen Mann töten. Was soll ich tun?

Nag schwang den Kopf hin und her und trank dann aus

der Wasserurne, die zum Füllen der Wanne diente. »Der große Mann hat einen Stock«, zischte die Schlange, »mit dem er Karait tötete. Er hat ihn wohl noch, aber sicherlich wird er ihn nicht mitbringen, wenn er morgens zum Bade kommt. Ich werde hier auf ihn warten. Nagaina ... hörst du mich? Ich werde hier im Kühlen bis zum Morgen auf der Lauer liegen.«

Auf das Zischen der Schlange erfolgte keine Antwort von draußen. Alles war still, und Rikki-Tikki wußte nun, daß Nagaina fortgekrochen war. Nag rollte sich rund um die große Wasserurne, und Rikki-Tikki lauschte atemlos dem Reiben der rauhen Schuppen an dem irdenen Gefäß. Er wagte nicht, sich zu rühren, und erst nach einer Stunde begann er sich langsam vorwärts zu bewegen. Nag schlief; Rikki-Tikki musterte prüfend den ungeheuren Körper und überlegte, wo er wohl am besten zupacken könne. »Falls ich ihm nicht das Rückgrat beim ersten Ansprunge zerbreche, dann gute Nacht, Rikki!« Er betrachtete die Stärke des Genicks unterhalb der Haube, aber auch hier konnte er den Hals nicht umspannen, und ein Biß weiter unten würde Nag nur rasend gemacht haben.

Der Kopf bleibt allein übrig; ich muß den Kopf oberhalb der Haube packen und nicht wieder loslassen.

Er stand still, schaute noch einmal mit den roten Augen auf den schlafenden Nag, und dann ... dann sprang er. Der Kopf lag an der Wand des Gefäßes an, und somit hatte Rikki einen Augenblick Zeit, sich gegen das Gefäß zu stemmen und zuzubeißen, bis er seine Zähne aufeinander fühlte. Und dann begann der Kampf. Rikki wurde gezerrt und geschüttelt und hin und her geschleudert wie eine Ratte, mit der ein Hund sein grausames Spiel treibt, schlug auf den Steinboden, gegen die Wand in kurzen Stößen oder weiten Schwüngen. Aber in seinen Augen saß die rote Wut, und er hielt fest, fest an dem großen Körper, der gewaltig hin und her peitschte und mit hohlem Klange gegen die Mauern und die Badewanne hämmerte. Und trotz der Stöße und Schläge preßte Rikki die Zähne fester und fester aufeinander, denn er war ganz darauf gefaßt, zu Tode geschlagen zu werden, aber zur Ehre seines Geschlechts wollte er mit geschlossenen Kiefern sterben. Er fühlte sich halb betäubt, der ganze Körper schmerzte ihn, als plötzlich ein Blitzstrahl durch das Zimmer fuhr, gefolgt von lautem Krachen. Ein heißer Wind benahm ihm den Atem, und rotes Feuer sengte ihm das Fell. Der große Mann, vom Lärm geweckt, hatte die beiden Läufe seiner Flinte auf Nag abgeschossen, gerade hinter der Haube am Kopfe.

Rikki-Tikki hielt mit geschlossenen Augen und geschlossenen Kiefern fest an dem zuckenden Körper, denn nun war er ganz überzeugt, daß er selber tot war. Der große Mann wollte ihn aufnehmen, aber Rikki ließ nicht los, bis der Mann den Kopf der Schlange mit einem Messer vom Rumpfe getrennt hatte. Dann sperrte Rikki die Kiefer auf und ließ Nags Kopf zu Boden fallen. »Alice!« rief der Mann. »Schon wieder der Mungo! Diesmal hat der kleine Kerl unser beider Leben gerettet.« Teddys Mutter kam herbei mit blassem Gesichte und starrte auf die blutigen Überreste von Nag.

Rikki-Tikki humpelte in Teddys Schlafzimmer und kroch mit Mühe auf das Bett. In den weichen Kissen streckte und leckte er sich und untersuchte, ob Nag ihm nicht alle Knochen im Leibe zerschlagen habe.

Als der Morgen kam, fühlte er sich zwar steif, aber zufrieden wie ein Held. Nun bleibt mir noch Nagaina übrig, überlegte er. Und der Kampf mit der Frau ist schlimmer als der mit fünf Nags. Und ihre Jungen können jeden Augenblick auskriechen, wie sie sagte. Wahrhaftig, keine Zeit ist zu verlieren. Ich muß schleunigst mit Darzee sprechen.

Noch vor dem Frühstück lief Rikki-Tikki zum Dornbusch, wo Darzee einen Triumphgesang in die Morgenröte hinausjauchzte. Die Kunde von Nags Tode war bereits in den ganzen Garten gedrungen, denn der Diener hatte den toten Körper auf den Müllhaufen geworfen.

»Leichtsinniger Federball!« rief Rikki ärgerlich. »Dein Gesang kommt zu früh.«

»Nag ist tot – tot, tot, tot!« flötete Darzee. »Der tapfere Rikki-Tikki packte ihn am Kopfe und ließ ihn nicht los. Und der große Mann brachte die Donnerbüchse – bum – bum, und Nag zerfiel in zwei Stücke! Niemals wieder wird er meine Kleinen fressen!«

»Gewiß, gewiß! Aber wo ist Nagaina?« fragte Rikki, sorgenvoll umherblickend.

»Zum Badezimmer kam sie und rief nach Nag!« fuhr Darzee fort. »Nag aber wurde herausgetragen auf dem Ende eines Besenstiels, und der schwarze Diener warf ihn auf den Müllhaufen. Heil dem rotäugigen Rikki-Tikki, dem großen Schlangentöter!« Und Darzees kleine Kehle füllte sich mit neuem Jubel.

»Könnte ich nur zu deinem Neste kommen, ich wollte dir bald Vernunft beibringen!« rief Rikki. »Du dummer Blasebalg! Du bist dort oben sicher, aber hier unten heißt's für mich Kampf auf Leben und Tod. Halte doch nur eine Minute deinen Schnabel, Darzee.«

»Für den großen, herrlichen Rikki-Tikki will ich alles tun«, sagte Darzee. »Was befiehlst du, Bezwinger des furchtbaren Nag?«

»Wo ist Nagaina? Ich habe doch schon zweimal gefragt.«

»Auf dem Müllhaufen sitzt sie bei dem toten Körper ihres Gatten. Hoch, König Rikki-Tikki, der Unbezwingliche!«

»Gehe zum Kuckuck mit deinem König! Kannst du mir sagen, wo Nagaina ihre Eier versteckt hat?«

»Im Melonenbeete, ganz nahe an der Mauer – dort, wo die Sonne am stärksten sticht, vom Morgen bis zum Abend – unter den großen Blättern, dort hat sie die Eier vor drei Wochen versteckt.«

»Und du hast es niemals der Mühe für wert gehalten, mir das zu erzählen? Im Melonenbeet, nahe der Mauer, sagst du?«

»Rikki-Tikki, du willst doch nicht ihre Eier fressen?«

»Aus ihren Eiern schlüpfen junge Kobras, und junge Kobras verschlingen dich und deine Kinder bei lebendigem Leibe. Darzee, wenn du nur ein Lot Vernunft hast, so fliegst du zum Müllhaufen und gibst vor, du habest dir den Flügel gebrochen, und lockst Nagaina hierher zum Dornbusch. Ich muß zum Melonenbeet gehen, aber solange sie in der Nähe des Stalles ist, kann sie mich sehen.«

Darzee besaß mehr Herz als Verstand und konnte immer nur einen Gedanken auf einmal in seinem kleinen Kopfe festhalten. Da er wußte, daß Nagainas Kinder aus Eiern geboren wurden, ganz wie seine eigenen, schien es ihm unrecht, sie zu töten. Aber seine Frau war verständiger, und sie machte keinen großen Unterschied zwischen Kobras und Kobraeiern.

Sie flog deshalb vom Neste und ließ Darzee zurück, um die Kleinen warm zu halten und seinen Triumphgesang vom Tode Nags zu vollenden. Darzee war in manchen Beziehungen den Menschen recht ähnlich. –

Sein Weibchen flog mittlerweile zum Müllhaufen und piepste ganz jämmerlich: »Ach, mein Flügel ist gebrochen! Der Knabe im Haus hat mit einem Stein nach mir geworfen!« Und dann flatterte sie ganz verzweifelt umher, dicht vor Nagainas Nase.

Nagaina hob den Kopf und zischte: »Oho! Du bist's? Du hast Rikki-Tikki gewarnt, als ich ihn töten wollte. Wahrhaftig, du hast dir einen schlimmen Platz ausgesucht, um lahm herumzuhüpfen!« Und sie schlängelte sich über den Kehricht vorwärts.

»Der böse Knabe hat mich mit einem Stein geworfen!«

»Nun, es mag dir vielleicht ein Trost sein, bevor du stirbst, zu wissen, daß ich dich an dem Knaben rächen werde. Mein Mann lag heute morgen tot auf dem Haufen hier, aber bevor der Abend anbricht, wird der Knabe in dem Hause ebenso still liegen. Warum läufst du fort? Ich fange dich doch. Sieh mich an, kleiner Vogel.«

Darzees Weibchen wußte Besseres zu tun, als dieser Aufforderung Folge zu leisten, denn ein Vogel, der in die starren Augen einer Schlange sieht, wird vor Entsetzen so gelähmt, daß er sich nicht vom Flecke rühren kann. Der kleine Schlaukopf flatterte von Ort zu Ort, ängstlich piepsend, aber ohne aufzufliegen; und Nagaina folgte ihm.

Rikki-Tikki hörte, wie sie auf dem Kieswege sich von dem Stalle entfernten, und er galoppierte rasch zum Melonenbeete. Dort fand er in einem schlaugewählten Verstecke fünfundzwanzig Eier etwa von der Größe kleiner Hühnereier, jedoch mit einer weißlichen Haut statt einer Schale überzogen.

»Ich kam keinen Augenblick zu früh«, sagte er, denn schon bewegten sich die jungen Schlangen unter der Haut, und seine Mutter hatte ihm eingeschärft, daß die jungen Kobras vom ersten Augenblicke an imstande seien, einen jungen Mungo oder gar einen Menschen zu töten. Er biß deshalb schnell die Spitzen der Eier ab und zerquetschte die jungen Kobras. Dann untersuchte er sorgfältig, ob er auch kein Ei verfehlt habe, und wie er sie alle drehte und wandte, entdeckte er eins, das er übersehen hatte. Er lachte grimmig und wollte eben das letzte Ei zermalmen, da hörte er, wie Darzees Weibchen entsetzt ausrief:

»Rikki-Tikki – Nagaina folgte mir in der Richtung des Hauses, und als sie sah, daß ich sie getäuscht hatte, schlüpfte sie zur Veranda ... Schnell ... dort sitzen sie alle ... und diesmal will sie den großen Mann und alle anderen töten!«

Rikki-Tikki nahm das letzte Ei in den Mund und stürmte zur Veranda, so schnell, als habe er Flügel. Teddy saß dort mit seinen Eltern am Frühstückstische – doch Rikki-Tikki konnte sehr wohl sehen, daß sie nicht aßen. Sie glichen nicht lebenden Menschen, sondern saßen reglos wie Marmorfiguren mit weißen Gesichtern. Nagaina lag dicht neben Teddys Stuhl – ganz dicht, so daß sie leicht in seine nackten Waden beißen konnte; sie schwenkte den Oberkörper hin und her und züngelte einen Rachegesang.

»Du bist der Sohn des großen Mannes, der meinen Nag getötet hat«, zischte sie. »Sitze still. Ich bin noch nicht willens, dich zu töten. Warte noch ein paar Augenblicke. Verhaltet euch ruhig, ihr drei, ganz ruhig. Falls ihr euch regt, stoße ich zu, und falls ihr euch nicht regt, so seid ihr dennoch verloren. Hört mich an, denn dies ist mein Rachegesang.«

Teddys Augen starrten auf den Vater, der ihm angstvoll zuflüsterte: »Ruhig sitzen, Teddy, um Gottes willen. Rühre kein Glied. Ganz ruhig, Liebling.«

Da plötzlich tönte Rikki-Tikkis Stimme durch das furchtbare Schweigen: »Umgeschaut, Nagaina! Hier bin ich – kämpfe um dein Leben!«

»Alles zu seiner Zeit!« sagte sie, ohne die Augen abzuwenden. »Auch du wirst an die Reihe kommen. Sieh doch nur deine guten Freunde an, Rikki! Wie bleich sie sind! Angst haben sie. Nicht zu rühren wagen sie sich, und wenn du nur einen Schritt machst, stoße ich zu.«

»Sieh doch nach deinen Eiern in dem Melonenbeet nahe der Mauer«, keckerte Rikki. »Gehe hin und sieh nach.«

Die Schlange drehte sich halb um und erkannte das Ei neben Rikki-Tikki. »Ssss! Ah ... gib es mir!« sagte sie.

Rikki-Tikki nahm das Ei zwischen die Füße, und seine Augen leuchteten tiefrot. »Was für einen Preis gibst du? Für ein Schlangenei? Für eine junge Kobra? Für eine Königskobra? Für das allerletzte – das allerletzte von fünfundzwanzig jungen Kinderchen? Die Ameisen fressen alle die anderen draußen auf dem Melonenbeete.«

Nagaina entrollte sich schnell wie der Blitz und vergaß alles, des einen Eies wegen. Da langte Teddys Vater mit schnellen Griff über den Tisch und riß den Knaben zu sich, aus der Sprungnähe der Kobra, während die Kaffeetassen und das Geschirr klirrend durcheinanderrollten.

»Überlistet! Angeführt! Angeführt!« kicherte Rikki-Tikki. »Der Knabe ist gerettet. Ich war es – ich, der Nag gestern nacht am Schopfe faßte und der ihm das Rückgrat zerbrach! Ich, Rikki-Tikki-Tschik!« Und er sprang mit allen vier Füßen zugleich kerzengerade in die Luft. »Er versuchte, mich abzuschütteln, aber ich hielt ihn fest zwischen den Zähnen! Er war lange tot, bevor der große Mann ihn in zwei Stücke zerschnitt. Ich war es, Rikki-Tikki-Tikki-Tschik! Komm herbei! Nagaina! Komm herbei und tröste dich: du sollst nicht lange eine trauernde Witwe bleiben.«

Nagaina sah, daß sie den rechten Augenblick verpaßt hatte, Teddy zu töten, und das Ei lag immer noch zwischen den Pfoten Rikki-Tikkis. »Gib mir das Ei! Gib mir das letzte meiner Eier, und ich verspreche dir, fortzugehen und niemals wiederzukommen«, bat sie und ließ demütig die Haube sinken.

»Ganz gewiß – du wirst von hier fortgehen, um den Kehrichthaufen an der Seite deines Gatten zu schmücken. Vorwärts, du arme Witwe! Bereite dich zum Kampfe! Der große Mann ist fortgegangen, seine Donnerbüchse zu holen! Kämpfe, ehe es zu spät ist!«

Rikki-Tikki tanzte wie besessen um Nagaina im Kreise herum; er hielt sich stets außer Sprungweite, und seine Augen glühten wie heiße Kohlen. Nagaina raffte sich auf und stieß zu. Rikki-Tikki sprang senkrecht empor und zu gleicher Zeit nach rückwärts. Wieder und immer wieder stieß die Schlange zu, und jedesmal sauste ihr Kopf mit dumpfem Krachen auf die Matten nieder. Endlich versuchte Rikki-Tikki, seiner Feindin in den Rücken zu kommen, und Nagaina wand und drehte sich, um ihn im Auge zu behalten.

Während der Staub hoch aufflog, näherte sich Nagaina

allmählich dem Ei, das noch auf der Veranda lag und an das Rikki-Tikki in der Hitze des Kampfes gar nicht mehr dachte. Rikki-Tikki sann eben auf eine neue Kriegslist und holte tief Atem, als plötzlich die Schlange das Ei mit dem Maul aufraffte, die Stufen der Veranda hinabglitt und wie ein Pfeil den Pfad entlangschoß. Wenn es sich um Leben und Tod handelt, zuckt der Körper einer Kobra auf der Flucht schnell dahin, wie die schwarze Peitschenschnur auf dem Rücken eines Pferdes.

Rikki jagte ihr nach, denn er wußte, daß seine Arbeit von neuem beginnen würde, wenn sie entkäme. Die Schlange glitt geradewegs zum hohen Gras beim Dornbusch, und dort schmetterte Darzee noch immer seinen Jubelgesang aus voller Kehle. Doch seine Frau war viel vernünftiger. Sobald sie Nagaina kommen sah, flog sie vom Neste und schlug mit den Flügeln dicht vor Nagainas Nase. Hätte Darzee ihr nur geholfen, so würden sie die Schlange vielleicht in anderer Richtung abgelenkt haben, so aber stutzte Nagaina nur einen Augenblick und setzte dann ihre Flucht weiter fort. Doch in diesem Augenblick hatte Rikki-Tikki sie eingeholt; und als sie in das Rattenloch stürzte, wo sie mit Nag ihr Heim eingerichtet hatte, saßen ihr Rikki-Tikkis weiße Zähne tief im Schwanze. Er ließ nicht los, und hinab ging's in die schwarze Öffnung über Steine und Wurzeln. In der Regel lassen es die Mungos schön bleiben, einer Kobra in ihr Loch zu folgen, aber Rikki dachte an keine Gefahr. Es war ganz dunkel in dem Loch, und Rikki konnte nicht wissen, wann Nagaina Raum finden würde, um zu wenden und zuzustoßen. Dennoch hielt er fest und streckte alle vier Füße steif aus, um sie möglichst tief in den heißen, nassen Boden einzustemmen und Nagaina in ihrem Lauf aufzuhalten.

Dann bewegte sich das Gras am Eingang des Loches nicht mehr; und Darzee sagte traurig: »Wir werden ihn niemals wiedersehen, unsern tapferen Rikki-Tikki! Der große Held ist in sein Grab hinabgestiegen! Denn Nagaina wird ihn sicherlich unten in der Erde totbeißen.«

Und damit setzte er sich vor das Nest und sang seinen Kleinen ein Trauerlied vor, das seinem betrübten Herzen entfloh, ohne daß er es erst zu dichten brauchte. Wie er nun gerade an der allerrührendsten Stelle angelangt war, zitterte das Gras hin und her, und heraus kroch Rikki-Tikki, langsam und steif und ganz mit Schmutz bedeckt. Rikki-Tikki blinzelte, denn das grelle Licht schmerzte ihn in den roten Augen, und Darzee hielt plötzlich mitten in einem tiefen Seufzer inne. Rikki leckte und schüttelte sich und nieste. »Das wäre erledigt«, sagte er. »Die Witwe wird niemals wieder ans Tageslicht kommen.« Und die roten Ameisen, die zwischen den Grashalmen lebten, hörten es und begannen sofort, eine nach der anderen, in das Loch hinabzusteigen, um zu sehen, ob er die Wahrheit gesprochen hatte.

Rikki-Tikki rollte sich in das Gras und schlief, wo er gerade war – schlief und schlief, bis die Sonne ganz tief am Himmel stand. Aber er hatte auch wirklich harte Arbeit getan.

»Oooah!« gähnte er, als er endlich erwachte. »Ich gehe jetzt ins Haus zurück. Darzee, melde dem Kupferschmied, daß Nagaina tot ist – er soll es der ganzen Nachbarschaft verkünden.«

Der Kupferschmied ist ein Vogel, dessen Stimme klingt wie der Schlag eines Hammers gegen einen Kupferkessel. Er ist deshalb in allen indischen Gärten und in der ganzen Dschungel der Dorfschreier, der weithin die Tagesneuigkeiten ausruft. Als Rikki-Tikki den Kiesweg hinaufging, hörte er hinter sich schon den wohlbekannten Ruf: »Ding-Dong-Tock! Nag ist tot! Ding-Dong! Nagaina ist tot! Ding-Dong-Tock!«

Da brachen alle Vögel in ein Jubelgeschrei aus, und sogar die Frösche sangen aus vollem Halse, denn Nag und Nagaina hatten für kleine Frösche eine ganz besondere Vorliebe gehabt.

Als Rikki im Hause anlangte, wollten ihn alle umarmen – Vater, Mutter und der Knabe –, und die Mutter weinte, und der Knabe küßte ihn einmal über das andere auf seine lehmbedeckte Nase, bis sie wieder ganz rein war. Rikki bekam ein prächtiges Essen, und dann ging er mit Teddy zusammen zu Bett. Ganz spät am Abend kamen Vater und Mutter, um ihrem Liebling gute Nacht zu sagen. Und sie vergaßen auch Rikki-Tikki nicht dabei.

»Er hat unser aller Leben gerettet«, sagte die Mutter. »Denke doch nur, das herzige Wesen hat unser aller Leben gerettet!«

Rikki-Tikki erwachte, denn er hatte einen leisen Schlaf.

»Ach, ihr seid es«, sagte er. »Was macht ihr denn für Gesichter? Die Kobras sind alle tot, und wenn noch eine lebt, so bin ich doch da.«

Rikki-Tikki wurde bei all seinem Stolze nicht übermütig. Er hielt den Garten frei von Schlangen, denn er verstand sein Geschäft von Grund aus, und sogar die größten Kobras zitterten, wenn sie nur aus der Ferne seinen Schlachtruf hörten:

»Rikki-Tikki-Tikki-Tschik.«

Darzees Siegesgesang

Weber bin ich und Sänger zugleich,
Zwiefach an Gaben und Künsten reich,
Werfe mein Lied durch die Bahnen des Blaus,
Wirke hier unten am Faden des Baus,
Auf und hinunter, so webe mein Lied ich, so wirke und web' ich mein Haus.

Mutter, den Kopf hoch, und sei nicht mehr bang,
Sing unsern Kindern den Siegesgesang;
Erbfeind, der stets uns im Garten erschreckt,
Endlich liegt er zu Boden gestreckt.
Droht' er oft uns mit Tod aus den Rosen, nun liegt er im Mist und verreckt.

Wer war der Held, der die Schlange zerriß?
Jubelnder Dank sei ihm ewig gewiß.
Rikki, der Ritter, der Retter, der Held,
Tikki, den Blick wie von Feuer erhellt,
Rik-Tikki-Tikki mit Elfenbeinkrallen, der Jäger, der Retter der Welt!

Auf nun, ihr alle, und spreitet den Schwanz,
Beugt euch und schwingt euch und jubelt im Tanz,
Lobt ihn und werdet im Preisen nicht müd',
Schmettert wie Nachtigallen das Lied,
Rikki, dem Helden mit buschigem Schweife, dem Feuer im Auge glüht . . .
(Hier unterbrach Rikki das Lied, so daß der Schluß des Gesanges verlorenging.)

Toomai, der Liebling der Elefanten

Ich will mich erinnern, was ich war.
Bin müde der Fessel und Kette.
Ich will mich erinnern alter Kraft
und heimatlicher Stätte.
Ich biete den Rücken nicht länger dar
für leckere Nichtigkeiten,
Will wieder mit meiner Brüder Schar
durch der Dschungel Dickicht schreiten.
Durch Dickicht und Nacht, bis der Morgen erwacht,
Wo der Wind mich umkost, wo die Quelle lacht . . .
Will vergessen das Seil, das den Fuß mir hält.
Will brechen den Zaun, der das Lager umstellt,
Will hinaus zu den Lieben, die ich verlor –
Frei sein in der Dschungel . . . frei, wie zuvor!

Kala Nag – das bedeutet: »Schwarze Schlange« – hatte der indischen Regierung siebenundvierzig Jahre treu gedient in allem, zu dem ein Elefant verwandt werden kann, und da er volle zwanzig Jahre alt war, als er gefangen wurde, so zählte er jetzt beinahe siebenzig – ein schönes Alter für einen Elefanten. Er konnte sich noch erinnern, wie er mit einem dicken Lederjoch um seinen Kopf eine schwere Kanone durch den Morast gezogen hatte – das war lange vor dem afghanischen Feldzug im Jahre 1842, und damals war er noch nicht ausgewachsen. Radha Pyari, seine Mutter, die in der gleichen Herde mit Kala Nag eingefangen wurde, hatte ihm zur Zeit seiner ersten Stoßzähne immer und immer wieder gesagt, nur wenn Elefanten Angst hätten, kämen sie zu Schaden. Kala hatte bald gemerkt, daß der Rat gut war: denn als das erstemal eine Granate in seiner Nähe platzte, rannte er schreiend rückwärts gerade in eine Gewehrpyramide hinein, und die aufgepflanzten Bajonette stachen ihn an seinen empfindlichsten Stellen. Nach dieser Erfahrung nahm Kala sich vor, nie mehr Angst zu haben, und so wurde er der beste, beliebteste und am sorgsamsten gehegte Elefant im Dienste der indischen Regierung. Er hatte viel gesehen und erlebt. Zeltlasten hatte er geschleppt im Gewicht von zwölfhundert Pfund auf langen Märschen im nördlichen Indien; er war mit Dampfwinden in ein Schiff verladen worden, mit dem er viele Tage über das unruhige Meer fuhr, hatte in einem fremden Bergland weit weg von Indien einen schweren Mörser tragen müssen und den Kaiser Theodor in Magdala auf dem Totenbett liegen sehen. Später war er wieder auf einem schaukelnden Schiff heimgekehrt, würdig, wie die Soldaten sagten, die abessinische Tapferkeitsmedaille zu tragen. Dann hatte er hoch oben in den nördlichen Bergen in Ali Musjid sein eigenes Volk an Kälte, Hunger, Entbehrungen und Sonnenstich leiden und sterben sehen; und darauf war er Tausende von Meilen südwärts gesandt worden, um auf den Bauhöfen in Moulmein schwere Balken aus Teakholz zu schleppen und zu stapeln. Dort schlug und stieß er einen ungehorsamen jungen Elefanten halbtot, der sich eigensinnig weigerte, seinen Anteil an der Arbeit zu verrichten.

Nach all diesen Erlebnissen wurde er mit einigen Dutzend anderen Elefanten in die Garo-Berge geschickt und mußte dort erlernen, bei dem Fang seiner wilden Stammesgenossen behilflich zu sein.

Die Elefanten stehen unter dem ausdrücklichen Schutze der indischen Regierung. Eine besondere Ministerialabteilung beschäftigt sich ausschließlich mit der Jagd und dem Abrichten der gefangenen Tiere, um sie dann je nach Bedarf im Lande zu verteilen.

Kala Nag stand zehn Fuß hoch über dem Boden; seine mächtigen Stoßzähne waren der Sitte gemäß vorne abgeschnitten und an ihren Enden mit Kupferbändern umspannt, um sie vor dem Zersplittern zu schützen. Er konnte mit diesen noch immerhin fünf Fuß langen Stümpfen mehr ausrichten als die nicht abgerichteten Elefanten mit ihren vollgewachsenen scharfen Stoßzähnen.

Wenn nach wochenlangem, mühsamem Jagen in den Bergen etwa vierzig oder fünfzig wilde Kolosse endlich in die letzte Umzäunung getrieben waren und das schwere Falltor aus Baumstämmen dröhnend hinter ihnen niederfiel, begab sich Kala Nag auf ein Kommandowort in das stampfende, schnaubende, sich wild drängende Gewühl (gewöhnlich bei Nacht, wenn der flackernde Schein der Fackeln die eingefangenen Tiere unsicher machte), suchte sich den stärksten und wildesten Bullen aus der Masse und hämmerte und stieß so lange auf ihn ein, bis er Ruhe gab, während Männer auf dem Rücken der anderen Arbeitselefanten die schwächeren Tiere mit Stricken einfingen und fesselten.

Der weise, alte Kala Nag war ein erfahrener Meister in allen Arten des Kampfes. So manches Mal hatte er dem verwundeten Tiger mutig getrotzt – er rollte den Rüssel zusammen, um ihn vor einem Biß zu schützen, und stieß mit dem dicken Kopf das anspringende Tier hoch in die Luft, daß es einen Purzelbaum schoß. Diesen Kunstgriff hatte er allein erfunden; und ehe der Tiger wieder auf die Beine springen konnte, warf sich Kala Nag auf ihn mit den Knien und erdrückte ihn mit seiner Wucht, bis das Leben mit Ächzen und Stöhnen aus dem Körper wich und nichts übrigblieb als ein zermalmter, gestreifter Kadaver, den Kala Nag am Schwanze griff und fortzog.

»Jawohl!« sagte der große Toomai, sein Hüter, der Sohn des schwarzen Toomai, der Kala nach Abessinien begleitet hatte, und Enkel des alten, in der ganzen Dschungel berühmten Toomai, der bei dem Fange Kalas behilflich gewesen war. »Jawohl, die schwarze Schlange hat vor nichts Furcht außer vor mir. Drei Generationen meiner Familie haben ihn gefüttert und gepflegt, und er wird lange genug leben, um die vierte zu sehen.«

»Vor mir hat er auch Furcht«, quäkte der kleine Toomai, ein brauner Dreikäsehoch in Lumpen.

Er war zehn Jahre, der Älteste des großen Toomai, und dem Herkommen gemäß würde er dem Vater im Amte folgen, sobald er erwachsen war; würde dann auf Kalas Nakken sitzen und den schweren eisernen *Ankus,* den Elefantenstab, halten, der in den Händen seiner Vorfahren glatt und glänzend geworden war. Er wußte genau, was er sagte, denn er war im Schatten Kala Nags geboren, hatte, ehe er laufen konnte, mit Kala Nags Rüssel gespielt, und hatte ihn zur Tränke geführt, sobald er nur vermochte, ein Bein vor das andere zu setzen. Kala Nag würde nie daran gedacht haben, sich den schrill gepiepsten Befehlen des kleinen Toomai zu widersetzen; ebensowenig, wie er damals sich hatte einfallen lassen, ihn zu töten, als der große Toomai seinen neugeborenen Sohn unter Kala Nags Rüssel legte und ihm befahl, seinen zukünftigen Meister zu grüßen.

»Ja!« wiederholte der kleine Toomai, »vor mir hat er Angst.« Er ging mit langen Schritten zu Kala Nag, schimpfte ihn altes fettes Schwein und ließ ihn die Füße aufheben, einen nach dem andern. »Wah! Du mußt alles tun, was ich sage.« Der Kleine schüttelte seine Locken und sprach ganz wie sein Vater. »Zwar bezahlt die Regierung für euch Elefanten, aber dennoch gehört ihr uns Mahouts. Wenn du alt bist, Kala Nag, wird ein reicher Radscha kommen und dich von der Regierung kaufen, weil du so groß und gescheit bist und weil ich dir soviel Kunststücke beigebracht habe. Dann bekommst du goldene Ohrringe und brauchst weiter nichts zu tun, als einen goldenen Thronsitz auf deinem Rücken zu tragen und in den Prozessionen des Königs an der Spitze zu schreiten. Und ich selbst, o Kala Nag, werde auf deinem Rücken sitzen, einen silbernen *Ankus* in der Hand, und Männer mit goldenen Stäben werden vor uns herlaufen und rufen: ›Platz für den Elefanten des Königs!‹ Das wird schön sein, Kala Nag, aber nicht so schön wie das Jagen in der Dschungel!«

»Umph!« sagte darauf der große Toomai. »Du bist wild wie ein Büffelkalb. Du kannst der Regierung bessere Dienste leisten, als in der Dschungel zu jagen. Ich werde alt und bin kein Freund der wilden Elefanten. Feste Stationen ziehe ich vor, gemauerte Elefantenställe, einen Verschlag für jedes Tier und starke Pflöcke zum Festmachen; dazu ebene, breite Straßen, um die Neuen einzuüben, das ist mir lieber als das Herumhetzen von Station zu Station in der Dschungel. Ah – wie schön waren die Kasernen in Cawnpore mit dem Bazar dicht daneben und täglich nur drei Stunden Dienst!«

Der kleine Toomai erinnerte sich sehr wohl an die Elefantenställe zu Cawnpore und schwieg still. Er zog das Lagerleben bei weitem vor und haßte die flachen, breiten Übungswege, das tägliche Weiden auf besonders instand gehaltenen Grasplätzen, und vor allem die langen, trägen Stunden, in denen er nichts tun konnte als zusehen, wie Kala Nag sich zwischen seinen Pfählen rastlos hin und her wiegte. Der kleine Toomai liebte es, felsige Wege hinaufzuklettern, wohin sich nur ein Elefant wagt, liebte es, in die Täler hinabzutauchen, wo das Wildschwein und der Pfau erschrocken unter Kalas Füßen davonflohen, oder bisweilen einmal in meilenweiter Ferne äsende Herden wilder Elefanten zu erspähen.

Die warmen Regen liebte der Knabe, wenn Hügel und Täler von den niedergehenden Güssen dampften, liebte die tauigen, nebligen Morgen, da niemand wußte, wo man am Abend lagern würde – die lange, mühsame Treibjagd auf wilde Elefanten, das Eintreiben der Gefangenen, die wie Blöcke im Bergsturz in die festen Umzäunungen polterten, und wenn sie merkten, daß sie nicht mehr hinauskonnten, sich wütend gegen die dicken Pfähle warfen. Dann war der Augenblick gekommen, grell leuchtende Fackeln zu schwingen, blinde Schüsse abzugeben und Lärm zu machen, als seien alle bösen Geister aus der schwarzen Dschungel herbeigekommen. Ja, das war ein herrliches Leben! Und dabei konnte auch ein kleiner Knabe sich nützlich erweisen, und Toomai richtete soviel aus wie drei Knaben zusammengenommen, wenn er mit der Fackel umherschlug und sich heiser gellte.

Aber die rechte Freude begann erst, wenn die eingebrachten wilden Elefanten zum Gehorsam gebracht wurden und die *Keddah,* die weite Umzäunung, aussah wie ein Bild vom Untergang der Welt. Dann kletterte der kleine Toomai auf einen zitternden Pfosten, seine langen, braunen Haare flatterten im Wind, und sein schwarzer Schatten tanzte im Fackellicht. Das Trompeten und Schreien der Tiere war so betäubend, daß man sein eigenes Wort nicht vernahm. Sobald aber das Urweltgetöse etwas verebbte, drangen des Knaben schrille, befehlende Rufe an Kala Nags Gehör durch all das Gewirr und Gebrüll, das Krachen der reißenden Stricke, das Schnauben und Trompeten der gefesselten Elefanten. *»Mail, mail, Kala Nag*[1]*! – Dant do*[2]*! – Somalo! Somalo*[3]*! – Maro*[4]*! – Arre! Arre! Yai! Yai! Kya-a-ah!«* So rief er, während der laute Kampf zwischen Kala Nag und seinem wilden Gegner von einem Ende der Umzäunung zum anderen tobte, mitten durch das Gewühl der anderen Tiere, die heulend und trompetend zur Seite flohen. Die alten Elefantenjäger wischten sich den Fackelruß aus den Augen und nickten dem kleinen Toomai zu, der vor Aufregung auf seinem Pfosten herumhopste.

Ja, er tat mehr als nur schreien. Eines Nachts glitt er von der Höhe des Pfostens herunter und stürzte mitten unter die

1. Geh an, geh an, Schwarze Schlange! – 2. Stoße ihn! – 3. Vorsicht! Vorsicht! – 4. Schlage ihn!

tobenden Elefanten, um einem Treiber das Ende eines herabgefallenen Seils zuzuwerfen, mit dem das Bein eines störrischen Jungen gefesselt werden sollte. Junge Elefanten sind weit mutwilliger und schwerer in Ordnung zu halten als die alten. Kala Nag sah seinen kleinen Herrn in Gefahr, zerstampft oder zerquetscht zu werden; er stürzte herbei, nahm den Knaben vom Boden auf und überreichte ihn stolz dem großen Toomai, der seinem Sohn rechts und links ein paar Ohrfeigen gab und ihn auf den Pfosten zurücksetzte.

Am nächsten Morgen schalt ihn der Vater noch gehörig aus und sagte: »Ist denn das Leben in den Elefantenställen und das Zelttragen nicht genug für dich, daß du auf eigene Faust auf Elefantenfang ausgehen mußt, du Tunichtgut! Diese schmutzigen Elefantenjäger, die geringeren Sold bekommen als ich, haben Petersen Sahib alles erzählt.«

Der kleine Toomai erschrak. Er wußte nicht viel von den weißen Männern, aber eins wußte er: daß Petersen Sahib für ihn der mächtigste Mann in der Welt war. Er stand an der Spitze aller Unternehmungen, er allein fing alle die Elefanten ein für die indische Regierung, und er wußte mehr über Fährten und Gewohnheiten der gewaltigen Dickhäuter als irgendein Sterblicher.

»Was ... was wird werden?« fragte der kleine Toomai.

»Werden? Das Schlimmste kann werden. Petersen Sahib ist übergeschnappt, würde er sonst die wilden Teufel jagen? Vielleicht wird er sogar einen Elefantenjäger aus dir machen wollen – dann mußt du des Nachts irgendwo in diesen fieberdurchseuchten Dschungeln schlafen, bis du zu guter Letzt im *Keddah* zu Tode getrampelt wirst. Das kommt von deiner Dummheit, du Taugenichts ... Aber vielleicht wird es diesmal noch gut abgehen. Nächste Woche hört das Jagen auf, und dann werden wir Leute vom Flachland zu unseren Stationen zurückgesandt. Dann marschieren wir wieder auf glatten Wegen und vergessen all das verrückte Jagen. Ja, mein Sohn, ich bin sehr böse auf dich, da du dich in Sachen mischst, mit denen von Rechts wegen nur diese schmutzigen Dschungelleute aus Assam zu tun haben. Glaubst du etwa, daß ich in die stinkigen *Keddahs* stiege, wenn Kala Nag ohne mich arbeiten würde? Aber er ist nur ein Kampfelefant und zum Führen der Gefesselten nicht zu brauchen. So habe ich meinen festen Platz, wie es einem Mahout zukommt, einem Mahout sage ich, nicht einem einfachen gewöhnlichen Jäger – und einem Manne, der am Ende seiner Dienste eine Pension bekommt. Soll denn das Geschlecht der Toomai in den Schmutz einer *Keddah* hinabgezerrt werden? Lauselümmel! Marsch – gehe jetzt Kala Nag waschen, vergiß aber nicht seine Ohren und suche nach Dornen in seinen Füßen. Marsch, sonst fängt dich Petersen Sahib ein und macht dich zum drekkigen Elefantenjäger, zum erbärmlichen Fährtenläufer und Dschungelbären. Bah! Pfui! Fort mit dir!«

Der kleine Toomai schlich fort, ohne ein Wort zu sagen, aber er schüttete seinem Freunde Kala Nag sein ganzes Herz aus. »Macht alles nichts«, tröstete er sich, als er Kalas Füße untersuchte, »sie haben Petersen Sahib meinen Namen genannt ... und vielleicht ... vielleicht ... wer weiß? *Hai!* Einen mächtigen Dorn hast du da! Halte still! Na, nun ist er heraus!«

Während der nächsten paar Tage wurden die neu eingefangenen Elefanten eingewöhnt. Sie mußten zwischen zwei abgerichteten Tieren auf und ab gehen, um sich an den Marsch in die Ebene zu gewöhnen.

Dann kam Petersen Sahib auf seiner klugen Elefantin Pudmini in das Lager geritten, um das Auszahlen der Löhne zu überwachen, denn die Jagd ging nun zu Ende. Ein schwarzer Schreiber saß an einem Tisch unter einem Baum und zahlte den Treibern aus der Ebene ihren Lohn aus. Sobald einer sein Geld empfangen hatte, ging er wieder zu seinem Elefanten, um sich der langen Reihe anzuschließen, die zum Abmarsch bereitstand. Die Jäger und Einfänger, die dauernd zu den *Keddahs* gehörten und jahraus, jahrein in der Dschungel blieben, saßen auf den Rücken der Elefanten, die zu Petersen Sahibs ständiger Jagdabteilung gehörten, oder lehnten mit ihren Büchsen an Baumstämmen und machten sich über die Treiber aus der Ebene lustig oder lachten, wenn ein frischgefangener Elefant schnaubend aus den Reihen ausbrach.

Der große Toomai trat mit dem kleinen Toomai zum Schreiber; und Machua Appa, der Vormann der Fährtensucher, sagte leise zu seinem Freunde neben ihm: »Der da hat ganz das Zeug zu einem Elefantenjäger. Schade, in der Ebene unten wird sich der junge Dschungelhahn wohl gründlich mausern.«

Petersen Sahib hatte seine Ohren überall, nicht das kleinste Geräusch entging ihm; und das war auch notwendig für einen Mann, der das schweigsamste von allen lebenden Wesen belauscht – den wilden Elefanten. Der Sahib, bequem auf dem breiten Rücken seiner Pudmini ausgestreckt, wandte sich dem Sprecher zu: »Was höre ich da? Ich habe noch niemals einen Flachlandtreiber gesehen, der auch nur einen toten Elefanten richtig zu seilen verstand.«

»Das ist kein Mann, sondern ein Knabe. Beim letzten Treiben ist er in die *Keddah* gelaufen und hat dem Barmao dort das Seil zugeworfen, als wir das junge Kalb mit der Blesse an der Schulter von seiner Mutter trennen wollten.«

Machua Appa deutete auf den kleinen Toomai, Petersen Sahib sah ihn an, und der kleine Toomai verbeugte sich bis zur Erde. »Der Knirps da hat ein Seil geworfen? Er ist ja kaum drei Käse hoch. Komm mal her – wie heißt du denn?«

Der kleine Toomai fürchtete sich so, daß er kaum sprechen konnte. Aber Kala Nag war hinter ihm, und auf ein Zeichen mit der Hand nahm ihn der Elefant mit dem Rüssel hoch in die Luft und hielt ihn gerade vor den mächtigen Sahib. Da verdeckte der Knabe seine Augen mit den Händen – denn er war ja doch nur ein Kind und in allen Dingen, falls es sich nicht um Elefanten handelte, so scheu, wie nur ein Kind sein kann.

»Oho!« sagte Petersen Sahib und strich sich lächelnd den langen Schnurrbart, »und aus welchem Grunde hast du die Schwarze Schlange denn dieses Kunststück gelehrt? Wohl, damit du das Korn von den Dächern stehlen kannst, wenn es zum Trocknen ausliegt?«

»Nicht Korn, Beschützer der Armen – Melonen!« sagte der kleine Toomai, und alle ringsherum brachen in schallendes Gelächter aus. Die meisten hatten in ihrer Jugend den Elefanten dasselbe Kunststück beigebracht. Der kleine Toomai schwebte acht Fuß über dem Boden und wünschte sehnlichst, mindestens ebenso tief unter der Erde zu liegen.

»Er ist mein Sohn, Sahib«, sagte der große Toomai mürrisch. »Er ist ein Taugenichts und wird wohl im Gefängnis enden, Sahib!«

»Daran zweifle ich«, antwortete der mächtige Mann, und seine Augen sahen aus, als wollten sie sich in den alten Toomai hineinbohren. »Ein Knabe, der sich so jung in eine volle *Keddah* hineinwagt, endet nicht im Gefängnis. Hier hast du vier Annas, kaufe dir Zuckerwerk; denn du hast einen Kopf unter deinem großen Schopf. Später, wenn es soweit ist, kannst du vielleicht ein Jäger werden.« Des großen Toomai Gesicht zog sich noch mehr in die Länge. »Aber vergiß nicht«, fuhr der Sahib fort, »*Keddahs* sind keine Spielplätze.«

»Darf ich denn niemals wieder hineingehen?« fragte der kleine Toomai mit stockender Stimme.

»Doch!« Petersen Sahib lachte verstohlen. »Sobald du den Tanz der Elefanten gesehen hast. Dann ist die rechte Zeit. Komme zu mir, wenn du die Elefanten hast tanzen sehen, dann stehen dir alle *Keddahs* offen.«

Wieder erscholl ein lautes Gelächter ringsherum; denn das ist ein alter Scherz der Elefantenjäger und bedeutet: niemals! Tief in den Dschungeln versteckt liegen weite, flach getretene Lichtungen, Ballsäle der Elefanten genannt; aber nur selten findet man sie durch Zufall, und noch nie sah ein menschliches Auge den Tanz der Elefanten. Wenn ein Treiber mit seiner Tapferkeit prahlt, dann fragen die anderen höhnend: »Wann hast denn du die Elefanten tanzen sehen?«

Kala Nag ließ seinen kleinen Herrn zu Boden; der Knabe machte wiederum eine tiefe Verbeugung und ging mit dem grollenden Vater davon. Er gab das Silberstück seiner Mutter, die das kleine Brüderchen nährte; dann wurde die ganze Familie auf Kala Nags Rücken verstaut, und der lange Zug der murrenden und gurgelnden Elefanten setzte sich über den gewundenen Hügelpfad nach dem Flachland in Bewegung. Es wurde ein recht unruhiger Marsch, denn die neugefangenen Elefanten zeigten sich bei jeder Furt widerspenstig und bedurften fortwährend beruhigender Worte oder klatschender Stockhiebe.

Der große Toomai bearbeitete Kala Nag mit dem eisernen Stachel, denn er war ärgerlich; aber der kleine Toomai döste glückselig vor sich hin. Petersen Sahib hatte ihn zu sich gerufen und ihm sogar Geld gegeben, und so fühlte er sich wie ein Soldat, den der General aus Reih' und Glied gerufen und öffentlich gelobt hat.

»Was hat denn der Sahib mit dem Elefantentanz gemeint?« fragte er endlich leise seine Mutter.

Aber der Vater hörte ihn und sagte verächtlich: »Daß du niemals so ein Bergbüffel von Fährtensucher werden sollst, das meinte er. Heda! – ihr da vorn! – was versperrt den Weg?«

Ein assamesischer Treiber, zwei oder drei Elefanten voraus, rief ärgerlich: »Her mit deinem Kala Nag! Er soll dieses Kalb hier zur Vernunft bringen. Warum mußte Petersen Sahib gerade mich mit diesen Reisfeldeseln ins Flachland schicken! Bring dein Tier längsseits, Toomai, damit er den Schlingel hier mit den Stoßzähnen bearbeitet. Bei allen Göttern in den Bergen! ... Der Teufel ist in diese neuen Elefanten gefahren, oder sie wittern ihre Kameraden in der Dschungel.«

Kala Nag stieß den jungen Elefanten unsanft in die Rippen, und der alte Toomai knurrte: »Pah! Kameraden in der Dschungel! Hier in den Hügeln gibt es keine mehr, wir haben alle verjagt oder gefangen. Ihr versteht nur nicht zu treiben. Muß ich denn allein den ganzen Zug in Ordnung halten?«

»Hört nur!« höhnten die anderen Treiber. »Wir haben die Hügel gesäubert! Ho! Ho! Ihr seid ja mächtig gescheit, ihr Lümmel vom Flachland! Wer seine Nase nur jemals in die Dschungel gesteckt hat, der sollte doch wissen, daß die Elefanten ebensogut merken, wenn die Jagd zu Ende ist, wie wir. Und deshalb werden die wilden Elefanten heute nacht ... aber was soll ich meine Weisheit an diesen Sandhasen aus der Ebene verschwenden?«

»Was ... was werden die Elefanten heute nacht tun?« fragte der kleine Toomai.

»Ohe! Bist du auch da, Kleiner? Nun gut, ich werde dir's sagen, denn du hast mehr Verstand als die Schildkröten, deine Stammesgenossen. Tanzen werden sie heute nacht ... jawohl, tanzen! Und deshalb sollte dein weiser Vater, der alle Elefanten auf allen Hügeln gefangen hat – er sollte die Tiere an doppelte Ketten legen!«

»Dummes Zeug!« knurrte der große Toomai. »Vierzig Jahre lang haben wir beide, mein Vater und ich, Elefanten gewartet, und nie haben wir solches Mondscheingeschwätz von Elefantentänzen gehört.«

»Du natürlich nicht, denn so ein Flachlandigel kennt nur die vier Wände seiner elenden Hütte. Nun, von mir aus laß ruhig deine Elefanten ungefesselt heute nacht, dann wirst du ja sehen. Und von wegen tanzen! Ich habe mit eigenen Augen die Lichtung gesehen, wo ... Wie viele Krümmungen hat denn dieser Dihangfluß? Schon wieder eine Furt, und die Kälber müssen hindurchschwimmen. Das Ganze halt, ihr da hinten!«

So vollbrachten sie schwatzend den ersten Tagesmarsch; und als der Abend kam, schlugen sie flüchtig ein Lager auf.

Dort wurden die Arbeitselefanten an große Pfähle gefesselt, die neuen Tiere noch mit besonders starken Tauen angebunden und alle abgefüttert. Die Treiber von den Hügeln kehrten durch die Abenddämmerung zu Petersen Sahib zurück; sie rieten den Treibern vom Flachland nochmals, in dieser Nacht besonders wachsam zu sein, und lachten nur, als die Flachländer fragten: »Warum?« Der kleine Toomai saß vor Kala Nag und sah ihm zu, wie er die großen Bündel Gras in den Schlund steckte, bis der Berg vor ihm kleiner und kleiner wurde und zuletzt verschwand.

Dann, als es dunkelte, strich der kleine Toomai durch das Lager, um ein Tam-Tam zu suchen. Wenn einem indischen Kinde das Herz vor Freude überströmt, dann lärmt es nicht und springt herum, sondern setzt sich still irgendwohin und genießt sein Glücksgefühl ganz für sich allein. Und der mächtige Petersen Sahib, der Beschützer der Armen, der Herr der Dschungel, hatte mit dem kleinen Toomai gesprochen! Hätte der Junge nicht gefunden, was er suchte, so wäre ihm vielleicht das Herz gesprungen. Aber der Zuckerbäcker im Lager lieh ihm ein Tam-Tam – eine Trommel, die mit der flachen Hand geschlagen wird. Toomai ließ sich mit gekreuzten Beinen vor Kala Nag nieder, das Tam-Tam im Schoß; und glückselig träumend begann er die Trommel zu schlagen – tanke, tank – tanke, tank – tanke, tank. Die Sterne des nächtlichen Himmels sahen auf ihn herab; und er schlug und schlug, und je mehr er über die große Ehre nachdachte, die ihm widerfahren war, desto lauter hallte sein tanke, tank – tanke, tank – durch die einsame, warme Nacht. Es war keine Melodie – nur ein eintöniges Klingen ohne Worte, dieses Tanke-tank, und dennoch machte es ihn glücklich.

Die neugefangenen Elefanten zerrten an ihren Seilen, klagten und trompeteten von Zeit zu Zeit. Und der kleine Toomai konnte hören, wie seine Mutter in der nahen Lagerhütte den kleinen Bruder in den Schlaf sang mit einem alten, alten Lied vom großen Gott Schiwa, wie er einst allen Tieren befahl, was sie essen sollten:

Schiw läßt das Korn uns wachsen,
Er läßt die Winde wehn,
Er lebt in der tiefen Dschungel,
Doch kann ihn niemand sehn.

Er hat uns all' geschaffen,
Er ist's, der uns erhält,
Es ruht in seinen Händen
Die Dschungel und die Welt.

Dem König gab er die Krone,
Dem Bettler seinen Stab,
Dem Tiger gab er Krallen,
Bald gibt er uns ein Grab.

Und meinem kleinen Kinde
Gab Schönheit er und Mut,
Zwei rosenrote Lippen,
Zwei Äuglein voller Glut.

Gab Kraft ihm in den Händen . . .
Schlaf ein, mein Sohn, schlaf ein,
Bald wirst du in der Dschungel
Ein kühner Jäger sein! –

Der kleine Toomai ließ hinter jedem Verse ein freudiges Tanke-tank erschallen, bis er müde war, sich neben Kala Nag ausstreckte und einschlief.

Schließlich kamen auch die Elefanten zur Ruhe und legten sich einer nach dem anderen nieder, bis Kala Nag am rechten Flügel der Reihe allein noch aufrecht stand, sich langsam von einer Seite zur anderen wiegte, die riesigen Lauscher vorgestellt, um auf den Nachtwind zu hören, der leise wehend von den Hügeln herabstrich. Die Luft war erfüllt von den seltsamen Geräuschen der Nacht, die zusammengenommen ein einziges großes Schweigen ergaben – das leichte Aneinanderschlagen des Bambusrohrs, das Rascheln nächtlicher Räuber im Gebüsch, das Flattern und Piepen eines halbwachen Vogels und von weit her das Rauschen fallender Wasser.

Der kleine Toomai hatte eine Weile geschlafen; als er erwachte, war heller Mondschein, und Kala Nag stand noch immer aufrecht, mit hochgestellten Lauschern. Der Kleine legte sich auf den Rücken und betrachtete träumerisch die schwarze Gestalt, die sich riesengroß gegen den Sternenhimmel abhob. So verharrte der Knabe träumend; da hörte er auf einmal weit weg, so weit, daß es nur wie ein leises Echo die Stille unterbrach, das »Huut-tuut« eines wilden Elefanten.

Das Schweigen der Nacht war wie durch einen Zauber gebrochen. Alle die Elefanten in der Reihe sprangen hoch, als brenne der Boden unter ihnen; und ihr Kollern weckte die schlafenden Mahouts. Sie kamen herbei, trieben mit großen Hämmern die Pflöcke tiefer in die Erde, zogen die Ketten an, knüpften die Seile fester, bis alles wieder ruhig war. Ein junger wilder Elefantenbulle hatte seinen Pflock ausgerissen; so nahm der große Toomai Kala Nags Kette und fesselte den einen Hinterfuß Kalas an den Vorderfuß des Wildlings. Dann wand er um Kala Nags Füße noch ein Strohseil und schärfte ihm ein, nicht zu vergessen, daß er fest angebunden sei – wie es Toomai selbst, wie auch sein Vater und Großvater schon hundertmal zuvor getan hatten. Kala Nag nahm den Befehl stillschweigend hin, ohne zu kollern, wie er es sonst tat. Reglos stand er, den Kopf leicht erhoben, die Ohren wie Fächer ausgebreitet und starrte durch das Mondlicht nach den waldigen Hängen der Garo-Berge hinüber.

»Paß gut auf, wenn er unruhig werden sollte«, sagte der große Toomai zum kleinen Toomai und legte sich dann wieder in seiner Hütte schlafen. Auch der kleine Toomai war gerade wieder im Einschlafen; da hörte er plötzlich, wie mit einem kurzen, scharfen »Päng« das Halteseil riß und Kala Nag aus den Pfählen heraustrollte, ruhig und lautlos, wie Wolken zu Tal ziehen. Der kleine Toomai lief ihm nach, barfuß über den steinigen Weg, und rief mit verhaltenem Atem: »Kala Nag! Kala Nag! Nimm mich mit – bitte, Kala Nag.«

Der Elefant wandte sich um, ging zwei, drei Schritte zurück, streckte den Rüssel aus und hob den Knaben auf seinen Rücken. Kaum hatte sich Toomai festgeklammert, als schon das Dschungeldickicht über ihnen zusammenschlug.

Ein letzter wütender Trompetenstoß ertönte aus den Reihen der angepflockten Elefanten; dann verschlang das Schweigen des Waldes jedes Geräusch, und Kala Nag setzte sich in Fahrt. Hohe Grasbüschel rauschten an seinen Flanken, wie Wellen am Schiff entlang gleiten; die Ranken der Schlingpflanzen strichen über seinen Rücken, oder Bambusstämme brachen knackend, wenn er mit den Schultern dagegenstieß. Völlig lautlos aber, fast wie ein Nebellied, zog Kala Nag durch den Garo-Wald in stetiger Gangart dahin. Es ging bergauf; doch der kleine Toomai suchte vergeblich die eingeschlagene Richtung nach dem Sternbild zu bestimmen, das schummerig über den Bäumen stand.

Dann erreichte Kala Nag den Kamm der Hügelkette und verweilte einen Augenblick. Der kleine Toomai sah die Baumwipfel meilen- und meilenweit in flutendem Mondlicht liegen und den bläulich-weißen Dunst, der über dem Fluß im Tal lagerte. Er beugte sich vor, um Ausschau zu halten, und er fühlte, wie der Wald unter ihm voll drängenden Lebens war. Eine große braune Fledermaus strich an seinem Ohr vorbei, im Dickicht raschelte ein Stachelschwein, und im Dunkel zwischen den Baumstämmen hörte er einen Bären eifrig in dem feuchten warmen Boden wühlen und schnaufen.

Weiter zog der Elefant, und über Toomai schlugen wieder die Äste zusammen. Kala Nag wandte sich nun bergab, aber nicht lautlos jetzt, sondern in stürmischer Fahrt wie ein polterndes Ungewitter. Die ungeheuren Beine bewegten sich gleichmäßig und regelmäßig, wie Kolben einer Maschine – drei Ellen legten sie mit jedem Schritt zurück –, und an den Gelenken schabte schürfig die borkige Haut. Das dichte Unterholz vor ihm zerriß wie platzende Leinwand; die jungen Bäume rechts und links bogen sich zur Seite und peitschten zurückschlagend seine Flanken; die harten Ranken der Schlingpflanzen hingen in dichtem Gewirr an den wegbahnenden Hauern, während der schwere Schädel unaufhaltsam vorstieß und sich den Pfad durch den Urwald pflügte. Da schmiegte sich der kleine Toomai dicht in die breiten Falten des Nackens, um nicht von den vorbeistreifenden Ästen heruntergefegt zu werden; und er wünschte sich in die Geborgenheit des friedlichen Lagers zurück.

Der Boden begann sumpfig zu werden. Kala Nags Tritte saugten und patschten bei jedem Schritt, und der kalte Nebel im Grunde des Tals durchkältete den kleinen Toomai. Dann vernahm er ganz in der Nähe das Fließen von Wasser, und Kala Nag watete nun durch ein Flußbett, bei jedem Schritt vorsichtig den Grund ertastend. Durch das Rauschen und Wirbeln des Wassers hörte nun Toomai von überall her, stromauf und stromab, zahlloses Platschen und Plumpsen, dumpfes Brummen und ärgerliches Kollern; und der ganze Nebel ringsum schien erfüllt von schwankenden Schatten.

»Ai!« rief er, vor Frost mit den Zähnen klappernd. »Die Elefantenvölker sind alle unterwegs. Dann ist also heute nacht der Tanz.«

Kala Nag entstieg triefend dem Flußbett, blies sich den Rüssel klar und begann wieder bergan zu steigen. Aber nun war er nicht mehr allein und brauchte sich nicht den Weg zu bahnen. Den Hügel hinan führte ein frischgetretener Pfad, sechs Fuß breit, auf dessen Boden das niedergedrückte Gras sich wieder aufzurichten strebte. Zahlreiche Elefanten mußten noch vor wenigen Minuten hier durchgewechselt sein. Als Toomai sich umblickte, sah er, wie ein riesiger wilder Elefantenbulle, dessen kleine Augen wie glühende Kohlen leuchteten, eben aus dem Dunst des Flusses auftauchte. Dann versperrten wieder Bäume die Sicht. Weiter ging's, immer bergan, und überall ertönte erregtes Trompeten, Stampfen und Krachen brechender Äste.

Auf der Gipfelhöhe angekommen, machte Kala Nag zwischen zwei Baumstämmen halt. Sie standen am Rand einer unregelmäßig kreisförmigen Lichtung, etwa vier bis fünf Morgen groß, deren Boden so festgetrampelt war wie eine Tenne. In der Mitte der Lichtung erhoben sich ein paar mächtige Bäume, doch ihre Rinde war abgeschabt, wie der kleine Toomai bemerkte, und das blanke Holz glänzte im Mondschein. Von den oberen Ästen hingen grüne Schlinggewächse herab mit großen wächsernen Blüten, deren Kelche im Schlaf geschlossen waren. Sonst aber war auf der ganzen Lichtung weder Grün noch Grashalm – nur festgestampfte Erde.

Das Mondlicht übergoß die harte Fläche mit eisengrauem Schimmer; nur die Schatten weniger Elefanten hoben sich kohlschwarz ab. Der kleine Toomai schaute, bis die großen Augen ihm fast aus dem Kopfe traten, und wie er sich nach allen Seiten drehte, traten mehr und mehr und immer mehr schwarze Gestalten aus der Nacht in die Lichtung. Der kleine Toomai konnte nur bis zehn zählen, und er zählte und zählte an seinen Fingern, bis ihm der Kopf schwindelte. Vom Walde her drang das Geräusch der Elefanten, die sich durch das Unterholz den Weg brachen, aber sobald sie erst in der Lichtung waren, bewegten sie sich lautlos wie Geister.

Große, wilde Bullen waren da mit lang hervorragenden Stoßzähnen und mit Schlingpflanzen und stacheligen Zweigen in den Hautfalten; fette Weibchen, unter deren Bäuchen kleine, drei oder vier Fuß hohe Kälber umhersprangen; junge Burschen, die sehr stolz auf ihre eben hervorbrechenden Stoßzähne zu sein schienen. Ältliche Jungfern kamen zum Tanz, mit schmalen, hohlen, vergrämten Gesichtern; Kampfbullen im Schmuck ihrer zahllosen Narben; zuletzt wechselte ein gewaltiger Einzelgänger in die Lichtung mit zersplittertem Stoßzahn und dem furchtbaren Riß der Tigerpranke auf altersgrauer Flanke.

Dichtgedrängt standen sie oder wanderten in Gruppen auf und ab über die Lichtung; Einzelgänger hielten sich abseits und wiegten sich bedächtig hin und her – Elefanten, Elefanten und nochmals Elefanten.

Toomai wußte, ihm würde nichts geschehen, solange er still auf Kala Nags Rücken lag. Denn selbst in dem Aufruhr des *Keddah*treibens lassen die wilden Elefanten die Männer auf den Nacken der zahmen Tiere unbehelligt; und die Dickhäuter hier dachten in dieser Nacht nicht an den Menschen. Nur einmal stutzten sie und stellten die Ohren hoch, denn durch den Wald klang das Geklirr eiserner Fußfesseln – aber es war Pudmini, Petersen Sahibs Lieblingstier, das mit gerissener Kette schnaubend und kollernd den Berg heraufwuchtete. Klein-Toomai bemerkte noch einen dritten zahmen Elefanten mit tiefen Seilstriemen auf Rücken und Brust; auch er war wohl aus einem Lager in der Nähe ausgebrochen.

Endlich legte sich wieder Schweigen über die Dschungel, und kein Geräusch sich nähernder Elefanten war mehr zu hören. Nun verließ Kala Nag seinen Posten zwischen den Bäumen und schaukelte grunzend und schnarrend mitten in das Gedränge hinein; und alle Elefanten begannen in ihrer Sprache miteinander zu reden und umherzustapfen.

Toomai sah sich nun in einem Meer breiter grauer Rücken, fächelnder Ohren, schnaubender Rüssel und kleiner rollender Augen. Er hörte das helle Gegeneinanderschlagen der Stoßzähne, das rauhe Rascheln liebend verschlungener Rüssel, das Aneinanderschürfen mächtiger Schultern und Flanken und und das unaufhörliche zischende Fuchteln der großen Wedel. Dann verdeckte eine Wolke den Mond, und um ihn war schwarze Nacht; aber das dumpfe Stoßen, Stampfen und Kollern nahm zu. Toomai wußte, daß Kala Nag tief im Getümmel der wilden Kolosse steckte und daß es keine Möglichkeit gab, aus der Versammlung zu entfliehen; so biß er die Zähne zusammen. Er schauderte. In der *Keddah* war wenigstens Fackellicht und das Rufen menschlicher Stimmen; hier aber war er ganz allein in der Finsternis, und einmal sogar schob sich ein Rüssel hoch und tastete an seinem Knie.

Dann stieß ein Elefant einen hellen Trompetenstoß aus; alle anderen fielen ein, und mehrere Sekunden lang tobte ein wahrer Höllenlärm. Der Ton sprühte wie Regen von den Bäumen auf unsichtbare Rücken, und ein dumpf tosendes Geräusch setzte ein, dessen Ursprung sich der kleine Toomai nicht zu erklären vermochte. Anfangs war dieses Geräusch nicht sehr laut, dann aber wuchs und wuchs es an, und Kala Nag hob einen Vorderfuß nach dem anderen und wuchtete ihn wieder auf den Boden – eins – zwei, eins – zwei – stetig wie ein Dampfhammer. Nun stampften und stapften alle zusammen, und es dröhnte wie dumpfer Trommelwirbel vor einer Höhle. Der Boden zitterte und wankte, das Wuchten und Rumpeln wurde immer lauter; und der kleine Toomai hielt sich die Ohren zu, weil das Dröhnen übermächtig wurde. Vergebens – der Taktschlag einer Urgewalt durchzitterte seinen ganzen Körper, dieses Stampfen der Hunderte von Elefantentritten auf der harten Erde. Manchmal fühlte er, wie Kala Nag und die anderen einige Schritte vorwuchteten, und das Stampfen ging über in weiches Trampeln auf zerquetschtem grünem Gesträuch und Gestrüpp, aber wenige Minuten später erklang wieder das dumpfe Donnern auf hartem Boden. Ein Baum knarrte und ächzte ganz in der Nähe. Der Kleine streckte die Hand aus und konnte die Rinde fühlen, aber nicht sehen, wo er war in der Lichtung, denn Kala Nag schritt stetig stampfend vorwärts. Keinen Laut gaben die Elefanten von sich; nur einmal quiekten zwei oder drei Kälber selig auf. Man hörte einen dumpfen Stoß und ein Schürfen von Haut; dann begann das regelmäßige Stampfen von neuem. Es mochte zwei Stunden gedauert haben, vielleicht mehr, vielleicht weniger; der kleine Toomai war wie zerschlagen am ganzen Körper, aber er spürte in der Luft, daß der Morgen nahte.

Fahlgelbe Dämmerung tauchte über den grünen Hügeln auf; und beim ersten Schein des Lichts verstummte das Stampfen wie auf ein Kommando. Noch bevor der Klang in seinen Ohren verhallt war – bevor er noch Zeit hatte, sich erstaunt umzudrehen –, sah der kleine Toomai keinen anderen Elefanten mehr als Kala Nag, Pudmini und den fremden Gesellen mit den Seilfetzen. Weder ein Rauschen noch sonst ein Laut oder Zeichen verkündete, wohin all die schwarzen Gestalten verschwunden waren. Der Knabe starrte verwundert auf die gähnende Fläche; diese schien größer geworden zu sein über Nacht. Mehr Bäume ragten inmitten der Lichtung, doch am Rande war alles Gesträuch und Dschungelgras wie weggewischt. Die Elefanten hatten die Fläche erweitert – hatten Unterholz und saftiges Rohr zu Brei getreten, den Brei zu zäher Masse gepreßt und diese wiederum zu steinharter Erde verstampft.

»Wah!« sagte der kleine Toomai und rieb sich die müden Augen. »Kala Nag, Fürst, wir wollen uns an Pudmini halten und ihr zum Lager des Sahibs folgen, sonst falle ich dir noch vom Nacken.« Der fremde Elefant sah den beiden abziehenden Dickhäutern nach; er schnarchte laut, drehte sich um und nahm seinen Weg in entgegengesetzter Richtung. Vielleicht gehörte er irgendeinem der kleinen einheimischen Fürsten, fünfzig oder hundert Meilen entfernt.

Als Petersen Sahib zwei Stunden später beim Frühstück saß, begannen seine Elefanten, die während der Nacht mit doppelten Seilen gefesselt waren, laut zu trompeten. Pudmini und Kala Nag hinkten lahm und schmutzbedeckt in das Lager. Das Gesicht des kleinen Toomai war grau und eingefallen; das schwarze Haar, voller Blätter, hing ihm in nassen Strähnen um den Kopf. Dann versuchte er, vor Petersen Sahib eine tiefe Verbeugung zu machen und rief mit ermattender Stimme: »Der Tanz ... der Elefantentanz! Ich habe ihn gesehen ... und – nun – muß ich sterben.« Als Kala Nag niederkniete, glitt der Knabe bewußtlos vom Nacken des Elefanten.

Indische Kinder wissen nicht, was Nerven sind. Kurze Zeit darauf lag der kleine Toomai überglücklich in Petersen Sahibs Hängematte, mit dem so oft ehrfurchtsvoll angestaunten Mantel unter dem Kopf und mit einem Glas warmer Milch, in die ein wenig Kognak und Chinin gemischt war, im Magen. Vor ihm saß der mächtige Mann, Petersen Sahib, dahinter standen dicht gedrängt die alten, langhaarigen, narbenbedeckten Dschungeljäger und starrten den Knaben an wie ein Gespenst, indes dieser seine Geschichte erzählte, unbeholfen, schlicht wie ein Kind.

»Wenn ich auch nur mit einem Wort lüge«, schloß er, »so sendet die Treiber aus, und sie werden sehen, daß die Elefanten ihren Ballsaal ringsum vergrößert haben ... sie werden zehn und noch einmal zehn und viele Male zehn Fährten finden, die zu dem Ballsaale führen. Ja, sie haben den Boden mit ihren Füßen zurechtgestampft. Ich selbst habe es mit angeschaut. Kala Nag nahm mich mit, und ich sah es mit meinen eigenen Augen. Und Kala Nag ist nun auch sehr, sehr müde.«

Der kleine Toomai fiel erschöpft in seine Matte zurück und schlief den ganzen Tag, während der Sahib mit Machua Appa den Spuren der beiden Elefanten fünfzehn Meilen über die Hügel folgte. Petersen Sahib hatte achtzehn Jahre lang mit dem Fange von Elefanten zugebracht, aber nur einmal ihren Tanzplatz zu Gesicht bekommen. Machua Appa brauchte die Lichtung nicht zweimal betrachten, um zu wissen, was hier vorgegangen war.

»Der Knabe spricht die Wahrheit«, sagte er. »Alles dies ist während der letzten Nacht geschehen, und ich konnte mehr als siebzig Fährten zählen, die durch den Fluß führen. – Schau dorthin, Sahib – da siehst du die Spur, wo Pudminis Fußeisen in die Baumrinde einschnitt. Ja! sie war auch dabei.«

Sie sahen auf die Erde und auf die Bäume und starrten sich

gegenseitig in stummer Verwunderung an – ja, Menschen vermögen nicht, die Wege der Elefanten zu ergründen, der weisesten aller Geschöpfe!

»Vierundvierzig Jahre lang bin ich meinem Gebieter, dem Elefanten, durch die Dschungel gefolgt«, sagte Machua Appa, »aber nie und nimmer habe ich gehört, daß ein Mensch je vorher gesehen hat, was dieses Kind in der vergangenen Nacht sah. Bei allen Göttern der Berge, es ist – ja, es ist ... was soll ich sagen?«

Und er schüttelte sein Haupt.

Als sie zum Lager zurückkehrten, war es Zeit zum Abendessen. Petersen Sahib nahm sein Mahl allein in seinem Zelte, aber er gab Befehl, daß man den Leuten zwei Schafe und einige Hühner zum Schmause geben solle und außerdem eine doppelte Ration von Mehl, Reis und Salz, denn er wußte, daß man ein Fest feiern werde. Der große Toomai war herbeigekommen, um nach seinem Sohne und dem Elefanten zu suchen, und jetzt, nachdem er sie gefunden hatte, glotzte er sie an, als fürchte er sich vor ihnen beiden.

Das Fest wurde bereitet; die Lagerfeuer leuchteten vor der langen Reihe der Elefanten, die an ihren Ketten zerrten, und der kleine Toomai war der Held von all den Herrlichkeiten. Die großen, braunen Elefantenjäger, die Fährtenfinder, Treiber und Bändiger – alle diese Leute, die ihr Leben damit verbrachten, dem wilden Elefanten seine Geheimnisse abzulauschen und ihm nachzustellen, sie reichten den kleinen Toomai von Arm zu Arm und besprengten seine Stirn mit dem Blute eines frischgeschossenen Dschungelhahnes als Zeichen, daß er nun ein Jäger sei, der in der wilden, weiten Dschungel volles Bürgerrecht habe. Und als zuletzt die Feuer niedergebrannt waren und mit ihren glühenden Holzstößen purpurrotes Licht auf die Elefanten warfen, als habe man auch sie mit Blut begossen, da sprang Machua Appa auf – Machua Appa, der Vormann der Treiber aller *Keddahs* – Machua Appa, die rechte Hand des großen Sahibs, sein Stellvertreter, der seit vierzig Jahren keine von Menschenhänden gebaute Straße gesehen hatte – Machua Appa, der so groß war, daß er keinen anderen Namen hatte als eben Machua Appa –, er sprang auf die Füße, hielt den kleinen Toomai hoch über seinen Kopf in die Luft und rief, daß es durch das

Lager dröhnte: »Hört mich an, Brüder! Auch ihr, hört meine Stimme, ihr Herren dort an den Pfählen, denn ich spreche, ich, Machua Appa. Dieser Knabe hier soll hinfort nicht mehr ›der kleine Toomai‹ genannt werden, sondern ›Toomai, der Liebling der Elefanten‹, wie sein Urgroßvater vor ihm genannt wurde. Was keinem andern Menschen vergönnt war zu sehen, er hat es während der ganzen langen Nacht mit angeschaut, denn er ist der Liebling der Elefanten und der Götter der Dschungel. Er soll ein großer Pfadfinder werden – er soll sogar größer werden als ich, Machua Appa! Er soll der frischen Spur folgen und der alten Spur – er soll die gemischten Spuren unterscheiden können mit dem Auge des Falken. Ihm soll kein Leid widerfahren, wenn er in der *Keddah* unter den Bäuchen der Elefanten umherrennt, und fällt er auf der Jagd zu Boden, so soll sich der wilde Bullelefant verneigen und soll ihn nicht berühren. *Aihai*! Ihr Herren an den Ketten!« Und er schritt die Reihe der gemächlich sich wiegenden grauen Gestalten ab. – »*Aihai!* Hier ist der Kleine, der euch bei euren Geheimnissen belauscht hat, der euch bei eurem Tanze gesehen hat – der erblickte, was ihr den Menschen sonst neidisch verbergt! Erweist ihm Ehre, meine Gebieter! *Salaam karo,* meine Kinder! Grüßt Toomai, euren Liebling, in eurer eigenen Weise! Gunga Pershad, ahaa! Hira Guj, Birchi Guj, Kutta Guj, ahaa! Pudmini, du hast ihn beim Tanz gesehen, und auch du, Kala Nag, du Perle unter den Elefanten. Ahaa! Alle zusammen! Heil unserem Toomai, dem Liebling der Elefanten! *Barrao*!«

Und bei diesem letzten wilden Schrei warf die ganze Reihe der Elefanten den Rüssel in die Höhe, bis die Spitze über dem Kopf schwebte, und sie alle brachen aus in das laute Huldigungsgeschrei, den schmetternden Trompetenruf, den sonst nur der Vizekönig von Indien hört – das *Salaamut* der *Keddah.*

Und das alles geschah zu Ehren des kleinen Toomai, der geschaut hatte, was nie vorher einem Menschen zu sehen vergönnt war: den Tanz der Elefanten mitten in der Nacht und tief im Herzen der Garo-Berge! –

Schiwa und die Heuschrecke

Der Sang, den Toomais Mutter ihrem Söhnlein sang

Schiw, der uns die Ernte gab und den Wind schuf weit und breit,
Saß am Tor des Jüngsten Tags – oh! vor langer, langer Zeit! –
Jedem händigt' er sein Teil, Nahrung, Arbeit, Freud und Leid,

Und das Schicksal, das er schon einem jeden auserkor,
Gab's dem König auf dem Thron und dem Bettler vor dem Tor.
Also schuf er jedes Ding, Schiw, der Allerhalter,
Mahadeo! Mahadeo! Schiw, der Allgestalter!
Dornenbusch für das Kamel, schuf das Gras dem Rinde,
Schuf das treue Mutterherz meinem kleinen Kinde!

Weizen schuf dem Reichen Schiw, Hirse für den Armen,
Für den heilgen Bettelmann Krumen und Erbarmen,
Beute gab dem Tiger Schiw, gab dem Geier Leichen,
Knochen gab den Wölfen Schiw, die das Dorf umschleichen.
Keiner war dem Gott zu klein, keiner zu erhaben,
Und er teilte sorgsam ein des Geschickes Gaben.

Doch Parbati, Schiwas Weib, sah die Wesen alle,
Legt dem Gatten voller List forschend eine Falle.
Wollte ein ganz kleines Ding unbemerkt verstecken,
Um den großen Geber Schiw zweifelsvoll zu necken.
Und sie stahl ein Heuschrecklein, barg es dicht am Herzen,
Also wollte sie mit Schiw, dem Erhalter, scherzen.
Mahadeo! Mahadeo! Söhnlein, schau umher!
Groß sind die Kamele, und das Rind ist schwer!
Doch von allen Dingen, die in der Dschungel sind,
Nahm sie sich das kleinste, du mein kleines Kind!

Als der Streich gelungen, sprach sie halb voll Hohn:
»Herr, du hast gefüttert eine Million!
Doch du ließest einen, scheint mir, außer acht!« –
Schiw erwidert lächelnd: »Alle sind bedacht!
– Auch dem kleinen Wesen, das du mir versteckt,
Hab ich, Schiw, der Geber, seinen Tisch gedeckt!« –

Als Parbati staunend ihre Beute schaut,
Hat an einem Blatte froh das Tier gekaut,
Frisch war es gewachsen! . . . Und Parbati graut!
Wundert sich und preiset Schiw, den Herrn der Welt,
Der die Wesen alle füttert und erhält!
. . . Schiwa schuf ein jedes Ding, Schiw, der Allerhalter,
Mahadeo! Mahadeo! Schiw, der Allgestalter!
Dornenbusch für das Kamel, schuf das Gras dem Rinde,
Und das treue Mutterherz schuf er meinem Kinde!

Das neue Dschungelbuch

Ins Deutsche übertragen von
Dagobert von Mikusch

Wie Angst kam

Der Pfuhl verschrumpft, der Strom entwich,
Nun sind wir Brüder, du und ich,
Die Flanke matt, der Schlund verbrannt,
Wir drängen uns zum Uferrand.
Vom Schreck der Dürre stillgemacht,
Schweigt das Gelüst nach Mord und Jagd.
Das Rehkalb unterm Reh nicht schreckt
Der hagre Wolf, nah hingestreckt,
Der Hirsch scheut nicht das Mordgebiß,
Das seines Vaters Brust zerriß.
Der Pfuhl verschrumpft, der Strom entwich,
Gefährten sind wir, du und ich.
Doch birst die Wolke, strömt der Guß –
Gut' Jagd und Wasserfriedens Schluß!

Das Dschungelgesetz – bei weitem das älteste Gesetz der Erde – enthält Bestimmungen für beinahe jederlei Art von Vorfällen, die sich unter dem Dschungelvolk ereignen können; und bis jetzt sind seine Gesetzestafeln so vollkommen, wie Zeit und Gewohnheit sie machen können. Wer die anderen Erzählungen über Mowgli gelesen hat, wird sich erinnern, daß der Knabe einen großen Teil seines Lebens unter dem Rudel der Seeonee-Wölfe verbrachte und von Baloo, dem braunen Bären, im Dschungelgesetz unterwiesen wurde. Wenn Mowgli über die ewigen Zurechtweisungen ungeduldig wurde, sagte ihm Baloo, das Gesetz wäre wie eine Riesenliane, weil es sich an jedem festhänge und keiner sich ihm entziehen könne. »Wenn du so lange gelebt haben wirst wie ich, kleiner Bruder«, fuhr Baloo fort, »so wirst du sehen, wie die ganze Dschungel zumindest einem Gesetz folgt. Aber angenehm wird dir diese Erkenntnis nicht sein.«

Diese Rede ging bei Mowgli zum einen Ohr hinein, zum anderen wieder hinaus, denn ein Knabe, der sein Leben mit Essen und Schlafen verbringt, sieht die Sorge erst dann, wenn sie unmittelbar vor ihm steht. Aber es kam ein Jahr, da wurden Baloos Worte zur Wahrheit; und Mowgli erkannte, daß die ganze Dschungel nur einem einzigen Gesetz unterworfen war.

Es begann, als die Winterregen fast völlig ausblieben und Ikki, das Stachelschwein, dem Mowgli in einem Bambusdikkicht begegnete, ihm erzählte, daß die wilden Brotwurzeln verdorrten. Nun aber weiß man, wie lächerlich genau Ikki in der Wahl seiner Nahrung ist und daß nur das Auserlesenste und Vollsaftigste seiner Zunge genügt. So lachte Mowgli und sagte: »Was kümmert das mich?«

»Jetzt vielleicht noch nicht viel«, sagte Ikki und rasselte verdrießlich mit den harten Stacheln, »aber wir werden ja sehen. Übrigens, kleiner Bruder, springst du noch immer in den tiefen Pfuhl unter den Bienenfelsen?«

»Nein. Das dumme Wasser geht immer mehr weg, und ich habe keine Lust, mir den Kopf einzuschlagen«, erwiderte Mowgli, der sich in jenen Tagen klüger dünkte als fünf Dschungelgehirne zusammen.

»Dein eigener Schade. Denn ein kleines Loch in deinem Kopf würde vielleicht etwas Verstand hineinlassen.« Schnell duckte sich Ikki, damit Mowgli ihn nicht an den Barthaaren zupfte. Mowgli aber ging zu Baloo und erzählte ihm, was Ikki gesagt hatte. Baloo wurde sehr ernst und murmelte halblaut: »Wenn ich allein wäre, so würde ich jetzt schleunigst meine Jagdgründe nach einer anderen Gegend verlegen. Dennoch – unter Fremden jagen endet immer mit Kampf, und dabei könnte mein Menschenjunges zu Schaden kommen. Warten wir es ab, wie der Mohwabaum in Blüte stehen wird.«

In diesem Frühling aber trug der Mohwabaum, den Baloo so liebte, keine Blüten. Die grünlichweißen, wächsernen Knospen wurden von der Hitze schon im Keim getötet; und als der Bär, auf den Hinterpranken stehend, den Baum schüttelte, fielen nur wenige, übelduftende Blumenblätter herab. Dann kroch Zoll für Zoll die maßlose Hitze bis in das Herz der Dschungel, färbte sie anfangs gelb, dann braun und schließlich schwarz.

Die grünen Hängegewächse an den Böschungen der Hohlwege verdorrten wie zu einem harten Drahtgewirr. In den Tümpeln im Waldesdickicht versank das Wasser, und der Boden wurde so hart, daß die letzte, leichte Fährte darin wie in Eisen gegossen abgedrückt blieb. Die saftigen Schlingpflanzen fielen von den Bäumen, die sie umschlungen gehalten, und starben zu deren Füßen. Der Bambus verdorrte und rasselte dürr, wenn der heiße Wind hindurchstrich. Das Moos schälte sich von den Felsen tief in der Dschungel, bis diese so nackt und heiß dalagen, wie das flimmernde blaue Geröll im Strombett.

Schon früh im Jahr wanderten die Vögel und Affenvölker nordwärts, denn sie wußten, was bevorstand. Die Hirsche und Wildschweine flüchteten weit weg bis auf die erstorbenen Felder der Dörfer und verendeten oft unter den Augen der Menschen, die zu kraftlos waren, um sie zu töten. Chil, der Geier, harrte aus und wurde ungewöhnlich fett, denn überall gab es reichlich Aas; und Abend für Abend brachte er den Tieren, die nicht mehr die Kraft besaßen, zu anderen Jagdgründen zu wechseln, die Nachricht, daß die Sonne auf drei Tage Flug in jeder Richtung die Dschungel morde.

Mowgli, der nie zuvor wirklichen Hunger gekannt hatte, mußte sich mit drei Jahre altem, hartem und schwarz gewordenem Honig begnügen, den er aus verlassenen Bienenstöcken zwischen den Felsen herauskratzte. Auch jagte er nach Würmern, die sich unter der Baumrinde tief eingebohrt hatten, und raubte den Wespen die junge Brut. Alles Wild in der Dschungel war nur noch Haut und Knochen, und Bagheera, der schwarze Panther, mußte dreimal in der Nacht auf Beute ausgehen und wurde doch nicht satt. Das schrecklichste aber war der Wassermangel, und wenn auch das Dschungelvolk nur selten trinkt, so muß es doch jeweils reichlich trinken.

Und die Hitze hielt immer weiter und weiter an und sog jeden Tropfen Feuchtigkeit auf, so daß zuletzt nur noch der Hauptstrom des Waingunga als einziger weit und breit ein schmales Rinnsal Wasser zwischen seinen toten Ufern barg. Als dann Hathi, der wilde Elefant, der schon über hundert Jahre alt war, ein längliches, scharfes Felsriff gerade in der Mitte des Stromes bläulich-trocken aufragen sah, da wußte er, daß er den Friedensfelsen erblickte. Darauf hob er seinen Rüssel und verkündete nach allen Seiten den Wasserfrieden, so wie es fünfzig Jahre zuvor schon sein Vater getan hatte. Hirsch, Wildschwein und Büffel nahmen den Ruf auf und gaben ihn mit heiserem Laut weiter, und Chil, der Geier, verkündete ihn, mächtige Kreise über den Bäumen schlagend, pfeifend und krächzend weithin über die Dschungel.

Das Dschungelgesetz verbietet bei Todesstrafe jedem Tier, an den Tränkplätzen zu töten, sobald der Wasserfrieden verkündet ist. Denn Trinken ist immer noch wichtiger als Nahrung. Jeder in der Dschungel kann sich immer noch auf irgendeine Weise durchhelfen, wenn das Wildbret knapp wird; aber Wasser bleibt Wasser, und wenn nur noch eine Tränke vorhanden ist, so hört alle Jagd auf, solange das Dschungelvolk dort seinen Durst löscht. In guten Jahreszeiten, wenn es überall reichlich Wasser gab, kamen die Tiere zur Tränke des Waingunga oder irgendeiner anderen nur unter Gefahr ihres Lebens, und diese Gefahr bedeutete nicht den kleinsten der Reize bei diesem nächtlichen Tun. Sich ans Ufer hinabzuschleichen, daß kein Blatt sich rührte, knietief in den gurgelnden Schnellen des Stroms zu waten, die alles Geräusch übertönen, zu trinken mit rückwärts über die Schulter spähendem Blick, jede Muskel gespannt, bereit zum ersten verzweifelten Sprung des Entsetzens, sich im nassen Ufersande zu wälzen und dann mit feuchtem Geäse zum bewundernden Rudel zurückzukehren mit dem Bewußtsein, daß jeden Augenblick Bagheera oder Schir Khan ihnen im Nacken sitzen könnten, um sie zu Boden zu schlagen, das war der Stolz und das Entzücken jedes jungen glattgehörnten Rehbocks. Aber nun war es mit all diesem Lebens- und Todesspiel zu Ende, und das Dschungelvolk kam müde und verhungert zum spärlich rinnenden Fluß – Tiger, Bär, Rotwild, Büffel und Eber, sie alle schlürften einträchtig zusammen das faulende Wasser und lagen herum, zu erschöpft, um sich auch nur zu bewegen. Von morgens bis abends waren Hirsch und Wildschwein umhergestreift, um etwas Besseres zu finden als trockene Rinde und verwelkte Blätter. Die Büffel hatten nirgends Schlammpfützen gefunden, sich zu kühlen, noch einen grünen Halm zum Äsen. Die Schlangen hatten das Dickicht der Dschungel verlassen und lungerten am Flußufer herum in der Hoffnung, einen verirrten Frosch zu finden. Sie wanden sich um feuchte Steine und machten nicht einmal einen Versuch zu beißen, wenn die Schnauze eines wühlenden Keilers sie fortschob. Die Flußschildkröten waren schon längst von Bagheera, dem klügsten der Jäger, weggefangen, und die Fische hatten sich tief in dem rissigen Schlamm vergraben. Der Friedensfelsen aber lag über den seichten Gewässern, einer riesigen Schlange vergleichbar, und die kleinen müden Wellen verdampften zischend an seinen glühendheißen Flanken.

Hierher kam Mowgli allnächtlich, um Kühle zu finden und Gesellschaft. Selbst der hungrigste seiner Feinde würde jetzt kaum von dem Knaben Notiz genommen haben. Seine nackte Haut ließ ihn noch abgemagerter und elender erscheinen als alle seine Gefährten. Sein Haar war von der Sonne flachsfarben gebleicht. Die Rippen traten ihm hervor wie das Geflecht eines Korbes, und die Schwielen an Knien und Ellenbogen vom Laufen auf allen vieren auf der Erde sahen aus wie die Knoten in Grasstengeln. Aber sein Auge blickte kalt und gelassen unter dem lichten Haarschopf hervor, denn Bagheera, sein Ratgeber in dieser Zeit der Not, hatte ihm ans Herz gelegt, sich immer ruhig zu bewegen, ganz gemächlich zu jagen und vor allem niemals in Wut zu geraten.

»Böse Zeiten sind's«, sagte der schwarze Panther zu ihm an einem glühendheißen Abend, »doch auch sie werden vorübergehen, falls wir bis dahin noch am Leben sind. Ist dein Magen gefüllt, Menschenjunges?«

»Allerlei ist in meinem Wanst, aber es gibt mir keine Kraft. Was glaubst du, Bagheera, haben die Regen uns vergessen, und werden sie niemals wiederkommen?«

»Das glaube ich nicht. Wir werden die Mohwa wieder in Blüte stehen sehen und das Rehkitz aufgetrieben vom jungen Gras. Komm mit mir zum Friedensfelsen, um zu hören, was es Neues gibt. Auf meinen Rücken, kleiner Bruder!«

»Jetzt ist nicht Zeit, Lasten zu tragen. Noch kann ich allein gehen, aber – wahrlich, Mastochsen sind wir gerade nicht, wir beide.«

Bagheera blickte auf seine eingesunkenen, staubigen Flanken und sagte leise: »Vergangene Nacht tötete ich einen Ochsen im Joch. So tief bin ich heruntergekommen, daß ich wahrscheinlich den Sprung nicht gewagt hätte, wäre er frei gestanden. Uah!«

Mowgli lachte. »Wahrhaftig, große Jäger sind wir jetzt«, sagte er. »Ich bin sehr tapfer – im Würmerfressen!« Die beiden stiegen zusammen durch knackendes Gehölz zum Ufer des Flusses hinunter, wo die Sandbänke gleich einem Netzwerk den Strom nach allen Richtungen durchzogen.

»Lange kann das Wasser nicht mehr leben«, sagte Baloo, der sich zu ihnen gesellte. »Schaut hinüber. Fährten sind dort, so breit wie Menschenstraßen.«

Auf dem flachen Hang am jenseitigen Ufer war das spröde Dschungelgras stehend verwelkt und im Verwelken gleichsam mumifiziert. Die Fährten des Rot- und Schwarzwildes, die alle zum Fluß hinunterführten, hatten durch das zehn Fuß hohe Gras breite staubige Gassen getreten, wie Hohlwege; und obwohl es früh am Abend war, drängte sich schon allerlei Getier durch die Gassen, das eilig zum Wasser strebte. Man konnte das heisere Husten der Hirschkühe und Rehkälber in der stauberfüllten Luft hören.

Weiter stromaufwärts, da, wo das nun fast stillstehende Wasser eine Biegung um den Friedensfelsen, den Hüter des Wasserfriedens, machte, stand Hathi, der Elefant, mit seinen Söhnen, hager und grau vom Mondlicht beschienen, sich rastlos hin und her wiegend. Etwas unterhalb stand die eingetroffene Vorhut des Rotwildes, und weiter dann war der Platz für Wildschweine und Büffel. Am anderen Ufer aber, da, wo die mächtigen Bäume sich bis an den Rand des Wassers hinzogen, war getrennt die Tränke für fleischfressende Tiere – Tiger, Wölfe, Panther, Bären und andere. »Wahrlich, wir stehen alle unter einem einzigen Gesetz«, sagte Bagheera, ins Wasser planschend, und blickte begehrlich hinüber zu den Reihen klappernder Gehörne und furchtsam starrender Augen, da, wo Rotwild und Schweine sich hin und her schoben. »Gute Jagd euch allen, ihr von meinem Blute«, fügte er hinzu und legte sich lang in das flache Wasser, wobei die eine seiner mageren Flanken herausragte. Dann stieß er zwischen den Zähnen hervor: »Wäre das Gesetz nicht, so könnte die Jagd wirklich großartig sein.«

Die scharfen Gehöre des Wildes hörten die Drohung, und angstvolles Gemurmel lief durch die Reihen: »Der Wasserfrieden! Achte den Frieden!«

»Ruhe da!« gurgelte Hathi, der Elefant. »Der Friede besteht zu Recht, Bagheera! Zur Unzeit sprichst du von Jagd.«

»Wer wüßte das besser als ich!« antwortete Bagheera und richtete die fahlen Augen stromaufwärts. »Ein Schildkrötenfresser bin ich geworden – ein Froschfänger. *Ngaayah!* Könnte ich nur vom Benagen der Äste Kraft bekommen!«

»Auch wir wünschen das, sogar sehr«, blökte ein junger Bock, der erst im Frühling geboren war und der Zukunft nicht traute. Hier konnte selbst Hathi ein Schmunzeln nicht unterdrücken, so elend es auch allem Dschungelvolk ging, und Mowgli, der auf die Ellenbogen gestützt im warmen Wasser lag, lachte laut auf und schlug Schaum mit den Füßen.

»Gut gesprochen, kleines Knospenhorn«, schnurrte Bagheera. »Wenn der Friede zu Ende geht, werde ich dich schonen«, und er spähte scharf durch die Dämmerung, um den jungen Bock später wiederzuerkennen.

So gingen die Reden stromauf und stromab an den Tränkplätzen. Schweine hörte man grunzen und stoßen, die sich um den Platz balgten; die Büffel stöhnten und schnaubten, wenn sie sich auf den Sandbänken drängten, und das Wild erzählte sich traurige Geschichten von langer mühseliger Nahrungssuche und wundgelaufenen Füßen. Hier und da warf man Fragen zu den Fleischfressern an den anderen Ufern des Stroms hinüber, aber nur trostloser Bescheid kam zurück. Und der heiße Wind der Dschungel heulte in langgezogenen Stößen zwischen den Felsen und wirbelte Staub und trockene Äste über den Strom.

»Auch das Menschenvolk stirbt jetzt neben der Pflugschar«, raunte ein junger Sambhurhirsch.

»An dreien zog ich vorüber, zwischen Sonnenuntergang und Nacht. Still lagen sie, und neben ihnen ihre Ochsen. Bald werden wir auch stilliegen.«

»Seit der letzten Nacht ist der Strom noch gefallen«, sagte Baloo. »O Hathi! Hast du je eine solche Dürre gesehen?«

»Sie wird vorübergehen, wird vorübergehen«, sprach Hathi, sich Rücken und Seiten mit Wasser bespritzend.

»Einer ist hier, der es nicht mehr lange aushält«, sagte Baloo, und er blickte nach dem Knaben, den er liebte.

»Ich?« sagte Mowgli entrüstet und setzte sich im Wasser auf. »Zwar habe ich kein dichtes Fell, um meine Knochen zu bedecken, aber wenn man dir das Fell abzöge, Baloo . . .«

Hathi schüttelte sich unwillig, und Baloo sagte streng:

»Unschicklich ist es, Menschenjunges, so zu einem Gesetzeslehrer zu sprechen. Noch nie hat mich einer ohne mein Fell gesehen.«

»Na, ich habe es nicht bös gemeint, Baloo. Ich meinte nur,

du gleichst einer Kokosnuß in der Schale, und ich bin wie eine abgeschälte Kokosnuß. Nun sieh: deine braune Schale ...« Mowgli saß mit gekreuzten Beinen und erklärte, wie er es immer tat, mit erhobenem Zeigefinger, als Bagheera ihn mit sanftem Pfotenschlag kopfüber ins Wasser warf.

»Das wird ja immer toller«, brummte der schwarze Panther, indes sich der Knabe pustend wieder herausarbeitete, »erst ziehst du Baloo das Fell ab, und dann soll er eine Kokosnuß sein. Nimm dich nur in acht, daß er dir nicht tut, was reife Kokosnüsse oft tun.«

»Und das wäre?« fragte Mowgli, der im Augenblick nicht auf seiner Hut war, obwohl das einer der ältesten Scherze in der Dschungel ist. – »Dir den Kopf einschlagen«, sagte Bagheera ruhig, ihn abermals ins Wasser tauchend.

»Das kommt davon, wenn man sich über seinen Lehrer lustig macht«, meinte der Bär, als Mowgli zum drittenmal untergetaucht war.

»Was könnt ihr auch anderes erwarten von so einem nackten Ding, das umherrennt und mit denen, die einst gute Jäger waren, seinen Affenspaß treibt. Die besten unter uns zupfte er an ihren Bartborsten aus Übermut.«

Also sprach Schir Khan, der lahme Tiger, zum Wasser hinkend. Er wartete ein wenig, um sich an dem Schreck zu weiden, der unter das Jagdwild am anderen Ufer bei seinem Erscheinen gefahren war; dann senkte er den eckigen Kopf und begann knurrend zu saufen. »Ein Tummelplatz ist jetzt die Dschungel geworden für nacktes Gezücht. Sieh mich an, Menschenjunges!«

Mowgli blickte ihm ins Auge – er starrte vielmehr, so herausfordernd er konnte, und nach kurzem wandte Schir Khan sich ab. »Menschenjunges hin und Menschenjunges her«, grollte er weitersaufend; »das Junge ist weder Mensch noch Tier, sonst hätte es Furcht bekommen. Nächstens werde ich wohl noch um Erlaubnis fragen müssen, ob ich hier trinken darf. Auruff!«

»Leicht möglich«, sagte Bagheera, ihm ruhig zwischen die Augen blickend, »das kann leicht so kommen ... Faoh, Schir Khan, welch neue Schmach schleppst du hierher?«

Der lahme Tiger hatte sein Maul tief ins Wasser getaucht, und dunkle ölige Streifen flossen von ihm stromab.

»Menschenwild«, gähnte Schir Khan kühl, »ich erlegte es vor einer Stunde.« Und er schnurrte und knurrte in sich hinein.

Unruhe wogte durch die Reihen der Tiere, und ein Flüstern kam auf, das zum Schrei anwuchs. »Menschen, Menschen! Er hat Menschen getötet!« Dann blickten alle nach Hathi, dem Elefanten, aber er schien nicht zu hören. Niemals handelte Hathi vor der Zeit, und das ist einer der Gründe seines langen Lebens.

»Menschen zu töten in so schlimmer Zeit! Kam dir denn kein anderes Wild in den Weg?« sagte Bagheera verächtlich und erhob sich aus dem nun besudelten Wasser, die Tatzen nach Katzenart schüttelnd.

»Zum Zeitvertreib tötete ich – nicht zur Nahrung.«

Wieder erhob sich entsetztes Flüstern, und Hathis kleines weißes wachsames Auge richtete sich auf Schir Khan. »Zum Zeitvertreib«, wiederholte Schir Khan gedehnt. »Jetzt komme ich zur Tränke, um mich zu säubern, hat jemand etwas dagegen?«

Bagheeras Rücken krümmte sich wie Bambus im Sturm. Hathi jedoch erhob seinen Rüssel und fragte ruhig:

»Aus Willkür hast du getötet?« Und wenn Hathi eine Frage stellt, ist es geraten zu antworten.

»Das tat ich. Mein Recht war es und meine Nacht. Du weißt es, o Hathi!« Fast unterwürfig hatte Schir Khan gesprochen.

»Ich weiß«, erwiderte Hathi; und nach einem kurzen Schweigen: »Hast du dich satt getrunken?«

»Für heute nacht, ja.«

»So geh denn. Der Fluß ist zum Trinken da und nicht zum Besudeln. Nur der lahme Tiger bringt es fertig, sich mit seinem Recht zu brüsten in einer Zeit wie dieser, wo wir alle gemeinsam leiden, Menschen- und Dschungelvolk, rein oder unrein. Troll dich in deine Höhle, Schir Khan!«

Die letzten Worte dröhnten hell wie Trompetenklang, und Hathis drei Söhne schoben sich einen halben Schritt vor; doch es war nicht nötig. Schir Khan schlich sich davon und wagte nicht einmal zu knurren; denn er wußte wie alle – kommt es zum Letzten, so ist Hathi Meister der Dschungel.

»Von welchem Recht sprach Schir Khan?« flüsterte Mowgli

in Bagheeras Ohr. »Menschen zu töten ist *immer* schmachvoll. So lautet das Gesetz. Jetzt aber sagt Hathi – –«

»Frag ihn selbst. Ich weiß es nicht, kleiner Bruder. Recht oder nicht recht, hätte Hathi geschwiegen, so hätte ich den hinkenden Schlächter schon gelehrt, das Gesetz zu achten. Zum Friedensfelsen zu kommen, frisch vom Menschenmord, und sich dessen noch zu rühmen, das ist Schakalstreich! Außerdem besudelt er uns das gute Wasser!«

Mowgli wartete noch ein wenig, um Mut zu sammeln, denn es ist wahrlich keine Kleinigkeit, Hathi so direkt anzureden. Dann rief er: »Was ist das Recht Schir Khans, o Hathi?«

Auf beiden Ufern wurde der Ruf aufgenommen und wiederholt, denn die Bewohner der Dschungel sind immer begierig, Neues zu hören; auch war ihnen unverständlich geblieben, was sich eben ereignet hatte. Nur Baloo, der sehr nachdenklich blickte, schien es zu wissen.

»Es ist eine alte Geschichte«, sagte Hathi, »eine Geschichte, älter als die Dschungel. Haltet Ruhe, ihr da an den Ufern, und ich will euch die Geschichte erzählen.«

Unter den Schweinen und Büffeln entstand ein kurzes Schieben und Drängen, und dann riefen die Leittiere eins nach dem anderen: »Wir hören.« Hathi schritt vor, bis er knietief im Wasser bei dem Friedensfelsen stand. Faltig, abgemagert, mit gelblichen Stoßzähnen blieb er doch, wofür das Volk der Dschungel ihn hielt, ihr Meister.

»Ihr wißt, Kinder«, begann er, »daß ihr am meisten von allen den Menschen fürchtet.«

Zustimmendes Gemurmel erklang aus den Reihen der Tiere.

»Dich geht diese Geschichte an, kleiner Bruder«, sagte Bagheera zu Mowgli.

»Mich? Wieso? Ich gehöre zum Rudel, bin Jäger eines freien Volkes. Was habe ich mit den Menschen zu tun!«

»Unbekannt ist euch, warum ihr den Menschen fürchtet«, fuhr Hathi fort. »Dies ist der Grund: Ganz im Anfang, als die Dschungel entstand – und keiner weiß, wann das war –, lebten wir von der Dschungel alle friedlich beisammen, und keiner hatte Furcht vor dem anderen. Keine Trockenheit gab es in jenen Tagen, und Blätter, Blüten und Frucht wuchsen auf gleichem Baum, und wir aßen nur Frucht und Blätter und Blüten und Gras und Rinde.«

»Gut, daß ich damals noch nicht lebte«, meinte Bagheera. »Rinde ist nur gut, um sich die Klauen daran zu schärfen.«

»Und der Herr der Dschungel war Tha, der Urvater der Elefanten. Mit seinem Rüssel zog er aus tiefen Wassern die Dschungel, und wo er mit den Hauern Furchen in die Erdrinde grub, da rannen Flüsse, und wo er aufstampfte mit seinem Fuß, da entstanden Teiche mit gutem kühlem Wasser, und blies er Wind durch den Rüssel – – so – – dann fielen die Bäume um. Also schuf Tha die Dschungel, und so wurde mir die Geschichte überliefert.«

»An Fett hat sie in der langen Zeit nichts verloren«, flüsterte Bagheera, und Mowgli lachte verstohlen.

»In jenen Tagen gab es weder Mais noch Melonen, noch Pfeffer oder Zuckerrohr, auch nicht jene kleinen Hütten, wie ihr sie alle schon gesehen habt. Und das Dschungelvolk wußte nichts vom Menschen und lebte einträchtig beisammen als ein Volk. Doch bald hoben sie an, über das Futter zu streiten, obgleich Nahrung genug für alle da war. Träge wurden sie. Jeder wünschte da zu fressen, wo er gerade lag, wie wir es noch heute zuweilen tun, wenn die Frühlingsregen reichlich gefallen sind. Tha, der erste Elefant, war eifrig beschäftigt, neue Dschungel zu schaffen und das Wasser in die Flußbetten zu leiten. Er konnte nicht überall sein, und so ernannte er den ersten Tiger zum Meister und Richter über die Dschungel; vor ihn sollte das Dschungelvolk all seine Streitigkeiten bringen. In jenen Tagen fraß der Stammvater der Tiger nur Früchte und Gras gleich den anderen. So groß war er wie ich, und sehr schön war er anzusehen, ganz in der Farbe der gelben Lianenblüte. Keinen Streifen oder Flecken hatte sein Fell in jenen guten Tagen, als die Dschungel eben erst erschaffen war. Alle Bewohner der Dschungel kamen zu ihm ohne Furcht, und sein Wort war Gesetz. Denn, denkt daran, damals waren wir ein einziges Volk.

In einer Nacht aber entbrannte wiederum Streit zwischen zwei Böcken – ein Futterstreit, wie ihr ihn jetzt mit Kopf und Vorderläufen austragt –, und als nun die beiden mit ihrem Streit vor den Stammvater der Tiger kamen, der unter Blumen ruhte, da stieß ihn einer der Böcke mit dem Gehörn, und der erste Tiger vergaß, daß er der Herr war und Richter der Dschungel, er warf sich über den Bock und brach ihm den Nacken.

Bis zu dieser Nacht war niemals einer von uns gestorben; und als der erste Tiger sah, was er getan hatte, und der Geruch des Blutes ihm die Sinne verwirrte, da entwich er nach den Sümpfen des Nordens; und wir, das Dschungelvolk, waren nun ohne Richter und begannen untereinander zu kämpfen. Tha vernahm das Getöse und kam zurück. Einige von uns sagten dies, einige das; aber Tha sah den toten Bock zwischen den Blumen liegen und fragte nach dem Mörder. Aber wir vom Dschungelvolk wollten es nicht sagen, weil der Geruch des Blutes auch uns verwirrte, so wie er uns heute verwirrt hat. Wir rannten im Kreise umher, machten Luftsprünge, schrien und warfen die Köpfe. Da gab Tha den Bäumen mit tiefhängenden Zweigen und den rankenden Schlingpflanzen der Dschungel den Befehl, den Mörder des Bockes zu zeichnen, und sagte dann: ›Wer will nun Herr sein über das Dschungelvolk?‹ Da sprang der graue Affe, der in den Bäumen lebt, herbei und sagte: ›Ich will jetzt Herr sein in der Dschungel!‹ Tha lachte und sagte: ›So sei es denn‹, und ging zornig von dannen.

Ihr kennt, meine Kinder, den grauen Affen. Wie er heute ist, so war er damals. Zu Anfang machte er ein weises Gesicht, bald aber begann er sich zu kratzen und auf und ab zu hüpfen. Als Tha zurückkehrte, fand er den grauen Affen mit dem Kopf nach unten an einem Ast baumeln und die Untenstehenden nachäffen, die ihn wiederum verspotteten. Und so gab es kein Gesetz in der Dschungel, nur dummes Geschwätz und Worte ohne Sinn.

Da aber rief Tha uns alle zusammen und sagte also: ›Der erste eurer Meister brachte den Tod in die Dschungel und der zweite die Schande. Nun ist es an der Zeit, ein Gesetz zu schaffen, ein Gesetz, das ihr nicht brechen könnt. Jetzt sollt ihr Angst kennenlernen, und wenn ihr ihn gefunden habt, so wisset, soll er euer Meister sein – und das andere wird folgen.‹ Da fragten wir von der Dschungel: ›Wer ist Angst?‹ Und Tha sagte: ›Suchet, bis ihr findet!‹ So eilten wir kreuz und quer durch die Dschungel und suchten Angst, und da kamen auf einmal die Büffel – –«

»Uff!« schnaubte Mysa, der Leitstier der Büffel, von der Sandbank her.

»Ja, Mysa, es waren Büffel. Sie kamen zurück mit der Nachricht, in einer Höhle der Dschungel säße Angst, und er sei unbehaart und stünde und liefe auf den Hinterbeinen. Wir von der Dschungel aber folgten den Büffeln, bis wir zur Höhle kamen, und Angst stand am Eingang, und er war, wie die Büffel gemeldet, haarlos und stand auf den Hinterbeinen. Als er uns sah, schrie er laut, und seine Stimme erfüllte uns mit der Angst, die wir jetzt haben, und fort stoben wir, uns tretend und stoßend, denn wir hatten Angst. In jener Nacht nun, so wird erzählt, lagen wir nicht alle zusammen, nach alter Gewohnheit, sondern jeder Stamm zog allein für sich davon – Schwein mit Schwein, Wild mit Wild; Horn gesellte sich zu Horn und Huf zu Huf –, Art hielt sich an Art und lag zitternd in der Dschungel. Nur der Stammvater der Tiger war nicht unter uns, denn er hielt sich noch in den Sümpfen des Nordens verborgen. Als ihm nun Kunde kam von dem Ding, das wir in der Höhle gesehen hatten, da sagte er: ›Ich werde hingehen zu dem Ding und ihm das Genick brechen.‹ Also lief er die ganze Nacht durch, bis er zur Höhle kam; aber die Bäume und Schlingpflanzen auf seinem Wege gedachten Thas Befehl und senkten ihre Zweige, als er vorüberkam, und zeichneten ihn über Rücken und Flanken, über Kopf und Lefzen. Wo immer sie ihn berührten, da entstanden Streifen und Flecken auf seinem gelben Fell. Und diese Streifen tragen seine Kinder noch heute. Als er nun zu der Höhle kam, streckte Angst, der Haarlose, die Hand aus und nannte ihn: ›Der Gestreifte, der nächtens hier herumstreift‹, und der erste Tiger fürchtete sich vor dem Haarlosen und lief heulend zurück nach den Sümpfen.«

Hier lachte Mowgli leise, mit dem Kinn unter Wasser.

»So laut heulte und schrie er, daß Tha ihn hörte und fragte: ›Was hast du für Kummer?‹ Und der Stammvater der Tiger hob seinen Kopf zu dem eben erst geschaffenen Himmel, der jetzt so alt ist, und rief: ›Gib mir meine Macht zurück, o Tha! Geschändet stehe ich vor allem Volk in der Dschungel, geflohen bin ich vor dem Haarlosen, und er gab mir einen schmachvollen Namen.‹ ›Und weshalb?‹ fragte Tha. ›Weil ich beschmutzt bin mit dem Schlamm der Moräste‹, sagte der erste

Tiger. ›Dann geh schwimmen‹, sagte Thea, ›und rolle dich im nassen Gras; wenn es Schlamm ist, wird es sicher abgehen.‹ Und der erste der Tiger schwamm umher im Wasser und rollte und rollte sich im Grase, bis die Dschungel sich vor seinen Augen drehte, aber nicht der kleinste Streifen auf seiner Haut verschwand, und Tha, der ihm zugesehen hatte, lachte. Da sagte der erste der Tiger: ›Was habe ich getan, daß dies über mich kommen mußte?‹

Tha aber sprach: ›Du hast den Bock gemordet und hast so den Tod in die Dschungel gebracht. Nur mit dem Tod kam Angst, daß die Völker in der Dschungel einander fürchten, wie du dich vor dem Haarlosen gefürchtet hast.‹ Der Stammvater der Tiger sagte darauf: ›Mich werden sie niemals fürchten; denn ich kannte sie von Anfang an.‹ Tha antwortete: ›Geh und überzeuge dich!‹

Und der erste Tiger rannte umher, laut dem Wild, dem Sambhur rufend, dem Stachelschwein und allen Dschungelbewohnern; aber sie flüchteten vor ihm, der ihr Richter gewesen war – – – denn nun kannten sie Angst.

Da kam der Stammvater der Tiger zurück; sein Stolz war gebrochen, er schlug seinen Kopf gegen den Boden, riß die Erde mit seinen Tatzen auf und sagte: ›Bedenke, o Tha, daß ich einst Herr war über die Dschungel! Vergiß mich nicht! Mache, daß meine Kinder sich immer daran erinnern, daß ich einst ohne Angst war und ohne Schande.‹ Und Tha sagte: ›Dies eine will ich für dich tun, weil du und ich, wir beide, gesehen haben, wie die Dschungel entstand. Für eine Nacht in jedem Jahr soll es sein wie vordem, ehe du den Bock getötet hast. In dieser einen Nacht aber, so ihr treffet den Haarlosen – und sein Name ist Mensch –, sollt ihr vor ihm nicht Angst noch Entsetzen verspüren, sondern er soll sich fürchten vor dir und deinem Geschlecht, als wäret ihr noch Richter und Meister der Dschungel. Aber zeige ihm Gnade und Mitleid in dieser Nacht seiner Angst, denn du weißt nun, was Angst ist.‹

Darauf erwiderte der Stammvater der Tiger: ›Ich bin es zufrieden.‹ Aber als er das nächste Mal trank, sah er im Wasser die schwärzlichen Streifen auf seinen Flanken; und er gedachte des Namens, den der Haarlose ihm gegeben hatte, und war zornig. Ein Jahr lebte er in den Sümpfen und wartete ab, ob Tha sein Versprechen halten würde. Und in einer Nacht, da der Schakal des Mondes, der Abendstern, klar und hell über der Dschungel stand, fühlte er, daß seine Nacht gekommen war, und er ging zu der Höhle, den Haarlosen zu treffen. Da geschah, wie Tha versprochen, denn der Haarlose fiel nieder vor ihm und lag hingestreckt am Boden, und der erste der Tiger schlug ihn und zerbrach ihm das Rückgrat. Und er glaubte, daß nur ein einziges solches Ding in der Dschungel wäre und daß er Angst getötet habe. Als er aber, über dem Opfer stehend, im Wind witterte, hörte er Tha von den Wäldern des Nordens herabsteigen, und dann hörte er die Stimme des Urvaters der Elefanten, welches die Stimme ist, die wir jetzt vernehmen – –«

Hier rollte der Donner zwischen den zerfurchten kahlen Hügeln auf und ab; aber er brachte keinen Regen, nur Wetterleuchten zuckte über das Felsgezack hin, und Hathi fuhr fort:

»Das war die Stimme, die der Tiger hörte; und sie sprach: ›Ist das dein Mitleid?‹ Der erste Tiger aber leckte sich die Lefzen und sagte: ›Was tut's? Ich habe Angst getötet!‹

Und Tha sagte: ›Oh, du blinder Tor, du! Die Füße des Todes hast du entfesselt, und folgen wird er deiner Spur, bis du stirbst. Den Menschen hast du das Töten gelehrt.‹

Der erste Tiger aber stand zu seinem Mord und sprach: ›Er ist nun so, wie der Bock war. Angst ist nicht mehr. Nun will ich wieder Richter sein über das Volk der Dschungel.‹

Und Tha sagte: ›Niemals wird das Dschungelvolk zu dir kommen. Sie werden nie deine Spur kreuzen, noch neben dir ruhen, noch dir folgen, noch weiden bei deinem Lager. Nur Angst wird dir folgen, und mit dem Schlag, den du nicht sehen kannst, wird er dich zwingen nach seinem Willen. Er wird machen, daß der Boden sich unter dir öffnet und daß sich dir die Schlingpflanzen um den Hals legen und die Baumstämme um dich zusammenwachsen, höher, als du springen kannst, und zuletzt wird er dir dein Fell nehmen, um seine Jungen darein zu hüllen, wenn sie frieren. Du hattest kein Mitleid mit ihm, und kein Mitleid mit dir wird er je haben.‹

Der erste der Tiger war aber sehr kühn, denn noch war seine Nacht über ihm, und er sagte: ›Thas Wort ist Thas Wort! Meine Nacht wird er mir nicht nehmen!‹

Und Tha antwortete: ›Diese eine Nacht bleibt dein, wie ich dir gesagt habe; doch ein Preis ist dafür zu zahlen. Du hast den Menschen das Töten gelehrt, und der Mensch ist kein langsamer Schüler.‹

Darauf der erste der Tiger: ›Hier liegt er unter meiner Tatze mit gebrochenem Rücken. Verkünde der Dschungel, daß ich Angst getötet habe.‹

Da lachte Tha und sagte: ›Getötet hast du nur einen unter vielen; aber du magst es selbst der Dschungel verkünden – denn deine Nacht ist um.‹

So dämmerte der Tag, und aus der Tiefe der Höhle trat wiederum ein Haarloser hervor, und er sah den Ermordeten auf dem Wege und den ersten Tiger über ihm. Da ergriff er einen spitzen Stab – –«

»Jetzt werfen sie ein Ding, das schneidet«, sagte Ikki, das Stachelschwein, und rasselte an der Uferbank. Denn Ikki galt als ungemein schmackhaft bei den Gonds – Ho-Igoo nennen sie es –, so konnte er einiges erzählen von den kleinen Gondäxten, die durch die Luft wirbeln wie eine Libelle.

»Ein spitzer Stab war es«, fuhr Hathi fort, »so wie sie ihn in den Boden der Grubenfalle stecken, und der Haarlose schleuderte ihn tief in die Flanke des ersten der Tiger. So kam es, wie Tha gesagt hatte, denn der erste Tiger lief heulend umher in der Dschungel, bis er den Stab herausgezerrt hatte; und das ganze Dschungelvolk wußte nun, daß der Haarlose aus der Ferne treffen konnte, und Angst ergriff sie mehr denn zuvor. So also kam es, daß der Stammvater der Tiger den Menschen das Töten lehrte, und ihr alle wißt, wieviel Leid dadurch über unser Volk kam – durch die Schlinge, die Grube, die verborgene Falle, den schwirrenden Stab und die stechende Fliege, die aus dem weißen Rauch hervorkommt (Hathi meinte die Flinte), und die rote Blume, die uns hinaustreibt ins offene Land. Dennoch in einer Nacht in jedem Jahr fürchtet der Haarlose den Tiger, wie Tha es versprochen, und stets hat der Tiger diese Furcht wachgehalten. Wo er den Haarlosen in dieser Nacht findet, tötet er ihn, eingedenk der Schande, die über den Stammvater der Tiger kam. Sonst aber geht Angst um in der Dschungel bei Tag und bei Nacht.«

»Ahi! Auuh!« seufzte das Wild in Gedanken daran, was das für alle bedeutete.

»Und nur, wenn eine große Angst über uns allen liegt, wie jetzt, dann können wir von der Dschungel unsere kleinen Ängste abwerfen und alle an einem Ort zusammenkommen, wie wir es heute tun.«

»Nur für eine Nacht fürchtet der Mensch den Tiger?« fragte Mowgli.

»Nur für eine Nacht«, antwortete Hathi.

»Aber ich – aber wir – aber die ganze Dschungel weiß, daß Schir Khan zwei- und dreimal Menschen tötet in einem Mond.«

»So ist es. Dann aber springt er von hinten an und dreht den Kopf weg, wenn er schlägt, denn er ist voller Angst. Wenn der Mensch ihn ansähe, würde er entfliehen. In seiner Nacht aber geht er ganz offen hinunter in die Dörfer. Zwischen den Hütten schreitet er und steckt den Kopf durch die Türen, und die Menschen fallen auf ihr Antlitz, und dann vollbringt er sein Töten. Einen Mord nur in dieser Nacht.«

»Aha!« sagte Mowgli für sich und drehte sich im Wasser um. »Nun weiß ich auch, warum Schir Khan mich aufforderte, ihm in die Augen zu sehen. Aber es hat ihm nichts genutzt; denn er konnte meinen Blick nicht aushalten, und ich fiel auch keinen Augenblick vor ihm nieder. Aber ich bin ja auch kein Mensch, sondern einer vom freien Volke.«

»Wumm!« brummte Bagheera, tief in seiner pelzigen Kehle. »Weiß denn der Tiger, wann seine Nacht über ihm ist?«

»Erst dann weiß er es, wenn der Mondschakal klar über den Abendnebeln steht. Manchmal fällt sie in den trockenen Sommer, manchmal in die nasse Regenzeit – diese eine Nacht des Tigers. Wäre nicht der Stammvater der Tiger gewesen, würde das niemals geschehen sein, noch hätte einer von uns je Angst gekannt.«

Das Wild stöhnte kummervoll; aber Bagheeras Lippen kräuselte ein böses Lächeln. »Kennen die Menschen diese – diese Geschichte?« fragte er.

»Niemand kennt sie, nur die Tiger und wir, die Kinder des Elefanten Tha. Nun aber habt ihr gehört, ihr alle hier am Fluß – und ich habe gesprochen.«

Und Hathi tauchte seinen Rüssel in das Wasser zum Zeichen, daß er nicht mehr reden wollte.

»Aber – aber«, wandte sich Mowgli an Baloo, »warum fraß denn der erste Tiger nicht weiter Gras und Blumen und Blätter? Er brach dem Bock wohl das Genick, aber er fraß ihn nicht auf. Was führte ihn denn zu dem dampfenden Fleisch?«

»Die Bäume und Schlingpflanzen zeichneten ihn zu dem Gestreiften, als den wir ihn kennen, kleiner Bruder, niemals wieder seitdem wollte er Frucht und Gras fressen; und von dem Tage an rächte er sich an dem Wild und den anderen Grasfressern«, sagte Baloo.

»Du kanntest also die Geschichte? He, warum habe ich sie nie von dir gehört?«

»In der Dschungel gibt es eine Unzahl solcher Geschichten. Finge ich erst an zu erzählen, wäre kein Ende abzusehen. Laß mein Ohr los, kleiner Bruder.«

Das Gesetz der Dschungel

Um einen Begriff zu geben von der ungeheuren Mannigfaltigkeit des Dschungelrechts, habe ich einige Gesetze, die bei den Wölfen gelten, in Verse gesetzt (Baloo trug sie stets in einer Art Singsang vor).

Dies sind die Gesetze der Dschungel,
so alt und so klar wie das Licht;
Der Wolf, der sie hält, wird gedeihen,
und sterben der Wolf, der sie bricht.
Lianengleich schlingt das Gesetz sich,
voran und zurück, auf und ab;
Die Stärke des Packs ist der Wolf,
und die des Wolfs ist das Pack.
Wasch täglich vom Kopf bis zum Schwanz dich –
trink tief, aber trink mit Bedacht;
Und wisse, bei Tag sollst du schlafen,
und jagen sollst du bei Nacht.
Der Schakal mag folgen dem Tiger,
doch Kind, wenn gewachsen dein Bart –
Bedenke, der Wolf ist ein Jäger –,
such Nahrung, wie's ziemt deiner Art.
Halt Ruh' mit dem Tiger und Panther,
dem Bären, der Dschungel Herr'n,
und störe nicht Hathi, den stillen,
dem Eber im Lager bleib fern.
Wenn Pack stößt auf Pack in der Dschungel,
wer fügt sich, wer weicht zur Seit'?
Lieg still, bis die Führer geredet,
gut Wort oft schlichtet den Streit.
Bekämpfst du den Wolf aus dem Packe,
kämpf fernab und kämpfe allein.
Sonst frißt der Streit auch die andren
und lichtet befreundete Reih'n.
Die Höhle des Wolfs ist ihm Zuflucht,
grub er sie offen am Licht,
So macht ihm der Rat durch Boten
das Wechseln der Höhle zur Pflicht.

Und wenn ihr vor Mitternacht jaget,
so weckt nicht den Wald mit Geschrei,
Denn schnell flieht das Wild aus den Ähren,
eure Brüder geh'n leer aus dabei.
Für dich, für den Wurf, für die Wölfin
töt reichlich, doch niemals zur Lust,
Und siebenmal: Töt nicht den Menschen,
der Satzung bleibe bewußt!
Nicht ganz verschlinge die Beute,
die stolz du dem Schwächern geraubt,
Packrecht gilt auch für den Schwächsten,
drum laß ihm die Haut und das Haupt.
Die Beute des Packs gehört allen,
sie teilen und fressen sofort,
Dem Tode bist du verfallen,
verschleppst du ein Stück nur vom Ort.
Die Beute des Wolfs gehört ihm nur,
er macht mit ihr, was ihm beliebt,
Das Pack darf nur daran rühren,
wenn er die Erlaubnis ihm gibt.
Wurfrecht ist das Recht des Jährlings,
vom Pack heischt er es allein,
»Maulvoll«, wenn der Jäger gefressen,
und keiner darf knurren: nein.
Das Lagerrecht eignet der Mutter,
wer mit ihr vom gleichen Jahr,
Bringt einen Schenkel der Beute
den hungrigen Wölflingen dar.
Das Höhlenrecht eignet dem Vater –
zu jagen, wie ihm gefällt,
Dem Packe ist er nicht pflichtig,
dem Rate nur unterstellt.
Leitwolf ist der Älteste, Schlauste,
der Stärkste an Zahn und Pfot'!
Und läßt das Gesetz eine Lücke,
so gilt sein Wort als Gebot.
Das sind die Gesetze der Dschungel,
und zahlreich sind sie und stark,
Doch »Gehorch!« ist Kopf des Gesetzes,
sein Buckel, Huf, Hüfte und Mark.

Das Wunder des Purun Bhagat

Denn wir liebten ihn mit der Liebe Macht,
Da schlichen wir hin und berührten ihn leis',
Als die Erd' zu wanken begann in der Nacht,
Die nicht versteht, aber fühlt und weiß.

Und als mit Brüllen der Berg zerbrach,
Im Regensturz unsere Welt zerfiel,
Wir Kleinen schützten ihn – doch ach!
Nun lauscht er nie mehr unsrem Spiel.

Mit scheuer Lieb', nach Wildlings Art,
Hat unsre Schar ihn treu bewacht,
Weh! Unser Bruder schläft, und hart
Von hinnen seine Sipp' uns jagt.

Klagelied der Langurs

Einst lebte ein Mann in Indien, der war erster Minister eines der halb unabhängigen Eingeborenenstaaten im nordwestlichen Teil des Landes. Ein Brahmane war er, von so hoher Kaste, daß Kaste aufhörte, eine besondere Bedeutung für ihn zu haben. Sein Vater war ein wichtiger Beamter gewesen in dem farbig heiteren und bequemen Trott eines altmodischen Hinduhofes. Aber als Purun Daß heranwuchs, erkannte er, daß die alten Zeiten im Schwinden waren und daß man, um vorwärtszukommen, sich mit den Engländern freundlich stellen und alles nachahmen müsse, was sie für gut hielten. Gleichzeitig aber mußte ein eingeborener Beamter sich auch die Gunst seines eigenen Herrn zu erhalten suchen. Das war eine schwierige Aufgabe, aber der ruhige, wortkarge junge Brahmane, dem auch eine gute englische Erziehung an der Universität in Bombay dabei half, faßte die Sache mit kühlem Kopf an und stieg Stufe für Stufe höher auf, bis er zuletzt erster Minister des Königreichs wurde. Das will heißen, daß er mehr wirkliche Macht besaß als sein Herr, der Maharadscha.

Als der alte König – der den Engländern mit ihren Eisenbahnen und Telegraphen immer mißtraut hatte – starb, stand Purun Daß in hoher Gunst bei dem jungen Thronerben, der von einem Engländer erzogen worden war. Beide zusammen gründeten nun Schulen für Mädchen, legten Straßen an, eröffneten Staatsapotheken, landwirtschaftliche Ausstellungen und gaben ein jährliches Blaubuch heraus über den »moralischen und materiellen Fortschritt des Staates«. Das Auswärtige Amt in London und die Regierung in Indien waren natürlich entzückt darüber; aber Purun Daß trug stets Sorge, daß alle Ehre seinem Herrn und König zuteil wurde.

Nur sehr wenige Eingeborenenstaaten nehmen den englischen Fortschritt ohne Vorbehalt an, weil sie nämlich nicht der Meinung sind, daß alles, was für Engländer gut ist, für Asien doppelt gut sein müsse; aber Purun Daß war dieser Meinung. So wurde der erste Minister der geachtete Freund von Vizekönig und Gouverneuren, ärztlichen Missionaren und gewöhnlichen Missionaren und gut zu Pferde sitzenden englischen Offizieren, die kamen, um in den Schutzstaaten zu jagen, sowie auch der Freund ganzer Scharen von Reisenden, die Indien während der kalten Jahreszeit durchquerten und den Leuten zeigten, wie alles gemacht werden müsse. In seiner Mußezeit gründete er Stipendien für das medizinische Studium, Fabriken aller Art genau nach englischem Muster und schrieb Artikel für den »Pionier«, die größte indische Tageszeitung, in denen er die Ziele und Pläne seines Herrn erklärte.

Zuletzt reiste er zu einem Besuch nach England und hatte bei seiner Rückkehr riesige Summen an die Priester zu zahlen. Denn selbst ein Brahmane von so hohem Rang wie Purun Daß verlor die Rechte seiner Kaste, sobald er das dunkle Meer kreuzte. In London traf er mit allen Persönlichkeiten zusammen, deren Bekanntschaft ihm von Bedeutung war – Männer mit Namen von Weltklang –, und sah ein gut Teil mehr, als er sagte. Ihm wurden Ehrengrade von Universitäten und gelehrten Gesellschaften verliehen; er hielt Reden, unterhielt sich mit Damen in ausgeschnittenen Kleidern über soziale Reformen der Hindu, bis ganz London rief: Das ist der interessanteste Mann, den wir bei einem Essen trafen, seitdem es überhaupt gedeckte Tische gibt!

Als er nach Indien zurückkehrte, strahlte sein Ruhm im höchsten Glanz, denn der Vizekönig kam in eigener Person zu Besuch, um dem Maharadscha das Großkreuz des »Sterns von Indien«, diamanten-, schmelz- und bänderflimmernd, zu überreichen. Bei der gleichen Zeremonie wurde unter dem Donnern der Kanonen Purun Daß zum Großritter des »Ordens vom Indischen Reich« ernannt, so daß sein Name fortan lautete: Sir Purun Daß, K. C. I. E.

Am Abend beim Diner im vizeköniglichen Zelt erhob er sich, geschmückt mit Stern und Ordensband, und hielt in Erwiderung einer Rede auf seines Königs Gesundheit eine lange Ansprache, die kaum ein Engländer hätte übertreffen können.

Im Monat darauf, als über der Stadt wieder sonnendurchglühte Ruhe lag, tat er etwas, das einem Engländer auch nicht im Traume eingefallen wäre – er starb für die Welt. Der juwelengeschmückte Orden seiner Ritterschaft ging an die indische Regierung zurück, ein neuer erster Minister wurde mit der Führung der Staatsgeschäfte betraut, und ein eifriges Spiel »Wechselt das Bäumchen« begann in den untergeordneten Beamtenstellen. Die Priester wußten, was vorgegangen war, und das Volk erriet es; aber Indien ist das einzige Land in der Welt, wo man tun kann, was einem beliebt, ohne daß nach dem »Warum« gefragt wird. Nichts Außergewöhnliches fand man in der Tatsache, daß Sir Purun Daß, K. C. I. E., Amt, Palast und Macht entsagte, um das ockergelbe Gewand eines *Sunnjasi* oder heiligen Mannes anzulegen und die Bettelschale zu nehmen. Wie das alte Gesetz empfiehlt, war er zwanzig Jahre ein Jüngling gewesen, zwanzig Jahre ein Kämpfer – obgleich er nie in seinem Leben eine Waffe geführt hatte – und zwanzig Jahre das Haupt eines Hausstandes. Reichtum und Macht hatte er entsprechend dem Werte, den er ihnen beimaß, genutzt; Ehren hatte er genommen, wenn sie ihm entgegengebracht wurden; Menschen und Städte hatten sich vor ihm geneigt und ihn geehrt. Nun ließ er das alles fallen, wie ein Mann den Mantel abwirft, wenn er seiner nicht mehr bedarf.

Als er durch das Stadttor schritt, ein Antilopenfell und den Stab mit messingnem Griff über dem Arm, die Bettelschale aus poliertem braunem Seekokos in der Hand, barfuß, einsam, die Blicke gesenkt, ertönten hinter ihm von den Bastionen die Salutschüsse zu Ehren seines glücklichen Nachfolgers. Purun Daß nickte. Das Leben war beendet; belanglos war für ihn das Vergangene, nicht besser und nicht schlechter als ein farbloser Traum.

Ein *Sunnjasi* war er jetzt – unbehaust, ein wandernder Bettler, für sein tägliches Brot auf die Gnade seiner Mitmenschen angewiesen, und solange noch ein bißchen zu teilen ist in Indien, hungert kein Priester und kein Bettler. Fleisch hatte er nie in seinem Leben geschmeckt und Fisch nur sehr selten gegessen. Eine Fünfpfundnote hätte ausgereicht, seine Bedürfnisse an Nahrungsmitteln auf ein Jahr auch in jener Zeit zu decken, als er unbestritten Herr über Millionen war. Sogar als er in London der Löwe des Tages gewesen war, hatte er sich immer seinen Traum von Frieden und Ruhe vor Augen gehalten – die lange weiße staubige indische Landstraße, bedeckt mit zahllosen Spuren nackter Füße, dem ununterbrochen träge dahinfließenden Verkehr und dem beißenden Holzrauch, der in der Dämmerung unter den Feigenbäumen aufsteigt, wo die Wanderer bei ihrer Abendmahlzeit sitzen.

Als die Zeit gekommen war, diesen Traum zu verwirklichen, unternahm der erste Minister die nötigen Schritte – und schon nach drei Tagen wäre es leichter gewesen, ein Bläschen in dem Becken des weiten Atlantischen Ozeans zu finden, als Purun Daß unter den umherstreifenden, sich ballenden und wieder trennenden Millionen Menschen Indiens.

Für die Nacht breitete er das Antilopenfell aus, wo immer die Dämmerung ihn überraschte – zuweilen in einem *Sunnjasi*-Kloster am Rande der Straße; zuweilen bei einem Lehmschrein der Göttin Kala Pir, wo ihn dann die Jogis, eine andere geheimnisvolle Sekte heiliger Männer, aufnahmen wie einen Mann der Bedeutung von Kasten und Sekten; manchmal auch am Rande eines kleinen Hindudorfes, wo die Kinder sich heranstahlen mit Nahrung, von den Eltern gesandt; und zuweilen bei der Quelle eines mageren Weideplatzes, wo dann die Flamme eines kleinen Holzfeuers schläfrige Kamele weckte. Es war alles gleich für Purun Daß oder Purun Bhagat, wie er sich jetzt nannte – Erde, Menschen, Nahrung, alles nur eins. Aber seine Füße zogen ihn unbewußt fort, nach Norden und Osten hin; von Süden nach Rohtak, von Rohtak nach Kurnool, von Kurnool nach dem verfallenen Samanah und dann stromaufwärts, das ausgetrocknete Bett des Guggerflusses entlang, das sich nur mit Wasser füllt, wenn in den Bergen die Regen niedergehen, bis er eines Tages die ferne Kette des Großen Himalaja erblickte.

Da lächelte Purun Bhagat, denn er entsann sich, daß seine Mutter, von Geburt eine Radschputbrahmanin, aus der Gegend des Kulupasses stammte – eine Frau der Berge, immer mit dem Heimweh nach den Schneegipfeln – und daß der kleinste Tropfen Bergblut den Menschen am Ende immer dahin zurücklockt, wo er ursprünglich wurzelte. »Dort oben«, sagte Purun Bhagat, indes er die tiefer gelegenen Hänge der Sewaliks hinanstieg, wo die Kakteen wie siebenarmige Leuchter stehen, »dort oben werde ich niedersitzen und Wissen erlangen.« Und der kühle Wind des Himalaja pfiff ihm um die Ohren, als er die Straße wanderte, die nach Simla führt.

Das letztemal, als er diese Straße gekommen war, geschah es mit großem Gepränge, mit klirrender Kavallerieeskorte, um den gütigsten und leutseligsten der Vizekönige zu besuchen; und die beiden hatten sich wohl eine Stunde lang über ihre gemeinsamen Bekannten in London unterhalten und von dem, was das indische Volk in Wahrheit dachte und fühlte. Diesmal aber sprach Purun Bhagat bei niemandem vor, sondern lehnte am Geländer des Mall, vertieft in die herrliche Aussicht über die Ebene, die sich unter ihm vierzig Meilen weit ausdehnte, bis ein einheimischer mohammedanischer Schutzmann ihm bedeutete, daß er den Verkehr behindere; und Purun Bhagat verbeugte sich ehrfurchtsvoll vor dem Gesetz, denn er kannte dessen Wert, suchte er doch ein Gesetz für sich selbst. Dann pilgerte er weiter und schlief des Nachts in einer leeren Hütte zu Chota Simla, das aussieht, als läge es am Ende der Welt; aber es war nur der Anfang seiner Wanderung.

Dann folgte er der Himalaja-Tibet-Straße, dem zehn Fuß breiten Pfade, der aus massigen Felsen gesprengt ist oder auf Balken über tausend Fuß tiefen Schluchten hängt – dem Pfade, der in feuchte, eingeschlossene Täler hinabtaucht, über kahle grasbewachsene Berghänge klettert, wo die Sonne wie ein Brennglas sticht, oder durch dunkle triefende Wälder sich windet, wo Baumfarne die Stämme von oben bis unten umhüllen und der Goldfasan sein Weibchen lockt.

Tibetanischen Hirten begegnete er mit Hunden und Schafherden, jedes Schaf mit einem Stückchen Borax auf dem Rükken, und wandernden Holzfällern und Lamas aus Tibet, in Mäntel und Wolldecken gehüllt, die nach Indien zur Pilgerfahrt zogen, und Boten kleiner, einsamer Gebirgsstaaten, die auf ihren scheckigen Ponys hastig vorbeijagten, oder der bunten Kavalkade eines Radschas, der auf einem Besuch unterwegs war; oder er sah einen ganzen kristallklaren Tag lang nichts als etwa einen schwarzen Bären, der unten im Tal brummte und wühlte.

Zu Beginn seiner Wanderung tönte noch das Getöse der Welt in seinen Ohren, so wie der Donner im Tunnel nachhallt, wenn ein Zug hindurchgefahren ist. Als er aber den Mutteeanee-Paß hinter sich hatte, war das alles verklungen – und Purun Bhagat war allein mit sich selbst, wandernd, staunend, sinnend, die Augen am Boden, die Gedanken in den Wolken.

Eines Abends erreichte er nach zweitägigem Aufstieg den höchsten Paß, den er bisher erklommen hatte, und stand nun plötzlich vor einer Kette von Schneegipfeln, die wie ein Gürtel den Horizont umschlossen – Berge von fünfzehn- bis zwanzigtausend Fuß Höhe schienen so nahe, als könnte man sie mit einem Steinwurf erreichen, und waren doch fünfzig bis sechzig Meilen entfernt. Die Paßhöhe war bedeckt mit dunklem dichtem Wald – Deodar, Walnuß, wilder Kirsche, wilder Olive und wilden Birnbäumen –, aber zumeist mit Deodar, das ist die Himalaja-Zeder; und im Schatten der Deodarzedern stand ein verlassener Schrein der Kali – das ist Durga oder Sitala, die manchmal gegen die Blattern angerufen wird.

Purun Daß fegte den Steinboden sauber, lächelte der grinsenden Gottheit zu, baute sich im Hintergrunde des Schreins eine kleine Feuerstelle aus Lehm, breitete sein Antilopenfell über ein Lager von frischen Fichtenreisern, schob den *Bairagi* – die Stütze mit Messinggriff – in die Achselhöhle und setzte sich nieder, um zu ruhen.

Unmittelbar zu seinen Füßen fiel die Bergwand jäh ab, fünfzehnhundert Fuß tief bis zu einem kleinen Dorf mit Häusern aus Steinmauern und gestampften Erddächern, die am steilen Hange klebten. Rund um das Dorf lagen in winzige Terrassen geteilte Felder, die wie eine Schürze aus Flickwerk die Knie des Berges bedeckten, und Kühe, nicht größer als Käfer, weideten zwischen den glatten Steinen der kreisförmigen Dreschtennen. Beim Blick über das Tal hinweg täuschte man sich über die Größenverhältnisse, und zuerst war nicht gleich zu erkennen, daß scheinbar niedriges Gestrüpp auf der Bergseite gegenüber in Wahrheit ein Wald mit fünfzig Fuß hohen Fichten war. Purun Bhagat sah einen Adler über dem gewaltigen Talgrund schweben, aber der große Vogel schrumpfte zu einem Punkt ein, ehe er noch halb hinüber war. Einzelne Wolkenfetzen strichen an den Talwänden dahin, hafteten wohl an einem Bergvorsprung oder trieben hoch und verwehten auf der Höhe des Passes. Und Purun Bhagat sprach: »Hier werde ich Frieden finden.«

Nun bedeutet einem Bergbewohner einige hundert Fuß Auf- und Abstieg herzlich wenig; und sobald die Dörfler den Rauch in dem verlassenen Schrein bemerkt hatten, stieg der Dorfpriester die Hügelterrassen hinauf, um den Fremdling zu begrüßen. Als er Purun Bhagats Blick begegnete – dem Blick eines Mannes, der gewohnt war, Tausenden zu befehlen –, neigte er sich zur Erde, nahm schweigend die Bettelschale, stieg ins Dorf zurück und sagte: »Endlich haben wir einen Heiligen bei uns. Nie zuvor sah ich einen solchen Mann. Vom Flachland ist er, aber von heller Farbe – ein Brahmane über Brahmanen.«

»Glaubt ihr, daß er bleiben wird?« fragten sogleich die Frauen des Dorfes, und jede beeilte sich, schmackhafte Speisen für den Bhagat zu bereiten.

Gebirgskost ist sehr einfach; aber mit Buchweizen, Mais und Reis und rotem Pfeffer, Fischen aus dem Flüßchen im Tal und Honig aus den röhrenartigen Bienenstöcken in den Felskaminen, mit getrockneten Aprikosen und Gelbwurz, wildem Ingwer und Haferkuchen – mit all dem kann eine fromme Frau schon etwas Gutes zubereiten; und so war die Schale wohlgefüllt, die der Priester dem Bhagat hinauftrug.

Würde er bleiben? fragte der Priester, wünsche er einen *Chela* – einen Schüler –, der für ihn bettle? Habe er eine Decke gegen die Kälte? Wäre das Essen gut gewesen? Purun Bhagat aß und dankte dem Spender. Er gedenke zu bleiben. Genug wäre das, sagte der Priester; möge die Bettelschale immer vor dem Schrein stehen, in der kleinen Höhlung zwischen den beiden knorrigen Wurzeln, so würde sie täglich für den Bhagat gefüllt werden. Denn das Dorf sei geehrt, wenn so ein Mann – scheu blickte er zu dem Bhagat auf – wenn so ein Mann unter seinen Bewohnern weile.

An diesem Tage endete die Wanderschaft des Purun Bhagat. Er hatte den Platz gefunden, der ihm bestimmt war – allwo Schweigen war und Weite. Von nun an stand für ihn die Zeit still; und er saß am Eingang des Schreins und konnte nicht sagen, ob er lebte oder tot war, ob ein Mensch und Herr seiner Glieder oder ein Teil der Berge, der Wolken, des Regens und des Sonnenscheins. Leise wiederholte er einen Namen hundert- und hundertmal, und allmählich ward ihm, als ob bei jeder Wiederholung er sich mehr und mehr von seinem Körper löse und aufwärts schwebe, bis an das Tor einer machtvollen Offenbarung; aber immer gerade, wenn das Tor sich öffnete, zog ihn sein Körper niederwärts, und er erkannte mit Schmerz, daß er wieder eingeschlossen war in Fleisch und Bein von Purun Bhagat.

Jeden Morgen stellte man die gefüllte Bettelschale schweigend in die Gabel der Wurzeln vor dem Schrein. Mitunter trug der Priester sie hinauf, manchmal ein Händler von Ladakh, der im Dorf übernachtet hatte und sich Verdienst erwerben wollte; aber für gewöhnlich kam die Frau, die das Essen über Nacht bereitet hatte, und kaum hörbar murmelte sie etwa: »Sprich für mich vor den Göttern, Bhagat. Sprich für die und die, das Weib des Soundso!« Dann und wann wurde wohl auch einem beherzten Kinde die Ehre zuteil; und Purun Bhagat hörte, wie es hastig die Schale niederstellte und dann eilig zurücklief, so schnell es seine kleinen Beine tragen konnten. Aber niemals kam der Bhagat in das Dorf hinunter. Es lag wie ein Bild zu seinen Füßen ausgebreitet. Er sah die abendlichen Versammlungen auf dem Rund der Dreschtennen, denn das war der einzige ebene Grund, sah das herrliche leuchtende Grün vom jungen Reis, das Indigoblau der Maisblüte, die dunklen Flecken der Buchweizensaat und zu seiner Zeit das Purpurblühen des Amarant, dessen winzige Samen zur Fastenzeit, da weder Korn noch Hülsenfrucht genossen werden, die vom Gesetz erlaubte Nahrung für den gläubigen Hindu geben.

Um die Jahreswende lagen die Maiskolben zum Trocknen

auf den Dächern und ließen sie wie Flächen von reinstem Gold erscheinen. Imkern und Ernten, Reissäen und -aushülsen geschah vor seinen Augen dort unten auf den vielflächigen Feldern, und er dachte an das alles – dachte daran, wohin am Ende alles führen würde.

Sogar in dem bevölkerten Indien kann ein Mann nicht den ganzen Tag dasitzen, ohne daß Getier über ihn hinwegläuft, als wäre er ein Felsblock. In dieser Wildnis aber kamen die Tiere, die Kalis Schrein kannten, sehr bald wieder zurück, um sich den Eindringling anzusehen. Die *Langurs*, die großen graubärtigen Affen des Himalaja, waren natürlich die ersten, denn sie brannten vor Neugier.

Sie warfen die Bettelschale um, rollten sie über den Steinboden, versuchten ihre Zähne an dem Messinggriff des Bettelstabes und schnitten Fratzen vor dem Antilopenfell; und darauf entschieden sie, daß der so unbeweglich verharrende Mensch harmlos war. Am Abend kamen sie aus den Fichten heruntergeklettert, bettelten mit ausgestreckten Händen um etwas Eßbares und schwangen sich dann in anmutigem Bogen wieder in die Wipfel. Sie liebten die Wärme des Feuers und drängten sich so dicht darum, daß Purun Bhagat sie beiseite schieben mußte, um Holz aufzulegen; und am Morgen fand er oft einen zottigen Affen mit sich unter der Decke liegen. Während des ganzen Tages saß der eine oder andere des Stammes an seiner Seite, starrte nach den fernen Schneegipfeln, surrte leise und sah unendlich weise und kummervoll aus. Nach den Affen kam der *Barasingh*, der große Hirsch, der unserm Edelhirsch gleicht, aber weit stärker ist. Er gedachte, den Bast seines Geweihes an den kalten Steinen von Kalis Bildwerk zu fegen, und als er den Mann am Schrein sah, stampfte er zornig mit dem Lauf. Aber Purun Bhagat rührte sich nicht, und nach und nach schob sich der königliche Hirsch näher und schnüffelte an Purun Bhagats Schulter. Purun Bhagat strich mit kühler Hand über das heiße Gehörn, und die Berührung besänftigte das erregte Tier; es senkte den Kopf, und Purun Bhagat rieb sehr behutsam das Geweih und zog den Bast ab. Später brachte der *Barasingh* seine Hindin mit dem Kälbchen, sanfte Geschöpfe, die sich auf der Decke des heiligen Mannes niederlegten und geruhsam wiederkäuten; oder er kam auch allein zurück in der Nacht, grün die

Augen im Feuerschein, und er bekam seinen Anteil an frischen Walnüssen. Zuletzt aber kam das Moschustier, das scheueste und kleinste Rotwild, die langen Kaninchenohren steif aufgerichtet, und selbst dieses scheckige, schweigsame Tier mußte feststellen, was das Licht im Schrein zu bedeuten habe; es drückte seine moosweiche Nase an Purun Bhagats Schoß und kam und ging mit dem Schatten des Feuers.

Purun Bhagat nannte sie alle seine Brüder; und sein leiser Ruf *»Bhai, Bhai«* lockte sie, wenn sie um die Mittagszeit in Hörweite waren, vom Walde herbei. Der schwarze Himalajabär, der launische und argwöhnische Sona, mit dem V-förmigen weißen Zeichen unter dem Kinn, kam mehr als einmal vorüber, und da der Bhagat keine Furcht zeigte, zeigte Sona keinen Grimm, sondern beäugte ihn und bettelte schließlich um ein Stück Brot, um wilde Beeren oder um eine Liebkosung. Oft in der schweigenden Frühe, wenn der Bhagat den Gipfel des gewundenen Passes erstieg, um den roten Morgen über die Schneegipfel wandern zu sehen, watschelte Sona leise brummend dicht hinter ihm drein, schob die Vorderpranke unter einen herabgefallenen Ast und schob ihn mit einem ungeduldigen »Wuff« beiseite. Oder des Bhagat morgenfrühe Schritte weckten Sona, wo er im Schlaf zusammengekauert lag, und das gewaltige Tier erhob sich auf die Hinterpranken, bereit zum Kampf, bis es die Stimme des Bhagat vernahm und den liebsten Freund erkannte.

Fast alle Eremiten und heiligen Männer, die abseits der großen Städte leben, stehen im Ruf, Wunder zu wirken bei wilden Tieren; aber das Wunder liegt im Stillhalten, im Vermeiden hastiger Bewegungen und darin, daß man, wenigstens eine Zeitlang, dem Besucher nicht gerade in die Augen schaut. Die Dorfbewohner sahen die Umrisse des *Barasingh* schattenhaft vom Walde her nach dem Schrein schreiten, sahen den *Minaul*, den Himalajafasan, vor dem Bildwerk der Kali sein glänzendes Gefieder spreizen und die *Langurs* im Innern auf ihren Schenkeln sitzen und mit Walnußschalen spielen. Einige der Kinder hatten auch Sona gehört, wie er hinter einem Felsblock nach Bärenart vor sich hinsummte – und fest stand der Ruf des Bhagat als Wunderwirker.

Dennoch, nichts lag ihm ferner, als Wunder zu wirken. Er sah die ganze Schöpfung als ein großes Wunder an, und ist ein Mensch erst zu dieser Erkenntnis gelangt, so hat er etwas, worauf er weiterbauen kann. Ihm war es Gewißheit geworden, daß es nicht Kleines und Großes auf dieser Welt gab; und Tag und Nacht strebte er danach, sich in das Herz aller Dinge hineinzudenken, dorthin zurück, woher seine Seele gekommen war.

Unter solchem Denken und Sinnen wuchs ihm das Haar bis über die Schultern hinab. Die Steinplatte zur Seite des Antilopenfells war ausgehöhlt von der Spitze des Stockes mit dem Messinggriff, und der Platz zwischen den Baumwurzeln, wo Tag und Nacht die Bettelschale stand, wurde zu einer Höhlung, so glatt fast wie die braune Schale selbst; und jedes Tier kannte seinen bestimmten Platz am Feuer.

Die Felder wechselten die Farbe mit den Jahreszeiten, die Dreschtennen füllten und leerten sich; und wieder und wieder, wenn der Winter kam, tummelten sich die *Langurs* in dem schneeüberdeckten Geäst, bis mit Beginn des Frühlings die Affenmütter ihre kleinen Jungen mit den traurigen Augen heraufbrachten aus den wärmeren Tälern.

Wenig änderte sich im Dorf. Der Priester war älter geworden; und manche von den Kindern, die einst die Bettelschale hinaufgetragen hatten, schickten nun ihre eigenen Kinder. Und fragte man die Dorfbewohner, wie lange der heilige Mann schon lebte auf der Paßhöhe in Kalis Schrein, so antworteten sie: »Immer schon.«

Dann aber fielen so starke Sommerregen, wie man sie seit Jahren in den Bergen nicht gekannt hatte. Drei volle Monate war das Tal in Wolken und trächtige Nebel gehüllt – unaufhörlich stürzte der Regen hernieder, unterbrochen von einer Gewitterbö nach der andern. Kalis Schrein ragte fast immer über den Wolken, und einen ganzen Monat lang erspähte der Bhagat nicht den kleinsten Schimmer seines Dorfes. Es lag begraben unter einer weißen Wolkendecke, die auf und ab schwankte, wogte und wallte, sich aber niemals von ihren Pfosten, den strömenden Flanken des Tales, löste.

In all der Zeit hörte der Bhagat nichts als das Rauschen von Millionen kleiner Wasser; sie rieselten über ihn von den Bäumen, drangen aus dem Boden unter seinen Füßen, sikkerten durch die Fichtennadeln, tröpfelten von zerfetzten Farnen und gurgelten in neugeschaffenen schmutzigen Furchen die Hänge hinab. Dann endlich brach die Sonne durch, sog würzigen Duft aus Zedern und Rhododendron, und alles war durchdrungen von dem fernen, klaren Duft, den das Bergvolk den Geruch der Schneegipfel nennt. Eine Woche hielt der heiße Sonnenschein an; dann sammelten sich die Regen erneut zu einem letzten Wolkenbruch; das Wasser stürzte in Strömen herab, riß den Boden fort und trug ihn als Schlamm davon.

In dieser Nacht schürte Purun Bhagat sein Feuer besonders hoch, denn er war sicher, daß seine Brüder der Wärme bedurften. Aber nicht ein Tier kam zu dem Schrein, soviel er auch rief und rief, und verwundert, was wohl in den Wäldern geschehen sein könnte, sank er in Schlaf.

Mitten in der schwarzen Nacht, während der Regen mit dem Getöse von tausend Trommeln niederstürzte, erwachte er von einem Zupfen an seiner Decke. Er fuhr hoch und fühlte die kleine Hand eines *Langur*. Schläfrig schlug er die Decke zurück und sagte: »Hier ist es besser als draußen in den Bäumen; komm und wärme dich.«

Der Affe aber faßte erneut seine Hand und zog daran. »Willst du etwas Futter?« fragte Purun Bhagat. »Warte ein wenig, ich bereite dir etwas.«

Als er niederkniete, um Reiser auf das Feuer zu legen, lief der *Langur* zur Tür des Schreins, gurrte leise, lief wieder zurück und zupfte den Mann am Knie.

»Was ist? Welchen Kummer hast du, Bruder?« fragte Purun Bhagat, denn in den Augen des *Langur* lag viel verborgen, nur daß ihm die Sprache fehlte. »In das Wetter hinaus geh' ich nur, wenn einer von deinem Stamm in einer Falle steckt – aber hier stellt keiner Fallen. Sieh, Bruder, selbst der *Barasingh* sucht Schutz hier.«

Als der Hirsch in den Schrein trat, schlug er krachend das Geweih gegen das grinsende Götterbild der Kali, dann senkte er es gegen Purun Bhagat, stampfte gereizt und schnob durch die halbgeschlossenen Nüstern.

»Hei, hei, hei!« sagte der Bhagat und schnalzte mit den Fingern. »Ist das der Dank für das Nachtquartier?«

Aber der Hirsch drängte ihn dem Ausgang zu, und nun hörte Purun Bhagat einen Laut, so als ob sich etwas öffne mit einem Seufzer, und er sah, wie zwei Steinplatten des Bodens voneinander rückten, während die fettige Erde darunter ein schmatzendes Geräusch von sich gab.

»Nun verstehe ich«, sagte Purun Bhagat. »Kein Wunder, daß meine Brüder heute nacht nicht zu meinem Feuer kamen. Der Berg stürzt ein. Dennoch – warum sollte ich flüchten?« Da aber fiel sein Blick auf die leere Bettelschale, und der Ausdruck seines Gesichtes wandelte sich. »Sie haben mir gutes Essen geschickt Tag für Tag, seit ich hier bin; und wenn ich jetzt nicht eile, wird am Morgen nicht eine lebendige Seele mehr im Tale sein. Ja, ich muß hinunter und sie warnen. Zurück da, Bruder, laß mich ans Feuer.«

Widerwillig trat der *Barasingh* zur Seite, während Purun Bhagat eine Fackel nahm und sie tief in die Flamme stieß, bis sie hell brannte.

»Ja, ja, mich zu warnen, kamt ihr«, sagte der Bhagat und richtete sich auf. »Aber mehr noch müssen wir tun, Besseres noch. Auf und fort jetzt! Leih mir deinen Nacken, Bruder, denn nur zwei Füße habe ich.«

Mit der rechten Hand griff er in den gesträubten Widerrist des *Barasingh,* in der Linken hielt er die Fackel und schritt so hinaus aus dem Schrein in die grauenvolle Nacht. Windstill war es, aber der strömende Regen löschte beinahe die Fackel; und der große Hirsch setzte sich auf die Hinterläufe und glitt so eilig den Abhang hinab. Als sie aus dem Walde hinaus waren, gesellten sich noch mehr von den Brüdern des Bhagat zu ihnen. Sehen konnte er sie nicht, aber er hörte die *Langurs* sich um ihn scharen und hinter ihnen das »Wuff, wuff« des Sona.

Sein langes, schlohweißes Haar hing ihm in nassen Strähnen um den Kopf; das Wasser spritzte um seine nackten Füße, und das gelbe Gewand klebte an dem gebrechlichen alten Leib, aber unaufhaltsam eilte er hinunter, gestützt auf den *Barasingh.* Nun war er nicht mehr der heilige Mann, er war Sir Purun Daß, K. C. I. E., erster Minister eines nicht kleinen Staates, ein Mann, gewohnt, zu befehlen, der auszog, um Leben zu retten.

Abwärts stürmten sie miteinander den jähen, schlüpfrigen Pfad, der Bhagat und seine Brüder, hinab und hinab, bis des Hirsches Hufe auf die Steinfliesen einer Dreschtenne schlugen und er zu schnauben begann, da er Menschen witterte.

Sie waren an den Ausgang der einzigen gewundenen Dorfstraße gelangt; und der Bhagat schlug mit dem Stab gegen die vergitterten Fenster am Hause des Schmiedes. Seine Fackel lohte nun heller auf im Schutze der Dächer.

»Auf da und heraus!« rief Purun Bhagat, und er erkannte kaum seine eigene Stimme wieder, denn seit Jahren hatte er nicht mehr laut zu Menschen gesprochen. »Der Berg stürzt! Der Berg kommt herunter! Auf und heraus, ihr da drinnen!«

»Unser Bhagat ist es«, sagte das Weib des Schmiedes. »Er steht draußen mit seinen Tieren. Nimm die Kinder und gib den Ruf weiter!« Von Haus zu Haus lief der Ruf; die Tiere, in den engen Wegen gepfercht, drängten sich dicht um den Bhagat, und Sona schnaubte unwillig.

Die Leute des Dorfes stürzten auf die Straße – es mochten im ganzen nicht mehr als siebzig Seelen sein –, und im Schein ihrer Fackeln sahen sie, wie ihr Bhagat den entsetzten Hirsch zurückhielt, wie die Affen angstvoll an seinem Gewand zupften; Sona aber saß aufrecht da und brüllte.

»Durch das Tal hinüber und auf den nächsten Berg«, rief Purun Bhagat. »Niemanden zurücklassen! Mir folgen!«

Dann liefen die Leute, wie nur Bergvolk laufen kann; denn sie wußten, daß man bei einem Bergrutsch den höchsten Punkt jenseits des Tals erreichen mußte. Sie durchwateten fliehend den kleinen Fluß in der Tiefe und keuchten am anderen Ufer die terrassenförmigen Felder hinauf. Der Bhagat aber und seine Brüder folgten. Höher und höher drangen sie am jenseitigen Berg hinauf, einander mit Namen rufend; und dicht hinter ihnen arbeitete sich der *Barasingh* hinauf, beladen mit dem niederbrechenden Purun Bhagat. Endlich hielt der Hirsch an im Dunkel eines tiefen Fichtenwaldes, fünfhundert Fuß hoch in den Bergen. Der Instinkt, der ihn vor dem nahen Bergsturz gewarnt hatte, sagte ihm jetzt, daß er hier sicher war.

Purun Bhagat sank ohnmächtig an seiner Seite zu Boden. Die Frostschauer des Regens und der furchtbare Anstieg waren sein Tod; aber noch rief er den zerstreuten Fackeln über ihm zu: »Haltet an und zählt die Köpfe!« Dann, als er die Fackeln zu einem Haufen sich sammeln sah, hauchte er leise dem Hirsch zu: »Bleibe bei mir, Bruder. Bleibe – bis – ich scheide.«

Nun ging es wie ein Seufzen durch die Luft, es wuchs zu einem Murren; das Murren wuchs zum Gebrüll, und Gebrüll schwoll an über alles Hören hinaus. Die Bergseite, auf der die Dörfler standen, wurde in der Finsternis wie von einem Schlage getroffen und erbebte bis ins Innerste. Dann erklang ein Ton, stetig, tief und voll, wie das tiefe C der Orgel, und verschlang für fünf Minuten jeden anderen Laut, und die hohen Fichten erzitterten bis in ihre Wurzeln hinein. Der Ton starb dahin – und das Rauschen des Regens, der meilenweit auf harten Boden geschlagen hatte, wurde zum dumpfen Trommeln der Wässer auf weicher Erde. Das sprach seine eigene Sprache.

Keiner der Dorfbewohner, nicht einmal der Priester, war kühn genug, zu dem Bhagat zu reden, der ihr Leben gerettet hatte. Still kauerten sie unter den Fichten und erwarteten den Tag. Als der Morgen kam, blickten sie über das Tal hin. Wo einst Terrassenfelder gewesen waren, Wälder und fährtendurchfurchte Weidegründe, war jetzt nur noch eine rohe, rötliche, fächerartig verspreizte Lehmmasse, aus der kopfüber gestürzte Baumstämme da und dort herausragten. Die rötliche Masse war noch hoch am Berg ihrer Rettung aufgelaufen und staute den kleinen Fluß, der sich zu einem ziegelfarbigen See auszudehnen begann. Von dem Dorfe, dem Pfad, der zu dem Schrein geführt hatte, von dem Schrein selbst und dem Wald dahinter war keine Spur mehr zu sehen. Eine Meile in der Breite und zweitausend Fuß in der Tiefe war die Bergwand abgestürzt, mit glatter Schnittfläche vom Gipfel bis zur Sohle.

Die Bewohner des Dorfes, einer nach dem andern, schritten leise durch den Fichtenwald, um vor ihrem Bhagat zu beten. Sie sahen den *Barasingh* über ihm stehen, aber als sie näher kamen, floh er davon; sie hörten die *Langurs* in den Bäumen wehklagen und Sona im Geklüft stöhnen, aber ihr Bhagat war tot. Er saß mit gekreuzten Beinen, den Rücken gegen einen Stamm gelehnt, die Stütze unter der Achselhöhle und sein Antlitz gegen Nordosten gekehrt.

Und der Priester sagte: »Seht, Wunder über Wunder, denn in dieser Stellung müssen alle *Sunnjasis* begraben werden. Deshalb lasset uns an dem Ort, wo er nun sitzt, den Tempel errichten für unsern heiligen Mann.«

Sie bauten den Tempel, ehe das Jahr verstrichen war – einen kleinen Schrein aus Stein und Erde; und sie nannten den Berg den Bhagat-Berg; und noch heutigentags beten sie dort und bringen Blumen und Lichter und fromme Gaben. Aber niemand weiß heute, daß der Heilige, den sie verehren, der verstorbene Sir Purun Daß ist – K. C. I. E., Ph. D. und so weiter, einst erster Minister des erleuchteten und fortschrittlichen Staates von Mohiniwala, Ehren- und korrespondierendes Mitglied von mehr wissenschaftlichen und gelehrten Gesellschaften, als gut sind in dieser Welt oder der nächsten.

Ein Sang des Kabir

Oh, wie leicht wog die Welt in der Macht seiner Hand!
Wie weit zog sein Ruhm über Lehen und Land!
Er stieg nieder vom Thron, ließ die Macht und den Schein,
Ging in Bettlergewand, ein *Bairagi* zu sein.

Weiß glüht Delhis Straße, dem Fuß nun zur Matten,
Dammar und Akazie dem Haupt nun zum Schatten,
Sein Heim das Gewühl, Feld und Wald, Wüstenei'n,
Einen Pfad sucht im All der *Bairagi* allein.

Er schaute den Menschen, sein Auge ward klar
(Einer wird, spricht Kabir, einer ist, einer war),
Der Tat roter Nebel nicht hüllt ihn mehr ein,
Er wandelt den Pfad – ein *Bairagi* – allein.

Daß vom Bruder, dem Tier, seinem Bruder, der Erde,
Seinem Bruder, dem Gott, Erkenntnis ihm werde,
Ließ Thron er und Rat – er starb nun dem Schein
(Ihr hört? spricht Kabir), ein *Bairagi* zu sein.

Die Dschungel los!

Hüllet sie, decket sie, schlinget sie ein,
Blüte und Ranke und Kraut!
Der Geruch und Geschmack soll vergessen sein,
Dieser Brut, ihr Blick und ihr Laut!
Schwarzfette Asche am Altarstein,
Weißflüssiger Regen, hierher!
Die Hirschkuh kalbt am verwilderten Rain,
Niemand erschrecke sie mehr.
Zerbröckelt die Mauern, zerstückelt der Schrein.
Keiner hause hier mehr!

Sicher erinnert ihr euch noch daran, wie das damals war, als Mowgli Schir Khans Haut an den Ratsfelsen heftete und dem Rest des Seeonee-Rudels erklärte, er wolle fortan allein in der Dschungel jagen. Nur die vier Jungen von Mutter und Vater Wolf taten sich zu ihm.

Aber leicht ist es nicht, sein ganzes Leben mit einemmal zu ändern – vornehmlich in der Dschungel. Als das aufrührerische Wolfspack abgezogen war, begab sich Mowgli als erstes zur heimatlichen Höhle und schlief einen Tag und eine Nacht hindurch. Darauf erzählte er Vater und Mutter Wolf von seinen Erlebnissen bei den Menschen, soviel sie davon verstehen konnten; und als er die Morgensonne auf der Klinge seines Jagdmessers aufblitzen ließ – des Messers, mit dem er Schir Khan abgehäutet hatte –, sagten sie, er habe etwas gelernt. Dann berichteten Akela und Graubruder von ihrer Mitwirkung bei dem großen Büffeltreiben in der Schlucht, und Baloo kam herangewackelt, um alles zu hören, während Bagheera in seiner Freude über Mowglis Kriegskunst sich am ganzen Körper kraulte.

Lange nach Sonnenaufgang war es schon, aber keiner dachte an Schlaf; von Zeit zu Zeit hob Mutter Wolf den Kopf hoch und schnupperte tief befriedigt, wenn der Wind ihr den Geruch des Tigerfells vom Ratsfelsen zutrug.

»Ohne Akela und Graubruder hätte ich es nicht geschafft«, endete Mowgli seine Erzählung. »O Mutter, Mutter! Hättest du die blauen Herdenbullen gesehen, wie sie die Schlucht hinabdonnerten oder durch die Tore stürmten, als das Menschenvolk mit Steinen nach mir warf.«

»Froh bin ich, das nicht gesehen zu haben«, sagte Mutter Wolf sehr steif. »Es ist nicht meine Art, zu dulden, daß meine Jungen wie Schakale gehetzt werden. Ich würde dem Menschenpack eine schöne Rechnung gemacht haben; aber die Frau, die dir Milch gab, hätte ich geschont. Ja, sie allein.«

»Frieden, halte Frieden, Rakscha!« sagte Vater Wolf und dehnte sich faul. »Unser Frosch ist ja heimgekehrt und so weise geworden, daß sein eigener Vater ihm die Füße lecken muß. Was macht schon eine Schramme mehr oder weniger am Kopf? Laß die Menschen in Ruh!« – »Laßt die Menschen in Ruh!« wiederholten Baloo und Bagheera.

Mowgli, den Kopf an Mutter Wolfs Seite gelegt, lachte zufrieden und sagte, was ihn angehe, so wünsche er nie wieder den Menschen zu sehen, zu hören oder zu riechen.

»Was aber dann«, sagte Akela, ein Ohr hochstellend, »was aber dann, wenn die Menschen dich nicht in Ruhe lassen, kleiner Bruder?«

»Wir sind unser fünf«, rief Graubruder, sich im Kreise umsehend, und schnappte mit hartem Laut die Kiefer zusammen.

»Bei dieser Jagd möchten wir auch dabeisein«, sagte Bagheera mit leisem »Switsch, switsch« des Schweifes und sah Baloo an. »Aber warum jetzt an Menschen denken, Akela?«

»Darum!« entgegnete der Einsiedelwolf. »Als die Haut des gelben Diebes an den Felsen geheftet war, lief ich zurück auf unserer Fährte, dem Dorf zu; aber meiner Spur folgend, schwenkte ich bald nach rechts, bald nach links, bald wälzte ich mich, um die Fährte zu verwischen, falls jemand uns folgen sollte. Als ich aber die Fährte so getrübt hatte, daß ich sie selbst kaum wiedererkannte, kam Mang, die Fledermaus, angeschwirrt und hakte sich über mir an einem Aste fest. Sprach Mang: ›Im Dorf des Menschenpacks, wo sie das Menschenjunge ausstießen, summt es wie in einem Hornissennest.‹«

»Ich habe aber auch einen tüchtigen Stein geworfen«, lachte Mowgli, der oft reife Papayas in die Nester der Hornissen geworfen hatte, um sich dann in den nächsten Pfuhl zu stürzen, ehe sie ihn einholen konnten.

»Ich fragte Mang, was er gesehen hätte. Er erzählte, die

rote Blume blühe vor dem Eingang des Dorfes, und Männer mit Flinten säßen dabei. Ich aber weiß, und guten Grund habe ich dafür«, hier sah Akela nach seinen alten Narben auf Flanken und Schultern, »daß Menschen nicht zum Vergnügen Flinten tragen. Und jetzt, kleiner Bruder, sucht ein Mensch mit Flinte unsere Spur, wenn er sie nicht schon gefunden hat.«

»Aber warum sollte er?« fragte Mowgli ärgerlich. »Sie haben mich ausgestoßen. Was wollen sie noch mehr?«

»Ein Mensch bist du, kleiner Bruder«, antwortete Akela. »Uns, den freien Jägern, steht nicht zu, dir zu sagen, was deine Brüder tun und warum.«

Er hatte gerade noch Zeit, seine Tatze hochzureißen, als Mowglis Jagdmesser neben ihm tief in den Grund fuhr. Mowglis Wurf war schneller, als ein menschliches Auge folgen konnte; aber Akela war ein Wolf, und selbst ein Hund, der dem Wolf, seinem wilden Vorfahren, bei weitem nachsteht, kann, aus tiefem Schlaf auffahrend, noch zur Seite springen, wenn ein Wagenrad schon seine Flanke berührt, ohne daß es ihn verletzt.

»Ein andermal«, sagte Mowgli ruhig und steckte das Messer in die Scheide, »ein andermal sprich von dem Menschenvolk und Mowgli nicht in einem Atemzuge.«

»Phff, das ist ein scharfer Zahn«, sagte Akela und beschnüffelte den Einschnitt, den das Messer im Boden gemacht hatte. »Aber das Leben unter den Menschen hat dein Auge verdorben, kleiner Bruder. In der Zeit, wo du das Messer warfst, hätte ich einen Bock reißen können.«

In diesem Augenblick sprang Bagheera auf, warf den Kopf hoch, witterte und stand regungslos, jeden Muskel des Körpers gestrafft. Schnell folgte Graubruder dem Beispiel, sich links von ihm haltend, um den Wind zu bekommen, der von rechts kam; Akela sprang fünfzig Meter dem Wind entgegen und lag sprungbereit niedergeduckt. Mowgli sah neidvoll zu. Vieles witterte er, wie kaum ein Mensch, doch nie erreichte er auch nur annähernd die haarscharfe Feinheit der Dschungelnase, und die drei Monate im Dorf unter Menschen hatten zudem seinen Geruchssinn abgestumpft. Indessen befeuchtete er den Finger, rieb ihn an seiner Nase und stand hoch aufgerichtet, um die obere Witterung zu bekommen, die, wenn auch die schwächste, doch die sicherste ist.

»Menschen«, knurrte Akela und setzte sich auf die Hinterläufe.

»Buldeo!« rief Mowgli und ließ sich nieder. »Er folgt unserer Fährte; und seht, die Sonne glitzert auf seiner Büchse.«

Es war nur ein kurzes Aufblinken, der Bruchteil einer Sekunde, auf den Messingbeschlägen der alten Muskete; aber in der Dschungel blinkt niemals etwas so mit solchem Blitzen, sofern nicht Wolken über den Himmel jagen. Dann glitzert wohl im rasch wechselnden Licht ein Stück Glimmer, eine kleine Wasserpfütze oder ein glänzendes Blatt auf wie ein Sonnentelegraph. Aber heute war der Tag gleichmäßig klar und wolkenlos.

»Ich wußte, daß Menschen uns folgen würden«, sagte Akela triumphierend, »nicht umsonst war ich Führer des Rudels.« Mowglis vier Wölfe schlichen schweigend, tief zur Erde geduckt, den Hügel hinab und verschwanden im Dorn und niederen Gestrüpp.

»Wohin lauft ihr denn, ohne ein Wort zu sagen?« rief Mowgli.

»Still! Vor Mittag noch rollen wir seinen Schädel hierher«, antwortete Graubruder.

»Zurück! Zurück ihr! Und wartet!« schrie Mowgli. »Menschen fressen keine Menschen.«

»Wer wollte noch eben ein Wolf sein? Wer warf das Messer nach mir, weil ich sagte, er wäre ein Mensch?« Und die vier krochen widerwillig gehorchend zurück.

»Muß ich Gründe nennen für das, was mir zu tun beliebt?« gab Mowgli wütend zurück.

»Mensch ist das, so spricht Mensch!« murrte Bagheera leise in seinen Bart. »Just so redeten die Menschen vor den Käfigen des Königs in Oodeypore. Wir von der Dschungel wissen, daß der Mensch das weiseste aller Geschöpfe ist. Dürften wir aber unseren Ohren trauen, so würden wir erkennen, daß er der törichteste ist von allen.« Laut sagte er dann: »Das Menschenjunge hat recht. Menschen jagen in Rudeln. Einen zu töten, ohne zu wissen, was die anderen tun werden, ist schlechte Jagd. Kommt, laßt uns sehen, was dieser Mann gegen uns im Schilde führt.«

»Wir kommen nicht mit«, brummte Graubruder. »Jage allein, kleiner Bruder, wir wissen, was wir wollen. Jetzt könnte der Schädel schon fertig sein, um hierhergebracht zu werden.« Mowglis Blicke wanderten von einem Freund zum anderen, seine Brust hob sich, und die Augen füllten sich mit Tränen. Er ging ein paar Schritte vor, fiel auf die Knie und sagte: »Weiß ich etwa nicht, was ich will? Seht mich an!«

Unsicher blickten sie auf ihn, und wenn ihre Augen sich abwenden wollten, rief er immer wieder und wieder: »Blickt mich an!« Bis jedes Haar an ihrem Körper sich sträubte und ihre Glieder zitterten unter Mowglis starrendem Blick.

»Nun«, sagte er endlich, »wer ist der Führer unter den fünfen?«

»Du bist der Führer, kleiner Bruder«, sagte Graubruder und leckte Mowglis Füße.

»So folgt denn«, befahl Mowgli, und die vier schlichen hinter ihm drein mit eingekniffenen Schwänzen.

»Das hat man davon, wenn man sich mit Menschen abgibt«, zischte Bagheera, ihm nachgleitend. »In der Dschungel gilt noch etwas anderes jetzt als Dschungelgesetz, Baloo.«

Der alte Bär schwieg, aber dachte sich so manches. Geräuschlos durchquerte Mowgli die Dschungel im rechten Winkel zu Buldeos Pfad. Als er das Unterholz teilte, sah er den alten Mann, die Muskete geschultert, auf der zwei Tage alten Fährte im Hundetrab herankeuchen.

Ihr entsinnt euch, wie Mowgli das Dorf verließ, mit der schweren Last von Schir Khans Haut auf den Schultern, während Akela und Graubruder hinter ihm dreintrabten, so daß die Fährte sehr deutlich gezeichnet war. Nun aber kam Buldeo an die Stelle, von der aus Akela, wie ihr wißt, kreuz und quer zurückgegangen war, um die Spur zu verwischen. Buldeo setzte sich nieder, hustete, brummte, stand dann wieder auf und lief hierhin und dorthin im Dickicht, um die Fährte wiederzufinden, während er leicht hätte einen Stein werfen können auf die, die ihn belauschten. Kein anderes Geschöpf kann sich so leise bewegen wie der Wolf, wenn er nicht gehört sein will; und auch Mowgli konnte kommen und gehen wie ein Schatten, wenn die anderen ihn auch plump und schwerfällig fanden. Sie umkreisten den alten Mann, Tümmlern gleich, die einen Dampfer in voller Fahrt umringen; dabei redeten sie sorglos weiter, denn ihre Sprache setzte erst nach dem untersten Ton der Skala ein, die für geübte menschliche Wesen vernehmbar ist. Das andere Ende der Skala gipfelt in dem schrillen Pfiff von Mang, der Fledermaus, die viele gar nicht hören können, und bei diesem Ton erst setzt die eigentliche Sprache der Vögel, Fledermäuse und Insekten ein.

»Das hier ist noch besser als Beute schlagen«, sagte Graubruder, indes Buldeo sich bückte, stierte und schnaufte. »Er sieht aus wie ein Schwein, das sich in der Uferdschungel verloren hat. Was sagt er?« Buldeo brummte wütend vor sich hin. Mowgli übersetzte: »Er sagt, daß hier das Wolfsrudel um mich herumgetanzt haben müßte. Er sagt, eine solche Fährte wäre ihm noch nicht in seinem ganzen Leben vorgekommen. Müde sei er.«

»Er wird zur Ruhe gebracht werden, bevor er noch die Fährte wiedergefunden hat«, sagte Bagheera kühl und schlängelte sich um einen Baumstamm in ihrem gemeinsamen Blindekuhspiel. »Was tut das magere Ding jetzt?«

»Es frißt oder bläst Rauchwolken aus seinem Mund, Menschen müssen immer etwas tun mit ihrem Mund.« Und die stillen Treiber sahen, wie der alte Mann eine Pfeife füllte, anzündete und rauchte; und sie merkten sich genau den Geruch des Tabaks, um Buldeo, wenn nötig, auch in dunkelster Nacht ausmachen zu können.

Später kam ein kleiner Trupp von Köhlern des Wegs und hielt an, um mit Buldeo zu sprechen, dessen Ruhm auf zwanzig Meilen im Umkreis zum mindesten reichte. Alle setzten sich nieder und rauchten. Bagheera und die anderen schoben sich näher heran und horchten, indes Buldeo die Geschichte von Mowgli, dem Teufelskind, zu erzählen begann, mit allerlei Zutaten und Erfindungen. Er selbst hatte natürlich Schir Khan getötet, und Mowgli hätte sich plötzlich in einen Wolf verwandelt und den ganzen Nachmittag mit ihm gekämpft, worauf er dann wieder Knabe wurde und Buldeos Büchse behexte, so daß die Kugel, als er auf Mowgli schoß, um die Ecke flog und einen von Buldeos eigenen Büffeln traf; nun habe das Dorf ihn, den tapfersten Jäger in Seeonee, ausgeschickt, um das Teufelskind zu erledigen. Inzwischen hätten sie im Dorf Messua und ihren Mann, zweifellos die Eltern des Teufelskindes, in ihrer eigenen Hütte eingesperrt und wollten sie nun bald foltern, damit sie geständen, Zauberer und Hexe zu sein, worauf sie dann verbrannt werden sollten.

»Wann wird das sein?« fragten die Köhler, denn sie wollten bei dem Fest nicht fehlen. Buldeo sagte, es werde nichts geschehen, bis er zurückgekehrt wäre, denn man wünsche im Dorfe, daß er zuvor den Dschungelknaben töte. Danach sollten Messua und ihr Mann drankommen, und ihre Äcker und Büffel sollten unter die Dorfbewohner verteilt werden. Messuas Mann besäße einige kapitale Stücke. Es wäre sehr verdienstvoll, Zauberer zu vernichten, meinte Buldeo, und Leute, die Wolfskinder aus der Dschungel aufzögen, wären sicher die allerschlimmsten Zauberer.

Aber wenn nun die Engländer davon erführen? meinten die Köhler. Die Engländer wären ein ganz verrücktes Volk, hätte man ihnen gesagt, und hinderten ehrbare Landleute daran, Hexen in Ruhe zu verbrennen.

Ach was, erklärte Buldeo, der Dorfvorsteher würde berichten, daß Messua und ihr Mann am Schlangenbiß gestorben wären. Das sei alles schon abgemacht. Die Hauptsache wäre nun, das Wolfskind zu töten. Ob sie vielleicht zufällig irgendwo eine solche Kreatur gesehen hätten?

Die Kohlenbrenner blickten sich scheu um und dankten den Sternen, einem solchen Wesen nicht begegnet zu sein; aber sie zweifelten nicht, daß ein so tapferer Mann wie Buldeo den Dämon finden würde, wenn der überhaupt zu finden wäre. Die Sonne stand schon tief, und ihnen kam der Gedanke, nach Buldeos Dorf zu wandern, um sich die Hexe anzusehen. Buldeo erklärte darauf, es wäre zuvor seine Pflicht, das Teufelskind zu töten, aber unbewaffnete Männer so ohne Schutz und Begleitung durch die Dschungel gehen zu lassen, wo jeden Augenblick der Wolfsdämon auftauchen könnte, das wäre sträflicher Leichtsinn. Er wollte daher mit ihnen gehen, und sollte das Hexenkind auftauchen – nun, dann würde er ihnen zeigen, wie der beste Jäger in Seeonee mit so einem Ding fertig wird. Außerdem hätte ihm der Brahmane einen Talisman gegen den Dämon gegeben, so daß man also ganz sicher sein könne.

»Was sagt er? Was sagt er?« wiederholten die Wölfe alle Augenblicke, und Mowgli übersetzte, bis er zu der Hexengeschichte kam, die etwas über seinen Verstand ging. Dann sagte er den Wölfen, daß der Mann und die Frau, die so gut zu ihm gewesen wären, in der Falle säßen.

»Fangen die Menschen denn andere Menschen in Fallen?« fragte Bagheera.

»So sagt er. Ich verstehe das Geschwätz nicht. Verrückt sind sie alle zusammen. Was haben Messua und ihr Mann mit mir zu schaffen, daß man sie in der Falle fängt? Und was bedeutet das Gerede von der roten Blume? Ich muß gehen und nachsehen. Was sie auch immer vorhaben gegen Messua, sie werden nichts unternehmen, ehe Buldeo zurück ist, und so ...« Mowgli dachte scharf nach, mit den Fingern am Griff des langen Jagdmessers spielend. Buldeo aber und die Köhler entfernten sich, tapfer im Gänsemarsch schreitend.

»Ich muß sofort zum Menschenpack zurück«, sagte Mowgli endlich.

»Und jene da?« fragte Graubruder und blickte gierig den braunen Rücken der Köhler nach.

»Singt sie heim«, sagte Mowgli grinsend. »Ich wünsche nicht, daß sie vor Dunkelheit am Dorftor ankommen. Könnt ihr sie zurückhalten?«

Graubruder fletschte voller Verachtung seine weißen Zähne. »Rund herum im Kreise werden wir sie hetzen, wie festgebundene Ziegen – wie ich die Menschen kenne.«

»Das ist nicht nötig. Singt ihnen etwas vor, damit sie sich nicht einsam fühlen auf ihrem Wege, und, Graubruder, ein Wiegenlied braucht es nicht zu sein. Geh mit ihnen, Bagheera, und hilf singen. Wenn die Nacht gekommen ist, trefft mich bei dem Dorfe – Graubruder kennt die Stelle.«

»Leichte Jagd ist das nicht, fürs Menschenjunge zu spüren. Wann soll ich denn schlafen?« gähnte Bagheera, aber seine Augen verrieten, wie er sich auf das Vergnügen freute. »Ich soll nacktem Menschenwild vorsingen? Na, versuchen wir's!«

Er senkte den Kopf, damit der Schall weiter trage, und brüllte ein langes, langes »Große Jagd«. Ein Mitternachtsschrei am Nachmittag. Schreckerregend genug für den Anfang. Mowgli hörte es rollen und steigen und fallen und hinsterben in eine Art grauenvolles Gewimmer, und lachend rannte er durch die Dschungel. Er sah, wie die Köhler sich angstvoll in einem Haufen zusammendrängten, und sah, wie der Büchsenlauf des alten Buldeo hin und her schwankte wie ein Bananenblatt im Winde. Dann gab Graubruder den Bocktreiberruf *yalahi! yalaha!*, mit dem das Rudel die Nilghai, die große, blaue Kuh, vor sich herjagt; und es schien vom Ende der Welt zu kommen, drang näher, näher und näher, bis es mit einem schrillen Schrei jäh abbrach. Die anderen drei antworteten, so daß selbst Mowgli hätte schwören können, ein volles Rudel Wölfe stimme den großen Jagdschrei an. Dann fielen alle ein in den sieghaften Morgengesang, mit Schwingungen, Tusch und Trillern, wie sie jeder tiefmäulige Wolf des Rudels kennt. Dies hier ist nur eine ungefähre Wiedergabe des Sanges, aber stellt euch vor, wie er klingen mag, wenn er die Nachmittagsstille der Dschungel durchbricht:

Still schlichen wir noch eben hier
Uns ohne Schatten fort,
Nun trifft er rund vor uns den Grund,
Drum auf, zum Lagerort!

Im Morgentraum ragt Fels und Baum,
Im Schweigen starrt die Welt –
Nun gebt in Hast den Ruf »Gute Rast«,
Wer Dschungelsatzung hält.

Es duckt sich schnell Horn, Zahn und Fell
In Höhle, Busch und Spalt,
Denn ruhen will, versteckt und still,
Das Freigeschlecht vom Wald.

Schon beugt vorm Pflug den starren Bug
Der Stier ins Menschenjoch,
Und drohend loht des Frühlings Rot
Am Morgenhimmel hoch.

Zur Höhl' in Eil', schon schießt den Pfeil
Durchs Gras das Sonnenaug'!
Und knisternd zieht durchs Bambusried
Des Frühlings Warnungshauch.

Fremd Busch und Strauch dem Dunkelaug',
Das scheu nur blinzeln mag,
In Lüften frei Wildentenschrei:
Des Menschen ist der Tag!

Und Fell und Gras, vom Taue naß,
In Sonne trocken dampft;
Es birst der Schlamm am Uferdamm,
Den nächtens wir zerstampft.

Der Nacht Verrat deckt auf den Pfad
Von Pfot' und Klau' und Huf –
Nun – wer da Dschungelfrieden hält,
Gut Rast! – *ihm* gilt der Ruf!

Keine Übertragung aber kann die Wirkung wiedergeben noch den gellenden Hohn, den die vier in jedes Wort legten, als sie die Bäume krachen hörten, denn die Männer kletterten hastig hinauf ins Geäst, und Buldeo begann Beschwörungen und Zauberformeln vor sich hin zu lallen.

Dann legten sich die Wölfe nieder zum Schlafen, denn wie bei allen, die von eigener Körperkraft leben, war ihr Denken methodisch, und niemand kann gut arbeiten ohne Schlaf.

Inzwischen legte Mowgli neun Meilen in der Stunde zurück, sich leicht voranschwingend und erfreut darüber, daß er nach den einzwängenden Monaten unter den Menschen noch in so guter Form war. In seinem Kopf war der eine Gedanke, Messua und ihren Mann aus der Falle zu befreien, welcher Art diese auch sein mochte, denn er hatte ein natürliches Mißtrauen gegen Fallen. Späterhin, so gelobte er sich, würde er dem Dorf großzügig die Schuld heimzahlen.

Es begann schon zu dämmern, als er die wohlbekannten Weidegründe und den *Dhâk*baum erblickte, unter dem Graubruder ihn erwartet hatte an jenem Morgen, da er Schir Khan erlegte. So zornig er auch war auf Menschen und Menschengemeinschaft, schnürte doch etwas seine Kehle zusammen, so daß er tief Atem schöpfen mußte, als er die Dächer des Dorfes erblickte. Ihm fiel auf, daß die Bewohner ungewöhnlich früh von den Feldern heimgekehrt waren, und anstatt die Abendmahlzeit zu bereiten, sich alle unter dem Dorfbaum versammelt hatten, schwatzten und schrien.

Menschen müssen immer Fallen stellen den Menschen, sonst sind sie nicht zufrieden, dachte Mowgli. Vor zwei Nächten galt es Mowgli, doch das scheint schon viele Regenzeiten her zu sein. Heute abend sind es Messua und ihr Mann. Morgen und viele weitere Nächte vielleicht wird wieder Mowgli an der Reihe sein.

Er schlich sich an der Umwallung des Dorfes bis zu Messuas Hütte und blickte dann durch das Fenster ins Innere. Messua lag, geknebelt und an Händen und Füßen gefesselt, schwer stöhnend am Boden. Ihr Mann war an der buntbemalten Bettstatt festgebunden. Die Tür der Hütte, die sich nach der Straße öffnete, war fest verrammelt, und drei oder vier Männer saßen davor, den Rücken gegen die Tür gelehnt.

Mowgli kannte Sitten und Gepflogenheiten der Dörfler ziemlich genau. Solange sie essen, schwatzen und rauchen konnten, überlegte er, würde nichts weiter geschehen; aber sobald sie gesättigt waren, wurden sie gefährlich. Buldeo mußte in Kürze beim Dorfe eintreffen, und wenn seine Begleitung ihre Pflicht getan hatte, würde er eine spannende Geschichte zu erzählen haben. Mowgli stieg durch das Fenster, neigte sich über den Mann und die Frau, durchschnitt die Fesseln, zog die Knebel heraus und sah sich in der Hütte nach Milch um.

Messua war halb toll vor Schmerz und Angst, denn sie war den ganzen Morgen hindurch geprügelt und gesteinigt worden; und Mowgli legte ihr noch gerade rechtzeitig die Hand auf den Mund, um sie am Schreien zu hindern. Der Mann war nur zornig und verwirrt, saß da und zupfte Schmutz und Splitter aus dem Bart.

»Ich hab's gewußt – hab's gewußt, er würde kommen«, schluchzte Messua endlich. »Jetzt weiß ich, daß er mein Sohn ist«, und sie preßte Mowgli ans Herz. Bis dahin war Mowgli vollkommen gleichmütig geblieben, aber nun begann er über und über zu zittern, und das setzte ihn in unbeschreibliches Erstaunen.

»Was sollten diese Stricke? Warum haben sie dich gebunden?« fragte er nach kurzem Schweigen.

»Um zu Tode gefoltert zu werden, weil wir dich als Sohn aufnahmen – was sonst?« sagte der Mann mürrisch. »Sieh her, ich blute.«

Messua schwieg. Aber nur ihre Wunden sah Mowgli, und seine Zähne knirschten beim Anblick ihres Blutes.

»Wer hat das getan? Einen hohen Preis wird man dafür zahlen.«

»Das ganze Dorf tat es. Zu reich war ich, besaß zu viele Rinder. Darum sind sie und ich Zauberer, und weil wir dir Obdach gaben.«

»Ich verstehe nicht. Messua, erzähle du.«

»Milch gab ich dir, Nathoo, weißt du noch?« begann Messua zaghaft. »Denn du bist mein Sohn, den der Tiger raubte, und ich liebe dich von Herzen. Sie sagten, ich wäre deine Mutter, die Mutter eines Teufels, und deshalb verdiente ich den Tod.«

»Und was ist ein Teufel?« fragte Mowgli. »Tod habe ich schon gesehen.«

Der Mann blickte düster unter seinen Brauen hervor, Messua aber lachte. »Sieh«, sprach sie zu ihrem Mann, »ich wußte – wußte immer, daß er kein Zauberer ist. Mein Sohn ist er, mein Sohn!«

»Sohn oder Zauberer, was nützt uns das«, entgegnete der Mann. »Töten wird man uns trotzdem.«

»Dort läuft der Weg durch die Dschungel –«, Mowgli wies durch das Fenster. »Frei sind eure Hände und Füße, geht jetzt.«

»Wir kennen die Dschungel nicht, mein Sohn, wie – wie du sie kennst«, begann Messua. »Ich glaube auch nicht, daß ich weit wandern könnte.«

»Und die Männer und Frauen würden auch hinter uns her sein und uns hierher zurückschleppen«, sagte der Mann.

»Hm«, meinte Mowgli und kitzelte seine Handfläche mit der Spitze des Jagdmessers. »Ich wünsche nicht, irgendwem im Dorf ein Leids zu tun – dennoch – aber ich glaube nicht, daß sie euch zurückhalten werden. Binnen kurzem werden sie an ganz anderes zu denken haben. Aha!« Er erhob den Kopf und lauschte auf das Schreien und Trampeln draußen. »So haben sie Buldeo nun heimkehren lassen.«

»Diesen Morgen wurde er ausgeschickt, dich zu töten«, rief Messua. »Bist du ihm begegnet?«

»Ja – wir – ich begegnete ihm. Eine Geschichte kann er erzählen, und während er redet, bleibt Zeit, vieles zu tun. Aber ich muß erst wissen, was sie vorhaben. Überlegt, wohin ihr euch wenden könnt, und sagt es mir, wenn ich zurückkomme.«

Er schwang sich aus dem Fenster und lief wieder außen an

der Umwallung entlang, bis er in Hörweite der Menge gelangte, die um den wilden Feigenbaum versammelt war. Buldeo lag auf der Erde, ächzte und stöhnte, und alle bestürmten ihn mit Fragen. Das Haar hing ihm wirr um den Kopf, Arme und Beine waren zerschunden vom Klettern auf die Bäume; kaum vermochte er zu sprechen, aber war sich doch der Bedeutung seiner Person sehr bewußt. Ab und zu murmelte er etwas von Teufeln, singenden Teufeln und magischen Verzauberungen, um der Menge einen Vorgeschmack zu geben von dem, was folgen würde. Dann rief er nach Wasser.

»Bah«, dachte Mowgli, »immer nur Geschwätz und Geschnatter. Blutsbrüder des Affenvolkes sind die Menschen. Jetzt muß er erst seinen Mund mit Wasser waschen, dann Rauch blasen; und wenn das alles getan ist, so hat er noch seine Geschichte zu erzählen. Wahrlich, ein weises Volk, diese Menschen! Niemanden werden sie zurücklassen, um Messua zu bewachen, bis ihre Ohren vollgestopft sind mit Buldeos Geschichten, und – ich werde auch so träge wie sie!«

Er schüttelte sich und schlich nach der Hütte zurück. Gerade, als er unter dem Fenster war, fühlte er eine Berührung am Fuß.

»Mutter«, sagte er, denn er kannte diese Zunge gut, »was hast du hier zu schaffen?«

»Meine Kinder hörte ich durch den Wald singen; und ich folgte ihm, den ich am meisten liebe. Kleiner Frosch, ich habe das Verlangen, die Frau zu sehen, die dir Milch gab«, sagte Mutter Wolf, die ganz durchnäßt war vom Tau.

»Man hat sie gefesselt und wollte sie töten. Die Stricke habe ich durchschnitten, und jetzt wird sie mit ihrem Mann durch die Dschungel gehen.«

»Ich will ihr folgen. Alt bin ich, aber noch nicht zahnlos.« Mutter Wolf stellte sich auf die Hinterläufe und äugte durch das Fenster in die dunkle Hütte.

Kurz darauf ließ sie sich wieder geräuschlos nieder und sagte nur: »Die erste Milch gab ich dir; aber Bagheera spricht die Wahrheit: Mensch geht zuletzt immer zu Menschen.«

»Mag sein«, sagte Mowgli mit düsterem Gesicht; »aber heute nacht bin ich dieser Fährte noch sehr fern. Warte hier, aber laß dich nicht sehen.«

»Angst hattest du niemals vor mir, kleiner Frosch«, sagte

Mutter Wolf und verschwand rückwärts tretend im hohen Grase. Mowgli schwang sich wieder durchs Fenster in die Hütte. »Jetzt«, sagte er heiter, »sitzen sie alle um Buldeo versammelt, der ihnen erzählt, was nicht geschah. Wenn aber sein Gerede zu Ende ist, so werden sie, wie sie sagen, hierherkommen mit der roten – mit Feuer, um euch beide zu verbrennen. Und ihr?«

»Ich habe mit meinem Mann gesprochen«, sagte Messua. »Khanhiwara ist dreißig Meilen von hier entfernt, aber dort in Khanhiwara werden wir die Engländer finden – –«

»Was sind die für ein Rudel?« sagte Mowgli.

»Ich weiß nicht. Weiß sollen sie sein, und man sagt, daß sie das ganze Land regieren und nicht dulden, daß die Menschen totgeschlagen und verbrannt werden ohne ihre Erlaubnis. Wenn wir heute nacht dorthin gelangen, werden wir leben. Sonst aber müssen wir sterben.«

»Lebt denn. Heute nacht wird keiner im Dorf aus dem Tor gelassen. Aber was schafft er dort?« Messuas Mann lag in einem Winkel der Hütte auf den Knien und wühlte in der Erde.

»Sein weniges Geld ist es«, erklärte Messua; »nichts anderes können wir mitnehmen.«

»Ach ja. Das Zeug, das von Hand zu Hand geht und niemals wärmer wird. Braucht man das auch anderswo als in diesem Dorf?« sagte Mowgli.

Der Mann schaute ärgerlich hoch. »Ein Narr ist er und kein Teufel«, murmelte er. »Mit dem Geld kann ich mir ein Pferd kaufen. Wir sind zu zerschunden, um weit gehen zu können, und in einer Stunde wird das ganze Dorf hinter uns her sein.«

»Ich sage, sie werden euch nicht folgen, bis ich es will. Aber das Pferd ist ein guter Gedanke, denn Messua ist müde.« Der Mann stand auf und knotete die letzten Rupien in sein Hüfttuch. Mowgli half Messua durch das Fenster steigen; und die kühle Nachtluft belebte sie; aber im Glanz der Sterne ragte dunkel und furchtbar die Dschungel.

»Kennt ihr die Fährte nach Khanhiwara?« flüsterte Mowgli.

Sie nickten.

»Gut. Und nun fürchtet euch nicht. Auch braucht ihr nicht

rasch zu wandern. Nur – nur mag da etwas Gesang sein in der Dschungel, hinter euch her und vor euch.«

»Glaubst du, wir hätten gewagt, eine Nacht in der Dschungel zu sein, wenn wir nicht fürchteten, verbrannt zu werden? Besser ist es, von wilden Tieren getötet zu werden als von Menschen«, sagte Messuas Mann; aber Messua sah Mowgli an und lächelte.

»Ich sage«, fuhr Mowgli fort, fast so wie Baloo, wenn er ein altes Dschungelgesetz dem unaufmerksamen Jungen zum hundertsten Male wiederholte, »ich sage, daß nicht ein Zahn in der Dschungel gegen euch gefletscht, nicht eine Tatze in der Dschungel erhoben sein wird. Weder Mensch noch Tier soll euch aufhalten, bis ihr in Sehweite von Khanhiwara gelangt sein werdet. Eine Wache werdet ihr um euch haben.« Er wandte sich rasch zu Messua: »Er glaubt nicht, aber du wirst glauben?«

»Ja, wahrlich, mein Sohn. Mann, Geist oder Wolf der Dschungel – ich glaube dir.«

»Er wird sich fürchten, wenn er mein Volk singen hört. Du aber wirst wissen und verstehen. Geht jetzt, und langsam, denn zu hasten braucht ihr nicht. Die Tore sind geschlossen.«

Messua warf sich aufschluchzend zu Mowglis Füßen, aber rasch, sehr rasch hob er sie wieder auf und erschauerte leicht. Dann umschlang sie seinen Hals und segnete ihn mit den zärtlichsten Worten, die sie finden konnte. Aber ihr Mann sah neidvoll über seine Felder hin und sagte: »Erreichen wir Khanhiwara und gewinnen das Ohr der Engländer, werde ich die Gerichte anrufen gegen den Brahmanen, den alten Buldeo und alle übrigen; der Prozeß soll das Dorf bis auf die Knochen kahlfressen. Zwiefach sollen sie mir bezahlen für mein Korn, das ich nicht ernten, und meine Büffel, die ich nicht füttern durfte. Ja, ein Richterspruch wird mir werden.«

Mowgli lachte: »Ich weiß nicht, was Richterspruch ist, aber – kehre du zurück vor dem nächsten Regen und sieh zu, was von allem übriggeblieben ist.«

Sie wanderten gegen die Dschungel zu davon, und Mutter Wolf sprang hervor aus ihrem Versteck.

»Folge ihnen!« sagte Mowgli. »Melde allen in der Dschungel, daß diese zwei sicher sind. Gib etwas Laut, ich möchte Bagheera herbeirufen.«

Das lange, tiefe Geheul stieg auf und verebbte. Mowgli sah Messuas Mann zusammenfahren und sich umwenden, halb entschlossen, zur Hütte zurückzuflüchten.

»Geht weiter!« rief Mowgli heiter. »Ich sagte euch ja, es könnte etwas Gesang geben; der wird euch folgen bis Khanhiwara. Es ist die Gunst der Dschungel.«

Messua drängte ihren Mann vorwärts, und alsbald verschlang die Dunkelheit sie und Mutter Wolf. Im gleichen Augenblick tauchte Bagheera fast unmittelbar vor Mowglis Füßen auf, zitternd vor Lust an der Nacht, die das Dschungelvolk toll macht.

»Ich schäme mich deiner Brüder«, sagte er schnurrend.

»Wie? Haben sie Buldeo nicht hübsch vorgesungen?« sagte Mowgli.

»Zu schön! Zu schön! Sie ließen selbst mich meinen Stolz vergessen; und, beim gesprengten Schloß, das mich befreite, ich spazierte singend durch die Dschungel, als wäre ich auf Freite im Lenz. Hast du uns nicht gehört?«

»Anderes Spiel hatte ich im Gange. Buldeo frage, ob ihm der Sang gefallen hat. Aber wo sind die vier? Ich will nicht, daß einer vom Menschenpack heute nacht die Tore verläßt.«

»Was brauchst du die viere dazu?« sagte Bagheera mit lodernden Augen, von einem Bein aufs andere tänzelnd und lauter schnurrend denn je. »Ich allein kann sie halten, kleiner Bruder. Kommt es zum Töten am Ende? Das Singen und der Anblick der Männer, wie sie an den Bäumen hochkletterten, machten mir Lust dazu. Was ist der Mensch, daß wir ihn schonen sollten – den nackten, braunen Gräber, den Haarlosen und Zahnlosen, den Erdfresser? Gefolgt bin ich ihm durch den ganzen Tag – im weißen Sonnenglast. Ich trieb ihn in Herden, wie die Wölfe den Bock. Bagheera bin ich! Bagheera! Bagheera! Wie ich mit meinem Schatten tanze, so tanzte ich mit jenen Männern. Sieh!«

Der mächtige Panther sprang, wie ein Kätzchen einem trockenen Blatt nachspringt, das über ihm im Winde wirbelt, schlug links und rechts in die leere Luft, daß sie unter den Streichen pfiff, fiel lautlos nieder, sprang wieder und wieder, halb schnurrend, halb knurrend, lauter und stärker, wie Dampf im Kessel rumpelt. »Ich bin Bagheera – in der Dschungel – in der Nacht, und über mir ist meine Kraft.

Wer kann meinem Streich widerstehen? Menschenjunges, mit einem Schlag meiner Tatze könnte ich dir den Kopf so platt schlagen wie einen toten Frosch im Sommer.«

»Schlage denn!« rief Mowgli in der Sprache des Dorfes und nicht in der Zunge der Dschungel. Die Menschenworte brachten Bagheera mit einem Ruck zum Stillstand. Er fiel hart zurück auf die Hinterläufe, die unter ihm zitterten, Kopf an Kopf mit Mowgli. Wieder starrte Mowgli, wie er die meuternden Jungen angestarrt, voll in die beryllgrünen Augen, bis die rote Lohe erlosch hinter dem Grün, wie wenn der Lichtkegel eines Leuchtturms, zwanzig Meilen über die See hin suchend, plötzlich ausgeschaltet wird; Mowgli starrte weiter, bis die Augen des Panthers sich senkten und der mächtige Kopf mit ihnen tiefer und tiefer – und zuletzt die rote Raspel der Zunge über Mowglis Fußspann leckte.

»Bruder – Bruder – Bruder!« flüsterte der Knabe, sanft und gleichmütig über Bagheeras Hals und wogenden Rükken streichend. »Sei ruhig, ruhig! Es ist Schuld der Nacht, nicht deine Schuld.«

»Die Gerüche der Nacht waren es«, sagte Bagheera reuevoll. »Die Luft schreit laut zu mir. Aber wie weißt du das?«

Die Luft um ein indisches Dorf ist durchschwängert mit Gerüchen aller Art; und für Wesen, die fast nur durch die Nase denken, sind Gerüche ebenso berauschend wie Musik und geistige Getränke für die Menschen. Mowgli streichelte den Panther noch einige Minuten, bis dieser sich niederlegte wie die Katze vor dem Feuer, die Pfoten unter die Brust gezogen, die Augen halb geschlossen.

»Du bist von der Dschungel und bist nicht von der Dschungel«, sagte er zuletzt. »Ich bin nur ein schwarzer Panther, aber ich liebe dich, kleiner Bruder.«

»Sehr lange reden sie schon unter dem Baum«, sagte Mowgli, ohne auf Bagheeras letzte Worte zu achten. »Viel Schwindelgeschichten scheint Buldeo ihnen erzählt zu haben. Bald werden sie nun kommen, um die Frau und den Mann aus der Falle zu zerren und in die rote Blume zu werfen. Die Falle werden sie zersprungen finden. Ha! Ha!«

»Nein, höre«, sagte Bagheera. »Das Fieber ist jetzt fort aus meinem Blute. Mich sollen sie dort finden! Wenige aber werden ihre Hütten wieder verlassen, nachdem sie mich erblickt haben. Nicht zum erstenmal bin ich im Käfig, und glaube nicht, daß sie mich binden werden mit Stricken.«

»Sei aber vernünftig«, lachte Mowgli, denn auch er wurde nun übermütig wie der Panther, der bereits in die Hütte hineinglitt.

»Puh!« fauchte Bagheera, »hier stinkt es nach Mensch! Aber da ist just so ein Lager, wie sie mir gaben in den Käfigen des Königs zu Oodeypore. Dort lege ich mich nieder.« Mowgli hörte das Geflecht des Lagers sich dehnen unter dem Gewicht der großen Katze. »Beim gesprengten Schloß, das mich befreite, sie werden glauben, großes Wild gefangen zu haben! Komm, kleiner Bruder, setz dich an meine Seite; wir wollen ihnen gemeinsam ›gute Jagd‹ bieten.«

»Nein, in meinem Wanst ist ein anderer Gedanke. Das Menschenvolk soll nichts erfahren von meiner Rolle im Spiel. Mache deine Jagd für dich. Ich will sie nicht sehen.«

»Sei es denn«, sagte Bagheera. »Jetzt kommen sie!«

Die Versammlung unter dem Feigenbaum am entferntesten Ende des Dorfes war lauter und lauter geworden und zuletzt in gellendes Geschrei übergegangen. Nun kamen Männer und Frauen die Straße heraufgestürmt, Keulen, Bambusstöcke, Sicheln und Messer schwingend. Buldeo und der Brahmane führten die Menge an, aus der es tobend schrie: »Die Hexe und der Zauberer! Laßt sehen, ob glühendes Eisen sie zum Geständnis bringt! Zündet ihnen die Hütte an über dem Kopf! Lehren wollen wir sie, Wolfsteufel aufzunehmen! Nein, peitscht sie erst! Fackeln! Mehr Fackeln her! Buldeo, glüh den Flintenlauf an!«

Das Öffnen der Tür machte Schwierigkeiten. Sie war fest verrammelt, aber die Menge brach sie ein, und der Schein der Fackeln strömte hell in den Raum – und auf dem Lager ausgestreckt lag Bagheera, die Tatzen gekreuzt und leicht überhängend, schwarz wie die Hölle und furchtbar wie ein Dämon. Einen Augenblick herrschte das Schweigen des Entsetzens, dann suchten die vordersten der Menge stoßend und schlagend sich zurückzudrängen. Nun erhob Bagheera den Kopf und gähnte – langsam, ausgiebig und prahlerisch –, wie er gähnt, wenn er seinesgleichen verspottet. Die gefransten Lefzen schoben sich zurück und aufwärts, die rote Zunge rollte sich, der Unterkiefer sank und sank, bis man tief in den heißen Schlund hineinsah. Die grimmigen Eckzähne ragten entblößt bis zur Wölbung des Gaumens und schnappten ein mit dem Klang einer Panzertür, die in das Schloß fällt. In der nächsten Minute schon war niemand mehr in der Tür der Hütte zu sehen. Bagheera sprang durch das Fenster und stand an Mowglis Seite, während eine heulende, kreischende Menge, übereinander stolpernd, in panischem Schrecken in die Hütten flüchtete.

»Bis der Tag kommt, rühren sie sich nicht heraus«, sagte Bagheera gelassen. »Und jetzt?«

Die Stille der Nachmittagsruhe schien über dem Dorf zu liegen; aber als sie lauschten, hörten sie Geräusche, wie wenn schwere Kornkisten über den Boden geschoben und gegen die Türen gestellt würden. Bagheera hatte recht; das Dorf würde sich nicht rühren vor Anbruch des Tages. Mowgli aber saß unbeweglich, in Gedanken versunken; düsterer und düsterer wurde sein Antlitz.

»Was tat ich?« sagte Bagheera endlich, ihn umschmeichelnd.

»Nur Gutes. Bewache sie jetzt, bis es Tag ist. Ich will schlafen.« Mowgli lief in die Dschungel, warf sich auf das Moos und schlief den Tag und die folgende Nacht durch. Als er erwachte, saß Bagheera an seiner Seite, und ein frisch gerissener Bock lag zu seinen Füßen. Der Panther äugte gespannt, während Mowgli mit seinem Messer ans Werk ging, aß und trank und dann still saß, das Kinn in die Hand gestützt.

»Der Mann und die Frau gelangten sicher in die Sehweite von Khanhiwara«, sagte Bagheera. »Deine Mutter sandte die Kunde durch Chil, den Geier. Unterwegs in der Nacht ihrer Befreiung fanden sie ein Pferd und kamen rasch davon. Ist das nicht gut?«

»Ja, gut«, sagte Mowgli.

»Und das Menschenvolk im Dorfe rührte sich nicht, bis am Morgen die Sonne hoch stand. Dann aßen sie ihr Futter und rannten schnell wieder in ihre Hütten.«

»Haben sie dich etwa gesehen?«

»Kann sein. Als der Morgen dämmerte, rollte ich mich im Staub vor dem Tore; ich mag mir wohl auch ein wenig vorgesungen haben. Nun, kleiner Bruder, bleibt nichts mehr zu tun. Komm, jage mit mir und Baloo. Frische Bienenstöcke hat er entdeckt, die will er dir zeigen; wir alle aber wünschen, daß du wieder unter uns lebst wie ehedem. Lege das Gesicht ab, das sogar mir Furcht macht. Der Mann und das Weib werden nicht in die rote Blume geworfen, und in der Dschungel geht alles gut. Ist das nicht wahrlich so? Laß uns das Menschenvolk endlich vergessen.«

»Sie sollen vergessen sein – in einer kleinen Weile. Wo ist Hathi heute nacht?«

»Wo immer ihm beliebt. Wer kann wissen, was der Schweigsame tut. Aber warum? Was wäre, das Hathi tun könnte und wir nicht?«

»Richte ihm aus, er soll mit seinen drei Söhnen zu mir hierherkommen.«

»Aber, wirklich und wahrhaftig, kleiner Bruder, es – es schickt sich nicht, zu Hathi zu sagen ›Komm‹ und ›Geh‹. Bedenke, er ist der Meister der Dschungel; und bevor das Menschenpack den Ausdruck auf deinem Gesicht wandelte, lehrte er dich ein Meisterwort der Dschungel.«

»Ganz gleich. Ich habe für ihn jetzt ein Meisterwort. Bitte ihn, zu Mowgli, dem Frosch, zu kommen, und hört er nicht gleich, dann sage, er solle kommen, um der Verwüstung der Felder von Bhurtpore willen.«

»Verwüstung der Felder von Bhurtpore«, wiederholte Bagheera zwei- oder dreimal, um es sich genau zu merken. »Ich gehe. Schlimmstenfalls kann Hathi zornig werden. Ich aber würde die Jagd eines Mondes darum geben, ein Meisterwort zu vernehmen, das den Schweigsamen zwingt.«

Er glitt davon und ließ Mowgli zurück, der wütend mit seinem Jagdmesser in die Erde stieß. Nie zuvor im Leben hatte er Menschenblut gesehen, bis er sah und – was ihm viel mehr bedeutete – roch das Blut von Messua an den Stricken, mit denen man sie gebunden hatte. Messua aber war gut zu ihm gewesen, und soviel er von Liebe wußte, liebte er Messua so tief, wie er das übrige Menschenvolk haßte. Aber sosehr er auch die Menschen, ihre Sprache, ihre Grausamkeit und ihre Feigheit verabscheute, so hätte er doch für nichts, was die Dschungel ihm bieten konnte, es über sich gebracht, Menschenleben zu nehmen und den schrecklichen Blutgeruch wieder vor die Sinne zu bekommen. Sein Plan war einfacher, aber gründlicher; und er lachte vor sich hin, als ihm einfiel, daß der alte Buldeo ihm den Gedanken eingegeben hatte, als dieser wieder einmal am Abend unter dem Feigenbaum eine von seinen Geschichten erzählte.

»Wohl war es ein Meisterwort«, flüsterte ihm Bagheera ins Ohr. »Sie weideten am Strom, und sie gehorchten, als ob sie zahme Ochsen wären. Sieh, dort rücken sie schon an.«

Lautlos, wie gewöhnlich, waren Hathi und seine drei Söhne herangekommen. Der Flußschlamm klebte noch frisch an ihren Flanken; und Hathi kaute, in Gedanken versunken, am grünen Stamm eines jungen Pisangbaumes, den er mit den Stoßzähnen ausgegraben hatte. Aber jede Falte des wuchtigen Körpers verriet Bagheera, der die Dinge richtig zu sehen verstand, wenn sie ihm vor die Augen kamen, daß es nicht der Meister der Dschungel war, der zu einem Menschenjungen kam, sondern einer, der Angst hatte, zu treten vor den, der ohne Angst war. Die drei Söhne stellten sich Seite an Seite hinter dem Vater auf.

Kaum hob Mowgli den Kopf, als Hathi ihm »Gute Jagd« bot. Lange Zeit ließ Mowgli den Elefanten sich wiegen und schaukeln von einem Fuß auf den anderen, ehe er zu sprechen anhub, und dann wandte er sich zu Bagheera, nicht zu Hathi.

»Ich will eine Geschichte erzählen, die ich von dem Jäger vernahm, den ihr heute getrieben habt«, begann Mowgli. »Um einen alten und weisen Elefanten handelt es sich, der in eine Fallgrube geriet, und der spitze Pfahl im Boden der Grube brachte ihm eine große Wunde bei, und sie hinterließ eine weiße Narbe, die ihm von der Fessel bis zum Schulterblatt reicht.«

Mowgli streckte seine Hand aus, und als Hathi sich zur Seite drehte, erglänzte im Mondlicht eine lange weiße Narbe, die, wie von einer rotglühenden Peitsche geschlagen, sich über die schiefergraue Haut hinzog. »Männer kamen, um ihn aus der Fallgrube zu ziehen«, fuhr Mowgli fort, »aber die Stricke zerriß er, denn er war stark, und er zog von dannen, bis seine Wunde geheilt war. Dann, eines Nachts, kehrte er zornerfüllt zurück zu den Feldern der Jäger. Und jetzt fällt mir auch ein, er hatte drei Söhne. Das alles geschah vor vielen, vielen Regen, und sehr weit weg von hier – in den Feldern von Bhurtpore. Was wurde aus den Feldern bei der nächsten Ernte, Hathi?«

»Ich erntete sie ab und meine drei Söhne«, sagte Hathi.

»Und was wurde mit dem Pflügen, das dem Ernten folgt?«

»Es wurde nicht gepflügt«, sagte Hathi.

»Und was wurde aus den Menschen, die bei den grünen Feldern in der Ebene lebten?«

»Sie zogen fort.«

»Und aus den Hütten, in denen die Menschen schliefen?«

»Die Dächer rissen wir in Stücke, und die Dschungel verschlang die Mauern«, sagte Hathi.

»Und was geschah noch außerdem?« fragte Mowgli weiter.

»Soviel guten Boden nahm die Dschungel ein, wie ich in zwei Nächten durchwandern kann von Osten nach Westen und in drei Nächten von Norden nach Süden. Die Dschungel ließen wir kommen über fünf Dörfer; und in den Dörfern, auf den Feldern und Wiesen, Weidegründen und weichen Äckern ist heute kein Mensch mehr, der dort Nahrung findet. Das war die Verwüstung der Felder von Bhurtpore durch mich und meine drei Söhne; und jetzt frage ich, Menschenjunges, wie dir davon Kunde wurde?« endete Hathi.

»Ein Mensch erzählte sie mir, und nun sehe ich, daß selbst Buldeo einmal Wahrheit sprechen kann. Gut getan war es, weißnarbiger Hathi; aber zum zweitenmal wird es noch besser geschehen, denn ein Mensch wird nun alles leiten. Du kennst das Dorf des Menschenvolkes, das mich ausstieß. Träge sind sie, unverständig und grausam; sie spielen mit ihren Mäulern, und sie töten die Schwächeren nicht zur Nahrung, sondern zum Spaß. Sind sie vollgefressen, wollen sie die eigene Brut in die Flamme werfen. Das alles habe ich gesehen. Es ist nicht gut, daß sie hier noch länger leben. Ich hasse sie!«

»So töte sie!« rief der jüngste von Hathis drei Söhnen, riß ein Büschel Gras aus, schlug es um seine Vorderbeine und warf es wieder fort; und die kleinen roten Augen blinzelten verstohlen von einer Seite zur anderen.

»Was soll ich mit weißen Knochen?« antwortete Mowgli heftig. »Bin ich ein Wolfsjunges, um mit einem nackten Schädel in der Sonne zu spielen? Ich habe Schir Khan getötet, und seine Haut modert nun auf dem Ratsfelsen; aber – aber ich weiß nicht, wohin Schir Khan geraten ist, und mein Magen ist leer geblieben. Nun will ich nehmen, was ich sehen kann und berühren. Laß die Dschungel los gegen das Dorf, Hathi!«

Bagheera schauderte und duckte sich nieder. Er konnte, wenn es zum Schlimmsten kam, sich wohl einen plötzlichen Einbruch in die Dorfstraße denken, mit Tatzenhieben rechts und links in die Menge, oder auch ein lustiges Töten von Menschen, die in der Dämmerung hinter den Pflügen gehen – aber ein ganzes Dorf mit Vorbedacht auslöschen vor den Augen von Mensch und Tier, das erschien ihm fürchterlich. Nun verstand er, warum Mowgli nach Hathi geschickt hatte. Nur der lang lebende Elefant allein vermochte es, einen solchen Krieg zu planen und durchzuführen.

»Mache, daß sie davonfliehen, wie die Menschen aus den Feldern von Bhurtpore! Das Regenwasser allein soll der einzige Pflug sein, und das Rauschen des Regens auf den festen Blättern soll das Schnurren ihrer Spindeln ersetzen. Bagheera und ich wollen lagern im Haus des Brahmanen, und der Bock soll aus der Zisterne des Tempels trinken. Laß die Dschungel los, Hathi!«

»Aber ich – aber wir haben keinen Streit mit ihnen; und erst der roten Raserei großer Schmerzen bedarf es, ehe wir Plätze niederreißen, wo Menschen wohnen«, sagte Hathi und wiegte sich nachdenklich.

»Seid ihr die einzigen Grasfresser in der Dschungel? Treibt eure Völker hinein. Lasset das Wild und die Sauen und die Nilghai die Sache besorgen. Keine Handbreit deiner Haut brauchst du zu zeigen, bis die Felder nackt sind. Laß die Dschungel los, Hathi!«

»Wird da kein Töten sein? Rot wurden meine Hauer bei der Verwüstung der Felder von Bhurtpore, und *den* Geruch möchte ich nicht wieder erwecken.«

»Auch ich nicht. Nicht einmal ihre Knochen will ich auf unserer reinen Erde bleichen sehen. Fortwandern sollen sie und sich ein neues Lager suchen. Nicht länger sollen sie hierbleiben! Das Blut der Frau, die mir Nahrung gab, habe ich gesehen und gerochen; und sie hätten die Frau getötet, wäre ich nicht gekommen. Nur der Duft frischen Grases auf den Schwellen ihrer Hütten kann diesen Geruch tilgen – er verbrennt mir den Mund. Laß die Dschungel los, Hathi!«

»Ja«, sagte Hathi, »so auch brannte die Narbe von dem

spitzen Pfahl in meiner Haut, bis wir ihre Dörfer untergehen sahen im Blühen des Frühlings. Nun verstehe ich! Dein Krieg sei unser Krieg! Die Dschungel lassen wir los!«

Mowgli hatte kaum Atem geschöpft – er bebte vor Wut und Haß –, als auch schon der Platz leer war, wo eben noch die Elefanten gestanden hatten. Bagheera aber blickte voller Entsetzen auf Mowgli.

»Beim gesprengten Schloß, das mich befreite!« rief der schwarze Panther nach einer Pause. »Bist du der nackte Frosch, für den ich sprach vor dem Rudel, als alles jung war? Meister der Dschungel, wenn meine Kraft von mir geht, sprich für mich – sprich für Baloo – sprich für uns alle. Junge sind wir vor dir! Zerknacktes Gesträuch unter deinen Füßen! Rehkitze sind wir, von der Ricke verlassen!«

Sich Bagheera als verirrtes Rehkitz vorzustellen, brachte Mowgli aus der Fassung; er lachte, rang nach Atem, schluchzte und lachte wieder, bis er zuletzt, um sich zu beruhigen, in den nahen Teich sprang. Dort schwamm er in Kreisen, tauchte zwischen den Mondstrahlen hindurch, wie sein Namensvetter, der Frosch.

Indessen waren Hathi und seine drei Söhne von dannen gezogen, jeder in einer anderen Richtung der Windrose, und schritten geräuschlos durch die Täler. Weiter und weiter zogen sie, zwei Tagesmärsche – das sind sechzig Meilen – durch die Dschungel; und jeder Schritt, den sie machten, jeder Schwung der Rüssel wurde bemerkt, beachtet und besprochen von Mang und Chil, von dem Affenvolk und allen Vögeln. Dann begannen sie zu weiden – ruhevoll, etwa eine Woche lang. Hathi und seine Söhne sind darin wie Kaa, der Felsenpython. Niemals eilen sie, ehe es not tut. Am Ende dieser Zeit durchdrang ein Geraune die Dschungel, und niemand wußte, woher es kam; bessere Nahrung und besseres Wasser sei zu finden in dem und dem Tal. Die Wildschweine – die um eines besseren Futterplatzes willen bis ans Ende der Welt zu laufen bereit sind – zogen zuerst in Scharen, grunzend, fort über die Felsen. Dann machte sich das Rotwild auf den Weg, gefolgt von den kleinen wilden Füchsen, die von den Toten und Sterbenden der Herde leben; in gleicher Richtung mit dem Wild zogen die schwerschultrigen Nilghai, und hinter den Nilghai stampften die wilden Büffel aus den

Morästen. Der geringste Anstoß hätte ausgereicht, die zerstreuten weidenden Herden, die grasten, dahinschlenderten, tranken und wieder grasten, zur Umkehr zu bestimmen; aber sobald Unruhe ausbrach, war immer einer da, der sie besänftigte. Manchmal war es Ikki, das Stachelschwein, mit guter Botschaft über reiche Nahrung nur ein kleines Stück weiter; bald erschien Mang, die Fledermaus, pfiff ermutigend und flatterte über eine Lichtung hin, um zu zeigen, daß alles frei war; oder Baloo, das Maul voller Wurzeln, trottete längs einer schwankenden Reihe dahin, und halb scheuchte, halb drängte er sie wieder auf den richtigen Pfad zurück. Viele der Tiere brachen dennoch aus, liefen weg und verloren die Lust am Weiterwandern; aber sehr viele blieben und drängten vorwärts. Nach etwa zehn Tagen stand es so: Das Wild, die Sauen und die Nilghai bildeten, immer weiterziehend, einen Kreis von acht bis zehn Meilen im Durchmesser, die Fleischfresser scharmützelten außen herum, und der Mittelpunkt dieses Kreises war das Dorf. Rings um das Dorf aber reiften die Saaten, und in den Feldern saßen Männer auf sogenannten *Machans* – hohen Kanzeln, wie Taubenschläge auf vier Pfählen ruhend –, um Vögel und anderes Diebsvolk zu verscheuchen. Nun wurde das Wild schärfer gedrängt. Die Fleischfresser waren ihm dicht auf den Fersen, zwangen sie voran und hinein in den Kreis.

Eine dunkle Nacht war es, als Hathi und seine drei Söhne aus der Dschungel herangetrottet kamen und mit den Rüsseln die Pfähle der *Machans* aus der Erde rissen. Sie sanken um wie geknickte Schierlingsstengel, und die Männer, die von den Kanzeln herabstürzten, hörten ganz dicht an ihrem Ohr das tiefe Gurgeln der Elefanten. Dann brach die Vorhut der von rückwärts gedrängten Armee des Wildes herein und überflutete die Weidegründe und die Saaten; das scharfhufige, wühlende Wildschwein kam mit ihnen und zerstörte, was das Wild übrigließ. Von Zeit zu Zeit fuhr ein Rudel Wölfe zwischen die Herden, die dann verängstigt hin und her jagten, die junge Gerste niedertraten und die Dämme der Bewässerungskanäle platt trampelten. Vor Anbruch der Morgendämmerung gab der Druck an einer Stelle des Außenringes nach; die Fleischfresser fielen zurück und ließen einen Ausgang nach Süden frei; und Herde auf Herde von Böcken flüchtete hohen Laufs hindurch. Andere, die verwegener waren, lagerten sich im Dickicht, um das Mahl in der folgenden Nacht fortzusetzen.

Aber das Werk war fast schon völlig getan. Am Morgen sahen die Dorfbewohner, daß ihre Ernte für dieses Jahr verloren war. Das bedeutete den Tod für sie, so sie nicht fortziehen konnten, denn jahraus, jahrein lebten sie so nahe dem Verhungern, wie die Dschungel ihnen nahe war. Als die Büffel des Dorfes hinausgelassen wurden, fanden die hungrigen Tiere die Weidegründe vom Wild kahlgefressen, und so wanderten sie in die Dschungel hinein und trieben fort mit ihren wilden Verwandten. Als es dunkelte, lagen die vier Ponys, die das Dorf besaß, mit eingeschlagenen Köpfen in ihren Ställen. Nur Bagheera konnte solche Streiche geführt haben, und Bagheera nur konnte es sein, der frech den letzten toten Körper offen auf die Straße zerrte.

Die Dorfbewohner wagten nicht, in dieser Nacht Feuer in den Feldern anzuzünden; so hielten Hathi und seine drei Söhne Nachlese, und wo Hathi Nachlese hält, ist kein Halm mehr zu finden. Die Menschen beschlossen, bis zur Regenzeit von dem lagernden Saatkorn zu leben und dann als Tagelöhner Arbeit zu suchen, um den Verlust des Jahres einzubringen.

Der Kornhändler überlegte noch, welche Preise er für seine wohlgefüllten Saatkörbe erzielen könnte, als Hathi bereits mit seinen mächtigen Stößern die Lehmmauern des Vorratshauses umlegte und die Körbe mit der kostbaren Saat zertrat.

Nachdem man diesen letzten Verlust entdeckt hatte, war es an dem Brahmanen, sich zu äußern. Er hatte zu seinen Göttern gefleht, ohne Erhörung zu finden. Möglich wäre es, meinte er nun, daß das Dorf unwissentlich einen der Götter der Dschungel beleidigt habe, denn zweifellos wäre die Dschungel gegen sie.

Da schickten die Dörfler Boten zu dem Führer des nächsten Stammes der wandernden Gonds; es sind kleine weise und sehr dunkelfarbige Jäger, die tief in der Dschungel hausen; sie gehören zu der ältesten Rasse Indiens, und ihre Vorfahren waren die ursprünglichen Beherrscher des Landes. Als der Führer der Gonds eintraf, bewirtete man ihn mit dem, was man noch besaß. Der Gond stand auf einem Bein, seinen

Bogen in der Hand, zwei bis drei vergiftete Pfeile durch seinen Haarbüschel gesteckt und blickte halb ängstlich, halb verächtlich auf die trauernden Dorfleute und ihre verwüsteten Felder. Wissen wollten sie von ihm, ob seine Götter – die alten Götter – ihnen zürnten, und welche Opfer man ihnen darbringen müßte.

Der Gond aber schwieg, hob eine Ranke der *Karela* auf, der Schlingpflanze, die den wilden bitteren Kürbis trägt, und flocht sie hin und her über das Tempeltor, dem starrenden, roten Hindubildnis gerade gegenüber. Darauf stieß er mit der Hand in die Luft, in Richtung der Straße nach Khanhiwara, und wanderte dann heim nach seiner Dschungel.

Die Dorfbewohner brauchten nicht nach der Deutung zu fragen: Der wilde Kürbis würde wuchern dort, wo sie zu ihren Göttern gebetet hatten, und je eher sie flüchteten, desto besser für sie.

Aber es ist schwer, sich von seiner Heimat und seiner Scholle zu trennen. Sie zögerten, solange sie noch etwas Nahrung fanden; sie versuchten, Nüsse in der Dschungel zu sammeln, aber Schatten mit glühenden Augen verfolgten sie und zeigten sich selbst am hellen Mittag auf ihrem Wege. Und wenn sie dann verängstigt zurückflohen zu ihren schützenden Mauern, dann fanden sie die Rinde der Baumstämme, an denen sie vor kaum fünf Minuten vorbeigekommen waren, zerkratzt und gemeißelt vom Schlage irgendeiner großen, bekrallten Pranke. Je mehr sie sich in ihren Mauern hielten, um so dreister wurden die wilden Tiere, die auf den Weidegründen spielten und brüllten, dort am Waingungafluß.

Die Menschen fanden nicht mehr den Mut, die Hinterwände der leeren Kuhställe auszuflicken, die nach der Dschungel zu lagen. Die Wildschweine trampelten sie nieder, und die knotenwurzeligen Schlingpflanzen drängten nach und streckten ihre Fühler aus über den neugewonnenen Grund, während hinter ihnen das harte Gras hochschoß.

Zuerst flohen die ledigen Männer und verbreiteten die Kunde, daß ein Fluch auf dem Dorfe läge. Wer könne kämpfen, sagten sie, gegen die Dschungel oder gegen die Götter der Dschungel, denn selbst die Dorfkobra habe ihre Höhle unter dem Fuß des Feigenbaums verlassen. So schrumpfte der kleine Handel mit der Außenwelt immer mehr zusammen, und die Pfade, die über die Lichtung führten, verwischten sich und wuchsen zu. Die nächtlichen Trompetenschreie Hathis und seiner drei Söhne beunruhigten die im Dorf nicht mehr, denn sie hatten nichts mehr zu verlieren. Alle Saaten waren verschwunden, schon verloren die Umrisse der Felder ihre Gestalt. Zeit war es jetzt, sich der Barmherzigkeit der Engländer in Khanhiwara anzuvertrauen.

Nach Art der Eingeborenen verschoben sie den Abzug von Tag zu Tag, bis die ersten Regen sie überraschten und die Fluten durch die durchlöcherten Dächer strömten. Bald waren die Weidegründe fußhoch überschwemmt, und nach der langen Sommerhitze schoß plötzlich überall das Grün hervor. Nun wateten sie fort – Männer, Frauen und Kinder – durch die grauen Schleier des heißen Morgenregens und wandten sich noch einmal um zu einem letzten Abschiedsblick auf ihre Heimat.

Als die letzte Familie schwerbeladen durch das Tor schlich, hörten sie das Krachen von stürzenden Balken und Strohdächern hinter den Mauern. Sie sahen einen schwarzen, schlangenartigen Rüssel für Augenblicke auftauchen und fauliges Dachstroh umherschleudern. Dann verschwand er, und abermals ertönte ein Krachen, gefolgt von einem ärgerlichen Quarren. Hathi pflückte die Dächer der Hütten ab, wie man Wasserlilien pflückt, und dabei hatte ihn ein zurückschnellender Balken empfindlich getroffen. Das hatte nur noch gefehlt, um seine volle Wut zu entfesseln, und von allen Geschöpfen in der Dschungel ist der Elefant im Wutrausch der wollüstigste Zerstörer. Jetzt trampelte Hathi rückwärts gegen eine Lehmwand, die unter seinem Stoß zerbröckelte und in gelblichem Schmutz zerfloß. Dann schwenkte er um und fegte, hell trompetend, durch die engen Straßen, rechts und links gegen die Hütten wuchtend, die Türen zersplitternd und die Dachrinnen zerknitternd; und seine drei Söhne wüteten hinter ihm, wie sie gewütet hatten bei der Verwüstung der Felder von Bhurtpore.

»Die Dschungel wird diese Reste verschlingen«, sprach eine ruhige Stimme inmitten der Vernichtung. »Die Außenmauern muß man umlegen!« Und Mowgli, von dessen nackten Schultern der Regen tropfte, sprang von einer Hauswand hinweg, die eben hinsank wie ein müder Büffel.

»Alles zu seiner Zeit«, keuchte Hathi. »Ah! Aber rot waren meine Stößer in Bhurtpore. An die Außenmauern, Söhne! Jetzt zu-gleich!«

Seite an Seite stießen die vier; die Außenmauer bog sich, barst und fiel. Die Dorfbewohner, stumpf vor Entsetzen, sahen die furchtbar dräuenden Schädel der Zerstörer lehmbedeckt aus der Bresche ragen. Da flohen sie, arm und heimatlos, in das Tal hinab; und ihr Dorf, zerstückt, zerfetzt, zerstampft, versank hinter ihnen.

Einen Monat danach war der Ort, wo das Dorf gestanden hatte, ein flacher Hügel, bedeckt mit jungem grünen Gras; und zu Ende der Regenzeit herrschte schrankenlos die rauschende, brausende Dschungel dort, wo vor kaum sechs Monden noch Menschen pflügten und ernteten.

Mowglis Gesang wider die Menschen

Ich laß los gegen euch die flinkfüßigen Ranken,
Die Dschungel gen euch entfessl' ich der Schranken:
Es bersten die Dächer!
Die Pfosten zu Falle!
Und *Karela,* die bittre *Karela,*
Begrabe sie alle!

Meines Volkes Gesang euren Ratplatz durchschalle,
Die Fledermaus niste in Scheune und Halle;
Am erloschenen Herdstein
Halte, Schlange, die Hut,
Karela soll fruchten,
Wo zur Nacht ihr geruht!

Meine Streiter nicht seht ihr, ihr hört nur voll Graus,
Zur Nacht, eh' der Mond steigt, da send' ich sie aus,
Der Wolf sei euch Hirte,
Die Herde zerstiebt!
Karela wird samen,
Da, wo ihr geliebt!

Eure Felder beernte das Heer meiner Schnitter,
Nachles' mögt ihr halten um Hälmchen und Splitter!
Pflugstier sei das Rotwild
Und pflüge das Feld!
Es laube *Karela,*
Wo die Saat ihr bestellt!

Ich ließ los gegen euch die vielfüßigen Ranken,
Euch zu tilgen, entband ich die Dschungel der Schranken:
Der Wald, der Wald ist über euch,
Die Pfosten zu Falle!
Und *Karela,* die bittre *Karela,*
Begrabe euch alle!

Die Leichenbestatter

Sprichst du zu Tabaqui: »Mein Bruder!«
und lädst die Hyäne zu Gast,
Dann ist auch der Wanst auf vier Füßen,
Jacala, dir nicht mehr verhaßt!

Dschungelspruch

»Ehret das Alter!«

Eine fette Stimme war es – eine schlammige Stimme, vor der euch geschaudert hätte –, als ob etwas Weiches sich spaltet. Zittern war in ihr, Krächzen und Gewinsel.

»Ehret das Alter! Oh, ihr Gefährten vom Strom – ehret das Alter!«

Zu sehen war nichts auf der breiten Fläche des Stroms; nur einige Barken mit Quersegeln, bausteinbeladen, trieben stromabwärts unter der Eisenbahnbrücke hervor. Die plumpen Steuerruder legten sich um, kamen frei von der Sandbank, die an die Brückenpfeiler angeschwemmt war, und als sie zu dritt nebeneinander dahinzogen, erhob sich wieder die grausige Stimme.

»Oh, ihr Brahmanen vom Strom – ehret den Greisen und Gebrechlichen!«

Ein Schiffer, der am Bugspriet saß, wandte sich um, hob die Hand und rief etwas, das kein Segensspruch war; und weiter knarrten die Barken durch das Zwielicht. Der breite indische Fluß, der eher einer Kette von kleinen Seen glich, war glatt wie Glas, und der fahlrote Abendhimmel spiegelte sich in der Stromesmitte. An den leise bewegten Ufern aber zerrann er zu gelben und dunkelpurpurnen Tupfen. Kleine Rinnsale flossen ihm in der Regenzeit zu, jetzt aber gähnten die trockenliegenden Mündungen über dem Wasser. Am linken Ufer, fast schon unter der Eisenbahnbrücke, stand ein Dorf mit strohgedeckten Häuschen aus Lehmziegeln; die Hauptstraße lief geradlinig zum Strom hinab, auf der jetzt die Rinder heim in ihre Ställe zogen, und sie endete in einem gemauerten Molenkopf, wo die Frauen die Stufen zum Wasser hinabstiegen, um Wäsche zu waschen. Das war der Ghaut des Dorfes Mugger-Ghaut.

Rasch sank die Nacht über die tiefliegenden Felder mit Reis, Linsen und Baumwollstauden, die alljährlich vom Strom überschwemmt werden, über Schilf und Ried, das die Strombiegung einsäumt, und über die dickichtbewachsenen Weidegründe, die sich hinter den stillen Binsen ausdehnten.

Papageien und Krähen, die beim abendlichen Trunke geschwatzt und gekreischt hatten, zogen heimwärts zu ihrem Schlafbaum und begegneten unterwegs den ausziehenden Scharen der fliegenden Hunde. Wolke auf Wolke von Wasservögeln zog pfeifend und knarrend dem deckenden Schilf zu: Gänse mit plumpen Köpfen und schwarzen Rücken, Krickenten, Speckenten, Brachvögel, Kreuzschnäbel und auch einige Flamingos.

Ein schwerfälliger Adjutantkranich bildete den Nachtrab und zog so langsam dahin, als ob jeder Schlag seiner Flügel der letzte wäre.

»Ehret das Alter! Ihr Brahmanen vom Strom – ehret das Alter!«

Der Adjutant drehte halb den Kopf, schielte in die Richtung, aus der die Stimme kam, und ließ sich langsam auf der Sandbank unter der Brücke nieder. Jetzt erst sah man, was für eine scheußliche Kreatur er war. Seine Rückenansicht war ungemein würdevoll; denn er war beinahe sechs Fuß hoch und glich, von hinten gesehen, einigermaßen einem ehrwürdigen kahlköpfigen Pastor. Von vorn aber sah er ganz anders aus. Sein grotesker Kopf und Hals trugen nicht ein Federchen, und unter dem Kinn hing ihm ein greulicher roter Hautbeutel, der Behälter für alles, was er mit seinem Spitzhackenschnabel zusammenraffen konnte. Die Beine waren lang, dünn und häutig, aber er bewegte sie zierlich und betrachtete sie mit Stolz, indes er sich die aschgrauen Schwanzfedern putzte, warf dann einen Blick über die Glätte seiner Schultern, steifte sich hoch – und stand stramm.

Ein kleiner, räudiger Schakal, der hungrig kläffend auf einem kleinen Hügel am Ufer gesessen hatte, hob Ohren und Schwanz und planschte dann durchs Wasser zu dem Adjutanten hinüber.

Er war der geringste seiner Kaste; nicht etwa, daß der beste der Schakale viel taugte, aber dieser war besonders verlumpt, halb Bettler, halb Verbrecher, Aufräumer des Abfalls der Dörfer, verzweifelt feige und blindlings tollkühn, immer hungrig und voller Schläue, die ihm doch nie etwas eintrug.

»U-i, u-i, u-uu«, winselte er beim Landen und schüttelte sich das Wasser ab. »Möge die rote Räude über alle Hunde dieses Dorfes kommen! Drei Bisse für jeden Floh, den ich auf mir habe; und das alles nur, weil ich nach einem alten Schuh im Kuhstall hinschielte – denkt euch – nur schielte! Kann ich Staub fressen?« Und er kratzte sich hinterm linken Ohr.

»Ich hörte«, sagte der Adjutant mit der Stimme einer stumpfen Säge, die durch hartes Holz fährt, »ich hörte, daß ein neugeborener Hund in jenem Schuh steckte.«

»Hören und wissen ist zweierlei«, meinte der Schakal, der stets allerlei Sprichwörter aufschnappte, wenn er abends die Menschen an den Dorffeuern belauschte.

»Vollkommen richtig. Daher überzeugte ich mich auch und nahm das neugeborene Püppchen in Verwahrung, als die Hunde anderswo beschäftigt waren.«

»Sehr stark waren sie beschäftigt«, sagte der Schakal. »Na, so bald darf ich mich nicht wieder in dem Dorf sehen lassen, um mir die Schabsel zusammenzukratzen. Also war wirklich ein blinder junger Hund in dem Schuh?«

»Jetzt ist er hier«, sagte der Adjutant und schielte über den Schnabel hinweg nach seinem gefüllten Kropf. »Eine Kleinigkeit nur, aber nicht zu verschmähen, jetzt, da es keine Wohltätigkeit mehr in der Welt gibt.«

»*Ahai!* Eisern ist heutzutage die Welt«, wehklagte der Schakal. Sein rastloses Auge erspähte ein kaum merkbares Kräuseln auf dem Wasser, und eilig fuhr er fort: »Hart ist das Leben für uns alle; ich zweifle nicht, daß selbst unser erhabener Meister, der Stolz des Ghaut und Ruhm des Stroms – –«

»Lügner, Schmeichler und Schakal krochen alle drei aus einem Ei«, sagte der Adjutant zu niemandem im besonderen, denn er selbst konnte leidlich lügen, wenn es sich lohnte.

»Ja, selbst der Ruhm des Stroms«, wiederholte der Schakal mit lauter Stimme, »selbst er, ich zweifle nicht, wird finden, daß gutes Futter rar geworden ist, seitdem man die Eisenbrücke baute. Indessen würde ich ihm so etwas nie in sein erhabenes Antlitz sagen, ihm, der so weise ist und tugendhaft, wie ich – wie ich, ach, leider – es nicht bin – –«

»Wenn der Schakal sagt, daß er grau ist – wie schwarz muß dann der Schakal sein«, murmelte der Adjutant. Er konnte nicht sehen, was herankam.

»Daß ihm Futter niemals fehlen wird, und daher –«

Ein weiches, knirschendes Geräusch war hörbar, wie wenn ein Boot auf seichten Grund auffährt. Der Schakal schnellte herum und sah dem Wesen, von dem er eben gesprochen hatte, gerade ins Gesicht (und das ist immer am sichersten).

Ein vierundzwanzig Fuß langes Krokodil war es, umpanzert von einem Gehäuse wie von dreifach vernieteten Kesselplatten, mit Nägeln beschlagen, verkielt und verpicht. Die gelben Spitzen der Oberzähne überragten anmutig den schön geriffelten Unterkiefer. Der stumpfnasige Mugger von Mugger-Ghaut war es, älter als die Ältesten in dem Dorfe, dem er seinen Namen gegeben hatte – der Dämon des Stromes, ehe die Eisenbahnbrücke kam, Mörder, Menschenfresser und Ortsfetisch in einem. Er lag halb aufgetaucht aus dem seichten Wasser und hielt sich mit einer kaum merklichen Bewegung des Schwanzes im Gleichgewicht. Der Schakal wußte genau, daß ein einziger Schlag dieses Schwanzes den Mugger auf das Ufer hinaufbringen konnte mit der Schnelligkeit einer Dampfmaschine.

»Glückverheißende Begegnung, Beschützer der Armen«, jaulte der Schakal, mit jedem Wort weiter zurückweichend. »Wir hörten eine liebliche Stimme und kamen hierher in der Hoffnung auf eine trauliche Plauderei. Meine schweiflose Kühnheit riß mich hin, von dir zu sprechen, während wir hier deiner harrten. Ich hoffe, man hat nichts davon vernommen.«

Der Schakal aber hatte natürlich geredet, just um vernommen zu werden, denn er wußte, daß man mit Schmeicheleien am besten noch etwas Futter erschnappt; der Mugger wußte, daß der Schakal nur deshalb laut geredet hatte; und der Schakal wußte, daß der Mugger wußte, und der Mugger wußte, daß der Schakal wußte, daß der Mugger wußte – und so waren sie alle ganz zufrieden miteinander.

Der greise Unhold schob sich keuchend und grunzend das Ufer hinan und mümmelte: »Ehret den Bejahrten und Gebrechlichen!« Und dabei brannten die kleinen Augen wie Kohlen unter den schweren hornigen Augenlidern, oben auf dem dreieckigen Kopf, während er den gedunsenen Tonnenleib langsam mit den rindigen krummen Beinen nachzog. Dann lag er still. Der Schakal aber, so vertraut er auch mit der Art und Weise seines Gegenübers war, fuhr zum hundertsten Male entsetzt hoch, als er sah, wie täuschend der Mugger das Aussehen eines von den Wellen an das Ufer getriebenen Baumklotzes annahm. Er hatte sich sogar bemüht, genau in demselben Winkel zum Wasser zu liegen, wie ein natürlich gestrandeter Klotz in Hinsicht auf Strömung und Jahreszeit zum Stillstand gekommen wäre. Das aber war nur Sache der Gewohnheit, denn der Mugger war diesmal nur zu seinem Vergnügen an Land gekommen; aber ein Krokodil ist niemals satt, und hätte sich der Schakal durch die Ähnlichkeit täuschen lassen, würde er wohl kaum so lange gelebt haben, um darüber noch nachdenken zu können.

»Nichts hörte ich, mein Kind«, sagte der alte Mugger, eins seiner Augen schließend. »Ich hatte Wasser in den Ohren, und mir war ganz schwach vor Hunger. Seitdem man die Eisenbahnbrücke baute, liebt mich mein Dorfvolk nicht mehr, und das bricht mir das Herz.«

»Oh, Schmach und Schande!« sagte der Schakal. »Noch dazu ein so nobles Herz! Aber die Menschen sind sich alle gleich, nach meiner Meinung.«

»Kaum. Große Unterschiede gibt es da«, entgegnete der Mugger sanft. »Manche sind dürr wie Bootshaken, andere wieder fett wie junge Schak – – Hunde. Nie werde ich Menschen ohne Grund schmähen; viele Sorten habe ich schon durchprobiert, und meine langjährige Erfahrung hat mir gezeigt, daß sie sehr gut sind, alle durch die Bank, Männer, Frauen und Kinder – vorzüglich finde ich sie. Und bedenke, Kind, wer die Welt verschmäht, der wird verschmäht.«

»Schmeichelei ist schlimmer als eine leere Konservenbüchse im Bauch. Aber was wir eben hörten, das ist Weisheit«, sagte der Adjutant und wechselte von einem Bein aufs andere.

»Dennoch, bedenke doch ihre Undankbarkeit gegen diesen Erhabenen«, flötete der Schakal sanft.

»Nein, nein, nicht Undankbarkeit!« verwahrte sich der Mugger. »Sie denken nur nicht an andere, das ist alles. Aber ich habe beobachtet, als ich an meinem Posten bei der Furt lag, daß die Stufen der neuen Brücke grausam schwer zu ersteigen sind, besonders für alte Leute und kleine Kinder. Die alten, in der Tat, kommen ja weniger in Betracht, aber traurig bin ich – aufrichtig betrübt – um der kleinen fetten Kinder willen. Ich hoffe aber, in einiger Zeit, wenn die Brücke nichts Neues mehr ist, dann werde ich die nackten braunen Beine meiner Leute wieder wacker durch die Furt planschen sehen wie ehedem. Dann kommt auch der alte Mugger wieder zu Ehren.«

»Ich sah aber doch Ringelblumenkränze an der Kante des Ghaut entlang treiben, erst heute nachmittag«, behauptete der Adjutant.

Ringelblumenkränze sind Zeichen der Verehrung in ganz Indien.

»Irrtum, Irrtum. Die Frau des Zuckerbäckers ist es gewesen. Von Jahr zu Jahr erblindet sie mehr und kann mich – den Mugger vom Ghaut – nicht mehr von einem Holzklotz unterscheiden. Ich erkannte das Versehen, als sie die Kränze warf, denn ich lag unmittelbar am Gemäuer des Ghaut. Hätte sie nur einen einzigen Schritt weiter abwärts getan, so würde ich ihr den Unterschied klargemacht haben. Indes – sie meinte es gut, und man muß den Willen für die Tat nehmen.«

»Was hat man von Blumenkränzen auf dem Kehrichthaufen?« fragte der Schakal, indes er sich flöhte, aber dabei stets ein wachsames Auge auf den »Beschützer der Armen« gerichtet hielt.

»Wahr, aber der Kehrichthaufen, der mich tragen wird, ist noch nicht begonnen. Fünfmal habe ich den Fluß vom Dorf zurückweichen und neues Land sich am Fuß der Straße bilden sehen. Fünfmal sah ich das Dorf neu erstehen an den Ufern, und fünf weitere Male noch wird es neu erbaut werden vor meinen Augen. Ich bin kein treuloser, fischjagender Gavial, ich bin der treue, ausharrende Wächter der Furt. Nicht umsonst trägt das Dorf meinen Namen, und ›wer lange wacht‹, sagt man, ›erhält endlich seinen Lohn‹.«

»Lange, sehr lange habe ich gewacht, fast durch mein ganzes Leben, und mein Leben waren Bisse und Schläge«, klagte der Schakal.

»Ho! ho! ho!« krächzte der Adjutant,

»Der Schakal kam August zur Welt;

September hat's geregnet –
Sprach er: Daß so viel Regen fällt,
Ist mir noch nie begegnet!«

Der Adjutant hat eine unangenehme Eigentümlichkeit. Zuzeiten leidet er an plötzlichen Anfällen krampfartiger Unruhe in den Beinen; und obwohl er würdevoller anzusehen ist als jeder andere Kranich (die alle ungemein ehrbar sind), beginnt er dann doch, einen krüppelstelzigen Kriegstanz aufzuführen, bei dem er mit den halbgeöffneten Flügeln schlägt und den kahlen Kopf auf- und niederstößt; und aus Gründen, die nur ihm bekannt sind, kreischt er während des Tanzes die boshaftesten Bemerkungen heraus. Danach steht er mit einemmal wieder steif aufgerichtet da und sieht noch zehnmal adjutantenhafter aus als zuvor.

Der Schakal kniff den Schwanz ein, obwohl er schon drei Regenzeiten alt war; aber man darf einem, der einen meterlangen Schnabel hat und ihn wie einen Wurfspieß schwingen kann, keine Beleidigung übelnehmen. Der Adjutant war ein ausgemachter Feigling, aber der Schakal war es noch mehr.

»Leben müssen wir, bevor wir lernen«, sprach der Mugger, »und folgendes wäre zu sagen: kleine Schakale sind alltäglich, Kind, aber ein Mugger, wie ich, ist niemals alltäglich. Dennoch bin ich nicht stolz, denn Stolz bringt Verderben. Aber merke dir, es gibt ein Schicksal, und wider sein Schicksal soll keiner murren, der schwimmt, geht oder läuft. Ich bin wohl zufrieden mit dem Schicksal. Viel kann man erreichen mit etwas Glück, einem scharfen Auge und der Gewohnheit, zu prüfen, ob eine Bucht oder ein seichtes Wasser einen freien Ausgang hat, ehe man hineingeht.«

»Einst hörte ich, daß sogar der Beschützer der Armen einmal einen Irrtum beging«, sagte boshaft der Schakal.

»Allerdings, aber da half ihm sein Schicksal. Es war, bevor ich noch ganz ausgewachsen war, vor der letzten von den drei letzten Hungersnöten (bei den Rechten und Linken der Ganga, wie voll waren die Ströme in jenen Tagen!). Ja, ich war jung und unbedacht, und wenn die Flut kam – wer war froher als ich! Eine Kleinigkeit konnte mich damals glücklich machen. Das Dorf war überschwemmt von der Flut, und ich schwamm über den Ghaut hinweg, weit hinein ins Land, nach den Reisfeldern, die tief bedeckt waren mit gutem Schlamm.

Ich erinnere mich, daß ich an dem Abend zwei Armbänder fand (aus Glas waren sie und machten mir nicht wenig Sorge), ja, Glasarmbänder; und auch eines Schuhs entsinne ich mich. Hätte ich nur beide Schuhe beseitigt! Aber mich hungerte. Später lernte ich mir besser zu helfen. Ja, und so fraß ich und ruhte mich dann aus. Aber als ich dann wieder nach dem Fluß zurück wollte, war die Flut gefallen, und ich mußte durch den Schlamm die Hauptstraße hinunterwaten. Ja, das tat ich! Da kam all mein Volk angelaufen, Priester, Weiber und Kinder, und ich blickte mit Wohlwollen auf sie. Schlamm ist kein guter Kampfplatz! Und ein Bootsmann rief: ›Nehmet Äxte und schlaget ihn tot, denn er ist der Mugger von der Furt!‹ – ›Nicht also‹, sagte der Brahmane, ›sehet, er treibt die Fluten vor sich her! Der Schutzgott ist es des Dorfes.‹ Darauf bewarfen sie mich mit Blumen, und zum Glück führte man eine Ziege über die Straße.«

»Wie gut – wie sehr gut ist doch Ziege«, unterbrach der Schakal.

»Haarig – zuviel Pelz, und wenn man eine im Wasser findet, hat sie oft einen krummen Haken irgendwo verborgen. Aber jene Ziege geruhte ich anzunehmen und schritt hinab zum Ghaut in großen Ehren. Später sandte mir mein Schicksal den Bootsmann, der mir den Schwanz mit der Axt abzuhacken gedacht hatte. Sein Boot strandete auf einer alten Sandbank, deren ihr euch wohl kaum entsinnt.«

»Alle sind wir nicht Schakale hier«, stichelte der Adjutant.

»War es die Sandbank, wo die steinbeladenen Boote sanken im Jahre der großen Dürre – eine lange Sandbank, die drei Überflutungen standhielt?«

»Zwei gab es«, verbesserte der Mugger, »eine obere und eine untere Sandbank.«

»Richtig, ich vergaß. Eine Rinne trennte sie, die später wieder austrocknete«, ergänzte der Adjutant, ungemein stolz auf sein Gedächtnis.

»Auf der unteren Sandbank, Kinder, strandete das Boot des Schiffers, der mir so wohlwollte. Er schlief gerade im Bug; halb erwacht, sprang er über Bord, bis zur Brust im Wasser – nein, nur bis zu den Knien –, um von der Sandbank freizukommen. Sein Boot trieb leer ab und blieb weiter unterhalb an der Biegung am Ufer hängen. Ich folgte, denn ich wußte, Männer würden kommen, um es an Land zu ziehen.«

»Kamen auch welche?« fragte der Schakal etwas entsetzt, denn diese Art von Jagd machte ihm starken Eindruck.

»Ja, ja, dort und dann weiter unten. Aber die erste Stelle genügte mir schon. Drei Stück brachte sie mir – alles wohlgenährte Schiffer, und außer bei dem letzten (wo ich etwas nachlässig war) drang kein Schrei hinüber, um die am Ufer zu warnen.«

»Ah, nobler Sport das! Aber Kennerblick gehört dazu und viel Geschicklichkeit«, schmeichelte der Schakal.

»Nicht Geschicklichkeit, Kind, aber Nachdenken. Denken im Leben ist wie das Salz am Reis, sagen die Schiffer, und ich habe immer tief nachgedacht. Der Gavial, mein Vetter, der Fischfresser, erzählte mir, wie schwer es für ihn wäre, die Fische zu ergattern, wie unterschieden sie wären, einer vom anderen, und wie er sie alle genau kennen müßte, die in Haufen und die einzelnen. Das ist Weisheit, sage ich; aber andererseits: mein Vetter, der Gavial, lebt auch unter seinem Volk. *Mein* Volk aber schwimmt nicht in Rudeln mit dem Rachen in der Luft, wie Rewa es tut. Auch steigen sie nicht ständig an die Oberfläche des Wassers und werfen sich auf die Seite, wie Mohoo und der kleine Chapta; sie versammeln sich auch nicht in den Buchten nahe der Furt, wie Batchua und Chilwa.«

»Guter Fraß sind sie alle«, sagte der Adjutant und klapperte mit dem Schnabel.

»So sagt mein Vetter auch und macht viel Wesens von solcher Jagd; aber sein Volk klettert auch nicht auf die Ufer hinauf, um seiner scharfen Nase zu entgehen. Anders ist mein Volk. Sie leben auf dem Lande in Häusern, mit ihren Rindern. Ich muß genau wissen, was sie tun oder was sie tun werden; und nehme ich Schwanz und Rüssel zusammen, wie man zu sagen pflegt, so kann ich mir den ganzen Elefanten zusammendenken. Hängen über einer Haustür ein eiserner Ring und ein grüner Zweig, so weiß der alte Mugger, daß in dem Hause ein Knabe zur Welt kam, der eines Tages zum Ghaut hinunterkommen wird, um zu spielen. Soll ein Mädchen verheiratet werden – der alte Mugger weiß es, denn er sieht, wie man Geschenke in das Haus bringt; und das Mädchen kommt vor der Hochzeit zum Ghaut hinunter zum Baden und – – der Mugger ist da. Hat der Fluß seinen Lauf geändert und neues Land geschaffen, der Mugger weiß es.«

»Und wozu nützt dir dieses Wissen?« fragte der Schakal. »Selbst in meinem kurzen Leben hat der Fluß schon seinen Lauf geändert.«

Indische Ströme verschieben sich fast ständig in ihren Betten, manchmal bis zu drei Meilen in einer Regenzeit; sie überschwemmen dabei die Felder auf dem einen Ufer und lassen auf dem anderen fruchtbaren Schlamm zurück.

»Kein Wissen ist so wertvoll wie dieses«, sagte der Mugger, »denn neues Land bedeutet immer neuen Streit. Der Mugger weiß das. Hoho! Das weiß der Mugger! Sobald sich das Wasser verlaufen hat, schleicht er sich die kleinen flachen Buchten hinauf, wo sich, nach Meinung der Menschen, nicht einmal ein Hund verstecken könnte – und dort lauert er. Bald naht ein Landmann und überlegt, daß er hier Gurken pflanzen will und dort Melonen, auf dem Neuland, das der Strom ihm gegeben hat; und er befühlt mit seinen nackten Füßen den guten fruchtbaren Schlamm. Alsbald kommt ein zweiter des Wegs und sagt, hier will er Zwiebeln züchten und dort Rüben und dort Zuckerrohr. Dann treffen sich die beiden wie steuerlose Boote auf dem Wasser und rollen die Augen gegeneinander unter großem blauen Turban. Der alte Mugger sieht und hört. Sie nennen sich Bruder und schreiten zur Umgrenzung des Neulands. Der Mugger folgt ihnen von Grenzstein zu Grenzstein, tief im Schlick krauchend. Nun fangen sie an zu streiten, hitzige Worte fallen, die Turbane reißen sie sich herunter. Jetzt schwingen sie die Keulen, und endlich fällt einer rückwärts in den Schlamm, der andere läuft davon. Wenn er zurückkommt, ist der Streit beendet, davon zeugt der eisenbeschlagene Bambus des Verlierers, der allein noch am Boden liegt. Aber dennoch sind sie dem Mugger nicht dankbar. Nein, ›Mörder‹ schreien sie, und ihre Sippen kämpfen mit Stöcken, zwanzig auf jeder Seite. Mein Volk ist ein tapferes Volk – Jats vom Hochland, Malwahs vom Bêt. Zum Vergnügen schlagen sie nicht aufeinander los, und wenn der Kampf beendet ist, wartet der alte Mugger weit unten am Fluß, vom Dorf aus nicht sichtbar, dort, hinter dem

Kikar-Gestrüpp. Dann kommen sie hinabgestiegen, meine breitschultrigen Jats – acht oder neun zusammen –, unter dem nächtlichen Sternenhimmel, einen toten Mann auf der Bahre. Alte Männer sind sie, graubärtig, mit Stimmen, so tief wie die meine. Kleines Feuer zünden sie an – ach, ach, wie gut kenne ich das Feuer! – trinken Tabak und nicken mit den Köpfen, vorwärts im Kreise oder seitwärts nach dem Toten hin, am Ufer. Sie sagen, das englische Gesetz verhängt den Strick für solches Tun, und die Familie des Totschlägers sei geschändet, denn so ein Mann muß hängen im großen Hof des Gefängnisses. Dann sprechen die Freunde des Toten: ›Er soll hängen!‹ und dann fängt die Rede wieder von vorn an, einmal, zweimal, zwanzigmal in der langen Nacht. Endlich sagt einer: ›Der Streit war ein gerechter Streit. Nehmen wir Blutgeld, etwas mehr, als der Totschläger bietet, und schweigen wollen wir dann.‹ Dann feilschen sie lange über das Blutgeld, denn der Tote war ein starker Mann mit vielen Söhnen. Doch vor *Amratvela*[1] schieben sie den toten Mann ein wenig nach dem Feuer hin – das ist so ihre Gewohnheit –, und dann kommt *er* zu mir, und er redet nicht weiter von der Sache. Oho, meine Kinder, der Mugger weiß – der Mugger weiß –, und meine Malwahjats sind ein wackeres Volk.«

»Sie sind zu groß für meinen Kopf«, krächzte der Adjutant. »Wert sind sie überhaupt nicht viel, denn wer kann nach dem Malwah noch Nachlese halten?«

»Nun, ich halte unter ihnen selbst Nachlese«, sagte der Mugger.

»In alten Zeiten«, fuhr der Adjutant fort, »wurde in Kalkutta, dort im Süden, alles auf die Straße geworfen, und wir konnten sogar mit Auswahl aufschnabeln. Leckere Tage waren das! Heutzutage aber halten sie die Straßen so rein wie die Schale vom Ei, und unsereins findet nichts Rechtes mehr. Sauber zu sein ist ja ganz schön; aber wischen, fegen und sprengen, siebenmal an jedem Tag, das muß selbst die Götter verdrießen.«

»Ein Schakal vom Tiefland, der es von seinem Bruder gehört hatte, erzählte, in Kalkutta wären alle Schakale so fett wie Ottern in der Regenzeit«, sagte der Schakal, dem das Wasser im Munde zusammenlief.

1. Sonnenaufgang.

»Äh, aber die Bleichgesichter sind dort, die Engländer, und die bringen Hunde mit in ihren Schiffen, irgendwoher unten im Fluß – große fette Hunde, und sorgen ebenso dafür, daß diese Schakale mager bleiben.«

»Dann sind also die Hunde ebenso hartherzig wie die Engländer? Das hätte ich mir denken können! Weder Erde noch Himmel, noch Wasser sind barmherzig zum Schakal. Nach der letzten Regenzeit kam ich zum Zelt eines Bleichgesichts und stahl mir zum Fressen einen neuen gelben Zaum. Aber die Bleichgesichter gerben ihr Leder nicht richtig. Speiübel wurde mir danach.«

»Mir erging es noch schlimmer«, sagte der Adjutant. »Nach meiner dritten Regenzeit, als ich noch ein junger Vogel war, strich ich zum Flußdelta hinab, wo die großen Boote der Engländer einlaufen. Dreimal so groß wie das Dorf hier sind die Boote der Engländer.«

»Und bis nach Delhi kam er und erzählte dann, alle Leute dort liefen auf dem Kopf«, brüllte der Schakal. Der Mugger aber klappte das linke Auge hoch und blickte den Adjutanten scharf an.

»Es ist gewißlich wahr«, behauptete der große Vogel. »Ein Lügner lügt nur, wenn er hoffen kann, daß man ihm glaubt. Wer diese Boote nicht gesehen hat, der kann nicht glauben, daß es wahr ist.«

»Das klingt schon vernünftiger«, sagte der Mugger. »Und weiter?«

»Aus dem Innern des Bootes brachten sie große Stücke eines weißen Stoffes heraus, die nach einer Weile zu Wasser wurden; viel splitterte ab und fiel auf das Ufer; den Rest trugen sie schnell in ein Haus mit dicken Mauern. Ein Schiffer nahm ein großes Stück davon, nicht größer als ein kleiner Hund, warf es mir zu und lachte dabei. Ich – mein ganzes Volk schlingt hinunter ohne Nachdenken –, ich verschluckte das Stück nach unserer Gewohnheit. Gleich darauf wurde ich von einer furchtbaren Kälte gepackt, oben im Kopf fing es an und ging hinunter bis in die äußerste Zehenspitze, so kalt, daß mir die Sprache wegblieb. Der Schiffer aber lachte mich aus. Niemals habe ich eine solche Kälte gespürt! In meinem Schmerz und Entsetzen tanzte ich, bis ich wieder zu Atem kam. Und als ich wieder schnaufen konnte, da tanzte ich wieder und schrie Ach und Weh über die Falschheit der Welt; und die Schiffer lachten, bis sie umfielen. Und das Hauptwunder bei der Sache war, abgesehen von der unangenehmen Kälte, daß ich nicht das geringste im Kropf hatte, als mein Wehgeschrei zu Ende war.«

Der Adjutant hatte sein Bestes getan, um die Gefühle zu beschreiben nach Verschlingen eines sieben Pfund schweren Eisklumpens, der ihm aus einem amerikanischen, nach Kalkutta bestimmten Schiffe zugeworfen worden war in den Tagen, als Kalkutta noch nicht Maschineneis herstellte. Aber da er nicht wußte, was Eis war, der Mugger und der Schakal es noch weniger wußten, so verlor die Erzählung etwas an Glanz.

»Alles«, sagte der Mugger und klappte das linke Auge wieder zu, »alles ist möglich bei Dingen, die aus einem Boote kommen, dreimal so groß wie Mugger-Ghaut. Und nicht klein ist mein Dorf.«

Ein Pfiff ertönte von der Brücke her: Der Delhipostzug fuhr darüber hin, die Wagen waren hell erleuchtet, und ihre Schatten glitten über das Wasser hin. Der Zug donnerte über die Brücke und verschwand in der Dunkelheit; aber der Mugger und der Schakal waren so daran gewöhnt, daß sie nicht einmal die Köpfe wandten. »Ist das etwa weniger wunderbar als ein Boot, dreimal so groß wie Mugger-Ghaut?« fragte der Adjutant und spähte zur Brücke hinauf.

»Das habe ich bauen sehen, Kind«, sagte der Mugger. »Stein kam zu Stein, und ich sah die Brückenpfeiler emporwachsen; wenn die Männer herabstürzten – merkwürdig sicher waren sie für gewöhnlich auf den Füßen –, aber wenn sie stürzten, war ich bereit. Nachdem der erste Pfeiler fertig war, dachte keiner mehr daran, den Strom abzusuchen nach der Leiche, um sie zu verbrennen. Auch damals wieder ersparte ich mir viel Mühe. Nichts Wunderbares war an dem Brückenbau.«

»Aber das, was da oben entlangläuft und die Wagen schleppt mit den Dächern, das ist doch wunderbar«, meinte der Adjutant.

»Das ist ohne Zweifel eine neue Art von Zugochsen. Es wird der Tag kommen, da verlieren sie das Gleichgewicht dort oben und werden herunterstürzen wie die Männer. Der alte Mugger wird dann bereit sein.«

Der Schakal sah den Adjutanten an. Eins wußten sie ganz gewiß: daß nämlich die Lokomotive alles andere in der Welt war als ein Ochse zum Ziehen. Der Schakal hatte das Ding oft genug beobachtet, in der Aloehecke versteckt, am Damm der Strecke; und der Adjutant kannte Lokomotiven von der Zeit an, als die erste in Indien lief. Aber der Mugger hatte immer nur tief unten hinaufgesehen und die Messingkuppel für den Buckel eines Ochsen gehalten.

»M-ja, eine neue Art von Ochsen«, wiederholte der Mugger mit Nachdruck, um sich selbst zu überzeugen.

Rasch fiel der Schakal ein: »Sicherlich ist es ein Ochse.«

»Wiederum könnte es sein«, hob der Mugger launisch an.

»Sicherlich – o ganz sicher«, unterbrach der Schakal, ohne den andern ausreden zu lassen.

»Was?« knurrte der Mugger ärgerlich, denn er fühlte, daß die andern mehr wußten als er. »Was könnte es sein? Ich sprach den Satz nicht zu Ende. Ein Ochse – so meintet ihr?«

»Alles ist es, was dem Beschützer der Armen beliebt. Ich bin sein Sklave – nicht der Diener des Dinges, das über die Brücke fährt.«

»Was es auch sein mag«, sagte der Adjutant, »jedenfalls ist es Bleichgesichterarbeit, und was mich anbelangt, so würde ich doch lieber nicht auf einem Platz lagern, der so nahe daran ist wie diese Sandbank.«

»Du kennst die Engländer nicht, wie ich sie kenne«, sagte der Mugger. »Als die Brücke gebaut wurde, war ein Bleichgesicht hier. Abends fuhr er immer in einem Boot herum, schnurrte mit den Füßen auf den Bodenplanken und flüsterte: ›Ist er hier? Ist er da? Reiche mir die Flinte her.‹ Ich vernahm ihn, noch ehe ich ihn sah – jeden Laut, den er gab, das Knarren und Schnurren und das Klappern mit der Flinte, stromauf und stromab. So sicher, wie ich ihm einen seiner Arbeiter weggeschnappt und ihm dadurch die Kosten für Holz zur Verbrennung erspart hatte, so sicher kam er abends herab an den Ghaut und rief mit lauter Stimme, er werde mich jagen, werde den Strom von mir befreien – von mir, dem Mugger von Mugger-Ghaut! Kinder, ich schwamm unter dem Kiel seines Bootes Stunde für Stunde und hörte, wie er mit seiner Flinte schwimmende Holzklötze beschoß. Wußte ich dann, daß er müde geworden war, tauchte ich auf an seiner Seite und schnappte ihm den Kinnladen fast ins Gesicht. Als die Brücke fertig war, ging er fort. Alle Engländer jagen so, außer – sie werden selbst gejagt.«

»Wer jagt denn Bleichgesichter?« kläffte der Schakal erregt.

»Jetzt keiner mehr; aber zu seiner Zeit habe ich sie gejagt.«

»Ich entsinne mich noch dieser Hatz. Jung war ich damals«, sagte der Adjutant, mit dem Schnabel anzüglich klappernd.

»Ich hatte mich hier mit allen Rechten angesiedelt. Mein Dorf sollte gerade zum drittenmal neu erstehen, erinnere ich mich, als mein Vetter, der Gavial, mir Kunde brachte, daß oberhalb Benares die Wässer ungemein üppig wären. Anfangs wollte ich nicht recht dorthin wechseln, denn mein Vetter, der Fischfresser, weiß nicht immer das Gute vom Schlechten zu unterscheiden. Aber an den Abenden hörte ich mein Volk an den Ufern reden, und daraufhin beschloß ich, mich aufzumachen.«

»Und was sagten sie?« fragte der Schakal.

»Genug, um mich, den Mugger von Mugger-Ghaut, zu bestimmen, das Wasser zu verlassen und zum Fußwanderer zu werden. Ich reiste bei Nacht und benutzte unterwegs die kleinsten Flüsse, weil sie mir das Fortkommen erleichterten; aber es war zu Anfang der heißen Jahreszeit, und sehr seicht war das Wasser überall. Ich kreuzte staubige Landstraßen, kroch durch hohes Gras, erklomm Hügel im Mondlicht. Sogar Felsen erstieg ich, Kinder – bedenkt das wohl. Ich querte das Ende von Sirhind, der Wasserlosen, bis ich kleine Flüsse auffand, die zur Ganga flossen. Eine Monatsreise war ich entfernt von meinem Volk und den Ufern, die mir vertraut waren. Sehr wundersam war das!«

»Was gab es denn für Nahrung auf dem Wege?« unterbrach der Schakal, dessen Seele in seinem Magen saß und dem die Landreise des Muggers nicht wenig Eindruck machte.

»Ich fraß, was ich finden konnte, Vetter«, sagte der Mugger langsam, das letzte Wort stark betonend.

In Indien nennt man niemanden »Vetter«, wenn man nicht einen Grad von Blutsverwandtschaft nachweisen kann; und da es höchstens in Märchen vorkommt, daß der Mugger je einen Schakal heiratet, so wußte der Schakal sehr wohl, warum er plötzlich zu einem Mitglied der Muggerfamilie erhoben wurde. Wäre er mit dem Mugger allein gewesen, so hätte er sich nichts daraus gemacht; aber die Augen des Adjutanten zwinkerten vergnügt über den grausamen Witz.

»Sicherlich, Vater, ich hätte das wissen sollen«, erklärte der Schakal.

Einem Mugger liegt es nicht, Vater eines Schakals genannt zu werden; und der Mugger von Mugger-Ghaut sprach das aus – und noch sehr viel mehr, was wir hier nicht wiederholen wollen.

»Der Beschützer der Armen erhob Anspruch auf Verwandtschaft. Wie kann ich mich des genauen Grades entsinnen? Überdies, wir fressen die gleiche Nahrung, er hat es selbst gesagt«, war die Antwort des Schakals.

Das machte die Sache noch schlimmer, denn der Schakal deutete an, daß der Mugger auf dem Überlandmarsche seine Nahrung frisch, und zwar jeden Tag frisch, gefressen hatte, anstatt sie aufzubewahren, bis sie in der richtigen anständigen Verfassung war, wie es jeder sich selbst achtende Mugger tut und auch die Mehrzahl der wilden Tiere. In der Tat ist »Frischfleischfresser«, die tiefste Schmähung, beinahe so schmachvoll, als wenn man »Menschenfresser« zu jemandem sagt.

»Die Nahrung wurde vor dreißig Regenzeiten gefressen«, sagte der Adjutant ruhig. »Wenn wir auch noch dreißig Regenzeiten weiter reden, so kommt sie doch nicht wieder ... Erzähle nun, was geschah, als du die guten Wasser erreichtest, nach der merkwürdigen Landreise. Lauschte man jedem Schakalgeheul, so würde das Stadtleben zum Stillstand kommen, wie man zu sagen pflegt.«

Der Mugger schien dankbar für die Unterbrechung, denn mit einem Ruck fuhr er fort zu erzählen: »Bei der Rechten und Linken der Ganga! Nie zuvor sah ich ähnliche Wasser, als ich dort ankam!«

»Waren sie besser als die große Flut in der vergangenen Regenzeit?« fragte der Schakal.

»Besser? Die Flut brachte nicht mehr als alle fünf Jahre – eine Handvoll ertrunkener Menschen, ein paar Hühner und einen toten Ochsen im Schlammwasser mit Querströmungen. Aber in der Zeit, von der ich rede, stand der Fluß niedrig, die Strömung war glatt und eben; und in der Tat, wie der Gavial mir schon gesagt hatte, es kamen so viel tote Engländer den Fluß herunter, daß sie sich förmlich stauten. Damals erlangte ich meinen Umfang – meinen Umfang und meine Länge. Bei Agra, bei Etawah und in den breiten Wassern um Allahabad ...«

»Ah, der Strudel unter den Mauern der Festung von Allahabad«, schwelgte der Adjutant. »Der saugte sie an, wie Speckenten ins Ried fallen, rund im Kreise wirbelten sie – so!«

Wieder verfiel er in seinen scheußlichen Tanz, während der Schakal neidisch dreinblickte. Er konnte sich natürlich nicht des grausigen Jahres der Meuterei entsinnen, von dem die anderen beiden sprachen. Der Mugger fuhr fort:

»Ja, bei Allahabad lag man still im trägen Wasser und ließ zwanzig vorbei, ehe man sich die Mühe nahm, einen zu erschnappen. Vor allem aber waren die Engländer nicht mit Schmuck behangen, hatten keine Nasenringe und Fußspangen, wie die Frauen hier am Ghaut. Wer allzusehr am Schmuck hängt, endet mit einem Strick als Halsband, sagt das Sprichwort. Alle Mugger an allen Flüssen wurden damals fett, aber mein Schicksal fügte es, daß ich fetter wurde als alle. Man jage die Engländer in die Flüsse, hieß es, und bei der Rechten und Linken der Ganga: wir konnten die Nachricht glauben! Soweit ich südwärts trieb, bestätigte sich die Nachricht, und bis über Monghyr hinaus kam ich flußabwärts, vorbei an den Grabmälern, die auf den Strom hinaussahen.«

»Ich kenne den Ort«, nickte der Adjutant. »Seit den Tagen ist Monghyr eine verlassene Stadt. Nur wenige leben noch dort.«

»Dann zog ich wieder stromaufwärts, sehr langsam und behaglich. Und ein Stück oberhalb von Monghyr kam ein Boot mit Bleichgesichtern herab – alle lebend! Frauen waren es, entsinne ich mich. Sie lagen unter einem Tuch, das über Stangen ausgebreitet war, und weinten laut. In jenen Tagen wurde niemals eine Flinte auf uns Wächter der Furten abgefeuert. Alle Rohre waren anderswo beschäftigt. Landeinwärts hörten wir ihr Knattern Tag und Nacht, je nachdem der Wind wehte. Ich kam ganz an die Oberfläche, dicht neben dem Boot tauchte ich auf, denn ich hatte noch nie Bleichgesichter lebendig gesehen, obwohl ich sie auf andere Art recht gut kannte. Am Bootsrande kniete ein nacktes weißes Kind, beugte sich über und versuchte gerade, die Hände in das Wasser zu tauchen. Kinder tun das gern, und lieblich ist es, sie dabei zu beobachten. Ich hatte am Tage schon reichlich gefressen, aber ein leeres Plätzchen war immerhin noch da. Eigentlich also mehr zum Zeitvertreib fuhr ich auf die Kinderhände los. Ganz hell zeichneten sie sich ab, so daß ich kaum hinsah, als ich zuschnappte; aber sie waren so klein – bestimmt weiß ich, daß ich meine Kiefer fest schloß –, daß das Kind sie doch schnell und unbeschädigt hochzog. Offenbar sind sie zwischen Zahn und Zahn hindurchgeglitten – diese kleinen weißen Hände. Kreuzweise am Ellbogen hätte ich zupacken müssen; aber wie gesagt, eigentlich nur zum Zeitvertreib und aus Neugier war ich an die Oberfläche gekommen. Im Boot schrien sie auf, und wieder ging ich hoch, um sie zu beobachten. Und das Boot zum Umkippen zu bringen, dazu war es zu schwer. Nur Frauen saßen darin; aber wer einer Frau traut, heißt es, der schreitet auf Wasserlinsen über einen Teich. Und bei der Rechten und Linken der Ganga, Wahrheit ist das.«

»Einmal gab mir eine Frau etwas getrocknete Fischhaut«, erzählte der Schakal. »Ich hatte gehofft, ihr Baby zu erschnappen, aber, wie das Sprichwort sagt, Futter vom Pferd ist immer noch besser als ein Tritt vom Pferde. Was tat deine Frau?«

»Mit einer kurzen Flinte, wie ich sie nie zuvor noch nachher gesehen habe, schoß sie auf mich: fünfmal hintereinander (der Mugger bekam es anscheinend mit einem alten Trommelrevolver zu tun); und ich verharrte mit offenem Maul gaffend, und mein Kopf war ganz von Dampf umhüllt. So ein Ding sah ich noch nie. Fünfmal, und so rasch, wie ich mit dem Schwanze schlage – so!«

Der Schakal, den die Erzählung mehr und mehr fesselte, hatte gerade noch Zeit, zur Seite zu springen, als der mächtige Schwanz wie eine Sense an ihm vorbeipfiff.

»Nicht vor dem fünften Schuß«, fuhr der Mugger fort, als hätte er nie gedacht, einen seiner Zuhörer zu treffen, »nicht vor dem fünften Schuß tauchte ich unter und kam dann rechtzeitig wieder hoch, um zu hören, wie der Bootsführer den weißen Frauen erzählte, ich wäre sicherlich tot. Eine Kugel war mir unter eine Nackenplatte gefahren. Ich weiß nicht, ob sie noch dort sitzt, denn so weit kann ich meinen Kopf nicht wenden, komm und sieh nach, Kind. Die Kugel wird beweisen, daß meine Geschichte wahr ist.«

»Ich?« sagte der Schakal zusammenfahrend. »Könnte einer, der alte Schuhe frißt und Knochen nagt, sich erdreisten, an dem Wort des Erhabenen zu zweifeln? Möge der Schwanz mir abgebissen werden von blinden neugeborenen Hunden, wenn auch nur der Schatten eines solchen Gedankens meinen demütigen Sinn gestreift hätte. Der Beschützer der Armen war leutselig genug, mir, seinem Sklaven, mitzuteilen, daß ihn einmal im Leben eine Frau verwundete. Das genügt, und ich will die Geschichte allen meinen Kindern erzählen, ohne nach Beweisen zu fragen.«

»Übergroße Höflichkeit ist so oft nicht besser als übergroße Unhöflichkeit; man kann einen Gast mit Quark ersticken, wie man zu sagen pflegt. Ich wünsche nicht, daß deine Kinder erfahren, die einzige Wunde des Muggers stamme von einer Frau. An ganz andere Dinge werden sie zu denken haben, wenn sie ihr Futter so elend zusammenkratzen müssen wie der Vater.«

»Es ist längst vergessen. Es wurde niemals ausgesprochen. Nie hat es eine weiße Frau gegeben. Kein Boot war da. Nichts – gar nichts ist geschehen.«

Die Rute des Schakals wischte durch die Luft, um zu zeigen, wie vollständig alles aus seinem Gedächtnis ausgelöscht war. Mit Würde ließ er sich nieder.

»Wahrlich, sehr vieles geschah«, sagte der Mugger, dem es zum zweitenmal in dieser Nacht mißglückte, den Freund zu überlisten.

(Aber das verübelte keiner dem anderen. Fressen und gefressen werden ist Gesetz und Recht am ganzen Strome hin; und dem Schakal blieb sein Teil von der Beute, wenn der Mugger sein Mahl beendet hatte.)

»Ich ließ das Boot weiterziehen und wandte mich stromaufwärts; als ich dann Arrah erreichte und den toten Flußarm dahinter, trieben keine toten Engländer mehr. Eine Zeitlang blieb der Fluß leer. Dann kamen zuerst ein bis zwei Tote vorüber, in roten Röcken, keine Engländer, aber alle von gleicher Art – Hindus und Purbeeahs –, dann fünf bis sechs in einer Reihe nebeneinander; und zuletzt von Arrah nach Norden zu bis über Agra hinaus war es, als ob ganze Dörfer in die Wasser marschiert wären. Aus kleinen Buchten kamen sie heraus, einer nach dem anderen, wie Baumklötze in der Regenzeit heruntergeschwemmt werden. Wenn der Fluß stieg, dann kamen sie in Trupps von den Sandbänken hoch, auf denen sie gerastet hatten. Und die sinkenden Fluten schleiften sie mit sich an den langen Haaren über die Felder und durch die Dschungel. Die ganzen Nächte hindurch, während ich nordwärts zog, hörte ich die Flinten; am Tage aber durchwateten Männer mit beschuhten Füßen die Furten, und man hörte den Lärm von schweren Wagenrädern im Sande unter dem Wasser; und Tote, immer mehr Tote trug jede neue Welle herbei. Zuletzt erschrak auch ich, denn ich sagte mir: Wenn dies den Menschen geschieht, wie soll der Mugger von Mugger-Ghaut entkommen? Auch Boote waren da, die kamen hinter mir her, ohne Segel, und immerwährend brannten sie, wie Baumwollboote manchmal brennen – trotzdem sanken sie nicht.«

»Ah!« sage der Adjutant. »Solche Boote kommen nach Kalkutta im Süden. Hoch und schwarz sind sie, das Wasser peitschen sie auf hinter sich mit einem Schwanz, und sie . . .«

»Sind dreimal so groß wie mein Dorf. Meine Boote waren niedrig und weiß; sie peitschten das Wasser an beiden Seiten und waren nicht größer, als Boote sein sollten für jemanden, der die Wahrheit spricht. Sie machten mir große Furcht, und ich verließ die Wasser und wanderte wieder zu meinem Fluß zurück, verbarg mich am Tage und reiste bei Nacht, wenn ich nicht kleine Ströme fand, um mir vorwärtszuhelfen. Zu meinem Dorf kam ich wieder, aber hoffte kaum, daß ich mein Volk auch dort antreffen würde. Aber sie pflügten und säten und ernteten und gingen so ruhig in ihren Feldern hin und her wie ihre Rinder.«

»Und gute Nahrung war auch noch am Fluß?« fragte der Schakal.

»Mehr als ich meistern konnte. Sogar ich – und ich schlinge nicht Dreck – war übersatt und wurde, wie ich mich entsinne, etwas ängstlich bei dem endlosen Antreiben der Schweigenden. Mein Volk im Dorfe hörte ich sagen, alle Engländer wären tot; aber die, die herunterkamen mit dem Strom, Gesicht nach unten, waren keine Engländer, wie mein Volk sah. Da sprach mein Volk, das beste wäre, zu schweigen, die Steuern zu zahlen und das Land zu beackern. Erst lange Zeit danach klärte sich wieder der Strom, und die nun noch herabkamen, waren in den Fluten ertrunken, wie ich sehen konnte; und wenn es nun auch nicht mehr so leicht war, Futter zu finden, so war ich doch herzlich froh. Ein bißchen Morden ist nicht übel – aber der Mugger ist zuweilen befriedigt, wie man zu sagen pflegt.«

»Wunderbar! Höchst seltsam und wahrhaft wunderbar!« staunte der Schakal. »Von soviel gutem Essen nur erzählen zu hören, hat mich schon fett gemacht. Ist es wohl erlaubt zu fragen, was tat der Wohltäter der Armen danach?«

»Ich gelobte – und bei der Rechten und Linken der Ganga, ich schloß die Kiefer auf den Schwur –, niemals mehr umherzustreifen und zu wandern. So lebte ich denn Jahr um Jahr; sie aber liebten mich sehr und warfen mir Kränze auf das Haupt, wenn sie es hochsteigen sahen. Ja, sehr gnädig ist mir das Schicksal gewesen, der ganze Strom ist freundlich genug, meine arme gebrechliche Gegenwart zu ehren; nur – –«

»Keiner ist vollkommen glücklich vom Schnabel bis zum Schwanz«, tröstete der Adjutant. »Was kann der Mugger von Mugger-Ghaut noch wünschen?«

»Das kleine weiße Kind, das mir entkam«, sagte der Mugger und seufzte tief. »Sehr klein war es noch, aber ich habe es nicht vergessen. Ein Greis bin ich jetzt, aber ehe ich hinscheide, ist mein Wunsch, eins noch zu versuchen. Schon wahr ist es, sie sind ein schwerfüßiges, närrisches und lärmendes Volk, und das Vergnügen bei der Jagd würde nicht groß sein; aber ich denke der Tage von Benares, und wenn das Kind lebt, so wird es sich auch ihrer erinnern. Vielleicht schreitet es jetzt an den Ufern eines Stromes auf und ab und erzählt aller Welt, wie es einst seine Hände zwischen den Zähnen des Muggers von Mugger-Ghaut hatte und entkam. Sehr gnädig war mein Schicksal, aber das quält mich oft im Traum – der Gedanke an das kleine weiße Kind im Bug des Bootes.« Er gähnte und schloß den Rachen. »Ruhen will ich nun und sinnen. Haltet euch still, meine Kinder, und ehret den Bejahrten.«

Steif drehte er sich und schob sich auf die Höhe der Sandbank. Schakal und Adjutant zogen sich zurück in den Schutz eines gestrandeten Baumes nahe der Eisenbahnbrücke.

»Ein vergnügliches und einträgliches Leben war das«, grinste der Schakal und schielte zu dem Vogel hoch, der über ihm auftürmte. »Nicht ein einziges Mal, denke nur, fand er es angebracht, mir zu sagen, wo am Ufer vielleicht ein Happen für mich übriggeblieben wäre. Und dabei habe ich ihm wohl hundertmal von leckeren Sachen berichtet, die stromabwärts kamen. Wie wahr ist das Sprichwort: ›Schakal und Barbier sind vergessen, sobald das Neue erzählt ist.‹ Und jetzt will er schlafen! *Arrah!*«

»Wie kann der Schakal mit dem Mugger jagen!« sagte der Adjutant kühl. »Großer Dieb, kleiner Dieb; da weiß man, wer die Reste schlingt.«

Der Schakal drehte sich um, gereizt winselnd, war eben im Begriff, sich im Schutz des Baumes zusammenzurollen, als er sich plötzlich duckte und durch das zerfetzte Geäst nach der Eisenbahnbrücke äugte, die fast senkrecht über ihm war.

»Was ist?« fragte der Adjutant und lüftete besorgt einen Flügel.

»Warte, bis wir Genaues erkennen. Der Wind bläst von uns zu ihnen hin, aber nach uns schauen sie nicht – die zwei Männer dort oben.«

»Menschen sind es? Mein Amt schützt mich. Ganz Indien weiß, daß ich heilig bin.«

Der Adjutant ist der beste Gassenkehrer, frei kann er gehen, wohin es ihm immer beliebt; und so schrak er nicht hoch.

»Ich bin kaum den Tritt eines alten Schuhs wert«, sagte der Schakal, gespannt horchend. »Lausche den Schritten«, fuhr er fort, »das ist kein einheimisches Leder, das ist der beschuhte Fuß eines Bleichgesichts. Horch! Eisen schlägt auf Eisen dort oben. Eine Flinte ist es! Freund, die schwerfüßigen, närrischen Engländer sind gekommen, um mit dem Mugger zu reden!«

»Warne ihn denn. Eben noch wurde er Wohltäter der Armen genannt von einem, der nicht wenig einem verhungerten Schakal glich.«

»Möge der Vetter seine Haut selbst schützen. Stets erzählt er mir, daß von Bleichgesichtern nichts zu fürchten wäre. Und

Bleichgesichter müssen es sein. Kein Dorfbewohner von Mugger-Ghaut würde es wagen, ihn anzugehen. Sieh doch, ich sagte, es wäre eine Flinte! Nun, mit etwas Glück werden wir noch vor Tag Fraß bekommen. Außerhalb des Wassers hört er schlecht und, und – diesmal ist es keine Frau!«

Ein Flintenlauf blitzte kurz auf im Mondlicht von den Trägern der Brücke herab. Der Mugger lag auf der Sandbank, reglos wie sein eigener Schatten, die Vorderfüße etwas gespreizt, den Kopf dazwischengelegt, und schnarchte – wie ein Mugger.

Eine Stimme auf der Brücke flüsterte: »Ein komischer Schuß ist es – beinahe senkrecht hinunter –, aber sicher wie ein Haus. Halte hart hinter das Genick! Alle Wetter, ein Mordsbiest! Die Dörfler werden rasen, wenn er erschossen wird. Es ist der *Deota*[1] der Gegend.«

»Mir gleich«, antwortete eine zweite Stimme. »An die fünfzehn meiner besten Kulis hat er weggeschnappt beim Bau der Brücke; höchste Zeit, ihm das Handwerk zu legen. Wochenlang schon habe ich ihm im Boot nachgestellt. Hilf mit dem Martini nach, sobald ich ihm beide Kugeln aufgebrannt habe.«

»Denke aber an den Rückschlag, eine Doppelflinte von dem Kaliber ist kein Spaß.«

»Das wird er dann schon merken. Achtung jetzt – los!«

Ein Donner krachte wie von einem kleinen Geschütz (die schwerste Elefantenbüchse dröhnt fast wie eine Kanone), und dem doppelten Feuerstrahl folgte der peitschende Knall einer Martini, deren langes Stahlmantelgeschoß einen Krokodilpanzer glatt durchschlägt. Aber schon die Explosionsgeschosse taten ihre Arbeit. Der erste Einschlag saß kurz hinter dem Genick des Muggers, eine Handbreit links vom Rückgrat, der zweite weiter unten am Ansatz des Schwanzes. In neunundneunzig von hundert Fällen gelingt es einem tödlich getroffenen Krokodil, noch in tiefes Wasser zu entkommen; aber der Mugger von Mugger-Ghaut war buchstäblich in drei Stücke geborsten. Kaum zuckte noch der Kopf, als das Leben entwich, und – platt lag er, wie der Schakal.

»Donner und Blitz! Blitz und Donner!« maunzte das kleine, erbärmliche Tier. »Ist das Ding endlich in den Fluß

1. Schutzgott.

gestürzt, das die Wagen mit den Dächern über die Brücke zieht?«

»Eine Flinte ist es nur«, sagte der Adjutant, obgleich er bis in die Schwanzfeder zitterte. »Nichts weiter als eine Flinte. Tot ist er bestimmt. Die Bleichgesichter kommen herunter.«

Die beiden Engländer eilten die Brücke herab nach der Sandbank und standen bewundernd vor der Länge des Muggers. Ein Eingeborener trennte mit der Axt den ungeheuren Kopf vom Rumpf, und vier Männer schleppten ihn über die Landzunge fort.

»Als ich das letztemal meine Hand in den Rachen eines Muggers steckte«, erzählte einer der Engländer und bückte sich (es war der Erbauer der Brücke), »war ich etwa fünf Jahre alt. Ich fuhr damals in einem Boot den Fluß hinab nach Monghyr, war ein sogenanntes Meuterbaby. Meine arme Mutter war mit im Boot, und oft erzählte sie mir, wie sie Vaters alten Revolver gegen den Kopf der Bestie abgefeuert hatte.«

»Na, jedenfalls hast du Rache genommen an dem Führer der Sippschaft, wenn auch deine Nase etwas blutet von dem Rückschlag. He, Bootsleute! Bringt den Kopf ans Ufer, wir wollen ihn auskochen, um den Schädel zu bekommen. Die Haut ist zu zerfetzt und hat keinen Wert mehr. Komm jetzt schlafen. Die Nachtwache hat sich gelohnt, wie?«

Sonderbarerweise machten Schakal und Adjutant die gleiche Bemerkung, kaum drei Minuten, nachdem die Männer fortgegangen waren.

Lied der Welle

Welle wogte an dem Strand,
Griff nach eines Mädchens Hand,
Das in Abendsonnengluten
Heimwärts wandert durch die Fluten.

Zarte Brust und schlanker Fuß,
Wahrt euch vor des Schmeichlers Gruß:
»Höre, Kind, mein sanft Gebot!
Warte! Bleib! Ich bin der Tod . . .«

»Drüben ruft der Liebe Glück,
Schmachvoll wär's, ich blieb zurück.«
Dort im Fluß der helle Klang,
War's ein Fisch, der spielend sprang?

Schlanker Fuß und zartes Herz
Harrt der Fähre heimatwärts!
»Hör auf mich!« die Welle droht,
»Warte, Kind! Ich bin der Tod.«

»Liebster ruft, da muß ich eilen,
Schande träf' mich, wollt' ich weilen.«
Welle, Welle wogt und ringt,
Mächtig ihr den Leib umschlingt.

Töricht Herze, treue Hand,
Kleiner Fuß trat nie ans Land.
Welle wandert, Welle rot,
Wogt hinab und trägt den Tod.

Des Königs Ankus

Das sind die vier, die nie gestillt, die nie gefüllt
seit Urbeginn –
Des Schakals Schlund, des Geiers Gier, des Affen Hand,
des Menschen Sinn.

Dschungelspruch

Kaa, der große Felsenpython, hatte vielleicht zum zweihundertstenmal seit seiner Geburt die Haut gewechselt; und Mowgli, der nie vergaß, daß er in jener Nacht zu »Cold Lairs« der Riesenschlange sein Leben verdankte, kam, um ihr Glück zu wünschen. Hautwechsel verursacht den Schlangen immer etwas Unbehagen, und sie bleiben launisch, bis die neue Haut wieder hell und schön glänzt. Kaa machte sich schon längst nicht mehr über Mowgli lustig; er erkannte ihn als Meister der Dschungel an, wie die übrigen Dschungelvölker es taten, und trug ihm alle Neuigkeiten zu, die ein Python von seiner Größe naturgemäß erfährt. Was Kaa von der Mitteldschungel, wie sie es nannten – dem Leben, das sich am Boden und dicht darunter abspielt, dem Felsblock-, Höhlen- und Baumwurzelleben –, nicht wußte, das hätte man leicht auf die kleinste seiner Schuppen schreiben können.

An diesem Nachmittag ruhte Mowgli in einem von Kaas mächtigen Ringen und befingerte die zerschlissene, fleckige, alte Haut, die noch verschrumpft und gedreht zwischen den Felsen lag, so wie Kaa aus ihr geschlüpft war. Der Python hatte sich sehr höflich unter Mowglis breite, nackte Schultern gepackt, so daß der Knabe in einem wahrhaft lebendigen Sessel ruhte.

»Bis zu den Augenschuppen ist sie noch ganz vollständig«, sagte Mowgli vor sich hin, mit der Hand spielend. »Sonderbar, die eigene Kopfhülle vor den eigenen Füßen liegen zu sehen.«

»Nun, das ist so Sitte bei meinem Volk und hat für mich nichts Sonderbares«, sagte Kaa. »Aber Füße habe ich nicht. Fühlt sich nicht deine Haut auch zuweilen hart und alt an?«

»Dann gehe ich und bade, Flachkopf. Aber es ist schon wahr, in der Zeit der großen Hitze wünschte ich oft, ich könnte mir die Haut schmerzlos abstreifen und hautlos herumlaufen.«

»Ich bade und wechsle dabei doch meine Haut. Wie macht sich mein neues Kleid?«

Mowgli ließ seine Hand über die schillernden Diagonalmuster des ungeheuren Rückens gleiten. »Der Schildkrötenrücken ist härter, aber nicht so bunt«, urteilte er. »Der Frosch, mein Namensvetter, ist bunter, aber nicht so hart. Prächtig sieht sie aus, deine neue Haut, wie Tupfen im Kelch der Lilie.«

»Sie hat Wasser nötig. Meine neue Haut bekommt ihre volle Farbe erst nach dem ersten Bade. Komm! Gehen wir schwimmen!«

»Ich will dich tragen«, sagte Mowgli und bückte sich lachend, um Kaa in der Mitte seines großen Leibes aufzuheben, da, wo die Walze am dicksten war. Ebensogut hätte ein Mann versuchen können, einen zwei Fuß starken Mastbaum aufzuheben. Kaa lag still und blähte sich vor Vergnügen. Dann begannen sie ihr regelmäßiges Abendspiel; der Knabe in seiner überschäumenden Kraft und der Python im Prunk seiner neuen Haut richteten sich gegeneinander auf zu einem Ringkampf – zu einer Probe auf Kraft und Schnelligkeit des Blicks. Natürlich hätte Kaa, wenn er gewollt hätte, ein Dutzend Mowgli zerquetschen können; aber er spielte vorsichtig und gebrauchte nie mehr als ein Zehntel seiner Kraft. Seit Mowgli stark genug war, derbes Zupacken zu vertragen, hatte Kaa ihn das Spiel gelehrt, und es machte seine Glieder geschmeidig wie kaum etwas anderes. Zuweilen stand Mowgli bis an den Hals umschlungen von Kaas wogenden Ringen und bemühte sich, einen Arm frei zu bekommen, um die Schlange an der Gurgel zu packen. Dann gab Kaa weich und federnd nach; und Mowgli versuchte mit raschem Sprung den ungeheuren Schwanz zu fassen, der, sich rückwärtsschwingend, nach einem Fels oder Baumstumpf als Stütze tastete. Hin und her schwankten sie, Kopf gegen Kopf, jeder auf eine günstige Gelegenheit lauernd, bis die herrliche Gruppe der beiden verschlungenen Körper sich in einem Wirbel von gelben und schwarzen Ringen, zappelnden Armen und Beinen löste, um von neuem sich gegeneinander auszurichten. »Jetzt! Und jetzt, und jetzt!« zählte Kaa und machte überraschende Ausfälle mit dem Kopf, daß selbst Mowglis flinke Hände die Finte nicht parieren konnten. »Sieh her, ich treffe dich, kleiner Bruder! Hier und hier! Sind deine Hände gelähmt?! – und wieder hier!«

Das Spiel endete stets in derselben Weise: mit einem geraden, schwingenden Schlag des Kopfes der Schlange, worauf der Knabe einen Purzelbaum schoß. Mowgli brachte es nie fertig, diesem blitzartigen Stoß auszuweichen; und Kaa meinte, es nütze ihm nichts, es zu versuchen, es würde ihm doch nie gelingen.

»Gute Jagd!« rief Kaa, und wie immer wurde Mowgli ein paar Dutzend Meter weit fortgeschleudert. Keuchend und lachend erhob er sich, das Gesicht voller Erde, und folgte dem weisen Kaa zu seinem Lieblingsbadeplatz. Es war ein tiefer, pechschwarzer Teich, von Felsen umsäumt, und vom Grunde ragten seltsame Baumstrünke empor. Nach Dschungelart tauchte der Knabe lautlos hinein, schwamm unter Wasser dahin, stieg wieder geräuschlos auf, warf sich auf den Rücken, die Arme unter dem Kopf gekreuzt, und sah den Mond über den Felsen aufsteigen. Kaas diamantener Kopf durchschnitt messerscharf den Tümpel, tauchte auf und ruhte dann auf Mowglis Schulter. Still lagen sie und ließen wohlig das kühle Wasser ihre Glieder umspülen.

»Herrlich ist das«, sagte Mowgli schläfrig nach langem Schweigen. »Das Menschenvolk, wie ich mich entsinne, legte sich zu dieser Stunde auf harte Bretter im Innern einer Falle aus Lehm; alle reinen Winde schlossen sie sorgfältig aus, zogen stinkige Tücher über ihre Köpfe und sangen abscheulich durch die Nasen. Besser ist es, in der Dschungel zu sein.«

Eine hurtige Kobra glitt vom Felsen hinab, trank, bot ihnen »Gute Jagd!« und eilte weiter.

»Sss!« züngelte Kaa, als ob ihm plötzlich etwas einfiele. »Die Dschungel gibt dir also alles, was du dir wünschen kannst, kleiner Bruder?«

»Nicht alles«, sagte Mowgli lachend. »Es wäre denn, daß es in jedem Monde einmal einen starken Schir Khan zu töten gäbe. Jetzt könnte ich ihn allein mit meinen Händen zwingen und brauchte nicht mehr die Hilfe von Büffeln. Und dann habe ich oft in der Regenzeit gewünscht, die Sonne möge scheinen, und im hohen Sommer, Regenwolken möchten die

Sonne verdunkeln. Niemals ging ich leer aus bei der Jagd, aber ich wünschte immer, ich hätte eine Ziege erlegt, und hatte ich eine Ziege, dann wünschte ich, es wäre ein Bock, war es ein Bock, sollte es lieber ein Nilghai sein. Aber so geht es uns allen.«

»Und andere Wünsche hattest du nicht?« fragte die große Schlange.

»Was könnte man noch wünschen? Die Dschungel habe ich, und die Gunst der Dschungel. Gibt es noch mehr zwischen Sonnenaufgang und Nacht?«

»Nun, die Kobra sagte ...«, begann Kaa.

»Welche Kobra? Die eben fortglitt, sagte nichts, sie war auf der Jagd.«

»Eine andere war es.«

»Gibst du dich viel mit dem Giftvolke ab? Ich lasse sie ihrer Wege gehen. Tod tragen sie im Vorderzahn, das aber ist nicht gut, denn sie sind klein. Was war es für eine Kobra, mit der du sprachst?«

Kaa rollte sich langsam im Wasser wie ein Schiff in schwerer See. »Drei oder vier Monde sind es her, da jagte ich in ›Cold Lairs‹, einem Ort, den du wohl kaum vergessen wirst. Und das Ding, das ich hetzte, flog kreischend an dem Brunnen vorbei nach dem Hause, dessen Wand ich einbrach deinetwegen, und verschwand dann im Boden.«

»Aber die Völker von ›Cold Lairs‹ leben nicht in unterirdischen Höhlen.« Mowgli wußte, daß Kaa vom Affenvolk sprach.

»Das Ding lebte nicht, es wollte leben«, erwiderte Kaa mit schwachem Zittern der Zunge. »Es verkroch sich in einem Gang unter der Erde, der sehr weit führte. Ich folgte, tötete es und schlief. Als ich erwachte, drang ich weiter vor.«

»Unter der Erde?«

»Ja. Und zuletzt traf ich auf eine weiße Kobra. Sie redete von Sachen, die mir unverständlich waren, und zeigte mir vieles, das ich nie zuvor gesehen hatte.«

»Neues Wild? Gute Jagd gab es?« fragte Mowgli und warf sich rasch auf die Seite.

»Nein, kein Wild, ich würde mir alle Zähne daran ausgebrochen haben. Aber die Weiße Haube raunte, daß ein Mensch – sie schien die Brut gut zu kennen –, daß ein

Mensch den Atem unter seinen Rippen hergeben würde, wenn er nur diese Dinge erschauen könnte.«

»Wir wollen nachsehen«, sagte Mowgli. »Einst war ich ein Mensch, entsinne ich mich.«

»Gemach – gemach! Hast tötete die gelbe Schlange, die den Sonnenball fraß. Tief unter der Erde redeten wir zwei miteinander, und ich sprach auch von dir, nannte dich einen Menschen. Da sagte die Weiße Haube (wahrlich so alt ist sie wie die Dschungel selbst): ›Lange schon ist es her, seit ich Menschen sah. Laß ihn kommen, auf daß er sehe alle diese Dinge, für deren geringstes viele Menschen ihr Leben hingeben würden.‹«

»Das muß neues Wild sein. Dennoch, die Giftvölker melden uns nie, wenn neues Wild zu spüren ist. Ungefällig sind sie.«

»Es ist kein Wild. Es ist – es ist – ich kann nicht sagen, was es ist.«

»Laß uns hingehen. Noch nie erblickte ich eine Weiße Haube. Und auch die anderen Dinge möchte ich sehen. Hat sie die alle getötet?«

»Es sind alles tote Dinge. Sie sagt, sie sei der Wächter über sie alle.«

»Aha! So wie der Wolf über dem Fleisch steht, das er in sein Lager verschleppt hat. Gehen wir!«

Mowgli schwamm zum Ufer, rollte sich im Grase, um sich zu trocknen; und beide machten sich auf den Weg nach »Cold Lairs«, der verlassenen Stadt, von der ihr schon vernommen habt. Damals fürchtete sich Mowgli nicht im geringsten mehr vor dem Affenvolk, wohl aber packte die Affen Entsetzen, wenn Mowgli erschien. In jener Nacht trieben sich die Affenherden gerade in der Dschungel umher, so lag »Cold Lairs« verlassen und schweigend im Mondlicht. Kaa führte die Terrassen hinauf zu den Ruinen des Sommerhauses der Königin, schlüpfte über das Geröll und glitt die halb verschüttete Treppe hinab, die von der Mitte des Pavillons in die Erde führte. Mowgli gab den Schlangenruf: »Wir sind vom gleichen Blute, du und ich!« und ging ihr nach, auf Händen und Knien kriechend. Lange folgten sie dem schrägen Gang, der in Windungen abwärts führte, und kamen zuletzt an ein gähnendes Loch im Mauerwerk, gesprengt von den knorrigen Wurzeln eines Baumriesen, um dessen Wipfel, dreißig

Fuß über ihnen, der Nachtwind pfiff. Sie zwängten sich durch das Loch und gelangten dann in eine weite, gruftartige Höhlung, deren gewölbte Decke ebenfalls von Baumwurzeln gesprengt war, so daß bläuliche Streifen des Mondlichts die Dunkelheit ein wenig erhellten.

»Ein sicheres Lager das«, sagte Mowgli und richtete den sehnigen Körper auf, »nur zu weit ab, um täglich einzufahren. Nun, was gibt es hier zu sehen?«

»Bin ich nichts?« fragte eine Stimme in der Mitte der Gruft. Und Mowgli sah etwas Weißliches sich bewegen. Langsam, ganz langsam richtete sich die ungeheuerste Kobra vor ihm auf, die er je gesehen hatte, beinahe acht Fuß lang und durch die ewige Dunkelheit zu elfenbeinernem Weiß verblichen. Selbst die Brillenzeichnung auf der gespreizten Haube war zu mattem Gelb verblaßt. Ihre Augen leuchteten rubinrot, und höchst wundersam war sie anzuschauen.

»Gute Jagd!« rief Mowgli, den seine Höflichkeit so wenig wie sein Messer je verließ.

»Was Neues von der Stadt?« zischelte die weiße Kobra, ohne des Grußes zu achten. »Was Neues von der mächtigen, mauerumwallten Stadt – Stadt der hundert Elefanten, der zwanzigtausend Rosse und Rinder –, dem Herrschersitze des Königs über zwanzig Könige? Taub werde ich hier, und schon lange ist es her, seit ich die Schlachtengongs vernahm.«

»Die Dschungel breitet sich über unseren Köpfen«, antwortete Mowgli. »Von Elefanten kenne ich nur Hathi und seine Söhne. Bagheera zerriß alle Pferde im Dorf; und – was ist ein König?«

»Ich sagte dir«, sprach Kaa sanft zu der Kobra, »ich sagte dir schon vor drei Monden, deine Stadt stünde nicht mehr.«

»Die Stadt – die machtvolle Feste im Walde, deren Tore beschirmt sind von den Türmen des Königs –, sie kann niemals vergehen. Gebaut wurde sie, bevor meines Vaters Vater aus dem Ei kroch, und bestehen wird sie noch, wenn meines Sohnes Söhne weiß sind wie ich. Salomdhi, Sohn des Chandrabija, Sohn des Viyeja, Sohn des Yegasuri, schuf sie, die leuchtende Stadt in den Tagen von Bappa Rawal. Wessen Vieh seid ihr?«

»Eine verlorene Fährte ist es«, sagte Mowgli zu Kaa. »Ich verstehe ihre Rede nicht.«

»Ich auch nicht. Sehr alt ist sie – Urahn der Kobras, nur die Dschungel ist hier und war es von Anbeginn an.«

»Wer aber ist er«, forschte die weiße Kobra, »der da vor mir sich niedersetzt, der ohne Angst ist, den Namen des Königs nicht kennt und unsere Sprache spricht mit Menschenlippen? Wer ist der mit dem Messer und der Schlangenzunge?«

»Mowgli nennt man mich«, war die Antwort. »Von der Dschungel bin ich. Die Wölfe sind mein Volk, und Kaa hier ist mein Bruder. Ahn der Kobras, wer bist du?«

»Ich bin der Wächter der Schätze des Königs. Kurrun Radscha baute den Stein über mir in den Tagen, da meine Haut dunkel war, auf daß ich Tod bringe über alle, die kommen, um zu rauben. Dann senkten sie den Schatz durch die Steinplatte hernieder, und ich hörte den Gesang der Brahmanen, meiner Meister.«

»Hm«, brummte Mowgli vor sich hin. »Mit einem Brahmanen habe ich schon einmal zu tun gehabt bei dem Menschenvolk – ich weiß, was ich weiß: Böses wird auch hier bald kommen.«

»Seitdem sitze ich zur Wacht. Fünfmal wurde der Stein gehoben, immer um noch mehr und mehr zu versenken, nie, um etwas fortzunehmen. Keine Schätze in der Welt gleichen diesen – den Schätzen von Hunderten von Königen. Aber lange, lange ist es her, seit der Stein zum letztenmal gehoben ward, ich glaube, daß meine Stadt mich vergaß.«

»Es ist keine Stadt da!« rief Kaa. »Schaue hinauf. Wurzeln uralter Bäume spalten die Steine. Bäume und Menschen wachsen und wuchern nicht an ein und demselben Ort.«

»Zweimal, dreimal haben Menschen den Weg hierher gefunden«, antwortete grimmig die weiße Kobra, »aber sie sprachen nicht – bis ich über sie kam, sie im Dunkeln umklammernd, und dann wimmerten sie nur kurz. Aber ihr beide, Mensch und Schlange, kommt mit Lügen und wollt mich glauben machen, daß meine Stadt nicht mehr steht und meine Wacht zu Ende geht. Die Menschen ändern sich wenig im Lauf der Zeiten. Aber ich, ich ändere mich nie. Bis der Stein hinweggenommen wird, bis die Brahmanen herabsteigen und die Gesänge singen, die ich kenne, mich füttern mit warmer Milch und mich hinauftragen ans Tageslicht – so lange halte ich hier – ich – ich – ich und kein anderer die Wacht bei dem Horte des Königs. Tot ist die Stadt, sagt ihr, und Wurzeln sprengen die Gruft! Gut, so bückt euch denn und nehmt, was ihr begehrt. Die Erde birgt keine größeren Schätze als diese. Mensch mit der Zunge der Schlangen, wenn du lebend den Weg zurückwanderst, den du gekommen bist, dann werden Könige deine Diener sein.«

»Wieder ist die Fährte verloren«, sagte Mowgli kühl. »Sollte doch etwa ein Schakal so tief unter die Erde gewühlt und die Weiße Haube gebissen haben? Sicherlich redet sie irre. Ahn der Kobras, nichts sehe ich hier, was ich mit mir nehmen könnte.«

»Bei den Göttern von Sonne und Mond«, zischte die Kobra, »Todeswahnsinn ist über dem Knaben. Bevor deine Augen für immer sich schließen, will ich dir Gnade erweisen. Blicke hin und erschaue, was vor dir Menschen niemals erschauten.«

»Wer in der Dschungel zu Mowgli von Gnade reden wollte, mit dem würde es schlecht stehen«, stieß der Knabe zwischen den Zähnen hervor. »Aber die Dunkelheit ändert alles, ich weiß wohl. Hinschauen will ich, wenn es dich freut.«

Mit zusammengekniffenen Augen blickte er im Gewölbe umher und hob vom Boden eine Handvoll glitzernder Dinge auf.

»Oh«, rief er, »das ist hier derselbe Stoff, mit dem das Menschenvolk spielt; nur ist dieser gelb, der andere war braun.«

Er ließ die Goldstücke wieder fallen und ging weiter. Der ganze Boden der Gruft war bedeckt mit einer fünf bis sechs Fuß hohen Schicht gemünzten Goldes und Silbers; es war aus den Säcken, in denen es ursprünglich lagerte, herausgequollen und hatte sich die vielen Jahre hindurch gesetzt und gehäuft, wie Sand bei der Ebbe. In und auf der Schicht, aus ihr hervorstehend wie Wracks aus dem Schlick, staken edelsteinglitzernde Elefanten-*Howdahs*[1] aus getriebenem Silber, mit Platten von gehämmertem Gold beschlagen und reich mit Karfunkeln und Türkisen besetzt. Da waren Tragbetten und Sänften für Königinnen aus Silber und Emaille, die Stangen mit Jadegriffen und Ringen aus Bernstein; güldene Kandelaber lagen zuhauf, an deren Armen Ketten von Smaragden

1. Sessel.

zitterten; fünf Fuß hohe Bildsäulen vergangener Götter aus Silber mit Diamantenaugen; Kettenpanzer, mit Gold eingelegt und mit geschwärzten, verwitterten Perlen befranst; wappengeschmückte Helme mit taubenblutfarbenen Rubinen geziert; Schilde aus Schildpatt und Rhinozeroshaut, smaragdenübersät, die Buckel und Ränder aus rotem Gold; Schwerter mit Brillantengriffen, Dolche, Jagdmesser, goldene Opferschalen, tragbare Altäre, von einer Form, wie man sie nie im Tageslicht gesehen hat, Weihrauchbehälter, Jadeschalen, Kämme, Schminktöpfe für Henna und Augenpuder – alles aus rotem, getriebenem Golde. An den Wänden lagerten unzählige Ohrringe, Armspangen, Kopfbänder, Fingerringe und Gürtel. Da waren Schwertgehenke, sieben Finger breit, mit quadratisch geschliffenen Diamanten und Rubinen besetzt; hölzerne Truhen, dreifach mit Eisen umspannt, von denen das Holz wie Zunder abfiel, und aus denen nun ganze Haufen ungeschliffener Sternsaphire, Opale, Katzenaugen, Rubine, Diamanten, Smaragde und Granaten hervorschimmerten.

Die weiße Kobra hatte recht. Nicht abzuschätzen war der Geldeswert dieser Kostbarkeiten, zusammengetragen und gehäuft aus den Kriegen, dem Raub, dem Handel und den Tributen von Jahrhunderten. Die Münzen und Edelsteine waren kaum zu zählen; das tote Gewicht des Goldes und Silbers überstieg zwei- bis dreihundert Tonnen. Noch heutigentags besitzt jeder indische Herrscher, wie arm er auch sei, einen Hort, den er ständig vergrößert. Hin und wieder – sehr selten allerdings – kommt es wohl vor, daß ein aufgeklärter Fürst vierzig bis fünfzig Ochsenkarrenladungen Silbers gegen Staatspapiere austauscht, aber die meisten bewahren ihre Schätze und halten sie sorgfältig geheim.

Mowgli natürlich ahnte nichts von der Bedeutung aller dieser Gegenstände. Die Messer fesselten ihn wohl, doch da sie nicht so gut im Griff lagen wie sein eigenes, ließ er sie wieder fallen. Zuletzt aber fand er doch etwas, das ihm begehrenswert erschien: es lag auf der Kante eines Elefantensessels, halb unter Münzen begraben, und war ein drei Fuß langer *Ankus*[1], einem kleinen Bootshaken ähnlich. Ein runder, glühender Rubin bildete den Knauf; der Handgriff, acht Zoll breit, war dicht mit ungeschliffenen Türkisen besetzt, die

1. Elefantentreibstock.

ein sicheres Anpacken ermöglichten; darüber zog sich ein Band aus Jade mit einem Blumenmuster, mit Blüten aus feurigroten Rubinen, die aus kühlen, grünen Blättern aus Smaragden hervorlugten. Der übrige Schaft war aus Elfenbein, der spitze Stachel mit dem Widerhaken aus Stahl mit Goldeinlegearbeit, die Bilder aus der Elefantenjagd darstellten. Diese Bilder vornehmlich fesselten Mowgli, denn sie hatten offenbar mit seinem Freunde Hathi, dem Schweiger, zu tun.

Die weiße Kobra war ihm dicht auf den Fersen gefolgt.

»Ist das, was du erschautest, nicht wert, das Leben dafür zu lassen?« fragte sie. »Habe ich dir nicht eine große Gunst erwiesen?«

»Ich verstehe dich nicht«, antwortete Mowgli. »Hart und kalt sind diese Sachen und zum Fraß nicht zu gebrauchen. Das hier aber« – er hob den Ankus auf –, »das möchte ich mitnehmen, damit ich es draußen in der Sonne beschauen kann. Dir gehört alles, sagtest du? Gib mir den Stachel, und ich will dir dafür Frösche bringen zum Fressen.«

Die weiße Kobra zitterte förmlich vor Schadenfreude. »Gewiß will ich ihn dir geben«, sagte sie. »Alles – alles sei dein eigen hier – alles – bis du von uns gehst.«

»Sogleich werde ich gehen. Dunkel und kalt ist dieser Ort. Ich will dieses dornspitzige Ding mit in die Dschungel nehmen.«

»Blicke hinab zu deinen Füßen. Was liegt da?«

Mowgli hob etwas Glattes und Weißes auf. »Der Knochen von einem Menschenschädel ist es«, sagte er gelassen; »hier liegen noch zwei weitere.«

»Vor vielen Jahren kamen sie, um den Schatz zu heben. Im Dunkel der Gruft raunte ich ihnen zu, da lagen sie still.«

»Was soll ich mit dem, was du Schatz nennst? Aber schenkst du mir den *Ankus,* so bedeutet das ›Gute Jagd‹. Willst du ihn mir nicht geben, nun – ›Gute Jagd‹ ist dann auch. Mit den Giftvölkern streite ich nicht, und das Meisterwort deines Stammes ist mir bekannt.«

»Hier gilt nur ein einziges Meisterwort: das meine!«

Kaa schwang sich vor mit blitzenden Augen. »Wer hieß mich den Menschen bringen?« zischte er grimmig.

»Ich natürlich«, lispelte die alte Kobra. »Lange ist es her, seitdem ich den Menschen sah, und dieser Mensch hier spricht unsere Sprache.«

»Aber von Töten war keine Rede«, entgegnete Kaa. »Kann ich zur Dschungel zurückkehren und sagen, daß ich ihn in den Tod geführt habe?«

»Ich spreche nicht von Töten – – vor der Zeit. Und was dein Gehen oder Nichtgehen betrifft, dort ist das Loch in der Mauer. Friede nun, du fetter Affenvertilger! Ich brauche nur deinen Nacken zu berühren, und die Dschungel weiß nichts mehr von dir. Niemals drang ein Mensch an diesen Ort, der ihn wieder verlassen hätte mit Atem unter seinen Rippen. Der Hüter bin ich vom Schatz des Königs der großen Stadt.«

»Ich sagte dir bereits, du weißer Wurm der Nacht«, schrie Kaa, »weder König ist mehr da noch Stadt! Die Dschungel allein ist über uns.«

»Aber der Schatz ist noch da. Nur eins mag noch geschehen. Verharre noch ein Weilchen, Kaa von den Felsen, und sieh den Knaben rennen. Raum genug ist hier für große Hatz. Leben ist schön, Knabe, renne hin und her noch ein bißchen und belustige uns!«

Mowgli legte ruhig seine Hand auf Kaas Haupt. »Die Weiße da hat bisher nur mit Menschen und Menschenvolk zu tun gehabt. Mich kennt sie nicht«, flüsterte er. »Jagd hat sie gefordert, sie soll sie haben.«

Mowgli stand da, mit dem *Ankus* in der Hand, die Spitze nach unten gekehrt. Blitzschnell schleuderte er den Stab, die gabelförmige Spitze traf dicht hinter der Haube die große Schlange und nagelte sie auf dem Boden fest. Schon auch lag Kaas Gewicht auf dem sich windenden Körper und lähmte ihn von der Haube bis zum Schwanz. Die roten Augen der Kobra flackerten. Der freie Kopf peitschte wütend nach rechts und links.

»Töte!« rief Kaa, als Mowglis Hand zum Messer fuhr.

»Nein«, sagte er und zog die Klinge heraus. »Nie wieder will ich töten, außer zur Nahrung. Aber sieh her, Kaa!«

Er packte die Kobra hinter der Haube, zwang ihr mit der Klinge des Messers den Rachen auf und zeigte, daß die furchtbaren Giftzähne des oberen Kiefers schwarz und verdorrt im Zahnfleisch staken. Die weiße Kobra hatte ihr Gift überlebt, wie es bei Schlangen vorkommt.

»Sie sind verdorrt«, sagte Mowgli, und Kaa zur Seite schiebend, zog er den *Ankus* aus dem Boden und gab die Kobra frei.

»Des Königs Schatz bedarf eines neuen Wächters«, sagte er ernst, »Thuu – das heißt ›Verdorrte‹ –, du hast ausgedient. Renne hin und her, Thuu, und belustige uns!«

»Geschändet bin ich, töte mich«, zischte die weiße Kobra.

»Zuviel war schon von Töten die Rede, jetzt wollen wir gehen. Das dornenspitze Ding nehme ich mit, Thuu, denn ich kämpfte mit dir und habe dich überwältigt.«

»So sieh denn zu, daß das dornenspitze Ding nicht dich tötet. Es ist der Tod! Vergiß nicht, der Tod! In dem Ding ist genug, um allen Menschen in meiner Stadt den Tod zu bringen. Nicht lange wirst du es behalten, Dschungelmensch, noch der, der es von dir nimmt. Töten, töten und töten werden sie um des Dinges willen. Verdorrt ist meine Kraft, aber der *Ankus* wird mein Werk für mich tun. Er ist der Tod – der Tod – der Tod!«

Mowgli kroch durch das Loch in der Mauer. Als letztes sah er noch, wie die weiße Kobra wutentbrannt ihre verdorrten Giftzähne in die starren, goldenen Gesichter der Götter schlug, die auf dem Boden herumlagen, und dabei zischte: »Er ist der Tod!«

Wie erlöst waren sie beide, als sie wieder das Tageslicht erblickten. Heimgekehrt zur eigenen Dschungel, ließ Mowgli den *Ankus* im Morgenlicht glitzern und freute sich fast so darüber, als wenn er sich ein Bündel frischer Blumen ins Haar gesteckt hätte.

»Heller glänzt er als die Augen Bagheeras«, sagte er, den Rubin drehend und wendend. »Zeigen will ich es ihnen. Aber was meinte die Weiße Haube, als sie vom Tode sprach?«

»Ich kann es nicht sagen«, antwortete Kaa. »Traurig bin ich bis in die Spitze meines Schwanzes, daß sie nicht dein Messer zu fühlen bekam. Unglück stets lastet auf ›Cold Lairs‹ – über und unter der Erde. Jetzt aber hungert mich. Jagst du mit mir in der Morgendämmerung?«

»Nein, Bagheera soll das Ding gleich sehen. Gute Jagd!«

Mowgli sprang davon, den schweren Ankus schwingend. Von Zeit zu Zeit blieb er stehen, um ihn zu bewundern; dann kam er an den Teil der Dschungel, wo Bagheera sich meist aufhielt. Er fand ihn saufend nach schwerem Töten. Mowgli erzählte ihm seine Abenteuer, wobei Bagheera ab und zu den *Ankus* beschnüffelte. Als Mowgli die letzten Worte der weißen Kobra wiederholte, schnurrte Bagheera zustimmend.

»Die Weiße Haube sprach also wahr?« fragte Mowgli hastig.

»In den Käfigen des Königs zu Oodeypore kam ich zur Welt, und so weiß ich einiges von den Menschen. Viele würden dreimal in einer Nacht töten, nur um des einen großen roten Steins willen.«

»Aber der dumme Stein macht das Ding nur schwer in der Hand. Mein scharfes Messer ist viel nützlicher und – sieh, auch fressen kann man den roten Stein nicht. Warum also sollten sie töten um seinetwillen?«

»Mowgli, geh hin und leg dich schlafen. Du hast unter Menschen gelebt und ...«

»Und jetzt entsinne ich mich. Menschen töten nicht, um zu jagen, nein, zum Vergnügen und aus Bosheit. Wache auf, Bagheera! Zu welchem Zweck diente denn das dornenspitze Ding?«

Bagheera, sehr schläfrig, öffnete halb die Augen, und boshaft glänzten sie. »Die Menschen schufen es, um es in die Köpfe der Söhne Hathis zu stoßen, damit Blut herausfließt. Ich sah das oft in den Straßen von Oodeypore, vor unseren Käfigen. Das Ding da hat Blut von vielen Brüdern Hathis gekostet.«

»Aber warum stechen sie in die Köpfe von Elefanten?«

»Um sie Menschengesetz zu lehren! Da sie weder Klauen noch Hauer haben, machen die Menschen solches mit ihnen – und noch Schlimmeres.«

»Blut und immer wieder Blut, wenn ich an Dinge gerate, die vom Menschenvolk geschaffen wurden«, sagte Mowgli angeekelt. Schwerer noch als zuvor schien ihm der *Ankus*. »Wenn ich das gewußt hätte, würde ich ihn nicht mitgenommen haben. Erst war es Messuas Blut an den Stricken, nun ist es das Blut Hathis und seiner Kinder. Ich will nichts mehr damit zu schaffen haben, schau her!«

Der *Ankus* flog blitzend im hohen Bogen durch die Luft und grub sich dann mit der Spitze in den Boden, dreißig Meter entfernt unter den Bäumen. »Nun sind meine Hände frei vom Tode«, sagte Mowgli und rieb seine Handflächen auf der frischen feuchten Erde. »Die Haube sprach, Tod würde mir folgen. Alt ist sie, weiß und wirr.«

»Weiß oder schwarz, Tod oder Leben, ich geh' jetzt schlafen, kleiner Bruder. Ich kann nicht die ganze Nacht durch jagen und dann den ganzen Tag heulen, wie manche Völker.«

Bagheera trabte fort, nach einer ihm bekannten Jagdhöhle, die zwei Meilen entfernt lag. Mowgli suchte sich einen geeigneten Baum, knotete ein paar Schlingpflanzen zusammen und schaukelte in kürzerer Zeit, als sich's erzählen läßt, in einer Hängematte fünfzig Fuß über dem Boden. Er hatte keine ausgesprochene Abneigung gegen Tageslicht, dennoch befolgte er die Sitte seiner Freunde und vermied es soviel wie möglich. Als er von dem vielstimmigen Lärm der in den Bäumen hausenden Völker geweckt wurde, war es wiederum Zwielicht; geträumt hatte er von den wundersamen Steinen, die er von sich geworfen.

»Wenigstens will ich mir das Ding noch einmal anschauen«, sagte er und ließ sich an einer Schlingpflanze auf den Boden gleiten. Bagheera aber stand bereits vor ihm. Mowgli hörte im Halbdunkel sein leises Fauchen.

»Wo ist das dornenspitze Ding?« rief Mowgli.

»Ein Mensch hat es mitgenommen. Hier ist noch seine Fährte.«

»Nun werden wir sehen, ob die Haube die Wahrheit sprach. Wenn das spitze Ding der Tod ist, muß der Mensch sterben. Folgen wir ihm.«

»Jagen wir erst«, sagte Bagheera. »Ein leerer Magen macht das Auge achtlos. Menschen gehen sehr langsam, und die Dschungel ist feucht genug, daß auch die schwächste Spur sichtbar bleibt.«

So schnell es ging, schlugen sie eine Beute; aber es vergingen doch fast drei Stunden, bis sie Mahl und Trank beendet hatten und der Fährte zu folgen begannen. Das Dschungelvolk weiß, daß nichts wichtig genug ist, um sich beim Fressen zu überhasten.

»Glaubst du, daß das spitze Ding sich in der Menschenhand umdrehen und ihn töten wird?« fragte Mowgli. »Die Haube sagte, es wäre der Tod.«

»Wir werden sehen, wenn wir finden«, gab Bagheera zurück und trottete mit gesenktem Kopf dahin. »Einzelfuß ist es.« (Er meinte, daß die Spur nur von einem Manne herrühre.) »Und das Gewicht des Dinges hat seine Fersen tief in den Boden gedrückt.«

»Hei! das ist klar wie ein Blitz in der Sommernacht!« antwortete Mowgli. Sie fielen in den raschen, taktmäßigen Fährtentrab und folgten durch das wechselnde Mondlicht der Spur der zwei nackten Füße.

»Hier ist er schneller gelaufen«, sagte Mowgli. »Die Zehen stehen weit auseinander.« Sie kamen nun über sumpfigen Grund. »Warum ist er hier seitwärts abgebogen?«

»Warte«, sagte Bagheera und schwang sich mit einem mächtigen Satz voraus, soweit er nur konnte. Sobald eine Fährte unklar wird, ist es zunächst notwendig, einen Sprung nach vorwärts zu machen, um von den eigenen verwirrenden Fußspuren freizukommen. Als Bagheera gelandet war, wandte er sich um und rief:

»Hier kommt eine andere Fährte mit der ersten zusammen. Ein kleinerer Fuß ist die zweite Spur, und die Zehen stehen einwärts.«

Mowgli eilte hinzu und betrachtete die neue Spur. »Es ist der Fuß eines Gondjägers«, sagte er. »Sieh, hier schleifte er den Bogen über das Gras. Deshalb drehte die erste Fährte so schnell nach der Seite ab. Großer Fuß barg sich vor kleinem Fuß.«

»So ist es«, sagte Bagheera. »Wenn wir jetzt gemeinsam folgen, trüben wir die Zeichen. Jeder von uns nimmt eine Fährte auf. Ich bin großer Fuß, kleiner Bruder, und du bist kleiner Fuß, der Gond.«

Bagheera sprang zurück auf die ursprüngliche Fährte und ließ Mowgli an der Kreuzung zurück. Der stand gebeugt über die sonderbare Spur der einwärtsstehenden Zehen des kleinen wilden Mannes der Wälder.

»Jetzt«, rief Bagheera, Schritt für Schritt an der Kette der Fußspuren entlangtretend, »jetzt wende ich, großer Fuß, hier zur Seite. Jetzt verberge ich mich hinter einem Felsblock und verharre regungslos und wage nicht, meine Füße zu verschieben. Gib deine Fährte an, kleiner Bruder.«

»Ich, kleiner Fuß, komme zu dem Felsen«, rief Mowgli, auf

seiner Fährte laufend. »Nun setze ich mich unter dem Felsen nieder, stütze mich auf die rechte Hand und stelle den Bogen zwischen die Zehen. Lange warte ich so, denn tief ist hier die Spur meiner Füße.«

»Auch ich«, antwortete Bagheera, hinter dem Felsen verborgen.

»Ich verharre, den Knauf des dornenspitzen Dinges auf einen Stein gestützt. Es gleitet ab, hier ist eine Schramme auf dem Stein. Gib Laut auf deiner Fährte, kleiner Bruder.«

»Ein, zwei dürre Zweige sind hier gebrochen und ein großer Ast«, antwortete Mowgli gedämpft. »Wie deutet sich das? Aha! Nun ist alles klar! Ich, kleiner Fuß, gehe weg, geräuschvoll, laut stampfend, damit großer Fuß mich hören möge.« Schritt für Schritt bewegte sich Mowgli von dem Felsen fort, und seine Stimme schwoll an, als er sich einem kleinen Wasserfall näherte. »Ich – gehe – weit – weg –, dort – dorthin – wo rauschendes – Wasser – mein – Geräusch – verdeckt; und – hier – warte – ich. Künde deine Fährte, Bagheera, großer Fuß.«

Der Panther sprang nach allen Richtungen, um auszumachen, wie die Fährte von großem Fuß von dem Felsen ab verlief. Dann rief er:

»Auf den Knien krieche ich hinter dem Felsen hervor, das dornenspitze Ding schleppe ich nach. Niemanden sehe ich; springe auf und renne. Großer Fuß rennt scharf. Deutlich ist die Fährte. Jeder folge der seinen. Ich laufe.«

Bagheera fegte auf der deutlich gezeichneten Fährte hin, und Mowgli folgte den Fußspuren des Gond. Kurze Zeit lag Schweigen über der Dschungel.

»Kleiner Fuß, wo bist du?« tönte es dann von Bagheera herüber. Mowglis Stimme antwortete kaum fünfzig Meter zur Rechten.

»Um!« knurrte der Panther. »Nebeneinander laufen die zwei, jetzt nähern sie sich langsam!«

Noch eine halbe Meile etwa liefen sie nebeneinander hin; dann rief Mowgli, dessen Kopf nicht so nahe der Erde war wie der Bagheeras: »Sie trafen zusammen. Gute Jagd! Schau! Hier stand kleiner Fuß, ein Knie auf einem Felsblock – und dort wahrhaftig, ist großer Fuß.«

Nicht zehn Meter von ihnen entfernt, über zerbröckelten

Fels hingestreckt, lag der Leichnam eines Dörflers aus dem Distrikt, Rücken und Brust durchbohrt von einem befiederten Gondpfeil.

»War die Haube wirklich so alt und so wirr, kleiner Bruder?« fragte Bagheera sanft. »Ein Tod ist hier zum wenigsten.«

»Folgen wir weiter. Aber wo kam der Elefantenbluttrinker hin – der rotäugige Dorn?«

»Kleiner Fuß hat ihn vielleicht. Jetzt ist wieder nur Einzelfuß.«

Die einzelne Spur eines leichten Mannes, der mit einer Last auf der linken Schulter schnell gelaufen sein mußte, führte über einen mit trockenem Gras bewachsenen Hang hin, wo jeder Fußtritt den scharfen Augen wie in glühendes Erz gegossen erschien.

Keiner gab Laut, bis die Fährte sie bis an die Asche eines Feldfeuers führte, das in einer Schlucht verborgen schwelte.

»Wieder!« sagte Bagheera, plötzlich anhaltend, als wäre er zu Stein verwandelt.

Der Leichnam eines kleinen hageren Gond lag mit den Füßen in der Asche kohlend; Bagheera äugte fragend zu Mowgli hinüber.

»Das ist mit einem Bambus geschehen«, sagte der Knabe nach einem Blick auf den Toten. »Mit solchem Ding hütete ich Büffel, als ich dem Menschenvolk diente. Die Weiße Haube – betrübt bin ich, über sie gelacht zu haben –, kannte gut das Gesicht; ich hätte es wissen können. Sagte ich nicht, Menschen töten aus Bosheit?«

»Ja, sie töten um der roten und blauen Steine willen«, sagte Bagheera. »Bedenke, ich war in den Käfigen des Königs zu Oodeypore.«

»Eins, zwei, drei, vier Fußspuren«, zählte Mowgli, über die Feuerstelle gebeugt. »Vier Fährten von beschuhten Männern. So schnell wie die Gond laufen sie nicht. Was kann ihnen der kleine Waldmensch Böses getan haben? Sieh, alle fünf standen beieinander und redeten zusammen, bevor sie ihn töteten. Kehren wir zurück, Bagheera! Schwer ist mein Magen in mir, dennoch wippt er auf und ab, wie das Nest des Pfingstvogels auf der äußersten Spitze des Astes.«

»Keine gute Jagd ist es, wenn man das Wild entwischen

läßt«, sagte der Panther. »Folge! Nicht weit sind die acht beschuhten Füße gegangen.«

Eine Stunde lang sprach keiner ein Wort, indes sie der breiten Fährte der vier Männer folgten.

Hell und heiß stand bereits die Sonne am Himmel, da sagte Bagheera: »Rauch rieche ich.«

»Immer fressen die Menschen lieber als laufen«, antwortete Mowgli, indes er das niedrige Gestrüpp der neuen Dschungel kreuz und quer durchspürte. Bagheera, etwas zur Linken, machte plötzlich ein unbeschreibliches Geräusch in der Gurgel.

»Hier ist einer, der kein Futter mehr braucht«, sagte er. Ein Haufen zerschlissener, buntfarbiger Kleider lag unter einem Busch, und ringsum war Mehl verstreut.

»Das geschah wieder mit dem Bambus«, sagte Mowgli. »Sieh, solchen weißen Staub essen die Menschen. Sie haben diesem, der ihr Futter trug, den Tod gegeben – geben ihn nun Tschil, dem Geier, zum Futter.«

»Der dritte ist es«, sagte Bagheera.

»Frische dicke Frösche will ich der Weißen Haube bringen, sie fett zu machen«, sagte Mowgli zu sich selbst. »Der Elefantentrinker ist der Tod selbst – aber noch verstehe ich nicht!«

»Folge!« rief Bagheera.

Sie waren kaum eine halbe Meile weiter vorgedrungen, als sie Ko, die Krähe, das Totenlied singen hörten im Wipfel eines Tamarindenbaumes, unter dessen Schatten drei Männer hingestreckt lagen. In der Mitte des Kreises rauchte ein halberloschenes Feuer unter einer eisernen Platte, auf der Brotkuchen verkohlten. Dicht bei dem Feuer lag, hell im Sonnenlicht glitzernd, der mit Rubinen und Türkisen bedeckte *Ankus*.

»Schnell arbeitet das Ding. Hier endet alles«, sagte Bagheera. »Wie aber kamen diese Menschen um, Mowgli? Kein Fleck noch Wunde ist an ihnen.«

Ein Dschungelbewohner weiß aus Erfahrung mehr über giftige Pflanzen und Beeren als die meisten Ärzte. Mowgli roch in den Rauch, der vom Feuer hochstieg, brach ein Stück des geschwärzten Brotes, kostete es und spie es wieder aus.

»Apfel des Todes«, hustete er. »Der erste muß ihn in das

Futter gemischt haben für die anderen, die ihn töteten, nachdem sie den Gond getötet hatten.«

»Große Jagd – wahrlich«, rief Bagheera, »Tod folgt auf Tod.«

»Apfel des Todes« nennt man in der Dschungel den Dornapfel oder Datura – das stärkste Gift in ganz Indien.

»Was nun?« fragte der Panther. »Du und ich, müssen wir nun einander töten, für den rotäugigen Schläger dort?«

»Kann er reden?« flüsterte Mowgli. »Habe ich ihn beleidigt, als ich ihn fortwarf? Zwischen uns kann er nicht Unheil stiften, denn wir wünschen nicht, was Menschen begehren. Bleibt er aber hier liegen, wird er sicherlich weiter Menschen töten, einen nach dem anderen, so schnell, wie Nüsse von den Bäumen fallen im Sturm. Liebe zu Menschen habe ich nicht, aber ich will nicht, daß sechs in einer Nacht umkommen.«

»Was tut es? Nur Menschen sind es! Sie töteten einander und fanden Lust daran«, sagte Bagheera. »Gut jagte der erste kleine Waldmensch.«

»Junge sind sie nichtsdestoweniger; ein Junges würde sich ersäufen, um den Mond im Wasser zu beißen. Meine Schuld war es«, sprach Mowgli, der redete, als ob er alles über alles wüßte. »Niemals wieder schleppe ich fremde Dinge in die Dschungel – und wären sie wie Blumen so schön. Dieser«, behutsam hob er den *Ankus* auf, »kehrt zu dem Ahn der Kobras zurück. Aber schlafen müssen wir erst, und schlafen können wir nicht in der Nähe der Schläfer dort. Auch müssen wir *ihn* vergraben, er könnte sonst fortrennen und noch sechs weitere töten. Scharre ein Loch unter dem Baume.«

»Aber kleiner Bruder«, wandte Bagheera ein, dem Baum zuschreitend, »ich sage dir, nicht der Blutsäufer hat schuld. An den Menschen liegt alles.«

»Einerlei«, entgegnete Mowgli. »Tief grabe das Loch. Wenn wir erwachen, hole ich ihn heraus und trage ihn zurück.«

Zwei Nächte später, als die weiße Kobra im Dunkel der Gruft lag – geschändet, bestohlen, einsam –, wirbelte der von Edelsteinen funkelnde *Ankus* durch das Loch in der Mauer und fiel klirrend in das Meer güldener Münzen am Boden.

»Urahn der Kobras!« rief Mowgli – er blieb wohlweislich außerhalb der Mauer –, »nimm dir aus deinem Volke einen Jungen und Starken zu Hilfe, um den Schatz des Königs zu hüten, auf daß nie wieder ein Mensch diesen Ort lebend verlasse.«

»Ah, ah! Er kehrt also heim«, murmelte die alte Kobra und wand sich liebkosend um den *Ankus*. »Ich sagte doch, das Ding ist der Tod. Wie kommt es, daß du noch lebst?«

»Bei dem Bullen, für den Bagheera mich in das Rudel der Seeonee-Wölfe einkaufte, ich weiß es nicht! Das Ding hat sechsmal getötet in einer Nacht. Bewahre es wohl in ewiger Finsternis.«

Gesang des kleinen Jägers

Eh' Mor, der Pfau, aufflattert,
eh' das Affenvolk erwacht,
Eh' Chil, der Geier,
stößt zu Tal voll Gier –
Durch die Dschungel fliegt ein Schatten,
und ein Seufzen stöhnet sacht –
Das ist Furcht, o kleiner Jäger –
Furcht ist hier!

Sachte, sachte, an dem Hang
heimlich, lauernd schleicht's entlang,
Und ein Flüstern regt sich ängstlich
fern und nah –
Und der Schweiß deckt dein Gesicht,
denn vorüber strich's ganz dicht –
Das ist Furcht, o kleiner Jäger –
Furcht ist da!

Eh' der Mond den Fels erklomm,
eh' den Grat in Licht er taucht,
Wann des Waldvolks Schwänze
hangen schwer und feucht,
Ha! ein Atem heiß dich haucht –
schnobernd durch die Nacht es faucht –
Das ist Furcht, o kleiner Jäger –
Furcht da schleicht!

Auf die Knie, den Strang gestrafft,
von der Sehne schnell den Schaft –
In das höhnend leere Dickicht
wirf den Speer –
Bebend sinket dir die Hand,
aus der Wang' das Blut entschwand –
Nah ist Furcht, o kleiner Jäger –
Furcht schlich her!

Wenn die Wolke saugt den Sturm,
krachend sich ihm beugt der Wald,
Wenn im Regensturz
des Himmels Dach zerbricht,
Durch des Donners Toben hallt,
horch – ein Ton, der lauter schallt –
Furcht, o kleiner Jäger,
Furcht da spricht!

Höher schwillt des Stromes Lauf,
wilder tanzt der Kiesel Hauf',
Zuckend Blitz auf Blitz
das Blättermeer durchfurcht,
Angst vertrocknet Kehl' und Lippen,
und das Herz tost an die Rippen,
Hämmert: Furcht – o kleiner Jäger –
das ist Furcht!

Quiquern

Das Volk vom östlichen Eise,
  es schmilzt wie der Schnee vom Dach,
Sie betteln um Kaffee und Zucker,
  sie zieh'n dem weißen Manne nach.
Das Volk vom westlichen Eise,
  es lernte schon fechten und stehlen,
Er verkauft seine Felle den Händlern,
  dem weißen Mann seine Seelen.

Das Volk von dem südlichen Eise
  mit den Walfischfängern es hält,
Ihr Weibvolk schmückt sich mit Bändern,
  aber nackt und zerfetzt ist das Zelt.
Doch das Volk vom ältesten Eise
  – der weiße Mann sah es nie –
Von Narwalhorn sind ihre Speere,
  und die letzten Männer sind sie.

»Sieh doch, er hat die Augen geöffnet!«

»Zurück wieder ins Fell mit ihm. Ein starker Hund wird es einmal werden. Im vierten Monat werden wir ihm einen Namen geben.«

»Welchen?« fragte Amoraq.

Kadlu schaute in dem fellgefütterten Schneehaus umher, bis sein Blick auf den vierzehnjährigen Kotuko fiel, der auf der Schlafpritsche hockte und einen Knopf aus Walroßzahn schnitzte.

»Nenne ihn nach mir«, sagte Kotuko grinsend; »ich werde ihn eines Tages brauchen können.«

Auch Kadlu grinste, bis seine Augen beinahe im Fett der flachen Backen verschwanden, und nickte Amoraq zu. Die scharfe Hundemutter winselte beleidigt, weil sie ihr Junges nicht erreichen konnte, das hoch über dem warmen Hauch der Tranlampe in einem kleinen Sack aus Seehundfell baumelte. Kotuko nahm wieder seine Schnitzarbeit auf; Kadlu warf ein zusammengerolltes Bündel lederner Hundegeschirre in einen kleinen Nebenraum, der an der Seite des Hauses lag, zog sich den schweren Renjagdanzug vom Leib, legte ihn in ein Fischbeinnetz, das über der zweiten Tranlampe hing, ließ sich auf der Pritsche nieder und begann an einem Stück gefrorenen Seehundfleisch zu kauen, bis Amoraq, sein Weib, das übliche Mittagsmahl aus gekochtem Fleisch und Blutsuppe auftrug. Schon seit Morgengrauen war er draußen gewesen bei den Seehundslöchern, acht Meilen entfernt, und hatte drei starke Seehunde mit zurückgebracht. Halbwegs in dem niedrigen Schneegang oder Tunnel, der zur Innentür des Hauses führte, hörte man das Bellen, Schnappen und Winseln eines Schlittengespanns, das sich nach vollbrachtem Tagewerk um die warmen Plätze balgte.

Als das Gejaule zu laut wurde, rollte sich Kotuko träge von der Schlafpritsche herunter und griff sich eine Peitsche mit achtzehn Zoll langem elastischem Walfischbeinschaft und fünfundzwanzig Fuß langem hartgeflochtenem Riemen. Er verschwand in dem dunklen Schneegang, und von dort erhob sich ein Getobe, als ob die Hunde ihn bei lebendigem Leibe auffressen wollten; aber es war nur ihr tägliches Tischgebet. Am anderen Ende des Ganges kroch Kotuko ins Freie, und ein halb Dutzend zottiger Köpfe folgte ihm mit den Augen, während er einem Gestell aus Walfischkinnladenknochen zuschritt, an dem das Fleisch für die Hunde hing. Mit einem breitblattigen Speer schnitt er große Klumpen des gefrorenen Fleisches ab und stellte sich dann bereit, die Peitsche in der einen, das Fleisch in der anderen Hand. Jedes Tier rief er bei Namen, das schwächste zuerst. Und wehe dem Hunde, der sich vorzudrängen wagte! Sofort fuhr die Peitschenschnur wie ein züngelnder Blitz auf ihn nieder und zwickte ihm etwa einen Zoll Haut und Haar aus dem Fell. Jedes Tier schnappte knurrend nach seiner Portion, würgte sie hastig hinunter und flüchtete dann eilends wieder in die schützende Wärme des Ganges, während der Knabe im Schnee unter dem funkelnden Nordlicht stand und Gerechtigkeit austeilte. Als letzter kam der große schwarze Leithund des Gespanns an die Reihe, der Ordnung hielt, wenn die Hunde im Geschirr liefen, ihm gab Kotuko eine doppelte Ration Fleisch und einen Extraschmitz mit der Peitsche.

»Ja, ja«, sagte Kotuko, die Peitsche einrollend, »da drinnen habe ich noch ein Kleines über der Lampe hängen, das großmächtiges Gejaule anstellen wird. Marsch, hinein, *Sarpok!*«

Über das Gewudel der Hunde hinweg kroch er wieder in das Haus zurück, staubte sich den trockenen Schnee aus dem Pelzwams mit dem Fischbeinklopfer, den Amoraq hinter der Tür aufbewahrte, klopfte dann von dem tierhautüberzogenen Dach des Hauses die Eiszapfen herunter, die von dem Schneedom oben niedergefallen waren, und kroch wieder auf die Schlafbank. Draußen im Schneegang schnarchten die Hunde und winselten im Traum; der jüngste der Familie, eingehüllt in Amoraqs dicke Pelzjacke, strampelte, lutschte und gurgelte; die Mutter des jungen Hundes lag an Kotukos Seite, die Augen fest auf das Bündel aus Seehundsfell gerichtet, das über der breiten gelben Flamme der Lampe warm und sicher hing.

Das alles ereignete sich weit weg in den weißen Fernen des Nordens, hinter Labrador und noch hinter der Hudson-Straße, wo die gewaltigen Sturmfluten das Packeis knirschend schieben und türmen; nördlich der Halbinsel Melville – weiter nach Norden noch, nördlich sogar von den schmalen Meerengen von Fury und Hecla – an der Nordküste von Baffinland, wo die Insel Bylot über dem Eis des Lancaster-Sunds steht gleich einer umgestülpten Puddingform. Vom Lancaster-Sund nordwärts dehnt sich ein Land, unerforscht, wenig wissen wir davon – außer von Norddevon und Ellesmereland; aber auch dort hausen nur dünn verstreut einige Menschenkinder Tür an Tür gleichsam mit dem Nordpol.

Kadlu war Innuit-Eskimo – und sein Stamm, dreißig Seelen insgesamt, gehörte zu Tununirmiut, »dem Lande, das hinter irgend etwas liegt«. Auf den Landkarten ist diese öde Küste als Navy-Board-Bucht bezeichnet; aber der Name Innuit paßt besser dafür, weil diese Gegend hinter dem Rücken aller Länder liegt – wirklich am Ende der Welt. Dort ist neun Monate im Jahre Schnee und Eis; Sturmwind auf Sturmwind fährt fauchend daher mit einer Kälte, von der man sich kaum eine Vorstellung machen kann. Sechs von den neun Monaten herrscht tiefe Nacht, und das macht das Land so schauerlich. In den drei Sommermonaten friert es nur einen um den anderen Tag und jede Nacht. Dann beginnt von den südlichen Hängen der Schnee hinwegzutränen, ärmliche Krüppelweiden treiben wollige Knospen, und hier und da versucht dünnes Fetthennenkraut Blüten anzusetzen. Strandflächen mit feinem Kies und rundgeschliffenen Steinen sind plötzlich freigelegt und führen hinab zum offenen Meer, glatte Blöcke und streifige Felsen treten aus der körnigen Schneedecke hervor. Aber das alles ist in wenigen Wochen wieder verschwunden, und von neuem umklammert der wilde Winter mit ehernen Banden das Land, wieder kracht und stößt auf dem offenen Meer das Treibeis, stampft und rammt und stößt und splittert, bis es zuletzt zur festen Fläche zusammenfriert, zehn Fuß dick über die Küste hin und hinaus in die tieferen Gewässer.

Im Winter pflegte Kadlu den Robben bis an die Grenze des Küsteneises zu folgen und spießte sie, wenn sie zu den Luftlöchern aufgestiegen kamen, um Atem zu holen. Der Seehund bedarf des offenen Wassers, um Fische zu fangen; im tiefen Winter aber erstreckt sich mitunter das Eis von der Küste aus über achtzig Meilen weit ohne Spalt oder Loch.

Im Frühling zog sich Kadlu mit seiner Sippe vor dem tauenden Eise zurück nach dem felsigen Festland; dort errichteten sie Hütten aus Tierfellen, legten Schlingen für Seevögel oder stachen junge Robben, die sich am Gestade sonnten. Später zogen sie wohl südlich nach Baffinland, dem Ren nach, und ergänzten ihren jährlichen Vorrat an Lachs aus den Hunderten von Strömen und Seen des Innern. Im September oder Oktober wanderten sie wieder nordwärts, um Moschusochsen zu jagen und den jährlichen Winterseehundfang zu betreiben. Sie reisten dabei mit Hundeschlitten, oft zwanzig und dreißig Meilen am Tag; manchmal fuhren sie auch an der Küste entlang in geräumigen Fellbooten – Frauenboote genannt. Die kleinen Kinder und Hunde rollten sich dann zu den Füßen der Ruderer, und die Frauen stimmten die alten Gesänge an, indes sie dahinglitten in den bauchigen Booten von Kap zu Kap in den gläsernen, eisigen Fluten.

Aller Luxus, von dem der Tununirmiut wußte, kam aus dem Süden – Treibholz für Schlittenkufen, Stabeisen für Harpunenspitzen, stählerne Messer, Blechtöpfe, in denen sich weit besser kochen ließ als mit den alten Specksteingeräten. Feuerstein, Stahl, sogar Streichhölzer kamen vom Süden, farbige Bänder zum Kopfputz für die Frauen, billige kleine Spiegel und rotes Tuch zum Einfassen von Staatsjacken aus Rentierhaut. Kadlu handelte mit dem kostbaren gewundenen Narwalhorn und Moschusochsenzähnen, die höher im Werte stehen als Perlen. Seine Abnehmer waren die Innuits des Südens, und diese wieder handelten mit den Walfischfängern und Missionsstationen von Exeter- und Cumberland-Sund. So greift die Kette ineinander, und wohl denkbar wäre es, daß ein Schiffskoch in Bhendy-Bazar sich einen Wasserkessel erstände, der dann seine lange Laufbahn über einer blakenden Tranlampe irgendwo jenseits des Polarkreises beendet.

Kadlu war ein großer Jäger und reich an Eisenharpunen, Schneemessern, Vogelpfeifen und all den Dingen, die das Leben da droben in den gewaltigen Kälten erleichtern. Er war das Haupt seines Stammes oder, wie sie dort sagen, »Der Mann, der alles aus Erfahrung kennt«; das aber gab ihm weiter keine Autorität, außer daß er mitunter seinen Genossen raten konnte, ihre Jagdgründe zu verlegen. Kotuko jedoch benutzte gern die Stellung des Vaters, um in der fetten, faulen Innuitart über die anderen Knaben zu herrschen, wenn sie sich nachts im Mondlicht zusammenfanden, um Ball zu spielen oder ihre Kinderlieder dem Nordlicht vorzusingen.

Ein Innuit fühlt sich mit dem vierzehnten Jahr seines Lebens als Mann; und Kotuko hatte es gründlich satt, immer nur Schlingen für Wildhühner und Blaufüchse anzufertigen oder – was ihm noch mehr zuwider war – mit den Frauen tagaus, tagein Seehunds- und Rentierhäute zu kauen, um sie geschmeidig zu machen, während draußen die Männer jagten. Es zog ihn in das *Quaggi*, das Singhaus, allwo die Männer zusammenkamen zu ihren Mysterien und der *Angekok*, der Zauberer, sie in höchst angenehmen Gruselzustand versetzte, wenn er die Lampe gelöscht hatte und sie dann das gespenstische Ren auf dem Dache herumtappen hörten; oder wenn der *Angekok* einen Speer in die gähnende schwarze Nacht hinausschleuderte, der dann aus dem Nichts mit blutdampfender Spitze zurückgeflogen kam. Gern hätte er mit der großartig müden Geste des Familienhaupts seine dicken Stiefel ins Netz geworfen; gern wäre er dabeigewesen, wenn die Jäger sich abends zusammenfanden und eine Art hausgemachtes Roulette spielten, hergestellt aus einem Blechtopf und einem Nagel. Hunderterlei hätte er gern getan, aber die Männer lachten über ihn und sagten: »Warte, Kotuko, bis du einmal die Hunde geführt hast. Jagen allein macht noch nicht den Fang.«

Nun aber hatte ihm der Vater einen jungen Rüden zugesprochen, und die Dinge standen für ihn hoffnungsvoller. Kein Innuit verschwendet einen guten Hund an seinen Sohn, bis der Knabe etwas vom Hundefahren versteht; Kotuko aber war überzeugt, daß er alles und noch viel mehr verstünde.

Hätte der junge Hund nicht eine eiserne Konstitution gehabt, so wäre er bald an Überfütterung und allzu rauher Behandlung eingegangen. Kotuko machte ihm ein kleines Geschirr mit einer Leine daran und trieb und hetzte ihn durch den Hausgang mit den Rufen: *»Aua! ja aua*[1]*!« »Choiachoi! Ja choiachoi*[2]*!« »Ohaha*[3]*!«* Der junge Rüde schätzte das sehr wenig, doch war das alles nur Kinderspiel gegen das erste Einspannen vor den richtigen Schlitten. Nichts Böses ahnend, setzte er sich in den Schnee und spielte mit der Trosse aus Seehundshaut, die sein Geschirr mit dem *Pitu*, dem schweren Leitseil am vorderen Ende des Schlittens, verband. Die Meute zog an, und der schwere, zehn Fuß lange Schlitten ging über ihn hinweg und zerrte ihn hinter sich her, wobei Kotuko lachte, daß ihm die Tränen über die Backen liefen. Dann kam Tag für Tag die grausame Peitsche an die Reihe, die zischt und pfeift wie der Nordwind über dem Eis, die anderen Schlittenhunde bissen und schnappten nach ihm, weil er sich auf die Arbeit noch nicht verstand, das harte Geschirr scheuerte ihn wund, auch durfte er nicht mehr mit Kotuko schlafen und mußte sich mit dem kältesten Platz im Hausgang begnügen – wahrlich eine harte Lehrzeit für den jungen Hund.

Der Knabe lernte ebenso schnell wie der Rüde, obwohl es herzbrechend schwer ist, einen Hundeschlitten zu lenken. Jedes Tier, das schwächste dem Lenker zunächst, wird angeschirrt mit einer besonderen Leine, die unter dem linken Vorderlauf durchführend nach der Hauptleine läuft, an der sie mit einer Art Knopf oder Schlinge befestigt ist. Von da kann sie mit einer Drehung des Handgelenks losgestreift werden, wenn der einzelne Hund frei gemacht werden soll. Das ist oft notwendig, weil dem jungen Hunde leicht die Halteleine

1. Gehe rechts! – 2. Gehe links! – 3. Halt!

zwischen die Hinterläufe gerät und dann bis auf den Knochen einschneidet. Alle aber, wie sie da sind, wollen durchaus beim Laufen ihren näheren Freunden einen Besuch abstatten und springen dabei ein und aus zwischen den Leinen. Dann geht ein Gebalge los, und das Ergebnis ist ein Verheddern, schlimmer als nasse Fischleinen am Morgen nach dem Fang. Viel Unheil wird vermieden durch weisen Gebrauch der langen Peitsche, und es ist der Stolz jedes Innuitjungen, Meister in deren Handhabung zu sein. Leicht ist es wohl, ein festes Ziel am Boden zu treffen, aber äußerst schwer ist es, bei voller Fahrt des Schlittens einem der Hunde, der seinen Platz verlassen will, genau zwischen den Schultern eins zu versetzen. Straft man einen Hund wegen Ungehorsams und trifft aus Versehen mit der Peitsche einen anderen, dann fallen die beiden sofort übereinander her, und alle anderen müssen halten. Fährt man zum Beispiel allein und singt sich eins zum Zeitvertreib oder hat einen Freund neben sich und unterhält sich mit ihm, so halten die Hunde plötzlich, drehen sich um und setzen sich, um zu hören, was da gesprochen wird. Mehrmals waren Kotuko die Hunde davongegangen, weil er vergessen hatte, beim Halten den Schlitten anzublocken; manche Peitsche zerbrach er, zerriß eine Anzahl Riemen, bevor man ihm ein volles Gespann von acht Hunden mit dem leichten Schlitten anvertrauen konnte. Dann aber fühlte er sich als ein Mann von Bedeutung. Mit kühlem Herzen und ruhiger Hand glitt er über die dunklen Eisflächen dahin, schnell wie eine Meute in vollem Geläut. Zehn Meilen weit stürmte er dahin bis zu den Seehundslöchern; auf dem Jagdgrund angelangt, warf er die Leine des großen schwarzen Leithundes, des klügsten im Gespann, von dem *Pitu* los. Sobald der Hund ein Atemloch im Eis witterte, stürzte Kotuko den Schlitten um und trieb ein gekapptes Geweih in den Schnee, um daran das Gespann zu verankern. Dann kroch er Zoll um Zoll an das Luftloch heran und lauerte, bis der Seehund zum Atemholen aufstieg; rasch stieß er den Speer mit der Laufleine daran in die Tiefe und zog wenig später den Seehund zur Eiskante hinauf; dort stand der Leithund bereit und half, den toten Körper über das Eis zu dem Schlitten zu schleppen. Die angeschirrten Hunde begannen nun vor Aufregung zu heulen und zu schäumen; aber Kotuko brachte sie mit einem rotheißen Peitschenhieb quer über die Schnauzen zur Ruhe und wartete, bis der tote Körper des Seehunds steif gefroren war. Schwere Arbeit war die Heimfahrt. Der beladene Schlitten mußte mühsam über das holprige Eis bugsiert werden, die Hunde aber, anstatt zu ziehen, setzten sich alle Augenblicke nieder und blickten hungrig nach dem Seehund hin. Endlich aber kamen sie auf den ausgefahrenen Schlittenpfad, der nach dem Dorfe führte, und zockelten, die Köpfe gesenkt, die Ruten hochgerichtet, über das klingende Eis dahin; Kotuko aber stimmte glücklich das Lied des heimkehrenden Jägers an: *»An-gutivaun tai-na tau-na-ne taina«* – und von Haus zu Haus grüßten ihn Stimmen, als er dahinfuhr unter dem dunklen, mit fahlen Sternen besäten Himmel der Arktis.

Als Kotuko, der Hund, seine volle Größe erreichte, packte ihn der Ehrgeiz. Stetig kämpfte er seinen Weg im Gespann aufwärts, focht Kampf um Kampf aus, bis er eines schönen Abends beim Füttern über den großen schwarzen Leithund herfiel und ihn, wie man das nennt, zum zweiten Hund degradierte. So wurde Kotuko, der Hund, zum langen Riemen des Leithundes befördert und lief fünf Fuß vor allen anderen im Gespann; seine Pflicht war von jetzt ab, allen Streit zu schlichten, in wie außer dem Geschirr, und stolz trug er nun das schwere dicke Halsband aus Kupferdraht. Bei besonderen Gelegenheiten bekam er drinnen im Hause gekochtes Futter und durfte zuweilen neben Kotuko auf der Bank schlafen. Er wurde ein guter Robbenjagdhund und stellte den Moschusochsen, indem er ihn umkreiste und ihm nach den Läufen schnappte. Er nahm es selbst – und das ist für einen Schlittenhund der größte Beweis von Tapferkeit – mit dem hageren Polarwolf auf, den die Hunde im Norden in der Regel mehr fürchten als alles, was sonst über den Schnee läuft. Er und sein Herr – die übrigen Hunde des Gespanns sahen sie nicht als ebenbürtige Gesellschaft an – jagten zusammen Tag um Tag, Nacht um Nacht: der in Pelze gehüllte Knabe und das wilde, langhaarige, schmaläugige, weißzahnige, gelbe Tier.

Der Innuit hat Nahrung und Felle für sich und seine Familie zu schaffen, das ist seine Hauptarbeit. Die Frauen nähen aus den Fellen die Kleidung und helfen gelegentlich, kleines Wild in Fallen zu fangen. Aber die Masse der Nahrung – und die Innuits verzehren außerordentlich viel – müssen die Männer beschaffen. Gehen ihnen die Vorräte aus, so haben sie dort oben keinen, bei dem sie kaufen, borgen oder betteln können, dann müssen sie sterben.

Aber daran denkt der Innuit nicht, bis ihn die Gefahr dazu zwingt. Glücklich und sorglos lebten Kadlu, Kotuko, Amoraq und das Knäblein, das in Mutters warmem Pelzrock strampelte und den ganzen Tag an einem Stückchen Fischlunge lutschte. Sie stammten von einem sanftmütigen Geschlecht – selten verliert der Innuit die Geduld und schlägt fast nie ein Kind –, wußten kaum, was lügen hieß, und stehlen war ihnen fremd. Sie waren es zufrieden, ihr tägliches Brot der bitteren, hoffnungslosen Kälte abzuringen; sie lächelten ölig, erzählten sich an den Abenden seltsame Märchen und Geistergeschichten, aßen, bis sie nicht mehr konnten, und sangen den endlosen Frauengesang: *»Amna aya, aya amna, ah! ah!«* den ganzen lampenerhellten Tag durch beim Flicken ihrer Kleider und Jagdgeräte.

Aber dann kam ein besonders schrecklicher Winter, und alles ließ sie im Stich. Die Tununirmiuten kehrten von dem jährlichen Lachsfang heim und bauten ihre Häuser auf dem frühen Eis nördlich der Insel Bylot, um den Seehunden nachzustellen, sobald das Meer zugefroren war. Doch ein früher und wilder Herbst brach herein. Den ganzen September hindurch heulten ununterbrochen heftige Stürme, rissen das glatte Robbeneis auf, als es erst vier oder fünf Fuß stark war, schoben die treibenden Massen auf das Festland und türmten einen mächtigen Wall auf von klumpigem, zerrissenem und nadelspitzem Eis, über den kein Hundeschlitten hinweg konnte. Die Eiskante, an der im Winter die Seehunde die Fische jagten, lag vielleicht zwanzig Meilen jenseits dieser Eisbarriere – unerreichbar für die Tununirmiuten.

Dennoch wären sie wohl über den Winter hinweggekommen mit dem Vorrat an gefrorenem Lachs, angesammeltem Tran und dem, was die Fallen hergaben. Aber im Dezember stieß einer ihrer Jäger auf ein *Tupik*[1], in dem Sterbende lagen – drei Frauen und ein Mädchen. Ihre Männer waren in den Fellbooten durch die auflaufenden Massen des Pack-

1. Felljurte.

eises zermalmt worden, als sie vom hohen Norden herabgekommen waren, um den langgehörnten Narwal zu jagen. Kadlu mußte wohl oder übel die Frauen in die Hütten des Winterdorfes verteilen, denn kein Innuit wagt, einem Fremdling den Herd zu versagen, weiß er doch niemals, wie bald an ihn selbst die Reihe, Hilfe zu erbitten, kommen mag. Amoraq nahm das etwa vierzehnjährige Mädchen in ihrem Hause als eine Art Dienerin auf. Nach dem Schnitt der spitzen Haube und dem Rautenmuster auf ihren Rentierhosen hielt man sie für eine aus Ellesmereland. Noch nie zuvor hatte sie Blechkochtöpfe gesehen oder Schlitten mit hölzernen Kufen – aber Kotuko, der Knabe, und Kotuko, der Hund, hatten das Mädchen gern.

Bald verschwanden alle Füchse südwärts, und selbst der Vielfraß, der knurrende, stumpfnasige kleine Dieb des Schneegebiets, gab sich nicht mehr die Mühe, die leeren Fallen abzusuchen, die Kotuko gestellt hatte. Der Stamm verlor einige seiner besten Jäger, die im Kampf mit dem Moschusochsen schwer verwundet wurden; und dadurch lastete auf den übrigen noch mehr Arbeit. Tag für Tag zog Kotuko aus mit leichtem Jagdschlitten und sechs bis sieben der stärksten Hunde und spähte und spähte, bis ihm die Augen übergingen, nach einem Fleckchen klaren Eises, wo vielleicht ein Seehund ein Luftloch gekratzt haben könnte. Kotuko, der Hund, schweifte umher durch die tote Stille der Arktis, und Kotuko, der Knabe, vernahm das vor Erregung halberstickte Gewinsel des Tieres beim Verbellen eines gefundenen Seehundsloches – vernahm es so deutlich über drei Meilen hin, als wäre der Hund ihm zur Seite. Neben dem aufgespürten Loch richtete der Knabe eine kleine Schneewand auf, um den schärfsten Wind abzuhalten, und dann lauerte er, zehn, zwölf und oft zwanzig Stunden hintereinander, auf den Augenblick, da der Seehund zum Luftschöpfen hochsteigen würde, starrte unausgesetzt nach dem Zeichen hin, das er sich über dem Loch eingeritzt hatte, um den Tiefenstoß seiner Harpune sicher führen zu können. Unter den Füßen hatte er eine kleine Seehundsfellmatte ausgebreitet, und die Beine steckten zusammengebunden in dem *Tutareang,* dem Sack, von dem die alten Jäger gesprochen. Der soll verhindern, daß die Beine ausrutschen bei dem endlosen Warten und Warten auf den hellhörigen Seehund. Aufregung ist wohl mit der Sache nicht verbunden; aber man kann sich vorstellen, daß dieses regungslose Stillsitzen im Sack bei vielleicht vierzig Grad unter Null für den Innuit die härteste Arbeit ist, die er kennt. Gelang es, einen Seehund zu spießen, dann sprang Kotuko, der Hund, vor und half, den Körper zu dem Schlitten hinzuziehen, wo die hungrigen müden Hunde, hinter ragenden Blöcken grün schimmernden Eises vor dem Winde geschützt, trübselig beieinanderlagen.

Aber so ein Seehund reicht nicht weit, da jeder Mund im kleinen Dorfe das Recht hatte, gefüllt zu werden; weder Knochen, Haut noch Sehnen wurden verschwendet. Das für die Hunde bestimmte Fleisch mußte für die Menschen bleiben. Amoraq fütterte die Meute mit Stücken alter Sommerfellzelte, die sie unter der Schlafbank hervorklaubte, die Tiere aber heulten, heulten im Schlaf und erwachten, um abermals hungrig zu heulen. An den Specksteinlampen in den Hütten konnte man erkennen, daß die Hungersnot herannahte. In guten Jahren, wenn Tran reichlich vorhanden war, brannte das Licht in den schiffsförmigen Lampen oft sechs Fuß hoch, fröhlich, ölig und gelb. Jetzt aber flackerte es kaum sechs Zoll hoch, und sorgsam drückte Amoraq den Moosdocht wieder hinunter, wenn etwa das Licht heller aufflammen wollte, wobei die Blicke der ganzen Familie besorgt ihrer Hand folgten. Schrecklich ist der Hungertod dort oben; aber das Schrecklichste für den Innuit ist es, im trostlosen arktischen Dunkel dahinscheiden zu müssen. Er fürchtet die Nacht, die jedes Jahr sechs Monate ununterbrochen auf ihm lastet; und wenn die Lampen in den Hütten niedrig zu brennen anfangen, dann werden die Gemüter der Menschen wirr und erschüttert. Aber noch Schlimmeres war im Anzug.

Die unterernährten Hunde schnappten und heulten wilder und wilder im Schneegang der Hütten, glotzten nach den frostigen Sternen und schnüffelten nächtens in den schneidenden Wind. Verstummte ihr Klagegeheul, dann fiel das gewaltige Schweigen wieder herab, so wuchtig und schwer wie der Druck einer Schneewehe gegen das Haustor – dann hörten die Menschen das Brausen des eigenen Bluts in den dünnen Adern der Ohren und das Pochen ihrer Herzen so laut wie das Dröhnen von Zaubertrommeln über der Eisfläche.

Schon seit Tagen war Kotuko, der Hund, ungewöhnlich schlecht im Geschirr gegangen. Eines Abends nun sprang er hoch und stieß mit dem Kopf gegen Kotukos Knie. Dieser streichelte ihn, aber der Hund stieß und drängte immer weiter, wie von einer Unruhe befallen. Davon erwachte Kadlu, packte den schweren, wolfsähnlichen Kopf und starrte in die glasigen Augen. Der Hund winselte und schauderte zwischen Kadlus Knien. Das Nackenhaar sträubte sich, und er knurrte, als stände ein Fremder vor der Tür; dann wieder bellte er freudig auf, wälzte sich auf dem Boden und schnappte nach Kotukos Stiefeln, wie junge Hunde es machen.

»Was ist mit ihm?« fragte Kotuko in aufsteigender Angst.

»Die Krankheit ist es, die Hundekrankheit«, erwiderte Kadlu. Kotuko, der Hund, hob die Schnauze, heulte und heulte.

»Das habe ich noch nie gesehen. Was wird mit ihm?« fragte Kotuko.

Kadlu zuckte ein wenig mit der Schulter, ging quer durch die Hütte und suchte seine kurze Stoßharpune. Der große Hund blickte ihm aus irren Lichtern nach, heulte auf und schlich davon, in den Schneegang, wo sich die anderen Hunde rechts und links zur Seite drückten, um ihm Platz zu machen. Als er draußen im Schnee war, schlug er wütend an, als wäre er einem Moschusochsen auf der Spur, sprang in die Luft und verschwand in der Dunkelheit. Nicht Tollwut war seine Krankheit, sondern einfach Wahnsinn. Kälte, Hunger und vor allem die Nacht hatten ihm die Sinne verwirrt. Wenn aber die furchtbare Hundekrankheit in einem Gespann ausbricht, dann frißt sie wie Wildfeuer um sich. Am nächsten Jagdtage erkrankte wieder ein Hund, biß wütend um sich, zerrte in den Trossen und wurde von Kotuko auf der Stelle getötet. Der schwarze zweite Hund, einst der Führer des Gespanns, war der nächste; er begann wie rasend zu bellen, als wäre er auf einer Renfährte, und als man ihn schnell von dem Leitseil frei machte, rannte er davon, wie sein Vorgänger, mit dem Geschirr noch auf dem Rücken. Von da ab wollte keiner mehr mit den Hunden fahren; man brauchte sie auch zu etwas anderem – und die Hunde wußten es. Fest angepflockt lagen sie, wurden aus der Hand gefüttert, dennoch sprachen Verzweiflung und Angst aus ihren Augen. Um die Sache noch schlimmer zu machen, begannen die alten Weiber Geistergeschichten zu erzählen und sagten, daß ihnen die Geister der im letzten Herbst umgekommenen Jäger erschienen wären und alles erdenkliche Unheil prophezeit hätten.

Kotuko grämte sich mehr um den Verlust seines Hundes als um die bittere Not. Obwohl ein Innuit ungeheuer stark ißt und essen muß, kann er doch auch Hunger ertragen. Aber Kälte, Nacht und Entbehrung zehrten an Kotukos Kräften, und er begann, in seinem Innern Stimmen zu hören und Erscheinungen zu haben. In einer Nacht, nachdem er zehn Stunden lang über einem »blinden« Seehundsloch gesessen hatte, kam er schwach und schwindlig dem Dorfe zugewankt. Um auszuruhen, lehnte er sich gegen einen Eisblock, der zufällig nur locker auflag; der Block kam aus dem Gleichgewicht und überschlug sich polternd. Kotuko sprang zur Seite, um ihm zu entgehen, aber der Block kam zischelnd und raschelnd den Hang hinab hinter ihm her gerollt.

Das war genug für Kotuko! Er war aufgewachsen in dem Glauben an Geister; in jedem Fels, in jedem Eisblock lebte ein Bewohner, den man sich gewöhnlich als eine Art einäugigen weiblichen Wesens, *Tornaq* genannt, vorstellte. Wollte eine *Tornaq* dem Menschen beistehen, so rollte sie, glaubte man, hinter einem her im Innern ihres Steinhauses und bot sich als Schutzgeist an. (Eisumschlossene Felsen beginnen im Sommer, wenn die Hülle taut, über das Land dahinzurollen und zu tanzen – daher der Glaube an lebendige Steine.) Wie an allen Tagen hörte auch jetzt Kotuko das Blut in den Ohren pulsen und rauschen; aber nun meinte er, daß es die Stimme der *Tornaq* im Stein war, die zu ihm redete. Als er sein Haus erreicht hatte, stand für ihn fest, daß der Steingeist geheimnisvoll zu ihm gesprochen hatte, die anderen glaubten ihm ebenfalls, und keiner widersprach ihm.

»Die *Tornaq* raunte mir zu: ›Ich springe herab, ich springe herab von meinem Platz im Schnee‹«, rief Kotuko, der vorgebeugt, mit hohlen brennenden Augen in der schwach erhellten Hütte stand. »Sie sagte: ›Ich will dir Führer sein‹; sie sagte: ›Zu den großen Robbenlöchern führe ich dich, folge mir‹; und morgen ziehe ich aus, denn die *Tornaq* wird mich führen.«

Der *Angekok*, der Dorfzauberer, trat nun herbei; und Kotuko erzählte zum zweitenmal die Geschichte. »Folge den

Tornait, den Geistern der Steine«, sagte der Zauberer, »sie werden uns wieder Nahrung zuwenden.«

Schon seit Tagen hatte das Mädchen aus dem Norden in der Nähe der Lampe gelegen, wenig gegessen und noch weniger gesprochen. Als aber am nächsten Morgen Amoraq und Kadlu einen kleinen Handschlitten hervorzogen, ihn mit Kotukos Jagdgerät und mit so viel gefrorenem Seehundfleisch und Tran beluden, als sie entbehren konnten, da ergriff das Mädchen aus Ellesmereland wacker die Zugleine und stellte sich an die Seite des Knaben.

»Dein Haus ist mein Haus«, sagte sie, indes der kleine knochenkufige Schlitten hinter ihnen knirschte und stieß durch die grauenvolle Dunkelheit der Polarnacht.

»Mein Haus, dein Haus«, sagte Kotuko. »Wir beide zusammen, scheint mir, sind auf dem Wege zu Sedna.«

Sedna ist die Herrin der Unterwelt; und der Innuit glaubt, daß jeder nach seinem Tode ein Jahr in ihrem finsteren Reiche wohnen muß, bis er nach Quadliparmiut eingehen kann, dem glückseligen Land, wo es niemals friert und fette Rens auf Anruf angetrottet kommen.

Im Dorf aber riefen die Leute: »Die *Tornait* haben zu Kotuko gesprochen. Offenes Eis werden sie ihm weisen. Seehunde wird er uns heimbringen zu den Hütten.« Die Stimmen waren aber bald von der kalten, leeren Finsternis aufgeschluckt; und Kotuko und das Mädchen zogen Schulter an Schulter an dem Zugstrick oder schoben den Schlitten durch das Eis in Richtung auf das Polarmeer. Kotuko bestand darauf, die *Tornaq* im Stein habe ihm befohlen, nordwärts zu ziehen, und so wanderten sie nach Norden unter Tuktuqdjung, dem Ren – jenem Sternbild, das wir den großen Bären nennen.

Ein Europäer hätte über den Eisschutt und das scharfkantige Geschiebe kaum fünf Meilen am Tag zurücklegen können; diese zwei aber kannten aus alter Erfahrung jede Drehung des Handgelenks, mit der man den Schlitten über den Eishügel hinwegbringt, jeden geschickten Ruck, der ihn aus einer Eisspalte herauszerrt, kannten, wenn der Weg hoffnungslos blockiert schien, das Maß der einzusetzenden Kraft, um mit ein paar Speerschlägen einen Pfad zu bahnen.

Das Mädchen sprach kein Wort, hielt den Kopf gesenkt,

und die langen Fransen aus Vielfraßfell an ihrer Hermelinkapuze wehten über ihr breites dunkles Gesicht. Der Himmel über ihnen war wie tiefschwarzer Samt, erhellt gegen den Horizont hin von düsterroten Streifen – dort, wo die mächtigen Sterne glommen wie Straßenlaternen. Zuweilen zuckten grünliche Wogen des Nordlichts über das Gewölbe des hohen Firmaments wie flatternde Fahnen und erloschen wieder; oder ein Meteor zog sprühend vorüber auf seiner Bahn aus der Nacht in die Nacht und zog einen Schauer glühender Funken hinter sich her. Später erstrahlten vor den Wandernden die Rippen und Furchen der Oberfläche des Eisfeldes in seltsamen Farben – verbrämt und betupft in Rot, Kupfer und Blau; bald aber wandelte das Sternenlicht alles wieder in froststarres Grau. Die Eisdecke war durch die Herbststürme zerspalten und zerpflügt worden und glich nun im Frost des Winters einem erstarrten Erdbeben. Risse, Spalten und Löcher klafften im Eis wie tiefe Schründe; Klumpen und Bruchstücke klebten festgefroren auf dem ursprünglichen Boden der Eisfläche; alte schwarze Eispusteln, vom Sturm unter die Eisdecke getrieben, stiegen wie Blasen wieder empor; große Blöcke ragten auf mit scharfen Kanten und Graten, vom Schnee geschliffen, der vor dem Winde her fliegt; eingesunkene Gründe erstreckten sich dreißig und vierzig Morgen weit, tief unter der Ebene der Eisfelder.

Aus der Entfernung konnte man die Klumpen und Blöcke für Seehunde oder Walrosse halten, für umgekippte Schlitten oder Menschen auf der Jagd; ja, selbst der weiße Gespensterbär, mit den zehn Läufen, erstand aus den Umrissen eines gewaltigen Eisblocks. Aber wenn auch die phantastischen Formen wie von spukhaftem Leben erfüllt schienen, so war doch kein Laut, nicht der leiseste Widerhall eines Geräusches zu vernehmen. Und durch dieses allgegenwärtige Schweigen, durch diese Einöde, wo fahle Lichter flackernd aufzuckten und dahinstarben, kroch der winzige Schlitten mit den beiden dahin, die ihn zogen. Nachtalben schienen sie zu sein, die den Menschen im Schlafe schrecken – Phantome vom Ende der Welt, am Ende der Welt.

Wenn sie müde wurden, machte Kotuko ein Halbhaus, wie die Jäger es nennen, eine kleine Schneehütte, in die sie krochen und wo sie über der Reiselampe das gefrorene Seehundsfleisch aufzutauen versuchten. Wenn sie geschlafen hatten, begannen sie wieder ihre Wanderung – dreißig Meilen Marsch am Tage, um fünf Meilen nordwärts zu gelangen. Das Mädchen war immer sehr schweigsam; Kotuko aber führte Selbstgespräche oder stimmte Gesänge an, die er im Singhause gelernt hatte, Sommerlieder, Ren- und Lachslieder – alle in schreiendem Widerspruch zu ihrer Lage. Dann glaubte er wieder die *Tornaq* zu ihm reden zu hören, und er rannte wild und wirr einen Eishügel hinan, fuchtelte mit den Armen und sprach in lautem, drohendem Ton. In Wahrheit war Kotuko zu jener Zeit dem Wahnsinn nahe; das Mädchen aber glaubte sicher, daß ein Schutzgott ihn führte und alles gut werden würde. So erstaunte sie nicht, als am Ende des vierten Tagesmarsches Kotuko ihr mit glühenden Augen erzählte, daß seine *Tornaq* ihm über den Schnee folge in Gestalt eines zweiköpfigen Hundes. Das Mädchen wandte sich um, wohin Kotuko zeigte, und irgend etwas schien in einer Eisspalte zu verschwinden. Es war gewiß nichts Menschliches, aber jedem war es bekannt, daß die *Tornaq* gern Gestalten von Bären, Robben und dergleichen annahmen.

Es mochte ebensogut der weiße, zehnbeinige Gespensterbär als sonst irgend etwas sein; denn Kotuko und das Mädchen waren so ausgehungert, daß ihre Augen versagten. Seitdem sie das Dorf verließen, hatten sie nichts gefangen noch auch nur eine einzige Wildfährte gesehen. Ihr Vorrat reichte noch knapp eine Woche, und ein Sturm war im Anzug. Zehn Tage hintereinander tobt manchmal der Polarsturm, ohne nachzulassen, und jedem bringt er sicheren Tod, der sich während der Zeit im Freien befindet. Kotuko baute ein Schneehaus, groß genug, um auch den Schlitten mit hineinzunehmen (denn niemals soll man sich von seinem Fleischvorrat trennen), und als er den letzten Eisblock zurechthackte, der den Schlußstein des Daches bilden sollte, sah er auf einer niedrigen Eisklippe eine halbe Meile entfernt etwas kauern, das zu ihm herüberblickte. Diesig war die Luft; das, was dort kauerte, schien vierzig Fuß lang zu sein und zehn Fuß hoch, mit einem zwanzig Fuß langen Schwanz hinter sich. Die Umrisse der Gestalt schienen sich fortwährend zu ändern. Auch das Mädchen sah das Phantom, aber anstatt vor Schreck aufzuschreien, sagte sie gelassen: »Das ist Quiquern. Was wird nun kommen?«

»Es wird zu mir reden«, erwiderte Kotuko; aber das Schneemesser zitterte in seiner Hand, als er sprach, denn so gern auch ein Mann glauben mag, mit fremdartigen häßlichen Geistern gut Freund zu sein, so ungern läßt er sich beim Worte nehmen. Quiquern nun gar ist das Gespenst eines gigantischen zahnlosen Hundes ohne ein Haar. Hoch im Norden soll er leben und erscheint immer im Lande am Vortage großer Ereignisse, seien sie nun froher oder trauriger Art. Aber selbst der Zauberer hütet sich, von Quiquern zu sprechen, der die Hunde toll macht. Gleich dem Gespensterbären hat er eine große Anzahl von Beinpaaren – sechs oder acht –, und das Etwas, das da in der diesigen Luft hin und her sprang, besaß entschieden mehr Beine, als ein wirklicher Hund bestenfalls brauchen könnte.

Kotuko und das Mädchen verkrochen sich schnell in die schützende Hütte. Natürlich konnte der Quiquern, wenn er die beiden haben wollte, das Haus über ihren Köpfen zusammenschlagen, aber es war doch ein tröstlicher Gedanke, durch einen fußdicken Schneewall von der tückischen Dunkelheit draußen getrennt zu sein. Der Sturm brach los mit einem Schrei des Windes wie der gellende Pfiff einer Lokomotive und hielt drei Tage und drei Nächte mit gleicher Stärke an, ohne auch nur einen Augenblick nachzulassen. Sie hielten die steinerne Lampe zwischen den Knien, gossen Tran nach, nagten an halbwarmem Robbenfleisch und sahen den schwarzen Ruß sich an der Decke festsetzen – zweiundsiebzig lange Stunden. Das Mädchen überprüfte den Fleischvorrat im Schlitten, er reichte gerade noch für zwei Tage; Kotuko untersuchte die eiserne Spitze und die Tiersehnenleine seiner Harpune, seine Seehundslanze und seine Vogelpfeife. Nichts weiter gab es zu tun.

»Bald werden wir bei Sedna sein – sehr bald«, flüsterte das Mädchen. »Drei Tage noch, dann legen wir uns nieder und gehen von dannen. Schweigt deine *Tornaq?* Singe ihr doch ein starkes Zauberlied und locke sie her.«

Er hob zu singen an, heulte im scharfen Diskant der Zaubergesänge und – der Sturm ließ allmählich nach. Mitten im Gesang stutzte das Mädchen plötzlich, legte ihre im Fausthandschuh steckende Hand und dann ihren Kopf auf den Eisboden der Hütte. Kotuko folgte ihrem Beispiel, und die beiden knieten nebeneinander, starrten sich an und horchten mit jeder Fiber ihres Leibes. Kotuko schnitt einen Span vom Fischbeinrand einer Vogelschlinge ab, bog ihn zurecht und steckte ihn aufrecht ins Eis. So fein wie die Kompaßnadel steckte die dünne Rute im Eise; und sie horchten nicht mehr, sondern beobachteten sie. Leise zitterte die Rute ein wenig, kaum bemerkbar; nun vibrierte sie gleichmäßig sekundenlang, kam zur Ruhe und vibrierte wieder, dieses Mal nach einer anderen Richtung der Windrose.

»Zu früh!« sagte Kotuko. »Irgendeine große Eisdecke brach auf, weit draußen.«

Das Mädchen zeigte auf die Rute und schüttelte den Kopf. »Der große Eisbruch ist es«, sagte sie, »höre, wie das Grundeis pocht.«

Wieder knieten sie hin, und nun vernahmen sie seltsames Stöhnen und Pochen, scheinbar unter ihren Füßen. Zuweilen klang es, als ob ein neugeborenes Hündchen über der Lampe hängend quiekte; dann als ob ein Stein auf hartem Eis geschoben würde und dann wieder wie dumpfer Trommelwirbel. Aber alles klang langgezogen und gedämpft, als ob die Laute wie durch ein Horn von weit, weit her aus der Ferne herüberdrängen.

»Liegend werden wir nicht zu Sedna gehen«, sagte Kotuko. »Der Eisbruch ist es! Die *Tornaq* betrog uns. Sterben müssen wir.«

Das mag seltsam genug klingen, aber die beiden standen unmittelbar vor einer ernsten Gefahr. Der dreitägige Sturm hatte das tiefe Wasser an der Baffinbucht südwärts getrieben und an der Grenze des weitreichenden Landeises, das von der Insel Bylot nach Westen sich erstreckt, aufgestaut. Die starke Strömung außerdem, die vom Lancaster-Sund ausgeht, führte Meile auf Meile von Packeis mit sich, rauhes, welliges Eis, das nicht zu Feldern zusammenfror. Und dieses schwimmende Packeis bombardierte die Kante der mächtigen Eisfelder, während das Schwellen und Wogen der sturmgepeitschten See sie gleichzeitig untergrub. Was Kotuko und das Mädchen gehört, war das matte Echo des Kampfes, der dreißig oder vierzig Meilen entfernt raste; und die kleine verräterische Rute hatte gebebt unter den Stößen.

Aber, wie der Innuit sagt, wenn das Eis einmal erwacht

nach langem Winterschlaf, weiß niemand, was geschehen mag, denn die schwere Eisdecke ändert ihre Gestalt fast so schnell wie Gewölk. Vorzeitiger Frühlingssturm war augenscheinlich über die Eisnacht gekommen, und alles mögliche konnte daraus entstehen.

Dennoch fühlten sich die beiden jetzt ruhiger und zuversichtlicher. Brach die Eisdecke, dann gab es kein Warten mehr und kein Leiden. Geister, Kobolde und Hexenvolk trieben sich umher auf dem krachenden Eise, und sie würden vielleicht, fiebernd vor Erregung, Seite an Seite mit all dem wilden Gezücht eingehen in Sednas unterirdisches Reich. Als sie nach Abflauen des Sturms aus der Hütte traten, wuchs das Gedonner am Horizont noch ständig, und um sie her ächzte und stöhnte das See-Eis.

»Es lauert immer noch«, sagte Kotuko.

Auf dem Gipfel eines Hügels kauerte oder saß noch das achtbeinige Ding, das sie drei Tage zuvor gesehen hatten, und heulte fürchterlich.

»Folgen wir«, sagte das Mädchen. »Vielleicht kennt es einen Weg, der nicht zu Sedna führt.« Aber sie taumelte vor Schwäche, als sie die Zugleine des Schlittens ergriff.

Das gespenstische Wesen bewegte sich langsam und schwerfällig über die Spalten, immer westwärts, dem Land zu; und sie folgten ihm, indes der grollende Donner von der Eisgrenze näher und näher rollte.

Gespalten lag das Feld, geplatzt nach allen Richtungen hin, bis zu vier Meilen landeinwärts! Mächtige Schollen, zehn Fuß dick, von wenigen bis zu vielen Ellen Durchmesser, rüttelten und stießen und prallten gegen die noch ungebrochene Eisdecke, getrieben von der schweren Dünung des Meeres. Dieser Sturmbock war sozusagen die Vorhut der Heere, die der Ozean gegen die Eisfläche schleuderte. Das ununterbrochene Reiben und Krachen der schweren Schollen übertönte fast den Lärm der Packeisschichten, die unter die Eisdecke geschoben wurden, wie man Spielkarten rasch unter das Tischtuch schiebt. An seichten Stellen des Wassers türmten die Schichten sich übereinander, bis die unterste Schicht fünfzig Fuß tief auf Schlamm stieß und die verfärbte See hinter dem Eis eingedämmt wurde; erst der wachsende Druck trieb zuletzt das Ganze wieder vorwärts. Zu alledem brachten Sturm und Strömung noch die wirklichen Eisberge heran, segelnde Gebirge zackigen Geklüfts, losgelöst von der Grönländer Seite des Wassers oder der Nordküste von der Melville-Bucht. Feierlich kamen sie herangezogen, umspült und umzischt von weißschäumenden Wellen, und rückten gegen die Eisdecke vor wie eine altertümliche Flotte unter vollen Segeln. Da kam ein Eisberg an, so hoch und gewaltig, als könnte er eine Welt vor sich hertreiben; plötzlich aber neigte er sich, kippte über, sank hilflos in die Tiefe und wälzte sich in einem Gischt von Schlamm und hochaufspritzendem Wasser. Ein viel kleinerer Berg hingegen schlitzte die Eisdecke auf, ganze Tonnen von Eis nach beiden Seiten werfend, und schnitt eine kilometerlange Spalte, bevor er zum Stillstand kam. Manche fielen wie ein Schwert nieder und hieben rauhkantige Kanäle; andere wieder zersplitterten in Schauern von Blöcken, die weit dahinrollten. Wieder andere standen buchstäblich aus dem Wasser auf, kollerten und wanden sich wie in Schmerzen, plumpsten schwer auf die Seite, und die See raste über sie hinweg. Das Schieben und Drängen, Treiben und Stoßen der Eismassen in allen denkbaren Formen und Gestalten erstreckte sich längs der Nordseite der Eisdecke, so weit das Auge reichte. Von der Stelle aus, wo Kotuko und das Mädchen standen, erschien der Eisbruch nur wie eine unruhige, schiebende, kriechende Bewegung am Horizont; aber sie kam ihnen mit jedem Augenblick näher und näher. Vom Lande her vernahmen sie schweres Dröhnen aus weiter Ferne, wie das Donnern von Artillerie im Nebel. Das zeigte an, daß die Eisdecke an die erzenen Klippen der Insel Bylot und das Land hinter ihnen gerammt wurde.

»So war es noch niemals«, sagte Kotuko mit blödem Stieren. »Es ist nicht die Zeit. Wie kann das Eis jetzt schon brechen.«

»Folge dem!« rief das Mädchen, auf das halb hinkende, halb laufende Wesen weisend, das sich vor ihnen bewegte. Sie gingen ihm nach, den Handschlitten hinter sich herziehend, indes der brüllende Eisgang näher und näher kam. Zuletzt krachten und klafften die Eisfelder rings um sie her; Spalten taten sich auf und schnappten wie Zähne der Wölfe. Das unheimliche Wesen aber lagerte nun auf einem wohl fünfzig

Fuß hohen Damm von verstreuten Eisblöcken, dort war keinerlei Bewegung. Kotuko sprang rasch vorwärts, zog das Mädchen hinter sich her und kroch bis an den Fuß des Dammes. Lauter und lauter wurde das Toben des Eises, aber der Damm stand fest. Das Mädchen blickte zu Kotuko auf und sah, wie er den rechten Ellbogen erhob und ihn auswärts streckte: er gab das Innuitzeichen für Inselland. Und Land war es, wohin das achtbeinige hinkende Wesen sie geführt hatte – eine kleine Küsteninsel mit Granitfelsen und sandigem Gestade, ganz von Eis umpanzert, so daß man sie nicht von der übrigen Eisdecke unterscheiden konnte; doch auf dem Grunde war fester Boden, kein trügerisches Eisgeschiebe. Der An- und Rückprall der Eisfelder, die auf den festen Grund stießen und splitterten, zeichnete die Umrisse der Insel; nordwärts lief eine freundliche Untiefe und trieb das schlimmste Eisgeschiebe beiseite wie eine Pflugschar, die Schollen teilt. Noch immer bestand Gefahr, denn leicht konnte sich ein Eisfeld unter starkem Druck über den Rand der Insel schieben und den Gipfel des Dammes kappen. Aber das kümmerte Kotuko und das Mädchen nicht. Sie bauten ein Schneehaus und begannen zu essen, indes sie draußen über den kleinen Strand das Eis hämmern und toben hörten. Das seltsame Wesen war verschwunden; bei der Lampe kauernd, redete Kotuko lebhaft erregt von seiner großen Macht über die Geister. Unaufhaltsam floß der Strom seiner wilden Rede – da aber hub das Mädchen zu lachen an und begann sich in den Hüften zu wiegen.

Hinter ihr, Schritt für Schritt sich vorschiebend, erschienen zwei Köpfe in der engen Öffnung des Schneehauses, ein gelber und ein schwarzer, die zu zwei überaus verschämten und betrübten Hunden gehörten, offenbar mit einem sehr schlechten Gewissen: Kotuko, der Hund, und der schwarze Führer. Beide, fett geworden, in gutem Futterzustand und von dem Irrsinn geheilt, standen sie da, in der seltsamsten Art und Weise aneinandergekoppelt. Der schwarze Führer war, wie man sich erinnern wird, mit dem Geschirr auf dem Rücken davongeflüchtet. Bald darauf muß er auf Kotuko, den Hund, gestoßen sein, hatte mit ihm gespielt oder vielleicht auch gekämpft, denn seine Schulterlasche war in Kotukos kupferdrahtenem Halsband festgehakt, so daß keiner den Riemen durchbeißen konnte, der ihn mit dem Halse des Nachbarn verband. Dieser Zustand und dazu die Freiheit, nach Belieben zu jagen, hatte wohl ihre Tollheit geheilt. Jetzt waren beide sehr ernst und vernünftig.

Das Mädchen schob die zwei verschämten Geschöpfe zu Kotuko hin und rief unter Tränen lachend: »Das ist Quiquern; Quiquern, der uns auf feste Erde rettete. Sieh, er hat acht Beine und einen doppelten Kopf!«

Kotuko durchschnitt die Fesseln; beide Hunde, gelb und schwarz, stürzten sich in seine weitgeöffneten Arme, jaulten, maunzten und winselten, um zu erzählen, wie sie wieder zu Verstand gekommen. Kotuko befühlte ihnen die Rippen und fand, daß sie rund und gut gepolstert waren. »Sie haben Futter gefunden«, sagte er grinsend. »Ich glaube nicht, daß wir so rasch zu Sedna gehen werden. Meine *Tornaq* hat sie uns gesendet. Der Wahnsinn ist von ihnen gewichen.«

Nachdem Kotuko sie begrüßt hatte, fuhren sich die beiden, die zwei Wochen lang miteinander fressen, jagen und schlafen mußten, an die Kehlen, und in dem Schneehaus entwickelte sich die prächtigste Balgerei. »Hungrige Hunde kämpfen nicht«, sagte Kotuko. »Sie haben die Robben gefunden. Laß uns schlafen. Auch uns wird es nicht an Nahrung fehlen.«

Als sie erwachten, war am Nordstrand der Insel offenes Wasser, und all das gelockerte Eis war von den Fluten landwärts getrieben. Das erste Aufrauschen der Brandung ist der herrlichste Klang, den der Innuit kennt, denn er verkündet den nahenden Frühling. Kotuko und das Mädchen hielten sich bei der Hand und lächelten versonnen; bei dem vollen Rauschen und Brausen der Brandung dachten sie an die Lachs- und Renzeiten und den Duft blühender Zwergweiden. Aber so scharf biß noch die Kälte, daß die See zwischen den Schollen zu frieren begann; doch am Horizont zeigte sich ein breites rotes Glühen, und das war das Licht der gesunkenen Sonne. Mehr einem Gähnen des schlummernden Sonnengottes schien der rosige Schimmer zu gleichen, und auch nur wenige Minuten blieb das Leuchten am Himmel sichtbar. Aber das war die Jahreswende! Sie wußten es, und nichts mehr war daran zu ändern.

Vor der Hütte fand Kotuko die Hunde im Kampf um

einen frisch gerissenen Seehund, der den vom Sturm angetriebenen Fischen gefolgt war. Er war der erste von einer Herde von zwanzig oder dreißig Seehunden; und solange die See noch offen war, spielten Hunderte eifriger, schwarzglänzender Köpfe in dem freien seichten Gewässer, schwammen und tauchten zwischen den treibenden Eisschollen.

Eine gute Sache war es, wieder Seehundleber zu essen, die Lampe üppig mit Tran zu füllen und zu sehen, wie die Flamme drei Fuß hoch in die Luft schlug. Aber sobald das Neueis fest genug war, beluden Kotuko und das Mädchen den Schlitten und ließen die Hunde ziehen, wie sie noch nie gezogen hatten, denn sie besorgten, daß dem Dorf ein Unglück zugestoßen sein könnte. Das Wetter war so unbarmherzig wie immer; aber leichter ist es, einen gut mit Vorrat beladenen Schlitten zu lenken, als verschmachtend des Weges zu ziehen. Sie ließen fünfundzwanzig Robbenleiber gebrauchsfertig zurück, vergraben im Eise des Strandes. Dann brachen sie eilig auf, um schnell zur hungernden Sippe zu gelangen. Die Hunde wiesen ihnen den Weg, sobald Kotuko ihnen erklärt hatte, was man von ihnen erwartete. Kein Grenzstein weit und breit bezeichnete die Richtung, aber schon nach zwei Tagen bellten die Hunde in Kadlus Dorf. Nur drei Hunde antworteten ihnen, die anderen hatte man verzehrt, und fast völlig finster lagen die Hütten. Kotuko aber rief: *»Ojo[1]!«*; da antworteten schwache Stimmen; und als er mit dem Weckruf des Dorfes Namen nach Namen aufrief, blieb keine Lücke.

Eine Stunde danach brannten die Lampen hell in Kadlus Haus, Schneewasser wurde heiß gemacht, in den Töpfen begann es zu brodeln, und der Schnee tropfte vom Dach, als Amoraq das Mahl für das ganze Dorf bereitete. Das Knäblein in der Felljacke lutschte an einem Streifen nußsüßen fetten Transpecks, und die Jäger füllten sich langsam und sorgsam bis zum Rand mit Robbenfleisch. Kotuko und das Mädchen erzählten ihre Geschichte. Zwischen ihnen saßen die beiden Hunde, und jedesmal, wenn ihre Namen genannt wurden, spitzten sie jäh ein Ohr und sahen höchst beschämt drein. Ein Hund, der einmal toll und wieder gesund geworden, ist, wie der Innuit sagt, vor weiteren Anfällen sicher.

1. Gekochtes Fleisch.

»Also hat uns die *Tornaq* nicht vergessen«, endete Kotuko seine Erzählung. »Der Sturm blies, das Eis brach, und der Seehund schwamm hinter den Fischen drein, die vor dem Sturme hertrieben. Die neuen Seehundlöcher sind nicht zwei Tagesreisen von hier entfernt. Morgen sollen die guten Jäger ausziehen und die Robben holen, die ich spießte – fünfundzwanzig Leiber im Eis vergraben. Wenn wir diese aufgezehrt haben, dann wollen wir alle dem Seehund nachstellen an der Kante des Eises.«

»Was wirst du tun?« wandte sich der Zauberer an Kadlu in dem Ton, in dem er immer den reichsten der Tununirmiuten anredete.

Kadlu blickte auf das Mädchen aus dem Norden und sagte ruhig: »Wir bauen ein Haus.« Dabei wies er auf die Nordwestseite seines Hauses, denn das ist die Seite, wo der verheiratete Sohn oder die verheiratete Tochter wohnt.

Das Mädchen schüttelte traurig den dunklen Kopf und kehrte die Innenflächen ihrer Hände nach oben. Eine Fremde war sie, halb verhungert hatte man sie aufgelesen, nichts konnte sie mitbringen in den Haushalt.

Da aber sprang Amoraq auf von der Schlafbank und begann allerlei Gegenstände in den Schoß des Mädchens zu werfen – Steinlampen, eiserne Hautkratzer, Blechkessel, Renhäute, mit Moschusochsenzähnen verziert, und echte Segeltuchnadeln, wie die Seeleute sie gebrauchen. Das war die reichste Aussteuer, die man jemals an der fernen Grenze des Polarkreises mit in die Ehe gebracht hatte; und das Mädchen aus dem Norden senkte den Kopf bis zur Erde.

»Diese auch«, rief Kotuko lachend und deutete auf die beiden Hunde, die ihre kalten Schnauzen an des Mädchens Gesicht legten.

»Ahem«, machte der *Angekok* mit bedeutsamem Hüsteln, als ob er allein das alles bedacht hätte. »Sobald Kotuko das Dorf verlassen hatte, ging ich in das Singhaus und sang dort Zauberlieder. Die langen einsamen Nächte hindurch sang ich und beschwor den Geist des Rens. Mein Gesang aber erregte den Sturm, der das Eis aufbrach, und zog die zwei Hunde in Kotukos Nähe, sonst hätte das Eis seine Knochen zermalmt. Weiter sang ich, bis die Seehunde, vom Gesange gelockt, herzogen hinter dem geborstenen Eis. Still lag mein Leib im

Quaggi, doch mein Geist schweifte umher auf dem Eise, führte Kotuko und leitete die Hunde. Ich tat alles.«

Jeder hatte sich vollgegessen und war schläfrig, so widersprach ihm keiner. Kraft seines Amtes verhalf sich der *Angekok* noch zu einem fetten Stück gekochten Fleisches, sank dann zurück und schlief mit den anderen in der warmen, wohlerleuchteten, trandurchdufteten Stube.

Kotuko war ein Meister der Zeichenkunst nach Innuitart, und er ritzte Bilder der überstandenen Abenteuer in ein flaches Stück Narwalhorn, mit einem Loch am Ende. Als er dann mit dem Mädchen nordwärts wanderte, in dem Jahre des wunderbaren offenen Winters, ließ er die Bildergeschichte bei Kadlu zurück; dieser aber verlor sie im Steingeröll am Strande des Netilling-Sees zu Nikosiring, als sein Hundeschlitten zusammenbrach. Ein Seeinnuit fand das Stück Narwalhorn im nächsten Frühjahr und verkaufte es einem Manne zu Imigen, der Dolmetscher war an Bord eines Walfischfängers in Cumberland-Sund. Dieser wieder überließ es Hans Olsen, der später Quartiermeister wurde auf einem großen Dampfer, mit dem die Touristen zum Nordkap in Norwegen fuhren. Nach Schluß der Touristensaison verkehrte der Dampfer zwischen Australien und London. Unterwegs legte er in Ceylon an, und dort verkaufte Olsen das Narwalhorn an einen singalesischen Goldschmied und erhielt dafür zwei unechte Saphire.

Ich selbst fand das Stück in einem Hause in Colombo unter altem Gerümpel und habe Kotukos Bericht von Anfang bis Ende übertragen.

Angutivaun Taina

(Dies ist eine sehr freie Übersetzung des Liedes der Jäger, das sie bei der Heimkehr nach dem Seehundstechen zu singen pflegen. Die Innuits sind unermüdlich in der Wiederholung der Worte und Kehrreime.)

Unser Faustschuh starrt vom gefrornen Blut,
Unser Pelz vom Triebschnee weiß;
Doch wir kommen heim mit dem Robben, dem Hund,
Herein von dem Spalt im Eis.

Au jana! Aua! Oha! Haq!
Jagt die Schlittenmeute in Schweiß!
Und wir Männer all', unter Peitschenknall,
Kehren heim von dem Spalt im Eis.

Wir spürten den Robben in seinem Versteck,
Von drunten kratzte er leis;
Wir ritzten das Ziel, wir lauerten still,
Wir wachten beim Spalt im Eis.

Den Speer gezückt, da er atmen kam,
Hinab ein Stoß mit Gewalt!
So packten wir ihn, so schlugen wir ihn
Da draußen im Eisesspalt.

Unser Faustschuh klebt vom gefrornen Blut;
Der Triebschnee trübt uns den Blick,
Doch wir kommen heim, zu den Weibern heim,
Von der Eiseskant' zurück.

Au jana! Aua! Oha! Haq!
Es bellt die Meute im Schweiß.
Die Weiber hören's – die Männer sind da,
Zurück von dem Spalt im Eis!

Rothund

Jalahi, unsre wilden Rennen
in weißer, wohliger Nacht!
Weit spüren, scharf äugen,
schlau schleichen, gut Jagd!
Jalahi, das Wittern der Spur,
noch frisch im tauigen Naß,
Jalahi, im Satz durch den Nebel,
die stutzende Beute – faß!

Jalahi, der Gefährten Geheul,
und der Hirsch, der sich keuchend stellt,
Jalahi, Wagnis und lärmender
Kampf in der Nacht!
Jalahi, schlaf am Tag
vor der Höhl' am Feld –
Jalahi, es gilt, in die Schlacht,
in die Schlacht, Jalahi, o, Jalahi!

Nach Zerstörung des Dorfes durch die Dschungel begann für Mowgli die schönste Zeit seines Lebens. Er hatte das befriedigte Bewußtsein, eine Schuld gerecht heimgezahlt zu haben; alle in der Dschungel waren gut Freund mit ihm und fürchteten ihn auch ein wenig. Was er tat, sah und vernahm auf seinen Wanderungen von einem Volk zum anderen mit seinen vier Gefährten oder allein, darüber ließen sich noch viele, viele Geschichten erzählen, jede davon vielleicht so lang wie diese. Weder also kann ich euch berichten, wie er dem rasenden Elefanten von Mandla begegnete, wie er die zweiundzwanzig Ochsen tötete, die elf Karren gemünzten Silbers zum Reichsschatz schleppten, und die blinkenden Rupien im Staub verstreute; noch wie er in den Morästen des Nordens eine ganze lange Nacht mit Jacala, dem Krokodil, kämpfte und dabei sein Jagdmesser an den Rückenplatten der Bestie zerbrach, wie er dann ein neues und längeres Messer fand, das an dem Halse eines Mannes hing, den ein wilder Eber gerissen hatte, und wie er den wilden Eber verfolgte und tötete und somit den Preis für das Messer zahlte.

Ich kann auch nicht erzählen, wie er während der großen Hungersnot in die wogenden Wildherden geriet und fast zu

Tode gequetscht wurde; wie er Hathi, den Schweigsamen, vor einer Falle mit einem Spieß am Boden bewahrte, und wie er tags darauf selbst in eine geschickt versteckte Leopardenfalle geriet und Hathi die dicken Holzpfähle über ihm in Stücke brach, wie er die wilden Büffelkühe in den Sümpfen melkte, wie – – –

Aber immer nur eine Geschichte auf einmal. Vater und Mutter Wolf starben; Mowgli rollte einen mächtigen Felsblock vor den Eingang ihrer Höhle und sang das Totenlied über ihnen. Baloo wurde immer älter und steifer; und selbst Bagheera, der Nerven von Stahl und Muskeln von Eisen hatte, schien ein wenig langsamer zu werden beim Jagen. Akelas Fell verfärbte sich vom Grau zum milchigen Weiß vor Alter, die Rippen traten hervor, er lief, als wäre er aus Holz geschnitzt, und Mowgli schlug für ihn die Beute. Aber die jungen Wölfe, die Kinder des aufgelösten Seeonee-Packs, gediehen und wuchsen heran; und als ihrer etwa vierzig waren, führerlose, flinkfüßige, starkstimmige Fünfjährlinge, riet ihnen Akela, sich zusammenzuschließen, dem Gesetz zu gehorchen und sich einen Führer zu erwählen, wie es dem freien Volk geziemt.

Mowgli mischte sich nicht ein in diese Sache; er habe saure Frucht gegessen, sagte er, und kenne den Baum, an dem sie hing. Aber als Phao, Sohn des Phaona (sein Vater war der graue Fährtensucher in den Tagen von Akelas Führung), sich seinen Platz als Führer des Packs nach dem Gesetz erkämpft hatte und als unter den Sternen die alten Rufe und die alten Gesänge wieder ertönten, da kam Mowgli zu dem Ratsfelsen um lieber Erinnerungen willen. Wenn es ihm beliebte, zu dem Pack zu sprechen, wartete alles, bis er geendet hatte, und er saß neben Akela auf dem Felsen, über Phao. Damals waren noch Tage guter Jagd und guten Schlafes. Kein Fremder wagte, in die Dschungel einzudringen, die Mowglis Volk, wie sie das Pack nannten, gehörte; die jungen Wölfe wurden fett und stark, und viele Wolfsjunge brachte man zur Musterung. Immer war Mowgli bei solchen Musterungen zugegen, denn er erinnerte sich an die Nacht, da ein schwarzer Panther ein Menschenjunges in das Pack einkaufte; und der langgezogene Ruf: »Äuget, äuget scharf, ihr Wölfe!« ließ sein Herz erbeben in wundersamem Gefühle. Sonst aber schweifte er immer weit umher in der tiefen Dschungel mit den vier Brüdern, eräugte, ertastete, schmeckte und erlebte Neues.

Eines Tages trottete er im Dämmerlicht gemächlich hin über die Hügel, um Akela die Hälfte eines Bockes zu bringen, den er erlegt hatte, und hinter ihm trabten seine vier Wölfe, balgten sich und purzelten übereinander aus lauter Freude am Leben. Da vernahm er plötzlich einen Schrei, wie er ihn seit den bösen Tagen Schir Khans nicht mehr gehört hatte. Es war, was sie in der Dschungel den *Pheeal* nennen, eine Art grausiges Gekreisch, wie es der Schakal ausstößt, wenn er hinter dem Tiger jagt oder wenn ein großes Reißen im Gange ist. Stellt euch eine Mischung aus Haß, Triumph, Furcht und Verzweiflung vor, durchsetzt von Hohngelächter, so habt ihr ungefähr einen Begriff von dem *Pheeal,* der anschwoll und sank, zitterte und schwankte von ferne über den Waingunga her. Die vier Wölfe hielten auf der Stelle an, sträubten das Haar und knurrten. Mowglis Hand fuhr nach dem Messer, er stutzte, Blut schoß ihm in den Kopf, und die Brauen zogen sich düster zusammen.

»Kein Gestreifter würde es wagen, hier auf Beute zu hetzen«, sagte er.

»Das ist nicht der Schrei des Verfolgers«, rief Graubruder. »Ein großes Töten ist es. Horch!«

Wieder brach es los, halb schluchzend, halb kichernd, als ob der Schakal weiche, menschliche Lippen hätte. Da atmete Mowgli tief auf und lief zum Ratsfelsen, eilende Wölfe vom Pack auf dem Wege überholend. Phao und Akela saßen zusammen oben auf dem Felsen, und unter ihnen, jeden Nerv gespannt, hockten die anderen. Die Mütter und die Jungen galoppierten den Höhlen und Lagern zu; denn wenn der *Pheeal* ertönt, ist es für Schwache nicht Zeit, umherzustreifen.

Nichts hörten sie jetzt als das Rauschen und Gurgeln des Waingunga in der Dunkelheit und das Rascheln des Abendwindes in den Wipfeln der Bäume – da drang plötzlich der Ruf eines Wolfes über den Strom. Kein Wolf vom Pack war es, denn alle lagerten vollzählig um den Felsen. Der Ruf ging über in ein langgezogenes, verzweifeltes Bellen, und »Dhole« klang es, »Dhole, Dhole, Dhole!« Man hörte das Schlurfen müder Füße auf dem Felsen, und dann kam ein hagerer, triefender Wolf mit blutigroten Streifen an den Flanken, zerfetzter rechter Vorderpfote und Schaum vor dem Maule in den Kreis gestürzt und sank stöhnend zu Mowglis Füßen nieder.

»Gute Jagd! Unter wessen Führung?« fragte Phao feierlich.

»Gute Jagd! Won-tolla bin ich«, war die Antwort. Das hieß, daß er ein Einsiedelwolf war, der mit seiner Wölfin und seinen Jungen im einsamen Lager lebte. Won-tolla bedeutet »Auslieger«, der getrennt lagert von jeglichem Pack. Er keuchte schwer, und man konnte sehen, wie jeder Herzschlag seinen Körper durchschüttelte.

»Was regt sich?« fragte Phao – das ist die Frage der Dschungel, wenn der *Pheeal* durch die Wälder gellt.

»Der Dhole, der Dhole vom Dekkan – Rothund, der Mörder! Von Süden nach Norden zogen sie, sprachen, der Dekkan wäre leer; nun töten sie alles auf ihrem Wege. Vier gehörten zu mir, als dieser Mond neu war, meine Wölfin und drei Junge. Töten lehrte sie die Jungen auf den Wiesengründen, sich verbergen, um den Bock anzuschleichen, wie wir es tun, die auf den Lichtungen leben. Um Mitternacht noch hörte ich sie vollzählig zusammen auf der Fährte. Beim Morgengrauen fand ich sie steif im Gras – vier, freies Volk, vier, als dieser Mond neu war! Da suchte ich mein Blutrecht und stieß auf die Dholen.«

»Wie viele?« fragte Mowgli rasch; das Pack knurrte tief in den Kehlen.

»Ich weiß nicht. Drei von ihnen werden nicht mehr morden; zuletzt trieben sie mich wie den Bock, auf drei Beinen hetzten sie mich. Seht her, freies Volk!«

Er streckte den zerfleischten Vorderlauf aus, schwarz war er von geronnenem Blut. Seine Flanken waren aufgerissen durch grausame Bisse, Hautfetzen hingen ihm an der Kehle.

»Friß«, sagte Akela und stand auf von dem Fleisch, das Mowgli ihm gebracht hatte. Der Auslieger stürzte sich heißhungrig darüber.

»Kein Verlust soll es für euch sein«, sagte er demütig, als die erste Schärfe seines Hungers gestillt war. »Gebt mir ein wenig Kraft, freies Volk, und ich will mit euch töten! Da dieser Mond neu war, war mein Lager voll – jetzt ist es leer, und die Blutschuld ist noch nicht gezahlt.«

Phao hörte, wie seine Zähne einen Hüftknochen zerknackten, und knurrte beifällig.

»Solche Kiefer werden wir brauchen können«, sagte er. »Waren Junge mit den Dholen?«

»O nein! Rote Jäger alle – ausgewachsene Hunde ihres Packs, schwer und stark, wenn sie auch im Dekkan Eidechsen fressen.«

Die Meldungen Won-tollas besagten, daß die Dholen, die roten Jagdhunde des Dekkans, sich zum Töten aufgemacht hatten; und wohl wußten die Wölfe, daß selbst der Tiger seine frische Beute den Dholen überläßt. Quer durch die Dschungel brechen sie, schlagen nieder, reißen alles in Stücke, was ihnen in den Weg kommt. Wohl sind sie nicht halb so groß und so schlau wie der Wolf, aber sehr stark und zahlreich. Erst beim vollen Hundert bilden die Dholen ein Pack, während vierzig Wölfe schon ein starkes Rudel ausmachen. Auf seinen Wanderungen war Mowgli hin und wieder an den grasreichen Rand des Dekkan gelangt und hatte dort die furchtlosen Dholen gesehen, wie sie schliefen, spielten und sich kraulten vor den kleinen Schlupflöchern hinter Büschen und Gesträuch, die ihnen zum Lager dienen. Er verachtete und haßte sie, weil ihr Geruch nicht dem des freien Volkes glich, weil sie nicht in Höhlen lebten, und vor allem, weil ihnen zwischen den Zehen Haare wucherten, während er und seine Freunde klarfüßig waren. Von Hathi aber wußte er, wie furchtbar ein Jagdpack von Dholen sein kann; selbst Hathi weicht ihren Reihen aus, und bis sie nicht vertilgt sind oder das Wild knapp wird, streben sie unaufhaltsam weiter.

Auch Akela wußte manches von den Dholen, denn gelassen sagte er zu Mowgli: »Besser ist es, im vollen Pack zu sterben als allein und führerlos. Große Jagd wird das sein und – meine letzte. Menschen aber leben lange, und du, kleiner Bruder, hast noch viele Tage und Nächte vor dir. Wandere darum nach Norden und verbirg dich dort: wenn einer von uns Wölfen am Leben bleibt, wird er dir Nachricht von dem Kampf bringen, nachdem die Dholen fort sind.«

»So, so«, gab Mowgli ganz ernsthaft zurück, »ich soll also nach den Morästen des Nordens ziehen, kleine Fische fangen und auf Bäumen schlafen – oder soll ich das Affenvolk um Hilfe anbetteln und Nüsse knacken, während das Pack hier unten kämpft?«

»Auf Leben und Tod geht es«, sagte Akela. »Du bist niemals dem Dholen, dem roten Mörder, begegnet. Der Gestreifte selbst ...«

»Auah, auah«, spottete Mowgli. »Einen gestreiften Affen habe ich getötet! Höre nun: Ein Wolf war mein Vater, eine Wölfin meine Mutter, und ein alter, grauer Wolf (nicht sehr weise, sondern nur weiß ist er jetzt) war mir Vater und Mutter zugleich. Deshalb sage ich« – er erhob seine Stimme – »und erkläre: wenn die Dholen kommen, mögen sie kommen, aber Mowgli und das freie Volk werden in diesem Kampf nur eine Haut sein. Und ich sage: bei dem Bullen, für den mich Bagheera einkaufte in den alten Tagen, deren ihr Jungen vom Pack euch nicht mehr entsinnt, ich sage – und die Bäume und der Fluß sollen es vernehmen und gut behalten, wenn ich es vergesse –, ich sage: dieses mein Messer wird ein Zahn sein dem Pack, und ich denke, kein stumpfer! So meine Worte – ich habe gesprochen.«

»Du kennst die Dholen nicht, Mensch mit der Zunge des Wolfes«, rief Won-tolla. »Ich hoffe nichts weiter, als ihnen die Blutschuld zahlen zu können, bevor sie mich in Stücke reißen. Sie rücken nur langsam vor, da sie alles unterwegs morden; aber in zwei Tagen wird wieder ein wenig Kraft in mir sein, und dann gehe ich hin, um die Blutschuld abzutragen. Euch aber, freies Volk, rate ich, zieht nach Norden und begnügt euch eine Zeitlang mit schmaler Kost, bis die Dholen fort sind. Denn kein Fleisch bringt diese Jagd.«

»Hört nur den Auslieger!« höhnte Mowgli. »Freies Volk, nach Norden müssen wir wechseln, Eidechsen und Ratten an den Ufern fangen, damit wir nur den Dholen nicht begegnen. Der Dhole soll unsere Jagdgründe ausplündern, indes wir uns im Norden verstecken, bis es ihm gefällt, unser Eigentum uns zurückzugeben. Ein Hund ist er nur und der Sohn eines Hundes, rot, gelbbäuchig, lagerlos und haarig zwischen den Zehen. Sechs und acht Junge bringt er auf einmal zur Welt, als wäre er Chikai, die kleine Springratte. Wahrlich, freies Volk, wir müssen flüchten und bei den Völkern des Nordens um den Abfall von geschlagenem Rindvieh betteln. Ihr kennt doch den Spruch: ›Im Norden das Gewürm, im Süden die Läuse. Wir sind die Dschungel.‹ Wählet nun, o wählet! Große Jagd ist es! Für das Pack, für das volle Pack – für Höhle und Wurf, für Drinnen- und Draußentöten; für die Wölfin, die die Hirschkuh treibt, und für das kleine Junge im Lager. Wir sind dabei! – sind dabei! – sind dabei!«

Das Pack fiel ein mit einem einzigen tiefen, dröhnenden Gebell, das durch die Nacht hin erscholl, als stürzten Bäume nieder: »Alle sind wir dabei – dabei – dabei!«

»Bleibt beim Pack!« befahl Mowgli seinen vier Wölfen. »Jeden Zahn brauchen wir. Phao und Akela sollen die Schlacht vorbereiten. Ich gehe, um die Anzahl der Mörderhunde festzustellen.«

»Es ist dein Tod!« rief Won-tolla, sich halb aufrichtend. »Was vermag solch ein Haarloser gegen den Rothund. Der Gestreifte selbst, bedenkt . . .«

»Ein Auslieger bist du wahrlich!« rief Mowgli zurück. »Aber wir werden uns sprechen, wenn die Dholen verreckt sind. Gute Jagd allen!«

Fort stürmte er in das Dunkel hinein, wild erregt, kaum achtend, wohin er den Fuß setzte; und die Folge war, daß er über Kaas große Ringe stolperte und der Länge nach hinfiel. Der Python lag lauernd auf einer Wildfährte am Strom.

»Kssha!« zischte Kaa aufgebracht. »Ist das Dschungelart, so zu trampeln und zu lärmen und die ganze Nachtjagd zu verderben, noch dazu, wenn das Wild so reichlich wechselt?«

»Entschuldige«, sagte Mowgli, sich aufraffend. »Ich suchte dich in der Tat, Flachkopf; aber jedesmal, wenn ich dich treffe, bist du um eines Armes Länge größer und breiter geworden. Keiner ist dir gleich in der Dschungel, weiser, wunderschöner Kaa.«

»Nun, wohin läuft denn die Fährte?« Sanft erklang Kaas Stimme. »Kaum vor einem Monde noch war da ein Mannling mit einem Messer, warf Steine nach meinem Kopf und gab mir schlechte, kleine Baumkatznamen, weil ich schlafend lag in der Lichtung . . .«

»Ja, und das aufgetriebene Wild in alle Winde verscheuchtest. Mowgli aber jagte, und derselbe Flachkopf war zu taub, um den Pfiff zu hören, und gab nicht die Wildfährte frei«, antwortete Mowgli und ließ sich dann nieder zwischen den buntschillernden Ringen.

»Derselbe Mannling kommt jetzt mit weichem Schmeichelwort zu demselben Flachkopf, erzählt ihm, er sei weise, stark und schön, und selbiger alter Flachkopf glaubt ihm und ringelt einen Platz zurecht – so – für denselben steinewerfenden Mannling, und ... liegst du bequem? Könnte Bagheera dir so weichen Ruheplatz schaffen?«

Wie gewöhnlich hatte Kaa sich zu einer Art weicher Hängematte für Mowgli zusammengeringelt. Der Knabe griff in die Dunkelheit und zog den geschmeidigen, kabelgleichen Hals der Schlange zu sich heran, bis Kaas Kopf auf seiner Schulter ruhte. Dann erzählte er alles, was sich in dieser Nacht in der Dschungel zugetragen hatte.

»Weise mag ich wohl sein«, sagte Kaa, als Mowgli zu Ende war, »aber taub bin ich bestimmt, sonst hätte ich den *Pheeal* vernommen. Kein Wunder, daß die Grasfresser unruhig sind. Wie stark sind wohl die Dholen?«

»Gesehen habe ich sie noch nicht. Heißfüßig kam ich zu dir. Älter bist du als Hathi, aber, o Kaa« – Mowgli wand sich förmlich vor Freude –, »große Jagd wird es sein! Nur wenige von uns werden den nächsten Mond erleben.«

»Bist du mit bei dieser Jagd? Bedenke, ein Mensch bist du, und bedenke auch, welches Pack dich einst ausstieß. Möge der Wolf mit dem Hunde fertig werden. Du bist Mensch.«

»Letztjährige Nüsse sind schwarze Erde heuer«, sagte Mowgli. »Wahr ist, ich bin ein Mensch; aber es ist in meinem Wanst, daß ich in dieser Nacht gelobte, Wolf zu sein. Fluß und Bäume rief ich an als Zeugen. Zum freien Volk gehöre ich, Kaa, bis die Dholen dahin sind.«

»Freies Volk«, murrte Kaa, »freie Diebe! Eingeknüpft hast du dich in den Todesknoten. Weshalb? – Um der Erinnerung willen an tote Wölfe? Keine gute Jagd ist das!«

»Ich sprach mein Wort. Die Bäume wissen es, der Strom weiß es. Nicht ehe die Dholen verjagt sind, kommt mein Wort zu mir zurück.«

»*Ngssh!* Das ändert alle Fährten! Ich gedachte dich mitzunehmen nach den Morästen des Nordens; aber das Wort – das Wort selbst eines kleinen, nackten, haarlosen Mannlings – ist das Wort. Nun, ich, Kaa, sage ...«

»Bedenke wohl, Flachkopf, daß du dich selbst nicht einschlingst in den Todesknoten. Dein Wort brauche ich nicht, denn wohl weiß ich – –«

»Gut denn«, sagte Kaa. »Kein Wort werde ich geben. Aber

was ist in deinem Wanst, was du tun willst, wenn die Dholen kommen?«

»Sie müssen den Waingunga hinabschwimmen. Ich dachte, sie in den seichten Wassern mit dem Messer anzugreifen, das Pack hinter mir, und sie so mit Stechen und Stoßen stromabwärts zu treiben oder ihnen den Schlund zu kühlen.«

»Der Dhole läßt sich nicht treiben, und heiß ist sein Schlund«, sagte Kaa. »Weder Mannling noch Wölfling werden übrigbleiben nach dieser Jagd – nur weiße Knochen.«

»Oho! Sterben wir, so sterben wir. Die größte Jagd wird es sein. Aber jung ist mein Wanst, und noch wenig Regenzeiten sah ich, bin weder weise noch stark. Hast du einen besseren Plan, Kaa?«

»Ich habe hundert und aber hundert Regenzeiten gesehen. Breit schon war meine Spur im Sande, ehe noch Hathi die Milchzähne abwarf. Bei dem Ur-Ei – älter bin ich als viele Bäume, gesehen habe ich alles, was in der Dschungel geschah.«

»Dies aber ist neue Jagd«, sagte Mowgli. »Nie zuvor kreuzte der Dhole unsere Fährte.«

»Was ist – war schon. Was sein wird, ist nicht mehr als ein vergessenes Jahr, das zurückkommt. Liege still, indes ich zähle diese meine Jahre.«

Wohl eine Stunde lag Mowgli zwischen den Ringen, während Kaa, den Kopf reglos am Boden, alles überdachte, was er gesehen und gekannt seit dem Tage, da er aus dem Ei gekrochen war. Das Licht in seinen Augen schien zu erlöschen, daß sie nur noch wie matte Opale schimmerten. Dann und wann machte er kurze, steife Stöße mit dem Kopf, nach rechts und links, als jage er im Traum. Mowgli war leicht eingeschlummert, denn wohl wußte er, daß nichts so wichtig war vor dem Jagen als Schlaf, und er vermochte ihn in jeder Stunde bei Tag und bei Nacht zu finden.

Dann fühlte er, wie Kaas Leib unter ihm größer und breiter wurde. Der gewaltige Python blies sich auf und zischte dabei mit einem Geräusch, als ob ein Schwert aus stählerner Scheide führe.

»Die toten Jahreszeiten habe ich alle erschaut«, hub Kaa endlich zu reden an, »die riesigen Bäume, die alten Elefanten und die Felsen, die kahl lagen und scharfkantig, ehe Moos sie bedeckte. Lebst du noch, Mannling?«

»Eben erst in der Mond untergegangen, ich verstehe nicht –«

»Sss! Kaa bin ich wieder, ich wußte – kurz nur war die Zeit. Zum Strom nun wollen wir gehen, und ich werde dir weisen, was gegen die Dholen getan werden muß.«

Pfeilschnell wandte er sich dem Hauptarm des Waingunga zu und tauchte hinein, etwas oberhalb des Pfuhles, der den Friedensfelsen birgt. Mowgli war ihm zur Seite.

»Nein, schwimme nicht. Ich bin rascher. Halte dich fest!«

Mowgli klammerte sich mit dem linken Arm um Kaas Nacken, legte den rechten fest an den Leib und streckte die Füße. Dann schwamm Kaa gegen die Strömung, wie nur er es vermochte. Die weißschäumenden Wellen des gestauten Wassers standen gleich einer Halskrause um Mowglis Nacken; Beine und Füße wirbelten ihm durcheinander im Strudel unter des Pythons schlagenden Seiten.

Ein bis zwei Meilen oberhalb des Friedensfelsens wird der Waingunga eingeengt durch eine Schlucht von hundert Fuß hohen Marmorfelsen, der Strom stürzt dort donnernd und tosend zwischen dem Steingeklüft dahin. Mowgli störte das nicht. Alle Wasser der Welt hätten ihn nicht geängstigt. Er betrachtete sich die Schlucht genau und witterte unbehaglich, denn in der Luft war ein süßsäuerlicher Geruch wie von großen Ameisenhaufen bei starker Hitze. Instinktmäßig duckte er sich ins Wasser, hob nur manchmal den Kopf, um Atem zu holen. Plötzlich legte Kaa sich vor Anker mit einer doppelten Windung des Schwanzes um einen gesunkenen Felsblock in der Tiefe und hielt Mowgli fest in der Höhlung eines Ringes, indes das Wasser an ihnen vorbeistrudelte. »Der Ort des Todes ist hier«, sagte der Knabe. »Warum kamen wir her?«

»Sie schlafen«, erwiderte Kaa. »Hathi weicht vor dem Gestreiften nicht aus. Doch Hathi und der Gestreifte weichen den Dholen. Die Dholen sagen, sie weichen vor nichts. Aber das kleine Volk der Felsen, vor wem weicht das zurück? Künde mir, Meister der Dschungel, wer ist der Meister der Dschungel?«

»Diese hier sind es«, flüsterte Mowgli. »Der Ort des Todes ist es. Komm fort.«

»Nein, schau wohl hin, denn jetzt schlafen sie. Es ist heute, wie es war, als ich noch nicht so lang war wie dein Arm.«

Die bröckelnden, verwitterten Wände der Waingungaschlucht sind seit Beginn der Dschungel Wohnort des kleinen Volkes der Felsen – der geschäftigen, wilden, schwarzen Bienen Indiens –, und Mowgli wußte wohl, daß alle Fährten sich eine halbe Meile vor der Schlucht zur Seite wandten.

Jahrhundertelang hatte das kleine Volk hier gehaust, hatte gebaut und von Spalte zu Spalte geschwärmt und wieder geschwärmt. Der weiße Marmor war fleckig von vertrocknetem Honig, und die Waben saßen überall tief in den dunklen Höhlungen. Weder Mensch noch Tier, weder Feuer noch Wasser hatte sie je gestört. Die Wände der Schlucht waren der ganzen Länge nach wie mit schimmernden schwarzen Samtgardinen behangen; und Mowglis Herz sank, als er hinsah, denn es waren die geklumpten Millionen schlafender Bienen. Das Antlitz der Felsen war wie gefleckt mit Klumpen, Girlanden und Auswüchsen, die verrotteten Baumstämmen glichen. Verlassene Waben vergangener Jahre waren es oder neue Siedlungen, die im Schatten der windstillen Schlucht erstanden. Mowgli hörte mehrmals das Rauschen und Gleiten honigschwerer Stöcke, die irgendwo umstürzten und in die dunklen Galerien fielen, dann ein dumpfes Dröhnen zahlloser Flügelschläge und träges Tropfen – trip, trip, trip – des verschütteten Honigs, der weiterrann, bis er über irgendeine Felskante ins Freie floß und klebrig auf das Gestrüpp niedertropfte. An der einen Seite des Stroms lag ein kleiner, kaum fünf Fuß breiter Ufersaum, auf dem sich der Abfall ungezählter Jahre turmhoch häufte. Da lagen tote Bienen, Drohnen, vertrocknete Waben, Flügel von schmarotzenden Motten und Käfern, die dem Honig nachgegangen waren – alles moderte da in weichen Lagern von feinstem, schwarzem Staub. Der scharfe Gestank, der davon hochstieg, genügte schon, um alles abzuschrecken, was keine Flügel hatte oder die Bedeutung des kleinen Volkes kannte.

Kaa setzte sich wieder stromaufwärts in Bewegung, bis zu einer Sandbank am Ausgang der Schlucht.

»Hier liegt die Beute dieses Jahres«, sagte er. »Sieh!«

Auf der Bank am Ufer bleichten die Gerippe jungen Rotwilds und Knochen eines Büffels. Mowgli konnte erkennen, daß weder Wolf noch Schakal die Knochen des Wilds berührt hatten, die in ihrer natürlichen Lage rein abgeschält waren.

»Diese da sind über den Grenzstrich hinausgegangen«, sagte Mowgli leise. »Sie kannten das Gesetz nicht, und das kleine Volk hat sie getötet. Laß uns fort, ehe sie erwachen.«

»Sie erwachen nicht vor Sonnenaufgang«, sagte Kaa. »Nun laß dir erzählen: Vor vielen, vielen Regenzeiten kam ein gehetzter Bock vom Süden hierher. Er kannte die Dschungel nicht, und das Pack war hinter ihm her. Toll vor Angst, sprang er hier von oben herab, das Pack aber rannte blindlings in heißer Wut seiner Fährte nach. Hoch stand die Sonne, überaus zahlreich war das kleine Volk und summte zornig. Auch viele vom Pack versuchten den Sprung in den Waingunga, aber sie waren tot, noch ehe sie auf das Wasser aufschlugen. Die, die nicht sprangen, starben ebenfalls in den Felsen. Der Bock aber blieb am Leben.«

»Wie das?«

»Er kam zuerst, lief um sein Leben, sprang hinunter, ehe das kleine Volk es merkte, und schwamm schon im Strom, als sie zum Töten sich sammelten. Das nachhetzende Pack aber erlag ganz der Wut des kleinen Volkes, das durch die Fußtritte des Bockes aufgestört war.«

»Der Bock lebte?« wiederholte Mowgli nachdenklich.

»Wenigstens damals starb er nicht, obgleich keiner unten wartete mit starkem Leib, der seinen Sprung abfing und ihn sicher über Wasser hielt, wie ein gewisser alter, fetter, tauber, gelber Flachkopf es für einen Mannling tun würde – jawohl, ob auch alle Dholen des Dekkan hinter ihm her hetzen. Was ist dir im Wanst?«

Kaas Kopf zischelte dicht an Mowglis Ohr. Nicht gleich antwortete der Knabe. »Den Tod am Barte zausen heißt das«, sagte er dann. »Aber Kaa, wahrlich bist du der Weiseste in der Dschungel.«

»Das haben schon viele gesagt. Sieh zu, wenn die Dholen dir folgen sollten . . .«

»Bestimmt werden sie das tun. Ho! Ho! Viele kleine Stacheln habe ich unter meiner Zunge, die ihre Haut stechen sollen.«

»Wenn die Dholen dir folgen, heiß und blind nur nach deiner Schulter äugend, werden die, die nicht schon da oben sterben, ins Wasser hinabspringen, hier oder weiter unten, denn das kleine Volk wird sich erheben und über sie herfallen. Der Waingunga aber ist hungriges Wasser, und kein Kaa wird da sein, um sie in der reißenden Strömung oben zu halten. Die dann noch am Leben bleiben, werden abwärtstreiben bis zu dem seichten Wasser bei den Seeonee-Höhlen; und dort mag dein Pack sie bei der Gurgel fassen.«

»Ahai! Eowawa! Besseres kann es nicht geben, bis die Regen fallen in der trockenen Jahreszeit. Bleibt nur noch das bißchen Rennen und Springen. Genau kennenlernen sollen mich die Dholen, so daß sie mir ganz dicht folgen werden.«

»Hast du dir die Felsen angesehen über dir, von der Landseite aus?«

»Nein – das vergaß ich.«

»So lauf denn hin und schau! Verwitterter Grund ist überall, zerrissen und voller Löcher. Setzt du einen der Füße plump und achtlos nieder, so ist es aus mit der Jagd. Sieh, ich lasse dich hier; um deinetwillen allein will ich den Wölfen Nachricht bringen, damit sie wissen, wo die Dholen zu treffen sind. Was mich betrifft, so bin ich mit keinem Wolf von einer Haut.«

Wenn eine Bekanntschaft Kaa mißfiel, konnte er anzüglicher werden als sonst einer in der Dschungel, Bagheera vielleicht ausgenommen. Er schwamm stromabwärts, hielt dem Ratsfelsen gegenüber und erblickte Phao und Akela, die den Geräuschen der Nacht lauschten.

»Hssh!! Hunde!« rief er leichthin. »Die Dholen werden den Strom herabkommen. Bei den seichten Wassern könnt ihr sie anpacken, wenn ihr keine Angst habt.«

»Wann kommen sie?« fragte Phao. »Und wo ist mein Menschenjunges?« fragte Akela.

»Sie kommen, wenn sie kommen«, höhnte Kaa. »Immer schön abwarten. Und was dein Menschenjunges angeht, dem du sein Wort abgenommen und es so dem Tode vorgelegt hast – dein Menschenjunges ist bei mir, und wenn es noch nicht tot ist, so ist das nicht dein Verdienst, gebleichter Hund! Wartet hier auf die Dholen und seid froh, daß das Menschenjunge und ich auf eurer Seite stehen.«

Blitzschnell schwamm Kaa wieder stromaufwärts, legte sich in der Mitte der Schlucht vor Anker und schaute aufwärts nach dem Rand der Felswand. Plötzlich gewahrte er Mowglis Kopf gegen die Sterne, ein Sausen erklang in der

Luft, dann folgte der heftige Aufprall eines Körpers, der mit den Füßen voran herunterfiel. Im nächsten Augenblick schon ruhte der Knabe wieder in Kaas Umschlingung.

»Bei Nacht ist das kein schöner Sprung«, sagte Mowgli ruhig. »Zweimal so hoch sprang ich schon zum Vergnügen; aber ein schlechter Platz ist dort oben – niedriges Gestrüpp, Spalten und Löcher, die tief hineingehen, alles voll vom kleinen Volk. Dicke Steine habe ich zur Seite von drei Spalten aufgeschichtet. Die will ich beim Laufen mit den Füßen umstoßen, und das kleine Volk wird dann in heller Wut hinter mir aufsteigen.«

»Menschenrede und Menschenlist ist das«, sagte Kaa. »Weise bist du, aber wütend ist das kleine Volk immer.«

»Nein, im Zwielicht ruhen alle Flügel eine Weile weit und breit. Im Zwielicht dann spiele ich mit den Dholen, denn am besten jagt der Dhole am Tage. Jetzt folgt er Won-tollas Blutspur.«

»Chil läßt nicht von einem toten Ochsen und der Dhole nicht von einer Blutspur«, sagte Kaa.

»Eine frische Blutfährte will ich ihnen legen, von ihrem eigenen Blut – Dreck sollen sie fressen. Du bleibst hier, Kaa, bis ich zurückkehre mit den Dholen?«

»Gewiß, aber wenn sie dich in der Dschungel schlagen oder das kleine Volk dich tötet, ehe du hinunterspringen kannst?«

»Wenn Morgen kommt, dann jagen wir für morgen«, sagte Mowgli, einen Dschungelspruch anführend. »Und bin ich tot, dann ist es Zeit, das Totenlied zu singen. Gute Jagd, Kaa!«

Er löste den Arm vom Nacken des Pythons, ließ sich, steif wie ein Brett, durch die Schlucht treiben, steuerte einem fernen Ufer zu, wo er seichtes Wasser fand, und lachte laut vor Freude. Nichts liebte Mowgli mehr, wie er selber sagte, als »den Tod am Bart zu zupfen« und der Dschungel zu zeigen. daß er der Oberherr war. Oft hatte er mit Baloos Hilfe Bienennester auf einzelstehenden Bäumen ausgenommen und wußte daher, daß das kleine Volk heftige Abneigung gegen den Geruch des wilden Knoblauchs hatte. Er sammelte ein Bündel davon, band es mit Rindenbast zusammen und folgte dann Won-tollas Blutspur, die von den Höhlen aus etwa fünf Meilen südwärts verlief. Dabei blickte er geneigten Kopfes in die Wipfel der Bäume und kicherte leise.

»Mowgli, der Frosch, bin ich gewesen«, sagte er zu sich. »Mowgli, der Wolf, bin ich, wie ich gelobt. Mowgli, der Affe, muß ich jetzt sein, bevor ich Mowgli, der Bock, werde. Zuletzt aber bin ich Mowgli, der Mensch. Hoho!« Und er strich mit dem Daumen über die achtzehn Zoll lange Schneide seines Messers.

Die blutgetränkte schwarze Fährte Won-tollas lief durch einen Wald dichtstehender, starkstämmiger Bäume, der sich nach Nordosten zog. Allmählich lichter und lichter werdend, endete er zwei Meilen vor dem Bienenfelsen. Vom letzten Stamm aus bis zum Beginn des niederen Gestrüpps der Bienenfelsen war offenes Land, wo kaum ein Wolf hätte Dekkung finden können. Mowgli trabte unter den Bäumen hin und prüfte die Entfernungen zwischen Ast und Ast; mitunter erklomm er einen Stamm und sprang versuchsweise von einem Baum auf den anderen, bis er auf das offene Land kam, das er eine Stunde lang sorgfältig erforschte. Dann wandte er sich um, nahm Won-tollas Fährte wieder auf, da, wo er sie verlassen hatte, und stieg zuletzt auf einen Baum mit einem weitausladenden Ast, der etwa acht Fuß vom Boden entfernt war. Dort hängte er das Bündel Knoblauch an eine sichere Stelle, setzte sich nieder, schärfte sein Messer an der Fußsohle und summte leise vor sich hin.

Kurz vor Mittag, da die Sonne heiß brannte, vernahm er Pfotengetrappel und witterte den unerträglichen Gestank des Dholenpacks, die rastlos auf Won-tollas Fährte dahintrotteten. Von oben gesehen, scheint der rote Dhole nicht halb so groß wie ein Wolf, aber Mowgli wußte, wie stark Beine und Kiefer der Dholen sind. Nun sah er den spitzen, rotbraunen Kopf des Führers, der auf der Fährte spurte, und bot ihm »Gute Jagd«.

Das Tier blickte nach oben, und hinter ihm hielten die Packs; Horden auf Horden roter Hunde mit tiefhängenden Ruten, schweren Schultern, schwachen Lenden und blutigen Schnauzen. Die Dholen sind für gewöhnlich ein schweigsames Volk und haben keine Lebensart, selbst nicht in ihrer eigenen Dschungel. Ganze zweihundert mußten sich unter Mowgli versammelt haben, und er konnte sehen, wie die Führer hungrig an Won-tollas Spur schnüffelten und versuchten, das Pack vorwärtszutreiben. Aber das durfte nicht sein; denn sonst hätten sie schon im hellen Tageslicht die Lager der Wölfe erreicht, und Mowgli gedachte, sie unter seinem Baum bis zum Einbruch der Dämmerung festzuhalten.

»Wer hat euch erlaubt, hier in dieser Dschungel zu jagen?« fragte Mowgli.

»Alle Dschungel sind unsere Dschungel«, kam die Antwort, und der Dhole, der sie gab, fletschte seine weißen Zähne. Grinsend schaute Mowgli hinab und ahmte täuschend das scharfe Tschittertschatter von Chikai, der Springratte des Dekkan, nach – gab damit zu verstehen, daß die Dholen um nichts höher ständen als eben Chikai, die Ratte. Das Pack drängte sich um den Baum zusammen, der Führer bellte wütend und nannte Mowgli einen Baumaffen. Als Antwort streckte dieser sein nacktes Bein hinunter und bewegte die haarlosen Zehen gerade über dem Kopf des Leithundes. Das war genug und mehr als genug, um das Pack zu blinder Wut aufzureizen. Sie, die Haare haben zwischen den Zehen, lieben durchaus nicht, daran erinnert zu werden. Als der Führer hochsprang und schnappte, zog Mowgli blitzschnell den Fuß zurück und sagte dann in höhnischem Ton: »Hund, roter Hund! Kehre heim, geh nach dem Dekkan und friß Eidechsen dort. Geselle dich zu Chikai, deinem Bruder, Hund, Hund, roter Hund! Haare hat er zwischen allen Zehen!«

Wieder hielt er ihm seine Zehen entgegen.

»Komme herab, eh wir dich aushungern, haarloser Affe!« bellte wütend das Pack, und das gerade bezweckte Mowgli. Er strecke sich auf dem vorspringenden Ast aus, drückte die Wange gegen die Rinde, ließ den rechten Arm frei und hielt den Dholen eine Rede darüber, was er von ihnen dachte und wußte, von ihrer Art, ihren Gewohnheiten, ihren Hündinnen und Jungen. Keine Sprache der Welt ist so giftig und kränkend wie die Sprache der Völker der Dschungel, um Hohn und Verachtung zu zeigen. In der Tat, wie Mowgli zu Kaa sagte: viele kleine Stacheln und Dornen saßen ihm unter der Zunge; und langsam, bedachtsam trieb er die Dholen vom Schweigen zum Knurren, vom Knurren zum Heulen und vom Heulen zu heiserer, schäumender Raserei. Sie versuchten den Spott zu erwidern, aber ebensowenig hätte ein Wolfsjunges dem rasenden Kaa zu antworten vermocht.

Während der ganzen Zeit lag Mowglis Hand geballt an

seiner Seite, zum Zupacken bereit, während die Füße fest den Ast umklammert hielten. Der große rotbraune Führer war schon mehrmals hoch in die Luft gesprungen, aber Mowgli wollte keinen unsicheren Griff wagen. Schließlich aber kam der Hund, von seiner Wut bis zum Äußersten getrieben, mit einem gewaltigen Satze sieben oder acht Fuß vom Boden hoch. Im gleichen Augenblick schoß Mowglis Hand vor wie der Kopf einer Baumschlange und packte den Dholen im Genick. Unter der doppelten Last bog sich der Ast tief hinunter, schwankte heftig und hätte Mowgli fast zu Boden geworfen; aber der Knabe hielt fest, und Zoll um Zoll zerrte er die Bestie hoch, die zuletzt wie ein ertrunkener Schakal über dem Aste hing. Nun faßte Mowgli mit der linken Hand das Messer, trennte mit einem Hieb die rote, buschige Rute vom Rumpf und schleuderte dann mit einem Schwung den Dholen hinab auf die Erde. Mehr brauchte es nicht. Jetzt nahm das Pack nicht eher wieder die Fährte Won-tollas auf, als bis sie Mowgli getötet hatten oder er sie. Von oben sah er, wie sie sich mit zitternden Flanken im Kreise niederließen; das bedeutete, daß sie verharren würden bis zum letzten. So kletterte er auf einen höheren Ast, setzte sich bequem in einer Gabelung zurecht und – schlief ein.

Nach drei bis vier Stunden erwachte er und zählte das Pack. Alle waren noch da, schweigend mit gesträubten Haaren und stahlhart glitzernden Augen. Allmählich sank die Sonne. In einer halben Stunde würde das kleine Volk der Felsen mit seinen Arbeiten aufhören – und wie ihr wißt, kämpft der Dhole nicht gut im Dämmerlicht.

»So treue Wächter hätte ich kaum gebraucht«, rief er höflich und stand von seinem Aste auf, »aber ich will es euch nicht vergessen. Echte Dholen seid ihr; mich dünkt jedoch, ihr gleicht euch alle zu sehr um ein Haar. Deshalb gebe ich dem großen Eidechsenfresser seinen Schweif nicht zurück. Freut dich das nicht, Rothund?«

»Ich selber reiße den Wanst dir aus«, heulte der Führer und kratzte wütend am Stamm des Baumes.

»Aber bedenke doch, weiße Ratte des Dekkan, viele Würfe kleiner, roter schwanzloser Hunde kommen jetzt zur Welt – ja, ja, mit rohen roten Stümpfen, die schmerzen, wenn der Sand heiß ist. Kehre heim, roter Hund, künde überall, daß ein Affe das tat. Du magst nicht? Nun, folge mir, und – weise wirst du werden.«

Nach Affenart schwang er sich auf den nächsten Baum, von da zum nächsten und wieder zum nächsten; das Pack aber folgte ihm mit erhobenen Schädeln. Ab und zu tat er so, als ob er fiele; dann purzelte das Pack wild durcheinander in der Hast, beim Töten zur Stelle zu sein. Es war ein seltsamer Anblick: der Knabe hoch oben mit dem Messer, das in der sinkenden Sonne zwischen den Zweigen blitzte, und unten das schweigende Pack mit den vom Abendschein rötlich flammenden Rücken, das ihm drängend und stoßend folgte. Als er den letzten Baum erreicht hatte, nahm er den Knoblauch und rieb sich über und über gründlich damit ein. Die Dholen unten heulten wütend: »Du Affe mit der Zunge des Wolfes, glaubst du deinen Geruch zu übertäuben? Uns täuschest du nicht, wir folgen dir bis in den Tod.«

»Da, nimm deinen Schwanz zurück!« rief Mowgli und warf ihn rückwärts in Richtung des Waldes. Instinktmäßig jagte das Pack ihm nach. »Und nun folgt mir bis in den Tod!«

Rasch glitt er vom Baumstamm hinab und flog wie der Wind barfuß dahin, dem Bienenfelsen zu, ehe die Dholen es merkten.

Tief heulten sie auf und folgten dann in dem langen, springenden Dauergalopp, der alles Lebendige niederrennt. Mowgli wußte, daß ihr Packlauf doch viel langsamer war als der der Wölfe, sonst hätte er wohl kaum gewagt, in voller Sicht zwei Meilen vor ihnen her zu laufen. Sicher waren sie, daß der Knabe ihnen doch schließlich zur Beute wurde; und er war sicher, nach Belieben mit ihnen spielen zu können. Seine einzige Sorge war nur, daß er sie in heißer Wut hinter sich hielt, damit sie nicht etwa zu früh von der Fährte abdrehten. Gleichmäßig, geschickt, elastisch wie eine Sprungfeder lief er dahin, der schwanzlose Führer kaum fünf Meter hinter ihm; und ihm nach tobte das Pack, toll und blind vor Blutgier, wohl eine halbe Meile über das Land ausgebreitet. Mit dem Gehör hielt er stets den gleichen Abstand und sparte die letzte Kraft für den Sprung über den Bienenfelsen.

Das kleine Volk war schon bei erster Dämmerung zur Ruhe gegangen, denn die Jahreszeit der spätblühenden Blumen war vorüber; aber als Mowglis erste Tritte auf hohlem

Boden hallten, hörte er einen Ton, als ob die ganze Erde unter ihm summte und brummte. Da lief er, wie er noch nie in seinem Leben zuvor gelaufen, stieß mit vorbeieilendem Fuß einen – zwei – drei Steinhaufen um, hinab in die dunklen, süßlich riechenden Spalten, hörte ein Brausen wie das Brausen anwogender Springfluten, sah aus dem Winkel des Auges hinter sich die Luft sich verfinstern, sah unter sich tief den wirbelnden Lauf des Waingunga und einen flachen, diamantgeformten Kopf in dem Wasser. Da sprang er mit aller Kraft vorwärts, sah noch den schwanzlosen Dholen in der Luft nach seiner Schulter schnappen – dann stürzte er, Füße voraus, in die Tiefe und erreichte atemlos und triumphierend den rettenden Strom. Nicht ein Stich war an seinem Körper; der Knoblauchgeruch hatte das kleine Volk gerade für die wenigen Sekunden zurückgehalten, die er brauchte, um über die Felsen hinwegzukommen. Als er hochstieg, umfaßten ihn Kaas Ringe und stützten ihn. Über den Rand aber der Klippen stürzten schwarze Massen hernieder – große Klumpen schwärmender Bienen, die wie Senkblei fielen; aber ehe ein Klumpen das Wasser berührte, flogen die Bienen auf, und der Körper des Dholen wirbelte stromabwärts. Von oben hörte man wütende, kurze Schreie, die im gewaltigen Brausen erstickten – dem Getöse der Flügel des kleinen Volkes von den Felsen. Viele Dholen waren auch in die Spalten geraten, die zu den unterirdischen Höhlen führten, zappelten, schnappten und erstickten unter den ausfließenden Honigwaben; tot wurden sie dann hochgedrückt von den schwellenden Bienenwogen unter ihnen und schossen an irgendeinem Loch an der Stromseite hervor, um aufklatschend in die schwarzen Schutthaufen zu fallen. Andere Dholen sprangen zu kurz, blieben im Gesträuch an der Felswand hängen und waren bald über und über von Bienen bedeckt. Die Mehrzahl aber, durch Stiche rasend gemacht, stürzte sich in den Fluß und – wie Kaa sagte: ein hungriges Wasser war der Waingunga. Kaa hielt Mowgli fest, bis der Knabe wieder zu Atem kam. »Hier dürfen wir nicht bleiben«, sagte er dann, »wahrlich, die kleinen Völker sind schwer gereizt. Komm!»

Tief schwimmend und untertauchend, so oft er konnte, trieb Mowgli stromabwärts, das Messer in der Hand.

»Sachte, sachte!« rief Kaa. *»Ein* Zahn kann nicht Hunderte

töten, es sei denn der Zahn einer Kobra. Viele Dholen stürzten sich rasch ins Wasser, als sie das kleine Volk aufbrausen sahen, und die sind unverletzt.«

»Um so mehr also Arbeit für mein Messer. *Hai!* Wie die kleinen Völker folgen.« Mowgli tauchte unter. Über der ganzen Wasserfläche schwebten Wolken tückisch summender Bienen, die alles stachen, was sie fanden.

»Schweigen hat noch niemals geschadet«, sagte Kaa – kein Stachel konnte durch seine Haut dringen –, »und du hast die ganze lange Nacht zur Jagd. Hör, wie sie heulen!«

Beinahe die Hälfte des Packs hatte die Falle rechtzeitig bemerkt, in die ihre Gefährten fielen. Sie bogen rasch seitwärts ab und stürzten sich ins Wasser, da, wo die Schlucht jäh zum Fluß abfiel. Wutgeschrei, Drohungen gegen den Baumaffen, der ihnen diese Schande angetan, mischten sich mit dem Geheul und Gejaul derer, die von dem kleinen Volk gepeinigt wurden. Am Ufer zu bleiben, bedeutete sicheren Tod, das wußte jeder Dhole. Das Pack wurde von der Strömung fortgerissen, den tiefen Strudeln des Friedensfelsens zu, doch selbst dorthin folgte ihnen das wütende kleine Volk und zwang sie bei Landungsversuchen wieder ins Wasser. Mowgli konnte die Stimme des schwanzlosen Führers vernehmen, der den Dholenvölkern befahl, jeden Wolf in Seeonee zu töten. Aber er verlor seine Zeit nicht mit Lauschen.

»Hinter uns mordet einer im Dunkeln«, keuchte ein Dhole. »Das Wasser hier ist rot gefärbt.«

Mowgli war der Otter gleich vorwärts getaucht und zerrte einen zappelnden Dholen unter Wasser, bevor dieser den Rachen zu öffnen vermochte; dunkle, ölige Kreise zeigten sich auf dem Wasser, als der Körper wieder hochkam und, sich drehend, davontrieb. Die Dholen versuchten umzuwenden, die Strömung jedoch war stärker; das kleine Volk stürzte sich auf ihre Köpfe und Ohren; von fern her aber scholl der Schlachtruf des Seeonee-Packs immer lauter und tiefer mit wachsender Dunkelheit. Wieder tauchte Mowgli, wieder sank ein Dhole unter und stieg tot nach oben; abermals brach das Klagegeschrei aus im Nachtrab der Dholen – manche rieten heulend zur Landung, andere brüllten dem Führer zu, sie heimwärts zu führen, zum Dekkan, wieder andere drohten Mowgli Mord und Tod.

»Zum Kampfe kommen sie mit zwei Wänsten und vielen Stimmen«, bemerkte Kaa spöttisch. »Den Rest mögen deine Brüder dort unten besorgen. Das kleine Volk kehrt heim, um zu schlafen. Weit hetzten sie uns. Nun kehre auch ich um, denn mit keinem Wolf bin ich von einer Haut. Gute Jagd, kleiner Bruder, und denke daran, die Dholen beißen immer tief, nicht hoch.«

Ein Wolf lief am Ufer entlang auf drei Läufen, sprang auf und nieder, legte sich flach auf die Seite, krümmte den Rükken und warf sich hoch in die Luft, als ob er mit seinen Jungen spielte. Der Auslieger war es, Won-tolla, er sprach kein Wort und fuhr fort mit dem grausigen Spiele neben den Dholen. Lange waren diese nun schon im Wasser, schwammen ermüdet, ihr Fell war durchweicht und schwer, ihre buschigen Schwänze tropften wie vollgesogene Schwämme – so müde und matt waren sie, daß auch sie schwiegen und nach dem funkelnden Augenpaar starrten, das sie am Ufer begleitete.

»Das ist keine gute Jagd«, keuchte ein Dhole.

»Gute Jagd!« rief Mowgli, an der Flanke des Tieres hochsteigend, und rannte ihm das lange Messer zwischen die Schultern, stieß kraftvoll nach, um dem Todesschnappen zu entgehen. »Bist du da, Menschenjunges?« rief Won-tolla über das Wasser hin.

»Frage die Toten, Auslieger!« antwortete Mowgli. »Sind etwa keine den Strom herabgekommen? Ich habe diese Hundemäuler mit Dreck gefüllt, habe am hellen Tage meine Possen mit ihnen getrieben, und ihr Führer braucht dringend einen neuen Schweif. Einige aber sind noch für dich übriggeblieben, wohin soll ich sie hetzen?«

»Ich will warten«, sagte Won-tolla. »Die tiefe Nacht kommt, dann sehe ich scharf.«

Näher und näher drang der Schlachtruf der Seeonee-Wölfe. »Für das Pack, für das volle Pack! Wir sind alle dabei!« Um eine weitere Biegung des Stromes trieben die Dholen und stießen nun auf die Sandbänke und Untiefen gegenüber den Höhlen der Seeonee-Wölfe.

Nun erst erkannten sie ihren Fehler. Sie hätten eine halbe Meile stromaufwärts an Land gehen müssen, um die Wölfe auf trockenem Boden zu überrumpeln. Zu spät war das jetzt.

Überall am Ufer blinkten flammende Augen, lautlos lag die Dschungel, nur der furchtbare *Pheeal*schrei durchschnitt unaufhörlich die Luft seit Sonnenuntergang. Won-tolla schien sie an Land zu locken, und: »Wendet und packt zu!« befahl der Führer den Dholen. Das gesamte Pack drängte sich dem Ufer zu, preschte und sprühte durch seichtes Gewässer, bis die Fläche des Waingunga weißschäumend von Ufer zu Ufer wogte, wie Wellen um den Bug eines Schiffes. Mowgli folgte dem Schwarm, stach und tötete. Wie eine breite Woge ergossen sich die Dholen über den Uferrand.

Dann begann der schwere Kampf. Anschwellend, tosend, sich zusammendrängend und wieder auseinanderstrebend, tobte die Schlacht über roten nassen Sand, über und zwischen verschlungenen Baumwurzeln, durch dichtes Gestrüpp und über Grashügel; denn auch jetzt noch kamen auf jeden Wolf zwei Dholen. Aber Wölfe trafen sie, die für das Leben des Packs kämpften. Nicht nur die kurzen, hohen, breitbrüstigen, weißzähnigen Jäger des Rudels waren dabei, sondern auch die bangäugigen Lahinis, die Wölfinnen von den Lagern, fochten mit für den Wurf; hier und da auch ein Jährlingswolf, im ersten wolligen Fell noch, zerrte und schnappte an ihrer Seite. Wie man weiß, packt der Wolf die Kehle an oder schnappt nach der Flanke, während der Dhole mit Vorliebe tief unten in den Leib beißt. So waren die Wölfe im Vorteil, solange die Dholen, aus dem Wasser strebend, die Köpfe hochhalten mußten. Auf trockenem Boden aber hatten die Wölfe mehr zu leiden.

Ohne Unterlaß arbeitete Mowglis Messer im Wasser wie auf dem Lande. Seine vier Wölfe hatten sich bis zu ihm durchgeschlagen. Graubruder kauerte zwischen den Knien des Knaben und beschützte so seinen Leib; die anderen deckten ihm Rücken und Seiten oder standen über ihm, wenn der Anprall eines heulenden, springenden Dholen, der sich blindlings in die Klinge stürzte, ihn niederwarf. Alles übrige war verwickelter Wirrwarr, ein verbissenes, verhaktes, schwankendes Knäuel, das sich von rechts nach links, von links nach rechts am Ufer schob und sich langsam rund um sich selbst drehte. Hier hob sich ein lebendiger Hügel, wie eine Wasserblase auf dem Strudel, platzte dann und spie vier oder fünf verstümmelte Hunde aus, die sich erneut in den Kampf warfen. Dort wurde ein einzelner Wolf von drei Dholen niedergerungen, schleifte sie aber zähe mit sich, bis er umsank; oder ein Jährlingswolf, bei Beginn des Kampfes getötet, wurde durch den Druck emporgehoben, während die Mutter, irrsinnig vor Wut, sich schnappend überschlug und weitergezerrt wurde. In der Mitte der Ballung stand manchmal ein einzelner Wolf gegen einen einzelnen Dholen: alles vergessend ringsum, umschlichen sie sich giftig, auf den ersten Zubiß lauernd, und wurden dann plötzlich im Wirbel blutiger Kämpfe fortgerissen. Einmal stieß Mowgli auf Akela, dem ein Dhole an jeder Flanke hing, während er seine fast zahnlosen Kiefer in die Lenden eines dritten eingeschlagen hatte. Mowgli sah auch Phao, der die Zähne in die Gurgel eines Dholen verbissen hatte und das sich sträubende Tier zu den Jährlingen hinzerrte, die es abtaten. Der Kampf war jetzt ein wild sich drehender Strudel im Dunkel der Nacht. Schlagen, Stoßen, Stürzen, Geschrei, Gestöhn waren um Mowgli, schlurfendes Schleifen vor ihm, über ihm.

Mit fortschreitender Nacht nahm die schwindelerregende Kreiselbewegung noch an Geschwindigkeit zu. Aber die Dholen waren ermattet, fürchteten sich, die stärkeren Wölfe anzugreifen, und wagten trotzdem noch nicht zu fliehen. Mowgli fühlte das Ende des Kampfes herannahen, begnügte sich deshalb damit, zu schlagen und die Hunde kampfunfähig zu machen. Verwegener wurden die Jährlinge; Zeit blieb jetzt, hin und wieder Atem zu schöpfen und einem Freund etwas zuzurufen. Das Aufblitzen des Messers reichte schon aus, um einen Dholen fortzutreiben.

»Viel Fleisch ist nicht mehr auf den Knochen«, jappte Graubruder. Er blutete aus zwanzig Wunden.

»Aber der Knochen ist noch zu knacken«, sagte Mowgli. *»Eowawa! So* schaffen wir von der Dschungel!« Die rote Klinge fuhr wie züngelnde Lohe an der Flanke eines Dholen entlang, dessen Kruppe verdeckt war von einem umklammernden Wolf. »Meine Beute«, schnaubte der Wolf durch gekrampfte Nüstern. »Laß ihn mir!«

»Ist dein Wanst noch leer, Auslieger?« fragte Mowgli. Won-tolla war furchtbar zugerichtet, aber sein Biß hatte den Dholen gelähmt, der sich nicht mehr drehen und ihn erreichen konnte.

»Bei dem Bullen, für den Bagheera mich in das Rudel einkaufte«, rief Mowgli mit bitterem Lachen, »der Schwanzlose ist es!« Wirklich war es der große rotbraune Führer.

»Weise ist es nicht, Wolfsjunge und Lahinis zu töten«, fuhr Mowgli philosophisch fort und wischte sich das Blut aus den Augen, »außer man mordet zugleich auch den Auslieger; und es ist mir im Wanst, daß dieser Won-tolla dich töten wird.«

Ein Dhole sprang dem Führer zu Hilfe; aber ehe seine Zähne Won-tollas Flanke erreichten, steckte ihm Mowglis Messer in der Kehle. Graubruder erledigte ihn vollends.

»Und so schaffen wir in der Dschungel!« rief Mowgli.

Won-tolla sagte kein Wort, sein Leben verrann, aber seine Zähne schlossen sich fester und fester. Der Dhole erschauerte, sein Kopf sank. Still lag er; Won-tolla brach über ihm zusammen.

»Ha! die Blutschuld ist gezahlt«, sagte Mowgli. »Singe den Sang, Won-tolla.«

»Er jagt nicht mehr«, murmelte Graubruder. »Auch Akela ist seit langem still.«

»Zerknackt ist der Knochen«, donnerte Phao, Sohn des Phaona. »Sie fliehen! Tötet ohne Gnade, ihr Jäger vom freien Volk!«

Dhole nach Dhole schlich fort von den düsteren, bluttriefenden Gestaden des Stroms, der dichten Dschungel zu, stromaufwärts oder -abwärts, wo immer ein Weg zur Flucht sich fand.

»Die Schuld! Die Schuld!« schrie Mowgli. »Zahlt die Schuld! Den Einsiedelwolf mordeten sie! Kein Hund darf entkommen!« An den Strand flog er mit dem Messer in der Hand, um jeden Dholen niederzustechen, der zum Wasser wollte. Da erhob sich unter einem aus Toten geschichteten Berge Akela auf die Vorderläufe und reckte den Kopf. Mowgli warf sich neben dem Einsiedelwolf auf die Knie.

»Sagte ich nicht, mein letzter Kampf wäre es?« röchelte Akela. »Große Jagd war es – und du, kleiner Bruder?«

»Ich lebe, ich lebe, viele tötete ich.«

»Ich weiß. Ich sterbe und will – will bei dir sterben, kleiner Bruder.« Mowgli hob den schrecklich zerfleischten Kopf auf seine Knie und umschlang den zerrissenen Nacken mit den Armen.

»Weit zurück liegen die alten Tage, da Schir Khan lebte und ein Menschenjunges im Staub sich wälzte.«

»Nein, nein, Wolf bin ich – von einer Haut mit dem freien Volk«, rief Mowgli. »Nicht mein Wille ist es, Mensch zu sein.«

»Mensch bist du, kleiner Bruder, Wölfling meiner Haut. Mensch bist du, sonst wäre das Pack vor den Dholen geflohen. Mein Leben verdanke ich dir, und heute hast du das Pack gerettet, wie ich dich einst rettete. Weißt du es noch? Alle Schuld ist getilgt. Gehe zu deinem eigenen Volk. Ich sage es dir noch einmal, Licht meiner Augen, zu Ende ging diese Jagd. Gehe zu deinem Volk.«

»Nein, niemals! Allein will ich jagen in der Dschungel. Ich habe gesprochen.«

»Dem Sommer folgen die Regen, den Regen folgt der Frühling. Kehre heim, ehe man dich treibt.«

»Wer wird mich treiben?«

»Mowgli wird Mowgli treiben. Kehre heim zu deinem Volk. Gehe zu den Menschen.«

»Wenn Mowgli Mowgli treibt, dann wird Mowgli gehen.«

»Nichts mehr bleibt zu sagen«, sprach Akela. »Kleiner Bruder, kannst du mich auf die Läufe heben? Auch ich war Führer des freien Volkes.«

Sorglich und sanft schob Mowgli die toten Körper zur Seite, richtete Akela auf und stützte ihn mit den Armen. Tief sog der Einsiedelwolf Luft in die Lungen, dann sang er das Totenlied, das ein Führer des Packs singen muß, wenn er stirbt. Kräftiger und kräftiger hob sich der Gesang, daß er weithin über den Strom schallte. Und als er an das letzte »Gute Jagd« kam, da schüttelte Akela sich von Mowgli frei, sprang in die Luft, fiel zurück auf seine letzte und furchtbarste Beute – und war tot.

Gleichgültig hockte Mowgli mit dem Kopf auf den Knien.

Die letzten flüchtigen Dholen wurden von den erbarmungslosen Lahinis eingeholt und niedergerissen. Allmählich erstarben die Schreie; die Wölfe kehrten zurück, hinkend, mit starrenden Wunden, und hielten Heerschau über die Toten. Fünfzehn vom Pack und ein halb Dutzend Lahinis lagen tot am Ufer, von den übrigen war nicht einer ohne Wunden.

Mowgli rührte sich nicht, bis der kalte Tag anbrach und

Phaos feuchte rote Schnauze sich in seine Hand legte. Da rückte Mowgli beiseite, um ihm den hageren Leib Akelas zu zeigen.

»Gute Jagd!« grüßte Phao den toten Akela, als ob dieser noch lebte. Dann rief er über die eigene zerfleischte Schulter hinweg: »Heult, Hunde! Ein Wolf starb diese Nacht!«

Aber von dem gesamten Pack der zweihundert kämpfenden Dholen, der Rothunde vom Dekkan, die prahlten, alle Dschungel wären ihre Dschungel und kein lebendes Wesen könne ihnen standhalten, kehrte nicht einer heim zum Dekkan, um von dem Kampf zu berichten.

Chils Gesang

Das waren meine Gefährten, zogen aus bei Nacht –
        Chil! Achtung! Paß auf, Chil! –
Nun komm' ich, euch zu pfeifen das Ende der Schlacht.
        Chil, Vortrab von Chil!
Kundschafteten zu Lüften mir neugefälltes Aas,
Kundschaft ich gab hinunter von Wild und Gras!
Hier enden alle Fährten – vorüber der Spaß!

Die da den Jagdschrei gaben, die folgten im Zug –
        Chil, Chil!
Die da den Hirschbock stellten, der flüchtend Bogen schlug –
        Chil, Chil!
Die auf der Fährte säumten, die da rannten vorauf,
Die gesenktem Horne wichen, die sich stürzten drauf –
Hier enden alle Fährten – vorüber der Lauf.

Das waren meine Gefährten, daß sie dahin, ist schad'!
        Chil, Chil!
Nun komm' ich zu trösten, ich, einst ihr Kamerad!
Chil, Vortrab von Chil!
Zerfetzte Flank', gesunknes Aug', rot klafft der Schlund sich [auf,
So liegen schlaff und dürr sie, ein wirrer, toter Hauf!
Hier enden alle Fährten, und nun – *mein* Volk, darauf!

Der Frühlingslauf

Mensch geht zu Mensch!
  Gebt die Losung durch die Dschungel!
Er, der unser Bruder war, geht hin.
Hört es und richtet,
  Geschlechter ihr von der Dschungel!
Sagt, wer hält ihn – wendet seinen Sinn?

Mensch geht zu Mensch!
  Hört ihn weinen in der Dschungel!
Schwer ist unsres Bruders Herz betrübt!
Menschenfährten sucht er –
  Nimmer seiner Spur in der Dschungel
Dürfen folgen wir, die ihn geliebt!

Zwei Jahre nach der großen Rothundschlacht und dem Tode Akelas war Mowgli annähernd siebzehn Jahre. Er sah älter aus, denn ständige Bewegung, kräftige Nahrung und Bäder, sooft er sich erhitzt oder staubig fühlte, hatten ihn weit über seine Jahre hinaus stark und kräftig gemacht. Er konnte sich mit einer Hand an dem obersten Zweig eines Baumes festhalten und eine halbe Stunde im Schwunge bleiben, wenn er die Baumwege überschauen wollte. Einen jungen Bock konnte er mitten im Galopp anhalten, ihn am Kopf packen und ihn aus der Bahn schleudern. Selbst die mächtigen, wilden blauen Eber, die in den Morästen des Nordens lebten, konnte er umwerfen. Als er jung war, fürchteten und achteten ihn die Dschungelvölker um seiner Klugheit willen, jetzt aber zitterten sie vor seiner Kraft. Glitt er geräuschlos durch den Wald, für sich spürend und jagend, dann genügte schon die Kunde seines Kommens, um die Waldpfade von Tieren freizumachen. Noch immer war der Blick seiner Augen sanft. Selbst beim Kampf flammten seine Augen niemals, wie die Bagheeras, nur gespannter und erregter leuchteten sie auf; das aber gehörte zu den Rätseln, die auch Bagheera sich nicht zu erklären vermochte. Er befragte Mowgli darüber. Der Knabe lachte und sagte: »Wenn ich meine Beute verfehle, so bin ich zornig; gehe ich zwei Tage leer aus, dann werde ich sehr zornig. Sprechen dann meine Augen nicht davon?«

»Hungrig ist der Mund, aber die Augen schweigen«, erwiderte Bagheera. »Beim Jagen, Fressen, Schwimmen – sie bleiben sich immer gleich, wie Steine im nassen oder trockenen Wetter.«

Mowgli blickte ihn lässig unter seinen langen Wimpern an, und wie stets senkte der Panther den Kopf. Bagheera kannte seinen Meister.

Fernab lagerten sie an einer Hügelkette, mit dem Blick auf den Waingunga; unter ihnen hingen die Morgennebel in weißen und grünlichen Schwaden. Die Sonne stieg auf und tauchte die Täler in wallende Meere roten Goldes; die Nebel zogen ab, und matte Strahlen streiften den grasigen Hang, auf dem Mowgli und Bagheera ruhten. Das war zu Ende der kalten Jahreszeit. Die Bäume und Blätter sahen fahl und verwelkt aus, und ein dürres Rascheln klang durch die Wälder, wenn der Wind hindurchstrich. Vom Luftzug gleichmäßig bewegt, schlug – tapp, tapp – ein einzelnes Blatt gegen dürren Zweig. Das Geräusch weckte Bagheera; mit tiefem, hohlem Husten sog er die Morgenluft ein, warf sich auf den Rücken und schlug mit der Vorderpfote nach dem nickenden Blatt über ihm.

»Das Jahr wendet«, sagte er. »In der Dschungel regt es sich. Die Zeit der ›Neuen Rede‹ naht. Das Blatt weiß es. Sehr gut und schön ist das.«

»Das Gras ist trocken«, antwortete Mowgli und riß ein Büschel aus. »Selbst Frühlingsauge (eine kleine, wächserne, trompetenförmige rote Blume, die hier und da zwischen dem Gras steht) – selbst Frühlingsauge ist geschlossen. Und, Bagheera, schickt es sich für einen Panther, so auf dem Rükken zu liegen und mit den Pfoten in die Luft zu schlagen, als wäre er eine Baumkatze?«

»Auoho!« machte Bagheera. An anderes schien er zu denken.

»Ich sage: schickt es sich für den schwarzen Panther, so zu maulen und zu husten und zu heulen und sich herumzuwälzen? Bedenke, wir sind die Meister der Dschungel – du und ich.«

»Ja, in der Tat. Ich höre, Menschenjunges.« Bagheera warf sich herum und setzte sich aufrecht. Staub bedeckte seine zerlumpten schwarzen Flanken, denn er war gerade dabei, sein

Winterfell abzulegen. »Gewiß sind wir die Meister der Dschungel! Wer ist so stark wie Mowgli! Wer so weise wie er?« Seltsam dehnte er seine Stimme, so daß Mowgli sich umwandte, um zu sehen, ob der schwarze Panther sich vielleicht über ihn lustig machte, denn die Dschungel ist voll von Worten, die anders lauten, als sie gemeint sind. »Ich sagte, wir sind ohne Frage die Herren der Dschungel«, wiederholte Bagheera. »Tat ich unrecht? Ich wußte nicht, daß das Menschenjunge nicht mehr am Boden liegt. Will es davongehen?«

Mowgli saß, die Ellenbogen auf die Knie gestützt, und blickte über die Täler hinweg nach der Sonne. Irgendwo in den Wäldern übte ein Vogel mit rauher Stimme die ersten Töne seines Frühlingsliedes. Nur ein schwacher Abglanz war es des fließenden, quellenden Rufs, der sich später aus der Kehle des kleinen Sängers ergießen würde; aber Bagheera verstand ihn.

»Ich sagte, die Zeit der ›Neuen Rede‹ sei nahe«, schnurrte der Panther, leicht mit dem Schweif schlagend.

»Ich höre«, gab Mowgli zurück. »Bagheera, warum erschauerst du über und über? Die Sonne scheint doch warm.«

»Ferao ist das, der scharlachrote Specht«, sagte Bagheera. »Der weiß es noch. Nun muß auch ich meinen Gesang üben.«

Und er begann, vor sich hin zu schnurren und zu purren, fing aber immer wieder unbefriedigt von vorne an.

»Kein Wild ist in der Nähe«, sagte Mowgli.

»Sind deine beiden Ohren verstopft, kleiner Bruder? Kein Jagdruf ist das, sondern mein Lied, das ich rechtzeitig üben muß.«

»Ach ja, ich vergaß. Aber ich werde es schon merken, wenn die Zeit der ›Neuen Rede‹ da ist. Denn dann läufst du fort und die anderen auch – verlassen bin ich dann von allen.« Mowgli sprach ziemlich aufgebracht.

»Aber wirklich, kleiner Bruder«, begann Bagheera, »nicht immer tun wir das ...«

»Dennoch tut ihr das!« rief Mowgli und schnalzte ärgerlich mit den Fingern. »Ihr rennt fort, und ich, der Herr der Dschungel, muß einsam wandern. Wie war es in der vergangenen Jahreszeit, als ich Zuckerrohr auf den Feldern des Menschen sammeln wollte? Einen Läufer sandte ich aus – dich sandte ich – zu Hathi, um ihn zu bitten, er solle in der folgenden Nacht kommen und mit dem Rüssel das Süßgras für mich pflücken.«

»Nur zwei Nächte später kam er«, sagte Bagheera, sich ein wenig duckend. »Und von dem langen Süßgras raffte er mehr zusammen, als ein Menschenjunges in sämtlichen Nächten der Regenzeit verzehren kann. Nicht meine Schuld war es.«

»Aber er kam nicht in der Nacht, für die ich ihn bestellt hatte. Nein, trompetend lief er durch die Täler und brüllte im Mondlicht. Seine Fährte war breit wie die Fährte dreier Elefanten; denn er suchte nicht Deckung unter den Bäumen. Vor den Häusern des Menschenvolks tanzte er im Schein des Mondes. Ich sah ihn, aber zu mir wollte er nicht kommen – und ich bin Herr und Meister in der Dschungel.«

»Es war die Zeit der ›Neuen Rede‹«, meinte der Panther sehr demütig. »Vielleicht, kleiner Bruder, riefst du ihn damals nicht mit einem Meisterwort. Lausche dem Lied Feraos und freue dich.«

Mowglis üble Laune schien auf einmal dahingeschwunden. Die Arme unter dem Kopf verschränkt, lag er auf dem Rükken mit geschlossenen Augen. »Was weiß ich davon – auch kümmert's mich nicht«, sagte er schläfrig. »Schlummern wir, Bagheera. Schwer ist mein Wanst in mir. Einen Ruheplatz mache für meinen Kopf.«

Der Panther legte sich abermals nieder, aber mit einem Seufzer, denn er hörte Ferao den Sang für die Frühlingszeit der »Neuen Rede« wieder und wieder üben.

In der indischen Dschungel greifen die Jahreszeiten fast ohne Übergang ineinander. Nur zwei scheint es zu geben, die nasse und die trockene Jahreszeit. Beobachtet man aber genauer, so findet man, daß unter Regenstürzen und Wolken von Moder und Staub alle vier Jahreszeiten sich in regelmäßiger Folge ablösen. Am schönsten ist der Frühling. Er zaubert nicht aus kahlem Boden neue Gräser und Blumen, an kahlen Ästen neue Blätter hervor, wie der Frühling Europas; vielmehr treibt er die fahlgrünen überlebenden Reste, die der milde Winter übrigließ, vor sich her, fegt alles rein und macht die halbbekleidete Erde wieder jung und neu. Ganz gründlich besorgt er das, und so kommt kein Frühling der Welt dem Dschungelfrühling gleich in Reiz und Frische.

Ein Tag ist da, an dem ist alles müde, und selbst die Gerüche und Dünste, die in der schweren Luft treiben, sind alt und verbraucht. Man kann das nicht erklären, aber man fühlt das. An einem anderen Tage scheint für das Auge noch nichts verändert, plötzlich riecht die Luft froh und neu, bis zur Wurzel erbeben die Bärte des Dschungelvolks, das Winterhaar fällt in langen, zottigen Flocken von ihren Flanken. Ein leichter Regen durchtränkt den Boden, und Bäume, Büsche, Bambushaine, Moose, Pflanzen mit saftigen Blättern erwachen zu drängendem Leben. Man vermeint sie förmlich wachsen zu hören. Und daneben hört man ein tiefes Summen bei Tag und Nacht, ein vibrierendes Tönen; das kommt nicht von Bienen noch fallenden Wassern, noch vom Winde in den Wipfeln der Bäume – es ist das Geräusch des erwachenden Frühlings, das Surren und Schnurren der warmen, lebensfreudigen Erde.

Bisher war der Wechsel der Jahreszeiten immer Mowglis ganzes Entzücken gewesen. Als erster stets entdeckte er das Frühlingsauge im hohen Grase verborgen blühen, sah das erste zarte, schimmernde Frühlingsgewölk, dem nichts in der Dschungel an Schönheit gleicht. Seine Stimme erscholl an allen feuchten blühenden, sternenbeglänzten Pfützen; dort sang er mit den großen Fröschen im Chor oder ahmte das eintönige Pfeifen der kleinen närrischen Eulen nach, die durch die weißen Nächte riefen. Wie für alles Dschungelvolk war für ihn der Frühling die Zeit der weiten Läufe; aus überquellender Freude am Toben und Rennen schweifte er durch die warme Luft, dreißig, vierzig, fünfzig Meilen zwischen Abenddämmer und Morgenstern, und kehrte atemlos zurück und mit fremdartigen Blumen bekränzt. Seine vier Wölfe folgten ihm nicht auf seinem wilden Dschungellauf; sie wechselten fort und sangen mit den anderen Wölfen ihre Gesänge. Das Dschungelvolk ist im Frühling sehr geschäftig; Mowgli hörte sie grunzen, kreischen, keckern und pfeifen, je nach ihrer Art. Fremd klangen dann die Stimmen, anders als in anderen Jahreszeiten, und deshalb nennen sie den Frühling die Zeit der »Neuen Rede«.

In diesem Frühling aber trug Mowgli ein sonderbares, niegekanntes Gefühl im Wanst, wie er Bagheera erzählte. Schon als die Bambussprossen sich fleckig braun färbten, hatte er sehnsüchtig den Morgen erwartet, an dem alle Düfte neu sein würden. Aber als dann der Morgen kam, als Mor, der Pfau, strahlend in Bronze, Blau und Gold, laut den Anbruch des Frühlings durch die dampfenden Wälder rief und Mowgli den Mund auftat, um den Ruf weiterzugeben, da stockte ihm das Wort in der Kehle. Ein Gefühl überkam ihn, das seinen ganzen Körper vom Kopf bis zu den Zehen durchrieselte, wie ein richtiger Schmerz war es, so daß er nachsuchte, ob nicht irgendwo ein Dorn in seinem Körper stecke. Mor rief: »Die neuen Gerüche sind da!« Die anderen Vögel gaben den Ruf weiter; und Mowgli hörte von dem Geklüft am Waingunga her Bagheeras heisere Stimme, halb wie Adlergeschrei, halb wie Rossegewieher. Die Affenvölker kreischten und schaukelten in den junggrünenden Ästen, und Mowgli stand da, die Brust geschwellt, um mit Mor zu jubilieren, aber nur in kleinen Seufzern entlud sich die Spannung, und ein unerklärlicher Kummer ergriff ihn.

Er blickte um sich, aber er sah nur das närrische Affenvolk sich in den Zweigen tummeln und Mor, den glänzenden Schweif weit gespreizt, auf den Hängen verzückt tanzen.

»Neu wehen die Düfte!« rief Mor. »Gute Jagd, kleiner Bruder! Wo bleibt deine Antwort?«

»Kleiner Bruder, gute Jagd!« pfiff Chil, der Geier, und kam mit seinem Weibchen herabgeschossen. Beide stoben so dicht an Mowglis Nase hin, daß ein Büschel weißer Flaumfedern vor ihm niederfiel.

Ein leichter Frühlingsregen, Elefantenregen nennen sie ihn, strich über die Dschungel im Umkreis von einer halben Meile dahin, ließ die jungen Blätter naßtropfend zurück und erstarb in einem Doppelregenbogen und leichtem Donnergrollen. Das Frühlingssummen schwoll an für Augenblicke, verstummte wieder; und dann schien das ganze Dschungelvolk mit eins die Stimme zu erheben. Nur Mowgli nicht.

»Gutes Futter nahm ich zu mir«, sagte er zu sich selbst. »Gutes Wasser trank ich. Meine Kehle brennt nicht, zieht sich auch nicht zusammen, wie damals, als ich in die blaugesprenkelte Wurzel biß, von der Oo, die Schildkröte, sagte, sie sei reine Nahrung. Aber schwer ist mir der Wanst, und ohne Grund gab ich böse Worte Bagheera, den anderen Völkern und meinen Wölfen. Bald ist mir heiß, bald kalt; dann wieder ist mir weder heiß noch kalt, nur ergrimmt bin ich über etwas, das ich nirgends erblicken kann. Hoho! Zeit ist es zu laufen! Heute nacht kreuze ich die Bergkette. Ja, einen Frühlingslauf will ich machen nach den Morästen des Nordens und wieder zurück. Lange genug jagte ich nur leicht und nachlässig. Und die vier sollen mit mir laufen; denn fett werden sie wie weiße Maden.«

Er rief, aber keiner der vier gab Antwort. Sie waren längst davon, außer Hörweite, sangen die Frühlingsgesänge, die Mond- und Sambhurlieder mit den Wölfen des Packs; denn in der Frühlingszeit macht das Dschungelvolk wenig Unterschied zwischen Tag und Nacht. Mowgli gab den scharfen, bellenden Ruf, doch nur das spottende Miau der kleinen gesprenkelten Baumkatze kam zurück, die durch das Gezweig schlich, um nach frühen Vogelnestern zu stöbern. Da packte ihn die Wut, zitternd zog er halb sein Messer heraus; aber dann richtete er sich auf, stolz, sehr stolz, obgleich keiner ihm zusah, und das Kinn erhoben, die Augenbrauen finster zusammengezogen, schritt er die Hügel hinab. Aber nicht einer vom Dschungelvolk sprach zu ihm, alle waren mit eigenem Treiben beschäftigt.

»Ja«, sagte er, doch im Herzen wußte er, daß es nicht so war, »wenn der rote Dhole vom Dekkan kommt oder die rote Blume im Bambus tanzt und zuckt, dann läuft alles Dschungelvolk winselnd zu Mowgli und schmeichelt ihm mit großmächtigen Elefantennamen. Jetzt aber, nur weil das Frühlingsauge blüht oder Mor im Frühlingstanz die nackten Beine zeigt, wird die ganze Dschungel toll – toll wie Tabaqui. Beim Bullen, der mich loskaufte, bin ich Herr der Dschungel oder bin ich es nicht?! Heda, ihr, was schafft ihr hier?«

Zwei junge Wölfe des Packs galoppierten über den Weg auf der Suche nach einem versteckten Kampfplatz (wie ihr wißt, verbietet das Dschungelgesetz, in Sicht des Rudels zu kämpfen). Ihre Nackenhaare waren gesträubt, und wütend vor Kampfbegier gaben sie Laut. Mowgli sprang vor und packte mit jeder Hand einen vorgestreckten Hals, um die Tiere rückwärts zu schleudern, wie er es oft beim Spiel oder bei Rudeljagden getan hatte. Aber bis dahin hatte er sich noch nie in einen Frühlingskampf gemischt. Die beiden Wölfe sprangen unbeirrt vorwärts, warfen ihn seitwärts zu Boden;

ohne ein Wort zu verlieren, fielen sie sich an und überkugelten sich fest verbissen ineinander.

Mowgli stand schneller wieder auf den Füßen, als er gefallen war, die weißen Zähne entblößt und das Messer gezückt in der Hand. In diesem Augenblick hätte er beide töten können, grundlos, nur weil sie kämpften, während er sie still haben wollte, obgleich jedem Wolf das Recht zusteht, dem Gesetz gemäß seinen Kampf auszufechten. Geduckt, mit bebender Hand, tanzte er um sie herum, um einen doppelten Schlag zu führen, sobald die erste Hitze des Gefechts sich legte; aber während er lauerte und lauerte, fühlte er seine Kraft entweichen, die Spitze des Messers senkte sich, und langsam schob er es in die Scheide zurück.

»Wahrlich, Gift muß ich geschluckt haben«, seufzte er, »seitdem ich den Rat mit der roten Blume auseinandertrieb, seitdem ich Schir Khan tötete, hat keiner vom Pack mich bezwingen können. Diese da sind nur Schwanzwölfe vom Pack – geringe Jäger! Meine Stärke wich von mir, sterben muß ich. Oh, Mowgli, warum tötest du nicht diese zwei?«

Der Kampf ging weiter, bis zuletzt einer der Wölfe davonflüchtete. Mowgli blieb allein zurück auf der zerwühlten blutigen Walstatt, sah auf sein Messer, auf seine Beine und Arme, und wieder überflutete ihn ein unerklärliches Gefühl von Gram und Traurigkeit, wie Wasser einen Stein überflutet.

Zeitig an diesem Abend jagte er, aß aber nur wenig, um leichtfüßig zu bleiben für den Frühlingslauf. Einsam verzehrte er seine Beute, denn alles Dschungelvolk war in den Wäldern verstreut, sang oder kämpfte. Es war eine vollkommen weiße Nacht, wie sie es nennen. Seit dem Morgen schienen alle Pflanzen so viel gewachsen zu sein wie sonst in einem Monat. Der Zweig, der gestern noch gelbliche Blätter getragen, tropfte heute von Saft, als Mowgli ihn abbrach. Warm und dicht kräuselte sich das Moos um seine Füße, das Gras hatte weiche junge Spitzen, und alle Stimmen in der Dschungel summten und brummten wie tiefer Harfenton, vom Mond angeschlagen, dem Mond der »Neuen Rede«. Voll warf er sein Licht über Fels und Pfuhl, glitt bläulichgelb zwischen Baumstamm und Liane hindurch und stäubte milden Schein über Millionen junger Blätter.

Mowgli vergaß seinen Kummer – laut sang er vor Glück, als er seinen Frühlingslauf antrat. Mehr wie ein leichtes Fliegen war es, denn er hatte, um nach den Morästen des Nordens zu gelangen, den breiten, geneigten Hang mitten durch das Herz der Dschungel gewählt, wo der federnde Grund den Schall seiner Tritte dämpfte. Ein unter seinesgleichen aufgewachsener Mensch würde seinen Weg mit großer Mühe, stolpernd und fallend, im irreführenden Mondlicht gesucht haben, aber Mowglis geübte und gestählte Muskeln trugen ihn leicht federnd dahin. Rutschte unter seinem Fuß ein verrotteter Klotz oder verborgener Stein, so gewann er leicht und mühelos wieder festen Boden, ohne den Lauf zu verzögern. Ermüdete ihn das Gehen auf der Erde, so streckte er nach Affenart die Arme nach der nächsten Schlingpflanze aus, schien die dünnen Zweige mehr hinauf zu schweben als zu klettern. Dann wurde der Marsch über eine Baumstraße fortgesetzt, bis seine Laune sich wieder änderte und er in langem, rauschendem Bogen abwärtsschoß auf den Boden. Durch stille heiße Schluchten führte sein Weg zwischen feucht dunstenden Felsen, wo der schwere Duft der Nachtblumen und der quellenden Lianenknospen ihm die Brust beklemmte. Durch dunkle Alleen kam er, wo das Mondlicht regelmäßige Streifen und Bogen spann, wie Marmorwerk in einem Kirchenchor; durch Dickichte drang er, wo das nasse dichte Gestrüpp ihm bis zur Brust reichte und sich wie Arme um seine Hüften legte; über Hügelkämme, von zerklüftetem Geröll bedeckt, wo er von Stein zu Stein sprang und die kleinen Füchse aus ihren Schlupfwinkeln aufschreckte. Aus der Ferne vernahm er das *Chug-drug* eines Ebers, der seine Hauer an einem Stamm schärfte; später kam er an dem großen grauen Tier vorüber, das mit feuriglodernden Augen, Schaum vor dem Rachen, die rote Rinde eines Riesenbaumes zerfetzte. Oder das Geräusch von klirrenden Hörnern, Gegrunz und Gezisch führte ihn seitwärts, und er kam an zwei wütenden Sambhurhirschen vorbei, die mit gesenkten Köpfen gegeneinanderrannten, und das Blut an ihren Flanken erschien schwarz im Mondlicht. An schilfbedeckter Furt hörte er Jacala, das Krokodil, gleich einem Ochsen brüllen; oder er störte einen ineinandergeschlungenen Knäuel des Giftvolkes auf, aber war schon über glitzerndes Steingeröll hinweggeglitten, ehe sie beißen konnten, und lief wieder tief in der inneren Dschungel.

So rannte er, jauchzte manchmal oder sang vor sich hin, in dieser Nacht das glücklichste Geschöpf in der ganzen Dschungel, bis der Geruch der Blumen die Nähe der Moräste ankündigte; diese lagen weiter entfernt als seine fernsten Jagdgründe.

Hier wieder wäre ein unter seinesgleichen aufgewachsener Mensch schon nach drei Schritten bis über den Kopf versunken. Mowglis Füße jedoch schienen Augen zu haben, denn wohlbehalten trugen sie ihn von Scholle zu Scholle, von einem glitschigen Klumpen zum anderen, ohne seiner Augen im Kopf zu bedürfen. Er drang bis zur Mitte des Moores vor, scheuchte Entenvölker auf und setzte sich auf einen moosbedeckten Baumstamm, der halb im schlammigen Wasser schlappte. Rings um ihn her war Leben in den Mooren; nur leicht ist im Frühling der Schlaf der Vogelvölker, und ganze Züge kamen und gingen durch die Nacht. Unbeachtet blieb Mowgli im hohen Ried, summte Gesänge ohne Worte und untersuchte die Sohlen seiner harten braunen Füße nach eingedrungenen Dornen. Alle Schwermut schien er in seiner eigenen fernen Dschungel gelassen zu haben, er war gerade im Begriff, ein neues Lied mit voller Kehle anzustimmen – da überfiel ihn wieder der unerklärliche Gram, zehnmal stärker als zuvor.

Diesmal bekam Mowgli Angst: »Hier ist er auch«, sagte er halblaut. »Er ist mir gefolgt.« Und er blickte scheu über seine Schulter rückwärts, um zu sehen, ob dieser »er« etwa hinter ihm stände. »Niemand ist hier.«

Weiter raunten die Nachtgeräusche in den Mooren, aber weder ein Vogel noch ein anderes Tier sprach zu ihm, und das neue Gramgefühl schien ins Unendliche zu wachsen.

»Sicherlich habe ich Gift gegessen«, sagte er, und seine Stimme bebte vor Furcht. »Aus Versehen muß ich es geschluckt haben, denn meine Stärke verläßt mich. Ich habe mich gefürchtet, und doch war ich es nicht, der sich fürchtete« – Mowgli hatte Angst gehabt, als die beiden Wölfe miteinander kämpften. »Akela, ja selbst Phao würden sie zur Ruhe gebracht haben, aber Mowgli fürchtete sich! Sicherstes Zeichen dafür, daß ich Gift geschluckt habe. Aber was fragen die in der Dschungel danach? Sie singen, heulen und laufen in Rudeln unter dem Mond, und ich – o weh! muß sterben in den Morästen, an dem Gift, das mir im Leibe sitzt.«

Er tat sich selbst so leid, daß er am liebsten laut geweint hätte.

»Und nachher«, klagte er weiter, »werden sie mich hier finden in dem schwarzen Wasser. Nein, ich will doch lieber heimkehren nach meiner Dschungel, um auf dem Ratsfelsen zu sterben. Bagheera, den ich liebe – wenn er nicht singend durch das Tal rennt –, Bagheera wird vielleicht Totenwache halten bei meiner Leiche, damit Chil nicht mit mir tut, wie er mit Akela getan hat.«

Eine dicke warme Träne fiel ihm aufs Knie, und elend, wie Mowgli war, fühlte er sich doch wieder glücklich, daß ihm so elend zumute war – wenn euch diese auf den Kopf gestellte Glückseligkeit bekannt ist. »Als Chil, der Geier, Akela aufzehrte«, wiederholte er, »errettete ich in derselben Nacht das Pack von den roten Hunden.« Er schwieg und dachte eine Weile an die letzten Worte des Einsiedelwolfes, deren ihr euch wohl entsinnt. »Viel Unsinn redete Akela zu mir, bevor er starb, denn wenn wir sterben, dann ändert sich in uns der Wanst. Er sagte ... aber dennoch, ich bin von der Dschungel!«

Mowgli dachte an die Schlacht am Waingungastrande, und vor Erregung schrie er die letzten Gedanken so laut in die Nacht hinein, daß eine wilde Büffelkuh im Schilf aufsprang und schnaubte: »Ein Mensch!«

»Uuh!« brummte Mysa, der wilde Büffel (Mowgli hörte, wie er sich im Schlamm wälzte), »das ist kein Mensch, nur der haarlose Wolf von Seeonee-Pack ist es. Hin und her rennt er in solchen Nächten.«

»Uuh!« machte die Kuh und senkte den Kopf, um weiter zu grasen. »Ich hielt ihn für einen Menschen.«

»Nein, sage ich! He! Mowgli, ist Gefahr im Anzuge?« brummte Mysa.

»He! Mowgli, ist Gefahr im Anzuge?« gab der Knabe spottend zurück. »Das ist alles, woran Mysa denkt, ob Gefahr ist. Aber Mowgli, der Tag und Nacht durch die Dschungel wechselt und für euch beide wacht, was kümmert euch Mowgli?«

»Wie laut er brüllt«, sagte die Kuh.

»So schreien sie«, antwortete Mysa verächtlich, »die Gras ausreißen und es nicht fressen können.«

»Für weniger als dies«, stöhnte Mowgli, »für weniger als dies hätte ich dich noch in der letzten Regenzeit aus dem Schlamm aufgestachelt und mit einem Binsenzaum durch den Sumpf geritten.« Müde griff er mit der Hand nach einer faserigen Binse, ließ sie aber seufzend wieder sinken. Ruhig fuhr Mysa mit dem Wiederkäuen fort.

»Hier sterben, das will ich nicht!« rief Mowgli zornig. »Mysa würde mich sehen, der von gleichem Blut ist mit Jacala und dem Schwein. Von den Morästen will ich jetzt fort und sehen, was kommt. Niemals lief ich einen ähnlichen Frühlingslauf – heiß und kalt auf einmal. Auf, Mowgli!«

Er konnte der Versuchung nicht widerstehen, sich durch das Schilf an Mysa heranzupirschen und ihn von hinten mit der Spitze des Messers zu stechen. Wie eine platzende Granate schoß der riesige, triefende Bulle aus dem Schlamm heraus, und Mowgli lachte, daß er sich die Seiten halten mußte.

»Verkünde nun, Mysa, der haarlose Wolf vom Seeonee-Pack hat dich einmal gehütet«, rief er.

»Wolf! Du?« schnaubte der Büffel und stampfte wütend den Schlamm. »Die ganze Dschungel weiß, daß du Hüter warst des zahmen Rindviehs, ein Menschenknirps, der drunten bei den Feldern herumschreit. Du willst von der Dschungel sein? Welcher rechte Jäger von der Dschungel würde sich wohl wie eine Schlange zwischen Blutegeln durchschleichen, nur um einen so schlammigen Spaß zu machen und mich vor meiner Kuh zu beschämen? Komm nur auf festen Grund – dann will ich – will ich ...« Mysa schäumte vor Wut, er hatte so ziemlich das schlechteste Temperament in der Dschungel. Mowgli sah gelassen dem Schnauben und Stampfen des Bullen zu. Als er mit seiner Stimme den Lärm des Tieres und des spritzenden Schlammes übertönen konnte, rief er: »Welches Menschenvolk lagert hier bei den Morästen, Mysa? Diese Dschungel ist mir fremd.«

»Nordwärts gehe«, brüllte der vergrämte Bulle, denn Mowgli hatte ihn ziemlich scharf gestochen. »Ein Spaß war das, wie er ganz für einen nackten Kuhhirten paßt. Am Rande des Moores liegt ein Dorf, geh hin und erzähle ihnen die Geschichte.«

»Das Menschenvolk liebt keine Dschungelgeschichten; und ich glaube auch nicht, Mysa, daß ein Riß mehr oder weniger in deinem Fell Anlaß zu einer Ratsversammlung ist. Aber ich will gehen und mir das Dorf ansehen. Ruhig nun, Mysa, nicht in jeder Nacht kommt der Meister der Dschungel dich hüten.«

Er betrat den unsicheren Grund am Rande der Sümpfe, wohl wissend, daß Mysa im Moor nicht angreifen würde, und lachte im Laufen über den Zorn des Bullen.

»Nicht völlig schwand mir meine Kraft«, sagte er, »vielleicht ist das Gift nicht bis in die Knochen gedrungen. Sieh, dort, tief unten schimmert ein Stern.« Er betrachtete ihn durch die halbgeschlossenen Hände. »Beim Bullen, für den mich Bagheera in das Rudel einkaufte, die rote Blume loht dort, die rote Blume, neben der ich lag, bevor – bevor ich zu dem ersten Seeonee-Pack kam. Zu Ende ist mein Lauf, nun ich sie wiedergesehen habe.«

Die Moräste endeten an einer breiten Ebene, und von dorther blinkte das Licht. Seit sehr langer Zeit hatte Mowgli sich nicht mehr um das Tun und Treiben der Menschen gekümmert; in jener Nacht aber zog ihn der Schein der roten Blume wieder geheimnisvoll an.

»Ich will es mir ansehen, wie einst in den alten Tagen«, sagte er. »Ob sich das Menschenvolk wohl geändert hat?«

Längst lag die eigentliche Dschungel hinter ihm, und achtlos trottete er durch die taufeuchten Wiesen, bis er zu der Hütte kam, aus der das einsame Licht schimmerte. Hunde im Dorf schlugen an.

Geräuschlos setzte er sich nieder und stieß ein tiefes Wolfsknurren aus, um die Hunde zum Schweigen zu bringen. »Nun, was kommen muß, kommt. Aber was hast du, Mowgli, bei den Lagern des Menschenvolkes zu schaffen?« Er rieb sich den Mund an der Stelle, wo vor Jahren ein Stein ihn getroffen hatte, als das andere Menschenvolk ihn ausstieß.

Die Tür der Hütte ging auf: eine Frau stand im Rahmen und blickte in die Dunkelheit. Drinnen weinte ein Kind, und die Frau rief über die Schulter zurück: »Schlafe! Ein Schakal war es nur, der die Hunde weckte. Bald kommt der Morgen.«

Mowgli fing an, wie im Fieber zu zittern. Die Stimme kannte er wohl, aber um sicher zu sein, rief er leise: »Messua, o Messua!« und war erstaunt, daß ihm die Menschensprache zurückkam.

»Wer ruft da?« fragte die Frau mit einem Beben in ihrer Stimme.

»Hast du mich vergessen?« fragte Mowgli. Die Kehle wurde ihm heiß, als er sprach.

»Wenn du es bist, nenne mir den Namen, den ich dir gab.« Halb schloß sie die Tür der Hütte und fuhr mit der Hand nach der Brust.

»Nathoo! Ohe – Nathoo!« rief Mowgli. – Wie ihr vielleicht noch wißt, war das der Name, den Messua ihm gegeben hatte, als er zum erstenmal bei den Menschen erschien.

»Komm, komm, mein Sohn!« rief sie. Mowgli trat in das Licht und blickte auf Messua, die Frau, die gut zu ihm gewesen war und deren Leben er rettete vor langen Jahren. Sie war gealtert, und grau war ihr Haar, aber ihre Augen und ihre Stimme hatten sich nicht verändert. Nach Frauenart hatte sie erwartet, ihn so wiederzufinden, wie er sie verlassen hatte; und verwundert wanderten nun ihre Augen von seiner Brust nach seinem Kopf, der mit dem Scheitel an den Türrahmen stieß.

»Mein Sohn«, stammelte sie; und dann sank sie hin vor seine Füße. »Doch nicht mehr mein Sohn steht hier. Ein Gott der Wälder ist er! *Ahai!*«

Kraftvoll, hoch und schön stand er da im roten Licht der Öllampe. Das lange schwarze Haar flutete über die Schultern, vor der Brust hing ihm das Messer, das Haupt schmückte ein Kranz von weißem Jasmin – wirklich erschien er so wie ein wilder Gott der Dschungelsage. Das Kind, aus tiefem Schlummer erwacht, sprang auf und schrie laut vor Schrecken. Messua wandte sich, um es zu beruhigen. Mowgli stand unbeweglich und betrachtete sinnend Wasserkrüge, Kochtöpfe, Kornkiste und all die übrige menschliche Habe, die er so gut im Gedächtnis hatte.

»Willst du etwas essen und trinken?« murmelte Messua. »Alles hier ist dein. Wir verdanken dir unser Leben. Aber bist du der, den ich Nathoo nannte, oder wirklich ein Gott?«

»Nathoo bin ich«, sagte Mowgli. »Sehr weit war ich fort von meiner Dschungel. Das Licht sah ich und kam hierher. Ich dachte nicht, dich hier zu finden.«

»Als wir nach Khanhiwara kamen«, begann Messua schüchtern, »sagten die Engländer, sie würden uns helfen gegen die Dorfleute, die uns verbrennen wollten. Erinnerst du dich?«

»Ja, ich vergaß nicht.«

»Aber als das englische Gesetz gesprochen hatte und wir zum Dorf dieser bösen Menschen gingen, war nichts mehr davon zu finden.«

»Auch das habe ich nicht vergessen«, sagte Mowgli, seine Nüstern bebten.

»Mein Mann nahm nun Dienst als Feldarbeiter, und später – denn er war stark und fleißig – erwarben wir das Stückchen Land hier. So gut ist der Boden nicht wie im alten Dorfe, aber viel brauchen wir nicht, wir zwei.«

»Wo ist der Mann, der im Schmutz grub, als er sich fürchtete in jener Nacht?«

»Er starb vor einem Jahr.«

»Und er?« Mowgli wies auf das Kind.

»Mein Sohn, der vor zwei Regenzeiten geboren wurde. Wenn du ein Schutzgeist bist, so schenke ihm die Gunst der Dschungel, auf daß er sicher sei unter deinem – deinem Volk, wie wir sicher waren in jener Nacht.«

Sie hob ihm das Kind entgegen. Das vergaß alle Furcht und streckte den Arm aus nach dem Messer auf Mowglis Brust, um damit zu spielen; sehr behutsam legte Mowgli die kleinen Finger zur Seite.

»Und wenn du Nathoo bist, den der Tiger fortschleppte«, sagte Messua schluchzend, »dann ist es dein jüngerer Bruder. Gib ihm des älteren Bruders Segen.«

»Ach, ach! Was weiß ich von einem Dinge, das Segen heißt? Weder Schutzgott bin ich noch sein Bruder. O Mutter, Mutter, wie schwer ist mein Herz in mir.« Als er das Kind niedersetzte, erschauerte er.

»Leicht möglich«, sagte Messua, an den Herd tretend. »Das kommt vom nächtlichen Streifen in den Morästen. Fraglos ist dir das Fieber in das Mark gefahren.« Mowgli mußte lächeln bei dem Gedanken, daß irgend etwas ihm schaden könnte in der Dschungel. »Feuer will ich machen, und warme Milch sollst du trinken. Lege den Jasminkranz fort, schwer ist der Duft in einer so kleinen Hütte.«

Mowgli setzte sich nieder, vergrub das Gesicht in den Händen und murmelte vor sich hin. Fremdartige, nie gekannte Gefühle überkamen ihn, ganz so, als ob er Gift geschluckt hätte, heiß und kalt wurde ihm, schwindelig und übel. In tiefen Zügen trank er die warme Milch; Messua streichelte ihn leise, und so fühlte sie wenigstens, daß er aus Fleisch und Blut war, und das machte sie froh.

»Sohn«, sagte sie endlich, und ihre Augen blickten mit Stolz auf ihn, »hat man dir niemals gesagt, daß du schöner bist als alle anderen Menschen?«

»Ha?« fragte Mowgli, denn natürlich hatte er nie derartiges gehört. Messua lachte leise und glücklich. Der Ausdruck seines Gesichts sagte ihr genug.

»Da bin ich also die erste? Aber es ist selten, daß eine Mutter dem Sohn zuerst sagt, daß er schön sei. Nie sah ich so einen Mann.«

Mowgli drehte den Kopf und versuchte, über seine feste Schulter hinweg nach rückwärts zu blicken. Messua lachte lange und herzlich, daß Mowgli zu seinem Befremden mitlachen mußte. Das Kind lief hin und her zwischen ihnen und lachte auch.

»Nein, du darfst nicht lachen über deinen Bruder«, sagte Messua zu dem Kinde und drückte es an ihre Brust. »Wenn du nur halb so schön wirst, verheiraten wir dich mit der jüngsten Tochter eines Königs, und du sollst große Elefanten reiten.«

Mowgli verstand kaum jedes dritte Wort dieser Rede. Die warme Milch machte ihn schläfrig nach dem weiten Lauf; so kauerte er sich hin und war im nächsten Augenblick eingeschlafen. Messua strich ihm das Haar aus den Augen, breitete ein Tuch über ihn und fühlte sich glücklich.

Nach Dschungelart durchschlief er den Rest der Nacht und den ganzen folgenden Tag; sein Instinkt, der niemals ganz schlummerte, sagte ihm, daß keine Gefahr drohe. Als er erwachte, sprang er hoch, daß die ganze Hütte erbebte, denn unter dem Tuche hatte ihm von Fallgruben und Fallen geträumt. Jetzt stand er mit der Hand am Messer, die rollenden Augen noch schwer vom Schlaf, zum Kampf bereit.

Messua setzte ihm lachend die Abendmahlzeit vor. Sie bestand aus einigen harten, über rauchendem Feuer gebackenen Kuchen, etwas Reis und sauren eingemachten Tamarinden;

für ihn mochte das gerade reichen bis zum Abendtöten. Der Tauduft von den Morästen her machte ihn hungrig und rastlos. Er sehnte sich danach, seinen Frühlingslauf zu beenden, aber das Kind wollte durchaus auf seinen Armen sitzen, und Messua kämmte sein blauschwarzes Haar. Sie sang beim Kämmen närrische kleine Kinderlieder, nannte ihn bald »Nathoo, mein Sohn«, bald bat sie ihn, von seiner Dschungelkraft dem Kinde zu schenken. Die Tür der Hütte war geschlossen, doch Mowgli hörte einen vertrauten Laut und sah, wie Messua entsetzt den Mund aufriß, als eine graue Pfote sich unter der Türritze durchschob und Graubruder draußen dumpf und kläglich winselte vor Angst und Sorge.

»Draußen bleiben und warten!« rief Mowgli in der Dschungelsprache, ohne den Kopf zu wenden. »Als ich rief, kamt ihr nicht.« Lautlos verschwand die große graue Pfote.

»Bringe nicht – bringe nicht deine – deine Diener mit dir«, sagte Messua. »Ich – wir lebten stets in Frieden mit der Dschungel.«

»Es ist Frieden«, sagte Mowgli und erhob sich. »Denke an die Nacht auf der Straße nach Khanhiwara. Horden solcher Völker liefen vor dir her und hinter dir. Doch ich sehe, daß auch im Frühling die Dschungelvölker nicht immer vergessen. Ich gehe nun, Mutter.«

Messua trat demutsvoll zur Seite; ein Waldgott ist er doch, dachte sie. Aber als seine Hand auf dem Türgriff lag, erwachte die Mutter in ihr, und wieder und wieder schlang sie die Arme um Mowglis Hals.

»Kehre zurück«, flüsterte sie. »Sohn oder nicht Sohn, kehre zurück, denn ich liebe dich – und sieh, auch er trauert.«

Das Kind weinte, weil der Mann mit dem blanken Messer fortgehen wollte. »Kehre zurück«, wiederholte Messua. »Nie ist dir diese Tür verschlossen, bei Tag oder Nacht.«

Etwas stieg hoch in Mowglis Kehle, als ob die Stimmbänder gedehnt würden; seine Stimme schien wie mit Stricken aus ihm gezerrt zu werden, als er endlich sagte: »Gewiß, ich komme wieder.«

»Und nun habe ich ein Wort mit dir zu reden, Graubruder«, sagte er und nahm den Kopf des Wolfes, der ihn an der Türschwelle umschmeichelte. »Warum kamt ihr nicht, alle vier, als ich euch rief vor langer Zeit?«

»Vor langer Zeit? Verstrichene Nacht war es erst. Ich – wir sangen in der Dschungel die neuen Lieder, denn es ist die Zeit der ›Neuen Rede‹. Vergaßest du?«

»Wahrlich, du hast recht.«

»Und sobald die neuen Lieder gesungen waren«, fuhr Graubruder fort, »folgte ich deiner Fährte. Ich lief fort von den anderen und folgte dir heißen Fußes. Aber, kleiner Bruder, was tatest du – fressen und schlafen mit dem Menschenpack?«

»Wäret ihr gekommen, als ich rief, wäre das nie geschehen«, antwortete Mowgli und lief nun immer schneller.

»Und – – was jetzt?« Graubruder sah ihn fragend an.

Mowgli wollte erwidern, als ein Mädchen in weißen Gewändern den Pfad herabgeschritten kam, der zum Dorf führte. Graubruder verschwand augenblicklich außer Sicht, und Mowgli trat geräuschlos in ein Feld voll hochstehender Ähren. Fast hätte er das Mädchen mit den Händen berühren können, als die warmen grünen Halme sich hinter ihm schlossen. Wie ein Geist löste er sich auf in der Dunkelheit. Das Mädchen schrie auf, denn sie vermeinte einen Nachtspuk zu sehen, dann seufzte sie tief. Mowgli bog die Ähren auseinander und sah ihr sinnend nach, bis sie verschwunden war.

»Jetzt weiß ich noch immer nicht«, sagte er und seufzte nun ebenfalls, »warum ihr eigentlich kamt?«

»Wir folgen dir, wir folgen dir«, murmelte Graubruder, Mowglis Füße leckend. »Immer folgen wir dir, außer in der Zeit der ›Neuen Rede‹.«

»Auch zum Menschenvolk?«

»Folgte ich dir nicht in jener Nacht, als unser altes Pack dich ausstieß? Wer weckte dich, als du zwischen den Ähren lagst?«

»Ja, aber wiederum?«

»Folgte ich dir nicht auch heute nacht?«

»Ja, aber wieder und wieder und vielleicht immer wieder, Graubruder.«

Nun verstummte Graubruder. Dann knurrte er vor sich hin: »Wahrheit sprach der Schwarze.«

»Und was sagte er?«

»Mensch geht am Ende zu Mensch. Rakscha, unsere Mutter, sagte – –«

»So auch sprach Akela in der Rothundnacht«, murrte Mowgli.

»So sprach auch Kaa, der weiser ist als wir alle.«

»Was sagtest du, Graubruder?«

»Einst stießen sie dich aus mit böser Rede. Mit Steinen zerrissen sie deinen Mund. Buldeo schickten sie aus, dich zu töten. In die rote Blume wollten sie dich werfen. Du, nicht ich, sagtest, sie wären böse und hätten keinen Verstand. Du, nicht ich, ließest die Dschungel über sie kommen. Du, nicht ich, sangest Gesänge gegen sie, die bitterer waren als unser Sang sogar gegen den Rothund.«

»Was du sagst, Graubruder, fragte ich.«

Indes sie redeten, liefen sie ununterbrochen weiter. Graubruder galoppierte eine Weile, ohne zu antworten; dann stieß er zwischen Sprung und Sprung hervor: »Menschenjunges – Meister der Dschungel – Sohn der Rakscha – mein Lagerbruder – wenn ich auch in der Frühlingszeit einmal vergeßlich bin: Deine Fährte ist meine Fährte, dein Todeskampf mein Todeskampf. Ich spreche auch für die drei. Aber was willst du der Dschungel sagen?«

»Gut gedacht ist das. Zwischen Sehen und Töten soll man nicht lange zaudern. Eile voraus, rufe alle zum Ratsfelsen, denn verkünden will ich ihnen, was in meinem Wanst ist. Aber kommen werden sie kaum – in der Zeit der ›Neuen Rede‹ vergessen sie mich immer.«

»Hast du denn nichts vergessen?« schnappte Graubruder über die Schulter zurück, als er voranlief. Nachdenklich folgte Mowgli.

Zu jeder anderen Zeit würde bei dieser Nachricht die ganze Dschungel mit gesträubtem Nackenhaar herbeigeeilt sein; aber jetzt waren sie beschäftigt mit Jagen, Kämpfen, Schlagen und Singen; von einem zum anderen lief Graubruder und rief: »Der Meister der Dschungel kehrt heim zu den Menschen! Kommt zum Ratsfelsen!« Aber die glücklichen, eifrig beschäftigten Völker antworteten nur: »In der Sommerhitze wird er zu uns zurückkehren. Die Regen werden ihn zum Lager treiben. Laufe und singe mit uns, Graubruder!«

»Aber der Meister der Dschungel geht zum Menschenvolke«, rief Graubruder.

»*Iha – yoawa?* Ist die Zeit der ›Neuen Rede‹ deshalb weniger süß?« antworteten sie.

Als nun Mowgli schweren Herzens durch wohlbekanntes Felsgeklüft zum Ratsfelsen hinanstieg, allwo man ihn einst aufnahm in den Rat, fand er dort nur die vier, den alten, fast blinden Baloo und den schweren, kaltblütigen Kaa, der auf dem hohen Sitz Akelas geringelt lag.

»Endet also deine Fährte hier, Mannling?« sprach Kaa, als Mowgli sich niederwarf und sein Gesicht mit den Händen verdeckte. »Rufe deinen Ruf: Du und ich vom gleichen Blut – Mensch und Schlange.«

»Warum wurde ich nicht von den Dholen zerrissen!« stöhnte der Knabe. »Von mir wich meine Kraft, aber das Gift tat es nicht. Tag und Nacht vernehme ich doppelten Schritt auf meiner Fährte. Wende ich den Kopf, so ist es, als ob sich einer im gleichen Augenblick vor mir verstecke. Hinter den Bäumen suche ich ihn, aber er ist nicht da. Ich rufe, und keiner ruft zurück; dennoch ist es, als ob einer lausche und mit der Antwort zögere. Ich legte mich nieder, aber finde keine Ruhe. Ich laufe den Frühlingslauf, aber er macht mich nicht froh. Ich bade, aber finde keine Kühlung. Das Töten macht mich krank, aber zum Kämpfen fehlt mir das Herz, und ich schlage nur, wenn ich Nahrung brauche. Die rote Blume sitzt mir im Körper. Wasser kreist mir in den Knochen und – ich weiß nicht, was ich weiß.«

»Was bedarf es noch der Rede?« begann Baloo langsam und wandte den Kopf nach Mowgli. »Der sterbende Akela am Fluß sagte es, Mowgli würde Mowgli treiben zum Menschenpack. Ich sagte es. Aber wer hört jetzt auf Baloo? Bagheera, wo ist Bagheera in dieser Nacht? Auch er weiß. Es ist Gesetz.«

»Mannling, als wir uns in ›Cold Lairs‹ zuerst trafen, wußte ich es«, sagte Kaa und wand sich ein wenig in seinen mächtigen Ringen. »Mensch geht zu Mensch am Ende, auch wenn die Dschungel ihn nicht verstößt.«

Die vier sahen sich an, dann blickten sie auf Mowgli, verlegen, doch gehorsam.

»Die Dschungel stößt mich also nicht aus?« stammelte Mowgli.

Graubruder und die anderen drei heulten wütend auf. »Solange wir leben, soll keiner wagen ...« Baloo hieß sie schweigen.

»Ich lehrte dich das Gesetz«, sagte er. »An mir ist es zu reden. Und weit reichen meine Augen, wenn ich auch die Felsen vor mir nicht mehr sehe. Laufe du auf deiner Fährte, kleiner Frosch! Mache dein Lager bei deinem eigenen Blut und Pack und Volk! Aber hast du Fuß oder Zahn oder Auge nötig oder einen Läufer, der deine Botschaft durch die Nacht trägt, dann vergiß nicht, daß die Dschungel dein ist, wenn du sie rufst.«

»Dein ist auch die Mitteldschungel«, sagte Kaa. »Ich spreche für kein kleines Volk.«

»O meine Brüder!« schluchzte Mowgli mit erhobenen Armen. »Ich weiß nicht, was ich weiß. Ich will nicht gehen, aber beide Füße ziehen mich. Wie soll ich diese Nächte lassen?«

»Nein, kleiner Bruder, schaue auf«, tröstete Baloo. »Keine Schande ist bei dieser Jagd. Wenn der Honig verzehrt ist, verlassen wir die leeren Stöcke.«

»Wenn die Haut abgestreift ist«, sprach Kaa ebenso, »kriecht man nicht wieder in sie hinein. So das Gesetz.«

»Höre, du mir Liebster von allen«, fuhr Baloo fort. »Weder Wort noch Wille ist hier, dich zurückzuhalten. Blicke auf! Wer darf Rechenschaft fordern von dem Meister der Dschungel! Ich sah dich als kleinen Frosch mit weißen Kieseln spielen drüben am Strom; und Bagheera, der dich einkaufte in das Pack um den Preis eines frisch gerissenen Bullen, sah dich auch. Nur wir zwei sind geblieben aus jener Zeit; denn tot ist Rakscha, deine Lagermutter, tot dein Lagervater; lange schon ist das alte Wolfspack dahin, und du weißt, auf welcher Fährte Schir Khan von dannen strich. Akela starb unter den Dholen, damals aber wäre das zweite Seeonee-Pack verblutet, hätte deine Weisheit und Stärke das Pack nicht gerettet. Nur alte Knochen sind noch geblieben. Das Menschenjunge erbittet nicht mehr den Abschied vom Pack – der Meister der Dschungel wünscht seine Fährte zu ändern. Wer darf den Menschen fragen, wohin und weshalb?«

»Bagheera aber und der Bulle, für den er mich einkaufte?« sagte Mowgli. »Ich möchte nicht ...«

Brausen und Knacken im Dickicht unter dem Felsen unterbrach ihn. Bagheera, leicht, stark und furchtbar wie immer, stand vor ihm.

»Darum kam ich nicht«, sagte er, die rechte, triefende Pranke vorstreckend. »Lang war die Jagd, aber tot im Busch liegt er jetzt, ein Bulle im zweiten Jahr. Mit dem Bullen kaufe ich dich frei, kleiner Bruder. Gezahlt ist alle Schuld. Und nun – Baloos Wort ist mein Wort.« Er leckte Mowglis Fuß. »Denke daran, Bagheera liebte dich!« rief er und war mit einem Satz davon. Am Fuß des Felsens rief er noch einmal laut: »Gute Jagd auf neuer Fährte, Meister der Dschungel! Denke daran, Bagheera hat dich geliebt!«

»Du hast es gehört«, sprach Baloo. »Alles ist gesagt. Geh nun! Aber erst komm zu mir, weiser, kleiner Frosch, komm zu mir!«

»Schwer ist es, die Haut abzuwerfen«, sagte Kaa, als Mowgli weinte und schluchzte, den Kopf im Fell des blinden Bären vergraben und die Arme um seinen Hals geschlungen. Kraftlos versuchte Baloo, die Füße des Knaben zu lecken.

»Schwach schon glänzen die Sterne«, mahnte Graubruder und witterte den Morgenwind. »Wo werden wir heute lagern? Denn von nun an folgen wir neuer Fährte.«

Der Abgesang

Dies ist der Sang, den Mowgli hinter sich hörte in der Dschungel, bis er wieder vor Messuas Tür stand:

Baloo

Dem zuliebe, der dich lehrte,
Weiser Frosch, der Dschungel Fährte:
Menschensatzung sollst du halten
Um Baloo, den blinden Alten.
Ob die Fährte unrein scheine,
Ihr Gesetz sei doch das deine,
So bei Tag wie bei der Nacht –
Frage nicht, wer es gemacht.
(Honig, Wurzel, Palm und Mohn,
Wahrt vor Harm der Dschungel Sohn.)
Wald und Wasser, Wind und Hain,
Dschungelgunst soll mit dir sein!

Kaa

Ärger ist von Furcht das Ei,
Lidlos' Auge nur sieht frei.
Gift der Kobra lecke nimmer,
Kobra-Rede meide immer.
Offnes Wort sei deine Art,
Kraft, die sich mit Milde paart.
Guter Hieb braucht scharf Gesicht,
Morschem Ast vertrau dich nicht.
Schmecken Lamm und Ziege dir,
Still den Hunger, nicht die Gier.
Nach dem Futter willst du ruhn?
Mußt's in sichrer Höhle tun.
Denn die Rache steigt dir nach
Aus vergeßnem Streit und Tag.
Nord und Süd und Ost und West,
Wasch dein Fell, den Mund schließ fest.
Blauer Pfuhl und Spalt und Graben,
Mitteldschungel, folg dem Knaben!
Wald und Wasser, Wind und Hain,
Dschungelgunst soll mit dir sein!

Bagheera

Im Käfig ich geboren ward,
Kein Menschenweg und Art,
Beim offnen Schloß, das mich befreit –
Menschling, Menschenbrut vermeid.
Bei Tauduft oder Sternenlicht –
Baumkatzfährten folge nicht.
Beim Rat, im Pack und auf der Jagd
Vor Schakalmenschen sei bedacht.
Mit Schweigen füttre sie, die Brut,
Die spricht: »Komm mit, die Fährt' ist gut!«
Mit Schweigen stopf sie, wenn sie hetzen,
Ihr helfend, Schwache zu verletzen.
Prahl nie, wie's Affenvolk, von Macht,
Und rede nie von deiner Jagd.
Darfst vor Ruf, vor Sang und Zeichen
Nie von deiner Jagdspur weichen.
(Morgennebel, Zwielicht mild,
Dient ihm, Wächter ihr vom Wild!)
Wald und Wasser, Wind und Hain,
Dschungelgunst soll mit dir sein!

Die Drei

Mußt nun deine Fährte ziehn
Zu der Schwelle, die wir fliehn,
Zu der Roten Blume Glühn.
Ruhst nun eng, wo frei zur Nacht
Sternenheer dich nicht mehr dacht –
Hört uns gehn, der Treuen Wacht.
Wachst, da Tag vom Himmel fällt,
Herzkrank nach der Dschungelwelt,
Zu der Mühsal, die dich hält:
Wald und Wasser, Wind und Hain,
Dschungelgunst soll mit dir sein!

Im Rukh

Unter den zahlreichen Abteilungen, die der indischen Regierung unterstehen, ist kaum eine so wichtig wie die Forstverwaltung. Ihre Aufgabe ist die Wiederaufforstung ganz Indiens oder wird es sein, sobald die Regierung über die nötigen Geldmittel dazu verfügt. Ihre Beamten kämpfen mit Triebsand und Wanderdünen, errichten Dämme gegen den fliehenden Sand und bepflanzen die Dünen zur Befestigung mit Hartgras und Krüppelkiefern nach den Regeln von Nancy. Sie sind verantwortlich für alles Schlagholz in den Staatsforsten des Himalaja ebenso wie für die kahlen Hügelhänge, die der Monsun zu klaffenden Rinnen und Schluchten zerwäscht, was aussieht, als ob aufgerissene Mäuler über die Folgen der Nachlässigkeit klagten. Mit ganzen Bataillonen ausländischer Baumsorten stellen sie Versuche an und veranlassen den Eukalyptus, Wurzel zu schlagen, um damit vielleicht das Sumpffieber zu beseitigen. In der Ebene ist ihre Hauptaufgabe, die Gürtelfeuerlinien in den Waldreservaten zu überwachen und sie klarzuhalten, damit, wenn Dürre einsetzt und das Vieh Not leidet, diese Reservate den Herden der Dörfer geöffnet werden und die Menschen sich dort Feuerholz sammeln können. Ferner müssen sie dafür Sorge tragen, daß die Holzstapel längs der Eisenbahnen, die nicht mit Kohle feuern, stets genügend aufgefüllt sind; bis in die fünfte Dezimalstelle berechnen sie ihren Gewinn aus den Plantagen, sind Ärzte und Hebammen der gewaltigen Teakholzwälder von Oberbirma, der Gummibäume der östlichen Dschungel und der Gallnüsse des Südens; stets aber sind sie gehemmt in ihrer Arbeit durch den Mangel an staatlichen Mitteln.

Da aber der Forstbeamte durch seinen Beruf weitab von begangenen Pfaden und bewohnten Orten geführt wird, sieht und lernt er mehr Dinge als solche, die nur sein Fach betreffen. Er wird vertraut mit dem Leben und mit der Art des Dschungelvolkes; er begegnet dem Tiger, Bären, Leoparden, Wildhund und all dem Getier des Waldes nicht nur einmal nach tagelangem Wandern, sondern wieder und wieder während seiner dienstlichen Verrichtungen. Den größten Teil seiner Zeit verbringt er im Sattel oder unterm Zeltdach, ist der Freund neugepflanzter Bäume, der Genosse rauher, ungeschlachter Waldhüter – bis die Wälder, die die Zeichen seiner Pflege tragen, nun ihrerseits ihm ihren Stempel aufdrükken; er singt nicht mehr die leichtfertigen französischen Lieder, die er einst in Nancy lernte, er wird schweigsam mit dem schweigenden, endlosen Dickicht. –

Gisborne hatte bereits fünf Jahre im Dienste der indischen Forstverwaltung verbracht. Anfangs liebte er seinen Beruf, da er ihn auf Pferdesrücken in die freie Natur führte und ihm Macht in die Hand gab – aber er war nicht ganz erfüllt von ihm. Dann begann er seinen Beruf wütend zu hassen und würde ein Jahresgehalt hergegeben haben für einen Monat geselligen Verkehrs, wie man ihn in Indien haben kann. Als dann die Krisis vorüber war, nahm ihn der Wald wieder zurück, und er war zufrieden, ihm zu dienen. Er erweiterte und vertiefte die Feuergürtel des Forstes, schützte das junge Grün neuer Pflanzungen vor dem älteren Laubwerk, ließ versandete Flüsse ausbaggern und stärkte den Wald da, wo er am äußersten Rande dahinsiechte und unter dem hohen Riedgras erstarb. Eines stillen Morgens dann wurde dieses Gras in Brand gesteckt, und Hunderte von Tieren, die dort gehaust hatten, flüchteten vor den fahlen Flammen in der grellen Mittagssonne eiligst davon. Später dann rückte der Wald in wohlgeordneten Reihen junger Setzlinge über den geschwärzten Grund vor, und Gisborne übersah sein Werk und war wohlzufrieden.

Sein Bungalow, ein strohgedecktes, weiß getünchtes Häuschen von zwei Räumen, lag an dem einen Ende des großen *Rukhs,* die Wildnis überschauend. Es gab keinen Garten, denn der Urwald brandete bis an die Tür des Hauses, endete da in einem Bambusdickicht, und Gisborne konnte von seiner Veranda aus unmittelbar in das Herz des *Rukhs* gelangen. Abdul Gafur, sein dicker mohammedanischer Haushälter, kochte für ihn, wenn er daheim war, und die übrige Zeit schwatzte er mit der Schar kleiner eingeborener Bedienter, deren Hütten hinter dem Bungalow lagen: zwei Pferdepfleger, ein Koch, ein Wasserträger und ein Stubenboy, das war alles. Gisborne reinigte seine Gewehre selbst und hielt auch keinen Hund. Hunde verscheuchen das Wild; er aber liebte es, über die Untertanen seines Reiches genau Bescheid zu wissen, wo sie beim Mondaufgang zur Tränke gingen, wo sie vor Sonnenaufgang ästen oder schlugen und wo sie während der Hitze des Tages ruhten. Die Heger und Waldhüter wohnten in kleinen Hütten weit abseits im *Rukh* und erschienen nur, wenn einer von ihnen durch einen stürzenden Baum oder ein Raubtier verletzt worden war. Sonst war Gisborne immer allein.

Im Frühling zeigte das *Rukh* nur wenig junges Grün, im übrigen lag es noch unberührt von dem Wandel des Jahres und wartete auf Regen. Mehr Rufen und Rühren war ringsum im Dunkel während der schwülen Nächte, das Getöse eines königlichen Kampfes zwischen Tigern, das Röhren eines stolzen Bockes oder das beständige Schaben und Wetzen eines alten Ebers, der die Hauer an einem Baumstamm schärfte. Dann legte Gisborne seine wenig benutzte Büchse ganz beiseite, denn Sünde schien es ihm, zu dieser Zeit ein Lebewesen zu töten. Wenn mit der sengenden Hitze des Mais der Sommer einsetzte und das *Rukh* unter dem glühenden Dunst zitterte, hielt Gisborne sorgsam Ausschau nach dem ersten Zeichen kräuselnd aufsteigenden Rauchs, der den Ausbruch des Waldbrands verriet. Dann brach in Strömen der Regen los, und das *Rukh* verschwand unter Schwaden auf Schwaden dampfenden Nebels; die ganze Nacht durch trommelten die Tropfen auf die breiten Blätter; man hörte das Rauschen von Wasser und das Wogen saftiggrüner Stauden, wenn der Wind hindurchstrich; und die Blitze woben Muster auf die dunkle Wand des Laubwerks, bis dann die Sonne das Gewölk wieder siegreich durchbrach und das *Rukh* unter dem reingefegten Himmel mit dampfenden Flanken stand. Später dann verblaßten die Farben unter der Hitze und Trockenheit, und alles wurde gelb wie das Fell des Tigers. So wurde Gisborne mit dem *Rukh* ganz vertraut und fühlte sich glücklich.

Jeden Monat traf regelmäßig sein Gehalt ein, aber er brauchte nur wenig davon. Das Geld bewahrte er in einem Schubfach auf zusammen mit Briefen aus der Heimat und dem Zündkapseleinsetzer. Dort häuften sich mehr und mehr die Scheine, und wenn er von dem Gelde nahm, so geschah es, um etwas von dem Botanischen Garten in Kalkutta zu kaufen oder die Witwe eines im Dienst umgekommenen Hegers mit einer Summe zu unterstützen, die von der indischen Regierung beim Tod eines Beamten niemals bewilligt worden wäre.

Mit Geld ließ sich manches gutmachen, aber mitunter war auch Vergeltung angebracht, und er nahm sie, wenn es notwendig war. Eines Nachts kam ein Bote atemlos und keuchend angelaufen mit der Meldung, daß am Ufer des Kanye-Flusses die Leiche eines Waldhüters läge und sein Schädel wäre wie eine Eierschale eingeschlagen. Beim Morgengrauen machte sich Gisborne auf, um den Mörder zu suchen. Nur Reisende und hin und wieder junge Soldaten rühmen sich vor der Welt ihrer weidmännischen Taten. Für den Forstmann gehört *Shikar* – die Jagd – zur Tagesarbeit, und selten hört man etwas davon. Gisborne begab sich zu Fuß an den Ort der Mordtat; die Witwe wehklagte an der auf einer Bahre ruhenden Leiche, während drei bis vier Männer auf dem feuchten Boden nach Fußspuren suchten.

»Der Rote ist es gewesen«, erklärte einer der Männer. »Ich wußte es, daß er früher oder später den Menschen angehen würde. Und dabei gibt es reichlich genug Wild für ihn in den Wäldern. Das hat er nur aus Bosheit gemacht.«

»Der Rote lagert hoch oben in den Felsen hinter den *Sal*bäumen«, antwortete Gisborne. Er kannte den Tiger, den er im Verdacht hatte.

»Nicht jetzt, Sahib, nicht jetzt. Er streift blutdürstig umher. Bedenke, daß ein erster Mord immer ein dreifacher ist. Unser Blut macht ihn toll. Vielleicht lauert er ganz nahe hinter uns, während wir reden.«

»Vielleicht ist er auch zur nächsten Hütte gewechselt«, sagte ein anderer. »Nur vier *Kos* liegt sie entfernt. – Wallah, wer ist denn das?«

Gisborne und die anderen wandten sich um. Ein Mann kam das trockene Flußbett herabgeschritten, nackt bis auf das Lendentuch, aber gekrönt von einem Kranz von hängenden weißen Blüten der Winde; so geräuschlos schritt er über die Kiesel dahin, daß selbst Gisborne, der an den leisen Tritt der Fährtensucher gewöhnt war, zusammenschrak.

»Der Tiger, der mordete«, begann der Ankömmling ohne jeden Gruß, »ist zur Tränke gegangen, und nun schläft er unter einem Felsen hinter dem Hügel dort.«

Seine Stimme klang klar und glockenrein, ganz anders als das übliche Genäsel der Eingeborenen, und als er nun, von der Sonne umstrahlt, das Antlitz hob, hätte er ein Engel sein können, der sich in die Wälder verirrte. Das Wehklagen der Witwe über der Leiche verstummte; mit runden Augen starrte sie auf den fremden Mann und kehrte dann mit verdoppeltem Eifer zu ihrer Klagepflicht zurück.

»Soll ich dem Sahib zeigen?« fragte er schlicht.

»Wenn du sicher bist . . .«, begann Gisborne.

»Sicher, wahrlich. Erst vor einer Stunde sah ich ihn – den Hund. Er macht sich vor seiner Zeit an Menschenfleisch. Noch hat er ein Dutzend gesunder Zähne in seinem teuflischen Schädel.«

Die Männer, die nach den Fußspuren suchten, machten sich lautlos davon aus Furcht, Gisborne möchte sie zum Mitkommen auffordern; und der junge Fremdling lachte leise vor sich hin.

»Komm, Sahib, komm!« rief er, wandte sich um und schritt leichtfüßig vor seinem Begleiter her.

»Nicht so rasch. Mit dir kann ich nicht Schritt halten«, rief der weiße Mann. »Bleib stehen. Dein Gesicht ist mir neu.«

»Schon möglich. Erst vor kurzem bin ich in diesen Forst gekommen.«

»Von welchem Dorf bist du?«

»Ich bin von keinem Dorf. Von dort kam ich her.« Er wies mit dem Arm nach Norden.

»Ein Zigeuner also?«

»Nein, Sahib, ich bin ein Mensch ohne Kaste und daher auch ohne Vater.«

»Wie nennt man dich?«

»Mowgli ist mein Name; und wie heißt der Sahib?«

»Ich bin der Wächter des *Rukhs* – Gisborne ist mein Name.«

»Wie? Werden die Bäume und Grashalme hier gezählt?«

»Gewiß, damit fahrendes Volk wie deinesgleichen sie nicht in Brand steckt.«

»Ich! Um keinen Preis würde ich der Dschungel Schaden antun, meine Heimat ist sie.«

Mit einem unwiderstehlichen Lächeln wandte er sich Gisborne zu und hob warnend die Hand.

»Jetzt müssen wir leise auftreten, Sahib. Man braucht den Hund nicht vorzeitig zu wecken, wenn er auch tief genug schläft. Vielleicht wäre es besser, wenn ich allein vorginge und ihn unter dem Winde dem Sahib zutriebe.«

»Allah! Seit wann werden Tiger von nackten Männern wie Rindvieh getrieben?« rief Gisborne entsetzt über des Mannes Kühnheit.

Wiederum lächelte Mowgli sanft. »Nun, dann komm mit mir und erlege ihn auf deine Art mit der schweren englischen Büchse.«

Gisborne folgte den Fußspuren seines Führers, kletterte, klomm, kroch und wand sich durch alle Mühen eines schweren Dschungelpirschgangs. Er war hochrot und schweißtriefend, als Mowgli ihn schließlich aufforderte, den Kopf zu heben und über einen bläulichen Felsblock dicht bei einem kleinen Bergteich zu spähen. Der Tiger lag ausgestreckt beim Wasser und leckte sich träge und wohlig seine riesige Vorderpranke sauber. Er war alt, gelbgezähnt und über und über räudig, bot aber doch, wie er so in der Sonne dalag, einen gewaltigen Anblick.

Gisborne hatte keinerlei falsche jagdliche Bedenken, wenn es sich um einen Menschenfresser handelte. Dieses Gewürm da mußte so bald wie möglich ausgetilgt werden. Er wartete, bis er wieder zu Atem gekommen war, stützte das Gewehr auf den Felsblock und pfiff leise. Die Bestie wandte langsam den eckigen Kopf, kaum zwanzig Schritt von der Mündung der Büchse entfernt, und Gisborne legte ganz geschäftsmäßig seine Schüsse hin, den einen unter die Schulter und den anderen dicht unter das Auge. Auf so kurze Entfernung bieten die schweren Knochen des Tigers keinen Schutz gegen Stahlmantelgeschosse.

»Na, es lohnt sich nicht einmal, ihm die Haut abzuziehen«, sagte Gisborne, als sich der Rauch verzog und das Tier sich im Todeskampf wälzte.

»Einen Hundetod für den Hund«, bemerkte Mowgli gelassen. »Ja, an dem Kadaver da ist nichts, was man mitnehmen könnte.«

»Die Barthaare, schneidest du ihm nicht die Barthaare ab?« sagte Gisborne, der wußte, welchen Wert seine eingeborenen Heger auf solcherlei Dinge legten.

»Ich? Bin ich ein lausiger *Shikarri* der Dschungel, daß ich mich mit dem Maul eines Tigers abgebe? Laß ihn liegen. Da kommen schon seine Freunde.« Über ihren Köpfen kam ein Geier schrill pfeifend herabgestürzt, während Gisborne die leeren Hülsen auswarf und sein Gesicht trocknete.

»Und wenn du kein *Shikarri* bist, wo erwarbst du dann deine Kenntnis des Tigervolks?« sagte er. »Kein geübter Fährtensucher hätte es besser machen können.«

»Ich hasse alle Tiger«, entgegnete Mowgli kurz. »Will der Sahib mir seine Flinte zu tragen geben? *Arré*, eine prächtige Büchse ist das. Und wohin geht der Sahib jetzt?«

»Zu meinem Hause.«

»Darf ich mitkommen? Ich habe niemals das Haus eines weißen Mannes von innen gesehen.«

Gisborne kehrte nach seinem Bungalow zurück; Mowgli schritt geräuschlos neben ihm, seine braune Haut glänzte in der Sonne.

Neugierig beäugte er die Veranda und die beiden Stühle darauf, betrachtete mißtrauisch die Rollvorhänge aus Bambusstäben, und während er eintrat, sah er sich immer wieder nach hinten um. Gisborne ließ einen der Vorhänge zum Schutz gegen die Sonne herunter. Dieser fiel klappernd nieder, aber noch ehe er den Boden der Veranda berührt hatte, war Mowgli mit einem Satz zurückgesprungen und stand heftig atmend im Freien. »Eine Falle ist das«, sagte er hastig.

Gisborne lachte. »Weiße stellen keine Menschenfallen. Du bist wahrhaftig ein echtes Geschöpf der Dschungel.«

»Ich sehe, das Ding hat weder Haken noch Schlinge«, sagte Mowgli. »Noch – noch niemals habe ich derartiges gesehen.«

Auf Zehenspitzen kam er wieder in das Haus zurück und betrachtete mit weitgeöffneten Augen die Einrichtung der beiden Räume. Abdul Gafur, der gerade das Mittagsmahl auftrug, betrachtete ihn mit tiefem Abscheu.

»So viel Mühe, um essen zu können, und so viel Mühe, um zu ruhen nach dem Essen«, sagte Mowgli grinsend. »Wir in der Dschungel haben es leichter. Sehr wunderbar ist alles. Viele kostbare Dinge gibt es hier. Fürchtet der Sahib nicht, daß man ihn berauben könnte? Nie zuvor habe ich so herrliche Dinge erblickt.« Er schaute bewundernd auf eine staubige Messingschale aus Benares auf einem wackeligen Ständer.

»Rauben würde hier nur ein Dieb aus der Dschungel«, warf Abdul Gafur ein und klapperte geräuschvoll mit den Tellern. Mowgli öffnete weit seine Augen und blickte den weißbärtigen Mohammedaner an.

»In meinem Reich schneidet man Ziegen den Hals durch, wenn sie allzu laut blöken«, entgegnete er heiter. »Aber habe keine Angst, du. Ich gehe.«

Er wandte sich um und verschwand im *Rukh.* Gisborne blickte ihm mit einem Lachen nach, das in einen leichten Seufzer ausklang.

Außerhalb des regelmäßigen Dienstes gab es im Leben eines Forstbeamten nicht viel Abwechslung, und dieser Sohn der Wälder, der mit Tigern umging wie gewöhnliche Sterbliche mit Hunden, würde ihm willkommene Zerstreuung gewesen sein.

Ein ganz prachtvoller Bursche ist das, dachte Gisborne; fast wie ein Bild aus einem Werk der Klassik. Ich hätte ihn gern zu meinem Büchsenspanner gemacht. Allein zu pirschen ist langweilig, und dieser Junge würde einen vollkommenen *Shikarri* abgeben. Was in aller Welt mag er wohl sein?

Am Abend des gleichen Tages saß er unter der Veranda unter den Sternen, rauchte und sann. Aus dem Pfeifenkopf stieg eine Rauchwolke hoch. Als sie abgezogen war, sah er Mowgli mit gekreuzten Armen auf dem Geländer der Veranda sitzen. Ein Geist konnte nicht geräuschloser erschienen sein. Gisborne stutzte und ließ die Pfeife fallen.

»Draußen im *Rukh* gibt es keinen, mit dem man reden könnte. Deshalb bin ich zu dir gekommen«, sagte Mowgli, hob die Pfeife auf und gab sie Gisborne zurück.

»Oh«, meinte Gisborne und fuhr nach einer längeren Pause fort: »Was gibt es Neues im *Rukh*? Hast du wieder einen Tiger ausgemacht?«

»Die Nilghais wechseln ihre Weidegründe, wie immer zur Zeit des Neumonds, die Sauen wühlen jetzt am Kanyefluß, denn sie wollen nicht mit den Nilghais zusammen fressen, und eine ihrer Bachen wurde von einem Leoparden gerissen in dem hohen Gras der Flußmündung. Mehr weiß ich nicht.«

»Und woher weißt du das alles?« fragte Gisborne, lehnte sich vor und blickte in die Augen des Fremden, die im Sternenlicht glitzerten.

»Wie sollte ich nicht wissen? Die Nilghais haben ihre Gewohnheiten und Bräuche, und jedes Kind weiß, daß Schwarzwild niemals mit ihnen zusammen äst.«

»Ich wußte es nicht.«

»Tck, tck! Und du bist Oberaufseher, wie die Männer in den Hütten mir sagten – Oberaufseher über alle diese Forsten?« Mowgli lachte leise.

»Kindermärchen zu erzählen ist leicht genug«, gab Gisborne, gereizt über das Lachen, zurück. »Du kannst wer weiß was berichten, was alles im *Rukh* vorgeht, wenn keiner das nachprüfen kann.«

»Die Knochen der gerissenen Bache werde ich dir morgen zeigen«, entgegnete Mowgli gänzlich unbewegt. »Und was die Sache mit den Nilghais betrifft, so möge der Sahib nur still sitzen bleiben, und ich werde einen Nilghaibullen hierhertreiben. Wenn der Sahib gut auf die Geräusche achtet, dann wird er erkennen, von woher der Nilghai getrieben wird.«

»Die Dschungel hat deine Gedanken verwirrt, Mowgli«, sagte Gisborne. »Wer in der Welt könnte Nilghaibüffel treiben?«

»Sitze still denn, ich gehe.«

Beim Himmel, ein Geist ist dieser Mann, dachte Gisborne. Denn Mowgli war in der Nacht verschwunden, ohne daß man auch nur den leisesten Tritt gehört hätte. Das *Rukh* breitete sich wie in breiten Falten aus schwarzem Samt unter dem ungewissen Licht der Sterne aus – so still lag es, daß der leiseste, durch die Baumwipfel streichende Windhauch herüberklang wie das Seufzen eines tief schlafenden Kindes. In der Küche klapperte Abdul Gafur mit dem Geschirr.

»Ruhe da!« rief Gisborne und sammelte sich, um zu lauschen wie einer, der mit der Grabesstille des *Rukhs* wohlvertraut war. Er hatte die Gewohnheit, sich regelmäßig zum Essen feierlich anzukleiden, um so seine Selbstachtung in der Abgeschiedenheit seines Daseins zu wahren, und nun knarrte die steife Hemdbrust bei jedem Atemzug, bis er die Lage änderte. Dann begann der Tabak in der etwas verstopften Pfeife zu schmoren, und er legte sie beiseite. Bis auf den leisen Atem der Nacht im *Rukh* war nun alles totenstill.

Aus unbestimmter Ferne drang durch das tiefe Dunkel das ganz schwache Echo eines Wolfsgeheuls. Dann trat wieder völliges Schweigen ein, für lange Stunden, wie es schien. Endlich, als seine Beine unterhalb der Knie schon alles Gefühl verloren hatten, vernahm Gisborne etwas wie ein Krachen sehr weit weg im Unterholz. Er zweifelte, bis sich das Krachen ständig wiederholte.

»Das kommt vom Westen«, murmelte er; »irgend etwas ist dort im Gange.« Der Lärm wuchs, das Knacken und Krachen wurde immer deutlicher, und dann hörte man das tiefe Grunzen eines heiß verfolgten Nilghaibullen, der in panischer Angst flüchtete, ohne seines Weges zu achten.

Zwischen den Baumstämmen brach ein Schatten hervor, wuchtete wie erschrocken zurück, stürzte grunzend und brummend von neuem vor und kam mit Getrappel über den festen Boden so dicht an der Veranda vorbeigejagt, daß Gisborne ihn fast mit der Hand berühren konnte. Ein Nilghaibulle war es, triefend vom Tau, um die Hörner hingen Schlingpflanzen, und seine Augen glühten auf in dem aus dem Hause fallenden Licht. Beim Anblick des Menschen stutzte das Tier und flüchtete am Rande des *Rukhs* entlang, bis es in der Dunkelheit verschwand. Als erstes dachte Gisborne in seinem verwirrten Sinn, daß es höchst ungehörig war, den schweren, blauen Bullen so aufzustöbern und so zu treiben – ihn gleichsam zur Musterung vorzuführen während der Nacht, während der man die Tiere in Ruhe lassen sollte.

Dann sagte eine sanfte Stimme an seinem Ohr, während er noch starrend dastand:

»Von der Flußmündung kam er, wo er die Herden anführte. Vom Westen her. Glaubt der Sahib jetzt, oder soll ich auch noch die Herde herantreiben, auf daß sie gezählt wird? Der Sahib ist doch der Wächter des *Rukhs*.«

Mowgli hatte sich auf der Veranda niedergelassen, ein wenig kürzer atmend als sonst. Gisborne blickte ihn mit offenem Munde an. »Wie ist das möglich gewesen?« fragte er.

»Der Sahib sah. Getrieben wurde der Bulle – getrieben wie ein zahmer Büffel. Ho, ho! Eine schöne Geschichte wird er zu erzählen haben, wenn er zu seiner Herde zurückkommt.«

»Dieser Trick ist mir neu. Kannst du denn ebenso schnell laufen wie ein Nilghai?«

»Der Sahib hat gesehen. Wenn der Sahib genaue Nachricht braucht vom Wechsel des Wildes zu irgendeiner Zeit, so bin ich, Mowgli, zur Stelle. Ein gutes *Rukh* ist das, ich werde hierbleiben.«

»Bleibe denn. Wenn du essen willst, so ist eine Mahlzeit für dich immer bereit.«

»Ja, wahrlich, gekochte Nahrung liebe ich sehr«, antwortete Mowgli rasch. »Keiner darf sagen, daß ich nicht Gekochtes und Gebratenes ebenso gern esse wie jeder andere Mensch. Für die Mahlzeit komme ich her. Dafür verspreche ich, daß der Sahib ruhig in seinem Hause schlafen kann bei Nacht, und kein Dieb soll einbrechen, um ihm die reichen Schätze wegzutragen.«

Mit Mowglis plötzlichem Verschwinden nahm die Unterhaltung ein Ende. Gisborne saß noch lange rauchend auf der Veranda, und das Ergebnis seines Nachdenkens war, daß er in Mowgli endlich den idealen Forstwart und Waldhüter gefunden hatte, nach dem er und die Verwaltung schon lange suchten.

Ich muß ihn in den Dienst der Regierung nehmen. Ein Mann, der Nilghaiherden zu treiben versteht, weiß mehr vom Walde als zwei Dutzend gute Forstbeamte. Ein wahres Wunder ist er – ein *lusus naturae* –, aber Wildhüter muß er werden; wenn man ihn nur dazu bringen kann, sich an einem Ort niederzulassen, dachte Gisborne.

Weniger günstig war Abdul Gafurs Urteil. Er bemerkte zu Gisborne beim Schlafengehen, daß derartige Fremdlinge von Gott-weiß-woher zumeist berufsmäßige Diebe wären, und er persönlich hätte überhaupt nichts übrig für solche nackten Kastenlosen, die sich weißen Männern gegenüber nicht zu benehmen wüßten. Gisborne lachte und schickte ihn fort, worauf sich Abdul Gafur brummend verzog. In der Nacht sah er sich veranlaßt, seine dreizehnjährige Tochter durchzuprügeln. Niemanden war der Grund des Streits bekannt, aber Gisborne hörte das Geschrei.

Während der folgenden Tage kam und ging Mowgli wie ein Schatten. In der Nähe des Bungalows, hart am Waldrand, hatte er sich eine Art Wohnplatz eingerichtet; und Gisborne sah ihn zuweilen, wenn er auf die Veranda trat, im Mondlicht mit der Stirn auf den Knien hocken oder ausgestreckt auf einem gegabelten Ast liegen, angeschmiegt wie ein

Tier des Waldes. Mowgli grüßte dann herüber, rief Gisborne zu, ruhig zu schlafen, oder kam auch zu ihm herabgestiegen und erzählte wundersame Geschichten von dem Leben der Tiere im *Rukh*. Einmal drang Mowgli auch bis zu den Ställen vor, und man fand ihn dort, wie er lange aufmerksam die Pferde betrachtete.

»Das ist ein sicheres Zeichen, daß er bald eins stehlen wird«, bemerkte Abdul Gafur gehässig. »Wenn er ständig hier um das Haus herumlungert, warum macht er da nicht eine ordentliche Arbeit, wie es sich gehört? Aber nein, er muß andauernd hin und her tapsen wie ein losgebundenes Kamel, den Narren den Kopf verdrehen und den Dummen das Maul zu törichter Rede öffnen.« So gab er denn Mowgli, wann immer er ihn traf, unfreundliche Worte und hieß ihn mit barscher Stimme Wasser holen oder Hühner rupfen; und gutmütig lachend gehorchte Mowgli.

»Kastenlos ist er«, schmähte Abdul Gafur. »Alles will er tun. Gib nur acht, Sahib, daß er nicht einmal zuviel tut. Eine Schlange ist eine Schlange, und ein Dschungelzigeuner ist ein Dieb, solange die Erde besteht.«

»Hör auf damit«, erklärte Gisborne. »Ich erlaube dir, deinen Haushalt in Ordnung zu halten, wenn damit nicht zuviel Lärm verknüpft ist, denn ich kenne dich und deine Gewohnheiten. Meine Art kennst du noch nicht. Ein wenig verrückt scheint der Mann ja zu sein.«

»Ein klein bißchen verrückt allerdings«, stichelte Abdul Gafur. »Man wird ja sehen, was dabei herauskommt.«

Kurze Zeit danach führte Gisborne der Dienst drei Tage in das *Rukh*. Abdul Gafur, der alt und fett war, wurde zu Hause gelassen. Es lag ihm auch nichts daran, in den Hütten der Waldhüter zu nächtigen, auch benutzte er gern die Abwesenheit seines Herrn, um in dessen Namen Steuern für Getreide, Öl oder Milch von denen einzutreiben, die dergleichen Abgaben schwer aufbringen konnten. Als Gisborne beim Morgengrauen abritt, war er etwas enttäuscht, den seltsamen Waldmenschen nicht bei der Veranda zu finden, um ihn zu begleiten. Er schätzte ihn – schätzte seine Kraft, Gewandtheit, den geräuschlosen Schritt und das freie, offene Lächeln; die völlige Unkenntnis aller Umgangsformen gefiel ihm und ebenso die kindlichen Erzählungen Mowglis (denen Gisborne jetzt Glauben schenkte) über das Tun und Treiben des Wildes im *Rukh.* Nachdem er schon eine Stunde durch den Forst geritten war, hörte er ein leises Rascheln hinter sich, und Mowgli trabte neben seinem Steigbügel.

»Wir haben drei Tage Arbeit vor uns in den Schonungen«, sagte Gisborne.

»Schön«, erwiderte Mowgli. »Junge Bäume zu pflanzen ist immer schön. Sie geben Schutz, wenn die Tiere sie nur unberührt ließen! Das Schwarzwild müssen wir wieder verschieben.«

»Wieder? Wieso?« Gisborne lächelte.

»Ach, vergangene Nacht wühlten und gruben sie unter den jungen *Sal*-Bäumen, und ich trieb sie fort. Deshalb war ich heute morgen nicht an der Veranda. Auf dieser Seite des *Rukhs* sollte sich das Schwarzwild überhaupt nicht aufhalten. Wir müssen es unten am Kanye-Fluß halten.«

»Wenn man Wolken treiben könnte, möchte das vielleicht gelingen. Aber, Mowgli, wenn du Treiber bist im *Rukh,* wie du sagst, ohne Lohn und Gewinn ...«

»Das *Rukh* gehört dem Sahib«, sagte Mowgli rasch aufschauend. Gisborne nickte Dank und fuhr fort: »Wäre es nicht besser, um festen Lohn von der Regierung zu arbeiten? Am Ende einer langen Dienstzeit winkt dir dann ein Ruhegehalt.«

»Daran habe ich schon gedacht«, sagte Mowgli, »aber die Heger leben in Hütten mit verschließbaren Türen, und all das hat für mich zu sehr das Aussehen von Fallen. Doch ich meine ...«

»Überlege wohl und gib mir später Bescheid. Jetzt wollen wir haltmachen und frühstücken.«

Gisborne saß ab und machte sich an die in hausgenähten Satteltaschen mitgeführte Morgenmahlzeit. Heiß stieg der Tag auf über dem *Rukh.* Mowgli lag im Gras und starrte in den Himmel. Plötzlich flüsterte er in schläfrigem Ton: »Sahib, hast du irgendeinen Befehl im Bungalow gegeben, die weiße Stute heute zu bewegen?«

»Nein, sie ist fett und alt und lahmt auch ein wenig. Warum fragst du?«

»Sie wird jetzt geritten, und durchaus nicht langsam, auf der Straße, die nach der Eisenbahn führt.«

»Bah, die Straße liegt zwei *Kos* weit entfernt. Ein hämmernder Specht ist es.«

Mowgli hob den Oberarm, um seine Augen gegen die Sonne zu schützen.

»Vom Bungalow macht die Straße einen großen Bogen nach hierher. Es ist nicht weiter als ein *Kos* im Geierflug; der Schall fliegt mit den Vögeln. Wollen wir nachsehen?«

»Unsinn! Einen *Kos* weit in der Sonnenglut zu laufen, nur um ein Geräusch im Forste festzustellen!«

»Nun, das Pferd ist das Pferd des Sahibs. Ich meinte nur, es hierherzubringen. Ist es nicht die Stute des Sahibs, dann gut. Ist sie es – der Sahib kann tun, was ihm beliebt. Ganz augenscheinlich wird sie sehr scharf geritten.«

»Und wie willst du sie hierherbringen? Narr, du.«

»Hat der Sahib vergessen? Auf die Art der Nilghais.«

»Auf denn und laufe, wenn dir der Sinn danach steht.«

»Oh, zu laufen brauch' ich gar nicht.« Er streckte seine Hand aus zum Zeichen des Schweigens, und, ruhig auf dem Rücken liegenbleibend, rief er dreimal laut – mit tiefem, gurgelndem Schrei, wie ihn Gisborne noch nie gehört hatte.

»Sie wird kommen«, sagte Mowgli zuletzt. »Wir wollen im Schatten warten.« Die langen Wimpern senkten sich über seine herrischen Augen, und er begann in der Morgenstille leicht einzuduseln. Gisborne wartete geduldig. Mowgli war zweifellos nicht recht bei Sinnen, aber der unterhaltsamste Begleiter, den sich ein einsamer Forstbeamter wünschen konnte.

»Ho, ho«, machte Mowgli lässig mit geschlossenen Augen. »Er ist heruntergefallen. Die Stute wird also zuerst kommen und danach der Mann.« Dann gähnte er, indes Gisbornes Ponyhengst zu wiehern begann. Drei Minuten später kam die weiße Stute gezäumt und gesattelt in die Lichtung getrabt und drängte sich zu ihrem Gefährten.

»Sehr warm ist sie geworden«, sagte Mowgli, »aber in dieser Hitze kommt der Schweiß leicht. Gleich werden wir den Reiter sehen, denn ein Mann geht langsamer als ein Pferd, besonders – wenn er dabei noch dick und alt ist.«

»Allah, das ist Teufelsblendwerk!« rief Gisborne und sprang auf die Füße, denn ein Schrei drang aus der Dschungel.

»Habe keine Sorge, Sahib, er kommt nicht zu Schaden.

Auch er wird sagen, daß es Teufelswerk ist. Horch! Wer ist das?«

Die Stimme Abdul Gafurs drang in Todesschrecken herüber. Unbekannte Mächte flehte er an, ihn und seine grauen Haare zu schonen.

»Nein, keinen Schritt mehr kann ich weiter«, jammerte er. »Ich bin alt, und verloren ist mein Turban. *Arré!* Ja, ja, ich gehe schon, eilen will ich, laufen, was ich kann! Oh, ihr Teufel der Hölle, ein Muselman bin ich!«

Das Unterholz teilte sich, und Abdul Gafur tauchte auf, ohne Turban, ohne Schuhe, das Hüfttuch aufgelöst, Schmutz und Gras in den geballten Fäusten und das Gesicht purpurrot. Als er Gisborne erblickte, schrie er von neuem auf, wankte vor und fiel erschöpft und am ganzen Leibe zitternd vor seinem Herrn nieder. Mowgli betrachtete ihn mit sanftem Lächeln.

»Das ist kein Scherz mehr«, sagte Gisborne streng. »Der Mann kann sterben, Mowgli.«

»Er wird nicht sterben, er hat nur Angst. Es war gar nicht nötig, daß er ins Laufen verfiel.«

Abdul Gafur erhob sich stöhnend, an allen Gliedern zitternd.

»Hexerei war es, Hexerei und Teufelswerk«, schluchzte er und tastete mit seiner Hand auf der Brust herum. »Meiner Sünde wegen haben mich Teufel durch den Wald gepeitscht. Es ist alles aus, ich bereue. Nimm sie, Sahib!« Und er hielt Gisborne eine Rolle zerdrückter Papiere hin.

»Was soll das bedeuten, Abdul Gafur!« Gisborne erriet bereits, was geschehen war.

»Wirf mich ins Gefängnis – hier sind die Banknoten alle –, aber laß mich so sicher verschließen, daß keine Teufel mehr folgen können. Versündigt habe ich mich gegen den Sahib und gegen sein Salz, das ich aß; aber wären die verfluchten Walddämonen nicht über mich gekommen, so würde ich weit weg von hier haben Land kaufen können und in Frieden leben bis an mein seliges Ende.«

Voller Verzweiflung und Reue schlug er mit dem Kopf auf den Boden. Gisborne drehte das Banknotenpäckchen in den Händen. Es war sein Gehalt der letzten neun Monate, das angesammelte Geld, das immer im Schubfach lag, zusammen mit den Briefen aus der Heimat und dem Zündkapseleinsetzer.

Mowgli betrachtete Abdul Gafur und lachte leise vor sich hin.

»Es ist nicht nötig, mich wieder auf das Pferd zu setzen. Ich will zusammen mit dem Sahib langsam zu Fuß nach Hause gehen, und dann kann er mich unter Bedeckung ins Gefängnis schicken. Die Regierung gibt viele Jahre für ein solches Vergehen«, sagte der Diener mit gebrochener Stimme.

In der Einsamkeit des *Rukhs* beginnt man über sehr vieles im Leben anders zu denken. Gisborne blickte auf Abdul Gafur und dachte daran, daß er ein sehr brauchbarer Diener war, ein Nachfolger sich erst in die Gewohnheiten des Hauses langsam einarbeiten müsse und bestenfalls eine neue, fremde Erscheinung mit fremder Stimme sein würde.

»Höre, Abdul Gafur«, sagte er schließlich. »Du hast großes Unrecht getan, hast deine Ehre und dein Ansehen eingebüßt. Ich glaube aber, daß die Versuchung ganz plötzlich über dich gekommen ist.«

»Allah! Nie zuvor habe ich nach dem Geld Verlangen getragen. Der Teufel packte mich an der Gurgel, während ich hinsah.«

»Das meine ich auch. Geh jetzt zurück zu meinem Haus, und wenn ich heimkehre, werde ich die Noten durch einen Läufer zur Bank schicken, und es soll nicht mehr davon die Rede sein. Du bist zu alt für das Gefängnis, und deine Familie hat doch keine Schuld daran.«

Abdul Gafur schluchzte und hielt Gisbornes rindslederne Reitstiefel umklammert. »Und der Sahib wird mich nicht entlassen?« stieß er hervor.

»Das wird sich finden. Das hängt ganz davon ab, wie du dich in Zukunft führst. Setze dich jetzt auf die Stute und reite langsam heim.«

»Aber die Teufel?! Das *Rukh* steckt voller Teufel.«

»Keine Sorge, alter Papa. Sie werden dir nichts tun, außer, du gehorchst nicht den Befehlen des Sahibs«, sagte Mowgli. »In diesem Falle aber werden sie dich nach Hause treiben – auf die Art der Nilghais.« Abdul Gafur starrte Mowgli sprachlos an, während er sich das Hüfttuch umschnürte.

»Sind es seine Teufel? Seine Teufel? Und ich dachte, bei

der Heimkehr alle Schuld auf diesen Hexenmeister zu schieben!«

»Gut ausgedacht war das, Huzrut. Aber bevor du eine Falle machst, sieh zu, wie groß das Wild ist, das da hineingeraten soll. Ich glaubte anfangs nur, daß irgendein Fremder das Pferd des Sahibs gestohlen hätte. Wenn ich gewußt hätte, daß du mich vor dem Sahib zum Diebe machen wolltest, da hätten dich meine Teufel bei den Beinen hierhergeschleppt. Doch es ist noch nicht zu spät dazu.«

Mowgli blickte fragend auf Gisborne; aber Abdul Gafur watschelte hastig zu der weißen Stute, kletterte auf ihren Rücken und floh davon, daß die Waldpfade hinter ihm krachten und hallten.

»Gut getan«, sagte Mowgli. »Aber er wird wieder herunterfallen, wenn er sich nicht an der Mähne festhält.«

»Jetzt wirst du mir aber erklären, was das alles zu bedeuten hat«, befahl Gisborne streng. »Was redest du da von Teufeln? Wie können Menschen im *Rukh* hin und her getrieben werden wie Rindvieh? Sprich!«

»Ist der Sahib zornig, weil ich ihm sein Geld gerettet habe?«

»Nein, aber da ist irgendein Trugwerk dabei, und das gefällt mir nicht.«

»Sehr wohl. Aber wenn ich jetzt aufstünde und drei Schritt in das *Rukh* ginge, dann würde niemand, selbst der Sahib nicht, mich finden, bis es mir beliebte. Das aber würde ich ungern tun, ebenso ungern wie Rede stehen. Gedulde dich ein wenig, Sahib, und eines Tages werde ich dir alles zeigen, und wenn du willst, treiben wir eines Tages den Bock gemeinsam. Teufelei ist nicht dabei, ganz und gar nicht, nur ... Ich kenne das *Rukh* so gut wie der Koch seine Küche.«

Mowgli sprach wie zu einem ungeduldigen Kinde. Gisborne schwieg verwirrt und verärgert, starrte zu Boden und dachte nach. Als er aufsah, war der Waldmensch verschwunden.

»Es ist nicht gut, wenn Freunde sich erzürnen«, sagte eine leise Stimme aus dem Dickicht. »Warte bis zum Abend, Sahib, wenn es kühler geworden ist.«

»Im Stich gelassen, mitten im Herzen des *Rukhs«*, fluchte Gisborne; dann lachte er, stieg wieder auf und ritt weiter. Er besuchte eine Hegerhütte, besichtigte neue Anpflanzungen, gab Weisung zum Abbrennen eines trockenen Grasstreifens und machte sich dann zu seinem gewohnten Übernachtungsort auf, einer Anhäufung von Felsstücken, dürftig mit Zweigen und Blättern überdacht, unweit vom Ufer des Kanye-Flusses gelegen. Es dunkelte schon, als er sich dem Ruheplatz näherte, und der Wald erwachte schon zu dem heimlichen, blutgierigen Leben der Nacht.

Von einem Erdhügel blinkte ein Lagerfeuer, und der Wind trug den Duft eines vortrefflichen Mahls heran.

»Hm«, meinte Gisborne, »das ist auf jeden Fall besser als kaltes Fleisch. Das kann nur Müller sein; offiziell sollte er das Changamanga-*Rukh* abreiten, und deshalb ist er, denke ich, zur Zeit auf meinem Grund und Boden.«

Der gigantische Deutsche, den Gisborne meinte, war Haupt und König der gesamten Wälder und Forsten Indiens, Oberforstmeister von Birma bis Bombay. Er hatte die Gewohnheit, wie eine hurtige Fledermaus von einem Revier zum anderen zu flitzen, ohne vorherige Ankündigung, und tauchte immer da auf, wo er am wenigsten erwartet wurde. Nach seiner Theorie waren überraschende Kontrollbesuche das beste Mittel, um Fehler oder Nachlässigkeiten im Dienst richtigzustellen; er zog die persönliche Rüge dem umständlichen schriftlichen Dienstverkehr vor, der gewöhnlich mit einem amtlichen Verweis endete und dem sonst tüchtigen Forstmann das Führungszeugnis verdarb. Müller erklärte das so: »Wenn ich zu meinen Leuten wie ein holländischer Onkel reden kann, dann sagen sie: ›Na ja, der olle Müller hat wieder mal Krach geschlagen‹, und das nächste Mal machen sie's besser. Aber wenn sich mein dicker Schreiber erst hinsetzt und eine lange Schrift losläßt: ›Der Herr Generalinspektor kann nicht begreifen, ist äußerst befremdet –‹, dann kommen wir erstens nicht weiter, denn ich bin nicht zur Stelle, und zweitens kann mein Ochse von Nachfolger zu meinem besten Beamten sagen: ›Sehen Sie hier, schon mein Vorgänger war höchst unzufrieden mit Ihnen.‹ Sie können mir glauben, von wegen dicker Achselstücke und goldener Knöpfe wachsen die Bäume nicht.«

Aus der Dunkelheit hinter dem Feuerschein erscholl Müllers tiefe Stimme, der sich über die Schulter seines Lieblingskochs beugte: »Nicht soviel Sauce, Sohn Belials! Worcestersauce ist eine Würze und keine Brühe. Siehe da, Gisborne! Mit dem Essen haben Sie heute nicht viel Glück. Wo ist Ihr Lager?« Er kam heran und schüttelte Gisborne kräftig die Hand.

»Ich bin mein eigenes Lager«, erwiderte Gisborne. »Ich wußte gar nicht, daß Sie in der Nähe waren.«

Müller betrachtete wohlgefällig die schlanke Figur des jungen Mannes. »Gut, sehr gut! Ein Pferd und etwas kaltes Fleisch zur Nahrung. Als ich jung war, machte ich es genau so. Jetzt essen Sie mit mir. Ich war gerade bei der Regierung, um meinen letzten Monatsbericht vorzulegen. Halb habe ich ihn selbst geschrieben – ho! ho! –, und den Rest habe ich meinen Schreibern überlassen und bin spazierengegangen. Die Regierung ist ganz verrückt mit solchen Berichten. Das habe ich auch dem Vizekönig in Simla zu verstehen gegeben.«

Gisborne lachte und erinnerte sich der vielen Geschichten, die über Müllers ständige Reibereien mit der hohen Regierung im Umlauf waren. Er war der leibhaftige Schrecken aller Amtsstellen, aber als Forstmann hatte er nicht seinesgleichen.

»Ich sage Ihnen, Gisborne, wenn ich Sie mal in Ihrem Bungalow antreffe beim Berichteschreiben an mich, anstatt beim Abreiten der Pflanzungen, dann versetze ich Sie mitten in die Bikhaneer-Wüste, damit Sie die aufforsten. Mir ist das Papierkauen schon zum Kotzen, die Arbeit kommt dabei nicht vorwärts.«

»Es ist keine Gefahr, daß ich meine Zeit mit Berichteschreiben vergeude. Mir ist das ebenso zuwider wie Ihnen.«

Die Unterhaltung ging auf Berufsangelegenheiten über. Müller hatte einige Fragen zu stellen, und Gisborne empfing dienstliche Weisungen, bis das Essen fertig war. Für Gisborne war es seit Monaten wieder einmal eine menschenwürdige Mahlzeit. Keine noch so große Entfernung von den Nahrungsmittelmärkten durfte Müllers Koch in seinem Werk beeinträchtigen; und das Essen in der Wildnis begann mit frischen Süßwasserfischen in vortrefflicher Würze und endete mit Kaffee und Kognak.

Mit einem Ah! höchster Befriedigung streckte sich Müller in seinem abgenutzten Feldstuhl aus und zündete sich eine Zigarre an. »Wenn ich meine Berichte verfasse, dann bin ich Freidenker und Atheist; aber hier im *Rukh* bin ich richtiggehender Christ. Auch Heide bin ich übrigens.« Genießerisch zog er an seiner Zigarre, ließ die Hände auf die Knie fallen und blickte vor sich hin in das leise schlagende Herz des Waldes, aus dem geheimnisvolle Geräusche drangen. Zweige knackten, wie das Knacken des Lagerfeuers hinter ihm, Äste, von der Sonnenhitze krumm gebogen, reckten und dehnten sich seufzend in der Kühle der Nacht; das leise Rauschen des Kanye-Flusses mischte sich mit den mannigfachen Tönen des reichbevölkerten Graslands, das, der Sicht entzogen, jenseits einer Hügelwelle lag. Müller stieß eine dicke Rauchwolke aus und begann Goethe zu zitieren.

»Ja, schön ist es, sehr schön. ›Und mit Geistesstärke wirke Wunder ich‹, und weiß Gott, sie werden wahr. Ich denke an die Zeit, wo das *Rukh* kaum kniehoch war von hier bis zum Ackerland; und zur Trockenheit fraßen die Tiere alle die Reste des verendeten Rindviehs. Jetzt stehen überall wieder hohe Bäume: die sind von einem Freidenker gepflanzt, weil der etwas von Ursache und Wirkung verstand. Aber unter den Bäumen hier herrscht der Kult der alten Götter – ›und die Christengötter wimmern‹. Sie können nicht leben im *Rukh,* Gisborne.«

Auf dem zum Lager führenden Pfade bewegte sich ein Schatten – glitt heran und trat in das Licht der Sterne.

»Recht habe ich. Still! Hier ist Faunus höchstselbst, der kommt, um sich den Generalinspektor anzusehen. Wahrhaftig, der Gott ist es! Sehen Sie doch!«

Mowgli war es, auf dem Kopf einen Kranz weißer Blüten und in der Hand einen Ast. Er mißtraute dem flackernden Feuer und schien jeden Augenblick bereit, wieder in das Dikkicht zu entfliehen.

»Mein Freund ist es«, erklärte Gisborne. »Er sucht mich. Hallo! Mowgli!«

Ehe sich Müller von seinem Staunen erholen konnte, stand der seltsame Mensch schon neben Gisborne und rief: »Unrecht war es von mir, fortzugehen. Unrecht war es. Aber ich wußte nicht, daß die Gefährtin des Tigers, den du hier am Flusse getötet hast, wachte und dir auflauerte. Sonst wäre ich nicht fortgegangen. Sie schleicht dir nach, Sahib, auf der Schneise dahinten.«

»Er ist ein wenig verrückt«, sagte Gisborne. »Er spricht von allen Tieren hier herum, als ob sie seine Freunde wären.«

»Natürlich – natürlich, wer sonst als Faun kann mit Tieren vertraut sein?« entgegnete Müller ernst. »Was meint er denn mit den Tigern – dieser Gott, der sie so gut kennt?«

Gisborne steckte sich eine frische Zigarre an, und sie war bis zum Ende heruntergebrannt, als er die Geschichte von Mowgli und seinen Heldentaten beendet hatte. Müller hatte zugehört, ohne einmal zu unterbrechen. »Das ist kein Wahnsinn, ganz und gar nicht«, sagte er schließlich, als ihm Gisborne die Hetze Abdul Gafurs beschrieben hatte.

»Was soll es sonst sein? Heute morgen verließ er mich aufgebracht, nur weil ich ihn fragte, wie er das zuwege gebracht hätte. Irgendwie ist der Bursche besessen, glaube ich.«

»Nein, das ist keine Besessenheit, aber höchst wunderbar ist es. Gewöhnlich sterben sie jung, diese Leute. Und Sie sagen, Ihr Spitzbube von Diener hat nichts darüber ausgesagt, wer die Stute trieb – der Nilghaibulle kann natürlich nicht sprechen.«

»Nein, und verdammt noch mal, da war auch nichts. Ich habe genau gehorcht, und meine Ohren sind gut. Der Bulle und der Mann kamen einfach angestürzt – wie irrsinnig vor Angst.«

Müller schwieg, musterte Mowgli von oben bis unten und winkte ihm dann, näher zu treten. Mowgli kam heran wie ein Rehbock auf verwischter Fährte.

»Brauchst keine Angst zu haben«, sagte Müller in der Landessprache. »Streck deinen Arm aus.«

Er betastete den Arm am Ellenbogen und nickte. »Das habe ich mir gleich gedacht. Nun die Knie.« Gisborne sah, wie er die Kniescheibe betastete, und lächelte. Ein paar Narben dicht über dem Fußgelenk fielen ihm auf.

»Die kamen, als du noch ganz jung warst?« fragte Müller.

»Ja, Liebesbeweise der Kleinen«, antwortete Mowgli lächelnd. Dann zu Gisborne gewandt: »Dieser Sahib weiß alles; wer ist er?«

»Das kommt später, mein Freund. Wo sind denn nun die Kleinen?« fragte Müller.

Mowgli schwenkte seinen Arm im Kreis über dem Kopf.

»So! Also Nilghais kannst du treiben? Paß auf. Dort drüben steht angepflockt meine Stute. Kannst du sie hierher zu mir bringen, ohne sie zu erschrecken?«

»Kann ich die Stute zu dem Sahib bringen, ohne sie zu erschrecken?« wiederholte Mowgli und erhob dabei ein wenig seine Stimme. »Was ist leichter, wenn die Fußfesseln gelokkert sind?«

»Lockere die Kopf- und Fußriemen«, rief Müller dem Pferdewärter zu. Kaum war das geschehen, als das Pferd, ein riesiger schwarzer Australier, den Kopf aufwarf und die Ohren spitzte.

»Vorsicht! Ich möchte nicht, daß sie ins *Rukh* getrieben wird«, sagte Müller.

Mowgli stand unbeweglich und starrte in das Licht des Feuers – in Gestalt und Haltung dem vielgepriesenen griechischen Gott gleichend. Die Stute wieherte, hob ein Hinterbein, fühlte sich von den Fesseln frei, kam rasch zu ihrem Herrn getrabt und legte ihm den Kopf auf die Schulter.

»Sie kam von selbst, meine Pferde tun das auch«, wandte Gisborne ein.

»Fühle, ob sie heiß ist«, sagte Mowgli.

Gisborne legte die Hand auf die feuchte Flanke des Pferdes.

»Das genügt«, erklärte Müller.

»Das genügt«, wiederholte Mowgli, und ein Fels hinter ihm warf die Worte hallend zurück.

»Unheimlich, nicht wahr?« fragte Gisborne.

»Nein, aber wunderbar, höchst wunderbar. Sie begreifen noch immer nicht, Gisborne?«

»Ich muß gestehen, nein.«

»Na, dann erzähle ich Ihnen auch nichts. Er sagt, daß er Ihnen später alles zeigen wird. Es wäre doch grausam, ihm die Freude zu nehmen. Aber höchst seltsam ist es, daß er noch lebt. Nun höre, du.«

Müller blickte Mowgli scharf an und redete wieder in der Landessprache: »Ich bin der Herr aller Wälder im Lande Indien und anderer jenseits des Schwarzen Wassers. Wie viele Leute ich unter mir habe, weiß ich nicht – vielleicht fünf-, vielleicht zehntausend. Das aber sei deine Aufgabe – nicht mehr umherzustreifen im *Rukh* und Tiere zur Kurzweil oder zur Schau zu treiben, sondern in den Dienst zu treten unter mir, der für Wälder und Forsten die Regierung ist. Von nun ab sollst du im *Rukh* als Waldhüter leben, sollst die Ziegen der Dörfler verjagen, wenn nicht Weisung gegeben ist, sie im *Rukh* grasen zu lassen, dafür sorgen, daß Schwarzwild und Nilghais nicht allzusehr überhandnehmen, sollst Gisborne Sahib melden, wo Tiger wechseln und was für jagdbares Wild im Walde ist, und ihm sichere Warnung zukommen lassen vor Waldbränden, denn du kannst schneller Meldung bringen als jeder andere. Für diese Arbeit bekommst du jeden Monat dein Gehalt in Silber und später, wenn du dir ein Weib genommen hast, Kinder und Vieh besitzt, eine Rente vom Staat. Was sagst du dazu?«

»Genau das habe ich ihm . . .«, begann Gisborne.

»Mein Sahib sprach diesen Morgen von solch einem Dienst. Den ganzen Tag wanderte ich umher und sann darüber nach. Dies meine Antwort: Ich diene, aber nur in diesem *Rukh* und unter keinem anderen als Gisborne Sahib.«

»So sei es. In einer Woche bekommst du deine schriftliche Anstellung und die Verpflichtung der Regierung auf eine Rente für dich nach Ablauf der Dienstzeit. Dann wirst du dir eine Hütte aufbauen, wo Gisborne Sahib es bestimmt.«

»Ich wollte schon darüber mit Ihnen reden«, sagte Gisborne.

»Besser war es, daß ich den Mann selbst sah. Einen besseren Waldhüter wird es niemals geben. Ein Wunder ist er. Ich kann Ihnen sagen, Gisborne, das werden Sie eines Tages auch herausfinden. Hören Sie, er ist Blutsbruder mit jedem Tier im *Rukh.*«

»Es würde mir angenehmer sein, wenn ich ihn durchschauen könnte.«

»Das kommt schon noch. Ich will Ihnen sagen, daß ich nur einmal in meiner Dienstzeit, und das sind dreißig Jahre, einen Jungen getroffen habe, der so anfing wie dieser Mann hier. Aber er starb. Manchmal ist in den Regierungsberichten von solchen Wesen die Rede, aber alle sterben sie früh. Der hier ist am Leben geblieben und ist ein richtiger Anachronismus, denn sein Ursprung liegt noch vor der Eisen- und Steinzeit. Er steht gewissermaßen noch am Anfang der Geschichte der Menschheit – Adam im Garten Eden, und nur die Eva fehlt noch. Ach wo, älter ist er noch als diese Kindermärchen. So wie das *Rukh* noch älter ist als die Götter. Gisborne, von nun an bin ich Heide, ein für allemal.«

Den ganzen langen Abend noch saß Müller, rauchte und rauchte und starrte in die dunkle Nacht; seine Lippen formten mannigfache Zitate, und ein großes Staunen lag auf seinem Gesicht. Dann ging er in sein Zelt, trat aber dann bald in seinem majestätisch-prachtvollen Schlafanzug wieder heraus, und als letztes hörte Gisborne ihn das *Rukh* anreden, und durch die Totenstille der schwarzen Mitternacht klang es mit dröhnender Stimme:

»Wir bedecken, verhängen, verhüll'n uns,
Du aber bist edel, nackt und antik;
Libidina deine Mutter, Priapus
Dein Vater, Grieche und Gott.

Ob Heide oder Christ, in die Seele des *Rukhs* werde ich nie ganz eindringen können.«

Es war Mitternacht im Bungalow eine Woche später, als Abdul Gafur, aschgrau vor Wut, an Gisbornes Bett stand und ihn mit Geflüster weckte. »Auf, Sahib«, stammelte er. »Auf und nimm dein Gwehr. Meine Ehre ist dahin. Auf, und töte, ehe die Schande ans Tageslicht kommt.«

Das Gesicht des alten Mannes war derart verändert, daß Gisborne ihn verständnislos anstarrte.

»Darum also half mir dieser Dschungelauswurf den Tisch des Sahibs säubern, Wasser tragen und Hühner rupfen. Auf und davon sind alle beide, trotz aller meiner Prügel, und jetzt sitzt er unter seinen Teufeln und schleift ihre Seele hinab zur Hölle. Steh auf, Sahib, und folge mir.«

Er drückte dem noch halb schlafenden Gisborne die Flinte in die Hand und zerrte ihn fast aus dem Zimmer auf die Veranda.

»Dort im *Rukh* sind sie, kaum auf Flintenschußweite vom Haus entfernt. Komm mit, aber leise!«

»Was ist denn los? Was hast du denn, Abdul?«

»Mowgli und seine Teufel und meine Tochter dazu.«

Gisborne pfiff durch die Zähne und folgte seinem Führer. Nicht ohne Grund also hatte Abdul Gafur in den Nächten seine Tochter geschlagen, und nicht ohne Grund hatte Mowgli einem Manne bei der Hausarbeit geholfen, den er vor kurzem noch, kraft seiner unbegreiflichen Macht, des Diebstahls überführt hatte. Ja, schnell freit man in der Dschungel.

Die Töne einer Flöte kamen aus dem *Rukh,* es klang fast wie der Gesang eines schweifenden Waldgottes; und beim Nähertreten hörten sie Stimmengemurmel. Der Pfad endete in einer kleinen halbkreisförmigen Lichtung, die zum Teil von Bäumen, zum Teil von hohem Gras umhegt war. In der Mitte der Lichtung, mit dem Rücken zu den Beobachtern, saß Mowgli auf einem Baumstamm, festlich bekränzt mit frischen Blumen, hatte einen Arm um den Nacken von Abdul Gafurs Tochter gelegt und spielte auf einer Bambusflöte, zu deren Klängen vier riesige Wölfe das Paar mit feierlichen Bewegungen umtanzten.

»Seine Teufel sind das«, flüsterte Abdul Gafur. In der Hand hielt er ein Bündel Patronen. Auf einen langgezogenen zitternden Ton hin legten sich die Wölfe still nieder und blickten mit grünlich schillernden Augen auf das Mädchen.

»Schau doch«, sagte Mowgli und legte die Flöte beiseite. »Ist hier irgend etwas zu fürchten? Ich sagte es dir gleich, und du, kleines tapferes Herz, du glaubst mir. Dein Vater – o hättest du ihn laufen sehen, als er getrieben wurde wie ein Nilghai –, dein Vater sagte, daß es Teufel wären. Bei Allah, deinem Gott, ich wundere mich nicht, daß er sie dafür hielt.«

Das Mädchen lachte mit einem kleinen girrenden Lachen, und Gisborne hörte Abdul Gafur mit seinen paar noch übriggebliebenen Zähnen knirschen. Das war nicht mehr das kindliche Mädchen, das Gisborne kannte, schweigsam und mit scheuem Blick hinter dem dichten Schleier, sondern – ein Weib, voll erblüht über Nacht, wie die Orchidee, die sich in wenigen Augenblicken entfaltet in der feuchten Hitze.

»Spielgefährten sind sie mir und Brüder, Kinder der Mutter, die mich säugte«, fuhr Mowgli fort. »Kinder des Vaters, der mich mit seinem Leibe schützte vor der eindringenden Kälte am Rande der Höhle, als ich ein kleines nacktes Kind war. Schau!« – Ein Wolf erhob seinen grauen Kopf und beleckte Mowglis Knie. – »Mein Bruder weiß, daß ich von ihm spreche. Ja, als ich ein Kind war, war er ein Wolfsjunges und wälzte sich mit mir auf dem lehmigen Boden der Höhle.«

»Aber du sagtest doch, daß du von Menschen geboren bist?« gurrte das Mädchen und nestelte sich dichter an seine Schulter. »Bist du von Menschen geboren?«

»Ich sagte es. Nun fühle ich es auch, daß ein Menschenweib

mich gebar, denn du hältst mein Herz, Geliebte.« Ihr Kopf schmiegte sich an Mowglis Brust. Gisborne hob abwehrend eine Hand, um Abdul Gafur zurückzuhalten, der nicht im geringsten von dem Wunder dieses Anblicks berührt war.

»Aber dennoch war ich Wolf unter Wölfen, bis eine Zeit kam, da mich die von der Dschungel baten, heimzukehren zu meiner Art, da ich ein Mensch war.«

»Wer bat dich, zu gehen? Du sprichst nicht wie ein ehrlicher Mann.«

»Die Tiere selbst taten es. Du wirst es mir nie glauben, aber es war so. Die Tiere der Dschungel baten mich, sie zu verlassen; diese vier aber folgten mir, weil ich ihr Bruder war. Dann war ich Hüter der Viehherden der Menschen und lernte ihre Sprache. Hoho! Zoll zahlten die Herden an meine Brüder, bis eine Frau, eine alte geliebte Frau, mich spielen sah bei Nacht mit meinen Brüdern in den Saaten. Teufelbesessen wäre ich, sagten die Menschen, mit Stöcken und Steinen vertrieben sie mich aus dem Dorf, und die vier folgten mir heimlich, von niemandem gesehen. Damals lernte ich gekochtes Fleisch essen und dreist reden. Von Dorf zu Dorf ging ich, Herz meines Herzens, Kühehüter, Wärter der Büffel, Fährtensucher des Wildes, aber niemanden gab es, der es wagte, zum zweitenmal gegen mich die Hand zu erheben.« Mowgli beugte sich nieder und streichelte einen der grauen Köpfe. »Tue das auch. Nichts Böses ist an ihnen und keinerlei Zauber. Siehe, sie kennen dich.«

»Alle Arten Teufel hausen in den Wäldern«, sagte das Mädchen mit einem Schaudern.

»Lügen, Kindermärchen«, erwiderte Mowgli fest. »Oft lag ich im Tau unter den Sternen oder der schwarzen Nacht, und ich weiß, die Dschungel ist meine Wohnstatt. Soll der Mann die Balken seines eigenen Daches fürchten oder die Frau ihres Mannes Herd? Beuge dich nieder und streichele sie.«

»Hunde sind sie und unrein«, murmelte das Mädchen, indes sie sich mit abgewandtem Gesicht vorbeugte.

»Die verbotene Frucht ist verzehrt. Gedenken wir nun des Gesetzes«, erklärte Abdul Gafur düster. »Was zögerst du noch, Sahib? Töte!«

»Still, du! Laß uns hören, was geschah«, gab Gisborne ihm zurück.

»Das hast du gut gemacht«, lobte Mowgli und legte wieder seinen Arm um das Mädchen. »Hunde oder nicht Hunde, durch tausend Dörfer sind sie mir gefolgt.«

»So, und wem gehörte damals dein Herz? Durch tausend Dörfer! Tausend Mädchen hast du gesehen. Ich – ich – die ich – die ich aber kein Mädchen mehr bin – besitze ich ganz dein Herz?«

»Bei wem soll ich schwören, bei Allah, deinem Gott?«

»Nein, schwöre bei dem Leben, das in dir ist, und das sei mir genug. Wo war dein Herz in jenen Tagen?«

Mowgli lachte leise. »In meinem Wanst, denn ich war jung und immer hungrig. So lernte ich jagen und der Fährte folgen und sandte meine Brüder aus in alle Winde, wie ein König seine Heere. Auf diese Weise trieb ich den Nilghai-Bullen für den jungen törichten Sahib und die große fette Stute für den großen fetten Sahib, damals, als sie zweifelten an meiner Macht. Ebenso leicht hätte ich die Männer selbst treiben können. Jetzt sogar« – er hob ein wenig die Stimme – »jetzt sogar weiß ich, daß dein Vater und Gisborne Sahib hinter mir stehen. Nein, flüchte nicht davon, denn nicht zehn Mann würden wagen, sich auch nur einen Schritt vorzubewegen. Denke daran, wie oft dich dein Vater schlug. Soll ich das Wort sprechen und ihn abermals im Kreise durch die Dschungel jagen?« Einer der Wölfe richtete sich auf mit gefletschten Zähnen.

Gisborne merkte, wie Abdul Gafur neben ihm am ganzen Leibe zitterte. Gleich darauf war der Platz neben ihm leer, und der fette Mann stolperte eiligst davon.

»Bleibt nur noch Gisborne Sahib«, stellte Mowgli fest, ohne sich umzudrehen. »Aber ich aß sein Brot, und bald stehe ich in seinem Dienst; auch meine Brüder werden seine Diener sein, Wild für ihn treiben und Meldungen bringen. Verbirg dich im Grase.«

Das Mädchen entwich, und das hohe Gras schloß sich hinter ihr, während ein Wächterwolf ihr folgte. Mowgli, umgeben von den drei anderen Wölfen, wandte sich Gisborne zu, als dieser auf die Lichtung hinaustrat.

»Das ist der ganze Zauber«, Mowgli deutete auf seine drei Begleiter. »Der dicke Sahib wußte, daß wir, die wir unter Wölfen aufwachsen, auf Ellbogen und Knien laufen eine

Zeitlang. Er befühlte meine Arme und Beine und begriff die Wahrheit, die du nicht kanntest. Ist das so wunderbar?«

»Wahrhaftig, noch wunderbarer ist es als Zauberei. Diese also trieben die Nilghais?«

»Ja, sogar Eblis, den Engel der Finsternis, würden sie treiben, wenn ich es sie hieße. Augen und Füße sind sie mir.«

»Dann nimm dich nur in acht, daß Eblis keine Doppelflinte führt. Sie haben noch einiges zu lernen, deine Teufel, denn einer hinter dem anderen stehen sie jetzt, und zwei Schüsse würden genügen, um sie alle drei umzulegen.«

»Recht, aber sie wissen, daß sie deine Diener sein werden, wenn ich erst Waldhüter bin.«

»Hüter oder nicht, Mowgli, du hast Scham und Schande über Abdul Gafur gebracht. Sein Haus hast du entehrt und sein Antlitz geschwärzt.«

»Schwarz war es ohnehin, als er dein Geld nahm. Und wurde noch schwärzer, als er vor kurzem dir ins Ohr flüsterte, einen nackten Mann zu töten. Ich selbst werde mit Abdul Gafur reden, denn ich stehe im Dienst der Regierung mit einer Altersrente. Er soll die Heirat vollziehen, in einer Form, die ihm beliebt, oder er wird wiederum gehetzt werden. Wenn der Morgen kommt, gehe ich zu ihm. Im übrigen, dort ist das Haus des Sahibs, und hier ist das meinige. Es ist Zeit, sich wieder schlafen zu legen.«

Mowgli wandte sich um und verschwand im Grase – allein blieb Gisborne zurück. Der Wink des Waldgottes war nicht mißzuverstehen, und Gisborne ging in seinen Bungalow zurück, wo Abdul Gafur ihn rasend vor Wut und Angst empfing.

»Friedlich, friedlich«, beruhigte Gisborne und schüttelte den Mann, denn er sah aus, als könnte er jeden Augenblick einen Schlaganfall bekommen. »Müller Sahib hat ihn zum Waldhüter ernannt, und nun steht er im Dienst der Regierung und hat, wie du weißt, Anspruch auf eine Altersrente.«

»Paria ist er – ein *Mlech* –, Hund unter Hunden, Aasfresser! Welche Rente wäre dafür hoch genug!«

»Allah weiß es; und du hast's gehört, daß das Unglück geschehen ist. Willst du es allen Leuten in die Ohren blasen? Richte schnell die Hochzeit, und das Mädchen wird ihn zum Muselman machen. Er ist sehr schön. Ist es ein Wunder, daß sie zu ihm lief, nachdem du sie verprügelt hast?«

»Drohte er, mich wieder hetzen zu lassen durch seine Tiere?«

»So schien es. Wenn er ein Zauberer ist, so ist er immerhin ein sehr mächtiger.«

Abdul Gafur sann einen Augenblick nach, dann brach er heulend zusammen, vergessend, daß er ein Muselman war.

»Brahmane bist du. Ich bin deine Kuh. Bringe die Sache in Ordnung und rette meine Ehre, wenn es noch möglich ist!«

Zum zweitenmal in dieser Nacht ging Gisborne in den schweigenden Wald und rief nach Mowgli. Die Antwort kam hoch oben aus den Wipfeln der Bäume und in durchaus nicht unterwürfigem Ton.

»Rede anständig«, rief Gisborne und blickte auf. »Es gibt noch Mittel genug, dich zu zähmen und dich samt deinen Wölfen zu jagen. Das Mädchen kehrt sofort in das Haus ihres Vaters zurück. Morgen wird *Shadi*[1] sein nach moslemischem Brauch. Dann kannst du sie mit dir nehmen. Bringe sie jetzt zu Abdul Gafur.«

»Ich höre.« Oben in den Zweigen war das Gemurmel zweier sich beratender Stimmen. »Also, wir wollen gehorchen, zum letztenmal.«

Ein Jahr später ritten Müller und Gisborne zusammen durch das *Rukh* und unterhielten sich über den Dienst. Bei den Felsen, nahe des Kanye-Flusses, kamen sie aus dem Wald heraus; Müller ritt um eine Pferdelänge vor Gisborne. Im Schatten eines Dornbusches kroch ein nacktes braunes Kind herum, und aus dem Dickicht, unmittelbar dahinter, äugte der graue Kopf eines Wolfes. Gisborne hatte gerade noch Zeit, Müllers Büchse hochzuschlagen, und die Kugel schlug prasselnd in das Geäst darüber.

»Sind Sie von Sinnen?« donnerte Müller. »Sehen Sie gefälligst hin.«

»Ich sehe«, erwiderte Gisborne gelassen. »Die Mutter ist irgendwo in der Nähe. Sie werden das ganze Pack in Aufruhr bringen.«

Das Gebüsch teilte sich, eine unverschleierte Frau stürzte hervor und riß das Kind an sich.

»Wer hat geschossen, Sahib?« rief sie Gisborne zu.

1. Hochzeit.

»Dieser Sahib. Er dachte nicht an die Diener deines Mannes.«

»Dachte nicht. Aber das mag wohl sein, denn wir, die wir mit ihnen leben, vergessen ganz, daß sie fremde Geschöpfe sind. Mowgli ist unten am Fluß und fängt Fische. Will der Sahib ihn sehen? Kommt heraus, ihr, aus dem Gebüsch und macht eure Reverenz vor den Sahibs.«

Größer und größer wurden Müllers Augen. Er schwang sich von der bäumenden Stute, indes die Dschungel drei riesige Wölfe auswarf, die Gisborne umschmeichelten. Die Mutter wiegte das Kind in den Armen und drängte die Tiere beiseite, wenn sie ihr die nackten Füße beleckten.

»Sie hatten ganz recht mit Mowgli«, wandte sich Gisborne an Müller. »Ich wollte Ihnen schon immer davon erzählen, aber ich habe mich so an den Burschen gewöhnt in den letzten zwölf Monaten, daß ich es ganz vergaß.«

»Ach, nur keine Entschuldigungen«, erwiderte Müller. »Hat nichts zu sagen. Gott im Himmel! ›Und mit Geistesstärke wirk' ich Wunder auch‹ – und sie werden dann wahr.«

Ihrer Majestät Diener

Während eines vollen Monats hatte es in Strömen geregnet – geregnet auf ein Feldlager von dreißigtausend Mann, auf Tausende von Kamelen, Elefanten, Pferden, Ochsen und Maultieren, die sich allesamt an einem Ort mit Namen Rawal Pindi versammelt hatten, um von dem Vizekönig von Indien besichtigt zu werden. Der Emir von Afghanistan stattete ihm einen Besuch ab – ein wilder König über ein sehr wildes Land –, und der Emir hatte sich mit einer Leibwache von achthundert Mann und ebenso vielen Pferden umgeben, denen nie zuvor in ihrem Leben ein Heerlager oder eine Lokomotive vor die Augen gekommen waren – ungezügelten Männern und ungezügelten Pferden von irgendwoher aus der Tiefe Zentralasiens. Es verging keine Nacht, in der nicht ein Rudel dieser Pferde die Fußfesseln zerriß und in Schlamm und Finsternis kreuz und quer durchs Lager preschte oder Kamele sich vom Halfter losmachten, umherrannten und über die Zeltleinen stürzten. Wie angenehm das für Männer war, die gerade über dem Einschlafen waren, kann man sich vorstellen. Mein Zelt stand weitab vom Rastplatz der Kamele, und ich dachte, es sei in Sicherheit. Doch eines Nachts steckte jemand seinen Kopf herein und schrie: »Raus hier! Schnell! Sie kommen! Mein Zelt ist weg.«

Ich wußte, wer mit dem »sie kommen« gemeint war. So fuhr ich in meine Stiefel, hüllte mich in meinen Regenumhang und trat hinaus in den Matsch. Klein-Vixen, mein Foxterrier, flitzte zur andern Seite hinaus. Dann war über mir ein Röhren, ein Grunzen und Gurgeln, und ich sah das Zelt einsacken, als der Mittelstab zusammenknickte, und sah es hin- und hertanzen wie ein tolles Gespenst. Ein Kamel war hineingetrampelt, und ob ich auch naß und zornig war, konnte ich mir ein Lachen doch nicht verbeißen. Dann lief ich los, weil ich nicht wußte, wie viele Kamele sich losgerissen haben mochten, und es währte nicht lange, da hatte ich das Lager aus den Augen verloren und stapfte durch den Morast vor mich hin.

Schließlich stolperte ich über den Lafettenschwanz eines Geschützes und entnahm daraus, daß ich mich irgendwo in der Nähe der Artilleriestellungen befand, wo über Nacht die Geschütze zusammengeschoben wurden. Da ich keine Lust hatte, noch länger in dem Geniesel und in der Finsternis herumzutappen, hängte ich meinen Regenumhang über die Mündung einer Kanone und machte mir eine Art Wigwam zurecht, mit Hilfe von zwei oder drei Pflöcken, die ich auftrieb, streckte mich auf der Lafette einer anderen Kanone aus und dachte bei mir, wo Vixen wohl hingekommen sein mochte und wo ich mich selber befand.

Als ich gerade einschlafen wollte, hörte ich ein Geschepper von Sattelzeug und ein Grunzen, und ein Maultier trottete an mir vorüber, das seine nassen Ohren schüttelte. Es gehörte einer Schraubgeschütz-Batterie an, denn ich vernahm deutlich das Klirren von Eisenteilen, Ringen und Ketten und sonstigem Zeug auf seinem Sattelpolster. Die Schraubgeschütze sind ganz kleine Kanonen, bestehend aus zwei Teilen, die zusammengeschraubt werden, wenn es an der Zeit ist, sie in Gebrauch zu nehmen. Sie werden ins Gebirge hinaufgeschafft, so weit nur irgendein Maultier einen Steig zum Treten findet, und sind bei Gefechten in bergigem Gelände sehr nützlich.

Hinter dem Maultier erschien ein Kamel, das mit seinen großen weichen Hufen im Schlamm quatschte und glitschte und den Hals nickend hob und senkte wie eine verirrte Glucke. Zum Glück war ich in der Sprache der Tiere – nicht der wilden Tiere, natürlich, nur der Sprache der Tiere im Lager – durch die Eingeborenen hinlänglich bewandert, um zu verstehen, was es sagte.

Offenbar handelte es sich um das Kamel, das in mein Zelt gestolpert war, denn es rief dem Maultier zu: »Was soll ich machen? Wo soll ich hin? Ich habe mit einem weißen Ding gekämpft, das hin und her schwankte, und es hat einen Stock genommen und mir über den Hals geschlagen.« (Das war mein zerbrochener Zeltstab gewesen: ich hörte es zu meinem großen Vergnügen.) »Sollen wir weiterlaufen?«

»Ach so, du warst das?«, sagte der Maulesel. »Du und deine Freunde – ihr habt die Lagerruhe gestört. Na schön! Man wird euch dafür morgen früh eine Tracht Prügel verabreichen; aber ich kann dir schon jetzt etwas auf Vorschuß geben.«

Ich hörte das Geschirr scheppern, als das Maultier nach hinten ausschlug und dem Kamel zwei Tritte in die Rippen versetzte, die wie eine Trommel dröhnten. »Das nächste Mal laß dir nicht einfallen, bei Nacht in eine Maultierbatterie hineinzurennen und zu brüllen: ›Diebe! Feurio!‹ Nimm Platz und halte deinen albernen Hals still.«

Das Kamel ließ sich auf Kamelart nieder, wie ein Klappmeterstab, und lag winselnd da. In der Dunkelheit erklang ein taktmäßiger Hufschlag, und ein großes Schwadronspferd trabte so stetig heran, als schreite es zur Parade, übersprang einen Lafettenschwanz und landete dicht neben dem Maulesel.

»Ein wahrer Jammer«, sagte es, indem es seine Nüstern heftig blähte. »Diese Kamele haben wieder unsere Linien durcheinandergebracht, schon zum dritten Mal in dieser Woche. Wie soll ein Pferd in Form bleiben, wenn ihm nicht der nötige Schlaf gegönnt wird? Wer ist hier?«

»Ich bin das Verschlußstück-Maultier von Geschütz Nummer 2 der Ersten Schraubgeschütz-Batterie«, sagte der Maulesel, »und in dem anderen da siehst du einen deiner Freunde. Er hat mich auch aufgeweckt. Und wer bist du?«

»Nummer fünfzehn, E-Schwadron, Neunte Dragoner – Dick Cunliffes Pferd. Mach ein bißchen Platz da.«

»Oh, bitte um Entschuldigung«, sagte der Maulesel. »Es ist so dunkel – man sieht fast nichts. Ist es nicht rein zum Schlechtwerden mit diesen Kamelen? Ich bin von meinem Lagerplatz weggegangen, um hier ein bißchen Frieden und Ruhe zu finden.«

»Meine Herren«, sagte das Kamel unterwürfig, »wir träumten schlimme Träume heute nacht und waren furchtbar in Angst. Ich bin nur ein Lastkamel vom 39. Eingeborenen-Regiment und bin nicht so tapfer wie Sie, meine Herren.«

»Heiliger Strohsack, warum bist du dann nicht an Ort und Stelle geblieben und hast für das 39. Eingeborenen-Regiment Lasten geschleppt, anstatt im ganzen Lager herumzurennen?«

»Es waren gar so schlimme Träume«, sagte das Kamel. »Es tut mir leid. Horch! Was ist das? Sollen wir weiterlaufen?«

»Nimm Platz«, sagte der Maulesel, »sonst brichst du dir noch zwischen den Kanonen deine langen Beine.« Er stellte ein Ohr auf und lauschte. »Ochsen«, sagte er. »Zugochsen für es zu dunstig, um sehen zu können, was die Reiter taten. Sie hatten in der Ebene einen großen Halbkreis gebildet und schwenkten zur Linie aus. Diese Linie wuchs und wuchs, bis sie eine Dreiviertelmeile vom einen bis zum anderen Flügel breit war: eine kompakte Mauer aus Männern, Pferden und Geschützen. Dann bewegte sie sich genau auf den Vizekönig und den Emir zu, und als sie näher rückte, fing der Boden an zu schüttern wie das Deck eines Dampfers, wenn die Maschinen auf vollen Touren laufen.

Wer das nicht gesehen hat, kann sich kein Bild davon machen, wie erschreckend dieses stete Heranbrausen von Reiterscharen auf den Zuschauer wirkt, auch wenn er weiß, daß es sich nur um eine Parade handelt. Ich beobachtete den Emir. Bis dahin hatte er nicht die Spur eines Zeichens von Erstaunen oder sonst etwas verraten; nun aber fingen seine Augen an, immer größer zu werden, und er nahm die Zügel vom Hals seines Pferdes auf und sah sich spähend um.

Einen Augenblick schien es so, als wolle er seinen Degen ziehen und sich durch die englischen Männer und Frauen, die in Wagen den Rand des Platzes besetzt hielten, durchschlagen. Dann stand die Attacke mit einem Ruck still, der Boden schütterte nicht mehr, die ganze Linie salutierte, und dreißig Kapellen fingen gleichzeitig an zu spielen. Das war das Ende der Truppenschau; die Regimenter rückten im Regen in ihre Quartiere ab, und eine Infanteriekapelle stimmte das Lied an:

Die Tiere rückten ab in Zweierreihn,
  Hurrah!
Die Tiere rückten ab in Zweierreihn,
Der Elefant und die Maulesel beim
Geschütz und zogen in die Arche ein,
  Denn vom Regen hatten sie genug.

Dann hörte ich einen alten angegrauten langhaarigen Häuptling aus Zentralasien, der mit dem Emir hergekommen war, einem Eingeborenen-Offizier Fragen stellen.

»Jetzt möcht' ich gern wissen«, sagte er, »auf welche Weise sie dieses Wunderwerk vollbracht haben.«

Und der Offizier antwortete: »Es war ein Befehl, und sie gehorchten.«

die Geschütze. Bei meinem Wort: Du und deine Kumpane, ihr habt das Lager gründlich aufgeweckt. Da muß einer schon ordentlich pieksen, um einen Ochsen auf die Beine zu bringen.«

Ich hörte eine Kette am Boden hinschleifen, und ein Joch der großen mürrischen Ochsen, die vor die schweren Belagerungsgeschütze gespannt werden und sie weiter nach vorn ziehen, wenn die Elefanten sich nicht näher an die Feuerlinie heranwagen, wankte schulterbreit heran; dahinter, fast mit den Hufen auf die Kette tretend, ein zweiter Maulesel, der aus Leibeskräften »Billy« schrie.

»Das ist einer von unseren Rekruten«, sagte der alte Maulesel zu dem Schwadronspferd. »Er ruft nach mir. Hier bin ich, Bübchen, hör auf mit Quäken. Die Dunkelheit hat noch nie einem Menschen etwas zuleide getan.«

Die Geschützochsen legten sich Seite an Seite nieder und fingen an wiederzukäuen; der junge Maulesel jedoch kuschelte sich eng an Billy: »Sachen«, sagte er, »furchtbar und entsetzlich, Billy. Sie kamen über unsere Linien während wir schliefen. Meinst du, sie wollen uns umbringen?«

»Ich hätte die größte Lust, mit dir eine Extratour zu reiten«, sagte Billy. »Man stelle sich vor: ein Vierzehner Leichtgeschütz-Maulesel mit deiner Ausbildung und macht der Batterie vor dem Herrn hier solche Schande.«

»Sachte, sachte«, versetzte das Schwadronspferd. »Denk daran, daß sie sich im Anfang immer so anstellen. Als ich zum ersten Mal einen Menschen erblickte (das war in Australien, als ich ein Dreijähriger war), lief ich einen halben Tag lang, und wenn ich ein Kamel gesehen hätte, wäre ich noch länger gelaufen.«

Fast alle unsere Pferde von der englischen Kavallerie werden von Australien nach Indien gebracht und von den Dragonern eigenhändig zugeritten.

»Nur zu wahr«, sagte Billy. »Hör auf zu bibbern, Bübchen. Als sie mir zum ersten Mal das ganze Geschirr mit all seinem Kettenkram auf den Rücken packten, stand ich auf meinen Vorderbeinen und trat jedes Stück einzeln herunter. Ich hatte damals die Kunst des Tretens noch nicht so ganz heraus, aber die Batterie sagte, es sei ein einmaliges Schauspiel gewesen.«

»Aber hier war es nicht das Geschirr oder sonst etwas, das

klirrte«, sagte der junge Maulesel. »Du weißt, Billy, daß mir das heute nichts mehr ausmacht. Es waren große Dinger wie Bäume, und sie fielen die ganze Reihe entlang auf und ab und gurgelten; und mein Kopfhalfter riß entzwei, und ich konnte meinen Treiber nicht finden und konnte dich nicht finden, Billy – so rannte ich los – mit diesen Herren da.«

»Hm«, sagte Billy. »Als mir zu Ohren kam, die Kamele seien los, habe ich mich auf eigene Faust ganz gemächlich davongemacht. Wenn aber eine Batterie – ein Maulesel vom Schraubgeschütz – Zugochsen mit ›Herr‹ betitelt, muß er ganz schön durcheinander sein. Wer seid ihr Kerle da unten am Boden?«

Die Geschützochsen malmten ihr Wiedergekäutes und antworteten beide zu gleicher Zeit: »Das siebente Joch vom ersten Geschütz der Schweren Batterie. Wir lagen im Schlaf, als die Kamele kamen; als man aber anfing, auf uns herumzutrampeln, standen wir auf und gingen fort. Besser, man liegt geruhsam im Schlamm als belästigt auf einer guten Streu. Wir haben deinem Freund hier gesagt, es sei kein Grund zum Fürchten da, aber er war so gescheit, daß er sich eine andere Meinung bildete. Wah!«

Sie fuhren mit Kauen fort.

»Das kommt davon, wenn man Angst hat«, sagte Billy. »Die Geschützochsen lachen dich aus. Das schmeckt dir hoffentlich, Bübchen.«

Der junge Maulesel knirschte mit den Zähnen, und ich hörte ihn etwas sagen wie: ihm sei an keinem zähen alten Ochsen der Welt etwas gelegen, aber die Ochsen stießen nur klappernd mit den Hörnern zusammen und kauten weiter vor sich hin.

»Jetzt sei nicht auch noch zornig, *nachdem* du Angst hattest: das ist die schlimmste Art von Feigheit«, sagte das Schwadronspferd. »Man kann es, meine ich, keinem verdenken, wenn er sich in der Nacht vor etwas entsetzt, was er nicht versteht. Wir sind aus unseren Gehegen wieder und wieder ausgebrochen, einhundertundfünfzig an der Zahl, nur weil uns ein frisch eingetroffener Rekrut mit Geschichten von Peitschenschlangen daheim in Australien traktierte, so daß wir schließlich vor den losen Enden unserer Kopfhalfter tödlich erschraken.«

»Im Lager mag das angehen«, sagte Billy. »Ich kann mich selber nicht davon freisprechen, daß mich die Lust ankommt, aus purem Spaß herumzupreschen, wenn ich einen oder zwei Tage nicht herausgekommen bin; aber wie hältst du es im aktiven Dienst?«

»Oh, das ist ein ganz anderes Paar Schuhe«, sagte das Schwadronspferd. »Dick Cunliffe sitzt dann auf meinem Rücken und bohrt die Knie in mich hinein, und ich habe bloß darauf zu achten, daß ich meine Hufe an die richtige Stelle setze, die Hinterbeine ordentlich unter mir habe und zügelfromm bin.«

»Was heißt denn das: zügelfromm?«, sagte der junge Maulesel. »Bei allen Wettern vom Hinterhuf«, schnarrte das Schwadronspferd, »soll das etwa bedeuten, daß man euch in eurem Dienst nicht beigebracht hat, was zügelfromm ist? Was in aller Welt willst du denn anfangen, wenn du nicht im Nu auf der Stelle herumwirbeln kannst, sobald der Zügel auf deinen Hals drückt? Es bedeutet Leben oder Tod für deinen Mann, und natürlich Leben und Tod auch für dich. Du verstellst unter dir die Hinterbeine, sobald du den Zügel am Hals spürst. Wenn du keinen Platz hast, die Vorderhand herumzuwerfen, bäumst du dich ein klein wenig auf und machst auf den Hinterbeinen eine halbe Kehrtwendung. Das heißt zügelfromm sein.«

»Wir werden nicht in dieser Form ausgebildet«, sagte Billy, der Maulesel, frostig. »Uns bringt man bei, dem Mann zu gehorchen, der neben unserem Kopf steht: lostreten auf Befehl und anhalten auf Befehl. Ich nehme an, es läuft auf dasselbe hinaus. Na gut: Ihr tänzelt also hin und her und bäumt euch auf, was euren Hinterhaxen nicht wenig zusetzen mag; aber was *tut* ihr eigentlich?«

»Das hängt davon ab«, sagte das Schwadronspferd. »Im allgemeinen muß ich in einen Haufen struppiger Männer mitten hinein, Männer, die gellend schreien und Messer schwingen – lange, blitzblanke Messer, schlimmer als die Messer des Pferdedoktors – und muß darauf achten, daß Dicks Stiefel den Stiefel des Nebenmanns berührt, ohne ihn zu quetschen. Ich kann Dicks Lanze zur Rechten vor meinem rechten Auge sehen und weiß dadurch, daß ich sicher bin. Ich möchte nicht an der Stelle von Mann oder Pferd sein, die

Dick und mir in die Quere geraten, wenn wir es eilig haben.«

»Tun die Messer denn nicht weh?« sagte der junge Maulesel.

»Nun ja, ich bekam einmal einen Schnitt quer über die Brust, aber daran war Dick nicht schuld.«

»Einen Dreck hätte ich mich darum geschert, wer daran schuld war, wenn es weh getan hätte«, sagte der junge Maulesel.

»Du mußt aber«, sagte das Schwadronspferd. »Wenn du deinem Mann nicht vertraust, kannst du ebensogut gleich davonlaufen. Einige unserer Pferde tun das auch, und ich verüble es ihnen nicht. Wie gesagt: Dick war nicht schuld daran. Der Mann lag am Boden, und ich streckte mich, um nicht auf ihn zu treten, und er versetzte mir von unten herauf einen Hieb. Wenn ich wieder einmal über einen am Boden liegenden Mann hinweg muß, werde ich auf ihn treten – und zwar fest.«

»Hm«, sagte Billy, »das hört sich ganz verrückt an. Messer sind unter allen Umständen ein verflixtes Zeug. Das Richtige ist: Man klettert einen Berg hinauf, mit einer gut ausgewogenen Sattellast, klammert sich an den Hang mit allen vier Beinen und den Ohren obendrein und kriecht und krabbelt und schaukelt seines Wegs, bis man auf einer Höhe von vielen tausend Fuß keinen mehr über sich hat und auf einem Gratweg steht, wo gerade für deine vier Hufe Platz ist. Da hältst du an und bist ganz still – verlange nie von einem Mann, daß er dich am Kopfzeug hält, Bübchen – bist also ganz still, während die Geschütze zusammengesetzt werden, und siehst dann zu, wie die kleinen spritzenden Granaten fern in der Tiefe in die Baumwipfel einschlagen.«

»Stolpert ihr denn nie?« fragte das Schwadronspferd.

»Daß ein Maultier stolpert, sagt man, heißt soviel wie einer Henne das Ohr aufschlitzen«, sagte Billy. »Ab und an mag es vielleicht einmal vorkommen, daß ein schlecht gepackter Sattel einen Maulesel aus dem Takt bringt, aber das geschieht äußerst selten. Ich wünschte, ich könnte dir zeigen, wie es bei uns zugeht. Es ist herrlich. Und denk dir: Drei Jahre habe ich gebraucht, ehe ich herauskriegte, worauf es den Männern in erster Linie ankam. Die Kunst besteht darin, sich nie vor der Horizontlinie aufzubauen, weil man, sowie man es tut, beschossen wird. Denk daran, Jüngelchen. Immer so weit wie irgend möglich in Deckung bleiben, auch wenn du einen meilenweiten Umweg machen mußt. Ich führe die Batterie an, wenn es zu einer solchen Kletterei kommt.«

»Beschossen werden ohne die Chance, in die Leute, die schießen, hineinzusprengen«, sagte das Schwadronspferd, angestrengt nachdenkend, »ich könnte das nicht aushalten. Ich würde darauf brennen zu attackieren, mit Dick.«

»Oh, keineswegs: das würdest du nicht. Du weißt, sobald die Geschütze in Stellung gebracht sind, daß sie für die Attacke voll und ganz aufkommen. Das ist wissenschaftlich und sauber; aber Messer – puh!«

Das Lastkamel hatte schon die ganze Zeit seinen Kopf hin- und hergewiegt, eifrig bestrebt, ein Wort in die Unterhaltung einzukeilen. Jetzt hörte ich es nach einem Räuspern mit nervöser Überstürzung sagen:

»Ich – ich – ich habe auch ein bißchen gekämpft, aber nicht in diesem Kletter- oder Laufstil.«

»Nein. Wenn du schon selber darauf zu sprechen kommst«, sagte Billy, »nach Klettern und Laufen siehst du mir nicht gerade aus. Na, wie war denn das, alter Heusack?«

»Wie es die Regel ist«, sagte das Kamel. »Wir alle setzten uns hin . . .«

»Bei meinem Schwanzriemen und Brustschild«, sagte das Schwadronspferd atemlos verwundert, »Ihr setztet euch hin?«

»Wir setzten uns hin – wir waren hundert«, fuhr das Kamel fort, »in einem großen Karree, und außen am Rand des Karrees häuften die Männer unsere Lasten und Sättel auf und feuerten über unseren Rücken hinweg – die Männer, auf allen Seiten des Karrees.«

»Was waren das für Männer? Irgendwelche Männer, die gerade vorbeikamen?« sagte das Schwadronspferd. »In der Reitschule bringen sie uns auch bei, wie man sich niederlegt, und lassen unsere Herren über uns hinwegfeuern, aber Dick Cunliffe ist der einzige Mann, dem ich es zutrauen würde. Es kitzelt mich in den Weichen, und außerdem kann ich nichts sehen, wenn ich den Kopf am Boden habe.«

»Was liegt daran, wer über dich hinwegschießt«, sagte das Kamel. »Es sind Männer genug da und Kamele genug dicht neben dir, und eine ganze Menge Rauchwolken. Ich habe dann keine Angst. Ich sitze still da und warte.«

»Und bei alldem«, sagte Billy, »träumt ihr schlechte Träume und bringt bei Nacht das Lager durcheinander. Ei ei! Ehe ich mich niederlegte – vom Sitzen gar nicht zu reden – und ließe einen Mann über mich wegfeuern, hätten meine Hacken und sein Kopf sich allerhand zu erzählen. Hat man je etwas so Gräßliches gehört?«

Ein langes Schweigen trat ein. Dann hob einer der beiden Zugochsen seinen dicken Kopf auf und sagte: »Das ist allerdings ganz verrückt. Es gibt nur eine Art zu kämpfen.«

»Na, schieß los«, sagte Billy. »Bitte, sei mir nicht böse, aber ich nehme an, ihr Burschen stellt euch beim Kämpfen auf die Schwänze.«

»Es gibt nur eine Art«, sagten die beiden zusammen (sicher waren es Zwillinge), »und die sieht so aus: Man spannt uns, alle zwanzig Joch zusammen, vor das große Geschütz, sobald Zweischwanz trompetet« (Zweischwanz ist Lagerslang und meint den Elefanten).

»Weshalb trompetet denn Zweischwanz?« fragte der junge Maulesel.

»Zum Zeichen, daß er auf den Rauch gegenüber keinen Schritt weiter zugehen will. Zweischwanz ist ein großer Feigling. Dann ziehen wir alle zusammen das große Geschütz. Heia! – Holla! Heiah! Hollah! Wir klettern nicht wie die Katzen und laufen nicht wie die Kälber. Wir gehen über die flache Ebene, zwanzig Joch hintereinander, bis man uns ausjocht, und wir grasen, während die großen Kanonen über das Vorland hinweg mit irgendeiner Stadt hinter Lehmmauern sprechen, und Stücke der Mauer fallen heraus, und der Staub wölkt auf, wie wenn viel Vieh heimwärts zöge.«

»Ach! Und diese Zeit benutzt ihr, um zu grasen?« fragte der junge Maulesel.

»Diese oder eine andere Zeit. Essen ist immer gut. Wir essen, bis man uns wieder unter das Joch schirrt, und ziehen das Geschütz bis dorthin, wo Zweischwanz seiner wartet. Manchmal sind in der Stadt große Kanonen, die Widerworte geben, und ein paar von uns werden getötet; dann ist für die übrigen desto mehr Weide zum Grasen da. Das ist Schicksal – nichts wie Schicksal. Und doch ist Zweischwanz ein großer

Feigling. Das ist die richtige Art zu kämpfen. Wir sind Brüder aus Hapur. Unser Vater war ein heiliger Bulle Schiwas. Wir haben gesprochen.«

»Na, jedenfalls habe ich heute etwas dazugelernt«, sagte das Schwadronspferd. »Wandelt euch Herren von der Schraubgeschütz-Batterie die Eßlust an, wenn auf euch mit schwerem Geschütz gefeuert wird und Zweischwanz hinter euch ist?«

»Ungefähr so wenig wie die Lust, uns hinzusetzen und Männer sich auf uns rekeln zu lassen oder in Leute mit Messern hineinzulaufen. Von dergleichen Zeug habe ich nie gehört. Ein Berggrat, ein richtig ausgewogener Sattel, ein Treiber, bei dem man sicher sein kann, daß er einen den Weg allein austüfteln läßt, und ich stehe als Maulesel zu Diensten. Aber all das andere – nein!« sagte Billy, mit dem Fuß aufstampfend.

»Natürlich«, sagte das Schwadronspferd, »nicht jeder ist aus dem gleichen Holz geschnitzt. Ich kann mir auch sehr gut vorstellen, daß man in deiner Familie väterlicherseits eine ganze Menge Sachen nicht verstehen würde.«

»Laß meine Familie väterlicherseits aus dem Spiel«, sagte Billy wütend, denn jedes Maultier haßt es, daran erinnert zu werden, daß sein Vater ein Esel war. »Mein Vater war ein Herr aus südlichen Landen, und jedes Pferd, das ihm über den Weg kam, hätte er auf den Rücken legen, zusammentreten und in Fetzen reißen können. Laß dir das gesagt sein, du dicker brauner Brumby.«

Unter »Brumby« versteht man ein Wildpferd ohne jede Schulung. Man stelle sich die Gefühle Sunols am Sonnenwagen vor, den ein Karrenpferd mit »Klepper« betitelt hätte, so hat man eine Vorstellung davon, wie dem Australierpferd zumute war. Ich sah das Weiße in seinem Auge im Dunkeln glitzern.

»Laß dir sagen, du Sohn eines importierten Malagaesels«, schnaubte er zwischen den Zähnen hervor, »daß ich von Mutterseite her mit Carbine, dem Gewinner des Melbourne-Pokals, verwandt bin; da, wo ich herstamme, ist es nicht üblich, sich von einem plappermäuligen Saukopf von Maulesel einer kindischen Knallerbsen-Batterie anpöbeln zu lassen. Bist du bereit?«

»Los, auf die Hinterbeine«, kreischte Billy. Sie bäumten beide voreinander auf, und ich war auf einen wilden Strauß gefaßt, als eine rollende polternde Stimme aus der Dunkelheit zur Rechten rief: »Kinder, was soll die Rauferei da drüben? Seid still!«

Die beiden Kämpfer ließen sich mit einem unwilligen Schnauben wieder nach vorne fallen, denn weder Pferd noch Maulesel können den Laut einer Elefantenstimme ertragen.

»Das ist Zweischwanz«, sagte das Schwadronspferd. »Ich kann ihn nicht ausstehen. Ein Schwanz vorne und einer hinten: das ist nicht in Ordnung.«

»Genau mein Empfinden«, sagte Billy, indem er sich gemeinschaftsuchend an das Schwadronspferd drängte. »In gewissen Dingen gleichen wir uns doch sehr.«

»Ich nehme an, das haben wir von unseren Müttern geerbt«, sagte das Schwadronspferd. »Es lohnt sich nicht, miteinander zu zanken. He, Zweischwanz, bist du festgemacht?«

»Jawohl«, sagte Zweischwanz mit einem Lachen, das seinen Rüssel in ganzer Länge erschütterte. »Heute nacht habt ihr mir's aber gesteckt. Ich habe gehört, was ihr Burschen miteinander gesprochen habt. Aber seid ohne Furcht. Ich komme nicht zu euch hinüber.«

Die Ochsen und das Kamel sagten halblaut: »Vor Zweischwanz Angst haben – welch ein Unsinn!« Und die Ochsen fuhren fort: »Es tut uns leid, daß du es gehört hast, aber es ist die Wahrheit. Zweischwanz, warum hast du Angst vor den Geschützen, wenn sie feuern?«

»Je nun«, sagte Zweischwanz, indem er ein Hinterbein am anderen scheuerte, genau so wie ein kleiner Junge, der ein Gedicht aufsagt, »ich weiß nicht recht, ob ihr mich verstehen könnt.«

»Das können wir nicht, aber wir müssen die Geschütze ziehen«, sagten die Ochsen.

»Das weiß ich wohl, und ich weiß auch, daß ihr ein gut Teil tapferer seid, als ihr selber wißt. Aber bei mir ist das etwas anderes. Mein Batterieführer hat mich kürzlich einen Pachydermo-Anachronismus genannt.«

»Das ist wohl eine besondere Kampfart, wenn ich recht verstehe«, sagte Billy, der sich von seinem Schreck erholte.

»Ihr wißt natürlich nicht, was das bedeutet, aber ich weiß

es. Es bedeutet halbwegs und zwischendrin, und das ist genau der Punkt, auf dem ich stehe. Ich kann in meinem Kopf drinnen sehen, was geschehen wird, wenn eine Granate krepiert, und das könnt ihr Ochsen nicht.«

»Ich kann es«, sagte das Schwadronspferd. »Ein ganz klein wenig immerhin. Ich versuche, nicht darüber nachzudenken.«

»Ich kann mehr sehen als ihr, und ich denke darüber nach. Ich weiß, daß viel von mir da ist, worauf ich Obacht geben muß, und ich weiß auch, daß keiner mich zu pflegen versteht, wenn ich krank werde. Das einzige, was sie tun, ist, daß sie meinem Treiber die Löhnung sperren, bis ich wieder wohlauf bin, und auf meinen Treiber kann ich mich nicht verlassen.«

»Ach so«, sagte das Schwadronspferd, »das erklärt die Sache. Ich kann mich auf Dick verlassen.«

»Ihr könntet mir ein ganzes Regiment von Dicks auf den Rücken setzen, ohne daß ich mich eine Spur wohler fühlte. Ich weiß gerade soviel, daß mir unbehaglich zumute ist, aber nicht genug, um trotzdem loszumarschieren.«

»Das verstehen wir nicht«, sagten die Ochsen.

»Ich weiß, daß ihr es nicht versteht. Ich spreche auch gar nicht mit euch. Ihr wißt auch nicht, was Blut ist.«

»Das wissen wir schon«, sagten die Ochsen. »Es ist rotes Zeug, das in den Boden einsickert und riecht.«

Das Schwadronspferd schlug aus, bäumte und schnaubte.

»Sprecht nicht darüber«, sagte es. »Ich habe den Geruch in der Nase, wenn ich nur daran denke. Es macht mir Lust davonzulaufen, wenn ich nicht Dick auf dem Rücken habe.«

»Aber es ist doch gar keins da«, sagten das Kamel und die Ochsen. »Warum seid ihr so blöd?«

»Es ist ein scheußliches Zeug«, sagte Billy. »Es macht mir gerade keine Lust davonzulaufen, aber ich habe keine Lust, davon zu sprechen.«

»Da seid ihr ja auf dem gleichen Punkt«, sagte Zweischwanz, indem er seinen Schwanz erklärend schwenkte.

»Gewiß doch! Wir sind hier schon die ganze Nacht über«, sagten die Ochsen.

Zweischwanz stampfte mit dem Fuß auf, bis der Eisenring daran klirrte. »Ach, mit euch spreche ich doch gar nicht. Ihr könnt in euren Kopf nicht hineinsehen.«

»Nein. Wir sehen aus unseren vier Augen«, sagten die Ochsen. »Wir sehen stracks vor uns hin.«

»Wenn ich das könnte und nichts außerdem, würdet ihr als Vorspann der großen Geschütze gar nicht gebraucht. Wenn ich wie mein Hauptmann wäre – der kann Dinge in seinem Kopf sehen, bevor die Schießerei anfängt, und er zittert am ganzen Körper, aber er weiß zuviel, um sich aus dem Staub zu machen – wenn ich wie er wäre, könnte ich auch die Geschütze ziehen. Aber wenn ich so grundgescheit wäre, dann wäre ich gar nicht erst hierhergekommen. Dann wäre ich heute ein König der Wälder, wie ich's vordem gewesen bin, und schliefe den halben Tag über und badete, wenn es mir paßte. Seit einem Monat habe ich kein ordentliches Bad mehr gehabt.«

»Das ist alles gut und schön«, sagte Billy, »aber mit einem langen Namen macht man eine Sache nicht besser.«

»Pscht!«, sagte das Schwadronspferd. »Ich glaube, ich verstehe, was Zweischwanz meint.«

»Wart einen Augenblick, dann wirst du es noch besser verstehen«, sagte Zweischwanz ärgerlich. »Erkläre mir doch einmal, warum du das nicht leiden magst.«

Er fing an zu trompeten, so gellend es seine Trompetenstimme nur irgend hergab.

»Hör auf damit«, sagten Billy und das Schwadronspferd wie aus einem Munde, und ich konnte hören, wie sie stampften und schauderten. Das Trompeten eines Elefanten ist immer scheußlich, zumal bei dunkler Nacht.

»Ich denke gar nicht daran aufzuhören«, sagte Zweischwanz. »Bitte: wollt ihr mir das erklären: Hrmp! Rrrt! Rrrrmph! Rhaaa!« Dann hielt er plötzlich inne. Ich hörte im Dunkeln ein leises Winseln und wußte, daß Vixen mich zu guter Letzt doch noch gefunden hatte. Sie wußte so gut wie ich, daß ein Elefant sich vor nichts in der Welt so sehr fürchtet wie vor einem kleinen bellenden Hund; deshalb verbellte sie zunächst einmal Zweischwanz in seinem Pflockgehege und umkreiste jappend seine dicken Füße. Zweischwanz scharrte und wimmerte: »Mach dich fort, kleiner Hund«, sagte er. »Schnuppere nicht an meinen Knöcheln herum, oder ich geb' dir einen Tritt. Braver kleiner Hund, liebes kleines Wauwauchen! Scher dich fort, du kläffendes Biest! Oh, warum nimmt ihn denn keiner weg? Im nächsten Augenblick wird er mich beißen.«

»Mir kommt es so vor«, sagte Billy zu dem Schwadronspferd, »als hätte unser Freund Zweischwanz vor allem möglichen Angst. Na, wenn ich für jeden Hund, dem ich auf dem Paradeplatz einen Tritt versetzt habe, eine volle Mahlzeit bekommen hätte, dann wäre ich heute bald so fett wie Zweischwanz.«

Ich pfiff, und Vixen lief zu mir hin, mit Schlamm über und über bedeckt; sie beleckte meine Nase und erzählte mir eine lange Geschichte, wie sie im ganzen Lager nach mir gestöbert hätte. Ich habe sie nie merken lassen, daß ich die Tiersprache verstehe, sonst hätte sie sich mir gegenüber alle möglichen Freiheiten erlaubt. So knöpfte ich sie nur an meiner Brust unter die Jacke, und Zweischwanz scharrte und stampfte und brummte bei sich selber:

»Ungewöhnlich! Überaus ungewöhnlich! Es liegt bei uns in der Familie. Jetzt möchte ich nur wissen, wo das scheußliche kleine Ding hingekommen ist.«

Ich hörte ihn mit seinem Rüssel umhertasten.

»Wir haben, wie es scheint, jeder seine besondere Empfindlichkeit«, fuhr er fort, indem er durch die Nase ausschnaubte. »Sie, meine Herren, waren – so kam es mir vor – in Aufregung, als ich trompetete.«

»In Aufregung nicht gerade«, sagte das Schwadronspferd, »aber ich hatte ein Gefühl dabei, als hätte ich Hornissen an der Stelle, wo der Sattel hingehört. Fang nicht wieder damit an.«

»Mich erschreckt ein kleiner Hund, und das Kamel da läßt sich von schlimmen Träumen bei Nacht in Angst jagen.«

»Es trifft sich für uns sehr glücklich, daß wir nicht jeder auf die gleiche Art kämpfen müssen«, sagte das Schwadronspferd.

»Was ich wissen möchte«, sagte der junge Maulesel, der lange Zeit still gewesen war, »was *ich* gern wissen möchte, ist: Warum müssen wir überhaupt kämpfen?«

»Weil es von uns so verlangt wird«, sagte das Schwadronspferd mit einem verächtlichen Schnauben.

»Befehl«, sagte Billy, der Maulesel, und seine Zähne klappten aufeinander.

»Hukm hai[1]*!«* sagte das Kamel mit einem Grunzlaut; und Zweischwanz und die Ochsen echoten: *»Hukm hai!«*

»Ja, aber wer erteilt den Befehl?« sagte der junge Rekrut.

»Der Mann, der neben deinem Kopf geht – oder auf deinem Rücken sitzt – oder dich am Nasenring hält – oder deinen Schwanz herumdreht«, sagten Billy, das Schwadronspferd, das Kamel und die Ochsen einer nach dem anderen.

»Aber wer gibt ihnen den Befehl?«

»Jetzt fragst du mehr, als du zu wissen brauchst, Bübchen«, sagte Billy. »Auf die Weise trittst du dir selber auf die Hakken. Du hast nichts weiter zu tun als dem Mann bei deinem Kopf zu gehorchen und keine Fragen zu stellen.«

»Er hat ganz recht«, sagte Zweischwanz. »Ich kann nicht allezeit gehorchen, weil ich halbwegs und zwischendrin bin; aber Billy hat recht. Dem Mann, der dir zunächst steht und der die Befehle erteilt, mußt du gehorchen; sonst hältst du die ganze Batterie auf, ganz abgesehen von der Tracht Prügel, die du beziehst.«

Die Zugochsen erhoben sich, um fortzugehen. »Der Morgen kommt herauf«, sagten sie. »Wir wollen zurück in unsere Stellung. Es stimmt, daß wir nur mit unserem Paar Augen sehen, und sehr gewitzt sind wir auch nicht; aber trotzdem waren wir heute nacht die einzigen, die keine Angst hatten. Gute Nacht, ihr tapferes Volk.«

Niemand gab Antwort, und das Schwadronspferd sagte, um das Gesprächsthema zu wechseln: »Wo ist denn der kleine Hund? Wo ein Hund ist, da ist auch ein Mensch in der Nähe.«

»Hier bin ich«, kläffte Vixen, »unterm Lafettenschwanz mit meinem Herrn. Du dickes tolpatschiges Biest von einem Kamel – du, du hast unser Zelt umgeworfen. Mein Herr ist sehr zornig.«

»Pah«, sagten die Ochsen. »Es muß ein Weißer sein.«

»Natürlich ist er das«, sagte Vixen, »habt ihr etwa gemeint, daß sich ein schwarzer Ochsentreiber meiner annimmt?«

»Huah! Uach! Ugh!« sagten die Ochsen. »Nur rasch fort!« Sie stapften im Schlamm vorwärts und brachten es irgendwie fertig, daß sie mit ihrem Joch gegen die Deichsel eines Munitionswagens rannten und es daran verklemmten.

1. Es ist ein Befehl.

»Jetzt seid ihr soweit«, sagte Billy gelassen. »Strampelt euch nicht weiter ab! Hier bleibt ihr hängen, bis heller Tag ist. Was in aller Welt ist denn los?«

Die Ochsen brachen in das langgezogene schnaufende Gebrüll aus, wie es indisches Vieh an sich hat, und drückten und drängelten und krebsten und stampften und glitschten und stürzten beinahe in dem Schlamm unter heftigem Prusten.

»Ihr brecht euch noch das Genick, wenn ihr so weitermacht«, sagte das Schwadronspferd. »Was soll mit den Weißen denn los sein? Ich lebe bei ihnen.«

»Sie – fressen – uns. Zieh!« sagte der Ochse, der zunächst stand. Das Joch brach mit einem Knall entzwei, und sie trotteten miteinander fort.

Ich war vorher nie darauf gekommen, warum indische Ochsen sich vor Engländern so unmäßig entsetzen. Wir essen Rindfleisch – eine Kost, die kein Viehtreiber anrühren würde – und natürlich ist das nicht nach dem Geschmack des Viehs.

»Durchgepeitscht will ich sein mit meinen eigenen Lastketten. Wer hätte gedacht, daß die beiden Dicksäcke so aus dem Häuschen geraten würden«, sagte Billy.

»Macht nichts. Ich will mir diesen Mann einmal ansehen. Weiße Männer haben – soviel ist mir bekannt – fast immer etwas in ihrer Tasche«, sagte das Schwadronspferd.

»Dann laß dich nicht aufhalten: ich gehe. Ich kann nicht behaupten, daß ich ihnen besonders gewogen bin. Außerdem sind weiße Männer, die keinen Schlafplatz haben, mit hoher Wahrscheinlichkeit Diebe, und ich trage auf meinem Rücken eine ansehnliche Portion Regierungseigentum. Los, mach dich fertig, junger Mann, wir gehen in unsere Stellung zurück. Gute Nacht, Australia! Sehe dich bei der Parade morgen, nehme ich an. Gute Nacht, alter Heusack. Versuche, deine Gefühle ein bißchen im Zaum zu halten, verstanden? Gute Nacht, Zweischwanz! Wenn du morgen auf dem Exerzierplatz an uns vorbeikommst, laß dir nicht einfallen zu trompeten: das verdirbt die Formation.«

Billy, der Maulesel, stapfte mit dem wiegenden Stelzschritt eines altgedienten Landsers ab, während der Kopf des Schwadronspferds schnuppernd in meinen Rockausschnitt fuhr und ich ihm Biskuits gab; währenddessen flunkerte ihm

Vixen, dieses ungemein verschlagene Hündchen, etwas von den vielen, vielen Pferden vor, die wir beide, sie und ich, hätten.

»Ich werde morgen in einem Dogcart zur Parade kommen«, sagte sie. »Wo wirst du sein?«

»Auf dem linken Flügel der zweiten Schwadron. Ich gebe für den ganzen Zug den Schritt an, kleine Dame«, sagte das Pferd höflich. »Jetzt muß ich mich bei Dick einfinden. Mein Schweif ist ganz verdreckt, und er wird zwei Stunden lang saure Mühe haben, mich für die Parade herzurichten.«

Die große Parade, an der insgesamt dreißigtausend Mann teilnahmen, wurde am Nachmittag des gleichen Tages abgehalten. Ich und Vixen, wir hatten einen guten Platz ganz in der Nähe des Vizekönigs und des Emirs von Afghanistan. Dieser trug seinen hohen Riesenhut aus Astrachanwolle mit dem großen Diamantstern in der Mitte. Der erste Teil der Truppenschau war eitel Sonnenschein, und die Regimenter zogen Welle auf Welle vorbei mit gleichmäßig schwingenden Beinen und schnurgerade ausgerichteten Gewehrläufen, so daß es am Ende vor unseren Augen flimmerte. Dann marschierte die Kavallerie auf, zu dem schönen Marsch Bonnie Dundee, und Vixen spitzte auf dem Dogcart die Ohren. Die zweite Schwadron Dragoner sprengte vorbei, und da war auch das Schwadronspferd mit seinem Schweif wie gesponnene Seide, den Kopf eingezogen vor der Brust, ein Ohr vornüber, das andere zurückgelegt, das dem ganzen Zug den Schritt angab und die Beine so geschmeidig laufen ließ wie Walzermusik. Dann zogen die schweren Geschütze auf, und ich sah Zweischwanz und zwei weitere Elefanten, die in einer Reihe vor eine Vierzigpfünder-Feldhaubitze gespannt waren, während zwanzig Joch Ochsen hinterdrein schritten. Das siebente Paar hatte ein neues Joch und die beiden sahen ziemlich steif und müde aus. Zum Schluß kamen die Schraubgeschütze, und Billy, der Maulesel, trug eine Miene zur Schau, als befehlige er die Truppen insgesamt, und sein Geschirr war geölt und blankgerieben, daß einem die Augen weh taten. Ich brachte im stillen ein Hoch auf Billy, den Maulesel, aus, er aber sah weder nach rechts noch nach links.

Es fing von neuem an zu regnen, und eine ganze Zeit war

»Aber sind die Tiere denn so gescheit wie die Menschen?« sagte der Häuptling.

»Sie gehorchen, so wie die Männer gehorchen. Ob Maulesel, Pferd, Elefant oder Ochse: sie gehorchen ihrem Treiber, und der Treiber seinem Sergeanten, und der Sergeant seinem Leutnant, und der Leutnant seinem Hauptmann, und der Hauptmann seinem Obersten, und der Oberst dem Oberstleutnant, der das Kommando über drei Regimenter hat, und der Oberstleutnant seinem General, der dem Vizekönig gehorcht, der wiederum der Herrscherin unmittelbar untersteht. So wird das gemacht.«

»Wollte der Himmel, es würde auch in Afghanistan so gemacht«, sagte der Häuptling, »denn dort gehorchen wir nur unserem eigenen Willen.«

»Und deswegen«, sagte der Eingeborenen-Offizier, indem er seinen Schnurrbart aufzwirbelte, »muß euer Emir, dem ihr nicht gehorcht, hierherkommen, um vom Vizekönig Befehle entgegenzunehmen.«

Kipling
Dunkles Indien

Rudyard Kipling

Dunkles Indien

Erzählungen

Ins Deutsche übertragen von
Gustav Meyrink

List Verlag
München · Leipzig

Die Redaktion der Gesamtausgabe von 1965, auf der diese Ausgabe beruht, besorgte Dr. Johannes Gottwald.

Bei indischen Wörtern und Namen wurde weitgehend
die englische Schreibung beibehalten, um das Lokalkolorit
Kolonial-Indiens und die Sprachatmosphäre Kiplings
möglichst zu bewahren.
Soweit diese Wörter jedoch im Deutschen als Fremdwörter
ihren festen Platz haben
(etwa Radscha, Hadschi, Kaschmir, Krischna)
wurden sie in deutscher Form wiedergegeben.

Sonderausgabe 1993

ISBN 3-471-77990-6

Gesamtherstellung: Ebner, Ulm

Inhalt

Vorwort

Im Norden Indiens stand einst ein Kloster, genannt die Chubara des Dhunni Bhagat. Niemand weiß heute mehr, wer Dhunni Bhagat gewesen ist. Er hatte sein Leben gelebt, wie es eben jeder Hindu lebt, hatte ein bißchen Geld erworben und es, wie jeder gute Hindu tun soll, auf ein frommes Werk verwendet: eben jene Chubara.

Diese Chubara enthielt eine Menge gemauerter Zellen, deren Wände mit Bildern von Göttern, Königen und Elefanten bunt bemalt waren. Asketisch aussehende Priester pflegten darin zu sitzen und über die Letzten Dinge nachzudenken. Die Gänge waren mit Ziegeln gepflastert; die nackten Füße Tausender hatten sie zu Rinnsteinen ausgehöhlt. Grasbüschel wuchsen in ihren Ritzen, heilige Feigenbäume breiteten ihre Blätter aus über die Brunnenwinde, die den ganzen Tag über knarrte und ächzte, Scharen von Papageien schwirrten durch das Geäst, Krähen und Eichhörnchen waren zahm wie Haustiere; wußten sie doch, daß ihnen von den Priestern keinerlei Gefahr drohte!

Die wandernden Bettler, die Amulettverkäufer und heiligen Landstreicher auf hundert Meilen in der Runde machten die Chubara zu ihrem Unterkunfts- und Ruheplatz. Mohammedaner, Sikhs, Hindus, einträchtig gesellten sie sich zueinander unter den Bäumen – Greise alle mitsammen. – Wenn der Mensch sich dem Wegkreuz der großen Nacht nähert, erscheinen ihm die vielen, verschiedenen Glaubensformen der Welt wunderbar gleich und farblos.

Gobind, der Einäugige, erzählte mir dies alles. Er war ein heiliger Mann, hatte früher auf einer Insel inmitten des Flusses gelebt und zweimal am Tage die Fische mit Brotkrumen gefüttert. Wenn zur Zeit des Hochwassers aufgedunsene Leichen an den Strand getrieben kamen, sorgte Gobind dafür, daß sie pietätvoll begraben wurden – um der Ehre der Menschheit willen und auch mit Rücksicht auf seine eigene dereinstige Abrechnung mit Gott.

Als später eine Überschwemmung zwei Drittel der Insel wegspülte, kam Gobind über den Fluß hinüber in die Chubara des Dhunni Bhagat mit seinem kupfernen Trinkgefäß, das ihm am Brunnenseil befestigt um den Hals hing, mit seiner nägelbeschlagenen kurzen Armstütze, seiner Gebetrolle, seiner großen Pfeife, seinem Sonnenschirm, seiner hohen zukkerhutförmigen Kopfbedeckung mit der nickenden Pfauenfeder. – Er wickelte sich in seine, aus Flicken jeder Farbe und jedes Stoffes der Welt zusammengesetzte Decke, hockte sich in eine Ecke der friedvoll ruhigen Chubara, stützte den Arm auf seine kurze Krücke und erwartete den Tod. – Das Volk brachte ihm Nahrung und Sträußchen von Dotterblumen, und er gab ihnen seinen Segen dafür. – Er war fast blind und sein Gesicht über jede Beschreibung faltig, verrunzelt und durchfurcht, denn er hatte schon zu einer Zeit das Licht der Welt erblickt, als die Engländer noch nicht einmal auf fünfhundert Meilen an das Gebiet herangekommen waren, in der die Chubara des Dhunni Bhagat lag.

Als wir näher miteinander bekannt wurden, erzählte mir Gobind bisweilen Geschichten mit einer Stimme, dumpfrollend wie eine Holzbrücke, über die schwere Kanonen fahren. Es waren wirklich wahre Geschichten, aber unter zwanzig könnte man auch nicht eine in einem europäischen Buche drucken; die Europäer denken in anderer Weise als die Eingeborenen. Sie brüten über Dinge, die zu überdenken der Eingeborene sich Zeit läßt, bis der geeignete Moment eingetreten ist, und worauf sie nicht zwei Gedanken verwenden würden, darüber grübelt der Eingeborene stundenlang nach. – Wenn sie dann zu einer gemeinsamen Unterhaltung zusammentreffen – Eingeborene und Europäer – so starren sie einander verglast an, durch breite Klüfte des Mißverstehens getrennt.

»Und was ist dein ehrenwertes Gewerbe«, fragte mich eines Sonntagabends Gobind, »und womit erwirbst du dir dein tägliches Brot?«

»Ich bin«, sagte ich, »ein *Kerani* – einer, der mit der Feder auf Papier schreibt –, obgleich ich nicht im Dienste der Regierung stehe.«

»Was schreibst du also?« fragte Gobind. »Komm näher, denn ich kann dein Gesicht nicht sehen und das Tageslicht schwindet.«

»Ich schreibe von allen Dingen, die ich verstehe, aber auch von vielen Dingen, die ich nicht verstehe. Hauptsächlich schreibe ich über das Leben und über den Tod, von Männern und von Weibern und über Liebe und Schicksal, je nach dem Maß meiner Kraft, indem ich die Geschichten einer, zwei oder mehreren Personen in den Mund lege. – Dann werden die Geschichten verkauft, wenn Gott es zuläßt, und das Geld fließt mir zu, damit ich davon leben kann.«

»Ich verstehe«, sagte Gobind. »Dasselbe tut auch der Geschichtenerzähler in den Bazars, nur spricht er unmittelbar zu den Männern und Frauen und schreibt nichts auf. Wenn jedoch seine Geschichte die allgemeine Erwartung erregt hat und auf dem Punkte angelangt ist, wo dem Tugendhaften in der Schilderung Gefahr droht, dann unterbricht er sie plötzlich und verlangt Bezahlung, bevor er fortfährt. – Machst du es bei deinem Berufe ebenso, mein Sohn?«

»Ich habe gehört, daß es auch bei meinesgleichen so etwas Ähnliches gibt. Wenn eine Geschichte sehr lang ist, dann verkauft man sie in Abschnitten wie eine Melone.«

»Oh, ich war auch einmal ein berühmter Geschichtenerzähler«, sagte Gobind. »Damals, als ich auf der Landstraße zwischen Koshin und Etra bettelte, vor meiner letzten Pilgerfahrt nach Orissa. Oh, ich habe sehr viele Geschichten erzählt und noch viel mehr gehört, wenn wir des Abends nach langer Wanderung froh beisammen saßen. Ich trage die Gewißheit im Herzen, daß erwachsene Menschen so sind wie die Kinder, wenn es sich um Geschichten handelt; die ältesten Geschichten sind ihnen die liebsten.«

»Bei deinen Leuten ist das so«, sagte ich, »aber die Menschen meines Volkes wollen immer neue Geschichten und, wenn sie sie gelesen haben, dann stehen sie auf und sagen, so oder so geschrieben hätten sie ihnen besser gefallen; sie bezweifeln, ob sie auch wahr seien, oder sprechen geringschätzig von ihrer Erfindung.«

»O wie töricht!« rief Gobind und erhob seine runzlige Hand. »Eine Geschichte ist wahr, solange die Erzählung dauert. Und was das Schwätzen darüber betrifft – nun, du weißt ja, was Bilas Khan, der doch der König aller Geschichtenerzähler war, zu einem gesagt hat, der ihn in einem großen Unterkunftshause an der Straße nach Jhelum unterbrach und verspottete: – ›Fahr du jetzt fort, mein Bruder‹, sagte er, ›und vollende, was ich begonnen habe!‹ – Der Spötter nahm zwar den Faden der Erzählung auf, aber da er weder die Stimme noch die nötige Gabe besaß, blieb er stecken und mußte es sich gefallen lassen, daß ihn die Pilger die halbe Nacht hindurch verhöhnten und knufften.«

»Bei uns sind die Leute aber in ihrem Recht, da sie ja ihr Geld dafür hergeben. Man darf doch auch einem Schuster Vorwürfe machen, wenn die Schuhe nicht gut sind, die man bei ihm gekauft hat. Wenn ich wieder einmal ein Buch schreibe, sollst du es zu sehen kriegen und beurteilen.«

»Ja, ja, auch der Papagei sagte zu dem fallenden Baum: Warte, Bruder, bis ich eine Stütze hole«, sagte Gobind und lachte grimmig. »Gott hat mir bereits achtzig Jahre gegeben und noch ein paar darüber. Ich kann jetzt nur mehr auf Tage rechnen. Jeder Tag, der mir gewährt wird, ist eine Gnade. Du müßtest dich also recht sehr beeilen.«

»In welcher Weise gehe ich wohl am besten bei meinem Berufe vor«, fragte ich, »o du Fürst aller derer, die Perlen mit der Zunge aufreihen?«

»Wie kann ich das wissen?« Gobind dachte eine kleine Weile nach. »Doch warum sollte ich es auch nicht wissen! – Gott hat viele Köpfe gemacht, aber es gibt nur ein Herz in der ganzen Welt, bei deinen Leuten und bei meinen Leuten. Alle sind sie Kinder, wenn es sich um Geschichten handelt!«

»Ja, aber gerade Kinder können fürchterlich werden, wenn man ein Wort an die falsche Stelle setzt oder beim zweitenmal Erzählen auch nur um einen Deut abweicht.«

»Freilich! Das weiß ich! Habe ich doch auch einst solchen Kindern Geschichten erzählt; mach es so: –« Seine alten Augen ruhten versonnen auf den bunten Wandmalereien, der blauen und roten Kuppel und den flammenden Poinsettien im Hintergrund. »Erzähl ihnen zuerst von den Dingen, die du mit ihnen zusammen gesehen hast. Dann wird ihr eigenes Wissen das ergänzen, was du unvollständig läßt. Sodann erzähle ihnen, was du allein gesehen hast, dann, was du selber gehört hast, und dann – da sie ja alle Kinder sind – erzähl ihnen von Schlachten, von Königen, Pferden, Teufeln, Elefanten und Engeln; aber vergiß auch nicht, ihnen von Liebe und dergleichen zu erzählen. Die Erde ist voll von Geschichten für jemand, der hören kann und die Armen nicht von seiner Türe weist; die Armen sind die besten Geschichtenerzähler, denn sie müssen jede Nacht ihr Ohr an die Erde legen.«

Seit jenem Gespräch reifte der Stoff für mein Buch in meinem Kopf von Tag zu Tag, und Gobind erkundigte sich wiederholt und eingehend, welche Fortschritte es mache.

Nachdem wir uns Monate nicht mehr gesehen hatten, erhielt ich die Nachricht, daß ich verreisen müßte, und ging, Abschied von ihm zu nehmen.

»Ich komme heute, um dir Lebewohl zu sagen«, begann ich, »denn ich muß eine lange Reise unternehmen, Gobind.«

»Ich auch! Eine längere noch als du! Aber wie steht es mit dem Buch, mein Sohn?«

»Es wird rechtzeitig geboren werden, wenn es so sein soll.«

»Ich wollte, ich könnte es noch sehen«, sagte der alte Mann und kauerte sich unter seiner Decke zusammen. »Aber das wird nicht geschehen. Ich werde in drei Tagen sterben. Nachts. Kurz vor Sonnenaufgang. Die Zahl meiner Jahre ist reif.«

In neun Fällen unter zehn täuscht sich ein Eingeborener nicht über den Tag seines Todes. Er hat in dieser Hinsicht das Ahnungsvermögen eines Tieres.

»Dann wirst du in Frieden scheiden; deine Rede ist gute Rede, daß das Leben dir keine Freude ist.«

»Es ist schade, daß das Buch noch nicht geboren ist. Wie werde ich wissen, ob mein Name wirklich darin aufgezeichnet ist?«

»Ich verspreche dir, daß gleich am Anfang des Buches, allem andern voran, stehen soll, daß Gobind, der Saddhu, von der Insel im Flusse, und in Erwartung Gottes in der Chubara des Dhunni Bhagat, mir zuerst von dem Buche gesprochen hat«, sagte ich.

»Und seinen Rat dazu gegeben hat – den Rat eines alten Mannes – den Rat Gobinds, des Sohnes Gobinds, aus dem Dorfe Chumi im Kreis Karaon, im Distrikt Mooltan. Wird auch das darin stehen?« forschte der Greis.

»Auch das wird darin stehen.«

»Und das Buch wird über das Schwarze Wasser gehen bis in die Häuser der Leute deines Volkes, und alle Sahibs werden von mir wissen, der ich jetzt älter als achtzig Jahre bin?«

»Alle, die das Buch lesen, werden von dir wissen. Für die anderen kann ich nicht gutstehen.«

»Das ist gute Rede. Ruf sie alle herbei mit lauter Stimme, die im Kloster sind, damit ich es ihnen erzählen kann!«

Und sie kamen alle herbei, die Fakire, die Saddhus, die Sunnyasis, die Bairagis, die Nihangis und Mullahs, – Priester aller Religionen und in jedem Grade der Zerlumptheit. Gobind, auf seine Krücke gestützt, sprach zu ihnen mit einer Begeisterung, daß sie sämtlich von Neid erfüllt wurden, bis ein weißhaariger Greis ihn ermahnte, an sein Ende zu denken, anstatt an den vergänglichen Ruhm im Munde der Fremden.

Dann gab mir Gobind seinen Segen, und ich ging fort.

Die Geschichten, die ich in dem Buche bringe, habe ich an allen möglichen Orten gesammelt, habe sie gehört aus dem Munde so manchen Priesters in der Chubara, aus dem Munde Ala Yars, des Bildschnitzers, und Jiwun Singhs, des Schlossers – von Menschen ohne Namen, die ich auf Dampfern und in Eisenbahnzügen traf, von Weibern, die im Zwielicht vor ihren Hütten spannen, von Offizieren und Gentlemen, die längst tot und begraben sind; einige hat mir mein Vater auf den Weg mitgegeben, sie sind die besten.

Die bemerkenswertesten Geschichten kann ich hier nicht bringen – aus leichtbegreiflichen Gründen!

Die gespenstische Rikscha

Mögen böse Träume meine Lagerstätte meiden,
finstre Mächte mich in Ruhe lassen!
Abendhymne

Einige der wenigen Vorzüge, die Indien vor England genießt, bestehen in der Leichtigkeit, mit der man Bekanntschaften schließt. Schon nach fünfjähriger Dienstzeit kennt man zwei- bis dreihundert Zivilpersonen, die Offizier-Korps von zehn bis zwölf Regimentern und Batterien und etwa fünfzehnhundert Leute der nichtoffiziellen Kaste. Nach zehn Jahren können sich die Bekanntschaften verdoppelt haben, und nach zwanzig ist einem jeder Engländer im Kaiserreich geläufig – dem Namen nach oder von Angesicht zu Angesicht – und man kann reisen, wohin man will, und die Hotelrechnung schuldig bleiben.

Weltenbummler, die die Inanspruchnahme der Gastfreundschaft als ein ihnen zustehendes Recht betrachten, haben, wie ich an mir selbst des öfteren erfuhr, häufig auch das herzlichste Entgegenkommen schmählich mißbraucht; dennoch stehen jedem nach wie vor alle Türen offen, er sei denn ein Wildschwein oder ein räudiges Schaf. Unsere kleine Welt ist nachsichtig und hilfreich!

Vor ungefähr fünfzehn Jahren war ein gewisser Rickett aus Kamartha bei einem Manne namens Polder in Kumaon zu Gast. Er wollte nur zwei Tage bleiben, aber er erkrankte an einem rheumatischen Fieber, und sechs Wochen hindurch brachte er Polders Hauswesen in Unordnung, hielt ihn von seiner Arbeit ab und wäre bei einem Haar in Polders Bett gestorben. Polder benahm sich, als wäre er ihm in alle Ewigkeit verpflichtet, und schickt noch heute den kleinen Ricketts Jahr für Jahr eine Schachtel Spielzeug zu Weihnachten. Und ähnliches geschieht überall in Indien. Männer, die sonst nicht mit einer Meinungsäußerung zurückhalten, der oder jener sei ein unfähiger Esel – Frauen, die stets bei der Hand sind, beim Teeklatsch jemandes Charakter anzuschwärzen –, sie alle mühen sich ab bis zur Erschöpfung, wenn es gilt, einem Hilfsbedürftigen beizuspringen, zumal, wenn er krank ist.

Zum Beispiel Heatherlegh, der Arzt, hatte neben seiner Privatpraxis ein Hospital auf eigene Kosten errichtet; seine Freunde nannten es »eine Gruppe einzelnstehender Schachteln für Unheilbare«, aber in Wirklichkeit war es eine Schirmstätte und ein Zufluchtsort für Leute, deren Kräfte unter dem Klima allzu schwer gelitten hatten. Das Wetter in Indien ist oft unerträglich schwül und, da das Gewicht der täglich zu schleppenden »Ziegel« kein geringes ist und die einzige Erholung im Tagwerk lediglich darin besteht, Überstunden machen zu dürfen, ohne dafür bezahlt zu werden, so kommt es vor, daß Menschen gelegentlich zusammenbrechen oder im Kopf so wirr werden, wie die Metaphern in diesem Satz.

Heatherlegh ist der liebenswürdigste Arzt, der je gelebt hat. Sein immer sich gleichbleibendes Rezept für alle Kranken lautet: »Niedrig liegen, langsam gehen, ruhig bleiben.« Er behauptet, daß mehr Menschen an Überbürdung stürben, als die Wichtigkeit der Welt rechtfertigen könne. – Tatsache ist, daß ein gewisser Pansay, der vor drei Jahren ihm unter den Händen starb, an Überarbeitung zugrunde ging. Als Autorität ist Heatherlegh natürlich maßgebend, und er lacht über meine Ansicht, daß nicht Überbürdung, sondern vielmehr ein Knacks in Pansays Hirn, entstanden durch Eindringen eines bißchens aus der »Dunklen Welt«, die wahre Todesursache gewesen sei; »Pansay starb«, so sagt er, »lediglich an den Reizerscheinungen, die die Folge eines langen Urlaubs in Indien sind. Ob er sich nun als Schuft gegenüber Mrs. Keith-Wessington benommen hat oder nicht, hat damit nichts zu tun, – die Arbeit in der Katabundi-Ansiedlung hat ihn zermürbt und zum Grübler gemacht, so daß er eine ganz gewöhnliche ›Wald- und Wiesenliebelei‹ viel zu schwer nahm. Fest steht nur eins: er war mit Miss Mannering verlobt und sie hat später die Verbindung gelöst. Dann traten Fiebererscheinungen bei ihm auf und mit ihnen der ganze Gespensterunsinn. Überanstrengung war die Ursache der Krankheit, verhinderte die Genesung und führte schließlich den Tod herbei. Die Schuld trägt ein System, das einem einzigen Menschen die Arbeit von zwei und einem halben aufbürdet.«

Ich kann Heatherleghs Meinung nicht teilen. Ich saß bisweilen bei Pansay, wenn ich nichts zu tun hatte und Heatherlegh bei andern Patienten weilte. Der Kranke machte mich geradezu toll, wenn er bei solchen Gelegenheiten mit leiser eintöniger Stimme die Prozession beschrieb, die er an seinem Bett vorüberziehen zu sehen behauptete; er hatte die Beredsamkeit eines Fieberkranken. Als es ihm später wieder ein wenig besser ging, riet ich ihm, die ganze Geschichte von Anfang bis zu Ende niederzuschreiben; ich hoffte, es würde sein Gemüt beruhigen, wenn er sie sich vom Halse schriebe.

Er fieberte stark, als er sie zu Papier brachte, aber der Kolportagestil, dessen er sich dabei bediente, regte ihn womöglich noch mehr auf. Zwei Monate später war er nach Ansicht der Regierung wieder dienstfähig, aber er zog es im letzten Augenblick vor zu sterben, trotzdem man seiner Arbeitskraft dringend bedurfte, um einer in Verlegenheit geratenen Unterkommission über ein nicht unbedenkliches Defizit hinwegzuhelfen. Bis zum letzten Atemzug schwor er, er würde von einer Hexe geritten. Ich erhielt sein Manuskript, noch ehe er verschied. Es war mit dem Jahresdatum 1885 versehen. Ich gebe es hier wörtlich wieder:

Mein Arzt sagt, ich hätte Ruhe und Luftwechsel nötig. Es ist nicht unwahrscheinlich, daß ich mir beides bald verschaffen werde – eine Ruhe, die weder der rotberockte Postbote noch das Mittagsgong jemals wieder wird stören können, und einen Luftwechsel, so gründlich, wie mir ihn nicht einmal ein Ozeandampfer ermöglichen könnte, der schnurstracks in die Heimat fährt. Es ist also das gescheiteste, ich bleibe, wo ich bin, und schlage das Anraten des Arztes, doch nicht immer die ganze Welt ins Vertrauen zu ziehen, in den Wind. Jedermann soll die Ursache meiner Krankheit erfahren und selber beurteilen, ob es jemals auf dieser Erde einen vom Weibe geborenen Menschen gegeben hat, der so gequält wurde wie ich.

Wenn ich hier vielleicht Worte gebrauche, wie sie sonst wohl nur ein zum Tode verurteilter Verbrecher vor seiner Hinrichtung spricht, und meine Geschichte in gräßlichen Farben schildere – und so unglaublich sie auch klingen mag, Beachtung verdient sie jedenfalls, – so möge man mir verzeihen. Daß man mir nicht glauben wird, davon bin ich überzeugt. Hätte doch ich selbst noch vor zwei Monaten einen Menschen für verrückt oder betrunken gehalten, der kühn genug gewesen wäre, mir etwas Ähnliches zu erzählen. – Vor zwei Monaten war ich noch der glücklichste Mann in ganz Indien; heute gibt es keinen Unglücklicheren, von Peshawur angefangen bis hinunter zum Meeresstrand. – Mein Arzt und ich allein wissen das. Seine Erklärung ist, mein Gehirn, meine Augen und meine Verdauung seien angegriffen, und daher meine sich beständig wiederholenden »Sinnestäuschungen«. Ja, ja, Sinnestäuschungen! Ich schelte ihn einen Narren; trotzdem wartet er mir immer mit dem gleichen geduldigen Lächeln auf, mit denselben milden berufsmäßigen Manieren und seinem sorgfältig gekämmten roten Bart, bis er mich schließlich so weit hat, daß ich wirklich glaube, ich sei ein undankbarer, bösartiger Patient. Aber man urteile selbst!

Vor drei Jahren, auf der Rückkehr von einem langen Urlaub, hatte ich das Glück – das Unglück –, von Gravesend bis Bombay mit Agnes Keith-Wessington, der Gattin eines Offiziers aus der Umgebung von Bombay, auf demselben Dampfer zu fahren. Es geht niemand etwas an, zu welcher Kategorie von Frauen man sie hätte zählen können, es genügt, festzustellen: bevor noch unsere Reise zu Ende ging, waren wir beide bis zum Wahnsinn ineinander verliebt. Gott ist mein Zeuge, daß ich das nicht aus Eitelkeit sage! In Liebesangelegenheiten ist immer ein Teil der Gebende und der andere der Empfangende. Vom ersten Tage unseres unglückseligen Verhältnisses an wußte ich, daß Agnes' Leidenschaft stärker und, wenn ich mich so ausdrücken darf, reinerer Empfindung war als die meinige, und daß sie völlig unter diesem Banne stand. Ob sich Agnes derselben Erkenntnis bewußt war, weiß ich nicht. Später wurde sie uns beiden bitter klar.

Im Frühjahr in Bombay angekommen, ging jedes von uns seiner Wege; wir sahen einander drei oder vier Monate nicht wieder, bis mich mein Urlaub und sie ihre Liebe nach Simla führte. Dort verbrachten wir die Saison zusammen – dort brannte auch das Strohfeuer meiner Leidenschaft, noch ehe das Jahr zu Ende ging, nieder bis zum letzten Aschenrest. Ich verhehlte es ihr nicht. – Ich will mich nicht besser machen, als ich bin! Mrs. Wessington hatte um meinetwillen bereits vieles geopfert und war bereit, alles aufzugeben.

Im August 1882 sagte ich ihr offen und brüsk, daß mich ihre Nähe krank mache, daß ich ihrer Gesellschaft müde sei, nicht einmal mehr den Klang ihrer Stimme vertrüge. Neunundneunzig unter hundert Frauen wären meiner längst überdrüssig geworden, mehr noch als ich ihrer; fünfundsiebzig hätten sich sofort an mir durch offensichtliches Kokettieren mit anderen Männern gerächt. Mrs. Wessington war die hundertste. Weder meine nicht mißzuverstehende Abneigung noch auch die verletzenden Roheiten, mit denen ich unsere Begegnungen ausschmückte, machten auf sie irgendwelchen Eindruck.

»Jack, mein Liebling«, war ihr ewiger Kuckucksruf, »es ist bestimmt nur ein Mißverständnis – ein häßliches Mißverständnis; wir werden eines Tages wieder die besten Freunde sein. *Bitte,* vergib mir, lieber Jack!«

Die ganze Schuld lag auf meiner Seite, und ich wußte es. Dies Bewußtsein verwandelte aber nur mein anfängliches Mitleid mit ihr in stumpfes Erdulden; dann wurde blinder Haß daraus, und gelegentlich regte sich in mir jener gewisse dunkle Trieb, der uns zwingt, in wilder Erregung eine Spinne zu zertreten, die tödlich verletzt zu unsern Füßen kriecht. Und mit solchem Haß in meinem Herzen verlebte ich die Saison 1882 bis zum Schluß.

Das nächste Jahr trafen wir uns abermals in Simla – sie mit ihrem monotonen Gesicht und den schüchternen Versöhnungsversuchen, – ich, jede Fiber meines Körpers erfüllt mit Widerwillen. Ich konnte nicht vermeiden, zuweilen allein mit ihr zusammenzutreffen, und bei solchen Gelegenheiten waren ihre Worte genau die gleichen. Immer derselbe unvernünftige Jammer, es läge lediglich ein »Mißverständnis« vor, stets die Hoffnung, wir würden dereinst noch die besten Freunde werden. Wäre ich nicht mit Absicht blind gewesen, ich hätte bemerken müssen, daß nur noch diese Hoffnung allein sie am Leben erhielt; sie wurde von Tag zu Tag durchsichtiger und abgezehrter.

Man wird mir zugestehen müssen, daß ihr Verhalten auch so manchen andern zur Verzweiflung getrieben hätte; es war, da ihre Liebe nicht erwidert wurde, kindisch und unweiblich.

Dann wieder – in dunklen, fieberhaft durchwachten Nächten – machte ich mir Vorwürfe, nicht gütiger zu ihr gewesen zu sein; aber wie hätte ich das können! Liebe heucheln, ohne sie zu empfinden, es wäre unser beider unwürdig gewesen.

Im letzten Jahr trafen wir uns noch einmal; wieder dasselbe Bild: die gleichen flehentlichen Bitten, dieselben rücksichtslosen Antworten von meinen Lippen! Ich wollte ihr endlich begreiflich machen, wie gänzlich verkehrt und hoffnungslos alle ihre Versuche wären, die früheren Beziehungen wieder herzustellen. Je mehr die Saison vorrückte, desto seltener sahen wir uns – das heißt, ich vereitelte nach Möglichkeit die Zusammenkünfte, indem ich Beschäftigung aller Art vorschützte. Wenn ich mir heute in meinem Krankenzimmer die Begebnisse von damals wieder in Ruhe vergegenwärtige, erscheint mir die Saison 1884 wie ein wüster Traum, in dem Licht und Schatten sich phantastisch miteinander vermengen: mein Werben um die kleine Kitty Mannering, mein Hoffen, mein Zagen, meine Befürchtungen um sie, unsere gemeinsamen, weiten Spazierritte, mein schüchternes Liebesgeständnis, ihre Antwort – und zwischen hinein als dunkler Schatten das gelegentliche Vorübergleiten eines bleichen Gesichtes in jener Rikscha, gezogen von schwarz und weiß livrierten Dienern, nach der ich einst in früheren Tagen so eifrig ausgespäht, das Winken von Mrs. Wessingtons behandschuhter Hand – und, wenn sie mich allein traf, was selten mehr geschah, die ermüdende Monotonie ihrer Bitten.

Ich liebte Kitty Mannering – habe sie ehrlich und von Herzen geliebt –, aber mit meiner Liebe zu ihr wuchs auch mein Haß gegen Agnes.

Im August verlobte ich mich mit Kitty. Tags darauf begegnete ich den verwünschten *Jhampanies* jenseits des Jakko, und, von plötzlichem Mitleid ergriffen, blieb ich stehen, sagte Mrs. Wessington alles. Sie wußte es bereits.

»Ich habe von deiner Verlobung gehört, lieber Jack«, – im selben Atem setzte sie hinzu: »Es ist bestimmt nur ein Mißverständnis – ein häßliches Mißverständnis. Wir werden sicher noch die besten Freunde werden, wie wir es jemals waren.«

Die Antwort, die ich gab, hätte auch einen Mann ins Herz getroffen, das sterbende Weib vor mir traf es wie ein Peitschenhieb. »Bitte, vergib mir, Jack, ich wollte dich nicht erzürnen. Aber es ist wahr, es ist wahr!«

Und Mrs. Wessington brach vollständig zusammen. Ich wandte mich ab. Ließ sie ihres Weges ziehen. Einen Augenblick lang kam mir zu Bewußtsein, wie unsagbar niederträchtig ich mich benommen hatte, und ich blickte mich nach ihr um. Bemerkte, daß sie ihre Rikscha hatte wenden lassen. In der Absicht, mich wieder einzuholen, nahm ich an.

Die Szene lebt in allen Nebenumständen wie photographiert in meinem Gedächtnis fort: der regendunkle Himmel, die nassen, schwarzbraunen Kiefern, die schmutzige, durchweichte Straße, und die düsteren zerklüfteten Klippen bildeten einen trüben Hintergrund, gegen den sich die schwarzweißen Livreen der *Jhampanies,* die gelblackierte Rikscha und Mrs. Wessingtons vornübergeneigter goldblonder Kopf scharf abhoben. Sie hielt ihr Taschentuch in der linken Hand und lehnte erschöpft in den Kissen der Kutsche. Ich lenkte mein Pferd in einen Seitenweg und raste buchstäblich davon, dem Sanjowlie-Staubecken zu. Einmal glaubte ich den schwachen Ruf »Jack« zu hören, aber es mag Einbildung gewesen sein. Ich hielt nicht an, um es festzustellen. Zehn Minuten später begegnete mir Kitty, ebenfalls zu Pferd; und in meiner Freude, mit ihr einen weiten Spazierritt machen zu dürfen, vergaß ich bald, was sich begeben hatte.

Eine Woche darauf starb Mrs. Wessington, und damit war die schreckliche Bürde ihres irdischen Daseins von mir genommen. Offen gestanden: ich fühlte mich überglücklich, und ehe drei Monate um waren, hatte ich alles, was sie betraf, so gut wie vergessen; nur hie und da, wenn mir gelegentlich einer ihrer alten Briefe unter die Hände kam, erinnerte ich mich an unsere früheren Beziehungen. Im Januar suchte ich unter meinen Habseligkeiten zusammen, was noch von unserer Korrespondenz übrig war, und verbrannte es.

Anfangs April des Jahres 1885 besuchte ich Simla zum letztenmal, das noch halb verödete Simla, und wir vertieften uns in Liebesgespräche und köstliche Wanderungen, Kitty und ich; und wir beschlossen, gegen Ende Juni zu heiraten.

Ich liebte sie so heiß, daß ich nicht zuviel sage: ich hielt mich für den glücklichsten Mann in ganz Indien.

Vierzehn wonnevolle Tage waren nur so dahingeflogen, ehe ich mir sagte, ich müßte auch die äußere Form wahren. Ich eröffnete Kitty, sie müsse zum Zeichen ihrer Würde als Braut unbedingt einen Verlobungsring tragen, und bat sie, mit mir zu Hamilton, dem Juwelier, zu gehen, um sich ihn anmessen zu lassen. Bis dahin hatten wir tatsächlich keinen Augenblick Zeit gehabt, an derlei triviale Dinge auch nur zu denken.

Wir gingen zu Hamilton am 15. April 1885. – Wenn auch mein Arzt es bestreitet, ich weiß genau: ich war damals vollkommen gesund, leiblich und geistig, und fühlte mich ruhig und harmonisch in jeder Hinsicht.

Kitty trat mit mir in den Juwelierladen, und dort nahm ich ihr selbst, entgegen aller üblichen Gepflogenheit und Sitte, Maß zu dem Ring, wobei der Kommis verschmitzt lächelte.

Es war ein Ring mit einem Saphir und zwei Diamanten. Dann ritten wir den Abhang hinunter nach der Combermere-Brücke und Pelitis Restaurant.

Noch während mein Walliser Pferd sich vorsichtig seinen Weg über die lockeren Schieferplatten ertastete, noch während Kitty lachend und plaudernd mir zur Seite ritt, noch während ganz Simla, das heißt, die wenigen Gäste, die aus der Ebene bereits zur Kur angekommen waren, sich im Lesezimmer und auf der Veranda Pelitis versammelten – hörte ich, anscheinend aus weiter Ferne, jemand meinen Vornamen rufen. Die Stimme kam mir wohl bekannt vor, aber ich konnte mich nicht entsinnen, wann und wo ich sie früher schon einmal gehört hatte. Auf der kurzen Strecke zwischen Hamiltons Laden und dem ersten Pfeiler der Combermere-Brücke riet ich gewiß auf ein halbes Dutzend Personen, denen ich einen so albernen Witz zutrauen durfte, bis ich mir schließlich sagte, es müsse eine Gehörstäuschung gewesen sein.

Da, unmittelbar Peliti gegenüber, blieb mein Auge wie gebannt an einer gelblackierten billigen Bazar-Rikscha haften, die von vier *Jhampanies* in elsterfarbenen Livreen gezogen wurde, und sofort stand die verflossene Saison und mit ihr Mrs. Wessington lebendig vor meinem Geist.

Erregung und Widerwillen bemächtigten sich meiner: war es nicht genug, daß die Frau tot war und ich mit ihr fertig für immer! Mußten gerade jetzt, mitten in meinem Glück, ihre schwarzweißen Diener vor mir auftauchen und mir den Tag vergällen! Bei wem die vier Kulis jetzt auch angestellt sein mochten, ich nahm mir vor, den Mann aufzusuchen und mir von ihm die Gunst zu erbitten, er möge ihnen eine andere Livree geben; nötigenfalls wollte ich sie selbst in meinen Dienst nehmen und ihnen die Röcke vom Buckel wegkaufen.

Ich kann gar nicht beschreiben, welche Flut von unleidlichen Erinnerungen mir ihr Anblick erweckte.

»Kitty«, rief ich, »schau, dort: die *Jhampanies* der unglücklichen Mrs. Wessington! Möchte gern wissen, bei wem sie jetzt in Diensten stehen!«

Kitty hatte Mrs. Wessington flüchtig gekannt und sie immer wegen ihres verhärmten Aussehens bemitleidet.

»Was? Wo?« fragte sie. »Ich sehe nichts.« Dabei spornte sie ihr Pferd an, um einem beladenen Maulesel Platz zu machen, und ritt geradewegs auf die vorbeiziehende Rikscha los.

Ich fand kaum Zeit, einen Warnungsruf auszustoßen, da waren auch schon Roß und Reiterin zu meinem namenlosen Entsetzen durch den Wagen und die ihn ziehenden Diener wie durch ein Luftgebilde hindurchgegangen.

»Was ist denn los?« rief Kitty. »Warum hast du eigentlich so ängstlich aufgeschrien? Wenn ich auch verlobt bin, so braucht es doch nicht gleich jeder Mensch zu merken. Es war doch wahrhaftig genug Platz zwischen dem Maultier und der Veranda, um durchzukommen. Oder glaubst du vielleicht, ich kann nicht reiten?« Und sofort setzte sich der kleine Eigensinn, das zierliche Köpfchen hoch erhoben, in einen kurzen Handgalopp – der Musikkapelle zu, erwartend, wie sie mir später sagte, ich würde ihr, ohne zu zögern, folgen. Was war denn auch geschehen? Nichts, freilich. Gar nichts. Entweder ich war betrunken, oder verrückt. Oder in Simla gingen die Teufel um. Ich zog die Zügel an, drehte um. Auch die Rikscha machte kehrt und stand nunmehr unmittelbar zwischen mir und dem Brückengeländer. – »Jack! Jack, mein Liebling!!« Nein, diesmal konnte es kein Irrtum sein: die Worte dröhnten durch mein Gehirn, als schrie sie mir jemand ins Ohr. – »Jack, es ist ein Mißverständnis, ein häßliches Mißverständnis, ich weiß es gewiß. Bitte, Jack, vergib mir! Laß uns wieder die alten Freunde sein.« Das Rikschaverdeck fiel zurück und drin im Wagen – so wahr ich bei Tag heute den Tod ersehne und erflehe, den ich in der Nacht so fürchte – drin im Wagen saß Mrs. Keith-Wessington, das Taschentuch in der Hand, den goldblonden Kopf auf die Brust gesenkt.

Wie lange ich – regungslos – hingestarrt haben mag, ich weiß es nicht. Die Frage eines Reitknechtes, der die Zügel meines Walliser Pferdes ergriffen haben mochte, ob ich krank sei, erweckte mich aus meiner Betäubung.

Vom Entsetzlichen zum Banalen ist nur ein Schritt: ich taumelte aus dem Sattel, stürzte zu Peliti hinein und trank ein Glas Kirschschnaps. Ein paar Leute saßen um die Kaffeehaustische herum und erzählten sich Tagesklatsch; ihr Geschwätz beruhigte mich damals mehr, als die Tröstungen der Religion vermocht hätten. Ich mischte mich in die Unterhaltung, plauderte, lachte, riß Witze mit einem Gesicht, das bleich und entstellt gewesen sein muß wie das einer Leiche.

Einigen von ihnen fiel mein seltsames Benehmen offenbar auf, denn sie versuchten, mich von den übrigen Müßiggängern zu trennen; sie nahmen wahrscheinlich an, ich hätte zuviel über den Durst getrunken. Aber ich weigerte mich: ich klammerte mich an eine leere Unterhaltung so, wie ein Kind sich aus Furcht vor dem Dunkel der Nacht in die Gesellschaft von Erwachsenen flüchtet.

Ich hatte etwa zehn Minuten – mir erschien es wie eine Ewigkeit – ins Blaue hineingeschwätzt, da hörte ich draußen Kittys helle Stimme nach mir fragen; gleich darauf trat sie ins Zimmer, und gedachte mich vermutlich wegen meines Ausbleibens zur Rede zu stellen. Irgend etwas in meinem Gesicht machte sie stutzen.

»Jack«, rief sie, »wo steckst du denn? Ist etwas geschehen? Bist du krank?« So, direkt zu einer Lüge gezwungen, sagte ich, die Sonne hätte mich betäubt. Es war fast fünf Uhr nachmittags und den ganzen Tag über war trübes Wetter gewesen; sofort sah ich meine Dummheit ein, verstrickte mich aber immer tiefer in alberne Ausreden, bis mir schließlich nichts anderes übrigblieb, als mit Kitty fortzugehen, voll Zorn über mich selbst und begleitet von dem spöttischen Lächeln der Kaffeehausgesellschaft. Draußen entschuldigte ich mich bei Kitty irgendwie – ich glaube, ich habe mich auf einen Ohnmachtsanfall ausgeredet –, ließ sie allein ihren Spazierritt fortsetzen und verfügte mich schleunigst in mein Hotel.

Dort, in meinem Zimmer, setzte ich mich nieder, um vernünftig über den Fall nachzudenken. Hier bin ich, sagte ich mir vor, ich, Theobald Jack Pansay, ein wohl erzogener bengalischer Zivilbeamter im Jahre des Heils 1885, und wie mir scheinen will: bei klarem Verstand, vollkommen gesund, aber in einem Anfall von Entsetzen vertrieben von der Seite der Heißgeliebten durch das Phantom einer Frau, die vor acht Monaten gestorben ist und begraben wurde. Das waren Tatsachen, die sich nicht wegleugnen ließen. Als ich mit Kitty den Laden Hamiltons verließ, lag mir nichts ferner, als an Mrs. Wessington zu denken, und nichts kann weniger phantastisch sein als die Wegstrecke vor dem Restaurant Peliti. Außerdem war heller Tag gewesen und die Straße voller Menschen; – ich empfand es wie Hohn gegenüber jedem Gesetz der Glaubhaftigkeit und der Natur selbst, daß gerade da ein Gesicht aus dem Grabe vor mir erscheinen mußte. Und dann: Kittys Araberstute war mitten durch die Rikscha hindurchgegangen! Also auch die Hoffnung, es hätte möglicherweise eine andere, der Mrs. Wessington wunderbar ähnliche Frau drin gesessen und dieselbe Kutsche mit den elsterlivrierten Dienern gemietet gehabt, war dadurch zunichte gemacht. Und ebenso unerklärlich wie die Erscheinung blieb mir auch die Stimme, die ich gehört hatte.

Die tolle Idee überfiel mich, Kitty alles anzuvertrauen und sie zu bitten, mich auf der Stelle zu heiraten, damit ich in ihren Armen das Phantom in der Rikscha vergessen könne. Ich versuchte, mir einzureden, Beweis genug für die Unwirklichkeit des Begebnisses sei allein schon der Umstand, daß ich außer Mrs. Wessington auch die ganze Rikscha gesehen hätte, denn seit wann spuken nicht nur Menschen, sondern auch leblose Gegenstände! Nein: die Sache war und blieb absurd!

Am nächsten Morgen schrieb ich einen ellenlangen Reuebrief an Kitty und flehte sie an, mein sonderbares Benehmen vom verflossenen Nachmittag zu vergessen. Die Göttin meines Herzens war jedoch noch ziemlich unwirsch, als wir uns später trafen, bis es mir gelang, sie mit einer Beredsamkeit, auf die ich mich die ganze Nacht hindurch präpariert hatte, zu überzeugen, ich sei das Opfer eines Anfalles heftigen Herzklopfens gewesen, die Folge von Magenbeschwerden. Diese einleuchtende Entschuldigung verfehlte ihre Wirkung nicht: Kitty ritt mit mir aus. Aber der Schatten der ersten Lüge stand zwischen uns.

Nichts liebte sie so sehr wie einen Galopp um den Jakko herum. Nervenerregt noch von der Nacht her, suchte ich es ihr auszureden, schlug den Observatoriumshügel, Jutogh, die

Boileaugunge-Straße vor – kurz: alles mögliche, nur der Jakko sollte es nicht sein. Aber Kitty schmollte, schien gekränkt, und schließlich, um nicht abermals einen Mißton aufkommen zu lassen, gab ich nach und wir schlugen den Weg nach Chota-Simla ein.

Nach alter Gewohnheit ritten wir die erste Strecke im Schritt, dann setzten wir uns, ungefähr eine Meile vor dem Kloster, in Galopp, da die Straße zum Sanjowlie-Staubecken glatt und eben ist. Die armen Pferde jagten nur so dahin; mir schlug das Herz schneller und schneller, je mehr wir uns der Steigung des Weges näherten. Schon vor Beginn des Rittes hatte ich beständig an Mrs. Wessington denken müssen, jetzt erinnerte mich jeder Zoll der Jakkostraße an sie, an die alten Zeiten, an unsere Spaziergänge, an unsere Gespräche! Die Meilensteine am Wegrand waren voll davon, die Pinien mir zu Häupten schrien mir es zu, die regengeschwollenen Rinnsale gurgelten und gluckten von der schmählichen Geschichte; der Wind sang mir meine Missetat ins Gesicht.

Der Höhepunkt des Grauens aber erwartete mich an der Straßenbiegung, die im Volksmund »die Meile unsrer lieben Frau« heißt.

Da! Wieder die vier *Jhampanies* in schwarz und weißer Livree! Wieder die gelbgestrichene Rikscha und – das goldblonde Haupt der Frau darin, alles genau so – aufs Haar genau – wie es einst dagestanden vor acht Monaten und vierzehn Tagen! »Diesmal *muß* es Kitty sehen«, sagte ich mir schreckerfüllt, »sind wir doch so aufeinander abgestimmt und seelenverwandt!«, aber ihre ersten Worte schon belehrten mich eines besseren. »Keine Seele weit und breit!» rief sie. »Komm, Jack, rennen wir um die Wette bis zum Stauwerk!« Und fort wie ein Pfeil schoß ihr sehniger, kleiner Araber; meine Walliser hinterdrein. Ein Galopp von einer halben Minute hatte eine Strecke von fünfzig Metern zwischen uns und die Rikscha gelegt! Bei den Klippen holte ich Kitty ein, parierte mein Pferd und – fuhr zusammen: mitten auf der Straße stand die Rikscha. Und abermals ging der Araber – durch sie hindurch; mein Walliser hinterdrein. »Jack, mein Liebling! Jack, *bitte* vergib mir!« klang es mir nach in klagendem Ton. Und nach einer Weile: »Es ist ein Mißverständnis, wirklich nur ein häßliches Mißverständnis!«

Ich spornte meinen Gaul wie ein Besessener. Als ich mich umwandte und, beim Staubecken angelangt, zurückblickte, sah ich, daß die Rikscha immer noch dortstand; die schwarz-weißen Livreen warteten davor, unbeweglich, geduldig, im grauen Bergesschatten, und der Wind trug mir das höhnische Echo der Worte zu, die ich so oft schon gehört hatte.

Kitty neckte mich gehörig wegen meiner Schweigsamkeit während des Weiterreitens, zumal ich vorher lebhaft mit ihr geplaudert hatte. Wäre es um mein Leben gegangen, ich hätte kein Wort herausgebracht; von Sanjowlie bis zur Kirche schwieg ich wie ein Toter.

Abends sollte ich bei Mannerings speisen; es blieb mir nur knappe Zeit, nach Haus zu reiten, um mich umzukleiden.

Unterwegs auf der Straße nach Elysium Hill wurde ich Zeuge eines Gesprächs, das zwei Männer miteinander in der Dämmerung führten: »Sonderbar«, sagte der eine, »wie von der Erde weggeblasen ist auch die letzte Spur von ihnen! Du weißt ja, meine Frau war geradezu verliebt in die blonde Dame und hat mich beschworen, ich solle die alte gelbe Rikscha ihr zum Andenken kaufen und nachforschen, wo die vier Kulis geblieben seien, um sie mit Geld und guten Worten wieder zur Stelle zu schaffen. Eine verrückte Idee, was? Aber, was tut man nicht alles um des häuslichen Friedens willen! Jetzt denk dir mal, was der Wagenverleiher, den ich endlich ausfindig machte, mir berichtet hat!: Alle vier Diener – es waren Brüder gewesen, die armen Teufel – sind an der Cholera gestorben, unterwegs nach Hardwar! Und die Rikscha hat der Mann zertrümmert. Unglück brächten die Rikschas toter *Memsahibs,* hat er gesagt. Verrückt, was? Als ob die kleine arme Mrs. Wessington fähig gewesen wäre, irgend jemandes Glück zu zerstören, außer ihr eigenes!« Ein krampfhaftes Lachen befiel mich bei diesen Worten, – ein Lachen, das mich selbst erbeben machte. Es gab also wirklich und wahrhaftig Gespenster von Rikschas, und – Dienerschaften im Jenseits! Wieviel Lohn wohl Mrs. Wessington ihren Leuten drüben zahlen mochte? Und wieviel Stunden hatten sie täglich zu tun? Und wohin sind sie jetzt gefahren?

Wie als sichtbare Antwort auf meine letzte Frage tauchte das infernalische Ding in diesem Augenblick in der Dämmerung vor mir auf. Ja, die Toten reiten schnell und kennen

Wegabkürzungen, von denen gewöhnliche Kulis keine Ahnung haben. Und wieder mußte ich laut auflachen, biß die Zähne zusammen, um es zu ersticken; ich fürchtete, wahnsinnig zu werden. Bis zu einem gewissen Grade muß ich wohl auch wahnsinnig gewesen sein, denn ich erinnere mich, daß ich an die Rikscha heranritt und Mrs. Wessington einen guten Abend wünschte. Die Antwort, die sie mir gab, war mir geläufig! Ich hörte sie bis zu Ende an und erwiderte, alles das hätte ich schon oft aus ihrem Munde vernommen und ich würde mich glücklich schätzen, einmal etwas anderes zu hören. – Ein boshafter Teufel muß damals Macht über mich gehabt und mich geritten haben, denn ich entsinne mich dunkel, ich schwätzte dem gespenstischen »Ding« da vor mir vielleicht fünf Minuten lang von allerlei Tagesklatsch.

»Ein gänzlich übergeschnappter armer Teufel – oder ist er betrunken? Max, geh, bring ihn nach Haus!« hörte ich sagen. Das war bestimmt nicht Mrs. Wessingtons Stimme!

Die zwei Männer hatten mich offenbar in die leere Luft hineinreden hören und waren umgekehrt, um nach mir zu sehen. Sie benahmen sich sehr freundlich und rücksichtsvoll, aber aus ihren Worten ging deutlich hervor, daß sie mich für schwer bezecht hielten. Ich dankte ihnen verwirrt, galoppierte nach meinem Hotel, zog mich um und kam zehn Minuten zu spät zu Mannerings. Ich entschuldigte mich mit der Dunkelheit auf den Straßen, wurde von Kitty wegen meiner eines Verlobten und Verliebten höchst unwürdigen Unpünktlichkeit ein wenig ausgescholten und setzte mich zu Tisch.

Eine lebhafte Unterhaltung war bereits im Gang; unter dem Deckmantel der infolgedessen von uns abgelenkten Aufmerksamkeit plauderte ich zärtlich mit Kitty, da wurde ich plötzlich gewahr, daß ein am unteren Ende des Tisches sitzender Herr – er war von gedrungener Gestalt und trug einen roten Backenbart – mit allerlei Ausschmückungen die Schilderung eines Erlebnisses zum besten gab, das er an diesem Abend mit einem Wahnsinnigen auf der Straße gehabt hatte.

Einige Sätze gaben mir die Gewißheit, daß er von meinem Falle sprach, der sich vor einer halben Stunde abgespielt hatte. Mitten in seiner Erzählung ließ er in der Runde der Gesellschaft seine Blicke schweifen, gewissermaßen Beifall erwartend, wie das Leute, die fesselnd zu plaudern verstehen, zu tun gewohnt sind. Dabei begegneten sich unsere Augen, und mitten im Satz brach er ab. Ein verlegenes Schweigen trat ein, dann murmelte der rotbärtige Herr etwas wie: der Schluß sei ihm entfallen, und opferte damit seinen Ruf als glänzender Anekdotenerzähler, den er sich im Lauf von sechs Saisons erworben. Ich segnete ihn aus tiefstem Herzen und machte mich über die Fischmayonnaise her.

Das Diner war zu Ende, und nur schwer konnte ich mich von Kitty trennen, innerlich fest überzeugt, daß mich draußen vor der Tür – mein Schicksal erwarte.

Der rotbärtige Herr, der mir als Dr. Heatherlegh aus Simla vorgestellt worden war, erbot sich, mich ein Stück Weges zu begleiten, zumal wir dieselbe Strecke zurückzulegen hätten. Ich nahm sein freundliches Anerbieten dankbar an.

Meine Ahnung hatte mich nicht getäuscht: mitten auf dem Korso wartete es auf mich – das Rikscha-Phantom, teuflisch und höhnisch – wie ein Tiefseefisch mit glühendem Laternenauge; der rotbärtige Herr aber ging sofort auf sein Ziel los in einer Weise, die mich erkennen ließ, daß er schon an der Tafel darüber nachgedacht haben mußte.

»Hören Sie, Pansay, was zum Kuckuck war eigentlich heute mit Ihnen los auf der Elysiumstraße?«

Die Frage kam so plötzlich und unerwartet, daß sie mir die Antwort entriß, ehe ich noch Zeit zur Überlegung fand.

»Das da!« sagte ich und deutete auf die Erscheinung. »Das da«, sagte Dr. Heatherlegh gelassen, »kann entweder D. T. – *Delirium tremens* – sein, oder mit den Augen zusammenhängen. Daß Sie kein Trinker sind, habe ich schon bei Tisch gesehen, D. T. kann es also nicht sein. Dort, wohin Sie deuten, ist überhaupt nichts zu sehen; dennoch sind Sie in Schweiß gebadet und zittern wie ein erschrecktes Pony. Ich schließe daraus, daß es an den Augen liegt. Und was das anbelangt, kenne ich mich aus. Kommen Sie doch mit zu mir! Ich wohne in der Unteren Blessingtongasse.«

Zu meiner größten Freude war die Rikscha, statt auf uns zu warten, etwa zwanzig Meter vorausgefahren, und diese Distanz blieb immer die gleiche, ob wir nun im Schritt ritten, trabten oder galoppierten.

Im Laufe dieses langen, nächtlichen Rittes habe ich Dr. Heatherlegh so ziemlich alles erzählt, was ich erlebt hatte.

»Eigentlich haben Sie mir bei Tisch eine meiner besten Geschichten verpatzt, aber ich verzeihe Ihnen«, sagte er, »denn Sie haben viel durchgemacht. Bleiben Sie bei mir und tun Sie, was ich Ihnen raten werde. Wenn Sie dann wieder gesund sind, lassen Sie sich's eine Lehre sein und meiden Sie in Hinkunft Weiber und andere unverdauliche Speisen bis zum Tod!«

Die Rikscha hielt sich beständig vor uns, und meinem rotbärtigen Freund schien es jedesmal einen Riesenspaß zu bereiten, wenn ich ihm genau die Stelle bezeichnete, wo sie sich befand.

»Die Augen sind's, Pansay – ich hab's mir gleich gedacht! Die Augen, das Gehirn und der Magen. Vor allem: der Magen. Sie haben das Gehirn zuviel, den Magen zuwenig belastet, und außerdem die Augen überanstrengt. Ist erst einmal der Magen wieder in Ordnung, dann folgt das übrige von selbst, und das ganze dumme Zeug hat ein Ende. Ich werde die Kur selbst in die Hand nehmen. Sie sind ein viel zu interessantes Phänomen, als daß ich Sie einem andern überließe.«

Mittlerweile waren unsere Pferde in den tiefen Schatten eingetreten, in dem der abfallende Teil des Blessingtonweges liegt. Die Rikscha machte plötzlich halt unter einer von Schwarzkiefern gekrönten, überhängenden Schieferklippe. Unwillkürlich riß ich mein Pferd zurück und erklärte Heatherlegh, weshalb. Er stieß einen Fluch aus:

»Wenn Sie vielleicht glauben, ich hätte Lust, eine kalte Nacht hier in den Bergen zu verbringen, bloß einer Augen-, Magen- und Gehirnreizung zuliebe, dann – – – um Gottes willen! Was ist das!« – (Ein dumpfes Dröhnen, eine Staubwolke dicht vor uns, ein Krachen von brechenden Ästen, und kaum zehn Meter von der Klippe entfernt, stürzten Kiefern, Unterholz, Steine und Erde herab, im Nu fast die ganze Straße versperrend.) Wie trunkene Riesen schwankten die entwurzelten Bäume einen Augenblick in der tiefen Dunkelheit hin und her, dann fielen sie mit Donnergetöse zu Boden. Unsere beiden Pferde standen wie gebannt, schaumbedeckt vor Schrecken. Als endlich wieder Stille eintrat, murmelte Dr. Heatherlegh: »Mann, wenn wir weitergeritten wären, lägen wir jetzt zehn Fuß tief im Grabe! Es gibt mehr Dinge zwischen Himmel und Erde – – – Aber kommen Sie nach Haus, Pansay, und danken Sie Gott! Ich muß einen Kognak trinken.«

Wir ritten ein Stück zurück, wählten den Weg über die Kirchbrücke und kamen kurz nach Mitternacht in Dr. Heatherleghs Wohnung an.

Er nahm mich sofort in Behandlung, und eine Woche lang ließ er mich nicht aus den Augen. Wie oft im Laufe dieser Woche habe ich meinem Schicksal gedankt, daß es so gnädig gewesen ist, mich dem besten und gütigsten Arzt Simlas in die Arme zu führen; von Tag zu Tag wurde mir leichter und wohler zumute. Von Tag zu Tag bekehrte ich mich mehr zu Dr. Heatherleghs Theorie, daß alles nur Sinnestäuschung, entstanden durch Augen-, Magen- und Gehirnreizung, gewesen sei. Kitty schrieb ich, ich hätte mir bei einem Sturz vom Pferd den Fuß verstaucht, daß ich aber hergestellt sein würde, noch ehe sie Zeit hätte, meine Abwesenheit schmerzlich zu empfinden.

Heatherleghs Kur war höchst einfach; sie bestand aus Leberpillen, kalten Bädern und körperlicher Anstrengung in der Abenddämmerung oder frühmorgens, denn, wie er bemerkte: »Ein Mann mit verrenktem Fuß läuft tagsüber nicht zehn Meilen weit, ohne zu riskieren, seiner Braut zu begegnen, die große Augen machen würde, wenn sie ihn so flott laufen sähe.«

Am Schluß der Woche, nach langen sorgfältigen Untersuchungen meiner Pupillen und meines Pulses und strengen Verhaltungsmaßregeln hinsichtlich meiner weiteren Lebensführung, soweit es Diät und körperliche Bewegung betraf, entließ er mich ebenso kurz angebunden, wie er mich aufgenommen hatte. Hier der Segensspruch, den er mir zum Abschied gab: »Mensch! Ich erkläre Sie für gesund, was soviel heißen will, wie: ich habe die meisten Ihrer Leibesbeschwerden beseitigt. Packen Sie jetzt Ihre sieben Zwetschgen und enteilen Sie zu Ihrer heißgeliebten Kitty!«

Ich wollte ihm meinen Dank für seine Güte aussprechen; er schnitt mir das Wort ab: »Glauben Sie doch nicht, ich hätte es aus Liebe zu Ihnen getan! Im Gegenteil, ich neige sogar zu der Ansicht, daß Sie sich damals wie ein Hinterwäldler in der gewissen Angelegenheit benommen haben. Aber sei dem, wie es wolle, ein seltsames Phänomen sind Sie, ein ebenso seltsames Phänomen, wie Sie es als Hinterwäldler waren. Nein, bitte, kein Geld! Gehen Sie jetzt und sehen Sie zu, ob Sie das Augen-Magen-Gehirngespenst wiederfinden können! Ich zahle Ihnen fünftausend Pfund, wenn es Ihnen gelingt!«

Eine halbe Stunde später saß ich mit Kitty in dem Besuchszimmer der Mannerings, trunken vor Glück und berauscht von dem Gefühl der Gewißheit, daß »Es« mich hinfort nie wieder durch seine Erscheinung stören würde. Im frohen Bewußtsein der wiedergefundenen Selbstsicherheit schlug ich Kitty vor, auf der Stelle einen Galopp – und zwar rund um den Jakko – zu unternehmen.

Noch nie im Leben hatte ich mich so wohl gefühlt, so geladen mit Lebenskraft und Frohsinn, wie damals nachmittags am 30. April. Kitty war entzückt über mein gutes Aussehen und beglückwünschte mich in ihrer reizenden offenherzigen Art. Wir verließen Mannerings Haus zusammen, lachend und miteinander plaudernd, und schlugen, wie gewöhnlich, den Weg nach Chota-Simla ein.

Ich konnte es gar nicht erwarten, das Sanjowlie-Staubecken zu erreichen, um dort das Gefühl meiner wiedergewonnenen inneren Sicherheit noch zu verstärken; die Pferde griffen aus, was sie konnten, aber in meiner Ungeduld schien es mir noch viel zu langsam. Kitty konnte sich gar nicht genug darüber wundern. »Jack, du bist ja wie ein Kind«, rief sie. »Was ist denn mit dir?«

Wir befanden uns bereits unterhalb des Klosters, und aus reinem Übermut ließ ich meinen Walliser kurbettieren, ihn mit der Schleife meines Reitstockes kitzelnd. »Was mit mir los ist, Liebste?« antwortete ich. »Nichts! Das ist es ja eben, daß ich so fröhlich bin! Wenn du eine Woche nichts getan hättest, als ruhig dazuliegen, wärest du auch so ausgelassen, wie ich!«

»Von Singen und Jauchzen den Busen geschwellt,
zu fühlen: wir leben! Nur wir allein!
O Herr der Natur, Herr der sichtbaren Welt,
Herr unsrer fünf Sinne zu sein!«

Ich hatte das Zitat kaum zu Ende gesprochen – wir waren um die Ecke beim Kloster gebogen und wenige Meter vor uns öffnete sich der Ausblick auf Sanjowlie – da standen mitten auf der ebenen Straße: die schwarz und weißen Livreen, die gelbgestrichene Rikscha, und drin Mrs. Keith-Wessington! Ich riß mein Pferd zurück, starrte hin und rieb mir die Augen und muß wohl irgend etwas gestammelt haben – das nächste, worauf ich mich erinnern konnte, war, daß ich mit dem Gesicht nach unten auf der Erde lag und daß Kitty weinend neben mir kniete.

»Ist – es – fort, Kind?« keuchte ich. Kitty weinte nur noch heftiger.

»Was – was soll denn fort sein, Jack?« schluchzte sie. »Was bedeutet denn das alles? Wovon sprichst du? – Es muß da irgendein Mißverständnis vorliegen – ein häßliches Mißverständnis, Jack!« Ihre letzten Worte ließen mich emporschnellen.

Ich war wie rasend; der Wahnsinn griff nach mir. »Ja«, schrie ich, »ja, es – es besteht ein – Mißverständnis! ein – häßliches Mißverständnis. Da, schau ›Es‹ dir an!«

Ich entsinne mich dunkel: ich zog Kitty am Handgelenk über die Straße an die Stelle, wo »Es« stand, ich beschwor sie, »Es« anzureden und zu sagen, daß wir verlobt seien und weder Tod noch Hölle unsern Bund zerreißen könne, und – Kitty allein weiß, was ich sonst noch alles daherredete. Wieder und immer wieder beschwor ich das Schreckgespenst in der Rikscha leidenschaftlich, doch Einsicht zu haben und mich von der Qual zu befreien, die mich noch töten würde. Vermutlich habe ich in meiner besinnungslosen Aufregung dabei Kitty alle meine früheren Beziehungen zu Mrs. Wessington enthüllt, denn ich sah sie mit bleichem Gesicht und blitzenden Augen mir zuhören.

»Ich danke Ihnen, Mr. Pansay«, sagte sie, als ich zu Ende war, »das genügt mir. Reitknecht, *ghora lao.*«

Gleichmütig, wie Orientalen meistens sind, kamen die Reitknechte langsam mit den wieder eingefangenen Pferden angeritten; Kitty sprang in den Sattel, ich faßte ihre Zügel, beschwor sie, mich anzuhören, mir zu verzeihen. Ihre Antwort war ein Hieb mit der Reitpeitsche, der mir eine blaue Strieme über das Gesicht zog vom Mund bis zum Auge. Und ein Wort des Lebewohls, das ich noch jetzt mich scheue niederzuschreiben. Da schwand mir jeder Zweifel; Kitty wußte alles, auch das letzte. Ich taumelte zu der Rikscha hin; mein Gesicht blutete. Ich verachtete mich selbst.

Da kam Heatherlegh, der Kitty und mir in einer Entfernung gefolgt sein mußte, angaloppiert.

»Doktor«, sagte ich und wies auf mein Gesicht, »hier die Unterschrift Miss Mannerings; sie hat unsere Verlobung gelöst – aber Ihre fünftausend Pfund gedenke ich demnächst einzukassieren.«

Das Gesicht, das Heatherlegh zu meinen Worten schnitt, reizte mich trotz meinem grenzenlosen Jammer zum Lachen.

»Ich setze meinen Ruf als Arzt zum Pfand«, begann er.

»Seien Sie kein Narr«, murmelte ich. »Ich habe mein Lebensglück verloren – Sie täten besser, mich heimzubringen.«

Noch während ich sprach, verschwand die Rikscha. Ich fühlte, daß mich das Bewußtsein verließ: der Gipfel über dem Jakko schien sich zu heben, begann zu schweben wie eine Wolke und senkte sich im Fallen auf mich hernieder.

Sieben Tage später – es war der 7. Mai – erwachte ich in Heatherleghs Zimmer, schwach wie ein kleines Kind. Heatherlegh, an seinem Schreibtisch hinter einem Stoß Papieren sitzend, beobachtete mich scharf. Die ersten Worte, die er an mich richtete, klangen nicht besonders ermutigend, aber ich war zu erschöpft, als daß sie einen tiefen Eindruck auf mich hätten machen können.

»Miss Kitty hat Ihnen Ihre Briefe zurückgeschickt«, begann er. »Eine hübsche Menge habt ihr junges Volk da zusammengeschrieben! – Und hier ist ein Päckchen, das sieht so aus, als läge ein Ring drin. Auch eine gewisse Art Liebesbillett von Papa Mannering ist angekommen, das zu lesen und sofort zu verbrennen ich mir die Freiheit genommen habe. Der alte Herr scheint Ihnen nicht mehr sehr gewogen zu sein.«

»Und Kitty?« fragte ich, halb betäubt.

»Ist fast noch mehr aufgebracht als ihr Vater – nach dem zu schließen, was sie schreibt. Ich entnehme daraus, daß Ihnen eine Menge von seltsamen Erinnerungen entschlüpft sein muß, just, bevor ich Sie traf. Sie sagt, ihrer Ansicht nach solle sich ein Mann, der einer Frau gegenüber gehandelt hat, wie Sie gegenüber Mrs. Wessington, schon aus Rücksicht auf seine Blutsverwandten selber niederknallen. Sie ist halt eine kleine hitzköpfige Amazone, Ihr Schatz. Behauptet auch steif und fest, Sie hätten einen Anfall von *Delirium tremens* gehabt – damals, als Sie sich auf der Jakkostraße überschlugen. Beteuert: sie wolle lieber sterben, als jemals wieder ein Wort mit Ihnen sprechen.«

Ich stöhnte auf und wälzte mich in meinem Bett auf die andere Seite.

»Sie müssen jetzt Ihrerseits eine Entscheidung treffen«, fuhr Heatherlegh fort, »lieber Freund! Die Verlobung muß offiziell gelöst werden. Und die Mannerings wollen ja auch gern ein Auge zudrücken. Soll also *Delirium tremens* oder Epilepsie der Vorwand sein? Es tut mir leid, aber ich kann Sie vor keine mildere Wahl stellen. Höchstens vielleicht: erbliche Belastung. Sprechen Sie das Wort aus, und ich werde den Leuten die Mitteilung in gewählter Form zukommen lassen. Ganz Simla weiß doch von der Szene auf der ›Meile unsrer lieben Frau‹. Raffen Sie sich auf! Ich lasse Ihnen fünf Minuten Überlegung.«

Ich glaube, ich habe in jenen fünf Minuten die fürchterlichsten Tiefen der Hölle durchwandert, die ein Mensch, solang er auf Erden weilt, betreten kann. Zugleich sah ich mich selbst in den dunklen Labyrinthen des Zweifels, des Jammers und der äußersten Hoffnungslosigkeit umhertaumeln. Ich hatte bis zum letzten Augenblick – so wenig wie Heatherlegh – eine Ahnung, welche der drei schrecklichen Alternativen ich ergreifen würde. Dann hörte ich plötzlich eine Stimme, die meine eigene gewesen sein muß, antworten:

»Sie sind schauderhaft einseitig, was die Moralität hier anbelangt, Heatherlegh! Schreiben Sie den Mannerings, ich wähle Epilepsie, wenn's ihnen in den Kram paßt; ich stelle es ihnen anheim, sie mögen darüber verfügen, wie – auch über meine Liebe. Lassen Sie mich jetzt noch ein bißchen schlafen, Doktor!«

Dann vereinigten sich meine beiden Ichs, und nur eines blieb zurück – das eine, halb wahnsinnige, vom Teufel gehetzte, das sich im Bette herumwälzte und Schritt um Schritt zurückwanderte in die Begebnisse des verflossenen Monates.

»Ich – bin – in – Simla«, sagte ich mir unablässig vor, »ich, Jack Pansay, bin in Simla, und Geister gibt es hier nicht. Es ist unvernünftig von der Frau, mir das Gegenteil beweisen zu wollen. Warum läßt sie mich nicht in Ruhe? Ich habe ihr doch nie etwas zu Leide getan. Gerade so gut wie sie, hätte auch ich sterben können! Nur wiedergekommen wäre ich nie, um sie zu morden. Sie aber kommt zurück –. Warum läßt sie mich nicht ruhig und glücklich sein?«

Es war später Nachmittag, als ich erwachte; früher Morgen war's gewesen, bevor ich in Schlaf verfiel – in den Schlaf, der das Opfer auf dem Streckbrett befällt, wenn der Schmerz so furchtbar geworden ist, daß es ihn nicht mehr empfindet.

Am nächsten Tag war ich außerstande, das Bett zu verlassen. Heatherlegh erzählte mir, eine Antwort der Mannerings sei eingetroffen (dank seiner freundlichen Bemühung), daß die Nachricht von meiner Erkrankung bereits in ganz Simla die Runde gemacht habe und man mich allgemein bedauere.

»Das ist eigentlich mehr, als Sie verdienen«, fügte er scherzhaft hinzu, »obwohl Sie durch eine scharfe Mühle gegangen sind, das weiß Gott. Macht nichts; kurieren werde ich Sie doch, Sie verdrehtes Phänomen!«

Ich bat ihn allen Ernstes, sich und mir das zu ersparen. »Sie haben mir sowieso schon viel zuviel Güte angedeihen lassen, altes Haus!« sagte ich. »Ich möchte Sie wahrhaftig nicht noch weiter bemühen.« Ich wußte in meinem Herzen nur zu gut, daß er mir die Bürde, die auf mir lag, nimmermehr würde erleichtern können.

Mit dieser Erkenntnis überkam mich gleichzeitig eine hoffnungslose, aber um so leidenschaftlichere Empörung gegen all das Widersinnige, das mir zugestoßen war. Wie viele Männer gab es, nicht besser als ich, und doch blieb ihnen – hienieden wenigstens – die Strafe erspart; warum mußte gerade ich von einem so grausigen Schicksal heimgesucht werden?!

Diese Gemütsstimmung machte später einer andern Platz: es wollte mir nämlich so scheinen, als seien die Rikscha und ich die einzigen wirklichen Wesen in einer Welt der Schemen, Kitty hingegen ein Gespenst, und die Mannerings, Heatherlegh und die zahllosen Männer und Frauen meiner Bekanntschaft desgleichen; wie große graue Berge, aber dabei leere Schatten, empfand ich sie – nur dazu da, peinigend auf mir zu lasten. – Sieben lange, qualvolle Tage taumelte ich so im Geiste hin und her, vorwärts und rückwärts, jedoch mein

Körper genas mehr und mehr von Stunde zu Stunde, bis mir eines Morgens der Spiegel in meinem Schlafzimmer sagte, daß ich wieder fähig sei, zum alltäglichen Leben zurückzukehren und ein Mensch zu sein wie die andern. Sonderbar genug: in meinem Gesicht war keine Spur zu sehen, die verraten hätte, welche Kämpfe ich durchgemacht. Es war bleich, aber, wie sonst, ohne irgendwelchen besonderen Ausdruck. Ich hatte mir vorgestellt, ich müßte gänzlich verändert sein – gewissermaßen ein wandelndes Krankheitsbild. Nichts von alledem.

Am 15. Mai verließ ich Heatherleghs Sanatorium; der Junggeselleninstinkt trieb mich in den Klub. Bald merkte ich, daß jedermann dort meine Leidensgeschichte kannte – der Variante nach, die Heatherlegh zu verbreiten für gut befunden hatte –, merkte es an der plumpen Art, mir auffallend höflich entgegenzukommen. Trotzdem wußte ich nur zu genau, ich würde den Rest meines Lebens wohl zwischen, aber niemals »mit« meinen Gefährten verbringen. Aus tiefster Seele beneidete ich die Kulis auf der Gasse um ihr fröhliches Lachen. – Ich frühstückte im Klub und wanderte gegen vier Uhr planlos die Straße entlang in der heimlichen Hoffnung, Kitty zu begegnen. In der Nähe der Musikkapelle traf ich die schwarz und weißen Livreen und hörte Mrs. Wessingtons mir so wohlbekannten Zuruf dicht neben mir. Ich hatte es kommen gefühlt vom ersten Augenblick an, seit ich ausgegangen war; ich wunderte mich nur, daß das Phantom so lange gezögert hatte, mir zu erscheinen. So zogen wir Seite an Seite dahin über die Chota-Simla-Straße –: die Rikscha und ich. Beim Bazar überholten uns Kitty und ein Herr zu Pferd und ritten an uns vorüber; sie hatte nicht einmal so viel Rücksicht für mich, ihr Tempo zu beschleunigen, obwohl sie es in Hinblick auf das Regenwetter leicht hätte erklärlich machen können. Sie wollte mir damit zeigen, daß ich ihr so gleichgültig war wie ein Hund am Wege.

So zogen wir – jedes ein Pärchen – um den Jakko herum, sie mit ihrem Kavalier, ich mit meiner gespenstischen Geliebten.

Die Straße war überflutet, die Pinien troffen wie Dachrinnen, daß das Wasser nur so auf die Felsen niederklatschte, und die Luft war erfüllt von feinem Sprühregen. Zwei- oder dreimal ertappte ich mich dabei, wie ich laut mit mir selbst sprach und mir vorsagte: »Ich bin Jack Pansay und auf Urlaub in Simla – jawohl: in Simla – dem mir gut bekannten Simla; ich darf das nicht vergessen – unter keinen Umständen vergessen!« Und dann zwang ich mich, mich irgendeines blöden Geschwätzes im Klub zu entsinnen, was dieses oder jenes Pferd gekostet hätte, oder an ein belangloses Ereignis in der anglo-indischen Welt, die mir bekannt war wie meine Tasche, zu denken. Dann wieder rechnete ich im Kopf das Einmaleins durch, um mich zu vergewissern, daß ich noch Herr meiner fünf Sinne war. Und das beruhigte mich, hatte wahrscheinlich zur Folge, daß ich Mrs. Wessingtons Stimme nicht ununterbrochen hörte.

Noch einmal erklomm ich, müde, den Klosterhügel und erreichte die ebene Straße. Kitty und ihr Begleiter setzten sich soeben in Galopp, und so war ich allein mit Mrs. Wessington. – »Agnes«, sagte ich, »möchtest du nicht das Wagenverdeck zurückschlagen lassen und mir sagen, was das alles zu bedeuten hat?« Und sofort klappte die Plane geräuschlos zurück, und ich stand Auge in Auge mit meiner toten und begrabenen Geliebten. Sie trug dasselbe Kleid, wie damals, als ich sie zum letztenmal gesehen, dasselbe kleine Taschentuch in der rechten, dieselbe Visitenkartentasche in der linken Hand. (Man denke: eine Frau, vor acht Monaten gestorben, hat eine Visitenkartentasche bei sich!!) Ich mußte das Einmaleins wieder hersagen, meine beiden Arme auf die steinerne Brustwehr der Brücke stützen, um mir zu versichern, daß diese wenigstens wirklich war.

»Agnes«, sagte ich, »um Gottes Barmherzigkeit willen, erklär mir, was hat das alles zu bedeuten?« Mrs. Wessington beugte sich vor – mit der eigentümlich schnellen Kopfbewegung, die mir von früher her so vertraut war – und begann zu sprechen.

Wenn meine Geschichte nicht an und für sich schon alles Maß des Wahrscheinlichen überschritten hätte, ich würde jetzt versuchen, sie plausibel zu machen, aber da ich nur zu gut weiß, daß niemand mir glauben wird, auch Kitty nicht, vor der mich zu rechtfertigen mein Wunsch war, als ich sie niederschrieb, unterlasse ich es lieber und fahre fort:

Mrs. Wessington sprach und sprach, und ich ging neben ihr

her, wie neben der Rikscha einer lebenden Frau, in eine Unterhaltung vertieft, von der Sanjowlie-Straße angefangen, bis zur Biegung des Kommandeurhauses. Die zweite, wohl die quälendste Form meiner Krankheit hatte die Oberhand über mich gewonnen: gleich dem Prinzen in Tennysons Gedicht vermeinte ich, mich in einer Welt von Schemen zu bewegen. Ein Gartenfest hatte im Hause des Kommandeurs stattgefunden, und ich geriet in das Gedränge der in Scharen heimkehrenden Gäste; ich empfand ihre Nähe wie die von Schatten – ich hatte den Eindruck, als wichen sie zur Seite, um mir und der Rikscha Platz zu machen.

Was Mrs. Wessington und ich miteinander sprachen im Laufe dieses unheimlichen Beisammenseins, ich kann nicht – ich wage es nicht zu sagen. Heatherlegh würde es als ein Mischmasch von Augen-Magen-Gehirn-Reizung erklärt haben. Es war eine grausige, aber doch für mich irgendwie wunderbar liebe und teure Erfahrung. War es denn wirklich möglich, daß ich, ein lebender Mensch, mich ein zweites Mal um eine Frau bewarb? Um eine Frau, die ich durch Lieblosigkeit und Grausamkeit selbst getötet hatte?!

Auf dem Heimwege begegnete ich Kitty; sie war für mich ein Schatten unter Schatten geworden.

Wollte ich alles der Reihe nach niederschreiben, was ich den nächsten Tag noch erlebte, meine Geschichte käme nie zu Ende.

Morgen für Morgen, Abend für Abend wanderte ich neben der gespenstischen Rikscha durch Simla. Wo ich ging und stand, da waren auch die vier schwarz und weißen Livreen, begleiteten mich nach meinem Hotel, warteten auf mich, bis ich ausging. Vor dem Theater standen sie mitten unter den andern lautschreienden *Jhampanies* vor der Klubveranda nach langen Whistabenden, harrten meiner nach dem Ball, der zu Ehren des Geburtstages der Königin stattgefunden, und vor den Türen der Häuser am hellichten Tage, in denen ich Besuche machte.

Abgesehen davon, daß die Rikscha keinen Schatten warf, erschien sie mir so wirklich wie jede andere aus Eisen und Holz, und mehr als einmal mußte ich mich zurückhalten, um nicht einen Warnungsruf auszustoßen, wenn ein Bekannter, wie es mir schien, im Begriff stand, in sie hineinzureiten. Und mehr als einmal wanderte ich die Hauptstraße hinunter in tiefstem Gespräch mit Mrs. Wessington zum maßlosen Erstaunen der Passanten.

Ich hatte es noch nicht eine Woche lang so getrieben, als ich bemerkte, daß die Ansicht, ich sei epileptisch, der Theorie von vererbtem Irresein Platz gemacht hatte; trotzdem änderte ich meine Lebensweise nicht im geringsten, machte Besuche, ritt spazieren, dinierte auswärts und bewegte mich so frei, wie es mir gut dünkte. Innerlich aber sehnte ich mich so leidenschaftlich wie wohl nie zuvor nach der Wirklichkeit des Lebens, aber gleichzeitig fühlte ich mich auch tiefunglücklich, wenn ich – für meine Begriffe – zu lang von meiner gespenstischen Gefährtin getrennt gewesen war; es ist mir unmöglich, den beständigen Wechsel meiner Gemütsstimmung zu beschreiben, die mich befallen hatte vom 15. Mai bis zum Tage dieser Niederschrift.

Die Gegenwart der Rikscha erfüllte mich bald mit Schrekken, blinder Angst und Furcht, bald mit Freude, bald mit äußerster Verzweiflung. Simla zu verlassen, wagte ich nicht; und doch wußte ich, daß ein längeres Verbleiben mir den Tod bringen würde. Meine einzige Sehnsucht war, meine Bußezeit möchte zu einem ruhevollen Ende führen. Mich dürstete nach dem Anblick Kittys und gleichzeitig erheiterte mich ihr krampfhaftes Kokettieren mit meinem Nachfolger – besser gesagt: mit meinen Nachfolgern. Sie stand außerhalb meines Lebens, so wie ich außerhalb des ihrigen.

Tagsüber wanderte ich, fast zufrieden mit meinem Schicksal, an Mrs. Wessingtons Seite dahin, aber des Nachts flehte ich zu Gott, er möchte mich der Welt, wie ich sie früher gekannt, wiedergeben. Und über all diesen wechselnden Stimmungen lag das dumpfe, betäubende Verwundern, daß Sichtbares und Unsichtbares sich so seltsam zusammenfügte nur zu dem Zweck, eine arme Seele ins Grab zu hetzen.

17. August. Heatherlegh ist unermüdlich in seinen Sorgen um mich. Gestern hat er mir geraten, ich solle um einen Urlaub ansuchen. – Ein Urlaub, um der Gesellschaft eines Gespenstes zu entgehen!! Ein Gesuch, das Gouvernement möge mir gnädigst gestatten, nach England reisen zu dürfen, um die Anwesenheit von fünf Gespenstern und einer aus Luft bestehenden Rikscha abzuschütteln! Ich beantwortete seine

Zumutung mit einem fast hysterischen Gelächter und erklärte ihm, da wolle ich doch lieber das Ende in Simla abwarten. Und ich weiß: das Ende ist nicht mehr fern. Ich erwarte es mit einer Furcht, die tiefer ist, als daß ich sie mit Worten schildern könnte. Nacht für Nacht martere ich mich mit Vermutungen ab, auf welche Art ich wohl sterben werde. Werde ich in meinem Bett sterben, anständig, wie es einem englischen Gentleman geziemt? Oder während eines Spazierganges auf der Hauptstraße? Wird meine Seele mir entrissen werden, um für immer und ewig an das grauenhafte Phantom gefesselt zu sein? Werde ich in die alte Heimat im Jenseits zurückkehren, oder werde ich Agnes drüben wieder hassen und dennoch für immer an sie gebunden sein? Oder sollen wir beide bis zum Ende aller Zeiten über dem Schauplatz unseres Lebens schweben? – Je näher der Tag meines Todes heranrückt, desto wilder packt mich das Grauen, das das lebendige Fleisch vor einem dem Grabe entstiegenen Schatten empfindet. Es ist traurig über alle Maßen, zu den Toten gehen zu müssen, wenn kaum noch die Hälfte des Lebens gelebt ist! Tausendmal trauriger noch, so, wie ich, mitten unter den Menschen unausdenkbare Schrecken kommen sehen zu müssen! Ihr, die ihr jetzt lest, was ich niedergeschrieben habe, bedauert mich wenigstens meiner – wie ihr es nennen werdet: Geistesverwirrung wegen! Glauben werdet ihr ja doch nie, was ich erlebt habe! Aber dennoch: so sicher, wie jemals ein Mensch durch das Eingreifen dunkler Mächte in den Tod getrieben wurde, so sicher bin ich ein solcher Mensch.

Um der Gerechtigkeit willen: gedenket in Mitleid auch ihrer! Denn, wenn jemals ein Mann eine Frau gemordet hat, so habe ich Mrs. Keith-Wessington gemordet.

Ich gehe jetzt meinem letzten Strafgericht entgegen. Es schwebt über mir.

Der Ausgelöschte

»Das Grab spie seinen Toten aus,
Im Lager er erschien
Und sprach sein Wort, ging wieder fort,
Ließ unsre Herzen glühn.

Seid Männer! Nehmt's Gewehr zur Hand!
Die Rache ruft zur Tat!
Bald findest du, so Gott will, Ruh,
Mein toter Kamerad!«

Ballade

Man muß sich darüber im klaren sein, daß der Russe ein ganz entzückender Mensch ist, solange man sein Hemd nicht sieht. Als Orientale genommen, ist er einfach hinreißend; – wenn er aber verlangt, als Östlichster der Westlichen behandelt und angesehen zu werden, statt als Westlichster der Östlichen, dann hat man eine Kategorie Mensch vor sich, von dem man beim besten Willen nicht weiß, wie man mit ihm umspringen soll. Hat man ihn zu Gast, so weiß man nie, welche Seite seiner Natur er im nächsten Augenblick herauskehren wird ...

Dirkowitsch war ein Russe – der russischste aller Russen, und es hatte den Anschein, als erwerbe er seinen Lebensunterhalt als Kosakenoffizier im Dienste des Zaren – und nebenbei als Korrespondent einer russischen Zeitung unter einem Namen, der sich nie zweimal wiederholte. Er war ein hübscher junger Asiat und liebte es, unerforschte Teile der Erde zu durchreisen. Er kam nach Indien, kein Mensch wußte, woher. Ob er auf dem Weg über Balkh, Badakshan, Chitral, Beludschistan, Nepal oder sonst ein Paßgebiet gekommen war? Niemand hatte die leiseste Ahnung.

Die indische Regierung, die gerade guter Laune gewesen sein mochte, hatte den Befehl gegeben, ihn höflich aufzunehmen und ihm alles zu zeigen, was er zu sehen wünschte; und so trieb er sich denn umher mit einem schlechten Englisch und einem noch schlechteren Französisch, bis er eines Tages in Peshawur landete, wo damals die Weißen Husaren Ihrer Majestät der Königin lagen – an der Mündung des engen Einschnitts in die Berge, der Khyber-Paß heißt.

Zweifellos Offizier, war er nach russischer Art mit kleinen emaillierten Kreuzen dekoriert und konnte uferlos schwätzen, wie nicht so bald einer. (Dekoriert war er deshalb wohl kaum worden.) Beim Black-Tyrone-Regiment ging die Sage um, er sei nicht zu schlagen – im Saufen nämlich. Man hätte sich vergeblich bemüht, so hieß es, ihn mit heißem Whisky und Honig, mit glühendem Branntwein und Schnapsgemischen aller Art unter den Tisch zu kriegen, aber nichts hätte gefruchtet. Und wenn die Black Tyrones so etwas eingestehen, die doch alle Irländer sind, so stand außer Zweifel, daß dieser Fremde fraglos ein Übermensch auf diesem Gebiete war.

Die Weißen Husaren sind bei der Wahl ihrer Weine ebenso gewissenhaft wie bei sonstigen Angriffen auf den Feind; sie stellten also ihre sämtlichen Getränke, einschließlich eines märchenhaften Branntweins, zu Dirkowitschs freier Verfügung, und er trank denn auch ganz unglaubliche Mengen davon – mehr noch als bei den Black Tyrones. Dennoch blieb er geradezu unerträglich europäisch, nannte die Weißen Husaren: »Ljiebe rummbedäckte Gampfesgenossen und Härzänsbridder«.

Stundenlang konnte er seinem Herzen Luft machen mit Reden über die glorreiche Zukunft, der die verbündeten englischen und russischen Armeen entgegengingen, wenn sie erst einmal wie ihre Länder unauflöslich ein Herz und eine Seele sein würden, um die Zivilisation Asiens in Angriff zu nehmen. Das klang zwar nicht sehr wahrscheinlich, denn Asien wird sich schwerlich nach europäischem Muster zivilisieren lassen; es ist zu alt dazu! Eine Frau, die viele Liebhaber gehabt hat, kann man nicht bessern, und Asien war in früheren Zeiten unersättlich als galante Dame. In die Sonntagsschule wird sich Asien nicht schicken lassen, wird auch nicht lernen, Wahlzettel zur Hand zu nehmen statt Schwerter.

Dirkowitsch wußte das natürlich ganz genau, aber es paßte ihm besser, den Spezialkorrespondenten herauszukehren als den Offizier einer fremden Macht, und sich so beliebt wie möglich zu machen. Gelegentlich ließ er auch ein paar nebensächliche Brocken über seine eigene Kosakensotnja fallen, die offenbar irgendwo im Hinterland ohne ihn herumgaloppierte. Er hatte in Zentralasien schwere Arbeit geleistet und war auf den Selbsterhaltungskampf besser dressiert als so mancher in seinem Alter, hütete sich jedoch wohlweislich, es merken zu lassen. Noch mehr ließ er es sich angelegen sein, die Disziplin, die Uniformen und die Organisation der Weißen Husaren Ihrer Majestät zu bewundern. Und die Weißen Husaren sind auch wirklich ein bewundernswertes Regiment.

Als Lady Durgan, die Witwe des verstorbenen Sir John Durgan, einst in der Garnisonstadt eingetroffen war und ihr bald darauf jeder einzelne des Regiments einen Heiratsantrag gemacht hatte, hatte sie es verstanden, die öffentliche Meinung durch die feine Erklärung für sich einzunehmen, sämtliche Herren wären so entzückend, den Colonel und ein paar bereits verheiratete Majore mit einbegriffen, daß sie sich mit einem einzigen Offizier unmöglich begnügen könne. Aus diesem Grunde und sicherlich nur aus Widerspruchsgeist heiratete sie dann einen kleinen Niemand aus einem Schützenregiment. Zuerst wollten die Weißen Husaren daraufhin Mann für Mann einen Trauerflor an ihre Ärmel legen, aber bald besannen sie sich eines Besseren und erfüllten am Hochzeitstag die Kirche durch ihre Anwesenheit mit stummem Vorwurf. In Wirklichkeit hatte sie alle verschmäht, vom Seniorkapitän Basset-Holmer angefangen bis herab zu Mildred, dem jüngsten Fähnrich, der ihr jährlich 4000 Pfund und einen Titel zu Füßen hätte legen können.

Die einzigen, die die allgemeine Hochachtung für die Weißen Husaren nicht teilten, waren ein paar tausend Herren jüdischer Abkunft, die jenseits der Grenze wohnten und auf den Namen »Pathans« oder Afghanen hörten.

Sie waren einmal mit dem Regiment in offiziellen Angelegenheiten kaum zwanzig Minuten lang beisammen gewesen, aber schon diese kurze Zusammenkunft, die durch verschiedene kleine, aber um so lebhaftere Kontroversen gewürzt war, hatte sie mit Vorurteilen aller Art erfüllt, so daß sie die Weißen Husaren als Teufelskinder bezeichneten und als Söhne von Leuten, mit denen man unmöglich in guter Gesellschaft verkehren könne. Trotz dieser Abneigung ließen sie sich jedoch nicht abhalten, sich auf Kosten der Weißen Husaren gelegentlich zu bereichern.

Das Regiment besaß nämlich Karabiner – schöne Martini-Henry-Gewehre, die nicht nur eine Kugel 1000 Meter weit ins feindliche Lager zu schleudern vermochten, sondern auch viel leichter zu handhaben waren als lange Büchsen. Sie waren deshalb die ganze Grenze entlang sehr begehrt und, da bekanntlich die Nachfrage das Angebot zu regeln pflegt, wurden sie unter Gefahr für Leib und Leben mit Silber aufgewogen, das heißt: mit 16 Pfund Sterling das Stück bezahlt. Sie wurden des Nachts von schlangenhurtigen Dieben, die unter den Nasen der Wachen herangekrochen kamen, gestohlen, verschwanden auf geheimnisvolle Weise aus verschlossenen Waffenschränken und, bei heißem Wetter, wenn alle Barackentüren und Fenster offenstanden, verdunsteten sie wie ihre eigenen Rauchwolken. Die Grenzbewohner bedurften ihrer dringend zu Zwecken der Blutrache und anderer Erfordernisse. In den langen kalten Nächten des nordischen indischen Winters wurden sie besonders gern gestohlen, denn um diese Zeit blüht das Mordgeschäft ganz besonders, und die Gewehrpreise stiegen dann beträchtlich.

Man verdoppelte deshalb die Regimentswachen und schließlich verdreifachte man sie.

Der gemeine Soldat macht sich nicht viel daraus, wenn er sein Gewehr verliert, denn die Regierung muß es ja ersetzen, aber beraubt ihn jemand seines Schlafes, dann wird er fuchsteufelswild; kein Wunder daher, daß so mancher Flintendieb, der auf der Tat erwischt wurde, bis zur heutigen Stunde das sichtbare Zeichen des Regimentszornes am Leibe trägt. Dergleichen Maßnahmen geboten den Räubereien für längere Zeit Einhalt, so daß man die Zahl der Wachen herabmindern und das Regiment sich wieder dem Polospiel zuwenden konnte. Und dies mit unerwartetem Erfolg; es gelang ihm nämlich, mit zwei Goals gegen eins das furchtbare Polo-Team des Lushkar Light Horse-Regiments zu schlagen, trotzdem dieses vier Ponys für den nur einstündigen Kampf zur Verfügung hatte – und außerdem einen eingeborenen Offizier, der wie eine züngelnde Flamme auf dem Spielplatz herumhuschte.

Die Weißen Husaren gaben ein Fest, um das Ereignis zu feiern. Das ganze Lushkar-Team kam, und auch Dirkowitsch erschien. In der Galauniform eines Kosakenoffiziers. Er wurde den Lushkars vorgestellt und machte große Augen, als er sie erblickte. Es waren noch schlankere Männer als die Husaren, und sie bewegten sich mit einem Schwung, der alle

Punjab-Grenztruppen und irregulären Reiter auszeichnet. Wie alles im Dienst muß er gelernt werden, wird aber nie mehr vergessen, wie so manches andere, und haftet dem Körper an bis zum Tode.

Der große, mit einem Balkendach gedeckte Speisesaal der Weißen Husaren bot einen imposanten Anblick. Das ganze Silber der Offiziersmesse war auf dem langen Tisch aufgedeckt – demselben Tisch, auf dem die Leichen von fünf Offizieren, die in einem längst vergessenen Kampfe gefallen waren, einst aufgebahrt gewesen waren. Zerfetzte Standarten schmückten den Eingang, Sträuße von Winterrosen lagen zwischen den silbernen Leuchtern, die Porträts hervorragender verstorbener Offiziere blickten herab auf ihre Nachfolger zwischen den Köpfen und Geweihen von Sambhur, Nilghai und Markhor[1] und dem Stolz der Tafelrunde: zwei grinsenden Schneeleoparden, deren Erbeutung Basset-Holmer vier Monate Urlaub gekostet, den er statt auf der Straße nach Tibet, und täglich bedroht von Lawinen, Schneestürmen und Steinfall, ganz gut in England hätte zubringen können.

Die Diener, in fleckenlosen weißen Musselin gekleidet, das Regimentswappen am Turban, warteten hinter ihren Herren, die im Scharlach und Gold der Weißen Husaren und im Milchweiß und Silber der Lushkar Light Horses prangten. Dirkowitschs stumpfgrüne Uniform war der einzige dunkle Punkt an der Tafel, aber seine großen Onyxaugen entschädigten dafür. Er fraternisierte überströmend mit dem Kapitän des Lushkar-Regimentes, der dabei vermutlich überlegte, mit wieviel von Dirkowitschs Kosaken es wohl jeder einzelne seiner eigenen dunkelhäutigen zähen Reiter aufnehmen könnte; er ließ sich natürlich nicht die Spur anmerken. Wer täte das!

Die Unterhaltung wurde immer lebhafter. Die Regimentskapelle spielte zwischen den Gängen, wie das seit undenklichen Zeiten Sitte war, bis ein allgemeines Schweigen beim Abräumen der Speisen eintrat und ein Offizier sich erhob und den ersten pflichtgemäßen Toast mit den Worten einleitete: »Herr Stellvertreter! Die Königin!« Worauf der kleine Mildred am andern Ende des Tisches ausrief: »Die Königin! Gott segne sie!« und die großen Sporen aneinander-

1. Indischer Hirsch, Blau-Antilope und indische Bergziege.

klirrten, die hochgewachsenen Männer aufsprangen und auf das Wohl der Königin tranken, aus deren Kasse, wie sie irrtümlicherweise annahmen, ihr Lebensunterhalt bestritten wurde. Dieses Tafelritual bleibt immer jung; niemals verfehlt es, dem, der es hört, die Brust zu schwellen, sei es zu Wasser oder zu Lande. Dirkowitsch erhob sich mit seinen »rummvollän Briddern«, aber das Verständnis fehlte ihm; nur ein Offizier kennt die Bedeutung des Toastes, die Menge bringt es bloß bis zum Gefühl.

Kurz nach der Stille, die der Zeremonie folgte, trat der eingeborene Offizier ein, der für das Lushkar-Regiment Polo gespielt hatte. Er durfte natürlich nicht mit an der Tafel speisen, aber zum Dessert kam er herein, in seiner ganzen Länge von sechs Fuß, mit dem blau und silbernen Turban oben und den hohen schwarzen Lackstiefeln unten.

Die ganze Tafelrunde erhob sich fröhlich, als er zum Zeichen der Huldigung dem Obersten der Weißen Husaren seinen Säbelgriff zur Berührung hinhielt und sich dann in einen Sessel fallen ließ, während alle durcheinander jubelten: »*Rung ho* (was soviel heißt, wie: komm und siege), *Rung ho*, Hira Singh!« – »Hab ich dir eins übers Knie gegeben, Alter?« – »Ressaidar Sahib, was zum Teufel hast du auch das kleine hintenausschlagende Schwein von einem Pony in den letzten zehn Minuten noch mitspielen lassen müssen?« – »*Shabash*, Ressaidar Sahib!«

Und mitten hinein ertönte die Stimme des Obersten: »Auf das Wohl des Ressaidar Hira Singh!«

Nachdem sich der Lärm gelegt hatte, erhob sich Hira Singh, um zu antworten, denn er war der Sprößling eines Fürstenhauses, der Sohn eines Königssohnes, und wußte, was sich bei solchen Gelegenheiten gehörte. Er bediente sich seiner Muttersprache, als er rief: »Oberst Sahib und Offiziere des Regimentes! Ihr habt mir eine große Ehre erwiesen. Ich werde dessen eingedenk bleiben. – Wir sind hergekommen, um mit den Weißen Husaren zu spielen. Wir sind geschlagen worden.« (»Es war Ihre Schuld nicht, Ressaidar Sahib! Wir waren auf unserm Spielplatz besser zu Hause, vergessen Sie das nicht! Und dann waren eure Ponys noch steif von der Eisenbahnfahrt. Entschuldigen Sie sich nicht!«) – »Deshalb werden wir vielleicht wiederkommen, so Gott es will.« (»Hört,

hört! Bravo! Pst –«) – »Um nochmals mit euch zu spielen.« (»Auf Wiedersehen!«) – »Bis unsere Ponys sich die Beine vom Leib abgelaufen haben werden. So will es der Sport.« Seine Hand faßte nach dem Säbelgriff und sein Blick glitt hinüber zu Dirkowitsch, der zurückgelehnt in seinem Sessel saß – »Aber sollte nach Gottes Ratschluß dann nicht Polo, sondern – ein anderes Spiel gespielt werden, so seid versichert, Colonel Sahib und ihr Herren Offiziere, daß wir Seite an Seite bis ans Ende spielen werden, und wenn sie auch«, wieder heftete er den Blick auf Dirkowitsch, »fünfzig Ponys hätten und wir nur eins.« Und mit einem tief aus der Kehle kommenden *»Rung ho«*, das dumpf dröhnte, wie wenn ein Gewehrkolben auf Steinfliesen fallen gelassen wird, setzte er sich wieder nieder beim Gläserklang.

Dirkowitsch, unentwegt schwelgend im Genusse des erwähnten märchenhaften Branntweins, hatte kein Wort verstanden; auch die lauwarm-milden Übersetzungen, die man ihm beibrachte, konnten ihm den Sinn nicht klarmachen.

Hira Singhs Rede bildete das Ereignis des Tages, und es wollte scheinen, als solle das Getöse bis zum Morgen dauern – da fiel plötzlich draußen ein Schuß, der alle nach der linken, unbewaffneten Seite greifen ließ. Gleich darauf ein wildes Getümmel vor der Tür und ein Schmerzensschrei.

»Wieder mal ein Karabinerdiebstahl!« sagte der Adjutant gelassen und fiel wieder in seinen Sessel zurück. »Das kommt davon, wenn man die Wachen reduziert. Hoffentlich haben ihn die Posten erschossen!«

Die Schritte von Soldaten dröhnten über den Steinboden der Veranda, und es schien, als schleifte man etwas herbei.

»Warum stecken sie den Kerl nicht bis morgen früh in eine Zelle!« meinte der Oberst ärgerlich. »Sehen Sie nach, Sergeant, ob er verwundet ist.«

Der Mann eilte hinaus in die Dunkelheit und kam gleich darauf mit zwei Gemeinen und einem Korporal zurück – alle höchlichst bestürzt.

»Indifidium gefaßt beim Karabinerstehlen«, meldete der Korporal. »Is er wenigstens an die Baracken hin gekrochen, Herr Oberst, und an die Schildwachen vorbei. Und die Schildwach, die sagt, Herr Oberst – –« Das zusammengekauerte Lumpenbündel, das die drei hereingebracht hatten und am

Hals in die Höhe hielten, stöhnte laut. Noch nie hatte man einen so elenden und herabgekommen Afghanen gesehen: ohne Turban, ohne Schuhe, mit Schmutzfladen bedeckt und anscheinend halbtot mißhandelt. Hira Singh schauderte leicht zusammen bei dem Schmerzenslaut des Mannes. Dirkowitsch schenkte sich noch einen Schnaps ein.

»Also, was sagt der Wachtposten?« fragte der Oberst.

»Sagt, er sprich englisch«, meldete der Korporal.

»Also deshalb hast du ihn hereingebracht, statt ihn dem Sergeanten zu übergeben! Merk dir: und wenn er mit Pfingstzungen geredet hätte, hereinbringen durftest du ihn nicht!« Wieder stöhnte und jammerte das Lumpenbündel. Der kleine Mildred stand auf, um den Fall zu untersuchen. Er sprang zurück wie von einer Schlange gebissen.

»Es wäre gut, die Leute hinauszuschicken«, sagte er halblaut zu dem Obersten. Dann legte er seinen Arm um das in Lumpen gehüllte Jammerbild und setzte es in einen Stuhl. Ich habe vergessen zu erwähnen, daß Mildred deswegen der »kleine« Mildred hieß, weil er die ungeheure Größe von sechs Fuß vier Zoll hatte. Als der Korporal sah, daß ein Offizier sich des Gefangenen annahm und das Auge des Obersten zu funkeln begann, drückte er sich schnell mit seinen Leuten. – Die Tafelrunde war nunmehr allein mit dem Karabinerdieb, der seinen Kopf auf den Tisch sinken ließ und bitterlich, hoffnungslos, trostlos zu weinen und zu schluchzen begann. Hira Singh sprang auf: »Oberst Sahib, das ist kein Afghane! Afghanen weinen: Ai, Ai. Er ist auch kein Hindustani; die weinen: Oh! Ho! Er weint nach Art der Weißen: Au! Au!«

»Woher, zum Kuckuck, Hira Singh, haben Sie denn diese Kenntnis?« fragte der Kapitän des Lushkar-Regiments.

»Hören Sie ihn?« fragte Hira Singh ruhig.

»Er hat soeben ›Mein Gott‹ gesagt«, bestätigte der kleine Mildred, »ich habe es genau gehört.«

Schweigend betrachteten der Oberst und die andern Offiziere den Unglücklichen. Es ist etwas Furchtbares, einen Mann weinen zu hören. Eine Frau kann mit dem Gaumen schluchzen, oder mit den Lippen, oder sonstwie, aber ein Mann schluchzt aus dem Zwerchfell herauf – es zerreißt ihn.

»Armer Teufel!« brummte der Oberst und hustete. »Wir müssen ihn ins Spital schicken, er ist mißhandelt worden.«

Der Adjutant hingegen liebte seine Karabiner zu sehr, als daß er hätte gerührt sein können; Karabiner galten ihm soviel wie Enkelkinder und kamen gleich nach der Mannschaft im Rang. Darum brummte er rebellisch: »Daß ein Afghane stiehlt, kann ich noch begreifen, denn es liegt in seiner Natur; aber daß er weint, kann ich nicht begreifen. Das macht die Sache noch schlimmer.«

Der Märchenbranntwein schien Dirkowitsch endlich besiegt zu haben, denn Dirkowitsch lag in seinem Sessel und starrte zur Decke empor. Dort war nichts Besonderes zu sehen, bis auf einen Schatten, der die Form eines kolossalen schwarzen Sarges hatte. Wahrscheinlich infolge irgendeiner Eigentümlichkeit in der Konstruktion des Speisesaals erschien er immer, wenn die Lichter angezündet wurden. Die Verdauung der Weißen Husaren störte sein Anblick nicht im geringsten. Im Gegenteil: Sie waren stolz auf ihn.

»Ob er wohl die ganze Nacht so weinen wird?« meinte der Oberst. »Oder sollen wir mit dem kleinen Mildred als Gast aufbleiben, bis es ihm wieder besser geht?«

Der Mann im Sessel erhob mit einemmal den Kopf und starrte die Versammlung an. »Oh, mein Gott!« sagte er. Sogleich sprang alles auf. Der Lushkar-Kapitän aber tat etwas, wofür ihm das Viktoriakreuz gebührt hätte als Auszeichnung für Tapferkeit im Kampf gegen überwältigende Neugier: Er gab seinen Leuten ein Zeichen mit den Augen, wie eine Hauswirtin es ihren Damen gegenüber in schicklichen Momenten zu geben pflegt, und führte sie nach den wenigen an den Obersten gerichteten Worten: »Dies ist nicht unsere Angelegenheit, Sir!« hinaus auf die Veranda und in die Gärten. – Hira Singh war der letzte, der den Saal verließ; er warf nur noch einen Blick auf den Russen.

Dirkowitsch bemerkte es nicht; er war ins Schnapsparadies eingegangen und studierte noch immer den Sarg an der Decke, lautlos dabei die Lippen bewegend.

»Ein Weißer bis in die Knochen«, sagte Basset-Holmer, der Adjutant. »Was für ein heilloser Renegat das sein muß! Möchte gern wissen, wo er herkommt.«

Der Oberst schüttelte den Mann leicht am Arm und fragte: »Wer sind Sie?«

Keine Antwort.

Der Mann starrte im Saal umher und lächelte dann dem Obersten ins Gesicht.

Der kleine Mildred, der stets mehr Weib als Mann war, solange nicht der Ruf erscholl: »Mannschaft! Aufgesessen!« wiederholte die Frage in einem Ton, der einen Geyser zu Vertraulichkeiten hätte verleiten müssen, aber das Lumpenbündel lächelte nur. Dirkowitsch benützte die Gelegenheit, sanft von seinem Sessel herab auf den Fußboden zu gleiten; kein Adamsohn kann auf dieser unvollkommenen Welt den Champagner der Weißen Husaren flaschenweise mit ihrem Märchenbranntwein gemischt durcheinander trinken, ohne an die Grube gemahnt zu werden, der er einst entstiegen und in die er wieder zurückkehren wird!

Die Musikkapelle stimmte in diesem Augenblick die Melodie an, mit der die Weißen Husaren seit Gründung des Regimentes alle ihre Festlichkeiten zu beschließen pflegten; lieber hätten sie sich pensionieren lassen, als auf sie verzichtet. Als die Weise ertönte, erhob der Mann den Kopf und begann im Takt mit den Fingern auf die Tischplatte zu trommeln.

»Eigentlich sehe ich nicht ein, warum wir Wahnsinnige unterhalten sollen«, meinte der Oberst. »Rufen Sie eine Wache, damit er in eine Zelle gesteckt wird. Wir wollen die Angelegenheit morgen untersuchen. Aber geben Sie ihm vorher noch ein Glas Wein.«

Der kleine Mildred füllte ein Sherryglas mit Brandy und schob es dem Manne hin. Er trank. Die Musik spielte lauter. Er richtete sich stramm auf. Dann streckte er seine krallenartigen Finger nach einem silbernen Tafelgerät aus und streichelte es zärtlich. Darin war eine Feder verborgen, gewissermaßen ein Geheimnis. Wenn man darauf drückte, wurde aus dem Ding eine Art speicherförmiger Kandelaber. Der Mann fand die Feder, drückte darauf und lachte leise. Dann stand er auf, betrachtete ein Bild an der Wand, dann das nächste, während die Offiziere ihn schweigend beobachteten. Als er beim Kaminsims angekommen war, schüttelte er den Kopf und schien enttäuscht. Ein Aufsatz aus Silber, einen Husaren in voller Uniform zu Pferd darstellend, fesselte seine Aufmerksamkeit; er deutete mit fragender Miene darauf und dann wieder auf das Kaminsims.

»Was er wohl damit meinen mag?« sagte der kleine

Mildred und erklärte ihm gleich darauf mit einem Ton, so herzensgut, wie etwa eine Mutter zu ihrem Kinde sprechen würde: »Ein Pferd ist es, schau nur: ein Pferd!«

Und langsam kam die Antwort zurück – in halberstickten, leidenschaftslosem Gurgelton: »Ja – ich – hab's gesehen. – Aber – wo – ist dieses Pferd?«

Man hätte die Herzen schlagen hören können, so lautlos machten die Offiziere dem Manne Platz, wie er langsam im Speisesaal umherwanderte. Keinem fiel es mehr ein, den Wachposten zu rufen.

Wieder sprach da der Mann – mit zögernden Worten: »Wo – wo ist – *unser* Pferd?«

Es gab nur ein Bild eines Pferdes bei den Weißen Husaren und es hing an der Tür draußen vor dem Speisesaal. Es stellte den Schecken des Trommlers dar, des Königs der Regimentsmusik, und hatte siebenunddreißig Jahre lang treu gedient, bis es wegen Altersschwäche erschossen werden mußte. Sofort rissen einige der Herren das Bild von seiner Stelle und reichten es dem Manne hin. Er nahm es und stellte es – auf das Kaminsims. Dann taumelte er an das Ende der Tafel und sank in Mildreds Stuhl.

Ein Stimmengewirr erhob sich: »Seit dem Jahre 67 hat das Trommlerpferd nicht mehr über dem Kaminsims gehangen!« – »Wie kann er das wissen!?« – »Mildred, geh, sprich doch noch mal mit ihm!« – »Oberst, was gedenken Sie zu tun?« – »So schweigt doch! Laßt dem armen Teufel Zeit, zu sich zu kommen.« – »Das wird er nie, er ist doch wahnsinnig!«

Der kleine Mildred trat zu dem Obersten und flüsterte ihm etwas ins Ohr. Dann wandte er sich an die Gesellschaft und sagte laut: »Ich bitte die Herren, wieder alle ihre Plätze einzunehmen!« Es geschah. Nur Dirkowitschs Sessel blieb leer. Der kleine Mildred setzte sich in Hira Singhs Stuhl. Unter allgemeiner Totenstille füllte der diensthabende Sergeant, die Augen weit aufgerissen, die Gläser. Wieder, wie vorher am Schlusse des Banketts, erhob sich der Oberst, faßte sein Glas, aber seine Hand zitterte, so daß der Wein auf den Tisch floß, und rief mit heiserer Stimme, den am Ende der Tafel in seinem Sessel zusammengesunkenen Mann anstarrend: »Herr Stellvertreter! Die Königin!«

Eine bange Pause folgte, dann sprang der Mann auf und

antwortete ohne zu stocken: »Die Königin! Gott segne sie!« Und als er das Glas geleert hatte, brach er mit den Fingern den Stiel ab.

Vor langer, langer Zeit, als die Kaiserin und Königin noch eine junge Frau war und es noch keine falschen Ideale im Lande gab, war es bei gewissen militärischen Liebesmahlen Sitte gewesen, nach solchen Toasten die Stiele der Trinkgläser abzubrechen zum Entzücken aller Heereslieferanten, aber diese Sitte besteht jetzt nicht mehr; weswegen sollte man auch etwas zerbrechen! Höchstens – brechen, und das besorgt die Regierung selber, besonders wenn es das Brechen eines gegebenen Wortes anbelangt.

»Das löst das Rätsel«, sagte der Oberst aufatmend, »er ist kein Sergeant. Aber was, in aller Welt, ist er denn?«

»Ja, was ist er?« rief alles wie aus einem Munde und eine Flut von Fragen erhob sich. Kein Wunder, daß der zerlumpte, schmutzbedeckte Eindringling es nur zu einem verständnislosen Lächeln und Kopfschütteln brachte.

Da kroch Dirkowitsch, wahrscheinlich aus gesundem Schlummer erweckt durch Füße, die unabsichtlich auf seinem Körper herumgetrampelt hatten, unter dem Tisch hervor. Auf seinem Gesicht lag ein seliges Lächeln. Er tauchte dicht neben dem Manne auf, aber kaum hatte ihn dieser erblickt, so schrie er laut auf und krümmte sich unter seinen Lumpen in wildem Entsetzen. Es war ein grausiger Anblick nach dem erhebenden und feierlichen Trinkspruch, der die verwirrten Sinne so schnell beruhigt hatte.

Dirkowitsch rührte keinen Finger, um dem Unglücklichen zu helfen, dafür sprang Mildred auf und stützte ihn. Es schickt sich nicht, daß ein Gentleman, der einen Toast auf die Königin auszubringen imstande ist, einem subalternen Kosakenoffizier zu Füßen liegt!

Durch das hastige Zugreifen Mildreds war dem Manne der obere Teil seiner Bekleidung fast bis zum Gürtel aufgerissen worden. Sein Körper war über und über bedeckt mit schwarzen trockenen Narben! Es gibt nur ein Instrument in der Welt, das solche parallel laufende Striemen reißt. Weder Dornen noch Katzenkrallen bringen dergleichen hervor! Dirkowitsch erblickte sie, und seine Augen erweiterten sich. Auch in seinen Mienen ging eine merkwürdige Veränderung vor.

Er sagte etwas, das klang wie: »Shto ve takete?« und sofort hauchte das Lumpenbündel unterwürfig: »Chetyre.«

»Was heißt das?« schrien alle durcheinander.

»Das ist seine Nummer. Nummer vier, wjissen Sie«, erklärte Dirkowitsch mit schwerer Zunge.

»Was hat ein Offizier Ihrer Majestät der Königin mit einer Nummer zu tun?« fragte der Oberst in schneidendem Ton; ein drohendes Murmeln lief um den Tisch.

»Wjie kann jich das wissen?« sagte der geschmeidige Asiat mit einem süßen Lächeln. »Er ist – wjie sagt man? – eine Desertörr – eine Flüchtling von drüben –« Er deutete in das Dunkel der Nacht hinaus.

»Sprechen Sie mit ihm! Vielleicht antwortet er Ihnen. Aber, bitte, sanft!« sagte der kleine Mildred und drückte den Mann wieder freundlich in den Stuhl zurück.

Es erregte allgemeine Entrüstung, daß Dirkowitsch Brandy schlürfte, während er mit dem Geschöpf, das ihm so zaghaft und von offensichtlicher Furcht ergriffen antwortete, russisch zischte und knurrte. Da aber Dirkowitsch den Mann zu verstehen schien, unterbrach man ihn nicht. Alle lauschten gespannt und vorgebeugt, und man konnte ihren schweren Atem hören während der langen Pausen, die bisweilen in dem Verhör eintraten. Wenn die Weißen Husaren einmal keinen Dienst haben werden, wollen sie nach Petersburg fahren, um Russisch zu lernen!

»Er weiß nicht, wie lange es her ist«, berichtete Dirkowitsch mit einem Blick auf das Offizierskorps, »aberr er sagt, es müsse sein gewesen vor serr ljange Zeit, wärrend eines Krieges. Ich gljaube, es warr eine Zufall. Err sagt, er hat mitgemacht den Krieg mit Ihrem rummbedeckten und ausgezeichneten Regiment.«

»Die Listen! Die Listen! Holmer, bring die Listen her!« schrie der kleine Mildred, und der Adjutant stürzte ohne Mütze hinaus ins Ordonnanzzimmer, wo die Musterungslisten des Regiments aufbewahrt wurden. Als er zurückkam, hörte er, wie Dirkowitsch seine Rede mit den Worten schloß: »Deshalb meine teurren Freunde, bin ich iber die Maaßen betrübt, daß ein Zufall die Veranlassung war, der wieder hätte gut gemacht werden können, wenn er sich hätte entschuldigt bei unserm Oberst, der von ihm ist beljeidigt worden.« Abermals entstand ein lautes Murren, das der Oberst nur mit Mühe ersticken konnte, die Offiziere schienen nicht in der Laune zu sein, Beleidigungen gegen einen russischen Obersten abzuwägen.

»Err sagt, er erinnert sich nicht mehr«, fuhr Dirkowitsch fort, »aber ich glaube, es war eine Zufall. Deshalb wurde er nicht, wie die andern Gefangenen ausgetauscht, sondern an einen andern Ort – verschickt; nach – wjie soll ich sagen? – Nun: aufs Land! Auf diese Weise kam er dann schließlich hierher, er weiß nicht, wie. Nicht? Err war in Chepany.«

Der Mann hörte den Namen, nickte und schauderte.

»Err war in Zhigansk und Irkutsk. Ich begreife nicht, wie err hat können entfliehen! Er sagt auch, daß er sich hat herumgetrieben viele Jahre in den Wäldern, aber wie viele, hat er vergessen wie so vieles andere. Es war eine Zufall. Weil er sich nicht hat entschuldigt bei unserm Oberst. Ach!«

Anstatt in Dirkowitschs Bedauern mit einzustimmen, schienen die Weißen Husaren im Gegenteil das damalige Verhalten ihres Kameraden nur zu billigen, wie aus ihren höchst unchristlichen Freudebezeigungen hervorging, nebst anderen Gefühlsäußerungen, die kaum durch das Gebot der Gastfreundschaft im Zaume gehalten wurden.

»Ruhig jetzt!« erwahnte Holmer. »Da haben wir's: 56–55–54: Leutnant Austin Limmason. Vermißt. Das war bei Sebastopol. Was für eine höllische Schande!: hat einen russischen Offizier beleidigt und wird deshalb einfach verschickt. Dreißig Jahre seines Lebens einfach ausgelöscht!« Und Holmer warf die vergilbten und verstaubten Listen auf den Tisch. Die Offiziere fielen darüber her. »Aber entschuldigt hat er sich doch nicht!« riefen alle wie aus einem Munde. »Hat wahrscheinlich gesagt, er wolle lieber verdammt sein!«

»Armer Kerl! Später hatte er wohl keine Gelegenheit dazu«, sagte der Oberst. »Wie hat er sich nur hierher durchgeschlagen?« Das Lumpenbündel auf dem Sessel konnte keine Antwort geben.

»Wissen Sie, wer Sie sind?«

Das Lumpenbündel lächelte unsicher.

»Wissen Sie nicht, daß Sie der Leutnant Limmason sind? – Leutnant Limmason von den Weißen Husaren?«

Schnell wie ein Schuß kam die Antwort: »Ja. Ich bin Limmason. Natürlich.« Sofort jedoch erlosch das Licht in den Augen des Mannes wieder; er brach zusammen und beobachtete schreckerfüllt jede Bewegung Dirkowitschs. Eine Flucht aus Sibirien kann wohl einige einfache Tatsachen im Gedächtnis zurücklassen, aber zusammenhängende Gedankengänge scheint sie zu zerstören. Wie eine verirrte Taube hatte Limmason den Weg zu seinem Regiment zurückgefunden, aber wie ihm das möglich gewesen, vermochte er nicht zu erklären. Was er gelitten und gesehen – er wußte es nicht mehr. Er krümmte und wand sich vor Dirkowitsch so instinktiv, wie er die Feder des Leuchters gedrückt, das Bild des Trommlerpferdes gesucht und in den Toast auf die Königin eingestimmt hatte; alles andere war eine ausgelöschte Tafel, die die russische Sprache nur mangelhaft ausfüllen konnte. Er hielt den Kopf auf die Brust gesenkt und kicherte abwechselnd in sich hinein oder schauderte.

Vom Teufel, der im Branntwein steckt, angestachelt, hielt Dirkowitsch es für nötig, in diesem höchst unpassenden Augenblick eine Rede zu halten. Er stand auf, schwankte ein wenig, erwischte die Tischkante aber noch rechtzeitig und begann, wobei seine Augen schimmerten wie Opale:

»Rummbedeckte Waffenkameraden – treue Freunde und Gastgeberr! Es warr eine unglückliche Zufall! Ieberraus beklagänswert. Höchst beklagänswert!« – hier lächelte er den Anwesenden honigsüß zu; »aber Sie werden an ihn denken – an den kleinen, kleinen Fall! Soo klein, njicht wahrr? Der Zar, pscha, ich schnappe mit den Fingern auf ihn! Gljaube ich an ihn? Nein. Aber an uns Slawen, die noch nichts getan haben, an die glaube ich. Siebzig – was sage ich? – nein, nein viel viel mehr Millionen, die haben noch nichts getan – nicht eine Sache! Napoleon? – Eine Episode! Pah!« – hier schlug er mit der Hand auf den Tisch – »hört genau, ihr alten Völker! Wir haben noch njichts getan in der Welt – hier zum Beispiel! Alle unsere Arbeit ist noch zu tun! Aberr, sie wirrd getan werden, ihr alten Völker! Forrt mit euch!« – gebieterisch streckte er den Arm aus; deutete dann auf das Lumpenbündel. »Seht ihr ihn da? Err ist nicht lieblich anzuschauen! Er ist nur ein kleiner – oh, so ganz kleiner Zufall, den man vergessen hatte. Jetzt ist er das da! So wird's auch mit euch gehen, Waffenbrüder liebe! Aber *ihr* werdet nicht zurückkommen, wie der da! Ihr werdet dahin gehen, wohin err gegangen ist, oder dorthin –« Er deutete auf den großen Sargschatten an der Decke und stammelte: »– siebzig Millionen – fort mit euch, ihr alten Völker!« Dann fiel er in Schlaf wie vom Blitz gefällt.

»Schön und zutreffend«, sagte der kleine Mildred. »Aber wozu wütend werden? Machen wir es lieber diesem armen Teufel bequem!« Das wurde denn auch schnell und liebevoll von den Weißen Husaren besorgt.

Leutnant Limmason war nur zurückgekehrt, um drei Tage später wieder fortzugehen, wobei die Klänge eines Trauermarsches und der schütternde Schritt der Schwadronen der erstaunten Mannschaft, die trotzdem keine Lücke in der Tafelrunde bemerkte, Kunde gaben, daß ein Offizier des Regimentes seine neuerlangte Charge wieder niedergelegt hatte.

Auch Dirkowitsch, liebenswürdig, freundlich, geschmeidig, wie immer, reiste ab. Mit dem Nachtzug. Der kleine Mildred und noch ein anderer Offizier gaben ihm das Geleit, denn er war nun einmal Gast des Regimentes, und hätte er den Obersten selbst mit der flachen Hand geschlagen, der Offizierscomment erlaubte keine Verletzung des Gastrechts.

»Leben Sie wohl, Dirkowitsch, und: glückliche Reise!« sagte der kleine Mildred.

»Au revoir!« rief der Russe zurück.

»Wirklich? Auf Wiedersehen? Wir dachten, Sie wollten heimreisen?«

»Ja! Aberr ich komme wieder! Ist denn dieser Weg verschlossen, meine ljieben Freunde?« Dirkowitsch deutete auf den Horizont des Nachthimmels, wo der Polarstern über dem Khyber-Paß glänzte.

»Wahrhaftig, das habe ich ganz vergessen! Natürlich, ja!« sagte Mildred freundlich. »Aber haben Sie auch alles, was Sie brauchen? Zigarren? Eis? Bettzeug? Alles in Ordnung? Gut, *au revoir*, Dirkowitsch!«

»Hm«, brummte der Begleitoffizier, als die letzten Lichter des Zuges verschwanden, »von allen – diesen – hemmungslosen – –«

Der kleine Mildred antwortete nicht, richtete seinen Blick auf den Polarstern und summte das Liedchen einer neuen

Simla-Posse, die es damals den Weißen Husaren ganz besonders angetan hatte, vor sich hin:

»Er tut mir leid, der Ritter Blaubart,
Leid tät mir's, tät ich ihm weh!
Doch kehrt er zurück: das gäbe ein Stück
Spektakel, soviel ich seh.«

Am Ende der Fahrt

Vier Männer mit berechtigten Ansprüchen auf »Leben, Freiheit und des Glückes Segen« saßen bei Tisch und spielten Whist. Das Thermometer zeigte – nach ihrer Messung – 101 Grad Hitze, trotzdem das Zimmer so stark verdunkelt war, daß sie kaum mehr die Figuren auf den Kartenblättern und ihre eigenen bleichen Gesichter unterscheiden konnten. Eine zerlumpte *Punkah*[1], mit verblichenem Kattun bezogen, bewegte die heiße Luft und knarrte mißtönend bei jedem Schlag. Draußen Düsternis, wie ein Londoner Novembertag; weder Himmel zu sehen, noch Sonne oder Horizont – nichts als braunroter Hitzenebel. Die Erde schien an Schlagfluß sterben zu wollen.

Von Zeit zu Zeit stiegen Wolken gelbbraunen Staubes ohne erkennbaren Grund vom Erdboden auf, schwebten, wie Tafeltücher groß, zwischen die verdorrten Baumwipfel empor und fielen wieder hernieder. Dann plötzlich brauste ein wirbelnder Staubteufel einige Meilen weit über die Ebene hin, brach seitwärts aus, die Richtung ändernd, obgleich kein Hindernis im Wege stand als eine lange Reihe weißbeaschter Bahnschwellen, ein Haufen Lehmbaracken, hergestellt aus Holzbalken schlechtester Art und altem Segeltuch, und der niedrige, vierzimmrige Bungalow des Unteringenieurs, der mit der Führung einer Abteilung der im Bau begriffenen Ghandhari-Eisenbahnlinie betraut war.

Die vier bis fast aufs Hemd entkleideten Männer spielten mißgelaunt ihren Whist und stritten sich dabei. Es machte ihnen kein sonderliches Vergnügen, trotzdem die Partie nicht leicht zustande gekommen war. Mottram, z. B., vom indischen Vermessungsamt, hatte in der Nacht vorher von seinem einsamen Posten in der Wüste nicht weniger als dreißig Meilen zu Pferd und hundert mit der Bahn zurücklegen müssen, um hierherzugelangen. Und Lowndes von der Zivilverwaltung hatte die lange Reise gemacht, um für ein paar Stunden den Intrigen eines verarmten einheimischen Staatskörpers fern zu sein, dessen König unentwegt, im Guten oder Bösen, Geld erpreßte von den armen Bauern oder den händeringenden

1. Großer Fächer.

Kamelzüchtern. Spurstow, der Regimentsarzt, hatte einen von Cholera heimgesuchten Lagerplatz von Kulis für achtundvierzig Stunden sich selbst überlassen, um wieder einmal mit Landsleuten beisammen zu sein; Hummil, der Unteringenieur, war der Gastgeber der drei. Er befand sich dauernd auf seinem Posten und empfing seine Freunde jeden Sonntag, wenn sie abkommen konnten. War einer von ihnen verhindert oder kam nicht, so erhielt er noch am selben Tage eine Depesche von Hummil mit der Anfrage, ob er tot oder noch am Leben sei. Es gibt Orte genug im Osten, wo es sehr angezeigt ist, seine Bekannten auch nicht eine Woche lang aus dem Auge zu verlieren.

Dennoch benahmen sich die vier Spieler keineswegs rücksichtsvoll zu einander. Sie zankten sich immer, wenn sie beisammen waren, aber trotzdem sehnten sie sich stets nach solchen Gesellschaften, wie Leute bei Wassermangel nach einem Trunk. Es waren Menschen, die die Qual der Einsamkeit nur zu gut kannten; keiner von ihnen zählte mehr als dreißig Jahre, und das ist wenig in einem solchen Fall.

»Pilsener?« fragte Spurstow nach dem zweiten Robber und trocknete sich die Stirn.

»Tut mir leid: Bier ist nicht mehr da, kaum Sodawasser genug für heute abend«, erwiderte Hummil.

»Eine schäbige Wirtschaft!« brummte Spurstow.

»Kann nichts dafür. Hab geschrieben und telegraphiert; aber die Züge gehen nicht mehr regelmäßig. In der letzten Woche ist sogar das Eis ausgeflossen! Lowndes weiß es.«

»Gut, daß ich damals nicht hier war. Hab's nicht gewußt, sonst hätte ich dir etwas schicken können. Pfui Teufel, die Hitze! Man kann das dumme Zeug gar nicht mehr weiter spielen!« Spurstow warf einen gereizten Blick auf Lowndes; aber der lachte nur, er war abgehärtet gegen Beleidigungen.

Mottram stand auf, lugte durch eine Spalte der Fensterläden: »Welch ein entzückender Tag heute!«

Dann gähnte die ganze Gesellschaft und begann nach einer Weile eine planlose Durchstöberung der Schätze ihres Gastgebers: Flinten, zerrissene Novellenbände, Sattelzeug, Sporen und dergleichen. Sie hatten alles schon unzählige Male in Händen gehabt, aber was hätten sie sonst anfangen sollen?

»Gibt's was Neues?« fragte Lowndes.

»Die letzte Wochennummer der Indian Gazette und ein Zeitungsausschnitt aus der Heimat. Mein Vater hat ihn mir geschickt. Ziemlich unterhaltsam.«

»Wahrscheinlich wieder aus der Feder eines der gewissen Verwaltungsräte, die sich selbst Parlamentsmitglied nennen?« fragte Spurstow, der gern Zeitungen las, wenn er solche erwischen konnte.

»Ja, hört mal zu! Es ist Wasser auf deine Mühle, Lowndes. Also: der Bursche hielt vor seinen Wählern eine Rede und ließ sie dann veröffentlichen. Hier eine Probe: ›Ich zögere nicht, festzustellen, daß der Zivildienst in Indien geradezu eine Sinecure der englischen Aristokratie ist: Was gewinnen die Demokraten – was die große Masse – von dem Lande, das wir unter dem Deckmantel der Uneigennützigkeit Schritt für Schritt annektiert haben? Ich sage: nichts! Indien ist, wie jeder auf den ersten Blick sehen kann, nur eine Einnahmequelle für die Brut des Adels. Sie sind darauf bedacht, die überreichlichen Einkünfte, die sie so schon haben, noch zu vermehren; jeder Frage weichen sie aus, die ein Licht auf ihre Verwaltung werfen könnte. Sie zwingen die armen Bauern, im Schweiße des Angesichts für den Luxus aufzukommen, mit dem sie sich selbst umgeben.‹« Hummil schwenkte das Blatt über dem Kopf. »Hört! Hört!« riefen seine Gäste.

»Ich würde drei Monate Gehalt dafür geben«, sagte Lowndes nachdenklich, »wenn ich diesen Ehrenmann einen Monat hier haben könnte, um ihn zu überzeugen, wie die freien, unabhängigen, eingeborenen Fürsten des Landes über diese Frage denken. Der ›Alte Schöps‹ (so nannte man allgemein einen hochgeehrten, dekorierten Feudalfürsten) hat mich diese Woche wegen Geld fast zu Tode behelligt. Was soll ich sagen? Schließlich hat er mir sogar, um mich zu bestechen, eins seiner Weiber geschickt.«

»Du Glücklicher! Hast du sie angenommen?« fragte Mottram.

»Nein. Hätte es eigentlich tun sollen. Sie war eine nette kleine Person und schwätzte mir uferlos vor von den Entbehrungen der Weibsbilder im königlichen Harem. Diese Herzensschätze hätten im verflossenen Monat nicht einmal neue Kleider bekommen, weil der alte Herr, in Kalkutta, eine Wagenladung silberner Gitter, silberner Lampen und ähnliche Kleinigkeiten kaufen muß. Ich hab ihm vergebens vorgehalten, daß er die Einkünfte von zwanzig Jahren ganz zwecklos vergeudet hat und endlich einmal anfangen müsse, zu sparen. Aber er will es nicht einsehen.«

»Warum greift er sein Ahnen-Schatzgewölbe nicht an? Es müssen doch mindestens drei Millionen unter seinem Palast liegen in Münzen und Juwelen?« fragte Hummil.

»Nenn mir den eingeborenen König, der seinen Familienschatz angreift! Die Priester erlauben es nur im äußersten Notfall. Der ›Alte Schöps‹ hat sogar noch eine Viertelmillion dazugefügt, seit er regiert.«

»Woher kommen denn nur alle diese Übelstände?« fragte Mottram.

»Das Land! Wenn man die Zustände sieht, die im Volke herrschen, wird man krank! Ich war Zeuge, wie die Steuereintreiber bei einem kreißenden Kamel warteten, bis das Füllen geboren wurde, und dann die Mutter forttrieben als Ersatz für rückständige Abgaben. Die Gerichtsschreiber verweigern mir die Abrechnungen, und der Höchstkommandierende lächelt nur fett, wenn ich ihm sage, daß die Truppen seit drei Monaten keinen Gehalt bekommen haben. Und der ›Alte Schöps‹ flennt, wenn ich ihn nur anrede. Aber er säuft Liköre statt Whisky und Heidsieck statt Sodawasser.«

»Genau wie der Rao von Jubela«, rief Spurstow. »Nicht einmal ein Eingeborener hält sowas lange aus. Er wird ins Gras beißen.«

»Das wäre zu wünschen. Dann könnten wir einen Regentschaftsrat einsetzen, dem jungen Prinzen einen Erzieher stellen und ihm selbst später ein zehnmal reicheres Königreich übergeben.«

»Worauf dann der junge Prinz, nachdem er alle Laster der Engländer kennengelernt haben wird«, fiel Spurstow ein, »das ganze Geld und die Ersparnisse von zehn Jahren in achtzehn Monaten vor den Kopp haut. Ich kenne das. An deiner Stelle, Lowndes, würde ich den König einmal in aller Höflichkeit beim Ohr nehmen. Verhaßt bist du ja sowieso.«

»Du hast gut reden! Fern vom Schuß läßt sich's leicht sagen: höflich beim Ohr nehmen! Einen Saustall kann man nicht mit einem Pinsel und Rosenwasser reine machen. Ich weiß schon, was ich riskiere; bisher ist mir nichts passiert. Mein

Diener ist ein alter Afghane und kocht für mich; so leicht ist der nicht zu bestechen, und von meinen ›treuen Freunden‹, wie sie sich selber nennen, nehme ich grundsätzlich keine Speisen an. Aber es ist eine zermürbende Arbeit. Ich wäre, weiß Gott, lieber bei dir, Spurstow. In der Nähe deines Lagers wird wenigstens geschossen.«

»So? Bei mir möchtest du sein?! Glaub doch das nicht! Fünfzehn Todesfälle im Tag, da vergeht einem das Schießen. Höchstens schießt man auf sich selber. Das schlimmste ist, wenn mich die armen Teufel immer so angucken, als könnte ich ihnen in Wirklichkeit helfen. Gott weiß: ich habe schon alles mögliche versucht. Mein letztes Experiment war ein Wagestück, aber es ist mir geglückt: ich hab einen alten Mann dem Tod entrissen – er war so gut wie erledigt, da hab ich ihm Branntwein mit Worcestershire-Sauce und Cayennepfeffer eingegeben, und er ist durchgekommen. Natürlich empfehle ich niemand dieses Mittel.«

»Wie verlaufen die Fälle gewöhnlich?« fragte Hummil.

»Sehr einfach, Chlorodin, Opiumpillen, Chlorodin, Kräfteverfall, Nitrate, heiße Steine auf die Fußsohlen, und dann – das Leichenverbrennungs-*Ghaut*[1]. Letzteres scheint noch das einzige zu sein, das eine gründliche Wirkung äußert. Es ist eben die schwarze Cholera. Arme Teufel! Aber ich muß sagen: mein Apotheker, der kleine Bunsee Lal, arbeitet wie ein Dämon. Ich hab ihn zur Beförderung empfohlen für den Fall, daß er am Leben bleibt.«

»Und wie stehen deine Chancen, alter Bursche?« fragte Mottram.

»Weiß nicht. Kümmert mich wenig. Und was treibst du für gewöhnlich?«

»Sitze im Zelt unterm Tisch und spucke auf den Sextanten, damit er kühl bleibt«, sagte der Vermessungsbeamte, »wasche mir die Augen, damit ich keine Entzündung kriege, was mir sicher noch einmal blüht, und versuche meinem Angestellten klarzumachen, daß ein Irrtum von fünf Winkelgraden keineswegs so geringfügig ist, wie es aussieht. Ich bin, wie ihr wißt, ganz allein und werde es bis zu Ende des heißen Wetters auch bleiben.«

1. Ghauts sind die Ufertreppen an den Flüssen, wo die Leichen verbrannt werden.

»Also ist Hummil der Glückspilz unter uns«, sagte Lowndes und warf sich in einen Liegestuhl, »er hat ein wirkliches Dach, zwar abgenutzt bis auf die Zimmerdecke, aber immerhin ein Dach überm Kopf, sieht jeden Tag einen Zug vorbeikommen – hat sogar Bier, Sodawasser und Eis, wenn der liebe Gott huldreich aufgelegt ist. Er besitzt Bücher, Gemälde (sie waren aus der Zeitung »The Graphic« herausgeschnitten) und erfreut sich der Gesellschaft des ausgezeichneten Unterassistenten Jevins, und außerdem genießt er uns jede Woche.«

Hummil lächelte bitter. »Jawohl, ich bin ein Glückspilz! Aber Jevins ist noch weit glücklicher.«

»Wieso? Ist er vielleicht – – –?«

»Allerdings. Er hat sich auf die Große Reise begeben. Am verflossenen Montag.«

»Aus eigenem Antrieb?« fragte Spurstow rasch und gab damit dem Verdacht Ausdruck, der alle sofort ergriffen hatte. Es herrschte ja keine Cholera in Hummils Gegend und auch das Fieber läßt dem Menschen eine Woche zum Sterben Zeit. Plötzlicher Tod wird daher stets als Selbstmord angesehen.

»Bei einem solchen Wetter kann man dergleichen niemand verübeln«, sagte Hummil, »vielleicht war es nur Sonnenstich. Vorige Woche, als ihr mich eben verlassen hattet, kam er zu mir in die Veranda und sagte, er wolle heim zu seiner Gattin – nach Liverpool in der Market Street – gleich jetzt abends! Ich schickte sofort nach dem Apotheker, damit er nach ihm sähe, und wir brachten ihn zu Bett. Nach ein paar Stunden rieb er sich die Augen und meinte, er wäre wahrscheinlich ohnmächtig gewesen, und hoffe, sich nicht ungebührlich benommen zu haben. Er hielt von jeher auf gute Umgangsformen; er drückte sich damals so gewählt aus wie Chucks.«

»Nun, und?«

»Dann ging er in seinen Bungalow und reinigte sein Gewehr. Sagte seinem Diener, er wolle am nächsten Tag auf die Jagd. Dabei spielte er mit dem Drücker und der Schuß ging ihm durch den Kopf. Reiner Zufall, natürlich! Der Apotheker berichtete den Vorfall dem Chef, und Jevins wurde begraben. Irgendwo draußen. Ich wollte dir zuerst telegraphieren, Spurstow, aber was hättest du tun können?«

»Du bist wirklich ein seltsamer Kerl«, meinte Mottram, »wenn du ihn selber umgebracht hättest, würdest du über die Sache nicht sorgsamer geschwiegen haben.«

»Gott, wozu viel Aufhebens davon machen!« sagte Hummil gelassen. »Ich hab noch einen großen Teil seiner Arbeit auf meine Schultern nehmen müssen, bin also der eigentliche Leidtragende. Jevins ist aus dem Wasser – reiner Zufall wie gesagt, aber aus dem Wasser ist er. Der Apotheker hat ein langes Gefasel von Selbstmord vom Stapel lassen wollen. Hindere einmal einer einen Babu am Schmieren, wenn er Gelegenheit dazu gefunden hat!«

»Warum wolltest du denn einen Selbstmord nicht zugeben?« fragte Lowndes.

»Weil kein direkter Beweis vorlag. Viel Vorrechte hat ja ein Mensch hier zu Lande nicht, aber ein Gewehr verkehrt in die Hand zu nehmen, wird ihm schließlich wohl noch erlaubt sein! Überdies: vielleicht werde ich selbst nochmal jemand dankbar sein, daß er bei mir Zufall als Todesursache angibt. Leben und leben lassen. Sterben und sterben lassen!«

»Da! Nimm eine Pille!« sagte Spurstow, der Hummils bleiches Gesicht beobachtet hatte, »nimm eine Pille und sei kein Esel. Das alles ist dummes Geschwätz. Jedenfalls hemmen Selbstmordgedanken deine Arbeit. Wenn ich zehnmal der Hiob wäre, das Interesse am Fortschritt meiner Arbeit ließe ich mir nie rauben.«

»Ach was! Mir ist sie vollkommen gleichgültig geworden«, sagte Hummil.

»Vielleicht die Leber nicht in Ordnung?« meinte Lowndes teilnahmsvoll.

»Nein. Etwas viel Schlimmeres. Ich kann nicht schlafen.«

»O, das kenne ich«, rief Mottram. »Geht mir bisweilen auch so. Sind Anfälle, die sich austoben wollen. Was tust du dagegen?«

»Nichts. Es ist alles vergebens. Seit Freitagmorgen hab ich keine zehn Minuten geschlafen.«

»Armer Kerl! Spurstow, du solltest ihn in Behandlung nehmen. Schau nur, seine Augen sind trüb und seine Lider dick geschwollen.«

Spurstow lachte leicht auf, beobachtete aber Hummil noch immer scharf. »Später! Werde ihn schon auf die Beine bringen. Übrigens, was meint ihr, ist's zu heiß für einen Spazierritt?«

»Wohin denn?« brummte Lowndes müde. »Um acht müssen wir sowieso fort, da werden wir genug zu reiten haben. Ich hasse das Pferd, wenn ich es nur als Transportmittel gebrauchen muß. O Gott, was fängt man nur an?«

»Spielen wir halt wieder Whist, acht Schilling den Point und einen Goldmohur den Robber!« schlug Spurstow vor.

»Bist wohl verrückt? Einen Monatsgehalt als Einsatz! Einer von uns wäre ruiniert, wenn wir aufstehen!« sagte Lowndes.

»Könnte nicht behaupten, daß ich gerne ›derjenige, welcher‹ wär'«, sagte Mottram, »auch möchte ich nicht schuld sein, wenn einen von uns dieses Los träfe. Als Reizmittel langt es nicht hin und außerdem ist es töricht.« Und er ging hinüber zu einem alten Klavier, dem Wrack eines Familienhaushaltes aus früheren Tagen des Bungalows, und öffnete den Deckel.

»Rettungslos verstimmt«, sagte Hummil, »meine Diener haben darauf herumgehackt.«

Allerdings befand sich das Instrument in einem kläglichen Zustand, aber immerhin gelang es Mottram, die rebellischen Töne nach und nach ein wenig in Einklang zu bringen; dann stieg aus der abgegriffenen Tastatur etwas auf, wie das Gespenst eines Liedes aus einem Volksvarieté. Die Herren in ihren Liegestühlen wandten sich mit sichtlichem Interesse Mottram zu, der immer munterer drauflosspielte.

»Ausgezeichnet«, rief Lowndes. »Ich glaube, ich habe dieses Lied zum letzten Mal im Jahre 79 gehört, damals als ich fort mußte von zu Haus.«

»Oh, ich habe erst um 80 herum fort müssen«, sagte Spurstow selbstbewußt, und er nannte einen Gassenhauer, der damals in aller Mund gewesen war.

Mottram schlug die Melodie an, aber mangelhaft. Lowndes kritisierte und verlangte Änderungen. Mottram ging in ein anderes Volkslied über und wollte dann aufhören.

»Sitzen geblieben!« befahl Hummil. »Ich hab gar nicht gewußt, daß du soviel Musik im Leib hast. Spiel so lang, bis dir nichts mehr einfällt. Ich werde das Klavier stimmen lassen, bis ihr wiederkommt. Bitte, etwas Festliches jetzt!«

Sehr einfach, freilich, waren die Melodien, denen Mottrams

Kunst und der Zustand des Klaviers Ausdruck geben konnten, aber die Herren hörten mit Vergnügen zu und sprachen in den Pausen von den Erlebnissen, die sie gehabt, als sie noch in ihrer Heimat gewesen waren. Ein dichter Staubsturm erhob sich draußen und heulte über das Haus hinweg, hüllte alles in mitternächtliches Dunkel, doch Mottram spielte unentwegt fort; die anderen hörten es kaum mehr, so wild und laut flatterte das Segeltuch an der Zimmerdecke.

In dem tiefen Schweigen nach dem Tosen des Sturmes ging Mottram von den ausgesprochen schottischen Liedern, leise die Melodie mitsummend, in die Abendhymne über. »Sonntag!« sagte er zur Erklärung und nickte den anderen zu.

»Nur weiter!« rief Spurstow, »brauchst dich nicht entschuldigen!«

Hummil lachte laut und wild auf. »Ja, ja, spiel sie nur! Du bringst uns heute eine Überraschung nach der andern; hab gar nicht gewußt, daß so viel Sarkasmus in dir steckt! Wie geht das Zeug weiter?«

Mottram nahm die Melodie wieder auf.

»Viel zu langsam! Nicht das richtige Tempo für ein Dankgebet«, spöttelte Hummil, »es muß so schnell sein wie die Grasshopper-Polka; so etwa.« Und er sang prestissimo:

»Ruhm Dir mein Gott in dieser Nacht,
Für den Segen, den Dein Licht gebracht.«

»Das drückt aus, wie sehr wir den Segen fühlen! – Wie geht's weiter?«

»Wenn in der Nacht ich schlaflos bin,
Gib frommes Denken meinem Sinn«,

»Schneller, Mottram!«

»Für mich im Traum zu Deinem Land,
Scheuch fort der dunkeln Mächte Hand!«

»O Mottram, was für ein alter Heuchler du doch bist!«

»Sei kein Esel, Hummil!« warnte Lowndes. »Mach Witze, über was du willst, aber laß diese Hymne in Ruh! Wenn ich sie höre, steigen in mir die heiligsten Erinnerungen auf.«

»Jawohl!« stimmte Mottram bei. »Sommerabend auf dem Land; bunte Glasfenster; Dämmerlicht; und du und ›sie‹ sitzen eng beisammen, die Köpfe über ein gemeinsames Gesangbuch gebeugt.«

»Und dann«, fügte Lowndes hinzu, »fliegt dir nachts, wenn du heimgehst, ein fetter alter Maikäfer ins Auge, Heugeruch, ein Mond auf einem Grashaufen, groß wie eine Hutschachtel – Fledermäuse, Rosen, Milch und Mücken.«

»Aber auch: – Mütter! Ich kann mich noch ganz gut erinnern, wie meine Mutter mich, als ich noch ein kleiner Knirps war, mit der Hymne in den Schlaf gesungen hat«, sagte Spurstow.

Tiefe Dunkelheit lag im Zimmer; Hummil bewegte sich unruhig in seinem Sessel hin und her und sagte mürrisch:

»Folglich wirst du sie singen, wenn du bereits sieben Klafter tief in der Hölle steckst. Es ist eine Beleidigung der Weisheit Gottes, zu tun als sei man mehr als ein gequälter Rebell.«

»Nimm zwei Pillen!« riet Spurstow. »Die Leber ist schuld.«

»Hummil scheint heute miserabel gelaunt«, sagte Lowndes, als die Diener Licht brachten und den Tisch fürs Abendessen deckten, »merkwürdig, sonst ist er doch so ruhig.«

Während die Herren sich niedersetzten zu den elenden Ziegenfleisch-Koteletten und dem angebrannten Sagopudding, raunte Spurstow Mottram zu: »Gut hast du's gemacht.«

»Behalt ihn im Auge!« war die leise Antwort.

»Was habt ihr da zu flüstern?« fragte Hummil argwöhnisch.

»Wir haben nur gesagt«, erwiderte Spurstow mit dem liebenswürdigsten Lächeln von der Welt, »daß du ein verdammt schäbiger Wirt bist. Das ›Geflügel‹ ist zäh wie Holz. Und das nennst du ein Dinner?«

»Kann's nicht ändern. Habt ihr vielleicht ein Bankett erwartet?« Während des Essens war Hummil ununterbrochen darauf aus, seine Gäste – einen nach dem andern – zu reizen und zu beleidigen. Jedesmal gab Spurstow dem Betreffenden ein Zeichen mit dem Fuß unterm Tisch; er wagte nicht, sie mit Blicken zu warnen. Hummils Züge waren blaß und verfallen und seine Augen weit aufgerissen.

Keiner der Herren dachte auch nur eine Sekunde daran, seine bösartigen Beleidigungen als Kränkung aufzufassen, aber nachdem die Mahlzeit vorüber war, brachen sie eilig auf, um fortzugehen.

»Aber bleibt doch noch! Ihr seid ja kaum erst richtig aufgetaut. Hab ich euch irgendwie beleidigt?« fragte Hummil. »Ihr seid gar so empfindliche Teufel.« Und gleich darauf flehentlich in fast unterwürfigem Ton: »Nicht wahr, ihr geht doch noch nicht?«

»Um die Worte des berühmten Jorrick zu gebrauchen: ›Wo ich gefressen hab, dort schlaf ich auch‹«, sagte Spurstow. »Wenn du nichts dagegen hast, möcht ich morgen sowieso mal deine Kulis auf ihren Gesundheitszustand hin ansehen. Einen Platz wirst du wohl haben, wo ich mich hinlegen kann?«

Die beiden andern Gäste schützten die dringenden Geschäfte des nächsten Tages vor, sattelten ihre Pferde und ritten fort, von Hummil wiederholt gebeten, Sonntag bestimmt wieder zu kommen.

Unterwegs machte Lowndes zu Mottram gewendet seinem Ärger Luft: »Am liebsten hätte ich ihm an seinem eigenen Tisch eine heruntergehauen. Sagt der Mensch, ich hätte beim Whist betrogen, und erinnert mich an meine Schulden! Dir wirft er vor, du seiest ein Lügner, und du bist nicht einmal empört darüber.«

»Bin's auch nicht«, sagte Mottram, »armer Teufel, das! Erinnerst du dich, den alten Hummy jemals so von Sinnen gesehen zu haben?«

»Das ist doch wahrhaftig keine Entschuldigung! Spurstow hat mich die ganze Zeit über auf den Fuß getreten, deshalb schwieg ich. Aber sonst hätte ich – –«

»Gar nichts hättest du! Du hättest gehandelt wie Hummil in dem Falle Jevins! Man verurteilt niemand bei einem solchen Wetter. Die Schnalle meines Zügels glüht förmlich, so heiß ist's. Trab ein bissel schneller, aber gib acht auf die Rattenlöcher.«

Ein Trab von zehn Minuten, dann hielt Lowndes an – der Schweiß troff ihm aus allen Poren – und machte die weise Bemerkung: »Gut, daß Spurstow die Nacht über bei ihm bleibt!«

»Ja! Guter Kerl, der Spurstow. Unsere Wege trennen sich hier. Sehen uns also nächsten Sonntag, wenn die Sonne mich inzwischen nicht umgebracht hat.«

»Hoffentlich kommt's zustande. Wenn nur nicht der

Finanzminister des ›Alten Schöpsen‹ mir unterdessen das Futter versalzen hat. Gute Nacht! Und – Gott behüte dich!«

»Wieso? Was meinst du damit?«

»Ach, gar nichts.« Und Lowndes versetzte Mottrams Stute einen leichten Gertenhieb in die Flanke, so daß sie gleich darauf pfeilschnell über den Sand dahinflog, »wollte nur sagen, daß du gar kein so übler Bursche bist.«

Unterdessen saßen Hummil und Spurstow im Bungalow, rauchten schweigend ihre Pfeifen und beobachteten einander scharf. Die Einrichtung des Junggesellenhaushalts war ebenso leicht wie einfach; ein Diener schob den Speisetisch hinaus, brachte zwei landesübliche rohe Bettstellen (Hanfgurten über einen dünnen Holzrahmen gespannt) herein, warf eine Decke aus kühlem Kalkuttageflecht darüber, schob sie nebeneinander, befestigte mit Stecknadeln zwei Handtücher, so daß sie sich über Nase und Mund leicht bewegen konnten, an der *Punkah* und meldete, die Betten stünden bereit.

Die Herren legten sich nieder und befahlen den Kulis bei allen Schrecken der Hölle, an den Fächerstricken aus Leibeskräften zu ziehen. Alle Türen und Fenster waren dicht verschlossen, denn draußen herrschte eine Hitze wie im Backofen. Die Luft im Zimmer betrug, wie das Thermometer zeigte, nur 104 Grad, war aber stickig von dem schwelenden Geruch schlecht gereinigter Öllampen, einheimischen Tabaks und dem Dunst glühheißer Ziegel und ausgedörrter Erde: die Atmosphäre des großen indischen Kaiserreichs, wenn es sich für sechs Monate in ein Reich der Qualen verwandelt, die schon so manchem starken Mann das Herz in die Schuhe hat fallen machen. Spurstow türmte alle Kopfkissen aufeinander, so daß er mehr lehnte als lag: es ist nicht gut, niedrig zu schlafen, besonders wenn man kurzhalsig gebaut ist; oft geht beim Schnarchen ein tiefer Schlummer in Hitzschlag über!

»Pack deine Polster hoch!« sagte der Arzt scharf, als er bemerkte, daß Hummil sich flach ausgestreckt hatte.

Das Nachtlicht wurde zurechtgeschraubt, der Schatten der *Punkah* schwankte im Raum, und gleich darauf folgte das Flappen des Fächertuchs, begleitet von dem leisen Quietschen der Stricke in den Zugösen. Dann, einen Augenblick nur, stand die Maschinerie fast still, aber schon brach der Schweiß aus Spurstows Stirn. Sollte er hinausgehen, den Kulis eine

Strafpredigt halten? Ein Ruck: die *Punkah* bewegte sich wieder. Eine Stecknadel fiel heraus. Dann, als der Schaden behoben war, begann das Flapp-Flapp wieder auf der ganzen Linie, regelmäßig wie das Pulsieren einer Arterie in einem von Nervenfieber gemarterten Gehirn. Spurstow wälzte sich auf die Seite und fluchte leise. Hummil rührte sich nicht; unbeweglich wie eine Leiche lag er da, die Hände an die Seiten gepreßt. Die Atemzüge gingen zu schnell, als daß anzunehmen gewesen wäre, er schliefe. Spurstow blickte auf das regungslose Gesicht: die Lippen waren zusammengepreßt, und ein Zucken lief um die bebenden Augenlider.

»Er beherrscht sich, so gut er kann«, dachte er bei sich, »was in aller Welt mag ihm nur fehlen? – He! Hummil!«

»Ja!« kam's gequält zurück.

»Kannst wohl nicht einschlafen?«

»Nein.«

»Kopf heiß? Würgen in der Kehle?«

»Nein. Danke. Schlafe nicht viel, wie du weißt.«

»Ist dir sehr schlecht?«

»Ziemlich. Danke. Draußen klopft was, nicht wahr? Hab zuerst geglaubt, 's wär in meinem Kopf. – Spurstow, ich bitte dich, hab Mitleid mit mir! Gib mir was, daß ich schlafen kann – fest schlafen – und wenn's nur vier Stunden sind!« Und Hummil sprang auf, zitternd vom Kopf bis zu den Füßen. »Seit Tagen hab ich nicht natürlich geschlafen; ich halt's nicht mehr aus! halt's nicht – mehr – aus!«

»Armer Kerl!«

»Mit Worten ist mir nicht geholfen. Gib mir was zum Schlafen! Ich sag dir, ich bin schon fast wahnsinnig. Weiß kaum mehr, was ich sage. Seit drei Wochen muß ich mir jedes Wort vorbuchstabieren, ehe ich's ausspreche. Ist das nicht genug, einen Menschen zum Wahnsinn zu treiben? Ich kann die Gegenstände nicht mehr recht unterscheiden und hab den Tastsinn fast ganz verloren. Die Haut schmerzt mich – die Haut. Gib mir ein Mittel, daß ich endlich schlafen kann! Spurstow, um Gottes Barmherzigkeit willen, gib mir zu schlafen ein! Etwas, das mich tief schlafen läßt. Nicht bloß träumen! Schlafen! Schlafen!«

»Weiß schon, alter Bursche, weiß schon. Bleib ruhig! Du bist nicht halb so krank, wie du glaubst.«

Die Schleusen der Selbstbeherrschung waren durchbrochen: Hummil klammerte sich furchtsam wie ein Kind an Spurstow. »Mensch! Hummil! Du brichst mir ja den Arm!«

»Ich werde dir das Genick brechen, wenn du mir nicht hilfst, Spurstow! Nein, nein! Verzeih, alter Freund! Ich hab's ja nicht so gemeint!« Hummil wischte sich den Schweiß von der Stirn, rang nach Selbstbeherrschung. »Ich hab die Besinnung verloren, verzeih! Aber vielleicht könntest du mir doch ein Schlafmittel geben? Bromkali oder sowas?«

»Brom? Dummes Zeug. Warum hast du dich mir nicht längst anvertraut? Laß meinen Arm los! Will mal nachsehen, ob ich nicht in meiner Zigarettendose etwas habe, was dir helfen kann.« Und Spurstow schraubte die Lampe hoch und begann in den Taschen seines Anzugs zu suchen; dann näherte er sich mit einem silbernen Etui, dem er eine winzige schimmernde Spritze entnahm, dem gespannt wartenden Freunde.

»Die letzte Zuflucht der Zivilisation«, sagte er, »ein Zeug, das ich höchst ungern gebrauche. Gib mal deinen Arm her! Na, die Schlaflosigkeit hat deine Muskulatur noch nicht ruiniert. Verdammt dickes Fell. Geradesogut könnte man einem Büffel eine Einspritzung geben. So! In ein paar Minuten wird das Morphium wirken. Leg dich nieder und wart's ab.«

Ein Lächeln unaussprechlichen, fast blödsinnigen Entzükkens verbreitete sich über Hummils Gesicht. »Ich glaube«, flüsterte er, »jetzt werde ich einschlafen können. Gott, wie himmlisch! Spurstow, du mußt mir das Etui hierlassen; du –« Seine Stimme erlosch und sein Kopf fiel zurück.

»Freilich, das könnte dir so passen«, sagte Spurstow zu dem Bewußtlosen, »aber jetzt, mein Freund, werde ich mir gestatten, mal deine Schußwaffen zu vernageln! Schlaflosigkeit deiner Art lockert gern den dünnen moralischen Faden, der die kleinen Nebensächlichkeiten ›Leben und Tod‹ auseinanderhält.«

Mit bloßen Füßen schlich er in Hummils Sattelkammer und zog ein Zwölfkaliber-Gewehr, einen Expreß und einen Revolver aus den Futteralen. Von einem schraubte er die Zündnadel heraus und warf sie in den Schrank, vom andern entfernte er die Feder und warf sie hinter einen großen Kleiderkasten; den Revolver spannte er nur und schlug den Zapfen des Hahns mit einem Reitstiefelabsatz heraus.

»So, das wäre in Ordnung«, brummte er und schüttelte die Schweißtropfen von den Händen, »diese kleinen Vorsichtsmaßnahmen werden dir wenigstens Zeit zum Nachdenken geben, wenn du den Kopf verlieren solltest. Du neigst mir ein wenig zu viel zu Unfällen beim Gewehrputzen.«

Als er sich aufrichtete, hörte er die heisere Stimme Hummils auf der Türschwelle sagen: »Narr, du!« Solche Töne finden nur Menschen in lichten Momenten zwischen Delirien, wenn sie einem Freund etwas sagen, bevor sie sterben.

Spurstow sprang zurück und ließ die Waffe fallen; Hummil stand an der Tür und schüttelte sich in hilflosem Lachen. »War riesig nett von dir, gewiß« – er sprach ganz langsam wie jemand, der Wort für Wort ertastet. »Habe gar nicht die Absicht, mir was anzutun. Spurstow, das Zeug wirkt nicht! Was soll ich tun? Was soll ich nur anfangen?« Panischer Schrecken trat in seine Augen.

»Leg dich nieder und wart ab, bis es wirkt. Leg dich sofort nieder!«

»Ich trau mich nicht. Es wird mich wieder nur halb betäuben. Ein zweitesmal werde ich's nicht mehr abschütteln können. Du weißt nicht, was es mich für eine Anstrengung gekostet hat, aufzustehen. Sonst bin ich so schnell wie ein Blitz, aber du hast mir einen Stein an die Füße gebunden! Ich war wie gefesselt.«

»Ich versteh schon. Aber leg dich jetzt nieder.«

»Nein, nein, ich deliriere nicht! Es war eine Niederträchtigkeit von dir, Versuche mit mir anzustellen. Weißt du, daß ich beinahe gestorben wäre?«

Wie ein Schwamm eine Schiefertafel abwäscht, so streifte jetzt plötzlich – wollte es Spurstow scheinen – eine unbekannte Macht alles aus Hummils Gesicht fort, das es bisher zum Antlitz eines Mannes gemacht; er stand auf der Schwelle mit dem Ausdruck naivster Unschuld: er hatte sich unter der Wirkung des Morphiums zurückgeschlafen in den Zustand verängstigter Kindheit.

»Wird er jetzt umfallen und sterben?« dachte Spurstow bei sich; setzte dann laut hinzu: »Schon recht, mein Sohn. Komm zu Bett und erzähl mir, was dich bedrückt. Gut, du hast nicht schlafen können, aber was bedeutet der übrige Unsinn?«

»Einen Platz – einen Platz da unten«, sagte Hummil schlicht. Das Mittel wirkte offensichtlich wie Ebbe und Flut; der Ausdruck in Hummils Gesicht schwankte hin und her: ging über von zitternder, kindischer Angst in das bewußte Ausweichen des Mannes vor einer drohenden Gefahr. Je nachdem sein Bewußtsein sank oder stieg. »Gott im Himmel, Spurstow; ich habe mich schon seit Monaten davor gefürchtet. Es hat mir jede Nacht zur Hölle gemacht; und doch bin ich mir nicht bewußt, jemals etwas Böses getan zu haben.«

»Bleib ruhig! Werde dir noch eine Dosis geben. Wollen mal zuerst das Albdrücken beseitigen, du unverbesserlicher Narr.«

»Ja! Aber gib mir so viel, daß ich nicht mehr aufstehen kann. Du mußt mich in festen Schlaf versenken und nicht so halb betäuben. Man läuft dann so schwer davon!«

»Ich weiß, ich weiß. Hab's selber erlebt. Die Symptome sind genau so, wie du sie beschreibst.«

»Lach mich doch nicht aus, du Schuft! Ehe diese entsetzliche Schlaflosigkeit über mich kam, hab ich versucht, auf die Ellenbogen gestützt, zu ruhen. Hab mir einen Sporn ins Bett gelegt, um mich zu stechen, wenn ich zurückfiel. Schau her!«

»Bei Gott, der Mensch ist zerstachelt wie ein Gaul! Von einer Nachtmahr geritten, die ihn verderben will. Und wir alle haben ihn für einen vernünftigen Menschen gehalten. Wie soll ich mir das deuten? Der Himmel kenne sich da aus. – – Sag mal, Hummil, neigst du zu Selbstgesprächen?«

»Ja. Bisweilen. Aber nicht, wenn ich mich fürchte; dann muß ich laufen; du nicht auch?«

»Natürlich. Immer. Versuch mal jetzt, mir alles genau zu schildern, was dich quält, bevor ich dir die zweite Spritze gebe.«

Hummil erzählte wohl zehn Minuten lang in gebrochenem Flüsterton, und Spurstow beobachtete dabei seine Pupillen, oder bewegte die Hand vor seinen Augen hin und her.

Als die Schilderung zu Ende war, wurde die Morphiumspritze angesetzt, und Hummils letzte Worte lauteten, als er zum zweitenmal zurücksank: »Versenk mich in tiefen Schlaf, denn wenn es mich zu packen kriegt, dann muß ich sterben – sterben.«

»Jawohl, das müssen wir alle früher oder später – dank

dem Himmel, der unserer Leidenszeit hier auf Erden ein Ziel gesetzt hat«, brummte Spurstow und schob die Polster unter dem Kopf des Schlafenden zurecht. »Kann mir sogar gleich jetzt passieren, wenn ich nicht sofort etwas trinke. Ich schwitze nicht mehr und – fühl schon einen siebzehn Zoll breiten Kragen.« Schnell kochte er sich einen brühheißen Tee; das beste Mittel gegen Hitzschlag, wenn man drei bis vier Tassen hintereinander trinkt. Dann beobachtete er den Schläfer.

»Hm, ein blindes Gesicht, das immer weint und sich die Tränen nicht abwischen kann? Sonderbar! Ein blindes Gesicht, das ihn die Korridore entlang jagt? Hm! Hummil muß Urlaub kriegen! So bald wie möglich. Gleichgültig, ob er bei Sinnen ist, oder nicht. Ohne Zweifel ist er furchtbar zugerichtet. Der Himmel kenne sich da aus!«

Gegen Mittag stand Hummil auf, mit üblem Geschmack im Mund, aber die Augen klar und Freude im Herzen.

»Bin wohl recht krank gewesen in der Nacht, was?«

»Ich hab schon gesündere Leute gesehen. Du mußt einen Sonnenstich gehabt haben. Hör mal: wenn ich dir jetzt ein ausführliches ärztliches Zeugnis ausstelle, wirst du dann, und zwar sofort, um einen Urlaub einreichen?«

»Nein.«

»Warum denn nicht? Du hast's nötig!«

»Freilich. Aber ich kann's hier schon noch aushalten, bis das Wetter kühler wird.«

»Wozu das, wenn du doch sofort Urlaub bekommen kannst?«

»Burkett wäre der einzige, den sie mit meiner Arbeit betrauen könnten, aber der ist ein geborener Narr.«

»Mach dir deswegen doch keine Sorgen. Du bist gar nicht so wichtig hier. Telegrafiere um Urlaub!«

Hummil sah sehr besorgt drein. »Ich kann's aushalten bis zur Regenzeit«, sagte er ausweichend.

»Nein, du kannst es nicht. Depeschiere ins Hauptquartier um Burkett.«

»Ausgeschlossen! Wenn du's durchaus wissen willst: Burkett ist verheiratet, und seine Frau hat vor kurzem ein Kind gekriegt; sie ist oben im Kühlen – in Simla. Er hat eine Freikarte und fährt jeden Samstag bis über den Sonntag zu ihr. Wenn er versetzt wird, geht sie mit ihm, und sie ist durchaus nicht sehr wohl, die kleine Person. Läßt sie das Baby zurück, so ängstigt sie sich zu Tod; und geht sie mit ihm, so stirbt sie hier bestimmt. Burkett wird darauf bestehen, daß sie mit ihm geht, denn er ist einer jener egoistischen Spießbürger, die immer behaupten, eine Frau müsse beständig um ihren Mann sein. Es ist geradezu Mord, eine Frau um diese Zeit herzubringen. Und auch Burkett hat kein so zähes Leben wie eine Ratte. Wird er herversetzt, ist's aus mit ihm; und sie hat kein Vermögen – folglich wär's auch aus mit ihr. Ich bin einigermaßen abgebrüht und ledig. Wart bis zur Regenzeit; dann mag meinetwegen Burkett kommen und hier abmagern. Wird ihm auch nicht schaden.«

»Mit andern Worten, du willst also bis zur kühleren Jahreszeit dem ins Gesicht sehen, was du bisher bereits erlebt hast?«

»Ach, es wird nicht so schlimm werden jetzt, wo du mir gezeigt hast, wie ich ihm entrinnen kann. Ich kann dir ja täglich telegrafieren. Wenn ich mich wieder in den Schlaf flüchten kann, wird alles gut gehen. Um Urlaub suche ich unter keinen Umständen nach. Damit Schluß.«

»O du großer – Scott! Und ich hab geglaubt, die Sache sei so gut wie abgemacht!«

»Quatsch. Du würdest auch nicht anders handeln. Ich bin jetzt ein neuer Mensch – dank deinem Zigarettenetui. Du kehrst nunmehr ins Lager zurück, was?«

»Jawohl; werde aber jeden zweiten Tag, wenn's mir möglich ist, nach dir schauen kommen.«

»Ach was, so krank bin ich doch gar nicht. Ich möchte dich nicht behelligen. Gib lieber deinen Kulis regelmäßig ihren Branntwein mit Pfeffersauce.«

»Du fühlst dich also wirklich ganz wohl?«

»Hinreichend, um fest im Leben, wenn auch nicht noch länger mit dir hier in der Sonne stehen zu können. Geh jetzt, altes Haus, und Gott behüte dich!«

Und Hummil kehrte sich auf dem Absatz um und wollte zurückgehen in die echoreiche Einsamkeit seines Bungalows. Das erste, was er erblickte – in der Veranda –, war sein Doppelgänger. Er hatte eine gleiche Erscheinung schon früher gehabt, als er erschöpft von Überarbeitung und Hitze beinahe zusammengebrochen wäre.

»Schon wieder – das ist bös«, murmelte er und rieb sich die Augen, »wenn das Ding plötzlich vor mir verschwindet wie ein Geist, dann weiß ich: Augen und Magen sind krank; aber, wenn es anfängt zu wandern, dann – verlier ich den Verstand«, und er näherte sich der Gestalt, die, wie alle Phantome, die einem überarbeiteten Gehirn entspringen, in immer gleichbleibender Entfernung vor ihm zurückwich. Sie glitt durchs Haus und löste sich vor seinen Augen in verschwimmende Flecke auf, sobald er in das blendende Licht des Gartens trat. Als er zum Essen ins Zimmer ging, fand er sich bereits bei Tisch sitzend. Dann erhob sich die Gestalt und eilte hinaus. Sie schien in jeder Hinsicht wirklich zu sein, nur warf sie keinen Schatten.

Niemand weiß, was Hummil in dieser Woche wohl gelitten haben mag! Die beständig zunehmenden Choleraerkrankungen unter den Kulis hielten Spurstow im Lager fest, und er depeschierte deshalb Mottram, er möge zu Hummil fahren und dort schlafen. Mottram aber war vierzig Meilen weit entfernt von der nächsten Telegrafenstation und erfuhr nichts als dienstliche Angelegenheiten, bis er Sonntag früh mit Lowndes und Spurstow zusammentraf, um sich gemeinsam mit ihnen in den Bungalow zu begeben.

»Hoffentlich treffen wir den armen Kerl diesmal in besserer Verfassung!« meinte Lowndes und schwang sich vor der Eingangstür aus dem Sattel. »Vermutlich ist er noch nicht aufgestanden.«

»Will mal hineinschauen«, sagte der Arzt, »wenn er schläft, wollen wir ihn nicht wecken.«

Einen Augenblick später errieten die beiden am Klang der Stimme Spurstows, die sie hereinrief, bereits, was geschehen war. Nutzlos, Hummil wecken zu wollen! Die *Punkah* bewegte sich noch, aber er selbst mußte dieses Leben schon seit drei Stunden verlassen haben.

Der Tote lag auf dem Rücken, die Hände fest an die Seiten gepreßt, genau, wie ihn Spurstow vor sieben Nächten hatte liegen sehen. In den starren Augen den Ausdruck eines unbeschreiblichen Entsetzens.

Mottram, der hinter Lowndes eingetreten war, beugte sich über den Leichnam, berührte dessen Stirn leicht mit den Lippen und flüsterte: »O du glücklicher, glücklicher Bursche.«

Lowndes aber, der die starren Augen gesehen hatte, wandte sich schaudernd ab und ging an die andere Seite des Zimmers: »Armer Kerl! Armer Kerl! Spurstow, wir hätten bei ihm wachen sollen. Hat er –?«

Schweigend setzte der Arzt seine Untersuchung fort und nahm dann die Umgebung in Augenschein; »nein«, sagte er entschieden, »er hat nicht –. Nirgends eine Spur, die darauf hinweisen würde. Ruft die Dienerschaft herein!«

Die Leute kamen, acht oder zehn; einer blickte dem andern über die Schulter. Sie flüsterten sich etwas zu.

»Wann ist euer Sahib schlafen gegangen?« fragte Spurstow.

»Um elf oder um zehn«, berichtete Hummils Privatdiener.

»War er da noch wohl? Aber wie könnt ihr das wissen!«

»Krank war er nicht, soweit wir das beurteilen können, aber geschlafen hat er seit drei Nächten nur sehr wenig. Ich weiß es, denn ich hab ihn viel herumgehen sehen – besonders in der Tiefe der Nacht.«

Als Spurstow die Kopfpolster zurechtrückte, fiel ein langer Jagdsporn auf den Boden. Spurstow stöhnte laut auf. Der Diener blickte verstohlen auf den Toten.

»Woran denkst du, Chuma?« fragte Spurstow rasch, da er den Blick in dem dunklen Gesicht des Mannes gar wohl bemerkt hatte.

»Himmelsentsprossener, nach meiner armseligen Meinung ist der, der mein Herr war, hinabgestiegen in die Stätten der Finsternis; er wurde gepackt, da er nicht schnell genug hat fliehen können. Der Sporn ist der Beweis, daß er mit Furcht gekämpft hat. Männer meiner eigenen Rasse hab ich es so machen sehen mit Dornen, wenn ein Zauber auf ihnen lag, der sie im Schlaf überwältigen wollte, und sie sich fürchteten, einzuschlafen.«

»Chuma, du bist ein Mostschädel! Geh hinaus und richte die Siegel vor, die an deines Sahibs Eigentum angelegt werden müssen.«

»Gott hat den Himmelsentsprossenen erschaffen. Gott hat mich erschaffen. Wer sind wir, daß wir dem Ratschluß Gottes nachforschen dürften? Ich werde den andern Dienern befehlen, sich zu entfernen, während du den Besitz des Sahibs aufschreibst. Sie sind alle Diebe und würden stehlen.«

»Soviel ich beurteilen kann«, erklärte Spurstow seinen Freunden, »ist er an – irgend etwas gestorben: Herzlähmung, Hitzschlag oder sonst irgendeiner – Heimsuchung. Wir müssen ein Inventar seiner Habseligkeiten aufnehmen und so.«

»In den Tod gehetzt ist er worden!« behauptete Lowndes. »Sieh dir nur die Augen an! Um Gotteswillen, laß ihn nicht mit offenen Augen begraben werden.«

»Was es auch immer gewesen sein mag, jetzt ist er erlöst von aller Qual!« sagte Mottram mild.

Spurstow blickte scharf in die Augen des Toten: »Komm mal her! Siehst du etwas drin?«

»Ich kann nicht hinschauen«, schluchzte Lowndes. »Deck sein Gesicht zu. Gibt es wirklich ein Furchtgefühl auf Erden, das einen Mann so verwandeln kann?! Es ist grauenhaft. Spurstow, deck seine Augen zu!«

»Auf Erden? Nein!« sagte Spurstow; Mottram lehnte sich an ihn und blickte forschend hin: »Ich sehe nichts. Nur ein paar graue Flecken in der Pupille. Etwas anderes kann es nicht gut sein.«

»Meine ich auch. Denken wir mal nach, was zu geschehen hat. Ich brauche einen halben Tag, um eine Art Sarg zurechtzuzimmern, Lowndes, altes Haus, geh hinaus und befiehl den Kulis, sie sollen die Erde neben Jevins' Grab aufschaufeln. Und du, Mottram, geh mit Chuma durch den Bungalow und laß die Siegel anlegen. Schickt mir zwei Leute herein, damit ich anfangen kann.«

Als die beiden starkarmigen Diener zu ihren Genossen zurückkehrten, wußten sie eine sonderbare Geschichte zu erzählen: der Doktor Sahib hätte sich vergebens bemüht, ihren Herrn durch magische Künste ins Leben zurückzurufen. Zum Beispiel habe er eine kleine grüne, bisweilen leise knackende Schachtel vor die Augen des Toten gehalten und dabei erschrocken gemurmelt, dann habe er sie mit sich genommen.

Das dröhnende Hämmern auf einen Sarg ist kein angenehmes Geräusch, aber die, die dergleichen kennen, behaupten, viel schrecklicher sei noch das leise Rascheln der Bettücher und das Hin- und Herschieben der Lagerstätte, wenn der Abgeschiedene zum Begräbnis angekleidet und die verhüllte Gestalt langsam herabgelassen wird, bis sie den Boden berührt, und alles ruhig mit sich geschehen läßt.

Noch im letzten Augenblick wurde Lowndes von Gewissensmahnungen ergriffen. »Was meinst du, sollen wir die Gebete verrichten?« fragte er Spurstow.

»Ich glaube: ja! Du bist der Ältere im Zivildienst. Tue du's!«

»Ich? An diese Möglichkeit habe ich gar nicht gedacht. Aber vielleicht kann ich irgendwo einen Geistlichen auftreiben. Wenn ich noch so weit reiten müßte, ich tät's gern, um dem armen Hummil eine Chance zu geben.«

»Unsinn«, sagte Spurstow, und gleich darauf ertönten von seinen Lippen die gewaltigen Worte, mit denen der Gottesdienst bei einem Begräbnis beginnt.

Nach dem Frühstück rauchten die drei stumm ihre Pfeifen zum Gedächtnis des Toten. Plötzlich sagte Spurstow nachdenklich: »In der medizinischen Wissenschaft ist es nicht bekannt.«

»Was?«

»Bilder in den Augen von Leichen.«

»Um Himmelswillen, sprich nicht mehr von all dem Entsetzlichen!« rief Lowndes. »Ich hab einmal einen Eingeborenen vor Schrecken sterben sehen, als ein Tiger hinter ihm her war; ich weiß, was Hummil getötet hat.«

»Einen Schmarren weißt du! Ich will mich jetzt überzeugen, was es war«, und Spurstow zog sich mit einer Kodakkamera in das Badezimmer zurück. Nach ein paar Minuten hörte man drin ein Geräusch, als ob etwas in Stücke geschlagen würde. Gleich darauf trat der Arzt, totenblaß, wieder ein. »Hast du ein Bild bekommen?« fragte Mottram. »Ist etwas auf der Platte?«

»Nein. Nichts. Natürlich. Kann dir nichts zeigen, Mottram. Hab die Filmspule herausgenommen. War nichts drauf. Wie sollte es auch!«

»Das«, sagte Lowndes gedehnt, mit einem ausdrucksvollen Blick auf die heftig zitternde Hand des Arztes, die sich vergeblich bemühte, die Pfeife wieder in Brand zu setzen, »das – ist – eine – verdammte Lüge!«

Mottram versuchte zu lächeln. »Spurstow hat recht«, sagte er. »In einem Zustand wie dem, in dem wir uns jetzt befinden, würden wir auch das Unmöglichste glauben. Zwingen wir uns zur Besonnenheit.«

Lange sprach keiner von ihnen auch nur ein Wort. Der heiße Wind draußen pfiff ums Haus, und die ausgedörrten Bäume ächzten. Gleich darauf, in blinkendem Kupfer, Stahlglanz und zischendem Dampf, kam der Tageszug angebraust durch die sengende Hitze. »Am besten, wir fahren gleich mit!« meinte Spurstow. »Kehren wir zu unserer Arbeit zurück. Der Totenschein ist ausgefüllt. Hier haben wir nichts mehr zu suchen, und Arbeit wird uns helfen, unsere fünf Sinne beisammen zu halten. Vorwärts.«

Aber keiner rührte sich: eine Eisenbahnfahrt zu Mittag im Juni hat nicht viel Verlockendes. – Entschlossen griff Spurstow nach Hut und Reitpeitsche, wandte sich in der Türe noch einmal um und sagte:

»Wir hier auf Erden, wir haben das Leben;
Ob's einen Himmel gibt? Ob eine Hölle?
Wer wüßte Antwort auf die bange Frage?«

Weder Mottram noch Lowndes konnten etwas darauf erwidern.

Imrays Rückkehr

Imray hatte das Unmögliche vollbracht; ohne eine Zeile zu hinterlassen, aus unbegreiflichen Gründen, in der Blüte der Jahre, an der Schwelle einer Karriere, hatte er die Welt verlassen – das heißt: die kleine indische Station, in der er lebte.

Tags vorher war er noch frisch und wohlauf gewesen, vergnügt und emsig tätig an den Billardtischen seines Klubs. Am Morgen darauf war er nicht mehr zu finden, und alle Nachforschungen nach ihm blieben erfolglos. Er hatte seine Wohnung verlassen, war aber nicht, wie sonst, rechtzeitig im Amt erschienen; auch hatte man seinen Dogcart nicht auf den Straßen gesehen.

Weil er sich einmal einer mikroskopisch winzigen Pflichtversäumnis schuldig gemacht, hielt sich das Kaiserreich nur zu einer ebenso winzig mikroskopischen Untersuchung des Vorfalles verpflichtet. Man suchte die Teiche nach Imray ab, Brunnen wurden ausgepumpt und Telegramme an die Eisenbahnstationen und die nächste Seehafenstadt – sie lag die Kleinigkeit von zwölfhundert Meilen entfernt – losgelassen. Aber Imray blieb verschwunden; man fand ihn weder am Ende der Schleppnetztaue noch am Ende der Telegraphendrähte. Die Regierungsmaschine des großen indischen Kaiserreiches nahm ihre tägliche Arbeit wieder auf, denn man konnte sich Imrays wegen doch nicht länger aufhalten. Imray, der Mensch, wurde eine geheimnisumwobene Angelegenheit, von der man bestenfalls einen Monat lang an den Klubtischen spricht, um sie dann zu vergessen.

Seine Gewehre, Wagen und Pferde wurden an den Meistbietenden veräußert. Sein Vorgesetzter schrieb einen gewundenen Brief an die Mutter, in dem die Tatsache unterstrichen war, daß Imray auf unerklärliche Weise verschwunden sei und sein Bungalow leerstehe.

Als drei oder vier Monate des sengend heißen Wetters vorbei waren, mietete mein Freund Strickland von der Polizei dem eingeborenen Hauswirt den Bungalow ab. Das geschah, bevor er sich mit Miss Youghal verlobte und noch seinen Forschungen über das Leben und Treiben der Eingeborenen oblag. Seine eigene Lebensführung war sonderbar genug, und so mancher hat sich über seine Manieren und Gewohnheiten beklagt. Nahrungsmittel waren in seinem Hause stets reichlich vorhanden, aber eine regelmäßige Essenszeit gab es nicht; im Stehen, oder auf und ab gehend, aß er, was gerade auf dem Serviertisch stand, und das behagt nicht jedem. Sein Wohnungsschmuck bestand aus sechs Doppelflinten, drei Schrotbüchsen, fünf Sätteln und einer Sammlung steifgesplißter *Mahseer*-Angelruten, die noch viel dicker und stärker sind als die, mit denen man die größten Lachse fängt.

Diese Dinge nahmen die eine Hälfte des Bungalows ein, die andere war für Strickland – und Tietjens reserviert, eine riesige Hündin aus Rampur, die täglich die Ration von zwei Männern verschlang. Sie sprach mit Strickland ihre eigene Sprache, und wenn sie draußen beim Umherstreifen etwas bemerkte, was nach ihrer Ansicht den Frieden Ihrer Majestät, der Kaiserin und Königin, hätte stören können, so kehrte sie zu ihrem Gebieter zurück, um Bericht zu erstatten; Strickland verfügte sodann auf der Stelle die erforderlichen Geldstrafen oder Gefängnis für die betrübten Schuldigen. Die Eingeborenen hielten infolgedessen Tietjens für eine Art dienstbaren Hausgeist und bezeigten ihr jene Art Hochachtung, die sich aus Haß und Furcht zusammensetzt.

Ein Zimmer im Bungalow war eigens für sie bestimmt, und außerdem nannte sie eine Bettstatt, eine wollene Decke und einen Trinktrog ihr eigen. Wenn jemand des Nachts Stricklands Gemächer betrat, liebte sie es, den Eindringling zu Boden zu werfen und so lange zu heulen, bis Licht gebracht wurde.

Strickland dankte ihr sein Leben; als er sich einmal in den Grenzgebieten aufgehalten hatte, schlich ein Mörder, den er dingfest machen wollte, in der Dämmerung in sein Zelt, ein Messer zwischen den Zähnen, um ihn in ein Land zu befördern, das noch jenseits der Andamaneninseln liegt; aber Tietjens packte den Kerl und verhalf ihm dadurch zu einem streng gesetzmäßigen Ende am Galgen. Seitdem trägt sie ein dickes silbernes Halsband und hat ein Monogramm auf ihrer Bettdecke. Diese Decke ist aus doppeltem Kaschmirstoff, denn Tietjens hält viel auf dergleichen.

Unter keinen Umständen litt sie, daß man sie von ihrem

Herrn trennte. Als Strickland einmal an Fieber darniederlag, bereitete sie den Ärzten große Verlegenheiten; sie konnte ihrem Herrn zwar nicht helfen, aber sie duldete auch nicht, daß ihm andere hülfen. Macarnaght vom indischen Sanitätskorps mußte ihr erst eins mit dem Gewehrkolben über den Schädel geben, ehe sie zur Einsicht kam, daß die Ärzte mit dem Chinin den Vortritt hätten.

Kurz nachdem Strickland Imrays Bungalow bezogen hatte, führten mich meine Geschäfte zu der Station, und da die Klubquartiere überfüllt waren, mietete ich mich bei ihm ein.

Es war ein solid gebauter Bungalow, mit acht Räumen und mit einem guten Dach versehen, so daß kein Regen durch konnte.

Innen hing eine Art Baldachin als Schutzdecke quer über dem Wohnraum, sauber wie ein getünchter Bewurf. Der Hauswirt hatte sie frisch übermalen lassen, bevor Strickland einzog. Wer die Bauart indischer Bungalows nicht kennt, hätte schwerlich vermutet, daß über diesem weißen, gespannten Tuch die dunkle dreieckige Höhlung des Dachstuhls lag, bewohnt von Ratten, Fledermäusen und anderem ekelhaften Ungeziefer.

Tietjens empfing mich in der Veranda mit einem Gebell, dröhnend wie die Glocke der St.-Pauls-Kirche, und legte mir als Zeichen der Freude und des Wohlwollens die Pfoten auf beide Schultern.

Strickland hatte sich aus Töpfen und Tellern eine Art Frühstück zusammengekratzt, eilte aber, kaum daß er es hinuntergewürgt hatte, sofort zu seinen Berufsangelegenheiten und ließ mich mit Tietjens und meinen Gedanken allein.

Die Hitze des Sommers war vorüber und hatte dem warmen Dunst der ersten Regenzeit Platz gemacht. Kein Lüftchen regte sich, aber der Regen fiel Ladestöcken gleich auf die Erde herab, sich beim Wiederemporspritzen in einen blauen Nebel verwandelnd. Der Bambus, die Zuckeräpfelbäume, die Pointsettias und die Mangobäume standen unbeweglich und ließen sich von dem warmen Wasser überrieseln, derweilen die Frösche in den Aloëhecken dazu sangen.

Kurz vor dem Dunkelwerden, als der Regen am heftigsten fiel, saß ich im Hintergrund der Veranda, lauschte auf das

Trommeln des Wassers in den Dachtraufen und kratzte mich, denn ich war mit Hitzebläschen über und über bedeckt.

Tietjens war mit mir hereingekommen, legte mir den Kopf in den Schoß und blickte ungemein sorgenvoll drein, – weshalb ich ihr ein paar Biskuits gab, als ich im Rückraum, wo es wesentlich kühler war, meinen Tee einnahm. Die übrigen Gemächer des Hauses lagen in Dunkelheit getaucht hinter mir. Ich vermied sie, denn ich konnte den Geruch von Stricklands Sattelzeug und dem Öl an seinen Flinten nicht leiden.

Da kam mein Privatdiener zu mir – seine dünnen Kleider waren so durchnäßt, daß sie ihm förmlich am Leibe festklebten – und sagte, ein Fremder sei gekommen und wünsche, mit jemand zu sprechen. Ich wollte nicht erst warten, bis der Diener Licht in den dunklen Zimmern angezündet haben würde, und ging daher – eigentlich ganz gegen meinen Willen – in das kahle Vorzimmer.

Ob nun wirklich ein Besucher draußen war oder nicht, jedenfalls schien es mir, als stünde eine Gestalt am Fenster. Aber als der Diener mit den Leuchtern kam, war nichts zu sehen, zu hören und zu spüren als Regengeprassel und der Geruch der trinkenden Erde. Ich erklärte meinem Diener, er sei noch dümmer, als es sich von Rechts wegen gezieme, und kehrte in die Veranda zurück, um mich mit Tietjens weiter zu unterhalten. Sie war inzwischen in das Unwetter hinausgegangen und ließ sich nur mit Widerstreben zurücklocken – trotz Zuckerstücken und Biskuitverheißung.

Kurz vor Abendessenszeit kam Strickland, triefend vor Nässe, nach Haus. Seine ersten Worte waren: »Ist jemand hier gewesen?«

Ich erzählte ihm, mit dem nötigen Hinweis auf die Dummheit meines Dieners, daß man mich in das Empfangszimmer gerufen habe. Vielleicht sei wirklich irgendein Tagedieb dagewesen, aber jedenfalls hätte er das Weite gesucht, ohne sich vorzustellen und seinen Namen zu nennen, schloß ich meinen Bericht.

Strickland hörte mir schweigend zu, bestellte das Essen, und da es ein ordnungsmäßiges Mahl war, serviert auf einem weißen Tuch, setzten wir uns zu Tisch, wie es sich gehört.

Um 9 Uhr ging Strickland schlafen. Ich war ebenfalls müde. Tietjens, die unter dem Tisch gelegen hatte. verfügte sich mit einem Satz in den am meisten geschützten Teil der Veranda, als sich ihr Herr in sein Schlafgemach begab, das an ihr eigenes Staatszimmer angrenzte.

Wenn etwa eine Frau es vorgezogen hätte, draußen im strömenden Regen zu schlafen, wäre das weiter nicht von Belang gewesen, aber Tietjens war eine Hündin und somit wertvoller. Ich sah Strickland erwartungsvoll an, ob er sie nicht mit der Peitsche zurückholen würde, aber er lächelte nur entsagungsvoll, etwa wie ein Ehemann, der sich keinerlei Gewalt über die Hauswirtschaft anzumaßen getraut. »Sie hat es so gehalten, seitdem ich hier eingezogen bin. Laß sie«, sagte er. Tietjens war schließlich Stricklands Hündin und nicht meine, und daher schwieg ich. Aber daß es Strickland keineswegs paßte, so leicht über die Sache hinwegzugehen, fühlte ich deutlich.

Tietjens schlug ihr Lager draußen vor dem Fenster meines Schlafzimmers auf. Sturmbö folgte auf Sturmbö und fegte donnernd über das Dach; schwand dahin. Blitze spritzten über den Himmel, wie Eier, die an ein Scheunentor geworfen werden. Nur nicht so gelb. Mehr blaßblau. Durch die Ritzen meiner Bambusjalousie konnte ich erkennen, daß die große Hündin regungslos draußen in der offenen Veranda stand, die Rückenhaare gesträubt, die Füße wie angewurzelt. Die Sehnen gespannt, wie die Drahtseile einer Kettenbrücke.

Während der kurzen Pausen des Donners versuchte ich einzuschlafen, hatte aber immerwährend das Gefühl, irgend jemand wolle mich davon abhalten und verlange etwas von mir. Wer es auch sein mochte, er versuchte, mich beim Namen zu rufen. Aber seine Stimme ging stets in ein lautloses Flüstern über. Der Donner hörte auf, Tietjens ging in den Garten, heulte den Mond an. Jemand versuchte, meine Tür zu öffnen, wanderte auf und ab im Haus, stand schwer atmend in der Veranda still. Ich war kaum eingeschlafen, da bildete ich mir ein, wildes Hämmern und Geschrei über meinem Kopf – oder war es an der Tür? – zu hören.

Ich stürzte in Stricklands Zimmer und fragte, ob er krank wäre oder mich gerufen hätte. Er lag, halb angekleidet, auf seinem Bett, die Pfeife im Munde. »Ich hab mir's gleich gedacht, daß du kommen würdest«, sagte er. »Bin ich soeben im Haus herumgelaufen?«

Ich sagte, er sei im Eß- und Rauchzimmer herumgetrampelt und noch in zwei oder drei andern Zimmern. Er lachte bloß und riet mir, mich schlafen zu legen. Ich legte mich wieder nieder und schlief bis zum Morgen, aber beständig verfolgte mich das Gefühl im Traum, ich beginge ein Unrecht gegen jemand, der irgend etwas von mir wünsche. Was das für Wünsche sein könnten, vermochte ich mir nicht klarzumachen, aber ein schwankender, umhertappender, zaudernder schemenhafter Jemand überhäufte mich mit Vorwürfen wegen meiner Saumseligkeit. Zwischenhinein hörte ich, wie im Halbwachen, das Dreschen des Regens und Tietjens' Geheul im Garten.

Zwei Tage blieb ich in dem Haus. Jeden Morgen ging Strickland in sein Büro und ließ mich mit Tietjens als einziger Gesellschaft, acht bis zehn Stunden allein.

Solange heller Tag war, fühlte ich mich ganz behaglich. Ebenso Tietjens. Aber wenn die Dämmerung kam, zogen wir uns in die rückwärtige Veranda zurück und taten schön miteinander. Wir waren allein im Haus, dennoch schien jemand anwesend zu sein – allzu anwesend – mit dem ich nichts zu tun haben mochte. Ihn konnte ich nicht sehen, aber ich sah, daß sich die Vorhänge, die die Zimmer abteilten, bewegten, als sei soeben jemand hindurchgegangen; ich hörte die Bambusstühle knarren, als hätte sich eben ein Gewicht von ihnen erhoben; ich fühlte, wenn ich ein Buch aus dem Eßzimmer holen wollte, jemand warte auf der Vorderveranda, bis ich fortginge. Tietjens machte das Zwielicht interessant durch ihr Starren in die dunklen Räume, jedes Haar gesträubt und die Bewegungen eines Etwas verfolgend, das ich nicht sehen konnte. Sie ging niemals in die dunklen Zimmer hinein, aber ihre aufmerksam wandernden Augen sagten mir genug. Erst wenn mein Diener die Lampen brachte und ihr Licht alles hell und wohnlich machte, ging sie mit mir hinein, setzte sich auf die Hinterbeine und beobachtete eine unsichtbare Erscheinung, die sich hinter meinem Rücken zu schaffen machte. Hunde sind freundliche Gefährten.

Ich eröffnete Strickland so höflich wie möglich, daß ich nunmehr hoffen könne, im Klub Unterkunft zu finden, pries seine Gastfreundschaft, bewunderte seine Waffen und Angelruten, aber sein Haus und die Atmosphäre darin paßten mir ganz und gar nicht. Er ließ mich zu Ende sprechen, lächelte dann müde, aber ohne Empfindlichkeit, denn er ist ein Mann, der die Beweggründe anderer gelten läßt. – »Bleib doch noch hier«, sagte er nach einer Weile – »und denk nach, was das alles zu bedeuten hat. Was du mir mitgeteilt hast, weiß ich, seit ich den Bungalow bewohne. Bleib doch hier und warte ab! Tietjens hat mich verlassen; willst du auch gehen?«

Ich habe einmal mit ihm ein kleines Erlebnis, ein heidnisches Götzenbild betreffend, gehabt, das mich beinahe ins Irrenhaus brachte; ich verspürte keine Lust, ihm auch noch bei weiteren Experimenten Gesellschaft zu leisten. Er war ein Mensch, dem Ungeheuerlichkeiten so häufig unterliefen, wie andern etwa ein Mittagessen.

Ich sagte ihm daher klipp und klar, daß ich ihn sehr gerne hätte und ihn mit Freuden jederzeit am Tage besuchen wollte, aber unter seinem Dach zu schlafen, ließe ich mir nicht zumuten. Das geschah nach dem Mittagessen, Tietjens lag draußen vor der Veranda.

»Gott, freilich, zu verwundern ist's nicht«, sagte Strickland. Er betrachtete aufmerksam das Tuch an der Zimmerdecke – »Da! Schau mal!« Die Schwänze von zwei braunen Schlangen hingen zwischen Tuch und Wandgesims herab. Warfen lange Schatten im Lampenlicht.

»Hm. Wenn du dich vor Schlangen fürchtest –« brummte er.

Allerdings fürchte und hasse ich Schlangen. Wenn man ihnen ins Auge sieht, beschleicht einen der Verdacht, sie wissen um das ganze Geheimnis des Sündenfalles der Menschen und fühlen die Verachtung, die Satan gefühlt haben mag, als Adam aus dem Paradies vertrieben wurde. Außerdem ist ihr Biß meistens verhängnisvoll, – und sie winden sich einem mit Vorliebe an den Hosenbeinen hinauf.

»Du solltest wirklich einmal das Dach nachsehen lassen!« sagte ich. »Gib mir doch einen von deinen *Masheer*-Angelstöcken her! Ich werde die Viecher herunterstochern.«

»Sie werden sich zwischen die Dachbalken verkriechen«, meinte Strickland. »Schlangen überm Kopf! Das könnte mir so passen! Warte, ich steige hinauf. Wenn ich sie herunterschüttle, zerschlag ihnen das Rückgrat mit dem Ausklopfstecken da!«

Ich verspürte wenig Lust, Strickland bei diesem Unternehmen beizustehen, nahm aber doch den Stock zur Hand und wartete, derweil Strickland eine Gärtnerleiter aus der Veranda holen ging, die er sodann an die Zimmerwand lehnte. Sofort wanden sich die Schlangenschwänze aufwärts und verschwanden. Man konnte deutlich das trockene Rascheln ihrer langen Leiber hören, wie sie im Innern des sackartig gebauchten Zimmerdeckentuchs dahineilten. –

Strickland nahm beim Hinaufsteigen eine Lampe mit. Ich suchte ihm begreiflich zu machen, daß es nicht nur gefährlich sei, zwischen Decke und Baldachin Schlangen zu jagen, sondern überdies bedenklich hinsichtlich des Geldbeutels, denn möglicherweise könnte das Tuch bei dem Experiment zerreißen.

»Blödsinn!« sagte Strickland. »Sie werden sich zwischen Wand und Tuch versteckt haben. Die Ziegel sind ihnen zu kalt; die Zimmerwärme ist ihnen lieber.« Und er ergriff eine Ecke des Tuches und riß es vom Gesims los. Es gab mit einem lauten knirschenden Geräusch nach, und Strickland steckte den Kopf in die entstandene Öffnung hinein in die Dunkelheit der Dachbalkenwinkel. Ich biß die Zähne zusammen und packte den Stock fester, denn irgend etwas mußte doch jetzt herunterkommen!

»Hm«, machte Strickland, und seine Stimme dröhnte unter dem Dach wie in einem Resonanzboden. »Platz wäre hier für eine ganze Menge Zimmer. Aber, zum Teufel, da wohnt ja schon jemand!«

»Schlangen?« fragte ich von unten.

»Nein, es scheint eher ein Büffel zu sein. Reich mir mal die Spitze einer *Masheer*-Angel herauf, ich will ihn anstechen. Er liegt auf dem Hauptbalken.«

Ich reichte ihm den Angelstock hinauf.

»Ist das ein Nest für Eulen und Schlangen!« rief Strickland und kletterte noch tiefer in die Höhlung hinein. »Freilich kein Wunder, daß es ihnen hier gefällt!« Ich konnte sehen, wie er mit dem stockbewehrten Arm nach vorwärts stieß. »Heda! Sie! Mein Herr! Kommen Sie mal herunter!« hörte ich ihn rufen. »Achtung auf deinen Kopf! Es fällt!« Und schon sah ich, wie sich das Dachtuch, fast in der Mitte des Zimmers, herabsenkte, beutelförmig ausgebaucht durch den Druck eines hineingefallenen Gegenstandes, und immer tiefer und tiefer herniederkam auf die Lampe zu, die brennend auf dem Tisch stand. Sofort riß ich sie weg und sprang mit ihr zurück. Im nächsten Augenblick löste sich das Dachtuch von den Wänden los, zerriß wie mit einem Schrei und ließ ein Etwas auf den Tisch fallen, das ich nicht anzusehen wagte, bis Strickland, auf der Leiter herabgestiegen, wieder neben mir stand.

Strickland war kein Mann der vielen Worte; schweigend faßte er die niederhängenden Enden des Tafeltuchs und deckte sie über das, was da auf dem Tische lag.

»Es will mir scheinen«, sagte er nach einer Weile und stellte seine Lampe weg, »unser Freund Imray ist zurückgekehrt! Ja, was ist denn das? Wirst du wohl?« Es hatte sich etwas unter dem Tuch bewegt. Eine kleine Schlange ringelte sich heraus. Strickland zerschlug ihr mit dem dicken Ende der *Masheer*-Angel das Rückgrat. Mir wurde so übel, daß ich kein Wort hervorbringen konnte.

In Gedanken versunken stand Strickland eine Weile da, dann ließ er sich etwas zu trinken bringen.

Unter dem Tafeltuch war es still geworden.

»Ist es Imray?« würgte ich hervor.

Strickland zog einen Augenblick das Tuch zurück, warf einen Blick hin und sagte: »Es ist Imray, und sein Hals ist durchschnitten von einem Ohr bis zum andern.«

Dann riefen wir plötzlich beide gleichzeitig: »Also darum hat es hier im Haus gespukt!«

Tietjens im Garten begann mit einemmal wütend zu bellen, und gleich darauf hob sie mit ihrer großen Nase den Türdrücker hoch, kam herein und schnüffelte in die Luft.

Dann setzte sie sich nieder, fletschte die Zähne, stemmte die Pfoten fest auf den Boden und blickte Strickland an.

Strickland nickte ihr zu. »Ja, ja, das ist eine schlimme Geschichte, alte Dame! Man klettert doch nicht aufs Dach, um dort zu sterben, und macht nachher den Baldachin unter sich fest! – Wart, laß mich mal überlegen.«

»Überlegen wir's uns anderswo«, riet ich.

»Famose Idee! Du hast recht, überlegen wir's uns anderswo! Lösch die Lampen aus. Gehen wir in mein Zimmer!«

Ich überließ das Lampenauslöschen ihm und ging voraus in sein Zimmer. Er kam mir nach, wir setzten unsere Pfeifen in Brand und dachten nach. Strickland insbesondere. Ich meinesteils rauchte wie ein Verrückter, denn mich gruselte schauderhaft.

»Also: Imray ist zurückgekehrt!« begann Strickland. »Die Frage ist nun: Wer hat ihn ermordet? Unterbrich mich jetzt nicht, mir fällt soeben etwas ein. Als ich diesen Bungalow bezog, übernahm ich die meisten von Imrays Dienern. – Imray war arglos und gutmütig, nicht wahr?«

Ich stimmte zu, obgleich der Haufen unter dem Tuch im Nebenzimmer weder nach der einen noch nach der andern Eigenschaft ausgesehen hatte.

»Wenn ich jetzt sämtliche Diener hereinrufe, werden sie sich zusammenrotten und lügen wie die Arier. Was schlägst du vor?«

»Laß einen nach dem andern kommen!« riet ich.

»Dann werden sie hinauslaufen und sich gegenseitig warnen. Wir müssen sie trennen. Glaubst du, daß dein Diener etwas ahnt?«

»Könnte sein; ich weiß es nicht. Er ist erst zwei oder drei Tage hier. Was ist deine Ansicht?«

»Ich kann es noch nicht genau sagen. Wie, zum Kuckuck, kam Imray hinter die unrechte Seite des Dachtuchs?«

Da hörten wir ein lautes Husten vor Stricklands Schlafkammertür, ein Zeichen, daß Bahadur Khan, sein Leibdiener, aus dem Schlafe erwacht war und seinem Herrn beim Auskleiden behilflich sein wollte.

»Komm herein!« rief Strickland. »Eine verdammt heiße Nacht heute, was?«

Bahadur Khan, ein großer, grünbeturbanter, sechs Fuß hoher Mohammedaner, bestätigte, die Nacht sei in der Tat sehr warm, aber es sei noch mehr Regen in Aussicht, der, seiner Gnaden Gunst vorausgesetzt, dem Lande bald Erleichterung bringen würde.

»Es wird so sein, wenn es Gott gefällt«, erwiderte Strickland und begann seine Stiefel auszuziehen. »Aber da fällt mir ein, Bahadur Khan, daß ich dich lange Zeit unbarmherzig habe für mich arbeiten lassen – ja fast, seitdem du in meine Dienste getreten bist. Wann war das doch?«

»Hat der Himmelsentsprossene es vergessen? Es war, als Imray Sahib im geheimen nach Europa ging, ohne es jemand zu sagen. Damals bin ich – und die andern – in den geehrten Dienst des Beschirmers der Unterdrückten getreten.«

»So? Imray Sahib ist nach Europa gegangen?«

»So heißt es unter denen, die seine Diener waren.«

»Willst du wieder in seine Dienste treten, wenn er zurückkommt?«

»Sicherlich, Sahib! Er war ein guter Herr und leutselig gegenüber seinen Untergebenen.«

»Ja, das stimmt. Aber ich bin sehr müde jetzt und will morgen früh auf die Jagd gehen. Bring mir mal das kleine Präzisionsgewehr, das ich für die Schwarzbockjagd brauche, her! Es hängt dort im Kasten.«

Der Diener nahm Lauf und Kolben und reichte die Stücke seinem Herrn, der sie zusammensetzte und dabei fürchterlich gähnte. Dann griff Strickland selbst in den Kasten, nahm eine scharfe Patrone heraus und schob sie in das Verschlußstück der 360-Expreß.

»Und Imray Sahib soll insgeheim nach Europa gereist sein? Ist das nicht sehr sonderbar, Bahadur Khan? Was meinst du?«

»Was weiß ich von den Gebräuchen der Weißen, Himmelsentsprossener?!«

»Sehr wenig, freilich. Aber du sollst sogleich mehr darüber erfahren. Ich habe nämlich gehört, daß Imray Sahib von einer sehr langen Reise zurückgekehrt ist und gerade jetzt im Zimmer nebenan liegt und auf seinen Diener wartet.«

»Sahib!«

Das Lampenlicht huschte über den Gewehrlauf, wie er sich schnell emporrichtete – mit der Mündung gegen Bahadur Khans breite Brust.

»Geh hinein und überzeug dich selbst! Dein Herr ist müde und man wartet drinnen auf dich. Geh!«

Der Mann ergriff eine Lampe und ging in das Eßzimmer. Strickland folgte ihm auf dem Fuße, schob ihn fast vorwärts mit der Flintenmündung.

Bahadur Khan warf einen schnellen Blick in die gähnende Tiefe des Dachgebälks über dem Baldachin, dann auf die zuckende Schlange auf dem Fußboden und schließlich mit einem gläsernen Ausdruck im Gesicht auf das Ding unter dem Tischtuch.

»Hast du gesehen?« fragte Strickland nach einer Pause.

»Ich habe gesehen. Ich bin Erde in der Hand des weißen Mannes. Was gedenkt der Erhabene zu tun?«

»Dich diesen Monat noch aufknüpfen lassen. Was denn sonst?«

»Weil ich ihn getötet habe? Aber Sahib! Bedenke: während wir Imray Sahib bedienten, fiel sein Blick auf mein Kind – ein Knabe von vier Jahren. Er hat es behext. In zehn Tagen starb es an Fieber – mein Kind!«

»Was hat Imray Sahib gesagt?«

»Er hat gesagt, es sei ein schönes Kind, und hat ihm den Kopf gestreichelt. Deshalb ist mein Kind gestorben. Deshalb habe ich Imray Sahib getötet in der Dämmerung, als er aus seinem Amt gekommen war und schlief. Deshalb habe ich ihn nach oben unter die Balken geschleppt und das Dachtuch wieder festgemacht. Der Himmelsentsprossene weiß alle Dinge. Ich bin der Diener des Himmelsentsprossenen.«

Strickland warf mir über die Flinte hinweg einen Blick zu und sagte in der Eingeborenensprache: »Du bist Zeuge seines Geständnisses. Er hat getötet.«

Bahadur Khan stand da – aschfahl – im Licht der Lampe. Plötzlich überkam ihn der Trieb, sich zu rechtfertigen. »Ich bin in die Falle gegangen«, sagte er, »aber die Schuld trifft ihn allein: Er hat den bösen Blick auf mein Kind geworfen, und deshalb habe ich ihn getötet und versteckt. Nur die, die von Teufeln bedient werden« – dabei starrte er Tietjens an, die stumpfsinnig vor ihm lag, »nur so jemand konnte erfahren, was ich getan habe.«

»Geschickt hast du's angefangen, Bahadur Khan! Nur hättest du ihn mit einem Strick am Balken festbinden sollen! Jetzt wirst du selbst mit einem Strick – he, Ordonnanz!«

Ein schlaftrunkener Polizist, gefolgt von einem zweiten, erschien auf Stricklands Ruf. Tietjens saß merkwürdig still da. »Führt ihn auf die Polizeistation!« befahl Strickland. »Es liegt etwas gegen ihn vor.«

»Werde ich denn gehenkt?« fragte Bahadur Khan. Er machte keinen Versuch zu entfliehen. Seine Augen waren auf den Boden geheftet.

»So sicher, wie die Sonne scheint und das Wasser fließt – jawohl«, sagte Strickland.

Bahadur Khan machte einen langen Schritt nach rückwärts, schauderte zusammen und blieb dann unbeweglich stehen. Die beiden Polizisten warteten auf weitere Befehle.

»Geh!« sagte Strickland.

»Ich bin schon unterwegs«, sagte Bahadur Khan. »Ich bin bereits ein toter Mann. Da!« Er hob den Fuß: an seiner Zehe haftete der Kopf der halberschlagenen Schlange, festgebissen in der Agonie des Todes.

»Ich stamme aus landbesitzendem Geschlecht«, sagte Bahadur Khan und schwankte hin und her. »Es wäre eine Schande für mich, zum Galgen zu gehen vor den Leuten, deshalb habe ich diesen Weg gewählt. Es sei mir erlaubt, darauf hinzuweisen, daß des Sahibs Hemden genau abgezählt sind und daß ein extra Stück Seife in der Waschtoilette liegt. Mein Kind ist behext worden, und ich habe den Zauberer erschlagen. Warum mich also mit dem Strick hinrichten? Meine Ehre ist gerettet, und – und ich sterbe.«

Nach einer Stunde starb er. So, wie man eben stirbt, wenn man von der kleinen, braunen *Karait* gebissen worden ist.

Die Polizisten trugen ihn und – das Ding unter dem Tischtuch an den Ort, der ihnen bezeichnet wurde.

Das Verschwinden Imrays war jetzt aufgeklärt.

»Und dies«, sagte Strickland seelenruhig, sein Bett erkletternd, »dies nennt man das neunzehnte Jahrhundert! Hast du gehört, was der Mann gesagt hat?«

»Ich hab es gehört«, sagte ich. »Imray hat einen Fehler begangen.«

»Einzig und allein infolge seiner Unkenntnis der Denkungsweise der Orientalen!« ergänzte Strickland. »Dann kam noch ein endemischer Fieberfall dazu – ja. Hm. Bahadur hat ihm vier Jahre lang treu gedient.«

Ich schauderte. Mein eigener Diener stand genau ebenso lang in meinen Diensten. Als ich hinüber in mein Zimmer ging, wartete er dort auf mich, regungslos wie der Kopf auf einer Münze, um mir beim Entkleiden zu helfen.

»Was ist Bahadur Khan zugestoßen?« forschte ich ihn aus.

»Eine Schlange hat ihn gebissen. Das übrige weiß der Sahib«, war die Antwort.

»Und wieviel war dir von der Sache bekannt?«

»Nicht mehr, als man schließen kann, wenn einer in der

Dämmerung kommt, um Sühne zu fordern. Langsam, Sahib! Laß mir dir die Stiefel ausziehen.«

Ich war kaum in einen Schlaf der Erschöpfung verfallen, da hörte ich Strickland drüben in seinem Zimmer rufen: »Da schau einer! Tietjens ist auf ihren alten Platz zurückgekehrt!«

Und so war es auch. Die große Jagdhündin lag stolz in ihrem Staatsbett, auf ihrer Prunkdecke, unbekümmert, trotzdem im Eßzimmer von Zeit zu Zeit das leere Dachtuch raschelte, wie es, immer weiter und weiter sich ablösend, noch mehr zerriß.

Morrowbie Jukes' Ritt zu den Toten

Auf Erfindung oder Erdichtung beruht diese Geschichte nicht; Jukes ist durch Zufall in ein Dorf geraten, von dem man weiß, daß es existiert, obwohl Jukes der einzige Engländer ist, der dort war.

Eine ähnliche Einrichtung wie die, von der die Rede sein wird, soll einst in der Umgebung von Kalkutta bestanden haben; auch geht das Gerücht, im Herzen von Bikanir, tief im Innersten der Großen Indischen Wüste, läge eine Stadt – nicht etwa ein Dorf! –, in der Tote, nämlich solche, die zwar nicht gestorben sind, aber nicht leben dürfen, ihr Hauptquartier aufgeschlagen hätten.

Da es außer jedem Zweifel steht, daß sich in ebenderselben Wüste eine prachtvolle Stadt befindet, in die sich reiche Leute zurückziehen, nachdem sie sich ein Vermögen gemacht haben (und zwar ein Vermögen, so groß, daß sie sich unter dem Schutze der Gouvernementsregierung nicht mehr sicher fühlen und als Wohnort die wasserlose Sandwüste vorziehen, wo sie in prunkvollen elastisch gefederten Kutschen fahren, sich schöne Mädchen kaufen und die Wände ihrer Paläste mit Gold, Elfenbein, kostbaren Minton-Kacheln und Perlmutter schmücken), so sehe ich nicht ein, warum Jukes' Erzählung nicht wahr sein sollte!

Jukes ist Zivilingenieur, hat den Kopf voll mit Streckenmessungen, mit Entwürfen aller Art und ähnlichen Dingen; warum sollte er sich damit abgeben, Phantasien auszuhekken? Wenn er seinem Beruf nachgeht, verdient er auf weit leichtere Art sein Geld. Auch erzählt er die Geschichte immer gleich, fügt nichts hinzu und läßt auch nichts weg; und immer bekommt er einen roten Kopf, wenn er die unwürdige Behandlung schildert, die ihm in jenem Dorfe zuteil geworden ist.

Zuerst hat er die Geschichte in schlichten Worten, und offenbar für ihn allein bestimmt, niedergeschrieben, später hat er stellenweise im Stil nachgefeilt und persönliche Bemerkungen eingefügt. Sie lautet:

Angefangen hat alles mit einem leichten Fieber. Mein Beruf zwang mich, einige Monate zwischen Pakpattan und

Murbarakpur zu kampieren – eine trostlose, sandige Gegend, wie jeder weiß, der das Unglück gehabt, dort leben zu müssen. Meine Kulis waren weder besser noch schlechter als andere Arbeitertrupps dieser Art, und überdies nahm mich meine Aufgabe derart in Anspruch, daß mir zu Träumereien keine Zeit geblieben wäre, selbst wenn ich Neigung zu solch unmännlichen Schwächen verspürt hätte.

Am 23. Dezember 1884 fühlte ich das Fieber kommen. Es stand damals der Vollmond am Himmel, und sämtliche Hunde in der Nähe meines Zeltes bellten ihn ununterbrochen an, wie das bei ihnen üblich ist. Die Köter hatten sich zu zweien und dreien versammelt und brachten mich schier zur Verzweiflung. Einige Tage vorher hatte ich einen solchen lärmbeflissenen Sänger erschossen und seinen Leichnam als abschreckendes Beispiel ungefähr fünfzig Yards von meiner Zelttür entfernt aufgehängt. Leider verfehlte die Maßnahme ihren Zweck: seine Freunde fielen über ihn her, rauften sich um seinen Kadaver und verzehrten ihn schließlich; dann sangen sie, wie mir schien, Dankeshymnen. Mit verdoppelter Energie.

Die Benommenheit, die das Fieber begleitet, wirkt auf die verschiedenen Menschen verschieden; in mir ließ sie nach kurzer Zeit den Entschluß reifen, eine ungeheure schwarze und weiße Bestie, die beim nächtlichen Gesang, aber auch beim Ausreißen die erste war, zu ermorden, koste es, was es wolle. Dank meiner zitterigen Hand und meinem schwindligen Kopf, hatte ich sie bereits zweimal mit der Flinte gefehlt, und da kam mir der verrückte Gedanke, ich müsse sie niederreiten und mit der Saufeder erlegen. Es war das offensichtlich ein Einfall, wie ihn nur ein im Fieberdelirium befindlicher Kranker haben konnte, erschien mir aber damals als das einzig richtige und überaus leicht und einfach ausführbar.

Ich befahl demnach meinem Stallknecht, Pornic zu satteln und leise an die Rückseite meines Zeltes zu bringen.

Als das Pony bereitstand, faßte ich die Zügel, entschlossen, sofort aufzuspringen und fortzusprengen, falls der Hund seine Stimme wieder erheben sollte. Nebenbei bemerkt: Pornic war einige Tage nicht aus dem Stall gekommen, die Nachtluft war erregend und kalt, und überdies trug ich ein paar besonders lange und scharfe Sporen, mit denen ich am Nachmittag ein faules Füllen aufgemuntert hatte; man kann sich also leicht vorstellen, wie Pornic losging, als der Moment gekommen war! Im Nu lag das Zelt hinter mir und wir flogen über den weichen sandigen Boden dahin, als gelte es, einen Rennpreis zu gewinnen. Der Hund rannte wie ein gehetztes Wild, aber schon im nächsten Augenblick waren wir an ihm vorbei und ich hatte bereits vergessen, weshalb ich eigentlich zu Pferde saß und den Sauspeer mitgenommen hatte.

Das Fieberdelirium und die Erregung infolge der schnellen Bewegung in der frischen Luft müssen mir den letzten Rest meiner Besinnung geraubt haben, denn ich erinnere mich nur dunkel, daß ich aufrecht in den Bügeln stand und mit meinem Sauspeer nach dem großen weißen Mond zielte, der ruhevoll auf meinen wahnwitzigen Galopp herniederschien. Schreiend forderte ich ein paar Kameldornbüsche, die gespenstisch an mir vorbeiflogen, zum Kampfe heraus. Einmal oder zweimal, so bedünkte mich, fiel ich vornüber auf Pornics Hals, und buchstäblich hing ich nur noch dank meinen Sporen im Sattel, wie die Spuren am nächsten Morgen zeigten.

Das arme Pferd raste dahin wie besessen über eine, wie ich mich zu erinnern glaube, grenzenlose mondlichtbeschienene Sandfläche. Sodann, das weiß ich genau, stieg der Weg vor mir plötzlich scharf aufwärts, und als wir den Gipfel des Hügels erreicht hatten, sah ich tief unten die Wasser des Sutlej schimmern wie ein silbernes Band.

Gleich darauf fiel Pornic mit einem Ruck auf die Nase und wir rollten gemeinsam einen unsichtbaren Abhang hinunter.

Ich muß wohl das Bewußtsein verloren haben, denn als ich wieder zu mir kam, lag ich bäuchlings auf einem Haufen weichen, weißen Sandes, und die Morgendämmerung warf ihren verschwommenen Schein über den Rand des Abhanges, von dem ich herabgefallen war.

Als es heller wurde, sah ich, daß ich mich am Fuße eines hufeisenförmigen Sandkraters befand, dessen offene Seite von den Ufern des Sutlej begrenzt war. Das Fieber hatte fast ganz aufgehört, und abgesehen von einem leichten Schwindelgefühl im Kopf, fühlte ich keine schlimmen Folgen des nächtlichen Sturzes.

Pornic, der einige Meter entfernt stand, war zwar sehr erschöpft, aber nicht verwundet. Sein Sattel, ein richtiger Polosattel, war stark verrutscht und hing ihm am Bauch. Da das Riemenzeug arg verknotet war, dauerte es eine Zeit, bis ich alles wieder zurechtgebracht hatte; dabei blieb mir aber Muße genug, den Ort zu betrachten, in den ich so dummerweise gefallen war.

Auf die Gefahr hin, weitschweifig zu werden, muß ich ihn dennoch genau schildern, da nur ein scharfes Bild seiner Eigentümlichkeiten es dem Leser ermöglichen kann, die jetzt folgenden Begebnisse zu verstehen.

Man stelle sich also einen – wie schon vorhin bemerkt – hufeisenförmigen Krater aus Sand vor, dessen steil abfallende Seitenwände ungefähr fünfunddreißig Fuß hoch waren. Der Neigungswinkel betrug, schätze ich, ungefähr fünfundsechzig Grad. Dieser Krater schloß ein flaches Stück Boden ein von etwa fünfzig Meter Länge und dreißig an der breitesten Stelle, mit einem rohen Brunnen in der Mitte. Rund um diesen Boden des Kraters, ungefähr drei Fuß hochragend, zog sich eine Reihe von dreiundachtzig halbkreisförmigen, ovalen, viereckigen oder unregelmäßig geformten Höhlen hin, alle mit Eingängen oder Öffnungen von je drei Fuß im Ausmaß. Jede Höhle zeigte mir, als ich sie später besichtigte, eine sorgfältig hergestellte Innenverschalung aus Treibholz und Bambus und oberhalb der Eingangsöffnung eine hölzerne Wasserablaufsrinne, zwei Fuß breit und von der Form einer Jockeymütze. Dennoch war keine Spur von Lebewesen in diesen Höhlen bemerkbar. Nur ein Brechreiz erzeugender, scheußlicher Geruch durchdrang das ganze Amphitheater – ein Geruch, widerwärtiger noch, als ich ihn jemals auf meinen Wanderungen in irgendwelchen indischen Dörfern gefunden habe. Ich bestieg Pornic, der ebenso wie ich heftige Sehnsucht nach den heimischen Zelten zu empfinden schien, und ritt rings um die Basis des hufeisenförmigen Kraters, um eine Stelle ausfindig zu machen, von der aus man am besten wieder ins Freie gelangen könnte. Da die Bewohner, wer sie auch immer sein mochten, es nicht für nötig hielten, sich sichtbar zu machen, so war ich auf meine eigenen Ratschlüsse angewiesen. Mein erster Versuch, Pornic die steile Sandbank »hinaufzustacheln«, brachte mir lediglich die Überzeugung, daß ich in eine Falle gestürzt war, ähnlich dem gewissen Sandtrichter, wie ihn der sogenannte Ameisenlöwe im kleinen herstellt, um Insekten zu fangen. Bei jedem Schritt fiel der lockere Sand tonnenweise von oben herab und prasselte wie Schrotfeuer auf die Wasserablaufrinnen der Höhlendächer nieder. Noch einige erfolglose Versuche, und Pornic und ich rollten, halb erstickt von den Sandmassen, auf den Grund des Kraters zurück. Ich war also genötigt, meine Aufmerksamkeit dem Flußufer zuzuwenden.

Hier schien die Sache keine Schwierigkeiten zu bieten. Zwar reichten die Sandhügel bis dicht an den Flußrand, aber es schien genug seichte Stellen und Sandbänke zu geben, über die Pornic hinweggaloppieren konnte, so daß ich den Weg auf festen Boden finden mußte, wenn ich mich nur scharf nach rechts oder links hielt.

Als ich aber mit Pornic dementsprechend auf den Sandgrund des Flusses zusteuerte, überraschte mich der matte Knall eines Flintenschusses, der vom jenseitigen Ufer kam; im selben Augenblick pfiff eine Kugel an Pornics Kopf vorbei. Über die Art der Schußwaffe konnte kein Zweifel bestehen: es mußte ein Martini-Henry-Gewehr gewesen sein.

Ungefähr hundert Schritt von mir entfernt lag, mitten im Strom verankert, ein plumpes Boot und eine aus seinem Bug in die stille Morgenluft aufsteigende Rauchwolke verriet mir, woher diese zartsinnige Aufmerksamkeit gekommen war. Hat man jemals einen ehrenwerten Gentleman auf derart rüde Weise behelligt? – Der tückische Sand gestattete kein Entrinnen von dem Ort, den ich so ganz gegen meinen Willen betreten hatte, und ein Spazierritt am Flußufer löste sofort ein Bombardement seitens irgendeines verrückten Eingeborenen drüben auf dem Boot aus. Ich gestehe, ich geriet ganz aus der Fassung.

Eine zweite Kugel belehrte mich, daß es am besten sei, meine Wut herunterzuschlucken und mich schleunigst von der Sandbank in das Hufeisen zurückzuziehen. Dort angelangt, sah ich, daß der Knall des Gewehrschusses etwa fünfundsechzig menschliche Wesen aus den Dachshöhlen, die ich bisher für unbewohnt gehalten, gelockt hatte. Ich fand mich umringt von ungefähr vierzig Männern, zwanzig Weibern und einem Kind, das kaum mehr als fünf Jahre zählen konnte.

Alle waren spärlich bekleidet mit jenem lachsfarbigen Stoff, der die Hindubettler kennzeichnet, und machten mir beim ersten Anblick den Eindruck von ekelhaften Fakiren. Das abstoßende Äußere der Bande und ihre Schmutzigkeit spottete jeder Beschreibung; ich schauderte bei dem Gedanken, welches Leben sie in den Höhlen führen mußten.

Selbst heutzutage, wo die Selbstverwaltung der Distrikte dem Respekt der Eingeborenen vor einem Sahib stark Abbruch getan hat, war ich immer noch an einen gewissen Grad von Höflichkeit seitens meiner Untergebenen gewöhnt und erwartete demnach wenigstens eine zivilisierte Beachtung meiner Anwesenheit. Beachtung fand ich allerdings, aber in einer Weise, die mich enttäuschte.

Die zerlumpte Bande lachte mir buchstäblich ins Gesicht – es war eine Art Lachen, die ich nie mehr wieder in meinem Leben zu hören hoffe! Sie grunzten, schnatterten, schrien, pfiffen und heulten wie besessen, als ich unter sie trat. Einige von ihnen warfen sich auf die Erde und wanden sich in widerwärtigen Lachkrämpfen. Sofort sprang ich aus dem Sattel und boxte, aufgeregt wie ich war von den Abenteuern dieses Morgens, aus Leibeskräften auf die Bande ein. Die Jammergestalten fielen wie die Kegel um unter meinen Hieben, und ihr Hohngelächter verwandelte sich sofort in ein Gewinsel um Gnade. Die, die keine Püffe davongetragen hatten, umklammerten meine Knie und flehten mich mit den seltsamsten und fremdartigsten Lauten an, sie zu verschonen.

Mitten in diesem Tumult – und ich schämte mich bereits heftig, daß ich mich so hatte gehen lassen, krähte eine hohe dünne Stimme hinter mir auf englisch: »Sahib! Sahib! Erkennen Sie mich denn nicht? Sahib, ich bin doch Gunga Daß, der Telegraphenbeamte!«

Ich drehte mich rasch um und faßte den Sprecher ins Auge. Gunga Daß – ich wüßte keinen Grund, seinen Namen zu verschweigen – war ein Brahmane aus dem Dekkan, und ich hatte ihn vor vier Jahren als einen Angestellten aus dem Punjab-Gouvernement in einem der Khalsia-Staaten flüchtig gekannt. Er war damals Vorsteher einer Zweigtelegraphenstation gewesen und lebte in meiner Erinnerung als ein geschickter, wohlbeleibter Distriktsbeamter, der die wunderbare Gabe besessen hatte, Kalauer in englischer Sprache zu machen – eine Eigenschaft, die mich an ihn länger als an seine mir geleisteten amtlichen Dienste hatte denken lassen. Ein Hindu, der englische Kalauer zum besten gibt, kommt nicht alle Tage vor.

Jetzt, als ich ihn wieder sah, war er bis zur Unkenntlichkeit verändert. Kastenabzeichen, Schmerbauch, die schieferfarbenen Hosen, die gewählte Sprache – alles war dahin. Ich erblickte statt dessen ein verwittertes Gerippe vor mir, fast nackt, ohne Turban, das Haar lang und verfilzt, tief eingesunkene Schellfischaugen! Wäre nicht eine sichelförmige Narbe an seiner linken Wange gewesen – die Folge eines Unfalls, den ich seinerzeit verschuldet hatte –, ich hätte den Mann überhaupt nicht wiedererkannt. Aber es war zweifellos Gunga Daß, und – ich empfand es wie Dankbarkeit und Befriedigung in mir – ein englisch sprechender Eingeborener, der mir wenigstens klarmachen konnte, wie ich hoffte, wo ich mich eigentlich befand und wie ich mir die Vorgänge des Morgens zu deuten hätte.

Die Menge trat ein wenig zurück, als ich die jämmerliche Gestalt anredete und aufforderte, mir zu sagen, wie ich denn aus diesem Krater herauskommen könnte. Eine frischgerupfte Krähe in der Hand, kletterte er langsam auf eine Plattform aus Sand, die sich vor den Höhlen hinzog, und fing schweigend an, ein Feuer anzuzünden. Trockene Grashalme, Sandwicke und dürres Treibholz brennen schnell; es war mir in gewissem Sinne ein Trost, als ich sah, daß er sie mit einem gewöhnlichen Streichholz anzündete. Als das Feuer hell brannte und die Krähe davor aufgespießt war, entschloß sich Gunga Daß endlich zu einer Antwort. Ohne irgendwelche Einleitung ging er sofort zum eigentlichen Thema über:

»Es gibt nur zwei Arten von Menschen, Sar: die lebenden und die toten. Wenn Sie tot sind, Sar, dann sind Sie eben tot, und wenn Sie lebendig sind, nun, dann sind Sie ein Lebendiger.« Hier nahm die Krähe seine Aufmerksamkeit wieder voll in Anspruch, denn sie wirbelte vor dem Feuer herum und konnte jeden Augenblick zu Asche verbrennen. »Wenn Sie zu Hause sterben, aber noch nicht tot sind, und man Sie zum Verbranntwerden zu dem Ghaut trägt, so kommen Sie hierher an diesen Ort.«

Die Natur dieses stinkenden Dorfes war mir jetzt mit einem Schlage klar. Alles, was ich jemals an Schrecklichem und Groteskem über solche Einrichtungen gelesen oder gehört, verblaßte vor dem, was mir dieser ehemalige Brahmane soeben mit ein paar Worten angedeutet hatte. Als ich vor sechzehn Jahren zum erstenmal nach Bombay kam, erzählte mir ein wandernder Armenier von einem irgendwo in Indien existierenden Ort, an den man Hindus brächte, wenn sie das Unglück gehabt hatten, aus Trance oder Starrsucht wieder zu erwachen. Man hielte sie dort fest, damit sie nicht entkommen könnten. Damals lachte ich über die Geschichte und hielt sie für Reisendengeschwätz. Jetzt, wo ich selber in dieser Menschenfalle aus Sand saß, tauchte die Erinnerung an Watsons Hotel mit seinen fächelnden *Punkahs,* den weißgekleideten Dienern und an das wachsgelbe Gesicht des Armeniers vor mir auf wie eine scharfentwickelte Photographie. Ich brach in ein krampfhaftes Lachen aus: der Kontrast war zu absurd!

Gunga Daß hatte sich über den unappetitlichen Vogel gebeugt, beobachtete mich jedoch dabei neugierig. Hindus lachen selten; überdies war die Umgebung auch nicht besonders geeignet, zum Lachen zu reizen. Er zog die gebratene Krähe mit feierlicher Miene von dem Holzspieß und verzehrte sie ebenso feierlich. Dann fuhr er in seiner Erklärung fort. Ich gebe sie hier mit seinen eigenen Worten wieder:

»Bei Choleraepidemien trägt man die Leute zum Scheiterhaufen, auch wenn sie noch nicht ganz tot sind. Werden sie nun ans Flußufer gebracht, so erwachen manche wieder durch die frische Luft. Werden sie nur ein wenig lebendig, so legt man ihnen Lehm auf Nase und Mund. Hilft das nicht, so legt man ihnen noch mehr Lehm auf; sie sterben dann meistens unter Zuckungen. Werden sie aber allzu lebendig, dann läßt man ›Das mit Lehm‹ sein und schleppt sie fort. Ich, zum Beispiel, war allzu lebendig und wehrte mich gegen solch unwürdige Behandlung, denn ich war damals noch ein Brahmane und ein stolzer Mann. Jetzt freilich bin ich ein toter Mann und esse« – hier blickte er auf den abgenagten Brustknochen des Vogels mit dem ersten Zeichen innerer Bewegung, seit ich ihn gesehen – »Krähen und anderes Zeugs. Man nahm mich vom Scheiterhaufen herunter, als man sah, daß ich zum Verbrennen noch zu lebendig war, gab mir eine Woche lang Medizinen ein, und ich wurde wieder gesund. Dann schickte man mich per Eisenbahn mit einem Mann zur Aufsicht zu der Station Okara. Dort kamen noch zwei dazu, und wir wurden nachts auf Kamelen hierhergebracht. Dann warf man mich hier herunter in den Krater und die beiden andern hinterdrein. Jetzt bin ich hier seit zweieinhalb Jahren. Ja, ja, einst war ich eine Brahmane und ein stolzer Mann, und jetzt esse ich – Krähen.«

»Gibt es denn keinen Weg, hier herauszukommen?«

»Keinen. Als ich herkam, habe ich es oft versucht und die andern auch, aber wir sind jedesmal dem Sand unterlegen, der auf unsere Köpfe herabstürzte.«

»Aber«, unterbrach ich ihn, »die Flußseite ist doch offen und es lohnt sich, die Gefahr zu riskieren, vom Boot drüben aus erschossen zu werden; nachts zum Beispiel.« Ich sprach den Satz nicht zu Ende; ein natürlicher Instinkt hieß mich schweigen. Gunga Daß aber erriet meine unausgesprochenen Worte und brach zu meinem Erstaunen in ein Lachen aus – in ein so spöttisches Lachen, wie es sich nicht einmal ein mir im Range Höherstehender hätte erlauben dürfen.

»Sie werden (schon nach seinen ersten Sätzen hatte er unterlassen, mich mit dem Titel ›Sir‹ anzureden) auf diesem Weg nicht entkommen, mein Lieber. Sie können es ja versuchen, wenn Sie wollen. Ich hab's auch versucht. Aber nur einmal.«

Das Gefühl eines unbeschreiblichen Schreckens, gegen das ich vergebens anzukämpfen versuchte, überfiel mich. Das lange Fasten – es war bereits zehn Uhr geworden –, dazu der aufregende nächtliche Ritt, kurz: ich war erschöpft; ich fürchte, ich habe mich damals eine Zeitlang wie ein Wahnsinniger gebärdet. Ich rannte gegen den Sandhügel an, lief im Kreis in dem Krater herum und betete und fluchte gotteslästerlich in einem Atem. Ich kroch zwischen Schilfgras hinaus auf die Flußufersandbänke, nur um immer wieder und wieder durch Flintenschüsse, die rings um mich herum Furchen in den Sand zogen, in die Agonie nervöser Angst versetzt und zurückgejagt zu werden. Ich wollte den Gedanken nicht dulden, wie ein toller Hund hier unter diesem gräßlichen Volk sterben zu müssen, und stürzte schließlich, erschöpft und rasend vor Wut, am Brunnen nieder. Niemand nahm die geringste Notiz von mir, und heute noch treibt es mir die Röte ins Gesicht, wenn ich mir vorstelle, wie ich mich damals gebärdet habe.

Zwei oder drei dieser Menschen traten auf meinen zukkenden Leib, als sie Wasser schöpfen kamen; sie schienen an derlei Vorgänge gewöhnt zu sein, und hatten keine Zeit für mich übrig. Nur Gunga Daß unterzog sich der Mühe, mir, nachdem er die glimmenden Kohlen seines Feuers mit Sand erstickt hatte, einen halben Becher fauligen Wassers über den Kopf zu gießen; ich hätte ihm dafür gerne auf den Knien gedankt, wenn er nur nicht immer mit demselben freudlosen keuchenden Ton, wie anfangs, als er mich erkannt hatte, gelacht hätte.

So lag ich, halb ohnmächtig, bis zum Nachmittag. Da ich auch nur ein Mensch bin, fühlte ich Hunger und sagte es Gunga Daß, in dem ich allmählich meinen natürlichen Beschützer zu sehen begann. An den Verkehr mit Eingeborenen gewöhnt, zog ich vier Annas aus der Tasche, um sie ihm zu geben; gleich darauf sah ich das Absurde einer solchen Gabe an einem Orte wie diesem ein und wollte das Geld wieder einstecken. Aber Gunga Daß schrie: »Geben Sie mir das Geld! Alles, was Sie haben! Oder ich hole Hilfe, und wir schlagen Sie tot!«

Ich glaube, jedes Briten erster Impuls ist, den Inhalt seiner Tasche zu behüten; aber ein Augenblick der Überlegung sagte mir, wie töricht es wäre, mit dem einzigen Menschen, der mir mein Los erleichtern konnte, in Streit zu geraten. Ich gab ihm also alles Geld, das ich bei mir hatte: neun Rupien, acht Annas und fünf Pies. (Ich trug immer, wenn ich im Lager war, Kleingeld für Bakschisch bei mir.) Gunga Daß versteckte das Geld rasch in seinem zerlumpten Lendentuch und blickte sich scheu um, ob es auch niemand gesehen hätte.

»Gut, jetzt will ich Ihnen auch zu essen geben«, sagte er.

Welche Genüsse er sich für das Geld glaubte verschaffen zu können, bin ich außerstande zu sagen, aber ich gab es ihm, da ich sah, daß es ihm Freude machte; jedenfalls wäre ich umgebracht worden, wenn ich es ihm verweigert hätte. Man reizt wilde Bestien nicht unnötigerweise, und meine Gefährten standen tiefer als wilde Tiere.

Sie ließen mich ruhig essen, was mir Gunga Daß gab: ein rohes *Chapatti* und einen Becher faules Brunnenwasser, und zeigten nicht die geringste Spur der in indischen Dörfern sonst so üblichen Neugier. Ich hatte den Eindruck, als verachteten sie mich; jedenfalls brachten sie mir die kühlste Gleichgültigkeit entgegen, Gunga Daß sowohl, wie auch alle andern.

Ich bestürmte ihn mit Fragen über das schreckliche Dorf, erhielt aber nur sehr ungenügende Antworten. Soviel ich mir zusammenreimen konnte, existierte es seit »unvordenklichen« Zeiten, woraus ich schloß, es müsse mindestens hundert Jahre alt sein – und niemals sei auch nur ein einziger daraus entkommen. (Ich mußte die Zähne zusammenbeißen, damit mich nicht abermals das Entsetzen packte und mich wie vorhin in dem Krater umherrasen ließ.) Gunga Daß schien einen teuflischen Genuß dabei zu empfinden, diese Tatsache immer wieder zu unterstreichen, als er gesehen hatte, wie ich zusammengezuckt war. Sosehr ich auch in ihn drang, mir zu sagen, wer denn eigentlich diese geheimnisvollen »sie« seien, die ihn und die andern hierhergebracht hätten und ständig bewachten, nichts konnte ihn bewegen, es mir zu verraten. »Es ist ihnen befohlen, so zu handeln«, antwortete er immer wieder, »und bis jetzt habe ich noch von keinem gehört, der dem Befehl nicht gehorcht hätte.«

»Warte nur«, entgegnete ich ihm, »wenn man im Lager mein Verschwinden bemerkt, werden meine Diener kommen. Ich verspreche dir, daß dieser Ort vom Antlitz der Erde verschwinden wird. Übrigens, eine Unterrichtsstunde in höflichem Benehmen werde ich dir dann auch erteilen, mein Freund!«

»Deine Diener würden in Stücke gerissen sein, längst bevor sie diesen Ort erreicht hätten! Aber abgesehen davon, sind Sie doch tot, mein Lieber! Freilich ist das nicht Ihre Schuld, aber tot und begraben sind Sie nichtsdestoweniger.« In unregelmäßigen Zeitabschnitten, sagte er mir, würden von der Landseite her Nahrungsmittel in den Krater herabgeworfen; die Bewohner des Amphitheaters kämpften dann darum wie wilde Tiere. Wenn einer seinen Tod herannahen fühle, zöge er sich in eine Höhle zurück und stürbe darin. Später zöge man den Leichnam wieder heraus und würfe ihn auf den Sand. Bisweilen aber ließe man ihn auch verfaulen, wo er gerade läge.

Die Phrase »auf den Sand werfen« erweckte meine Aufmerksamkeit und ich fragte, ob dadurch nicht Pestilenz erzeugt würde.

»Sie werden das später ja selbst beobachten können«, meinte er und bekam wieder einen seiner keuchenden Lachanfälle. »An Zeit zum Beobachten wird es Ihnen nicht fehlen.«

Ich zuckte zu seiner großen Freude wieder zusammen; rasch, um den Eindruck zu verwischen, fuhr ich mit meinen Fragen fort: »Und wie lebt ihr eigentlich hier? Womit beschäftigt ihr euch?« Die Frage rief dieselbe Antwort hervor, nur mit dem Zusatz: »Dieser Ort ist wie euer europäisches Himmelreich; auch hier gibt es weder Heirat noch Hochzeitstag.«

Gunga Daß war in einer Missionsschule erzogen worden. »Wäre ich«, so sagte er, »ein kluger Mann gewesen und hätte die Religion gewechselt, so wäre ich dem Lebendigbegrabensein an diesem Ort, der jetzt mein Los geworden ist, entgangen.«

Solange ich mit ihm in dem Krater beisammen war, hatte ich trotzdem die Empfindung, daß er sich ganz glücklich fühlte.

Er hatte in mir einen Sahib vor sich, einen Repräsentanten der herrschenden Rasse, hilflos wie ein Kind und in jeder Beziehung seiner Gnade und der seiner eingeborenen Gefährten ausgeliefert. In raffinierter und wohlüberlegter Weise pflegte er mich zu peinigen, wie etwa ein Schulknabe sich in einer freien halben Stunde an den Todesqualen eines aufgespießten Käfers weidet, oder ein Marder in einer verborgenen Höhle sich genußsüchtig an der Kehle eines Kaninchens festbeißt. Immer wieder kam er in seiner Rede auf die Betonung des Umstandes zurück, daß ein Entkommen unmöglich sei, und daß ich eben bis zu meinem Tode hierbleiben müsse, um schließlich »auf den Sand« geschmissen zu werden.

Wäre es möglich, sich die Reden der Verdammten bei der Ankunft neuer Seelen im Abgrund der Hölle vorzustellen, so möchte ich sagen: sie müßten so sprechen, wie Gunga Daß zu mir sprach. Mir fehlte die Kraft, zu antworten oder dagegen

Einwände zu erheben; ich mußte meine ganze Willenskraft aufbieten, um gegen das unbeschreibliche Entsetzen anzukämpfen, das mich wieder und wieder zu überwältigen drohte. Ich kann meinen Zustand nur mit dem würgenden Gefühl einer übermächtigen Seekrankheit vergleichen, die einen bei einer stürmischen Kanalüberfahrt befällt. Nur war meine Agonie geistiger Art und daher weit schrecklicher.

Als der Tag vorgerückt war, erschienen die Bewohner des Kraters vollzählig, um die Nachmittagssonne zu genießen, die jetzt bereits in schrägen Strahlen in das Amphitheater herabschien. Sie standen in kleinen Gruppen beisammen und sprachen miteinander, ohne mich auch nur eines Blickes zu würdigen. Es war meiner Schätzung nach etwa vier Uhr, da erschien Gunga Daß, tauchte einen Augenblick in seiner Höhle unter und kam gleich darauf wieder hervor mit einer lebenden Krähe auf der Faust. Der arme Vogel starrte vor Schmutz und war auch sonst in jämmerlichem Zustand, dennoch schien er keine Furcht vor seinem Herrn zu haben.

Dann ging Gunga Daß vorsichtig auf die Flußseite zu, wobei er von einem Grasbüschel auf das andere trat, bis er einen Sandfleck direkt in der Schußlinie des Bootsfeuers erreicht hatte. Die Wächter am andern Ufer nahmen jedoch anscheinend keine Notiz von ihm. Dort blieb Gunga Daß stehen, legte mit ein paar geschickten Handgelenkdrehungen den Vogel auf den Rücken und befestigte ihn irgendwie mit ausgespreizten Flügeln.

Natürlich begann die Krähe sofort laut zu schreien und zu krächzen und mit den Klauen in die Luft zu krallen. In wenigen Sekunden hatte ihr Geschrei eine Schar wilder Krähen angelockt, die auf einer, mehrere Meter entfernten Sandbank über einem Etwas, das aussah wie ein Aas, eine Ratsversammlung abhielten. Ein halbes Dutzend flog sofort herbei, um zu sehen, was los sei, und um, falls die Sache ungefährlich, ihren wehrlosen Kameraden anzugreifen. Gunga Daß hatte sich auf ein Grasbüschel niedergelegt und winkte mir zu, ich solle mich ruhig verhalten, was ich übrigens sowieso getan hätte. Im Augenblick und ehe ich noch klar erkennen konnte, wie es zuging, hatte Gunga Daß eine wilde Krähe gepackt, die auf die Gefesselte herabgestoßen war und von dieser mit den Krallen festgehalten wurde. Im Nu hatte er sie gefesselt genau wie die Gezähmte. Neugier, so schien es, trieb auch den Rest der Schar herbei, und kaum hatten Gunga Daß und ich Zeit gefunden, uns zurückzuziehen, schon hatten sich wieder zwei in den aufwärts gekehrten Krallen der Lockvögel gefangen. So ging die Jagd – wenn ich diesem Treiben einen so edlen Namen geben darf – weiter, bis Gunga Daß sieben Krähen gefangen hatte. Fünf erwürgte er auf der Stelle, zwei hob er auf für den späteren Betrieb des Unternehmens. Diese Art, sich Nahrung zu verschaffen, imponierte mir einigermaßen, und ich beglückwünschte Gunga Daß zu seiner Geschicklichkeit.

»Es hat nicht viel auf sich«, wehrte er ab, »morgen sollen Sie es für mich tun; Sie sind stärker als ich.«

Dies freche Betonen seiner Überlegenheit ärgerte mich nicht wenig, und ich fuhr ihm sofort mit den Worten über den Mund: »So? Glaubst du? Wofür, du alter Schuft, meinst du eigentlich, habe ich dir mein Geld gegeben?«

»Auch recht«, war seine kaltblütige Antwort. »Vielleicht nicht morgen, vielleicht auch nicht in den nächsten Tagen oder in Wochen, aber später ganz bestimmt werden Sie Krähen fangen – und Krähen essen – und Ihrem europäischen Gott danken, daß Sie Krähen zu fangen und Krähen zu essen haben werden!«

Am liebsten hätte ich ihn wegen dieser Rede erdrosselt, aber in meiner Lage schien es mir vernünftiger zu sein, gute Miene zum bösen Spiel zu machen. Eine Stunde später aß ich denn auch richtig eine der Krähen und dankte meinem Gott, genau wie Gunga Daß gesagt hatte, daß ich eine zu essen hatte.

Nie, solange ich lebe, werde ich dieses Abendessen vergessen! Die gesamte Einwohnerschaft hockte auf der Plattform aus hartem Sand gegenüber den Höhlen um kleine Feuer aus Binsen und Treibholz geschart. Der Tod, der einst Hand an diese Menschen gelegt, aber sie nicht hinweggerafft hatte, schien sie jetzt vergessen zu haben; der größte Teil dieser Elenden bestand aus alten Männern, gebeugt, abgemagert, zusammengeschrumpft unter der Last der Jahre; die Frauen schienen so alt zu sein wie die Nornen selber. So saßen sie beisammen, sprachen – Gott allein weiß, worüber sie wohl gesprochen haben mögen – sprachen in leisem, gleichmäßigem

Ton, in auffallendem Kontrast zu dem überlautem Geschwätz, mit dem die indischen Eingeborenen die Zeit zu verscheußlichen pflegen.

Bisweilen wurde ein Mann oder ein Weib plötzlich von derselben Art rasender Wut gepackt, die auch mich am Morgen überfallen hatte. Dann stürzten sich solche Unglückliche mit gellendem Geschrei und lauten Verwünschungen zu dem Sandhügel, wollten sich emporkrallen, rutschten zurück, immer wieder neue vergebliche Anstrengungen machend, um schließlich blutend und nicht mehr imstande, auch nur ein Glied zu rühren, auf die Plattform zurückzusinken.

Die übrigen blickten nicht einmal auf, wenn dergleichen geschah, wie Menschen, die die Nutzlosigkeit solcher Versuche nur zu gut kennen und ihres Anblickes längst müde sind.

Vier solcher Ausbrüche sah ich an jenem Abend! Gunga Daß schätzte meine Lage, während wir dinierten, vom rein geschäftsmännischen Standpunkt aus ein; – heute kann ich darüber lachen, wenn ich mir die Situation vergegenwärtige, damals aber schien sie mir fürchterlich. – Er stellte die Bedingungen, unter denen er für mich sorgen wollte, folgendermaßen fest: Für meine neun Rupien und acht Annas sollte ich, den Tagespreis zu drei Annas berechnet, einundfünfzig Tage oder sieben Wochen lang verköstigt werden; das heißt, diese Zeit hindurch wolle er für meinen Lebensunterhalt sorgen. Nach Ablauf dieser Frist hätte ich mich selbst zu erhalten. Für ein weiteres Entgelt – nämlich meine Stiefel – würde er mir gestatten, die Höhle neben der seinigen zu beziehen, außerdem wolle er mir so viel von seinem Vorrat an getrocknetem Gras als Bettzeug überlassen, wie er gerade entbehren könne.

»Also gut, Gunga Daß«, erwiderte ich, »auf die erste Bedingung gehe ich ganz gerne ein, aber da mich nichts hindern kann, dir den Schädel einzuschlagen, so wie du da sitzt, und dir alles wegzunehmen, was du hast (ich dachte dabei an die zwei unschätzbaren Krähen), so weigere ich mich rundweg, dir meine Stiefel zu geben, und werde mir die Höhle nehmen, die mir am besten gefällt.«

Es war ein kühnes Wagnis, und ich war froh, daß es glückte. Gunga Daß schlug sofort einen andern Ton an und stellte alle bösen Absichten auf meine Stiefel in Abrede. –

Damals schien es mir ganz in Ordnung, daß ich, ein Zivilingenieur, ein Mann von dreißig Jahren und Engländer von gut bürgerlichem Rang, einen Menschen, der mich unter seine Fittiche genommen hatte – wenn auch gegen Bezahlung –, ohne Skrupel mit Beraubung und Totschlag bedrohte. Die Welt, so schien es mir, lag seit Jahrhunderten hinter mir. Ich war damals so überzeugt, wie ich es jetzt von meiner Existenz bin, daß in dieser verfluchten Ansiedelung nur das Gesetz des Stärkeren Geltung haben konnte, daß die lebenden Toten alle Vorschriften einer Welt, die sie ausgestoßen hatte, mißachten mußten und daß mein Leben nur von meiner Kraft und meiner Wachsamkeit abhing. Die Männer eines ohne Segel hilflos auf dem Ozean treibenden Schiffes sind vielleicht die einzigen Menschen, die meinen damaligen Gemütszustand begreifen können. – ›Heute noch‹ – sagte ich mir – ›bin ich bei Kräften und kann es mit sechs dieser Elenden aufnehmen. Es ist meiner Sicherheit wegen unter allen Umständen eine zwingende Notwendigkeit für mich, daß ich mir Gesundheit und Kraft bewahre, bis die Stunde meiner Erlösung kommt, – wenn sie jemals kommt.«

Ich aß und trank also, soviel ich konnte, und gab Gunga Daß zu verstehen, daß ich von jetzt an sein Herr sei und ihn beim geringsten Zeichen von Ungehorsam strenge bestrafen – ihn, mit andern Worten, totschlagen würde.

Kurz darauf legte ich mich schlafen. Das heißt, ich ließ mir von Gunga Daß ein paar Arme voll trockenes Gras geben, warf es in den Schlund der Höhle, die rechts neben der seinigen lag, hinab und folgte dann selbst mit den Füßen voraus. Die Höhle erstreckte sich ungefähr neun Fuß in den Sand hinein, mit einem leichten Gefälle nach abwärts, und war ganz sauber mit Holz verkleidet. Von ihrem Innern aus konnte ich das Wasser des Sutlej sehen, wie es unter dem Licht des zunehmenden Mondes dahinfloß. Ich wollte versuchen zu ruhen, so gut es eben ging; aber die Schrecken dieser Nacht werde ich nie vergessen!

Die Höhle war eng wie ein Sarg und ihre Wände waren klebrig und glatt infolge der Berührung der unzähligen nackten Menschenleiber, die früher hier gelegen hatten. Dazu roch es abscheulich. Schlaf war also, zumal bei meiner Erregung, vollkommen ausgeschlossen. Als die Nacht zunahm, konnte ich die Empfindung nicht loswerden, Legionen unreiner Teufel stiegen aus den Niederungen, erfüllten das Amphitheater und verhöhnten die Unglücklichen in ihren Höhlen.

Ich bin nicht phantastisch veranlagt – sehr wenige Ingenieure sind es –, aber damals war ich wie ein Weib vor Schrecken und Entsetzen fast gelähmt. Erst nach ungefähr einer halben Stunde hatte ich mich soweit gefaßt, daß ich wieder ruhig überlegen konnte, auf welche Weise wohl ein Entkommen möglich wäre.

Versuche, die steilen Sandwände zu erklimmen, waren vergeblich, das wußte ich. Möglich, aber auch nur eben möglich war es, daß mich die Flintenkugeln von drüben nicht treffen würden – denn das Mondlicht läßt die Umrisse der Dinge nicht klar erscheinen –, wenn ich mich zum Flußufer wagte. Aber der Krater hatte für mich so viel Schrecknisse, daß ich nichts unversucht lassen wollte.

Man stelle sich meine Freude vor, als ich, vorsichtig ans Flußufer kriechend, bemerkte, daß das höllische Boot nicht mehr da war! Wenige Schritte und die Freiheit lag vor mir!

Wenn ich bis zu der nächsten seichten Pfütze ging, die am Fuß des vorspringenden linken Hufeisenschenkels lag, so konnte ich quer hinüberwaten, um die Flanke des Kraters biegen und – der Weg ins Land war offen. Ohne auch nur einen Augenblick zu überlegen, marschierte ich flott über die Grasbüschel, wo Gunga Daß die Krähen gefangen hatte, und betrat den weichen weißen Sand.

Doch schon beim ersten Schritt von den Grasbüscheln weg, sah ich, daß jede Hoffnung auf ein Entrinnen auch hier vergeblich war; denn kaum hatte ich den Fuß niedergesetzt, da fühlte ich ein Nachgeben der Sandschicht, und eine saugende Bewegung machte mein Bein bis zum Knie einsinken. Im Mondlicht schien es mir, als tanze die ganze Sandfläche auf und ab, wie in teuflischem Entzücken über den Zusammenbruch meiner Hoffnung.

Mit Aufgebot aller meiner Kräfte arbeitete ich mich heraus und zu den Grasbüscheln zurück. Dort fiel ich, in Schweiß gebadet, vor Anstrengung und Schrecken auf mein Gesicht.

Die letzte Möglichkeit, aus dem Hufeisen zu entkommen, war mir durch den Schwimmsand unmöglich gemacht.

Wie lange ich so gelegen haben mag, weiß ich nicht. Geweckt wurde ich durch Gunga Daß' glucksendes boshaftes Gelächter: »Ich würde Ihnen raten, o Sie Schirmherr der Unterdrückten (der Schuft verhöhnte mich auf englisch), in Ihre Wohnung zurückzukehren. Es könnte Ihrer Gesundheit schaden, wenn Sie hier lange liegen blieben. Überdies würde man auf Sie schießen, wenn das Boot zurückkehrt.« – Er stand da, über mich gebeugt, im Dämmerlicht des Morgengrauens und gluckste und gurgelte in sich hinein vor Freude. Meine erste Regung war, den Kerl am Genick zu packen und in den Sand zu schleudern, aber ich beherrschte mich, stand auf und folgte ihm schweigend auf die Plattform vor den Höhlen.

Plötzlich fragte ich ihn – es waren eigentlich eher lautwerdende Gedanken als eine Frage –: »Gunga Daß, wozu hat man das Boot nötig, wenn es doch sowieso keinen Weg über das Wasser gibt?« – Ich erinnere mich, daß ich trotz meiner Niedergeschlagenheit immerwährend daran denken mußte, welch überflüssige Maßnahme die Bewachung des Ufers sei.

Gunga Daß lachte wieder und erwiderte: »Sie haben das Boot nur bei Tage hier. Und zwar aus dem Grunde, weil es einen Weg gibt. Aber ich hoffe trotzdem, daß wir Ihre Gesellschaft hier noch recht lange genießen werden. Wenn Sie erst einige Jahre hier zugebracht und die entsprechende Menge Krähen verzehrt haben werden, wird Ihnen der Aufenthalt hier ein Vergnügen sein.«

Stumpf und gebrochen stolperte ich zu meiner Höhle und sank in Schlaf. Eine Stunde mochte vergangen sein, da weckte mich ein durchdringender Schrei – der schrille ohrenzerreißende Schrei eines zu Tode verwundeten Pferdes. Wer so etwas nur einmal im Leben gehört hat, wird es nie mehr vergessen. Mit einiger Anstrengung kroch ich aus der Höhle ins Freie und sah Pornic, meinen alten armen Pornic, tot auf dem sandigen Boden liegen. Auf welche Weise sie ihn getötet haben, kann ich mir nicht erklären. Gunga Daß meinte, Pferdefleisch sei besser als Krähen, und möglichst viel davon hier zu haben, hieße die soziale Frage am besten lösen. »Wir bilden hier eine Republik, Mister Jukes«, sagte er, »und Sie haben gewissermaßen ein Anrecht auf einen beträchtlichen Teil des Tieres. Wenn Sie es wünschen, werden wir Ihnen außerdem ein Dankesvotum ausstellen. Wollen Sie, daß ich diesbezüglich einen Antrag stelle?«

Ja, in der Tat, wir waren eine Republik! Eine Republik von wilden Tieren, gefesselt an den Boden eines Abgrundes, um bis zum Tode zu kämpfen, zu schlafen, zu essen.

Ich erhob mit keinem Wort Protest, setzte mich nieder, starrte auf das gräßliche Bild nieder, das sich mir bot. Schneller, als ich es hier niederschreibe, war Pornics Leib in Stücke zerrissen. Männer und Weiber schleppten die Fleischfetzen auf die Plattform und begannen ihr Morgenmahl zu bereiten. Gunga Daß kochte die für mich bestimmte Portion. Wieder befiel mich der fast unwiderstehliche Drang, mich auf den Sandwall zu stürzen; mit aller Macht mußte ich dagegen ankämpfen.

Gunga Daß machte immer boshaftere Späße, bis ich ihm drohte, ihn auf der Stelle zu erdrosseln, wenn er nicht sofort aufhöre. Das brachte ihn denn auch zum Schweigen, aber dieses Schweigen wurde mir allmählich so unerträglich, daß ich ihm befahl zu reden.

»Sie werden hier leben, bis Sie sterben, wie – der andere Feringhi«, sagte er kühl und beobachtete mich dabei über den Knorpelrest, an dem er nagte, hinweg mit einem lauernden Blick.

»Welchen andern Sahib meinst du, du Schwein? Rede! Und untersteh dich nicht, mich anzulügen.«

»Da drüben liegt er«, antwortete Gunga Daß und deutete auf den Schlund einer Höhle, etwa die vierte links neben der meinigen. »Sie können ja selbst nachsehen. Er ist in dem Loch gestorben. So wie Sie sterben werden, wie ich, wie alle diese Männer, die Weiber und das Kind.«

»Um Gottes Barmherzigkeit willen, erzähl mir alles, was du von ihm weißt! Wer war er? Wann ist er hierhergekommen und wann ist er gestorben?« schrie ich. Meine Bitte war ein Fehler; Gunga Daß grinste nur und erwiderte: »Ich will nicht – erst müssen Sie mir etwas dafür geben!«

Das brachte mich zur Besinnung, wo ich war; ich versetzte ihm einen Hieb zwischen die Augen, der ihn fast betäubte. Er taumelte von der Plattform herunter und versuchte winselnd und schmeichelnd meine Füße zu umfassen, dann führte er mich zu der von ihm bezeichneten Höhle.

»Ich weiß nicht das geringste über den Gentleman. Euer Gott ist mein Zeuge, daß ich nichts weiß. Er war ebenso bedacht, zu entkommen, wie Sie, und wurde dann vom Boot aus drüben erschossen. Wir haben alles getan, ihn von Fluchtversuchen abzuhalten. Hier hat ihn die Kugel getroffen.« Gunga Daß legte die Hand auf seinen eingefallenen Bauch; verbeugte sich.

»Nun und weiter? Fahr fort!«

»Nun, und dann – und dann, Euer Gnaden, haben wir ihn in sein Haus getragen, ihm Wasser gegeben und nasse Lappen auf seine Wunde gelegt, aber er hat sich ausgestreckt und hat den Geist aufgegeben.«

»Wie lang hat das gedauert? Nun? Wie lang, will ich wissen!«

»Etwa eine halbe Stunde, nachdem er verwundet worden war. Ich – ich rufe den Gott Vishnu als Zeugen an«, beteuerte der elende Mensch, »daß ich alles für ihn getan habe! Alles, was möglich war, hab ich für ihn getan.« Und Gunga Daß warf sich vor mir nieder und umfaßte meine Füße. Aber ich hatte meine Zweifel, was seine Güte betraf, und versetzte ihm einen Fußtritt – trotz seiner Beteuerungen.

»Ich glaube eher, du hast ihn beraubt und ihm alles genommen, was er besaß. Aber ich werde das in wenigen Minuten herausgefunden haben. Wie lange war der Sahib hier?«

»Ungefähr anderthalb Jahre. Ich glaube, er ist nach und nach wahnsinnig geworden. Aber hören Sie meinen Schwur, o Beschirmer der Unterdrückten! Niemals habe ich einen Gegenstand angerührt, der ihm gehört hat! Wollen Euer Gnaden doch anhören, wie ich es beschwöre! Was gedenken Euer Gnaden zu tun?«

Ich hatte Gunga Daß am Genick gepackt und zu der unbewohnten Höhle auf die Plattform gezerrt. Ich malte mir aus, wie unaussprechlich mein Unglücksgefährte die achtzehn Monate hindurch gelitten haben mußte unter den Schrecknissen hier, um schließlich wie eine Ratte in der scheußlichen Höhle mit einer Schußwunde im Leib zu sterben. Gunga Daß fürchtete wahrscheinlich, ich wolle ihn töten, und heulte ganz erbärmlich. Die übrige Bewohnerschaft, vollgefressen mit Pferdefleisch, betrachtete uns, ohne ein Glied zu rühren.

»Geh hinein, Gunga Daß«, befahl ich, »bring ihn heraus!«

Ich fühlte, wie mich das Grausen packte, so daß ich fast ohnmächtig wurde. Gunga Daß rollte beinahe die Plattform hinab vor Schrecken und heulte laut auf:

»Ich bin Brahmane, Sahib! – ein Brahmane, von hoher Kaste! Bei deiner Seele, Sahib, bei der Seele deines Vaters, Sahib, erlasse mir das!«

»Brahmane oder nicht Brahmane, bei meiner Seele und der Seele meines Vaters – hinein gehst du!« und ich packte ihn bei der Schulter, zwängte seinen Kopf in den Schlund der Höhle und gab dem Rest des Kerls einen nachhelfenden Fußtritt; dann setzte ich mich hin und bedeckte mein Gesicht mit den Händen.

Nach einigen Minuten vernahm ich ein Rasseln und Schlürfen und hörte, wie Gunga Daß in schluchzendem Gemurmel und mit keuchendem Atem mit sich selbst redete. Dann ein leises Aufschlagen und ich nahm die Hand von den Augen.

Der trockene Sand hatte den Leichnam in eine gelbbraune Mumie verwandelt. Ich sagte Gunga Daß, er solle sich entfernen, und begann den Toten zu untersuchen. Der Körper war mit einem olivgrünen Jagdanzug bekleidet, der stark abgetragen und beschmutzt, an den Schultern mit Lederaufschlägen versehen war. Der Tote schien ein Mann von vierzig bis fünfzig Jahren gewesen zu sein, war über Mittelgröße und hatte helles sandfarbiges Haar, einen langen Schnurrbart und einen rauhen ungepflegten Backenbart. Der linke Eckzahn des Oberkiefers fehlte, ebenso ein Teil des rechten Ohrläppchens. Am zweiten Finger der linken Hand stak ein Ring mit einem schildartig geformten, in Gold gefaßten Blutstein und einem Monogramm darin, das entweder B. K. oder B. L. sein konnte. Der dritte Finger der rechten Hand trug einen sehr abgenutzten silbernen Ring, der eine zusammengerollte Kobra darstellte. Gunga Daß hatte, bevor er gegangen war, eine Hand voll kleiner Gegenstände, die er offenbar in der Höhle zusammengerafft, zu meinen Füßen niedergelegt. Ich breitete mein Taschentuch über das Gesicht des Toten und machte mich daran, die Sachen zu prüfen. Ich gebe hier eine Liste von ihnen; vielleicht dient sie dazu, daß jemand dadurch instand gesetzt wird, die Person des Unglücklichen festzustellen:

1. Ein Pfeifenkopf aus Bruyèreholz, am Rande ausge-

zackt, sehr verbraucht und beinahe schwarz geraucht, an der Schraube mit Spagat festgebunden.

2. Zwei Patentschlüssel mit abgebrochenen Bärten.

3. Federmesser mit Schildkrotschale, Namenplatte aus Silber oder Nickel, Mongramm B. K.

4. Briefumschlag, Poststempel nicht mehr zu entziffern, Viktoriabriefmarke, adressiert an Miss Mon – – (Rest unleserlich) – – »ham« – »nt.«

5. Notizbuch aus imitiertem Krokodilleder mit Bleistift. Die ersten fünf Seiten leer, zwei und eine halbe unleserlich, fünfzehn weitere ausgefüllt mit privaten Aufzeichnungen, die sich hauptsächlich auf drei Personen bezogen: eine Mrs. Singleton, verschiedene Male abgekürzt durch »Lot Single«, Mrs. S. May und einem Mr. Garmison, der bisweilen auch »Jerr« oder »Jack« genannt wird.

6. Griff eines schmalen Jagdmessers, Klinge kurz abgebrochen, Hirschhorn, oben glatt geschliffen, mit Kette und Ring am Ende, Fragment einer Baumwollschnur angeknüpft.

Natürlich nahm ich dieses Verzeichnis nicht auf der Stelle so genau auf, wie ich es hier niederschrieb. Das Notizbuch fesselte zuerst meine Aufmerksamkeit; ich steckte es in die Tasche mit dem Vorsatz, es später durchzusehen. Die übrigen Gegenstände trug ich sicherheitshalber in meine Höhle, und dort erst fertigte ich als ordnungsliebender Mann das Verzeichnis an.

Ich kehrte sodann zu der Leiche zurück und befahl Gunga Daß, mir zu helfen, sie an die Flußseite zu tragen. Während wir damit beschäftigt waren, fiel die abgeschossene Hülse einer braunen Patrone aus einer Tasche des Toten vor meine Füße. Gunga Daß hatte es nicht bemerkt. Ich sagte mir sofort, daß ein Mann, der auf die Jagd geht, abgeschossene Patronenhülsen, zumal braune, die man nicht zweimal laden kann, nicht mit sich herumtragen wird. Ich schloß daraus, daß die Patrone innerhalb des Kraters abgeschossen worden war. Folglich mußte noch irgendwo die Flinte sein! Ich wollte schon Gunga Daß dieserhalb befragen, aber ich überlegte es mir noch rechtzeitig, denn ich nahm an, er würde mich bestimmt belügen.

Wir legten die Leiche nahe den Grasbüscheln auf den Triebsand nieder.

Meine Absicht war, sie weiter hinauszuschieben, damit sie der Schwimmsand verschlingen könne – die einzige hier mögliche Art eines Begräbnisses. Ich befahl Gunga Daß, sich zu entfernen.

Dann schob ich die Leiche behutsam auf den Schwimmsand. Dabei – sie lag mit dem Gesicht nach unten – zerriß der braune morsche Jagdrock und ein schreckliches Loch im Rücken des Toten wurde sichtbar. – Wie ich bereits erwähnt habe, hatte der trockene Höhlensand den Körper in eine Mumie verwandelt. Ein einziger Blick sagte mir, daß die weitklaffende Wunde von einem Flintenschuß herrühren mußte, aber, darüber konnte kein Zweifel herrschen: der Schuß war aus nächster Nähe abgefeuert worden! So zwar, daß der Gewehrlauf beinahe den Rücken des Unglücklichen berührt hatte. Der Jagdrock hingegen war unbeschädigt; offenbar hatte man ihn erst nachträglich der Leiche übergezogen. Der Tod mußte unmittelbar nach dem Schuß eingetreten sein.

Die näheren Umstände waren mir sofort klar: irgend jemand von den Kraterbewohnern, vermutlich Gunga Daß, mußte den Unglücklichen mit dessen eigener Flinte – eben jener Flinte, zu der die braunen Patronen paßten – erschossen haben. Der Fremde hatte gar nicht versucht – angesichts der von dem verankerten Boot drohenden Gefahr – zu entkommen.

Ich schob den Leichnam weiter hinaus und sah, wie ihn der Treibsand in wenigen Sekunden verschluckte. Ich schauderte bei diesem gräßlichen Anblick.

Betäubt und halb von Sinnen versuchte ich, das Notizbuch durchzulesen. Dabei schob sich ein vergilbter und beschmutzter Papierstreifen aus dem Einbandrücken, wo er offenbar versteckt gewesen, und fiel heraus, als ich umblättern wollte.

Folgendes stand darauf:

»Vier geradeaus vom Krähenplatz; drei links; vierzehn geradeaus; zwei links; drei rückwärts; neun geradeaus; zwei rechts; drei rückwärts; zwei links; vierzehn geradeaus; zwei links, sieben geradeaus, einer links, neun rückwärts; zwei rechts; sechs rückwärts; vier rechts; sieben rückwärts.«

Das Papier war an den Ecken beschädigt und angebrannt; was die Schrift zu bedeuten hatte, konnte ich nicht verstehen.

Ich setzte mich auf einen Sandhaufen und drehte den Papierstreifen hin und her, da bemerkte ich plötzlich, daß Gunga Daß hinter mir stand, mit glühenden Augen und die Hände ausgestreckt.

»Haben Sie es gefunden?« keuchte er. »Wollen Sie mich nicht einen Blick hineinwerfen lassen? Ich schwöre, daß ich es Ihnen zurückgebe.«

»Was soll ich gefunden haben? Was willst du mir zurückgeben?« fragte ich.

»Das, was Sie da in Ihren Händen halten! Es wird uns beiden helfen.« – Gunga Daß streckte zitternd vor Aufregung seine langen vogelklauenartigen Krallen aus. – »Ich habe es nie finden können«, fuhr er fort. »Er muß es an seinem Leib versteckt getragen haben. Deshalb hab ich ihn erschossen. Aber auch dann hab ich es nicht finden können.«

Offenbar hatte Gunga Daß ganz vergessen, was er mir von einem Schuß aus dem Boot vorgelogen hatte. Ich hörte ihn ruhig an: die sittliche Empörung kommt einem gar leicht abhanden, wenn man mit lebenden Toten verkehrt!

»Was redest du da für dummes Zeug zusammen? Was willst du, das ich dir geben soll?«

»Das Stück Papier aus dem Notizbuch! Es wird uns beiden helfen. O du Narr du! Du Narr! Siehst du denn nicht, was es wert ist?! Entkommen können wir von hier!« Seine Stimme erhob sich bis zu wildem Gekreisch und er tanzte in höchster Aufregung vor mir herum. Ich muß gestehen, auch ich war tief erschüttert bei dem Gedanken an eine Möglichkeit zu entfliehen.

»Willst du vielleicht behaupten, daß dieser Fetzen Papier uns retten soll?« fragte ich. »Was hat er zu bedeuten?«

»Lies ihn laut vor«, schrie Gunga Daß. »Lies ihn vor! Ich bitte und beschwöre Sie, lesen Sie ihn laut vor!«

Ich tat es. Gunga Daß lauschte verzückt und zog mit den Fingern unregelmäßige Linien in den Sand.

»Sehen Sie! Hier! Die Länge des Flintenlaufs ohne Schaft ist das Längenmaß! Ich besitze den Flintenlauf! Vier Flintenläufe geradeaus vom Fleck, wo ich die Krähen zu fangen pflege – gradaus gemessen. Verstehen Sie jetzt? Dann drei nach links! Ich erinnere mich genau, wie der Mann sich abgearbeitet hat Nacht für Nacht. Dann: neun geradaus und so weiter. Geradaus: das heißt, immer direkt vorwärts über den Schwimmsand, nach Norden. Das hat er mir erklärt, bevor ich ihn erschoß.«

»Aber wenn du alles gewußt hast, weshalb bist du nicht längst entflohen?«

»Ich hab es eben *nicht* gewußt! Er sagte mir vor achtzehn Monaten, daß er es herausfinden wollte, und er hat Nacht für Nacht daran gearbeitet, sobald das Boot fort war. Er sagte, er würde bestimmt über den Schwimmsand hinweg entkommen können. Dann versprach er mir, wir wollten zusammen entfliehen, aber ich fürchtete, er werde mich im Stiche lassen, und deshalb schoß ich ihn tot, als er seinen Plan ausgearbeitet hatte. Außerdem ist es nicht ratsam, daß ein Mensch, der einmal hier war, entkommt – mich ausgenommen, denn ich bin ein Brahmane.«

Die Hoffnung auf Entrinnen hatte in Gunga Daß die Erinnerung an seine Kaste wieder wachgerufen; er erhob sich, ging auf und ab und gestikulierte heftig mit den Händen. Allmählich brachte ich ihn soweit, daß er wenigstens in zusammenhängenden Sätzen sprach. Er schilderte mir, wie dieser Engländer Nacht für Nacht und Zoll für Zoll festen Grund unter dem Schwimmsand ausgeforscht habe; es sei nunmehr eine Leichtigkeit, innerhalb zwölf Metern Entfernung vom Flußufer um den linken Hufeisenschenkel herumzuwaten, ohne Gefahr zu laufen, im Sand zu versinken.

Offenbar aber hatte sich der Mann doch nicht ganz klar ausgesprochen gehabt, bevor Gunga Daß ihn niederschoß.

Außer mir vor Entzücken angesichts der Möglichkeit, entkommen zu können, schüttelte ich Gunga Daß wieder und wieder die Hände, und wir verabredeten, noch in derselben Nacht einen Fluchtversuch zu unternehmen. Ich konnte es kaum erwarten, bis es Abend wurde.

Es mochte meiner Schätzung nach etwa zehn Uhr geworden sein und der Mond tauchte gerade über dem Rande des Kraters auf, da stieg Gunga Daß in seine Höhle hinunter, um den Flintenlauf zu holen, der uns als Meßinstrument dienen sollte.

Die übrigen elenden Bewohner des Dorfes hatten sich längst in ihre jämmerlichen Behausungen zurückgezogen; das Wachtschiff war schon vor einigen Stunden stromabwärts fortgeschwommen, und wir standen völlig unbeobachtet auf dem Krähenplatz. Gunga Daß nahm den Flintenlauf zur Hand und ließ dabei den Papierstreifen fallen, der unser Führer sein sollte.

Schnell bückte ich mich, um ihn wieder aufzuheben, da sah ich an dem Schatten, der auf den Sand fiel, daß der Halunke im Begriffe war, mir mit dem Flintenlauf einen Schlag auf den Hinterkopf zu versetzen. Umdrehen konnte ich mich nicht mehr – –.

Ich muß wahrscheinlich einen schweren Hieb ins Genick erhalten haben, denn ich fiel bewußtlos am Rande des Schwimmsandes nieder.

Als ich wieder zu Bewußtsein kam, stand der Mond bereits weit im Westen. Ich fühlte einen unerträglichen Schmerz im Hinterkopf. Gunga Daß war verschwunden und mein Mund voll Blut. Eine Weile lag ich so und betete, der Tod möge kommen und mich von meinen Leiden erlösen. Dann packte mich noch einmal jene besinnungslose Raserei, die ich schon einmal geschildert habe, und ich raffte mich auf und taumelte zurück zu den Kraterwänden. – Da schien es mir, als flüstere eine Stimme aus der Luft mir zu: »Sahib! Sahib! Sahib!« genau in dem Tonfall, in dem mich des Morgens mein Diener im Lager zu rufen pflegte. Zuerst glaubte ich, ich deliriere, dann, als eine Handvoll Sand zu meinen Füßen niederfiel, blickte ich in die Höhe und sah einen Kopf in das Amphitheater herabschauen – den Kopf Dunnoos, des Burschen, der für meine Hunde zu sorgen hatte. Als er bemerkte, daß ich ihn erblickt hatte, hielt er die Hand empor und zeigte mir einen Strick. Hin- und hertaumelnd, gab ich ihm ein Zeichen, er solle ihn herunterlassen.

Ein paar lederne *Punkah*-Stricke waren zusammengeknotet und trugen am Ende eine Schlinge. Ich zog sie über Kopf und Arme, hörte Dunnoo etwas brummen, wurde mir bewußt, daß ich die steile Sandwand emporgezogen wurde, das Gesicht nach unten, und fand mich gleich darauf, halb erwürgt und beinahe ohnmächtig, oben auf dem Gipfel der Sandhügel, die den Krater umschlossen.

Dunnoo, das Gesicht aschgrau im Mondlicht, bestürmte mich, keinen Augenblick verstreichen zu lassen und unverzüglich zurück zu den Zelten zu eilen.

Allem Anschein nach hatte er Pornics Hufspuren vierzehn Meilen weit über den Sand, der sich bis zu dem Krater erstreckte, verfolgt. Dann war er zurückgegangen, um meine Diener von dem Geschehnis in Kenntnis zu setzen.

Aber sie hatten sich aufs entschiedenste geweigert, mit jemand – gleichgültig, ob es ein Weißer sei oder ein Schwarzer –, der in dieses grauenhafte Dorf der Toten gefallen war, jemals wieder in Berührung zu kommen.

So nahm denn Dunnoo eins meiner Ponys und ein paar *Punka*-Stricke, kehrte allein nach dem Krater zurück und zog mich heraus, so, wie ich es beschrieben habe.

Das Stigma des Tieres

»Eure Götter, oder meine Götter – wissen wir,
welche von beiden die mächtigeren sind?«

Indisches Sprichwort

Östlich von Suez scheint die Vorsehung irgendwie zu versagen; die Menschen werden dort der Macht der Götter und Teufel Asiens überlassen; wenigstens tritt jene Vorsehung, die die englische Kirche lehrt, nur gelegentlich und auch dann nur sehr lahm in Tätigkeit, soweit es Europäer betrifft.

Diese Theorie könnte so manches überflüssig grauenhafte Geschehnis im Leben Indiens erklären. Ich erwähne das, weil es auf meine Geschichte hier einigen Bezug hat.

Mein Freund Strickland vom Polizeidepartement, der die Eingeborenen Indiens so gut kennt, wie selten einer, kann die Tatsache bezeugen; Dumoise war ebenfalls Augenzeuge, so, wie Strickland und ich. Nur der Schluß, den er daraus zog, war gänzlich unrichtig. Er ist jetzt tot. Starb auf sehr seltsame Weise. Darüber werde ich an anderer Stelle berichten.

Als Fleete nach Indien kam, nannte er ein kleines Vermögen nebst Landbesitz in Dharmsala im Himalajagebiet sein eigen: Er hatte es von seinem Onkel geerbt und gedachte es zu verwalten. Er war ein großer, schwerfälliger, dabei heiterer und friedfertiger Mann; seine Kenntnis der Eingeborenen war natürlich nur sehr oberflächlich, und er klagte oft darüber, daß er ihre Sprache nur mit Mühe und sehr unvollkommen verstehen könne.

Eines Tages kam er von seiner Besitzung in den Vorbergen angeritten, um Neujahr in der Station zu feiern, und lud sich bei Strickland zu Gast.

Am Silvesterabend fand ein großes Festessen im Klub statt, und die Nacht verlief entsprechend feuchtfröhlich. Wenn Leute aus den äußersten Grenzen des indischen Kaiserreichs zusammenkommen, haben sie ein gewisses Recht, ein wenig über die Schnur hauen zu dürfen!

Das Himalaja-Grenzgebiet hatte zu diesem Feste ein Kontingent von mehr oder weniger Hol-mich-der-Teufel-Existenzen entsandt; lauter Leute, die im Jahr keine zwanzig weiße Gesichter zu sehen bekamen und gewohnt waren, fünfzehn Meilen weit zum Essen zu reiten, dabei in beständiger Gefahr, statt Speise und Trank eine Khyber-Paß-Kugel kredenzt zu bekommen. Sie benützten ihre augenblickliche Sicherheit dazu, mit einem zusammengerollten Igel, den sie im Garten aufgestöbert hatten, Billard zu spielen, wobei einer von ihnen die Schreibtafel zwischen den Zähnen im Zimmer herumtrug. Ein halbes Dutzend Pflanzer aus dem Süden ergötzte sich damit, einen als größten Lügner Asiens bekannten Gentleman durch Erzählen grobdrähtiger Geschichten zu übertrumpfen, wurden aber alsbald von ihm aus dem Sattel gehoben. Kurz: die Gesellschaft war so bunt wie nur möglich zusammengewürfelt, und es gab keinen Unterschied des Ranges oder Standes. Man stellte fest, wer im verflossenen Jahr hinweggerafft oder sonstwie trinkunfähig geworden war – mit einem Wort: die Nacht verlief in Lust und Feuchtigkeit. Ich erinnere mich noch, daß wir *Auld Lang Syne* sangen, die Füße in den Polo-Meisterschaftspokalen und unsere Köpfe in den Sternen, und uns unverbrüchliche Treue schworen. Im Laufe der späteren Zeit gingen einige von uns hin und eroberten Burma, andere bemühten sich, den Sudan zu erschließen, fielen aber in jenem grauenvollen Gemetzel vor Suakim; andern gelang es, Orden und Medaillen zu ergattern, andere wieder heirateten, was an sich schon schlimm genug ist, und noch andere taten etwas, was womöglich noch schlimmer war. Der Rest von uns blieb an seine alten Ketten geschmiedet und mühte sich ab, auf Grund unzulänglicher Erfahrungen Geld zu machen.

Fleete eröffnete die Nacht mit Sherry und Magenbittern, trank dann rastlos bis zum Dessert Champagner, kratzenden Capri dazu, stark wie Whisky, nahm Benediktiner zum Kaffee, vier oder fünf Whiskys mit Soda, um die Billardbälle besser sehen zu können, vertilgte um halb drei Uhr mehrere Biere mit »Feuerwasser« und setzte einen alten Brandy drauf. Kein Wunder also, daß er um halb vier Uhr morgens, bei vierzehn Grad Kälte ins Freie tretend, vor Wut außer sich geriet, weil sein Pferd hustete, während er sich bemühte, mit Grätschsprüngen in den Sattel zu gelangen. Da es der Gaul vorzog, durchzugehen, um den Stall wieder aufzusuchen, so mußten Strickland und ich eine Unehrengarde bilden und Fleete nach Hause geleiten.

Unser Weg führte durch den Bazar, dicht an einem kleinen Tempel Hanumans, des Affenkönigs, vorüber, der eine Gottheit ersten Ranges ist und sich größter Ehrfurcht erfreut, denn alle Götter haben, wie die Priester, stets hervorragende Eigenschaften. Was mich betrifft, so zolle ich Hanuman jegliche Hochachtung, – auch bin ich seinem Volke, den großen, grauen Affen der Berge, überaus wohlgesinnt. Kann man doch nie wissen, ob man nicht einmal einen Freund nötig hat!

Im Tempel schien Licht, und als wir vorübergingen, hörten wir Männerstimmen drin Hymnen singen: in einem Hindutempel stehen jede Stunde der Nacht die Priester auf und ehren ihre Götter.

Bevor wir Fleete zurückhalten konnten, war er die Tempelstufen hinauf gelaufen, klopfte zwei Priestern auf die Rücken und malte mit der Asche seines Zigarrenstummels auf die Stirn des roten Steinbildes Hanumans ein paar Striche. Strickland versuchte, ihn wegzuziehen, aber er setzte sich nieder und sagte feierlich:

»D–d–da! Das Z–z–zeichen des Viehs! Ich ha–huck–hab's gemacht. Fein, was?«

Kaum eine Minute verging, da wurde es im Tempel lebendig. Lärm und Getöse entstand, und Strickland, der genau wußte, was derlei Götterschändungen für Folgen haben konnten, meinte, es sei Gefahr im Verzug. Durch seine Stellung als Polizeibeamter, seinen langen Aufenthalt in der Gegend und seine Vorliebe, sich unter die Eingeborenen zu mischen, war er den Priestern wohlbekannt, was ihm jetzt überaus peinlich wurde. Fleete saß auf der Erde, weigerte sich, aufzustehen, und brummte: »Der gute alte Hanuman – huck – ist ein vortreffliches Ruhekissen!«

Da plötzlich – lautlos – stürzte aus einem Schlupfwinkel hinter der Bildsäule des Gottes ein silberner Mensch hervor.

Er war vollkommen nackt, trotz der bitteren, grimmigen Kälte. Sein Körper schimmerte wie reifbedecktes Silber, denn er war, wie es in der Bibel steht, »ein Aussätziger, weiß wie Schnee. Er hatte kein Gesicht mehr, war seit vielen Jahren aussätzig, und das Übel lastete schwer auf ihm.«

Wir bückten uns beide schnell, um Fleete wegzureißen, während der Tempel sich zusehends mit Menschen füllte, die wie aus dem Boden zu wachsen schienen, aber schon war der Silberne mit einem Ton, der dem Miauen einer Otter glich, unter unsern Händen durchgeschlüpft, hatte mit beiden Armen Fleete umfaßt und, ehe wir ihn fortstoßen konnten, seinen Kopf auf Fleetes Brust gepreßt. – Dann zog er sich in einen Winkel zurück und saß miauend da, derweil die Menge die Türen verrammelte.

Die Priester schäumten vor Wut; erst als sie sahen, daß der Silberne Fleete berührt und sich an ihm gewetzt hatte, beruhigten sie sich.

Nach einigen Minuten tiefsten Schweigens trat einer der Priester an Strickland heran und sagte in tadellosem Englisch: »Führen Sie Ihren Freund weg. Er ist mit Hanuman fertig, aber Hanuman nicht mit ihm.« Die Menge gab Raum, und wir brachten Fleete auf die Straße.

Strickland war wütend. Er sagte, wir hätten alle drei leicht erstochen werden können, und Fleete solle sich bei seinem guten Stern bedanken, daß er mit heiler Haut davongekommen sei. Fleete fiel es natürlich gar nicht ein, sich zu bedanken. Nicht einmal bei uns. Er sagte, er wolle zu Bett gehen. Er war sinnlos betrunken.

Wir schritten unseres Weges, Strickland ärgerlich und schweigsam. Dann wurde Fleete mit einemmal von Schüttelfrost und einem Schweißausbruch befallen. Er schimpfte, daß die Gerüche aus den Bazars nicht auszuhalten seien, und er wundere sich, daß man die Schlachthäuser so nahe den englischen Wohnungen dulde. »Riecht ihr denn das Blut nicht?« fragte er immer wieder und wieder.

Endlich – die Dämmerung graute bereits – hatten wir ihn zu Bett gebracht. Strickland forderte mich auf, noch einen Whisky mit Soda mit ihm zu trinken; dabei kam er wieder auf den Skandal im Tempel zu sprechen und gab zu, daß ihn die Angelegenheit ganz aus der Fassung gebracht hätte. Es sei ihm im höchsten Grade widerwärtig, von Eingeborenen mystifiziert zu werden – um so mehr, als es doch seine Aufgabe sein müsse, sie mit ihren eigenen Waffen zu schlagen. Bis jetzt sei ihm das zwar nicht gelungen, aber in fünfzehn oder zwanzig Jahren hoffe er weiter zu sein.

»Hätten sie uns lieber verprügelt, statt uns anzumiauen!« sagte er. »Ich möchte gern wissen, was das hat bedeuten sollen! Die Sache will mir nicht recht gefallen.«

Ich gab der Meinung Ausdruck, die Priesterschaft werde wahrscheinlich Anklage erheben wegen Religionsstörung, denn es gäbe sicherlich eine Menge Paragraphen, die auf Fleetes Vergehen paßten. – Strickland meinte, wenn es damit sein Bewenden fände, wolle er von Herzen froh sein.

Bevor ich ging, warf ich noch einen Blick in Fleetes Zimmer; er lag auf der rechten Seite und kratzte sich unaufhörlich an der linken Brust.

Dann ging ich zu Bett, fröstelnd, bedrückt und verstimmt, um sieben Uhr morgens.

Um ein Uhr ritt ich hinüber nach Stricklands Haus, um mich nach Fleetes Befinden zu erkundigen. Daß er Kopfschmerzen haben würde, nahm ich als selbstverständlich an. Er saß beim Frühstück und schien unwohl, war verdrossen und schimpfte auf den Koch, weil sein Kotelett nicht roh genug sei! Ein Mensch, der nach einer durchschlemmten Nacht Appetit hat auf rohes Fleisch, ist ein Kuriosum. Ich sagte das Fleete. Er lachte nur.

»Eine sonderbare Art Moskitos züchtet ihr hier zu Lande«, sagte er nach einer Weile. »Ganze Stücke haben sie mir herausgebissen! Zum Glück nur an einer Stelle.«

»Laß mal sehen!« meinte Strickland. »Das Jucken wird doch wohl schon nachgelassen haben?«

Während die Koteletts zugerichtet wurden, öffnete Fleete sein Hemd und zeigte uns gerade über seiner linken Brust eine Verfärbung, die der schwarzen Rosette glich – den fünf oder sechs im Kreise stehenden unregelmäßigen Flecken, wie sie der Leopard auf dem Fell trägt. Strickland betrachtete die Stelle und sagte: »Merkwürdig! Heute morgen war es noch rosa; jetzt ist es schwarz geworden!«

Fleete stürzte zum Spiegel. Warf einen Blick hinein. Schrie: »Zum Teufel, das ist ja scheußlich! Was mag das nur sein?!«

Wir wußten keine Erklärung.

Die Koteletts wurden gebracht; Fleete verschlang drei davon auf höchst sonderbare und widerwärtige Art: Er kaute nur mit den linken Backenzähnen und drehte den Kopf jedesmal über die rechte Schulter, wenn er einen Fetzen Fleisch abgerissen hatte. Als er damit fertig war, schien er sich bewußt zu werden, daß er sich sonderbar benommen habe, denn er sagte, wie um sich zu entschuldigen: »In meinem ganzen Leben bin ich noch nie so hungrig gewesen. Ich hab gefressen wie ein Strauß!«

Nach dem Frühstück flüsterte mir Strickland zu: »Bleib hier! Geh nicht fort! Bleib hier über Nacht!«

Da ich keine drei Meilen weit von Stricklands Haus entfernt wohnte, erschien mir dies Ansinnen recht sonderbar, aber er bestand darauf und wollte eben etwas hinzufügen, da unterbrach ihn Fleete und gestand – wie verschämt –, daß er schon wieder hungrig sei.

Strickland schickte sodann einen Boten in meine Wohnung, um mein Bettzeug und ein Pferd zu holen, während wir in die Ställe hinuntergehen wollten, um uns die Zeit zu vertreiben, bis der Moment zum Ausreiten gekommen sein würde. Wer Pferdeliebhaber ist, wird stets Ställe gern besichtigen; bietet sich doch dort immer Gelegenheit, Erfahrungen und Reiterlatein auszutauschen.

In den Ställen standen fünf Pferde. Nie werde ich die Szene vergessen, die sich abspielte, kaum, daß wir eingetreten waren! Die Tiere schienen plötzlich toll geworden zu sein! Sie bäumten sich, schrien förmlich vor Entsetzen und rissen beinahe ihre Pflöcke heraus. Sie schwitzten und zitterten, schäumten und gebärdeten sich wie rasend vor Furcht. Da es Stricklands Pferde waren, die ihren Herrn liebten wie die Hunde, erschien das besonders befremdend.

Wir verließen auf der Stelle den Stall, denn wir mußten fürchten, daß sich die Tiere an ihren Halftern erwürgen könnten. Doch gleich darauf kehrte Strickland wieder um und raunte mir zu, ich solle ihm allein und unauffällig folgen.

Die Pferde zitterten noch immer, ließen sich aber von uns streicheln und liebkosen und legten uns die Köpfe an die Brust.

»Vor *uns* fürchten sie sich also nicht!« sagte Strickland. »Weißt du, daß ich gern drei Monat Gehalt dafür geben würde, wenn der alte ›Outrage‹ hier nur eine Minute lang reden könnte!«

Aber »Outrage« war leider stumm und konnte nur seinen Herrn liebkosen und mit den Nüstern schnauben, wie das die

Pferde tun, wenn sie etwas erklären wollen und nicht können.

In diesem Augenblick kam Fleete wieder in den Stall; kaum wurden die Tiere seiner ansichtig, brach ihr Entsetzen von neuem los, und wir mußten schleunigst hinauseilen, um nicht Hufschläge abzukriegen.

»Sie scheinen dich nicht besonders zu lieben!« sagte Strickland zu Fleete, als wir in Sicherheit waren.

»Dummes Zeug!« erwiderte Fleete. »Vielleicht deine Pferde! Meine Stute folgt mir wie ein Hund.« Wir gingen zu ihr. Sie befand sich in einem Extrastand, der ihr freie Bewegung ließ. Fleete schob den Riegel zurück: Im nächsten Augenblick schlug sie aus, überrannte ihn, warf ihn zu Boden und raste in den Garten hinaus. Ich lachte aus vollem Halse, aber Strickland blieb todernst – faßte seinen Schnurrbart mit beiden Händen und zog daran, als wollte er ihn sich ausreißen. Statt Anstalten zu treffen, sein Pferd wieder einzufangen, gähnte Fleete nur zu meinem Erstaunen, sagte, er sei plötzlich sehr schläfrig, ging ins Haus und legte sich nieder! Eine sonderbare Art, den Neujahrstag zu verbringen!

Wir gingen ohne ihn wieder in den Stall, und Strickland fragte mich, ob mir an Fleetes Benehmen nicht etwas besonders aufgefallen sei. Ich gab zu, daß er allerdings sein Essen wie ein Tier verschlungen hätte, aber das könne vielleicht eine Folge davon sein, daß er einsam in den Bergen lebe und fern von einem so kultivierten Umgang, wie der unsrige.

Strickland lächelte nicht einmal; er hatte mir wahrscheinlich gar nicht zugehört, denn seine nächsten Worte bezogen sich auf das Merkmal an Fleetes Brust. Ich äußerte die Ansicht, es könne möglicherweise von spanischen Fliegen herrühren, oder sei vielleicht ein plötzlich sichtbar gewordenes Muttermal. Daß es scheußlich aussähe, darüber waren wir uns beide einig, und Strickland fügte hinzu, ich sei ein Narr.

»Ich kann dir jetzt noch nicht sagen, was ich denke«, fuhr er fort, »denn du würdest mich für verrückt halten; aber du mußt die nächsten paar Tage bei mir bleiben, wenn du irgend kannst! Bitte, beobachte Fleete, aber sprich nicht mit mir darüber, was du dir denkst, denn ich möchte mir meine eigene Meinung bilden.«

»Aber heut abend esse ich außerhalb!« behielt ich mir vor.

»Ich auch!« sagte Strickland. »Und Fleete hat dieselbe Absicht, vorausgesetzt, daß er sie inzwischen nicht geändert hat.«

Dann schlenderten wir ein bißchen im Garten umher und rauchten stumm, denn wir waren Freunde, und Reden schmälert den Tabakgenuß, bis in unsern Pfeifen nur mehr Asche war. Hierauf beschlossen wir, Fleete zu wecken.

Aber er war bereits wach. Lief unruhig in seinem Zimmer auf und ab. »Es geht nicht so!« sagte er, als er uns eintreten sah. »Ich muß noch Koteletts haben! Kann ich welche kriegen?«

Wir lachten. »Zieh dich lieber um, Fleete! Die Ponys werden gleich da sein.«

»Schön«, sagte er. »Ich werde mich umkleiden, aber vorher muß ich noch Koteletts haben. Aber: halb roh, verstanden?!«

Er schien es im Ernst zu meinen, trotzdem es erst vier Uhr war und wir um ein Uhr reichlich gefrühstückt hatten. Immer wieder und wieder verlangte er rohe Koteletts. Dann erst zog er seinen Reitanzug an und kam auf die Veranda.

Aber auch das Pony wollte ihn nicht nahe kommen lassen. (Die Stute war noch immer nicht eingefangen.) Alle drei Tiere waren nicht zu bändigen und außer sich vor Furcht. Als alle Mittel vergeblich geblieben waren, die Ponys zu beruhigen, sagte Fleete schließlich, es sei das beste, er bliebe zu Hause und lasse sich wieder etwas zu essen geben.

Strickland und ich ritten erstaunt fort. Als wir an dem Hanumantempel vorbeikamen, tauchte der Silberne auf und miaute uns an.

»Er ist kein regulärer Priester des Heiligtums«, sagte Strickland. »Ich hätte große Lust, ihn verhaften zu lassen!«

Es war kein rechter Schwung in unserm Galopp an jenem Abend: die Pferde griffen nicht ordentlich aus und schienen ermattet, als seien sie abgetrieben.

»Der Schreck hat sie sehr hergenommen!« erklärte Strickland. Es war die einzige Bemerkung, die er während des Rittes fallenließ. Nur ein- oder zweimal hatte ich ihn fluchen hören, aber das war nichts Seltenes bei ihm.

Es war bereits dunkel und etwa sieben Uhr, als wir wieder zu Hause anlangten. Zu unserm Erstaunen brannte nicht ein Licht in dem Bungalow. »Nachlässige Bande, diese Dienerschaft!« schimpfte Strickland. Da scheute mein Pferd vor etwas Schwarzem auf dem Weg, und gleich darauf tauchte Fleete dicht unter der Nase des Tieres auf.

»Was kriechst du denn da im Garten herum?« fragte Strickland. Beide Pferde machten Miene auszubrechen und warfen uns beinahe ab; wir stiegen vor dem Stall aus den Sätteln und kehrten zu Fleete zurück, der zwischen den Orangebüschen auf Händen und Knien umherkroch.

»Was, zum Teufel, ist denn los mit dir?« rief Strickland.

»Nichts, gar nichts!« antwortete Fleete hastig, aber mit seltsam schwerer Zunge. »Ich – ich habe im Garten gearbeitet, botanisiert und so. Der – der Geruch der Erde ist entzückend. Ich möchte einen Spaziergang machen – einen langen Spaziergang, die ganze Nacht hindurch.«

Ich begriff sofort, daß hier etwas über alle Maßen Ungewöhnliches vor sich ging, und sagte zu Strickland: »Ich werde doch lieber nicht auswärts speisen!«

»Danke dir«, erwiderte Strickland kurz. »Heda, Fleete! Steh auf, du holst dir das Fieber. Komm hinein zum Essen. Wir wollen Licht machen lassen; wir essen heute zu Hause.«

Fleete stand unwillig auf und knurrte: »Keine Lampen! Es ist viel schöner hier draußen. Essen wir doch hier! Mehr Koteletts – haufenweise, und – blutig und zäh!«

Ein Dezemberabend im Norden Indiens ist schneidend kalt, und der Vorschlag Fleetes war der eines Wahnsinnigen.

»Komm herein!« befahl Strickland in strengem Ton. »Komm augenblicklich herein!« Fleete gehorchte.

Als die Lampen gebracht wurden, sahen wir, daß er buchstäblich von Kopf bis Fuß mit Schmutz bedeckt war; er mußte sich im Garten herumgewälzt haben. Er schrak vor dem Licht zurück und ging in sein Zimmer. Seine Augen waren schrecklich anzusehen; es glomm ein grünes Licht – nicht in ihnen, nein: hinter ihnen, – ich kann es nicht anders schildern! und die Unterlippe hing ihm herunter.

»Es wird etwas Tolles geben – etwas ganz Tolles – heute nacht«, sagte Strickland. »Behalte dein Reitzeug an!«

Wir warteten und warteten auf Fleetes Rückkunft und bestellten unterdessen die Speisen. Er rumorte in seinem Zimmer, aber Licht hatte er nicht angezündet.

Plötzlich erscholl aus seiner Stube das langgezogene Geheul eines Wolfes!

Man spricht und schreibt oft leichthin von erstarrendem Blut und von gesträubtem Haar. Aber, wenn es wirklich geschieht, vergeht einem die Lust, Scherz damit zu treiben! Mir stand das Herz still, als wäre es mit einem Messer durchstochen, und Strickland war weiß geworden wie das Tischtuch.

Das Geheul wiederholte sich und wurde von einem andern Geheul, weit über die Felder her, beantwortet. Das setzte dem Grauen die Krone auf.

Strickland stürzte in Fleetes Zimmer. Ich folgte, und wir sahen, daß Fleete aus dem Fenster kletterte. Tierische Laute kamen tief aus seiner Kehle. Er konnte nicht antworten, als wir ihn anschrien. Er geiferte.

Ich kann mich nicht mehr erinnern, was dann folgte, aber ich glaube, Strickland muß ihn durch einen Hieb mit dem Stiefelknecht betäubt haben, sonst hätte ich nicht plötzlich auf seiner Brust knien können. Fleete konnte nicht mehr sprechen; er knurrte nur. Aber es war nicht das Knurren eines Menschen – es war das Knurren eines Wolfes! Der menschliche Geist in ihm mußte im Lauf des Tages immer mehr und mehr geschwunden und im Zwielicht erloschen sein; wir hatten es jetzt mit einem Tier zu tun, das einst Fleete gewesen war. Das Erlebnis stand jenseits aller menschlichen und vernunftgemäßen Erfahrung.

Ich wollte etwas sagen über Hydrophobie – Tollwut, brachte aber das Wort nicht über die Lippen – empfand es als Lüge, noch ehe ich es aussprechen konnte!

Wir fesselten das »Tier« mit ledernen *Punkah*riemen, banden ihm Daumen und große Zehe zusammen, knebelten es mit einem Schuhlöffel! Es ist das ein sehr wirksamer Knebel, wenn man ihn richtig anzuwenden weiß. Dann schleppten wir das »Tier« ins Eßzimmer und schickten einen Mann zu Dumoise, dem Arzt, mit der Bitte, er möge sofort kommen.

Als der Bote fort war und wir wieder Atem geschöpft hatten, sagte Strickland: »Es wird nichts nützen. Die Sache schlägt nicht in das Fach eines Arztes.« Ich wußte, daß er die Wahrheit sprach.

Der Kopf des »Tieres« war frei; es warf ihn ruhelos hin und her. Hin und her. Wäre damals jemand ahnungslos ins Zimmer getreten, er hätte glauben müssen, wir stünden im

Begriffe, einem Wolf das Fell abzuziehen; und das war von allen Gedanken, die unser Hirn bestürmten, vielleicht der schrecklichste.

Strickland saß unbeweglich da, das Kinn auf die Faust gestützt, und beobachtete schweigend das »Tier«, wie es sich auf dem Boden krümmte und wand, das Hemd vom Ringen aufgerissen, darunter die schwarze Rosette auf der linken Brust, die sich von der Haut abhob wie eine Brandblase.

In der Totenstille, die im Zimmer herrschte, hörten wir mit einemmal draußen etwas miauen, wie eine weibliche Otter. Wir sprangen beide auf, und ich – ich rede nur von mir allein, nicht von Strickland –, fühlte mich todkrank, richtig körperlich krank. Wir versuchten, uns einzureden: es – es sei eine Katze.

Dumoise kam. Noch nie habe ich einen Arzt so berufswidrig erschrecken sehen. Er sagte, es sei ein geradezu erschütternder Fall von Tollwut; leider gebe es kein Mittel dagegen. Beruhigende Medikamente würden den Todeskampf nur verlängern. Das »Tier« hatte bereits Schaum vor dem Mund.

Wir redeten Dumoise ein, Fleete sei ein- oder zweimal von Hunden gebissen worden, was bei jemand, der ein halbes Dutzend Terriers hält, häufig vorzukommen pflegt.

Dumoise konnte keinerlei Hilfe in Aussicht stellen; nur eins könne er mit Sicherheit erklären, sagte er, nämlich, daß Fleete an Hydrophobie sterben werde. Wie als Antwort heulte das Tier in diesem Augenblick laut auf: es war ihm gelungen, sich von dem Knebel zu befreien. Dumoise sagte, er wäre bereit, die Todesursache jetzt schon zu bescheinigen, da das Ende nahe sei. Er war ein braver, kleiner Kerl und erbot sich, bei uns zu bleiben, aber Strickland lehnte es ab; er wollte Dumoise das Neujahrsfest nicht verderben und bat ihn nur, die wirkliche Todesursache von Fleetes Tod nicht öffentlich bekanntzugeben.

Dumoise verließ uns tiefbewegt. Als das Rollen seines Wagens verstummte, teilte mir Strickland seinen Verdacht mit – im Flüsterton; es klang so unglaublich, was er sagte, daß er selbst es nicht laut auszusprechen wagte. Und obgleich ich Stricklands Ansicht innerlich vollkommen teilte, so schämte ich mich doch, es einzugestehen, und gab lieber vor, ich glaubte an derlei Dinge nicht.

»Selbst wenn der Silberne wirklich Fleete behext hat«, sagte ich leise, »so rasch könnte doch die Strafe wegen der Beschimpfung der Hanumanstatue – –« Ich konnte den Satz nicht zu Ende sprechen, denn abermals wurde ein Schrei draußen laut, und sofort verfiel das »Tier« wieder in einen Paroxysmus von Krämpfen – so heftig, daß wir fürchten mußten, seine Fesseln könnten zerreißen.

»Gib acht!« rief Strickland. »Wenn sich das noch sechsmal wiederholt, nehme ich das Gesetz selbst in die Hand. Ich befehle dir, mir dabei zu helfen!«

Er ging rasch in sein Zimmer und kehrte nach wenigen Minuten zurück mit dem Lauf einer alten Schrotflinte, einem Stück Angelschnur, ein paar dicken Stricken und seiner schweren Holzbettstatt. Ich berichtete ihm, die Krämpfe seien jedesmal etwa zwei Sekunden nach dem Heulen draußen eingetreten, aber jetzt sei das »Tier« merklich schwächer.

Strickland murmelte in sich hinein: »Das Leben kann er ihm doch nicht nehmen! Nein, Leben kann er nicht nehmen.«

»Es wird eine Katze sein!« Ich wollte unter keinen Umständen etwas anderes zugestehen: »Es muß eine Katze sein! Wenn der Silberne die Schuld hat, würde er nicht wagen hierherzukommen!«

Strickland zündete Holz auf dem Herd an, legte den Flintenlauf in die Glut, breitete die Taue auf dem Tisch aus, brach einen Spazierstock in zwei Teile und knotete einen Meter Angelschnur, aus Darm geflochten und drahtumwickelt, wie man sie zum Fischen der großen *Mahseers* verwendet, mit den Enden zusammen. Dann sagte er nachdenklich: »So. Irgendwie müssen wir ihn fangen. Wenn ich nur wüßte, wie! Wir müssen ihn unverletzt in die Hand bekommen.«

»Verlassen wir uns auf die Vorsehung! Nehmen wir ein paar Polohämmer«, schlug ich vor, »und schleichen wir uns leise hinaus in das Buschwerk vor dem Haus! Alles spricht dafür, daß der Mensch, oder das Tier, das das Geheul ausstößt, in regelmäßigen Zeitabständen den Bungalow umkreist wie eine Nachtwache. Lauern wir ihm im Gebüsch auf und überfallen wir ihn, wenn er vorüberkommt!«

Strickland erklärte sich einverstanden, und wir schlüpften vom Badezimmerfenster aus auf die Veranda hinaus und von da über den Fahrweg ins Buschwerk.

Gleich darauf kam der Aussätzige um die Ecke des Hauses; wir konnten ihn deutlich im Mondlicht sehen. Er war völlig nackt, miaute von Zeit zu Zeit und blieb dann stehen, um einen merkwürdigen Tanz mit seinem Schatten aufzuführen. Es war ein grauenhafter Anblick, und als ich mir vorstellte, dies scheußliche Geschöpf sei schuld an des armen Fleete Erniedrigung zum Tier, da fielen meine letzten Bedenken und ich beschloß, Strickland zu helfen – mit dem glühenden Flintenlauf sowohl, wie mit der geknoteten Angelschnur – mit allen Foltern, die nötig sein würden, Foltern, vom Kopf angefangen bis zu den Hüften und wieder zurück!

Als der Aussätzige einen Moment vor der Eingangstür haltmachte, fielen wir mit den Polohämmern über ihn her. Er war erstaunlich kräftig, und wir mußten alles aufbieten, damit er uns nicht entwischte, ehe wir ihn festhatten, zumal wir darauf achten mußten, ihn nicht ernstlich zu verwunden. Wir hatten immer angenommen, Aussätzige wären schwache, elende Geschöpfe; es war ein Irrtum gewesen.

Strickland versetzte ihm schließlich einen derartigen Hieb auf die Schienbeine, daß er niederstürzte. Ich setzte ihm den Fuß in den Nacken. Er miaute schauderhaft; durch meine hohen Reitstiefel hindurch konnte ich deutlich fühlen, daß sein Fleisch nicht das eines gesunden Menschen war. Er schlug nach uns mit den Stummeln seiner Hände und Füße; wir schlangen den Riemen einer Hundepeitsche unter seinen Achseln hindurch, verknoteten sie und schleppten ihn rücklings in die Vorhalle und in das Eßzimmer, wo das »Tier« gefesselt lag. Dort banden wir ihn mit Tauen fest. Er wehrte sich nicht mehr. Miaute nur.

Die Szene, die sich abspielte, als wir ihn dem »Tier« gegenüberstellten, spottet jeder Beschreibung. Das »Tier« schnellte sich nach rückwärts, den Körper wie ein Bogen nach hinten gekrümmt, als sei es mit Strychnin vergiftet, und stöhnte zum Erbarmen. Noch verschiedenes andere begab sich, was ich hier nicht beschreiben kann.

»Ich glaube, meine Vermutung war richtig«, sagte Strickland. »Wollen mal die Aufforderung an ihn richten, den Fall zu kurieren!« Aber der Aussätzige miaute nur.

Strickland wickelte ein Tuch um die Hand und nahm den Flintenlauf aus der Glut; ich steckte den zerbrochenen Spazierstock durch die Schlinge der Angelschnur, drehte ihn als Handhabe und schnürte so den Aussätzigen an der Bettstatt fest. Ich bekam damals einen leisen Begriff, wieso Männer, Frauen und Kinder es einst ertragen konnten, Hexen lebendig verbrennen zu sehen.

Das »Tier« auf dem Boden wimmerte und jammerte, und wenn auch der Silberne kein Gesicht mehr hatte, so konnte man doch von Zeit zu Zeit über den zähen Schlamm, der es ersetzte wie eine Maske, einen Ausdruck bestialischer Verworfenheit, gemischt mit Wut und Schrecken, hinhuschen sehen – etwa, wie Hitzewellen über rotglühendem Eisen spielen.

Einen Moment bedeckte Strickland seine Augen mit den Händen; dann gingen wir ans Werk. Eine Schilderung wird niemals im Druck erscheinen.

Der Tag begann zu dämmern, da erst entschloß sich der Aussätzige zu sprechen. Bis dahin hatte er nur miaut; wir wollten uns aber damit nicht zufriedengeben.

Das »Tier« war ohnmächtig vor Erschöpfung.

Wir banden den Aussätzigen los und befahlen ihm, den bösen Geist auszutreiben.

Er kroch zu dem »Tier« hin und legte ihm die Hand auf die linke Brust; das war alles. Dann fiel er, das Gesicht nach unten, nieder und winselte, wobei er den Atem nach innen sog.

Wir beobachteten das »Tier« und sahen: die Seele Fleetes kehrte wieder in seine Augen zurück; seine Stirne bedeckte sich mit Schweiß, und die Augen – es waren wieder menschliche Augen – schlossen sich. Wir warteten eine Stunde: Fleete schlief fest und tief. Wir trugen ihn in sein Zimmer und bedeuteten dem Aussätzigen, er möge gehen, gaben ihm die Bettstatt, die Decke, damit er seine Blöße verhülle, die Handschuhe, die Tücher, kurz alles, womit wir ihn berührt, und die Peitschenschnur, mit der wir ihn gefesselt hatten. Er hüllte sich in die Decke und schritt hinaus in die Morgenfrühe, ohne zu sprechen, ohne zu miauen.

Strickland trocknete sich die Stirn und setzte sich nieder; ein Nachtgong weit drüben in der Stadt schlug sieben Uhr.

»Genau vierundzwanzig Stunden!« sagte Strickland. »Ich habe mein Bestes getan, um einer Entlassung aus dem Staatsdienst sicher sein zu können, möglicherweise auch eines lebenslänglichen Freiquartiers in einer Irrenanstalt. Was meinst du übrigens: schlafen wir, oder sind wir wach und noch bei Sinnen?«

Der glühende Flintenlauf war heruntergefallen, versengte den Teppich, der Brandgeruch war durchaus real, kein Zweifel: wir waren wach und bei Sinnen.

Um elf Uhr gingen wir zu Fleete, um ihn zu wecken, und bemerkten sofort, daß die schwarze Leopardenrosette von seiner Brust verschwunden war. Er sah sehr müde und schlaftrunken aus, rief aber, als er uns erblickte, sofort: »Was sehe ich? Da seid ihr ja, alte Burschen! Ein glückliches Neujahr wünsche ich euch! Und laßt euch raten: trinkt niemals Schnaps, Bier und Champagner durcheinander: Ich bin noch halb tot davon!«

»Ich danke dir für deine Aufmerksamkeit, aber mit der Gratulation kommst du ein bißchen spät«, sagte Strickland. »Heute schreiben wir bereits den zweiten Januar. Du hast geschlafen wie ein Murmeltier!«

Da ging die Tür auf, und der kleine Dumoise steckte den Kopf herein; er war zu Fuß gekommen und nahm an, wir wollten Fleete bereits aufbahren.

»Ich habe eine Leichenwäscherin mitgebracht«, sagte er. »Ich glaube, sie wird alles gut besorgen.«

»Haha«, lachte Fleete und richtete sich belustigt im Bett auf. »Nur herein mit der Holden! Das ist ja prachtvoll.«

Dumoise war sprachlos. Strickland führte ihn hinaus und erklärte ihm, er müsse sich offenbar in der Diagnose geirrt haben. Dumoise erwiderte kein Wort: er fühlte sich in seiner Würde als Arzt schwer gekränkt und schien die Sache als eine persönliche Beleidigung auffassen zu wollen.

Auch Strickland ging fort. Als er zurückkehrte, erzählte er mir, er habe beim Hanumantempel vorgesprochen und sich zu jeglicher Art Genugtuung wegen der geschehenen Götterentweihung bereit erklärt. Man hätte ihm aber aufs feierlichste versichert, niemals sei das Bild des Gottes von einem weißen Mann berührt worden. Er sei fraglos die Verkörperung aller Tugenden, scheine aber bisweilen Sinnestäuschungen unterworfen zu sein. »Was sagst du dazu?« schloß Strickland.

»Es gibt mehr Dinge zwischen Himmel und –« wollte ich ausrufen, da fiel mir noch rechtzeitig ein, daß Strickland dieses Zitat haßte; es sei abgedroschen, pflegte er zu behaupten.

Noch etwas begab sich, – es erschreckte mich fast ebenso, wie die Vorfälle in der Nacht: als Fleete angekleidet ins Eßzimmer trat, schnupperte er plötzlich in die Luft. Er hatte eine seltsame Art, die Nase zu bewegen, wenn er schnupperte. »Ein scheußlicher Geruch nach Hunden ist hier«, sagte er. »Du solltest deine Terrier besser pflegen! Versuche es doch einmal mit Schwefelblüte, Stricky!«

Strickland antwortete nicht. Er haschte nach einer Stuhllehne und brach urplötzlich in einen Weinkrampf aus. Es ist eine schreckliche Sache, einen starken Mann weinen zu sehen. Dann überfiel auch mich die Erinnerung, daß wir hier in diesem Raum mit dem Silbernen um Fleetes Seele gerungen und uns als Engländer erniedrigt hatten, und ich lachte, keuchend und gurgelnd. Fleete dachte sich offenbar, wir seien beide verrückt geworden!

Gesagt haben wir ihm niemals, was wir für ihn getan hatten.

Ein paar Jahre später, als Strickland sich verheiratet hatte und seiner Frau zuliebe ein emsiger Kirchengänger geworden war, besprachen wir noch einmal das seltsame Erlebnis in aller Ruhe, und Strickland machte mir den Vorschlag, ich solle den Fall veröffentlichen.

Ich meinesteils glaube nicht, daß dadurch das Geheimnis aufgeklärt wird, denn erstens glaubt niemand gern an derlei lästige Geschichten, und zweitens weiß jeder vernünftige Mensch, daß die Götter der Heiden aus Stein oder Erz bestehen, und daß die Annahme, sie könnten als etwas anderes aufgefaßt werden, überaus töricht ist!

Der Mann, der König sein wollte

»Verkehre mit einem Fürsten wie mit einem
Bruder und mit einem Bettler als Kamerad,
vorausgesetzt, daß er es verdient.«

Eine schöne Lebensregel in der Tat, aber nicht leicht zu befolgen! Der Kamerad eines Bettlers war ich des öftern, aber die Umstände erlaubten beiden Teilen nicht, herauszufinden, auf wessen Seite die Würdigkeit lag. Der Bruder eines Fürsten zu werden steht mir noch bevor, obwohl ich einmal dicht daran war, in solche Verwandtschaft zu geraten, und nicht nur das: sondern auch Premierminister eines zu gründenden Königreichs zu werden mit der Armee unter mir, dem Staatssäckel, der Justiz und der gesamten Außenpolitik.

Heute freilich habe ich allen Grund, anzunehmen, daß es Essig damit ist, denn der König ist bereits tot, und wenn ich Lust verspüren sollte, mir eine Krone zu ergattern, wird mir wohl nichts übrigbleiben, als mich selbst auf die Beine zu machen.

Begonnen hat die ganze Geschichte in einem Eisenbahnzug auf der Strecke von Ajmir nach Mhow. Ein spürbarer Mangel in meinen Finanzen zwang mich, nicht etwa zweiter Klasse, die immer noch die Hälfte der ersten kostet, zu reisen – Gott bewahre: nein, sondern direkt im Schindluder-Kupee, was eine scheußliche Angelegenheit ist. In diesen »Letzte-Klaß-Wägen« gibt es keine Kissen, und die Passagiere sind selbst so etwas wie Schindluder, nämlich Eurasier oder Eingeborene, was bei einer langen Fahrt sehr lästig werden kann, oder sie sind Vagabunden. Da letztere meistens betrunken sind, ist die Sache in diesem Fall bisweilen erheiternd.

Letzte-Klaß-Passagiere kaufen grundsätzlich nicht in den Erfrischungsräumen; sie ziehen es vor, Nahrungsmittel in Bündeln und Töpfen mit sich herumzuschleppen, hie und da bei eingeborenen Zuckerbäckerständen einige Süßigkeiten zu erwerben und Wasser aus den Stationsbrunnen zu trinken. Kein Wunder daher, daß man dergleichen »Schindluder-Reisende« bisweilen als Leichen aus den Kupees herausholt, zumal wenn heißes Wetter herrscht; aber auch bei normaler Temperatur bieten sie einen seltsamen Anblick.

Zufälligerweise blieb der Letzte-Klaß-Wagen, in dem ich saß, leer bis Nasirabad, wo ein dicker Gentleman mit schwarzen Augenbrauen und aufgekrempelten Hemdärmeln einstieg. Der Sitte gemäß, die unter solchen Eisenbahnpassagieren eingebürgert ist, blieb er den ganzen Tag hindurch in diesem Aufzug sitzen. Er war ein Landstreicher – ein Vagabund – wie ich, hatte aber eine ausgesprochene Vorliebe für Whisky. Er erzählte eine Menge Geschichten von Erlebnissen, die er teils mit angesehen, teils selbst gehabt hatte, und wußte von Abenteuern zu berichten, bei denen er, lediglich der Nahrung für einige Tage wegen, sein Leben aufs Spiel gesetzt hatte.

»Wenn's noch mehrer solche gäb, wie Sie und ich, die net wissen, wie die Raben, wo's Fressen hernehmen für morgen, – net siebzig Millionen Refenüh könnt' das Land abwerfen, statt siebenhundert, wie jetzt«, sagte er; und ich stimmte ihm zu, nachdem ich einen Blick auf sein Kinn und seinen Mund geworfen hatte.

Wir schwätzten über Politik – über die Politik der Vagabunden nämlich, die gewohnt sind, offene Wunden zu sehen und nicht das hübsch glatte Pflaster darüber, schwätzten von der Post und ihren Einrichtungen, denn mein Freund gedachte, ein Telegramm von der nächsten Station nach Ajmir zurückzusenden, dem Umschlagplatz zwischen Bombay und Mhow, wenn man westwärts reist, hatte aber kein Geld, von acht Annas abgesehen. Ich selbst besaß ebenfalls keines, dank dem erwähnten Loch in meinem Budget, und konnte ihm daher nicht aushelfen.

»Bliebe nichts übrig, als einen Stationsvorstand mit dem Tod zu bedrohen, bis er ein Telegramm auf Kredit abschickt«, sagte mein Freund, »aber das könnte Scherereien nach sich ziehen für Sie und für mich, und ich habe gerade jetzt alle Hände voll zu tun. Sagen Sie mal, fahren Sie in den nächsten Tagen wieder zurück?«

»In zehn Tagen«, erwiderte ich.

»No und acht lassen sich nicht draus machen?« forschte er. »Wann i bloß net so a Masse dringende Gschäft vorhätt!«

»Ich könnte Ihr Telegramm innerhalb dieser zehn Tage abschicken«, machte ich mich erbötig.

»I trau mi net recht mit einer solchen Depeschen«, meinte

er. »Er fährt am 23sten von Delhi nach Bombay, das ist die Gschicht! Das heißt soviel wie: er kommt durch Ajmir durch in der Nacht vom 23sten.«

»Ich gehe nämlich in die Indische Wüste« erklärte ich.

»Ausgezeichnet«, rief mein Freund, »da müssen Sie in Marwar umsteigen; anders geht's net – und ›er‹ kommt in der Früh durch am 24sten mit dem Bombayzug. Können Sie um diese Zeit auf ihn in Marwar warten? Es wird Ihnen nix ausmachen, denn ich weiß: aus diesen indischen Zentralstaaten dort in der Gegend läßt sich hübsch was rauszupfen, – gar wenn Sie sagen, Sie sind Korrespondent der Hinterwäldler-Zeitung.«

»Haben Sie dies Rezept schon ausprobiert?« fragte ich.

»No und wie oft!« war die Antwort. »Freilich, erwischen darf man sich nicht lassen, sonst werden Sie ins Loch gesteckt, bevor Sie noch Zeit haben, jemand das Messer in den Bauch zu rennen. Aber sprechen mir lieber von meinem Kollegen! Ich hab ihm mein Ehrenwort geben müssen, daß ich ihn auf dem laufenden halt und ihn wissen laß, wohin er sich wenden soll. Ich möcht es Ihnen hoch anrechnen, wenn Sie rasch von Zentralindien zurückkommen würden, damit Sie ihn noch in Marwar erwischen und ihm sagen: ›Er – (ich nämlich) ist diese Woche im Süden.‹ Er hat einen roten Bart, ist ein großer Mann und auch sonst ein Mordsgigerl. Er wird natürlich schlafen, mit seinem ganzen Gepäck rundum, kurz: wie ein Gentleman und zwar in der zweiten Klaß. Aber Sie brauchen sich deshalb nicht vor ihm zu fürchten. Lassen Sie ganz einfach das Kupeefenster herunter und sagen Sie ihm: ›Er ist im Süden diese Woche.‹ Er weiß nachher schon! Na, und Ihnen kost's ja höchstens zwei Tage Aufenthalt. Ich bitte Sie also um die Gefälligkeit, wie man eben als Fremder bittet, der – nach dem Westen geht!«

»Und woher kommen Sie?« fragte ich.

»Aus dem Osten«, sagte er, »aber net wahr, Sie trichtern ihm ein, was ich gsagt hab? Ich dank Ihnen im voraus und im Namen Ihrer Mutter.«

Engländer haben's im allgemeinen nicht gern, wenn man Erinnerungen an ihre Mütter weckt, aber ich sagte nichts und nickte nur zustimmend.

»Es handelt sich um eine nicht geringe Sache«, erklärte

mein Freund, »sonst würde ich Sie nicht bemühen, aber ich seh ja, daß ich mich auf Sie verlassen kann. Also passen S' noch mal auf: Zweites Klaß-Kupee in Marwar, und ein Mann mit einem roten Bart, der wo drin schläft! Werden Sie's auch nicht vergessen? Ich steig bei der nächsten Station aus und muß dort warten, bis er kommt oder mir Nachricht gibt oder mir sonstwas schickt.«

»Ich werde ihm alles ausrichten, vorausgesetzt, daß ich ihn erwische«, versprach ich, »aber jetzt möchte ich Ihnen – auch im Namen Ihrer Mutter – einen Rat geben: Vermeiden Sie die zentralindischen Staaten, wenn Sie wieder mal, wie jetzt, als Korrespondent der Hinterwäldler-Zeitung reisen! Die Sache ist dort brenzlich, und es könnte für Sie schief ausgehen.«

»Ich dank Ihnen«, sagte er schlicht, »aber wo eine Sau sonst fangen? Soll der Mensch zusehen und verhungern, wann ihm eine übern Weg lauft? Ich möcht halt gar so gern den Degumber Radscha packen wegen der Gschicht mit der Witwe seines Vaters und ihm eins auswischen.«

»Was hat er denn mit der Witwe seines Vaters angefangen?« – wollte ich wissen.

»Ach Gott, mit rotem Pfeffer hat er sie halt angefüllt und dann, wie sie an einem Balken gehängt hat, totgeprügelt. Ich hab das herausgeschnüffelt; ich bin überhaupt der einzige Mensch, der's weiß und sich getraut, hinzugehen in seinen Staat und ihm ein gehöriges Schweigegeld herauszuziehen. Man wird natürlich versuchen, mich zu vergiften, wie schon einmal in Chortumna, als ich Beute machen ging. Aber werden Sie meinen Auftrag in Marwar dem mit dem roten Bart auch gut ausrichten?«

In einer kleinen Station stieg er aus, und ich überließ mich meinen Gedanken. Des öftern schon hatte ich von Leuten gehört, die es lieben, sich als Zeitungskorrespondenten auszugeben, um kleinen Eingeborenenstaaten unter Androhung von allerhand skandalösen Enthüllungen zur Ader zu lassen, aber begegnet war ich bisher noch keinem aus dieser Kaste. Sie führen ein hartes Leben, das wußte ich, und erleiden oft einen schnellen Tod. – Die Eingeborenenstaaten haben nämlich einen heillosen Respekt vor englischen Zeitungen und leben beständig in der Furcht, durch sie könnten gewisse Regierungsmethoden an den Tag kommen, die das Licht nicht recht vertragen; deshalb tun solche Staaten ihr Bestes, sich Korrespondenten mit Champagner oder sonst welchen das Bewußtsein gründlich störenden Flüssigkeiten vom Halse zu schaffen; sie haben keine Ahnung, daß es niemand auch nur im Traume einfällt, sich um interne Staatsangelegenheiten zu kümmern, solange Unterdrückung und Verbrechen sich in verschämten Grenzen halten und der betreffende Regent nicht gerade vom 1. Januar bis 31. Dezember ohne Unterbrechung besoffen oder sonstwie unzurechnungsfähig ist. In diesen dunklen Flecken der Erde herrscht gewöhnlich eine alles Maß übersteigende Grausamkeit; auf der einen Seite laufen Eisenbahnen und Telegraph, auf der anderen Seite herrschen die Zustände aus den Tagen Harun al-Raschids.

Bei mir standen die Sachen so: einmal hatte ich Geschäfte mit Königen, und in acht Tagen wechselte das Bild auf schier unglaubliche Weise. Einmal trug ich Abenddreß, verkehrte mit Fürsten und Politikern. trank aus Kristall und speiste aus Silber, das nächste Mal schlief ich auf dem Boden in Lumpen, wie ein Kuli, verschlang Kräuter und Quellwasser. Wie es eben der Tag so mit sich brachte.

Jetzt hatte ich mir die Große Indische Wüste auserkoren und die Eisenbahn setzte mich in Marwar ab – mitten in der Nacht – von wo eine winzige, lächerliche »Gehste-oder-gehste-nicht«-Lokalbahn, von einem Eingeborenenheizer gelenkt, nach Jodhpur rattert. Der Bombay-Expreß macht halt, wenn er von Delhi kommt, in Marwar. Er fuhr gerade ein, als ich ankam, ich fand kaum Zeit, übers Geleise zu laufen und die Kupees zu durchsuchen. Zum Glück gab es nur einen Zweiteklaß-Waggon. Ich zog das Fensterrouleau hoch und erblickte einen roten Bart, der wie eine Flamme leuchtete und zur Hälfte mit einer Eisenbahndecke verhüllt war. Kein Zweifel: das war mein Mann, tief schlafend, wie angekündigt. Ich versetzte ihm einen gelinden Rippenstoß, den er mit einem Grunzen quittierte, worauf sein Antlitz auftauchte. Es war groß und strahlend.

»Schon wieder die Billetten!« brummte er.

»Nein«, sagte ich. »Ich soll Ihnen ausrichten: er ist die Woche über im Süden!«

Der Zug begann sich wieder in Bewegung zu setzen. Der Rotbart rieb sich die Augen. »Hm, also im Süden ist er diese Woche!« wiederholte er vor sich hin. »Das sieht ihm wieder mal ähnlich. Hat er gesagt, ich soll Ihnen was geben? Paßt mir gar nicht.«

»Hat nichts gesagt«, gab ich zur Antwort, sprang rasch ab und blickte den roten Lichtern des Zuges nach, wie sie rasch in der Ferne entschwanden. Es war schauderhaft kalt, denn der Wind wehte von der Wüste herüber; ich kletterte wieder in meinen eigenen Zug; diesmal war's kein »Schindluder-Kupee«, und ich streckte mich zum Schlafen aus.

Hätte mir der Mann eine Rupie als Trinkgeld gegeben, ich würde sie als Erinnerung an dieses sonderbare Erlebnis mir aufgehoben haben, so aber mußte ich mich mit dem Bewußtsein als Lohn begnügen, mein Versprechen eingelöst zu haben.

Später sagte ich mir: Wenn zwei Gentlemen, wie meine beiden Freunde, sich, als Zeitungskorrespondenten verkleidet, auf die Walz und auf Schwarzfahrten nach Zentralindien und die kleinen Rattenfallenstaaten von Süd-Radschputana begeben, so wandeln sie wahrscheinlich nicht auf einwandfreien Wegen und müssen gewärtigen, daß ihnen allerhand ernste Unannehmlichkeiten zustoßen; ich wollte deshalb bei ihrer Personalitätsbeschreibung sehr vorsichtig sein – insbesondere Leuten gegenüber, von denen ich annehmen durfte, daß sie sich für sie interessierten. Wie ich später erfuhr, war es mir gelungen, sie von einem Ausflug ins Degumber-Gebiet abzuhalten.

Dann ging mir die Gelegenheit noch mehr im Kopf herum, und ich begab mich in die Redaktion meiner Zeitung, die sämtliche »königlichen« und sonstigen Tagesfragen in Evidenz hielt.

Eine Zeitungsredaktion übt eine merkwürdige Anziehungskraft auf alle erdenklichen Arten von Menschen aus, die keine Ahnung von Disziplin haben. Zenana-Missionsdamen finden sich ein und verlangen, daß der Herausgeber des Blattes auf der Stelle alles stehen- und liegenläßt, um einen Artikel über ein Preisausschreiben der Christengemeinde in irgendeiner Religionsbude eines vollkommen unerreichbaren Gebirgsdorfes zu verfassen; Oberste, die das

Kommando beim Avancement übergangen hat, sitzen herum und skizzieren Entwürfe für zehn, zwölf oder vierundzwanzig Leitartikel über das Thema: »Altersrangklasse oder willkürliche Beförderung?«; auf dem trockenen sitzende Theatergesellschaften treten vollzählig an und geben die Erklärung ab, sie könnten zur Zeit zwar nicht die Kosten eines Inserates bestreiten, interessierten sich jedoch brennend dafür, sobald sie von Neuseeland oder Tahiti zurückkämen; Erfinder und Patentinhaber von selbsttätigen *Punkah*-Fächelmaschinen, Waggonkuppelungen, unzerbrechlichen Schwertern und Achsenwellen nehmen, alle Taschen voll mit Spezialzeichnungen, Stunden für sich in Anspruch; Teegesellschaften dringen in das Büro ein und arbeiten mit Redaktionsfedern Prospekte aus; Sekretäre von Ballkomitees wünschen dringend, daß der Glanz dieses oder jenes Schlußtanzes prunkvoller geschildert werde; fremde Ladys rauschen herein und zwitschern: »Ich muß sofort hundert Damenkarten haben!« – denn sie zu beschaffen, ist doch selbstverständlich die Aufgabe einer Zeitung! – zum Schluß verlangt dann irgendein streunender Berufsraufbold von der Gasse eine Anstellung als Korrekturenleser. Die ganze Zeit über klingelt rastlos das Telephon, Könige auf dem Kontinent werden ermordet, Kaiserreiche schmeißen um, Mister Gladstone bestreut die Britischen Dominions mit Bimssteinpulverphrasen, und die kleinen schwarzen Zeitungsjungen summen wie müde Bienen ihr *kaa-pi chay-ha-ye*[1]? durcheinander. Am nächsten Morgen aber ist die Zeitung so blank wie der Schild der Jungfrau von Orleans.

Doch dieses Treiben ist noch der weitaus unterhaltlichste Teil des Jahres. Es gibt nämlich noch sechs weitere Monate, wo zwar niemand erscheint und Wünsche vorträgt, aber das Thermometer Zoll um Zoll steigt, bis kein Platz mehr in der Röhre ist. Dann herrscht eine Dunkelheit im Redaktionszimmer, daß man kaum mehr lesen kann, die Druckereimaschinen fühlen sich an wie glühendes Eisen, und nur noch Berichte über Vergnügungsveranstaltungen in den Gebirgsstationen oder Todesanzeigen erscheinen. Zu solchen Zeiten wird das Telephon zum Schreckensverbreiter: man liest vom plötzlichen Hinscheiden von Männern und Frauen, die man

1. Blatt gefällig?

genau gekannt hat, die herrschende Hitze ist so ziemlich die einzige Kleidung, die der Berichterstatter trägt, wenn er in seinem Stuhl sitzt und schreibt: »Aus dem Khuda-Janta-Khan-Distrikt wird gemeldet, daß die herrschende Krankheit in leichter Zunahme begriffen ist. Sie kommt meist sporadisch vor und dürfte dank den energischen Bemühungen der Distriktsautoritäten bald erlöschen, immerhin müssen wir mit Trauer feststellen, daß XYZ uns durch den Tod entrissen wurde, etc.«

Später bricht dann die gemeldete Epidemie mit Heftigkeit aus, und je weniger das Blatt darüber meldet, desto besser hat es der Leser, denn es stört seinen Frieden nicht. Die Könige und Kaiser hingegen verharren wie früher in Selbstsucht und Rücksichtslosigkeit: sie sterben und schmeißen um; der Redakteur meint, öfter als einmal des Tages brauche das Blatt doch wahrhaftig nicht zu erscheinen, aber das Publikum in den Bergstationen ist anderer Ansicht – mitten im angeregtesten Lesen ruft es: »Gott im Himmel, warum bietet die Zeitung so wenig Anregung? Es muß doch in der Welt weit mehr vorgehen!«

Das ist die dunkle Seite des Mondes; man muß es an sich selbst erfahren haben, um es voll würdigen zu können!

In jener Saison – und es war eine besonders üble Saison – gab das Blatt seinen Schlußwochenbericht in der Nacht vom Samstag auf den Sonntag heraus, wie das auch in London zu geschehen pflegt. Das war sehr angenehm, denn das Blatt wurde fertiggestellt zu einer Zeit, wo das Thermometer während einer halben Stunde von 96 Grad auf 84 Grad fällt, was einem vorkommt wie Eiseskälte.

Es war eine pechschwarze Samstagnacht, so erstickend heiß, wie eben nur eine Juninacht sein kann, und der *loo*, der glühende Westwind, heulte in den zundertrockenen Bäumen und log uns vor, ein Regen folge ihm auf dem Fuße. Hie und da fiel auch wirklich ein Tropfen beinahe heißen Wassers auf den Staub herab, patschend wie ein Frosch, aber es war, wie wir wußten, nur die Vorspiegelung eines leeren Versprechens. Im Redaktionszimmer war es um einen Schatten kühler als im Empfangsraum, und deshalb hatte ich mich hineinbegeben und saß dort, während die Maschinen klapperten, der Nachtwind an den Fenstern rüttelte und die fast nackten Schriftsetzer sich den Schweiß von der Stirne wischten oder nach Trinkwasser schrien.

Irgend etwas war schuld, daß wir nicht Schluß machten – ich weiß nicht mehr, was; der *loo* begann einzuschlafen, die letzte Type war gesetzt und die ganze Erde schien stillstehen zu wollen, den Finger auf der Lippe, als erwarte sie irgendein plötzliches Begebnis. Ich döste, in Gedanken, ob der Telegraph wirklich ein Segen sei und ob diesem oder jenem Sterbenden, oder diesem oder jenem kriegführenden Volk auch zum Bewußtsein käme, welche Unannehmlichkeiten sie einem bereiteten. Es lag kein Grund vor – außer der Hitze und meiner Müdigkeit – Pausen in der Arbeit eintreten zu lassen, aber erst, als die Hände der Uhr zum Schlage der dritten Stunde ausholten und die Druckmaschinen ihre Schwungräder ein paar Probedrehungen machen ließen, zum Beweis, daß alles in Ordnung sei, konnte ich mich aufraffen und das Zeichen geben: los!

Gleich darauf zerbiß das Brüllen und Rasseln der Räder die Stille in kleine Stücke. Ich erhob mich, um zu gehen, da standen plötzlich zwei Männer in weißen Anzügen vor mir.

Der eine sagte: »Des is er!« Der zweite: »No, freilich.« Dann lachten sie beide fast so laut, wie die Maschine brüllte, und kratzten sich die Stirnen.

»Mir hamm gsehn, daß a Licht über d'Straßen nüberscheint, wie mir so im Graben gschlafen haben wegen der Kühle, und da hab ich zu meinem Freund gsagt: die Zeitung is noch offen. Geh mer nei und sprechen mer mit ihm, der wo uns vom Degumberstaat gewarnt hat«, sagte der Kleinere der beiden Männer. Es war derselbe, den ich im Mhow-Zuge getroffen hatte, und sein Gefährte war der Rotbart aus Marwar. Die Augenbrauen des einen und der Bart des andern ließen mir keinen Zweifel.

Erfreut war ich nicht, denn ich gedachte, zu schlafen und nicht mit Vagabunden zu quasseln. »Was wollen Sie?« fragte ich, kurz angebunden.

»A halbe Stund mit Ihna reden drin in der Kühlen und in bequeme Sessel«, sagte der Rotbärtige. »Wir hätten gern was zum Trinken – brauchst net so schauen, Peachey: der Kontrack is noch net unterschrieben! Was mir nämlich von Ihnen bräuchten, is ein Rat. Geld brauchen mir net. Wir erbitten uns ein Gespräch mit Ihnen, weil mir herausgefunden hamm, daß Sie uns einen schlechten Rat gegeben haben, was den Degumberstaat betrifft.«

Ich führte die beiden in das erstickend heiße Wartezimmer, in dem große Karten an den Wänden hingen, und bot ihnen Stühle an. Der Rotbärtige rieb sich die Hände; »das laß ich mir gefallen!« sagte er, behaglich gestimmt, »einen bessern Laden hätten mir gar net finden können. Aber jetzt, Herr, wollen mir uns vorstellen: Bruder Peachey Carnehan, das is der da, und Bruder Daniel Dravot, das bin ich; je weniger wir über unsern Beruf sprechen, um so besser is es. Früher sin mir Soldaten gewesen, Seeleute, Komponisten, Photographen, Korrekturenleser, Straßenprediger und, wenns grad nötig war: Korrespondenten der Hinterwäldlerzeitung. Der Carnehan is vollkommen nüchtern und ich ebenfalls. Wann Sies nicht glauben, bitte, schauen S' uns an! Sie müssens schon an meiner Sprache merken. Mir nehmen uns jetzt jeder eine von Ihre Zigarren; Sie sollen sehen, wie mir dabei aufleben!« Ich machte die Probe: tatsächlich, beide waren nüchtern. Ich gab also jedem einen lauwarmen Whisky mit Soda.

»So weit gut«, sagte der Carnehan mit den Augenbrauen und wischte sich die Tropfen vom Schnurrbart, »laß jetzt mich reden, Dan! Wir haben ganz Indien bereist, meistens natürlich zu Fuß. Wir sind Kesselflicker gewesen, Lokomotivführer, Kleinlieferanten und so. Kurz: mir hamm herausgefunden, daß Indien für Leute wie wir nicht groß genug is.«

Allerdings, das Wartezimmer war für die beiden nicht groß genug; Carnehans Schultern füllten die eine Hälfte des Raumes aus, und Dravots Bart die andere, wie sie so um den Riesentisch herumsaßen.

Carnehan fuhr fort: »Die halbe Gegend freilich is noch nicht ausgebeutet, denn die, wo die Regierung in der Hand haben, lassen einen nicht hinein. Sie verschwenden ihre ganze Zeit mit Regieren und lassen einen nicht das Schwarze unterm Nagel verdienen; nix kannst unternehmen, nicht einen Brocken kannst auflesen, ohne daß das Gouvernement nicht sofort schreit: ›Schau, daß d' weiterkommst! Regiern tun mir!‹ Daher ham mir beschlossen, wir kehren ihnen den Rücken und suchen uns einen Ort, wo der Mensch noch kein Herdentier ist und zu sich selber kommen kann. Wir sind keine Krüppel, in keiner Hinrichtung, und fürchten nichts auf der Welt außer das Saufen; aber diesbezüglich haben mir bereits einen Kontrack mit einander abgeschlossen. No, was soll ich lang reden: mir haben vor, Könige zu werden!«

»Könige nach unserer eigenen Verfassung!« murmelte Dravot.

»Gewiß, ich verstehe«, sagte ich: »Ihr habt euch viel in der heißen Sonne herumgetrieben und heute ist eine schwüle Nacht. Wär's nicht besser, ihr überschlaft diese Schnapsidee? Kommt morgen wieder!«

»Wir sind weder betrunken, noch hamm mir den Sonnenstich. No und – überschlafen haben mir die Idee ein halbes Jahr lang. Was mir brauchen, sind Landkarten und Atlasse; mir hamm uns nämlich überlegt, daß es nur einen Ort auf der Erde gibt, wo zwei starke Männer wie wir ›sarawacken‹ können. Mer heißts im Volksmund: Kafiristan. Meiner Ansicht nach liegt's gleich rechts von Afghanistan, höchstens dreihundert Meilen von Peshawur entfernt. Sie haben dort zweiunddreißig Götzenbilder, und wir werden das dreiunddreißigste und das vierunddreißigste sein. Es is eine gebirgige Gegend, und die Weiber sind wunderschön.« – »Halt!« rief Carnehan, »das ist gegen den Kontrack! Weiber und Schna-ps gibt es nicht, Daniel!«

»Das is alles, was mir wissen«, fuhr Dravot fort, »außer höchstens, daß noch kein Mensch nicht dort war, und daß dort immer gekämpft wird. Aber, wo gekämpft wird, da is auch jemand nötig, der die Leute abrichtet, und das verstehen mir besser als irgendeiner. Wir werden also in diese Gegend gehen und, wenn wir dort einen König treffen sollten, ihm sagen: ›Willst d' deine Feinde schlagen?‹, und dann werden wir ihm zeigen, wie man Leute abrichtet. Dann werden wir ihn stürzen und selber den Thron besteigen und auf eigene Faust eine Dünastie gründen.«

»In Stücke wird man euch reißen, noch ehe ihr fünfzig Meilen über der Grenze seid!« rief ich. »Ihr müßt durch Afghanistan, um in jene Gegend zu gelangen. Es ist ein Gebiet voller Berge und Gletscher, und noch nie ist es einem Engländer gelungen, hinzukommen. Die Menschen sind dort wie die wilden Tiere, aber selbst, wenn ihr hinkämet, würdet ihr nichts ausrichten.«

»So was hör ich gern«, sagte Carnehan. »Halten S' uns nur für verrückt! Das macht uns einen Mordsspaß. Aber mir sind hier, damit Sie uns ein Buch über die Gegend zu lesen geben und uns Landkarten zeigen. Von mir aus sagen S': mir sin Narren, aber zeigen S' uns Ihre Bücher!« Und er stand auf und ging zum Bücherschrank.

»Ja, meinen Sie denn das alles im Ernst?« fragte ich erstaunt.

»Freilich, allerdings«, flötete Dravot. »Und eine recht große Landkarten muß es sein, auch wenn alles drauf weiß ist, wo Kafiristan liegt. Und bitte, alle Bücher, die Sie haben! Lesen können mir, wenns auch mit der Schulbildung hapert.«

Ich sperrte den Schrank auf, nahm die große Strategische Karte heraus und zwei kleinere Grenzgebietlandkarten, sowie den Band »Inf - Kan« der *Encyclopädia Britannica* und legte es den beiden vor.

»Da, hier!« sagte Dravot und preßte seinen Daumen auf die Karte. »Hinauf nach Jagdallak. – Peachey und ich kennen den Weg. Mir waren dort mit der Armee von Lord Roberts. – Mir müssen dann bei Jagdallak rechts nüber ins Laghmann-Territorium. Nachher gehts übers Gebirg – vierzehntausend Fuß – fufzehntausend Fuß –, eine kalte Gschicht wird des werden; aber nach der Karten scheints net sehr weit.«

Ich gab ihm Woods Werk über die Quellen des Oxus. Carnehan hatte sich in die *Encyclopädia* vertieft.

»Da steht eine Masse dummes Zeug drin«, sagte Dravot versonnen, »was brauchen mir wissen, wie die Volksstämme alle heißen! Kriegerisch sind's, und mehr brauchts net für uns. – Von Jagdallak nach Ashang! Hm!«

»Alles, was da über die Gegend steht, ist doch nur skizzenhaft!« wendete ich ein. »Kein Mensch weiß etwas Genaues. Hier der Bericht der *United Services Institution*. Lesen Sie, was Bellew schreibt!«

»Ich pfeif auf den Bellew!« murrte Carnehan. »Dan! A stinkete Heidenbande sind's, des is gwiß, aber da steht, sie bilden sich ein, daß sie mit die Engländer verwandt sin.«

Ich blies Tabakwolken vor mich hin, während die beiden unentwegt über den Werken von Raverty und Wood und den Landkarten hockten und in der *Encyclopädia* nachschlugen.

»Sie brauchen fein net warten!« sagte Carnehan aufblikkend, »mir hamm jetzt vier Uhr. Vor sechse gehn mir net, und wenn Sie schlafen wollen – stehlen tun mir nix! Bleiben S' doch net auf! Mir san zwei harmlose Narren. Wann Sie morgen abend ins Serai kommen, werden mir uns von Ihnen verabschieden.«

»Weiß Gott, ihr seid wirklich zwei Narren!« sagte ich. »Man wird euch entweder gar nicht über die Grenze lassen oder euch die Kehle durchschneiden. Braucht ihr Geld oder eine Empfehlung bis Peshawur? Eine Woche kann ich euch schließlich durchhelfen.«

»Dank schön«, sagte Dravot, »die nächste Woche werden mir alle Händ voll zu tun haben: es ist nicht so leicht, König werden, wie sichs von weitem anschaut. Aber wenn wir unser Reich in Ordnung gebracht haben, dann schreiben wir Ihnen; Sie können nachher hinaufkommen und uns regieren helfen.«

»Glauben Sie vielleicht, daß zwei Narren einen solchenen Kontrack aufsetzen würden?« fragte Carnehan mit schlecht verhehltem Stolz und wies mir einen großen halben Bogen Schreibpapier, auf dem folgendes zu lesen stand. – Ich kopierte es wegen seiner Seltsamkeit:

»Diesen Kontrack ham mir aufgesetzt und unterschriehben, Gott zum Zeugen anruffend. Amen.

Erschtens: daß mir, er und ich, die Sache deichseln werden, nämlich Könige von Kafiristan zu werden.

Zweitens: daß mir, solange die Sache gedeichselt wird, keinen Schnaps und kein Weibsbild nicht anrühren werden weder ein weißes, noch ein schwarzes, oder ein braunes.

Drittens: daß mir uns mit Würde und Diskretion aufführen werden, und wenn einer von uns in den Saft kommt, muß ihm der ander beistehen.

Unterzeichnet von Dir und Mir am heutigen Tag.

Peachey Taliaferro Carnehan.
Daniel Dravot.

Beides Ehrenmänner in jeder Hinrichtung.

»Der Schlußsatz hätt natürlich gar nicht dastehen brauchen«, erklärte Carnehan und errötete züchtig; »denn so was versteht sich von selber. Sie wissen jetzt, was für eine Sorte

Menschen die Landstreicher sind! Und mir sin Landstreicher, der Dan und ich, bis mir Indien im Rücken haben. Glauben Sie noch immer, daß mir einen solchen Kontrack unterzeichnet hätten, wann mirs nicht im Ernst meinen täten? Mir hamm auf die zwei Dinge verzichtet, die wo das Leben lebenswert machen!«

»Ihr werdet euch des Lebens nicht lang erfreuen, wenn ihr nicht bald euer verrücktes Vorhaben aufgebt!« sagte ich. »Setzt die Bude gefälligst nicht in Brand und geht noch vor neun Uhr weg.«

Dann ließ ich sie allein mit den Landkarten und störte sie nicht weiter im Notizenmachen, wobei sie die Rückseite auf ihrem »Kontrack« beschmierten. »Vergessen S' nicht, morgen auf den Serai zu kommen!« waren ihre Abschiedsworte.

Der Kumharsen-Serai ist der große viereckige Menschheitsschmutzwinkel, auf dem ganze Herden von Kamelen und Pferden aus dem Norden beladen und entladen werden. Alle Nationen Zentralasiens kann man dort vertreten finden; Balkh und Buchara kommt dort mit Bengalen und Bombay zusammen, um sich gegenseitig übers Ohr zu hauen, bis die Augen triefen. Die meisten sind natürlich Inder. Man kann im Serai Ponys kaufen, Türkise, persische Katzen, Satteltaschen, Fettschwanzschafe und Moschus, auch allerhand sonderbare Dinge – für fast nichts.

Am Nachmittag ging ich hin, um zu sehen, ob meine Freunde wirklich Wort zu halten gedächten, oder es vorzögen, betrunken dort herumzuliegen.

Ein Priester, gehüllt in Fragmente aus Bändern und Lumpen, in der Hand eine papierene Kinderwindmühle, stelzte mit feierlicher Miene umher. Hinter ihm sein Diener, keuchend unter der Last eines Packkorbes, gefüllt mit schmutzigem Spielzeug. Dann beluden sie damit ein Kamel, während ihnen die Leute des Serais zusahen und vor Lachen brüllten.

»Der Priester ist verrückt«, schrie mir ein Pferdehändler zu, »er will nach Kabul, um dem Emir Spielzeug zu verkaufen. Er glaubt, man wird ihm dort eine Ehrenstelle geben. Den Kopf werden sie ihm abschneiden! In der Früh ist er hergekommen und hat sich seitdem wie ein Narr benommen.«

»Wahnsinnige stehen unter dem Schutze Gottes!« stammelte ein flachwangiger Usbeg in gebrochenem Hindi, »sie können die Zukunft voraussagen.«

»Warum haben sie mir denn dann nicht vorausgesagt, daß meine Karawane von den Shinwaris abgefangen werden würde, gerade in dem Augenblick, als ich fast schon in dem schützenden Schatten des Passes angelangt war!« – grunzte der Eusufzai eines Radschputana-Warenhauses, dessen ganzes Hab und Gut einst in die Hände von Räubern, knapp an der Grenze, gefallen war und der seitdem die Zielscheibe des Bazars geworden war. »Ohé, Priester, woher kommst du und wohin ziehst du?«

»Von Roum bin ich gekommen«, gellte der Priester und ließ seine Papierwindmühle spielen, »von Roum, wo der Atem von hundert Teufeln über den See bläst! O ihr Diebe, ihr Räuber, ihr Lügner, der Segen Pir Khans ruht auch auf Säuen, auf Hunden, auf Beschwörern! Wer von euch nimmt den Schützling Gottes mit sich nach Norden, damit er dem Emir Zauberamulette verkaufen kann? Seine Kamele sollen nicht wund werden und seine Söhne nicht krank; seine Weiber sollen ihm treu bleiben, solange er fort ist! Das wird mein Segen sein für den, der mich mitnimmt. Wer will mir beistehen, dem König der Roos goldene Pantoffel zu bringen mit silberner Ferse? Der Segen Pir Khans wird auf seinem Unternehmen sein!« – und feierlich breitete er die Ärmel seines »Regenmantels« aus und vollführte mitten unter den aneinandergekoppelten Pferden einen phantastischen Tanz.

»In zwanzig Tagen geht eine Karawane von Peshawur nach Kabul ab, *Huzrut*!« sagte der Eusufzai. »Meine Kamele gehen mit. Tue desgleichen und bring uns Glück!«

»Jetzt auf der Stelle will ich gehen!« schrie der Priester. »Reisen werde ich auf meinen beschwingten Kamelen und in einem Tage in Peshawur sein! Ho! Hazar Mir Khan«, gellte er seinen Diener an, »treib die Kamele heraus, aber zuerst will ich mein eigenes besteigen.«

Das Tier kniete nieder, und er stieg in den Sattel; dann wandte er sich zu mir und rief: »Komm auch du, Sahib, eine kleine Strecke mit, ich will dir ein Amulett verkaufen, das dich zum König von Kafiristan machen wird.«

Da erst ging mir ein Licht auf, und ich folgte den beiden

Kamelen aus dem Serai hinaus, bis wir die offene Straße erreichten, wo der Priester Halt machte.

»No, was sagen S' jetzt?«, fragte er mich auf englisch. »Der Carnehan kann die Sausprach net, drum hab ich ihn zu meinem Diener gemacht. Fein schaut er aus, was? Ja, so ganz umsonst hab ich mich nicht vierzehn Jahr lang in der Gegend herumgeschlagen! Mir werden uns einer Karawane in Peshawur anschließen, bis mir nach Jagdallak kommen, dort wollen mir schauen, ob mir unsere Kamel gegen Esel vertauschen können, und nach Kafiristan nüber rutschen. Kinderwindmühlen für den Emir, Himmel Sakra! Stecken S' amal die Hand unter den Kamelsattel und sagen S', was S' dort spüren!«

Ich fühlte den Kolben eines Martini-Stutzens und noch einen und noch einen.

»Zwanzg Stück hamm mir«, sagte Dravot ruhevoll, »und an Haufen Munition zum ›korrespondieren‹ unter dene Windmühlen und die Dreckpuppen.«

»Gott steh euch bei«, rief ich, »wenn man das Zeug bei euch findet! Ein Martini ist sein Gewicht in Silber wert bei den Pathans.«

»Fufzehnhundert Rupien Kapital – jede Rupie zsamm gebettelt, zsamm geborgt oder zsamm gestohlen – sin jetzt infestiert in zwei Kamelen und der Last!« sagte Dravot stolz. »Uns derwischens net! Mir gehen übern Khaiberpaß mit einer Karawane. Wer wird einen armen Priester anrühren?!«

»Habt ihr auch alles, was ihr braucht?« fragte ich, jetzt wirklich von Staunen erfüllt.

»Heut noch nicht, aber mir werdens schon kriegen. Geben S' uns eine Erinnerung an ihre Freundlichkeit, Bruder! Sie haben mir gestern eine Gefälligkeit erwiesen und damals eine in Marwar. Mein halbes Königreich steht zu Ihrer Verfügung, wie man so sagt.« Ich löste einen kleinen Anhängekompaß von meiner Uhrkette und reichte ihn dem Priester.

»Servus!« sagte Dravot und reichte mir vorsichtig die Hand. »So bald werd' ich wohl keinem Engländer die Hand schütteln können! Gib auch du ihm die Hand, Carnehan!« schrie er, als das zweite Kamel an mir vorüberkam.

Carnehan beugte sich herab, und wir reichten uns die Hand. Dann zogen die Tiere die staubige Straße weiter, und ich blickte ihnen verwundert nach. – Der Plan ist tadellos ausgeheckt, sagte ich mir; ich konnte keinen Fehler entdekken. Die Szene im Serai war dem Verständnis und der Denkungsweise der Eingeborenen ausgezeichnet angepaßt gewesen. Carnehan und Dravot hatten wirklich alle Chancen, unbehelligt und unerkannt durch Afghanistan hindurchzukommen; darüber hinaus, freilich – –, ich war überzeugt: sie würden einen sichern und schrecklichen Tod finden.

Zehn Tage später berichtete mir ein eingeborener Korrespondent aus Peshawur: »Großes Gelächter erregt hier ein verrückter Priester, der die fixe Idee hat, Spielzeug und andern Plunder Seiner Königlichen Hoheit, dem Emir von Buchara, als Amulette zu verkaufen. Er kam durch Peshawur und schloß sich einer Sommerkarawane an, die nach Kabul geht. Die Kaufleute freuen sich darüber, denn sie meinen in ihrem Aberglauben, solche Wahnsinnige brächten Glück.«

Waren die beiden also doch heil über die Grenze gekommen! Wer weiß, vielleicht hätte ich nachts für sie gebetet, aber da kam die Nachricht, ein König – ein wirklicher nämlich – sei in Europa gestorben, und das bannte mich an den Schreibtisch.

Immer die gleichen Phasen durchläuft das Rad der Welt; der Sommer schwand, der Winter kam, schwand ebenfalls dahin. Die Zeitung lebte, und ich lebte mit ihr. Im Laufe des dritten Sommers senkte sich wieder einmal eine heiße Nacht hernieder, und abermals galt es, eine Abendausgabe des Blattes fertigzustellen; wiederum ein müdes Warten auf irgendein Telegramm von der andern Hälfte des Erdballes. Alles spielte sich ab genau wie damals: ein paar große Männer waren im Verlauf der letzten zwei Jahre gestorben, die Druckmaschinen ratterten, und man schwitzte. Nur die Bäume draußen waren ein paar Fuß höher geworden; das war der einzige Unterschied.

Ich ging hinüber in die Druckerei; genau dasselbe Bild, wie einst! Die Nervenanspannung war noch größer als damals; ich fühlte die Hitze womöglich noch quälender als vor zwei Jahren. Um drei Uhr schrie ich: Fertig? Los! und wandte mich zum Gehen, da kroch an meinen Stuhl heran das Überbleibsel eines Menschen.

Es war zusammengekrümmt wie ein Bogen, der Kopf lag zwischen den Schultern und seine Füße traten übereinander, wie die eines Bären; ich konnte kaum unterscheiden, ob er ging oder kroch – dieser in Lumpen gehüllte, winselnde Krüppel, der mich mit meinem Namen ansprach und mir vorgreinte, er sei – zurückgekommen. »Können Sie mir einen Schnaps geben?« wimmerte er, »um Gotteswillen, geben Sie mir was zu trinken!«

Ich ging in die Kanzlei hinüber der Mann folgte mir, stöhnend vor Schmerzen, und ich schraubte den Docht der Lampe hoch.

»Kennen Sie mich nicht mehr?« keuchte er und ließ sich in einen Sessel fallen; dabei drehte er sein von einem wirren Schopf grauer Haare fast gänzlich bedecktes Gesicht in den Schein des Lichtes.

Ich musterte ihn scharf. Einmal im Leben hatte ich bei jemand Augenbrauen gesehen, dicht über der Nase und fast einen Zoll breit, aber wann und wo konnte das gewesen sein?

»Nein, ich kenne Sie nicht«, sagte ich und reichte ihm einen Whisky hin. »Was kann ich für Sie tun?«

Er stürzte den Inhalt des Glases hinunter und – schauderte trotz der fürchterlichen Hitze im Zimmer.

»Ich bin zurückgekommen«, wiederholte er; »und ich bin König von Kafiristan gewesen – ich und der Dravot; gekrönte Könige sin mir gewesen. Hier in dieser Stube haben mir's gedeichselt, und Sie sin hier gsessen und haben uns die Bücher gegeben. Ich bin der Peachey Taliaferro Carnehan, und – und Sie sin die ganze Zeit über hier gsessen – o Gott, barmherziger!«

Ich war nicht wenig erstaunt und gab meinen Gefühlen in diesem Sinne Ausdruck.

»Ja, wahr is«, sagte Carnehan und hustete trocken, seine in Lumpen gewickelten Füße streichelnd, »wahr wie 's Evangelium. Könige sin mir gwesen und Kronen hamm wir auf die Köpf ghabt – ich und der Dravot, armer Dan – oh, armer, armer Dan; er hat keinen Rat annehmen wollen, sosehr ich ihn auch angefleht hab!«

»Trinken Sie noch Whisky!« redete ich ihm zu, »und lassen Sie sich Zeit. Erzählen Sie mir alles, an das Sie sich erinnern können, in Ruhe von Anfang bis zu Ende. Sie sind damals über die Grenze hinüber mit den Kamelen; Dravot war als verrückter Priester verkleidet und Sie als sein Diener. Entsinnen Sie sich noch?«

»Damals war ich nicht verrückt, aber – ich werds bald sein. Natürlich erinner ich mich. Schauen S' mich immer fest an, sonst verlier ich den Faden und weiß dann nix mehr.«

Ich beugte mich vor und faßte ihn, so unverwandt ich konnte, ins Auge. Er ließ eine seiner Hände auf den Tisch fallen, und ich ergriff sie am Gelenk: sie war verkrümmt wie eine Vogelklaue und trug eine zerrissene, rote rautenförmige Narbe.

»Nicht dorthin schauen! Mich anschauen!« sagte Carnehan schnell. »Das kommt später dran; um Gotteswillen, lenken S' mich net ab! Also, mir sin losgezogen mit der Karawane, ich und der Dravot, und haben allerhand dummes Zeug gemacht zur Unterhaltung unserer Begleiter. Der Dravot hat alle zum Lachen bracht am Abend, wanns ihr Essen kocht ham – ihr Essen kocht ham – ja – aber was hams nachher gmacht? Ja, sie haben kleine Spän anzunden – und die haben s' dem Dravot in den Bart gsteckt, und dann haben mir alle glacht, wie verrückt. Kleine rote Feuer warens, die haben den roten Bart vom Dravot ergriffen – es war zum Lachen.« Seine Augen schweiften von den meinigen weg, und er lächelte irr.

»Sie sind also bis Jagdallak mit der Karawane gezogen«, half ich nach, »als Sie die Feuer – angezündet hatten? Ich verstehe zwar nicht recht, was Sie sagen, aber Sie hatten doch gewiß vor, in Kafiristan einzudringen?«

»Nein, wir wollten das nicht. Wovon sprechen Sie überhaupt? Mir sin noch vor Jagdallak abgebogen, denn mir haben gehört, daß die Straßen gut sin. Aber sie waren doch nicht gut genug für unsere Kamele – das meinige und das vom Dravot. Wie mir dann fort waren von der Karawane, hat der Dravot alle seine Kleider weggeschmissen und die meinigen dazu und hat gsagt, wir müßten jetzt Heiden sein, denn die Kafirs reden net mit die Muhamedaner. Mir ham uns nachher anders anzogen und hergricht, und der Dravot hat ausgschaugt, na sowas! Ich möcht's gar nimmer sehen. Er hat sich den halben Bart abbrennt und sich über die Schultern ein Schafsfell gegeben und sich den Schädel büschelweis rasiert. Mich hat er auch rasiert und mir ganz verrückte Sachen umghängt, damit ich ausschau wie ein Heide. Das war in einer furchtbar gebirgigen Gegend; unsere Kamele haben nimmer mitkönnen, so steil war's. Sie sin groß und schwarz gwesen, und wie ich wieder heimgekommen bin, da hab ich gsehen, wie sie gekämpft haben wie die wilden Ziegen – und – und ja – 's gibt eine Masse wilde Ziegen in Kafiristan. Und auch die Berg halten net amal still, net mehr als die Ziegen. Alleweil rumorens und lassen einen in der Nacht net schlafen.«

»Trinken Sie noch einen Whisky!« ermahnte ich ihn, damit er wieder klarer rede, »was haben Sie getan, als die Kamele wegen der schlechten Straßen, die nach Kafiristan führen, nicht mehr weiter konnten?«

»Was mir dann getan haben? No, da war doch der Peachey Taliaferro Carnehan, der mit dem Dravot ausgezogen war auf die Expedition. Von ihm soll ich Ihnen erzählen? Krepiert is er da droben in der Kälten! Von der Gletscherbrücken is er runtergfallen, der alte Peachey, und hat mit die Händ um sich gschlagen wie eine Kinderwindmühle, die man dem Emir verkauft. Zwei Stück haben drei halbe Pence gekostet oder ich müßte mich irren – –. Und da die Kamele für uns nutzlos waren, hat der Peachey zum Dravot gsagt: um Gotteswillen, kehrn mir um, bevors uns die Köpf abschneiden! Und dann haben die zwei die Kamele gschlachtet mitten in den Bergen, da s' nix mehr zu essen ghabt haben. Aber vorher habens die Koffer mit den Gewehren und der Munition heruntergnommen. Und da sin zwei Menschen dahergekommen, die haben vier Maulesel ghabt. Sofort is der Dravot aufgsprungen und hat zum Singen angfangt vor ihnen. ›Verkaufts uns eure vier Mulis!‹ hat er gsagt. ›So, so? A Geld habts?‹ hat der Vorderste von die Leut gsagt, ›da werden mir euch berauben!‹ Aber bevor er noch hat zu seiner Flinten greifen können, hat ihn der Dravot beim Hals ghabt und hat ihm's Genick übers Knie brochen. Dann hat der Carnehan, da der andere Eseltreiber davon glaufen is, die Mulis mit den Martini-Stutzen beladen. So sin mir dann zusamm in die bitterkalten Berge hinein, wo kein Weg breiter is als Ihr Handrücken.«

Er hielt einen Augenblick inne, und ich fragte, ob er sich an die Gegend genauer erinnern könnte.

»Ich erzähl' Ihnen, so gut ich kann«, war die Antwort, »aber mein Kopf ist nicht in Ordnung; sie haben mir Nägel hineingschlagen, damit ich mich besser erinnere, wie der Dravot gstorben is. Die Gegenden waren gebirgig und die Mulis widerspenstig und die Bewohner spärlich und Einsiedler. Mir sind einmal hinauf und dann wieder heruntergstiegen und nochmal runter und der Carnehan hat zum Dravot gsagt, er soll doch net immer pfeifen und singen, damit net was Schreckliches passiert. Aber der Dravot hat gmeint, wenn ein König net amal mehr singen kann, stünds überhaupt net dafür, König zu sein. Er hat die Mulis angspornt, aber mir ham für zehn kalte Tage keine Hütten mehr zu sehen gekriegt. Dann sin mir in eine tiefe Schlucht gekommen, aber die Mulis waren so hin, daß mir sie geschlachtet haben, weil mir ihnen nix mehr haben zum fressen geben können. Mir ham da auf unsere Koffer gsessen und ham mit die Patronen, die rausgfallen sin, ›gradungrad‹ gspielt. Nacher sin zehn Mann gekommen mit Pfeil und Bogen un sin durch die Schlucht geloffen; zwanzig Mann hinterdrein. Es war eine mordsmäßige Verfolgung. Es waren prachtvoll schöne Leut, schöner noch als Sie oder ich, mit blondem Haar und großartig gewachsen. ›Jetzt geht unser Gschäft an‹, hat der Dravot gsagt und hat die Gewehre ausgepackt, ›mir werden für die zehn Mann kämpfen.‹ Einen hat er auf zweihundert Meter gleich runtergschossen von dem Felsen aus, auf dem er gsessen is. Die andern haben zum laufen angfangt, aber der Carnehan und der Dravot haben sie – einen nach dem andern – von ihre Koffer aus erlegt. Dann sin mir auf die zehn Mann zu, die auch übern Schnee gelaufen sin, und da habens einen Pfeil auf uns abgschossen. Der Dravot hat über ihre Köpf hinübergfeuert und da sins vor Schrecken umgfallen. Dann is er hingangen, hat sie mit dem Fuß gstoßen, hat sie dann aufghoben und einem nach dem andern die Hand gschüttelt, um sie freundlich zu stimmen. Er hat ihnen die Koffer zum tragen geben und hat gnädig mit der Hand gewunken, als ob er schon König wär.

Sie haben die Koffer genommen und ham uns über die Schlucht hinübergeführt auf einen Hügel in ein Kieferngеhölz; dort ham sechs große Steingötzen gstanden. Dravot ist zu dem ersten Götzen hingegangen, Imbra heißt der Kerl oder so, hat eine Flinten vor ihm niederglegt und eine Patrone, hat dann die Nasen an der seinigen grieben und vor ihm salutiert. Dann hat er sich zu die Leut umdreht, hat mit dem Kopf gnickt und gsagt: ›So is recht! Ich kenn ihn schon lang und die andern alten Vogelscheuchen auch; sie sin meine Freunde!‹ Dann hat er 's Maul aufgrissen und mit die Finger hineinzeigt. Wie ihm der erste Mann was zum essen bracht hat, hat er gsagt: ›Nein!‹ und wie ihm der zweite was zum essen bracht hat, hat er auch gsagt: ›Nein!‹; erst, als der alte Priester aus dem Dorf und der Bürgermeister was zum essen bracht ham, hat er gsagt: ›Ja!‹ und hats langsam gfressen. Des war, bevor mir in unser erstes Dorf gekommen sin; man hat uns kein Haar gekrümmt, als ob mir vom Himmel gfallen wären. Mir sin aber net vom Himmel gfallen gewesen, sondern nur einmal von einer von die verdammten Hängeseilbrücken im Gebirg. Aber da gibt's nix zum lachen, wanns auch noch so lang her is.«

Ich ermunterte den Mann, noch einen Whisky zu trinken und fortzufahren. »Das war also das erste Dorf, in das Sie kamen! Wie aber sind sie König geworden?«

»Ich war nie König«, erklärte Carnehan, »der Dravot war König, und fein hat er ausgschaut mit der goldenen Krone auf dem Kopf und so. Er und der Carnehan sin dann eine Zeit lang in dem Dorf geblieben und der Dravot hat sich jeden Morgen neben den Imbra gesetzt und das Volk hat anbeten kommen müssen. Eines Tags sin eine Masse Kerle angerückt gekommen, aber der Carnehan und der Dravot haben sie mit dem Gewehr empfangen, bevor sie noch gemerkt haben, was eigentlich los is, und dann sin mir in die Schlucht hinein und auf der andern Seiten wieder hinauf und haben noch ein Dorf gefunden, dort ist das Volk gleich auf das Gesicht gefallen, und der Dravot hat gesagt: ›Warum bekämpft ihr euch eigentlich?‹

Da ham die Leut auf ein blondes Weib gedeutet, die wo geraubt worden war. Der Dravot hat sie wieder zurückgeführt und auf die Toten gedeutet – es waren acht Stück. Für jeden Toten hat er ein bissel Milch auf die Erde gegossen, hat die Arme bewegt wie eine Windmühle und hat gesagt:

›So, jetz is recht!‹ Dann ham mir die beiden dicken Bürgermeister der beiden Dörfer beim Arm gepackt, sin in die Schlucht hinunter und ham mit einem Speer in den Sand eine Grenze gezogen und jedem von ihnen einen Batzen Erde gegeben zum Zeichen, wem das Land gehört. Da sin die Bewohner herbeigeströmt und ham gschrien wie die Teufel, und der Dravot hat gsagt: ›Gehet hin und pflüget die Erde; seid fruchtbar und vermehret euch!‹ Des ham sie dann gmacht, wenn sie seine Worte auch nicht verstanden haben. Dann ham mir gfragt, wie die Sachen in ihrem Kauderwelsch heißen: Brot, Wasser, Feuer, Götzenbilder und so, und der Dravot hat die Priester von jedem Dorf zu die Götzen geführt und ihnen befohlen, dort Gericht zu halten über das Volk, und wann einer net folgen möcht, so würde er erschossen. Schon in der Woche drauf haben alle das Land im Tal umgepflügt so still wie die Bienen, und die Priester ham die Beschwerden der Leute angehört und dem Dravot in stummer Zeichensprache erzählt, worum sichs dreht. ›Der Anfang macht sich‹, hat der Dravot gsagt, ›sie halten uns für Götter!‹ Dann ham mir zwanzig stramme Burschen ausgesucht und ihnen gezeigt, wie man eine Flinten abschießt und sich zu viert anstellt und in einer Linie vorrückt; sie habens auch gleich begriffen und sich mordsmäßig gfreut. Sodann hat er seine Pfeife herausgezogen und seinen Tabaksbeutel und hat das eine in dem einen Dorf und das andere im andern Dorf gelassen und mir sin zu zweit losgezogen, obs nicht sonst noch Ansiedelungen gäb. Mir ham bald eine gfunden, aber es war alles kahler Fels, und da hat der Carnehan gsagt: ›Man sende die Leute in das fruchtbare Tal, auf daß man ihnen Land gebe, das noch keinem nicht gehört, und sie es bebauen.‹ Es waren blutarme Teufel, und mir ham ihnen einen Hammel abgstochen als Fest, bevor sie in das neue Königreich einzogen. Mir ham des gmacht von wegen dem guten Eindruck und damit sich die Leut besser vertragen beim Ansiedeln. Dann is der Carnehan dem Dravot nach in ein anders Tal, da war lauter Eis und Schnee und überhaupt nur Gebirge. Menschen waren keine dort, und unsere Armee hat net weiter wollen, aber der Dravot hat einen von ihnen zsammgschossen und mir sin dann weitergezogen, bis der Dravot auf Leute gestoßen is in einem Dorf; und die Armee hat ihnen bedeutet, daß sie alle umgebracht würden, wenn sie sich unterstehen sollten zu schießen, diese Leut ham nämlich Luntengewehre gehabt. Mir haben dann bald mit den Priestern der Gegend Freundschaft geschlossen und der Carnehan is allein zurückgeblieben und hat jeden einzelnen Mann zum Soldaten abgerichtet, bis ein Mordskerl von einem Häuptling über den Schnee herübergekommen is mit Kesselpauken und Hörnerblasen, denn es hat sich herumgesprochen gehabt, daß ein neuer Gott auf die Erde herabgekommen sei. Da hat dann der Carnehan dem Häuptling einen Boten entgegengeschickt und ihm sagen lassen, er soll sofort ohne Waffen kommen und mit ihm sich die Hände schütteln, sonst gehts um seinen Kopf. Der Häuptling is auch gleich gekommen, und der Carnehan hat ihm die Hand geschüttelt und mit den Armen gefuchtelt, wie er es vom Dravot gelernt hatte. Der Häuptling war darüber damisch erstaunt und hat seine Augenbrauen angestarrt. Dann hat der Carnehan den Häuptling beiseite genommen und hat ihn in der Taubstummensprache gefragt, ob er nicht einen Feind hat. ›Ja, natürlich‹, hat der Häuptling gsagt, und dann hat der Carnehan ihm seine Leute gedrillt, bis sie nach vierzehn Tagen haben manövrieren können wie Freiwillige. Dann bin ich mit ihm auf ein großes Bergplateau hinauf, und seine Armee hat ein Dorf erstürmt; ich und meine zwei Leibsoldaten haben mit den Martinis mitten hineingepfeffert und haben so mit das Dorf erobert. Nacher hab ich dem Häuptling einen Fetzen von meinem Rock gegeben und ihm gsagt: ›Du bist jetzt hier Statthalter, bis ich wiederkomm!‹ Mir ham des schriftlich abgmacht. Ja, da fallt mir grad ein: Ich und die Armee waren noch keine achtzehnhundert Yard weg, da hab ich ihm eine Kugel vor die Füß gschossen, wie er so auf dem Schnee gstanden is, und seine Leut sind sofort flach aufs Gsicht gefallen. Dann hab ich dem Dravot einen Brief geschrieben und ihm nachgeschickt.«

Auf die Gefahr hin, den armen Teufel aus dem Konzept zu bringen, unterbrach ich ihn mit der Frage: »Wie konnten Sie denn dort oben etwas schriftlich abmachen oder gar einen Brief schreiben?«

»Einen Brief? Brief!?« war die verwirrte Gegenfrage. »Bitte, schauen Sie mir immer fest zwischen die Augen! –

Ja, ich weiß jetzt: es war ein Strick mit Knoten drin als Brief; mir haben das gelernt unterwegs von einem blinden Bettler im Punjab.«

Ich erinnerte mich: Eines Tages war in die Kanzlei ein blinder Mann gekommen, der wickelte auf besondere Weise einen Strick um einen mit Knorren versehenen Stock und hatte sich damit eine Art Schrift zurechtgelegt. Nach Stunden und Tagen konnte er daraus ganze Sätze wieder herunterlesen, die wir ihm diktiert hatten. Sein Alphabet bestand aus elf primitiven Lauten; er versuchte mir sein System begreiflich zu machen, damals – aber ich konnte es nicht verstehen.

»Ich hab also dem Dravot einen Brief geschrieben«, fuhr Carnehan fort, »und darin gesagt, er soll sofort zurückkommen, denn das Königreich wird mir zu groß und ich kenn mich nicht mehr aus, wie mirs weiterregieren. Ich bin dann wieder in das erste Tal heim, um nachzusehen, ob die Priester auch ihre Pflicht tun; das Dorf, das ich mit dem Häuptling erobert hab, hat Bashkai geheißen, und das erste Dorf: Er-Heb. Die Priester in Er-Heb ham tadellos funktioniert, aber sie ham eine Masse Fälle zu erledigen gehabt, und in der Nacht, so haben sie mir berichtet, hätten Männer aus dem Nachbardorfe Pfeile herübergeschossen. Ich bin auch gleich hin und hab mir das Nachbardorf angeschaut und auf tausend Meter vier Salven drauf abgeben lassen. Das hat den Rest meiner Munition gekostet, aber es hat meine Leute beruhigt. Ich hab dann warten müssen auf den Dravot, der zwei oder drei Monate fort war.

No, und eines Morgens hab ich einen Höllenspektakel gehört von Pauken und Hörnern, und der Dravot ist mit seiner Armee anmarschiert den Berg herunter und hinter ihm eine Menge Menschen – viele hundert; aber was das erstaunlichste war: er hat eine goldene Krone auf dem Kopf ghabt! ›Mein Gott, Carnehan, hat er zu mir gsagt, das ist ein Riesengeschäft, und ich bin so weit vorgedrungen, als es sich verlohnt hat. Ich bin der Sohn des Alexander mit der Königin Semiramis, hab ich ihnen eingeredet, und du bist mein jüngerer Bruder und ein Gott, wie ich. Es ist die allergrößte Sache, die mir jemals gedeichselt ham; sechs Wochen bin ich mit meiner Armee marschiert, und jedes kleine Drecknest auf fufzig Meilen in der Runde ist gekommen, um mir zu huldigen. Aber das ist noch gar nix: ich hab den Schlüssel in der Hand zu dem ganzen Gemurx, wie du gleich sehen wirst; und ich hab dir auch eine Krone mitgebracht. Ich hab zwei Stück davon machen lassen in Shu, wie der Ort heißt; ich sag dir: Gold liegt dort im Gestein, wie Fett im Hammelfleisch. Gold hab ich dir gsehn! Mit dem Absatz hab ich Türkisen aus dem Felsen getreten und im Flußsand liegen die Granaten nur so umanand. Da hast ein Trumm Ambra! Ein Kerl hat mirs gebn. Ruf jetzt die Priester zusammen, Peachey, und da hast deine Krone!‹ hat er gesagt. Und sofort is einer von den Leuten des Dravot vorgetreten und hat mir einen schwarzen Haarbeutel hinghalten und ich hab die Krone herausgefischt. Sie war zu klein und zu schwer für mich, aber ich hab sie doch aufgesetzt, des Ruhmes wegen. Aus gehämmerten Gold is sie gwesen, fünf Pfund schwer und wie der Ring von einem Geschützlauf. ›Du Peachey‹, hat mir der Dravot noch gsagt, ›weißt d', daß mir gar nimmer kämpfen brauchen? Mit der Freimaurerei können mirs bestreiten‹ – und dabei schleppte er den Häuptling heran, den ich in Bashkai zurückgelassen hab. Billy Fish ham wir ihn später genannt, weil er so ausgsehen hat wie der Billy Fish, der damals in alten Tagen in Mach am Bholanfluß die große Dampfwalze geführt hat. ›Gib ihm die Hand!‹ sagt der Dravot, und ich geb ihm die Hand – und fall fast um: er macht mir den ›Lehrlingsgriff‹! Ich sag kein Wort und versuchs mit dem ›Gesellengriff‹. Er kennt auch den, und ich mach den ›Meistergriff‹, aber da hats net gstimmt! ›Geselle‹, sagt der Dravot, ›is er.‹ – ›Kennt er das Wort?‹ – ›Er weiß es‹, sagt der Dravot, ›und alle Priester wissens. Es ist ein Wunder! – Die Häuptlinge und die Priester können eine Gesellenloge abhalten, genau nach unserm Ritus, und haben die ›Zeichen‹ auf den Felsen eingegraben; aber den dritten Grad, den kennen sie nicht, möchten ihn aber gar zu gern wissen. Bei Gott, es is die Wahrheit! Ich habe schon vor vielen Jahren gehört, daß die Afghanen alles wissen bis zum Gesellengrad; es is das reinste Wunder! Ich hab ihnen gsagt: ich bin ein Gott und ein Großmeister in der ›Kunst‹, und daß ich eine Loge im dritten Grad errichten will und die Oberpriester und Häuptlinge der Dörfer einweihen.‹

›Aber das is gegen das Gesetz, Daniel‹, sag ich, ›eine ungedeckte Loge abhalten ohne Bewilligung! Und du weißt doch, wir ham von keiner Loge eine solche Bewilligung erhalten!‹

›Ach was!‹ sagt der Dravot, ›ein politisches Meisterstück is es aber! Des heißt soviel, wie die ganze Gegend einseifen, wie der Barbier die Kundschaft. Auch können mir jetzt gar nimmer einhalten, oder das Volk steht gegen uns auf. Ich hab vierzig Häuptlinge auf dem Buckel, hab sie fallenlassen oder ausgezeichnet je nach Verdienst. Fang deine Leute in den Dörfern ein und schau, daß mir rasch irgendeine Loge zusammkriegen. Der Tempel von dem Imbra langt schon für ein Logenzimmer. Und die Weiber sollen Freimaurerschürzen machen, wies du ihnen angibst. Ich halt diese Nacht a Häuptlingsversammlung ab und morgen eröffne ich die Loge.‹

No, und ich bin gleich davon gestürzt, so schnell ich hab können, denn ich bin net so dumm, daß ich nicht gsehen hätt, was für einen Mordsvorteil uns so ein Freimaurergschäft eintragen tät. Also, ich zeig den Priesterfamilien, wie die Schürzen für die verschiedenen Grade ausschauen; nur für die vom Dravot haben die blauen Borten und Zeichen aus Türkisen sein müssen auf weißer Menschenhaut statt auf Stoff. Dann ham mir einen großen vierecketen Stein in den Imbratempel hineingeschafft als Sessel für den Meister vom Stuhl und kleinere Steine für die Beisitzer und ham den schwarzen Fußboden mit weiße Quadraten bemalt und ham uns eine damische Müh gebn, daß alles schön ausfallt.

Bei dem Leweh, was der Dravot abends gegeben hat oben auf dem Berg mitten unter großen Festfeuern, hat er verkündigt, daß mir Götter sin und Söhne vom Alexander und Großmeister in der ›Kunst‹ und gekommen sind, auf daß Kafiristan ein Land werde, in dem jeder in Frieden essen kann und in Ruhe trinken und uns gehorchen darf. Dann sind die Häuptlinge aufgestanden und haben uns die Hand geschüttelt, und sie waren alle so haarfein und weiß und blond, daß mir war, als seien sie alte Freunde mit mir. Mir ham ihnen dann Namen gegeben, je nachdem sie Leuten ähnlich gsehen haben, die mir früher gekannt ham: Billy Fish, Holly Dilworth und Pikky Kergan, der wo Bazarmeister gwesen is, als ich noch in Mhow war, und so weiter und so weiter.

Aber die allergrößten Wunder sind in der Nacht darauf in der Loge geschehen. Einer von die alten Priester hat uns nicht aus den Augen gelassen und mir is schon recht schwummrig zumut geworden, denn ich hab gewußt, irgendwie müssen mir jetzt die Loge windbeuteln, aber ich hab doch nicht gewußt, wie weit die Leute die Sache kennen und wie weit nicht. Der alte Priester war ein Priester von weit her jenseits des Dorfes Bashkai. In dem Augenblick zieht der Dravot die Meisterschürze an, die ihm die Madeln gemacht ham, und da stößt der alte Priester einen Schrei aus und ein Mordsgebrüll und versucht, sich zu dem Stein hinzudrängen, auf dem der Dravot sitzt. ›Jetz is alles aus‹, sag ich, ›das kommt davon, wenn man in die Maurerei hineinpanscht und kennt sich net recht aus!‹ Aber der Dravot zuckt nicht mit der Wimper, wie zehn Leut Miene machen, über den Meisterstuhl herzufallen – das heißt: eigentlich über den Steinsockel vom Imbra.

Gleich darauf wischt der alte Priester am untern Ende von dem Sockel den schwarzen Schmutz weg und da wird das Meisterzeichen – dasselbe, das der Dravot auf der Schürzen hat – sichtbar; die andern haben gar nicht gewußt, daß es in den Stein eingemeißelt war! Und sofort fällt der Alte vor dem Dravot aufs Gesicht und küßt ihm die Füße. ›Glück ham mir wieder gehabt!‹ sagt der Dravot zu mir hinüber über die Loge, ›sie sagen: es ist das ›verlorengegangene Wort‹, dessen Sinn keiner versteht. Jetzt sin mir ganz sicher!‹ Dann stößt er den Gewehrkolben auf den Boden, verschafft sich Ruhe und spricht: ›Dank der Würde – die ich mir selbst mit meiner Rechten erworben und mit Hülfe von dem Peachey – ernenne ich mich selber zum Großmeister aller Freimaurer in Kafiristan in dieser Mutterloge des Landes und zum König so wie auch den Peachey!‹ Dabei setzt er sich die Krone auf, und ich setz die meinige auf – ich war Senior-Türhüter – und mir eröffnen die Loge in aller Form. Es war ein Wunder! Die Priester gingen die zwei ersten Grade durch, fast ohne ein Wort zu sprechen; sie wußten alles auswendig. Dann hat der Peachey und der Dravot die, wo würdig waren, im Rang erhoben – die hohen Priester und die Häuptlinge aus den fernen Dörfern. Billy Fish war der erste, und ich kann Ihnen sagen: mir ham die Seele aus ihm herausgescheucht! Im ganzen ham mir bloß zehn von die Wichtigsten im Rang erhoben, denn mir ham net wollen, daß der Meistergrad vulgär wird. Es war natürlich ein Mordsgereiß um die Würde.

›In sechs Monaten‹, sagt der Dravot zu ihnen, ›werden mir wieder eine Versammlung abhalten und schauen, wie ihr gearbeitet habt!‹ Dann fragt er sie aus nach ihre Dörfer und erfährt, daß sie alle im Krieg miteinander sin, es aber schon dick satt haben. Und wenn sie nicht grad selber miteinander raufen, nacher kämpfens mit die Muhammedaner. ›Wenn die Muhammedaner kommen‹, sagt der Dravot, ›ja dann könnts kämpfen! Nehmts jeden zehnten Mann aus euern Stämmen und bildets eine Schutztruppe, und schickts jetzt immer zweihundert her ins Tal, damit mir sie abrichten. Keiner wird erschossen oder aufgespießt, solang er pariert, und ich verlaß mich drauf, daß ihr mich net anschmiert, denn ihr seid Weiße – Söhne vom Alexander – und nicht wie die gemeinen schwarzen Muhammedaner! Ihr seid: Mein Volk! Und bei Gott‹, – des hat er auf englisch gesagt – ›ich will eine verdammt feine Nation aus euch machen, oder darüber verrecken!‹ Ich kann Ihnen nicht erzählen, was mir noch alles gemacht haben in den nächsten sechs Monaten, weil der Dravot so viel zu tun ghabt hat, daß ich es mir nicht gemerkt hab, aber er hat ihre Sprache so gründlich gelernt, wie ich es nicht imstande war. Meine Aufgabe war, den Leuten das Pflügen beizubringen und hie und da mit meiner Armee in den Dörfern nach Ordnung zu sehen und dafür zu sorgen, daß Hängeseilbrücken über alle Abgründ angelegt werden, die dort einfach schauerlich sin. Der Dravot war immer sehr freundlich zu mir, aber wenn er so auf und ab gegangen is im Kiefernwald und hat sich sein feuerroten Bart mit beide Pratzen zerwühlt, da hab ich gespannt: er denkt über Pläne nach, für die er meinen Rat nicht braucht, und hab gschwiegen und auf seine Befehle gewartet. Vor dem Volk hat er mich nie in Mißreschpekt gesetzt. Vor mir haben sie sich gfürcht und vor der Armee, aber ihn hams geliebt. Mit den Priestern und den Häuptlingen war er auf dem freundschaftlichsten Fuß, und keiner is über die Berge gekommen mit einer Bitte, die der Dravot nicht geduldig angehört hätt; dann hat er immer die Priester versammelt und ihnen gesagt, was zu geschehen hat. Meistens hat er den Billy Fish aus Bashkai kommen lassen und den Pikky Kergan aus Shu und einen alten Häuptling, den mir Kafuzelum geheißen ham, weil des so ziemlich sein wirklicher Name war, und mit ihnen Beratungen abgehalten, wenn das Raufen in den kleinen Dörfern wieder angfangt hat. Das war sein Kriegsrat und die vier Priester aus Bashkai, Shu, Khawak und Madora waren sein Privatkonzil. Nachher bin ich mit zwanzig Mann und Gewehren und sechzig Trägern, beladen mit Türkisen, in die Ghorband-Gegend marschiert, um die handgemachten Martinistutzen einzukaufen, die aus der Werkstatt vom Emir in Kabul kommen und den Herati-Regimentern gehören, die sich die Zähn ausm Maul rausreißen, wanns Türkisen derwischen können. In Ghorband bin i an Monat bliem und hab dem Gufernöhr einen Batzen aus meiner Taschen gebn als Bestechung und dem Oberschten vom Regiment grad soviel, und dafür ham mir hundert Martinis kriegt, weitere hundert gute Kohat Jezails, die auf sechshundert Meter noch eine damische Durchschlagskraft ham, und vierzig Trägerlasten Munition von einer hundsmiserabeln Beschaffenheit. Wie ich heimkommen bin, hab ich alles unter die Leut verteilt, die wo uns die Häuptlinge zum Abrichten geschickt haben. Der Dravot hat viel zuviel zu tun ghabt, als daß er auf alles des hätt achten können, aber die alte Armee, die wir gegründet hatten, hat mir beim Drillen geholfen, so daß mir bald fünfhundert Mann ghabt ham, die selber haben abrichten können, und zweihundert, die alles in Ordnung ghalten ham. Sogar die Stöpselzieher von handgemachten Flinten waren für sie das reinste Wunder. Der Dravot hat nacher immer das Maul voll ghabt von zu gründenden Pulvermagazinen und Gewehrfabriken, wenn er auf und abgloffen is im Kiefernwald, wie der Winter kommen is. ›Nicht nur eine Nation solls werden‹, hat er gsagt, ›nein, ein Kaiserreich! Diese Leute sind keine Nigger nicht, sie sind Engländer! Schau bloß hin, wies dastehn, schau auf ihren Mund! Schau ihnen in die Augen! Auf Sesseln sitzens in ihre Häuser! Sie sin die verschollenen Stämme, oder so was, – aber auswachsen tun sie sich als Engländer! Ich werd eine Volkszählung veranstalten im Frühjahr, wanns die Priester nicht stiert. Zwei Millionen wirds von ihnen gebn in diesen

Bergen! In den Dörfern wurlns nur so umanand – die kleinen Kinder! Denk amal: zwei Millionen Leut! Das sin zweihunderttausend Krieger und lauter Engländer! Sie brauchen bloß Flinten und den Drill. Zweihunderttausend Mann, fertig, um den Russen in die rechte Flanke zu fallen, wanns in Indien eindringen wollen! Peachey!‹ hat er gsagt und ganze Bissen von sein roten Bart zerkaut, ›Peachey! Mensch! Kaiser werdn mir noch werdn – Kaiser der ganzen Erde! Der Radscha Brooke is ein Dreck dagegen. Mit dem Vizekönig werd ich auf ›Du und Servus‹ stehn. Ich werd ihm sagen lassen, er soll mir zwölf Engländer schicken – ausgsuchte –, die wo ich selber persönlich kenn, damits uns ein bissel regieren helfen. Da wär, zum Beispiel, gleich der Mackray, der pensionierte Sergeant in Segowlie; manches feine Mittagessen hat er mir gebn und seine Frau ein paar Hosen. Dann wär da noch der Donkin, der Portier von Tounghoo Jail, und hundert andere, auf die ich mich hab verlassen können, als ich noch in Indien war. Der Vizekönig soll das für mich besorgen. Ich werd einen Mann hinunterschicken im Frühjahr, und mir die Leute bringen lassen. Ich werd ihm einen Brief an die Großloge mitgeben um Dispens für das, was ich als Großmeister hier angestellt hab. Und alle die alten Snidergewehre bräucht ich, die weggeschmissen werden, wenn die Eingeborenentruppen in Indien die Martinis fassen. Sie werden voller Dreck sein, aber für den Krieg in den Bergen hier reichts noch. Zwölf Engländer, hunderttausend Sniders, und mir zerlegen die Untertanen vom Emir in kleine Bestandteile – ich begnüg mich mit zwanzigtausend Menschen im Jahr – und bald sin mir dann ein Kaiserreich. Wenn nacher alles klappt, dann überreich ich der Königin Viktoria auf den Knien die Krone – die Krone, die wo ich jetzt auf dem Haupte trage – und sie wird sagen: ›Erheben Sie sich, *Sir* Daniel Dravot!‹ Ja, das is eine dicke Sache! Eine ganz dicke Sache, sag ich dir! Wenn nur net soviel zu tun wäre überall – in Bashkai, in Khawak, in Shu und überall da drüben!‹ ›No, is denn weiter soviel zu tun?‹ sag ich. ›Diesen Herbst kommen keine Leut mehr zum Abrichten. Da schau: die fetten schwarzen Wolken am Himmel! Sie bringen Schnee.‹

›Darum handelt es sich jetzt nicht‹, sagt der Dravot und legt mir die Hand schwer auf die Schulter, ›und ich will auch nichts gegen dich sagen, denn kein anderer Mensch wär mir gefolgt und hätt so viel für mich gewagt, wie du, Peachey! Du bist Oberbefehlshaber über die Armee, und das Volk weiß das; aber es is ein riesiges Land, und in allem kannst du mir nicht helfen, so, wie ich gern möcht!‹

›Geh halt zu deine damischen Priester!‹ sag ich, gleich drauf hats mich greut, daß ichs gsagt hab, aber es hat mich halt gfuchst, daß der Daniel so von obenrunter gsprochen hat; wo ich doch die Leut drillt hab und alles tan hab, was er mir angschafft hat.

›Streiten mer uns net, Peachey‹, sagt der Daniel und bleibt ganz ruhig, ›du bist auch ein König, und die Hälfte von dem Reich ghört dein; aber einsehen mußt: mir brauchen geschicktere Leut, als mir selber sin, drei oder viere, die wo mir rumschicken können als Deputierte. Es is halt ein ungeheurer Staat und ich kann net überall nach dem Rechten sehen und hab auch die Zeit nicht dazu, alles so zu machen, wies sein sollt, gar jetzt, wo der Winter kommt.‹ Und dabei hat er sein halbeten Bart – so rot war er wie das Gold seiner Krone – in den Mund genommen und zerkaut. ›Es tut mir leid, Daniel‹, sag ich, ›aber ich hab alles getan, was ich hab können: ich hab die Leut gedrillt und ihnen gezeigt, wie der Weizen besser geschobert wird, und hab Flinten verschafft aus Ghorband rüber – aber ich kann mir schon denken, was mit dir los is: ich glaub, es sin die Sorgen, die alle Könige haben!‹ ›Es is noch was anders‹, sagt der Dravot und geht dabei auf und ab, ›der Winter kommt, und die Leut werden uns jetzt wenig Arbeit machen; und wenns auch wär, mir können nicht rumreisen wegen dem Schnee. Was ich brauch, is –: ein Weib!‹ ›Um Gotteswillen!‹ schrei ich, ›laß die Weibsbilder steh! Wir ham alls gmacht, was mir ham können, oder ich bin ein Narr. Denk an den Kontrack und halt dich von die Weibsen fern!‹ ›Der Kontrack hat bloß Gültigkeit ghabt‹ sagt der Dravot und wiegt seine Krone in der Hand, ›solang mir noch keine Könige waren; nimm dir halt auch ein Weib, Peachey, – a hübschs, stämmigs, fleischigs Madel, die dich schön warm halt im Winter. Sie sin hier netter als die englischen Madeln, und mir ham a feine Auswahl. Kochs a paarmal in heißem Wasser aus und sie kommen raus wie die Hähndeln.‹ – ›Führe mich nicht in Versuchung!‹ sag ich. ›Ich will mit die

Frauenzimmer nix zu tun ham, selbst wenn mir noch viel sicherer wären als jetzt. Ich hab gschafft für zwei Männer und du für drei. Laß mer die Weiber Weiber sein und schau mer liaber, daß mir an bessern Tawack kriagn aus Afghanistan und an Schnaps, – bloß kane Weiber net!‹ – ›Wer redt denn glei von mehrere Weiber?‹ sagt der Dravot. ›Ich rede von einer Gemahlin – einer Königin, die wo einen Königsohn ausbrütet für den König! Eine Königin aus dem stärksten Stamme, wodurch dann eine Blutsverwandtschaft geschaffen wird – eine, die einem an der Seite liegt und berichtet, wie das Volk denkt, und seine Bedürfnisse kennt. Sowas bräucht ich!‹ – ›Denk an die Bengalin‹, sag ich, ›die, wo ich mir aufzwickt hab im Mogul Serai, wie ich noch Schienenleger gwesen bin! A gut unterspickts Trumm Mensch is's gwesen, freilich, und hat mir den Eingeborenendialekt beigebracht und noch a paar solchene Sachen, aber was is nachher gescheh? Davon gloffen is's mer mit dem Diener vom Stationsmoaster und mit meim halben Monatslohn. Und dann in Dadur hat sie sich rumtriebn mit einem Mischling und hat noch die Frechheit gehabt zu sagen, sie sei meine angetraute Gemahlin! Und noch dazu bei die Maschinenführer in der Werkstatt!‹ – ›Des paßt net her‹, sagt der Dravot, ›die Weiber hier sin weißer, als du und ich; a Königin will ich ham für die Wintermonate!‹ – ›Zum letzten Mal bitt ich dich, Dan‹, sag ich, ›laß des bleibn! Es wird uns nur Unglück bringen! In der Bibel steht: Könige sollen ihre Kräfte nicht an Weiber verschwenden, gar, wenns ein neues, noch nicht recht fertiges Königreich unter sich ham.‹ – ›Und ich sag dir zum letztenmal: ich will!‹ schreit der Dravot, und davon is er durch den Kiefernwald wie a roter Teifel, den Glanz der Sonne auf seinem Bart und auf der Krone und so. Aber es war nicht so leicht, ein Weib kriegn, wie der Dan gmeint hat. Er hats in der Versammlung vorgetragen, und alle ham gschwiegen, bis der Billy Fish gmeint hat, es wär des gscheiteste, er fraget halt die Madeln selber. Der Dravot hat gflucht wie narrisch. ›Was is denn an mir schlechts?‹ hat er geschrien und sich neben den steinernen Imbra gstellt, – ›bin ich ein Hund oder bin ich leicht nicht Mann genug für eure Schlampen? Hab ich nicht den Schatten meiner Hand gehalten über dieses Land? Wer hat denn den letzten Afghaneneinfall abgewehrt, was? (Eigentlich bin i des gwesen, aber der Dravot in seiner Wut hats halt vergessen.) Und euch Flinten bracht, was? Und wer hat die Brücken repariert, was? Und wer is denn nachher der Großmoaster mit dem Zeichen da auf dem Steinsockel, was?‹ und dabei hat er auf den Stein gewiesen, auf dem er immer gsessen is, wann grad eine Loge abgehalten wurde. Der Billy Fish hat nix mehr gsagt und die andern scho gar net. ›Gib halt nach, Dan‹, sag ich, ›und frag halt die Madeln! Drüben is ja auch Sitte, daß mer in aller Form anhalten tut, und hier is das Volk so gut wie englisch.‹ ›Die Heirat des Königs ist eine Staatsangelegenheit!‹ sagt der Dravot, rotglühend vor Zorn, denn er hat natürlich innerlich gespürt, daß er gegen seine bessere Überzeugung spricht. Dann is er hinaus aus dem Beratungszimmer, und die andern sin still dagsessen und ham auf den Boden gschaut. ›Billy Fish‹, sag ich zu dem Häuptling aus Bashkai, ›woran haperts eigentlich? Gib einem treuen Freund eine offene Antwort!‹ – ›Du weißt es‹, sagt der Billy Fish, ›wie kann ich einem, der alles weiß, etwas sagen? Können denn die Töchter der Menschen Götter oder – Teufel heiraten? Es geht nicht an!‹ Mir is eingefallen, daß etwas ähnliches in der Bibel steht; aber, solang sie uns für Götter halten, hab ich mir denkt, kann ich sie doch nicht aufklären. ›Ein Gott kann alls‹, sag ich; ›wenn ein Gott ein Madel gern hat, wird sie nicht dran sterben.‹ – ›Doch! Sie wird!‹ sagt der Billy Fish. ›Es gibt alle Arten Götter und Teufel hier in den Bergen und bisweilen erwählen sie sich ein Mädchen, aber es verschwindet für immer aus unserer Mitte. Und dann: Ihr beide kennet die Bedeutung des Zeichens hier auf dem Stein! Nur Götter kennen sie. Wir hielten euch für Menschen, bis ihr das Meisterzeichen uns gewiesen habt.‹ – ›Hätten mir doch nur alles gesagt – damals – über das verlorene Geheimnis der Freimaurerei!‹ denk ich bei mir und schweig. Die ganze Nacht hindurch war Hörnergeblase in einem kleinen dunkeln Tempel auf einem Bergabhang, und ich hab ein Mädchen schreien hören in Todesangst; einer der Priester hat gsagt; man bereitet sie vor, den König zu heiraten. ›Ich will diesen Unsinn nicht‹, sagt der Dravot; ›ich misch mich nicht in eure Sitten, aber ich will mir ein Weib nehmen, wie mirs paßt!‹ ›Das Mädchen fürchtet sich‹, sagt der Priester; ›sie glaubt, sie muß sterben. Sie – ermuntern sie drüben im Tempel.‹ – ›Ermuntert sie aber gefälligst zart und freundlich!‹ sagt der Dravot. ›Oder ich werd euch mit dem Flintenkolben ermuntern, daß euch Hören und Sehen vergeht!‹ Und er leckt sich die Lippen, der Dravot, und geht die halbe Nacht erregt auf und ab und denkt wahrscheinlich an das Weib, das ihm am Morgen zugeführt wird. Mir war nicht recht geheuer zumut, aber ich hab mir denkt: was kann denn viel geschehen, wann ein anerkannter gekrönter König in einer fremden Gegend sich mit einem Frauenzimmer einlaßt?! In der Früh bin ich zeitlich aufgstanden, während der Dravot noch gschlafen hat, und da hab ich gsehen, wie die Priester mit einander geflüstert ham und die Häuptlinge, und wie sie mich aus die Augenwinkel heraus belauert haben. ›Was gibts denn eigentlich?‹ frag ich den Billy Fish; er hat prachtvoll ausgschaut in seinem Pelz. ›Ich weiß es selbst nicht recht‹, sagt er, ›aber, wenn du dem König den Unsinn mit der Heirat ausreden könntest, so erwiesest du ihm und dir und mir einen großen Dienst!‹ – ›Des glaub i net‹, sag ich, ›aber hör jetzt zu, Billy Fish: mir ham doch gegeneinander gekämpft und für einander! Ich versicher dir: der König und ich sin nicht mehr und nicht weniger als die zwei allerfeinsten Burschen, die der allmächtige Gott erschaffen hat, sonst aber auch nix! Kannst es mir glauben!‹ – ›Kann sein‹, sagt der Billy Fish, ›und doch wäre ich traurig, wenn es so wäre!‹ Und dann läßt er seinen Kopf auf seinen großen Pelzmantel sinken und denkt nach – eine Minuten lang. ›König‹, sagt er, ›ob du nun ein Mensch bist, oder ein Gott, oder ein Teufel, ich harre heute bei dir aus. Ich habe zwanzig Mann bei mir, die mir treu ergeben sind. Wir werden nach Bashkai gehen, wenn es zu stürmen beginnt.‹ Ein wenig Schnee war gefallen in der Nacht, und alles war weiß bis auf die grauen schweren Wolken, die herangejagt sin aus dem Norden, eine nach der andern. Dann kommt der Dravot heraus mit der Krone auf dem Kopf, windmühlt mit die Händ und stampft mit die Füß, – fideler hat er ausgschaut wie der Hanswurst selber. ›Zum letztenmal warn ich dich, Dan, laß die Gschicht fallen!‹ flüster ich ihm zu. ›Der Billy Fish meint, es gibt einen Tanz!‹ – ›Einen Tanz? Unter meinem Volk?!‹ lacht der Dravot. ›Das gibts nicht. Peachey, du bist ein Narr, daß du dir nicht auch ein Weib nimmst! –

Wo ist das Mädchen?‹ brüllt er mit einer Stimme, so laut wie das Heulen eines Schakals. ›Man rufe die Priester und die Häuptlinge herbei und lasse den Kaiser sehen, ob sein Weib ihm gefällt!‹ Die Leut zu rufen war nicht nötig; sie sin in der Lichtung von dem Kiefernwald umeinandgstanden, auf ihre Gewehre und ihre Speere gelehnt. Dann sin mehrere Priester in den kleinen Tempel hinuntergeloffen, um das Madel zu bringen, und ham auf den Hörnern geblasen, als möchten sie die Toten erwecken. Und da macht sich der Billy Fish verstohlen an den Daniel heran, ganz in seine Nähe, und hinter ihm stehen die zwanzig mit ihren Steinschloßgewehren. Alles Männer von sechs Fuß. Auch ich war in der Nähe vom Dravot mit zwanzig Leuten der regulären Armee. Da kommt das Mädchen, und ein strammes Mensch wars, über und über behängt mit Silber und Türkisen, aber so weiß wie der Tod; zurückgschaut hats alle Augenblicke nach die Priester. ›Sie gefällt mir‹, sagt der Dan und er frißt sie mit die Augen. ›Komm her, Madel, gib mir einen Kuß!‹ Und er umschlingt sie mit den Armen. Sie schließt die Augen, quietscht ein bissel auf und begräbt ihr Gesicht von der Seiten in dem Dravot seinen feuerroten Bart. ›Das Luder hat mich gebissen!‹ schreit der Dravot, fahrt mit der Hand ins Genick und zieht sie gleich darauf blutbedeckt wieder zurück – und sofort reißen ihn der Billy Fish und zwei von seinen Leuten zu sich in die Mitte der Bashkaisoldaten. Aber schon brüllen die Priester in ihrem Kauderwelsch: ›Kein Gott, kein Teufel, ein Mensch ist er!‹ Auch ich werd zurückgestoßen, ein Priester pflanzt sich vor mich hin und meine Armee fangt zum schießen an, aber – auf die Bashkaileute! ›Gott, Allmächtiger!‹ sagt der Dravot, ›was geht hier vor?‹ – ›Zurück! Fort! Fort!‹ sagt der Billy Fish. ›Verderben und Meuterei, das geht hier vor! Wir müssen nach Bashkai durchbrechen, wenns möglich ist!‹ Ich such noch Befehle an meine Leute von der regulären Armee zu geben, aber es is umsonst, und so pfeffer ich halt mit meinem Martini mitten unter das Gesindel hinein, schlag drei von den Viechern zu Boden. Das ganze Tal is erfüllt von heulenden, gellenden Kreaturen, und ein jeder schreit: ›Kein Gott, kein Teufel, nur ein Mensch ist er!‹ Die Bashkais halten treu zu Billy Fish, aber was können sie machen mit ihren Steinschloßgewehren gegen die Kabul-

Hinterlader! Und viere von ihnen fallen. Der Dan brüllt wie ein Ochs und is außer sich vor Wut, und der Billy Fish kann ihn kaum zurückhalten, daß er sich nicht mitten in die Menge stürzt. ›Wir können nicht mehr standhalten‹, sagt der Billy Fish, ›brechen wir durch ins Tal hinunter; alles ist gegen uns.‹ Da sin dann seine Leut hinunter und wir mit, sosehr sich der Dravot auch gsträubt hat. Gschworen und gflucht hat er wie ein Wahnsinniger und immerfort gschrien, er ist ein König. Die Priester haben große Steine auf uns herabgerollt und die reguläre Armee hat fest gefeuert, und so sin nur sechs Mann lebendig unten angekommen außer dem Dan, dem Billy Fish und mich. Dann hams zum feuern aufghört, und die Hörner in die Tempel ham zum blasen angfangt. ›Kommt fort um Gotteswillen, kommt fort!‹ schreit da der Billy Fish, ›sie werden Eiltruppen in alle Dörfer schicken, ehe wir nach Bashkai kommen! Dort kann ich euch beschützen; hier ist alles umsonst.‹ Ich glaub, der Dan is von jener Stund an nicht mehr recht im Kopf gwesen; er hat um sich gstarrt wie ein abgestochenes Schwein. Dann wieder hat er umkehren wollen, ganz allein, und die Priester mit die bloßen Händ erdrosseln, und er wärs auch imstand gwesen. ›Ein Kaiser bin ich‹, hat er immerfort gsagt, ›und nächstes Jahr ein Baronet der Königin!‹ – ›Schon recht, Dan‹, sag ich, ›aber jetz komm mit, solangs noch Zeit is!‹ – ›Deine Schuld is‹, schreit er; ›hättst besser Obacht gebn auf deine Armee! Die Meuterei hat in ihnen gsteckt, aber du hast nix gmerkt. Du verdammter Hans Dampf, du Schienenleger, du Hund von einem Pfaffenspeichellecker!‹ Dabei is er auf einem Felsen gsessen und hat mich mit jedem Schimpfnamen belegt, der ihm grad auf die Zungen kommen is; ich war viel zu todtraurig, als daß ich mich drum kümmert hätt. Seine Schuld wars doch, daß mir so in den Saft kommen sin! ›Tut mir leid, Dan‹, sag ich, ›aber was hilft das Schimpfen? Mit unsern Gschäft is gar und aus! Kann sein, mir derfangens noch und richtens wieder auf, wenn mir in Bashkai sin!‹ – ›Also geh mer halt nach Bashkai‹, sagt der Dan, ›aber wenn ich jemals wieder hierher zurückkomme, so will ich dieses Tal wegfegen, daß auch nicht eine Wanze mehr am Leben bleibt!‹ Wir sin marschiert den ganzen Tag und die ganze Nacht, und der Dan is durch den Schnee gstampft und hat vor sich hin brummt. ›Keine Hoffnung mehr!‹ sagt der Billy Fish plötzlich. ›Die Priester haben Eilboten in die Dörfer geschickt mit der Nachricht, daß ihr nur Menschen seid. Warum habt ihr euch nicht noch eine Zeit lang als Götter aufgespielt, bis jede Gefahr ausgeschaltet war! Jetzt bin ich ein toter Mann!‹ und damit wirft er sich in den Schnee und fangt zum beten an zu seine Götter. Am nächsten Morgen waren mir in einer schauderhaften Gegend, alles drunter und drüber, kein fester Boden nicht unter den Füßen und nix zum fressen. Die sechs Bashkais ham den Billy Fish hungrig angschaut, als möchtens ihn um was bitten, aber keiner hat kein Wort nicht gsagt. Am Nachmittag sin mir auf den Gipfel von einem flachen Berg gekommen, aber was sagst: wie mir naufkrallen durch den Schnee, wer steht dort? Die ›Armee‹ und erwartet uns! ›Die Eilboten sind uns zuvorgekommen‹, sagt der Billy Fish und lacht kurz auf. ›Sie erwarten uns.‹ Da eröffnen drei oder vier Mann drüben das Feuer und eine Kugel trifft den Daniel ins Bein. Das bringt ihn zu sich; er schaut hinüber und sieht die Martinistutzen, die mir ins Land gebracht ham. ›Aus is mit uns‹, sagt er, ›die Leut sin wie die Engländer – mein verfluchter Unverstand hat euch in den Saft gebracht. Geh zurück, Billy Fish, und nimm deine Leute mit; du hast alles getan, was möglich war. Jetz geh! Und du, Carnehan‹, sagt er, ›reich mir die Hand und zieh mit Billy! Vielleicht kommst du mit dem Leben durch. Ich geh ihnen allein entgegen. Ich hab alle Schuld; ich allein, der König!‹ ›Was?‹ schrei ich, ›was? Fahr zur Hölle, Dan! Ich bin und bleib bei dir! Billy Fish, schau daß d' weiterkommst; mir zwei gehen dem Gesindel entgegen.‹ – ›Ich bin ein Häuptling‹, sagt der Billy Fish kalt und ruhig, ›ich bleibe bei euch; meine Leute können gehen.‹ – Die Bashkais ham sich des net a zweitsmal sagen lassen und sin auf und davon. Dann sin mir nüber – der Dan und ich und der Billy Fish –, wo die Trommeln trommelt ham und die Hörner blasen. Es war kalt – ganz entsetzlich kalt. Ich hab die Kälten jetzt noch im Genick; ich hab einen Eisklumpen im Kopf.«

Die *Punkah*-Kulis waren schlafen gegangen. Zwei Kerosin-Lampen blakten in dem Office, und der Schweiß strömte mir übers Gesicht, fiel in Tropfen auf das Schreibpapier, als ich mich vorbeugte. Trotz der fürchterlichen Hitze schauderte Carnehan, und ich fürchtete, er werde jeden Augenblick das Bewußtsein verlieren. Ich wischte mir das Gesicht ab, faßte die verstümmelte Hand des Unglücklichen und fragte: »Was ist dann geschehen?«

Mein Wegschauen hatte ihn bereits den Faden verlieren lassen.

»Was, bitte, haben Sie gesagt?« greinte er. »Ja, ja –. No, sie ham uns mit sich genommen, stumm, ohne Laut. Totenstill is alles bliebn – in dem Schnee, trotzdem der König den ersten niedergschlagen hat, der Hand an ihn hat legen wollen – trotzdem der alte Peachey seine letzte Patrone mitten unter sie neigfeuert hat. Nicht einen Laut hams ausgstoßen, die Säu! Sie ham uns gleich fest in die Mitte gnommen. Es war net zum Aushalten, so ham ihre Pelz gstunken. Was der Mann gwesen is, der wo Billy Fish gheißen hat – der gute Freund von uns –, dem hams die Gurgel durchgschnitten, Herr, von da bis da, wie einem Schwein. No, und der König, der hat mit dem Fuß in dem blutigen Schnee gscharrt und hat gsagt: ›Eine verdammt feine Reise ham mir gemacht für unser Geld. Wohin gehts jetzt?‹ Er hat seinen Kopf eingebüßt – das sagt Ihnen der Peachey Taliaferro aber nur ganz im Vertrauen, denn eigentlich is es anders. Also: der König hat seinen Kopf eingebüßt auf einer von die verfluchten Seilbrücken. Borgen S' mir amal Ihr Papiermesser, Herr! Die Gschicht is so gangen: sie sin mit ihm über den Schnee gangen bis zu einer Seilbrücken, die wo über einen Abgrund gspannt war mit einem Fluß tief unten. So was ham Sie schon gsehn! Von hint hams ihn vorwärts gstoßen wie einen Ochsen. ›Gott verdamm eure Augen!‹ hat der König gsagt, ›glaubts vielleicht, ich könnt nicht sterben wie ein Gentleman?‹ Und umdreht hat er sich nach dem Peachey – der Peachey hat gflennt wie a Kind! ›Ich habe dich in diese Lage gebracht, Peachey‹, sagt der König, ›herausgerissen aus der Sonne des Lebens, auf daß du hier sterben mußt in Kafiristan! Wo du einst der Befehlshaber gewesen bist von des Kaisers Streitkräften! Sag, daß du mir verzeihst, Peachey!‹ – ›Ich verzeih dir‹, sagt der Peachey, ›voll und von selbst verzeih ich dir, Dan!‹ – ›Reich mir die Hand, Peachey!‹ sagt er. ›Ich gehe jetzt.‹ – Und vorwärts is er gangen; hat weder rechts noch links gschaut. Und wie er nachher mitten auf dem schwankenden Seil gstanden is, da hat er laut geschrien: ›Losschneiden, ihr Bettlersklaven!‹ – Da hams das Seil durchgschnitten, und – und der alte Dan is gefallen, rundumadum und rundumadam hat er sich dreht, zwanzigtausend Meilen tief! Eine halbe Stund hats braucht, bis er unten angekommen is; ich hab seinen Leib noch sehen können, wie er zerfetzt an einem Felsen gehängt hat, die goldene Krone neben ihm. Aber wissens, was sie mit dem Peachey gemacht ham zwischen zwei Föhren? Gekreuzigt ham sie ihn, Herr! Sie sehens jetzt an seiner Hand. Sie ham ihm hölzerne Pflöck durch die Händ und die Füß getrieben. Ham ihn aufgehängt und gegeißelt, aber er hat nicht sterben können. Wie sie am nächsten Tag nach ihm geschaut ham, da hats geheißen, es is ein Wunder, daß er nicht tot is. Dann hams ihn heruntergenommen – den – armen, alten Peachey, der ihnen doch nie kein Leid nicht zugefügt hat – nein, nein, nie–mals k–kein L–leid nicht – – –.«

Er rückte hin und her auf seinem Sessel und weinte bitterlich, wischte sich mit seiner verkrüppelten Hand die Tränen aus den Augen und schluchzte wie ein Kind, wohl zehn Minuten lang. Dann fuhr er fort:

»Sie sin grausam genug gwesen, ihn wieder aufzupäppeln im Tempel, denn sie ham gsagt, er sei eher noch ein Gott als der alte Daniel, der bloß ein Mensch war. Dann ham sie ihn in den Schnee hinausgejagt und ham ihm gsagt, er soll heimgehn. Und er is heimgekommen, der Peachey, in einem Jahr. Er hat sich auf den Straßen durchgebettelt und nix is ihm gschehn, denn der Daniel Dravot is immer vor ihm hergeschritten und hat gesagt: ›Komm, Peachey‹, hat er gesagt, ›komm! Wir haben eine große Tat vollbracht!‹ Die Berge ham über dem Peachey getanzt in der Nacht, aber wenn sie ham auf ihn fallen wollen, da hat der Dan die Hand über ihn gehalten und er is heil hinübergekommen. Niemals hat der Peachey die Hand von dem Dan losgelassen und hat auch seinen Kopf nicht hergegeben! Die Priester im Tempel ham dem Peachey den Kopf geschenkt zum Gedächtnis, daß er niemals nicht wiederkommen darf, und dazu die Krone aus lauterem Golde; und obgleich sie aus lauterem Golde war und der Peachey oft beinahe verhungert wäre, hat er sie dennoch nie nicht verkauft. Und nie würde sie der Peachey nicht verkaufen. Sie ham den Dravot gekannt, Herr! Den verehrungswürdigen Bruder Dravot! Wollen Sie ihn sehen?«

Carnehan wühlte in seinen Lumpen, zog einen schwarzen, silberdurchwirkten Roßhaarbeutel hervor und schüttete auf die Tischplatte: den verwitterten, vertrockneten Kopf Daniel Dravots! Die Strahlen der Morgensonne hatten längst das Licht der Lampen verdrängt, sie fielen jetzt auf den roten Bart und die eingesunkenen Augen des Schädels, fielen auf einen breiten goldenen Reifen, verziert mit Türkisen! Zärtlich drückte Carnehan die Krone über die eingefallenen Schläfen des Totenkopfs. »Schauen Sie jetzt!« sagte er, »so hat er ausgesehen, der Kaiser, als er noch am Leben war – der König von Kafiristan mit der Krone auf dem Haupte. Armer, alter Daniel, ein Monarch bist du einst gewesen!«

Ich schauderte, denn trotz der furchtbaren Entstellung erkannte ich deutlich den Kopf des Mannes aus Marwar. Carnehan wollte aufbrechen. Ich versuchte ihn zurückzuhalten; er schien mir noch nicht fähig, gehen zu können. »Geben S' mir den Wisky mit und ein bissel Geld!« keuchte er. »Auch ich war einst ein König! Ich will zum Deputatskommissär gehen und ihn bitten, daß ich im Armenhaus unterkommen kann, bis ich wieder gesund bin. Nein, dankschön, ich kann nicht warten, bis Sie mir einen Wagen holen! Ich hab dringende Privatgeschäfte – im Süden – in Marwar.«

Und er tastete sich hinaus aus dem Office und schlich in der Richtung zum Deputatshaus fort. Am Nachmittag mußte ich über die glühheiße Promenade fahren, und da sah ich einen Krüppel durch den weißen Staub des Wegrandes kriechen, den Hut in der Hand; er summte kläglich vor sich hin, wie es die Straßenbettler in der Heimat zu tun pflegen. Weit und breit war keine Seele zu sehen und nirgends ein Haus in Hörweite! Dennoch sang er – durch die Nase und dabei den Kopf hin und herwiegend. Ich verstand:

»Des Menschen Sohn zieht in den Krieg,
Eine Krone aus Gold zu erringen;
Das blutrote Banner weht zum Sieg –
Kommt mit: es muß gelingen!«

Ich hörte das Lied nicht bis zu Ende an, lud das arme Geschöpf in meinen Wagen und fuhr mit ihm zum nächsten

Missionshaus, damit man ihn von dort in ein Asyl schaffe. Er wiederholte die Strophe noch ein paarmal und schien nicht die leiseste Ahnung zu haben, wer ich war. Noch im Missionshaus sang er weiter.

Zwei Tage später erkundigte ich mich nach seinem Befinden im Spital bei dem Superintendenten.

»Als man ihn herschaffte, hatte er den Sonnenstich«, hieß es. »Gestern früh ist er gestorben«, sagte der Superintendent. »Ist es wahr, daß er eine halbe Stunde lang barhäuptig mittags umherging?«

»Ja«, sagte ich; »aber, bitte, hat man bei ihm nichts gefunden?«

»Nein«, sagte der Superintendent, »nicht daß ich wüßte.«

Damit endete die Geschichte.

»Köpfe«

Ein Verbrecher mehr im Zentral-Zuchthaus
Hinterm alten Wall von Lehm:
Ein Dieb weniger vorn, an der Front da drauß,
Und des Reichs Ruh über all dem,
Ihr Jungs,
  des Reichs Ruh über all dem!

Denn wir tragen ja allein unsres Führers Schand,
Auf uns fällt so Schuld, wie Fem,
Wenn die Hand wir tun vom geknebelten Land:
Ihr Jungs,
  denn des Reichs Ruh über all dem,
Des Reichs Ruh über all dem!

I

Unversehens, urplötzlich hatte der Indus Hochwasser gebracht. Die Nacht vorher noch war er so seicht gewesen, daß man ihn bequem durchwaten konnte, eine Nacht später: und tosende Wassermassen, schmutzig und trüb, fünf Meilen breit, hatten die Sandbänke verschlungen und Uferdämme und Gelände weggerissen.

Eine Sänfte, getragen von sechs bärtigen Männern, denen man ansah, daß sie an solche Arbeit nicht gewöhnt waren, machte halt auf dem weißen Sand, der die schimmernde Fläche begrenzte.

»Es ist Gottes Wille«, sagten sie. »Nicht einmal in einem Boot könnten wir wagen, überzusetzen. Zünden wir ein Feuer an und kochen wir das Essen; wir bedürfen der Ruhe.«

Sie spähten in die Sänfte; drin, von Fieber geschüttelt, lag sterbend der Deputatskommissar des Bezirkes Kot-Kumharsen. Sie hatten ihn hergetragen übers Land, die sechs Tapfern eines kriegerischen Grenzstammes, den er zu friedlicher Beschäftigung bekehrt hatte, ehe er selbst zusammengebrochen war am Fuße ihrer unwirtlichen Berge. Tallantire, sein Assistent, war neben ihnen hergeritten, bekümmert im Herzen und die Lider schwer von lange entbehrtem Schlaf. Drei Jahre hatte er unter dem Kranken gedient und ihn lieben gelernt, wie Menschen, die ein hartes Leben zusammenführt, einander lieben lernen oder – hassen. Er beugte sich aus dem Sattel, hielt die Vorhänge der Sänfte auseinander und lugte hinein:

»Orde – Orde, alter Freund, hören Sie mich? Wir müssen warten, bis das Hochwasser fällt; eine böse Bescherung.«

»Ich höre«, kam's in leisem Flüsterton zurück. »Warten wir, bis das Wasser fällt. Ich glaubte, wir würden das Lager erreichen, ehe die Dämmerung anbricht. Polly weiß, daß ich komme; sie will mich noch einmal sehen.«

Einer der Sänftenträger starrte über den Fluß und erspähte ein kleines funkelndes Licht drüben in weiter Ferne. »Dort ist das Lagerfeuer und sein Weib«, raunte er Tallantire zu, »sie werden in der Frühe herüberfahren, denn sie haben gute Boote. Kann er so lange leben?«

Tallantire schüttelte den Kopf. Yardley-Orde rang bereits mit dem Tode; wozu seine Seele quälen mit Hoffnung auf eine Zusammenkunft, die doch nie mehr stattfinden würde?! Der Strom gurgelte an den Dünen, riß eine Sandklippe ein und brauste wie ein hungriges Ungetüm. Die Sänftenträger suchten nach trockenem Reisig in dem Gestrüpp der Kameldornbüsche; ihre Schwertgürtel klirrten, wie sie so dahinschlichen im nebligen Mondlicht; und Tallantires Pferd hustete, um anzudeuten, es wünsche eine wärmende Decke.

»Auch ich friere«, sagte die Stimme in der Sänfte, »ich glaube, es ist das Ende. Arme Polly!«

Tallantire ordnete die Decken des Sterbenden; Khoda Dad Khan sah es, zog seinen dicken Schaffellmantel aus und legte ihn über die Kissen. »Ich werde mich selber am Feuer wärmen, ich brauche ihn nicht«, sagte er. Tallantire nahm den erstarrten Körper seines Freundes in die Arme und drückte ihn an sich; vielleicht, wenn man Orde erwärmte, würde er so lange leben, daß er sein Weib noch einmal sehen könne! Wenn doch die blinde Vorsehung gäbe, daß das Wasser um drei Fuß fiele! »Jetzt wird mir besser«, hauchte Orde. »Tut mir leid, daß ich Sie so behelligen muß, aber – haben Sie nichts zu trinken?«

Man reichte ihm Milch mit Whisky, und Tallantire fühlte, wie der Körper in seinen Armen ein wenig wärmer wurde. Orde begann zu murmeln:

»Es ist mir nicht ums Sterben, aber, daß ich Polly verlassen muß und meinen Bezirk. Gott sei Dank: wir haben keine Kinder. Dick, Sie wissen: ich bin verschuldet – tief verschuldet, Vorschüsse während meiner ersten fünf Dienstjahre! Die Pension wird klein sein, aber für sie ausreichen. Sie hat eine Mutter daheim in England. Wie nach Hause kommen? Das ist die Schwierigkeit! Und – und – Sie wissen, da sie keine Soldatenwitwe ist –.«

»Wir werden das mit der Heimfahrt schon regeln. Selbstverständlich«, sagte Tallantire ruhig.

»Ein häßlicher Gedanke: mit dem Hut in der Hand einsammeln zu gehen! Aber, Gott im Himmel, wie viele sind, derentwegen es geschehen mußte! Morton ist gestorben – er war von meinem Jahrgang. Shaughnessy ist tot und hat Kinder zurückgelassen; – ich erinnere mich noch, wie er ihre Briefe aus der Schule uns vorgelesen hat (was für ein langweiliger Bursche er doch ist, haben wir uns dabei gedacht); Evans ist tot – das Klima von Kot-Kumharsen hat ihn umgebracht! Dicketts von Myndonie ist tot – und jetzt gehe auch ich. ›Der Mensch, vom Weibe geboren, ist ein Nichts wie die Kartoffel in den Bergen‹ – das erinnert mich, Dick: die vier Khusru-Kheyl-Dörfer in unserm Gebirgsdistrikt brauchen ein Drittel Steuernachlaß in diesem Frühjahr! Das ist nur recht und billig, denn ihr Getreide steht schlecht. Schauen Sie zu, daß die Sache zustande kommt, und sprechen Sie mit Ferris wegen des Kanals. Ich hätte so gern noch erlebt, daß er fertig wird; er ist für die Dörfer des nördlichen Indus von größter Bedeutung, aber Ferris ist eine Schlafmütze, rütteln Sie ihn auf. Die Arbeit im Bezirk wird auf Ihren Schultern ruhen, bis mein Nachfolger eintrifft. Ich wollte, man überwiese Ihnen die Stellung, denn Sie kennen das Volk. Aber ich glaube, man wird sie Bullows geben. Er ist ein braver Kerl, aber zu lax für die Tätigkeit an der Grenze; und dann: er durchschaut die Priester nicht! Der blinde Mullah in Jagai braucht ein wachsames Auge über sich. Sie finden alles in meinen Akten – sie liegen, glaube ich, im Uniformschrank. Rufen Sie jetzt die sechs Khusru-Kheyl-Leute; ich will ihnen eine letzte Ansprache halten. Khoda Dad Khan!«

Der Anführer der Sänftenträger sprang auf und eilte zu dem Sterbenden, und seine Kameraden folgten ihm.

»Ihr Männer, ich sterbe jetzt«, sagte Orde rasch in der Sprache der Eingeborenen; »und bald wird kein Orde Sahib mehr sein, der euch beim Ohr nimmt und vom Viehstehlen abhält.«

»Das möge Gott verhüten!« rief der ganze Chor in tiefem Baß. »Der Sahib wird nicht von uns gehen.«

»Doch! Er wird. Und dann wird er wissen, ob Mohammed die Wahrheit gesprochen hat, oder Moses. Aber ihr sollt gute Menschen bleiben, auch wenn ich nicht mehr hier bin. Als solche und als Bewohner unseres Grenzlandes müßt ihr, wie bisher, willig eure Abgaben zahlen. Ich habe veranlaßt, daß man euch dieses Jahr entgegenkommt. Als Bergbewohner müßt ihr euch des Viehdiebstahls enthalten, nicht Brand stiften und taub sein für die Reden der Priester, die die Macht der Regierung nicht kennen und euch in Kriege verwickeln möchten. Es würde euch nur das Leben und euer Getreide kosten. Ihr dürft auch keine Karawanen ausplündern und müßt eure Hilfe den Polizeitruppen leihen, wenn welche kommen, wie ihr es bisher getan habt gemäß meinem Befehl. Und Tallantire Sahib wird vorläufig bei euch bleiben; wer meine Stelle einnehmen wird, weiß ich nicht. Ich rede die lautere Wahrheit, weile ich doch, ihr meine Kinder, fast schon unter den Toten. Ja, ihr seid Kinder noch, wenn ihr auch starke Männer seid.«

»Und du bist unser Vater und unsere Mutter!« – der ganze Chor rief es wie einen Schwur, Khoda Dad Khan voran. »Was sollen wir tun, wo keiner mehr da sein wird, der zu uns spricht und so weise raten kann wie du?«

»Tallantire Sahib wird bei euch sein. Gehet zu ihm; er kennt eure Reden und eure Herzen. Haltet die jungen Männer in Zucht und Ordnung und höret auf die Alten. Khoda Dad Khan: hier, nimm meinen Ring. Die Uhr und die Kette sollen deinem Bruder gehören. Nehmet diese Dinge zum Gedenken an mich und daß ich, zu welchem Gott immer ich gerufen werde, ihm sagen will: die Khusru Kheyl sind brave Menschen. Ihr habt jetzt meine Erlaubnis zu gehen.«

Khoda Dad Khan steckte den Ring an seinen Finger und schluchzte laut, während er die übliche Formel hersagte, die eine Unterredung zu beschließen hat.

Sein Bruder wandte sich um und spähte wieder über den

Strom. Die Dämmerung begann, sich aufzuhellen, und ein weißer Fleck wurde sichtbar auf dem matten Silberglanz des Flusses. »Sie kommt«, sagte er mit verhaltenem Atem. »Ob er noch zwei Stunden leben kann?« – er zog die soeben geerbte Uhr aus dem Gürtel und blickte verständnislos auf das Zifferblatt, wie er es bei Engländern gesehen hatte.

Zwei Stunden lang halsten die gebauchten Segel und gingen über Stag, den Fluß hinauf und hinab, derweilen Tallantire Orde in seinen Armen hielt und Khoda Dad Khan ihm die Füße rieb. Bisweilen sprach der Kranke von seinem Bezirk und von seiner Gattin, aber je näher das Ende kam, desto häufiger von ihr. Man wollte ihm verschweigen, daß sie gerade jetzt auf der Überfahrt in einem gebrechlichen Eingeborenen-Boot ihr Leben aufs Spiel setzte, um zu ihm zu gelangen, aber das geschärfte Ahnungsvermögen des Sterbenden machte alle Vorsicht zu schanden! Orde kämpfte sich auf, blickte durch die Vorhänge und sah das nahe Segel. »Das ist Polly«, sagte er schlicht, obgleich seine Lippen bereits verkrampft waren in Todespein. »Polly – (es war wohl der grimmigste Hohn, den sich das Schicksal einem Menschen gegenüber erlaubt) – und – Sie, Dick – Sie – werden ihr es sagen – – müssen.«

Eine Stunde später stand Tallantire auf der Sandbank einer Frau in Gingham-Reitkleid und Tropenhut gegenüber, die nach ihrem Gatten schrie – ihrem Alles und dem Licht ihres Lebens –, während Khoda Dad Khan sich mit dem Gesicht auf die Erde warf und seine Augen bedeckte.

II

Die Herzenseinfalt, mit der die Regierung Stellung nahm zu dem Vorfall, war geradezu rührend. Nichts einfacher für einen weitblickenden Staatsmann, wenn es gilt, die Wünsche des Volkes zu respektieren, als ein Landeskind zur Herrschaft bestellen! Zweihundert Millionen des dankbarsten, liebestrunkensten aller Völker im Reiche Ihrer Majestät der Königin würden in Lobeshymnen ausbrechen und so etwas nimmermehr vergessen. Der glückliche Auserwählte selbst stand natürlich jenseits von Lob und Tadel; war er doch auserkoren vom Allerhöchsten sämtlicher Vizekönige! Und dessen Herrschaft beruhte auf Prinzipien, und Prinzipien müssen bekanntlich streng berücksichtigt werden – im Sommer und im Winter. Seine Feder, seine Zunge hatte Neu-Indien geschaffen – laut hinschallend, eindringlich: Neu-Indien, eine Nation unter Nationen, ein Land, schwanger mit unbegrenzten Möglichkeiten, und das alles: Sein Werk.

Weshalb denn auch alsbald der Allerhöchste sämtlicher Vizekönige noch einen Schritt vorwärts tat, was die Frage betraf, für Yardley-Orde einen Nachfolger zu erküren. Die Wahl fiel auf einen Gentleman, ein Mitglied des bengalischen Zivildienstes, der seinen Rang nebst Universitätsbildung in freiem Wettbewerb mit den Söhnen Englands erworben hatte. Feinsinnig, weltgewandt, wie er war, hatte er, so hieß es, auf weise – und noch mehr: auf höchst sympathische Art einen volkreichen Bezirk in Südost-Bengalen verwaltet. Er war englisch gesinnt in jeder Beziehung und lange das Entzücken vieler Gesellschaften gewesen; er hieß, soweit sich der Vizekönig erinnerte: Grish Chunder Dé, M. A.

Kurz und gut: konnte irgend jemand an einem Manne etwas aussetzen, der so geeignet schien, als Landeskind über Landeskinder zu herrschen? Man brauchte nur rasch an seine Stelle in Südost-Bengalen einen jüngeren Zivilbeamten aus gleicher Rasse zu setzen – (er war bereits gefunden; hatte er doch ein bemerkenswert geschicktes Pamphlet geschrieben über den politischen Wert der Sympathie im Regierungsdienst) – und nichts mehr stand im Wege, Mr. Grish Chunder Dé, M. A., nordwärts nach Kot-Kumharsen abzusenden. Der Vizekönig mischt sich nicht gern persönlich und direkt in Sachen, die eigentlich den Provinzgouvernements unterstehen, und betont immer, er erteile lediglich seinen Rat. Was die Rassenfrage betraf, so war Mr. Grish Chunder Dé im Grunde noch viel mehr Engländer, und zu alldem mit einem sympathischen Wesen und einem Tiefsinn ausgestattet, der ihn zum Besten stempelte im besten aller Regierungsämter der Welt.

Die ernsten, schwarzbärtigen Könige, die den Großen Indischen Rat bilden, gaben die verschiedensten Meinungen kund über den Vorschlag, aber schließlich, wie üblich, erhoben sie den Vizekönig ekstatisch in den siebenten Himmel und ließen ihre nur kindischerweise vorgebrachten Einwände fallen.

»Im Prinzip ist es sehr richtig«, sagte das schläfrig blikkende Oberhaupt der Roten Provinzen, in denen Kot-Kumharsen lag, denn es war ein ausgesprochener Anhänger aller Prinzipien. »Die einzige Schwierigkeit wäre nur –«

»Ach was!« rief der »Ritter des Gezückten Schwertes« mit der offenherzigen Brutalität dazwischen, die noch jedes Oberhaupt der Roten Provinzen in seinen Grundfesten erschüttert hat – »ach was! Man bürdet ganz einfach die Verantwortung an dem Zeugs irgendeinem Unterbeamten auf, gibt dem Dé links und rechts je einen handfesten Kommissar an die Seite, unterstützt ihn mit dem tüchtigsten Assistenten der Gegend, seift vor allem das Volk genügend ein mit der ›Furcht vor Gott, dem Herrn‹, und wenn's dann noch schiefgehen sollte, sagt man eben: seine Kollegen sind schuld und haben ihm nicht genug beigestanden. Schließlich ist ja der Bezirksleiter immer der Sündenbock; wozu ist er denn da?« Die Folge der Rede war ein allgemeines stillschweigendes Einverständnis. Es sprach doch alles dafür!

III

»Wann wird denn der Mensch endlich seine Stellung antreten? Ich bin immer noch ganz allein hier und man munkelt, ich soll sein Unterbeamter bleiben.«

»Möchten Sie vielleicht um Versetzung einkommen?« fragte Bullows scharf.

Dann legte er seine Hand auf Tallantires Schulter: »Wir sitzen doch alle im selben Kahn; reißen Sie gefälligst nicht aus. Andererseits freilich, wenn Sie einen bessern Posten kriegen können, was sollte sie hindern?«

»Der Umstand, daß früher Orde hier regiert hat«, sagte Tallantire schlicht.

»Gut. Aber jetzt macht's der Dé. Er ist ein Bengali, angefüllt bis zum Hals mit Gesetzbuch und Paragraphen und überhaupt ein Prachtkerl, was Erfahrung und Schubladenarbeit anbetrifft; auch plaudert sich's mit ihm sehr nett. Begreiflicherweise hat man ihn bisher in seinem Heimatsbezirk belassen, wo alle seine Schwestern zu Hause sind und seine Vettern und Tanten – irgendwo da unten im Süden von Dacca. Eigentlich hat er die ganze Gegend in eine nette Familiensinekure verwandelt, seinen Angestellten niemals dreingeredet und jedermann Gelegenheit zum stibitzen gelassen. Infolgedessen ist er ungeheuer beliebt da unten.«

»Damit will ich nichts zu schaffen haben. Aber sagen Sie mir, wie soll ich unserm Bezirk klarmachen, daß ein Bengali hier die Herrschaft kriegt? Meinen Sie – besser gesagt: meint die Regierung, daß die Khusru Kheyl so etwas ruhig hinnehmen? Was werden die mohammedanischen Häuptlinge der Dörfer sagen? Wie werden die Polizisten der Muzbi Sikhs und der Pathans unter Mr. Dé funktionieren? Wir müssen uns ja fügen, wenn man einen Universitätspedell zum Oberhaupt ernennt, aber das Volk wird aufmucken, das wissen Sie ganz genau. Es ist eine hirnverbrannte Idee.«

»Mein lieber Junge, ich weiß das alles und noch ein bißchen mehr. Ich habe meine Bedenken vorgebracht, aber man sagte mir, es seien ›knabenhafte‹ Vorurteile. Gott gebe, daß die Khusru Kheyl sich mit dem Vorwurf begnügen, ich kennte das Grenzland und seine Gebräuche nicht! Unsere einzigen Chancen sind, daß Sie zur Zeit noch den Bezirk fest in der Hand haben; ich meinerseits lasse alles liegen und stehen und helfe Ihnen, durchzuhalten. Ich verlange gar nicht, daß Sie mit dem Bengali durch dick und dünn gehen. Aber: tun Sie Ihr Bestes, lediglich um Ihrer selbst willen.«

»Um Ordes willen tät ich's vielleicht. Um mein persönliches Interesse schere ich mich keinen Pfifferling.«

»Seien Sie kein Esel! Die Sache steht, weiß Gott, traurig genug; die Regierung wird es später schon einsehen. Wozu jetzt murren? Ihre Sache ist's, den Bezirk in der Hand zu behalten; Ihre Sache, die Khusru Kheyl zu besänftigen und dem Curbar von der Polizei einzuschärfen, ein wachsames Auge auf alles zu haben. Ich bin jederzeit telegraphisch erreichbar und setze, wenn nötig, meinen Ruf aufs Spiel, wenn es darauf ankommt, den Bezirk zusammenzuhalten. Glückt Ihnen die Sache, dann wird allerdings er den Ruhm einheimsen; geht's schief, wird man sagen, daß Sie ihn nicht ausreichend unterstützt hätten.«

»Ich weiß, welche Last man mir aufgebürdet hat«, sagte Tallantire traurig, »aber ich will ans Werk gehen. Es ist schwer.«

»Die Arbeit ist unser; der Erfolg steht bei Allah – wie Orde zu sagen pflegte, wenn ihm das Wasser in die Nase lief« – das waren Bullows letzte Worte, ehe er wegritt.

Daß zwei Gentlemen im Zivildienste Ihrer Majestät derart über einen dritten, der ebenfalls im Staatsdienst stand, sprechen konnten, zumal es sich um einen kultivierten und fähigen Mann handelte, mag seltsam und betrüblich erscheinen, aber man höre erst, was der blinde Mullah in Jagai, der Priester der Khusru Kheyl, für Reden hielt, wenn er auf seinem Felsen saß, von dem aus man über die ganze Grenze hinüberblicken konnte. Vor etwa fünf Jahren hatte ihm eine platzende Granate einer Batterie Erde in das Gesicht gespritzt, als er gerade einen Überfall der Ghazis auf ein halbes Dutzend britischer Bajonnette in Szene setzte; die Folge war, daß er erblindete, was ihn den Engländern gegenüber noch mehr in Harnisch brachte. Orde erfuhr damals von seinem Mißgeschick und lachte ihn deshalb – aus guten Gründen – öffentlich mehrmals aus.

»Hunde seid ihr«, sagte der blinde Mullah zu den aufhorchenden Stammeshäuptlingen am Lagerfeuer. »Verprügelte Hunde! Ihr habt auf Orde Sahib gehört und ihn Vater genannt; ihr habt euch benommen wie seine Kinder. Die britische Regierung hat jetzt bewiesen, wie sie euch einschätzt. Ihr wißt: Orde Sahib ist tot.«

»Ai! Ai! Ai!« klagte ein halbes Dutzend Stimmen.

»Ja, er! Er war ein Mann! Aber wer, glaubt ihr wohl, kommt jetzt an seine Stelle? Ein Bengali aus Bengalen – ein Fischfresser aus dem Süden!«

»Das ist eine Lüge!« sagte Khoda Dad Khan. »Wenn du dich noch länger als Priester patzig machst, stoß ich dir meinen Gewehrkolben in den Hals.«

»Oho, bist du auch da, du englischer Speichellecker?« höhnte der Mullah. »Geh nur morgen über die Grenze hinüber und biete deine Dienste dem Nachfolger Orde Sahibs an. Aber vergiß nicht, vor dem Zelteingang deine Schuhe auszuziehen! Es ist das Sitte, wenn man ein Geschenk in die schwarze Pfote eines Bengalen legt. Ich weiß das! In meiner

Jugend hätte man einem Burschen den Gewehrkolben in den Hals gerannt, wenn er gewagt hätte, einen Mullah zu schmähen, der die Tür zu Himmel oder Hölle in der Hand hat.«

Der blinde Mullah haßte Khoda Dad Khan, wie nur ein Afghane hassen kann, denn beide waren Rivalen um die Vorherrschaft über den Stamm: den einen fürchtete man wegen seiner körperlichen Eigenschaften, den anderen wegen seiner geistigen. Khoda Dad Khan warf einen Blick auf Ordes Ring und grunzte: »Morgen gehe ich hin. Ich bin kein solcher Narr, Krieg gegen die Engländer zu predigen. Aber, wenn die Regierung wirklich verrückt geworden ist, dann –«

»Was dann?« krächzte der Mullah, »wirst du dann die jungen Leute aufrufen und die vier Dörfer im Grenzland besetzen?«

»Oder vielleicht dir wegen Verbreitung von Lügen den Kragen umdrehen, du schwarzer Rabe der Hölle!«

Khoda Dad Khan ölte sorgfältig seine langen Locken, zog seinen besten Buchara-Gürtel an, einen neuen Turban und schöne grüne Schuhe und stieg, begleitet von ein paar Freunden, die Berge hinab, um dem neuen Deputatskommissar von Kot-Kumharsen seinen Besuch abzustatten. Auch nahm er als Tribut vier oder fünf unschätzbare, goldene Mohurs aus den Zeiten des Kaisers Akbar mit – in ein weißes Schnupftuch gewickelt. Der Deputatskommissar hatte sie zu berühren und zurückzugeben. Die Zeremonie bedeutete, daß die Khusru Kheyl sich brav zu benehmen versprachen – in der nächsten Zeit, und vorausgesetzt, daß Khoda Dad Khan am Ruder blieb und ihm der neue Deputatskommissar auch sympathisch war. Solange Yardley-Orde an der Spitze stand, schloß der Besuch jedesmal mit einem solennen Festessen, gewürzt mit – wahrscheinlich verbotenen – Schnäpsen, für alle Fälle aber mit einigen wundervollen Erzählungen und Versicherungen unverbrüchlicher Freundschaft. Khoda Dad Khan befestigte sodann stets zu Hause seine Herrschaft aufs neue durch überschwengliche Schilderung des prunkvollen Empfangs, der ihm bereitet worden, nannte Orde Sahib und Tallantire königliche Prinzen und schwor, jedem bei lebendigem Leib die Haut abziehen zu lassen, der es wagen sollte, einen Raubzug in britisches Gebiet zu veranstalten. Diesmal schien alles beim alten geblieben zu sein: das Zelt des Deputatskommissars sah genauso aus wie früher, und da Khoda Dad Khan sich selbstverständlich dazu für berechtigt hielt, trat er ohne weiteres durch die offene Tür ein. Gleich darauf erblickte er einen dicken, süßlich lächelnden Bengali, der an einem Tische saß und schrieb. Völlig unwissend, welch erhebenden Einfluß eine sorgfältige Erziehung auf den Menschen ausübt, und überdies gänzlich verschlossenen Gemütes gegenüber Würden, die die Universität verleiht, schätzte Khoda Dad Khan den Mann als Babu – den eingeborenen Kommis des Deputatskommissars und das gehaßteste und verächtlichste Geschöpf – ein.

»Heda!« rief er in aufmunterndem Ton, »wo ist dein Herr, Babudschu?«

»Ich bin der Deputatskommissar«, antwortete der Gentleman auf englisch. Offenbar überschätzte er den Einfluß seiner Universitätswürden, sonst hätte er kaum Khoda Dad Khan so fixiert, wie er es jetzt tat. Wer nun aber gewohnt ist, von frühester Kindheit an Schlachtgetümmel, Mord und Totschlag vor Augen zu haben, und auf wessen Nerven vergossenes Blut nicht mehr Eindruck macht als rote Farbe, wer überdies, wie Khoda Dad Khan, felsenfest glaubt, daß ein Bengali der Sklave aller Hindustanis ist, die an und für sich schon tiefer stehen als das eigene große lebensfrohe Ich, der hält so manchen Blick aus, auch wenn er keine Erziehung genossen hat. Er kann auch einen graduierten Oxfordstudenten in Grund und Boden starren, gar, wenn dieser, physisch widerstandslos, Unbehaglichkeiten fürchtet wie manche Menschen die Sünde, und als Kind schon in den Schlaf geschreckt wurde mit Ammenmärchen von Teufeln, die in Afghanistan und dem schwarzen Norden hausen. Es dauerte denn auch nicht lange und die Augen hinter der goldenen Brille suchten den Fußboden! Khoda Dad Khan lachte kurz auf, machte kehrt und schritt hinaus, um gleich darauf Tallantire zu begegnen. »Hier«, sagte er rauh und hielt die Münzen hin, »berühre du sie und gib sie zurück! Das soll die Gewähr sein, daß ich für meine Person mich gut betragen will. Aber, o Sahib, hat denn die Regierung den Verstand verloren, daß sie uns einen schwarzen Bengalihund schickt? Und ich soll einem solchen Dienste leisten?! Und du arbeitest unter ihm? Was soll denn das heißen?«

»Es ist Befehl«, sagte Tallantire; er hatte ähnliches kommen sehen. »Er ist ein sehr geschickter S-sa-hib.«

»Der und ein Sahib?! Ein *kala admi* ist er, ein Farbiger, und unfähig, einen Geschirrwagenesel am Schwanz festzuhalten! Alle Völker der Erde haben Bengalen geschröpft. Das ist sprichwörtlich. Wohin sind wir aus dem Norden denn gegangen, wenn wir Weiber brauchten oder plündern wollten? Nach Bengalen! Wohin sonst? Was ist das für ein Kindergeschwätz von Sahibwürde, gar jetzt, nachdem Orde Sahib hier geherrscht hat! In einer Beziehung hat also der blinde Mullah recht gehabt.«

»Was ist's mit ihm?« fragte Tallantire betroffen; er mißtraute dem Alten mit den toten Augen und der tödlichen Zunge.

»Nun, da ich Orde Sahib Treue geschworen habe, als er starb drüben am Fluß, will ich es dir sagen. Aber zuerst: ist es wahr, daß die Engländer sich selbst die Ferse dieses Bengali in den Nacken gesetzt haben und englische Herrschaft nichts mehr gilt hier im Land?«

»Ich bin doch hier!« sagte Tallantire, »und ich diene der Maharani von England.«

»Der Mullah sagt anders: weil wir Orde Sahib geliebt haben und uns seiner starken Hand gefügt, habe die Regierung ein Schwein hergeschickt, um uns zu zeigen, daß wir Hunde sind. Dann heißt es: die weißen Soldaten werden zurückgezogen und durch Hindustanis ersetzt. Kurz: alles soll anders werden.«

Nichts ist schlimmer, als ein großes Land falsch behandeln! Sieht etwas noch so vernünftig aus in Kalkutta, so richtig in Bombay, so angebracht für Madras – für den Norden bedeutet es einen Schlag ins Gesicht und bringt das Uferland des Indus außer Rand und Band. Khoda Dad Khan erklärte, so gut er konnte, daß wohl er selbst die besten Absichten habe, aber nicht einstehe für die weniger überlegten Häuptlinge seines Stammes, zumal diese fast alle unter dem Einfluß des blinden Mullahs stünden. Ob es nun Aufstände geben würde oder nicht, keinesfalls dächte auch nur einer daran, dem neuen Deputatskommissar Gefolgschaft zu leisten, dessen sei er sicher. Und ob denn Tallantire wirklich meine, daß für den Fall eines regelrechten Grenzüberfalles die vorhandenen Regierungsstreitkräfte genügten?

»Richte dem Mullah aus«, sagte Tallantire kurz, »wenn er noch weiter so dummes Zeug schwatzt, jagt er seine Leute nur in einen sichern Tod und seinen Stamm der Blockade entgegen, der Kontribution und der Entrichtung von Blutgeld. Aber was soll ich noch länger diskutieren mit jemand, dessen Stimme kein Gewicht mehr hat im Rate der Stämme!«

Khoda Dad Khan steckte die Beleidigung schweigend ein: er wußte genau, daß er noch lange nicht ausgelernt hatte, und kehrte zurück in seine Berge, wo ihm der Mullah, dessen aufreizende Reden von Mund zu Mund gingen an den Lagerfeuern und schneller zündeten als die Glut der getrockneten Dungfladen, einen sarkastischen Empfang bereitete.

IV

Wie sieht der fast unbekannte Bezirk von Kot-Kumharsen aus? Wälle aus dürrer Erde und aufgetürmten Felsen, an die Berge von Khosru angelehnt und der Länge nach durchschnitten vom Industrom. Siebzig Meilen lang und fünfzig breit, beherbergte das Gebiet eine Bevölkerung von weniger als zweihunderttausend Seelen und mußte eine jährliche Abgabe von vierzigtausend Pfund leisten für Erträgnisse aus einem Boden, der nicht viel anderes war als eine trostlose Wüstenei.

Die Ackerbebauer waren unfreundliche Leute, die Salzminer noch mehr und die Viehzüchter erst recht. Ein Polizeiposten rechts oben auf einer Anhöhe und ein dünnwandiges Lehm-Fort links oben sahen auf Ordnung, wenn allzuviel Salz geschmuggelt oder mehr Vieh gestohlen wurde, als der Einfluß der Einwohner verhindern konnte. Rechter Hand unten im Tal liegt Jumala, das Hauptquartier des Bezirkes, ein Nest aus Lehmbaracken, die man Häuser nennt – heimgesucht vom Sommerfieber und mit Dächern bedeckt, die in der Hitze klaffen und in der nassen Jahreszeit lecken.

So war der Ort beschaffen, dessen Herrschaft anzutreten Grish Chunder Dé berufen wurde. Die Nachricht von seinem Kommen war ihm lange schon vorausgeeilt. Bengalis sind so selten wie Pudel da oben unter den Grenzbewohnern, die sich die Köpfe blutig schlagen mit ihren langen Spaten und vor Hindu- und mohammedanischen Heiligenschreinen zu beten pflegen.

Sie rotteten sich zusammen, um Grish Chunder Dés Anblick teilhaftig werden zu können, deuteten mit Fingern und verglichen ihn mit einer trächtigen Milchkuh oder einem niedergebrochenen Pferd, wie es ihnen gerade in den Mund kam. Sie lachten über seine Polizeigarde und wollten gern wissen, seit wann denn die vollbepackten Sikhs bengalische Affen mit sich führten. Sie fragten höhnisch, ob er denn auch alle seine Weiber mitgebracht hätte, und rieten ihm eindringlich, sich ja nicht etwa an die ihrigen heranzumachen. Einer alten runzligen Hexe am Wegesrand blieb vorbehalten, daß sie sich auf ihre ausgemergelten Brüste schlug, als er vorbeikam, und kreischte: »Sechse habe ich gesäugt, die imstande gewesen wären, sechstausend von solchen aufzufressen, wie er einer ist. Die Regierung hat sie erschossen, aber den da machen sie zum König!« Worauf ein blaubeturbanter knochiger Pflugscharschleifer ihr zuschrie: »Keine Sorge, Mutter meiniges, er wird schon noch denselben Weg gehen wie deine Bankerte!«

Auch die Kinder, die kleinen runden braunen Pudelbälle, machten neugierige Augen. Wie ergötzlich für die Jugend, sich in Orde Sahibs Zelt zu drängen, wo es Kupfermünzen regnete, wenn man die Hand hinhielt – und auch Märchen erzählt wurden, so buchgetreu, daß selbst die eigenen Mütter kaum die Hälfte davon kannten. Allerdings: wie Pir Prith den zehn Teufeln die Augenzähne ausriß, wie sich die großen Steine oben auf den Berggipfeln des Khusru in Reih und Glied stellten, oder was geschieht, wenn man abends durch das Dorftor dem grauen Wolf zuschreit: »Badl Khas ist tot«, – davon wußte der fette schwarze Kerl drin nichts zu berichten.

Mittlerweile schwätzte Grish Chunder Dé viel und schnell auf Tallantire ein – nach der Gewohnheit aller derer, die sich hyperenglisch geben –, von Ehrendinners, Cricketmatches, Jagdrennen, von der »Heimat« drüben und ähnlichem fremden Zeug und Sport. »Wir müssen die Burschen fest in die

Hand kriegen«, flocht er bisweilen, unbehaglich gestimmt, ein; »besorgen Sie das! Nur die Zügel nicht auslassen! Sie verstehen: es hat keinen Zweck, in Ihrem Distrikt ein Auge zuzudrücken.«

Aber gleich darauf hörte Tallantire, wie Debendra Nath Dé, der seinem hohen Verwandten brüderlicherweise nachgefolgt war auf seinem Triumphzug, hoffend, daß für ihn etwas abfallen möchte durch dessen Protektion, und sei es auch nur eine Wahlstelle, auf bengalisch flüsterte: »Besser geräucherte Fische in Dacca als gezückte Schwerter in Delhi! Bruder, hör auf mich: diese Menschen sind Teufel, wie unsere Mutter zu sagen pflegte! Du wirst immer mit einem Fuß im Steigbügel bleiben müssen!«

Noch in der selben Nacht sollte seitens des neuen Deputatskommissars in einem verfallenen Dorf, dreißig Meilen hinter Jumala, eine öffentliche Ansprache gehalten werden, gewissermaßen als Antwort auf den »festlichen« Empfang, den die eingeborenen Beamten bereitet hatten. Es war eine sorgfältig ausgearbeitete Rede, die sicherlich sehr gewirkt haben würde, wenn nicht der dritte Satz mit den Worten begonnen hätte: *»Hamara hookum hai*[1]*«* – – Gelächter, klar und glockenrein, brach los; es kam aus dem Hintergrund des Zeltes, wo ein paar Landbesitzer aus dem Grenzgebiet saßen, schwoll an, mit Ausrufen des Zornes gemischt; und das magere, lauernde Gesicht Debendra Nath Dés wurde blaß. Grish Chunder aber wandte sich zu Tallantire und sprach: »Sie – natürlich Sie haben das arrangiert.«

Mitten in den Lärm hinein tönte der Schall von Hufschlägen, und gleich darauf trat Curbar ein, der Befehlshaber der Bezirkspolizei, schwitzend und staubbedeckt. Der Staat hatte ihn durch volle siebzehn schwere Jahre in einen Winkel der Provinz verbannt, damit er dort den Salzschmuggel in Schach halte und auf eine Beförderung harre, die niemals eintrat. Curbar hielt seit langem nicht mehr auf eine weiße Uniform, trug rostige Anschraubsporen und auf dem Kopf bald einen Helm, bald einen Turban. Versauert, alt, verbraucht von Hitze und Kälte, wartete er nur noch auf eine ausreichende Pension, um vor dem Verhungern gesichert zu sein.

1. Es ist mein Befehl.

»Tallantire«, sagte er, Grish Chunder Dé auch nicht eines Blickes würdigend, »kommen Sie mal raus; ich muß mit Ihnen sprechen. Es handelt sich nämlich um folgendes«, fuhr er draußen fort, »die Khusru Kheyl sind eingebrochen, haben ein halbes Dutzend Kulis an Ferris' Kanalufer abgeschnitten, ein paar Leute umgebracht und ein Frauenzimmer weggeschleppt. Ich wollte Sie deswegen nicht erst alarmieren, denn Ferris ist hinter ihnen her und Hugonin, mein Assistent, mit zehn Mann, aber ich glaube, es ist erst der Anfang. Ihre Feuer brennen auf den Höhen des Hassan Ardeb und, wenn wir uns nicht rasch dazu halten, steht bald das ganze Grenzgebiet in Flammen; sie werden zuerst die vier Khusru-Dörfer aufs Korn nehmen, denn mit denen stehen sie schon seit Jahren auf schlechtem Fuß. Sie wissen doch: der blinde Mullah predigt den Heiligen Krieg, seit Orde tot ist. Was meinen Sie?«

»Verdammt!« brummte Tallantire. »Das ist schnell gegangen. Nun, ich glaube, es ist das beste, ich reite zum Fort Ziar und raffe, wenn es nicht überhaupt schon zu spät ist, soviel Talbewohner zusammen, wie ich kann. Ich meine, Tommy Dodd hat zurzeit das Kommando in Fort Ziar? Ferris und Hugonin sollten der Räuberbande einen Denkzettel geben und – – aber nein, es geht nicht, daß das Oberhaupt der Polizei in zu auffälliger Weise die Bezirkskasse bewacht: gehen Sie zurück an den Kanal! Ich werde Bullows telegraphieren, er soll nach Jumala kommen mit einem starken Polizeiaufgebot und sich auf die Kasse setzen. Wenn die Kerle auch nicht hindringen werden, so sieht es doch gut aus.«

»Ich – ich – bestehe darauf: ich will wissen, was hier vorgeht!« ertönte da die Stimme des Deputatskommissars, der den beiden heimlich nachgekommen war.

»Na«, sagte Curbar nachlässig (er als Polizist konnte nicht begreifen, daß fünfzehn Jahre sorgfältige Erziehung aus einem Bengali einen Briten machen können). »Na, ein Gefecht hat halt stattgefunden im Grenzgebiet und Menschen sind haufenweis erschlagen worden. Na, und dann gibt's eben noch ein Gefecht und noch mehr Menschen werden erschlagen.«

»Und warum?«

»Weil die lumpigen paar Millionen im Bezirk mit Ihnen nicht so recht einverstanden sind und glauben, unter Ihrer gesegneten Regierung allerhand Schindluder treiben zu dürfen. Sie hätten eben besser vorsorgen müssen! Ich handle, das wissen Sie, ganz nach Ihren Befehlen. Was raten Sie also jetzt?«

»Ich rufe Sie alle zu Zeugen, daß ich mein Amt offiziell noch gar nicht angetreten habe!« stotterte der Deputatskommissar, diesmal nichts weniger als hyperenglisch.

»Ach so! Hab mir sowas gleich gedacht. Ja, was ich sagen wollte, Tallantire! Ihr Plan ist gut. Führen Sie ihn aus! Brauchen Sie eine Eskorte?«

»Nein, nur ein gutes Pferd. Wer wird aber das Telegramm ins Hauptquartier aufgeben?«

»Nach der Blässe im Gesicht Ihres Herrn Vorgesetzten zu schließen, wird, glaube ich, er selbst, bevor die Nacht noch rum ist, einige wundervolle Depeschen vom Stapel lassen; und wir werden nicht lang zu warten brauchen, dann haben wir die Hälfte aller Provinztruppen hier, um den Aufstand zu ersticken. Also gut: reiten Sie los! Aber geben Sie acht auf sich! Vergessen Sie nicht: die Khusru Kheyl stechen mit dem Messer von unten nach oben. Hallo, Mir Khan, bring dem Tallantire Sahib das beste Pferd, das wir haben; und fünf Mann sollen nach Jumala reiten zum Schutz des Deputatskommissars Sahib Bahadur. Ein bißchen geschwind aber!«

Geschwind ging es allerdings und nicht zumindest durch Debendra Nath Dés Zutun, der, in einem Polizeisattel klebend, beständig nach dem kürzesten – nämlich dem allerkürzesten Weg nach Jumala fragte. Die Bengalen sind nun einmal originelle Leute.

Eigentlich hätte Debendra Nath bei seinem Bruder bleiben sollen, aber dieser hatte bereits per Eisenbahn das Weite gesucht und war nach Jumala abgedampft, seinen Göttern – Göttern, die der katholischsten aller Universitäten sicherlich völlig unbekannt sind – dankend, daß er sein Amt offiziell noch nicht angetreten hatte. So blieb ihm immer noch der Ausweg, sich – o herrliche Zuflucht aller geistesgegenwärtigen Rassen! – rechtzeitig krank zu stellen.

Betrüblicherweise setzten zu alledem noch zwei, rohen Späßen keineswegs abholde Polizisten einen Schabernack auf seine Kosten in Szene, kaum daß er das schirmende Dach über seinem Haupte wußte. Sie hatten es ausgeheckt, als sie so dahinplumpsten in ihren Sätteln nach Jumala. Sie betraten – zuerst der eine und nach einer Weile der zweite – das Zimmer des Gewaltigen und überboten einander mit blutrünstigen Schilderungen des Krieges und der Massen teuflischer Stämme, die da ganze Städte in Brand setzten. Es wäre ein Spaß gewesen, sagten diese Unholde später, fast so, wie ein Verfolgungsritt mit Curbar hinter fliehenden Afghanen drein. Jede einzelne Schreckensschilderung scheuchte den Unglücklichen immer von neuem an den Schreibtisch, wo er dann halbestundenlange Depeschen aufsetzte voll Greuelbotschaften, als handle es sich um eine Wiederholung des historischen Blutbades zu Delhi. An jeden Machthaber telegraphierte er, von dem sich voraussetzen ließ, er sei imstande, ein Bajonett mobil zu machen. Unsagbares hätte sich begeben, wären die Depeschen abgeschickt worden, aber zum Glück schlief der einzige Beamte auf der Post bereits, und der Stationsvorstand meinte nach einem kurzen Blick auf den Stoß bekritzelten Papiers, mit Hinsicht auf die Eisenbahnvorschriften sei die Beförderung kaiserlicher Botschaften nicht gestattet; so knüllten denn die beiden Polizisten, Ram Singh und Nihal Singh, das Zeug zusammen zu Polstern und schliefen darauf den Schlaf der Gerechten.

Tallantire gab seinem ungebärdigen Scheckenhengst mit den porzellanblauen Augen die Sporen und machte sich auf einen vierzig Meilen langen Ritt nach dem Fort Ziar gefaßt. Er kannte die Gegend des ganzen Distriktes auswendig und gab sich nicht erst die Mühe, Wege abzuschneiden, sondern ritt in gerader Luftlinie auf die Furt zu, wo Orde gestorben war und begraben lag. Der staubige Boden verschlang das Geräusch der Hufschläge und der Mond warf den Pferdeschatten voraus als ein ruheloses Gespenst; der schwere Tau durchnäßte den Reiter bis auf die Haut. Tamariskenblätter peitschten seine Stirn, dann wieder: kahle Hügellandschaft, hohes Gestrüpp, das den Bauch des Gauls kämmte wie Bürsten, endlose Tiefebene, durchfurcht von Äckern und gefleckt von schlafenden Herden; Wüstenei, und abermals Hügel flogen vorüber, dann arbeitete sich der Hengst durch den tiefen Sand der Indus-Furt. Tallantire kam zu keinem rechten

Bewußtsein, bis er den Bug der schlingernden Fähre drüben im Fluß erkannte und zugleich sein Pferd schnaubend scheute vor dem weißen Stein auf Ordes Grab. Da raffte er sich auf und schrie, daß der Tote es hören möge: »Der Tanz geht los. Wünsch mir Glück, Alter!«

Dann hämmerte er mit dem Steigbügeleisen in der eisigen Dämmerung an das Tor der Festung Ziar, hinter deren Mauern fünfzig zerlumpte Beshakli Beludschen mit ihren Säbeln weilten, um nötigenfalls die Interessen Ihrer Majestät auf ein paar hundert Meilen in der Runde des Grenzlandes zu wahren. Dieses einzigartige Fort stand unter dem Kommando eines Subalternen, der der alten Familie der Derouletts entstammte, aber nichtsdestoweniger auf den Namen Tommy Dodd hörte. Tallantire fand ihn wach, in einen Schaffellmantel gehüllt, zitternd vor Fieber wie Espenlaub, und damit beschäftigt, die Eingeborenen-Arzneiliste für Invaliden zu studieren.

»Sind Sie also doch gekommen, Tallantire«, sagte er. »Schön. Aber wir sind alle krank hier, und ich bezweifle, ob ich dreißig Mann in den Sattel kriege. Aber – bub-bub-bub – wir tun's herzensgern. Halt: glauben Sie, ist das da eine Falle, oder eine Lüge?« – er schob Tallantire einen Bogen Papier hin; darauf stand in Gurmukhi-Kraxelfüßen: »Junge Füllen kann man nicht zurückhalten. Wenn der Mond untergeht, hinabsteigt in die vier Dörfer vom Jagai-Paß, wollen sie zum Freßtrog in der Nacht!« – und darunter in runder englischer Schrift: »Dein aufrichtiger Freund.«

»Braver Kerl!« sagte Tallantire. »Das ist Khoda Dad Khans Werk. Es sind die einzigen englischen Worte, die er sich gemerkt hat; ich erinnere mich genau. Er bildet sich einen Mordsfetzen darauf ein. Er spielt also auf eigene Faust Karten gegen den blinden Mullah, der Fuchs.«

»Ich kenne die Politik der Khusru Kheyl nicht, aber wenn Sie zufrieden sind, dann bin ich's auch«, sagte Tommy Dodd. »Man hat den Brief gestern nacht übers Tor hereingeworfen, und da sagte ich mir, wir müßten uns einen heftigen Ruck geben und nachforschen, was los ist. Ach Gott, wenn nur das Fieber nicht wäre! Glauben Sie, es wird ein festes Geraufe werden?«

Tallantire schilderte in kurzen Worten die Sachlage, und

Tommy Dodd pfiff dazu oder schüttelte sich zur Abwechslung im Fieber. Der ganze Tag war sodann der Strategie und den Finessen der Kriegskunst geweiht, sowie der Wiederbelebung der Invaliden, bis gegen Abend glücklich zweiundvierzig Soldaten auf den Beinen standen, mager, hinfällig und ungekämmt, auf die Tommy Dodd mit Stolz blickte, sie mit folgenden Worten anredend: »Ihr Männer! Wenn ihr sterbt, so fahrt ihr zur Hölle. Deshalb rafft euch auf und bleibt hübsch am Leben! Wenn ihr aber zur Hölle fahrt, dann werdet ihr es dort heißer finden als irgendwo anders, und von kaltem Fieber wird nicht mehr die Rede sein. Deshalb fürchtet euch nicht vor dem Tod. Kehrt euch! Marsch!«

Die Leute grinsten und gingen.

V

Lang, lang wird die Erinnerung an jenen nächtlichen Überfall auf die Tal-Dörfer fortleben in den Herzen der Khusru Kheyl! Der Mullah hatte ihnen einen leichten Sieg und unzählbare Beute verheißen, aber – wie aus dem Boden wuchsen die Truppen der Königin, hieben und stachen, kamen angeritten im Sternenlicht, daß bald keiner mehr wußte, wohin sich wenden, und alle, wähnend, sie seien umzingelt von Armeen, in wilder Flucht zurückeilten in ihre Berge. In der Panik fielen so manche, aufgeschlitzt vom Messer der Afghanen, die von unten nach oben ihren Stoß führen, aber mehr noch unter dem Feuer der langen Karabiner. Da erhob sich der Schrei: »Verrat! Verrat!«; und als die Fliehenden die befestigten Höhen ihrer Berge erklommen hatten, fehlten vierzig Mann, die gefallen waren, und sechzig Verwundete. Aber auch der Glaube an den blinden Mullah war dahin! Man schrie, fluchte und stritt sich an den Lagerfeuern; die Weiber jammerten um ihre Söhne und Männer; und der Mullah heulte Flüche auf die Zurückgekehrten herab.

Da stand Khoda Dad Khan auf, beredt und ungebrochen, denn er hatte an der Schlacht nicht teilgenommen – er hielt den Augenblick für gekommen. Punkt für Punkt machte er dem Stamme klar, daß nur der Mullah die Schuld trug an all dem Unheil, daß er gelogen hatte in jeder Hinsicht und sie durch sein Geschwätz in eine Falle gelockt. Freilich sei es eine Beleidigung, daß ein Bengali, der Sohn eines Bengali, beauftragt worden, die Leitung des Grenzlandes zu übernehmen, aber es bedeute noch lange nicht, wie der Mullah fälschlich behauptet habe, den Anbruch einer Zeit der Willkür und Selbständigkeit. Auch habe der unerklärliche Wahnsinn der englischen Regierung ihre Macht nicht geschwächt. Im Gegenteil, der betrogene und vom Anschluß abgetrennte Stamm werde gerade jetzt, wo seine Scheunen leerstünden, mit Blockade gegenüber dem Handel mit Hindustan bestraft, bis Geiseln gestellt würden als Bürgschaft für künftiges Wohlverhalten – habe Schadenersatz zu leisten und Blutgeld zu zahlen – sechsunddreißig englische Pfund für jeden erschlagenen Dörfler! – »Und ihr könnt euch denken«, erklärte Khoda Dad Khan, »daß diese Hunde von Talbewohnern beschwören werden, wir hätten ihrer schockweise umgebracht. Wird der Mullah die Schulden begleichen, oder sollen wir unsere Gewehre verkaufen?« – Ein lautes Murren lief um die Lagerfeuer. – – »Ihr seht also: es war des Mullahs Werk, und wir haben nichts dafür bekommen als Versprechungen des Paradieses. Es fehlt uns, ihr wißt, ein Heiligenschrein, um davor zu beten. Wir sind zu geschwächt, als daß wir, wie bisher, uns hinüberwagen könnten ins Gebiet der Madar Kheyl, um am Grabe Pir Sajjis zu knien und unsere Andacht zu verrichten. Die Madar Kheyl würden über uns herfallen – und mit Recht. Unser Mullah aber ist ein heiliger Mann. Er hat hundert Leuten unseres Stammes ins Paradies verholfen diese Nacht. Soll er ihnen nachfolgen! Wir wollen einen Dom errichten über seinem Leichnam aus blauen Multan-Ziegeln und Lampen anzünden zu seinen Füßen jeden Freitag. Er soll ein Heiliger werden, wir haben unsern Schrein, und unsere Weiber werden davor beten um Nachkommenschaft, auf daß die Lücken sich wieder füllen in unseren Reihen. Wie denkt ihr darüber?«

Ein grimmiges Kichern folgte auf diesen Vorschlag, und das leise »Ft, ft«, wie die Dolche aus den Scheiden gezogen wurden, folgte dem Kichern.

Es war eine treffliche Anregung gewesen und entsprach einem lange gehegten Herzensbedürfnis des Stammes. Der Mullah sprang auf und glotzte mit seinen verschrumpften

Augäpfeln vergeblich umher nach dem drohenden, unsichtbaren Tod; rief den Fluch Gottes und Mohammeds herab auf den Stamm! Dann begann eine Art Blinde-Kuh-Spiel zwischen den Lagerfeuern. Khuruk Shah, der Barde des Stammes, hat es in unsterblichen Versen besungen.

Sie kitzelten ihn mit den Spitzen ihrer Messer in den Achselhöhlen: er sprang heulend zur Seite – nur, um gleich darauf eine kalte Klinge im Nacken zu fühlen oder eine Flintenmündung im Bart. Er rief seine Anhänger zu Hilfe, aber die meisten von ihnen lagen erschlagen unten in der Ebene; für die Abwesenheit gerade der Entschlossensten hatte Khoda Dad Khan schon von Anfang an gesorgt. Die Männer verhöhnten den Blinden mit Schilderungen, wie herrlich der Schrein sein würde, und die Kinder klatschten in die Hände und schrien: »Lauf, Mullah, lauf! Hinter dir steht einer!«

Schließlich, als der Sport anfing, langweilig zu werden, jagte ihm Khoda Dad Khans Bruder ein Messer zwischen die Rippen. »So«, sagte Khoda Dad Khan mit entzückender Schlichtheit, »so, jetzt bin ich der Führer der Khusru Kheyl!« Niemand erhob Einwände, und alles legte sich schlafen.

Unten in der Ebene hielt Tommy Dodd einen Vortrag über die Schönheit einer Kavallerie-Attacke in der Nacht, und Tallantire keuchte nervenerschüttert dazu, im Sattel zusammengekrümmt, denn der an seinem Handgelenk baumelnde Säbel troff vom Blute der Khusru Kheyl, des Stammes, den Orde so gut im Zaum gehalten. Als ein Radschput-Soldat darauf hinwies, daß dem Schecken das rechte Ohr an der Wurzel glatt abgehauen war – offenbar infolge eines Säbelhiebes seines ungeschickten Reiters, da brach Tallantire völlig zusammen, und schluchzte und lachte nervös durcheinander, bis Tommy Dodd ihn flach auf den Boden legte und beruhigte.

»Wir müssen warten bis zum Morgen«, sagte er. »Ich habe dem Obersten telegraphiert, bevor wir ausrückten, er solle uns einen Flügel Beshaklis nachschicken. Er wird rasen, daß ich die Sache allein erledigt habe, aber: macht nichts, die Bergbanditen werden jetzt Ruhe geben.«

»Schick deine Beludschen doch mal an den Kanal hinüber; sie sollen nach Curbar sehen, Tommy! Übrigens, weißt du auch sicher, daß – daß das – Zeug da am Säbel nur von dem Ohr des Schecken herrührt?«

»Aber selbstverständlich«, sagte Tommy, »du hättest ihm ja beinahe den Kopf abgeschlagen. Ich hab's ganz deutlich gesehen, als der Tanz anfing. Schlaf jetzt, alter Bursche.«

Der Nachmittag brachte zwei Schwadronen Beshaklis zur Stelle und eine Gesellschaft befreundeter Offiziere, die Tommy Dodd vor ein Kriegsgericht gestellt zu sehen wünschten, da er ihnen, unkameradschaftlicherweise, das »Picknick« verdorben habe; sodann gab's einen gemeinschaftlichen Galopp über Land zum Kanalwerk, wo Ferris, Curbar und Hugonin den schreckensbleichen Kulis zuredeten, doch nicht eine so gute Arbeit und hohen Lohn im Stiche zu lassen, bloß weil die Khusru Kheyl einem halben Dutzend von ihnen die Hälse durchgeschnitten hatten. Der Anblick einer Truppe Beshaklis stellte das erschütterte Vertrauen bald wieder her, und die von Polizisten verfolgten Räuber hatten das zweifelhafte Vergnügen, zusehen zu müssen, wie das fleißige Summen der Arbeit am Kanalufer von neuem begann, wobei diejenigen, die in den Wasserläufen ihre Zuflucht gesucht, von den Truppen aufgestöbert wurden. Bei Sonnenuntergang trat dann seitens der Polizeipatrouille eine erbarmungslose Streife ein, die ganze Grenze entlang – ähnlich einem rastlosen Kuhhirtenritt um eine unruhige Viehherde.

»Da seht ihr's«, sagte Khoda Dad Khan zu seinen Leuten und deutete von den flackernden Lagerfeuern hinab ins Tal, »wie wenig sich gegen früher die Zustände geändert haben! Nach ihrer Reiterei werden die kleinen Teufelskanonen kommen, die sie bis herauf auf unsere Gipfel schleppen können, und die bis in die Wolken die Kugeln tragen, wie ich weiß. Wenn der Stammesrat es für gut befindet, so will ich zu Tallantire Sahib gehen – er liebt mich – und versuchen, ob ich nicht wenigstens die Blockade verhüten kann. Soll ich im Namen des Stammes reden?«

»Ay, sprich für den Stamm in Gottes Namen. Wie die verdammten Feuer blinken! Schicken die Engländer ihre Truppen mit dem Telegraphendraht, oder ist es ein Werk dieses Bengali?«

Als Khoda Dad Khan eben im Begriffe war, den Berg hinabzusteigen, begegnete er einem Stammesgenossen, und ein kurzes Gespräch bewog ihn, rasch wieder umzukehren und etwas zu holen, was er anscheinend vergessen hatte. Sodann ließ er sich von den zwei Soldaten, die hinter seinem Freunde hergewesen waren, zu Tallantire Sahib eskortieren, der sich angeblich mit Bullows in Jumala befand. An der Grenze war alles ruhig, und die Zeit des brieflichen Meinungsaustausches hatte begonnen.

»Gott sei Dank«, sagte Bullows, »daß es zu einem Aufstand gekommen ist! Wir können natürlich nicht das Thema aufwerfen: hie Farbig, hie Weiß, aber ganz Indien wird verstehen, was wir sagen wollen. Besser ein scharfer, kurzer Wutausbruch im Distrikt, als fünf Jahre einer impotenten Regierung innerhalb des Grenzgebietes. Es kostet weniger. Grish Chunder Dé hat sich krank gemeldet; man hat ihn ohne Vorwurf in seine eigene Provinz zurückberufen. Er hat sich ausdrücklich darauf ausgeredet, daß er sein Amt hier noch nicht offiziell angetreten habe.«

»Natürlich«, sagte Tallantire bitter. »Gut, und welche Schuld wird man mir zuschieben?«

»Oh, man wird sagen, Sie hätten ihre Befugnisse überschritten und außerdem versäumt, rechtzeitig zu warnen und einen Einfall der Khusru Kheyl drei Wochen früher vorherzusagen. Aber ich denke, die Autoritäten werden nicht wagen, viel Aufhebens davon zu machen; sie haben eine Lektion gekriegt. Haben Sie übrigens Curbars Notizen über den Vorfall gelesen? Einen ordnungsmäßigen Bericht kann er nicht schreiben, wohl aber einen wahrheitsgetreuen.«

»Was nützt die Wahrheit? Am besten, er zerrisse seinen Bericht. Ich bin krank an Leib und Seele. Es war alles so gänzlich unnötig – höchstens, daß wir den Babu los sind.«

In diesem Augenblick trat Khoda Dad Khan ein, in der Hand einen auffallend straff gefüllten Furagebeutel, und hinter ihm die zwei Soldaten.

»Möget ihr niemals ermüden!« sagte er fröhlich. »Eine schöne Schlacht war's, Sahibs! Und dir, Tallantire Sahib, ist Naim Schahs Mutter zu besonderer Anerkennung verpflichtet. Ein glatter Hieb, so höre ich, vom Hals bis tief hinunter zum Brustbein, durch den gefütterten Mantel hindurch! Brav gemacht! Aber ich spreche jetzt für den Stamm. Es war ein Fehler – ein großer Fehler. Du weißt, Tallantire Sahib, daß ich und die meinen den Eid gehalten haben, den wir Orde Sahib schwuren am Ufer des Indus.«

»Ja. So einschneidig wie ein afghanisches Messer: stumpf auf der einen und scharf auf der andern Seite!« sagte Tallantire.

»Ebendarum ist es so wirksam beim Hieb! Aber, ich spreche die Wahrheit, bei Gott! Nur der blinde Mullah hat die jungen Leute hineingehetzt mit der Spitze seiner Zunge; er hat gesagt, es gäbe kein Grenzgesetz mehr, seit der Bengali hergeschickt wurde, und man brauche die Engländer nicht mehr zu fürchten. Da sind sie hinuntergestiegen, um Rache für die Beleidigung zu nehmen und Beute zu machen. Damit ihr uns Glauben schenket, haben wir dem blinden Mullah, dessen üble Ratschläge den Stamm zur Unbesonnenheit verleitet haben, den Kopf abgeschnitten. Zum Beweis hab ich ihn mitgebracht«, – er warf den Kopf auf den Boden – »er wird keinen Aufstand mehr machen, denn jetzt bin ich der Führer und habe die oberste Stimme. Aber hier ist noch ein Seitenstück zu dem Kopf. Es hat noch ein zweiter Fehler stattgefunden. Einer unserer Leute hat das schwarze Bengali-Vieh erwischt, das schuld war, daß der Aufstand losbrach. Alla Dad Khan hat es gesehen, wie es weinend zu Pferd herumstreunte, und da er daran dachte, daß es die Schuld an so vielem vergossenen Blut trägt, hat er ihm den Kopf abgesäbelt; ich bringe ihn mit, auf daß ihr eure Schmach mit ihm begraben könnt. Wenn ihr es wünscht, lasse ich Alla Dad Khan morgen erschießen. Seht her: nicht einmal die Brille haben sie ihm genommen, trotzdem sie aus Gold ist!«

Langsam rollte zu Tallantires Füßen hin der kurzgeschorene Schädel eines bebrillten, bengalischen Gentlemans, die Augen aufgerissen, den Mund weit offen: der Kopf des Schreckens selber in leibhaftiger Gestalt! Bullows bückte sich herab: »Wieder ein Blutgeld, und ein sehr schweres, Khoda Dad Khan, denn dies ist der Kopf Debendra Naths, des Bruders! Der Babu selbst hat sich längst in Sicherheit gebracht. Alle wissen es, nur die Narren von Khusru Kheyl wissen es nicht.«

»Meinetwegen. Ich kümmere mich nicht um Aas. Fleisch ist Fleisch. Das Vieh hat unten am Bergesrand nach der

Straße nach Jumala gefragt, und da hat ihm Alla Dad Khan halt den Weg in die Hölle gezeigt, eben, weil er ein Narr ist, wie du sagst. Bleibt nur noch zu erörtern, was die Regierung in unserm Fall zu tun gedenkt. Also: zur Blockade –«

»Wer bist du denn, du Verkäufer von Hundefleisch«, donnerte Tallantire los, »daß du es wagst, von Verträgen und Verhandlungen zu reden? Pack dich in deine Berge – geh! Und warte dort und hungere, bis die Regierung geruht, dein Volk zur Strafe zu rufen; Kinder und Narren, die ihr seid! Zählt eure Toten und schweigt. Haltet Ruhe, bis euch die Regierung einen – Mann schickt.«

»Das wird gut sein«, erwiderte Khoda Dad Khan, »sind doch auch wir Männer.«

Dann blickte er lang und fest Tallantire zwischen die Augen und fügte hinzu: »Bei Gott, Sahib, mögest du dieser Mann sein!«

Moti Guj, der Meuterer

Es war einmal ein Pflanzer in Indien, der wollte einen Wald ausholzen, um eine Kaffeeplantage anzulegen. Als der letzte Baum gefällt und das Unterholz verbrannt war, blieb nur noch, die Stümpfe auszuroden. Dynamit kostet viel, und Feuer ist zu langweilig. Die beste Art, Stümpfe zu entfernen, ist, sich des Königs der Tiere, des Elefanten, zu bedienen. Er gräbt sie entweder mit seinen Stoßzähnen aus der Erde, oder er reißt sie vermittelst eines Taues aus. Der Pflanzer mietete also Elefanten und schickte sie einzeln, paarweise oder zu dreien an die Arbeit.

Der beste der Elefanten gehörte dem schlechtesten der Treiber, und der Name dieses unvergleichlichsten aller Tiere war: Moti Guj. Er war der unbeschränkte Besitz seines Mahout, was unter einer Eingeborenenregierung nicht möglich gewesen wäre, denn Moti Guj war ein Geschöpf, das den Neid jedes Königs erweckt hätte; wie denn auch sein Name soviel wie: »Perle der Elefanten« bedeutete. Da das Land aber unter britischer Botmäßigkeit stand, durfte Deesa, der Mahout, im unbestrittenen Besitz seines Schatzes bleiben.

Deesa, der Mahout, war ein Schlemmer. Hatte er durch die Kraft seines Elefanten genug Geld verdient, so pflegte er sich maßlos zu betrinken und dann Moti Guj eine Tracht Prügel mit einer Zeltstange zu verabfolgen, indem er auf die empfindlichen Zehennägel seiner Vorderfüße losdrosch. Moti Guj trampelte ihn bei solchen Gelegenheiten nicht etwa tot, wußte er doch ganz genau, wenn die Prügel zu Ende sein würden, würde Deesa seinen Rüssel umarmen und laut weinen und ihn »mein Herzblättchen, mein Leben und Leber meiner Seele« nennen und ihm Schnaps zu trinken geben. – Moti Guj war nämlich ein großer Freund des Alkohols, insbesondere des Arraks, aber er verschmähte auch Palmsaft-Toddy nicht, wenn er nichts Besseres bekam. – Nach solchen Gefühlsausbrüchen legte sich Deesa gewöhnlich zwischen Moti Gujs Vorderfüße schlafen und, da er sich dazu gewöhnlich die Mitte der Landstraße auserkor, Moti Guj über ihm Wache hielt und weder Pferd noch Fußgänger, noch Wagen passieren ließ, so stockte jedesmal der Verkehr, bis es Deesa beliebte, aufzuwachen. Tagsüber war Schlafen auf der Ausholzung streng verboten, denn dazu waren die Löhne zu hoch. Deesa saß also auf Moti Gujs Nacken und kommandierte, während Moti Guj machtvoll Baumstümpfe ausrodete, denn er besaß ein paar prachtvolle Stoßzähne, oder sie mit einem Strick ausriß, – denn er besaß ein paar ebenso prachtvolle Schultern; Deesa trat ihm dabei hinter die Ohren und nannte ihn den König der Elefanten. Am Abend spülte Moti Guj 500 Pfund Grünfutter mit einem Quart Arrak hinunter, und auch Deesa nahm einen Imbiß zu sich und sang dann zwischen Moti Gujs Vorderbeinen Lieder, bis es Zeit wurde, schlafen zu gehen. Wöchentlich einmal führte Deesa Moti Guj hinunter ans Flußufer; Moti Guj legte sich dann in dem seichten Wasser wollüstig auf die Seite und ließ sich von Deesa mit einem Kokosschrubber und einem Ziegelstein bearbeiten, bis ihm ein Klatschen mit dem Stein das Zeichen gab, sich umzudrehen. War die Prozedur vorbei, sah Deesa ihm Augen und Füße nach und hob ihm die Lappen seiner langen Ohren auf, um nachzuschauen, ob sich dort nicht wunde Stellen oder Entzündungsherde gebildet hätten. Fiel der Befund zufriedenstellend aus, so kehrten beide – Moti Guj schwarz und glänzend, einen abgerissenen 12 Fuß langen Ast mit dem Rüssel schwenkend, und Deesa, sein nasses langes Haar zum Knoten schürzend und eine Hymne auf das Meer singend, – nach Hause zurück.

So floß ein friedliches und gut bezahltes Leben dahin, bis Deesa eines Tages die Lust in sich fühlte, sich wieder einmal gründlich zu besaufen. Er sehnte sich aus Herzensgrund nach einer Orgie. Die kleinen Gelegenheitsschnapsereien führten zu nichts Rechtem und zehrten nur an seinem Männlichkeitsbewußtsein! Er ging deshalb zu dem Pflanzer und rief unter heißen Tränen: »Meine Mutter ist tot!«

»Ich weiß«, sagte der Pflanzer, »sie ist vor zwei Monaten auf der andern Plantage gestorben. Aber auch früher ist sie schon einmal gestorben, damals hast du – vor einem Jahr – bei mir gearbeitet.«

»Dann ist's meine Tante!« heulte Deesa. »Sie war so gut zu mir wie meine Mutter. Sie hat achtzehn kleine Kinder zurückgelassen, deren hungrige Mägen ich füllen muß«, und er schlug seine Stirne auf den Boden.

»Wer hat dir die Nachricht gebracht?« forschte der Pflanzer.

»Die Post.«

»Die ganze letzte Woche ist doch gar keine Post gekommen! Scher dich an deine Arbeit!«

»Eine verheerende Krankheit ist in meinem Dorf ausgebrochen und meine sämtlichen Weiber liegen im Sterben!« jammerte Deesa, und echte Tränen füllten seine Augen.

»Chihun soll herkommen!« befahl der Pflanzer. »Er ist aus demselben Dorf wie Deesa. Chihun, hat dieser Mann ein Weib?«

»Der?!« sagte Chihun. »I wo! Kein Weib aus unserm Dorf würde ihn anschauen! Eher würde sie noch seinen Elefanten heiraten.« Und Chihun lachte laut; Deesa aber weinte und brüllte.

»Du wirst gleich was erwischen! Marsch jetzt an deine Arbeit!« rief der Pflanzer.

»So will ich denn die himmlische Wahrheit sprechen!« stieß Deesa, von plötzlichem Offenherzigkeitsdrang ergriffen, hervor. »Seit zwei Monaten habe ich mich nicht mehr betrunken. Ich will weit fortgehen von dieser Himmelsplantage, um kein Ärgernis zu geben.«

Ein Lächeln flackerte über das Gesicht des Pflanzers. »Deesa«, sagte er, »jetzt hast du die Wahrheit gesprochen, und ich würde dir auf der Stelle einen Urlaub bewilligen, wenn ich nur wüßte, was ich mit Moti Guj anfangen soll, während du fort bist. Du weißt, er gehorcht nur dir allein.«

»Mögest du, o Licht des Himmels, vierzigtausend Jahre leben!« rief Deesa. »Ich werde nur zehn Tage fort sein, dann kehre ich zurück, das schwöre ich bei meinem Glauben, bei meiner Ehre und meiner Seele. Habe ich jetzt die allergnädigste Erlaubnis des Himmelsentsprossenen, Moti Guj herzubringen?«

Die Erlaubnis wurde erteilt und auf Deesas schrillen Pfiff hin kam das majestätische Tier aus dem Schatten einer Baumgruppe herangeschaukelt, wo es sich die Zeit damit vertrieben hatte, sich mit Staub zu duschen.

»Licht meines Herzens, Beschützer der Betrunkenen, Berg der Macht, leihe mir dein Ohr!« begann Deesa und pflanzte sich vor dem Elefanten auf.

Moti Guj lieh es ihm und salutierte mit dem Rüssel.

»Ich gehe fort«, erklärte Deesa.

Moti Guj zwinkerte verständnisvoll; er liebte ebenso wie sein Herr das Herumstrolchen: man konnte da allerlei nette Sachen auf der Landstraße aufschnappen.

»Aber du, du altes dickes Schwein, bleibst hier und arbeitest!« setzte Deesa schnell hinzu.

Moti Guj heuchelte Entzücken, aber der Glanz in seinem Auge erlosch. Er haßte aus tiefster Seele das Stümpfeausroden. Es bereitete ihm Zahnschmerzen.

»Zehn Tage bleibe ich fort, o Lieblicher! Heb mal jetzt den linken Vorderfuß, damit ich dir die Zahl einhämmern kann, du Warzenkröte aus einer vertrockneten Dreckpfütze!« – und Deesa nahm die Zeltstange und schlug Moti Guj, der dabei grunzte und von einem Fuß auf den andern trat, zehnmal auf die Nägel.

»Zehn Tage«, wiederholte Deesa, »mußt du arbeiten, Stümpfe ausroden und ausreißen, wie Chihun dir befehlen wird. Heb jetzt Chihun auf und setze ihn auf deinen Nacken!«

Moti Guj rollte das Ende seines Rüssels zusammen, Chihun stellte seinen Fuß hinein und befand sich im nächsten Augenblick auf dem Nacken des Elefanten.

Deesa reichte ihm den *Ankus* hinauf, den eisernen Elefantenstachel; Chihun hämmerte damit auf Moti Gujs Glatze los wie ein Grobschmied auf den Amboß.

Moti Guj trompetete.

»Keine Widerrede, du Schwein aus dem Urwald!« ermahnte ihn Deesa. »Chihun ist jetzt dein Mahout für zehn Tage. Und nun, Tier meines Herzens, sag mir Lebewohl! O du mein Herr, mein König! Perle aller erschaffenen Elefanten! Du Lilie der Herde, bleib gesund und sei tugendhaft! Gott befohlen!«

Moti Guj schlang als Antwort seinen Rüssel um Deesa und schwenkte ihn zweimal durch die Luft.

»Jetzt wird er arbeiten«, sagte Deesa zu dem Pflanzer. »Darf ich gehen?«

Der Pflanzer nickte, und Deesa verschwand im Gehölz. Moti Guj ging zurück an seine Arbeit. – –

Chihun behandelte ihn gut, aber er fühlte sich dennoch

unglücklich und verlassen – Chihun gab ihm klumpenweise Gewürze, kitzelte ihn unter dem Kinn, Chihuns Baby umschmeichelte ihn nach der Arbeit, Chihuns Weib nannte ihn »Herzenskind«, aber Moti Guj war der geborene Hagestolz, genau wie Deesa, und Familienzärtlichkeiten lagen ihm nicht. Er sehnte sich nach dem Licht *seiner* Welt, nach einem Labetrunk, nach dem Schlummer der Trunkenheit, nach den wilden Hieben und den wilden Liebkosungen.

Dennoch arbeitete er zu des Pflanzers größter Verwunderung.

Deesa war indessen auf den Landstraßen umhergestrolcht, bis er einer Hochzeitsprozession von Leuten seiner eigenen Kaste begegnet war und über Trinken, Tanzen und Schwelgen die Zeit vergaß.

Der Morgen des elften Tages brach an, und noch immer ließ er sich in der Plantage nicht sehen.

Man löste die Stricke von Moti Guj, damit er an seine Arbeit gehe; er schüttelte sie ab, blickte umher, zuckte die Achseln und ging fort, wie jemand, der anderswo zu tun hat.

»Hi! Ho! Komm zurück, du!« schrie Chihun. »Hierher, du ungestalter Berg, und heb mich auf deinen Nacken! Hier komm her, o Glanz des Hügelgeländes, Zierde von ganz Indien, kehre um, oder ich hau dir jede Zehe ab von deinen fetten Vorderfüßen!«

Moti Guj gurgelte höflich, dachte aber nicht im entferntesten daran, zu gehorchen. Chihun lief ihm nach und fing ihn mit einem Strick ein. Moti Guj breitete die Ohren aus wie Schirme. Chihun erkannte daraus, wieviel die Glocke geschlagen hatte, und versuchte es deshalb mit hochtrabenden Worten: »Erlaub dir keine frechen Späße mit mir! Marsch jetzt in deine Abteilung, du Teufelssohn!«

»Hrrump!« entgegnete Moti Guj. Das war die ganze Antwort. Das und das Ausbreiten der Ohren! Dann steckte Moti Guj die Hände in die Taschen, kaute einen Baumzweig als Zahnstocher, schlenderte auf der Plantage umher und verhöhnte die andern Elefanten, die bereits an ihre Arbeit gegangen waren.

Chihun meldete dem Pflanzer den Stand der Dinge, worauf dieser sich sofort auf den Schauplatz begab und wütend mit der Hundepeitsche knallte.

Moti Guj erwies dem weißen Mann sogleich die Ehre, ihn eine Viertelmeile weit auf der Ausholzung in den Lüften umherzuschwenken und ihn dann in seine Veranda zu »hrrumpen«. Sodann stellte er sich vors Haus, wiegte sich erheitert hin und her und gluckste spaßhaft in sich hinein, wie das nun einmal Elefantenart ist.

»Wir werden ihn verhauen, wie noch nie ein Elefant verhauen worden ist!« schimpfte der Pflanzer. »Man gebe Kala Nag und Nazim jedem eine zwölf Fuß lange Kette; sie sollen ihm damit zwanzig Schläge geben.«

Kala Nag, was soviel heißt wie »Schwarze Schlange«, und Nazim waren zwei der größten Elefanten aus der Herde, und eine ihrer Obliegenheiten bestand darin, die schwereren Strafen auszuteilen, denn ein Mann ist nicht imstande, einen Elefanten zweckentsprechend zu verprügeln.

Sie traten pflichtgemäß an, nahmen die Peitschketten, rasselten sie in ihre Rüssel hinein und schritten auf Moti Guj zu, um ihn in die Mitte zu nehmen.

Nun war Moti Guj während seines neununddreißigjährigen Lebens noch nie geprügelt worden und neuen Erfahrungen abhold. Er wartete kalten Blutes, wiegte den Kopf von rechts nach links und erwog genau, an welcher Stelle in Kala Nags fetter Flanke wohl ein Stoßzahn am tiefsten eindringen könnte.

Kala Nag selbst besaß keine Zähne mehr; nur die Kette war das Abzeichen seiner Amtswürde, – er zog es deshalb vor, noch im letzten Augenblick möglichst weit von Moti Guj abzurücken und so zu tun, als habe er die Kette lediglich zu seinem Vergnügen mitgebracht. Auch Nazim drehte sich auf dem Absatz um und strebte nach Hause; – zum Prügeln fühlte er sich an diesem Morgen nicht aufgelegt. Und so blieb Moti Guj allein auf dem Platz zurück, die Ohren wie Schirme ausgebreitet.

Das bestimmte den Pflanzer, klein beizugeben, denn mit einem Elefanten, der nicht arbeiten mag und überdies nicht angebunden ist, kann man nicht so leicht fertig werden. Moti Guj trollte sich, um die Pflanzung in Augenschein zu nehmen, klatschte seinen alten Kameraden leutselig auf den Rücken und fragte sie spöttisch, ob das Baumstümpfeausreißen auch gut vonstatten gehe, redete dann allerhand Unsinn über die Arbeit an sich und über das Recht der Elefanten auf eine lange Mittagspause, kurz, er demoralisierte, von einem zum andern gehend und bis zum Sonnenuntergang aufrührerische Ansprachen haltend, die ganze Plantage, worauf er sich zu den Futtertrögen verfügte.

»Wenn du nicht arbeiten willst, dann sollst du auch nicht essen«, sagte Chihun ärgerlich. »Du bist ein wilder Elefant, schäm dich! Du bist überhaupt kein gebildetes Tier. Geh in dein Dschungel zurück!«

Da kroch Chihuns kleines, braunes Baby aus der Hütte heraus und reckte die fetten Ärmchen nach dem ungeheuren Elefantenschatten vor der Türe. Moti Guj wußte ganz genau, daß es Chihun das Liebste auf der Welt war; deshalb machte er mit dem Rüssel einen einladenden Haken, und sofort stürzte sich das Kleine mit einem Jauchzen darauf. Moti Guj hob es sofort zwölf Fuß hoch in die Luft über den Kopf seines Vaters, wo es laut zu krähen begann.

»Großer Häuptling!« schrie Chihun entsetzt, »die allerbesten Mehlkuchen, zwölf an der Zahl, und zwei Fuß breit und in Rum eingeweicht will ich dir auf der Stelle geben und zweihundert Pfund frischgeschnittenes Zuckerrohr dazu, nur geruhe in Gnaden, diesen wertlosen Knirps, der mein Herz und mein Leben ist, wieder sicher niederzusetzen!«

Moti Guj senkte das braune Baby behutsam zwischen seine riesigen Vorderfüße hinab, mit denen er Chihuns ganze Hütte spielend in Brei hätte verwandeln können, und wartete auf das versprochene Futter. Fraß es. Das braune Baby krabbelte von hinnen.

Dann überließ sich Moti Guj dem Schlummer und träumte von Deesa.

Eins der vielen Rätsel, die den Elefanten umgeben, ist, daß sein ungeheurer Körper fast keines Schlafes bedarf. Vier oder fünf Stunden genügen – zwei vor Mitternacht liegt er auf der einen Seite und zwei nach ein Uhr auf der andern. Der Rest der stillen Stunden wird mit Fressen, mit Hin- und Hertreten von einem Fuß auf den andern und mit langen gebrummten Selbstgesprächen verbracht.

Um Mitternacht nun schritt Moti Guj aus seinem Abteil heraus, denn es war ihm der Gedanke gekommen, Deesa könne möglicherweise irgendwo im dunkeln Walde herumliegen ohne Schutz und Bewachung. Deshalb jagte er die ganze Nacht schnaubend und trompetend und die Ohren schüttelnd durch das Unterholz. Ging hinunter an den Fluß und gab Trompetensignale über die Furt hinüber, wo ihn Deesa zu waschen pflegte; aber keine Antwort kam zurück. Er konnte Deesa nirgends erblicken, hingegen wachten alle Elefanten der Herde auf, und eine Zigeunerbande floh in wildem Entsetzen.

In der Morgendämmerung erschien endlich Deesa auf der Plantage. Er war schwer bezecht und sah seiner Bestrafung mit Fassung entgegen; er wußte gar wohl, daß er seinen Urlaub überschritten hatte, und atmete befreit auf, als er sah, daß das Bungalow und die Pflanzung noch unbeschädigt dastanden, denn er hatte, im Hinblick auf Moti Gujs Temperament, bereits das Schlimmste befürchtet.

Mit vielen Salaams und noch mehr Lügen meldete er sich. Moti Guj weste ab. Er hatte sich zum Frühstück begeben. Die nächtliche Forschungsreise hatte ihn hungrig gemacht.

»Ruf dein Vieh her!« befahl der Pflanzer ärgerlich.

Deesa schrie etwas in der geheimnisvollen Elefantensprache, die, wie viele Mahouts glauben, aus China herübergekommen ist, – bei Erschaffung der Welt – als noch Elefanten und nicht Menschen die Herren der Erde waren.

Moti Guj horchte auf und kam sogleich. Elefanten laufen nie im Galopp; sie bewegen sich fort mit wechselnder Geschwindigkeit. Wenn ein Elefant einen Expreßzug einholen wollte, würde er auch nicht galoppieren, aber einholen würde er ihn bestimmt. So langte Moti Guj vor der Tür des Pflanzers an, ehe noch Chihun bemerkt hatte, daß er im Stalle fehlte.

Er fiel Deesa um den Hals, trompetete entzückt und beide betasteten sich dann gegenseitig von Kopf bis zu Fuß, ob auch keiner von ihnen Schaden genommen hätte.

»Jetzt wollen wir an die Arbeit gehen!« sagte Deesa. »Heb mich auf, mein Sohn und meine Freude!«

Moti Guj schwang ihn auf seinen Nacken, und dahin ging's zu der Kaffeeplantage, die lästigen Stümpfe ausreißen.

Dem Pflanzer aber verging der Zorn vor Staunen.

Klein-Tobrah

»Der Kopf des kleinen Gefangenen reichte nicht einmal bis zur Anklagebank«, berichteten die Zeitungen; viel mehr stand nicht darin, denn wen hätte der Fall eingehend interessiert? Man kümmerte sich um Leben und Tod Klein-Tobrahs so wenig, wie um das Schicksal eines Strohhalms. Die Herren im Roten Hause saßen den ganzen, langen, heißen Nachmittag hindurch über ihn zu Gericht, und wenn sie eine Frage an ihn richteten, verbeugte er sich nur bis zur Erde und wimmerte.

Das Urteil lautete auf Freispruch aus Mangel an Beweisen, und der Richter bestätigte es. Die Leiche der Schwester Klein-Tobrahs war allerdings auf dem Grunde des Brunnens gefunden worden, und Klein-Tobrah war zu jener Zeit das einzige menschliche Geschöpf auf eine halbe Meile im Umkreis gewesen, das als Täter in Betracht kommen konnte, aber immerhin schien es nicht unmöglich, daß das Mädchen durch Zufall verunglückt war.

Deshalb wurde Klein-Tobrah freigesprochen, und man sagte ihm, daß er nunmehr gehen könne, wohin er wolle. Das klang sehr großmütig, war es aber nicht, denn wohin hätte Klein-Tobrah gehen sollen? Er hatte nichts zu essen und nichts anzuziehen.

Er trollte sich hinaus auf den umzäunten Hofplatz, setzte sich auf den Brunnenrand und dachte darüber nach, ob ein Sturz in das schwarze Wasser da unten, nebst darauffolgendem unfreiwilligem Tauchen, eine gewaltsame Reise über ein anderes, noch schwärzeres und wesentlich größeres Gewässer nach sich ziehen würde, da kam ein Stallknecht des Weges und legte einen leeren Futterbeutel auf die Steine.

Klein-Tobrah war sehr hungrig und klaubte daher die wenigen feuchten Körner heraus, die das Pferd übriggelassen hatte.

»Oh, du Dieb du! Und eben erst den Schrecken des Gerichtes entronnen!« sagte der Stallknecht. »Komm her, Bursche!« Er nahm Klein-Tobrah am Ohr und führte ihn zu einem dicken, großen Engländer, der sich sogleich die Geschichte des Diebstahls ausführlich erzählen ließ.

»Hah!« rief der Engländer sodann dreimal hintereinander. Möglich auch, daß er einen stärkeren Ausdruck gebrauchte. »Steck ihn ins Netz und nimm ihn mit nach Hause.«

So wurde denn Klein-Tobrah in einem Netz in einen Karren geworfen und in das Haus des Engländers gefahren; er zweifelte keinen Augenblick, daß er dort wie ein Schwein abgestochen werden sollte. Aber der Engländer sagte nur wie vorhin dreimal »Hah!« und fügte gleich darauf hinzu: »Nasses Getreide! Pfui Teufel. Man füttere den kleinen Bettler! Wir wollen einen Reitburschen aus ihm machen. Nasses Getreide! Sowas! Es schreit zum Himmel.«

»Erstatte Bericht über dich!« befahl der Oberstallknecht würdevoll, nachdem Klein-Tobrah die ihm vorgesetzte Mahlzeit verschlungen hatte und während die Dienerschaft in ihrem Quartier hinter dem Hause der Ruhe pflegte. »Du scheinst nicht der Zunft der Bereiter und Pferdepfleger anzugehören, trotzdem dein Appetit dafür spricht. Was hast du mit dem Gericht zu tun gehabt und warum? Heraus mit der Sprache, kleiner Teufelssprößling!«

»Ich hab nicht genug zu essen gehabt«, sagte Klein-Tobrah ruhig. »Hier aber ist es prachtvoll.«

»Mach keine Umschweife!« mahnte der Oberstallknecht, »sonst mußt du den Stall des großen Fuchshengstes ausputzen, und das Luder beißt wie ein Kamel.«

»Wir sind *Telis*[1]«, berichtete Klein-Tobrah und scharrte dabei mit den Zehen im Sand. »Wir waren alle *Telis,* mein Vater, meine Mutter, mein vier Jahre älterer Bruder und die Schwester.«

»Dieselbe, die man tot im Brunnen gefunden hat?« fragte einer der Leute, der von der Verhandlung gehört hatte.

»Dieselbe, ja!« bestätigte Klein-Tobrah ernst. »Dieselbe, die tot im Brunnen gefunden wurde. Einmal – ich weiß nicht mehr, wann – ist eine Krankheit in unser Dorf gekommen, wo die Ölpresse gestanden hat. Die Schwester hat es zuerst befallen, und als sie aufstand, hatte sie das Augenlicht verloren. Denn es war *mata* – die Blatternkrankheit – gewesen. Dann sind mein Vater und die Mutter dran gestorben. Nur wir sind übriggeblieben: mein Bruder, der damals zwölf

1. Ölpresser.

Jahre alt war –, ich – acht Jahre – und meine Schwester, die nicht mehr hat sehen können, und der Ochse und die Ölpresse. Nach und nach haben wir es fertiggebracht, wieder Öl zu pressen wie früher. Aber Surjun Daß, der Kornhändler, hat uns beim Geschäft betrogen und dann war der Ochs immer so widerspenstig. Wir haben ihm Ringelblumen für die Götter auf den Nacken gelegt und auch auf den großen Mahlbalken unterm Dach, aber wir haben trotzdem nichts verdient. Surjun Daß war ein harter Mann.«

»Bapri-bap!« murrten die Frauen der Pferdeknechte, »ein Kind so zu betrügen! Aber wir kennen sie ja, diese Bunnialeute!«

»Die Presse war schon alt«, fuhr der Kleine fort, »und wir hatten nicht viel Kraft, mein Bruder und ich. Und wir konnten auch nie den Balken richtig im Bügel festmachen.«

»Das glaub ich gern«, fiel die aufgedonnerte Gattin des Oberstallknechts redselig ein und trat in den Kreis. »Das ist eine Arbeit für kräftige Männer. Als ich noch nicht verheiratet war und im Haus meines Vaters – –«

»Still, Weib!« befahl der Oberstallknecht. »Fahr fort, Bursche!«

»No, weiter nichts!« sagte Klein-Tobrah. »Nur eines Tages – ich weiß nicht mehr, wann – da hat der große Balken das Dach heruntergerissen. Mit dem Dach ist ein großer Teil der Hauswand eingefallen und dem Ochsen auf den Rücken. Es hat ihm das Kreuz abgeschlagen. Wir hatten dann weder ein Haus mehr noch die Presse und auch den Ochsen nicht mehr – mein Bruder und ich und die Schwester, die blind war. Wir sind weinend fortgezogen, Hand in Hand, quer über die Felder und hatten nur sieben Annas und sechs Pies Geld. Dann sind wir in ein Land gekommen, da war Hungersnot. Ich weiß nicht mehr, wie das Land geheißen hat. Eines Nachts, als wir schliefen, hat mein Bruder die fünf Annas, die wir noch hatten, genommen und ist davon. Ich weiß nicht, wohin er gelaufen ist. Der Fluch meines Vaters komme über ihn. Ich und meine Schwester sind in die umliegenden Dörfer betteln gegangen, aber niemand hat uns etwas gegeben. Immer hat's geheißen: ›Geht zu den Engländern, die werden euch etwas geben.‹ Ich hab nicht gewußt, was Engländer sind; ich hab nur einmal sagen hören, sie seien weiß und lebten in Zelten. Wir sind dann weitergezogen, so ins Ungewisse hinein, aber meine Schwester und ich hatten nichts mehr zu essen. Einmal, in einer heißen Nacht, da sind wir an einen Brunnen gekommen, und sie hat geweint und nach Brot geschrien. Da hab ich ihr gesagt, sie solle sich an den Rand setzen, und dann hab ich sie hinuntergestoßen. Sie hat ja nicht sehen können. Es ist besser, so zu sterben, als zu verhungern.«

»Ai, Ai«, jammerten die Weiber im Chor; »er hat sie hinuntergestoßen! Es ist besser zu sterben, als zu verhungern!«

»Ich hab mich auch hinunterstürzen wollen, aber sie war noch nicht tot und hat vom Grund des Brunnens nach mir geschrien und da hab ich mich gefürchtet und bin davongelaufen. Und dann ist einer aus den Stoppelfeldern herausgekommen und hat gesagt, ich hätte sie getötet und den Brunnen verunreinigt, und sie haben mich vor einen Engländer gebracht – er war weiß und furchtbar – und dann hierher. Aber gesehen hat niemand, daß ich es getan habe, und es ist doch besser zu sterben, als zu verhungern. Und dann war sie ja ein Kind und hat nicht sehen können.«

»War nur ein Kind und hat nicht sehen können«, wiederholte die Frau des Oberstallknechtes. »Aber was bist du denn? Bist schwach wie ein Huhn und klein wie ein eintagaltes Füllen! Was bist denn du?«

»Ich? Ich hab einen leeren Magen gehabt, aber jetzt, jetzt bin ich – satt«, sagte Klein-Tobrah und streckte sich im Sand aus. »Schlafen möcht ich jetzt.«

Die Frau breitete eine Decke über Klein-Tobrah, und er schlief den Schlaf des Gerechten.

Naboth

Diese Geschichte könnte eine Allegorie des indischen Kaiserreiches sein, aber abgespielt hat sie sich nichtsdestoweniger und zwar folgendermaßen:

Ich begegnete Naboth am Rande meines Gartens. Er trug einen leeren Korb auf dem Kopf und ein schmutziges Tuch um die Lenden. Das war anscheinend seine ganze Habe – damals, als ich ihn zum ersten Male sah.

Er eröffnete unsere Bekanntschaft mit Betteln, war sehr mager und trug fast ebensoviel Rippen zur Schau wie sein Korb. Er erzählte mir eine endlose Geschichte von Fieber und einem Prozeß und einem eisernen Kessel, den ihm das Gericht nach vorheriger Pfändung beschlagnahmt hätte.

Ich griff in die Tasche, um Naboth zu helfen; haben doch auch bekanntlich orientalische Herrscher fremden Abenteurern bis zur Neige ihrer königlichen Schatzkammern geholfen! Ich fand eine Rupie in den Futterfalten meiner Westentasche – wußte gar nicht, daß sich eine solche dort verkrochen hatte – und reichte sie Naboth, gewissermaßen als ein direktes Geschenk des Himmels. Er versicherte mir, ich sei der einzig berufene Beschirmer der Armen, den er jemals im Leben gesehen hätte. Am nächsten Morgen erschien er wieder, ein wenig gerundeter an Körperfülle, ballte sich zu einem Knäuel auf meiner Veranda zusammen und beteuerte, ich sei sein Vater, seine Mutter und der direkte Abkömmling des indischen Götterpantheons – außerdem lenke ich fraglos die Geschicke des Universums. Er selbst hingegen sei nur ein geringer Zuckerwarenverkäufer und viel weniger, als der Staub zu meinen Füßen.

Ich hatte derlei Hymnen schon oft gehört und fragte ihn daher, was sein Begehr sei. Meine Rupie, sagte Naboth, habe ihm die dauernden Wonnen des Paradieses erschlossen, nur ein Wunsch bliebe ihm noch, nämlich, in der Nähe des Hauses seines Wohltäters einen Zuckerstand errichten zu dürfen, um beständig sein – das heißt mein – erhabenes Antlitz vor Augen zu haben und zu sehen, wie ich komme und gehe und die Welt erleuchte. Ich gewährte ihm gnädigst die Bitte und er ging von hinnen, den Kopf zwischen den Knien.

Vom untersten Ende meines Gartens senkte sich, gekrönt von dichtem Gestrüpp, ein Abhang zur Straße hinab. Ein kurzer Fahrweg führt an dem Gebüsch vorbei von meinem Hause zum Korso. Am nächsten Tag sah ich, daß Naboth sich am Fuße des Abhanges hingesetzt hatte – mitten hinein in den Staub der Straße und in die volle Glut der Sonne, mit einem schmächtigen Korb schmieriger Süßigkeiten vor sich; er hatte offensichtlich mit meiner großmütigen Gabe als Betriebskapital wieder ein Geschäft angefangen. Ich war gewissermaßen der Schöpfer dieses Paradieses.

Bei Anbeginn war die Erde ringsum wüst und leer gewesen, dann zeigten sich die Uranfänge in schwachen Umrissen: Naboth, ein Körbchen, grauer Staub und Sonnenschein, das war, ehe die Anzapfung meines Reiches anhub.

Am nächsten Tage bereits hatte sich Naboth näher an mein Gestrüpp herangepürscht, nannte ein Palmenblatt sein eigen und wedelte damit die Fliegen von seinen Süßigkeiten weg, woraus ich schloß, daß er ein gutes Geschäft gemacht haben mußte.

Vier Tage später bemerkte ich, daß er sich und seinen Korb bis in den Schatten des Gebüsches hinaufgezogen und ein isabellfarbenes Tuch als Baldachin zwischen den Ästen befestigt hatte, um von der Sonnenhitze nicht belästigt zu werden. Sein Korb enthielt eine große Auswahl Zuckerwerk. Der Handel scheint zu blühen, dachte ich bei mir.

Sieben Wochen später erwarb die Regierung ein Stück Land ganz in der Nähe, um ein Gerichtsgebäude darauf errichten zu lassen. Etwa vierhundert Kulis wurden zur Aushebung des Grundes eingestellt. Naboth kaufte sich ein blau- und weißgestreiftes Tuch, einen messingnen Lampenständer und einen kleinen Jungen, um der geschäftlichen Flutwelle, die stündlich wuchs, begegnen zu können.

Wieder fünf Tage später hatte er sich ein riesiges, dickbäuchiges, rotrückiges Buch angeschafft und dazu ein gläsernes Tintenfaß – was mir verriet, daß die Kulis auf dem besten Wege waren, seine Schuldner zu werden, und daß sich das Geschäft bereits dem legitimen Bankfach zubewegte. Auch sah ich, daß sich der eine Korb in drei verwandelt hatte, Naboth in das Gestrüpp eingedrungen war und dort eine niedliche Lichtung behufs gebührender Entfaltung des

Warenvorrats, des Jungen und der Buchhaltung ausgehauen hatte.

Nach zwölf weiteren Tagen stand eine Art Feldküche aus Lehm in der Lichtung und das rotrückige Hauptbuch machte einen hochträchtigen Eindruck. Er versicherte mir, Gott habe nur wenige Engländer meiner Art erschaffen und ich sei fraglos eine Verkörperung aller menschlichen Tugenden. Als Opfergabe spendete er mir ein wenig von seinem Zuckerzeug, und durch dessen Annahme setzte ich ihn sozusagen zum Vasallen im Bereich meines Schutzgebietes ein.

Abermals drei Wochen und ich bemerkte, daß der Junge täglich für seinen Herrn ein warmes Mittagessen bereitete und Naboth selbst sich einen Spitzbauch anzulegen gedachte. Er hatte ein weiteres Stück meines Gebüsches »urbar« gemacht und sich ein zweites, noch dickeres Kontobuch angeschafft.

Elf Wochen darauf hatte er sich beinahe durch das ganze Buschwerk durchgehauen, und eine Schilfrohrhütte mit einem Bett davor verschönte die Ansiedlung. Zwei Hunde und ein Baby schliefen auf dem Bett, woraus ich schloß, daß Naboth eine Gattin heimgeführt hatte. Er gab es ohne weiteres zu und sagte, er habe den Schritt getan in der Voraussetzung, daß es meine Gnade noch gestatten würde, zumal ich unendlich edler sei, als Krischna selbst.

Nach Verlauf von sechs Wochen und zwei Tagen war eine Lehmmauer hinter der Hütte entstanden; Hühner liefen davor umher und es stank ein wenig. Der Munizipalsekretär stellte fest, daß sich infolge dieser Bautätigkeit bereits eine Senkgrube von Abwässern auf der Straße vor meinem Besitztum zu bilden begänne, die ich unbedingt beseitigen lassen müßte. Ich sprach mit Naboth.

Er sagte, ich sei unumschränkter Gebieter über alle seine irdischen Güter und der Garten mein ausschließliches Eigentum. Als Huldigung und Opfergabe sandte er mir wieder einiges Zuckerwerk, eingewickelt in einen gebrauchten Wischlappen.

Zwei Monate später begab es sich, daß ein Kuli bei einer Rauferei, die gegenüber Naboths Paradies und Weinberg stattgefunden haben mußte, erschlagen worden war.

Der Polizeiinspektor sagte, es sei das ein ernster Fall,

drang in meine Gesindewohnungen ein, beschimpfte die Hausmeisterin und wollte den Hausmeister verhaften. Das Bedenkliche bei der Mordaffäre war, daß es allgemein hieß, die meisten der an der Rauferei beteiligten Kulis seien schwer betrunken gewesen. Naboth stellte mir aufs eindringlichste vor, nur mein Name, als glänzender Schild zwischen ihn und seine Feinde gestellt, könne ihn schützen, was um so wünschenswerter sei, als er in Bälde die Ankunft eines zweiten Babys erwarte.

Vier Monate waren wieder vorbei, da bestand die Hütte ganz und gar aus soliden Lehmmauern, und Naboth hatte den größten Teil meines Gebüsches für fünf Ziegen abgeholzt. Eine silberne Uhr an einer Aluminiumkette zierte seinen stattlichen Bauch.

Nun waren meine Diener wiederholt unglaublich betrunken und pflegten auch sonst die Tage in geheimnisvollen Orgien in Naboths Paradies zu verbringen.

Ich sprach mit Naboth.

Er sagte, meine strahlende und erhabene Gnade vorausgesetzt, werde er alle seine Weiber in unnahbare Damen verwandeln, und, falls jemand ihn verdächtigen sollte, er triebe etwa einen verbotenen Handel mit Schnaps im Schatten der Tamariskensträucher, so solle ich, sein Gebieter und Herr, den Ruchlosen unerbittlich zur Rechenschaft ziehen.

Eine Woche darauf bestellte er einen Mann, damit er ihm einige Dutzend Quadratmeter Gitterzaun um die Rückseite der Hütte zöge, auf daß seine Damen vor den zudringlichen Blicken des Publikums geschützt seien. Der Mann fing mit der Arbeit zwar an, ließ sie aber bald stehen und pflasterte lieber statt dessen ein Stück der kurzen Verbindungsstraße, die zu meinem Hause läuft.

Nun fuhr ich in der Dämmerung an jenem Tage heim und bog scharf um die Ecke an Naboths Weinberg. Im nächsten Augenblick hatten die beiden Pferde meines Phaethons sich mit den Füßen in einem Haufen umherliegenden Gitterwerks verfangen und stürzten. Das eine schürfte sich nur das Knie auf, aber das andere mußte ich auf der Stelle erschießen, so war es zugerichtet.

Naboth ist jetzt fort, seine Hütte ist der Erde, der sie entstammte, gleichgemacht, und der Boden mit Salz bestreut, statt mit Zucker, zum Zeichen, daß der Platz verflucht sein möge.

An die Grenze meines Gartens habe ich mir eine Sommerlaube bauen lassen, die die Aussicht beherrscht. Sie dient mir als Sperrfort, von dem aus ich mein Reich vor Einfall beschirme.

Ich kann mir heute genau vergegenwärtigen, wie dem gottseligen Ahab in der Bibel zumute gewesen sein muß. Man hat ihn in der Schrift schmählich falsch beurteilt!

Finanzwirtschaft der Götter

Das Abendessen in Dhunni Bhagats Chubara war zu Ende, und die alten Priester rauchten oder beteten ihre Rosenkränze. Ein kleines Kind kam hereingetrappelt, den Mund weit offen, in der einen Hand einen Strauß Butterblumen und in der andern ein Päckchen Tabak. Es versuchte niederzuknien und vor Gobind eine tiefe Verbeugung zu machen, aber fett wie es war, fiel es hin auf seinen glattgeschorenen Kopf und purzelte auf die Seite, strampelnd und nach Atem schnappend, wobei die Butterblumen nach links und der Tabak nach rechts in weitem Bogen flogen. Gobind lachte, stellte es wieder auf die Füße und segnete die Butterblumen, während er den Tabak einsteckte.

»Von Papa«, sagte das Kind. »Er hat das Fieber und kann nicht kommen. Wirst du für ihn beten, Vater?«

»Freilich, Kleinchen; aber der Erdrauch ist aufgestiegen und Nachfrost liegt in der Luft. Es ist nicht gut, nackt im Herbst herumzulaufen!«

»Ich hab keine Kleider«, sagte das Kind, »und den ganzen Tag hab ich Kuhfladen in den Bazar tragen müssen. Es ist so heiß gewesen, und ich bin schrecklich müd.« Es schauderte ein wenig, denn die Dämmerung war kühl.

Gobind steckte den Arm unter seine weite, buntgefleckte Lumpendecke und machte neben sich ein kleines einladendes Nest daraus; das Kind kroch hinein, und Gobind füllte den frischen Tabak in seine messingbeschlagene Wasserpfeife mit dem langen Lederschlauch. – Als ich in die Chubara trat, lugte der kleine geschorene Kopf mit der Haarquaste oben drauf und den schwarzen Kugelaugen aus seinem Nest heraus, wie ein Eichhörnchen, während Gobind daneben saß und lächelnd duldete, daß das Kind mit seinem Bart spielte. Ich wollte etwas Freundliches sagen, erinnerte mich aber noch rechtzeitig, daß, wenn das Kind vielleicht später zufällig stürbe, es heißen würde, ich hätte den bösen Blick, was ein furchtbarer Vorwurf ist. »Bleib nur ruhig sitzen, Däumlingchen«, sagte ich, als der Kleine Miene machte, aufzuspringen und fortzulaufen. »Wo hast du denn deine Schiefertafel? Und wie hat denn der Lehrer einem Bösewicht wie dir erlauben können, auf der Straße herumzulaufen, wo doch gar kein Polizeimann da ist, der auf uns schwache Brummer achtgibt? Und in welchem Stadtviertel gedenkst du dir den Hals zu brechen beim Drachensteigenlassen auf dem Dach?«

»Nein, Sahib, nein!« sagte das Kind, versteckte sein Gesicht im Barte Gobinds und flocht verlegen Strähne hinein. »Heut war doch schulfrei, und ich laß nie Drachen steigen. Ich spiel Ker-li-kit, wie die andern.«

Kerlikit-Cricket ist das Nationalspiel der Schulbuben im Punjab, vom nackten ABC-Schützen angefangen, der zum Cricket-Ballbesteck sich eine alte Weißblechlampe auserkürt, bis hinauf zum Universitätshörer, der für die Meisterschaft trainiert.

»So? Du spielst Kerlikit! Aber du bist doch selber erst halb so groß wie ein Cricketschläger!« sagte ich.

Das Kind nickte stolz. »O ja! Ich kann gut spielen. *Perlay Ball: A-us! Lauf, lauf, lauf!* Ich weiß das alles.«

»Aber du darfst dabei niemals vergessen, zu den Göttern zu beten, wie es vorgeschrieben ist«, ermahnte Gobind, der auf Cricketspielen und andere westliche Neuerungen nicht das geringste Gewicht legte.

»Ich vergeß es nie«, beteuerte das Kind verschüchtert.

»Auch deinem Lehrer Verehrung entgegenzubringen, und – –« – Gobinds Stimme wurde mild – »und heilige Männer nicht am Bart zu zupfen, du kleiner Missetäter. Eh, eh, eh? Was ist denn das?«

Das Kind hatte sofort sein Gesicht in dem großen weißen Bart begraben und begann zu wimmern, bis Gobind es beschwichtigte, wie man alle Kinder in der Welt beschwichtigt: mit dem Versprechen, ihm eine Geschichte zu erzählen.

»Ich hab dich doch nicht erschrecken wollen, Dummerle! Schau doch her! Mach ich ein böses Gesicht? Also! *Aré, aré, aré.* Soll ich vielleicht mitweinen? Und aus unsern Tränen einen Teich machen, in dem wir dann beide ertrinken? Und wenn dann dein Vater nicht mehr gesund wird, wer wird ihn denn dann am Bart zupfen? Still, still, ich werde dir etwas von den Göttern erzählen. Hast du schon viele Geschichten gehört?«

»Oh, viele, viele, Vater.«

»Aber ich weiß eine neue, die du sicher noch nicht gehört

hast. Also: lang lang früher in alter Zeit, als die Götter noch mit den Menschen herumgingen – sie tun's auch heute noch, aber wir haben zu wenig Glauben und darum sehen wir sie nicht –, da ist Schiwa, der oberste aller Götter, mit Parbati, seiner Frau, eines Tages im Garten eines Tempels spazierengegangen.«

»In welchem Tempel?« fragte das Kind schnell. – »Im Nandgaon-Viertel?«

»Ach was! Viel viel weiter. Vielleicht in Trimbak, oder in Hurdwar, wohin du einmal pilgern mußt, bis du groß bist. Nun, und da saß gerade im Garten unter den Jujube-Bäumen ein Bettelmönch, der hatte Schiwa verehrt durch vierzig Jahre und lebte von den Gaben der Frommen. Tag und Nacht war er versenkt in heiligen Betrachtungen.«

»Oh, Vater, das warst du!« rief das Kind und blickte mit weit offenen Augen Gobind an.

»Aber nein! Ich hab dir doch gesagt, es war viel früher. Und dann war der Bettelmönch verheiratet.«

»Haben sie ihn bei der Hochzeit auf ein Pferd gesetzt und ihm Blumen auf den Kopf gelegt und ihm verboten, in der Nacht zu schlafen? So haben sie es mit mir gemacht, als sie mich vor ein paar Monaten verheiratet haben.«

»So? Und was hast du dazu gesagt?« fragte ich.

»Ich? No, ich hab halt geweint, und sie haben mich ausgescholten. Dann hab ich ›ihr‹ eine hineingehaut, und dann haben wir zusammen geweint.«

»Das hat der Bettelmönch nicht getan«, fuhr Gobind fort, »denn er war ein heiliger Mann und sehr arm. Als die Göttin Parbati ihn nackt so dasitzen sah auf den Tempelstufen, während alles hinauf- und hinabstieg, sagte sie zu Schiwa: ›Was werden sich die Menschen von den Göttern denken, daß sie ihre Verehrer so vernachlässigen? Vierzig Jahre lang hat dieser Mann da zu uns gebetet und nur täglich ein paar Körner Reis und einige zerbrochene Kaurimuscheln dafür gekriegt. Die Herzen der Menschen werden hart werden, wenn das so weitergeht.‹ Und Schiwa sagte: ›Ich will nach dem Rechten sehen‹, und rief in den Tempel seines Sohnes, des Gottes mit dem Elefantenkopf, hinein: ›Mein Sohn, draußen ist ein Bettler, der ist sehr arm. Was gedenkst du zu tun für ihn?‹ – Da erwachte der große Elefantenköpfige in der

Dunkelheit und antwortete: ›Wenn es dein Wille ist, so soll er in drei Tagen hunderttausend Rupien haben.‹ – Darauf ging Schiwa mit seiner Frau Parbati fort.

Aber da hatte ein Geldverleiher, im Garten versteckt, gestanden unter den Butterblumen«, – das Kind blickte verständnisvoll auf den zerknickten Blumenstrauß, den es in der Hand hielt – »ganz richtig: unter gelben Butterblumen, und mitangehört, was die Götter besprochen hatten. Er war ein habgieriger Mann mit einem schwarzen Herzen und wünschte, das *Lakh* Rupien an sich zu bringen. So ging er denn zu dem Bettler und fragte: ›O Bruder, wieviel geben dir die Frommen täglich?‹ – Und der Bettler antwortete: ›Genau weiß ich es nicht. Manchmal ein wenig Reis, manchmal ein bißchen Hülsenfrüchte und ein paar Kaurimuscheln. Es ist aber auch schon vorgekommen, daß sie mir gesalzene Mangos und gedörrten Fisch gegeben haben.‹«

»Das schmeckt gut!« rief das Kind und leckte sich die Lippen.

»Da sagte der Geldverleiher: ›Ich habe dich lange beobachtet und dich, deiner Geduld wegen, liebgewonnen. Deshalb will ich dir jetzt fünf Rupien geben für das, was du in den nächsten drei Tagen einnehmen wirst. Du brauchst nur diesen Schein hier zu unterschreiben.‹ Aber der Bettler erwiderte: ›Du bist ja verrückt! In zwei Monaten nehme ich nicht soviel ein, wie fünf Rupien wert sind›, und er erzählte es noch am Abend seiner Frau. Da sie ein Weib war, meinte sie: ›Wann hätte jemals ein Geldverleiher ein schlechtes Geschäft abgeschlossen?! Der Wolf läuft durch die Felder, um ein fettes Wild zu erwischen. Unser Schicksal liegt in den Händen der Götter. Daß du mir nichts unterschreibst in den nächsten drei Tagen!‹

Da ging der Bettler zu dem Geldverleiher und sagte ihm, daß er nicht gedenke, den Handel abzuschließen. Der Bösewicht aber wollte ihn nicht loslassen, blieb den ganzen Tag bei ihm sitzen und bot immer mehr und immer mehr. Zuerst zehn, fünfzig und hundert Rupien, dann, da er fürchtete, die Götter könnten jeden Augenblick ihr Geschenk schicken, Rupien tausendweis, bis die Summe auf fünfzigtausend, also auf ein halbes *Lakh*, gestiegen war. Da gab das Weib des Büßers ihre Einwilligung und der Vertrag wurde unterschrieben. Das Geld wurde in Silber ausbezahlt und große weiße Stiere brachten es in Wagenladungen herbei. Alles schien in Ordnung zu sein, aber das Geschenk der Götter kam nicht und kam nicht und das Herz des Geldverleihers wurde unruhig vor Erwartung. Am Nachmittag des dritten Tages ging der Geldverleiher in den Tempel, um die Beratung der Götter zu belauern und zu erfahren, auf welche Art das Geschenk eintreffen würde. Er war gerade mitten im Gebet, da öffnete sich eine Spalte zwischen den Steinfliesen, blieb einen Augenblick offenstehen, schloß sich dann wieder und zwickte die Ferse des Geldverleihers ein. Gleich darauf wandelten die Götter im Dunkel der Säulen umher, und Schiwa rief nach seinem Sohn Ganesha und fragte ihn: ›Mein Sohn, wie steht es mit dem *Lakh* Rupien, die du dem Bettler geben wolltest?‹ – Und Ganesha erwachte – der Geldverleiher hörte deutlich das trockene Rascheln, wie der Gott seinen Rüssel entfaltete – und antwortete: ›Vater, die eine Hälfte ist bereits ausbezahlt, und den Schuldner für die andere Hälfte halte ich hier fest an der Ferse.‹«

Das Kind schüttelte sich vor Lachen. »Und hat der Geldverleiher den Bettler bezahlt?« fragte es.

»Natürlich! Wen die Götter einmal bei der Ferse haben, der muß zahlen, bis er schwarz wird. Noch an demselben Abend wurde das Geld ausgezahlt. Lauter Silber. In großen Karren. Und das war Ganeshas Werk.«

»Na-thu! Ohé Nathu!«

Ein Weib rief's draußen in der Dunkelheit am Tor des Hofraums.

Das Kind rückte unruhig hin und her. »Die Mutter ruft!«

»Also geh, Kleinchen!« sagte Gobind. »Halt, wart noch ein wenig!« Er riß ein großes Stück aus seiner Flickendecke, legte es dem Kind um die Schultern, und das Kind lief hinaus.

Die Stadt der furchtbaren Nächte

Die erstickende feuchte Hitze, die auf dem Land liegt wie ein Tuch, macht jede Hoffnung auf Schlaf zuschanden; dazu das unablässige Zirpen der Zikaden und das gellende Geheul der Schakale! Unmöglich, es noch länger auszuhalten in dem leeren, dunkeln, echoreichen Haus und immer und ewig sehen zu müssen, wie der *Punkah*fächer in die tote Luft schlägt! So ging ich hinaus um zehn Uhr nachts in den Garten und steckte meinen Spazierstock in ein lockeres Beet, um zu sehen, nach welcher Richtung er fallen würde. Er deutete hinüber zur mondlichtbeschienenen Straße, die zur Stadt der furchtbaren Nächte führt. Das Geräusch seines Falles scheuchte einen Hasen auf. Der hoppelte von seinem Lager auf und lief hinüber zu einer aufgelassenen mohammedanischen Begräbnisstätte, auf der die zahnlosen Schädel und blanken Schenkelknochen, erbarmungslos bloßgelegt durch die Juli-Wolkenbrüche, wie Perlmutter schimmerten auf dem von Regengüssen zerwühlten Grund. Es war, als hätte die schwere Erde und die heiße Luft sogar die Toten emporgetrieben, Kühlung zu suchen. Der Hase hoppelte weiter, beschnupperte seltsam einen rauchgeschwärzten Lampenscherben und verschwand im Schatten eines Tamariskengebüsches.

Die offene Hütte des Mattenwebers beim Hindutempel war erfüllt von schlafenden Menschen, die umherlagen wie eingewickelte Leichen. Hoch oben am Himmel brannte das starre Auge des Mondes. Dunkelheit täuscht Kühle nur vor; beständig mußte ich mir vorsagen, das grelle Licht trüge keine Schuld an der Hitze ringsum. Eine krankhafte Wärme ging vom Mond aus und strahlte in die Luft.

Wie ein gerader Streifen aus poliertem Stahl lief die Straße hinüber zur Stadt der furchtbaren Nächte; an den Wegrändern hingestreckt in phantastischen Stellungen, leichenhaft schlafend, die Leiber von hundertsiebzig Menschen auf Lagerstätten. Einige ganz in Weiß gehüllt und die Münder fest geschlossen, einige nackt und schwarz wie Ebenholz in dem gleißenden Licht, und einer, weit weg von ihnen, das Gesicht aufwärts gekehrt, den Kiefer herabgesunken, silberig schimmernd und aschig fahl: ein Aussätziger. Die übrigen: erschöpfte Kulis, Diener, Kleinladenbesitzer und Kutscher von dem nahen Wagenstand. Szene: das Land vor den Toren der Stadt Lahore und eine heiße Augustnacht. Das war alles, was ich sah, aber nicht alles, was ich hätte sehen können. Der Hexenspuk des Mondlichts hatte die Welt in ein grausiges Bild verwandelt: die lange Reihe der nackten »Toten« bot einen schauerlichen Anblick – und als letzter darin der statuenhafte Leprakranke.

Eine Straße aus Menschenleibern gebildet! Lauter Männer. Mußten denn die Frauen in den stickigen Höhlen der Lehmhütten die Nacht verbringen, so gut es ging? Das klägliche Greinen eines Kindes gab mir Antwort auf meine stumme Frage. Wo Kinder sind, da sind auch die Mütter nicht weit, die sie behüten. Sie halten Wache bei ihnen in diesen zermürbenden sengenden Nächten. Ein schwarzer kleiner Kugelkopf lugte vom Giebel eines niedrigen Lehmhüttendaches herab und ein dünnes – jämmerlich dünnes Beinchen streckte sich über die Regenrinne. Dann das scharfe Klicken eines Glasarmbandes; ein Frauenarm wird sichtbar einen Augenblick lang über der Brustwehr, schlingt sich um den Nacken des Kindes und zieht es zurück – das Zappelnde, Widerstrebende – in die schwüle Bettstatt. Schnell und kurz, wie es ertönte, ist das Piepsen des Kleinen verstummt; sogar die Kinder der Gosse sind zum Weinen zu erschöpft.

Wieder: leichenhaft schlafende Leiber, eine Koppel bewegungslos ruhender Kamele am Wegesrand, Mondlichtstreifen, eine weiße Straße, eine Vision dahineilender Schakale, Ekka-Ponys in tiefem Schlummer, das Zuggeschirr noch auf dem Rücken, und – wieder Leichen, Leichen. Messingbeschlagene Landkarren blitzen im Mondlicht – wieder Leichen, Leichen. Wo immer ein Heuwagendach, ein Baumstumpf, ein zersägter Stamm, ein Büschel Bambus, oder ein Strohhaufen Schatten wirft, da ist der Boden bedeckt mit diesen Schlafleichen. Einige mit dem Gesicht nach abwärts, die Arme verschränkt, im Staub; einige mit über den Köpfen gefalteten Händen; andere, zusammengekrümmt wie Hunde, oder wie die Geschützrohre steif an den Seiten der Kornwagen liegend. Andere wieder im grellen Mondesglanz und die Stirnen an die Knie gepreßt.

Ich empfände es wie eine Erlösung, wenn sie schnarchen würden, aber alles bleibt still wie auf einem Totenfeld. Bisweilen beschnuppert den oder jenen ein Hund und trabt dann weiter. Hie und da liegt ein mageres Kindchen neben seinem Vater auf der Erde und gelegentlich schlingt sich ein Arm um seinen Körper; aber zumeist schlafen die Kleinen bei ihren Müttern auf den Dächern. – Gelbhäutige, blankzähnige Parias weiß man nicht gern in der Nähe brauner Kinderleiber. Ein erstickend heißer Hauch aus dem Munde des Delhi-Tores ertötet fast meinen Entschluß, um diese Stunde die Stadt der furchtbaren Nächte zu betreten.

Es ist ein Gemisch aller übeln Gerüche tierischen und pflanzlichen Ursprungs, die eine mauerumgürtete Stadt ausbrüten kann in einem Tag und in einer Nacht; die Hitze, die in den Gruppen der Platanen und Orangenbäume außerhalb der Wälle herrscht, ist wie Eiseskälte, gemessen an der Temperatur, die einem entgegendringt. Gott sei allen Kranken und Säuglingen gnädig, die innerhalb dieser Stadt die Nacht verbringen müssen! Die hohen Häusermauern strahlen noch immer Glutwellen aus, und aus den Gossengruben dampfen faulige Miasmen, die einen Büffel betäuben könnten. Aber die Büffel schenken dem keine Beachtung. Ein halbes Dutzend lustwandelt in der menschenleeren Hauptstraße, und von Zeit zu Zeit drücken sie ihre massigen Nüstern an die Verschalungen der Kornhändlerläden und beschnauben sie dann wie die Walfische.

Wieder Stille. Aber jene gewisse Stille, die erfüllt ist von den Nachtgeräuschen einer großen Stadt: einen Augenblick erklingt ein Saiteninstrument, aber nur einen Augenblick. Hoch oben reißt einer ein Fenster auf und das Klappern des Rahmens ruft das Echo wach in den verödeten Straßen. Von einem Dach herab dringt das rhythmische Schlagen einer *Punkah* und Leute reden miteinander, – es klingt wie das sanfte Glucksen der Wasserpfeife. Ein wenig weiter und das Geräusch einer Unterhaltung wird deutlich. Ein schmaler Lichtstreifen zwischen den Ritzen des Rollverschlusses eines Ladens: drinnen ein stoppelbärtiger, müdäugiger Händler mitten unter Baumwollballen schreibt Zahlen in sein Hauptbuch. Drei verhüllte Gestalten leisten ihm Gesellschaft und machen von Zeit zu Zeit eine Notiz. Der Händler macht eine

Eintragung, dann eine Bemerkung, dann fährt er sich mit dem Handrücken über die nasse Stirn. Die Hitze in der eng verbauten Straße ist furchtbar; drin im Laden muß sie unerträglich sein. Aber die Arbeit geht ihren Gang: Eintragung, ein Kehllaut, ein Zucken der Hand nach der Stirn, so folgt eins auf das andere mit der Regelmäßigkeit eines Uhrwerks.

Ein Polizeimann – ohne Turban und tief im Schlaf – liegt quer über dem Weg auf der Straße zur Moschee des Wazir Khan. Ein Streifen Mondlicht glänzt auf seinem Gesicht, aber es stört ihn nicht. Es ist dicht vor Mitternacht und noch immer nimmt die Hitze zu. Der offene viereckige Platz vor der Moschee ist bedeckt mit »Leichen«; vorsichtig muß man sich den Weg ertasten, um nicht auf sie zu treten. Das Mondlicht fällt quer auf die hohe Front der mit bunten Diagonalstreifen aus Email geschmückten Moschee und jede der in den Nischen und Winkeln des Mauerwerks träumenden Tauben wirft ihren kugelförmigen Schatten. Verhüllte Gestalten taumeln schlaftrunken auf von ihren Pritschen und verschwinden geisterhaft in den dunkeln Tiefen des Gebäudes. Ob es wohl möglich ist, bis zum Giebel des Minaretts emporzuklimmen, um von dort in die Stadt hinabzuschauen? Auf alle Fälle lohnt es den Versuch, vorausgesetzt, daß die Tür zur Treppe nicht verschlossen ist! Sie ist offen, aber ein tiefschlafender Türhüter liegt auf der Schwelle, das Angesicht dem Monde zugekehrt. Eine Ratte huscht aus seinem Turban beim Geräusch der sich nähernden Schritte. Der Mann grunzt, öffnet die Augen für eine Minute, dreht sich um und schläft wieder ein. Die ganze Hitze eines Jahrzehnts glühender indischer Sommer ist aufgespeichert in den pechschwarzen glatten Wänden der Wendeltreppe. Auf halber Höhe des Minaretts regt sich etwas Lebendiges, Warmes und Fedriges, und schnarcht. Von Stufe zu Stufe emporgetrieben, flattert es hinauf und entpuppt sich als gelbäugiger, wutfauchender Raubvogel. Zu Dutzenden schlafen sie in den Minaretten und der Kuppel darunter. – Jetzt, auf der Spitze des Turmes, ein Schatten von Kühle, oder wenigstens ein geringerer Gluthauch, als unten. Erfrischt davon, bleibe ich stehen und blicke hinab auf die Stadt der furchtbaren Nächte.

Doré hätte sie zeichnen, Zola sie beschreiben können: diese Tausende, die da schliefen im Mondlicht und seinen

Schlagschatten. Die Dächer erfüllt mit Männern, Frauen und Kindern! Die Luft ist voll undefinierbarer Geräusche. Alles ruhelos in dieser Stadt der furchtbaren Nächte. Kein Wunder! Ein Wunder nur ist's, daß diese Menschen noch atmen können! Sieht man genau hin, so bemerkt man, daß sie unruhig sind wie Menschen am hellen Tage, nur ist keine Eile in ihnen, – das Leben scheint unterdrückt. Überall, wohin man blickt, sieht man Schläfer sich unruhig wälzen, ihre Lagerbetten hin und her zerren und sich wieder ausstrecken. Auch unten in den Höfen der Häuser dasselbe Bild.

Erbarmungslos scheint der Mond auf sie hernieder. Scheint auf die Flächen außerhalb der Stadt und hie und da auf das handbreite Rinnsal des Ravee-Flusses hinter den Wällen. Dann reißt er einen glitzernden Silberblitz auf einem Hausdach auf, genau unter dem Moscheeminarett: irgendeine arme Seele gießt sich einen Kübel Wasser über den fiebernden Leib. Das Plätschern der fallenden Tropfen dringt leise an mein Ohr. Zwei oder drei andere folgen dem Beispiel; die Wassergüsse leuchten auf wie heliographische Signale.

Eine kleine Wolke zieht über den Mond: und die Stadt und ihre Einwohner – soeben noch in weißes Licht und schwere Schlagschatten getaucht, – verschwimmen in einen Klumpen von Dunkel und immer tieferwerdendem Schwarz. Aber das unstete Geräusch dauert fort: das Seufzen einer großen Stadt, gewürgt von Hitze, und eines Volkes, das vergeblich nach Ruhe ächzt.

Nur die Frauen der niedrigeren Kaste schlafen – versuchen zu schlafen – auf den Häusern der Dächer. Welche Qual muß erst herrschen in den vergitterten *Zenanas* – den Frauenhäusern? Hie und da sieht man durch die kleinen Fenster noch immer Lampen funkeln.

Da! Schritte im Hofe unten! Es ist der Muezzin – der gläubige Diener der Moschee; eine Stunde früher hätte er hier sein sollen, um den Rechtgläubigen zu sagen, daß Gebet besser ist als Schlaf – Schlaf, der doch nicht kommt in die Stadt der furchtbaren Nächte!

Einen Augenblick tastet der Muezzin an der Tür eines Minaretts herum, verschwindet für eine Weile – dann verkündet ein furchtbarer Ruf – ein donnernder Baß, dröhnend wie das Brüllen eines Stieres, daß er auf der Spitze des Turmes angekommen ist. Sie müssen ihn hören – alle – bis hinüber zu den trockenen Sandbänken des Ravee. Bis hinab auf den Hofraum fällt die Gewalt des Rufes.

Die Wolke zieht vorbei und der Mondglanz zeigt den Muezzin, wie er sich abhebt als schwarze Silhouette gegen den Himmel, wie er seine Hände an die Ohren preßt und seine breite Brust sich gehoben hat unter dem Atemstoß seiner Lungen bei dem hallenden Schrei: *»Allah ho Akbar.«* Dann eine Pause und: ein anderer Muezzin, aus der Richtung vom Goldenen Tempel her, nimmt den Ruf auf: *»Allah ho Akbar.«* Und wieder und wieder dröhnt es. Im ganzen viermal. Ein Dutzend Männer sind bereits aufgestanden von ihren Strohsäcken.: »Zeuge bin ich, es gibt keinen Gott außer Gott!« – was für ein herrlicher Ruf das ist, dieses Bekenntnis der Gläubigen, der die Menschen scharenweise von den Lagern scheucht um Mitternacht! Wieder dröhnt die Donnerstimme denselben Satz, und der Muezzin taumelt unter der Wucht seines eigenen Rufes; und dann nah und fern erbebt die Nachtluft mit dem Wort: »Mohammed ist Gottes Prophet.« Es ist, als fliege der Schrei bis hin zum fernen Horizont und fordere den Sommerblitz heraus, der da zuckt und aufgrellt wie ein aus der Scheide gerissenes Schwert. Bald, und alle Muezzin der Stadt rufen es herab von den Moscheezinnen; – schon haben sich viele auf den Dächern in die Knie geworfen. Eine lange Pause geht dem Schlußruf voran: *»La ilaha Illallah!«* Dann Totenstille. Wie ein Sack schließt sich das nächtliche Schweigen über allem.

Der Muezzin stolpert die dunkle Treppe hinunter, brummt etwas in den Bart, schreitet durch den Eingangsbogen und verschwindet. Erstickende Hitze brütet wieder stumm über der Stadt der furchtbaren Nächte. Wieder schlafen die Raubvögel in den Minaretten und schnarchen noch lauter als vorher; Gluthauch steigt in langsamen Wellen auf und der Mond gleitet unmerklich zum Horizont hinab. Bis zur Morgendämmerung kann man da an der Brustwehr lehnen, die Ellenbogen aufgestützt, und hinunterschauen auf den von Hitze gequälten, summenden menschlichen Bienenschwarm. Wie sie wohl ihr Leben verbringen? Woran sie denken? Wann sie wohl erwachen werden? Wieder das Plätschern von Wassereimern; leises Scharren von hölzernen Bettstellen, die in und aus dem Schatten gerückt werden; mißtönende Musik von Saiteninstrumenten, die, durch die große Entfernung gemildert, wie ein wehmütiger Klageruf klingt, dann das tiefe Grollen eines Donners weit drüben im Land. Der Türhüter unten im Hofraum der Moschee, derselbe, der quer über der Schwelle lag, als ich das Minarett betrat, fährt plötzlich wild auf im Schlaf, wirft die Arme in die Höhe, murmelt etwas und fällt wieder zurück in seine alte Stellung. Eingelullt von dem Schnarchen der Turmkäuze – sie röcheln wie Menschen, die erdrosselt werden, – versinke ich in quälenden Halbschlaf; nur dunkel kommt mir zu Bewußtsein, daß es drei Uhr geschlagen hat und eine leise, kaum merkliche Kühle in der Luft liegt. In der Stadt unten herrscht vollkommene Ruhe, nur bisweilen unterbrochen vom Liebesgesang streunender Hunde. Sonst schwerer Schlaf überall.

Wochenlang, so will mir scheinen, dauert die Finsternis: der Mond ist untergegangen. Sogar die Hunde schweigen. Ich warte, bis die Dämmerung kommt, ehe ich heimgehen will. Abermals ein Geräusch schlurfender Füße. Der Morgenruf hebt an und meine Nachtwache ist vorüber. *»Allah ho Akbar! Allah ho Akbar!«* Der Osten färbt sich grau und gleich darauf safrangelb; der Morgenwind erhebt sich, als hätte ihn der Muezzin beschworen, und wie ein Mann steht die Stadt der furchtbaren Nächte auf von der Lagerstatt auf den Dächern der Häuser.

Die Lider schwer vom Entbehren des Schlummers, schleiche ich mich aus dem Minarett über den Hofraum der Moschee auf den breiten Platz hinaus, wo die erwachten Schläfer aufgestanden sind, ihre Bettstätten aufzuräumen, und von der Morgenwasserpfeife reden. Die kurze Minute der Kühle ist vorbei und es ist wieder so heiß, wie zuvor.

»Möchte der Sahib die Freundlichkeit haben, ein wenig zur Seite zu treten?«

»Weshalb? Was ist geschehen?« Auf Männerschultern wird ein Etwas herangetragen im Zwielicht, und ich weiche einen Schritt zurück. Die Leiche einer Frau wird zum Verbrennungsghaut hinabgeführt. Einer der Herumstehenden sagt: »Sie ist heute um Mitternacht an der Hitze gestorben.«

Nicht nur eine Stadt der furchtbaren Nächte ist Lahore, auch eine Stadt des Todes.

»Der Pfad zum Lachenden Brunnen«

Nimmt man eine große Landkarte zur Hand, so findet man etwa fünfzehn Meilen oberhalb der Stelle, wo sich der Chenab-Fluß in den Indus ergießt, ein Dorf angegeben, das den Namen Chachuran trägt. Fünf Meilen westlich von Chachuran liegt der »Pfad zum Lachenden Brunnen« und die Behausung des *Gosains* oder Priesters von Arthi-goth. Er hat mir zwar den Pfad gezeigt, aber, daß ich die Geschichte erzählen kann, verdanke ich ihm wahrhaftig nicht.

Fünf Meilen westlich von Chachuran befindet sich ein Stück Land, drei bis vier Meilen breit im Quadrat und bestanden mit gefiedertem Dschungelgras, das sich in Silber verwandelt, wenn der Wind weht, und zehn bis zwanzig Fuß hoch wird. Im Herzen dieses Landstrichs haust der *Gosain* des »Pfades zum Lachenden Brunnen«.

Die Dorfbewohner werfen mit Steinen nach ihm, wenn er sich bei Tag blicken läßt, obwohl er ein Priester ist; und dann rennt er zurück in die dichten hohen Halme wie ein schweifender Wolf. Er hat nur ein Auge und trägt zwischen den Brauen das Brandmal von zwei Kupfermünzen. Es heißt, er sei vor langer, langer Zeit von einem eingeborenen Fürsten gefoltert worden, aber er ist so alt, daß ihn dies Mißgeschick in den Tagen Rundjit Singhs betroffen haben muß. Was er zur Zeit besonders nötig zu haben scheint, ist – außer einer Galgenschlinge – der Zugriff der Britischen Regierung.

Damals stand das Dschungelgras schon hoch, und die Dorfbewohner von Chachuran erzählten mir, eine Herde Wildschweine hätte sich ins Arthi-goth begeben.

Wiesen mit Dschungelgras zu betreten, ist immer eine mißliche Sache, aber ich tat es denoch – einesteils, weil ich nichts von der Wildsaujagd verstand, und andererseits, weil es hieß, der große Eber der Herde trage fußlange Hauer. Es reizte mich, sie zu besitzen, um sie in spätern Jahren zeigen zu können und mich zu brüsten, sie mit eigener Hand erbeutet zu haben.

Ich nahm eine Flinte und ging in den heißen, dichten Dschungel hinein, wähnend, nichts sei leichter, als eine Wildsau in einem Gebiet von zehn Quadratmeilen aufzuspüren.

Mister Wardle, mein Terrier, ging mit, denn er war offenbar der festen Überzeugung, ich könnte auch nicht eine Stunde seinen Rat und Beistand entbehren. Ihm war's freilich leicht, zwischen den riesigen Halmen durchzuschlüpfen, ich jedoch mußte mir mit Gewalt einen Weg bahnen. Trotzdem sah ich mich schon nach zwanzig Minuten derart von der Außenwelt abgeschnitten, als befände ich mich mitten im Herzen von Zentralafrika. Ich merkte es erst, als ich bereits so müde geworden war, daß ich nur noch vorwärts stolpern und taumeln konnte, und überdies daran, daß Mister Wardle sich alle Augenblicke niedersetzte und die Zunge so weit herausstreckte, als es nur gehen wollte. Nichts als Halme ringsum; keine zwei Meter nach irgendeiner Richtung hin konnte ich sehen. Dazu glühten die Grasstengel wie Heizkörperröhren.

Nach einer halben Stunde war ich soweit, daß ich aus der Tiefe meines Herzens wünschte, den Eber für immer in Ruhe gelassen zu haben, da stieß ich auf einen schmalen Pfad, der sich ansah wie ein Mittelding zwischen Eingeborenenfußsteig und Sauspur. Er war höchstens sechs Zoll breit, aber immerhin geeignet, mir zu meinem Zweck zu dienen. Das Gras wuchs hier ganz besonders dicht und dick, und wo der Pfad stellenweise verschwand, blieb mir nichts übrig, als mit den Händen vor dem Gesicht mich vorwärts zu zwängen, oder rücklings – um das Gewehr frei zu bekommen –, in das Gestrüpp zu dringen. Aber ich war froh, denn schließlich mußte der Pfad doch irgendwie ins Freie führen.

Am Ende eines etwa fünfzig Meter langen, ein wenig erträglicher gewesenen Weges angelangt, blickte ich mich um, ehe ich mich entschloß, ein besonders dichtes Gestrüpp anzugehen, da bemerkte ich, daß mir Mister Wardle abhanden gekommen war. An sich schon ein ungemein frivoler Hund, hatte er offenbar meine Fährte verloren. Ich rief ihn dreimal und sagte dann laut: »Wo das kleine Biest nur stecken mag?« Ich ging ein paar Schritte zurück, da wiederholte, dicht vor meinen Füßen, eine tiefe Stimme: »Wo das kleine Biest nur stecken mag?« Um richtig einschätzen zu können, was es heißt, die Stimme eines unsichtbaren Sprechers zu hören, muß man sich in dem steifen Gras eines Dschungels verirrt haben! Wiederum rief ich Mister Wardle, und jedesmal half mir das unterirdische Echo dabei. Da ließ ich das Schreien bleiben und horchte aufmerksam; siehe da: ich hörte einen Menschen lachen, und zwar in einer geradezu beleidigenden Weise. Die Hitze machte mich schwitzen, das Gelächter aber schaudern. Es ist doch wahrhaftig nicht nötig, daß jemand im dichten Dschungel lacht! Erstens ist es unschicklich und dann eine Anmaßung sondergleichen! Plötzlich verstummte es, und ich faßte Mut und fing wieder an, zu rufen, bis ich mir einbildete, die Stelle unter oder zwischen den Riesenhalmen ausfindig gemacht zu haben, wo das Echo wohnte. Es kam aus dem Gestrüpp, in das ich hatte eindringen wollen, bevor ich Mister Wardle verlor. Ich schob meine Flinte bis zum Drücker nach vorwärts und abwärts gerichtet zwischen die Grasstengel und wackelte damit hin und her. Aber ich konnte keinen festen Boden finden. Sooft dabei ein Geräusch entstand, so oft gab es das Echo unter der Erde zurück; stand ich jedoch still, um mir das Gesicht abzutrocknen, so ertönte wieder das tiefe Lachen; ich konnte mich darüber keinem Zweifel mehr hingeben.

Das Gesicht voraus, den Mund offen und den Blick gespannt, und auf alles gefaßt, drang ich behutsam, Zoll für Zoll, in das Gestrüpp vor. Als ich den Widerstand des Grases glücklich überwunden hatte, sah ich mich einem tiefen, schwarzen Loch im Boden gegenüber, das heißt, besser: ich lag auf der Brust, über die Mündung eines Brunnens gebeugt, der so tief war, daß ich kaum das Wasser unten sehen konnte.

Dunkle Gegenstände schwammen darauf; und das Wasser selbst war so schwarz wie Pech und stellenweise mit einem blauen Schaum bedeckt. Das lachende Geräusch kam von einer kleinen Quelle, die aus halber Höhe der Brunnenwand hinabsprudelte.

Bisweilen, wenn die schwarzen Gegenstände, sich um sich selbst drehend, in die Nähe kamen, fiel der Wasserstrahl auf ihre trommelartig gespannten Häute, und dann ging das Lachen in ein fröhliches Prusten über. Plötzlich sah ich, wie sich eins der schwarzen Dinger auf den Rücken legte, rund um die bemoosten Brunnenwände kreiste, eine Hand und einen halben Menschenarm über die Wasserfläche emporgestreckt, als wolle mir ein bis zu Tode ermüdeter Führer die Schönheit der Umgebung weisen.

Länger als eine halbe Stunde brauchte ich, um den Brunnen zu umkriechen und den Weg auf der andern Seite zu finden. Den Schluß der Reise vollbrachte ich damit, jeden Fußbreit vor mir vorsichtig abzutasten, mich vorwärts windend wie eine Schlange. Ich trug den wiedergefundenen Mister Wardle im Arm, und er leckte mir rastlos die Nase. Entsetzt war er keineswegs, nur wünschte er sichtlich, wieder freien Grund zu gewinnen, um die Aussicht besser genießen zu können. Mir aber schlotterten die Knie und mein Adamsapfel in der Kehle ließ sich weder aufwärts noch abwärts bewegen.

Der Weg jenseits des Brunnens wurde immer besser, wenn er auch noch von dichtem Gras flankiert war, und führte mich schließlich zu einer Priesterhütte, die in einer kleinen Lichtung stand. Als der *Gosain* mein totenbleiches Gesicht erblickte, heulte er auf vor Schrecken, fiel nieder und umklammerte meine Stiefel. Ich taumelte auf die Lagerstätte zu, die vor seiner Hütte stand, und ließ mich darauffallen, Mister Wardle sprang ebenfalls hinauf, um mich zu bewachen. Ich selbst fühlte mich außerstande, Sorge um mich zu tragen.

Als ich aus meiner Betäubung erwachte, befahl ich dem Priester, mich ins Freie zu führen und langsam vor mir herzugehen – hinaus aus dem Arti-goth.

Mister Wardle haßt Eingeborene, und der *Gosain* fürchtete sich vor ihm mehr als vor mir, trotzdem ich grimmig genug dreinschaute. Ganz langsam schritt er vor mir her den schmalen Pfad entlang, der mit einem Mal in drei Richtungen abzweigte; alle drei liefen dem Lachenden Brunnen zu! Einmal, als ich stehenblieb, um Atem zu schöpfen, hörte ich deutlich wieder das höllische Kichern. Am liebsten hätte ich dem Priester die beiden Flintenläufe in den Rücken geschossen, aber ich brauchte seine Dienste zu nötig!

Als wir dann ins Freie gelangten, stürzte der *Gosain* schnell wieder in sein Gestrüpp zurück, und ich ging in das Dorf bei Arti-goth, um mir etwas zu trinken zu verschaffen. Ich fühlte mich überglücklich, wieder den freien Horizont sehen zu können und festen Boden unter meinen Füßen zu wissen.

Die Dorfbewohner sagten mir, das ganze Dschungelgrasland sei bewohnt von Teufeln und Geistern, die sämtlich im

Dienste des *Gosains* stünden, und daß häufig Männer, Weiber und Kinder verschwänden, wenn sie das Dickicht betreten hätten, um nie mehr wiederzukehren. Der Priester brauche ihre Leber, behaupteten sie, um Hexerei damit zu treiben. Als ich sie fragte, warum sie mir das nicht gleich gesagt hätten, meinten sie, es wäre ihnen dann das Trinkgeld für weitere Nachrichten über den Verbleib der Wildsau entgangen.

Bevor ich ging, versuchte ich noch mein bestes, das Dschungel in Brand zu stecken, aber das Gras war noch zu grün. Ein paar heiße Sommertage und ein günstiger Wind, und ich werde mittels einiger Bogen Zeitungspapier und einer Schachtel Streichhölzer das Geheimnis des Pfades zum Lachenden Brunnen enthüllen können!

Die Juden in Shushan

Meine erst vor kurzem gekauften Möbel waren, gelinde ausgedrückt, unzuverlässig, die Sessel verloren die Beine, und bei der geringsten Belastung kippten die Tischplatten von ihren Gestellen. Aber, so oder so, sie mußten bezahlt werden, und Ephraim, der Agent und Geldeintreiber des städtischen Auktionators, wartete bereits draußen auf der Veranda mit der Quittung. Mein Diener hatte ihn als: Ephraim Yahudi – Ephraim, der Jude – gemeldet. Wer da glaubt, alle Menschen seien Brüder, der hätte hören sollen, wie mein Elahi Bukhsh das Wort »Jude« zerbiß mit seinen weißen Zähnen und soviel Ingrimm, wie er vor mir, seinem Herrn, zu zeigen wagte. Ephraim war, was das Äußere betraf, so mild und unterwürfig, daß man gar nicht verstand, wieso er auf den Beruf eines Rechnungseintreibers hatte verfallen können. Er sah aus wie ein gemästetes Schaf und seine Stimme paßte vortrefflich zu seiner Gestalt. Auf seinem Gesicht lag wie eine starre Maske der unveränderliche Ausdruck einer kindlichen Verwunderung; bezahlte man ihn ohne Widerspruch, so konnte er nicht genug staunen, wie reich man sei, und schickte man ihn fort, so blickte er verwirrt drein ob solcher Hartherzigkeit. Wohl noch nie gab es einen Juden, der so aus seiner Art geschlagen schien.

Er trug eingesäumte Pantoffel und Rupfenkleider, die derart aufdringlich gemustert waren, daß selbst der abgebrühteste britische Subalterne vor ihnen lautlos die Flucht ergriffen hätte. Seine Rede war langsam und gemessen; jedes Wort wog er sorgfältig ab, bevor er es aussprach, ob es auch niemand beleidige. Nach einigen Wochen fühlte er sich gedrängt, über seine Freunde mit mir zu sprechen.

»Wir sind unser acht in Shushan«, begann er, »und wenn wir zehn sein werden, dann reichen wir in Kalkutta ein Gesuch ein, daß man uns eine Synagoge bewillige. Dann werden wir von Kalkutta Abschied nehmen. Heute besitzen wir keine Synagoge und ich bin Priester und Schächter meines Volkes in einer Person. Ich bin aus dem Stamme Judah, ich glaube es wenigstens, aber genau weiß ich es nicht. Mein Vater war aus dem Stamme Judah, und wir wünschen sehnlichst, eine Synagoge zu bekommen. Ich werde der Priester dieser Synagoge sein.«

Shushan ist eine große Stadt im Norden Indiens und ihre Einwohner zählen nach Zehntausenden; und in ihrer Mitte lebten nur diese acht des Auserwählten Volkes und warteten auf die Zeit und den günstigen Augenblick, wo sie als Religionsgemeinde anerkannt sein würden.

Miriam, das Weib Ephraims, zwei kleine Kinder, ein Waisenknabe ihres Stammes, Ephraims Onkel Jackrael Israel, ein weißhaariger Greis, Hester, seine Frau, ein Jude aus Cutch: ein gewisser Hyem Benjamin, und Ephraim, Priester und Schächter zugleich, das war die ganze Liste der Juden, die in Shushan lebten. Sie wohnten sämtlich in einem Haus am äußersten Rande der Stadt inmitten Haufen alter zerbrochener, salpetrig gewordener Ziegel und Herden von Vieh, die beständig auf ihrem Zug zur Trinkstelle am Fluß Wolken undurchdringlichen Staubes aufwirbelten. Wenn abends die Jugend der Stadt auf den freien Platz geströmt kam, um Drachen steigen zu lassen, sahen die beiden kleinen Söhne Ephraims von weitem zu vom Dache ihres Hauses aus, aber niemals gingen sie hinunter, um daran teilzunehmen.

Angebaut an die Rückwand des Hauses stand ein enger aus Ziegeln errichteter Stall, in dem Ephraim das Fleisch für die Familie zu koschern pflegte nach jüdischem Ritus. Eines Tages wurde die Tür dieses Abteils heftig von innen aufgerissen, als fände ein Kampf drin statt, und da wurde der anscheinend so schwache, milde Rechnungseintreiber sichtbar bei seiner Arbeit; die Nüstern weit aufgebläht und die Lippe über die Zähne emporgezogen, hielt er ein halbrasendes Schaf mit beiden Händen fest. Er war seltsam gekleidet – in Gewänder, die gar keine Ähnlichkeit hatten mit seinem gewöhnlichen wildgemusterten Rupfenanzug, und hielt ein Messer im Mund. Wie er so rang mit dem Tier, kam sein Atem in keuchenden Stößen aus seiner Brust; die Natur des Mannes schien vollkommen verändert. Als der Ritualakt des Schächtens vorbei war, bemerkte er erst, daß die Tür offenstand, und schloß sie hastig, wobei seine Hand eine blutige Spur auf der Klinke zurückließ; entsetzt und mit weitaufgerissenen Augen standen die Kinder auf den Dächern der Nachbarhäuser und starrten herab. Ephraim bei der Ausübung seiner religiösen Pflichten zu belauschen, bot einen wenig erfreulichen Anblick, nach dem man sich ein zweites Mal nicht sehnte.

Der Sommer brach über Shushan herein, verwandelte den zertrampelten Erdboden in Eisen und brachte Epidemien in die Stadt.

»Wir werden verschont bleiben«, sagte Ephraim zuversichtlich. »Ehe noch der Winter kommt, haben wir unsere Synagoge. Mein Bruder mit seinem Weib und den Kindern kommt von Kalkutta herauf, und dann werde ich Priester der Synagoge sein.«

Jackrael Israel, der Greis, kroch aus seiner Höhle heraus an den erstickend heißen Abenden, setzte sich auf einen Schutthaufen und beobachtete, wie man die Leichen hinab zum Fluß trug. »An uns wird es vorübergehen«, sagte er dann mit seiner schwachen zitterigen Stimme, »denn wir sind das Volk Gottes, und mein Neffe wird Priester der Synagoge sein. Mögen die andern sterben.« Und kroch zurück ins Haus und verschloß die Tür vor der Welt der Heiden.

Aber Miriam, Ephraims Weib, sah aus dem Fenster auf die Leichen in den Totenbahren hinab und sagte, sie fürchte sich; Ephraim beruhigte sie mit dem Hinweis auf die kommende Synagoge und kassierte Rechnungen ein, wie immer.

Eines Nachts starben die beiden Kinder, und Ephraim begrub sie am frühen Morgen. »Die Sorge ist meine Sorge«, sagte er, und dieser Ausspruch schien ihm zu genügen, um die sanitären Maßnahmen der Regierung eines großen, blühenden, weise beherrschten Kaiserreichs für nichts achten zu dürfen. Der Waisenknabe, der ganz auf die Wohltaten Ephraims und seines Weibes angewiesen war, wußte wahrscheinlich nichts von Dankbarkeit und muß wohl ein Taugenichts gewesen sein, denn er bettelte sich von seinen Pflegeeltern so viel Geld heraus wie nur möglich und floh dann damit aus Angst um sein Leben in einen andern Distrikt.

Eine Woche nach dem Tode der Kinder stand Miriam heimlich des Nachts aus dem Bett auf und wanderte über Land. Um die Kleinen zu finden? Hinter jedem Busch hörte sie sie weinen, sah sie ertrinken in jedem Weiher auf den Feldern, und schließlich flehte sie die Schaffner der Großen Reichseisenbahn an, ihr ihre Kinder nicht zu entführen. Am

Morgen kam die Sonne und brannte auf sie nieder, wie sie barhaupt dahinwanderte; da verkroch sie sich in die kühlen, Halme des Korns und kam nie mehr zurück; Ephraim und Hyem Benjamin suchten sie vergebens zwei Nächte lang.

Der Ausdruck staunender Verwunderung, der beständig auf Ephraims Gesicht lag, vertiefte sich noch, aber er hatte eine Erklärung für das Vorgefallene: »Unser sind so wenige und des Volkes in der Stadt so viele«, sagte er; »kann sein, daß unser Gott uns vergessen hat.«

In dem Haus am Rande der Stadt murrte das greise Ehepaar, Jackrael Israel und Hester, daß sich niemand um sie kümmere und Miriam ihrem Stamme untreu geworden sei.

Ephraim ging umher und kassierte Rechnungen ein und abends rauchte er zusammen mit Hyem Benjamin, bis Hyem Benjamin in einer Dämmerungsstunde starb, nachdem er alle seine Schulden an Ephraim beglichen hatte.

Jackrael Israel und Hester saßen da ganz allein in dem leeren Haus den ganzen Tag und, wenn Ephraim heimkam, vergossen sie die Tränen, die so leicht in die Augen alter Leute treten, und weinten sich in den Schlaf hinein.

Eine Woche später sah ich Ephraim, unter einer Last von Lumpen und Kochgeschirr, zur Bahnstation wanken; er führte die beiden Alten durch das Getümmel, – sie wimmerten vor Angst und Verwirrung.

»Wir gehen nach Kalkutta«, suchte er Hester zu beruhigen, die sich in ihrer Furcht fest an seinen Ärmel geklammert hatte, »dort sind mehr von unserm Volk und hier steht mein Haus verödet.«

Er half der Greisin in das Kupee, wandte sich um zu mir und sagte: »Priester der Synagoge hätte ich sein können, wären unser nur zehn gewesen. Sicherlich: unser Gott hat uns vergessen.«

Der Rest der winzigen Kolonie fuhr hinaus aus der Station dem Süden zu.

Der Schalterbeamte, über seine Akten im Buchungsraum gebeugt, mußte wohl die letzten Worte Ephraims gehört haben, denn er summte zerstreut den Kehrreim eines Couplets vor sich hin: »Die zehn kleinen – die zehn kleinen Niggerbuben.« Es klang fast so feierlich wie ein Totenmarsch.

Das war der Grabgesang für die Juden in Shushan.

Serang Pambés Harren und Hoffen

Faßt man alle Einzelheiten des Falles ins Auge, so drängt sich einem die Überzeugung auf: Pambé, der Serang, konnte nur so und nicht anders handeln. Freilich: er wurde dafür so lange am Halse aufgehängt, bis er starb; aber Nurkeed ist tot!

Vor drei Jahren, als der Elsaß-Lothringer Dampfer »Saarbrücken« bei geradezu fürchterlich heißem Wetter Kohlen in Aden einnahm, erbat sich Nurkeed, der große, dicke Sansibar-Heizer, der den ungeheuren Kessel rechts unten, dreißig Fuß unter dem Deck, bediente, Urlaub, um ein wenig an Land zu gehen.

Als nüchterner »Sidi-boy« – so heißen die Heizer – verließ er das Schiff, aber zurück kam er als Vollblut-Sultan von Sansibar – als Seine Hoheit Sayyid Burgash, mit einer Flasche in jeder Hand. Dann fläzte er sich auf das Lukengitter des Vorderdecks hin, fraß Salzfisch mit Zwiebel und sang die Lieder eines fernen Landes dazu. Eigentlich gehörte das Mahl Pambé, dem Serang oder Oberhaupt der indischen Matrosen, der es soeben erst für sich selbst gekocht hatte und nur einen Augenblick weggegangen war, um sich das nötige Salz dazu auszuborgen. Als er zurückkehrte, war es zu spät: Nurkeeds schmutzige Finger steckten bereits in der Schüssel!

Ein Serang ist ein Würdenträger, verglichen mit einem Heizer, obgleich er schlechter bezahlt wird. Er leitet den Chor: *»Hya! Hulla! Hi-ah! Heh!«,* wenn die Gig des Kapitäns an den Davits an Deck gezogen wird; er handhabt sogar das Tieflot! Zuweilen, wenn an Bord nichts zu tun ist, zieht er schneeweißes Musselin an und eine große rote Schärpe und spielt mit den Kindern der Passagiere auf dem Quarterdeck. Dafür bekommt er Trinkgelder, die er sorgfältig zusammenspart für eine Orgie in Bombay oder Kalkutta oder Pulu Penang.

»Ho! Du schwarzes dickes Ofenrohr, du frißt ja mein Essen!« sagte Pambé in dem gewissen Lingua-Franca-Jargon, der dort beginnt, wo die Levantesprache aufhört, um dann vorzuherrschen, von Port Said angefangen ostwärts, bis der Osten zum Westen wird und die Seglerbriggs der Kurileninseln mit den verstreuten Hakodate-Dschunken schwätzen.

»Sohn des Iblis, Affenschnauze, vertrocknete Haifischleber, Schweinekerl, – ich bin der Sultan Sayyid Burgash und Oberbefehlshaber an Bord! – Da hast du deinen Dreck wieder!« schrie Nurkeed und warf Pambé den leeren Topf zu.

Pambé schleuderte ihn verachtungsvoll in ein Wasserschaff über Nurkeeds Wollschädel. Nurkeed zog das Messer und stach damit Pambé ins Bein, worauf Pambé seinerseits ein Messer zückte. Aber Nurkeed ließ sich in die Finsternis hinabfallen und spuckte von unten durch das Gitter nach Pambé, dessen Blut das saubere Vorderdeck besudelte.

Der weiße Mond war der einzige Zeuge dieser Vorgänge, denn die Offiziere des Schiffs standen abseits, um die Verstauung der Kohlen zu überwachen, und die Passagiere drängten sich in ihre Kabinen. »Macht nix«, sagte Pambé und verband sich die Wunde, »wir werden die Sache später schon in Ordnung bringen.«

Als Malaye und in Indien geboren war er einmal in Burma verheiratet, wo seine Gattin einen Zigarrenladen in der Shwe-Dagon-Straße besaß; ein zweites Mal in Singapur mit einem Chinesenmädel, und außerdem noch in Madras mit einer mohammedanischen Geflügelverkäuferin. Ein englischer Seemann kann wegen der Segnungen der Post und des Telegraphen nicht so ausgiebig heiraten, wie er gerne möchte, aber ein eingeborener Matrose kann es, denn er kümmert sich um die barbarischen Einrichtungen des Westens den Teufel.

Pambé war ein solider Ehemann, vorausgesetzt, daß er sich der Existenz einer seiner Gattinnen jeweils bewußt wurde; aber andererseits war er auch Malaye, und es ist nicht ratsam, einen Malayen zu beleidigen, denn er vergißt niemals. Hier, im Fall Pambé, war Blut vergossen und Essen besudelt worden.

Am nächsten Morgen stand Nurkeed mit klarem Kopf auf; er war nicht mehr länger der Sultan von Sansibar, sondern lediglich ein von Kesselglut gequälter Heizer. Als solcher begab er sich auf Deck und öffnete seine Brust der Morgenbrise, da kam ein Messer angesaust wie ein fliegender Fisch knapp an seiner Achselhöhle vorbei und blieb in der

Tür der Schiffsküche stecken. Ohne die Ruhepause weiter zu genießen, lief Nurkeed hinunter und sann nach, was er dem Besitzer der Waffe möglicherweise angetan haben könnte. Nachmittags, als alle indischen Matrosen beim Essen saßen, trat er unter sie und, da er ein friedfertiger Mann war und überdies um seine Haut besorgt, eröffnete er ein Gespräch mit folgenden Worten: »Mannschaft des Dampfers! Gestern nacht war ich besoffen. Heut morgen wollte es mir scheinen, als hätte ich mich ungebührlich gegen einen oder den andern von euch benommen. Wer ist dieser Mann, auf daß ich von Angesicht zu Angesicht vor ihn treten kann und ihm sagen, daß ich besoffen war?«

Pambé maß im Geiste die Distanz ab, die ihn von Nurkeeds nackter Brust trennte. Ein so weiter Sprung konnte leicht fehlgehen, und ein blindes Drauflosstechen hätte vielleicht nur eine Schramme zur Folge gehabt; mit Sicherheit jemand das Messer zwischen die Rippen jagen kann man nur, wenn der Betreffende schläft. – Daher schwieg Pambé, und die andern Inder taten desgleichen. Ihre Gesichter wurden regungslos, wie es bei allen Orientalen geschieht, wenn Mord und Totschlag oder sonst etwas Drohendes in der Luft liegen. Nurkeed spähte lang in die weißen starren Augäpfel; er war nur ein Afrikaner und verstand sich nicht aufs Charakterlesen. Ein schwerer Seufzer – fast ein Stöhnen – entrang sich seiner Brust, dann ging er wieder hinunter zu seinem Kessel. Die indischen Matrosen nahmen ihre Unterhaltung auf, wo sie stehengeblieben waren; sie tauschten Meinungen aus, wie man am besten Reis kocht.

Nurkeed litt sehr unter dem Luftmangel unten im Heizraum auf der langen Fahrt nach Bombay, aber er kam nur an Deck, wenn alles belebt war. Aber auch bei solchen Gelegenheiten passierten die merkwürdigsten Dinge: einmal fiel ein schwerer Block von der Dirk herunter, dicht an seinem Schädel vorbei; dann wieder begann ein anscheinend fester Grätling, auf den er seinen Fuß setzte, derart zu wakkeln, daß er bei einem Haar fünfzehn Fuß tief in die Schiffsladung hinabgestürzt wäre; und schließlich, in einer besonders unerträglich schwülen Nacht sauste ein Messer vom Fockmast hernieder. Und diesmal gab's Blut.

Da erstattete Nurkeed die Anzeige und, als die »Saarbrücken« Bombay anlief, suchte er schnell das Weite und verbarg sich unter den achthunderttausend Menschen, und muckste sich nicht, bis das Schiff den Hafen nach einem Monat wieder verließ. Auch Pambé wartete, hoffte und harrte; aber seine Bombay-Gattin erging sich immer gründlicher in Keiferei, so daß ihm schließlich nichts übrigblieb, als sich für die »Spichern« heuern zu lassen, zumal ihm deutlicher und deutlicher zu Bewußtsein kam, daß Stilliegen für eine Blaujacke Zerlumptwerden heißt. In der tückischen Chinesischen See mußte er häufig Nurkeeds gedenken, und als die »Saarbrücken« einmal zufällig neben der »Spichern« vor Anker lag, da erkundigte er sich auf das angelegentlichste nach seinem Verbleib, wobei er erfuhr, daß Nurkeed auf der »Gravelotte« unterwegs sei über Kapstadt nach England. Da schiffte er sich auf der »Wörth« ein und kam ebenfalls in England an; die »Spichern« hatte das Schiff unterwegs an einem schottischen Leuchtturm getroffen. Aber Nurkeed hatte sich auf die »Spichern« geschmuggelt und dampfte nach der Küste von Kalkutta.

»Wat? n' Freund willste bei die Klöten kriegn, du Mausfallen-Snut?« sagte eines Tages ein Handelsschiff-Gentleman zu Pambé, »nichts leichter! Wart bi die Nyanza-Docks, bis er kommt. Jeder Mensch kommt mal bi die Nyanza-Docks. Warte dort auf ihn, du armer Heide!«

Der Gentleman hatte die Wahrheit gesprochen. Es gibt drei große Tore in der Welt, wo man jeden Menschen einmal treffen muß, vorausgesetzt, daß man lange genug wartet. Das Ende des Suezkanals ist das eine, aber da kommt der Tod oft früher, als der, auf den man wartet; die Station Charing Cross in London ist das zweite, wenigstens was den Inland-Wartesport betrifft, und das Nyanza-Dock ist das dritte. Auf allen diesen Orten warten Männer und Frauen in alle Ewigkeit auf die, die bestimmt einmal kommen werden. Pambé wartete ebenfalls dort. Zeit spielte für ihn keine Rolle, und seine Frauen konnten warten, wie er es tat: Tag für Tag, Woche für Woche, Monat für Monat bei den »Blue Diamond«-Minentrichtern, den »Red Dot«-Schornsteinen und den »Yellow Streaks«, – die unbenannten zigeunernden Kleinboote belauernd, die Ladungen einnahmen oder ausschifften, einander umdrängend, pfeifend und heulend mit ihren Sirenen im beständigen Nebel. Als Pambé das Geld ausging, überredete ihn ein wohlgesinnter Herr, Christ zu werden. Er willigte augenblicklich ein, wechselte den Glauben zwischen Schiff und Schiffes Ankunft und bezog ein Gehalt von sechs bis sieben Schilling in der Woche, wofür er Traktätchen an Seeleute verteilen mußte. Worin sein neuer Glaube bestand, bekümmerte ihn nicht weiter; er wußte, wenn er zu gewissen Herren mit langen schwarzen Röcken sagte: »Ich bin mich eine eingeborene *Chlist*«, bekam er ein paar Kupfermünzen als Belohnung.

Nach sechs Monaten erkrankte er an einer Lungenentzündung, die er sich durch das lange Herumstehen im nassen Straßenschmutz zugezogen hatte, und sah sich zu seinem größten Bedauern genötigt, sich unter Flüchen gegen das widrige Schicksal in seiner Fünfzig-Pfennig-Bude niederzulegen.

Der alte Gentleman, der Glaubensbekehrer, saß neben dem Bett und grämte sich, als er gewahr wurde, daß sein Zögling Pambé, statt auf Erbauung aus frommen Büchern bedacht zu sein, vielmehr in einer fremden Sprache vor sich hinschwätzte und auch sonst auf bestem Wege zu sein schien, in das alte Heidentum wieder zurückzufallen, bis eines Tages die halbe Betäubung des Patienten mit einem Ruck verschwand, – offenbar infolge eines Rufes draußen auf dem Dock.

»Meine Freund, – er«, flüsterte Pambé. »Ihm rufen jetz – rufen: Nurkeed! Schnell! Gott hat ihn mich geschickt!«

»Er sehnt sich nach einem Landsmann«, sagte sich der freundliche Gentleman, eilte hinaus und schrie aus voller Lunge: »Nurkeed! Nur-keed!« Ein erstaunlich dunkelhäutiger Mann in weißer, brettartig gestärkter Wäsche, funkelnagelneuen weiten Matrosenhosen und mit einer faustgroßen Busennadel geschmückt, drehte sich um. Nurkeed war's; oh, er hatte auf seinen vielen Reisen gelernt, wie man den richtigen Gebrauch macht von Geld, und hatte sich als Weltbürger ausstaffiert.

»Hi! Jawoll!« sagte er, als der freundliche Gentleman die Situation erklärt hatte. »War in meinige Dienst – schwarze Nigger das – auf der ›Saarbrücken‹ – Oh ja. Alde Pambé, gute alde Pambé. Verdammter Inder. Wo ist er sich, Herr?«.

und er folgte dem Gentleman in das Krankenzimmer. Ein schneller Blick zeigte ihm, daß der alte Herr die Wahrheit gesprochen hatte: Pambé war bettelarm. Nurkeed wühlte mit beiden Händen in den Taschen, näherte sich mit gefüllten Fäusten dem Kranken und schrie: »Heja, Pambé. Heja! *Hi-ah! Hulla! Hih! Takilo! Takilo!* Faß an! Hoch! Pambé! Weißt noch, Pambé? Du kennen mich. *Dekho, jih!* Da schau! Verdammter fetter fauler Matros, indisches!«

Pambé winkte schwach mit der linken Hand; die rechte ruhte unter der Bettdecke. Nurkeed nahm seinen riesigen Hut ab und beugte sich über Pambé, um sein Geflüster besser verstehen zu können. – »Es ist wahrhaft erhebend«, sagte der freundliche Gentleman, »diese Orientalen lieben einander wie die Kinder!«

»Los! Spuck aus: Was is?« fragte Nurkeed und lehnte sich noch weiter vor.

»Da hast d' für den Fisch mit Zwiebel!« sagte Pambé und stieß ihm ein Messer von unten nach oben zwischen die Rippen.

Ein ersticktes, trockenes Husten, dann fiel der Afrikaner langsam neben dem Bett zusammen. Seine Hände streckten sich und eine Menge Silbermünzen rollten durch die Stube.

»Jetzt kann ich sterben!« sagte Pambé.

Aber er starb nicht; man päppelte ihn mit größter Sorgfalt und mit Aufgebot der verfügbaren Geldmittel wieder auf, denn das Gesetz hielt das Auge auf ihn gerichtet. Als er dann soweit genesen war, hängte man ihn in aller Form, und wie es sich gehört, auf.

Pambé machte sich nicht viel daraus. Aber für den freundlichen alten Herrn war es ein schwerer Schlag.

Durchs Feuer

Der Polizeimann ritt durch den Himalaja-Wald unter den moosbewachsenen Eichen dahin, und ihm nach trottete die Ordonnanz.

»Es ist eine scheußliche Sache, Bhere Singh«, sagte der Polizeimann. »Wo sind die beiden!«

»Es ist eine scheußliche Sache«, wiederholte Bhere Singh; »und was die beiden betrifft, so schmoren sie jetzt ohne Zweifel in einem heißeren Feuer, als je eines mit Ästen angezündet wurde.«

»Das wollen wir nicht hoffen«, meinte der Polizeimann, »denn wenn wir absehen von dem Unterschied der Rassen, so ist es die Geschichte der Francesca da Rimini, Bhere Singh!«

Da Bhere Singh keine Ahnung hatte, wer Francesca da Rimini gewesen war, hielt er den Mund, bis sie zu der Kohlenbrenner-Lichtung kamen, wo die erlöschenden Flammen ihr »hwit, hwit, hwit« sagten, wie sie über der weißen Asche flüsternd hin und her zuckten.

Es mußte ein riesiges Feuer gewesen sein, als es noch lichterloh brannte! Die Leute in Donga Pa hatten es in der Nacht weithin über das Tal scheinen und flackern sehen und gesagt, die Kohlenbrenner in Kodru müßten offenbar schwer betrunken sein. In Wirklichkeit waren es nur Suket Singh, ein Sepoy des 102ten Punjab-Infanterieregiments, und Athira, ein Weib, gewesen, die da verbrannt – zu Asche verbrannt – waren.

Wie die Sache vor sich ging, habe ich aus dem Tagebuch des Polizeimanns erfahren:

Athira war die Frau des Madu, eines einäugigen Kohlenbrenners von boshafter Gemütsart. Schon eine Woche nach der Hochzeit prügelte er sie mit einem dicken Stock. Einen Monat später kam Suket Singh, der Sepoy, des Weges, um seinen Regimentsurlaub in den kühlen Bergen zu verbringen. Er elektrisierte die Dorfbewohner von Kodru mit Erzählungen von allerlei Geschichten aus dem Militärdienst, verherrlichte die Ruhmestaten des Gouvernements und schilderte anschaulich, in welchen hohen Ehren er beim Obersten, dem Sahib Bahadur, stünde. Die braune Desdemona hörte dem Othello zu, und wie alle Desdemonas der Welt verliebte sie sich dabei in ihn.

»Ich hab zwar selber eine Frau zu Hause«, sagte Suket Singh, »aber es soll dich nicht bedrücken, wenn es dir im Kopf herumgeht. Ich muß auch nach einiger Zeit wieder zum Regiment zurück, denn ich kann doch nicht gut zum Deserteur werden, gar, wo ich den Rang eines Havildars anstrebe.«

»Schadet nichts«, sagte Athira, »bleib jetzt bei mir, und wenn Madu mich schlagen will, dann verprügle ihn!«

»Famos!« sagte Suket Singh und verabreichte dem Madu eine gehörige Tracht zum Entzücken sämtlicher Kohlenbrenner in Kodru.

»So, das genügt«, sagte er und gab dem Madu einen Stoß, daß er den Abhang hinunterrollte, »jetzt werden wir Ruhe haben.« Aber Madu krallte den Grashügel wieder hinauf und hinkte mit wütenden Blicken um seine Hütte herum.

»Er wird mich ermorden«, sagte Athira zu Suket Singh, »du mußt mich mit fortnehmen.«

»Es wird einen Skandal geben in der Truppe, und mein Weib wird mir den Bart ausreißen!« meinte Suket Singh, »aber was liegt daran! Ich nehme dich mit.«

Es gab auch wirklich einen Skandal im Regiment, der Bart wurde Suket Singh ausgerissen, und seine Gattin ging zu ihrer Mutter zurück und nahm die Kinder mit. »Jetzt ist alles gut«, sagte Athira, und Suket Singh pflichtete ihr bei: »Jetzt ist alles gut.«

Madu hauste nunmehr allein in seiner Hütte, von der er weit hinüber ins Tal nach Donga Pa blicken konnte; von Anbeginn waren die Sympathien der Leute nicht auf seiner Seite gewesen: das Volk hat nichts übrig für betrogene Ehemänner.

Eines Tages ging er zu Juseen Dazé, dem Zauberer, der den redenden Affenkopf besitzt.

»Verschaff mir mein Weib wieder!« sagte er.

»Das kann ich nicht«, sagte Juseen Dazé, »erst mußt du den Sutlej das Tal hinauffließen machen bis Donga Pa.«

»Mach keine Flausen! Gib mir gefälligst keine Rätsel zu

lösen auf«, schrie Madu und schüttelte seine Hacke drohend gegen den weißhaarigen Juseen Dazé.

»Gib all dein Geld den Oberhäuptern des Dorfes«, riet Juseen Dazé; »sie sollen eine Versammlung einberufen und einen Boten abschicken mit der Weisung, dein Weib müsse zurückkommen.«

Madu verzichtete auf seine irdischen Güter, die aus siebenundzwanzig Rupien, acht Annas und drei Pies nebst einer silbernen Kette bestanden, und überreichte sie den Stadträten von Kodru. Dann geschah es, wie Juseen Dazé vorhergesagt: man schickte Athiras Bruder zu dem Regiment Suket Singhs, um Athira auszurichten, sie möchte heimkehren. Suket Singh benützte ihn als Fußball und kickte ihn um die Front herum; dann überlieferte er ihn dem Hamildar, der ihn mit einem Treibriemen bearbeitete.

»Komm heim!« schrie Athiras Bruder unentwegt bei dieser Prozedur.

»Wohin denn?« fragte Athira.

»Zum Madu!«

»Ich denk nicht dran!« war die Antwort.

»Dann wird dir Juseen Dazé seinen Fluch schicken!« drohte der Bruder, »und du wirst verdorren wie der Ast eines gefällten Baumes im Frühling!«

Das ging Athira im Kopf herum.

Am nächsten Morgen schon hatte sie Rheumatismus. »Ich beginne bereits zu verdorren wie der Ast eines gefällten Baumes im Frühjahr«, sagte sie. »Das ist der Fluch Juseen Dazés.«

Und tatsächlich begann sie hinzusiechen, denn in ihr Herz war die Furcht eingezogen. Wer an Flüche glaubt, der stirbt an ihnen. Auch Suket Singh war voll Angst, denn er liebte Athira mehr als sein Leben.

Zwei Monate vergingen, da stand Athiras Bruder wieder da, aber ein wenig weiter weg von der Schützenlinie, und höhnte:

»Aha, du verdorrst schon! Komm heim!«

»Ja, ich will kommen!« sagte Athira.

»Sag lieber: ›Wir‹ werden kommen!« rief Suket Singh.

»Ai! Gut, aber wann?« fragte Athiras Bruder.

»Eines Tages, sehr früh am Morgen«, versprach Suket

Singh und marschierte im Paradeschritt zum Oberst Sahib Bahadur, um sich einen Urlaub zu erbitten.

»Ich verdorre wie der Ast eines gefällten Baumes im Frühjahr«, jammerte Athira.

»Es wird dir bald besser gehen«, tröstete sie Suket Singh; und er gestand ihr heimlich, was er vorhatte, und sie lachten und kosten miteinander, denn sie liebten sich beide heiß. Von Stund an ging es besser mit Athira.

Dann reisten sie zusammen fort – fuhren dritter Klasse mit der Bahn, solange es Schienen gab, später in einem Karren die niedrigeren Vorberge hinauf und wanderten zu Fuß auf die höheren. Athira sog den Tannenduft ihrer heimatlichen Berge ein – der feuchten Himalajaberge. »Wie schön ist es doch, zu leben!« sagte sie.

»Heda! Du!« fragte Suket Singh einen Mann, »wo liegt die Straße nach Kodru und wie kommt man zu dem Haus des Waldhüters?«

»Hat vor zwölf Jahren vierzig Rupien gekostet«, sagte der Waldhüter und reichte dem Sepoy eine Flinte hin.

»Hier hast du zwanzig«, sagte Suket Singh, »aber du mußt mir die besten Kugeln geben!«

»Es ist unendlich schön, zu leben«, sagte Athira sehnsüchtig und sog den Harzduft eines Tannengehölzes ein; und dann warteten sie, bis sich die Nacht herabsenkte auf Kodru und Donga Pa.

Madu hatte, um am nächsten Tag Kohle zu brennen, auf der Anhöhe über seinem Haus dürres Holz aufgetürmt. »Es ist hübsch von ihm, daß er uns die Mühe erspart hat«, sagte Suket Singh, als er in der Dunkelheit gegen den zwölf Fuß breiten und vier Fuß hohen Scheiterhaufen anrannte. »Wir müssen warten, bis der Mond aufgeht.«

Als der Mond aufgegangen war, bestieg Athira den Holzstoß und kniete nieder. »Wenn es nur wenigstens ein Regiments-Snidergewehr wäre«, sagte Suket Singh bekümmert mit einem Scheelblick auf den mit Draht umwickelten Lauf der Flinte des Waldhüters.

»Beeile dich«, sagte Athira. Und Suket Singh beeilte sich. Athira beeilte sich in diesem Leben nicht mehr!

Dann zündete er den Scheiterhaufen an den vier Ecken an,

da, wo dürre Zweige herausragten. »Man sollte im Regiment lernen, wie man ein Gewehr mit den Zehen abschießt!« sagte er grimmig zum Mond hinauf.

Das war die letzte Bemerkung des Sepoys Suket Singh.

Eines Tages, früh am Morgen, kam Madu zu dem Feuerbrand, erschrak sehr und lief fort, um den Polizeimann zu holen, der gerade in der Umgebung die Runde machte.

»Dieser Auswurf von einem Menschen hat mir für vier Rupien Kohlenholz verbrannt«, schimpfte er, »und meine Frau getötet. Und einen Brief hat er an eine Tanne gebunden. Ich kann nicht lesen.«

In der steifen, pedantischen Schrift, die in den Regimentern gelehrt wird, hatte der Sepoy Suket Singh folgendes geschrieben:

»Man verbrenne uns zusammen, falls noch Reste von uns übrig sein sollten; wir haben die vorgeschriebenen Gebete verrichtet. Madu und Malak, den Bruder Athiras, haben wir verflucht; sie sind beide böse Menschen. Dem Oberst Sahib Bahadur sende man meine Empfehlung.«

Lang und versonnen blickte der Polizeimann auf das Ehebett aus roter und weißer Asche, auf dem, schwarzgebrannt, der Gewehrlauf des Waldhüters lag. Geistesabwesend stieß er mit seiner bespornten Ferse in einen halbverkohlten Balken und prasselnde Flammen züngelten hoch. »Ein ganz sonderbares Volk!« murmelte er.

»Hju, ju, oui, oui«, sagten die kleinen Flammen.

Dann notierte der Polizeimann mit dürren Worten die Tatsachen in sein Dienstbuch, denn die Regierung liebt romantische Phrasen nicht.

»Und wer wird mir meine vier Rupien bezahlen?« fragte Madu.

»Ohne priesterlichen Segen«

Ich erntete vor Frühling meinen Herbst.
Wie du verfrüht, mein Kornfeld, dich verfärbst!
Wie schmerzlich mich dein Rätsel überkommt,
Erwürgte und verdorrte Jahreszeit,
In Wachsens und in Sterbens Heimlichkeit!
Eh andre sahn den Tag, sah ich das Leid
Des Sonnenuntergangs, der Dunkelheit,
Ich, der ich weiß, was nicht zu wissen frommt!

I

»Was aber, wenn es ein Mädchen wird?«

»Herr meines Lebens, das kann nicht sein! Ich habe so viele Nächte hindurch gebetet und so oft Opfergaben zum Heiligenschrein Sheikh Badls geschickt, daß ich bestimmt weiß: Gott schenkt uns einen Sohn – einen Knaben, der zum Manne heranreifen wird. Denk daran und freue dich. Meine Mutter wird seine Mutter sein, bis ich wieder soweit bin, ihn zu mir zu nehmen, und der Mullah der Pattan-Moschee soll ihm sein Horoskop stellen. Gott gebe, daß er in einer günstigen Stunde geboren wird! Und – und dann wirst du meiner nie überdrüssig werden – meiner, deiner Sklavin.«

»Bist du denn je meine Sklavin gewesen?«

»Ja, seit jeher – von Anbeginn an – seit ich der Gnade teilhaftig geworden bin. Wie könnte ich deiner Liebe gewiß sein, wo ich doch weiß, du hast mich gekauft. Mit Silber!«

»O nein, es war ein Brautgeschenk; nur habe ich es deiner Mutter gegeben.«

»Und sie hat es verscharrt und sitzt darauf den ganzen Tag wie eine Henne. Was redest du da von einem Brautgeschenk! Gekauft bin ich worden wie ein Tanzmädchen.«

»Bereust du den Handel?«

»Ich habe ihn einst bereut, aber heute bin ich glücklich. Wirst du niemals aufhören, mich zu lieben? Sag, mein König!«

»Nein. Niemals – niemals.«

»Auch nicht, wenn die *mem-log* – die weißen Frauen deiner Rasse dich mit ihrer Liebe verfolgen? Oh, ich habe gut gesehen, wie sie des Abends ihre Blicke auf dich werfen. Sie sind so schön!«

»So? Ich habe nur Hunderte von Leuchtkugeln gesehen! Aber dann habe ich den Mond gesehen, und vor seinem Glanz verblaßten die Leuchtkugeln!«

Ameera klatschte in die Hände und lachte. »Das ist lieb von dir«, sagte sie, spielte dann die Würdevolle: »Es ist genug. Ich gestatte dir, zu gehen, wenn du willst.«

Der Mann rührte sich nicht. Er saß auf einem niedrigen, rotlackierten Schemel in einer Stube, deren gesamte Ausstattung aus einem blau- und weiß-geblümten Teppich, ein paar Wolldecken und einer reichhaltigen Sammlung von Eingeborenenkissen bestand. Zu seinen Füßen saß eine Frau von sechzehn Jahren; sie bedeutete für ihn die ganze Welt. Nach wohl jedem Gesetz war sein Verhältnis zu ihr nicht einwandfrei, denn er war Engländer, sie die Tochter eines Muselmans, und er hatte sie ihrer Mutter abgekauft vor zwei Jahren. Die Alte war eine gänzlich mittellose Witwe und hätte gegen einen entsprechenden Preis Ameera auch an den Fürsten der Unterwelt verschachert. John Holden hatte den Handel leichtfertig abgeschlossen, als Ameera fast noch ein Kind gewesen, aber seitdem hatte sie ihn immer mehr und mehr ausgefüllt. Um ihretwillen – und auch der Mutter zuliebe, einer runzeligen Hexe, hatte er ein kleines Haus gemietet, von dem aus man über die ganze große Stadt mit ihren roten Wällen blicken konnte. Als die Butterblumen am Brunnen im Hof zu blühen begannen, Ameera alles nach ihrem eigenen Geschmack wohnlich gemacht und die Alte endlich aufgehört hatte, über den weiten Weg zum Markt und die Unbrauchbarkeit der Küche zu maulen, sowie über Hauswirtschaft im allgemeinen, fühlte er sich geradezu heimisch, denn seine Junggesellenwohnung, wo jeder aus- und einging Tag und Nacht, wie es ihm gerade paßte, war ein unbehaglicher Aufenthalt. Zwar mußte er hier durch die Zimmer der Frauen gehen, wenn er über den Hof nach Hause kam, aber hatte sich das schwere Holztor einmal hinter ihm geschlossen, dann war er unbeschränkter König in seinem Reich – mit Ameera, seiner Königin. Doch jetzt drohte ein Drittes sich einzudrängen, dessen Kommen John

Holden mit gemischten Gefühlen entgegensah. Es schien sein Glück trüben zu wollen. Es zerriß den Frieden des Hauses, das doch sein eigen war. Nur Ameera geriet außer sich vor Freude bei dem Gedanken an das kommende Kind, und ihre Mutter desgleichen. Die Liebe eines Mannes – und gar eines weißen Mannes – war im besten Falle eine ungewisse Sache, aber – so schlossen die beiden Frauen – eines kleinen Kindes Hand würde sie befestigen. »Dann«, so pflegte Ameera zu sagen, »wird er sich nie mehr um die weißen *mem-log* kümmern. Ich hasse sie alle – ich hasse sie alle.«

»Er wird auch dann zu seiner Rasse zurückkehren«, meinte die Alte, »aber Gott gebe, daß diese Stunde ferne sei.«

Holden saß stumm auf dem Schemel und dachte über die Zukunft nach, die er sich trübe genug ausmalte. Die Nachteile eines doppelten Haushalts sind gar mannigfaltig! Überdies hatte ihn gerade jetzt das Gouvernement in väterlicher Besorgnis für eine zweiwöchentliche Reise in eine entfernte Station auserkoren – um einen Mann zu vertreten, der Tag und Nacht am Bett seiner kranken Frau wachte – und seinen Befehl mit der Bemerkung versüßt, wie gut es für ihn jetzt wäre, sich als Junggeselle frei und ungebunden zu wissen. Holden überbrachte die Hiobsbotschaft Ameera.

»Angenehm ist es wohl nicht«, sagte sie zögernd, »aber schließlich auch nichts Schlimmes. Meine Mutter ist ja bei mir, und es wird mir auch nichts Böses zustoßen – höchstens sterbe ich vor Freude. Geh nur ruhig an deine Arbeit und verscheuche alle bösen Gedanken. Wenn die Tage vorbei sind, glaube ich – nein, ich weiß es bestimmt – – Und dann werde ich ›ihn‹ in deine Arme legen, und du wirst mich für immer lieben. Der Zug geht heute nacht, um Mitternacht, nicht wahr? Geh jetzt und laß dir das Herz nicht schwer sein um meinetwillen. Wirst du aber auch bald zurückkommen? Und nicht unterwegs mit den zudringlichen weißen *mem-logs* reden? Komm bald zu mir zurück, mein Leben!«

Als Holden aus dem Hof trat, um sein Pferd zu besteigen, das am Torpfosten angebunden war, sprach er den weißhaarigen, alten Mann an, der das Haus bewachte, gab ihm ein ausgefülltes Depeschenformular mit seiner Adresse und bat ihn, es sofort befördern zu lassen, falls die Umstände es erfordern sollten. Das war alles, was er tun konnte, und mit den Gefühlen eines Menschen, der sich selbst sein Begräbnis bestellt hat, reiste er mit dem Nachtzug ab.

Jede Stunde am Tage fürchtete er, man könne ihm ein Telegramm überreichen, und des Nachts quälte er sich ab mit beständigen Ahnungen, Ameera läge im Sterben. Kein Wunder, daß seine Arbeit für den Staat sehr minderwertig und sein Verhalten den Kollegen im Amt gegenüber nichts weniger als freundlich war. Die zwei Wochen vergingen und keinerlei Nachricht von der Heimat war eingetroffen. Vor Angst fast zerrissen, mußte er die paar letzten Stunden sich noch zermürben lassen bei einem Abschiedsdiner im Klub, wobei er wie ein Halbbetäubter anhören mußte, wie abscheulich er seine Pflichten erfüllt und wie unliebenswürdig er sich den Herren gegenüber benommen hätte. Dann floh er zu Pferd in die Nacht hinaus und das Herz schlug ihm bis zum Halse hinauf.

Er hämmerte an das Tor. Lange keine Antwort. Schon wollte er sein Pferd wenden, damit es mit den Hufen an das Holz donnere, da endlich erschien Pir Khan, der Hausmeister, mit einer Laterne und hielt ihm den Steigbügel.

»Ist etwas geschehen?« fragte Holden schnell.

»Die Nachricht soll nicht aus meinem Munde kommen, o Beschirmer der Armen, aber«, – der Alte hielt die Hand hin, wie einer, der für eine erfreuliche Botschaft ein Trinkgeld erwartet.

Holden eilte über den Hof. Ein Licht brannte im oberen Zimmer. Das Pferd wieherte im Torweg, und ein dünner, schriller Schrei trieb Holden das Blut in die Kehle. Dann eine Stimme, aber noch immer kein Zeichen, daß Ameera am Leben sei.

»Wer ist drin?« rief er die schmale Ziegelsteintreppe hinauf.

Da! Ein Schrei des Entzückens aus Ameeras Mund, und dann die zitterige Stimme der Mutter, bebend vor Stolz: »Wir die zwei Frauen sind hier und ein – Mann – dein Sohn!«

Auf der Zimmerschwelle trat Holden auf einen Dolch, sie hatten ihn hingelegt, um böses Geschick abzuwehren; die Klinge zerbrach unter der Wucht seines Fußes.

»Gott ist groß!« gurrte Ameera in der schwacherleuchteten

Stube, »es ist ein Vorzeichen! Du hast alles Unheil von seinem Haupt auf das deinige genommen!«

»Gut. Aber wie geht es dir, mein Leben? Alte, sag, wie geht es ihr?«

»In ihrer Freude hat sie alle Schmerzen vergessen«, sagte die Greisin. »Alles ist gut abgelaufen; aber sprich leise!«

»Nur deine Gegenwart fehlte mir noch, um mich vollkommen glücklich zu machen«, sagte Ameera. »Mein König, so lange warst du fort! Und was bringst du mir mit? Ah, Ah! Diesmal bin ich es, die ein Geschenk hat. Schau her, mein Leben, schau her. Hat es schon je ein solches Baby gegeben? Ach, ich bin noch zu schwach, um auch nur den Arm von ihm zu lösen.«

»Bleib ganz ruhig und sprich nicht. Ich bin doch bei dir, *bachari*!«

»So lieb von dir! Aber jetzt ist noch ein viel festeres Band da, das uns verknüpft: schau, kannst du es sehen hier im Licht? Ohne Fehl und Tadel ist es. Noch nie hat es so einen Knaben gegeben. *Ya illah!* Ein Pundit – ein Gelehrter – soll er werden – nein, ein Soldat der Königin. Aber du, mein Leben, liebst du mich auch noch so wie früher? Trotzdem ich blaß bin und krank und verbraucht?«

»Oh, wie sehr! Ich hab dich lieb, wie je zuvor, aus ganzer Seele, mein Perlchen. Aber, lieg still und ruh dich aus.«

»Geh nicht! Setz dich neben mich – so. Mutter, der Herr des Hauses braucht ein Kissen! Bring's.« Eine fast unmerkliche Bewegung des kleinen Lebens, das da im Arm Ameeras ruhte: »Aho!« sagte Ameera und ihre Stimme schlug über vor Freude. »Jetzt schon ist das Baby ein Fußballchampion. Wie es mich in die Seite kickt! Hat es jemals schon ein solches Kind gegeben! Und unser ist es – dein und mein. Leg deine Hand auf seinen Kopf, aber vorsichtig, es ist noch so jung, und Männer sind ungeschickt in solchen Dingen.«

Behutsam berührte Holden mit den Fingerspitzen das flaumige Köpfchen.

»Er ist ein Gläubiger bereits«, sagte Ameera; »als ich hier lag in den langen Nachtwachen, habe ich das Gebet und das Bekenntnis des Glaubens ihm ins Ohr geflüstert. Und wie wunderbar: er wurde an einem Freitag geboren, wie ich. Sei vorsichtig, mein Leben, aber er kann schon mit den Händchen greifen.« Holden fühlte, wie eine winzige Hand sich schwach um seinen Finger schloß, aber die Berührung lief durch seinen ganzen Körper und sammelte sich rings um sein Herz. Bisher hatte all sein Sinnen und Sein Ameera gegolten; jetzt erwachte etwas in ihm, als gebe es außer ihr noch etwas anderes in der Welt; nur fühlte er noch nicht, daß es ein Sohn war mit einer lebendigen Seele. Er setzte sich und sann nach, und Ameera versank in Halbschlaf.

»Geh jetzt, Sahib«, flüsterte die Alte mit verhaltenem Atem. »Es ist nicht gut, wenn sie dich wieder hier sieht beim Erwachen. Sie braucht Ruhe.«

»Ich gehe schon«, sagte Holden gehorsam. »Hier hast du Geld. Sieh zu, daß mein Baby gedeiht und alles bekommt, was es braucht.«

Das Klingen der Silbermünzen erweckte Ameera. »Ich bin seine Mutter und keine feile Dirne«, hauchte sie. »Soll ich besser für ihn sorgen nur des Geldes wegen? Mutter, gib's zurück! Ich habe meinem Herrn einen Sohn geboren.«

Tiefer Schlaf überfiel sie, noch während sie sprach. Holden ging leise hinunter – mit erleichtertem Herzen – in den Hofraum. Pir Khan, der alte Hausmeister, gluckste vor Entzükken. »Jetzt hat das Haus alles«, sagte er, und ohne weitere Erklärung drückte er Holden den Griff eines Säbels in die Hand, den er – Pir Khan selbst! – viele Jahre getragen hatte, als er noch der Königin gedient hatte bei der Polizei. Das Meckern einer Ziege tönte vom Brunnenrand herüber.

»Zwei sind's«, sagte der Alte, »zwei der besten Sorte. Ich habe sie für teures Geld gekauft, und da keine Gäste zum Geburtsfest kommen, wird das Fleisch mir gehören. Schlag kräftig zu, Sahib! Es ist nur ein schlechtgewichtiger Säbel. Wart, bis sie die Köpfe erheben vom Abweiden der Butterblumen.«

»Warum das?« fragte Holden erstaunt.

»Als Erstgeburtsopfer. Wozu sonst? Das Kind bleibt unbeschirmt gegen das Schicksal, wenn man es unterläßt, und könnte sterben. Du wirst, Beschützer der Armen, die Worte schon finden, die man dazu sagen muß.«

Holden hatte sie einmal auswendig gelernt; er hatte damals natürlich nie daran gedacht, daß er sie jemals gebrauchen würde. – Die Berührung des Säbelknaufs in seiner

Hand fühlte sich plötzlich an wie der Griff der winzigen Hand – vorhin, dort oben im Zimmer – des Kindes, das sein Sohn war –, und eine wilde Furcht, es könne ihm entrissen werden, überfiel Holden.

»Schlag zu!« rief Pir Khan. »Noch nie ist Leben in die Welt gekommen, es sei denn Leben dafür gegeben worden. Da: die Ziegen erheben ihre Köpfe! Jetzt! Und beim Schlag die Klinge ziehen!«

Holden begriff kaum, was er tat, als er zweimal zuschlug und dabei das mohammedanische Gebet hermurmelte, das da lautet:

»Allmächtiger! An Statt meines Sohnes bring ich dir dar: Leben für Leben, Blut für Blut, Haupt für Haupt, Bein für Bein, Haar für Haar, Haut für Haut.«

Das Pferd draußen schnaubte und bäumte sich am Halfter beim Geruch des rauchenden Blutes, das Holdens Reitstiefel von oben bis unten bespritzt hatte.

»Gut getroffen«, lobte Pir Khan und wischte die Klinge ab. »Ein Mann des Schwertes ist an dir verlorengegangen. Ziehe hin mit befreitem Gemüt, Himmelsentsprossener. Ich bin dein Diener und der Diener deines Sohnes. Möget ihr leben tausend Jahr und – gehört das ganze Fleisch der Ziegen mir?« Pir Khan zog sich zurück, um einen Monatslohn reicher.

Holden schwang sich in den Sattel und ritt dahin durch den Holzrauch des Abends. Ein schwärmerisches Frohlocken erfüllte ihn, gemischt mit einer vagen Zärtlichkeit, die zwar niemand galt, ihn aber fast jauchzen machte, wie er sich so über den Hals seines aufgeregten Pferdes beugte. »Niemals im Leben habe ich ähnliches gefühlt«, dachte er bei sich, »ich werde in den Klub gehen und ausgelassen sein.«

Man hatte sich soeben zum Billardspiel begeben, und das Zimmer war voll Herren. Holden trat ein, um endlich helles Licht zu sehen und Freunde, und sang aus vollem Halse:

»In Baltimore am Korso – eine Lady traf ich dort!«

»So? Haben Sie das?« sagte der Sekretär des Klubs aus seiner Rauchecke heraus. »Hat sie Ihnen denn nicht gesagt, daß Ihre Stiefel patschnaß sind? Meine Güte, Mensch! Es ist ja Blut!«

»Ach was!« sagte Holden und nahm sein Queue vom Ständer, »darf man mitspielen? Tau ist's. Ich bin durch hohes Gras geritten. Oder meinetwegen: wahrscheinlich haben meine Stiefel Blutwurst zu Mittag gegessen.« Er trällerte:

»Ist's ein Mädel, kriegt's 'nen Trauring;
Wird's ein Bub, wird er Soldat,
Oder geht auf Deck spazieren
Als Matrose oder Maat – –«

»Gelb auf Blau, Grün kommt dran«, sagte der Markeur mit monotoner Stimme.

»Geht auf Deck spazieren. – So? Ich habe Grün? – Als Matrose oder – pfui Teufel, ein Gickser – als Matrose oder Maat.«

»Sie haben, weiß Gott, keinen Grund, zu krächzen«, meinte ein junger Streber von Zivilbeamten giftig, »die Regierung soll nicht besonders erbaut gewesen sein von Ihrer Tätigkeit bei Sanders drüben!«

»Oh! Eine Nase aus dem Hauptquartier?« sagte Holden mit einem geistesabwesenden Lächeln, »nun, ich werde mich zu trösten wissen.«

Das Gespräch wurde allgemein; es drehte sich immer um dasselbe Thema: Beruf und Amt, und hielt Holden fest, bis es Zeit zum Aufbruch wurde. Dann ging er in seinen dunkeln, leeren Junggesellen-Bungalow, wo ihn sein Diener mit dem Gesicht eines Menschen empfing, der alles weiß.

Holden blieb fast die ganze Nacht wach und baute Luftschlösser.

II

»Wie alt ist er jetzt?«

»*Ya illah!* So kann auch nur ein Mann fragen! Rund sechs Wochen ist er alt, und heut nacht noch gehe ich aufs Dach hinauf mit dir, mein Leben, um die Sterne zu zählen, denn das bringt Glück. Er ist an einem Freitag geboren und im Zeichen der Sonne. Man hat mir gesagt, er wird uns beide überleben und zu großem Reichtum gelangen. Können wir uns Besseres wünschen, Geliebter?«

»Nein, etwas Besseres gibt es nicht! Komm, gehen wir auf

das Dach hinauf, und du sollst die Sterne zählen. Aber viel werden es nicht sein: der Himmel ist voller Wolken.«

»Die Winterregen sind heuer spät dran, fast schon nach der Saison. Also komm, ehe die Sterne ganz verschwinden! Ich habe meine besten Juwelen angelegt.«

»Das Beste von allem hast du aber vergessen!«

»Ai! Richtig! Unser Juwel! Er kommt mit. Er hat noch nie den Himmel gesehen.«

Ameera klomm die schmale Leiter hinauf, die empor zum flachen Dache führte, und in ihrem Arm lag, still und mit weit offenen Augen, das Kind, eingehüllt in silberdurchwirkten Musselin, auf dem Köpfchen eine kleine Haube.

Ameera trug allen Schmuck, den sie besaß: den diamantenen Nasenknopf, der wie das europäische Schönheitspflästerchen den Zweck hat, die feine Schweifung der Nüstern zu betonen, den goldenen Zierat mitten auf der Stirn, besetzt mit Smaragd- und Rubintropfen, die schwere Halskette aus gehämmertem Gold, die sich weich an ihren Nacken schmiegte, und die klirrenden, getriebenen Silberreifen um die zarten, schlanken Fußknöchel. Sie war gekleidet in jadegrünen Musselin, wie es sich geziemt für eine Tochter aus dem Stamme der Gläubigen. Von Schulter zu Ellbogen und vom Ellbogen zum Gelenk liefen Braceletts aus Florettseide, mit Silberfäden durchzogen, und zarte Glasarmbänder fielen auf die Hand herab, um ihre Schmäle zu zeigen. Dazwischen schwere goldene Armreifen, die zwar keine Ornamente nach dem Geschmack der Asiaten zeigten, aber ein Geschenk Holdens waren und – versehen mit schönen europäischen Schlössern – Ameeras besondere Freude bildeten.

Sie setzten sich beide auf das weiße, niedrige Ruhebett auf dem Dache und blickten hinab auf die Stadt mit den vielen Lichtern.

»Sicher sind sie glücklich, die da unten«, sagte Ameera, »aber so glücklich wie wir können sie nicht sein. Ich glaube auch nicht, daß die weißen *mem-log* glücklich sind. Was meinst du?«

»Sie sind es gewiß nicht.«

»Woher weißt du das?«

»Sie überlassen ihre Kinder den Ammen.«

»Ich habe das noch nie gesehen«, sagte Ameera mit einem

tiefen Seufzer, »ich möchte es auch nie sehen. *Ahi!*« Sie ließ ihren Kopf auf Holdens Schulter sinken, »ich habe vierzig Sterne gezählt und bin so müde jetzt. Schau: das Kind! Es zählt auch, du Licht meines Lebens!«

Mit runden Augen starrte das Baby in die Dunkelheit des Firmamentes hinein. Ameera legte es Holden in den Arm; es blieb dort ruhig liegen, ohne zu schreien, oder zu weinen.

»Wie werden wir ihn nennen?« fragte sie. »Schau ihn an! Könntest du jemals müde werden, ihn anzusehen?! Er hat ganz deine Augen. Nur der Mund –«

»Ist von dir, Liebling. Wer wüßte das besser als ich?«

»So ein kleines Mündchen! Und doch hält es mein Herz zwischen den Lippen. Gib ihn mir wieder jetzt! So lange schon hab ich ihn nicht gehabt.«

»Nein, laß ihn noch; er hat noch nicht angefangen zu weinen.«

»Freilich, wenn er weint, dann gibst du ihn zurück – eh? Was ihr Männer doch für ein Volk seid! Je mehr er schreit, desto lieber hab ich ihn. Also: mein Leben, wie sollen wir ihn nennen?«

Hilflos und fest angeschmiegt lag der kleine Körper an seines Vaters Herzen; Holden wagte kaum zu atmen, um ihm nicht wehe zu tun. Der grüne Papagei im Käfig – der gute Geist des Hauses nach der Meinung der Eingeborenen – bewegte sich auf der Stange und schüttelte schlaftrunken sein Gefieder.

»Da haben wir die Antwort«, rief Holden. »Mian Mittu hat gesprochen! *Mian Mittu,* so heißt doch der Papagei in deiner – in der Sprache der Moslim – nicht wahr? – So soll auch der Namen des Kleinen sein! Wenn er soweit ist, wird er schwätzen und herumlaufen wie ein Papagei.«

»Und mich frägst du gar nicht?« schmollte Ameera. »Wählen wir doch einen Namen, der englisch klingt, wenn auch nicht ganz. Ich bin ja seine Mutter!«

»Dann nenn ihn Tota; das klingt noch am meisten englisch.«

»Ay, Tota, und das heißt fast soviel wie: Papagei! Verzeih mir, mein Herr und Gebieter, das, was ich soeben vor einer Sekunde gesagt habe, aber ich dachte, er ist noch viel zu klein, um ein so schweres Gewicht wie den Namen Mian

Mittu tragen zu können. Ja: Tota soll es sein – unser Tota soll er sein! Hörst du mich, Kleines? Kindchen, du bist der Tota!« Sie drückte seine Wange an die ihrige, und das Baby erwachte und begann zu weinen; die Mutter nahm es in ihren Arm, wiegte es und sang den schönen Kinderreim, der da heißt:

»Aré koko, Jare kokó – – –
Krähe du! Fort mit dir, Krähe du! Baby schläft gesund.
Wilde Pflaumen wachsen im Busch, nur ein Penny das Pfund,
Nur ein Penny das Pfund, husch, husch – nur ein Penny das Pfund.«

Vielemal versichert, daß Zwetschgen so überaus billig seien, kuschelte sich Tota in Schlaf.

Die beiden sanften weißen Ochsen beim Brunnen wiederkäuten rastlos ihre Abendmahlzeit und der alte Pir Khan kauerte zu Häupten des Pferdes seines Herrn, seinen Polizeisäbel auf den Knien und schlaftrunken an seiner Wasserpfeife saugend, die schnurgelte und quakte wie ein Riesenfrosch im Sumpf. Das schwere Holztor war verriegelt, und Ameeras Mutter spann unten in der Veranda. Die Musik eines Hochzeitszuges tönte aus dem Summen der Stadt bis herauf auf das Dach und ein paar fliegende Hunde huschten über das schimmernde Antlitz des Mondes.

»Ich habe gebetet«, sagte Ameera nach einer langen stillen Pause, »ich habe um zwei Dinge gebetet: zuerst, daß ich an deiner Statt sterben möge, wenn dich der Tod ruft – und daß man mich von der Erde nähme an Stelle des Kindes. Ich habe zum Propheten gebetet und zu Bibi Mirjam, der Jungfrau. Glaubst du, sie haben meine Bitte gehört?«

»Wer würde von deinen Lippen nicht auch das leiseste Wort hören?!«

»Ich habe dich um ein kaltes, klares Wort gebeten, statt dessen antwortest du mir lieb und sanft. Wird mein Gebet erhört werden?«

»Wie kann ich das wissen! Gott ist allgütig.«

»Dessen bin ich nicht so sicher! Hör mich an: wenn ich stürbe, oder das Kind stirbt, was wird dann dein Schicksal sein? Lebst du, dann wirst du zurückkehren zu den frechen, weißen *mem-log*, denn Art schreit nach Art.«

»Nicht immer.«

»Bei einer Frau, nein; aber bei Männern ist es anders. Du wirst in deinem Leben – später – zurückkehren zu deinem Volk. Ich werde es tragen können, denn dann bin ich nicht mehr. Aber wenn du stirbst, dann gehst du fort in ein mir fremdes Land und in ein Paradies, das ich nicht kenne.«

»Ob es wohl das Paradies sein wird?«

»Sicher, denn wer könnte dir Böses wünschen? Aber wir zwei – ich und das Kind – werden anderswo sein, und nicht zu dir kommen können – so wenig, wie du zu uns kommen kannst. In früheren Tagen, bevor das Kind geboren wurde, habe ich an solche Dinge nie gedacht; aber jetzt verläßt mich der Gedanke nicht. Es liegt mir schwer auf dem Herzen.«

»Es wird kommen, wie es bestimmt ist. Das ›Morgen‹ kennen wir nicht, aber das ›Heute‹ und die Liebe, die kennen wir. Und heute sind wir glücklich.«

»So glücklich, daß es gut wäre, wir schmiedeten unser Glück für immer fest. Deine Bibi Mirjam wird meine Bitte hören, denn sie ist ein Weib wie ich, aber sie wird mich beneiden! Es soll nicht sein, daß ein Mann ein Weib anbetet.«

Holden lachte laut auf bei diesem seltsamen Eifersuchtsausbruch Ameeras. »Du glaubst, es ist nicht recht? Warum erlaubst du mir dann, daß ich dich anbete, Ameera?«

»Du? Mich anbeten? Du mein König: trotz deiner süßen, lieben Worte weiß ich doch immer, daß ich nur deine Sklavin bin und Staub zu deinen Füßen. Ich möchte auch nicht, daß es je anders sei. Schau!«

Und ehe Holden sie daran hindern konnte, beugte sie sich vor und berührte seine Füße – stand dann leise lachend auf und drückte Tota an die Brust. Dann fuhr sie fort, fast wild:

»Ist es wahr, daß die frechen weißen *mem-log* dreimal länger leben als wir anderen Frauen? Ist es wahr, daß sie nicht früher heiraten, als bis sie alte Weiber geworden sind?«

»Sie heiraten, wie andere auch, wenn sie erwachsene Frauen geworden sind.«

»Das weiß ich, aber sie sollen sich mit fünfundzwanzig Jahren vermählen. Ist das wahr!«

»Ja, das ist wahr.«

»*Ya illah!* Mit fünfundzwanzig! Wer heiratet freiwillig ein Weib, wenn es schon achtzehn ist? Ein Weib – es altert doch von Stunde zu Stunde! Fünfundzwanzig! Ich werde in dem Alter eine alte Frau sein – und diese *mem-log* bleiben ewig jung. Oh, wie ich sie hasse!«

»Was hat das mit uns zu tun?«

»Das kann ich nicht sagen. Ich weiß nur: heute schon kann das Weib auf Erden leben, das zehn Jahre älter ist als ich und zu dir kommen wird und mir deine Liebe rauben, wenn ich eine grauhaarige Greisin sein werde und die Dienerin Totas. Das ist ungerecht und schlimm. Oh, wenn sie doch stürbe.«

»Nun, trotz deiner Jahre bist du doch noch ein Kind, das man nehmen und die Leiter hinuntertragen muß.«

»Tota! Gib acht auf Tota, mein Herr und Gebieter! Du bist wirklich noch so närrisch wie ein Baby!« Und Ameera barg sorgsam Tota an ihrer Brust, damit ihm nichts geschehe, und wurde lachend von Holden auf den Armen hinuntergetragen, wobei das Kindchen, die Augen weit offen, lächelte, wie Engel lächeln.

Es war ein stilles Kind, und ehe Holden noch richtig begriffen hatte, daß es wirklich und wahrhaftig auf der Welt war, hatte es sich bereits in einen kleinen goldfarbenen Gott verwandelt und sich zum unbestrittenen Despoten in dem Hause, das da hinab sah auf die Stadt, aufgeschwungen. Es waren Monate ungetrübten Glückes für Ameera und Holden – des Glückes in einer Welt, die abgeschlossen war durch das Holztor und bewacht wurde von Pir Khan. Tagsüber erfüllte Holden seine Amtspflichten, tiefes Bedauern für alle im Herzen, die nicht so glücklich waren wie er, und voll Sympathie für kleine Kinder, die auf den engen Spielplätzen ihre Mütter in Entzücken und Staunen versetzten. Brach der Abend an, kehrte er zu Ameera zurück, die immer von neuen Wundertaten Totas zu berichten wußte: wie er bereits zielbewußt die Finger zu bewegen verstünde – was offenbar ein Mirakel bedeutete – und später, daß er aus eigenem Antrieb sein niedriges Bettchen verlassen habe und auf dem Boden herumgekrochen sei – einmal sogar drei Atemzüge lang aufrecht auf zwei Beinen.

»Und es waren sogar lange Atemzüge«, erklärte Ameera; »ich weiß es bestimmt, denn mir stand das Herz still vor Wonne.«

Später nahm Tota das Getier des Hauses in Augenschein: die Brunnenochsen, die kleinen grauen Eichhörnchen, die Schnattergans, die in einem nassen Loch beim Brunnen wohnte, und insbesondere Mian Mittu, den Papagei, der immer furchtbar schrie, wenn ihn der Kleine bei den Schwanzfedern zauste – bis Ameera oder Holden zu Hilfe eilten.

»Du Bösewicht! Du gewalttätiges Kind!« pflegte Ameera bei solchen Gelegenheiten zu schelten. »So etwas deinem Bruder oben auf dem Hausdach?! Tobah, Tobah! Pfui! Pfui! Aber wart, ich weiß einen Zauberspruch, der macht dich weise wie Suleiman und Aflatoun. Da schau« – und sie reichte dem Kind eine Handvoll Mandeln hin – »schau! Wir zählen jetzt bis sieben. Im Namen Gottes!« Dabei hebt sie den wütenden und schlimm zerzausten Papagei auf seinen Käfig hinauf, setzt sich zwischen ihn und das Kind, knackt und schält eine Mandel und hält sie mit ihren weißen Zähnen fest: »Lach nicht, mein Leben, es ist ein wirklicher Zauber. Schau, ich gebe Mian Mittu die eine Hälfte und Tota die andere!« Behutsam holte sich der Vogel mit dem Schnabel seinen Teil, und die andere Hälfte küßte sie in den Mund des Kindchens hinein, das langsam die Mandel aß mit verwunderten Augen. »Das werden wir sieben Tage hindurch tun; dann wird unser kleiner Sohn ein kühner Redner und ein Weiser werden. Sag, Tota, was wird sein, bis du ein Mann bist und ich eine alte grauhaarige Frau?« Tota verschlang seine fetten Beinchen als Antwort zu den erstaunlichsten Verknotungen. Kriechen? Ja, das ging noch an, aber seine Jugend mit eitlen Gesprächen verbringen? Nein! Wonach es ihn gelüstete, war: Mian Mittu wieder in den Schweif zu zwicken.

Als er soweit war, die Würde eines kleinen silbernen Halsbandes schätzen zu können, das ihm, mit einem magischen Plättchen versehen, umhing als größter Teil seiner Bekleidung, kletterte er nach langer gefahrvoller Reise hinab in den Garten zu Pir Khan und bot ihm seinen ganzen Schmuck dar, – denn er hatte einst die Großmutter belauscht, wie sie mit Hausierern schacherte – für einen Ritt auf Holdens Pferd. Pir Khan vergoß Tränen und setzte zum Zeichen seiner Unterwürfigkeit die kleinen ungeübten Füßchen auf sein graues Haupt; dann trug er den Abenteurer in die

Arme der Mutter zurück und schwur, Tota würde, noch ehe ihm ein Bart wüchse, ein Führer der Menschheit werden.

An einem heißen Abend, als Tota zwischen Vater und Mutter auf dem Dache saß und beobachtete, wie die Gassenjungen Papierdrachen steigen ließen, verlangte er plötzlich, selbst ein solches Ding zu besitzen, das aber Pir Khan steigen lassen müsse – denn er selbst fühlte sich Sachen gegenüber, die größer waren als er selbst, nicht recht geheuer. Als Holden dazu lachte und meinte: er sei doch noch ein »winziges Fünkchen«, stellte er sich auf die Füße und verteidigte seine kürzlich erst erworbene Individualität mit den gravitätischen Worten: *»Hum park nahin hai. Hum admi hai*[1]*.«*

Dieser Ausspruch erschreckte Holden förmlich und zwang ihn direkt, über Totas Zukunft nachzudenken. Die Gedanken wollten nicht mehr aus seinem Kopf: dieses Leben ist fast zu schön, als daß es ewig dauern könnte! – Und bald zerschellte auch das Glück, wie so vieles einem entrissen wird in Indien – plötzlich, wie durch einen Blitz aus heiterm Himmel. Der kleine Herr des Hauses, wie ihn Pir Khan zu nennen pflegte, wurde eines Tages traurig und klagte über Schmerzen, deren Ursache nicht zu ermitteln war. Ameera, außer sich vor Entsetzen, wachte die ganze Nacht bei ihm, aber in der Dämmerung des zweiten Tages schüttelte das Fieber – das gefürchtete Herbstfieber – das Leben aus dem kleinen Körper. Es kam so plötzlich, und es war so unwahrscheinlich, Tota könne sterben, daß weder Ameera noch Holden ihren Augen trauten, auf dem Bettchen läge eine kleine Leiche. Dann schlug Ameera den Kopf gegen die Mauer und hätte sich in den Brunnen gestürzt, wenn nicht Holden sie mit aller Kraft davon abgehalten hätte.

Nur eine Gunst gewährte ihm das Schicksal: als er im Sonnenschein ins Amt geritten war, fand er eine schwere Postarbeit vor, die seine ganze Aufmerksamkeit in Anspruch nahm. Aber er hatte für diese Gnade der Götter nur ein totes Herz.

1. Ich bin kein Fünkchen; ich bin ein Mann.

III

Wird ein Mensch von einer Kugel getroffen, so fühlt er zuerst nur einen starken Schlag; zehn bis fünfzehn Sekunden vergehen, ehe der Körper die Verstümmelung der Seele meldet. Auch Holden wurde seines Schmerzes nur allmählich gewahr – so, wie er sich einst auch nur langsam seines Glückes bewußt geworden. Zuerst hatte er nur die Empfindung eines erlittenen Verlustes und fühlte, daß Ameera des Trostes bedurfte, wie sie so dasaß, den Kopf auf den Knien, und jedesmal zusammenschauderte, wenn Mian Mittu auf dem Dach oben rief: »Tota! Tota! Tota!« Später aber war es, als stünde die ganze Welt und das tägliche Leben selbst gegen ihn auf, um ihn zu verwunden. Klang es nicht fast wie Hohn, daß am Abend die Knaben draußen jubelten und tobten, wo doch sein eigenes Kind gestorben war! Es peitschte ihn fort, wenn ihn ein Junge ansprach und ihm erzählen wollte, wie sich sein Vater gefreut habe über diese oder jene kleine kindliche Tat. Er mußte seinen Schmerz herunterwürgen, hatte er doch nirgends Sympathien, nirgends Trost oder Zuspruch; Ameera selbst, wenn er müde heim kam von der Arbeit, trieb ihn durch die Hölle der Selbstvorwürfe: vielleicht hätte ein wenig mehr Sorgfalt dem Kinde das Leben gerettet – nur ein ganz klein wenig mehr Umsicht, wie es Eltern zu tun pflegen, denen ein Kind entrissen worden.

»Vielleicht«, so sagte Ameera immer und immer, »habe ich nicht auf alles geachtet. Meinst du nicht auch? Damals, als er so lang auf dem Dach gespielt hat, schien die Sonne so heiß, – und – ich habe mir das Haar geflochten! *Ahi!* Vielleicht hat die Sonne das Fieber in ihm ausgebrütet. Hätte ich ihn vor ihr gewarnt, er wäre jetzt noch am Leben. Oh, sag mir doch, daß ich schuldlos bin! Du weißt, ich habe ihn geliebt, wie ich dich liebe. Sag, daß keine Schuld auf mir ruht, oder ich muß sterben – ich muß sterben!«

»Du hast keine Schuld, bei Gott, – keine. Es hat im Buche des Schicksals geschrieben gestanden; was hätten wir da tun können, ihn zu retten? Was geschehen ist, ist geschehen. Laß Vergangenheit Vergangenheit sein.«

»Für mich war er mein ganzes Herz. Wie kann ich den Gedanken verscheuchen, wo doch die lange Nacht hindurch mein

Arm mich beständig mahnt: wo ist er? *Ahi! Ahi!* Oh, Tota, komm zurück zu mir – zurück zu mir, damit alles wieder so ist, wie es war!«

»Still! Still! Um deinetwillen – und – auch um meinetwillen: schweig!«

»Daran sehe ich, daß du nicht Kummer im Herzen trägst; und wie könnte es auch sein? Die weißen Männer haben steinerne Herzen und Seelen aus Eisen. Oh, hätte ich doch einen Mann aus meinem Stamme geheiratet – ich weiß, er hätte mich geschlagen, aber ich hätte nie das Brot eines Fremden gegessen!«

»Ich, ein Fremder? Der Mutter meines Sohnes?«

»Was sonst, Sahib? Oh, verzeih mir – verzeih mir! Der Tod hat mich wahnsinnig gemacht. Du, du bist das Leben meines Herzens und das Licht meiner Augen und der Atem meines Lebens, und – und ich hab dich von mir gestoßen, wenn auch nur einen Augenblick. Wenn du von mir gehst, bei wem soll ich Hilfe suchen? Sei nicht zornig! Wirklich, es war nur der Schmerz, der aus mir gesprochen hat, und nicht ich, deine Sklavin.«

»Ich weiß, ich weiß. Wir sind zwei – und sind drei gewesen. Um so größer die Notwendigkeit, daß wir jetzt eins sein sollen.« Sie saßen beisammen auf dem Dach des Hauses nach alter Gewohnheit. Es war eine warme Vorfrühlingsnacht und Blitze tanzten am Horizont zum Trommelton des fernen Donners. Ameera hatte sich in Holdens Arm geschmiegt.

»Die trockene Erde lechzt wie eine verdurstende Kuh nach Wasser und – und ich fürchte mich. Ist's nicht wie damals, als wir die Sterne zählten? Aber liebst du mich noch wie früher, als – als das Band uns noch zusammenhielt? Sag!«

»Ich liebe dich noch mehr, denn der Schmerz, den wir beide aus dem Becher des Leides schlürfen mußten, hat ein neues Band geschaffen; das weißt du.«

»Ja, ich weiß«, flüsterte Ameera, »aber es ist so gut, es immer wieder aus deinem Mund zu hören, mein Leben. Du bist so stark. Aber auch ich will kein Kind mehr sein und dir helfen! Gib mir meine *Sitar* und ich will tapfer sein und singen.«

Und sie nahm die leichte silberbeschlagene *Sitar* und begann ein Lied zu singen von dem großen Helden Radscha Rasalu; doch bald irrten ihre Finger über die Saiten – ein tiefer Akkord, und das arme, kleine Ammenliedchen von der bösen Krähe erklang:

»Und wilde Pflaumen wachsen im Busch, nur ein Penny das Pfund,
Nur ein Penny das Pfund, husch, husch, – nur ein Penny das Pfund.«

Dann ein Tränenstrom und herzzerbrechende Anklagen gegen das Schicksal, bis sie in Schlaf sank, im Traum noch schluchzend und den Arm gebeugt, als behüte sie etwas, das nicht da war. Seit jener Nacht wurde das Leben leichter für Holden. Die ewige Gegenwart des Schmerzes um den erlittenen Verlust trieb ihn zur Arbeit, und die Arbeit lohnte es ihm, indem sie sein Gemüt für neun oder zehn Stunden täglich gefangennahm. Unterdessen saß Ameera allein zu Hause und brütete vor sich hin; aber allmählich fühlte sie sich glücklicher, da sie sah, daß es Holden besser ging, – wie es so Frauenart ist. Wiederum kosteten sie das Glück, aber diesmal behutsamer:

»Tota mußte sterben, weil wir ihn so lieb hatten; die Eifersucht Gottes lastete auf uns«, sagte sie. »Ich habe einen großen, schwarzen Krug vors Fenster gestellt, um den bösen Blick von uns abzuwenden; und wir dürfen unser Entzücken nicht merken lassen, sondern ganz still unter den Sternen dahinwandeln, sonst findet uns Gott. Hab ich nicht recht, du – Elender?« – sie sagte: »Elender« statt »Geliebter«, um ihrer Theorie Ausdruck zu geben, man solle sein Glück verstecken. Aber der Kuß, den sie gleich darauf Holden gab, war so heiß, daß er wohl den Neid jeder Gottheit erregt hätte. In Hinkunft beschränkten sie sich darauf, bei jeder Gelegenheit zu sagen: »Es ist nichts, gar nichts« – hoffend, daß die Hohen Mächte es hören würden.

Aber die Hohen Mächte waren anderweitig beschäftigt. Sie hatten einem Dreißig-Millionen-Volk vier Jahre Wohlstand geschenkt: die Menschen gediehen und nahmen an Rundung sichtlich zu; die Ernte kam gut herein, die Geburtsziffern stiegen von Jahr zu Jahr und die Ackerbauberichte erhöhten sich von der Zahl neunhundert auf zweitausend pro Quadratmeile bepflanzten Bodens. Der Abgeordnete von Klein-Tooting durchwanderte Indien in Zylinder und Gehrock, schwätzte ein langes und breites über die Wohltat der englischen Regierungsmaßnahmen, schlug, als dringend wichtig, eine allgemeine Wahlreform vor und eine Generalbeschenkung der Gerechtsamen. Seine leidensgewohnten Gastgeber lächelten dazu und hießen ihn willkommen und, wenn er gelegentlich eine Pause in seinem Geschwätz eintreten ließ, um auf irgendeinen frühzeitig in Blüte stehenden *Dhak*-Baum als auf ein günstiges Vorzeichen kommender froher Begebnisse hinzuweisen, lächelten sie noch mehr.

Der Distriktskommissar von Kot-Kumharsen war es, der anläßlich eines Tagesaufenthaltes im Klub eine Nachricht brachte, die Holden derart das Blut in den Adern erstarren machte, daß er das Ende der Erzählung nicht mehr verstand. Wie aus weiter Ferne hörte er, wie Satz sich an Satz reihte, bisweilen unterbrochen von Fragen der Zuhörer:

»– und da war Schluß mit dem Gequassel. Hab noch nie einen Menschen so erstaunt gesehen. Bei Gott, ich glaubte schon, er wolle eine Frage an ein leeres Parlament stellen. Mitpassagier auf seinem Schiff gewesen – schwätzte was über Cholera – dann war er tot in achtzehn Stunden – jawohl. Da gibt's nichts zu lachen, meine Herren. Der Abgeordnete von Klein-Tooting rast – besser gesagt: das Herz hat er in den Hosen – gedenkt, seine werte Person aus Indien fluchtartig zu entfernen.«

»Ich möchte es mich etwas kosten lassen, wenn ihn der Teufel holte. Würde gern ein paar Küster seines Gelichters auf ihr eigenes Kirchspielbegräbnis schicken. Aber was ist's mit der Cholera? Man hört da neuerdings wieder allerhand Gerüchte«, sagte der Vorstand einer dividendenlosen Salzlecke.

»Weiß nichts Genaues«, entgegnete der Deputatskommissar nachdenklich. »Es schwirrt durch die Luft wie Heuschrekken. Sporadisches Auftreten der Cholera oben im Norden – wir nennen's nämlich ›sporadisch‹ des Anstands halber. Die Frühlingssaat steht niedrig in fünf Distrikten, und die Leute haben schon fast vergessen, wie Regen aussieht. Dabei ist beinahe März. Ich will niemand verknobeln, aber mir scheint, die Natur wird heuer den Rotstift zur Hand nehmen. Noch im Sommer.«

»Natürlich, gerade jetzt, wo ich mir Urlaub zu nehmen gedenke!« rief eine Stimme aus dem Hintergrund.

»Viel Urlaub wird's dies Jahr nicht geben, wohl aber desto mehr Avancement! Ich bin hergereist, um der Regierung nahezulegen, daß mein Bewässerungskanalprojekt auf die Liste der Hungersnotstandsarbeiten gesetzt wird. Es weht ein böser Wind, der nichts Gutes verheißt. Der Kanal muß endlich fertig werden.«

»Immer das gleiche, alte Programm also«, sagte Holden, »Hungersnot, Fieber, Cholera?«

»Ach nein. Nur die übliche Schlamperei und ein besonders zahlreiches Auftreten der Saisonkrankheiten. Sie werden es nächstes Jahr in den Statistiken lesen, wenn Sie noch am Leben sind! Aber was denn Sie! Sie sind ein glücklicher Bursche: Sie haben kein Weib daheim, dessentwegen Sie sich sorgen müßten. Die Bergstationen werden heuer voll von Frauen sein!«

»Ich glaube, Sie übertreiben ein wenig das Bazargeschwätz«, fiel ein junger Zivilbeamter des Sekretariats ein. »Ich habe beobachtet –«

»So? Sie haben?« unterbrach der Kommissar. »Sie werden sehr bald noch viel mehr zu beobachten haben, mein Sohn. Inzwischen möchte ich Ihnen aber –« und er nahm den jungen Herrn beiseite, um mit ihm über das Kanalprojekt zu diskutieren, das ihm so am Herzen lag.

Holden ging in seinen Junggesellen-Bungalow und es kam ihm mit aller Deutlichkeit zu Bewußtsein, daß er nicht allein auf der Welt war und der Furcht um ein anderes Wesen preisgegeben – die einzige Furcht des Menschen, die seiner Seele nützt.

Zwei Monate später traf ein, was der Kommissar vorausgesagt hatte: die Natur nahm den »Rotstift« zur Hand. Der Frühlingsmißernte auf dem Fuß folgte der Schrei nach Brot, und, da die Regierung beschlossen hatte, niemand dürfe an Mangel sterben, schickte sie Weizen. Aber da kam die Cholera aus allen vier Richtungen der Windrose. Im Nu war eine halbe Million Menschen auf den Beinen und pilgerte zu irgendeinem heiligen Schrein. Viele starben zu den

Füßen ihres Gottes; andere packte es »nur« und sie eilten durch das Land, die Pestilenz mit sich herumschleppend und von Dorf zu Dorf tragend. Das Volk belagerte die Eisenbahnzüge, hing auf den Trittbrettern und quetschte sich auf den Dächern der Waggons, aber – die Cholera folgte ihnen: auf jeder Station lud man Tote und Sterbende aus. Sie starben am Wegesrand und die Pferde der Engländer scheuten vor den Leichen im Gras. Kein Tropfen Regen wollte fallen und die Erde verwandelte sich in Eisen, damit die Menschen dem Tod nicht entrännen, indem sie sich eingruben. Die Engländer schickten ihre Frauen in die Berge und gingen an ihre gewohnte Arbeit, einander ersetzend, wenn der Vordermann erledigt war.

Holden, fast krank vor Furcht, er könne sein Liebstes auf Erden verlieren, tat sein Bestes, Ameera zu überreden, mit ihrer Mutter ins Himalajagebiet zu fliehen.

»Warum soll ich gehen?« fragte sie, als sie eines Abends wieder auf dem Dach saßen.

»Überall wütet die Krankheit und das Volk stirbt dahin. Alle weißen *mem-log* sind bereits fort.«

»Alle?«

»Alle – höchstens ist noch hie und da ein Dickschädel zurückgeblieben und macht dem Gatten das Herz schwer, indem sie sich der Todesgefahr aussetzt.«

»Oh, die dableibt, die ist meine Schwester, und du darfst sie nicht beschimpfen, denn ich will auch so ein Dickschädel sein. Ich bin froh, daß die Frechen der weißen *mem-log* alle fortgegangen sind.«

»Spreche ich mit einer Frau, oder mit einem Kind? Geh in die Berge und ich werde dafür sorgen, daß du wie eine Königstochter reist. Denk nur, Kind: in einem rotlackierten Ochsengefährt, verschleiert und hinter Vorhängen, Messingpfauen auf dem Verdeck und rote Tuchbehänge! Zwei Ordonnanzen gebe ich dir mit zum Schutz, und –«

»Still! Jetzt sprichst du wie ein Kind! Was soll mir dieser Tand? Tota hätte die Ochsen getätschelt und mit dem Zierat gespielt – vielleicht seinetwegen hätte ich mich zur Engländerin machen lassen und wäre gereist. Aber so? Ich will nicht. Sollen die *mem-log* davonlaufen!«

»Aber ihre Gatten schicken sie doch fort, Geliebte!«

»Eine treffliche Ausrede. Seit wann bist du mein Gatte gewesen, um mir zu sagen, was ich tun soll? Ich habe dir lediglich einen Sohn geboren. Du allein bist das Um-und-Auf meiner Seele. Wie könnte ich abreisen mit der Furcht im Herzen: was, wenn dich ein Unheil befällt? Und wenn es auch nur gering wäre wie der Nagel meines kleinen Fingers – und der ist doch gewiß klein, nicht wahr? – ich würde es merken, und wäre ich selbst im Paradies! Und wenn ich denke, du könntest hier sterben im Sommer – *ai, jani*, – sterben! Ans Sterbebett würden sie dir ein weißes Weib schicken! Sie würde mir deine Liebe rauben!«

»Liebe entsteht nicht in einem Augenblick und auch nicht auf dem Totenbett.«

»Was verstehst du von Liebe, du steinernes Herz? Sie würde deinen Dank mit sich nehmen, und das, bei Gott und dem Propheten und bei Bibi Mirjam, der Mutter des Propheten, – das könnte ich nicht ertragen. Mein Herr und Geliebter, sprich nicht mehr so närrisch zu mir von Weggehen! Wo du bist, da bin auch ich. Es ist genug.« Und sie schlang ihren Arm um seinen Nacken und verschloß ihm den Mund mit der Hand.

Kein Glück ist so überwältigend, wie das unter dem Damoklesschwert! Sie saßen beisammen und lachten – gaben einander Kosenamen, offen und ohne Scheu vor der Eifersucht der Götter.

Unten die Stadt wand sich in Qual und Angst; Schwefelfeuer schwelten in den Straßen, die Tritonmuscheln in den Hindutempeln heulten und bellten, denn die Götter waren unaufmerksam in jenen Tagen. Ein Gottesdienst wurde abgehalten vor dem großen mohammedanischen Heiligenschrein, und unaufhörlich tönten die Gebete von den Minaretten. Aus den Häusern erscholl Totenklage und da und dort der Schrei einer Mutter, die ihr Kind verloren hatte und verzweiflungsvoll jammerte, es möge wieder zum Leben erwachen. Sie sahen, wie man die Leichen hinaustrug durch die Stadt, ein kleines klagendes Gefolge hinterdrein, sahen es, küßten sich und schauderten.

Der Tod hielt eine furchtbare Ernte, denn das Land war krank und brauchte eine Atempause, ehe das ärmliche Leben wieder anfangen konnte, auch nur schwach zu pulsieren. Die

Kinder unreifer Väter und unentwickelter Mütter leisteten der Epidemie gar keinen Widerstand; es überfiel sie und sie saßen still, bis das Schwert des Novembers sie hinraffte, wenn das Schicksal es wollte. Auch in die Reihen der Engländer wurden Breschen gerissen, aber immer wieder von neuen Menschen ausgefüllt. Die Hungersnotbehörde trat in Tätigkeit, Cholerabaracken erstanden, Medizinen wurden verteilt, – kurz alle die kleinen, fast wirkungslosen Sanitätsmaßnahmen wurden getroffen, die die Regierung befohlen hatte.

Holden mußte sich bereit halten, jeden Augenblick seinen Vormann zu ersetzen, falls dieser weggerafft werden sollte. Oft vergingen zwölf Tagesstunden, ehe er Ameera wiedersehen durfte, – sie konnte inzwischen gestorben sein! Er malte sich den namenlosen Schmerz aus, wenn ihn das Los träfe, drei Monate fern von ihr sein zu müssen; oder wenn sie stürbe in seiner Abwesenheit.

So gewiß wußte er in seinem Innern, daß sie ihm entrissen werden würde, so unfehlbar gewiß, daß er nur krampfhaft auflachte, als eines Tages Pir Khan atemlos vor ihm stand im Torweg. »Und?« fragte er kurz – – –.

»Wenn in der Nacht sich ein Schrei aus der Brust ringt und der Geist die Kehle drosselt, wer hätte da noch einen helfenden Zauberspruch? Komm schnell, Himmelsentsprossener! Es ist die schwarze Cholera.«

Holden raste auf seinem Pferd in gestrecktem Galopp nach Hause. Der Himmel war schwer von Wolken, denn der lang ersehnte Regen hing in der Luft; die Hitze brütete zum Ersticken. Ameeras Mutter kam ihm entgegen in den Hof und winselte: »Sie stirbt. Sie huschelt sich selbst in den Tod hinein. Sie ist fast schon gestorben. Was soll ich tun, Sahib?«

Ameera lag in dem Zimmer, in dem sie Tota geboren hatte. Sie erkannte Holden nicht mehr, als er eintrat; die menschliche Seele ist ein einsames Wesen: wenn sie sich rüstet zum Aufbruch, schweift sie hinüber in das dunkle Grenzland, in das ihr die Lebenden nicht folgen können. Die schwarze Cholera vollbringt ihr Werk, stumm – erbarmungslos, aber ohne Kampf. Ameera schied aus dem Leben, als hätte der Engel des Todes selbst sie bei der Hand genommen. Die schnellen Atemzüge bewiesen, daß sie weder litt noch sich fürchtete, aber weder Lippen noch Augen gaben eine Antwort auf Holdens Küsse. Da war kein Rat mehr und keine Hilfe. Holden konnte nur schweigen, warten und leiden. Draußen fielen die ersten Regentropfen auf die Dächer, und er konnte die Freudenschreie hören, die durch die Straßen der entvölkerten Stadt liefen.

Da kam die Seele Ameeras für einen Augenblick zurück und die Lippen bewegten sich. Holden beugte sich über sie. »Nimm nichts von meinen Sachen«, flüsterte sie, »nimm nicht ein Haar von meinem Haupte. ›Sie‹ – die Andere – würde später alles verbrennen. Die Flamme würde auch mich verzehren! Tiefer! Beug dich tiefer zu mir herab! Nur an das eine denke immer: daß ich dein war und dir einen Sohn geboren habe. Und wenn du morgen ein weißes Weib freiest und hältst in den Armen deinen Sohn, – einen Sohn, der vor allen Menschen deinen Namen tragen wird, – so denke an mich. Alles Unheil, das ihn treffen könnte, falle auf mein Haupt. Zeuge bin –« Ihre Lippen hauchten die Worte des mohammedanischen Glaubensbekenntnisses in sein Ohr: »Zeuge bin ich: es gibt nur einen Gott – aber das bist du, Geliebter!«

Dann verschied sie. Holden saß regungslos, und alles Denken war von ihm gewichen, bis er hörte, daß Ameeras Mutter den Vorhang hob.

»Ist sie tot, Sahib?«

»Tot.«

»Dann will ich die Totenklage anstimmen und nachher ein Verzeichnis der Möbel aufnehmen. Denn es gehört mir. Der Sahib wird sie doch nicht beanspruchen? Es ist wenig, Sahib, sehr, sehr wenig, und ich bin ein altes Weib. Ich möchte es gern behaglich haben.«

»Um Gottes Barmherzigkeit willen, schweig! Geh hinaus und stimm die Totenklage an, wo ich es nicht höre.«

»Sahib, sie muß in vier Stunden bestattet werden!«

»Ich weiß, es ist so Sitte. Ich werde gehen, ehe sie sie holen. Ich lege es in deine Hand. Sieh zu, daß das Bett, auf dem – auf dem sie liegt –«

»Aha! Das schöne rotlackierte Bett. Ich hab's schon lang gewünscht.«

»Daß das Bett unberührt bleibt und zu meiner Verfügung.

Alles übrige im Haus ist dein. Miete einen Karren, nimm alles, geh fort; noch vor Sonnenuntergang darf nichts mehr hier sein, außer das, was du zu respektieren hast, wie ich dir gesagt habe.«

»Ich bin ein altes Weib. Wenn ich wenigstens bleiben könnte über die Tage der Totenklage, und bis der Regen nachläßt. Wohin soll ich denn gehen?«

»Was kümmert das mich? Mein Befehl lautet: Du hast zu gehen. Das Hausgerät ist tausend Rupien wert, und meine Ordonnanz wird dir heute nacht hundert Rupien bringen.«

»Das ist sehr wenig. Bedenke, was die Karrenmiete kostet.«

»Es wird zu nichts zusammenschrumpfen, wenn du nicht gehst, und zwar sofort. Weib, geh hinaus und laß mich allein mit meiner Toten!«

Die Alte schlurfte die Treppe hinunter und vor lauter Gier nach den Sachen im Haus vergaß sie die Totenklage. Holden stand an Ameeras Lager und die Regenschauer prasselten auf das Dach hernieder –; er konnte infolge des lauten Geräusches keinen klaren Gedanken fassen, sosehr er sich auch bemühte. Dann kamen vier verhüllte Gespenster hereingetrippelt und starrten ihn an durch ihre Schleier: Leichenwäscherinnen. Holden verließ das Zimmer und ging hinaus zu seinem Pferd. Gekommen war er in totem, erstickendem Dunst und durch fußtiefen Staub, jetzt schien der ganze Hofraum eine einzige Regenpfütze zu sein, belebt von Fröschen; ein gelber Wasserstrom lief unter dem Tor durch und ein heulender Wind jagte Güsse wie Flintensalven gegen die Lehmmauern. Pir Khan schauderte in seiner kleinen Hütte neben dem Eingang und das Pferd stampfte mit den Hufen in die Nässe.

»Ich habe die Befehle des Sahibs erhalten«, sagte Pir Khan. »Es ist gut. Das Haus ist jetzt verödet. Auch ich gehe, denn mein Affengesicht könnte Erinnerungen in dir wecken an das, was dahin ist. Was das Bett betrifft, so werde ich es in der Frühe in dein Haus hinüberbringen; aber bedenke, Sahib, es wird dir wie ein Messer sein, das in einer frischen Wunde wühlt. Ich gehe auf die Pilgerschaft, und ich nehme kein Geld von dir. Ich bin dick und fett geworden unter dem Schutz der Gegenwart dessen, dessen Leid auch mein Leid ist. Zum letztenmal halte ich jetzt seinen Steigbügel.«

Er berührte Holdens Fuß mit beiden Händen und das Pferd jagte hinaus auf die Landstraße, wo der hohe Bambus den Himmel peitschte und die Frösche quakten. Holden konnte wegen des Regens in seinem Gesicht kaum sehen. Er preßte die Hand vor die Augen und murmelte:

»O du Scheusal! O du grauenhaftes Scheusal!«

Die Nachricht von seinem Schicksalsschlag war ihm bereits vorausgeeilt in seinen Bungalow. Er las es in den Augen seines Dieners, Achmed Khan, als dieser ihm das Essen brachte; zum ersten- und letztenmal im Leben legte ihm der Mann die Hand auf die Schulter. »Iß, Sahib! Iß!« sagte er. »Essen ist das beste gegen Kummer. Ich hab's einst auch an mir erfahren. Die Schatten kommen und gehen, Sahib! Die Schatten kommen und gehen. Hier hast du Eier mit Pfeffer.«

Holden konnte weder essen, noch schlafen. Acht Zoll Regen schüttete der Himmel in dieser Nacht herab und wusch die Erde rein. Die Fluten rissen Mauern nieder, zerstörten die Straßen und wuschen die seichten Gräber der mohammedanischen Begräbnisstätten auf. Den ganzen folgenden Tag regnete es, und Holden saß regungslos in seinem Haus und wühlte in seinem Gram. Am Morgen des dritten Tages erhielt er ein lakonisches Telegramm des Inhalts: »Ricketts, Myndonie, im Sterben. Holden antreten. Sogleich.«

Ehe er abreiste, wollte er noch einen Blick tun in das Haus, wo er einst König und Gebieter gewesen.

Das Wetter hatte sich aufgehellt; die nasse Erde dampfte.

Die Regengüsse hatten die Lehmpfeiler beim Tor eingerissen, und das Tor selbst, das einst sein Alles hienieden behütet, hing lose in den Angeln. Drei Zoll hoch war Gras im Hof aufgeschossen; Pir Khans Hütte stand leer und der aufgeweichte Fußboden hatte sich zwischen die Balken hinabgesenkt. Ein graues Eichhörnchen hatte Besitz ergriffen von der Veranda, als sei das Haus unbewohnt gewesen seit dreißig Jahren, statt drei Tagen. Ameeras Mutter hatte alles mit fortgenommen mit Ausnahme einer mottenzerfressenen Decke. Das Ticktick der kleinen Skorpione, wie sie über den Boden liefen, war das einzige Geräusch im Haus. Ameeras Zimmer und das, worin Tota gelebt, waren von Schimmel überzogen, und die Sprossen der Leiter hinauf auf das Dach besudelt mit Wasserschlamm. Holden sah es und ging hinaus auf die Straße; dort kam ihm sein Hausherr, Durga Daß, entgegen, – sauber und stattlich gekleidet in weißem Musselin, ein Ce-Feder-Buggy kutschierend: er wollte seinen Besitz in Augenschein nehmen und nach dem Schaden sehen, den der Regen angerichtet hatte.

»Ich habe vernommen, Sahib«, begann er, »Sie wollen das Haus verlassen?«

»Was haben Sie mit ihm vor?«

»Vielleicht vermiete ich es wieder.«

»Dann behalte ich es, auch wenn ich nicht hier bin.«

Durga Daß schwieg eine Weile. »Sie sollten das nicht tun«, sagte er dann. »Als ich noch jung war, hatte ich auch so – –. Aber heute bin ich Mitglied der Stadtbehörde. Ho! Ho! Nein. Wenn die Vögel fortgeflogen sind, wozu ist das Nest noch gut? Ich möchte es niederreißen lassen: mit dem Bauholz kann man noch mancherlei kaufen. Es soll eingerissen werden und die Stadt wird eine Straße drüberlegen, wie sie es schon lange will, vom Verbrennungs-Ghaut bis hinüber zur Schanze. Kein Mensch wird später wissen, wo es gestanden hat!«

Georgie Porgie

»Georgie Porgie, Wurm im Speck,
Küßt die Mädchen froh und keck;
Nimmt ihn eins jedoch beim Wort,
Läuft Georgie Porgie schleunigst fort.«

Wer es für selbstverständlich hält, früh am Morgen sein Besuchszimmer nicht zu betreten, solange das Stubenmädchen aufräumt und Staub abwischt, der sollte sich auch darüber im klaren sein, daß es nicht angeht, als zivilisierter Mensch, der aus Porzellan speist und eine Visitenkartentasche bei sich trägt, in einem Land mit fremder Kultur die eigenen Sitten und Gebräuche und Ansichten über Recht und Unrecht durchsetzen zu wollen. Wenn das Gebiet einmal umgestaltet und vorbereitet ist – von solchen, die dazu berufen sind, – dann mag er kommen mit seinem Gepäck von Gesellschaftsordnung, seinen zehn Geboten und der übrigen Maschinerie. Wo das Gesetz der Königin noch nicht feststeht, – dort eine strenge Beobachtung anderer und lässiger Vorschriften zu erwarten, ist unvernünftig. Männer, die vorne an der Deichsel des Wagens ziehen, der zu Wohlstand und Besitz führt und die Wege durchs Dschungel ebnet, darf man nicht beurteilen, als seien sie eingesessene Bürger oder Mitglieder der guten Gesellschaft.

Erst vor wenigen Monaten hatte das Gesetz der Königin wenige Meilen nördlich von Thayetmyo am Irrawaddy halt gemacht.

Dort herrschten zwar auch noch keine strengen Gesetze, aber immerhin reichten sie aus, die Ordnung aufrechtzuerhalten. Wenn die Regierung es für zeitgemäß erachtete, das Gesetz der Königin vorwärts zu tragen bis Bhamo und zur chinesischen Grenze, dann wurde der Befehl dazu gegeben, und es fanden sich auch immer Männer genug, beseelt von dem Wunsche, andern voranzugehen zur Hebung und Verbreitung des nationalen Ansehens, die sich den vorstoßenden Truppen anschlossen.

Es waren das zumeist Leute, die ein regelrechtes Examen kaum bestanden hätten und auch viel zu selbständig dachten, als daß sie sich für den regulären Bürodienst in den Provinzen geeignet hätten. Wenn später alles soweit war, trat die Regierung mit Vorschriften und Umänderungen dazwischen und drückte Neu-Burma auf das tote Niveau Indiens herab; aber in der kurzen Zwischenzeit brauchte man starke Männer, die nach eigenem Gutdünken die Vorarbeit leisteten.

Unter diesen Pionieren der Zivilisation befand sich Georgie Porgie, ein, wie alle wußten, die ihn kannten, höchst zielbewußter Mann. Er hatte eine Stellung inne in Ober-Burma, als der Befehl kam, zur Grenze vorzurücken; seine Freunde nannten ihn Georgie Porgie, weil er es liebte, ein burmesisches Lied zu singen, dessen erste Zeile so ähnlich klingt, wie »Georgie Porgie«. Wohl jeder, der einmal in Burma gewesen ist, kennt das Lied; übersetzt heißt es: »Puff, puff, puff, puff, großes Dampfschiff.« Georgie Porgie sang es zum Banjo und seine Zuhörer waren immer entzückt davon und brüllten jedesmal so laut dazu, daß man es bis weit hinein in die Teak-Wälder hören konnte.

Als er hinauf nach Ober-Burma zog, scherte er sich einen Quark um Gott oder Mitmensch, aber er verstand es, sich Respekt zu verschaffen und die verzwickten Militär-Zivil-Pflichten zu erfüllen, die in jenen Monaten auf jedermanns Haupt ruhten. Er arbeitete im Amt und, wie es gerade kam, brachte er Detachements von fieberdurchschüttelten Soldaten wieder in Ordnung, die, auf der Suche nach fliehenden Dakoits begriffen, durch seine kleine Welt gestolpert kamen. Bisweilen zog er selbst los, um die Dakoits zur Vernunft zu bringen, denn im Gebiet rauchte es an allen Orten, und ehe man es sich versah, konnte die Flamme wieder auflodern. Er liebte derlei kleine Abwechslungen, aber die Dakoits fanden sie wenig ergötzlich. Alle Beamten, die mit ihm in Berührung kamen, reisten mit der festen Überzeugung wieder ab, er sei ein wirklich sehr wertvoller Mensch, und diesem Umstand verdankte er es auch, daß man ihn schalten und walten ließ, wie er es für gut fand.

Nach ein paar Monaten bekam er seine Einsamkeit satt und sehnte sich nach Ansprache und ein wenig Luxus. Das Bürgerliche Gesetzbuch machte sich in der Gegend vorerst nur schwach fühlbar und die öffentliche Meinung, die noch viel strenger ist, lag erst in weiter Ferne. Damals war es allgemein Sitte, daß ein weißer Mann sich ein Weib aus den Töchtern des Landes wählen durfte gegen entsprechende Bezahlung. Die Ehe war dann zwar nicht so bindend, wie die *Nikkah*-Zeremonie der Mohammedaner, aber die Gattin war vergnüglich.

Wenn alle unsere Truppen aus Burma zurück sein werden, wird das Sprichwort in aller Mund kommen: »so gedeihlich wie eine Burmesin« – und dann werden sich die hübschen englischen Damen den Kopf zerbrechen, was der Sinn dieses Satzes in aller Welt wohl bedeuten mag.

Der Bürgermeister des Dorfes nächst Georgie Porgies Posten besaß eine schöne Tochter, die Georgie Porgie erblickt und sich von weitem in ihn verliebt hatte. Als das Gerücht in Umlauf kam, der Engländer mit der strengen Hand im Blockhaus drüben denke an einen regelrechten Haushalt, machte sich der Bürgermeister auf und erklärte, er sei bereit, seine Tochter gegen eine Abfindung von fünfhundert Rupien Georgie Porgie anzuvertrauen, vorausgesetzt die Verpflichtung, sie in Ehren zu halten, rücksichtsvoll zu behandeln, hübsch zu kleiden und mit Wohlstand zu umgeben, wie es die Landessitte verlangte. Der Handel kam zustande und Georgie Porgie hatte keine Ursache, es zu bereuen.

Sehr bald zog Behaglichkeit in sein rohgezimmertes Haus ein und alles blitzte vor Sauberkeit; seine bis dahin ungeordneten Ausgaben schrumpften auf die Hälfte zusammen und er selbst wurde verhätschelt und herausgeputzt von seiner neuen Akquisition, die bei Tisch präsidierte, ihm Lieder vorsang, die Madrassi-Diener in Zucht hielt und in jeder Hinsicht ein so süßes, fröhliches, treues und gewinnendes kleines Frauchen war, wie es sich auch der verbissenste Hagestolz besser nicht hätte wünschen können. Keine Rasse, so sagen die, die es wissen müssen, bringt so gute Gattinnen und Hausfrauen hervor, wie die burmesische. Als das nächste Detachement, auf dem Kriegspfad wandelnd, anmarschiert kam, fand der kommandierende Subalternoffizier an Georgie Porgies Tafel eine Hausfrau, der man in jeder Hinsicht wie einer Dame von Rang mit Ehrerbietung begegnen mußte; und als er am nächsten Tage in aller Frühe seine Leute zusammenrief, um ins Dschungel einzudringen, dachte er im

Scheiden sehnsuchtsvoll an das kleine hübsche Diner zurück und an das liebliche Gesichtchen und beneidete aus tiefstem Herzen seinen Gastgeber. War er doch selber in der Heimat verlobt mit einem Mädchen – und das stimmt ein Männerherz gar weich.

Der Name der kleinen Burmesin klang nicht besonders hübsch; Georgie Porgie christianisierte ihn deshalb bald in: Georgina. Ihr zärtliches Wesen und die Behaglichkeit im Hause paßten ihm und er sagte sich, daß er seine fünfhundert Rupien gar nicht besser hätte anlegen können.

Nach drei Monaten eines erfreulichen Zusammenlebens kam ihm eines Tages die Idee, eine wirkliche Ehe – eine englische nämlich – müsse eigentlich etwas sehr Hübsches sein. Wenn er sich hier, im Hinterlande der Welt, schon behaglich fühlte mit diesem Burmesenmädchen, das ostindische Zigarren rauchte, wie erst mit einem süßen englischen Girl, das keine Knüppel rauchte, und Piano spielte statt Banjo! Er sehnte sich ein wenig zurück nach Menschen seiner Rasse, wollte wieder einmal eine Musikkapelle hören und einen Gesellschaftsanzug tragen. Wahrhaftig ja: eine Ehe dieser Art mußte etwas Herrliches sein. Beständig dachte er daran an den langen Abenden, während Georgina ihm vorsang, ihn bisweilen fragend, warum er so schweigsam sei und ob sie ihn vielleicht verletzt oder gekränkt hätte. Beim Nachdenken rauchte er und beim Rauchen blickte er Georgina an und malte sich aus, es säße nicht sie da, sondern ein blondes, häusliches, unterhaltendes, fröhliches, kleines englisches Mädel, das Haar tief in die Stirn gekämmt und – vielleicht – eine Zigarette zwischen den Lippen. Nur, um Himmelswillen, keine von den großen, dicken Burma-Cheeruts, die Georgina rauchte! Ein Mädchen wollte er heiraten, das Georginas Augen hatte und ihr auch sonst glich. Nur nicht in jeder Hinsicht; etwas Besseres mußte es sein. Er blies dicke Rauchwolken durch die Nase und streckte die Beine aus: ja, er wollte die Ehe kosten!

Dank Georginas Umsicht hatte er sich Geld zurücklegen können und außerdem hatte er sechs Monate Urlaub gut.

»Schau mal, kleine Frau«, sagte er, »wir müssen im kommenden Vierteljahr noch mehr sparen; ich brauche Geld.« Das war eine Anspielung auf Georginas Haushaltskasse, auf die sie sehr stolz war; aber, natürlich, wenn ihr Gott Geld brauchte, mußte alles herhalten.

Du brauchst Geld? rief sie und lachte fröhlich. »Oh, ich habe Geld! Da schau!« Und sie lief in ihr Zimmer, holte einen kleinen Beutel Rupien, schüttete die Münzen auf dem Tische aus und schob sie ihm zu mit ihren zarten, flinken, blaßgelben Fingern. »Schau! Hundert und sieben Rupien. Ich hab sie zusammengespart von dem, was du mir gegeben hast. Nimm sie. Oder brauchst du noch mehr? Es ist mir eine Freude, sie dir zu geben.« Nie mehr ermahnte Georgie Porgie sie von da an zur Sparsamkeit.

Drei Monate später, nach einem Hin- und Herschreiben von Briefen, die Georgina haßte, weil sie ihren Inhalt nicht lesen und verstehen konnte, eröffnete ihr Georgie Porgie, daß sie in ihres Vaters Haus zurückkehren müsse, da er zu verreisen gedenke.

Georgina weinte und wollte ihren Gott begleiten von einem Ende der Welt bis zum andern. Warum sie ihn denn verlassen solle? Sie liebe ihn so sehr!

»Ich gehe nur nach Rangun«, erklärte Georgie Porgie. »In einem Monat bin ich wieder zurück, aber es ist sicherer, du bist bei deinem Vater. Ich werde dir zweihundert Rupien dalassen.«

»Wenn du nur einen Monat wegbleibst, wozu dann zweihundert? Fünfzig sind mehr als genug. Das bedeutet Unheil! Geh nicht, oder nimm mich mit!«

Georgie Porgie denkt auch heute noch ungern zurück an die Szene damals.

Schließlich wurde er Georgina los, indem er ihr fünfundsiebzig Rupien aufdrängte; mehr wollte sie nicht nehmen. Dann eilte er mittelst Dampfer und Eisenbahn nach Rangun.

Der geheimnisvolle Briefwechsel hatte ihm einen Urlaub von sechs Monaten eingetragen. Seine heimliche Flucht und das Bewußtsein, sich hinterlistig benommen zu haben, vergällte ihm eine Zeitlang die Freiheit, aber als der große Dampfer hinaus in die blaue See fuhr, wurde ihm leichter zumute und die Erinnerungen an Georginas Gesicht, das kleine seltsame Blockhaus, die nächtlichen Überfälle der heulenden Dakoits, der Kampf und der Schrei des ersten Menschen, den er mit eigener Hand getötet, und hundert andere intimere Begebnisse verblaßten immer mehr und mehr in seinem Herzen, – machten der Vision der näher und näher kommenden englischen Heimat Platz. Der Dampfer war überfüllt von urlaub-genießenden, fröhlichen Seelen, die, den Staub und die Hitze Ober-Burmas hinter sich, ausgelassen tollten wie die Schulbuben; dies half Georgie Porgie vergessen.

Dann kam England mit seinem Luxus, seinen feinen Sitten und Bequemlichkeiten aller Art; Georgie Porgie wanderte wie in einem Wonnetraum durch die Straßen, wie ein Mensch, der das Ausweichen verlernt hat, und konnte sich nicht genug wundern, daß es überhaupt Menschen gab, die auch nur daran denken konnten, dem Stadtleben den Rükken zu kehren. Er empfand dies schwelgerische Auskosten des Urlaubs wie eine Belohnung für seine dem Staate geleisteten Dienste. Aber die Vorsehung hielt noch eine andere und viel schönere Überraschung für ihn bereit: all die Freuden einer geruhsamen englischen Brautwerbung, die so gänzlich verschieden ist von dem eisernen Geschäftssinn des Ostens, wo die ganze Gemeinde im Hintergrund lauert und wettet, wie die Geschichte ausfallen und was Mrs. Soundso dazu sagen wird.

Ein hübsches Mädchen, ein tadelloser Sommer und ein geräumiges Landhaus bei Petworth, wo Morgen um Morgen Land sich hinzieht, bestanden mit rotem Heidekraut, und feuchte fruchtbare Wiesen mit hohem Gras!

Georgie Porgie fühlte, daß er endlich etwas gefunden hatte, was das Leben wertvoll machte, und sein erstes dementsprechend war, daß er das Mädchen fragte, ob sie das Leben mit ihm in Indien teilen wolle. In ihrer Unerfahrenheit willigte sie ein. In diesem Falle war ein Schachern mit einem Dorfbürgermeister überflüssig; es gab eine solide Mittelstandshochzeit auf dem Lande mit einem stattlichen Papa, einer weinenden Mama, einem Brautführer in Purpur und feinem Linnen und sechs stupsnasigen Mädchen aus der Sonntagsschule, die Rosen streuten auf den Weg vom Friedhof bis zur Kirche. Die Lokalzeitung beschrieb das Fest des langen und breiten bis zu den Orgelklängen der Hochzeitshymne, nicht zum wenigsten, weil das Blatt hinsichtlich Stoffmangel am Rande des Hungertodes schwebte.

Dann Flitterwochen in Arundel. Die Mama weinte vorbildlich, ehe sie einwilligte, daß ihre einzige Tochter unter dem ehelichen Schutze Georgie Porgies nach Indien davonsegle. Über allem Zweifel: er hatte das Mädchen unendlich gern, und sie schaute zu ihm auf wie zu dem besten und bedeutendsten aller Männer. Als er sich in Bombay zum Amtsantritt meldete, fühlte er sich seiner jungen Gattin wegen geradezu verpflichtet, eine möglichst gute Anstellung zu verlangen, und da er offensichtlich im Begriffe stand, seinen in Burma begangenen gesellschaftlichen Fehltritt wieder gutzumachen, bewilligte man ihm fast alles, was er forderte, und wies ihm als Posten eine Station an, die wir Sutrain nennen wollen. Sie lag auf einem Bergplateau und galt als Kurort – wahrscheinlich, weil eine Wasserleitung so gut wie nicht vorhanden war. Hier siedelte sich Georgie Porgie an und empfand gar bald die Ehe als etwas überaus Natürliches. Es kam ihm weder seltsam vor, noch als Gipfelpunkt der Wonne, – wie es bei einem jung verheirateten Mann bisweilen der Fall ist – wenn sich jeden Morgen sein Herzblatt mit ihm zum Frühstück setzte, sondern wie die selbstverständlichste Sache von der Welt. »Es war ihm nichts Neues«, wie die Amerikaner sagen, und wenn er die Vorzüge seiner neuen Hulda mit denen Georginas verglich, so neigte er zu der Ansicht, er hätte keinen schlechten Tausch gemacht.

Jenseits der Bai von Bengalen hingegen, unter den Teak-Bäumen, wo Georgina bei ihrem Vater wohnte und auf Georgie Porgies Heimkehr wartete, herrschte weder Glück noch Seelenfrieden. Der Bürgermeister war ein alter Mann – erinnerte er sich doch noch des Krieges von 1851! Er war einst eine Zeit lang in Rangun gewesen und dort mit der Lebensanschauung der Kullahs bekannt geworden: die trokkene Philosophie, die er Georgina beizubringen versuchte, wenn er abends mit ihr vor der Tür seines Hauses saß, konnte sie nicht im geringsten trösten.

Ihr Unheil war, daß sie Georgie Porgie in einer Weise liebte, wie man es nur in englischen Geschichtsbüchern von französischen Mädchen liest, die einen unglücklichen Märtyrer wie einen Heiligen verehren. Eines Tages verschwand sie aus dem Dorf; als Reisezehrung nahm sie außer dem Schatz an Rupien, die ihr Georgie Porgie zurückgelassen, nur die paar Brocken englischer Worte mit, die sie ebenfalls ihm verdankte.

Der Herr Bürgermeister war anfänglich ergrimmt, aber dann zündete er sich eine frische Cheerut an und machte sich Luft mit ein paar abfälligen Bemerkungen über das weibliche Geschlecht im allgemeinen.

Georgina war ausgezogen, um Georgie Porgie zu suchen, gleichgültig, ob er in Rangun weilte oder jenseits des großen schwarzen Wassers, ob er tot war, noch am Leben, oder sonst in einer Lage, von der sie sich kein klares Bild machte. Der Zufall kam ihr zu Hilfe: ein alter Sikh-Polizist erzählte ihr, Georgie Porgie sei hinübergereist über das Große Wasser. Sie löste eine Zwischendeckkarte und fuhr nach Kalkutta, – das Geheimnis, wen sie suche, tief im Herzen verschlossen.

In Indien verschwand jede Spur von ihr durch volle sechs Wochen; kein Mensch weiß, welchen Herzenskummer sie mit sich herumgetragen haben muß.

Dann tauchte sie wieder auf vierhundert Meilen nördlich von Kalkutta, in zerrissenen Kleidern, gramdurchfurcht, ruhelos nach Norden wandernd, aber ungebrochen in ihrem Entschluß, Georgie Porgie zu finden. Sie verstand die Sprache der Bevölkerung nicht, aber Indien ist unendlich gastfreundlich und die Frauen der Stämme entlang der großen Schienenstrecke versorgten sie mit Nahrung. Ein inneres Gefühl sagte ihr, sie werde Georgie Porgie am Ende dieses furchtbaren Weges finden. Vielleicht – ja, vielleicht – würde sie einen Sepoy treffen, der ihn von Burma her kannte! Schließlich begegnete sie auch wirklich einem auf dem Marsch begriffenen Regiment und fand unter den vielen Subalternen einen, den Georgie Porgie einst in den Tagen der Menschenjagd auf die Dakoits zu sich zu Tisch geladen hatte. Ein allgemeines Schmunzeln trat ein, als Georgina sich dem Mann zu Füßen warf und zu klagen begann; aber bald verstummten sie alle, als ihre Leidensgeschichte erzählt wurde; man leitete eine Kollekte ein, und das war das richtige. Einer der Subalternen hatte von Georgie Porgies neuer Stellung, nicht aber von seiner Verheiratung gehört; er erzählte Georgina, was er wußte, und, Freude im Herzen, reiste sie weiter nach Norden – diesmal in einem Eisenbahnkupee, wo ihre müden Füße ausruhen konnten und es ein wenig Schatten gab für ihr kleines bestaubtes Köpfchen. Die Wanderung von der Endstation der Bahn durch die Berge war anstrengend über alle Begriffe, aber Georgina hatte ja jetzt Geld und die auf Ochsenkarren reisenden Familien standen ihr bei. Es war eine Reise voller Wunder und Georgina fühlte es wie Gewißheit, daß die guten Geister Burmas über ihr wachten.

Die Bergstraße nach Sutrain ist ein eisiger Weg und Georgina zog sich eine schwere Erkältung zu, aber die Hoffnung hielt sie aufrecht: am Ende aller ihrer Leiden stand ja Georgie Porgie, um sie in die Arme zu schließen und zu streicheln wie einst in alten Tagen, wenn das Tor der Blockhütte verschlossen wurde und er sich mit ihr zum Abendessen setzte. Sie eilte vorwärts, so schnell sie konnte, und noch einmal erwiesen die guten Geister ihr eine – letzte – Gunst:

Ein Engländer hielt sie an – in der Dämmerung – an der Straßenbiegung nach Sutrain – mit den erstaunten Worten: »Um Himmelswillen! Was machst du hier?« Es war Gillis, Georgie Porgies ehemaliger Assistent aus Ober-Burma, der den zweiten Stationsposten vor dem Dschungel innegehabt. Georgie Porgie hatte ihn nach Sutrain kommen lassen, da er seine Tüchtigkeit zu schätzen wußte.

»Ich bin hergekommen«, sagte Georgina schlicht. »Der Weg war so lang und ich mußte Monate hindurch reisen und wandern. Wo ist sein Haus?«

Gillis rang nach Atem. Er kannte Georgina zu lang und zu gut, um nicht zu wissen, daß Erklärungen vergeblich sein würden. Man kann Asiaten Dinge nicht erklären, man muß sie ihnen vor Augen führen.

»Ich werde dich hinführen«, sagte Gillis, nahm Georgina bei der Hand und geleitete sie auf einem Seitenweg einen Hügel hinauf zur Rückseite des Hauses, das auf einer Plattform, tief eingeschnitten in die Berglehne, lag.

Die Lampen waren soeben erst angezündet worden und die Vorhänge noch nicht zugezogen. »Dort! Schau hin!« sagte Gillis und blieb vor dem Fenster des Empfangszimmers stehen. Georgina blickte hinein, sah die junge Frau – und fuhr sich mit der Hand in das Haar, das, zum Scheitelknoten geschürzt gewesen, sich unter ihrem Griff löste und sofort in Strähnen über ihr Gesicht fiel. Sie machte eine Bewegung, als wolle sie ihr zerlumptes Kleid in Ordnung bringen, aber was gab es da noch viel glatt zu streichen! Gillis starrte unverwandt die junge Frau – drin im Zimmer – an; Georgina streifte sie nur einmal mit den Augen, dann hielt sie den Blick fest auf Georgie Porgie gerichtet.

»Was gedenkst du zu tun?« fragte Gillis und hielt Georgina am Handgelenk fest, damit sie nicht zu dem Lichtschein hinstürze. »Willst du hineingehen und der englischen Frau sagen, daß du mit ihrem Gatten zusammengelebt hast?«

»Nein«, hauchte Georgina. »Laß mich gehen. Ich schwöre, daß ich gehen werde.« Sie riß sich los und lief hinein in die Dunkelheit.

»Armes kleines Tier!« murmelte Gillis vor sich hin, als er wieder in die Landstraße einbog. »Hätte ich ihr doch etwas gegeben, damit sie wieder nach Burma zurück kann. Knapp durchgewischt ist er! Er hätte es ihr nie verziehen, der – Engel!« Gillis schien demnach seinem Freunde Georgie Porgie nicht allzu sehr gewogen zu sein.

Das jungvermählte Paar trat nach dem Abendessen hinaus auf die Veranda, damit der Rauch von Georgie Porgies Zigarre sich nicht an die neuen Empfangszimmervorhänge hefte.

»Was ist das für ein Lärm dort unten?« fragte die junge Frau und lauschte in die Finsternis.

»Ach«, meinte Georgie Porgie, »wahrscheinlich prügelt irgend ein Rohling von Bergbewohner seine Frau.«

»Schlagen – seine – Frau! Wie entsetzlich!« sagte die junge Gattin. »Wenn ich mir ausmale, du könntest mich schlagen!« – und sie schlang den Arm um Georgie Porgies Brust, lehnte den Kopf an seine Schulter und blickte im Gefühl tiefster Geborgenheit über das wolkenbedeckte Tal hin.

Es war nur Georgina gewesen, die da geschrien hatte, während sie die Berglehne hinabgelaufen war zwischen den Steinen des Wasserlaufs, in dem die Wäscher die Kleider waschen.